BIBLIOTHÈQUE
DE LA PLÉIADE

BALZAC

Correspondance

II

(1836-1841)

ÉDITION ÉTABLIE, PRÉSENTÉE ET ANNOTÉE
PAR ROGER PIERROT
ET HERVÉ YON

nrf

GALLIMARD

*Tous droits de traduction, de reproduction et d'adaptation
réservés pour tous les pays.*

© Éditions Gallimard, 2011.

CE VOLUME CONTIENT :

Avant-propos
Chronologie (1836-1841)
Avertissement
par Roger Pierrot
et Hervé Yon

LES LETTRES DE BALZAC
ET CELLES
DE SES CORRESPONDANTS
1836-1841

Notes
Répertoire
des correspondants

AVANT-PROPOS

Le deuxième volume de la *Correspondance* de Balzac couvre une période de six ans (1836-1841). Ces années de travail intense sont marquées par l'achèvement des *Études de mœurs* et des *Études philosophiques*, et par la genèse et la publication d'œuvres de premier plan : *Le Lys dans la vallée, César Birotteau, Illusions perdues, Une fille d'Ève, Béatrix, Mémoires de deux jeunes mariées…* La *Comédie humaine*, pour la première fois évoquée sous ce titre et dont le plan est clairement établi au printemps de 1839, prend vie grâce à la signature des contrats avec les éditeurs Hetzel, Paulin, Dubochet et Sanches, puis Furne, qui en publieront les premiers volumes dès avril 1842.

Travailleur acharné, Balzac n'en est pas moins homme du monde et homme de son temps. Des salons littéraires parisiens aux italiens, il fréquente les bons esprits de son époque, croise ici ou là Delphine de Girardin, le marquis de Custine, Gautier, Lamartine ou George Sand, règle ses comptes avec Sainte-Beuve ou Dumas — qui finalement l'épaulera au moment de l'interdiction de *Vautrin* (mars 1840) —, défend la création littéraire et la condition de l'écrivain en jouant un rôle majeur au sein de la toute jeune Société des gens de lettres (dont il est élu président en août 1839), se désiste au profit de Victor Hugo dans la quête d'un fauteuil sous la coupole de l'Académie française, et rencontre plusieurs acteurs à qui il entend confier des rôles (Frédérick Lemaître, Marie Dorval, Rachel…).

Mais tous ses correspondants ne sont pas des grands noms des arts, de la presse et de la littérature. Les simples admirateurs ont aussi leur chance, sans parler des admiratrices. En

1836, il entre en relation épistolaire avec une inconnue, « Louise », dont l'identité réelle demeure mystérieuse et qu'il semble n'avoir jamais rencontrée. Vingt-trois lettres de Balzac et une seule de « Louise » sont conservées. Balzac y est à la fois le meneur et la victime d'un jeu de séduction, et il finit par se livrer à cœur ouvert : sa condition d'écrivain (« ouvrier en lettres »), l'ampleur de la tâche à accomplir, ses amitiés féminines entières et jalouses, ses difficultés quotidiennes, ses malheurs (comme la disparition de l'« ange », Mme de Berny) — tout fait de lui le semblable des « gens qui luttent, qui souffrent et travaillent ». « J'ai tout l'égoïsme du travail obligé, je suis comme le forçat attaché à un boulet et je n'ai pas de lime, il n'y a pas d'outil pour briser les idées d'honneur qui m'attachent. Je suis dans mon cabinet, comme un navire échoué dans les glaces. »

Les lettres à sa famille — très nombreuses dans notre premier volume — se font rares ; elles sont en outre souvent bien courtes et la plupart du temps motivées par des questions financières. À côté des amies chères, des artistes, des écrivains (Custine, Dumas, Gautier, Heine, Hugo, Lamartine, Stendhal), des éditeurs et des imprimeurs, des gens de presse, des hommes de théâtre et des musiciens comme Meyerbeer, Berlioz ou Liszt, fournisseurs impatients, huissiers intraitables et créanciers peu compatissants (parmi lesquels se trouve sa mère) demeurent les interlocuteurs obligés de l'auteur de *La Comédie humaine*.

Après avoir quitté le logement qu'il occupait rue Cassini depuis 1828 et élu domicile en plusieurs endroits de la capitale (rue de Provence, rue des Batailles à Chaillot, rue de Richelieu), Balzac s'installe en juillet 1838 aux Jardies, à Sèvres. La chose fait l'objet de nombreuses tractations et d'importantes dépenses, réglées en partie seulement. Endetté à outrance, il établit et remet à l'avoué Gavault un récapitulatif alarmant de l'état de ses finances en juin 1840. Il avait compté (à tort) sur le succès de sa pièce *Vautrin*, donnée au théâtre de la Porte Saint-Martin, pour rembourser une partie de ses dettes, et avait cédé par anticipation ses droits à un homme que Dumas jugeait (à raison) capable de « rançonner », Pierre Henri Foullon. Ledit Foullon poursuivra Balzac jusqu'à ce que soit vendue la propriété des Jardies. En octobre 1840 il s'installera rue Basse à Passy.

Trois séjours en Italie, en juillet-août 1836, de février à avril 1837 et d'avril à juin 1838, sont à noter. Balzac y fait d'importantes rencontres ; *Gambara* et *Massimilla Doni* regorgent de détails et de personnages inspirés par ce qu'il a vu et vécu, de

Milan à Venise, en passant par Turin, Florence, Gênes et la Sardaigne. Il n'oubliera pas ses hôtes et amis italiens : sept d'entre eux, de 1838 à 1842, seront dédicataires de l'une de ses œuvres.

Balzac, enfin, prête son concours au développement de la presse quotidienne bon marché (*Le Siècle*, *La Presse*) et de la presse spécialisée (*Revue et gazette musicale de Paris*), qu'il alimente en feuilletons. L'expérience brève et malheureuse de la *Chronique de Paris*, journal politique et littéraire qu'il rachète en décembre 1835 et qui est mis en faillite dès juillet 1836, le conduit à se rapprocher des Girardin (*La Presse*), Dutacq et autres Desnoyers (*Le Siècle*). En juillet 1840, assisté de Dutacq, il lance la *Revue parisienne* qui ne paraîtra que trois mois ; il en est le rédacteur principal et y publie notamment ses célèbres *Études sur M. Beyle*.

La presse est aussi pour Balzac une tribune depuis laquelle il cherche à peser sur la vie publique. À l'automne de 1839, il essaie, aux côtés de Gavarni, de faire innocenter Sébastien Peytel, notaire de Belley accusé du meurtre de sa femme et de son domestique. Les deux hommes tentent de réunir de nouvelles preuves et de nouveaux témoignages et rendent visite à l'accusé ; à leur retour de Bourg, où l'homme, condamné à mort par la cour d'assises, attend son exécution, Balzac publie dans *Le Siècle*, sur plusieurs colonnes, un long résumé de l'affaire, des éléments de l'enquête et des débats judiciaires. Cette intervention remarquée donne lieu à de vifs échanges, tant avec les soutiens du condamné qu'avec ses accusateurs. Les efforts de Balzac et de Gavarni sont vains : Peytel est exécuté le 28 octobre 1839.

Le 13 février 1836, une inconnue écrivait à Balzac : « Je voudrais savoir si vous répondez à l'idée que je me suis faite de vous en vous lisant. » Elle se dit incapable de séparer l'homme de l'auteur et éprouve le désir « senti et réfléchi » d'une rencontre : « trouvez-vous lundi à une heure au foyer de l'Opéra et abordez-moi ; je serai noire de la tête aux pieds, et des nœuds roses au bas des manches. » La suite de l'aventure ne nous est pas connue, non plus que l'effet produit par les nœuds roses. À défaut, les lettres de Balzac sont là, moyen et occasion d'une rencontre avec l'homme et l'auteur, inséparables.

ROGER PIERROT et HERVÉ YON.

CHRONOLOGIE

(1836-1841)

Cette chronologie prend en compte les événements mentionnés dans le deuxième volume de la *Correspondance* ou susceptibles de l'éclairer. On pourra se reporter pour des informations référencées et commentées au « Calendrier de la vie de Balzac » rédigé par Jean-A. Ducourneau et Roger Pierrot qui, pour les années 1836 à 1841, a paru dans *L'Année balzacienne* (1968-1973), ainsi qu'à l'ouvrage de Stéphane Vachon, *Les Travaux et les Jours d'Honoré de Balzac, chronologie de la création balzacienne*, Presses du CNRS, 1992.

1836

3 janvier : la *Chronique de Paris* publie *La Messe de l'athée*, daté : « Paris, janvier 1836 ».

Début de janvier : Balzac porte plainte contre François Buloz pour avoir communiqué des épreuves non corrigées du *Lys dans la vallée* à la *Revue étrangère* de Saint-Pétersbourg. Buloz de son côté demande 10 000 F de dommages et intérêts à Balzac qui refuse de lui donner la suite du roman.

5 janvier : Balzac vend à Edmond Werdet la 2ᵉ édition du *Livre mystique*.

10 janvier : il vend à Werdet les 3ᵉ et 4ᵉ éditions du *Médecin de campagne*. *Le même jour*, sous la signature MAR. O'C., Balzac publie, dans la *Chronique de Paris*, un compte rendu des *Entretiens sur le suicide* de l'abbé Guillon.

13 janvier : la *Gazette des tribunaux* et *Le Droit* annoncent que, *la veille*, la première chambre du tribunal civil de la Seine avait condamné Balzac, par défaut, à livrer à la *Revue de Paris* « la fin d'une nouvelle intitulée *Le Lys dans la vallée* » et une autre nouvelle *Les Mémoires d'une jeune mariée*, sinon à payer 10 000 F de dommages et intérêts. Le jugement du 3 juin reconnaîtra que cette condamnation par défaut n'existait pas.

23 janvier : annonce de Werdet dans le *Feuilleton* de la *BF* : sont en vente la 2ᵉ édition du *Livre mystique*, les 3ᵉ et 4ᵉ éditions du *Médecin de campagne* et du *Père Goriot* ainsi que les livraisons 1 et 2 des *Études philosophiques* (annonce en grande partie prématurée).

27 janvier : Balzac déclare donner son adhésion à la cession faite par Mme Charles-Béchet à Werdet des *Études de mœurs au XIXᵉ siècle*.

31 janvier : la *Chronique de Paris* publie la 1ʳᵉ livraison de *L'Interdiction* (daté : « Paris, janvier 1836 »). Les quatre suivantes ont paru les 4, 7, 14 et 18 février.

Février : début des relations épistolaires de Balzac avec « Louise ».

14-18 février : Charles de Bernard publie, dans la *Chronique de Paris*, un article sur *France et Marie*, roman de Latouche, article rédigé d'après un canevas de Balzac.

25 février : sous la signature MAR. O'C., Balzac publie dans la *Chronique de Paris* un compte rendu du *Cloître au XIXᵉ siècle* (Werdet, 1 vol. in-8º), d'Adèle Daminois, la mère de Marie Du Fresnay (dédicataire d'*Eugénie Grandet*).

25 février-24 juillet : sous le titre *Extérieur*, la *Chronique de Paris* publie quarante et un éditoriaux de politique étrangère non signés. Plusieurs, mais non la totalité, sont attribuables à Balzac.

27 février : la *BF* enregistre la publication de la 3ᵉ édition du *Médecin de campagne* (2 vol. in-8º), qui porte pour la première fois la dédicace « À ma mère » et à la toute fin une datation : « Octobre 1832-juillet 1833 ».

6 mars : la *Chronique de Paris* publie une partie de ce qui constituera le chapitre I du *Cabinet des Antiques*.

Mars : Jules Sandeau « déserte » Chaillot.

11 mars : le procès intenté par Balzac à Buloz est remis à quinzaine.

13 mars : sous la signature MAR. O'C., Balzac publie dans la *Chronique de Paris* un article intitulé : *Des découvertes faites dans la lune et attribuées à Herschell fils*.

16 mars : Balzac assiste à une brillante soirée chez Delphine de Girardin, entouré d'Alphonse de Lamartine, Alfred de Musset, Victor Hugo, Jules Janin, Alexandre Dumas, le comte Rodolphe Apponyi, etc.

17 mars : la *Chronique de Paris* publie *Facino Cane*, daté : « Paris, mars 1836 ».

19-29 mars : William Duckett se retire de la *Chronique de Paris*, Balzac fonde une nouvelle société avec Max Béthune.

25 mars : le procès Balzac-Buloz est à nouveau remis à quinzaine, c'est-à-dire au vendredi 8 avril ; Balzac en informe Mme Hanska le *dimanche 27 mars*.

27 mars : la *Chronique de Paris* publie *Réponse aux auteurs des décou-*

vertes dans la lune faussement attribuées à Sir John Herschell fils (signé MAR. O'C.).

28 mars : Balzac donne un brillant dîner ordonné par Chevet & Beauvais, célèbres traiteurs du Palais-Royal, pour séduire un actionnaire éventuel de la *Chronique de Paris.*

2 avril : le *Feuilleton* de la *BF* annonce la publication de *Jane la pâle* [2ᵉ édition de *Wann-Chlore*], qui constitue la 1ʳᵉ livraison des *Œuvres complètes d'Horace de Saint-Aubin*, chez Souverain (t. IX et X).

8 avril : nouveau renvoi du procès au *vendredi 29 avril.*

27 avril-4 mai : Balzac est détenu à l'hôtel Bazancourt, prison de la garde nationale, pour n'avoir pas répondu aux convocations lui enjoignant de monter la garde. Cela entraîne une nouvelle remise du procès.

12 mai : MAR. O'C. publie, dans la *Chronique de Paris, Le Ministère de M. Thiers, les Chambres et l'Opposition de M. Guizot.*

Entre le 16 et le 20 ? mai : Balzac fait un séjour « à la campagne » pour achever *Le Lys dans la vallée.*

20 mai : sous la présidence de Louis-Marie de Belleyme, audience de la première chambre du tribunal de première instance de la Seine, Gustave Louis Chaix d'Est-Ange présente la plainte de Buloz, tandis qu'Éloi de Boinvilliers répond au nom de Balzac. Mis en délibéré, le jugement est renvoyé à quinzaine.

27 mai : Balzac remercie Mme de Girardin qui lui a envoyé son ouvrage récemment paru chez Dumont, *La Canne de M. de Balzac*, enregistré à la *BF* du 21 mai.

29 mai : naissance à Versailles de Lionel Richard Guidoboni-Visconti.

2 juin : la *Chronique de Paris* publie *L'Histoire du procès auquel a donné lieu « Le Lys dans la vallée ».*

3 juin : la première chambre du tribunal civil de la Seine rend son verdict dans le procès du *Lys dans la vallée*, donnant à Balzac gain de cause sur le fond.

5 juin : la *Chronique de Paris* publie le verdict du procès suivi d'un bref commentaire de Balzac.

9 juin : la *Chronique de Paris* publie *Ecce Homo*. Werdet met en vente *Le Lys dans la vallée* (2 vol. in-8°, enregistré à la *BF* du 18 juin).

19 juin : Balzac quitte Paris pour Saché dans l'intention d'achever la dernière livraison des *Études de mœurs au* XIXᵉ *siècle* que Mme Charles-Béchet lui réclame par voie judiciaire.

23-26 juin : à Saché, Balzac conçoit la première partie d'*Illusions perdues.*

Vers le 3 ou 4 juillet : la situation de la *Chronique de Paris* devient catastrophique ; Balzac rentre à Paris.

15-16 juillet : arrêt des comptes de la *Chronique de Paris* et dissolution de la société formée les 19 et 29 mars. Le *16 juillet*, Balzac signe à Saint-Gratien et à Paris plusieurs actes concernant les actionnaires de cette société.

16 juillet : « A comparu M. Émile-Jules-César-Antoine-François Pierre Comte de Guidoboni-Visconti, demeurant à Paris aux Champs-Élysées, avenue de Neuilly n° 23 *bis*, étant présentement à Versailles, rue champ Lagarde n° 11 », qui constitue Balzac son « mandataire général et spécial » pour une action contre l'acheteur de ses anciens domaines situés près de Tortone (Piémont).

23-24 ? juillet : Balzac, après sa visite du 16 juillet et une visite manquée, passe « 24 heures » au château de Saint-Gratien, chez le marquis de Custine.

26 juillet : Balzac quitte Paris pour Turin, en compagnie de Caroline Marbouty ; cette dernière, habillée en homme, se présente sous le nom de Marcel.

27 juillet : Mme de Berny meurt à la Bouleaunière.

31 juillet : après être passés par le Mont-Cenis et la Grande-Chartreuse, Balzac et son « page » arrivent à Turin. Au matin, Balzac remet au ministère des Affaires étrangères de Turin les dépêches dont il est porteur.

Août : Balzac et « Marcel » séjournent à Turin à l'hôtel de l'Europe (piazza Castello au centre de la ville) ; ils sont reçus par des notabilités piémontaises et font quelques excursions.

2 août : Balzac est reçu chez le comte Federigo Sclopis di Salerano en compagnie de l'abbé Constantin Gazzera, du comte Sauli d'Igliano et du professeur Charles Boucheron.

9 août : à Paris, Mme Charles-Béchet, devenue Mme Jacquillat, cède à Werdet le stock et le droit d'achever la publication des *Études de mœurs au XIXe siècle*.

10 août : hôte de la comtesse Benevello, au château de Rivalta près de Turin, Balzac écrit sur un album un petit conte : *Le Cheval de Saint-Martin*.

12 août : Balzac et « Marcel » quittent Turin ; ils rentrent par le lac Majeur, le Simplon, la vallée de Sion, Genève, Vevey, Genève à nouveau, puis rendent visite à Pyrame de Candolle, et passent par Lausanne et Bourg.

22 août : de retour à Paris, Balzac trouve la lettre d'Alexandre de Berny lui annonçant le décès de sa mère, survenu le 27 juillet. Balzac exprime sa douleur dans des lettres à Mme Hanska et à « Louise ».

3 septembre : par-devant Me Druet, notaire, Balzac et Béthune déclarent avoir dissous le 16 juillet la société en commandite formée par eux pour la *Chronique de Paris*. Le même jour, le *Feuilleton* de la *BF* annonce la publication de *La Dernière Fée*, précédé de *Vie et malheurs de Horace de Saint-Aubin*, par Jules Sandeau (*Œuvres complètes d'Horace de Saint-Aubin*, t. I-II).

10 septembre : Antoine Fontaney note dans son Journal avoir rencontré Balzac posant pour son portrait dans l'atelier de Louis Boulanger. Il s'agit du *Portrait de Balzac en robe de moine* (aujourd'hui conservé au musée des Beaux-Arts de Tours).

24 septembre : la *BF* enregistre la publication chez Werdet de la

2ᵉ livraison des *Études philosophiques* (5 vol. in-12) composée des tomes XI et XXII-XXV : *Maître Cornélius* ; *Jésus-Christ en Flandre* ; *Melmoth réconcilié* ; *L'Église* ; *L'Interdiction*.

29 septembre : traité avec Adolphe Auzou et Werdet pour la publication du troisième dixain des *Cent Contes drolatiques*.

30 septembre : réfugié dans l'ancienne mansarde de Jules Sandeau au 13, rue des Batailles, pendant que l'on remet à neuf son appartement du deuxième étage, Balzac annonce qu'il abandonne définitivement la rue Cassini.

Septembre : Balzac, écrasé de dettes dues à l'échec de la *Chronique de Paris*, travaille avec acharnement ; il écrit *La Vieille Fille*, *Le Secret des Ruggieri*, *La Perle brisée* et corrige la première partie de *L'Enfant maudit*.

1ᵉʳ octobre : réconcilié avec Girardin, Balzac lui remet le manuscrit de *La Vieille Fille*, daté : « Paris, octobre 1836 » et qui doit paraître en feuilleton dans *La Presse*. Le *Feuilleton* de la BF annonce la publication du *Vicaire des Ardennes* (*Œuvres complètes d'Horace de Saint-Aubin*, t. V-VI).

9-16 octobre : la *Chronique de Paris* publie *La Perle brisée* [2ᵉ partie de *L'Enfant maudit*].

13 octobre : Balzac donne reçu à William Duckett de « six cents francs pour prix de deux feuilles du *Dictionnaire de la conversation et de la lecture*, qui contiendront des articles sur Louis XIII, Louis XIV, Louis XV, Louis XVI, Louis XVII et Louis XVIII ». *Le même jour*, Maurice Schlesinger, gérant de la *Revue et gazette musicale de Paris*, à qui Balzac vient de vendre *Gambara*, reconnaît qu'il rentrera en possession de ses droits six mois après la publication.

23 octobre-4 novembre : *La Presse* publie *La Vieille Fille*, en trois chapitres de quatre articles chacun.

25 octobre : Auguste Borget quitte Le Havre pour les États-Unis ; après avoir fait le tour du monde, il rentrera en France en 1840.

30 octobre : la *Chronique de Paris* publie un article signé de Balzac, *Sur les questions de la propriété littéraire et de la contrefaçon*.

2 novembre : brillante soirée chez le baron Gérard ; Balzac, Mérimée, Stendhal, Delacroix, Ballanche figurent parmi les invités. *Le même jour*, Balzac avait vendu à Alphonse Karr, directeur du *Figaro*, deux ouvrages : *La Haute Banque* et *Les Artistes*.

15 novembre : Balzac signe un traité avec Henry Louis Delloye, Victor Lecou et Victor Bohain pour l'exploitation de l'ensemble de ses œuvres. Une avance de 50 000 F est promise à Balzac avant la fin du mois.

17 novembre : Balzac règle ses comptes avec Werdet.

19 novembre : il paie d'avance son loyer de 1837 pour la rue Cassini et donne congé pour juillet 1837. Le propriétaire Pierre Deray l'autorise à enlever tout ce qui est à lui dans l'appartement.

20 novembre : Balzac quitte Paris pour la Touraine. Il séjourne à Saché pendant une dizaine de jours.

26 novembre : il est reçu à Rochecotte par la duchesse de Dino et dîne avec Talleyrand.

1ᵉʳ décembre : retour à Paris.

3 décembre : la *BF* enregistre la publication d'*Argow le pirate* (2ᵉ édition d'*Annette et le Criminel*, qui constitue les tomes VII et VIII des *Œuvres complètes d'Horace de Saint-Aubin*).

4 décembre : la *Chronique de Paris* publie la première partie du *Secret des Ruggieri*. La suite paraît les 11 et 18 décembre et la publication s'achève le 22 janvier 1837.

14 décembre : Balzac est pour la dernière fois l'hôte d'un « mercredi » du baron Gérard.

25 décembre : Henry de Balzac s'embarque à Nantes à destination de l'île Maurice.

1837

11 janvier : mort du baron Gérard. Balzac assiste à ses obsèques célébrées *le surlendemain* en l'église de Saint-Germain-des-Prés.

Peu avant le 2 février : Werdet met en vente la 6ᵉ et dernière livraison des *Études de mœurs au XIXᵉ siècle* (t. III et IV) composée des volumes 7 et 8 des *Scènes de la vie de province*. Elle contient, au volume 7, *La Grande Bretèche ou les Trois Vengeances* et la première édition en librairie de *La Vieille Fille* ; et, au volume 8, l'édition originale de la première partie d'*Illusions perdues* (volumes enregistrés à la *BF* du 11 février, mais mis en vente avant le 2 février).

2 février : Charles Didier note dans son Journal : « Journée passée à lire les *Illusions perdues* de Balzac qui ne sont que l'histoire déguisée de George Sand avec Jules Sandeau. C'est une perfide et une lâche inconvenance ; mais il y a des traits de caractère malheureusement trop bien saisis ».

Nuit du 6 au 7 février : incendie chez l'imprimeur Adolphe Éverat, 16, rue du Cadran, à Paris ; une partie de la composition de *Gambara*, nouvelle destinée à la *Revue et gazette musicale de Paris*, est détruite.

8 février : à la requête de William Duckett, l'huissier Delaunay saisit, rue Cassini, le tilbury de Balzac.

9 février : par-devant Mᵉ Louis Claude Outrebon, notaire, le comte Guidoboni-Visconti donne une procuration générale à Balzac pour régler en Italie la succession de sa mère, née Jeanne Patellani. *Le même jour*, Balzac dédie à la marquise de Saint-Thomas un volume d'épreuves corrigées du *Secret des Ruggieri* ; d'autres épreuves de la même œuvre sont offertes, *le lendemain*, à son ami Albert Marchant de La Ribellerie.

Après le 9 février et avant le 14 : la comtesse Guidoboni-Visconti, en complément de la procuration délivrée par son mari le 9 février, rédige pour Balzac un mémoire pour l'aider dans ses démarches à Milan.

11 février : Balzac dîne chez Mme Kisseleff, femme du ministre de Russie, en compagnie de Fortunée Hamelin et de Bernard Potocki.

14 février : Balzac quitte Paris pour Milan.

19 février : il arrive à Milan et descend à l'hôtel de la Bella Venezia, piazza San Fedele. Il est accueilli chaleureusement par la société milanaise. Alessandro Puttinati sculpte sa statue.

28 février : à *16 h 30*, piazza San Fedele, un voleur dérobe la montre de Balzac ; il est arrêté le soir même.

1er mars : à Paris, ouverture du Salon où figure, à côté de celui d'Achille Devéria, le portrait de Balzac par Louis Boulanger. À Milan, Balzac rencontre Alessandro Manzoni.

4 mars : la BF enregistre la publication du *Sorcier* (*Œuvres complètes d'Horace de Saint-Aubin*, t. III-IV. C'est la 2e édition du *Centenaire*, publié pour la première fois en 1822).

12 mars : Balzac, avec l'aide des avocats Alessandro Mozzoni-Frosconi et Carlo Marocco, obtient une transaction favorable au comte Emilio Guidoboni-Visconti, donnant 13 000 livres aux héritiers.

13 mars : Balzac quitte Milan pour Venise en compagnie du jeune aspirant de marine, le comte Enrico Martini ; une pluie battante les accompagne de Vérone à Venise, où ils arrivent le *14 au matin*. Descendu à l'Albergo reale Danieli, riva degli Schiavoni, Balzac est d'abord déçu par Venise sous la pluie.

18 mars : à Venise, le baron Francesco Galvagna adhère à la transaction préparée par Balzac dans l'affaire de la succession de sa belle-mère, Jeanne Patellani.

20 mars : Balzac dîne à Venise chez la comtesse Soranzo, en compagnie de Tullio Dandolo qui, *trois jours plus tard*, publiera une lettre adressée à Angelo Fava contre Balzac (« Una conversazione con Balzac »), coupable de ne pas assez admirer Manzoni.

21 mars : Balzac quitte Venise pour regagner Milan où il reste jusqu'à la *fin du mois*.

À la fin de mars ou au début d'avril : au Lazaret de Gênes, Balzac entend parler d'une possibilité d'exploiter des scories argentifères en Sardaigne.

8 avril : à bord d'un pyroscaphe napolitain, Balzac quitte Gênes pour Livourne.

Avril : il passe quelques jours à Florence. Il visite en particulier les ateliers de Lorenzo Bartolini et de Félicie de Fauveau, le palais Pitti, la chapelle des Médicis et San Miniato. Après avoir quitté Florence, il rend visite à Rossini à Bologne ; il admire à la Pinacothèque de la ville *L'Extase de sainte Cécile* de Raphaël, puis regagne Milan.

24 avril : le baron Denois, consul de France à Milan, délivre à Balzac un passeport pour la Suisse et la France. Balzac quitte Milan et rentre en France par Côme, Chiasso (*25 avril*), le Saint-Gothard, le lac des Quatre-Cantons, Lucerne et Bâle.

30 avril : Balzac est de retour à Paris, accompagné par Alessandro Puttinati qu'il héberge pendant le mois de mai.

Peu avant le 6 mai : les notices sur [*Six Rois de France*] de Louis XIII à Louis XVIII paraissent au tome XXXV du *Dictionnaire de la conversation et de la lecture*, publié par M. Béthune et W. Duckett (1 vol. in-8°) ; Ferdinand de Grammont y a peut-être collaboré.

Mai : mécontent de *Gambara* refait par Auguste de Belloy après l'incendie du 6 février, Balzac songe à abandonner cette œuvre.

17 mai : Werdet dépose son bilan.

25 mai : Balzac date de « Paris, 25 mai 1837 » le manuscrit de *Massimilla Doni* et le remet à l'imprimerie Plon.

27 mai : Delloye et Lecou refusent de laisser publier *Massimilla Doni* dans la *Revue et gazette musicale de Paris*.

Mai-juin : menacé de contrainte par corps, à la requête de William Duckett, Balzac se cache.

Juin : il rédige *La Femme supérieure* et en corrige longuement les épreuves.

10 juin : le *Feuilleton* de la BF annonce la mise en vente de *L'Excommunié*, « roman posthume entièrement inédit » (6ᵉ livraison des *Œuvres complètes d'Horace de Saint-Aubin*, t. XV-XVI), volumes enregistrés à la BF du 17 juin. Balzac dédie et envoie au prince Porcia le manuscrit de *Massimilla Doni*.

11 juin : la *Revue et gazette musicale de Paris* publie une lettre de Balzac adressée à M. Schlesinger, son directeur, en date du 29 mai, où il explique le retard de *Gambara*.

15 juin : Balzac dédie à la comtesse Clara Maffei le manuscrit et les épreuves corrigées des *Martyrs ignorés*.

17 juin : la BF enregistre la publication de *L'Excommunié* (t. XV-XVI des *Œuvres complètes d'Horace de Saint-Aubin*).

Fin de juin : un garde du commerce, qui poursuit Balzac à la requête de Duckett, découvre sa cachette, aux Champs-Élysées, chez la comtesse Guidoboni-Visconti qui évite à son hôte la prison de Clichy en réglant sa dette.

1ᵉʳ juillet : la BF enregistre une réimpression de *Jane la pâle* (t. IX-X des *Œuvres complètes d'Horace de Saint-Aubin* déjà publiés en avril 1836).

1ᵉʳ-14 juillet : *La Presse* publie *La Femme supérieure* [*Les Employés*].

8 juillet : la BF enregistre la publication, chez Delloye et Lecou, de la 3ᵉ livraison des *Études philosophiques* composée des tomes XII, XIII, XV, XVI et XVII : *La Messe de l'athée, Facino Cane, Les Martyrs ignorés, Le Secret des Ruggieri* et la deuxième partie de *L'Enfant maudit* y paraissent pour la première fois en librairie.

Juillet : la composition typographique de l'*Histoire de la grandeur et de la décadence de César Birotteau*, ébauchée en 1834, est reprise chez Béthune et Plon.

23 juillet : La *Revue et gazette musicale de Paris* publie la première partie de *Gambara*. La suite paraît dans les livraisons des 30 juillet, 6, 13 et 20 août.

28 juillet : Le *Siècle*, sous le titre *M. de Balzac et le garde du commerce*, relate la mésaventure arrivée à l'auteur quelques semaines auparavant.

15 août : Balzac arrive à Tours ; il séjourne à Saché jusqu'au *26*, passe le *27* à Tours et prend la diligence pour Paris le *28*.

16 septembre : par-devant Me Alexandre Ménager, notaire à Sèvres, Balzac achète aux époux Varlet une petite maison, entourée d'un terrain de 828 m², situé à Sèvres, au lieu-dit les Jardies.

18 septembre : Balzac déclare avoir transféré son domicile du 1, rue Cassini au 16 de la rue de Ville-d'Avray, à Sèvres, dans un appartement loué au nom de Surville, en attendant l'aménagement des Jardies.

25 et 27 septembre : achat par Balzac de deux parcelles pour agrandir les Jardies.

29 septembre : Werdet obtient un concordat homologué le 13 octobre.

6 novembre : au Conservatoire, Balzac est enthousiasmé par la *Symphonie en ut mineur* de Beethoven.

14 novembre : traité avec Théodore Boulé et Victor Lecou pour la publication de *César Birotteau* comme prime du *Figaro* et de *L'Estafette*. Le délai d'achèvement est fixé au 10 décembre ; il sera légèrement dépassé.

Novembre : Béthune et Plon achèvent l'impression du tome XIX des *Études philosophiques* contenant *Gambara* (mis en vente en 1840).

18 novembre : Balzac offre et dédie à Mme Delannoy le manuscrit de *Gambara*.

2 décembre : la BF enregistre la publication du troisième dixain des *Cent Contes drolatiques*.

14, 17, 18 et 23 décembre : nouvelles acquisitions de terrains aux Jardies. À la fin de l'année, Balzac dispose de 1977 m².

15 décembre : le *Figaro* publie *Malheurs et aventures de César Birotteau avant sa naissance*, article non signé, rédigé par Édouard Ourliac.

17 décembre : La Presse annonce que l'*Histoire de la grandeur et de la décadence de César Birotteau* (2 vol. in-8°, reproduisant à la fin du tome II l'article non signé d'Ourliac) est « déjà » en vente.

22 décembre : La Presse annonce la mise en vente, chez Delloye et Lecou, de la 1re livraison de l'édition illustrée de *La Peau de chagrin*.

1838

Janvier : fatigué par la rédaction de *César Birotteau*, Balzac « flâne », va aux Italiens, chez la princesse Belgiojoso, chez la comtesse Guidoboni-Visconti.

20 janvier : Balzac annonce à Mme Hanska un voyage en Sardaigne.

27 janvier : Balzac dîne chez le comte Jules de Castellane.

29 et 30 janvier : Balzac n'ayant pas payé différents achats pour les Jardies, ses obligations sont transférées au comte Guidoboni-Visconti qui devient son seul créancier.

Début de février : Balzac quitte Paris pour Frapesle chez les Carraud ; il séjourne dans le Berry pendant un peu moins d'un mois.

24 février-1ᵉʳ mars : Balzac est l'hôte de George Sand à Nohant.

5 ? mars : de retour à Paris, il n'y reste que quelques jours.

14-15 mars : en vue de son voyage dans les États sardes, il fait viser son passeport au ministère des Affaires étrangères, à la préfecture de police et à l'ambassade de Sardaigne.

15 mars au soir : il prend la diligence pour Marseille, voyageant « cinq nuits et quatre jours sur l'impériale », la banquette extérieure de la diligence.

20 mars : de Marseille, Balzac annonce son départ pour Toulon *le lendemain.*

21 mars : à la sous-préfecture de Toulon, il reçoit un visa sur son passeport : « vu pour Ajaccio (Corse) ».

23 mars-4 avril : Balzac est à Ajaccio (visa du commissariat de police, en date du *23*). Faute de bateau, il y reste près de deux semaines, rencontre des officiers du 13ᵉ régiment de ligne, le jeune avocat Étienne Conti, visite la maison natale de Napoléon, emprunte des livres à la bibliothèque et commence sa pièce *La Première Demoiselle* [*L'École des ménages*].

4 avril au soir : il s'embarque pour la Sardaigne.

7-12 avril : il subit une quarantaine de cinq jours au large d'Alghero.

À la mi-avril : séjour en Sardaigne. Balzac constate qu'il arrive trop tard car une compagnie marseillaise a déjà obtenu la concession pour exploiter les scories argentifères.

17 avril : il fait porter sur son passeport un visa au consulat de France en Sardaigne : « Bon pour Gênes, Cagliari, le 17 avril ».

21 avril : Balzac débarque à Gênes où il se lie avec le marquis Gian Carlo Di Negro et le marquis Damaso Pareto.

Fin avril-mai : Balzac s'attarde en Italie, se rend à Turin où il revoit le comte Sclopis di Salerano ; hôte du prince Porcia, il séjourne longuement à Milan. Il date de « Milan, mai 1838 » sa dédicace des *Employés* à la comtesse Sanseverino.

7 juin : Balzac quitte Milan et rentre en France par le Mont-Cenis. *Le même jour,* la duchesse d'Abrantès meurt au 70, rue de Chaillot. Ses obsèques sont célébrées, le *9,* en l'église de Chaillot, en présence de Mme Récamier, Chateaubriand, Astolphe de Custine, Victor Hugo, Alexandre Dumas et de nombreux écrivains. Balzac est de retour à Paris quelques jours plus tard.

20 juin-7 juillet : Balzac achète par-devant Mᵉ Ferdinand Ménager, notaire à Sèvres, de nombreuses parcelles de terre pour agrandir son domaine des Jardies où il s'installe vers la *mi-juillet.*

Le *1ᵉʳ juillet* il charge Louis Brouette et sa femme de la gestion de la maison.

21 juillet : la BF enregistre la publication, dans le « Balzac illustré », de *La Peau de chagrin* (seul volume publié d'une édition collective illustrée intitulée *Études sociales* ; la 1ʳᵉ livraison avait paru en décembre 1837).

Juillet-août : Balzac rédige et corrige les épreuves de *La Torpille* (daté : « Aux Jardies, août 1838 » dans l'édition de 1838).

Août : Balzac date « Aux Jardies, août 1838 » l'envoi de *La Maison Nucingen* à Zulma Carraud.

31 août : l'éditeur Gervais Charpentier achète le droit de publier une nouvelle édition de la *Physiologie du mariage*.

15 septembre : Balzac achève la préface de *La Femme supérieure*.

22 septembre-8 octobre : Le Constitutionnel publie *Les Rivalités en province* [*Le Cabinet des Antiques*].

24 septembre : Le Constitutionnel annonce que deux volumes in-8° comprenant *La Femme supérieure*, *La Maison Nucingen* et *La Torpille* sont en vente chez Werdet.

2 octobre : Balzac signe un contrat (aujourd'hui perdu) avec Harel pour les représentations de son drame intitulé *Vautrin*.

9 octobre : il reçoit de Pierre Henri Foullon, « propriétaire, 4, rue de Choiseul », une avance de 5 000 F sur ses droits de représentation de *Vautrin*, avance à rembourser en y ajoutant une « prime » de 2 500 F.

Avant le 10 octobre : pour 4 000 F, Balzac vend à Jean-Louis Gaudy son manuscrit d'un recueil de *Maximes et pensées de Napoléon*.

27 octobre : la BF enregistre la publication, chez Charpentier, de la 3ᵉ édition de la *Physiologie du mariage* (vol. in-18, premier d'une série de quinze publiés par le même éditeur en 1838-1839).

30 octobre : Charpentier paie 500 F à Balzac pour une « préface » à une nouvelle édition de la *Physiologie du goût* de Brillat-Savarin.

1ᵉʳ novembre : au pont d'Andert, près de Belley, assassinat de Mme Peytel et de son domestique. Sébastien Peytel, mari de la victime et notaire à Belley, sera arrêté, jugé et condamné. *Le même jour*, Sainte-Beuve publie dans la *Revue des Deux Mondes* un compte rendu très défavorable de *La Femme supérieure*.

Début de novembre : pour régler plusieurs affaires d'édition, Balzac passe une semaine, rue du Faubourg-Poissonnière, chez les Surville.

12 novembre : par deux traités, Balzac cède à Charpentier le droit de réimprimer 36 500 exemplaires de ses œuvres dans le format in-18 de la bibliothèque Charpentier et vend à Souverain *Un grand homme de province à Paris* et *Sœur Marie des Anges*.

13 novembre : Souverain achète le droit de publier *Gambara*, *Massimilla Doni* et *Le Cabinet des Antiques*.

Novembre ou décembre : mise en vente des *Maximes et pensées de Napoléon*, recueillies par J.-L. Gaudy jeune (A. Barbier, 1838, in-8°). Le volume contient 525 maximes, précédées d'une dédicace à

Louis-Philippe et d'une préface attribuées à Balzac. *À la même période*, Balzac loue un pied-à-terre à Paris, chez son tailleur Jean Buisson, 108-112, rue de Richelieu, au coin du boulevard Montmartre, chambre « lambrissée » au cinquième étage qu'il conservera jusqu'en avril 1842.

1er décembre: Armand Dutacq remet 1 000 F à Balzac pour la publication d'*Une fille d'Ève* en feuilleton dans *Le Siècle*.

16 décembre: Balzac vend à Souverain le droit de publier *Une fille d'Ève* qui, avec *Massimilla Doni*, formera deux volumes in-8°.

21 décembre: Léon Curmer achète à Balzac *L'Épicier* et *La Femme comme il faut*, articles destinés aux *Français peints par eux-mêmes*.

22 décembre: la BF enregistre la publication d'une seconde édition en trois volumes in-12 de *La Femme supérieure*, *La Maison Nucingen* et *La Torpille*. Ce sont les derniers volumes de Balzac édités par Werdet.

24 décembre: Balzac vend à Charpentier les œuvres suivantes: *Pathologie de la vie sociale*, *Qui a terre a guerre* et *Le Curé de village* (traité non exécuté ; le 25 avril 1839, Charpentier cède ses droits à Souverain).

28 décembre: Balzac adhère à la Société des gens de lettres fondée quelques mois auparavant.

31 décembre: *Le Siècle* commence la publication en feuilleton d'*Une fille d'Ève*.

1839

1er-7 janvier: *La Presse* publie le début du *Curé de village*, daté : « Aux Jardies, décembre 1838 » (7 chapitres en 7 feuilletons).

1er-14 janvier: *Le Siècle* poursuit et achève la publication d'*Une fille d'Ève* commencée le 31 décembre 1838. L'œuvre est datée de ce mois. En tout 9 chapitres en 13 feuilletons avec interruption les 2 et 7 janvier.

18 janvier: Balzac vend à Charpentier le droit de réimprimer *La Peau de chagrin* dans sa collection in-18.

24 janvier: il est envoyé en prison à Sèvres « pour fait de garde nationale », délit commis à l'automne de 1838.

Janvier: Charles Lassailly, engagé comme secrétaire par Balzac pour l'aider dans la rédaction de *L'École des ménages*, s'enfuit au bout de quelques jours.

Février: Balzac dédie *Le Cabinet des Antiques* à Hammer-Purgstall et *Gambara* à Auguste de Belloy. Il rédige la préface d'*Une fille d'Ève*.

24 février: Balzac donne lecture de *L'École des ménages* devant le comité du théâtre de la Renaissance ; la pièce est refusée. Elle ne sera ni jouée ni publiée du vivant de Balzac.

Début de mars: Balzac lit *L'École des ménages* chez Mme Couturier de Saint-Clair.

8 mars : nouvelle lecture de *L'École des ménages*, chez le marquis de Custine, en présence de Stendhal et de Gautier.

13 mars : *Le Siècle* annonce la mise en vente du *Cabinet des Antiques*, suivi de *Gambara*, chez Souverain (2 vol. in-8°; édition non enregistrée à la *BF*).

16 mars : la *BF* enregistre la publication par Charpentier du *Médecin de campagne* (5ᵉ édition) et du *Père Goriot* (3ᵉ édition). Sous le n° 1333, la *BF* enregistre également, en retard, la publication de *Maximes et pensées de Napoléon*, par J.-L. Gaudy jeune.

24 mars : Balzac est élu membre du comité de la Société des gens de lettres.

27 mars : *Le Siècle* annonce la mise en vente de *La Chartreuse de Parme* « par l'auteur du *Rouge et noir* ».

5 avril : Balzac envoie une lettre de félicitations à Stendhal pour son roman. *Le même jour*, la Société des gens de lettres lui donne la présidence de la commission chargée de publier « l'œuvre collective » de ses membres. Ce recueil sera intitulé *Babel*.

11 avril : note de Stendhal dans son Journal : « Beau soleil, vent frais de l'est ; sur le boulevard M. de Balzac, trouvé chez Boulay, me vante *La Chartreuse*. »

13-26 avril : *Le Siècle* publie *Béatrix ou les Amours forcés* [1ʳᵉ et 2ᵉ parties], 20 chapitres et 13 feuilletons avec, à la fin, l'envoi « À Sarah », daté : « Aux Jardies, décembre 1838 ». La suite et fin, 3ᵉ partie, paraît également dans *Le Siècle* du 10 au 19 mai (8 chapitres en 10 feuilletons).

18-20 avril : Balzac transporte à Sèvres sa bibliothèque restée à Chaillot.

25 avril : Souverain rachète à Charpentier les œuvres vendues par Balzac le 24 décembre 1838. *Le même jour*, Léon Curmer met en vente la 1ʳᵉ livraison du tome I des *Français peints par eux-mêmes* contenant *L'Épicier* (le texte est reproduit dans *L'Estafette* du 28 avril).

Avril : Balzac rédige la préface d'*Un grand homme de province à Paris*.

Fin d'avril ou début de mai : dans une lettre à Armand Dutacq, Balzac intitule pour la première fois l'ensemble de son œuvre *La Comédie humaine*.

11 mai : la *BF* enregistre la publication, chez Charpentier, d'une nouvelle édition de la *Physiologie du goût* de Brillat-Savarin, suivie d'un *Traité des excitants modernes*, par M. de Balzac.

14 mai : Balzac achète une deuxième maison aux Jardies.

15 mai : Souverain remet à l'imprimeur Dépée le texte de la préface de *Béatrix*.

18 mai : *La Presse* annonce que *La Peau de chagrin* (6ᵉ édition) vient de paraître chez Charpentier.

Mai : Balzac dédie *Massimilla Doni* à Jacques Strunz.

Fin de mai : mise en vente par Léon Curmer de la 6ᵉ livraison du tome I des *Français peints par eux-mêmes* contenant *La Femme comme il faut*. Elle est reproduite aux trois quarts dans *L'Estafette* du 1er juin.

1er juin : l'écrivain russe Stepan Petrovitch Chevyriov est reçu par Balzac aux Jardies et décrit la réception le soir même dans son Journal.

2 juin : Balzac fait une chute dans son jardin aux Jardies ; blessé à la jambe, il est immobilisé pendant plus de trois semaines.

4 juin : *La Presse* publie *Comment se font les petits journaux* (extrait d'*Un grand homme de province à Paris*).

13 juin : Balzac vend à Curmer *Le Notaire* et la *Monographie du rentier*, deux articles destinés aux *Français peints par eux-mêmes*.

15 juin : la *BF* enregistre la publication d'*Un grand homme de province à Paris* (deux volumes in-8° mis en vente par Souverain deux ou trois jours plus tôt).

26 juin : *La Presse* annonce que Charpentier vient de publier *Le Lys dans la vallée* (3e édition précédée d'un nouvel Avertissement daté de juin 1839).

Juin : Balzac rédige *La Princesse parisienne* [*Les Secrets de la princesse de Cadignan*]. Ce mois-là, Ferdinand de Grammont offre à Balzac « l'Armorial » des *Études de mœurs*.

30 juin-13 juillet : *La Presse* publie *Véronique* [2e partie du *Curé de village*] en 9 feuilletons (dans les livraisons des 30 juin, 3, 4 et 5 juillet, 10, 11, 12 et 13 juillet).

22 juillet : Victor Hugo rend visite à Balzac aux Jardies.

30 juillet-1er août : *La Presse* publie en 3 feuilletons *Véronique au tombeau* [3e partie du *Curé de village*].

Août ? : Balzac rédige *La Frélore, étude philosophique*, promise par l'entremise de Lassailly à l'éphémère *Livre d'or*, texte qu'il laissera inachevé.

10 août : *La Presse* annonce la mise en vente, par Charpentier, de la « nouvelle édition revue et corrigée » d'*Eugénie Grandet* avec, pour la première fois, la dédicace « À Maria » (édition enregistrée en retard par la *BF* du 9 novembre).

16 août : Balzac est élu président de la Société des gens de lettres.

18 août : *La Presse* publie « Au rédacteur », une lettre défendant la propriété littéraire contre les reproductions de *L'Estafette*.

20-23 et 25-26 août : *La Presse* publie en 8 feuilletons *Une princesse parisienne* [*Les Secrets de la princesse de Cadignan*].

25 août : *La France musicale* insère un extrait avant publication de *Massimilla Doni*, intitulé *Une représentation du Mosè de Rossini à Venise*.

26 août : Souverain met en vente *Une fille d'Ève*, suivi de *Massimilla Doni* (2 vol. in-8°).

27 août : mise en vente par Charpentier de *Balthazar Claës ou la Recherche de l'Absolu*, « nouvelle édition revue et corrigée », dédiée à Mme Delannoy et enregistrée à la *BF* du 7 septembre.

30 août : Peytel, accusé du meurtre de sa femme et de son domestique, est condamné à mort par les assises de Bourg.

7 septembre : la BF enregistre la publication, chez Charpentier, de *Balthazar Claës ou la Recherche de l'Absolu* [2ᵉ édition, dédiée à Mme Delannoy]. *Le même jour,* *La Presse* publie « À M. Émile de Girardin, rédacteur en chef de *La Presse* », lettre datée du 3, en réponse à un article de Sainte-Beuve intitulé « De la littérature industrielle », inséré dans la *Revue des deux mondes* du 1ᵉʳ septembre (t. XIX). *Le soir,* Balzac et Gavarni quittent Paris pour Bourg où ils arrivent après trente heures de voyage dans *la nuit du 8 au 9.*

9 septembre : Gavarni puis Balzac sont autorisés, par le préfet de l'Ain, Alexis de Jussieu, à rendre visite à Peytel en prison.

10 septembre : Balzac et Gavarni se rendent au pont d'Andert, lieu du crime, puis à Belley.

12 septembre : Balzac et Gavarni sont de retour à Paris.

15-17 septembre : Balzac rédige sa lettre sur le procès Peytel.

26 septembre : mise en vente par Charpentier en deux volumes de la 4ᵉ édition des *Scènes de la vie privée,* « nouvelle édition revue et corrigée » (édition enregistrée à la BF du 5 octobre).

27-29 septembre : *Le Siècle* insère la *Lettre sur le procès de Peytel, notaire à Belley,* datée des 15-17 septembre. L'article de Balzac, publié sur les trois colonnes du journal, occupe presque la moitié de chaque numéro des trois jours de parution.

29 septembre : *La Caricature,* dirigée par Armand Dutacq, commence une deuxième série des *Petites misères de la vie conjugale.* Huit articles paraîtront irrégulièrement jusqu'au 22 décembre 1839, puis deux en janvier 1840, le onzième et dernier le 28 juin 1840.

3 octobre : *La Presse* et *Le Siècle* insèrent une lettre de Balzac, datée du 2 octobre, adressée à leurs rédacteurs en chef, à propos de l'affaire Peytel.

5 octobre : la BF enregistre la publication, chez Charpentier, des *Scènes de la vie privée* (4ᵉ édition, 2 vol in-18).

10 octobre : la Cour de cassation rejette le pourvoi de Peytel.

12 octobre : *Le Journal de Paris* publie *Le Champion du notaire, innocent, malheureux et persécuté. Introduction d'un livre inédit,* signé : « Un de nos plus féconds romanciers ».

21-25 octobre : *Le Journal de Paris* publie *Les Deux Bourreaux. Histoire sentimentale du XVIIIᵉ siècle* [fragment des *Mémoires de Sanson*], signé : « Un de nos plus féconds romanciers ».

22 octobre : à Rouen, Balzac intervient à l'audience du tribunal correctionnel jugeant le procès intenté par la Société des gens de lettres au *Mémorial de Rouen* (texte reproduit par la *Gazette des tribunaux* du 25 octobre). Le jeune Gustave Flaubert le croise à la sortie du palais de justice et le suit jusqu'au bureau de la diligence, sans oser l'aborder.

28 octobre : exécution de Peytel.

4 novembre : *La Presse* annonce la mise en vente, par Charpentier, des deux volumes de la « nouvelle édition revue et corrigée » des *Scènes de la vie de province* (édition enregistrée à la BF du 9 novembre).

5-6 novembre : *Le Journal de Paris* publie *Un inconnu. Épisode de la Terreur* [*Un épisode sous la Terreur*], signé : « Un de nos plus féconds romanciers ».

9 novembre : la *BF* enregistre la publication chez Charpentier d'*Eugénie Grandet* (2ᵉ édition, dédiée pour la première fois « À Maria ») et des *Scènes de la vie de province* (2ᵉ édition, 2 vol. in-18).

12 novembre : Delphine de Girardin lit sa pièce *L'École des journalistes*. Balzac et Custine, récemment rentré de Russie, assistent à la lecture. *Le même jour*, la *BF* annonce la publication du tome I de *Babel*, « œuvre collective » des membres de la Société des gens de lettres.

23 novembre : Curmer achète à Balzac *La Femme de province*. Cet article destiné aux *Français peints par eux-mêmes* sera réutilisé dans *La Muse du département*.

25 ou 26 novembre : Souverain met en vente *Béatrix ou les Amours forcés* (2 vol. in-8°; édition enregistrée en retard par la *BF* du 11 janvier 1840).

Novembre : Balzac rédige *Pierrette*.

2 décembre : Victor Hugo s'étant porté candidat à l'Académie française, Balzac se désiste en sa faveur.

7 décembre : la *BF* enregistre la publication chez Charpentier des *Scènes de la vie parisienne* (2ᵉ édition, 2 vol. in-18).

17 décembre : *La Presse* annonce que le tome II de *Babel* est en vente ; il contient *Pierre Grassou*.

Avant le 22 décembre : publication du *Notaire* dans *Les Français peints par eux-mêmes* (t. II, 70ᵉ livraison).

25 décembre : assemblée générale de la Société des gens de lettres. Balzac est réélu membre du comité.

28 décembre : la *BF* enregistre la publication chez Charpentier de *César Birotteau* (2ᵉ édition).

1840

4 janvier : la *BF* enregistre la publication par Charpentier de l'*Histoire des Treize* (2ᵉ édition contenant seulement *Ferragus* et *La Duchesse de Langeais*).

5 et 26 janvier : *La Caricature* publie des fragments des *Petites misères de la vie conjugale*.

9 janvier : succédant à Balzac, Victor Hugo est élu président de la Société des gens de lettres. Balzac et Louis Desnoyers sont élus vice-présidents.

11 janvier : la *BF* enregistre en retard la publication de *Béatrix*, dont la mise en vente avait eu lieu le 25 ou le 26 novembre précédent.

14-27 janvier : *Pierrette* paraît en feuilleton dans *Le Siècle*.

16 janvier : Balzac dépose à la commission de censure le texte de la première version de son drame *Vautrin*.

18 janvier : la *BF* enregistre la publication de *L'Israélite* [2ᵉ édition de *Clotilde de Lusignan* constituent les tomes XI et XII des *Œuvres complètes d'Horace de Saint-Aubin*].

23 janvier : la commission de censure rend son jugement : elle refuse d'autoriser la représentation de *Vautrin*.

26 janvier : *La Caricature* publie un dixième extrait des *Petites misères de la vie conjugale*.

Fin de janvier-début de février : Ernest Meissonier esquisse un portrait de Balzac qu'il n'achèvera pas.

4 février : *L'Écho des théâtres* annonce : « Frédérick Lemaître fera sa rentrée dans l'œuvre de M. de Balzac ; nous le verrons *Robert Macaire du grand monde* ».

22 février : une deuxième version de *Vautrin* est déposée à la commission de censure.

27 février : la commission de censure refuse à nouveau d'autoriser la représentation du second *Vautrin*. *Le Siècle* annonce la mise en vente par Souverain d'un recueil intitulé *Le Foyer de l'Opéra. Mœurs fashionables*. Il contient *Une princesse parisienne* [*Les Secrets de la princesse de Cadignan*].

29 février-5 mars : pendant les répétitions, Balzac remanie *Vautrin*.

6 mars : François Cavé, directeur des Beaux-Arts, autorise le théâtre de la Porte Saint-Martin à représenter *Vautrin*.

8 mars : Balzac accorde à Delloye et Lecou le droit d'imprimer *Vautrin*.

14 mars : création de *Vautrin* à la Porte Saint-Martin.

15 mars : Charles de Rémusat, ministre de l'Intérieur, interdit la pièce. Dès lors, le directeur de la Porte Saint-Martin Harel, Alexandre Dumas et Victor Hugo font des démarches pour obtenir la levée de l'interdiction de *Vautrin*.

16 mars : première vague d'articles à propos de *Vautrin* et de son interdiction.

18 mars : Balzac, rentré des Jardies avec un début de maladie, se rend chez Rémusat en compagnie de Victor Hugo, entrevue relatée dans les Mémoires du ministre (*Mémoires de ma vie*). Balzac se réfugie ensuite chez sa sœur, 28, rue du Faubourg-Poissonnière où, couché, il reçoit la visite de Frédérick Lemaître.

19 mars : le *Figaro* et *La Presse* (Théophile Gautier) prennent la défense de Balzac et de *Vautrin*.

20 mars : Balzac dédie *Vautrin* à Laurent-Jan.

23 mars : mise en vente de la première édition de *Vautrin*, sans la préface (chez Delloye et Tresse, 1 vol. in-8°).

28 mars : Harel, directeur de la Porte Saint-Martin, est déclaré en faillite par le tribunal de commerce avec un passif de plus de 600 000 F. La *BF* enregistre la publication de *Vautrin* en vente depuis le 23 mars.

Fin de mars : publication de la *Monographie de la vertu*, t. III (100e et 101e livraisons) des *Français peints par eux-mêmes*, largement reproduit par *Le Voleur* du 31 mars.

4 avril : la *BF* enregistre la publication de la 2e édition de *Vautrin*.

18 avril : devant le comité de la Société des gens de lettres, Balzac donne lecture d'un projet de Code littéraire.

20 avril : Liszt donne un concert dans les salons Érard, auquel Balzac assiste d'après une lettre de Marie d'Agoult à Liszt.

25 avril : Rémusat autorise Balzac à faire représenter un drame de sa composition durant les mois de mai, juin, juillet ou août.

29 avril : Balzac assiste à la première représentation de *Cosima ou la Haine dans l'amour* de George Sand au Théâtre-Français. C'est un échec.

1er mai : Balzac date de ce jour une préface pour la 3e édition de *Vautrin*.

7 mai : Frédérick Lemaître repousse un nouveau drame de Balzac, *Richard-Cœur-d'Éponge*.

Mai : Balzac travaille à *Mercadet*. Il rédige les préfaces de *Pierrette* et des *Mémoires de deux jeunes mariées*.

28 mai : aux Jardies, Balzac lit *Mercadet* devant Frédérick Lemaître, Théophile Gautier et d'autres invités.

30 mai : la *BF* enregistre la publication de la 3e édition de *Vautrin*, chez Marchant ; le texte comprend des corrections de Balzac faites en avril, mais pas la préface.

Début de juin : Jaime perd la direction du Vaudeville ; c'est la fin des espoirs de voir représenter *Paméla Giraud*.

Peu avant le 4 juin : mise en vente des *Études philosophiques*, *Le Livre des douleurs*, 4e (et dernière) livraison (t. XIX-XXI, XXVIII-XXIX, Souverain, 5 vol. in-12, contenant *Gambara*, *Les Proscrits*, *Massimilla Doni* et *Séraphîta*).

7 juin : Dépée, imprimeur à Sceaux, déclare son intention d'imprimer *Le Curé de village* (2 vol. in-8o, tirés à 1 250 exemplaires).

21 juin : Balzac vend au *Messager* les droits de publication d'*Ursule Mirouët*.

28 juin : La Caricature publie un onzième extrait des *Petites misères de la vie conjugale*.

30 juin : sentence du tribunal arbitral dans l'affaire opposant Balzac à Foullon, cessionnaire des droits sur les représentations de *Vautrin*.

Juin : Balzac dédie à George Sand les *Mémoires de deux jeunes mariées*.

11 juillet : la *BF* enregistre la publication, chez Delloye et Tresse, d'une 3e édition, augmentée et corrigée avec la préface de *Vautrin*. En réalité c'est la 4e édition.

20 juillet : à l'Ambigu-Comique, rentrée de Frédérick Lemaître dans une reprise de *Kean* d'Alexandre Dumas. Balzac y assiste.

21 juillet : projet de traité non signé, ni réalisé, pour la création de *Mercadet* à l'Ambigu, dirigé par Alexandre Cambe.

25 juillet : 1re livraison de la *Revue parisienne* « dirigée par M. de Balzac », contenant *Z. Marcas*, daté de juillet 1840.

Fin de juillet-août : Balzac négocie avec l'Ambigu pour monter *Mercadet* ; ces pourparlers n'aboutissent pas.

[1840] Chronologie XXXI

8 août: au nom de Balzac, l'huissier Jean-François Brizard remet à Souverain 68 feuillets manuscrits pour le tome II du *Curé de village* (chap. XVII-XXVI).

25 août: tentative de saisie des Jardies, à la requête de Foullon. Paraît la 2ᵉ livraison de la *Revue parisienne*, elle contient notamment *Les Fantaisies de Claudine* [*Un prince de la bohème*], nouvelle datée: « août 1840, aux Jardies ».

Fin d'août-début de septembre: mise en vente par Souverain de *Pierrette* (2 vol. in-8º) complétés par *Pierre Grassou*, enregistrés en retard pour la *BF* du 5 décembre).

13 septembre: Balzac ayant écrit dans la *Revue parisienne* du 25 août que Roger de Beauvoir ne s'appelait ni Roger ni Beauvoir, ce dernier lui envoie ses témoins. L'affaire se termine par un rectificatif dans la *Revue parisienne* du 25 septembre. Le soir, il soupe chez George Sand.

25 septembre: déménagement du mobilier des Jardies. Entièrement rédigée par Balzac, la 3ᵉ et dernière livraison de la *Revue parisienne* comprend, sous le titre *Études sur M. Beyle*, un compte rendu enthousiaste de *La Chartreuse de Parme* et un *Avis aux abonnés* à propos des indemnités concernant *Vautrin*.

26 septembre: la *BF* enregistre la publication de *Dom Gigadas* (t. XIII et XIV des *Œuvres complètes d'Horace de Saint-Aubin*, Souverain, 2 vol. in-8º).

1ᵉʳ octobre: Étienne Désiré Grandemain, « établier-boucher » (mort en 1871), époux depuis 1826 de Geneviève Lebeau (1796-1878), loue à Philiberte Louise Breugnol Desraux un appartement situé 19, rue Basse à Passy (maintenant 47, rue Raynouard, Paris, XVIᵉ, site de la Maison de Balzac).

8 octobre: Louise Breugnol Desraux reconnaît que le mobilier se trouvant dans l'appartement loué par elle au 19, rue Basse, appartient à Balzac.

24, 25 et 26 octobre: nouvelles assignations à comparaître à la demande de l'avoué de Foullon. Balzac fait d'abord défaut, mais le 26, il est représenté par son avoué Charles Rameau — futur maire de Versailles — qui soutient que les offres faites par son client sont suffisantes; l'avoué du comte Guidoboni-Visconti (un des principaux créanciers de Balzac) plaide dans le même sens et celui de Foullon doit céder provisoirement.

Octobre ou novembre: Balzac s'installe à Passy où, peu après, il recueille sa mère.

15 novembre: Le Voleur publie *La Princesse de Paphlagonie* [extrait de *Dom Gigadas*].

17 novembre: à la requête de Foullon, un huissier se présente aux Jardies pour saisir le mobilier de Balzac; il ne trouve que le matériel de couchage insaisissable.

26 novembre: une affiche apposée aux Jardies annonce la mise en vente; l'adjudication provisoire est fixée au *7 janvier 1841*.

28 novembre: la *BF* annonce la publication chez Hetzel et

Paulin, de la 1re livraison du premier volume des *Scènes de la vie privée et publique des animaux*, vignettes par Grandville. La 50e livraison, achevant le volume, sera enregistrée le 25 décembre 1841. La publication se fait donc à un rythme d'environ une livraison par semaine. (L'active collaboration de Balzac sera signalée dans cette Chronologie.)

14 décembre : Balzac rend visite à la comtesse d'Agoult.

15 décembre : il assiste au retour des cendres de Napoléon, déposées aux Invalides.

19 décembre : la BF enregistre la publication chez Charpentier d'une nouvelle édition de la *Physiologie du mariage* (1 vol. in-18).

27 décembre : assemblée générale de la Société des gens de lettres ; Balzac est réélu membre du comité.

1841

14 janvier-20 février : *Le Commerce* publie *Une ténébreuse affaire* (20 chapitres en 26 feuilletons avec interruption les 18, 21-22, 25 et 29 janvier, 1er, 4-5, 8 et 11-13 février).

15 janvier : Balzac est nommé président honoraire de la Société des gens de lettres.

1er février : à la demande de Foullon, une requête est déposée au tribunal de Versailles pour interroger Balzac et le comte Guidoboni-Visconti sur le bail des Jardies. La requête est autorisée *le lendemain*, l'interrogatoire fixé au 14 avril ; un accord donnant deux ans de délai à Balzac sera conclu ce même *14 avril*.

5 février : Balzac est chargé de réviser le projet de « Manifeste » concernant la propriété littéraire préparé par la commission de la Société des gens de lettres.

20 février et peu après : publication par Hetzel des *Peines de cœur d'une chatte anglaise* (12e-14e livraisons des *Scènes de la vie privée et publique des animaux*).

24 février-4 mars : *La Presse* publie *Les Deux Frères* [1re partie de *La Rabouilleuse*].

Février : achèvement de l'impression du *Curé de village*, annoncé par Souverain dans le *Feuilleton* de la *BF* du 20 février « Pour paraître le 25 février ». Les deux volumes ont été déposés par E. Dépée à la préfecture de Sceaux, le *2 mars*.

3 mars : Balzac date ses *Notes remises à MM. les députés composant la commission de la loi sur la propriété littéraire* (brochure in-8o, publiée par Hetzel et Paulin, enregistrée à la *BF* du 20 mars).

8 mars : Balzac dîne chez Marie d'Agoult avec Victor Hugo, Lamartine, Théophile Gautier et Alphonse Karr. Il retrouvera les mêmes convives chez les Girardin, le *23 mars*.

8, 9, 11 et 13 mars : *Le Messager* publie *Farrabesche* [fragment du *Curé de village*] ; une note indique que le roman paraîtra sous peu de jours.

Peu avant le 15 mars : Souverain publie *Le Curé de village* (2 vol.

[1841]   *Chronologie*   XXXIII

in-8°), édition portant une « Dédicace à Hélène », enregistrée en retard à la *BF* du 29 mai 1841.

21-28 mars : *L'Artiste* (2ᵉ série, t. VII, 12ᵉ et 13ᵉ livraisons) publie *Une scène de boudoir* [fragment d'*Autre étude de femme*].

23 mars-4 avril : *Le Siècle* publie *Les Lecamus* [*Le Martyr calviniste*] (10 chapitres en 12 feuilletons avec interruption le 30 mars).

26 mars : la Chambre des députés rejette le projet de loi sur la propriété littéraire présenté par Lamartine.

11 avril : Balzac signe un nouveau traité avec Souverain et lui vend le droit de publier les ouvrages suivants : *Les Lecamus* [*Le Martyr calviniste*], *Une ténébreuse affaire*, *La Rabouilleuse* et *Les Paysans*. Le même jour, Victor Lecou constate qu'il a rempli les obligations résultant des traités antérieurement conclus avec lui.

14 avril : Charpentier achète le droit de publier une nouvelle édition d'*Eugénie Grandet*. Le même jour, Balzac conclut un traité avec Hetzel, Paulin, Dubochet et Sanches pour la publication de ses *Œuvres complètes* ; ce traité sera remplacé par celui du 2 octobre (dans lequel Furne se substitue à Sanches). Enfin, à la requête de Foullon, le comte Guidoboni-Visconti comparait seul et répond avec finesse ; une transaction suivra.

Avril-mai : publication du *Guide-âne à l'usage des animaux qui veulent parvenir aux honneurs* (23ᵉ-26ᵉ livraison des *Scènes de la vie privée et publique des animaux*).

Fin d'avril-début de mai : Balzac fait un voyage d'une quinzaine de jours : « Blois, Orléans, Nantes et la vieille Bretagne », probablement en compagnie d'Hélène de Valette. Malade, il est de retour, à Passy, le *3 mai*.

29 mai : La *BF* enregistre, en retard, la publication du *Curé de village*.

Début de juin : *La Femme de province* paraît dans le tome VI (278ᵉ livraison) des *Français peints par eux-mêmes*.

3 juin : Balzac assiste à la réception de Victor Hugo à l'Académie française.

12 juin : Balzac dîne chez Marie d'Agoult avec Ampère, Félix Duban, Victor Hugo, le ménage Ingres et Mignet. Sainte-Beuve, invité, avait refusé de « manger le sel » avec lui.

Après le 15 juin : achèvement de la publication du *Voyage d'un moineau de Paris à la recherche du meilleur gouvernement* (29ᵉ-33ᵉ livraison des *Scènes de la vie privée et publique des animaux*). Le texte est signé George Sand, probablement pour éviter que la signature de Balzac ne revienne trop souvent dans ces « Scènes ».

25 juin : devant le comité de la Société des gens de lettres, Balzac présente le rapport de la commission du « Manifeste » relatif à la propriété littéraire.

Juin-juillet : Balzac rédige *Ursule Mirouët*.

15 juillet : adjudication judiciaire des Jardies à l'architecte Jean-Marie Claret, prête-nom de Balzac.

25 août-23 septembre : *Le Messager* publie *Ursule Mirouët*, *Scènes de la vie privée* (21 chapitres en 23 feuilletons avec interruption les 29 et 31 août, 1ᵉʳ, 3, 7, 16 et 20 septembre).

27 août : le *Feuilleton* de la *BF* annonce la mise en vente de la *Physiologie de l'employé*, chez Aubert (volume illustré par Trimolet).

4 septembre : le *Feuilleton* de la *BF* annonce la mise en vente de la *Physiologie du rentier de Paris et de province*, par MM. de Balzac et Arnould Frémy, chez Martinon, un volume illustré par Gavarni, Daumier, Monnier et Meissonier.

5 septembre : Balzac donne sa démission de membre de la Société des gens de lettres.

18 septembre : Le Messager accepte de publier *Les Paysans* ; ce projet ne sera pas réalisé.

2 octobre : Balzac signe avec les libraires Furne, Hetzel, Paulin et Dubochet un traité pour la publication de ses *Œuvres complètes*, sous le titre de *La Comédie humaine*.

5 octobre : il assiste à la réunion du comité de la Société des gens de lettres qui refuse d'accepter sa démission.

6 octobre : Balzac accepte de publier un roman dans le *Musée des familles*.

22 octobre : le comité de la Société des gens de lettres n'accepte pas de prendre en considération la lettre de Balzac protestant contre le refus d'accepter sa démission.

23 octobre : la *BF* enregistre la publication du recueil *Le Fruit défendu*, par Mme la comtesse Dash, É. Ourliac, J. Janin, A. Esquiros, Th. Gautier, A. Houssaye, H. de Balzac, Roger de Beauvoir (t. III et IV, 2 vol. in-8°, chez Desessart). Le tome III contient une réimpression de *Z. Marcas*, intitulée *La Mort d'un ambitieux*.

Octobre-novembre : début de l'impression du premier tome de *La Comédie humaine*.

Novembre : publication du *Voyage d'un lion d'Afrique à Paris* (46ᵉ-48ᵉ livraison des *Scènes de la vie privée et publique des animaux*).

10 novembre : Souverain reçoit les feuilletons corrigés d'*Ursule Mirouët* et accorde à Balzac l'autorisation de publier les *Mémoires de deux jeunes mariées* dans *La Presse*.

22 ? novembre : décès à Wierzchownia (Ukraine) de Venceslas Hanski. Balzac en sera informé par une lettre reçue le 5 janvier 1842.

26 novembre-6 décembre : La Presse publie la première partie des *Mémoires de deux jeunes mariées* (11 feuilletons correspondant aux lettres I à XXV).

29 novembre : Louis Perrée, directeur du *Siècle*, propose à Balzac de publier *La Fausse Maîtresse* dans son journal.

8 décembre : traité conclu avec le théâtre de l'Odéon pour *Les Ressources de Quinola*.

9 décembre : l'éditeur Brière met en vente une brochure de 42 pages portant cette date et intitulée *Mémoire sur la situation actuelle de la contrefaçon des livres français en Belgique, présenté à MM. les ministres de l'Intérieur et de l'Instruction publique par le Comité de la Société des gens de lettres.* Bien que démissionnaire depuis le 5 septembre 1841, Balzac — qui a joué un grand rôle dans la rédaction de ce texte — figure parmi les signataires. Il en a fait relier un exemplaire à la suite de ses *Notes remises à MM. les députés...* du 3 mars 1841.

13 décembre : dans son feuilleton du *Globe*, signé L. G., Léon Gozlan annonce avec un commentaire aimable que « l'Odéon va jouer un drame de M. de Balzac ». Ce dernier le remercie dans une lettre envoyée *le lendemain.*

20 décembre : soirée chez Sophie Koslowska. L'écrivain russe Vladimir Moukhanoff (1807-1876), dans son Journal, fait part de propos ultra-« légitimistes » de Balzac.

24-28 décembre : Le Siècle publie *La Fausse Maîtresse* (5 chapitres en 5 feuilletons).

27 décembre-3 janvier 1842 : La Presse publie la 2ᵉ partie des *Mémoires de deux jeunes mariées* (6 feuilletons, avec interruption les 29 décembre 1841 et 2 janvier 1842, correspondant aux lettres XXVI à XLVII).

29 décembre : Balzac lit *Les Ressources de Quinola* devant Jean-Baptiste Violet d'Épagny, directeur de l'Odéon, et la troupe. Marie Dorval n'accepte pas le rôle de Faustina Brancadori.

31 décembre : Le Siècle annonce la mise en vente de l'*Histoire de l'empereur, racontée dans une grange par un vieux soldat* (édition in-32, datée de 1842, illustrée de vignettes par Lorentz, publiée par Aubert, Dubochet et Cie, Hetzel et Paulin).

Durant cette année, peut-être à l'*automne*, Gérard-Séguin fait le portrait de Balzac qui sera exposé au Salon de 1842.

R. P. et H. Y.

AVERTISSEMENT

Les principes qui régissent cette édition de la *Correspondance* de Balzac sont exposés au tome I, dans la Note sur la présente édition, p. LVII-LXII. On se borne ici à en rappeler les points principaux.

Principes et conventions de la présente édition.

Par souci de clarté, les lettres reçues par Balzac sont imprimées dans un corps réduit par rapport à celui qui est utilisé pour les siennes ; il en est de même pour les contrats, traités et pièces diverses.

Numérotation et datation. — Chaque lettre ou document porte un numéro. Les deux premiers chiffres de ce numéro indiquent l'année de rédaction du texte (« 36 » pour « 1836 ») ; séparés des précédents par un tiret, les chiffres indiquent le numéro d'ordre du texte au sein de l'année.
Les lettres découvertes ou (re)datées tardivement — du moins après l'établissement de la numérotation — portent le même numéro que la lettre précédente, affectée d'une lettre (a, puis b, etc.).
La principale difficulté rencontrée dans l'édition de la *Correspondance* de Balzac réside dans son classement. Une majorité de lettres ne porte ni date ni cachet postal ; l'étude du texte, de la suscription, de la signature, de l'écriture, de l'encre et du papier, permet souvent de trouver une solution. Nous avons pris soin de redater de nombreuses lettres inexactement classées par nos prédécesseurs ou par nous-même dans de précédents travaux.
En tête de chaque lettre et document apparaît donc une date ; parfois autographe, le plus souvent restituée, partiellement ou entièrement. Toutes les dates non autographes sont transcrites

entre crochets (reprenant parfois une date autographe placée par Balzac ou son correspondant à la fin de la lettre) ; des points d'interrogation attirent l'attention sur les classements douteux ; des notes exposent les raisons que nous avions de proposer telle ou telle date, ou nos hésitations.

Balzac, comme ses contemporains, n'utilisait que très rarement des enveloppes, pliant et cachetant ses missives, inscrivant l'adresse au dos du dernier feuillet. Celui-ci est donc souvent frappé de marques postales qui sont très souvent la base de nos dates restituées. Adresses et cachets postaux sont transcrits en caractères plus petits à la fin des lettres.

Notes et sources. — Selon l'usage de la collection, les notes sont publiées en fin de volume. Les informations sur les correspondants figurent dans le Répertoire. Les notes de chaque lettre sont précédées d'une notule, ou « source » ; celle-ci indique si le texte est publié au vu de l'autographe (original, photocopie ou fac-similé ; outre le lieu de conservation de cet autographe, nous mentionnons les différentes ventes aux enchères où il a figuré) ; à partir d'une copie (avec le lieu de conservation et le nom du copiste) ; ou bien — assez rarement — d'après une ancienne publication. Vient ensuite la mention de la première publication isolée, suivie des références aux publications ultérieures, dont celle à l'édition Garnier (tome et numéro).

Graphies, ponctuation et transcription. — Il nous a paru indispensable de moderniser prudemment l'orthographe balzacienne. La correspondance de Balzac s'étend sur un peu plus de trente années (1819-1850), époque de transition dans la fixation de l'orthographe moderne, marquée par la publication de la 6e édition du *Dictionnaire de l'Académie française* (1835), qui sanctionne notamment l'usage du *t* dans les pluriels orthographiés précédemment en *-ens* ou *-ans* (« sentimens », « enfans »). Balzac a longtemps suivi l'usage de ces finales pour finir par l'abandonner, probablement suite à l'acquisition attestée en décembre 1835 de la nouvelle édition du *Dictionnaire* et au vu de la plupart des éditions composées postérieurement à 1835, notamment chez Werdet et chez Charpentier. Nous avons modernisé en suivant cet exemple. Disposant d'une orthographe assez correcte, Balzac toutefois fait de manière presque systématique des fautes dans les redoublements de consonnes (« envelloppes » pour « enveloppes », « appercevoir » pour « apercevoir »), d'assez rares fautes d'accord, et conserve volontiers les graphies anciennes (« asyle », « mocquer », « boëte », « harmonier », « hazard », etc.). Toutes ces particularités n'ont pas une grande importance — nous semble-t-il — et n'ont pas été maintenues[1].

---

1. En revanche, nous avons maintenu « dixain » et « dixaine » constants sous sa plume (notamment à propos des *Contes drolatiques*).

En revanche, Balzac estropie très fréquemment les noms propres. Des [*sic*], des notes ou des lettres restituées entre crochets signalent la plupart des graphies aberrantes.

La ponctuation de Balzac a été dans l'ensemble respectée. Nous nous sommes efforcé d'intervenir le moins possible, restituant ici ou là une majuscule manquante après un point, à l'initiale d'un nom propre ou d'un titre d'œuvre.

Pour faciliter la lecture, les titres d'œuvres littéraires ou artistiques sont imprimés en italique. Les nombreuses abréviations utilisées par Balzac et ses correspondants ont été développées entre crochets lorsque cela paraissait nécessaire.

Ces principes admis, nous avons transcrit avec la plus grande fidélité les textes de Balzac et de ses correspondants.

*

Ce volume, par rapport à l'édition précédente (1960-1969), présente 312 nouvelles lettres, dont 203 sont inédites ; 83 lettres ont pu être collationnées et rétablies sur des autographes retrouvés. Les progrès faits dans les études balzaciennes ont en outre permis de redater 113 lettres. Le détail de ces innovations fait l'objet d'une table que l'on trouvera en fin de volume. On trouvera également, comme dans tous les volumes de la présente édition, une Chronologie détaillée de la période concernée et un Répertoire des correspondants récapitulant, pour chacun d'entre eux, les numéros des lettres adressées à Balzac ou reçues de lui.

Nous reproduisons en fac-similé des extraits manuscrits, des dessins de Balzac, quelques mots et signatures autographes, et certains papiers à en-tête de lettres émanant de différentes instances de la Société des gens de lettres.

R. P. et H. Y.

*

SIGLES ET ABRÉVIATIONS
UTILISÉS DANS L'APPAREIL CRITIQUE

AB: *L'Année balzacienne* [1960-...], revue annuelle du Groupe d'études balzaciennes, 1re série, Éditions Garnier Frères, 1960-1979, 20 vol. ; 2e série, Éditions Garnier Frères puis PUF, 1980-1999-2, 21 vol. [index des années 1960-1999 dans le vol. 20-2 de la 2e série] ; 3e série, PUF, depuis 2000.
A. N. : Archives nationales.
aut. : autographe.
BF: *Bibliographie de la France.*
BI : bibliothèque de l'Institut de France.

BM : bibliothèque municipale, suivi du nom de la ville.

BNF : Bibliothèque nationale de France.

BO : Balzac, *Œuvres complètes illustrées*, Les Bibliophiles de l'Originale, 1965-1976. [Publiées sous la direction de Jean-A. Ducourneau, restées inachevées, citées surtout pour le théâtre, t. XXI-XXIII, publié par René Guise, 1969-1971, et pour des *Œuvres diverses*, t. XXIV-XXVI, 1972-1976.]

Bouteron : Marcel Bouteron, *Études balzaciennes*, réunies par Jean Pommier, Jouve, 1954.

Bouvier et Maynial : René Bouvier et Édouard Maynial, *Les Comptes dramatiques de Balzac*, F. Sorlot, 1938.

BS : *Balzac and Souverain, An Unpublished Correspondence*, éd. Walter Scott Hastings, New York, Doubleday, Page and Co, 1927. [50 lettres de Balzac dont 45 en provenance de la vente JLP.]

CaB : *Les Cahiers balzaciens* publiés par Marcel Bouteron :
  1. Correspondance inédite de Honoré de Balzac avec le lieutenant-colonel L.-N. Périolas (1832-1845), La Cité des livres, 1923. [6 lettres de Balzac et 8 lettres de Périolas.]
  3. Lettres de femmes adressées à Honoré de Balzac : première série (1832-1836), La Cité des livres, 1924. [12 lettres reçues de diverses correspondantes.]
  5. Lettres de femmes adressées à Honoré de Balzac : deuxième série (1837-1840), Lapina, 1927. [14 lettres reçues de diverses correspondantes.]
  6. Correspondance inédite de Honoré de Balzac avec la duchesse de Castries (1831-1848), Lapina, 1928. [16 lettres de Balzac et 15 lettres de Mme de Castries.]
  8. Correspondance inédite de Honoré de Balzac avec le docteur Nacquart (1823-1850), Lapina, 1928. [29 lettres de Balzac et 11 lettres de J.-B. Nacquart.]

cat. : catalogue.

CB : *Le Courrier balzacien*, 1re série, nos 1-10, décembre 1948-1950 ; 2e série, nos 1-100, 1964-2005 ; nouvelle série depuis 2006. [Revue de la Société des amis de Balzac et de la Maison de Balzac. Contient de très nombreuses lettres reproduites en fac-similés.]

Cesare (R. de), *Gennaio 1836* : Raffaele de Cesare, « Un mese della vita di Balzac (gennaio 1836) », dans *Contributi del seminario di filologia moderna, serie francese*, Milan, Vita e Pensiero, coll. « Pubblicazioni dell'università cattolica del Sacro Cuore », 1959, vol. I, p. 105-184.

Cesare (R. de), *Febbraio 1836* : Raffaele de Cesare, « Balzac nel febbraio 1836 », dans *Saggi e ricerche di letterature francese*, Milan, Feltrinelli, 1960, vol. I, p. 7-68.

Cesare (R. de), *Marzo 1836* : Raffaele de Cesare, « Balzac nel marzo 1836 », dans *Contributi del seminario di filologia moderna, serie francese*, Milan, Vita e Pensiero, coll. « Pubblicazioni dell'università cattolica del Sacro Cuore », 1961, vol. II, p. 72-167.

Avertissement XLI

Cesare (R. de), *Aprile 1836* : Raffaele de Cesare, « Balzac nell'aprile 1836 », dans *Saggi e ricerche di letterature francese*, Milan, Feltrinelli, 1962, vol. III, p. 121-202.

Cesare (R. de), *Maggio 1836* : Raffaele de Cesare, « Balzac nel maggio 1836 », dans *Contributi del seminario di filologia moderna, serie francese*, Milan, Vita e Pensiero, coll. « Pubblicazioni dell'università cattolica del Sacro Cuore », 1964, vol. III, p. 53-185.

Cesare (R. de), *Giugno 1836* : Raffaele de Cesare, « Balzac nel giugno 1836 », *Memorie del Istituto lombardo di scienze e lettere*, vol. XXIX, fasc. 1, 1965, p. 1-222.

Cesare (R. de), *Luglio 1836* : Raffaele de Cesare, « Balzac nel luglio 1836 », dans *Contributi del seminario di filologia moderna, serie francese*, Milan, Vita e Pensiero, coll. « Pubblicazioni dell'università cattolica del Sacro Cuore », 1966, vol. IV, p. 83-183.

Cesare (R. de), *Agosto 1836* : Raffaele de Cesare, « Balzac nell'agosto 1836 », dans *Contributi del seminario di filologia moderna, serie francese*, Milan, Vita e Pensiero, coll. « Pubblicazioni dell'università cattolica del Sacro Cuore », 1968, vol. V, p. 575-737.

Cesare (R. de), *Settembre 1836* : Raffaele de Cesare, « Balzac nel settembre 1836 », dans *Contributi del seminario di filologia moderna, serie francese*, Milan, Vita e Pensiero, coll. « Pubblicazioni dell'università cattolica del Sacro Cuore », 1970, vol. VI, p. 1-126.

Cesare (R. de), *Ottobre 1836* : Raffaele de Cesare, « Balzac nell'ottobre 1836 », dans *Contributi del seminario di filologia moderna, serie francese*, Milan, Vita e Pensiero, coll. « Pubblicazioni dell'università cattolica del Sacro Cuore », 1972, vol. VII, p. 147-344.

Cesare (R. de), *Novembre 1836* : Raffaele de Cesare, « Balzac nel novembre 1836 », dans *Contributi del seminario di filologia moderna, serie francese*, Milan, Vita e Pensiero, coll. « Pubblicazioni dell'università cattolica del Sacro Cuore », 1975, vol. VIII, p. 29-195.

Cesare (R. de), *Dicembre 1836* : Raffaele de Cesare, *Miserie e splendori di Balzac nel dicembre 1836*, Milan, Vita e Pensiero, coll. « Cultura e Storia », n° 18, 1977.

CH I, CH II, CH III, etc. : Balzac, *La Comédie humaine*, édition publiée sous la direction de Pierre-Georges Castex, Bibl. de la Pléiade, 1976-1981, 12 vol. plusieurs fois réimprimés et corrigés.

CHH : Balzac, *Œuvres complètes*, 2ᵉ éd., Club de l'Honnête Homme, 1968-1971, 24 vol.

coll. : collection.

Corr. Carraud : Honoré de Balzac, *Correspondance avec Zulma Carraud*, édition revue et augmentée publiée par Marcel Bouteron, Gallimard, 1951. [Contient 137 lettres échangées et quelques lettres à des correspondants divers.]

Corr. CL : Balzac, *Correspondance*, C. Lévy, 1876, 2 vol. in-12 ou 1 vol. in-8°.

Corr. Gar. I, II, etc. : Balzac, *Correspondance*, textes réunis, classés et annotés par Roger Pierrot, Éditions Garnier Frères, coll. « Classiques Garnier », 1960-1969, 5 vol.

I : *1809-juin 1832*, 1960.
II : *juin 1832-1835*, 1962.
III : *1836-1839*, 1964.
IV : *1840-avril 1845*, 1966.
V : *mai 1845-août 1850 et supplément*, 1969.

Corr. Sand : George Sand, *Correspondance*, textes réunis, classés et annotés par Georges Lubin, Éditions Garnier Frères, coll. « Classiques Garnier », 1964-1991, 25 vol.

Corr. gén. Stendhal : Stendhal, *Correspondance générale*, éd. Victor Del Litto, H. Champion, 1997.

ÉB : *Les Études balzaciennes*, n°s 1-10, mars 1951-mars 1960. [Suite de la 1re série du *Courrier balzacien*, remplacé en 1960 par *L'Année balzacienne*.]

Felkay : Nicole Felkay, *Balzac et ses éditeurs, 1822-1837*, Promodis, 1987.

Hanoteaux et Vicaire : Gabriel Hanotaux et Georges Vicaire, *La Jeunesse de Balzac. Balzac imprimeur. Balzac et Mme de Berny*, 2e éd. augmentée, F. Ferroud, 1921. [Contient 28 lettres de Balzac à Mme de Berny, 19 lettres de Mme de Berny et un important dossier de correspondance concernant Balzac imprimeur.]

JS : Jean Savant, *Louise la mystérieuse, ou l'Essentiel de la vie de Balzac* ; *Cahiers de l'Académie d'histoire*, n°s 25-30, 1972. [Le cahier 26 contient 23 lettres de Balzac à « Louise » et une lettre de « Louise » à Balzac.]

L. fam. : Balzac, *Lettres à sa famille*, publiées par Walter Scott Hastings, Albin Michel, 1950. [Contient 190 lettres échangées avec sa mère et avec ses sœurs.]

LHB I, LHB II : Honoré de Balzac, *Lettres à Madame Hanska*, édition établie par Roger Pierrot, Robert Laffont, coll. « Bouquins », 1990, 2 vol.

Lov. : collection réunie par le vicomte Charles de Spoelberch de Lovenjoul (1836-1907), jadis à Chantilly et qui, depuis 1987, constitue le fonds Lovenjoul conservé à la bibliothèque de l'Institut de France.

Lovenjoul, *Autour* : Vte de Spoelberch de Lovenjoul, *Autour de Honoré de Balzac*, C. Lévy, 1897.

Lovenjoul, *Genèse* : Vte de Spoelberch de Lovenjoul, *La Genèse d'un roman de Balzac : « Les Paysans », lettres et fragments inédits*, P. Ollendorff, 1901.

Lovenjoul, *HOB* : *Histoire des œuvres de H. de Balzac*, par le vicomte de Spoelberch de Lovenjoul, 2e éd. revue, corrigée et augmentée d'un Appendice, C. Lévy, 1886. [La « 3e édition » est une réimpression offrant la même pagination, augmentée de deux feuillets d'errata.]

Lovenjoul, *Un roman d'amour* : Vte de Spoelberch de Lovenjoul, *Études balzaciennes : Un roman d'amour*, C. Lévy, 1896.

Lovenjoul, *Une page perdue* : Vte de Spoelberch de Lovenjoul, *Une page perdue de H. de Balzac*, P. Ollendorff, 1903.

MB : Maison de Balzac, 47, rue Raynouard, Paris, XVIe.

MLM : Musée des lettres et manuscrits.

Mon cher George : *Mon cher George. Balzac et Sand, histoire d'une amitié*, cat. de l'exposition, musée Balzac à Saché (24 mars-20 juin 2010), Gallimard, 2010. [Contient l'ensemble de la correspondance échangée entre les deux écrivains ainsi que de nombreux fac-similés.]

Pierrot (R.), *Ève de Balzac* : Roger Pierrot, *Ève de Balzac*, Stock, 1999.

Pierrot (R.), *Honoré de Balzac* : Roger Pierrot, *Honoré de Balzac*, Fayard, 1994 ; 2e éd. revue et corrigée, Fayard, 1999.

OB : *L'Œuvre de Balzac*, édition publiée sous la direction d'Albert Béguin et de Jean-A. Ducourneau. [Le tome XVI, *Correspondance*, réunie par Jean-A. Ducourneau, Formes et Reflets, 1953, contient 418 lettres de Balzac.]

OB2 : 2e éd. revue et augmentée du tome XVI, *Correspondance*, de l'édition précédente, éd. Jean-A. Ducourneau, s. l., s. n., 1955. [Contient 456 lettres de Balzac.]

OD I, OD II : Balzac, *Œuvres diverses*, édition publiée sous la direction de Pierre-Georges Castex, principalement par René Guise et Roland Chollet, Bibl. de la Pléiade, 2 vol. parus ; t. I : *1818-1823* ; t. II : *1824-1834*.

OD III Conard : Balzac, *Œuvres diverses*, éd. Marcel Bouteron et Henri Longnon, L. Conard, 1940, t. III.

RHLF : *Revue d'histoire littéraire de la France*.

RSH : *Revue des sciences humaines*.

Vente Archives Souverain : *Précieux autographes d'Honoré de Balzac, provenant de son éditeur H. Souverain*, vente à Paris, Hôtel Drouot, 20 juin 1957, J. Vidal-Mégret expert.

Vente JLP : *Catalogue de livres modernes [...] manuscrits et autographes provenant de la bibliothèque de M. J[ules] L[e] P[etit]*. Première partie A à F, Paris, librairie Henri Leclerc, 1917 ; vente à Paris, Hôtel Drouot, 10-15 décembre 1917. [Les lots 154 et 155 comprenaient respectivement 19 et 35 lettres non décrites.]

CORRESPONDANCE

1836

36-1. LA COMTESSE MARIE POTOCKA
À BALZAC

Genève, 1ᵉʳ janvier [et 2 janvier 1836¹].

Un mot d'amitié n'est-il pas une bonne étrenne Monsieur ? Laissez-moi vous la donner de cœur et d'âme : il y a si longtemps que je ne vous ai rien dit ! Mais, vous êtes-vous aperçu de mon silence ? m'en faites-vous un tort ou un mérite ? dites-le-moi. J'ai besoin de blâme pour m'amender, ou d'approbation pour persévérer dans le sacrifice. Car assurément c'en est un de ne plus vous écrire et de me laisser oublier pour ne plus vous importuner. J'aurais eu tant de plaisir à vous exprimer parfois combien votre souvenir m'occupe ! j'aimerais à vous le dire dans ces moments où vous usez du plus puissant des moyens pour ramener la pensée sur vous et s'y fixer par de délicieuses jouissances. Vos dernières productions m'ont enchantée. Cette famille de Claës où le génie, l'amour et le devoir se disputent la vie à qui la dominera, me semble admirable de grandeur autant qu'elle est ravissante de grâce. Mais pourquoi vous en parler ? ce que je pourrais dire du charme que je trouve à vous lire serait tout à la fois du superflu et de l'insuffisant ; car, vous savez *pourquoi* vous me faites plaisir, et moi, je ne saurais exprimer *combien* je vous en dois. N'aimeriez-vous pas mieux avoir des nouvelles de nos amis de céans ? l'embarras est de pouvoir vous en donner. Je vis en hibou rencognée dans la solitude ; m'y voici retombée de toute ma pesanteur qui, vous le savez n'est qu'attraction ; aussi ne vois-je plus le moyen de m'en tirer ; d'ailleurs nous avons un hiver des plus maussades ; c'est d'avoir levé de quelques crans notre *statu quo* social. Les Genevois ont moins besoin que jamais de mouvement et de vie. Cette bonne gent fossile est pétrifiée à mort dans son bien-être et son calme d'existence. Je le leur envie : le Nord nous tient plus éveillés au moyen de son régime de saccades. Nous ne savons jamais comment nous fera bondir le coup de pied qu'on voudra nous donner. — Avez-vous connaissance de l'Ukase qui nous rappelle dans nos foyers ? Mon départ est fixé aux premiers jours d'avril. J'en vois approcher le moment avec douleur non point pour les jouissances que j'abandonne mais pour les peines que je vais chercher[2]. La vie est bien difficile et le devient toujours plus ; c'est un écheveau qui se brouille à mesure qu'il se dévide jusqu'à ce que la Mort en vienne couper l'inextricable nœud. Mais voici que je deviens *lugubre*. N'est-ce pas le signal du silence ? et vous me saurez bon gré d'y obéir. Ce ne sera sans vous parler encore de cette amitié si vraie que je vous exprime bien peu tout en y songeant beaucoup. Ne la perdez pas entièrement de vue Monsieur et quand je serai dans nos déserts dites-vous que mes souvenirs et mes pensées vous y feront souvent comparaître. Ce sera là une de mes plus douces jouissances.

M. Potocka.

Dites-moi de grâce dans quel ouvrage vous avez publié la *Séraphîta*. Je fais depuis six mois le tour de tous les cabinets de lecture en la demandant. Aucun ne sait me la donner. Cela se conçoit-il[3] !

Le 2. Je reçois à l'instant une lettre de M. Mann qui me transmet vos reproches sur mon silence. Combien ces reproches me touchent et me flattent. Mais ils sont injustes en partie ; je n'ai pas reçu les lettres auxquelles vous m'accusez de n'avoir pas répondu. Il est facile d'imaginer combien je les regrette ; dédommagez-moi de grâce[4].

36-2. À HENRI FOURNIER

[Paris, 4 janvier 1836.]

Monsieur,

Je dois déposer cette semaine une plainte au Parquet du procureur du Roi contre M. Buloz et contre vous[1], à raison de la publication qu'a faite à Pétersbourg la *Revue étrangère* du *Lys dans la vallée* avant la publication à Paris[2]. Mais, comme vous pouvez, par un arra[n]g[emen]t entre vous et M. Buloz, être mis en dehors de la plainte, je vous engage, comme je vous l'ai promis, à demander une attestation qui décharge vous et vos ateliers de la communication de mes épreuves, j'attendrai jusqu'à mercredi 4 heures.

Dans ces circonstances, j'ai l'honneur de vous prévenir, que comme il existe 7 feuilles environ du *Lys dans la vallée* de composées que vous seriez personnellement responsable envers moi si elles paraissaient sans mon *bon à tirer* et mon autorisation.

Agréez, Monsieur, l'assurance de mes sentiments les plus distingués

de Balzac.

[Adresse :] Monsieur Fournier, Imprimeur, | 14 *bis*, rue de Seine. S. G. | Paris.
[Cachet postal :] 4 janvier 1836.

36-3. TRAITÉ AVEC EDMOND WERDET

[Paris, 5 janvier 1836.]

Entre les soussignés

M. Honoré de Balzac propriétaire demeurant à Paris rue Cassini n° 1, d'une part

et M. Werdet éditeur demeurant à Paris rue de Seine Saint-Germain n° 49, d'autre part

a été dit et convenu ce qui suit.

M. Werdet ayant entièrement vendu la première édition d'un livre de la composition de M. de Balzac ayant pour titre *Le Livre mystique* et faisant deux volumes in-8° tirés des *Études philosophiques*, collection dont ils font partie et qui est également publiée par M. Werdet et M. Werdet voulant en éditer une seconde édition M. de Balzac a par ces présentes cédé à M. Werdet ce acceptant le droit de publier cette seconde édition du *Livre mystique*[1] à sept cent cinquante exemplaires moy[enn]ant la somme de quinze cents francs et M. Werdet pourra en outre tirer trois cents exemplaires du deuxième volume intitulé : *Séraphîta* pour l'indemniser des corrections faites par M. de Balzac sur la première édition, sans qu'il y ait lieu à un supplément de prix. Un an après la mise en vente de cette édition M. de Balzac rentrera dans tous les droits d'auteur sur *Le Livre mystique* quel que soit le nombre d'exemplaires que M. Werdet aura en magasin.

Fait double entre nous à Paris le cinq janvier mil huit cent trente-six.

Approuvé l'écriture	Approuvé l'écriture
ci-dessus et un mot rayé nul	ci-dessus et un mot rayé nul
Werdet.	de Balzac.

36-4. TRAITÉ AVEC EDMOND WERDET

[Paris, 10 janvier 1836.]

Entre les soussignés

M. Honoré de Balzac propriétaire demeurant à Paris, rue Cassini n° 1 d'une part

et M. Werdet libraire, demeurant à Paris rue de Seine Saint-Germain n° 49

a été convenu ce qui suit :

l'édition in-12 d'un ouvrage de M. de Balzac intitulé *Le Médecin de campagne* précédemment acquise par M. Werdet étant épuisé[e][1] et M. Werdet désirant en publier une nouvelle M. de Balzac a cédé à M. Werdet ce acceptant le droit de vendre et publier une troisième édition de cet ouvrage qu'il aura la faculté de fabriquer en deux formats in-8° et in-12 pour le prix de 2 000 francs ; chacune de ces impressions sous chaque format ne devra pas compter un nombre de plus de [2].

M. de Balzac n'accorde à M. Werdet ce acceptant que le délai d'un an à partir du jour de la mise en vente de l'ouvrage pour l'exploitation de ladite édition ; passé lequel temps M. de Balzac rentrera dans ses droits d'auteur plein et entier [*sic*] quel que soit le nombre d'exemplaires qui pourrait rester à M. Werdet, comme aussi, si avant ce temps M. Werdet avait tout vendu ou n'en représentait pas cinquante exemplaires, M. de Balzac rentrerait également dans tous ses droits.

Fait double à Paris le dix janvier mil huit cent trente-six.

Approuvé l'écriture ci-dessus Approuvé l'écriture ci-dessus
Werdet.   de Balzac.

36-5. GUSTAVE PLANCHE À BALZAC

[Paris, 10 janvier 1836.]

Je n'ai pas fermé l'œil cette nuit ; je ne suis pas en mesure de vous donner le *Dictionnaire* pour le numéro de jeudi[1]. Afin de ne pas vous manquer de parole je vous envoie un manuscrit improvisé que vous intitulerez : *Étude sur le théâtre ; I Eschyle*, premier article ; les autres suivront[2]. Le dictionnaire viendra jeudi matin pour dimanche. Je joindrai le manuscrit d'Eschyle, car le placard n'est pas corrigé ! — Envoyez-moi épreuve demain lundi vers huit heures. — Vous avez laissé passer MM. pour Mrs Brunton, ce qui est inintelligible[3].

T[out] à v[ous]

Gustave Planche.

Dimanche soir.

36-6. À THÉODORE DABLIN

[12 janvier 1836.]

Mon bon Dablin, il faudrait pour que tout allât bien, et que je remplisse mes engagements, que vous puissiez me donner 3 000 f. en me rendant les effets que je vous ai remis, et ce qui manquerait pour compléter la somme s'ils n'y atteignent pas ; je vous ferais en deux effets la représentation de la somme totale que je vous dois et qui dépasserait 6 000 f., dont l'un serait en août et l'autre en 7bre, les intérêts compris. Faites cela, mon bon ami et venez vendredi matin de midi à 1 heure rue des Batailles 13, demandez Mme veuve Durand et gardez-moi le secret sur cette adresse

mille amitiés
Honoré.

[1]2 janvier

[Adresse :] Monsieur Dablin | 26, rue de Bondy | Paris.
[Cachet postal :] 13 janvier 1836.

36-7. ALFRED NETTEMENT À BALZAC

[Paris, 16 janvier 1836.]

Chère veuve[1]

Des renseignements plus précis qui m'arrivent m'apprennent que j'ai été induit en erreur sur un des renseignements que je vous ai donnés. Il paraît que Mr le duc de V — a donné cent cinquante mille francs au lieu de cent mille, ce qui change le rôle qu'il a joué dans cette entreprise. Ma conscience en avertit la vôtre[2].

Dites-moi donc pourquoi vous avez demandé à mon frère un article qu'on n'est pas venu chercher³ ? Cela est bizarre.

Tout à vous
Alfred Nett.

Paris, le 16 janvier.

[Adresse :] Madame Veuve Durand | 13, rue des Batailles | à Chaillot | Paris.
[Cachet postal :] 16 janvier 1836.

36-8. AU DOCTEUR NACQUART

[Paris, après le 18 janvier ? 1836¹.]

Cher Docteur, remettez à Auguste v[otre] premier volume des épreuves du *Lys* pour servir de modèle au second².
Mille gracieusetés.

Honoré de B.

[Adresse :] Monsieur Nacquart.

36-9. JOSÉPHINE MAREST À BALZAC

[21 janvier 1836.]

Monsieur,

Je m'engage à vous tenir compte de trente-six francs 70 c. si la retenue vous a été faite il y a un an, mais vous faites erreur parce que nous ne vous avons jamais fait payer l'année qu'elle ne soit échue¹.

Je vous salue

J[oséphine] Marest.

Ce 21 J^{er} 1836.

36-10. AU DOCTEUR NACQUART

23 janvier [1836].

Cher Docteur, je viens de voir Outrebon mon notaire, et vous pouvez, si toutefois l'affaire peut s'arranger avec vos possibilités me rendre bien heureux. Si vous voulez me prêter 15 000 sur obligation et hypothèque avec privilège de vendeur pour payer les 25 000 exigés, en laissant le prêteur d'Outrebon prendre rang avant vous pour 15 autres mille francs, je puis avoir ma maison. Ce serait un emprunt pour 3 ans, avec intérêts à 5 % servis par semestre. Il y a je crois, 3 mois d'ici le 1er paiement, attendu que nous aurons les formalités et une purge légale. Si vous pouvez arranger ceci, Outrebon m'a répondu de l'autre. Ainsi, je pourrai liquider ma mère qui veut vendre sa maison[1] et m'a promis de la garder jusqu'à ce que je puisse en avoir une autre qui me fît payer le cens d'éligibilité, dans les termes voulus pour être de la prochaine législature, ce qui est avec les autres raisons, une pour que je fasse l'affaire.

Entre nous soit dit, je vous servirais par de petits bons supplémentaires l'intérêt à 6, parce que l'on peut tirer fort légitimement cet intérêt de son argent. Répondez-moi seulement un mot, par oui ou non, afin de ne pas perdre votre temps. Ainsi vous seriez le dernier inscrit, afin que vous voyiez bien ce qui est. Si vous aviez qlq ennui à cela, je supporterais les frais d'un *transport* à Mme Surville la mère[2], quand, son affaire arrangée ou jugée, elle aura ses capitaux. L'important pour moi est, momentanément et en attendant mes recettes, de figurer le paiement des 25 000 exigés. Tout à vous de cœur.

Honoré de Bc.

Pour plus de célérité, répondez-moi, mon bon docteur, à Mme veuve Durand, 13, rue des Batailles, à Chaillot.

Mes affaires vont bien, il est question de faire les *Cent Contes drolatiques* en livraisons à 10 000 exempl[aires] avec vignettes cela me donnerait 25 000 fr. de droits d'auteur et avancerait bien les affaires[3]. Cela se fera d'ici à 6 mois, nécessairement. Mais je n'aurai mes droits que par fractions sur chaque livraison[4].

H.

[Adresse :] Monsieur Nacquart | 39, rue Ste-Avoye | Paris.
[Cachet postal :] 23 janvier 1836.

36-11. À EDMOND WERDET

[Paris, 27 janvier 1836[1].]

Je soussigné déclare donner mon adhésion à la cession faite par madame Charles-Béchet à M. Werdet des douze volumes des *Études de mœurs*

de Balzac.

36-12. À THÉODORE DABLIN

[Paris, 28 janvier 1836.]

Mon bon Dablin, j'irai, je ne reçois votre lettre qu'aujourd'hui jeudi par un oubli de Surville, qui d'ailleurs est bien justifié par ses travaux et ses affaires.

Meilleures amitiés de votre vieil ami,

Honoré.

Laure,
Envoie cela à Dablin, j'irai te prendre
tout à toi de cœur et de pied

Honoré.

28 janvier 1836.

36-13. CHARLES DE BERNARD À BALZAC

Dimanche [31 janvier ? 1836].

Mille remerciements, mon cher maître, pour votre billet il m'a donné le courage dont j'ai besoin. Je ne doute pas du succès si vous laissez dans ma main le pan de votre manteau. Je vous porterai demain matin ma chronique théâtrale de jeudi[1] ; assurez-moi ma place je vous supplie, dans le cas où les anciens voudraient la prendre. Je commence à comprendre votre système de feuilleton-tableau de Paris, à la Mercier ; mais je ne tiens mes idées que par la pointe des cheveux, sur mon âme je les arracherai. En attendant que mon chaos de cerveau se débrouille, permettez-moi de m'abstenir d'une tête d'attaque pour ma critique. Je crois que la précipitation de l'esprit mène nécessairement à des contradictions que je voudrais m'éviter. Quand je serai sûr de mes idées, j'enfoncerai ma charrue. Ce sera donc demain un feuilleton courant et provisoire pour lequel je vous demande autant d'indulgence que pour la nouvelle[2].

Tout à vous
de Bernard du Grail.

36-14. À Me ÉLOI DE BOINVILLIERS

[Paris, janvier ou février ? 1836.]

Mon cher Boinvilliers[1], Vous pouvez vous servir de ceci pour montrer au tribunal la différence de ce texte et de celui publié frauduleusement à St-Pétersbourg — il y a moitié en plus ici, car ceci équivaut aux deux 1{rs} articles de St-Pétersbourg.

36-15. LA PRINCESSE SOPHIE GALITZIN À BALZAC

[Paris, janvier ou février 1836 ?]

Si vous vouliez me faire oublier le mauvais sort qui a présidé à toutes mes invitations de l'année dernière[1] ce serait bien aimable à vous Monsieur, de venir passer la soirée chez nous demain vendredi Rue et hôtel de la Chaussée-d'Antin. Je compte cette fois sur votre exactitude vous avez *bien des torts* à réparer. —

P^{cesse} Sophie de Galitzin.

Ce jeudi soir.

[Adresse :] Monsieur | Monsieur de Balzac | Rue de Cassini N° 1.

36-16. LOUIS BOULANGER À BALZAC

[Paris, janvier ou février ? 1836.]

Mon cher poète

Il faut que votre bonne amitié se montre en cette occasion, c'est-à-dire qu'elle me pardonne de ne pouvoir tenir la promesse que je vous ai faite d'aller aujourd'hui peindre votre image chez notre grand David[1]. — Il faut que je garde mon modèle toute la journée et cela toute la semaine, je suis dans la fièvre du travail et voyant clairement que pour arriver au Salon je n'ai pas une minute de trop si toutefois je puis arriver. Vous savez par vous-même ce que c'est qu'une grande besogne commencée et vous me pardonnerez — j'y compte et je serais désolé de penser que ceci est une défaite à vos yeux : le moment est diabolique voilà tout. J'espère que nous en retrouverons bien un quelque jour pour faire cette besogne. J'ai été prêt plus d'une fois vous le savez et je le serais dans ce moment — sans cette grande toile qui me talonne. Merci de votre beau cadeau, cher ami — personne ne pouvait être plus touché que moi d'un pareil présent.

Je vous serre la main
Louis Boulanger.

[Adresse :] Monsieur | Monsieur H. de Balzac.

36-17. AU DOCTEUR NACQUART

[Paris, 1er février 1836.]

Cher Docteur,

Prêtez-moi deux cent cinquante francs que j'irai vous remettre moi-même avant la fin de la semaine, j'ai besoin de cette somme pour compléter le paiement d'un billet avant midi.

Mille amitiés.

Honoré de Bc.

N'est-ce-pas votre frère[1], qui est propriétaire d'un terrain à Beaujon ? J'irai v[ous] demander à dîner avec lui pour en causer.

T[out] à vous

de Bc.

36-18. LA COMTESSE DE THÜRHEIM
À BALZAC

Vienne le 2 février 1836.

Demander un service à une femme[1] envers laquelle on se croit des torts, c'est les connaître toutes comme vous seul, Monsieur, les connaissez ; aussi votre lettre est-elle partie — et j'attends les autres. Au reste j'ai mille obligations à votre *nécessité personnelle* de m'avoir rappelée à votre souvenir ; mais n'allez pas croire, je vous en prie, que j'avais la prétentieuse assurance de recevoir une lettre de vous ; tout en appréciant la politesse de vos assurances je ne m'attendais nullement à la responsabilité dont vous venez de m'accabler, en perdant pour moi une de ces heures dont vous êtes si prodigue pour les jouissances du public et n'avez, dites-vous, pour les autres. Les 300 feuilles dont vous me parlez ne valent-elles pas la correspondance la plus entière ? et certes j'en ai pris ma part comme si toutes avaient été à mon adresse. Quant aux peines que vous avez bien voulu vous donner pour trouver un lecteur à mon beau-frère[2], il en est tout confus et touché audelà de toute expression et me charge de vous le dire. Il a du reste eu le bonheur de rencontrer un monsieur établi à Milan qui vient d'entrer chez lui et dont il est parfaitement satisfait. Vous avez bien raison Paris est trop riche en espérance pour y chercher des gens disposés à les changer contre une réalité médiocre ; il faut être bien vieux pour donner beaucoup de nous pour un peu de l'autre, et à Paris tout le monde est jeune. Avant de vous parler de *Séraphîta* j'ai encore à vous exprimer des remerciements de ma sœur et de moi de l'envoi de ce charmant ouvrage[3] ; c'est le mettre pour nous à la tête de tous les autres, aussi va-t-il devenir notre favori. Je suis d'autant plus flattée de ce cadeau que d'après les tendres sollicitudes que vous exprimez sur le sort de *Séraphîta* elle semble être votre enfant chéri, aussi le mérite-t-elle bien, ne fût-ce que par sa céleste origine. Mais pourquoi briguer pour elle les suffrages de la foule ? Ce livre écrit p[ou]r des âmes neuves ne peut être populaire ; peu de gens sont faits p[ou]r le comprendre, moins encore pour y chercher un idéal qu'ils ne doivent rencontrer qu'au-delà de la vie ; c'est qu'aussi en attendant le chemin leur paraîtrait un peu bien solitaire ? mais voilà, me direz-vous, pourquoi les Mina ont été inventées. Aussi font-elles la consolation des Wilfrid — ainsi soit-il. Vous parler de l'aimable voisine[4] de la *Gemeindegasse* mais inutile vous en avez des nouvelles peut-être plus fraîches que les miennes, cependant il n'y a pas longtemps que j'ai reçu d'elle 16 délicieuses pages, elle allait à Kieff passer l'hiver, c'était changer les ennuis de la solitude contre les nuages du ciel ; c'est qu'il faut savoir ce que c'est qu'une société purement russe ; c'est le désert avec la bise. Quant aux nouvelles de Vienne elles ne vous intéressent plus guère ; d'ailleurs elles se réduiront à peu de chose ; nous avons eu un hiver affreux, puis la fièvre, puis le choléra et voilà comme nous varions nos plaisirs. J'espère Monsieur, que les vôtres sont plus aimables et que votre philosophie en instruisant le monde sert aussi à vous rendre heureux. Adieu rappelez-vous de vos amis de la Landstrasse dans vos moments perdus.

Louise Th.

36-19. À « LOUISE »

[Paris, février ? 1836.]

Madame[1], il est des nécessités auxquelles vous ne songez pas et auxquelles, d'ailleurs, aucune femme ne songe. Je ne suis rien moins qu'un homme à la tâche, travaillant dix-huit heures sur les 24 ; j'y suis obligé ; mon temps n'est pas à moi, quelque altéré que je sois de sentiment, je suis comme un soldat sur les champs de bataille, forcé d'aller en avant et de me battre ; je ne puis ni écrire à mes plus chères affections, ni répondre à mes amis. Les deux lettres que vous avez reçues, je les ai dictées en hâte, pendant mes repas[2] — pour moi, l'amitié est obligée au dévouement, à l'héroïsme, elle doit venir à son heure. Je demeure à un bout de Paris, bien loin de l'adresse où vous m'écrivez[3] ; ainsi, vous voyez que ma franchise était nécessitée. Il s'est brisé, sur ce roc qui me sépare du monde, bien des frêles et douces amitiés qui s'y jetaient étourdiment sans réflexion, il n'est resté que celles qui m'ont connu, et qui ont compris ma situation toute d'exception — c'est parce que je connais ces naufrages, que je dois vous prémunir contre cette dureté, vous dire qu'il y a là un abîme ou une muraille de granit et qu'il faut des ailes pour les franchir. Gardez vos illusions si vous en avez. Ce ne sont pas des mécomptes, ce sont des blessures que vous ne devez pas venir chercher — J'ai tout l'égoïsme du travail obligé, je suis comme le forçat attaché à un boulet et je n'ai pas de lime, il n'y a pas d'outil pour briser les idées d'honneur qui m'attachent. Je suis dans mon cabinet, comme un navire échoué dans les glaces — agréez mes remerciements pour la bonne opinion que vous avez de moi, je crois la mériter, je serre la main que vous m'offrez, mais, comme je sais que je ne puis pas faire un pas au-dehors de ma prison, que je suis condamné à l'involontaire impertinence d'un mutisme obligé, laissez-moi rouler ma pierre dans mon cloître, et croyez que, libre, je n'agirais pas ainsi. Pour venir dans la prison d'un prisonnier, il faut des dévouements qui ne sont pas du monde, et pour les accepter... songez-y. C'est au contraire, parce que j'ai une fois rencontré tout[4], que je ne crois plus à rien. Vous, Madame, croyez au talent chez les hommes, mais ne pensez pas que l'homme soit personnellement à la hauteur du talent; quand cela est, c'est une exception.

36-20. SÉLIM DUFOUR À BALZAC

Paris, le 12 février 1836.

Monsieur,

Je reçois de ma maison de St-Pétersbourg[1] une lettre qui me met dans le cas de vous demander quelques instants d'entretien.

Veuillez donc bien avoir l'obligeance de m'indiquer un jour et un instant dans la journée où je pourrai vous rencontrer chez vous.

Agréez, Monsieur, mes salutations empressées.

S. Dufour.

[Adresse:] Monsieur | Monsieur de Balzac | homme de lettres | N° 1, rue Cassini.
[Cachet postal:] février 1836.

36-21. UNE « FEMME MASQUÉE EN NOIR » À BALZAC

13 février [1836].

Je voudrais savoir si vous répondez à l'idée que je me suis faite de vous en vous lisant ; je voudrais savoir si vos ravissantes créations viennent du cœur ou de la tête ; j'ai un désir senti et réfléchi de vous voir et de vous parler.

Tous vos ouvrages, je les sais, je les lis une fois, j'y reviens, j'y pense, je les retrouve dans ma mémoire, mieux dans mon souvenir, comme des faits, des observations prises dans une vie de femme, puis je vous juge, et vous ne perdez rien à l'examen de la raison.

Votre chef-d'œuvre, selon moi, *La Famille Claës*[1], vous ne l'avez pas fait avec une âme désabusée, et pourtant on vous accuse d'égoïsme, de fatuité, mais moi, je ne sépare pas l'homme de l'auteur, je vous pare de vos propres reflets... mais ne faites pas un roman sur mes paroles, j'adore l'esprit, j'aime et j'estime le talent et je veux vous juger par moi-même après vous avoir lu. Malgré la célébrité de votre nom, je ne puis vous dire, venez chez moi, notre société, les préjugés qui nous dominent, notre législation de convenances ne le permettent pas, mais je puis vous dire : trouvez-vous lundi[2] à une heure au foyer de l'Opéra et abordez-moi ; je serai noire de la tête aux pieds, et des nœuds roses au bas des manches.

Je vous espère, vous comprenez si bien la femme et sa mystérieuse organisation, ses caprices, ses grâces, tout son ensemble sérieux et coquet.

[Adresse :] Monsieur de Balzac | n° 1, rue Cassini | Paris.
[Cachet postal :] 14 février 1836.

36-22. SÉLIM DUFOUR À BALZAC

Paris, le 15 février 1836.

Monsieur,

J'ai eu l'honneur de vous écrire il y a quelques jours pour avoir avec vous quelques instants d'entretien relativement à une communication que ma maison de St-Pétersbourg m'a chargé de vous faire.

N'ayant pas reçu de réponse, je dois supposer que ma lettre ne vous est pas parvenue. Je vous écris donc une seconde fois en vous informant que ce que j'ai à vous dire vous concerne spécialement et que je n'ai aucun intérêt à insister auprès de vous.

Agréez, Monsieur, mes civilités empressées

S. Dufour[1].

[Adresse :] Monsieur | Monsieur de Balzac | N° 1, rue Cassini.
[Cachet postal :] 16 février 1836.

36-23. À « LOUISE »

[Paris, seconde quinzaine de février ? 1836.]

Je suis en ce moment trop occupé pour répondre à toutes les bonnes choses que vous m'avez écrites; car il faudrait, pour en être digne, vous exposer longuement les détails d'une vie inconnue, et il vaut mieux les taire que de n'en donner qu'une partie — Puis, vous l'avouerai-je, je conserve une défiance fort injurieuse pour vous, et ne veux, qu'en aucune manière, vous souleviez le voile sous lequel vous vous cachez, pour la dissiper — plusieurs fois ma crédulité d'enfant a été mise à l'épreuve[1], et vous avez dû remarquer que la défiance est chez les animaux en raison directe avec leur faiblesse. Vous m'envoyez vos lettres à Chaillot, où je ne suis pas; elles font un long détour pour arriver rue Cassini, où je suis[2]. Ne me donnez point de titres, il serait trop long de vous dire le pourquoi; je suis condamné pour trois mois au moins à ne pas sortir de mon cabinet, et toute correspondance est prise sur mes heures de sommeil, je ne vous dis point ceci pour donner du mérite à mes lettres, mais pour vous expliquer un peu ma vie; n'est-il pas évident que ce que j'écris ne doit appartenir qu'à de vraies, à de durables amitiés. Ma mère et ma sœur ont renoncé à recevoir de mes lettres. Cependant, j'écris quelquefois, comme quelquefois un pauvre soldat enfreint sa consigne, ne rentre pas à sa caserne, et se trouve puni le lendemain. Vous me parlez d'un dévouement qui n'est pas du monde, et, à ce mot, quel cœur ne se sentirait pas ému; mais, si vous venez à penser que le cœur à qui s'adresse cette phrase est un des plus aimants, et se voit condamné à la solitude, au travail incessant, non, vous n'en devinerez jamais les émotions, quelqu'intelligent que soit le vôtre. N'ai-je pas vu des amitiés venir et se lasser, de beaux dévouements, ne pas persister ? les dévouements vrais sont impuissants, les amitiés durables ont leurs jalousies. Ma vie est étrange — mais voici l'impitoyable travail qui se lève et m'interrompt. Sachez que tout ce que vous présumez de moi de bon est meilleur encore ; que la poésie exprimée est au-dessous de la poésie pensée ; que mon dévouement est sans bornes, que ma sensibilité est féminine et que je n'ai de l'homme que l'énergie — Mais ce que je puis avoir de bon est étouffé sous les apparences de l'homme toujours en travail, mes exigences ne sont pas de moi, pas plus que les formes dures auxquelles me contraint la nécessité ; tout est contraste en moi, parce que tout est contrarié. Dites tout ce qu'il vous plaira sur *La Duchesse de Lang[eais]*, vos remarques ne tomberont pas sur moi, mais sur une personne que vous devez connaître, illustre élégante, qui a tout approuvé, tout corrigé comme un censeur royal, et de qui l'autorité ducale ou bientôt ducale est incontestable[3]. Je suis à l'abri sous son schall[4].

36-24. EUGÈNE BRIFFAULT À BALZAC

Paris, le 20 février 1836.

Monsieur,

J'écris à Monsieur Béthune une lettre que je désire qu'il vous montre. Vous m'y verrez étaler des prétentions un peu vaniteuses[1]. Mais elles sont inspirées par une ferme volonté de bon et utile travail. Voyez, Monsieur, si vous pouvez les seconder.

Je ne pense pas que vous ayez souvenance de misérables tracasseries littéraires qui ont pu convenir à des temps de lutte étroite et mesquine et que la hauteur où vous vous êtes placé vous ferait dédaigner, si vous n'aviez pas déjà compris que l'époque actuelle réclame et exige même, entre tous les hommes d'intelligence, une fraternelle et solide alliance[2].

Aussi, je n'hésite pas à vous saluer avec les sentiments d'une parfaite cordialité.

Eugène Briffault.

[Adresse :] Monsieur de Balzac.

36-25. ANTÉNOR JOLY À BALZAC

Mercredi 24 février [1836[1]?].

Monsieur,

Je suis venu pour causer avec vous d'une affaire importante.
Si vous vouliez bien m'attendre demain jeudi, entre 2 et 3 heures, je reviendrais avec Victor Bohain.

Dans le cas où vous ne le pourriez pas, je vous prie de vouloir bien me faire connaître les jour et heure auxquels il vous plairait de nous recevoir ?

Agréez, Monsieur, mes compliments distingués.

Anténor Joly
9 rue de Valois, Palais Royal.

[Adresse :] Monsieur H. de Balzac.

36-26. À ALFRED NETTEMENT

[Paris, fin février 1836.]

Mon cher critique, je vous envoie *Le Médecin de campagne*[1], non pas pour vous dire que je ne peins pas exclusivement pour peindre sans un but, sans une pensée générale dont vous trouverez trace ici, mais pour vous remercier des efforts que vous avez fait[s] en ma faveur et dont je vous sais un gré infini. Je puis dire : reconnaissant. Je ne suis pas de ceux qui ignorent qu'en semblable affaire il faut prendre son siècle et le public en travers[2] ; je suis cloué par des travaux extraordinaires, mais je vous porterai moi-même un exemplaire des bonnes feuilles du *Lys dans la vallée*, que je vous ramasserai fraternellement avec les miennes ; vous savez ce que je fais là. Mais nous prendrons une matinée pour que je vous rende le désastreux déjeuner chez Véry. J'aurai à vous parler d'affaires ; n[otre] journal quotidien est décidé[3].

Une veuve toute à vous

Vve Durand.

Je suis en ce moment à la rue Cassini pour 2 mois.

36-27. À « LOUISE »

[Paris, fin février ? 1836.]

Mon nom n'est pas Henri[1], c'est celui de mon frère avec qui personne ne me confond et dont la situation et tout de lui nous fait le plus vif chagrin[2]. Mon nom commence bien par un H[3], mais qu'il vous soit inconnu, puisque nous resterons, par votre volonté, tous deux inconnus l'un à l'autre, sans être étrangers. D'ailleurs, vous avez raison, il faut que cela soit ainsi. Vous l'avez voulu, vous pouvez compter sur la plus scrupuleuse obéissance — On dit plus de choses à une personne que l'on ne connaîtra jamais qu'on n'en dit à ses amis, que l'on craint d'affliger — vous seule, peut-être, saurez les douleurs d'une lutte inconnue, sous lesquelles je finirai bientôt, exténué, lassé, dégoûté que je suis de tout, fatigué d'efforts sans récompense directe, ennuyé d'avoir sacrifié mes plaisirs au devoir, désolé d'être méconnu, présenté sous de fausses apparences, par des envieux que je ne connais pas, moi qui n'ai froissé personnellement qui que ce soit au monde. Qu'importe la mode, la gloire, le renom, la vogue à qui ne sort pas de son cabinet ! L'âme qui se pliait à toutes les exigences d'une vie désespérée, d'une vie d'artiste écrivant la veille le pain du lendemain, ayant à combler le gouffre d'une fortune ruinée, et mourant, sans doute, le jour où il sera comblé, cette âme n'est plus ; les attachements du monde sont soumis aux lois du monde, ils ont des entraves qui contrecarrent tout. Personne n'a la vertu du romanesque réel que présente notre société. Le talent est honni maintenant comme il le fut à toutes les époques. Ce dégoût dont je vous parle est jeté dans les âmes supérieures par le monde lui-même. Comme vous le dites, mon temps est au moins donné à l'art, cette deuxième religion ; le vôtre est dévoré par des visites. Des visites ! que vous en reste-t-il ? Pendant douze ans, un ange[4] a dérobé au monde, à la famille, aux devoirs, à toutes les entraves de la vie parisienne, deux heures pour les passer près de moi, sans que personne en sût rien ; douze ans ! entendez-vous ? Puis-je vouloir que ce sublime dévouement, qui m'a sauvé, se recommence ?

Je succomberai parce qu'il n'y a plus rien de ce saint amour dans ma vie, que je n'ai plus à attendre ni à espérer, chaque jour, cette heure douce[5]; que, si j'ai dû à la curiosité qlqs passions, elles se sont éteintes comme des feux follets. Voilà pourquoi je ne crois à rien, quoique toujours prêt à croire, et pourquoi je vous engageais à demeurer dans vos illusions, sans faire un pas de plus, parce que je n'ose pas vous mettre dans ces glorieuses et secrètes exceptions, rares surtout. Puis, parce que j'ai des amitiés auxquelles je crois, — pas plus de deux, et qu'elles sont d'une insatiable exigence et que, si elles savaient que j'écris à une inconnue, elles se fâcheraient. Mais il est si naturel au poète de respirer en masse les parfums de tout un parterre, et vous admettez si peu l'immense dans l'âme! Vous le voulez pour vous seules — Mille gracieuses fleurs. Voilà beaucoup de choses pour ne pas vous dire mon petit nom.

36-28. À MAX BÉTHUNE

[Paris, fin février ou début mars ? 1836.]

Monsieur,

Il m'est impossible de faire cette fois l'*Extérieur*[1] parce que LES JOURNAUX de dimanche et de lundi ont été perdus ou gardés ou égarés, ou mal assemblés; vous comprenez qu'il m'est impossible d'employer mon temps consacré tout entier à la rédaction, à corriger avec les auteurs, à lier des relations, à rester derrière ces deux hommes qui touchent des appointements à talonner le caissier, qui ne font rien de ce que je leur demande.

Je vous supplie, si vous ne voulez pas que tout aille à la diable d'ordonner que *tous les journaux* soient cousus ensemble chaque jour et que personne ne les ait qu'après que je les aurai dépouillés, ceci est tout le journal, faites de ceci une règle, et pour qu'elle soit exécutée, imposez déjà cette fois une amende aux trois personnes qui en sont chargées.

Sans cela nous n'arriverons jamais. Si nous n'établissons pas cela, il faut que je renonce à ce que je fais. Je suis à Mercredi, je n'ai rien lu, et, au dernier moment tout manque. Il y a à Duckett, mauvaise grâce de ne pas arranger cela, car c'est nous entraver. Perdre mon temps, c'est m'assassiner.

Agréez mille compliments affectueux

de Balzac.

[Adresse :] Monsieur de Béthune.

36-29. AU COMTE [BERNARD POTOCKI ?]

[Paris, avant le 2 mars 1836 ?]

Mon cher Comte[1], voici 3 heures et je n'ai pas pu quitter, depuis que vous êtes parti, car je suis en conférence avec un libraire, qui fait un marché avec moi, il ne serait plus temps demain. — Vos Juifs polonais sont des lièvres en comparaison de nos libraires.

Vous allez me trouver *par trop* français ; mais il m'est impossible d'aller au théâtre, veiller à vos plaisirs. Ce sera pour demain, car je ne veux pas être un Français-Gascon.

Mille gracieusetés. À demain donc

de Balzac.

36-30. LE COMTE BERNARD POTOCKI
À BALZAC

[Paris, 2 mars 1836.]

Merci d'avoir accepté et en mon nom[1] et en celui d'une de nos connaissances de Vien[ne]. — Vendredi[2] un peu après six heures au *Rocher de Cancal[e]* vous convient-il, votre temps est trop précieux pour vous demander une réponse qui ne serait pas indispensable, ainsi si vous n'avez pas d'objections à faire je m'en tiendrai au proverbe qui ne dit rien consent.

Votre dévoué serviteur

Bernard Potocki.

Le 2 mars.

[Adresse :] Monsieur de Balzac | à l'Observatoire | n° 2, rue Cassini.

36-31. AUGUSTE BORGET À BALZAC

[Frapesle, 4 mars 1836.]

Mon cher ami, mon tableau a été refusé[1]. J'ai travaillé 5 mois de ma vie sans que le résultat fût jugé digne de l'exposition. Des quatre que j'offrais, un seul a été admis, et celui-là, à l'instant de le faire partir, j'hésitais, et peu s'en est fallu qu'il restât chez moi[2]. Je suis calme, et cette nouvelle m'a trouvé plus résigné que je ne l'aurais pensé, après n'avoir envisagé qu'une ou deux fois les chances de refus. Je vais partir pour Paris. Honoré, il faut que vous fassiez tous vos efforts pour que vous me trouviez de l'argent[3]. J'en ai besoin, c'est du fond de l'abîme d'un refus que je n'ose pas dire que je ne comprends pas, que je fais cet appel à votre amitié. Je vais aller me renfermer dans un coin, et je ne veux pas que l'année prochaine on puisse m'infliger ce qui serait une vraie tache, si elle n'était partagée par tant d'autres.

Enfin veuillez songer à moi. Il le faut cher — Adieu. Je vous presse la main et vous demande la vôtre.

Tout à vous

Aug. Borget.

[Adresse :] Madame Vve Durand | rue des Batailles, n° 13 | Chaillot (Paris).
[Cachets postaux :] Issoudun, 4 mars 1836. | 6 mars 1836.

36-32. À « LOUISE »

[Paris, vers le lundi 7 mars[1] 1836.]

J'ai reçu votre charmante marine[2], je ne puis pas vous donner mon avis sur une œuvre qui, pour moi, devient une œuvre de sentiment, mais ce que je puis vous dire, c'est que les connaisseurs qui me voient m'ont tous demandé *qui avait fait* cela ? Et vous savez que je ne puis répondre — Pour que je mette cela dans une place, il faut que j'aie un pendant, car je n'ai que deux places, c'est de chaque côté de la cheminée, et les deux places sont prises par deux méchantes lithographies, qui ont le don de me faire qlqfois rire ; mais, depuis que je me mélancolise, j'ai remarqué que l'âme s'ennuie des figures, et qu'un paysage lui laisse bien plus de champ — Pardonnez-moi de tendre ainsi honteusement la main à votre pinceau qui ressemble au petit chien qui secoue des pierreries. — Il faudra que j'aie du bonheur dans mon premier livre pour pouvoir m'acquitter, dès à présent, j'en désespère et je serai toujours insolvable.

Pardonnez-moi la rareté, la brièveté de mes lettres; mais, deux fois par semaine, j'ai des agonies de 36 heures avec la *Chronique de Paris*, un journal dont tous les rédacteurs sont malades, et dont je porte à moi seul le faix[3] par la grande raison qu'une partie de ma fortune y est engagée; ce qui fait 4 jours de moins, et le reste de la semaine est pris par mes travaux, et mes affaires — j'ai précisément un procès qui se juge cette semaine; le lendemain de la mi-carême — si les juges vont au bal, ils n'écouteront pas[4] — voici le jour qui se lève, et j'ai là de l'ouvrage en souffrance — N'est-ce pas être purement ouvrier ? il est des nécessités si grandes dans la vie des artistes, qu'il faut vivre près d'eux pour les comprendre, et, quoi que vous en disiez, le monde est un obstacle à cette fraternité d'âme. Vous êtes bien heureuse de pouvoir faire de l'art, pour l'art !

36-33. ALFRED FAYOT À BALZAC

[Paris, 9 mars 1836.]

Cher Monsieur,

Le roman a été traduit par Mr Defaucompret et va paraître chez Gosselin[1]. L'auteur est le propriétaire de la librairie des Étrangers[2]. Le titre de l'ouvrage est déjà, dit-on au coin de six rues !

Ainsi ce manuscrit n'est que du vieux papier.

Mille, Mille
choses du cœur.
Fayot.

[Adresse, d'une autre main :] Monsieur | Monsieur de Balzac | Rue de Cassini, près de | l'Observatoire. À Paris.
[Cachet postal :] 9 mars 1836.

36-34. JULES SANDEAU À BALZAC

[Paris, mars 1836[1].]

Mon Mar[2], je trouvais depuis longtemps qu'il y avait peu de dignité dans la vie que je menais. J'avais un luxe qui n'était point en rapport avec mon travail, des dettes qui grossissaient tous les jours, et je sentais parfois que j'allais droit au suicide. Je voulais travailler et je ne pouvais pas ; la lutte vous grandit, elle me tue : vous avez besoin de la tempête, il me faut du calme. Eh bien ! j'ai tout quitté, j'ai une petite chambre, je mange du pain et dans six mois, dans un an au plus j'espère rentrer, joyeux et libre, dans l'aisance antérieure que je viens d'abandonner. Je vous jure bien que je ne coucherai pas dans ma chambre, rue Cassini, avant d'avoir payé mes dettes[3]. Vous avez toujours été pour moi le meilleur des frères ; si vous m'approuvez, tant mieux. Si vous ne m'approuvez pas, ayez pour moi une générosité de plus, ne me blâmez pas. J'ai besoin de courage et je suis à peine assez fort pour pouvoir lutter contre moi-même. C'est ce qui m'a empêché de vous parler de mon projet, à vous et à Pélican[4], avant de l'avoir mis à exécution ; maintenant c'est fait.

Adieu, Vieux ; votre Mush[5] vous aime.

Jules.

36-35. À ALBERTIN

[Mars ? 1836.]

Voilà deux fois que je corrige tout le passage et je m'étonne que les fautes soient restées. Revoir la première épreuve, car j'ai oublié ce qui était écrit ; je supplie M. Albertin de donner des ordres pour qu'à l'avenir de pareilles choses ne se renouvellent pas, sans quoi je dirai à l'éditeur de changer d'imprimerie. Ce désordre est intolérable[1].

36-36. ÉMILE CHEVALET À BALZAC

15 mars [1836].

Monsieur,

J'ai trouvé un éditeur qui s'est chargé de me publier un livre[1] et le traité porte que nous partagerons le bénéfice excédant les frais de publication. Il en est de mon intérêt de placer le plus possible d'exemplaires et je compte sur le concours de mes connaissances.

Je sais les phrases qu'on m'a prêtées et qui vous ont été dites et je n'y fais point attention parce que les commérages ne m'occupent pas beaucoup[2]. Je m'adresse donc à vous sans crainte pour vous prier de me permettre de vous compter parmi ceux qui me veulent un peu de bien. Si vous le voulez donc je vous porterai mon ouvrage tout mauvais qu'il soit et je serai bien satisfait de parler un peu avec vous. Tâchez, je vous en supplie, Monsieur, de vous défaire de toute arrière-pensée qui me soit contraire et faites-moi l'amitié de m'adresser un mot de réponse à cette lettre.

J'ai l'honneur de vous saluer bien respectueusement.

É. Chevalet.

59, fg St-Jacques.

[Adresse :] Monsieur Honoré de Balzac | 1er, rue Cassini | Paris.
[Cachet postal :] 15 mars 1836.

36-37. DELPHINE DE GIRARDIN
À BALZAC

[Paris, 16 mars 1836.]

Mr et Mme Émile de Girardin prient Monsieur de Balzac de leur faire l'honneur de venir passer la soirée chez eux le mercredi 16 mars et les mercredis suivants à neuf heures.

Je dois dire ce soir des vers qui seront dans un roman intitulé *La Canne de M. de Balzac*! il est honteux que vous ne soyez pas chez moi ce jour-là ; les torts sont de votre côté car on ne veut pas croire qu'Émile soit brouillé avec vous puisqu'il laisse votre nom et le mien se compromettre si tendrement ensemble. Venez, venez, venez, venez[1].

Ce mercredi 16

D. G. de Girardin.

Rue Saint-Georges n° 11.

[Adresse :] Monsieur | Monsieur de Balzac | n° 1, Rue de Cassini | près l'Observatoire.

36-38. À « LOUISE »

[Paris, mercredi 16 ? mars[1] 1836.]

Pardonnez-moi ce que je vais vous dire, car il est aussi impossible d'empêcher certaines idées de se présenter à l'esprit, qu'il est impossible de s'empêcher d'aspirer de l'air pour vivre. Un effet du hasard m'a permis de savoir qui vous étiez, et je me suis refusé à l'apprendre. Je n'ai rien fait d'aussi chevaleresque en ma vie, rien ; j'ai trouvé cela plus grand que de risquer sa vie pour deux minutes de conversation. Mais ce qui vous étonnera bien davantage, c'est que je puis le savoir à toute heure, à tout moment, et que je m'y refuse, parce que vous me l'avez dit. Pour moi, cette situation est intolérable — j'ai toute la force de caractère nécessaire pour obéir ; mais le combat est en raison de cette force même, et vous devez voir à quel tourment vous m'avez condamné, si vous admettez que la curiosité soit une nécessité chez les imaginations vives. Je ne veux pas me mêler des idées qui vous sont personnelles ; mais je veux vous dire les miennes — l'échange des sentiments et des idées me semble impossible entre deux personnes inconnues ; il y a au fond de cela quelque chose qui sent la tromperie, qui engendre, au milieu des plus douces pensées, la défiance ; il y a peu de dignité, peu de grandeur ; je ne l'ai jamais souffert, je n'ai aucun droit à recevoir ni à donner — Enfin, que ce soit un bon ou un mauvais sentiment, je l'éprouve, et mon âme est blessée. Tout cela m'est venu en regardant votre seppia[2], et en vous préparant un don, précieux aux yeux de ceux qui m'aiment et dont je suis avare, que je refuse à tout ce qui n'a pas touché vivement mon cœur, ou qui ne m'a pas été serviable — une chose qui n'a de valeur que pour les amitiés de cœur à cœur. Comme il faut que le relieur y passe, et que vous ne pouvez avoir cette pauvre chose qu'après-demain, vous pouvez encore dépouiller mon offrande de toute amertume[3] — Ne croyez pas que ma demande entraîne une nécessité de nous voir, que je veuille être présenté chez vous — Non, le plus profond mystère est une de ces friandises que caressent les âmes tendres ; mais le mystère n'est pas l'inconnu — Le mystère est le refuge de tous ceux que la publicité met au grand jour. J'ai toujours pensé que tout est possible et calme sous la protection du mystère. Aussi, dites que ce que je vous envoie, vous l'avez acheté comme on achète un tableau ; dites que vous avez su que mon libraire faisait ce commerce, et il ne vous démentira pas ; seulement, il n'aura rien jamais à vendre, car je ne lui en laisse jamais la faculté — à cet égard, mes conventions sont très précises — J'ai refusé sur cet article le prince de Metternich, qlq grâce qu'il ait mise à sa demande — Quant à mon nom, comme je n'en ai qu'un, il s'ensuit que je n'en ai pas, parce qu'il appartient à tous mes amis ; je me nomme Honoré[4] ; mais aussi les personnes qui veulent une de ces réserves d'affection que je trouve si jolies, si près de l'enfance du cœur, forgent-elles toutes un nom de fantaisie[5] ; mais ce sont de ces petits faits d'amitié qui n'adviennent pas quand tout sépare, là où tout devrait réunir. Ma vie est décidément trop pesante pour être jamais épousée par un cœur où il y a quelque sensibilité. N'ayez pas d'amitié pour moi, j'en veux trop ; comme tous les gens qui luttent, qui souffrent et travaillent, je suis exigeant, défiant, volontaire, capricieux ; et vous ne pourriez sans doute en rien obéir à mes caprices, qui sont, croyez-le, des pensées très logiques et point fantasques ; car ce qui semble caprice, aux yeux des gens sans âme, m'a toujours semblé la raison du cœur — Certes, si j'étais femme, je n'aurais rien tant aimé, que quelqu'amour enterré comme un puits dans le désert et que l'on ne connaît qu'en se mettant au zénith de l'étoile qui l'indique à l'Arabe altéré ; mais quelle grandeur ne faut-il pas ? Que je vous dise une de mes délicatesses — N'écrivez jamais à qlq'un que vous aimerez sans mettre v[otre] lettre sous une enveloppe, car il y a quelque chose de froissant pour le cœur à savoir qu'une écriture aimée est en contact avec les doigts de trois ou quatre personnes. Mettez toujours, entre vos pensées et votre âme que cette lettre enferme, une barrière — Allons, adieu. Soyez heureuse, et moi, je reprends le collier du cheval attelé à un manège.

36-39. À « LOUISE »

[Paris, vendredi 18 mars 1836.]

 Il est des âmes fières avec lesquelles on peut tout se permettre, et vous êtes bien tombée, car ce que l'on nomme le talent chez les hommes, qualification que je n'accepte pas pour ce qui me regarde, ne s'allie pas toujours avec le caractère individuel — le flacon n'est pas tenu d'être en harmonie avec l'élixir — Soyez sans inquiétude pour votre amie comme pour vous — le voile, comme celle qui s'y cache, vous comme elle, tout est pénétrable et rien ne sera jamais pénétré. Je puis, si vous le voulez, vous envoyer la preuve que je puis tout savoir et que je ne sais rien ; soit que vous m'écriviez vous-même, soit que vous m'écriviez par la main d'une autre, il est impossible que qui que ce soit sache quoi que ce soit sur vous. La plus grande garantie de mon respect pour la parole que vous m'avez demandée, est dans cet effroi que vous témoignez, et dans cette défiance que je ne juge point — Seulement, vous confirmez tout ce que je vous disais sur la limite des affections qui n'en veulent point connaître ; et, moi, je sais d'avance combien la poésie de la vie, dont tout le monde a soif, dans notre époque plate est rare.

 Vous comprendrez facilement que ce que nous avons donné dans notre pensée, n'est plus à nous. Je vous envoie ce qui était à vous le jour où j'ai cru distinguer à travers les nuages, qlq chose de chaud, de lumineux en vous. Jetez, entre ces pages froissées dans les ateliers[1] et qui sentent le travail, jetez-y qlq poudre odorante pour les parfumer ; vous avez ce que je destine aux cœurs que je possède entièrement, et il n'y en a pas quatre ; gardez-le, quoi qu'il en soit de nous, et peut-être sera-ce un triste souvenir, car je succombe au travail, au défaut de tranquillité, à mille ennuis matériels qui me dévorent, et surtout à un désir que rien n'étanche ; la loyauté que vous avez réclamé[e] de moi pour vous, je la demande de vous p[our] moi, car je vous le répète, soyez sans inquiétude — Dieu n'est pas plus sûr de lui-même que je ne le suis de moi sur cette promesse, elle est, comme certains serments que je fais, un

pacte arabe. Promettez-moi, qu'en quelque situation que
nous nous trouvions, vous vous tairez sur n[os] relations,
quelque peu compromettantes qu'elles soient ; que, quoi
qu'il puisse arriver, elles seront comme si elles n'avaient
jamais été.

J'ai souri de votre mot impossible, en pensant aux ailes
qui devaient tout franchir, mais, quand j'aurai v[otre]
réponse, je vous en dirai davantage, car remarquez que je
me fie bien plus à vous que vous ne vous fiez à moi...

Sachez une circonstance qui m'est tout étrangère —
v[ous] avez envoyé v[otre] 1re lettre à mon libraire[2] qui en
a lu le cachet, il me l'a remise en présence de plusieurs
personnes, en riant, comme un libraire qu'il est, et ce nom
de Louise a été connu ; mais quand on m'a demandé
ce que c'était, j'ai répondu que c'était une des cent mystifi-
cations qui m'arrivaient par an, et tout est tombé sous le
naturel de ma tromperie. Je ne crois pas que v[otre] imprudence aille plus loin, ma vie est si ardente, que ces sortes
d'aventures extérieures n'y manquent point. Merci de vos
bons sentiments ; je crois, vous le voyez, encore beaucoup
à vous, malgré tout.

36-40. « LOUISE » À BALZAC

Vendredi soir très tard. [18 ? mars 1836.]

Vous êtes sévère pour moi mon ami, mais vous êtes bon et je
vous aime — et d'ailleurs comment me plaindre aujourd'hui que
vous m'avez donné ce que vous destinez au cœur que vous possédez entièrement — il est vrai que vous jetez quelques gouttes
d'amertume sur cette douce et tendre chose que vous faites, en
me disant que vous ne m'envoyez ces pages que parce que vous
me les aviez données dans votre pensée un jour où je les méritais
— croyez-moi, mon ami, je les ai toujours méritées — jamais je
ne vous ai mieux aimé que dans ce moment, où vous êtes
mécontent de moi — il y avait dans mon tendre cœur des places
qui n'avaient pas encore été touchées, vous vous en êtes rendu
maître, et c'est à vous maintenant qu'il faut que je rapporte
toutes mes pensées de bonheur, toutes mes espérances d'avenir !
— Vous ne pouviez rien me donner qui me fût plus cher que ces
manuscrits — rien que j'aimerai davantage quel[le] que soit la
durée de mon existence — ah ! ne dites pas qu'ils seront un triste
souvenir[1] — mon ami mon frère — soignez votre santé — épar-
gnez-moi l'affreuse douleur de vous savoir malade — veillez sur

vous au nom de cette amitié si vraie, si pure qui vous a choisi — choisi vous *seul* entre tous les hommes que j'ai connus.

Oui, je vous le promets, quoi qu'il arrive de nos relations elles seront comme si elles n'avaient jamais été, et vous pouvez compter sur mes promesses plus que sur les serments d'une autre, personne n'est dans ma confidence — personne entendez-vous. Que parlez-vous d'une *amie* ce n'est point derrière une amie que je me suis cachée, mon effroi est venu de la crainte que les précautions que j'avais prises se soient trouvées *par hasard* ressembler à une femme que vous pouvez connaître et qu'ainsi j'aurais compromise. — Voici pourquoi — parmi ces précautions je compte le nom de Louise qui n'est pas celui que je porte dans le monde quoiqu'il soit un des miens, mais que j'aime parce qu'il est celui de ma mère et qu'il est pour vous *seul*. J'ai fait faire des cachets que personne ne me connaît, puis, ce papier avec des initiales et une couronne qui ne sont pas *les miennes* — Quant à mes lettres elles sont certainement de mon écriture et voilà la cause de mon effroi pour ces quelques lignes que j'avais eu l'enfantillage d'écrire au bas de cette seppia[2], car c'est par mon écriture seule que je pourrais être reconnue de mes amis. Le reste vous le voyez me cache entièrement.

Vous avez raison de vous fier à moi, jamais vous n'avez possédé un cœur tel que le mien et ce n'est pas un bien si faible qu'il ne puisse se payer par quelques épreuves qui hélas ! ne dépendent pas de moi — croyez-moi luttez contre elles, n'abandonnez pas votre trésor, le temps viendra j'ai besoin de le croire où nous aurons acquis l'heureux droit d'être amis — parce qu'il faut attendre un pareil bien faut-il y renoncer ? et en l'attendant n'en jouirons-nous pas ? Si jamais nous pouvons être réunis comme nous nous entendrons bien n'en sentez-vous pas l'assurance au fond de votre cœur, le mien m'en répond et il ne me trompe pas quand il me répond du vôtre — Mon ami, ne doit-on pas assez respecter ce qu'on aime, pour ne pas croire possible qu'il puisse être coupable — je consens à ce que vous me croyiez tous les torts qui peuvent excuser vos soupçons — je ne veux pas que vous m'en supposiez aucuns de ceux qui pourraient altérer votre confiance.

Mon Dieu, mon Dieu ne pouvez-vous donc pas me comprendre, vous qui êtes si bon, si tendre, si dévoué. Hélas ! vous ne savez ce que c'est que ce cœur qui s'abandonne à vous, et qui ne peut aller qu'à vous — pourtant vous savez que je suis naturellement vertueuse, et honnête avec droiture et simplicité — C'est vrai ce que vous dites en finissant votre lettre que vous croyez encore beaucoup à moi malgré tout — que je vous remercie de cette justice que vous me rendez — que je vous aime avec douceur avec sincérité quand vous êtes ainsi.

Je suis bien contrariée de ne pouvoir encore vous envoyer ce que je vous ai donné un jour dans ma pensée, et ce que je vous *redonne moi* à tous les instants de ma vie — pour que vous ayez plus tôt *Séraphîta* je vais la mettre dans un cadre à moi — j'ai peur maintenant qu'en voyant cette figure que je vous ai tant vantée vous disiez ce n'est que cela. — Voyez combien votre défiance me trouble en tout — pour mon dessin vôtre — il faut attendre son cadre — adieu, adieu écrivez-moi, aussitôt que vous aurez vu cette figure — je serai bien désappointée si elle ne vous plaît pas — mais je veux la vérité — mon ami, adieu.

36-41. CONTRAT AVEC MAX BÉTHUNE

[Paris, 19-29 mars 1836.]

[...] M. Maximilien Béthune, imprimeur, demeurant à Paris rue de Vaugirard n° 36,

et M. Honoré de Balzac, propriétaire, demeurant à Paris rue Cassini n° 1.

1° Ont formé une société commerciale en commandite et par actions, pour l'exploitation de la *Chronique de Paris*, journal politique et littéraire, paraissant deux fois par semaine, et dont M. Béthune s'est déclaré propriétaire.

2° la raison sociale est « Béthune et compagnie ».

3° M. Béthune est l'administrateur gérant de la société et est chargé de signer le journal.

4° le fonds social est divisé en 128 actions de 1 000 f. chacune. Il se compose :

1) de la clientèle et du titre du journal.

2) des collections des années antérieures.

3) de la somme de 45 000 f. que M. de Balzac s'est engagé à verser à la caisse du journal.

4) des recettes faites depuis le 1er janvier et de celles qui auront lieu à l'avenir.

5) et du mobilier du journal.

6) la durée de la Société est fixée à 15 années qui ont commencé au 1er janvier 1836 et qui expireront le 1er janvier 1851.

[...]

Enregistré à Paris, le 29 mars 1836[1].

36-42. À « LOUISE »

[Paris, dimanche 20[1] ? mars 1836.]

Cette figure m'émeut trop pour que j'aie un avis ; on ne juge pas ce qui plaît ; mais, artistement parlant, ce croquis est délicieux et finement dessiné, c'est ce que vous me disiez. Mais le propre de Séraphîtus, c'est-à-dire de l'être aux deux natures, de l'ange, est un corps ; la tête n'est plus que peu de chose comme caractère. Si vous voulez voir la réalisation de cette figure, il faut aller dans l'atelier de M. Bra[2] et demander à voir sa madone, et rester qlq temps devant l'ange de droite, là est Séraphîta. Est-ce votre portrait, je le crois ; mais je ne l'ai cru que quand je l'ai vue. Quand je vous ai écrit, j'étais, comme je le suis encore, sous le poids de chagrins violents qui brisent ma vie, des chagrins que je ne puis vous dire, parce qu'il faut pour ces confidences un cœur à soi ; là, une sœur qui soit plus qu'une sœur, et que votre manque de confiance était désolant... Un attachement inconnu au monde, dans le secret duquel ne serait personne, est un de mes rêves ; et chez un cœur qui a autant d'imagination que l'imagination a chez moi de cœur, cette figure qui s'était penchée sur moi pendant une nuit et qui s'envolait m'avait causé je ne sais quelle violente irritation d'enfant qui aime mieux briser son jouet que de ne pas se l'expliquer. Je suis très enfant, et je serai toujours trop jeune, trop croyant, trop facile à tromper. — Si j'avais une certitude qu'aucune de mes idées n'est trompée, vous me verriez docile et sans révolte — Il a fallu cinq ans de blessures[3] pour que ma nature tendre se détachât d'une nature de fer ; une femme gracieuse, cette quasi-duchesse dont je vous parlais, et qui était venue à moi sous un incognito que, je lui rends cette justice, elle a quitté le jour où je l'ai demandé — je ne dis pas cela pour vous faire revenir sur votre vouloir — hé bien, cette liaison qui, quoi qu'on en dise, sachez-le bien, est restée, par la volonté de cette femme, dans les conditions les plus irréprochables, a été l'un des plus grands chagrins de ma vie — les malheurs secrets de ma situation actuelle viennent de ce que je lui sacrifiais tout, sur un seul de ses désirs ;

elle n'a jamais rien deviné — il faut pardonner à l'homme blessé de craindre qlq blessure — Vous me parlez de trésor, hélas! savez-vous tous ceux que j'ai dissipés sur de folles espérances! Moi seul sais ce qu'il y a d'horrible dans *La Duchesse de Langeais*. Enfin, votre lettre a calmé mon irritation, mais sans en détruire le principe, car, pour moi, l'incertitude des plus vitales raisons de l'attachement est un des plus grands tourments qui puissent m'être infligés, et, si vous me connaissiez, vous auriez quelque remords de ne me montrer que ce qui est de nature à me faire bondir comme un lion dans sa cage — votre dernière lettre était pleine d'âme, et spirituelle; vous m'avez ôté le regret de vous avoir affligée, puisque votre cœur s'y dévoilait — pouvez-vous empêcher un poète de vous rêver jeune, belle et spirituelle? quand on a tant désiré cette réunion de tendresses chez une femme, n'est-il pas naturel d'y croire quand le rêve se représente au moment même où la vie lasse, où l'on aime mieux le repos de la mort, qu'un constant travail — Oui mon rêve ne s'est jamais réalisé — j'ai vu toutes les femmes désirer que leur affection fût connue, c'est ou une gloire pour elles, ou un sacrifice de plus — moi je voudrais une tendresse qui fût un secret entre deux êtres seulement, éternellement inconnu, cachée comme le trésor de l'avare; mais il paraît que cette céleste poésie est impossible.

Je voudrais savoir beaucoup de choses de vous; mais je ne sais comment vous les demander; vous me paraissez très occupée, vous pourriez vous fâcher de mes questions, et cependant, pour se livrer entièrement, n'existe-t-il pas bien des sympathies à connaître afin de ne se pas blesser mutuellement — J'ai la plus grande estime pour les caractères complets, et les choses à demi me font peine, moralement comme physiquement.

Vous me parlez de ma santé, elle est bien détruite par mes derniers travaux, et le bonheur est le seul remède; malheureusement, je n'aperçois devant moi que travaux plus ardus que tous les précédents — je suis condamné à trois ou quatre années de travail constant, 12 ou 15 heures par jour, et je frissonne en pensant à tout ce que je trahis en vous écrivant — aussi faudra-t-il m'enfuir dans quelque coin pour me tirer de tous mes travaux attendus et commencés — il n'y a que moi qui sache ce qu'une pensée fait de ravages dans mon esprit —

Merci de votre dernière lettre, encore merci — je voudrais plus, je le dis comme un enfant ; mais vous avez ma parole ; je voudrais bien avoir un talisman des *Mille et Une Nuits* — Allons adieu, il est deux heures du matin, et il faut reprendre les misères de l'artiste —

36-43. SOPHIE MAZURE À BALZAC

[Mardi 22 mars (1836).]

Je vous remercie Monsieur, de votre souvenir toujours aimable quoique un peu tardif. Vous avez bien senti que j'aimais *Séraphîta*. Oui sans doute, bien qu'on puisse rêver davantage, on est charmé de ce degré de réalisation, et je vous sais beaucoup de gré d'avoir mis quelque peu de ces choses à la portée des mondains. *Séraphîta* a ma préférence entre toutes vos autres créations. J'aimais *Louis Lamb[ert]* dans le temps. J'étais alors fort peu éclairée dans la vraie mysticité, et puis quand il n'était qu'un enfant et un fou, on pouvait en faire tout ce qu'on voulait, tout attendre, tout supposer de lui ; mais je ne trouve pas que les pages que vous avez ajoutées, lui ajoutent réellement quelque chose[1].

Il n'y a que du doute et du chaos ; aussi la folie est-elle une solution très logique à ces raisonnements. Il faut finir par la folie ou par la foi. Je vous rappellerai ce que je vous ai déjà cité : « à une certaine hauteur la philosophie perd la trace de la vérité et n'est plus qu'une science augurale où la pensée s'évanouit selon l'expression de St Paul ». N'est-ce pas l'histoire de la vôtre ? Puisez donc aux véritables sources. Je n'ai certainement pas lu autant que vous de volumes philosophiques et mystiques ; mais j'en connais un petit nombre parfaitement clairs et purs et qui vont aussi loin qu'on ait été jusqu'à présent. Ste Thérèse par exemple. Je puis vous la faire lire en espagnol si vous ne le savez pas. C'est dommage que je vais [*sic*] me nicher dans un petit grenier où j'aurai à peine la place de trois chaises, sans quoi je vous aurais proposé cette étude, mais le cadre ne serait pas digne de vous car vous êtes surtout un homme de cadre. Au reste, c'est le Siècle. — Ce qui est beau, complètement beau, et de fond et de forme, c'est ce qu'on entend à Notre-Dame. Et chez M. de Chateaubriand jeudi prochain. Veuillez le dire à M. Sandeau. Sa paresse pourra peut-être bien s'efforcer jusque-là. Mais il faudrait qu'il allât le matin de bonne heure s'assurer d'une place. Je ne sais s'il est venu dans ce mois-ci ; je sors presque tous les soirs ; aussi ne voudrais-je point qu'il prît cette peine sans me prévenir, à moins qu'il n'eût affaire dans le quartier. S'il ne vient pas, s'il ne va pas non plus à Lacordaire, je suppose qu'il est très occupé, très rempli, et croit avoir mieux.

Bien des vœux pour lui et pour vous.

S. Mazure.

mardi 22 mars

[Adresse :] Monsieur de Balzac | 1 rue de Cassini.

36-44. AU DOCTEUR NACQUART

[Paris, 23 mars 1836.]

Mon cher Docteur, j'ai bien besoin d'environ deux cents francs, car je suis sans argent, par suite des offres réelles que j'ai été forcé de faire dans mon procès et qui ont exigé 2 100 fr. Si vous pouvez me les prêter vous m'obligerez beaucoup.

Trouvez ici les mille choses affectueuses de v[otre] t[out] dévoué

Honoré de Bc.

23 mars.

Je suis tenu comme un chien par mes travaux et ne puis sortir, cependant je vais voir vendredi à 7 h. M. de Belleyme[1], à 2 pas de chez vous, en revenant j'irai vous dire bonjour.

[Adresse :] Monsieur Nacquart.

36-45. DUFFAULT, CAISSIER DE L'IMPRIMERIE ÉVERAT À BALZAC

Paris, le 24 mars 1836.

Monsieur,

J'ai l'honneur de vous adresser votre compte s'élevant à f. 239.50[1] en vous priant de vouloir bien m'en faire solder le montant.

Recevez, Monsieur, l'assurance de ma parfaite consid[érati]on.

Duffault
Caissier.

[Adresse :] Monsieur | de Balzac | Rue Cassini N° [1].
[Cachet postal :] 24 mars 1836.

36-46. MARY SOMERVILLE À BALZAC

[Chelsea, 25th March 1836[1]?]

Mrs Somerville presents her compliments to Monsr de Balzac and requests him to accept of her best thanks for the manuscript he has had the kindness to give her.

Royal hospital
Chelsea
25th March[2].

36-47. À « LOUISE »

[Vers le dimanche 27 mars 1836.]

Vous avez dû deviner que j'étais malade; le docteur est venu parlant trop haut; il exige que je prenne l'air natal, que je demeure un mois en Touraine; j'irai quand je pourrai[1]; votre dernière lettre m'a bien peiné, les malades sont plus mélancoliques que les gens en bonne santé, j'ai pensé que j'avais raison de ne croire qu'aux sentiments absolus[2] — s'il[s] ne sont pas infinis, que sont-ils?

Je souffrais onze heures sur douze; il a fallu se soumettre, quand je suis malade, je me regarde comme n'existant plus. Mille tendres compliments.

36-48. LA COMTESSE MARIE POTOCKA À BALZAC

[Genève, 30 mars 1836?]

Je n'ai plus le temps que de vous dire un seul petit mot et c'est pour vous demander Monsieur de vouloir bien me faire un grand plaisir. Je désirerais procurer à un artiste le *bonheur* de voir les Murillos du G[énéral] Soult[1] je sais combien l'accès en est difficile; ne pourriez-vous pas le lui obtenir? je vous demande instamment de vouloir bien donner à M. Deville[2] porteur de ce billet, un mot d'écrit pour M. Gérard ou quelqu'autre artiste de votre connaissance qui sût le moyen de parvenir jusqu'à ces admirables tableaux.

M. Deville serait inconsolable de se trouver à Paris sans les voir, et moi qui lui en ai tant donné le désir, je me croirais en partie cause de ses regrets s'il venait à en éprouver. Épargnez-nous tous deux Monsieur en voulant bien m'accorder ce que je vous demande. Je vous en aurai une bien vive obligation. Si l'estime due à la personne donne plus d'empressement à soigner ses jouissances c'est à bon droit que je réclame pour M. Deville tout ce que vous savez mettre de prévenance dans votre accueil. — Pardonnez-moi mon importunité mais c'est en toute confiance dans votre aimable obligeance que je m'adresse à vous. Je finis au plus vite vous recommandant encore beaucoup M. Deville et vous réitérant l'expression de tout ce que je vous ai voué d'estime.

MP.

30 mars

[Adresse :] Monsieur de Balzac | 1, rue de Cassini | Paris | près l'Observatoire.

36-49. À RAYMOND NACQUART ?

[Paris, mars à mai ? 1836.]

Voilà, Monsieur, le petit mot que vous m'avez demandé qui pose les faits p[rinci]paux de ma cause et je vous remercie affectueusement de la manière dont vous voulez bien les placer entre les mains de mes juges[1] auxquels je me confie. Agréez l'assurance de mes sentiments les plus distingués

de Balzac.

36-50. MARIE CANALÈS À BALZAC

Samedi soir [, avril 1836?].

Que de grâces à vous rendre Monsieur et comment vous remercier de votre gracieux billet[1] !
Ce qui me désole, ce dont je ne me consolerai pas c'est que c'est vous, Monsieur, vous seul que je *fêtais* lundi, et que pour mieux et plus dignement remplir ce besoin de mon cœur j'avais convié d'*anciens* et vrais amis l'élite de la littérature, amis que j'aime parce qu'ils aiment tout ce que j'aime, et qu'ils ont pour

vous Monsieur, cette tendre admiration cette noble sympathie qui entraîne l'un vers l'autre les hommes, les génies comme vous.

Ainsi Monsieur de Lamartine, de Jouy, Scribe, Tissot etc.[2] — m'ont répondu *affirmativement* le jour où je vous adressais à vous-même mon humble invitation. Comment voulez-vous maintenant que moi seule pauvre femme qui ne sut jamais qu'aimer prier et souffrir, je suffise à vous rendre un autre jour cet hommage que je voulais rendre à votre génie et qui vous est Monsieur si légitimement dû!

Ô Monsieur si ma prière n'était point une indiscrétion comme j'élèverais mes mains vers vous : et vous oh! vous! vous entendriez la prière d'une femme et vous l'exauceriez? Mr *de Jouy* ne peut disposer que des lundis, ce modeste dîner est un dîner d'adieu, je vais à la campagne et en me séparant de mes amis aurais-je la douleur d'avoir fait tous mes efforts pour vous tendre inutilement la main?

Quel[le] que soit votre décision[3] Monsieur, je le respecterai et emportant avec moi mon *Louis Lambert* et ma jolie petite lettre de ce matin je trouverai dans ces trésors assez de sujet de consolation.

Et quel[le] que soit ma peine je n'en demeurerai pas moins Monsieur votre admiratrice et votre amie

A. De Canalès[4].

[*Au dos:*]

33 r. neuve vivienne

[Adresse:] Monsieur | le B^on De Balzac | chez lui.

36-51. MARIE CANALÈS À BALZAC

[Avril 1836?]

Vous avez, Monsieur, cédé à mes instances, vous avez entendu ma prière, d'où vient que depuis ce jour je suis plus triste que si vous n'étiez pas venu : c'est que en vous priant je n'écoutais que mon cœur, sans consulter mon amour-propre, c'est que je tenais plus au bonheur qu'à l'honneur de vous recevoir je voulais vous remercier des consolations que j'ai puisée[s] dans vos œuvres, du charme qu'elles ont répandues [*sic*] dans ma solitude. Ce sentiment a toujours été en moi si pur et si vrai que je n'ai rien trouvé de plus simple que de vous le faire connaître et voilà qu'à présent, mon âme est triste jusqu'aux larmes; quelle critique amère n'aurez-vous pas été en droit de faire intérieurement, non sur mon modeste logement plus il est humble, et moins je vous en crois capable Monsieur, mais sur la liberté de vous avoir engagé à y venir.

Peut-être Monsieur, trouverai-je grâce devant vous, en vous apprenant que mon revenu est peu considérable, toutefois il me suffit, et au-delà puisque je n'en dépense que les trois quarts, et que le quatrième appartient aux malheureux : ne dites pas, qu'alors on ne doit ni recevoir ni donner.

Vous seul Monsieur de cette assemblée *montiez* chez moi pour la première fois, vous seul avez emporté le droit terrible de rire en vous retirant ; en effet, habituée à me laisser aller à toutes mes impressions j'ai osé recevoir le roi de l'aristocratie et du bon goût, et je n'ai pas eu peur, non je n'ai pas eu peur car je vous avais vu et je savais que vous étiez noble et généreux, pourquoi donc tremblai-je maintenant ? C'est que ce dernier témoignage de bonté que vous m'avez donné vous ayant grandi encore dans mon opinion j'ai peur d'avoir descendu dans la vôtre. Peut-être vous attendiez-vous à trouver une femme comme toutes celles que vous rencontrez dans le monde, dans le faste et l'opulence et vous n'avez trouvé qu'une ho[n]nête femme entourée de sa fille et de ses amis ; si nous avions été moins foulés dans ma petite chambre, peut-être m'eussiez-vous excusée ; mais nous étions seize et voici comment, vers *cinq heures*, il m'arriva deux dames et quelques personnes que je n'avais point engagées votre lettre d'acceptation m'avais [*sic*] faite si heureuse que ce bonheur rejaillit sur tout ce qui m'entourait, et sans réfléchir à l'espace, je fis ajouter le couvert de mes inattendus convives.

J'ignore maintenant si je vous reverrai ! Je conçois qu'en effet mes manières doivent paraître étranges à l'homme du monde qui ne me connaît pas ; je tends affectueusement la main à mes amis, et je ne crains pas pour les accompagner, de dépasser le seuil de ma porte ; vous aurez donc eu raison Monsieur, de mal juger de mon savoir-vivre, si vous ne m'avez jugée que d'après ces *apparences* ; mais si un homme de lettres que *vous connaissez* si Scribe a dit en parlant de moi que j'étais un ange en dehors de la société, si dans un autre temps, une autre a dit, que j'étais un ange malheureux, n'en peut-on pas conclure qu'il est possible d'être en dehors de la société sans être pour cela réprouvé[e] par le ciel ou entièrement exclue du cercle de ses affections ; au reste Monsieur, si je ne vais point dans le monde, ou si je n'y fais qu'à de rares interval[l]es de courtes apparitions c'est que l'air qu'on y respire y étouffe la liberté d'émettre ses plus nobles pensées, c'est que le plus souvent ce qu'on y entend ennui[e] attriste ou révolte. Que vous dirais-je enfin Monsieur, sinon que ce n'est pas mon élément ; le petit coin du feu où ma fille s'assied près de moi, mes livres et le petit nombre choisi d'amis qui en sont les auteurs voilà Monsieur, mes joies mes bonheurs sur la terre avec mes *souvenirs* pardonnez-moi d'avoir osé formé [*sic*] le vœu de vous recevoir aussi quelques fois, pardonnez-moi si après avoir fait tous mes efforts pour vous recevoir dignement, je n'ai pas réussi au gré de mes désirs.

Le mercredi et le samedi m'étant devenus sacrés, je n'arrêterai définitivement mon départ pour la campagne que je dois louer, que dimanche prochain.

Adieu Monsieur, je me souviendrai toujours avec reconnaissance de l'honneur que vous m'avez fait, et si un beau jour devait encore briller dans ma vie ce serait sans contredit celui où cet honneur se renouvellerait pour moi.

A. Marie C. de Canalès.

36-52. À DELPHINE DE GIRARDIN

[Paris, début avril ? 1836.]

Madame,

J'étais à la campagne[1] quand v[otre] lettre est venue rue Cassini. Agréez mes excuses pour le retard que souffre ma réponse, mais on est si empressé pour vous, que vous devez toujours soupçonner un cas de force majeure quand il en est autrement. Ma première publication sera *Le Lys dans la vallée*; mais si le procès qui le retarde est perdu, ce sera *Les Héritiers Boirouge*[2].

Trouvez ici les affectueux hommages de

v[otre] dévoué serviteur

de Bc.

36-53. À « LOUISE »

[Paris, première décade d'avril ? 1836.]

Je n'ai jamais causé volontairement de peine à qui que ce soit[1]; ainsi brûlez ma dernière lettre et faites comme si elle n'était pas. En sachant votre souffrance, j'ai oublié mes sentiments froissés. Vous ne me connaîtrez jamais en restant dans les limites que vous avez élevées pour vous et pour moi. Travaillant près de dix-huit heures par jour, il m'est souvent impossible d'écrire une lettre, et vous le voyez par le retard qu'éprouve cette réponse. Ainsi, que saurez-vous de moi ? presque rien, car, pour me connaître, il faut me pratiquer, et longtemps. Que puis-je savoir de vous par des lettres, quelque confiantes qu'elles soient ?

Peuvent-elles dire ces petits faits de tous les jours, de tous les moments, qui sont la vie, qui font que l'on aime ou que l'on n'aime pas — vous ne savez et ne saurez rien de mes débats quotidiens, de cette guerre incessante. Vous m'accuserez là où vous me trouveriez grand ; vous vous tromperez à tout moment dans l'ignorance forcée où nous serons, vous de moi, moi de vous — L'amitié va plus loin que l'amour, car, à mes yeux, elle est le dernier degré de l'amour, la quiétude et la sécurité dans le bonheur.

Vous m'avez dit, aimez-moi comme on aime Dieu — Mais avez-vous bien pensé à ce que vous disiez là. Il n'y a que ceux qui voient Dieu qui l'aiment. Tout *Séraphîta* est là — Mais, d'ailleurs, sur quoi se fondent les croyances religieuses, sur le sentiment de l'infini qui est en nous, qui nous prouve une autre nature, qui nous mène par une déduction sévère à la religion, à l'espoir — Entre homme et femme, cette base de croyance pour les sentiments ne peut se fonder que par une connaissance intime sans réticence ; il faut se graver dans le cœur l'un de l'autre par tous les moyens, et, croyez-moi, l'amour est alternatif, il va du plaisir à l'âme, comme de l'âme au plaisir ; ce sont deux voies qui mènent également à l'alliance étroite que vous nommez une amitié — Les dévouements qui nous rendent un seul être, la certitude de les exciter, la certitude de les accomplir, ces magnifiques témoignages de l'amitié ont besoin d'une source. Voilà ce que je vous disais en un mot, en vous disant que les sentiments sont absolus[2] — ils sont entiers ou ne sont pas, ils sont infinis, sans bornes ; et vous en mettez aux vôtres, et vous voulez qu'entre ces cloisons, ce soit l'infini — Que voulez-vous ? Puis-je vous déguiser ma pensée ? Cela serait-il bien — il y a en moi le sentiment du grand à un trop haut degré pour ne pas trouver cela petit — Vous me demandez quel cœur de femme m'a inspiré ce que vous avez lu. Croyez-vous que, si j'eusse possédé ce cœur de femme, je l'eusse traînée à la face du public, mise sur les tréteaux d'un livre — Non, j'ai pris cela en moi, et, si vous le trouvez bien, vous devez imaginer que je vous parle vrai en vous disant ces choses qui ne sont ni dures ni amères, mais qui sont l'expression calme de la situation où vous nous mettez.

Mes souffrances ne se calment pas, les affaires retardent mon départ, je ne sais s'il aura lieu — du travail, et toujours le travail, c'est comme l'eau de la mer pour le marin, et, comme le marin, seul ! voilà ma vie. Il est permis de murmurer, quand une goutte d'eau douce tombe du ciel, de ce qu'elle vient tomber loin de vous.

36-54. BENJAMIN APPERT À BALZAC

[Paris, 11 avril 1836.]

Mon cher Monsieur de Balzac,

Permettez-moi de vous offrir les 2 volumes que je viens de publier sur les prisons, les bagnes et les criminels[1]. Je serais bien heureux si vous pouviez en faire rendre un compte impartial dans l'une des feuilles que vous honorez de votre collaboration.

Agréez cher Monsieur de Balzac, mes compliments aussi affectueux que dévoués.

B. Appert.

Quai Voltaire 21 *bis*.
Ce 11 avril 1836.

[Adresse :] Monsieur de Balzac | homme de lettres | 1, rue Cassini | Paris.

36-55. LA COMTESSE MARIE POTOCKA À BALZAC

[Genève,] 11 avril [1836].

Adieu Monsieur, je pars dans huit jours. Je ne puis quitter le monde civilisé sans saluer une de ses plus belles gloires par un petit mot d'amitié. Mais peut-être m'avez-vous oubliée ? J'en serais d'autant plus fâchée que je ne saurais vous le rendre ; bien loin de là, je compte m'occuper beaucoup de vous avec Mad. Éveline ; cela nous fera revivre au fond de ces tristes contrées où l'on n'a pas dans quoi puiser son haleine. Ce qu'elles me réservent ne m'effraie pourtant guère. Genève m'a fait[e] à l'état de mort ; il a embaumé la momie, je puis être expédiée pour la Russie. Notre hiver a été plus morne que jamais, les malheurs s'en sont mêlés et la tristesse est venue par-dessus l'ennui nous faire double cercueil. Et vous êtes-vous gai dans votre monde agité ? Que font vos Parisiennes ? elles plaisent sans doute et plaisent en *braves*, car vous le savez, la bonne envie qu'elles en ont est richement douée de l'intrépide vaillance des preux. On nous avait annoncé Mad. Sand[1]. Pourquoi n'arrive-t-elle pas ?

J'aurais été curieuse d'entrevoir cette femme faite homme dont le talent me subjugue comme la pente au mal nous entraîne. Sa puissance qui certes n'est pas de droit divin n'en est pas moins à reconnaître. À propos de Sand je vois souvent Liszt le prodigieux et le goûte beaucoup. Son être n'est pas tout entier au bout de ses doigts. La nature l'a richement doté ; elle en a fait une de ses belles créations. Cet étonnant Liszt vient de nous donner une soirée musicale où il a été sublime. Son auditoire genevois tressaillait sous sa puissante inspiration. Jamais Orphée n'a mieux fait sur les animaux de son temps. Que vous dirai-je de ce qui me concerne moi-même ? rien de bon, rien de gai et, de plus rien de certain si ce n'est que j'en suis venue à ce moment où les derniers fils de la guenille usée s'en vont tous à la fois. Appliquez la métaphore à la vie, à ses espérances, à ses légitimes illusions — de tout pris à son dernier acte — et vous m'aurez comprise. Je ne veux pas vous occuper plus longtemps de moi. Pensez-y quelques fois Monsieur, et chargez Mad. Éveline de me le faire savoir. Quant à mon souvenir, il vous est assuré. Ce m'est une douce jouissance de vous l'exprimer en y joignant mille et mille amitiés. Que ne puis-je hélas en retrancher un triste et long adieu[2].

M. P.

Bernard et mon fils me chargent de mille choses p[ou]r vous.

[Adresse :] Monsieur de Balzac | 1, rue de Cassini | près l'Observatoire | Paris. | Affranchie.
[Cachets postaux :] Suisse par Ferney. | 12 avril 1836 | 15 avril 1836.

36-56. AU DOCTEUR NACQUART

[Paris, 15 avril 1836.]

Reçu de Monsieur Nacquart la somme de six cents francs que je lui rendrai dans une semaine

15 avril

de Balzac.

Remerci, mon bon docteur.

[Adresse :] Monsieur Nacquart.

36-57. GIACOMO MEYERBEER À BALZAC

[Paris, 16 avril ? 1836[1].]

Mon cher Monsieur !

Une indisposition a empêché la dernière représentation des *Huguenots*, et voilà ce qui m'a empêché à mon tour de vous envoyer la loge que vous aviez bien voulu agréer pour ce jour-là. Demain (dimanche) on donnera aussi *Les Huguenots*. Dans la supposition qu'il ne vous soit pas désagréable de les entendre, je prends la liberté de vous adresser ce coupon de loge ci-joint, avec la prière de le vouloir bien agréer de la part de

votre admirateur

Meyerbeer.

Ce samedi.

[Adresse :] À | Monsieur de Balzac.

36-58. LA PRINCESSE ANGELINA RADZIWILL À BALZAC

[Dresde, 18 avril 1836.]

Bien des fois dans ma solitude de l'Ukraine j'ai fait fuir le temps en lisant vos ouvrages, et regretté de ne pouvoir multiplier les pages pour ne jamais fermer le livre. J'ai d'abord admiré, plus tard j'ai éprouvé un sentiment de reconnaissance, mais depuis que j'ai lu la sublime poésie du *Livre mystique*, je puis dire, et moi aussi je suis votre amie ! Un instant j'enviais le bonheur de Mme Hanska — qu'elle est heureuse de vous inspirer, quels souvenirs dans sa vie intellectuelle[1] ! Mais si elle a déjà goûté le charme de vos entretiens, j'y aspire comme à un beau rêve pour l'avenir, et les désirs non réalisés sont peut-être les plus belles illusions de la vie dont le complément est dans l'éternité vers laquelle nous courons tous ! Cette soif de l'âme qui voudrait s'unir à tout ce qu'il y a de beau, d'élevé, ne tient-elle pas à l'entraînement qu'on éprouve pour l'eau, pour les bois, les gazons, ces îles de verdure où l'on voudrait se rouler, se pénétrer de leur fraîcheur, et le chant du rossignol dont la douceur fait tant de mal, n'est-il pas l'inexplicable langage du Ciel qui dit la profusion de tous les biens que nous convoitons sur la terre ! Dieu ne donne ici-bas que des fractions du bonheur où les âmes seront éternellement unies, confondues dans le dernier soupir de l'amour, extase continue que l'entière profusion ne flétrira jamais. S'il y a un privilège que j'ambitionne, c'est celui de correspondre avec vous — si cette faveur s'accordait à une inconnue je serais presque satisfaite ! Ceci paraîtrait bizarre et inconcevable à qui ne connaîtrait pas le cœur humain ; mais M. de Balzac qui le fait battre et le dirige à son gré, peut-il s'étonner qu'une jeune femme idolâtre ses écrits, et folle de ses propres pensées, veuille quelquefois les communiquer comme à un ami qu'elle ne trouve point dans le monde ! Si cette grâce m'est accordée je pressentirais des joies infinies dans mon existence future. Voudrez-vous en être le mobile, et aimerez-vous à recevoir le culte de l'imagination et du cœur que vous avez enchanté tant de fois et dont je me sens heureuse de pouvoir vous offrir l'hommage.

Angelina P[esse] Radziwill.

Si vous voyez M. Tissot du Collège de France[2], veuillez lui dire que je ne l'ai point oublié — il doit être fâché de mon silence et vous dira probablement beaucoup de mal de son ancienne amie je lui en veux de ce qu'il ne m'ait point fait faire votre connaissance lors de mon séjour à Paris ; mais peut-être est-ce mieux si vous ne me connaissez pas — en tout cas je vous prie de ne pas montrer cette lettre à mon vieux républicain, il en serait jaloux.

Si vous m'honorez d'une réponse veuillez me l'envoyer par l'entremise de MM. Bassenge banquiers à Dresde.

Dresde, ce 18 avril 1836.

[Adresse :] Monsieur | Monsieur de Balzac | Paris | rue Cassini, 1.

36-59. À « LOUISE »

[Paris, vers le lundi 25 avril[1] ? 1836.]

J'ignorais vos chagrins et vous ignoriez les miens — je suis si violemment atteint, que le désespoir s'est emparé de moi — je ne vous dirai pas ce qui serait pour vous un sujet de regret ; non, je vous tairai la cause de mon silence. Il y a un moment, dans la vie entièrement malheureuse, où le découragement et le doute sont si complets, qu'on ne se baisse plus pour ramasser la planche de salut. J'en suis là... y aura-t-il un réveil — je ne sais. Ce que je sais bien, c'est que, quand on est malheureux, tout nous accable. Je souhaite que, quand vous aurez reçu ce petit mot où l'amertume est pour moi, et non pour vous, les anges du ciel aient écarté tout chagrin d'autour de vous, que votre enfant soit bien, que toute souffrance soit dissipée — enfin, je veux que vous sachiez combien le cœur à qui vous avez confié quelque chose de vous est pur de toutes les choses mauvaises dont vous le chargez, et avec quelle ferveur il désire que tout vous soit heur dans la vie — Cette conviction ne doit pas venir d'une parole, mais d'un sentiment dont je veux empreindre à jamais ce papier — je me replonge dans mes douleurs, soyez heureuse.

36-60. MADAME L. SAINT-H. ***
À BALZAC

[25 avril 1836.]

Monsieur,

Je viens de lire une de vos *Scènes de la vie privée*, intitulée *Les Célibataires*[1], et je vous avoue que cet ouvrage m'a causé un pénible étonnement. Je croyais en en voyant le titre que vous alliez prendre parti contre la société en faveur des victimes qu'elle fait ; et j'ai trouvé que vous vous joigniez à elle pour les accabler ! Ce n'est point là ce que j'avais attendu d'un homme dont les autres écrits témoignent tant de raison et de philosophie. N'auriez-vous pas dû, plutôt, en dépeignant tout ce que la privation des tendresses d'épouse et de mère a de cruel pour la femme, tout ce que les vices et l'égoïsme de l'état de garçon a de dégradant pour l'homme, vous, proposer pour but de faire adopter au monde des maximes moins barbares envers les unes et plus sévères envers les autres. On dirait au contraire que vous voulez l'inviter à redoubler de cruauté et d'injustice en lui persuadant que les femmes qui restent isolées sur la terre ont toujours mérité leur sort, et que tout malheureux doit être traité en ennemi parce que « *la souffrance rend méchant*[2] » ? L'esprit d'observation dont vous êtes doué ne vous a-t-il pas fait comprendre que les ridicules et les défauts des vieilles filles ne sont qu'une fatale conséquence de l'injuste anathème prononcé contre ces martyres de l'honneur ? Ah ! Monsieur, vous n'êtes pas père sans doute ! Si vous aviez connu tout ce qu'il y a de félicité à presser un fils dans ses bras, au lieu de vous réunir aux bourreaux qui la tourmentent, vous auriez trouvé des larmes pour la pauvre créature que la nature condamne depuis son enfance à des souffrances continuelles, souvent terribles, et qui, ayant compté un jour sur l'amour et la maternité pour l'en dédommager, se voit dépouillée de ces dons de son créateur par les vices d'un homme auquel il plaît de se contenter durant toute sa vie de la courtisane et de la femme adultère ? Faut-il encore qu'elle soit privée de la consolation des malheureux : la pitié qu'ils inspirent ? On s'étonne, on se fâche, lorsqu'elles deviennent à la fin égoïstes et malveillantes, mais y a-t-il quelque chose de plus propre à aigrir le caractère, à endurcir le cœur que de ne rencontrer autour de soi que des êtres auxquels la peine qu'ils vous supposent cause un plaisir de démon ? Que d'être un objet d'animadversion générale, sans avoir à se reprocher aucune action qui ait dû la provoquer ? Ont-elles si grand tort de s'en prendre de leurs malheurs au monde qui permet à l'homme tous les désordres grâces auxquels il peut trouver doux de se passer du mariage ? Quand vous approuvez qu'elles soient condamnées sur le dédain dont elles sont victimes, vous oubliez que vous-même avez dit dans un autre ouvrage : « Que prouve un mari ? Que jeune fille une femme était richement dotée, ou bien qu'elle avait une mère adroite[3]. » Et dans un autre : « Qui se marie aujourd'hui ? Des commerçants dans l'intérêt de leur capital, ou, pour être deux à traîner la charrue, des paysans qui veulent faire des ouvriers ; des agents de change, des notaires, obligés de payer leurs charges[4] ? » Voilà pour la ville. Voici maintenant pour la campagne : « Il arrive à chaque instant qu'un paysan quitte sa fiancée pour quelques arpents de terre que possède de plus une autre femme[5]. » Et c'est après de pareils aveux sur l'état de la société qu'on ose prétendre que l'infortunée qui reste seule doit inspirer de l'horreur ! Cet isolement, cette impossibilité de trouver à s'associer, n'est-ce pas plutôt une preuve de la supériorité de sa nature ? Peut-être en ce moment voudriez-vous me rappeler que vous avez fait une distinction pour quelques vieilles filles, en qui vous voulez bien reconnaître des *créatures héroïques dont le dévouement est sublime*[6], mais comment, lorsqu'on s'amuse à déchirer le cœur de toutes celles qu'on rencontre par tant de coups de poignard, peut-on toujours distinguer quelle est l'espèce de celle sur laquelle on frappe ?

Ah ! Mme Hortense Allart a raison quand elle juge que la coutume de l'Inde qui condamne à mort au moment de sa naissance la fille qui ne trouvera pas de mari est cent fois moins cruelle que celle de l'Europe, qui la laisse exister pour lui faire de la vie un long supplice[7]. Oh ! Je les devine, moi, toutes les douleurs qui doivent torturer l'âme d'une misérable femme, sur le front de laquelle les rides ont écrit : « Tu ne seras point mère ! » C'est une inscription semblable à celle de l'enfer ! Non ! Non ! ma fille ne la subira pas cette affreuse destinée ; elle ne deviendra pas, la pauvre enfant, si douce, si bonne, elle ne deviendra jamais un objet d'horreur ! Elle ne sera point méprisée sans avoir cessé d'être estimable ; haïe, tandis qu'elle est si bienveillante ! Mon parti est pris ; j'ai puisé dans la lecture de votre ouvrage un courage terrible. Veuve, dénuée de fortune, je ne pourrai peut-être jamais amasser assez d'or pour acheter à mon enfant une de ces courtisanes mâles qu'on appelle *un mari*. Eh bien ! Plutôt que de l'abandonner aux insupportables outrages qui l'attendraient, je la cacherai dans la tombe ; oui, je la tuerai, oui, j'aime mieux la voir morte que livrée à la souillure des mépris d'un monde stupide et barbare, où les esprits supérieurs qui devraient éclairer l'opinion sont les premiers à parler à l'appui des plus atroces préjugés.

L. St-H.

[Adresse :] Monsieur | Monsieur de Balzac | Paris.
[Complétée par la poste :] au bureau de la *Chronique de Paris* | rue Vaugirard, 36, Paris.
[Cachet postal :] 25 avril 1836.

36-61. À EDMOND WERDET

[Paris, Hôtel Bazancourt, 27 avril 1836[1].]

Mon cher ami,

Cet ignare dentiste, M. M ***, qui cumule son affreuse profession avec les fonctions atroces de sergent-major, vient de me faire fourrer à l'hôtel des Haricots.

Venez me voir tout de suite. Apportez-moi de l'argent, car je suis sans le sol[2]

de B.

36-62. À LOUIS ANTOINE LABOIS

[Paris, Hôtel Bazancourt, 27 avril 1836.]

Mon cher Labois, voyez Boinvilliers et tâchez que n[otre] affaire soit plaidé[e] vendredi. Pour le moment je suis en prison à l'Hôtel Bazancourt, mais que cela n'empêche pas que vous ne poursuiviez l'affaire, les propositions d'arrangement n'ont pas de suite, alors chauffez-moi cela, car il m'est impossible de rester encore 15 jours de plus sans décision[1]

tout à vous
de Bc.

[Adresse :] Monsieur Labois avoué | 42, rue Coquillière | Paris.
[Cachet postal :] 27 avril 1836.

36-63. À « LOUISE »

[Paris, Hôtel Bazancourt, mercredi 27 avril 1836.]

Au moment où v[otre] lettre m'est arrivée, j'ai été arrêté et mis en prison pour six jours, pour subir des condamnations de garde nationale ; je n'ai pu que lire v[otre] lettre, il me serait difficile d'y répondre ici, car me voici obligé de traiter par écrit les affaires les plus délicates, relatives à des choses de la dernière urgence, comme mon procès qui se juge vendredi — je ne sortirai que mardi prochain — cette prison est infecte, tous les prisonniers sont en commun ; je suis dans un coin, sans feu, et il fait très froid ; enfin, rien ne peut exprimer le tapage qui s'y fait, car tous ceux qui sont là ne sont que des ouvriers et des gens sans éducation — je suis en ce moment obligé de vous quitter pour écrire d'autres lettres pressées, je ne vous ai écrit ces lignes que pour vous éviter toute inquiétude.

36-64. À LA COMTESSE REGNAUD DE SAINT-JEAN D'ANGÉLY

[Paris, Hôtel Bazancourt, 27 avril 1836.]

Madame

Je viens d'être mis en prison pour cinq jours[1], pour fait de garde nationale daignez agréer tous mes regrets, et l'expression de ma reconnaissance pour avoir pensé à moi dans cette solennité littéraire.

J'ai l'honneur de vous présenter mes hommages

de Balzac.

[Adresse :] Madame la Comtesse Regnault de St-Jean d'Angeli [sic] | rue Blanche impasse Rivoli | Paris.
[Cachet postal :] 27 avril 1836.

36-65. À EDMOND WERDET

[Paris, Hôtel Bazancourt, 28 ? avril 1836.]

Cher, on vient de me *signifier* un nouvel *écrou* de vingt-quatre heures.

Apportez-moi de l'argent. Je vous attends

de B.

36-66. À ***

[Paris, Hôtel Bazancourt,]
vendredi 1 heure[1][, 29 avril 1836].

Tout cela est bel et bon, mais il n'y a jamais de grâce pour les gardes nationaux en prison et l'on m'a signifié tant de jugements que j'y suis pour jusqu'à jeudi[2], je suis bien malheureux car j'avais bien à vous voir — il faut attendre au moins jusqu'à vendredi mais vous serez la première personne chez qui j'irai après ma sortie.

36-67. LUDWIG HOFAKER À BALZAC

[Tübingen, 29 avril 1836.]

Monsieur,

Je viens de lire votre *Séraphîta*. C'est la joie qui me donne la plume à la main.

Sans être trop audacieux dans les espérances que je tire de vos suffrages pour *La Nouvelle Église*[1], je présume que vous avez hâté le moment où la France comprendra l'Immense Tâche que le Seigneur lui a confiée à cet égard.

Accueillez hardiment votre vocation sans égale, celle d'ôter à un univers aveugle et malheureux, le bandeau qui le sépare de la lumière et du bonheur le Ciel vous en a donné le gage dans votre génie aussi vif pour le profond que pour le beau, assemblage peut-être non moins rare que l'événement auquel il paraît être destiné.

C'est en traducteur des œuvres de Swedenborg, que, bénissant votre plume, j'ose vous donner un petit conseil pour faciliter les études que vous pourriez avoir à faire encore dans cette grande carrière. Il consiste dans ces deux mots :

Vos exemplaria[2].

La France n'a encore que les écrits de M. Richer[3] et les traductions de M. Moët[4].

Les œuvres de Richer, pour être bien belles, quelquefois sublimes, et très propres sans doute à donner un avant-goût de nos grandes vérités, ne suffisent pourtant pas pour en faire voir toute la profondeur, et surtout cet immense enchaînement de notre doctrine qui, seul, fait preuve de son origine.

La traduction Moët m'a paru une merveille de patience, puisque l'auteur a interprété une vingtaine de volumes sans avoir eu la jouissance de comprendre son original. Ceux, en effet, qui entrent par lui dans la nouvelle révélation, doivent, comme je sais par propre expérience, nécessairement prendre son apôtre pour moitié illuminé moitié fou, puisque M. Moët a, dans une suite assez régulière, rendu une période pour manquer totalement celle qui suit.

Quant aux traductions anglaises, c'est à peu près la même chose, à l'exception de celles de J. Clowes, qui, seul, a *repensé* Swedenborg.

Vous simplifierez donc infiniment vos études à, peut-être, faire encore, en vous tenant aux originaux latins, très aisés à lire et vraiment transparents : si vous n'y avez pas encore lu, vous trouverez tout un autre Swedenborg, un Swedenborg assaisonné immédiatement à tout homme tant soit peu méditatif, et retentissant, pour ainsi dire, dans l'intérieur de tous ceux qui sont à la hauteur de nos avenirs. Cette connaissance faite, la France, et avec elle les deux hémisphères, sauront pleinement apprécier ce qui leur sera tracé par votre pinceau, leur instrument chéri et prédestiné.

Voilà, Monsieur, ce que j'ai cru de mon devoir de vous écrire. Et puisque la librairie Guttenberg ici, qui est l'éditeur de mes traductions et des écrits originaux de Swedenborg que j'ai commencé de faire réimprimer, en a un petit dépôt à Paris, veuillez, Monsieur, me permettre de joindre ici une liste de ce qui pourra vous intéresser, vous n'aurez qu'à la faire présenter chez MM. Heideloff et Campé (Vivienne, 16) pour me faire le plaisir d'en garder ce qui vous conviendra. En m'imaginant qu'il puisse avoir quelqu'attrait pour l'une ou l'autre de vos connaissances à voir Swedenborg en allemand (p[ar] e[xemple] à Mme Benj[amin] Constant[5], ma compatriote) j'ai fait entrer dans la liste mes traductions en cette langue.

Agréez, Monsieur, l'expression de ma sincère estime.

L. Hofaker,
assesseur de régence
(Rue de la Monnaie, n. 110).

Tübingen,
29 avr. 1836⁶.

[Adresse :] À Monsieur | Monsieur de Balzac | pour adr[esse] | Mons' Ed. | Werdet, éditeur | à | Rue de Seine — S' Germain, | N° 49 | Paris.
[Cachets postaux :] Tübingen 30 avril 1836 | Paris 5 mai 1836.

36-68. À « LOUISE »

[Paris, Hôtel Bazancourt, 29 ou 30 avril 1836.]

Vos fleurs embaument ma prison — c'est vous dire combien elles me font plaisir ; mais, chère et gracieuse Louise, qu'est ce petit *dolce* au prix des quatre paroles qui les accompagnaient, mon cœur vous répond de toutes ses cordes, car vous avez frappé sur bien des endroits, toujours jeunes, malgré le malheur. Je suis un peu mieux ; à force de protections, et d'argent ; je suis dans une chambre d'où je puis voir le bleu du temps, j'ai du feu (je mourais de froid) et je vais travailler plus à l'aise. Le cœur de ceux que le malheur n'a pas aigris est plein d'affection pour l'affection ; mais, quand ce sont des hommes d'art ou de pensée, ou de pensée et d'art tout ensemble, ils ont les plus beaux trésors — Votre bouquet s'est planté là au beau milieu — Quand vous venez à moi si tendre, si bonne, si affectueuse, si bien sans défense et que je vous crois toute à moi, alors il me semble que je vous connais, je puis obéir à tout ; mais, quand vous êtes autrement, alors, je deviens mauvais, pourquoi, je ne le sais pas, en vérité, je vous dis ces choses comme un enfant parle à sa mère.

Je ne puis me promener que dans une chambre de dix ou douze pieds de long sur six de large ; mais je vais travailler là comme je travaille chez moi, 18 heures sur 24 — Qu'importe où l'on est, quand on ne vit pas par les lieux, mais par la pensée — allons me permettez-vous de vous serrer la main ? oui, n'est-ce pas —

Quelles sont donc les questions auxquelles je n'ai pas répondu ?

36-69. À MADAME CHARLES-BÉCHET

[Paris, Hôtel Bazancourt, fin avril 1836.]

Madame,

Je suis pour qlq jours en prison. En en sortant, j'aurai l'honneur de vous voir ; mais j'avoue que l'espoir que j'avais de vous voir vendre à M. Werdet l'entreprise pour laquelle il faut encore deux volumes in-8°[1], a influé sur mon travail, autant que le procès qui m'occupe, et un état de santé cérébral qui m'a laissé trop incapable pour que je fisse quelque chose de bon.

Agréez, Madame, mes hommages

de Bc.

J'espère que, quand je vous verrai, nous pourrons terminer l'affaire que j'ai su rompue par vous, malgré d'excellentes conditions.

36-70. À THÉODORE DABLIN

[Paris, Hôtel Bazancourt, 1ᵉʳ mai 1836.]

Mon bon Dablin, ne m'accusez pas d'oubli, mon retard provient d'un petit malheur je suis détenu pour 7 jours à l'Hôtel Bazancourt ; je ne sors que mercredi. Ce triste contretemps a dérangé toutes mes affaires, car il est difficile de les mener du fond d'une prison. Aussitôt sorti, j'irai à vous.

Mille amitiés aussi sincères que vieilles.

Tout à vous.

H. de Bc.

[Adresse :] Monsieur Théodore Dablin | 26, rue de Bondy | Paris.
[Cachet postal :] 1ᵉʳ mai 1836.

36-71. F*** À BALZAC

[Paris,] lundi [2 mai 1836].

Je rirais de pitié, mon cher Balzac, de la punition que l'on vous a infligée, si je n'en étais indigné. Il n'y a pas à dire, il faut que chacun ait sa petite part du bonheur dont nous sommes accablés. Je pense bien que vous laisserez votre humeur à la porte de votre actuelle habitation et que vous viendrez en rire chez moi avec tous vos amis, lundi prochain. Vous trouverez un ancien camarade [de] collège qui se fait un grand plaisir de vous revoir.

Mille bonnes amitiés

F.

36-72. MARIE CANALÈS À BALZAC

Mardi soir [3 mai 1836?].

Eh! quoi Monsieur, vous ne sortez que mercredi[1]? que mercredi que de minutes à compter encore entre ci et là!

Je vous prie Monsieur, de ne vous point gêner pour cette généreuse & bonne visite que vous croyez me devoir, le froid[2] et ma mauvaise santé ne me permettent pas encore d'aller habiter la campagne, et vous aurez besoin de beaucoup de repos et de ménagements : que ne puis-je comme un ange invisible veiller à votre chevet, rafraîchir votre âme et vos sens par un air pur & parfumé venant des cieux ; que ne puis-je — mais je m'arrête Monsieur, le nombre de mes souhaits sans changer le cours des événements nous conduiraient trop loin et vous n'eûtes jamais de temps à perdre.

J'aurais pourtant bien désiré vous emprunter un moment votre plume pour vous remercier convenablement de votre petit billet, mais hélas ! — merci Monsieur, merci dans la simplicité comme dans la sincérité de mon âme.

Marie
Canalès.

36-73. MAX BÉTHUNE À BALZAC

4 mai 1836.

Monsieur,

Pour complaire à vos désirs je me suis passé de vous lundi et j'ai fait face jusqu'ici (quoique cela m'ait horriblement gêné) aux besoins de la *Chronique* qui deviennent effrayants. Veuillez donc je vous en supplie m'envoyer les 4 000 fr. que vous deviez verser, et pour notre tranquillité réciproque faites verser de suite le reste des 45 000, car ma position serait bien pénible si j'étais obligé de vous tourmenter ainsi et d'arracher les choses par lambeaux[1].

Nous avons bien besoin de causer pour la *Chronique*; ce n'est pas mon argent qui y passe, je n'en suis pas moins fort chagrin, les abonnements viennent fort peu[2], les renouvellements sont nuls, songez-y, je crois qu'il ne faut pas s'endormir et que vous devriez songer à un parti, du train actuel avec le versement des 45 000 vous n'êtes pas à même encore, ici observez que je vous parle dans votre intérêt, le mien financièrement n'est pas compromis[3], mais vraiment les rapports établis avec vous sont si agréables, que je suis désolé de les voir cesser par une perte qui vous serait personnelle, pour mon compte pour la *Chronique* ou pour d'autres affaires vous me verrez toujours prêt à les renouer, je laisse de côté les rapports d'un autre genre qui j'espère en tout état de cause ne peuvent cesser, puisqu'ils sont fondés pour ma part sur l'estime la plus profonde de votre personne, de votre mérite et de votre caractère, je m'en honorerai toujours.

Prenons donc rendez-vous pour causer à fond.

Agréez Monsieur la nouvelle assurance de mon dévouement sans bornes

Max Béthune.

[Adresse :] Monsieur | Monsieur de Balzac | Rue Cassini, nº 1.

36-74. À « LOUISE »

[Paris, vers le jeudi 5 mai 1836.]

Me voici libre[1], mais plus enchaîné que jamais ; car il faut, pour sauver mon libraire d'une ruine certaine que le livre dont vous avez lu la moitié, soit fini d'ici à 5 jours, et il faut que je travaille nuit et jour, c'est-à-dire passer cinq nuits de suite. Voilà ma vie depuis 8 ans — puis les affaires les plus épineuses me relancent; il faut que je trouve des sommes énormes pour éteindre le reste de mes obligations et les affaires d'argent sont impitoyables, elles n'attendent pas, elles commandent, elles vous serrent — je n'aurai ma libre disposition que dans quelques mois — jusque-là tous ceux qui m'aiment ne connaissent rien de moi — je suis comme un cerf aux abois. Vos roses ont fleuri dans ma détestable prison. Allons mille tendres choses, autant qu'il y avait de parfums dans les boutons éclos.

36-75. ZULMA CARRAUD À BALZAC

[Frapesle, le 14 mai 1836.]

Vous vous plaignez de moi, *carissimo*? Je vous ai écrit il y a bien longtemps, et bien que vous ne m'ayez pas répondu j'aurais pu vous écrire encore; mais, à la hauteur où vous êtes, du point où vous envisagez le sort du monde, vous ne pouvez peut-être plus jeter un regard à d'anciennes familiarités. J'ai eu peur enfin, peur d'être déplacée, peur qu'une émanation du cœur ne pût se faire jour au milieu de votre fermentation cérébrale, si active qu'elle détruit toute autre chose. J'ai relu vos livres et une reconnaissance vulgaire eût cru devoir vous en accuser réception avec la dose d'encre voulue. Moi j'ai autrement fait; je les ai lus, lus, et puis j'ai médité longtemps. *Fleur des pois*, œuvre de talent, m'a serré le cœur; j'ai cherché quelque chose de vous que je n'y ai pas trouvé. Mon vieil ami, vous avez maintenant trop d'esprit pour moi, la vibration harmonique de vous à moi est interrompue : *Fleur des pois*, qui a dû vous valoir d'immenses éloges m'a fait mal. Oh! ma *Grenadière*! Vous aviez moins d'esprit alors... *Séraphîta* me fait encore rêver sur vous; je ne puis résoudre la question de votre foi en cette œuvre. Il faudrait que je vous l'entendisse lire, alors mes doutes seraient levés. Une bénédiction pour cette fraîche et pure création de Mina! C'est un des anges blancs de *Louis L[ambert]*, c'est une réminiscence d'un autre monde; c'est l'amour pur, tel que toute jeune fille le doit sentir. Séraphîtus est jaloux avec férocité comme tous les hommes; Séraphîta est froidement coquette comme toutes les femmes. Il y a dans ce livre des rêves du Ciel, des scènes ravissantes; mais il sera incompris en ce qu'il a de bon, et l'on n'appuiera que sur les absurdités de la religion de Swedenborg. Moi, je la condamne, parce que je n'admets point la perfection sans les œuvres, le Ciel se gagnerait trop facilement!

Je n'ose vous dire: venez donc! Que peut être Frapesle pour

vous maintenant ? Sans rien savoir de vous, si ce n'est que vous avez fait boire du Vouvray à Auguste[1], je sens que nous ne sommes plus du même ciel : le besoin de produire, produire sans cesse, ne permet plus d'alimentation chez vous (sauf les droits imprescriptibles de la bête). Qu'un cerveau, et dites-moi ce qu'un cerveau, comme le vôtre aurait à gagner auprès du commandant, qui sommeille, quand il ne dort pas, et moi, absorbée par mes deux marmots ? Cher, les forces humaines sont *unes*. Si on les applique toutes à une seule chose, le reste languit et, faut-il vous le dire, je crois que vos facultés psychiques doivent rester dans un engourdissement complet. Mais comme on ne dissipe pas, quoi qu'on fasse, des richesses comme les vôtres, j'attends le jour où le besoin de repos se fera sentir, et où vous demanderez mieux à la vie que l'excitation de votre machine à penser. Frapesle brillera alors dans un coin, et vous voudrez savoir s'il s'y trouve toujours de fraîches fleurs et des cœurs ouverts. Cette fournaise dans laquelle vous vous êtes jeté et dont vous attisez soigneusement le feu, comme si vos créanciers et vos envieux étaient insuffisants à la faire, cette ardente fournaise ne vous donne-t-elle donc pas soif d'une existence calme et reposée ; n'aurez-vous jamais le désir de vous rendre compte chaque soir des événements, des phénomènes internes et externes de votre vie de chaque jour ? Vous peignez bien des jouissances, bien des situations, mais celle-là, vous n'en parlerez que d'après vos rêves et vous la dorerez comme vous faites toujours ; elle mérite mieux, on peut la peindre sans ornements.

J'ai remis un pied dans le monde depuis que j'ai perdu ma sœur[2]. Sa fille est venue à Bourges et m'y a souvent attirée ; depuis le carême, elle recevait chaque jour et je me suis retrouvée au milieu de ce parlage de salon que j'avais presqu'oublié ; j'ai revu les petites passions mues par de petites choses et dépensant une activité incroyable pour arriver à des résultats microscopiques. Chaque fois que je revenais dans ma chaumière, je jetais au ciel, à la terre, à mes gazons et mes fleurs des regards reconnaissants. Je les remerciais de me conserver dans mon intégrité et de me garantir de toute souillure. Je vais retourner encore à la préfecture du Cher, pour la dernière fois sans doute ; ma santé ne me permet plus de déplacements ; je vais faire une courte apparition à Tours et je dirai adieu aux véhicules de toute espèce. Si vous saviez avec quelle volupté je pense que rien ne pourra me sortir de mon petit enclos, d'ici à une dizaine d'années ! Si vous saviez comme la pensée s'agrandit de cet éloignement de toute relation ! C'est qu'aussi j'ai besoin de mes forces et de ma tête. Vous savez bien que je suis seule pour mes enfants. Quand Ivan aura fini, Yorick commencera ; c'est une rude perspective, pour qui était plutôt née pour penser que pour agir ! Ces deux bonheurs à fonder demandent une immolation quotidienne. Yorick est un goguenard. Il a parfois de vos physionomies ; je crois que vous m'avez jeté un regard pendant ma grossesse. Le petit coquin fera du drolatique ; il a un œil qui projette au loin son intelligence. Ivan est nerveux et grave, il me donne beaucoup plus de peine que le gros ne m'en donnera. Nous sommes tellement identiques que s'il présente l'angle, c'est aussi un angle qui lui répond ; il ne faudrait pas cela. Mais je ne puis calmer ce besoin immense de perfection, d'une perfection qu'il me semble fait pour atteindre. Puis ne dois-je pas être vraie avant tout ? N'est-ce pas la moralité de mon éducation qui péchera par tant d'autres choses ? Mais de quoi vais-je vous entretenir, vous que le présent absorbe ? Quel intérêt peut-il vous rester pour des détails de ménage ? Adieu, *dearest*, adieu ! que le monde vous accueille toujours dans ses palais de rubis et de saphirs ; que les femmes aient toutes des yeux célestes et des cheveux soyeux pour vous, afin que vous recueilliez là autant que vous y placez. Nous qui n'avons qu'un soleil, nous lui demanderions seulement d'être un peu plus bénin ; il fait un froid si constant que je m'émerveille chaque jour du brillant coloris de mes anémones. Si une bénédiction d'amie peut jeter quelques parfums doux dans votre vie, recevez la mienne. Le jour où Frapesle vous recevra, nous tuerons le veau gras.

Zulma.

Je vous dénonce Carraud pour avoir souri quand il a su que vous aviez fait huit jours de prison. (Il est com[mandant] de la garde nationale du lieu.)

[Adresse :] Monsieur de Balzac | rue Cassini, n° 1 | Paris.
[Cachets postaux :] Issoudun, 14 mai 1836 | 16 mai 1836.

36-76. LA DUCHESSE D'ABRANTÈS À BALZAC

[16 mai 1836.]

On a beau ne pas se voir, on doit être toujours assez *amis* pour s'intéresser au sort d'une *amie* qui a joué comme moi avec le bistouri et qui est encore sur le lit de douleurs. J'ai été opérée au bras droit, j'ai reçu trente-cinq coups de bistouri !... j'ai bien souffert[1] !... Venez me voir mon ami, j'éprouverai en vous voyant un grand bien. Je sais que vous faites votre *Lys dans la vallée*, mais je suis une exception, moi, comme me le dirait mon ami l'archevêque[2] hier matin en venant me voir aussi, lui qui ne va chez aucune femme.

Pauvre Honoré ! vous avez donc été en prison pour la Garde nationale ! oh !...

Adieu ; voyez comme ma main gauche va bien ! c'est une merveille. Je n'ai écrit qu'à vous et puis [à] une autre personne. Adieu, vous avez mis un article sur Mme Merlin qui est ravissant[3] ! mais j'ai connu Mme Merlin à Madrid quand elle était enfant et sa sœur et sa mère aussi et j'aurais pu vous en dire de bien amusantes !... Quant à moi, dites-en du mal, je baisse la tête. On dit que M. Planche me déteste, moi qui ne l'ai jamais vu et qui aime son esprit. C'est de l'injustice à lui, mais je m'y soumets[4]... je l'ai même défendu contre un de mes amis le[s] plus intimes qui l'attaquait l'autre jour en disant : *je n'ai pas peur de lui ! au premier livre que je ferai !... j'ai un Jules Janin pour moi !...*

Adieu mon cher Honoré, ne répétez pas ce mot, il est de vous à moi. Adieu, je vous aime bien.

Laure D[esse] d'A.

Lundi matin.

[Adresse :] À Monsieur | Monsieur de Balzac | rue Cassini, n° 2 | près l'Observatoire | à Paris.
[Cachet postal :] 16 mai 1836.

36-77. AUGUSTE BORGET À BALZAC

[Paris, 16 mai 1836.]

Mon bon ami, je ne veux plus être à Paris dans 15 jours. J'ai trop besoin de travailler d'après nature. Aurez-vous de l'argent ? Vous ne sauriez croire quelle horrible peine c'est pour moi, votre ami plus ami que bien d'autres que vous voyez plus souvent que moi, de vous redemander de l'argent, de venir peser sur vous, ajouter à vos misères, me faire créancier : tenez ce dernier mot résume tout. Certes, je pensais bien ne vous jamais parler d'argent, et le motif qui me fait faire cette démarche est trop plein de douleurs pour que je puis[se] l'expliquer à d'autres. C'est bien assez de le savoir ; et je le sais je vous jure, car on ne m'a rien épargné pour que je ne l'oublie pas. Donc, pouvez-vous avoir 1 000 [francs], ou ce dont vous m'êtes redevable 2 ou 300 fr. de plus, dans 10 à 12 jours. J'ai été volé par les uns sans que je m'y attendisse, par d'autres les laissant faire sachant ce qu'ils voulaient faire. — Mon Dieu dans 5 ou 6 mois je pourrai sans doute vous prêter d'autre argent, et maintenant c'est moi qui vous emprunte. — Un mot de réponse. Je ne sais point vous parler de tout cela[1].

Si vous voyez Sandeau, dites-lui donc que je l'ai attendu jusqu'à 2 heures, et que si je lui avais cru sa tête bien saine et bien libre, le soir où nous avons dîné ensemble je serais furieux contre lui, qui me fait mille amitiés, qui vient dans mon quartier et n'entre pas chez moi.

Adieu et bonjour. Je travaille pour l'exposition de Nantes. Mon tableau est fini, un autre pour [Amiens ?], et je pars, car il faut que je parte, je veux partir même sans le sou.

Votre Vouvray m'a rendu horriblement malade le lendemain pendant 5 heures. C'est un mauvais refuge contre le chagrin.

[Adresse :] Monsieur de Balzac | rue Cassini, n° 1 | Paris.
[Cachet postal :] 16 mai 1836.

36-78. À « LOUISE »

[Mardi 17 ? mai 1836.]

Merci, chère, vos fleurs m'ont rendu un peu de courage, car, le jour de ma fête[1], j'ai été obligé de travailler plus que tout autre jour ; je n'aurai fini que jeudi, mais je ne vous écris ce petit mot que pour vous remercier, je vous écrirai avant votre départ[2] plus en détail — envoyez-moi la Suissesse le 20[3], c'est le jour de ma naissance ; que voulez-vous, je n'ai qu'un nom, faites-m'en un autre[4].

Oh oui, je vous ai bien tendrement reçue. Je vis dans vos parfums, vous aurez *Le Lys* avant tout le monde[5] ; peut-être pour l'emporter à la campagne, car j'espère avoir fini le 25 — Quelle œuvre ! et que de nuits perdues — il y en a bien 200 ! Rien ne peut récompenser de cela que vos fleurs et l'adorable cadeau que vous y avez joint.

36-79. À « LOUISE »

[Paris, après le 20 mai[1] ? 1836.]

Chère, quand vous lirez, sous peu de jours, la fin de l'œuvre dont vous avez le commencement, vous comprendrez comment je ne puis que vous écrire un petit mot, où sont contenus autant de remerciements qu'il y avait de gracieusetés dans les dernières paroles de votre dernière lettre. Je suis perdu de travail, je vis comme un fou, toujours à raboter, à polir (et souvent ne mangeant ni ne dormant) la blanche et belle statue qui, une fois finie, me laissera libre de mourir tranquille, si Dieu le veut, car la vie me lasse, pardonnez ce murmure, vous le comprendriez si vous assistiez à ma longue *Passion* — Merci, merci de toutes vos fleurs, de celles du cœur, et des roses, ne me croyez pas insensible, mais malheureux, et occupé sans une heure à moi, voilà la triste vérité.

36-80. À ÉMILE REGNAULT

[Mai ? 1836[1].]

Cher Pélican, portez cela bien vite à l'imprimerie, vous recevrez mardi dans la journée à midi, Bureau restant, un autre paquet de copie, vous savez que Plon nous a menacés de prendre le caractère et les ouvriers ainsi alerte ! mille amitiés.

H. de Bc.

36-81. AU DOCTEUR NACQUART

[Paris, 27 mai 1836.]

Cher docteur, j'arrive de la campagne où je suis allé finir *Le Lys* ; car d'aujourd'hui en 8 nous aurons le jugement[1], je suis au milieu de mes épreuves et j'ai encore 8 feuilles à remanier, corriger et laminer ; mais je vais mettre ma dette avec les fonds à chercher pour la fin du mois et nous arriverons. Ayez l'excessive bonté de donner au porteur, ma *Chronique*, peut-être demain irais-je vous voir le matin, car j'irai chez M. de Belleyme[2] — je vous porterai le nom de mes juges[3], je crois que vous devez connaître M. Pérignon[4], et alors n[ous] n[ous] mettrons en campagne tous deux pour l'aller voir.

T[out] à vous
Honoré.

36-82. À JEAN-MARIE DURANTIN

[Paris, 27 mai 1836.]

Monsieur,

J'accepte volontiers les magistrats[1] comme juges en matière littéraire, et comme je désire, autant que cette conviction vous est nécessaire, vous persuader que les *Mémoires d'une jeune mariée* ont été exécutés d'une manière moins périlleuse dans l'ouvrage qui donne lieu au procès[2] qui vous est soumis, les critiques littéraires de l'avocat de mes adversaires m'autorisent ainsi doublement à vous prier de vouloir bien jeter les yeux sur le premier volume imprimé que j'ai l'honneur de vous transmettre en saisissant cette occasion de vous présenter mes respects.

J'ai l'honneur d'être

v[otre] t[rès] h[umble] et d[évoué] s[erviteur]
de Balzac.

P. S. — Ce volume forme les *deux tiers* seulement de ce qui a été livré à St-Pétersbourg, dans un état informe ce qui porte le chiffre de la vente faite à mon préjudice à 12 feuilles (ou moins) lesquelles à raison de 200 fr. par feuille forment le chiffre de 2 400 fr. de dommage matériel.

Paris, 27 mai.

36-83. À DELPHINE DE GIRARDIN

[Paris,] vendredi 27 [mai 1836].

Madame,

Je ne suis arrivé qu'hier à Paris, et je n'ai pas voulu vous remercier de votre envoi sans avoir lu le livre[1]. Vous avez trop d'esprit pour ne pas deviner les mille compliments de la vanité caressée, mais vous avez aussi trop de cœur pour ne pas savoir par avance tout ce que celui d'un vieil ami (car nous sommes de vieux amis, quoique nous ayons de jeunes cœurs) vous garde de gracieusetés. Aussi, vais-je vous parler de ceci en ami. Il y a là le même esprit, fin et délicat qui m'a ravi dans *Le M[arqui]s de Pontanges*². Mais, je vous en supplie, en voyant d'aussi riches qualités dépensées sur des mièvreries (comme sujet), je pleure. Vous êtes une fée qui vous amusez à broder d'admirables fleurs sur de la serge. Vous avez une immense portée dans le détail, dont vous n'usez pas pour l'ensemble. Vous êtes au moins aussi forte en prose qu'en poésie, ce qui, dans notre époque, n'a été donné qu'à Victor Hugo. Profitez de vos avantages, faites un grand, un beau livre, je vous y convie de toute la force d'un désir d'amant pour le beau. Je me mets à vos genoux pour que vous daigniez nous écraser. Madame O'Donnell est, je crois, un excellent critique et un esprit très distingué. Bâtissez à vous deux (ne croyez pas que je vous rabaisse en vous disant mettez-vous deux, car je n'ai, pour mon compte, rien combiné sans soumettre mes plans à la discussion) bâtissez une forte charpente, vous saurez toujours vous éloigner du vulgaire et du convenu. Soyez, dans l'exécution, tour à tour poétique et moqueuse ; mais ayez un style égal, et vous franchirez cette désolant[e] distance qu'il est convenu de mettre entre les deux sexes (littérairement parlant), car je suis de ceux qui trouvent que ni Mme de Staël ni Mme G[eorge] S[and] ne l'ont effacée.

Que si j'assistais à ces conférences, ce serait un de ces jours rares que je ne connais plus, car le travail use, et je deviens taciturne, bête, ennuyé de tant d'efforts pour de si maigres résultats ! Permettez-moi de croire que vous ne verrez dans mes observations que les preuves de l'amitié sincère que vous inspirez à ceux qui ont l'heureux privilège de vous bien connaître. Portez aux pieds de Mme O'Donnell une partie des hommages que je vous adresse collectivement et croyez que si le travail absorbe, il y a des moments où je me souviens que je suis v[otre] t[out] dévoué

H. de Balzac.

36-84. HAMMER-PURGSTALL À BALZAC

Vienne, le 27 mai 1836.

Il y a deux jours seulement, cher Monsieur de Balzac que j'ai reçu l'exemplaire du *Livre mystique* transmis par le courrier ; celui que vous avez donné à la messagerie ne m'étant point parvenu[1] ; je vous prie donc d'y faire des recherches car ce n'est que sous l'espérance de le recevoir bien sûrement que je vais envoyer celui que je viens de dévorer, sans en être rassasié, à Constantinople ; comme il n'y a pas encore de douanes russes il y sera remis par mon commissionnaire entre les mains de Mme de Hanska qui doit s'y trouver en quelques semaines d'après la lettre que je viens de recevoir de sa tante la C^{se} Rosalie[2].

Quoique je sois enchanté de tous vos ouvrages je ne saurais pas un dont j'aurais préféré le cadeau à celui-ci, et s'il me fallait en choisir un pour ne lire d'autre toute ma vie ce serait précisément *Le Livre mystique* et surtout le premier volume. J'étais d'autant plus surpris de ce que j'y ai trouvé que pas une des personnes de la Société à qui j'en ai demandé des nouvelles (à commencer de celle à laquelle vous l'avez envoyé) n'en était contente. C'est que pas une ne le comprend, et croyez-vous donc que ces dames aient jamais lu le Dante. Il n'y a que Mme Marie (Potocka une de vos correspondantes actuellement ici), laquelle d'après comme moi des *Proscrits* et de *Lambert* va lire sur ma recommandation le second volume qu'elle ne connaît pas encore. À quelques mois d'ici j'espère pouvoir vous envoyer le livre mystique le plus célèbre des orientaux le *Gulcheniraz* c.-à-d. le parterre *aux roses du mystère*[3] dont Chardin[4] dans son article de la littérature des Persans fait déjà un juste éloge, mais lequel inconcevablement n'a jamais été traduit en langue européenne. J'en fais une édition persane avec une traduction allemande, laquelle, je crains, vous aidera peu puisque l'allemand, quoique pas de l'arabe sera du persan pour vous et *vice versa*. Je ne connais de votre *Chronique de Paris* que les extraits que j'en vois par-ci par-là dans la vingtaine de journaux français qui traînent par le bureau une quinzaine de jours après qu'ils sont sortis des mains *du Prince*. Je suis très flatté d'être jugé digne collaborateur d'un journal qui est dans les principes de notre politique ; en attendant que je ne trouve rien qui mérite de vous être envoyé je vous prie en cas que la *Gazette de France* persiste dans son refus d'insérer ma lettre où je réclame contre son mensonge d'écrire dans la *Chronique de Paris* la lettre que je vais écrire dans l'enveloppe de celle-ci[5]. Je ne reviens pas des transports avec lesquels j'ai lu *Les Proscrits* et *Lambert* et les tableaux du Fiord. Comment avez-vous peint tout cela sans l'avoir vu en le mettant devant les yeux des lecteurs. Voilà qui m'étonne bien davantage que vous vous rappeliez les détails de votre campagne, puisque tout ce que vous voyez reste à jamais gravé dans votre mémoire et se grave dans l'esprit de vos lecteurs aussitôt que vous mettez la plume à la main. Vous êtes vous-même une spécialité étonnante quoique votre physique soit celui de Wilfrid ; Caroline vous remercie de votre souvenir, elle a arraché *Le Livre mystique* à votre dévoué admirateur

Hammer-Purgstall.

36-85. LA DUCHESSE D'ABRANTÈS
À BALZAC

[Paris, 28 mai 1836.]

Je vous ai écrit[1] les premiers jours de mon opération, de ma seule main libre pour vous en prévenir et demander une minute à un ami ; quand on a eu bien des heures d'une grande souffrance elle les fait oublier. Vous n'êtes pas venu, cela ne me blesse pas. Cela m'afflige. J'ai toujours été une amie pour vous, et j'ai le droit de vous dire que je le suis. Il me faut donc espérer de trouver aussi un ami en vous. TOUT PARIS s'est fait écrire chez moi ; et votre *nom est le seul* que je n'aie pas vu !... Adieu, à vous de cœur *quand même*.

La d^{esse} d'Abrantès.

[Adresse :] À Monsieur | Monsieur de Balzac | rue Cassini, n° 2 près l'Observatoire | Paris.
[Cachet postal :] 28 mai.

36-86. MARIE CANALÈS À BALZAC

[Courant mai 1836 ?]

Eh ! quoi Monsieur, c'est à moi que s'adresse un si magnifique cadeau[1] ah ! Monsieur, Monsieur quelle surprise, Mon dieu ! pourquoi faut-il qu'aux joies les plus pures, aux enchantements les plus inattendus de ce monde se mêle toujours une douleur secrète.

Mon *Louis Lambert* ! le sacrifier, ah ! vous ne savez pas combien il m'est cher vous ne savez pas — eh bien ! suspendons ? je vous le promets quand vous m'aurez entendu[e] si vous l'exigez encore c'est dans vos mains Monsieur que je déposerai ce trésor d'une part de ma vie, oui par le sceptre et la couronne qu'ont portés mes ancêtres, par le sceptre et la couronne qu'a dédaigné[s] mon père, je le répète Monsieur quand vous m'aurez entendu[e] j'en référerai de mon *Louis Lambert* à votre jugement.

Mais qui sait même si je vous reverrai ! peut-être ehlas ! [*sic*] vous êtes-vous cru par dignité dans l'obligation de vous acquitter envers moi et vous l'avez fait en roi et ainsi qu'on pouvait l'attendre du noble héritier d'une aussi haute maison.

Ah ! s'il en était ainsi si là devait Monsieur se borner toutes relations entre vous et nous, loin alors bien loin de me séparer d'un livre qui me rappelle tant de souvenirs. Je vous prierais à deux genoux à deux mains de reprendre ces magnifiques volumes — et pourtant Monsieur si vous aviez entendu le cri d'admiration échappé à mon âme à la vue du chiffre, puis des titres des ouvrages, puis cette gracieuse et honorable dédicace de votre main. Comprenez-vous Monsieur, tout ce que mon cœur déjà si pénétré vous envoya alors d'actions de grâces et de remerciements eh! tout cela tout ce bonheur disparaîtrait pour moi et ne laisserait en sa place qu'une amère tristesse si je ne le devais qu'à la générosité du noble auteur et point du tout à une part quelque minime qu'elle soit dans son estime ou son amitié.

Marie.

36-87. À THÉODORE DABLIN

[Paris,] 2 juin [-3 juin 1836].

Mon bon Dablin, vous faites donc toujours le père avec moi, je n'ai point vu venir v[otre] effet de f. 500, au 31 mai; vous l'aurez sans doute conservé, mais j'ai les 500 f. J'en devrais avoir 610 de plus à v[ous] remettre; mais mon procès qui se juge demain, la défense, que j'ai été obligé d'écrire en 24 heures, les démarches à faire, et mon ouvrage à finir qui me prend 15 heures avant tout par jour, ont jeté bien du trouble dans ma vie qui devrait être paisible. Néanmoins, je souffre, car vous aviez ma parole, et vous direz que les poètes ne sont pas commerçants rigoureux. Soyez indulgent. Je vous mets avec ceci un exemplaire de ma défense[1] pour M. Pépin[2], et deux autres que vous donnerez à ceux de vos amis auxquels il sera nécessaire de les donner. Mille affectueuses choses, mon bon Dablin, de votre vieil ami

de Balzac.

3 juin, jour où l'on va rendre le jugement dans mon affaire contre la *Revue*[3].

[Adresse:] Monsieur Dablin | 26, rue de Bondy.

36-88. JEANNOTTE À BALZAC

[Après le 2 juin 1836[1].]

Un jour, Monsieur, j'étais en voiture, vous en cabriolet, nos roues se heurtèrent, on me dit : « Voilà Balzac ! » Je vous regardai vite, avec curiosité, nos yeux se rencontrèrent, nos roues se dégagèrent, un coup de fouet nous sépara, nos chevaux s'éloignèrent, depuis, je n'ai pas eu l'honneur de vous rencontrer ; mais cet incident fort ordinaire laissa cependant dans mon souvenir une impression que j'ai retrouvée très vive en lisant l'histoire de votre procès, et comme font les petits enfants qui croient consoler les grands en leur adressant des paroles sans ordre, sans esprit, mais venant du cœur, je me suis sentie appelée à vous parler de votre pétition littéraire, espérant adoucir vos ennuis, en vous racontant tout simplement ce que les femmes qui ont du cœur et de l'intelligence pensent de vos écrits. Vous le savez, Monsieur, les grandes réputations littéraires n'arrivent pas à la postérité sur un chemin de roses ! Plus on souffre, plus on est calomnié, plus il faut s'en réjouir ; si vous ne goûtez pas cet enfer anticipé, c'est que vous avez plus d'âme que d'orgueil, c'est que vous n'êtes pas le vrai martyre littéraire. Vous étiez venu, donc, flatté d'être illustre et de vivre en paix ? Quelle grande erreur ! Surtout dans un temps où toutes les épées sont dans leurs fourreaux, et où l'on ne combat que plume au vent ! L'esprit français est éminemment ferrailleur ; s'il ne s'attaque à l'ennemi extérieur, il faut qu'il s'attaque à l'ennemi, à l'ami intérieur. L'esprit des conquêtes s'est endormi pour rêver gloire littéraire, et il n'y a pas un étudiant qui ne se croit destiné à créer une œuvre indestructible, ou tout au moins à détruire les œuvres indestructibles, c'est guerre ouverte, vivat à ceux qui peuvent y gagner des grades, malheur aux vaincus, c'est comme sur tous les champs de bataille. Vous avez eu bien de l'esprit, Monsieur, en donnant des explications positives et claires comme le *Code civil* sur vos tortures littéraires, on ne peut vous reprocher un seul mot qui ne soit dans la dignité magistrale, un seul mot qui ne soit dans la sévérité d'une légitime défense. Vous devez être content de vous, c'est là une jouissance que l'envie ne peut ternir.

À présent, Monsieur, que je vous dise les sentiments secrets de nous autres femmes cachées, nous avons toutes pour vous la plus tendre admiration, et si les inquisiteurs du monde nous forcent quelquefois à condamner quelques chapitres de vos ouvrages, aussitôt que nous sommes deux et dans l'intimité, nous disons à voix basse : « J'aime Balzac ! Balzac connaît toutes les misères de la condition des femmes. Balzac a créé Joséphine[2] ! Eugénie[3] ! Honneur à Balzac, vive Balzac ! »

Nous battons des mains tout doucement, avec la joie des esclaves qui se dérobent à l'œil du maître, ensuite nous rentrons dans la société en parlant de *Jocelyn*[4] ! Ce n'est pas notre faute, on nous force à cette dissimulation. Dieu pardonne, les hommes ne pardonnent pas !

Jeannotte,
Abonnée à la *Chronique de Paris*.

36-89. À EDMOND WERDET

[Paris, début juin 1836[1].]

Mon pauvre Werdet, ne venez pas chez moi à 5 heures, ma mère est ici, mon frère aussi, et je dîne en famille ; mais si vous voulez que je dîne tranquille, *allez vous-même à l'imprimerie*, il faut y aller prendre à six heures des épreuves que Dénain tient prêtes et dont j'ai le plus urgent besoin pour travailler, et les remettre chez moi à Rose[2] pour qu'elle me les donne à mon arrivée.

Si vous voulez me trouver, vous me trouverez demain avant huit heures.

Tout va bien, j'espère en me levant à minuit avoir terminé le manuscrit.

Enfin allez chez Mme Béchet lui annoncer que vous pourrez traiter pour les *Études*[3], *Le Lys* paraissant jeudi et étant vendu, car j'ai promis d'aller la voir et lui parler de cela aujourd'hui. Mais je vois si rarement ma famille que je veux au moins prendre 3 heures de bon au sein des miens.

Mille affectueux compliments à Mme Duhalde[4]

de Bc.

[Adresse :] Monsieur Werdet | (pressé) | 49, rue de Seine. | (Madame Duhalde peut | ouvrir la lettre.) | Quinze sous au porteur.

36-90. À « LOUISE »

[Paris, entre le 3 et le 5 juin 1836.]

Cara, le procès est gagné[1] — la presse, les ennemis, la littérature, tout s'était soulevé contre moi, jamais on n'avait tant entassé de calomnies et d'infâmes suppositions contre un homme, — enragés tous de succès que je n'ai point mendiés, fatigués de me savoir juste et noble de caractère, ils ont essayé de ternir le cœur et l'âme, la vie d'un homme qui méprisait leurs atteintes avec un dédain royal ; voilà pourquoi ma défense a été nécessitée par le comble des lâchetés — il a fallu rugir une fois, pour faire taire toutes ces grenouilles — vous comprenez mon silence, j'espère[2] ; il a fallu courir, travailler ; enfin, en 15 jours, je n'ai pas dormi trente heures, et j'ai à faire encore les 100 dernières pages du *Lys*, que je veux faire paraître mardi ou mercredi, 8 juin[3]. Si vous n'êtes pas à Paris, hâtez-vous de le demander au reçu de cette lettre à Werdet, 49, rue de Seine, car mon libraire m'a supplié de ne pas lui en prendre un seul exemplaire pour mes amis, ayant besoin de tout pour sa vente, qui lui vient comme une manne dans le désert. Je vous écris au milieu de l'imprimerie et de la bataille des épreuves.

Avez-vous entendu de loin mes remerciements le 16 et le 20 mai, deux journées que les circonstances ont rendu si horribles et où vous avez jeté des fleurs d'autant plus belles que j'étais plus triste et plus accablé. Oui, n'est-ce pas ?

36-91. À « LOUISE »

[Paris, première décade de juin ? 1836.]

J'ai été absent d'ici ; je vous ai écrit de Ch   [1], je suis revenu ce matin, et, à 4 heures, j'admirais, avec un de ces abandons entiers si rares dans la vie, la page suave et chaude que vous m'avez envoyée ; j'y respirais l'air que le médecin m'a ordonné de respirer pour recouvrer l'usage de toutes mes forces, dans ces moments-là, l'on est moins homme ; votre lettre est venue[2] ; je l'ai lue dans la disposition de faire humblement ce que vous voudrez. Faites donc, vous ne répondrez qu'à vous-même de ce que j'enverrai de désirs perdus au ciel — Cependant, c'était aussi au nom d'un enfant que l'on a méconnu la plus pure des passions, celle précisément que vous voulez — Vous m'imposez de dures conditions d'existence, eh bien, ce peu que vous donnez est encore plus que rien — J'aimerai ce petit coin si bien rendu en pensant à ce que vous y avez enterré de richesses, et ce que vous avez gardé de consolations. Et cependant, que de choses j'ai à vous dire : vous connaîtrez tout de moi ; moi, rien de vous, car me dire tout ce qui vous advient, être pour vous un *ami*, ne serait-ce pas vous connaître. Je ne me refuse pas à ce que vous voulez ; mais mon esprit intuitif m'y fait voir à tout moment des réticences blessantes pour le cœur — Si vous connaissiez tout ce qu'il y a de chevaleresque dans ma loyauté, vous ne seriez pas si désespérée de refuser ce que je demande — D'abord, je ne demande pas à vous voir, ni à vous connaître ; je demande comment nous serons amis, sans cela — je suis plein de foi pour le miracle, et, l'ayant promis, c'est à vous à le réaliser — Remarquez que vous n'aurez jamais de tels éléments, un cœur si enfant, et si croyant, une âme *si peu homme*, quoi que vous en disiez.

Si vous saviez quelle est ma puissance de pénétration, d'après le peu d'indices que vous laissez, vous connaîtriez quelle est ma religion d'âme sur les choses dites — En effet, vous ne connaissiez presque rien de moi, je le vois ; vous ne saviez pas *Le Lys*, qui est le sujet d'un odieux procès ; vous m'écrivez en anglais ; vous ignorez, à ce que je vois, beaucoup de mes écrits — si vous saviez que, comme les Sauvages à la recherche de leurs amis ou de leurs ennemis, ces petites choses peuvent me mener à vous, vous seriez au moins touchée de ma réserve, et vous auriez compris ce que je voulais. Je veux m'attacher à un lien, mettre le pied sur un peu de grève, faites-la si déserte que vous voudrez, mais ne me laissez pas voler à plein ciel sans y rien rencontrer. Que répondrez-vous à ceci — je suis à votre discrétion — je ne veux ni vous affliger, ni vous déplaire, et je ferai comme vous voudrez. Seulement, ayez de l'indulgence pour celui que vous aurez emprisonné dans les ténèbres.

36-92. À « LOUISE »

[Paris, première décade de juin ? 1836.]

Il n'y a réellement que fort peu de choses d'art qui puissent me donner autant d'émotion que j'en reçois de cette aquarelle[1], je voudrais savoir si c'est vous qui l'avez *composée*; elle est (pour moi) sublime — il faut vous dire qu'à part la hauteur des collines du fond, il existe en Touraine une petite chose semblable où se sont passées les heures les plus solennelles dans ma vie intellectuelle; là, j'ai fait *Louis Lambert*, rêvé à *Séraphîta*, décidé *Le Père Goriot*, repris courage à mes horribles luttes d'intérêts matériels — Ce dessin est pour moi sans prix, je le trouve au-dessus de beaucoup d'œuvres, et je me vois votre redevable... vous avez un grand talent, je vais tous les jours plus mal, et mes affaires, qui paraissaient devoir bien aller, s'embrouillent à me faire perdre la tête — dans les moments difficiles, je me promène dans le dessin — mille caresses d'âme.

[Suscription au verso du second feuillet blanc :] à Louise

36-93. À THÉODORE DABLIN

[Paris, début juin 1836.]

Mon bon Dablin, je suis sous le coup d'un *retour*; dans les circonstances actuelles, il faut payer à l'instant; je prends vos 500 fr. et vous verrai à l'occasion des 1 110 fr. que je vais ainsi vous devoir, en vous portant jeudi prochain, *Le Lys dans la vallée* qui veut encore deux jours et deux nuits de travaux.

Tout à vous

Honoré.

36-94. OLYMPE PÉLISSIER À BALZAC

[Paris, première quinzaine de juin 1836[1] ?]

Au moment d'aller m'enterrer dans une province pour un mois mon bien cher Balzac je viens vous conjurer de me prêter quelques nouveautés pour faire fuir le temps et les heures, ne m'enviez pas le plaisir que j'ai à contracter envers vous cette nouvelle obligation, un mois est si long pour une nullité comme la mienne faites ce que vous pourrez, avec une lecture amusante les journées se passent facilement. On vous dit fort à la mode, les succès vous suivent pas à pas — aussi serai-je entièrement dédaignée — Mille tendres bonjours de cœur.

O. Pélissier.

Je pars [*sic*] demain à 4 heures —

[Adresse :] | Monsieur | De Balzac | N° 1 Rue Cassini | Paris.

36-95. À LA DUCHESSE D'ABRANTÈS

[Paris, vers le 9 juin 1836.]

J'étais à travailler nuit et jour, ne lisant même pas mes lettres, quand vous m'avez écrit les deux vôtres[1] — les gens qui sont sur le champ de bataille, vous le savez, ne sont pas libres de causer (ni de faire savoir à leurs amis s'ils sont en vie ou morts) ; moi je suis mort de travail, mais je vous envoie mon livre, pour vous prouver que les morts n'oublient pas, quand ils ont à se souvenir de vous et qu'ils sont

votre dévoué
Honoré de Bc.

36-96. À « LOUISE »

[Paris, entre le 12 et le 16 juin 1836.]

Je suis épuisé de travail, au lit, pour dormir et me reposer pendant qlq jours et cependant, il va falloir se relever et travailler, car il faut encore finir 2 volumes que je dois par traité ; le dernier de tous, mais le plus odieux, puisqu'on s'en fait une arme pour me tourmenter[1] j'ai à peine le temps et la force de vous envoyer toutes les gracieusetés de Walter[2].

36-97. À SÉLIM DUFOUR

[Paris, avant le 12 juin 1836.]

Réponse à M. Dufour

J'avoue que j'ai longtemps regardé la lettre de M. Dufour, associé de M. Bellizard, avant d'y croire[1]; et ce, pour plusieurs raisons.

La première est que, pendant les six mois qu'a duré le procès relatif au *Lys dans la vallée*, MM. Buloz et Bonnaire se sont constamment posés comme des gens incapables D'AVOIR VENDU mes épreuves, ils ne les avaient que *communiquées*; ce mot *communiqué*, si hautement répété à l'audience devant les magistrats, éloignait l'idée de tout dommage pécuniaire, de toute spéculation commerciale; ce mot est celui dont se sont servis les signataires de la déclaration, car aucun d'eux ne consentirait à laisser M. Buloz gagner sur eux cent ou cent cinquante fr. par seize pages quand il les leur marchande avec ténacité. Mais voici que M. Dufour *écrit* qu'il a ACQUIS avec loyauté, ce qu'il a la conviction qu'on avait le *droit* de lui VENDRE; certes, il ne s'agit pas ici de la loyauté de M. Dufour. Le commerce de la librairie n'est pas fondé sur les principes de celui des matières d'or et d'argent; il s'agit seulement de la loyauté de mes adversaires, qui, vous le voyez, reçoit, après le jugement, un singulier lustre; le jugement rendu, les aveux étaient possibles. Ainsi ce que j'affirmais relativement à la *vente* est vrai. Mes épreuves n'ont pas été *communiquées*, elles ont été *vendues*.

Maintenant, la seconde raison de mon étonnement venait de ce que M. Dufour me demandait compte des paroles de M. Dufour. L'ami de M. Bellizard est M. Dufour, celui qui se plaint de cet ami est encore M. Dufour. M. Dufour n'est pas satisfait aujourd'hui, en juin, de ce que M. Dufour a dit en février, M. Dufour m'a fait croire à la superstition du *double*; y a-t-il deux M. Dufour ?

Je devais achever dans ce numéro une étude philosophique intitulée *Ecce Homo*, que je ne pourrai donner que dans le numéro prochain[2], tant je suis fatigué de la queue de ce procès, et des soins réclamés par les dernières pages du *Lys dans la vallée* ; mais je vous raconterai, comme indemnité, l'un des petits incidents de ce procès, où l'on peut trouver une étude des contradictions auxquelles les libraires sont sujets comme de simples mortels.

Le jour même où je recevais de Saint-Pétersbourg les différents numéros de la *Revue étrangère*, où sont publiés les articles du *Lys*, je reçus une lettre de M. Dufour, qui, sans doute prévenu par M. Bellizard de l'achat de la *Revue* pour mon compte, et sachant qu'il s'en allait d'un procès, me demandait instamment un entretien : je ne répondis pas ; le lendemain, nouvelle lettre, même silence ; enfin, une troisième lettre qui parlait de mes intérêts en souffrance[3]. J'ai toujours cru, et je crois encore, que M. Dufour est dans cette question pour M. Buloz, contre moi. Je ne voulus pas aller moi-même chez M. Dufour, j'y envoyai un de mes amis qui était au courant de cette affaire, M. Émile Regnault, en lui recommandant de bien écouter M. Dufour, et de voir s'il n'éclairerait pas les obscurités de la question.

M. Dufour déplora beaucoup ce procès ; il voulait l'arranger. Je reçus, vers ce temps, une lettre qui m'invitait à aller trouver M. Buloz, tandis que M. Buloz recevait une lettre semblable, qui l'invitait à se rencontrer avec moi à la *Revue*, où tout s'apaiserait. Je ne crois pas M. Dufour ni M. Buloz capables de ce stratagème ; mais, par un effet du hasard, la fausse lettre signée Buloz ressemblait, par la forme, par le papier, aux lettres de M. Dufour ; sur ce point, je n'attribue rien à M. Dufour, je dis seulement que cette coïncidence bizarre m'avait mis en défiance sur tout en cette affaire ; je ne l'accuse donc point d'avoir voulu intervenir sans dignité là où il n'avait que des intérêts indirects et où il pouvait jouer ouvertement le rôle de conciliateur.

Aux premiers mots de M. Dufour, M. Émile Regnault, qui avait été témoin de mon désespoir d'artiste à l'aspect de la *Revue*, se récria sur la manière dont j'avais été imprimé. Là-dessus, M. Dufour dit qu'on n'y regardait pas de si près en Russie, et, d'ailleurs, il offrait, dit-il, de réimprimer à ses frais *Le Lys dans la vallée* sur les *bons à tirer*. Enfin, il articula sa demande, qui consistait à signer un traité avec moi, par lequel je lui vendrais les bonnes feuilles de mes articles et de mes ouvrages, car il s'était aperçu, un peu trop tard, qu'il fallait s'adresser au propriétaire. Pendant cette conférence, pour mieux faire sentir à M. Regnault la nécessité où j'étais de conclure cette vente, M. Dufour découpait tranquillement le dernier article de *L'Interdiction*, publié dans la *Chronique*, pour l'envoyer à M. Bellizard par le courrier, action que je ne puis empêcher, mais qu'en mon âme et conscience, je ne ferais pas, moi. Je ne prendrais pas sans autorisation ce que je crois nécessaire d'acheter. Les Belges sont à Bruxelles, ils n'habitent point Paris.

M. Regnault revint et me rapporta cette conversation dont je notai les principaux points. Si je signais un pareil traité, que j'avais refusé de conclure avec M. Bellizard lui-même, il aurait pu se faire que, par un malheureux hasard, ce traité fût mis sous les yeux du tribunal et nuisît à ma cause ; je renvoyai M. Regnault refuser nettement M. Dufour, en lui disant que j'attendrais, pour me décider, l'issue du procès. Cette fois, M. Regnault trouva M. Dufour occupé à expédier la contrefaçon de ma personne. Ne pouvant pas plus avoir mon portrait qu'il n'avait ma prose, et ayant promis de me livrer à *ses Russes*, il envoyait une exécrable lithographie faite d'après la charge de Dantan[4], et qui me ressemblait, à peu près, comme *Le Lys* de Saint-Pétersbourg ressemble au *Lys* publié par M. Werdet aujourd'hui.

Je rapporte ce petit trait de bonne foi pour corroborer le peu de respect que la maison Dufour et Bellizard témoigne à son abonné russe ; car il est évident que l'abonné ne regarde pas de plus près à la figure qu'au style d'un auteur, et qu'on peut lui donner une monstruosité faite pour les moqueries parisiennes, au lieu d'une figure qui peut être fort laide, mais qui, enfin, a un caractère quelconque. Selon moi, cet envoi dérisoire confirme le mot que j'ai rapporté dans mon précis. Après avoir trahi ma pensée, et accepté des épreuves informes, M. Dufour calomniait ma personne, et avouait naïvement à M. Regnault qu'aucun artiste n'avait pu me dessiner à l'Opéra, parce que je n'y allais plus.

Maintenant, M. Dufour nie avoir dit ce mot sur les Russes, et M. Regnault affirme l'avoir entendu ; moi qui ne prévoyais point en avoir besoin, je le notai, en février dernier, afin de pouvoir discuter avec mes avocats la mise en cause de M. Dufour. M. Regnault persiste à affirmer ; M. Dufour persiste à nier. Entre un homme qui a besoin de sa négation et un homme à qui son affirmation est indifférente, je crois celui-ci ; je le crois d'autant plus, qu'en examinant la situation primitive de M. Dufour, tout homme de sens comprendra qu'il n'avait rien autre chose à répondre que ce terrible *Qu'est-ce que ça fait ; c'est en Russie : on n'y regarde pas de si près.* L'offre qui suivit cette phrase, l'offre de la réimpression a été confirmée hier par M. Dufour, et cette offre était, en effet, la conséquence du mot.

Ainsi, ce *soi-disant ami*, qui se permet un propos nuisible à M. Bellizard, est M. Dufour, qui, dans ce moment-là, justifiait la maison Dufour et Bellizard comme tout autre libraire l'aurait fait.

Dans cette affaire, j'ai toujours donné la preuve de ce que M. Dufour nomme mes allégations. Je ne pouvais laisser publier sa lettre sans cette observation ; mais, quoi qu'il dise, j'en resterai là. Entre l'assertion de deux hommes, dont l'un est intéressé dans la question et l'autre n'y est pour rien, il n'y a ni juge ni tribunal ; il n'y a que des convictions personnelles. Là-dessus, chacun choisira. Pour moi, je ferai cette simple observation, que l'envoi d'un faux portrait est la confirmation complète du propos ; l'un atteste autant que l'autre un profond mépris pour l'abonné, mépris assez attesté déjà par l'achat d'épreuves informes ; car, quoi qu'il arrive, mon livre et la *Revue* sont aujourd'hui en présence, et, quoi que fasse la maison Bellizard, cette discussion et mon livre iront, je l'espère, en Russie

de Balzac.

36-98. SÉLIM DUFOUR À BALZAC

Paris, le 13 juin 1836.

Monsieur,

Dans votre impuissance à me fournir les explications que je vous demandais par ma lettre du 4 juin[1], vous n'avez pas craint de diriger contre ma maison une série d'imputations, accumulées dans le but évident de lui nuire. J'aurais pu me dispenser de les relever, laissant au public le soin de prononcer entre vous et moi ; mais je me dois à moi-même de l'éclairer sur la valeur de vos allégations.

Il est faux, Monsieur, que j'aie tenu le propos que vous me prêtez aujourd'hui ; l'empressement que vous mîtes à me députer le soir même, à 11 heures, un émissaire chargé de me déterminer par toutes les instances possibles à retirer une réclamation en faisant sonner bien haut que vous étiez nanti *de preuves écrites,* de lettres *bien autrement convaincantes que des paroles, etc.*, vos retards à insérer cette terrible réclamation qui vous pesait tant ; enfin vos menaces articulées au bureau de la *Chronique de Paris* « de faire, si je persistais à exiger cette insertion, tout ce que vous pourriez pour nuire à mon associé » sont là pour en donner la preuve !

Il est faux que j'aie le premier publié le portrait de votre personne, demandez au *Voleur*, qui vous la délivrera avec son numéro du 5 janvier dernier, compte de cette *exécrable* lithographie que le public parisien a eu le mauvais goût de trouver ressemblante.

Il est faux que les épreuves du *Lys dans la vallée* m'aient été communiquées en *têtes de clous* ; j'en donnerai incessamment la preuve en faisant revenir les placards de St-Pétersbourg puisque vous avouez vous-même que vous surchargez vos *bons à tirer* au moment de l'impression, il n'est donc pas étonnant qu'il se soit établi des différences entre la publication à St-Pétersbourg et la publication à Paris ; celle de votre ouvrage en volumes en offre bien avec vos articles donnés par la *Revue de Paris* !

Enfin, il est faux que Mad⁶ Béchet m'ait communiqué les bonnes feuilles de *La Fleur des pois* pour me mettre à même de juger si l'ouvrage me conviendrait ; je sommerai au besoin Mad⁶ Béchet de dire que pour cette nouvelle comme pour *La Recherche de l'absolu*, je mis pour condition d'en prendre un nombre que les bonnes feuilles me seraient livrées pour être publiées dans la *Revue étrangère*[2]. Ma correspondance commerciale peut fournir la preuve de ce que j'avance.

En voilà assez je pense ; quoi qu'il arrive maintenant, c'est aux tribunaux que j'en référerai.

J'ai l'honneur de vous saluer

S. Dufour.

36-99. LE BARON ÉTIENNE DE LAMOTHE-LANGON À BALZAC

[Paris, 13 juin 1836.]

Comme vous, Monsieur, je vois peu de monde, je suis tellement casanier que même le bruit de votre procès ne m'était point parvenu. Hier le hasard m'a fait lire la *Chronique de Paris* du 2 courant, j'y ai trouvé votre lettre, ce serait une infamie que de dire votre justification. Il y a bien longtemps que je vous admire, ce qui m'avait donné grand goût de vous connaître, je sais vos ennemis par cœur. La littérature est une forêt de Bondy dont les journaux sont les mendiants. Les gens de lettres, eux, sont de pauvres esclaves soumis à ces maîtres impérieux. Si nos confrères nous imitaient, s'ils pouvaient s'élever au-dessus de ce misérable moyen de succès, nous nous affranchirions d'un indigne esclavage, mais les lâches, ils baisent les mains qui les flagellent parce qu'elles les paient et parce qu'on leur laisse le droit de s'élogier eux-mêmes.

Ah Monsieur, la belle, la sainte croisade à entreprendre et que je marcherais volontiers sous le drapeau que vous arboreriez... que vous avez bien peint nos *de Saint Michel*, j'ai cependant des teintes à ajouter à son portrait qui en compléterait la ressemblance.

La conduite de vos envieux est bien vile. La jalousie est une hideuse lèpre qui, dieu merci, ne m'atteint pas et vos succès ne m'ont fait que du plaisir.

J'irais vous assurer de vive voix de la sincérité de mes sentiments si une douloureuse maladie ne m'avertissait que je dois non former de nouvelles amitiés mais plutôt dénouer des anciennes.

Je sais d'ailleurs que vos travaux ne vous permettent pas d'étendre vos liaisons mais je n'ai pu résister à mon indignation et surtout à la crainte vague d'être confondu parmi ces hommes que je méprise. Je saisirai très prochainement une occasion de manifester en public ce que je pense de votre beau talent.

Mr de Lamartine voulant la voix de Mr de Lormieu lui disait en tête à tête qu'il le regardait comme le premier poète de l'époque. Mr, repartit mon compatriote, signez demain ceci dans une gazette et après-demain ma voix est à vous ; mis au pied du mur le chantre de..... le nom m'échappe, vit [*sic*] volte-face. Mille l'imitent, mais moi je vous le prouverai.

Il me serait doux Monsieur de pouvoir vous être agréable en quelque chose ; le moindre de vos désirs me verraient [*sic*] en mesure d'exécution. Votre haut mérite m'inspire de l'émulation et pas de haine, il est encore après vous des places que l'on peut remplir avec quelque gloire, une de celles-là suffirait à ma vanité.

Adieu, Monsieur, recevez avec autant de plaisir que j'en mets à l'écrire cette lettre dictée par le besoin de consoler un honnête homme. J'ai le juste orgueil que ce témoignage d'estime ne lui déplaira pas.

J'ai l'honneur d'être, Monsieur, avec une sincère affection
Votre très humble et très obéissant serviteur

de Lamothe Langon[1]
ce 13 juin 1836.

Baron de Lamothe Langon
rue St Honoré
n° 256 Paris

36-100. À SÉLIM DUFOUR

[Paris, 15 juin 1836.]

M. Dufour est bien malheureux, et je ne puis que le plaindre, quoiqu'il passe pour spirituel.

Voici d'abord une lettre formelle de M. Émile Regnault sur le point capital :

« Monsieur le Rédacteur[1],

« Ayant appris que vous aviez besoin de mon témoignage pour établir la vérité d'un fait allégué par M. de Balzac, j'affirme que c'est à moi-même que le sieur Dufour a tenu, sur les Russes, le propos en question ; que les autres détails relatifs à l'envoi du portrait sont parfaitement exacts. Si je laisse passer les démentis du sieur Dufour, c'est que je comprends combien il lui importe, commercialement parlant, de nier son propos.

« Agréez[2], etc.

« Ém. Regnault. »

Maintenant, je n'ai que deux observations à faire à l'acquéreur de MM. Buloz et Bonnaire. D'abord, M. Dufour commet la grave impertinence de s'inscrire en faux contre *la chose jugée*, qui m'est acquise tant qu'il n'y aura pas appel, et, après l'aveu d'un achat par M. Dufour, l'appel est impossible. Or, l'achat d'épreuves informes est un des *considérants* du jugement[3]. Puis M. Dufour vient encore prouver contre lui-même fort sottement, en nous disant qu'il fera revenir de Saint-Pétersbourg les PLACARDS qui lui ont été livrés. Qui ne sait qu'en imprimerie les placards sont précisément l'opposé des bons à tirer. Il est impossible d'être plus concluant contre soi-même. Quant au portrait, qu'il l'ait pris au *Voleur*, que je puis poursuivre demain si je le voulais pour avoir fait paraître à mon insu, sans ma permission, un prétendu portrait de moi-même, ou que M. Dufour l'ait commandé, rien n'est changé à ce que je lui ai répondu. Il rend la mystification faite aux Parisiens solidaire de la mystification faite aux Russes : voilà tout. Et son tirage a eu lieu après celui du *Voleur* : il y a une chance bien plus certaine pour moi d'être prodigieusement difforme, car chacun sait ce qu'est une pierre lithographique qui a tiré mille exemplaires.

Quant à madame Béchet et à ses communications, j'ai une lettre écrite par elle à ce sujet, qui établit les faits comme je les ai dits, et il suffit que j'annonce avoir cette lettre en ma possession pour être dispensé de la publier[4].

Je pardonne à M. Dufour son style ; il est M. Dufour, il est forcé d'être M. Dufour, il parle comme M. Dufour doit parler quand M. Dufour a tort. Mais en voilà, j'espère, assez de M. Dufour

de Balzac.

36-101. À CAROLINE MARBOUTY

[Paris, avant le 19 juin 1836.]

J'ai tout à fait oublié le numéro de Nana[1]. Voulez-vous lui écrire de ma part que je suis à ses ordres et que je la prie de me dire le jour où elle voudra aller à la Préfecture.

Mille gracieusetés

Dom Mar
Religieux de l'abbaye de Thélème.

36-102. À THÉODORE DABLIN

[Paris, première quinzaine de juin 1836[1]?]

Mon cher Dablin, pouvez-vous me donner à dîner aujourd'hui, je viendrai à 4 h. ½ pour dîner à 5 h. ¼ et m'en aller à 6 h. Cela vous arrange-t-il, il faut que je vous parle affaires. Répondez-moi un petit mot.

Tout à vous

Honoré.

36-103. AUGUSTE BORGET À BALZAC

[Avranches,] lundi [20 juin 1836].

Mon ami, je n'ai pas reçu de réponse à ma lettre écrite de l'Aigle[1]; n'êtes-vous pas à Paris? Vous m'avez dit de vous écrire et que vous m'enverriez de suite l'argent dont j'aurais besoin. Vous aurez cette lettre mercredi matin, en déposant 50 ou 100 aux Messageries soit Laffitte soit N[o]tre Dame des Victoires (elles partent alternativement à 6 h[eures] pour Avranches) j'aurais votre argent vendredi matin ; et en le faisant partir jeudi je l'aurais samedi matin — Tâchez donc il me reste 35 francs — avec votre argent j'arriverai à Angers ou à Nantes où j'en trouverai.

À M. Aug. Borget chez M. Georges Dugué, Hôtel de France, n° 4 à Avranches.

Tâchez et répondez-moi.

Dites-moi aussi si vous pourrez disposer de 100 fr. le 5 ou le 8 juillet. Écrivez-moi je vous en prie mon bon Honoré. J'attendrai votre argent jusqu'à dimanche matin.

Tout à vous

Aug. Borget.

V[ous] avez jusqu'à vendredi soir mais je serais bien heureux s'il arrivait vendredi ou samedi. Adieu mille pardons, cher ami, je travaille et dans deux heures il faut que je sois au St-Michel.

Si v[otre] argent n'arrive pas, je me ferai conduire jusqu'à Nantes sans un sou dans ma poche — chose assez désagréable.

[Adresse:] Monsieur H. de Balzac | rue Cassini, n° 1 | Paris.
[Cachet postal:] Avranches, 20 juin.

36-104. À ZULMA CARRAUD

Saché, dimanche [26 juin 1836].

Cara, ma santé compromise par mes derniers travaux, mon procès, mes soucis, m'a jeté en Touraine[1] où l'air natal vient de me remettre; peut-être irais-je à Paris par Loches, Valençay et le doux lssoudun. Je voudrais bien revoir Frapesle avant de me replonger dans la bataille et d'aller au feu. En tout cas, que je vous voie ou non, j'ai bien besoin des renseignements suivants sur Angoulême, et vous seriez bien bonne de me répondre courrier par courrier, car je ne resterai pas plus d'une semaine à Saché, voici l'adresse : à Saché, par Azay-le-Rideau. Indre-et-Loire.

Je voudrais savoir le nom de la rue par laquelle vous arriviez sur la place du Mûrier et où était votre ferblantier, puis le nom de la rue qui longe la place du Mûrier et le Palais de justice et menait à la 1re maison de M. Bergès ; puis le nom de la porte qui débouche sur la cathédrale ; puis le nom de la petite rue qui mène au Minage et qui avoisine le rempart, qui commence auprès de la porte de la cathédrale, et où était cette grande maison où nous avons entendu quelquefois jouer du piano.

Je voudrais savoir, si cela était possible, le nom de l'autre porte par où on descendait directement à l'Houmeau. Voilà tout, mais j'ai bien besoin de ces renseignements[2]. Si le commandant me fait un plan grossier, ce n'en sera que mieux.

Je vous envoie mille tendres souvenirs d'amitié. Laure ne va pas toujours bien ; ma mère meurt des chagrins que lui cause Henri ; moi je lutte toujours, comme un homme qui se noie et qui a peur de trouver la dernière gorgée. En ce moment, je travaille à Saché seize heures par jour pour me délivrer des 2 derniers volumes de Mme Béchet, qui commence un procès, poussée par mes ennemis, qui semblent avoir juré ma perte. Il faut être à Paris avant le 10 juillet, mes manuscrits prêts[3]. Je n'ai que 15 jours pour écrire 2 volumes in-8°, et si je faisais quelque chose de mal, tout serait perdu. Jugez de ma position.

Je n'ai pu ni répondre à Auguste, ni rien faire de ce que je lui ai promis pour ses affaires d'argent, j'ai travaillé à Paris nuit et jour ne dormant que deux heures sur les 24. Aussi *Le Lys* a-t-il paru. J'étais mort à moitié en me mettant en voiture. Dites-lui ces choses-là, pour qu'il n'accuse pas un ami bien aimant et bien dévoué qui est votre très constant ami Honoré ; je ne savais plus où lui adresser une lettre commencée, interrompue mille fois, et qui est en ce moment sur mon bureau à Paris, cela doit vous faire juger quelle est ma vie, oui, je n'ai pas eu plus le temps de finir et cacheter cette lettre que le soldat en marche sur Wagram n'a le temps de dormir ou d'écrire à sa particulière. Je suis bien pressé d'en finir avec une telle vie et j'y arriverai, car si dans un an elle n'a pas une solution, il vaut mieux aller servir les maçons.

Mille bonnes choses et une poignée de main cordiale au commandant. J'embrasse vos deux fieux sur le front. Je voulais aller chez vous, le médecin N[acquart] a voulu l'air natal.

Honoré.

36-105. AUGUSTE BORGET À BALZAC

Avranches, dimanche matin [26 juin 1836].

Je quitte Avranches dans deux heures, mon bon ami, sans avoir reçu de vous ni argent, ni même une réponse. J'en conclus que vous n'êtes pas à Paris, et qu'on ne vous envoie pas vos lettres ; ou que vous n'avez pas eu ce que je vous demandais — mais ce que je vous supplie de me faire savoir par un mot à Issoudun, c'est si vous avez déposé les 300 fr. promis, et si vous pouvez disposer de 100 fr. pour le 6 ou 8 juillet — de grâce écrivez-moi, rien qu'un mot — tâchez donc.

Si jamais vous vous trouvez dans les parages d'Avranches, de Granville ou de Fougères, en un mot à quelques lieues du St-Michel, allez-y ; vous y trouverez une magnifique poésie. Vous qui faites du paysage en littérature, vous en trouverez de sublimes quoiqu'il n'y ait que deux choses le Mont et les grèves.

Adieu cher, je vous presse la main, et si c'est le temps qui vous a manqué pour me répondre, je vous plains d'avoir une vie aussi forcément occupée d'elle-même.

Aimez-moi comme je vous aime.

A. Borget.

Une réponse, quelque spartiate qu'elle soit je vous prie, à ce que je vous demande.

Bonjour à Émile et à Jules.

[Adresse :] Monsieur de Balzac | rue Cassini, nº 1 | Paris.
[Cachets postaux :] Avranches, 26 juin 1836 | 28 juin 1836.

36-106. À ÉMILE REGNAULT

[Saché,] lundi [27 juin 1836].

Cher Pélican, tout a bien été jusqu'à hier soir, en me promenant dans le parc, j'ai eu un coup de sang dont je ne suis pas encore bien remis, j'ai des bruissements dans la tête[1]. Je suis arrivé lundi à Saché je me suis reposé mardi, mercredi l'on m'a fait faire une partie de campagne et la Touraine m'avait si bien ravitaillé que jeudi, vendredi, samedi et dimanche, j'ai conçu les *Illusions perdues*, et j'en ai écrit les quarante premiers feuillets. Ce torrent de travail a porté sans doute le sang à la tête ; mais, en ce moment, je vais beaucoup mieux. J'aurai, suivant toute probabilité, terminé les *Illusions perdues* pour samedi prochain[2]. Je crois que cela fera 90 feuillets, et j'ai bien fait de commencer par là, car alors *Le Cabinet des Antiques* suffirait pour achever les deux volumes de la veuve [Béchet], ou dame Jacquillat. La fin du *Cabinet des Antiques* peut faire 60 feuillets[3]. Elle ne mérite pas que je lui donne *Les Héritiers Boirouge*[4]. Cette œuvre, et *César Birotteau*, remplira la caisse dudit Werdet[5], et *La Torpille* suivra son cours à la *Chronique*[6]. J'en aurai assez pour mon année.

La présente, vieil oiseau, est pour vous dire qu'une centaine de francs ou cinquante écus seraient bien utiles à votre vieux *Mar-à-sec* car après avoir achevé *Le Cabinet des Antiques* et probablement l'*Ecce Homo*, je voudrais bien me régaler d'aller voir Chenonceaux et Chambord qui sont sur ma route. En calculant sérieusement, je ne serai pas avant le 8 [juillet][7] à Paris. Comment va Jules[8] ? Mille choses au grand Trenmor[9] et à l'élégant Chaudesaigues[10]. N'oubliez pas non plus M. Béthune et Level[11]. Vous pouvez même risquer une fleur que j'aperçois sur la joue de la belle madame M[arbouty] qui si elle avait voulu voir les beaux châteaux de Touraine avec moi[12], n'aurait pas eu à regretter ce beau voyage.

J'espère que tout va bien, et que vous maintiendrez les affaires jusqu'au 8. Le 8, dites à M. Sergent que je serai à Paris, avec les manuscrits, et nous roulerons la veuve atroce et chicanière, sans reconnaissance et peu délicate, comme les Buloz et consorts.

Sur ce, je vous baise à l'œil et souhaite que tout aille bien dans les pays bas que vous affectionnez.

Tout à vous,

Le Mar.

Dites mille choses aimables comme vous savez les dire à madame Duhalde de ma part. Quant à Werdet, je voudrais que les *Illusions perdues* fussent à lui, car c'est fort bien torché.

Si vous aviez besoin d'actions de la *Chronique* prenez de celles de M. Béthune, à qui je vendrais des miennes, car je suis parti si surpris par la célérité de la voiture que je ne vous ai pas donné d'actions ; et je ne sais plus où j'ai mis les clefs.

Enfin vieux, il faudrait m'adresser deux numéros[13] de la *Chronique* où se trouve le commencement du *Cabinet des Antiques*, que je n'ai pas. Si Béthune ne concevait pas cet échange[14], vous m'écririez, je viendrais pour trois heures à Paris.

Dites donc à ce bon de Bernard que j'aurais besoin pour *Illusions perdues* d'un petit poème bien ronflant dans la manière de lord Byron, c'est censé la plus belle œuvre d'un poète de province, en stances ou en alexandrins, en strophes mêlées, comme il voudrait, il serait bien gentil de me le faire, car je n'en ai pas le temps. Il me faudrait aussi quelque chose dans le genre de *Beppo* et de *Namouna* ou de *Mardoche*, de Musset, mais une seule pièce de 100 vers. L'autre, il faudrait deux chants[15].

36-107. ZULMA CARRAUD À BALZAC

[À Frapesle.] Le 28 [juin 1836], à 5 heures du soir.

Carraud m'apporte votre lettre et pour ne pas perdre un jour, je vous réponds en deux mots. Le cher homme n'est pas sûr de vous faire un plan exact, cependant il s'essaie pendant que j'écris. La porte par laquelle nous entrions à Angoulême, et qui fait presque face à la cathédrale, est la porte St-Pierre ; la rue qui débouche de ce côté sur la place du Mûrier est la rue de Beaulieu qui de l'autre côté arrive à la belle promenade qui porte ce nom. La rue qui débouche près de la cathédrale et dans laquelle est ce vieux prieuré, grande maison crénelée à la moderne et pour signe seulement de suzeraineté, est la rue du Minage, et mène au Minage. La rue de l'ancienne maison de M. Bergès est la rue Chandos, — mais elle ne commence à porter ce nom que précisément à cette maison-là ; avant, c'est la place Maringo. On descend directement à l'Houmeau par deux portes, et par la grande place où se trouve la caserne ; l'une est la porte Chandos que nous prenions toujours et qui fait suite à la rue du même nom ; l'autre, la porte du *palet*, qui passe sous le rempart et est moins fréquentée. Au-dessus de cette porte est une petite place triangulaire et plantée[1]. Vous me faites peur avec votre travail! Si vous pouvez passer par Frapesle, ne fût-ce qu'un jour, venez. J'aurai peut-être encore à cette époque une jeune personne que j'attends, artiste jusque dans les cheveux, et qui fera vibrer la plus paresseuse de vos fibres. Auguste n'est plus de cette terre quand il l'entend. Il n'est pas encore ici, mais reviendra dans quelques jours pour se trouver avec l'enchanteresse, qui peint aussi.

Adieu, il faut que je fasse courir en ville pour porter cette lettre. Bon courage et bonne santé. Il faudra, une fois vos deux volumes faits, vous plonger dans un bain de fleurs.

Mille bonnes pensées. Que le Ciel vous délivre de l'obsession qui pèse sur vous.

Votre bien dévouée de cœur.

Zulma.

[Adresse:] Monsieur de Balzac | au château de Saché | par | Azay-le-Rideau | Indre-et-Loire.
[Cachets postaux:] Issoudun, 29 juin | Azay-le-Rideau, 30 juin 1836.

36-108. ALFRED BOUTIN À BALZAC

[Paris, 15 juillet 1836.]

Monsieur,

Un jeune homme, votre compatriote, et protégé par une de vos amies, M[de] Ve Croué de Tours[1], vous adresse ce paquet.

Depuis trois ans que je suis à Paris, privé de connaissances, quoique je me sente du cœur et quelque talent, je n'ai pas avancé.

Comme je cherchais qui donc serait mon étoile dans ce chemin de la littérature, vous m'êtes apparu, Monsieur, accompagné du souvenir de ma protectrice et j'ai cru que vous ne repousseriez pas, grand comme vous êtes, un pauvre jeune homme qui ne veut que deux choses: savoir si les espérances qu'il a conçues depuis son enfance ont quelque fondement; et avoir l'honneur d'aller rendre ses hommages à l'illustre héritier de toute la gloire littéraire de son pays. Si le nom de M[de] Croué mérite une heure de votre temps pour lire ce petit conte, et si après l'avoir lu, vous ne croyez pas l'auteur indigne de recevoir quelques conseils de vous; si enfin, ce que j'ose espérer, vous voulez bien me permettre de me servir de votre nom pour me mettre en route dans le chemin que j'ai pris, je ne dirai pas que je vous devrai mon avenir, vous dédaigneriez sans doute cette gloire, mais, comme ma protectrice veut que je vous le dise, vous acquérerez [*sic*] de nouveaux droits à son amitié.

> En attendant que vous me favorisiez d'une réponse,
> j'ai l'honneur d'être,
> de notre plus grand Romancier
> le très humble et dévoué serviteur
> Alfred Boutin
> 4, rue des Pyramides.

15 juillet 1836.

[Adresse :] Monsieur | de Balzac | rue Cassini, 1 | Paris.

36-109. ALFRED NETTEMENT À BALZAC

15 juillet [1836].

Mon cher monsieur, merci de votre *Lys* qui embaume et merci de vos deux bonnes visites dont ma mauvaise fortune m'a privé. Pour que je vous dise encore une fois merci pourriez-vous me fixer le jour et l'heure où vous pourriez me recevoir. Je voudrais vous lire une nouvelle de mon frère qui conviendrait peut-être à votre *Chronique*[1]. Mais il voudrait avoir d'abord l'avis d'Agamemnon le Roi des Rois. C'est pour cela que je vous écris.

Tout à vous

Alfred Nettement.

6, rue du Port Mahon.

[Adresse :] Madame Veuve Durand | 13, rue des Batailles | à Chaillot | Paris.

36-110. ENGAGEMENT ENVERS LE MARQUIS
DE MAUTHEVILLE DU BOUCHET

[Saint-Gratien, 16 juillet 1836.]

Entre les soussignés
Monsieur César Charles Florimond marquis de Mautheville du Bouchet[1] demeurant à Paris rue de Lille n° 3 *bis, d'une part*
et M. Honoré de Balzac, propriétaire demeurant à Paris rue Cassini n° 1 *d'autre part*
a été dit ce qui suit
M. du Bouchet étant propriétaire d'une action de la *Chronique*

de Paris de la valeur de mille francs et M. du Bouchet ayant pu être déterminé à mettre ses fonds dans ladite entreprise sur le nom de M. de Balzac qui en est le directeur et la *Chronique de Paris* étant forcée par les motifs expliqués dans l'acte de dissolution sociale[2] de cesser de paraître, les fonds pouvant par conséquent être perdus, M. de Balzac a offert sans y être contraint, bénévolement à garantir à M. du Bouchet le paiement du remboursement stipulé dans ledit acte de dissolution, ce qui est accepté par M. du Bouchet; en conséquence ils ont arrêté les conditions suivantes —

— art. 1. —

Si au terme de trois années, stipulé dans l'acte de dissolution, M. du Bouchet n'était pas rentré dans l'intégralité de la somme de mille francs, M. de Balzac en sera le débiteur envers M. du Bouchet et lui tiendra compte des intérêts à raison de trois pour cent l'an sans cumulation sauf la déduction des sommes que M. du Bouchet aurait reçues et serait mis dans tous les droits de M. du Bouchet à l'égard de la nouvelle *Chronique* où M. de Balzac sera le liquidateur et le représentant des anciens actionnaires.

Le présent acte sera remis à M. de Balzac lors du paiement de la somme totale.

Fait double à Saint-Gratien le seize juillet mil huit cent trente-six.

Approuvé un mot rayé nul
H. de Balzac.

[Au dos, neuf ans plus tard, de la main du marquis du Bouchet:]

Je soussigné reconnais avoir reçu de M. Fessart[3], la somme de cinq cents francs pour solde à forfait de l'action de la *Chronique* mentionnée dans la présente garantie, donnée par M. de Balzac, m'engageant à remettre à M. Fessart ladite action présentement adhirée[4], et à faire toute recherche à cet effet, et à la garantir au besoin sur M. de Balzac de la part des tiers détenteurs.

Paris, cinq mars mil huit cent quarant[e]-sept[5].

Mis du Bouchet.

36-111. ENGAGEMENT ENVERS LA COMTESSE DE QUÉLEN

[Saint-Gratien, 16 juillet 1836.]

Entre les soussignés
Madame Éléonore Louise Hocquart, veuve du comte Auguste de Quélen[1], demeurant à Paris rue de Bourgogne n° 21, *d'autre part* [sic]

et M. Honoré de Balzac, propriétaire demeurant à Paris rue Cassini n° 1 *d'autre part*

[Texte identique au n° 36-110 ci-dessus.]
[Au dos, de la main du marquis du Bouchet :]

Je soussigné, comme tuteur à l'interdiction de Mad. la comtesse de Quélen, ma belle-mère², reconnais avoir reçu [*comme dans 36-110*].
Paris, cinq mars mil huit cent quarant[e]-sept.

Mis du Bouchet.

36-112. ENGAGEMENT
ENVERS ALEXANDRE TRUDON DES ORMES

[Paris, 16 juillet 1836.]

Entre les soussignés
Monsieur Alexandre Trudon des Ormes, propriétaire demeurant à Paris rue de Vaugirard n° 90, *d'une part*
et M. Honoré de Balzac, propriétaire demeurant à Paris rue Cassini n° 1 *d'autre part*

[Texte identique au n° 36-110 ci-dessus, mais pour quatre actions cette fois.]
[Au dos, de la main de Trudon des Ormes :]

Reçu des mains de Monsieur Fessart la somme de deux mille francs pour solde de tous comptes avec monsieur de Balzac[1].

Paris le 12 mars 1846.
Trudon des Ormes.

36-113. ENGAGEMENT
ENVERS LE DUC DE FELTRE

[Paris, 16 juillet 1836.]

Entre les soussignés
M. Edgar Clarke duc de Feltre, propriétaire demeurant à Paris rue de la Barouillère n° 10 *d'une part*
et M. Honoré de Balzac, propriétaire demeurant à Paris rue Cassini n° 1 *d'autre part*

[Texte identique au n° 36-110 ci-dessus.]
[En marge gauche, verticalement, de la main du duc de Feltre :]

Je reconnais avoir reçu de Monsieur Fessart la somme de cinq cents francs pour solde de compte avec Monsieur de Balzac.

          À Paris ce 14 janvier 1846
           le duc de Feltre.

36-114. PROCURATION DONNÉE À BALZAC PAR LE COMTE GUIDOBONI-VISCONTI

[Versailles, 16 juillet 1836.]

A comparu M. Émile-Jules-César-Antoine-François Pierre Comte de Guidoboni-Visconti, demeurant à Paris aux Champs-Élysées, avenue de Neuilly n° 23 *bis*, étant présentement à Versailles, rue Champ Lagarde n° 11[1],

lequel a par ces présentes constitué pour son mandataire général et spécial aux effets ci-après

M. Honoré de Balzac, demeurant à Paris, rue Cassini n° 1, à ce présent et acceptant, auquel il donne pouvoir, pour lui et en son nom, intenter toutes actions et demandes soit en indemnité, soit en résolution de vente contre M. Montebruno, négociant à Gênes, détenteur des domaines de Montereale et Castellaro Guidoboni, situés près Tortone (Royaume de Sardaigne), appartenant précédemment au constituant et vendus par l'un de ses mandataires audit Sr. Montebruno.

Former lesdites demandes pour cause de vilité de prix et de lésion excessive du vendeur.

Prendre tous arrangements amiables, s'il y a lieu, avec M. Montebruno ou ses représentants, convenir des indemnités ou supplément de prix à payer au constituant, en toucher le montant etc. …

En cas de contestation, prendre tous jugements nécessaires pour confirmer le constituant dans la propriété des droits…

En cas de difficulté ou de contestation, citer et comparaître devant tous les juges et tribunaux compétents etc. …

Rentrer dans la possession et la propriété desdits domaines, en toucher les revenus échus et à échoir, passer tous baux et locations, résilier ceux existant[s] s'il devient utile, en un mot, gérer et administrer ces domaines comme pourrait le faire le constituant lui-même.

Vendre à telle personne qu'il plaira au mandataire, moyennant les prix et aux charges et conditions qu'il jugera convenables, tout ou partie des biens ainsi recouvrés, etc. …

Et généralement faire ce que les circonstances exigeront, quoique non prévu.

Dont acte[2].

Fait et passé à Versailles en la demeure du constituant, par toutes les parties.

En présence de Jean-Théobalde Déodor, propriétaire, demeurant à Versailles, rue Champ Lagarde n° 11, et M. Louis-Auguste Noble, docteur en médecine, demeurant à Versailles, rue de la Paroisse n° 1, témoins qui ont attesté l'individualité de M. le Comte Guidoboni-Visconti.

L'an 1836, le 16 juillet³.

    Le Cte Émile Guidoboni-Visconti
    de Balzac Déodor A. Noble
    E. Dreschet   Outrebon

36-115. LA DUCHESSE D'ABRANTÈS À BALZAC

[Paris,] 18 J^t? [1836]¹.

Merci de tout ce bon et gros paquet ! merci pour moi d'abord qui en connaît [*sic*] le prix, puis p[ou]r Sidonie² qui va en être très heureuse. Pardon de vous avoir volé une page, mais il y a tant de plaisir p[ou]r moi que je n'ai pas le plaisir d'en être fâchée.

J'ai fait attendre bien malgré moi et n'ai que le temps de vous écrire deux lignes. Ne pensez pas aux affaires³. Achevez vos jolis ouvrages et aimez qui vous aimera toujours comme un fils dont elle est bien fière !

            Adieu, mille amitiés.

[Adresse :] Monsieur de Balzac.

36-116. VADÉ À BALZAC

[Paris, 19 juillet 1836.]

Monsieur,

Voici l'inventaire général de la *Chronique*¹ arrêté à ce jour. Ainsi que vous en êtes convenu avec M. Béthune, j'ai fait figurer à l'actif ce qui est dû par M. Planche, de façon que la somme à régler se trouve réduite d'autant². J'ai détaillé les différents comptes de la rédaction comprenant le mois de juin et la première 15^{ne} de juillet.

Veuillez, Monsieur, ne pas oublier que M. Béthune doit se rendre demain matin³ auprès de vous pour terminer cette affaire. Si d'ici là quelques explications vous étaient nécessaires, je m'empresserai de vous les donner.

Recevez, Monsieur, l'expression du très profond respect avec lequel je suis votre très humble serviteur

Vadé.

Mardi 19.

36-117. LE MARQUIS DE CUSTINE À BALZAC

[Saint-Gratien, vers le mercredi 20 juillet 1836 ?]

Voilà ce que c'est que de venir *par le plus grand hasard du monde*. On est sûr de donner le plus grand regret possible. J'étais allé à Paris pour soigner un ami malade et je ne suis revenu que ce matin, pour retourner encore. Comme cette maladie est une blessure occasionnée par une chute, on peut en calculer la durée, et si vous voulez venir dîner dimanche ou lundi vous êtes sûr de me faire un vrai et grand plaisir[1]. Vous me direz que vous trouvez cela partout ; mais il y a plaisir et plaisir : et je prétends que le mien quand je vous lis ou vous écoute est de meilleur aloi que celui de la foule. Essayez et donnez-moi un démenti si vous croyez que je me trompe ; mais pour cela il faut répéter l'épreuve très souvent.

Adieu ; à dimanche ou lundi j'espère. Plus tard, je ne pourrai plus car je pars pour les eaux.

Mille amitiés

A. de Custine.

Mandez-moi quel jour vous choisissez, en m'écrivant pour que la lettre soit chez moi rue de La Rochefoucauld N° 6 avant neuf heures du matin, on est sûr que j'ai la lettre le même jour à deux heures.

[Adresse :] Monsieur | Monsieur de Balzac, | Rue de Cassini près de l'Observatoire | N° 2 ou 4. | Paris.

36-118. À LAURE SURVILLE

[Paris, jeudi 21 ? juillet 1836.]

Ma chère sœur, je pars Samedi pour Turin, si tu veux que je te rapporte quelque chose, dis-le-moi, parce que je ne te verrai pas avant mon départ j'ai trop d'affaires à terminer

Mille amitiés à Surville

toujours ton frère
h. de Balzac.

Jeudi 20 j^{t1}.

36-119. ALEXANDRE DE BERNY
À BALZAC

[Nemours, 27 juillet 1836.]

Voici une lettre de deuil, cher Honoré : après dix jours de souffrances nerveuses très aiguës, d'étouffements et d'hydropisie, notre mère a succombé ce matin à neuf heures[1].

Sa vie était bien remplie, à cette bonne mère, elle est sans doute bien calme à présent. Demain à dix heures elle sera déposée en terre, à côté de son Armand, dans le cimetière de Grès[2].

Avant sa maladie, elle classa ses lettres et en fit trois paquets ; un de ces paquets contient toute votre correspondance avec elle depuis qu'elle vous connaissait. Ce paquet, ficelé avec de la laine et entièrement clos, j'ai l'ordre formel de l'incendier aussitôt après sa mort. Dans une heure, j'y mettrai le feu[3].

Il se trouve ici beaucoup de papiers de votre écriture, classés dans des feuilles qui portent le titre de manuscrits ; dans quelques jours, je vous en donnerai le détail[4].

Adieu, cher Honoré, je ne puis rien vous dire, vous le savez.

Alexandre.

27 juillet 1836.

[Adresse :] Monsieur H. de Balzac | rue Cassini, n° 1 | Paris.
[Cachets postaux :] Nemours, 27 juillet 1836. | 28 juillet 1836.

36-120. AU MARQUIS FÉLIX DE SAINT-THOMAS

[Turin[1], entre le mercredi 3
et le samedi 5 août 1836.]

Dans l'incertitude où je suis, Monsieur le Marquis, de pouvoir être libre à l'heure indiquée, je ne veux pas vous donner la peine de me venir prendre. Si mes occupations sont terminées à temps, j'aurai le plaisir de vous retrouver au Jardin du Roi. Agréez mes remerciements pour la gracieuseté que vous avez de vous intéresser à nos plaisirs lundi. Je serai à vos ordres à midi ; et quant à la course de la *Superga*[2], puisqu'elle est manquée aujourd'hui nous serons enchantés de pouvoir la faire avec la comtesse Sanseverino[3]. Veuillez avoir la bonté de présenter mes respectueux hommages à Madame la Marquise, et agréer l'assurance des sentiments affectueusement distingués, avec lesquels j'ai l'honneur d'être

v[otre] t[rès] d[évoué] s[erviteur]
de Balzac.

36-121. LE COMTE FEDERIGO SCLOPIS
DI SALERANO À BALZAC

Turin, 9 août 1836.

Les adieux sont toujours pénibles lorsqu'il s'agit de quitter des personnes auxquelles on prend un véritable intérêt ; c'est pour ne pas aggraver encore le regret que j'éprouve[1] en me séparant de vous, que je me suis interdit de venir vous rendre mes devoirs ce soir. Je compte sur le *je reviendrai* que vous avez écrit[2]. Je vous prie de ne point m'oublier auprès de votre charmant compagnon de voyage ; notre sexe n'oserait sérieusement le revendiquer[3], de crainte de le perdre dans l'autre ; dites-lui qu'il nous éclaircisse le mystère ; soit qu'on l'attribue au dévouement, ou à l'indépendance, il n'a fait qu'exciter plus vivement notre attention ; si vous ne dédaignez pas cette attention nous aurons le mot de l'énigme.

Frédéric Sclopis.

[Adresse :] À Monsieur | Monsieur de Balzac, | Hôtel de l'Europe chez | Mottura[4], | n° 26.

36-122. AU COMTE FEDERIGO SCLOPIS
DI SALERANO

[Turin, 9 août 1836.]

Nous ne voulons pas vous laisser partir sans vous dire ici, puisque nous ne pouvons pas le dire de vive voix, combien n[ous] sommes touchés de votre gracieux accueil, et des bontés différentes qui se rencontrent dans votre bonté. J'en suis particulièrement reconnaissant, parce qu'à part ce que vous deviez peut-être à mes recommandations, je suis fier d'un petit bout de sympathie, et comme vous êtes une belle et noble âme, il faut s'enorgueillir de ces sentiments commencés. Vous ne m'avez pas dit le *soyons amis* piémontais, peut-être pour me laisser le privilège de vous le dire le premier. Je me fais Piémontais pour un moment et vous confie nos intérêts comme à un vieil ami. Vous ne vous étonnerez pas de me voir vous souhaiter un bon voyage et tous les plaisirs que vous désirez ; je voudrais, dans ces cas-là, avoir la puissance de Dieu pour réaliser les rêves de ceux que j'aime.

Quant à mon compagnon de voyage, il vous envoie mille gracieusetés. Ce n'est certainement pas ce que vous croyez qu'il est ; mais je me repose sur la grâce chevaleresque qu'il a distingué[e] dans votre caractère pour que vous soyez bon pour lui. Je vous dirai de ne jamais le reconnaître, car c'est une charmante, spirituelle et vertueuse femme qui, n'ayant jamais [eu] la chance de respirer dans sa vie l'air de l'Italie, et pouvant filouter 20 jours sur les ennuis du ménage, s'est reposée sur mon âme pour un inviolable secret et une retenue scipionesque. Elle sait que j'aime et y a trouvé la plus forte des garanties. Appuyée là-dessus elle s'est amusée pour la seule et unique fois de sa vie à mener la vie de garçon. Elle a une si haute opinion de vous que, quand vous pourrez revoir la femme grande et honorée elle vous accueillera sans rougir.

Voilà le roman au dernier chapitre, trouvez-y une amitié vive et le regret de vous avoir si bien connu en peu de temps, car les regrets sont en raison de ce que l'on perd. Le terme de vingt jours[1] est celui de la pantoufle verte de Cendrillon. Il faut que Marcel reprenne son diadème de femme et quitte sa cravache d'étudiant !

Addio. Avant que je vous revoie, je vous écrirai souvent sur nos affaires. Vous voyez que l'égoïsme est à côté du dévouement

de votre d[évoué] s[erviteur]
de Balzac.

Mes respects, sous leur forme la plus gracieuse à madame la comtesse Sclopis[2].

9 août 1836. Turin.

36-123. TRAITÉ ENTRE MADAME JACQUILLAT
ET EDMOND WERDET

[Paris, 9 août 1836.]

Entre les soussignés[1]

Madame Louise Marie Julienne Béchet, libraire, veuve de Mr Pierre Adam Charlot dit Charles-Béchet, et actuellement épouse de Mr Jean Brice Jacquillat, propriétaire, demeurant à Poilly, arrondissement de Tonnerre, dép[t] de l'Yonne, de lui dûment autorisée, en tant que de besoin suivant acte passé devant Cousin et son collègue, Notaire à Paris, le vingt-huit avril mil huit cent trente-six

d'une part

Et Mr Werdet, libraire, demeurant à Paris, rue de Seine faubourg St-Germain, n° 49

d'autre part

ont été faites et arrêtées les conventions suivantes :

Article premier

Madame Veuve Charles-Béchet, épouse de Mr Jacquillat, vend, cède et transporte par ces présentes, à Mr Werdet, qui l'accepte

1°) Le reste des exemplaires des dix premiers volumes des *Études de mœurs* de M. de Balzac, formant ensemble huit mille cinq cent neuf volumes environ ;

2°) Le droit de publier la dernière livraison desdites *Études de mœurs* au nombre fixé par le traité sous signature privée, souscrit entre Mme Charles-Béchet et Mr de Balzac sous la date du vingt octobre mil huit cent trente-trois, Mr Werdet étant par ces présentes et sous les modifications qui seront ci-après exprimées, subrogé à tous les droits résultant dudit traité au profit de Mme Vve Charles-Béchet.

Article deuxième

La présente vente, cession ou transport est faite moyennant le prix

1°) de trois francs pour chaque volume existant dans les magasins de Mme Vve Charles-Béchet, le treizième déduit

2°) de six mille francs, montant des avances faites par Madame Vve Charles-Béchet à Mr de Balzac, soit en payement du manuscrit de la dernière livraison, soit par le droit de réimprimer le tome quatre desdites *Études* à sept cent cinquante exemplaires

3°) de deux mille francs à titre d'indemnité pour plus-value de la dernière livraison, et des frais extraordinaires de correction dus par Mr de Balzac à Mme Vve Béchet, toutes les sommes précédentes formant ensemble celle totale de trois [*sic* pour trente] mille francs environ.

Article troisième

Mme Vve Charles-Béchet reconnaît par ces présentes qu'en paiement de ladite somme de trente mille francs, Mr Werdet lui a remis pour trente mille francs de billets à ordre par lui souscrits à son profit, et pour lesquels le sieur Buisson, tailleur, a donné son aval de garantie jusqu'à concurrence de quinze mille francs.

Il est bien entendu qu'il y aura une action en répétition à exercer soit au profit de Mme Béchet soit au profit de Mr Werdet pour la différence qui existerait en plus ou en moins à l'égard du prix fixé à trente mille francs selon que le nombre des volumes à livrer excédera le nombre de huit mille cinq cents ou sera inférieur à ce nombre.

Article quatrième

Pour plus ample garantie, il est formellement convenu entre les parties que Mme Charles-Béchet conservera entre ses mains le tiers des exemplaires actuellement existant dans ses magasins, jusqu'à ce qu'il ait été payé par Mr Werdet une somme de dix mille francs sur les billets pour lesquels Mr Buisson n'a pas donné son aval de garantie.

Néanmoins les deux tiers desdits exemplaires actuellement à livrer à Mr Werdet ne pourront être composés que d'exemplaires complets.

Article cinquième

Pour la même garantie de Mme Vve Béchet, il est encore formellement stipulé et convenu entre les parties que Mr Werdet sera tenu de déposer chez le Sr Cauvin, brocheur, rue du Battoir n° 17, tous les exemplaires de la sixième livraison desdites *Études de mœurs*, et qu'il ne pourra les reprendre et en disposer, savoir : les deux tiers qu'après que lesdits billets non garantis par Mr Buisson auront été acquittés jusqu'à concurrence d'une somme de dix mille francs, et le dernier tiers qu'après le paiement intégral de ces mêmes billets s'élevant ensemble à une somme de quinze mille francs.

Dans le cas où un ou plusieurs billets à ordre souscrits par Mr Werdet de la première série de quinze mille francs non garantie par Mr Buisson viendrait à être en souffrance faute de paiement, Mme Vve Béchet aura le droit d'opérer par elle-même aux conditions ordinaires de la librairie, la vente des exemplaires déposés chez Mr Cauvin, et ce jusqu'à concurrence des billets non acquittés à leur échéance.

Article sixième

Nonobstant la subrogation de Mr Werdet, dans les droits de

Mme Béchet, résultant d'un traité du vingt octobre mille huit cent trente-trois, Mr Werdet consent à ce que Mme Béchet garde entre ses mains les cinquante exemplaires qui reviennent à Mr de Balzac après l'épuisement de l'édition aux termes dudit traité jusqu'à ce que le dépôt dont il est parlé au précédent article ait été entre les mains de Mr Cauvin.

Article septième

Mr Werdet ne sera tenu de prendre que les volumes complets, et s'il y a des titres, couvertures ou feuilles à faire réimprimer, Mme Charles-Béchet supportera seule les frais de cette réimpression.

Il est convenu en outre que madame Béchet remettra à Mr Werdet tous les défets et volumes incomplets.

Article huitième

Mme Charles-Béchet déclare avec toute garantie de droit qui pourrait résulter des déclarations au profit de M. Werdet qu'elle n'a vendu depuis trois mois aucun exemplaire au-dessous du prix de cinq francs, le treizième compris, mais il est entendu toutefois que cette déclaration ne s'applique pas à un certain nombre d'exemplaires qui est fixé et limité à vingt-cinq.

Article neuvième

Il est convenu entre les parties que l'un des billets souscrits par Mr Werdet et garantis par Mr Buisson restera déposé dans les mains de Mr Sergent, agent d'affaires, rue des Filles St-Thomas n° 17, jusqu'à ce que tous les exemplaires aient été collationnés et que leur bon état ait été reconnu.

Article dixième

Au moyen du présent transport, Mme Vve Béchet n'aura désormais aucune action à exercer contre Mr de Balzac, notamment à raison des dommages-intérêts pour retard apporté par lui dans la remise du manuscrit de la sixième livraison, et pour lesquels dommages-intérêts, elle avait intenté une instance devant le tribunal, sans cependant que la présente clause déroge en rien à la retenue des cent soixante exemplaires stipulée dans l'article six, au profit de Mme Charles-Béchet.

Toutefois, il est expressément convenu, comme condition sans laquelle n'aurait pas lieu le présent traité, que si Mr Werdet manquait à ses obligations de quelque manière que ce soit, et notamment ne payant pas un ou plusieurs des billets par lui souscrits en paiement du prix de la présente vente, et qui ne seraient pas couverts par la vente des exemplaires de la 6ème livraison conformément à l'article cinq, Mme Béchet rentrerait dès lors dans la condition de son traité avec Mr de Balzac, la présente vente étant, pour ces différents cas, résolue de plein droit, et sauf compte à établir entre les exemplaires livrés et qui ne seraient plus en la possession de Mr Werdet et les billets qui pourraient avoir été payés.

Dans le cas où la remise des exemplaires de la sixième livraison ne serait pas effectuée du premier au quinze octobre mil huit cent trente-six entre les mains de Mr Cousin par le fait de Mr de Balzac, Mme Charles-Béchet recouvrera l'exercice de tous ses droits contre Mr de Balzac sans aucune suspension pour le temps qui se sera écoulé jusqu'au 1er 8bre prochain ; de telle sorte que notamment les dommages-intérêts pour elle réclamés devant le Tribunal de Commerce n'aurai[en]t pas cessé de courir pendant ce laps de temps.

Cependant, il est rappelé ici qu'il a été convenu de bonne foi entre Mr de Balzac et Mr Brissot Thivars, Directeur de la salubrité publique représentant Mme Béchet qu'aucuns dommages-intérêts ne seraient réclamés pour tous les jours qui courront ou qui ont couru du vingt juillet dernier jusqu'au quinze août, présent mois, et Mme Béchet ratifie ici en tant que de besoin la promesse faite par Mr Brissot [à] Mr de Balzac.

Article onzième

Les droits d'enregistrement auxquels les présentes conventions pourraient donner lieu seront à la charge de celle des parties qui y donnerait ouverture.

Fait en double et de bonne foi
Paris le neuf août mil huit cent trente six.

36-124. HAMMER-PURGSTALL À BALZAC

Vienne, le 12 août 1836.

Je suis encore à attendre chez Monsieur de Balzac mon exemplaire du *Livre mystique*, que vous avez remis au bureau des messageries et qui ne m'est point parvenu à l'heure qu'il est[1]. Celui que j'ai reçu voie de courrier a été remis à Constantinople à Me la Cse Rosalie Rzewuska[2] la tante de Me de Hanska, qui devait l'accompagner dans ce voyage. Elle doit être dans ce moment de retour chez elle et le livre par conséquent entre les mains de Me de Hanska. J'espère que vous me dédommagerez de cet exemplaire en réclamant à la messagerie celui qui aurait dû me revenir depuis longtemps.

Il est dur que je n'aie pas encore pu parvenir à voir un seul numéro de votre journal, que personne ne reçoit ici que je sache, au moins, ni le P. Metternich[3] ni M. de St-Aulaire[4].

Je vous transmets ici une déclaration[5] contre le plus sordide et le plus avide des marins qui est le capitaine Hale [*sic*][6] qui s'est conduit envers moi avec une ingratitude et une perfidie remarquable[s] ; la plume allemande de votre journal pourra en rendre compte en quelques lignes si vous trouvez que l'article est trop long pour être inséré en entier.

Je n'ai pas voulu entrer en des détails plus minutieux encore qui aurai[en]t révélé des petitesses incroyables. Il n'a vu en Autriche qu'*a huge state prison*[7] !

C'est bien le plus roide, le plus opiniâtre, le plus pétrifié Ultratory[8] que j'aie jamais rencontré ; il est exactement votre antipode ; tandis que vous voyez chaque objet au premier aspect de mille et un côté[s], il ne voit mille objets que d'un seul côté et n'en démord jamais. Il a tout bonnement cru que ma défunte amie devait léguer sa terre à lui étant son compatriote, et *hinc illa lacryma*[9] ! Au reste il n'y a jamais eu d'esprits et d'opinions moins en harmonie que celles [*sic*] de la défunte Ct[esse] et du Capitaine puisqu'elle était Whig jusqu'au bout des doigts et ne pouvait jamais se faire à l'Ultratorysme du Capitaine.

Mille amitiés

Hammer-Purgstall.

36-125. AUGUSTE BORGET À BALZAC

[Frapesle, août 1836[1].]

Vous avez bien fait de ne pas tomber à Frapesle, Honoré. Le travail vous y eût été de toute impossibilité. Mme Carraud a été bien malade, et son petit Yorick aussi, double chagrin pour tous, et pour elle qui n'avait pas besoin d'inquiétude dans l'état où elle était. Le même jour ils se sont alités tous deux. 8 jours après la pauvre mère était sur sa terrasse ; le lendemain elle était horriblement mal ; on craignait une fièvre cérébrale, ou pernicieuse compliquée avec sa crise bilieuse ; elle est mieux aujourd'hui, mais son fils l'inquiète, et elle souffre. Vous saurez quand ils seront rétablis tous les deux, elle et moi, nous vous écrirons quand le sourire aura reparu à Frapesle. Vous n'auriez donc pas eu un instant de tranquillité, et personne qui eût pu s'inquiéter de ce dont vous auriez pu avoir besoin, au milieu des besoins des malades. Je vous écris pour Mme C[arraud] qui vous eût répondu et pour moi qui vous aurais écrit en sachant votre retour à Paris. Les tempêtes se succèdent dites-vous, avec une effrayante rapidité ; une chose m'étonne, mon ami, c'est que vous ne les ayez pas prévues, c'est qu'elles vous étonnent ; vous avez tout fait pour attirer les nuages ; et vous vous étonnez que la foudre éclate enfin. — Mon ami, mon ami, que de choses j'aurais à vous dire, si vous n'aviez à répondre ; « vous ne m'avez pas compris » ; excuse qu'un ami vrai entend, mais entend en baissant la tête et en pleurant. Vous dites que Me C. comprend votre vie, hélas non, cher, et c'est elle-même qui me charge de vous le dire. En quoi puis-je bien être utile, me dis-je souvent : à rien ! à rien ; vous êtes trop haut ; le mal me dépasse ; je me retire comme le médecin dit de son malade : il va mourir. Quoique ce ne soient pas là tout à fait les paroles que prononcent vos amis, pourtant mon bon, ils voient clairement qu'ils ne peuvent rien pour vous. Vous avez creusé l'abîme trop large et trop profond pour que de la médiocrité où ils sont, où vous les avez aimés, où vous les aimerez bien davantage avant d'avoir remonté plus haut vers les sommités de l'échelle sociale, où le cœur manque assez généralement, ils puissent vous aider et vous sauver. Pour vous sauver il vous faut l'amitié d'un prince, l'aide d'un riche et nous ne le sommes pas. Pourquoi êtes-vous allé vous placer au sommet d'un fiord, où Séraphîta seule pouvait aller vous chercher ; pourquoi vous être jeté dans la fosse aux lions sans un ange qui vous puisse préserver. — *Je ne suis plus ni frère, ni fils, ni ami, je suis un cerveau.* Vous souvenez-vous de ces paroles horribles ? je les entends toujours, je les vois toujours. Il faut que les autres existences concourent à la mienne : vous avez encore dit cela. Honoré, je vous ai entendu dire mille paroles semblables. Qui vous a mené à cet égoïsme, à cette personnalité ! qui ! les circonstances ou vous ? les circonstances et vous. Et c'est à l'instant où tout vous frappe, que je me fais une épée contre vous et que je frappe aussi. Honoré, pardonnez-moi, j'ai eu quelquefois des paroles de dure vérité pour vous, je vous ai blâmé plus d'une fois, mais plus d'une fois j'ai été désarmé, je ne me suis pas senti le courage de continuer. Un canif en or ! À ce mot, vous n'avez pas vu les larmes que la présence de Planche n'a pu retenir, et que d'autres fois, mon Dieu, semblable chose est arrivée. Comment la *Chronique* vous coûte-t-elle 40 000, de dettes nouvelles ? Je vous dis que c'est un noir abîme, si noir que nos pauvres yeux n'y voient plus rien : je vous le répète, Me C. ne vous comprend plus. Voici en outre ce qu'elle me charge de vous dire. Elle voulait cette année arranger son salon. Elle n'avait d'argent que pour le papier, la cheminée et la glace ; peut-être n'aura-t-elle des meubles que dans deux ans. Vous avez toujours dévoré vos fruits avant leur maturité ; aussi ils sont amers et aigres. Comment allez-vous faire, je suis aussi en peine de vous, car je désespère de vous s'il vous faut l'intervention d'un ange ; et vivre, comment vivrez-vous, et la tranquillité, pas plus à Chaillot qu'à la rue Cassini. Les créanciers sont naturellement âpres à la curée. Je serai dans un mois à Paris, à moins que la maladie ne disparaisse pas encore ; j'ai une petite maison avec un ami, deux appartements séparés, rien que deux appartements dans toute la maison ; la maison est au fond d'une cour au fond d'une longue avenue. Au 1er sont nos deux ateliers ; au rez-de-chaussée deux pièces et cabinets : l'une d'elles, la plus grande, quand vous le voudrez sera à vous. La tranquillité vous y trouverait à défaut de tout autre luxe.

Le temps pendant lequel vous écrivez à un ami n'est pas à vous c'est un vol. Quelle parole ! et vous n'êtes pas éclairé ! pourquoi ne l'avoir pas toujours dite. Je souffre en vous écrivant, mon ami je ne voulais pas vous écrire aussi long et je n'ai pas encore fini. J'ai à vous parler de moi. Je vous plains sans savoir tout ; mais si vous saviez tout, vous, mon ami, si toutefois vous n'êtes pas qu'un cerveau, vous auriez plus d'un remords. Je me suis fait votre créancier ! Pour que vous n'ayiez pas satisfait à ma 1ère demande, il a fallu que vous ne crussiez pas que j'en eusse besoin ; si cela est, qu'avez-vous pensé de ma demande ; elle était bien loin d'être affectueuse, et je ne suppose pas que vous m'ayiez supposé envers vous une pensée désobligeante. Si vous avez cru au besoin, comment n'avez-vous pas remboursé. Mais, Honoré, Souverain vous a donné 10 000 [fr.]... et vous avez payé des mémoires qui auraient attendu comme mes [petits ?] attendent. Vous avez acheté un canif en or, Honoré ! et vous avez dépensé 1 500 [fr.] à votre voyage en poste à Turin, quand moi je revenais conduit de diligence en diligence, obligé une fois d'ouvrir ma malle pour montrer qu'il y avait bien des effets qui pussent répondre. Mon ami, vous avez bien voulu me rembourser, mais vous n'y avez pas assez pensé. Je n'ai pas un seul reçu de vous, je ne vous en veux pas, entendez-vous bien et je paie, car il faut bien vous le dire enfin 6 % de l'argent que je vous ai donné. Maintenant, cher, vous me rembourserez quand vous voudrez. Je n'ai pas pu vous faire toutes ces choses plus brièvement, mais j'ai cru devoir vous les dire. Quant à être fâché contre vous, ô Honoré, vous m'avez causé bien des ennuis, bien des chagrins, et quelques embarras ; mais si vous êtes un ami, si votre cœur est toujours bon et affectueux, ces soucis, ces chagrins, ces embarras, quoiqu'existant encore, seront bien affaiblis.

Adieu, Honoré, vienne l'ange ! moi je ne puis rien, rien, mais je vous aime toujours, ce qui m'empêche de vous crier au milieu de vos 20 000 en 7bre, de vos 6 000 en 8bre, pensez à moi, le plus tôt sera le meilleur, et vous m'obligerez — je ne puis faire un pas cette année, je suis cloîtré faute d'argent.

36-126. À PYRAME DE CANDOLLE

[Pré-Lévêque, près Genève, 16 ? août 1836.]

M. de Balzac, passant par Genève[1] est venu pour offrir ses hommages à monsieur et madame de Candolle et rappeler

M. Colla de Turin[2] au souvenir du souverain pontife des plantes. L'avocat le lui avait bien recommandé. M. de Balzac se recommande au souvenir de monsieur de Candolle et désirait savoir s'il avait reçu *Le Livre mystique* qu'il lui a envoyé de Paris.

Toujours Hôtel de l'Arc, mais M. de Balzac part demain pour Vevey et ne reviendra que le surlendemain pour partir pour Paris.

S[on] t[rès] h[umble] et t[rès] d[évoué] s[erviteur].

36-127. À « LOUISE »

[22 août 1836.]

Ai-je eu le temps de penser ? après un revers de fortune assez cruel, j'ai été obligé d'aller et de revenir d'Italie en 20 jours, j'arrive aujourd'hui 22 août, et je trouve votre lettre, qui me désole pour ce qui vous est arrivé de douloureux — n[ous] avions donc une sympathie de plus, c'était de souffrir à l'insu l'un de l'autre, ensemble — vous avez tort de ne pas m'écrire plus souvent. Quant à moi, j'ai été ballotté par tant de douleurs, d'intérêts froissés, que je ne vis que par conscience — j'ai perdu l'être que j'aimais le plus au monde[1], et suis dans un tel conflit d'intérêts à débattre, que je ne puis, pour aujourd'hui vous écrire que ce petit mot, car moi, aussi, j'arrive et vous écris hors de chez moi, dans une auberge où je suis arrêté en revenant d'un second voyage[2] — j'espère que vous m'écrirez plus en détail ; et moi, dans quelques jours, j'espère être plus calme et plus assis et pouvoir vous dire plus de choses — aujourd'hui, je ne puis que vous laisser deviner tout ce qu'un cœur souffrant demande à un cœur aimant.

36-128. À « LOUISE »

[Paris, vers le 28 août[1] 1836.]

Pauvre chère, vous ne sauriez rien comprendre à une pareille existence, et ce qui, dans une vie paisible et régulière, devient un crime, est un accident naturel dans une vie aussi agitée. Comment ne voulez-vous donc point partir de cette idée fondamentale, que loin de posséder une obole sur cette terre, les malheurs de ma vie ont fait que depuis huit ans, je dois une somme supérieure à tout ce que je pouvais prétendre de patrimoine et que ma plume doit suffire non seulement à mon existence matérielle, mais encore à l'extinction de cette dette et de ses intérêts ; *ma plume,* entendez-vous — alors, les jours et les nuits sont employés à cette œuvre, et rien ne suffit — il faut toujours lutter contre les difficultés matérielles de la vie, mais encore contre l'accablement, contre les difficultés littéraires, contre tout — Emporté, sans jamais pouvoir le prévoir par des obstacles qui surgissent, il m'est impossible de dire à midi ce que je ferai à une heure — le temps est-il jamais suffisant à ces trois luttes ? je ne m'en tire que par la rapidité des conceptions et des aperçus — Aussi ne me demandez pas pourquoi vous n'avez pas eu un souvenir de moi 25 août[2]. Ce 25 août, j'ai dormi 15 heures, la nature physique était épuisée, le 23 et le 24 je les avais employés à mon retour d'Italie à lire ma correspondance (en 25 jours d'absence, j'ai eu 48 lettres), à répondre, à m'occuper de mes paiements, à les coordonner, à trouver des ressources — la fatigue du voyage était grande (car j'ai fait 4 lieues à l'heure et suis venu en 4 jours de Turin par le Simplon[3]) elle s'est combinée avec mes fatigues morales, la douleur effroyable qui m'attendait est venue : elle était là parmi toutes les lettres, la lettre de deuil, j'ai succombé, j'ai dormi 15 ou 16 heures pendant 3 jours, je ne pouvais rien, j'étais comme un enfant de deux jours.

La personne que j'ai perdue était plus qu'une mère, plus qu'une amie, plus que toute créature peut être pour une autre, elle ne s'explique que par la divinité — Elle m'avait soutenu de parole, d'actions, de dévouement, pendant les grands orages. Si je vis, c'est par elle ; elle était tout pour moi ; quoique, depuis deux ans, la maladie, le temps, nous eût séparés, nous étions visibles à distance, l'un pour l'autre ; elle réagissait sur moi, elle était un soleil moral. Mme de M[ortsauf], du *Lys,* est une pâle expression des moindres qualités de cette personne ; il y a un lointain reflet d'elle, car j'ai horreur de prostituer mes propres émotions au public, et jamais rien de ce qui m'arrive ne sera connu — Eh bien, au milieu des nouveaux revers qui m'accablaient, la mort de cette femme est venue[4] —

Oui, la liquidation de la *Chronique* s'est faite en me grevant d'une somme énorme — Enfin, il faut vis-à-vis de mon libraire, qui est en avance avec moi, que je travaille 6 mois sans rien gagner, seulement pour m'acquitter envers lui — Et, pendant ce temps, il faut payer et vivre ? avec quoi ? j'ai peu d'amis, tous ont fait ce qu'ils pouvaient, je n'ai rien à attendre — Dans ces anxiétés, je travaille nuit et jour ; comment voulez-vous que j'aie un soin, une attention, je n'ai ni une heure pour pleurer, ni une nuit pour me reposer — laissez, laissez cet abîme de chagrins où je vous ai dit de ne pas mettre les pieds — S'intéresser à moi, c'est souffrir — n[ous] ne nous connaissons que moralement, vous pouvez encore vous dispenser d'épouser la vie la plus horrible qui ait pu peser sur un cœur expansif, tendre — la calomnie n'est-elle pas venue essayer de représenter un autre que moi, pour me ravir cette estime qui appartenait à mon courage ? vous rencontrerez des gens qui disent que je suis fou — d'autres, que je suis très riche — d'autres, que je suis en prison pour dettes — d'autres, que je suis un homme à bonnes fortunes. Enfin, il y a de moi mille portraits dont pas un ne me ressemble. Est-ce là souffrir. Et quand il se rencontre une bonne âme, elle se tient à l'écart : j'ai maintenant à toujours écrire, courir, travailler, me battre sur tous les points où je suis menacé ; ne soyez pas exigeante. — Trouvez ici mille fleurs d'âme ; la St-Louis peut être tous les jours.

36-129. MAX BÉTHUNE À BALZAC

[Paris, 26-30 août 1836.]

Je soussigné déclare que les articles donnés par Monsieur de Balzac à la Société de la *Chronique* du 1er janvier 1836 au 15 juillet de la même année sont et demeurent à dater de la dissolution sa propriété et qu'il peut en faire et disposer comme bon lui semblera[1].

Ce 26 août 1836.

Max Béthune,
gérant.

[Au verso :]

Au terme d'une quittance remise par M. de Balzac pour le prix d'une nouvelle qu'il doit me remettre pour la *Chronique* intitulée *La Vieille Fille*[2], je reconnais que M. de Balzac pourra rentrer dans tous ses droits de propriété quinze jours après la publication du dernier paragraphe dans la *Chronique*.

Ce 30 août 1836
Max Béthune.

36-130. LOUIS BOULANGER À BALZAC

[Paris, 30 août 1836.]

Mon cher Balzac,

Je vous ai attendu ces jours-ci — finissons-nous ce portrait[1] ? profitons de la clarté — marquez-moi vos jours d'avance. Je vous renvoie avec mille remerciements votre beau *Lys* dont j'ai respiré tout le parfum, je loue bien le terrain où il pousse de si belles fleurs.

Tout à vous
Louis Boulanger.

30 août.

[Adresse :] Monsieur | Monsieur de Balzac | N° 1, rue Cassini.

36-131. À MAX BÉTHUNE ?

[Paris, vers le 1ᵉʳ septembre 1836[1].]

Monsieur,

J'ai l'honneur de vous envoyer la quittance de la personne qui signait Marcel[2] ; je n'aurai que demain à 10 h. les deux dernières signatures sur n[otre] acte de dissolution de la *Chronique* que je vous remettrai avant midi.

Rien donc n'empêche v[otre] circulaire.

Agréez mes compliments empressés

v[otre] dévoué serviteur
de Bc.

Demain vous aurez la décharge de M. de Bernard.

36-132. CONTRAT AVEC MAX BÉTHUNE

[Paris, 1ᵉʳ septembre 1836.]

Par-devant Mᵉ Druet et son collègue, notaires à Paris soussignés, sont comparus :

Mr Maximilien Béthune, imprimeur, demeurant à Paris rue de Vaugirard n° 36,

et Mr Honoré de Balzac, propriétaire, demeurant à Paris, rue Cassini n° 1ᵉʳ.

Lesquels ont, par ces présentes, déclaré avoir dissous, à compter du 16 juillet, dernier[1], la société en commandite formée entre eux pour la publication du journal la *Chronique de Paris*, suivant acte passé devant Mᵉ Druet... les 19 et 29 mars de la présente année[2]

et qu'en conséquence tous les comptes de société, soit actifs, soit passifs, ont cessé et ont été arrêtés dès ledit jour 16 juillet

et attendu que tous les droits des intéressés sont réunis dans une même main les comparants n'ont pas jugé nécessaire de nommer ou de faire nommer des liquidateurs, aucune liquidation n'étant en fait à opérer.

Pour la publication des présentes, conformément à la loi, tout pouvoir est donné au porteur d'une expédition.

Dont acte

fait et passé à Paris, pour M. de Balzac en sa demeure et pour M. Béthune en l'étude, l'an 1836, le 1ᵉʳ septembre [...]

36-133. EDMOND WERDET À BALZAC

[Paris, début septembre 1836.]

Non, Monsieur, M. Brindeau n'a rien terminé. Je l'ai vu hier, il devait me rendre une réponse quelconque dans l'après-midi après avoir vu M. de St-Priest[1]. Comme il n'est pas venu, je dois penser que cette affaire ne lui va pas. Il ne voulait au surplus ne donner que 200 fr. la feuille — et sa feuille, je crois, est plus chargée que celle de la *Revue de Paris*.

Il y a peu de générosité à vous, Monsieur, de me mettre le pistolet sous la gorge pour vous payer à brûle-pourpoint 800 fr. que je vous dois. Et quelle que soit la position critique dans laquelle vous vous trouvez maintenant, il y a peu de générosité, je vous le répète, à exiger de moi, malheureux, dont vous connaissez les besoins, le payement d'une somme aussi forte. Ces billets que je vous ai souscrits sont et doivent être en dehors de toute autre affaire. Je n'ai pas besoin d'ajouter que leur payement doit être sacré. Il en est donc évident que je ne payerai pas aujourd'hui les billets à votre ordre puisque vous ne pouvez m'en faire les fonds.

Adieu, donc, crédit et considération. Je serai perdu pour vous et à cause de vous. Vous m'avez dû jusqu'à 13 000 [fr.] et je me suis trouvé dans des circonstances bien difficiles, et néanmoins jamais je ne vous ai mis le poignard sur le cœur... pour exiger de vous non le remboursement de ce que vous me devez, mais bien pour vous presser de tenir à vos engagements, et cependant 13 000 f. font une somme assez ronde d'intérêts que j'ai payé[e].

Quoi qu'il en soit je ne vous en veux pas. Ce sont les circonstances plutôt que votre cœur qu'il faut blâmer. Travaillons à nous tirer d'affaire, voilà le plus pressé.

Émile [Regnault] ne m'adresse pas non plus les fonds du billet que j'ai à payer à son ordre aujourd'hui. Décidément tout conspire contre moi.

Mais aussi je suis déterminé à ne plus souscrire un seul effet de service. Ce commerce est trop dangereux.

Agréez, je vous prie, Monsieur, l'expression de mes sentiments les plus distingués.

Werdet.

36-134. À DELPHINE DE GIRARDIN

[Paris, septembre 1836.]

Madame Junot m'a écrit, *Cara*, que Dumont[1] avait un désir de m'éditer, mais je n'ai qu'une seule affaire de disponible, c'est celle des *Cent Contes drolatiques*[2], affaire exploitable de deux manières, en *édition princeps*, un volume par dixain, et en livraisons pittoresques pour parler leur argot, affaire excellente, je ne peux pas dire autrement, mais d'autant plus sûre qu'un jour, mon éditeur unique[3] ira lécher les pieds de celui qui l'aura afin de la réunir à toute mon œuvre. En ce moment cet éditeur fait tout ce qu'il peut pour suffire à ce qu'il a. Quant à v[otre] Sousterre[4] chère, il radote. Werdet n'a jamais fait faillite, il a payé, sans déposer, tous ses créanciers, intégralement capital, intérêts et frais... Nous sommes dans un siècle où l'on nie la probité, comme on nie le talent. Éverat avait pris mes [effets] Werdet.

Mille gracieusetés de cœur.

T[out] à vous

de Bc.

Si Dumont a le bon esprit de vouloir de moi qu'il se dépêche, car il est question pour les *Drolatiques* d'une alliance entre Auzou, Éverat et Werdet[5]. Éverat prend une part avec qui que ce soit pourvu que ce soit un homme de probité, comme sont Dumont et ceux de qui je parle.

R.s.v.p. en cas que etc.

36-134a. RENAUD À BALZAC

[Paris, 5 septembre 1836.]

Monsieur de Balzac,

Comme vous me l'avez demandé, je vous remets ci-dessus relevé de votre compte, que vous pouvez me régler à votre convenance[1].

Lorsque vous serez décidé à faire quelques changements dans vos tapis, je réclame la confiance que vous accordiez à Mr Tournier[2], auquel j'ai succédé —

Vous assurant d'avance que mes efforts tendront constamment à la mériter.

J'ai l'honneur d'être

Monsieur

votre très humble serviteur
Renaud.

Le 5 septembre 1836.

[Adresse :] Monsieur | Monsieur de Balzac | rue Cassini n° 2 | Paris
[Cachet postal :] 6 septembre 1836.

36-135. ÉMILE REGNAULT À BALZAC

[Sancerre, 6 7bre 1836.]

Mon pauvre vieux,

Il faut pourtant bien que j'essaye de vous écrire, car je ne sais ce que vous devez penser de moi ; le fait est que vous êtes sans doute loin de vous imaginer la réalité, car je vous dirai que j'échappe miraculeusement à la mort. Le 17 août, mon père, qui était à la campagne, me fait dire d'aller le voir parce qu'il est malade ; j'avais fait environ 8 lieues ; je remonte immédiatement à cheval, mais en descendant dans sa cour, le frisson me saisit ; je me mets au lit, et c'est mon père qui est obligé de me soigner, car il se déclare dès l'abord une néphrite, c.-à-d. inflam[mati]on des reins ; la fièvre, le délire continuel pendant 11 jours ; de là saignées, sangsues, bains, etc. ; toutes choses dont je suis encore exténué à l'heure qu'il est, au point que je sue sang et eau pour vous écrire ceci. Jugez si dans cet état je pouvais penser aux affaires de quelque nature qu'elles fussent ! Voilà en partie ceci est cause du retour de votre traite ; car d'un autre côté mon frère était allé rejoindre sa femme et son fils malades aux environs de Moulins. La traite a donc été présentée à son élève qui, n'ayant reçu aucun ordre, l'a refusée ; ajoutez à cela que je croyais que cette traite ne venait qu'à la fin du mois et qu'elle a été présentée le 20, à ce qu'on m'a dit depuis. Certes le retour de cette traite est un désastre ; mais que serait-ce donc si maladie comme la mienne vous empoignait, vous ou Werdet ?

Hier mon frère a acquitté les 2 traites de 500 F entre les mains des messageries royales. Sur ces 1 000 fr. je vous dois :

1° Espèces	600
2° 165 sur effet passé par Werdet, ci	165
3° Couverts d'argent	150
4° Pour frais de la 1ère traite	40
	955

Reste maintenant le compte de Rose[1] que vous m'avez envoyé et que je m'évertue à comprendre. Demandez-lui, je vous prie, si elle pense que moi étant resté seul, je dois lui donner 25 fr. par mois (somme énorme du reste) comme quand nous étions deux. En tout cas, comme je l'ai payée jusqu'au 15 janvier et que je suis parti le 15 juillet, ça ne ferait encore que 150 fr. ? Voyez cela, je vous prie ; car moi je croyais qu'en lui donnant 60 fr., elle serait contente, mais il paraît que nous sommes loin de compte. En tout cas, dites-moi comment vous avez arrangé ceci, afin que je vous envoie l'argent en même temps que celui que [je] dois envoyer ces jours-ci à Werdet pour ce qu'il a avancé pour moi et pour mon 15. Ce pauvre Werdet, comment m'acquitterai-je jamais envers lui de tous les services qu'il m'a rendus. Vous ne pouvez vous imaginer, mon vieux, ce qu'est un pays où il n'y a pas de banquier et où l'année a été plus que nulle sous le rapport commercial ; il faut fouiller dans trois poches pour réaliser 1 000 fr. en argent. Jusqu'ici je n'ai pu parvenir à trouver 1 500 fr. à emprunter d'un seul coup. J'ai toujours la ressource du mariage, mais ma maladie m'a enfoncé ; qui sait aujourd'hui quand je serai en état d'agir, de monter à cheval, et de faire mes affaires moi-même ?

Dites, je vous prie, à Werdet, à Jules que j'attendrai encore quelques jours pour leur écrire, car je suis épuisé. Hélas! mon vieux, si vous voyiez ma mine, vous seriez effrayé.

Certes, je suis sûr que jamais cet événement ne vous serait venu à l'esprit, pas plus qu'à Werdet et à Jules[2]. Écrivez-moi tous, je vous en prie ; maintenant que je puis mettre deux idées l'une au bout de l'autre, vos lettres me feront du bien.

Adieu, mon vieux : malgré les preuves contraires, croyez au dévouement et à l'amitié de votre vieux

Pélican.

Sancerre, 6 7bre.

36-136. JEAN-BAPTISTE MÈGE À BALZAC

[Paris, 8 septembre 1836.]

Nous soussignés[1], Jean Baptiste Mège Docteur en médecine demeurant rue de la Michodière n° 23, à Paris, déclare que le bail souscrit par moi au profit de M. Dangest propriétaire rue des Batailles n° 13 et enregistré à Paris le six septembre 1836, f° 186 V° case 5 aux droits de 13 f. 85 cent. a été pris par moi pour obliger Monsieur Honoré de Balzac demeurant rue Cassini n° 1 à cette époque, et que tous les meubles, et toutes les choses généralement quelconques qui se trouvent dans cet appartement appartiennent à M. de Balzac ; le soussigné n'y possédant absolument rien et n'ayant rien à y prétendre[2].

Fait à Paris le huit septembre 1836.

Approuvé l'écriture^a
Mège.

36-137. À EDMOND WERDET

[Paris, septembre ? 1836.]

Maître Werdet[1], du moment où *Le Chef-d'œuvre inconnu* complète le tome XVII[2] ; il faut réserver *La Messe de l'athée* et *Facino Cane* pour le tome XIII[3].

Ainsi je vous envoie *La Messe de l'athée*, donnez-la encore à Beaudoin [*sic*] et faites que votre ami s'amende. *La Messe de l'athée* commence le tome XIII, tâchez qu'on l'enlève aujourd'hui. J'enverrai demain une *Étude inédite* qui ira immédiatement après *La Messe de l'athée*[4] — car je me tue à vous faire une 3ᵉ livraison qui agisse sur la 2ᵉ et la 4ᵉ. *Facino Cane* ira après cette étude inédite. Ainsi cette semaine n[ous] aurons de complet, les tomes 13 et 17. Plon[5] n[ous] fera les 2 volumes de *L'Enfant maudit*[6] et Bourgogne le *Phédon*[7]. Vous pouvez paraître le 5 8ᵇʳᵉ[8]. Mais pour Dieu! obtenez de votre ami Beaudoin l'épreuve des couvertures de la 3ᵐᵉ livraison.

L'Étude inédite s'appelle *Le Secret des Ruggieri*. Ainsi vous aurez presque tout inédit[9] dans cette livraison. Il n'y a que *L'Auberge rouge* et la 1ʳᵉ partie de *L'Enfant maudit* de connus.

36-138. JOSÉPHINE DUHALDE
POUR WERDET À BALZAC

[Paris, 12 septembre 1836.]

Je soussigné[e] reconnais que les trois billets de chacun mille francs endossés par M. de Balzac et faits par moi à son ordre au 20 mars, 20 février et 20 janvier prochain doivent être acquittés par moi et que M. de Balzac n'en ayant pas reçu la valeur, ces trois mille francs n'entrent ni dans son compte courant d'œuvres ni dans le compte des effets qu'il doit acquitter.

12 7ᵇʳᵉ [1836].

Pour Mr Werdet
Jⁱⁿᵉ Duhalde.

36-139. EDMOND WERDET À BALZAC

[Paris, vers le 15 septembre 1836.]

Je suis désolé, Monsieur, que vous vous soyez mépris sur le sens de ma phrase dans laquelle je vous disais que je ne voulais plus faire de billets de complaisance. Vous deviez bien m'apprécier pour croire que vous n'étiez pour rien dans cette résolution. En vous refusant, ce serait non seulement manquer à l'amitié, car j'ai de l'amitié pour vous, et il faut que vous le sachiez bien une fois pour toutes, mais aussi ce serait agir contre le sens commun. Qu'en arriverait-il de ce rigorisme envers vous? c'est que je vous mettrai dans le plus grand des embarras et que, par conséquent, je m'y mettrai moi-même.

Je désire donc vous aider par tous les moyens possibles, tomber ou faire fortune avec vous en un mot, et depuis longtemps vous le savez, je m'attache à votre fortune bonne ou mauvaise.

Un billet, celui de 600 fr., a été passé par vous à M. de Berny, rue des Marais[1] ; après l'avoir acquitté, est-ce que vous ne pourriez pas lui passer un autre effet ?

Un autre, celui de 500 a été passé à un nommé Fortin[2], rue St-Jacques ?

Le 3ᵉ de 1 200 f. a été négocié par Buisson[3] — celui-là doit être payé le premier.

Depuis hier, je cours pour me procurer 800 f. Je n'ose encore me flat[t]er de réussir. Je ne perds cependant pas tout espoir. Ainsi ne vous découragez donc pas plus que moi. Nous avons jusqu'à demain.

Et voyez si je ne ferai pas bien de ne plus faire d'effets.

Émile [Regnault] ne m'a rien envoyé, il ne m'a pas même écrit, et j'ai cinquante écus à payer aujourd'hui pour lui.

230 pour le 20 ; 500 f. pour le 30, en vérité, il faut qu'il arrive malheur à ce pauvre Pélican ! En attendant, je suis dans le plus grand des embarras à cause de lui.

Je vous le répète, je suis on ne peut plus désolé de vous avoir causé un seul déplaisir.

Votre bien affectueux
Werdet.

Ci-inclus un blanc-seing de 500 que vous ferez remplir.

36-140. MAX BÉTHUNE À BALZAC

Paris, le [16 septembre] 183[6].

Monsieur,

J'accepte volontiers en remplacement de *La Vieille Fille* convenue entre nous par votre reçu pour la *Chronique*[1], les deux nouvelles intitulées *La Perle brisée*[2] et *Les Souffrances de l'inventeur*[3].

Tout à vous

Ce 16 7ᵇʳᵉ 1836.

Max Béthune.

36-141. AUGUSTE BORGET À BALZAC

[Frapesle, 17 septembre 1836.]

Je n'ai eu, cher bon, votre lettre qu'hier soir. Elle est restée deux jours chez ma mère. Je l'attendais avec impatience[1]. Ne m'envoyez pas votre argent par la diligence, mais gardez-le-moi, car j'en ai un besoin bien réel. Je serai à Paris à la fin du mois ou du 1er au 3 8bre. Je pars de Frapesle dans 8 jours, samedi ou dimanche : mais je repasse par Tours où je passerai quelques journées ; que Dieu les inonde de lumière ! car je voudrais voir ce beau pays dans toute sa beauté d'automne. Je pars c'est vous dire que nos malades sont en bon état de convalescence ; mais Mme C[arraud] a les yeux et la tête encore trop faibles pour écrire à qui que ce soit.

Oh ! merci mille fois de l'argent que vous avez trouvé pour moi, cher. Il va m'enlever une foule de plaies qu'on écorchait souvent. Si vous saviez... mais bah : n'y pensons plus, comme vous dites. Je partirai d'ici emportant avec moi tout ce que je pourrai d'argent, et j'arriverai à Paris bien pauvre. Mais j'aurai votre argent qui me paiera une foule de petites dettes qui font qu'on ne vit pas. Merci encore pour votre argent, merci pour le mal que vous avez eu à obtenir, pour ce qu'il vous coûte. C'est un immense service que vous me rendez là. Dieu ou moi nous vous en tiendrons compte.

Vous avez prié qu'on ne vous en parlât jamais, pauvre ami ! Je la pleure aussi[2], moi, car j'avais en elle foi, comme en Dieu, et l'aurais priée comme on prie les anges.

Adieu, Honoré ! et à bientôt, car nous sommes au 17. Au revoir dans quinze jours, votre temps est trop précieux, qu'il vous suffise de savoir qu'à Frapesle on vous aime et qu'on va mieux, mais le temps toujours pluvieux n'est guère favorable à Mme C. Le froid la blesse comme le contact humain, la sensitive.

Adieu encore, je vous aime pour vous pour votre vie que vous simplifiez, hâtez-vous d'être libre.

Je suis et serai tout à vous.

Aug. Borget.

Sitôt rétablie Me C. vous écrira.

36-142. ÉMILE REGNAULT À BALZAC

[Sancerre, vers le 20 septembre ? 1836.]

Mon vieux,

En vérité, j'ai beau me creuser la tête je ne puis nullement me remémorer ce que vous me dites dans votre lettre[1]; je sais seulement que le jour de votre départ pour Saché, le matin, vous fîtes à l'ordre de Werdet un billet de 500 fr. sur lequel il était convenu que Werdet me remettrait de quoi payer ma thèse; il me remit en effet 165 fr. mais je faisais entrer cette somme dans le compte des 1 000 francs que vous me prêtiez en une lettre de change de 1 000 fr. que j'ai payée et dont je vous envoyais ainsi le compte dont vous m'avez fait voir depuis l'inexactitude :

600	espèces
150	couverts d'argent
165	donnés par Werdet sur v[otre] effet
40	auxquels vous disiez alors se monter les frais de ma lettre de change
955	Depuis vous m'avez fait remarquer que j'oubliais
95	95 d'épicier; 184 de Rose[2] et je me rappelle 96 fr. de
184	Paul que vous avez dû payer.
96	Il se trouve donc, *à mon compte seulement*, que je
1 270	vous redois 270 fr; mais, comme je puis me
1 000	tromper, je vous envoie le billet de 500 que vous me
270	demandez; gardez-le si je me trompe; sinon, la différence se retrouvera plus tard. D'autre part je n'ai pas besoin de vous dire que si vous pouvez trouver à placer ma signature, elle est toute à vous.

Mon vieux, je suis *foutu*. La fièvre me dévore impitoyablement. Aujourd'hui me voici réduit à ne plus quitter le lit; je n'ai plus ni estomac ni jambes. Je vous dirai par-dessus le marché que Werdet m'a éreinté en laissant protester un billet dont je lui avais envoyé l'argent dix jours d'avance; j'aurais mieux aimé dix accès de fièvre de plus, car c'est une charité que m'avait faite un bon et respectable ami. Que diable faire ? Surtout, ne lui en dites pas un mot; vous connaissez l'homme !

T[out] à v[ous]
É. Regnault.

Il m'a été impossible de vous répondre plutôt [*sic*]; car votre lettre n'est arrivée que quand on ne délivrait plus de timbres.

36-143. EDMOND WERDET À BALZAC

[Paris, 29 septembre 1836.]

Il n'y a en effet que du travail et une activité indomptable qui pourront me tirer d'affaire. Je dis *nous* — et c'est plus juste.

La fin du mois de septembre a été horrible. Cornuault[1] m'a manqué parce qu'il a été écrasé par les remboursements. M. Dangest[2] est moins malheureux que moi, mon crédit, ma signature sont altérés et je ne perds néanmoins ni la tête, ni le courage.

J'arriverai et vous aussi, mais nous aurons du mal pendant ces trois mois. Demain, mon échéance. Je payerai bien certainement. Celle du 20 se fera avec la livraison[3].

Planche ne peut ou plutôt n'ose pas se hasarder le soir dans vos quartiers. Quand vous viendrez à Paris donnez-lui un rendez-vous. Il s'y rendra.

Voilà toutes les épreuves de chez Baudouin — demain vous aurez la couverture.

Plon n'a pas été aussi rapidement qu'il m'avait promis[4].

Voilà les trois traités pour les *Contes drolatiques*. Veuillez les signer et me les renvoyer demain matin. Cela me facilitera ma négociation chez Auzou. Faites-moi aussi passer la copie de ces *Contes*; je commencerai de suite l'impression.

Votre bien affectueux

Ci-gît un hussard[5].

Werdet.

36-144. TRAITÉ AVEC EDMOND WERDET ET ADOLPHE AUZOU

[Paris, 29 septembre 1836.]

Entre les soussignés,

M. H. de Balzac propriétaire, à Paris, rue Cassini, n° 1 d'une part;

M. Auzou, nég[ocian]t, demeurant à Paris, rue St-André-des-Arts;

M. Werdet, libraire, rue de Seine St-Germain, n° 49,

Tous les deux d'autre part

Il a été dit et convenu ce qui suit:

M. de Balzac vend à messieurs Auzou et Werdet, le droit

d'imprimer et publier un ouvrage de sa composition ayant pour titre *Contes drolatiques*, troisième dixain[1], devant former un volume in-8° de 23 ou 24 feuilles d'impression.

Le troisième dixain sera tiré à douze cents exemplaires y compris les vingt exemplaires à donner à l'auteur, ceux à donner aux journaux, et ceux enfin à donner aux libraires comme treizième.

M. de Balzac ne pourra réimprimer ce troisième dixain de même que les premier et deuxième dixains dont MM. Auzou et Werdet ont acquis un restant d'exemplaires dès le mois de novembre dernier, qu'autant que lesdits volumes seront épuisés, chaque dixain sera censé être épuisé du jour où MM. Auzou et Werdet n'en pourront présenter vingt-cinq exemplaires.

M. de Balzac remettra immédiatement la copie du troisième dixain déjà faite, et le surplus il s'engage à le remettre dans le courant d'octobre prochain afin que ce volume puisse être mis en vente dans la première quinzaine de N^{bre} suivant au plus tard[2].

La présente vente est faite moyennant la somme de deux mille francs que M. de Balzac reconnaît avoir présentement reçue.

Fait triple à Paris le 29 septembre 1836.

Approuvé l'écriture ci-dessus Approuvé l'écriture Auzou. Approuvé l'écriture de Balzac.
Werdet.

36-145. AU MARQUIS FÉLIX DE SAINT-THOMAS

[Chaillot, fin septembre 1836.]

Caro, j'ai remis pour vous à l'ambassade un paquet contenant *Les Chouans*, avec la suscription que désirait la belle comtesse de San-Severino[1]; plus un petit paquet pour le bon abbé Gazzera[2]. Je n'ai rien mis pour vous, ni pour la Marquise votre mère, je n'ai pas voulu épouvanter l'ambassade ni M. de Brignole[3], qui croiraient que nous faisons quelque ténébreux commerce ; puis ce que je vous ai réservé veut encore quelque temps. J'ai cru que votre mère, qui a été si bonne pour Marcel et pour moi, regardait d'un œil d'envie l'espièglerie écrite que j'ai faite sur l'album de la Comtesse de Benevelli [*sic*][4], et je lui destine les 10 premières feuilles, corrigées à la main de mon 3me dixain ; ce qui est une sorte de manuscrit beaucoup plus intéressant que tout autre aux yeux de ceux qui veulent bien attacher du prix à ces sortes de langes où se remue la pensée, où elle fait sa toilette, et que je jetais au feu autrefois. Or, ce dixain ne sera terminé que dans le mois prochain — *patienza, Signor Marchese!* alors je joindrai à cet autre envoi ce que je vous destine à vous. Vous ne m'en voudrez pas de vous traiter en ami, en vous mettant ainsi le dernier. Maintenant, vous saurez que dans le livre de M. l'abbé Gazzera se trouve une lettre pour notre ami Seyssel[5], laquelle contient la blague d'échange, que Marcel et moi lui avons promise en partant, afin que, prenant un cigare, il pense à nous.

N[ou]s avons laissé dans votre calèche deux choses qui me font faute, et qui sont le livre de M. de Benevelli et une brochure que m'avait apportée M. Gazzera, dans la bonne journée que n[ou]s avons passée à Rivalta. Cet oubli accuse le trouble où n[ou]s étions Marcel et moi. Je me fie à vous pour réparer cet oubli.

Marcel est rentrée dans son ménage sans que jamais qui que ce soit au monde puisse se douter qu'il a vu Turin, les Alpes, la Suisse, le Piémont, et elle a repris ses tranquilles destinées, en comptant sur la générosité des cavaliers piémontais, au cas où ils retrouveraient la femme charmante qui s'était affublée de n[o]s sacrés vêtements ; elle m'a chargé d'exprimer toute sa reconnaissance à Madame votre mère, et il m'a prié de le rappeler à votre souvenir, je ne sais pas si elle ne vous enverra pas quelque chose dans le genre de ce que *nous* envoyons à M. de Seyssel, son écuyer. Pardonnez-moi le retard qu'éprouve cette lettre ; j'ai été ici surpris par de violents chagrins, de ces chagrins qui retentissent dans toute la vie, et la teignent d'une couleur de deuil ; puis, outre cette douleur, j'ai trouvé des affaires entraînantes, des travaux littéraires qui me dévorent mes nuits, et je ne veux pas même vous dire tout le prix de cette lettre écrite à la hâte, entre deux épreuves, afin de ne pas mêler quelque peine au plaisir que j'ai de vous assurer de tous les bons souvenirs que vous avez donnés à

v[otre] d[évoué] s[erviteur]
de Balzac.

Mettez aux pieds de Madame de Saint-Thomas mes plus affectueuses obéissances et rappelez-moi au souvenir de Madame de Benevelli, de M. Sauli[6], et *tutti quanti*.

Comme j'ai peur que mon paquet ne soit trop gros, je vous enverrai ce que j'ai à vous faire parvenir en deux fois. Je vous souhaite mille plaisirs cet hiver. Si la C^{sse} de San-Severino n'était plus à Turin[7], je me fie à vous pour lui envoyer ce qu'elle a eu la bonté de désirer. Croiriez-vous que je n'ai vu encore que deux fois Madame Guidoboni-Visconti, je ne lui ai pas remis v[otre] livre. Mais voici l'hiver et les Italiens revenus, je la verrai dans sa loge tous les jeudis[8], et je m'acquitterai de v[otre] commission près d'elle.

36-146. AU COMTE FEDERIGO SCLOPIS DI SALERANO

[1ᵉʳ-fin septembre 1836[1].]
Paris 1 7ᵇʳᵉ.

Cher Comte, nous avons fait (Marcel et moi), un très fatigant voyage, car il a fallu voir tant de choses (le lac majeur, le lac d'Orta, le Simplon, la vallée de Sion, le lac de Genève, Vevey, Lausanne, la Valserine, Bourg et sa belle église) que le temps nous manquait[2] et n[ous] le prenions sur n[otre] sommeil ; n[ous] vous avons cherché à Genève, mais en vain ; n[ous] [nous] sommes promenés à toutes les promenades — Et point de Sclopis[3] ! s'écriait Marcel.

Arrivé à Paris, j'ai été pris au collet par les affaires, puis un violent chagrin m'y attendait, j'ai perdu, pendant mon voyage, une personne qui était la moitié de ma vie ; en sorte que vous me pardonnerez le retard qu'a éprouvé ma lettre et l'envoi des livres que je vous avais destinés, ce sont les 3 ouvrages que j'ai le plus soignés[4], quand j'aurai fini les 2 derniers volumes des 12 1ᵉʳˢ de mes *Études de mœurs*, vous les recevrez tous, car j'ai hâte de vous prouver que je ne suis ni ingrat, ni français dans le sens d'oublieur de promesses que nous passons pour prodiguer.

[Chaillot, fin septembre.]

L'entraînement de ma vie est tel ici que j'ai commencé cette lettre le premier du mois et que je n'ai pu la reprendre qu'à la fin — je prends le parti de vous l'envoyer par la poste car il n'est pas sûr que l'ambassade puisse envoyer immédiatement vos deux paquets. Je n'ai pas encore remis v[otre] livre à M. Beugnot[5], mais demain matin il partira.

J'espère que ce que j'envoie à M. l'abbé Gazzera lui parviendra fidèlement, c'est en sa qualité de Bibliophile un exempl[aire] sur papier de Chine de la 1re, quoique mauvaise édition du *Livre mystique*[6], je l'ai mis dans l'envoi au Marquis de Saint-Thomas.

J'ai repris la vie du forçat littéraire, je me lève à minuit et me couche à 6 heures du soir ; à peine ces 18 heures de travail peuvent-elles suffire à mes occupations. Ce contraste de ma vie studieuse et des 26 jours de dissipation que je me suis donnés me fait un singulier effet, il y a des heures où je crois avoir rêvé. Je me demande si Turin existe puis en pensant à votre gracieux accueil je m'aperçois que ce n'est pas un songe.

Je vous supplie au nom de ce commencement d'amitié qui s'augmentera, je l'espère, de veiller au cher petit procillon et à n[otre] bon avocat Colla à qui je vous prie de rappeler moins le client que l'admirateur de ses belles et nobles qualités. Qu'il prenne les intérêts de M. et Mme Guidoboni-Visconti sous son oreille gauche[7].

Ne doutez pas, cher Comte, que parfois au milieu de mes longues veilles et entre deux épreuves ne surgisse un souvenir de mon séjour et de vos gracieusetés. Je ne vous enverrai point les *Études philosophiques* in-12, j'attendrai que cette édition turpide, destinée à n[o]s petits cabinets littéraires soit terminée et réimprimée en un glorieux in-8°, pour vous en faire hommage, car alors le style sera meilleur et les idées plus complètes. D'ailleurs peut-être vous l'apporterai-je moi-même, avec les *Études de mœurs*, car je reverrai l'Italie. Je compte sur votre obligeance pour me rappeler au souvenir de toutes les personnes que vous m'avez fait connaître, et pour mettre aux pieds de Madame la Comtesse votre mère mes plus respectueux hommages ; et veuillez me mettre au nombre de ceux qui vous disent, tout en vous serrant affectueusement la main

v[otre] d[évoué] s[erviteur]
de Balzac.

Si vous m'écrivez, adressez à
Madame veuve Durand, rue des Batailles, 13, Chaillot-Paris sous double enveloppe. Ceci est le secret de ma retraite, où ni la Garde nationale qui pendant mon absence m'a condamné à 10 jours de prison, ni personne ne me sait ni ne m'importune. Oh comme j'aimerais dans 6 mois à redescendre

le Mont-Cenis[8] ! Mais il faut mettre au jour bien des volumes, de pernicieuses compositions, de douloureuses phrases

Addio.

36-147. LOUIS BOULANGER À BALZAC

[Paris, octobre ? 1836.]

Mon cher Balzac,

J'ai délibéré d'aller demain vous trouver en votre Belvédère. Nous causerons *del ritratto*[1] — je penche tout à fait pour votre ami Ruhierre[2] il fera bien et avec entrain — et puis à votre dire il est en fonds ce qui est très précieux. J'en voudrais démontrer autant *cher* ami, mais l'argent ne vient point de mon côté : je le tiendrais cependant bien ferme entre mes doigts sans le laisser tomber par terre. — Qu'a-t-il donc à me craindre, le savez-vous ? donc préparez les flacons, lardez les viandes, aiguisez les couteaux, et tout ira bien — dites mon nom à votre Cerbère[3] pour que je ne sois point retenu au passage et adieu *vale* tenez-vous chaud.

Votre painéturier tout dévoué

Louis Boulanger.

[Adresse :] Madame Vve Durand | 13, rue des Batailles | à Chaillot.

36-148. ÉMILE DE GIRARDIN À BALZAC

[Paris, 1er octobre 1836.]

Mon cher boudeur,

J'ai remis au meilleur imprimeur de Paris, — à M. Duverger, rue de Verneuil, — votre manuscrit de *La Vieille Fille*[1]. Je pense que vous vous êtes entendu avec lui pour l'envoi et le retour des épreuves.

Primo. Quand pourrai-je prudemment en commencer la publication dans *La Presse*[2] ?

Secundo. Où voulez-vous que je vous fasse adresser *La Presse* ? Un mot à ces sujets.

Vous savez, mon cher Balzac, que notre rupture n'a pas un moment détruit en moi l'ancienne affection que nous nous portions. Nous nous sommes fâchés pour une lettre et une réponse toutes les deux dénuées de sens³. Que celle-ci que je vous écris nous rapproche ; je le désire vivement. Je vous suis, mon cher Balzac, sincèrement attaché, je crois vous l'avoir déjà prouvé, et si j'ai eu tort à votre égard, je ne demande pas mieux que d'en convenir. Donc...

Tout à vous quand même !

Émile de Girardin.

1ᵉʳ 8ᵇʳᵉ 1836.

[Adresse :] Monsieur de Balzac.

36-149. ÉMILE DE GIRARDIN À BALZAC

[Paris, début octobre 1836¹.]

J'ai déjà donné à M. Duverger l'ordre de faire tout ce que v[ous] lui indiquerez — je regrette fort de n'avoir pas choisi M. Plon — mais j'ignorais que vous eussiez une raison de le préférer. Je pense que M. Duverger fera tout aussi bien que qui ce soit, il vous suffira de vous en entendre avec lui, mais enfin si v[ous] tenez à ce que ce soit *Charles*, renvoyez-lui v[otre] copie ou v[os] épreuves².

Je v[ous] laisse entièrement le maître de tout, pour peu que je puisse commencer à publier le 15 le 1ᵉʳ article³.

V[ous] voyez que je réponds à la lettre que v[ous] avez écrite à Mme de G[irardin] — et à celle que v[ous] avez adressée à Mr Plon.

É. de Girardin.

Ci-joint la lettre à M. Duverger⁴

[Adresse :] Monsieur A. de Pril⁵ | rue des Batailles, 13.

36-150. LE COMTE FAUSTINO SANSEVERINO À BALZAC

[Paris, début octobre 1836.]

Il y a quinze jours que nous sommes à Paris e[t] que je cherche Mr de Balzac ; mais il est invisible. — Je vous envoie pourtant ma carte, e[t] je vous prie d'agréer les remerciements de la Comtesse Sanseverino pour *Les Chouans* que vous avez bien voulu lui envoyer[1]. Je serais bien heureux si je pouvais vous voir quelque part.

En attendant croyez-nous

tout à vous
F. Sanseverino.

36-151. AU COMTE FAUSTINO SANSEVERINO

[Chaillot, début octobre 1836.]

Oui, certes, cher Comte, j'aurais bien du plaisir à vous revoir et je me mets à votre disposition. J'ai appris votre arrivée chez M. de Brignole[1] à qui je remettais l'exemplaire que j'avais promis à votre *diva contessina*, car je ne suis pas Français par ma persistance à remplir les promesses dont mes compatriotes sont prodigues, et, aussitôt, je vous l'ai porté ; mais je n'avais point de carte pour attester mon empressement. En ce moment, je suis poursuivi par la police, qui veut me faire faire dix jours de prison pour n'avoir pas monté la garde, et poursuivi par les épreuves de plusieurs ouvrages.

Je sors donc peu, mais si vous voulez me garder le secret, vous me trouverez quand vous n'aurez rien de mieux à faire, pas très loin de chez vous, à Chaillot, rue des Batailles, 13, en demandant Auguste de Pril, mon valet de chambre, qui est le cerbère de mon taudis.

Veuillez présenter mes obéissances à madame de Sanseverino et mes respectueuses salutations à la princesse[2].

Agréez mes sentiments les plus distingués.

H. B.

36-152. LE COMTE FEDERIGO SCLOPIS DI SALERANO À BALZAC

Turin, 5 octobre 1836.

À Monsʳ de Balzac

J'ai bien regretté, mon cher monsieur de Balzac[1], de n'avoir connu que trop tard le changement apporté dans la direction de votre voyage de retour en France ; tandis que je vous croyais sur les rivages parfumés de la Corniche, vous vous dirigiez vers le Simplon et la Suisse. Si j'avais pu croire d'être si près de vous, j'aurais cherché le moyen de vous revoir, et j'aurais été charmé de me présenter à M. Marcel comme le *cicerone* de Genève et d'Aix. Veuillez dire à votre aimable compagnon de voyage que je le prie de me garder une petite place dans son souvenir ; je me crois en droit d'obtenir cette faveur, par le prix tout particulier que j'y attache.

Je suis bien fâché d'apprendre que vous avez éprouvé une vive et profonde affliction ; la surcharge de travail qui pèse sur vous pourra encore produire l'effet d'une distraction, qui, pour être forcée, n'en sera pas moins active. À part cela, nous ne saurions encore vous plaindre puisque vos veilles sont toujours si fécondes en résultats qui excitent, entraînent, absorbent l'attention de tant de milliers de lecteurs ; grâce à cette espèce d'ubiquité humaine qui n'est départie qu'aux gens de lettres, j'ai pu m'entretenir avec vous pendant mon petit voyage de Savoie ; j'ai lu *Le Lys dans la vallée* et je ne saurais jamais assez vous dire combien j'ai admiré l'évidence de ces caractères de femmes que vous y avez tracés ; vous avez bien sondé le cœur humain, et dans l'exposé de ces vicissitudes à la fois simples et touchantes de la vie intérieure il y a une vérité qui va à l'âme. Le caractère angélique de Mad[am]e de Mortsauf m'a vivement ému. Recevez cet aveu comme l'hommage d'un lecteur qui ne s'abandonne au *sentimentalisme* que lorsqu'il est vrai, et borné à l'action puissante du naturel dans son expression la plus pure.

Je recevrai avec beaucoup de reconnaissance les livres que vous avez eu la bonté de me destiner ; ce présent me sera d'autant plus cher qu'il me viendra comme une preuve de l'amitié dont vous m'honorez ; témoignage flatteur d'un sentiment que je partage bien sincèrement. L'abbé Gazzera a reçu avec un transport de reconnaissance tout à fait digne d'un bibliophile l'annonce de l'envoi sur papier de Chine du *Livre mystique* ; il se réserve à vous en remercier plus particulièrement.

Songez quelquefois à vos amis de Turin, mon cher Mr de Balzac ; vous avez pris l'engagement de faire une visite à l'Italie, et vous devez vous arrêter encore à la loge du portier, rôle qui a parfois coûté cher au Piémont ; nous aurons soin de vous retenir quelque temps avant que de vous introduire dans l'intérieur de cette Péninsule si riche en souvenirs et en monuments *di un tempo che fù*[2].

Ma mère très sensible à ce que vous lui avez fait dire me charge de vous offrir ses compliments les plus distingués ; tous nos amis que vous avez connus ici désirent de vous être rappelés. Comme nous sommes au temps des vacances M. Colla se trouve à sa campagne ; je vais lui écrire pour ne pas retarder d'un instant vos sollicitations. Il y a quelques temps, nous avons causé ensemble

de l'affaire dont vous lui avez confié la direction ; il m'a dit vous
avoir écrit plus d'une lettre à ce sujet. Les avez-vous reçues[3] ?

Si vous avez quelques ordres à donner pour le Piémont et les
pays qui l'avoisinent, songez que personne ne sera plus empressé
de les remplir

que votre d[évou]é s[erviteur]

Frédéric Sclopis.

36-153. ZULMA CARRAUD À BALZAC

À Frapesle, le 9 octobre [*sic*][1].

Mon cher Honoré, vous avez su que peu s'en est fallu que
vous eussiez une fleur de plus à jeter à une amie perdue. J'ai été
bien malade et, quoique ce ne soit plus qu'un souvenir, pourtant
il m'en est resté un redoublement de susceptibilité, une délicatesse appliquée à toute chose, qui me constitue dans une souffrance presque permanente et que je n'ai pas toujours l'art de
dissimuler. C'est un tort qui ne peut trouver son excuse que dans
la préoccupation que me donne l'état maladif de mon petit
Yorick. Le pauvre enfant est accablé d'une fièvre intermittente
qui jusqu'ici résiste à toute action. S'il peut se remettre, je tâcherai de faire tête à cette nouvelle faiblesse qui prend une allure
stable faite pour effrayer ; et où serait donc le bénéfice de l'âge, si
l'ossification n'arrivait pas en son temps, si les mille répugnances
de la jeunesse subsistaient toujours !

Votre dernière lettre, qui est restée en la possession d'Auguste[2]
qui me promit d'y répondre, m'a vivement affectée. J'ai vu une
large plaie dans votre cœur, et j'ai pleuré avec vous cet être angélique dont vous avez ignoré les plus grandes souffrances. Honoré,
n'y a-t-il pas eu réaction chez vous, en vous ? Je n'ai aucun des
titres qu'elle avait pour vous parler, mais aussi je ne suis arrêtée
par aucune des pudeurs qui la firent se taire si souvent. Malgré
votre prière de ne pas évoquer un tel sujet, je vous demanderai si
le jour où un coup si fatal vous fut porté, vous ne comprîtes pas
qu'il y avait autre chose dans la vie qu'un canif de 800 fr. et une
canne qui n'a d'autre mérite que d'attirer les regards sur vous ?
Quelle célébrité pour l'auteur d'*Eugénie Grandet*!!! Je suis bien
laide, cher ; mais il est des éloges que j'ai toujours tenus pour
offensants, parce que je sentais que je méritais mieux. Dans
quelle aberration vous ont jeté ces nuages d'encens que l'on a
amoncelés autour de vous pour vous aveugler et vous perdre.
N'ont-ils pas réussi, et votre vie n'est-elle pas un enfer ? Est-ce
écrire que le faire le couteau sous la gorge, et pouvez-vous parfaire une œuvre que vous avez à peine le temps d'écrire ? Vous

êtes ruiné, dites-vous. Mais cher Honoré, à votre début dans la carrière, qu'aviez-vous ? Des dettes ; aujourd'hui, des dettes aussi ; mais combien le chiffre en est différent ! Et pourtant que n'avez-vous pas gagné depuis ces huit ans, et croyez-vous qu'il fallût de semblables sommes à un homme de pensée pour vivre ? Ses jouissances devaient-elles être si matérielles ? Honoré, quelle vie vous avez faussée, et quel talent vous avez arrêté dans son essor ! Je risque peut-être beaucoup à vous parler ainsi ; mais c'est que je souffre avec vous des maux que vous ressentez, et, seule pour vous de ceux qui ne vous arrivent pas encore, quoiqu'existants. Je ne compte plus vous voir parce que je ne saurais me dissimuler que le contact de gens simples comme nous est sans charme maintenant pour vous. Mais comme je vous aime d'une bonne et sainte amitié et que, bien que vous ne soyez plus l'Honoré d'autrefois, je n'ai pas changé de sentiment, je vous dis ce que personne ne vous dira, les uns ayant à vous exploiter, les autres n'ayant pas la conscience assez pure en votre endroit pour oser parler ainsi. J'ai peur de votre avenir ; je vous en trouve trop peu soucieux. Ce qui m'a apporté cette sensation, c'est l'horrible fin de mad. de Mortsauf ; vous avez gâté là une belle œuvre, une belle pensée !

Auguste est retourné vers vous. Je m'inquiète pour lui : je trouve qu'il met trop peu de soin à étendre ses idées ; il me semble qu'il ne saurait acquérir un talent, s'il ne meuble pas mieux sa tête. C'est une chose que je n'ose lui dire moi-même pour mille raisons, mais qu'il doit bien accueillir, venant de vous. Il ne saurait peindre 15 heures par jour ; que le temps qu'il ne peut passer à son chevalet soit donc employé au profit de la profession qu'il a embrassée. Le musicien peut bien ne rien connaître en dehors de son art ; mais la peinture se rattache à tout. C'est comme si pour écrire vous n'aviez lu que des romans : qu'auriez-vous pu faire avec de tels moyens ? Il a une insouciance pour tout qui m'a désolée ; il ne se donne plus la peine de parler ni de marcher. Il aurait besoin de voir le monde, et souvent ; il est une foule de choses qu'il n'apprendra que là.

Adieu, *dearest*. Mon petit enfant revient de faire une promenade en voiture ; je l'entends et vais le prendre. Si je vous ai blessé, excusez-moi, car je vous aime bien ; j'ai dû être vraie avec vous, parce que je vous estime. — Votre amie,

Zulma.

Dites à Auguste de me renvoyer votre lettre qu'il a gardée.

[Adresse :] Pour M. Balzac | Monsieur Aug. Borget, impasse Tivoli | 1 près la rue Blanche | Paris.
[Cachets postaux :] Issoudun, 8 oct. 1836 | 10 oct. 1836.

36-154. AUGUSTE BORGET À BALZAC

[Paris, octobre 1836[1].]

Eh bien donc, mon bon ami, n'y pensons plus, et ne vous cassez plus la tête pour moi. Ce sera pour quand vous pourrez. Quand j'aurai été pendant un mois côte à côte avec mon compagnon de voyage[2], ce serait bien malheureux si nous n'étions pas assez bien ensemble pour lui demander un billet de mille francs pour argent de poche. Suivez votre idée. Fermez votre cellule, et ne vous occupez plus qu'à reparaître dans 6 mois ou un an au grand jour ayant en main de quoi payer tout le monde. Si par hasard un bonheur vous arrivait, si vous pouvez vous penserez à moi.

Adieu, cher, laissez quelquefois des pensées bien vivantes et bien affectueuses aller vers moi. Si vous aviez eu le temps je vous aurais demandé ; combien me devez-vous et vous m'auriez fait une espèce de petite reconnaissance, pour laquelle en cas d'accident vous ne seriez pas inquiété et embêté le moins du monde par ma famille ; car il [*sic*] serait sous enveloppe entre les mains de Mme C[arraud] et elle agirait selon mes recommandations et ses inspirations d'après votre position, la chère bonne et noble dame. Vous la connaissez. Si vous aviez le temps, et que v[ous] sachiez au juste ce que v[ous] me devez, envoyez-le lui.

Adieu encore, je vous embrasse et vous souhaite de tout cœur autant de bonheur que je vais avoir d'étonnements.

Adieu. — Pensez à moi quand vous en aurez le temps. Je v[ous] aime.

A. Borget.

[Adresse :] Monsieur de Balzac.

36-155. À ADOLPHE ÉVERAT

[Chaillot, octobre 1836.]

Mon cher Maître, je vous en prie faites donc corriger et mettre en page promptement les deux placards de *Contes drolatiques* que vous a remis M. Werdet[1], car je veux faire marcher promptement ce volume et suis en train d'arranger toute l'opération avec une grosse maison de librairie. Si M. Lefebvre[2] pouvait s'en charger, et que vous puissiez lui en parler, cela pourrait lui aller — il conçoit ces sortes d'opération — mais en tout cas avant la fin du mois j'aurai une solution[3].

Et l'affaire Ricourt[4], il vend, m'a-t-on dit. Si vous n'en finissez pas, vous ne remettrez pas la main sur lui. Faites dépêcher Jondé et envoyez-moi l'épreuve des feuilles 5 et 6[5]. — J'apporterai lundi de la copie.

Tout à vous
de Bc.

36-156. À WILLIAM DUCKETT

[Paris, 13 octobre 1836.]

À Monsieur Duckett[1], directeur du
Dictionnaire de la conversation.

J'ai l'honneur de vous accuser réception de six cents francs, pour prix de deux feuilles du *Dictionnaire de la conversation* qui contiendront des articles sur Louis XIII, Louis XIV, Louis XV, Louis XVI, Louis XVII et feu Louis XVIII[2], à la condition que si je dépasse deux feuilles je n'ai[e] droit à rien de plus, avec la latitude de deux pages de moins. Puis il est entendu que vous me prendrez deux autres feuilles pour cent cinquante francs chacune que je ferai avec un de mes amis M. le comte de Belloy et qu'enfin je rentrerai dans la propriété de mes articles six mois après leur publication dans le volume. Agréez mes compliments les plus distingués

de Balzac.

Paris, ce 13 octobre 1836.

36-157. WILLIAM DUCKETT À BALZAC

[Paris, 13 octobre 1836.]

Monsieur,

J'ai l'honneur de vous accuser réception de votre lettre en date de ce jour par laquelle vous vous engagez à rédiger pour le *Dictionnaire de la conversation* les articles Louis XIII, Louis XIV, Louis XV, Louis XVI, Louis XVII et Louis XVIII.

Il demeure entendu que la somme de six cents francs que vous reconnaissez avoir reçu ce jour de n[ous] s[u]r Béthune est le prix du travail ci-dessus mentionné que vous me livrerez *à première réquisition*, et qui ne dépassera pas deux feuilles d'impression de notre *Dictionnaire* (sauf s'il les dépassait, à ne vous donner pour cette augmentation aucune indemnité).

Il demeure également entendu qu'une latitude de deux pages en moins vous est concédée ; que vous rentrerez dans le droit de republier ailleurs[1] le travail ci-dessus mentionné, six mois après la publication du volume du *Dictionnaire* qui le contiendra ; enfin que je vous prendrai deux autres feuilles au prix de cent cinquante francs chacune que vous rédigerez également pour notre *Dictionnaire* conjointement avec votre ami M. le comte de Belloy.

Agréez, Monsieur, l'assurance de mes sentiments les plus distingués.

W. Duckett.

Paris, 13 8bre 1836.

36-158. DÉCLARATION DE MAURICE SCHLESINGER

[Paris, 13 octobre 1836.]

Je soussigné gérant de la *Gazette musicale* reconnais que Mr de Balzac rentre dans ses droits d'auteur pleins et entiers six mois après la publication du dernier article d'une nouvelle intitulée *Gambara*[1], et que je n'ai que le droit de l'insérer dans la *Gazette musicale* sans pouvoir la réimprimer autrement que pour le service de ce journal et que je ne peux en disposer d'aucune autre manière, et que rien de cette nouvelle ne peut être publié sans le bon à tirer de M. de Balzac.

Les corrections seront à ma charge.

Paris, le 13 octobre 1836.

Mau. Schlesinger.

36-159. À MAURICE SCHLESINGER

[Paris, 13 ? octobre 1836[1].]

Je reconnais avoir reçu de Monsieur Schlesinger la somme de mille francs pour prix de l'insertion dans le journal de la *Gazette musicale* d'une nouvelle intitulée*a* *Gambara* qui aura au moins vingt colonnes et que je m'engage à lui donner avant la fin de décembre 1836 de manière à ce qu'il paraisse avant la fin de l'année

de Balzac.

[En marge :]

Je dis *nouvelle*, de Bc.

36-160. EDMOND WERDET À BALZAC

[Paris, 14 octobre 1836.]

Ainsi que vous le désirez, Monsieur, je vous adresse le compte des effets dont vous devez me faire les fonds : ce compte est numéroté 1.

Je vous ai déjà adressé l'état de votre compte comme *Auteur* D'où il résulte que vous êtes mon débiteur de fr.   4 333.75

De nouveau, je vous adresse copie de votre compte *Particulier* Sous le n° 2. Il résulte de ce compte que vous me devez encore   1 436.15

Sur ce compte, je vous prierai d'observer :

1) que les 2 000 fr. d'effets impayés au 30 7bre ne figurent là que pour mémoire : si j'eusse payé ces effets vous me devriez 2 000 fr. de plus.

2) Sur ces 1 436 fr. il n'y a qu'un effet de 600 fr. au 20 D^{bre} que j'espère bien payer ; le surplus vous a été remis en espèces. Ce qui porte votre débit à fr.   5 771.90.

Cette somme devra être nécessairement augmentée de ce qui suit :

1) du compte d'intérêts pour toutes les sommes que je vous ai avancées depuis 3 ans : cette somme pourra s'élever entre 15 et 1 600 francs jusqu'à ce jour.

2) Des frais de composition, papier, tirage et cetera pour les couvertures de la 2e livraison des *Études philosophiques* que vous avez fait refaire 2 fois vous ayant convenu d'intervertir pendant trois [fois] l'ordre des volumes de cette Liv[rai]son.

3) Des frais de composition, correction, tirage, papier de l'*Ecce Homo* ouvrage inachevé.

Ces deux articles réunis pourront s'élever à la somme de 200 fr.

Ainsi en récapitulant v[otre] compte, voici ce que vous me devez

Auteur	*4 335.75*
Particulier	*1 436.15*
Intérêts	*1 500*
Faux frais	*200*
Total	*7 471.90*

Puisque vous cherchez de tout côté à me saper, il est bon avant tout, Monsieur, que nos comptes soient arrêtés. Je vous demande donc jour et heure à cet effet.

Veuillez me renvoyer ma lettre que je vous ai adressée chez M. Bohain[1]. Cette lettre bien que non avenue et de nul effet, puisqu'elle n'a pas été suivie du traité annoncé, doit donc rentrer entre mes mains.

Veuillez agréer, je vous prie, Monsieur, l'expression de mes sentiments les plus distingués.

Werdet.

Paris, ce 14 8bre 1836.

36-161. À VICTOR BOHAIN

[Paris, vers le 15 ? octobre 1836.]

J'ai à v[ous] parler ce matin même d'une affaire importante[1], dites-moi par un mot de réponse si je puis vous trouver de 9 à 10 heures.

Mille compliments

de Balzac.

[Adresse :] Monsieur Bohain | 23, rue Richer | (pressé) | Il y a réponse.

36-162. ÉMILE DE GIRARDIN À BALZAC

[Paris, octobre 1836[1].]

Je retrouve à m[on] arrivée de Rouen votre billet. Il a été convenu qu'il ne serait rien changé à v[otre] manuscrit, il n'y sera rien changé. J'ai donné l'ordre que l'on respectât même jusqu'à v[otre] mode de ponctuation.

Pour éviter toute faute d'impression, je vous engage à faire mieux que de les indiquer sur les épreuves de M. Plon, — à les faire corriger.

Il me sera plus facile d'imposer dans ce cas toute la responsabilité au correcteur, et l'on sera plus sûr qu'il n'y a bien que ce que vous avez voulu qui y soit.

Agréez mes salutations.

É. de Girardin.

[Adresse :] Monsieur de Pril | 13, rue des Batailles.

36-163. HAMMER-PURGSTALL À BALZAC

Hainfeld, 16 octobre 1836.

C'est ici dans mon nouveau manoir[1] que vous voyez lithographié ci-dessus qu'est venue me trouver votre lettre[2], grand historien du cœur humain et m'a relancé tout d'un coup par le souvenir de vos ouvrages dans l'océan de la littérature du jour, dont vous tenez le trident ; quoiqu'il y ait ici une bibliothèque du siècle passé, et que c'est dans ce château même que j'ai entendu lire pour la première fois vos *Scènes de la vie privée* par la comtesse de Fresnel (Polonaise mariée alors à un Français, général autrichien, depuis veuve et remariée), il n'y a dans ce moment-ci pas un seul de vos ouvrages ici, et votre *Livre mystique* sera le noyau autour duquel se grouperont ceux de vos ouvrages que j'ai à Vienne ; c'est à mon retour que j'espère y trouver cet enfant perdu par les messageries et confié maintenant à un de nos courriers. Me Rosalie[3] (la tante de Me Hanska) m'a promis de venir passer ici sa fête l'année prochaine ou bien en [1]838 ; il serait bien beau à vous d'y venir aussi quand vous retournerez en Allemagne ; le château de Riegersburg[4] (qu'on voit au lointain sur la montagne) est bien un des châteaux les plus romanesques qui mérite seul un voyage en Styrie ; il était autrefois le domaine principal des Comtes de Purgstall et appartient aujourd'hui à un Prince de Lichtenstein, qui ne s'en soucie guère : ce n'est qu'un marin aussi sec et borné que le C. Hale [*sic*][5] qui pouvait le visiter sans être ému de ses beautés poétiques et historiques. Riegersburg mériterait bien plus d'être illustré par votre plume que Hainfeld n'a mérité d'être vilipendé par celle du plus ladre des capitaines écossais.

Depuis dix semaines je passe ici le plus doux loisir avec ma famille dans la plus grande oisiveté, loin de tous les bruits de la ville, de tous les journaux et plus occupé à ranger des livres qu'à les lire. J'en ai honte en comparant ce *dolce far niente* à votre activité colossale et à vos travaux d'Hercule, je dors ici autant d'heures que vous travaillez et à peine m'occupé-je de l'économie autant d'heures que vous dormez ; il est vrai que je suis vieux et que vous êtes jeune encore, mais même dans la vigueur de mon âge je n'ai jamais eu votre assiduité ; ne pouvant jamais prétendre à votre tête d'acier poli, je n'ai pas même eu votre cul de plomb[6] ; pardon de cet orientalisme qui est cependant aussi un gallicisme. Caroline[7] est bien sensible à votre souvenir.

T[out] à v[ous]

Hammer-Purgstall.

36-164. LUIGI COLLA À BALZAC

Turin, ce 22 8bre 1836.

Monsieur,

Mr Sclopis m'a communiqué l'article de votre lettre qui concerne l'affaire de Mr Guidoboni-Visconti[1] ; je n'ai pas cessé d'y veiller ayant suivi une correspondance active avec Mr Armella[2] ; ce dernier se donne tous les soins pour me procurer les renseignements et les pièces détaillées dans le mémoire dont je vous ai remis copie ; mais les frais que cela causait, surtout pour avoir une copie aut[h]entique du contrat de vente vu la quantité des pièces y insérées, absorbaient presque entièrement les fonds que vous avez mis à ma disposition et qui sont encore intacts ; avant que de me décider à faire cette dépense qui pouvait réussir à pure perte, je me suis borné à demander les déclarations comprenant la lésion résultant du mémoire de Mr Armella, et j'ai eu la satisfaction de les recevoir telles que je les désirais. Toujours pour épargner des frais j'ai conçu l'idée d'entreprendre le procès d'après la loi *diffamari*[3] pour forcer notre adversaire à présenter lui-même le titre de possession ; mais quoique muni de pouvoir *absolu*, je n'ai pas osé de m'en servir sans vous en informer ; vous savez que je n'aime pas beaucoup *l'absolutisme* me souvenant toujours de la réponse que notre Metastasio fit faire à César par Caton : *Ma chi è colui che rassomigli a Giove*[4] ? et comme je ne ressemble point à cette divinité je suis bien aise de vous soumettre mon idée avant que de la mettre à exécution. D'ailleurs il est très probable que Mr Guidobino [sic] retienne le titre aut[h]entique de sa vente ; dans ce cas il pourrait mal le transmettre ; au cas contraire il pourrait m'autoriser à en lever une copie.

Toutefois que vous n'approuviez pas mon projet de l'introduction de l'instance d'après la *loi diffamari* ; et je vous avoue que je préférerai[s] de l'introduire par la présentation du titre pour éviter une décision sur incident lorsque l'adversaire fut pour nous opposer le proverbe *possideo quia possideo*[5].

Voilà, Monsr un galimatias bien pesant pour un homme de lettres tel que vous, mais puisque vous avez tant d'égards pour la respectable famille dont vous m'avez confié les intérêts, il faut que vous availlé [*sic*] cette pilule *in buona pace*, et que vous me donniez vos délibérations le plus tôt possible.

Je suis avec la plus haute estime

votre très humble et obéiss[an]t serv[iteur].
L. Colla.

[Adresse :] À Madame | Mad. veuve Durand | rue des Batailles 13, Chaillot | Paris.
[Cachets postaux :] Torino, 22 ott. | 27 oct. 1836.

36-165. AUGUSTE BORGET À BALZAC

[Le Havre, 25 octobre 1836.]

Vous occuperez-vous de moi, Honoré, maintenant que je suis parti[1] ? Penserez-vous à moi, quand je ne serai plus là ? à mon argent quand je ne ferai plus entendre ma voix sollicteuse ? Oh ! mon ami, dans quelle voie vous vous êtes lancé — que cet argent m'a fait souffrir, je ne puis vous le cacher — Honoré, si vous faites ce que vous me disiez, et vous vous dérobiez pour réapparaître plus tard, pendant le temps de votre retraite, pensez à moi et quand vous aurez de l'argent retenez-en un peu pour moi.

Je ne dois point être un créancier. L'emploi pour lequel je vous l'ai donné, cet argent, m'ôte ce titre. — J'avais tant besoin avant de partir.

Voilà un triste adieu aussi, mais c'est qu'ici comme à Paris, je sens qu'il m'eût fallu de toute nécessité cette somme avant mon départ. Elle m'eût évité bien de graves soucis. Enfin !!

Si jamais vous l'aviez, sitôt que v[ous] l'aurez, je vous prie de reprendre note de l'adresse suivante :

Mr Martin, pharmacien
Galerie Vivienne, n° 42.

C'est être bien importun ? non, Honoré, c'est être bien malheureux. Si vous aviez bien pensé à moi, à moi autant qu'à vous, cela ne serait pas.

Adieu : puissé-je vous trouver au retour moins accablé et plus heureux. Adieu... tout cela ne fera pas que mon adieu ne soit amical et sympathique.

[Adresse :] Madame Vve Durand | rue des Batailles, n° 13 | Chaillot | Paris.
[Cachet postal :] Le Havre, 25 oct.

36-166. DÉCLARATION D'ADOLPHE AUZOU

[Paris, 29 octobre 1836.]

M. Auzou reconnaît avoir reçu de M. de Balzac la copie imprimée brûlée rue du Pot-de-fer[1] des 10 premières feuilles du 3ᵉ dixain corrigées, et réformant en ce sens le traité ci-contre[2] accorde à M. de Balzac un délai de deux mois pour achever l'ouvrage à partir du jour où la feuille 10 sera tirée[3].

29 octobre 1836.

Approuvé l'écriture
   Auzou.

36-167. LA RÉDACTION DE « LA PRESSE » À BALZAC

Paris, 31 octobre 1836.

M. de Girardin fait demander à M. de Balzac s'il sera possible de reprendre aujourd'hui le cours de *La Vieille Fille*. Il serait fâcheux qu'il fût interrompu plus d'un jour[1].

Il y a déjà pour ce jour beaucoup de plaintes venues ; on se plaint aussi généralement, qu'il y ait des détails trop *libres* pour un journal qui doit être lu par tout le monde et traîner partout. M. de Balzac appréciera cette observation[2]. La question pour laquelle M. de G[irardin] fait demander une réponse est celle-ci : peut-on compter sur la suite p[ou]r aujourd'hui ?

Ses complim[ents] distingués.

31 8ᵇʳᵉ.

[Adresse :] Monsieur de Pril | rue des Batailles, n° 13.

36-168. À CHARLES PLON

[Chaillot, octobre ou novembre 1836[1].]

À midi j'apporterai les 8 feuillets[2] qui terminent, faites composer cela en placards, *aujourd'hui même*, que j'aie tout pour ce soir [je] vous l'enverrai à quelque heure que ce soit.

36-169. À CHARLES PLON

[Chaillot, octobre ou novembre 1836[1].]

Charles voici la copie pour la *Chronique*[2], mais il faudrait que vous m'eussiez enlevé cela pour une heure, j'enverrai à cette heure chercher épreuve de ceci, et la nouvelle épreuve du *Chef-d'œuvre inconnu*; si je n'ai pas tout cela nous irions à mal. Donnez une réponse.

36-170. MARGARET PATRICKSON À BALZAC

[Fin octobre ou début novembre 1836[1]?]

[Sur une carte de visite de :]

Miss Patrickson

[Au dos de cette carte :]

Les mots anglais qui finissent par *y* au singulier prennent *ie* au pluriel. *Lady Ladies, folly follies.*
wisth — s'écrit en anglais *whist*.
robber. . . . . *rubber*[2]
robber veut dire voleur.

36-171. À ALPHONSE KARR

Paris, ce 2 9bre 1836[1].

À Monsieur le Directeur du « Figaro[2] ».

D'après ce qui est verbalement convenu entre nous, il demeure entendu que je suis engagé à donner au journal le *Figaro* deux ouvrages de ma composition, intitulés *La Haute Banque* et *Les Artistes*[3] qui feront au moins vingt-cinq feuilles de la *Revue de Paris*, si ces deux ouvrages ne les faisaient pas, j'ajouterais un troisième ouvrage pour compléter. Les frais de composition seront supportés par le journal et se feront chez MM. Béthune et Plon sur les mêmes conditions que pour *La Presse*. Le journal ne commencera à publier chacun de ces ouvrages qu'au moment où je remettrai les trois quarts de chaque œuvre en bon à tirer il est entendu que le journal ne doit publier ces deux œuvres que dans le journal et pour le service de ses abonnés, ou pour des essais d'abonnement, et pour le service des collections vendues complètes — il est bien entendu que je rentrerai dans mes droits de propriété un mois après la publication du dernier article de chacun des ouvrages.

Je vous donne ici quittance de cinq mille francs sur le prix et il ne vous restera plus qu'à me remettre quinze cents francs lors de la remise des *Artistes* et quinze cents francs lors de la remise des derniers bons à tirer du dernier ouvrage.

Je m'engage enfin à vous mettre à même de publier le premier ouvrage en avril prochain et le second à la fin du mois de mai.

Je vous prie d'agréer mes salutations empressées et de m'accuser réception de la présente

12 [*sic*] novembre 1836

de Balzac.

P. S. — Il est bien convenu que si *César Birotteau*[4] devient disponible il remplacera *La Haute Banque* et pourra paraître en mars prochain, mais cette publication est soumise à l'agrément de M. de Girardin[5] quant à cette date qui deviendra un engagement pour moi

de Bc.

[Rue] des Batailles, 13.

36-172. AU MARQUIS FÉLIX DE SAINT-THOMAS

[Paris, 6 novembre 1836.]

Caro, j'ai reçu v[otre] aimable lettre ; écrire et féodaliser, c'est trop ; un homme devrait opter. Dans quelques jours je remettrai à M. de Brignole les 10 premières feuilles du 3me dixain des *Contes drolatiques* qui ont servi à l'impression[1], et sur lesquelles sont écrites mes corrections, j'attends après le relieur, et dans leurs ateliers on sait bien quand un ouvrage y entre, mais jamais quand il sort ; néanmoins je vais le presser. Soyez jaloux de Seyssel ; il a touché le cœur. Je n'ai vu Marcel qu'une seule fois depuis mon retour. Plaisanterie à part, *caro*, Marcel est une pauvre charmante créature[2], condamnée à vivre dans l'enceinte froide d'un ménage, une honnête, une vertueuse femme, que vous ne reverrez jamais, et qui n'a pas résisté à une occasion *unique* de briser sa cage pendant un mois. Alors, comme elle a beaucoup de gaieté dans l'esprit, et qu'une femme qui se sort des *rails* de la vertu devient très mauvais sujet, elle s'est amusée en véritable écolier. Elle n'est point Georges [*sic*] Sand, à qui je vous présenterai quelque jour ; mais elle a été ravie d'être prise pour elle, afin d'assurer son *incognito*. Elle s'est fiée à moi pour son escapade, parce qu'elle me sait pris de la tête aux pieds par une passion si exclusive que je ne sais pas s'il y a des femmes au monde, hormis la *cara* — Et elle m'a affiché précisément pour éviter tout hommage. Je ne la reverrai pas trois fois dans ma vie. Personne ne sait son voyage, et une indiscrétion la perdrait. Comme elle est très fine femme, elle a surtout apprécié la bonté de Madame votre mère. Aussi plus tard elle se rappellera à v[otre] souvenir. Mais ce diable de Seyssel lui tenait au cœur.

Dotezac vous portera les livres que je vous destine, j'ai honte de charger v[otre] ambassadeur de tant de bouquins.

J'ai vu le comte de Sanseverino[3] ; mais j'ai si peu de temps à moi que je n'ai pu retourner chez votre *cara contessina*, après l'avoir manquée la première fois ; n[ous] n[ous] sommes rencontrés, je ne sais où, pendant le temps que n[os] voitures se sont croisées. J'y retournerai pour lui dire ce dont vous me chargez.

Pourriez-vous prier v[otre] cher abbé Gazzera de rechercher et de me procurer une brochure publiée à Rome sur l'exécution de Béatrix Cenci, et qui en contient le procès-verbal, la procédure, et des renseignements précieux sur les Cenci. J'en ai le plus excessif besoin[4]. M. de Cailleux, le directeur des Musées[5], la possédait ; on la lui a volée. Il n'a pu me donner d'autres renseignements. J'enverrai au bon abbé, un digne manuscrit, dans le genre de celui que v[ous] recevrez, et qui appartiendra à votre excellente et charmante mère. S'il préfère quelques autographes de n[os] grands hommes du jour, je les lui enverrai.

Addio, carissimo ; travaillez et amusez-vous, moi je n'ai que le premier verbe dans ma vie. — Mettez-moi aux pieds de Madame votre mère, et rappelez-moi au souvenir de tous ceux qui ont été si aimables pour moi

mille gracieusetés,
de Balzac.

Paris, 6 novembre.

36-173. ÉMILE DE GIRARDIN À BALZAC

Paris, 10 novembre 1836.

J'autorise bien volontiers M. de Balzac à donner au journal le *Figaro* les ouvrages qu'il voudra[1], dès qu'il m'aura remis *La Torpille* et *La Femme supérieure*, bien qu'il se soit engagé jusqu'au mois de juin à ne rien écrire pour aucun autre journal que *La Presse*[2].

Paris, 10 9bre 1836.

É. de Girardin.

36-174. TRAITÉ AVEC HENRY LOUIS DELLOYE, VICTOR LECOU ET VICTOR BOHAIN

[Paris, 15 novembre 1836.]

Entre les soussignés
MM. :
1° Honoré de Balzac, propriétaire, demeurant rue Cassini, n° 1, à Paris ;
2° Henry Louis Delloye, libraire-éditeur, demeurant rue des Filles-Saint-Thomas, n° 5, à Paris ;
3° Victor Lecou, libraire-éditeur, demeurant à Paris, rue des Filles-Saint-Thomas, n° 5 ;
4° Victor Bohain, propriétaire, demeurant rue Richer, n° 23, à Paris ;
A été dit et convenu ce qui suit :

Motif du traité

MM. Delloye, Lecou et Bohain ont proposé à M. de Balzac de réunir et concentrer sous une seule direction l'exploitation de ses œuvres, tant celles publiées jusqu'à ce jour que celles qu'il pourra composer et faire publier désormais. Ils ont offert à M. de Balzac de se charger de cette exploitation promettant d'appliquer les moyens que peuvent donner leurs relations étendues, leur nombreuse clientèle et leur bonne position dans le commerce de librairie.

M. de Balzac reconnaissant l'utilité de cette proposition et les avantages qu'elle promet pour une plus grande propagation de ses ouvrages, a accepté les offres de ces messieurs et les soussignés se trouvant d'accord ont arrêté les conditions suivantes :

Article 1er

Apport par M. de Balzac.
Durée de la participation.

M. de Balzac concède à MM. Delloye, Lecou et Bohain, ce acceptant, et pour une durée de quinze années à dater de ce jour, le privilège exclusif de faire imprimer, vendre et débiter ses ouvrages généralement quelconques, sans exception, faits et à faire et qui sont matière à librairie ; entendant par là que si M. de Balzac faisait une œuvre de théâtre, la publication en appartiendrait à la société ; sans qu'elle pût prétendre toutefois au partage des droits d'auteur à la scène.

M. de Balzac fait observer les dérogations temporaires suivantes :

Quoique M. de Balzac n'ait aliéné aucune propriété d'aucun de ses ouvrages, il a concédé :

1° À Madame veuve Béchet un délai de trente mois pour écouler la première édition des trois premières séries des *Études de mœurs* formant douze volumes in-8°[1]. Ce délai de trente mois commencera à courir du jour de la mise en vente de la dernière livraison qui est sous presse et pourra paraître le quinze décembre prochain[2]. Il est entendu dans le traité avec Madame veuve Béchet que M. de Balzac rentre également dans tous ses droits par le fait de l'épuisement de cette première édition des douze premiers volumes des *Études de mœurs*.

2° À M. Werdet, éditeur actuel des *Études philosophiques*, un délai d'un an à partir du jour de la mise en vente de la dernière livraison pour écouler cet ouvrage formant trente volumes in-12 dont trois livraisons sont fabriquées et dont il ne reste plus que trois livraisons à paraître[3]. M. de Balzac se mettra en mesure de publier la dernière livraison en juin mil huit cent trente-sept de manière à ce que l'œuvre soit disponible en juin mil huit cent trente-huit. Il a été entendu aussi avec M. Werdet que le fait de l'épuisement de l'édition, s'il avait lieu avant le délai ci-dessus ferait alors cesser son privilège.

M. Werdet, éditeur du *Père Goriot*, du *Médecin de campagne*, du *Lys dans la vallée*, n'a également qu'un délai d'un an pour écouler lesdites éditions[4], et ces délais expirent tous dans l'année mil huit cent trente-sept.

Le *Livre mystique* et *Séraphîta* constituant deux ouvrages séparés, tirés à part des *Études philosophiques*, ne sont susceptibles d'être imprimés qu'autant qu'il y aurait chance de les vendre encore séparément, mais ces deux volumes sont soumis à des délais relatifs à l'écoulement qui expirent en mil huit cent trente-huit[5].

3° Relativement aux trois dixains de *Contes drolatiques*, M. de Balzac fait observer que la nature de cette œuvre ne souffrait pas de stipulations de délai, mais qu'il n'existe pas plus de deux cents exemplaires des deux premiers dixains, que le troisième vendu à M. Auzou[6], marchand de papier, ne sera tiré qu'à mille exemplaires que par l'épuisement des tirages susdits de ces trois dixains, cette propriété devient libre.

4° Relativement aux *Chouans*[7] le délai fixé dans le traité avec M. Vimont est expiré. Il en reste encore, suivant une observation de M. de Balzac deux cent quatre-vingts exemplaires chez le libraire Werdet.

5° M. de Balzac déclare être engagé à fournir au journal *La Presse* deux œuvres intitulées *La Torpille* et *La Femme supérieure*, mais il rentre dans sa propriété quinze jours après le dernier article publié[8].

6° Il s'est également engagé à publier dans le journal le *Figaro* deux ouvrages intitulés *La Haute Banque* et *Les Artistes* en se réservant le droit de rentrer dans sa propriété un mois après la publication du dernier article[9].

7° M. de Balzac doit à M. de Béthune une œuvre intitulée *Les Souffrances du prêtre*, mais qui, appartenant aux *Études philosophiques*, entre dans la convention dont il a été parlé ci-dessus.

8° Il doit un article de vingt colonnes à la *Revue musicale* mais dans la propriété duquel il rentre trois mois après la publication dans ce journal[10].

9° Il s'est engagé à fournir un article de deux feuilles au *Dictionnaire de la conversation et de la lecture* dans la propriété duquel il rentre le sixième mois après la publication[11].

10° Il est observé relativement à la *Physiologie du mariage*, que M. de Balzac rentre dans tous ses droits le premier janvier mil huit cent trente-huit, soit qu'il en existe ou non des exemplaires et que si, avant ce temps, M. Ollivier n'en représente pas cinquante exemplaires, M. de Balzac reprend alors sa propriété[12].

Pour que Madame Béchet ou ses ayants cause actuels n'élèvent aucune difficulté relativement à l'épuisement des *Études de mœurs*, ils sont tenus de fournir à M. de Balzac, s'il le demande, des exemplaires complets au prix de soixante-six francs avec treizième et demi.

Il suit des circonstances du traité avec Madame Béchet et M. Werdet que M. de Balzac ne peut publier que des œuvres détachées destinées à rentrer plus tard, soit dans les *Œuvres philosophiques* soit dans les *Études de mœurs*, jusqu'à ce que lesdits délais soient expirés.

M. de Balzac affirme sur l'honneur qu'il n'a point pris d'autres engagements que ceux qui viennent d'être énoncés au sujet de l'exploitation de ses ouvrages soit publiés soit inédits.

Les traités qui constatent ces engagements sont annexés à l'original du présent acte et devront être déposés ensemble chez maître Outrebon, notaire.

Article 2

Base principale du partage dans les produits de la participation.

M. de Balzac n'a point de droits d'auteur à exiger de MM. Delloye, Lecou et Bohain.

L'exploitation de ses ouvrages tant anciens qu'inédits se fera sous forme de participation entre lui et MM. Delloye, Lecou et Bohain aux conditions qui vont être énoncées et le produit des bénéfices résultant de cette exploitation sera partagé par moitié, savoir : une moitié à M. de Balzac, une moitié à MM. Delloye, Lecou et Bohain.

Article 3

Attribution des parties pour la fabrication et l'exploitation.

MM. Delloye, Lecou et Bohain seront exclusivement chargés de la fabrication, de la vente et de la comptabilité.

Ils feront toutes les avances nécessaires pour la fabrication, les prospectus, frais de publicité et autres que pourrait exiger l'exploitation.

S'il leur convient de souscrire des billets ou engagements relativement à ces dépenses, ils ne pourront y faire intervenir en rien M. de Balzac qui ne doit en aucun cas supporter aucune responsabilité ni solidarité à cet égard.

MM. Delloye, Lecou et Bohain choisiront les imprimeurs, marchands de papier et autres fournisseurs ou parties à employer pour la fabrication et l'exploitation. Ils établiront et concluront seuls tous traités à cet égard. Ils s'engagent à régler toujours leurs marchés d'après le cours du jour établi parmi les maisons notables de Paris, à veiller à la bonne exécution des travaux et à une bonne qualité des matières en rapport avec le prix convenu ; les tarifs d'impression étant établis aujourd'hui sur le prix de cinquante pour cent d'étoffes, ce prix servira de base tant qu'il n'aura pas été modifié par l'usage des dix ou douze imprimeurs notables de la capitale.

M. de Balzac conservera la direction et surveillance de l'impression sous le rapport littéraire ou de la correction des textes et de leur conformité à ses manuscrits.

Article 4

Règle et droits des parties pour les délibérations à intervenir.

Lorsqu'il y aura lieu de réimprimer un ouvrage déjà publié ou d'éditer un ouvrage inédit, les soussignés décideront entre eux du nombre d'exemplaires à tirer, du format des volumes, du mode de vente, soit par livraison d'un ou plusieurs volumes, soit par livraisons partielles d'une ou plusieurs feuilles ; ils règleront le prix de vente de chaque exemplaire, s'il y a lieu de modifier les prix actuels en les augmentant ou diminuant. Ils décideront de l'opportunité des réimpressions quand il s'agira de nouvelles éditions d'ouvrages déjà publiés.

S'il y a lieu de céder à des revues, journaux ou autres publications en France ou à l'étranger l'autorisation d'insérer tout ou partie des ouvrages de M. de Balzac soit déjà publiés soit inédits ; l'opportunité de ces concessions et les conditions auxquelles elles seront accordées seront réglées entre les soussignés.

Il en sera de même relativement aux traités à faire avec des libraires ou éditeurs français ou étrangers, pour des cessions de droit d'impression des ouvrages de M. de Balzac.

Les décisions seront prises à la majorité des suffrages entre les quatre parties soussignées, chacune ayant une voix délibérative. En cas de partage égal des voix le sort désignera celui des quatre participants dont l'avis donnera la prépondérance.

Si pour une opération de vente ou cession quelconque au profit de la participation il y avait utilité de faire un crédit de plus de cinq mille francs à des tiers, ce crédit ne sera accordé que du consentement des soussignés.

Pour l'examen et décision de ces différentes questions et autres qui pourraient survenir, les soussignés conviennent de se réunir une fois tous les quinze jours à la date qui sera fixée entre eux. Il sera tenu registre des décisions prises.

Article 5

Dépenses et produits de l'Exploitation. Partage des bénéfices. Les dépenses de la participation se composent :

1° De l'achat du papier ;

2° Des frais de composition et d'impression ;

3° Des frais de couverture, brochage, satinage ;

4° Des frais de prospectus, affiches, annonces dans les journaux et autres dépenses relatives à la publicité ;

5° De l'intérêt des sommes dont MM. Delloye, Bohain et Lecou se trouveraient à découvert soit pour avances à M. de Balzac (dans les conditions prévues à l'article 9), soit pour toutes autres causes résultant de l'exploitation ;

6° Des frais d'assurance sur la vie de M. de Balzac et des frais d'assurance contre l'incendie pour les volumes en magasin et pour les planches et clichés s'il y a lieu d'en établir ultérieurement ;

7° Des pertes résultant de faillites par suite de crédits faits pour la vente lorsque ces crédits auront été accordés dans les règles habituelles du commerce. Ces pertes ne seront portées au compte de la participation qu'autant que leur chiffre annuel dépasserait le taux proportionnel de trois pour cent sur la masse des ventes opérées dans l'année et elles n'y seront imputées que pour la somme excédant cette moyenne, attendu que MM. Delloye, Lecou et Bohain doivent supporter personnellement sur la remise dont il sera parlé ci-après, jusqu'à concurrence des trois pour cent prévus sur la vente pour lesdits risques de faillite.

La clause ci-dessus a pour but spécial de prévenir les grandes crises commerciales et de ne pas en faire peser les suites uniquement sur MM. Delloye, Lecou et Bohain. Il a du reste été entendu à l'article 4 que lorsque les crédits dépasseraient les règles habituelles d'usage ou de prudence, ils ne seraient accordés que sur la décision de M. de Balzac et de MM. Delloye, Lecou et Bohain ;

8° Des frais d'administration, loyers, employés, registres et tenue des écritures. Ces frais seront supportés uniquement par MM. Delloye, Lecou et Bohain au moyen d'une remise sur le prix net de vente qui leur est accordée à titre d'abonnement ainsi qu'il sera dit ci-après.

Toutes dépenses qui ne rentreront pas dans la catégorie de celles qui viennent d'être prévues ne pourront figurer au compte de la participation, à moins que M. de Balzac n'y ait consenti.

Les produits de la participation se composent :

1° Du recouvrement provenant de la vente des ouvrages fabriqués ; ils sont portés en recette au prix net auquel ils sont concédés à MM. Delloye, Lecou et Bohain, quel que soit le prix auquel ils auront pu les vendre ;

2° Des sommes provenant du prix de la cession qui serait faite à des revues, journaux ou autres publications en France ou à l'étranger, du droit de publier pour un temps limité ou illimité, en tout ou partie, des ouvrages de M. de Balzac déjà publiés ou inédits, plus ou moins étendus ;

3° Des sommes provenant du prix de la cession qui serait faite à des libraires ou éditeurs à l'étranger ou en France du droit de publier ou réimprimer un ou plusieurs ouvrages de M. de Balzac ;

4° Des sommes payées par les Compagnies d'assurances dans les cas de sinistres garantis par elles et dont la participation aurait payé les primes ;

5° Des recouvrements obtenus ultérieurement sur les pertes de faillites supportées par la participation ;

6° Enfin de tous recouvrements non prévus ci-dessus, mais qui résulteraient de concessions consenties par M. de Balzac, Delloye, Lecou et Bohain d'un privilège quelconque d'exploitation d'œuvres quelles qu'elles soient, de M. de Balzac, publiées, faites ou à faire, pendant la durée des quinze années du présent traité de participation.

Il n'y a d'exception à cette règle qu'en ce qui concerne les droits d'auteur revenant à M. de Balzac pour les représentations au théâtre. Dans le cas où il donnerait à la scène des œuvres dramatiques, MM. Delloye, Lecou et Bohain n'auront rien à prétendre à cet égard. Ils n'auront droit avec M. de Balzac qu'au partage des produits de l'impression ou vente en cession de publication desdites pièces.

Les bénéfices de la participation résultent de l'excédent des produits spécifiés ci-dessus comparé aux dépenses telles qu'elles ont été prévues dans ce qui précède.

La moitié de ces bénéfices appartient à M. de Balzac, l'autre moitié appartient à MM. Delloye, Lecou et Bohain.

Ainsi qu'il a été dit, MM. Delloye, Lecou et Bohain ne doivent porter au compte de la participation aucune dépense pour frais d'administration, de loyer, de commis et tenue de comptabilité, et ces frais leur sont bonifiés par voie d'abonnement au moyen d'une remise sur le prix de vente des ouvrages imprimés, cette remise est réglée comme suit :

Le prix public de vente étant actuellement pour un volume in-8° de sept fr. 50 centimes ou cinq fr. 25 centimes aux libraires détaillants ou commissionnaires, MM. Delloye, Lecou et Bohain tiendront compte à la participation d'un prix net de cinq fr. pour chaque volume in-8° vendu, dont le *prix fort* serait de sept fr. 50 centimes.

Cette base servira de règle pour établir le prix net à payer par MM. Delloye, Bohain et Lecou, soit pour les ouvrages publiés en autres formats que l'in-8°, soit lorsqu'il y aura lieu de modifier les prix publics de vente actuels du volume. Ainsi la différence entre sept fr. 50 centimes et cinq fr. équivalant au tiers du prix fort de sept fr. 50 centimes, c'est sur la déduction d'un tiers du prix fort ou *prix annoncé* de chaque volume, quel que soit le format, que sera réglé le prix net à payer à la participation par MM. Delloye, Lecou et Bohain.

L'usage étant de donner gratis le treizième exemplaire aux libraires qui prennent de suite ou arrivent à prendre dans un temps limité une douzaine d'exemplaires, il est convenu que MM. Delloye, Lecou et Bohain prélèveront ce treizième exemplaire par douzaine sur tous les exemplaires vendus, sans qu'ils soient tenus de justifier qu'ils l'ont donné aux libraires. Le bénéfice qu'ils pourront obtenir à cet égard en vendant par unité sans treizième étant reconnu par M. de Balzac et devant compléter l'abonnement de leurs frais d'administration.

Article 6

Comptabilité. Arrêtés périodiques.

La comptabilité de la participation sera tenue dans la forme commerciale, en partie double ; les livres devront être constamment à jour de manière à ce qu'en les consultant chacun des participants puisse toujours revoir la situation générale de la participation et la sienne propre, comme aussi il aura le droit de vérifier quand il le jugera convenable l'exactitude de la situation de caisse et du magasin.

MM. Delloye, Lecou et Bohain se rendent solidairement garants envers M. de Balzac de la bonne tenue de la comptabilité et du paiement des sommes ou valeurs en magasin revenant à sa part.

Les comptes devront être réglés, reconnus et arrêtés tous les ans entre M. de Balzac et MM. Delloye, Lecou et Bohain aux jours qui seront convenus entre eux.

Sur les produits de l'exploitation, MM. Delloye, Lecou et Bohain retiendront d'abord la totalité des dépenses faites pour la fabrication ou exploitation telles qu'elles ont été prévues à l'article 5 ou autres extraordinaires qui auraient été consenties entre M. de Balzac et eux.

Ces dépenses payées, s'il y a un excédent par les produits de vente ou autres recouvrements, cet excédent formant bénéfice sera partagé immédiatement en deux portions égales entre M. de Balzac d'une part et MM. Delloye, Lecou et Bohain d'autre part. Il ne sera retenu sur la part revenant à M. de Balzac que la somme proportionnelle convenue pour extinction des avances à lui faire ainsi qu'il sera dit à l'article 9. Sauf cette retenue, M. de Balzac devra recevoir en espèces le jour de chaque règlement annuel le restant bon sur sa part, sans que MM. Delloye, Lecou et Bohain puissent objecter les crédits faits par eux à des tiers ou proposer des valeurs qu'ils auraient acceptées en paiement. Il n'y aurait de dérogation à cet égard que dans le cas où les crédits auraient été faits ou les valeurs acceptées par suite d'une décision des quatre participants ainsi qu'il a été prévu à l'article 4.

Toutes les dépenses devront être justifiées par des factures régulièrement acquittées. Le compte des exemplaires fabriqués sera prouvé par des factures de tirages des imprimeurs ainsi que le compte d'emploi du papier. Le nombre de tirage de chaque édition aura été déterminé par une délibération des quatre participants.

Le compte de vente des exemplaires fabriqués sera prouvé par la comparaison entre le nombre d'exemplaires produits par la fabrication et le nombre d'exemplaires que MM. Delloye, Lecou et Bohain représenteront restant en magasin au jour de l'arrêté de compte annuel. Ainsi tous exemplaires non représentés en magasin seront considérés comme vendus et MM. Delloye, Lecou et Bohain devront en porter le produit en recette à la participation au prix net convenu pour eux sauf déduction du treizième exemplaire par douzaine.

Article 7

Liquidation de la Participation.

À l'expiration des quinze années que comprend la durée du présent traité, s'il n'est pas renouvelé alors, ou avant cette époque, si d'un commun et unanime accord les soussignés ont trouvé bon d'abréger la durée de leur engagement, il sera procédé à la liquidation de la participation.

Les fonds disponibles après remboursement à MM. Delloye,

Lecou et Bohain des avances dont ils se trouveraient à découvert, seront partagés par moitié entre M. de Balzac d'une part et MM. Delloye, Lecou et Bohain d'autre part.

Quant aux exemplaires fabriqués restant en magasin, ils seront adjugés par voie de licitation amiable et sans formalité judiciaire, entre les soussignés à celui d'entre eux qui aura offert le prix le plus élevé.

Le produit de cette adjudication sera partagé par moitié entre M. de Balzac d'une part et MM. Delloye, Lecou et Bohain d'autre part.

Article 8

Les soussignés s'étant réunis par des motifs de convenance et de confiance réciproques et voulant éviter autant que possible l'intervention d'étrangers dans leurs relations ont convenu :

1° MM. Delloye, Lecou et Bohain envers M. de Balzac qu'ils ne pourraient céder leur part d'intérêt et de direction dans le présent traité qu'à l'un d'eux trois, ou qu'à M. de Balzac lui-même.

2° M. de Balzac envers MM. Delloye, Lecou et Bohain qu'il ne ferait intervenir aucun tiers vis-à-vis d'eux et que dans le cas d'absence ou de maladie il se ferait représenter pour les décisions à prendre ou toutes autres relations afférentes à la participation par l'un des trois MM. Delloye, Lecou et Bohain à son choix.

Et dans le cas où ce qui vient d'être dit offrirait par la suite des difficultés que les soussignés ne reconnaissent pas actuellement, il est expressément convenu que la personne étrangère substituée à l'un d'eux devra être agréée préalablement et unanimement par les autres participants.

Au cas de décès ou incapacité physique de l'une des parties, ses héritiers ou ayants cause auront seulement le droit d'examen de l'exactitude des comptes et la perception des sommes revenant à celui qu'ils représenteraient et ils n'auront aucun droit de s'immiscer dans la Direction et Administration de la participation.

Article 9

Avances à faire à M. de Balzac.

MM. Delloye, Lecou et Bohain sont convenus de faire à M. de Balzac l'avance d'une somme de cinquante mille francs à retenir ultérieurement sur les produits de sa part dans la présente participation.

Cette somme sera comptée à M. de Balzac dans le cours du présent mois et le présent traité ne sera regardé comme définitif qu'après le paiement intégral de ladite somme[13].

M. de Balzac ayant à remplir divers engagements littéraires qui ont été relatés dans l'article 1ᵉʳ du présent traité, ne compte pouvoir remettre à la participation aucun ouvrage nouveau et disponible que vers le premier avril prochain. À cette époque il promet de fournir deux volumes nouveaux qui commenceront la série des publications au compte de la participation, et il s'engage, à moins d'impossibilité physique reconnue, de continuer son œuvre en fournissant au moins six volumes par an pendant six années consécutives[14].

À cet aperçu des ressources à venir de la participation, il faut ajouter la rentrée successive des ouvrages déjà publiés, au fur et à mesure de l'extinction des droits concédés à divers éditeurs ainsi qu'il a été dit à l'article 1er, lesquels ouvrages pourront être réimprimés avec modification et augmentation de manière à en rendre l'exploitation fructueuse. Enfin, après les six volumes promis par an pendant six années, et qui pourront dépasser ce nombre, la production de M. de Balzac sera laissée à son libre arbitre, quant à l'étendue plus ou moins grande qu'elle pourra comporter dès lors.

Ayant ainsi apporté dans la participation l'exploitation entière et exclusive de ses ouvrages passés et à venir pour une durée de quinze années, M. de Balzac a dû compter que MM. Delloye, Lecou et Bohain lui feraient, avec opportunité et dans les limites convenables, les avances nécessaires pour ses dépenses personnelles.

Il a donc demandé, indépendamment de l'avance de cinquante mille francs stipulée au premier paragraphe du présent article, qu'il lui en fût fait une autre de quinze cents francs par mois à dater du jour où il mettra la participation en état de mettre en vente la valeur de deux volumes in-8º inédits. La continuation de cette allocation de quinze cents francs par mois sera soumise à une délibération.

Et si, par suite de la publication d'un plus grand nombre de volumes et d'un débit considérable, la participation obtenait des bénéfices assez importants, elle pourra augmenter l'avance mensuelle ci-dessus, M. de Balzac s'en remet au bon vouloir de MM. Delloye, Lecou et Bohain pour l'obtenir si elle lui est nécessaire.

MM. Delloye, Lecou et Bohain consentent aux propositions ci-dessus et, quant à l'augmentation ultérieure de l'avance mensuelle, ils déclarent qu'ils se prêteront aux convenances de M. de Balzac autant qu'ils le pourront et selon la situation de la participation.

Pour arriver à l'amortissement de ces avances, MM. Delloye, Lecou et Bohain prélèveront successivement la moitié de la part de bénéfice revenant à M. de Balzac jusqu'à l'extinction totale des avances faites.

L'intérêt à six pour cent par an de l'avance de cinquante mille francs consentie au présent article sera porté au débit du compte de la participation et par conséquent imputé par moitié à M. de Balzac d'une part et MM. Delloye, Lecou et Bohain d'autre part.

L'intérêt des avances mensuelles sera imputé au débit du compte de M. de Balzac.

MM. Delloye, Lecou et Bohain prendront assurance sur la vie de M. de Balzac pour une somme qui sera convenue entre les soussignés. Cette assurance renouvelée tant que besoin sera servira en premier lieu de garantie au remboursement des avances faites par MM. Delloye, Lecou et Bohain. En cas de décès de M. de Balzac pendant la durée de l'assurance, le restant de la somme perçue par suite du décès et délivrée par la Compagnie d'Assurances, après prélèvement fait des avances dues par M. de Balzac, reviendra pour moitié aux héritiers de M. de Balzac et pour l'autre moitié à MM. Delloye, Lecou et Bohain.

Les frais de prime à payer à la Compagnie d'Assurances seront avancés par MM. Delloye, Lecou et Bohain, portés au compte de la participation, et imputés par moitié à M. de Balzac d'une part et à MM. Delloye, Lecou et Bohain d'autre part.

Dans le cas, où par des causes quelconques le produit de la moitié de la part de M. de Balzac dans les bénéfices de la participation ou les retenues par lui consenties en sus, n'auraient pas suffi à amortir les avances à lui faites ainsi qu'il vient d'être dit, dans le délai de quatre ans à dater de ce jour, MM. Delloye, Lecou et Bohain seront autorisés après avoir purement et simplement mis M. de Balzac en demeure de les rembourser, à céder pour des temps limités les droits d'exploitation d'un, plusieurs ou la totalité des ouvrages de M. de Balzac jusqu'à concurrence de la somme nécessaire à l'amortissement. Les traités qu'ils passeraient à ce sujet seront soumis préalablement à M. de Balzac, et ils auront leur exécution nonobstant son opposition, à moins qu'il ne trouve à traiter à de meilleures conditions avec d'autres concessionnaires dont la solvabilité serait admise par MM. Delloye, Lecou et Bohain.

Article 10

Cas de décès de l'une des parties.

Dans le cas de décès de M. de Balzac pendant la durée du présent traité, ses héritiers ou ayants cause ne pourront s'opposer à l'exécution des stipulations qui précèdent et aux droits d'exploitation exclusive conférés à MM. Delloye, Lecou et Bohain sous les conditions établies.

Dans le cas de décès de l'un de MM. Delloye, Lecou et Bohain, les survivants et les héritiers ou ayants cause du décédé seront solidairement tenus à l'accomplissement envers M. de Balzac des engagements contractés par le présent traité.

Article 11

Toutes les décisions à prendre dans l'intérêt de la participation devant être délibérées à la majorité entre les soussignés ainsi qu'il a été dit à l'article 4, il n'y a pas lieu de prévoir des difficultés entre eux. Toutefois s'il pouvait en survenir entre M. de Balzac, d'une part, et MM. Delloye, Lecou et Bohain d'autre part, ils déclarent s'en rapporter à la décision, sans recours ni appel, de deux arbitres nommés par chacune des parties en désaccord, savoir : un par M. de Balzac et un autre par MM. Delloye, Lecou et Bohain. Ces deux arbitres en nommeraient un troisième pour les départager s'ils différaient d'avis dans la décision à prendre.

Article 12

Il est bien entendu qu'à l'expiration des quinze années, durée du présent traité, et en tout état de cause, MM. Delloye, Lecou et Bohain n'ont aucun droit sur le fonds même de la propriété sauf les dispositions de l'article 9. Il ne leur est concédé ici que l'exploitation. Ainsi, à l'expiration des quinze années convenues, M. de Balzac doit retrouver libre sa propriété littéraire, sauf le délai qui sera convenu alors entre les soussignés pour l'écoulement des exemplaires restant en magasin et dont la licitation doit être opérée comme il a été dit à l'article 7.

Article 13

Aussitôt que M. de Balzac aura éteint sa dette envers MM. Delloye, Lecou et Bohain pour les avances à lui faites, les soussignés conviennent de créer un fonds de réserve au moyen d'une retenue de vingt pour cent sur les parties de bénéfices revenant à chacun.

Les fonds provenant de cette réserve ne devront pas rester improductifs et leur emploi sera réglé par délibération en temps et lieu entre les soussignés.

Article 14

Dans son désir d'accélérer le remboursement des avances à lui faites, M. de Balzac a cédé et transporté à l'Association cent soixante exemplaires complets des douze premiers volumes d'*Études de mœurs* publiés par Madame Béchet. Ces exemplaires dont il a payé la fabrication doivent être livrés trois mois après la mise en vente de la dernière livraison des *Études de mœurs* édités par ladite dame Béchet. Dès qu'ils auront été remis à la participation, le compte de M. de Balzac sera crédité d'une somme de cinq mille sept cent soixante francs, prix de leur acquisition à trois francs l'exemplaire et en outre il aura droit à la moitié du bénéfice que produira ultérieurement la vente desdits exemplaires par MM. Delloye, Lecou et Bohain, à quelque prix qu'il soit vendu, le compte de cet article devant se faire de clerc à maître.

Fait en quadruple expédition à Paris, le quinze novembre mil huit cent trente-six.

Approuvé l'écriture ci-dessus
et des autres parts
Delloye.

Approuvé l'écriture ci-dessus
et des autres parts
Honoré de Balzac.

Approuvé l'écriture ci-dessus
et des autres parts
V. Bohain.

Approuvé l'écriture ci-dessus
et des autres parts
Lecou.

36-175. À THÉODORE DABLIN

[Paris, 15 novembre 1836.]

Bon Dablin, les emprunts, toutes les combinaisons ont manqué ; mais, aujourd'hui à Deux heures, j'ai signé un traité qui finit toutes mes angoisses et une agonie qui m'eût emporté si elle eût continué. Ce traité va avoir une immense célébrité, par des avantages semblables à celui de Chateaubriand, je n'ai que le temps de vous l'annoncer, vous le connaîtrez de reste[1].

Je n'aurai plus à penser qu'à vous, à ma mère et à Mme Delannoy[2], sans aucune angoisse, et si je mourais dans le travail auquel je suis condamné, vos trois créances sont assurées par l'assurance de ma vie —

> je vous donne une poignée de
> main de vieil ami.
> Honoré.

[Adresse :] Monsieur Dablin | 26, rue de Bondy | Paris.
[Cachet postal :] 16 novembre 1836.

36-176. AU DOCTEUR NACQUART

[Paris, 15 novembre 1836.]

Cher Docteur, demain mercredi, à 4 heures, donnez-moi un quart d'heure p[our] arranger n[os] petits c[om]ptes. Mais mon temps est devenu si précieux que je vous étonnerai en le chiffrant ainsi, je compte sur votre amitié pour faire en sorte que je vous trouve libre à cette heure. Si cela ne se pouvait pas, jetez-moi promptement un mot à cette adresse : Mme veuve Durand, rue des Batailles, 13, à Chaillot.

Je vous apprendrai une nouvelle qui aura du retentissement et qui n'est rien moins que la libération de mes ennuis financiers par une affaire qui ferait croire à la gloire.

Tout à vous

Honoré de Bc.

[Adresse :] Monsieur le Docteur Nacquart | 39, rue Sainte-Avoye | Paris.
[Cachet postal :] 16 novembre 1836.

36-177. ÉMILE REGNAULT À BALZAC

Sancerre, 19 [*sic* pour 15] 9bre [18]36.

Mon cher ami,

J'arrive à l'instant d'un voyage de quinze jours, et mon absence vous explique mon silence à l'égard des choses importantes que contient votre lettre[1]. Quand même Werdet ne m'aurait pas annoncé l'issue déplorable de ses affaires, j'en aurais été suffisamment averti par les protêts et les assignations qu'il m'a faits [*sic*] subir pour des effets dont je lui avais fait les fonds et aussi pour d'autres auxquels j'avais gratuitement apposé ma signature[2]. Et ceci, mon vieux, acquiert dans ce moment une importance dont vous apprécierez l'étendue quand vous saurez que dans ce moment je négocie un bon mariage dans un pays où je suis peu connu[3], où par conséquent on va prendre sur mon compte les renseignements les plus minutieux, surtout relativement à mes affaires de Paris dont il a transpiré quelque chose. Si donc on parvenait à savoir que je suis compromis pécuniairement de quelque façon que ce soit, je serais un homme perdu. Je vous conjure donc, mon vieux, de vous défier de tout individu qui vous parlerait de moi, *de le traiter en espion*, de nier que j'ai[e] jamais contracté aucun engagement pécuniaire vis-à-vis de la *Chronique* ou de tout autre. Aussi aurai-je préféré payer cent louis plutôt que de voir les protêts que Werdet a laissé me faire ici à Sancerre, car vous comprenez que je suis tout à fait dans la dépendance des huissiers.

Quoi qu'il en soit, il m'a donc été impossible d'aller à Paris, comme vous le demandiez, retenu que je suis par les négociations de mon mariage, et d'ailleurs je vous avoue que je ne comprends pas la nécessité d'un pareil voyage ; il est vrai que je dois à Werdet 4 mille fr. pour 4 act[ions] de la *Chronique* ; mais je les lui ai réglées en 4 effets de mois en mois ; il est probable et même certain qu'il les a négociés ; il ne me reste donc qu'à payer les susdits effets au jour et au domicile que j'ai choisis. C'est dans cette intention que j'ai envoyés [*sic*] 1 000 fr. à Jules pour payer le premier fin du mois dernier. Je n'ai pas envoyé l'argent à Werdet ; j'espère donc qu'ainsi mon billet aura été fidèlement payé, ainsi que le seront les autres, si je le puis ; car Werdet m'écrase de toutes manières. Certes j'aurais bien voulu rendre service à Duckett et à vous dans cette circonstance en versant entre vos mains, mais vous comprenez que je ne puis pas payer de ce côté quand les billets peuvent se présenter de l'autre. D'autre part, cette désastreuse affaire de la *Chronique* concourt avec de telles circonstances que je ne sais comment je pourrai me tirer du reste. Encore une fois je ne comprends pas comment vous avez pu penser que Werdet pourrait retirer de la circulation les billets que je lui ai faits, dans la position où il se trouve. En tout cas, il est plus que probable que je serai à Paris avant un mois ; alors je verrai à régler ce qui restera de cette affaire ; mais jusque-là je ne vois guère la probabilité ni la nécessité que j'y aille.

J'écris à Rose[4] comme vous me le dites —

H. Souverain m'obsède de sa correspondance pour tâcher de savoir à quoi s'en tenir sur la composition des volumes que vous lui avez vendus[5]. Je voudrais bien que vous pussiez me délivrer de ses obsessions —

T[out] à v[ous]
É. Regnault.

[Adresse :] Monsieur | Monsieur de Balzac | 1, rue Cassini | Paris.
[Cachets postaux :] Sancerre, 15 novembre 1836 | 16 novembre 1836.

36-178. JULES SANDEAU À BALZAC

[16 novembre 1836.]

Mar chéri, je comptais sur le dernier jour pour aller vous embrasser, mais ce jour a été si plein d'ennuis de tout genre que je n'ai été libre que le soir et le soir vous dormiez. Je n'ai pu dérober un instant à mes affaires ni une pauvre petite somme à la nécessité pour vous l'envoyer[1]. Comprendrez-vous mes besoins et pardonnerez-vous à votre Musch ? Pauvre ami, que j'ai toujours trouvé si bon, si tendre, si indulgent et si oublieux de tout ce que vous avez fait pour moi ! J'ai chargé Anna et Caroline[2] de vous exprimer mes remords et mes regrets et aussi mon amitié, hélas pour vous bien stérile. J'ai pris pour mon appartement[3] des arrangements qu'Anna vous expliquera et que vous approuverez, j'espère. Adieu. Je vous aime et vous embrasse, espérant en des temps meilleurs.

Musch.

[Adresse :] Madame Veuve Durand | rue des Batailles, 13 | Chaillot.
[Cachet postal :] 16 novembre 1836.

36-179. LA RÉDACTION DE « LA PRESSE »
À BALZAC

Paris, le [17 novembre] 18[36.]

À l'auteur de *La Vieille Fille*.

Il nous vient de si nombreuses réclamations contre le choix du sujet et la liberté de certaines descriptions que le g[éran]t de *La Presse* demande à l'auteur de *La Vieille Fille*[1] de choisir un autre sujet que celui de *La Torpille*, un sujet qui par la description qu'il comportera soit de nature à être lu par tout le monde, et fasse même opposition au premier sujet traité.

Le g[éran]t de *La Presse* demande ccla instamment à l'auteur de *La Vieille Fille*.

17 9bre.

[Adresse :] Monsieur de Pril | 14 [*sic*], rue des Batailles.

36-180. DÉCLARATION D'EDMOND WERDET

[Paris, 17 novembre 1836.]

Je soussigné reconnais avoir reçu de M. de Balzac tout ce que j'avais à prétendre de lui à raison de son compte d'auteur et des sommes dont j'ai été en avance en capital, frais et intérêts[1].

Paris, ce 17 9bre 1836.

Werdet.
Bon pour quittance.

36-181. DÉCLARATION D'EDMOND WERDET

[Paris, 17 novembre 1836.]

Je soussigné reconnais que M. de Balzac et moi nous avons adhéré[1] pour sept mille cinq cents francs des effets compris dans le présent compte et que les seuls que M. de Balzac doive me rendre sont 1° celui de 1 100 fr. le 15 janvier, 2° celui de 500 fr., 25 X^{bre}, 3° celui de 1 000 fr., 15 X^{bre} et 4° celui de 1 000 fr., 25 novembre[2].

Approuvé l'écriture ci-dessus.

Werdet.

17 9bre 1836.

36-182. DÉCLARATION DE BUISSON,
CAUVIN ET WERDET

[Paris, 17 novembre 1836.]

Nous soussignés acquéreurs du restant d'exemplaires des dix premiers volumes des *Études de mœurs* publiées par madame Veuve Béchet femme Jacquillat et du droit de publier la dernière livraison desdits douze volumes formant les tomes VII et VIII de l'œuvre, reconnaissons que pour éteindre toute réclamation relative aux corrections des douze volumes qui devraient être supportées par M. de Balzac, M. de Balzac nous a donné le droit de tirer à deux cent cinquante exemplaires seulement, deux volumes de la collection à notre choix qui seront déclarés dans les vingt-quatre heures ; enfin nous accordons pour tout délai jusqu'au dix décembre prochain à M. de Balzac pour qu'il achève la fabrication du huitième volume de l'œuvre dans lequel sont les *Illusions perdues*[1], ouvrage entièrement inédit, et faute par M. de Balzac d'avoir terminé ce jour n[ous] n[ous] réservons d'user contre lui des dispositions pénales indiquées dans le traité de madame Béchet. La présente convention est soumise à l'adhésion de Mme Béchet.

Paris, ce dix-sept novembre 1836.

Approuvé l'écriture ci-dessus.

Buisson, Cauvin, Werdet.

36-183. PIERRE DERAY À BALZAC

[Paris, 19 novembre 1836.]

Je s[ous]signé propriétaire de la maison de la rue Cassini reconnais avoir reçu de M. de Balzac la somme de six cent trente-sept francs cinquante centimes pour les termes de janvier à avril 1837, d'avril 1837 à juillet 1837 et de juillet à octobre 1837, lesquels trois termes étant donnés anticipativement je consens à confondre l'intérêt de cette somme dû à M. de Balzac avec ce que j'aurais à prétendre pour les portes & fenêtres[1], par ce moyen M. de Balzac peut enlever tout ce qui est à lui dans l'appartement[2], il demeure chargé de son pourboire au portier et il est convenu qu'il me laissera la faculté de mettre écriteau dès le mois de janvier attendu que j'accepte son congé pour le mois de juillet 1837.

> Paris, ce 19 novembre 1836.
> Approuvé l'écriture ci-dessus
> Bon pour quittance et pour congé —
> et approuvé deux mots nuls
>
> Deray.

36-184. ÉMILE DE GIRARDIN À BALZAC

> Paris, le [19 novembre] 18[36.]

J'ai remis hier trois lignes à M. Plon[1]. J'avais du monde chez moi et j'étais pressé, ce qui ne m'a point permis de répondre plus longuement à v[otre] lettre.

Les Chambres sont convoquées pour le 27... *La Haute Banque* que j'adopte de grand cœur à la place de *La Torpille* ne pourrait-elle commencer au plus tard du 20 au 25 décembre, attendu les débats législatifs qui viendront me prendre toute ma place. Voulez-vous avoir l'obligeance de penser à cette considération, que je ne puis négliger.

Je ne sais trop, en vérité, comment v[ous] écrire[2]. Il me semble que v[ous] avez tort de prolonger une situation fausse ; dès qu'il y a de part et d'autre échange de bons procédés et rapports d'intérêts, pourquoi nos anciens liens d'amitié restent-ils dénoués ?

Ce n'est point ma faute, v[ous] le savez.

T[out] à v[ous] toujours

> É. de Girardin.

Le 16 [*sic* pour le 19].

[Adresse :] Monsieur de Pril | 14 [*sic*], rue des Batailles.
[Cachet postal :] 19 novembre 1836.

36-185. JULIEN LÉPINAY À BALZAC

> Paris, ce 23 novembre 1836.

Monsieur.

N'ayant pas l'avantage d'être connu de vous, il vous paraîtra peut-être étrange que je vous demande un service qui m'est de première nécessité dans la passe où je me trouve par une suite de ces petits malheurs qui n'intéressent pas beaucoup, mais qui sont d'autant plus insupportables qu'ils minent ma vie et émoussent mon imagination, peut-être capable d'enfanter de grandes choses.

Quoique vous ne me connaissiez pas (mais veuillez bien me lire tout au long et vous me connaîtrez parfaitement) je pense que d'après l'entretien que je vais avoir avec vous, vous vous sentirez dans les meilleures dispositions envers un jeune homme qui mérite un meilleur sort. Peut-être de l'entrevue que je vais avoir avec vous dépend mon avenir ; peut-être est-ce un adieu à ce petit malheur si tuant, qui m'abrutit depuis près de vingt ans quoique je n'aie encore que 26. Que sais-je si l'idée qui me prend de vous écrire n'est point plutôt une inspiration du ciel que l'effet du pur hasard ?

Oh Monsieur de Balzac, votre jeunesse n'a pas été heureuse à ce que je vois, mais n'accusez pas le sort, si vous saviez... et qu'était-ce que votre malheur ? Au moins vous vous êtes trouvé dans des circonstances où votre imagination pouvait travailler, se développer, créer, enfanter. Votre malheur, votre pauvreté avaient quelque chose de grandiose, d'aventureux, d'héroïque, mais moi... de ces petites misères, si petites, si vulgaires, *si épicières*... Vous, on pouvait vous plaindre, parce que vous intéressiez, mais moi qu'ai-je d'intéressant dans ma petite infortune, si petite, si misérable, si pauvre petit menu peuple, si obscure. Quand l'âme peut grandement se développer, se grandir, prendre son élan vers les hautes régions de l'intelligence, le malheur a de l'attrait. Mais un homme doué d'une imagination vive, poétique, non de cette poésie larmoyante, timide, mais de cette poésie qui a pour base une profonde réflexion, si cet homme dis-je se voit étroitement emprisonné dans ce misérable petit malheur, si petit, si abject, sans nul intérêt, oh alors, c'est peut-être plus qu'anéanti...

Mais vous allez bientôt me demander, quelles sont donc vos peines ? Quel est donc ce malheur si minable, si tuant, si petit, petit ? Voilà six ans que je suis maître d'étude (pion) dans les pensions, ou plutôt garçon de restaurant, que ne dirais-je point là-dessus ?... je vous en fais grâce, il faudrait des volumes gros comme des dictionnaires, nous parlerons de cela plus tard. [...][1]

Mais que diable allez-vous me dire encore que faites-vous donc ? vous en étiez à votre entrée chez les Scholars et voilà une grande page de réflexions. Il faut vous dire Monsieur qu'il est onze heure[s] du soir, que je n'ai pas de feu, dans mon taudis où il n'y a ni cheminée ni poêle, ne pouvant y écrire le jour parce que je n'y vois pas, j'attends la nuit, [...]

La bibliothèque de la maison n'était pas indigne de l'attention d'un amateur qui dirait comme Balzac : quelle est cette jeune goule qui vient de déterrer... Ou bien : on a reproché à l'Autheur de ne sçavoir écrire en cetui-ci languaige etc. [...]

Mais en voilà assez ; nous causerons de cela plus au long quand nous aurons le temps. Comme disait Louis Lambert, je sens en moi une puissance qui me pousse, et moi aussi je sens en moi un feu qui me consume, me dévore, mon cerveau est doublement élastique, jusqu'ici comprimé par une étroite pauvreté, une si petite misère, si petite, mon âme vigoureuse semble avoir perdu son énergie, mais que j'aie seulement un emploi fixe, deux heures de liberté par jour et autant que je prendrais sur mon sommeil oh c'est alors que je parlerai tout mon *saoul*. Oh Voltaire, ton rire infernal me fera pousser des *ébrées* qui donneront des insomnies au *Brenard* et aux Industriels qui m'ont si bien exploité. Mais laissons les réflexions continuons notre histoire. [...]

Tenez Monsieur de Balzac, je vais vous prier tout bonnement de me prêter 100 f., vous devez me connaître maintenant n'est-ce pas ? D'ailleurs j'ai été votre voisin pendant quelque temps. Comme je lisais la *Physiologie du mariage*, j'eus l'occasion de savoir votre demeure, un individu me dit tiens, c'est là que demeure Balzac. J'examinai le plan du local, je dis diable ! celui-là est bien garde des célibataires. Nous passions tous les jours par là. Si vous aviez pu seulement me procurer une place dans une Librairie, comme Teneur de Livres ou Commis peu m'importe vous m'eussiez rendu le plus grand service. [...]

Ah mon Dieu quelle heure peut-il être ?... 9 h du matin... Diable il faut que je sorte pour me dégourdir, j'ai un froid...

. . . .

oh me voilà réchauffé, moyennant quelques tours au grand galop dans le Luxembourg et un déjeuner comme aurait pu faire le héros de *La Peau de chagrin*.

[...]

Monsieur, personne mieux que moi n'a mieux compris vos écrits, j'aime la poésie alliée à une profonde logique ; comme vous, j'aime à voir Saint-Lescure commandant les gars de Marignac avec sa petite épée flamboyante semblable à l'ange exterminateur que Dieu plaça à la porte du paradis terrestre après le péché d'Adam ; comme vous je m'amuserais volontiers à soupirer sous les créneaux d'un vieux Castel ; comme un autre Lamartine j'aimerais à gémir sous le péristyle gothique d'une vieille cathédrale, soupirer, dis-je, comme la Vierge qui offre ses regrets au Seigneur, à l'époux céleste, à l'ombre de l'autel de Jésus et Marie.

[...]

Je pense que Monsieur de Balzac dont les écrits respirent la justice et l'humanité, voudra bien m'être utile. N'allez pas croire Monsieur, que j'aie la sotte prétention de briguer l'honneur d'être admis au nombre de vos amis. Je n'en suis pas digne. N'appréhendez pas que je fasse connaître à d'autres le petit service, que, j'en ai l'espérance, vous ne voudrez pas refuser à un jeune homme qui ne sait comment faire ? Non, quand même je suis d'un caractère fier. Si vous daignez m'appeler vers vous, je me ferai connaître plus à fond. Veuillez bien être discret à l'égard de mon épître, ne la montrez qu'à des personnes qui voudraient bien s'intéresser à moi. Si j'avais été dans une position plus commode, je vous aurais fait une Calligraphie lisible comme vos livres, mais j'ai trop froid. Tout ce que je vous écris est sans ordre, il y a peu de liaison dans les pensées, je n'ai pas eu la prétention de plaire, j'ai voulu causer un peu pour que vous connussiez le pauvre gars.

J'ai l'honneur d'être avec le plus profond respect,
Monsieur,
Votre très humble et obéissant serviteur
Julien Lépinay.

Rue Serpente
N° 8[2].

36-186. FRANÇOIS GÉRARD À BALZAC

[Paris, 27 novembre 1836.]

Monsieur de Balzac aura la bonté de ne pas juger du prix que nous attachons ici à son intérêt, par le petit retard de ce billet. Mlle Godefroy [sic] va mieux Dieu merci, mais nous avons été pendant plusieurs jours cruellement tourmentés.

Nous regretterons toujours que des malentendus viennent ajouter à nos privations[1], nous le remercions toutefois de son aimable intention, en cas d'alternative je le prie de se demander quel est celui qui apprécie mieux son amitié, j'ose croire que son choix ne sera point défavorable à son dévoué et bien affectionné serviteur.

F. Gérard.

27 nov.

36-187. LA COMTESSE APPONYI À BALZAC

[Paris,] lundi, 28 novembre [1836].

Si un *rout*[1] un peu grand et un peu chaud ne vous ennuie et ne vous effraie pas trop, cher Monsieur de Balzac, je serai enchantée de vous voir lundi soir 5 décembre, et vous demande de l'indulgence pour l'emplacement et le climat.

Recevez en hâte mille compliments distingués.

Thérèse Appony Nogarola.

[Adresse :] À Monsieur | Monsieur de Balzac | rue des Batailles, 13. [Par trois fois la lettre est représentée | et une fois rue Cassini, n° 1.] [Cachet postal :] 28 novembre 1836.

36-188. EDMOND WERDET À BALZAC

[Paris, 10 décembre 1836.]

Monsieur,

M. Béthune se refuse à solder ma facture de la vente des *Études philosophiques*[1] si je ne lui représente un mot de vous, l'autorisant à me payer dans votre compte la somme de fr. 5 335.

Veuillez donc, je vous prie remettre au porteur l'autorisation réclamée par M. Béthune.

Mon compte se montait à 4 335
plus la somme accordée pour solde 1 000
Total 5 335

Veuillez agréer, je vous prie, Monsieur, l'assurance de mes sentiments les plus distingués.

Werdet.

10 D^{bre} 1836.

36-189. TRAITÉ AVEC VICTOR LECOU

[Paris, 20 décembre 1836.]

Entre les soussignés
M. Honoré de Balzac, propriétaire demeurant rue Cassini, n° 1 — d'une part
et M. Victor Lecou, libraire demeurant aussi à Paris rue des Filles-St-Thomas n° 5 d'autre part,
   a été dit et convenu ce qui suit.
M. de Balzac cède et transporte à M. Victor Lecou ce acceptant les sommes qui lui sont dues par le journal *La Presse* et par le journal le *Figaro*, à raison d'articles à livrer, desquelles sommes M. Lecou a fait l'avance à M. de Balzac, lesdites sommes devant être touchées lors de la livraison des manuscrits desdits articles et dépendant de leur longueur ne peuvent être évaluées qu'approximativement, le présent transport est fait moyennant la somme de quatre mille francs.
Fait double à Paris le vingt décembre mil huit cent trente-six

de Balzac.

Approuvé la surcharge des deux mots les et *vingt*
 [*paraphe de Lecou*] de Bc.

Approuvé l'écrit ci-dessus
V. Lecou.

36-190. MAX BÉTHUNE À BALZAC

Paris, le 20 X^{bre} 1836.

Monsieur,

Je viens de tancer la négligence des porteurs pour le retard que vous éprouvez dans l'envoi du journal[1], vous devez croire que ce que vous me dites doit me contrarier autant que vous.

Si vous avez besoin d'un double ou même d'un triple exemplaire, les ordres sont donnés au bureau pour que vos demandes soient accueillies.

Je vous rappelle notre invitation pour jeudi soir et je compte assez sur votre amitié pour que vous fassiez un effort en notre faveur, si vous vous couchez toujours à 6 heures, faites-le à 5, levez-vous à 11 h au lieu de minuit, et vous pourrez au moins venir passer 2 heures avec nous, messieurs Delloye et Lecou viendront et nous pourrons causer de nos affaires pour mon arrangement avec M. Bohain.

Je compte donc que vous me donnerez cette preuve d'amitié à laquelle je tiens beaucoup, vous savez assez qu'à l'occasion je n'aurai rien à vous refuser.

Agréez la nouvelle assurance de mon dévouement sans bornes

Max Béthune.

P. S. — Vous avez vu dans la *Chronique* comment j'ai remercié *Castelli* des ennuyeuses courses que vous avez dû faire samedi. Il avait envoyé dimanche une lettre d'excuse et une loge[2]. J'ai tout renvoyé.

[Adresse :] Monsieur | Mons. Auguste de Pril | rue des Batailles, n° 13 | à Chaillot.
[Dans l'angle :] pour M. de B.
[Cachet postal :] 20 décembre 1836.

36-191. ZULMA CARRAUD À BALZAC

[À Frapesle, 22 décembre 1836.]

Noël, Noël ! mon cher Honoré ! vous voilà donc délivré de ce démon tourmentant qui dévorait votre bon temps et communiquait à vos œuvres quelque chose de hâté qui ne permettait pas à votre talent de se développer dans tout son éclat ! Je ne puis vous dire la joie que j'en ai ressentie ; vous ferez *Le Privilège*[1], cette œuvre pour laquelle je me suis passionnée, sur vos dires. Je vous attends donc ! vous *frapesliserez* bien à l'aise dans cette saison, si ce n'est avec agrément. Je n'ai que le temps de vous dire deux mots, car j'ai de nombreux hôtes et en hiver, c'est plus occupant qu'en été, car le local est exigu et les ombrages ne sauraient servir de décharges. Tout cela va disparaître dans trois jours et alors commencera la solitude absolue que vous seul serez tenté peut-être d'interrompre. Dans ce peu de mots qu'il y en ait un pour vous dire que vous êtes au moins étrange de me reprocher mon silence. Je ne connais pas votre adresse et je serais fort embarrassée de vous faire parvenir une lettre. Je charge une de nos connaissances de vous porter celle-ci ; j'espère qu'il saura vous dépister. Vous pourrez lui remettre la somme que vous devez à Auguste ; celui-ci m'a chargée de la recouvrer, parce que Carraud a soldé les mémoires qu'il a laissés à payer en quittant la France. Il est parti le cœur bien dilaté par la joie. Dieu veuille qu'aucun mécompte ne vienne jeter sa goutte d'eau froide sur cette joie si extrême ! Il n'aborde pas dans le pays de l'enthousiasme ; mais peut-être les choses lui tiendront-elles lieu de ce qu'il trouvera en moins dans les hommes.

Adieu, donnez votre adresse à M. Bourguignon[2], qui vous remettra cette lettre et je vous écrirai directement une bonne lettre. Travaillez comme un homme que ses créanciers ne talonnent plus et dont l'esprit peut s'étendre à l'aise, sans être tiraillé par la nécessité. *Addio, carissimo*.

Z.

[Adresse :] Monsieur de Balzac | Paris.
[De plusieurs mains différentes :] V[oir] rue Cassini, n° 1. | Rue des Batailles, | n° 13, | Chaillot.
[Cachet postal :] 22 décembre 1836.

36-192. WILLIAM DUCKETT À BALZAC

[Paris, 23 décembre 1836.]

Mon cher Monsieur,

Je vous aurais évité le désagrément d'avoir à déchiffrer mon griffonnage, si j'avais su où vous rencontrer sans avoir à redouter d'inutiles courses.

J'ai en effet à causer sérieusement avec vous de l'affaire Werdet. L'effet de 1 000 fr. échu le 20 courant n'a point été acquitté ; il m'est de toute impossibilité de le rembourser, si vous ne me venez en aide par votre signature en échange de laquelle je vous remettrai l'effet Werdet.

Il y a grande probabilité que les six autres effets ensemble

f. 5 262,50 c. devront successivement être remboursés de la même manière, car le pauvre Werdet en est à demander termes et délai à tous ceux qui ont des rapports avec lui.

Les 3 premiers effets, ensemble 1 500 fr. échus les 20 octobre, 10 & 20 novembre n'ont pas été acquittés davantage. J'ai pu en opérer le remboursement en négociant avec les trois porteurs des renouvellements de Werdet ; j'ai donc pu vous éviter par là le désagrément d'avoir à vous faire signifier des protêts en vertu de l'aval que vous m'avez donné.

Malheureusement en ce qui touche les 7 effets échéant de mois en mois à partir du 20 courant, je n'ai pu les négocier qu'en déposant votre aval et en autorisant l'escompteur à se mettre en mon lieu et place, à l'effet de vous poursuivre le cas échéant où Werdet ne paierait pas.

C'est cette malheureuse prévision qui se réalise aujourd'hui. Comme le tiers porteur a pris toutes ses précautions, qu'il ne m'a fourni des fonds que parce qu'il avait votre garantie, il devient urgent de négocier avec un homme qu'un plus long délai rendrait intraitable.

Vous n'ignorez pas qu'un aval est l'affaire la plus commerciale qui se puisse voir & qu'en pareille matière les frais vont vite & les poursuites encore plus. Si demain ou après, je n'ai pas contenté mon homme par un bel & bon renouvellement je ne doute pas que lundi vous n'ayez signification du protêt & mercredi assignation au tribunal de commerce.

Vous étiez dans l'erreur en pensant que vous n'étiez tenu qu'autant que Werdet serait mis en faillite. Votre aval équivaut à un endos les droits du tiers porteur seraient périmés s'il ne les faisait valoir contre vous dans les délais *voulus*[1].

Vous voyez que l'affaire est pressante ; je vous engage donc dans notre commun intérêt à me donner immédiatement rendez-vous, si mieux vous n'aimez me venir voir demain samedi à la *Chronique*. Je pense qu'avec un peu d'adresse et en haussant quelque peu aussi le taux d'escompte, je ferai de notre homme avec vos renouvellements tout ce que pouvez désirer pour termes et délais.

Je vous adresse duplicata de la présente rue Cassini & vous renouvelle, mon cher Monsieur, l'expression de mes sentiments les plus dévoués.

W. Duckett.

23 X^{bre} 1836.

[Adresse :] Monsieur | Monsieur de Balzac | Très pressé.

36-193. ÉMILE REGNAULT À BALZAC

[Sancerre, 24 décembre 1836.]

Mon vieux Mar, un dernier coup de main au pélican qui se trouve pour le quart d'heure tout à fait plumé par le Werdet, et incapable de payer un certain billet de 500 fr. qu'il a souscrit à votre ordre pour la fin X^{bre} 1836.

Malgré l'ignoble dénûment où je suis aujourd'hui, je commence à voir clair dans mes affaires et j'espère que le carnaval ne se passera pas sans que j'aille me rigoler un instant avec vous; mais ce diable de Werdet m'a donné un coup de bas dont j'ai cru ne pouvoir me relever. Mais encore un petit moment de patience, et vous me verrez tout à fait remplumé.

T[out] à v[ous]
É. Regnault.

Sancerre, 24 X^{bre} 1836.

J'oubliais que la présente était à seule fin de vous prier de substituer le présent au passé; j'irai incessamment régler avec vous le compte des intérêts, et vous parler d'un certain billet de 400 fr. où nous figurons tous deux et que Werdet s'est obstiné à me faire bel et bien payer.

36-194. À THÉODORE DABLIN

[Chaillot, 28 décembre 1836.]

Mon bon Dablin, voulez-vous venir me voir pour que je vous explique une affaire où je vous ai choisi pour arbitre et qui est, très commercialement parlant épineuse[1] et où j'ai besoin d'un très honnête homme pour opposer à l'arbitre que l'on choisira. S'il y a lieu à jugement, vous en viendrez au choix d'un tiers et c'est surtout sous ce rapport que j'ai bien besoin de vous.

Venez 13, rue des Batailles. Demandez Mme veuve Durand et venez 13, rue des Batailles.

Tout à vous
Honoré.

[Adresse :] Monsieur Dablin | 26, rue de Bondy | Paris.
[Cachet postal :] 28 décembre 1836.

36-195. À ALBERT MARCHANT DE LA RIBELLERIE

[Chaillot,] 30 X^{bre} [1836].

Mon cher Albert, j'ai envoyé hier à ton adresse Bureau restant le livre p[our] M. Loiseau[1] ; mais malgré une réponse de Cassin[2] à qui j'avais écrit, te croyant toujours à Paris, je n'ai point le cadre[3] et mon peintre est désespéré ; je ne sais comment n[ous] ferons, j'ai fait tout Paris sans pouvoir en trouver un de mesure. Si Berrué l'a envoyé, il sait par qui, il peut réclamer, l'adresse à laquelle il devait le mettre était :

M. Auguste de Pril, rue des Batailles, 13, à Chaillot.

Aujourd'hui 30, rien n'est venu, cela ne peut pas être 30 jours en route.

Je suis fâché de t'ennuyer de cela. Mille bien affectueuses choses.

Honoré de B.

[Adresse :] Monsieur Marchant | de La Ribellerie | Tours.
[Cachets postaux :] Paris, 30 déc. 1836 | Tours, 1 janv. 1837.

36-196. PIERRE DERAY À BALZAC

[Fin 1836 ?]

Je soussigné reconnais avoir reçu de M. de Balzac tous les lieux qui lui étaient loués par son bail du vingt septembre 1831 et dont j'ai accepté le congé sur ma dernière quittance et n'avoir rien à lui réclamer à cet égard[1].

Approuvé l'écriture ci-dessus
et bon pour décharge
Deray.

36-197. AU COMTE
ET À LA COMTESSE SANSEVERINO

[Chaillot, fin décembre ? 1836.]

M. de Balzac est venu pour avoir l'honneur de présenter ses hommages à Madame la Comtesse de Sanseverino et causer avec Monsieur le Comte sur un renseignement au pays de Milan[1]; il prie Monsieur le Comte de Sanseverino, de lui faire savoir à quelle heure il peut venir pour avoir la chance de le trouver. Il lui exprime tous ses respects.

36-198. « LOUISE ABBER » À BALZAC

[1836.]

J'ai foi en vous, je crois en vous ! L'homme qui a écrit *Le Médecin de campagne* doit être un honnête homme ! Que de peines pour avoir votre lettre[1], Monsieur, on voulait exiger que j'allasse la chercher, enfin j'ai écrit à Mme Louise Abber[2], qui n'existe pas, une cousine a reçu la lettre, et aujourd'hui avec cette fausse preuve on a consenti à me la donner. Je vous ai blessé; en vous lisant j'ai compris la profondeur des plaies que la jalousie médiocrité a faites à votre âme; pardonnez-moi, mais je suis franche, et j'avais besoin de vous écrire ainsi. Une mystification, moi en avoir l'idée, non, ne le croyez pas, je vais m'expliquer. J'ai énormément souffert, souvent vous avez fait vibrer en moi mille cordes douloureuses, et vos œuvres ont chassé le sommeil loin de mes yeux, j'ai toujours aimé, admiré votre fine perception, enfin vous êtes l'auteur que je préfère; fatiguée d'une vie douloureuse, j'ai besoin d'épancher mes souffrances, et mille fois j'ai désiré vous connaître; depuis cinq ans surtout cette idée me poursuit, mais, entourée comme je le suis, puis craintive, n'osant rien, j'ai attendu; une nouvelle peine, en brisant mon âme, m'a persuadée que si je pouvais vous écrire ma vie, elle aurait encore un but; puis, je suis dans cette classe d'argent où le seul son des sacs se heurtant est compris, enfin je sais que si vous me connaissiez parfaitement, si je m'épanchais avec vous, vous me plaindriez et auriez de l'amitié pour moi. J'ai de la probité de cœur, Monsieur, peu de femmes sont aussi vraies que moi; j'ai beaucoup de feuilles écrites, je voudrais vous les envoyer, je ne sais pas votre adresse, comment faire, répondez-moi de suite si vous voulez bien à la même adresse, je ferai prendre votre lettre à la poste restante, mais que ce soit avant quatre jours car je dois partir ; connaissant votre adresse, j'enverrai chez vous les feuilles que j'écrirai ; puis, si le sort voulait que vous me découvrissiez, alors, Monsieur, je compterai[s] sur votre honneur ; s'il n'était question que de moi dans mes pages aujourd'hui[3], je signerais, mais d'autres s'y trouveront compromis, j'ai plusieurs personnes auprès de moi (pardonnez ce style), mais votre dernière phrase me fait vous répondre de suite. *Une mystification !* Vous avez pu en avoir l'idée, non, Monsieur, non, puissé-je en vous écrivant être cause que votre plume si profonde et si brillante traite encore le cancer de l'époque, le mariage d'argent, je vous envoie sous ce pli quelques fragments, je désire votre adresse, j'enverrai chez vous, persuadée que vous ne chercherez pas à me connaître ; j'éviterai ainsi l'ennui de cette poste restante.

Agréez, Monsieur, l'assurance de ma croyance en votre honneur comme en votre talent !

Je vous remercie, Monsieur, de m'avoir répondu ; aurais-je donc trouvé en vous un ami sûr ; vous ne savez pas, Monsieur, le bien que me fera d'épancher mes chagrins, je le ferai ; je crois en vous !

Reçu votre lettre aujourd'hui vendredi à deux heures. Celle-ci part à deux heures et demie, même jour. Je comprends trop, Monsieur, ce qu'est le temps pour un artiste comme vous, pour vous demander une correspondance, ne le craignez pas, je n'abuse de rien, surtout de la bonté !

36-199. « LOUISE ABBER » À BALZAC

[1836.]

En lisant les lignes que vous avez bien voulu m'adresser, je réfléchis qu'il y aurait un profond égoïsme de ma part à vous détourner quelques instants d'un travail utile et si chèrement payé par vos souffrances. Ainsi, Monsieur, cette lettre sera la dernière que je vous adresserai, c'est avec regret je l'avoue, car depuis cette correspondance et ces aveux qui n'ont eu et n'ont d'écho qu'en vous, quelque tranquillité m'est revenue. Pardonnez à la longueur de ces pages, puisque ce sont les dernières.

Vous souffrez donc aussi[1], vous, homme de génie ! Vous à l'œil divinatoire et si profond, vous dont la puissance intellectuelle doit être si forte, vous le premier observateur de l'époque, vous souffrez donc aussi ? Mais tout ce qui a sentiment et génie par cette puissance de sentir, n'en a-t-il pas aussi celle de la souffrance ? La vie vous est lourde, mais n'est-ce donc rien que d'être Monsieur de Balzac, cet homme dont toutes les lignes sont traduites en toutes les langues aussitôt qu'écrites, et qui vont retentir dans le monde entier ? Ce n'est donc rien que d'avoir assez reçu de

Dieu, pour ne pouvoir paraître sans éveiller l'attention et le respect que tout grand talent sait inspirer!

C'est donc beaucoup que l'argent, mais lorsqu'on en a, et que nos goûts sont en désaccord avec tout ce qui nous entoure, et qu'on ne permet pas de lui donner la direction ou l'emploi désiré, à quoi donc sert-il?

Je n'ai jamais compris l'argent comme but, mais comme le moyen de satisfaire les goûts d'arts que j'ai toujours eus. J'aime les gravures anglaises, les belles éditions à fermoirs ornés de pierres gravées, les tableaux de nos grands artistes, les aquarelles de Delacroix, les statues, les objets de curiosité, enfin j'aime le luxe, mais le luxe des arts, tout cela chez moi est traité de folie, ces goûts incompris me font paraître folle; on lève les épaules lorsque je me passionne pour un chef-d'œuvre, et il faut tout concentrer, tout! À quoi donc sert l'argent? Je blasphème, il m'a servi à essuyer bien des larmes, puis-je ne pas remercier Dieu de m'en avoir donné!

Par les pages qui suivent[2], vous comprendrez, Monsieur, combien il est important pour moi et ma famille de n'être point connue[3]. Recevez le profond remerciement de mon cœur pour la preuve de confiance que vous avez bien voulu m'accorder, en m'indiquant la manière de vous faire parvenir les lettres; croyez que je suis incapable d'en mésuser en abusant d'un temps si précieux. Je ne vous ferai pas remettre les pages que je comptais vous envoyer, je résume et écris à la hâte dans la nuit l'analyse ébauchée des souffrances qui ont été assez cruelles, pour m'imposer le besoin de vous les confier. Vous y trouverez aussi, si vous voulez bien lire, le service que j'implore de vous.

Adieu, monsieur, je fais de sincères vœux pour que votre vie devienne plus heureuse, et plus que jamais je me défierai des calomnies lancées contre les hommes dont le talent ne peut être contesté!

Je ne vous demande plus de réponses, cependant si vous voulez bien m'accorder ce que je vous demande, seriez-vous assez bon d'ici à 8 jours de jeter une ligne sur un papier qui m'annonce que vous consentez! Au même nom, mais à Fontainebleau, poste restante. Je pense qu'avec les adresses de celles reçues à Paris, je pourrai la retirer du bureau de poste.

Puis après, Monsieur, jamais vous n'entendrez parler de moi, mais moi, je m'intéresserai à vous, à votre vie, à vos succès! *Si je vis!!!*

Hier, Monsieur, mon vieux domestique a cherché rue des Batailles à Chaillot, Mme Vve Durand, il n'a pu la découvrir. Je voulais vous prier d'agréer comme un souvenir de reconnaissance pour des heures arrachées à une affreuse vie par la puissance de votre plume, un petit camée antique ayant appartenu à Denon, ancien directeur du Musée; cet objet n'a de valeur que celle qu'un artiste sait lui donner! Impossible de retrouver l'adresse.

[Adresse:] À Monsieur de Balzac.

36-200. « LOUISE ABBER » À BALZAC

[1836.]

C'est encore moi, Monsieur, obligée par je ne sais quel sentiment à m'intéresser à vous, car, malheureuse comme je le suis, comme je vous l'ai raconté, vous devriez peut-être être plus compatissant pour moi. Hier il s'est dit devant moi, que si vous vouliez écrire pour le ministère, vous obtiendriez facilement 12 à 15 000 fr. de traitement. Je ne sais comment, car je ne comprends rien à ces sortes de choses, et peut-être faut-il vendre sa conscience, ce que je pense bien que jamais vous ne feriez ; ceci a été dit par un homme peu influent, mais instruit de ces sortes de choses. Convenez, Monsieur, qu'il est de singulières impressions, mais si craintive, si refoulée au-dedans, il faut que je m'intéresse à vous, et que depuis 6 semaines je prenne le parti de votre vieille fille[1], que je n'aime pas du tout parce qu'elle est un de vos enfants. Ah ! Monsieur, n'en faites plus qui lui ressemblent ! Pourquoi cet intérêt, pourquoi ? Je ne sais, ce n'est que j'ai l'âme reconnaissante ; non pas de votre charité, au moins, car vous êtes bien l'homme le plus dur que je connaisse, et je méritais votre intérêt cependant ; mais parce que dans mes douleurs si cruelles, j'ai trouvé écho dans vos lignes, si pures et si belles *quelquefois*.

Car, Monsieur, est-il bien possible que la même plume qui a tracé *Eugénie Grandet*, cette plume si délicieuse et si pittoresque dans *Les Chouans*, se soit ainsi salie dans un journal ? Quel tort vous vous faites, que de gens avaient entendu parler de vous, et vous ont lu là, et vous jugent sottement ; il y a quelques belles lignes en parlant d'Athanase[2], quelques descriptions crayonnées de main de maître, mais quel incroyable changement, croyez-moi, Monsieur, faites une seule et dernière nouvelle pour ce même journal en reprenant votre noble style, restez écrivain aristocratique, croyez-moi, mon conseil est sincère, vous ne me connaîtrez jamais, ainsi c'est un véritable intérêt qui me force à vous répéter : *Ne salissez jamais votre plume de cygne, conservez-lui sa blancheur, plus elle s'élève et plus elle brille !*

D'ailleurs, Monsieur, je vous préviens que je suis fatiguée de mentir pour soutenir une vieille fille qui vraiment devrait rester telle, car, excepté Athanase, quels horribles gens avez-vous groupés là, et, il faut l'avouer, je ne comprends pas comment vous vous êtes servi de pareilles expressions ; je suis femme, mère, eh bien, je vous jure qu'il y a des lignes que je n'ai pu comprendre ; quelle bizarrerie vous a saisie ; n'écrivez jamais ainsi, vous que l'on peint si recherché, employer des comparaisons si… suivez votre impulsion en écrivant, restez vous, vous sentez délicatement, noblement, exprimez-vous ainsi ; ceux qui aiment vos œuvres pleurent en lisant la dernière. En vous écrivant ainsi, j'accomplis un besoin de cœur, que j'avoue ne pas trop m'expliquer.

Une femme dont la vie est horrible!

36-201. AU PROTE MAIGNAN

[Chaillot, décembre 1836 ou janvier 1837[1].]

Maignan, il faut me mettre absolument ces 5 feuilles en châssis, M. Baudo[u]in n'y perdra rien, n[ous] les tirerons plus vite et n[ous] aurons les garnitures prêtes pour la fin, il me les faut corrigées avec soin pour ce soir 6 heures.

36-202. À MAURICE SCHLESINGER

[Chaillot, dimanche, fin 1836 ou 1837[1].]

M. de Balzac espère que demain lundi Monsieur Schlesinger sera chez lui entre dix heures et midi, car il faut absolument s'entendre sur *Gambara* ; M. de Balzac le prie d'agréer ses compliments
dimanche.

[Adresse :] Monsieur Schlesinger | (pressé).

36-203. À ALBERT MARCHANT DE LA RIBELLERIE

[Fin 1836 ou 1837[1].]

[…] fais vite surtout mon vieux, car il faut que je me dépêche, et peut-être vais-je envoyer déjà mon mobilier en Touraine bien des compliments à ta mère, à Honorine et à M. d'Outremont[2] et une poignée de main au fils de ta mère. Quand entres-tu en jouissance de ta maison place d'Aumont. Il y avait qlq chose à vendre à côté de la Grenadière, si l'on voulait détacher une portion de terrain pour 3 ou 4 000 francs, Faucheux[3] peut savoir cela, en tout cas je voudrais aller de la levée jusqu'en haut. […]

36-204. UNE RÊVEUSE À BALZAC

[1836 ?]

Vendredi soir.

Ma folle pensée vous est-elle parvenue ? Je dis folle car c'est vraiment un acte de folie que j'ai fait. Comment elle aurait pu se glisser dans une lettre, aller jusqu'à vous, cette pensée retenue si longtemps ? C'est impossible. Sans doute j'ai rêvé et je rêve encore ? Mais demain je ne rêverai plus, car vous n'aurez pas répondu à cette extravagante — C'est impossible.

Samedi matin.

Voici demain venu, allons, je vous envoie ces lignes, c'est bien au hasard que je les confie, car je ne sais seulement pas bien votre adresse, je n'ai osé la demander à personne, je craignais qu'on ne me comprît, j'avais peur d'être devinée et cependant ma pensée n'est pas une pensée de mal.

36-205. [SAUVET ?] À BALZAC

[1836[1] ?]

Monsieur

Malgré tout notre désir de publier une nouvelle de vous il nous est impossible d'accepter celle que vous nous avez remise, il y a des détails trop forts pour des yeux de jeunes filles qui peuvent lire une revue qu'une mère pleine de confiance dans la rédaction laisse dans son salon à la vue de tout le monde. Soyez assez bon pour faire quelque chose pour nous, quelque chose de royaliste ou de gracieux comme votre *Lys dans la vallée*[2] et nous serons heureux et fiers d'adjoindre votre nom aux collaborateurs de la revue.

J'ai l'honneur dêtre avec une parfaite considération
Monsieur

votre très humble serviteur.

[Adresse :] Monsieur de Balzac | Rue du faubourg-Poissonnière 28 | Paris.

36-206. À MADAME ***

[1836 ou 1837[1] ?]

Madame,

Vous dérangerais-je en venant vous voir dimanche, j'ai bonne mémoire pour les bonnes choses, et je sais que vous m'avez dit de venir un jour pour vous — J'ai tant d'affaires que je suis comme les ouvriers imprimeurs, je n'ai qu'un jour de fête par semaine.

Agréez les respectueux hommages de v[otre] dévoué serviteur

de Balzac.

36-207. LE VICOMTE DE GINESTET À BALZAC

[Sartrouville, 1836 ou 1837.]

Pensez-vous, mon cher maître, que je serais à Paris sans venir vous voir ? Depuis dix jours je me suis restitué aux maçons qui me tiennent à la gorge et ne sont pas gens à me lâcher de sitôt[1]. Je leur échapperai cependant de lundi en huit. Si vous voulez me faire le plaisir de déjeuner avec moi ce jour-là, je vous raconterai ce que j'ai fait en littérature et en bâtiment. Ceci vous intéresse peu sans doute, mais il m'est impossible de n'en pas parler au tout venant. Supportez-moi.

Votre humble admirateur
Vte de Ginestet.

Au château de La Vaudoire
par Sartrouville. Seine-et-Oise.

1837

37-1. À ZULMA CARRAUD

[Chaillot, janvier 1837.]

Mais, *cara*, vous me faites mauvais et grand seigneur à plaisir ! — Aucun de mes amis ne peut ni ne veut se figurer que mon travail a grandi, que j'ai besoin de 18 heures par jour, que j'évite la garde nationale, qui me tuerait, et que j'ai fait comme les peintres, j'ai inventé les consignes qui ne sont connues que des personnes qui ont bien sérieusement à me parler. Moi, grand seigneur, non, me voilà tombé dans la classe de ceux qui ont des revenus impitoyables, fixes et qui ne peuvent pas se permettre la moindre chose de ce que font les bédouins, qui vivent à même sur leur capital. Je suis, outre tout mon travail habituel, accablé d'affaires, j'ai la queue du malheur à débrouiller, les 50 000 fr. ont été dévorés comme un feu de paille[1], et j'ai encore devant moi 14 000 fr. de dettes, ce qui est aussi considérable que les 80 000 que j'ai payés, car c'est la dette en elle-même et non sa somme plus ou moins forte qui me tourmente. Il me faut encore six mois pour libérer ma plume comme j'ai libéré ma bourse, et si je dois encore qlq chose, il est certain que les bénéfices de l'année m'acquitteront. D'ailleurs, je dois toujours, ces 50 000 fr. sont une avance que l'on m'a faite sur les produits.

Je vais tâcher de faire promptement ce que veut Auguste, car il faut maintenant trouver ces mille francs dans les sommes qui me sont dues, et personne ne paye.

J'ai été plus loin que vous, j'ai dit à Auguste de ne pas faire ce voyage, il perd du temps, il ne veut pas voir que dans les arts, il y a un mécanisme à saisir, en littérature, en peinture, en musique, en sculpture, il faut 10 ans de travaux avant de comprendre la synthèse de l'art en même temps que son analyse matérielle. On n'est pas grand peintre parce qu'on a vu des pays, des hommes, etc. ; on peut copier un arbre et faire un immense chef-d'œuvre, il lui valait mieux se battre deux ans avec la couleur et la lumière dans un coin comme Rembrandt qui n'est pas sorti de chez lui, que de courir en Amérique pour en rapporter les cruels désenchantements qu'il rapportera en fait de ses idées politiques.

Votre lettre a un ton triste qui me fait chagrin. J'espère toujours aller vous voir et vous prouver que ni le temps ni les circonstances ne changent Honoré, pour les personnes à qui ce nom est acquis.

Voici 3 ans que je ne lis plus les journaux, que je vis dans une sainte ignorance de ce qui se dit sur moi en sorte que je n'ai pris votre souhait relativement à la critique que comme une preuve d'amitié.

Oui, soignez-vous et quant à Ivan, il faut le sortir bien promptement du milieu où il est, il faut pour en faire un homme, lui faire sentir les hommes ; il faut qu'il connaisse quelque chose qui ne soit pas les délices de la maison paternelle, croyez-moi. Je suis forcé de vous dire adieu. J'espère pouvoir aller bientôt travailler en paix pendant une quinzaine à Frapesle ; et n'est-ce pas quelque chose de curieux que j'aille y faire l'ouvrage que j'y commençai la première fois que j'y suis venu, *César Birotteau* ?

Allons, mille amitiés au commandant, il doit être bien gêné de son petit furoncle, lui qui aime tant à se coucher sur un canapé. Embrassez vos deux gars pour moi. Quant à vous, vous savez tout ce que je vous souhaite de bonheur. Je serais bien heureux si je vous voyais vers la fin du mois, mais peut-être des intérêts majeurs et pécuniaires me feront-ils aller avant d'aller en Berry en Angleterre. Dieu veuille que j'en rapporte ce que j'en espère.

Mon adresse n'a jamais varié : toujours Mme veuve Durand, 13, rue des Batailles.

37-2. LA DUCHESSE D'ABRANTÈS
À BALZAC

[Avant le 3 janvier 1837.]

[Lettre manquante.]

37-3. À MADAME B.-F. BALZAC

[Chaillot,] 4 janvier 1837.

Chère mère,

Signe ce bail en mettant : *approuvé l'écriture ci-dessus et d'autre part*, et renvoie-le-moi à Madame veuve Durand, rue des B[atailles], C[haillot], courrier par courrier, car c'est très pressé, il faut enregistrer au plus tôt. Je t'embrasse de cœur. Je suis souffrant et toujours aussi occupé.

Honoré.

Si tu peux l'envoyer plus promptement par la diligence, envoie. Auguste[1] ira demain à midi chez Touchard.

[Était joint à cette lettre le bail ci-dessous, entièrement de la main de Balzac :]

Entre les soussignés
Madame Anne Charlotte Laure Sallambier veuve de M. Bernard François de Balzac demeurant à Chantilly, de présence à Paris – – – – – – – – – – – – – – d'une part
et Monsieur Pierre Deray – – – – – – –
demeurant à Paris rue du cloître St-Méry
n° 8 propriétaire d'une maison située à
Paris rue Cassini n° 1 – – – – – – – – – – – d'autre part
M. Pierre Deray fait par ces présentes bail pour neuf mois qui partiront du premier janvier mil huit cent trente-sept et finiront au mois d'octobre de ladite année à Madame Sallambier, veuve de M. de Balzac ce acceptant — d'un appartement situé dans ladite maison rue Cassini n° 1 cet appartement placé au deuxième étage de ladite maison est

desservi par deux escaliers y existant et ses dépendances se compose ainsi qu'il suit, savoir en entrant par l'escalier à gauche 1° de cinq pièces placées audit étage la première éclairée par une fenêtre donnant au-dessus du premier balcon et par un jour de souffrance sur les maisons voisines ladite pièce précédée d'un cabinet d'aisance[s] situé sur le palier de l'escalier à la charge de boucher le trou ; la seconde en suite éclairée par une croisée donnant sur la petite cour, la troisième éclairée par deux croisées l'une ayant vue sur le jardin et l'autre en retour, la quatrième portant au-dessus de la porte d'entrée le n° 9 éclairée par deux croisées sur la grande cour et par une glace sans tain donnant sur le jardin de l'Observatoire et placée au-dessus de la cheminée ; la cinquième en suite éclairée sur la petite cour par deux croisées (il sera fait désignation des glaces existant dans l'appartement dans l'état des lieux) —. *Deuxièmement* d'une cuisine située en rez-de-chaussée ayant son entrée à gauche dans le corridor et une porte de communication sur le puits. 3° de deux chambres dans les combles portant les n°s 18 et 20 éclairées par deux châssis à tabatière donnant sur la grande cour — 4° d'une remise et d'une écurie situées dans le batiment de la loge du portier y compris le grenier au-dessus — 5° une cave en deux parties — 6° une grande chambre située au rez-de-chaussée éclairée par deux croisées sur la cour, et par une porte en retour sous le premier balcon — Le présent bail est fait à la charge par Madame de Balzac de garnir les lieux de meubles suffisants pour assurer le payement des loyers, de souffrir les petites et grosses réparations, de payer les impôts personnels et des portes et fenêtres et en outre moyennant la somme de six cent trente-sept francs cinquante centimes pour la durée desdits neuf mois de bail, payables par avance et que le bailleur reconnaît avoir reçus[2] — De son côté le bailleur s'engage à faire jouir pendant ledit temps paisiblement sans troubles ladite preneuse dans toute l'étendue de la location consentie — Le bailleur reconnaît que la chaudière placée au-dessus de la salle de bains attenant à la pièce sur la cour et les tuyaux qui conduisent l'eau à la baignoire et dehors appartiennent à Madame de Balzac et ont été mis de son consentement dans les lieux qui desservent la salle de bains qui fait partie de la location quoique non désignés.

    Fait double à Paris le trente et un décembre mil huit cent trente-six

[De la main de Mme B.-F. Balzac :]

Approuvé l'écriture ci-dessus et d'autre part
A. C. L. Sallambier

[De la main de Deray :]

J'approuve l'écriture ci-dessus
Deray

[En marge :]

Enreg[istré] à Paris le sept janvier 1837, f° 127 N° 6, reçu un franc quarante un ĉts.

37-4. À MAURICE SCHLESINGER

[Chaillot, jeudi 4 janvier 1837.]

Monsieur,

J'ai reçu toutes vos lettres à la fois car vous les adressez à un endroit où rien ne me parvient parce que je n'y demeure pas. J'ai été fort malade depuis 15 jours, tous mes travaux ont été arrêtés par force majeure ; mais j'espère être en mesure de vous donner votre copie lundi prochain, et dans la semaine nous serons en mesure pour le dimanche, tout ce que je puis faire est de vous faire paraître l'article en deux fois dans les deux n[umér]os qui vont suivre celui de cette semaine[1].

Agréez, je vous prie mes complim[ents]

de Balzac.

J'ai reçu votre invitation trop tard, agréez-en néanmoins mes remerciements

jeudi 4 janvier.

[Adresse :] Monsieur Schlesinger | rue de Richelieu 97 | Paris.
[Cachet postal :] 5 janvier 1837.

37-5. À ALBERT MARCHANT
DE LA RIBELLERIE

[Chaillot, janvier 1837.]

Mon cher Albert,

Tu crois que nous sommes quittes de l'infâme Berrué ! M. Odier[1] a renvoyé la caisse, qui ne lui appartenait pas, sans s'en inquiéter, *et elle n'avait pas d'adresse* ! et il ne sait pas, après avoir regardé sa lettre de voiture, chez quel roulage elle est retournée ! Il faut donc que, courrier par courrier, tu me dises en allant au roulage de Tours, à quel roulage de Paris la caisse est adressée.

Voilà un cadre[2] qui, par les démarches qu'il a demandées, me coûtera trois cents francs de temps perdu. N'avais-je pas raison de vouloir l'emporter par la diligence ? il m'aurait coûté moins, et je ne sais pas s'il sera temps.

Merci de ta bonne lettre. Quoi qu'il arrive des *perles*, il faut les donner quand on en doit. M. Loiseau ne se doute pas que les Anglais et autres étrangers offrent des billets de mille de ce que je lui ai envoyé si coquettement arrangé.

Toi, si rien ne s'y oppose, je te donnerai le m[anu]s[crit] des *Illusions perdues*[3] puisque je l'ai martelé dans ton grenier de peintre.

Je ne te répéterai pas ce que tu m'as dit sur les amitiés d'enfance, parce que tu imagines bien que ce sont des choses vissées dans le cœur, quand on a un cœur.

Tout à toi.

Honoré.

Courrier par courrier, entends-tu ? Il n'y a guère de chance d'avoir des doreurs, et Boulanger est chagrin s'il ne me voit pas dans un cadre taillé.

Tous les beaux cadres que tu verras, achète-les-moi, tant qu'ils seront entre dix et trente francs et bien richement sculptés. J'en ai besoin de cinq, [dont] deux de 46 sur 34, carré, etc.

Addio caro ! Surveille les bois ; quand tu trouveras qu'ils sont beaux, écris-moi ; j'irai à Tours.

37-6. EDMOND WERDET À BALZAC

[Paris, janvier 1837[1].]

J'ai l'honneur de vous adresser, Monsieur, par duplicata, les comptes que vous avez dû recevoir hier au soir. J'y joins de plus, la copie du traité avec Mme Béchet. Lisez-le et vous verrez qu'il n'est nullement illusoire — et que si je ne paie pas mes effets, vous retomberez sous sa dépendance.

Faut-il donner *La Grande Bretèche* à composer[2]? — les *Illusions* sont terminées.

Votre bien affectueux,

Werdet.

37-7. VADÉ À BALZAC

[Paris, 7 janvier 1837.]

Monsieur,

M. Béthune m'a remis la facture de Mr Cornuault pour le papier de la *Chronique de Paris*.

Cette facture s'élève à f. 3,935.80 — sur quoi M. Béthune a réglé f. 2 000 — en deux effets de vous.

Il restait donc à régler au 15 juillet, époque de la liquidation, f. 1 935,80 — et cette somme, que vous avez prise à votre compte, est précisément celle que réclame M. Cornuault[1].

Veuillez donc bien, Monsieur, vous entendre avec M. Cornuault, afin qu'il sache que M. Béthune n'a rien à lui régler.

Du reste, Monsieur, si vous prenez la peine de revoir le compte établi au 15 juillet d[er] vous vous apercevrez que la réclamation de M. Cornuault ne peut s'adresser qu'à vous[2].

Recevez, Monsieur, l'assurance du très profond respect, avec lequel je suis

Votre très humble serviteur.
Vadé.

7 janvier —

[Adresse :] Monsieur | Monsieur de Balzac.

37-8. À LA COMTESSE SANSEVERINO

[Paris, 13 janvier 1837.]

Chiarissima Contessina San Severino,

Puisque vous savez compatir aux souffrances des artistes, madame la comtesse, seriez-vous assez bonne pour me donner, en vieil italien du XVIe siècle, ces phrases ou des phrases équivalentes[1].

1° L'avons-nous bien entortillé, trompé, rossé, battu...
2° Qu'il s'en dépêtre...

Vous me rendrez un grand service, mais il faut ces phrases pour demain. Jetez-les à la poste, écrites par le comte, sans rien y ajouter pour ne pas vous donner de peine et adressez à Mme veuve Durand, rue des Batailles, 13. Vous me rendrez bien heureux, car je n'ai personne à qui demander cela. Excusez l'inélégance de ce billet ; je l'écris à la hâte en partant pour aller rendre les derniers devoirs au grand peintre, à l'aimable et bon vieillard que nous avons perdu[2]. C'est une grande perte, vous ne l'avez pas connu assez pour le regretter, mais c'était un homme plein d'exquises qualités et qui était sincèrement aimé par ses amis ce qui est bien rare dans le monde d'or et de fer nommé Paris où l'acier poli ressemble à de la gaze et les sentiments à des sentiments. Excusez-moi je vous prie, de cette Babylone car nul n'est plus sincère en ses amitiés, comme en ses admirations, deux sentiments que vous excitez chez beaucoup de monde, mais que vous me permettrez de vous dire vrais chez v[otre] t[rès] h[umble] s[erviteur]

H. de Balzac.

Quelque petit juron italien de bon goût ne ferait pas mal dans chaque phrase, mais des jurons du temps ; *Corpo di bacchi* [*sic*] était-il inventé au XVIe siècle ?

37-9. ZULMA CARRAUD À BALZAC

[À Frapesle, le] 18 janvier [1837].

Quoi mon pauvre Honoré! ces cinquante mille francs se sont fondus, comme cette neige qui couvrait naguère le gazon qui est sous ma fenêtre! Vous n'êtes pas plus tranquille qu'auparavant! Que je vous plains, non de devoir encore, car vous devrez toujours, mais de ne pas trouver en vous la force de résister au premier caprice que vous apporte la moindre relâche dans vos travaux! L'indépendance n'est donc rien à vos yeux, que vous ne craignez pas de la sacrifier à la moindre bagatelle, à un canif, à la petite gloriole de voyager en poste? Vous m'avez rendue bien indulgente pour les fautes qui ternissent la vie de tant de pauvres femmes, puisque vous homme d'intelligence et qui concevez la vie, vous êtes plus faible qu'elles, en ce que l'attrait auquel vous cédez n'est pas aussi puissant que celui qui les entraîne. Pourtant, *caro*, puisque vous sentez l'importunité de la dette, ne laissez pas ce supplice au pauvre Auguste, qui aujourd'hui encore, m'écrit de tâcher d'acquitter celle qu'il a laissée. Je le sais trop délicat pour vous parler lui-même de tout cela; mais moi qui n'ai pas d'argent, et qui pourtant n'en mange pas pour ma satisfaction personnelle, loin de là, je ne puis lui ôter ce tourment de la conscience qu'en faisant un appel à votre justice envers lui. Tâchez donc de verser mille francs d'ici le 1er février, afin que tout cela ne revienne pas à sa famille, ce qui, je le sais, lui serait souverainement désagréable. Si je pouvais me procurer mille francs, je ne vous dirais rien de cette affaire, mais comme *moralement* vous seriez la première personne que je prierais de lui faire cette avance, faites donc par justice ce que vous feriez par générosité, si vous n'étiez son débiteur; et que notre pauvre ami, dans les savanes lointaines[1], ne traîne pas un remords, un souci après lui. J'ai peur comme vous qu'il ne rapporte nombre de désenchantements de ce nouveau monde; tout lui est un sujet d'étonnement; les mœurs si nouvelles, si positives, si libres, le blessent outre mesure. Il est déjà fort répandu, plus qu'il ne le voudrait, ainsi que son patron, sous le rapport de son art. Il se pourrait bien, comme vous le dites, que ce voyage ne portât pas tous les fruits qu'il en attend; mais on conçoit facilement tout l'attrait qu'a dû lui offrir une semblable course, faite sans grands frais. C'était une occasion qui ne se représente pas deux fois dans la vie, et, quoique je sois fâchée de le voir si loin de nous, je ne saurais le désapprouver. Quand donc, *dearest*, vous verrai-je travailler pour travailler, en prendre à votre aise et ne pas être au volume? Vous feriez de si belles, de si bonnes choses alors! Je ne sais si

Frapesle vous inspirera ; je le désire. Vous vous y trouverez bien bourgeoisement. Il y a longtemps que vous n'y êtes venu : n'allez pas faire de l'imagination à propos de ce voyage, ce qui ne servirait qu'à ternir la réalité, déjà si pâle.

Certainement oui, il faudra sortir Ivan ; mais rien ne presse encore ; puis, où le mettre convenablement ? Ma fortune ne répond pas à mes idées, et en cela je subis le sort de bien des gens en France. Je dois donc employer mon intelligence à trouver le moyen de m'approcher le plus possible de mon idéal ; je revendiquerai les bénéfices de l'éducation publique, mais quand je commencerai seulement à ne plus craindre ses contagions.

Adieu, *caro*, pensez au pauvre Auguste ; qui est stupéfait des mœurs du peuple parmi lequel il vit maintenant. Heureusement, le commandant n'a pas la goutte aux mains, ce qui lui permet de presser la vôtre avec cordialité. Merci de vos caresses à mes enfants ; puissent-elles leur porter bonheur !

Z.

[Adresse :] Madame Veuve Durand, rue des Batailles | 13, à Chaillot | Paris.
[Cachets postaux :] Issoudun, 20 janv. 37 | 22 janv. 1837.

37-10. LOUIS BOULANGER À BALZAC

[Paris, 20 janvier 1837.]

Mon cher Balzac il importe que j'aie encore une séance de vous — une vraie séance ! c'est un effort que je vous demande — mais que je sache quand : ne venez pas me surprendre et prévenez-moi par un petit mot du jour, pour que je sois bien préparé à en profiter. Tâchez que ce soit bientôt à cause de l'exposition qui approche. Votre cadre est superbe[1], je l'ai donné à redorer et restaurer et cela coûtera cher.

Votre bien dévoué,

Louis Boulanger.

[Adresse :] Madame | Veuve Durand | 13, rue des Batailles | à Chaillot.
[Cachet postal :] 20 janvier 1837.

37-11. LA COMTESSE MARIE POTOCKA
À BALZAC

8/20 ja[n]vier[1] [1837].

Est-il donc vrai Monsieur que vous soyez venu à Genève[2] tandis que j'en étais déjà bien loin ? Je suis presque fâchée de l'apprendre. C'est un regret, un grand regret de plus, et je m'en croyais suffisamment pourvue. Ma cousine[3] prétend que je n'avais pas été étrangère à votre course, que vous aviez songé à moi en l'entreprenant ! je n'ai pas la force de faire la modeste sur ce point ; j'admets la chose comme certaine et n'allez pas me désabuser car ce serait m'enlever une bien douce jouissance. Le petit mot d'adieu que je vous adressais en quittant Genève vous est-il jamais parvenu[4] ? Je tiens à ce que vous sachiez combien votre souvenir s'est trouvé lié à tout ce qui pouvait m'occuper dans un moment où ce n'est pas à la mémoire seule à se rappeler et penser. Figurez-vous que je n'ai point encore vu ma cousine depuis cinq mois que je suis ici ! La poussière plus la boue, puis la neige rendent nos chemins souvent impraticables et toujours odieux. Je voudrais pourtant bien me retrouver avec cette bonne cousine et lui parler de vous Monsieur ! ce seront là de bons moments pour moi. — Que faites-vous de votre hiver ? vous voici au plus vif de vos plaisirs parisiens. On vous dit beaucoup chez Mad. de Dino. Voyez-vous Mad. d'Apponyi ? rencontrez-vous souvent ma charmante belle-sœur Delphine[5] ? elle était bien triste ici ; sans doute elle a déjà beaucoup souffert ! aussi se dit-elle découragée, dégoûtée, désabusée de tout. Mais bah ! les femmes ne se dégrisent de la vie que par sa durée ; leurs illusions les quittent comme les feuilles des arbres ne tombent qu'en hiver les orages de l'été n'y peuvent rien. Je ne vous parlerai pas de ma vie de campagne. Elle est très solitaire ; je passe mes journées et souvent mes soirées sans voir personne. Il me serait difficile de me plaindre ; j'ai toujours trouvé que la solitude était un des mondes le plus et le *mieux* habité. Votre *Vieille Fille* vient de m'arriver. Je m'attends à la trouver aussi séduisante que la plus jolie de vos femmes et vais passer une journée avec elle. Voici mon papier qui veut que je vous quitte. Je vous écris sur ce bout de feuille volante pour ne pas grossir le paquet de Mad. Éveline que je prie de se charger de ma lettre. Adieu donc cher Monsieur tâchez de ne pas m'oublier ; il me semblerait très pénible d'échapper à vos souvenirs ; promettez-moi de m'y retrouver ne fût-ce que dans les moments peu fréquents, sans doute, où ils vous reporteront aux bords du lac de Genève.

Quant à moi vous savez combien j'aime à me rappeler votre

séjour parmi nous ; il m'a offert de bien douces jouissances et me laissera celle de pouvoir vous assurer de mon amitié la plus vraie.

M. P.

Si vous me faites le plaisir de me dire un mot adressez je vous prie à Mss. *Franz Anton Wolff et Rieger*, Brody, Galicie autrichienne.

[Adresse :] Monsieur de Balzac.

37-12. JULES SANDEAU À BALZAC

Pornic, 21 janvier [18]37.

Je reçois la lettre de M. [Jendeau ?]. Quand je vois combien il est facile de prendre un honnête homme pour un coquin, je ne m'étonne plus que d'une chose, c'est qu'il y ait tant de coquins qui consentent à se donner pour d'honnêtes gens. Veuillez, mon cher Mar, remettre la lettre ci-incluse à Auguste et la faire porter à son adresse. Mon long silence ne vous a-t-il pas affligé et n'avez-vous point crié un peu à l'ingratitude de qui vous aime ? Oui, n'est-ce pas ? Eh bien ! vous avez mal fait ? Je vous traite absolument comme ma conscience vivante et je n'ai point voulu vous écrire avant de me sentir en plein travail. Depuis que j'ai sur mon bureau une certaine quantité de feuillets barbouillés de noir, j'ai plus de courage vis-à-vis de vous et je crains moins de comparaître au tribunal de votre amitié, que je me fais d'autant plus sévère à moi-même que vous me l'avez faite indulgente et bonne. Je travaille donc dans le calme et dans le silence. Un mot seulement. Qu'est-ce que les *Illusions perdues* ? On m'écrit de Paris que c'est une histoire avec la personne que vous savez[1]. Cette histoire est celle de tout le monde et on a bien pu s'y tromper. Toutefois on assure que chaque page de votre livre est un jour de ma jeunesse. Deux choses m'inquiètent en tout ceci. La première, c'est que par amitié pour moi vous ne vous soyez fait trop sévère à l'égard de l'autre personne. La seconde, c'est qu'en écrivant moi-même à cette heure[2] cette fatale histoire, je n'arrive qu'après coup. Vous comprenez qu'Ulysse écrivant ses mémoires après l'*Odyssée*, n'eût été qu'un sot et un drôle. Faites-moi le plaisir de m'écrire ce qu'il en est : j'attends quelques lignes de vous avec impatience.

Pourquoi ne vous a-t-on pas donné mon adresse ? Je n'ai jamais songé à vous en faire un mystère. Je suis sur les côtes de Bretagne, à Pornic (Loire-Inférieure) aussi heureux que je puis l'être. Pornic est un gros bourg échelonné sur le bord de l'Océan. C'est là[3] qu'au bruit éternel des vagues votre Musch écrit, rêve et pense à vous.

Adieu. Vous n'avez pas le temps de lire de longues lettres et entre nous quelques mots suffisent. Je vous envoie mille choses tendres et caressantes, mille gracieux souvenirs de la part de mon compagnon d'exil[4].

Jules.

37-13. À THÉODORE DABLIN

22 [janvier 1837], au matin.

Mon bon Dablin, l'affaire[1] pour laquelle je vous avais prié d'être mon arbitre s'est atermoyée après mille peines de ma part ; il m'a fallu remuer un monde ; mais la transaction dépend elle-même d'un travail forcé auquel je me suis condamné. Elle n'est valable que si mon ouvrage paraît cette semaine[2], j'y ai passé les jours et les nuits, et je suis malade ; j'ai un commencement d'inflammation ou je ne sais quoi aux intestins, c'est le fruit de cette année de soucis, de travaux et de chagrins.

Il m'a été impossible d'aller vous voir. J'espère être quitte de tout mercredi ; mercredi j'irai donc vous voir. Tous mes soucis ne sont pas finis par mon affaire — d'abord ma lutte financière n'est qu'apaisée et supportable ; puisqu'il faut *libérer ma plume*, et je dois encore cinq articles de journaux et un demi-volume, c'est 3 mois de travail, sans gagner un sou. Cependant j'espère en finir cette année. Mais je vous conterai tout cela au coin du feu mercredi.

Pour voir la veuve Durand, il faut dire *son nom*, et vous êtes inscrit sur la liste.

Les deux jours où vous êtes venu, j'étais aux imprimeries.

Tout à vous
Honoré.

[Adresse :] Monsieur Th. Dablin | 26, rue de Bondy | Paris.
[Cachet postal :] 22 janvier 1837.

37-14. SOPHIE GAY À BALZAC

[Paris, 22 janvier 1837.]

Voici mieux que la lettre promise, ce sont des vers écrits, signés et donnés par Lamartine[1] ; ce n'est pas un sacrifice désintéressé que je vous fais là, mais vous m'avez promis une lettre en retour, une lettre sur le convoi de notre ami ; je l'attends avec impatience, et pour prix d'un tel bienfait, je vous envoie ce que j'ai de mieux.

Admiration et amitié

Sophie Gay.

22 janvier 1837.
18, rue de la Chaussée-d'Antin.

37-15. ÉMILE DE GIRARDIN À BALZAC

[Paris, 23 janvier 1837.]

Monsieur,

Je crois devoir vous faire demander si vous pensez à *La Haute Banque*[1], car je suppose qu'un mois sera nécessaire p[our] l'impression et v[os] corrections.

Mes compliments empressés.

É. de Girardin.

23 janvier 1837.

37-16. SOPHIE GAY À BALZAC

[Paris, 26 janvier ou 2 février 1837[1].]

Il y a déjà plusieurs jours que j'ai adressé au plus aimable des hommes d'esprit des vers inédits de Lamartine, écrits, signés et donnés par l'auteur. Mais j'ai adressé mon petit billet et le bel autographe rue de Cassini où je supplie de le faire réclamer, car je serais désolée qu'ils fussent perdus et surtout la réponse que j'en espère.

On vient seulement de me donner la bonne adresse et j'en profite bien pour me rappeler au souvenir de mon perpétuel ami.

Sophie Gay.

Jeudi soir.
18, rue de la Chaussée-d'Antin.

37-17. À LOUIS BOULANGER

[Paris, 28 janvier 1837.]

Mon cher Boulanger, *il fornaro*[1] est convié à venir s'entendre mercredi prochain 1 heure (rue des Filles-St-Thomas, n° 5 chez M. Lecou) pour l'affaire des vignettes qui seront sur bois pour les *Études philosophiques* qui feront 17 volumes in-8°[2], il s'agit du prix et de l'entreprise, il faudrait que tout fût par vous.

Mille gracieusetés

de Balzac.

N[ous] traiterons l'affaire du portrait p[ou]r la gravure[3].

[Adresse :] Monsieur Louis Boulanger | 16, rue de l'Ouest. | Le portier absent à reporter.
[Cachet postal :] 28 janvier 1837.

37-18. AU COLONEL CHARLES FRANKOWSKI

[Chaillot, 31 janvier 1837.]

Mon cher Monsieur Frankowski[1] ; je vous ai loyalement attendu jusqu'à 10 h. ½ rue Navarin n° 2, puis chez la duchesse jusqu'à minuit et demi, vous y auriez vu des personnages curieux et votre belle Guiccioli[2]. Votre lettre m'explique votre imbroglio, n'en parlons plus. Mais j'ai à v[ous] parler au sujet de votre article et j'irai vous voir un matin avant la fin de la semaine, un jour où j'irai à l'imprimerie. Ne m'attendez pas car si je viens ce sera à 8 h. du matin.

Mille grâces

de Bc.

[Adresse :] Monsieur Ch. Frankowski | 8, rue Hillerin-Bertin | Paris.
[Cachet postal :] 31 janvier 1837.

37-19. ALEXANDRE FURCY GUESDON À BALZAC

[Dimanche 5 février 1837 ?]

Il me sera tout à fait impossible d'aller au rendez-vous de l'aimable veuve de la rue des Batailles. Mille pardons de la rater ainsi la première fois ; elle sait bien que cela peut arriver au plus honnête homme ; et Montaigne a confessé qu'il n'*estoit pas estrangier* à cet accident. Bientôt, sous peu de jours, je lui demanderai de m'assigner un autre rendez-vous auquel je courrai avec empressement et un ferme propos de me comporter mieux.

Tout à vous de cœur
Furcy Guesdon.

Dimanche 5[1].

37-20. AU DOCTEUR NACQUART

[Paris, 6 février 1837.]

Cher Docteur, ayez la complaisance de remettre à Auguste les trois cents francs que vous voulez bien me prêter, et qui commencent un nouveau compte de gracieusetés entre nous.

Tout à vous.

Honoré.

6 février 1837.

[Adresse :] Monsieur Nacquart.

37-21. HENRY LOUIS DELLOYE À BALZAC

Paris, ce 8 février 1837.

Mon cher Monsieur,

Il est dans l'intérêt commun de nous mettre en règle en raison des oppositions qui nous sont déjà connues et des mauvaises chicanes auxquelles nous pouvons nous attendre. Nous désirons donc avoir votre traité avec Madame Béchet afin de faire signifier à ladite dame ou ses ayants cause les conditions de nos arrang[emen]ts avec vous. Ne pouvant passer moi-même chez vous par suite d'une indisposition je vous serai obligé ainsi que MM. Lecou et Bohain de remettre cette pièce à M. Giraud porteur de cette lettre chargé par nous des diverses formalités à remplir, et qui vous donnera récépissé de ladite pièce.

Veuillez agréer mes civilités empressées.

Delloye.

Veuillez nous fixer une réunion le plus tôt possible, elle est urgente et indispensable. Vous occupez-vous de notre 4ᵉ livraison[1]? Plon qui sort de chez nous dit n'avoir plus rien à faire.

[Adresse :] Monsieur | Monsieur H. de Balzac | Rue des Batailles, n° 13 | à *Chaillot*.

37-22. À LOUIS BOULANGER

[Paris, 9 février 1837.]

Boulanger, Samedi 11, février à midi et demi, heure militaire, chez M. Lecou libraire.

Tout à vous

de Bc.

[Adresse :] Monsieur Louis Boulanger | 16, rue de l'Ouest | Paris.
[Cachet postal :] 9 février 1837.

37-23. AU MARQUIS FÉLIX DE SAINT-THOMAS

Paris, 9 février [1837].

Caro, je vous envoie suivant ma promesse, un petit recueil d'épreuves offert à Madame la Marquise votre mère[1], à laquelle je vous prie de présenter mes respectueux hommages. Depuis la dernière lettre que vous m'avez écrite, j'ai été si violemment occupé qu'il m'a été impossible de répondre. — Je vous écris même ceci à la hâte, au milieu de mes préparatifs de voyage pour Milan où je serai sans doute quand vous lirez cette lettre — Aussi, si vous avez qlq ami à Milan à qui vous puissiez me recommander[2], vous pouvez m'adresser v[otre] lettre poste restante — Je n'ai point l'espoir d'aller par Turin, car les affaires vont si lentement en Italie que je suis forcé de prendre la ligne la plus directe, et de tomber sur Milan par le Simplon ; et peut-être, hélas ! de revenir de même — Si je puis disposer de quelques jours, je préfère en curieux les donner à Venise que je n'ai jamais vue ; mais cependant les choses humaines vont si singulièrement que je puis aussi aller voir Colla[3], qui sait !

Dites à l'abbé Gazzera[4] qu'à la première occasion je lui enverrai un manuscrit curieux dans le genre du vôtre où l'on voit un peu trop à nu peut-être le travail de la pensée.

Je vous joins une lettre que je vous prie de jeter à la poste pour Colla.

Enfin, aussitôt que vous rencontrerez mon bon et aimable Comte Sclopis, allez à lui, et dites-lui que je ne lui ai pas écrit à cause de mes préparatifs de voyage qui ne me laissent pas une seconde à moi ; mais à mon premier envoi, il aura [un] souvenir de moi.

J'imagine que vous vous portez à merveille et que votre bonne et spirituelle mère n'a d'autres soucis que ceux de l'arrangement de votre palais — Allons, adieu ; et peut-être à bientôt, car si j'arrangeais à mon gré l'affaire de Milan, je pourrais par la même occasion aller à Gênes, et revenir à Turin — Trouvez ici les mille affectueux compliments de

v[otre] d[évoué] s[erviteur]
de Balzac.

[Adresse :] Monsieur le Marquis | de Saint Thomas.

37-24. PROCURATION DONNÉE À BALZAC PAR LE COMTE GUIDOBONI-VISCONTI

[Paris, 9 février 1837.]

Par-devant Me Outrebon et son collègue, notaires à Paris soussignés, a comparu Mr Émile-Jules-César-Antoine-François-Pierre, comte de Guidoboni-Visconti, demeurant à Paris aux Champs-Élysées, avenue de Neuilly n° 23[1].

Lequel a, par ces présentes, constitué pour son mandataire général et spécial aux effets ci-après M. Honoré de Balzac demeurant à Paris, rue Cassini n° 1er.

Auquel il donne pouvoirs de, pour lui et en son nom, liquider toutes espèces de dettes qui pesaient sur les biens du Constituant et qui deviennent actives par le décès de la dame Patel[l]ani[2], veuve en premières noces de M. le comte de Guidoboni-Visconti père du Constituant et décédée épouse de M. Constantin.

Entendre, débattre, clore et arrêter tous comptes; à cet effet, faire toutes affirmations, déclarations et renonciations nécessaires; prendre connaissance de tous actes publics et autres; contester la validité des donations que lad[ite] dame Constantin aurait pu faire; notamment celles qu'elle a pu faire à M. Laurent Constantin, son second fils issu de son second mariage, et qui seraient contraires aux intérêts du Constituant; s'opposer à la délivrance de tous legs et à l'exécution de tous testaments, faire tous actes conservatoires, exercer tous droits de propriété, former toutes oppositions partout où besoin sera.

Entendre les comptes de recette et dépense de M. le comte Joseph Sormani, ancien tuteur[3] de M. le comte de Guidoboni-Visconti; se faire représenter tous titres et pièces à l'appui; les admettre ou rejeter, examiner, débattre, apurer, clore et arrêter lesdits comptes; les contester par toutes voies de droit ou y donner toute approbation, faire rejeter tous articles de dépenses; établir les balances actives et passives.

En cas de reliquat actif ou passif le toucher ou payer selon qu'il y aura lieu en principal, intérêts et frais; donner toutes quittances générales, entières et définitives ou partielles ou restreintes, donner mainlevées et consentir la radiation entière et définitive de toutes inscriptions et oppositions, signer et émarger tous registres, se faire remettre tous titres et pièces; donner toutes décharges générales ou partielles, avec ou sans restriction ni réserve quelconque.

Prendre connaissance de tous contrats de ventes de biens meubles ou immeubles ayant appartenu au Constituant; se faire délivrer tous titres et pièces pouvant établir la propriété desdits biens en la personne du Constituant ; les faire valoir contre qui de droit ; intenter toutes demandes soit en indemnités soit en résolution de ventes ; contre qui et pour quelque cause que ce soit ; faire tous actes conservatoires, toucher toutes indemnités en principal et intérêts.

Faire décharger tous biens immeubles de toutes inscriptions qui peuvent les grever ; suivre à cet effet toute procédure nécessaire contre qui de droit ; vendre à l'amiable ou en justice par actes notariés ou sous seing privé, par partie ou en totalité, en un ou plusieurs lots tous biens immeubles appartenant au Constituant et aux prix, charges, clauses et conditions que le mandataire constitué jugera les plus avantageux ; fixer les époques du paiement du prix ; le toucher en principal, intérêts et frais ; fixer les époques de l'entrée en jouissance ; consentir tous dessaisissements ; remettre ou s'obliger à remettre tous titres et pièces, s'obliger au rapport de toute mainlevée d'inscription d'office ou autres.

Aux effets ci-dessus et pour la conservation et le soutien des droits et intérêts du Constituant, en cas de contestation avec qui que ce soit, exercer toutes poursuites, contraintes, diligences nécessaires ; faire toutes sommations, commandements et significations ; paraître devant tous juges et tribunaux compétents, s'y concilier, traiter, transiger, composer, nommer tous arbitres et experts, s'en rapporter à leur décision ou les contester ; faire tous atermoiements, prendre tous arrangements, se pourvoir devant tous tribunaux, suivre en justice la nullité de tous actes, nommer avoués et avocats ; plaider, s'opposer, appeler, obtenir tous jugements et arrêts, les faire mettre à exécution, s'y opposer par toutes voies de droit ; former toutes oppositions mobilières et immobilières, saisies, arrêts et autres ; requérir toutes inscriptions hypothécaires ; faire procéder à la vente des meubles ; poursuivre par la voie de l'expropriation forcée l'adjudication de tous biens immeubles ; faire procéder à tous ordres et à toutes distributions de prix ; prendre part à toutes distributions de deniers ; obtenir tous bordereaux de collocations, en toucher le montant.

Aux effets ci-dessus, passer et signer tous actes, élire domicile, substituer une ou plusieurs personnes en tout ou en partie des présents pouvoirs, et généralement faire tout ce que les circonstances exigeront, quoique non prévu.

Dont acte

Fait et passé à Paris en l'étude l'an mil huit cent trente-sept, le neuf février.

Outrebon.

37-25. LA COMTESSE GUIDOBONI-VISCONTI
À BALZAC

[Paris, entre les 9 et 14 février 1837[1].]

Après les lettres et les comptes de M. Visconti que j'ai trouvé[s] parfaitement clairs et en bon ordre, il résulte que dans l'année 1830 M. Sormani[2] a vendu du terrain à Melegnano, pour *cent cinquante mille livres de Milan*, dont *34 885 livres* sont restées dans les mains de M. Somaglia[3]; le reste de la somme a été employé à payer diverses dettes ou hypothèques sur la terre de Melegnano. Elles sont toutes spécifiées dans ce compte. Il ne restait donc que *Pedriano* estimé par M. Sormani à *101 400 livres*, d'une petite maison à Melegnano estimée à *3 000*, et de quelques droits ou *livelli* estimés à 17 180 livres, il faut y ajouter les 34 000 livres restant dans les mains de Somaglia, et dont on ne nous a jamais rendu compte. Il me semble qu'ils doivent nous revenir, mais j'ai une peur terrible que M. Sormani ne nous donne des raisons et des comptes au lieu de la somme. Toutefois ce serait un peu difficile car dans l'année 1830, vous verrez qu'il y a cent mille livres de dettes liquidées. Il reste donc à vendre tout ce qu'il reste à M. Visconti, à faire le meilleur arrangement possible avec Constantin[4], c'est-à-dire de tâcher de lui faire accepter moins que les 73 000 si c'est possible, en cas que ses titres que vous demanderez à voir ne soient pas clairement établis, à liquider avec lui. Je trouve qu'il est inutile d'entrer dans des explications avec Sormani sur les terres vendues à l'époque de mon mariage, qu'elles aient été bien ou mal vendues. Selon moi, toutes recherches ou récriminations sont inutiles aujourd'hui. Il faudrait lui dire que la maladie seulement nous empêche de venir et que nous sommes tellement désolés de lui avoir fait de la peine dans l'affaire du Piémont que nous sommes prêts à renoncer à tout, si Montebruno[5] veut venir à un arrangement amical, Sormani lui-même devrait l'y engager. Quant aux papiers de Famille, archives, titres de noblesse, etc., etc., bien triste moquerie pour des gueux comme nous, il faudra cependant ou les laisser en sûreté chez quelque ami de M. Visconti ou les emporter si le paquet n'est pas trop considérable. Puisqu'il faut laisser la somme pour les légataires qui est de *cinq mille quatre cent soixante livres* de Milan, ne pourrait-on pas faire un arrangement avec eux en leur donnant quelque chose de moins sur-le-champ. Si on peut faire un arrangement avantageux pour éviter des ennuis à venir, cela vaudrait mieux.

37-26. À ALBERT MARCHANT
DE LA RIBELLERIE

[Paris, février 1837.]

Mon vieux camarade, Albert, ne valait-il pas mieux te réserver ceci[1] où le travail de nain auquel m'a condamné une mauvaise fée se voit bien mieux.

Tout à toi
Honoré de Bc.

37-27. À ALBERT MARCHANT
DE LA RIBELLERIE

[Paris, 10 février 1837.]

Mon vieux camarade, il y a pour toi Bureau restant, aux Messageries un livre d'épreuves[1], moins coquet que celui de Loiseau[2], mais plus curieux, va le quérir, et tu verras que je ne t'ai pas oublié.

L'infâme Berrué[3] avait mal enveloppé le cadre, il y a d'horribles réparations, mais tu le verras à l'exposition dans toute sa gloire et moi dedans, je ne sais si je verrai l'exposition[4], je pars pour Milan dans trois jours

t[out] à toi
Honoré de Bc.

[Adresse :] Monsieur Marchant | de La Ribellerie | S. intendant M^{re} | Tours | Indre-et-Loire.
[Cachets postaux :] Paris, 10 février | Tours, 11 février 1837.

37-28. À MAURICE SCHLESINGER

[Paris, avant le samedi 11 février 1837.]

Mon cher maître Schlesinger,

Il était fort indifférent que la composition dont j'ai épreuve fût brûlée[1], et très important que celle des seize feuillets fût sauvée, ainsi que ces dits feuillets, attendu qu'il faut renoncer à *Gambara*, dont nous avons la tête et la queue sans le milieu, et qu'on ne recommence pas facilement ce qui a été jeté sur le papier. J'ai toujours eu peur de ces sortes d'affaires, et voici la troisième fois qu'on me perd un manuscrit[2]; je ne les ai jamais refaits. Je vous dirai samedi[3] le temps qu'il faudrait pour arranger cela; mais, dans le cas où il faudrait refaire les quinze ou seize feuillets, nous aurions besoin d'au moins deux semaines, et je vous prie de bien considérer que j'ai fait ma copie; voilà pourquoi je vous disais qu'il était utile de copier les manuscrits afin d'en avoir le double en cas de malheur. Il m'est impossible de refaire ce qui a été une fois fait, si cela se perd, et je veux cependant sauver *Gambara*. Il est clair que, quand une imprimerie brûle, il faut que mes manuscrits y soient[4]!

Comment n'a-t-on pas ôté la copie des casses? Sachez si c'était composé, s'il y en avait épreuve, si l'épreuve ou la copie n'est pas au bureau de correction. C'est un affreux malheur, qui ne serait pas arrivé si vous m'aviez laissé composer chez M. Béthune la copie pour votre journal, comme je le fais pour les autres.

Je veux le tout composé, pour tout corriger; cela nous rejettera sur avril[5].

Mille compliments.

37-29. À MAURICE SCHLESINGER

[Paris, 12 février 1837.]

Il est extrêmement urgent que je vous voie, car nous travaillons à réparer la perte faite dans l'incendie, ce qui n'est pas une chose facile et je voudrais m'entendre avec vous sur tout cela.

Mille compliments

de Bc.

À M. Schlesinger.

Je n'ai pas d'autre heure que demain lundi[1] de 9 à 10 h. car je suis accablé d'affaires graves et je vous attendrai chez moi.

[Adresse :] Monsieur Schlesinger. | (Pressé.)

37-30. AU DOCTEUR NACQUART

[Paris, 14 février 1837.]

Mon bon docteur, je suis parti pour Milan[1], et je ne sais si je serai revenu pour le 15 ou pour le 20 mars[2], j'ai quelque chose à payer pour le 15, si Auguste vous remet cette lettre, c'est qu'il aurait besoin de deux cents francs pour achever mes payements, ayez la bonté de les lui remettre, car cela suffirait, avec l'argent que je lui ai laissé, pour faire mes affaires, et à mon retour, je vous rendrai ces 200 f. qui avec les 300[3] que vous m'avez prêtés dernièrement feraient en tout 500 f. que je vous devrais. Je vous remercie par avance et vous prie de trouver ici les témoignages de n[otre] vieille amitié

de Balzac.

14 février.

Il vous présenterait cela du 9 au 10 pour le 15, s'il a épuisé mon argent.

[Adresse :] Monsieur Nacquart.

37-31. AU COMTE ARCHINTO

[Milan, vers le 20 février 1837.]

N'ayant pas eu l'honneur de rencontrer chez lui Monsieur le Comte Archinto, M. de Balzac a l'honneur de lui envoyer une lettre de Madame la Comtesse San Severino en le priant d'agréer l'expression de ses sentiments les plus distingués[1].

37-32. LE COMTE GIUSEPPE SORMANI-ANDREANI À BALZAC

[Milan, 21 février 1837.]

Le comte Sormani-Andreani a l'honneur d'avertir Monsieur de Balzac, que Monsieur de Galvagna est à la campagne e qui ne retornera que après-demain[1].

21 février 1837.

37-33. LE MARQUIS ANTONIO VISCONTI À BALZAC

[Milan, 22 février 1837.]

Le Marquis Antoine Visconti prie
Monsieur De Balzac
de lui faire l'honneur de dîner
chez lui lundi le 27 prochain
à cinq heures[1]

R. S. V. P.
Milan le 22 Février 1837.

[Adresse :] Monsieur | Monsieur De Balzac.

37-34. LE CHEVALIER ANDREA MAFFEI
À BALZAC

[Milan, 23 février 1837[1].]

Illustre Signore[2],

Dovrei vergognarmi di presentare alla più splendida fantasia della Francia un saggio delle mie versioni di Federico Schiller[3], ma l'amabile vostra gentilezza vorrà considerarlo come un tenue segno d'ammirazione, e non come un'offerta importuna o superba. — Voi avete onorata della vostra visita la mia casa, ed io ne vado orgoglioso. Pure, lo dirò francamente, mi sento combattuto tra il vivissimo desiderio di vedervi e d'ascoltarvi, e il timore di lacerarvi l'orecchio col mio cattivo francese, e perdere così la cortese opinione che la contessa Sanseverino vi ha fatto di me concepire giudicandomi più col cuore che coll'ingegno. Ad ogni modo userò della mia lingua che voi certamente intendete, nè sarò tormentato dal rimorso di aver per vergogna sconosciuto quell'uomo, che dopo il tragico inglese ha gettato nei segreti del cuore lo sguardo più profondo.

Il vostro ammiratore,
Andrea Maffei.

23 Febb° 1837.

[Adresse:] Per l'Illustre Signore De Balzac | alla Bella Venezia.

[De la main de Balzac, sur le 1ᵉʳ feuillet[4]:]

mercredi	Cicogna	
jeudi	Hertfort [*sic*]	
vendredi	Orsini	
samedi		
Hertfort	dimanche	Arch[into]
Cicogna	lundi	Sormani
Trivulzio	mardi	Taverna

[Dans l'autre sens :]

Baroni [*ou* Bazoni]

[Au verso du 2ᵉ feuillet :]

Visites

Calvi
Hertford
Conseiller
Melzi
Porro.

37-35. LAURENT CONSTANTIN À BALZAC

[Milan, 24 février 1837.]

Monsieur,

Il ne m'a été possible de parler à mon avocat qu'aujourd'hui, et il est si surchargé d'affaires qu'il m'a demandé quelques jours pour me donner une réponse. Je ne puis donc pour le moment accéder aux propositions que vous m'avez faites, et j'aurai soin de vous donner le plus tôt possible quelque réponse et de demander à mon avocat l'entrevue que M. Frosconi désire.

Agréez, Monsieur, l'assurance de mon estime et de ma considération.

Votre dévoué serv[iteur]
L. Constantin.

Milan, 24 février 1837.

[Adresse :] À Monsieur | Monsieur H. de Balzac, | Milan.

37-36. LE COMTE GIUSEPPE SORMANI-ANDREANI À BALZAC

[Milan, 25 février 1837.]

Monsieur,

Je vous attends à dîner lundi 27 courant à cinque heures[1], et je pense que je serais assez heureux pour que rien ne vous empêche de répondre à mon invitation.

Salut.
C^e Sormani-Andreani.

25 février 1837.

À Monsieur de Balzac.

[Adresse :] À Monsieur | Monsieur Honoré de Balzac | auberge de la Bella | Venezia.

37-37. AU COMTE GIUSEPPE SORMANI-ANDREANI

[Milan, 25 ou 26 février 1837.]

Monsieur le Comte,

Agréez tous mes remerciements pour l'invitation que j'ai l'honneur de recevoir, mais acceptez aussi tous mes regrets, car le Marquis Visconti m'a fait l'honneur de m'inviter pour ce jour, précisément à celui de mon arrivée[1].

Mais j'espère que vous aurez la grâce de me dédommager de ce conflit de plaisir qui me force à donner la priorité à la plus ancienne invitation.

Trouvez ici, Monsieur le Comte, l'expression de mes sentiments les plus distingués

v[otre] d[évoué] s[erviteur]
de Balzac.

37-38. LA COMTESSE ARCHINTO À BALZAC

[Milan, 26 février 1837.]

Je m'empresse, Monsieur, de vous faire remettre les lettres de Gentz à Fanny Elssler[1] que vous avez bien voulu me prêter et suis bien reconnaissante à votre complaisance.

Je fais des vœux, en même temps, pour que le sentiment qui a prouvé que M. Gentz avait un cœur, puisse gagner tous les diplomates et nous ne pourrons que nous en trouver infiniment mieux par la suite.

Je saisis cette occasion, M. de Balzac, pour vous prier d'agréer l'assurance de la parfaite estime avec laquelle je suis

v[otre] t[oute] d[évouée]
comtesse Christine Archinto.

Dimanche, le 26 fév. 37.

37-39. À POMPEO MARCHESI

[Milan, fin février 1837.]

Je salue avec une amoureuse admiration le père de *Vénus*[1] *désarmant l'Amour*[2]

de Balzac.

37-40. DÉCLARATION DE BALZAC POUR LE VOL DE SA MONTRE

[Milan, 28 février[1] 1837.]

À 4 h. et demie en arrivant par la contrada Magnani sur la place San Fedele, au coin de l'auberge de la Bella Venezia, un jeune homme assez grand, s'est jeté sur moi et m'a pris ma montre par la chaîne.

4 trous en rubis — façon de la chaîne

La chaîne vaut 150 francs, la montre 800 francs, elle est à répétition — les chiffres du cadran sont en chiffres romains. La clef est en or et à criquet et suspendue par deux petites chaînes du même modèle que la grande.

Honoré de Balzac.

37-41. LE BARON ÉTIENNE DENOIS À BALZAC

[Milan, 28 février 1837.]

Vous savez, Monsieur, que nous sommes attendus demain matin à déjeuner chez le M[is] Visconti[1]. Je compte aller vous prendre un peu avant 10 h[eu]res ½. Je ne suis inquiet que d'une chose, c'est que, à présent qu'on vous a débarrassé de votre montre, vous ne m'attendiez pas, et que vous ne partiez *avant l'heure*. Je n'espère que dans votre valet de chambre qui comme vous, sans doute, n'aura pas éprouvé l'inconvénient de lire l'inscription latine de *San Fedele*.

Adieu, cher et *malheureux* compatriote. Je serai chez vous demain à l'heure voulue, à moins qu'on ne m'ôte aussi les moyens de la savoir.

Tout à vous,
Bon Denois.

Milan, ce mardi soir.

[Adresse :] À Monsieur | Monsieur de Balzac | à La Belle Venise.

37-42. LE PRINCE ALFONSO DI PORCIA À BALZAC

[Milan, 28 février 1837.]

Le voleur est pris. Le vol est déjà l'histoire de toute la ville[1]. Vous aurez la montre et votre nom donnera de l'adresse même à notre police.

Votre dévoué
P.

[Adresse :] À Monsieur de Balzac.

37-43. LE PRINCE ALFONSO DI PORCIA À BALZAC

[Milan,] à une heure après minuit [, février ou mars 1837[1]].

Je ne pourrais pas me coucher sans vous faire mes excuses. Harassé de fatigue, je me livrais au sommeil sur un fauteuil en vous attendant ; la comtesse[2], après une journée de souffrances, jouissait d'un repos bienfaisant. J'ouvre les yeux et je vois, à mon grand étonnement, que minuit est passé. La fille de chambre me prévient que M. de Balzac n'avait pas voulu me faire réveiller. C'est généreux et cruel de votre part. Toute occasion de vous voir manquée est un malheur pour moi. J'ai toujours bien des choses à vous dire, à vous demander. Je voudrais pouvoir vous questionner toute la journée et à présent que j'ai commencé la lecture du *Livre mystique* il y en aurait pour n'en plus finir. Mais comme toujours j'abuse de votre patience même en vous écrivant. Dirais-vous à mon domestique jusqu'à quelle heure vous resté chez vous ?

Addio, caro, carissimo, a rivederci.

Tout à vous,
Porcia.

Mes compliments au marquis de Saint-Thomas[3] que j'espère de surprendre dans son lit.

[Adresse :] À monsieur de Balzac.

37-44. LE PRINCE ALFONSO DI PORCIA À BALZAC

[Milan, février ou mars 1837.]

Porro m'a dit que vous n'étiez pas bien hier. J'aurais été vous chercher, mais j'ai eu toute la matinée l'espoir de vous voir chez la comtesse. Êtes-vous bien aujourd'hui ? Aura-t-elle l'honneur de votre visite ? Ferons-nous une promenade en voiture fermée ? Irons-nous ensemble dîner chez Fontana ? J'ai un besoin ardent de faire quelque chose avec vous pour me dédommager d'une journée entière passée sans vous voir. *Addio.*

[Adresse :] À monsieur de Balzac.

37-45. LE PRINCE ALFONSO DI PORCIA À BALZAC

[Milan, février ou mars 1837.]

Si vous n'avez pas la bonne aventure à dire à Madᵉ Decamps je vous propose pour deux heures la visite de Mad. de Kramer, c'est un engagement que la comtesse Bolognini a pris pour nous, cela vous prouvera qu'Elle s'occupe de vous, et qu'elle est bien contente de me savoir auprès de vous. — Bonjour.

Votre dévoué serviteur,
De Porcia.

Lundi.

[Adresse :] À Monsieur de Balzac.

37-46. ALESSANDRO MOZZONI-FROSCONI À BALZAC

[Milan, jeudi 2 mars 1837[1].]

Monsieur,

Mr Marocco[2], que j'ai vu hier au soir, m'avait prévenu du rendez-vous de ce matin à 2 h., je vous attendrai donc à 1 h. ½.

Il faudrait auparavant vérifier auprès du Consulat de France si M. Constantin père a fait dans le temps la déclaration de vouloir conserver sa nationalité française. Il me semble que le baron Denois[3] nous l'ait assuré.

Il n'a pas été possible de faire légaliser hier par le notaire Casella la première expédition de la procuration[4], car il a été en tournée dans la ville toute la journée pour des protêts des lettres de change.

J'envoi[e] chez lui dans l'instant, et aussitôt que je l'aurai obtenue je m'empresserai de vous remettre cette pièce.

Recevez, cher Monsieur, la nouvelle expression de mes sentiments les plus distingués.

A. Mozzoni-Frosconi.

Jeudi matin.

[Adresse :] À Monsieur | Monsieur de Balzac.

37-47. ÉMILE DE GIRARDIN À BALZAC

[Paris, 3 mars 1837.]

Monsieur,

Il sera nécessaire que j'aie pour le 20 au plus tard tout votre roman composé chez Mr Plon, mon intention étant d'en commencer la publication le 25 courant, pour divers motifs importants[1].

Recevez mes compliments distingués.

É. de Girardin.

3 mars.

37-48. AU COMTE GIUSEPPE SORMANI-ANDREANI

[Milan, entre les 3 et 10 mars 1837[1].]

Monsieur le Comte,

J'ai l'honneur de vous transmettre sous ce pli la procuration en règle qui m'accrédite auprès de vous et qui est revêtue de toutes les formalités[2]; mais, les avocats entendus, il y a de toute nécessité de *refuser tout payement* d'intérêt, à M. Constantin, car n[ou]s n'avons pas d'autre moyen de le forcer à nous répondre. Marocco[3] a trouvé que j'avais été trop grand dans mes offres.

Trouvez ici, Monsieur le Comte, la vive expression de mes sentiments les plus respectueusement distingués

de Balzac.

37-49. LE GÉNÉRAL COMTE WALLMODEN
À BALZAC

[Milan, mars? 1837.]

Le général &c Wallmoden n'ayant point eu le bonheur de trouver M. de Balzac chez lui hier, a recours à ces lignes pour le prier de lui faire l'honneur d'accepter un dîner en petit comité et de choisir entre mercredi, vendredi et samedi le jour qui pourrait lui être le plus convenable.

Ce mardi matin.

[Adresse :] Monsieur | Monsieur de Balzac | Bella Venezia.

37-50. À LA MARQUISE MARIANNA TRIVULZIO

[Milan, 6 mars 1837.]

Madame la Marquise,

En écrivant l'ouvrage que vous trouverez sous ce pli, j'avais sans doute deviné quelques-unes de vos bienveillantes et belles qualités ; aussi le désir de vous faire connaître cette fille de mon cœur m'a rendu sorcier et j'ai fini par déterrer un exemplaire, à Milan, du *Lys dans la vallée* que je suis tout fier de planter dans la belle bibliothèque des Trivulce.

Trouvez ici l'expression de mes plus respectueux hommages

de Balzac.

6 mars, Milan.

37-51. LA MARQUISE MARIANNA TRIVULZIO
À BALZAC

[Omate[1], 7 mars 1837.]

Monsieur de Balzac,

J'oserais presque croire que c'est pour insinuer un sentiment de fierté au milieu des qualités que vous voulez bien m'approprier, que vous m'adressez, d'une manière si obligeante une de vos nombreuses productions qui jouit de plus de renommée. J'avoue que je ne suis plus si honteuse de ne pas l'avoir lue plus tôt, puisque l'intérêt de cette lecture me vient augmenté de beaucoup, grâce à votre excessive amabilité.

Veuillez recevoir ici mes plus vifs remerciements et me croire

Votre très obligée,
Marianne Trivulzio.

Omate, 7 mars.

[Adresse :] Monsieur de Balzac | Hôtel de la Bella Venezia.

37-52. LE COMTE ET LA COMTESSE DE HARTIG
À BALZAC

Milan, le 7 mars 1837.

Le Comte et la Comtesse de Hartig[1] prient Monsieur de Balzac de leur faire l'honneur de venir

dîner

chez eux dimanche ce 12 mars
à 5 heures et demie.

Réponse s'il vous plaît.

[Adresse :] À Monsieur | Monsieur de Balzac | à Milano.

37-53. AU BARON FRANCESCO GALVAGNA

[Venise[1], 14 mars 1837.]

M. de Balzac a l'honneur de présenter ses civilités empressées à Son Excellence le Président Galvagna et de le prier de lui faire savoir à quelle heure il peut se présenter chez lui. Il le prie de trouver ici l'expression de ses sentiments les plus distingués.

Venise, 14 mars.

37-54. À LA COMTESSE CLARA MAFFEI

Venise, mardi [14 mars 1837].

Cara Contessina,

Nous sommes arrivés ici ce matin, mon compagnon de voyage[1] et moi, escortés par une pluie à verse qui ne nous avait pas quitté[s] depuis Vérone, en sorte qu'il était difficile que je ne visse pas Venise sortant des eaux. Si vous me permettez d'être sincère et si vous voulez ne montrer ma lettre à personne, je vous avouerai que, sans fatuité ni dédain, je n'ai pas reçu de Venise l'impression que j'en attendais, et ce n'est pas faute d'admirer des tas de pierres et les œuvres humaines, car j'ai le plus saint respect pour l'art ; la faute en est à ces misérables gravures anglaises qui foisonnent dans les *keepsakes*[2], à ces tableaux de la légion de ces exécrables peintres de genre, lesquels m'ont si souvent montré le Palais Ducal, la Piazza et la Piazzetta, sous tant de jours vrais ou faux, dans tant de postures, sous tant d'aspects débauchés, avec tant de licencieuses fantaisies de lumière que je n'avais plus rien à prêter au vrai et que mon imagination était comme une coquette qui a tant fatigué l'amour sous toutes ses formes intellectuelles que, quand elle arrive à l'amour véritable, à celui qui s'adresse à la tête, au cœur et aux sens, elle n'est saisie nulle part par ce saint amour. Puis j'avais tant vu de marbres sur le Dôme[3] que je n'avais plus faim des marbres de Venise. Les marbres de Venise sont une vieille femme qui a dû être belle et qui a joui de tous ses avantages, tandis que votre Dôme est encore tout pimpant, tout jeune, tout paré comme une mariée d'hier avec ses blondes, ses mantilles découpées, brodées, ses tulles frais, ses cheveux brossés et lissés, son cou d'albâtre. Enfin, la pluie mettait sur Venise un manteau gris qui pouvait être poétique pour cette pauvre ville qui craque de tous côtés et qui s'enfonce d'heure en heure dans la tombe, mais il était très peu agréable pour un Parisien qui jouit, les deux tiers de l'année, de cette mante de brouillards et de cette tunique de pluie. Il est un point qui me ravit, c'est le silence de cette moribonde, et cela seul me ferait aimer l'habitation de Venise et va à mes secrètes inclinations, qui, malgré les apparences, tendent à la mélancolie.

Néanmoins, comme il serait impertinent à un pauvre gâte-papier comme moi de ne pas agir avec courtoisie, avec une femme aussi distinguée que l'est cette belle reine de l'Adriatique, je veux attendre une belle journée et un plus mûr examen. J'en appelle du voyageur ennuyé par la pluie au voyageur à sec.

Peut-être que si j'avais vu Venise par vos yeux, que si votre gracieuse main m'eût montré ces travaux insensés, ces palais venus pièce à pièce de si loin pour demeurer là et faire un jour des cailloux avec lesquels joueront les enfants, alors j'y aurais peut-être vu autre chose que l'*Isola Bella*[4] car ce que l'on admire le plus est ce que j'admire le moins.

Qu'est-ce que cela me fait que toutes ces belles choses soient sur pilotis et bâties à contresens ? N'est-ce plus une folie du moment où ce fut un peuple qui l'a faite ? Il aurait mieux valu que l'on n'eût pas bâti de si belles choses à Venise et que Venise eût employé ses richesses à s'assurer l'Italie. Venise est une magnifique exception, elle était une exception en naissant, elle a vécu par une exception et sa mort est une exception aussi.

Cela me fait penser que tous les États qui sont ainsi, que l'Angleterre et la Hollande périront et que les puissances territoriales sont les seules qui vivront, si toutefois c'est vivre que de ne pas pouvoir exister plus que n'a vécu l'Égypte, le plus beau, le plus grand, le plus complet de tous les gouvernements. Aussi, en pensant à ces choses, donnerais-je Venise pour une bonne soirée, pour une heure de plaisir, pour un quart d'heure passé au coin de votre feu, car l'imagination peut construire des milliers de Venise, et l'on ne fait ni une jolie femme, ni un plaisir, ni une passion.

Remerciez Puttinati[5] de m'avoir pêché mon compagnon de voyage; nous avons fait gaiement la route. Il est trop jeune pour être fat, il est assez spirituel et dans l'âge où tout rit. Comme j'aime beaucoup les jeunes gens et tout ce qui m'amuse d'un mot en l'air et d'une mouche qui vole, nous avons été à merveille, du moins pour ce qui me concerne. Je ne sais pas comment on peut mettre d'aussi gentils jeunes gens ailleurs que dans son cœur, et je ne comprends pas qu'il aille aux arrêts s'il y va toutes fois [*sic*].

J'ai vu une foule de *contessine* Maffei dans la personne d'une grande quantité de statuettes que je nomme des comtesses Maffei, car c'est pour moi le nom de tout ce que je vois de grêle, de mince, de mignon, de gentil, de menu, de délicat, de finement travaillé, d'exquis en dessin, de gracieux de formes, de joli, de merveilleux comme lignes; mais n'est pas Maffei qui veut dans ce peuple de statues, et il faut qu'un marbre me plaise beaucoup pour que je le afféise.

Vous étiez sûre de rester dans ma pensée, mais, malheureusement, il y a eu dans votre adieu quelque chose qui m'a dit que vous ne seriez ni plus gaie, ni plus triste de l'absence de votre serviteur, que vous serviriez, heureusement pour vos amis, votre thé d'une main tout aussi gracieuse et vous seriez tout aussi charmante pour eux aujourd'hui qu'hier et que l'avant-veille, et cela est si heureux aussi pour vous qu'il y a quelque chose de doux et de cruel à la fois pour moi à vous en féliciter.

Addio, cara contessina, je viens de voir la Soranzo[6] sous la protection du respectable aspirant de marine et du taciturne cavaliere Maffei[7]; l'un est plus jeune, l'autre a plus de lettres, et je trouve la Carpani[8] plus belle que sa sœur; mais peut-être trouverai-je la Soranzo mieux quand je reverrai sa sœur.

Addio, je suis fâché que Puttinati ne soit pas venu avec

moi, car j'ai vu à Saint-Marc un ange duquel il pourrait s'inspirer et un tas de bêtes sculptées où il pourrait prendre quelques idées pour son piédestal[9].

Mille affectueux hommages, le dîner est servi, j'ai faim et n'ai plus de papier, je finis ma lettre sans pouvoir finir les gracieusetés que je vous adresse, si je voulais les exprimer toutes

de Balzac.

[Adresse sur enveloppe jointe par erreur au n° 37-56:] Alla Signora | Contessa Maffei Contrada Monte | di pieta Milano. [Cachet postal:] Venezia, 15 marzo 1837.

37-55. JULES SANDEAU À BALZAC

[Pornic,] vendredi [17 mars 1837].

Je ne vous écris jamais mais vous savez si je vous aime. Je viens de lire les *Illusions perdues*. Il y a bien dans tout ceci quelques lignes à mon intention et je ne suis pas sans quelque ressemblance avec le mauvais côté de Lucien. Mais pour ce qui est de mon histoire avec Mme Dudevant, il n'en est rien dans ces pages et mon livre diffère du vôtre autant par le sujet que par le talent[1]. Il est fort inutile de vous nommer la cervelle qui a cherché et trouvé des rapports saisissants entre Lélia et Madame de Bargeton : j'imagine que vous et moi nous sommes assez au-dessus des petites délations de tout genre pour que notre amitié n'en puisse en souffrir aucune altération. — Comment vivez-vous et me gardez-vous quelque tendresse ? Je travaille, sinon avec ardeur, du moins avec persévérance et à l'heure qu'il est je suis dans la grande angoisse de la composition. Hélas ! vous m'avez bien aimé, mais vous avez gardé pour vous le secret du génie. Écrivez-moi : quelques mots affectueux de vous me seront bons. Si l'éloignement de toutes choses est parfois doux et bienfaisant parfois aussi il est plein de décourageantes tristesses et le cœur s'effraie dans la solitude comme les enfants dans l'ombre. Rassurez le mien et dites-moi que votre Musch a toujours un coin dans le vôtre.

Allardin m'écrit qu'il est en marché pour vendre la troisième édition de la *Sommerville*[2]. Je vous en ferai toucher l'argent en attendant que je puisse vous passer les billets que je recevrai en paiement de la *Marianna*[3]. J'ai bien envoyé une longue nouvelle à Werdet, mais je n'avais aucun droit sur le prix. Croyez que si je n'ai point partagé avec vous avant mon départ, c'est qu'en vérité je ne l'ai pas pu : il m'est triste de penser combien mon amitié vous a été lourde, et vous, mon pauvre Mar n'y pensez-vous pas bien souvent et parfois ne vous en plaignez-vous pas ?

Adieu et tout à vous. Mon compagnon[4] vous fait mille chatteries ; moi je vous presse la main en frère. Nous quittons Pornic dans quinze jours pour aller porter notre tente à Clisson. Si vous n'écrivez pas avant quinze jours, écrivez donc à Clisson (Loire-Inférieure) Poste restante. Adieu encore et mille tendres choses.

Jules.

[Adresse :] Monsieur de Balzac | R. des Batailles, 13. Chaillot | Paris.
[D'autres mains :] Parti rue Cassini n° 1. | Parti rue de Provence, 22.
[Cachets postaux :] Pornic, 18 mars 1837 | 20 mars 1837.

37-56. À LA COMTESSE CLARA MAFFEI

[Venise], dimanche [19 mars 1837].

Cara Contessina, j'ai tout à fait changé d'opinion sur la belle Venise que je trouve tout à fait digne de son nom. Depuis jeudi jusqu'aujourd'hui que le temps menace de se brouiller et de me rendre pour mon retour l'horrible pluie que j'ai eue pour venir, nous avons eu le vrai soleil de l'Italie et le plus beau ciel du monde ; je ne vous répéterai pas les exclamations de tous les voyageurs sur les canaux, sur les palais, sur les églises, d'autant plus que j'ai vu tout très à la hâte et que je suis convaincu qu'il faut, pour voir Venise beaucoup plus de temps et de loisir que je n'en ai eu.

J'ai eu si peu de temps que je n'ai pas encore vu l'intérieur du palais ducal, ni monté sur le clocher de St-Marc. Les affaires que j'avais à traiter n'ont été terminées qu'hier samedi[1], et je partirai demain dans la nuit pour revenir à la grasse Milan en m'arrêtant à Padoue et à Vérone le temps de voir ces deux illustres cités. J'ai grand'peur de ne pas vous ramener Martini ; je dois aller faire un effort ce matin auprès de l'amiral, mais ce que l'on me raconte de ce Chinois-là me donne peu d'espoir.

La Gondole vénitienne est à elle seule toute une vie à part et me donne une grande envie de vivre à Venise, c'est une merveilleuse invention de laquelle je n'ai encore pu jouir que comme moyen de transport ; mais j'avoue que je suis désespéré de ne pas avoir eu la dame de mes pensées à y promener, car ce doit être un bien grand plaisir que de courir en gondole de pouvoir causer, rire en se trouvant ainsi bercé sur les eaux[2].

Je suis tout étourdi des tableaux que j'ai vus, et je suis émerveillé de l'école vénitienne, elle est immense par le coloris, mais fautive par le dessin ; les compositions sont surtout remarquables par la grandeur des idées, on y retrouve tout ce qui a été fait dans les autres écoles.

Je suis bien chagrin de ce que Puttinati ne soit pas venu, car j'ai encore trouvé des anges merveilleux, en les voyant il aurait pu trouver moyen d'en prendre les idées pour celui que je lui demande, sans ressembler à aucun. Le plus beau que j'ai vu est à St-Pierre-et-Paul dans la chapelle de la Vierge, au milieu d'un superbe bas-relief. Je n'ai rien vu de plus beau que ces bas-reliefs.

Vous voyez, *cara Contessina* que si je vous écris ici dimanche, il est difficile que n[ous] buvions le soir le thé chez vous ; ce n'est pas ma faute mais celle des événements. Demain dans la nuit je reviendrai de la *Bella Venezia* à ma *Bella Venezia*, et j'espère que mardi soir je pourrai vous dire de vive voix les tendres et affectueux compliments que je suis forcé d'écrire ici pour vous en vous offrant mes respectueux hommages.

V[otre] d[évoué] s[erviteur]

de Balzac.

Martini qui s'ennuie là pendant que je vous écris, me charge de vous présenter l'expression de sa peine en se trouvant éloigné de vous. Mille choses gracieuses à Mons. Maffei.

37-57. MADAME B.-F. BALZAC À BALZAC

[Chantilly, avril 1837[1].]

Ton voyage en Italie est bien long, mon bon Honoré, et voilà bien des jours que je ne t'ai vu et suis privée de tes nouvelles, je ne puis m'habituer à ce régime.

Malgré ta volonté, voici plus de 2 ans[2] que tu ne m'as écrit, et ce sont les journaux, que les dames de Chantilly m'apportent, qui me disent où tu es, ce que tu fais : ne pas me plaindre, tu me crois insensible ; me plaindre, je puis être importune ? Ho ! c'est bien triste d'être devenue inutile, mon fils, ou de ne pas être assez aimée. Je pourrais te demander quel tort, quel caractère a pu te faire oublier toutes mes actions de bonne mère, et les perpétuels dévouements de tous les tiens ? Mais je m'abstiens de récriminations. Cette lettre bien retardée n'est dictée que par une grande nécessité, un absolu besoin.

La dernière lettre que j'ai reçue de toi est de 9bre 1834³. Tu y prends l'engagement de me donner, à compter du 1er avril 1835, 200 fr. tous les 3 mois pour subvenir à mon loyer et une bonne. Tu avais compris que je ne pouvais vivre selon ma misère ; tu avais rendu ton nom trop éclatant, et ton luxe trop visible pour que tant de disparate dans nos positions ne soit pas choquant.

Une promesse comme celle que tu me fis, fut pour toi, je pense, une dette contractée ; en avril 1837, cela fait donc 2 années que tu me dois. Sur ces 1 600 fr., tu m'as donné en X^bre dernier 500 fr. comme une aumône faite sans grâce.

Honoré, depuis 2 ans ma vie a été un cauchemar perpétuel, mes charges ont été énormes ! tu n'as pu m'aider à les porter, je n'y mets pas un doute, mais il s'en est suivi que les emprunts qui pèsent sur ma maison ont atteint sa valeur, qu'elle ne m'offre plus aucunes ressources, et tout ce que j'avais de précieux est au Mont-de-Piété ; que je suis enfin arrivée au moment où il faut que je te dis[e], mon fils, du pain.

Depuis plusieurs semaines, je mange celui que m'offre mon bon gendre⁴, mais, Honoré, cela ne peut durer ainsi, du moment que tu trouves les moyens de faire (pour des étrangers) des voyages longs et onéreux, de toutes les manières, en argent et en réputation, car la tienne va se trouver cruellement compromise à ton retour pour avoir manqué à tes derniers engagements, à cette pensée mon cœur se brise !

Mon fils, puisque tu as pu faire face à des amis Sandeau, des maîtresses, des montures de canne, des bagues, de l'argenterie, des ameublements⁵, ta mère peut alors, sans aucune indiscrétion réclamer ta promesse, elle a attendu pour le faire jusqu'au dernier moment, mais il est arrivé.

Je te prie donc de t'arranger pour me faire 500 fr. en mai, et 600 fr. pour le 20 juin. Cette dernière somme est pour remplir un emprunt fait au bon Mr Dablin, je ne peux manquer à la parole que je lui ai donnée.

Les 500 fr. de mai que Mr Surville va être obligé de m'avancer sont pour payer mon bois, mon vin, mon boucher, pris à crédit depuis mon retour à Chantilly, séjour qu'il faut que je quitte et que je vais tenter de louer tout garni pour me fournir une petite pension à offrir au bon Surville qui veut bien me recevoir.

Tes 500 fr. de X^bre d[erni]er ont passé à acquitter la nourriture d'Henry et de sa femme et ses enfants pendant les 50 jours que s'est prolongée l'attente de son départ⁶.

Puisque je suis forcée (ce qui m'est bien pénible) de te parler intérêt, je rappellerai à ta mémoire que j'ai payé ce que tu devais à Mr Sanitas[7], et que, quoi que tu puisses dire, tu ne m'as rendu qu'une partie. Lorsque tu as désiré mon beau manchon[8], je t'ai observé que j'avais le chagrin de ne pouvoir t'en faire cadeau, et qu'il m'avait coûté 300 fr.

Mon bon Honoré, si tu savais ce que je souffre d'être forcée de t'écrire tout ceci ! Si tu savais ce que j'ai souffert qu'on n'aie pas vu une seule fois mon fils me visiter à Chantilly* ! Ho ! mon Dieu, pourquoi ne m'avez-vous pas laissé de fortune !

Maintenant, cher Honoré, j'ai à te demander ton agrément pour passer à notre bonne Laure la jolie montre dont tu m'as fait cadeau. Mes yeux bien affaiblis ne peuvent plus y distinguer les heures. Ce bijou devait appartenir à de jeunes yeux qui ne soient pas condamnés aux larmes : dans le temps ce souvenir me fut bien précieux, me rendit heureuse et servit à exalter les dons d'un bon fils. Adieu je te bénirai toujours.

Avril 1837.

* *[Commentaire de la main de Laure Surville :]*

J'arrêterais là et dirais, mon fils malgré tes torts apparents sois sûr que je te bénirai toujours. Et pas de montre, rien.

Je l'aime mieux que celle de mon mari, si tu penses autrement, écris-le et j'envoie sur-le-champ la lettre sinon refais celle-ci et envoie-la directement de Chantilly[9].

[Adresse :] Mme Ve Durand, | N° 13, rue des Batailles | Chaillot | près Paris[10].

37-58. À GIULIETTA PEZZI

[Milan, avril 1837[1].]

De même que chez la nature humaine, l'âme triomphe de l'enveloppe et finit par embellir les plus grossières des formes et qu'ainsi le masque le plus laid peut devenir sublime, de même l'art peut et doit se faire jour malgré les conditions les plus difficiles et triomphe des données les plus absurdes. Socrate de qui la figure était hideuse, a fini par atteindre la plus haute expression de Beauté et Michel-Ange a fait une admirable statue avec le *Pensiero* qui est un homme bardé de fer[2]

de Balzac.

37-59. À LA COMTESSE CLARA MAFFEI

[Milan, 24 avril 1837.]

Rien ne ressemble plus à la vie humaine que les vicissitudes de l'atmosphère et que les changements du ciel. Le temps est le fond de la vie comme la terre est le fond sur lequel agissent les intempéries et les beautés du soleil et des saisons. Tantôt il arrive des journées splendides, pendant lesquelles tout est azur et fleurs, verdure et rosée ; tantôt des clairs-obscurs où tout est piège et doute dans la Nature ; puis de longues brumes, des temps lourds, des nuées grises.

La plupart des hommes ont une pente qui les porte à s'harmoniser avec cette instabilité de l'air ; mais pour ceux qui se réfugient dans le domaine moral et qui comptent pour rien tout ce qui n'est pas la vie de l'âme, il peut toujours faire beau dans le ciel. Le souvenir est un des moyens qui peuvent nous aider à rendre l'air pur et faire briller le soleil dans notre âme

de Balzac.

24 avril 1837[1].

37-60. AU MARQUIS FÉLIX DE SAINT-THOMAS ?

[Milan, février à avril 1837[1] ?]

Ludovic le More était si peu détenu dans une cage de fer au château de Loches qu'il avait la liberté de sortir du château accompagné des bons gens d'armes du temps.

Son concurrent François était en même temps à Tours où il était abbé de Marmoutiers, et il mourut un an après Ludovic, d'une chute de cheval faite à la chasse dans la forêt de Villandry[2].

Ainsi l'oncle, le neveu et le Brave spoliateur des deux, Louis XII, moururent presqu'en même temps[3].

Ceci est authentique et résulte des preuves et actes de l'histoire de Touraine. Le tombeau du duc Sforce était dit-on sous le jubé de l'Église de Loches et rien n'annonçait qu'il ne fût pas digne du Duc et qu'on ne l'eût pas traité avec honneur même après sa mort.

Je suis enchanté, Monsieur, de vous avoir été bon à quelque chose.

Agréez mes complim[ents]
de Balzac.

37-61. À ZULMA CARRAUD

[Paris, le 3 mai 1837.]

Cara, j'arrive d'Italie où je suis resté deux mois et demi pour des affaires sérieuses, à la conclusion desquelles il y avait de l'argent pour moi, je n'avais plus d'autre moyen d'avoir ce qui m'était nécessaire ; ce serait trop long à vous expliquer ; mais en arrivant, j'ai pensé à Auguste[1] et comme en ce moment j'ignore où et comment envoyer les 1 000 fr que je lui dois, je prends le parti de vous les adresser, vous saurez mieux que moi leur destination.

Je vous écrirai plus en détail. Pour le moment, je n'ai que le temps de vous aviser [de] l'envoi par les messageries de la rue Notre-Dame [des Victoires] des 1 000 francs au commandant, à la date d'aujourd'hui 3 mai jour de mon arrivée.

Mille tendresses à tout Frapesle, et à vous en particulier.

Honoré.

37-62. À MADAME B.-F. BALZAC

[Chaillot, mai 1837.]

Ma bonne mère, je suis comme sur un champ de bataille, et la lutte est acharnée, je ne puis pas répondre une longue lettre à la tienne[1] ; mais j'ai bien pensé, bien ruminé ce qu'il y a de meilleur à faire. Je pense que tu dois venir d'abord à Paris causer avec moi durant une heure, afin de nous entendre. Il m'est plus facile de causer que d'écrire, et je crois que tout peut concorder à ce que ta position exige. Viens donc, partout où tu voudras venir, ici, rue des B[atailles], comme à la rue Cassini, tu auras la chambre d'un fils à qui la moindre de tes paroles remue en ce moment les entrailles. Viens le plus tôt possible[2]. Je te serre contre mon cœur, et voudrais être plus vieux d'un an, car ne t'inquiète pas de moi, il y a la plus grande sécurité pour mon avenir

Honoré.

37-63. À « LOUISE »

[Chaillot ?, début mai 1837 ?]

Carina, en arrivant d'un long et pénible voyage entrepris pour rafraîchir un peu ma tête fatiguée outre mesure, je trouve cette ligne de vous, bien concise, bien triste dans sa solitude ; mais enfin c'est un souvenir[1]. Soyez heureuse est un vœu de mon cœur, bien pur et bien désintéressé, puisque vous l'avez ainsi voulu. Je me replonge dans le travail, et là, comme dans un combat, la lutte occupe exclusivement ; on souffre, mais le cœur s'apaise.

Walter.

[Suscription au verso :] à Louise.

37-64. ÉMILE DE GIRARDIN À BALZAC

[Paris, 8 mai 1837.]

Monsieur,

J'apprends que vous êtes de retour à Paris. J'ai annoncé à plusieurs reprises la prochaine publication de *La Famille Nucingen*. Je v[ous] prie de vouloir bien me mettre en mesure le plus tôt qu'il vous sera possible, d'acquitter cet engagem[ent] envers mon public impatient[1].

Recevez la nouvelle assurance de mes anciens et affectueux sentiments.

É. de Girardin.

8 mai 1837.

[Adresse :] Monsieur | Monsieur de Pril | Chaillot, 14, [*sic*] rue des Batailles.
[Cachet postal :] 8 mai 1837.

37-65. LE COMTE AUGUSTE DE BELLOY
À BALZAC

[Paris, 9 mai 1837.]

Mon bien cher Maître, ce que vous avez entre les mains est toute la nouvelle de *Gambara*[1] telle que je vous l'avais développée avec détails. La fin n'est pas l'ouvrage de deux mois et demi mais bien celui de dix jours que vous m'aviez laissés et au terme desquels la copie a été mise à la disposition de Schlesinger. Je voudrais pouvoir m'offrir à vous corps et âme. Mais Souverain a accaparé l'un et l'autre par une mise en demeure suivie d'une transaction qui m'oblige à travailler jour et nuit jusqu'au 23[2]. Audelà de ce terme je serai gratuitement et de tout cœur à votre service. Si en attendant cette époque vous avez besoin d'un praticien actif, M. de Grammont qui vous présente ses respects se met entièrement à votre disposition[3].

Si vous avez une heure à perdre, donnez-moi un rendez-vous je vous prie. Il me sera bien doux de vous revoir. Croyez à l'inaltérable dévouement de votre ami

de Belloy.

[Adresse :] Madame Vve Durand | 13, rue des Batailles, Chaillot.
[Cachet postal :] 9[4] mai 183[7].

37-66. ZULMA CARRAUD À BALZAC

À Frapesle, le 10 mai 1837.

Je voulais vous remercier de vos deux livres mon cher Honoré, mais je n'ai su où vous prendre ; vous avez été vous chauffer au soleil d'Italie, si tant est qu'il y ait eu soleil cette année ; tant mieux de ce que vous avez bien voulu revenir. Je ne sais si j'aurais cette vertu, moi qui ai borné ma vie à peu près à des rapports avec les choses ; car les choses doivent mieux valoir de l'autre côté des Alpes, où le soleil est plus brillant. Mon mari a touché les 1 000 fr. et a payé de suite une des dettes de notre pauvre exilé[1]. Si vous lui devez encore quelque chose, vous me direz quand vous serez en état de payer ; je vous désignerai à Paris une personne à qui il doit encore.

Non seulement le temps et l'espace sont entre nous ; mais la maladie est venue aider à cette séparation, qui me semble bien dure. Je ne me suis jamais bien remise de ma crise de l'année dernière, et depuis quatre mois je vais de rechute en rechute. Il n'y a pas huit jours que je puis me remettre à écrire. J'ai essayé du changement de lieu et cela ne m'a pas réussi : à Bourges tout comme à Châteauroux, la fièvre m'a bien su retrouver. Il me faut donc vivre sur mon rocher comme l'huître, et me condamner à une existence morale analogue. Il m'a fallu me séparer de mon petit Ivan ; j'étais incapable de lui être utile en la moindre chose, et il fallait qu'il s'occupât. Je l'ai placé chez son maître en ville et je le vois deux fois par semaine quand le temps permet la promenade. C'est préluder de bonne heure à l'isolement qui attend ma vieillesse. Je ne suis pas assez forte pour aller en ville et comme je ne puis m'occuper longtemps, la tristesse me gagne. Il me vient de ces mélancolies qui ont souvent bercé ma jeunesse, mais quelle différence ! Il y avait de la volupté dans les larmes que je versais autrefois ; maintenant, c'est l'amertume qui domine, et pourtant, si mon corps s'affaisse, mon âme conserve sa vigueur et ses croyances ; seulement j'espère moins. 41 ans ! Songez donc un peu, cher ! Il faut que je me le dise bien souvent pour y croire ; car, bien que j'aie vécu au double, parce que mon organisation me rendait perceptible la moindre cause d'émotion, je me sens encore assez de chaleur au cœur pour lutter avec avantage avec plus jeune que moi. Ni les déceptions, ni les mécomptes en tout genre n'ont pu altérer ma foi profonde en l'avenir de l'humanité.

Le mois de janvier et bien d'autres encore sont passés, et vous n'avez pas paru. Je n'ose insister sur cette visite, qui me serait si bonne : notre intérieur est plus que triste pour un ami à qui l'on ne fera pas du charlatanisme pour lui déguiser la vérité ; les fleurs ne peuvent pas éclore, les feuilles languissent sans continuer leur développement, il semble que tout soit frappé de mort : jugez donc du reflet que peut en recevoir une pauvre créature dont toutes les forces sont employées à vivre seulement !

Adieu, cher Honoré, je suis toute surprise d'avoir mené à bien une si *longue* lettre. Quand vous aurez du temps, adressez-moi quelques mots ; dites-moi ce qui se passe en ce monde, ce sera œuvre méritoire. Carraud vous serre cordialement la main ; je vous tends la mienne avec affection. Du courage et de la santé ! Il vous faut cela pour marcher fermement dans la voie ouverte devant vous.

Zulma Carraud.

Marinette[2], qui m'écrit assez souvent, se rappelle à vous, ainsi que Mme Séguin d'Angoulême[3].

[Adresse :] Madame Vve Durand | 13, rue des Batailles | Chaillot | Paris.
[Cachets postaux :] Issoudun, 10 mai 1837 | 12 mai 1837.

37-67. MAX BÉTHUNE À BALZAC

Paris, le 13 mai 1837.

Mon cher Monsieur de Balzac,

Je vous sais arrivé depuis une quinzaine de jours et je vois avec peine que vous ne soyez pas venu me voir, d'abord pour le plaisir que j'aurais et pour régulariser nos comptes.

1° Avant de partir vous êtes venu me prier pour vous obliger de vous prêter 500 fr. sur un billet Regnault, ce billet n'a pas été payé, cependant vous m'en aviez donné l'assurance la plus formelle, Mr Regnault de son côté écrit que vous deviez le payer, vous concevez que n'ayant pas voulu faire de frais ni contre l'un ni contre l'autre, il serait au moins convenable (surtout pour le motif qui m'a guidé) que je sois remboursé immédiatement[1].

2° Il reste également une queue de compte pour la *Chronique* que Mr Sudor[2] avait omis de porter et un billet Werdet que vous me devez, le billet m'a été remis au lieu d'argent sur un solde de compte.

3° Le compte du papier de la liquidation de la *Chronique* devait être payé par vous à Mr Cornuau[3], vous en avez pris l'engagement formel, et cependant Mr Cornuau ne vous a pas vu et veut nécessairement être payé — il est indispensable que vous en écriviez de suite à Mr Cornuau ou plutôt que vous le voyiez, car il presse et très fort. Vous concevez qu'une poursuite retomberait complètement sur vous, n'ayant rien à régler à cet égard.

Lors de nos comptes je vous ai reconnu loyal[4]. J'espère qu'il en sera de même, et que si les deux choses n'ont pas été faites selon vos engagements et vos dires, il n'y a pas eu de votre faute.

Mr de Villaret-Joyeuse[5] pour qui vous vous êtes porté fort dans l'acte de la *Chronique* est venu pour nous dire qu'il n'avait aucune connaissance de ce qui s'est fait. Ceci est fort grave, il serait très important que vous vous missiez en règle.

Je dois espérer que si votre temps ne vous permet pas de venir me voir qu'au moins vous me ferez l'amitié de m'écrire répondant à tout ce qui précède.

Agréez la nouvelle assurance de tout mon dévouement.

Max Béthune.

37-68. À « LOUISE »

[Paris, 16 mai ? 1837.]

Hé bien, chère Louise, voilà donc où aboutissent ces amitiés sans nourriture, pas un mot, pas un brin de branche sur laquelle les pieds de ce bel oiseau bleu qu'on nomme l'espérance puissent se prendre[1]. Vous me laissez seul, inquiet, vous ne savez rien de ce cœur où vous avez voulu une place, vous le troublez profondément, et vous n'y jetez rien qui puisse calmer ses agitations ? Où êtes-vous, si vous aviez quitté Paris, je devrais le savoir ! Au milieu d'un redoublement de tracas, d'affaires, de travaux, j'ai saisi une minute pour me plaindre ; mais vous ignorez toutes les heures que j'ai passées *sous* ces arbres, occupé à rêver, cherchant à me rafraîchir l'âme fatiguée, faisant mille projets, cherchant un monde de choses, pourquoi, par quelle fatalité, vous êtes-vous condamnée à ne pas connaître tout ce que j'ai de bon, et ne voulez-vous savoir que les expressions du doute, de la crainte, du chagrin ? Seriez-vous malade, souffrante ? que penser, que croire — vous imaginer oublieuse ou malade, quelle alternative — Je travaille constamment, sans relâche ; je n'ai que quelques minutes par jour, et vous ne saurez jamais ce qu'il y a d'affection dans cette lettre — il y a des soupirs de détresse qui se perdent au milieu de ce bruit de Paris. Je ne sais rien de vous — Si j'avais à vous confier quelque chose qui ne s'écrit pas, que faire ? garder le silence. — Allons, je me plais à croire qu'au moins vous ne souffrez pas —

37-69. ADOLPHE AUZOU À BALZAC

[Paris, 18 mai 1837.]

Monsieur,

Veuillez vous rappeler qu'aux termes de nos conventions[1] vous deviez me livrer le restant de la copie du troisième dixain des *Contes drolatiques* deux mois juste après la remise du bon à tirer de la dixième feuille. À ce compte j'aurais dû l'avoir au plus tard si je ne me trompe le 15 février.

Pour la première affaire que je fais avec vous je ne suis pas heureux et vous me paraissez loin d'être aussi exact à remplir vos engagements que vous ne le disiez.

Veuillez me dire où vous en êtes et me croire v[otre] tout dévoué[2]

Ad. Auzou.

18 mai 1837.
Rue Saint-André-des-Arts, 58.

[Adresse :] Monsieur Auguste Depril | rue des Batailles, n° 13 | à Chaillot.
[Cachet postal :] 19 mai 1837.

37-70. MAX BÉTHUNE À BALZAC

Paris, le 20 mai 1837.

Mon cher Monsieur de Balzac,

Mr Regnault ne m'a pas payé et je ne l'ai pas vu, j'ai un autre effet de 1 000 fr. souscrit par lui, je crains bien qu'il [n]'ait un sort pareil[1] ; il me sera donc agréable de rentrer dans les 500 fr. comme vous me l'offrez, chez moi vous le savez, tout a été obligeance pour vous ; pendant votre absence et malgré votre assurance du payement je n'ai fait aucun frais ce qui vous prouve que cette obligeance vous a été continuée.

Le compte de la *Chronique*, le reliquat de Werdet sont de petits objets, je ne vous les ai relatés que pour mémoire, nous en causerons à l'occasion.

Quant à M. Cornuault, je vous ai dit que la *Chronique* n'était pas assez riche pour avancer une si forte somme, je préfère donc que vous soldiez Mr Cornuault comme c'était convenu, je lui ai écrit hier ce que vous me mandez, voyez-le donc pour qu'il sache bien que nous n'avons pas l'intention ni l'un ni l'autre de l'éviter. Ceci est pour moi fort désagréable.

Je ne sais comment ma lettre a pu vous faire croire que j'avais des soupçons sur votre loyauté, en vous rappelant nos bons rapports passés je ne croyais pas que c'était suspecter votre avenir, je ne sais en quoi j'ai mérité une réponse aussi aigre et si différente de notre correspondance habituelle ; voulez-vous m'adresser des reproches relatifs à la *Chronique* vous savez très bien que je n'ai rien offert, que j'y ai aussi perdu du mien, et que certes j'y ai mis toute la loyauté, toute la conscience possible à plus d'un titre verbal et écrit, vous m'avez rendu cette justice, je ne crois donc pas avoir à encourir de votre part aucune récrimination personnelle.

Agréez l'assurance de mon dévouement bien sincère.

Max Béthune.

Mr de Villaret-Joyeuse,
demeure rue du Helder, 20.

37-71. IMPRIMERIE DE BÉTHUNE ET PLON À BALZAC

[Paris, mai 1837.]

Mon cher Monsieur,

M. Béthune n'a pas été payé du billet Re[g]nault, comme je vous l'avais dit ; il a dû vous écrire à ce sujet[1].

Je n'ai pas pu dire à D[2]... ce que vous m'avez dit ; il est absent pour quelques jours

à vous
[signature illisible].

[Au verso, de la main de Balzac :]

Dictionnaire comique
satirique, burlesque
Le Roux
8. Amsterdam[3]

37-72. À MAURICE SCHLESINGER

[Paris, lundi 22 ? mai 1837[1].]

Mon cher Monsieur Schlesinger, le porteur du présent vous remettra mercredi matin un autre *Gambara* que j'ai fait depuis mon retour, ce que j'ai trouvé composé à mon arrivée ne *m'a point satisfait* ; *il faut* encore deux mois environ pour en faire l'œuvre que j'ai rêvée et comme vous ne sauriez attendre, vous aurez une autre étude sur le même sujet, plus à portée de mes faibles connaissances en musique. Vous pouvez faire *distribuer* le *Gambara* composé[2], et m'envoyer la note des frais qu'il a occasionnés — il y aura si peu de corrections sur le manuscrit que vous aurez mercredi que rien n'empêchera que l'œuvre paraisse dans le mois de juin.

Agréez mes compliments empressés — dites à Meyerbeer qu'il sera toujours la clef de voûte de l'œuvre que j'ajourne, j'espère qu'elle sera belle, mais il faut étudier la musique pour la faire comme j'ai étudié la chimie pour écrire *La Recherche de l'absolu*. Je ne vous offre pas le choix des deux œuvres, car je vous sais trop pressé, et celle que je vous enverrai mercredi est *pour l'exécution musicale*, ce que l'autre sera pour la *composition*. Il y a dans ma nouvelle Étude[3] quelques lacunes qu'aux épreuves un théoricien comblera parce que je ne sais pas les thermes thecniques [*sic*].

Mille compliments gracieux

de Bc.

Lundi.

[Adresse :] Monsieur Schlesinger.

37-73. À CHARLES PLON

[Paris, 25 mai 1837.]

Charles, n'engagez pas là-dessus[1], le cicéro qui a servi à *L'Enfant maudit* et aux *Ruggieri*. Prenez un autre cicéro vieux, assez ample, et gardez l'autre cicéro pour *César Birotteau* que vous aurez à faire avant que *Le Martyr* soit fini peut-être.

Donnez-moi vite épreuve du *Martyr* et ceci en placards[2].

37-74. À VICTOR LECOU

[Paris, 25 mai 1837.]

Mon cher Monsieur Lecou si vous montrez ces feuilles à Schlesinger, faites-moi le plaisir de lui *[plusieurs mots illisibles]*
[plusieurs mots illisibles] Que je ne veux pas *[plusieurs mots illisibles]* je veux avoir tout, tout d'une fois *[plusieurs mots illisibles]* et épreuves *[plusieurs mots illisibles]*

[plusieurs mots illisibles] finir plus vite, et surtout dites-lui d'exiger et de m'envoyer *une épreuve double*, c'est-à-dire *deux* de toute la composition en cas de malheur

[plusieurs mots illisibles] meilleurs *[un mot illisible]*
de Bc.

37-75. À LOUIS ANTOINE LABOIS

[Paris, avant le 27 mai[1] 1837.]

Mon cher Labois, voici le pouvoir et deux mille francs, si vous voyez qu'entre 16 et 17 000 vous pouvez avoir, acquérez ; pas un sou au-delà ; mais n[otre] affaire serait belle entre 15 et 16.

Si n[ous] ne sommes pas acquéreurs, j'enverrai vous redemander les 2 000 f. par la même personne qui vous les apporte et que vous reconnaîtrez, c'est mon valet de chambre.

Je l'enverrai au palais mercredi, ne venez pas car je serai hors Paris, et il viendra m'apporter le petit mot par lequel vous me direz ce qui sera fait.

Tout à vous, *caro*
de Balzac.

[En haut, de la main de Labois :]

Le 27 mai 1837. Remis
au domestique de Balzac
les 2 000 f. que je m'étais
fait consigner.

37-76. À ZULMA CARRAUD

[Paris, 27 mai 1837.]

Peut-être vais-je venir vous demander une semaine ou deux d'hospitalité, ce ne serait toujours pas avant le 10 juin, mais c'est le beau de Frapesle, m'avez-vous dit ! Nous en dirons plus en une soirée que dans cent lettres ; ainsi baisez au front vos deux enfants pour moi, mille amitiés au commandant et à vous les plus douces choses.

Honoré.

Paris, 27 mai.

S'il est possible, gardez-moi le plus profond secret sur mon séjour, car il s'agit d'éviter une poursuite judiciaire mais purement commerciale et je vous dirai le pourquoi. Werdet a fait faillite. J'ai donné des signatures de complaisance, et, pour faire capituler les acceptants qui le savaient, il faut à mes gens d'affaires une absence de votre pauvre ami[1].

Honoré.

37-77. HENRY LOUIS DELLOYE ET VICTOR LECOU
À BALZAC

Paris, le 27 mai 1837.

Monsieur,

Nous avons examiné avec M. Bohain la proposition relative à la *Gazette musicale*[1], et malgré toute notre bonne volonté, nous avons dû reconnaître que nous ne pouvions consentir à de nouvelles dérogations. Nous désirons donc que les choses restent comme elles sont relatées au traité et sommes bien résolus à ne pas nous en écarter désormais. Nous avons répondu dans ce sens à M. Schlesinger. La copie ci-après d'une lettre de M. Bohain à ce sujet vous assurera que notre avis est bien le sien.

Veuillez recevoir l'expression de nos sentiments distingués.

Delloye   V. Lecou.

Copie de la lettre de M. Bohain, 26 mai.

Mon cher Monsieur Lecou,

Je ne puis nullement consentir aux propositions de M. Schlesinger. Si nous continuons ainsi, nous aurons fourni une somme énorme en pure perte à M. de Balzac par obligeance pour lui. Je vous ai décidé à cette affaire qui ne me convenait pas personnellement, et j'en suis vraiment trop mal payé jusqu'ici, pour être disposé à de nouvelles concessions. Je m'oppose donc formellement à toute dérogation nouvelle à notre traité². J'irai vous voir demain.

Tout à vous,

Signé : Bohain.

Ce 26 mai 1837.

[Adresse :] Monsieur de Balzac | Paris.

37-78. À THÉODORE DABLIN

[Paris, 29 mai 1837.]

Mon bon Dablin, si je n'avais pas 4 ouvrages en retard et dont j'ai reçu l'argent en 8bre dernier à faire et à livrer, avant d'arriver à l'exécution de mon dernier marché, j'aurais été vous voir à mon retour ; mais je travaille nuit et jour afin de débarrasser ma position de mes engagements littéraires après l'avoir déblayée de quelques engagements pécuniaires.

Tout à vous.

Honoré.

[Adresse :] Monsieur Th. Dablin | 26, rue de Bondy | Paris.
[Cachet postal :] 29 mai 1837.

37-79. AU DOCTEUR NACQUART

[Paris, 29 mai 1837.]

Mon bon Docteur, si je n'avais pas 4 ouvrages en retard et dont j'ai reçu l'argent en 8bre dernier lors de ma liquidation, et qu'il faut faire avant de rien recevoir de mon nouvel arrangement, j'aurais été vous voir par de triples motifs ; mais je travaille nuit et jour afin de débarrasser ma position de mes engagements de plume après l'avoir déblayée de mes plus pressants engagements pécuniaires. Aussitôt que j'aurai un instant à moi j'irai vous voir sur les 4 heures, ou dîner avec vous ; j'imagine que vous comptez mon amitié parmi celles qui subsistent avec ou sans démonstrations.

Tout à vous.

H. de Balzac.

[Adresse :] Monsieur Nacquart | 39 ou 35 rue St-Avoye | Paris.
[Cachet postal :] 29 mai 1837.

37-80. À MAURICE SCHLESINGER

Paris, 29 mai 1837.

Vous me parlez de l'impatience avec laquelle les abonnés attendent la publication de mon *Étude philosophique*, plus ou moins musicale, en termes trop pressants pour que je n'y voie pas une flatterie involontaire aussi honorable pour les abonnés que pour moi. Je n'excuserai point mon retard par les vulgaires raisons des ouvriers qui travaillent pour les amateurs d'antiquités, et qui vous montrent des meubles de toute espèce à raccommoder en s'écriant avec une insolence magistrale : *Il faut le temps!* Je ne vous dirai pas que *La Femme supérieure*[1], violemment réclamée par *La Presse*, se débat dans son bocal, que *César Birotteau*, voulu par le *Figaro*, crie sous sa cloche et que *Gambara* n'en est pas encore arrivé à chanter une ariette, attendu que son larynx est à faire ; non, il s'agit de vous prouver que vous avez tort de vous plaindre : ce que je ferai.

D'abord, je ne conçois point à quels titres je puis avoir excité la curiosité de vos abonnés, car je ne suis rien, musicalement parlant. J'appartiens à la classe abhorrée par les peintres et par les musiciens, abusivement nommée d'une façon méprisante, gens de lettres. (Croyez-vous que M. de Montesquieu dans son temps, ou que M. de Belleyme aujourd'hui, aimassent à recevoir une lettre où ils seraient qualifiés d'*hommes de loi*?) Oui, monsieur, à l'instar des militaires de Napoléon, qui divisaient le monde en *soldats*, en *pékins*, en ennemis, et qui traitaient les pékins en ennemis et les ennemis en pékins, ces artistes au lieu de comprendre sous la bannière de l'art les écrivains assez portés en ces derniers jours à *s'artistiquer*, continuent malgré la Charte d'août 1830[2], à diviser le monde en artistes, en connaisseurs, en épiciers, et traitent les connaisseurs d'épiciers, sans traiter les épiciers en connaisseurs, ce qui les rend plus injustes que ne l'étaient les militaires de Napoléon ; nous autres écrivains, nous sommes les plus épiciers de tous, peut-être à cause de la liaison intime qui existe entre les produits des deux industries. Je resterai toujours attaché au parti séditieux et incorrigible qui proclame la liberté des yeux et des oreilles dans la république des arts, se prétend apte à jouir des œuvres créées par le pinceau, par la partition, par la presse, qui croit irréligieusement que les tableaux, les opéras et les livres sont faits pour tout le monde, et pense que les artistes seraient bien embarrassés, s'ils ne travaillaient que pour eux, bien malheureux s'ils n'étaient jugés que par eux-mêmes. Aussi suis-je très enchanté qu'une masse aussi imposante que celle des abonnés de la *Gazette musicale* partage mes opinions et me croie susceptible d'écrire sur la musique. Mais vous savez que je ne le croyais pas moi-même, et que j'étais, il y a six mois, d'une ignorance hybride en fait de technologie musicale. Un livre de musique s'est toujours offert à mes regards comme un grimoire de sorcier ; un orchestre n'a jamais été pour moi qu'un rassemblement malentendu, bizarre, de bois contournés, plus ou moins garnis de boyaux tordus, de têtes plus ou moins jeunes, poudrées ou à la Titus, surmontées de manches de basse, ou barricadées de lunettes, ou adaptées à des cercles de cuivre, ou attachées à des tonneaux improprement nommés grosses caisses, le tout entremêlé de lumières à réflecteurs, lardé par des cahiers, et où il se fait des mouvements inexplicables, où l'on se mouchait, où l'on toussait en temps plus ou moins égaux. L'orchestre, ce monstre visible, né dans ces deux derniers siècles, dû à l'accouplement de l'homme et du bois, enfanté par l'instrumentation qui a fini par étouffer la voix, enfin cette hydre aux cent archets a compliqué mes jouissances par la vue d'un horrible travail. Et cependant il est clair que cette chiourme est indispensable à la marche majestueuse et supérieure de ce beau navire appelé un opéra. De temps en temps, pendant que je naviguais sur l'océan de l'harmonie en écoutant les sirènes de la rampe, j'entendais les mots inquiétants de *finale*, de *rondo*, de *strette*, de *mélismes*, de *triolets*, de *cavatine*, de *crescendo*, de *solo*, de *récitatif*, d'*andante*, de *contralto*, [de] *baryton*, et autres de forme dangereuse, creuse, éblouissante, que je croyais sérieusement inutiles, vu que mes plaisirs infinis s'expliquaient par eux-mêmes. Un jour, étant chez George Sand, nous parlâmes musique, nous étions plusieurs ; quoique je fusse musicien comme on était autrefois actionnaire de la loterie royale de France, quand on y prenait un billet, c'est-à-dire pour le prix d'un coupon de loge, j'exprimai timidement mes idées sur *Mosé*[3]. Ah ! il retentira longtemps dans mes oreilles, ce mot d'initiation : « Vous devriez écrire ce que vous venez de dire ! » Mais ma modestie me fit remontrer à l'illustre écrivain que je ne croyais pas possible de faire passer à l'état littéraire les fantaisies d'une conversation pareille, qu'elle était infiniment trop au-dessus de la littérature ; excepté les siens et les miens, je connaissais trop peu de livres qui procurassent autant de plaisir, c'était trop musical, c'est-à-dire trop sensationnel pour être compris ; chacun approuva ma réserve. Quelques années après, Monsieur, vous m'avez prouvé, par des raisons palpables et péremptoires que j'étais capable d'écrire sur la musique dans votre *Gazette*. Je regardai dès lors mon initiation comme complète, puisque la spéculation estampillait la déclaration de George Sand. Vous m'aviez surpris battant la mesure à faux sur le devant d'une loge aux Italiens, ce que vous attribuiez aux préoccupations causées par des voisins ; j'avais souvent écouté la musique au lieu d'écouter le ballet, enfin vous avez chatouillé ma vanité par le nom d'Hoffmann le Berlinois, et votre désir s'augmentait en raison de ma résistance : tout cela me fit croire à ma capacité. Mais quand il s'est agi d'écrire, j'ai reconnu que, suivant le mot favori d'Hoffmann, le diable avait mis sa queue dans cette séduction, et que mes idées ne pouvaient être mises en lumière que dans un cercle d'amis extrêmement restreint. Que devins-je, en me voyant affiché dans la *Gazette musicale* comme une future autorité ! Voici ce dont le désespoir est capable chez un honnête vendeur de phrases : je mis en pension chez des musiciens ma chère et bien-aimée folle, la fée qui m'enrichit en secouant sa plume, et j'eus tort. La joyeuse commère heurta plus souvent son verre contre celui des voisins à table, qu'elle ne parla musique : — Il est certes plus beau de faire de la musique que d'en raisonner, me répondit-elle en me riant au nez ; Rabelais prétend que le choc des verres est la musique des musiques, le résumé de toute musique (voir la conclusion de *Pantagruel*). Comme mon éducation musicale entendue ainsi retardait indéfiniment mon œuvre je résolus de mener la folle de la maison en Italie, aux grandes sources de la musique. Nous allâmes voir la *Sainte Cécile* de Raphaël à Bologne[4], et aussi la *Sainte Cécile* de Rossini, et aussi notre grand Rossini[5] ! nous pénétrâmes dans les profondeurs de la Scala où retentissait encore le chant de la Malibran[6] ; nous remuâmes les cendres de la Fenice à Venise[7] ; il nous fallut avaler la Pergola, mesurer les blocs de marbre du magnifique théâtre de Gênes[8], voir passer Paganini ; nous nous rendîmes à Bergame afin d'épier les rossignols dans leur nid. Hélas ! nous ne trouvâmes de musique nulle part, excepté celle qui dormait dans la tête de Giacomo [*sic*] Rossini, et celle que les anges écoutaient dans le tableau de Raphaël. La France et l'Angleterre achètent si cher les musiques que l'Italie démontre la vérité du proverbe : il n'y a personne de plus mal chaussé qu'un cordonnier. Ces recherches entreprises pour l'*Étude philosophique* de *Gambara* ont coûté fort cher, elles ont absorbé à six fois le prix auquel vous l'avez acquise. Il fallut revenir par la Suisse, et là que de temps perdu dans les neiges ! Au retour, toutes les idées musicales que j'avais prises à Bologne, en écoutant le grand Rossini, en regardant la *Sainte Cécile*, ont été renversées en voyant la *Sainte Cécile* de M. Delaroche[9], et en écoutant *Le Postillon de Longjumeau*[10]. Vous prendrez ceci pour une excuse d'auteur, point. Lisez ce que votre cher Hoffmann le Berlinois a écrit sur Gluck, Mozart, Haydn et Beethoven, et vous verrez par quelles lois secrètes la littérature, la musique et la peinture se tiennent[11] ! Il y a des pages empreintes de génie, et surtout dans les lettres de maîtrise de Kreisler. Mais Hoffmann s'est contenté de parler sur cette alliance en thériaki[12], ses œuvres sont admiratives, il sentait trop vivement, il était trop musicien pour discuter : j'ai sur lui l'avantage d'être Français et très peu musicien, je puis donner la clef du palais où il s'enivrait !

Voilà, monsieur, des raisons !... Aussi ne serez-vous pas surpris de me voir vous demander jusqu'au 20 juillet pour achever d'exprimer mes idées en musique, si toutefois je puis réduire mes sensations à l'état d'idées, et en tirer quelque chose qui ait l'air d'un système philosophique. À compter de ce jour, Gambara, ce Louis Lambert de la musique sera régulièrement coulé en plomb, serré dans les châssis de fer qui maintiennent les colonnes de la *Gazette musicale*, car vous comprendrez qu'après les énormes dépenses que j'ai faites en voyageant en Italie, à la recherche de la musique, ou en dînant avec les musiciens sous-entendus, la publication de *Gambara* devient une affaire d'amour-propre avant d'être une affaire commerciale. Mais, monsieur, après ce que je viens de vous dire, ne craignez-vous pas que, dans six semaines, ces mêmes abonnés qui réclament *Gambara*, ne trouvent *Gambara*, long, diffus et incommode, et ne vous écrivent de mettre un terme à ses folies avec plus d'instances qu'ils ne vous le demandent aujourd'hui. En fait de musique, les théories ne causent pas le plaisir que donnent les résultats. Pour mon compte, j'ai toujours été violemment tenté de donner un coup de pied dans le gras des jambes du connaisseur qui, me voyant pâmé de bonheur en buvant à longs traits un air chargé de mélodie, me dit : c'est en *fa majeur* !

Agréez mes compliments

de Balzac.

37-81. À MAURICE SCHLESINGER ?

[Paris, 30 mai 1837.]

Je vous engage ma parole de vous remettre toutes les épreuves corrigées ; et en mesure d'être publiées sans interruption à compter du 15 juillet prochain[1]

30 mai 1837
de Balzac.

37-82. ÉMILE DE GIRARDIN À BALZAC

[Paris, 30 mai 1837.]

Vous devez comprendre, Monsieur, qu'il est pour *La Presse* de la plus haute importance que l'un de v[os] romans paraisse au plus tard le 25 de juin — attendu les corrections que v[ous] faites, il n'y a donc point une minute à perdre.

Mes compliments distingués.

É. de Girardin.

30 mai.

[Adresse :] Monsieur de Pril | 14 [*sic*], rue des Batailles.

37-83. ÉMILE DE GIRARDIN À BALZAC

[Paris, 31 mai 1837.]

Monsieur,

Je m'empresse de vous remercier de v[otre] réponse, si vous pouvez commencer avant le 25 juin ce sera très bien.

Je désire toutefois que *La Femme supérieure* aille sur juin et juillet pour CAUSE[1]. Faites composer chez M. Plon et par son frère — cela est convenu[2].

Je v[ous] serai très obligé de v[ous] rappeler que *La Presse* s'adresse à 15 000 abonnés, et que c'est dans les salons qu'elle compte le plus de lecteurs *parmi les femmes*. Donc si le sujet permet qu'il n'y ait rien qui blesse leur susceptibilité de pudeur, cela sera une grande chance d'un immense succès.

Ancienne amitié.

É. de Girardin.

Le 31 mai.

37-84. À MAURICE SCHLESINGER

[Paris, mai ou juin 1837[1].]

L'affaire est trouvée, il faut m'envoyer ce soir si c'est possible une partition

1° de *Robert le Diable*[2]

2° le meilleur article, c'est-à-dire le plus louangeur et la plus longue analyse qui vous ait satisfait

puis 3° l'article où il y ait eu les plus violentes critiques.

L'œuvre est toujours intitulée *Gambara*. Tout sera fait dimanche, tout le manuscrit. Envoyez cela chez moi, rue de Provence 22 ici à côté.

37-85. À CHARLES PLON

[Paris, fin mai ou début juin 1837[1].]

Charles, distribuez les 3 feuilles composées pour le tome XII et signées 15, 16, etc.[2].

Remplacez-les par cette nouvelle copie et envoyez-moi épreuve, en page, le plus tôt possible[3].

La composition distribuée fera la matière du tome XIV, sous le titre de *Le Pelletier de la Reine*[4].

Nota, dans la feuille précédente du volume que vous continuez, le titre est compris[5]. Ainsi, commencez sous le titre, mais avec *Les Martyrs ignorés* en haut et les cinq lignes en bas.

37-86. LE COMTE FERDINAND DE GRAMMONT À BALZAC

[Mai ou juin 1837 ?]

Très cher Maître, je me noie : homme que vous êtes, pouvez-vous tendre un brin de paille à la fourmi. J'ai passé mon hiver sans souliers, sans bois et sans pain : je ne parle pas du reste : c'est du luxe. On peut encore se réchauffer sans feu, à la rigueur même on peut marcher pieds nus ; mais il est difficile de durer longtemps sans manger : or il n'est pas jusqu'à la brioche qui ne soit devenue une chimère pour moi. Je comptais depuis quinze jours pour rapprendre à dîner, sur le prix d'un prospectus que j'ai fait très soigneusement et livré très exactement. Après beaucoup de difficultés, on a fini par me le payer ce matin, en me le renvoyant, sous prétexte que l'argent est rare. Je suis bien obligé de le croire et je désirerais bien vivement que vous ne fussiez pas réduit à partager cette opinion. Autrement, comme je ne puis pas voler (vous l'entendrez comme il vous plaira) il faudra que je me résigne à crever comme un chien ou à me jeter à l'eau comme un imbécile. Le choix est assez triste. Je puis encore aller trois jours. Vous êtes ma dernière espérance. *De profundis.*

Tout à vous
F. de Gra[m]mont.

37-87. ADOLPHE AUZOU À BALZAC

[Paris, 2 juin 1837.]

Monsieur,

Je suis allé à l'imprimerie Éverat et j'ai parlé au compositeur qui travaillait à votre ouvrage ; il m'a remis une feuille d'épreuve contenant toute la composition que vous aviez donnée, elle ne contient en plus de la feuille que je vous ai adressée que la ligne que j'y ai ajoutée à la plume.

Rien ne doit donc plus vous arrêter, Monsieur, et je vous prie de nouveau de terminer votre travail ; ce volume devrait être en vente depuis longtemps[1].

J'attends votre réponse à la lettre[2] que je vous ai adressée dernièrement, et dans laquelle je répondais à vos ouvertures relativement à la reprise par vos éditeurs de ce volume et des deux premiers.

Veuillez agréer mes compliments empressés.

Ad. Auzou.

2 juin 1837.

[Adresse :] Monsieur | Auguste Depril | rue des Batailles, 13 | à Chaillot | Banlieue.
[Cachet postal :] 3 juin 1837.

37-88. AU COMTE AUGUSTE DE BELLOY

[Paris ?, début juin ? 1837.]

Mon cher Cardinal[1], votre vieux Mar infortuné voudrait savoir si vous êtes à Poissy[2], car il serait possible qu'il allât vous demander le plus secret des asiles et la plus entière discrétion attendu qu'il est sous *contrainte par corps* pour Werdet[3] et que tous ses gens d'affaires lui ont conseillé la fuite et le temps en lui déclarant que la lutte entre les gardes du commerce et lui est commencée. — Dans ce cas, une chambre, le secret, du pain et de l'eau accompagnés de salades et d'une livre de mouton, une bouteille d'encre et un lit, voilà les besoins du condamné aux travaux littéraires les plus forcés qui se dit

tout à vous
le Mar[4].

37-89. AGLAÉ DE CORDAY À BALZAC

[Paris, 3 juin 1837.]

Devant faire mettre sous presse un petit poème, son premier ouvrage et le faire suivre de quelques pages d'album dues à l'obligeance de nos écrivains distingués ; Mad° Aglaé de Corday a l'honneur de prier Monsieur de Balzac de lui accorder la permission de parer son ouvrage d'un fragment pris dans ses ouvrages[1].

Ce livre qui doit être intitulé : *Pages d'album par nos célébrités contemporaines* ne justifierait pas son titre si le nom de Monsieur de Balzac ne s'y lisait pas.

À Paris pour 2 jours seulement, Mme de Corday désire puisque les occupations de Monsieur de Balzac ne lui laissent pas le temps de répondre à cette demande ; parce qu'alors elle ne manquera pas alors de s'appuyer de ce proverbe : qui ne dit mot consent. Mme Ancelot[2] a fait espérer à Mme de Corday, que Monsieur de Balzac ne lui refuserait pas.

Paris 3 juin, hôtel de Normandie, rue Neuve S* Roch 23 —

[Adresse :] Monsieur de Balzac, | rue de Cassini, 1 | Paris.
[D'une autre main :] Parti rue de Provence n° 22.
[Cachet postal :] 3 juin 1837.

37-90. À CHARLES PLON

[Paris, juin 1837[1].]

Charles, tâchez d'avoir fini cela pour une heure en vous y mettant avec quelques lapins. Que les corrections soient bien faites, cela ira jusques à 4 feuilles, pas plus ; mettez-moi la *21-22* en page et imposez-la, vous avez 4 garnitures. On pourrait tirer peut-être mardi.

On a fait une boulette au commencement, voyez ce qui est à mettre en petit texte comme en tête d'une comédie et interlignez fin[2].

Il y avait sur la copie une indication pour composer tout ce qui est en petit texte de la *Chronique*[3].

37-91. À HENRI PLON

[Paris, juin 1837[1].]

Monsieur Plon

mes corrections ont été si mal faites et j'ai ajouté dans un ou deux endroits des corrections qui demandent absolument une autre épreuve, mais il la faudrait pour aujourd'hui.

Enfin il faudrait que vous fissiez trois autres garnitures, car il y aurait un besoin d'établir toujours neuf feuilles pour nous qui aurons toujours quatre volumes dans ce format pour les réimpressions

vous avez là 8 feuilles.

Si vous pouviez m'envoyer ces 8 feuilles à midi ou une heure, on trouverait les feuilles de *Massimilla* pleines et prêtes à remanier

mes compl[iments]
de Bc.

37-92. ALESSANDRO MOZZONI-FROSCONI À BALZAC

Milan, ce 6 juin 1837.

Mon cher Monsieur de Balzac, j'ai reçu en son temps le petit mot que vous m'avez fait l'honneur de m'écrire le 16 du mois dernier[1], avec la procuration de M. le Comte Émile Guidoboni-Visconti.

Je l'ai déposé dans les actes du notaire et le premier usage que j'en ai fait a été pour accepter sous bénéfice d'inventaire l'héritage de Mad. la Comtesse Patellani, ce qui était nécessaire, comme vous le savez, pour arriver à faire radier l'inscription Constantin.

Mais celui-ci n'est que le premier pas ; il y en a un autre à franchir qui est plus difficile. Le Conservateur des hypothèques prétend ne pouvoir se prêter à la radiation sans l'intervention de M. le Baron Galvagna comme tuteur de son fils, et préalablement autorisé par son Tribunal, qui est celui de Venise.

Je lui en ai écrit, mais il m'a observé que pour obtenir cette autorisation, il faudrait présenter le contrat passé entre Mad^e Patellani et Mr Laurent Constantin son fils, ainsi que la transaction que nous avons fait avec ce dernier le 12 mars ; que ces actes ne pourraient être présentés sans les soumettre à l'enregistrement qui est encore en vigueur dans les Provinces vénitiennes ce qui causerait une dépense considérable qu'il n'est pas disposé de supporter.

En même temps cependant il m'a fait remarquer qu'en octobre prochain son fils atteindra l'âge de 20 ans qu'il se propose à cette époque de le faire déclarer majeur et qu'alors il pourra faire de son chef ce que nous demandons.

Il vous faut donc bien passer par là, et laisser pour le moment les choses dans l'état où elles sont, mais ceci comme vous le voyez produit l'effet que l'on ne peut pas rembourser à M. Constantin les 60 760 [livres] au terme des trois mois et que par conséquent on devra continuer à lui payer pendant autres trois mois, et même peut-être davantage, le 5 p. %, tandis que M. Volpolini nous donne seulement le 4 p. %. Je ne vois pourtant [pas] le moyen de parer cette perte. L'hypothèque du Cuisinier a été levée, et l'acquéreur a payé le 6 mai les 5 000 [livres] autrichiennes qu'il avait gardées. Suivant vos instructions de ne pas remettre aucune somme partielle, et d'attendre jusqu'au recouvrement du reste des prix de Pedriano et du prix des *Livelli*[2], j'ai placé les 5 000 [livres] chez M. le Prince Porcia au 5 p. %.

Je ne suis pas encore réussi à vendre la maison de Melegnano, ni les *Livelli*. Pour la première on offre 4 100 de Milan, ce qui ne paraît pas trop peu. Je suis en traité avec l'hôpital pour le *livello* de Pedriano, mais nous ne sommes pas encore tombés d'accord sur le prix. L'on me propose 4 017 autrichiennes, et selon moi il mérite 5 015.

Pour les autres *livelli* aucun acquéreur ne s'est présenté à un prix raisonnable que je crois être le 4 p. % non le 5 p. % qu'on voudrait calculer.

Je devrai donc charger quelqu'un pour retirer les redevances et faire payer les impositions.

Voilà l'état actuel des affaires qui m'ont été confiées. Veuillez, Monsieur, en faire part à Monsieur le comte Guidoboni et lui présenter mes compliments lui rappelant le voyage que nous avons fait ensemble de Venise à Milan en hyver 1818.

J'espère vous savoir en bonne santé. Je sais que nous avons gagné le pari du dîner. Est-ce à Paris ou à Milan que vous nous le donnerez ? En tout cas ce ne sera que d'ici à longtemps. Vous aurez repris vos travaux littéraires qui vous donneraont peut-être l'occasion pour quelques lignes sur Milan et Venise honorables pour nous.

Recevez la nouvelle assurance des sentiments affectueux et bien distingués avec lesquels

j'ai l'honneur d'être
votre tout dévoué
A. Mozzoni Frosconi.

[Adresse :] À Monsieur | Monsieur Honoré de Balzac | rue Cassini, n° 1 | à Paris.
[D'une autre main :] Parti rue de Provence, 22.
[Cachets postaux :] Milano, Giugno 6 | 12 juin 1837.

37-93. AU PRINCE ALFONSO DI PORCIA

[Paris, 10 juin 1837.]

Cher Prince, acceptez cette petite chose[1], qui n'a de prix que par la sincère affection dont elle est le témoignage.

Paris, 10 juin 1837
de Balzac.

Si je puis faire la collection des épreuves je vous l'enverrai aussi, car entre ces pauvres misérables feuilles et le livre, il y aura bien des changements et bien des travaux ; mais ceci est une œuvre faite *con amore* sur Venise que vous aimez, et c'était vous voler que de ne pas le donner au *caro Alfonso di Porcia.*

37-94. À HENRI PLON

[Vers le 10 juin ? 1837[1].]

Monsieur Plon,

Il me faudrait épreuve des titres et couvertures de la livraison des *Études philosophiques*, s'il n'y a rien de tiré parce qu'il y a des inexactitudes.

Faites en sorte que Charles ait autant de monde qu'il faut pour enlever ma copie comme s'il s'agissait de faire un article de journal — n[ous] n'avons que 15 jours et il faudra bien remanier la composition de *La Femme supérieure* et que les in-12 ne souffrent pas.

Voici les changements :

1° au lieu de *Le Martyr* c'est *Les Martyrs ignorés (fragment du Phédon d'aujourd'hui)*

2° l'annonce de la livraison suivante est ainsi *Le Pelletier des deux reines* — *Les Proscrits* — *Massimilla Doni* — *Séraphîta*
  la 5ᵉ *César Birotteau*

la 6ᵉ *Le Président Fritot, Sœur Marie des Anges, Aventures administratives d'une idée heureuse,* La Comédie du Diable².

Mille compl[iments]

de Bc.

[Adresse :] Monsieur Plon.

37-95. MARGARET PATRICKSON À BALZAC

Dimanche 11 juin [1837].

Puisque vous m'avez dit, dimanche dernier, que vous ne seriez pas rue des Batailles pendant dix jours, et alors seulement pour déménager¹, je vous écris, vous prier — si en vérité vous allez quitter Paris, — de me laisser vous voir le plus que vous pourrez *sans vous gêner*. Ne trouvez pas cela déraisonnable de ma part ; pensez que vous m'avez promis, il y a presque trois ans, que je trouverais en vous un frère et la même indulgence que j'avais entrevue dans vos lettres, si je voudrais aller rue Cassini ; et c'est très, très peu que je vous ai vu, jamais une seule fois dans ma pauvre demeure, et je renonce à cela ; mais indiquez-moi où je pourrai vous voir.

Aussi vous me permettrez vous écrire, et vous me répondrez ; — n'est-ce pas ? Vous ne me refuserez pas cette consolation au moment où je perds la douce espérance qui a fait mon unique plaisir pendant plus qu'un an, qu'il serait de moi que vous apprendriez, la langue de Shakespeare et de Milton, dont vous lirez les immortelles œuvres sur les pages qui ont été parcourues par mon père, mes frères, et moi, quand je les aurais suivi[s] au tombeau. Je donnerez mes lettres à Auguste, qui les enverra avec vos épreuves, et vous aurez le temps de me répondre dans votre retraite. *« Je me porte bien ; j'ai de l'espérance pour l'avenir, et j'ai encore un peu d'amitié pour vous. »* C'est tout ce que je demande.

Pardonnez-moi, mais je suis inquiète à l'égard de votre projet ; l'absence est tellement dangereuse ; le trône est à vous maintenant ; n'ayez pas l'air d'abdiquer. Il y a longtemps que Me de C[astries] a prédit que vous seriez obligé de quitter Paris avec un grand scandale à cause de vos dettes ; et je vois une intention de tâcher d'installer M. Léon Gozlan dans votre place. C'est dommage qu'on n'a pu trouver un rival plus digne de vous.

Mais, encore, pardonnez-moi ; les inquiétudes de l'amitié pure peuvent devenir des impertinences ; personne ne peut pas juger pour un autre ; vous savez mieux que tout le monde ce que vous devez faire, et vous le ferez ; mais vous avez et vous aurez, pendant longtemps les chagrins que la foule ne comprendra jamais, et que les méchants s'empresseront de tourner à votre préjudice. Je vous félicite cependant d'avoir pris une résolution si impérieusement demandé[e] par le respect que tout *gentleman* doit à lui-même. Me de C[astries] ne peut plus vous nuire sous le masque de l'amitié, ni vous cite[r] pour les choses désavantageuses pour vous. Puisque vous avez renoncé d'y aller, je ne vous cacherai plus une chose qui vous démontra que j'ai agi [en]vers elle très honorablement : c'est elle [et] miss Hanam qui ont commencé la correspondance de *Lady Nevil*, et c'est moi qui vous ai sauvé d'une trahison qui aurait peut-être affiché un ridicule à votre nom aussi immortel que vos œuvres.

Après votre troisième lettre je pria[i] Me de C[astries] de m'excuser d'écrire davantage, voyant que je trouvais cruel de vous faire perdre du temps si précieux pour vous. Elle dit : « Ah, bah ! il aime à dire ça pour se rendre intéressant, mais il trouve toujours le temps de s'amuser. » Miss Hanam me dit que Me de C[astries] voulait vos lettres pour vous les montrer quand la correspondance serait finie et que vous en ririez ensemble ; quand j'ai questionné cela, elle disait, que Me de C[astries] pouvait tout sur vous, et que vous ne seriez que trop heureux de lui avoir servi de quoi s'amuser. Heureusement je remarquai qu'elle serrait toujours vos lettres dans son secrétaire, et j'en parlai à Me de C[astries] qui ne sachant pas le mensonge de miss H. me dit qu'elle avait donné ces lettres à miss Hanam qui avait l'intention de les porter à Londres pour l'amusement de ses amis, en leur montrant combien il était facile d'attraper un homme d'esprit par sa vanité et son amour-propre. Me de C[astries], qui se pique tellement sur son rang, n'a pas hésité à sacrifier un homme de lettres bien connu, un gentilhomme, un ami, pour lui rendre ridicule aux yeux des pâtissiers et des marchands de cirage ; elle-même et autres m'ont dit que telle est la famille de miss Hanam ; très honnêtes gens peut-être dans leur état, mais ce n'est pas en portant un tablier derrière un comptoir toute la vie qu'on apprend à juger les grands génies. J'écrivai très sévèrement à miss H. en lui démontrant combien son intention était atroce, qu'au lieu d'avoir montré de la vanité et de l'amour-propre, que c'était à cause de leur absence que vous aviez cédé à votre bonté de cœur, en attendant aux autres la même bonne foi qui distinguait vous-même ; que Lord Folkstone (aujourd'hui *Earl of Radnor*) Membre du *parliament* très distingué, avait été rendu ridicule, et perdu son influence dans la Chambre à cause d'une seule lettre d'amour ; et que plutôt que me rendre complice que je vous écrivais, pour tout avouer, et pour vous demander pardon. Le jour après elle m'a rendu toutes les lettres avec leurs enveloppes ; mais elle et Me de C[astries] ont fait des conditions ; que je écrirais encore quelques lettres, et garder le secret ; Me de C[astries] disant que vous ne lui pardonneriez jamais. Malgré le plaisir indicible que j'éprouvais en lisant vos lettres ; l'entraînement qui, après les deux premières me porta à faire des réponses inspirées par elles, j'avais assez de conscience et de remords pour chercher toujours me priver de ce bonheur. Mais Me de C[astries] fit toujours les délais. À la fin elle allait partir pour Lormois ; je refusai de chercher les lettres à la poste restante, et elle était forcée de consentir que je vous donnerais l'adresse de mon libraire. Dans ma première lettre je vous ai avoué la vérité, en vous laissant le maître, ou de rompre la correspondance, ou de faire ma connaissance, humble qu'elle est ma position aujourd'hui. Après ma première visite rue Cassini j'ai mis toutes vos lettres avec leurs enveloppes, dans un couvert scellé et adressées à vous. En les lisant après ma mort, VOUS ME PARDONNEREZ TOUT, et peut-être vous aurez un regret que, jamais après m'avoir vue vous ne m'avez pas donné, ni le doux nom de sœur, ni celui que j'ai reçu à mon baptême. Me de C[astries] et miss Hanam n'ont jamais vu la seule lettre, qui par une effusion de cœur très rare, leur aurait donné quelque triomphe, et aussi vous avez tous les honneurs de la victoire ; elles croient que vous avez renoncé vous-même la correspondance, ayant probablement pris des renseignements chez Chartier, mon libraire[2].

Vous savez si j'ai gardé son secret. — De M. Wilkes, d'un *ami*, elle a fait un ennemi ; elle vous a reproché d'avoir fait ma connaissance ; elle vous a fait paraître aux yeux d'une des plus jolies et charmantes femmes de la société, M[m]e la B[aronn]e de K., qui avait passé un jour et demi en traduisant l'article de M. Wilkes, comme un homme qui ignorait ou qui se croyait dispenser d'observer les bienséances de la société, de la bonne compagnie partout. — Que vous n'avez pas voulu donner dix minutes pour lire ce que l'un avait écrit et l'autre traduit par amitié pour moi et admiration pour vous et je me suis tu[e].

Maintenant je suis libre ; vous avez renoncé d'aller chez elle ; je parle, Dieu merci, je me décharge du seul secret de ma vie.

J'ai gardé cette lettre, espérant toujours l'arrivée de M. de Couchy de Londres. Ah ! s'il m'était permis d'être un *Bourgeat* pour vous (*Desplein* déjà couronné), je bénirais le sort qui m'avait donné un âge et une figure pour rendre cela convenable, car je suis bien forte sur l'économie domestique ; je sais tenir une maison avec *comfort*, élégance, et abondance, sans que l'économie dégénère en mesquinerie, mais je n'ai pas la petite rente que je dois avoir, et la méchanceté a empêché le succès de mes traductions. Dites-moi où et quand je puisse vous voir, pardonnez tout ce qui vous ennuie de moi, et croyez que je suis fidèlement

votre amie, je n'ose pas dire sœur

Mte.

37-96. LE COMTE FERDINAND DE GRAMMONT
À BALZAC

[Paris, 13 juin 1837.]

Très cher maître, je suis positivement sans le sou, je n'ai et n'entrevois aucun moyen pour gagner un liard, la crise commerciale est à son comble : je n'ai plus à choisir qu'entre le plomb, le fer, la corde et l'asphyxie soit par le charbon, soit par l'eau. J'aimerais l'asphyxie par le Champagne ; mais c'est coûteux et je n'ai plus même de crédit. Voyez si vous ne pourriez pas procurer pour un modique salaire quelque travail honnête à votre très dévoué et très humble clerc

F. de Gra[m]mont.

10, rue de Cléry[1].

J'ai écrit au sieur Duckett[2] : il ne m'a pas fait l'honneur de me répondre.

[Adresse :] Madame Veuve Durand | 13, rue des Batailles | Chaillot, Paris.
[Cachet postal :] 13 juin 1837.

37-97. À UN COMPOSITEUR

[Paris,] mercredi[1] [14 juin ? 1837].

Caro maestro, je ne voulais pas vous ennuyer de moi, puisque vous ne voulez pas être *tisé*[2] dans vos travaux comme disent les Anglais ; mais j'ai pris avec ce diable d'homme un engagement qu'il a rendu sérieux en voulant une lettre pour ses abonnés et je vous l'envoie afin que vous puissiez juger de l'importance qu'il y a d'arriver au jour dit.

De Lundi en 8 doit être lundi prochain, j'irai donc vous trouver, car j'ai à vous demander des renseignements pour une autre petite affaire de ce genre ; puis qlq jour je reviendrai sans aucun motif personnel que celui de vous voir afin de dénuer mon plaisir de tout vil intérêt de littérature

mille gracieusetés

de Balzac.

37-98. ZULMA CARRAUD À BALZAC

[À Frapesle, le] 14 juin 1837.

J'étais encore atteinte d'une nouvelle crise quand votre lettre[1] m'est parvenue cher Honoré. Je me suis réjouie avec égoïsme de la nécessité qui vous ramenait à Frapesle. J'ai attendu le 10 avec impatience et j'en oubliais les dégoûts de mon vin de quinquina et mes purgatifs. Mais le 10 est passé et point d'Honoré. C'est mal à vous de nous leurrer d'un espoir que vous n'êtes pas bien résolu de réaliser. Les feuilles sont bien vertes à Frapesle pourtant, et les roses commencent à s'épanouir. Vous y seriez perdu comme au bout du monde. Nous ne voyons presque personne, et vous auriez le temps de rentrer dans votre chambre; les soirées sont si belles dans ce temps-ci!

Et *César Birotteau* qui devait naître à Frapesle? En ajournez-vous donc indéfiniment la publication? Ou bien lui avez-vous choisi une meilleure patrie? Je n'aime pas cher Honoré à vous voir une *idée* à effectuer pendant un aussi long temps: il me semble qu'elle perd de son énergie dans cette lente conception, et que votre sujet éclôt bien plus pâle qu'il n'eût été s'il eût vu le jour plus tôt. Comme vous n'avez pas le temps de le méditer et que, vous et la vie courez à qui mieux mieux, vous jetez sur la route une partie des fleurs qui composaient la couronne dont vous aviez ceint le front de votre héros, aux premiers jours de son apparition dans votre tête. Je ne sais jusqu'à quel point je puis me permettre de semblables observations, moi qui ne vous ai pas vu depuis tantôt deux ans et qui ne suis plus en rapport magnétique avec vous; je pourrais bien frapper à faux sans en avoir la conscience; ce serait un vrai malheur pour moi.

Adieu, inspiration et santé!
Votre toujours dévouée,

Zulma C.

Carraud se délectait dans l'attente de bonnes discussions, sorte de friandise dont il est privé; il ne s'arrange pas de votre irrésolution.

[Adresse:] Madame Vve Durand | rue des Batailles, 13, Chaillot | Paris.
[Cachets postaux:] Issoudun, 15 juin 1837 | 16 juin 1837.

37-99. À LA COMTESSE CLARA MAFFEI

[Paris, 15 juin 1837.]

À la comtesse Maffei offert par l'auteur comme un souvenir du gracieux accueil qu'il a reçu.

H. de Balzac.

Paris, ce 15 juin 1837.

C'est comme je vous l'ai dit le premier ouvrage que j'ai fait à mon retour[1].

37-100. À ZULMA CARRAUD

Paris, 17 juin [1837].

Cara, je viendrai, mais, forcé de donner à *La Presse La Femme supérieure*, toute composée pour le 25, j'ai cru pouvoir la terminer en quelques semaines, et j'en ai pour jusqu'au 25 à mon grand désespoir ; le sujet s'est étendu et il faut que je sois en communication constante avec l'imprimerie, il y a 7 ou 8 épreuves par jour.

César Birotteau vient après, et j'irai sans doute accoucher à Frapesle, ne m'en voulez pas, il y a force majeure.

J'ai trouvé un asile à Paris et il est assez sûr[1], mais croyez qu'aussitôt que je le pourrai, je viendrai faire une visite à mon doux Frapesle. Avant quelques mois je serai d'ailleurs fixé pour 5 à 6 années en Touraine afin d'achever dans la retraite ce que j'ai entrepris ; car j'en ai bien pour sept années au moins de travaux constants.

Mille gracieusetés au commandant et une poignée de main : quant à vous, je n'ai qu'à vous baiser les pieds, et à me dire

T[out] à v[ous]

Honoré.

37-101. L. C. DE LANTIVY À BALZAC

[Samedi 17 juin 1837.]

Monsieur,

La réputation bien méritée dont vous jouissez comme homme de lettres dont tous les ouvrages me sont connus, me fait, à la veille de quitter le vieux continent pour aller me fixer dans l'Amérique que j'ai déjà habitée après la chute du gouvernement impérial, vivement désirer faire votre connaissance.

La curiosité n'a point fait naître mon désir qui prend sa source dans la satisfaction que j'aurai à connaître l'auteur qui a si bien percé à jour tous les travers, les vices et les crimes de la société actuelle, dont l'infamie surpasse encore de beaucoup tout ce qu'il en a dépeint dans ses écrits.

Pour moi ? Je suis un de ces hommes heureusement rares qui, nés avec de la fortune mais orphelins dès leurs bas âges, persécutés et dépouillés en partie par des parents qui n'ont pu faire pire alors qu'ils auraient dû les chérir, ont en vain cherché à combattre leur fatale destinée, et qui désillusionnés de tout, ne sentiraient pas la terre crouler... je suis de ces hommes pour lesquels il n'y a pas eu de matin, pas de midi, pas de beaux jours, pas d'oiseaux, pas de fleurs, pas de famille...

... depuis longtemps j'ai perdu illusion en femmes et en maîtresses, foi aux hommes, foi à la justice Divine.

Quoiqu'assez jeune encore, (j'ai 41 ans) le roman de ma vie pourrait suffire à 10 existences bien employées, aussi j'ai dans l'âme un froid profond pour toutes les émotions actuelles... et quoique non hermite [*sic*], je vis au milieu de la société, comme un être étranger auquel elle a toujours été hostile et qui ne lui porte aujourd'hui pas plus d'intérêt, qu'elle-même ne lui en a jamais porté.

Je ne suis ni mysanthrope [*sic*], ni hypocondriaque, mais je puis dire sans amour-propre, que je suis doué du don de voir juste et d'être bon observateur, qualités dont je ne dois peut-être le développement extrême qu'à l'espèce d'isolement où je me suis trouvé dans le monde depuis ma naissance, et au singulier mais triste résultat qui m'a fait trouver un ennemi secret ou déclaré dans tous ceux qui auraient dû me porter de l'intérêt, et qui souvent, *chose très ordinaire*, m'avaient les plus grandes obligations.

Aussi, que de matériaux n'ai-je pas en ma possession pour faire un jour gémir la presse !... et à ce sujet il est bon de vous dire, (chose si rare que je ne l'ai jamais rencontrée chez autrui), que depuis plus de 20 ans, j'ai eu la patience d'écrire chaque jour avant de me coucher, le résultat de mes observations, non seulement sur ce que j'avais vu dans la journée, mais encore sur les individus avec lesquels je m'y étais trouvé en contact, individus qui, selon l'heureuse expression de M^de la duchesse d'Abrantès, je *passais alors au crible*..., terrible épreuve de laquelle très peu sont sortis purs.

Pardonnez ces détails qui ressemblent terriblement à une confession, mais dans lesquels j'ai cru devoir entrer, car il fallait bien me faire connaître de vous auquel je demande un premier entretien... de plus, si je vous ai écrit ici des détails confidentiels, c'est que j'ai pensé, non sans raison, pouvoir en agir ainsi avec Mr de Balzac qui, m'étant connu par ses œuvres, saura ne point me juger original sur les apparences actuelles du contenu de cette lettre.

Comme j'habite la campagne aux environs de Paris où je ne viens que pour affaires, voudriez-vous, dans le cas où vous m'accorderiez un moment d'entretien hors de chez vous, avoir la bonté de jeter un petit mot à la poste, et me le fixer chez mon ami Mr le colonel de Posson, (beau-père de Mr de Jouffroy[1], l'ex-collaborateur de *La Quotidienne*[2], et aujourd'hui rédacteur du journal *L'Europe*) rue Jacob n° 50 faux bourg [*sic*] St Germain... dans ce cas aussi, adressez-moi ce mot de rendez-vous quelques jours d'avance chez M. de Posson, afin qu'il en prenne d'abord connaissance avant de me l'envoyer et qu'il puisse ensuite s'arranger de manière à pouvoir se trouver chez lui au jour fixé... en effet, il est bon de vous ajouter à cet égard, qu'indépendamment de mes observations journalières tracées chaque soir, j'ai rédigé aussi dans le cours de ma vie, plusieurs écrits, au sujet desquels je serais bien aise de solliciter avec succès, votre avis, avant de profiter des soins de mon susdit ami Mr de Posson, pour en livrer quelques-uns à l'impression, car je tiens beaucoup plus à *la qualité* qu'à *la quantité*.

Daignez excuser mon bavardage et agréer les sentiments d'estime et de considération avec lesquels

J'ai l'honneur de me dire
Votre très humble compatriote
L. C. de Lantivy.

aux soins de Mr le colonel de Posson
rue Jacob 50
F^b St Germain

Samedi 17 juin 1837.

37-102. JULIE DE SAINT-G *** À BALZAC

Paris ce 24 juin 1837.

Monsieur,

Depuis que j'ai lu vos ouvrages j'ai toujours éprouvé un vif désir de vous connaître et cependant, en vous écrivant aujourd'hui, ma première pensée a été de vous prier de ne pas chercher à savoir qui je suis. Si ce mystère ne vous déplaît pas et que vous acceptiez la correspondance que je vous propose, j'en serai charmée, car j'ai besoin d'un ami, mais d'un ami sincère et éclairé autant que discret et voici pourquoi j'ai jeté les yeux sur vous, Monsieur :

J'ai un mari que je n'aime pas et que je n'ai jamais aimé, dont je suis séparée par la loi, mais auquel je me crois encore engagée, parce que nous avons été unis par l'Église, et que j'ai de la religion. Cette religion m'impose des devoirs, mais elle ne m'a pas prémunie contre mon propre cœur que je vous dévoilerais, Monsieur, si je l'osais. J'aime un poète, mais il a douze ans de moins que moi, et après six mois d'observations je viens de découvrir qu'il aime une jeune personne charmante, quoique ma vanité et mon amour-propre m'aient quelquefois portée à croire qu'il pourrait bien m'aimer aussi malgré mes trente-huit ans ! Combien cet amour-propre nous aveugle, pauvres femmes que nous sommes, puisqu'il a été plus fort chez moi que tous les beaux raisonnements. Enfin, je crois maintenant ne plus pouvoir douter de mon malheur ; j'ai une bonne mère, Monsieur, à qui je dis ordinairement tout ce que je pense ; mais ce serait briser son cœur que de lui conter les tourments que j'endure.

Lorsque je vais dans ma province (car je suis provinciale, Monsieur, et vous avez pu déjà vous en apercevoir) on me demande : Connaissez-vous M. de Balzac ? — L'avez-vous vu ? — Et je réponds, avec un peu de confusion que non ; ce n'est pas croyable, me dit-on, comment, vous habitez Paris et vous ne trouvez pas un moyen de voir ce littérateur si distingué ! Pardonnez-le-moi, Monsieur, mais à une de ces questions, je répondis que je n'avais vu que votre caricature[1]. Heureusement, pour votre amour-propre, mon poète me conduisit dernièrement au musée et me montra votre portrait[2], en me disant qu'il vous connaissait ; l'expression de bonté et d'intelligence de votre physionomie me mit en colère contre ceux qui ont pu avoir l'idée de faire votre caricature et je fus bien contente de voir que vous étiez mieux qu'on ne veut le faire croire ; je questionnai adroitement mon poète qui m'affirma que vous étiez un galant homme, incapable de faire imprimer une lettre qu'on vous écrirait avec confiance ;

dès lors, l'idée de m'adresser à vous, Monsieur, me poursuivit, quoique souvent, je l'aie repoussée, je me disais : celui qui connaît si bien le cœur humain, et surtout le cœur de la femme, ne peut se rire du mien, si je me confie en sa loyauté ; je me disais aussi, en lisant un feuilleton moqueur où l'on rendait compte d'un de vos ouvrages, que j'étais la femme de 40 ans, incomprise, eh bien ! Soit, et qu'importe que je meure incomprise ? — Ce ne sera qu'une femme de moins et il y en a tant ! Mais l'idée de pouvoir dire à quelqu'un ce que je souffre me revenait toujours, parce que je sens que ce serait un adoucissement et peut-être un remède ; j'ai pourtant des amies, mais elles riraient et m'appelleraient folle si je leur laissais voir le fond de ma pensée. Voyez donc, Monsieur, si ce n'est pas perdre vos moments précieux que de vous occuper un peu des chagrins d'une femme qui vous dira franchement tout ce qu'elle éprouve et si vous voulez me promettre de ne pas chercher à me voir, à moins que je ne le juge à propos ; promettez-moi aussi de ne pas montrer ma lettre à aucun de vos amis, parce que ceci est ma véritable écriture, non contrefaite, et que je rougirais de honte si celui qui m'a fait votre éloge savait que j'écris à un autre qu'à lui. J'aime à écrire quand je ne puis parler ; je ne fais jamais de brouillon parce que quand je commence une lettre je ne sais pas bien ce qu'elle contiendra. Je ne suis pas Française et je réclame votre indulgence pour les fautes ou les mauvaises tournures de phrases qui se rencontreront inévitablement dans une correspondance que je serais heureuse de voir s'établir entre un homme de lettres aussi recommandable que vous, Monsieur, et moi. Mon poète, que j'appelle ainsi quoiqu'il ne m'ait pas fait un seul vers, m'a nommée *néologue* parce que j'ai cru inventer un mot, celui d'*inquittable* en lisant vos écrits. Ne croyez pas pour cela que j'aie cette prétention, j'aurai trop de peine à la justifier ; mais j'ai une imagination ardente et vive qui cherche à s'épancher. Si vous voulez bien me répondre, Monsieur, et ne pas prendre ceci pour une mauvaise plaisanterie, vous obligerez une de vos admiratrices les plus prononcées.

Voici un moyen de me faire parvenir sûrement une lettre sans compromettre l'anonyme [*sic*] que je désire garder encore : à Mᵉ Senet, rue Traversière St-Honoré nº 41³. Pour remettre à Mᵉ S.S.

Veuillez recevoir, Monsieur, mes salutations distinguées.

Julie de St-G......

37-103. À CHARLES PLON

[Paris, juin 1837.]

Charles,

Il faut plutôt passer la nuit, qui n'est pas longue sans lumière, pour que j'aie tout ceci demain à dix heures, et quitter *Les Martyrs*. Ceci est plus pressé que tout[1]. On travaillera dimanche[2], autant de personnes que vous aurez de casses.

37-104. À HENRI PLON

[Paris, juin 1837[1].]

Mon cher Monsieur Plon, voyez je vous prie à mettre assez de monde pour que j'aie aujourd'hui avant 3 heures une épreuve double de toute la *première partie* de *La Femme supérieure*, car je voudrais pouvoir donner le bon à tirer pour demain et que pour lundi la deuxième partie fût finie — il y a 16 placards, il faudrait mettre un homme intelligent par placard, s'il est possible. Il faut que je relise le tout aujourd'hui avant de me coucher.

Que Charles me fasse cette épreuve-là en 3 parties et double.

Mille compliments

de Bc.

Faites-moi tremper pour mes épreuves du papier blanc un peu fort car ce qui empêche de rendre les corrections lisibles c'est votre infâme papier d'épreuves qui boit, qui est trop léger et très mal collé, faites-moi l'honneur d'un papier blanc et fort, et donnez-le immédiatement à Charles.

Les doubles bonnes feuilles des *Martyrs ignorés*?

[Adresse :] Monsieur Plon.

37-105. LE VICOMTE DE GINESTET
À BALZAC

[Sartrouville, 26 juin 1837.]

Pardonnez-moi, mon doux Maître, si je ne puis corriger les épreuves de *Gambara*[1]. Je pars demain pour la Normandie où je vais tâcher d'avoir de l'argent de fermiers qui ne payent pas. Je serai de retour vers le commencement de la semaine prochaine et me remets dès lors à votre disposition. Veuillez retirer le manuscrit de chez mon portier, rue de l'Université, si par hasard vous l'y aviez déjà envoyé.

Mille bons jours,

Vte de Ginestet.

Lundi 26 juin.

[Adresse :] Madame V[euv]e Durand | 13, rue des Batailles | à Chaillot.
[Cachets postaux :] Sartrouville, 26 juin 1837 | 27 juin 1837.

37-106. CONTRAT
AVEC MADAME JOSÉPHINE DELANNOY

[Paris, 30 juin 1837.]

Entre les soussignés . . . .
Madame Françoise Joséphine Doumerc, veuve de M. de Lannoy demeurant à Paris rue de la Ville l'Évêque n° 18
d'une part
et M. Honoré de Balzac demeurant à Paris rue Cassini n° 1
d'autre part

a été convenu ce qui suit

M. de Balzac se reconnaît par ces présentes débiteur envers Madame Delannoy de la somme de vingt-huit mille cinq cents quatorze francs que Madame Delannoy lui a remise en plusieurs sommes et qu'ils arrêtent aujourd'hui, après tous comptes faits à cette somme, laquelle devra être remboursée par Mr de Balzac* en trois payements de somme égale, d'année en année, à partir d'aujourd'hui, sous la condition du payement des intérêts, à raison de six pour cent**, de trimestre en trimestre dont le premier écherra le premier octobre prochain, lesquels intérêts décroîtront au fur et à mesure des payements — Mme Delannoy ne pourrait se refuser à recevoir ladite somme en un seul payement, si M. de Balzac jugeait à propos de se libérer ainsi[1].

Fait double à Paris le trente juin mil huit cent trente-sept

de Balzac.

Approuvé l'écriture ci-dessus
F. J^{ne} Doumerc Delannoy.

* [En marge :]

à Madame Delannoy F J D.

** [En marge :]

par an F J D.

37-107. LE COMTE FERDINAND DE GRAMMONT
À BALZAC

[Fin juin 1837 ?]

Je vous remercie, très cher Maître, de votre lettre amicale[1]. Je vous supplie de croire que si je n'eusse eu que des dettes et des embarras, je ne vous en aurais point importuné : je sais que vous avez assez des vôtres. Mais je suis tout à fait comme l'homme qui se noie et qui jette ses bras à droite et à gauche en avant et en arrière, pour chercher à quoi s'accrocher. Je n'ai ni sou, ni maille, ni crédit, ni travail : j'ai été obligé de laisser mes effets en gage en quittant mon logement que je ne pouvais payer et je me suis réfugié chez ma mère où je ne puis rester que huit jours au plus. Voilà ma position. Je ne pourrais pas même m'engager. J'ai fait des démarches pour aller en Espagne ; mais il faut de l'argent. Ainsi affublé, j'ai bien pu vous demander si vous aviez sous la main quelque travail pour lequel je vous convinsse mais je ne voudrais pas que vous éprouvassiez pour moi ni gêne ni dérangement. Vos moments et votre tranquillité sont précieux et moi je puis crever de faim ou me jeter à l'eau sans qu'on y perde rien. Adieu très cher et vénéré Maître : croyez, je vous supplie au dévouement sans bornes du pauvre diable qui se nomme

F. de Gra[m]mont.

Sèvres, aux caves du roi.

37-108. À CAROLINE COUTURIER DE SAINT-CLAIR

[Chaillot, juin ? 1837.]

Madame[1],

J'ai fait l'impossible pour pouvoir me rendre à l'invitation que vous m'avez adressée mais je suis surpris ce matin par un surcroît de travail qu'il est difficile de remettre, et je suis obligé de ne pas quitter mon cabinet, agréez mes remerciements et mes regrets car je m'étais fait une fête de votre réunion. Permettez-moi d'espérer qu'une autre fois je serai moins malheureux et trouvez ici l'expression de mes sentiments les plus distingués et mes hommages empressés

de Balzac.

37-109. À THÉOPHILE GAUTIER

[Chaillot, juin ou juillet ? 1837[1].]

Depuis que je vous ai vu, je suis tombé malade mais j'ai chez moi aujourd'hui toute l'œuvre imprimée, ne voulez-vous pas venir dîner aujourd'hui avec moi, pour tout revoir, il y a deux ou trois endroits obscurs, où en quelques minutes, nous mettrions de la lumière, venez, je suis pressé de faire corriger et tirer.

Tout à vous

Alcofribas[2].

[Adresse sur enveloppe jointe :] Monsieur Théophile Gautier | 3, rue Saint-Germain-des-Prés.
[D'une autre main :] 29, rue de Navarin.

37-110. [SURGAULT?] POUR VICTOR LECOU
À BALZAC

Paris le 8 juillet [1837].

Monsieur,

Mr Lecou me charge de vous prier d'envoyer demain avant sept heures du matin à M. Bohain — Cinquante Sujets de *La Peau de chagrin*[1] & de vous prévenir qu'un nouveau rendez-vous est pris pour mardi matin avec MM. Bohain Delloye & Lecou — Veuillez ne pas manquer de vous y trouver —

Agréez Monsieur mes salutations
Surgault[2]
Chez M. Lecou —

[Adresse:] Madame Veuve Durand | 13 Rue des Batailles | à Chaillot.

[Sur le feuillet 22 recto, Balzac a noté:]

401 collections complètes	4 812
393 des scènes de la vie privée	1 572
76 de la vie de province	304

379 de la 4me livraison ⎫
174 de la 5me   ⎬ 1 782
438 de la 6me   ⎭

tome 4   78 ⎫
――― 6   8 ⎬ 1 071
――― 9   390
――― 12   595 ⎭

4 812
1 572
 304
1 782
1 071
―――
9 541

37-111. À HENRI PLON

[Début juillet ? 1837.]

Monsieur Plon,

Je maintiens *Un martyr* comme il est le volume sera fort voilà tout[1].

Je vous enverrai de *La Femme supérieure* demain.

Nous avons tiré *Un martyr* et *Massimilla Doni* (que vous avez composé en même cicéro qu'*Un martyr*[2] *[un mot illisible]*. Commencez *César Birotteau*[3] car j'ai assez de trois choses à la fois d'autant plus que j'achève chez Fain[4] les *Contes drolatiques* et que j'ai *Gambara*[5] sur les bras.

Mille compl[iments]

de Bc.

37-112. À CAROLINE COUTURIER
DE SAINT-CLAIR

[Chaillot, début juillet ? 1837.]

Madame,

Je suis tombé de Charybde en Scylla. Non seulement j'ai encore *La Presse* sur les bras pour 8 jours[1] mais encore j'ai pour jusqu'au 10 X^{bre} un travail à tuer un bœuf moins bœuf que moi, et que j'ai entrepris car il est payé vingt mille francs, c'est de faire les 2 volumes in-8° de *César Birotteau* pour cette époque.

Je vous dis ceci pour vous expliquer que mon retard n'est pas une impolitesse, ni une défaite, mais un malheur de ma vie ouvrière.

Permettez-moi de vous remercier de votre gracieuse réponse et de croire [*sic*] à tous mes hommages de dévouement

de Bc.

Si Monsieur de Saint-Clair pouvait venir me voir à 5 heures seulement, rue des Batailles 13 en se nommant et demandant Mme veuve Durand, il aurait communication de ce [dont] il s'agit.

37-113. MADAME B.-F. BALZAC À BALZAC

[Chantilly, 9 juillet 1837[1] ?]

Mon cher Honoré, la dernière fois que je t'ai vu[2], je t'ai prévenu de ma position pécuniaire. Je la rappelle à ton souvenir. Je pense que cela te dit tout. J'ai[a] été le plus longtemps possible sans t'importuner, mais cette fois !… Si tu ne peux rien[b], je ne sais plus où aller. Faudra-t-il en venir à demander des secours, soit à l'archevêque, par le Mr qui m'avait offert un logement ! cela pourra-t-il te convenir, dis-le-moi, soit au gouvernement par ton Mr Linguet[3].

Tu dois penser à ce qu'il m'en coûte pour t'écrire ce mot ; aussi ai-je attendu au dernier moment pour m'y déterminer.

Je t'embrasse de cœur, toute à toi.

Vve de B.

Ce 9 juillet.

37-114. CHARLES PLON À BALZAC

[Paris, 12 juillet 1837.]

Reçu de M. de Balzac, les 3 feuilles 11-12, 13-14, 15-16 de *Massimilla Doni* à remanier, et cent vingt-quatre pages de copie imprimée et corrigée de *César Birotteau*[1].

Paris, douze juillet [1837], à sept–huit heures du soir.

Ch. Plon.

37-115. À PIERRE HENRI MARTIN, DIT LUBIZE

[Paris, 13 juillet 1837.]

M. de Balzac n'ayant reçu que très tardivement la lettre de Monsieur Lubize, le prie d'excuser le retard de la réponse. Il l'attendra demain vendredi, rue des Batailles n° 13 à Chaillot[1], et lui adresse ses compliments.

Jeudi 13 juillet.

[Adresse :] Monsieur Lubize | auteur dramatique | 40, rue de Chabrol.
[Cachet postal :] 13 juillet 1837.

37-116. ANATOLE DAUVERGNE À BALZAC

[Paris, 13 juillet 1837.]

Monsieur,

Dernièrement, je me trouvais avec un médecin de mes amis dans une maison de campagne des environs de Paris, au milieu de quatre femmes intelligentes et spirituelles, dont la plus jeune n'avait pas moins de vingt-sept ans et dont la plus âgée n'avait pas au-delà de trente-six ans, toutes, sans contredit, placées dans la catégorie des femmes honnêtes que vous avez si admirablement définie. La conversation roulait sur les moyens les plus puissants à employer par les femmes pour ramener à elles leurs amants dégoûtés ou de mauvaise humeur. Ces dames nous révélèrent toutes les ruses qu'elles croyaient propres à opérer une réconciliation. Moi, je déclarai que, en ma qualité d'artiste, j'avais pu faire, dans mon atelier et dans ceux de mes amis, et cela sur les classes inférieures de la société, sur des femmes entretenues, sur des grisettes, sur des modèles, une observation qui me paraissait piquante et vraie : c'est que, presque toutes ces femmes, dans la situation dont nous parlions employaient un manège qui consistait à remettre leurs jarretières ou à tirer leurs bas, toujours mal arrangés en pareille circonstance. Leur but, disais-je, n'a jamais manqué, parce qu'il y a dans une jolie jambe une séduction aussi irrésistible que celle produite par la vue d'un beau sein.

Mon ami le médecin, physiologiste distingué, confirma mon observation et, de plus, prétendit l'avoir faite dans le boudoir de quelques femmes plus haut placées.

Mais ces dames se récrièrent tout à coup sur notre sensualité, sur notre immoralité, nous ne dûmes pas insister sous peine de perdre leur estime et de paraître impoli.

C'est cette observation que j'ai l'honneur de vous soumettre, en vous priant d'avoir la bonté d'éclairer ma conscience[1].

J'avoue que je suis fort indiscret d'adresser une semblable question, à vous, Monsieur, que je ne connais que de nom, mais je vous avoue aussi, que, me trouvant personne mieux instruit pour y répondre, j'ai sauté à pieds joints par-dessus les barrières des convenances, espérant que ma sincérité et ma bonne foi plaideront ma grâce auprès de vous.

C'est dans cette espérance, Monsieur, que je vous prie de recevoir l'assurance de la considération respectueuse d'un de vos constants admirateurs et très humble serviteur

Anatole Dauvergne,
peintre à Paris, 33, rue d'Hauteville.

Paris, 13 juillet 1837.

37-117. À ÉDOUARD DÉADDÉ

[Paris, 14 juillet 1837.]

Monsieur,

Le sujet de la pièce que vous m'avez fait l'honneur de me confier[1] est le même que celui de la pièce qui devait être jouée chez M. le Cte de Castellane[2], et les raisons qui ont empêché la représentation sur le théâtre de société sont encore plus fortes pour un théâtre public[3], je suis fâché de ne pouvoir acquiescer à votre demande et vous prie d'agréer mes salutations empressées

de Balzac.

Paris, 14 juillet 1837.

37-118. À ANATOLE DAUVERGNE

[Paris, 21 juillet 1837.]

Monsieur,

Il est évident qu'aucune de vos quatre femmes n'avait de jolies jambes à montrer[1], car cet axiome *que les attraits de la femme sont ses armes les plus naturelles*, est aussi ancien que le monde, et l'on ne connaît pas de résistance plus furieuse que celle d'une femme qui a quelques imperfections secrètes.

Mes compliments

de Bc.

[Adresse:] Monsieur Dauvergne | 33, rue Hauteville | Paris.
[Cachet postal:] 21 juillet 1837.

37-119. LE COMTE JUSTIN DE MAC CARTHY À BALZAC

[Paris, 25 juillet 1837.]

Mon cher Balzac,

J'ai mille fois regretté de voir votre nom sur ma table. J'aurais été charmé de me trouver chez moi. Je ne crois pas que j'achète le château, mais j'irai le voir jeudi, et promets ensuite de vous y conduire, car il serait malgré mon désir, impossible de vous inviter à cette 1re partie que je dois faire en tête à tête avec une dame qui veut bien me servir de guide dans ces chemins tortueux. Elle s'effraierait d'un tiers quelqu'agréable qu'il fût. Tout me porte à désirer que vous fassiez cette acquisition[1]. Ce serait pour vous je crois une bonne affaire, une heureuse situation, et je ne perdrais pas au voisinage. Comptez sur mon zèle à vous informer et croyez à mes sentiments sincères et distingués.

À bientôt

Cte de Mac Carthy.

[Adresse :] Madame | Madame Veuve Duval [*sic*] | N° 13, rue des Batailles | Chaillot.
[Cachet postal :] 25 juillet 1837.

37-120. À MAURICE SCHLESINGER

[Chaillot, mercredi 26 juillet 1837.]

Monsieur

Mardi soir, hier[1], je n'avais reçu ni l'épreuve de tout le second article qui contient des choses importantes, et exigera peut-être deux épreuves d'ici à samedi (et les Glorieuses !).

Ni l'épreuve de la suite de *Gambara* en sorte que comme ils m'ont donné la moitié de l'opéra de *Mahomet*, je n'en puis saisir l'ensemble ni le corriger avec Strunz.

Employez je vous en prie envers l'imprimerie, l'activité que vous avez naguère déployé[e] contre l'auteur

v[otre] d[évoué] s[erviteur]
de Balzac.

[Adresse :] Monsieur Schlesinger | 97, rue Richelieu.
[Cachet postal :] 26 juillet 1837.

37-121. CHARLES PLON À BALZAC

[Paris, 26 juillet 1837.]

Reçu de M. de Balzac, les feuilles *1, 2, 3* de *César Birotteau* en 2me correction ; les feuilles *4, 5, 6* en 1re, et la matière des feuilles *7, 8* en composition corrigée et un feuillet de copie.
26 juillet 1837.

Ch[arles] Plon.

37-122. GASPARD DE PONS À BALZAC

[26 juillet 1837.]

*À la très honorée
madame Durand.*

Ainsi vous habitez la rue
Des Batailles ou des Combats
(Sans calembour aucun, je vous le dis tout bas) ;
Loin des quartiers bruyants, dans Chaillot accourue,
Vous allez, madame Durand,
Le fuir peut-être en murmurant,
Pour fuir et la garde civique
Et ses soutiens les Tamerlans
Qui voudraient enrichir de vos vastes talents
Leur armée archi-pacifique.
Or avec tous les embarras
Que vous faites, avec tout l'éloquent fatras
Que vous bâclez sur la musique[1],
À mon avis voici que
Vous et vos chants de rossignol,
Et votre voix qui monte au moins jusqu'au sol,
Votre génie enfin dont l'ambitieux vol
Dépasse de si loin les mortelles volailles
De mon aloi, la rue où sans rien préjuger,
Pour peu qu'elle existât, vous devriez loger
Serait, ma belle enfant, celle des Basses-Tailles.

26 juillet 1837.

[Adresse :] À Madame | Madame Durand, rue des Batailles, n° 13 | à Chaillot | Paris.
[Cachet postal :] 28 juillet.

37-123. À HENRI PLON

[Chaillot, juillet ? 1837[1].]

Monsieur Plon,

La publication du *Figaro* va par 3 feuilles par semaine[2], ce qui donne 15 semaines ou 16 pour *César Birotteau*, comme il m'est impossible de rester 16 semaines sur un ouvrage, il faut que vous gardiez en bon à tirer tout un volume ; ainsi avant de continuer il faut qu'il soit bien entendu que vous pourrez garder tout le 2ᵉ volume en composition.

Répondez-moi un mot là-dessus, car il faut que je puisse y compter, voulant tout terminer pour le 10 ou le 15 août.

Mes compliments
de Bc.

Voyez surtout à tous les changements indiqués, il y a une note et un[a] titre et faux titre. Il faudrait savoir si M. Fleurot, le directeur du *Figaro* consent à mettre en bas du titre Delloye et Lecou éditeurs. En cas de refus, il faut mettre le nom de l'imprimerie, car il ne faut pas mettre le journal[3].

Communiquer une épreuve à M. Fleurot pour savoir si le caractère et la justification lui conviennent. Enfin renvoyez-moi mon volume de *Goriot*.

Il y a de telles erreurs sur les couvertures in-12[4] qu'il faut m'en envoyer l'épreuve pour faire la copie des couvertures de la[b] 4ᵉ livraison[5].

37-124. À ARMAND DUTACQ

[Chaillot, 28 juillet 1837.]

Monsieur,

Dans le numéro du *Siècle* d'aujourd'hui 28[1], vous avez publié un article sur mon compte, touchant mes affaires privées. Cela est mal, et d'autant plus blâmable, que c'est manquer de procédé envers un confrère. Si au moins la vérité était respectée, on pourrait se contenter de gémir sur l'abus que certains journaux font de la presse, pour remplir leurs colonnes. Apprenez donc, Monsieur, qu'un garde du commerce n'a pu violer mon domicile, que j'avais le droit de le tuer sur la place s'il se fût présenté sans l'assistance du juge de paix, dont la présence est ordonnée en pareil cas ; et sachez aussi que l'article 781 du Code d'instruction, laissant au juge de paix la faculté d'ordonner ou refuser cette violation de domicile[2], il n'est pas un seul juge à Paris, qui consentît à se mettre au nombre des records dont se fait suivre un garde du commerce.

Il me semble qu'il eût été digne d'un journal aussi estimable et aussi répandu que le vôtre, de s'élever avec tous les honnêtes gens, contre la contrainte par corps, qui ne continue à s'exercer qu'au profit d'infâmes usuriers.

J'espère, Monsieur, que vous ne ferez aucune difficulté d'insérer cette lettre dans votre plus prochain numéro[3].

Agréez, Monsieur, l'expression des sentiments avec lesquels j'ai l'honneur d'être votre très humble et très obéissant serviteur

de Balsac [sic].

[Adresse :] Monsieur Dutacq | directeur gérant du *Siècle* | hôtel Laffite [sic], n° 19 | Paris.
[Cachet postal :] 29 juillet 1837.

37-125. LE COMTE JUSTIN DE MAC CARTHY
À BALZAC

[Paris, 28 juillet 1837.]

Mon cher Balzac,

J'ai vu le petit château, qui est vraiment charmant. Je pourrais vous en parler en détail si vous voulez demain venir à 1 h. chez moi pour voir la joute sur l'eau de mes fenêtres. Vous y rencontrerez des dames. — Si vous avez quelqu'autre engagement donnez-moi un rendez-vous à Paris pour déjeuner ou dîner avec moi, ou bien chez vous afin que sans perdre de temps en courses inutiles nous puissions nous voir et causer à loisir de cette affaire qui peut-être irait tout à fait à vos intentions, à vos goûts[1].

Je vous prie de croire à mes sentiments les plus distingués.

Cte de Mac Carthy.

Paris, le 28 juillet.

[Adresse :] Madame | Madame Veuve Duval [*sic*] | N° 13, rue des Batailles | Chaillot.
[Cachet postal :] 29 juillet 1837.

37-126. LE COMTE FERDINAND DE GRAMMONT
À BALZAC

[Sèvres, 29 juillet 1837.]

Très cher maître, je vous demande bien pardon d'interrompre de ma lamentable voix vos occupations ordinaires auxquelles vous vous livrez sans doute en mémoire et en réjouissance de ces trois jours de glorieuse et non, j'espère, éternelle mémoire. Je viens de passer un rude mois, laborieux pourtrayeur[1], un vrai mois d'anachorète, vénérable moine. Aussi ai-je vieilli d'une année en ce peu de temps et presque achevé le premier tome des *Convertis* ; ainsi se nomme le roman que je fabrique pour votre vieille connaissance H. de S. A.[2]. Je suis du reste dans une misère que vous pouvez à peine vous figurer. Pas de bottes ni de maîtresse ! Aucune espèce de chaussures ! J'irai donc vous voir le 1er août : du moins j'irai frapper à votre porte. À propos de frapper, vous venez de frapper un coup de poing qui fait gémir la Presse, non pas celle de M. de Girardin. Vous devez être content. Je ne sais sous quel cotillon parfumé, dans quelle fraîche mansarde s'est caché de Belloy. Impossible de le voir. J'ai donc pris le parti de parler moi-même à Souverain. C'est fait.

Adieu, bien cher et vénérable maître. Je suis tout à votre dévotion. Un triste et pauvre diable.

F. de Gra[m]mont.

Sèvres, caves du Roi.

[Adresse :] Madame Veuve Durand | 13, rue des Batailles | Chaillot, Paris.
[Cachets postaux :] Sèvres, 19 juil. | 29 juil. 1837.

37-127. AU DOCTEUR JEAN-BAPTISTE MÈGE

[Sèvres, juillet ? 1837.]

Monsieur,

Le désir que vous m'avez manifesté de sortir de la position où nous sommes tous deux¹, et qu'il est inutile de prolonger m'oblige à vous prier de me mettre en règle pour le congé de la première échéance du bail de la rue des Batailles², et si vous avez seulement une parole de M. Dangest³ je vous rappelle la nécessité de la régulariser ne voulant pas rester plus longtemps là, ce qui vous arrange également. M. Dangest a été satisfait et il le sera à la fin d'août⁴ pour les termes courants.

Agréez, Monsieur, l'assurance des sentiments distingués avec lesquels j'ai l'honneur d'être

v[otre] d[évoué] s[erviteur]

de Balzac.

M. de Balzac à Sèvres est ma nouvelle adresse⁵.

37-128. E *** À BALZAC

[Paris, 3 août 1837.]

Le hasard m'a donc enfin procuré ce que je souhaitais si ardemment, Monsieur, quoique mon bonheur ait été de bien courte durée, il a néanmoins rempli mon cœur d'une grande joie. Oh! pourquoi cette vision céleste s'est-elle évanouie aussi promptement? Pourquoi n'ai-je pu contempler plus longtemps ce regard profond et fascinant, ce regard d'aigle qui révèle toute la puissance d'un génie supérieur, et que vous seul possédez? Si vous saviez, Monsieur, combien je tremblais, lorsque je vous ai aperçu! Mon émotion était telle que j'ai craint de me trahir au milieu du monde dont j'étais environnée. Que n'avez-vous pu lire sur mon visage, toutes les sensations qui remplissaient mon âme, que n'avez-vous pu sentir les battements précipités de mon cœur! Alors vous eussiez compris complètement jusqu'où va mon admiration pour vous. Oh! de grâce, laissez-moi espérer que je vous reverrai encore, et que votre volonté aidera un peu le hasard. Je serais désolée de vous contrarier mais comme je vous l'ai déjà dit, mes prétentions se bornent à si peu de chose, que sans aucune crainte, vous pouvez m'accorder ce que je vous demande. Il y a *ici*, des gens, qui vous ont vu, entendu, et qui, certes, le méritent moins que moi, je vous le jure, car ils étaient loin de comprendre leur bonheur, je suis la seule dans cette maison, sans excepter personne, qui sache vous apprécier convenablement, aussi je ne dis jamais un mot de vous; je parlerais une langue étrangère et je préfère mille fois me taire que d'entendre des niaiseries et des sottises, mais je souffre oh! je souffre beaucoup, vous devinez bien cela n'est-ce pas?

Je ne veux pas vous fatiguer ni vous ennuyer davantage, Monsieur; je l'ai déjà fait assez. Puissiez-vous m'avoir pardonné l'indiscrétion que j'ai commise en vous écrivant. Mon excuse est dans une admiration, si profondément sentie, si entière, que lorsque j'y réfléchis je dois croire, sans aucune illusion, que ma faute est excusée.

Adieu, Monsieur, adieu, quoique je vous sois inconnue, soyez bien persuadé qu'il n'y a personne au monde qui prenne plus de part que moi à votre gloire, à vos succès.

E.

[Adresse:] Madame | Durand rue des Batailles | n° 13 | Chaillot.
[Cachet postal:] 3 août 1837.

37-129. E*** À BALZAC

[Paris, 7 août 1837.]

Convenez, Monsieur, que le hasard est une divinité bien injuste, bien capricieuse: elle favorise ceux qui ne lui demandent rien et refuse ses faveurs à ceux qui l'accablent de prières. Depuis l'heureux jour où je vous ai aperçu un instant, j'ai fait les vœux les plus ardents pour que mon bonheur se renouvelât, sans pouvoir y parvenir, et je suis maintenant la seule ici, qui ne vous ait pas vu plusieurs fois. Hélas! Monsieur, j'en suis pourtant digne je vous l'assure. Je vous ai dit sans excepter personne, il n'y avait que moi dans cette maison, qui sût vous comprendre et vous payer le tribut d'admiration que vous méritez; eh bien, il faut que pour mon malheur, une inconcevable fatalité me prive de la seule chose que j'envie. Cela est désespérant; bien certainement Tantale souffrait moins que moi, car sa soif ne devait pas être comparable à celle que j'éprouve de vous voir.

On est loin de se douter ici de mon ardent désir, on sait cependant que je *ne serais pas fâchée* de vous voir. Vous convenez qu'il eût été trop ridicule, trop sot, de feindre une indifférence complète, je l'ai évité, aussi l'on m'a déjà proposé quelques petites ruses féminines que j'ai refusées. Oui, Monsieur, oui, entendez-le bien, j'ai tout refusé. Sachez-moi gré du sacrifice, car il a été plus grand que vous ne le croyez peut-être. Mais dans mes idées, il ne faut pas qu'on vous montre à moi, je veux ne devoir cette faveur qu'à vous seul, ou qu'au hasard, qui malheureusement s'obstine à me tenir rigueur. Il me semble que je manquerais de loyauté si j'agissais autrement, d'après ce que je vous ai écrit. Ne le pensez-vous pas aussi ?

J'attendrai donc, Monsieur, mais mon dieu ! que vous seriez bon si vous vouliez aider un peu ce maudit hasard, il me semble que cela vous serait facile, peut-être ai-je tort, excusez-moi. Quand je songe que tant de gens vous ont vu de près, de loin, sans le moindre effort, je me sens prête à me révolter contre le sort. Soyez pourtant bien convaincu que, quelles que soient les contrariétés qu'il me réserve peut-être encore, le culte que je vous rends n'en sera pas moins fervent.

J'espère aussi que vous me pardonnerez cet affreux griffonnage, mais je n'ai pas souvent toutes mes aises pour écrire, et dans ce moment je ne puis le faire que bien à la hâte.

Adieu, Monsieur, adieu, soyez heureux, c'est le vœu le plus ardent, le plus sincère de tous ceux qui vous ont jamais été adressés.

E.

[Adresse :] Madame | Madame Durand rue des | Batailles n° 13 | Chaillot.
[Cachet postal :] 7 août 1837.

37-130. UNE LECTRICE DE LA « PHYSIOLOGIE DU MARIAGE » À BALZAC

8 août 1837.

À Monsieur de Balzac, célibataire, auteur de la *Physiologie du mariage*.

Sera-t-il permis à une demoiselle de raisonner avec Mr le célibataire sur son ouvrage intitulé *Physiologie du mariage* ? Je vois votre étonnement qu'une jeune personne ait osé toucher ce livre, mais fruit défendu tentera toujours les filles d'Ève, et je me suis dit, en voyant deux gros volumes de réflexions sur le mariage : pourquoi ne le lirais-je pas ? N'est-ce pas avant d'être entrée dans ce temple dont la mort nous rouvre seule la porte, qu'on doit lire et raisonner tout ce qui a rapport au mariage ? Puis, forte de mes vingt ans, de mon titre de fille majeure, je tranquillisai ma conscience et le livre glissé sous l'oreiller fut lu malgré l'argus maternelle [sic]... Sur la fin de cet ouvrage, j'ai lu : « rencontrer une femme assez hardie pour vouloir de moi sera désormais la plus chère de mes espérances[1] ».

En cela vous mentez, M. de Balzac, vous connaissez trop bien les femmes pour savoir que vous en trouveriez cent et mille qui auraient cette hardiesse ; elles ont trop mauvaise tête, pour ne pas aimer un homme qui les juge si bien et en dit tant de mal.

Il y aurait une gloire si douce et si belle à vous rendre heureux malgré tous vos défis et vos prétentions, à vous forcer à chérir les liens pour lesquels vous avez tant de pitié et de moquerie, que toute femme ne reculerait pas devant cette noble mission.

Il en est même qui accepteraient l'incertitude, la chance du malheur, pour s'abriter à la gloire de votre nom, et j'aurais été une de ces femmes, si j'eusse pu croire que vous disiez vrai, si j'eusse été une de ces 400 000 femmes privilégiées de la naissance, de la beauté, de la fortune, une de ces créatures prestigieuses qui semblent ne vivre que d'air et de soleil, et qui ne s'enfantent que sous vos plumes. Je serais venue à vous, et j'aurais dit : Je suis ta compagne, me voilà à toi à toute heure, à toi pour les pleurs et les joies de la vie, et je veux qu'un jour tu fasses fumer l'encens sur l'autel du mariage que tu as profané. Je te forcerais par mon amour dévoué et constant à plier le genou... mais je suis une de ces créatures faisant partie des 9 millions que votre aristocratie rejette hors la société comme des espèces animales *Parias femelles*, qui balayent leur chambre, font la cuisine, et par conséquent ne sont pas dignes de comprendre ni d'inspirer l'amour. Hélas ! hélas ! Que ne dites-vous vrai, que de pauvres filles seraient plus heureuses, que de fosses de moins creuserait le fossoyeur, mais il y a erreur, et les femmes que vous classez dans le genre Orang, apprenez-le, comprennent et sentent plus vivement peut-être que vos déesses de boudoir. Bien des femmes faisant partie de ces 9 millions vous gardent rancune, il en est que j'ai entendu[es] voter pour votre lapidation..., moi je vous pardonne, il est donné aux riches de ne pas sentir les besoins du pauvre, de ne pas croire qu'il soit de la même chair et du même sang, et qu'il souffre le froid et la faim comme eux pourraient le souffrir, et par la même raison, on leur refuse jusqu'à la même intelligence, la même grandeur et sensibilité d'âme, ceci est un malheur sans ressources, vous êtes placés trop haut pour descendre jusques à nous, mais si haut que vous soyez de parmi nous, beaucoup s'élèveront jusqu'à vous, plus haut peut-être, cela s'est vu ; Napoléon ne fut-il pas seul Empereur, sur tant de rois de France... Donc je crois avoir compris votre livre, autant que l'imagination d'une jeune fille peut comprendre un livre si profond, si profond que c'est un abîme effrayant et que de l'avoir regardé, j'en suis revenue toute tremblante et toute pâle, moi qui malheureusement jusqu'à ce jour n'espérais que dans le mariage, l'attendais comme le Messie, en faisais mon idole et le parais de tout ce que l'imagination a de plus brillant et de plus pur, moi qui ne conservais d'illusions que pour elle... et réunissais amour et mariage... Je vous dois, Monsieur, bien des déceptions et j'ai grand repentir d'avoir cédé à ma tentation... j'ose le dire sur bien des points vous avez dit vrai. Déjà j'avais pressenti et pensé beaucoup de ces tristes vérités et si je l'eusse osé, après toutes les réflexions et les exemples que j'ai reçu[s] de l'intérieur des ménages que je puis connaître j'aurais appelé un amant plutôt qu'un mari, mais on s'imagine toujours être un pilote plus habile, qu'on évitera l'écueil où tous ont fait naufrage... et d'ailleurs n'ayant pas d'autres moyens de salut, pas d'autre chance de sortir de ma position et de l'avenir de vieille fille dont j'ai peur, il faudra bien que je l'accepte tel qu'il est ; je me le disais avant de vous avoir lu ; je me le dis encore d'une voix un peu plus tremblante, je ne me console qu'en pensant que vous vous êtes trompé souvent, et qu'il est encore beaucoup de vos assertions que nous pouvons démentir, des taches dont nous pouvons nous laver.

Vous connaissez peut-être la femme et le cœur humain, autant qu'ils peuvent être connus, mais il est encore bien des nuances qui vous échappent, et pour avoir sur ces mystères qui je crois ne seront jamais dévoilés des notions plus exactes, il faudrait une étude et des actions vivantes. Il faudrait peut-être un journal semblable à celui que je fais depuis 4 ans de ma vie, heure par heure, pensées par pensées, bonnes ou mauvaises. Il faut tout dire, comme à l'examen général la veille de la première communion. Ce journal contenant par la même raison la vie de mes amies intimes, compose trois vies de femmes dans toute la vérité des détails. Je me suis imposé cette scrupuleuse exactitude, parce qu'il doit être brûlé avant ma mort que nul œil ne le lira que moi, et que c'est dans le but de me faire revivre par cette lecture les belles années de ma jeunesse, où notre âge seul est tout un bonheur, quand l'âge m'aura clouée sur un fauteuil, les lunettes aux yeux. J'ai donc tout intérêt à être vraie, c'est pour moi... Mais si une de ces femmes élues par vous, une de ces créatures oisives, auxquelles appartiennent avec la richesse le domaine de la pensée, la grâce et l'élégance, si donc elle pouvait jeter le charme de son style, la délicatesse des détails, sur un journal aussi vrai de la vie de trois femmes de sa classe, ce serait je crois un curieux ouvrage, digne de votre observation, Monsieur, et qui vous fournirait sans doute un autre livre de physiologie.

Mais la vérité la plus grande que j'ai trouvée dans votre livre, celle qui ressort lumineuse parmi toutes ces lumières, et pour laquelle j'éprouve le besoin de vous remercier, c'est le droit et la liberté que vous réclamez pour les filles de France. Quand comprendra-t-on tous les malheurs attachés à cet esclavage social, qui ne fait de nous que des hypocrites brûlant de lever le masque, tout ce que les mœurs, le bonheur privé et le bonheur des familles gagneraient au renversement que vous proposez, et quand nos parents reconnaissant la sottise et l'absurdité de ces vieux usages, nous laisseront-ils nous régénérer aux eaux salutaires des nouvelles civilisations. Vous élèverez longtemps la voix avant d'être entendu, mais vous n'en méritez pas moins notre reconnaissance pour le bien que vous avez voulu nous faire, et en faveur duquel nous vous pardonnons le mal que vous nous avez fait... Oui, du mal, un mal réel ; car quel jeune homme osera se marier après vous avoir lu, les imbéciles seulement, ou ceux qui y seront forcés par la nécessité de leur commerce, ou l'intérêt de leur fortune ; car pas un ne se reconnaîtra digne d'être le disciple de votre mari modèle, et le nombre de ceux qui se rangeront, et qui se rangent déjà sous les bannières du célibat, va devenir si considérable, qu'il faudra refaire bien des confréries. Aussi, quel compte vous aurez à rendre à Dieu, que de vies nulles, tristes et froides, que de cœurs morts dans le combat, tourmentés du besoin d'aimer, et périssant dans le désert ; que d'existences, traînées misérablement, dépouillées de tout charme, sans fleurs ni verdure ; que de souffrances étouffées, de tombes ouvertes avant l'heure ; et quand, dans une trentaine d'années on verra la société mourir, peuplée de ces pauvres ombres de vieilles filles se serrant contre le mur ayant peur des humains, et de leur ombre, les églises remplies de ces pauvres âmes, brûlées, desséchées, et retournées à Dieu, et la disette des oiseaux et des chats, quand, donc, le monde sera rongé par ce cancer, Monsieur de Balzac mettez-vous à genoux, le front dans la poussière, et faites, dans toute l'humiliation du repentir, un acte de contrition et le mea-culpa. C'est ma faute, c'est ma faute, et ma très grande faute. Je ne sais si Dieu vous absolvera [*sic*], mais moi je vous absous parce que vous signalez le mal, mais si l'on cherchait bien, vous indiqueriez le remède. Je vous aime pour notre cause que vous avez voulu plaider, et pour preuve, quand j'aurai fixé ma triste destinée, quand je serai *assise dans un comptoir entre de la chandelle et de la cassonnade*[2], ou autre marchandise, sort auquel je ne puis échapper, contre lequel je lutte depuis six ans, et me suis brisée vaincue, je vous enverrai mon adresse, ou du moins celle de mon mari, vous priant de me donner l'honneur de vous compter au nombre de mes pratiques. Vous voyez que je suis loin d'être de celles qui décrètent que vous méritez d'être lapidé, elles ont tort. Votre livre, malgré les épigrammes et les traits malicieux lancés contre nous, nous est un éloge, je le regarde comme tel ; vous nous donnez plus d'importance et de valeur qu'aucun homme en ce siècle, en déclarant que ce n'est pas trop de toute votre vie, votre temps, et votre intelligence pour nous comprendre, et nous attacher à vous. Quel homme nous jugera dignes d'un pareil dévouement. Je connais un jeune mari qui disait : Je préférerais les travaux forcés à la vie toute pleine de petits supplices que nous impose

M. de Balzac pour garder l'amour et l'honneur de nos femmes... Selon moi, vous nous rendez justice, et votre ouvrage est à la gloire de notre sexe, et au blâme du vôtre. C'est parce que je crois vous avoir compris que je vous aime, et vous envoie mon salut le plus aimable.

Seulement, je vous garde une petite rancune pour l'anathème que vous avez impitoyablement lancé contre les jeunes filles élevées en pension. Si cet[te] épître vous fait rire, je vous en prie, amusez-vous-en seul, et n'allez pas par une préface mettre vos lecteurs de moitié dans vos moqueries ; la plus légère indiscrétion me ferait deviner par ma famille où tous vos ouvrages sont lus, et me perdrait. J'ai confiance en l'auteur d'*Eugénie Grandet*, et c'est pourquoi je n'ai pas résisté à la tentation de lui écrire.

La manière la plus mystérieusement gracieuse dont je vous serais obligée de m'accuser réception de ce hardi bavardage, serait à votre première œuvre, quand il vous faudra chercher un nom de femme, prendre celui d'Irma.

[Adresse :] Monsieur | Balzac, homme de lettres | rue de Cassini n° 1 | à Paris.
[De la main du facteur :] Parti rue de Provence.
[Cachet postal :] Passy-lès-Paris 8 août 1837.

37-131. LE COMTE FERDINAND DE GRAMMONT À BALZAC

[Sèvres, août ? 1837[1].]

Très cher maître, je suis allé en vous quittant chez l'âne qui *vulgo nominatur* Hippolyte Souverain. Je l'ai pris délicatement par le bout de l'oreille et je l'ai, avec toute l'adresse dont je suis susceptible, dépouillé de la peau du tigre où il avait la prétention de rester enveloppé. Cependant je n'ai pu faire renaître une entière confiance dans son cœur naïf. Le fantôme de mon ex-ami le poursuit et le seul nom de Belloy le fait ruer et divaguer[2]. Il a consenti à recevoir le premier volume de mon roman, mais, de peur de chicane, il ne veut commencer de l'imprimer que lorsqu'il l'aura tout entier. Je l'ai sondé aussi au sujet d'un autre roman et je crois qu'il s'y laisserait aller volontiers, et que, par la suite, il pourrait m'en prendre un de moi-même. Je pense qu'il ne faudrait le poursuivre au sujet de Belloy que lorsqu'il aura engrené les *Convertis*[3] : autrement il serait capable d'abandonner l'affaire plutôt que d'être dans l'obligation d'avoir de nouveaux rapports avec lui. C'est à votre sagesse de décider cela. Comme ledit Souverain va faire un petit voyage, vous pouvez vous mettre à l'aise pour votre retour[4]. N'oubliez pas, je vous prie, que de loin comme de près, vous êtes ma providence. Mon second volume sera fini à la fin du mois. Disposez de moi si vous avez quelque chose où je puisse vous servir.

Adieu, très cher maître, votre tout dévoué

F. de Gra[m]mont.

37-132. VICTOR LECOU À BALZAC

[Paris,] 18 août 1837.

Monsieur de Balzac,

Je viens de terminer avec Duckett pour votre affaire.
Voici les conditions
1 000 fr. comptant
   250 fin 8bre Votre accept[ati]on à son o[rdre]
   250 fin 9bre —   —
   250 fin X^{bre} —   —
   250 fin janvier 1838   —   —
   250 fin février 1838   —   —
   250 fin mars   —   —
   250 fin avril   —   —
   250 fin mai   —   —
   250 fin juin   —   —
   250 fin juillet   —   —
   250 fin août   —   —
   250 ou environ fin 7bre —   —

4 000 montant de ce que vous redevez, capital et frais, à ces conditions les exemplaires nous sont remis. Duckett se faisant fort de Me Béchet une délégation nous est faite pour toucher le dividende Verdet [*sic*] délégation que nous garderons pour nous couvrir des 1 000 fr. avancés et le billet de Re[g]nau[l]t vous reviendra.

Je pense que les conditions vous paraîtront convenables dans la situation où vous vous étiez placé et font honneur au négociateur.

Vous pouvez donc désormais être tranquille, une prise de corps n'est plus à craindre. Seulement envoyez-moi vos acceptations par retour du courrier et autorisez-moi par écrit à donner les mille francs à votre compte.

J'ai fait toutes les recommandations indiquées dans votre précédente, je vous observerai toutefois que votre système de poste appliqué aux épreuves est trop long, trop coûteux et dérange trop.

Notre vente de l'in-12 est pitoyable[1]. Ce sera une affaire ruineuse si vous continuez vos réimpressions d'ouvrages anciens, aucun concessionnaire ne veut acheter et toute notre activité échoue contre leur inertie, j'augure mieux de *La Femme supérieure*, rien de nouveau pour *César Birotteau* sinon qu'on est venu nous offrir d'en racheter la propriété, vous allez je crois être vendu au plus offrant et dernier enchérissant, nous verrons alors.

J'ai bien l'honneur de vous saluer

V. Lecou.

Je remets à l'instant à la poste les 1ʳᵉˢ feuilles de *La Peau de chagrin*², faites vos corrections, mettez votre bon à tirer et nous surveillerons vos corrections s'il y en a.

J'oubliais de vous dire que je resterai dépositaire des jugements obtenus par Duckett, ce dépôt exigé par lui comme garantie de l'exécution du traité, en cas de non-paiement de votre part, je m'engage à le lui remettre.

[Adresse :] Monsieur | Monsieur H. de Balzac | Château de Saché, Azay-le-Rideau | Indre-et-Loire.
[Cachet postal :] 18 août 1837.

37-133. À ALBERT MARCHANT
DE LA RIBELLERIE

[Saché, entre les 21 et 25 août 1837¹.]

Mon vieux camarade, fais-moi le plaisir de me retenir ma place dans le coupé, je veux un coin, pour lundi prochain, à la diligence qui pourra me l'assurer ce jour-là. Puis fais-moi le plaisir d'aller à la poste de Tours régler avec *le maître de poste lui-même* une singulière difficulté que j'ai.

L'année dernière, en Xᵇʳᵉ² quand j'étais chez toi, pour aller et revenir de Saché le maître de poste m'a demandé 3 postes en m'y laissant le temps de dîner, j'y suis resté et le postillon a ramené la voiture à vide.

Le jour de mon arrivée le 15 août, même marché pour m'y conduire et ramener la voiture vide, mais M. Margon[n]e n'était pas à Saché, je suis revenu à Rigny³. J'ai payé au postillon 21 francs outre que j'ai fait refroidir les chevaux et donné à manger au postillon.

Le postillon m'a écrit la lettre ci-jointe pour me demander 6 postes. J'en ai payé 4 en donnant 21 francs, mais si vraiment le maître de poste abuse de son droit, ou si le postillon veut me jouer un tour ce que tu verras, alors je fais ainsi le compte : 6 postes 18 francs, 6 pourboires à

15 sous, 4 f. 10 sous, total 22,50 cent. il y a 30 sous seulement à donner pour être quitte.

Je viendrai à Tours, samedi avec M. Margon[n]e, si tu peux me donner à coucher, n[ous] irions dimanche faire une visite à ta mère et je partirai lundi.

Tout à toi

Honoré.

37-134. LE DOCTEUR NACQUART À BALZAC

[Paris, 24 août 1837.]

Mon noble et cher ami,

Je ne puis me persuader qu'il y ait autre chose, chez vous, qu'une bronchite avec des douleurs musculaires dans les parois de la poitrine[1]. Aussi est-ce en toute confiance que je vous donne rendez-vous pour le jeudi 31 à 6 heures, plus tôt, si vous le pouvez. Là nous exploiterons [*sic*] votre thorax et aucun point ne pourra échapper ni à la percussion, ni à l'auscultation. Grâce à Laennec nous éluciderons vos organes, et le traitement curatif découlera comme une conséquence.

Cette Touraine serait-elle devenue ingrate, elle qui hésiterait à payer en santé, ce qu'elle doit de célébrité à son peintre, à son historien ? Ce Saché même n'aurait-il pas dû s'enorgueillir de son grand prêtre littéraire ? Revenez donc mon ami, sur nos rives plus politiques que poétiques, afin d'y retrouver cette santé de fer que votre gloire vous condamne à goûter encore longtemps. Je crois que vous ferez bien de briser tout à fait avec vos sommités de Chaillot, si cela n'est déjà fait, ici il y a là des bourrasques, des oscillations, qui pourraient entretenir votre irritation bronchique.

Adieu, mon digne ami ; je craindrais que Saché ne m'en voulût de vous fortifier dans votre projet de retour, si je ne savais que l'on y aime autant en vous l'homme d'une vaste mission littéraire, que l'hôte de tous les bons moments du jour.

Acceptez cette nouvelle expression de mes sentiments à toujours.

Nacquart.

Paris, 24 août 1837.

[Adresse :] Monsieur | Monsieur de Balzac | à Saché, par Azay-le-Rideau | Indre-et-Loire.
[Cachets postaux :] Paris, 24 août 1837 | Azay-le-Rideau, 25 août 1837.

37-135. À LA COMTESSE EUGENIA ATTENDOLO-BOLOGNINI

[Vendredi 1ᵉʳ septembre 1837[1].]

Merci, *cara*, de la page, embaumée par le souvenir, que vous m'avez envoyée, et qui m'a délicieusement rappelé votre bien-aimé salon et les soirées que j'y ai passées et celle que vous appelez familièrement « la petite Maffei » et qui occupe une trop grande place dans ma mémoire, pour que je me permette cette expression.

Vous avez donc encore souffert ? les médecins de Milan me feraient grand-peur ; à votre place je viendrais à Paris consulter quelques-uns de nos grands hommes, car nous en avons encore dans cette pauvre France.

Vous ne m'avez rien dit de Puttinati[2] ; je l'ai donc effrayé qu'il n'est pas venu me voir un matin à son retour de Londres ? Dites-lui combien il a eu tort, car j'avais pensé à lui pendant sa fugue à Londres, et il a été trop discret avec quelqu'un qui l'avait mis si fort dans son cœur pendant notre voyage raboteux.

La colère dont je ne sais les motifs et sur laquelle m'a fait rester la comtesse Sanseverino est-elle calmée[3] ? Elle m'a accusé de ne pas aimer l'Italie au moment où je travaillais à une œuvre intitulée *Massimilla Doni* et qui fera tressaillir plus d'un cœur italien[4]. Mais je suis si accoutumé aux injustices, que celle d'une jolie femme ne m'émeut plus : j'ai un calus sur le cœur à cet endroit, tant on y a frappé. D'ailleurs je trouve fort impertinents les gens qui me proclament un homme profond et qui veulent me connaître en cinq minutes. Entre nous je ne suis pas profond, mais très épais, et il faut du temps pour faire le tour de ma personne ; c'est une promenade qui lasse : mais je ne dis pas cela pour elle. La comédie, que je méditais à Milan tout en sirotant votre thé et vaguant par les rues, est achevée ; j'entre[5] dans une quinzaine en répétition, mais dans un si profond *incognito* que ce ne sera pas le secret de la comédie.

Ce travail, que j'ai mené de front avec les livres, m'a causé une petite maladie inflammatoire dont je relève[6] et qui a retardé ma réponse car le docteur m'avait défendu d'écrire quoi que ce soit, même une lettre.

Je suis allé dans ma douce Touraine[7] ; il a fallu dire adieu à mon voyage d'automne ; je ne reviendrai en Italie qu'au printemps, car je veux voir la Semaine Sainte à Rome, si Dieu veut que je porte dans la Métropole l'argent de la Comédie au cas où l'œuvre profane réussît. Rappelez-moi au souvenir des hôtes de votre salon : Lugo, Dolcini, la Jiulietta [*sic*] Pezzi[8] et *tutti quanti*, sans oublier de mettre mes obéissances aux pieds de la piccola Maffei ; prenez votre air le plus gentil et votre meilleure ruse pour savoir en quoi j'ai perdu quelque chose, à quoi je tenais tant, dans l'esprit de la comtesse Sanseverino, et dites-le-moi. Faites-moi l'aumône de ce petit cancan, et surtout présentez-lui mes hommages les plus fleuris.

Il y a des jours où je rêve de la cathédrale de Milan et du tableau de Raphaël que nous avons été voir ensemble ; mais surtout d'un camélia encore plus blanc que le marbre le plus blanc de la plus blanche statue de l'aiguille la plus blanche[9].

N'oubliez pas de me représenter au *cavalier Maffei*, et faites dire à l'éditeur de je ne sais quel journal à qui j'ai promis la version corrigée du *Lys dans la vallée* pour la traduire, que ce ne sera prêt que dans le premier mois de l'année prochaine, car ce ne sera réimprimé que pour cette époque[10].

Trouvez ici mille gracieusetés que je voudrais faire aussi poétiques et aussi douces qu'il les faut pour une chère fleur comme vous, et croyez à une affectueuse mémoire qui frôle une hérétique idolâtrie dont se plaindrait mon confesseur, si j'avais le malheur d'en avoir un qui ne fût pas bénin, attendu que ce confesseur est votre dévoué de Balzac.

Je n'ai point oublié Piazza[11], ni Bonf...[12] Enfin, Pompeo Marchesi[13] aura quelque jour de mes nouvelles, mais j'ai eu tant à faire, que... !

37-136. AU BARON ÉTIENNE DENOIS

[Vendredi 1er septembre 1837[1].]

Cher Baron, mettez un piment dans le palais de la justice milanaise afin que les affaires finissent, prenez-le le plus épicé possible, car mes mandants ont trouvé un beau placement immobilier, et il faudrait ajouter une quinzaine de mille livres milanaises à celles que j'ai rapportées.

Ayez la bonté si vous rencontrez Tonnino Visconti[2] de lui dire que ce que je lui ai promis est prêt mais que je n'ai pas d'occasion, et qu'il faut, s'il a un ami sûr à Paris, ou quelqu'occasion que je sois instruit, car je ne puis pas envoyer un manuscrit par la poste, ni par la diligence.

Si vous rencontrez le prince Porcia, dites-lui combien je suis fâché qu'il me délaisse, mais que je lui pardonnerai difficilement.

Priez le *caro* Puttinati de se presser s'il est possible, car il y a quelqu'impatience à Parigi[3] pour son œuvre[4].

Vous me rappellerez au souvenir de tous ceux qui ont été si bons pour moi, et si vous voulez continuer votre œuvre de protection à mon égard, *vous tourmenterez M. Frosconi*[5] *audit nom.* J'ai pris du papier fin pour pouvoir mettre la lettre que je lui écris sous ce pli sans indiscrétion.

Je vais répéter une comédie en 5 actes, en sorte qu'il m'a fallu renoncer à aller dans le Nord par l'Italie et la Hongrie, ce sera pour le printemps. Je ne vous ai point écrit, parce que j'ai cru revenir vous voir en oct[obre] et acquitter mon pari perdu ; mais la nécessité de ramasser un peu de vil métal m'a retenu dans une retraite et à des travaux si excessifs que je sors d'une inflammation assez grave, heureusement qu'elle a quitté la poitrine pour les bronches et que je suis guéri. Je n'ai plus que les ennuis des répétitions entre le sifflet ou la couronne. Vous savez ce que c'est qu'une comédie en 5 actes, je la rêvais à Milan ce qui m'a causé plus d'une distraction, et la voilà éclose à Paris. Ce travail secret m'a valu les plus ridicules histoires de la presse pittoresque qui invente les plus grosses sottises sans honte, et quand j'apprends cela, je me surprends à regretter la bonne vie de Milan, et l'Italie.

J'espère que vous n'avez pas commis l'injustice de croire que j'ai pu oublier un moment l'énorme dette que j'ai contractée envers vous qui avez été si bon, si complaisant et affectueux pour moi. J'imagine que vous particulièrement vous comprenez les cœurs artistes et je me résume en ceci par un seul mot en me disant affectueusement

tout à vous

H. de Balzac.

37-137. DANGEST À BALZAC

[Paris, première quinzaine de septembre 1837.]

Proposition faite par M. Mège à M. Dangest, de rompre le bail qu'il a souscrit, d'un appartement au 2ème étage de sa maison avec divers accessoires repris audit bail[1].

Cette proposition est de payer 1 050 F., tant pour l'année de loyers qui expirera en avril 1838, qu'impôt des portes et fenêtres, qu'indemnité de rupture dudit bail & remise en leur premier état les divers changements opérés dans la distribution dudit appartement, tels que destruction du cabinet de garde-robe, d'alcôve, d'armoires, disposition de sonnettes, etc.

Cette proposition est acceptée par M. Dangest, sous la condition que tout restera dans l'état où il se trouve actuellement ; que les tentures en papier, cheminées, sonnettes, boiseries formant [fermant ?] le demi-cercle de l'alcôve resteront telles qu'elles sont.

Qu'il ne sera enlevé que les meubles meublants, les tentures en étoffe de la pièce principale, les poêles, tapis, bibliothèques etc., toutes choses enfin considérées comme mobiliers autres que celles réservées ci-dessus.

37-138. « THEBALDI » À BALZAC

29 7bre 1837.

Monsieur de Balzac,

Je vous maudis parce que je suis femme, je vous aime parce que vous distillez l'esprit. Notre enfance a mêlé ses jeux, là, dans cette belle Touraine qui de vous obtient justice, parce que la perversité n'atteint jamais les 1ers souvenirs. Dès lors pourtant, vous nous sembliez *un petit satan tout noir*, dont nous détournions les regards. Vous avez justifié cette instinctive aversion, vous mettez la vie de femme à nud [*sic*], et dans sa plus effrayante nudité. Un seul tableau de nous est sorti doux et pur de votre plume, *Eugénie Grandet*. Et nous vous dévorons toutes, comme ce génie du mal qui attire et déchire sans qu'on se lasse de le suivre.

Ah ! que l'esprit a de puissance ! Vous le savez bien, et vous n'oubliez pas non plus que le fiel fut presque toujours omis dans la création de la femme.

Montrez-nous-la donc une fois, telle que vous ne la rencontrerez plus sans doute, car vous avez abusé de tout ; mais ce qu'elle se trouve [*sic*] encore sur nos rives de la Loire, belle, heureuse, simple et pure ; oubliez quinze années de votre vie pour vous retracer ces fraîches images ; soyez-nous bon et juste une seule fois, ce n'est pas trop pour racheter tant de traits acérés trempés d'un feu grégeois.

Vous avez cependant voulu nous être en aide dans votre *Physiologie du mariage*. Mais les trois quarts des maris savent-ils vous deviner ? Vous nous aurez fait, là encore, plus de mal que de bien, et vous n'améliorerez jamais cette terrible race. —

Adieu, Monsieur, vous ne vous rappelez pas de moi et vous ne me retrouverez jamais. Vous avez tracé mon portrait presque trait pour trait dans *La Femme de trente ans*[1]. Je suis aristocratique, grande, mince, à visage fin, à petits pieds, à doigts effilés, c'est tout ce que vous en apprendrez.

À mon 1er voyage de Paris, je vous chercherai dans quelque lieu public, afin d'étudier s'il reste un éclair de bonté dans un être moitié homme, moitié démon, et mobile comme vous devez l'être, ce sera un miracle de deviner juste. Alors seulement, si j'entrevois un léger rayon de bien dans toute votre personne, j'espérerai ce que je réclame ici avec une audace toute féminine qui vous fera sourire de pitié, si une maligne pensée ne vous traverse pas l'esprit. —

Que celle de me chercher ne vous fatigue point, j'ai depuis longtemps abandonné les bords de la Loire, je suis à plus de cent lieues de vous, et ne veux vous livrer que l'anagramme de mon nom de jeune fille, sans y joindre celui de ma famille.

Thebaldi.

37-139. À ALESSANDRO MOZZONI-FROSCONI

[Sèvres, 10 octobre 1837.]

Cher Monsieur Frosconi, la loi sur la garde nationale m'a forcé de quitter Paris et de me réfugier sur la limite du dépar^t de Seine-et-Oise en sorte qu'aucune lettre ni paquet ne m'arrivera s'il n'est adressé ainsi À M. Surville, rue de Ville-d'Avray, 16, Sèvres, Seine-et-Oise. — Faites-moi le plaisir de donner cette adresse à Monsieur le baron Denois en le priant de prévenir le prince Porcia. — Puis prenez également en note l'adresse du Comte et de la comtesse Guidoboni-Visconti qui est *avenue de Neuilly, 54, aux Champs-Élysées* à Paris.

Trouvez ici l'expression de mes sentiments les plus distingués

de Balzac.

Sèvres, 10 8bre.

[Adresse :] Monsieur Mozzoni-Frosconi | avocat.
[Cachets postaux :] Paris, 12 oct. 1837 | [Milano,] 19 ott.

37-140. À LUIGI COLLA

[Sèvres, 12 octobre 1837.]

Cher Maître, nous sommes bien inquiets du procès de Tortone[1] et nous nous demandons si les Italiens ne savent faire vite qu'une seule chose. Mais ce petit mot n'a d'autre objet que de vous prier de m'adresser vos lettres et avis ainsi : *M. Surville, rue de Ville-d'Avray, Sèvres, Seine-et-Oise.* Aucune lettre qui n'est pas ainsi conçue ne me parviendrait, car une horrible loi sur les réfractaires de la garde nationale — loi qui prononce des amendes et des mois de prison — m'a forcé à fuir sur la limite juste du département voisin, afin d'être à Paris corporellement quand je veux et de n'y pas être légalement. Et pour éviter d'être de la garde nationale départementale, je ne suis pas sous mon nom. Quand vous aurez une occasion à Paris pour ce que j'ai à vous envoyer de *fleurs de rhétorique* qui ne valent pas celles de vos belles serres, *oïmé*?

Mille caressantes choses à votre famille et gardez-en une bonne part.

V[otre] dévoué

de Balzac.

[Adresse :] Monsieur Colla | avocat | Turin | royaume de Sardaigne.
[Cachet postal :] 12 octobre 1837.

37-141. [SURGAULT?] POUR VICTOR LECOU
À BALZAC

[13 octobre 1837.]

Monsieur,

J'ai absolument à vous parler demain et vous serais bien obligé de me faire savoir à quelle [heure] je pourrais vous voir chez vous ou vous recevoir chez moi, je serai demain chez moi jusqu'à midi. —

Agréez mes salutations empressées
pour V^{or} Lecou
Surgault[1].

Ce 13 8bre 1837.

Il s'agit d'une affaire très importante pour vous & pour nous[2].

[Adresse:] Madame Veuve Durand | Rue des Batailles N° 13 | Chaillot.

37-142. ARNOLDO ET LUIGI COLLA
À BALZAC

Rivoli, ce 21 8bre 1837.

Monsieur,

Nous concevons très bien vos inquiétudes au sujet du procès de Tortone, et, quoique au fait des interminables lenteurs de notre procédure, nous aurions vivement désiré de ne pas en voir un exemple aussi frappant dans une affaire qui nous intéresse au plus haut point. Une foule de combinaisons semble avoir causé ces retards. D'abord l'incident élevé par Me Montebruno[1], dès le commencement du procès, ayant pour objet apparent de forcer son adversaire à prêter la caution dite *judicatum solvi*[2], mais dont le véritable but n'était que celui de gagner du temps. Grâce aux vices de la procédure piémontaise, le résultat n'a déjà que trop répondu à cette vue, et voilà bientôt un an que le procès est ouvert sans qu'on ait pu obtenir des délibérations dans le fond. C'est pourquoi nous avons dû prendre le parti de faire appointer à décision ce malencontreux incident, et, aussitôt le jugement rendu, ce qui peut éprouver encore des retards parce qu'il faudra des conclusions de l'avocat fiscal et les tribunaux sont dans ce moment en vacances, la cause sera portée en appel devant le

Sénat de Turin. Ce n'est qu'alors que l'affaire, surveillée de près avec toute la sollicitude possible, il nous sera donné de la conduire à bon terme ; car, nous vous le disons avec regret, la personne qui nous avait paru le plus sincèrement intéressée, n'est peut-être pas étrangère à quelque dangereuse influence qui fait de beaucoup fléchir son zèle[3]. Voilà encore une des raisons, la plus puissante peut-être, de ces retards qui se sont groupés autour de cette affaire ; mais les choses sont trop avancées maintenant pour qu'on puisse écarter une coopération que nous avons tout lieu de croire sincère.

Au reste, soyez persuadé, Monsieur, que nous mettons trop de prix à la bonne réussite d'une affaire qui nous intéresse sous tant d'égards, pour que notre sollicitude à en presser la solution ne vous soit pas complètement assurée, ainsi que vous devez l'être de la haute estime et du sincère attachement avec lequel, moi en particulier, j'ai l'honneur d'être,
Monsieur,

Votre très dévoué serviteur
Arnold Colla.

Occupé à renserrer mes plantes, j'ai chargé mon Arnold de répondre à votre estimable lettre en ce qu'elle concerne l'affaire que vous m'aviez confié[e] ; il vous a donné tous les renseignements y relatifs, et je m'y rapporte entièrement.

Quoique le service de la garde nationale tienne à une institution des plus salutaires dans ma manière de voir, je trouve cependant que certaines personnes qui rendent à la société ou aux sciences de grands services, telles que vous, devraient y être exemptées ; vous l'avez fait bon, ou malgré la loi ; tant mieux pour la littérature.

Quand j'aurai une occasion sûre je vous en donnerai avis pour recevoir le don précieux que vous avez eu la bonté de m'offrir ; vos *fleurs de rhétorique* me seront aussi avantageuses pour faire exalter davantage celles de la nature ; un peu de romanticisme[4] leur donne cet éclat que souvent celle-ci leur refuse.

Mon épouse et toute ma famille me chargent de vous faire leurs respects.

V[otr]e dévoué
L[ouis] Colla.

[Adresse :] Monsieur Surville | rue de Ville-d'Avray | Sèvres | Département de Seine-et-Oise.
[L'indication de rue de Ville-d'Avray, Sèvres, a été remplacée au dos de la lettre, à l'arrivée, par celle de :] Rue des Batailles, n° 13, à Chaillot.

37-143. À FRANÇOIS ANTOINE HABENECK

[Paris,] 24 octobre [1837[1]].

Monsieur,

Dans une vie artiste, l'oubli est bien concevable : ne m'en voulez pas de vous demander si vous avez pensé à la stalle que vous aviez eu la complaisance [de] retenir pour moi, au Conservatoire. Agréez, en tous cas, mes remerciements les plus distingués et l'expression de ma sympathie sincère.

Votre dévoué

de Balzac.

1, rue Cassini.

37-144. VICTOR BOHAIN À BALZAC

[Paris, 24 octobre 1837.]

Mon cher Mons. de Balzac,

J'ai absolument besoin de mes 2 000 fr. pour le trente, vous seriez donc bien aimable de livrer votre manuscrit[1] d'ici-là, vous savez quelle obligeance j'ai mise dans cette affaire, je crois donc pouvoir compter sur vous. Mille amitiés.

Votre tout dévoué,

V. Bohain.

Ce 24 8bre 1837.

[Adresse :] Mons. de Balzac.

37-145. À CHARLES PLON

[Paris, début novembre 1837.]

Charles,

Renvoyez-moi une nouvelle épreuve de ces 3 feuilles pour lundi soir, car je ne voudrais pas avoir à les relire mardi, n[ou]s serons trop occupés pour *La Maison Nucingen*, l'article de *La Presse* dont vous recevrez toute la copie mercredi matin[1].

On n'a donc tiré que les 7 1res feuilles de *Gambara*[2]. Dites-moi si le reste est chez vous à tirer, car le brocheur ne m'a remis que les 7 1res et j'ai besoin du reste en double exemplaire.

37-146. CHARLES DELESTRE-POIRSON À BALZAC

[Paris, 11 novembre 1837.]

Monsieur,

On donne, ce soir, au Gymnase, un vaudeville tiré d'une de vos admirables compositions[1].

Veuillez me faire savoir s'il vous serait agréable d'assister à la première représentation ou à toute autre. Je mettrai dans ce cas à votre disposition la plus belle loge de la salle.

Recevez, Monsieur, l'assurance de mes sentiments les plus distingués.

Ce onze 9bre 1837.

Delestre-Poirson.

Monsieur de Balzac.

37-147. VICTOR LECOU À BALZAC

[Paris, 14[1]? novembre 1837.]

Mon cher Monsieur de Balzac, je viens de voir Mr Boulé qui signera ce que vous voudrez. Envoyez-lui donc un petit mot où vous relaterez ce que vous exigez et monsieur Boulé le ratifiera.

Tout à vous

V. Lecou.

[Adresse :] Monsieur | de Balzac | en ville.

37-148. PROJET DE TRAITÉ
AVEC THÉODORE BOULÉ ET VICTOR LECOU

[Paris, novembre 1837.]

Entre les soussignés

Jean Théodore Boulé directeur du J[ourn]al *L'Estafette* dem[euran]t à Paris rue Coq-Héron n° 3

d'une part

& Mr Victor Lecou libraire dem[euran]t à Paris rue Neuve des Petits-Champs n° 50 tant en son nom que co[mm]e se portant fort de Mrs Delloye & Bohain

d'autre part

& encore Mr Honoré de Balzac dem[euran]t à Paris

encore d'autre part

a été dit & convenu ce qui suit :

Mr de Balzac & Mr Lecou audit nom s'obligent à livrer à Mr Boulé *d'ici au cinq Décembre prochain*, Terme de rigueur ; le manuscrit de *César Birot[t]eau* roman en 2 vol., de cinquante feuilles au moins ; la copie sera fournie par Mr de Balzac au fur & à mesure qu'il l'aura composée & de manière à ce que le cinq Décembre, il puisse donner son Bon à Tirer des dix dernières feuilles.

Mrs Béthune & Plon seront chargés de la Composition du premier volume dont M. Boulé acquittera le montant.

Mr Boulé composera le second volume dans son Imprimerie.

Le Tirage des deux volumes sera fait chez M. Boulé & par ses presses et à ses frais.

Mr Boulé ne pourra tirer à moins de Cinq mille et main de passe, mais il se réservera le droit de tirer à un plus grand nombre & en deux éditions. Mr Boulé s'oblige à payer à MM. de Balzac & Lecou un droit d'auteur de deux francs par volume, ou quatre francs par exemplaire soit vingt mille francs pour les cinq mille ex[emplaires] auxquels il s'oblige aujourd'hui.

Néanmoins, il demeure bien convenu la Condition expresse que, dans le cas où le bon à tirer des dix dernières feuilles ne serait pas donné à M. Boulé *le Cinq Décembre prochain*, époque fixe, M. Boulé devant éprouver une très grande perte par le fait de ce retard, ne fût-il que d'un ou deux jours, ainsi qu'il s'en est expliqué avec les soussignés, qui le reconnaissent, le prix du droit, par chaque volume sera réduit à Trente sols, ou Trois francs l'exemplaire & ce sans aucune discussion ni arbitrage quelconque.

Le payement sera fait par M. Boulé entre les mains de M. Lecou en ses règlements à raison de deux mille cinquante francs par mois à compter du quinze décembre prochain.

Mr Boulé s'oblige[a] à prendre le papier chez M. Delatouche pour la fabrication des deux volumes.

Mrs de Balzac & Lecou s'interdisent de faire paraître aucun fragment de *César Birot[t]eau*, dans qlqs Journaux ou revues que ce soit pendant un an à dater de ce jour ni de faire réimprimer dans le même format ou même dans le format in-12, MM. Balzac et Lecou se réservent seulement le droit de le mettre dans leur édition illustrée.

M. Boulé remettra Gratuitement à MM. Bal[zac] L[ecou] 30 Ex[emplaires] qu'il tirera en plus[b].

37-149. TRAITÉ AVEC THÉODORE BOULÉ ET VICTOR LECOU

[Paris, 14 novembre 1837.]

Entre les soussignés

Jean Théodore Boulé directeur du J[ourn]al *L'Estafette* dem[eura]nt à Paris rue Coq-Héron n° 3

d'une part

& Mr Honoré de Balzac dem[euran]t à Paris

d'autre part

& encore M. Victor Lecou[1] libraire éditeur, dem[euran]t à Paris rue Neuve des Petits-Champs n° 50 tant en son nom que co[mm]e se portant fort pour Mrs Delloye & Bohain acquéreurs des œuvres de M. de Balzac

encore d'autre part

a été dit et convenu ce qui suit[2] :

Mr de Balzac & Mr Lecou audit nom s'obligent à livrer à M. Boulé, d'ici au dix[a3] Décembre prochain terme fixe & de rigueur, le manuscrit de *César Birot[t]eau*, roman en deux vol. de quarante-cinq[b] feuilles au moins.

La copie sera fournie par M. de Balzac au fur & à mesure qu'il l'aura composée & de manière à ce que le dix[c] Décembre arrivé M. Boulé ait reçu le bon à tirer des dix dernières feuilles.

Mrs Béthune & Plon finiront de composer le premier volume qui est commencé chez eux — Mr Boulé en acquittera les frais à ces MM.

Mr Boulé composera dans son imprimerie le second volume — Il fera le tirage des deux volumes par ses presses et à ses frais.

Mr Delatouche fournira le papier nécessaire à la fabrication de l'édition entière & M. Boulé devra lui en acquitter le montant.

M. Boulé ne pourra tirer à moins de cinq mille avec mains de passe — mais il s'assure le droit de tirer à un plus grand nombre et de faire deux éditions à la charge toutefois d'acquitter les droits d'auteur sur le pied de quatre francs par exemplaire comme il va être expliqué ci-après[d]. Il sera payé à MM. de Balzac & Lecou un droit d'auteur de deux francs par volume, ou quatre francs par exemplaire tiré, soit vingt mille francs pour les cinq mille exemplaires pour lesquels M. Boulé est engagé par les présentes[4].

Néanmoins il demeure bien entendu de condition expresse que dans le cas où le bon à tirer des dix dernières feuilles ne serait pas donné à M. Boulé le dix[e] Décembre prochain époque fixe, Mr Boulé, devant éprouver une très grande perte par le fait de ce retard, ne fût-il que de deux ou trois jours, ainsi qu'il s'en est expliqué avec les soussignés qui le reconnaissent, le droit d'auteur par chaque volume sera réduit à trente sols ou trois francs par exemplaire & ce sans aucune discussion, ni arbitrage quelconque[5].

Le payement de ces vingt mille francs sera fait par M. Boulé entre les mains de Mr Lecou en ses règlements à l'ordre de ce dernier à raison de Deux mille cinq cents francs par mois à compter du quinze Décembre prochain.

Mrs de Balzac & Lecou s'interdisent de faire paraître *César Birot[t]eau*, même par fragment, dans qlqs journaux ou revues que ce soit pendant six mois à[f] dater de ce jour ni de se faire réimprimer dans le même format ou même in-12[6].

Mrs de Balzac et Lecou se réservent toutefois le droit de le mettre dans leur édition complète illustrée.

Mr Boulé outre les mains de passe tirera Trente exemplaires qu'il remettra à Mrs de Balzac & Lecou gratuitement. Il est entendu que les manuscrits et épreuves appartiennent à M. de Balzac ; que pour arriver à l'impression pour le dix décembre, M. Boulé mettra à la disposition de M. de Balzac des commissionnaires pour porter ses épreuves et ne pourra se refuser à aucun travail de nuit, audit cas tout refus anéantirait la clause sur le retard — le refus verbal devant un témoin suffirait sans autre constatation[g][7]

lu et approuvé

Fait triple entre les soussignés à Paris ce quatorze novembre 1837

Th. Boulé

approuvé l'écriture ci-dessus et d'autre part

de Balzac

approuvé l'écriture ci-dessus et d'autre part en ce qui me concerne

H. L. Delloye

approuvé l'écriture ci-dessus et d'autre part en ce qui me concerne

V. Bohain.

37-150. VICTOR LECOU À BALZAC

[Paris, 14? novembre 1837.]

Monsieur de Balzac,

Je vous envoie le traité ratifié par M. Boulé[1]. Vous aurez soin de mettre au-dessus de votre signature, *approuvé l'écriture ci-dessus.* Comme vous le verrez par la lettre que je vous envoie M. Boulé tiendra un homme à votre disposition. Quant à Plon je n'ai pu le voir, mais je ne pense pas qu'il y ait difficulté de sa part.

Il est bien entendu que les sommes qui vous reviennent ne vous seront remises qu'au fur et à mesure de leur encaissement ainsi que nous en sommes convenus ce matin, cela ne veut pas dire que je me refuserai à vous faire quelques avances, mais ceci n'est point une obligation[2]. Si après la remise du manuscrit vous voulez les effets qui vous reviennent, souscrits à votre ordre, ils vous seront remis, sauf ceux qui seront appliqués à l'affaire Duckett — il n'avait pas été question ce matin de ne faire aucune retenue, nous pensions n'en faire qu'une minime et c'est dans ce sens que j'en avais parlé à M. Delloye, on pourrait donc imputer une légère somme ne fût-elle que de 500 fr. sur nos anciens comptes.

Nous entendons bien aussi que cette publication de deux volumes sera regardée comme une publication qui rentrera dans les conditions de notre traité, de même que les sommes que vous recevez.

Je vous avais envoyé 500 fr. ainsi que je vous l'avais dit ce matin, mais ne sachant pas si vous élèverez encore quelques objections, je ne vous les fais pas remettre ce soir. Si vous adhérez maintenant vous pourrez envoyer demain les recevoir, et je remettrai contre votre reçu motivé valeur à valoir sur la cession faite à M. Boulé pour le *César Birotteau*.

Avant de signer je vous recommande de bien examiner s'il vous est possible d'arriver au dix décembre[3] — la non-exécution du traité devant être une ruine pour M. Boulé.

Agréez mes salutations.

V. Lecou.

[Adresse :] Madame | Veuve Durand | à Chaillot.

37-151. À LAURE SURVILLE

[Paris, 15 ? novembre 1837.]

Ma chère Laure, ne prends aucun souci de moi; j'ai retrouvé l'énergie un moment abattue, et je m'applaudis de vous avoir caché à tous mon profond découragement et mes chagrins. M. Lecou a conclu une affaire qui va me permettre de payer Hubert[1], de satisfaire aux plus pressants besoins; et, comme nous mettrons *La Femme supérieure* en vente[2], il en destine ma part à acquitter les effets *Gougis*[3]. Ma mère aura ses 500 fr. le 10 décembre au plus tôt. Il fallait assurer cela, avant tout. Je répugne à me servir de l'argent que doit Surville, et tu en seras aise sans doute.

Mais je n'atteindrai pas à ces résultats sans me jeter dans un travail horrible. Il faut que *César Birotteau* (acheté 20 000 fr. par un journal[4]) soit fini le 10 décembre. Il faut passer 25 nuits, et j'ai commencé ce matin. Il faut faire 35 à 36 feuilles un volume et demi en 25 jours. Dans cette extrémité, il m'est impossible de garder Auguste[5] qui, voulant s'en aller, fait tout ce qu'il peut pour se rendre insupportable. Les 500 fr. que va me donner M. Lecou en à compte [*sic*] sur ce qui me reviendra vont passer à le payer. Vois le compte de l'affaire, et vois le peu d'aisance qu'elle me donne:

Droit de publier *César Birotteau* à ses frais (*L'Estafette*)
        payé 20 000
Sur cette somme ces messieurs reprennent les 5 000 francs
payés pour le rachat du traité du *Figaro* 5 000
        reste 15 00
        ½ à chacun 7 500
        Ils m'avancent 500 500
        reste 7 000

Sur ces 7 000, ils prélèvent ce qui sera nécessaire pour terminer l'affaire Duckett[6], environ 3 000 fr. Il m'en reste 4 000, dont 3 000 à Hubert, 500 à ma mère, et 500 à moi. Il me restera, pour l'affaire Gougis et pour mes échéances, le produit des deux volumes de *La Femme supé-*

rieure et de *La Maison Nucingen*, qui seront mis en vente dans un mois.

Enfin, je ne partirai pas[7] sans laisser la 4ᵉ livraison des *Études* faite[8], et je crois que n[ous] allons liquider cette affaire. Il m'en reviendra quelque chose.

Si je reste dans la même situation personnelle, affreuse de dénuement, il n'en est pas moins palpable que j'aurai, d'ici à deux mois, pour 15 000 fr. de dettes de liquidés, et qu'avec un nouveau succès comme celui de *Birotteau*, tout ira bien. Or, il faut que j'aie près de moi quelqu'un de dévoué. J'ai mis le pied sur une planche pourrie en comptant sur Auguste, et il faudra me négocier madame Michel[9], en ne lui cachant pas le mal qu'elle aura, et dont peut-être un jour la récompenserai-je en lui donnant la place de femme de charge chez moi. Dans ce moment, je ne puis que lui donner 80 fr. par mois, nourriture comprise. Elle aura une assez jolie chambre, une petite cuisine, beaucoup de mal ; mais que ne peut-elle pas attendre de moi, à qui, hors ses énormes gages, Auguste a coûté 2 500 fr. déjà. Il faudrait que ce fût fait vite, car avant la fin de la semaine, je voudrais être quitte d'Auguste.

Tranquillise-toi. 3 mois ne se passeront pas sans quelque affaire pareille à celle de *L'Estafette*. Les grands journaux auront besoin de moi, et je les pressurerai pour les aider dans leur lutte contre les journaux à 40 fr. Si Surville était trop serré par Gougis, j'emprunterais alors 4 000 fr. à Mme de V[isconti] et 4 000 pour le pay[emen]t de la maison, car elle peut par hypothéquer de 8 000 sans crainte.

Dis-moi par un mot comment tu vas ? je suis inquiet. Enfin, écris-moi de temps en temps pendant ces cruels 25 jours où je mets ma vie en jeu.

On donnera *César Birotteau* à ceux qui s'abonneront à *L'Estafette*. On le tire à 5 000. Si c'est une belle œuvre, quel succès !

37-152. ALEXANDRE FURCY GUESDON
À BALZAC

[Charonne, 16 novembre 1837.]

Mon bien cher ami, je crains de ne pouvoir pas exécuter le projet qui m'a tant souri, de coopérer à l'œuvre que vous méditez[1].

Je ne puis, quoi que je fasse, me réveiller de l'engourdissement où je me suis laissé tomber depuis plus d'un an. Le travail est maintenant une fatigue que j'envisage avec effroi. Je me sens en effet vivre plus facilement depuis que je me suis affranchi de tout effort intellectuel ; et je jouis comme un écolier en vacances, de cette liberté que je me suis donnée. Oui, cette voluptueuse paresse résiste même à l'idée si attrayante d'une association avec vous, le talent que j'estime le plus, l'esprit que j'aime le mieux au monde. Je finis de m'arranger dans mon presbytère de Charonne ; j'ai déjà planté mes tulipes, mes jacinthes et mes crocus ; les trous sont faits pour 60 arbres fruitiers qui vont m'arriver ; j'ai désigné la place de mes dahlias, de mes fraisiers, de mes rosiers, de mes melons. Ce sont là des plaisirs que prennent en pitié vos jeunes et vives passions de gloire, d'ambition et d'amour, et de fortune aussi ; pour moi, qui vieillis et qui aime l'obscurité, je vois là beaucoup de bonheur et je m'y laisse aller. Je vais passer mon hiver, en partie, à lire ou plutôt à relire tout ce que vous avez écrit.

Donc, mon cher et illustre ami, j'en reviens à vous dire, comme au commencement de ma lettre, non pas que je renonce à votre projet, mais que je crains de ne pouvoir pas l'exécuter, car il faudrait pour cela que vous voulussiez, ou que vous pussiez attendre assez pour me prendre quand je reprendrai moi-même, le goût et l'amour du travail. Or, je suis loin de les avoir en ce moment ; et vous, vous êtes plein d'idées que vous brûlez de mettre en œuvre. Comment concilier ces contraires dispositions ? N'y pensons pas quant à présent. Mais je vous ai retrouvé, je ne veux plus vous perdre ; je m'intéresse à vous, à vos succès, j'aime votre personne et votre génie de tout mon cœur, de toute mon admiration. Donnez-moi parfois quelques lignes de souvenir et d'amitié, ce sera l'un de mes plus grands plaisirs.

Furcy Guesdon.

16 nov. 1837.
Rue de Paris, n° 21, à Charonne.

[De la main de Balzac :]

Ceci est l'illustre Mortonval.

37-153. À MADAME DELANNOY

[Paris, 18 novembre 1837.]

Offert à Madame de Lannoy [*sic*] en témoignage de ma vive et filiale affection[1].

Paris, ce 18 novembre 1837.

Honoré de Balzac.

37-154. À EDMOND DUPONCHEL

[Paris, 20 novembre 1837[1]?]

Y a-t-il moyen d'avoir deux stalles d'amphithéâtre pour ce soir, ou une 3ᵉ loge de côté, il ne s'agit que de ma sœur et de ma nièce, qui ont peu vu Robert, et jamais le diable[2], j'enverrai prendre ce que v[otre] Majesté me donnera, à deux heures ICI et pas au bureau[3].

T[out] à vous
de Balzac.

37-155. À ZULMA CARRAUD

[Paris, 20 novembre 1837[1].]

Cara, je n'ai jamais vu dans ma vie de fatalité pareille ; ma petite malle faite, au moment où j'allais retenir ma place pour courir en Berry, mes éditeurs sont venus, un journal nous propose 20 000 francs si je puis donner *César Birotteau* pour le 10 décembre, 20 000 seulement pour le droit de l'imprimer à 5 000 et pouvoir le donner à ses abonnés, afin de soutenir la lutte contre les journaux à 40 fr[2].

Il m'a été impossible de refuser, ça me donne pour ma part 12 500 francs en vingt jours. Voici huit jours que je passe à travailler sans dormir — Le 10 de décembre je serai quasi mort — Et j'irai peut-être bien me reposer auprès de vous[3], car il paraît qu'il faudra recommencer cet effort en janvier pour un autre grand journal, mais je n'y consentirai pas sans qu'on me compte au préalable 30 000 francs. J'avoue qu'il y aurait plaisir à m'acquitter en quelques mois des dettes qui pèsent sur moi depuis neuf années. Mille tendres choses, je baise vos enfants au front, une poignée de main au commandant. Je voudrais bien vous dédier *César Birotteau*, mais le commandant a dit qu'il ne voulait pas, un jour[4].

Tout à vous.
Honoré.

[Adresse :] Madame Zulma | Car[r]aud à Frapesle | Issoudun.
[Cachet postal d'arrivée :] Issoudun, 22 nov. 1837.

37-156. AU PROTE THUAU

[Paris, fin novembre 1837.]

Monsieur Thuau[1]

Je compte sur les pages de chasse sur la 20, renvoyez-moi pour *midi* ces *4* feuilles 16, 17, 18 et 19 avec la chasse on les rapportera en *bon* à tirer, et vous recevrez les 20, 21 et 22 complètes, plus le reste de la correction 1re du 2e volume.

Soyez exact, mettez 8 personnes sur les 4 feuilles et le metteur en pages.

37-157. À THÉODORE BOULÉ

[Novembre 1837[1].]

Mon cher Monsieur Boulé,

Je ne m'explique ce qui arrive que par votre excessif désir de ne pas arriver, ou par un incendie dont vous ne m'avez pas fait part. L'homme mis à ma disposition[2] est un fantôme.

Il était convenu hier qu'à 8 heures, on enverrait prendre la feuille 22 remaniée *puisque vous voulez une* 23 quoique j'aie fourni plus de 25 feuilles de la justification primitive.

Il est 4 heures au moment où j'écris, personne n'est venu.

Il était convenu que l'on m'enverrait dire, ce soir, ce que donnait la réimpression en cicéro.

Personne n'est venu.

J'ai passé la journée à *attendre* je vous ai dit hier que je ne pouvais pas travailler 3 jours de plus, et de pareils oublis nous reculent indéfiniment sans qu'il y ait de ma faute.

Qu'arrive-t-il ? confiez-le-moi !

Ma feuille 22 qui doit faire 22 et 23 voulait une épreuve dans la journée.

Il est 4 heures, elle ne sera pas faite à minuit.

Comme j'ai eu l'honneur de vous le dire, ce n'est pas l'intelligence mais la mécanique qui devait faillir, mais la mécanique peut reprendre — et non l'intelligence.

Vous laissez dans cet oubli un homme qui n'a personne chez lui et qui se croise les bras en imaginant mille désastres et là où je suis c'est un poème que de trouver un commissionnaire.

37-158. MAX BÉTHUNE À BALZAC

26 9bre 1837.

Monsieur

J'ai parfaitement reçu votre lettre *sans date*[1] qui me fait des réclamations pour ce qui vous serait dû à la *Chronique*, une absence prolongée et par suite de nombreuses affaires m'ont empêché de vous répondre plus tôt ; le ton et le style pris par vous dans cette lettre étaient si inaccoutumés à mon égard que je crois avoir le droit de m'en plaindre, j'ai appris également depuis *votre mauvais vouloir* pour notre maison et en vérité je ne sais à quoi l'attribuer, je n'ai pas été vous chercher pour la *Chronique* je ne suis donc pas responsable de vos pertes, je n'y ai moi-même personnellement pas gagné, dans le cours de nos relations pendant et après l'affaire de la *Chronique* vos lettres le témoignent en termes non équivoques, j'ai continuellement cherché à les rendre agréables et plus d'une fois j'ai été assez heureux pour vous obliger ; vous avez eu une affaire désagréable avec M. Duckett, j'ai fait tout un monde pour vous faire transiger amiablement et certes à votre avantage. Je vous ai prédit ce qui arrivait ici donc vous n'auriez qu'à me remercier. J'étais bien aise de vous dire ce que je pensais de la forme de votre réclamation, venons au fond :

Lorsque nous avons liquidé la *Chronique* selon le compte que vous avez et dont je vous envoie un double, il me restait dû 422 f. 22, il restait en outre la créance *Planche*[2] que je voulais bien accepter en article si toutefois il voulait se liquider ainsi. J'ai assuré ce que j'ai pu en payant une bonne partie, mais enfin jusqu'à bon vouloir de sa part vous êtes responsable. Depuis plus d'un an je n'en puis plus rien avoir et il reste dû 873 [f.].

Il y avait en outre 228 f. de dû sur une avance faite à vous et que vous deviez me remettre en argent, j'ai eu un effet Werdet qui n'a pas été payé, vous êtes donc responsable et plus d'une fois vous m'en avez parlé.

J'ai donc d'après le compte ci-joint crédité votre compte des colonnes[3] qui se monte ———————————— 1 272,

Mais vous me devez comme je
vous le dis ci-dessus ——————— 422,22
                                     873
                                     228   } 2 523,22
remis ac[comp]te de rédaction —— 1 000

vous me redeviez ————————————————— 1 251,22

Vous voyez donc, Monsieur, que non seulement vous n'avez pas à vous plaindre de moi mais que vous êtes encore mon débiteur et que nous aurons un compte à régler tout en ma faveur.

Vous avez grand tort de m'imputer quoi que ce soit pour le *Dictionnaire* la rédaction et le prix de la rédaction appartien[nen]t par l'acte de société à M. Duckett, je ne suis que le caissier pour cet objet, je ne suis donc pour rien dans vos démêlés d'aucune espèce.

J'ai l'honneur de vous saluer
Max Béthune.

37-159. AU DOCTEUR NACQUART

[Paris, 28 novembre 1837.]

Mon bon Docteur, je travaille en ce moment d'une manière exorbitante, précisément pour tâcher de mettre un terme à mon indiscrétion. Je ne puis sortir, car je dors à peine quatre heures. J'ai pris un engagement littéraire à terme auquel je ne croirai[s] pas encore même quand j'aurais réussi. Voulez-vous prendre ce petit mot pour reçu de cent cinquante francs dont mon petit compte sera grossi, et peut-être en janvier, vous rapporterai-je le tout.

Trouvez ici mille gracieusetés.

Honoré de Bc.

28 9bre.

[Adresse :] Monsieur Nacquart.

37-160. AU PROTE THUAU

[Paris, fin novembre 1837.]

Monsieur Thuau,

Pour m'éviter du travail, il faudrait faire voir la copie par un correcteur et vérifier les corrections qui sont bien indiquées.

Enfin, il faudrait que ce soir, à quelque heure que ce soit, j'ai[e] toute cette *recomposition* en page et imposée, fût-il minuit, car il faut enlever nos 12 feuilles en 4 jours, et en même temps remanier en p[eti]t texte n[otre] second volume.

Maintenant que j'ai fini le manuscrit, vous allez avoir des choses bien rudes à enlever.

Ci-joint 5 pages de chasse et 12 feuillets d'ancienne comp[ositi]on corrigée à composer en cicéro.

Cela doit donner 4 ou 5 feuilles, quand vous les enverrez, vous recevrez le reste du volume.

37-161. JEAN BUISSON À BALZAC

[Paris, 5 décembre 1837.]

Mon cher Monsieur

de Balzac, comme je vous lavais dit dans ma dernierre de vendredi dernier quil netait rien de ce que vous croyez ou du moins de ce que lon vous avez dit, je suit tout a fait maitre de l'afairre[1] et puis tretere quant on le voudra, que lon me donne un rende-vous et nous en causeron ou ci lon prefere que lon ce rende chez Monsieur Chevallier avouez rue des Bourdonnais N° 17 qui a tout les droit de ma part pour en traiter, ci vous le preferée je me renderez chez vous pour en causer a lavance, écrivez moi votre réponce par ladresse d'Armand Werdet

tout à vous
Buisson.

[Adresse :] Monsieur | Monsieur de Balzac | 13 rue des Batailles.

37-162. AU PROTE THUAU

[Début décembre ? 1837[1].]

Monsieur Thuau,

Si vous voulez prendre la responsabilité des corrections indiquées vous pouvez tirer après les avoir vérifiées, sinon renvoyez-moi *une seule épreuve*, je la rendrai *bon à tirer* en faisant attendre une heure seulement.

37-163. ALEXANDRE DE BERNY À BALZAC

Paris, le 7 Déc. 1837.

Pensez à m'envoyer les 900 F n'est-ce pas ?
Avez-vous des nouvelles de Werdet ?

Tout à vous
Al. De Berny.

Et la petite retraite[1], s'embellit-elle ?

[Adresse :] Madame Ve Durand | rue des Batailles, 13 | Chaillot.
[Cachet postal :] 7 décembre 1837.

37-164. AU DOCTEUR JEAN-BAPTISTE MÈGE

[Chaillot, 17 décembre 1837.]

Je soussigné déclare et reconnais par ces présentes que le bail de l'appartement que j'occupe à Chaillot rue des Batailles n° 13 fait entre Mr Dangest propriétaire et Mr Mège[1] médecin demeurant à Paris rue de la Michodière n° 13 a été consenti et signé par ce dernier en mon lieu et place uniquement pour m'obliger et être mon garant vis-à-vis Mr Dangest ; que la vérité est que j'ai seul joui dudit appartement et que par conséquent j'en dois seul les termes échus et à échoir jusqu'à fin de bail, mais voulant le faire cesser au 1er avril prochain, MM. Dangest et Mège y consentant, je m'engage à payer à Mr Mège, dont je suis de droit et de fait le locataire verbal la somme de onze cents francs, tant par les termes échus ou à échoir que pour toutes indemnités de résiliation de bail; m'engageant aussi à laisser les lieux dans l'état où ils se trouvent maintenant, sauf mon droit d'enlever les objets comme poêles et cheminées mobiles, etc. que j'y ai mises en rétablissant les choses en bon état. Ladite somme de onze cents francs sera payée par moi en bonnes espèces ayant cours à Mr Mège au plus tard le 1er avril prochain avant de quitter les lieux, c.-à-d. avant mon déménagement.

Chaillot, ce dix-sept décembre 1837

de Balzac.

37-165. LA MARQUISE DE CASTRIES À BALZAC

Paris, 19 [décembre 1837].

Pourquoi ne m'avez-vous pas répondu et qu'est-ce qui fait que vous ne m'aimez plus du tout ? Nous vieillissons et nous ferions mieux de renouer que de rompre nos liens. Me voici dans mon nid ; j'y suis fort triste, car j'y trouve une place vuide. Venez m'y serrer la main cela me fera bien et plaisir. Je vous attendrai de 4 heures à minuit. Mille amitiés.

Maillé de Castries.

[Adresse:] Mde Veuve Durand | rue Bataille [*sic*], n° 13 | Paris.
[Cachet postal:] 20 décembre 1837.

37-166. AU DOCTEUR NACQUART

[Paris, 21 décembre 1837.]

Mon bon Docteur, si vous le pouvez, donnez-moi encore cent cinquante francs ; dont cette lettre vous fera reçu et donnez-moi vendredi à dîner, nous ferons notre petit compte général, car je recevrais d'ici à deux mois le fruit de mes efforts chez mes associés et je pourrai vous assigner une époque fixe pour le remboursement. Mille amitiés.

Honoré de Balzac.

[Adresse :] Monsieur Nacquart.

37-167. LE COLONEL CHARLES FRANKOWSKI
À BALZAC

Varsovie, le 23 X^{bre} 1837.

C'est en me traînant à vos pieds que je v[ou]s demande grâce cher Mr de Balzac, pour ma dernière lettre (si toutefois v[ou]s l'avez reçue[1]). J'eus un accès de spleen en v[ou]s l'écrivant — mais v[ou]s qui sentez autrement que les autres v[ou]s me pardonnerez je n'en doute pas lorsque v[ou]s saurez que je ne suis rien moins qu'heureux — le sort ne cesse de me jouer des niches à chaque pas ; si je ne m'explique pas davantage c'est que je ne veux pas mettre votre cœur à la gêne !…

Il y a un mois que M. [Cherest *?*][2] a eu la gracieuse bonté de m'envoyer votre lettre du 10 8bre datée de Sèvres[3]. Ô! les Welches[4] ! ils vous chassent vous, de Paris avec leurs chiennes de lois. Le plaisir que j'ai eu en lisant votre chère lettre ne peut se décrire ! que le bon Dieu v[ou]s en récompense !…

Quant à mon Mss je suis vraiment tout honteux de v[ou]s en parler mais puisqu'il n'y a pas moyen de l'éviter je v[ou]s autorise officiellement à le reprendre des mains de M. *[illisible]*[5] et v[ou]s envoie en conséquence le chiffon de papier ci-inclus[6]. Quant à sa vente (et il n'y a pas de danger qu'elle se fasse vu les défectuosités de tous genres qui y fourmillent) considérez les intentions que je v[ou]s ai données à ce sujet comme non avenues jusqu'à notre revoir qui peut-être se fera d'ici à bientôt. Tâchez seulement de retirer des mains de M. Duckett les 3 chapitres que je lui ai remis en quittant Paris[7] et priez-le de votre part (cela va sans dire mais pas de la mienne) qu'il veuille bien faire insérer dans son [journal] la *Chro[nique] de Paris* un des chapitres que v[ou]s trouverez le moins *compromettant* (peut-être *la foire* peut-être *l'orgie*) en le signant de mes initiales.

Répondez-moi, mais pesez chaque phrase, chaque mot et adressez faubourg de Cracovie n° 395.

Ne soyez pas surpris du timbre de Hambourg que porte l'enveloppe de ma lettre car je l'ai confiée à un ami avec injonction de la remettre à la poste de Hambourg.

La fatalité qui me poursuit en tout a voulu que votre boîte[8] bien qu'envoyée en juillet ne soit parvenue à M. Ch. qu'à l'heure qu'il est ; c'est mon très cher oncle qui m'a joué ce tour pendable.

Je v[ous] embrasse un million de fois et brûle d'impatience d'être bientôt à même de déchiffrer votre chère écriture en pattes de mouche. Adieu.

F.

Parlez-moi donc de la comtesse et de Sofka[9], elles sont vos amies et à leur insu je suis le leur et les aime et les vénère on ne peut plus.

37-168. ALFRED GÉNIOLE À BALZAC

Jeudi matin [28 décembre 1837].

Ma chère Veuve Durand

Je n'ai pu me rendre ce matin chez vous comme je le devais pour y parler affaires[1], j'avais oublié que j'avais retenu un modèle[2] très difficile à avoir dans ces temps d'approche du salon, j'ai dû en user. Mais si la personne à laquelle je dois avoir à faire peut passer chez moi elle me trouvera tous les jours jusqu'à 5 h du soir —

Tout à vous —

A. Géniole
10 rue N^{ve} St Georges.

[Adresse :] Madame | Ve Durand | rue de la Bataille [sic] N° 13 | Chaillot. [Cachet postal :] 28 décembre 1837.

37-169. AU COMTE AUGUSTE DE BELLOY

[1837-1839?]

Mon cher de Belloy, l'affaire avec Souverain est terminée si vous le voulez, il publiera *Contrario*[1], vous recevrez 200 f. et la quittance des sommes qu'il prétend que vous lui devez ; mais tout ceci est soumis à l'obligation de communiquer *un* exemplaire des bonnes feuilles, car il ne peut pas achever sans avoir ni lire. N[ous] irons ensemble chez lui quand vous voudrez ; prévenez-moi toujours 3 jours à l'avance

mille amitiés

de Bc.

37-170. VICTOR LECOU À BALZAC

[1837 ou 1838?]

Monsieur de Balzac

J'espère obtenir de *La Presse* ce que vous demandez[1]. Fixez le rendez-vous que vous voudrez Monsieur Delloye & moi nous nous y trouverons, mais il n'y a pas d'objection pour vous compter 1 volume pour *La Maison Nucingen* et *La Torpille* puisque ces deux ouvrages sont inédits de même *Birotteau* compte pour deux le reste comptera quand vous le donnerez.

Je ne sais pas pourquoi vous exceptez la *Revue des Deux Mondes* et la *Revue de Paris*, avec ce système nous serions toujours paralysés, nous commerçants ne devons pas connaître vos exceptions, l'intérêt général doit seul nous guider.

Je vais m'informer à d'autres journaux s'il y a possibilité de faire insérer et je vous en rendrai compte.

Recevez mes salutations
V. Lecou.

[Adresse :] Monsieur | De Balzac.

37-171. VICTOR LECOU À BALZAC

[1837 ou 1838?]

Monsieur de Balzac

Je vais tâcher d'arranger les choses favorablement pour votre billet, ce qui est difficile cependant Mr de Girardin étant absent.

Il nous faut absolument un rendez-vous pour cette semaine, voulez-vous le fixer tous les jours me sont bons sauf mercredi, nous avons apporté quelq[ues] modifications à notre publication, il faut vous les communiquer et nous occuper du prospectus.

J'ai bien l'honneur de vous saluer
V. Lecou.

[Adresse :] Monsieur | de Balzac.

37-172. CAROLINE MARBOUTY À BALZAC

[Paris, fin 1837 ou début 1838 ?]

Vous ne venez pas me voir, vous ne m'écrivez pas, vous ne répondez même pas à mon billet. Cepend[an]t je m'adresse encore à vous pour me rendre un service. C'est faire votre éloge, je compte sur vous au jour du besoin. Il s'agit de donner à ma cousine l'adresse d'une maison d'éducation dont vous m'avez parlé l'an dernier et dans laquelle vous regrettiez que je ne fusse pas. Ce sont les sœurs d'un de vos amis qui la tiennent, cet ami est un académicien (je crois).

Vous savez ou vous ne savez pas que la pension dans laquelle je suis m'a tout à coup par un changement de domicile transportée du fg St-G[ermain][1] au fg-Poissonnière 107, que je me trouve trop éloignée de mes relations pour y recommencer une nouvelle année, que je veux changer, que je ne sais pas encore où diriger mes pas, qu'il faut m'aider, par cette adresse d'abord, et si c'est nécessaire plus tard, par une recommandation. Vous le voulez, n'est-ce pas ?

Bonjour, monsieur, mille bons compliments. J'ose vous demander une adresse et n'ose pas plus. J'ai pourtant un g[ran]d désir de vous voir, de causer avec vous.

Mille amitiés,

C. Marbouty.

Mardi soir.

37-173. À CAROLINE MARBOUTY

[Fin 1837 ou début 1838[1].]

M. de Balzac n'a oublié ni les moindres paroles ni les moindres grâces de la gracieuse Madame Marbouty. Mais Madame Marbouty a peut-être oublié les conditions dans lesquelles sont placés les malheureux écrivains dont la vocation est de travailler pour vivre, et de ne vivre que pour travailler ; sans cela, elle n'aurait pas mis sur le compte de l'indifférence ce qui doit être mis sur celui de la nécessité. Cette erreur est celle de personnes qui sont si près de M. de Balzac qu'il ne saurait la blâmer chez celles qui sont plus éloignées, quoiqu'il en souffre cruellement. Aussi, laisse-t-il ce sujet aux explications verbales. Il serait trop long et trop douloureux de les entamer ici.

Quant au sujet de la lettre que Madame Marbouty lui a écrite, et qu'il ne regarde que comme un accessoire aux premières lignes ; il offre le samedi de la semaine prochaine, et prie Madame Marbouty de trouver ici ses obéissances.

M. de Balzac ignore le n° de l'hôtel de M. de Castellane[2] à qui il enverrait une carte, et Madame Marbouty serait bien excellem[m]ent bonne de le lui dire.

37-174. À HENRI HEINE

[1837[1]?]

Mon cher Heine, je suis passé pour vous voir et suis fâché de ne pas vous avoir trouvé

de Balzac.

1838

38-1. À ZULMA CARRAUD

[Paris, le 1ᵉʳ janvier 1838.]

... elle n'est plus ; voilà ce que vient de me dire le son lugubre de cette cloche, dernier son d'une année qui s'enfuit et qui va s'ensevelir dans son tombeau. Salut à 1838, quoi qu'elle nous apporte ! Quelque peine qu'il y ait dans les plis de sa robe, qu'importe ? Il y a un remède à tout, ce remède, c'est la mort, et je ne la crains pas.

Mais adieu, chère amie. Mes yeux se ferment malgré moi. Ma main ne trace plus sur ce papier des caractères qui soient lisibles.

Je vous embrasse et vous serre contre un cœur qui vous est dévoué.

Amitié sincère et tendre en 1838 comme toujours depuis 1819, voilà 19 ans[1]. Amitiés au commandant. J'embrasse Ivan et Yorick. J'ai lu avec grand plaisir la lettre d'Ivan[2].

38-2. VIRGINIE ANCELOT À BALZAC

Samedi [, janvier 1838[1] ?]

Monsieur et ami,

Nous ne vous avons pas vu ces jours-ci.

Voudriez-vous nous en dédommager en passant la soirée avec nous demain dimanche *aux Italiens*.

Pourriez-vous être à la maison vers 7 heures ¼, nous irions avec Louise[2] et un de nos amis.

Si cela n'était pas possible écrivez-le-moi

mille amitiés

V^{ie}
Ancelot.

38-3. LUIGI COLLA À BALZAC

Turin, ce 10 janvier 1838.

Monsieur,

Le langage d'Armella est révoltant[1]. Avec quelle effronterie ose-t-il parler de trahison, de mise à prix de sa fidélité, et de semblables marchés dont le cynisme ne saurait être ni plus scandaleux ni plus dégoûtant ! Je vois à présent, et j'en suis vraiment désolé, que tout ce qu'on m'avait dit sur son compte était encore bien au-dessous de la vérité. Aussitôt que je l'ai su à Milan, comme il se disait calomnié par suite des persécutions de M. Montebruno aux offres duquel il se serait refusé, j'ai voulu m'assurer du véritable état des choses pour être à même d'asseoir mon jugement sur des bases positives. Après quelques délais que l'instruction de l'affaire a seule occasionnés, j'ai appris du juge même auquel elle est confiée, que trois faux, indépendants l'un de l'autre, pèsent sur le compte d'Armella ; que les preuves de son délit sont pleines et évidentes et qu'il n'est nullement question de vagues soupçons que quelqu'ennemi occulte ait suscités contre lui. Aussi les suites sont faciles à prévoir. Armella ne pourra pas reparaître en Piémont sous le coup d'aussi graves accusations qu'aucune defense ne saurait effacer. Mais d'autre part je sens très bien qu'on ne peut pas rompre avec cet homme-là ; son influence sur les témoins qu'il faudra entendre dans notre procès, est une chose trop essentielle pour qu'on puisse s'en passer, et même il faut soigneusement éviter de le tourner contre nous. Ceci m'explique la réserve avec laquelle M. le Comte Guidoboni répondit à la fameuse épître d'Armella que vous avez mise sous mes yeux. Dans ces circonstances, vous concevez très bien, Monsieur, que je ne dois pas me servir des pouvoirs dont M. Guidoboni a bien voulu m'investir ; il me répugnerait trop de traiter avec un homme qui marchande si honteusement sa coopération et qui vous menace à tout moment de sa trahison. Je suivrai néanmoins avec la plus grande sollicitude le cours de l'affaire avec l'avoué de Tortone ; je puiserai même les renseignements qui me pourraient être nécessaires auprès d'Armella dont l'adresse m'est connue ; mais l'offre d'une quote-part sur le gain du procès, je ne puis et ne dois pas la lui faire. En voilà assez, Monsieur, sur un sujet aussi déplaisant.

Ce sera par l'entremise de M. Bonafous[2] que je pourrai enfin avoir les livres que vous avez eu la bonté de m'offrir. Il doit se rendre sous peu de temps à Paris, et je lui remettrai votre adresse pour qu'il fasse retirer le paquet.

Ma famille, et Arnold en particulier, vous remercient de votre gracieux souvenir à leur égard. Quant à moi, trouvez bon que je renouvelle ici l'expression de mon sincère attachement et de la haute considération avec laquelle j'ai l'honneur d'être,

Monsieur

votre très dévoué serv[iteur],
L. Colla.

[Adresse :] Monsieur Surville | Sèvres (Seine-et-Oise) | Rue de Ville-d'Avray.
[D'une autre main :] Rue du Fg-Poissonnière, n° 24 à Paris.
[Cachet postal :] 15 janv. 1838.

38-4. ADOLPHE ÉVERAT À BALZAC

Paris, le 15 janvier 1838.

M. et Mme Éverat prient Monsieur de Balzac de leur faire l'honneur de venir passer la soirée chez eux le mercredi 24 de ce mois, et tous les mercredis suivants, de quinzaine en quinzaine.

On se réunira à 8 h.

J'espère bien, mon cher ami, que cette lettre sera plus heureuse que les deux ou trois visites que je vous ai faites l'année dernière, sans vous avoir jamais pu rencontrer ! ! !

Rue Richer, 10.

[Adresse :] Monsieur | Monsieur de Balzac | rue des Batailles, n° 13 | à Chaillot.
[Cachet postal :] 17 janvier 1838.

38-5. LE COMTE JULES DE CASTELLANE À BALZAC

[Paris, 23 janvier 1838.]

Mr de Castellane prie Monsieur de Balzac de venir dîner chez lui samedi 27 janvier à 6 h[eu]res précises[1].

23 janvier 1838.

38-6. CHARLES PHILIPON À BALZAC

[Paris, 25 janvier 1838.]

Mon cher Marquis,

Je suis chargé de faire dessiner un grand nombre d'hommes illustres parmi lesquels se trouve en première ligne l'auteur des premiers n[os] de *La Caricature*[1]. Ces portraits sont destinés à former les illustrations d'une galerie biographique des célébrités de la presse[2].

Voulez-vous donner une heure de votre temps pour que ce portrait ne soit pas mauvais ? Je vous en prie car il m'en coûterait beaucoup de vous faire faire moins beau que vous n'êtes[3].

Un mot de réponse s'il vous plaît.

À vous de tout cœur,

Ch. Philipon.

25 janv. 1838.

[Adresse :] Monsieur | de Balzac | Paris.

38-7. VIRGINIE ANCELOT À BALZAC

Vendredi [, janvier 1838[1] ?]

Monsieur et ami, voulez-vous venir dimanche soir nous aurons encore une toute *petite* soirée. C'est pour me dédommager de ne pouvoir guère causer le mercredi avec ceux que j'aime.

V[ie]
Ancelot.

38-8. À HENRI PLON

[Janvier ? 1838.]

Je persiste à prétendre qu'il faut avoir les 12 ou 14 feuilles du demi-volume en page et en châssis pour pouvoir déterminer *économiquement* la place des aciers[1] et que le système que j'ai dit à M. Janet[2] fait gagner 3 000 francs par volume et donne des bénéfices sur les 2 premiers mille.

38-9. LA COMTESSE HÉLÈNE ZAVADOVSKY
À BALZAC

[Fin janvier 1838.]

Avant de commencer, Monsieur, ce billet, j'ai examiné tout mon passé, pour savoir si je devais vous l'écrire ou non[1], mais entraînée par le désir d'avoir un souvenir de vous, j'ai cédé à toutes mes craintes, et je confie l'histoire de ma vie à cette perspicacité extraordinaire que vous seul possédez. — Mais puisque ce peu de mots vont vous initier à tous mes secrets, à toutes mes impressions, je suis bien aise Monsieur que vous jugiez par vous-même du plaisir que j'ai ressenti en vous lisant, vous voyez qu'avant de vous rencontrer j'avais contracté déjà de grandes obligations envers vous, et Madame de St Clair a réalisé mes souhaits en me procurant l'avantage de faire connaissance avec vous. — Agréez, Monsieur, mille compliments aimables et empressés

la Ctesse Zavadovsky.

38-10. CAROLINE COUTURIER DE SAINT-CLAIR
À BALZAC

[Paris, 1er février 1838.]

Voici Monsieur le billet que Madame la comtesse Hélène Zawadowsky [*sic*] vous écrit et qu'elle m'a prié[e] de vous faire remettre[1]. Vos lumières vous feront découvrir si l'âme de cette jolie Dame Russe est aussi pur[e] et sans tache que sa belle peau blanche et éclatante. *Je* le crois mais je suis une pauvre mortelle bien ignorante et facilement induite en erreur par les apparences. Une chose pourtant sur laquelle je ne puis me tromper c'est le prix qu'elle met à votre jugement et le désir qu'elle a de le posséder écrit de votre main. Je serai bien flatté[e] d'être l'intermédiaire pour lui transmettre votre réponse. Quant à moi Monsieur en vous remerciant de l'agréable soirée que vous nous avez fait passer, je vous prie d'agréer l'expression de mes sentiments les plus distingués.

R. de St Clair.

Ce 1er février
Rue de Miromesnil n° 31.

38-11. LA MARQUISE DE CASTRIES
À BALZAC

[Paris, 12 février 1838.]

Vous n'avez pas d'excuse à votre mauvaise volonté, mon cher poète, car ceci est de ma main. Venez me voir *demain mardi soir*. J'ai à vous gronder et à vous pardonner. Une belle dame vous donnera une tasse de thé.

Maillé de Castries.

Ce lundi.

[Adresse :] Mde veuve Durand | 13, rue des Batailles | Paris.
[D'une autre main :] Chez M. de Balzac | à Issoudun.
[Cachets postaux :] 13 février 1838 | Issoudun, 14 févr. 1838.

38-12. À LA MARQUISE DE CASTRIES

[Frapesle, près] Issoudun, 14 février [1838].

Cara, je reçois ici[1] votre gracieuse invitation, et vous comprenez que je ne l'ai reçue qu'avec des regrets infinis, d'autant plus qu'en voulant éviter les plaisirs de Paris, je comptais travailler, et que soit fatigue, soit voisinage des moutons, je suis dans un grand état de bêtise, fainéantise, paresse, incapacité et autres vices qui ne m'ont pas permis de faire grand-chose — J'ai la peine sans le profit — Votre seule écriture m'a fait un si grand plaisir, que j'ai regardé l'adresse longtemps, doutant presque car vous m'avez bien sevré de telles douceurs, et si vous avez à me gronder, moi je gronderai, je crierai plus haut et plus fort que vous. D'abord vous ne me dites rien de votre santé, ni de votre vie. Mais comme bientôt, je serai retiré de tout monde, et qu'après avoir pris le costume de la grande chartreuse, j'en bâtis la petite cellule, il y a peut-être une intention charitable dans vos cruautés — Si ma bêtise continue, ce qui est une double perte, en ce sens qu'elle altère mes revenus, j'aurai encore celle de vous apporter en arrivant les douces expressions de mes sentiments que vous recevez toujours si durement en me donnant ces titres si vulgaires d'homme léger, aimable, inconséquent, vaniteux, etc., etc., que je n'ai jamais mérité[s] attendu l'ancienneté, la profondeur, d'une amitié qui vous est connue et dont je vous réitère ici les affectueux témoignages car si ma tête est endormie croyez que jamais le cœur ne se relâche chez

v[otre] t[out] d[évoué] s[erviteur]
H. de Bc.

[Adresse :] Madame la marquise de Castries | Hôtel Castellanne [*sic*], rue de Grenelle | St-G[ermain] | Paris.
[Cachet postal :] 16 février 1838.

38-13. À GEORGE SAND

Issoudun [, 19 février 1838].

J'ai appris, chère Illustre, que vous étiez encore en Berry, et moi qui ai toujours eu envie de faire un pèlerinage à Nohan[t], je vous écris ce petit mot à cette fin de savoir si je ne me casserai pas le nez contre la porte, car j'ai entendu dire par un M. Martin[1], que vous m'avez jadis adressé, que vous partiriez pour Paris vers la fin du mois[2], et je ne voudrais pas non plus retourner, sans avoir vu soit la lionne du Berry, soit le rossignol dans son antre ou dans son nid, car vous avez une force et une grâce qu'apprécient [*sic*] plus que qui que ce soit

v[otre] d[évoué] s[erviteur],

H. de Balzac,

qui vous offre ses hommages et vieilles amitiés.
Frapesle, lundi 19 février.

Ne trouvez pas mauvais que j'aie lesté d'épreuves cette lettre afin de vous l'envoyer plus promptement par la diligence.

38-14. GEORGE SAND À BALZAC

[Nohant, 21 février 1838.]

Certes, j'y suis, et j'y serai toujours pour vous tant que mes pieds toucheront la terre berrichonne. Ne partez pas pour Paris sans venir me voir. Ce serait un véritable chagrin que vous m'auriez fait en me donnant de l'espérance. Vous savez la situation de ma chartreuse. Grande route de Châteauroux à La Châtre, *8 à 10 lieues*. Vous y pouvez venir dans une matinée. Prenez la *nouvelle route*[1].

Adieu, et à revoir, n'est-ce pas ?

Tout à vous d'amitié et de dévouement,

George.

21. Je vous réponds au reçu de votre lettre, et pense que la poste va encore plus vite, c'est-à-dire moins lentement que la diligence.

38-15. ALESSANDRO MOZZONI-FROSCONI À BALZAC

Milan, ce 21 février 1838.

Mon cher Mr de Balzac,

Mons. le baron Denois vous a transmis ma note du 28 janvier dernier par laquelle je rendais compte de l'état des affaires de Mr le comte Guidoboni-Visconti que vous m'avez confiées[1]. Depuis, le prince de Porcia a remboursé les 5 000# que j'avais placées chez lui, et la procuration de Mr le baron Galvagna le fils est arrivée. Elle m'a mis en état de vaincre les difficultés que l'inscription Patellani Constantin nous faisait rencontrer, et j'ai pu sécuriser avec l'acquéreur Volpolini, et Mr Constantin. Le premier est resté débiteur à Mr Guidoboni de 11 237#55 autrichiennes qu'il a payé[es] le 16 de ce mois, comme vous lirez, monsieur, dans l'acte du même jour dont j'ai l'honneur de vous remettre la copie. Et Mons. Constantin a été soldé de tout ce qui lui revenait, et en a donné quittance à Mr Guidoboni.

Restent les *livelli*[2] et la maison de Melegnano que je ne suis pas encore réussi à vendre au prix que vous aviez fixé. J'attends à ce sujet vos dernières instructions d'après les renseignements que j'ai donnés par la note ci-dessus annoncée du 28 janvier.

Cette vente étant incertaine, j'ai cru arrivé le moment de passer à la liquidation de mes comptes.

J'ai donc l'honneur de vous remettre la note de mes déboursés qui montent à 647#95 autrichiennes — les pièces justificatives restent auprès de moi pour en donner communication à la personne que vous voudrez bien charger de les examiner.

J'ai soumis à Mr le baron Denois la note de mes opérations et d'après vos instructions il a cru devoir liquider mes honoraires à 900 fr.

Je m'empresse donc de vous envoyer mon compte général qui donne pour dernier résultat en recette la somme de 17 883#28 autrichiennes, y compris les redevances des *livelli* et le loyer de la maison de Melegnano échu jusqu'au 11 novembre 1837, à l'exception du *livello* Zaino qui n'a pas encore été payé, et en dépenses 1 959#72 y compris les 900# de mes honoraires et les 647#95 autrichiennes de mes déboursés.

Je restais donc devoir 15 923#56 autrichiennes.

Par erreur j'ai retiré de la maison Bal[l]abio à Besana en lettre de change à l'ordre de Mr le comte Guidoboni 15 933#56 autr., c.-à-d. 10# de plus dont je me donnerai crédit dans le nouveau compte.

Les 11 933#56 au cours de 118 donnent 13 503 fr. comme il est porté dans la lettre que ladite maison m'a délivrée et dont je joins la copie.

Ces 15 303 fr. [*sic* pour 13 503?] Mr Guidoboni les recouvrera sur les quatre effets à son ordre à un mois d'échéance que j'ai l'honneur de vous remettre.

Par cette liquidation, les affaires se sont beaucoup simplifiées et elles termineront tout à fait si j'aurai le bonheur de trouver un acquéreur des *livelli* et de la maison de Melegnano, ce que je ne perdrai pas de vue et solliciterai de tout mon pouvoir.

À l'égard de l'affaire Armella je ne puis rien vous dire puisque comme Mr le baron Denois vous l'a mandé, vous ne m'avez envoyé que les deux dernières feuilles de vos instructions à ce sujet et il ne nous a pas été possible de deviner le reste.

Veuillez cher Monsieur, m'accuser réception de la présente et des pièces qu'elle contient et agréer la nouvelle assurance des sentiments très distingués et affectueux avec lesquels

j'ai l'honneur d'être
votre dévoué serviteur
A. Mozzoni Frosconi.

38-16. À GEORGE SAND

Frapesle, 22 février 1838.

Cara, je reçois votre aimable lettre aujourd'hui, je serai samedi vers six heures du soir[1] tout prêt à vivre sous les lois de la Châtelaine de Nohan[t]. Prenez tout ce que je mets ici de gracieusetés et de vieux souvenirs et vous rendrez très heureux

v[otre] t[rès] h[umble] s[erviteur]

de Balzac.

38-17. HENRY LOUIS DELLOYE À BALZAC

Paris, 23 février 1838.

Monsieur,

M. Janet[1] m'annonce que nous allons être arrêtés dans la publication de *La Peau de chagrin*[2] parce que M. Plon ne peut plus livrer de texte n'ayant pas reçu de vous les épreuves des demi-feuilles numérotées 20 et suivantes que vous avez gardées. Nous avons mis en vente la 9ᵉ livraison qui se compose des ½ feuilles 17 et 18, nous devrions donner jeudi prochain 19 et 20. Ainsi vous voyez qu'en effet nous allons être en retard et ce serait un très grand inconvénient. Nos concurrents ne cessent de dire que nous ne pourrons continuer et ce serait donner crédit dans le public à leurs médisances si nous interrompions une seule fois.

Je vous prie donc instamment de ne pas perdre un instant pour faire le renvoi. Tout retard aurait, je le répète, de grands inconvénients et pour nous et pour vous. Cette affaire qui dans un temps donné aura je l'espère de la réussite est fort lourde dans ses débuts et n'a pas besoin de difficultés extraordinaires ajoutées à celles qu'elle présente déjà.

Nous voulons voir un peu mieux les progrès du 1ᵉʳ ouvrage avant de nous engager dans un second. Il y a donc temps encore avant de s'occuper du *Médecin de campagne*.

L'heure du courrier me presse et m'oblige à remettre d'autres détails à un autre jour.

Veuillez agréer mes civilités empressées.

H. Delloye.

Rue des Filles-S.-Thomas, nº 13.

[Adresse :] Monsieur | Monsieur de Balzac | à Issoudun | Indre.
[Cachets postaux :] 24 fév. 1838 | Issoudun, 25 fév.

38-18. À ZULMA CARRAUD

[Nohant, 27 ou 28 février 1838.]

Cara, soyez sans inquiétude, je reste à Nohan[t], deux ou trois jours de plus que je n'avais projeté d'y rester, je me suis trouvé par hasard en verve pour ma comédie[1] et vous savez quelle est ma superstition pour achever l'œuvre sur place.

Ayez la bonté de remettre au porteur *le papier bleu en grand format* que j'ai rangé sur ma table, en laissant tout ce qui est coupé en place, car il y a dedans des choses secrètes. Puis joignez-y mon volume de *César Birotteau* corrigé. Et enfin *l'in-quarto d'épreuves* et de notes de *Massimilla Doni* en y comprenant les bonnes feuilles in-12 de la partie imprimée ; mon petit paquet de plumes de corbeau et enveloppez-moi, je vous prie le tout avec cette dextérité de fée qu'une fée marraine vous a donnée, je reconnaîtrai là votre bonne amitié qui, elle, vient du ciel.

Mon émissaire me rapportera cela, et si vous pouvez lui indiquer une méthode de revenir promptement s'il y avait une voiture en partance, ce serait bien, car ce pauvre homme aura fait huit lieues à pied.

Je ne vous remercie pas, car je serai à Frapesle au plus tard samedi[2] et alors, alors, je parlerai. Mille affectueuses choses gracieuses et une poignée de main au commandant.

Soignez mon homme ; c'est un fonctionnaire public, mais faites-le boire modérément car c'est un garde champêtre et la recommandation vient de mon ami George Sand qui connaît son moral, *elle* a d'ailleurs beaucoup entendu parler de vous par un du clan des Tourangins[3] et me charge de vous dire mille gracieux compliments.

Mille gratie [*sic*], *Cara*.
Votre tout dé[voué]

Honoré de Bc.

Recommandez bien mon paquet au fonctionnaire.

38-19. À GEORGE SAND

[Frapesle, 2 mars 1838.]

Chère Reine des Pifoëls[1], j'étais si chagrin de vous quitter que j'ai oublié de vous rendre les honoraires de mon fonctionnaire public, et vous les trouverez dans cette petite boîte ; mais vous aussi vous avez oublié de me donner quelques lignes insignifiantes signées Aurore Dudevant, les seules que je vous demanderai jamais car je sais tout ce que l'autographe a de ridicule ; mais je suis décidé à être très lâche et très ridicule pour une amitié vraie, celle à qui je l'enverrai. Je pars demain pour Paris, quand vous aurez à m'écrire et à me répondre, ne signez jamais pour que je sois à l'abri des rapacités que vous avez créées, par la gloire et adressez *rue des Batailles*, 13. Le houka[2] et le chagrin m'ont encore fait oublier de vous donner l'adresse de votre hôte reconnaissant. Vous m'aurez sans doute renvoyé ici une lettre pressée de ma sœur que Mme Car[r]aud a dirigée sur Nohan[t]. Si vous ne l'aviez pas fait ou si elle n'arrive que quand vous aurez ce petit paquet, retournez-la, je vous prie, rue des Bat[ailles], 13. Allons, *addio cara*. Je ne vous envoie ni fades hommages, ni grimaces d'amitié, je vous avouerai de loin que j'ai plus vécu pendant ces trois ou quatre longues causeries, le mords [*sic*] aux dents, que je n'avais vécu depuis longtemps. Quant au Houka, c'est à la vie à la mort, et quand je vous aurai investie de la puissance que je vous ai promise, peut-être est-ce le docteur Pifoël qui sera le débiteur de

Son humble et affectionné disciple,

Honoré de Bc.

Frapesle, 2 mars.

38-20. LE COMTE JUSTIN DE MAC CARTHY
À BALZAC

[Paris, 8 mars 1838.]

J'ai été à Chaillot pour vous voir mon cher Balzac, et comme je désire que ce mot vous parvienne immédiatement je vais le déposer chez Madame votre sœur[1]. Voulez-vous me faire le plaisir de venir dîner avec moi et chez moi mardi prochain 13 à 6 heures.

Vous y trouverez joyeuse et agréable compagnie et des personnes de notre connaissance commune. — Soyez assez aimable pour prendre des arrangements qui me soient favorables car vous m'imposeriez bien des regrets en me refusant.

Tout à vous

le Cte de Mac Carthy.

N° 15, quai d'Orsay.
Le jeudi 8 mars 1838.

P. S. — Je vous prie de vouloir bien me répondre le plus tôt possible.

[Adresse :] Monsieur | Monsieur de Balzac. | Pressé.
[De la main de Laure Surville :] N° 13, rue des Batailles, | Banlieue Chaillot.
[Cachet postal :] 9 mars 1838.

38-21. LA DUCHESSE D'ABRANTÈS
À BALZAC

[Paris, mars ? 1838[1].]

Je voudrais bien savoir enfin si nous sommes amis, ou si nous ne sommes plus que des gens tout près de devenir ennemis, car il n'y a guère de milieu. Voyons, dites-le-moi, et en même temps surtout apprenez-moi aussi qu'est-ce que c'est qu'une amitié qui fait demeurer dans la même ville des mois entiers sans se voir et sans se donner signe non pas d'existence mais d'intérêt. Cela peut aller ainsi pour de simples connaissances — mais *nous*, mon cher Honoré, *nous* il n'est pas possible que nous soyons ainsi, il faut des raisons majeures pour qu'après des jours intimes ne succèdent pas des jours d'une pure et sainte amitié, celle qui n'existe que dans des paroles n'est ni mauvaise ni froide, elle n'existe pas *du tout*. Je n'eus jamais de torts envers vous depuis que j'écris, depuis qu'une réputation littéraire due bien plus à la mode et au hasard qu'à mon mérite réel m'a rendu un nom que je *ne dois qu'à moi-même*, j'aurais pu me blesser moi, des bruits qui ont couru et qui n'ont pas été assez démentis, mais je me suis contentée de ne rien dire et je ne vous en ai pas aimé moins pour votre *silence partout* dans cette occasion, mais laissons cela. Il m'afflige de ne pas vous voir, vous m'avez dit d'aller déjeuner avec vous, eh bien voulez-vous venir dîner *avec moi lundi* et nous prendrons jour pour que vous me donniez des fraises (je ne mange que cela le matin avec de l'eau à la glace) chez vous dans votre campagne. Ma vieille amitié n'est pas susceptible, c'est la bonne — voulez-vous cet arrangement, nous jaserons, nous médirons de notre prochain et le temps passera. Mon Dieu, les vieilles amitiés et les jeunes amours vont à l'âme.

Adieu cher Honoré
mille et mille tendresses.

Laure d[esse] d'A.

38-22. À CHARLES DELESTRE-POIRSON

[Paris, 9 mars 1838.]

Monsieur, je ne crois pas être indiscret en vous priant de me dire si la pièce de *L'Interdiction*, que donne demain le Gymnase est tirée d'une œuvre de moi qui porte ce titre[1], ce qui me dispenserait alors de m'occuper d'une pièce sur ce sujet.

Veuillez agréer, Monsieur, mes compliments les plus distingués

de Balzac.

28, rue du Faubourg-Poissonnière[2].

38-23. CHARLES DELESTRE-POIRSON
À BALZAC

[Paris, 10 mars 1838.]

Monsieur,

La pièce qu'on donne ce soir au Gymnase[1] ne vous doit rien. J'en suis presque fâché, s'il faut le dire, car c'est pour elle une garantie de succès de moins.

En revanche, Monsieur, la lettre que vous me faites l'honneur de m'écrire me fait remarquer que le Gymnase qui vous doit beaucoup, indirectement, il est vrai, n'a pas même encore songé à s'acquitter en vous offrant vos entrées.

Veuillez les accepter avec bienveillance et puisque vous songez enfin à être dramatique au théâtre même, puissiez-vous songer au nôtre[2], où vous comptez déjà bien des pièces qui ont profité à tout le monde excepté à vous.

Recevez, Monsieur, l'assurance de mes sentiments les plus distingués.

Delestre-Poirson.

Ce 10 mars 1838.

[Adresse :] Monsieur de Balzac.

38-24. SOPHIE GAY À BALZAC

[Paris,] samedi 10 mars [1838].

Je n'entre point dans les querelles du gendre. Vous êtes toujours le Balzac chéri, et je veux vous voir et je veux que vous me conserviez cette bonne amitié que je n'ai cessé de mériter par mon admiration et mon affection sincère. Prouvez-moi que vous nous aimez toujours en venant passer la soirée chez moi jeudi prochain[1]. Madame Damoreau[2] doit venir nous chanter ses nouvelles romances. Venez l'inspirer. Son talent est bien capable de rendre le même service au vôtre.

Sophie Gay.

18, rue de la Chaussée-d'Antin.

38-25. À UNE AMIE ÉPIGRAMMISTE

[12 mars 1838 ?]

Je suis ici depuis quatre jours seulement et je suis très marri de l'épigramme acérée que vous m'avez mise dans votre petit mot, mais j'ai toujours compté ces choses-là au nombre des grâces de la femme, et je vous remercie de l'avis que vous me donnez.

Demain mardi, j'espère avoir le bonheur de vous voir dans la soirée, et vous ferai mes adieux car je ne fais que passer par Paris et partirai peut-être pour l'Italie mercredi[1], mais je ne le saurai que demain si oui, si non.

Mille tendres et respectueux hommages

de Bc.

Lundi matin.

38-26. À CHARLES DELESTRE-POIRSON

[Chaillot, lundi 12 mars 1838.]

Monsieur

Je vous suis très reconnaissant de vos attentions et suis touché de la délicatesse de votre offre[1], mais elle concorde chez moi à [*sic*] des opinions que je désire garder intactes et qui sont relatives à ma manière de considérer le plagiat littéraire ; je le sanctionnerais et veux toujours l'attaquer et le poursuivre. J'espère que vous comprendrez la singularité de ma position. Si vous voulez prendre la peine de passer demain mardi jusqu'à 3 heures, chez moi rue des Batailles N° 13 à Chaillot, je crois que vous ne regretterez point cette horrible course, car peut-être nous serons-nous mieux entendus en une simple causerie sur vos intérêts et les miens, et sur tout le parti que vous pourrez tirer des travaux auxquels je me suis livré depuis longtemps — les habitudes de mes travaux me permettent très peu de sortir et vous m'excuserez de vous proposer de faire tout le chemin vers moi.

Trouvez ici l'expression de mes sentiments les plus distingués

de Balzac.

Lundi 12 mars.

P. S. — Ayez la complaisance de vous nommer si vous venez, autrement vous ne pourriez pas franchir les consignes.

38-27. MADAME DELANNOY À BALZAC

Lundi, 3 heures [, 12 mars 1838].

Je viens de conter à votre sœur, qui sort de là, toutes mes tristes occupations. Mes malades ne vont pas aussi bien que je voudrais. Cela pourtant ne va pas jusqu'à m'empêcher de vous recevoir. Mais ma belle-sœur[1], qui sait qu'en ce moment je ne vois personne, a engagé son fils[2] avec elle à dîner jeudi dans une maison où il ne peut manquer. N'ayant pas entendu parler de vous avant samedi soir[3], je croyais que vous n'étiez pas de retour, et tout cela s'est donc mal arrangé. J'attendais Laure ce matin pour savoir où vous prendre et vous raconter mon mécompte. Avez-vous un autre jour de la semaine à me donner ? Laure dit que vous êtes pris demain et après-demain. Elle dit aussi que cela vous contrarie un peu de venir jeudi. Je ne veux pas vous contrarier pour vous faire manquer votre but avec Eugène. Je vous dis donc que jeudi vous nous trouveriez tous seuls, et que j'aimerais mieux un autre jour à cause de cela. Mais que si pourtant vous m'ajourniez à un siècle Eugène serait parti. Voyez donc ce que vous voulez faire, et écrivez-moi 2 lignes p[ou]r me le dire. Vous savez que pour moi vous êtes toujours le bienvenu, mais je voudrais tout arranger. — Cette semaine, dimanche, lundi, cela vous va-t-il ? Choisissez, un mot demain qui me le dise p[ou]r arranger les choses à la satisfaction de tous.

Ne venez pas vous casser le nez. Je passe ma vie chez mes malades. Mais de 7 à 9 par exemple vous seriez sûr de me trouver chez Mr Ferrand[4] et ordinairement aussi de *[cachet de cire]* à 5 tous les jours si par hasard *[cachet de cire]* à ces heures-là vous passiez par là.

Mille bonnes amitiés

J. D.

[Adresse :] Madame Veuve Durand | rue des Batailles, n° 13, à Chaillot | Paris.
[Cachet postal :] 12 mars 1838.

38-28. À CHARLES DELESTRE-POIRSON

[13 mars 1838.]

Monsieur, je ne croyais pas avoir péché par défaut de clarté dans ce que je vous écrivais hier pour vous expliquer la jurisprudence que tout homme de cœur peut adopter sur le pillage de sa pensée[1] ; mais votre lettre me force à vous dire que rien en ceci ne vous concerne, car vous avez pris chez vous tout ce que vous avez autrefois donné au théâtre et comme directeur vous faites ce qu'à votre place je ferais. Mais si j'ai péché par défaut de clarté vous ne péchez point par défaut d'intelligence, et connaissant vos talents dans la direction des intérêts qui vous sont confiés, je n'ai plus qu'à vous exprimer mes regrets d'avoir été si peu compris.

Agréez, Monsieur, mes compliments les plus distingués

de Bc.

13 mars 1838.

38-29. AU CAISSIER DE MM. DE ROTHSCHILD

[14 mars 1838.]

Je prie Monsieur le Caissier de Messieurs de Rothschild de remettre au porteur du présent la statue qui est chez eux[1], en lui présentant mes compliments les plus distingués

de Balzac.

14 mars 1838.

38-30. JADRAS À BALZAC

Paris, le 18 mars 1838.

Monsieur,

Je suis toujours en attendant de vous le payement de votre billet de 363ᶠ échu le 15 f[évri]er d[erni]er[1].

Votre très obéissant serviteur.
Jadras.

[Adresse :] Monsieur | de Balzac homme de lettres | rue des Batailles nº 13 | à Chaillot. | Paris.
[Cachet postal :] 18 mars 1838.

38-31. HIPPOLYTE SOUVERAIN À BALZAC

[Paris, 19 mars 1838.]

Monsieur,

Je viens m'informer à quelle époque positivement je recevrai *Dom Gigadas* qui devra terminer notre traité. J'ai besoin que cela soit fini pour n'avoir plus à m'occuper de cette vieille affaire. J'ai perdu l'adresse de Mr de Grammont.

J'ai l'honneur de vous saluer.

D. H. Souverain.

Paris, 19 mars 1838.

[Adresse :] Monsieur de Balzac | 13, rue des Batailles | Chaillot.
[Cachet postal :] 21 mars 1838[1].

38-32. À MADAME B.-F. BALZAC

Marseille, 20 mars [1838].

Ma chère et tendre mère adorée, n'aie aucune inquiétude, et dis à Laure de n'en point avoir. J'ai assez, et n'en déplaise à sa sagesse Lauréine, je n'aurai sans doute besoin de rien pour le retour. Cinq nuits et 4 jours, sur l'impériale[1]. J'ai les mains si gonflées, que je puis à peine écrire — demain mercredi à Toulon, jeudi je pars pour Ajaccio, j'y serai vendredi, et huit jours suffiront pour mon expédition[2]. Je pouvais d'ici aller pour 15 francs en Sardaigne par les navires du commerce, mais ils sont 15 jours, comme 3 en route, puis c'est l'équinoxe ; tandis que pour le triple, 45 francs, je suis rendu en vue de la Sardaigne. Maintenant que je vais y être, je commence à avoir mille doutes, en tout cas on ne peut risquer moins pour avoir plus — mille baisers, ma bonne mère, pour toi et Laure. J'ai encore tes pauvres 100 francs sur le cœur, et je vais faire en sorte de te les rapporter. Je n'ai dépensé que 10 f. sur la route, et je suis dans un hôtel qui fait frémir ; enfin, avec des bains, on s'en tire — puis si j'échoue, quelques nuits auront bientôt rétabli l'équilibre. En un mois, j'aurai ramassé bien de l'argent avec ma plume.

Adieu chère mère aimée, et pense bien qu'il y a beaucoup plus d'envie de faire cesser des souffrances chez des personnes chères que de désir de fortune personnelle dans ce que j'entreprends. Quand on n'a pas de mise de fonds, on ne peut faire fortune que par des idées semblables à celle que je vais mettre à fin.

Tout à toi
ton fils respectueux
Honoré.

38-33. À ZULMA CARRAUD

Marseille, 20 mars [1838].

Cara, la date vous dira bien des choses. Dans quelques jours, j'aurai, pour mon malheur, une illusion de moins, car c'est toujours au moment où l'on touche au dénouement qu'on commence à ne plus croire. Je pars demain pour Toulon[1], et, vendredi, je serai à Ajaccio. D'Ajaccio je verrai à passer en Sardaigne. Je n'ai pas eu le temps de répondre à Paris à votre bonne lettre[2], mais j'ai pensé que j'aurais ici du temps à moi. Quand je serai de retour à Paris, je vous écrirai un mot de réponse, en vous donnant d'autres idées sur ce que v[ous] dit votre frère.

Si j'échoue dans ce que j'entreprends, je me jetterai à corps perdu dans le théâtre. Vous qui savez combien l'inaction est pesante et combien je me ferais de reproches d'attendre les alouettes toutes rôties, vous ne sauriez croire combien j'ai trouvé d'obstacles, il semble que les malheurs de l'énergie soient plus grands que ceux de l'atonie. Il a fallu bien du courage de détail pour vaincre les difficultés. Le peu de bijoux que j'avais a été chez *ma tante*; ma mère s'est saignée et une pauvre cousine aussi[3]. Enfin me voilà à deux pas du résultat, et je puis vous dire que vous ne me connaissez pas en croyant que le luxe m'est indispensable, j'ai voyagé 5 nuits et 4 jours sur une impériale, buvant pour 10 sous de lait par jour, et je vous écris d'un hôtel, à Marseille où la chambre coûte 15 sous et le dîner 30. Mais, dans l'occasion, vous me verrez, je deviens féroce. Je ne crains pas l'aller, mais le retour si j'échoue! Il faudra passer bien des nuits pour rétablir l'équilibre et maintenir la position!

Allons, *addio, cara*; je baise vos belles mains douces, je presse celles du commandant et j'embrasse vos deux fils au front. Si je me noye dans le golfe de Lyon [*sic*], vous penserez que mes derniers jours sans soucis, où j'oubliais tout, se sont écoulés à Frapesle, mais vous m'y reverrez heureux ou malheureux et

tout à vous.

Honoré.

[Adresse :] Madame Zulma Car[r]aud | à Frapesle | Issoudun | Indre.
[Cachets postaux :] Marseille, 21 mars 1838 | Issoudun, 25 mars 1838.

38-34. À GEORGE SAND

Marseille, 20 mars [1838].

Cara diva regina dei Pifoëllini[1], je passe le Rubicon, et vais voir s'il y a un Eldorado pour les gens d'énergie. Je n'ai pu vous répondre de Paris à v[otre] bonne lettre[2], mais j'ai pensé que j'aurais du temps à moi, ici, *è vero*. À Paris, j'ai eu à vaincre les dragons de la misère qui sont entre moi et la réussite de ce que je tente, car il n'y a rien de vrai comme les contes de fées. Seulement au lieu de la princesse, mettez cent mille livres de rentes que nous n'avons pas, ou la gloire que vous avez. Croyez, chère, que je n'oublierai pas de longtemps les six jours que j'ai passés à Nohan[t] et si le Docteur Pifoël ne s'y oppose pas, j'irai parfois y oublier les mille chagrins d'une vie sans soleil depuis trois ans. Il y a des moments où l'amitié peut faire illusion, et je regrette bien de n'avoir pas été une semaine près de vous trois ans plus tôt. Je serai de retour, avant vingt jours et je vous dirai s'il y a eu succès. S'il y a insuccès, il faut que je me jette sur le théâtre, comme en 1831 sur la librairie, et je vois combien j'ai été bête de faire des livres, j'ai retardé les plaisirs de la vie de 10 ans, et dans 10 ans, tous mes cheveux seront blancs, il n'y aura plus d'amour, que l'amour payé, triste ressource. *Ha !* dites à Listz [*sic*] de vous mettre une note là-dessus quelque jour.

Addio Cara, je n'ai pas voulu quitter le sol français sans vous dire quelques mots du cœur, car qui sait qui vit ou qui meurt, c'est l'équinoxe. Le golfe de Lyon [*sic*] ne vaut pas le diable. Si je me noyais, souvenez-vous que la mort ne peut jamais être amère pour moi, et que c'est à Nohan[t] que j'ai passé les derniers jours sans soucis que je devais avoir. Mais ceci sent un peu le couplet final des chansons de l'Empire et de feu le Caveau. Je reviendrai pour faire *Les Galériens*[3]. Le titre est trop insultant, j'en ai un autre meilleur. J'ai vu ce matin les affiches des paquebots qui vont à Smyrne et Constantinople, prix 177 fr. Est-ce alléchant ! Surtout quand on n'a ni houka, ni lataki[4]. Je n'en ai trouvé ni à Paris, *ni ici* ! *Proh pudor* ! ce qui veut dire infâme *Marseille*. Allons, je baise vos jolies mains dorées au bout par les cigares, et baise au front vos deux adorables Pifoëllini, et suis

le vieux Mar.

[Adresse :] À Georges [*sic*] Sand | Au Château de Nohan[t]-Vic | près | La Châtre | Indre.
[Cachets postaux :] Marseille, 21 mars 1838 | La Châtre, 25 mars 1838.

38-35. MARGARET PATRICKSON À BALZAC

Rue Neuve des Mathurins, 41.
Dimanche 25 mars [1838].

Selon votre intention lorsque vous quittiez Paris vous devez être de retour la semaine prochaine et je ne puis me refuser le pénible plaisir de vous écrire[1], je dis *pénible* car mon malheureux bras est encore une affreuse plaie et je souffre beaucoup et physiquement et moralement, et c'est avec difficulté que je tiens la plume, cependant l'inclination l'emporte sur la douleur, malheureusement pour vous. Si vous saviez ce que vous ne saurez jamais, car il faudrait pour cela être dans la même position, combien votre lettre m'a fait de bien, combien elle m'a été consolatrice, vous seriez bien content de l'avoir écrite, car parmi tant de vérités que vous avez dit[es] il n'y en a pas une de plus juste et moins connue que celle-ci :

« Le génie seul est essentiellement bon »

et vous trouveriez une satisfaction dans le plaisir que vous aviez fait à un autre.

Ainsi, pardonnez-moi, tout en regrettant que ma lettre vous a fait de la peine, je ne puis pas regretter de l'avoir écrite puisqu'elle m'a valu une telle réponse. C'est là de l'égoïsme, en vérité, mais j'ai été si malheureuse ! Il y aura mardi prochain huit semaines depuis que ce douloureux accident m'est arrivé, et pas une seule visite pour demander de mes nouvelles, me porter un mot de consolation, pour voir si j'avais besoin de quelque chose. Les paroles d'amitié ne se sont pas fait entendre chez moi, un sourire d'amitié n'a pas venu égayer mon pauvre logement. J'ai été seule avec ma douleur. Vous dites avec justice que : la solitude pèse. Mais croyez-moi, l'isolement est encore plus dur. Il y a des moments quand en me sentant tellement méprisée je commence à croire que je dois être méprisable, et alors, toute énergie m'abandonne. Vous ne saurez jamais combien il y a d'amertume dans une telle pensée. Vous avez bien d'ennemis, mais vous avez combien d'amis et d'admirateurs ; et puisque vous ne pouvez pas inspirer l'indifférence, vous ne pouvez pas imaginer combien cela blesse. Je suis éprouvée où je suis le plus sensible ; je renonçai toute idée de l'amour quand la mort m'enleva l'homme que pendant six années j'avais regardé comme un futur mari, et j'étais encore bien jeune, lui-même n'avait que 26 ans. La mort m'a fait bien d'autres ravages ; j'ai perdu l'indépendance ; je me suis soutenue dans la pauvreté, le travail, les souffrances physiques, mais j'ai senti que l'amitié était une nécessité de l'existence, et je n'avais jamais conçu de m'en trouver privée. Ne croyez pas par ça que je doute de la vôtre ; c'est une confession que je ne ferais pas sauf à un véritable ami, et c'est une consolation de mettre tout cela sur le papier, comme si cela était de l'ôter du cœur. Pourquoi regrettez-vous que c'est en lisant *César Birotteau* que j'ai brûlé mon bras ; puisque j'ai fait une bêtise, je suis charmée que j'ai une apologie aussi légitime.

Je suis bien aise de voir que M. de Viel-Castel a eu le bon goût de vous faire un compliment dans « *Madame la Duchesse*[2] », car je trouve les critiques dans les journaux légitimistes infâmes à votre égard. *La Quotidienne* je ne vois jamais, mais j'ai souvent entendu dire que ses articles sur vos œuvres sont toujours hostiles. *La France* a deux colonnes du feuilleton sur *César Birotteau* pas défavorables précédées de trois colonnes d'infamies contre vous et vos ouvrages[3], et l'auteur a fait un détour pour abuser *La Femme supérieure* dans lequel il a très bien démontré qu'il n'a pas assez d'esprit pour comprendre le livre qu'il voudrait critiquer[4]. Ce monsieur se signe T. A. et bien probablement fait les romans que personne ne lisent pas, comme M. Théodore Muret ; ce dernier cependant met je crois son nom, et certes la seule fois que je l'ai vu il avait assez de bon goût de parler de vous avec beaucoup de respect. Mais pour ce T. A. je ne crois rien de plus poltron ou de plus traître que d'écrire trois colonnes de calomnie dans une soi-disant critique sur un livre qu'il n'a pas osé blâmer.

Vous me promettez des explications sur tout ce que j'ai *inventé*, des *visions* vous dites. Mais je n'ai pas besoin des explications, des paroles de bonté telles que j'ai trouvées dans votre lettre, valent mieux que toutes les explications du monde, et c'est un cas dans lequel vous pouvez être bien convaincu que j'aimerais mieux d'avoir tort que raison. Toujours je proteste contre *l'invention* et *les visions*; c'est une triste vérité que ce n'est qu'après une attente de *trois ans et demi* (qui mérite au moins d'être distinguée pour cela !!!!!) que je vous ai vu chez moi, et alors seulement pour quelques instants ; et c'est bien vrai que j'étais très envieuse de cette étrangère Me Saint-Clair[5]. C'est peut-être une petitesse, mais pas sans excuse comme je vais vous faire voir. Souvenez-vous que je fais mon apologie simplement, il n'y a pas un mot de reproche ; vous vous trompez parfois sur ceci, sans doute par mes fautes de français. Je n'ai jamais eu ni la présomption, ni l'égoïsme d'attendre vous voir souvent ; mais vous aviez eu la bonté de proposer vous-même de venir me voir à la fin de ma première visite rue Cassini, et si dans le courant de ces trois ans et demi vous m'aviez donné 4 ou 5 fois une demi-heure je m'aurais estimée très heureuse, et ce bonheur m'aurait donné l'énergie et le courage qui m'ont manqué. Vous êtes trop généreux de trouver cela déraisonnable ou de trouver deux ou trois heures par an un grand sacrifice à une personne que vous honorez de votre amitié, car vous avez donné autant en une visite quand j'étais hôtel Castellane et ce n'était pas la seule. J'étais longtemps votre voisine, rue d'Enfer ; et rue Monsieur j'étais plus près et de la rue Cassini et de Chaillot que ne l'était M. de C. Pensez aussi qu'à Paris mon commerce avec le genre humain n'est que par mes leçons ; que depuis mon enfance jusqu'à mon arrivée en France j'ai toujours joui de la société des personnes éminemment distinguées par leur intelligence ; et que j'ai souvent *faim* (je me sers de cette heureuse expression de M. G. St-Hilaire[6]) de vous voir, de vous entendre. Je sais que c'est très intéressé de demander quand on n'a rien à rendre, mais cher Maître je ne demande pas d'être nourrie à votre dépens. Je prie seulement comme la pauvre femme dans l'Évangile, un petit peu des miettes qui tombent de la table. J'ai toujours senti que mes amis se trompaient sur mes talents, je n'ai qu'un, celui d'apprécier les grands talents ; il y a quelque chose dans tout ce qui est excellent qui m'attire hors de moi-même. J'ai mon égoïsme, comme démontre cette lettre, qui n'est pas un égoïsme ordinaire, mais qui peut-être me rendre importune ; ce n'est qu'aujourd'hui que cette idée me frappe. Je n'ai jamais senti beaucoup d'intérêt en moi-même seule, c'est rarement que mes pensées tournent sur moi sans rapport avec d'autres ; je semble d'être plutôt une réflection que quelque chose originale, et je vais mendier des rayons aux heureux qui ont de la lumière. Voilà ma défense. Serai-je acquittée ou pardonnée ? Je viens d'avoir la visite de miss Fitzgerald ; elle m'a dit que vous êtes à Paris ; j'ai lu 28 mars pour votre retour, maintenant il me semble que vous avez écrit 20. Si vous êtes de retour je suis sûre que vous n'avez pas imaginé que mon bras était si gravement brûlé ou vous auriez envoyé demander de mes nouvelles. M. Bingham un jour que je cherchais de lui engager à souscrire au « *Balzac illustré* » me répondit que vous devriez être chez lui le soir à un grand bal qu'il allait donner ; je croyais qu'il se trompait car c'était peu de temps après votre lettre et j'avais donné votre message aux Fitzgerald. Allez les voir le plus tôt que vous pourrez ; vous y êtes apprécié et aimé. Lord William est très souffrant et il a beaucoup d'amitié pour vous.

J'ai réussi très bien cet hiver chez mes élèves, j'ai reçu dans toutes les familles les compliments sur leurs progrès ; cela vous concerne, je n'employerai pas le charlatanisme de vous dire en quel nombre de leçons je vous rendrai maître de ma langue, mais je vous promets de le faire en très peu de temps. Quand commencerez-vous ? Tâchez que cela puisse bientôt.

Adieu, soyez aussi heureux que je le désire et vous le serez au plus haut degré. Mille amitiés.

Marguerite.

38-36. CAROLINE PILLAY À BALZAC

[Paris, 31 mars 1838[1]]

Si vous voulez Monsieur venir chez moi demain dimanche dans la matinée à 1 h. ½ plus tôt si cela vous convient, je vous ferai avoir une *entrevue* avec Mr Gaudy[2].

Je crois que cet entretien présente quelqu'intérêt et pour vous et pour moi. Si vous jugiez convenable de ne pas paraître vous me feriez ma leçon et vous seriez dans une pièce à côté.

Vous devez penser qu'il s'agit d'un puissant intérêt pour que je me décide à vous écrire car vous avez été trop impoli avec moi pour que j'aie cette pensée si ce n'était pas pour terminer une affaire littéraire.

L'occasion de demain perdue ne se retrouvera peut-être jamais et je ne sais pas ce qu'il faut de lui à cet égard.

Mes compliments

B^nne Pillay[3].

6, rue St-Georges.

Samedi 31.

[Adresse :] Madame de Surville | 28, Fbg-Poissonnière, maison de Racine | pour remettre à M. de Balzac | très pressé.

38-36a. CAROLINE PILLAY À BALZAC

[Samedi 31 mars 1838 ?]

Dans la crainte que ma lettre écrite ce matin ne vous parvienne pas en temps, ou que vous soyez à Paris pendant qu'elle va à Sèvres[1].

Je vous renouvelle mon invitation pour demain dimanche aller à la campagne avec quelques personnes. Je ne vous détaille pas les avantages de votre journée parce que je vous l'ai à peu près expliquée dans ma précédente lettre. Faites bien attention à l'opération littéraire.

B^{ne} P.

Il me faut une réponse ce soir et demain l'on partira de chez moi à 2 h.
Samedi.

[Adresse :] Madame de Surville | pour remettre à Mr de Balzac | aujourd'hui même (pour affaire intéressante à lui).

38-37. À ÉTIENNE CONTI

[Ajaccio, début avril 1838.]

[...][1] Il est une chose en mon pouvoir, Monsieur pour vous obliger, c'est de réaliser un de vos vœux en m'occupant de la Corse. Je l'ai déjà fait. Mais plus tard, devant raconter les campagnes de Napoléon, je rencontrerai quelques-uns de vos compatriotes qui l'ont accompagné. S'occuper de Napoléon n'est-ce pas s'occuper de votre île[2] ? [...]

38-38. AUGUSTE CONSTANTIN À BALZAC

[3 avril 1838.]

Monsieur,

Je vous écris sans vous connaître, mais cette lettre ne vous surprendra pas puisqu'elle était dans les possibles ou bien pour m'exprimer classiquement puisqu'elle était écrite sur le livre des destins.

Oui Monsieur il était écrit sur le livre des destins qu'un jeune *poète*, j'ai souligné le mot, viendrait à vous dans sa détresse ; et pourquoi pas ? pourquoi ne viendriez-vous pas au secours d'un jeune homme de 21 ans déjà dégoûté de la vie. Il appartient à *l'homme de génie* de se distinguer en tout du vulgaire et ce serait Monsieur un moyen de ne pas faire comme tout le monde.

Monsieur vous écrivez beaucoup, tout le bonheur que j'envie, c'est d'être votre secrétaire, j'ai une écriture lisible, de l'intelligence et une âme qui vibre voilà ce que je vous offre.

Sur ce billet je joue le plus gros jeu, s'il reste sans réponse, j'ai perdu.

Si non, si vous daignez y répondre favorablement, si ce que je vous demande peut se faire, mes espérances sont comblées. Mais cela ne se fera pas parce que qui dit *poète* dit *malheureux*[1].

Aug. Constantin
Genève rue de la Croix d'Or n° 22.

[Adresse :] Monsieur | Monsieur de Balzac | auteur de *La Peau de chagrin* | 1 rue de Cassini.
[Cachet postal :] 3 avril 1838.

38-39. LA PRINCESSE BELGIOJOSO ET LA COMTESSE D'ARAGON À BALZAC

[Paris, 7 avril 1838.]

La Princesse de Belgiojoso
Et la Comtesse d'Aragon[1] prient
Monsieur de Balzac
de leur faire l'honneur de venir
passer la soirée chez elles, le lundi
9 avril 1838[2]

On fera de la Musique sacrée

Rue d'Anjou St Honoré, 23.

[Adresse :] Monsieur | Monsieur de Balzac | 13, rue des Batailles.
[Cachet postal :] 7 avril 1838.

38-40. LA COMTESSE BRUNET À BALZAC

[Gênes, 22 avril 1838.]

Monsieur,

C'est une chose bien hardie de ma part, que de vous demander le sacrifice de quelques instants pour jeter un coup d'œil sur l'ouvrage que je vous prie d'accepter.

Voici ce qui m'a rendue courageuse : l'auteur est comme moi, fils de la montagne, Savoyard en un mot, de plus il est mon frère[1] ; et certes jamais il n'aurait eu l'audace de vous demander votre suffrage malgré son vif désir de l'obtenir. J'ai donc *osé* tout cela pour lui ; vous me le pardonnerez, n'est-ce pas ? car je suis femme et vous êtes galant même pour celles qui n'ont pas trente ans.

J'espère, Monsieur, que vous voudrez bien m'honorer d'une visite avant votre départ ; mon petit salon est maintenant consacré par votre présence bien des choses y seront dites et pensées à votre louange ; mais je suis tellement embarrassée d'écrire à un homme si supérieur, que je vous supplie de les deviner n'ayant pas l'esprit de les dire.

Veuillez croire monsieur à la haute considération et à l'admiration que vous m'avez inspirée.

C[sse] É. Brunet.

Ce 22 avril[2].

38-41. AU PRINCE ALFONSO DI PORCIA

[Gênes ou Turin, dernière décade d'avril 1838[1].]

Cher Prince, voulez-vous avoir la bonté de m'envoyer une statuette[2] de moi, emballée comme celle que j'ai envoyée à Gênes[3] et à mon adresse à l'hôtel *de l'Europe*, à Turin[4].

Vous me rendriez bien heureux, car j'ai trouvé ici la personne à qui je l'avais promise.

Je ne vous remercie point car je serai, j'espère, bientôt à Milan et je vous en dirai plus de vive voix que par écrit.

Tout à vous
de Balzac.

Mille gracieusetés à ma belle ennemie, la *contessa*[5].

38-42. AU COMTE FEDERIGO SCLOPIS
DI SALERANO

[Turin, mercredi 25 avril, 2, 9 ou 16 mai[1] 1838?]

Cher comte

il faut pardonner quelque chose aux voyageurs, hier et aujourd'hui je dormais, tant je me suis trouvé fatigué, en sorte que je n'ai pu répondre aussitôt à v[otre] aimable invitation. — De vous seul elle était déjà très attrayante, mais collective, elle me fait un triple plaisir que je ne puis exprimer car je vous réponds avec une plume, de l'encre et du papier feder, tandis qu'il faudrait le satin, de Paris et les lettres d'or de l'Orient, à ce soir, mes hommages et respects aux pieds des dames et trouvez ici mille expressions cordiales d'attachement

de Balzac.

Mercredi, 11 heures.

[Adresse :] Monsieur le Comte Sclopis | de Saleran[o] Sénateur | E / v.

38-43. LA COMTESSE BERCHTOLDT
À BALZAC

[Mardi 1ᵉʳ mai 1838[1].]

J'espère Monsieur de Balzac que vous n'oubli[e]rez pas votre promesse de venir chez Berchtoldt à la campagne en Hongrie lorsque vous irez en Russie — cela nous ferait tant de plaisir, et si vous êtes *bien aimable* et un *bon garçon* vous n'y manquerez pas[2] — Voici l'adresse de la campagne —
Le Comte *Antoine* Berchtoldt
    Par Gaés
Comitat de Nograd
    À Fülek —

Vous m'écrirez, ou à mon mari pour nous dire quand vous viendrez, et si vous ne saviez comment vous rendre chez nous, car comme la Hongrie est si sauvage encore, et en fait de routes, très mal arrangé[e] — en écrivant 5 ou 6 jours en avant nous vous donnerions les instructions pour votre voyage, pour que cela aille plus vite —

Adieu je suis au moment de partir, et le marquis se charge de vous remettre ceci —

N'est-ce pas vous viendrez ? —

Mathilde Berchtoldt.

Mardi le 1ᵉʳ mai.

[Adresse :] À | Monsieur de Balzac.

38-44. LE MARQUIS DE CUSTINE À BALZAC

[Paris, 1ᵉʳ mai 1838.]

Le Mⁱˢ de Custine
prie Monsieur de Balzac

de lui faire l'honneur de
venir passer la soirée chez lui,
le dimanche 6 Mai à*¹ 8 ½ heures.

On fera de la Musique

6, rue de la Rochefoucauld.

[Adresse :] Monsieur | Monsieur de Balzac | [Rue Cassini N° 1 *biffé*] | N° 13 Rue des Batailles | À Chaillot. Paris.
[Cachet postal :] 1ᵉʳ mai 1838.

38-45. LE MARQUIS DE CUSTINE À BALZAC

[Paris, 4 mai 1838.]

Mr le Marquis de Custine
prie Monsieur de Balzac

de faire l'honneur de venir
passer la Soirée chez lui le
Mardi 8 Mai au lieu du Dimanche
6. Mr Duprez[1] ne pouvant chanter
chez Mr de Custine le dimanche

Rue de la Rochefoucauld N° 6

à 8 heures ½
R.S.V.P.

[Adresse :] Monsieur | Monsieur de Balzac | Rue des Batailles N° 13 | à Chaillot.
[Cachet postal :] 4 mai 1838.

38-46. MADAME G *** À BALZAC

[Mai 1838[1] ?]

Adorable Balzac, avec tant d'esprit qu'il est fâcheux d'écrire pour le public, et d'être obligé de dire des absurdités et des bêtises afin qu'il vous comprenne, c'est se dégrader et entacher la sublimité de votre brillant génie.

Je vous demande en grâce un mot de votre main, je le ferai encadrer et le considérerai tous les jours comme l'objet le plus cher à mon cœur — Mon âme s'envole vers vous.

Une femme. G....

Mme G. 20 rue de Paradis-Poissonnière[2].

38-47. ARNOLDO COLLA À BALZAC

Turin, ce 23 mai 1838.

Monsieur,

Je suis vraiment désolé de tous les retards que je vous cause très involontairement. Pourriez-vous imaginer une semblable bêtise de la part d'un avoué ? Eh bien, écoutez ! Je reçois hier de Tortone la copie de la sentence que j'avais demandée, et on oublie de la faire légaliser par le Préfet du tribunal, malgré la recommandation très expresse que j'avais faite à cet égard, vu que la pièce devait être présentée à l'étranger. Il arrive en conséquence que le ministère des Affaires étrangères se refuse d'y apposer sa légalisation, ce qui fait que nous ne pouvons pas obtenir non plus celle de l'Ambassadeur d'Autriche. Force a donc été de renvoyer à Tortone cette copie pour qu'on répare l'omission. Je prévois d'après cela que je ne pourrai guère vous faire l'envoi que vous attendez qu'avant le 28 ou le 29 du courant, ce qui me cause une véritable peine ! J'ai reçu depuis deux jours la citation que vous aviez demandée au comte Guidoboni et je la retiens jusqu'à ce que je puisse compléter mon envoi. J'ai cru de mon devoir de vous avertir de ce contretemps pour que vous puissiez vous expliquer ce retard.

Recevez mes civilités empressées ainsi que celles de mon père.

Votre dévoué serv[iteu]r
Arnold Colla.

[Adresse :] Monsieur Honoré de Balzac | chez S. A. le prince de Porcia | Milan. | Corso di Porta Orientale.
[Cachet postal :] 24 ma[ggio].

38-48. À LAURE SURVILLE

[Milan, mai 1838.]

Chère sœur,

Il serait trop long de t'écrire tout ce que je te raconterai en détail quand je te verrai, ce qui sera bientôt, je l'espère. Je suis, après des voyages très fatigants, retenu ici par les intérêts de la famille de V[isconti]. La politique les embrouillait tellement, que le reste du bien qu'elle possède en ce pays eût été séquestré sans toutes mes démarches, qui ont heureusement réussi.

M. d'Etchegoyen[1], qui retourne à Paris, a l'obligeance de se charger de cette lettre. Quant à l'objet principal de mon voyage, tout était comme je le présumais, mais le retard de mon arrivée m'a été fatal. Le Génois[2] a un contrat en bonne forme avec la cour de Sardaigne ; il y a un million d'argent dans les scories et dans les plombs. Une maison de Marseille avec qui il s'est entendu les a fait essayer. Il fallait, l'année dernière, ne pas lâcher prise sur l'idée, et les devancer.

Enfin, j'ai trouvé aussi bien, et mieux même. Je causerai de tout cela avec ton mari à mon retour. Nous aurons à revenir ici avec lui et un ingénieur des mines. Tu seras peut-être du voyage, car, grâce à l'expérience que je viens de faire, nous ne dépenserons pas beaucoup plus qu'on ne dépense à Paris dans le même temps ; et, comme il n'y a pas de Génois dans l'affaire, nous pourrons attendre que nous soyons tranquilles. Je suis donc à peu près consolé[3].

J'ai beaucoup souffert dans mon voyage, surtout du climat. C'est une chaleur qui relâche toutes les fibres et qui rend incapable de quoi que ce soit. Je me surprends à désirer nos nuages et nos pluies françaises ; la chaleur ne va qu'aux faibles.

J'ai bien pensé à vous en marchant et souffrant ; mais je voyais notre bonheur à tous dans le lointain, et cela me ravivait.

Le frère mathématicien conviendra, j'espère, qu'on ne peut trouver une affaire plus belle, et il sera aussi joyeux que moi.

Communique cette lettre à ma mère ; je suis obligé de la terminer un peu brusquement ; j'ai une encre et des plumes avec lesquelles toute écriture est impossible. Je crois que le gouvernement autrichien s'arrange pour qu'on ne puisse écrire.

À bientôt.

38-49. À LA COMTESSE EUGENIA ATTENDOLO-BOLOGNINI

[Milan, 25 mai 1838.]

Eugénie Bolognini-Vimercati a pu croire un moment que Honoré de Balzac, humble auteur de cet ouvrage et fanatique adorateur des grands génies à qui Dieu a donné un petit sexe pour le bonheur de l'homme, avait des doctrines mauvaises en leur endroit, il supplie donc la *spirituelle comtesse* de ne jamais accuser celui qui a si sérieusement écrit dans ce livre

« Entre deux êtres susceptibles d'amour, la durée de la passion est en raison de la résistance primitive de la femme[1] ».

Ce qui ne l'empêche pas de souhaiter rarement en amour les pièces de résistance pour son bonheur personnel; car il est difficile qu'il rencontre les perfections qui distinguent E. B. V.

Milan, 25 mai 1838
de Balzac.

38-50. À ANTONIO PIAZZA

Milan, 25 mai [18]38.

Mon cher Piazza, voilà le désordre réparé de ma main[1] et d'une écriture qui a fait si souvent le désespoir des protes que je ne peux pas concevoir qu'elle fasse le bonheur de quelqu'un.

Tout à vous

de Balzac.

38-51. LA MARQUISE ELISA TERZI À BALZAC

[Milan, 4 juin 1838.]

Je suis désolée, Monsieur, d'avoir été assez maladroite p[ou]r vous manquer hier. Je suis rentrée cinq minutes après v[ou]s et moi et mes filles avons sincèrement regretté les moments agréables que vous nous auriez fait passer. Demain nous dînerons ensemble chez le gouverneur[1]. C'est une compensation qu'il a voulu nous procurer. V[ou]s voyez par là, combien je tenais au plaisir de profiter de votre aimable société ; pendant le peu de jours que v[ou]s nous accordez. Recevez, je v[ou]s prie Monsieur, l'expression de tous mes sentiments les plus distingués.

M^{ise} de Terzi.

Ce lundi 4 juin.

[Adresse :] À Monsieur | Monsieur de Balzac chez le | Prince Porcia | Casa Rampini Corso di Porta Orientale.

38-52. LA MARQUISE ELISA TERZI À BALZAC

[Milan, 6 juin 1838.]

Nous ne pouvons, Monsieur, mes filles et moi nous décider à l'idée de ne plus vous revoir. Venez donc nous dire un adieu ce soir à l'heure qu'il vous plaira, je ne sors plus du reste de la journée. Recevez de nouveau, je vous prie, l'expression de mes sentiments distingués.

M^{ise} de Terzi.

Ce mercredi 6 juin[1].

[Adresse :] À Monsieur | Monsieur de Balzac | chez le Prince Porcia | Casa Rampini Corso di P[or]ta Orientale.

38-53. NATALIE MIGNOT À BALZAC

[Poissy, vers mi-juin 1838 ?]

Monsieur,

Nous avons vu ces jours-ci un Anglais très versé dans les publications anglaises, connaissant tous les éditeurs, tous les moyens possibles d'impression en Angleterre. Il propose à Mme de St-Clair de l'aider dans les démarches auprès de ces Messieurs[1]. Comme dans toutes les affaires de ce monde, il s'élève dans celle-ci quelques difficultés. Ce Monsieur, ainsi que vous me l'aviez dit vous-même, craint que quelques-uns de vos écrits n'ayant effarouché la pruderie anglaise, les éditeurs ne se trouvent obligés de choisir entre leur désir de voir briller votre nom dans leurs feuilles et la crainte d'être réprouvés de leurs mystiques lecteurs. Ceci a donc engagé Mme de St-Clair à faire le brouillon ci-joint qu'elle vous soumet.

L'article religion vous semblera peut-être singulier; je vais tâcher de vous l'expliquer. L'Angleterre étant déchirée depuis quelques années par de nouvelles sectes qui s'élèvent de tous côtés, on évite dans les revues *tout* ce qui a rapport aux idées anti-protestantes et les ouvrages tels que *Séraphîta* sont regardées comme dangereuses [sic]. Gardez donc toutes ces belles pages pour l'impression française et allemande, c'est trop beau pour les Anglais. Mais, n'est-il pas vrai, Monsieur, ceci n'est pas une difficulté pour votre plume si féconde en tous genres.

Lettre de Mme de St-Clair à son éditeur:
Un écrivain de haute réputation, sur le continent, mais qui a souffert de la critique du *Quarterly review*[2] désire obtenir l'approbation de la presse britannique, par ses tableaux plus en harmonie avec les mœurs anglaises. Il se propose de me livrer ses nouveaux ouvrages qui seront sous presse prochainement, avant qu'ils ne deviennent publics, afin que je les traduise pour les revues périodiques et qu'ils paraissent en même temps à Paris et à Londres. Mr de Balzac, l'auteur dont je veux parler, jouit d'une réputation non contestée, comme l'auteur le plus répandu en France. Les torts qui lui sont reprochés par le *Quarterly review* sont: des descriptions de la vie privée trop libres et un peu irréligieuses. Les articles qu'il a le projet d'insérer dans vos revues, ne soulèveront plus, je pense, ces deux objections à la propagation de ses œuvres futures en Angleterre.

Si vous voulez m'encourager, Monsieur, à vous offrir mes traductions et que vous preniez mes propositions en considération, je vous prierai de communiquer vos intentions à Mr Chaulieu. Mes prétentions ne sont pas élevées, je me contenterai de 8 à 10 livres sterling (200 à 250) par feuille (16 pages in-8°) payé[e]s lors de la publication du manuscrit, et quelques lignes de vous à moi par l'entremise de Mr Chaulieu, me seront une garantie suffisante.

Nota: d'après les lois anglaises, un écrit signé devient une pièce légale, du moment qu'on y fait apposer le timbre; ce que l'on peut faire quand on le veut; il n'est pas nécessaire que ce soit en présence du signataire.

La personne, ci-dessus nommée, se chargeant de négocier l'affaire et partant le 25, il est essentiel que Mme de St-Clair ait votre réponse avant le 24. Voici de nouveau son adresse :

31, rue de Miromesnil, fbg St-Honoré.

Adieu, Monsieur, n'oubliez pas, quand vous aurez un moment à perdre, que vous avez à Poissy des amis qui seront toujours charmés de vous recevoir.

Mille amitiés de

Natalie Mignot.

Poissy, mercredi matin.

38-54. AU BARON TAYLOR

[Paris, 17 juin 1838.]

Monsieur, si vous êtes demain matin chez vous, ayez la complaisance de donner des ordres pour que je puisse avoir un moment d'entretien que vous me devez depuis longtemps, et, qu'en disant mon nom je n'éprouve aucun obstacle, car je ne saurais rester plus sous l'empire de la parole que je vous ai donnée[1].

Trouvez ici l'assurance de mes sentiments les plus distingués

de Balzac.

Dimanche.

[Adresse :] Monsieur le baron Taylor | 54, rue de Bondy | Paris.
[Cachet postal :] 17 juin 1838.

38-55. À HENRY LOUIS DELLOYE ET VICTOR LECOU

[Versailles, 19 juin 1838[1].]

À MM. Delloye et Lecou.

Messieurs, je suis de retour d'un voyage indispensable et qui a été plus long que je ne le pensais, j'ai trouvé la lettre que vous m'avez écrite en mon absence pour une assemblée de comptes d'années[2], et je vous prie d'indiquer v[ous]-

même un jour pour régler ces affaires. Ayant beaucoup à travailler cette semaine je vous serais obligé de le mettre à lundi prochain. Adressez, s'il vous plaît votre réponse à Sèvres, poste restante, et agréez mes salutations

de Balzac.

Mardi 19.
Mardi prochain à 1 h. chez M. Delloye.

[Adresse :] Monsieur Delloye | libraire, place de la Bourse | Paris.
[Cachet postal :] Versailles, 21 juin 1838.

38-56. CHARLES CORNUAULT À BALZAC

[Paris, 21 juin 1838.]

Monsieur de Balzac
En ville.

J'apprends, Monsieur, que vous êtes de retour à Paris[1]. Je vous rappelle vos deux effets échus et viens vous prier avec instance de m'en faire compter le montant[2].

Je ne doute nullement que vous ne répondiez à cet appel d'une manière satisfaisante et digne de votre caractère.

C'est dans cette attente que j'ai l'honneur de vous saluer.

Ch. Cornuault.

Ce 21 juin 1838.

38-57. UNE PASSIONNÉE À BALZAC

[Mardi 3 juillet 1838.]

Ton voyage a été bien long[1] ma chère Anna[2], enfin te voilà de retour, et l'espoir de te voir d'un jour à l'autre m'a fait un grand plaisir, il m'a rendu la vie, cela est plus exact que tu ne l'imagines.

J'ai souffert à la pensée que tu ne m'aimais pas, je n'ai pu l'endurer — quand la passion est plus forte que la vertu, il faut mourir, c'est ce qui a failli m'arriver. Quelle longue solitude ! le monde méchant s'est demandé pourquoi ? le monde méchant aurait deviné s'il l'avait pu. J'ai conversé avec toi dans l'absence, tes livres ont été mes plus chers amis.

Je me suis abonnée à la presse parisienne[3] par le souvenir de toi — Tu as donc été en Sard[aigne] à Gênes sur l'*Ichnusa* — Te voilà donc revenu, j'arrive à Paris, j'y resterai jusqu'à vendredi soir, écris-moi un mot si tu veux que je te fasse une petite visite d'amoï, toi qui sait [*sic*] tout, guérit-on jamais d'un premier amour ?

[Adresse, sur enveloppe jointe :] Madame | Madame Durand, | rue des Batailles, 13 | Chaillot.
[Cachet postal :] 3 juillet 1838.

38-58. LA MARQUISE DE CASTRIES À BALZAC

[Folambray, 3 juillet 1838.]

Dites-moi donc ce que vous devenez, mon *ingrat ami* ? Êtes-vous marié en Bretagne ? Êtes-vous heureux à Milan ? enfin un mot et un mot très tendre ici, à *Folambray par Couci* [*sic*]*, d^{pt} de l'Aisne*. Je suis la route et à la veille d'un grand voyage. Priez Dieu pour moi. Adieu je pense à vous avec amitié et vœux pour votre bonheur quand même !!!

[Adresse :] Mde veuve Durand | 13, rue des Batailles | Paris.
[Cachets postaux :] Coucy, 3 juil. 1838 | 4 juillet 1838.

38-59. PICNOT AÎNÉ À BALZAC

[Paris, 5 juillet 1838.]

Monsieur

Je ne connaissais pas votre *Médecin de campagne*[1], je l'ai lu avec tant de plaisir que je ne puis mieux vous le prouver qu'en vous priant, Monsieur, de vouloir bien accepter une faible brochure qui renferme quelques améliorations qui ont des rapports avec les idées que vous avez émises. Puissiez-vous Monsieur le juger ainsi, j'en serai très satisfait, cela me dédommagera grandement du peu d'intérêt que j'ai trouvé chez des hommes haut placés et qui n'ont pas daigné m'en dire ce qu'ils en pensaient.

Il y a une vingtaine de jours, je me suis décidé à en faire remettre une soixantaine d'exemplaires à MM. les Rédacteurs de journaux de toute opinion, je suis encore à connaître leur jugement.

Agréez Monsieur, les très humbles salutations
de votre serviteur

Paris, le 5 juillet 1838
9, Rue Richer.

[Adresse :] Monsieur | Monsieur de Balzac | 1, Rue Cassini | Paris.
[De plusieurs mains :] Rue de Provence 22 | faire revoir le n° à la 4ᵉ | Parti on ne sait où | Voir rue des Batailles, 13.
[Cachet postal :] 10 juillet 1838.

38-60. ARMAND PÉRÉMÉ À BALZAC

[Paris,] lundi 5 h. [9 juillet 1838].

La négociation est en train[1]. Édouard D.[2] m'écrit d'aller dîner avec lui pour en causer. Il a rendez-vous mercredi avec M. A. J.[3] pour agiter la question sérieusement. Je pense assister à la conférence. Je vous promets de bien tenir mon bout. Ce début me paraît de bon augure.
Quand vous verrai-je ?
Je n'ai pu vous aller trouver hier. Je serai bien joyeux de vous porter une bonne nouvelle. Je vous informerai quand même de tout ce qui se sera passé.
Bien à vous

A. P.

[Adresse :] Monsieur H. de Balzac | Poste restante | Sèvres (Banlieue).
[Cachets postaux :] 9 juil. 1838 | Sèvres, 10 juil.

38-61. VICTOR LECOU À BALZAC

Paris, le 17 juillet 1838.

Monsieur,

Nous attendons toujours la copie promise pour achever les 2 volumes *Femme supérieure*[1]. Vous connaissez cependant les motifs qui nous font désirer de mettre en vente ces deux volumes et qu'ils doivent aider à acquitter l'échéance d'août[2]. Nous comptons donc que vous voudrez bien en terminer et nous mettre à même d'en finir avec cette malheureuse affaire.
J'ai l'honneur de vous saluer

V. Lecou.

[Adresse :] Monsieur | de Balzac. | Poste restante | à Sèvres.
[Cachets postaux :] Paris, 17 juil. 1838 | Sèvres, 18 juil.

38-62. ADOLPHE AUZOU À BALZAC

[Paris, 20 juillet 1838.]

Monsieur,

Les circonstances qui ont empêché depuis longtemps la terminaison de nos affaires[1] échappent dans les détails à ma mémoire ; je me souviens cependant que j'ai envoyé chez vous plusieurs fois pour toucher fr. 56, que chaque fois vous avez promis de me les faire remettre, et c'est sans doute parce que votre domestique n'a pas apporté cette somme que l'on a différé la remise des 20 ex[emplaires] du 3ᵉ dixain qui vous reviennent ; il est donc inutile de vous fatiguer à chercher d'autre cause à cette livraison différée. Ayant malheureusement 960 exempl[aires] entre les mains, il m'est facile d'exécuter cette convention, et malgré la perte que j'en éprouverais si vous me trouviez acquéreur du reste à 2. 50 [francs], j'y souscrirai avec reconnaissance. Je vais faire brocher 20 ex[emplaires] que vous pouvez faire prendre mardi en faisant solder ma facture de fr. 56.

Je vous salue.

Ad. Auzou.

20 juillet 1838.

[Adresse :] Monsieur de Balzac | 13, rue des Batailles | à Chaillot.
[En surcharge sur l'adresse rayée :] À Sèvres | Banlieue.
[Cachets postaux :] 20 juillet 1838 | Sèvres, 21 juil.

38-63. ALESSANDRO MOZZONI-FROSCONI À BALZAC

Paris, 20 juillet [1838].

Hôtel Sommariva, rue Basse-du-Rempart, n° 4[1].

Je suis ici, cher Monsieur, depuis deux jours, et je repartirai pour Milan aux premiers du mois prochain.

Je crains de n'avoir pas le temps d'aller vous embrasser à Sèvres, mais si je pouvais disposer d'une matinée, elle serait bien certainement employée à cette course.

Je viens d'écrire deux mots par la petite poste à M. le Cᵗᵉ Guidoboni pour lui annoncer mon arrivée et lui témoigner le plaisir que j'aurais de le revoir, et de lui rendre compte personnellement de l'état de ses affaires de Milan. Je lui ai annoncé en même temps que j'ai à lui remettre un mandat de 1 061 fr. payable à la fin de ce mois.

Recevez, cher Monsieur, les compliments très empressés de votre dévoué serviteur.

A. Mozzoni-Frosconi.

[Adresse :] À Monsieur | Monsieur de Balzac | à Sèvres. | Dépt de la Seine.
[Cachet postal :] Sèvres, 20 juil. 1838.

38-64. CAROLINE COUTURIER DE SAINT-CLAIR À BALZAC

[Dieppe, fin juillet ou début août 1838.]

J'ai enfin reçu, Monsieur, une réponse aux lettres que j'ai écrites en Angleterre[1], au sujet de vos projets dramatiques, et je m'empresse de vous la faire connaître, pour que vous décidiez si je dois accepter ou non l'offre qu'on me fait. J'ai trouvé d'abord un *honnête homme* (chose assez rare) qui se chargerait de nos intérêts, de faire accepter les pièces traduites, et de faire les meilleures conditions qui seraient possibles *mais* on me fait pressentir que le résultat sur le rapport pécuniaire ne sera pas aussi considérable que nous l'avions imaginé.

On ne peut faire de prix d'avance, cela ne serait qu'à l'acceptation des pièces, et l'on exige, comme seul moyen de réussite qu'elles soient traduites et présentées 15 jours avant la représentation française à la direction du théâtre anglais. On me recommande en outre de m'en occuper sans le moindre délai. Voyez donc Monsieur ce que vous désirez faire et veuillez me faire connaître au plus tôt votre décision. Quoique ce ne serait qu'une légère addition au produit de vos succès indubitables en France, ce serait toujours autant de gagné sur les profits que d'autres sans cela en retireraient.

Je vous envoie ci-jointe la lettre du général Allard[2] que vous paraissiez désirer posséder, heureuse de pouvoir faire quelque chose qui vous soit agréable, et vous prie d'agréer l'assurance de mes sentiments les plus distingués

R. de St-Clair.

Madame de Castries est arrivée bien accablée, bien triste, je ne l'ai pas encore vue, elle ne reçoit que sa famille. Madame Zawadovsky [*sic*] revient de Londres et me charge de la rappeler à votre aimable souvenir[3].

38-65. ZULMA CARRAUD À BALZAC

Ce 3 août 1838, à Frapesle.

Carissimo, j'ai rêvé à vous ; je vous tendais la main et j'ai eu la sensation bien distincte de votre contact. Je ne vous écrivais pas, parce que je ne savais pas où je vous prendre, mais j'ai rêvé à vous ; il y a eu bien certainement communication mystérieuse entre nous ; vous m'avez cherchée, puisque vous êtes arrivé à moi. Que voulez-vous ? Que puis-je faire qui vous soit agréable ? Et cette tentative ? quel en est le résultat ? Mon Dieu, ne serez-vous donc jamais heureux ! Vous étiez dans une mauvaise hôtellerie ; vous aviez mis de côté cette foule de faux besoins ; bon cela, cher ! Je vous aime affranchi de ces mille servitudes qui diminuent la vraie valeur des gens, en leur en donnant une fictive. C'est que vous aviez une idée, une idée envahissante qui abolissait tout autour de vous. Qu'elle se réalise donc, cette idée ; qu'elle vous mette donc dans ce milieu d'or et de luxe que vous croyez si nécessaire à votre bonheur et à l'affranchissement de votre pensée ! Moi je gravite vers un point tout opposé ; le *gouvernement* de ma maison me pèse et me fatigue, toute médiocre qu'elle soit. Je ne vois jamais une petite maison à deux pièces, précédée d'un jardinet et suivie d'un champ de pommes de terre, sans envier le sort de ceux qui l'habitent. Une seule servante me suffirait et je pourrais rêver sans préoccupation. Rêver, c'est la nécessité d'une existence incomplète comme la mienne. C'est une restitution de toute la part de bonheur que le Ciel me devait comme à toute créature habitant cette terre, et je ne peux pas rêver, car je dois rendre compte même de mon silence.

N'êtes-vous donc pas de retour à Paris ? Y avez-vous conservé votre logement et cette lettre arrivera-t-elle jusqu'à vous ? Cette incertitude me pèse. Si j'étais un peu plus de ce monde, je saurais si vous avez publié quelque chose ; je l'aurais et je me mettrais ainsi en rapport avec vous. Mais écoutez bien : je vais peut-être aller me frotter aux idées du jour. Je mets Ivan en pension à Versailles, et j'ai presque décidé mon Seigneur à y aller passer trois mois d'hiver. Outre la satisfaction de ma passion pour mon fils, je suis mue par la certitude de produire un effet salutaire sur la tête faible de la maison. Il n'a pas le courage de remuer les idées autour de lui ; nous sommes tombés dans un pays nul et d'une aridité rare sous ce rapport et où les choses ne l'intéressent pas assez pour suffire à sa consommation ; au lieu que là-bas il participera de grand cœur au mouvement général, et remettra en valeur ses trésors, dont il ne sait pas faire usage ici. Que dites-vous du projet ? Mais ne m'en dites rien, car si cette idée-là *lui* était présentée trop souvent, il n'en voudrait plus. Et quand je serai sur place, la porte de Mad. Veuve Durand me sera-t-elle ouverte ? me sera-t-il donné de vous voir, une fois au moins, dans votre sanctuaire ?

Ivan est en Suisse avec M. Périolas[1]. Il a passé deux mois à Besançon ; il avait besoin de ce temps de repos avant de se mettre sérieusement au travail, et il ne pouvait mieux être employé qu'à voyager. Je ne l'aurai qu'un mois à peine auprès de moi ; mais il est content et je fais taire mes regrets. Yorick grandit d'une manière remarquable ; mais il ne remplacera jamais son frère ; il n'y a pas entre nous les rapports intuitifs qui ont toujours existé entre Ivan et moi. Souvent je ne connais pas le mobile des actions d'Yorick, et j'ai toujours eu la pensée d'Ivan, telle enfantine qu'elle fût, avant qu'elle arrivât à sa conscience.

Adieu, cher Honoré, vous ne serez pas noyé dans le golfe de Lyon[2], et, s'il vous faut travailler outre mesure pour rétablir vos affaires, je serai assez près de vous, je l'espère, pour aller de temps à autre vous presser les mains et vous donner du courage. Si écrire vous gêne, envoyez-moi une adresse mise par vous, simplement ; car quelque prix que je mette à vos lettres, je serais désolée d'être une distraction fâcheuse pour votre travail. Je vous aime assez pour me retrouver au même point avec vous, fussiez-vous des années sans me donner signe de souvenir. J'ai tant de fois blâmé votre immense correspondance, et j'ai si bien observé combien elle détournait de forces en vous enlevant à l'idée que vous exploitiez et analysiez, que je ne voudrais pour rien grossir la mare de ces exigences ridicules. Traitez-moi donc comme quelqu'un dont on est si parfaitement sûr que l'on peut se dispenser même d'y penser.

Adieu ; si j'avais cru que vous fussiez de retour, je vous aurais écrit dès longtemps.

À vous, cher, de cœur.

[Adresse :] Madame Veuve Durand | rue des Batailles, 13.
[D'une autre main :] Mr de Balzac | à Sèvres | Banlieue.
[Cachets postaux :] Issoudun, 4 août 1838 | Paris, 5 août 38 | Sèvres, 6 août.

38-66. LE MARQUIS DAMASO PARETO
À BALZAC

Gênes, 5 août 1838.

Mon très cher Honoré, à peine j'ai reçu votre aimable lettre que j'ai été avec notre bon ami Alberti chercher Mr Gaggini[1] pour lui parler de votre commission ; mais comme nous n'avons pu être d'accord ni pour le prix ni pour le temps, je me suis fait faire les dessins[2] que je vous envoie pour que vous puissiez en juger par vos yeux et m'écrire si cela vous convient. Quant au modèle de Philémon et Baucis on le copiera très bien sur la traverse du premier modèle, et ça vous coûtera deux cents francs en plus ; comme J. Charles[3] était dans ces derniers jours à la campagne on n'a pu avoir le modèle en ivoire, mais à présent il est en ville et son Philémon et Baucis à la disposition de notre sculpteur. Quant au temps de vous rendre les cheminées vous ne pourriez y compter avant novembre ; décidez-vous en conséquence. Je suis fâché que vos cheminées ne soient déjà en route pour vous ôter les mille et un embarras d'une maison en bâtisse et qu'on ne peut achever[4]. Comme je serai dans la semaine prochaine à la campagne, si vous croyez pour éviter cinq à six jours de retard qu'il vaut mieux écrire directement à Mr Gaggini, et à Alberti à Gênes, faites-le ; quant à moi, à peine j'aurai vos ordres, je viendrai en ville pour tâcher de mon mieux que votre volonté soit faite. Ainsi sur cette commission tout est dit.

Je n'ai pas oublié, mon bon ami, votre *atakia*[5] [*sic*] à Constantinople, mon frère sera charmé de vous l'envoyer, il en parlera à M. de Roussin[6] pour savoir s'il veut bien se charger de vous l'envoyer directement, car par Gênes c'est tout à fait impossible, ça dépend tout à fait de la courtoisie de votre ambassadeur. Je vous suis très reconnaissant d'avoir pensé à m'envoyer votre statuette[7], je ne l'ai pas encore reçue, mais je me fais déjà une fête de la mettre dans mon étude. Mme Pareto vous est très reconnaissante de votre bon souvenir ; Mme Balbi[8] est à Lucques, je vais lui écrire que vous ne l'avez pas oubliée ; J. Charles, Pezzi, Alberti vous sont toujours très dévoués. Je vous aime plus qu'eux tous.

Votre ami
Damaso Pareto.

38-67. À ZULMA CARRAUD

[Aux Jardies, après le 6 août 1838[1].]

M. de Balzac, aux Jardies, par Sèvres (Seine-et-Oise[2]*).*

Voilà mon adresse pour bien longtemps, trois fois chère, car ma maison est presqu'achevée, et j'y demeure. Trois chambres au-dessus l'une de l'autre : le rez-de-chaussée faisant salon, le premier chambre à coucher et le second mon cabinet de travail ; ce tout, mis en communication par une échelle à laquelle on donne le nom d'escalier, compose l'habitation de votre ami. Tout autour une allée qui serpente, dans un petit arpent de Paris, et entourée de murs, mais où l'on ne plantera des fleurs, des arbres et des arbustes qu'au mois de novembre prochain. Puis, à soixante pieds de là, un corps de logis où sont les écuries, remises, cuisines, etc., un grand appartement et des chambres de domestiques ; voilà les Jardies. Le bâton de perroquet sur lequel je suis perché, le jardinet et le bâtiment des communs, tout est situé au milieu de la vallée de Ville-d'Avray, mais sur la commune de Sèvres, côte à côte avec l'embarcadère du chemin de fer de Versailles, sur le revers du parc de Saint-Cloud, à mi-côte, au midi ; la plus belle vue du monde, une pompe que doivent envelopper des clématites et autres plantes grimpantes, une jolie source, le futur monde de *nos* fleurs, le silence et quarante-cinq mille francs de dettes de plus ! Vous comprenez ! Oui, la folie est faite et complète ! Ne m'en parlez pas, il faut la payer, et maintenant je passe les nuits[3] !

J'ai été en Sardaigne, je ne suis pas mort, j'ai trouvé les douze cent mille francs que j'avais devinés, mais le Génois s'en était déjà emparé par un *biglietto reale*[4] expédié trois jours avant mon arrivée. J'ai eu comme un éblouissement, et tout a été dit. Je suis resté trois mois à finir les affaires du comte Visconti, pour que mon voyage ne fût pas inutile, et suis revenu depuis un mois, accablé d'affaires, de travaux et de distractions. Chaque bout de terre qu'il me faut comporte dix propriétaires, dix contrats, dix négociations. Je suis dans un guêpier et ne puis ôter qu'une guêpe à la fois. Je vous raconterai mon voyage quelque jour ; il est curieux, allez !

Je mène de front à la fois le théâtre et la librairie, le drame et le livre. C'est vous dire pourquoi je ne vous ai pas écrit ; mais ce que je puis vous dire, c'est le plaisir que m'a fait votre souvenir digne des amis du Monomotapa[5].

Je sais qu'Auguste arrive[6] ; il a éprouvé beaucoup de déceptions, et je voudrais qu'il trouvât ce que je lui dois, afin de lui prouver que je comprends tout ce que vaut un ami comme lui et un cœur comme le sien. C'est en tête de mes obligations ; quoique je sois étreint par une nécessité qui n'a jamais desserré un seul bouton de sa camisole d'acier depuis ma naissance, j'ai plus que jamais foi dans mon travail ; j'ai promesse de vingt mille francs d'un théâtre pour la pièce que je fais, et je vais organiser mes travaux dramatiques sur la plus grande échelle, car là désormais est la recette. Les livres ne donnent plus rien.

Voilà le bulletin de ma situation. Tout est pire, le travail et la dette. Je suis seulement moins chèrement et plus près de Paris que je ne l'étais partout où je l'ai habité. Dix minutes et dix sous m'y conduisent à tout moment. Je ne crains plus ni visites ni dérangements et suis chez moi. Là, tout est bonheur. Aussi ai-je puisé dans cette manière de vivre une énergie nouvelle, car je veux être ainsi, isolé, mais tranquille à tout prix. Tout est préparé pour une vie médiocre comme pour une vie élégante, pour la vie des amis et l'éloignement des faux sentiments. À cinq cents pas des Jardies commencent les bois de Versailles, où je vais à pied en me promenant. Vous ne sauriez croire combien tout est frais, joli, et combien tout sera gracieux autour de moi en quelques années ; mais il faut énormément gagner d'argent.

Addio, cara! une autre fois, je vous en dirai plus long. Aujourd'hui, je suis pressé. Je ne voulais que répondre au pressement délicat de vos mains soyeuses, et je vous ai écrit presque quatre pages ; mais le moyen de faire autrement avec une sœur ! je souhaite vivement le succès de ce que vous me dites, et vous voyez pourquoi par ma lettre. Hélas ! maintenant que je vais imiter Frapesle, je n'irai plus me reposer là ; mais j'irai vous voir et j'aurai le mérite d'y aller bien entièrement pour vous. J'avais quelques scrupules de cœur en m'y délassant de Paris et y faisant la convalescence de ma cervelle fatiguée. Baisez Yorick au front. Mille gracieuses choses au commandant. Ne m'oubliez pas dans votre prochaine lettre auprès de notre ami Périollas [*sic*]. Quant à vous, je vous baise saintement les mains et ne vous parle plus d'une amitié qui vous est connue. *Addio, a rivederci.* Maintenant, dites au commandant que je puis exiger visite pour visite. J'ai une chambre d'ami, ou j'aurai, car les plâtres sont encore trop frais pour habiter, et je suis là malgré le médecin. Tout à vous de cœur.

Honoré de Bc.

38-68. CAROLINE COUTURIER DE SAINT-CLAIR
À BALZAC

Dieppe, ce 7 août 1838.

Je me suis chargée d'une petite commission auprès de vous Monsieur et je m'en acquitte avec empressement car je me trouve intéressée à la réussite de ma négociation : une Dame de vos amies spirituelle et aimable désire vous attirer ici, elle vous offre un appartement dans sa maison où elle s'engage à vous laisser suivre vos occupations littéraires sans gêne ni interruption même si elle le trouve nécessaire pour le bien du genre humain et pour que le monde ne soit pas privé de vos belles inspirations elle vous enfermera à clef si les promeneurs ou les promeneuses, baigneurs ou baigneuses, vous entraînaient dans trop de distractions. Elle n'aura pas même égard aux caprices et beauté de la mer dans ses mouvements variés si ce sublime élément vous occupait trop, enfin vous ne sauriez pas que vous êtes à Dieppe si vous le désirez mais elle et moi nous nous croirons privilégiées de le savoir. Je m'acquitte donc de la commission de Madame la Marquise de Castries[1] et j'ose vous prier de la recevoir avec indulgence passant par mes mains. J'ajouterai seulement un *proviso*[2], si vous accordez la pétition de deux de vos lectrices dignes d'apprécier vos pensées profondes et spirituelles, que ce soit dans le courant de ce mois sans cela, je serais privée du plaisir de vous voir car je reviens à Paris le 1er septembre où au moins j'espère avoir l'honneur de vous recevoir comme par le passé, en attendant que vous me donniez de l'occupation pour ma plume comme il était convenu avant votre départ pour l'Italie. J'ai une lettre de la belle comtesse Hélène Zavadovsky[3], elle se rappelle à votre souvenir, elle est en Angleterre à Brighton à huit heures de chemin de Dieppe. Vous pourriez par vos pouvoirs magnétiques lui faire savoir que ses amis pensent à elle de ce côté de l'eau. Veuillez, Monsieur, recevoir je vous prie l'expression de mes sentiments les plus distingués

R. de St-Clair[4].

[Adresse :] Monsieur | Monsieur le Comte de Balzac.

38-69. À LA MARQUISE DE CASTRIES

> Sèvres, aux Jardies [après le 7 août 1838].

Rien ne m'a plus étonné, chère, que la lettre de Mme de Saint-Clair, car il est impossible que vous chargiez une autre femme de vos ordres pour moi. Toutes les fois que vous avez voulu, désiré, me voir, vous n'aviez qu'à incliner le doigt. Il y a eu cette erreur, entre nous, que toutes les fois qu'il vous plaît de paraître diminuer notre amitié par la forme que vous prenez, je me dis : ce n'est pas elle, et je fais comme si rien n'était advenu.

Dans ce moment, je suis ici occupé avec des ouvriers à achever une vraie maison d'opéra-comique où je veux travailler loin du monde et où ceux qui m'aiment viendront me voir ; je vous ai dit que je me préparais à une entière solitude, au cas où j'échouerais dans mon voyage et j'ai échoué. J'ai trouvé au retour tant de travaux et si peu de maison, tant d'argent à payer et si peu d'ouvrage dans mon portefeuille, que je travaille en ce moment depuis minuit jusqu'à cinq heures du soir. Ma position est si peu comprise par les personnes dont la vie est tout arrangée et qui font ce qu'elles veulent, que je ne saurais en parler.

Vous voyez qu'il m'est difficile d'aller à Dieppe ; j'ai une santé de fer, parce que je ne me suis jamais ébréché qu'au travail des Muses, ce que vous ne voulez jamais croire ; et je vous assure qu'à l'horizon du paysage qui se déploie sous mes fenêtres, j'ai la plaine de Montrouge, qui fait l'effet d'une mer calme ; la mer agitée est au-dedans de moi ; j'ai donc en moi un petit Dieppe portatif. Mais, quant à vous, la perte est irréparable, et, lorsque j'aurai le bonheur de vous voir, vous ne pourrez, en amie, que dire : « Vous avez eu raison de rester là ! » quand je vous aurai dit en murmurant à votre oreille, les raisons qui m'y clouent.

Je vous envoie mille tendres et affectueux hommages, et vous savez combien ils sont ardents et sincères. C'est une querelle que vous ne voulez pas faire finir entre vous et le plus attaché de vos serviteurs.

H. de Bc.

38-70. AU MARQUIS DE CUSTINE

[Aux Jardies, août ? 1838.]

Je viens de finir les deux derniers volumes sur l'Espagne[1] et ils sont aussi supérieurs aux deux premiers[2] que les pays du littoral aux pays de l'intérieur. Il y a quelques redites dans la lettre sur Algésiras, vous y revenez trop à v[os] impressions, vous étiez trop près de l'émotion, votre enthousiasme est trop vrai pour se communiquer, il aurait fallu attendre quelque temps. Sous ce rapport, je préfère la description de Ronda. Néanmoins, il y a peu de livres modernes qui puissent être comparés à ces lettres, dans l'endroit de Gibraltar, tant que vous tournez autour de Calpe vous êtes digne de Martynn[3] [*sic*]. Cependant le style des lettres a moins d'ampleur et de constance que celui des *Mémoires et Voyages*[4]. Convenez-en, vous étiez jeune et vous aimiez en Calabre et à Amalphi [*sic*]. Je ne dis cela qu'entre nous, car le livre sur l'Espagne est une œuvre qui ne serait écrite par aucun des littérateurs de métier. Si vous faites la même chose sur chaque pays, vous aurez fait une collection unique en son genre, et qui aura le plus grand prix, croyez-moi. En ceci, je m'y connais. Je ferai tout ce qui sera en mon pouvoir pour vous engager à peindre ainsi l'Allemagne, l'Italie intérieure, le Nord, la Prusse. Ce sera un grand livre et une grande gloire. V[otre] prote a laissé *disparate* féminin, il est masculin.

Mais, vous faites vous toujours la faute de *c'étaient* ou *ce sont* qui d'ailleurs a été commise par de grands écrivains. *Ce* est le nominatif, le verbe doit être au singulier. On doit dire : c'est des femmes qui passent et non ce sont. Entre deux mauvaises locutions, il faut choisir celle qui est française, c'est-à-dire logique. Car c'est des femmes ne vaut pas mieux que ce sont des femmes, mais c'est des femmes est irréprochable. Je vous dis ceci parce que vous êtes un grand écrivain et devez donner l'exemple. La question a été jugée sans appel, et je suis occupé à corriger cette incorrection partout où elle est chez moi[5].

Je suis enfoncé dans les Mercadets[6], et cependant j'ai parlé à Charpentier[7] des lettres de Rahel[8], il voudrait tout voir, mais en ce moment, la librairie loin d'avoir une argyrancie comme disait si plaisamment Eschine à Démosthène[9] qui se plaignait d'une esquinancie est attaquée à mort par tant de faillites qu'on ne sait ce qu'elle va devenir, aucun libraire ne veut prendre de livres. Cependant, je vous l'amènerai quelque jour, quand il sera remis, il a un rhumatisme au bras qui le retient au lit.

Vous êtes le voyageur par excellence. Ce que vous faites me confond, car il me semble que je serais incapable d'écrire de semblables pages. Vous êtes aussi spirituel que Beyle[10] et plus clair, sans énigmes, plus social. Vous êtes plus charnu quand vous contez et aussi précis. La dame anglaise qui expédie ses enfants par la charrette est un chef-d'œuvre dans ce genre de conte épigrammatique. Je me plains qu'il n'y ait pas assez d'anecdotes, ne croyez pas que ce soit vice de faiseur, mais goût de lecteur. Vous avez au suprême degré la faculté de communiquer vos impressions, votre départ de Séville m'a fait manger mon dîner froid, je voulais savoir comment ça finirait, j'ai eu de cela en voyage ; mais ce qui est étourdissant de bonheur et de talent chez vous, c'est que votre personnalité est aimable, tandis qu'elle est insupportable chez beaucoup d'autres. Je crois que vous devez ce triomphe à votre cœur, on vous aime. Je voudrais maintenant avoir d'autre opinion que la mienne, je vais vous soumettre à quelques-unes de mes âmes juges, aréopage d'esprits fins et de bons cœurs qui est très redoutable, je vous dirai les votes. Mme de Hanska n'a pas lu les 2 derniers volumes. Je lui écris aujourd'hui de les lire[11], et je vais prêter les 4 à une autre femme qui est aussi belle, et pire, c'est-à-dire qui a tout autant de cœur et plus de malice.

J'ai un compte à solder avec vous, vous m'avez évité de voir l'Espagne, et je ne puis vous apporter en ce genre aucune économie, car en fait de cœur humain, vous êtes un savant de premier ordre ; vous procédez comme les moralistes par pensées fines et longues, serrées, des dards qui vont à fond de cœur. Quant à vos opinions, je ne vous dis rien de celles qui sont dans ces 4 volumes, sauf ma réclamation, c'est les miennes en politique et en morale. Ça me fait chagrin, car il y a du plaisir à vous chercher querelle, ça *console de l'admiration*, soit dit en plaisantant.

Mille gracieusetés et mille encore

de Balzac.

38-71. À ZULMA CARRAUD

[Aux Jardies, août 1838.]

Envoi de *La Maison Nucingen*.
À Madame Zulma Car[r]aud, à Frapesle[1].

"N'est-ce pas à vous, Madame, dont la haute et probe intelligence est comme un trésor pour vos amis, à vous qui êtes à la fois pour moi tout un public éclairé, judicieux[b] et une sœur indulgente, que[c] je dois dédier cette œuvre ? Daignez l'accepter comme témoignage d'une amitié dont je suis bien fier[d]

de Balzac[e].

38-72. TRAITÉ ENTRE HENRY LOUIS DELLOYE, VICTOR LECOU ET GERVAIS CHARPENTIER

[Paris, 31 août 1838.]

Entre les soussignés[1]

Monsieur H. L. Delloye libraire-éditeur demeurant à Paris, rue des Filles-St-Thomas n° 13, et M. V. Lecou, propriétaire demeurant aussi à Paris, avenue des Champs-Élysées n° 65 [*sic*] *d'une part*. Et Monsieur Gervais Charpentier, libraire-éditeur, demeurant également à Paris rue des Beaux-Arts n° 6 *d'autre part*

Il a été convenu ce qui suit

Article 1er

MM. Delloye et Lecou, cèdent à M. Charpentier qui accepte le droit d'imprimer dans le format in dix-huit[2] cinq mille exemplaires[3] avec passe simple de la *Physiologie du mariage* de Monsieur de Balzac dans l'état où cet ouvrage existe aujourd'hui et ce moyennant la somme de trois mille francs payables savoir : mille francs le cinq septembre prochain en espèces, mille francs le quinze septembre aussi prochain, en bonnes valeurs de portefeuilles à 4, 5 et 6 mois d'échéance, et les derniers mille francs en deux billets à ordre de cinq cents francs chacun aux termes de fin novembre et fin décembre prochain.

Article 2e

MM. Delloye et Lecou, accordent à M. Charpentier trois

années à dater de ce jour, pour l'écoulement de ces cinq mille exemplaires, toutefois en se réservant le droit de rentrer dans la propriété de cet ouvrage quand M. Charpentier n'aura plus que deux cents exemplaires en magasin.

Article 3ᵉ

MM. Delloye et Lecou se réservent le droit de réimprimer l'ouvrage dont il s'agit dans le format 8° seulement, mais dans ce cas la réimpression devra avoir deux volumes, toutefois ils pourront en publier une ou plusieurs autres éditions en un seul volume de ce format, mais avec des illustrations de gravures, de sorte que dans les deux cas ces éditions ne puissent par leur bas prix faire concurrence à celle de M. Charpentier.

Article 4ᵉ

Le présent traité n'aura d'effet qu'après le paiement des mille premiers francs et la remise de mille francs d'effets de portefeuille.

Fait double à Paris le trente et un août mil huit cent trente-huit.

Approuvé l'écriture ci-dessus et d'autre part
V. Lecou

Approuvé l'écriture
Delloye.

Approuvé l'écriture
Charpentier.

38-73. À HIPPOLYTE AUGER

[Aux Jardies, début septembre 1838.]

Monsieur de Balzac est extrêmement étonné de n'avoir pas eu de nouvelles de monsieur Hippolyte Auger. Monsieur de Balzac demeure *à Sèvres*, au *chemin vert*. M. H. Auger peut lui écrire à cette adresse[1].

38-74. ZULMA CARRAUD À BALZAC

4 septembre 1838, à Frapesle.

Comment vous dirai-je cher, tout ce que j'ai ressenti à la lecture de votre dédicace[1]. J'en ai été profondément émue ; ce témoignage public de votre affection m'a pénétrée ; et sans vouloir discuter si je mérite une si haute louange, je l'accepte avec bonheur. Que ne puis-je en ce moment vous presser la main avec effusion !

Les Jardies ! c'est donc là où vous êtes allé chercher le calme qui vous est si nécessaire ? Lui permettez-vous de s'établir chez vous, à ce calme que vous trouverez trop monotone, je le crains ? C'est que vivre seul est une rude chose, surtout quand on a quelque plaie qui saigne, et vous n'êtes pas dans la position que vous ambitionnez. Ne vous faudra-t-il pas quelque cœur ami pour recevoir le trop-plein de vos amertumes ? Comme vous me le disiez, Auguste revient[2] ; vous l'avez su avant moi, car je n'ai eu sa lettre datée du 14 avril que le premier septembre. Il revient par Canton et les grandes Indes. Il ne saurait tarder de quelques mois à être à Paris. C'est là un cœur qui vous est dévoué et dans lequel vous pourrez vous réfugier ; puis il aura quelque chose de neuf à vous dire.

Maudit soit le Génois ! Et vous aviez deviné ! Je me reproche ces bonnes heures de Frapesle ; peut-être si vous n'y fussiez pas venu, auriez-vous entrepris votre voyage quinze jours plus tôt. Faut-il donc sentir une épine au fond des jouissances les plus saintes ? Comme ç'eût été bon, 12 cent mille francs ! Comme vous eussiez été heureux de faire face à cette nécessité qui vous poursuit sans terre et de lui faire la grimace ! Enfin, les Jardies et l'espérance d'un succès au théâtre, c'est bien quelque chose ; puis une visite d'amie que je vous promets pour cet hiver car je m'établirai à Versailles, auprès d'Ivan pendant trois mois au moins ; et si vous voulez me promettre de faire dire tout simplement à Carraud quand il ira vous importuner que vous voulez travailler ; si quand j'irai passer trois ou quatre heures chez vous, vous m'aimez assez pour m'établir dans votre salon avec un livre et remonter dans votre cabinet pour continuer votre travail, je vous promets de faire des Jardies le but constant de mes promenades. Concevez-vous combien je serai contente de vous voir au milieu de vos habitudes, chez vous enfin où vous devez être bien. Plus parfaitement vous que partout ailleurs ? Ho si ! vous reviendrez à Frapesle et encore pour vous y reposer, pour vous remettre d'un travail excessif, d'une vie tout intellectuelle ! Si vous ne veniez que pour moi, je ne sais trop quels remords me poigneraient, et de vous recevoir aussi bourgeoisement et de vous dévorer des heures, qui, employées partout ailleurs, vous rapporteraient plus de jouissances.

Ivan m'écrivait de Savoie avant-hier, heureux et fier de se trouver à Chamonny [*sic*] et de descendre le Montenver[s] avec son bâton ferré. J'espère le voir prochainement ; voici longtemps qu'il est parti, trois mois ! C'est plus que je ne peux supporter, et il faudra le rendre aux études avant un mois. Toute une vie d'immolation, c'est plus que des forces de femme ne peuvent soutenir ; car le bonheur que me donnait cet enfant est troublé à jamais ; je ne le ressentirai que par réflexion et plus directement.

Ivan, c'est une émanation de moi ; c'est mon rêve chéri. J'aime Yorick d'une tendresse protectrice qui me rend plus matériellement heureuse, mais qui n'a rien de poignant. On m'a écrit de Versailles que M. Périolas allait s'y établir et y prendre sa retraite. Je vous le souhaite ; c'est un beau type d'homme et un ami consciencieux et éclairé, dont les conseils seront sûrs dans vos affaires.

Il règne ici une épidémie qui, je vous le dis bien bas, frise de près le choléra ; elle sévit comme mortalité, sur les enfants jusqu'à 15 ans compris, il y a des villages où il n'en est pas resté un seul[3]. Dans les villes, le chiffre de la mortalité est relativement bien inférieur à celui des campagnes. Mais, comme cette maladie s'appelle *fièvres*, tout simplement, elle ne cause aucun effroi, et pourtant elle a enlevé dix fois plus de gens que le choléra, qui terrifiait tout le monde. Ma maison n'a pas été plus épargnée que les autres. Carraud a commencé et, bien qu'il n'ait plus de fièvre depuis trois semaines, sa convalescence est loin d'être parfaite. Tous mes gens, même à la ferme, y ont passé, excepté Annette et Adrien. J'en ai encore deux au lit, assez gravement malades ; voilà pourquoi je ne vous avais pas répondu tout de suite, car la surveillance qu'exigeaient tous mes malades, sans compter maître Yorick auquel je faisais suivre un traitement préventif, absorbait tous mes moments, y compris ceux employés à recevoir les visites obligées. Enfin, la mort récente de la sœur de ma mère, pauvre vieille tante qui a demeuré quinze ans avec mon père, est venue m'abattre entièrement. Elle avait 81 ans ; elle avait quitté Issoudun ; ce ne sont donc pas des regrets directs ; mais cette rupture avec un passé dont elle était le seul représentant m'a fait mal, m'a avertie que la période ascendante de ma vie était à jamais fermée et que je formulais désormais le passé de la génération qui m'entoure ; et je jetais les yeux sur le tout-petit, qui aura besoin de moi longtemps encore. Pourtant je suis bien lasse ! Le repos serait le bienvenu, sans cette nécessité de soutenir encore les pas de cette bien trop jeune famille.

Adieu cher Honoré adieu. Que le soleil luise toujours par au-dessus des Jardies, que la verdure s'y conserve belle et les fleurs dans leur fraîcheur ; qu'aucune préoccupation nuisible à vos travaux ne s'y glisse et surtout que notre présence n'y soit pas une cause de non-travail ! Si j'étais plus FORTE, je me réjouirais d'aller si près de vous, afin de vous aider dans le *matériel* de votre travail ; mais je n'aurai jamais en moi la confiance nécessaire pour bien faire la moindre chose.

Mon mari vous aime bien ; moi je me sens digne par le cœur de l'amitié que vous me témoignez. Merci de votre souvenir à Yorick ; c'est un gros garçon qui n'en sent pas le prix.

Mille et mille tendresses.

Zulma.

J'ai oublié le nom, est-ce *Fanny*, ou *Jenny*[4] ?

38-75. À HENRY LOUIS DELLOYE

Sèvres, jeudi [6 septembre 1838].

Mon cher Monsieur Delloye, on m'a appris hier deux choses qui sont incroyables pour moi, tant elles froissent l'esprit et la lettre de notre traité et tant elles blessent mes intérêts. La première est une vente en bloc des 3 300 volumes de *La Femme supérieure* pour 8 000 fr. ce qui serait presque les droits que j'en aurais si j'étais libre, et qui n'est pas le prix de fabrication en y comprenant le droit de l'auteur qu'il faut toujours y comprendre. 2º La vente d'une édition de la *Physiologie en un volume* sans me consulter[1], moi qui ai à corriger et étendre l'ouvrage et à le publier augmenté d'un ouvrage de ce genre inédit, qui forcerait la vente de 4 volumes.

La question littéraire est avant la question marchande, cela est évident, mais je ne discute rien, je vous prie de ne rien conclure avant de m'avoir fait part de tout et avant d'avoir mon approbation — si nous sommes divisés, nous avons en une matinée en choisissant des arbitres honorables, la faculté de faire juger nos différends, car je ne veux ni chercher ni provoquer des discussions judiciaires qui entraveraient tout ; mais ici non seulement tout est immolé de la manière la plus honteuse, mais la plus inique relativement à ma réputation — vous ne pouvez que de mon consentement comme pour *César Birotteau*, répudier ma qualité d'éditeur, enfin nous agiterons tout cela en famille, si nous ne nous accordons pas, nous ferons juger une chose qui me ruinerait à jamais, et me forcerait de prendre un parti contre lequel je reculerai tant qu'il y aura une lueur d'espoir de m'acquitter envers vous, car toutes vos idées premières sont changées, et non les miennes. Il y a tant d'inconvenance à agir autrement que comme je vous le propose que je ne doute pas de votre acquiescement à ce que je vous demande. Songez à toutes les conséquences d'une sentence arbitrale qui déferait nos marchés, ordonnerait l'annulation de textes qui ne seraient pas approuvés par moi, etc.

Si c'était des niaiseries, je ne dirais rien, mais l'une des deux affaires m'interdit de jamais pouvoir vous rembourser, et l'autre est contre mon œuvre entière.

Agréez mes compliments empressés et à mercredi

de Bc.

Comment pouvez-vous ne pas recueillir les produits de la vente à mille que tout libraire ferait et qui donne 10 à 12 mille fr., et laissez-vous gagner par un libraire 3 000 [fr.] dans quelques jours et 700 exempl[aires]. Il y a là quelque chose d'incroyable je le répète — Et quel libraire auriez-vous choisi !

[Adresse :] Monsieur Delloye | libraire, place de la Bourse | rue des Filles-St-Thomas, 5 | Paris.
[Cachet postal :] Sèvres, 6 sept. 38.

38-76. HIPPOLYTE AUGER À BALZAC

[Paris, 6 septembre 1838.]
22, rue de Grenelle St-Germain.

Le lendemain du jour où j'ai eu l'honneur de rencontrer M. de Balzac, je suis parti pour la campagne et j'espérais y travailler au sujet dont il m'a parlé. Par malheur, j'ai été, pendant dix jours, très malade. Quand j'ai pu reprendre mes travaux, il m'a fallu terminer deux pièces commencées. Depuis il m'a été impossible de rien faire[1]. Si M. de Balzac est toujours dans les mêmes intentions, je lui demande un rendez-vous un jour de la semaine prochaine ; chez moi s'il vient à Paris, chez lui s'il veut que je m'y rende. Je crois devoir le prévenir qu'il sera bien difficile d'arriver cet hiver au Gymnase parce que M. Poirson a tout ce qu'il lui faut. Mais il est un théâtre où nous serions sûrs d'être mis en répétition immédiatement, si nous trouvions quelque sujet piquant c'est le théâtre de la Porte St-Martin. Avec un succès on va là jusqu'à cent représentations de cinq mille francs. On a 10 pour cent sur la recette, sous un titre bizarre on peut faire tout ce qu'on veut. L'Ambigu comique fait des recettes avec *Le Chien du Mont St-Bernard*, ouvrage stupide. Si M. de Balzac pouvait trouver une fable pour ce titre : *Le Chameau reconnaissant*, on trouverait bien vite un principal acteur. Ça ferait courir tout Paris[2]. Je suis aux ordres de M. de Balzac ; bien portant aujourd'hui, je puis m'engager à travailler promptement, j'attends donc une entrevue. Mes compliments sincères et l'assurance de mon dévouement pour M. de Balzac.

H. Auger.

6 7bre 1838.

[Adresse :] Monsieur de Balzac | au Chemin-Vert | à Sèvres (banlieue).
[Cachets postaux :] Paris, 7 sept. 1838 | Sèvres, 7 sept.

38-77. ARMAND PÉRÉMÉ À BALZAC

[Paris, 6 septembre 1838.]

Édouard D.[1] revient de la Belgique ; il me demande où en sont vos travaux[2]. Ces messieurs comptent bien sur votre promesse. Ce qu'on vous a dit des dispositions de M. de V...[3] à votre égard est sans fondement. Loin de rencontrer de l'opposition ou du mauvais vouloir, je crois au contraire qu'on sera trop heureux d'accepter votre concours. Ce qu'il y a de sûr, c'est qu'on attend votre œuvre avec une impatiente curiosité.

Édouard va repartir. Il voudrait bien savoir à quand la lecture — je crois qu'il reviendrait exprès. Soyez donc assez bon pour me répondre un mot. Pour mon compte, je n'ose pas vous dire comme je prends mal le temps en patience... à moi la fleur d'une si belle fille... On n'a point deux fois dans sa vie de ces bonnes fortunes-là.

Si j'avais le temps, j'irais bien vous réclamer mais, hélas pauvre amphibie, homme et chose, je lutte avec insuccès entre mes deux natures — la matière triomphe — Croiriez-vous qu'un de mes amis me demandant l'autre jour des nouvelles de mon *œuvre* on a eu l'impertinence de me demander si c'était en porcelaine — heureusement, j'ai songé à répondre : non, *en verre*.

Toutefois, je crois arriver à terme avec mes antiquités, et accoucher dans le courant du mois. Puissiez-vous ne pas tarder davantage.

Tâchez de me donner de vos nouvelles avant lundi.

Bien à vous

Armand P.

6 7bre.

Borget, à ce qu'il paraît, a quitté le Pérou, pour se rendre en *Chine*. Il veut faire le tour du monde.

[Adresse :] Monsieur H. de Balzac | Poste restante | Sèvres (Banlieue).
[Cachets postaux :] Paris, 6 sept. | Sèvres, 7 septembre.

38-78. À ZULMA CARRAUD

[Aux Jardies, septembre 1838.]

Cara,

Mille tendres mercis pour votre bonne lettre[1] car, quelque pressé que soit ce pauvre laboureur, il gardera plutôt son grain à la main pour venir dire à une aussi vive et sérieuse amitié : Je la sens par tous les pores ! N'ayez aucun remords des heures de Frapesle ; ils étaient 2 contre moi là-bas, et le Génois s'était mis en règle dès mon départ par la corruption auprès des gens de cour, le mal était fait quand je suis parti.

Ce serait un des bonheurs de ma vie d'avoir M. Périollas [*sic*] auprès de moi, c'est un de ces caractères que j'ai remarqués, estimés, et il y en a très peu. Il a eu un élan un jour en apprenant mes malheurs, que j'ai compté comme dix ans d'amitié ; aussi, malgré la rareté de nos entrevues, avais-je le projet d'inscrire son nom comme celui du commandant en tête de quelque scène de vie militaire, je lui suis redevable de quelques précieux renseignements, c'est une des rares gens à qui je reconnais le talent d'écrire à un très haut degré ; je le prendrais volontiers pour un de mes conseils.

N'ayez pas peur de venir aux Jardies tant que vous voudrez car quoiqu'on y travaille beaucoup, jamais vous n'y serez que bienvenue, et vous ne romprez pas la solitude, car vous êtes de ces esprits qui la meublent. Hélas, la tranquillité ! Jamais — Vous serez effrayée quand je vous dirai que depuis mon retour, c'est des quatre volumes, des trois ou quatre comédies faites ou en train, puis des exigences d'argent à épouvanter, des ennuis à périr — Et je vous jure que j'ai donné la démission de toutes mes espérances, de tous mes luxes, de toutes mes ambitions ! Je veux une vie de curé, une vie simple et tranquille. Une femme de trente ans qui aurait trois ou quatre cent mille francs et qui voudrait de moi, pourvu qu'elle fût douce et bien faite, me trouverait prêt à l'épouser ; elle payerait mes dettes, et mon travail en cinq ans l'aurait remboursée. Il faudrait faire là encore des sacrifices énormes, mais il vaut mieux se marier que de périr, et je n'ai pas la sûreté de la vie, il est impossible qu'à mon âge on soutienne les travaux auxquels il faut me livrer sans courir à quelques épuisements qui équivalent à la mort. Je ne vis plus que pour satisfaire à des obligations sacrées. J'attends quelque succès au théâtre ; mais je n'ai pas encore eu le temps de méditer les pièces, ou de les exécuter comme je voudrais les voir. Enfin, quoique la muse laborieuse soit une compagne qui fasse supporter la solitude, le besoin d'un être qui ne me quitte plus se fait sentir. Mais j'entrevois ce besoin à travers le brouillard de mes travaux, et ils sont si énormes, d'ici à quatre ou cinq mois, que je ne sais si j'ai deux heures de loisir pur à moi. Soignez-vous bien. Ne m'en voulez point si je ne vous envoie pas les deux volumes qui contiendront *La Femme supérieure*, *La Maison Nucingen* et *La Torpille* : il est possible que je ne le puisse pas ; je n'ai plus aucun exemplaire à moi[2].

Adieu ; aimez toujours bien ce pauvre Honoré ; vous êtes une des seules âmes qui le connaissiez [*sic*] et songez que les deux lignes publiques de la dédicace ne sont pas la millième partie des grandes et belles choses qu'il pense de vous, car il a l'orgueil de croire vous connaître mieux que personne. Mille bonnes amitiés au *dear commandant* !

Tout à vous.

Honoré.

J'ai eu à me louer de Pérémet pour une négociation relative au théâtre[3], et il est bien comme moi sincère admirateur des qualités d'âme d'Auguste, amitié à part. Embrassez Yorick.

38-79. LE DOCTEUR LOUIS VÉRON À BALZAC

[Paris, 7 septembre 1838.]

Je soussigné reconnais que Monsieur de Balzac et ses éditeurs rentrent dans la toute propriété de la nouvelle intitulée *Les Rivalités en province*[1] cinq mois après l'insertion du dernier chapitre de cette nouvelle dans *Le Constitutionnel*.

Ce 7 7bre 1838.

L. Véron.
G^t du *Constitutionnel*.

38-80. À ZULMA CARRAUD

[Aux Jardies, 10? septembre 1838.]

Cara,

Pérémet part pour Issoudun[1]. Qu'il porte à Frapesle un tendre, doux, gracieux et sincère témoignage de mon attachement. Je suis au fort d'une bataille d'argent ; si je réussis, j'aurai mis un emplâtre sur mes plaies.

Mille tendres choses. Le nom est Fanny. Baisez vos enfants au front ; une poignée de main au commandant.

Tout à vous.

Honoré.

38-81. ÉDOUARD DÉADDÉ À BALZAC

[Paris, 19 septembre 1838.]

Mon cher maître,

Une affaire grave et importante pour moi m'a empêché d'aller vous voir hier comme nous en étions convenus. Je me vois forcé de remettre ma visite à la fin de cette semaine ; mais nous ne perdrons rien pour attendre. D'ailleurs *Le Constitutionnel* n'a pas encore entamé la nouvelle[1].

À vous.

Éd. Déaddé.

Le 19 7bre.

[Adresse :] Monsieur de Balzac | Chemin-Vert | à Ville-d'Avray | banlieue.
[Cachets postaux :] Paris, 20 septembre 1838 | Sèvres, 20 sept.

38-82. JULES SANDEAU À BALZAC

[Paris, 20 septembre 1838.]

Mon cher Honoré,

L'Artiste ne saurait faire passer votre œuvre[1] avant six mois, ne saurait vous donner d'argent avant trois, et ne consentirait qu'avec peine à prendre une nouvelle qui aurait plus de trois feuilles d'impression.

Mille compliments

Jules Sandeau.

[Adresse :] Monsieur H. de Balzac | à Sèvres | aux Jardies.
[Cachets postaux :] Paris, 20 sept. 1838 | Sèvres, 20 sept. 1838.

38-83. AU PROTE DU « CONSTITUTIONNEL »

[Aux Jardies, septembre 1838.]

Je prie le prote du *Constitutionnel* de remettre à la personne qui lui présentera ce petit mot, la double épreuve de tout mon article, intitulé *Les Rivalités en province* et que l'on a oublié de m'envoyer[1].

Mille civilités

de Balzac.

38-84. CAROLINE COUTURIER DE SAINT-CLAIR À BALZAC

[Paris, 29 septembre 1838.]

J'ignore si vous êtes encore à votre campagne, Monsieur, et si ma lettre vous y trouvera, mais à tout hasard, puisque « nous avons des intérêts commerciaux ensemble[1] » je viens vous proposer quelque chose qui pourrait de *suite* nous réaliser un peu de bénéfice si l'idée que j'en ai vous sourit.

Pour vous développer de quoi il est question, il faudrait que M. de St-Clair puisse causer un quart d'heure avec vous. Veuillez donc me faire savoir où et quand il pourrait vous rencontrer.

À partir du 10 du mois prochain, nous serons à Paris, rue Miromesnil n° 31. Jusqu'alors nous sommes à St-Germain rue des Ursulines n° 14.

Il s'agit d'un ouvrage et mon pâté est tout fait mais pour sortir du four des éditeurs de manière à exciter l'appétit des lecteurs, il a besoin d'être doré et enfourné par une main habile dont vous ne refuserez pas le puissant appui à celle qui se sent si flattée de l'espoir de devenir bientôt votre coassociée, vous priant en attendant Monsieur, de la croire toujours

Votre bien sincèrement dévouée

R. de St-Clair.

Ce 29 septembre 1838.

38-85. HENRIETTE REYMOND À BALZAC

[Berlin, 29 septembre 1838.]

Monsieur de Balzac,
Vous êtes un adorable génie!!!

Voilà à quoi devrait se borner mon épître! — Je le sens… Je me le répète sans cesse, et pourtant il semble qu'une inconcevable puissance me porte, moi, pauvre ignorante à vouloir exprimer en mauvais style ce que tout l'univers vous répète sans doute par la voix de la renommée…. Et moi aussi, je veux vous payer mon tribut d'admiration. — Je donne un petit congé à la raison qui m'exhorte depuis plus d'un an à laisser ce projet… et cette fois, je n'écoute plus que mon cœur… Or celui-ci est le frère de notre imagination… il l'aime, et l'admire!… Cette gracieuse et brillante imagination qui excite l'enthousiasme universel, et qui se réunit si souvent à un esprit profond et sublime, qui la suit jusque dans les champs émaillés de fleurs du Parnasse… ce papillon délicieux qui sait si bien choisir celles où il se pose… Que de chefs-d'œuvre elle nous a fait admirer! —

Et que dirai-je donc à un tel génie?… Hélas, que ne puis-je emprunter un trait de sa plume… arrêter un instant le vol de cette imagination, pour me donner une idée, une ombre, de sa grâce à moi, insignifiante réalité…

Ainsi je parlais, et je me disais mille autres choses semblables sur ce ton de complainte et d'enthousiasme puis, je ris de ma folie en me persuadant que l'extrême mérite était indulgent… pour les écarts que fait faire trop d'admiration! — Ai-je tort? —

Mais cependant, allez, j'ai bien peur!… Comme la main me tremble!… Me voici prête à me donner en ridicule… et vous sourirez de pitié… car je le sais, un mouton serait un génie comparé à moi!… Et puis, je veux vous écrire? — Et une longue lettre encore ? — Eh bien oui, quoiqu'un frisson glacial soit prêt à s'emparer de vous, cette lettre sera… comme il faut qu'une lettre soit… dans toutes les règles, bien prolixe… bien sotte… et cette tâche-là sera merveilleusement remplie ! À l'œuvre, Jettly, ennuie Mr de Balzac par des remarques, des confidences, d'une cervelle toujours rieuse et démeublée…

Mais une petite observation encore !

Votre petit livret, ce livret votre ami qui nous a fait passer de si méchants quart[s] d'heure, est devenu ma propriété, et ma pensée… oh ! combien d'heures agréables ! — Soyez content !! car maintenant je ne suis que l'écho de l'univers !

Si tous les juifs ressemblaient à Nephtaly[1]… Ah ! cela ferait du ravage parmi nous !… Heureusement qu'en Pologne, ils ne sont pas de nature à inspirer de grandes passions, avec leurs tuniques jadis noires, que le temps, la crasse, les intempéries des saisons couvrent d'un lustre de deux doigts… C'est au point que si l'un deux est par hasard jeté contre une muraille, il risque d'être là collé comme une momie vivante…

Un jour que je passais tranquillement… ma vue est attirée par quelque chose d'unique… Un juif polonais… Je m'arrête… Avais-je quelque chose d'extraordinaire ? Il s'arrête aussi… et nous nous regardons !… Ô ciel ! quelle figure ! — de ma vie, je n'ai vu quelque chose de semblable ! — Il avait abusé de la permission que l'on a d'être laid, et d'avoir des cheveux roux avec une face jaune…. Comme un citron dans une écorce d'orange ! —

Mais ce n'est pas encore ce que je voulais dire !…

J'ai aussi une imagination qui est la *folle du logis*… Dieux, a-t-elle fait des tours et contours ! — C'est elle qui a été faire votre connaissance, qui me persuadait que vous m'écririez aussi quelques lignes… Puis la volage s'envole de nouveau ! Elle me transporte au *patrio nido*[2], dans le chalet où j'ai reçu le jour, au milieu de nos belles et chères montagnes… Mon père lit *Alfred* ! — et ce livre, ce roman, ce rien, est composé par sa fille ! — (Le fond est vrai.)

Des paysans suisses au front noble, à l'air fier et libre, écoutent, et quelques larmes viennent sillonner ces faces franches et brunies… Et puis, je suis l'honneur du village… On aimait dans son enfance la vive et gaie Jettly… maintenant quatre lustres se sont écoulés depuis sa naissance… Elle retournera dans cette Suisse adorée… Elle quittera tous ces riches lambris pour le chaume paternel, et là, elle sera heureuse d'une célébrité qui ne dépassera peut-être pas les bornes de son petit village !

Eh bien, Monsieur ; voilà mon histoire en abrégé… J'ai quitté notre belle patrie au sortir de l'enfance… Et ici, sous le toit d'un puissant seigneur, traitée par sa famille comme en faisant partie… je n'ai pu trouver le bonheur ! J'ai connu dans toute sa plénitude l'affreux *mal du pays*… et vous fûtes maintes fois mon consolateur…

Grâces vous en soient rendues, génie sublime ! — Merci du fond de mon cœur ! — Voilà ce que je voulais vous dire ! Voilà ce que je puis exprimer.

Enfin seule, à peu près, je lisais et relisais, et toujours je vous admirais... J'avais un vieil ami qui m'écoutait avec complaisance... Nous parlions de vous... et peu à peu l'idée bizarre me vint de vous écrire !... Et quel prétexte choisirez-vous, enfant ! me dit mon respectable ami... C'est une peine de plus que vous vous préparez ! — Quel prétexte — Aucun, l'envie de lui dire quelque chose... la gloire d'avoir reçu un mot tombé de la plume du premier écrivain... de celui que l'univers admire !... — Enthousiaste !!! Et le bon, l'affectueux vieillard me souriait !... Il me connaît si bien ! Il me connaît si bien ! Il mérite d'être connu de vous ! —

C'est un savant... il est bien noble, bien grand, bien original. Il a renoncé à ses titres par philosophie. — Ma gaieté l'a engagé à me considérer de plus près... et il n'y a pas une de mes pensées qui lui ait été dissimulée...

Mais c'est un original ! — Il ne veut ni s'asseoir dans une société, ni manger chez quelqu'un d'étranger. On a de la peine à lui faire accepter un verre de lait... Il ne prend aucun aliment chaud, quel qu'il soit, et la viande telle qu'on la trouve chez le boucher. — Avez-vous l'idée d'un homme semblable ? — Chez lui, le oui est oui ! Un non est immuable, pour l'empire du monde on ne le ferait pas changer. — Il est capable de garder une haine éternelle dans son cœur. Il saurait enfin donner sa vie pour un ami. — Il est homme à vous contredire toute une soirée pour un mot qui lui aura déplu... Et il pèse avec soin chaque expression.

Par exemple, *oublier* !!! Voilà de quoi mettre sa bile et son éloquence au jour ! — On n'oublie rien... on abuse de ce mot, l'oubli est l'anéantissement total... C'est un mot horrible... un mot sacrilège, car rien ne sera oublié... Cependant, selon lui, des milliers d'hommes sont oubliés... Ceux qui depuis des siècles dorment dans le silence des tombeaux, et dont aucun cœur d'ami n'a conservé la mémoire !!!... Ah ! faudra-t-il être oublié ?...

Un jour qu'il nous avait rendu une visite au château, il *oublia* sa canne ; une jolie canne montée en or, que le Comte Garczynski lui avait apportée de Paris... Je m'en empare, je cours toute glorieuse après lui. — Vous voilà battu, cher docteur, lui dis-je, vous avez *oublié* votre canne ! — Non, mademoiselle, je l'avais laissée par distraction ! — Eh bien, je vous le demande, y a-t-il moyen de parler raison avec un tel homme ? — Oh ! et tant d'autres choses que je ne puis vous raconter !

Si le papier ou la place était comme le pot d'huile de la veuve, je vous parlerais de quelques célébrités de Berlin. Il y en a qui fourniraient quelques pages ! — ne serait-ce que la célèbre *Bettina* de Goethe... surnommée l'enfant ! — Elle a beaucoup aimé cet écrivain, ce poète veux-je dire ! — Elle *a dû être jolie* ; ce que c'est que de nous! — Et le professeur Becker, qui *se tait* en cinq langues! Puis Varnhage[n] d'Ense, l'époux de l'aimable et savante Rahel. — Le jeune auteur de la biographie de Leibnitz. — Les anecdotes sur le *bourru* de Spontini! etc... etc... etc... Il y aurait à raconter! — Mais ce n'est pas ce que je dois vous écrire!

C'est inconcevable toutes les peines que j'ai à maintenir un ton cérémonial et raisonnable dans cette lettre!... Et pourtant votre opinion sur moi en dépend! — C'est que vous ne savez pas? — Vous me voudriez tous les jours... en gravure...! Nous nous connaissons si bien, votre portrait et moi! — Une comtesse polonaise me donna ce tableau!... Nous avions passé la soirée chez elle... J'avais aperçu les journaux français... C'est mon faible... pourquoi me faire voir quelque chose d'imprimé si je ne dois pas le parcourir! — La comtesse souriait si gentiment en me voyant ouvrir cela... Je trouve... est-il possible... je jette un cri de joie... je lis... j'étais folle!... À mon départ, on me remet un joli rouleau de papier... en me disant: Petite exaltée! Voilà votre idole! — Je remerciais, j'embrassais... j'aurais embrassé le vieux comte dans ma joie!...

À propos! j'ai été une seule fois fâchée contre vous! — Vous souvient-il d'une certaine dédicace, en tête du *Livre mystique*[3]?

. . . .

Et là encore, vous vous nommez *humble* prosateur! — Une telle prose vaut un poème épique!... Ah! si une page de cette prose m'était adressée!...

Ma tête pourrait-elle contenir ma vanité, et mon cœur, ma joie!...

Monsieur de Balzac... non, sublime original de mon tableau ami! Prendrez-vous bien mon pauvre talent sous votre protection? — Oserais-je vous demander les conseils et les secours d'un ami? — Je ne veux pas m'adresser à un génie ordinaire... C'est vous seul qui pouvez assurer le succès de mon petit, de mon tout petit roman!... J'avais déjà eu la douce espérance qu'il vous serait offert, non comme manuscrit, mais j'aurais eu une sorte d'orgueil à vous en envoyer un exemplaire... Malheureusement, on en parla trop tôt! Un littérateur allemand qui écrit sous le nom d'*un officier prussien* vint à Bentschen... Il me conseille souvent... Cette fois il l'entendit parler de cet ouvrage! Il me prie de lui montrer un cahier... Je cours lui chercher... Au lieu de le parcourir, il m'adresse une sage exhortation... suivie de l'aimable souhait de la critique la plus cruelle, la plus mordante, qui pût à jamais me dégoûter de l'envie d'écrire... Je craignis qu'il ne s'en fît l'auteur... Ah! dis-je, je saurai le soustraire à cet événement de tragique nature... Et c'est à vous, Monsieur, que je viens avec confiance; — un mot de vous dans cet ouvrage désarmerait la critique!... Dois-je écrire? — Ne le dois-je pas? Décidez, Monsieur, mais vous saurez combien un ouvrage nous est cher!...

L'abandonner, lorsqu'il n'attend qu'un coup d'œil, un trait de plume d'un grand maître, est une douleur inouïe... S'il le faut, ce sera le dernier, le seul... et alors je vous demanderai la permission de vous écrire quelques lignes pour vous communiquer quelques traits qui seront assez intéressants pour un peintre des scènes de la vie... Vous aurez le mérite de les décrire... je n'en ai pas le talent, et comme un grossier paysan qui vendit le Pitt pour quelques pièces d'argent sans en connaître la valeur, je donnerai un sujet, une matière qui sous ma plume ne serait rien, pour voir créer un chef-d'œuvre... *O vanitas!*

Vous fûtes mon consolateur, voulez-vous être mon protecteur ? — C'est un beau titre, et comme prince des écrivains c'est un mérite bien grand... et je ne serai pas ingrate !

Adieu, gloire et immortalité, sublime génie ! Loin, bien loin de la France votre arrêt est attendu... avec joie par

Une fille de Tell (H^tte REYMOND).

Berlin pour quelques jours.
29/9 — 38. —

C'est une des grandes vicissitudes de la célébrité... que d'être assailli de demandes importunes ! — À vous la faute ! — Pourquoi venir exciter l'enthousiasme d'une fille des Alpes naturellement subjuguée par ce qui est beau et grand ? — Pourquoi d'une simple helvétienne vouloir faire une émule... Pourquoi l'encourager par les éloges innombrables qu'on donne à vos écrits ? — Ah oui, à vous la faute !

[Sur une petite étiquette collée en tête de la première page :]

Adresser à Mlle H^tte Reymond chez Mr le colonel de Ruyher, à Berlin, Wall-Strasse, n° 7-8.

38-86. ARMAND PÉRÉMÉ À BALZAC

[Paris, 15 octobre 1838.]

J'arrive du Berri[1] ; j'ai vu Mme C[arraud] toujours la femme supérieure que vous savez. Elle est bien de vos amis et elle m'a fait l'honneur de m'en croire aussi, car elle m'a parlé à cœur ouvert sur votre compte avec cette franchise d'intérêt que l'indifférence ne sait point atteindre et que la politique exclut.

Elle vous trouve un grand défaut et je crois qu'elle a raison, je vous le dis avec d'autant moins de scrupule qu'on me l'a toujours attribué à moi-même ; elle vous reproche une mobilité d'idées, une inconstance de résolution qui nuit à vos intérêts bien plus encore qu'à votre gloire. Car si le public admire votre fécondité, il ne sait pas que vous pourriez faire bien d'autres et de bien grandes choses, et ceux qui comptent sur une œuvre commencée ou promise, ne vous tiennent pas compte de cette richesse de conception qui pousse incessamment un jet sous un autre et dépense le plus subtil de votre génie en vaines superfétations. Vous mangez réellement votre bien en herbe, vous gaspillez votre esprit, car vous n'en tirez pas le fruit que vous devriez, et dans le temps que vous pourriez amener à terme un plan sagement conçu et fertile en résultats solides, vous en enfantez coup sur coup dix à douze plus beaux et plus séduisants peut-être, mais qui s'évanouissent en fumée et ne vous rapportent rien.

Pardonnez-moi cette morale, elle n'est ni neuve ni amusante, mais elle ne vient pas hors de propos. Édouard D[éaddé] attendait impatiemment mon retour. Il voulait savoir où en est votre œuvre par laquelle lui et moi nous sommes mis en avant auprès de MM. J[oly]². On nous demande la cause d'un pareil retard, ou on nous rend en quelque sorte responsables moralement. Je m'en affligerais moins si l'on paraissait étonné ; mais il est quelqu'un qui prétend que l'on devait s'y attendre, que vous ne tenez jamais vos engagements et c'est ce qui me désole, n'ayant point de bonnes raisons à alléguer. En effet j'ai peine à comprendre moi-même les motifs qui ont pu vous porter à abandonner ou à interrompre une entreprise qui promettait tant, surtout avec la certitude d'obtenir de ces Messieurs *toutes les facilités que vous pourriez désirer.*

Hâtez-vous donc, je vous en prie, de me rassurer sur le sort de cette idole à laquelle j'avais d'avance bâti un si beau temple ; fournissez-moi quelque argument plausible, quelque réponse satisfaisante à opposer à ceux qui pourraient vous accuser devant MM. J[oly] dont la foi est intacte et le zèle encore chaud, car j'en souffre plus que si l'on ne s'en prenait à moi-même.

Surtout ne m'en voulez pas de cette façon trop sincère peut-être de vous témoigner mon attachement et croyez-moi toujours votre dévoué

Armand P.

15 octobre.

[Adresse :] Monsieur | H. de Balzac | Poste restante | Sèvres (Banlieue).
[Cachets postaux :] Paris, 16 oct. | Sèvres, 17 Oct. 1838.

38-87. À CAROLINE COUTURIER DE SAINT-CLAIR

Aux Jardies, 15 8bre [1838¹].

Madame,

Je ne quitte mon habitation que pour quelques heures quand les affaires m'appellent à Paris où j'ai eu le plaisir de rencontrer Monsieur de Saint-Clair. Je serai toujours à vos ordres pour quoi que ce soit et quand je viendrai à Paris je me ferai un plaisir de passer chez vous, je crains seulement que mes heures ne vous conviennent point. J'espère que bientôt je pourrai vous apporter de la besogne, car le temps et les intérêts me pressent sur ce point.

Si, par hasard, vous ou Monsieur de St-Clair, êtes tentée de vous promener, par une belle journée, dans la vallée de Ville-d'Avray, les Jardies est une maison située sur la route de Sèvres à Ville-d'Avray et qui se voit au débouché de l'arcade du chemin de fer, à droite sur *le chemin vert*.

Si les soins à donner à cette construction ne m'avaient pas volé tant de temps, je serais déjà en mesure.

Agréez, Madame, les hommages respectueux et l'assurance du dévouement

de v[otre] h[umble] et d[évoué] s[erviteur]
de Balzac

présentez mes compliments empressés à Monsieur Saint-Clair, je vous prie.

[Adresse :] Madame de Saint-Clair | 31, rue de Miromesnil | Paris. [Cachets postaux mutilés :] Sèvres 16.. | Paris 16..

38-88. À LAURE SURVILLE

[Sèvres,] mardi [16 ? octobre 1838¹].

Tranquillise-toi, ma Laure bien-aimée, il est dans les probables que cette semaine ne se passera pas sans que j'aie apporté ces fatals 2 000 fr. que Mme de V[isconti] n'avait envoyés que pour moi. Elle ne voulait pas les demander à son mari pour moi, et moi qui les avais été chercher, il y avait je ne sais quoi à sauter dessus, d'ailleurs, je ne dois pas les lui demander. C'est des délicatesses à nous connues et que les autres ne comprennent pas. J'essayerai de rendre aussi tout ce que je dois par mon compte ; ma pauvre mère en souffrira, mais, avec elle, je sais que bientôt je pourrai réparer les plaies. Aujourd'hui, il faut se tirer d'affaire. Je tâcherai de ne plus mettre l'argent entre moi et Surville, car si, par hasard, il connaissait les angoisses que j'ai déjà supportées, il ne serait pas aussi fort contre elles que je l'ai été, et que je le serai.

Je suis seul contre tous mes ennuis, et jadis, j'étais avec la plus douce et la plus courageuse personne du monde, une femme, qui, chaque jour, renaît dans mon cœur, et dont les divines qualités me font trouver pâles les amitiés qui lui sont comparées[2]. Je n'ai plus de conseil pour les difficultés littéraires, je n'ai plus d'aide dans les difficultés de la vie, et je n'ai plus d'autre guide que cette fatale pensée : *Que dirait-elle si elle vivait ?* quand je doute de quelque chose. Les esprits de ce genre sont rares. L'intimité qui m'eût été si chère et qui aurait pu remplacer tant de choses entre toi et moi m'a été interdite ; à force de voir faire la littérature, tu l'aurais comprise, tu l'aurais apprise, et au moins nous étions sûrs d'arriver ensemble au bout de la vie ; car le sens littéraire s'acquiert. Il n'y a que madame Zulma qui ait, dans les personnes à qui je pourrais me fier, la haute intelligence nécessaire à jouer un pareil rôle. Elle est dans une situation à tout perdre, jamais esprit plus extraordinaire n'a été plus mal placé. Elle mourra dans son coin, inconnue. Georges [*sic*] Sand serait bientôt mon amie[3], mais elle n'est pas critique, il lui manque les choses que je chercherais aujourd'hui sans les trouver à moins de miracle. Mme de Hanska[4] est tout cela mais je ne puis lui écrire de divorcer, et le pourrais-je, je ne le ferais pas à moins qu'elle ne sache bien quelle vie elle embrasserait. La personne actuelle[5] c'est la tendresse la plus entière, mais ce n'est pas le sang bleu qui conçoit. Il y a bien des comparaisons qui lui sont funestes. Quittons tous ces sujets, car il y en a un bien douloureux, et qui est un des malheurs de ma vie, c'est la manière dont nous sommes ensemble et qui me condamne à enterrer les témoignages d'une tendresse fraternelle sans bornes que le temps avive chaque jour et que le temps rend chaque jour plus difficile. Avec quel plaisir n'aurais-tu pas fait mes canevas de pièces ! Enfin, ne pensons pas à ce qui ne se peut. La vivacité d'impressions que te causent mes tristes affaires m'interdit même la douceur de te les dire. Ma pauvre mère en souffrirait sans y rien pouvoir et sans les entendre, car il faut des organisations spéciales pour comprendre nos vies d'écrivain.

Je travaille jour et nuit ; la condition de ces travaux est l'oubli de tout, et il y a des cœurs qui ne conçoivent pas ces oublis momentanés. Mme de B[erny] mettait son bonheur à être oubliée pendant les heures de travail, elle y était si bien parvenue qu'elle pouvait être là, tant elle savait que le cœur dormait comme dort le corps, et elle aimait tant qu'elle ne me regardait pas, parce qu'elle ne pouvait supporter un regard indifférent. Toutes les personnes qui m'ont aimé ou qui m'aiment disent toutes que mon regard d'amour est comme une parcelle de métal fondu. Comme[a] je n'ai jamais pu me regarder moi-même, il s'ensuit que je ne sais ce qu'elles veulent dire, et je mets cela sur le compte des compliments de femme à homme.

Allons, adieu, chère et bien chère Laure, je travaille à en mourir peut-être, et je voudrais bien faire assurer ma vie afin de laisser, dans ce cas, une petite fortune à ma mère, toutes dettes payées. Aujourd'hui, le temps pendant lequel dure l'inspiration est moins long, le café ne m'anime plus aussi longtemps. Il durait deux mois, et cette fois-ci, il n'a pas produit son excitation plus de 15 jours. C'est le terme que Rossini lui assignait pour son compte à lui.

Je n'ai d'ailleurs plus, dans deux jours, ni bougie, ni café. Je ne sais où coucher à Paris[6], et je vais cependant y aller faire quelques affaires pour rendre à Surville et donner 2 000 fr. à Hubert[7]. Je n'ai pas, à la lettre, le temps de faire ce que je fais. J'ai écrit les 2 volumes de *Qui a terre a guerre*[8] en cinq jours — j'ai écrit *Le Curé de village*[9], en deux nuits, et il y a pour les comédies des mondes incalculables de difficultés pour les faire belles, et je suis sans le sou. J'aurai tout fatigué autour de moi, je ne suis pas étonné de cela ; mais quelle vie de grand auteur a été autrement, et j'ai la conscience de ce que je fais. Allons, j'aurai d'ici à quelques jours quelque bonne inspiration, elles brillent aux jours d'extrême misère, et elle me sauvera. Repose-toi, calme-toi. Quant à moi, je ne veux plus te donner de soucis, et si je perds une ressource qui souvent me sauvait, je sais que je gagne tant en t'évitant des impressions douloureuses que les regrets en sont diminués pour ne pas dire éteints. Quelque jour, peut-être, pourrais-je acquitter toutes mes dettes d'affection.

Mille tendresses à toi, à ma mère, et à tes petites.

Brûle ma lettre.

38-89. LE COMTE AUGUSTE DE BELLOY À BALZAC

[Poissy,] mercredi matin [17 octobre 1838].

Ma cousine m'a écrit que la tradition fort vague du trésor caché indique une centaine de mille francs ; mais que la partie du bois où il était enfoui vient d'être cédée par son mari à un Monsieur Dumoulin qui est une sorte d'épicier enrichi. Ajoutez quarante sous que vous a coûté votre voyage à Poissy plus quatre sous pour le port de cette lettre, cela fait 1 000 002 fr. [*sic*] 4 s. de perdus. Pour moi, j'estime l'affaire excellente puisqu'elle m'a déjà valu le plaisir de voir et de blaguer mon maître.

Je vais à Paris samedi, j'y passerai dimanche et lundi, si vous avez une heure à perdre veuillez me donner un rendez-vous où bon vous semblera (vous savez que je loge chez Ferdinand[1]). Je serai heureux de vous voir et de causer avec vous de ces nombreux vaudevilles que nous ferons ensemble et qui auront tant de succès.

Votre tout dévoué

de Belloy.

[Adresse :] Monsieur de Balzac | à Sèvres.
[Cachets postaux :] Poissy, 17 oct. 1838 | Sèvres, 18 oct. 1838.

38-90. CAROLINE MARBOUTY À BALZAC

[Paris, samedi 20 octobre 1838.]

Le vicomte Isarn de Fressinet[1] [*sic*] que vous avez trouvé chez moi l'autre jour et que vous avez laissé heureux et charmé de cette rencontre a vu Mr de Lourdoueix[2] et lui a parlé de vos propositions à *La Gazette*. Ces messieurs ne refusent ni n'acceptent positivement, ils sont entrés en négociation avec Mr de Fressinet qui malgré son extrême désir de terminer cette affaire, dans l'espoir de vous être agréable, n'a pu les satisfaire sur plusieurs points essentiels. Ainsi ces messieurs regardent les insertions de *La Gazette* par rapport aux auteurs moins comme une *collaboration* que comme une *association*, ils désireraient s'assurer sur ce point de vos intentions. La question d'argent reste secondaire mais non évincée. Pesez tout cela ; et s'il peut vous convenir de continuer la négociation de cette affaire et si vous voulez de plus g[ran]des explications que celles que contiennent [*sic*] cette lettre je ferai en sorte d'aller me promener demain vers deux heures à Ville-d'Avray et je ferai à Mr de Fressinet l'amabilité de l'amener. Il sera heureux de pouvoir vous être bon à quelque chose. Employez-le, s'il peut vous convenir. Il est très bien avec Mrs de Lourdoueix et de Genoude[3], spirituel, fin, et complaisant. Je vous vois sourire, honni soit qui mal y pense. Je ne l'apprécie, si bien, aujourd'hui que pour vous. Bonjour Monsieur. Suppléez au laconisme aimable de mon billet, qu'on me presse de finir.

Mille amitiés.

C.

Samedi.

[Adresse :] Monsieur de Balsac [*sic*] | 13, rue des Batailles. | À Ville-d'Avray | près Sèvres. | Pressé.
[Cachets postaux :] Paris, 20 oct. 1838 | Sèvres, 21 oct. 1838.

38-91. À ARMAND PÉRÉMÉ

[Sèvres, 24 octobre 1838 ?]

Mon cher Pérémet, prêtez-moi cinq à six de vos grandes caisses et remettez-les au porteur, il vous les rapportera. C'est le charretier de mon fumiste qui demeure à côté de chez vous.

Mille compliments

de Balzac.

[Adresse sur enveloppe[1] :] Monsieur A. Pérémet | 10 rue du fg-Montmartre | Paris.
[Cachet postal :] Sèvres, 24 oct. 1838.

38-92. À GERVAIS CHARPENTIER

[Paris, 30 octobre 1838.]

Je reconnais avoir reçu de Monsieur Charpentier la somme de cinq cents francs pour prix d'une préface à la *Physiologie du goût*[1], dont je lui cède à perpétuité le droit pour être mise en tête de ladite *Physiologie*, ne me réservant que celui de la mettre dans des œuvres complètes.

Paris, 30 octobre 1838

de Balzac.

Le manuscrit sera remis sous dix jours,

de Balzac.

38-93. LE VICOMTE D'YZARN-FREISSINET À BALZAC

[Paris, 1ᵉʳ novembre 1838.]

Monsieur,

Mme Pigeaire désire beaucoup vous avoir un après-midi pour assister aux séances de somnambulisme que donne sa fille[1]. Vous savez que dans cet état cette jeune personne est douée de l'étonnante faculté de lire les yeux bandés. Vous êtes convoqués samedi à trois heures pour être témoin de ce miracle[2], je suis chargé par Mme de Marliani[3] de vous en prévenir et de vous engager à être ce même jour chez elle à 2 heures et demi[e], je viendrai vous y joindre et vous conduirai tous les deux dans ma calèche. J'ai accepté avec empressement une commission qui me met à même de vous assurer, Monsieur, de ma haute considération et de mes sentiments dévoués.

Vᵗᵉ d'Yzarn-Freissinet.

Jeudi, rue Neuve-des-Capucines.

P. S. — Vous seriez fort aimable après la séance d'accepter à dîner avec Mme Marbouty et moi, vous auriez pour convives deux de vos admirateurs.

[Adresse :] Monsieur de Balzac | à Ville-d'Avray, par Sèvres et St-Cloud.
[Cachet postal :] Paris, 2 nov. 1838.

38-94. À CONSTANTIN DRUY?

Aux Jardies, 1ᵉʳ novembre [1838[1]].

Monsieur,

L'administration du château de Saint-Cloud[2] vous a soumis un travail relatif à l'empierrement du chemin des Vignes qui descend du parc à la route de Ville-d'Avray lequel est pour le moment impraticable, et le seul qui mène à ma propriété des Jardies. Faites-moi l'honneur, Monsieur, de prendre en considération ma position pour cet hiver, car j'y habite en tout temps et d'ordonner qu'on applique à ce chemin les deux cents charretées de cailloux qui encombrent les allées du parc et qui doivent être enlevées — Quoique je compte me faire plus tard un chemin sur mon jardin, je puis vous assurer que le chemin du parc en a grand besoin. J'y avais fait pour mille francs de dépense qu'on a rendue inutile en bombant le milieu, mais j'ai toujours pu racheter quatre pieds de pente par mon remblai et les cailloux mis à une épaisseur suffisante en feront alors une excellente route.

Je saisis cette occasion, Monsieur, de vous offrir mes compliments les plus distingués

de Balzac.

38-95. TRAITÉ AVEC HENRY LOUIS DELLOYE,
VICTOR LECOU ET GERVAIS CHARPENTIER

[Paris, 12 novembre 1838.]

Entre les soussignés

Monsieur Honoré de Balzac, propriétaire domicilié à Sèvres près Paris ; monsieur Victor Lecou négociant domicilié à Paris rue du Port Mahon n° 6 ; et Mr Henri Louis Delloye, libraire-éditeur domicilié également à Paris, rue des Filles-St-Thomas n° 13, tous trois réunis à l'effet des présentes qui suivent, *d'une part*

Et Mr Gervais Charpentier, libraire-éditeur, demeurant à Paris, rue des Beaux-Arts n° 6, *d'autre part*

Il a été dit et convenu ce qui suit

MM. de Balzac, Lecou et Delloye vendent par ces présentes à Mr Charpentier le droit d'imprimer et vendre trente-six mille cinq cents volumes des œuvres de Mr de Balzac, dans le format in-dix-huit grand jésus vélin, composés parmi les ouvrages suivants de cet auteur, savoir :

Scènes de la vie parisienne, 2 vol. in-18[1]
Scènes de la vie de province, 2 vol. in-18[2]
Scènes de la vie privée, 2 vol. in-18[3]
Le Père Goriot, 1 vol. in-18[4]
Le Lys dans la vallée, 1 vol. in-18[5]
César Birotteau, 1 vol. in-18[6]
[*La Femme supérieure*, 1 vol. in-18[7] *biffé*]
[*La Femme supérieure* n'étant pas disponible, Mr Charpentier choisira un autre ouvrage. *corr. marginale*]
Études philosophiques, 1 vol. in-18[8]
Le Médecin de campagne, 1 vol. in-18[9]

Ainsi qu'il appert de la note ci-dessus chaque volume in-18 se composera de deux volumes in-octavo imprimés aujourd'hui. Ils formeront la suite de l'édition de la *Physiologie du mariage*, publiée par Mr Charpentier ; ils pourront se vendre séparément.

Mr Charpentier aura la faculté d'imprimer chacun de ces ouvrages à un nombre plus ou moins grand, mais en compensant ces nombres l'un par l'autre de manière à ne pas dépasser le chiffre de trente-six mille cinq cents volumes, avec la main de passe double en dehors. À cet effet Mr Charpentier avant le tirage de chaque ouvrage fera la déclaration du nombre auquel il compte imprimer.

MM. de Balzac, Lecou et Delloye s'interdisent de réimprimer aucun des ouvrages dont il est mention, dans le format in-dix-huit petit ou grand papier, et ce pendant l'espace de trente mois à partir de la publication de chacun d'eux par Mr Charpentier. Ils ne conservent même le droit de réimprimer lesdites œuvres que dans le format in-octavo et in-douze et ce, encore dans les dispositions suivantes. 1° Quant au format in-douze, chaque ouvrage de l'étendue de *César Birotteau*, devra former quatre volumes et les autres au prorata. 2° Quant au format in-octavo ces messieurs pourront les réimprimer soit comme ils l'ont été jusqu'à ce jour, soit en réunissant plusieurs volumes en un seul, soit même en une édition compacte, mais à la condition expresse de ne les vendre dans ces deux derniers cas que par livraisons de quatre volumes à la fois, et non par volume séparé.

La propriété des *Études de mœurs*, comprenant les *Scènes de la vie privée*, celles de *la vie parisienne*, et celles de *la vie de province* étant encore aujourd'hui afférée à l'édition en douze volumes in-octavo, publiée par Mme Charles-Béchet, et ne devant revenir à messieurs de Balzac, Lecou et Delloye, que le vingt-sept juillet prochain, Mr Charpentier ne pourra les publier qu'après cette époque[10]. Toutefois avec le consentement du titulaire actuel, il pourra les publier plus tôt et dans ce cas, pour l'indemniser du sacrifice qu'il aura fait à ce sujet il profitera du bénéfice de temps qui en résultera, et ces messieurs ne rentreront dans la propriété format in-dix-huit petit ou grand papier, desdites *Études de mœurs* que trente-trois mois après le vingt-huit juillet prochain.

À ces clauses et conditions la présente vente est faite moyennant la somme de dix-huit mille cinq cents francs, pour les trente-six mille volumes, que Mr Charpentier remet à l'instant à MM. de Balzac, Lecou et Delloye, en billets à l'ordre de Mr Lecou dont quittance, aux échéances suivantes, savoir :

Trois mille francs en un seul billet au dix décembre prochain, ci . . . . 3 000 F

Six mille francs, en six billets de mille francs aux échéances de chacun des six premiers mois de l'année prochaine, ci . 6 000

Trois mille francs en un seul billet à fin juillet prochain, ci 3 000

Six mille cinq cents francs en six billets (les cinq premiers de mille francs et le sixième de quinze cents francs aux échéances de fin août, septembre, octobre, novembre et décembre, de l'année dix-huit cent trente-neuf, et le dernier fin janvier mil huit cent quarante, ci 6 500

Total dix-huit mille cinq cents francs, ci 18 500

La présente vente est encore faite aux conditions suivantes :

Primo. Pendant tout le temps de sa jouissance, Mr Charpentier aura le droit de réimprimer ceux des ouvrages qui viendraient à s'épuiser, et pour ceux-là, il n'aura à payer à ces messieurs, que la somme de trente-trois centimes par volume, savoir : moitié comptant, et le reste à trois mois de temps. Pour ces réimpressions, le droit de propriété sera prorogé de six mois pour chaque millier d'exemplaires.

Secundo. Pendant dix mois à partir de la signature du présent traité, Mr Charpentier aura la faculté d'imprimer dans le même format et aux mêmes conditions, partie des autres ouvrages de Mr de Balzac (ce dernier entendant expressément ne pas vendre ses œuvres complètes) sans que pendant ce laps de temps, ces messieurs puissent en disposer envers tout autre, autrement que dans le format in-octavo et in-douze, et dans les dispositions déjà spécifiées. Pour ces ouvrages la propriété dans le format in-dix-huit petit ou grand papier, sera également garantie à Mr Charpentier, pendant trente mois à partir de la publication de chacun d'eux. Pendant les trente mois du présent traité, Mr de Balzac pourra bien déranger l'ordre de placement de chacun de ses ouvrages, les corriger en tant que changement de phrases et supprimer les préfaces, mais il ne pourra faire à chacun de ces mêmes ouvrages, des changements, additions ou suppressions notables qui seraient de nature à déprécier la valeur des exemplaires de Mr Charpentier.

Tertio. La propriété de *La Peau de chagrin* ayant été aliénée, pour un certain temps, à un autre éditeur, MM. de Balzac, Lecou et Delloye promettent d'employer leurs bons offices pour la racheter et en disposer envers Mr Charpentier aux mêmes clauses et conditions[11].

Quarto. En cas de non-paiement de la part de M. Charpentier, MM. de Balzac, Lecou et Delloye rentreront dans la propriété des ouvrages en s'appliquant les sommes déjà payées ou poursuivront l'exécution du présent traité à leur choix ; Mr Charpentier en outre s'interdit de céder ses droits au présent traité jusqu'à parfait paiement.

Fait en autant de copies qu'il y a de signataires au présent traité, ce douze novembre mil huit cent trente-huit.

Approuvé l'écriture ci-dessus et de l'autre part : de Balzac.
Approuvé l'écriture ci-dessus et d'autre part : V. Lecou.
Approuvé l'écriture ci-dessus et d'autre part : Charpentier.
Approuvé l'écriture ci-dessus et d'autre part : Delloye.

38-96. TRAITÉ AVEC HIPPOLYTE SOUVERAIN

[Paris, 12 novembre 1838.]

[Balzac vend 1° Un grand homme de province à Paris ouvrage entièrement inédit qui sera livré en manuscrit à l'éditeur le 15 décembre prochain pour être publié vers la fin de janvier prochain ; 2° Sœur Marie des Anges qui devra avoir paru dans un journal fin avril prochain et pourra être mis en vente par M. Souverain fin mai[1]*.]*

38-97. ZULMA CARRAUD À BALZAC

[À Frapesle, 12 novembre 1838.]

Le temps passe *caro*, et je ne suis pas à Versailles, et je n'ai pas encore vu les Jardies ! C'est que la somme de mes immolations n'est pas remplie encore ; c'est qu'à mesure que la santé d'Yorick s'améliorait, quelqu'un de ma maison retombait ; et, quoique ce ne fussent que des gens de service, ma présence n'en était pas moins nécessaire ; plus même, car les innombrables préjugés de cette classe rend[ent] la maladie doublement dangereuse pour elle. Enfin je suis encore liée ici par la maladie fort grave de ma cuisinière. Et pourtant, j'ai mille raisons d'être auprès de mon cher exilé. Ce commencement de vie publique, dénué de tendres soins et d'affection, lui est bien dur et je voudrais l'aider dans cette initiation, comme il le dit. Le voilà lancé dans le monde, sans appui de cœur ; il me tend les bras et les serre en vain ; il ne saisit rien. Il se pourrait donc, si la fatalité ne s'attache pas trop à moi, que je frappasse à la porte des Jardies avant la fin du mois. Comme je serai contente de vous voir chez vous ! Je vous mènerai Ivan quelque jour ; vous lui parlerez de son voyage en Suisse, ce sera une étude d'enfant à faire. Il vous parlera de M. Périolas et de ses mille bontés en termes qui vous feront plaisir ; vous apprécierez mieux l'homme, passant par la bouche de l'enfant.

J'ai vu M. Pérémet qui m'a parlé longuement de vous et avec un plaisir qui m'a fait du bien. Comme je serai fière quand j'assisterai à la représentation de l'une de vos comédies ! Je me sens déjà émue des applaudissements comme si j'y étais et comme si la pièce émanait de moi ; hâtez-vous donc de faire mettre en scène afin que j'aie cette joie cet hiver. — Vous ne serez donc jamais dans le vrai quant à cette pauvre vie matérielle qui nous pèse à tous ; vous voulez, dites-vous, une vie de curé, et une femme avec 20 mille francs de dot ! Ignorez-vous donc que dans le village le plus retiré de France il n'y a pas de vie de curé avec 20 mille francs de rentes ? Ou le luxe ou les soins de la propriété vous envahissent. Souhaitez cher, une belle fortune et tous ses embarras et tous ses ennuis : ce sont des conditions d'existence pour vous. Si la vie de curé vous était toute faite, il y a en vous un élément qu'on appelle imagination qui vous corroderait à la façon des poisons fabuleux de l'Antiquité ; il faut qu'elle agisse pour ne pas réagir. Que Dieu vous la conserve dans un exercice forcé ; seulement que le bonheur vienne l'illuminer de ses rayons irisés ; il est temps, plus que temps. Cherchez-la donc cette femme qui doit vous fixer enfin, et donner un but à tant de projets qui se perdent annuellement dans l'espace. Il me semble que c'est chose facile à Paris que de trouver la femme qu'il vous faut ; mettez en campagne tous vos amis du beau monde, car il faut que votre femme en ait les manières. Sans cela, elle ne vous serait pas supportable. Je conçois à merveille le besoin de *la vie* auprès de vous. Je vous l'avais signalé ce besoin il y a bien longtemps ; vous en avez ri, étant plus jeune, et aujourd'hui qu'il vous poigne, il y a moins de chances favorables pour le satisfaire convenablement.

J'ai la famille *Nucingen*, que je connaissais. J'ai lu *La Torpille* avec le plus grand plaisir, quoique je ne la comprenne pas dans toutes ses parties ; et s'il faut tout dire, j'ai vu avec un plaisir dont peut-être je devrais rougir la différence de ma dédicace à celle *del Principe A*, etc.[1]... La bonne affection a une couleur et des expressions que l'esprit seul ne réussit pas à trouver.

Vous êtes dans les travaux de jardinage maintenant ; mais à Paris on peut singer Dieu et dire : Je veux un jardin, et le jardin est créé, beau, délicieux, distingué, rare. En province, rien de cela. Si on ne peut faire soi-même, il faut renoncer à tout ; tout est mal soigné, mal entendu. Heureusement, l'air et l'espace sont pour nous. Cette vie de la chenille sur sa feuille éprouve vivement qui a d'autres idées, qui sent fortement encore, qui n'a pas perdu tout velouté au contact, au frottement du monde. Sachez-moi gré de n'avoir pas tout perdu dans cette stagnation forcée, et de m'être conservée pure de rapports avec les petitesses de la petite ville. Je suis bien ici avec tout le monde, mais plus respectée qu'aimée, et c'était difficile à atteindre, pour moi surtout, plébéienne de sang et de cœur.

Je n'ai plus entendu parler d'Auguste depuis sa lettre de Lima en date du 14 avril dernier, et qui m'annonçait son retour en Europe par la Chine, les Moluques, l'Inde et le Cap sur un vaisseau américain. Je l'attends en quelque sorte pour le mois prochain. Dieu l'ait préservé de tout orage, de tout sinistre !!!

Vous ai-je dit que mon petit Yorick a été cruellement malade ? Obstruction, hydropisie, rien n'y a manqué. Le voici qui renaît, grâce aux soins de mon excellent médecin et à ma scrupuleuse persévérance. Vous lui verrez un peu de sang sous la peau. Soucis pour l'enfant absent, soucis pour l'enfant présent, soucis, toujours soucis ! C'est donc là vivre ? Peut-être même ne vit-on bien qu'à cette condition ; car, pour vivre, il faut sentir.

J'ai près de moi l'un de mes frères[2], le député, qui n'est pas marié. C'est un homme qui a traversé le monde, et le monde parisien, sans que le monde ait déteint sur lui. Il a la naïveté et la candeur des premiers âges, réunies à une haute instruction, à beaucoup d'intelligence et d'austérité. J'aurais voulu que vous eussiez pu passer avec lui le temps qu'il nous donne : c'est un type qu'on rencontre rarement ; du *Tourangin* pur ; c'est un morceau d'artiste à étudier.

Adieu, mon cher Honoré ; je n'ai pas le cœur plus allègre que par le passé. Que le Ciel vous donne et santé et courage, afin que le petit éden des Jardies ne vous coûte ni un soupir ni un regret ! Je ne tarderai pas à vous y voir. Carraud est absent pour la journée. Depuis trois mois et demi je n'ai pu rien faire : Yorick n'a pas quitté mes genoux.

[Adresse :] Sèvres, Seine-et-Oise | Monsieur de B…c, aux Jardies.
[Cachets postaux :] Issoudun, 12 nov. 1838 | Paris, 13, 38 | Sèvres, 13 nov.

38-98. LE MARQUIS DE CUSTINE À BALZAC

[Saint-Gratien, 12 novembre 1838.]

Il m'est impossible, mon cher Balzac, de ne pas vous remercier de l'importance que vous me donnez, même à mes propres yeux, dans votre préface[1]. Le passage que vous réfutez était échappé à ma philosophie un peu morose : je voyais le mal et je le déplorais sans indiquer le remède : c'est un devoir auquel je manquais alors par inadvertance et auquel je manquerai dorénavant par impuissance. Je vois le tort que se fait le talent chez nous, je regrette la considération dont il se prive, je vois l'écrivain se discréditer comme le prêtre parce qu'il exige son salaire ; je vois en même temps la position des auteurs anglais meilleure que celle des gens de lettres en France : mais, en voyant tout cela clairement, je ne vois pas comment changer tout cela. La plupart des écrivains anglais font autre chose qu'écrire et pourraient vivre sans vendre leurs livres : les Français ne le peuvent pas, parce que chez eux l'art est devenu métier, ce qui met la médiocrité en concurrence avec le talent : c'est triste : mais quand on ne saurait mieux entrevoir le moyen de le guérir, on devrait parler d'autre chose. Je vous donne donc toute raison contre moi ; mais si vous avez le droit de m'accuser d'injustice et de légèreté, je ne vous laisserai jamais celui de me reprocher l'ingratitude ; c'est ce que vous feriez ou ce que vous pourriez faire si je ne vous remerciais pas de votre préface de *La Femme supérieure*. Je ne pense pas comme notre pauvre et noble Duchesse d'Abrantès que la critique sérieuse puisse jamais nuire à un livre : l'oubli, les compliments insignifiants : voilà ce qui tue un écrivain ; si tous les gens dont j'ai choqué sans le vouloir les idées et blessé les intérêts volontairement ou involontairement me redressaient, comme vous le faites, on ne parlerait que de moi ; je ne crains pas votre sévérité, je ne crains que votre indifférence.

Je ne la crains même plus ; car plus je vous lis, plus je vois que mon esprit a dans sa bien petite sphère une analogie secrète avec votre grand esprit. Nous envisageons la vie sociale de la même manière : même envie de secouer les préjugés sans perdre les vérités, même horreur du mensonge, même besoin d'indépendance. Je m'arrête aux surfaces, vous creusez dans le corps social. Vous faites de l'anatomie domestique et politique et vous moulez vos dissections en grand artiste que vous êtes : je suis donc loin d'établir entre nous une comparaison basée sur le talent : mais nos deux philosophies ont du rapport ; et nous devons nous entendre. Quant à moi, je regrette tous les jours de vous voir si peu. À quoi bon vous connaître et reconnaître en quoi on est des vitres, pour vous voir une fois tous les deux ans ? Ce n'est pas ma faute : je vous demande à tous les échos, j'ai même été vous chercher aux lieux où vous bâtissez : je ne sais où vous trouver. N'abandonnez donc pas ainsi vos amis vivants : attendez la mort ; elle ne s'endort pas cette année. La pauvre Mme d'Abrantès[2] !... Vous avez dû être frappé comme moi de cette fin prématurée. Un mois auparavant je l'avais vue chez moi parfaitement bien : j'étais établi à St-Gratien, et j'ai appris sa mort en même temps que les progrès de son mal. Nous avons perdu l'un et l'autre un cœur qui nous aimait parce qu'il ne nous jugeait pas. Je vous connais par elle mieux que par moi-même. Je vous connais aussi et surtout par vous.

Ce livre que je viens d'achever m'a ravi ; j'ai passé la nuit et le jour à le lire sans pouvoir le quitter : je n'aurais pas cru à ce tour de force : l'intérêt de curiosité poussé à ce point me paraît une merveille. La plaie de la France : la bureaucratie est là sondée de main de maître : toutes ces figures contournées par le travail d'une société dégénérée, sont pourtant des hommes comme les ifs du parc de Versailles sont des arbres : ce combat de la végétation naturelle contre un art grimaçant fait un spectacle tout à fait original : je n'ai vu cela que dans vos livres. La plante homme prend des formes bien singulières au fond des caisses où la jettent les mœurs politiques et sociales des divers pays et des divers temps : vous avez peint le nôtre mieux que personne : avant de vous lire on passait à côté de tout cela sans y penser. Voilà pourquoi je tiens tant à vous.

Donc mille amitiés.

A. de Custine.

St-Gratien, ce 12 nov.

Je vous recommande une nouvelle esquisse : *Ethel*[3] : c'est un roman que j'ai écrit cet été : un roman tout de cœur. Deux personnages se trouvent dans la même situation pendant deux volumes ; et les rapports établis entre eux ne sont variés que par des nuances de sentiments et par conséquent de style qui échappent au vulgaire. J'ai grand-peur de cette hardiesse de simplicité et par défiance de moi-même j'ai encadré cette donnée dans le grand monde de Londres et de Paris. Je fais appel à votre bienveillante sévérité pour empêcher cet ouvrage d'être *oublié* par la malveillance. Cette lettre est écrite sous la première impression de ma lecture de la nuit dernière. Dieu sait où et quand elle vous arrivera.

38-99. TRAITÉ AVEC HIPPOLYTE SOUVERAIN

[Paris, 13 novembre 1838.]

---------------- Entre les soussignés ---------------------

M. Hyppolite [*sic*] Souverain, Éditeur demeurant à Paris, rue des Beaux-Arts, 5

d'une part

et M. de Balzac, propriétaire demeurant à Sèvres aux Jardies

d'autre part

------------------------------------ a été dit et convenu ce qui suit

M. de Balzac cède à M. Souverain ce acceptant le droit de

publier les ouvrages suivants à savoir *Gambara*, *Massimilla Doni* et *Le Cabinet des Antiques* en deux volumes in-8° qui seront tirés à sept cent cinquante exemplaires et doubles mains de passe, plus dix à remettre gratis à M. de Balzac[1].

De ces trois ouvrages *Gambara* et *Massimilla Doni* se trouvent dans la dernière livraison des *Études philosophiques* format in-douze achetés par M. Souverain à MM. Delloye et Lecou éditeurs[2]. Le troisième est une réimpression d'un article paru dans *Le Constitutionnel*[3].

M. Souverain aura, à partir de la mise en vente six mois pour écouler le tirage présentement cédé, et après ce terme, M. de Balzac rentre dans tous ses droits de propriété ; mais avec la réserve pour M. de Balzac de réimprimer les trois ouvrages dans une œuvre complète quatre mois après la mise en vente aux clauses et conditions expliquées dans la vente d'*Un grand homme de province à Paris*, et de *Sœur Marie des Anges*.

M. Souverain ne comptant mettre les cinq volumes in-12[4] qu'après les deux volumes in-8° présentement cédés, il est entendu que M. de Balzac s'interdit de les réimprimer dans le format in-12 avant un an à partir de leur mise en vente.

La présente vente est faite pour la somme

de Bc

[*Verso du feuillet :*]

de deux mille francs dont mille ont été remis par M. Souverain à M. de Balzac et dont les mille autres seront remis à M. de Balzac sur le dernier bon à tirer de l'ouvrage.

[M. de Balzac s'engage à remettre la partie qui manque dans *Massimilla Doni*[5] de manière à ce que l'impression ne souffre aucun retard et que M. Souverain puisse paraître en décembre prochain.

de Bc.   *add. marginale à gauche*]

M. de Balzac permet à M. Souverain d'imprimer sans rétribution une œuvre qui aura cinq feuilles in-8° au moins et que M. de Balzac se réservera de faire paraître auparavant dans un journal et ce avant deux mois, M. Souverain ne pourra l'imprimer que dans une collection de nouvelles de plusieurs auteurs, et M. de Balzac pourra de son côté la réimprimer dans son œuvre, sans qu'il résulte de ceci aucun autre droit pour M. Souverain que celui de la publication permise. Si l'œuvre avait dix feuilles, il en serait de même, M. de Balzac n'aurait également rien à prétendre. M. Souverain ne réimprimerait point d'ailleurs sa collection sans avoir la permission de M. de Balzac pour ce qui le concerne.

Fait double à Paris ce treize novembre

de Balzac.

[En marge à gauche :]

approuvé trois mots
    rayés nuls   de Bc.

Bon pour autorisation tant en mon nom qu'en celui de Mr Delloye[a]

V. Lecou[6].

38-100. À HIPPOLYTE SOUVERAIN

[Paris, 22 novembre 1838.]

Reçu de Monsieur Souverain la somme de mille francs pour le second payement stipulé dans n[otre] traité du 14 9bre dernier

22 IX^{bre} 1838
de Balzac.

[Au bas du feuillet, note de la main de Souverain :]

Ceci est un reçu pour les 1 000 f donnés à Mr de Balzac en exécution de notre traité du 14 9bre[1] somme qui devait lui être remise sur sa dernière épreuve et que je lui ai donné[e] plus tôt pour sa convenance.

38-101. AU MARQUIS DE CUSTINE

[Aux Jardies, novembre 1838[1].]

C'est à moi de vous remercier, cher marquis, de votre bonne lettre, et surtout d'avoir été compris aussi bien ; mais avec vous il ne peut jamais y avoir de mécompte. Si j'avais été critique vous auriez eu à l'heure qu'il est, toute votre œuvre sous presse parce que vous êtes un de ceux qui soulevez le plus de questions et qui appelez le plus la discussion. Ce que l'on ne discute pas ne vit pas en France surtout. Vous avez raison de me rappeler notre adorable amie[2], elle n'a jamais voulu comprendre cela. Madame Gay est plus intelligente, sous ce rapport : *Qui cite, oblige*, voilà son mot. Mais selon moi qui discute fait mieux. J'ai trop présumé de vous pour vouloir mêler l'éloge. J'aurais mis mon lecteur en suspicion. Voyez la différence : j'ai fait cela une fois pour un ami dont le livre s'est vendu, n[ous] n[ous] sommes brouillés[3] et j'espère que pour nous c'est tout le contraire. C'est toute la différence d'une âme vulgaire et d'un homme de métier, à une belle âme et à un écrivain. Je ne vous en dirai pas davantage. J'aurais été plus content de recevoir dans la lettre quelque critique sur ce qui me manque que des éloges. Vous êtes une des rares personnes à qui je demanderais des conseils et des avis sur ce que j'ai à faire ou des férules sur ce qui est mal fait ; mais comme vous le dites il n'y a pas où se voir. J'ai toujours pensé que vous, vous nous deviez [de] continuer le salon de Gérard[4], et tous ceux qui se sont fermés, former une société difficile, exclusive, choisie de toutes les hautes intelligences et de tous ceux qui peuvent l'estimer. Je n'ai pas eu le temps de vous parler de cela, mais ce sera pour la première fois où nous nous verrons — il y a si peu de personnes qui joignent au beau nom, au talent, aux belles façons, la fortune et l'art d'en user que vous vous devez à vous-même de prendre un si beau rôle.

J'ai des compliments à vous reporter de la Comtesse de H[anska] que vous avez vue un jour à Vienne et qui a été ravie de Séville et de Cordoue d'après votre livre. J'ai là-dessus d'elle une demie-page[5] [*sic*].

Je n'ai pas achevé encore de me bâtir un hermitage pour travailler, dans la vallée de Ville-d'Avray, qui est aussi loin de St-Gratien que l'Élysée d'une cahute de sauvage ; mais je serai plus près de Paris que si j'étais à Paris car je suis au débarcadère du chemin de fer.

Je vais lire votre livre[6]. C'est un de mes plus vifs plaisirs que de lire les œuvres faites en conscience.

Trouvez ici mille gracieuses expressions de mon amitié, car je suis un de ceux qui vous connaissent le mieux.

Tout à vous

de Balzac.

38-102. À ÉMILE DE GIRARDIN

Sèvres [, fin novembre 1838].

À Monsieur le gérant de « La Presse ».

Monsieur,

Vous ignorez, je le vois, que les conditions de mon marché ont été plus qu'accomplies par moi. V[ous] v[ous] étiez engagé à prendre, sans les discuter ni en rien retrancher, 3 articles de moi dont les dimensions étaient déterminées, et ces clauses sont écrites de v[otre] main. Moi, j'étais engagé à ne rien donner à d'autres g[ran]ds journaux quotidiens jusqu'à une certaine époque déterminée qui est passée depuis deux ans.

Mes deux premiers articles ont dépassé, l'un (*La Vieille Fille*) du triple les dimensions dites, et l'autre du quintuple (*La Femme supérieure*). J'ai dix lettres qui me réclament *La Maison Nucingen*, dernier article dû, qui me pressent d'achever les corrections, et il a été 2 mois en épreuves sous vos yeux. Je suis parti en janvier pour un long voyage ayant donné depuis cinquante jours *le bon à tirer*.

Je suis revenu en juillet dernier, et mes Éditeurs m'ont appris que *La Presse* refusait d'insérer ce qu'elle était tenue d'insérer et sans que j'en eusse été prévenu[1].

C'était un procès gagné d'avance par les conditions écrites que j'ai ; mais la situation du gérant de *La Presse* était telle aux yeux du public qu'en le faisant j'aurais paru me joindre à ses ennemis[2]. D'ailleurs un procès gagné coûte tant de soins que j'ai la plus excessive répugnance à en embarrasser ma vie.

J'ai offert donc en remplacement *La Torpille* déjà acceptée avant *La Maison Nucingen* et pour éviter toute difficulté j'ai communiqué le manuscrit, et le manuscrit lu, l'on a composé cette œuvre. Elle a été de nouveau refusée[3] comme *La Maison Nucingen*. Ici la patience aurait échappé à tout le monde, j'ai, dans la vue d'en finir, envoyé dans la semaine du refus le m[anu]s[crit] du *Curé de village* dont les dimensions sont les mêmes que celles des deux ouvrages rebutés.

S'il y a de la générosité, elle est trop de mon côté pour

que j'en abuse. Il y a longtemps que *Le Curé de village* aurait paru si l'on avait à *La Presse* mis l'empressement de M. Véron au *Constitutionnel* ; il a envoyé chercher les épreuves chez moi, et s'est occupé d'avoir ce qu'il voulait. J'ai les épreuves du *Curé de village* depuis un mois environ, elles m'ont été envoyées *un mois après la remise du manuscrit*[4]. *Si « La Presse » veut les envoyer chercher, elles seront prêtes dimanche 2 décembre*[5].

Il n'y a rien paru de moi dans le *Figaro*.

La Presse est le seul journal qui m'ait envoyé les stupides réclamations des gens qui ne comprennent pas une œuvre, et qui ont traité de *bavardage* ce que je faisais pour lui.

Je suis fâché, Monsieur, que vous ayez vu autrement les choses, mais je n'en suis pas étonné. Ce que Mme O'Donnell vous proposait était une manière d'égaliser un marché où je suis, par le fait, lésé[6] ; mais c'est dans cette affaire le second refus, et il n'y a pas d'autre moyen de la terminer que de publier au plus tôt *Le Curé de village* ; c'est ce à quoi je me prêterai de grand cœur. Pour y arriver, il faudrait que je sache si vous m'enverrez par la poste affranchie, les épreuves, et si je vous les retournerai de même, ou si vous enverrez à mes ordres un de vos porteurs.

Quelque [*sic*] soient mes sentiments à votre égard, Monsieur, vous ne trouverez jamais rien chez moi qui ne soit conforme aux règles les plus strictes de la justice, et je puis certes ajouter de la plus haute délicatesse, car je vous laisserai toujours ignorer combien j'y ai sacrifié à propos de v[otre] refus de *La Maison Nucingen*, mais moi plus que tout autre j'ai égard aux droits de l'amitié même brisée

de Balzac.

38-103. À UN COMMISSIONNAIRE

[Aux Jardies, 25 ? novembre 1838[1].]

Prier Monsieur Souverain de remettre le 1ᵉʳ volume de *Geneviève*[2] et donner *Vendredi soir*[3], et savoir s'il a des épreuves

rue des Beaux-Arts, 5.

Entrer au nº 6 chez M. Charpentier lui annoncer que la *Tabacologie*[4] sera remise demain lundi chez Éverat par

M. Curmer[5] qui a un émissaire à Sèvres, et le prier d'aller chez Éverat presser le renvoi de l'épreuve nouvelle demandée ; et lui demander les 2 ouvrages philosophiques de Barchou[6]. S'il y a des épreuves du *Médecin de campagne*[7], elles seraient reportées lundi par l'homme à Curmer.

38-104. À VICTOR LECOU

[Paris, 27 novembre 1838.]

Monsieur,

M. Desnoyers devait venir me voir à Sèvres avec un traité prêt, il n'est pas venu et ne m'a rien fait dire, comme cette affaire qui concernait *Qui a terre a guerre* influe sur sa conclusion et que je désire une solution, ayez la complaisance de le prier de venir jeudi 29 en lui faisant observer que j'aurai quelqu'autre chose à lui proposer[1], j'ignore son adresse et ne sais où lui écrire.

Je viendrai vous voir peut-être vendredi avec des libraires qui vous remettraient 10 000 fr. de valeurs — je voudrais bien savoir où vous en êtes avec Armand Robert et Ledoux.

Agréez mes compliments empressés

de Balzac.

J'attends une prompte réponse de M. Desnoyers car ceci influe sur mes travaux et les traités à faire ; je ne puis rester plus longtemps dans l'incertitude et vous prie de le faire décider.

[Adresse :] Monsieur Lecou | à la Brasserie anglaise | Champs-Elysées. | Paris.
[Cachet postal :] 27 novembre 1838.

38-105. À GERVAIS CHARPENTIER

[Aux Jardies, 28 novembre 1838.]

Monsieur,

En venant jeudi n'oubliez pas je vous prie les deux ouvrages de mon ami Barchou[1] et ayez la complaisance de savoir s'il est à Paris et donnez-moi son adresse ; j'ai bien besoin de le voir pour avoir quelques renseignements militaires.

Mille compliments

de Balzac.

N'oubliez pas *Adolphe* dans votre collection. Mais il faut le marier avec un ouvrage analogue de la même époque et j'y penserai. Il faudrait peut-être prendre *Anatole*, le chef-d'œuvre de Mme Gay. N'oubliez pas non plus *Obermann*[2].

Je n'ai pas encore eu le reste de l'épreuve de l'imprimerie.

38-106. ARMAND PÉRÉMÉ À BALZAC

[Paris, 29 novembre 1838.]

Je me suis trouvé hier soir avec les frères J[oly] et Vill[eneuve]. J'ai eu une longue conversation avec Ant[énor]. Vous avez bien tort de ne pas venir à eux. Jamais l'instant n'a été plus favorable et vous regretterez peut-être de n'en avoir pas profité. Le Victor Hugo[1] et le Dumas sont usés jusqu'à la corde. Le Casimir Delavigne n'a guère plus de faveur. Il leur faut un nom nouveau et ils sont prêts à le payer — indépendamment du talent. Que ne feront-ils pas pour un nom et un talent réunis.

Vous avez compromis mon crédit, car j'ai beaucoup promis et vous tenez bien peu. Le blâme pèse heureusement sur moi et je ne me suis pas disculpé pour vous laisser tous vos avantages. Ant[énor] désire une entrevue. Consentez à le voir, sur un terrain neutre, chez Dad.[2] ou chez moi ou partout ailleurs. Peut-être n'en serez-vous pas fâché. On gagne à se connaître. Un mot suffit pour lever bien des doutes, détruire bien des préjugés. Nous valons toujours mieux que notre réputation.

Venez donc à Paris ou faites-moi connaître vos intentions.

Votre bien dévoué,

Armand P.

29 9bre.

[Adresse :] Monsieur | H. de Balzac | à Sèvres.
[Cachets postaux :] Paris, 2 déc. 1838 | Sèvres, 3 déc.

38-107. À ARMAND DUTACQ

[Paris, 1ᵉʳ décembre 1838.]

Je soussigné reconnais avoir reçu de monsieur Dutacq, directeur-gérant du journal *Le Siècle* la somme de mille francs à valoir sur le prix d'une nouvelle inédite intitulée *Une fille d'Ève* que je m'engage à lui livrer au plus tard en manuscrit complet le dix du présent mois et en bon à tirer quinze jours après, laquelle sera payée sur le prix de deux cents francs par neuf colonnes de quarante lignes. Cette nouvelle fera de sept à douze feuilletons de neuf colonnes à mon choix, que M. Desnoyers, directeur du feuilleton, fera paraître en autant de fois qu'il jugera convenable[1] et je consens au cas où besoin serait de modifier de concert avec lui ce qui ne concorderait pas aux convenances du journal[2] et il est entendu que je rentrerai dans toute ma propriété quinze jours après la publication du dernier article, que le journal poursuivra tout contrefacteur et que j'indemniserai en rédaction le journal des frais extraordinaires de correction et de composition dans lesquels ne seront pas comprises les intercalations de manuscrit aux épreuves, lesquels seront rabattus sur le restant du prix qui me sera remis au dernier bon à tirer, mais le port des épreuves sera à la charge du *Siècle*

de Balzac.

Paris 1ᵉʳ décembre 1838.

38-108. À DANIEL ROUY

[Aux Jardies, samedi 1ᵉʳ ou 8 décembre 1838[1].]

Monsieur,

Je garde six pages de la composition actuelle qu'il n'est pas inutile de retourner, je les renverrai plus tard. Cette composition étant perdue puisque le journal ne se sert pas de ce caractère, et j'ignore pourquoi on l'a employé à l'imprimerie.

Je vous prie de donner des ordres pour faire recomposer les 28 pages de texte que je vous envoie dans le caractère et la justification du journal, et cela dans le plus bref délai possible, tout dépend de l'imprimerie, et si vous voulez, l'article peut être prêt dans huit jours.

Mon adresse est M. de Balzac à Sèvres.

Les changements opérés dans cette épreuve me font désirer *la prochaine* au plus vite, car je perdrais en attendant le sens des ajoutés que je dois faire à des endroits si confus que je ne puis plus juger de rien.

Agréez mes compliments

de Balzac.

Sèvres, samedi soir.

38-109. À ARMAND PÉRÉMÉ

[Aux Jardies,] ce mardi 4 décembre [1838].

Mon cher Pérémet,

Ce que les personnes incomparablement plus riches que la librairie n'osent faire, la pauvre et défiante librairie l'accomplit sans hésitation. Voilà près de vingt mille francs qu'elle m'avance, et si elle ne m'a pas tiré d'embarras, elle y contribue puissamment.

Je suis à travailler nuit et jour, car j'ai promis, et je ferai huit volumes en six mois, ce qui n'empêchera pas mes débuts ailleurs.

Vous conviendrez avec moi que l'étrange procédé dont on a usé à mon égard, lors de la représentation que vous savez, est une de ces grossièretés qui sont peu engageantes, et, quand l'auteur le saura, croyez qu'il en sera navré[1] ! Pour le moment, il est impossible que je sorte de mon cabinet, où je travaille mes dix-huit heures tous les jours, car j'ai sur les bras : *Le Curé de village*, dans *La Presse* ; *Une fille d'Ève*, au *Siècle* ; *Qui a terre a guerre*, ailleurs, et deux ouvrages sous presse pour le même libraire ; sans compter une préface à la *Physiologie du goût* et mon grand ouvrage de la *Pathologie de la vie sociale*, vendu hier huit mille francs à deux mille exemplaires[2].

Je ne pourrais donc m'occuper de ce que vous savez

qu'au moyen d'une avance, comme on en a fait souvent à des auteurs. Vous avez toute ma confiance pour une semblable négociation. Le ministre de l'Intérieur, m'a dit Taylor, l'avait autorisé à tout, au Théâtre-Français[3], avant l'avènement de cet imbécile de Buloz, et je lui ai dit alors que, tant qu'il serait là, je ne ferais rien pour le Théâtre-Français, où tout avait été préparé pour mon essai avant que je vous eusse parlé.

Vos gens sont peu clairvoyants ; ma fortune à faire vaut la leur, et je n'ai pas envie de me tromper. D'ailleurs, ils vont se trouver avant peu cruellement déçus. Il n'y a pas de place pour un troisième théâtre à musique ; il n'y a ni exécutants, ni gens de génie en musique. Meyerbeer a cent mille livres de rente et préférera toujours l'Opéra. Pour la littérature, elle est entre le mélodrame et les flonflons des quatre théâtres de vaudeville. Aussi, voyez que de niaiseries on a tentées : les monstres, les prodiges, les ânes savants, etc. Il n'y a plus de possible que le vrai au théâtre, comme j'ai tenté de l'introduire dans le roman[4]. Mais faire vrai n'est donné ni à Hugo, que son talent porte au lyrisme, ni à Dumas, qui l'a dépassé pour n'y jamais revenir ; il ne peut être que ce qu'il a été. Scribe est à bout. Il faut chercher les nouveaux talents inconnus et changer les conditions sultanesques des directeurs. Il n'y aura jamais que la médiocrité qui subira les conditions actuelles.

J'ai, depuis dix ans, travaillé en vue du théâtre, et vous connaissez mes idées à cet égard. Elles sont vastes, et leur réalisation m'effraie souvent. Mais je ne manque ni de constance, ni de travaux refaits avec patience. Si la *Pathologie de la vie sociale*[5], payée huit mille francs, reste six mois sous presse, au su des libraires, il serait possible qu'à une répétition, je trouvasse, moi aussi, à retravailler, et, si je n'avais pas des gens amis, ils maugréeraient d'un homme qui aurait de l'argent à eux, de l'argent qu'on m'apportera, sans conditions, le jour où j'aurai prouvé par quelque succès que je connaissais mon avenir ! Je sais que je tiens plusieurs fortunes dans mes cartons ; mais cette conviction est, de toutes, la plus difficile à faire partager. Mes besoins sont immenses, et, comme il faut que je les satisfasse, il est clair que je n'ai rien à hasarder. Un Hollandais, qui aurait fait toute sa vie le commerce des harengs, secs ou saurets, jugerait de cela, et spéculerait. Aussi, m'a-t-on déjà offert un prêt sur ce que je dois avoir fini dans quelques semaines, et c'est le plus dur des usuriers ! Seulement, il veut trop absorber, et comme je vais cahin-caha, avec mes travaux incessants, il espère atteindre à la première représentation sans encombre. La Porte-Saint-Martin fait cinq mille francs de recette quand elle est pleine, et pour recommencer *Robert le Diable*[6] en littérature, il ne faut que du travail, soutenu de quelque chose que je me sens en moi : *Motus !*

Je vous remercie beaucoup de ce que vous avez fait ; mais, si vous connaissiez l'horrible position financière où je suis (j'ai encore seize mille francs à rembourser à mes anciens éditeurs), vous comprendriez pourquoi le mot *argent* est la préface de tous mes efforts, faits ou à faire.

Mille choses aimables et affectueuses

de Balzac.

Si vous venez me voir, prenez vos précautions, car mes boues sont infranchissables. J'irai peut-être à Paris jeudi prochain.

38-110. À HIPPOLYTE SOUVERAIN

[Aux Jardies,] mercredi soir [5 décembre 1838].

Monsieur,

J'ai vu M. Lecou qui, comme je vous l'avais dit, a parfaitement entendu comme moi relativement à l'impression et qui est bien déterminé à faire retomber sur vous les difficultés et indemnités qui résulteraient de la non-observation de ces conditions, que vous n'avez pas voulu acheter, comme M. Charpentier.

Voici 8 jours que la copie du *Cabinet des Antiques* et celle de *Massimilla* sont prêtes, et je ne comprends pas que vous n'ayez envoyé ni prendre ces copies, ni d'épreuves du commencement du *Cabinet*. Il m'est, quant à moi, impossible de quitter mon cabinet quand j'y passe 18 heures tous les jours et que j'ai à v[ous] livrer, au 15 de ce mois la copie de deux volumes in-8° vous devez le savoir, et il y a de l'inintelligence à ne pas faire le nécessaire.

Pour vous éviter les inconvénients de vos annonces, j'ai changé le titre de *Un grand homme de province à Paris*, en celui de

Un apprenti grand homme[1]
suite de
Illusions perdues,

tenez-en note

                                    agréez mes complim[ents]

                                              de Bc.

P. S. — *Une fille d'Ève* que publiera *Le Siècle* est la nouvelle que vous aurez pour insérer dans votre collection de nouvelles[2].

Vous pouvez compter sur la copie d'*Un apprenti grand homme* pour le 15. Mais il m'est impossible de me déranger quand j'ai à peine le temps de vous écrire cette lettre, ayant sur les bras vos deux publications et celle du *Curé de village*, dans *La Presse*, celle d'*Une fille d'Ève* et de *Qui a terre a guerre*, dans qlq jours.

J'ai une occasion vendredi qui est celle de MM. Charpentier et Desessart, qui viennent [me voir] donnez-leur un mot pour que je sache s'il faut leur remettre le paquet que je tiens à v[otre] disposition depuis vendredi dernier; mais en thèse générale je préfère remettre la copie au libraire directement attendu que tout malheur est irréparable, n'ayant pas de double et oubliant tout ce qui est une fois écrit — Dans ce genre tout m'est arrivé : perte de copie, etc. Ainsi je ne remettrai qu'à vous-même la copie de l'*Apprenti grand homme* et pour que je remette celle que j'ai ici, à M. Charpentier votre voisin, il faut un mot de reçu de vous.

Si vous voulez recevoir par la poste, ce qui coûterait moins que le voyage, la copie que j'ai à v[otre] disposition écrivez-le-moi.

38-111. À LOUIS DESNOYERS

[Aux Jardies, 6 décembre 1838.]

Mon cher Desnoyers, je n'ai reçu que ce matin jeudi votre envoi[1], par suite de la maladresse de la personne qui l'a fait, on a mis un nom qui n'était pas celui de *Louis Brouet* mon jardinier, et l'on a dit pendant deux jours, au Bureau[2] qu'il n'y avait pas de boîte à cette adresse.

Puis hier on a fait signer mon jardinier et on lui a dit qu'il y avait bien un paquet adressé à un Louis Bro ou Brou mais que ce n'était pas lui. L'excessive sévérité janséniste du directeur m'a obligé d'envoyer en ambassade un de mes amis, car je n'ai même pas le temps d'aller à Sèvres, pour obtenir ce paquet que j'ai reconnu le mien et il a fallu dire ce qu'il contenait et le prouver.

Vous voyez combien de pareils oublis retardent. Nous n'arriverions jamais s'il en arrive deux autres semblables. Vous avez des porteurs, et vous devriez comme ce digne *Constitutionnel* en mettre un à mes ordres qui irait et viendrait.

Je vous renverrai copie et épreuves par un libraire qui vient demain vendredi et vous trouverez sur cette épreuve l'indication de ma maison qui est entre Sèvres et Ville-d'Avray.

Mille compliments

de Bc.

[Adresse :] Monsieur Desnoyers | 14, rue de Navarin | Paris.
[Cachet postal :] 6 décembre 1838.

38-112. À LOUIS DESNOYERS

[Aux Jardies, 7 décembre 1838[1].]

Mon cher Desnoyers, retournez-moi promptement les nouvelles épreuves de ces 5 placards, et avant que vos ouvriers aient fini vous aurez reçu quelque vingt feuillets de copie. Les libraires ne sont pas venus, je vous envoie ceci par la poste pour gagner du temps.

Mille compliments,

de Balzac.

Envoyez-moi votre adresse au *Siècle* pour que j'évite de vous adresser les paquets chez vous.

Et mettez bien *Louis Brouet*.

Si je vais lundi à Paris, je vous le ferai savoir. Je remporterais les épreuves du tout.

38-113. ARMAND PÉRÉMÉ À BALZAC

[Paris, 9 décembre 1838.]

Au reçu de votre lettre[1], je me suis empressé d'en écrire une autre dans laquelle, évitant tout ce qu'il ne fallait pas dire, j'ai essayé de dire tout ce qu'il fallait en groupant vos arguments augmentés de ceux qui me sont personnels, de manière à en faire jaillir cette vérité ou cet aphorisme : que le théâtre a besoin de vous et qu'il ne saurait trop faire pour obtenir votre assistance. Cette lettre adressée à dessein à Éd. D[eaddé] a été immédiatement communiquée à MM. J[oly] et V[illeneuve] qui l'ont, en conseil, pesée, analysée et ruminée.

Votre raisonnement qui ne manque pas de justesse a fait impression sur le triumvirat directorial. Vous n'avez rien fait du reste pour augmenter l'opinion qu'on a de vos capacités ; elle était telle qu'elle doit être. La foi existe. La seule question qui puisse s'élever aujourd'hui porte sur les moyens d'enchaîner votre volonté d'une manière imperturbable. On ne vous demande que de vouloir et de vouloir fermement et devant vous s'aplaniront les sentiers semés d'or et de fleurs.

J'ai vivement soutenu l'intérêt de votre cause auprès de ces MM. Je dois vis-à-vis de vous et en toute conscience dire quelque chose en leur faveur. Il est malheureux de parler d'art dans les mêmes termes qu'on parle de pommes de terre et de harengs saurs, mais enfin il faut faire suivant les temps et dans un siècle d'argent peser le génie au poids des écus. Votre préface obligée est l'épilogue obligé de beaucoup d'autres.

Ainsi parlons sans détours. Ces MM. ont été aussi accommodants qu'il soit possible de le désirer. On n'achète pas, vous le savez, un lièvre dans un sac. Eh bien eux, à la simple proposition présentée par un tiers (par moi illettré) d'un ouvrage en projet, dont ils ne connaissent ni la portée, ni l'intrigue, ni même le titre, sur ma simple garantie que cela devait être beau, magnifique, capital, ils ont accédé à vos désirs, ils ont promis ce que vous demandiez. Mais, chose trop juste, ils se sont réservé et cela sur votre proposition, de satisfaire à vos désirs après lecture du canevas seulement de votre conception. Je me suis là-dessus en quelque sorte engagé en votre nom ; cet engagement vous l'avez ratifié en promettant lecture aux premiers jours de septembre. Nous voici au milieu de décembre et rien n'a paru. Vous avez eu d'autres préoccupations impérieuses sans doute. Nous connaissons tous l'influence de certaines circonstances sur les meilleures résolutions ; mais ces MM. comment ont-ils pu apprécier la valeur de ces empêchements, qui leur a expliqué si vous ne pouviez pas, ou si vous ne vouliez pas. Mettez-vous un instant à leur place. Aujourd'hui vous dites que vous ne pourriez vous occuper du projet en question qu'au moyen d'une avance comme on en a fait souvent aux autres. Cette avance on ne vous la refuse pas, tant s'en faut. Mais sur quoi la voulez-vous, sur un fait ou sur une promesse ? Entre nous, vous savez, en littérature surtout, la valeur de cette dernière denrée, une promesse c'est moins que rien. MM. J[oly] ne sont pas encore payés pour penser différemment à ce sujet. Eh bien, on ne vous demande pas non plus un ouvrage parfait ; on se contenterait de la certitude morale d'obtenir un ouvrage de vous, dans un temps raisonnable.

Tenez, pour spécifier davantage, voici ce qui me paraîtrait résulter en dernière analyse de tout ce qui a été dit jusqu'ici de part et d'autre.

Vous avez besoin de 16 000 [francs] pour vous délivrer de la tyrannie de vos anciens éditeurs. Cette somme me paraît être l'expression simplifiée de vos exigences actuelles. Je crois pouvoir affirmer que cette somme vous serait accordée sans difficulté si, dans une entrevue particulière entre vous et MM. J[oly] et V[illeneuve] vous consentiez à vous expliquer sur votre projet et à donner votre parole d'honneur de faire et livrer l'œuvre en question dans un délai déterminé. Édouard D[éaddé] et moi, nous interviendrions seulement comme amis des parties et comme garants moraux de l'exécution du traité ? Voyez si cette offre vous convient.

Maintenant j'ai à vous donner l'explication de *l'étrange procédé* dont vous vous plaignez au sujet de l'ouverture de Ventadour. Ma lettre entre mille autres a subi le sort commun et n'a été ouverte que le lendemain de la séance. Il n'y a donc pas eu de mauvais procédé, puisqu'il n'y a pas eu d'intention[2].

Je ne pense pas pouvoir de si tôt affronter vos chemins boueux pour gagner votre chalet. Je suis cloué à ma chaîne pour longtemps. Si vous avez plus de courage ou plus de liberté que moi et que vous ne reculiez pas devant la fortune du pot, vous serez le bienvenu.

J'ai appris indirectement l'arrivée de Mme Car[r]aud dans nos parages et si je parviens à découvrir son pied-à-terre à Paris, je ne désespère pas de vous y rencontrer.

Tout à vous,

Armand.

Dimanche 9 X[bre].

38-114. ANDRÉ VERRE À BALZAC

[Paris, 10 décembre 1838.]

Monsieur,

Vous me témoignâtes il y a quelque temps chez Madame de Marliani[1] un assez vif désir de posséder un petit portrait de Madame Sand que vous trouvâtes fort ressemblant. Ne pouvant pas vous le céder alors, attendu qu'il était destiné à Me de Marliani, je vous promis de vous en faire une copie aussi exacte que possible, mais depuis, par des raisons qu'il vous serait fort indifférent de connaître, m'étant décidé à ne point le livrer à la personne qui me l'avait d'abord demandé, je puis le mettre à votre disposition au prix de cent francs vous prévenant de plus qu'outre le portrait en question, j'en ai fait deux autres pour lesquels Madame Sand a bien voulu me donner une séance avant son départ, en sorte que vous choisiriez celui des trois qui vous plairait le plus[2].

Soyez assez, bon, Monsieur, pour m'honorer d'un mot de réponse attendu que si vous aviez renoncé à votre première intention, je disposerais de ces portraits en faveur de quelques personnes qui me les demandent.

Agréez, Monsieur, l'assurance de ma haute considération.

A. Verre.

Lundi.
7, quai Voltaire.

[Adresse :] Monsieur de Balzac H[omme] d[e] l[ettres] | rue Cassini.
[En surcharge :] À Sèvres. | Inconnu. | V[oir] rue des Batailles, à Chaillot. | Parti à Chaillot — Parti à Sèvres. | P[arti] Rue de Provence, n° 26. | Inconnu. Voir 22.
[Cachet postal :] 10 décembre 1838.

38-115. À ARMAND PÉRÉMÉ

[Aux Jardies, 11 décembre 1838[1].]

Mon cher Pérémet, je vous remercie du fond du cœur des peines diplomatiques que je vous donne, et je vous en saurai toujours un gré infini. Je ne voudrais pas que l'on crût que j'ai l'orgueil féroce de certains auteurs mes doutes sur moi-même sont infinis. Je ne suis sûr que de mon courage de lion et de mon invincible travail. J'ai écrit cette semaine 55 feuilles d'impression.

Les explications que vous me donnez ont qlq chose de satisfaisant.

Si vos gens veulent en arriver là, je puis m'engager, pour que toute sécurité soit dans leur esprit, à leur donner une hypothèque au cas où soit dans 3 mois je n'aurais pas donné la pièce, ou rendu, la pièce n'existant pas, l'argent en espèces dans les 3 jours.

Pour quiconque me connaît, les questions financières sont toujours vidées avec la plus grande loyauté et exactitude. *Vous pouvez demander à plusieurs.*

Je serai vraisemblablement à Paris vendredi, et vous pouvez arranger un dîner pour ce jour-là chez votre ami. Je crois que 15 000 [francs], somme de la prime sur 3 pièces en 5 actes, serait une avance suffisante, et déjà 3 maisons de librairie l'ont fait sans hésitation.

Je prendrais l'engagement de lire une pièce au bout de deux mois, et de la monter en 2 mois ; une autre au bout de 5 mois ; une autre au bout de 8 mois ; en sorte que dans l'année l'épreuve serait faite.

D'ici à 4 mois, jour de la représentation, je vaudrai bien 15 000 fr., car j'aurai, je l'espère, acquitté pour plus de 100 000 fr. de dettes. Les 55 f[euilles] de cette semaine représentent 14 000 fr., et j'en fais autant cette semaine.

Reste la question des acteurs. Il faut que je les voie : si je me voue à ce théâtre, il faut arracher Théodorine[2] à la Porte-S[ain]t-Martin, et chercher en province, une certaine Nogaret ou Nougaret qui jouait à la Gaîté[3], et chez laquelle il y a de l'étoffe.

Je ne voudrais pas commencer par les 3 majeures compositions que vous savez. Je lancerais un drame de la vie bourgeoise pour ballon d'essai, sans fracas, comme une chose sans conséquence, afin de voir ce qu'on dira d'une chose d'un vrai absolu. Et cette pièce dépend d'une petite fille qui doit ressembler à Anaïs dans son temps odéonien[4], une actrice entre elle et Jenny Vertpré[5], une innocence rusée, exaltée, 16 ans. Je consulterais Planche et vous et nous pourrions répéter pour le 20 janvier *peut-être*. Si Frédéric[k][6] le voulait, il aurait le premier rôle. Il lui conviendrait, il faut un comédien souple.

Mille gracieusetés.
Tout à vous

de Bc.

Comme sur ces 15 000 fr. 10 000 seraient pour mon entrepreneur, ils peuvent être faits entre 5 et 6 mois [ou] 7 mois, et 5 000 fr. pour moi, argent. Cela facilite bien des choses. On paierait les 2 tiers en plein succès, s'il y a succès, car lâcher le vrai devant un public blasé, il faut du courage !

38-116. À LAURE SURVILLE

[Aux Jardies, 11 ? décembre 1838[1].]

Ma chère Laure, je sais comme tu te tourmentes pour moi[2] ; eh bien j'espère que, dans cette semaine, j'aurai terminé le remboursement de 62 000 fr. à ces messieurs[3], et que j'aurai pour éteindre toutes les misères pressantes, à une dixaine de mille francs près. Tout est en bon chemin. J'irai t'en dire deux mots vendredi, jeudi, ou samedi, et te remettre les 1 500 fr. de maman, peut-être les 2 000 de Surville, et quelque chose.

La Renaissance capitule et me donnerait 15 000 fr. d'avance ; j'ai fini par les amener sur ce terrain. N[ous] n[ous] verrons un des 3 jours dits. J'ai écrit la semaine passée 55 feuilles d'impression ; il en faut autant celle-ci. Je n'ai dormi que 45 heures depuis dix jours, mais ce n'est pas sans danger.

Il me faudra, *au meilleur marché possible*, de la futaine blanche à matelots, pour 4 matelats de 3 p[ieds] ½ de largeur, du coutil blanc pour un lit de plume que j'ai à refaire ; puis du coutil blanc pour deux traversins et *id.* pour deux sommiers de crin, sache, je t'en prie, quelle somme cela fera. Il faut que je fournisse cela aux cardeuses et il me faudra des *lisérés bleus*.

Mille tendres choses à vous tous.

Honoré.

Vienne un succès à la Renaissance, et peut-être n'aurai-je pas de dettes dans dix mois.

38-117. ARMAND PÉRÉMÉ À BALZAC

[Paris, 12 décembre 1838.]

Par une contrariante fatalité, Éd. D[éaddé] se trouve vendredi de garde au château où son grade le force de dîner. Il est désolé de ce contretemps et compte sur vous pour le dédommager au premier jour. Il ne sera libre qu'à 8 h. du soir, mais il est convenu que nous nous réunirons chez lui.

Ant[énor] J[oly] voulait nous donner à dîner, mais nous avons pensé Éd. et moi, qu'il convient que vous vous trouviez sur un terrain neutre pour discuter vos intérêts.

Si j'étais sorti du provisoire et que ma maison fût montée convenablement, c'est moi qui aurais eu le plaisir de vous recevoir tous. Mais je ne puis quant à présent qu'offrir un dîner *sans cérémonie* à un ami *indulgent*. Aussi je compte sur vous à ces deux titres.

De là nous nous rendrons chez D. où je vous mettrai en contact avec des gens bien disposés pour vous.

En attendant mille amitiés

Armand P.

12 X^{bre}.

[Adresse :] Monsieur H. de Balzac | Sèvres.
[Cachets postaux :] Paris, 12 déc. | Sèvres, 13 déc. 1838.

38-118. ZULMA CARRAUD À BALZAC

Samedi, 15 décembre [1838], à Versailles[1].

Je suis ici, cher, à deux lieues de vous ; j'y suis depuis 12 jours et je ne vous ai pas encore vu. Je voulais vous aller surprendre lorsque lundi dernier à mon retour de Paris, on me dit qu'on vous attendait à dîner. Vous n'êtes pas venu et vous n'avez fait aucune réponse, et nous avons tous pensé que vous n'étiez pas aux Jardies. Lasse pourtant d'attendre, je vous écris aujourd'hui pour vous prier de me dire quand vous serez chez vous ; il faut absolument que je vous voie ; mon plaisir ici ne saurait être complet sans cela. Écrivez-moi vite le jour où je vous trouverai ; dites-moi aussi l'adresse de Laure, qui m'a peut-être oubliée, mais que je serais heureuse d'embrasser.

Adieu, cher, comme nous causerons !...

Zulma C.

[Adresse :] Sèvres | Monsieur de B...c, aux Jardies.
[Cachets postaux :] Versailles, 16 déc. 1838 | Paris, 16 déc. 38 | Sèvres, 17 déc.

38-119. TRAITÉ AVEC HIPPOLYTE SOUVERAIN

[Paris, 16 décembre 1838.]

*[Cession d'*Une fille d'Ève *et de* Massimilla Doni *qui seront imprimés ensemble, le premier devant paraître d'abord en feuilleton dans* Le Siècle, *le second devant être publié par M. Souverain (selon le traité en date du 13 novembre dernier*[1]*)* « mais l'étendue du Cabinet des Antiques *permettant avec* Gambara *et une nouvelle intitulée* La Fille [sic] du pelletier[2] *de compléter les deux volumes objet de ce traité, les contractants se sont décidés à le rejeter dans cette seconde publication* ».*]*

38-120. À HIPPOLYTE SOUVERAIN

[Aux Jardies, après le 16 décembre 1838.]

Monsieur Souverain,

Il est impossible d'avoir rien inventé de plus imbécile en imprimerie qu'une épreuve faite sur les 2 côtés d'une feuille, il n'y a rien de possible, et je suis arrêté net. Voici seize ans que j'imprime, et suis en rapport avec la typographie, et voici la première fois que je vois pareille stupidité[1].

J'attendrai qu'ils aient exécuté ce que je leur indique, avant d'aller en avant.

Ainsi, dites-leur de m'envoyer *en page et en feuilles imposées* tout le texte depuis la feuille 9 que j'ai, jusqu'au chapitre VI, intitulé *Un tribunal de province*, si nous arrivons là à 22 feuilles, je couperai le volume là — C'est excessivement important de connaître ce résultat.

On me renverra tout en placard, à compter du chapitre 6 en mettant les textes à la place indiquée, c'est des changements qui donneront une physionomie à l'œuvre selon les besoins de la copie. 2 chapitres ont donné 8 feuilles, les chapitres 3, 4 et 5 en donneront bien au moins 12. Si je puis rejeter les chapitres VI et VII sur le tome 2, les 2 volumes seront complets avec *Gambara*[2]. Vous paraîtriez la semaine prochaine[3].

38-121. À ZULMA CARRAUD

[Aux Jardies, mardi 18 décembre 1838[1].]

Mais, chère, où voulez-vous que je vous écrive, vous ne me donnez pas votre adresse à Versailles — je hasarde cette lettre chez M. Barthe de qui j'ignore également la demeure[2].

En ce moment, je suis accablé d'affaires financières et de travaux littéraires qui sont entremêlés, je ne puis aller vous voir, à mon grand regret. J'ai reçu l'invitation de M. Barthe après le lundi marqué, par une lenteur de la poste et j'étais précisément ce lundi-là à Versailles où je vais voir quelquefois, mais bien rarement madame de Visconti la comtesse Fanny[3] dont Pérémet a dû vous donner l'initiale.

Je vais parfois à Paris pour affaires pressées ; mais je suis ici jusqu'à jeudi et j'y travaille près de vingt heures par jour, car j'ai trois journaux à emplir de littérature pour la semaine prochaine[4].

Ne venez que demain mercredi si le cœur ne vous manque pas dans ces chemins. On ne peut venir que par un temps de gelée —

Écrivez-moi votre adresse car si je vais à Versailles, je prendrai un moment dans ceux que j'aurai.

Mille tendres gracieusetés.
Honoré.

Embrassez-bien Ivan pour moi — Je suis à la chaîne et il faut me venir comme on va voir les animaux du Jardin des plantes.

38-122. MADAME DELANNOY À BALZAC

[Paris, 19 décembre 1838.]

Malgré vos belles promesses, tous les mercredis se passent sans que vous veniez me voir. Que devenez-vous donc ? Je ne sais même où vous prendre. Toute la garde nationale est pourtant amnistiée, et je ne présume pas que les bocages de Sèvres vous séduisent par leur fraîcheur pour le moment. Donnez-moi enfin signe de vie. Quand viendrez-vous dîner avec nous ? Ne vous permettez-vous donc pas un seul jour de repos ? Quel grand ouvrage en train ? où en êtes-vous ? quoi de nouveau ? Savez-vous qu'il y a dix mille ans que je ne vous ai vu, et que cela est positivement mal à vous.

Je présume qu'en fait d'affaire vous n'avez rien de neuf, car vous me l'eussiez dit très certainement, mais enfin quelle espérance par là ? voici une fin d'année, et tous nous savons que c'est un vilain moment. Si par hasard cela devait nous amener quelques entrées cela m'arrangerait fort. Dites-moi donc s'il y a quelque chance ? Et puis dites-moi quand vous viendrez. Je ne veux pas vous ennuyer de ma prose, mais je demande une ligne de la vôtre qui me promette que je vous verrai bientôt.

En attendant, mille vieilles et bonnes amitiés.

Joséphine.

Mercredi 19 décembre à minuit.

Dites-moi comment je dois vous adresser mes lettres.

J.

[Adresse :] Madame Veuve Durand | Rue des Batailles, n° 13, à Chaillot | Paris.
[D'une autre main :] Sèvres. Près Paris.
[Cachets postaux :] 20 décembre 1838 | Sèvres, 21 déc.

38-123. À LÉON CURMER

[Paris, 21 décembre 1838.]

Reçu de M. Curmer la somme de mille francs pour deux articles que j'ai faits pour lui : *L'Épicier* et *La Femme comme il faut*[1], lesquels articles sont inédits et demeurent sa propriété absolue pour l'ouvrage dans lequel il l'insère [*sic*] et sans aucune restriction, sous la condition que je pourrai après deux ans, de ce jour, les insérer dans un ouvrage à mon choix, faisant au moins quatre volumes, et, en outre, dans la collection complète de mes œuvres, mais toujours après les deux ans écoulés

de Balzac.

Paris, ce 21 décembre 1838.

38-124. TRAITÉ AVEC HENRY LOUIS DELLOYE, VICTOR LECOU ET GERVAIS CHARPENTIER

[Paris, 24 décembre 1838.]

Appendice au traité du douze novembre dernier, passé entre les Soussignés[1].

Entre Mr Honoré de Balzac propriétaire domicilié à Sèvres près Paris ; monsieur Victor Lecou, négociant domicilié à Paris, avenue des Champs-Élysées, n° 67 ; et Mr Delloye (Henri-Louis) libraire-éditeur, domicilié également à Paris, rue des Filles-St-Thomas, n° 13, tous trois réunis à l'effet des présentes qui suivent, *d'une part*

Et Mr Gervais Charpentier, libraire-éditeur demeurant à Paris, rue des Beaux-Arts, n° 6 *d'autre part*.

Il a été dit et convenu ce qui suit.

MM. de Balzac, Delloye et Lecou vendent à Mr Charpentier le droit d'imprimer en plus du nombre de volumes mentionné au traité du douze novembre dernier, six mille volumes in-18 grand jésus vélin composés, à son choix, soit parmi les ouvrages de Mr de Balzac que cet auteur publiera dans les années 1839, 1840 et 1841, soit, parmi tous autres ouvrages déjà publiés qui ne sont pas mentionnés au traité du douze novembre dernier. Il est entendu que pour ceux à publier en 1839, 1840 et 1841, Mr Charpentier ne pourra en disposer qu'aux époques où ces ouvrages deviendront disponibles ; ces messieurs s'engagent à ne pas accorder à l'avenir un délai de plus de quinze mois pour la première publication[2].

Dans le cas où Mr Charpentier épuiserait le droit de tirage des six mille volumes, sur un ou plusieurs ouvrages, il aura le droit de l'étendre aux autres en payant cinquante centimes par volume.

Dans le cas de réimpression, il n'aurait à payer comme au traité du douze novembre d[erni]er que trente-trois centimes par volume ; dans ces deux cas, les payements seront les mêmes que ceux mentionnés audit traité.

MM. de Balzac, Delloye et Lecou s'interdisent de céder pendant trente mois le droit de réimpression de ces ouvrages dans le format in-18 ; ils se réservent seulement celui in-8° et in-12, conformément au traité du douze novembre d[erni]er. Il est entendu que Mr Charpentier vendra chaque ouvrage ou chaque volume séparément toujours conformément audit traité.

La présente vente est faite moyennant la somme de trois mille francs que Mr Charpentier remet à l'instant à Mr Lecou en ses billets à son ordre, de deux cent cinquante francs chacun, à l'échéance de fin avril prochain et des onze mois suivants.

Fait à Paris, ce vingt-quatre décembre mil huit cent trente-huit en autant de copies qu'il y a de signataires au présent traité

Charpentier.

Approuvé l'écriture ci-dessus et d'autre part

V. Lecou.

Approuvé l'écriture ci-dessus et de l'autre part

de Balzac.

38-125. TRAITÉ AVEC HENRY LOUIS DELLOYE, VICTOR LECOU ET GERVAIS CHARPENTIER

[Paris, 24 décembre 1838.]

Entre les soussignés,

Mr Honoré de Balzac, propriétaire domicilié aux Jardies près Paris ; Mr Henri-Louis Delloye, libraire-éditeur demeurant à Paris, rue des Filles-St-Thomas, n° 13 ; et Mr Victor Lecou, domicilié à Paris, avenue des Champs-Élysées, n° 67, *d'une part*

Et Mr Gervais Charpentier, libraire-éditeur domicilié à Paris, rue des Beaux-Arts n° 6, *d'autre part*

Il a été dit et convenu ce qui suit.

MM. de Balzac, Delloye et Lecou vendent à Mr Charpentier qui accepte, le droit d'imprimer et vendre à quinze cents exemplaires nets, trois ouvrages de Mr de Balzac auxquels cet auteur travaille en ce moment, et qui auront pour titres :

1° *Pathologie de la vie sociale*, 2 vol. in-8°1.
2° *Qui a terre a guerre*, 2 vol. in-8°.
3° *Le Curé de village*, 2 vol. in-8°.

Chacun de ces ouvrages devra comprendre autant de matière que *Le Père Goriot* ou *Le Médecin de campagne* du même auteur.

Mr Charpentier aura le droit de tirer en plus du nombre de quinze cents, deux cents exemplaires pour être donnés gratis aux libraires, aux journaux, à l'auteur, etc., etc. MM. Delloye et Lecou auront droit chacun à deux exemplaires desdits ouvrages.

Pendant les quinze mois qui suivront la publication des ouvrages ci-dessus mentionnés, MM. de Balzac, Delloye et Lecou s'interdisent formellement de les réimprimer autrement que dans les *Œuvres complètes* de M. de Balzac, et ce, dans les conditions déjà exprimées entre les parties, dans leur traité du douze novembre d[erni]er.

Cette publication des *Œuvres complètes* n'aura lieu toutefois que quatre mois après la mise en vente par Mr Charpentier. Il en sera de même pour l'édition illustrée, que MM. de Balzac[2], Delloye et Lecou se réservent de continuer si bon leur semble encore bien que cette réserve n'ait pas été faite au traité du douze novembre dernier. Mr Charpentier en accédant à cette réserve entend ne pas se priver du droit d'ajouter des illustrations à *Eugénie Grandet* ou tout autre ouvrage séparé, dans son format in-dix-huit.

La *Pathologie de la vie sociale* devra être entièrement inédite, sauf les parties qui sont à la connaissance de Mr Charpentier et que Mr de Balzac lui a communiquées, telles que les publications faites dans *La Mode* et la *Théorie de la démarche*. MM. de Balzac, Delloye et Lecou pourront publier dans un journal ou une revue : *Qui a terre a guerre* et *Le Curé de village*.

Mr Charpentier pourra réduire de cent à deux cents exemplaires les deux derniers ouvrages en augmentant d'autant celui du premier.

Pour s'indemniser des nombreuses corrections de M. de Balzac, Mr Charpentier aura le droit de tirer un nombre d'exemplaires de chaque ouvrage en sus du nombre déjà fixé, pour la somme qui excéderait celle de trois cents francs. Cette indemnité sera calculée au pied de deux francs le volume.

La livraison du manuscrit de chacun de ces trois ouvrages devra être complétée aux époques suivantes, savoir : *Qui a terre a guerre* le quinze avril prochain ; la *Pathologie de la vie sociale*, le quinze juillet prochain et *Le Curé de village* le quinze septembre prochain.

Mr Charpentier aura droit à une indemnité de deux cents francs par mois de retard apporté à la livraison du manuscrit de chaque ouvrage. Il se paiera de cette indemnité en impressions de volumes format in-dix-huit à raison de cinquante centimes chacun, ou en réimpressions des mêmes, au prix de trente-trois centimes à son choix, dans les ouvrages disponibles de Mr de Balzac.

Mr de Balzac pourra intervertir l'ordre de publication des ouvrages ci-dessus vendus, il pourra même, s'il le juge convenable, donner un autre ouvrage en échange du *Curé de village*.

À ces clauses et conditions la présente vente est faite, moyennant la somme de seize mille francs, sur laquelle Mr Charpentier en règle à l'instant neuf mille, à l'ordre de Mr Lecou, en ses 9 billets de mille francs chacun et de mois [en mois] à partir de fin février prochain.

Pour la somme de sept mille francs, dont Mr Charpentier

restera débiteur, il s'engage de la régler à l'ordre de Mr Lecou, savoir : moitié lorsque Mr de Balzac donnera son dernier bon à tirer, du premier ouvrage qu'il livrera, et l'autre moitié lors du dernier bon à tirer du second ouvrage. À chacune de ces deux époques les billets de Mr Charpentier seront à deux, trois et quatre mois de terme.

Mr de Balzac s'interdit formellement de vendre ou publier à toute autre personne et de quelque manière que ce soit aucun autre ouvrage avant la libération entière de Mr Charpentier; toutefois est ici observé qu'il a été précédemment vendu à MM. Souverain et Curmer libraires-éditeurs, les ouvrages suivants ; à M. Souverain *Le Cabinet des Antiques* et *Gambara*, 2 vol. in-8°. — *Une fille d'Ève* et *Massimilla Doni*, 2 vol. in-8°. — *Un grand homme de province à Paris*, 2 vol. in-8°, et *Sœur Marie des Anges*, 2 vol. in-8° et à M. Curmer une feuille in-octavo intitulée *La Femme comme il faut* et *L'Épicier*. Il est entendu ici que Mr de Balzac pourra changer les titres de ces ouvrages mais sans excéder le nombre des volumes.

MM. Delloye et Lecou pour garantir autant que possible l'exécution des présentes s'engagent à ne point donner leur consentement à la vente d'autres ouvrages inédits de Mr de Balzac avant sa libération envers Mr Charpentier.

Mr Charpentier s'interdit de céder ses droits au présent traité jusqu'à parfait paiement, et en cas de non-paiement d'une des échéances par lui prises, MM. de Balzac, Delloye et Victor Lecou rentreraient dans la propriété sans perdre leur recours contre Mr Charpentier.

Fait à Paris ce vingt-quatre décembre mil huit cent trente-huit, en quadruple expédition.

Approuvé l'écriture ci-dessus et de l'autre part

V. Lecou.

Approuvé l'écriture ci-dessus et de l'autre part

de Balzac.

Approuvé l'écriture ci-dessus et des autres parts

Charpentier.

38-126. TRAITÉ AVEC HIPPOLYTE SOUVERAIN

[Paris, 24 décembre 1838.]

Entre les soussignés Monsieur Honoré de Balzac propriétaire demeurant aux Jardies près de Sèvres d'une part

Et Monsieur Hippolyte Souverain éditeur, rue des Beaux-Arts 5, à Paris, a été convenu ce qui suit, savoir[1] :

Mr de Balzac considérant que les développements nécessités pour le parfait achèvement du *Cabinet des Antiques* amèneront cet ouvrage à former avec *Gambara* seulement les deux volumes que doit publier Mr Souverain d'après son traité du 14[2] novembre dernier ; considérant d'autre part que l'ouvrage qu'il va publier dans *Le Siècle* sous le titre *La Fille d'Ève* peut avec *Massimilla Doni* compléter deux autres volumes, il propose à Mr Souverain qui l'accepte, l'arrangement suivant :

Mr Souverain publiera quatre volumes in-8° au lieu de deux, ces quatre volumes seront disposés comme il est dit ci-dessus. *La Fille d'Ève* avec *Massimilla Doni*, deux volumes, Mr de Balzac s'engageant à donner à ce premier ouvrage l'étendue nécessaire pour qu'il y ait quelques feuilles rejetées au deuxième volume et *Le Cabinet des Antiques* avec *Gambara* deux autres volumes. S'il manquait quelques feuilles pour que les deux volumes fussent complets, Mr de Balzac donnerait une *nouvelle* pour les compléter. Les volumes auront de vingt-trois à vingt-cinq feuilles.

Mr Souverain tirera ces ouvrages à mille exemplaires doubles passes et les exemplaires d'auteur, le tout ne pouvant excéder en aucune façon le chiffre complet de douze cents exemplaires.

Il payera à Mr de Balzac pour ces deux volumes nouveaux et l'extension de tirage des deux autres volumes fixé précédemment à sept cent cinquante par le traité du 14 novembre la somme de deux mille cinq cents francs en ses billets aux dates suivantes : mille francs fin mars, cinq cents francs fin avril et mille francs fin mai prochain. De plus il autorise Mr de Balzac à publier dans un journal l'œuvre de *Massimilla Doni* à son profit. Cette publication devra avoir lieu d'ici au quinze février prochain[a] pour ne nuire en rien à la publication de ses deux volumes in-octavo[3].

Mr de Balzac rentrera dans la propriété de ces quatre volumes après neuf mois de la mise en vente, ce qui constitue pour les deux volumes du traité du 14 novembre au profit de l'éditeur une extension de trois mois pour le privilège de son exploitation.

Mr de Balzac se réserve toujours le droit de publier une réimpression de ces ouvrages dans ses *Œuvres complètes* quatre mois après la mise en vente aux clauses et conditions expliquées dans la vente d'*Un grand homme de province à Paris* et de *Sœur Marie des Anges*. Il est également convenu que l'époque de la livraison du manuscrit d'*Un grand homme [de province] à Paris* sera reportée au quinze janvier prochain[b].

Ce traité sera soumis à l'approbation de MM. Delloye et Lecou ainsi que l'a été celui du quatorze novembre cité ci-dessus. Il maintient dans toutes leurs forces les conditions et stipulations énoncées dans les autres traités précédents excepté celles que sa teneur modifie, change ou anéantit.

Fait double entre nous le vingt-quatre décembre mil huit cent trente-huit.

D. H. Souverain.

Approuvé trois mots rayés nuls
       DHS

Approuvé trois mots nuls
       de Bc

Approuvé l'écriture ci-dessus et de l'autre part

de Balzac.

Approuvé en ce qui me concerne
     V. Lecou.

38-127. À HIPPOLYTE SOUVERAIN

[25 décembre 1838.]

Monsieur Souverain

Après en avoir conféré avec monsieur Charpentier, il est entendu qu'il y aura un mois et demi d'intervalle entre la publication d'*Un grand homme de province à Paris*, que de votre côté vous vous engagez à mettre en vente huit jours après la livraison du dernier bon à tirer, et celle de *Qui a terre a guerre* de M. Charpentier,

agréez mes compliments
de Balzac.

25 X^{bre} 1838.

38-128. ÉMILE DE GIRARDIN À BALZAC

[Paris, 26 décembre 1838.]

Monsieur, v[otre] premier article passera demain dans *La Presse*. Je compte sur vous pour qu'il n'y ait pas d'interruption[1].
3 n^{os} v[ous] seront envoyés.
Mes compliments.

É. de Girardin.

26 X^{bre}.

[Adresse :] Monsieur de Balzac | Poste restante à Sèvres. | *Banlieue*.
[Cachets postaux :] Paris, 26 déc. 1838 | Sèvres, 27 déc. 1838.

38-129. À ALESSANDRO MOZZONI-FROSCONI

Sèvres, 27 X^{bre} 1838.

Cher Monsieur Frosconi, je suis chargé de vous rappeler vos promesses relativement à la liquidation des petites affaires qui vous restent. Vous aviez dit au Cte et à la Ctesse que tout serait terminé après les vacances, et voici trois mois au moins de passés. Les sommes que nous attendons sont extrêmement utiles à cause de l'opportunité des placements et nous pouvons en ce moment en faire un bien bel emploi. Je vous en prie, mettez cette affaire avant toutes les autres et terminez-la vous obligerez des personnes à qui vous avez beaucoup plu, et j'irai, moi, vous en remercier quelque jour.

Trouvez ici l'expression de mes sentiments les plus affectueusement distingués

de Balzac.

Si vous voyez Porcia, dites-lui que je n'ai pas encore trouvé d'occasion pour lui faire parvenir la dédicace que je lui ai faite ainsi qu'à sa sœur et qui sont dans l'édition française de *La Femme supérieure*[1], et qu'à ma prochaine publication la Ctesse Bolognini aura de moi le plus gracieux souvenir — dites-lui mille amitiés et que le marquis Pareto n'a pas reçu sa statuette.

[Note de la main du destinataire:]

Ris[posto] addi 19 gen[naio][2]

[Adresse:] Monsieur Mozzoni Frosconi | avocat, Contrada del Monte.
[Cachets postaux:] Versailles, 29 déc. 1838 | [Milano] 1839.

38-130. PRÉVOST-ROUSSEAU? À BALZAC

[27 décembre 1838.]

Monsieur,

J'étais loin de penser qu'un si léger service me fut un titre suffisant pour recevoir une marque si flatteuse de votre souvenir. Ce riche exemplaire de *La Peau de chagrin*[1] aura toujours d'autant plus de prix à mes yeux, que l'auteur a eu la courtoisie d'y inscrire de sa main le témoignage du don gracieux qu'il m'en a fait.

Recevez, Monsieur, l'assurance de toute ma gratitude et de mon entier dévouement.

Rousseau[2].

Ce 27 décembre 1838.

[Adresse :] Monsieur de Balzac.

38-131. GERVAIS CHARPENTIER À BALZAC

[Paris, 28 décembre 1838.]

Mon cher Monsieur de Balzac,

Voici une nouvelle épreuve corrigée de la *Tabacologie*. Veuillez vous hâter de me la renvoyer.

Pour l'insertion de ce travail dans *Le Siècle*, je suis tout disposé à y consentir puisque cela vous est agréable, mais il faudra pour cela attendre l'épuisement complet de l'édition actuelle de la *Physiologie* ; vous comprenez d'avance que l'annonce d'une nouvelle édition avec la *Tabacologie* non seulement m'empêcherait de vendre ce qui me reste de la première, mais ferait aussi un tort aux libraires qui en ont encore chez eux[1]. Attendez donc un peu pour cela, je vous prie.

Bien des choses.

Charpentier.

28 X[bre] 1838.

Nota. — Votre titre de la *Pathologie* et les 30, etc., etc., c'est magnifiquement spirituel[2].

[Adresse :] Monsieur | Monsieur de Balzac | rue du Fg-Poissonnière, 28 | Paris.

38-132. HIPPOLYTE SOUVERAIN À BALZAC

[Paris, 30 décembre 1838.]

Je vous renvoie la fin de la copie du *Cabinet des Antiques*. Notre imprimeur n'a plus rien. Voici aussi la fin de *Massimilla Doni* qui avec ce que je vous ai envoyé hier et les épreuves de M. Plon forment tout ce qui existe de ce sujet.

Dès que vous aurez terminé la révision de cette dernière partie du *Cabinet*, faites-en un rouleau, et adressez-le-moi sans retard par les *Gondoles*[1] ou si le paquet n'est pas gros mettez-le à la poste comme la dernière fois, mais alors retranchez tout ce qui est inutile, afin d'éviter le poids qui augmente la dépense.

Gambara fera de 150 à 160 pages, pas davantage. J'ai compté ligne pour ligne, lettre pour lettre[2]. Vous voyez qu'il faudra donc étendre largement *Le Cabinet des Antiques*, si ces deux pièces doivent faire seules nos deux volumes. Dans le cas où cela ne vous paraîtrait pas possible alors il faudrait mettre votre petite nouvelle, soit entre les deux, soit à la fin du tome deuxième.

N'oubliez pas de me répondre à ce sujet, je vous en prie.

Et Desnoyers ? prend-il *Massimilla*[3] ? lui avez-vous bien recommandé de me faire tirer deux épreuves.

J'attends impatiemment les épreuves, et la copie nouvelle du *Cabinet*.

Mes civilités,

D. H. Souverain.

Le 30 X^{bre} 1838.

38-133. À HIPPOLYTE SOUVERAIN

[Aux Jardies, 31 décembre 1838.]

Monsieur Souverain

Je ne puis rien faire sans que l'on m'envoie la composition corrigée que j'ai envoyée depuis longtemps et qui va jusqu'au n° 12 inclusivement de cette 1ère épreuve faite sur le verso qui m'a tant causé de désagrément[1] — Dites-leur donc que n'envoyer qu'une portion, c'est ne rien envoyer du tout.

Qu'on ne tire rien sans mon *bon*, à compter de la feuille 16 inclusivement que j'ai —

Dès que j'aurai ce que je demande, je pourrai indiquer à quelle feuille dans le tome II commencera *Gambara*.

Vous recevrez lundi les éléments des feuilles 16, 17 et 18.

Le chapitre 6 sera coupé en deux vraisemblablement, et ira sur les 2 volumes[2], mais il m'en faut pour cela les éléments et je ne les ai pas, voilà les imprimeries de province[3].

Mille complim[ents,]
de Bc.

N'oubliez pas de m'envoyer les bonnes feuilles, à compter de la 9, jusqu'à la 15 inclusiv[emen]t.

[Adresse :] Monsieur Souverain | Éditeur, 5, rue des Beaux-Arts | Paris.
[Cachets postaux :] Sèvres, 31 déc. 1838 | Paris, 31 déc. 1838.

38-134. CAROLINE MARBOUTY À BALZAC

[Paris, 31 décembre 1838.]

Je ne doute pas, un seul instant, monsieur, et ami, de toute votre générosité, si vous étiez plus heureux. J'en juge par la mienne, qui regrette de ne pouvoir, à l'époque du Jour de l'An, vous envoyer mille riens que vous ne pourriez me refuser, pour parer votre petit ermitage. — Frustrés tous deux du bonheur de donner, échangeons nos vœux. Qu'ils retrempent notre vieille amitié — que cette n[ouve]lle année la resserre et la fortifie comme j'ai toujours désiré qu'elle le soit : d'une manière indissoluble.

Mille renouvellements d'affection

C. Marbouty.

31 10bre 1838.

38-135. AU COMTE AUGUSTE DE BELLOY

[Aux Jardies, fin 1838[1].]

Mon cher de Belloy, pas un sou beaucoup de travail, vos 6 heures par jour en 3 fois, voilà ce qui vous attend à Sèvres, si vous voulez venir y réaliser des choses qui ne sont plus des brouillards mais des traités conclus et dont le produit relatif dépendra de ce brillant esprit que vous avez la fatale imprudence de jeter aux vents.

Moi, je suis à l'œuvre et je renonce à qui n'en voudra pas ; j'ai chaussé le grand collier du travail parce que l'autre me pèse trop.

Votre tout dévoué,
Le Mar vieux
—— loup
—— hein ?
—— à bout
—— tyre
etc....

Je puis vous assez mal loger, vous prendre en pension pour 40 sous par jour et vous aurez pour 35 frs. de bois pour tout un mois. Trois mois de travaux assidus vous sauveraient en vous prouvant combien le résultat serait proche. Mon plus grand regret est de ne pas avoir les 100 fr. qui vous seraient nécessaires. Mais faites cela sagement, et venez dimanche, Grammont en sera. Je ne prétends pas vous asservir à une règle aussi dure que la mienne, et vous n'aurez de travail que par échappées de 2 heures.

38-136. À LOUIS DESNOYERS

[Sèvres, 1838 ou 1839.]

Mon cher Desnoyers, quant à des fautes de français, qui nous échappent à tous en général et qui m'échappent énormément souvent à moi en particulier, car plus on écrit, plus on a de chances pour en faire, il ne peut y avoir de doute sur *la nécessité* où vous êtes de les enlever. C'est ce que font les protes, et je ne veux pas assimiler vos augustes fonctions à celles plus humbles du prote. Ici commencent les remerciements que l'on doit à un rédacteur en chef, quand on n'est pas imbécile à force d'amour-propre[1].

Je ne suis rentré hier qu'à onze heures, à cause d'une affaire grave qui m'a fait sortir à l'heure même de mon coucher. Je n'ai pu aller à l'imprimerie, les fautes sont restées, mais il sera pardonné à qui a beaucoup péché !

Si vous me demandez une autorisation écrite de vous laisser ôter les fautes de français, je vous la donne d'autant plus volontiers qu'elle est extrêmement utile pour moi qui ne puis parvenir à les ôter toutes qu'à coup d'épreuves, et qui en trouve toujours !

Mille compliments

de Balzac.

38-137. À DELPHINE DE GIRARDIN

[1838 ou 1839 ?]

Madame, le malheur veut qu'un vieil ami à moi m'ait engagé depuis longtemps pour ce lundi et que j'aie accepté ; mais je ramasserai les miettes de ce bonheur en venant vous voir aussitôt après le dîner. Pourquoi n'avons-nous eu rien samedi, *Môsieur* le vicomte[1] ?

Agréez les expressions affectueuses de ma sincère admiration

de Balzac.

[Adresse :] Mme de Girardin.

38-138. À LOUAULT

[Aux Jardies, 1838 ou 1839 ?]

Mon cher monsieur Louault, le cache-pot que mon jardinier vous remettra, en même temps que cette lettre vous servira de modèle pour les décorations de la pendule qui doit être pareille, car les flambeaux et les cache-pots de la cheminée sont dans le même genre — Soyez assez bon pour me faire faire la pendule promptement et de la confier à un habile décorateur pour qu'elle brille entre les flambeaux et les cache-pots, car il s'agit de la chambre d'une belle blonde, et qui est tout[e] bleue et or.

Mille gracieusetés

de Balzac.

Aux Jardies[1].

[Post scriptum écrit sur le côté perpendiculairement au texte :]

Faites bien soigner le mouvement.

38-139. À LOUIS VIARDOT

[Fin 1838 ou 1839[1].]

Mon cher Monsieur Viardot

Voudriez-vous avoir pour moi et pour Strunz[2] l'excessive obligeance de nous prêter jusqu'à vendredi la grande partition de *Mosè*, nous en aurons un soin d'antiquaire et je la rapporterai moi-même.

Trouvez ici l'expression de mes sentiments les plus distingués

de Balzac.

[Adresse :] Monsieur Viardot | rue Favart 12[3].

Monsieur Viardot est prié d'envoyer cela chez M. Souverain Rue des Beaux-Arts, 5.

38-140. LOUIS DESNOYERS À BALZAC

[Paris, 1838 ou 1839.]

Mon cher Balzac,

Voici des épreuves. Dites-moi par un mot si vous voulez passer à la fin de ce mois, c.-à-d. à partir du 29 ou du 30 au plus tard[1]. Il faudrait en tout cas que votre bon à tirer fût prêt pour la totalité. On composera sans retard ce qu'il vous reste à donner de copie.

Tout à vous,

Louis Desnoyers.

Samedi.

[Adresse :] Monsieur de Balzac, | aux Jardies. | Pressé. | Attendre la réponse.

38-141. LOUIS DESNOYERS À BALZAC

[Paris, 1838 ou 1839.]

Mon cher Balzac,

Je vous ai fait place pour la fin du mois. Votre nouvelle passera à partir du 27 ou du 26 même[1]. Envoyez-moi le bon à tirer le plus tôt possible.

Tout à vous,

Louis Desnoyers.

38-142. À CAROLINE MARBOUTY?

[Fin 1838 ou début 1839[1].]

Je suis venu pour vous voir d'abord et pour que vous disiez à M. de Freycinet[2] [sic] que les deux bouquins qu'il m'a montrés ce matin ne peuvent être vendus que par un libraire nommé Tech[e]ner[3] qui demeure place du Louvre et encore s'ils sont en petit nombre, mais il est toujours à même de les réduire à un petit nombre.

Mille gracieusetés
de Bc.

38-143. MADAME A. A. *** À BALZAC

[Fin 1838 ou 1839.]

Puisque la Fortune a des Cotillons, nous devons faire notre possible pour attraper quelque ressemblance avec cette volage. — C'est pourquoi je m'empresse de prévenir M. de Balzac que s'il est prêt pour ce petit voyage auprès de Clermont, qui doit, non changer la face d'un empire, mais bien celle de sa bourse, j'ai dit tant de douceurs à Mad. V—[1] qu'elle se décidera. Je n'attends plus qu'une feuille de route et nous volons.

En attendant les lingots, croyez-moi la plus charmée de vos lectrices.

5, rue Godot.

[Adresse :] Monsieur de Balzac | Aux Jardies | Sèvres | Banlieue.

38-144. JULES SANDEAU À BALZAC

[Paris, 1838 ?]

Mon cher Honoré, j'ai rue du Bac, 100, un joli petit appartement[1] où il n'est rien qui ne soit à vous, mon cœur plus encore que le reste. Voulez-vous me permettre de vous dédier *Marianna*[2] ? En m'accordant cette faveur, vous me comblerez, je vous jure. Répondez-moi à ce sujet.

Mille tendresses,

Jules.

38-145. JULES SANDEAU À BALZAC

[Paris, 1838 ou 1839.]

Je vous supplie de me donner un rendez-vous. Il faut absolument que je vous voie ; résignez-vous à me voir une fois encore.

Tout à vous

Jules.

Rue du Bac, 100.

[Adresse :] Monsieur H. de Balzac.

1839

39-1. LOUIS DESNOYERS À BALZAC

[Paris, 2 janvier 1839.]

Mon cher de Balzac,

Il est bien entendu que conformément au traité relatif à *Une fille d'Ève*, vous rentrerez pareillement dans la libre disposition de *Lecamus*[1], seconde nouvelle que vous avez cédée au *Siècle*[2], quinze jours après la publication du dernier chapitre de cette nouvelle.

À vous de cœur,

Louis Desnoyers,
réd[eur] en chef du *Siècle*.

2 janvier 1839.

39-2. HIPPOLYTE SOUVERAIN À BALZAC

[Paris, 2 janvier 1839.]

Vous avez les bonnes feuilles de 2 à 14. Voici la 15[1]. Il n'y a plus rien de bon à tirer à l'imprimerie.

Voici aussi les épreuves — mais le maître[2] est absent et je crains bien que le prote qui m'écrit n'ait omis quelque sorte [*sic*], la suite que vous demandez par exemple ; mais je remarque que dans cette suite il n'y a pas de corrections et que peut-être vous pouvez vous en passer. S'il manque encore quelque chose écrivez-le-moi, car votre copie ne se suivant pas, mais s'enchev[êt]rant paragraphe par paragraphe, je ne puis rien vérifier.

Mille compliments de bonne année, M. de Balzac, et la réalisation des vœux que vous pouvez former.

Votre serviteur

D. H. S.

2 janvier.

Le Siècle publie la *Fille d'Ève* et ne m'envoie rien[3].

39-3. HENRI PLON À BALZAC

Paris, le 3 janvier 1839.
6 heures du soir.

Monsieur,

Je ne vous adresse ces épreuves qu'à cette heure parce que je ne les ai reçues de M. de Girardin qu'aujourd'hui à 2 heures, il y a quatre heures seulement[1].

Je vous prie de lui faire savoir[2], car d'après la lettre que vous lui adressiez, il a dû les remettre pour m'être envoyées hier, et si on avait fait la commission vous les auriez eues ce matin.

Votre serviteur
H. Plon.

39-4. À ARMAND DUTACQ

[Paris, 3 janvier 1839.]

Je soussigné reconnais avoir reçu de M. Dutacq, gérant du *Siècle* la somme de Mille francs dont cinq cents francs à valoir sur *Une fille d'Ève* et cinq cents francs à valoir sur une autre nouvelle intitulée *Le Camu* [*sic*] que je me suis engagé à livrer en bons à tirer le 15 février courant[1] au plus tard conformément à la lettre que j'ai écrite à ce sujet à M. Desnoyers. Il est bien entendu que je devrais livrer les bons à tirer de la *Fille d'Ève* de manière à ce que *Le Siècle* puisse la publier sans interruption et que, si par une circonstance quelconque, je ne livrais pas lesdits bons à tirer, *Le Siècle* pourrait passer outre et publier après 24 heures de retard la suite telle qu'elle se trouverait soit en manuscrit, soit en épreuves, le tout sans préjudice de dommages-intérêts.

Paris, le trois janvier 1839

de Balzac.

Il est entendu que M. de Balzac donnant ses épreuves le matin, les reverra corrigées le soir douze ou quinze heures après.

L. Desnoyers, de Balzac.

39-5. À ÉMILE DE GIRARDIN

[Aux Jardies, 4 janvier 1839.]

M. de Balzac adresse à Monsieur de Girardin la fin du *Curé de village*, et lui fait demander *trois exemplaires des numéros du « Curé de village »* parus[1].

Ci-joint une lettre de M. Plon qui explique le retard de l'imprimerie[2].

[Au verso, post scriptum sous la suscription :]

Envoyer les trois numéros de *La Presse* de chaque article 28, rue du F[au]b[ourg]-Poissonnière[3].

[De la main de Girardin :]

M. Rouy
Envoyer 3 Ex[emplaires] du *Curé de village* à M. de Balzac 28 rue du f^b Poissonnière

G.

[Adresse :] Monsieur de Girardin.

39-6. HIPPOLYTE SOUVERAIN À BALZAC

[Paris, 4 janvier 1839.]

Monsieur,

Je remets aux *Gondoles*, bureau restant, les épreuves de la *Fille d'Ève*, collées sur papier. Comme vous m'avez dit qu'il n'y avait pas de corrections ni ajoutés à faire sur la 1re partie, je l'ai collée sur un papier blanc d'un seul côté. Cela ne fera rien, je pense.

Vous avez depuis plusieurs jours tout ce qui a été composé du *Cabinet des Antiques*. Veuillez me les [*sic*] renvoyer dès que ce sera prêt, car il est très important que nous ne soyons pas retardés.

On compose *Gambara*.

Dès que vous m'aurez renvoyé ces feuillets de la *Fille d'Ève*[1], je les mettrai sous presse, pour ne pas être retardé en rien.

Mes civilités empressées,

D. H. Souverain.

4 janvier.

On propose de me vendre *Jean-Louis* et *L'Héritière* avec votre nom, votre grand nom de Balzac[2] ! Qu'en pensez-vous ? On me dit que si je ne me décide pas, il y a acheteur.

[Adresse :] Monsieur de Balzac | aux Jardies, près Sèvres.
[Cachet postal :] Paris, 5 janv. 1839.

39-7. À HIPPOLYTE SOUVERAIN

[Aux Jardies, samedi 5 janvier 1839.]

Monsieur Souverain

un des moindres inconvénients de la bêtise des épreuves sur les 2 côtés est ce qui arrive, voici 15 jours de perdu[s] sans pouvoir nous entendre, avec les parties de texte dont je n'ai pas épreuve et qui sont sautées, le sont-elles réellement ou a-t-on oublié les paquets sous un rang ? nous n'en savons rien. J'ai la valeur d'une feuille de moins, et ne sais que devenir. Cela me perd mon temps, ou me le fait employer indûment.

Je vous écris à cette fin seulement qu'on attende mes épreuves, je vais arranger tout cela pour demain dimanche. Vous trouverez toute la copie aux *Gondoles* — j'ai dit à quelle feuille on pouvait commencer *Gambara* dans le tome II[1].

Seulement, en leur envoyant tout, depuis la 16 jusqu'à la fin, recommandez-leur la célérité — J'arrange la copie d'*Une fille d'Ève*.

Mes complim[ents,]

de Balzac.

4 [*sic*] janvier 1839[2].

[Adresse :] Monsieur Souverain | 5, rue des Beaux-Arts | Paris.
[Cachets postaux :] Sèvres, 5 janv. 1839 | Paris, 5 janv. 39.

39-8. GERVAIS CHARPENTIER À BALZAC

[Paris, 5 janvier 1839.]

Mon cher Monsieur de Balzac,

J'attends après la *Tabacologie*. L'impression de la *Physiologie du goût* est très avancée[1].

Voulez-vous avoir l'obligeance de m'envoyer votre travail au plus tôt ; vous me ferez grand plaisir.

Bien des compliments,

Charpentier.

Samedi 5.

[Adresse :] Monsieur | Monsieur de Balzac | Poste restante | à Sèvres, | près Paris. | PRESSÉE.
[Cachets postaux :] Paris, 5 janv. 1839 | Sèvres, 6 janv. 1839.

39-9. À L'IMPRIMERIE DU « SIÈCLE »

[Aux Jardies, 6 janvier 1839[1].]

Il est extrêmement important que j'aie une révision de ce chapitre, il faudra le donner à dix compositeurs, et me renvoyer une épreuve demain lundi avant midi, car il devra sans doute servir pour le journal de lundi.

39-10. À LOUIS DESNOYERS

[Aux Jardies, vers le 7 janvier 1839.]

Monsieur Desnoyers, coupez je vous prie le paragraphe VI en deux pour que je puisse bien revoir le reste dans ces deux jours, c'est indispensable.

Mille compliments

de Balzac.

[De la main de Desnoyers :]

Je vais faire la coupure indiquée par Balzac[1]. Je crois qu'il faut le donner plutôt qu'Arago[2].

[Adresse :] Monsieur Desnoyers.

39-11. LE MARQUIS DE CUSTINE À BALZAC

7 janvier 1839.

[...] Au lieu d'une déclamation, vous n'avez fait qu'un chef-d'œuvre trop court pour vos lecteurs, mais suffisant pour votre gloire. Voilà du génie de composition condensé dans un petit cadre ; enfin c'est la première fois de ma vie que j'ai pleuré en lisant un journal[1] ! mais pleuré du fond de l'âme. Écrivez-nous maintenant l'histoire de cette passion qui a mené là le malheureux condamné, et faites-nous-y croire ; c'est une rude tâche ; mais vous seul pouvez la remplir [...]

39-12. AU MARQUIS DE CUSTINE

Sèvres, 8 janvier 1839.

Merci mille fois des encouragements que votre lettre me verse, vous êtes de ces grands esprits qui valent un public, un de ces saumons du duc d'Albe[1] qui valent mille grenouilles, disait-il à Catherine de Médicis en parlant de Coligny. Cela compte beaucoup dans ma vie. Mais soyez bien tranquille, dans cette immense entreprise à laquelle je ne suis pas certain de ne pas faillir, je n'abandonnerai rien ni des doctrines catholiques les plus absolues, ni des lois aristocratiques les plus essentielles au maintien des sociétés. Ce que vous dites de la hiérarchie et de l'Église a été déjà défendu d'un côté dans *Le Médecin de campagne* que j'aurai le plaisir de vous envoyer dans quelques jours quand la prochaine édition où je fais disparaître quelques taches de style sera terminée[2], car je n'ai pas le bonheur, comme vous, comme Gautier, comme Hugo, comme Sand de formuler du premier coup ma pensée, j'ai le travail long, difficile, martelé. Ma tête est ingrate ou je suis trop occupé de mes cartons et je ne puis mettre encore la couleur, il me faut des nuits à passer sur mes tableaux.

J'espère que je vivrai assez pour achever cette longue peinture qui sera celle de toute la société comme elle est avec ses milliers de personnages, et peut-être aurai-je le bonheur de faire apercevoir au pays bien des réformes nécessaires. Dans quelques jours *Qui a terre a guerre*[3] aura révélé du courage en moi plus que du talent ; j'y dévoile les basses classes et leur lutte avec les propriétaires.

Je n'attends rien que de bon d'*Ethel*[4], et l'attends impatiemment, je suis le lecteur le plus attaché que vous ayez, vous êtes avec un petit nombre des écrivains d'aujourd'hui dans un rayon de ma bibliothèque, et je vous lis souvent pour trouver la doublure de votre toilette et m'en faire quelques pièces, j'adore en littérature ceux à qui je puis dérober ainsi quelque chose.

Je reviendrai quelquefois à ce que je vous ai dit, parce que c'est une belle et bonne chose que de devenir un centre lumineux et de servir à rallier de grandes lumières parfois sous un lustre[5].

Je vous envoie mille gracieusetés de sincère amitié. J'ai ici pour le moment Gautier[6] avec qui je causais du fragment d'*Ethel*[7] quand votre lettre est venue, et il partageait toutes mes idées sur la distinction et la portée de votre esprit, nous vous comptions parmi les douze maréchaux de la littérature dont parle Hugo[8]. Je vous le répète parce que c'était dit au coin du feu dans les épanchements de la causerie intime

de Balzac.

39-13. HIPPOLYTE SOUVERAIN À BALZAC

[Paris, 8 janvier 1839.]

Mon cher Monsieur de Balzac,

Depuis vos deux dernières lettres, voilà au moins dix fois que j'envoie inutilement chercher de la copie aux *Gondoles*. Le paquet que vous m'annoncez n'est pas venu. Vous sentez comme tous ces retards nous reculent. Aussi, viens-je vous supplier de remettre la fin du *Cabinet des Antiques* que vous m'annoncez aux *Gondoles*, mais à mon adresse. On me l'apportera, ce sera plus tôt fait.

Si vous pouvez y joindre les feuillets de la *Fille d'Ève* que je vous ai adressés collés sur papier, cela me fera plaisir, parce que je mettrais toujours cette composition en train.

Mais surtout *Le Cabinet*, c'est cela que j'attends avec impatience.

Mille civilités,

D. H. Souverain.

8 janvier 1838[1].

[Adresse:] Monsieur de Balzac | aux Jardies, par Sèvres Ville-d'Avray | à Sèvres.
[Cachet postal:] Paris, 8 janv. 1839.

39-14. HIPPOLYTE SOUVERAIN À BALZAC

[Paris, 11 janvier 1839.]

Monsieur de Balzac,

J'attends toujours *Le Cabinet des Antiques*. L'imprimeur me redemande les bons à tirer à cor et à cris.

Veuillez me renvoyer tout cela, n'importe par quelle voie. Je devais le recevoir hier et n'ai rien eu. Remarquez quels retards j'éprouve dans tout cela. Nous voilà déjà au 11 janvier.

J'attends aussi *Le Grand Homme* lundi 15[1].

Mes civilités,

D. H. S.

11 janvier.

[Adresse:] Monsieur de Balzac | (aux Jardies) | À Sèvres.
[Cachets postaux:] Paris, 12 janv. 1839 | Sèvres, 12 janv. 1839.

39-15. HIPPOLYTE SOUVERAIN À BALZAC

[Paris, lundi 14 janvier 1839.]

Monsieur,

Il me sera impossible d'aller vous voir mercredi[1], comme nous en étions convenus, je ne le pourrai que jeudi. — Dans le cas où vous ne devriez pas être jeudi chez vous, veuillez me le faire savoir afin que je ne fasse pas une course inutile.

Ce jour vous permettra de faire davantage du *Grand Homme*, et de revoir complètement *La Fille d'Ève*.

Ainsi j'aurai 3 choses à emporter:

1° *Le Grand Homme.*
2° La fin du *Cabinet.*
3° *La Fille d'Ève* revue entièrement.

Ayez la bonté de tenir cela prêt et d'agréer mes civilités,

D. H. Souverain.

Le 14 janvier 1839.

P. S. — *La Fille d'Ève* fait 13 feuilletons ensemble de 3 216 lignes à 60 lettres à la ligne, ce qui donne justification du *Cabinet* 268, c'est-à-dire 16 f[eui]lles ¾ (ou 12 pages) avec les blancs on arrivera à 17 f[eui]lles et demie, nous sommes loin du volume.

Il faudra ajouter bien des choses pour y arriver. À la manière dont les personnages sont posés dès le commencement, je croyais qu'il y avait presque deux volumes dans ce sujet. Je crois que comme vous le dites « vous avez coupé le cou à bien des choses » pour avoir terminé si vite[2].

[Adresse :] Monsieur de Balzac | à Sèvres | (aux Jardies).
[Cachets postaux :] Paris, 15 janv. 1839 | Sèvres, 15 janv. 1839.

39-15a. À HIPPOLYTE SOUVERAIN

[Jeudi 17 janvier 1839 ?]

M. de Balzac prie Monsieur Souverain de venir ce soir à onze heures, jeudi[1], pour terminer il n'y sera qu'à cette heure

[Adresse :] Monsieur Souverain | 5, rue Beaux-Arts.

39-16. À ARMAND DUTACQ

[Paris, mi-janvier[1] ? 1839.]

Je reconnais avoir reçu de M. Dutacq gérant du *Siècle* la somme de cinq cents francs pour solde du compte de *La Fille d'Ève*; en reconnaissant que je dois les corrections à ma charge et un manque de lignes qui seront reprises sur mon prochain article intitulé *Le Pelletier des deux reines.*

39-17. LE COMTE FERDINAND DE GRAMMONT
À BALZAC

[Paris, 17 janvier 1839.]

Mon cher maître, le diable s'en mêle ou je ne m'y connais pas il n'y a plus moyen de nous rencontrer. Je suis allé à la campagne, vous en veniez. J'en suis revenu, vous y retourniez. J'y suis retourné… les termes me manquent pour exprimer et nos mâles-encontres et mon déplaisir. Je ne veux pas cependant laisser écouler plus de temps sans me rappeler à votre souvenir de la façon la plus sûre, sinon la plus agréable pour moi. J'ai appris par voies indirectes, mais nombreuses que vous paraissiez vous bien porter. Pour vous tout est là. Quant à moi, rien du tout. La misère me soigne de plus en plus ; seulement j'y suis toujours et je m'occupe à croire que la Providence a d'énormes desseins sur moi : c'est mon unique ressource. Aussi je maigris prodigieusement. Et voilà. Tout à vous d'amitié et de dévouement,

F. de Gram[m]ont.

[Adresse :] Château des Jardies. Route de Villacoublay | Monsieur Honoré de Balzac | Sèvres.
[Cachet postal :] Sèvres, 17 janv. 183[9].

39-18. TRAITÉ AVEC VICTOR LECOU,
HENRY LOUIS DELLOYE ET GERVAIS CHARPENTIER

[Paris, 18 janvier 1839.]

Entre les soussignés,
M. Victor Lecou négociant, domicilié à Paris avenue des Champs-Élysées n° 67 ; M. Honoré de Balzac propriétaire, domicilié aux Jardies près Paris et M. Henri-Louis Delloye demeurant à Paris rue des Filles-St-Thomas n° 13, *d'une part*

Et Gervais Charpentier libraire-éditeur domicilié aussi à Paris rue des Beaux-Arts n° 6, *d'autre part*,

A été dit et arrêté ce qui suit :

Article premier

MM. Lecou, de Balzac et Delloye vendent à M. Charpentier le droit d'imprimer à trois mille exemplaires avec double main [de] passe, l'ouvrage du premier d'entre eux [sic] intitulé *La Peau de chagrin*[1]. Cette impression aura lieu dans le format in-dix-huit, papier grand jésus vélin adopté par M. Charpentier pour les autres ouvrages de M. de Balzac.

Pendant trois ans à partir du jour de la publication MM. Lecou, de Balzac et Delloye s'interdisent la faculté de réimprimer l'ouvrage dont [il] s'agit autrement que de la manière et dans les conditions de prix qu'il a été publié jusqu'à présent, afin de ne pas établir une concurrence directe à la publication de M. Charpentier. Ils pourront toutefois dans un délai de six mois l'imprimer en un seul volume in-octavo mais dans les *Œuvres complètes* de M. de Balzac, lesquelles ainsi qu'il en a été expressément convenu ailleurs ne pourront être vendues que par livraisons des quatre volumes à la fois, d'un seul coup, et jamais par volume séparé, sauf l'édition illustrée.

À ces clauses et conditions la présente vente est faite moyennant la somme de *quinze cents francs* que M. Charpentier remet à l'instant à ces messieurs en six billets souscrits par lui à l'ordre de M. Victor Lecou de deux cent cinquante francs chaque et à l'échéance des mois de l'année présente, à partir de celui de mars.

Article deuxième

Pendant les trois années de jouissance, M. Charpentier aura la faculté de réimprimer l'ouvrage dont [il] s'agit, en payant seulement à ces messieurs la somme de *trente-trois centimes* pour chaque exemplaire. Les payements auront lieu en ses billets à trois et six mois de terme.

Fait double à Paris le dix-huit janvier mil huit cent trente-neuf.

Approuvé l'écriture

Charpentier.

Approuvé l'écriture ci-dessus et d'autre part

V. Lecou.

39-19. HIPPOLYTE SOUVERAIN À BALZAC

[Paris, 20 janvier 1839.]

Monsieur de Balzac,

Je viens de faire le compte de *La Fille d'Ève* et voici le résultat que je trouve :
3 216 lignes
à 65 lettres donnent 209 040 lettres qui réduites en pages in-8° de 20 lignes de 35 lettres produisent à peu près au plus 300 pages.

Ci donc	300 pages
Pour les titres	4 pages
Préface d'une f[eui]lle	16 pages

il y a 9 chapitres qui donneront je suppose 4 pages blanches chacun	36 pages
la table	2 pages
Cela fait donc en tout bien compté	358 pages

c'est-à-dire 22 feuilles. Il est donc impossible que cela fasse en aucune façon 4 f[eui]lles sur le 2ᵉ volume, ce qu'il faut absolument [pour] que notre publication soit possible.

Il est donc nécessaire que vous ajoutiez comme vous l'avez dit 4 f[eui]lles au moins[1]. Comme le manuscrit est parfaitement collé sur papier et que vous pouvez faire dessus tous les ajoutés qu'il faut, je pense qu'il n'est pas nécessaire de faire composer d'avance pour que vous charpentiez vos ajoutés sur une composition nouvelle qui me coûtera bien de l'argent et ne vaudra pas celle-ci qui est dans le petit caractère que vous aimez pour tout embrasser d'un coup d'œil. Je garde donc ce cahier et vous le retournerai avec les épreuves du *Cabinet des Antiques* que j'aurai demain matin.

Charpentier doit aller vous voir demain matin, peut-être lui donnerai-je tout cela si j'arrive à temps, vous auriez la complaisance alors de me retourner le tout par les *Gondoles* si vous ne venez pas à Paris.

J'attends le manuscrit du *Grand Homme* que je devais avoir le 15 et que j'aurais eu sans vos travaux pour Curmer : travaux, vous me permettrez de vous le dire, qu'aux termes de nos traités vous n'avez pas le droit de faire avant de m'avoir livré ce qui m'était dû.

Demain vous aurez donc par les *Gondoles* (si le voisin ne vous les porte) où vous les ferez demander les épreuves du *Cabinet* et le cahier de *La Fille d'Ève*.

Mes civilités empressées,

D. H. Souverain.

20 janvier 1839.

P. S. — Si je suis le conseil de M. Lecou je serai peut-être obligé de vous envoyer *une mise en demeure* pour constater la non-livraison du *Grand Homme*. Ce sont des formules auxquelles oblige la régularité des affaires.

J'ai reçu ce matin la visite de M. d'Égreville[2] qui veut, m'a-t-il dit, en finir. Il demande 1 500 fr. pour vous abandonner tous ses droits ou il vous offre 1 000 fr. de tous les vôtres. Je lui ai fait remarquer le ridicule de la différence des chiffres, je lui ai répété ce que vous m'avez dit, etc., etc. Enfin il doit vous écrire. Je ne sais guère comment vous empêcherez cela. Dites-moi ce qu'il faudra lui dire s'il revient. J'ai dit que les livres m'appartenaient, que je les avais achetés et que c'était par condescendance pour

vous que je m'abstenais de les publier et que de mon côté je mettrais obstacle à cette publication si quelques fous se risquaient.
Réponse à ce sujet.

[Adresse :] Monsieur de Balzac | aux Jardies | à Sèvres.

39-20. À CAROLINE MARBOUTY

[Aux Jardies, 21 janvier 1839.]

M[adame[1]]

Remerciez de ma part M. Fray[ssine]t[2], les femmes ont plus de grâce que nous et mettez-en beaucoup, vous êtes en fond[s]. *La Gazette* ne comprend rien. Il ne s'agit pas de parler aux gens de son parti, mais de faire des prosélytes, et définitivement, je rends plus de services à ma cause en mettant les œuvres bonnes pour *La Gazette* dans des journaux libéraux qui tirent à 19 000. Mon affaire est de devenir un général qui vaille une armée et quelque jour tout changera. Croire qu'un homme à qui on accorde le secret de bien des nuances ne saura pas faire pour *La Gazette* ce qui lui faut quand il se plie au jansénisme libéral du *Siècle* est un acte bouffon. Dans quelque temps ils s'apercevront de leur faute, elle sera dès lors irréparable. Je ne puis aller vous voir de quelque temps, je suis hébété de travail, je travaille près de 20 [heures] et j'ai en main une œuvre extraordinaire quoique simple. Dans quelques mois vous la lirez, elle est destinée à faire son chemin surtout auprès des dames — on fait trop les livres pour les hommes en y présentant de belles femmes, mon livre sera comme une statue aux belles formes présentée à vos adorations. Ce livre-là manquait. Il a d'ailleurs un titre qui vaut un livre : *Béatrix*[3]. C'est à faire rêver devant l'affiche. Je ne vous dirai pas tout ce que j'ai à vous dire, je vous ennuyerais

de Balzac.

[Adresse :] Madame Marbouty | 2, passage Sandrié[4] | Paris.
[Cachet postal :] 21 janvier 1839.

39-21. ÉDOUARD DRIGON DE MAGNY
À BALZAC

[Paris, 22 janvier 1839.]

Monsieur

Dans un lot très précieux des archives Joursanvault[1] que j'ai acheté ces jours derniers se trouvent trois pièces de la famille de Balsac qui peuvent vous intéresser, elles sont toutes trois sur parchemin et sont celles-ci :

1° Une quittance signée Marie Charlotte de Balsac[2] qui reconnaît avoir reçu ses gages comme Demoiselle d'honneur de la Reine, 1622.

2° Une ordonnance signée par Louis XIV qui accorde une pension de 3 000 F. à Alphonsine de Balsac Dame Martel, 1659.

3° Une quittance de cette pension signée par Alphonsine de Balsac, 1654.

Si en effet ces pièces concernent votre famille, veuillez me le faire savoir, je m'empresserai de vous les communiquer[3].

Recevez Monsieur, l'expression de mes sentiments les plus distingués

D. De Magny
Rue Gaillon N° 14.

Paris 22 janv[ier] 1839.

39-22. À MADAME DELANNOY

[Sèvres, 24 janvier 1839.]

Chère Madame Delannoy, votre lettre me trouve en prison pour fait de Garde nationale, mais je serais allé certainement, malgré les efforts de plume que je fais en ce moment. J'ai 16 volumes de romans à donner pour rembourser mes éditeurs précédents et trouver au bout de ce travail de géant, des capitaux en somme égale à celle qu'ils ont empochée (62 000 fr.) et ma liberté[1]. Je vois trop la fin de mes misères pour ne pas tout faire pour y arriver. Je travaille plus que je ne l'ai jamais fait, et je ne souhaite que de sortir en vie de tout cela.

Votre lettre est venue jeudi matin. Vous n'avez qu'à m'écrire directement à *Sèvres* sans autre indication.

Mille tendresses filiales et pardonnez le laconisme à un pauvre homme qui doit écrire, sous peine de faillir, vingt-cinq feuillets par jour et dont la main est bien lasse, excepté quand il s'agit de vous exprimer des sentiments d'éternelle affection.

Honoré.

[Adresse:] Madame Delannoy | 18, rue de Lavillelevêque[2] | Paris.
[Cachet postal:] Sèvres, 24 janvier 1839.

39-23. HIPPOLYTE SOUVERAIN À BALZAC

[Paris, 24 janvier 1839.]

Monsieur de Balzac,

Voici d'abord le paquet du voisin (par politesse je le mets le premier)[1].

Ensuite voici la fin du *Cabinet*. Cela fait 42 pages ajoutées aux 4 pages de titres et deux de blanc cela fera donc en tout 48 c'est-à-dire à peine 3 feuilles. Ajoutez donc encore au moins 2 feuilles afin que le sujet entre bien dans le 2ᵉ volume[2].

Nous avons dit que *Gambara* ferait 14 feuilles il faudra donc encore pour faire 23 feuilles une nouvelle de 6 f[eui]lles environ. Il est nécessaire pour la bonne exécution du volume que cette nouvelle la plus courte soit placée entre les deux. À la fin elle fera mauvais effet très certainement et puisque vous devez la donner j'aime mieux, comme je vous l'ai dit, qu'elle passe avant *Gambara*[3].

Vous avez aussi les préfaces à me donner, préface du *Cabinet*, préface de [la] *Fille d'Ève*[4]. Vous demandez 3 f[eui]lles pour cette dernière et cela pour ne pas refaire quelque chose à ce livre où vous m'avez dit plusieurs fois que vous aviez *coupé le cou* à une foule de choses que vous referiez pour la réimpression. Que vous fassiez une préface de 3 f[eui]lles de 6 même pour développer une pensée, mais que vous la fassiez, pour gagner 3 f[eui]lles je ne comprends pas cela! Enfin vous ferez à votre fantaisie, mais je ne pensais pas que ce serait ainsi, car *Massimilla* ne complétera jamais le tome 2ᵉ et nous n'avons pas autre chose à mettre.

Et *Le Grand Homme*? Je pensais bien que mon ami Lassailly me l'aurait apporté[5]. Vraiment, M. de Balzac, si je n'ai pas cette copie à la fin de la semaine, je serai obligé de me mettre en mesure auprès de M. Lecou qui me croit livré depuis le 15. Ce sera seulement une formule, mais je serai[6] forcé de vous mettre en demeure pour prendre date.

L'affaire de Curmer me cause un retard incroyable. Que vous a-t-il donc fait pour que lui qui vous était inconnu, qui est arrivé le dernier, soit servi le premier[7] ?

J'ai donné le B[on] à tirer du 1er vol.[8], il ne fait que 20 f[eui]lles 2 pages. C'est affreux de peu d'épaisseur, mais que faire, il y a déjà sur ces dernières pages 300 heures de corrections !... C'est à faire reculer.

Mes civilités empressées

D. H. Souverain.

Le 24 janvier 1839.

39-24. À LOUIS DESNOYERS

[Sèvres, 25 janvier 1839.]

Mon cher Desnoyers, on m'a jeté sans aucun égard à ma qualité de membre de la Société des gens de lettres, dans une ignoble prison à Sèvres pour ne pas avoir été, dans les vignes voir si des échappés de Paris ne mangeaient pas les raisins. Grave crime envers la *Garde nationale rurale*[1], instituée pour préserver la vendange et j'en ai pour soixante-douze heures[2], il m'est impossible de me rendre à l'assemblée[3] et je vous explique le cas afin qu'on n'y voie pas autre chose que la difficulté de sortir. C'est absolument aussi rigoureux, et plus, que si j'avais volé quelques millions à des actionnaires.

Mille compliments

de Balzac.

Sèvres, vendredi soir.

39-25. À HIPPOLYTE SOUVERAIN

[Sèvres, 25 janvier 1839[1].]

Monsieur Souverain, si vous avez donné le bon à tirer du 1er volume vous avez fait une chose qu'aucun éditeur n'a faite, et je vous prie s'il en est encore temps de me renvoyer les épreuves autrement je ne prendrai pas cette portion sur ma responsabilité, je ne le veux d'aucune manière et le procédé m'étonne au dernier point.

La mise en demeure devant la loyauté d'un homme qui a été vingt jours malade et n'a cessé de travailler pour vous est une de ces choses qui apprennent à vivre car vous m'avertissez qu'en ces sortes d'affaires il faut procéder régulièrement, et faire constater ses maladies. Vous aurez fait une mise en demeure à peu près inutile et vous aurez des corrections pour plus que ne vaudra l'argent que vous ramasserez ainsi — Quant aux corrections du *Cabinet des Antiques* qui restent, il m'est impossible de les faire du moment où vous [vous] chargez de mes bons à tirer

agréez mes compliments

de Balzac.

[Adresse :] Monsieur Souverain |

39-26. HIPPOLYTE SOUVERAIN À BALZAC

[Paris, 25 janvier 1839.]

Monsieur de Balzac,

Je ne veux répondre qu'à la partie de votre lettre regardant vos épreuves. Vous m'aviez dit que cette fin pourrait être tirée si je répondais des corrections et voulais revoir cela avec soin.

Quand j'ai déjà 250 heures de corrections sur un vol. vous sentez que je désire ne pas passer outre. Maintenant je reçois avec v[otre] lettre ces feuilles 19, 20 avec une question qui m'apprend qu'elles ne sont pas tirées. Je vous les envoie. Les autres 16, 17, 18 le sont. J'ai vérifié moi-même et j'en garantis l'exécution.

Vous me dites que vous ne voulez pas finir *Le Cabinet des Antiques* et cependant le 31 je vous payerai 1 000 fr. que je ne devais que sur le dernier *bon à tirer* et j'ai fait ce billet d'avance pour vous obliger. Si j'avais su que vous travaill[i]ez pour d'autres en dehors de nos traités je ne l'aurais pas fait. Vous me dites que cela vous apprend à vivre, je puis très bien vous répondre par la même phrase.

L'imprimeur pour pouvoir établir le compte de son ouvrier me redemande depuis huit jours les épreuves des feuilles travaillées précédemment par vous. Veuillez avoir la bonté de les remettre avec les épreuves que je vous envoie, demain au commissionnaire de M. Curmer et surtout la fin du *Cabinet* et les préfaces.

Je voulais aller vous voir, mais décidément je ne le puis pas aujourd'hui.

Mes civilités

D. H. Souverain.

25, 5 heures du soir.

Renvoyez-moi donc :
1° Ces 3 épreuves avec de nouvelle copie pour faire autre chose que 20 f[eui]lles et 4 pages.
2° La fin du *Cabinet* avec ordre de tirer.
3° Les vieilles épreuves pour l'imprimeur.
4° La préface du *Cabinet*.

[Adresse :] Monsieur de Balzac | à Sèvres.

39-27. TRAITÉ AVEC ARMAND DUTACQ

[Paris, 29 janvier 1839.]

Entre les soussignés,

M. de Balzac propriétaire demeurant à Sèvres d'une part.

Et M. Dutacq gérant du *Siècle* demeurant à Paris rue du Croissant n° 16 d'autre part.

A été convenu ce qui suit en présence et du consentement de M. Louis Desnoyers, rédacteur en chef du feuilleton du *Siècle* :

M. de Balzac vend à M. Dutacq, avec promesse de l'en faire jouir paisiblement, librement et sans conteste, le droit de publier dans le feuilleton du *Siècle* deux ouvrages inédits de sa composition intitulés l'un, *Béatrix ou les Amours forcés* et l'autre les *Mémoires d'une jeune mariée*[1] devant former chacun de cent trente-cinq à cent quatre-vingts colonnes de quarante lignes, et que M. Desnoyers pourra diviser en autant de feuilletons qu'il le jugera convenable, à moins que M. de Balzac ne les ait lui-même divisés en chapitres de 5 à 6 colonnes.

M. de Balzac s'engage à remettre à M. Desnoyers la fin de la copie de *Béatrix* le vingt-cinq février au plus tard, et le dernier bon à tirer le quinze mars. Les époques de livraison correspondantes seront pour les *Mémoires d'une jeune mariée* le vingt-cinq mai et le quinze juin.

M. Dutacq de son côté, s'engage à faire composer le texte de manière à ce que M. de Balzac en reçoive les épreuves dans la totalité.

Les frais de composition ordinaire, y compris les intercalations de manuscrit dans les épreuves sont à la charge de M. Dutacq.

Les frais de composition extraordinaire et de corrections d'épreuves sont à la charge de M. de Balzac.

Le prix à payer à M. de Balzac pour cette publication dans le feuilleton du *Siècle* est de deux cents francs par neuf colonnes de quarante lignes. La moitié de ce prix lui sera payée sur la remise à M. Desnoyers du dernier feuilleton de son manuscrit, et la seconde moitié sur la remise du dernier bon à tirer, déduction faite des frais à sa charge.

M. Dutacq a le droit de tirer les numéros du *Siècle* où paraîtront lesdits ouvrages à tel nombre qu'il lui conviendra pour les collections du journal et pour le service d'abonnés antérieur ou postérieur à cette publication.

M. de Balzac s'engage à exécuter sur les épreuves les retranchements, et modifications qui seraient réclamés par M. Desnoyers dans le point de vue des opinions ou des convenances particulières du journal[2].

M. de Balzac entrera dans la libre disposition de l'ouvrage quinze jours après que *Le Siècle* en aura publié la fin. Pendant la publication et les trois mois d'ensuite *Le Siècle* s'engage à poursuivre, à profit commun tous contrefacteurs, et s'interdit d'en communiquer le texte à qui que ce soit.

Toutes les clauses qui précèdent sont convenues à peine de dommages et intérêts.

Toutes contestations entre les parties seront jugées par des arbitres amiables compositeurs nommés dans les formes ordinaires.

Fait double à Paris le vingt-neuf janvier mil huit cent trente-neuf.

Approuvé l'écriture
A. Dutacq.

Approuvé l'écriture
de Balzac.

39-28. À GERVAIS CHARPENTIER

29 janvier 1839.

Mon cher Monsieur Charpentier,

Aux termes de notre marché[1] qui me laisse la faculté de changer les titres et les œuvres à publier dans les journaux, j'ai changé *Qui a terre a guerre* en une œuvre intitulée *Béatrix ou les Amours forcés* et *Le Curé de village* pour les *Mémoires d'une jeune mariée*. Ces deux ouvrages seront plus faciles à faire, et sont donnés au *Siècle* pour être publiés de manière à ce que le premier soit fini le 15 avril et le second du 15 juin au 15 juillet.

Agréez mille compliments

de Balzac.

39-29. À EUGÉNIE SANITAS

[Sèvres, 31 janvier 1839.]

Ma chère Eugénie[1],

Quoique je n'aie que bien peu de temps à moi, tout ce que vous pouvez me demander est toujours faisable, et je vous envoie mille tendres et bons souvenirs et des vœux pour votre bonheur.

Tout à vous

H. de Balzac.

Sèvres, 31 janvier.

[Adresse :] Madame Sanitas | 118, rue du Faubourg-Saint-Denis.

39-30. LA COMTESSE O'DONNELL À BALZAC

[Paris, janvier ou début février ? 1839.]

Voici le sonnet. Je triomphe[1]. Delphine en belle coquette a commencé hier par me dire non, mais je m'y connais et j'ai insisté, et elle a été toute aimable comme vous voyez puisque je peux vous envoyer son œuvre ce matin. Je pense que cela vous plaira sans doute de l'avoir tout de suite, c'est ce qui m'engage à ne pas attendre votre visite promise pour demain matin. Je compte que vous me récompenserez de mon dévouement, et que vous viendrez me voir uniquement pour le plaisir que j'éprouve à causer avec vous que je trouve le plus spirituel et le plus aimable du monde.

À bientôt j'espère.

É. Ctesse O'Donnell.

Puisque j'envoie chez M. Gauttier [*sic*] dites-lui, je vous prie, que j'ai gardé un très gracieux souvenir de sa bonne grâce à supporter nos injures de l'autre fois.

39-31. À DELPHINE DE GIRARDIN

[Janvier ou début février ? 1839.]

Voilà, Madame, je ne sais combien de lettres de remerciement que je déchire depuis qlq jours parce qu'elles sont ou trop spirituelles ou trop bêtes, et enfin je me suis dit qu'il n'y avait cependant rien de plus simple que de vous dire tout le plaisir que madame O'Donnel[l] et vous, vous m'avez fait en m'envoyant la fleur de poésie que vous savez ; mais votre coquetterie m'en a fait encore avantage — malheureusement, je ne prendrai jamais ma revanche, car ni en prose ni en vers vous ne serez jamais dans aucun embarras ; et je ne vous en souhaite aucun qui puisse rendre nécessaire une intervention aussi fidèle que le serait la mienne, car alors vous souffririez, et je vous veux toujours heureuse

de Balzac.

39-32. CHARLES LASSAILLY À BALZAC

[Fin janvier 1839.]

Mon cher Monsieur de Balzac,

Je suis obligé de renoncer au travail que vous aviez bien voulu me confier avec une extrême obligeance. J'ai passé la nuit sans rien trouver qui fût digne d'être écrit pour remplir les conditions dramatiques de votre plan[1]. Je n'osais vous le dire moi-même, mais il est inutile que je mange plus longtemps votre pain. Je suis au désespoir d'ailleurs que la stérilité de mon intelligence ait si mal servi, en cette occasion, la bonne volonté que j'avais de me tirer d'embarras par un coup inespéré du sort. Ainsi croyez à mes regrets, ils ne sont que trop sincères : mais croyez aussi à ma reconnaissance, car si je suis incapable d'esprit, je vous serai du moins un homme de cœur dévoué pour toute la vie.

Lassailly.

[Adresse :] Monsieur de Balzac.

39-33. À HIPPOLYTE SOUVERAIN

[Aux Jardies, fin janvier 1839.]

Mon cher Monsieur Souverain,

expliquez à l'imprimeur que la préface (s[ain]t-Augustin, 16 lignes) fera en y comprenant les titres au moins une feuille ½ qui devront être signées *a* et *b*.

Puis avec le faux titre *Le Cabinet des Antiques* celui de DÉDICACE et la dédicace nous faisons une feuille ½ signée 1, cette tricherie vous donnera l'apparence de vingt-trois feuilles dans le 1er volume[1].

39-34. À GERVAIS CHARPENTIER

[Aux Jardies, 1er février 1839.]

Mon cher Charpentier, n'oubliez pas la dédicace qui est en tête du *Médecin de campagne*, et dans toutes vos réimpressions ne manquez pas à me demander la dédicace quand vous n'en trouverez pas sur la copie. Vous trouverez la dédicace dans la dernière édition in-8°[1].

J'en avais une pour *Le Père Goriot*[2] et suis bien fâché qu'elle n'y soit pas.

[Adresse :] Monsieur Charpentier, | 6, rue des Beaux-Arts. | Paris. [Cachet postal :] Sèvres, 1er février 1839.

39-35. À ARMAND PÉRÉMÉ

[Aux Jardies, vendredi 1er février 1839[1].]

Mon cher maître,

Il m'est impossible d'être à deux heures où vous me dites, car je viens pour l'assemblée des auteurs[2], qui commence à 11 h. pour midi, et qui certes ne sera pas finie à

2 h. — tout ce que je puis vous promettre, c'est d'être chez vous à 5 heures. Vous me mènerez où vous voudrez, si vos affaires sont finies

tout à vous

de Bc.

Décidément, on m'a parlé d'une petite Nat[h]alie[3] qu'ils ont et qui ferait mon ingénue. Je suis bien content qu'ils aient Mme Théodore[4], ils devraient maintenant prendre H. Monnier; ils ne savent pas quel trésor il est! Il n'a manqué à Monnier que des auteurs, il aurait un rôle dans ma pièce, et vous savez que j'ai deux grands rôles pour lui — S'ils l'avaient, il y a un rôle d'épicier que je referais dans ma pièce pour lui[5]

Ainsi, Nat[h]alie, Mme Théodore et Mme Albert[6] seraient les 3 femmes importantes; Frédérick[7], Monnier, St-Firmin[8] seraient les 6 grands rôles de ma pièce.

— Guyon[9] doublerait Frédérick en cas d'insubordination. — Je réponds ainsi d'une chose extraordinaire, si ces gens-là veulent m'écouter; et, si l'on veut y mettre du dévouement la première représentation peut se donner le 20 mars.

Atala Beauchêne[10] y aura un rôle. Aussi.

[Adresse:] Monsieur A. Pérémet | 10, rue de fb-Montmartre | Paris.

39-36. LE DOCTEUR NACQUART À BALZAC

[Paris, 1er février 1839.]

Mon illustre et cher ami, je ne réponds pas encore à votre scientifique demande, mais vous êtes au bout de ma plume; et l'enfantement, j'espère, se fera bientôt.

Ce mot, bien que à votre adresse, n'est réellement pas pour vous, mais pour Louis Brouette, et en voici l'occasion. Louise[1] est venue il y a plusieurs mois me demander de leur prêter de l'argent sur un billet Amadeux, j'ai remis 200 fr. à votre considération. Ce billet était payable aujourd'hui même. Il faut donc que je l'envoie au protêt demain avant midi, afin que Brouette ne perde pas son recours contre Amadeux. J'ai tellement compté sur leur promesse que je ne me suis pas mis en mesure de la leur rappeler avant l'échéance. Dites-leur bien que cette mesure ne m'est dictée que pour conserver leurs droits. Faites en sorte aussi qu'ils me remettent cet argent, dont j'ai besoin. Je compte sur lui un de ces premiers jours[2].

Adieu, mon noble et digne ami. Je meurs d'envie de visiter, au printemps, votre poétique manoir. Recevez-y, par avance, mes vœux et mes attachements.

Nacquart.

[Adresse :] Monsieur | Monsieur de Balzac | à Sèvres | près Paris | aux Jardies.
[Cachets postaux :] Paris, 1ᵉʳ février 1839 | Sèvres, 1ᵉʳ février 1839.

39-37. AU MARQUIS DE CUSTINE

[Aux Jardies, 2 février 1839.]

Mais cher, je suis plus impatient encore de lire *Ethel* que vous de me l'envoyer[1]. Mettez-le tout bonnement aux *Gondoles, Bureau restant*, à Sèvres. On m'envoye [*sic*] ainsi mes épreuves. Les *Gondoles* sont rue Rivoli, c'est les voitures de Versailles.

Je m'attends à passer quelques bonnes heures et vous envoie mille gracieusetés. Pardonnez ce laconisme à un homme qui a cinq actes sur les bras et deux ou trois ouvrages sous presse. Je vous enverrai ma *Béatrix* quand elle sera finie, et en attendant mille choses affectueuses

de Balzac.

Aux Jardies, à Sèvres.
2 février.

[Adresse :] Monsieur le Marquis de Custine | 6, rue de Larochefoucault [*sic*] | Paris.
[Cachet postal :] Sèvres, 3 février 1839.

39-38. À FERDINAND MÉNAGER

[Aux Jardies, 4 ? février 1839.]

J'ai l'honneur de saluer Monsieur Ferdinand Ménager[1] et de le prier de remettre cent écus au porteur de ce petit mot ce qui réduira ma remise à dix-sept cents francs

de Balzac.

[D'une autre main :]

Reçu de M. Ménager les trois cents francs dont il est parlé ci-dessus : le 4 février 1839 à Sèvres.

Brouette[2].

39-39. HIPPOLYTE SOUVERAIN À BALZAC

[Paris, 4 février 1839.]

Monsieur de Balzac,

Je viens vous prier de faire retirer aux *Gondoles* mercredi dans la soirée les épreuves du *Cabinet* que vous recevrez très probablement. Veuillez me les retourner le lendemain, je vous en prie, par la même voie.

Songez à finir *Massimilla Doni* chez Mr Béthune en in-12[1] parce que c'est là que je le prendrai pour mon in-8°. Ne négligez pas cela, je vous en supplie, ni la préface d'*Une fille d'Ève*, dont je vais avoir prochainement besoin[2].

Quant à ce que nous avons dit, il demeure convenu que vous me donnerez d'ici à 6 mois, en remplacem[en]t de la nouvelle qu'il me fallait pour compléter le vol[ume] de *Gambara*, une autre nouvelle de la valeur de dix feuilles de *La Femme supérieure*. Vous conservez le droit de la mettre dans un journal et dans vos œuvres complètes (publiées par [*sic*] 4 gros volumes) quatre mois après ma publication. En dehors de cette condition, vous ne rentrerez dans votre propriété que *un* an après ma publication.

Répondez-moi à ce sujet un mot que je conserverai et qui sera mon titre dans cette transaction.

Agréez mes civilités,

D. H. Souverain.

Le 4 février 1839.

[Adresse :] Monsieur de Balzac | à Sèvres, aux Jardies | près Paris.
[Cachets postaux :] Paris, 4 févr. 1839 | Sèvres, 5 févr. 1839.

39-40. À HIPPOLYTE SOUVERAIN

[Aux Jardies, 5 février 1839.]

Monsieur Souverain

Votre lettre du 4 février relate trop incomplètement ce que nous avons dit pour que j'accepte les conditions que vous y posez — La nouvelle peut être de six feuilles inédites, ou de dix feuilles, si je la donne d'abord à un journal ; puis la faculté de la faire paraître dans tout ou partie de mon œuvre pourvu que ce soit dans quatre volumes est limitée, le terme de jouissance exclusive pour un an doit s'entendre d'une publication collective que vous feriez dans le format in-8°.

En rectifiant les choses ainsi, tout peut aller. Mais encore serait-ce soumis à la reddition de la copie du *Voyage à Java* et d'*Un roman de l'Empire*[1] que je vous ai remis pour compléter le volume de *Gambara*. Les dix feuilles que je vous donnerais, devant être reproduites dans *Le Curé de village*, et publiées dans *La Revue monarchique* de Berryer, il n'y aurait aucun inconvénient si, lors de mon intention de publier les *Scènes de la vie de campagne*, nous pouvions nous entendre[2]

agréez mes civilités,

de Balzac.

5 février 1839.

[Adresse :] Monsieur Souverain.

39-41. À HIPPOLYTE SOUVERAIN

[Aux Jardies, 7 février 1839.]

Monsieur Souverain,

Corrigez et faites corriger 2 choses dans *Une fille d'Ève*. Florine doit avoir *trente et un ans*[1].

Puis Lousteau doit s'appeler Étienne au lieu d'Émile si je lui ai donné ce prénom[2].

Mes complim[ents]

de Bc.

J'ai le plus urgent besoin des bonnes feuilles de *Une fille d'Ève*, et quand vous en serez à *Massimilla Doni*, envoyez-m'en les épreuves, car j'ai à remplacer des phrases trop lestes[3].

[Adresse :] Monsieur Souverain | 5, rue des Beaux-Arts | Paris.
[Cachet postal :] Sèvres, 7 février 1839.

39-42. LE DOCTEUR NACQUART À BALZAC

Paris, 8 février 1839.

Mon noble et bon ami, j'ai quelque honte d'employer vos rares loisirs à entendre parler du billet Brouette et Amadeux, mais il y a dans la vie la plus immatérielle des choses terrestres : *a fortiori* donc en cette affaire[1].

On a signifié un protêt à Amadeux à Bondy, dont la femme a répondu qu'elle n'avait pas les fonds. Maintenant, il faudrait signifier ce protêt à Brouette, ce qui doit se faire avant le 15 de ce mois, et coûtera 8 fr. environ, qui, additionnés aux 14,50 [francs] du protêt grossiront la dette sans grand profit peut-être. J'ai suspendu cette seconde démarche pour en conférer avec vous.

Dites à Brouette que c'est à lui que j'ai prêté les 200 fr. et non à Amadeux ; ajoutez qu'il aurait dû se mettre en mesure de m'éviter ces démarches plus que désobligeantes. Sachez enfin s'il compte m'envoyer cet argent avant le 12 de ce mois, parce que, sans cela, le billet devra partir le 13 pour Sèvres ès mains d'un autre Mr Loyal. Pour surcroît de contrariétés, j'avais acquitté le billet en l'envoyant à l'huissier, ce qui fait que ces gracieux actes se font en mon nom[2] : fi !

Adieu, profond solitaire des Jardies, je vous réitère mille vieilles et sincères affections.

Nacquart.

Paris, 1839, fév. 8.

[Adresse :] Monsieur | Monsieur de Balzac | à Sèvres, près Paris | aux Jardies.
[Cachets postaux :] Paris, 9 février 1839 | Sèvres, 10 février 1839.

39-43. À VICTOR LECOU

[Aux Jardies, 9 février 1839.]

Mon cher Monsieur Lecou, n'ayez pas de relâche que vous n'ayez fait régler les in-12 à Souverain, tant que j'ai quelque chose à livrer, vous avez barre sur lui ; mais voici lundi toute la copie du *Grand Homme de province* finie, et vous serez moins fort s'il y avait des difficultés. Il pourra paraître du 1er au 10 mars, et tout *Béatrix* aura paru le 10 avril dans *Le Siècle*. Ainsi les 2 1rs ouvrages inédits de Charpentier et de Souverain auront *paru* dans les délais[1].

Écrivez, *sur mon invitation un mot* à Curmer et *un mot* à Desnoyers, confirmant en votre nom et en celui de M. Delloye la vente à Curmer de deux feuilles in-8o[2], et à l'autre des 2 ouvrages *Béatrix* et les *Mémoires d'une jeune mariée* qui reviennent à Charpentier[3]. Puis de la nouvelle *Le Pelletier des deux reines* qui revient gratis à Souverain[4].

Ma pièce[5] sera finie dans une dixaine de jours, et alors nous finirons tout avec M. Delloye et vous[6]. En ce moment j'ai pour 15 jours de travaux incessants, pour les 20 feuilletons de *Béatrix* et les 46 feuilles du *Grand Homme*, il m'est impossible de quitter Sèvres ni mon bureau.

Mille compliments

de Bc.

[Adresse :] Monsieur Lecou | à la Brasserie anglaise | aux Champs-Élysées | Paris.
[Cachet postal :] 9 fév. 1839.

39-44. AU MARQUIS DE CUSTINE

Sèvres, 10 février 1839.

Cher Marquis,

Je suis tout à fait inhabile à juger les êtres ou les choses qui me font plaisir, et j'ai beau vous écrire d'*Ethel* deux jours après l'avoir lu, je suis trop sensible aux beautés pour m'attacher aux défauts, et cependant il y a peut-être des défauts ; mais c'est je crois des vices de composition, de métier ; j'aime mieux donc vous savoir écrivain qu'auteur. J'ai été surtout frappé de cette belle lutte entre deux caractères, dont l'un épure l'autre ; c'est d'autant plus beau pour moi que *Béatrix* à laquelle je travaille est le sujet renversé, c'est la femme coupable (je prends le mot dans le sens vulgaire) épurée par l'amour d'un jeune homme, épurée par la douleur comme Ethel fait de Gaston[1]. Votre livre doit plaire énormément aux femmes, il est d'un homme qui sent vivement, qui jouit à toute heure de toute sa vie, qui comprend les luttes intestines de la passion. La victoire de l'amour sur les sens était une donnée magnifique, et vous l'avez bien posée ; pour mon goût j'aurais mieux aimé pour cette œuvre, le vieux système du roman par lettres ; mais dans cette époque vous avez dû préférer le récit. Les journalistes ne vous rendront pas justice. Ils abaisseront tant qu'ils pourront les courtines de velours rouge sous lesquelles vous avez mis comme Titien, votre Vénus, et ils feront leur métier ces eunuques du feuilleton. Je n'aurais pas le courage de critiquer un livre où de deux pages en deux pages, je trouve des choses comme l'espérance est l'imagination des malheureux. C'est, pour moi, ma vie écrite en cinq mots c'est plus que ma vie, c'en est la métaphysique, c'est ce qui m'a fait vivre et me soutient encore aujourd'hui.

Vous appartenez beaucoup plus à la littérature *idée* qu'à la littérature *imagée* vous tenez en ceci au dix-huitième siècle par l'observation à la Champfort et à l'esprit de Rivarol, par la petite phrase coupée. Pour moi, je regrette que vous n'ayez pas commencé par la peinture de votre monde parisien, que vous ne l'ayez pas coupée par l'arrivée d'Ethel en disant ce qui s'est passé en Angleterre et que de là vous n'ayez pas couru au dénouement. Vous n'avez plus à refaire *Ethel*, ceci s'adresse au manuscrit et non à l'imprimé, au premier roman que vous ferez et non à celui-ci. D'ailleurs, elle est ce qu'elle est, vous assujettiriez peut-être le public à votre manière ; mais ce procédé donne, comme disent les marchands, une chose moins *avantageuse* ; qui flatte moins l'œil.

Pour moi le livre dans l'anagramme d'*Ethel*, c'est *le thé* d'un homme de cœur et d'esprit : vous savourez au coin d'un bon feu une délicieuse liqueur, et l'on médit de l'Angleterre, ce que j'adore, l'on assassine d'esprit les gens que l'on n'aime pas ; l'on vante merveilleusement les bons cœurs qu'on aime, et tout en admirant la madone d'un grand peintre accrochée là devant vous dans un superbe cadre, et à laquelle on revient toujours. Mme de Fraisnes[2] est une ravissante création, Gaston n'est pas assez libertin ; si Mme de Montlhéry[3] existe, je voudrais la cravacher, ne me rappelez pas au souvenir de Savardy[4] quand vous le verrez et sachez que vous êtes mon créancier de quelques heures de bonheur qui ont nuancé de fleurs le canevas de ma vie travailleuse, je crois que je mourrai insolvable avec vous,

t[out] à v[ous]

de Balzac.

39-45. LE MARQUIS DE CUSTINE À BALZAC

[Paris, après le 10 février 1839.]

Je vous accable de mes lettres, c'est que les vôtres me font trop de plaisir et trop de bien pour que je renonce à vous remercier de cette franchise bienveillante qui est pour moi le premier des encouragements. Je crois que l'artifice de composition que vous m'indiquez aurait augmenté l'effet du livre : mais je n'y ai pas pensé. Quant au caractère de Gaston, il m'a tourmenté comme vous tout le temps du livre. Mais c'est plus aisé à dire qu'à faire. S'il est plus libertin, il est moins amoureux ; et s'il est moins amoureux comment l'amour l'épurera-t-il ? J'en ai fait un libertin dans le passé, derrière la toile ; mais sur la scène je n'ai montré que son amour parce que je voulais dès le commencement faire comprendre qu'il pourrait être subjugué dans la lutte. Il faudrait votre habileté pour se tirer d'une telle donnée expliquant le caractère dans son ensemble ; je n'en ai éclairé qu'un côté, c'est un défaut, mais je n'ai su l'éviter.

Ce que vous me dites de mes rapports d'esprit avec le dix-huithième [*sic*] siècle est frappant de vérité. J'ai peu lu les deux hommes que vous me citez, parce que je crains les lectures comme un piano doit craindre le doigt qui se pose trop fort sur une touche. Mais le peu que je connais de ces deux esprits fins et profonds, m'a paru sorti de moi. J'aimais surtout ce Rivarol qui a trouvé moyen de faire accepter un bel esprit pur, à un temps de pédanterie révolutionnaire.

Je n'ai plus besoin de rien, je ne m'inquiète plus d'*Ethel* après votre lettre : elle restera dans mes papiers et elle sera imprimée après ma mort : voilà pour ma gloire.

Quant à mon profit, venez donc me voir en passant par Paris ce qui vous arrive pourtant quelquefois ; il faut venir me demander à déjeuner ou à dîner[1], et si l'on vous dit que je suis sorti demandez Antonia pour vous assurer de la vérité.

Adieu, je vous aime de ce que votre grand esprit n'ôte rien à votre cœur.

A. de Custine.

J'ai écrit *Ethel* extrêmement vite, ce qui ne convient nullement à mon genre ; c'est la maladie du temps qui s'est emparé[e] de moi tout d'un coup.

Je suis bien aise que *l'espérance est l'imagination du malheur* vous ait plu ; j'aurais pu ajouter : que *la crainte est l'imagination du bonheur* : différence qui compense bien des choses ; mais les pensées me viennent toujours trop tard : et puis peut-être qu'une pensée incomplète a plus de grâce. Il y a bien du hasard dans ce que je fais : je rougis quand j'y pense.

Encore mille amitiés.

Chateaubriand me dit que je ne sors pas des tableaux de genre et qu'il faudrait faire des tableaux d'histoire : je vous les laisse à vous qui élevez un presbytère au niveau des stances du Vatican.

39-46. AU DOCTEUR NACQUART

[Aux Jardies, 13 février 1839.]

Mon cher Docteur, vous avez très fort raison[1], je vous rendrai les 200 fr. quand je viendrai le mois prochain régler avec vous les petits comptes que nous avons, et je les retiendrai à Louis. Ainsi rendez-leur l'effet, ils poursuivront en leur nom.

Mille affectueuses choses, je suis si occupé que quand je

viens à Paris, je n'y fais même pas les affaires que je veux y faire, je cours au plus pressé.

Tout à vous

de Bzc.

[En marge, de la main de Nacquart :]

Remis le billet

[Daté in fine par Nacquart :]

13 fév. 1839.

[Adresse :] Monsieur Nacquart.

39-47. LA MARQUISE DE CASTRIES
À BALZAC

[Paris, 13 février 1839.]

On dit au moins aux gens où ils peuvent écrire 2 mots merci et amitié ? n'importe je les jette dans le Paris, où vous n'êtes peut-être pas. J'en faisais autant en 31[1]. J'ai lu et suis très contente, venez donc me voir. Je suis tous les jeudis soirs avec Mde de Monthiers[2]. Adieu je vous aime en dépit de vous, de moi, mais je ne sais qu'y faire.

Mille amitiés

Maillé de Castries.

[Adresse :] Monsieur de Balzac | à Paris.
[D'une autre main :] V[oir] Richelieu 108[3].
[Cachet postal :] 13 février 1839.

39-48. À LA MARQUISE DE CASTRIES

[Aux Jardies, après le 13 février 1839.]

Votre lettre m'a bien surpris, car, la dernière fois que j'ai eu le bonheur de vous voir, je vous ai dit que je demeurais à Sèvres et que je m'y étais bâti une maison[1].

Quant à la demande que vous me faites, il me semble

que vous êtes si riche en ce genre que vous n'avez qu'à prendre au hasard dans tout ce que je vous ai écrit, et aujourd'hui je suis devenu comme l'abbé de Grécourt[2] à qui une femme demandait de dire la messe, pour prier Dieu de lui envoyer un enfant, il a répondu qu'il n'avait pas l'habitude de demander à Dieu ce qu'il pouvait faire lui-même. Moi je vous dirai que je ne voudrais pas vous écrire ce que j'ai tant ambitionné de vous prouver.

Addio, la[a] vie devient en ce moment bien lourde et bien pesante, pour votre humble serviteur et il a gémi de voir, d'après ce que vous lui dites, que vous jouez avec ses plus blanches illusions que vous avez voulu faire envoler. C'est aujourd'hui surtout qu'il lui faut des amitiés bien sincères, bien réelles, mais, entre nous soit dit, où les trouver. Trouvez toujours ici les mille tendresses de

v[otre] d[évoué] s[erviteur]

H. de Bc.

39-49. À HIPPOLYTE SOUVERAIN

[Aux Jardies, avant le 17 février 1839[1].]

M. de Balzac fait observer à Monsieur Souverain qu'il n'a pas ses bonnes feuilles, et qu'il en a le plus grand besoin en cas d'erreur. Il n'a pas eu l'épreuve de la dédicace à M. de Belloy[2]. Il lui faut aussi la copie des deux articles et une lettre commerciale en réponse à la sienne.

39-50. HIPPOLYTE SOUVERAIN À BALZAC

[Paris, 17 février 1839.]

Monsieur de Balzac,

Si j'avais su que vous soyez resté 3 jours à Paris, je serais allé vous voir. Je pensais qu'aujourd'hui je vous aurais vu parce qu'on m'a dit que vous deviez venir à la Société des gens de Lettres. Mais vous n'êtes pas venu ici.

Voici la dédicace *Belloy*. Renvoyez-moi-la dans une lettre *bonne à tirer*. Je pense que la préface et la dédicace *Hammer*[1] sont aussi *bonnes à tirer*. Je pense que le *Cabinet* paraîtra vers la fin de la semaine[2].

Les épreuves 16, 17, 18, que vous réclamez vous ont été adressées sous bande à Sèvres. Du reste si vous ne les retrouvez pas d'ici à quelques jours, je vous enverrai ces feuilles avec les suivantes comme un journal sous bande.

M. Plon m'a promis toutes les épreuves du *Grand Homme* pour demain lundi à midi — dès que je les aurai je le remettrai tout de suite aux *Gondoles*.

Faites-les réclamer demain le tantôt, vous les trouverez.

Corrigez et renvoyez-les-moi tout de suite avec la copie du tome 2e afin que les compositeurs ne quittent pas.

Votre lettre commerciale, je l'écrirai chez vous à ma première visite. Nous sommes d'accord avec v[otre] dernier mot.

Mes civilités empressées

D. H. Souverain.

Paris, le 17 février 1839.

[Adresse :] Monsieur de Balzac | aux Jardies | près et par Sèvres | près Paris.
[Cachets postaux :] Paris, 18 fév. 1839 | Sèvres, 18 fév. 1839.

39-51. À HIPPOLYTE SOUVERAIN

[Aux Jardies,] mercredi [20 février 1839].

Monsieur

je suis retourné exprès ici pour vous renvoyer ceci, redemandez-en une épreuve, afin d'être sûr que tout aille bien.

Dites je vous prie au reçu de cette lettre à M. Charpentier que revenu ici, j'ai trouvé un mur qui tombe[1] et que j'ai des ordres à donner, en sorte que n[ous] pouvons remettre notre partie d'aujourd'hui à vendredi.

Mille compliments,
de Bc.

Il n'y a pas de *feuilles bonnes* à la poste, ainsi v[ous] devez v[ous] les faire rendre

n[ous] avons positivement plus d'un volume. J'ai collé mes épreuves, il y a 150 feuillets qui donneront chacun 4 pages avec mes ajoutés.

[Adresse :] *Pressée* | Monsieur Souverain | 5, rue des Beaux-Arts | Paris.
[Cachets postaux :] Sèvres, 20 février 18[39] | Paris, 20 février 18[39].

39-52. CHARLES LASSAILLY À BALZAC

[Paris, 21 février 1839.]

Ô Maître,

J'attendais une lettre de vous, selon votre aimable promesse. Lisons-nous décidément, dimanche prochain, au théâtre de la Renaissance[1]. Il me semble convenable que j'assiste à cette lecture, et je le désire vivement. Mais avez-vous eu le temps de finir la grande œuvre ? Malheureusement je vous ai laissé, selon votre volonté, trop de besogne à faire. Tirez-moi, je vous prie, d'inquiétude par un petit mot de réponse. Si vous aviez besoin de moi, je volerais vers vous. Croyez à mon zèle et surtout à mon dévouement.

Lassailly.

41, rue Caumartin.

Jeudi soir.

[Adresse :] Monsieur de Balzac, | Rue du faub.-Poissonnière, 78[2] | Paris.
[D'une autre main :] Inconnu.
[Cachet postal :] 21 février 1839.

39-53. AU COMTE ADOLPHE COUTURIER DE SAINT-CLAIR ?

[Paris, 25 ou 26 février 1839[1].]

Cher et aimable comte, voici*a* le nom et l'adresse des personnes à qui vous enverrez une invitation.
Mr le comte et Mme la comtesse
Guidoboni-Visconti et Mlle Sophie
Kosloffski 14, rue Castellane.

J'ai appris hier au bal, après vous avoir quitté que la comtesse était indisposée ; mais envoyez toujours vous êtes un si grand magicien.

En tout cas gardez cette adresse parmi vos listes d'invitation.

On m'apprend que ma lecture est remise à Jeudi, mais je

ferai vite et viendrai si les chevaux peuvent prendre de mon impatience.

Trouvez ici l'expression de mes sentiments les plus distingués

de Balzac.

39-54. À LÉON CURMER ?

[Aux Jardies, février ou mars 1839 ?]

Monsieur[1], je vous prie de demander à M. Éverat de me diviser en 7 pages cet article de *L'Épicier*. Renvoyez-le-moi, ce soir, fût-il neuf heures, car j'aurais bien besoin de le travailler cette nuit-même. Et renvoyez demain matin sur les neuf heures, vous auriez *La Femme comme il faut*, en première correction et *L'Épicier* en seconde[2].

Mille compliments

de Bc.

Envoyez-moi cette épreuve avec la nouvelle.

39-55. HENRY DE BALZAC À BALZAC

Port-Louis (Île Maurice) 1er mars 1839[1].

Mon cher Honoré, M. Philip artiste distingué et ami intime d'Habeneck[2] part aujourd'hui de notre pays après y avoir fait un séjour de plusieurs années pendant lesquelles j'ai eu le plaisir de faire sa connaissance. Admirateur de ton talent, il me prie de lui donner une lettre pour toi[3], je ne crois pouvoir trouver une occasion plus sûre et c'est pourquoi je t'écris quelques lignes.

Depuis deux ans que je vous ai tous quittés pour venir ici je n'ai reçu qu'une seule lettre de notre bonne Mère et de Laure. Tu avoueras que ce silence est impardonnable. Toi surtout mon cher frère, tu ne me feras jamais croire qu'en deux années de temps tu n'aies pas pu détourner quelques minutes de tes nombreuses occupations pour m'adresser quelques lignes ; juge par le plaisir que tu éprouveras, je pense, en recevant cette lettre de celui que je dois avoir en recevant de vos nouvelles à tous ; ton silence envers moi me fait aussi bien grand chagrin, car seul et sans parents ici des nouvelles de vous tous et de vos projets ne peuvent m'être indifférentes. Toi encore tu as le bonheur d'être auprès de notre bonne mère et de notre sœur tandis que moi je suis seul pour m'occuper de vous. Ton filleul le petit Honoré grandit et devient plus gentil tous les jours. Seulement son état souvent maladif nous fait craindre ma femme et moi que le climat ne lui convienne pas beaucoup. Nous sommes ici pour trois ans encore et au moins car l'aspect du pays n'est guère rieur et notre avenir se rembrunit beaucoup surtout depuis l'Émancipation qui a eu lieu en février dernier[4]. Les bras nous manquent et le peu que nous avons le font payer fort cher. Mes entreprises en souffrent l'ouvrage diminue à cause de la main-d'œuvre qui est fort chère d'une part et de l'autre à cause de la rareté de l'argent. Cependant j'espère pouvoir dans trois ans de ce jour pouvoir [sic] aller jouir en France de la petite fortune que j'aurai acquise ; dans tous les cas, je t'enverrais toujours mon petit Honoré pour le faire jouir d'une éducation digne du nom qu'il porte, éducation qu'il ne pourrait recevoir ici et qui sera encore meilleure sous les yeux de son oncle.

Oblige-moi mon cher frère de m'écrire au moins une fois par an pour ne pas te déranger car si tu m'écrivais plus souvent tu ne dois pas douter du plaisir et du bonheur que j'éprouverais en te recevant.

Ma femme et moi nous jouissons d'une très bonne santé il n'y a que ton neveu qui a été souvent malade et même dangereusement mais en ce moment il va à merveille.

Je souhaite bien vivement que cette lettre te trouve de même ainsi que toute notre p[eti]te famille. Reçois les vœux sincères que ma femme et moi faisons pour la réussite de toutes tes entreprises et le bonheur que tu mérites après un travail aussi constant.

Nous t'embrassons tous de tout cœur et te prie [sic] d'en faire autant à ma bonne mère et à Laure ; dis-leur que je n'ai reçu aucune lettre d'elles depuis longtemps.

Tout à toi
ton frère
H^y de Balzac.

[Adresse :] Monsieur de Balzac | Paris. | Recommandé aux bons soins de l'ami Philip qui sera bien dévoué et aff[ectionn]é. | H^y de Balzac.

39-56. À ZULMA CARRAUD

[Aux Jardies, début mars 1839.]

Chère, pour le moment, ce que vous me demandez est absolument impossible mais dans deux ou trois mois rien ne sera plus facile. À vous, ma sœur d'âme, je puis confier mes derniers secrets, or, je suis au fond d'une effroyable misère. Tous les murs des Jardies se sont écroulés par la faute du constructeur[1] qui n'avait pas fait de fondations, et tout cela, quoique de son fait, retombe sur moi, car il est sans un sou, et je ne lui ai encore donné que 8 000 fr. en acompte. Ne me croyez pas imprudent, *cara* ; je devrais être bien riche en ce moment. J'ai fait des miracles de travail ; mais tous mes travaux intellectuels ont écroulé [*sic*]. Je viens de m'abattre comme un cheval fourbu ; j'aurais bien besoin d'aller à Frapesle me reposer. La Renaissance m'avait promis 6 000 fr. de prime pour lui faire une pièce en 5 actes ; Pérémet avait été l'entremetteur, tout était convenu. Comme il me fallait 6 000 fr. à la fin de février, je me mets à l'œuvre, je passe 16 nuits et 16 jours au travail, ne dormant que 3 heures sur les 24 ; j'emploie 20 ouvriers à l'imprimerie, et j'arrive à écrire, faire et composer *L'École des ménages*, en cinq actes, et à pouvoir la lire le 25 février[2]. Mes directeurs n'avaient pas d'argent, ou peut-être Dumas, qui leur avait fait faux bond et avec lequel ils s'étaient fâchés, leur est-il revenu, ils n'écoutent pas ma pièce et la refusent[3].

Ainsi me voilà éreinté de travail, 16 jours de perdus, six mille francs à payer, et rien. Ce coup m'a abattu, je n'en suis pas encore remis. Ma carrière au théâtre aura les mêmes événements que ma carrière littéraire ; ma première œuvre sera refusée. Il faut un courage surhumain pour ces terribles ouragans de malheur. Cependant, l'avenir commence à se rapprocher ; mes volumes à 3 fr. 50 in-18, contenant un ouvrage, se vendent assez bien, et il se pourrait que, dans quelques mois, tout changeât. Vous connaissez mon courage indompté ; mais la nature physique plie maintenant sous son cavalier, le cerveau.

Vous pensez bien que, si je n'ai pu vous aller voir à Versailles, c'est que j'étais dans des travaux irrémissibles ; à peine alors pouvais-je aller voir la *Diva*[4] ! Je n'ai pas de halte ni de bivouac dans mes campagnes. Alors, je faisais la *Fille d'Ève*, *Béatrix*, *Le Grand Homme de province*, en tout 5 volumes in-8° et je publiais *Le Curé de village*. Jugez de ce qu'était ma vie.

Enfin, je ne vous ferai pas attendre pour la somme que vous me demandez, et je vous l'enverrai dès que je l'aurai, au risque de remettre des créances pressantes.

D'ailleurs, je vais faire un effort et tenter un emprunt ; il faut enfin courber le front sous les fourches Caudines de l'argent.

Adieu, chère, bien chère ! et croyez que, si je ne vous écris pas souvent, mon amitié ne s'endort pas ; car plus nous avançons dans la vie, plus des liens aussi précieux que le sont les nôtres se resserrent. Mille choses amicales au commandant. J'espère qu'Yorick va bien. Ne croyez pas que ce que vous prenez pour une campagne et qui n'est que mon atelier me rende injuste pour Frapesle.

Allons, adieu. Mille amitiés.

H.

Et, si vous écrivez à Auguste, ne m'oubliez pas.

39-57. À CAROLINE MARBOUTY

[Paris, après le 8 mars 1839.]

Il y avait des raisons que vous trouverez bien justes pour que je ne vous fisse pas inviter à la lecture de M. de C[ustine] moi-même et, comme elle a été faite du jour au lendemain[1], il m'a été impossible de vous voir à cause de mes affaires.

Ma pièce est d'ailleurs sans doute mauvaise et à refaire, cela me dégoûte, à cause des ennuis qu'il y a entre l'œuvre et le public. Du livre au lecteur il n'y a rien.

J'ai à vous demander quelque chose de littéraire, mais d'ici à 8 ou 10 jours, je ne saurais sortir.

Mille gracieusetés

de Bc.

39-58. STENDHAL À BALZAC

[Après le 8 mars et avant le 16 mars 1839.]

Mon cher Maître,

L'amour passion est dangereux à montrer sur la Scène, le spectateur devient jaloux de l'amant.

Du reste impossible d'avoir plus d'esprit, c'est un tableau flamand excellent.

Tout à vous
Cotonet[1].

[Balzac a noté au bas du feuillet :]

M. Beyle ne signe jamais son nom, il change chaque fois et en prend un plaisant[2].

39-59. À HIPPOLYTE SOUVERAIN

[Paris, avant le 11 mars ? 1839.]

Monsieur Souverain,

V[ous] aurez lundi les épreuves du *Grand Homme*, elles sont terminées à qlq pages près.

V[ous] pouvez envoyer les exemplaires du *Cabinet*[1] chez M. Buisson[2] en les laissant au portier pour moi.

Je vous prie d'y joindre les bonnes feuilles de la *Fille d'Ève* qui me sont indispensables pour la préface et pour les vérifier.

J'irai chercher les feuilles corrigées de *Massimilla Doni* à la campagne, et les rapporterai mercredi, et j'achèverai cette œuvre d'ici à dix jours.

Je verrai Gautier pour le bal[3].

V[ous] avez à me remettre la copie des deux articles que v[ous] avez à moi.

2° une lettre qui répète celle que je vous ai écrite vous savez pourquoi.

3° une autre par laquelle vous me direz que vous n'avez aucun droit de propriété p[our] la nouvelle que je donne à Lassailly[4], à la condition que je ne rentrerai dans mes droits d'auteur que six mois après la mise en vente de v[otre] volume.

V[ous] pouvez tout adresser chez M. Buisson, et dites à Charpentier de m'y envoyer l'épreuve en page de la *Physiologie des excès modernes*[5] dont il me faut une épreuve au plus tôt sous peine de retard

agréez mes civilités
de Bc.

39-60. ROSIE À BALZAC

[14 mars 1839 ?]

Monsieur,

De tous les caractères de femmes que j'ai lus dans vos ouvrages, je n'en n'ai pas vus comme le mien. Je vous prie de ne rien écrire sur ce que je vous apprends, c'est pour vous-même et pour soulager mon cœur que je vous fais cette confidence, les femmes m'ont été trop fausses.

Je dois vous donner une idée sur ma vie pour que vous jugiez, et que malgré soi on est pas maîtresse de ses sensations. Lisez, voyez, et brûlez cela.

Tous mes parents étaient marchands; aînée de 18 enfants, je n'ai appris que ce qu'il faut pour tenir un comptoir. Élevée strictement, ne sortant jamais, mariée à 20 ans à un homme de 15 mois plus âgé, que j'aimais autant que je le pouvais alors, pas beau, négligé, mais bien fait, bon, toujours pensant à tous les siens. Je le suivis où l'appelait ses occupations, en Allemagne, 2 ans, ensuite, en Angleterre 15 ans, de là en Russie 1 année après, à Naples, 2 ans. De retour ici en 1837, et achetant un hôtel garni, où je vois bien des genres de caractères. Dans tous ces pays, quoique très timide, on m'a remarquée souvent comme Française, pourtant pas jolie, mais pas mal faite, et un air gracieux, m'ont dit toutes les femmes que j'ai beaucoup aimées, comme amie (une Française à Naples m'aimait plus qu'elle ne devait, je l'ai vu par la suite, elle est morte du choléra). Dans ces 22 ans de mariage, je n'ai remarqué les beaux hommes que comme un tableau, mais il y a 4 ans, un Seigneur très joli, superbe en tout, et voisin du Vésuve prit fantaisie pour moi (quoique j'aie eu 13 enfants). Il me fit éprouver ce qu'il me disait sentir, pendant 15 jours je conçus la folie, le suicide, mais je surmontais cette fièvre à force de penser à mes devoirs de femme et de mère. J'eus le courage d'éviter les occasions de le voir seul. À son départ, je fis une petite maladie du chagrin. Colère contre moi de cette faiblesse, j'avais bravé dans tous les pays des hommages et persécutions vraies ou fausses de ces adorateurs de petites femmes sages, et dire que 23 ans de ménage ne m'ont pas garantie d'une passion de cœur, innocente, il est vrai. Heureusement que cela n'a duré que 5 semaines. J'y penserais peut-être encore si... mais ce qui est pire, c'est la bizarrerie du cœur humain, de voir qu'à ma 49e année, mon mari en mai passé fait 5 mois de voyage. Cet isolement, l'insouciance, et son caractère bougon augmentent tous les ans, refoulant ma gaieté naturelle, pas de réponse à mes paroles, son laisser-aller, sale, peu satisfaite de mes deux enfants, désolée du fils qui est artiste, conduite *idem*, et me délaissant pour vivre à sa volonté, ma fille presque sotte, pas jolie, très grosse, 22 ans, et n'ayant jamais trouvé un compliment, n'étant regardée par les étrangers que comme une ouvrière ou une bonne, on est étonné que je dise ma fille. L'indifférence de ces enfants qui ont été à Londres, mais peu d'années avec moi, vus mes fréquents voyages, ou leur éducation ; délaissée des miens, pourtant aimante, je pris en amitié une femme qui me fit remarquer l'assiduité d'un locataire de vingt-cinq ans, instruit, belle figure, air noble et tranquille, plaisanté par ses amis pour sa froideur que rien n'émeut. Ayant mon franc-parler comme maîtresse de maison, je riais du père tranquille avec franchise, voyant son honnêteté, je me moquais de son indifférence.... et petit à petit je me suis habituée à cette conversation gaie avec tout le monde. Lui-même se plaisait à ma société, passant 2, 4, et 6 heures seuls, ou avec les autres personnes qui venaient dans mon bureau, qui est une vraie lanterne, vue de tous côtés. Il ne me parlait que de choses indifférentes. J'ignore ce qui se passait dans son âme mais ayant sondée la mienne, j'eus peur de l'aimer. Un soir, après un silence, me fixant d'un œil scrutateur et spirituel, il dit : Je sais ce que vous pensez. Je ne répondis pas, mais le matin après, je lui donnais un mot (Puisque vous savez ce que je pense, dites-vous, vous serez beaucoup mieux logé ailleurs). Ma *crue* amie lui en parla, je ne sais au juste comment, elle me répéta qu'il se trouvait bien, et qu'il resterait. De ce moment, je me sentis gênée avec lui, il me causait moins, toujours compagnie jusqu'à minuit. 2 mois après il prétendit vouloir un plus beau logement ; n'ayant rien de vaquant, il partit ; j'en fus enchantée... et fâchée... Il partait trop tard pour mon repos. Pour se venger du congé que je lui donnai, il vient me voir comme tous ceux qui ont logé chez moi. On fait souvent une partie de cartes, dominos, ou conversation. Son regard m'anéantit ; en rêve, l'émotion que j'ai en l'embrassant me fait évanouir en pleurant, et je me réveille suffoquée par les larmes, mais je l'affirme sur serment, sans désir libre des sens, que le seul bonheur de le serrer contre mon cœur, je n'ai jamais désiré de rapport marital avec lui. C'est par la nouveauté de ce sentiment que je vous avoue le mien, que vous puissiez assurer qu'une femme peut aimer sans libertinage. Sa visite cinq minutes, me console pour 2, 3 jours ; s'il ne vient pas, le chagrin perce malgré moi, les larmes, même à table, devant mon mari, le cœur me crève. Je dors peu, je maigris, ma santé *lunatique* a changé ces cinq mois derniers. Pour l'oublier, j'ai prié Dieu quoique point dévote, rien n'y fait ; il retourne dans ses terres ces jours-ci, mais il reviendra, il m'affectionne. Plusieurs personnes me l'ont dit. Sans être faux, il ne dit jamais ce qu'il pense ; il ne fait sa cour à personne, et tout le monde l'aime ; les femmes sont attirées par son regard, on ne sait comment.

Sans avoir de l'instruction, ces couplets sont sortis de ma tête sans les chercher, j'ai fait un dernier pour une terminaison[1].

S'il y a quelque chose qui vous ait un peu fait sourire, je vous prie, Monsieur, que ce ne soit pas de pitié de recevoir cette confidence, et la confiance que je vous donne ne sera pas trahie, je l'espère.

J'ai l'honneur d'être une de vos admiratrices.

Rosie.

Il est parti ce matin, jour de ma naissance, j'ai beaucoup pleuré hier.

14 mars.

P. S. — Si vous lisez jusqu'au bout et que vous voulussiez savoir s'il y aura une suite à ma confession ; dans un mois à la poste restante à Mme Adé.

39-61. [MLLE] AUGUSTE REGNAUDIN À BALZAC

[15 mars 1839.]

Monsieur

Vous connaissez si bien nos vices et nos vertus et nos pensées & les miennes se trouvent si bien d'accord que d'après votre talent qui m'a charmée depuis longtemps j'ai jugé que vous deviez me comprendre.

Je n'ai auprès de vous nulle recommandation & pourtant je viens vous offrir une association qui devra nous être à tous deux profitable, du moins je l'espère.

Pardonnez si je vais vous parler *moi-même* de *moi-même* mais il faut que vous me connaissiez.

Je suis D^{elle}, je n'ai pas encore la trentaine mais je sais apprécier le monde et ses variétés, c'est vous avouer que j'ai vécu.

Dès mon enfance je me suis occupée de littérature mais mon manque de fortune exigea que je gagnasse mon pain & je devins sous-maîtresse. Plus tard, n'ayant pas de dot à donner en échange d'un nom et éprouvant le délire de la jeunesse, j'ai donné ma réputation & ma vie à un homme qui par la suite m'a trompée.

Alors j'ai rougi de moi & me suis dit : Ah ! fuyons Paris, livrons-nous au travail, que la voix de mes ennemis se perde dans le bruissement de mes lauriers, on pardonne tout au talent et je veux de la gloire moi !...

Je dois vous avouer aussi que j'ai toujours eu pour le mariage social une antipathie très prononcée & qu'aujourd'hui plus que jamais ce sentiment existe. C'est la conséquence naturelle de la conduite de défunt mon amant; mais revenons au sujet de cette lettre.

Ce fut au mois d'octobre dernier que rendue à la raison je m'abattis à Rouen. J'avais passé un mois à côtoyer la mer.

Dieppe, Le Havre, Fécamp, m'ont vue errer seule, toujours seule... un crayon à la main, un livre dans ma poche, faisant provision d'inspirations grandioses. Je me guérissais de mes blessures récentes, je devenais phylosophe [*sic*] en admirant la nature.

J'écrivis donc tout l'hiver, non mon histoire, elle n'offre rien d'assez remarquable pour cela, mais un roman dont l'intrigue m'a été affirmée être véritable; la scène se passe dans une classe mitoyenne. Il a pour titre *Anna ou la Sage-Femme & le Vicaire* et est en 2 v[olumes] in-8°[1].

Me défiant de mon talent, j'ai soumis mon œuvre aux jugements de plusieurs personnes de mérite et généralement on l'a trouvé[e] bien.

Maintenant il me faut la produire & vous n'ignorez pas combien il est difficile à une femme de se faire écouter des libraires, surtout quand cette femme n'a comme moi, que des feuilletons pour antécédents[2] et qu'elle n'a ni fortune ni protection.

Voici donc ce que je veux vous offrir, à vous, Monsieur, qui avez un grand nom comme littérateur & comme citoyen.

Si vous y consentez, je vous ferai parvenir une copie de mon roman, vous la lirez consciencieusement, y ferez tels changements que vous croirez convenables, & si vous l'en jugez digne, nous signerons tous deux le roman dont nous partagerons le prix de la vente du manuscrit, vente dont vous seul serez chargé.

Je ne suppose pas, Monsieur, que l'honneur que je rends ici à votre mérite et qui est en même temps une marque de confiance, puisse vous offenser en rien. Je désire votre concours parce que mon style se rapproche plus du vôtre que de celui de nos autres auteurs et qu'une douce sympathie m'attire à vous.

J'espère Monsieur que vous ne me refuserez pas et qu'à l'ombre de votre gloire & qu'aidée de vos avis je pourrai me grandir au-dessus de mes contemporains, subsister de mon travail et acquérir un peu de renommée qui est la chimère que je poursuis et que déjà vous avez su saisir, acceptez-en mes félicitations & daignez recevoir

    Monsieur,
    l'expression de ma parfaite considération
    J'ai l'honneur de vous saluer

      Auguste Regnaudin.

N. B. C'est le nom avec lequel je signe mes écrits, c'est aussi celui auquel je vous prie d'adresser votre réponse[3]
6 rue de la Glacière, chez Mme Postel à Rouen.

[Adresse :] Monsieur | Monsieur De Balzac | Homme de Lettre[s] | À Paris.
[D'une autre main :] Voir Rue des Batailles n° 13 | Parti à Sèvres | Banlieue.
[Cachets postaux :] 15 et 16 mars 1839.

39-62. À HIPPOLYTE SOUVERAIN

[Paris, 17 mars 1839.]

Monsieur Souverain,

J'ai vu Monsieur Gauthier [*sic*] qui ne sait ce que veut dire ce que v[ous] lui avez envoyé, car v[ous] ne lui avez envoyé que le ch[apitre] du *Bal*, et il n'y comprend rien. Envoyez-moi donc au plus tôt un exemplaire de bonnes feuilles, et il le lira et ne demande qu'une journée pour arranger les corrections[1].

Mes compliments,

de Bc.

Remettez le tout, 108, rue Richelieu.

[Adresse :] Monsieur Souverain | 5, rue des Beaux-Arts | Paris.
[Cachet postal :] 17 mars 1839.

39-63. À HIPPOLYTE SOUVERAIN

[Paris, 19 mars 1839.]

Il me manque les feuilles 15, 16 et 17, puis il n'y a plus rien après la 21, envoyez-moi promptement ces 3 feuilles et les suivantes, et Gautier attend aussi le tout.

Je pars pour Sèvres, et reviendrai jeudi, vous aurez jeudi, tout le commencement de *Massimilla*, ce qui n'empêchera point de marcher et il est inutile de rien demander, car j'ai déjà des corrections faites sur ce que j'irai chercher.

Mes complim[ents,]

de Balzac.

[Adresse :] Monsieur Souverain | 5, rue Beaux-Arts.
[Cachet postal :] 19 mars 1839.

39-64. LE MARQUIS DE CUSTINE À BALZAC

[Paris, 20 mars 1839[1].]

Malgré vos travaux que je respecte, il faut rester amis, et l'amitié pour laquelle on ne fait rien ressemble à l'indifférence : faites donc pour moi l'effort de venir dîner dimanche[2]. J'ai Melle Rachel, non pour vous dire des vers mais pour *jouer au loto* après dîner. Elle a, malgré ses enfantillages, une grande envie de vous connaître, et je pense que cette rencontre peut vous amuser.

Je viens de finir *Le Médecin de campagne*, que j'ai admiré avec envie, c'est fait comme on ne fait pas les livres aujourd'hui : Vous vous vous [*sic*] êtes surpassé là et je vous remercie pour tout ce que vous m'apprenez. Je n'ai pas d'âge pour l'étude du métier. J'apprends comme à vingt ans !

Mille amitiés

A. de Custine.

Ce mercredi.

39-65. LE MARQUIS DE CUSTINE À BALZAC

[Avant le 24 mars 1839.]

La supériorité a droit d'oubli. Voilà pourquoi je crains toujours quelques distractions des gens comme vous, s'il y en a. Rappelez-vous donc que vous venez dîner ici dimanche avec Melle Rachel qui a grande envie de vous rencontrer et aussi de jouer au loto après le dîner. Moi vous savez que je ne cherche que des prétextes pour vous attirer.

Mille amitiés.

A. de Custine.

[Adresse :] Monsieur | Monsieur de Balzac | À Frascati, rue de Richelieu | Paris.

39-66. STENDHAL À BALZAC

[Paris, vendredi 29 mars 1839.]

Mon portier par lequel je voulais vous envoyer *La Chartreuse*[1], comme au Roi des Romanciers du présent siècle[2], ne veut aller rue Cassini n° 1, il prétend ne point comprendre mon explication : aux environs de l'Observatoire, *en demandant*. Voilà ce qu'on m'en a dit.

Quelquefois vous venez, Monsieur, en pays chrétien, donnez-moi donc une adresse honnête par exemple chez un libraire (vous direz que j'ai l'air de chercher une épigramme).

Ou bien envoyez prendre ledit Roman
    rue Godot de Mauroy
    n° 30
    hôtel Godot de Mauroy.

Si vous me dites que vous l'enverrez quérir je le mettrai chez mon portier. Si vous le lisez dites-m'en votre avis bien sincèrement. Je réfléchirai à vos critiques[3] avec respect.

                Votre dévoué

                          Frédérick.

Vendredi 27 [*sic*]
rue Godot de Mauroy n° 30.

39-67. À STENDHAL

[Paris, fin mars 1839[1].]

Monsieur,

J'ai déjà lu dans *Le Constitutionnel* un article tiré de *La Chartreuse*[2] qui m'a fait commettre le péché d'envie. Oui, j'ai été saisi d'un accès de jalousie à cette superbe et vraie description de bataille que je rêvais pour les *Scènes de la vie militaire*, la plus difficile portion de mon œuvre, et ce morceau m'a ravi, chagriné, enchanté, désespéré. Je vous le dis naïvement. C'est fait comme Borgognone et Vouvermans, Salvator Rosa et Walter Scott[3]. Ainsi ne vous étonnez pas si je saute sur votre offre, si j'envoie chercher le livre et comptez sur ma probité pour vous dire ma pensée. Le fragment va me rendre exigeant, et avec vous on peut tirer des lettres de change de curiosité sans trop de crainte. Je suis un lecteur si enfant, si charmé, si complaisant, qu'il m'est impossible de dire mon opinion après la lecture, je suis le plus bénin critique du monde et fais bon marché des taches qui sont au soleil, ma froideur et mon jugement ne me reviennent que quelques jours après.

Mille compliments gracieux

de Bc.

Quand je suis à Paris, et j'y suis pour quelques jours, c'est 108 rue Richelieu, à 4 heures.

39-68. À MADEMOISELLE ***

Paris, mars 1839[1].

Mademoiselle,

Je vous remercie beaucoup de la bonté que vous avez eue de me communiquer vous-même l'épigramme que vous avez daigné faire de moi, car alors je pourrai la mettre sous la caricature que Dantan a produite[2].

Vous y avez exagéré le peu de mérite que je puis avoir, comme aussi mes défauts; mais vous n'avez peut-être pas assez insisté sur l'*impudica*, qui est la grande accusation vulgaire que portent sur moi les personnes auxquelles je suis inconnu. Mais si le peu d'instants que j'ai eu le bonheur de passer près de vous a causé d'aussi grandes erreurs, je dois être effrayé de nos relations à venir.

Je suis tout épouvanté de l'importance que vous me donnez, en croyant que je doive, à chaque parole, dire des choses remarquables.

Je vous en prie, ne me destituez pas du droit d'être un homme ordinaire, car c'est sous cette forme que je tiens à me montrer, et sous laquelle nous pourrons peut-être mieux nous entendre, et que vous trouverez toujours en moi *la piu esquisita farina d'oltramonte*.

V[otre] d[évoué] s[erviteur]

de Balzac.

39-69. AU COMTE AUGUSTE DE BELLOY

[Avril 1839[1].]

À Monsieur le
Comte de Belloy
En témoignage de l'amitié
de l'auteur

de Balzac.

Paris
avril 1839.

39-70. À STENDHAL

[5 ? avril 1839[1].]
[De la main de Stendhal :] lu le 6 Avril 1839.

Monsieur,

Il ne faut jamais retarder de faire plaisir à ceux qui nous ont donné du plaisir. *La Chartreuse* est un grand et beau livre, je vous le dis sans flatterie, sans envie, car je serais incapable de le faire et l'on peut louer franchement ce qui n'est pas de notre métier. Je fais une fresque et vous avez fait des statues italiennes. Il y a *progrès* sur tout ce que nous vous devons. Vous savez ce que je vous ai dit sur *Rouge et Noir*. Eh bien ici tout est original et neuf — Mon éloge est absolu, sincère. Je suis d'autant plus enchanté de vous écrire ce qui est dans cette page que beaucoup d'autres, tenus pour spirituels, sont arrivés à un état complet de sénilité littéraire. Cela posé, voici non pas les *critiques*, mais les *observations*. Vous avez commis une faute immense en posant *Parme*, il ne fallait nommer ni *l'État*, ni *la ville*, laisser l'imagination trouver le prince de Modène et son ministre ou tout autre. Jamais Hoffmann n'a manqué d'obéir à cette loi sans exception dans les règles du roman, lui le plus fantasque ! Laissez tout indécis comme réalité, tout devient réel ; en disant Parme, aucun esprit ne donne son consentement.

Il y a des longueurs, je ne les blâme pas, ceci ne regarde pas les gens d'esprit, les hommes supérieurs, ils sont pour vous et ça leur va ; mais je parle pour le *pecus* il s'éloignerait. Il n'y a plus de longueurs passé le 1ᵉʳ volume.

Cette fois, vous avez été parfaitement clair. Ah ! c'est beau comme l'Italie, et si Machiavel écrivait de nos jours un roman, ce serait *La Chartreuse*². Je n'ai pas dans ma vie adressé beaucoup de lettres d'éloges, aussi vous pouvez croire à ce que j'ai le plaisir de vous dire.

Il faudra, si la supériorité du livre vous permet de voir promptement la 2ᵉ édition, avoir le courage de reporter à la fin, en qlques dévellopements [*sic*] nécessaires, les longueurs à supprimer au commencement. Cela tourne trop court eu égard au torse et à ses magnificences. Puis il manque le côté physique dans la peinture de qques personnages, mais c'est un rien, qques touches. Vous avez expliqué l'âme de l'Italie³. Vous voyez que je ne vous en veux pas du mensonge que vous avez écrit sur mon exemplaire⁴, et qui m'a fait passer qques nuages sur le front, car, sans avoir peur d'être pris par vous pour un homme vulgaire, je sais tout ce qui me manque et vous le savez aussi, c'est de cela qu'il faut me parler. Vous voyez que je vous traite en ami

de Balzac.

Pour aimer les coups de pied au cu [*sic*] donnés à Rassi⁵, j'aurais voulu que v[ous] le montrassiez chez lui ou chez sa maîtresse, dans une petite scène d'intérieur qui *préparât la petite de la fin*, la mûrisse⁶.

39-71. À GERVAIS CHARPENTIER

[Paris, 8 ou 9 avril 1839.]

Maître Charpentier,

Arrangez-vous chez Éverat qui peut déployer le plus de puissance en un moment. *Béatrix* commencera jeudi prochain dans *Le Siècle*, il faut imprimer à mesure¹. Ainsi vendredi matin, on aura largement de la copie ; vous l'enverrez prendre chez moi corrigée sur le feuilleton du *Siècle*, je voudrais que *Béatrix* parût le 20 mai, jour de ma naissance².

Vous seriez un grand misérable si vous ne m'envoyiez pas l'épreuve en page du *Traité des excitants* car il y a des fautes à la fin, et un ajouté important (sans quoi rien ne sera composé).

Mille compliments

de Bc.

108, rue Richelieu, en v[ous] nommant v[ous] me trouverez de 4 à 5 heures.

Donnez au porteur un *Médecin de campagne*.

39-72. GERVAIS CHARPENTIER À BALZAC

[Paris, 9 avril 1839.]

Mon cher Maître,

Je n'étais pas à la maison lorsque le porteur de votre lettre s'y est présenté, et je vous envoie *Le Médecin de campagne* que vous désirez.

Demain mercredi vous recevrez une nouvelle composition du *Traité des excitants*, mais vous ne pourrez pas la garder plus de 24 heures; il faudra même me la retourner avant ce délai, car nous attendons après pour faire la réimpression du *goût*.

J'ai retranché *proprio motu* au commencement de votre travail[1], une petite drôlerie que vous me mettiez très agréablement sur le dos, à savoir qu'en publiant votre *Physiologie* après celle de Brillat-Savarin, j'ai *peut-être pensé que l'une était la recette et l'autre la dépense*. Comme vous avez des privilèges, en votre qualité d'homme d'esprit reconnu, vous pouvez fort bien endosser cette impertinence contre l'amour, mais moi qui suis plutôt en sentiments un platonicien que de l'école opposée, je ne peux ni ne dois franchement la prendre pour mon compte.

L'autre suppression porte sur ces mots qui suivent ce que vous dites de la *Physiologie du mariage* ENCORE À L'ÉTAT D'ESSAI. Peste, mon très cher, il me semble que vous en avez assez dit sur ce chapitre et que vous ne devez pas être ambitieux d'y rien ajouter. Et en outre ne faites pas de mal à l'ouvrage tel qu'il est tant que je l'exploiterai.

Lecou a dû vous écrire et vous voir même pour *Béatrix*[2]: il vous a sans doute dit, combien dans ce moment de crise j'avais besoin de la mise en vente de cet ouvrage. Ne l'oubliez pas je vous en supplie. Il me faut absolument paraître en mai, absolument entendez-vous, grand homme. Songez que sans être un épicier ni un parfumeur, je suis un véritable Birotteau pour ce que je dois, et que les inquiétudes me cassent les membres l'un après l'autre.

Tout à vous

Charpentier.

Paris, 9 avril 1839.

Nota. Au lieu de corriger *Béatrix* sur mes épreuves, il vaut beaucoup mieux le faire sur les numéros du *Siècle*; vous m'éviterez alors des frais. C'est entendu.

[Adresse :] Monsieur | Monsieur de Balzac | 108, rue de Richelieu | Paris.

39-73. CHARLES DELESTRE-POIRSON À BALZAC

[Paris, 10 avril 1839.]

Monsieur,

Nous aurons, dimanche, une toute petite soirée (en attendant une réunion plus nombreuse pour la fin de ce mois). Si vous n'avez rien de mieux pour ce jour-là, nous serons ma femme et moi, fort heureux d'avoir l'honneur de vous recevoir.

Agréez, Monsieur, l'assurance de mes sentiments les plus distingués

Delestre-Poirson.
56, Fbg-Poissonnière.

Ce 10 avril 1839.

Monsieur de Balzac.

39-74. À ANTOINE POMMIER

[Aux Jardies, 17 avril 1839.]

Monsieur,

Il me sera de toute impossibilité de me trouver au rendez-vous de jeudi[1]. Je suis obligé judiciairement à quitter un appartement que j'ai à Chaillot, et à évacuer les lieux sous trois jours. Je serai, avec ma bibliothèque, par les chemins de Chaillot à Sèvres pendant trois jours[2].

Mille compliments

de Balzac.

S'il y a comité vendredi[3], prévenez qu'il m'est impossible d'y être à cause de cette obligation, et si je puis revenir à temps, j'y serais à cinq heures. Il faudrait mettre le rendez-vous avec M. Renouard à cette heure et à ce jour[4].

39-75. À LOUIS DESNOYERS

[Paris, 20 avril 1839.]

Mon cher Desnoyers,

Je suis mis en demeure, par justice, de déménager de Chaillot, où j'ai une bibliothèque de 4 000 volumes précieux et le mobilier fantastique dont on a tant causé, et qui coûte le prix prétendu de la salle de bain[s], je suis donc pris depuis 2 jours, et j'en ai pour 2 encore.

Donnez moins de *Béatrix*, et ménagez-moi deux ou trois jours de repos, cela me permettra d'arriver[1]. Je suis exténué. Je fais, pendant la journée un métier de commissionnaire, il faut que j'aille tout replacer à Sèvres, et la nuit, je suis assailli d'épreuves de Souverain, pour le *Grand homme de province à Paris*.

J'ai des corrections et des ajoutés importants à faire au chapitre de Claude Vignon, ne le donnez pas sans une nouvelle copie. L'auteur et le journal ont été courageux : nous allons recueillir dans les 3e et 4e parties.

Mille compliments

de Balzac.

[Adresse :] Monsieur Desnoyers. Pressé | 14, rue de Navarin | Paris.
[Cachet postal :] 20 avril 1839.

39-76. CHARLES DE BERNARD À BALZAC

Dimanche [, avril 1839 ?]

Mon cher Balzac, il m'est impossible d'aller vous voir demain comme nous en étions convenus. Je reçois à l'instant du *Siècle* et de la *Revue de Paris* deux assignations à bref délai qui me forcent à travailler sans remise et sans interruption pour ces deux journaux[1]. Vous savez ce que c'est qu'un engagement à temps, j'espère donc que vous ne m'en voudrez pas, dès que j'aurai un moment à ma disposition je prendrai le chemin de Ville-d'Avray[2].

Votre très dévoué

C. de Bernard.

39-77. TRAITÉ ENTRE GERVAIS CHARPENTIER ET HIPPOLYTE SOUVERAIN

[Paris, 25 avril 1839.]

Entre les soussignés,

Monsieur Hippolyte Souverain éditeur demeurant à Paris, rue des Beaux-Arts n° 5 *d'une part*; et M. Gervais Charpentier éditeur demeurant aussi à Paris, rue des Beaux-Arts n° 6 *d'autre part* a été convenu et arrêté ce qui suit:

Article premier. M. Charpentier cède et transporte par les présentes à M. Souverain qui l'accepte les droits résultant d'un traité passé entre messieurs de Balzac, Lecou, Delloye et ledit M. Charpentier par acte sous seing privé en date du vingt-quatre décembre mil huit cent trente-huit; lequel traité est reproduit ci-après textuellement.
[...][1]

Article deuxième. La présente cession est faite moyennant la somme de *dix-sept mille six cents fr.* payables comme suit:
1° Dix-sept mille six cents francs en billets de M. Souverain à l'ordre de M. Charpentier aux époques suivantes: 1 100 francs fin juillet prochain; 1 100 francs fin août d[i]to; 1 100 francs fin septembre d[i]to; 1 100 francs fin octobre d[i]to; 1 100 francs fin novembre d[i]to; 1 000 fin décembre d[i]to; 1 000 francs fin janvier 1840; 1 000 francs fin février d[i]to; 1 000 francs fin mars d[i]to; 1 100 francs fin avril d[i]to. Lesdits billets ont été présentement remis à M. Charpentier qui le reconnaît et en donne quittance.
2° Et *sept mille francs* que M. Souverain s'engage à régler à M. Lecou au traité ci-dessus reproduit, paragraphe 13.

Article troisième. L'un des trois ouvrages désignés dans ce traité la *Pathologie de la vie sociale* ayant été compté dans l'esprit du marché pour la somme de six mille francs, il est dès à présent convenu que dans le cas où M. de Balzac remplacerait cet ouvrage par un roman, remplacement que M. Souverain s'engage à accepter, M. Charpentier tiendrait compte à M. Souverain de mille francs ; c'est-à-dire que sur les sept mille francs restant à régler à M. Lecou le dernier billet de mille francs serait souscrit par M. Charpentier, sauf à celui-ci à s'entendre avec MM. Lecou, de Balzac et Delloye pour se remplir du montant de cette somme.

Article quatrième. Quant aux dommages et intérêts stipulés dans le paragraphe dix du traité du 24 décembre, et qui, le cas échéant, seront au profit de M. Souverain, il est bien entendu que M. Charpentier qui dirait s'en remplir de la manière indiquée audit paragraphe sera tenu d'acheter à M. Souverain qui ne pourra le refuser ces droits d'impression et de réimpression aux mêmes prix et conditions. Le règlement aura lieu à un an de date à partir de la mise en possession.

Article cinquième. Il est entendu que les droits et avantages résultant des dispositions du traité du 24 décembre qui sont étrangères à l'impression et à la vente des trois ouvrages objets de la présente cession demeurent réservés à M. Charpentier.

Article sixième. L'autorisation d'opérer la présente cession a été accordée à M. Charpentier *primo*, par M. de Balzac en vertu d'une autorisation de ce jour qu'il a représentée à M. Souverain et qu'il tiendra au besoin à sa disposition, laquelle est ainsi conçue « Je consens pour mon compte à ce que M. Charpentier cède son marché relatif à mes ouvrages à M. Souverain. Signé de Balzac ». *Secundo*, par M. Lecou qui est intervenu aux présentes et qui déclare approuver et donner son consentement à la présente cession.

Fait en autant d'expéditions qu'il y a de parties contractantes à Paris le vingt-cinq avril mil huit cent trente-neuf.

Bon pour autorisation de céder

V. Lecou.

Approuvé l'écriture ci-dessus et des autres parts

D. H. Souverain.

39-78. LOUIS DESNOYERS À BALZAC

[Paris, 25 avril 1839.]

Mon cher grand homme,

Ne vous endormez pas. Entamons vite le second volume[1]. C'est important. Chaud, chaud ! Dramatisez-moi cela. L'avant-scène est admirable, le drame est d'autant plus nécessaire que l'exposition a été plus belle.

À vous de cœur

Louis Desnoyers.

Jeudi 25 avril 1839.

[Adresse :] Monsieur de Balzac | rue Richelieu, 108 | Paris. | Avec *Le Siècle.*

39-79. LÉON CURMER À BALZAC

[26 avril 1839.]

Je désirerais bien vous parler quelques instants mon cher Monsieur de Balzac, où et quand pouvez-vous me recevoir ?

En attendant un mot de réponse[1] veuillez me croire bien affectueusement

votre tout dévoué
L. Curmer.

26 avril.

Je ne suis libre qu'entre midi et 6 h.

[Adresse :] Monsieur | Monsieur de Balzac | 108 rue de Richelieu | Paris.

39-80. À LÉON CURMER

[Dimanche 28 avril 1839.]

Mon cher Monsieur Curmer,

Si vous voulez venir en ce moment rue de Navarin, 14[1] en demandant Monsieur Gautier, vous nous y trouverez

tous deux mais Gautier vous prie d'apporter *L'Épicier* et *La Femme comme il faut* afin qu'il juge de ce que vous voulez².
Mille compliments

de Balzac.

Dimanche.

39-81. À THÉOPHILE GAUTIER

[Aux Jardies,] dimanche soir [28 avril 1839].

Mon cher Gautier¹,

Vous pourrez expliquer à M. de Girardin, la première fois que vous le verrez, d'abord que j'ai déjà corrigé les deux premiers paragraphes de *Véronique*, et que durant cette semaine, je corrigerai la seconde moitié. Cette seconde moitié est d'une excessive délicatesse à traiter. Il y a cela d'original dans *Véronique* que le drame est en dessous comme dans *Les Tascherons*, et ces deux profondeurs se répondent. Je ne croyais pas à la possibilité d'arriver à de tels effets en littérature. *Le Curé de village* dépasse mes espérances². Quant à l'autre proposition, elle est inadmissible, vous savez que *Le Siècle* me paye 40 feuilletons 8 000 fr. Mais voici ce qui est possible. J'ai deux ouvrages à publier, dont l'un est en manuscrit et fini, c'est *Qui a terre a guerre*, et *Les Mitouflet ou l'Élection en province*³. Ces deux ouvrages sont entièrement consacrés à des doctrines sociales si opposées au *Siècle*, qu'ils ne peuvent être mis que dans *La Gazette [de France]* ou dans des journaux conservateurs. Je puis les diviser par petits fragments, comme j'ai fait pour *Béatrix*, et donner à chacun l'intérêt d'un article. Ainsi l'on peut les diviser, chacun, en 30 ou 40 feuilletons. Je n'ai aucune tendresse pour aucun journal. Dutacq veut s'arranger de *Qui a terre a guerre* pour son nouveau journal *La Bibliothèque* avec lequel il veut absorber *Le Cabinet de lecture* et *Le Voleur*⁴. Si *La Presse* veut acheter le droit de publier mes deux ouvrages, je les lui vendrai 8 000 fr. Elle aura bien pour huit mois de littérature. On me remettrait 4 000 fr. à la signature du marché, car je remettrai [alors] le manuscrit de *Qui a terre [a guerre]*, et les 4 000 autres me seront dus à la remise de la copie, bonne à composer pour

La Presse, des *Mitouflet*. Dutacq paye 5 000 fr. *Qui a terre [a guerre]* mais il me laisse les corrections à ma charge, et les 1 000 fr. que j'abandonne représentent les corrections. Seulement, je ferai la condition que les Béthune et Plon composeront la totalité du m[anu]s[crit] en petits caractères, afin que j'embrasse mon œuvre sous le plus petit espace possible, cela évite des corrections et de la peine chez moi. Voilà. Mille gracieusetés, mon cher ami,
   tout à vous

de Bc.

J'ai besoin d'une réponse avant mercredi, car mercredi j'ai rendez-vous avec Dutacq. *Qui a terre a guerre* est la peinture de la lutte, au fond des campagnes, entre les grands propriétaires et les prolétaires, et l'influence de la démoralisation par l'abandon des doctrines catholiques.

[Adresse :] Monsieur Théophile Gautier | 27, rue de Navarin | Paris.
[Cachet postal :] 29 avril 1839.

39-82. CHARLES DE BERNARD À BALZAC

Dimanche [28 avril 1839 ?]

Mon cher Balzac, j'ai arrangé le rendez-vous dont vous m'avez parlé. Monsieur A. Bertin vous attendra chez lui, 40, rue Taitbout, lundi à une heure. Je n'ai parlé de vos deux affaires[1] qu'en termes généraux. Je suis allé chez vous hier à cinq heures sans avoir le plaisir de vous trouver.
   Mille compliments affectueux

C. de Bernard.

39-83. À HIPPOLYTE SOUVERAIN

[Fin avril 1839.]

Sous presse[1]

———

ouvrages du même auteur

Une fille d'Ève, suivie de *Massimilla Doni*, 2 vol. in 8°

Béatrix ou les Amours forcés[2], *scène de la vie privée*, 2 vol. in 8°
Qui a terre a guerre, scène de la vie de campagne[3], 2 vol. in 8°
Le Curé de village[4], *scène de la vie de campagne*, 2 vol. in 8°
Les Mitouflet ou l'Élection de province[5], *scène de la vie de province*, 2 vol. in 8°
Les Souffrances de l'inventeur[6], *Dernière partie d'Illusions perdues*, 1 vol. in 8°.
[Sœur Marie des Anges[7], *étude philosophique*, 2 volumes in 8°. biffé]
Pathologie de la vie sociale ou

t. s. v. p.

Méditations transcendantes, philosophiques, chimiques et physiques sur [toutes biffé] *les manifestations de la* [pensée sous quel que fo biffé] *pensée* [voir le t biffé] (demander le titre à Charpentier[8])

39-84. À LOUIS DESNOYERS

[Aux Jardies, avril ou mai 1839.]

Mon cher Desnoyers,

Il me faut encore une épreuve de ceci, j'achève le manuscrit du [chapitre] XIX[1], il sera fini à 11 heures. Vous aurez alors pour 2 jours et tout sera noué.

Mais de grâce encore une épreuve, faites-la-moi envoyer à 2 heures aujourd'hui, je la rendrai à 4 heures.

39-85. À LOUIS DESNOYERS

[Aux Jardies, avril ou mai 1839.]

Mon cher Desnoyers,

Rendez-nous les feuillets bons, nous en avons besoin pour la correction, n[ous] v[ous] rendrons tout après-demain complet.

Mille compliments,

de Bc.

Lettre à Hippolyte Souverain, fin avril 1839 (39-83).
© Musée Balzac, Saché, photo Conseil général d'Indre-et-Loire.

39-86. CHARLES LASSAILLY À BALZAC

[Paris, avril ou mai ? 1839.]

Mon cher de Balzac,

Je viens de voir M. Delaunay[1], et il ira vous voir, demain, de midi à deux heures, avec le billet en question, je l'espère. Soyez adroit et réussissez.

J'ai fait la moitié du sonnet que je vous porterai demain matin[2].

Je vous aime de toute mon admiration et aussi de mon cœur.

Lassailly.

[Adresse :] Monsieur | Monsieur de Balzac | en ville.

39-87. À HIPPOLYTE SOUVERAIN

[Avril ou mai ? 1839.]

Je ne veux pas donner le bon à tirer *des* sonnets, j'ai trouvé le moyen de rejeter le sonnet dans la feuille 10, qu'on y ait égard. J'ai fait chasser d'une page à la page 121 sur la 122, ce qui fait sauter le sonnet dans la feuille 10[1].

Je n'ai pas les bonnes feuilles *Fille d'Ève*.

39-88. À HIPPOLYTE SOUVERAIN

[Avril ou mai 1839.]

au contraire, il me manque la 3.

———

Faites-moi remettre au plus tôt la 10 du *Grand homme* et la 1 de la préface imposée[1].

———

Ce soir il y aura peut-être la fin des placards corrigés.

39-89. À ARMAND DUTACQ

[Aux Jardies, fin avril ou début mai ? 1839[1].]

Monsieur,

V[ous] trouverez ci-contre le détail des œuvres qui composent la 1re livraison de mon ouvrage, il est impossible de faire un seul volume de chaque *livre* car les *Scènes de la vie privée* ont plus de deux millions de lettres[2] (2,250,000) et il faut absolument 2 volumes pour *un livre*, et il y a obligation d'en publier 4 (ou 2 livres) quitte à vendre chaque livre séparément sans l'annoncer.

À 10,000 exempl[aires] je puis m'engager à les fournir à 3,25 cent. en feuilles, ou 35,000 f. les 10,000 sous la condition de faire régler par vous à l'imprimeur et au papetier le montant de leurs factures[3].

Ainsi 10,000 exempl[aires] des deux livres ci-contre coûteraient 70,000 f. J'accorderais 3 ans pour la vente en m'interdisant le format in-8° compacte [*sic*] pour tout ce temps.

Il y aurait 13,000 f. à régler à MM. Delloye et Lecou mes créanciers privilégiés pour cette somme qui est le solde de 83,000 f.[4].

Je demanderais à ce que chaque volume ne fût pas donné au-dessous de 7 francs en quelque nombre que ce soit, et fût coté 12 francs.

Je puis de 6 mois en 6 mois donner 4 volumes, car après les 4 indiqués pour décembre 1840, j'aurai 4 vol[umes] d'*Études philosophiques* qui sont une œuvre supérieure comme idées et comme exécution. Ainsi l'opération embrasserait 12 volumes en 18 mois[5], et pendant ces deux années j'aurais préparé au moins les *Scènes de la vie politique*[6] et fort avancé les *Scènes de la vie militaire*[7]. Le titre général est *La Comédie humaine*[8].

Agréez, Monsieur, mes compliments les plus distingués

de Balzac.

| *Scènes de la vie privée*[9] | *Scènes de la vie parisienne*[10] |
| tomes 1 et 2. | tomes 5 et 6. |

| *Le Bal de Sceaux* | *Histoire des treize* |
| *Gloire et malheur* | I. *Ferragus* |

La Bourse	II. *La Duchesse de Langeais*
La Femme vertueuse	III. *La Fille aux yeux d'or*
La Paix du ménage	*Le Colonel Chabert*
Profil de marquise	*Le Père Goriot*
Une fille d'Ève	*Facino Cane*
Le Message	
La Grenadière	*L'Interdiction*
La Femme abandonnée	*Sarrasine*
Gobseck	*La Messe de l'athée*
	César Birotteau
—	*La Maison Nucingen*
	La Torpille
	Une princesse parisienne
Béatrix	*Madame Firmiani*
La Femme de trente ans	*Les Bureaux ou la Femme supérieure*
Le Contrat de mariage	
Un gendre	

4 autres volumes seront prêts pour décembre 1840 et contiendront les *Scènes de la vie de province*, tomes III et IV, et les *Scènes de la vie de campagne*, tomes XIII et XIV. Les 2 livres à faire sont les *Scènes de la vie politique* et les *Scènes de la vie militaire*.

Voici les titres des *Scènes de la vie de province*.

Eugénie Grandet
Une soirée de château[11]
Les Célibataires
   I. *Le Vicaire de St-Gatien*[12]
   II. *Pierrette* (fait, à publier)[13]
   III. *Le Bonhomme Rouget* (à faire)[14]
L'Illustre Gaudissart
Les Mitouflet (à faire)[15]

———

Les Rivalités
   I. *La Vieille Fille*
   II. *Le Cabinet des Antiques*
Illusions perdues (3 vol. parus, un à paraître)[16]

Scènes de la vie de campagne.

Le Lys dans la vallée
Les Paysans (fait, à publier)[17]

———

Le Médecin de campagne
(Une œuvre à faire)
Le Curé de village (fait, à publier)[18]

Ainsi il y a pour ces 4 volumes compactes [*sic*] environ cinq volumes de la justification actuelle à publier d'ici à 6 mois.

Les Mitouflet seront mis dans les journaux et *Les Paysans* également[19].

39-90. À CHARLES DE BERNARD

[Paris,] jeudi matin [2 ? mai 1839].

Mon cher Bernard,

Je pars pour les Jardies jusqu'à mercredi matin ; si vous voulez venir voir un matin la niche dont je vous ai parlé venez ; puis, pressez la réponse que vous savez pour les deux ouvrages des *Mitouflet, ou l'Élection en province* et *Qui a terre a guerre* ; il faut, et pour cause, une décision avant jeudi prochain ; il y a marchand, comme disent les acquéreurs aux ventes[1].

Mille gracieusetés et fleurs d'amitié — Venez m'aider, avec la *Fosseuse*[2], à ranger mes livres[3] ; vous aurez 50 sous par jour et le vin

H. de Bc.

[Adresse :] Monsieur Ch. de Bernard | 26, rue Montholon | Paris.

39-91. À ZULMA CARRAUD

[Paris, 5 mai 1839.]

Cara,

J'ai quelque espérance de voir dans un couple de mois se terminer l'horrible lutte que vous connaissez entre les choses de la vie et moi. Je vous en dis deux mots pour vous rassurer et vous expliquer mon silence. Vous comprendrez tout en quelques mots. Depuis l'hiver, j'aurai fait seize volumes, ou huit ouvrages à dix mille francs pièce, et j'ai en outre préparé trois pièces de théâtre. J'aurai dans deux mois environ recouvré la liberté de ma plume, et quelque marché que j'espère acquittera la *partie dure* de ma dette. Ainsi je vous enverrai, dès que je le pourrai, l'argent de Borget.

Cet effort n'a pas été tenté sans des chances mauvaises, à mon âge. J'ai, depuis cinq mois, souvent failli succomber aux nuits passées, et le peu que le monde a eu de moi a été plus cruel pour ma santé que le travail; enfin, plusieurs de mes amis, et vous peut-être, pouvez croire que l'emportement et la furie du travail le plus énervant qui ait été tenté, étai[en]t de l'oubli, de l'égoïsme. Ah! vous ignorez que les heures de plaisir ont été plus rares pour moi que l'eau dans le désert, et que je suis tombé dans une mélancolie horrible en sachant que j'arriverais au succès et à la tranquillité, mort à tout, insensible au bonheur, et trop fatigué pour jouir du repos que j'aurai conquis.

Allons, mille tendres gracieusetés, et ne m'oubliez pas. Mes murs sont tombés aux Jardies, et je serai peut-être encore un an sans jouir de cet asile que je me suis créé au sein des douleurs et de la misère, en croyant à des résultats qui ont fui; mais les embarras que m'ont [*sic*] suscité[s] cette maison m'ont donné les restes d'énergie avec lesquels je vais achever ma tâche. Dites-moi donc comment vous allez et comment vont vos affaires. Ne croyez pas que je ne viendrai pas vous voir. Peut-être irais-je bientôt vous faire une visite de quelques jours. Mille amitiés au Commandant, et baisez au front vos enfants pour moi.

Honoré.

[Adresse:] Madame Zulma Car[r]aud | À Frapesle | Issoudun | Indre.
[Cachet postal:] 5 mai 1839.

39-92. À TAXILE DELORD

Comité
de la Société
des Gens de lettres

21, Rue de Provence.

MM.
de Balzac, *Président.*
H. Martin, *Secrétaire*
Fortoul.
Gozlan.
L. Reybaud.
Lassailly, *Secrétaire
adjoint.*

Paris, ce 8 mai 1839.
Commission pour la publication
de l'œuvre collective.

Monsieur et cher Confrère,

La Commission se réunira vendredi prochain dix mai, à midi précis au bureau de l'agence.

Veuillez bien vous trouver à cette réunion.

Agréez, Monsieur et cher confrère, l'assurance de mon affectueuse considération.

Le Président de la Commission

D. Balzac

[Adresse :] Monsieur | Delort Taxile [*sic*] | 47, rue des Martyrs.

39-93. À DANIEL ROUY

[Aux Jardies, avant le 15 ? mai 1839.]

Monsieur,

Il est extrêmement important de savoir si vous avez à *La Presse* assez de caractères pour composer toute ma nouvelle, qui sera d'une étendue de dix feuilletons, et que je tiens prête pour le 15[1]. Il y a un long travail de corrections, où se fera-t-il ?

Agréez mes complim[ents]

de Bc.

[Adresse :] Monsieur Rouy | à *La Presse*, rue St-Georges, 16. | Paris.

39-94. UNE LECTRICE DE « LA VENDETTA » À BALZAC

[16 mai 1839.]

Monsieur,

Depuis longtemps je lisais vos ouvrages avec intérêt mais sans sympathie.

Aujourd'hui, votre *Vendetta*[1] m'a fortement émue ; je ne puis résister au sentiment qui m'entraîne et je vous écris.

J'ai enduré les mêmes souffrances que votre Ginevra ; j'ai comme elle subi le froid et la faim ; j'habite en ce moment une mansarde, sans travail, ne sachant de quelle manière sortir de mon affreuse position. Mais, Monsieur, une douleur plus cruelle que toutes celles-là m'a frappée, j'ai été abandonnée de l'homme pour qui j'avais subi tout cela.

Votre *Vendetta* sera toujours un doux souvenir qui m'encouragera. Recevez mes remerciements, les malheureux croyez-moi sont reconnaissants du bien qui leur arrive. Soyez béni, et Dieu vous préserve de jamais sentir ce que vous avez si poétiquement écrit.

Vous voyez, c'est une pauvre femme qui vous écrit, son nom doit fort peu vous intéresser. Vous permettrez que je m'abstienne de le mettre ici.

[Adresse :] Monsieur | Monsieur de Balzac, littérateur | Paris.
[D'une autre main :] Sèvres | Rue de Verneuil 26 | Ceci est pour lui.
[Cachets postaux :] 16 mai 1839 | Paris 17 mai | Sèvres 17 mai.

39-95. TRAITÉ AVEC ARMAND DUTACQ

[Paris, 18 mai 1839.]

Entre les soussignés, M. de Balzac propriétaire, demeurant à Sèvres, d'une part, et M. Dutacq gérant du *Siècle*, demeurant à Paris, rue du Croissant, n° 16, d'autre part, a été convenu ce qui suit : en présence et du consentement de M. Louis Desnoyers rédacteur en chef du feuilleton du *Siècle*.

La clause du traité entre les parties, en date du vingt-neuf janvier dernier relative aux *Mémoires d'une jeune mariée*, est annulée[1]. M. de Balzac remplace cet engagement par celui de fournir dans le cours d'une année, à partir d'aujourd'hui, six nouvelles inédites, dont trois d'environ soixante colonnes de quarante lignes environ chacune et les trois autres de quarante colonnes environ chacune. Ces nouvelles seront payées à M. de Balzac à raison de cinquante centimes la ligne. La nouvelle de *Lecamus ou le Pelletier des deux reines* fera partie de ces six nouvelles. Compte sera fait des sommes reçues jusqu'à ce jour par M. de Balzac et l'excédent, s'il y a lieu, sera imputé sur le compte des six nouvelles[2].

Il est entendu en outre que le prix intégral sera payé à M. de Balzac à toute époque, pour chaque nouvelle sur le bon à tirer, et que de son côté *Le Siècle* aura dix-huit mois pour publier lesdites nouvelles.

M. de Balzac s'interdit de fournir pendant ce temps à tout autre journal quotidien politique *La Presse* exceptée, aucune œuvre de moins de cent cinquante colonnes du *Siècle*.

Toutes autres conditions, contenues dans ce traité susdit du vingt-neuf janvier dernier, auxquelles il n'est pas dérogé ici, subsistent et recevront exécution en ce qu'elles ont d'applicable au présent traité.

Ce 18 mai 1839.

Approuvé
Louis Desnoyers.

Approuvé
A. Dutacq.

39-96. À HIPPOLYTE SOUVERAIN

[Aux Jardies, mai 1839.]

Monsieur Souverain

voici la préface, *Fille d'Ève*, la dédicace *Fille d'Ève* — la dédicace de *Massimilla Doni*. Faites revenir promptement la préface en page, et la feuille 5 tome II[1]. J'en donnerai le bon à tirer dans la journée où l'imprimeur nous les renverra.

Ci-joint tous les placards d'*Un grand homme de province*. Si vous voulez faire paraître la *Fille d'Ève*, dites-le ?

39-97. À ALFRED NETTEMENT

[Aux Jardies, 27 mai 1839.]

Mon cher Nettement, si vous avez une demi-matinée à perdre, faites-moi le plaisir de venir me demander à déjeuner jeudi matin[1], on part du chemin de fer à 8 h. 25 m. et 9 h. 25 m. J'ai à vous parler d'affaire qui me regarde.

Mille affectueuses choses

de Balzac.

Aux Jardies, 27 mai.

39-98. À STEPAN CHEVYRIOV

[Aux Jardies, vers le 30 mai 1839.]

Monsieur,

La République des Lettres a des usages auxquels se soumettent les existences les plus occupées. Je suis jusqu'à mercredi prochain[1] à la campagne où j'aurai l'honneur de vous recevoir. Vous appartenez à un pays qui a bien des droits à mon estime et à mon admiration et je pense que vous venez du pays.

Agréez mes compliments

de Balzac.

Aux Jardies, à Sèvres, Chemin vert, près le parc St-Cloud.

39-99. À GERVAIS CHARPENTIER

[Aux Jardies, 30 mai 1839.]

Maître Charpentier,

Je suis aux Jardies jusqu'à mercredi, venez-y prendre votre copie et un déjeuner, vendredi, samedi, dimanche ou lundi.

Mes compliments

de Bc.

[Adresse :] Monsieur Charpentier | libraire, 6, rue des Beaux-Arts | Paris.
[Cachet postal :] 30 mai 1839.

39-100. CHARLES DE BERNARD À BALZAC

[Paris, fin mai 1839 ?]

Mon cher Balzac,

Je suppose que vous êtes un peu plus connu à St-Pétersbourg ou à New York qu'à Ville-d'Avray où avant-hier je n'ai pu parvenir à découvrir votre gîte[1]. J'espère que ma lettre sera plus habile que moi. Au lieu de me donner rendez-vous au milieu d'un bois dans lequel j'ai eu l'agrément de m'égarer pendant deux heures vous seriez bien aimable de faire une pointe jusqu'à la rue Montholon 24 *bis* lorsque des affaires vous amèneront à Paris. Nous pourrions causer théâtre à faire.

Tout à vous

C. de Bernard.

39-101. À HIPPOLYTE SOUVERAIN

[Fin mai 1839.]

Je prie Monsieur Souverain de m'envoyer
1° toutes les bonnes feuilles de *Béatrix*
2° la copie de la préface que je ne puis corriger[1]
3° la bonne feuille 5 tome II, FILLE D'ÈVE[2].

39-102. À HIPPOLYTE SOUVERAIN

[Aux Jardies, fin mai 1839.]

Monsieur Souverain, je ne vois point de feuille, il n'est pas possible que vous alliez sans mes bons à tirer, et il est impossible de ne pas voir avec attention jusqu'au bout, une pareille œuvre.

Il m'est indispensable d'avoir en bonnes feuilles tant qu'il y aura bonne feuille et en épreuve tout le volume jusqu'à la feuille où est le sonnet du chardon, car pour le faire faire, il faut lire tout l'ouvrage jusque-là. Ce sera l'affaire d'une journée.

La bonne feuille 5 *Fille d'Ève* et toutes celles de *Béatrix*.

Et les bonnes feuilles de *Massimilla* depuis la 10 inclusivement.

39-103. À MADAME DELANNOY

[Aux Jardies, 2 juin 1839.]

Ma chère madame Delannoi [*sic*], il vient de m'arriver un petit accident assez déplorable, je me suis foulé le tendon d'Achille et les nerfs qui enveloppent la cheville, dans une chute sur un terrain glissant et je suis condamné à demeurer au moins dix jours au lit[1], à la campagne sans pouvoir bouger sous peine d'être blessé pour le reste de mes jours, ainsi point de mercredi ! pardonnez-moi d'être si malheureux, c'est arrivé bien à contretemps pour mes affaires

un de vos enfants
Honoré.

[Adresse :] Madame Delannoi | 18, rue Villelévêque | Paris.
[Cachet postal :] Sèvres 3 juin 1839.

39-104. LE COMTE FERDINAND DE GRAMMONT
À BALZAC

[Début juin 1839 ?]

Cher et vaillant capitaine, comme je commence à désespérer de pouvoir désormais vous rencontrer, je me résigne à vous exposer par écrit le principal motif de ma visite. Werdet se retire décidément des affaires[1], c'est-à-dire qu'il escamote sa faillite comme ses dettes. Le livre de Belloy se trouve ainsi rejeté dans les oubliettes[2].

Il m'a chargé de vous demander si vous pourriez le lui placer tel qu'il est. Dans l'état actuel de la librairie c'est chose très difficile, il le sait ; mais si elle est possible, c'est à coup sûr, par votre entremise. *Vous pourriez compter sur une reconnaissance sans bornes.* Si vous pensez que c'est absolument impossible, alors tout sera dit : de Belloy n'aura pas d'autres démarches à tenter. Je commence à croire pour mon compte que la Paresse a raison. Adieu et au revoir, du moins dans un monde meilleur.

F. de G.

39-105. À CHARLES DE BERNARD

[Aux Jardies, après le samedi 1ᵉʳ juin 1839.]

Mon cher de Bernard, des Italiens, des Polonais[1], des gens de province, enfin tout le monde a trouvé ce que l'homme le plus spirituel a vainement cherché. Si vous êtes venu à Ville-d'Avray, vous avez passé devant ma chaumière, elle est sur la route, elle se voit de partout. Je ne suis pas au milieu du bois ; je suis sur la commune de Sèvres, et non sur Ville-d'Avray, malheureusement pour moi les deux mille voyageurs du chemin de fer journalier, me verront en allant et revenant de Versailles. Enfin, je suis comme la lanterne de *Démosthène*, dans le parc de St-Cloud, que tout le monde dit *de Diogène*. Je suis convaincu maintenant, si j'en avais jamais douté, que vous êtes un homme de talent ; car il n'y a que les rêveurs occupés de littérature qui ne trouvent pas les vulgarités situées au bord des routes. Je n'avais pas trop compté sur moi pour vous attirer, mais sur les charmes d'un admirable pays ; je suis sûr que, tôt ou tard, vous et votre compagne[2], vous voudrez bien faire connaissance avec les bois de St-Cucufa[3] et autres. Quant à moi, je ne viens à Paris que pour peu d'instants, pour d'immenses affaires, en sorte que j'ai peu de chances pour vous rencontrer quoique je compte, à la première occasion, vous porter quelques-uns de ces moments qui feront alors, si je vous trouve, contraste avec les ennuis que j'y subis

de Balzac.

39-106. MARIE *** À BALZAC

[Juin 1839?]

Monsieur,

Depuis un an au moins je désire avoir un entretien avec vous et après bien des recherches inutiles je parviens enfin à savoir que vous habitez faubourg-Poissonnière chez une Mad^e de Surville, celle qui sans doute possède votre cœur (ou du moins le partage) et quoiqu'il m'en coûte de vous écrire chez elle, j'ai malgré cela l'espoir que vous recevez toutes vos lettres et les lisez *seul*. Je me fais de vous une idée trop avantageuse pour que j'aie la pensée que vous oubliez d'être homme parce que vous auriez fait un choix peu de temps je le crains avant de connaître celle qui le désirait.

Si vous voulez demain vous trouver de 2 à 4 heures Barrière de l'Étoile au pied de l'arc de triomphe, j'y passerai en voiture et l'unique désir qui doit combler mes vœux m'indiquera celui que je cherche et que j'attends ; dès que je vous apercevrai je mettrai pied à terre. Nous serons deux (*mais moi seule* irai vous parler)[1].

Marie.

[Adresse :] À Monsieur | Monsieur de Balzac | chez Mad^e de Surville | Faubourg-Poissonnière N° 30.
[Au verso de l'adresse :] Lettre pressée qu'il faut qu'il ait demain matin lundi au plus tard.

39-107. À THÉOPHILE GAUTIER

Aux Jardies [, 2 juin 1839].

Mon cher Théo, je viens de faire une chute[1] qui pouvait vous enlever un ami à votre insu, j'en suis quitte pour un énorme écartement des muscles qui enveloppent la cheville, je suis au lit pour environ 10 jours, quand vos pas vous mèneront du côté du parc de St-Cloud, poussez avec Victorine[2] jusque chez votre infortuné frère en prose

de Balzac.

[Adresse :] Monsieur Théo-Gautier-le-Chevelu | au pont de Neuilly | à gauche, à Neuilly. | Banlieue.
[Cachet postal :] Sèvres, 3 juin.

39-108. À VICTOR LECOU

Aux Jardies [, 2 juin 1839].

Mon cher Monsieur Lecou, je viens de faire ce matin une chute qui a failli me coûter une jambe ; mais si je ne suis pas menacé de perdre un membre, je n'en suis pas moins condamné à vivre au lit au moins quinze jours. Je comptais aller vous voir mercredi prochain pour ajuster nos comptes, il faudra de toute nécessité que vous veniez avec Souverain — mais avant il faudra venir seul pour nous entendre sur plusieurs points par avance. Le malheur a voulu que les Plon aient tant traîné le *Grand Homme* que je n'en ai donné le *dernier bon* qu'hier[1]. *Massimilla*, par cet événement va être retardé de 15 jours, mais Souverain a deux mises en vente. C'est venu bien mal à propos.

Mes compliments,

de Balzac.

2 juin.

[Adresse :] Monsieur Lecou | à la Brasserie anglaise | aux Champs-Élysées | Paris.
[Cachet postal :] Sèvres, 3 juin.

39-109. À ANTOINE POMMIER

Aux Jardies [, 2 juin 1839].

Mon cher Monsieur Pommier,

Je viens de faire une chute qui pouvait me coûter une triste ressemblance avec MM. Byron, Walter Scott et Talleyrand. Au lieu de me casser la jambe j'en suis quitte pour un écartement exorbitant des muscles qui enveloppent la cheville et suis ici au lit pour quinze jours. Vous aurez la complaisance d'exposer le cas au Comité, et si vous aviez qlq chose de pressé, d'important, vous savez où me trouver.

Mille compliments

de Balzac.

Le Comité me fera remplacer pour le livre collectif, jusqu'à quinzaine que je serai guéri.

[Adresse :] Monsieur Pommier | 21, rue de Provence | Paris.
[Cachet postal :] 3 juin 1839.

39-110. À DELPHINE DE GIRARDIN

Aux Jardies [, 5 juin 1839].

Vous avez bien fait, madame, de ne pas venir déjeuner dimanche aux Jardies avec Mme O'Donnell, il retournait malheur, et il pleuvait, comme vous l'avez vu à Paris. Mais j'ai failli me casser la jambe, et j'en suis quitte pour garder le lit quinze jours sans bouger[1]. Ceci n'est à autre fin que de vous prier de rappeler à n[os] administrateurs deux points essentiels : [1°] de m'envoyer aux Jardies les épreuves des 3 et 4mes [chapitres][2], de *Véronique*[3] ; 2° et de m'envoyer par celui qui me les apportera, deux exemplaires non timbrés des journaux où auront paru les 2 premiers [chapitres].

Je pense que j'ai sans doute mille remerciements à vous faire pour *Le Chardon*[4] que je n'ai d'ailleurs pas vu, et je saisis cette occasion, style Prudhomme, de déposer mon hommage à vos pieds. Quand vous verrez Madame O'Donnel[l], chargez-vous de mes souvenirs qui acquerront du prix à être exprimés par vous.

Gardez-moi les 12 premières feuilles du tome II, je vous les remplacerai. C'est *ma copie*[5].

Mille gracieusetés

de Balzac.

Auriez-vous l'excessive bonté de dire au sieur Théophile Gautier, notre spirituel ami qu'il ait la complaisance de m'envoyer avec les indications suffisantes pour trouver mon domicile ès champs, Préault le sculpteur[6] à qui j'ai affaire. J'ai oublié ce document dans la lettre écrite à votre Directeur général des feuilletons de *La Presse*, et c'est pressé.

Mille pardons belle Dame !...

Je dépose derechef et en réitérant mon hommage à vos pieds.

[Adresse:] Madame É. de Girardin | 11, rue St-George [*sic*] | Paris.
[Cachet postal:] 5 juin 1839.

39-111. DELPHINE DE GIRARDIN À BALZAC

Paris mercredi soir [, 5 juin 1839].

J'ai vu ce soir M. de Lamartine étendu sur un canapé et souffrant d'une manière horrible. Voilà vingt et un jours qu'il n'a mangé, et vingt et une nuits qu'il n'a dormi. Il ne vit que de lectures et il ne peut lire que vous. Je lui ai dit que vous aviez publié depuis quelques temps plusieurs ouvrages, il m'a priée en grâce de lui en donner la liste. Je vous la demande pour ne rien oublier. Il voudrait bien lire le *Grand Homme* dont je suis charmée, quand pourra-t-il l'avoir ? Le fragment qu'il en connaît lui a paru un chef-d'œuvre[1]. Il vous aime à la fureur et ne parle que de vous. C'est une faiblesse de malade que des gens en très bonne santé partagent. J'ai envoyé votre sonnet à *Plon*[2]. Je crains que ce vers

Je n'ai point de beauté

ne vous aille pas, il faudrait alors mettre

Et point de dignité

ou quelque bêtise semblable. Je me rappelle que Lucien est beau comme un ange[3].

Écrivez-moi vite les noms de vos livres, *Béatrix*, *La Fille d'Ève*, etc. J'ai fait votre commission auprès de M. Gautier. J'ai lu *Véronique*, c'est charmant. Le mot *Eh bien oui* est superbe. Je trouve seulement que vous ne le faites pas valoir avec coquetterie. Je le voudrais seul *à la ligne*, je voudrais aussi faire plus sentir l'affreuse observation de l'évêque. Je redirais souvent, et comme un refrain, *l'évêque la regardait toujours*. Vous trouverez cela mieux que moi. EH BIEN OUI[4] est un mot qui demande à être mis en scène.

Mille affectueux souvenirs. Quand viendrez-vous ?

D. G. de G.

39-112. ANTOINE POMMIER À BALZAC

Paris, ce 8 juin [1839].

Mon cher Monsieur,

On n'a rien fait hier au sujet de la présidence[1]. Ces messieurs n'étaient pas en nombre. On reprendra la question à l'expiration du congé.

J'ai fait votre commission jeudi à mon arrivée. J'ai remis les 50 fr. comme si vous m'aviez chargé d'acquitter une dette et les apparences ont été sauvées. J'ai de plus laissé mon adresse en annonçant que vous m'aviez choisi comme intermédiaire pour le cas où on aurait quelque chose à vous faire savoir. J'ai fait les choses discrètement et honnêtement encore bien que l'aspect du pays paraisse fort séduisant il ne m'est pas venu à l'idée d'aller de l'avant dans l'Arabie heureuse.

Disposez de moi si je puis vous être utile jusqu'à votre rétablissement que je souhaite de toutes mes forces et croyez-moi

Votre bien dévoué

Pommier A.

[Adresse :] Monsieur | de Balzac | à Sèvres.
[Cachets postaux :] Paris, 8 juin 1839 | Sèvres, 9 juin.

39-113. À LÉON CURMER

[Aux Jardies, 9 juin 1839.]

Mon cher maître, si vous voulez me faire le plaisir de venir me voir demain lundi ou au plus tard mardi[1], à Sèvres, aux Jardies, *chemin vert*, sur la route de Ville-d'Avray, muni d'espèces, v[ous] trouverez vos deux types, il m'est impossible de me remuer, j'ai eu un fâcheux accident qui me tient au lit, j'ai encore p[our] 15 jours d'inaction, ayant une jambe luxée . . . .
. . . .

T[out] à vous
de Balzac.

39-114. AU DOCTEUR NACQUART

[Aux Jardies, 11 juin 1839[1].]

Mon cher Docteur, j'ai eu un petit accident au pied, par une chute ou pour mieux dire une glissade, je vous ai fait, par délicatesse, l'infidélité d'envoyer chercher M. Noble[2] à Versailles, on était plus près et plus sûr de le trouver ; vous eussiez été dans Paris ; mais si vous avez envie de voir mes quatre bicoques et ma jambe, et faire une partie de plaisir, venez, vous êtes sûr d'admirer une ravissante position et de trouver une vieille amitié — Je vous donne cet avis comme au Surintendant et au maître absolu de ma Santé.

Mille gracieusetés.
Honoré.

Aux Jardies, après l'arcade du chemin de fer, à Sèvres, rive droite.

Soyez assez bon, si vous venez, d'apporter l'effet Brouette, n[ous] en compterons[3], ces pauvres gens, bien dévoués pour moi veulent poursuivre leur débiteur. Mille choses aimables à Raymond[4].

[Adresse :] Monsieur Nacquart | 10, rue Neuve St-Augustin | Paris.
[Cachet postal :] 11 juin 183[9].

39-115. À HIPPOLYTE SOUVERAIN

[Aux Jardies, 12 juin 1839.]

Monsieur Souverain

il y a d'horribles fautes dans *Béatrix*, et c'est la dernière fois que j'abandonnerai la lecture de mes épreuves, vous vous souciez d'un livre comme un épicier de ses pruneaux, c'est fort mal à v[ous] autres lib[raires]. J'ai à vous renvoyer de 6 à 9, tome II, *Fille d'Ève*, que j'ai déjà, je demandais la suite.

V[ous] ne m'avez pas envoyé la feuille 5 de ce même

tome II *Fille d'Ève*, que je demande depuis un mois, et qui termine la *Fille d'Ève*[1].

Je vous rendrai aussi la préface qui m'est inutile. Il ne faut pas décompléter vos exemplaires —

mille complim[ents,]

de Bc.

J'ai encore pour cinq jours avant de marcher.

Si par hasard, vous veniez me voir, voulez-vous vous charger de chez le voisin d'un *Byron*, de deux *Peau de chagrin* qu'il doit m'envoyer, et demandez-lui de plus un *Père Goriot*.

[Adresse :] Monsieur Souverain, | 5, rue des Beaux-Arts, | Paris.
[Cachet postal :] Sèvres, 12 juin.

39-116. LÉON CURMER À BALZAC

[Paris, 13 juin 1839.]

Monsieur,

Nous ne nous sommes pas entendus sur les termes accessoires de votre quittance ou plutôt nous n'avions pas prévu tout à fait ce que vous y avez inséré.

Voici comment je vous prie de la rédiger :

Je soussigné reconnais avoir reçu de M. Curmer la somme de six cents francs pour le prix de deux articles entièrement inédits intitulés *Le Notaire* et *Le Rentier*[1] qui demeurent la propriété de M. Curmer sauf le droit d'insertion dans mes œuvres complètes mais seulement après quatre ans du jour où les articles auront paru dans *Les Français* et sous la condition que M. Curmer autorisera le journal *Le Siècle* exclusivement à tous autres à reproduire ces deux articles quatre jours après qu'ils auront paru sans qu'aucun autre journal puisse les reproduire et sous peine de trois cents francs d'indemnité si le journal *Le Siècle* était autorisé par moi à publier ces deux articles autrement que dans les termes ci-dessus stipulés, ce à quoi je déclare m'obliger.

Vous concevez que ce serait une niaiserie un peu trop forte de payer six cents francs pour faire faire des articles au profit du *Siècle* et de *La Presse*.

La quittance ainsi conçue est telle que je l'ai toujours pensée et je crois que vous serez assez raisonnable pour y adhérer et croire qu'il faut bien quelque compensation à un prix aussi élevé que celui qui vous est donné.

Si donc vous approuvez ces termes envoyez-moi demain à l'heure que vous voudrez vos articles et votre quittance et je donnerai immédiatement à composer.

Je vous reparlerai des *Ouvriers* que je ne donnerai du reste à personne[2].

Je vous souhaite une prompte guérison et vous prie de me croire votre

sincèrement dévoué

L. Curmer.

Paris,
13 juin
1839.

39-117. À LÉON CURMER

[Aux Jardies, 13 juin 1839.]

Je soussigné reconnais avoir reçu de Mr Curmer, la somme de six cents francs, pour le prix de deux articles entièrement inédits intitulés *Le Notaire* et *Le Rentier*[1] qui demeurent la propriété de M. Curmer sauf le droit d'insertion dans mes œuvres complètes, mais seulement après quatre ans du jour où les articles auront paru dans *Les Français* et sous la condition que M. Curmer autorisera le journal *Le Siècle* exclusivement à tous autres, à reproduire ces deux articles quatre jours après qu'ils auront paru sans qu'aucun autre journal puisse les reproduire, et ce, sous peine de trois cents francs d'indemnité si le journal *Le Siècle* était autorisé par moi à publier ces deux articles autrement que dans les termes ci-dessus stipulés et ce à quoi je déclare m'obliger

approuvé l'écriture[2]

de Balzac.

Aux Jardies, treize juin 1839.

39-118. À LÉON CURMER

[Aux Jardies, 13 ? juin 1839[1].]

Comme ces 2 types seront travaillés encore, attendez la 2me épreuve avant de faire faire la lettre du commencement pour connaître celle que j'adopterai par la tournure de la phrase.

39-119. JULES CHABOT DE BOUIN À BALZAC

Paris, ce 13 juin 1839.

Monsieur,

Il est bien vrai que j'ai pris l'engagement de contribuer pour ma faible part à l'œuvre collective votée en assemblée générale par la Société des gens de lettres dont j'ai l'honneur de faire partie ; mais alors j'avais compté sans mon hôte, c'est-à-dire, sans une longue et douloureuse maladie dont je sors à peine. Ajoutez à cela que depuis quelques jours et pour tout le mois l'absence de mon associé M. Cormon, me laisse sur les bras la presque totalité des embarras de la Direction de l'Ambigu, et vous comprendrez, Monsieur, que je n'ai pu et que je ne puis me livrer, avec tout le soin qu'il demande, à un travail que j'aurais voulu rendre le moins possible indigne de sa destination.

Je pense donc, Monsieur, que mon excuse vous paraîtra bonne et valable. Je regrette vivement, pour moi surtout, de n'avoir pas plus de liberté, et de ne pouvoir associer mon nom à une œuvre qui sera belle, j'en ai la certitude, autant qu'elle est honorable.

Agréez, Monsieur et cher confrère, avec l'expression de mes bien sincères regrets, l'assurance de mes sentiments distingués.

Chabot de Bouin.

[Adresse :] Monsieur | Monsieur Paumier [*sic*] | 21, rue de Provence | Pour remettre à M. de Balzac.
[Cachet postal :] 14 juin 1839.

39-120. MADAME DELANNOY À BALZAC

[Paris, 14 juin 1839.]

Je voudrais bien, mon cher Honoré, avoir de vos nouvelles. Je sais que vos moments vont compter et je ne vous demande pas une longue épître : mais deux lignes, qui m'assurent que vous allez mieux, et que vous ne ferez pas d'imprudence. J'ai malheureusement une grande expérience des blessures au tendon : mon père l'a eu rompu, mon mari l'a eu déchiré, tous deux ont été bien longtemps à guérir et je ne saurais vous recommander trop de soin. Je suis très fâchée que vous soyez à la campagne, parce que je crains que vos affaires ne vous engagent à courir les champs trop tôt. Prenez-y garde, je vous en prie en grâce. Soyez minutieux et laissez les imprudents se moquer de votre sagesse, vous y gagnerez, soyez-en sûr. En vous pressant, vous ferez l'écrevisse, et voilà tout. Promettez-moi d'être sage, et dites-moi que vous êtes mieux.

Mon petit monde va bien. Toutes les bandes de ma petite-fille sont ôtées, la clavicule paraît bien remise, et j'espère que ce malheureux accident ne laissera pas de traces. Soyez aussi raisonnable que Louise l'a été[1]. Pendant 40 journées elle n'a pas sourcillé, et elle avait son bras bandé de façon à avoir la peau écorchée à plusieurs endroits. Prenez exemple sur ce grand personnage de 5 ans, et soyez docile aux ordres de la Faculté, et aux prières de vos amis, vous savez à ce titre qui doit être en première ligne.

Mille affectueux compliments de nous tous, et mille amitiés de plus de

Joséphine.

Ce vendredi 14 juin.

[Adresse :] Monsieur Honoré de Balzac | à Sèvres | Banlieue.
[Cachets postaux :] Paris, 14 juin 1839 | Sèvres, 14 juin.

39-121. HIPPOLYTE SOUVERAIN À BALZAC

Paris, le 14 juin 1839.

Mon cher Monsieur de Balzac,

Nous devions aller hier, Lassailly et moi, vous rendre visite ; il est venu selon sa promesse, ce brave ami, me prendre à 9 heures du matin, mais la mise en vente du *Grand Homme* m'en a tout à fait empêché[1]. Il m'a fallu encore courir toute la journée pour le placement. Quel mauvais mois que celui-ci pour la librairie!! Enfin…

Notre voyage est remis à mardi, où nous irons avec Mr Delaunay[2]. J'espère que vous serez convalescent, et que vos jambes seront guéries.

Voici les livres demandés pour vous à Charpentier[3], et 2 *Grand Homme*. Cela fait 4 que vous aurez reçus.

Agréez mes civilités empressées,

D. H. Souverain.

39-122. À HIPPOLYTE SOUVERAIN

[Aux Jardies,] samedi 15 [juin 1839.]

Monsieur

Mon accident a empiré, j'ai voulu marcher avant le terme et la rechute a été pire que le mal. Si vous venez mardi, n'oubliez pas cette fatale feuille 5, tome II *Fille d'Ève* que je demande depuis un mois[1], j'ai à v[ous] remettre les feuilles *Massimilla* dont je n'ai nul besoin, les ayant déjà depuis longtemps. V[ous] n'oublierez pas d'adresser un exemplaire[2] à Mme Girardin et un à M. Théophile Gautier au lieu d'en envoyer 2 à *La Presse*, sans distinction,

mes civilités

de Bc.

[Adresse :] Monsieur Souverain | 5, rue Beaux-Arts | Paris.
[Cachet postal :] Bureau de la M[ais]on du Roi | 17 juin 1839.

39-123. À DELPHINE DE GIRARDIN

[Aux Jardies, 20 ? juin 1839.]

Cara, v[ous] avez raison pour *Véronique*[1]. Mais j'ai demandé les épreuves des 2 derniers paragraphes.

Voici le 18e jour que je suis au lit[2] et c'est ma seule ressemblance avec le poète illustre, et j'avoue qu'elle est fâcheuse pour lui et pour moi. Je ne sais pas quand il me sera permis de redevenir bipède. *Béatrix* et la *Fille d'Ève* n'existent pas encore [en volumes], le libraire marche comme moi. Il a tout cependant ; mais je ne puis même pas prêter *ma* copie à v[otre] illustre ami, car il me manque 2 feuilles. Quant au *G[ran]d Homme*, v[ous] en recevrez nécessairement un exemplaire[3].

Les renseignements que v[ous] me demandez sont bien difficiles à donner. Il existe de moi 25 volumes in-12 intitulés *Études philosophiques*[4] ; puis 12 volumes in-8°, intitulés *Études de mœurs*, 3 volumes de *Contes drolatiques* dont je conseille fortement la lecture à v[otre] ami, mais en cachette de Milady[5]. Enfin, les œuvres détachées sont *Le Médecin de campagne, César Birotteau, Le Lys dans la vallée, Le Cabinet des Antiques, La Femme supérieure, Le Livre mystique,* etc., etc.

Ce fatras devient énorme et je suis sûr que v[ous] ne v[ous] en tireriez pas sans la protection du génie de la solitude.

Je suis mal pour écrire, et v[ous] demande pardon pour ce griffonnage, où cependant je veux écrire lisiblement mille gracieusetés de cœur, et une prière de me rappeler au souvenir de Mme O'Donnell.

V[otre] d[évoué] s[erviteur]

de Balzac.

Oui il est d'une beauté sublime. Mais v[ous] corrigerez v[ous]-même à la 1re édition.

39-124. À ANTOINE POMMIER

[Aux Jardies, 20 ? juin 1839.]

Mon cher Monsieur Pommier,

J'ai eu une rechute, affreuse. Voici le dix-huitième jour que je suis au lit, et ne sais que devenir. Ayez l'excessive bonté de faire un second pèlerinage, et quelqu'un se présentera de ma part, pour vous *remettre cent francs* — vous savez ce que je veux dire. Mille millions de merci. Dites qu'aussitôt que j'aurai l'usage de mes jambes, je serai là. Dites enfin qu'on peut m'écrire, rue Richelieu, 108.

Mille témoignages de mes sentiments les plus distingués

de Balzac.

[Adresse :] À Mr Pommier | agent de la Société des gens de lettres | à Paris.

39-125. JOACHIM LE COINTE À BALZAC

Paris ce 21 juin 1839.

À Monsieur de Balzaz [*sic*]

Monsieur,

Je reçois à l'instant votre lettre de change s'élevant à la somme *de dix-huit cent soixante* francs[1] [par] crainte de vous gêner, je vous préviens qu'à son échéance[2] je m'engage à ne vous exiger que la moitié. Vous me remetteriez [*sic*] le restant deux mois plus tard.

Agréez Monsieur avec mes remerci[e]ments, l'assurance de la profonde considération avec laquelle j'ai l'honneur d'être

Votre dévoué serviteur
Le Cointe.

[En marge, à gauche :]

Je reconnais que cette somme de dix-huit cent soixante francs forme le solde de mon compte avec vous.

Le Cointe.

39-126. À ANTOINE POMMIER

[Aux Jardies, juin 1839.]

Mon cher Monsieur Pommier,

Avez-vous pensé à moi ? Vous pouvez remettre à mon jardinier.

Mille compliments

de Balzac.

[Adresse :] À Monsieur Pommier | agent de la Société des gens de lettres | à Paris.

39-127. À HIPPOLYTE SOUVERAIN

[Aux Jardies, 22 juin 1839.]

Je prie Monsieur Souverain de remettre au porteur soixante francs ou cent s'il était possible que je lui remettrai le trente courant

22 juin 1839,
de Balzac.

[Adresse :] M. Souverain | libraire, rue des Beaux-Arts, 5.

39-128. À GERVAIS CHARPENTIER

[Aux Jardies, 23 juin 1839.]

Mon cher Maître Charpentier,

Vous pouvez venir chercher mercredi votre copie de *Balthazar ou la Recherche de l'Absolu*[1]. Faites-moi le plaisir de remettre au porteur une cinquantaine de francs que je vous rendrai mercredi prochain

Dimanche 23 juin 1839,

de Balzac.

M. Charpentier libraire 6, rue des Beaux-Arts.

Il passera demain matin prendre un *Goriot* p[our] ma bibliothèque, une *Peau* et un *Médecin*.

39-129. ÉMILE DE BONNECHOSE À BALZAC

[St-Cloud[1], 23 juin 1839.]

Monsieur et cher Président[2],

Vous m'avez témoigné le désir de connaître notre résidence et, après toutes les belles choses que vous m'avez fait voir, il est bien juste que je fasse de mon mieux pour vous en montrer aussi quelques-unes. Je crois bon de vous prévenir que Sa Majesté viendra peut-être prendre possession dans huit ou dix jours et je vous engagerais fort à venir avant cette époque. J'ai appris avant-hier de M. Pommier que vous êtes encore un peu souffrant mais si à la fin de la semaine vous pouviez mettre le pied dehors, je serai très charmé de vous recevoir. Tous les jours me sont bons, hors *mercredi*. Point de cérémonie entre nous, venez sans façon et en voisin, seul ou en compagnie.

Votre tout dévoué,

Émile de Bonnechose.

Sauvez-nous de la tour de *Babel*. Je préférerais pour premier et second titre MOSAÏQUE DES AUTEURS ou *Le Livre des mille et un*. Qu'en pensez-vous[3]?

Si vous pouvez venir prévenez-moi la veille ou l'avant-veille pour ne point risquer de faire un pèlerinage inutile.

Palais de St-Cloud, 23 juin 1839.

[Adresse :] Monsieur | Monsieur de Balzac | homme de lettres | à Sèvres, Seine-et-Oise.
[Cachets postaux :] St-Cloud, 23 juin | Sèvres, 24.

39-130. STENDHAL À BALZAC

[Paris, avant le 24 juin 1839.]

Fabrice a passé plusieurs fois, et se trouve bien marri de quitter Paris[1], sans voir monsieur de Balzac. Cet homme aimable est prié de se souvenir qu'il a un admirateur et l'on ose ajouter un ami, à Civita Vecchia.

[Adresse :] Monsieur de Balzac.

39-131. DELPHINE DE GIRARDIN À BALZAC

[Paris, lundi 24? juin 1839[1].]

M. de Lamartine doit dîner chez moi dimanche prochain, il veut absolument dîner avec vous, rien ne lui ferait plus de plaisir. Venez donc et soyez aimable ; il a mal à la jambe, vous avez mal au pied, nous vous soignerons tous deux, nous vous donnerons des coussins, des tabourets. Venez, venez.

Mille affectueux souvenirs.
Delphine Gay de Girardin.

Ce lundi.

39-132. À SOPHIE GAY

[Aux Jardies, 26 juin 1839.]

Chère amie, pouvez-vous nous faire l'aumône d'une petite nouvelle de 3 feuilles environ pour la publication de notre œuvre collective, je suis chargé des 3 1rs volumes et je serais bien content et fier de vous avoir, mais il nous faut cela, comme les femmes font tout, bien et vite. Bien, j'en suis sûr, vite, il nous le faut avant le 31 juillet. Vous avez toute latitude. Les gueux acceptent ce qu'on leur donne et tous vos morceaux sont bons. Adressez à M. Pommier agent de la Société, rue de Provence n° 21, et vous serez bénie, surtout par votre vieil ami qui vous envoie mille gracieusetés[1],

de Balzac.

[Adresse :] Madame Gay | avenue de Paris à la patte-d'oie | Versailles.
[Cachet postal :] 26 juin 1839.

39-133. MARIE *** À BALZAC

[26 juin 1839 ?]

Monsieur,

Quand on peint avec tant d'art la femme comme il faut[1] je ne puis croire que l'on hésite un seul instant à saisir l'occasion d'en connaître une de plus et malgré que vous ayez manqué à mon premier rendez-vous, je reviens de la campagne toujours avec la pensée de vous voir en vous indiquant le moyen de nous joindre.

Maintenant mes promenades au bois ne peuvent avoir lieu que le soir. Si vous voulez à compter d'aujourd'hui vous trouver à 9 heures près de l'arc de Triomphe de l'Étoile je serai seule et dès que je vous apercevrai je ferai arrêter et nous continuerons la promenade ensemble.

Dans le cas où vous voudriez en indiquer un autre vous serez je pense assez poli pour m'écrire P[oste] R[estante] à l'adresse de Mde Marie.

26 juin.

39-134. ANTOINE POMMIER À BALZAC

Paris, ce 28 juin 1839.

Mon cher Monsieur,

J'ai vu ce matin Pagnerre[1] que j'ai entretenu de notre projet de publication. Il m'a dit que le minimum de la vente des pamphlets de MM. Cormenin et Lamennais était de 10 000 [francs] ; mais qu'ils ne se vendaient à un aussi grand nombre d'exemplaires que parce qu'ils portaient la signature de leurs auteurs. Il pense donc qu'il ne serait pas possible d'espérer un grand succès de prime abord, c'est-à-dire pour les deux ou trois premiers pamphlets, il faudrait qu'ils fussent connus et qu'ils fissent sensation. Je lui ai assuré, et je ne crains pas d'être démenti par l'événement, que très certainement les pamphlets en question auraient un immense retentissement et j'ai promis de lui faire partager mes convictions en lui mettant sous les yeux l'échantillon que vous préparez en ce moment. Quand il l'aura vu, il courra volontiers la chance de la publication et risquera tous les frais d'usage. Comme vous le voyez l'affaire est en bon train et si vous le voulez vous pourrez gagner beaucoup d'argent.

Pagnerre m'a dit que le prix ordinaire de vente était de 50^c, mais qu'il y avait une remise de plus de moitié à faire aux commissionnaires.

J'ai pris chez lui les lettres de M. de Cormenin sur la liste civile et sur l'apanage[2] et comme je ne puis vous les adresser par la poste, je les fais mettre à la diligence des *Gondoles*, à votre adresse à Sèvres bureau restant. Envoyez-les prendre par votre domestique.

J'ai vu ce matin M. Charles Didier qui m'a dit que madame Sand était à sa terre de Nohant (Indre)[3]. Ayez donc la bonté de lui écrire de suite. Vous savez que cette lettre a pour objet de lui annoncer au nom du Comité qu'elle en a été nommée membre, vous arrangerez cela de manière à chatouiller encore sa gloire littéraire. Demandez-lui aussi un fragment pour notre publication. Je vous en prie bien écrivez de suite à Madame Sand et dites-lui aussi qu'on ne lui a pas donné avis plus tôt de sa nomination parce qu'on ne savait où lui écrire. Je compte sur votre exactitude et sur votre zèle pour les intérêts de notre Société[4].

Votre ami Karr est décidément des nôtres. J'ai enfin sa demande écrite[5].

Quand vous viendrez à Paris, installez-vous chez moi sans façon, je suis garçon pour deux mois et vous aurez tout un appartement à votre disposition, appartement qui vous convient d'autant mieux que vous n'êtes pas assez ingambe pour aller vous percher au 5ᵉ⁶.

Tout à vous

Pommier A.

[Adresse :] Monsieur | de Balzac | aux Jardies | Sèvres.
[Cachets postaux :] Paris | Sèvres, 29 juin.

39-135. À LÉON CURMER

[Aux Jardies, 29 juin 1839.]

Monsieur, j'ai eu par malheur, accidents sur accidents, je ne marche pas encore et il m'a été impossible de m'occuper de quoi que ce soit. D'hier seulement, au moyen de forts bandages, je puis faire usage de mon pied. J'ai déjà lu plusieurs fois les 2 articles et il y a des travaux pour les bien mettre au niveau des précédents, mais la première épreuve vous sera renvoyée d'ici à 3 jours, c'est le plus que je puis faire. N'envoyez jamais une lettre autrement que aux Jardies, à Sèvres, banlieue, autrement elle court les villages circonvoisins, c'est ce qui est arrivé avec v[otre] inscription de Ville-d'Avray où la poste ignore ou veut ignorer l'existence de

v[otre] s[erviteur]

de Balzac.

29 juin 1839.

[Adresse :] Monsieur Curmer | 49, rue Richelieu | Paris.
[Cachets postaux :] Sèvres, 29 juin 1839 | Paris, 30 juin 1839.

39-136. À GEORGE SAND

Aux Jardies, à Sèvres [, 29 ou 30 juin 1839].

Mon cher Georges [sic], les malheurs de la librairie[1], qui sont à leur comble, ont fait arrêter la réimpression de

Béatrix ou les Amours forcés dont j'espérais vous adresser un exemplaire à Nohan[t] assez à temps pour que vous l'y trouvassiez à v[otre] retour. Je ne veux pas que vous lisiez cette œuvre avant qu'elle ne vous parvienne en volume, car elle n'a paru que défigurée dans *Le Siècle*. Vous me ferez crédit jusque-là, quelque chose que l'on vous dise *de la Cousine germaine*[2] que j'ai donnée à George Sand, avant que George Sand ne fût. J'espère que vous serez contente, et si quelque chose n'allait pas à votre gré, je compte sur la sincérité de nos relations, la franchise de notre vieille amitié pour que vous me le disiez. La célébrité des femmes célèbres, comme vous et Madame de Staël et d'autres plus ou moins illustres, ne me permettait pas d'oublier ce trait de nos mœurs modernes, et type pour type, moi je préfère le plus beau.

Chère, j'ai lu *Marianna*[3], et j'ai douloureusement pensé à nos conversations au coin de votre cheminée. Il y aura bientôt des auteurs qui feront laminer leurs viscères et qui y imprimeront leurs existences. Nous arrivons aux horreurs du Colysée en littérature.

Adieu, vous savez combien je désire que vous viviez heureuse ; quant à moi, toujours les mêmes difficultés, le même travail, toujours des livres à faire, mais j'ai pour consolation la perpétuité même de mon œuvre. Je suis maintenant casé pour longtemps dans une petite maison, au bord du chemin de fer, dans la vallée de Ville-d'Avray, et quand vous viendrez à Paris, j'espère que vous me demanderez un matin des œufs frais et du café à la crème froide. Trouvez ici mille gracieuses choses de cœur

de Balzac.

J'ai trouvé *Les Amours forcés* plus joli que *Les Galériens*.

Les malheurs qui atteignent la librairie et qui finissent par retomber sur nous, ont donné plus d'importance que jamais à la *Société des gens de lettres*, vous êtes *membre du comité*, mais dispensée de prendre part à ses travaux si cela vous plaît. Cependant comme il nous faut de l'argent pour faire la guerre et pour nous fonder, n[ous] avons entrepris *un livre collectif* où chacun de nous met 3 ou 4 feuilles *gratis* et peut les reprendre dans un temps donné. Je suis président de la commission pour la publication de ce livre, et je vous supplie, *cara diva*, de m'envoyer la valeur de deux ou trois feuilles d'impression pour les 3 volumes que je publierai. Faites plus si vous voulez, vous êtes de ces oiseaux à qui l'on ne coupe pas les ailes, mais dans votre intérêt de dame de charité ne nous donnez qu'une petite perle comme *La Marquise* ou comme *Lavinia*[4]. Mais ne m'oubliez pas sur ce point. Quand j'aurai le plaisir et le bonheur de vous voir, je vous expliquerai quelles grandes choses *le Comité* dont vous faites partie est appelé à faire. Si vous savez où est l'abbé de Lamennais, demandez-lui quelques pages pour nous, en sa qualité de prêtre, il doit n[ous] faire une aumône *a rivederci*[5].

39-137. DELPHINE DE GIRARDIN À BALZAC

[Paris, fin juin 1839.]

Je vous envoie la lettre de M. de Girardin. Je garde l'épreuve, il n'y a rien à corriger, mais pourquoi avoir changé la rédaction[1] ? Ce mauvais sonnet ne méritait aucun égard ; et je trouvais le tour si joli ; c'était la plus charmante malice du monde.

Remerciez pour moi *Mme de Bargeton*[2].

Le chapitre qui suit les vers est un chef-d'œuvre ; quel dommage qu'il ne soit point dans *La Presse*. Pourquoi ne nous avoir point donné *Le Grand Homme* ? Je le regrette, c'est charmant.

Et vous je vous regrette aussi. Le malheur et la persécution[3] ne nous ramèneront-ils pas un ancien ami. Ce serait une fête pour moi de vous voir venir un de ces matins. Aurez-vous le courage de refuser un plaisir à ceux qui n'ont que des tourments.

Affectueux souvenirs

D. G. de Girardin.

39-138. À CHARLES PLON

[Juin ou juillet 1839.]

Donner une nouvelle épreuve double de ceci seulement avec la chasse, pour *deux heures* aujourd'hui et l'envoyer avec cette copie, rue Godot de Mauroy, n° 22 chez M. Jacques Strunz.

Si cela peut faire la feuille, faites la feuille. Ne vous occupez pas du carton que je garde[1].

39-139. AU COMMANDANT PÉRIOLAS

Aux Jardies, à Sèvres [, fin juin ou juillet 1839].

Cher commandant,

M. Car[r]aud m'a appris que vous étiez pour le moment caserné à Lyon avec l'alternative de faire feu qlq matin sur les républicains[1], ce qui vous amusera beaucoup moins que de tirer sur les Kaiserlick[2]. Que Dieu vous garde ! J'ai pensé que vous deviez vous ennuyer passablement dans cette grande scélérate de ville où il y a peu de poésie et beaucoup de mercantilisme, et j'ai pensé à vous voler un peu de temps en vous donnant une petite commission.

Vous aura-t-on dit que j'ai renoncé à Paris du moment où je me suis aperçu que je serais plus près du Palais-Royal à Sèvres qu'à la rue Cassini ou à la rue des Batailles forcé que je suis d'habiter un faubourg pour avoir la paix nécessaire à mon état de noirciceur de papier, et que ce fait est arrivé par la vertu du chemin de fer (rive droite) ? Et j'ai fait bâtir une maisonnette, deux maisonnettes, 3 maisonnettes et bientôt un village, dans la vallée de Sèvres à Ville-d'Avray, au lieu dit les Jardies et de manière à me trouver situé sur le débarcadère même de ce chemin de fer. En sorte que d'une allée de mon jardin je monte en vaggon [*sic*]. Commandant, j'ai planté là ma tente pour une dixaine d'années, temps nécessaire à l'achèvement d'une bâtisse littéraire bien autrement longue, coûteuse et chanceuse. Vous devez en voir de temps en temps quelque fragment, si vous avez du loisir pour ces sortes de choses. J'ai donc réuni là toutes les aises de la vie. J'ai même une maison louée à une famille qui me permet de n'être pas seul[3] quand je suis trop fatigué de veilles et de travaux. J'ai de vastes écuries, des remises, etc., et j'ai aussi enfin une cave à moi, mais une cave vide, et ne sais où est votre cousin ou neveu Robin[4]. Mais vous êtes près de l'Hermitage, vous êtes à deux doigts de Tournon, ainsi, si ce n'est pas trop présumer de votre vieille amitié pour un pauvre écrivain public, je vous demanderai de me faire envoyer une pièce de vin rouge et une de blanc[5], *à M. de Balzac, à Sèvres, rue de Ville-d'Avray, aux Jardies*. Il n'y a ni entrées, ni rien à payer, n[ous] n'avons pas d'octroi. Faites les prix pour moi, en pensant que je suis devenu plus gueux qu'en aucun temps, car, hélas, commandant, cette maison ou ces maisons ont fait la boule de neige, et ont augmenté ma dette qu'un jour ou l'autre le succès doit payer. Ma vie eſt toujours celle de l'armée d'Italie, moins Napoléon. Je me bats, je verse des flots d'encre, je passe les nuits, je mange un pain trempé de cervelle, et n'aperçois point de Leoben[6], ni de triomphe matériel. La contrefaçon belge m'a enlevé déjà 1 200 mille francs[7]. La librairie se meurt, et je ne peux vivre qu'avec les journaux qui me font le traitement d'un maréchal de France, ce qui ne suffit pas à éteindre l'arriéré. Voilà ma situation, *dear* commandant, et il faut toujours écrire, être toujours neuf, jeune, ingénieux, et achever mon hiſtoire de la société moderne en action. Je puis vous dire ces choses à vous, qui êtes une vieille connaissance et qui m'aimez un peu, malgré l'isolement, les séparations et n[os] traverses, car n[ous] sommes deux vieux lutteurs et nous sommes liés par une eſtime réciproque. Je vous dois plus d'un détail, je suis votre débiteur de plus d'une manière ; aussi ne croyé-je pas nécessaire de vous demander la permission de vous dédier quelqu'une de mes hiſtoires, j'éprouverai bien du plaisir à inscrire votre nom sur une des pierres de ce que je voudrais voir devenir un monument[8]. Voilà que je vous ai beaucoup parlé de moi, mais j'imagine que vous comprendrez qu'en retour vous ne me parlerez que de vous dans la réponse, autrement j'aurais eu tort. Madame Car[r]aud, dans sa visite[9], m'a dit que vous viendriez achever de ronger vos rations à Versailles et j'ai bondi de joie. Eſt-ce vrai ? Vous seriez dans un faubourg de Paris.

Adieu, cher commandant, prenez là une bonne et amicale poignée de main de

v[otre] d[évoué] s[erviteur]

de Balzac[10].

39-140. À DANIEL ROUY

[1er ? juillet 1839.]

M. de Balzac prie Monsieur Rouy de remettre au porteur pour lui, 1º un exemplaire de chaque numéro de *Véro-*

nique paru — 2° plus un double exemplaire de l'article d'hier et de celui d'aujourd'hui[1].

M. de Balzac remercie Monsieur Rouy

de Bc.

39-141. À DANIEL ROUY

[Paris, 1ᵉʳ ou 2 juillet 1839.]

Monsieur,

Je n'ai pas reçu ce matin les 3 exemplaires convenus de *La Presse*. J'ai envoyé à 10 h. On a répondu qu'on attendait les porteurs pour s'expliquer. Voici 1 heure, et je n'ai rien. Il est très important pour moi d'avoir ces exemplaires avant qu'on sache ce qu'on en a fait. Je vous prie donc de donner des ordres pour que je les aie, et que pendant ces 12[1] jours qui seront encore employés à cette publication, cette inattention n'ait plus lieu, car ce n'est pas pour me lire que je les réclame.

Agréez mes salutations

de Bc.

39-142. LA COMTESSE O'DONNELL À BALZAC

[Paris, mardi 2 ? juillet 1839.]

C'est moi qui suis chargée de répondre à votre lettre adressée à Versailles. Ma mère souffre de ses yeux et ne pourrait s'en servir pour faire ce que vous désirez. Entre nous, je vous dirai que je crois que vous lui avez donné un trop court délai. Si vous tenez à obtenir un article d'elle, je vous conseille de lui récrire que vous lui donnez plus de temps. Je pourrais lui servir de secrétaire. Dimanche, elle n'aurait plus l'excuse de la fatigue pour les yeux[1].

Je viens de lire *Véronique*. C'est admirable. Quel intérêt ! Surtout pour moi qui préférerais assassiner moi-même une seconde fois n'importe qui plutôt que d'essayer une minute un cilice de crin. Ah ! grands Dieux ! Véronique n'avait donc pas la peau fine ?

Je suis bien ravie aussi de la *Princesse parisienne*[2]. Mon Dieu, que c'est joli ! Je ne critique que l'âge du monsieur. C'est bien dommage qu'il soit député. Cela le fait trop vieux. Ce n'est qu'à 27 ou 28 ans qu'on se laisse duper, sans être ridicule. On croit encore aux exceptions réservées à soi seul au monde, mais à 38, c'est un imbécile s'il ne se méfie de rien, ou plutôt s'il ne se doute pas de tout. Faites attention à cette réflexion sur l'âge, je la crois très juste[3].

Bonjour. Je me suis empressée de m'acquitter promptement de la commission de ma mère. Je ne sais pas perdre une occasion de communiquer avec vous.

É. Ctesse O'Donnell.

Mardi.

39-143. ÉMILE DE BONNECHOSE À BALZAC

[Saint-Cloud, 2 juillet 1839.]

Mon cher Monsieur de Balzac,

La grande question de votre clef[1] a été de nouveau mise sur le tapis dans le grand conseil de M. Druy; l'affaire marchait bien et déjà je tenais cette fameuse clef par un bout lorsqu'une voix s'est élevée pour dire que la clef de la *porte* en question était la même que celle des *jardins réservés* qui ne se donne à personne fussiez-vous le pape ou le grand Turc : et quant à changer la serrure c'est une affaire de l'autre monde : la conclusion de tout ceci a été que lorsque vous ou votre société voudrez passer à pied, à cheval ou en voiture par la *dite porte*, vous pourrez envoyer prévenir le portier de Ville-d'Avray qui aura l'ordre de vous l'ouvrir. Telle est, mon cher Président, la dernière limite, non de la bonne volonté, mais des pouvoirs de M. Druy[2]. Je regrette que mon ambassade n'ait pas eu meilleur succès. Donnez-moi des nouvelles de votre pied et veuillez dire à M. et Mme de Visconti que je serais heureux de pouvoir leur être agréable en quelque chose.

Recevez mon cher Monsieur de Balzac la nouvelle expression de mes sentiments affectueux et très distingués.

Votre tout dévoué

Émile de Bonnechose.

Palais de St-Cloud, 2 juillet 1839.

[Adresse :] Monsieur | Monsieur de Balzac | homme de lettres | Sèvres | Seine-et-Oise.
[Cachets postaux :] St-Cloud, 2 juil. 1839 | Sèvres, 3 juil.

39-144. À HÉLÈNE DE VALETTE

Sèvres, aux Jardies [, 3 juillet 1839].

Mademoiselle[1], il m'est encore impossible de marcher, et cette douloureuse circonstance vous expliquera le retard que peut éprouver l'échange de mes pauvres fleurs de Rhétorique contre vos délicieux bouquets qui sont comme la folie du travail et l'œuvre d'une fée en prison. Les sentiments exprimés dans votre lettre m'excuseront sans doute auprès de vous d'être à la campagne et de fuir Paris qui est mortel pour certaines âmes.

Vers la fin de cette semaine, j'aurai remis les volumes, s'ils sont prêts à l'adresse que vous m'indiquez.

Puisque vous imitez Dieu qui répand ses dons sans le montrer, je vous exprimerai donc ici ce que je voulais vous dire, que je suis touché des sentiments auxquels je dois votre lettre[a], et que je ne vous ai répondu qu'en les distinguant de toutes ces curiosités, auxquels [sic] les auteurs donnent lieu. V[otre] dernier mot et ce que vous m'y dites me prouve qu'il y a en effet bien de la poésie dans votre cœur.

Les sentiments vrais sont toujours habiles, et quand je pense à tout ce que je devais perdre, je trouve que vous faites bien ; mais laissez-moi vous prier de croire que je ne penserai plus sans voir v[otre] mystérieuse figure, à la Bretagne et à ce beau pays où vous êtes[2].

J'ai donné lieu à qlqs calomnies, mais si v[otre] marraine[3] peut avoir raison en chose générale, je vous supplie de croire, Mademoiselle, que parmi, je ne dirai pas les auteurs, mais les hommes, je suis un de ceux qui ne peuvent que vous admirer d'une manière absolue, quand même je ne serais pas l'objet de ce que vous appelez la tournure romanesque de votre esprit. Nous autres, plus que tous ensemble, savons combien est rare cette noble franchise du cœur qui se sépare des choses convenues. Ôtez, je vous en prie, une idée qui serait amère. Je vous prie de trouver ici mes remerciements et l'expression de ma reconnaissance pour toutes vos délicatesses

de Bc.

3 juillet.

39-145. GEORGE SAND À BALZAC

[Nohant, vers le 2 juillet 1839.]

Cher confrère, j'attendrai votre envoi, car je n'ai pu me procurer que quelques numéros de journal où je vois bien des détails charmants mais auxquels je ne comprends goutte[1]. Je craindrais de gâter d'avance mon plaisir, en cédant à cette curiosité de lire à bâtons rompus. Ainsi, je m'impose la patience et je compte que vous n'oublierez pas votre promesse.

Je ferai tout ce que vous voudrez. Je ne comprends pas encore à quoi notre fameuse association nous sert. Le mot *association* m'a séduit car en principe, il est bon que nous soyons unis pour nous défendre contre les éditeurs, contrefacteurs et autres *Dévorans*[2]. Mais jusqu'ici qu'avons-nous fait et que pouvons-nous faire? Leurs tricheries sont insaisissables à ce qu'il me semble. Au reste, vous savez mieux que moi ce que nous pouvons espérer de notre coalisation [*sic*]. Vous donnerez sans doute de bonnes idées aux législateurs particuliers que nous nous sommes choisis, et dans l'occasion, s'il y a lieu, vous serez mon représentant à ces assemblées et vous y joindrez mon vote au vôtre. Quant à moi, je sais ce qu'il faudrait mais non *comment*. Je n'entends rien à quoi que ce soit. Je vous dirai que j'ai fait le plus maussade de tous les voyages et que jamais voyage projeté n'avait mieux mérité le nom de château en Espagne. Je reviens de ce pays-là avec une aversion maladive pour le sol, le climat et la race. Majorque est pourtant le plus beau pays du monde. Ah! si on voulait nous en donner à chacun la moitié, quel joli *Tusculum* nous en ferions! palmiers, myrtes, aloès, citronniers, orangers, amaryllis, cactus, quelle flore magnifique! Et quelle Méditerranée, quels rivages, quels cratères, quels monuments arabes, quels cloîtres en ruines, quel silence, quelle solitude! Mais j'ai eu l'enfer au milieu de tout cela. Figurez-vous une population sauvage, carthaginoise pour la loyauté, espagnole pour le fanatisme. Nous avons subi la persécution, non pas à coups de langue comme dans nos provinces de France, mais à beaux et bons coups de pierre, pour le crime de ne point aller à la messe et de faire gras le vendredi[3]. Nous en sommes revenus malades, déguenillés, volés, pressurés, spleenétiques ; et nous disant les uns aux autres :

— *Mais que diable alliez-vous faire*, etc.

Aussi Nohant, tout prosaïque qu'est le pauvre ermitage berrichon, me semble la terre promise, et Robert Macaire me semble profond à commenter quand il dit : *Ô France, ma belle France, je te reste !* Je ne suis pourtant ici que sur un pied, craignant d'être forcée d'aller à Paris m'occuper de régler des mémoires d'architectes, des comptes d'avoué et autres délassements poétiques. J'aimerais bien mieux passer mon été ici et vous engager à venir m'y voir. Dites-moi que vous avez gardé un bon souvenir des longs soirs d'hiver que vous avez passés à lire au coin de mon feu. Pour moi, c'est au nombre de ces bonnes annales de l'amitié qui donnent du prix à une demeure.

Bonsoir, cher Dom Mar, ne vous inquiétez pas de ma *susceptibilité*. Flattée ou non flattée dans la *Cousine Germaine* dont vous me parlez, je suis trop habituée à faire des romans pour ne pas savoir qu'on ne fait jamais un *portrait*; qu'on ne peut ni ne veut copier un modèle vivant. Où serait l'art, grand Dieu! si l'on n'inventait pas, soit en beau, soit en laid, les ¾ des personnages où le public bête et curieux veut reconnaître des originaux à lui connus? On me dit que vous avez noirci terriblement dans ce livre une blanche personne de ma connaissance, et son coassocié[4] à ce qu'il vous plaît d'appeler *les galères*. Elle aura trop d'esprit pour s'y reconnaître, et je compte sur vous pour me disculper, si jamais il lui vient la pensée de m'accuser de délation malveillante.

L'abbé de la Mennais [*sic*] est à Paris, mais je ne sais pas son adresse actuelle. Vous êtes plus en position que moi de le trouver. Nul doute qu'il vous donnera, ainsi que moi, les pages que v[ou]s demandez. C'est un grand partisan du principe d'association et son dévouement à toutes les causes qu'il embrasse est sans bornes.

À vous de cœur,

George.

J'oubliais de vous dire que j'ai été à Gênes[5], que j'ai parlé de vous avec le marquis di Negro[6] et que j'ai vu, sur sa cheminée votre statuette, qui est là en grand honneur, entre la canne de Napoléon et la harpe de Stradivarius.

39-145a. FRANÇOIS HUBERT À BALZAC

[Paris, 11 juillet 1839.]

Monsieur,

Ainsi que nous en sommes convenus la dernière fois que j'ai eu l'honneur de vous voir, veuillez régler à votre disposition la somme de *Deux cent cinquante francs* à l'ordre de Monsieur Damougeot pour solde des fournitures qu'il m'a fait[es] et à valoir sur mon mémoire des divers travaux que j'ai exécuté[s] pour votre compte.

Le Sieur Peroux, zingueur, réclame une somme de 31^F,50^c cette

somme doit être acquittée par vous attendu que les travaux que
comporte cette note sont ceux nécessités par suite du travail du
fumiste qui a détérioré celui que j'avais fait faire.

Ma position est toujours bien misérable, j'attends toujours non
sans impatience le moment fortuné que vous m'avez tant de fois
promis quand arrivera-t-il donc[1] ?

J'ai l'honneur de vous saluer

Hubert.

Paris, ce 11 juillet 1839.

[Adresse :] Monsieur | Monsieur de Balzac | aux Jardies.

39-146. ANTOINE POMMIER À BALZAC

Paris, ce 14 juillet 1839.
Commission pour la publication
de l'œuvre collective.

Mon cher Monsieur,

Vous m'abandonnez au moment décisif. Le temps nous gagne
et vraiment j'ai grand-peur de ne pas être en mesure. Mardi à
trois heures précises votre commission statue définitivement sur
les admissions et les rejets des manuscrits, veuillez bien vous y
trouver car vous en êtes l'âme[1].

Votre *Grand Homme* fait bouder Gozlan qui nous laisse en
plan.

Votre bien dévoué

Pommier A.

[Adresse :] Monsieur | de Balzac | aux Jardies | Sèvres.
[Cachets postaux :] Paris, 15 juil. 39 | Sèvres, 15 juil. 39.

39-147. À GEORGE SAND

[Aux Jardies, juillet 1839.]

Mon bon Georges [*sic*], je vous envoie mille gracieusetés
de cœur pour votre réponse[1], et comme vous savez l'horrible lutte que je soutiens vous ne vous étonnerez pas de la
brièveté de ma réponse, car je combats en ce moment
pour ce qu'il y a de plus près du corps. Si vous venez à

Paris, n'oubliez pas les Jardies. Sachez une fois pour toutes qu'il y aura là au mois de 9bre une petite maison tout entière à v[otre] service si vous vouliez travailler loin de tout bruit, et que grâce au chemin de fer qui a un débarcadère dans mon jardin on s'y trouve plus près du centre de Paris que si l'on demeurait dans un faubourg, car on ira pour 8 sous et en 15 minutes. Enfin, envoyez-moi courrier par courrier les 3 ou 4 feuilles d'aumône que je vous demande pour n[otre] livre collectif, vous les reprenez 6 mois après dans votre œuvre, et je tiens à ce que vous soyez avec Victor Hugo, Lamartine et moi dans le 1er volume[2]. Quant aux avantages de ce que nous tentons, je vous les expliquerai la première fois que j'aurai le bonheur de vous voir, soit à Paris, soit à Nohan[t], car croyez bien que je compte parmi mes bonnes heures celles que je puis passer auprès de vous. La librairie est morte pendant que n[ous] n[ous] écrivions tous ont fait faillite, moins Souverain, Charpentier, et Gosselin il n'y a plus qu'eux et Dumont, d'éditeurs[3]. *Béatrix* est arrêtée à l'impression, faute d'acheteurs, et je ne sais quand je pourrai vous l'envoyer, mais, encore une fois, attendez le livre pour le lire, j'ai relativement à ceci de la fatuité et de la coquetterie. Oh! l'on en a dit! tout le monde a voulu que ce fussent vos deux amis, et j'ai fait l'un atroce et l'autre admirable, le moyen que cela leur ressemble. Vous ne vous souvenez pas que je vous ai dit quand vous êtes partie pour les *Baléares*: — Vous en reviendrez promptement. Vous avez eu la 2e édition de mon horrible Sardaigne. Pauvre Georges, plus vous irez et plus vous verrez comme moi qu'il n'y a que la France quelqu'impatientante qu'elle soit.

Oh! que n'êtes-vous ici? vous nous aideriez à faire un théâtre à nous car il n'y a plus que cela pour vivre si nous ne réussissons pas à améliorer notre sort par notre coalition.

Addio Cara, je vous envoie mille tendresses, et mille souhaits pour vos plaisirs ou mieux pour votre bonheur. Vous êtes un de ces cœurs à qui tout est dû; aussi avez-vous chez moi les privilèges les plus étendus. Embrassez au front vos deux petits pour moi. À propos, mon éditeur a oublié, le misérable, une dédicace que je vous ai faite du *Père Goriot*, mais à la 1re réimpression, elle s'y trouvera et je vous l'enverrai[4]. Il n'y a qu'*à George Sand, son ami*. Et il la mettra par un carton dès que ses *brochés* seront épuisés. Ce petit présent est la preuve d'une grande amitié. À bientôt,

de Balzac.

Il faut que n[ous] ayons livré les manuscrits le 31 juillet ou nous perdons 6 000 f. destinés à bien des secours et des frais de n[otre] boutique d'auteurs.

39-148. ANTOINE BERRYER À BALZAC

[Mardi, 16 juillet 1839.]

Mon cher Balzac je ne sortirai pas de chez moi aujourd'hui avant deux heures. Venez, et je serai charmé de causer avec vous et à votre gré.

Tout à vous
Berryer[1].

Mardi 16.

39-149. À JEAN-TOUSSAINT MERLE

[Paris, avant le 19 juillet 1839.]

Mon cher Merle[1],

Pouvez-vous nous indiquer, si vous ne pouvez pas le donner, le numéro où vous rapportez le mot de Buloz au Roi ?

Mille amitiés

N[ous] pouvons en faire une affaire grave[2],

de Balzac.

[Adresse :] Monsieur Merle | pressée | de la part de M. de Balzac.

39-150. À VICTOR HUGO

Paris, 19 juillet 1839.

Monsieur et cher collègue,

Nous avons l'honneur de vous annoncer que, dans sa séance de ce jour, le comité vous a nommé, ainsi que monsieur Gozlan et moi, pour décider une chose grave relative à la littérature et à notre société[1] ; j'ai donc l'honneur de vous proposer de venir déjeuner aux Jardies chez moi, à Sèvres, pour pouvoir mûrir à notre aise, sous les ombrages des bois, ce projet qui est immense, et monsieur Gozlan a accepté, ainsi, sans réponse, j'aurai l'honneur de compter sur vous[2] ; au cas contraire, ayez la complaisance de prévenir M. Gozlan du *non*.

Trouvez ici mes sincères hommages d'admiration,

de Balzac.

Pour arriver aux Jardies, on prend l'omnibus de Sèvres, au Carrousel et on se fait arrêter à l'arcade de Ville-d'Avray. Les Jardies sont sur la route de Ville-d'Avray, après l'arcade du chemin de fer.

39-150a. FRANÇOIS HUBERT À BALZAC

[Paris, 19 juillet 1839.]

Monsieur,

Dans ma dernière[1] je vous annonçais que je vous enverrais le lendemain les marbres des murs, il ne m'a pas été possible de le faire, les voitures publiques n'ayant pas voulu se charger de ces objets.

Je vous ai rappelé ma position qui m'a fait retarder la paye ; il faut être en mesure samedi, avez-vous fait de votre côté les démarches nécessaires ? Cette semaine jointe aux précédentes augmente mes besoins ; je ne puis prolonger le paiement aux ouvriers si vous ne me secourez pas il faudra définitivement s'arrêter.

Avisez au moyen d'avoir des fonds je vous en prie.

Je vous salue

Hubert.

Ce 19 juillet.

39-151. HIPPOLYTE SOUVERAIN À BALZAC

[Paris, 20 juillet 1839.]

Mon cher Monsieur de Balzac,

Me voici de retour, sans que je sache ce que devient *Massimilla*. Il faut pourtant que cela finisse, car je ne puis rien faire des in-12 qui sont ici et que je céderais bien à 50 cent. à celui qui voudrait me reprendre le tout[1].

Je viens donc vous prier de me dire ce que vous désirez faire à ce sujet. Remarquez que ces quelques pages me retiennent l'édition in-8° et mes 20 vol. in-12. Quand je pense à cela, je suis très en colère contre vous, car en vérité ce n'est pas raisonnable d'arrêter tant de choses pour si peu. Je vais prévenir M. Lecou que je ne paierai pas les billets que j'ai faits sur l'in-12 parce que j'ai acheté à un an de l'exploitation et ne suis pas à un an de notre traité. Car de la façon dont cela va, rien ne m'indique quand je pourrai exploiter ces valeurs qui meurent entre mes mains faute de cette nouvelle livraison.

Dans le voyage que j'avais dû faire je n'ai pas pu en vendre 5 exemp[laires], vous voyez dans quelle perte ces retards me peuvent mettre.

Quand viendrez-vous à Paris? j'espère que votre jambe est remise et que vous courez comme... comme si vous aviez 15 ans, ce que je vous souhaite et à moi aussi.

Mes civilités.

D. H. S.

20 juillet.

[Adresse :] Monsieur de Balzac | aux Jardies | Près et par Sèvres.
[Cachets postaux :] Paris, 20 juil. | Sèvres, 21 juil.

39-152. À HIPPOLYTE SOUVERAIN

[Aux Jardies, 21 juillet 1839.]

Monsieur,

Comme au lieu de mettre en vente *Béatrix* dont vous êtes livré depuis 2 mois, et que vous vouliez publier aussitôt, et dont la vente sera compromise par des retards, vous avez arrêté l'impression, je n'ai pas pressé *Massimilla* — Si vous la voulez, et il y paraît d'après votre lettre, elle sera terminée pour dimanche prochain.

Je ne suis d'ailleurs libre de tout mal que depuis 10 jours, j'ai eu des rechutes, et je souffrirai, disent les médecins, pendant 2 mois encore, mais je puis travailler.

Mille compliments,
de Bc.

Dimanche 21 juillet.

D'ici à un mois, vous aurez les nouvelles et les 3 ouvrages qui accomplissent les deux traités. Je vous prie d'avoir la complaisance de redemander chez M. Plon, mon 1ᵉʳ volume du *Grand Homme* et les 12 premières feuilles corrigées du tome II que Mme de Girardin lui a renvoyées par mégarde, et que j'ai déjà envoyé chercher plusieurs fois, et enfin de me compléter en bonnes feuilles ce même tome II qui me sert de copie et à mes corrections. Je serai vraisemblablement mardi à Paris, et vous pouvez faire remettre cela, rue Richelieu ; jeudi vous aurez tout prêt la correction du reste de *Massimilla*.

Je reviendrai quand je vous verrai sur le retard de *Béatrix* qui est surtout contre vos intérêts, et rendra la comparaison d'une vente d'œuvre réimprimée d'un journal avec celle d'une inédite, plus difficile à faire. *Le Grand Homme* aurait entraîné beaucoup de *Béatrix*, et *Béatrix* ira par lui seul et n'entraînera pas de *Grand Homme*.

[Adresse :] Monsieur Souverain | Libraire, 5 rue des Beaux-Arts | Paris.
[Cachets postaux :] Sèvres, 22 | Paris, 22 juil. 39.

39-153. À HIPPOLYTE SOUVERAIN ?

[Aux Jardies, juillet 1839[1] ?]

[...] cela est si bien l'usage que pour *Notre Dame* à ma connaissance M. Victor Hugo n'a pas voulu même pour une somme d'argent offerte permettre à M. Gosselin de changer l'in-12 pour l'in-8°

de Balzac.

39-154. SOPHIE DE BAWR À BALZAC

Paris, ce 23 juillet [1839].

Plus je pense, monsieur, à ce que vous m'avez demandé avant-hier, plus je sens l'impossibilité de vous satisfaire pour l'époque que vous avez fixée. Un des motifs qui s'y opposent le plus est la répugnance que j'éprouve à paraître la première dans le recueil que vous allez publier, quand les noms de Mde Sand et de Mde de Girardin s'y trouvent. Le talent de ces dames étant si fort au-dessus du mien, je crains que cela ne me donne un ridicule. Je n'ai jamais aimé à me mettre en avant ; car vous pouvez savoir que je ne me suis fait nommer au théâtre que depuis peu d'années et lorsqu'il m'est devenu impossible de faire autrement. Souffrez donc que je reste à la place qui m'est naturellement assignée, et que je ne donne rien avant que Mde Sand ou Mde de Girardin ait rempli sa promesse. D'autant plus que je ne saurais écrire quelque chose de passable en cinq ou six jours qui me restent. Je prends ici l'engagement formel de vous donner une nouvelle pour le second volume et je vais m'efforcer d'être moins indigne d'accoler mon nom à tous les vôtres[1].

Ne m'en voulez pas, Monsieur, je vous en prie. Vos ouvrages m'ont fait passer tant de délicieux moments que tout mon désir serait de vous être agréable ; la preuve en est, que vivant de ma plume, je suis prête à l'employer gratis pour une entreprise qui vous intéresse, si vous m'accordez le répit que je me vois forcée de solliciter.

Agréez, je vous prie, l'assurance de mes sentiments les plus distingués.

S. de Bawr.

39-155. GEORGE SAND À BALZAC

[Nohant, 24 juillet 1839.]

Cher ami, je vous écris deux mots à la hâte pour vous dire que je ne pourrai pas fournir mon contingent à votre premier volume parce que Buloz à qui je suis liée par un traité féroce ne veut pas entendre parler de me laisser un petit brin de liberté. Ordinairement, il est plus traitable, et comme je n'abuse jamais de sa permission pour *faire de l'argent* mais pour rendre service, il a grand tort de se montrer si jaloux de ses droits d'éditeur. J'espère *qu'il en reviendra*, comme on dit en Berry, car au fond, il est parfois bonhomme avec moi, mais dans ce moment-ci (car pendant que vous me répondiez, je lui écrivais pour lui demander cette permission sans lui dire de quoi il s'agissait) il invoque l'honneur, les serments, la foi jurée. Vraiment, depuis qu'il est au Théâtre-Français, il est d'un style héroïque. J'espère toutefois que je pourrai le fléchir pour votre 2^d volume[1], car il doit venir ici sous peu de jours, et, s'il le faut, je le griserai pour le porter à la bienveillance. Mais ce sera je vous le promets, avec le plus mauvais vin possible, avec le vin du cru.

Bonjour, mon cher frère. Merci mille fois de votre dédicace. Je la prends en effet comme une grande preuve d'amitié et croyez que j'en suis digne par le prix que j'en sais faire.

À vous de cœur,

G. S.

[Adresse:] Monsieur de Balzac | aux Jardies | à Sèvres | Banlieue de Paris.
[Cachets postaux:] La Châtre, 24 juillet | Sèvres, 26 juil.

39-156. ÉTIENNE GEOFFROY SAINT-HILAIRE
À BALZAC

[Paris, 25 juillet 1839.]

Mon respectable et brillant ami,

J'en suis resté avec vous aux gracieusetés que vous m'avez faites lors de notre rencontre, si aimable de votre part sur le boulevard de Gand, ma femme promenait son vieux impotent. J'eus le malheur de ne pas vous reconnaître aussitôt et de me montrer embarrassé à votre vue pour le motif que je me croyais voir recherché par le littérateur *Jules Janin*. Sous l'empire de cette erreur, je vous battis froid : mais comme je changeais subitement quand j'appris le nom de mon interlocuteur.

Je ne sais où vous demeurez, et je ne peux vous aller saluer et m'épandre avec vous en sentiments qui vous concernent nettement. J'en dois passer par l'effet de votre promesse, vous devez venir me voir un matin et moi, je vous ai promis de répondre à vos avances en vous remettant un ouvrage que je vous avais destiné et fait relier pour vous.

Mon volume, c'est celui-ci que je vous remets sous pli[1], s'il m'arrivait d'être assez malheureux que de me trouver absent lors de votre charmante visite, recevez mon livre et mandez-moi où je pourrais aller en causer avec vous, supposé que vous puissiez prendre goût à une exposition de principe à ce sujet.

Voici, cher ami, une brochure qui répond par son contexte à

des questions que vous m'avez faites. Sa brièveté la recommande, car autrement je ne voudrais vous exposer aux ennuis d'une longue dissertation, mais vous êtes d'une trempe d'esprit à comprendre rapidement ; car vous allez comme moi sur la synthèse des choses.

Adieu, de cœur pour longtemps, si c'est à cette communication que se borne la rénovation de nos rapports, mais pour un aussi bref délai que vous le souhaiteriez, si vous étiez mû par un sentiment plus vif et plus amical.

Geoffroy St-Hilaire.

Paris, ce 25 juillet 1839.

[Adresse :] À Monsieur | Monsieur Balzac | auteur de profonds ouvrages de philosophie morale | Paris.

39-157. À HIPPOLYTE SOUVERAIN

[Aux Jardies, fin juillet ? 1839[1].]

Remettre au porteur
1° le reste des bonnes feuilles de *Massimilla Doni* in-8° depuis la 10 inclusivement,
2° le reste des bonnes feuilles du tome II de *Un grand homme* depuis la 13 inclusivement.

Enveloppez-les s'il vous plaît et cachetez.

39-158. VICTOR LECOU À BALZAC

28 juillet 1839.

Mon cher Monsieur de Balzac,

Définitivement Souverain ne veut pas régler avant d'avoir reçu *Massimilla Doni*[1], le retard que vous apportez à cette livraison nous est tellement préjudiciable que je suis forcé de vous prévenir que désormais j'interdirai toute insertion de vos ouvrages dans les journaux, jusqu'à la terminaison de cet ouvrage.

Vous n'exécutez en rien nos conditions nous ne recevons de sommes qu'en apparence et non en réalité. Nous sommes obligés de renouveler à Charpentier toutes ses échéances, nous ne sommes pas réglés de Souverain. Cela devient intolérable et ne nous permet plus d'exécuter ce que nous avions projeté.

Voyez donc à faire cesser cet état de choses et à obtenir de

Souverain qu'il nous règle pour la fin de la semaine prochaine sans quoi nous reviendrons au traité primitif.

Recevez mes salutations empressées

V. Lecou.

[Adresse :] Monsieur | de Balzac | aux Jardies | Poste restante à Sèvres | près Paris.
[Cachet postal :] Sèvres, 28 juil.

39-159. LE COMMANDANT PÉRIOLAS À BALZAC

Lyon, ce 30 juillet [1839].

Je rends grâce à l'horreur que vous avez du vide, mon cher Honoré, puisque ce sentiment répulsif, si naturel, m'a valu une marque de votre bon souvenir. Selon votre désir, vous aurez de quoi meubler votre cave : deux tonneaux d'Ermitage vous arriveront j'espère bien conditionnés ; le rouge est de 1836, vous le paierez 180 fr., le blanc est de 1835 et il vous coûtera 100 fr. le demi-tonneau, bien entendu que les frais de transport sont à ajouter à votre charge. Ce sont là les meilleures conditions que j'ai pu obtenir et la cave amie où je puise n'a en ce moment rien de plus distingué à vous offrir toutes les récoltes antérieures sont écoulées.

Vous semblez me plaindre de tenir garnison à Lyon. Mais je vous assure qu'on n'y est point si mal. La *place* est peu poétique, à la vérité, et qu'importe ? alors on fait autre chose que de la poésie même quand on est poète et à plus forte raison lorsque comme moi on ne l'est pas du tout. Au total la vie s'écoule ici comme ailleurs, c'est-à-dire beaucoup trop vite. Quant à la République[1], il n'en est pas du tout question ; elle pousse la navette, et le pain moisit sur la planche, ce qui prouve que l'Amérique se prélasse dans la soie et que la patrie est fameusement gouvernée. Au surplus on n'a rien à gagner ici à jouer avec l'émeute, on la laisse dormir et on fait bien.

Je comprends parfaitement tout le dommage que vous cause la contrefaçon, mais elle débite à bon marché les idées et à vous dire vrai je ne lui en veux pas tout à fait autant que vous. À côté de la question d'intérêt privé il en est une de progrès qui mérite aussi d'être bien étudiée, et ce qui me tient en défiance c'est que parmi ceux qui soutiennent le plus chaudement vos intérêts il y a des amateurs d'obscurantisme et de despotisme qui s'inquiètent fort peu de vous, ainsi que de vos confrères, et qui, sans aucun doute, ont un tout autre but que celui que vous voudriez atteindre. Au reste, vous êtes ce me semble à même condition que les grands écrivains du 18e siècle, sous le rapport des garanties de propriété, bien plus heureux qu'eux, vous vivez comme des pachas à trois queues et que diable voulez-vous donc de plus ?

Ma foi, vous ferez de moi ce qui vous plaira, mais quelque haute idée que j'aie de votre verve, je ne vois pas trop à quoi je puis vous être bon, car je n'ai jamais été qu'un bon homme fort obscur. N'importe, à votre aise, mon cher Honoré je suis corps et âme à mes amis ; bien entendu quand ils ont du cœur et de l'esprit, car quant à ceux qui n'en ont que peu ou point loin de me livrer à discrétion, je me garde fort *jalousement*.

Depuis que vous êtes en Seine-et-Oise, je ne suis point allé dans ces parages. Autrement je serais certainement allé sonner à votre Chartreuse. Je dis Chartreuse parce que la disposition de vos maisons non mitoyennes est un perfectionnement des cloîtres chartreux et puis ensuite parce qu'on m'a conté que vous dilatiez volontiers votre abdomen dans un costume approchant la robe de St-Bruno, enfin Chartreuse ou pagode, je vous aurais donc visité, non par sentiment de curiosité, ou par simple courtoisie, mais par bonne amitié ; et je le ferai quand j'irai dans le Nord. Je ne pense pas que ce soit cette année, mais si vous allez en Berri vers l'automne mandez-le-moi et peut-être pourrai-je quitter mes canons, aller vous joindre et passer quelques jours avec vous. Dans tous les cas, santé et contentement, mon cher Honoré, que tous les dieux d'Épicure vous assistent, chacun en ce qui lui appartient. Soyez heureux, sans soucis d'aucune sorte et souvenez-vous parfois de votre tout dévoué

le Cap[ne] Périolas[2].

39-160. À THÉOPHILE BRA

[Aux Jardies, juillet ou août 1839.]

Mon cher [Bra],

Je me suis établi à la campagne, et il s'est passé quelque temps sans que je pusse ranger ma bibliothèque[1], en sorte que vous m'accuserez si je vous renvoie si tard les deux volumes que vous aviez eu la complaisance de me prêter, et que j'avais si soigneusement serrés que je ne les ai trouvés que quand tout a été déballé.

Mille remerciements, et trouvez ici l'expression de ma vieille amitié. N'oubliez pas de mettre mes hommages aux pieds de Madame [Bra].

Tout à vous

de Balzac.

39-161. À GEORGE SAND

[Aux Jardies, 3 août 1839.]

Mon cher Georges [sic], v[otre] lettre m'a fait bien du chagrin, mes 3 volumes sont livrés, v[ous] n'y serez pas. Je vous conjure, au nom de vos intérêts les plus chers, de n'étendre en aucune manière v[otre] traité avec Buloz, et de n'en signer aucun autre, gardez désormais v[otre] liberté. Dans quelque temps, vous, Victor Hugo et moi, puis quelques autres, nous nous réunirons pour faire une Revue indépendante et qui ne pourra jamais être ministérielle.

Pensez bien à ceci, et songez que dans la nouvelle combinaison vous serez plus appuyée dans la Presse que par la coterie des Revues.

Mille affectueuses choses, et une poignée de main de

Dom Mar.

[Adresse :] À Georges Sand | à sa terre de Nohan[t] | près | *La Châtre*.
[Cachets postaux :] Paris, 3 août 1839 | La Châtre, 4 août.

39-162. MADAME DELANNOY À BALZAC

[Paris, 5 août 1839.]

Je m'embarque pour le Havre demain matin, mon cher auteur, ainsi point de mercredi pour cette semaine. À mon retour je vous écrirai pour que vous me disiez quand vous serez disponible.

Mille et mille bonnes amitiés

J^ne Delannoy.

5 août 1839.

[Adresse :] Monsieur Honoré de Balzac | rue de Richelieu n° 108 | Paris.
[Cachet postal :] 6 août 18[3]9.

39-163. À VICTOR LECOU

[Paris, 8 août 1839.]

Mon cher Monsieur Lecou, les 5 feuilles qui restent dans *Massimilla Doni* seront sans doute bonnes à tirer samedi ; mais comme ce volume ne fera que 8 feuilles, il faudrait que le papier de ces 5 feuilles fût très fort — voyez à ceci à l'imprimerie, il serait désagréable que cela fît une galette, et je crois qu'il est bon d'économiser deux feuilles — Voyez avec M. Delloye à échanger le papier fin s'il y en a de reste à l'imprimerie, contre du papier fort[1].

L'imprimerie n'a pas marché aussi vivement qu'il le fallait et on m'a fait perdre du temps.

Mille compliments

de Bc.

Jeudi.

[Adresse :] Monsieur Lecou | à la Brasserie anglaise | aux Champs-Élysées | près la rue de Chaillot | Paris.
[Cachet postal :] 8 août 1839.

39-164. HIPPOLYTE SOUVERAIN À BALZAC

Paris, 12 août 1839.

Monsieur de Balzac,

Vous me faites perdre la tête avec vos retards. Vous promettez toujours et on ne sort jamais des choses. Pas d'épreuves hier et pas encore aujourd'hui. Je vous ai expliqué que pour libérer mon in-12 et l'utiliser j'étais forcé de faire paraître [la] *Fille d'Ève*[1] que j'attendais après ces volumes, qu'il fallait que je m'absente, mais qu'avant je voulais mettre cela en vente. Hé bien, le temps se passe sans que rien [ne] se finisse, voilà 3 semaines de passées à faire quelques pages in-12.

Et Mr Lecou me presse, me presse ; avec lui et vous, je suis dans un état qui m'écrase pour me faire suer des pièces de cent sous. Je vous déclare que je suis obligé de prendre note de tous les retards pour ne pas perdre des intérêts qui finiraient par faire une somme énorme.

Mes civilités,

D. Hippolyte S.

Voilà 4 fois que j'envoie inutilement chez vous.

[Adresse :] Monsieur de Balzac | 108, rue Richelieu.

39-165. GABRIELLE JOBEY DE LIGNY À BALZAC

[15 août 1839.]

Vous avez mis bien peu de persistance, bel hermite [*sic*] des Jardies, car depuis mardi 6 août je vous ai attendu en vain chaque jour, et aucune météore n'est venue illuminer le noir mat qui m'environne. Je voudrais bien et vous voir et causer avec vous, p[ou]r deux choses fort importantes p[ou]r moi, devez-vous venir à Paris ? Instruisez-m'en vite par un mot, autrement vous auriez ma visite mercredi ou jeudi prochain. — De grâce répondez-moi, par charité, si aucun autre sentiment ne vous y engage ; votre admiratrice [ensorcelée ?] qui vous écrit avec sa belle main, que vous daignez trouver belle, du moins.

G. Jobey.

15 août, 1839.

Je tomate[1]
tu radis
il estragon
nous melongeons
vous romarin
ils cresson

[Adresse :] Aux Jardies — par Sèvres | Monsieur de Balzac.
[Cachet postal :] 16 août 1839.

39-166. HAMMER-PURGSTALL À BALZAC

[Vienne, 16 août 1839.]

Cher Monsieur de Balzac,

Sans nouvelles de vous depuis *Le Livre mystique*[1] dont vous avez bien voulu me transmettre un exemplaire en même temps qu'à

Me la P^sse de Metternich, je viens d'être surpris de la manière la plus agréable et la plus touchante par la distinction honorable de la dédicace de votre *Cabinet des Antiques*[2], que le libraire vient de m'envoyer comme la dernière nouveauté de Paris.

J'ignore si vous m'avez annoncé ce témoignage de votre estime par une lettre de votre main (du moins je ne l'ai pas encore reçue) mais je ne saurais l'attendre plus longtemps sans vous faire mes remerciements les mieux sentis de votre bienveillant souvenir. J'y aurais été toujours fort sensible, mais je le suis doublement dans le moment actuel que vous avez choisi pour me donner cette marque de votre intérêt amical. Je vois par la date de votre dédicace qu'elle a été écrite au moment où les journaux s'occupaient de la disgrâce que j'ai encourue de mon chef pour une réplique trop libre. Vous en avez agi noblement et je serais bien aise si mon chef voulait en agir de même au lieu de m'en vouloir encore.

Ayant servi quarante-deux ans avec honneur pour moi et pour ma patrie, et sans avoir jamais été réprimandé de l'empereur, je ne devais pas m'attendre à être puni par la destitution de ma place d'interprète de Cour, remplie honorablement pendant vingt-sept ans, et ceci après avoir demandé pardon par écrit du manque de respect dont je m'étais rendu coupable envers mon chef ; moins il a eu égard à mes services rendus à l'État et à la littérature, plus je suis sensible à la justice qui m'a été rendue en cette occasion par des hommes sans prévention, et au témoignage d'estime et d'intérêt donné dans un pareil moment par un génie supérieur comme vous. Votre dernier ouvrage n'a fait qu'accroître l'admiration que j'ai vouée aux précédents. Agréez-en l'expression avec celle des sentiments de la plus véritable reconnaissance et de la plus haute estime, et avec l'exemplaire de mon *Gulcheniraz*[3] que mon commissionnaire M. de [?] aura l'honneur de vous remettre.

Hammer-Purgstall.

Vienne, ce 16 août 1839.

39-167. FRANÇOIS HUBERT À BALZAC

[Paris, 16 août 1839.]

Monsieur,

Le Sieur Peroux, zingueur à Sèvres, se présente pour réclamer la somme de trente [et] un francs cinquante centimes pour travaux exécutés après le travail de vos fumistes sur le comble de votre pavillon. Déjà j'ai eu l'honneur de vous entretenir de cette affaire que vous avez reconnu devoir être payée par vous. Veuillez donc vous entendre avec lui définitivement afin d'éviter des pourparlers aussi inutiles qu'inconvenants.

Je profite de cette circonstance pour vous renouveler ma demande de l'acte que Mᵉ Ménager¹ tient à votre disposition, sauf rentrée des frais je compte que vous ne me laisserez pas plus longtemps dans une aussi fâcheuse attente.

Je me rappelle avec quelle bonne attention vous m'avez prévenu dans le temps sur le compte de [Mathis ?], je crois devoir aussi vous prévenir avec instance sur le compte de votre intendant jardinier² sur le compte duquel il m'est parvenu bien des propos, assurez-vous par vous-même, je vous y engage pour votre propre intérêt.

J'ai l'honneur de vous saluer

Hubert.

Le 16 août.

[Adresse :] Monsieur | Monsieur de Balzac | aux Jardies | Sèvres.

39-168. À ALFRED DE MAUSSION

[Paris, après le 16 août 1839.]

Mon cher confrère¹,

Permettez-moi de vous donner ce titre après votre réception à l'unanimité, ce dont je vous félicite autant que la société elle-même à laquelle je pense² avoir acquis un membre actif. Je saisis cette occasion de vous exprimer mes sentiments les plus distingués,

de Balzac.

[Adresse :] Monsieur le Marquis [*sic*] de Maussion | 82 ou 73, rue de Lille-St-Germain.

39-169. AU RÉDACTEUR EN CHEF
DE « LA PRESSE »

Paris, 17 août [1839¹].

Monsieur,

En vendant à *La Presse* le droit d'insérer *Le Curé de village*, j'ai stipulé que nul autre journal ne pourrait le reproduire, et cette clause m'était imposée par le traité conclu entre mes éditeurs et moi, par lequel il était dit que mon ouvrage ne paraîtrait que dans une seule feuille politique quotidienne. L'expérience a prouvé que beaucoup de cabinets littéraires détachent les feuilletons, les font relier et les donnent en lecture. Nonobstant l'avis placé en tête de *Véronique*[2], *L'Estafette* publie cette œuvre dans son feuilleton. Aux termes de nos conventions, vous êtes tenu de poursuivre les contrefacteurs, et je vous prie de citer *L'Estafette*[3] devant le juge extraordinaire ; car mon éditeur me demande des dédommagements, et sur mon refus, va m'actionner devant les tribunaux. Mon refus est légitime : je suis de bonne foi, vous l'êtes sans doute également. Le délit de *L'Estafette* équivaut à un vol sur la grande route, et constitue un cas de force majeure duquel excipent les diligences pour ne pas rendre les valeurs qui leur ont été confiées. De quel nom appeler un tel délit, quand on trouve si odieux déjà le vol fait de nation à nation ? Remarquez ceci : le journal à quatre-vingts fr. dépouille ici le journal à quarante fr. La parcimonie des journaux à quatre-vingts fr. envers la littérature est flagrante, ils se défendent de la nouvelle et du roman comme d'une maladie : ils ont tant peur de venir en aide à quelques plumes souffrantes, qu'ils vivent de citations prises aux livres sous presse, afin de simuler une rédaction onéreuse, et font la roue devant leurs abonnés, tout en payant les auteurs en monnaie de singe. Celui-ci, du moins, procède avec franchise, il vole la littérature comme il vole la politique, il est en récidive, il a inventé une Belgique rue Coq-Héron[4], et réalise assez de bénéfices pour payer ses procès à l'instar des vendeurs de spécifiques. Ainsi, quelle que soit sa condamnation, elle ne sera jamais assez forte. D'ailleurs la question va plus haut. Évidemment, en ceci les classes lettrées n'ont jamais obtenu la protection accordée aux modeleurs de pendules et aux fabricants d'indiennes qui inventent un dessin de robe. Les tribunaux manifestent pour nous la plus auguste indifférence. Tout se tient. Quand la France reste insensible aux spoliations belges qui viennent de consommer la ruine de la librairie française et qui lui ont enlevé le marché européen, comment la justice s'occuperait-elle activement des faits isolés qui nous atteignent à domicile ? Ici, le vol se consomme sous nos yeux, il attaque les intérêts matériels les plus dignes de protection ; eh bien ! malgré tant de maux, il est présumable que la question excitera peu d'intérêt au tribunal. Peut-être verrons-nous le contrefacteur s'évader à travers les barreaux d'une exception préjudicielle. À Rouen les juges normands ont, dans un cas pareil, appliqué aux œuvres littéraires publiées dans les journaux et revues la loi de 1793, tombée en désuétude, en disant aux plaignants : « Vous n'avez pas déposé, vous n'êtes pas propriétaires, il n'y a pas contrefaçon[5]. » Monsieur Dupin, le procureur général de la Cour de cassation, a cependant fait rendre un arrêt qui contredit cette doctrine[6]. Mais cette doctrine doit être contredite trois fois pour déterminer une assemblée des chambres réunies et présidées par le garde des Sceaux, afin d'interpréter la loi et d'établir une jurisprudence. Comme les gens de lettres emploient tout leur argent à vivre, ils en ont très peu à consacrer à ces luttes judiciaires qui en mangent énormément, sans compter le temps qu'elles prennent, et il en résulte que l'avantage est au contrefacteur armé d'impudence et de capitaux. Aussi, vous ai-je prié de déposer mon œuvre afin de pouvoir poursuivre les contrefaçons, et je vous invite à procéder contre L'Estafette avec la dernière rigueur, car la situation des classes lettrées est en ce moment des plus déplorables. Malgré ce très beau mot de M. Thénard[7], parlant au roi Louis-Philippe des produits de l'industrie : *Vous ferez fleurir les lettres*, les lettres dépérissent considérablement, et les faits les plus honteux se produisent en silence. Un des hommes les plus éminents, soit par la portée philosophique de son esprit, soit par la constance et la noblesse de ses travaux, ne trouve pas de libraire qui veuille publier une histoire dogmatique et transcendante de l'Art, terminée depuis peu de temps et longuement méditée, livre qui peut un jour dominer l'art tout entier. Plusieurs auteurs trop fiers pour se plaindre succombent à une misère soigneusement cachée ; d'autres meurent exactement de faim publiquement, et sont insultés par des parvenus, montés sur leurs épaules, qui leur reprochent leur paresse, comme si la misère qu'ils ont créée n'était pas le dissolvant de toute énergie littéraire. Il y a de quoi s'affliger en songeant que ces gens ont des complices dans les régions élevées du gouvernement. En voyant cet état de choses, il m'est difficile de taire un moyen efficace d'arrêter le cours des déprédations de la Belgique, et qui n'est venu à l'esprit d'aucun législateur, mais dont l'adoption ferait cesser les misères de la littérature et les malheurs de la librairie. La Belgique contrefait-elle Molière, Lesage, Montesquieu, Buffon ? Nullement. La France en fournit l'Europe ; elle illustre ces auteurs, elle fabrique leurs éditions avec luxe ou à bon marché, elle se plie à tous les caprices de la consommation. Pourquoi ? Ici, la librairie française exploite ce qu'on appelle le domaine public ; elle n'a ni annonces à payer, ni l'impôt du droit d'auteur. Pourquoi l'État ne désintéresse-t-il pas les auteurs qui sont sujets à contrefaçon et ne fait-il point passer ainsi leurs œuvres du domaine privé dans le domaine public ? Aussitôt la Belgique succombe et la France a pour elle le marché européen. Après tout, que contrefait la Belgique ? Les dix ou douze maréchaux de France littéraires, selon la belle expression de M. Victor Hugo[8], ceux qui font œuvre, collection, et qui offrent à l'exploitation une certaine surface commerciale.

N'est-il pas prouvé qu'avec cinq ou six millions l'État désintéresserait ces auteurs et pourrait stipuler que, moyennant un certain prix par volume, tous les deux ans, leurs productions nouvelles tomberaient dans le domaine public ? Certes, si la France exerce une prépondérance en Europe, elle le doit surtout à ses hommes d'intelligence. Aujourd'hui, la plume a évidemment remplacé l'épée, et les veilles où l'on répand tant de pensées sont bien moins reconnues que les campagnes où l'on n'a versé que du sang. Beaucoup de gens qui trouvent juste et naturel de dépenser des millions pour loger les échantillons de l'industrie, de commander pour trois ou quatre millions par an à la peinture, à la statuaire, de donner dix-huit cent mille francs de primes à la pêche des morues, de venir en aide pour dix millions à l'agriculture souffrante, de racheter les usines à sucre, de jeter vingt millions à l'architecture, ouvriront de grands yeux à l'idée bizarre d'offrir cinq ou six millions pour solder douze années de travaux à quelques hommes pleins de gloire, mais voués à une misérable existence intérieure ; cependant, ils sont réservés à une plus grande stupéfaction, si les plus sévères calculs trouvent grâce devant eux, et s'ils veulent, en descendant à l'application, se convaincre ici que le Trésor public recouvrera promptement la somme qu'il aura donnée.

Qu'il me soit permis d'opérer sur mon œuvre, pour démontrer la vérité de mon assertion, car Dieu me garde d'appliquer à Victor Hugo, à Lamartine, à Béranger, à Chateaubriand, à Lamennais, à George Sand, à Scribe et à Casimir Delavigne la modestie de mes calculs. Mon œuvre se compose d'environ cinquante volumes. En la réduisant de moitié comme volume et comme format, la Belgique l'a vendue à vingt mille exemplaires, ce qui produit une masse de cinq cent mille volumes. Elle m'a donc fait tort de 500.000 fr., en ne supposant que vingt sous de droit pour un de ces volumes qui en contient deux des nôtres. Si la France avait vendu mon œuvre, elle aurait opéré pour deux millions de ventes en acceptant le prix du volume belge, qui est de quatre francs. Décuplez la somme en la multipliant par le nombre des auteurs à grands succès, la librairie française aurait fait entrer en France depuis 1830, vingt millions d'argent étranger, en restreignant ce calcul à la littérature proprement dite, et négligeant la médecine, la science, la jurisprudence, l'histoire et la théologie. Or, il n'est pas de fabrication sur laquelle le Trésor ne prélève dix pour cent par ses différents impôts. En comptant la fabrication pour moitié dans le total de la vente à bas prix, nous trouvons deux millions pour le Trésor. Mais un livre n'est pas le produit d'une industrie immédiate ; il exige le concours de plusieurs commerces, qu'il résume et qu'il a créés : le chiffon, le papier, la fonderie, l'imprimerie, la brochure, la librairie et la gravure, sans compter le timbre et la poste, qui l'atteignent dans les revues. Ainsi, d'après ce calcul, où je ne tiens compte que de la vente de mes œuvres isolées, et non des éditions compactes qui, depuis deux ans, se font à des nombres et à des prix inouïs, le Trésor, en dix ans, de 1840 à 1850, recevrait largement la somme qu'il aurait payée pour désintéresser les auteurs devenus matière à exploitation, et le pays porterait plus de quarante millions à son actif dans sa balance commerciale avec l'Europe. En quoi le *désintéressement pour cause d'utilité publique* serait-il ridicule appliqué aux produits de l'intelligence, qui sont un besoin de tous, tandis qu'il est pratiqué sévèrement pour les voies de communication, et surtout quand il est dans une proportion minime, comparé aux exigences des travaux publics, et quand les froissements d'intérêt privé n'y existent point ? Un despote ferait cela demain ; il paraît qu'un roi bricolé par des Chambres ne peut pas donner de bouillon à Corneille mourant sans un *exequatur* législatif. Nous avons mis un livre sur les armes de France pour cacher les lys, j'aimerais mieux les voir fleurir partout ailleurs. Les Chambres donnent deux cent mille francs aux lettres dont les lettres ne touchent pas deux liards, il suffirait d'élever cette allocation à six cent mille francs, la somme donnée en subvention à l'Opéra, pour réaliser, par un système d'annuités, une proposition qui sauverait la librairie et la littérature. Mais ce que tout le monde y verra, c'est la fortune subite de dix ou douze hommes d'intelligence, de cœur, de poésie. Or, par le temps qui court, ceci rend ma proposition inexécutable.

Ma lettre est un peu longue eu égard au fait personnel; mais, dans ces questions, les intérêts généraux de la littérature me préoccupent toujours plus que les miens, car je ne leur vois ni protecteurs, ni défenseurs, ni organes actifs. Le comité de la Société des gens de lettres, dont la mission est immense, ne fait que de naître et se trouve déjà, comme toutes les grandes choses en France, attaqué par des criailleries ignobles et par ceux auxquels il portera peut-être un jour du pain.

Agréez, etc.

de Balzac.

[BROUILLON DE LA LETTRE 39-169]

À Monsieur le gérant et rédacteur en chef de « La Presse ».

Paris, ce 17 août [1839].

Monsieur,

J'ai vendu à *La Presse* l'insertion d'une partie d'un de mes livres auquel j'attache le plus d'importance, il s'agit du *Curé de village*, œuvre parallèle au *Médecin de campagne*, et qui est l'application du repentir au progrès social, comme l'autre est la mise en œuvre de la philanthropie. C'est le catholicisme et la bienfaisance philosophique dans leurs plus nobles et leurs plus simples expressions. Ce dernier livre est cédé à un libraire. Ce libraire a acheté une édition à la condition expresse que les fragments ne paraîtraient que dans un seul journal, quotidien, politique. L'Expérience ayant prouvé que plusieurs cabinets littéraires coupent les feuilletons des journaux, les font relier et les donnent en lecture. Malgré l'avis placé en tête de *Véronique*, disant que toute réimpression non autorisée sera poursuivie comme contrefaçon et que cette œuvre est exemptée de tout traité relatif à la reproduction, *L'Estafette* publie *Véronique*. Aux termes de nos conventions qui m'étaient dictées par celles consenties avec le libraire, vous êtes obligé de poursuivre les contrefacteurs, et je vous prie d'actionner *L'Estafette*, attendu que le libraire est en réclamation auprès de moi, me demande des dédommagements et va, sans doute, sur mon refus, m'actionner devant les tribunaux. Je suis de bonne foi. Vous l'êtes sans doute également. L'action de *L'Estafette* équivaut à un vol sur la grande route, c'est un cas de force majeure duquel excipent les diligences pour ne pas rendre aux voyageurs les valeurs qui leur sont confiées. Ceci est une des plus froides atrocités dont gémisse aujourd'hui la littérature. Et, remarquez-le ? c'est le journal à quatre-vingts francs qui dépouille le journal à quarante : aucun journal à quatre-vingts francs ne veut payer de feuilletons littéraires, celui-ci trouve plus commode de voler la littérature, il est en récidive, il réalise assez de bénéfices en se comportant ainsi pour payer ses procès. La loi ne garantit rien aux classes lettrées, les tribunaux manifestent pour nous la plus auguste indifférence. Tout se tient. Quand la France consent aux infâmes spoliations belges qui viennent de consommer la ruine de la librairie française, et qui ont enlevé à notre pays le marché Européen, comment voulez-vous que l'on s'occupe des faits isolés qui nous atteignent à domicile ? Le vol ici se consomme honteusement, il nuit indéfiniment, il attaque non plus les intérêts de l'auteur, mais ceux du libraire, en réduisant le nombre des acheteurs ; malgré tant de maux, nous pouvons à l'avance dire que la question sera traitée très légèrement par les tribunaux : nous verrons peut-être le voleur s'évader à travers les barreaux d'une question préjudicielle. À Rouen, les juges normands ont dans un cas pareil appliqué aux œuvres publiées dans les journaux et revues la loi de 1793 en disant aux plaignants : Vous n'avez pas déposé, vous n'êtes pas propriétaires, il n'y a pas contrefaçon. Ce système existe depuis l'affaire de la maison Verdière avec les héritiers Toulongeon[9]. La maison Verdière, après avoir publié une première édition de *L'Histoire de France*[10], achetée au marquis de Toulongeon, en a publié une seconde sans lui en donner avis, elle l'a vendue, et, attaquée en contrefaçon, elle a plaidé la non-propriété de M. de Toulongeon, en se fondant sur l'omission du dépôt légal[11], aux libraires qui avaient déjà reconnu la propriété. En Cour royale, la maison Verdière transigea. Un garde des Sceaux promit alors de présenter immédiatement un projet de loi sur la matière et nous l'attendons encore. En attendant, les tribunaux normands acquittent les voleurs de littérature sous ce prétexte. Le procureur général de la Cour de cassation, M. Dupin, a cependant fait rendre un arrêt qui contredit cette doctrine, mais elle a besoin d'être contredite trois fois pour déterminer une interprétation, et comme les gens de lettres n'ont pas d'argent pour vivre, ils en ont très peu à consacrer aux luttes judiciaires qui coûtent énormément, et ils continuent à se laisser dépouiller — hier, j'ai saisi de cette nouvelle affaire, le Comité de la Société des gens de lettres qui la suivra, mais dans tous les cas, *La Presse* a des engagements positifs à cet égard, envers moi, je vous prie donc de procéder de votre côté. La situation des classes lettrées est en ce moment déplorable. Malgré le beau mot de M. Thénard, parlant au Roi des produits de l'industrie : *vous ferez fleurir les lettres*, les lettres dépérissent, les faits les plus honteux se produisent en silence. Un des hommes les plus éminents par la donnée philosophique de son esprit, par la constance et la noblesse de ses travaux, a terminé une histoire dogmatique et abrégée de l'art et il ne trouve pas de libraire pour la publier. Plusieurs auteurs, trop fiers pour se plaindre, succombent à une misère soigneusement cachée ; d'autres meurent exactement de faim publiquement, et il est des spéculateurs, parvenus en montant sur leurs épaules qui leur reprochent de ne rien faire, comme si la misère qu'ils ont créée n'était pas le dissolvant de l'énergie littéraire. D'ailleurs il est des intelligences qui produisent peu, mais dont le travail profondément médité, doit être autrement récompensé que celui plus fécond des feuilletonistes par exemple. Il est un moyen bien simple et peu coûteux de faire cesser la contrefaçon Belge, de l'éteindre à jamais et qui n'est venu dans la tête d'aucun législateur. La Belgique contrefait-elle des Molière ? des Voltaire ? des Montesquieu ? des Buffon ? Non. La France peut en fournir l'Europe, elle les illustre, les fabrique avec luxe, à bon marché, sous tous les formats dans toutes les conditions. Pourquoi ? La librairie française exerce le domaine public, elle n'a pas l'énorme impôt du droit d'auteur. Que, demain, l'État désintéresse les auteurs qui sont matière à contrefaçon, et les fasse passer ainsi du domaine privé dans le domaine public, la Belgique succombe, et la France retrouve le marché Européen. Que contrefait la Belgique ? Les dix ou douze maréchaux littéraires, selon le mot de M. Victor Hugo, ceux qui font œuvre, collection et matière à l'exploitation de librairie. N'est-il pas prouvé qu'avec cinq à six millions, l'État désintéresserait ces auteurs, et pourrait stipuler, que moyennant un prix déterminé par volume, tous les deux ans, les œuvres futures tomberaient dans le domaine public. Certes, les gens qui ne s'effrayent pas de voir donner des millions à l'industrie, faire des commandes de vingt millions aux architectes, de deux millions aux statuaires, de trois millions aux peintres, de sept millions à l'agriculture souffrante, s'étonneront de me voir demander cinq ou six millions pour les dix ou douze noms glorieux, voués à une misérable existence intérieure, mais en examinant les effets de la mesure, les plus sévères calculateurs seront peut-être étonnés d'apprendre que le Trésor recevra dans très peu de temps une somme égale à celle qu'il aurait donnée.

Qu'il me soit permis d'opérer sur mon œuvre, car je ne puis appliquer à Victor Hugo, à Lamartine, à Béranger, à Nodier, la modestie de mes calculs. Mon œuvre se compose de cinquante volumes, la Belgique l'a vendue en la réduisant de moitié comme volumes et de moitié comme format, à vingt mille exemplaires, ce qui produit une masse de près de cinq cent mille volumes. Elle m'a donc fait tort de cinq cent mille fr. en ne supposant que vingt sous pour un de ces volumes qui en comprend deux des nôtres. Si la France avait vendu mon œuvre, elle aurait opéré pour deux millions de vente. Décuplez la somme en la multipliant par le nombre des auteurs français, vous trouverez que la librairie française aurait fait entrer en France depuis 1830, vingt millions d'argent étranger en ne faisant porter ce calcul que sur la haute littérature et négligeant les livres de science et les nouveautés. Or, il n'y a pas de fabrication industrielle sur laquelle le Trésor ne prélève plus de dix pour cent pour les impôts. La fabrication étant comptée pour un tiers donnerait environ un million au Trésor. Mais un livre n'est pas le produit d'une industrie simple [il] représente six industries : le commerce des chiffons, celui du papier, celui de la fonderie, celui de l'imprimerie, celui de la brochure, et celui de la librairie. Le livre paye donc six impôts au Trésor, sans compter le timbre et la poste qui l'atteignent dans les revues et les journaux. Ainsi, d'après ce calcul, où je n'ai tenu compte que de la vente de mes œuvres isolées et non des éditions compactes qui depuis deux ans se font à des nombres inouïs en Belgique, le Trésor, en dix ans, de 1840 à 1850, recevrait deux fois la somme qu'il aurait payée pour désintéresser les auteurs qui sont matière à contrefaçon et le pays s'enrichirait. Un Despote ferait cela, mais un Roi bricolé par des Chambres, ne peut pas même donner du bouillon à Corneille mourant. Nous nous prétendons une nation très spirituelle, nous parlons de progrès, et nous avons mis sur les fleurs de lys un livre pour les cacher. J'aimerais mieux voir le livre fleurir ailleurs. Les chambres donnent deux cent mille francs aux lettres dont les classes de lettres ne touchent pas deux liards, il suffirait d'élever cette allocation à six cent mille francs, somme [*la suite de quelques lignes manque*].

39-170. CHARLES LASSAILLY À BALZAC

[Paris, 20 août 1839.]

Mon cher Balzac,

Je vous écris afin que vous ayez à pouvoir me répondre demain, quand j'irai vous voir. Il s'agit de la *nouvelle* que vous avez à me donner[1]. Souverain part, ces jours-ci, et ne reviendra qu'en octobre. Si, au lieu de me faire attendre *La Frélore*[2], vous me permettiez de prendre *La Princesse parisienne*[3], comme j'ai déjà Gautier et Gozlan, et comme Gérard[4] remplace à peu près Karr dont je retrouverai quelque bluette pour avoir du moins son nom ; je pourrais traiter immédiatement avec Souverain, et j'y gagnerais deux mois, pendant lesquels mon loyer actuel me coûte 100 fr., tandis qu'en achetant quelques meubles tout de suite sur les billets Souverain je pourrais me loger à 75 fr. par trimestre. Ma nourriture aussi me coûterait moins cher, et je ne serais pas accablé de tous les chagrins que j'ai, chaque jour, afin de pourvoir aux plus urgentes nécessités de ma sœur et de moi.

Pensez à tout cela, mon cher Balzac, et faites ce qu'il vous sera possible pour réaliser cette amélioration dans ma position, que vous m'êtes venu offrir si généreusement de vous-même, au mois de janvier passé. Je vous en aurai la plus sincère et la plus dévouée reconnaissance.

Tout vôtre

Lassailly.

20 août 1839.

41 rue Caumartin.

P. S. — Souverain ne tient pas plus à *La Frélore* qu'à *La Princesse parisienne*. Il n'y a que des convenances de publication pour vous ; mais, moi, le plus pressé m'arrangera le mieux, et vous devez vous souvenir même qu'autrefois vous m'aviez promis cette même nouvelle de *La Presse* qui avait subi déjà à l'insertion de trop longs retards.

[Adresse :] Monsieur | Monsieur de Balzac | Sèvres | près Paris.
[Cachets postaux :] Paris, 20 août | Sèvres, 21 août.

39-171. À JULES DE SAINT-JULLIEN

Lundi 21 août [1839].

J'approuve pour mon compte le titre que vous m'avez envoyé, mais comme, en général, le titre se tire en dernier je montrerai l'épreuve au Comité, vendredi prochain ; ce jour-là j'apporterai la copie de mon morceau[1].

Trouvez ici l'expression de mes sentiments d'estime et de considération,

de Balzac.

39-172. VAYSON FRÈRES À BALZAC

[Paris, ce 21 août 1839.]

Monsieur,

Nous avons l'honneur de vous adresser la facture des tapis que nous vous avons fourni[s][1]. L'un de nous étant encore à la campagne dans vos environs pour une quinzaine de jours vous serait bien reconnaissant de lui assigner un jour chez vous pour s'occuper du règlement de cette fourniture que vous diviserez à votre convenance en plusieurs payements ainsi que cela a été convenu entre nous dans le principe. — Les nombreux engagements qui nous restent à remplir envers nos prédécesseurs, Mrs Tournier & Renaud[2], & les payements de chaque mois à nos divers fabricants nous forcent impérieusement de recourir à toutes nos pratiques, d'utiliser tous nos moyens, nous avons donc aussi recours à votre extrême obligeance & nous attendons que vous nous fixiez le jour qui vous conviendra pour régler notre petit compte. Mr Renaud nous a prié[s] de terminer le sien en même temps & de vous réclamer pour lui la somme de f. 371.

En attendant d'être honorés de votre réponse nous sommes bien parfaitement,
Monsieur,

> Vos très humbles & très
> obéissants serviteurs
> Vayson frères.

[Adresse :] À Monsieur | Monsieur de Balzac | à Sèvres | (Seine & Oise).
[Cachet postal :] Paris, 21 août 1839.

39-173. JOACHIM LE COINTE À BALZAC

[Paris, 23 août 1839.]

Monsieur

Ainsi que vous me l'aviez promis, j'espérais l'honneur de vous voir avant l'échéance de la lettre de change que vous m'avez souscrite fin c[ouran]t[1]. Me trouvant très gêné pour cette époque vous m'auriez rendu un véritable service si vous aviez pu d'un seul jour devancer ce payement. Soyez assez bon pour vouloir me faire savoir si cela vous serait possible, l'on se présenterait aux Jardies la veille de la fin du mois afin que le lendemain je puisse moi-même payer à présentation. Dans la gêne où je me trouve c'est un service que je réclame de votre obligeance et que vous ne me refuserez pas[2].

Agréez, Monsieur, l'assurance de la profonde considération avec laquelle j'ai l'honneur d'être

> Votre dévoué serviteur
> Le Cointe.

Ce 23 août 1839.

[Adresse :] Monsieur | Monsieur de Balzac | aux Jardies. Près Sèvres | Seine-et-Oise | Sèvres.
[Cachets postaux :] Paris 24 août 39 | Sèvres, 25 août 39.

39-174. FRANCIS GIRAULT À BALZAC

Paris, 24 août 1839.

Monsieur,

Le choix significatif que vient de faire la Société des gens de lettres en vous nommant son président, m'a déterminé à rentrer dans cette Société, dont je m'étais retiré, comme beaucoup d'autres parce que, malgré l'idée constitutive de sa fondation, je m'étais aperçu, que de petites coteries s'établissaient dans son sein. Veuillez donc, Monsieur, avoir l'extrême obligeance d'avertir qui de droit que je tiens à la disposition du caissier de la Société la somme exigée, ainsi que M. Hippeau, chef de l'*École des Sciences appliquées*, comme moi réfractaire, et comme moi, prêt à se replacer sous les drapeaux.

Votre lettre[1], Monsieur, pleine de cœur et de sens profond, reproduite ces jours derniers dans les journaux est du meilleur augure pour cette pauvre Société des gens de lettres, martyrs dépouillés et ridiculisés de l'époque. Par votre génie, persécuté et calomnié si longtemps de cette presse envieuse et sans idée car c'est tout un, vous êtes enfin parvenu au grade éminent et *inamovible* de *Maréchal littéraire de France* : il vous sera glorieux, Monsieur, de faire servir votre *illustre* bâton non pas à fatiguer vos petits adversaires, mais à les défendre contre l'égoïsme de leurs riches ennemis.

Je suis heureux, Monsieur, de saisir ici l'occasion de vous dire que j'appartiens à cette foule de jeunes littérateurs de Paris, qui vous lisent et qui vous aiment dans vos livres et souvent l'ont proclamé dans leurs articles signés ou non signés[2].

Recevez, Monsieur, l'assurance de mes respectueuses sympathies et de mon admiration.

V[otre] t[rès] h[umble] s[erviteur],

Francis Girault.

2 rue Laval Montmorency.

P. S. — M. Hippeau demeure à la même adresse et est prêt à verser 40 fr. pour nous deux. Veuillez bien en prévenir M. Pommier avant la fin de ce mois, parce que nous irons à la campagne.

[Adresse :] Monsieur | de Balzac | aux Jardies | à Sèvres.
[Cachets postaux :] Paris, 24 août 39 | Sèvres, 24 août.

39-175. FRANÇOIS HUBERT À BALZAC

Paris, 24 août 1839.

Monsieur,

Voici aujourd'hui la vingtième fois que je me suis présenté chez vous sans vous rencontrer pour vous demander à vouloir bien me faire tenir l'obligation que vous m'avez fait[e] et dont j'ai le plus grand besoin : car sans la nécessité je ne vous l'aurais pas demandé[1].

La personne sur laquelle je comptais ne paraît plus être disposée à m'être utile ; cet état de chose[s] me cause beaucoup de peine et m'oblige à vous prier de faire votre possible pour engager Monsieur Visconti à consentir que cette obligation prenne rang avant la sienne[2] (ce que vous m'avez déjà proposé) afin que je puisse plus facilement obtenir des fonds puisque le retard que vous m'avez fait éprouver m'a fait perdre la ressource que je m'étais ménagée.

Plein de confiance dans vos bonnes intentions j'attends de vous le plus grand service et j'ai l'espoir que vous (vous) empresserez de faire cesser ma malheureuse position.

En cette attente
j'ai l'honneur de vous saluer

Hubert.

P. S. — Les personnes auxquelles j'ai négocié vos effets ont voulu un domicile à Paris, j'ai indiqué le mien, n'oubliez pas d'être en mesure aux époques fin 7bre, fin 8bre, fin 9bre et fin X^{bre}, le défaut de paiement me causerait un grand préjudice —

Votre plafond est disposé, il me faut encore quelques jours pour me débarrasser de menus travaux pour vous envoyer les ouvriers.

[Adresse :] Monsieur | Monsieur de Balzac | aux Jardies | Chemin vert | à Sèvres.
[Cachet postal :] Paris, 24 août.

39-176. À EDMOND DUPONCHEL

[Paris, 25 août 1839.]

À Monsieur Duponchel[1], souvenir de l'auteur.

De Balzac, Paris, 25 août 1839.

39-177. À ANTOINE POMMIER

[Aux Jardies,] lundi 26 août [1839].

Mon cher Maître,

Je reçois votre lettre lundi. Vous comprenez qu'il m'est difficile d'être chez M. Pécourt[1] en temps utile. Si vous aviez fait demander à Paris si j'y étais, je serais resté un jour de plus. J'y suis venu pour des affaires irrémissibles que vous connaissez.

J'ai une nouvelle affaire excessivement grave, à propos de moi encore, malheureusement, dont il faut parler absolument au Comité[2], et deux lettres à lui communiquer. Enfin, il faut achever *Les Artistes*, pour l'œuvre collective[3], et il faut que je les apporte vendredi.

Quant à Boulé[4], il faut suivre, et j'ai étrangement besoin d'une décision.

Mille compliments et bonnes grâces

de Balzac.

[Adresse :] À Monsieur Pommier | agent de la Société des gens de lettres | à Paris.

39-178. CHARLES LASSAILLY À BALZAC

[Paris, 29 août 1839.]

Mon cher Balzac,

Je viens de recevoir, au moment où j'allais terminer toutes mes affaires avec M. Souverain, une étrange lettre de cet éditeur qui ne prouve pas sa très grande bonne foi. M. Souverain a voulu rompre d'abord, et comme il n'y avait pas de vrai motif, puisqu'il y a trois mois, il me disait lui-même que notre publication ne pouvait paraître qu'à l'entrée de l'hiver, il n'a pas osé ainsi mentir tout d'un coup à ses engagements. Mais voilà que sur votre permission de prendre pour moi *La Princesse parisienne*[1], il a eu l'air de me faire un tas d'objections qui ne tendent rien moins qu'à ajourner indéfiniment la solution de notre traité, et j'en suis plus convaincu aujourd'hui que jamais, d'après sa lettre d'hier soir. Nous devions en finir ce matin, et ne s'est-il pas avisé hier, quand je l'avais vu dans la journée, de m'écrire pour me dire que *La Princesse parisienne* lui appartenait pour *Le Foyer de l'Opéra*, publication dans le genre de la nôtre, et qu'il me remettait à la livraison que je lui ferais de *La Frélaure* [sic]. *La Frélaure* n'est pas faite, et dès le huit janvier, j'aurais dû avoir de vous, la première nouvelle que vous m'aviez promise pour une publication dont votre bonté pour moi vous avait fait prendre l'initiative, sans que j'eusse encore l'avantage de vous connaître. Il me semble que Souverain veut rompre cette affaire, et je trouve cela de la mauvaise foi, puisque dans 2 mois, les choses de la librairie ne seront pas pires, quoi qu'il en dise, qu'il y a six mois vers le commencement de l'été ; et que d'ailleurs, il se prononçait alors pour attendre la saison d'hiver.

Veuillez bien, mon cher Balzac, vous intéresser à ma situation, et réaliser ce que vous m'avez offert de vous-même avec une générosité sur laquelle j'avais tout à fait compté.

Agréez aussi mon dévouement sincère

Lassailly.

41, rue Caumartin.

[Adresse :] Monsieur | de Balzac | à Sèvres.
[Cachets postaux :] Paris, 29 | Sèvres, 30 août.

39-179. HIPPOLYTE SOUVERAIN À BALZAC

Paris, le 29 août 1839.

Monsieur de Balzac,

Je vais, dès que je les aurai reçues, vous adresser les f[eui]lles que vous me demandez, mais ayez un peu de patience.

Maintenant que je n'ai rien de vous sous presse je viens vous prier de me remettre quelque chose, *Le Curé de village* ou *Les Paysans*, celui que vous voudrez, mais il me faut cela tout de suite pour que je mette en train cette impression avant un petit voyage que je vais faire.

Répondez-moi tout de suite je vous en prie,
Agréez mes civilités empressées

D. H. Souverain.

[Adresse :] Monsieur de Balzac | aux Jardies, près Sèvres | Sèvres et Ville-d'Avray.
[Cachet postal :] Paris, 29 août 1839.

39-180. À VICTORINE LEFORT

[Paris, fin août ou septembre 1839].

Ma chère Victorine,

Donnez ma lithographie[1] à la personne qui vous porte ce petit mot

de Bc.

39-181. À ANDRÉ LÉON-NOËL

[Fin août 1839[1] ?]

Vous trouverez des feuillets, rue Jeannisson[2], à la voiture de Ville-d'Avray à 3 h ½.

39-182. ÉDOUARD OURLIAC À BALZAC

[Paris, août ? 1839.]

Mon cher Monsieur,

Gérard[1] me dit à l'instant d'aller vous voir demain à 9 heures du matin, mais comme il me prévient en même temps que votre portier m'empêchera de monter, ayez la bonté de le museler.
Votre dévoué

Ourliac.

Lundi 11 heures du soir.

[Adresse:] Monsieur | Monsieur de Balzac | rue de Richelieu, 108. | PRESSÉ.

39-183. AU PROCUREUR DU ROI
PRÈS LE TRIBUNAL DE PREMIÈRE INSTANCE
DE LA SEINE

Paris, 1ᵉʳ septembre 1839.

À Monsieur le Procureur du Roi[1] *en son parquet.*

Monsieur,

Je sais que le Comité de la Société des gens de lettres a dû vous dénoncer un fait de diffamation grave commise envers moi, en vous transmettant le corps du délit[2], mais comme vous ne seriez pas suffisamment saisi, j'ai l'honneur, Monsieur le procureur du Roi de me porter par cette lettre partie plaignante auprès de vous et partie civile. Mᵉ Benazet[3], avoué de la Société, sera constitué et fera les diligences nécessaires.

Trouvez ici, Monsieur le procureur du Roi, l'expression de mon profond respect

de Balzac[4].

Au comité de la Société des gens de lettres, 21, rue de Provence.

39-184. À LÉON CURMER

[Paris, 1ᵉʳ septembre 1839.]

Reçu de M. Curmer cinq cent et quinze francs pour article dans *Le Siècle* sur *Les Français* numéro du 2 septembre[1],

de Balzac.

Paris, ce 1ᵉʳ septembre 1839.

39-185. JOACHIM LE COINTE À BALZAC

[Paris, 2 septembre 1839.]

J'ai reçu de Monsieur de Balzac la somme de quatre cent trente francs en espèces plus un effet Francey (gérant du journal *Le Livre d'or*)[1] à échoir au vingt septembre courant de la somme de cinq cents francs que j'encaisserai pour son compte, laquelle somme avec les quatre cent trente francs ci-dessus annoncés formeront la moitié de la lettre de change qu'il m'avait souscrite fin août. Je m'engage par la présente à n'exiger le payement de la seconde moitié que le vingt octobre prochain[2].

Paris ce 2 7bre 1839

Le Cointe.

39-186. À ÉMILE DE GIRARDIN

[Aux Jardies, 3 septembre 1839.]

À M. Émile de Girardin, rédacteur en chef de « La Presse ».

Monsieur,

Dans le dernier numéro d'un recueil dont les propriétaires ont été condamnés envers moi, par jugement du tribunal de première instance de la Seine, en date du 7 juin 1836[1], pour avoir vendu à une autre publication les épreuves incorrectes d'articles que, selon nos conventions, ils s'étaient engagés à ne faire paraître que dans leur revue, M. Sainte-Beuve a écrit les lignes suivantes[2] :

« Je ne puis m'ôter de la pensée que le spirituel académicien (M. Villemain[3]) n'avait accepté cette charge (la présidence des gens de lettres) que pour avoir occasion, *avec ce bon goût* qui ne l'abandonne jamais et *avec ce courage d'esprit* dont il a donné tant de preuves dans toutes les circonstances décisives, de rappeler et de maintenir, devant cette démocratie littéraire, les vrais principes de l'indépendance et *du bon goût.*

« M. de Balzac, qui a été nommé président à l'unanimité en remplacement de M. Villemain, aidera peut-être au même résultat par des *moyens contraires.* »

Si j'étais seul en cause ici, comme mes écrits et ma personne y sont dans le cours de l'article de M. Sainte-Beuve, je mépriserais, selon ma coutume, les attaques, quelque injurieuses et calomnieuses qu'elles puissent être ; mais, par respect pour ceux qui m'ont élu, je ne saurais laisser imprimer impunément que la lâcheté d'esprit et le mauvais goût, les seuls contraires du bon goût et du courage d'esprit seront, pour la société des gens de lettres, le moyen de connaître les vrais principes de l'indépendance et du bon goût.

La seule réponse à faire à de pareilles assertions est de leur procurer la publicité qui leur manque ; je vous prie donc, monsieur le rédacteur, d'insérer ma lettre dans votre prochain numéro et d'agréer l'expression de mes sentiments les plus distingués.

Aux Jardies, 3 septembre 1839,

de Balzac.

39-187. HIPPOLYTE SOUVERAIN À BALZAC

[Paris, 3 septembre 1839.]

Monsieur de Balzac,

Je pensais aller vous voir ce soir, mais cela m'a été impossible et je prends le parti de vous écrire. Vous trouverez ci-incluse la lettre régularisant la livraison des deux nouvelles dont *La Princesse parisienne* est l'une.

Je viens maintenant vous demander de la copie à mettre sous presse. Nous avons des traités ensemble qui fixent des époques de livraisons de vos travaux. C'est d'après ces époques prises par vous que vous avez voulu pour vous libérer promptement que je fisse des billets les uns sur les autres en dehors de toutes réflexions prudentes. Je les ai faits et surtout je les paie, ce qui vaut encore mieux. Mais on m'avait promis de venir à mon aide lorsque j'en aurais besoin et il arrive qu'à ma première demande on me repousse au mois suivant et ce moment arrivé on me renvoie avec une impossibilité.

À l'heure présente, si, comme moi, vous aviez tenu vos engagements, il y a longtemps que des mises en vente m'auraient mis hors de gêne, mais c'est la même vieille histoire que vous savez : l'éditeur payant à jour fixe et l'auteur livrant quand il veut. Aujourd'hui vous vous inquiétez de mes mises en vente et vous ne vous en êtes pas occupé lors de la fixation des époques de livraisons de manuscrits.

Vous avez en ce moment deux manuscrits à me livrer, l'un *Sœur Marie des Anges* de mon traité[1] depuis le mois de mars, l'autre du traité de Charpentier[2] depuis le 15 juillet. De deux choses l'une ou livrez-moi vos travaux ou payez les billets que je vous ai faits et que je ne vous dois pas puisque vous ne livrez pas.

Vous concevez, Monsieur de Balzac, que ce que je vous dis là est trop rationnel pour qu'il y ait la moindre objection raisonnable à faire. Je me gêne énormément pour vous eu égard aux circonstances malheureuses, je paye des intérêts onéreux que j'ignorais avant nos rapports et tout cela parce que j'ai eu confiance en votre parole et que je n'ai pas exigé de garantie. Vous me devez de graves indemnités pour tous ces retards, j'ai besoin de les régulariser et de déterminer tout ce qui les concerne. Quand je paie jusqu'à 5 000 fr. (non compris mes chances de pertes de l'in-12 qui sont énormes) des ouvrages même publiés dans des journaux où ils vous rapportent encore autant, il est juste que les livraisons soient faites exactement puisque c'est une des principales bases de mon opération.

J'ai fait pour 30 000 d'affaires avec vous et j'ai fait des légèretés inouïes dans le rapport des conditions. J'espère que vous n'abuserez pas du désir bien naturel que je v[ous] ai montré d'entrer en rapport d'affaires avec un homme comme vous et vous ne voudrez pas que j'aie à me repentir d'avoir montré trop de confiance.

Je me résume :

Vous ne tenez pas vos conditions de livraisons, dois-je tenir les miennes de paiements ? Et si je les tiens quand et comment m'indemniserez-vous ?

Autre chose : M. Plon me presse pour lui payer les corrections. Il y en a pour 1 000 fr. environ. Vous voulez faire voir des corrections puisque vous avez toutes les épreuves ; que faut-il faire ? Voilà déjà tant de fois que je le remets que je ne sais plus que faire, il ne veut pas avoir de rapport avec vous. Réponse à cela je vous prie.

Autre chose encore : j'ai besoin de finir l'affaire St-Aubin qui dure depuis trop longtemps — il me revient un ouvrage, donnez-le-moi, mais je ne veux plus avoir de rapports pour cela avec personne qu'avec vous ou M. Re[g]nault[3]. Je suis las de toutes les promenades faites à ce sujet chez M. de Gram[m]ont qui me dit toujours qu'il eût fait gratis un travail qui vous a été payé. Livrez-moi gratis mon 6ᵉ ouvrage[4] ou rendez-moi l'argent que vous avez reçu pour son prix.

Tout cela me bout dans la tête, les crises se succèdent plutôt que de cesser et je souffre de payer ou des choses que je n'ai pas ou des choses que je ne devrais payer qu'à des termes éloignés.

En venant jeudi apportez-moi donc *Béatrix* corrigée que je voie les fautes graves[5] et que je fasse refaire ce qu'il y a de refaisable et *La Princesse parisienne* que je puisse mettre sous presse cette affaire.

Agréez mes civilités empressées

D. H. Souverain.

Paris 3 7bre 1839.

— A. Karr m'a demandé v[otre] livre⁶ pour *Le Siècle*, je le lui envoie tout de suite.
— Jeudi en venant me voir vous trouverez vos feuilles *Grand Homme* et *Fille d'Ève* toutes prêtes.
— Au moment de faire la lettre pour les deux nouvelles je ne me rappelle pas assez bien les conditions pour les formuler — aidez ma mémoire, je vous en prie, est-ce deux ou est-ce une par ouvrage dont les vol. n'atteignent pas 22 f[eui]lles — tout cela est bien obscur.

39-188. À ARMAND DUTACQ

[Bourg, 9 septembre 1839.]

À Monsieur Dutacq, gérant du *Siècle*.

Toutes les prévisions de ceux qui croient à la non-culpabilité de Peytel[1] sont réalisées ; ainsi mon voyage et celui de Gavarni contribuera [*sic*] sans doute à sauver la vie et à rendre l'honneur au pauvre condamné qui, sans nous, aurait péri par honneur. Nous sommes forcés d'aller à Belley[2] chercher quelques renseignements, et dans quelques heures, nous partons pour Paris[3]. Je suis en mesure de démontrer les erreurs commises par la justice et d'empêcher un de ces malheurs irréparables qui sont une flétrissure pour des époques éclairées, et dans peu de temps, la presse pourra compter dans ses états de service une victoire de plus, en offrant au Pays, une vie exempte de blâme, arrachée à l'échafaud. La famille Peytel vous devra beaucoup pour le concours que vous allez nous prêter et nous aurons tous fait une bonne action.

Agréez mes compliments et l'expression de mes sentiments les plus distingués

de Balzac.

P. S. — Mon cher Dutacq, ce pauvre garçon n'est pas coupable, et il y a *mal jugé*, nous triompherons. — Gavarni, après notre entrevue avec Peytel était fou de joie, et n[otre] tâche ne sera pas aussi difficile que je le croyais.

Lettre à Armand Dutacq, 9 septembre 1839 (39-188).
Gavarni après l'entrevue, faisant la nique au bourreau.
© Coll. Thierry Bodin.

39-189. HIPPOLYTE SOUVERAIN À BALZAC

Paris, le 9 7bre 1839.

Monsieur de Balzac,

Vous me faites aller aux Jardies et vous n'y êtes pas.

M. Plon veut m'assigner car je ne veux pas payer les 1 000 fr. de corrections sans savoir à quoi m'en tenir avec vous. J'ai acheté 5 000 et non pas 6 000 v[otre] manuscrit. Sur ce prix qui est très élevé un auteur doit supporter les conséquences de sa manière de travailler et non pas en charger un éditeur. Je me laisserai plutôt poursuivre que de payer.

Je veux la copie de *La Princesse parisienne* dont j'ai besoin — 2° la copie d'un nouvel ouvrage — 3° *Dom Gigadas*[1].

Il est temps que nous exécutions nos traités car je ne puis reculer l'échéance de mes billets comme vous le faites pour la remise de v[otre] travail.

Un rendez-vous s'il vous plaît.

Mes civilités empressées.

D. H. S.

Ne sachant où vous prendre j'écris à Sèvres et à Paris.

[Adresse :] Monsieur de Balzac | 108, rue de Richelieu.
[Cachet postal :] 9 septembre 1839.

39-190. À Me CLAUDE MARGERAND

[Paris, 13 ? septembre 1839.]

M. de Balzac a l'honneur de saluer M. Margerand, et de le prier de ne pas venir avant neuf heures, demain matin[1]. Mille compliments.

39-191. À Mᶜ CLAUDE MARGERAND

[Paris, 15 ? septembre 1839.]

Monsieur,

Je vous ai envoyé dans les pièces, *les débats* imprimés des journaux de Paris et de Province. J'en ai besoin immédiatement[1]. Rendez-les au porteur

de Balzac.

39-192. À DANIEL ROUY

[Aux Jardies,] 15 7ᵇʳᵉ [1839].

Monsieur,

À mon arrivée je trouve v[otre] lettre, et j'écris à M. Lecointe[1], bijoutier, 12, rue Castiglione, d'aller à *La Presse*.

Recevez mes compliments,

de Balzac.

[Adresse :] Monsieur Rouy | *à La Presse* | rue St-Georges 16 | Paris.
[Cachet postal :] Sèvres, 15 septembre 1839.

39-193. HIPPOLYTE SOUVERAIN À BALZAC

[Paris, 15 septembre 1839.]

Monsieur,

Monsieur Lassailly dans une dernière entrevue ayant senti la justesse de mes observations s'est désisté de ses prétentions sur *La Princesse parisienne* et prendra pour l'exécution de son livre *La Frélore* que doit prochainement publier *Le Livre d'or*. Envoyez donc s'il vous plaît *La Princesse parisienne* qui sera l'une des deux nouvelles que vous devez me remettre aux termes de nos conventions écrites et verbales[1].

Je vous enverrai, si vous le désirez, un mot de M. Lassailly qui constatera ce que je dis ci-dessus, relativement à cet échange.

Il est bien entendu que la nouvelle que vous me devez par condition verbale et celle que vous donnez à M. Lassailly sont, relativement à la manière dont vous devez en user comme propriété, dans le même cas que celle qui m'a été stipulée par traité écrit.

Agréez mes civilités empressées.

D. H. Souverain.

Paris, le 15 7bre 1839.

P. S. — Deux exemplaires du volume où seront insérées vos nouvelles vous reviendront de droit à la publication.

[Adresse :] Monsieur de Balzac.

39-194. À ANTOINE POMMIER

[Aux Jardies, 18 septembre 1839.]

Mon cher monsieur Pommier,

Je suis [si] occupé que j'ai oublié les noms de ceux qui composent la commission du livre[1]. Envoyez-les-moi, par écrit avec une réponse sur ceci : la commission est-elle définitive et doit-elle s'occuper d'une première série, c'est-à-dire de trois volumes[2] ? Elle doit dicter mes démarches personnelles. Enfin, puis-je écrire à Lassailly[3], pour me concerter avec lui déjà ?

J'étais malade samedi[4], et j'ai cru que vous passeriez me prendre et j'étais si accablé d'épreuves à lire, que la nuit m'a surpris vous attendant toujours.

Dans le cas où tout serait comme je le crois, voulez-vous vous faire imprimer des têtes de lettres, afin que nous convoquions régulièrement la commission ? La commission devant durer longtemps, cette dépense est assez nécessaire et enfin il faudrait convoquer la commission pour vendredi trois heures chez vous.

Agréez, Monsieur, l'expression de ma considération la plus distinguée et mes compliments

de Balzac.

39-195. À ANTOINE POMMIER

[Aux Jardies, 18 septembre 1839.]

Mon cher maître,

En vérité, si vous ignorez mon voyage et ses motifs, et surtout mon occupation en ce moment, v[ous] seriez le seul[1] — je vous ai écrit ce matin un mot qui v[ous] prouve qu'après ce que j'avais à faire pour Peytel, je me suis occupé de ma tartine collective au lieu de mes obligations littéraires. Je ne vous en veux pas le moins du monde et vous envoie la lettre pour Monsieur Halévy[2], car je ne serai pas à Paris avant vendredi, et n'irai que pour la séance

tout à vous
de Bc.

39-196. À ALPHONSE DE LAMARTINE

Sèvres, aux Jardies, 19 7bre [1839].

Monsieur,

La lettre que vous avez écrite à Louis Desnoyers[1] a fait une vive peine au Comité, nous et les libraires comptions sur cette feuille ou ces deux feuilles d'introduction au Recueil entrepris pour donner des fonds à une association naissante qui produira le plus grand bien à la littérature, aujourd'hui persécutée dans ses produits purement commerciaux, atteinte par les brigandages de la Belgique. Il m'est impossible de ne pas faire un effort auprès de vous pour obtenir une aumône qu'aucun de nous ne refuse, et qui pour nous être faite par M. Victor Hugo[2] a nécessité de sa part, autant de démarches que les députés coalisés en ont fait pour renverser le ministère Molé[3]. Tous les membres du Comité sont pénétrés d'admiration et moi en tête pour vos talents et votre génie, ils croient entièrement à votre sincérité, vos souffrances les ont inquiétés ; vous n'avez rien à craindre de gens d'élite ; mais la masse, Monsieur, la masse que nous savons si injuste, n'est-elle pas à redouter — Vous serez, pour mon compte je l'espère et le désire vivement, vous serez à la tête des affaires de notre pays, vous avez vaincu les niais qui refusent le moins au poëte en lui accordant le plus ; vous sentirez alors combien la popularité vous sera nécessaire pour faire le bien, et j'ai la conviction que ce petit fait, innocent de tout point et sur lequel je vous défendrais au besoin, vous serait ce gravier sous les pas que tout homme rencontre. Ici, remarquez-le bien, je ne procède pas par intimidation. Auprès des hommes de votre caractère et du mien, c'est le moyen de ne rien obtenir et de faire aussitôt jeter une lettre au feu, ou le conseiller à la porte. Croyez que ma lettre est entièrement confidentielle, émanée d'une main amie, d'un cœur que vous avez pu juger bienveillant. Vous êtes un très grand poëte, un homme d'État, moi je ne suis encore qu'un prosateur indigne, le capucin littéraire, les prosateurs appartiennent à un ordre qui va pieds-nuds [sic] et qui court sus au libraire, ce que je vous écris est donc dénué d'intérêt propre ; et, croyez-moi, ce sera quelque chose pour moi d'heureux, d'avoir à dire dans trois mois à 300 gens de lettres assemblés qu'il y a eu dévouement de votre part à nous ouvrir de vos mains de poëte les portes de cette *Babel* littéraire. J'ai pris sur moi au Comité, tout à l'heure, de retarder n[otre] visite chez M. Guizot de tout le temps nécessaire pour avoir une réponse de vous, sans m'expliquer sur ce que j'allais faire. Ne refusez pas à la littérature souffrante, à sa cohésion, à son avenir de bonne entente, l'éloquence que vous avez trouvée pour l'agriculture. Que les pommes de terre, les raisins, les blés ne soient pas privilégiés aux dépens du livre, de l'ode, du drame et du roman, de la philosophie et de l'histoire. Entre nous soit dit, M. Guizot ne nous refuserait pas, car tout ce que n[ous] faisons pour arriver à moraliser et à régulariser les moyens littéraires, il y gagnerait immensément dans la position impopulaire où il se trouve[4].

J'attends donc un mot de vous, avant de mettre à exécution la décision du Comité qui m'a chargé d'aller vers d'autres astres implorer d'autres richesses, quêter d'autres pages.

Le Membre du Comité a fini, le défenseur du pauvre Peytel va recommencer.

La déposition de Mme Broussais[5], en ce qui vous concerne dans les débats, ne s'accorde point avec la lettre que vous avez écrite à Peytel, et qui a été lue à l'audience[6] ; mais, par une circonstance inouïe, la plupart des journaux de Paris ont donné la déposition de Mme Broussais et n'ont point donné la défense où v[otre] lettre a été citée. Pour beaucoup de personnes, vous paraissez avoir abandonné Peytel. Vous l'avez plus protégé qu'abandonné, vous avez été digne de vous-même, digne de ce que vous avez fait pour Barbès[7] qui était coupable, et vous vous êtes tenu dans une ligne de circonspection que vous imposait la situation de Peytel. J'ai pris sur moi, dans ma défense de Peytel, de traiter ce passage de manière à ce que vous soyez content et libre d'intervenir ou de vous abstenir, l'affaire recommençant[8].

Mais si nous échouons, ne ferez-vous rien pour lui, ne vous joindrez-vous pas à nous pour obtenir une commutation ? Peytel n'est pas innocent du meurtre de Louis Rey, mais il l'est de celui de sa femme, et pour l'un comme pour l'autre, il est dans un cas légitime d'excuse, qu'il ne veut pas faire plaider[9]. Il aime mieux périr avec son honneur de mari, que de se sauver le front pris dans les phrases de sa défense. J'ai si peu de temps à moi, j'ai tant d'engagements littéraires et pécuniaires, qu'il m'a été impossible de faire le détour de Bourg à Mâcon et d'aller vous voir à St-Point à ce sujet, les heures me sont comptées. Cette triste obligation d'arriver à temps en littérature comme en cuisine et en banque m'a privé de ce plaisir mêlé de devoirs, et me force de vous écrire à la hâte ; ayez donc beaucoup d'indulgence pour un homme heureux d'avoir une occasion de vous témoigner ici sa vive admiration et pour l'orateur et pour le poète qui sont une partie de la gloire française de notre temps

de Balzac.

39-197. LÉON HALÉVY À BALZAC

Jeudi soir, 19 septembre [1839].

Monsieur le Président,

Je reçois aujourd'hui seulement et assez tard la lettre que vous m'avez fait l'honneur de m'écrire, et par laquelle vous m'invitez à me rendre demain vendredi à deux heures au comité de la Société, afin de vider un différend qui existerait entre M. de Bernard et moi au sujet de ma pièce de *La Rose jaune*[1]. Je ferai tous mes efforts pour me rendre à cette convocation, mais j'en reçois l'avis si tard (la lettre ayant été adressée à mon ancienne demeure) que je crains de me trouver dans l'impossibilité de venir au Comité. Je vous prierais alors de regarder mon absence comme tout à fait involontaire et de vouloir bien m'indiquer une autre séance à laquelle je m'empresserais d'assister.

Veuillez agréer, Monsieur le Président, l'expression de mes sentiments de considération la plus distinguée

Léon Halévy,
au Palais de l'Institut.

Monsieur de Balzac, président de la Société des gens de lettres.

39-198. À LANGE LÉVY, IMPRIMEUR DU « SIÈCLE »

[Aux Jardies, 20 septembre 1839[1].]

Tout le monde à la manœuvre, prenez des ouvriers supplémentaires. Le temps presse, il s'agit de la vie d'un homme, il me faut une nouvelle épreuve double pour ce soir, vendredi à 5 heures, je serai à Paris, chez M. Pommier, 21 rue de Provence à cette heure. Il faudra absolument faire tout en même caractère, car on imposera in-4°, et on interlignera et on fera sans doute un tirage à 2 000[2]. J'avais fait dire cela!

39-199. À LÉON GOZLAN

Paris, ce [septembre ?] 1839.

Mon cher Gozlan,

Il me sera vraisemblablement impossible d'aller à Rouen[1], et je vous prie, vous qui avez la parole si incisive, prenez ma place et faites toutes les démarches.

Je saisis cette occasion de vous offrir l'expression de mes sentiments affectueux

de Balzac.

[Adresse :] Monsieur Léon Gozlan.

39-200. ALPHONSE DE LAMARTINE À BALZAC

Monceau, près Mâcon, 24 sept. 1839.

Monsieur,

Si le mot impossible comportait des accommodements je l'aurais modifié pour vous et pour la noble tâche que vous me proposez au nom de nos frères en littérature et en infortunes. Mais ce mot que j'ai répondu avec tant de regret à M. L. Desnoyers n'était point un caprice c'est la triste expression d'une réalité[1]. Je suis en ce moment dans un état physique de névralgie tel que je ne puis écrire même une lettre sans de vives douleurs et dans une situation morale qui m'enlève toute liberté d'esprit. Il faut courber la tête et attendre. J'accepte donc toutes les conséquences forcées d'un refus qui ne dépend pas de moi mais de la nécessité, à elle et non à moi la responsabilité. Votre lettre m'a fait entrevoir cette nuit une belle ode à écrire sur ces Bélisaires du génie qui demandent l'obole dans ces champs de la Pensée qu'ils ont conquis ; mais il faudrait écrire. Je ne le puis pas. Si vous me donniez trois mois peut-être pourrais-je trouver un jour ; encore Dieu seul le sait. Vous vous en seriez convaincu par vous-même si vous m'aviez fait le plaisir de déposer à ma porte votre capuchon auprès de mes sabots.

Je vous remercie de la manière dont vous parlerez de moi dans votre récit du drame Peytel. J'ai été assez heureux pour n'être pas obligé d'avoir une opinion sur cette horrible affaire, et je me garderais bien d'en prendre une sans nécessité. Dieu seul connaît la Vérité ; l'homme n'a que le jugement, Vérité de convention qu'il faut admettre et respecter en tant qu'hommes. Je ne sais rien, je ne présume rien, je défends à ma pensée de s'arrêter sur des hypothèses où en innocentant un coupable on peut calomnier et flétrir des innocents. Je n'ai eu avec M. Peytel d'autres rapports que ceux qui ont été assez exactement rendus par Mr Broussais[2]. J'ignorais jusqu'à son nom. Une lettre électorale parut en 1834 en faveur de ma candidature. Elle était anonyme. J'en recherchai l'auteur. Je fus six mois à le découvrir. Je lui écrivis pour le remercier. Quelques mois après il vint à Paris réclamer de moi un léger service au ministère de la Justice. Je le lui rendis ; deux mois plus tard il revint me prier de lui servir de témoin à son mariage ; je refusai longtemps ; puis j'acceptai par pure politesse. J'assistai à la cérémonie et je laissai les époux après la messe. Là se bornent tous mes rapports et je n'aurais pas un mot de plus à déposer. Après l'événement et avant que l'impression en fût contre sentie à Mâcon, il m'écrivit pour me sommer de dire si sa renommée était celle d'un homme capable d'un crime ; j'avais le jour où je reçus sa lettre deux personnes qui l'avaient connu à déjeuner chez moi. Je leur lus la lettre et je les interrogeai sur la moralité de M. Peytel. Ils ne m'en dirent aucun mal et parurent aussi éloignés que moi de le soupçonner un homme aussi sinistre. Je lui répondis donc la lettre que vous avez lue, lettre telle que vous l'écririez vous-même à tout homme de votre connaissance qui vous demanderait si on le croit capable d'assassiner sa femme. Ma déposition si j'en avais eu une à faire n'aurait ni atténué ni fortifié la valeur de cette lettre.

En voilà assez Monsieur sur ce triste sujet. Je m'y suis arrêté puisqu'il vous intéresse et que vous vous proposez de le traiter.

Je me hâte de revenir à mes regrets de ne vous avoir pas vu, à mes regrets de ne pouvoir écrire une page pour l'amour d'un écrivain dont les milliers de pages ont enchanté mon imagination et consolé mes tristesses. Si des jours plus libres et plus heureux reviennent pour moi, je réparerai cette faute du sort et vous me pardonnerez. Peu m'importe la colère des autres pourvu que je ne la mérite pas.

Tout à vous d'intelligence et de cœur

Lamartine.

Répondez-moi donc un seul mot pour me dire si ces MM. peuvent m'attendre deux ou trois mois et si une pièce de vers équivaudrait pour le livre à une introduction ?

39-201. À Me CLAUDE MARGERAND

[Paris,] mercredi matin [25 septembre 1839].

Monsieur,

L'épreuve qui vous est destinée du travail que va publier *Le Siècle* sera prête à midi[1]. Si vous pouvez nous attendre, M. Gavarni et moi, nous serons chez vous à une heure. Si vous voulez venir nous trouver, nous serons jusqu'à midi chez M. Gavarni.

Agréez, Monsieur, l'expression de mes sentiments les plus distingués

de Balzac.

39-202. LA COMTESSE DE SERRE À BALZAC

[Paris, 26 septembre 1839.]

En lisant dernièrement, Monsieur, un de vos plus spirituels ouvrages, un de ceux qui foudroient le plus éloquemment les turpitudes de notre terre ; j'étais loin de m'attendre, que ce qui devait être simplement une verge contre Mrs les journalistes, deviendrait par le récit que vous y faites d'une anecdote complètement fausse sur le garde des Sceaux et sa femme, une inculpation très grave contre un des plus beaux caractères de l'époque. S'il ne s'agissait, Monsieur, que du ridicule jeté sur mon incapacité, je me tairais ; mais ici, c'est l'honneur de mon mari, du père de mes enfants qui se trouve compromis : vous me permettrez donc, Monsieur, puisque tous ceux qui peuvent connaître de la vérité de ce récit, n'ont pas entièrement disparu, d'en appeler à votre justice, à votre loyauté, et d'oser espérer que dans la prochaine édition d'*Un grand homme de province* ou dans la suite de cet ouvrage que vous annonciez, vous rectifierez une assertion douteuse en déclarant cette anecdote comme entièrement controuvée[1].

Veuillez donc agréer d'avance tous mes remerciements et l'expression de mes sentiments les plus distingués.

La Ctesse de Serre.

Paris 26 7bre 1839.
16, rue de Miromesnil.

39-203. J.-G.-J. ROENTGEN À BALZAC

[Paris, 27 septembre 1839.]

Monsieur,

En parcourant les journaux de ce matin, j'y ai trouvé un article qui m'apprend que vous vous intéressez au sort d'un condamné (Mr Peytel je crois)[1].

Selon mon habitude, que vous trouverez indiquée au haut de la page imprimée ci-jointe[2], j'ai dû m'arrêter à une pensée qui vous paraîtra fort naturelle.

Afin que vous puissiez la comprendre, je vous dirai d'abord, que je suis occupé depuis quelques jours à envoyer aux journalistes la 1re livraison complète d'un ouvrage que j'ai commencé à publier[3]. Pour l'intelligence du journaliste j'y avais ajouté des notes écrites. Vous en voyez une au bas de la même feuille imprimée.

Mais, me suis-je dit, cela ne ferait-il pas quelque bien au succès que Mr de Balzac cherche à obtenir, et en ce cas-là, ne pourrait-il pas engager les journalistes à annoncer mon ouvrage ? Ils parleraient de cette note qui indique une communication à faire, relative à la condamnation capitale d'un innocent.

Mais je ne puis pas supporter plus longtemps de rester sous le poids de l'accusation d'un égoïsme révoltant ; et je vous prie de lire les cinq lignes qui suivent dans la page imprimée. Elles vous donneront un aperçu plus fidèle de mes sentiments : ce sont ces sentiments qui m'engagent à vous écrire pour vous dire que je suis prêt à faire tout ce que vous pensez pouvoir vous aider dans la noble tâche dont vous vous êtes chargé, et qu'il ne s'agit maintenant de l'annonce d'un ouvrage médiocre que dans le seul cas où cela pourrait réellement vous devenir de quelque secours.

J'ai l'honneur d'être avec la plus haute considération, Monsieur,

Votre t[rès] h[umble] et t[rès] d[évoué] s[erviteur]
Roentgen.
46 rue Ville-L'Évêque, faubg-St-Honoré.

Paris, 27 7bre 1839.

[Adresse :] Monsieur | Monsieur de Balzac | homme de lettres | Paris.
[De la main des facteurs :] Voir rue des Batailles, 13. | Parti rue Royale à Sèvres, Banlieue.
[Cachet postal :] 28 septembre 1839.

39-204. UN JURÉ DU PROCÈS PEYTEL À BALZAC

[Paris, 28 septembre 1839.]

Monsieur

Je viens de lire votre lettre dans *Le Siècle*[1] mais je vois que vous oubliez de justifier l'accusé sur les charges qui pèsent sur lui, relativement aux balles que le domestique achète devant le neveu de Peytel. Comment il se fait que Peytel avait un marteau pour arme dans sa voiture. Comment le domestique aurait gardé son énorme couverture et son fouet pour l'assassiner, chose qui n'aurait pu que lui nuire. Comment il se fait que la femme de Peytel soit frappée de deux balles qui ont suivi une direction opposée. Comment elle a pu avoir les plaies tachées de poudre et les yeux brûlés, chose qui suivant les expériences ne peut avoir lieu qu'à 4 ou 6 pouces et enfin comment admettre que Peytel ait pu rattraper son domestique à la course surtout que ce dernier avait des avantages sur lui.

Vous parlez des bons antécédents de Peytel mais si ce n'est pas Peytel, c'est Rey qui a fait le crime et vous détruisez les antécédents de Rey qui sont attestés par tous les témoins qui ont parlé de lui au lieu que ceux de Peytel sont très contestés au point de les rendre douteux. Je crois monsieur que si mes objections vous contrarient pour votre lettre, votre impartialité voudra bien les faire connaître.

Veuillez agréer l'assurance de ma considération distinguée.

Un Juré.

Paris 28 septembre.

[Adresse :] Monsieur | Monsieur de Balzac | homme de lettres | Paris.
[De la main des facteurs :] Voir rue des Batailles n° 13 | Parti à Sèvres.
[Cachets postaux :] 28 septembre 1839. | Sèvres 29 sept. 1839.

39-205. UN HABITANT DE MÂCON À BALZAC

[28 septembre 1839.]

Monsieur,

La narration que vous avez fait inscrire dans *Le Siècle* et si tendante [*sic*] à disculper un vil scélérat dénote évidemment que vous êtes bien salarié ou même pour ainsi dire son complice.

Il est dégoûtant pour la société qu'un homme d'esprit comme vous paraissez l'être par divers écrits, que vous ayez porté votre attention à disculper un vil scélérat et assassin.

Ceci ne vous fera nullement votre éloge dans tous les gens notables et de bien qui ont tous approuvé la décision unanime d'un jury consciencieux et impartial.

On est encore à se demander quel était votre but, malgré votre logique la loi, plus forte que tous vos discours mensongers et empruntés, aura son coût [*sic*].

Tenez[-vous] pour averti et vous verrez si l'avis est digne de foi.

Un habitant de Mâcon[1]
qui connaît mieux Peytel que vous
vous pourriez suspendre le reste.

[Adresse :] Monsieur | Monsieur de Balzac homme | de lettres | Rue du Croissant 16 hôtel Colbert | Paris | (très pressée). | Pour être remis en personne.
[Cachet postal :] 28 septembre 1839.

39-206. LE DOCTEUR LAMBERT À BALZAC

[Paris, 28 septembre 1839.]

Monsieur,

Le mémoire que vous venez de publier dans *Le Siècle* a excité partout de nombreuses sympathies; et tel qui s'était prononcé d'abord contre Peytel le plaint aujourd'hui et l'admire; car est digne d'admiration l'homme qui pur en face de sa conscience voit avec impassibilité et résignation arriver la mort ignominieuse qui doit le frapper.

Ayant adopté et soutenu vos opinions dès le jour où l'arrêt de Bourg fut connu[1], j'en tire le droit de m'associer à votre généreuse défense et de vous en remercier, je dirais volontiers, au nom de l'humanité toute entière.

Il est impossible, Monsieur, après les inductions auxquelles vous vous livrez dans votre mémoire de ne pas avoir au moins *le doute* sur la culpabilité de Peytel: or, en matière criminelle surtout, le doute est le corrélatif de l'innocence.

Le point culminant dans cette affaire a été la nécessité de trouver un coupable, plus un crime est atroce plus la vengeance est tenace, voilà la tendance du cœur de l'homme: or ce coupable trouvé, on a fouillé dans toute sa vie pour y trouver les éléments d'un grand crime; on lui a donné un caractère adapté à son rôle; on a tourné, interprété tous ses actes d'après cette idée; et malheureusement on a oublié que tous les problèmes de justice humaine ne peuvent pas être résolus.

Iliacos intra muros peccatur et extra[2].

Il y en est qui ne relèvent que de Dieu seul; tel a été l'assassinat jugé devant la cour d'Eure-et-Loir[3], tel est à mon sens le crime de pont d'Andert[4].

En fait de science et de droit criminel les faits seuls doivent être le critérium de la vérité: or on a contesté la déviation du projectile d'après l'autorité d'un de nos plus célèbres médecins légistes, et cependant aujourd'hui encore se trouve à Bicêtre[5] un malheureux qui, atteint il y a trois mois de monomanie suicide, s'est tiré à bout portant un coup de pistolet au niveau de l'estomac, et la balle après avoir glissé sous les téguments est ressortie au niveau de la 5e vertèbre dorsale. Les plaies d'entrée et de sortie sont parfaitement cicatrisées actuellement. Mr Fer[r]us[6] a fait à ce sujet des remarques pleines de justesse et de philosophie; tous les auteurs citent des faits de ce genre, Roche et [Ganson ?] en rapportent de très curieux. Voilà donc des faits incontestés aujourd'hui, des faits monnaie courante qui eussent été considérés comme absurdes il y a 40 ans. Il faut douter en l'absence de preuves invincibles, mais il ne faut pas nier des faits matériellement établis.

Quoi qu'il en soit, Monsieur, permettez-moi de vous le redire, vous avez bien mérité de la justice et de l'humanité en accomplissant la noble tâche dont j'ose vous applaudir : quel que soit votre résultat, vous avez allégé, brisé les fers de Peytel, car après tout
      Le crime fait la honte et non pas l'échafaud.

Je suis avec le plus profond respect, Monsieur
votre très humble et dévoué serviteur
Lambert
docteur en méd.
St Jacques, 267.

28 7bre 1839.

[Adresse :] Monsieur | Monsieur de Balzac | et en son absence à Monsieur | le rédacteur en chef du *Siècle*.

39-207. OSCAR ROYER À BALZAC

[Paris, 28 septembre 1839.]

Monsieur de Balzac,

Vous qui plaidez si bien la cause du malheur, vous accepterez sans doute comme matériaux ce que je sais de particulier sur Mr Peytel.

Nous demeurions tous deux dans le même corps de bâtiment à Lyon[1], inconnu[s] l'un à l'autre. La personne qui lui louait (personne digne de foi) et qui le connaissait intimement venait chez mes parents, et nous faisait toujours l'éloge de Monsieur Peytel, un jour elle nous dit : « Monsieur Peytel est parti pour soutenir et diriger les intérêts d'une famille dans un grand procès, de qui dépendait la fortune de ces personnes. » Plus tard, elle nous annonça son retour en ajoutant qu'il n'avait rien voulu que ses frais, et qu'en reconnaissance on lui avait fait cadeau d'un beau déjeuner en argent (espèce de plateau couvert de tasses).

Il aimait beaucoup les animaux et ne pouvait souffrir qu'on leur fît du mal, ce qui dénote un bon cœur et des mœurs douces, sentiments qu'on [n']accorde pas aux gens au milieu desquels il vivait, il est un proverbe dans le pays même, qui dit : « Le Bujet [*sic* pour Bugey] et les environs de Belley fournissent les assassins, et la Bresse les faux témoins » on acquiert très bien la haine des premiers par le titre seul d'étranger.

Vous aurez la bonté, Monsieur, de ne vous servir de ma lettre que comme matériaux, je vous demande pardon, Monsieur, de ma hardiesse, mais votre bonté m'excusera.

Votre admirateur
Oscar Royer
statuaire élève de Mr David.

Paris, ce 28 7bre 1839.
P. S. — Rue Mr le Prince, 23.

[Adresse :] À Monsieur | de Balzac, homme de lettre[s] à | Paris.
[Cachet postal :] 29 septembre 1839.

39-208. VERNET À BALZAC

[Paris, 29 septembre 1839.]

À Monsieur de Balzac

Monsieur,

J'ai lu avec attention dans la *Gazette des tribunaux*[1] la première partie de votre lettre sur le malheureux Peytel dont vous avez pris si généreusement la défense, et j'ai trouvé que vous avez peint l'homme tel qu'il est et tel qu'il s'est montré dans ses rapports avec moi, c'est-à-dire, bon et toujours prêt à obliger. J'ai cru devoir au malheur ce léger souvenir et je fais des vœux pour qu'il ne lui soit pas inutile.

Mr Peytel était élève en 1827 et 1828[2] dans l'institution Bailly, à Lyon[3], où j'ai été employé pendant trois ans en qualité de maître répétiteur. Chargé spécialement de la surveillance des élèves je m'étais attaché à étudier et le caractère et les habitudes de chacun. Je déclare en mon âme et conscience que Peytel était un de ceux en qui j'avais remarqué les qualités essentielles, celles du cœur.

Après l'avoir perdu de vue pendant quelques années j'eus occasion de le revoir à Paris, et je ne dissimulerai pas que j'eus besoin de recourir à sa bourse, j'étais malade. Peytel ne consultant que son bon cœur me l'ouvrit sans hésiter à deux reprises et sans prendre aucune précaution pour rentrer dans ses fonds.

J'ai suivi les débats de son procès avec le plus vif intérêt, et c'est avec douleur que j'en ai appris le triste résultat.

Confiant dans la bienveillance qui s'attache à Mr Peytel de la part d'un grand nombre de personnes distinguées et par leur mérite et par leur position, je hasarde ce témoignage en sa faveur, heureux s'il était trouvé de quelque poids dans la balance de la justice devant la cour suprême.

Veuillez agréer l'assurance de la considération distinguée avec laquelle j'ai l'honneur d'être

Monsieur
                              votre très humble serviteur
Paris ce 29 septembre 1839

                                             Vernet.

26 rue Croix des Petits-Champs.

[Adresse :] Monsieur | Monsieur Balzac rue Richelieu, 108. | Paris.
[Cachet postal :] 30 septembre 1839.

39-209. HENRIETTE LEMERCIER À BALZAC

                              Paris, 30 septembre 1839.

Monsieur,

J'ai lu dans le journal *Le Siècle* votre lettre sur le procès Peytel. Je ne connais point Mr Peytel, mais j'ai eu l'occasion de voir Félicie Alcazar chez Madame Broussais[1] et le portrait que vous en faites m'a paru si bien retracé que je ne puis m'empêcher d'en attester l'excessive vérité. J'ai aussi entendu parler de son caractère par Madame Alcazar et Madame Broussais sa sœur, et toutes deux s'exprimaient dans les mêmes termes que vous.

Si donc, Monsieur, le témoignage d'une femme peut vous être de quelque secours pour la noble tâche que vous vous êtes imposée, je suis prête à la déclarer à qui voudra m'entendre.

                    J'ai l'honneur d'être, Monsieur,
                         Votre très humble servante
                              H^{tte} Lemercier.

N° 314 rue St-Honoré.

[Adresse :] Monsieur | Monsieur de Balzac.

39-210. Me MUTEL À BALZAC

                         Magny, le 30 7bre 1839.

Monsieur,

J'ai lu les débats de l'affaire Peytel et j'ai eu beaucoup de regrets de sa condamnation ; n'ayant nullement été convaincu de sa culpabilité, j'ai dû lire avec intérêt votre lettre insérée dans *Le Siècle* des 27, 28 et 29 du courant.

Je prends la liberté, monsieur, de vous signaler un fait bien extraordinaire, très facile à vérifier, sur la déviation des balles, et qui, peut-être, pourrait être cité devant un nouveau jury si le pourvoi de M. Peytel est admis[1].

Il existe dans cette commune un ancien militaire, pensionné, nommé François Suif, qui, en Espagne, fut atteint par une balle ; elle lui enleva un œil, passa par l'orbite, sans endommager le contour, traversa la partie supérieure de la mâchoire, le milieu de la langue, la partie inférieure de la mâchoire et sortit au creux de l'estomac.

Votre lettre, monsieur, doit me faire présumer que vous ferez connaître, s'il y a lieu et s'il est nécessaire, ce fait que je vous signale.

Daignez agréer, monsieur, l'expression de mes sentiments respectueux.

Mutel
notaire à Magny, canton de Nevers
(Nièvre).

[Adresse :] À Monsieur | Monsieur de Balzac, | homme de lettres, aux Jardies | près Paris | aux Jardies.
[Cachets postaux :] Nevers, 2 oct. 1839 | P[ort] P[ayé] | Paris, 3 oct. 1839 | Sèvres, 3 oct. 1839.

39-211. LÉON CHASSAIGNE À BALZAC

[Vers le 30 septembre 1839.]

Monsieur,

J'ai suivi avec attention les débats de l'affaire Peytel, dont la culpabilité ne m'a été rien moins que prouvée, même après sa condamnation. J'ai lu depuis, avec un profond intérêt, l'écrit que vous avez publié en faveur du condamné[1], & les considérations que vous y faites valoir, m'ont affermi dans mon opinion. Il en est pourtant une que, dans votre préoccupation, vous avez (il me semble) oublié de faire valoir, et qui est de nature à prouver l'innocence de Mr Peytel ; je vous la transmets pour que vous en tiriez le meilleur parti possible, si, comme moi vous la jugez de quelque valeur.

Peytel avait pour sa défense des pistolets & un marteau de mineur. L'accusation nous dit que c'est après avoir tiré à bout portant, ses deux pistolets, vers sa femme, que Peytel s'est élancé de sa voiture à la poursuite de Louis Rey. Eh ! il y avait préméditation ! Mais Peytel aurait été le plus stupide des hommes, si ayant formé le projet d'assassiner sa femme & son domestique, il s'était privé de ses meilleures armes en s'en servant contre sa femme, au lieu de les réserver pour un adversaire bien autrement dangereux, pour Louis Rey, plus grand, plus fort, plus jeune & plus agile que lui, contre qui il ne lui restait qu'un marteau, arme bien faible dans une lutte aussi inégale, lorsqu'il pouvait s'en réserver une autre bien plus meurtrière & plus sûre. Il aurait dû même les conserver l'une & l'autre, s'il avait prémédité ce crime. Ce qui est tout à fait invraisemblable, car, s'il en était ainsi, après avoir mûri si longtemps cet affreux projet, Peytel n'aurait pas commis la maladresse de se défaire de sa femme, qui devait nécessairement opposer peu de résistance, mais ce qui aurait encore donné le temps à Louis Rey de s'échapper & de dénoncer le coupable. D'un autre côté, s'il avait commencé l'exécution de son prétendu crime, sur son domestique, il se serait servi de ses pistolets, dont un seul aurait suffi pour trancher la question & non de son marteau qui ne lui assurait pas les mêmes chances de succès.

Conséquemment, je pense que Louis Rey est l'assassin involontaire de Félicie Alcazar, il a pris la fuite lorsqu'il a reconnu qu'il s'était trompé de victime, l'émotion, la douleur trahissant ses forces, ont permis à Peytel de l'atteindre & de triompher dans une lutte où en toute autre circonstance, il eût indubitablement succombé.

Je me hâte, monsieur, de vous faire part de ces considérations & fais des vœux pour qu'elles vous soient de quelqu'utilité dans la noble tâche que vous avez entreprise de faire ressortir l'innocence d'un condamné.

Agréez je vous prie, monsieur, l'assurance de ma considération la plus distinguée.

L. Ch.

Si vos occupations vous laissent le loisir de m'honorer d'une réponse mon adresse est :

Mr Léon Chassaigne
propriétaire
à Bergerac
(Dordogne).

39-212. ERNEST OTT À BALZAC

[1er octobre 1839.]

Monsieur,

Dans la lettre insérée dans le journal *Le Siècle* vous cherchez à établir l'innocence de Peytel. Défendre un ami, je dis plus, venir au secours d'un homme abattu est toujours chose honorable. Mais ce qui ne peut être toléré, c'est que vous fassiez figurer un trait caractéristique qui loin de peindre le créole, n'en donne même pas la charge[1].

De même que le peintre doit connaître assez d'anatomie pour ne pas placer un muscle là où il ne peut point en exister, je croyais que celui qui passe sa vie à écrire des romans devait avoir assez étudié les différents caractères pour ne pas prêter à des habitants d'une certaine partie du monde des défauts & des vices qui ne leur furent jamais propres.

Ma mère, Monsieur, & mes sœurs étaient créoles, je le suis moi-même ; elles étaient franches autant que qui que ce soit ; & loin de faire exception à la règle, je puis vous assurer qu'elles avaient une qualité qui est très ordinaire dans les colonies. La fausseté, Monsieur, ne peut exister qu'au détriment de l'honneur & comme il est de la nature du créole d'être très susceptible sur ce point, je viens vous prier de vouloir bien rectifier votre faux jugement.

Agréez, Monsieur, l'assurance de ma considération distinguée.

Ernest Ott,
rue de Ménars, 3.

Paris 1er 8bre 1839.

[Adresse :] Monsieur | de Balzac, littérateur | aux Jardies, près Paris.
[Cachet postal :] 2 octobre 1839.

39-213. AUX RÉDACTEURS EN CHEF DE « LA PRESSE » ET DU « SIÈCLE »

[Paris, 2 octobre 1839.]

Je suis forcé de me servir des journaux qui ont publié ma lettre sur l'affaire Peytel, pour remercier collectivement toutes les personnes qui m'ont adressé des félicitations et assurer celles qui m'ont offert d'éclatants témoignages en faveur de Peytel, que leurs déclarations seront recueillies, si l'arrêt de la Cour de cassation donne lieu à le défendre de nouveau.

Voici la lettre que j'ai adressée au *Constitutionnel*, aux *Débats*, au *Capitole*, les trois journaux[a], qui ont publié la lettre de M. Broussais sans avoir donné la mienne. Quoique je ne mette pas en doute la bonne foi de ces trois journaux, vous trouverez sans doute utile de l'insérer.

Paris, le 2 octobre 1839.

Monsieur[1],

Vous n'avez pas donné ma lettre sur le procès Peytel ; vous publiez celle de M. Broussais, qui met mon honneur en cause[2] : c'est avoir pris l'engagement d'insérer ma réponse. Pour ne pas abuser de mon droit, je ne m'occuperai que du fait capital de sa réclamation.

M. Broussais résume ainsi les objections qu'il m'oppose :

« Que deviennent les insinuations perfides de M. de Balzac relativement aux prétendues liaisons de madame Peytel avec le domestique Rey chez son beau-frère, en présence de ce fait parfaitement constaté que Louis Rey est entré chez M. de Montrichard[3] le jour où Félicie Alcazar est partie pour revenir à Paris ?

« Il en est de même de toutes les autres suppositions de M. de Balzac... »

Voici la déclaration de M. de Montrichard devant le juge d'instruction de Gray.

« J'ai eu pendant près d'un an à mon service, en qualité de domestique, un jeune homme sortant d'un régiment d'infanterie, en congé illimité, et que je n'ai connu que sous le prénom de Louis. »

Dans sa déposition devant le juge d'instruction de Bourg et aux débats, M. de Montrichard, modifiant son premier dire, a réduit la durée du service de Louis Rey chez lui à 7 ou 8 mois.

Suivant la déposition de madame Ducrost [*sic*], née Lemaire[4], soit devant le juge, soit aux débats, déposition conforme, d'ailleurs, à celle de M. de Montrichard, Félicie Alcazar *a été mise en diligence pour Paris* à la fin de février 1838. Elle était arrivée à Belley vers le mois de juin 1837. (Déposition de M. de Montrichard.)

Louis Rey a quitté le service de M. de Montrichard au commencement de juillet 1838. (Même déposition.)

En acceptant le moindre terme des déclarations de M. de Montrichard, 7 mois, il est constant que Louis Rey était à son service pendant les trois derniers mois du séjour de Félicie Alcazar chez son beau-frère.

Qu'il me soit permis, pour répondre à M. Broussais, de me servir de ses propres paroles, en retranchant, toutefois, celles que le sentiment des convenances ne me permet pas de répéter :

Que deviennent les assertions de M. Broussais relativement à l'entrée de Louis Rey chez M. de Montrichard le jour du départ de Félicie Alcazar pour Paris, en présence de ce fait parfaitement constaté que Louis Rey était chez M. de Montrichard trois mois, au moins, avant le départ de Félicie ?

Il en est de même de toutes les autres suppositions de M. Broussais.

Agréez, etc.

de Balzac.

39-214. ANDRÉ LÉON-NOËL À BALZAC

[Paris, 2 ou 3 octobre 1839[1].]

Monsieur,

D'après une lettre de M. Lassailly qui me disait de venir vous voir[2] (selon votre désir) je suis venu 4 fois à différents jours, et à différentes heures, sans avoir le bonheur de vous rencontrer.

Comme nous avons un extrême besoin de votre nouvelle[3] pour faire exécuter des dessins, je vous prie de vouloir bien en laisser ce que vous pourrez chez votre concierge.

J'enverrai demain.

Recevez Monsieur, mes salutations empressées.

A. Léon-Noël,
Directeur du *Livre d'or*.

[Adresse :] Mr de Balzac.

39-215. LA COMTESSE DE SERRE À BALZAC

[Paris, 4 octobre 1839.]

Que de remerciements ne vous dois-je pas, Monsieur, de la manière si tellement bienveillante avec laquelle vous voulez bien accueillir ma réclamation. Je ne me trompais donc pas sur la loyauté, sur l'élévation de votre caractère ; c'est un ample dédommagement à la peine que j'ai pu ressentir d'un fait, dont je ne m'inquiète plus, dès que vous vous chargez de le détruire. Le mode à employer, je l'abandonne à votre sagacité[1], partageant votre opinion, Monsieur, sur les graves inconvénients qui résulteraient sans doute de la publicité des journaux ; ce n'est donc que dans l'ouvrage même ou dans la suite de cet ouvrage qu'il me paraît possible de changer cette rédaction.

Encore une fois Monsieur, permettez-moi de vous renouveler l'expression de ma gratitude et de mes sentiments les plus distingués

la C^{sse} de Serre.

4 8bre 39.

[Adresse sur enveloppe jointe :] Monsieur | Monsieur H. de Balzac | chez Madame de Surville | rue du faubourg-Poissonnière, n° 28 ou 38 | Paris.

39-216. UN LECTEUR DE LAMBALLE À BALZAC

Côtes du Nord, 4 octobre 1839.

Monsieur de Balzac,

J'ai lu avec beaucoup d'attention la défense de Peytel insérée dans *Le Siècle*, et, vous le dirai-je ? après cette lecture, j'ai été un peu plus convaincu que je ne l'étais auparavant (et je l'étais déjà intimement) de sa culpabilité...

Dans cette lettre vous parlez longuement des antécédents de Peytel, qui, quoi que vous disiez, ne sont guère honorables ; vous vous étendez sur des probabilités ; vous faites des calculs à perte de vue, par francs et centimes, sur les éventualités des résultats du testament[1] ; en un mot vous parlez de tout excepté des faits de la cause, du double meurtre commis sur les personnes de Madame P[eytel] et de Louis Rey. Voyons un peu.

Si Madame P. n'a pas été assassinée par son mari, elle l'a été par Louis Rey, n'est-ce pas ? mais quel intérêt pouvait pousser celui-ci à assassiner Mad. P. ? aucun assurément ; et moins que personne vous [ne] pouvez le nier dans la position que vous avez prise.

Direz-vous que, dans la nuit, Rey s'est trompé, et a tué Mad^e croyant tuer Mr P. pour s'approprier ensuite ses fonds ? mais le quiproquo était impossible : la lune éclairait cette scène lugubre, et Mad^e P. a été tuée *à bout portant*. Les traces de poudre sur le visage, les sourcils brûlés, sont des preuves irrécusables pour quiconque connaît les effets d'une arme à feu.

Voici l'horrible vérité telle qu'elle ressort évidente, palpitante, des débats et de votre longue lettre.

Peytel, désordonné comme un *Parisien* (il s'est *frotté à votre civilisation* !!) était, quoi que vous disiez, à bout de voies et de moyens.

En attendant l'héritage de ses parents, il a épousé une femme laide, sans l'aimer, et seulement en vue de sa fortune. Cela se voit à Paris, et même ailleurs. Il a bientôt découvert que cette femme le trompait, et honte ! je l'avoue, que son propre domestique était son complice. Je partage votre opinion sur ce point, il a tué sa femme pour hériter et pour se venger ; et Louis Rey pour se venger et donner quelqu'apparence de vraisemblance au conte que vous savez. Il a porté le premier coup de marteau à Louis par-derrière pour l'abattre, et le second coup sur la tête pour l'achever. Il a ensuite rejoint sa femme qui fuyait et lui a brûlé la cervelle de deux coups de pistolet...

Si vous revoyez Peytel, lisez-lui cette lettre, et vous verrez à l'instant une pâleur livide couvrir tous ses traits, et une sueur froide transpirer par tous ses pores.

L'opinion publique est bien fixée sur le compte de P. Elle croira, quoi que vous fassiez, et quoi qu'il advienne, que c'est un de ces monstres qui, pour l'honneur et le bonheur de l'humanité, ne paraissent sur la scène du monde qu'à de rares intervalles.

Quand on a été comme vous, Monsieur, doué par la Providence d'un beau talent d'écrivain, il semble qu'on pourrait l'employer mieux qu'à la défense *impossible* d'un assassin bien plus coupable aux yeux des personnes qui raisonnent que s'il était sorti des rangs infimes de la société.

Si je ne signe pas cette lettre, n'allez pas croire que ce soit par crainte d'en assumer la responsabilité ; mais le nom obscur que je porte ne fait rien à la chose, et ici le raisonnement est tout.

[Adresse :] Monsieur de Balzac | homme de lettres | [Paris *biffé*] [D'une autre main :] Sèvres, Banlieue | Parti rue Royale à Sèvres. [Cachet postal :] Lamballe, 6 oct. 1839 | P[ort] P[ayé].

39-217. À JULES DE SAINT-JULLIEN

[Paris, samedi 5 octobre 1839.]

Monsieur,

Vous pouvez envoyer prendre, rue Richelieu, 108, la copie pour *Babel*, elle est achevée, mais comptez qu'à la première épreuve vous aurez près d'un tiers en sus[1].

Agréez l'expression de mes sentiments les plus distingués

de Balzac.

P. S. — Lundi matin, à dix heures, j'y serai, car je préfère remettre ma copie moi-même à la personne que vous enverrez.

[Adresse :] Monsieur de Saint-Jul[l]ien | chez M. Renouard, | rue Garancière, | Paris.
[Cachet postal :] 5 octobre 1839.

39-218. À ANDRÉ LÉON-NOËL

[Paris, samedi 5 octobre 1839.]

M. de Balzac prie Monsieur Léon Noël de lui faire le plaisir de venir demain matin à 8 heures, et d'agréer ses complim[ents][1]

samedi.

39-219. À ANTOINE POMMIER

[Paris, après le 5 octobre ? 1839.]

Mon cher Maître, vous recevrez un exemplaire du *Livre d'or* pour vérifier les reproductions et 2 exemplaires pour faire le dépôt de LA FRÉLORE[1].
Ce journal est rue des Grands-Augustins 17. Veillez-y. Je permets la reproduction à vos journaux pour faire connaître ce dit journal.
Mille compliments

de Balzac.

Ci-joint une couverture. Faites-vous porter pour un exemplaire. Je vous donnerai avis de tous mes articles pour veiller au dépôt.

[Adresse :] M. Pommier | 21, rue de Provence.

39-220. PAZAT À BALZAC

Mont-de-Marsan le 6 8bre 1839.

Monsieur,

J'ai suivi avec la plus grande attention les débats de l'affaire du malheureux Peytel ; j'ai lu avec délice l'admirable lettre que vous avez écrite à ce sujet, et avant comme après sa publication j'étais convaincu de l'innocence de Peytel. Mes moyens de conviction étaient ceux-ci :

1° Peytel voulant se débarrasser de sa femme avait 50 moyens plus ingénieux d'arriver à ces fins que celui qu'il a employé. La manière dont on dit qu'il l'a tuée, le lieu, le temps, exclut non seulement toute idée de préméditation mais même toute idée de bon sens. Il était impossible à Peytel d'échapper au soupçon d'être le meurtrier, ils étaient trois : deux meurent, lui seul revient, conséquence naturelle, c'est vous qui êtes sauf qui les avez tués. Maintenant comment supposer que ce *profond scélérat* qui calcule un crime depuis plus de six mois aille choisir précisément le temps, le lieu, et l'heure où il faut absolument qu'il soit condamné comme meurtrier ou du moins qu'il passe à la cour d'assises comme tel. Ce *savant calcul* n'est ni vrai, ni vraisemblable. Il n'entrera dans la tête d'aucun être raisonnable qu'on aille choisir juste le moment pour commettre un crime, où il faut absolument qu'on passe pour le meurtrier.

2° Tous les autres moyens de cupidité tirés de testament, de contrat de mariage &c. &c... ne méritent pas même d'être examinés, et encore moins la déposition de ce notaire de Mâcon qui vient dire qu'on refusa Peytel parce qu'il était soupçonné d'avoir détourné sans aucune preuve des fonds à son patron, lequel patron a éprouvé des pertes même après la sortie de Peytel ! Si le notaire de Mâcon au lieu de venir débiter cette fable, avait dit simplement : « nous avons refusé Peytel par jalousie, peut-être par haine, peut-être *parce que nous redoutions sa concurrence*», ce notaire aurait été beaucoup mieux cru et surtout aux yeux de gens sensés, il n'aurait pas été taxé de légèreté incompatible avec son ministère grave qui ne lui permettrait pas de ruiner l'avenir d'un jeune homme en le repoussant sur des motifs aussi futiles.

3° Mon opinion est que c'est le domestique qui a tué la femme, croyant tuer le mari. Il serait bon de s'éclaircir si le mari n'avait pas changé de place. Le domestique a tué la femme non pas pour voler, mais vraisemblablement parce qu'il aimait la femme, parce qu'il vivait avec elle, parce qu'il voulait se débarrasser du mari. Ce meurtre ne peut pas s'expliquer autrement. Peytel a dû alors défendre sa vie, il a tué le domestique. La liaison du domestique et de la femme s'explique très bien, par le séjour du domestique chez le beau-frère, par sa sortie sans motif et son entrée chez Peytel. Il est inconcevable qu'on [n']ait pas produit des témoins établissant ce fait. Il devait s'en trouver. Il est inconcevable aussi que la défense n'ait pas fait converger tous ses moyens sur ce point capital. Tous les raisonnements devaient aboutir là par leurs conclusions. Peytel a été mal défendu c'est ce qui l'a fait condamner. Il valait mieux passer pour cocu que pour assassin[1]. Devant un jury il ne faut rien donner à deviner ; il faut tout dire ; le dire et le redire et quelquefois même ne parvient-on pas à le faire comprendre. Il est inconcevable enfin que la défense qui doit connaître les hommes, ait espéré baser l'acquittement d'un homme sur un entendement plus ou moins métaphysique.

La vie d'un homme, monsieur, doit être chère à ses concitoyens, tous doivent concourir à le défendre s'ils le croient non coupable. C'est ce motif qui me fait vous écrire de deux cents lieues dans l'espoir, peut-être vain, que mes paroles ne seront pas inutiles au malheur. Il faut espérer que celui qui nous a donné tant de preuves de tact exquis, de grandeur d'âme, de sagesse et de talent, de celui enfin qui dispense les grâces, saura tempérer une erreur judiciaire, si le pourvoi est rejeté.

J'ai l'honneur d'être avec une profonde admiration, Monsieur,

votre très humble et très obéissant serviteur
Pazat.

Pazat, avoué, à Mont-de-Marsan.

[Adresse :] Monsieur | Monsieur Balzac aux | Jardies près Paris | Seine.
[Cachets postaux :] Mont-de-Marsan, 6 oct. 1839 | Sèvre 9 oct. 1839.

39-221. [LESERVISSE ?] À BALZAC

[Paris, 6 octobre 1839.]

Exterminez, grand[s] dieu[x], de la terre où nous sommes,
quiconque, avec plaisir, répand le sang des hommes !

(Mahomet)[1].

Monsieur,

J'ai lu avec attention la défense de Peytel que vous avez insérée dans le journal *Le Siècle*. Malgré les efforts de votre talent, on ne peut rencontrer dans vos brillantes pages, que l'écrivain généreux qui implore le salut d'un ami ou plutôt une âme sensible émue par les larmes d'une sœur *angélique*. Sous ce rapport vous trouverez de la sympathie dans le cœur de tout homme de bien, en même temps de la répugnance à vous écouter quand vous immolez à la justification de leur assassin ses deux victimes. En cherchant des ressources absolutoires, pour faire tomber les fers du coupable, vous livrez à l'opprobre et à l'infamie cet infortuné Louis Rey comme si sa destinée n'avait pas été assez affreuse. Cependant vous élevant avec force contre un jugement dont vous espérez la révision dans l'espoir d'en faire sortir la réhabilitation, vous n'avez pu malgré la puissance de moyens transcendants, produire que des sophismes qui s'écroulent d'eux-mêmes. Toutes les preuves accablantes qui ont fait justement condamner l'assassin, pèsent sur lui à un tel degré de conviction, qu'il n'y a qu'une voix dans la province et dans toute la France pour prononcer sur son sort. *Vox populi vox dei.*

Une question lumineuse se présente d'abord ; je demanderai à tout homme de bon sens, s'il est croyable que L. Rey ait voulu commencer par assassiner Mme Peytel, être faible et sans défense, au lieu de sacrifier son mari, le plus puissant obstacle à son attentat ? Le premier meurtre inutile ne le conduisait sans espoir de salut à l'échafaud, tandis que Peytel succombant sous ses premiers coups, laissait entièrement sa femme à son entière discrétion. Le mari survivant, armé jusqu'aux dents, se trouvait dans un tel état de défense, qu'il enlevait à l'assassin la jouissance de son crime. Ce raisonnement paraît juste et péremptoire.

Mais pourquoi Peytel a-t-il commis ce double meurtre. Pour se soustraire à la vindicte des lois, car sans cette préméditation qui lui a été funeste, il eût été bien plus avantageux pour sa sûreté (le supposant innocent), de ne pas faire tomber un seul cheveu de la tête de son domestique. Mais le Ciel qui permet le crime a voulu en même temps qu'il s'égârât souvent dans des combinaisons qu'il regarde comme les plus assurées. Effectivement si L. Rey eût été couvert du sang de Mme Peytel, il aurait été du plus haut intérêt pour son mari de lui conserver la vie, surtout après l'avoir renversé d'un coup de pistolet. Vivant, il le livrait entre les mains de la justice, prêt d'expirer, même des aveux lui auraient échappé à cette heure suprême. Au lieu de cela, l'assassin consomme son double crime, et écrase la tête de cette seconde victime à coups de marteau ; le malheureux implorait encore sa pitié, quel excès de férocité !!

Peytel incontestablement n'a eu qu'un seul but, celui de faire jaillir sur son domestique le meurtre de sa femme ; il veut ensevelir sa révélation avec son cadavre ; il tremble que le plus léger indice, qu'un souffle le trahissent. Dans cette crainte, nouveau cannibale, il veut faire passer les roues de sa voiture sur les restes de l'infortuné L. Rey.

Une réflexion bien simple corrobore la culpabilité de Peytel : si L. Rey était l'auteur du meurtre de sa femme, d'une femme qu'il ne pouvait aimer et dont la société lui était devenue intolérable,

Peytel aurait vu alors dans son domestique un libérateur plutôt qu'un vil assassin, car qui pourrait croire, que c'est par amour pour sa victime, que Peytel en donnant la mort à son domestique, seul témoin de cet horrible attentat, s'exposait à faire planer sur lui les soupçons qui l'ont perdu ?

Au résumé, si Peytel doit être acquitté par le jugement des hommes, il ne sera pas absous ni par Dieu ni par sa Conscience.

La société serait également menacée, si le criminel trouvait son salut dans ses dénégations et dans la plume d'un grand écrivain.

[Leservisse ?]

Ruffigny, ce 6 8bre 1839.

P. S. — *Le Siècle* déclarant qu'il se refusera à l'insertion de tout écrit relatif à cette horrible affaire, c'est ce qui me fait vous adresser directement ces observations.

[Adresse :] Monsieur | Monsieur de Balzac | Homme de Lettres | 108 rue Richelieu, maison de Buisson | tailleur | à Paris.

39-222. AUGUSTE PLAYS À BALZAC

Ce 7 8bre 1839.

Monsieur,

Veuillez avoir la bonté de prendre en souvenir ma petite note[1] que vous trouverez ci-jointe, et me faire dire où je pourrai me présenter pour l'acquit ; obligez-moi, je vous prie Monsieur, de vous en occuper car j'ai besoin d'argent en ce moment.

J'ai l'honneur de vous saluer.

Plays[2].
13, rue du Coq.

Doit Mr de Balzac[3]

1839	Reste dû d'ancien compte	17
Août 11	deux mises à neuf soie bleue	10
1838 janv. 30	deux d[it]o	10
		F 37

[Adresse :] Monsieur de Balzac | rue Richelieu | ou aux Jardies.
[Cachet postal :] 7 octobre 1839.

39-223. UNE JURASSIENNE ANONYME
À BALZAC

Lons-le-Saunier, ce 8 octobre 1839.

(Très pressée)

Monsieur,

J'ai lu avec plus d'intérêt que de surprise votre excellent travail sur l'affaire Peytel et je suis du petit nombre de ceux qui espère[nt] que votre généreux talent le sauvera, car j'ai scrupuleusement suivi sa cause et, sans le croire innocent, je le crois, du moins, très excusable!...

Monsieur de Lamartine, que tout le monde connaît et qui ne peut être un étranger pour monsieur de Balzac, s'était d'abord intéressé pour le condamné et s'est toujours prononcé contre la peine capitale, ne serait-il pas utile, dans l'avantage de la justice, de solliciter son crédit pour obtenir le renvoi du jugement? Je l'ai connu à l'époque où l'une de ses sœurs épousa un de mes parents à St-Amour et, depuis, il m'a fait la grâce de m'adresser des vers dont je suis restée flattée et reconnaissante; mais ne l'ayant jamais rencontré depuis, je n'oserais partir de là pour lui demander de sauver la tête de Peytel, c'est à vous, Monsieur, qu'il appartient d'obtenir de son crédit une aide qui n'est pas à négliger[1], car l'intrigue a fait de la cause que vous défendez une affaire de parti; pour vous en convaincre, je me hâte de vous adresser le dernier numéro de *La Sentinelle du Jura*, si Peytel est renvoyé ici, comme on le suppose, il éprouvera toutes les horreurs d'un double supplice, car tout y est *coteries, cliques et camaraderies*, or, tout cela est déjà prévenu et ne fait qu'un chœur pour crier: *à mort!* et même de jeunes élégantes, fort sensibles, mais qui ne lisent que le *Journal des modes* et leurs heures paroissiales (quand elles sont dévotes) en font partie! M. Cordier, fils de notre ami commissaire de police, a épousé la sœur de M. de Montrichard[2], il a été nommé Procureur du Roi près du tribunal de cette ville, et son influence, lors même qu'il serait suspecté ferait grand tort à votre protégé.

Je me flatte, Monsieur, que vous ne trouverez pas étrange qu'en vous lisant j'ai conçue [*sic*] la pensée de m'associer à votre bonne œuvre, c'est dans cet espoir que je vous expédie en hâte ces détails que je fais escorter de mes vœux pour votre triomphe et que j'ai l'honneur de me dire, avec les sentiments les plus distingués, votre très humble et [dévouée servante ?].

N'étant pas très versée dans la connaissance des lois, je ne puis savoir si les balles trouvées à l'hôpital, lors de l'autopsie de Louis

Rey, et qui n'ont pas été développées par la justice aux yeux des jurés, ne seraient pas un motif de cassation.

Ne se serait-il pas élevé une querelle sur la route à propos des deux couvertures que madame Peytel a voulu faire prendre à l'hôtel, en partant, pour placer sur le siège et les épaules du domestique qui avait déjà un parapluie ?

Les deux lettres de madame Peytel à son mari auraient dû sembler singulières et s'expliquent assez mal par la déposition du beau-frère (Casimir Broussais) s'il en avait trouvé le modèle de la main de Peytel, il devait le garder, comme une pièce extraordinaire, ou n'en pas faire mention en justice où son témoignage dans la cause pouvait être suspect ; j'en dirai autant des dépositions de sa femme et de madame de Montrichard, elles ne pouvaient être admises contre celles d'autres témoins qui attestaient que Peytel avait des égards pour sa femme et qu'ils faisaient tous deux bon ménage.

Enfin, je ne vois pas que dans l'instruction du procès, la réputation de Louis Rey soit irréprochable, son ancien maître avoue qu'il l'a mystifié dans un compte d'auberge en traitant à ses dépens et d'autres témoins disent qu'il découchait ! On n'a pu reprocher à Peytel que le refus des notaires de Mâcon pour une infidélité qui se trouve démentie par les mêmes témoins sur la question d'un juré ; j'ajouterai que Peytel était porteur des 7 000 F. et que le testament de sa femme était annulé par sa mort.

———

M., je ne dois pas omettre de dire qu'en cas de cassation, le Parti se flatte d'avoir un témoin dans la personne d'un douanier qui prétend, un peu tard, avoir tout vu et tout entendu, mais qui a été retenu par la crainte de perdre sa place pour avoir manqué à son devoir en se trouvant au pont.

[Adresse :] À Monsieur | Monsieur de Balzac, homme de lettres | à Paris (ou à la suite) | (France).
[Cachet postal :] Lons-Le-Saunier, 10 oct. 1839 | P[ort] P[ayé].

39-224. TRAITÉ AVEC PIERRE HENRI FOULLON

[Paris, 9 octobre 1839.]

Les soussignés

Mr Honoré de Balzac, propriétaire, demeurant à Paris rue de Richelieu 108, d'une part ;

Et M. Pierre Henri Foullon[1], propriétaire, demeurant à Paris rue de Choiseul n° 4, d'autre part ;

Ont dit et exposé : que M. de Balzac par un traité du 2 octobre présent mois s'est obligé de remettre dans la quinzaine dudit traité, à M. Harel directeur du théâtre de la Porte Saint-Martin[2], pour être joué[e] à ce théâtre sans délai une pièce intitulée *Vautrin*, en cinq actes et en prose[3] ;

que les droits à percevoir par M. de Balzac sur les recettes consistent :

1° Dans une prime de mille francs par acte au cas où les quarante premières représentations feraient une recette brute de cent quarante mille francs.

2° Dans un prélèvement de huit pour cent sur la recette quotidienne, si elle n'était que de deux mille francs.

3° Dans un cinquième de l'excédent, déduction faite du droit des hospices, s'il arrivait que la moyenne des recettes du mois pour la pièce, accompagnée d'un acte, dépassât deux mille francs.

Dans l'état des choses M. de Balzac a proposé à M. Foullon de lui avancer une somme de cinq mille francs en échange d'une cession du droit ci-devant énoncé, jusqu'à concurrence de sept mille cinq cents francs, savoir : cinq mille francs pour le remboursement desdits cinq mille francs, et deux mille cinq cents francs à titre de prime. Cette proposition ayant été agréée par M. Foullon les soussignés ont arrêté les conventions qui suivent :

M. de Balzac cède et transporte par ces présentes avec toute garantie de fait et de droit,

à M. Foullon qui l'accepte :

1° Les droits d'auteur qui lui appartiendront sur les représentations de la pièce intitulée *Vautrin*, à Paris et dans les départements sans aucune exception ni réserve et tels qu'ils sont assurés à M. de Balzac par le traité qu'il a passé avec M. Harel.

2° Le droit de faire imprimer et vendre le manuscrit de la pièce à tel nombre d'éditions qu'il sera nécessaire pour désintéresser le cessionnaire susnommé.

Toutefois la présente cession n'étant faite à M. Foullon que pour garantie du remboursement des sept mille cinq cents francs dont a été ci-devant parlé, il est bien entendu qu'elle n'aura lieu que jusqu'à concurrence de ladite somme de sept mille cinq cents francs, et qu'une fois M. Foullon récupéré de cette somme, soit par la perception des droits sur les représentations, soit par le produit de la vente de la pièce, M. de Balzac rentrera immédiatement dans la plénitude de ses droits.

En conséquence M. de Balzac s'oblige de remettre à M. Foullon une copie de son manuscrit après la première représentation.

Il demeure convenu malgré les stipulations qui précèdent relativement à la vente du manuscrit de la pièce, que cette vente ne recevra effet qu'autant que M. de Balzac sera libéré à cette époque de ses engagements avec la maison Delloye et Lecou.

Pour par [sic] M. Foullon, jouir, faire et disposer des droits qui viennent de lui être cédés, comme bon lui semblera à compter de ce jour, au moyen de quoi M. de Balzac le met et subroge jusqu'à concurrence de sept mille cinq cents francs dans tous ses droits et avantages.

Ce transport est fait moyennant la somme de cinq mille francs, que M. de Balzac reconnaît avoir reçus de M. Foullon, dont quittance.

M. de Balzac aura le droit pendant quinze jourd'hui [sic] de racheter le présent transport en remboursant à M. Foullon une somme de cinq mille cinq cents francs. Mais passé ce délai il recevra son exécution pleine et entière sans qu'il soit besoin de mise en demeure.

M. Foullon reconnaît que M. de Balzac lui a présentement remis son traité avec M. Harel.

Il est expliqué que pour l'exécution des présentes les soussignés ont fait aujourd'hui un autre acte contenant transport de tous les droits de M. de Balzac moyennant trois mille francs, lequel acte ne fait qu'une seule et même chose avec celui-ci.

En cas de difficultés sur l'exécution des présentes elles seront jugées par arbitres dans la quinzaine de constitution du tribunal arbitral. Deux de ces arbitres seront respectivement choisis par les soussignés, le troisième par le Président du Tribunal Civil, en cas de dissentiment. Ils jugeront en dernier ressort et comme amiables compositeurs.

Fait double à Paris, le neuf octobre mil huit cent trente-neuf.

H. de Balzac   Foullon.

39-225. SÉBASTIEN PEYTEL À BALZAC

Bourg, le 9 8bre 1839.

Monsieur,

Hier seulement, j'ai pu avoir votre lettre et 5 ou 6 fois je l'ai relue depuis. Voici comment j'ai su son existence. Depuis le 25 7bre tous les journaux littéraires ou autres, m'ont été interdits, et pendant que je déjeunais hier, le porte-clefs commis à ma garde, celui qui a l'œil sur moi quand je coupe mon pain et porte ma fourchette à ma bouche, seul instant où fourchette et couteau me soient confiés, par leur forme ils sont inoffensifs, le porte-clefs me dit que M. le substitut était près du concierge, aussitôt il me vint à l'esprit que v[ous] pourriez avoir écrit quelque chose sur moi, pour moi, et j'invitai cet homme à d[eman]der la permission de faire entrer à la prison les n^{os} du *Siècle* qui parleraient de moi. Un moment après, le Substitut se rend dans la pièce où vous m'avez vu[1]. C'était probablement pour mieux entendre ce que je désirais et y faire plus vite droit. Je lui réitère ma d[eman]de et sa réponse textuelle fut : « Il y a en effet deux ou trois n°ˢ du *Siècle* qui parlent de v[ous], ils concernent votre défense et peuvent entrer. » M. Armand *eut l'obligeance d'attendre debout, près de mon lit le billet que j'écrivais à une personne pour obtenir ces journaux*, il a emporté la lettre et j'ai eu les feuilles le même soir. J'ai été obligé de les rendre, veuillez me les faire adresser, ainsi que les n°ˢ de *La Presse* ou d'autres journaux qui parleraient de moi pour me défendre. Dans ma correspondance avec É. de G[irardin][2] il y a une lettre où il m'a dit : « Mon cher P... la manière dont vous avez agi avec moi v[ous] a acquis mon amitié pour toujours etc. Je dois v[ous] faire un reproche, c'est que si v[ous] agissiez ainsi avec tout le monde, vous risqueriez souvent d'être trompé etc. » Émile ne peut avoir oublié cela, il aura fait quelque chose pour moi. Feuillide, Desnoyers, Briffaud [*sic*] et autres n'ont pas oublié que je fus toujours très bon très obligeant. S'ils ont écrit en mettant toutes les feuilles sous bandes à l'adresse de M. le P[rocur]eur du Roi de Bourg pour Peytel, elles me parviendront, si elles contiennent ma défense. Je désire du reste que quelques exemplaires de votre lettre soient joints à mon linceul. Ce sera le denier pour payer ma barque, et comme je pense qu'il sera permis de transporter mon cadavre auprès de la tombe de mon père, je veux que si dans l'avenir un fouilleur venait à trouver une tête séparée du tronc avec une vertèbre *tranchée*, il puisse penser que ce sont les restes d'un criminel, mais bien ceux du malheureux Peytel, c'est encore de l'orgueil *ad nepotes*.

Si[a] je dois à votre lettre la bienveillance que j'ai vue dans M. Armand, c'est déjà vous faire part d'un bien qui m'est arrivé à cause de vous et qu'il est juste de v[ous] le faire savoir.

Votre[b] lettre m'a fait faire de sérieuses réflexions, je me suis tâté, *tuilé*, tout est vrai, très vrai ; sauf quelques détails de faits, ainsi celui relatif à B.[3] est inexact. Voilà la vérité. J'étais rédacteur en chef du *Voleur*, B....... sans rien *me dire* porte à l'imprimerie et *ordonne* la composition et l'insertion d'un article de convenance *pour lui ou un des siens*, lecture prise de l'article il ne me convint pas pour le fond et la forme et je le fis mettre de côté ; au moment de la mise en page, j'étais à l'imprimerie pour corriger les épreuves lorsque B....... s'informe de son article, on lui répond que je n'ai pas voulu le faire passer et que j'étais à corriger les épreuves. Il vint près de moi, et après quelques paroles de reproches, il ajouta *qu'il me mettrait à la raison*. Je ne dis rien devant les ouvriers, mais sorti je fus trouver Grelet et James, ce d[erni]er est d[irect]eur du j[ourn]al *de Vaccine*[4] et les priai d'aller voir B.... en lui portant un cartel de ma part, B.... ne voulut ni se battre, ni s'amender, et le lendemain un jour de 1ʳᵉ repr[ésentati]on au Gymnase[5], j'y allais faire *une corvée*. J'étais avec Delton, l'architecte de Buisson. Soudain je vois B.... en avant qui me fixait, v[ous] connaissez ce regard, je cours, lève le bras et frappe avec ma canne etc... Quelques jours après chez Lautour[6], B... m'écrivait sous ma dictée une lettre d'excuse en présence de Lautour, Morard, Émile de G..., Fré^{dic} Soulié du J. B. [mai — ?] que v[ous] connaissez tous. J'ai encore la lettre de B..... je vous autorise à la lui rendre *quand je serai mort* car vous et Gavarni aurez tous mes papiers.

Ce n'est pas à l'évêque de Belley mais au curé que j'ai parlé des contrats, voici comment : j'avais été recommandé au Curé par le directeur de la monnaie de Lyon. Étant à Paris, lors de mon mariage, j'écrivis au Curé de Belley en lui envoyant mes bans à publier et j'ajoutai que je me trouvais si heureux de mon mariage que je voulais le commencer par une bonne action en favorisant les mariages de pauvres etc., etc. Le Curé de Belley est actuellement Curé à Bourg, il a la bonté de me visiter. C'est le seul que je puisse voir sans témoins, il sait le fond de mon âme et *l'ignore*.

À Belley, j'avais introduit un nouvel usage, non seulement je ne *prêtais qu'à 5 % jamais plus*, mais encore je prêtais par billet aux gens solvables et qui savaient écrire et *sur parole* à des paysans qui ne le savaient pas et je n'ai jamais perdu, comprenez-vous le mal ; j'ai été insolent jusqu'à *refuser de faire un acte* où le prêteur cumulait la différence de 5 à 8 et voulait une obligation. J'ai dit que je ne *comprenais pas ces opérations*, l'acte a été fait ailleurs, je sais où, j'ai vingt paysans pour un qui déposeront de prêts faits à eux sur parole, non pas des sommes de 15 et 20 f. mais de 3 et 400 francs.

Vous avez connu à l'administration du *Voleur* un grand et bel homme nommé Déaddé (Lucien), il avait fait avec moi un marché qui m'assurait une rente de 3 000 fr. Pendant 3 ou 6 ans, après 6 mois il perdait et j'ai consenti à résilier, sans indemnité, Déaddé est inspecteur des postes à Paris. Vous le trouverez, on le trouvera facilement.

La lettre de Broussais m'a étonné[7]. Je n'ai pas entendu les paroles qu'il prête à Me Margerand « *la loyauté de sa déposition* » j'étais à côté de Me Margerand et j'ai bien écouté, on peut le croire sans peine. Ces mots dans la bouche de mon avocat ne pouvaient être qu'une *apagogie* relativement à Broussais. J'ai entendu sur Montrichard ces mots : « loyal officier » cela n'a rapport qu'à la partie de la déposition de ce dernier relative à Me Mollet[8]. Montrichard ne pouvait faire autrement, Mollet avait les pièces en main, Montrichard ne l'ignorait pas car il avait recherché et vu Mollet avant sa déposition, d'après ce que j'ai su de M. Guillon[9].

Un journal de ce départ[ement] a fait de la métoposcopie à mon sujet. Si je tenais cet homme-là au bout de ma plume pendant quelques heures, je lui prouverais qu'il n'est pas métoposcope, qu'il prend l'indignation pour d'autres sentiments, l'énergie pour de l'imprudence, etc. *Observateur de province soumis* à certaines *influences* comme partout, je suis forcé de m'arrêter. Là se trouve la muraille de la Chine. On m'a déjà montré, comme la censure le faisait dans le temps à d'autres que j'avais beaucoup plus d'esprit que je ne pensais, je ne suis pourtant pas mal présomptueux.

Je regrette que vous n'ayez pas dit un mot de ma résolution de renoncer à la succession de Félicie et de la déclaration *ad hoc* que j'avais à la main pour la lire à l'audience lorsqu'au lieu d'acquittement, j'ai entendu sentence de mort, v[ous] avez eu vos raisons sans doute. Si c'était un oubli, et qu'il en fût temps encore ayez la bonté d'en dire un mot. Le projet et la mise au net sont entre les mains du p[rocur]eur du Roi.

Votre lettre est admirable, la rapidité avec laquelle vous avez compris l'ensemble et les détails de cette horrible affaire est surprenante, mais pardon j'allais oublier qu'une femme jolie et spirituelle tournerait le dos à l'impertinent et grossier personnage qui lui dirait qu'elle est belle.

La déposition de Broussais me fait souvenir d'un fait. Vous connaissez Lautour et les relations qui ont existé entre lui et moi. Au moment de mon mariage je fus le voir, il était absent, je lui laisse un mot en lui disant que le lendemain à telle heure je reviendrai pour lui parler de mon mariage. Le lendemain je fus exact et Lautour n'était pas chez lui, après avoir attendu ½ heure et plus, et questionné son domestique, j'écrivis à Lautour un billet à peu près ainsi conçu : « *Lautour est un J.F.*[10] *(en toutes lettres) c'est Peytel qui le lui écrit et qui le lui dira en face quand il le voudra.* » Cela ne fait pas supposer que j'aurais enduré les impolitesses de M. de Lamartine ni de tout autre. Lautour vous est connu, il est connu de tous, sachez le vrai.

J'ai pris la plume afin de vous remercier et je me trouve fort embarrassé pour v[ous] écrire. Je me compare à un malheureux qui n'ayant jamais eu que de grossiers vêtements mal taillés et les voyant en lambeaux chercherait inutilement à les rajuster pour les rendre présentables dans un moment où il veut faire une visite à un grand personnage. Je pense au fond et non à la forme et je me borne à vous dire, qu'absous, gracié ou mort, vous trouverez dans ma famille la plus grande reconnaissance, vous la trouverez même dans mes amis, et si je viens à mourir, le plus reconnaissant des reconnaissants, le plus dévoué des dévoués manquera seulement sans que les autres le soient moins.

Pardonnez-moi d'être aussi bref dans l'expression de mes sentiments, mais je suis depuis quelques jours sous le poids de souffrances aiguës. À la pléthore qui me fatigue depuis si longtemps se sont jointes des douleurs de tête, de dents, de bras, de jambes. La fièvre me prend à 9 ou 10 h. du soir et me quitte à 4 ou 5 du matin. Alors seulement je puis goûter quelque repos que le bruit fait bientôt cesser et pourtant si l'on me voyait l'on ne pourrait croire à mon malaise tant cette réplétion est trompeuse pour ceux qui y regarderaient légèrement. Mon moral est le même, l'animal seul est dérangé.

Quand je ne serai plus, n'oubliez pas ma mère si bonne, ma sœur si sainte, n'oubliez aucun des miens, mon père fut bon et plein d'honneur, que son nom ne soit pas flétri par la mémoire de son fils. C'est mon seul désir, après vienne la mort! elle sera peut-être venue quand vous lirez cet écrit. Si vous voyez ma sœur dites-lui que je suis prêt à mourir, qu'elle trouvera des frères dans mes amis, des admirateurs dans tous ceux qui entendront parler d'elle.

Adieu monsieur,

Peytel.

De l'amitié, de la reconnaissance à Victor P..., à Gavarni, Margerand, Desnoyers et autres.

39-226. À HAREL

[Paris, jeudi 10 octobre 1839.]

Monsieur,

Assignez-moi un rendez-vous pour Samedi prochain, entre 2 heures et 5 heures — ou entre 8 heures et 11 h. ½ auquel assistera Mademoiselle Georges [sic], je suis prêt, sauf mes propres corrections.

Agréez mes civilités empressées

de Balzac.

Jeudi soir.

Les 2 ⅓ du rôle de Mlle Georges sont dans les 2 1ers actes, elle a le 3me tiers dans le 5me acte[1].

[Adresse:] Monsieur Harel | Directeur du théâtre de la Porte St-Martin, | Boulevard St-Martin, au théâtre | Paris.
[Cachet postal:] 11 octobre 1839.

39-227. AU PROCUREUR DU ROI
PRÈS LE TRIBUNAL CIVIL DE ROUEN

[Paris, 11 ou 12 octobre 1839[1].]

Le Président de la Société des Gens de lettres
à
Monsieur le Procureur du Roi près le tribunal civil de Rouen[2].

Monsieur,

Notre agent intente un procès en contrefaçon au tribunal de Rouen, et j'ai l'honneur de réclamer à ce sujet l'appui du Ministère public, car peut-être penserez-vous qu'il nous est dû.

Cette fois, quoique nous soyons appelants à la Cour suprême à l'égard des décisions judiciaires qui obligent les journaux au dépôt prescrit par la loi de 1793 relative à la propriété littéraire, la formalité du dépôt a été légalement accomplie dans l'espèce qui sera soumise au tribunal ; ainsi la propriété de l'article contrefait n'est plus *légalement* contestable et le délit de contrefaçon est flagrant.

Aujourd'hui les différents ministères d'où dépendent ces questions sont favorables à la propriété littéraire, qui, vous le savez Monsieur, est attaquée de toutes parts, en France et à l'Étranger, de manière à compromettre l'existence de la littérature, et j'espère que dans une circonstance où il n'y a pas le plus léger doute, nous pouvons compter que la parole du parquet ne nous manquera pas. Il s'agit dans cette affaire, Monsieur, des intérêts de tous ceux qui écrivent, qu'ils soient en province ou à Paris. Le Ministère public ne saurait souffrir de pareilles atteintes à une propriété qui mérite d'autant plus la protection de la loi qu'elle est relativement à sa durée dans des conditions inférieures avec tous les autres genres de propriété.

J'espère, Monsieur, avoir assez de temps à moi, pour aller à Rouen et solliciter moi-même et de vive voix votre appui dans cette circonstance, mais au cas où mes occupations seraient trop pressantes et m'empêcheraient de poursuivre cette instance, je vous prie de prendre sous votre protection le dossier de cette affaire qui est d'un intérêt aussi éclatant qu'urgent. Le Tribunal et je crois la Cour nous ont repoussé une 1ʳᵉ fois sous le seul prétexte qu'il n'y avait pas propriété, parce qu'il n'y avait pas dépôt[3]. M. le procureur général Dupin a déjà une fois, en Cassation, démontré combien, sous les conditions nouvelles de n[otre] société moderne, était dangereuse cette manière d'autoriser un vol[4]. Mais ici, j'ai l'honneur de vous le répéter, il y a eu dépôt légal, il y a eu avis de ne pas prendre par un premier procès, et le délit n'est pas niable.

Dans cette espérance, trouvez ici, Monsieur, l'assurance de ma respectueuse considération

de Balzac.

Rue de Provence 21.

39-228. HAREL À BALZAC

[Paris, le 11 octobre 1839.]

Monsieur,

Mlle George devait partir demain jeudi à 10 h. du matin pour Orléans.

Si vous persistez à désirer qu'elle vous entende, elle ne partira que le soir. Dans ce cas ayez la bonté d'avancer un peu notre lecture et de faire en sorte qu'elle ait lieu à midi.

Un mot de réponse, je vous prie p[our] que je sache si je dois vous entendre à midi auprès de Mlle George ou sans Mlle George à 3 heures[1].

Votre dévoué

Harel.

11 8ᵇʳᵉ.

[Adresse:] Monsieur | Mon. de Balzac | R[ue] Richelieu 108 | Paris. | *Pressé*.

39-229. Mᵉ CLAUDE MARGERAND À BALZAC

Paris, le 11 8ᵇʳᵉ 1839.

Votre dernière réponse à M. Broussais lui a imposé silence, mais à Paris seulement. Il a la lâcheté de se faire imprimer en province et les journaux qui lui rendent ce mauvais service se gardent bien de vous reproduire vous-même. Il me paraît utile que vous exigeassiez l'insertion de votre réponse, au moins du *Journal de l'Ain*, qui a une influence de localité et pousse l'impudence jusqu'à répéter les sales articles du *Corsaire*[1]. Si vous partagez mon avis, veuillez m'adresser un mot audit journal ; je me charge de l'envoi et de l'insertion.

Pourquoi *Le Siècle* n'a-t-il pas recueilli les paroles de maître Lanvin sur la prévention et le fond de l'affaire ? Prononcées devant la Cour de cassation[2], elles ont une immense portée et vous viennent puissamment en aide.

Je suis bien sincèrement votre dévoué serviteur

Margerand.

[Adresse :] Monsieur | Monsieur de Balzac | rue de Richelieu 8 | ou rue du Croissant, chez M. Dutacq, n° 16 | Hôtel Colbert, Paris. [Cachet postal :] 11 octobre 1839.

39-230. MARGARET PATRICKSON À BALZAC

Vendredi [11 octobre 1839].

Dans un cas ordinaire je n'aurais pas eu la prétention de vous offre mes faibles efforts ; mais, quand vous avez dit vous-même, si puissamment, « QU'IL VA DE LA TÊTE D'UN HOMME[1] » « de l'honneur d'une famille » ; il ne serait pas la modestie, il serait de la lâcheté de ne pas dire, « si je puisse faire quelque chose, servez-vous de moi » — Je ne suis pas encore remise de l'étonnement et du saisissement que j'ai éprouvé ce matin chez une de mes élèves en apprenant que la Cour de cassation avait rejeté l'appel de M. Peytel. Chez nous, c'est assez qu'un homme a été jugé dans un endroit où les préventions sont contre lui, pour avoir un nouveau procès ; je croyais la même justice en France ; je sais bien que les Anglais s'étonnent tellement des décisions des jurés qu'ils pensent ordinairement que le *trial by jury*[2], notre orgueil, a été prématurément établi dans la France. Voici Laure Granvelle qui a poussé Hubert, elle a les circonstances atténuantes, lui, quoi ? Voici les jurés de Strasbourg qui ont déclaré *sur leurs serments* devant Dieu et devant les hommes, que les accusés étaient innocents des actes dont ils s'étaient glorifiés dans la cour. Avant j'avais loué les journaux ; aujourd'hui j'ai acheté 2 n°ˢ des *Constitutionnel* et du *Droit* ; je vais tout de suite les traduire. Mais dites-moi, sans délai, si vous croyez qu'il puisse être utile à M. Peytel. L'affaire Fualdès a intéressé toutes les îles Britanniques à cause de l'imperfection (selon nous) des jurés en France[3].

J'en ferai la traduction de ce procès dans ses moindres détails, j'y passerai les jours et les nuits ; je la donnerai gratuite, dites-moi seulement ce que vous voulez et aidez-moi à faire transporter le mss. Aussi puisque je ne connais pas la loi je voudrais que vous soumettrez ma traduction à l'examen le plus rigide, rien ne doit être négligé quand il s'agit de la tête d'un homme, de l'honneur d'une famille. Si la sœur de M. Peytel[4] veut à Paris l'abri de la curiosité vulgaire, je peux l'assurer.

Bonheur et santé.

Mar.

En un mot si vous croyez qu'il serait utile à M. Peytel que le procès paraîtrait vitement et fidèlement à Londres, je m'en charge ; si sa sœur peut lui servir en venant ici sans la curiosité insultante, je puis l'assurer la tranquillité et de bon air.

39-231. MADAME VEUVE DALIBERT À BALZAC

[Paris, 11 octobre 1839.]

Monsieur,

Le provincial l'emporte. Vous avez eu quelqu'abbé Troubert qui a étendu le bras jusqu'à Paris et s'est vengé de la longue persécution que lui ont infligée vos romans. La profonde sympathie que vous m'avez inspirée, me fait sentir vivement la peine que vous avez dû ressentir ; néanmoins comme je vois en cela un avertissement que vous adresse la providence, j'en prends occasion d'accomplir la résolution que je formais depuis longtemps de vous écrire.

Vous vous êtes assez occupé de Mysticisme pour ne pas être étonné que les mystiques s'adressent à vous[1]. Vous appartenez à une racine trop élevée pour n'avoir pas senti la grandeur de nos écrivains, mais selon moi vous n'avez pas connu toute la réalité de leurs idées, ni entrevu leur réalisation prochaine. Les fascinations du monde extérieur ont absorbé dans la fange des illusions ce qui chez vous devait s'élancer vers les sphères supérieures.

N'êtes-vous pas plutôt le flatteur que le peintre de la société ? En vain de temps en temps, vous dévoilez un des ulcères qui rongent ce corps pourri. Un cri de douleur vous annonce que vous avez frappé juste, mais le plus souvent le pharisaïsme du monde semble vous en imposer. Le journaliste a posé devant vous les Lousteaux et les Finots se sont reconnus ; mais n'avez-vous pas une superstition vulgaire pour la science mondaine. Qu'est votre Horace Bianchon ? Il ne peut être qu'un[e] dupe ou un fripon. Le médecin, vous le savez bien, n'est qu'une grande imposture. Molière n'est pas réfuté.

La morale du monde vaut-elle davantage ? À quoi se sacrifie votre duc d'Espars ? Au monstre le plus hideux qu'ait voulu l'abîme, à l'instrument le plus horrible que la matière oppose au triomphe de l'esprit, à la pierre angulaire du domaine du mal, à l'héritage selon la chair et il ne vous échappe pas un soupir pour cette exécrable méprise. La propriété n'est-elle donc pas basée sur l'iniquité permanente, n'est-elle pas le vol constitué ? Le possesseur a-t-il besoin de chercher dans ses archives de famille un tort à réparer ? Les millions de prolétaires qui l'entourent ne sont-ils pas déshérités à tout jamais, du pain, du vêtement et de la science du riche ? La vertu des femmes bien nées, n'est-elle pas hypothéquée sur la prostitution des filles du peuple ? Les St-Simoniens eux-mêmes, et ils étaient du siècle, les St-Simoniens ont su cela.

Déjà, Monsieur, et j'ai suivi avec une ineffable douleur cette décadence, déjà vous regrettez les pas que vous avez faits un jour vers le ciel. Savez-vous cependant qu'il y a pour vous des siècles de douleurs. Dieu, créancier plus intraitable que ceux que vous avez satisfaits à la sueur de votre front, Dieu vous demandera compte du talent sans égal qu'il vous a donné pour sa gloire et que vous prostituez à la terre. Oh ! pourquoi vous détourner du chemin qui mène à lui ? Cette voix de Séraphîta qui a bouleversé les cœurs a donc passé en vous, comme dans un instrument sonore, mais insensible. Ignorez-vous donc que le dernier avènement est proche ? Les signes ne sont-ils pas assez éclatants ? Et cependant quelle gloire immortelle serait votre récompense ! Les chœurs célestes vous contemplent et moi, moi que le feu dévorant d'une charité sans bornes pousse à vous parler ainsi, moi qui vous prise plus que personne, je vous en conjure à genoux, ouvrez votre cœur aux choses que votre esprit sait si bien. Méritez chaque jour l'anathème d'un monde ténébreux et faites-vous au trésor qui ne périra pas. Le ciel, vous le savez bien, a une autre mesure que la terre et l'on ne peut servir deux maîtres à la fois. Rien du passé, ni sciences, ni morales, rien ne survivra, car le seigneur a dit : « Voici que je fais toutes choses nouvelles » (Apoc. XXI[?]). Laissez donc les morts enterrer leurs morts.

Adieu, Monsieur, pardonnez-moi ma violence. Je vous connais et vous ai cru digne de la vérité. Le jour où vous reviendrez à Dieu, il y aura une grande fête dans le ciel, une joie bien douce dans mon cœur.

Vve Dalibert.

Paris le 11 8bre 1839.

[Adresse :] À Monsieur | H. de Balzac | Jardies | Seine et Oise.
[Cachets postaux :] Paris, 11 oct. 1839 | Sèvres, 13 oct. 1839.

39-232. LOUISE DAURIAT À BALZAC

À Monsieur de Balzac
sur sa lettre ou plaidoyer
en faveur de Peytel notaire
à Belley

Paris, 11 octobre 1839.

Monsieur, nous devons placer incontestablement au nombre des exemples les plus déplorables que puisse donner un homme connu, surtout dans les lettres, les tentatives que vous faites pour réhabiliter ou pour venger un condamné, aux dépens des respects dus à la vérité, à la mémoire de deux victimes dont l'une, notamment par sa grande jeunesse et son sexe, devait dans le dernier asile où elle repose maintenant, du moins, trouver grâce auprès les coupables écarts de votre pensée. On s'étonnerait, peut-être, qu'en cette occasion ma voix ne se fît pas entendre, croyez qu'elle sera celle, j'ose le dire, d'une conscience pure.

Votre lettre en forme de plaidoyer est bien longue puisqu'elle remplit la moitié des numéros des 27, 28 et 29 septembre 1839, *du journal Le Siècle*[1]. Je ferai tout ce que je pourrai pour que les considérations, les raisons que je vous oppose et que je soumets en même temps au nom de la morale, au public, à la société toute entière, soient concises, sans rien omettre pourtant, d'essentiellement utile à cette question que j'aborde immédiatement.

Au premier lieu sur quoi fondez-vous vos certitudes, vos convictions à l'égard de l'innocence de Peytel ? Vous dites ne l'avoir vu chez vous, en 1831 et 1832, que trois ou quatre fois, que depuis vous n'en avez entendu parler qu'à son retour au notariat ; qu'il vous annonça le projet de quitter la vie littéraire. Vous l'aviez jugé comme l'ont jugé, dites-vous, beaucoup de ceux qui le connurent alors, si peu capable d'une mauvaise action, que lors de son procès, M. Louis Desnoyers eut besoin de vous affirmer que le notaire alors en jugement, était *ce Peytel* que vous aviez *entrevu*. Dès la première visite qu'il vous fit, vous apprenant son acquisition d'une part d'intérêt au *Voleur*, Peytel vous parut être ce qu'*il est maintenant* : un homme d'un tempérament sanguin jusqu'à la pléthore, vif, emporté, doué d'une grande force morale et physique, passionné, incapable de maîtriser son premier mouvement, orgueilleux, presque vaniteux et parfois entraîné *de la parole seulement*, comme la plupart des gens vains, au-delà du vrai, mais essentiellement bons. [...] *[Louise Dauriat ponctue çà et là son analyse du texte de Balzac par de nombreuses et parfois véhémentes critiques :]* vos données physiologiques et morales sont hasardées, [...]

Voulez-vous avouer le succès que souhaite à Gavarni *l'ennemi légitime du peuple* ? Eh bien, c'est un succès de journal, un succès de feuilleton ! [...]

On peut regarder comme au moins exagérées, les nombreuses déclamations qui suivent en faveur de Peytel, et vos considérations tendantes [*sic*] à démontrer que l'instruction et l'accusation sont fausses, criminelles, à l'assimiler aux diffamateurs, aux calomniateurs, et tendantes également à condamner les dépositions faites contre Peytel. [...] Voyez bien qu'aujourd'hui M. de Lamartine n'élève pas la voix de la défense pour l'enfant de Mâcon, pour le *malheureux* le saisissant naguère *par sa robe étoilée*[2]. En vérité, Monsieur, est-ce bien en pareille occasion que l'on parle de la robe étoilée d'un poète ! Que de véritables gens illustres fassent donc entendre pour lui des paroles salutaires si leur conscience ne se trouble pas.

Quoique déjà vous nous en ayez parlé, vous demandez si l'on veut savoir les allures de Peytel dans *sa vie privée*, et vous dites qu'il a le même tailleur depuis douze ans et solde avec lui ses comptes comme le bourgeois le plus rangé. Ce tailleur ne s'occupe de sa facture que, *quand elle monte à mille écus*, tous les trois ans, *tant il connaît à fond Peytel*[3]. Le tailleur, ajoutez-vous, est *le critérium du crédit d'un jeune homme*[4]. D'après ce que vous avez avancé, affirmé déjà, de quelle importance peut être cette assertion ? Pouvez-vous la considérer comme un point moral et bien essentiel ? Ce petit moyen serait mieux placé dans une anecdote au feuilleton comme vous en faites quelquefois de fort jolies. [...]

Quoi vous accusez d'un aussi criminel entraînement toute la magistrature d'une ville ? Quoi la justice de nos départements ne serait que les produits ou des amitiés ou des haines implacables de localités ? [...]

Quel cœur équitable, généreux, n'est ému de compassion et ne vous condamne d'appuyer, d'enchérir en mal sur le caractère de Félicie Alcazar ! Et qu'elle est petite ici votre justification en faveur de ce mari *si violent* qu'il est incapable de maîtriser *ses premiers mouvements*, de cet homme *si ambitieux* ! Qu'elles sont coupables les paroles : *j'ai les plus fortes raisons de croire qu'il ne s'agissait pas d'enfantillages, mais de faits graves*. Comme vous semblez vous placer hypocritement sur le seuil de la vie privée de ces familles *en cause*, qui peuvent dormir sans avoir *rien à craindre* de la *publicité qui se rallume*. Hélas ! par vous, sans doute, qui croyez y trouver quelqu'intérêt pour votre gloire ! Et encore la fin de ce paragraphe est-elle une sorte de menace, probablement très inutile, malgré *vos sentiments de convenances*.

Quoi ? vous voulez oublier combien la jeune Félicie Alcazar frémissait de terreur quand elle se trouvait seule avec son mari ? Que dans les yeux de cet homme qui regarde *si bien en face*, dans ses yeux *sans faux-fuyants*, cette jeune personne a cru plus d'une fois lire son arrêt de mort. Vous parlez ainsi sans vous arrêter...

Et elle a été assassinée !... Et c'est Peytel que l'on condamne !... Que la loi punit !... Elle a été assassinée, sa face, son corps mutilés ont été couverts d'une fange rougie par son sang, et la magistrature et le jury à l'unanimité saisis d'effroi, de douleur, ont tiré de leur propre conscience un arrêt terrible que la conscience publique ne révoque pas[5] ! [...] Et ici c'est encore une conscience magistrale qui s'écrie de toutes ses forces que la société a besoin d'être rassurée. Ah ! que l'on abolisse la peine de mort, s'il se peut, j'y consens ; mais que l'on dérobe à jamais à nos regards d'affreux criminels que longtemps encore cette peine abolie n'arrêterait pas !

Évidemment tout ce que vous avancez pour ôter toute idée que Peytel ait pu assassiner sa femme par intérêt n'est pas plus recevable que ce que vous dites quant au lieu ou théâtre du double homicide, et mérite à peine d'être commenté.

Vainement encore vous signalez en les adoptant dans les intérêts de Peytel, les raisons admises par la Société que peut avoir un mari d'assassiner sa femme, en soutenant que Peytel en est absolument innocent. Ces raisons sont : *l'intérêt pécuniaire, la détestation profonde pour l'individu, la détestation à cause d'un amour adultère.* Vous osez prendre sur vous d'affirmer que l'une ou l'autre de ces trois raisons n'a pas déterminé Peytel.

Comme les suppositions quelles qu'elles soient ne vous coûtent guère, il vous semble que Félicie Alcazar a pu être tuée *involontairement et pour une autre personne.* [...]

Que peut faire cette minutieuse énumération ou le prétendu budget circonstancié de la fortune de Félicie, [...] Puis suit une nouvelle dépréciation du caractère de Félicie, de son moral comme de son physique. [...] Avez-vous bien calculé tout l'odieux de ces autres insinuations ? [...]

Vous vous trompez encore, Monsieur, si vous pensez que pour tuer sa femme Peytel devait attendre qu'elle lui *rapportât tout ce qu'elle pouvait lui rapporter*; [...] Vous voulez toujours mieux connaître les projets de Peytel qu'il ne les connaît lui-même. [...]

Après tout cela vous supposez, il vous vient à l'esprit, que, peut-être, Félicie a apporté *très volontairement* son testament à Peytel. Oh ! oui l'infortunée, comme elle écrivait sans doute, aussi, *très volontairement* des lettres calomnieuses, diffamatoires contre elle-même ! Vous allez jusqu'à récuser les témoignages de Mme Broussais abusée, dites-vous, par sa sœur sur les persécutions que lui faisait éprouver Peytel. *Elle disait très rarement la vérité*, ajoutez-vous. Vous vous déclarez à chaque ligne l'accusateur infatigable de cette jeune victime, et c'est pourquoi vous voulez que l'on fasse honneur à Peytel *de son silence sur les vices moraux de sa femme.* Mais aurait-elle eu, comme vous le dites, *des vices moraux*, il eût été peu sensé de les révéler. Se taire sur ce point est un moyen politique et nécessaire à l'accusé : c'est de plus *un conseil d'avocat* : Peytel garde le silence pour lui-même et non pour Félicie.

Incontestablement vous ne présentez aucun argument qui puisse réellement détruire l'accusation *de meurtre par intérêt*. [...] Et tout en ne voulant pas *dépasser le seuil de la vie privée*, n'est-il pas vrai que vous ne demandez pas mieux de vous associer à la défense, de vous faire l'écho de la défense s'emportant au-delà de toutes limites et témoignant ainsi de toute sa faiblesse ? [...]

Mais où vous vous distinguez le plus singulièrement, peut-être, Monsieur, c'est dans l'exploration des lieux où deux et *même trois crimes* ont été commis, ainsi que de ceux où ils ne l'ont pas été : et tant de recherches, de soins, ne peuvent encore rien nous prouver ; rien ne profite à la cause que vous défendez [...] Mais ces autres conjectures purement gratuites, en descriptions pittoresques, le silence, le clair de lune ; ailleurs des passants, des forgerons entendant ou pouvant tout entendre, sont d'autant plus inutiles et déplacés que là même il y a eu meurtres, assassinats, et que personne ne les a empêchés. Et dire que *si l'accusation avait fait les mêmes excursions que vous, elle eût été convaincue de l'innocence de Peytel*, au moins *jusqu'au pont d'Andert*, est une autre absurdité. [...]

Eh bien ! Monsieur, tout cela est odieux, ignoble, impie, et respire d'un bout à l'autre l'insensibilité et la perversion. Votre imagination égarée a pu seule vous dicter de pareilles suppositions, des assertions de ce genre. [...]

Nous ne pensons pas que les questions que vous adressez à la justice du pays reçoivent une solution qui soit d'un grand secours contre la chose jugée, et qu'il faille une grande application d'esprit pour reconnaître qu'il n'y en a pas une qui renferme un point réel de nullité dans le procès porté aux décisions ou plutôt à l'examen de la cour suprême.

Ici doivent s'arrêter mes considérations sur votre lettre, ce qui suit encore, n'ajoutant rien à ce que vous avez dit et redit beaucoup de fois. Je suis la seule, Monsieur, qui l'ai[e] soumise à un commentaire rigoureux, dans ses parties les plus essentielles. Je n'ai pas besoin à présent de la voie des journaux pour assurer à ces considérations une publicité désirable, puisqu'elles doivent trouver leur place dans l'un des chapitres de l'ouvrage dont je prépare la publication, alors la presse quotidienne en parlera. Il nous importent [sic] qu'elles soient consignées dans un ouvrage consacré à la morale publique, aux intérêts les plus chers, les plus sacrés de la société tout entière.

J'ai l'honneur de vous saluer, Monsieur.

Louise Dauriat.

P. S. — À l'instant même où je ferme ma lettre, j'apprends que le pourvoi de Peytel est rejeté[6]. Mes prévisions comme celles du pays viennent de recevoir leur sanction ! Qu'avez-vous écrit, Monsieur, et qu'écrirez-vous encore sur ce fatal et déplorable sujet ? Sur ce drame horrible en toutes ses catastrophes ? Puissent les deux lettres dont vous nous avez parlé, assurer à ce condamné un recours en grâce, non pour sa liberté, la société en serait trop effrayée, mais la commutation des travaux à perpétuité : c'est tout ce qu'il pourrait obtenir pour le préserver des terribles angoisses de l'échafaud !... et j'oserai hélas !... en douter encore !

39-233. À GAVARNI

[Paris, 11 ou 12 ? octobre 1839[1].]

Il m'est pour l'instant *impossible* de retourner aux Jardies. Dès que j'y retournerai, je vous en donnerai avis, ce sera sans doute dimanche.

P'osper.

Pas d'hercule[2], et ce pauvre garçon n'a plus qu'à jeter sa tête à la face de la société.

39-233a. À GAVARNI

[Vers le 12 octobre 1839[1].]

Vous êtes un vieux blagueur Posper
à propos d'Hercule

tout à v[ous]
de Bc.

39-234. À JULES DE SAINT-JULLIEN

Samedi matin [12 octobre 1839].

Monsieur,

Je n'ai pu avoir audience de M. Villemain qui était à Fontainebleau que ce matin, à midi. J'ai convoqué le comité pour lundi afin d'aviser à une députation auprès de M. Guizot en cas de refus, ces démarches prennent tout mon temps[1]. Je n'aurai fini mes corrections que mardi, mais vous pouvez compter sur mon bon à tirer pour la fin de la semaine prochaine, et aussi sur l'introduction, qui que ce soit qui la fasse[2] : enfin rien ne v[ous] empêchera de paraître du 1er au 5 novembre[3].

Je vous prie d'agréer l'assurance de mes sentiments les plus distingués

de Balzac.

[Adresse :] Monsieur de Saint-Jul[l]ien | rue de Tournon, Maison Renouard | Paris.
[Cachet postal :] 12 octobre 1839.

39-235. ZULMA CARRAUD À BALZAC

Samedi, 12 octobre 1839, à Frapesle.

My dear, vous êtes heureux, je le sais, et je n'ai voulu mêler aucune pensée étrangère aux délices de votre vie actuelle. La mienne est fort occupée et mes occupations sont vulgaires. Je suis concentrée dans ma vie rurale et je prends garde que rien ne vienne me réveiller de cet engourdissement salutaire. Pourtant, le milieu d'août, en me ramenant mon fils et plusieurs de ses camarades, a rendu momentanément l'animation à Frapesle ; puis, les amis sont venus, un à un, lentement, et m'ont rappelée à l'existence intellectuelle. Quelques rares lectures s'en sont suivies ; j'ai su que vous aviez publié le *Grand Homme de province* et je me le suis procuré. C'est une œuvre d'esprit, mais de bon esprit, simple, sans prétention ; il y avait longtemps que je n'avais lu de vous quelque chose qui me fit autant de plaisir ; d'où je conclus que vos tableaux sont vrais, bien que je sois inapte à en juger. Je suis toute heureuse de vous donner cet éloge sans restriction, non que j'aie la fatuité de le croire de quelqu'importance, mais parce que rien ne m'apporte une sensation plus agréable que de me sentir à votre unisson, et nos milieux sont si différents que cette harmonie est rare. Vous ne viendrez plus à Frapesle, je le sens bien, mais je n'en ai pas pris mon parti. Vous voir aux Jardies n'est pas du tout la même chose. Là, d'abord, votre temps a une telle valeur que l'idée d'en user ne saurait naître, et les Jardies sont bien plus loin de Versailles que je ne l'avais imaginé. Je me résigne à cette séparation, comme aux conséquences de votre vie de plus en plus compliquée. Nous suivons des routes si divergentes qu'il n'est pas étonnant que nous ne puissions nous donner la main. Je n'ai pas l'égoïsme féroce de vous souhaiter quelque bonne surexcitation qui vous oblige à un repos complet, ni un de ces chagrins de cœur qui font si vivement sentir le prix de la bonne amitié. Si le cas échéait pourtant, rappelez-vous

Frapesle et ses deux vieux habitants, et venez-y avec toute confiance.

Auguste n'est plus en Chine, il a dû la quitter au commencement de juin, et se rendre à Manille pour, de là, aller à Calcutta, puis à Delhi, puis à Bénarès. Il ne peut recevoir aucune de nos lettres. Je lui écris toujours, mais la certitude qu'il ne reçoit aucune de nos lettres me décourage et jette, malgré moi, un froid mortel dans cette correspondance. Pensez donc que, depuis 3 ans, il n'a reçu que deux lettres de moi, et une, je crois, de sa famille. Le pauvre garçon ne compte pas être de retour avant trois ou quatre ans[1]. Dieu le soutienne pendant ce long exil! Le marchand grainetier qui lui a fait son envoi réclame encore une fois les 706 f. pour lesquels j'avais obtenu un sursis. Je ne sais ce que vous devez à Auguste. Si vous pouvez payer cette somme, en tout ou en partie, vous lui rendrez un grand service et à nous aussi; sinon, nous allons l'emprunter, car l'année a été pleine de calamités pour nous. Je crois vous avoir dit que nous avons été victimes de la grêle. Comme Auguste ne veut pas que sa famille entre pour rien là-dedans, nous supporterons cette charge. Dites-moi vite un mot là-dessus, afin que nous prenions des mesures. Si vous pouvez quelque chose, envoyez l'argent à M. Barthe, rue de Montreuil, 64[2]; c'est là que M. Tollard[3] doit être payé, et il serait inutile d'envoyer la somme ici, pour qu'elle retournât à Paris.

— Avez-vous eu bien des fleurs cette année? La sécheresse a bien nui à mon pauvre jardin; puis je n'ai pas eu de jardinier, et je l'ai planté et soigné toute la saison. Il n'y a que depuis l'arrivée d'Ivan que j'ai cessé de m'en occuper. Il est retourné à Versailles, mon pauvre garçon; c'est là une des grandes plaies de ma vie que cet éloignement; il me faut pourtant le supporter avec courage. Le petit Yorick se développe à merveille; il ne ressemble en rien à son frère; il a un cachet à lui, et je crois qu'il ne sera pas sans valeur.

Adieu, cher, je me reproche presque de vous avoir fait descendre de votre ciel pour vous occuper de mesquins intérêts; mais vos ailes sont fortes et la divinité que vous y avez placée est puissante; vous nous aurez bien vite quittés de nouveau. Que la vie vous soit donc légère dans ce sanctuaire, s'il vous faut subir ses dures nécessités ailleurs! Que l'air y soit toujours plein de lumière et le ciel bleu! Je vous tends tristement la main, je sens des mondes entre nous.

Le Commandant se rappelle à vous. J'irai vous voir aux Jardies dans le courant de février.

39-236. « UN AVIDE LECTEUR » À BALZAC

Samedi 12 [octobre 1839], 11 heures du soir.

Monsieur,

La pitié qu'inspire toujours un condamné, même coupable, et qui s'accroît surtout lorsque sa condamnation n'est basée sur aucune preuve, m'a fait dévorer les articles que vous avez publiés sur le jugement de Peytel.

Un autre jugement de la cour d'assises d'Angers, rapporté dans la *Gazette des tribunaux*, de ce jour 12, et qui acquitte un nommé Adam, est bien propre à faire naître des réflexions. Peytel coupable ! et Adam innocent ! Ô jugement des hommes ! quelques lignes paraissant dans les journaux de lundi, et que ce dernier jugement est de nature à inspirer à votre plume, par la différence des résultats, sauveraient peut-être la vie à Peytel en faisant descendre sur lui la clémence du Roi[1].

Avisez, Monsieur.

Un de vos avides lecteurs.

[Adresse :] Monsieur | Monsieur de Balzac | homme de lettres | Paris.
[Cachet postal :] 13 oct. 1839.

39-237. LE PROCUREUR DU ROI
PRÈS LE TRIBUNAL CIVIL DE ROUEN
À BALZAC

Rouen, le 14 octobre 1839.

*Le Procureur du Roi
à M. de Balzac, président de la Société des gens de lettres.*

Monsieur,

Vous prêchez un converti, en me recommandant la cause de la propriété littéraire. Je lui ai voué depuis longtemps toutes mes empathies. Les conceptions de la pensée constituent une propriété d'autant plus sacrée, qu'elle s'acquiert souvent par de pénibles veilles, et qu'elle n'est après tout que l'apanage de quelques prédestinés. Les divergences judiciaires que fait éclater chaque jour la discussion d'intérêts si précieux, accusent dans notre législation d'étranges lacunes, et j'ose espérer que la vive sollicitude, et les énergiques réclamations de l'illustre association que vous présidez, obtiendront enfin du gouvernement des dispositions législatives favorables aux créations de l'intelligence.

Toutefois, en attendant un meilleur avenir les tribunaux, à mon sens, sont suffisamment armés par la loi, pour venir, dès à présent en aide à la propriété littéraire, en réprimant sévèrement les atteintes si fréquentes qui lui sont portées. La province fourmille d'entreprises de publicité qui spéculent sur ce pillage effronté des œuvres de nos grands écrivains, et qui doivent leur feuilleton quotidien, moins à la plume de leurs romanciers, qu'au ciseau de leurs manœuvres.

Si, comme je n'en saurais douter, après votre assertion, dans l'espèce qui doit nous être prochainement soumise, l'auteur a obéi aux prescriptions de la loi, en accomplissant la formalité du dépôt, condition reconnue indispensable par la jurisprudence, pour préserver son œuvre de tomber dans le domaine public[1], je n'hésite pas à penser qu'il obtiendra du tribunal la juste réparation qu'il sollicite.

Quant à moi, Monsieur, je désire vivement que la défense des intérêts qui vous sont confiés vous amène à Rouen[2], ainsi que vous semblez le prévoir, espérant rencontrer dans votre présence parmi nous l'occasion de relations personnelles dont s'honorerait l'un de vos plus fervents admirateurs.

Recevez, Monsieur, l'assurance de ma très haute considération.
P[our] le Procureur du Roi[3], en congé

[le substitut] D. Censier.

39-238. À ZULMA CARRAUD

[Aux Jardies, mi-octobre 1839.]

Vous me croyez heureux[1] ! mon Dieu, le chagrin est venu, chagrin intime, profond et qu'on ne peut dire.

Quant à la chose matérielle : 16 volumes écrits, 20 actes faits, cette année, n'ont pas suffi. 150 000 f. gagnés ne m'ont pas donné la tranquillité.

J'ai rendu 1 500 francs sur 2 000 à Auguste, mais, par la manière dont je les rends, les 500 f. ne doivent être comptés pour rien, car il lui faut des intérêts. Je me regarde comme lui devant encore 1 000 f. ; mais tout ce que je pourrai faire sera de les donner cet hiver, aussitôt que j'aurai eu un succès au théâtre.

Ne croyez pas que les Jardies me fassent oublier Frapesle, j'irai plus d'une fois causer sous votre toit avec vous que j'aime tant, et comme esprit et comme caractère. En ce moment, je suis épuisé physiquement et moralement ; mais les affaires d'argent sont si cruellement pressantes, que je ne puis vous aller voir.

Un travail me repose d'un autre travail, voilà tout. Il me faut encore 6 mois d'une activité pareille à celle qui m'a empêché de vous aller voir, quoiqu'à ½ heure de chemin l'un de l'autre, cet hiver, pour m'en tirer. Mais c'est creuser ma tombe.

Les Jardies devaient être le bonheur de bien des manières, ils sont une ruine. Je ne veux plus avoir de cœur. Aussi pensé-je très sérieusement au mariage[2]. Si vous vous rencontrez vous-même, jeune fille de vingt-deux ans, riche de 200 000 f. ou même de 100 000 f., pourvu que la dot puisse s'appliquer à mes affaires, vous songerez à moi. Je veux une femme qui puisse être ce que les événements de ma vie voudront qu'elle soit : femme d'ambassadeur ou femme de ménage aux Jardies ; mais ne parlez pas de ceci, c'est un secret. Ce doit être une fille ambitieuse et spirituelle.

Adieu : les mondes ne sont rien pour les amitiés vraies, et moi, je ne vous tends pas la main, je serre la vôtre. Mille choses d'amitié au commandant.

Je ne vous ai pas envoyé mes livres, parce que je ferai, d'ici à 2 ans, une belle édition complète[3].

Tout à vous.

Le même Honoré.

39-239. ERNEST JAIME À BALZAC

Paris, le 17 octobre 1839.

Mon cher ami,

J'ai le travail de M. Bayard il est très important de nous voir prochainement. Si vous voulez que nous arrivions vite et que l'argent roule, un mot tout de suite adressé au théâtre[1].

Mille compliments
É. Jaime.

[Adresse :] Monsieur | de Balzac | rue de Richelieu 108 | Pressée.

39-240. MADAME DELANNOY À BALZAC

[Paris,] vendredi soir [18 octobre 1839].

Léon[1] a vu ce matin M. Martin[2] et celui-ci a mis toute la bonne grâce imaginable à faire tout ce que vous souhaitiez. Il a écrit de suite à M. T[hiers][3] pour savoir quel jour il pourra vous recevoir. Il m'enverra la lettre, et je vous la ferai passer sur-le-champ.

Léon a naturellement dit à M. Martin que vous l'aviez prié de vous mener chez lui. Lui à son tour vous prie de ne pas vous déranger, et assure qu'il fera tout ce qui dépendra de lui pour que M. T. fasse ce que vous désirez. Bonne grâce et politesse parfaite, rien n'a manqué des deux côtés. Il en résulte que vous ferez à merveille d'aller mettre une carte chez M. Martin, rue Bourdaloue au coin de la place de Notre-Dame-de-Lorette (je ne sais pas le n°) on ne le trouve guère, et si par hasard vous le trouviez, je suis sûre que ce serait plaisir pour tous deux.

Voilà. Maintenant souhaitons que M. T. n'ait pas un engagement tellement positif qu'il n'y puisse manquer. Si quelqu'un peut l'influencer, c'est M. Martin, et je suis charmée que cette bonne porte s'ouvre toute seule à notre premier mot.

Adieu. Bonne nuit; ou bonjour, puisque vous vous levez quand je vais me coucher. Dès que nous serons installés chez Ferrand[4] je demanderai à M. Martin de venir un jour dîner avec nous. Mais dans ce moment la marmite est à peu près renversée aux deux cuisines, et encore faut-il avoir au moins le pot-au-feu. Dès qu'il sera établi, vous le saurez. En attendant, mille bonnes amitiés

Joséphine.

[Adresse:] Monsieur Honoré de Balzac | rue de Richelieu n° 108 | Paris.
[Cachet postal:] 19 octobre 1839.

39-241. CHARLES LASSAILLY À BALZAC

Château de Labrosse, commune de Neuvy-en-Sul[l]ias,
en Sologne, près Orléans.
[18 octobre 1839.]

Mon cher de Balzac,

Permettez-moi de vous répondre à la hâte, car je suis dans un pays où il n'est pas facile de trouver des occasions pour la poste.
J'avais envoyé ma démission de secrétaire, parce que je ne

pouvais supporter la conduite de M. Pommier avec moi. Je l'expliquerai, dans l'occasion au comité, car je n'aurais pas dû être jugé en mon absence. Quoi que l'on en ait dit, il me semble que j'avais droit à soixante francs, c'est-à-dire à la moitié de chaque volume, par mois, et je n'avais arraché à M. Pommier que 75 [francs] à la fin de deux mois passés déjà, et encore avait-il fallu aller chez lui jusqu'à quatre fois pour en obtenir une pièce de cent sols. Je crois que l'intention du comité, en me confiant des travaux, pour la Société, n'a jamais été de m'abaisser au point de compromettre la dignité littéraire d'un de ses membres devant le gérant de la Société[1].

Je donnais aussi, dans la même lettre, ma démission de sociétaire parce que je vois avec peine le peu de protection efficace que le Comité peut accorder aux victimes de quelques rédacteurs en chef de journaux. M. Louis Desnoyers a abusé de toutes les délicatesses possibles envers moi et si j'ai refusé mon estime à quelqu'un des membres du comité, c'est à lui. Je ne crois pas qu'on puisse m'y forcer ; et d'ailleurs il est inutile que j'expose mes griefs puisque M. Frémy s'est trouvé puni d'une pareille chose, en étant rejeté de la rédaction du *Siècle*.

Mon cher Président, je regrette donc bien vivement d'avoir reçu les reproches que vous m'avez adressés, avant la moindre explication de ma part. Je les comprends d'autant moins que M. Gozlan m'avait fait rétracter ces deux démissions et sauf à rendre toute justice à M. Pommier, je pensais cette affaire terminée.

Comment se fait-il que ma lettre à M. Gozlan pour lui demander 25 fr. dont j'avais besoin pour revenir à Paris, ait eu cette destinée de me faire signifier une démission que je n'offrais plus, et sur laquelle j'étais si bien revenu que, le jour de mon départ, je fis quinze francs de frais de cabriolet pour faire toutes les courses qui étaient dans mes devoirs ?

J'ai écrit à MM. Dumas, Soulié, à Mme Girardin. J'ai écrit à M. Léon Halévy, à M. Paul de Musset qui étaient absents. J'ai écrit à M. Chasles qui m'a répondu d'être prêt pour le 15. M. Achille Comte doit être prêt aussi, depuis cette époque. M. de Jouffroy aussi. Beaucoup d'autres, que je vis dans la même journée, me firent les mêmes promesses, entre autres M. David et M. Lucas[2].

Servez-vous, je vous prie, de ces indications car je suis bien loin de vouloir nuire aux intérêts de la Société. Je serais à Paris le lendemain de votre lettre, si vous aviez besoin que je vous fusse utile. Ceci je vous le dis sans vues intéressées, et prêt d'ailleurs à rendre toute justice à qui de droit, selon l'habituelle honnêteté de ma conduite irréprochable.

J'ai fini *La Famille* et si elle peut réussir je vous la dédierai[3].

Tout à vous

Lassailly.

Je n'ai pas l'intention de tourmenter de nouveaux reproches M. Pommier qui s'est comporté très convenablement avec moi, en plusieurs cas, mais d'expliquer les nécessités de notre position égoïste.

[Adresse :] Monsieur de Balzac | président de la Société littéraire | chez M. Pommier, agent central | rue de Provence, 21 | à Paris.
[Cachets postaux :] Orléans, 18 oct. 39 | Paris, 19 oct. 39.

39-242. À LÉON CURMER

[Paris, 19 octobre 1839.]

Je reconnais avoir reçu de M. Curmer la somme de trois cents francs pour solde de la *Monographie du Rentier* faisant quinze pages justification des *Français*[1]. Cet article demeure la propriété sans réserve de M. Curmer, sauf le droit d'insertion dans mes *Œuvres complètes*, mais seulement après quatre ans du jour où cet article aura paru dans *Les Français*.

Je déclare m'engager à remettre le bon à tirer de cet article mardi 22 octobre présent mois, et le bon à tirer du *Notaire*, dimanche 27 octobre. Les corrections de cet article du *Notaire* seront à ma charge, et M. Curmer n'aura pas à s'en occuper. Si ces articles revêtus de mon bon à tirer n'étaient pas remis dans les termes sus-exprimés, je déclare renoncer au droit de reproduction qui m'est accordé par la quittance du 13 juin dernier à ce sujet. M. Curmer ne sera tenu à aucun engagement envers moi, de sorte que les articles ne pourront être reproduits qu'avec sa seule autorisation.

Paris, ce 19 octobre 1839.

M. Curmer paiera trente francs à M. Barbier,

de Balzac.

[De la main de Curmer :]

Le délai est augmenté de deux jours.

L. Curmer.

39-243. À CHARLES LASSAILLY

[Aux Jardies, 20 ou 21 octobre 1839[1].]

Mon cher Lassailly, je vous ai écrit en qualité de Président de la Société ce que je devais vous écrire ; mais en particulier, je vous dirai que vous avez eu tort, et que ce tort était trop visible pour être dissimulé. L'*émargement* signé de vous et la décision du comité relative à vos fonctions étaient là.

Envoyez-moi le plutôt [*sic*] possible un mot officiel pour retirer votre démission de membre de la Société, car il y a pour vous une somme votée. D'ailleurs n'écoutez pas ces petites irritations littéraires, qui rapetissent les hommes. Desnoyers est forcé de marcher avec son *Gérant* et Desnoyers n'était pas le seul blessé par l'affaire dont vous me parlez. Il y a, croyez-le, dans le comité, un grand esprit de justice, d'impartialité, et vous ignorez les immenses services qu'il rendra avec le temps.

Ainsi, d'ici à un mois, sur ma proposition, il sera fondé une caisse d'Escompte des valeurs que reçoivent les gens de lettres et les artistes, pour les sauver de l'usure et une chambre de prêt sur les œuvres. Travaillez, ne vous préoccupez pas tant de vos idées que de celles qui ont cours, et vous trouverez votre affaire. Desnoyers a une responsabilité de 26 000 abonnés, et doit y obéir.

J'attends avec impatience mon épreuve[2]. Je pars pour Rouen[3] voir juger et suivre un procès qui est notre avenir. Mille souhaits pour vous

de Balzac.

Aux Jardies.

[Adresse :] Monsieur Lassailly | au château de Labrosse | commune de Neuvy-en-Sul[l]ias | en Sologne | près Orléans.
[D'une autre main :] Jargeau.
[Cachets postaux :] Paris, 22 octobre 1839 | Jargeau, 24 octobre 1839.

39-244. À ÉMILE PÉREIRE

Paris ce 21 octobre 1839.

Monsieur

J'ai l'honneur de vous rappeler la promesse que vous m'avez faite relativement à la partie du pré *Collas* qui se trouve contiguë à ma propriété des Jardies, c'est-à-dire que quand vous seriez en disposition de la vendre, vous me préviendriez[1] — Si vous voulez avoir la complaisance de m'assigner un rendez-vous, pour la fin de cette semaine, nous pourrions causer de cette petite affaire qui en est une grande pour moi ; peut-être nous entendrions-nous sur plusieurs choses ensemble.

Agréez, Monsieur, l'assurance de mes sentiments les plus distingués

de Balzac.

108 rue Richelieu.

[Adresse :] Monsieur Péreire | rue de Rivoli | n° 16 | Paris.
[Cachet postal :] 21 octobre 1839.

39-245. À JULES DE SAINT-JULLIEN

[Rouen, lundi 21 octobre 1839.]

M. de Balzac prie Monsieur de St-Jul[l]ien de lui tenir une épreuve de la mise en page qu'il voudra mercredi à 3 heures au comité, bonne à tirer. Il ne sera rien ajouté, ni rien corrigé que les erreurs faites sur celle-ci

de Balzac.

Rouen lundi[1].

39-246. À GERVAIS CHARPENTIER

[Paris, mi-octobre[1].]

Mon cher Monsieur Charpentier,

Vous ne m'avez rien envoyé depuis les deux exemplaires de *La Recherche de l'Absolu*[2], je vous prie de m'envoyer en double exemplaire tout ce que vous avez publié depuis, car j'ai souvent besoin de mes copies pour des vérifications faites remettre rue de Richelieu 108, ce que je vous demande.

N[ous] avons à n[ous] entendre sur l'espèce de renonciation que v[ous] faites en annonçant que *Birotteau* et les *13*[3] complètent mes œuvres dans v[otre] collection. Si vous n'entendez y rien plus imprimer, il faudrait que je le sache, et que vous examiniez bien si vous en avez assez. Puis que n[ous] fassions un arrêté de compte de v[os] tirages pour savoir où nous en sommes, vérifiez-les, apportez-m'en le résultat signé de vous afin que dans votre intérêt nous approfondissions la question et que je vous éclaire ainsi que moi-même.

Je voudrais avoir *César Birotteau* promptement à cause de ma copie.

Agréez mes compliments

de Bc.

Remettez, je vous prie, un exemplaire du *Père Goriot* au porteur, car je suis à Paris, et j'ai besoin de vérifier plusieurs choses pour ma pièce de *Vautrin*[4].

Envoyez donc chez Mme Delannois [*sic*] ancien n° 86, rue N^{ve} des Mathurins au coin du monument de Louis XVI, le reste de la copie de *L'Absolu*[5].

Joignez aussi une *Eugénie*. Il faut que je l'envoie à la personne à qui c'est dédié[6], je n'en ai pas pris plus de deux encore de ce volume.

[Adresse :] Monsieur Charpentier, libraire.

39-247. À LOUIS DESNOYERS ?

[Paris, après le 22 octobre ? 1839.]

Mon cher maître, il n'y a qu'à couper les deux dernières lignes et supprimer ma dernière allocution, c'est dommage, voilà tout, écrivez-moi un petit mot pour me dire quel jour v[ous] faites paraître, il faut absolument dans n[otre] double intérêt donner à cela de la publicité

t[out] à vous
de Bc

après mon drame[1], *La Femme de province*[2], j'ai encore 8 jours d'ennuis au théâtre[3].

39-248. À GERVAIS CHARPENTIER

[Paris, 25 ou 26 octobre 1839[1].]

Mon cher Monsieur Charpentier, je serai chez moi dimanche matin jusqu'à 9 heures précises, et depuis 10 heures à ma campagne, ou, si je n'y allais pas, la portière vous dirait où je suis, vraisemblablement chez Mme Surville, rue du fb-Poissonnière.

Mille compliments
de Bc.

Je suis très désolé de ce que vous n'ayez pas envoyé à Mme Delannoy (18 rue de la Ville-l'Évêque) le manuscrit[2] et l'exemplaire de *La Recherche de l'Absolu*.

[Adresse :] Monsieur Charpentier, libraire | 6, rue Beaux-Arts | Paris.
[Cachet postal :] 26 octobre 1839.

39-249. À ANTOINE POMMIER

[Paris,] samedi matin [26 octobre ? 1839[1]].

Mon cher Monsieur Pommier,

Je serai dans la cour de la Chambre des députés à onze heures et demie.

Mille compliments

de Balzac.

39-250. À MADAME DELANNOY

[Paris, fin octobre 1839[1].]

Ma bonne et adorable madame Delannoi [*sic*], j'ai vu M. Thiers, j'ai été parfaitement reçu par lui, j'ai mille nouvelles obligations à vous et aux vôtres, j'irai au premier moment chez M. Martin le remercier, et puis quand vous serez assise j'irai vous voir.

Ah ! çà, avez-vous reçu l'édition nouvelle de *La Recherche de l'Absolu*, mon libraire (Charpentier, n° 6, rue des Beaux-arts) s'était chargé de vous l'envoyer, il y a 3 mois que la dédicace que j'ai eu tant de bonheur à vous écrire court le monde sans que vous le sachiez peut-être ! Je n'ai pas une minute à moi, dites donc à M. de Montheau d'aller réclamer *le manuscrit* et l'exemplaire qui vous appartient.

Mille tendresses filiales

d'Honoré.

39-251. À LÉON CURMER

[Fin octobre 1839.]

Envoyez-moi l'épreuve des *Rentiers* avec celle du *Notaire*. Je ne serais pas fâché de la voir, comme il y avait des corrections sur le bon à tirer[1]

de Bc.

[Adresse :] Mons. Curmer.

39-252. À CHARLES DE BERNARD

[Octobre à décembre 1839[1].]

[…][2] j'ai vu de mes yeux la Sainte Copie, allez, mon enfant et bon courage. Clémentine m'a débauché, je suis venu, j'ai dîné avec elle, mais sans vous, pends-toi, brave Bernard, car nous avons attendu jusqu'à 7 heures.

Mille amitiés, à bientôt à ma honte je dors, et c'est l'influence des *Petites Misères de la vie conjugale* que j'ai à écrire cette nuit

de Balzac.

39-253. À LOUIS DESNOYERS

Aux Jardies, 2 9bre [1839].

Mon cher vice-président,

Je reçois ici, à neuf heures, la lettre de convocation ; il m'est impossible de m'y rendre, car j'ai des rendez-vous d'affaires avec des gens de la campagne, je demande donc à être excusé.

Mais je vous prie d'avoir la complaisance de prier le comité de m'accorder un congé absolu d'un mois[1]. Je suis obligé 1° de terminer *Le Curé de village* 2° d'écrire en entier *Sœur Marie des Anges* 3° de corriger *Les Paysans*, ces 6 volumes in-8° liquident un traité passé il y a un an avec MM. Souverain et Charpentier[2]. Les délais de livraison sont tous dépassés et Souverain est très capable de demander les indemnités supplémentaires stipulées.

4° De donner la fin des *Petites Misères* à Dutacq[3] 5° d'achever deux nouvelles au *Siècle*[4] 6° de suivre les répétitions de *Vautrin*[5] drame en 5 actes à la Porte St-Martin. Si je n'avais que la moitié de ceci à faire dans ce mois, je ne demanderais pas de congé, mais il faut que tout se fasse, et j'ai en outre à conduire à fin mes visites académiques[6] et des affaires d'argent assez pressantes.

Si je me trouve, par hasard, à Paris les jours de

comité, j'y viendrai, n'en doutez pas, malgré d'aussi grands travaux.

Agréez l'expression de mes sentiments les plus distingués

de Balzac.

39-254. À GAVARNI

Aux Jardies, [2 novembre 1839].

Vite ici P'osper, avec tout ce que vous avez de Peytel[1]. Ho! là-bas — demandez à Feydeau[2] tout ce qu'il a du procès, tout.

Je vous attends dimanche à déjeuner.

P'osper.

Vous pouvez venir avec la *lionne* et quand l'hercule[3] blagueur.

Procurez-vous le procès Peytel, publié je ne sais où, chez Barba[4], je crois.

Rapportez-moi cette lettre, et je vous dirai pourquoi.

[Adresse:] Monsieur Gavarni dit P'osper | 1, rue Fontaine St-Georges | Paris.
[Cachet postal:] Sèvres, 2 nov. 1839.

39-255. JOACHIM LE COINTE À BALZAC

[Paris, 2 novembre 1839.]

Monsieur

C'est avec le plus vif regret que je reçois votre lettre de ce matin[1], je comptais sur ces 500 f. en espèces[2] pour la fin de ce mois ainsi que nous en étions convenus, et j'ai été cruellement désappointé me trouvant dans le plus pressant besoin je croyais avoir lieu de penser que vous seriez exacte [*sic*].

Envoyez-moi donc votre délégation au plus court jour possible je vous serai on ne peu[t] plus reconnaissant.

J'ai l'honneur d'être

Votre dévoué serviteur
Le Cointe.

Paris 2 novembre 1819 [*sic*].

[Adresse :] Monsieur de Balzac | au[x] Jardies. Près Sèvres | Sèvres.
[Cachets postaux :] Paris 3 nov. 39 | Sèvres 3 nov. 39.

39-256. À HIPPOLYTE SOUVERAIN

[Paris, 5 novembre 1839.]

M. de Balzac prie Monsieur Souverain, s'il est de retour[1] comme l'annonce la mise en vente de *Béatrix*, d'en remettre *quatre* exemplaires au porteur du présent, et de venir le voir aux Jardies pour s'entendre sur l'impression des 6 volumes que M. de Balzac se met en mesure de lui livrer.

5 9bre 1839.

[Adresse :] Monsieur Souverain.

39-257. À EDMOND DUPONCHEL ?

Aux Jardies, 7 novembre [18]39.

Mon cher Maître[1] je ne suis point allé chez la personne que vous savez. La phrase qui vous était restée dans la mémoire de la conversation que vous aviez eue a mal sonné dans mon intelligence. Je suis terriblement peu propre à de pareilles demandes, elles m'agitent le cœur à le briser. Puis, quelque vivement pressé que je le sois, une quinzaine de mille francs sera tout aussitôt gagnée que je serais de temps à négocier un pareil emprunt. En passant toutes les nuits durant ce mois, peut-être arriverai-je à mes fins. Si ma santé s'en trouve mal, je me guérirai, si je ne réussis pas, toute l'affaire occupe et distrait. Je vous explique ces choses parce que vous vous en êtes très gracieusement mêlé, je vous sais autant de gré que si la chose avait réussi par inspiration, et ma reconnaissance sera la même. Vous ne me verrez pas d'ici un mois au moins à l'Opéra, car pour tirer une lettre de change sur le public il faut la lui faire accepter, il faut beaucoup plus de papier noirci pour un simple billet et je tiens plus que jamais à ne pas le noircir de radotages, le nouveau s'extrait de plus en plus difficilement. Trouvez ici mille compliments et donnez-en quelques-uns de ma part à Laurent-Jan[2]

de Balzac.

Je vous souhaite bien du plaisir et de fortes recettes, c'est ce que je ne puis avoir ici d'aucune manière.

39-258. GERVAIS CHARPENTIER À BALZAC

Paris, 9 9bre 1839.

Mon cher Maître

Puisque vous êtes, me dit votre portière, à la campagne, je vous envoie mon commis auquel je vous prie de remettre l'exemplaire corrigé de l'*Histoire des 13* que vous m'aviez remis & que je vous ai rendu.

Vous savez que vous avez repris cet exemplaire corrigé depuis très longtemps pour le revoir encore ; mais si vous n'avez fait depuis cette révision, il est trop tard maintenant pour l'entreprendre ; on attend après la copie[1]. Donc remettez cet exemplaire tel que s.v.p.

Bien des choses

Charpentier.

Je voulais vous parler d'une petite affaire qui sans vous prendre une minute de temps aurait fait entrer dans votre poche, quelques bons écus, mais on ne vous voit plus.

39-259. À ARMAND DUTACQ

[Aux Jardies, 10? novembre 1839.]

Mon cher Dutacq, prêtez-moi *cent vingt francs* que moi ou Charlieu nous vous remettrons mardi, j'en ai besoin pour ajuster un compte.

Mille compliments

Donnez-les à mon jardinier qui est porteur de cette lettre

de Bc.

Item, une *Guêpe*[1].

Item, deux numéros de *La Caricature* de dimanche dernier et de celle d'aujourd'hui, pour faire ma copie[2].

[Adresse :] Monsieur Dutacq | de la part de M. de Balzac.

39-260. ÉMILE PÉREIRE À BALZAC

Paris, le 11 novembre 1839.

Monsieur,

J'ai fait vérifier le renseignement que vous m'aviez donné au sujet du bail Métivet. Ce bail a plus de deux ans à courir, on dit le locataire disposé à sortir mais il ne faut pas que vous paraissiez en avoir besoin, car il serait alors impossible d'en terminer[1].

Agréez, Monsieur, l'expression de mes sentiments les plus distingués

Émile Péreire.

[Adresse :] Monsieur de Balzac | rue de Richelieu, 108 | Paris.

39-261. HÉLÈNE DE VALETTE À BALZAC

[Batz, 15 novembre 1839.]

Vous n'avez été bon qu'à demi, Monsieur, vous m'avez bien permis d'aller jusqu'au seuil de votre sanctuaire; mais j'en ai trouvé l'entrée fermée! Je dois cependant vous remercier de m'avoir accordé la moitié de ma demande et surtout, vous prier de m'excuser, j'ai senti toute l'inconvenance *du vol*[1] que je me suis permis de faire chez vous; mais j'étais folle, folle jusqu'aux larmes, de joie, de bonheur de me trouver ainsi dans ces lieux que vous vous êtes plu à créer et que vous affectionnez, pardonnez-moi donc, comme on pardonne aux insensés.

Pour mettre ma conscience en repos, permettez-moi de vous rapporter, en échange, une écritoire qui appartenait à Mme de Lamoignon, héritage qui m'est resté de la veuve près de laquelle j'ai passé mon enfance et qui fut ma noble bienfaitrice[2], c'est un objet sans valeur, mais j'ai remarqué qu'à Paris on recherche assez ces vieilleries. Je viens de distribuer à mes jeunes amies tous mes petits meubles de jeune fille, celui-là ne peut convenir qu'à vous, laissez-moi le bonheur de vous l'offrir!

Vous aviez bien raison de me dire, Monsieur, que ce serait faire de ma vie un horrible poème si je redevenais paludière, la providence a veillé sur moi et m'a fait une destinée plus en rapport avec mes goûts et avec les habitudes que j'avais prises chez ma marraine. Serai-je plus heureuse, Dieu seul le sait ! Je ne quitte pas mon pays sans regrets et pourtant le seul bonheur que j'y ai eu me venait de vous, je le retrouverai partout.

Voudrez-vous me répondre, je vous le demande avec instance ? Me permettrez-vous de vous faire mon modeste cadeau et cette fois vous verrai-je ? J'ai une lithographie qui dit-on est ressemblante[3], vous devez être aussi bon que vous êtes spirituel, c'est donc en votre bonté que j'ai confiance.

Adressez votre lettre à Vannes (Morbihan) où je resterai deux semaines, à Hélène-Marie, sous le couvert de Madame de Livène[4] rue du Mené[5]. Je ne serai de retour à Paris qu'à la fin de décembre devant aller dans le Béarn faire connaissance avec la famille de mon mari[6]. Où vous trouverai-je, car je pense que vous n'habitez point les Jardies l'hiver ?

Vous avez fait des vœux pour mon bonheur. Soyez mille fois béni, mon cœur vous garde une profonde reconnaissance

Hélène-Marie.

À Batz 15 nov.

39-262. JOSEPH LINGAY À BALZAC

[Paris, 16 novembre ? 1839[1].]

Monsieur,

Je trouve que *ter repetita... nocent* quand je suis privé du plaisir de vous voir.

Mais vous avez oublié nos heures. 8 h^{res} du matin ou 5 h^{res} du soir. Dans le jour, je suis à mes devoirs.

Ce serait si bien de venir nous demander à mal dîner, un jour, à 5 h^{res}, sauf à nous prévenir la veille, par un mot à la porte, pour que nous nous tenions au logis.

Moi aussi, j'ai toujours grand besoin de vous voir.

Un mot, je vous prie, à la poste, demain dimanche 17, pour nous avertir de votre gracieuse venue lundi 18, et vous ferez un grand plaisir

à votre très humble et dévoué serviteur

Lingay.

[En haut, de la main de Balzac:]

« Lingay, le plus fécond journaliste, et secrétaire général de la Présidence du Conseil depuis 12 ans !... »

39-263. À LÉON CURMER

[Aux Jardies, novembre 1839[1].]

Monsieur, et cher confrère,

M. Pétrus Borel[2] a mis une sorte d'orgueil à ne pas accepter l'espèce de transaction que vous avez proposée après le prononcé de la sentence du Comité ; mais peut-être serait-il flatté de voir un second type très généreusement rétribué. Véritablement le type du *Croque-mort* est un des meilleurs des *Français*, l'auteur a pu être induit en erreur avant de faire son travail sur l'étendue de son travail [*sic*]. La raideur de M. Pétrus Borel venait sans doute de la conscience de ses longs labeurs. Estimez beaucoup cette considération vous qui obtenez si rarement, malgré la largeur de vos procédés, de bons articles, et tâchez de déverser sur un nouveau type, en posant bien les termes de s[on] contrat ce que prétendait M. Pétrus Borel sur celui-ci. Ne pourriez-vous pas, comme l'article est très bon à faire connaître, lui en laisser toucher l'insertion quelque part[3] ?

Nous avons été fâchés de l'insistance qu'a mise M. Borel à refuser votre offre ; mais puisque vous avez maintenant de votre côté un droit incontestable, vous pouvez sans danger faire quelque concession qui n'attaquerait ni ce droit, ni vos intérêts.

Agréez, Monsieur, l'expression de mes sentiments les plus distingués

de Balzac.

À M. Curmer, membre de la Société des gens de lettres.

39-264. LA COMTESSE O'DONNELL À BALZAC

[Lundi 18 novembre 1839 ?]

Vous qui dites si bien : ah ! Madame O'Donnell que je voudrais donc lui plaire ! en voici l'occasion. Venez demain soir mardi, prendre une tasse de thé avec ma mère et ma sœur qui se réunissent chez moi sous le cher prétexte que c'est ma fête[1].

Venez pour que ce soit bien vrai. Venez sans inquiétude on n'est pas forcé de me faire des vers et vous êtes sûr de me faire grand plaisir.

Mille amitiés coquettes.

Élisa O'Donnell.

Lundi soir.

39-265. LA COMTESSE O'DONNELL À BALZAC

[Paris, novembre 1839[1]?]

Venez donc je vous prie bien chercher demain à 6 heures mes remerciements de votre cher envoi d'aujourd'hui. Vous trouverez ma mère et un faisan royal très fier d'être goûté par vous. J'en serais enchantée. Je ne vous dis rien de plus.

É. Ctesse O'Donnell.

Samedi.

39-266. HIPPOLYTE SOUVERAIN À BALZAC

[Paris, 19 novembre 1839.]

Mon cher Monsieur de Balzac,

Me voici de retour et je suis bien étonné je vous l'avoue en apprenant que vous n'avez remis aucune copie en mon absence et que ce que je croyais avancé n'est pas même commencé. — Veuillez donc s'il vous plaît me faire tenir ce que vous avez de prêt afin que je mette sous presse, car le temps qui s'envole est contre moi puisqu'il amène mes échéances que je ne puis reculer malgré de belles promesses. On dirait, ma parole d'honneur, que le temps ne marche que pour moi. Si vous saviez combien les lourds paiements que je vous fais chaque mois me gênent! C'est affreux d'accabler un homme comme vous l'avez fait, vous et M. Lecou, et de lui refuser l'assistance que vous lui avez promise pour l'engager à faire ce que vous désiriez…

J'ai appris que M. Regnault est à Paris. Je l'ai fait prévenir de mon retour car il voulait me voir à ce que l'on m'a dit.

J'attends de vos nouvelles et de la copie avec la plus vive impatience.

Je vous présente mes civilités

D. H. Souverain.

Paris, 19 9bre 1839.

P. S. — Je mettrai *Béatrix* en vente lundi ou mardi prochain et vous enverrai vos exemplaires sans retard[1].

[Adresse :] Monsieur de Balzac | aux Jardies | près et par Sèvres | (Seine).
[Cachets postaux :] Paris, 20 nov. 1839 | Sèvres, 21 nov.

39-267. À ÉDOUARD OURLIAC

[Paris, 21 novembre 1839.]

Mon cher Ourliac, venez me voir aussitôt rue Richelieu, aujourd'hui sur les 4 heures, ou demain matin à onze heures.
Mille choses amicales

de Balzac.

Jeudi matin.

[Adresse :] Monsieur Ourliac | 24 ou 26, rue Neuve-St-Roch | Paris.
[Cachet postal :] 21 novembre 1839.

39-268. LÉON CURMER À BALZAC

[Paris, 22 novembre 1839.]

Mon cher Monsieur de Balzac,

Vous avez été si conciliant dans l'affaire entre M. Borel et moi que je crois pouvoir tant en son nom qu'au mien réclamer de vous un service.

J'abandonne à M. Borel la faculté de faire reproduire dans un journal à son choix, mais il ne sait comment en tirer parti, voulez-vous vous charger de cette négociation[1] ?

Votre patronage est puissant et c'est une bonne occasion pour l'utiliser, vous en acquerrez de nouveaux droits à la reconnaissance que vous a vouée

Votre bien affectionné

L. Curmer.

22 9bre 1839.

[Adresse :] Monsieur | Monsieur de Balzac | Paris.

39-269. LE MARQUIS DE CUSTINE À BALZAC

[Saint-Gratien, 22 novembre 1839.]

Bravo, cher Balzac, vous poursuivez votre œuvre[1] avec une opiniâtreté de talent admirable ; mais quel courage il faut pour aller chercher dans le bourbier la boue que vous jetez aux barboteurs ! Les portraits ne me font rien ; si vous n'aviez peint ceux-là, vous en auriez peint d'autres ; mais ce que j'admire c'est la philosophie de vos points de vue ; cette manière de peindre la société est à vous : vous représentez des figures hideuses avec la touche et la couleur de Rembran[d]t.

J'arrive des frontières de la Sibérie, et je ne sais rien du monde ; si le *Grand Homme de province* n'a pas fait de révolution je désespère de la plume comme moyen de civilisation : je n'en suis encore qu'aux deux tiers du 1er volume. Je le savoure et le lis aussi lentement que je le puis. C'est plein de pensée, et neuf comme l'affreux monde que vous dévoilez. Ce sont les successeurs des terroristes.

Je me repose à St-Gratien ; mais dès que je serai à Paris, je tâcherai d'aller vous trouver pour vous répéter tout ce que ma vieille amitié m'inspire pour vous.

A. de Custine.

Saint-Gratien ce 22 novembre.

[Adresse :] Monsieur | Monsieur de Balzac | Maison Frascati | rue de Richelieu | Paris.

39-270. À LÉON CURMER

[Paris, 23 novembre 1839.]

Je soussigné reconnais avoir reçu de Monsieur Curmer la somme de quatre cents francs pour prix d'un type intitulé *La Femme de province*[1] qui sera inédit et demeurera sans réserve la propriété de M. Curmer pendant quatre années, passé lesquelles j'aurai le droit de l'insérer dans les *Scènes de la vie de province*[2] et jamais détaché

de Balzac.

Paris, ce 23 novembre 1839.

39-271. À HIPPOLYTE SOUVERAIN

[Paris, 24 novembre ? 1839.]

M. de Balzac prie Monsieur Souverain de passer chez lui, à Paris, lundi matin de 8 à 9 heures et de lui envoyer 4 *Béatrix* ; ils ont à s'entendre sur les publications à faire. Paris dimanche[1].

[Adresse :] Monsieur Souverain | M. de Balzac sera chez lui | toute la matinée.

39-272. VICTOR HUGO À BALZAC

[Paris, 25 novembre 1839.]

Voici la réponse[1].
Si vous avez une heure demain ou après pour venir dîner ou déjeuner avec moi, je vous dirai la chose plus en détail

à vous

ex imo corde

V. H.

[Adresse :] Monsieur de Balzac | 108, r[ue] Richelieu.
[Cachet postal :] 25 novembre 1839.

39-273. EUGÉNIE FOA À BALZAC

[Paris, 27 novembre 1839.]

Monsieur

C'est très difficile ce que j'ai à vous dire ; ce serait un reproche, si vous me connaissiez ; ne me connaissant pas, ce n'est qu'une prière et un avis.

Chaque parole qui sort de notre bouche, est recueillie comme les perles qui se détacheraient d'un collier, cela doit être, cela est, ainsi une phrase, dite au hasard probablement, dans une maison de la rue du Bac, a monté, a monté, a monté jusqu'au haut de la rue Laf[f]itte dans mon cinquième étage, où je vis seule, retirée, et entourée seulement de quelques rares amis au cœur noble, à l'esprit distingué.

En lisant ma signature, vous devinerez de quelle phrase je veux parler[1].

Monsieur de Balzac, vous un des plus grands hommes de ce siècle, si fécond en grands hommes, excusez ma faiblesse d'esprit, qui s'est effarouchée de ce mensonge, mais que voulez-vous! je ne suis ni assez Duchesse, ni assez actrice, pour me mettre au-dessus de ce propos; j'ai du monde, assez pour ne pas vous en vouloir, mais je n'en ai pas trop pour ne pas y être sensible.

Je suis femme, et j'ai toutes les faiblesses de mon sexe, Monsieur, j'ai peur du bruit, de l'éclat, d'un trop grand soleil, d'une trop profonde obscurité. Si j'écris, c'est que j'en ai besoin, et encore voyez quel genre j'ai choisi, le plus modeste, et le plus humble de tous, je m'adresse aux enfants, le meilleur et le plus généreux lecteur que je sache, pourvu qu'on l'intéresse, qu'on l'amuse, qu'on le fasse rire ou pleurer; il est content, et ne vous chicane ni sur les mots, ni sur les choses[2].

Vous comprenez, Monsieur, que je ne vous écris, ni pour me défendre, ni me justifier, de cette espèce de calomnie scandaleuse; on vous a dit une chose, vous l'avez crue, c'était dans l'ordre; je vous dirai le contraire, vous me croirez ou vous ne me croiriez pas, l'un et l'autre serait encore dans l'ordre; seulement, je vous en prie, ne le dites plus, cela n'est pas vrai, ne le dites plus. Soit galanterie, conviction, ou générosité, ne le dites plus!

Pardonnez ces deux pages de copie, comme les appellerait notre spirituel et charmant ami, Alphonse Karr, et croyez-moi, Monsieur, l'admiratrice la plus sincère, de votre beau, noble, et radieux talent.

Eugénie Foa née Rodrigues Gradis
35, rue Laf[f]itte.

Ce 27 novembre 1839.

39-274. PIERRE HYACINTHE AZAÏS À BALZAC

[Paris,] 28 novembre 1839.

Monsieur,

J'ai l'honneur de vous offrir un exemplaire d'un ouvrage[1] où j'ai tâché d'exposer dans son ensemble la Mécanique universelle, et, spécialement, de montrer que l'Acoustique est la Science radicale, en ce sens que les actes sonores sont, dans la nature, ceux qui exécutent ses lois avec le plus de précision et de rapidité.

Personne mieux que vous, Monsieur, ne pourra juger si mes efforts ont répondu à mes intentions.

Agréez, Monsieur, je vous prie, l'hommage de ma parfaite considération.

Azaïs.

Rue de l'Ouest, passage Laurette, 3.

39-275. FÉLIX DERIÈGE À BALZAC

[Paris, 28 novembre 1839.]

Monsieur,

M. Alfred Francey, directeur du *Livre d'or*, me prie de vous écrire au sujet de la nouvelle *La Frélore* pour laquelle vous aviez traité[1]. C'est un jeune homme bien intéressant, d'abord parce qu'il a été victime de son inexpérience, secondement parce qu'il est malheureux. Il se trouve aujourd'hui malade, sans ressources, presque sans habits : il réclame de votre générosité la rupture de l'engagement que vous aviez contracté l'un envers l'autre et dont la première moitié se trouvait accomplie de son côté. Si vous pouviez, Monsieur, reprendre votre manuscrit, et lui remettre au moins une portion des cinq cents francs qu'il sacrifiait avec tant de bonheur à son admiration pour votre beau talent, vous feriez, je vous assure, une bonne œuvre. Ce ne serait qu'une avance de votre part sur la vente future du roman, et tout ce qui sort de votre plume se vend si bien et si facilement !

Je désirerais vous voir pour terminer cette affaire et connaître le moment où vous pourrez me recevoir.

M. Francey est au lit et réduit d'ailleurs à un état si déplorable qu'il craindrait de se présenter chez vous.

Permettez, monsieur, à un lecteur passionné de vos livres de vous témoigner toute sa reconnaissance pour le plaisir qu'ils lui ont procuré et à un membre de la Société qui s'honore de vous avoir pour président de vous offrir l'expression de sa parfaite estime

Félix Deriège
rue Sainte-Anne, 42.

[Adresse :] Monsieur | Monsieur de Balzac | rue de Richelieu, maison Frascati | en ville.
[Cachet postal :] 28 novembre 1839.

39-276. FÉLIX DERIÈGE À BALZAC

Paris, le 29 novembre 1839.

Je remercie beaucoup M. de Balzac de sa réponse pleine de bienveillance. Il m'a été impossible de réunir aujourd'hui les deux conditions exigées par lui comme absolument nécessaires pour la conclusion de l'affaire de *La Frélore*. Il me semble donc inutile de venir demain interrompre ses occupations. Mais aussitôt que j'aurai son épreuve corrigée et le reçu qu'il a donné à monsieur Francey, je m'empresserai de venir lui témoigner moi-même ce que ma lettre d'hier n'a pu qu'exprimer qu'imparfaitement[1].

Je le prie d'agréer l'expression de ma considération parfaite.

Félix Deriège.

[Adresse :] Monsieur | Monsieur de Balzac | rue de Richelieu | en ville.

39-277. À LOUIS DESNOYERS

[Novembre ? 1839[1].]

Dutacq m'a remis le plus urgent, il est entendu que vous viendrez demain dimanche à 8 heures. Je ne puis pas avoir d'autre heure qu'entre huit et neuf.

Tout à vous

de Bc.

[Adresse :] Monsieur Desnoyers.

39-278. À LOUIS DESNOYERS

[Aux Jardies, novembre 1839.]

Mon cher ami, venez tout de même, car il faut absolument que n[ous] ayons réglé au *Siècle*, sans quoi votre amitié surpasserait la plus cruelle inimitié que j'aurais rencontrée — il est incroyable qu'avec 130 placards faits en 2 histoires pour vous[1], je fusse dans l'embarras où je suis.

Ainsi, je vous attends à onze heures chez Dutacq, nous évaluerons les retranchements. D'ailleurs il y a un autre moyen de s'entendre.

T[out] à vous

de Bc.

[Adresse :] M. Desnoyers.

39-279. LOUIS DESNOYERS À BALZAC

[Paris, novembre 1839 ?]

Mon cher Balzac,

Je suis fâché que vous ne puissiez prendre la peine de venir jusque chez moi. Nous aurions pu causer utilement dans votre intérêt.

En réponse à votre question, je ne puis que vous répéter ce que je vous ai déjà dit bien des fois, qu'à partir du jour où vous donnerez votre *bon à tirer* pour le tout, votre nouvelle sera la première qui passera. Celle de Souvestre[1] est courte : elle ferait quatre grands feuilletons. Elle pourra bien en faire six à cause des chambres. En me donnant votre *bon à tirer* l'un des derniers jours de ce mois, vous êtes sûr de passer ou sur ce mois, d'un jour, ou dès les premiers jours de décembre. Il n'en serait pas de même pour la seconde partie de décembre, car j'ai pris pour cette époque des engagements qui seront très certainement exécutés et que par conséquent je ne pourrai me dispenser d'exécuter de mon côté[2].

À vous de cœur

Louis Desnoyers.

Je vous engage donc à me donner votre bon à tirer comme je l'ai dit plus haut et vous prie de me faire savoir si vous me le donnerez ainsi, car la fin du mois approche et je suis obligé d'assurer le commencement de l'autre. Venez donc me voir. Je ne vous ai pas trouvé rue de Richelieu.

[Adresse :] Monsieur de Balzac.

39-280. À LÉON CURMER

[Novembre ou décembre 1839.]

Mon cher Monsieur Curmer,

Envoyez-moi l'article de M. Pétrus Borel en bon à tirer, car pour le placer[1] il faut le laisser lire et faites-le-moi remettre par lui-même.

Je crois qu'il faut le laisser reproduire par les journaux qui ont traité avec la Société, car quand un article a cette valeur de comique et de style, sa propagation a une influence énorme sur v[otre] vente, c'est mon opinion.

Mille compliments

de Bc.

Avez-vous réfléchi aux E[diteu ?]rs, car il faudrait se mettre en quête : mais comptez sur 500 frs. la [½ ?] si vous voulez la toute propriété. Dans ce cas-là peut-être faudrait-il prendre déjà certaines mesures de publicité, prendre le titre pour le déclarer à la direction de la librairie, etc.

N'oubliez pas de m'envoyer deux exemplaires du *Notaire* et des *Rentiers* quand ils paraîtront, et même en vente, car il faut que Desnoyers voie si cela lui convient.

[Adresse :] Monsieur Curmer | 49, rue Richelieu | Paris.

[En post scriptum près de l'adresse :]

Monsieur de Balzac prie Monsieur Curmer de passer tout de suite rue Richelieu.

39-281. VICTOR HUGO À BALZAC

[Paris, 1er ? décembre 1839.]

Confidentielle.

Puisque vous désirez l'apprendre par moi, je m'empresse de vous faire savoir que depuis l'autre soir les choses ont tourné de la façon la plus honorable et que ma candidature en résulte tout naturellement. Je me présente donc, mais par grâce, croyez-moi ne vous retirez pas[1]. Vous savez ce que je vous ai dit à ce sujet.

Mille bonnes amitiés.

Victor H.

39-282. PIERRE HENRI FOULLON À BALZAC

Paris, 1ᵉʳ décembre 1839.

Monsieur

À la considération de Mr Pommier, j'ai bien voulu traiter avec vous de vos droits d'auteur sur la pièce que vous destinez à la Porte Saint-Martin[1].

D'après le traité que vous avez fait vous-même avec Mr Harel le 2 octobre dernier, vous deviez lui remettre cette pièce dans la quinzaine et elle devait être mise en répétition immédiatement.

Rien de tout cela n'a encore eu lieu. Je vous ferai cependant observer que j'ai cru acheter quelque chose de vous que j'ai payé le prix convenu et qu'il est juste, pour ne pas dire plus, que de votre côté vous livriez la chose vendue.

J'espère bien, Monsieur, que vous n'apporterez pas le plus léger retard à l'accomplissement de vos obligations ; autrement, vous me permettrez d'employer les moyens nécessaires pour vous y contraindre et assurer mes droits.

J'ai l'honneur d'être, Monsieur, votre dévoué serviteur.

Foullon.

[Adresse :] À Mr de Balzac | Rue de Richelieu, 108, à Paris.

39-283. À PIERRE-ANTOINE LEBRUN

Paris, 2 décembre 1839.

À Monsieur le Secrétaire perpétuel[1]
de l'Académie française à l'Institut.

Monsieur,

Je viens d'apprendre que Monsieur Victor Hugo se portait candidat pour succéder à feu Monsieur Michaud. J'ai l'honneur de vous prier dès lors de regarder la lettre par laquelle je vous annonçai ma candidature comme non avenue ; je renonce à me présenter en concurrence avec lui.

Agréez, Monsieur, l'expression des sentiments de considération respectueuse avec lesquels j'ai l'honneur d'être,

V[otre] t[rès] h[umble] et t[rès] o[béissant] serviteur

de Balzac.

39-284. ZULMA CARRAUD À BALZAC

2 décembre [18]39, à Frapesle.

Quoi, vous n'êtes pas heureux[1] ? Vous ne vivez pas dans la réalisation d'un de ces rêves qu'on ne fait que quand on est jeune ! Le bruit populaire est donc bien menteur ! Vous croyant dans cette atmosphère parfumée d'amour que l'on ne respire qu'une ou deux fois dans la vie, je n'osais vous écrire, regardant mon intervention comme une profanation et, loin de là, votre cœur saignait, pauvre Honoré ? Quelles consolations puis-je vous donner, quand je vous aurai dit que je vous aime bien et que, dans les plaies de cœur, le souvenir des bonnes et chastes amitiés sert de baume ? Car consolation est un vain mot. On est las de souffrir et par conséquent amoindri alors qu'on en cherche ; et, quand on les cherche, elles vous arrivent de toutes parts, des choses aussi bien que des personnes. Mais quand on souffre et que l'on est à la hauteur des maux que l'on endure, les consolations sont corrosives. Je vous dis cela comme quelqu'un qui l'a cruellement expérimenté.

Il a fallu payer les 706 fr. d'Auguste ; l'année nous a été dure ; il nous a fallu recourir aux frères d'Auguste, banquiers, qui n'ont voulu prêter à leur frère absent qu'autant que nous répondrions de la dette ! Et ils vont être, sous peu, détenteurs de sa part d'héritage d'une tante de 87 ans qui ne saurait vivre longtemps. Voilà les gens d'affaires. S'il faut perdre cette somme, nous la perdrons plutôt que de laisser le nom de notre ami entaché. Quand vous pourrez délivrer notre caution, vous nous obligerez. Vous me bercez du plaisir en herbe de venir causer sous l'ombrage de nos noyers ; mais je n'y crois guère : vos travaux et vos relations ne vous laisseront jamais le loisir d'un voyage de simple amitié. Ce sera moi qui visiterai les Jardies avant que vous songiez à me demander de nouveau l'hospitalité. J'espère y aller plus souvent que l'année dernière, car je choisis mieux ma saison. Je ne quitterai Frapesle qu'à la fin de janvier et je verrai le mois de mars à Montreuil. J'irai donc critiquer vos jardins tout à mon aise, en femme qui en a acquis le droit en cultivant les siens de ses propres mains, si ce n'est de ses mains blanches. Je n'ai pas de jardinier et je veille à la poésie de Frapesle comme à celle de mon âme : l'une et l'autre sont pour les plaisirs de mes amis, et la moindre négligence serait un vrai crime. Hélas ! l'âge ne viendra-t-il pas trop tôt m'ôter la faculté du mieux, et ne me fait-il pas prendre pour tel le simple bien à mon insu ? Enfin, j'ai encore cette volonté du mieux, cet immense désir d'y atteindre, quoique, peut-être, je l'aie déplacé. Ce m'est un témoignage que toute vie n'est pas éteinte en moi, et que j'ai encore quelque chose à offrir à qui m'aime. Je dois peut-être à ma tardive maternité cette conservation de la verdeur de mon âme. On s'élève généralement en raison des exigences de sa position et, de ce côté, celles de la mienne sont grandes. Mon petit Ivan me satisfait sur tous les points cependant, ou du moins me satisferait si j'avais dans le cœur un grain de vanité maternelle. Mais je le pousse vers un but élevé et son pas me paraît trop lent. Je dois convenir que toute autre que moi en serait satisfaite, fière même. Yorick ne se développe pas si rapidement ; il a de l'intelligence, mais accompagnée d'un instinct d'indépendance et d'une volonté que je respecte autant que faire se peut. Il sera homme d'action : il faut lui laisser ses moyens. Cette éducation me sera bien plus difficile que celle de son frère, mais je ne recule pas devant le faix[2].

Je ne connais aucune jeune fille dans les conditions que vous demandez et, en vérité, en connaîtrais-je, cette parole : « *Je ne veux plus avoir de cœur, aussi pensé-je au mariage* », m'arrêterait[3]. Le mariage est plus que jamais, à mes yeux, une affaire grave. J'ai médité la *Physiologie du mariage* et j'ai si bien reconnu toutes les misères de cet état, *cultivées* par les maris eux-mêmes, que je n'assiste jamais à un mariage sans avoir des larmes dans le cœur. Permettez donc que je n'entre pour rien dans une affaire qui fera peut-être le tourment de votre vie. Pourtant, je connais une fille de 17 ans, grande, assez jolie, distinguée, qui est moralement votre lot ; mais de fortune point. Elle peut être, dès à présent, la femme d'un ministre aussi bien que celle d'un pauvre poète. C'est une éducation virile, fort rare ; mais je le répète, elle n'a rien ; c'est bien dommage.

Adieu, cher, les mondes peuvent bien n'être rien pour de véritables amitiés, mais, quand ils séparent les amis, il est difficile de n'en pas tenir compte, et les aspirations éternelles vers l'objet aimé usent l'âme et lui amènent un désespoir lent ; mais le doute, jamais !

Dans deux mois j'aurai salué les Jardies et son propriétaire.

[Adresse :] Sèvres, Seine-et-Oise | Monsieur de B...c, aux Jardies.
[Cachets postaux :] Issoudun, 5 déc. 1839 | Sèvres, 6 déc. 1839.

39-285. VAYSON FRÈRES À BALZAC

[Paris, 2 décembre 1839.]

Monsieur,

Nous sommes péniblement surpris en voyant revenir au remboursement chez nous le 1ᵉʳ des billets de 250 f. que vous nous avez souscrits de mois en mois pour le payement de nos tapis[1] & cela sans que vous nous en ayez prévenus avant l'échéance. Nous vous avons exposé notre position dans le temps & vous n'ignorez pas que nous avons besoin de toutes nos ressources pour faire honneur à nos affaires. Nous venons donc vous prier, Monsieur, de nous rembourser ce 1ᵉʳ billet et nous vous prévenons en même temps que les autres sont tous négociés afin que vous les acquittiez à leur échéance, étant nous-mêmes dans l'impossibilité dans cette saison de les rembourser.

En attendant votre prompte réponse, nous sommes, Monsieur,

vos très humbles serviteurs
Vayson Frères.

Paris 2 Xᵇʳᵉ 1839.

[Adresse :] À Monsieur | Monsieur de Balzac | Aux Jardies | *à Sèvres* | (Seine & Oise).
[Cachets postaux :] Paris 3 déc. 1839. | Sèvres 3 déc. 1839.

39-286. ÉDOUARD OURLIAC À BALZAC

[Paris, 9 décembre 1839 ?]

Monsieur et cher maître,

J'ai été là-bas. J'ai touché. Je suis heureux et je vous remercie mille et mille fois. Vous pensez peut-être que je suis un grand paresseux et que je n'avance guère cette nouvelle[1]. C'est de quoi j'enrage, je travaille pourtant, on m'interrompt par-ci, on m'interrompt par-là. En somme je pourrai vous lire demain ou après-demain la chose comme elle est. J'irai vous voir à tout hasard et si vous y êtes tant pis pour vous tant mieux pour moi.

Je vous remercie encore une fois et plus que je ne puis dire et suis bien avec le plus grand dévouement votre très humble et très empressé serviteur

Ourliac.

9 Xᵇʳᵉ.

[Adresse :] Monsieur | Monsieur de Balzac | rue de Richelieu.

39-287. ÉLISABETH *** À BALZAC

Chantilly, 10 décembre [1839[1] ?].

Je vous en demande bien pardon, monsieur Honoré de Balzac, mais je suis femme, et partant j'ai tous les défauts ; notamment la colère qui me mène à la rancune, de là à la haine, ce qui fait que je vous écris — Donc, je vous ai lu ; votre Jules est un sot, et votre Caroline une bête ; s'ensuit-il de là que vous soyez un autre sot et moi une autre bête ? Pour Dieu, maltraitez moins les femmes — et d'où vous vient ce fiel, cette amertume qui vous sont entrés au cœur et que vous laissez écouler de votre bouche ? — Est-il donc si loin ce temps où votre plume élégante n'avait que des paroles de paix, ne laissait entrevoir que des pensers chastes et doux, et ne nous montrait qu'un ange du ciel aux formes aériennes, une *Séraphîta*, *un lys pur de la vallée* ; gracieuses ombres évoquées sans doute d'un souvenir profond, alors, oh ! alors moi, pauvre Élizabeth, petite inconnue et cachée, je vous aimais de toute mon âme. Je comprenais cet amour de votre *Eugénie*, frêle création et qui fut si brisée, puis je frémissais de cet autre amour si extrême, si brûlant de votre jalouse *Wann-Chlore* — plus tard vos *Scènes de la vie privée* me devinrent intimes ; puis à mon coin de feu, toute seule au bruit du vent de notre solitaire pelouse, combien j'aimais à lire vos merveilleux contes de *Princesses Béatrix* aux yeux verts de mer et votre Camille Maupin au cœur de femme et au corps de bronze, oh ! comme il me semblait que vous deviez les aimer ces créatures que vous, *Calyste*, protégiez de votre égide ! alors vous croyiez en elles ! n'est-il pas vrai ? Avez-vous donc été, comme lui, si cruellement trompé que la faute en soit réversible sur toutes — Dieu n'aurait-il donc mis tant d'énergie dans votre tête, tant de puissance dans votre âme pour vous laisser perdre toute illusion en un jour — alors je la maudis cette femme décevante, car je croyais de votre croyance, je me laissais conduire par vous dans ce rude sentier de la vie, vous m'aidiez à gravir et vous semiez la montagne des fleurs de votre imagination si riche et si brillante ; je n'aimais point encore, mais que l'amour m'eût semblé doux — vous avez renversé l'échafaudage de mon bonheur — *illusions perdues* ! il faut renoncer à tout — j'ai une si grosse peur de vos *Petites misères de la vie conjugale* que je viens de renvoyer mon fiancé — peut-être, entre nous, n'ai-je fait que prendre l'avance, quel est le *Jules* assez hardi pour se marier depuis... et cependant que devenir ? — J'ai lu aussi votre *Vieille fille*. — Monsieur Honoré, au nom de l'amour que je vous ai voué, il faut réparer tout ce mal — il faut redevenir ce que je vous ai vu — *La Fleur des pois*, rappelez donc vos gracieux souvenirs, fouillez votre cœur et reprenez-y votre premier amour si frais, si pur, aux paroles vraies, au cœur constant, aimez-nous donc encore pour que nous nous aimions aussi et répétez avec moi ces strophes qui ne vous en déplaise valent bien les méchantes vôtres —

1ère Strophe

Oh ! ne les brisez pas, les frêles et jeunes filles
Dont l'âme confiante a pour vous tant d'attrait.
Elles se flétrissent comme sous la faucille
Se flétrissent les fleurs avant la fin du jour.

2e Strophe

Aimez-les ! aimez-les, roses et transparentes
Si faibles qu'un chagrin peut les faire mourir.
Si tendres qu'on dirait que leurs âmes errantes
Aux vôtres pour toujours voudraient se réunir.

Sans rancune Monsieur, de grâce,

et réponse à Élizabeth, poste restante, Chantilly [Grande Rue, 26 ? *biffé*].

39-288. PÉTRUS BOREL À BALZAC

[Paris, vers le 10 décembre 1839.]

Je suis bien fâché, Monsieur, de venir vous occuper de moi, quand tous vos instants sont déjà si remplis et si précieux ; cependant, puisque vous avez été assez bon pour vouloir bien vous intéresser au sort de mon article *Le Croque-mort*, de si triste mémoire, et chercher à réparer *l'injustice* de M. Curmer à mon égard, j'ose espérer, Monsieur, que vous me pardonnerez cette démarche. C'est samedi prochain la mise en vente : si vous pouviez me faire connaître avant ce terme le résultat de votre négociation en ma faveur à *La Presse*[1], j'en éprouverais une vive satisfaction, et je me considérerais de plus en plus votre très obligé et très sincère serviteur.

Recevez, s'il vous plaît, Monsieur, l'assurance de ma haute et parfaite admiration.

Pétrus Borel.

6, quai de Béthune.

[Adresse :] 108, rue Richelieu, | Monsieur de Balzac.

39-289. ARNOULD FRÉMY À BALZAC

[Paris,] mercredi 11 décembre [1839].

Monsieur le Président,

J'ai l'intention de remettre à l'Assemblée générale de la Société des gens de lettres certaines observations relatives à la reproduction des feuilletons et articles de journaux. La reproduction telle qu'elle se trouve autorisée dans l'article vingt-quatre des statuts me paraît nuisible aux intérêts des publicateurs qui contribuent réellement à l'existence des gens de lettres[1]. Mon sentiment est basé sur plusieurs faits que j'ai recueillis, et dont l'ensemble doit, à mon sens, nécessiter la révision d'une certaine partie des statuts.

Je désirerais, avant d'exposer mes observations en Assemblée générale, les soumettre préalablement au Comité. Je verrais dans l'expérience de ses membres un moyen de m'éclairer moi-même, et peut-être d'alléger d'autant la discussion générale, qu'il est, je pense, du devoir de tous de circonscrire autant que possible.

Je sollicite donc par votre organe, Monsieur le Président, des membres du comité la faveur d'être entendu à la plus prochaine réunion. Je demanderai que l'heure qui me sera assignée ne soit pas trop avancée, pour le cas où la discussion prendrait quelque développement.

Agréez, Monsieur le Président, les sentiments de bien parfaite considération de votre tout dévoué confrère

Arnould Frémy.
Rue Bourdaloue Laf[f]itte, 3.

[Adresse :] À M. de Balzac | Président de la Société des gens de lettres à Paris.

39-290. À ARNOULD FRÉMY

Paris, ce 12 X^{bre} 1839.

Monsieur et cher Confrère,

Le Comité se réunira lundi prochain[1] à 2 heures, il m'est impossible de garantir à qui que ce soit l'exactitude des membres. À l'ouverture de la séance, v[otre] demande sera communiquée, et je vous engage à v[ous] trouver au comité entre deux heures et trois heures, il y a trop peu de distance entre v[otre] demeure et le Comité pour que vous ne puissiez accepter l'heure que le comité prendra, je ne saurais engager sa décision, vous pouvez seulement compter sur mon exactitude à lui communiquer v[otre] demande.

Agréez, monsieur et cher confrère, l'expression de mes sentiments les plus distingués

de Balzac.

[Adresse :] Monsieur Arnould Frémy. | 3, rue Bourdaloue-Laf[f]itte. Paris.
[Cachet postal :] 12 décembre 1839.

39-291. ALFRED FRANCEY À BALZAC

Paris, 14 X^{bre} 1839.

Monsieur,

D'après la conversation que vous avez eue dernièrement avec mon ami M. de Riège[1] [*sic*], j'ai consulté un avocat sur les suites de la mise en demeure dont vous me menacez. On m'a assuré que le Tribunal, appréciant l'impossibilité où je me trouve de publier votre œuvre, me condamnerait à vous la rendre, en vous obligeant par là même à me rembourser les 500 fr. que vous avez reçus. On vous accorderait une indemnité, qui dans tous les cas serait loin d'atteindre la somme que M. de Riège vous remettait en mon nom.

J'ai donc l'honneur, Monsieur, de vous renouveler la même offre, afin d'éviter toute contestation avec une personne aussi digne d'égards que vous l'êtes et dont les rapports m'honoraient. Je ne réclame ni minimum ni éventualité. Remettez-moi une somme nette de 250 fr. et je vous rendrai en échange votre épreuve de *La Frélore*, et le reçu de votre main qui justifie mes réclamations.

Dans le cas, Monsieur, où les conditions ci-dessus ne pourraient vous agréer, je suis décidé soit à attendre que vous publi[si]ez votre nouvelle pour vous attaquer, soit à répondre à une action de mise en demeure dirigée par vous contre moi. Si le Tribunal me condamne à tout abandonner, contre les prévisions de mon avocat, que voulez-vous, ce sera pour moi un grand malheur auquel je suis résigné.

Alors il est bien entendu que mes concessions écrites n'ont plus aucune valeur, et que nous rentrons l'un et l'autre dans la position respective où la cessation du *Livre d'or* nous a placés[2].

Croyez, Monsieur, à la considération parfaite avec laquelle j'ai l'honneur d'être,

votre dévoué serviteur

Alfred Francey.

Rue du Bouloy, 4.

[Adresse :] Monsieur | Monsieur de Balzac | Rue de Richelieu, maison Frascati | Paris.
[Cachet postal :] 16 décembre 1839.

39-292. À ARMAND DUTACQ

[Paris, 16 décembre 1839.]

Reconnaissance donnée par M. Dutacq pour annuler dix mille francs (que je n'ai pas reçus)[1] dans mon compte du *Siècle*

de Balzac.

Paris, 16 X^{bre} 1839.

39-293. ESTELLE D'AUBIGNY À BALZAC

[Paris, 17 décembre 1839.]

Monsieur,

M'étant déjà présentée chez vous inutilement, j'ai craint d'être encore aussi malheureuse cette fois ; et j'ai pris le parti de vous écrire ne pouvant vous exprimer de vive voix l'admiration que je professe pour tout ce que vous créez par la puissance de votre plume magique. Cet enthousiasme d'une femme qui en est encore à son coup d'essai, ne saurait toutefois vous sembler assez flatteur, pour l'autoriser à demander quelques-uns de vos précieux instants, qui seraient moins bien employés à juger une œuvre médiocre, qu'à produire les belles choses que vous savez faire, aussi je m'appuie sur d'autres titres pour vous prier de recevoir avec bienveillance l'hommage de mon *Essai sur la littérature italienne*[1]. D'abord Tours est notre commune patrie ! et puis mon nom ne vous est peut-être pas inconnu. Quant à moi je me souviens d'avoir entendu prononcer le vôtre lorsqu'on ignorait encore qu'il deviendrait l'une de nos gloires nationales ; et ma mère m'a souvent parlé dans mon enfance, de Mme Sal[l]ambier et de Mme de Balzac[2], comme de personnes dont elle regrettait beaucoup l'éloignement.

Bien que je renonce au plaisir de vous voir avec une apparence de philosophie, je n'en serais pas moins charmée de savoir à quelles heures vous vous laissez le plus volontiers distraire de vos occupations.

Veuillez agréer, Monsieur, l'assurance de ma très haute considération.

Estelle F. d'Aubigny.

Paris, le 17 déc. 1839.
Rue Grenelle St-Germain, 48.

[Adresse :] Monsieur de Balzac | Paris.

39-294. À LÉON GOZLAN

[18 décembre 1839.]

Mon cher Gozlan,

À midi, demain, jeudi chez Gautier, rue Navarin 14, réunion d'urgence avant le dernier comité[1], pour les mesures à prendre pour le renouvellement.

T[out] à vous

de Balzac.

[Adresse :] Monsieur Gozlan | 46, rue Meslay.

39-295. À EUGÈNE GUINOT

[18 décembre 1839.]

Mon cher Guinot, venez *absolument* pour affaire grave demain jeudi, midi, chez Théophile Gautier, 14 rue Navarin, il s'agit de la patrie des belles manières[1].

Tout à vous

de Balzac.

[Adresse :] Monsieur Guinot | 5, rue d'Alger | Paris.

39-296. JEAN-TOUSSAINT MERLE À BALZAC

[Mercredi 18 décembre 1839?]

Mon cher ami, il m'est impossible de sortir demain dans la matinée, venez me voir avec Théo[1]. Je vous recevrai avec plaisir, ou donnez-moi un rendez-vous pour la soirée, de 8 à 10 je suis tout à vous, si on ne donne pas la pièce nouvelle aux Italiens[2].

Amitiés dévouées

M.

Mercredi.

[Adresse :] Monsieur | Monsieur de Balzac | Chez lui.

39-297. À VICTOR HUGO

[Aux Jardies, 18 décembre 1839.]

Mon cher et illustre maître,

Nous avons besoin de nous entendre avant la dernière séance du comité, car il s'agit de le renouveler à l'assemblée générale.

Or, vu l'indisposition de Desnoyers, je vous prie de venir *jeudi demain à midi* précis dans le salon de Théophile Gautier, rue Navarin, 14. Nous prendrons ensemble les mesures les meilleures.

Votre tout dévoué,

de Balzac.

[Adresse :] Monsieur Hugo | 6, place Royale.

39-298. À CHARLES LASSAILLY

Paris, 20 décembre 1839[1].

*À Monsieur Lassailly,
Ex-secrétaire adjoint de la Société des gens de lettres.*

Monsieur,

J'ai l'honneur de vous transmettre la décision du comité sur vos réclamations. Il lui a été impossible de revenir sur des décisions prises après mûres délibérations ; mais les expressions employées par lui ne doivent point être considérées emportant aucun sens injurieux.

En effet, vous oubliez les faits que vous avez créés vous-même. En donnant votre démission de secrétaire adjoint, il ne vous était dû que l'indemnité par volume de la 1re série, et selon l'émargement des sommes touchées par vous, vous eussiez été *débiteur* pour avoir trop reçu. C'est pour éviter de vous faire restituer ces sommes que le comité vous les a allouées, et il ne le pouvait d'aucune manière d'après la limite de ses pouvoirs, si vous eussiez refusé le secours ; le comité qui loin d'être votre débiteur était votre créancier, n'a pas voulu se reconnaître votre débiteur par le mot *indemnité* ; toute la question est là, le mot *don* n'entraînant aucun sens désagréable, il a été choisi. Les 26 fr. que vous offrez au comité sont le complément des 150 fr. accordés, et vous vous tromperiez étrangement si vous les considériez comme vos dettes, en cas de non-acceptation. Au moment où vous refusiez vos fonctions, il y avait compte à faire et vous étiez le débiteur de la société.

En quittant le rôle de Président et revenant à celui d'ami, je suis obligé de vous prévenir que vous étiez dans une situation mauvaise par les termes de votre lettre et que le comité a agi généreusement envers vous, que vous *l'avez reconnu par une lettre écrite après sa décision*, et que ces vacillations sont inexplicables aux yeux de ceux qui vous portent le plus d'intérêt. Le comité voit son existence finir dans quelques jours, et il serait pénible de le voir aux prises avec un membre de la société pour un acte où il outrepassait ses pouvoirs, car il y a bien des souffrances qui se seraient cru[es] privilégiées par les fonctions que vous avez quittées².

Agréez Monsieur et cher confrère, l'expression de ma considération la plus affectueuse

de Balzac. Président.

39-299. LOUIS DESNOYERS À BALZAC

[Paris, vers le 21 décembre 1839.]

Mon cher de Balzac,

L'opinion de Dutacq et la mienne sont qu'il y aurait du danger à publier dans *Le Siècle* l'article sur *Le Notaire*, en raison de la très grande quantité de notaires que nous avons parmi nos abonnés.

Un autre article, c'est que, ne pouvant plus donner d'aujourd'hui au 15 janvier, à cause des annonces, que six colonnes de feuilleton, l'article de Gozlan, au lieu de ne faire que quatre feuilletons de neuf colonnes, en fera six de six. Or, il est nécessaire que cet article passe de manière à laisser libres les derniers jours du mois soit pour vous, soit pour Mad⁰ Reybaud¹.

Toutefois, et retenez bien ceci, si vous avez compté d'une manière indispensable sur l'insertion du *Notaire* (article ébouriffant d'esprit et d'observation) il y aurait moyen peut-être de le faire pour demain, en retranchant certains passages un peu trop critiques, et certains autres qui seraient choquants pour la vénérable corporation, mais l'article y perdrait. Décidez².

À vous de cœur autant que d'admiration

Louis Desnoyers.

[Adresse:] Monsieur de Balzac | rue Richelieu, 108 | Ancien hôtel Frascati | pressé.

39-300. À THÉOPHILE GAUTIER

[Paris, 24 décembre 1839.]

Mon cher Théo, v[ous] avez joliment bien fait de m'envoyer *La Toison*¹, elle était serrée comme un trésor qu'elle est, et je l'ai rapportée, il m'est impossible d'aller de v[otre] côté — vous la trouverez chez mon portier à v[otre] adresse, mais comme *l'assemblée générale* a lieu demain[2], et qu'elle a lieu tout près, chez Lemardelay, v[ous] pourrez la prendre en v[ous] y rendant ou en en sortant.

V[otre] t[out] dévoué

de Bc.

[Adresse :] Monsieur Théophile Gautier | 27, rue Navarin[3] | Paris.
[Cachet postal :] 24 décembre 1839.

39-301. CHARLES LASSAILLY À BALZAC

[Paris,] 24 déc[embre] 1839.

Monsieur,

Je viens de recevoir aujourd'hui seulement, votre lettre datée du 20 courant.

Si je n'ai rendu que 26 francs à M. Pommier, c'est que je n'avais touché que cette somme sur l'allocation des 50. J'avais dit de moi-même à M. Pommier de garder les 24 autres, pour le montant de ma cotisation annuelle, qui sera d'ailleurs payée, ces jours-ci.

Je suis le créancier, Monsieur, et non le débiteur de la Société, et la preuve c'est que je ne crains pas de le faire constater par les arbitres que j'ai demandés moi-même au Comité, et qu'il m'a refusés.

C'est une prétention singulière et en dehors de toute justice que d'admettre qu'à l'époque où j'ai donné ma démission, je ne me trouvais pas dans les droits de réclamer le montant des honoraires que j'avais gagnés, pendant deux mois, par une activité qu'on peut nier, mais dont il me sera facile, en des circonstances voulues, de fournir les preuves.

La Société des gens de lettres ou plutôt le Comité, en son nom et à sa place, me doit, Monsieur, 140 francs, en surplus des cent que j'avais déjà touchés, lors de ma démission. Si vous avez reçu vos trois volumes de la seconde série, c'est grâce aux démarches que j'avais faites jusque-là. Mais vous ne pouvez pas douter des retards que ces messieurs les associés font toujours subir à celui qui les tourmente, tant est grand le zèle des membres de la société. Vous n'ignorez pas, Monsieur, que les nécessités de vos relations avec les libraires ne vous ont pas permis à vous-même, le Président, de prêcher d'exemple.

J'avais admis la soumission de mes intérêts aux règlements du Comité, et quoique la somme de cinquante francs qui m'a été votée, fût au-dessous de la dette qu'on avait envers moi, je n'aime pas assez les tracasseries d'argent, pour ne pas faire à ma tranquillité d'esprit quelques sacrifices. Mais le Comité n'a pas pu me faire un *don*, quand il n'a pas seulement acquitté ce qu'il me devait, et ce qu'il me doit toujours.

M. Pommier avait écrit le mot *secours* sur le reçu qu'il m'a donné à signer, et le lendemain, il me l'a renvoyé en exigeant la restitution du mot *secours* ; M. Pommier en faisait une injure dont j'ai sollicité en vain la réparation vis-à-vis du Comité que vous présidez. Et l'on a dit que j'importunais votre assemblée. Messieurs, vous avez deux justices !

Les choses en restent là, Monsieur, que l'on me doit 140 fr. à la Société des gens de lettres, que j'ai été au service de votre direction pour faire signer l'association, pour vous remettre une livraison de trois volumes, et vous en préparer une seconde, et vous faire votre prospectus, pendant 6 mois et demi ; et que vous m'avez donné 460 [fr.] pour tout cela, vous messieurs, qui m'aviez d'abord alloué 100 fr. par mois avec promesse de gratification de 150 à la fin du trimestre. Vous dites ne jamais revenir sur vos décisions : vous êtes bien revenus sur cela !

J'aurais le droit, Monsieur, d'en appeler à la publicité, et ce n'est pas le journal qui me manque, pour obtenir raison de votre conduite envers moi. Mais je ne le ferais pas à cause de la honte que j'ai d'entretenir le public d'affaires pareilles.

Je suis la victime du comité, voilà tout, et je ne lui sais aucun gré de son choix, car après la 1re série, j'avais envie de donner ma double démission, si vous ne m'aviez voté des remerciements auxquels je me suis laissé reprendre.

Finissons de tout ceci, Monsieur le Président, une autre injustice m'a été faite, celle de déplacer mes vers du 3me volume où j'avais le droit de rester. Beaucoup de vos confrères prêchent sur l'égalité, et ils n'en ont guère le moindre sentiment. Je retire ma pièce de vers, et elle paraîtra dans un recueil, où je n'aurai point de responsabilité compromettante de voisinage.

Je n'ai pas été médiocrement surpris, Monsieur, que la fin de votre lettre, sans être contraire au commencement me rappelât des sentiments d'amitié. Je crois avoir mérité votre amitié, Monsieur, et votre considération affectueuse. Vous avez dû me trouver toujours honnête dans mes rapports avec vous, et quant à votre cœur, j'y espérais une place meilleure.

Il y a un an, vous fîtes les avances les plus généreuses vis-à-vis de moi, en me proposant une publication où vous, et vos amis, sous votre influence, deviez réaliser, contre les préventions qui s'attachaient à mon nom, une œuvre collective dont le bénéfice m'aurait été attribué. Je suis forcé de vous avouer qu'il ne m'est plus donné d'accepter cette marque de votre bienveillance. Je tâcherai de m'arranger avec M. Souverain, pour me libérer, sans vous, envers lui[1].

Ne me soupçonnez pas, Monsieur, d'aucun mauvais ressentiment contre l'injustice qui m'est échue sous votre présidence à la Société des gens de lettres. Ma démission étant renouvelée ici, je compte bien ne plus avoir la moindre relation avec la Société. Quant à vous, Monsieur, mon devoir sera d'aller partager avec vous la moitié des produits qui résulteront des représentations de *La Famille*[2] lorsqu'elle va être jouée prochainement. Mais je regretterai toujours de n'avoir pas été compris par vous, dans la loyauté de mes réclamations, dans mes convictions sur le juste et l'injuste, et dans les idées que vous m'aviez inspirées de vous.

J'ai l'honneur d'être votre humble

Lassailly.

[Adresse :] Monsieur | de Balzac | en ville.

39-302. PAUL LACROIX À BALZAC

[Paris, 25 décembre 1839.]

Monsieur,

Ne vous étonnez pas de recevoir mes remerciements pour les bonnes dispositions que vous avez bien voulu montrer à mon égard, lorsqu'il s'est agi de me faire entrer dans le Comité des gens de lettres, où je devais me trouver en votre compagnie[1]. Ce n'est pas la première fois que je m'afflige des malheureuses divisions qui ont existé entre nous[2]. Je suis trop loyal et aussi trop impartial, pour ne pas rendre témoignage de votre incontestable supériorité dans la littérature moderne ; et lors même qu'un ressentiment sans force, parce qu'il était sans base, m'animait contre l'homme, j'avais toujours une voix d'admiration pour l'écrivain[3]. Permettez-moi de vous le dire ici, comme souvent et à plusieurs je l'ai dit avec une franchise qu'on ne saurait mal interpréter, je regrette sincèrement de vous avoir peut-être offensé, me croyant profondément offensé par vous. Voici ce que j'ai failli vous écrire d'Italie, lorsqu'un journal me fit tomber sous les yeux un fragment du *Grand Homme de province*, livre vrai et courageux, auquel j'ai battu des mains dans un petit cercle d'amis, tout surpris de me voir revenir à vous par le grand chemin des empathies littéraires. Depuis lors, je me suis imposé, à part moi, l'oubli de tout sentiment haineux, hostile ou injuste contre vous, et j'ai vu avec peine dans un de mes articles la main d'un directeur de journal transformer à mon insu et pervertir ainsi quelques phrases où votre nom était prononcé avec une réserve et une convenance dont je ne me départirai plus. Cette lettre, pour laquelle je n'attends ni ne sollicite aucune réponse, est une satisfaction donnée à votre talent que je proclame hautement et une libre désapprobation d'un passé que je serais heureux d'effacer entre vous et moi. Je me flatte que mon caractère vous est assez connu, pour que vous ne l'estimiez pas moins, après une démarche spontanée que vous n'avez probablement pas souhaitée et à laquelle vous n'êtes nullement tenu de répondre.

Veuillez agréer, Monsieur, l'assurance de ma considération la plus distinguée.

[Votre dévoué serviteur. *biffé*]

Paul Lacroix.

Ce 25 décembre 1839.

[Adresse :] Monsieur | H. de Balzac | propriétaire aux Jardies | près de Sèvres et de Ville-d'Avray.
[Cachets postaux :] Paris, 26 déc. | Sèvres, 27 déc. 1839.

39-303. À LOUIS DESNOYERS

[Paris, décembre 1839[1] ?]

Mon cher Desnoyers, je suis resté tout exprès pour me trouver ce matin à onze heures au *Siècle*, faites-moi le plaisir d'y venir le peu de moments nécessaires pour que je puisse partir le plus promptement possible à la campagne.

Mille compliments

de Balzac.

[Adresse :] Monsieur Desnoyers | (pressé).

39-304. À HENRI PLON

[1839.]

L'enveloppe où étaient les feuilles 15 et 16 n'était pas cachetée et ne contenait pas la copie, on l'aura prise

de Bc.

Je prie Monsieur Plon de faire tous ses efforts pour me donner 5 feuilles de l'in-18 Charpentier[1] pour ce soir mercredi, je les renverrais en bon à tirer jeudi.

39-305. À LOUIS BOULANGER

[Paris, 1839 ou 1840.]

Mon cher Boulanger, il y a rue Richelieu 108[1], un volume pour vous, depuis le jour où je vous ai rencontré.

Tout à vous

de Balzac.

39-306. À LOUIS DESNOYERS

[Paris, 1839 ou 1840.]

Mon cher Desnoyers, remettez le billet que vous me donnez au porteur, je déjeune chez ma sœur qui est en face le Conservatoire, et j'irai de là n[ous] n[ous] y retrouverons[1].

Mille amitiés

de Balzac.

[Adresse :] Monsieur Desnoyers, | 14, rue Navarin.

39-307. À ARMAND DUTACQ

[1839 ou 1840.]

Mon cher Dutacq, je viendrai à 3 heures ½, aujourd'hui mardi pour terminer nos comptes, et dites si vous y serez, libre, car si vous devez être occupé, nous ne viendrons pas. Votre réponse déterminera le rendez-vous à donner à Desnoyers, dont nous nous passerons d'ailleurs, j'ai un compte et un mot de lui.

Mille compliments
de Bc.

Faites donner au porteur 2 n°ˢ de la d[erniè]re *Caricature*, afin que j'aie la copie de la *Misère*[1].

[Adresse :] Monsieur Dutacq.

39-308. À ALFRED NETTEMENT

[Paris, vendredi, 1839 ou 1840[1].]

Mon cher Nettement,

Comme je travaille à la campagne, votre lettre ne m'est arrivée qu'aujourd'hui vendredi, je suppose, votre lettre n'étant pas datée, que le samedi dont vous me parlez est demain, je serai chez vous à onze heures.

Mille compliments
de Balzac.

Mon adresse est maintenant 28, rue du Faubourg-Poissonnière.

39-309. AGÉNOR ALTAROCHE À BALZAC

[Paris, après le 16 août 1839-avant le 9 janvier 1840[1].]

Mon cher Président,

Un certain Philippon de la Madeleine, un de mes amis, vient me consulter sur un projet de *Revue*, qu'il serait sur le point de fonder. Je ne puis mieux faire que de vous l'adresser[2].

Recevez les civilités empressées de votre dévoué collègue.

Altaroche.

[Adresse:] À Monsieur de Balzac | Président de la Société des gens de Lettres.

39-310. À ANTOINE POMMIER

[1839 ou 1840?]

Mon cher Monsieur Pommier,

Je serai *demain* à *midi* dans le passage de l'Opéra, galerie de l'horloge[1].

Mille complim[ents]
de Bc.

Lundi[2].

[Adresse:] Monsieur Pommier | 21, rue de Provence | Paris.

39-311. LE MARQUIS DE CUSTINE À BALZAC

[Paris, fin 1839 ou 1840.]

Venez un moment, cher Balzac, lundi soir vers dix heures, vous entendrez Mr Artot et je vous verrai ce qui est bien nécessaire à ma vie de Paris ; car j'aimerais autant être à Pétersbourg[1] que de me savoir si près de vous et de ne vous voir jamais. Vous pourrez venir sans façon. Ce n'est pas un concert.

Mille amitiés

A. de Custine.

[Adresse :] Monsieur | Monsieur de Balzac | rue de Richelieu. Maison Frascati.

39-312. THÉOPHILE GAUTIER À BALZAC

[1839 ou 1840.]

Mon cher ami. D'abord mille remerciements de votre charmante obligeance puis mille excuses pour ne pouvoir aller aux Jardies. Le [*sic*] sacro-sainte copie n'est pas achevée ; venez pâturer un matin — en tout cas à demain où vous savez.

Théophile Gautier.

39-313. FRANCIS GIRAULT À BALZAC

[Paris, 1839 ou 1840[1].]

À M. de Balzac,

Je suis vraiment contrarié, Monsieur, de ne pouvoir vous présenter mes devoirs ce matin, et vous remercier de ce que vous avez bien voulu me donner une audience pour *l'affaire littéraire* dont je vous ai parlé avant-hier, rue Richelieu. Je compte, Monsieur, être plus heureux une autre fois et vous développer, si vous voulez bien me le permettre, notre plan et nos idées. Je reviendrai demain de 8 à 9 heures.

Agréez, Monsieur, l'assurance de mes respectueuses empathies et de mon admiration.

V[otre] t[rès] h[umble] s[erviteur]

Francis Girault.

12, R. Ste-Anne.

39-314. À ARMAND DUTACQ

[Fin 1839 ou début 1840.]

Mon cher Dutacq,

Expliquez à Charlieu[1] que je suis propriétaire de la traduction de *Melmoth ou l'Homme errant* de Maturin, et que, s'il veut en acheter deux mille in-18 pour sa *Bibliothèque d'Élite*, à cinquante centimes, je les lui cède. Du secret; surtout pour lui! C'est un chef-d'œuvre. Je suis aux droits d'Hubert, ancien libraire, qui a publié[2]. Allez vite.

Mille compliments d'amitié.

H. de Balzac.

Tradu[ction] de Cohen. L'ouvrage est bien connu et sera très acheté.

39-315. À ARMAND DUTACQ

[Décembre 1839 ou janvier 1840[1]?]

Mon cher Dutacq,

Attendez-moi à *4 heures ½* aujourd'hui avec QUELQU'UN. Voici la petite misère, faites-moi donner aujourd'hui l'épreuve pour que je donne mon bon à tirer.

Tout à vous
de Bc.

Donnez-moi donc un *Laurent-Jan*[2].

39-316. SOPHIE SURVILLE À BALZAC

[Fin 1839 ou 1840?]

Mon petit bijou d'oncle, tu aimes beaucoup la musique, et quand tu seras vieux tu seras bien content si ta femme n'est pas musicienne que je t'en fasse un peu pour t'égayer ! Tu m'as *même* promis de m'attraper quelques leçons de Chopin[1], et tu dois savoir qu'entendre de la bonne musique avance autant que dix heures d'étude..... tu me comprends, c'est vendredi le beau concert de la France musicale. Nous serons superbes. Ta sœur, hanneton et bleue, ta nièce vert et noir. Et des visages ? frais comme le [temps *?*].

Adieu je t'embrasse et je te remercie bien de t'occuper un peu de nous, toi qui travaille[s] tant !

Sophie.

[Adresse :] Monsieur mon oncle.

1840

40-1. À LOUIS DESNOYERS

[Paris, début janvier 1840.]

Mon cher Desnoyers,

Je ne reçois rien, car ce n'est *rien* que de me donner sur 52 feuillets, on m'en envoie 11 [*sic*]. C'est composé jusqu'à 45[1]. Voilà le commencement de ce que je disais — et avec votre quittance, il faudrait des mises en demeure. Ce n'est pas la littérature.

Mille compliments

de Bc.

Il est midi et l'on me dit qu'on ne peut rien avoir aujourd'hui.

[Adresse :] Monsieur Desnoyers.

40-2. À ARMAND DUTACQ

[Aux Jardies avant le 5 janvier 1840.]

Mon cher Dutacq, si vous pouvez venir déjeuner avec moi, dimanche 5 janvier, n[ous] ferions d'une pierre deux coups, car j'ai à vous parler.

Mille amitiés

de Bc.

40-3. HIPPOLYTE POULLAIN À BALZAC

Mons, 7 janvier 1840.

Monsieur,

J'ai trente-cinq ans et je suis célibataire ; conséquemment je lis et j'aime vos ouvrages. J'aime avant tout la *Physiologie du mariage*, ce code précieux de tout garçon de mon âge. C'est à ce livre, c'est à vous peut-être que je dois de ne pas ressembler au monstre qui produisit la fureur amoureuse de Pasiphaé. Merci, Monsieur, cent fois merci. Comme ce n'est probablement pas la femme flamande qui a posé devant vous, j'en conclus que partout les femmes se ressemblent, car ici comme à Paris, la position horizontale est celle qu'elles préfèrent. Vous m'avez sauvé de leurs griffes ; encore une fois, merci.

L'homme est ainsi fait qu'il croit, quand il a reçu un service, être autorisé à en demander un autre. Ainsi suis-je moi-même, et je prends la liberté de vous prier de me dire par quel moyen je parviendrai à déchiffrer la partie de votre vingt-cinquième méditation ayant pour titre : *Des religions*[1], etc… J'ai eu trop de plaisir à lire l'ouvrage pour me priver volontairement de ce passage, et je vous remercie par avance du plaisir nouveau sur lequel je compte.

Agréez, je vous prie, Monsieur, mon salut respectueux.

H. Poullain.

40-4. À CHARLES DELESTRE-POIRSON

[Aux Jardies, 9 janvier 1840.]

Monsieur,

Remettons à lundi, midi, n[otre] petit rendez-vous. J'ai eu affaire sur affaire et je ne puis disposer que de ce jour et de cette heure.

Agréez mes complim[ents] empressés

de Balzac.

Jeudi.

[Adresse :] Monsieur Poirson | 56, rue Fg-Poissonnière | Paris.
[Cachet postal :] 9 janvier 1840.

40-5. ANTOINE POMMIER À BALZAC

Paris, ce 12 janvier 1840.

Mon cher Monsieur,
Voici la réponse du Préfet[1].
Je vous prendrai demain à 9 ½.

40-6. ANTOINE POMMIER À BALZAC

Paris, ce 13 janvier 1840.

Mon cher Monsieur,

Je suis allé ce matin pour vous prendre et j'ai appris chez vous que vous n'y étiez pas rentré hier ; en sorte que votre audience du Préfet a été flambée. Maintenant il faudrait que vous lui écrivassiez pour lui expliquer que vous n'avez pas reçu sa lettre à temps & pour lui demander une nouvelle audience. N'oubliez pas qu'il y a urgence.

Tout à vous
Pommier A.

P. S. — On peut faire votre affaire[1] mais où sont vos titres, on me les demande.

[Adresse :] Monsieur | de Balzac.

40-7. LOUIS DESNOYERS À BALZAC

[Paris, 13 janvier 1840.]

Mon Cher Balzac,

Il faut que je commence *Pierrette* avant le 15, mais tous ces jours-ci je ne puis donner que 6 colonnes, à cause de la Chambre et du procès de la Cour des pairs. C'est même déjà beaucoup que 6 colonnes. Or, votre premier chapitre qui ne peut pas être coupé avant le n° II fait 7 colonnes passées. J'ai donc été obligé d'indiquer çà et là quelques passages à supprimer au besoin. Quoique nous soyons convenus de cela[1], je vous en préviens, pour que vous jetiez sur tout cela le coup d'œil du maître.

À vous de cœur

Louis Desnoyers.

Lundi soir.

[Adresse :] Monsieur de Balzac | rue Richelieu, n° 108 | ancien hôtel Frascati. | *Très pressé*.

40-8. À LOUIS DESNOYERS

[Aux Jardies, 13 janvier 1840.]

Mon cher Desnoyers,

Mes relations avec vous comme Rédacteur en chef du *Siècle* sont entièrement rompues et ne se renoueront point. Je n'accepte pas une lettre qui m'arrive quand on tire *Le Siècle* ni les coupures faites sans moi.

Vous avez fait une chose inouïe en littérature, et je remboursarai *Le Siècle*, ou je n'aurai affaire qu'à Dutacq. Vous avez eu 45 jours *Pierrette* chez vous, imprimée, et vous aviez largement le temps de voir ce qui devait être retranché, le faire de gré à gré.

Retranchons cela de nos relations, et le reste demeurera entier ; mais quant à ceci, j'ai les moyens de le solder.

V[ous] ne devez rien ôter que de gré à gré et vous l'avez fait arbitrairement pour ne pas dire plus, vous avez dépassé toutes les convenances et je suis fâché de trouver en vous un fait pareil. Si vous retranchez quoi que soit sans mon aveu, n[ous] plaiderons.

Mille compliments

de Balzac.

Écrivez à M. Dutacq ce que v[ous] comptez faire afin que je sache ce que je dois faire, réclamer publiquement ou m'abstenir.

40-9. LOUIS DESNOYERS À BALZAC

[Paris, 14 janvier 1840.]

Mon cher de Balzac,

Voici l'historique dont je regrette que vous ayez perdu le souvenir.

Il a été convenu qu'il serait retranché de quatre à cinq cents lignes dans le commencement de la nouvelle.

L'opinion de Gautier a corroboré la mienne dans votre esprit.

Vous ne m'avez pas dit que vous désiriez voir d'avance les coupures convenues. Vous m'avez dit cela, qu'un soir, en sortant de chez Dutacq, vous m'avez engagé à couper le moins possible dans le caractère de Rogron et dans les détails que vous donnez sur le petit commerce de mercerie de la rue Saint-Denis.

Je regardais comme une si grande et si dangereuse corvée de retrancher ces quatre ou cinq cents lignes, et à cause de la difficulté du travail, et à cause des susceptibilités naturelles que je risquais de froisser, que je ne m'en chargeai *in petto* que pour vous être agréable. (J'ai admirablement réussi!) Comme en pareil cas, c'est une habitude de charger de ce soin pour moi les ciseaux d'un autre, je croyais, parole d'honneur, que c'était dans le même but que vous m'en chargiez pour vous en dispenser.

Toutefois, je me réservais, les coupures faites, de vous mettre à même de les modifier. — C'est ce que j'ai fait, précipitamment, il est vrai, mais vous allez voir que je n'ai pu faire autrement.

Hier matin je reçois deux lettres : l'une de Dutacq où il me presse de vous faire passer avant le 15 ; (c'était mon intention, je vous l'avais promis).

L'autre de Martinel[1] où l'on me dit qu'il faut un feuilleton très court, tous ces jours-ci, à cause de la Chambre des députés et de la Cour des pairs.

D'un autre côté, Guinot[2] qui m'avait annoncé sa revue pour hier lundi, ne me l'a pas envoyée.

J'avais compté sur la revue : si bien qu'à cinq heures du soir ne l'ayant pas, je me suis vu dans la nécessité, ou de faire passer

Charles de Bernard, ou de faire passer Paul de Kock, ou de faire passer Berthet[3], ou de faire passer votre nouvelle. Dans les trois premiers cas votre nouvelle eût été repoussée à quatre jours, à dix et à quinze, c'est-à-dire au-delà du 15 et même au-delà de ce mois, à cause des articles théâtre et des articles intermédiaires. — Si j'eusse pris l'un de ces trois partis vous vous seriez plaint, et avec raison, d'un grief d'un autre genre.

Je n'avais donc pas le choix. Il était impossible de couper avant le n° 2, vous en conviendrez. J'ai calculé le feuilleton : j'ai retranché la dédicace ainsi qu'il avait été convenu entre nous, et j'ai marqué plusieurs passages *au besoin*. Enfin je vous ai écrit immédiatement, afin que vous puissiez ou faire autrement ou même ne rien retrancher du tout, en terminant le feuilleton où vous voudriez. Je ne sais à quelle heure on vous a remis la lettre, mais moi je l'ai envoyée à 5 heures et ½ ou 5 heures ¾ à Martinel, en même temps que le feuilleton, avec recommandation de vous l'envoyer tout de suite. Je vous mettais donc en position d'arranger tout cela comme vous l'entendriez. — Voilà ce que j'ai fait. Je défie qu'on puisse faire mieux en pareil cas. Vous en conviendrez vous-même, réflexion faite, car j'aime à croire que votre qualité, de juge et partie dans un fait qui vous regarde ne vous fera pas voir encore la chose sous le même jour tout à fait faux qu'indique votre lettre.

Il y a de plus une considération qu'il serait trop long de vous écrire et qui vous prouvera qu'en cette circonstance comme en toute autre, j'ai agi en bon camarade.

Quant à ce que vous me dites que nos relations de rédacteur à rédacteur en chef sont rompues, et que vous ne voulez plus avoir affaire qu'à Dutacq, vous comprenez que cela est impraticable de tous points. Mais si ces explications ne vous ont pas prouvé que j'ai agi ici très convenablement, il y a un moyen d'arranger les choses. Que Dutacq m'écrive, non pas qu'il veut, mais qu'il désire que votre nouvelle passe intégralement. Ma responsabilité vis-à-vis de lui étant ainsi mise à couvert, je vous donne ma parole que je n'y toucherai pas un mot, malgré nos conventions, et qu'à partir de ce soir, je vous laisse le soin, à vous ou aux compositeurs, comme vous voudrez, de couper où il vous plaira.

À vous de cœur

Louis Desnoyers.

[Adresse :] Monsieur de Balzac.

40-10. LOUIS DESNOYERS À BALZAC

[Paris, 15 ? janvier 1840[1].]

Mon cher Balzac

Comme je crois en votre raison, je suis convaincu qu'après les explications que je vous ai données dans une lettre, au sujet du fait qui avait si injustement éveillé vos susceptibilités d'auteur, susceptibilités très naturelles et qui sont en chacun de nous, vous ne me gardez pas l'ombre d'une rancune quelconque. Toutefois, puisqu'il paraît y avoir un malentendu entre nous relativement aux suppressions que vous consentiez à faire dans le commencement de *Pierrette*, je ne veux pas, maintenant que je suis éclairé sur vos intentions sur ce point, toucher le moins du monde à votre œuvre. Vous m'avez parlé de gré à gré et vous m'avez expliqué ce que vous entendiez par ces mots ; mais vous allez comprendre ceci. La suppression que je vous proposerais, ne vous étant proposée qu'après mûres réflexions, et trois lectures de l'œuvre (j'y ai passé l'avant-dernière nuit), de deux choses l'une : — ou vous y consentiriez, ou vous n'y consentiriez pas. — Dans le premier cas, pourquoi vous en parlerais-je chaque jour, lorsque, dans mon système, abandonné maintenant, vous deviez voir cela à l'épreuve le soir ; — dans le second cas, nous aurions à discuter, et vous m'en voudriez autant de soutenir un avis contraire au vôtre, que vous m'en avez voulu de supprimer quelques lignes, vous absent, sauf à vous en prévenir et à vous mettre en position de rectifier ce qui ne vous semblerait pas bien. Si bons et si loyaux que nous sommes, nous risquons toujours de cesser de l'être dans les questions où la paternité est en jeu. En cet état de choses, j'aime bien mieux vous laisser ce soin à vous seul. Indiquez-vous-même ce que vous croyez devoir retrancher. Il y a mieux, ne retranchez rien, si cela vous convient. J'aime bien mieux que *Le Siècle* publie quatre cents bonnes lignes de plus, que d'avoir un ami de moins.

J'ajouterai aux circonstances que je vous ai narrées hier, que, certainement, si Guinot m'eût envoyé lundi sa revue, comme il m'avait écrit qu'il le ferait, je vous aurais envoyé le lendemain, c'est-à-dire mardi matin, tout le travail préparé. J'ai hésité jusqu'au dernier moment, et j'avais envoyé au bureau en même temps que votre 1er feuilleton, un autre article, mais qui s'est trouvé beaucoup trop long pour la circonstance. Martinel me l'eût probablement renvoyé pour aviser à le réduire, si Dutacq, qui se trouvait là, n'eût dit à Martinel de vous faire passer le soir même. Quant à ma lettre d'avis, je le répète, elle était préparée dès 6 heures moins ¼ avec ordre de vous l'envoyer immédiatement s'il n'y avait pas moyen de faire passer autre chose que ce 1ᵉʳ § de *Pierrette*. Enfin j'ajouterai qu'il y a si peu [de] mauvaises dispositions de ma part à votre égard, que, si *Pierrette* n'eût été de vous, je vous donne ma parole d'honneur qu'en raison des désagréments de toutes sortes, et d'intérieur et d'extérieur, que me causent toujours les nouvelles ou plutôt les romans de cette dimension, je ne l'eusse point acceptée[2]. Je n'ai pas besoin de vous dire pour quels motifs je l'ai admise, bien qu'elle dépassât de près de moitié les termes de votre traité. Vous savez ces motifs aussi bien que moi.

Et quand je parle de désagréments, ils ont déjà commencé hier matin, j'ai reçu trois plaintes verbales et deux écrites, de la part de gens qui se voient reculés indéfiniment. Il y aurait deux injustices à joindre vos plaintes à des plaintes si contraires. Mais je le répète, ou il n'y aurait plus de raison sur terre, ou vous devez être convaincu maintenant que j'ai agi en tout ceci très convenablement.

À vous de cœur

Louis Desnoyers.

Dites-moi par un mot si vous voulez que je laisse au bureau plus de copie qu'il n'en faut pour un feuilleton : un billet si vous ne voulez rien changer. Dans ce dernier cas je n'enverrais chaque jour qu'à peu près le feuilleton du jour.

40-11. À GEORGE SAND

[Paris, 18 janvier 1840.]

Mon cher Georges [sic], je me doutais bien de ce qui arrive à propos de *Béatrix*[1]. Mille gens intéressés à n[ous] mettre mal ensemble et qui n'y réussiront jamais devaient chercher à vous faire croire que Camille Maupin était une malice accompagnée de plusieurs autres, et que Claude Vignon était une épigramme contre vous[2]. Comme malgré n[otre] amitié n[ous] ne nous sommes pas vu[s] la valeur de huit jours en huit années[3], il est fort difficile que je sache quoi que ce soit de vous et de v[otre] intérieur. Ne m'a-t-on pas dit aussi que Béatrix était un portrait et que tout cela ressemblait à une histoire de vous tous ! Hélas ceci m'est arrivé pour tout ce que j'ai fait. *Le Lys dans la vallée* m'a valu de savoir des secrets dont je ne me doutais pas dans quatre ou cinq ménages. Aussi quant à la prétendue originale de Béatrix[4] que je n'ai jamais vue[5], serait-il par trop fort. Je n'ai pas eu d'autres raisons pour faire *Béatrix* que celles qui sont dans ma préface et qui suffisent. J'adore le talent et l'homme en Liſtz [*sic*], et prétendre que Gennaro peut lui ressembler eſt une double injure et pour lui et pour moi. Voilà beaucoup de phrases que les sottises du monde m'arrachent, mais j'en dirais ou écrirais vingt fois plus si je croyais que vous admettiez une seule de ces basses calomnies. Je voudrais bien pour parler de choses plus agréables que vous prissiez des heures de travail fixes cette semaine avec moi pour ce que vous savez, car je pousse cela très vivement et j'adopte vos idées[6].

Écrivez-moi deux mots sur ce dernier point, car c'eſt de l'argent. Quant à Camille Maupin, je ne veux pas de réponse là-dessus, il était évident que voulant peindre la société moderne en action, je ne pouvais omettre la femme de génie, et que tout le *servum pecus* imaginerait que je pensais à vous. J'ai tâché de prendre quelque chose du physique et de ne pas toucher au moral. Ainsi vous ne m'en parlerez, j'espère, point à v[otre] première visite.

Mille gracieusetés de cœur de
Votre obéissant,
de Bc.

Paris, samedi 18 janvier 1840.

40-12. LOUIS DESNOYERS À BALZAC

Dimanche [19 janvier 1840].

Mon cher Balzac,

Il y a trois ou quatre expressions dans le feuilleton de ce soir que vous seriez bien aimable de modifier.

Page 43 : *à qui les journaux libéraux faisaient concevoir des craintes* si vous pouvez dire tout simplement
qui avaient conçu des craintes, ou telle autre formule qui n'accuse pas les journaux libéraux, ce sera pour le mieux[1].

Même page : *il arbora le fameux chapeau gris des libéraux* ; si vous pouvez mettre simplement le fameux chapeau gris de *l'époque ou telle autre chose : bravo.*

Page 45 : *l'esprit de S. M. libérale feu le Conſtitutionnel Ier était plus fort sur certain mari que l'esprit de l'Église*. Cette phrase serait à enlever[2].

Même page : *les deux libéraux s'effrayèrent juſtement* : tâchez de les désigner autrement[3].

Si vous êtes chez vous, ayez l'obligeance de modifier tout de suite : le porteur rapportera les épreuves. — Si ma lettre ne vous trouve pas chez vous, ayez l'obligeance de voir cela ce soir aux épreuves.

Ah ! j'oubliais

page 49 : la lutte publique eut une *fatale* célébrité. Le ministère Villèle fut renversé. — Le mot fatal jure trop avec les doctrines du *Siècle*[4].

À vous de cœur

Louis Desnoyers.

[Adresse :] Monsieur H. de Balzac, | rue Richelieu, 108, | ancien hôtel Frascati.

40-13. À HAREL

[Paris, lundi 20 janvier 1840.]

Mon cher Monsieur Harel,

Je vous ai découvert un trésor[1], la personne qui vous remettra cette lettre a une délicieuse voix, Michelot[2] lui a donné des leçons, elle aime son art avec passion, elle peut, moyennant 1 200 f, être engagée, faire le rôle dont il est question, seulement il faudrait lui faire jouer quelque chose et qu'elle n'eût pas à entrer sur les planches pour la première fois dans *Vautrin*. Essayez-la avant, elle y consent. Vous me donnerez l'heure pour demain.

Mille complim[ents]

de Bc.

Lundi 20 janvier.

[Adresse :] Monsieur Harel | Directeur du théâtre de | la porte St-Martin | au théâtre | ou 4, boulevard St-Martin.

40-14. HAREL À BALZAC

[Paris, lundi 20 janvier 1840.]

Mon cher Monsieur,

Je suis plus facile à joindre que vous[1].

Il est indispensable que je vous voye [*sic*] demain *mardi* matin à

11 heures pour une fin d'acte qui manque et que vous m'imprimerez telle quelle — la censure[2] m'a renvoyé les manuscrits qu'elle ne veut admettre que complets.

À vous
Harel.

20 J^r au soir

demain *mardi*, je vous prie, à 11 heures au théâtre.

[Adresse :] Monsieur | de Balzac | R[ue] de Richelieu 108 | Pressée.

40-15. MALET FAURE À BALZAC

St-Péray le 20 janvier 1840.

MALET FAURE
Propriétaire
et
Négociant en vins
à
SAINT-PÉRAY
Dép^t de l'Ardèche

À Monsieur de Balzac
à Sèvres

Monsieur,

Par la dernière lettre dont vous avez honoré Monsieur Alphonse Robin de Tain (mon gendre)[1] vous lui témoignez le désir de recevoir une demi-pièce [de] vin blanc de St Péray vieux et non mousseux, persuadé Monsieur que vous serié [*sic*] satisfait de la qualité de ce vin autant que vous l'êtes du vin d'Hermitage de mon gendre, je vous engage à me favoriser de votre demande, à laquelle je donnerai mes soins les plus empressés.

Dans cette attente, j'ai l'honneur d'être avec la plus haute considération
Monsieur

Votre très humble
et dévoué serviteur
Malet Faure
maire de St-Péray.

Je vous passerais le vin de
St Péray vieux à 100 f. la
½ p[iè]ce

[Adresse :] Monsieur | Monsieur de Balzac | Auteur, rue Ville-d'Avray | Aux Jardies | À Sèvres | Près Paris, Seine & Oise.
[Cachet postal :] Saint-Péray, 20 janv. 1840.

40-16. LOUIS DESNOYERS À BALZAC

[Paris, 20 janvier 1840.]

Mon cher Balzac,

Je suis bien fâché que ma lettre ne vous ait pas trouvé hier chez vous. Le maintien des passages que je vous avais signalés m'a attiré aujourd'hui des reproches de la part du conseil de surveillance[1], de Chambolle et d'Odilon Barrot[2]; j'en étais sûr d'avance. La suite passe ce soir lundi. Il y reste plusieurs passages à modifier dans ce sens[3]. Veuillez, mon cher Balzac, donner un coup de pied jusqu'au bureau et aviser à cela. Ci-joint le feuilleton de demain qui me paraît devoir être atténué en ce qui concerne le danger pour les vieilles filles de se marier, la santé du colonel, les détails d'os et de muscles qui ont perdu leur flexibilité pour les accouchements, et la blessure que peut faire aux jeunes filles l'action de frotter. Et aussi la difficulté d'accoucher, chez les vieilles filles qui sont restées sages et toujours assises. — Cela est évidemment trop clair et trop charnel pour *Le Siècle*[4].

Demain le feuilleton à Martinel[5] à 3 heures au plus tard.

À vous de cœur

Louis Desnoyers.

[Adresse :] Monsieur de Balzac | rue Richelieu 108, | ancien hôtel Frascati. | Pressé.

40-17. GEORGE SAND À BALZAC

[Paris, vers le 20 janvier 1840 ?]

Cher Dom Mar, venez dîner avec moi demain[1] et lisez-moi quarante volumes si vous pouvez. Vous savez que je suis un bon lecteur et que j'écoute de tout mon cœur et de toutes mes oreilles.

À vous

George.

[Adresse :] Monsieur de Balzac | 108, rue de Richelieu.

40-18. LOUIS DESNOYERS À BALZAC

[Paris, 21 janvier 1840.]

Mon cher de Balzac,

Ce que je vous envoie va jusqu'au coucher de *Pierrette*. Vous avez ainsi tout le feuilleton de ce soir. — Le reste du chapitre fait encore 7 pages et ½[1].

À vous de cœur

Louis Desnoyers.

[Adresse :] Monsieur de Balzac | rue Richelieu 108, | ancien hôtel Frascati. | Très pressé.

40-19. LOUIS DESNOYERS À BALZAC

[Paris, 22 janvier 1840.]

Mon cher Balzac,

Un peu de complaisance encore. Je ferai remettre ce soir chez vous tout le reste de la copie, avec indication de cinq ou six lignes, çà et là, qui seraient à modifier par des équivalents, dans le même point de vue que l'autre jour. Quant au feuilleton de ce soir, faites-moi l'amitié de passer cinq minutes au bureau, pour y voir votre épreuve, et modifier ce qui suit :

1° page 61 : — *J'en ai fait litière, moi, de jeunesse, de beauté ; j'en ai plein le dos*[1].

2° page 62 : — *tourner autour de la robe de ma femme* (vous serait-il indifférent de mettre autour de ma femme)[2].

3° page 63 : — *Nous serons libéraux si le parti libéral triomphe*[3].

4° page 64 : — Il y est question deux fois de Roberspierre [*sic*] en dix lignes[4], et puis il y a : *un orateur d'une finesse voisine de celle de Benjamin Constant*[5].

5° page 64 : — ni les vipères, ni les diplomates, ni les avocats, ni les bourreaux, ni les rois. Pourriez-vous supprimer les avocats ? Voyez aussi si vous voulez laisser les rois[6].

Pardon de l'ennui que va vous donner cela ; ce n'est pas mon sentiment que je vous envoie : je vous demande ces modifications pour ne pas heurter les susceptibilités intérieures de chambre et de palais.

À vous de cœur

Louis Desnoyers.

3 heures de l'après-midi.

[Adresse :] Monsieur de Balzac | rue Richelieu, 108. | Pressé.

40-20. LOUIS DESNOYERS À BALZAC

[Paris, avant le 24 janvier 1840.]

Mon cher de Balzac,

Voilà 4 passages dont je vous ai parlé :

1° page 80, *entre les ministériels et les libéraux,* (puisque le mot libéral choque particulièrement leurs oreilles) vous pourriez enlever ce membre de phrase[1].

2° même page : *où s'élaboraient les plans des libéraux,* même observation[2].

3° page 82 : *sur le Provins libéral* (même observation)[3].

4° page 93 : *le médecin des libéraux* (même observation)[4].

5° même page enlever les quatre lignes où est annoncée la consultation des médecins qui ne s'y trouve pas[5].

6° page 84 : *chez les principaux organes du parti libéral,* etc. (même observation que ci-dessus)[6].

7° page 85 : *avait travaillé le parti libéral* (même observation)[7].

8° page 87 : les ambages d'un atroce *avocat.* Ne pourriez-vous point remplacer le mot avocat. Je n'ai pas besoin de vous dire pourquoi[8].

9° même page 87 : — au lieu de *les Rogron acquittés,* je préférerais votre premier titre : *le jugement*[9], qui annonce moins le résultat.

10° page 91 : l'épouvantable et doucereux avocat, etc. même observation[10].

11° page 92 : *et ses antécédents dans l'opposition.* Ce membre de phrase pourrait être supprimé[11].

12° même page : *Provins le nomme toujours député.* Je crois qu'il faudrait plus de vague sous le rapport de la localité[12].

13° page 93 : et la chambre *actuelle* en a fait un de ses flambeaux. (*Le Siècle* étant fondé sous les auspices de l'opposition constitutionnelle etc.)[13].

14° même page : *commande le département d'Ille et Vilaine.* Il faudrait plus de vague sous le rapport de la localité, comme ci-dessus[14].

Notez bien, mon cher Honoré, que ce n'est point mon opinion que je vous donne ici. — Voyez. — J'ai relu tout pour la troisième fois, et je persiste à trouver cette nouvelle admirablement belle. Il me reste chez moi depuis la moitié du n° 67 jusqu'au commencement du 80, c'est-à-dire environ 13 feuillets. Renvoyez-moi cela aussitôt que vous pourrez. Ce sont des misères.

À vous de cœur. À vendredi[15].

Louis Desnoyers.

[Adresse :] Monsieur de Balzac | rue Richelieu, 108 | À lui-même.

40-21. ALEXANDRE VÉDEL À BALZAC

[Paris, 25 janvier 1840.]

Monsieur,

Permettez-moi d'abord de réclamer votre indulgence pour le retard involontaire que j'ai mis à répondre à votre lettre[1]. Je n'ai pas pu prendre une détermination positive sur la demande que vous m'avez adressée, mais j'espère être à même sous quelques jours de prendre une décision que j'aurai l'honneur de vous faire connaître[2].

Veuillez agréer, Monsieur, l'assurance de ma considération la plus distinguée

Le Directeur du Théâtre-Français
Vedel.

25 janvier 1840.
Monsieur de Balzac.

40-22. SAUSSE-VILLIERS À BALZAC

[Paris, 25 janvier 1840.]

Monsieur,

J'arrive de province avec le projet de publier un roman en deux volumes, & celui de vous le dédier[1].

Vous trouverez peut-être mon intention extravagante, mais depuis longtemps uni de pensée aux productions dont vous enrichissez les lettres & désirant vous laisser une preuve de toute ma considération pour vous, je m'estimerai[s] flatté qu'il pût vous être agréable de l'accepter.

Je me présenterai chez vous qu'autant que vous voudrez bien m'honorer d'une réponse.

En tous cas, si mon ouvrage ne vous paraît pas digne de vous être offert, je n'aurais pas tout perdu s'il peut m'être permis de vous dire tous les sentiments de considération, d'estime, & aussi d'affection avec lesquels je suis bien cordialement,

Monsieur,

> Votre très humble & très
> obéissant serviteur
> Sausse-Villiers.

25 janvier

Sausse-Villiers, — (membre de l'académie du Gard)
À Paris, rue des Jeûneurs 20, chez Mr [Aubenas ?] médecin.

[Adresse :] Monsieur | de Balzac, homme de lettres, rue Cassini, 1 | Paris.
[D'une autre main :] V[oir] Rue de Provence n° 21.
[Cachet postal :] 25 janvier 1840.

40-23. ERNEST MEISSONIER À BALZAC

[Paris, 26 janvier 1840.]

Monsieur,

Il était trop tard ce matin et je n'ai pu vous trouver. Cependant j'aurais désiré causer avec vous de votre portrait[1]. Souverain ne connaît rien en fait d'édition de gravure, et n'ose encore se décider pour la grande gravure. Il veut avant, je pense, prendre ses renseignements. Si nous l'attendons, nous risquerons, vous de ne point avoir votre portrait, moi de ne point le faire, lequel dernier cas est fort vexant pour moi. Une fois fait et exposé, la question du graveur se résoudra facilement, j'en suis sûr. Cela dépendra du succès du tableau.

Veuillez donc, je vous prie, que nous commencions. Le temps nous presse, mais nous presse si fort qu'il n'y a pas à en perdre le moindre peu. S'il vous est possible, commençons demain à l'heure convenue, de 3 h ½ à 5. Je vous attendrai impatiemment. Dans le cas où vous ne pourriez venir, jetez-moi, je vous prie, un petit mot à la poste.

Recevez, Monsieur, mes salutations empressées.

> E. Meissonier.
> 15, quai Bourbon.

26 J. 40.

40-24. GEORGE SAND À BALZAC

[Paris, 27 janvier 1840[1].]

Ce n'est pas sérieusement que vous me demandez, cher Dom Mar, si j'accepte la dédicace d'un livre de vous. C'est un honneur que je sais apprécier, et surtout c'est une preuve d'amitié dont vous savez très bien que je suis digne à cause de celle que je vous porte fidèlement.

Merci donc, mon vieil ami, et comptez toujours sur moi. Je vous ai attendu l'autre jour, mais je ne vous en veux pas de m'avoir manqué de parole. Je sais ce que c'est que la vie, et le travail, et l'imprévu.

À revoir bientôt, n'est-ce pas ? À vous de cœur, toujours.

George.

[Adresse :] Monsieur de Balzac | rue Richelieu, 104. | (Frascati.)
[Cachet postal :] 27 janvier 1840.

40-25. ERNEST MEISSONIER À BALZAC

[Paris, 31 janvier 1840.]

Monsieur de Balzac

Demain samedi 1er à 10 heures comme nous sommes convenus.

Tenue { Paletot de l'autre jour

cravate blanche.

Plus que 17 jours juste[1].

Votre dévoué et maintenant tout à votre disposition

E. Meissonier.

Vendredi 3.

[Adresse :] En ville | Monsieur de Balzac | rue de Richelieu | maison Frascati.

40-26. À MADAME DELANNOY

[Janvier ou février 1840[1] ?]

Je prie Madame Delannoi [sic] de remettre au porteur le manuscrit de *Vautrin*

de Balzac.

110, rue Neuve des Mathurins.

40-27. LAURENT-JAN À BALZAC

[Paris, janvier 1840 ?]

Si monsieur de Balzac peut passer chez nous vers trois heures, il apprendra quelques détails sur une affaire qui l'intéresse fort[1].
Son serviteur dévoué

Laurent-Jan.

[Adresse :] Monsieur de Balzac | Rue Richelieu maison Frascati.

40-28. À ÉDOUARD OURLIAC

[Paris, janvier ou février 1840[1] ?]

Mon cher Ourliac, je lis à midi ½ à la Porte St-Martin aux acteurs, j'aurai fini à 3 heures, venez me prendre, n[ou]s aurons de 3 h. à 5 h.
Tout à vous

de Bc.

[Adresse :] M. Ourliac.

40-29. PAUL ROBIN À BALZAC

[Paris, 3 février 1840.]

Monsieur

Dans le courant de décembre dernier, vous eûtes la bonté de me dire que vous régleriez à la fin de janvier la note de mon frère[1]. Étant sur le point de quitter Paris pour quelques semaines, je prends la liberté de me rappeler à votre souvenir, pour terminer cette petite affaire avant mon départ.

Agréez Monsieur mes civilités empressées.

Robin[2]
Rue Coquenard 5*bis*.

3 février 1840.

[Adresse :] Monsieur | Monsieur de Balzac | R[ue] Richelieu 108.

40-30. À EMMANUEL GONZALÈS

Paris ce 4 février 1840.

Monsieur et cher confrère,

Le comité ayant à vous faire une communication urgente, je viens vous prier de vouloir bien vous trouver à la séance qu'il tiendra au bureau de l'agence jeudi prochain à 3 heures précises.

Agréez, Monsieur et cher confrère, l'assurance de ma considération affectueuse.

L'un des vice-présidents[1]
de Balzac.

40-31. À MARIE AYCARD

[Même texte que 40-30 ci-dessus.]

[Adresse :] Monsieur | Marie Aycard | 15 rue de Cleri [*sic*].
[Cachet postal :] 5 février 1840.

40-32. À ÉMILE DE LA BÉDOLLIÈRE

[Même texte que 40-30 ci-dessus.]

40-33. À ÉDOUARD OURLIAC

[Paris, 6 février 1840.]

Mon cher Ourliac,

Envoyez-moi, ou mieux apportez-moi le reste du 1er volume[1], et venez, si vous voulez, samedi matin, peut-être causerons-nous et arrêterons-nous q[ue]lque chose.

Tout à vous

de Bc.

[Adresse :] Monsieur Ourliac fils | 26, rue N[eu]ve St-Roch | Paris.
[Cachet postal :] 6 février 1840.

40-34. PAUL BOUTET À BALZAC

[Paris, 6 février 1840.]

Monsieur,

Il y a environ quinze jours, le matin, un jeune homme se présenta chez vous, et s'offrit comme secrétaire. Ce jeune homme, c'est votre serviteur.

Sous le prétexte de cet emploi de secrétaire[1], (telles étaient les fonctions nominatives qu'on me faisait espérer auprès de vous) moi, je me présentais comme écolier. De vous, ce n'était point un salaire que je réclamais : c'était un honneur, l'honneur d'être à si bonne école. Vous ne m'avez pas promis formellement ; mais vous ne m'avez éconduit ni désespéré. Je me rappelle donc aujourd'hui à votre mémoire.

Je vous le répète, c'est un honneur et non un salaire que je brigue. Je me trouverai toujours assez payé. C'est un mariage qu'il faut contracter avec vous, avez-vous dit. Je suis plus généreux que les marieurs le sont à l'ordinaire ; soyez-le aussi. Je vous livre la fiancée à l'essai. Essayez, éprouvez. Puis, le résultat obtenu, jugez, et, sans rancune, adieu ou au revoir.

Pardonnez mon importunité. Elle a d'ailleurs une excuse qui auprès de vous en vaut bien une autre. D'un mot de vous dépend mon avenir. Votre jugement sera pour moi une leçon, ou bien un encouragement. Suis-je capable ou non ? Tranchez le nœud gordien, et je suis le chemin que vous me montrerez.

Je frotte mes éperons pour le voyage. À quand le départ ?

Paul Boutet.
78, rue Saint-Honoré.

6 février 40. Paris.

[Adresse :] À Monsieur H. de Balzac | 108, rue de Richelieu, | ou aux Jardies, route de Saint-Germain.

40-35. MADAME D'AVOT À BALZAC

[Licey, par Mirebeau sur Bèze,
Côte-d'Or, le 8 février 1840.]

Monsieur, retirée à la campagne depuis plusieurs années, j'avais renoncé à Satan, à ses pompes, à ses œuvres, ainsi qu'à la littérature[1] ; j'étais comme *on dit*, retournée *à mes moutons*.

Et voilà que je me suis remise à penser, à sentir, à écrire de nouveau, mais par malheur, la mort, cette terrible moissonneuse, a fauché bon nombre de ceux et de celles dont j'aurais pu m'étayer pour lancer à travers le monde le faible produit de ma plume. Je regarde sur la mer littéraire... et j'y regarde avec effroi... plus personne... solitude complète. Mr de Ségur... mort... Mme Du Fresnoi [*sic*], morte... puis un regret du cœur de celle qui reste, puis une larme... et de longs souvenirs... mais voilà tout...

Pourtant, Monsieur, j'habite un village dans lequel *le pain est fort cher* ; une misère affreuse le désole ; je ne suis pas riche, et tout en faisant ce que je peux... je pense que ce n'est pas grand-chose.

Que vous dirais-je... j'ai lu vos ouvrages, en ce moment encore ils charment mes veillées solitaires... Il me semble qu'ils sont encore plus enfants du cœur que de l'esprit, et cette observation seule a pu me décider à vous écrire ce qui suit : Votre *Fille d'Ève* surtout me semble un chef-d'œuvre de bon goût et de sens parfait. Oh ! pardonnez à la louange sincère ! je n'ai jamais rien lu de plus attachant et de plus délicatement touché. Voulez-vous faire une bonne œuvre, Monsieur, voulez-vous mettre quelques mots en tête des deux volumes que j'aurai l'honneur de vous adresser *sous deux mois*. C'est un *Roman de Mœurs* mais, sans bourreaux, sans assassinats, sans morgues, sans cachots, etc. je vous en préviens... Si vous ne voulez pas y mettre deux mots, permettrez-vous que je vous le dédie comme hommage de mon admiration bien sincère ! Cela fait, le donnerez-vous à votre éditeur[2], en lui disant (si le livre vous paraît en valoir la peine) : « Prenez car cela ne me semble pas mauvais. »

Si vous m'êtes favorable, Monsieur, vous donnerez du pain à un pauvre charpentier, père de 4 enfants en bas âge, lequel vient de se rompre les os en tombant de 30 pieds d'élévation, vous donnerez du pain à la veuve d'un mineur, lequel mineur vient de périr dans un puits de mine. Que vous dirai-je, Monsieur. Votre cœur a-t-il besoin de la bénédiction du pauvre, vous l'aurez. Ah ! c'est une douce chose allez, et si douce que nul ne s'en passerait, si l'on connaissait le bonheur qu'elle donne.

Il m'est besoin, Monsieur, de vous demander le secret sur ma proposition, qui paraîtrait hardie, saugrenue à un dandy ou à une belle dame parlant tous les deux de philanthropie à s'enrouer. Que ceci demeure entre nous, je vous en supplie ; il n'y a qu'à vous ou à *notre Béranger* que j'eusse voulu confier *mon secret* et mon espérance. Si j'ai tort. Le temps est là. Je le saurai... Dans tous les cas, veuillez me pardonner, car vivant loin du monde, le rêvant tel que je le voudrais, et à distance, il m'est bien permis de ne le plus connaître.

Veuillez, Monsieur, croire à ma sincère admiration pour votre esprit, ainsi qu'à mes sentiments les plus distingués.

Votre servante
M. d'Avot.

Licey, par Mirebeau sur Bèze, Côte-d'Or, le 8 février 1840.

[Sur une languette de papier, collée sur la page 3 :]

Le secret à tout prix, je vous en supplie, Monsieur, pour tout le monde sans exception.

[Adresse :] Monsieur H. de Balzac, homme de lettres | Recommandée aux soins de Monsieur Hipolite [*sic*] | Souverain, éditeur, rue des Beaux-Arts, n° 5 | à Paris.
[Cachets postaux :] Mirebeau sur Bèze, 10 février 1840 | Paris, 12 février 1840.

40-36 À LA MARQUISE DE CASTRIES?

[10 février 1840?]

Voici le livre d'un de mes amis[1], il est remarquable par la grandeur des sentiments, et l'élévation des idées, c'est un poète essentiellement royaliste, et je vous l'envoie en croyant vous faire plaisir et me rappelant, à votre souvenir

h. de Bc[2].

40-37. À PAUL BOUTET

[Aux Jardies, février 1840.]

Monsieur,

Je ne puis être que flatté et touché plus que je ne saurais dire de l'offre que vous me faites[1], et du dévouement que vous me témoignez. Mais, en conscience, je ne saurais, par intérêt pour vous, accepter une proposition qui vous causerait plus de peines que de plaisirs. Il y aurait égoïsme à vous attirer dans un désert, où il n'y a que souffrances et chagrins, travaux et brûlantes amertumes.

Certes, plus jeune, j'ai rêvé pour d'autres les sacrifices que vous concevez. Ainsi, je comprends l'ardent amour de l'art et de l'étude qui vous les suggèrent. Si j'étais plus jeune, je les accepterais, espérant vous rendre quelques fleurs, et reconnaissant de celles que je recevrais. Aujourd'hui, beaucoup d'amitiés trompées, où j'ai cru être bon et affectueux, m'ont rendu défiant, non des hommes mais de moi. J'ai peur de n'être pas fait pour ce commerce qui vous séduit, puisque, partout où j'ai posé le pied, tout s'est brûlé autour de moi.

Agréez donc mes remerciements affectueux, et l'expression d'une sincère estime

de Balzac.

40-38. PAUL ROBIN À BALZAC

[Paris, 15 février 1840.]

Monsieur,

J'ai eu déjà l'honneur de vous écrire[1], et de déposer chez votre concierge une carte, pour vous prier de vous rappeler la promesse que vous m'aviez faite au mois de décembre dernier. Je pars pour Londres jeudi prochain, et je désirerais avoir une réponse avant cette époque-là, daignerez-vous, Monsieur, me la faire parvenir ?

J'ai l'honneur de vous saluer.

Robin
Rue Coquenard 5 *bis*.

Samedi 15 février 1840.

[Adresse :] Monsieur | Monsieur H. de Balzac | Rue Richelieu n° 108 | En ville.
[Cachet postal :] 15 février 1840.

40-39. ALEXANDRE DUJARIER À BALZAC

Paris, le 24 février 1840.

Monsieur de Balzac,

J'ai relu, après vous avoir vu la semaine dernière, votre traité dont je ne connaissais qu'imparfaitement les termes[1], et je me suis convaincu que ses stipulations sont en rapport parfait avec les idées que je vous ai exprimées. Il porte en effet que les 50 feuilletons que vous devez publier dans *La Presse* formeront au moins huit nouvelles, soit environ six feuilletons pour chacune d'elles. La publication devait être terminée au mois de janvier dernier et nous sommes loin cependant du complément de ces cinquante feuilletons quoique vous ayez déjà reçu de *La Presse* une assez forte somme en avance[2].

J'espère donc, Monsieur, ainsi que vous me l'avez promis, que vos premiers soins seront maintenant pour *La Presse* et que vous serez en position de nous remettre, vers le 8 du mois prochain une nouvelle dont la publication pourrait être faite immédiatement. Je vous serai très obligé de vouloir bien me fixer à cet égard afin de conformer à votre réponse les dispositions du journal[3].

Recevez, Monsieur, la nouvelle expression de mes sentiments de parfaite estime

Dujarier.

[Adresse :] Monsieur | monsieur de Balzac | 108, rue de Richelieu.

40-40. HAREL À BALZAC

Paris, le [25 février 1840].

Monsieur,

Je suis allé dix fois chez vous, autant à l'opéra dans l'espoir de vous joindre.

Nous sommes loin du 17.

Où en êtes-vous ?

Votre dévoué
Harel.

25 f.

[Adresse :] Monsieur | de Balzac | R[ue] de Richelieu, 108.

40-41. À MADAME DELANNOY

[Paris, mardi 25 février[1] ? 1840.]

Ma bonne madame Delannoy,

J'ai des changements extrêmement importants à faire à ma pièce pour demain, je sors de ma répétition à 5 heures, et il faut qu'à 7 heures je sois à travailler pour avoir fini jeudi, il y a 12 ou 15 heures de travail, il m'est impossible d'aller dîner avec vous, car je ne puis pas donner plus de ½ heure à cet exercice, hélas ! plaignez-moi.

Tout à vous, cœur mais pas l'estomac aujourd'hui.

Honoré.

[Adresse :] Madame Delannoi [sic] | 110 rue Neuve des Mathurins | Paris.

40-42. À HAREL

[Paris, 26 février[1] 1840.]

Monsieur Harel, je vous envoie le 4ᵉ acte [de *Vautrin*], il est cette fois, de mon côté, *ne varietur*[2]. J'ai fait toutes les concessions, et je crois maintenant qu'il peut aller après le 3ᵉ.

Mille compliments,

de Bc.

Demain le 5ᵉ achevé pour dans la soirée et peut-être la répétition.

Je n'ai pas eu le temps de relire la copie.

40-43. HIPPOLYTE SOUVERAIN À BALZAC

[Paris, 27 février 1840.]

Monsieur de Balzac,

Vous ne m'avez pas écrit la lettre[1], ayez la complaisance de le faire sans retard, car je ne puis mettre sous presse sans l'avoir entre les mains.

Ensuite je viens vous prier de mettre vos corrections ce soir au *Dom Gigadas*[2], car l'imprimeur vient tous les jours me tourmenter pour avoir sa mise en page et ses garnitures et son caractère engagés dans cette affaire depuis six mois[3]. Demain matin, vendredi je serai chez vous de bonne heure pour avoir ces cahiers, je vous en prie faites qu'ils soient prêts, car j'en ai absolument besoin. Je ne sais plus que dire à cet homme car il a cent fois raison.

À demain donc, mais je vous en supplie que cela soit prêt. Il n'y a rien à faire presque.

Agréez mes civilités

D. H. Souverain.

27 février 1840.

Je rouvre ce billet que je vous adresse pour mon *Gigadas*. Faites-le donc de manière à ce que demain samedi vous puissiez le remettre à mon commis qui sera chez vous de bonne heure.

[Adresse :] Monsieur de Balzac.

40-44. À HIPPOLYTE SOUVERAIN

[Paris, 27 février 1840.]

à Monsieur H. Souverain
Libraire-Éditeur
à Paris

Il est évident qu'à s'en tenir à la lettre des deux traités consentis avec vous et avec M. Charpentier par MM. Delloye, Lecou et moi, et que vous avez réunis tous les deux à v[otre] profit[1], vous pourriez élever des difficultés relativement à des retards qu'ont subis les livraisons des manuscrits, quoique j'aie fait humainement tout ce qu'il était possible de faire et que j'aie été sérieusement empêché par deux accidents graves qu'il était inutile de constater.

Dans le désir d'éviter toute discussion en arrivant au terme de mes engagements, je vous propose d'éteindre tout litige à ce sujet aux conditions suivantes :

1° La 2me et dernière nouvelle que je dois vous laisser réimprimer dans les conditions indiquées à l'un de nos traités fera environ dix* feuilletons du journal *La Presse*.

2° Vous pourrez, à vos risques et périls, faire deux volumes de *Pierrette*, et moi de mon côté, je fournirai une œuvre à mon choix de la contenance de dix-huit feuilles de la justification de *La Femme supérieure*, et cette œuvre que vous pourrez publier en un volume toujours à vos risques et périls, jointe à *Pierrette* me libérera d'une valeur de deux volumes in-octavo.

3° Enfin je m'engage à vous mettre en état de publier *Le Curé de village* et *Les Mémoires d'une jeune fille*, deux ouvrages chacun en deux volumes in-octavo, lesquels accompliront toutes mes obligations de manière à ce que le bon à tirer du dernier de ces ouvrages soit donné le trente avril prochain[2].

Faute par moi de remplir cette obligation, nous nous retrouverions dans le *statu quo* d'aujourd'hui relativement à la question à vider, si vous l'éleviez, des retards de livraison

Surabondamment, si au 30 avril, j'ai désintéressé MM. Delloye et Lecou des sommes que je leur dois encore, je m'engagerai envers vous à ne rien publier d'inédit *dans le format in-octavo*, avant six mois révolus qui écherront en octobre 1840, et au cas où je voudrais faire une publication de ce genre de vous donner, à prix égal, la préférence sur tout autre éditeur, et en exceptant toutes fois la *Pathologie de la vie sociale*, œuvre qui, vous le savez, est étrangère au commerce des romans. ⸺

Ayez la complaisance de relater en entier ces conventions dans votre lettre d'acceptation[3], il va sans dire que je me porte fort de Messieurs Delloye et Lecou. ⸺

Agréez mes compliments ⸺

⸺ de Balzac.

27 février 1840, Paris.

* *[Renvoi de la main de Souverain :]*

C'est douze qu'il a été convenu[4].

[Note de Souverain — postérieure à avril 1841 — jointe sur un autre feuillet :]

Non seulement Mr de Balzac n'a pas livré aux époques dites par cette lettre, mais il n'en a pas été empêché physiquem[en]t car il a fait beaucoup d'autres travaux 1° *Vautrin* drame, 3 vol. de la *Revue parisienne* — des articles p[ou]r Curmer, pour Hetzel — le roman du j[ourna]l *Le Commerce*, le petit roman de *La Presse*, etc.

40-45. SANSON DE PONGERVILLE À BALZAC

27 février [1840[1]].

Monsieur,

Votre aimable lettre est un dédommagement de la privation que nous avons éprouvée samedi dernier, si notre mauvaise étoile vous a empêché de trouver une voiture elle ne nous a pas du moins effacés de votre bon souvenir ; acceptez donc tout à la fois nos regrets et nos remerciements. Vous voulez bien me promettre de quitter vos champs pour venir passer une soirée rue Bellefond. Nous accueillons cette flatteuse promesse que nous vous rappellerons bientôt. Nous n'avons point cette année de réunion à jour fixe ; mais nous attendons en ce moment l'annonce du jour choisi par un écrivain distingué qui désire nous lire une de ses œuvres inédites ; il regarde comme une bonne fortune l'honneur de vous compter parmi ses auditeurs, nous ne serons pas moins heureux que lui, si vous répondez à notre appel, veuillez en être assuré, et recevoir derechef l'expression de tous mes sentiments bien dévoués.

S. Pongerville.

40-46. HAREL À BALZAC

[Paris, 29 février 1840.]

Mon cher Monsieur,

Je prends bien part à vos embarras personnels, mais les miens valent les vôtres, et une remise des répétitions à lundi me contrarie au dernier point.

Je vous prie de faire en sorte que nous répétions au moins demain dimanche[1] — il faut que nous ayons tous vos changements.

Je ne vous en demanderai plus et n'en souffrirai plus — j'aime mieux faire passer la pièce telle qu'elle est, que de me ruiner ainsi en attente.

À dimanche — j'attends un mot de vous — car si vous n'étiez pas prêt aux changements que ferions-nous ?

V[otre] dévoué

Harel.

[Adresse :] Monsieur | de Balzac | r[ue] de Richelieu, 108. | Pressée.

40-47. À GAVARNI

[Paris, vers le 29 février ? 1840.]

Oui, P'osper, il faut un costume exact de général mexicain du temps de la guerre de l'Indépendance[1].

Tout à toi

P'osper.

Exact ! c'est pour Frédérick[2].

[Adresse :] Monsieur Gavarni | 1, rue Fontaine St-Georges | Paris.

40-48. À ÉMILE PÉREIRE

[Fin février ou début mars 1840 ?]

Monsieur,

Avant de réaliser n[otre] vente, je vous prierai de ne louer aucune partie de pré[1] de mon côté, ou de le louer à mon jardinier[2] qui sera mon représentant et qui vous remettra ce mot.

Si je n'avais pas à m'occuper en ce moment de ma pièce[3], je serais allé vous voir afin de prendre jour pour n[otre] réalisation, mais je suis forcé de tout ajourner, à qlq jours de ma première représentation

agréez, Monsieur, mes compliments et l'expression de mes sentiments les plus distingués

de Balzac.

[Adresse :] Monsieur Péreire | 16, rue Rivoli.

40-49. LE BARON ÉTIENNE DE LAMOTHE-LANGON À BALZAC

[Paris, 1er mars 1840.]

Si Monsieur de Balzac avait un billet dont il pût disposer, pour la première représentation de *Vautrain* [*sic*] en faveur de son infime et infirme confrère le baron de Lamothe Langon[1], il l'obligera.

Monsieur de Balzac ne s'étonnera pas, si celui qui est toujours le premier à lire les romans qu'il publie, et où il trouve tant à étudier, veut être aussi le premier à l'applaudir dans cette autre carrière.

J'ai l'honneur d'être son très humble et très obéissant serviteur

de Lamothe Langon

Paris le 1 mars 1840.

Baron de Lamothe Langon
rue Beaujolais
palais Royal
n° 11
Paris

[Adresse :] Monsieur | Monsieur de Balzac | rue Richelieu | n° 86 [*sic*] | Paris.

40-50. GUSTAVE DE LA RIFAUDIÈRE
À BALZAC

[Début mars 1840 ?]

Mon cher ami,

Blancmesnil vient de me dire que je dois être son interprète pour vous demander une faveur que réclament deux de nos amis communs.

Il s'agit d'avoir deux stalles pour eux, MM. de Clermont et de Jumilhac, et une pour votre vieux camarade[1].

Tout Paris veut vous applaudir.

Envoyez chez moi les 3 stalles, et je remettrai leur montant au porteur.

Mille bonnes affections et tout à vous de cœur.

G. de la Rifaudière.

À quand la pièce

Rue Joubert, 47.

[Adresse :] Monsieur de Balzac | N° 112 rue Richelieu.

40-51. À THÉODORE DABLIN

[Paris, 2 mars 1840.]

Mon vieil ami, si vous avez dans v[otre] cercle, des personnes qui souhaitent assister à la 1re représentation de *Vautrin* et qui soient bienveillantes, j'ai le droit de faire louer des loges à mes amis plutôt qu'à des inconnus. Je tiens à ce qu'il y ait de belles femmes. — Ainsi faites-moi savoir promptement, dans ce cas-là, les noms, pour que je les indique. Je vous enverrai, à vous, une stalle ; il y a déjà plus de demandes que de loges, et nous sommes obligés de sacrifier les journalistes[1].

Mille amitiés,

Honoré.

[Adresse :] Monsieur Dablin | 26, rue de Bondy | Paris.
[Cachet postal :] 2 mars 1840.

40-52. HAREL À BALZAC

[Paris, 2 mars 1840.]

N'oubliez pas, je vous prie, que j'attends ce matin au complet les petits changements convenus pour le 2ᵉ acte.

Je vous demande en grâce d'être exact, il m'est impossible de différer davantage.

À vous

Félix[1] Harel.

2 mars.

[Adresse :] Monsieur | de Balzac.

40-53. LÉONIE LESCOURT À BALZAC

Paris, 2 mars 1840.

Pardonnez-moi, Monsieur, de vous écrire, pardonnez-moi d'avoir pensé que l'auteur de *Pierrette*[1] voudra peut-être protéger une jeune fille qui vient lui demander protection. Vous êtes puissant, Monsieur, et je ne vous demande que de m'obtenir d'entrer au Conservatoire pour être artiste dramatique. C'est que je ne suis pas heureuse, moi, toutes les souffrances qu'a éprouvées la jeune fille dont vous avez écrit l'histoire, ne sont rien, en comparaison des miennes. J'ai perdu mon père [alors] que j'avais 5 ans (et j'en ai 17), ma mère restée veuve ne m'a jamais aimée ; elle est remariée depuis 10 mois, et Dieu sait tout ce que j'ai enduré d'humiliations ; le pain que je mange on me le reproche, et c'est un beau jour quand les mauvais traitements ne viennent pas appuyer les paroles. Vous voyez bien, Monsieur, que je ne puis rester dans cette maison plus longtemps quel avenir !… — Ce que je veux, c'est un peu de gloire, une position libre et indépendante, ce que je ne veux pas, c'est la charité d'un beau-père et d'une mère qui n'ont pour moi que de la pitié. Avec quelques économies que j'ai, et en travaillant, je pourrai suffire à tous mes besoins, le rêve de toute ma vie a été d'être actrice, et je le serai. Oh monsieur ! ne me refusez pas ce service, si j'étais près de vous, je vous le demanderais à genoux, vous le voyez il ne me reste qu'une espérance, et j'espère en vous ! —

Léonie Lescourt.

Si vous daignez me répondre, veuillez mettre votre lettre chez la portière j'irai la prendre dimanche à 4 heures si je peux sortir.

[Adresse :] Monsieur | Monsieur Balzac rue de Richelieu | n° 104 *bis* à Paris.
[De la main du facteur :] Inconnu revoir n° 108.
[Cachet postal :] 4 mai 1840.

40-54. GINÉVRA DE M*** À BALZAC

[Paris, le 2 mars 1840.]

Monsieur,

Une femme à qui vous avez eu la bienveillance de parler avec intérêt, désirerait bien vivement vous revoir. Ne prenez pas cette demande pour la suite d'une intrigue, il n'en est rien. Il est vrai que si vous daignez m'entendre vous devinerez peut-être que c'est un but tout d'intérêt pour moi. C'est à l'auteur, et non à M. de Balzac que je m'adresse, c'est un avis littéraire qui peut-être décidera de mon avenir.

Si vous êtes demain au bal de l'Opéra, je réclamerai de vous un court moment d'entretien, puis-je avoir l'espérance que mon attente ne sera pas vaine[1].

Alors vous saurez qui je suis.

Comptez sur ma reconnaissance, et croyez à mon dévouement.

Paris le 2 mars — 40.

[Adresse sur enveloppe :] Monsieur de Balzac | Rue Richelieu 107. | En ville.

40-55. LOUIS DESNOYERS À BALZAC

[Paris, vendredi 6 mars 1840.]

Mon cher Balzac,

Votre temps est précieux et je n'ai pas voulu vous déranger en vous faisant citer pour mon procès contre Peyrat. Je laisse cela à votre amitié. Venez si vous pouvez. C'est demain samedi que la cause est appelée à 11 heures, devant la 7ᵉ chambre[1] — Votre nom sera porté sur la liste d'entrées. Si vous ne pouvez pas venir, envoyez-moi aujourd'hui même une lettre où vous témoignerez de nos relations.

À vous de cœur

Louis Desnoyers.

Vendredi 6 mars 1840.

[Adresse :] Monsieur Honoré de Balzac | rue Richelieu 108, | ancien hôtel Frascati | Paris. | Pressé.

40-56. À LOUIS DESNOYERS

[Paris, vendredi 6 mars 1840.]

Mon cher Desnoyers

En apprenant que vous citiez en police correctionnelle un homme de lettres[1] qui vous accusait de gagner sur les prix des articles que vous insérez dans le feuilleton du *Siècle*[2], et comme je trouve cette accusation ridicule à force de fausseté, je me mets à votre disposition pour témoigner de l'excessive délicatesse de nos rapports, et de mon étonnement d'une semblable imputation.

Tout à vous

de Balzac.

[Adresse :] Monsieur Desnoyers | 14, rue de Navarin.

40-57. HIPPOLYTE LUCHAIRE À BALZAC

[Paris,] ce 6 mars 1840.

Monsieur,

Ayant eu l'honneur de faire votre connaissance il y a de cela quelques années, ni plus, ni moins (à l'époque du Choléra[1]) je viens me rappeler à votre souvenir et vous prier, si ma demande ne vous paraît pas trop importune, de vouloir bien mettre à la petite poste à mon adresse, un billet qui me procure le plaisir de voir la pièce nouvelle dont vous êtes l'auteur et qui doit se donner la semaine prochaine à la Porte St-Martin[2]. Je vous en fais à l'avance mes remerciements bien sincères et suis avec la plus parfaite considération votre tout dévoué serviteur

H^{te} Luchaire.
H[omme] de lettres.

Rue Richer 42.

[Adresse :] Monsieur | Monsieur Honoré de Balzac | homme de lettres | en ville.
[Cachet postal :] 7 mars 1840.

40-58. MADAME DELANNOY À BALZAC

[Paris, samedi 7 mars 1840.]

Eh! bien! à quand la représentation ? et où dois-je m'adresser pour retirer notre loge ? est-elle sous mon nom ou sous celui de M. de Montheau[1] ? Je vois des personnes qui ont les leurs arrêtées : je ne veux pas être en retard. Dites-moi donc comment vous avez arrangé cela pour que je puisse envoyer retirer les coupons.

Est-il vrai que la censure vous tourmente[2] ? Tout est-il convenu à présent ?

À quand la répétition générale ? Si celle en question n'avait pas lieu, faites toujours entrer Léon à une autre, et moi je me contenterais de la représentation. Si je puis voir répétition et représentation, tant mieux, mais je tiens encore plus à celle-ci qu'à l'autre et j'abandonne la répétition si cela vous contrarie qu'on y aille, mais je ne vous pardonnerais pas un oubli qui me ferait manquer la représentation. Souvenez-vous bien de cela.

Je vous sais trop dans la tourmente pour vous dire : venez. Je n'espère donc pas vous voir avant le grand jour, mais en attendant ne m'oubliez pas !

Mille bonnes amitiés

Joséphine.

Samedi.

[Adresse :] Monsieur de Balzac | rue Richelieu, n° 108 | Paris.
[Cachet postal :] 7 mars 1840.

40-59. ALBERT GRZYMALA À BALZAC

[Paris, 7 ? mars 1840.]

Monsieur de Balzac aurait-il assez de loisir pour se rappeler l'aimable promesse qu'hier *passé minuit* il a bien voulu faire à Delacroix[1] et à moi de protéger nos démarches au Bureau de location pour la 1re représ[entati]on de *Vautrin*.

Personne plus que nous ne peut désirer le bien-être, la prospérité et la vie longue au père et à l'enfant.

A. de Grzymala.

Samedi[2].

[Adresse :] Très pressée, | Monsieur | Mons[ieu]r de Balzac.

40-60. HAREL À BALZAC

[Paris, samedi 7 mars 1840.]

Monsieur,

M. Victor Hugo[1] que j'ai vu longtemps hier, m'a chargé de vous informer qu'il était entièrement à votre disposition pour vos répétitions, dans le cas où ses conseils d'ami et d'homme d'expérience vous paraîtraient nécessaires.

Je me hâte de vous transmettre cet avis.

On me dit qu'hier au bureau de la location vous vous êtes plaint en termes très vifs de la location déjà faite.

Je ne comprends pas ces doléances, après ce que vous m'aviez dit vous-même de votre vif désir de louer le plus possible[2] en réservant les billets des journaux.

Je ne veux pas parler *droit* — mon droit de louer est incontestable, comme le vôtre de signer des billets — je ne parle que convenances.

Était-il bien convenable, je vous le demande à vous-même d'exprimer vos plaintes devant un préposé inférieur, et de les exprimer dans des termes amers ?

Mes procédés envers vous, monsieur, ont été constamment convenables, obligeants, affectueux.

J'ai le droit de demander la réciprocité.

Votre dévoué

Harel.

7[a] mars.

J'ai enfin le manuscrit *visé*[3], ça n'a pas été sans peine. Cavé voulait revoir[4]. Les censeurs étaient au regret. Heureusement pour nous que leur intelligence n'aperçoit pas un succès. Leur opinion et celle de Cavé que la pièce ne fera pas d'argent nous sauve[nt].

[Adresse :] Monsieur | Monsieur de Balzac.

40-61. À HIPPOLYTE SOUVERAIN

[Paris, dimanche 8 mars 1840.]

Mon cher Monsieur Souverain, vous ne me retournez pas une acceptation de nos conventions, il m'est impossible d'accepter cet état de choses, et je suis forcé de vous faire observer que je n'entends commencer *mes deux mois* qu'à compter de la date de votre lettre, attendu qu'en ce moment la convention n'existe pas[1]. Si vous tardiez, je verrais là un piège. Vous m'autorisez à douter de votre parole, car je n'ai pas *vu* une seule épreuve de *Pierrette*[2], et je m'étais une dernière fois fié à votre dire.

Je n'ai pas non plus la *Princesse parisienne*[3]...

Ainsi j'attends, pour me mettre à l'œuvre, votre lettre, et la modification du délai fixé au jour correspondant dans le mois de mai à la date que portera votre lettre en mars courant, et n[ous] sommes le 8.

Agréez mes compliments
de Bc.

V[ous] savez écrire 4 pages pour 2 feuilles de copie qui tardent et dès qu'il s'agit de réaliser une parole et une chose longuement discutée, on ne sait rien de vous, ce n'est pas bien du tout. Si je me lance dans un pareil travail déjà impossible, encore faut-il que j'aie toute sécurité.

J'attends donc[4].

[Adresse :] Monsieur Souverain | 5, rue des Beaux-Arts | Paris.
[Cachet postal :] 8 mars [1840].

40-62. LE DOCTEUR DAVID FERDINAND KOREFF À BALZAC

[Paris, dimanche 8 mars 1840[1] ?]

Je ne vous tiens pas quitte de votre promesse, mon excellent ami. Vous m'avez formellement promis une loge pour moi soit de quatre soit de six places près du théâtre. Je ne saurais accepter une loge de huit places avec Madame d'Agoult que ma femme ne connaît pas et avec laquelle par conséquent elle ne saurait partager une loge². Je vous somme donc par l'honneur et notre ancienne amitié de tenir votre promesse et de me donner une loge. Je me suis fié à la foi des traités et je n'ai pas fait d'autres démarches que celle que vous m'aviez indiquée³. Ma femme ne vous le pardonnerait jamais si vous la frustriez de cette fête. Je me fie donc à votre parole et je viendrai retirer la loge avant trois heures donnez donc à vos ordres [*sic*] en conséquence — je n'accepte aucune excuse — mais je vous promets aide, assistance et mon son de trompette pour l'Allemagne.

Votre dévoué
Koreff.

Dimanche.

40-63. CHARLES DE BERNARD À BALZAC

Dimanche soir [8 ? mars 1840¹].

Mon cher de Balzac, je suis attaché demain encore à la glèbe du feuilleton² et je suis obligé à mon grand regret de remettre à deux ou trois jours d'ici le plaisir de voir *Vautrin*. J'irai vous voir dès que je serai libre au *Journ[al] des débats*.

Tout à vous

C. de Bernard.

[Adresse :] Monsieur | Monsieur de Balzac | 108, rue de Richelieu | Paris.

40-64. HENRY LOUIS DELLOYE À BALZAC

[Paris, dimanche 8 mars 1840.]

Monsieur,

J'ai l'honneur de vous donner ci-après le détail des conventions arrêtées verbalement entre nous ce matin relativement à la cession de votre pièce intitulée *Vautrin* qui doit être représentée incessamment au théâtre de la Porte St-Martin.

Je vous achète le droit d'imprimer cette pièce

1° en une édition format in-8° à une seule colonne qui sera tirée à 5 ou six cents exemplaires selon que je le désirerai,

2° en autant d'éditions que je le voudrai dans le format de *La France dramatique* ou autrement.

Vous vous réservez seulement le droit d'imprimer cette pièce dans vos œuvres complètes, ou dans une édition spéciale de votre théâtre s'il y a lieu, pourvu toutefois que les éditions ne soient pas vendues par livraisons de feuilles et que le prix du volume ne soit pas inférieur à cinq ou six francs le volume. Entendant par là que la réserve que vous faites n'entraîne point pour des tiers la possibilité de vendre la pièce de *Vautrin* détachée à un prix égal ou inférieur aux miens.

Le prix de la cession que vous me faites est fixé à la somme de trois mille francs de laquelle somme je tiendrai compte, à votre décharge, à la Société existant entre vous, M. Lecou et moi[1] sur ce que vous pourriez redevoir à cette société.

Vous me remettrez le manuscrit immédiatement afin que l'impression puisse être achevée et la pièce mise en vente dans les quatre jours qui suivront la 1re représentation[2].

Si nous sommes bien d'accord sur ces termes, veuillez m'en assurer par une lettre qui les rappellera. Cet échange de nos deux lettres tiendra lieu de traité.

Veuillez agréer mes civilités empressées

Delloye.

Ce 8 mars 1840.

[Adresse :] Monsieur | Monsieur de Balzac | 108, rue de Richelieu | Paris.

40-65. À PIERRE HENRI FOULLON

Paris, le [avant le 9 mars 1840].

Monsieur Foullon[1],

M. Harel me communique une lettre que je ne m'explique point, les billets de 1re représentation appartiennent toujours aux journaux et au service du théâtre, je ne donnerai pas l'exemple, à mon début de changer des habitudes établies dans l'intérêt des succès.

J'ai trouvé chez moi une lettre qui m'indique un rendez-vous chez M. Pommier, il m'est impossible de m'y rendre, car jusqu'à la 1re représentation, il s'agit de répéter et de penser à la pièce.

Je vous attendrai tous les matins jusqu'à 9 heures, avec M. Pommier n[otre] intermédiaire.

Agréez mes compliments
de Balzac.

[Adresse :] Monsieur Foullon | chez M. Pommier | 21, rue de Provence.

40-66. À ANTOINE POMMIER

Paris, le lundi 9 mars [1840].

Mon cher Monsieur Pommier,

J'ai obtenu pour vous et pour M. Foullon[1] une loge aux secondes, avec quelque peine, et je vous envoie les coupons. Vous trouverez facilement à placer votre stalle. Seulement, placez-la bien, et, au besoin, on vous la reprendrait.

Mille compliments

de Balzac.

40-67. ADÈLE RÉGNAULD DE PRÉBOIS À BALZAC

[Paris, lundi 9 mars 1840.]

Monsieur

Oserai-je prendre la liberté de vous demander des billets pour la première représentation de *Vautrin*. Il est si difficile d'aborder le théâtre ces jours-là, et je serais si heureuse d'être une des premières à vous applaudir, que j'espère, Monsieur, que vous ne me refuserez pas un aussi grand plaisir — En échange, me permettrez-vous de vous offrir une loge le jour de la première représentation de ma pièce qui doit être jouée ce mois-ci au Gymnase[1].

Recevez, Monsieur, l'expression
de mes sentiments les plus distingués

Ce 9 mars 1840

Adèle Régnauld de Prébois
21 *bis* rue Hauteville.

40-68. À CHARLES DE BERNARD?

[Paris, vers le 10 mars 1840?]

Mon cher ami, je vous attendais vous et votre compagne comme vous l'aviez dit avant-hier à la Porte St Martin[1].
J'espère que ce soir vous ne viendrez pas seul.

Tout à vous
de Balzac.

40-69. GINÉVRA DE M*** À BALZAC

[Entre le 2 et le 14 mars 1840.]

Monsieur,

J'ignore les mots qui peuvent traduire ce qui s'est passé en moi pendant les courts instants que vous avez bien voulu me donner. On dit que la présence du génie élève l'âme, grandit l'intelligence, je n'ai éprouvé qu'une impression muette et que rien ne pouvait rendre, c'est un noble sentiment d'admiration que les esprits élevés savent seuls inspirer. Mes paroles étaient faibles et rares, et pourtant j'avais bien des choses à vous dire ; si vous aviez pu deviner mes pensées, vous auriez vu combien je vous remerciais intérieurement de votre intérêt, de votre bienveillance. Peut-être n'était-ce que de la complaisance, mais je vous en ai la même reconnaissance. C'est ce souvenir de bienveillance qui m'autorise aujourd'hui à vous faire une demande que vous jugerez peut-être indiscrète, mais qui n'est dictée que par le noble intérêt que vous inspirez, et qui me fait seul désirer jouir de votre triomphe, daignez m'accorder *deux entrées* pour la première représentation de *Vautrin*. Au nombre de vos amis, vous pouvez en compter une de plus, bien reconnaissante et dévouée. Veuillez ne pas me refuser, c'est une grâce que je vous demande.

Je n'ai pas oublié votre aimable promesse, dans quelques jours, j'en disposerai.

Recevez, Monsieur, l'expression de mes sentiments distingués.

Ginévra de M.

Mme G. de M. maison de santé de Mme Dufrénois, Boulevard Mont-Parnasse n° 26[1].

[Adresse sur enveloppe :] Monsieur de Balzac | rue Richelieu. | En ville.

40-70. À ANTONY-SAMUEL ADAM-SALOMON

[Mars ? 1840.]

Monsieur

Je vous remercie infiniment de l'honneur que vous me faites en m'envoyant le premier produit de votre ébauchoir, et ces témoignages d'artistes au début de leur carrière nous font, à nous vieux lutteurs, souvenir des dures épines qui ont embarrassé la nôtre ; aussi vous souhaité-je tout le courage et la persistance nécessaire[s] aux vrais talents, en retour de votre envoi[1].

Béranger est un de ces poètes populaires qui doivent populariser le nom de l'artiste et je vous engage à poursuivre cette entreprise.

Agréez Monsieur, l'expression de mes sentiments les plus distingués

de Balzac.

40-71. DELPHINE DE GIRARDIN À BALZAC

[Paris, mercredi 11 mars 1840 ?]

Je viens encore vous tourmenter

Mme Alexandre de Girardin[1] ne pouvant avoir une bonne loge demande s'il est possible d'avoir trois stalles d'amphithéâtre. S'il n'y en a plus elle prendrait *une loge des troisièmes de côté*. Celles dont vous m'avez parlé.

Voyez jusqu'où va son empressement !

Est-ce demain ?

Répondez-moi un mot car on viendra chercher la réponse ce matin.

Del. de Girardin.

Ce mercredi.

[Adresse :] Monsieur de Balzac | 102, Rue de Richelieu.

40-72. ZULMA CARRAUD À BALZAC

[Versailles,] mercredi [11 mars 1840].

Je ne sais qui m'a dit de votre part, mon ami, que vous passiez votre vie au théâtre et que vous ne pouviez me voir. J'ai attendu la fin de cette crise de votre vie pour vous demander quel jour je pourrais vous voir. Le lundi gras, j'ai fait tout le Faubourg-Poissonnière sans pouvoir trouver la maison de Laure, que je croyais sous le n° 27, rue du faub[ourg][1]. Sans doute j'ai perdu son adresse. Oui certes, je désire vivement assister à votre représentation. Si Laure n'a pas de place, tâchez de me le faire savoir, car je chercherai à m'en procurer une pour moi et une pour un conducteur quelconque, car je ne sais pas marcher seule le soir. Ne m'en veuillez donc pas si je ne vous ai pas dit que je fusse ici ; je craignais de vous occuper de moi dans un instant aussi solennel ; mais, chaque fois que j'ai passé devant les Jardies[2], je vous ai adressé une de mes aspirations les plus vives.

Quand pourrai-je vous y voir ?

Adieu, je veux que cette lettre[3] parte tout de suite ; tenez, voici ma main.

Zulma.

Amitiés à Laure.

[Adresse :] Sèvres | Monsieur de Balzac | aux Jardies.
[Cachets postaux :] Versailles, 11 mars 1840 | Sèvres, 12 mars 1840.

40-73. HENRY LOUIS DELLOYE À BALZAC

[Paris, jeudi 12 mars 1840.]

Mon cher Monsieur,

Je vous ai fait remettre dimanche la lettre[1] par laquelle je rappelais les conventions arrêtées entre nous ce jour même pour l'impression de *Vautrin*. Vous m'aviez promis une lettre pareille en échange, et vous comptiez en outre me remettre tout ou partie du manuscrit. Depuis lors j'ai inutilement cherché à vous voir, l'inexorable portier répondant toujours que vous n'y êtes pas et ce matin même disant que vous ne reviendriez que dimanche prochain, peut-être.

Comme je ne suis guère, à ce que je crois de ces gens qu'on

doive chercher à éviter, je viens vous prier de me faire savoir quand je pourrai vous voir sans vous déranger par trop.

Du reste je ne mets point en doute l'exécution de nos conventions et je crois que votre parole a autant de valeur que la mienne qui en a beaucoup.

Un mot de réponse et tout à vous

Delloye.

Ce jeudi 12 mars.

[Adresse :] Monsieur | Monsieur de Balzac | Rue de Richelieu, n° 108 | Paris.

40-74. ÉDOUARD D'ANGLEMONT À BALZAC

Paris, ce 12 mars 1840.

Mon cher Balzac,

Vous me ferez bien plaisir en m'adressant par la poste deux places pour la 1ʳᵉ rep[résentati]on de *Vautrin*. Vous pouvez compter sur mes mains et ma plume[1] pour votre début sur la scène.

Tout à vous
É. d'Anglemont.
Rédacteur en chef de *L'Avant-Scène*.

40-75. CAROLINE MARBOUTY À BALZAC

Jeudi matin [12 mars 1840].

Malgré votre apparent oubli, qui n'est ni aimable, *ni généreux*, je compte toujours sur une bonne petite place dans votre souvenir. C'est à cette place que je viens frapper aujourd'hui pour vous dire le désir que j'aurais d'assister à la première représentation de votre pièce. Vous savez combien je prends part à vos succès, je suis heureuse d'y contribuer et d'en être le témoin, et de pouvoir, *des premiers*, dire à tous *nos amis* l'opinion favorable que, j'en suis assurée, m'inspirera votre œuvre.

Ne m'oubliez pas dans la distribution de vos billets. Je ferai prendre chez vous ou chez votre concierge, samedi, ce que vous me destinez.

Mille et mille compliments

C. Marbouty.

40-76. GASPARD DE PONS À BALZAC

[Paris,] jeudi 12 mars [1840].

Mon cher Vautrin (car ce doit être votre nom puisque vous êtes le père et le patriarche de cette honorable famille), j'ose attendre de votre bonté que vous me procurerez le plaisir d'aller vous donner des *claques* à tour de bras pour votre début sur les planches, c'est-à-dire pour l'événement dramatico-littéraire le plus important depuis *Hernani* et dont l'importance ne peut guère être égalée que par *Cosima*[1], si c'est bien là le nom du nouveau drame de Mme Sand. J'étais allé déjà ces jours derniers demander votre adresse chez Madame votre sœur, car il m'était revenu que vous ne demeuriez plus aux environs de la rue Cassini (ou comme qui dirait, dans la planète de Jupiter ou de Saturne). J'y étais allé, c'est-à-dire, chez Madame de Surville et non dans les planètes en question, trop matin pour pouvoir prétendre à parler à la dame du lieu, et en conséquence je n'avais pas cru devoir me nommer quand sa camariste[2] me répondit qu'elle était obligée d'aller s'informer de cette adresse auprès de sa maîtresse, mais, ô douleur ! ô déconvenue cruelle ! cette maîtresse m'a fait dire alors qu'elle ne la savait pas, ce qui m'a fait nécessairement supposer qu'elle me prenait pour un créancier, pour un *Anglais* insidieux, pour un enfant de la perfide Albion, comme on disait, du temps de l'Empire. Sur ce, moi, j'ai d'autant moins jugé à propos de décliner mon nom, que Madame votre sœur se serait peut-être crue engagée d'honneur à soutenir son dire, et j'ai pris le parti d'aller chercher des informations à la Porte St-Martin, où j'ai appris avec plaisir, que vous étiez venu installer vos pénates dans les parages plus humains de la rue de Richelieu, circonstances que je me suis cependant hâté de vérifier par moi-même. Je me suis moins hâté de vous adresser ma pétition, parce que je voyais votre représentation constamment renvoyée d'un jour à l'autre sur l'affiche, et que vous auriez eu le temps d'oublier cinquante mille fois ma demande. Mais maintenant que j'ai vu le *sans remise* indiqué pour samedi, je crois l'instant venu de réclamer de vous *une stalle* que vous ferez peut-être bien de ne pas m'envoyer par la poste, à moins que vous ne puissiez l'y faire mettre le samedi de bonne heure, et de très bonne heure même, car je m'aperçois tous les jours que ladite poste est moins exacte maintenant que dans les commencements de la réforme opérée par M. Conte. Si donc vous voulez la laisser dans la journée de samedi sous enveloppe à mon adresse chez votre portier, j'y passerai pour l'y prendre. Si cependant vous n'êtes pas maître de disposer d'une stalle pour la première représentation en faveur d'un zélé claqueur qui est enchanté de voir aborder les planches à des talents jusqu'ici vierges de cette atmosphère fumeuse et empestée d'huile ou de gaz à quinquets, je m'inscris d'avance pour la seconde, c'est-à-dire, pour lundi (car on ne vous rejouera sans doute pas le dimanche), et vous sentez qu'à la seconde représentation vous pourrez avoir encore besoin d'être soutenu contre tous les cabotineurs, soi-disant gens de lettres et auteurs dramatiques, qui seraient enchantés de voir un romancier aussi fameux venir se casser le nez sur la rampe. Mais alors pour la seconde, comme je ne pourrais peut-être pas toujours aller chercher mon billet à votre porte au risque de m'y casser le nez moi-même, ce serait à la poste qu'il faudrait le confier, en ayant bien soin de ne pas me faire la gasconnade de vous y prendre trop tard. Voilà mon adresse que je vais vous donner ; ne me réduisez pas à la nécessité de me mettre à la queue et d'aller vous siffler pour mon argent[3]. *Addio, caro.*

Gaspons.

Grande rue Verte, n° 26.

Post scriptum écrit *en poste* comme ma lettre et non *par la poste* (afin de vous donner l'exemple de ce que je vous conseille, pour samedi du moins). Il est toujours essentiel de ne pas oublier sur l'adresse des lettres qu'on me fait l'honneur de m'écrire, mon nom sacramentel de *Gaspard*, mais ce que je crois aussi essentiel à moi de ne pas oublier de vous dire maintenant, c'est que c'est moi qui ayant su votre adresse, l'ai donnée à Mme Junot[4] qui veut aussi vous demander des places pour son compte. Je lui ai bien recommandé de ne pas donner cette adresse à des gens qui en pourraient faire mauvais usage, qui pourraient vouloir vous loger à Clichy, et comme elle sait par l'exemple de la famille ce que c'est que ces inconvénients-là, je ne doute pas qu'elle ne se conforme scrupuleusement à cette recommandation.

Autre *post scriptum*. Voyez ce que c'est que de vouloir écrire trop en poste. Je suis obligé de retourner l'enveloppe de ma lettre que j'avais faite tout de travers, et au surplus cela ne vaut guère la peine d'être remarqué dans un pays et dans un siècle où tant de gens retournent leurs habits, autrement dit, leurs enveloppes. Adieu donc.

40-77. ALEXANDRE FURCY-GUESDON À BALZAC

[Paris, mars 1840[1].]

Furcy Guesdon rappelle au souvenir de son ami de Balzac qu'il lui a promis de le faire assister à la 1re représentation de son drame. Il l'obligerait beaucoup de lui envoyer deux billets au lieu d'un afin d'être doublement applaudi par deux admirateurs de son talent.

Hôtel des Tuileries, rue de Rivoli n° 6.

40-78. À LÉON GOZLAN

[Paris, vers le 12 mars 1840.]

Mon cher Gozlan, je vous ai fait parvenir une stalle de Balcon, le mot de Dutacq m'épouvante car il m'a fallu racheter celle que je vous envoie. Enfin ! Je suis mort dans les répétitions. Vous verrez une chute mémorable. J'ai eu tort d'appeler le public, je crois. *Morituri te salutant Caesar.*

Vous avez dû signer une feuille, et la stalle envoyée est le numéro 12.

[Adresse :] Monsieur Léon Gozlan | 21, rue de Trévise.

40-79. ALPHONSE DE LAMARTINE À BALZAC

[Paris, vendredi 13 mars 1840.]

Monsieur et illustre Confrère, vous m'aviez dit un jour que vous viendriez voir Mme de Lamartine. J'ai accepté cela comme une bonne promesse et pour en être plus sûr j'ai invité Huerta[1] à nous jouer comme l'autre jour un drame sur sa guittare [*sic*] samedi soir (demain).

Voyez si cela peut vous séduire, l'admiration ancienne et toujours croissante pour vos admirables talents, serait une bien autre séduction encore, mais à celle-là vous êtes accoutumé.

Lamartine.

40-80. À HECTOR BERLIOZ

Paris ce [14 mars] 18[40].

Mon cher Maître, vous serez sans doute à Falcon[1] et je ne vous enverrai v[otre] billet que pour la seconde de *Vautrin*[2]

tout à vous
d'admiration
de Balzac.

[Adresse :] Monsieur H. Berlioz | 31, rue de Londres | Paris.
[Cachets postaux peu lisibles.]

40-81. À ALPHONSE DE LAMARTINE

[Paris, samedi 14 mars 1840.]

Cher et illustre poète, si toutefois l'orateur n'est pas plus grand encore, vous êtes trop haut placé pour savoir ce qui se passe dans les sphères terrestres, et je suis bien chagrin d'avoir à vous dire que je suis obligé de rester à la bataille parmi mes ennemis au lieu d'être parmi des amis chez vous, à prendre de délicieux plaisirs[1]. C'est une triple perte, car Mme de Girardin s'était flattée et m'avait promis de vous amener à *Vautrin*. Si cela tombe de bonne heure j'irai me faire consoler chez vous.

Trouvez ici l'expression d'une admiration que je suis heureux de vous témoigner de nouveau[2]

de Balzac.

Samedi, 14 mars.

40-82. CHARLES CABANELLAS À BALZAC

[Paris, samedi 14 mars 1840.]

Monsieur,

Une première indiscrétion ne donne certes pas droit à une seconde et cependant je viens peut-être faire auprès de vous une demande indiscrète et je n'ai pour m'appuyer qu'une 1re lettre à vous adressée il y a 6 ans et qui toute hardie et curieuse qu'elle était obtint cependant une réponse bienveillante. Cette réponse datée de Frapesle (17 avril 1834) courte mais précise me donne de précieuses indications sur les différents détails de votre Œuvre et je la conserve bien religieusement. Mais peut-être l'avez-vous oubliée ainsi que le nom qui signera cette lettre ; aussi je vous la rappelle avant de commettre ma deuxième indiscrétion[1].

L'annonce imprévue pour ce soir de la 1re représentation de *Vautrin* m'a pris au dépourvu, j'ai envoyé à la Porte St-Martin et n'ai pu obtenir de places. Compté-je trop sur votre bienveillance en vous priant de m'en procurer une ou deux. Si vous avez le moindre souvenir de ma 1re lettre, vous comprendrez tout le plaisir que vous pouvez me donner, et par contre tout le chagrin que j'éprouverais de ne pouvoir assister à une solennité qui frappant enfin vos œuvres au coin du théâtre doit les rendre monnaies authentiques et fermer pour toujours la bouche à ceux qui veulent en vain les empêcher de circuler.

J'espère et j'attends impatiemment. À vous mes vœux les plus ardents pour ce soir.

Votre tout dévoué serviteur

Charles Cabanellas
22, rue Montholon.

Samedi 14 mars 1840.

P. S. — J'adresse ma lettre au Théâtre, dans le cas où elle ne vous y trouverait pas, veuillez laisser votre réponse chez le concierge, je l'y ferai prendre.

40-83. GINÉVRA DE M*** À BALZAC

[Paris, le 14 mars 1840.]

Monsieur,

M'avez-vous oubliée ? Votre silence me le ferait craindre, et cependant j'espère encore, si vous daignez faire droit à ma demande, je vous en remercie bien sincèrement, car malgré mon vif désir de prendre part à vos succès, il me faudrait y renoncer, si je n'obtiens pas de vous la faveur que j'en réclame[1].

Il est maintenant trop tard pour prendre un autre moyen.

Un mot de réponse et d'encouragement.

Recevez l'expression bien sincère de mes sentiments distingués, et dévoués.

Ginévra de M…

Paris le 14 mars — 40.

40-84. LE MARQUIS DE CUSTINE À BALZAC

[Paris, 14 ou 15 mars 1840[1].]

Que de talent il faut pour porter tant d'esprit ! Vous avez vu la société d'un point de vue très poétique, et vous nous la présentez sous une forme originale et neuve : c'est un mérite immense. Le pathétique et le comique se disputent l'intérêt dans ce drame singulier que l'on ne peut voir sans rire et pleurer à la fois. Il y a dans votre caractère principal un sens symbolique qui rappelle les types d'Aristophane et pour avoir encadré ce personnage merveilleux dans des tableaux réels il a fallu beaucoup d'art : Frédéric est admirable ; mais les femmes ont nui à l'effet. Quelle dépendance que celle de l'auteur ! Malgré les actrices cet ouvrage ira loin et tout considéré vous devez être satisfait. Le sort a voulu que le Jury me laissât libre et que je pusse quitter Versailles à temps pour arriver avant le lever de la toile[2].

Nous nous sommes égosillés à appeler l'auteur dont le nom s'est trop fait attendre[3] ; Frédéric a eu tort aussi de ne pas reparaître. Je voudrais vous voir, et causer avec vous de tout cela ; mais je retourne à ma galère, où je voudrais bien rencontrer un Vautrin puisque je ne peux retourner demain à votre bagne parisien que vous devriez faire nettoyer ; car ce malheureux théâtre est devenu une vraie ménagerie depuis toutes les bêtes qui y jouent et qui y regardent jouer. Balayez, donc tout cela et rendez-nous la comédie.

Mille amitiés dont vous ne doutez pas.

A. de Custine.

40-85. UN DÉFENSEUR DE « VAUTRIN »
À BALZAC

[15 mars 1840.]

Hé mon brave et par trop vrai M. de Balzac, que votre tâche me semble difficile, âpre mais glorieuse comme celle de Molière, Pascal et Voltaire. Eux aussi, dans leur sublimité, ont affronté les orages et de la part des pernicieux et à jamais odieux jésuites et de la part de leurs acolytes naturelles, les femmes dévotes, plus odieuses encore (si c'était possible) par leur hypocrisie. Ont-elles fulminé et fait fulminer ces adroites Maintenon de toutes couleurs et attitudes ! Mais cela se conçoit. Il faut, *chercher du moins*, discréditer un auteur, lu par les femmes galantes, par les Ninon avouées et par les Ninon travesties, lu avec plaisir, mais clandestinement, comme le faisait jadis le petit et déjà corrompu abbé de 20 ans qui savourait en secret *Candide* et *La Pucelle* en les accablant de sarcasmes en public, un auteur enfin qui n'est peut-être (malgré sa grande popularité) pas assez connu par ceux qu'il veut avertir et éclairer, par ceux aux yeux desquels il veut arracher le masque trompeur d'un sexe, à l'instar et au haut exemple de Molière, Pascal, Voltaire etc. qui le firent à ces misérables jongleurs qui blasphémaient la divinité en se servant de son nom pour exploiter les crédules au profit de leurs sordides cupidités.

Pour moi, je ne vois jamais de pareilles sottises, cette absurde contradiction, cette éternelle honte de l'esprit humain, sans que ma pensée se porte au lugubre tableau de l'histoire de Marie Stuart, à la persécution à jamais ignominieuse de la rusée & infernale comédienne Élisabeth d'Angleterre, persécution toute d'hypocrisie et de basse jalousie, drame plein de terreur et d'abjection... Marie sut, dans sa haute région et disciple trop docile de Catherine de Médicis, se montrer femme vraie et franche. Au scandale ! s'écrie Élisabeth, bien plus coupable qu'elle, et [qui] pousse sa cruauté jésuitique jusqu'à se souiller du sang de sa sœur... Frénésie et colère de la jésuitique Élisabeth ! Votre fureur a encore éclaté cette semaine par la voix de certains journaux, soudoyés par une police, qui au lieu d'avoir honte de sa saleté, enrage contre celui qui a assez de cœur pour oser lever le bout du voile dont elle cherche en vain de s'affubler, suggérer par cette moitié de la nation, qui s'ameute et se rue sur l'homme courageux, qui lui fait lire publiquement ce dont on s'évertue à tenir secret. Mais vous avez beau défendre la représentation, décrier les œuvres, ce sont autant de moyens pour les rendre de plus en plus populaires et tôt ou tard une autre vérité se fera jour, voire celle, que l'éducation du soi-disant beau sexe demeure encore, à commencer en France, pour que cette grande partie de la population cesse enfin d'être la plus malheureuse du globe entier…

M. de Balzac marchera toujours dans les traces des Lannes, des P. Le Brun (*bien entendus*).

Il faut éveiller le dégoût, en montrant le vice hideux et laid, afin de le faire repousser par les âmes honnêtes, avant qu'il ne gagne des adorateurs par une tenue hypocrite, par un extérieur !

Soyez vicieuse, mais avec décence. Faites des horreurs, mais cachez-vous et surtout craignez le scandale. Telles furent les maximes des deux derniers siècles en France. Ce pays, sans avoir un mur à la chinoise, s'isolait, pour ainsi dire, en fait de morale. Appui, des productions des Genlis et consorts. On se permettait de faire l'apothéose des Louis à la tête de leurs bordels, on chantait dans les rues, non pas les vertus, mais les licences de ce « Diable à quatre » du grand Henri, ravalé indignement à ses indignes successeurs. Le reste de l'Europe, à l'instar des Anciens, ne cessait jamais de regarder en face ce croque-mitaine « Scandale », osait le présenter et en le représentant dans toute son horrible nudité, l'image, si fortement crainte en France, portait sa morale par le simple fait de la représentation. La révolution et sa guerre de 25 ans a retrompé la nation française. La haute société se mit en voyage et même le peuple suivit le plus grand capitaine des temps modernes des pyramides au Cremlin, traversa l'Europe en tous sens et c'est ainsi que la masse de la nation a vu et s'est informée des mœurs du monde.

En un mot le Français a franchi le sot mur à la chinoise et veut pour le 19e siècle une synthèse pour la morale, comme il a su se frayer une carrière à sa vie politique.

Monsieur, c'est un homme obscur, illettré, d'origine étrangère, mais qui sacrifierait volontiers sa vie si le bonheur de la France l'exigeait, qui pénétré des pensées manifestées ci-dessus, pensées que partagent sans doute les censeurs de *Vautrin* et même M. Harel, qu'on présente avec rage et sotte obstination, a couché les quelques lignes ci-après.

Veuillez, mon estimable Monsieur, les agréer avec indulgence et n'y voir qu'un hommage mérité à si juste titre, que la faible empreinte d'une profonde vénération due à vos hautes capacités.

15/3 40.

Sur l'interdiction du Vautrin *au théâtre de la porte Saint-Martin*,

Anathème et Haro assourdissants vomis par le sauvage mais chaste Paris contre l'impudent M. de Balzac… Rien de plus simple ! Effaroucher un public innocent et timide, revenu à peine des Saturnales du carnaval, par des turpitudes obscènes telles que *Vautrin* ! Le représenter aux gens pudibonds et trop faciles à faire rougir par le goujat des auteurs ! quelle indignité ! Vouloir mettre en scène ce dont on plaisante avec de si bonne grâce dans les romans, ce qui s'offre si gentiment sur les estampes des carrefours et jusqu'aux enseignes des maisons de commerce, comme « l'éclipse de 1820 » &c &c. Fi donc, quel mauvais goût ! Divulguer aux Français cette vérité des mœurs françaises au sein de l'élégante cité, vérité qui crie, que l'adultère est la règle et que le mariage honnête, du chiffonnier jusqu'au ministre, est l'exception...

Hé mon brave.

40-86. THÉOPHILE GAUTIER À BALZAC

[Paris, entre le 15 et le 17 mars 1840[1].]

Mon cher Balzac, pourrait-on avoir le manuscrit de votre pièce pour saupoudrer l'analyse de l'infinité de mots spirituels qui fourmillent dans chaque acte ? — cela ferait un excellent effet.

Tout à vous
Théophile Gautier.

40-87. LOUIS DESNOYERS À BALZAC

[Paris, lundi 16 mars 1840.]

Mon cher Balzac,

Tout ce que je puis faire dans l'intérêt de votre pièce, jusqu'à ce que les esprits soient un peu calmés, c'est de garder le silence et de faire en sorte qu'on n'approuve pas la mesure ministérielle qui en supprime la représentation — à la place de compte rendu, j'ai envoyé ce soir quelques mots qui sont tout à fait dans l'intérêt bien entendu des gens de lettres, qui est le vôtre, en matière de suppression de pièces[1]. Vous ne serez peut-être pas content de mon silence ; vous aurez tort, et grand tort ; au revoir, pour explications.

À vous de cœur
Louis Desnoyers.

[Adresse :] Monsieur | de Balzac | rue de Richelieu, 108 | Paris.

40-88. AU DIRECTEUR DU JOURNAL
« LA PRESSE »

[Paris, mardi 17 mars 1840.]

Monsieur,

Je vous prie, au nom de l'acteur[1], de publier un mot de réponse au *Moniteur parisien*[2] qui accuse M. Frédérick Lemaître d'avoir aggravé l'immoralité d'une pièce permise par la censure.

La censure pouvait-elle imaginer que M. Frédérick Lemaître jouerait Vautrin d'une façon innocente ? N'a-t-elle pu venir aux répétitions, faites exprès pour elle afin d'examiner les costumes ?

L'acteur, qui, certes, a grandi aux yeux de tous ceux qui admirent son talent, a scrupuleusement dit son rôle et l'autorité n'ignore pas en ce moment que j'ai moi-même fait des modifications sans qu'elles me fussent demandées et après le permis du ministre. Mais je ne viens point ici parler de moi, je veux seulement empêcher qu'on ne porte atteinte à la probité du grand Comédien[3] ; moi j'ai ma préface[4], M. Frédérick Lemaître ne peut que souffrir en silence de cette accusation, si elle n'était démentie.

Agréez, [...]

de Balzac.

40-89. HAREL À BALZAC

[Paris, mardi 17 mars 1840.]

Il faut qu'aujourd'hui nous tentions Thiers[1] par Lamartine — c'est notre seul espoir.

Quant à moi, je dépose demain mon bilan[2], si je n'ai pas aujourd'hui une solution.

À quel moment voulez-vous que je vous prenne *aujourd'hui* pour aller chez Lamartine.

Harel.

[Adresse :] Monsieur | de Balzac | Rue de Richelieu, 108.

40-90. HAREL À BALZAC

[Paris, mercredi 18 mars 1840.]

J'ai couru hier après vous toute la journée[1] — il paraît qu'il ne serait pas impossible d'aviser à des changements. Moi je ne crois pas — mais enfin Al. Dumas a fait une démarche[2]. On dit M. Perrot[3] bien disposé.

Voyez Frédérick[4] — il vous a attendu hier toute la journée p[ou]r cela.

À vous

Harel.

18.

[Adresse :] Monsieur | Monsieur de Balzac.

40-91. HENRY LOUIS DELLOYE À BALZAC

[Paris, mercredi 18 mars 1840.]

Mon cher Monsieur,

Je vous ai fait remettre hier soir l'épreuve des 4 premières feuilles de *Vautrin*. Ce matin je suis allé chez vous et j'ai retrouvé mon paquet intact chez le portier.

Vous concevez combien il importe de paraître promptement pour que je puisse me retirer de cette affaire. Obligez-moi donc de ne nous retarder que le moins possible et faites-moi savoir quand il me sera possible de vous voir.

Tout à vous

Delloye.

Ce 18 mars mercredi.

[Adresse :] Monsieur | Monsieur de Balzac | 108, rue de Richelieu | Paris.

40-92. À VICTOR HUGO

[Paris, mercredi] 18 mars [1840].

Mon bon et grand Victor je viens d'être pris d'un horrible accès de fièvre sur lequel le médecin n'a pas encore prononcé. Frédérick Lemaître sort de chez moi, la catastrophe d'Harel excite autant d'intérêt que celle de mes petites affaires[1]. Je suis hors d'état de vous écrire et mon beau-frère a la complaisance de tenir la plume. Il paraît qu'Alexandre Dumas se fait fort avec des concessions de ravoir la pièce pour Harel[2], comme je ne sais pas quelle nuit je passerai et si je serai en état d'indiquer quoi que ce soit, soyez donc assez bon, si toutefois cette délégation donnée à vous en même temps qu'à Alex. Dumas est possible, pour maintenir le pathétique du cinquième acte, que dans sa conscience Alex. Dumas indiquait à Harel afin de le changer en bouffonnerie.

Puis comme je sais que les Poètes aussi élevés que vous l'êtes prêtent leurs idées aussi bien que leur argent, ayez la bonté de faire quelques coupures principalement dans la scène qui termine le troisième acte et d'y faire les changements nécessaires pour que Vautrin soit animé d'un sentiment de respect pour sa création. (Pygmalion pour Galatée). Les femmes ont été unanimes pour demander ce changement qui est en effet bien dramatique.

3°[3] Enfin expliquez à M. Dumas, auquel je n'ai pas pu écrire que j'ai un ressort dramatique tout prêt pour terminer la fin du 2ᵉ acte par une nouvelle apparition de Vautrin qui pouvant avoir vu ou su qu'un espion était allé chez le duc de Montsorel, s'y présenterait lui-même sous son costume de la nuit pour sonder le duc et lui persuader que l'espion est un voleur et que lui Vautrin, est le vétille espion. Le duc resterait ainsi dans l'incertitude.

Je suis prêt à indiquer le mouvement de cette scène et à dicter à celui de nos amis qui aurait l'obligeance de venir me voir.

Cet ajouté permettrait de couper assez largement dans les scènes qui précèdent l'arrivée de M. de Frescas[4].

En dernier lieu je vous prierai d'appuyer mon opinion

et celle d'Harel auprès de Frédérick pour que les deux 1ᵉʳˢ actes soient joués dans le même décor, sans baisser la toile, et les femmes restant debout.

Je ne vous parle pas de mon amitié qui égale votre génie⁵,

de Balzac.

Chez M. Surville, Rue du Fg-Poissonnière, n° 28.

40-93. À ALEXANDRE DUMAS

[Paris, 19¹ ? mars 1840.]

Monsieur,

M. Frédérick Lemaître me fait part de vos bonnes intentions dans le désastre qui m'atteint ainsi que M. Harel.

Je suis au lit, atteint gravement d'une maladie dont le début est effrayant, je vous écris de mon lit, pouvant à peine tenir la plume, mais ayant encore assez de force pour vous confier mes pouvoirs sur la pièce.

Ce mouvement généreux de votre part, Monsieur, est bien de nature à effacer ce dont je me plaignais dans le passé, lors du procès de la *Revue* [*de Paris*²]. Aussi, trouvez ici l'expression de mes sentiments les plus distingués

de Balzac.

[Adresse :] Monsieur A. Dumas.

40-94. À LÉON GOZLAN

[Paris, jeudi 19 mars 1840 ?]

Mon cher Gozlan, si vous pouvez monter un moment demain vendredi, à 4 heures rue du Fbg-Poissonnière 28¹, vous m'y trouverez et j'ai qq chose à vous dire.

Mille amitiés

de Balzac.

40-95. ADOLPHE GRANIER DE CASSAGNAC
À BALZAC

[Seconde quinzaine de mars 1840?]

J'ai vu aujourd'hui deux fois M. Th[iers] pour l'affaire[1]. D'abord, je suis allé le demander à la Chambre, où il m'avait fait écrire que je le trouverais. Je lui ai détaillé la chose. Il m'a donné rendez-vous dans son cabinet, pour six heures. Je m'y suis trouvé. Une personne avec laquelle il devait causer de cela n'était pas venue, et il allait à Saint-Cloud. Nouveau rendez-vous est pris pour demain matin à huit heures. J'y serai.

Mais, pour Dieu, donnez-moi donc une adresse où l'on vous trouve, vous ou Laurent[-Jan]! Si l'audience avait été convenue, j'aurais été bien en peine de vous le faire savoir.

A. G[ranier] de Cassagnac.

[Adresse:] À M. de Balzac | 108, rue Richelieu à Paris | Pressée.

40-96. ALEXANDRE DUMAS À BALZAC

[Paris, mars 1840[1].]

Monsieur,

Il ne faut plus songer à la pièce mais à vos intérêts particuliers dans cette affaire[2]:

Pardon si j'entre avec vous dans quelques détails, le résultat vous prouvera que ce n'est point curiosité, mais le désir de vous être bon à quelque chose: au reste tout ceci est confidentiel, et sur mon honneur restera entre nous deux.

Vous aviez m'a-t-on dit cédé votre part de droits de *Vautrin*. Je connais l'espèce d'hommes[3] avec laquelle on fait ce genre d'affaire — vous avez été rançonné très probablement ou alors je ne connaîtrais plus mes juifs.

Voulez-vous que je me charge de demander pour vous une indemnité[4] — voulez-vous me chiffrer la somme à laquelle s'élèver[ont] ou votre dette ou vos prétentions — en ce cas donnez-moi une lettre avec vos pouvoirs près du ministre: personne au monde ne le saura. La somme vous sera remise, soit à vous directement soit à moi qui vous la remettrai. Ni collaborateur ni juif n'entrera là-dedans, en supposant toutefois que je sois assez heureux pour réussir.

Croyez que c'est une proposition que je vous fais de tout cœur, et ne m'en veuillez pas, si elle n'était point selon vos convenances.

Mille compliments empressés

Al. Dumas.

40-97. ALEXANDRE DUMAS À BALZAC

[Paris, mars 1840[1].]

Monsieur,

Je crois que M. Cavé[2] ira vous voir ce soir même ou demain matin au plus tard.

Ainsi vous n'aurez même pas besoin d'intermédiaire — causez franchement avec lui de votre position, si vous n'aimez mieux le renvoyer à moi.

Dans tous les cas à vos ordres — et demain quand vous l'aurez vu indiquez-moi par un mot ce que je dois faire.

Mille et mille souhaits de meilleure santé

Al. Dumas.

40-98. ESCUDIER FRÈRES À BALZAC

[Paris, samedi 21 ou 28 mars 1840[1].]

Mon cher monsieur de Balzac,

Voici quatre billets pour le concert de *La France musicale*, qui aura lieu le 1ᵉʳ avril à 1 heure *précise*. On y exécutera des morceaux de *Mosè*, qu'on ne chante plus à l'Opéra et qu'on n'y a jamais entendus dans les concerts[2]. Nous espérons que vous nous ferez l'honneur d'assister à cette solennité. Il n'y a pas de places numérotées; venez de bonne heure, ou bien pénétrez jusqu'au foyer des artistes vous nous y trouverez.

Agréez nos compliments empressés

Escudier frères.
6, rue Neuve St-Marc.

Samedi.

40-99. FRANÇOIS HUTTEAU À BALZAC

Malesherbes (Loiret) le 24 mars 1840.

Monsieur,

Le Pays de vos ayeux[1] après avoir donné le jour à *Lamoignon de Malesherbes* ajoute encore aujourd'hui un nouveau fleuron à sa couronne ; il a vu naître *Lelièvre*.

Ses concitoyens, voulant honorer ce beau fait d'armes[2], ont ouvert une souscription pour lui élever un monument.

Ils croiraient manquer à votre caractère en ne vous en informant pas ; homme de lettres, vous saurez les comprendre.

Agréez l'assurance de notre considération très distinguée.

Les membres de la commission.
Le maire Président de la c[ommissi]on
Hutteau[3].

[Autres signataires :]

Bernard
Leclerc, ancien notaire
Vramant, notaire.

[Adresse :] Monsieur | Mons. de Balzac | homme de lettres | Paris.
[Cachet postal :] P[ort] P[ayé] Malesherbes 24 mars 1840.

40-100. À FERDINAND MÉNAGER

[Paris, jeudi 26 mars 1840.]

Monsieur[1],

J'ai l'honneur de vous prier de remettre au porteur du présent *toutes les pièces et titres* relatives [*sic*] à toutes les poursuites Lesourd[2] dont cette lettre vous vaudra décharge.

Si je n'étais pas au lit et malade je vous en dirais plus, mais je compte aller passer ma convalescence aux Jardies et j'aurai l'honneur d'aller vous voir pour les paiements à faire et surtout consommer la vente du petit terrain du beau-père de Demongeot.

Je vous prie également de remettre l'acte s[ous] s[eing]

privé avec le petit Legris afin que j'arrive judiciairement à la réalisation.

Mille compliments affectueux

de Balzac.

Paris, 26 mars 1840.

[D'une autre main :]

M. Ménager m'a remis neuf dossiers relatifs aux affaires de M. de Balzac à Sèvres le 29 mars 1840.

Riehl.

40-101. À HÉLÈNE DE VALETTE

[Paris, fin mars 1840.]

Ma chère Marie[1],

Voici les épreuves et les travaux de *Béatrix*[2], ce livre auquel vous m'avez fait porter une affection que je n'ai jamais eue pour un livre et qui a été l'anneau par lequel nous avons fait amitié[3]. Je ne donne jamais ces choses qu'à ceux qui m'aiment, car voilà les preuves de mes longs travaux et de cette patience dont je vous parlais, c'est sur ces terribles papiers que se passent mes nuits. Et, parmi tous ceux à qui j'en ai offert, je ne sache pas de cœur plus pur ni plus noble que le vôtre, malgré ces petites atteintes à la foi qui ne viennent sans doute que de l'excessif désir que vous avez de trouver un pauvre auteur plus parfait qu'il n'est possible d'être. Ce matin, après vous avoir écrit, chère vie[4], le directeur des Beaux-Arts[5] est venu pour la seconde fois, et il m'a offert *momentanément* une indemnité[6] qui ne faisait pas votre somme[7] j'ai refusé ; je lui ai dit que j'avais droit ou non, et que si c'était oui, il fallait que mes obligations envers des tiers fussent au moins remplies. Que je n'avais jamais rien demandé, que je tenais à cette noble virginité, et que je ne voulais ou rien pour moi, ou tout pour les autres, j'ai pensé que nos cœurs résonnaient à l'unisson en ceci.

Il s'en est allé très heureux m'a-t-il dit de ce que je lui disais, et m'a remis pour une plus ample satisfaction à l'issue de la lutte parlementaire. Je vous apporte ceci parce que ce sont nos affaires.

D'ailleurs, malgré cet échec, et ma maladie, mon courage n'est pas attaqué, je saurai puiser à d'autres sources, celles de la librairie, pour remplir mes engagements.

Je vous envoie mille tendresses et me sens un peu fatigué, ce soir. *Addio cara.*

40-102. AU DUC D'ABRANTÈS

[Paris, fin mars 1840[1]?]

Mon cher d'Abrantès, j'ai besoin de v[os] services pour une affaire qui ne souffre aucun retard, à quelque moment que vous rentriez, attendez-moi, je passerai jusqu'à ce que je vous rencontre.

Tout à vous

de Balzac.

Au lieu de m'attendre, voulez-vous avoir l'excessive complaisance de venir à 2 pas, rue des Martyrs, n° 23, demandez M. Laurent-Jan, vous y trouverez toujours l'explication de mon billet.

40-103. À MONSIEUR ***

[Fin mars ? 1840.]

Monsieur

Je vous remercie de me renvoyer ce que je reçois, et vous prie d'agréer derechef mes expressions de reconnaissance pour tous les soins que vous avez pris de mes affaires dans l'interdiction de *Vautrin*[1]

de Balzac.

40-104. ZULMA CARRAUD À BALZAC

Mardi, 31 avril [*sic* pour 31 mars[1] 1840].

Cher, je pars bientôt et, avant de quitter Paris, je tiens à vous présenter M. Martelli Ubicini[2], précepteur d'Ivan. C'est une belle et riche intelligence qui demande à se prosterner devant la vôtre. Selon le monde, il est inculte et a un cachet tout particulier qu'il ne perdra pas probablement même quand il subira les frottements de la société. Le pauvre garçon n'a jamais de liberté, et c'est par grâce spéciale qu'il m'accompagne dimanche à Paris. Si vous pouviez me dire l'heure à laquelle vous serez libre de nous recevoir, vous me ferez un vrai plaisir et je vous en saurai un gré infini. Il me serait pénible de ne pas le mettre en rapport avec vous. Je lui dois beaucoup et je serais heureuse de m'acquitter envers lui en satisfaisant un désir porté au plus haut degré et qui me le fait doublement apprécier.

Adieu Honoré ; puissent les susceptibilités gouvernementales se calmer, et vous permettre de prendre votre revanche avec un public qui vous aime.

À vous de cœur.

Zulma.

Mes tendresses à Laure.

[Adresse :] Monsieur de Balzac | chez Mr Surville | rue Faubourg-Poissonnière 28.
[Cachet postal :] 1er avril 1840.

40-105. ZULMA CARRAUD À BALZAC

Mardi à onze heures [, 31 mars 1840].

Cher, j'arrive par le chemin de fer ; je me suis trouvée en diligence avec des gens de Versailles à moi inconnus, mais dont plusieurs étaient des militaires. La conversation tomba sur vous, sur *Vautrin*, sur le genre horrible, et vous fûtes habillé de toutes pièces. L'un dit que Balzac-House était en vente ; l'autre ajouta que c'était par expropriation. Et un m[onsieu]r, qui certes n'est pas militaire, dit qu'il vous connaissait beaucoup, qu'il avait voyagé aujourd'hui avec vous par le convoi de quatre heures ; qu'il savait que vous n'aviez pas le premier sou de votre maison. Il dit, quand on parla de *Vautrin*, que vous n'en étiez pas l'auteur ; que vous aviez pris un pauvre jeune homme[1], et que vous l'aviez tenu enfermé chez vous tout le temps qu'il mit à faire le drame ; que vous lui vendiez votre nom ; mais qu'aussitôt que vous aviez vu qu'il y avait quelque mérite à l'avoir fait, vous l'aviez revendiqué et que l'obscur garçon avait été mis de côté ! Un peu plus tard, l'orateur de la voiture, un immense officier qui à l'entendre a parcouru toutes les contrées de l'Europe dit qu'il savait une anecdote dont vous feriez bien votre profit et que s'il vous connaissait il vous la raconterait pour vous prouver que, quelque extravagante que fût votre imagination, elle n'allait pas jusqu'à cette atroce réalité. Il dit que le bourreau de Plaisance avait une fille admirablement belle ; elle était aimée par un jeune homme de la ville, appartenant à la haute bourgeoisie, fils d'un très riche négociant. Le bourreau mourut ; l'amoureux demanda la main de la fille, qui consentit à la donner, à condition qu'il remplacerait son père et se ferait bourreau à sa place. Le jeune homme n'hésita pas. On commenta cela de mille manières. Mais, ce qu'il est bon que vous sachiez, c'est que le m[onsieu]r qui se vante d'une certaine intimité avec vous promit solennellement qu'il vous raconterait l'histoire afin que vous la mettiez en nouvelle ; et comme il s'est permis de fort sots propos sur vous, dont je vous ai rapporté les plus saillants, j'ai cru devoir le dénoncer, afin que vous fassiez de tout cela tel usage [que] vous trouverez convenable et aussi afin que vous ne soyez pas sa dupe.

Addio caro mio. Portez-vous bien et répondez au billet que je vous ai écrit à Paris il y a quelques heures ; je tiens singulièrement à vous présenter mon jeune homme, et à lui ménager auprès de vous un accueil après mon départ.

A rivederci.

[Adresse :] Paris | Monsieur de Balzac | chez Mr Surville | rue, Fbg-Poissonnière 28.
[Cachet postaux, départ :] Versailles 1ᵉʳ avril 1840 | Paris, 1ᵉʳ avril 1840.

40-106. LE MARQUIS VINCENZO SALVO À BALZAC

[Premier trimestre 1840 ?]

Mon cher Balzac,

Nous venons de recevoir une invitation à la cour pour dîner avec le nouvel ambassadeur de Naples[1], cela nous privera de vous avoir demain avec nous. Mais ma femme ne vous tient pas quitte de votre promesse, et je prie Mr Delord[2] de prendre jour

avec vous pour venir dîner ensemble un jour de la semaine.
Delord me le fera savoir. Croyez-moi mon cher Balzac

> Votre ami
> Ms de Salvo.

Ce dimanche.

40-107. GASPARD DE PONS À BALZAC

[Paris,] mercredi 1ᵉʳ avril [1840].

Cher Vautrin, malgré la date, ce n'est pas un poisson d'avril que vous allez pêcher chez votre domestique portier, *comme disent ces gueux d'huissiers*, et comme dit par conséquent ce gueux d'Arnal[1]. J'étais passé chez Madame votre sœur pour vous voir et pour avoir en même temps des nouvelles de Mademoiselle de Surville ; j'ai appris que sa maladie était déjà de l'histoire ancienne, ainsi que la vôtre. Or donc, je vous charge d'en faire bien spécialement compliment de ma part à la chère maman et de recevoir le mien pour votre compte sur votre propre convalescence.

Je veux vous dire, en outre, à vous, que s'il y a une chose qui m'ait paru légèrement scandaleuse dans votre drame, pas un critique ne l'a relevée à ma connaissance. C'est la légèreté précisément avec laquelle Vautrin médite l'assassinat du Marquis pour faire le bien de son pupille ; vous affublez là d'un projet de crime assez inutile peut-être (d'autant plus qu'il n'est pas mis à exécution) un homme sur lequel vous voulez jeter un certain intérêt, et à qui vous n'avez pas même daigné en donner le moindre remords.

J'aurais, moi, des remords de vous ennuyer de mes observations, si je n'avais pas à vous parler d'une affaire qui m'intéresse. Sachant votre pièce suspendue, il m'était venu dans l'esprit de porter à Frédérick Lemaître que je connaissais déjà un peu, une sorte de drame bien inoffensif au point de vue de la censure et qu'il pourrait introduire au théâtre, quel qu'il soit, où il rejouera désormais. Il était malade alors comme vous ; je lui ai donné ma pièce ; il est guéri comme vous aussi maintenant, mais je ne peux depuis plus de huit jours ni ravoir mon drame qu'il devait me rendre dans les vingt-quatre heures, ni un mot de réponse de lui. S'il voulait, par hasard, me confisquer mon œuvre à son profit, ce serait un peu bien Robert-Macaire, et je ne puis le penser, mais d'ici à deux ou trois jours, si je n'ai pas reçu de lui signe de vie, j'attendrai de votre obligeance, à vous qui devez être encore en relation avec lui, que vous vous dépêcherez de lui dire ou de lui écrire un mot à cet égard. J'ai bien encore le brouillon de ma pièce contre mon usage habituel, mais je serais très fâché d'en perdre la copie mise au net[2], d'autant plus qu'alors elle pourrait bien n'être pas perdue pour tout le monde.

Adieu, mon vieux.

Gaspons.

[Adresse :] Monsieur | Monsieur Honoré de Balzac.

40-108. ZULMA CARRAUD À BALZAC

Versailles, mardi au soir [7 avril 1840].

Je vous ai envoyé mon numéro, mon cher Honoré, et je ne vous ai pas vu. Je tiens beaucoup cependant à vous présenter Ivan et son précepteur ; ne serait-il donc pas possible de vous voir aux Jardies, un jour que vous auriez la bonté de me désigner ? M. Ubicini ne doit rester auprès d'Ivan et de son camarade que jusqu'à la fin de l'année ; il désire voyager et, comme il ne peut le faire par lui-même, il cherche une éducation à faire en pays étranger, en Italie surtout, car *aux cœurs bien nés…*, etc. Il vous sera peut-être agréable d'être salué par un sincère admirateur, vous à qui les ennemis ne manquent pas ; et par un admirateur éclairé et intelligent. Et comme le monde n'a rien fait pour lui, que son frottement n'a poli aucune des aspérités de son étrange et riche nature, cet hommage ne sera pas trop vulgaire. S'il vous agrée, permettez-lui de vous voir quelquefois, à ses rares heures de liberté, c'est-à-dire une fois ou deux d'ici les vacances ; il a perdu toute foi en soi, et cela l'empêche de travailler et paralyse des moyens peu communs. Un suffrage tel que le vôtre aurait pour lui un prix inestimable et ranimerait ce beau feu, si près de s'éteindre. Je ne reste que jusqu'au samedi saint[1] ; tâchez donc que je puisse vous voir avant mon départ, un jour de congé, à cause d'Ivan. Il ne se peut pas que je quitte Paris sans vous avoir dit adieu[2].

Je suis allée chez Laure demander au portier si vous étiez là ; et puis, 108, rue de Richelieu ; j'ai eu partout une réponse négative. Adieu, je vous tends la main. Portez-vous bien.

Zulma.

[Adresse :] Sèvres | Monsieur de B | aux Jardies.
[Cachets postaux :] Versailles, 8 avril 1840 | Sèvres, 9 avril.

40-109. À GEORGE SAND

[Paris, avril 1840.]

Chère Georges [*sic*], ne m'oubliez pas pour votre 1re rep[résentati]on[1], et si vous ne me trouvez pas de trop, je vous propose d'aller à une de vos répétitions, vous savez : un âne peut conseiller un Évêque,

tout à vous,
Dom Mar.

J'ai un ami qui voudrait bien un[e] stalle, mais j'ai passé par là, et sais ce que c'est : ne faites que ce que vous pouvez.

[Adresse :] Madame G. Sand | 16, rue Pigal[le][2].

40-110. GEORGE SAND À BALZAC

[Paris, mi-avril 1840.]

Oui certes, vous aurez une stalle ou il n'y en aura pas une seule à ma disposition. Mais je ne réponds pas de deux. Je ne veux pas de vous à ma répétition, en voici tout naïvement la cause. On m'a tant conseillé et déconseillé et reconseillé et redéconseillé (vous connaissez la chose !) et j'ai tant de faiblesse pour céder à tous les conseils bons ou mauvais, qu'il n'y a pas de raison pour que ma pièce soit jouée dans dix ans, si je ne me bouche les oreilles, fût-ce à la voix du Père Éternel. La voilà arrangée pour la 10e fois. Qu'elle soit sifflée, je m'en moque, pourvu que ce soit fini et que je n'aille plus m'enrhumer tous les jours dans les catacombes du théâtre. Il y a 15 jours je vous aurais demandé à genoux de venir me conseiller si j'avais su où vous prendre. Aujourd'hui je vous crains, parce que je ne pourrais pas m'empêcher de croire à ce que vous me direz, et je suis dans un tel état d'esprit et de santé que j'aimerais mieux être sifflée demain, qu'applaudie après-demain. *En voilà un, de spleen !*

Cependant, si vous me promettez de ne me rien dire du tout et que cela vous amuse d'entendre répéter, venez. Je serai trop heureuse de vous voir là, car je n'aurai pas le temps de vous voir ailleurs. Je vous parlerai de *Vautrin*. En écrire serait trop long.

À vous de cœur, toujours

George.

40-111. HIPPOLYTE SOUVERAIN À BALZAC

[Paris, 20 avril 1840.]

Mon cher Monsieur de Balzac,

J'acquiesce au contenu de votre lettre du 27 février dernier, en reportant la date des livraisons finales au quinze juin prochain[1].

En outre, d'après nos conditions verbales, il a été dit que les feuilletons de *La Presse* qui doivent faire la 2ᵉ nouvelle qui me revient seront au nombre de douze, et non pas de dix[2]. Les six mois pendant lesquels vous vous engagez à ne rien publier en in-8° s'arrêteront maintenant à la fin de l'année courante.

Je vous présente mes civilités empressées

D. H. Souverain.

P. S. — Il est, et demeure bien entendu que si je ne suis pas livré de tout ce qui me revient à l'époque dite (les cinq volumes et la nouvelle), nous nous retrouverons dans le *statu quo* relativement à la question des retards, la publication de *Pierrette* en 2 vol[umes] à mes risques et périls me restant acquise sans répétition ni contestations.

D. H. S.

Paris le 20 avril 1840.

40-112. EUGÈNE WOESTYN À BALZAC

Orléans, 20 avril 1840.

Monsieur,

J'ose vous adresser sous pli un exemplaire d'un article[1] sur votre drame de *Vautrin*. L'humble portée du journal où il a été imprimé ne m'a point permis de flageller la conduite ministérielle à votre égard, et si j'eus[se] été le présenter à nos grandes feuilles, elles m'eussent repoussé prévenues contre vous par les lamentations erronées des graves journalistes parisiens.

Si ce compte rendu tout faible, tout infime qu'il est au milieu de mille coups d'épingles dont chaque envieux se plaît à vous blesser, pouvait vous faire quelque plaisir ce serait là Monsieur une trop grande récompense et que je n'espère point.

Veuillez agréer monsieur cette opinion de la jeunesse sur votre drame et croire aux sentiments distingués

De votre admirateur

Eugène Woestyn.

Rue de la Treille, 8.
Collab{r} du *Journal du peuple*.

40-113. À FRANZ LISZT

[Paris, mercredi 10 heures du matin 22 ? avril 1840[1].]

Depuis une semaine mon cher Liztz [*sic*], il est convenu que je vais à la répétition de George S[and], aujourd'hui mercredi[2], mais demain à onze heures, je suis à vous

de Balzac.

Mercredi 10 h. m.

40-114. À EUGÈNE WOESTYN

[Aux Jardies, avril 1840.]

Monsieur,

Je vous adresse mille remerciements pour votre généreux article ; je n'aurais pu, pour ma défense, dire mieux, et je puis vous avouer que de si sincères témoignages spontanés adoucissent beaucoup les plaies et les coups que nous donne la calomnie. Il y a cela de particulier pour moi, que ces compensations ne me viennent jamais que de cette province tant calomniée, où l'on juge loin du cercle des inimitiés. Merci donc !

40-115. CHARLES DE RÉMUSAT À BALZAC

Paris, le 25 avril 1840.

Monsieur,

Je réponds à votre demande ayant pour objet d'obtenir l'autorisation provisoire de donner des représentations d'un drame nouveau de votre composition dans le théâtre de la Porte St-Martin, ou dans la salle Ventadour, ou dans celle de l'Odéon, durant les mois de mai, juin, juillet et août.

Dans l'intérêt des artistes du théâtre de la Porte St-Martin, dont je connais la position malheureuse, je serai disposé à vous accorder l'autorisation provisoire de donner ces représentations dans le théâtre de la Porte Saint-Martin ; mais auparavant, vous aurez à vous entendre avec tous les intéressés dans cette affaire et à justifier de leur consentement, de telle sorte qu'aucun recours ne puisse être exercé contre l'administration, qui, je le déclare, fait réserve de tous les droits.

Il est entendu en outre, que les représentations dont il est question cesseront, lorsque je jugerai utile d'en donner l'ordre, soit pour constituer définitivement l'exploitation du théâtre de la Porte St-Martin, soit pour toute autre cause, et qu'elles ne pourront durer au-delà du mois d'août.

Au cas où le théâtre de la Porte St-Martin ne pourrait être mis à votre disposition, je pourrai vous accorder l'autorisation que vous sollicitez, soit pour la salle Ventadour, soit pour l'Odéon, si je n'en suis empêché par l'intérêt du Théâtre-Italien dont la situation n'est pas encore fixée[1].

Agréez, Monsieur, l'assurance de ma considération distinguée.

Le ministre secrétaire
d'État de l'Intérieur
Ch. Rémusat.

Monsieur de Balzac, homme de lettre[s], 108, rue Richelieu.

[En marge figure l'apostille suivante :]

Autorisation est accordée à M. de Balzac à de certaines conditions imposées par l'administration de représenter un drame de sa composition au Théâtre de la Porte Saint-Martin, ou dans la salle Ventadour, ou dans celle de l'Odéon, durant les mois de mai, juin, juillet, août[2].

40-116. RIEHL À BALZAC

[27 avril 1840.]

Monsieur,

On me remet à l'instant 125 fr. pour terminer l'affaire Soldini[1]. Je vais aller voir Lesourd[2] de suite.

Votre tout dévoué
Riehl.

27 avril 1840.

[Adresse :] Monsieur | Monsieur de Balzac.

40-117. AU DIRECTEUR DU JOURNAL
« LA PRESSE »

[Paris, 28 avril 1840.]

Je vous prie de rectifier des inexactitudes dans la nouvelle donnée hier par M. Théophile Gautier, qui la publiait d'ailleurs avec bienveillance[1].

M. le ministre de l'Intérieur ne m'a point accordé de privilège et, dans ma position, je n'en aurais point demandé. M. le ministre, dans l'intérêt des artistes sans engagement, a promis d'autoriser temporairement des représentations d'un nouvel ouvrage de moi, sur les théâtres avec lesquels on pourra s'entendre, ce qui comprend la Renaissance[2] aussi bien que la Porte Saint-Martin, et dans le cas d'exigences absurdes, M. le ministre a offert l'Odéon[3]. La permission réserve tous les droits des parties consentantes. C'est un acte de justice que je puis accepter dans ses conséquences littéraires et qui certes était dû aux artistes sans emploi, par suite de l'interdiction de *Vautrin*. Il ne s'agit pas de rouvrir la Porte Saint-Martin, mais d'utiliser momentanément la salle jusqu'à ce que le ministre ait statué définitivement.

Je regrette la publicité donnée par avance à mon drame *Richard-Cœur-d'Éponge*[4]. Sans être découragé de l'importance que sa première représentation acquiert, elle sera donnée, s'il y a lieu au bénéfice de M. Frédérick Lemaître, de qui cette fois je cherche à faire ressortir le talent encore mieux que dans le rôle de Vautrin, et la sympathie du public pour l'acteur aidera peut-être à un succès.

Agréez, etc.

40-118. UNE PROTESTANTE À BALZAC

[28 avril 1840.]

À Monsieur de Balzac.

Je lis toujours vos ouvrages avec un grand intérêt parce que j'y vois un homme qui ne se contente pas des ressources de son imagination, mais qui cherche, s'enquiert, demande, sollicite, s'empare des connaissances acquises, éparses çà et là, au milieu des hommes spécieux, dans les arts, les sciences, les métiers, pour animer de toutes couleurs des tableaux afin de peindre la société dans son ensemble et dans tous ses détails, *in toto et qualibet parte*. Voilà ce qui vous caractérise et qui fait de vous un peintre à part, supérieur à tous vos confrères dont les efforts ne tendent pas aux idées générales et se perdent dans des riens, des fantaisies, sans but ni moralité. On voit que vous avez un plan, vous étudiez les actions des hommes, vous analysez la vie humaine, vous la décomposez, la passez au creuset, à l'alambic, enfin vous faites au moral ce que le chimiste fait au physique; c'est-à-dire que les idées, les sentiments et les passions sont pour vous, avec juste raison, des corps qui ont leurs principes, leurs éléments, leur organisation comme ceux dont s'occupent dans leurs laboratoires les physiciens et les chimistes. Votre plan est une étude de mœurs aussi générale que possible, une œuvre analytique, manifestation temporelle de l'intelligence dans le rapport de la vie privée, publique, religieuse, industrielle, politique, militaire, artistique, scientifique etc. etc.

Je me suis demandé souvent si vous resteriez toujours dans ce cercle sans jamais en sortir; le chimiste qui se bornerait à connaître les éléments des corps sans porter ses investigations sur leurs affinités, leurs principes organiques, ferait une œuvre vaine; sa science serait incomplète si on ne pouvait l'appliquer à l'agriculture, à l'architecture, aux actes industriels. Il est évident que le chimiste doit être une espèce de créateur qui compare, combine, se rend compte des résultats, cherche à en obtenir d'autres, modifie l'organisation et en établit pour ainsi dire une nouvelle dans le but d'obtenir des produits meilleurs ou du moins appropriés à l'utilité qu'il se propose. L'analyse lui fait connaître la synthèse, le connu le conduit à l'inconnu, il sait où est le départ et l'arrivée, l'idée *à priori* lui appartient aussi bien que l'idée *a posteriori*, enfin il tient les *caus[a]e rerum*, la base de toute science, des sciences appelées mathématiques et qui font l'apanage de l'humanité. L'homme ne peut savoir autrement sous peine de tomber dans la demi-science, il faut qu'il agisse tout à la fois analytiquement et synthétiquement.

En appliquant la méthode scientifique aux actes de l'intelligence on doit arriver au même but; car la morale est une espèce de chimie qui analyse l'idée, le sentiment ou la passion en cherchant la coupe synthétique qui lui est propre, qui l'a engendrée, l'a mise au jour. Le moraliste, je donne ce nom au peintre qui étudie les mœurs comme vous le faites, doit donc, sous peine de rester conteur, romancier, narrateur, nouvelliste, chercher la cause de ces mœurs, savoir d'où elles viennent, qui leur a donné naissance, quel système d'idées les a produites, et, une fois le moteur connu, il est facile de se poser des problèmes pour les résoudre en améliorations, en perfectionnements, en correctifs d'utilité, en garanties solides, parce qu'on voit le côté faible des choses, les défauts, les abus, les dégénérescences. [...]

La puissance motrice qui a fait naître les mœurs que vous examinez est évidemment dans le christianisme ; c'est un fait sur lequel, je crois, nous sommes parfaitement d'accord vous et moi. D'ailleurs l'analyse chimique que vous faites des mœurs domestiques et sociales doit vous conduire à ce fait synthétique dont les éléments et les principes organiques se montrent dans l'Évangile et dans l'histoire de l'Église. [...] Le christianisme a pour base une seule idée, qui est unique, fondamentale, essentiellement organisatrice. Cette idée est la paternité ; passée à l'épreuve de l'analyse et de la synthèse, elle pourra changer de nom mais elle sera toujours la même au fond. [...]

Le catholicisme, avec sa discipline unitaire et despotique, et le protestantisme, avec son indépendance et ses nombreuses sectes, ont façonné le monde chacun à sa guise. [...] Le culte catholique est plein de cérémonies, de pratiques minutieuses, de fêtes luxurieuses, de parades mondaines ; il est en harmonie avec la vie de ses prêtres qui restant dans le célibat, fuyant le mariage, n'ont rien à faire et ont besoin d'être occupés. L'imagination domine dans la religion catholique, il lui faut du spectacle pour flatter les sens, donner des émotions, éblouir l'intelligence ; elle appelle à son secours les beaux-arts, la peinture, la musique, la sculpture, l'architecture, l'or, l'argent, les perles, les pierreries, l'encens, la lumière, enfin toutes les richesses et tous les moyens imaginables sont inventés pour plaire, pour charmer, enchanter les âmes, et glorifier les prêtres qui font de leurs Églises des épouses chéries. Le culte protestant se réduit en général, dans toutes les sectes, à la prédication dominicale sur les textes bibliques, dans des temples dépouillés de tout ornement et d'images, en présence d'une assemblée attentive qui écoute en silence ce que l'on appelle la parole de Dieu dans le style évangélique. La religion protestante est dépourvue d'apparat et toute simple, ce qui permet aux prêtres de se marier ; d'où il suit que les manifestations latriques dans les deux religions doivent avoir une influence diamétralement opposée dans les mœurs des peuples et produire des résultats tout particuliers. [...]

Il ne faut pas perdre de vue que la Réforme a été un progrès dont on se ressent aujourd'hui sous le rapport scientifique, industriel, moral et politique, et ce progrès se manifeste davantage chez les peuples protestants que chez les peuples catholiques. [...] il ne faut pas que l'on vante les mœurs dissolues, mauvaises, puantes, barbares, sauvages, sales, farouches, romanesques, poétiques, libertines, folles et méchantes du catholicisme au détriment des mœurs calmes, douces, tranquilles, paisibles, réglées, laborieuses, affectueuses, indulgentes, hospitalières, pieuses, résignées, charitables, débonnaires et non vindicatives du protestantisme. [...]

Le catholicisme est la religion des enfants et par conséquent il tient toujours les peuples dans l'enfance et l'état puéril. En Italie cette puissance pédagogique se fait beaucoup plus sentir qu'en France parce que les prêtres y dominent politiquement. Les Français laissent aller le catholicisme comme un vieillard en qui l'on n'a plus de confiance et que l'on ne respecte guère ; c'est un être qui est arrivé à son dernier jour de décrépitude, il n'attend plus pour descendre dans la tombe qu'une chose, c'est qu'on lui retire le bras qui le soutient ; alors livré à lui-même sur ses jambes chancelantes, l'équilibre lui échappe et il doit choir pour user en repos le reste de sa vie. Le Budget fait marcher le vieillard et le soutient, quand ce secours lui sera retiré et que l'on dira aux prêtres ce que Jésus-Christ dit à ses disciples, allez évangéliser les peuples par toute la terre, et vivez de la parole évangélique, de la prédication, alors les prêtres seront forcés de devenir industriels comme les apôtres, et une nouvelle vie religieuse se formera à l'instar de celle qui s'est établie à la suite de la Réforme.

C'est cette nouvelle vie que demandent les hommes de progrès, les penseurs et tous ceux qui, à votre exemple, scrutent les mœurs pour peindre la société dans un but d'amélioration. Les moralistes de nos jours ne peuvent être, comme je l'ai déjà dit, que des peintres, des orateurs, des hommes de parole, de prêche, d'apostolat, faisant pénétrer les idées dans l'entendement en remuant les doctrines, et en secouant les passions par des tableaux et des scènes animées, dramatiques. [...] il faut mettre dans chaque scène un personnage qui soit un exemple vivant des bonnes mœurs chrétiennes, fondées sur le grand principe de la fraternité humaine. Ce personnage doit être édifiant non seulement par sa conduite et son action, mais encore par sa critique pleine de douceur, de résignation et de lumières, alors le lecteur quitte le livre avec regret, il le garde, veut l'avoir en sa possession pour le relire ; il est resté dans son esprit l'image du personnage chrétien avec ses idées, ses maximes, ses préceptes, ses raisonnements, et cette impression détruit peu à peu en lui les préjugés catholiques ou mondains en l'initiant aux mystères de la vie telle que l'a conçue l'Évangile. [...]

Sous le point de vue politique et social chacun verra clairement le véritable principe organisateur que l'on a placé jusqu'ici dans la fortune, dans la richesse, dans l'argent, et où l'on se cramponne maintenant plus que jamais. Le titre de citoyen ou de membre de la cité est délivré aujourd'hui à celui qui paie le plus d'impôts pour les propriétés mobilières et immobilières de manière que la fraternité disparaît devant ce classement des capacités pécuniaires : les riches sont d'un côté et les pauvres de l'autre. Dans cette position les uns possèdent tout et les autres rien, les uns sont exploités par les autres. Quand le travail a épuisé les forces du pauvre et que le temps du repos est arrivé, il faut qu'il meure de faim chez lui en silence, ou bien dans un hôpital que le riche entretient à regret et avec parcimonie. Le travailleur exploité n'a pas de pension de retraite, mais le gouvernement a soin d'en établir une pour son compte particulier pour les services qu'il rend à l'État, comme si l'État n'était pas servi aussi par le prolétaire, par le travailleur. À l'aristocratie régnante des pensions sur les vieux jours, au prolétariat laborieux des services mendiés, des hospices. La dignité humaine et la fraternisation sont de vains mots au milieu d'une société ainsi organisée, où la ruse, la force et la friponnerie doivent être nécessairement à l'ordre du jour. Les travailleurs comprendront aussi bien que les riches que le principe social est dans l'idée de paternité, et que le diplôme de citoyen s'acquiert par le mariage ; que les véritables membres dirigeants de la cité, les seuls responsables du bien-être de l'association, les seuls qui doivent s'assembler pour discuter et régler les intérêts, pour déterminer les fonctions, installer les fonctionnaires, enfin les hommes mûrs, les frères majeurs et complets par la femme, en un mot, on comprendra facilement que les pères de famille sont les seuls citoyens et qu'il ne peut y en avoir d'autres. [...]

Ainsi, la femme vertueuse que vous donnez pour modèle, est dévote, querelleuse, boudeuse avec son mari qu'elle jette dans le vice avec son humeur bigote, et soumise entièrement aux volontés d'un prêtre.

La vertu pour vous dans la femme consiste donc, d'après la donnée vulgaire mise en jeu, dans la stricte observance des prescriptions religieuses, cependant parmi vos axiomes de la *Physiologie du mariage* vous reconnaîtrez que la dévotion est un masque avec lequel on cache l'adultère, les intrigues amoureuses ou d'autres passions vicieuses. Toute femme jeune qui fréquente les églises trompe son mari ou a l'intention de le tromper ; voilà votre maxime. Les prêtres célibataires du catholicisme avec leurs Églises parées, riches, magnifiques, et leur confessionnal ou tribunal de pénitence ouvert constamment au sexe faible, sont donc des séducteurs qui prennent la place des maris, des pères, et brisent ainsi les liens de la famille. Si les prêtres se mariaient et que leurs temples fussent libres seulement le jour du repos comme dans le protestantisme, les inconvénients signalés n'existeraient pas. Les femmes ne seraient pas indépendantes, légères, coquettes, folâtres, chercheuses d'aventures, et les mœurs seraient bien meilleures ; car la femme fait en partie les mœurs par sa soumission au pouvoir marital, par son attachement au devoir et aux charges de l'union conjugale ; elle est libre avec son époux, tandis qu'avec l'époux de l'Église, avec le prêtre, elle devient libertine, parce qu'elle est abandonnée à elle-même, flottant entre deux hommes qui ont des besoins et des intérêts différents, se la disputant et se l'arrachant l'un au nom du ciel et l'autre au nom de la terre. Dans cette triste position la vie de la femme est un scandale continuel qui rejaillit sur les enfants, sur le mari, mari qui enorgueillit les sacerdoces dont le but est de dominer la moitié du genre humain par l'autre moitié, c'est-à-dire les hommes par les femmes.

Les œuvres littéraires des hommes qui cherchent avec vous à châtier les mœurs en amusant les esprits selon l'expression du poète latin, *castigat ridendo mores*, doivent avoir un critérium pour base, une idée synthétique, pénétrante, persuasive, édifiante, régénératrice et organisatrice ; c'est le sel nécessaire aux aliments de l'intelligence. Vous seul, selon moi, êtes en position de donner le signal et de prendre la direction du mouvement qu'il s'agit d'imprimer aux âmes souffrantes, fatiguées, du fardeau du passé, et qui attendent comme un nouveau Messie la rénovation sociale pleine de liberté et d'avenir. Le terrain est tout préparé pour recevoir les femmes et vous pouvez acquérir une grande gloire en y portant le premier vos regards, vos travaux et vos soins. Le Clergé n'est plus en harmonie avec le siècle ; le pouvoir temporel a suivi la Réforme, il est devenu protestant, et le sacerdoce catholique qui, dans son impuissance, n'a pu l'empêcher, ne veut pas reconnaître un fait accompli ; il vit aux dépens de ce pouvoir qui s'est rangé sous la bannière du protestantisme, et ce pouvoir dont il reçoit un modique salaire le laisse geindre et pleurer comme un vieux mendiant sur ses anciennes prospérités. Le pouvoir temporel ne voit plus dans le pouvoir spirituel une aide, un allié, un coadjuteur, pas même un auxiliaire nécessaire, mais simplement un collaborateur déchu, caduc, impotent, qui s'est retiré du bureau politique et administratif et a pris sa retraite. M. de La Mennais a bien reconnu cela après avoir écrit son traité de l'indifférence contre le protestantisme ; il a bien vu que la Réforme était un progrès, et que le catholicisme se laissait traîner à la remorque par le siècle, aussi demande-t-il la régénération chrétienne, l'avenir religieux. Le pouvoir temporel ne demande pas autre chose ; il s'agit seulement de lui montrer par quels moyens il faut y arriver, et Monsieur de La Mennais a indiqué le moyen préalable à adopter, que tout le monde voit parfaitement parce qu'il est inhérent au principe organique du protestantisme, c'est la liberté des cultes dans toute sa plénitude, par conséquent l'abolition du salaire inscrit au Budget de l'État, en un mot, la libre industrie religieuse. Il est dérisoire, et, en même temps absurde, immoral, impolitique de soudoyer des religions que l'on reconnaît impuissantes, usées, sans valeur, que l'on n'estime plus, et que l'on méprise même. Craindre ces religions, s'en servir pour gouverner, s'appuyer sur elles, c'est faire cause commune avec elles, et s'exposer à la même fin, à subir le même sort, pour entrer dans la voie de la renaissance il faut donc commencer par supprimer le traitement et arborer de nouveau le drapeau de la Réforme sur toute son étendue.

Voilà le vœu du peuple, et vous connaissez le proverbe *vox populi vox dei*. Il est à désirer que ce vœu soit exaucé par vous et vos confrères qui avez qualité, à mon avis, pour cela ; car, ainsi que je l'ai déjà dit, vous êtes des moralisateurs avant tout, sans cesser néanmoins d'être conteurs ou nouvellistes.

Vous me permettrez de garder l'anonymat. Le *Courrier du midi* vous apportera mon grain de froment que le hasard des vents voyageurs aura jeté dans sa sacoche en passant par le Forez, et le préambule de votre prochaine publication m'apprendra par un mot mystérieux si ce grain est tombé en terre pour fructifier, ou bien s'il a glissé sur le chemin pour devenir la proie des oiseaux, selon l'ingénieuse parabole de l'Évangile.

Adieu, Monsieur, à vous santé et prospérité à toujours en ce monde et en l'autre.

[Adresse :] Monsieur | de Balzac, homme de | lettres | à Paris.
[Cachet postal :] St-Étienne 28 avril 1840.

40-119. À FRÉDÉRICK LEMAÎTRE

[Paris, peu après le 25 avril ?1840[1].]

M. de Balzac a l'honneur de prévenir Monsieur Lemaître que le drame qu'il a lu ne peut aller, que M. Cavé ne lui a pas renvoyé *L'École des ménages* et qu'il remet à demain le rendez-vous d'aujourd'hui. Demain il aura la pièce, et quelque chose de mieux, *peut-être une réponse pour la direction avec argent*, il lui fait ses compliments.

[Adresse :] Monsieur Frédérick Lemaître | 36, rue de Bondy.

40-120. HIPPOLYTE SOUVERAIN À BALZAC

[Paris, 29 avril 1840.]

Mon cher maître,

Faites-moi donc, je vous en prie, les quelques pages de préface que vous voulez mettre devant *Pierrette Lorrain*[1]. Cela fait, le premier volume sera complet.

Dès que cela sera fait, jetez-le à la poste, s'il vous plaît, et le lendemain vous en aurez épreuve.

Quand reprenons-nous *Sœur Marie des Anges*[2] ?

Mes civilités empressées,

D. H. Souverain.

29 av[ril] 40.

[Adresse :] Monsieur de Balzac | 108, [rue] Richelieu.
[Cachet postal :] 29 avril 1840.

40-121. PROJET DE TRAITÉ AVEC FRÉDÉRICK LEMAÎTRE

[Fin avril ? 1840[1].]

Art. 1er

MM. Frédérick Lemaître et de Balzac soussignés s'engagent l'un à donner une pièce de sa composition et l'autre à la jouer à M. Hesse[2] qui doit être pourvu d'une autorisation du ministère de l'In[térieur] [pour] redonner des représentations sur les théâtres etc. pendant les mois de mai, juin, juillet et août aux charges et conditions suivantes :

Art. II

M. Frédérick Lemaître renonce à tout émolument, il aura droit au[x] ⅔ de la recette journalière tous frais prélevés.

Art. III

M. de Balzac renonce à tous ses droits d'auteur perçus au théâtre, il aura droit au ⅓ de la recette journalière, tous frais prélevés.

Art. IV

M. H[esse] s'engage à faire toutes les dépenses nécessaires pour l'exploitation d'une ou d'x pièces s'il y a lieu que donnerait M. de Balzac, la permission du ministre ne s'applique qu'aux pièces de la composition de M. de B.

Toutes les dépenses devront être résolues et appouvées par MM. Hesse, de Balzac et Frédérick, ces dépenses devant être réparties sur la masse affectée aux frais et désignées comme telles.

Art. V

M. Hesse ayant à la date des présentes remis à M. de Balzac une somme de 25,000 f. s'en remplira sur le tiers affecté à M. de Balzac que M. de Balzac lui cède jusqu'à due concurrence.

Art. VI

Si par suite du succès des pièces données dans les 3 mois d'exploitation M. Hesse obtenait le privilège définitif du théâtre de la porte St-Martin, MM. Fr[édérick] et de Balzac auraient le droit de le posséder chacun pour un tiers, en apportant le tiers des sommes qui seraient déposées pour l'obtention dudit privilège.

40-122. À THÉODORE DABLIN

[Avril ou mai 1840[1].]

Mon cher Dablin. Le paiement est impossible, vous connaissez les événements, mais si vous voulez me venir voir, je vous dirai tout ce que je ne peux pas vous écrire, car je suis dans des travaux qui me prennent les jours et les nuits.
Tout à vous, vieil ami

Honoré.

Vous ai-je envoyé *Vautrin*?

40-123. À ANTOINE POMMIER

[Aux Jardies, avril ou mai? 1840.]

Mon cher monsieur Pommier,

Si vous voulez venir demain, vers les midi, je vous proposerai quelque chose, pour l'affaire Foullon[1], qui rendra l'arbitrage inutile[2].
Mille compliments

de Balzac.

40-124. À ANTOINE POMMIER

Lundi à dix heures [, avril ou mai? 1840].

Je viens de rencontrer M. Foullon. Il y a rendez-vous pris avec lui, pour terminer *demain mardi*, chez M. Gavault, avoué, rue Sainte-Anne 16, À DIX HEURES, sur les bases dont je vous ai parlé, et qui ôtent toute nécessité d'acte.
Mille compliments

de Balzac.

Je serai libre de prendre pour le reste de la somme des stipulations, sans l'embarras de Delloye et Lecou[1].

40-125. À UNE ACTRICE

[Paris, fin avril ou début mai ? 1840.]

Madame

Je ne suis point directeur de la porte S^ت Martin, et si ce théâtre rouvre momentanément pour jouer ma pièce, le choix des artistes dépend plus de M. Frédérick Lemaître que de moi, c'est donc à lui que vous devez vous adresser[1].

Agréez mes compliments
de Balzac.

40-126. LE DOCTEUR PROSPER MÉNIÈRE
À BALZAC

[Paris, 1er mai 1840.]

Mon cher Monsieur de Balzac,

Peut-être avez-vous oublié le docteur qui s'honorait autrefois de votre amitié, et qui, je vous l'assure, n'a pas cessé de s'en croire digne. Le temps, les affaires et mille autres causes vous ont éloigné de ceux qui vous aimaient le mieux, pour vous, gratis, mais tous se souviennent de votre bon cœur, de votre gaieté charmante, de votre conversation inimitable et regrettent le bon temps où ils en prenaient leur part. Je ne suis pas le moins puni, mais il faut savoir se résigner[1].

Ce billet est destiné à servir d'introduction auprès de vous à un de mes clients qui cherche à éditer un bon livre. Ce Monsieur qui est très bien élevé et fort capable de goûter vos œuvres désire vous acheter un roman et je serai heureux de vous être utile à l'un et à l'autre en vous mettant en rapport[2].

Recevez-le donc bien et confiez-lui le soin de grossir votre renommée en ajoutant un nom de plus au catalogue de vos œuvres si attachantes.

Et puis, si vous le voulez bien, conservez un petit souvenir pour un homme qui ne vous a pas moins aimé qu'admiré et qui serait heureux de vous témoigner encore tout son zèle à vous être agréable.

Tout à vous

> P. Ménière
> médecin de l'Institut royal des
> sourds-muets.

Paris le 1ᵉʳ mai 1840.
À Monsieur de Balzac.

[Adresse :] À Monsieur | Monsieur de Balzac.

40-127. THOMINE FILS À BALZAC

[Paris, 2 mai 1840.]

Monsieur

Je n'ai point l'honneur d'être connu de vous, aussi avant de me présenter chez vous, comme je me propose de le faire, je désire savoir si ma démarche ne sera point pour vous absolument importune.

Établi libraire depuis peu de temps avec l'intention de publier des ouvrages de littérature, je place tout l'avenir de ce projet dans le mérite des romans que j'offrirai au public, mon début est donc pour moi chose fort importante, et je serais heureux, Monsieur, de le mettre sous le patronage d'un nom tel que le vôtre. C'est j'en conviens, de la présomption que vouloir commencer ainsi, car de vous à d'autres je n'aurai plus qu'à descendre ; mais cherchant un auteur qui pût en m'accordant sa confiance, me donner une position près des sommités de notre littérature et fixer les regards sur mes publications, j'ai dû tout d'abord m'adresser à vous, Monsieur. Et si mon avis pouvait ajouter quelque chose aux justes témoignages d'estime que l'opinion rend à vos écrits, je vous dirais que mes sympathies de lecteur ont devancé et dicté ma démarche.

Enfin, Monsieur, si des engagements pris avec d'autres personnes vous laissent cependant libre de disposer d'un manuscrit, je vous demanderai d'en traiter avec moi, vous garantissant pour les nouvelles relations que vous acceririez [sic] ainsi sécurité pleine et entière de vos intérêts. Je serais heureux si une première affaire vous déterminait à me continuer votre bienveillance.

Je m'appuie près de vous, Monsieur, de l'intérêt que veut bien me porter le Docteur Ménière : il m'a remis pour vous une lettre de recommandation que je joins à la mienne[1].

Quelle que soit votre décision, veuillez me la faire connaître et dans le cas où elle me serait favorable, m'indiquer le moment où je pourrais avoir l'honneur de me présenter à vous.

Agréez Monsieur
l'assurance de ma parfaite considération

Thomine fils
Libraire, 35 rue Saint-Jacques
Paris, 2 mai 1840.

[Adresse :] Monsieur de Balzac.

40-128. À FRÉDÉRICK LEMAÎTRE

[Aux Jardies, dimanche soir, 3 mai ? 1840[1].]

M. de Balzac a l'honneur de saluer Monsieur Frédérick Lemaître et de le prier de remettre à mardi sa visite aux Jardies, il n'y a que le jour de changé ; il l'attendra pour dîner, par le convoi de 4 h. 25 minutes ou 5 h. 25 minutes, il y a de la salade aux Jardies. Il le prie d'agréer ses compliments.

Dimanche soir.

[Adresse :] Monsieur Frédérick Lemaître | 36, rue de Bondy | Paris.

40-129. ANTOINE POMMIER À BALZAC

Paris, ce 4 mai 1840.

Mon cher Président,

Voici un projet d'acte que j'ai préparé. Je ne sais s'il vous conviendra mais j'ai dû me conformer aux volontés de M. Foullon[1]. Si vous n'en voulez pas tel qu'il est alors nommez votre arbitre et finissez. Vous devez comprendre que le rôle que je joue dans cette affaire n'est rien moins qu'agréable.

Je pars demain pour Melun pour n'en revenir que jeudi matin. J'irai savoir votre réponse à mon retour.

Votre bien dévoué

Pommier A.

[Adresse :] Monsieur de Surville, | pour remettre à M. de Balzac.

40-130. À FRÉDÉRICK LEMAÎTRE

[Aux Jardies, jeudi 7 mai 1840[1].]

Monsieur de Balzac a l'honneur de saluer Monsieur Frédérick Lemaître, et de le prévenir qu'il est forcé d'aller *demain vendredi* à Paris pour affaire, et qu'il lui portera le scénario en question avec les deux premiers actes. Il sera à midi rue du Faubourg-Poissonnière, et l'attendra, car il a un arbitrage, à deux heures, dans le quartier.

40-131. ADRIEN PAUL À BALZAC

[Saint-Germain-en Laye, 7 mai 1840.]

À Monsieur H. de Balsac [sic],

Ne m'en veuillez pas, monsieur, si vous subissez en cette circonstance l'ennui, réservé d'ailleurs en tout temps aux sommités littéraires, d'être invoqué comme juge par un jeune écrivain ; je ne sais si les auteurs dont le nom est aujourd'hui consacré et la position sociale brillamment assise ont eu à leur début, autant d'impossibilités à surmonter que moi. Je ne sais si tous ont eu à subir ce noviciat terrible pendant lequel le jeûne tue quelquefois ! Mais, s'il en a été ainsi pour tous, c'est au nom des larmes de découragement que vous avez dû verser, Monsieur, c'est au nom des fièvres de dégoût dont vous avez grelotté, que je viens vous prier de parcourir le manuscrit que je vous envoie en même temps que cette lettre. Voici Monsieur, en quelles circonstances exceptionnelles et suprêmes je me présente à vous.

Arrivé dans la vie à ce moment de halte, où il n'est plus temps de gémir sur les déprédations d'une jeunesse folle, mais bien plutôt urgent de les réparer, tout mon avenir — celui de mon cœur et celui de mon corps — gît dans ce livre que je vous soumets. Un éditeur m'en offre deux mille cinq cents francs, mais à la condition que sous le titre il pourra mettre : — par MM. de Balsac et Adrien Paul !... Ici je tremble, Monsieur, en songeant au premier mouvement de dédain pour l'obscurité littéraire de mon nom ou de pitié pour ma folie, que vous inspire sans doute une aussi audacieuse prétention ! Mais ne froissez pas ma lettre à cet endroit ; lisez encore les quelques lignes qui suivent, Monsieur, et si vous ne m'accordez pas la grâce que je vous demande, au moins n'aurez-vous plus de colère pour flétrir ma hardiesse.

Si vous consentez à l'annonce de cette collaboration supposée — ce qui du reste ne pourrait avoir lieu qu'après examen fait par vous de l'ouvrage — voici ce qui arrivera : j'épouserai une jeune personne que j'aime ; j'entrerai dans une famille honorable que n'arrêtent pas ma ruine que j'ai consommée, mais bien les callosités et les résultats, jusqu'ici nuls, de la carrière que j'ai embrassée ; ce premier pas franchi, elle aurait foi en mon avenir.

Si vous refusez, Monsieur de Balsac, il ne me restera d'autre ressource que celle d'aller enfouir mon amour, mes espoirs, ma pensée, ma volonté, ma vie, dans les rangs de quelqu'obscur peloton de l'armée ! Car, il est impossible aujourd'hui d'arriver par ses seules forces ; il faut ou un puissant patronage, tel que le vôtre, qui vous aide à franchir le premier pas, ou de l'argent à jeter à un entrepreneur de publicité pour qu'il vous édite.

Placé comme vous l'êtes, si en dehors des petitesses sociales que naguère votre courageuse voix proclamait en face de l'Europe votre amitié pour un homme qui allait monter sur l'échafaud, j'ai pensé, Monsieur, que peut-être je rencontrerais en vous les dispositions du cœur favorables à l'accomplissement d'un aussi immense bienfait ; je dis immense, car rien dans cette lettre n'est exagéré, et votre acquiescement ou votre refus doivent infailliblement et immédiatement avoir les résultats que je vous ai assignés plus haut.

J'ai l'honneur d'être, avec la considération la plus distinguée, Monsieur,

Votre très humble serviteur

Adrien Paul[1].

St-Germain-en-Laye, 7 mai 40, 19, rue de la Verrerie.

40-132. HIPPOLYTE SOUVERAIN À BALZAC

Paris, le 8 mai 1840.

Mon cher maître,

Je vais vous retourner *Léo*[1] et vous débiter de 11 f. parce que vous l'avez coupé, bien que vous ayez promis de ne pas le faire. C'est un exemplaire que je ne pourrais plus vendre. Vous me devez toujours une *Physiologie* achetée par vous 11 fr. écus et l'enregistrement de votre bail avec appoint 10 fr. et d'autres bagatelles. Tout ceci pour vous remettre en mémoire. Vous avez coupé *Les Smogglers*[2], vous avez bien fait. Le livre est de chez moi. C'est bien.

Voici 5 feuilles de *Gigadas*[3]. Relisez-les s'il vous plaît et laissez-les chez votre concierge pour que je puisse les avoir quand je les enverrai prendre.

Ce soir vous aurez du *Curé de village*[4].
Tout à vous.

D. H. Souverain.

40-133. ADRIEN PAUL À BALZAC

[St-Germain-en-Laye, 10 mai 1840.]

À Monsieur de Balsac [*sic*].

Monsieur,

Il y a deux manières de formuler un refus; l'une, brève, dédaigneuse, sèche, qui humilie en même temps qu'elle désespère celui qui souffre; l'autre, bonne, explicative, je dirais presque paternelle, qui ne vous inspire pas moins de gratitude que si votre vœu avait été comblé. Ainsi est celle dont vous avez usé envers moi, Monsieur[1]; et si, dans les incessantes préoccupations d'esprit qui agitent votre vie; si, douloureusement froissé par l'inepte veto qui vient d'entraîner la fermeture du théâtre de la Porte St-Martin, vous jugez que j'aurais pu me dispenser de vous écrire une seconde fois, j'ai compris, moi, qu'il était de mon devoir de vous remercier pour les explications que vous avez bien voulu me donner, alors que moins bienveillant, il vous eût suffi de me dire: — non! Et, oserai-je l'ajouter, Monsieur? j'ai voulu tenter de me placer dans des conditions telles que disparussent les obstacles que vous m'avez signalés! Ce n'est pas, je l'avoue, que j'espère beaucoup de cette nouvelle démarche; la fatalité s'est incrustée si avant en moi, qu'il y va maintenant de son amour-propre de ne pas laisser arriver à mon cœur la plus imperceptible joie! Et peut-être la providence — dont je me prends à douter quelquefois — est-elle sage en cela; car je ne suis pas bien sûr d'être assez fort pour supporter tout le bonheur que m'apporterait votre *oui*. — Quoi qu'il en soit, lorsque la vie ne fait que commencer, on ne se résigne pas ainsi à la meurtrir dans toute son éternité en ce monde, sans chercher à se rêver au dernier jalon qui sépare de l'abîme; il faut bien que le malheureux s'abuse quelquefois, sans cela il souffrirait trop & toujours; ainsi fais-je aujourd'hui, je me cramponne à un nouvel espoir, je souris à un leurre nouveau; et, jusqu'à ce que m'arrive votre suprême décision, il y aura un peu de soleil dans mes pensées — Je me pourvois en cassation; non pas que j'entrevoie mon salut, mais pour que quelques heures de plus s'écoulent entre la sentence & l'exécution.

Ici, Monsieur de Balsac, j'arrive, non pas à essayer de détruire des raisons qui étaient péremptoires dans la circonstance donnée, mais à faire se plier la circonstance devant la gravité de vos motifs de refus : l'éditeur envers lequel vous êtes engagé, ne pourrait-il pas être chargé par vous de cette publication, qui doit être à mon avenir ce que l'air est à la vie ? Ceci est pour la première de vos objections, Monsieur, et quant à la seconde, ne croyez-vous pas bien que le public comprendrait qu'après tant de chefs-d'œuvre littéraires, vous avez voulu accomplir une de ces œuvres dont on ne retrouve qu'en soi la modeste gloire, il est vrai, mais pour lesquelles il faut être grand par le cœur, comme il a fallu, pour les autres, que vous soyez grand par la pensée ! — Un insurmontable obstacle serait, je le conçois, la médiocrité de l'ouvrage ; je vous en prie, Monsieur de Balsac, mettez-vous à même, par une rapide lecture, de m'opposer celui-là. Aider un pauvre jeune homme à démêler celle de ses voix intérieures qui lui assigne sa vocation véritable, n'est-ce pas encore un bienfait ?

Quant à la question d'argent, l'éditeur la trancherait à sa guise ; mille ou douze cents francs et mon manuscrit imprimé, voilà tout ce qu'il faut pour que mon avenir soit assuré et pour que je me marie selon mon cœur ; je vous dis cela sans rougir, Monsieur, parce que je pense bien que vous me rendrez la justice de croire qu'il n'y a dans ma démarche aucune arrière-pensée dégradante, et que ce n'est qu'aux fruits de mon travail que j'ai résolu de devoir un bonheur qui, sans doute va m'échapper pour toujours ; il y a aujourd'hui des gens qui ont de singulières méthodes de demander l'aumône ; je les ai toujours peu compris et beaucoup méprisés.

Vous me parlez des journaux, Monsieur, sans doute, je crois volontiers qu'il existe pour le jeune écrivain des voies de publication qui ont échappé à mon peu d'expérience ; mais, dans toutes les collaborations quotidiennes que j'ai été à même de fouiller d'un peu près, j'ai toujours vu le feuilleton érigé en monopole, par le rédacteur en chef, au profit de deux ou trois écrivains seulement ; et ce n'est guère, je crois, qu'après avoir produit un ou deux bons livres que l'on est admis dans cette curée.

Monsieur de Balsac, pensez, je vous prie, à l'imminence de ma position ! j'ai besoin de mettre mes mains entre mes yeux et ce papier pour qu'il ne vous accuse pas les lâches pleurs que je répands ! Lorsque je viens à songer que je suis séparé du bonheur de toute ma vie par un si frêle obstacle et que, pour l'atteindre, je n'ai besoin que de la bonne volonté d'un homme qui s'est posé comme une exception dans le monde, aussi bien par les dévouements de son amitié que par les créations de son esprit ; alors, Monsieur, je ne puis m'empêcher d'espérer encore...

Si vous consentiez, Monsieur, à me fixer un jour et une heure où il vous serait loisible de me recevoir, peut-être trouveriez-vous dans l'expression de ma voix et dans l'abattement de ma personne, une vérité de douleur qui vous toucherait et que je ne puis communiquer aux froids caractères d'une lettre[2].

J'ai l'honneur d'être, Monsieur,

Votre très dévoué serviteur
Adrien Paul.

St-Germain-en-Laye
10 mai / 40
19, rue de la Verrerie.

40-134. CLAUDIUN FERLAT À BALZAC

Francfort s/M. le 10 mai 1840.

Monsieur,

Ayant appris par les journaux que vous aviez la direction du théâtre de la Porte St-Martin : pour un temps déterminé[1] ; je m'empresse de vous proposer un auxiliaire à même de vous rendre de grands services, sans exiger de frais marquants. J'ai créé en Allemagne un genre de chorégraphie remplaçant les corps de ballets qui permet d'offrir des divertissements, groupes animés, danses nationales et jeux chorégraphiques gracieux et comiques, qu'on peut placer dans de grandes pièces à spectacles où des arrangements de cette nature sont indispensables, et au besoin de grands intermèdes, le tout exécuté avec précision par un personnel plus ou moins nombreux, sans avoir personne d'engagé que moi qui me charge de me procurer les figurantes nécessaires, qu'on n'aurait à payer que les jours où elles seraient employées. Vous sentirez, Monsieur, non seulement l'utilité de ce que je vous propose et son économie, mais encore dans la saison où nous entrons, l'attrait nouveau qui ne peut manquer de stimuler la curiosité parisienne et contribuer beaucoup au succès de votre entreprise.

Le mois prochain je me rends à Paris, ne désirant avoir affaire qu'à un théâtre et de 1er ordre. Je serais bien flatté de pouvoir m'entendre avec vous, et si vous êtes assez bon pour me faire une offre pour 3 mois je pourrais me rendre plus tôt à Paris. L'année dernière j'ai eu des relations avec diverses administrations mais n'ayant rien trouvé à ma convenance, j'ai différé à cette année de faire connaître mes jeux chorégraphiques que je désire beaucoup vous voir accepter.

Maître de ballet pendant 10 ans à un théâtre de 1er ordre en Allemagne et familier à la mise en scène des ouvrages dramatiques je puis me rendre de la plus grande utilité à une direction. Je suis porteur d'attestations les plus honorables et n'ai d'autre ambition que de traiter avec quelqu'un de loyal et qui sache apprécier ce que je propose et me mette à même de lui prouver que je mérite quelque confiance. Je donnerai à cet égard, j'ose l'espérer, complète satisfaction.

En attendant une réponse de votre part, Monsieur, que je réclame de votre obligeance, je vous prie [d']agréer l'expression de ma parfaite considération et de mon entier dévouement

Claudiun Ferlat
M[aî]tre de B[all]ets.

Lettre L N° 172.
à Francfort sur le Mein.

[Adresse :] Monsieur | Monsieur de Balzac auteur | au théâtre de la porte St-Martin | Paris.
[Cachets postaux :] Frankfurt, 10 mai 1840 | Forbach, 13 mai 40.

40-135. À HIPPOLYTE SOUVERAIN

[12 mai ? 1840[1].]

Mon cher Monsieur Souverain, il est impossible de mettre plus de mauvaise foi que l'imprimeur dans l'exécution de ses conventions, voici le 12 et je n'ai pas la composition du *Curé de village* — Vous m'envoyez l'épreuve d'un autre roman[2] à la place de l'épreuve du *Curé de village*, de plus, vous *ne me renvoyez pas la copie* — Enfin, voici 12 jours de perdus, et pour ce que j'ai à faire, c'est intolérable.

Les placards de cet imprimeur ne sont pas numérotés. S'il m'envoyait toute la composition et s'il me renvoyait 6 feuilles en page, il est probable qu'il aurait 6 feuilles à tirer et qu'il alimenterait ses presses pendant 10 jours rien qu'avec moi — Vraiment, ce n'est pas loyal. J'aurais tout fini le 15 de ce mois[3], et il est encore temps pour le 20 avec de la bonne volonté.

Mille compl[iments]
de Bc.

Ci-joint le placard égaré.

40-136. À HIPPOLYTE SOUVERAIN

[Aux Jardies, mai ? 1840[1].]

Mon cher Monsieur Souverain, je puis encore donner ces 3 bons à tirer, mais je garde la feuille 11, et je ne puis rien rendre que je n'aie les placards où sont les remaniements de texte *et le reste de la composition* — je ne puis rien faire sans avoir tout — voici 20 jours que vous savez cela et voici 20 jours que j'attends — l'imprimeur nous trompe — je pense que vous aurez égard à cela.

Envoyez-moi les doubles épreuves de la 8, 9, 10 surtout les bonnes feuilles à mesure du tirage.

Qu'on finisse en placards à cinq colonnes, sans interlignes, et le tout pour dimanche soir, je n'ai qu'à relire.

Ainsi j'attends les placards 4, 5 et 6 en seconde épreuve, et depuis le 7 que j'ai tout le reste de la copie [*sic*] — alors seulement je puis savoir où couper le volume et quelle quantité de matière, il faut pour la lacune du second ce que je dois retrancher de description, de discours ou ce que je puis développer.

Mille compliments
de Bc.

Tenez aux 16 feuilles de lettres car il les faudra avoir en placards pour le 2ᵉ volume, je ne les tiendrai pas plus de 10 jours.

Il me faut absolument les doubles de la 8, 9 et 10.

Vous vous plaignez de la fréquence des chapitres pour un qui a 2 feuilles ! je n'en vois pas plus de douze dans le volume puisque nous sommes à 7 sur la f[euille] 11.

[Post scriptum ajouté en marge au début du texte :]

Apportez-moi tout vous-même aux Jardies ainsi que les bonnes feuilles de *Pierrette*.

40-137. HIPPOLYTE SOUVERAIN À BALZAC

[Paris, 14 mai 1840.]

Mon cher maître, que devenez-vous ? Je ne sais plus où vous prendre avec vos quatre adresses[1]. Je m'y perds. On tire *Le Curé de village*, et on compose au fur et à mesure[2].

Ayez donc la bonté de me renvoyer les feuilles de *Gigadas*[3] que vous avez depuis longtemps. L'imprimeur me tourmente pour les retards que cela lui fait éprouver.

Vous savez que Lassailly est aliéné[4]. Sa sœur est venue me demander où en était notre affaire, car elle a besoin d'argent pour elle et pour son frère. Livrez donc votre nouvelle[5], il n'y a plus que la vôtre et celle de Karr[6] pour qu'elle puisse toucher quelque chose, elle en a grand besoin. Ce n'est tant de faire les choses, il faut les faire en temps opportun.

Mes civilités empressées,

D. H. Souverain.

14 mai 40.

[Adresse :] Monsieur de Balzac | Rue des Martyrs, 23, | chez Monsieur Laurent-Jan.
[Cachet postal :] Paris, 14 mai 1840.

40-138. VAYSON FRÈRES À BALZAC

[Paris, 15 mai 1840.]

Monsieur,

Depuis longtemps nous attendons toujours que vous ayez la complaisance de nous donner quelqu'acompte sur nos fournitures de tapis. Vous nous aviez fait plusieurs billets de 250 f. dont pas un seul n'a été payé, comme vous le savez, & qu'il nous a fallu rembourser à chaque échéance[1]. Vous sentez, Monsieur, qu'il est pénible & fâcheux pour nous de ne savoir quand nous serons couverts de nos déboursés avec vous & qu'il nous est impossible de rester plus longtemps dans cet état. Nous vous l'avons dit en traitant cette 1re affaire avec vous, nous commençons les affaires avec très peu de ressources, nous ne pouvons donc accorder des crédits illimités[2]. Nous vous supplions avec la plus vive instance d'avoir égard à notre position & de nous payer quelques-uns des 1ers billets que vous nous avez souscrits.

Nous pensons qu'il n'y a rien de plus juste & de plus raison[n]able —

vos très humbles serviteurs
Vayson frères.

15 mai 1840.

[Adresse :] à Monsieur | Monsieur de Balzac | aux Jardies | *à Sèvres* | (Seine & Oise).
[Cachets postaux :] Paris 15 mai 1840 | Sèvres 16 mai 40.

40-139. À LAURE SURVILLE

[Aux Jardies, mai ? 1840.]

Ma chère Laure, tant que je ne t'écrirai pas, ça va bien, c'est que ça va toujours de plus mal en plus mal. Je travaille jour et nuit, je suis attaqué de tous les côtés, et il faut une cruelle énergie pour que la tête reste libre quand le cœur souffre autant.

Mille tendresses.

Honoré.

Ça ne s'appelle plus *Mercadet*, mais *Le Spéculateur*[1]. C'est vraiment profondément comique. Tout est là-dessus. Et il faut ne pas arrêter sur les romans. C'est horrible, toujours créer, travailler de la main droite, et combattre de la gauche.

[Adresse :] Madame Surville.

40-140. LOUIS-FRANÇOIS GRASLIN À BALZAC

[Clamart, 17 mai 1840.]

Monsieur,

Une requête présentée dans l'intérêt des lettres,…… des Lettres qui ont rendu votre nom si célèbre, doit obtenir de vous un accueil favorable.

Sur cet espoir et sur l'assurance qui m'est donnée par des personnes dignes de foi, que vous avez attaqué en justice et fait condamner le S*r* *Dépée, imprimeur à Sceaux* pour abus de confiance[1], je vais avoir l'honneur de vous exposer quels sont mes motifs pour chercher à me procurer quelques détails sur cette affaire contentieuse. —

Après avoir exercé, depuis 1816 jusqu'en 1837, l'emploi de Consul de France en Espagne, j'ai obtenu ma retraite et j'ai fait imprimer, *à mes frais*, par le même S*r* Dépée, un ouvrage intitulé : *De l'Ibérie : ou Essai critique sur l'origine des premières populations de l'Espagne*[2]. Retiré à Clamart, sous Meudon, j'ai accepté de confiance, des mains du S*r* Dépée, le S*r* Leleux, libraire, rue Pierre Sarrazin N° 9, pour éditeur de cet ouvrage auquel j'avais consacré 20 années d'études sérieuses et consécutives.

Dans le cours de 2 années cet éditeur n'en ayant pas placé 30 exemplaires, *pour mon compte*, j'ai pris le parti de retirer mon édition et de faire signer au S*r* Leleux une renonciation au droit de vendre mon *Ibérie*.

Dans cet état de choses, le *Bene audienti pauca*[3] — doit nécessairement, Monsieur, me dispenser d'articuler les conséquences que je dois en tirer et de vous exprimer combien il m'importerait que vous eussiez la bonté de me faire connaître les détails de la condamnation que vous avez fait prononcer contre le S*r* Dépée et, surtout, les moyens que vous avez pu employer pour obtenir des preuves judiciaires de son abus de confiance.

Veuillez agréer d'avance, Monsieur, l'expression de toute ma reconnaissance et celle de la considération très distinguée avec laquelle j'ai l'honneur d'être,

> Votre très humble et très dévoué serviteur
> L. F. de Graslin
> ancien consul de France à
> Santander (Espagne).

À Clamart, sous Meudon (Banlieue) le 17 mai 1840.

40-141. À FRÉDÉRICK LEMAÎTRE

[Aux Jardies, 20 mai 1840.]

Mon cher Monsieur Frédérick,

Je n'ai jamais eu le plaisir de rencontrer M. Francis Cornu[1], mais j'en ai entendu parler souvent et notamment par M. Gérard, auteur de *Léo Burckart* qui en fait cas, je sais qu'il est auteur de drames et membre, je crois du comité dramatique, ainsi sans le connaître, je n'ai point d'objection contre lui pour en faire le directeur temporaire de la Porte

St-Martin pendant les trois mois que le ministre a donnés pour y jouer ma pièce.

Agréez mes compliments

de Balzac.

[Adresse :] Monsieur Frédérick | Lemaître | 36, rue de Bondy | Paris.
[Cachet postal :] Sèvres, 20.

40-142. À HIPPOLYTE SOUVERAIN

[Aux Jardies, dernière décade de mai[1] ? 1840.]

Mon cher Monsieur Souverain,

Je vous ai dit de m'envoyer toutes les bonnes feuilles de *Pierrette* pour que je pusse en faire la préface[2].

Je n'ai rien reçu de *Montégnac*[3], et ce ne serait pas jouer franc jeu que d'aller ainsi, je ne pourrais pas exécuter n[os] nouvelles conventions.

Agréez mes compliments

de Bc.

[Adresse :] Monsieur Hyppolite [*sic*] Souverain | 5, rue Beaux-Arts | Paris.
[Cachet postal peu lisible :] [?] mai 1840.

40-143. MADAME VEUVE COURTOIS À BALZAC

Paris le 20 mai 1840.

Monsieur,

Il y a un mois que vous m'avez promis d'acquitter le montant d'un billet que vous me devez[1], le commerce n'étant pas brillant, j'ai besoin de la rentrée de tous mes fonds pour faire honneur à mes engagements.

Veuillez donc, Monsieur, avoir égard à ma demande, vous m'obligeriez infiniment.

Recevez Monsieur l'assurance de toute ma considération.

Vve Courtois.

P.S.
La personne qui vous remettra ce billet attend une réponse favorable, si vous n'obtempérez pas à ma juste réclamation vous me mettrez dans le plus grand embarras[2].

[Adresse :] Monsieur | Monsieur de Balzac | Rue Richelieu, 1. | Paris.

40-144. À FRÉDÉRICK LEMAÎTRE

[Aux Jardies, vendredi 22 mai ? 1840[1].]

Il n'y a rien de changé. On convertira en permission de 3 mois absolue à partir du 15 juin, la permission actuelle[2], *dès que j'aurai justifié du consentement des propriétaires et locataires de la salle*[3]. On ne demande que cela.

J'ai promis la pièce[4] à la censure pour aujourd'hui en huit. Elle sera prête. Je ne bouge pas d'ici à jeudi de chez moi.

40-145. À ALEXANDRE DUJARIER

23, aux Jardies, Sèvres [, mai 1840].

À Monsieur Dujarier [*sic*], gérant de *La Presse*

Il y a bien longtemps que j'ai de prêt *Les Paysans*[1], qui serviront près d'un mois le feuilleton de *La Presse*, il ne faut que quinze jours pour les mettre en état de paraître ; mais il faut savoir à qui s'adresser, où aller pour les faire composer. L'ouvrier qui se chargeait de cela a disparu. MM. Béthune et Plon font des corrections une bouteille à l'encre, et il faudrait pouvoir composer mon ouvrage en vieux caractère quelque part. Ces difficultés ne peuvent être résolues par correspondance. Si vous voulez me venir voir à la campagne[2], nous les entendrons, *Les Paysans* peuvent paraître en juillet, du 1er au 10[3].

Agréez, Monsieur, mes complim[ents]

de Bc.

J'ai besoin d'examiner aussi mon compte, afin de voir s'il n'y a pas confusion entre deux traités, ceci sans aucun soupçon d'inexactitude.

[Adresse :] Monsieur Dujarrier | 16, rue St-Georges | Paris.
[Cachets postaux :] Sèvres, 24 mai 1840 | Paris, 24 mai 1840.

40-146. ALFRED NETTEMENT À BALZAC

[Paris,] dimanche [24 mai 1840].

Mon cher Balzac

J'ai vu M. de Genoude[1], qui a peur d'un roman en trente feuilletons. Il m'a paru cependant comprendre tout à fait l'avantage qu'il y aurait pour *La Gazette* à avoir votre talent et votre nom[2], et je lui ai promis de vous conduire chez lui, lundi, c'est-à-dire demain, de midi à deux heures. Voulez-vous me venir prendre à midi, rue Roquépine, n° 12 ? C'est tout près de la descente du chemin de fer.
Tout à vous

Alfred Nettement.

[Adresse :] À M. de Balzac | en sa maison : les Jardies | à Sèvres.

40-147. À FRÉDÉRICK LEMAÎTRE

[Aux Jardies, mardi 26 mai 1840[1].]

Mon cher Monsieur F. Lemaître, la pièce[2] est écrite en entier, d'un bout jusqu'à l'autre ; si vous voulez que je vous la lise, venez jeudi à la campagne à une heure, c'est-à-dire par le départ de midi 25 minutes.
Si vous n'avez pas tout arrangé à la Porte St-Martin, j'ai une combinaison meilleure que tout pour vous, et dont je vous parlerai jeudi à votre arrivée, vous n'auriez plus que l'ennui de toucher 2 à 300 fr. par soirée, et aucun agrément de mauvaise chance !

Mes compliments

de Bc.

Mercredi matin.

[Adresse :] Monsieur Frédérick Lemaître | 36, rue de Bondy | Paris.
[Cachet postal :] 27 mai 1840.

40-148. À HIPPOLYTE SOUVERAIN

[Aux Jardies, fin mai ? 1840[1].]

Donnez à Louis, les bonnes feuilles (½) 23 et 24
  du *Curé*.

Puis celles de *Pierrette* que j'attends pour faire la Préface[2].

Envoyez ce qui est ci-joint à Sceaux[3] et demandez l'épreuve de cette composition en page et en feuille le plus tôt possible, cela est urgent, ils n'en ont pas pour plus d'une journée, j'attends après, cela doit faire 2 feuilles avec le titre.
À dimanche.

40-149. À HIPPOLYTE SOUVERAIN

[Aux Jardies, fin mai ? 1840[1].]

Monsieur Souverain,

Voici, ci-joint les épreuves dont j'attends la mise en page commençant le 2ᵉ volume du *Curé de village*.
V[otre] imprimeur a oublié d'envoyer l'épreuve du *carton*, en sorte que je ne puis renvoyer la feuille complète qui finit le 1ᵉʳ volume.

V[otre] serviteur
de Bc.

40-150. HIPPOLYTE SOUVERAIN À BALZAC

Paris, 29 mai 1840.

Mon cher Monsieur de Balzac,

Je serais bien charmé d'aller vous voir, ne fût-ce pas même pour chercher de la copie, mais pour me distraire des longs ennuis qui m'accablent dans le trou que j'habite. Mais, il m'est impossible de sortir malgré ma bonne volonté, et je ne travaille à mon bureau que parce que j'y suis forcé, car je suis malade, indisposé ; je ne sais ce que j'ai.

Voici les quelques feuilles que j'ai ici.

Je vais demander la suite aux imprimeries et je vous les donnerai demain. Puisque vous venez demain à Paris, rapportez-moi donc de la copie du *Curé*[1]. Vous savez que nos compositeurs n'ont rien à faire, et aussi la fin de *Gigadas*[2] que tous les matins on vient chercher : c'est bien ennuyeux.

Portez-vous mieux que moi, et recevez mes civilités empressées.

D. H. Souverain.

[Adresse :] Monsieur de Balzac.

40-151. JADRAS À BALZAC

Paris, le 30 mai 1840.

Monsieur,

Lettres et démarches, rien ne vous fait[1], en vérité je suis las de voir autant d'insouciance de votre part et malgré qu'il me répugne d'avoir recours à des moyens judiciaires vous me feriez d'en prendre le parti. Je différerai d'ici au 4 juin afin de ne pas avoir aucun reproche à me faire, mais dès le lendemain je me mettrai en mesures contre vous[2] et les frais que cela va nécessiter auront bientôt dépassé la somme exigible.

Votre serviteur
Jadras père.
Rue St-Jacques 241.

[Adresse :] Monsieur | de Balzac homme de lettres | rue Richelieu n° 108 | Paris.
[D'une autre main :] À Sèvre[s].
[Cachets postaux :] 30 mai 1840 | Sèvres 31 mai.

40-152. À SYLVAIN GAVAULT

[Aux Jardies, 30 mai ou 6 juin 1840.]

Mon cher et bon Monsieur Gavault, je serais très heureux que le traité Foullon fût reporté sur *Paméla ou la Reconnaissance*, tel quel ; mais vous avez eu l'idée de demander un délai[1]. Voyez quel sera le meilleur entre ces deux partis. Hubert[2] m'a écrit un mot de consentement que j'ai transmis à M. Ménager[3], il a été plusieurs fois chez vous sans vous trouver, indiquez-lui un rendez-vous, car il a dit *pourvu que mes intérêts n'en souffrent pas*, et vous le lui démontrerez. Cette affaire Visconti[4], dont je connais l'urgence, m'ôte tout esprit, toute intelligence ; tant je suis malheureux de la savoir retardée.

Mille affectueux compliments

de Balzac.

Je n'ai pas encore reçu votre lettre.

Samedi 6 heures du matin.

40-153. À ALEXANDRE DUJARIER

[Aux Jardies, fin mai ou juin 1840[1].]

Monsieur,

Je suis arrivé dix minutes après v[otre] départ, je ne quitte pas les Jardies, où l'on va et d'où l'on vient avec plus de facilité que d'un quartier de Paris à l'autre ; il m'est impossible de quitter mon cabinet, je travaille nuit et jour — faites-moi le plaisir de venir quand vous voudrez car j'ai encore plus d'intérêt à paraître dans *La Presse* que *La Presse* n'en a à m'avoir.

Mille complim[ents]

de Bc.

[Adresse :] Monsieur Dujarier | Gérant de *La Presse* | 16, rue St-Georges | Paris.

40-154. À SYLVAIN GAVAULT

[Paris, avant le 6 juin 1840[1].]

N° I
Bilan passif
de
M. de Balzac
État des dettes de
M. de Balzac

—

N° I
Créances amies, et qui se liquideront en dernier.

—

1.

Mme de Balzac, sa mère
un capital de 40,000
dont il sert les intérêts[2] et résultant d'une quittance par lui donnée sous signature privée

2.

Madame J. Doumerc, veuve de M. Delannoi [*sic*], 110 rue Neuve des Mathurins un capital de 30,000
Portant intérêts et sur lequel il n'y a ni intérêts de payés ni rien du capital[3]
               intérêts . . . . mémoire
résultant d'un acte s[ous] s[ignature] privée

3.

M. Théodore Dablin, rue de Bondy, 26.
Un capital de 8,500
représenté par des billets auxquels chaque année les intérêts s'ajoutent à 5 p. % en les renouvelant en juillet[4]

4.

M. Nacquart médecin, 10 rue Neuve St-Augustin
une somme d'environ 1,500
prêtée de confiance, et pour laquelle il y a compte à faire attendu que la somme résulte de prêts partiels

---

80,000

5.

M. Buisson Tailleur, rue Richelieu 108.
pour mémoire, ci 15,000
   1° mon compte d'habillement montant à 5,000 f.
de billets non payés qui ont soldé un compte
arrêté, ci 5,000
   2° compte courant d'habillement 2,000
   3° Billets ou endos 6,000
pour lesquels j'étais poursuivi et qu'il a
soldés par intérêt pour moi.
   4° indemnité sur l'affaire des *Études de
mœurs* pour mémoire 2,000

M. Buisson a fait une affaire de librairie dans laquelle il a perdu, mais le point de départ était l'intention de m'être utile, et cette indemnité est une affaire de conscience

ne rien traiter avec M. Buisson que par l'organe de
Mᵉ Chevalier son avoué, attendu que Mme Buisson
ne sait rien des sommes dues pour d'autres causes
que l'habillement[5].

6.

Affaire de la *Chronique de Paris* ci .... 13,000[a]
            à liquider en dernier
M. le duc de Feltre   1,000
Mme Jobey, 23 rue de l'Arcade   2,000
M. de Villaret-Joyeuse   4,000
M. Trudon des Ormes   4,000

Leurs adresses sont dans les actes par
lesquels je me suis reconnu débiteur, ces
diverses sommes portent 3 p. % d'intérêt
dont on devra faire remise, s'il le fallait,
et aucun d'eux ne peut actionner[6].

M. Cornuault, m[archan]d de papier,
Rue Coq-Héron   2,000
résultant de billets impayés, renouvelés,
il a gardé les effets primitifs et les
renouvellements.

                                    107,000[7]

Sauf erreur sur les créances Buisson et les
intérêts dus à Mme Delannoi qu'on peut
évaluer à 3 années 4,500

111,500

oublis.

M. Surville, mon beau-frère rue du f^g 2,500
Poissonnière, n° 28.
Pour comptes entre nous ——

114,000

État N° 2.

—

Arriéré

1° En effets impayés tranquilles.

1. Fradelizzi fumiste, rue Richer, 20 ou 22,
   et le solde de sa facture, compte à faire 2,000

2. Perry, Galerie d'Orléans au Palais Royal,
   pour fournitures anciennes, sans compte à faire 600

3. M. Labois ancien avoué, un billet dont il m'a
   donné l'argent et que le souscripteur gérant
   du *Livre d'or* journal n'a pas payé 500
   J'ai vendu une nouvelle intitulée La Frélore *pour une somme de 1000 f. dont 500 ont été payés, le dernier effet de 500 f. ne l'a pas été, je n'ai livré que le tiers de la nouvelle, qui ne pouvait paraître que dans* Le Livre d'or — Le Livre d'or *ne paraît plus, il n'a fait que 3 numéros*[8].

4. Hugret peintre, une créance à régler pour peintures
   faites à ma campagne sur laquelle 500
   francs ont été réglés et impayés à compte, et qui
   peut s'évaluer en reste de mémoire à 2,500

5°. MM. Vayson frères, m[archan]ds de tapis rue de
   Grammont, 14
   règlement de leur facture en effets impayés[9] 2,500
   Sauf erreur

8,600

6°. M. Moreau tapissier, 4, rue de la Paix   6,000
partie en effets impayés et partie en mémoires
de fournitures, il y a compte à faire
*M. Moreau est une des personnes les plus
serviables pour moi ainsi que M. Buisson.*

7°. M. Prieur carrossier, rue Bergère, effet impayé   600
et compte à faire

8°. Teissier, ébéniste, rue de Touraine S. G. un effet de   400
impayé, solde de compte

9°. Mme Vve Courtois, fayencière, rue de l'Ancienne-Comédie
un effet de   280
environ, solde de compte pour fournitures[10]

10°. M. Jadras, ancien m[archan]d de bois, 245, rue
St Jacques environ   400
tourmentant par lettres[11]

11. Bancelin, f^b St Jacques   100
serrurier, solde de compte

12. Créance Foullon   7,500
assise sur *Vautrin*, (voir mes conclusions)
(il y a rendez-vous pris pour samedi[12] chez
Me Boinod pour plaider).

13. une personne que je ne puis nommer[13], m'a
prêté 10,000 f. que je dois rendre vers la fin de
l'année, sans intérêts, sur *Vautrin* également ci   10,000
et qui a servi à liquider dix mille francs de
poursuites à Sèvres en janvier 1840. J'ai fait
deux effets de 5,000 en blanc

14. oublis (Garçon carrossier 150, rue du Bac)   00,400
                                                                          ———————
                                                                           34,280

15°. Me Ménager notaire à Sèvres
(ses frais d'acte) évaluation   2,720
                                                                          ———————
                                                                           37,000

2° En effets impayés ou créances
pour lesquelles il y a poursuites vives, et dangers.

À Sèvres

chez Lesourd, huissier
1° partie échue du prix de la Maison Ruffin qui a levé
sa grosse et fait un commandement de saisie
immobilière environ   2,500

2° un effet en retard frais compris   700

Chez Bissonnier, autre huissier à Sèvres

(note à demander)   2,500
Bissonnier est favorable, il arrête les poursuites
autant qu'il le peut, et il distribue à plusieurs
créanciers pour les faire attendre   5,700

Chez moi à Sèvres

Deux ouvriers à renvoyer
journées dues   500
Boulanger, mémoire de   900
Boucher   300
épicier   200
à un charretier pour charroi   300
à un fournisseur de pierres livrées   450
une auge 32, port de seuilles [*sic*] 12,
tailleur de pierres 8, plombier 30,
restaurateur 30, serrurier 300 compte
à faire — 250 à deux menuisiers — en tout 1,000
Blanchisseuse   100
oublis   300   4,050

(tout est urgent)

    9,750

effets impayés à Paris

1° un effet Rond, poursuite de Pance,
tiers porteur   400
il a saisi immobilièrement
2° loyer de ma chambre à Paris   450
(il y a lieu de donner congé, on a saisi les meubles)

3° une lettre de change payée (1 800 f.)
  à faire remettre par M. Devoisin, ancien huissier
  à Mantes qui a reçu les fonds pour la payer
4° intérêts dus à Mme de Balzac   2,500
5° un effet Vaissière   450
  avec frais souscrit pour mon compte avec Brouette
  mon jardinier. Frais commencés
6° dettes criardes à Paris
  portière 80 — Restaurant 160 —
  M. Hetzel prêt de confiance 200 —
  M. Laurent-Jan 25 —
  M. Visconti 3,000 — renouvellements urgents
  au Mont de piété 350 — oublis en tout   4,000
  (tout est en péril, ici, il faut de l'argent immédiatement)

[1°] oublié à Sèvres, un effet de f. 400 à Barbier, m[archan]d
de bois,
échu, tranquille.   400
2° compte à fixer avec le plâtrier Damougeot mémoire   800
3° *id.*   avec un maçon à façon   1,000
4° *id.*   avec Joseph Droit charpentier,
  et le couvreur (mémoire)   600
5° fin de compte avec Brigaut peintre à
  Ville-d'Avray   200

                                                            20,550
oublié l'effet Riche 200, et un compte chez un
plombier 250 environ   450

                                                            21,000

[En marge gauche, en bas :]

N° 1   37,000
N° 2   21,000
       ──────
       58,000

État N° 3
effets à payer

1° Brigaut peintre, à compte   150

2° M. Devoisin ancien huissier à Mantes
en juin   350
(sans argent et sans capacité, il a été chargé de mes
affaires et ne faisait rien. Il a reçu le solde (500 f.) d'une
lettre de change souscrite à Lecointe et ne m'a pas
rapporté le titre qui est chez l'huissier, et il m'a fait
souscrire des effets pour solder le compte de ses
appointements qu'on allait saisir entre mes mains

3° Merriau graveur   1,200
effets à échoir, solde d'anciennes factures et billets
protestés avec frais et intérêts.

4° [Desaulles ?] mécanicien   250
règlement d'un ancien effet impayé

5° Effet Girardin argent prêté   600

6° fin juillet, effet Damougeot pour plâtre fourni   600

en cas d'erreurs   1,200
                                                                                                    ———
                                                                                                    4,350

État N° 4
Maisons à Sèvres

j'ai 3 maisons à Sèvres
État hypothécaire

1. Varlet, 1ᵉʳ vendeur
restant de prix à payer   1,200

2. Avice vendeur d'un petit terrain   300

3. Ruffin vendeur d'une maison 5 500, outre les frais
(voir l'état n° 2) restera   3,500

4° Cailleux (contrat à réaliser)
je suis en jouissance   1,500

5° Legris (soulte d'échange à payer immédiatement)   400

6° Bougon (prix à payer) pour terrain   1,100^b

7° Lécuyer (prix à payer pour terrain)   1,300^c

8° au chemin de fer, contrat à réaliser (pour
   mémoire)   21,000^d

Dettes

9° M. le comte de Visconti   15,000

10. Hubert, l'Entrepreneur.   12,000

                                                  36,300^e

en sortant la somme nécessaire à l'acquisition des
terrains du chemin de fer.

11. Il y a compte à faire avec l'entrepreneur qui n'a
    pas fourni son mémoire.   12,000

                                                  48,300^f

12. compte à faire avec le paveur, Finot à Ville-d'Avray
    qui peut être payé   700

13° oublis   1,000

                                                  50,000

État N° 5

Créance Delloye et Lecou

J'avais formé en 1837, une association pour l'exploitation
de mes œuvres avec MM. Bohain, Delloye et Lecou[14].
On m'a avancé 50,000 f. on devait me faire 1 500 f. par mois
en avance sur les bénéfices
on a fabriqué deux choses
1. *La Peau de chagrin* illustrée
2. un roman[15]

M. Bohain avant de faire faillite a rétrocédé sa part
à MM. Delloye et Lecou. MM. Delloye et Lecou
ont fait faillite[16], mon association a été rompue
je me suis trouvé redevoir 65,000 f. de sommes
avancées des prix de fabrication
Enfin la liquidation est encore à terminer, et l'on évalue
ce que je redois, malgré mes versements à   12,000

ma plume étant engagée par privilège, je ne puis
rien vendre, ni rien faire en librairie qui n'aille à
ces messieurs.
Tous les traités sont entre les mains de M. Lecou, 22,
boulevard St Denis
En vertu de ces traités je dois encore fournir 5 volumes
à M. Souverain libraire[17]
Les produits du théâtre m'appartiennent en entier

———

N° 6
Récapitulation

État n° 1	114,000
État n° 2	58,000
État n° 3	4,350
État n° 4	50,000
État n° 5	12,000
acquisition du chemin de fer	21,000
dégagements au Mont de piété	3,000
total général	262,350
à payer immédiatement	
le n° 6 de la page 4 de l'État n° 2	4,000
la page 3 du même état	9,000
juin et juillet en billets	4,000
	17,000

40-155. CHARLES JOSEPH BLOUET
À BALZAC

Paris, ce 5 juin 1840.

Monsieur,

M. Jadras vient de me charger de diriger contre vous des poursuites afin d'avoir le paiement d'une somme de 75 ^{f} 24 ^{c} pour intérêts que vous lui devez sur une somme [en] principal de 363 ^{f}. Je vous prie donc de m'éviter le désagrément de commencer les poursuites en venant satisfaire M. Jadras dans les 24 heures[1].

Recevez mes salutations respectueuses.

[signature illisible]
p[rinci]pal clerc de M. Blouet
h[uissi]er quai de la Tournelle n° 27.

[Adresse :] Monsieur | Monsieur de Balzac | rue de Richelieu 108 | Paris.
[D'une autre main :] À Sèvre[s].
[Cachet postal :] 5 juin 1840.

40-156. HIPPOLYTE SOUVERAIN À BALZAC

[Paris, 5 juin 1840.]

Monsieur de Balzac,

Je vais envoyer aux *Gondoles* un petit paquet renfermant les bonnes feuilles que vous demandez, et un ouvrage de Corbière que vous désirez lire depuis longtemps[1].

Toute cette semaine j'ai voulu vous aller voir, et tous les jours le soir est arrivé sans que j'aie pu exécuter mon désir. La mise en vente d'un livre de Gautier m'épuise tout mon temps[2]. J'espère pourtant demain aller vous rendre visite.

Je ne sais comment vous vous tirerez de vos engagements dans le temps donné sans envoyer de la copie. L'imprimeur du *Curé de village* qui s'était arrangé pour aller très vite est sans copie depuis un mois, et M. Porthmann[3] depuis 6 mois n'a pas une ligne à composer. Vous envoyez il y a huit jours votre Louis chez moi pour me dire que vous avez de la copie et que j'aille la chercher, moi que ma besogne attache tellement [chez] moi que je ne suis jamais sûr de disposer d'un jour par semaine. Il était bien plus simple de la lui donner à lui pour qu'il me l'apporte, aujourd'hui elle serait composée, et ce serait autant de fait, tandis que voilà huit jours de perdus seulement de ce moment.

Enfin, si je vais vous voir demain, je causerai de cela avec vous. Si je n'y vais pas, mettez la copie qui est prête à la diligence ou que Louis l'apporte dans son premier voyage à Paris.

Mes civilités bien empressées,

D. H. Souverain.

Le 5 juin 1840.

[Adresse:] Monsieur de Balzac | aux Jardies, | entre Sèvres et Ville-d'Avray, par Sèvres.
[Cachet postal:] Paris, 5 juin.

40-157. À HIPPOLYTE SOUVERAIN

[Aux Jardies,] lundi matin [8 ? juin 1840].

Voici 3 fois, mon cher Monsieur Souverain, que j'envoie aux *Gondoles*, et qu'il ne s'y trouve pas de paquet pour moi, je ne puis vous en dire davantage, n[os] relations relativement à l'exécution de conventions presque impossibles à remplir de mon côté, ont été un leurre du vôtre, v[ous] avez voulu m'y faire manquer, et je comprends très bien que vous ne viendrez me voir que le 16 juin.

V[ous] imprimez *Pierrette* sans que je puisse vérifier la réimpression, et il s'y trouvera des fautes horribles, v[ous] trouvez inutile ou nuisible l'intervention de l'auteur dans l'impression de son œuvre. Je n'ai point mon premier volume du *Curé* complet, et, s'il était tiré, je devrais l'avoir.

Ma copie est prête mais vous savez bien que je ne la confie jamais à des tiers[1]. Enfin, vous mettez, je le vois, des entraves à tout par système, et c'est à dégoûter du travail. Vous savez qu'il m'est impossible souvent d'aller et de venir, et il n'y a pas eu, de votre part, la moindre complaisance pour tout ceci, il aurait fallu que j'allasse aux imprimeries Avec ce système, en deux ans, on ne ferait pas 2 volumes. Je vous ai attendu avant-hier et hier, toute la journée ; et attendre quelqu'un c'est ne rien faire. V[ous] ne savez pas tout ce que cela me coûte d'ennuis, de pertes, de peines, maintenant et dans l'avenir. Vous ne faites pas paraître *Pierrette* et vous ne voulez pas faire paraître le *Curé*.

Il aurait pu être fini le 15 mai. Le 15 mai, il n'y avait pas 6 feuilles composées sur la copie.

Mille compliments

de Bc.

P. S. — Si vous avez qlq chose à remettre, remettez-le aujourd'hui à midi, rue Richelieu, je viens à Paris pour 2 heures, et pour un rendez-vous d'affaires urgentes. Je vous attendrai *mercredi* aux Jardies.

40-158. À HIPPOLYTE SOUVERAIN

[Aux Jardies, mardi 9 juin 1840.]

Mon cher Maître Souverain,

Il n'en coûte pas plus de 32 sous, *cabriolet compris*, pour me venir voir et on ne perd pas sa journée, on va et on vient comme on veut, en 20 minutes, je vous attends donc demain, mercredi, car n[ous] avons beaucoup de choses à faire, venez par 4 h. 25 minutes, vous repartirez par 6 heures.

Enfin, vous ne voulez pas comprendre que c'est *les feuilles* du TOME I *de* PIERRETTE *que je n'ai pas*, et à compter de la 15 inclusivement, et dans le tome II à compter de la 12 inclus[e].

Rien ne vous empêchera de mettre en vente *Pierrette*, et le *Curé*, à 15 jours de distance, nous avons beaucoup à causer relativement à ces 2 ouvrages, mille complim[ents]

de Bc.

[Adresse :] 5, rue des Beaux-Arts | Paris | Monsieur Souverain, libraire.
[Cachet postal :] 9 juin 1840.

40-159. SYLVAIN GAVAULT À BALZAC

[9 juin 1840[1].]

M. de Balzac,

M. Ménager[2] ne peut comprendre le terrain Legris, — afin de pouvoir facilement emprunter les fonds nécessaires pour payer les privilégiés, — ni dans l'obligation nouvelle, ni dans celle Hubert.

[Adresse :] À Monsieur de Balzac.

40-160. À LOUIS CRÉTÉ ?

[Aux Jardies, vers le 12 juin 1840[1].]

Il est impossible de séparer le carton de ce volume — les titres des 2 volumes feront ½ feuille, M. de Balzac demande épreuve du carton qui est important et indispensable.

M. de Balzac n'a pas de bonnes feuilles du *tome 2 de Pierrette*, passé la feuille 15, il demande les autres, car il est nécessaire qu'*il les lise*. On n'imprime rien d'un auteur, sans qu'il le voie — il n'a renoncé à prendre des épreuves que sur la parole de Monsieur Souverain, s'il faut tout faire par huissier[2], il y aura des frais extraordinaires.

M. de Balzac attend également l'épreuve *double* de ce qu'il a donné pour les volumes de M. Lassailly[3].

40-161. À SYLVAIN GAVAULT

[Aux Jardies, 12 ? juin 1840.]

J'ai l'honneur de saluer Monsieur Gavault en lui envoyant mille complim[ents] affectueux, et le prie de songer à l'arbitrage Foullon[1], il serait bien utile que je ne me dérangeasse pas, ne faut-il pas que je signe un pouvoir — M. Dutacq offre de me l'apporter ce soir et de le donner demain.

Ex imo corde
de Balzac.

[Adresse :] Monsieur Gavault.

40-162. À VICTOR HUGO

[Aux Jardies, 12 juin 1840.]

Monsieur le Président[1],

J'ai l'honneur de vous prier de soumettre au Comité la proposition formelle que je fais d'envoyer à Strasbourg une députation de trois membres du Comité et de deux membres de la Société des gens de lettres, étrangers au Comité, pour assister à l'érection de la statue de Gutenberg[2]. Il serait honteux pour nous de rester en arrière de la librairie.

Agréez, mon cher Président, l'hommage de ma sincère et amicale admiration

de Balzac.

40-163. À HIPPOLYTE SOUVERAIN

[Aux Jardies, samedi 13[1]? juin 1840.]

Mon cher

Monsieur Souverain

je vous retourne les 4 feuilles 11, 12, 13 et 14[2] en vous priant d'en donner vous-même le bon à tirer pour m'éviter ainsi qu'à vous les retards et les ennuis d'une révision —

puis tous les placards qui doivent terminer le premier volume[3], je ne garde qu'un seul chapitre où commence le nouvel ordre de choses[4] — vous recevrez promptement la copie du 2me volume[5], faites tirer afin de disposer de tout le caractère pour la partie inédite —

venez me voir pour l'affaire Lassailly vous recevrez les bons à tirer du roman par lettres en même temps — venez demain soir, dimanche, nous avons à causer d'un point particulier.

Mille civilités,

de Bc.

Apportez-moi toutes les bonnes feuilles de *Pierrette* et la bonne feuille 10 du *Curé*.

[Post scriptum ajouté au début du texte :]

Les placards sont tous rendus en *bon* à tirer.

40-164. LE COLONEL CHARLES FRANKOWSKI À BALZAC

[Paris, 14 juin 1840.]

Il y a des définitions logiques irrécusables, en voici une entre autres.

Quand je me prends à comparer les adieux que vous m'avez faits à Venise, et la réception que v[ous] m'avez faite aux *Jardies*, chez v[ous], dans votre propre maison je me dis : ou Monsieur de Balzac a changé par caprice, ou il voit en moi un autre homme que celui de Paris, que celui de Milan, que celui de Venise. Si c'est par caprice, ma foi, j'en accuserais ce dont toute l'Europe vous accuse vous autres Français, je vous accuserais d'inconstance. Mais si c'est un autre homme que v[ous] voyez en moi, alors le fait devient grave. Entre intimes il y a des dépits amoureux où vite on se raccommode ou on se hait à jamais, mais entre simples connaissances la partie lésée a droit d'exiger une explication et j'use de ce droit[1]. Je ne v[ous] ai pas dit toutes ces choses aux *Jardies* parce que je parle cent fois plus mal que je n'écris — ainsi jugez d'ailleurs je v[ous] voyais sous le coup d'une profonde affliction et je l'ai respectée.

Il est possible que je me trompe, mais je veux être redevable de ce qui m'arrive avec vous aux retards forcés que j'ai mis en m'acquittant de la commission dont v[ous] m'aviez fait l'honneur de me charger pour Mme Hanska. Je suis d'autant plus fondé à émettre cette supposition que dans votre dernière v[ous] me l'avez fait indirectement sentir. — Je dirai même plus ; — lorsque je me permis d'écrire une lettre à Mme Hanska où je lui annonçais que j'étais porteur d'un bijou qui venait de v[ous] elle voulut bien m'honorer non seulement d'une réponse très gracieuse, mais de plus elle m'a invité à continuer notre correspondance ; mais depuis lors je n'ai pas eu une syllabe de cette dame, même en m'envoyant votre dernière lettre je n'en trouvai que le pli et l'adresse faits de sa main — bref, d'une manière ou d'autre il y a eu un malentendu, une équivoque entre nous, que sais-je ?

Vous n'êtes pas une connaissance à la douzaine — vous êtes Monsieur de Balzac et il en revient toujours de l'honneur à celui qui est connu de vous. — Si quelqu'un m'a fait du tort, m'a desservi près de v[ous] Monsieur Balzac, nommez-le-moi, et alors moi homme de paix je me rappel[l]erai que j'étais homme de guerre !

D'un mot vous pouvez me faire venir aux *Jardies* ne fût-ce que pour deux minutes.

Si v[ous] ne jugerez [*sic*] pas à propos de m'envoyer ce mot, je jugerai la question comme non vidée et alors je quitterai Paris avec l'espoir de v[ous] revoir à Varsovie et de m'expliquer. —

C. — Frankowski.

Rue Bourbon Ville-Neuve 58
Paris 14 juin 1840.

[Adresse :] Monsieur | Monsieur de Balzac | Ville-d'Avray | aux Jardies.
[Cachet postal :] 15 juin 1840.

40-165. FERDINAND MÉNAGER À BALZAC

Ce 14 juin 1840.

Monsieur,

Je suis toujours occupé de l'affaire qui doit précéder la vôtre, et nous faciliter les moyens de la terminer, mais elle ne marche pas aussi promptement que je le désirerais[1]. Cependant j'espère pouvoir finir d'ici quelques jours ; je m'empresserai de vous en instruire.

Agréez je vous prie, Monsieur, l'expression des sentiments distingués avec lesquels je suis votre très humble serviteur.

Ménager.

[Adresse :] À Monsieur de Balzac | Aux Jardies.

40-166. À HIPPOLYTE SOUVERAIN

[Aux Jardies, mi-juin ? 1840[1].]

Mon cher Monsieur Souverain, il me manque toute la fin du tome Ier de *Pierrette* en bonnes feuilles depuis la feuille 15 inclusivement
  puis 11 et 12 du *Curé*,
faites-les-moi mettre, rue Richelieu. V[ous] allez avoir

toute la copie du *Curé* dans la semaine prochaine. Faites tirer les 6 feuilles Porthmann[2] que voici, je vais également envoyer la semaine prochaine la suite des feuilles (il y en a encore 3 environ) et de la copie, ceci ira vite.

Demandez surtout les 11 et 12 du *Curé*. Vous feriez bien de venir me voir mardi. Ça vous remettrait, n[ous] aurions à causer

de Bc.

40-167. ADRIEN PAUL À BALZAC

[Saint-Germain-en-Laye, 15 juin 1840.]

Monsieur de Balsac [*sic*]

Hier je fus à Ville-d'Avray, à la porte même de votre maison de campagne ; arrivé là, toutes mes résolutions courageuses se sont évanouies ; je n'ai plus eu ni la force ni la volonté d'aller définitivement apprendre de votre bouche ce que je dois désormais craindre ou espérer de l'avenir.

J'ignore, Monsieur, si vous avez ou non, obtempéré à la prière que je vous avais faite de parcourir mon manuscrit[1], et si les raisons par lesquelles j'ai tenté de combattre votre refus ont trouvé grâce devant vous. Ce que je sais, c'est que l'existence d'un homme de cœur est à votre merci ; que votre consentement doit le sauver aussi infailliblement que votre refus doit le perdre.

Veuillez donc Monsieur de Balsac, fixer mon alternative et me faire savoir quel a été le résultat de votre lecture, si tant est que vous ayez bien voulu feuilleter mon ouvrage — Dans le cas contraire, veuillez aussi, Monsieur, me faire connaître l'impossibilité où vous êtes de le lire, afin que désespéré, j'aille le reprendre chez M. Laurent-Jan[2].

Recevez Monsieur de Balsac, mes salutations empressées.

Adrien Paul.

St-Germain-en-Laye, 15 juin 1840. R[ue] de la Verrerie, 19.

[Adresse :] Monsieur de Balsac | aux Jardies | à Ville-d'Avray | près Versailles.
[Cachets postaux :] St-Germain-en-Laye, 15 juin 40 | Sèvres, 15 juin 40.

40-168. À ARMAND DUTACQ

[Mi-juin 1840 ?]

Vieux Dutacq, voulez-vous écrire un mot à Charlieu[1] pour le prier de me donner ce soir à l'Ambigu, réponse définitive sur les 2 derniers mille, en lui disant qu'il les faut absolument d'ici à demain soir, je ne sais pas son adresse, je viendrai dîner chez Vachette[2], je vous apporterai les *Petites misères*[3].

T[out] à v[ous]

de Balzac.

40-169. LAURENT-JAN À BALZAC

[Paris, juin 1840.]

Voici mon chéri une nouvelle missive de l'Adrien Paul.
Avant de te l'envoyer j'ai fait prendre à St-Germain des renseignements sur ce Monsieur.
Or comme ceux qui m'ont été communiqués sont de la plus triste nature — et le font sortir d'une maison de détention je t'engage à rompre nettement tout commerce avec le susdit[1].
Dutacq ira probablement t'embrasser ce soir.

Lau. Jan.

40-170. EUGÉNIE FOA À BALZAC

[Paris, mardi 16 juin 1840.]

Monsieur

Je vais entreprendre une publication adressée spécialement aux jeunes femmes.
— Vous nous avez prouvé — et de cela je vous en remercierai dans quelques années, que les femmes étaient toujours jeunes, — donc je m'adresse à toutes.
D'après cela, vous comprenez [*sic*] que je ne puis, et que je ne veux pas me passer de votre concours.

On dit, que vous promettez beaucoup, et que vous ne tenez pas souvent, c'est votre état d'homme — à ce qu'on dit encore — et vous avez cela de commun avec notre état de femme, ce qui m'ôte le droit de le trouver mauvais — mais ici, vous pouvez tenir votre parole sans déranger, et sans que cela tire à conséquence pour le reste —

Voulez-vous, Monsieur, me dire le lieu, le jour, et l'heure, où il y a quelques probabilités de vous rencontrer chez vous, j'irai vous faire ma demande.

À moins, toutefois, qu'il ne vous soit plus commode de venir chez moi, la chercher, ce qui, vu toujours mon état de femme, me ferait infiniment d'honneur et de plaisir

Eugénie Foa
35, rue Laf[f]itte.

Mardi 16.

40-171. À HIPPOLYTE SOUVERAIN

[Aux Jardies, 18 juin 1840[a1].]

Mon cher monsieur Souverain,

Je n'avais pas envoyé le plus essentiel : les feuilles du tome I[er] de *Pierrette* depuis la 14 et il manque la 16 du tome II. Je vous renvoie les dernières épreuves de *Pierrette*[2].

Depuis 8 jours je suis malade, non pas grièvement ; mais ce qui est pis, c'est que la maladie a frappé la cervelle. J'ai une cholérine, et je suis arrivé à une si grande faiblesse que j'ai gardé le lit hier... Je ne puis rien digérer et suis inquiet[3]. J'irai demain à Paris voir un médecin, si je puis faire le voyage. Je suis bien chagrin de cette indisposition.

Mille compliments.

40-172. À PIERRE DOLOY

[Paris, 20 juin 1840.]

À monsieur Doloy, imprimeur à St-Quentin[1].

La reproduction de mes ouvrages n'appartient qu'à moi, et je ne l'ai encore cédée en province à personne ; j'ai le droit dans beaucoup de cas et même presque toujours avec les journaux quotidiens de la céder presque simultanément ; ainsi vous pouvez traiter avec moi en toute sécurité. Si votre journal compte mille abonnés ou cinq cents seulement, le droit que je demanderais varierait, mais il est basé sur le nombre des abonnés, c'est la seule base équitable, cette base varie encore dans le cas où vous auriez communication des épreuves pour paraître presque simultanément, et c'est sur le mille de lettres commun en imprimerie que les calculs se feraient. Ainsi, dites-moi, monsieur, quel est le sacrifice[2], sur cette base que vous voulez faire, car la littérature défend ses droits et veut les établir ; elle n'a pas la moindre facilité.

Agréez l'assurance de ma parfaite considération

de Balzac.

28, rue du Faubourg-Poissonnière.

[Adresse non reproduite sur la copie.]
[Cachet postal :] 20 juin 1840.

40-173. NICOLAS FRANÇOIS DURANGEL
À BALZAC

Paris, 21 juin 1840.

Monsieur,

J'accepte avec le plus vif plaisir pour *Le Messager* le roman de vous intitulé *Ursule Mirouët*[1], qui vous sera réglé à raison de 75 centimes la ligne. Il est convenu toutefois que nous ne sommes engagés que jusqu'à concurrence de 4 500 fr. pour la totalité de l'ouvrage.

Agréez, Monsieur, l'expression de mes sentiments les plus distingués.

Durangel.

P. S. — Il est entendu que M. de Balzac ne rentrera dans la propriété d'*Ursule Mirouët* qu'un mois après sa publication dans *Le Messager*.

40-174. À ARMAND DUTACQ

[Aux Jardies, avant le 22 juin 1840.]

Mon cher Dutacq,

Faites-moi le plaisir de payer en mon acquit (sur quittance) la somme de vingt-cinq francs pour la copie de *Mercadet* remise à M. Frédérick Lemaître[1].

Tout à vous

de Balzac.

Voyez à ce que ces vingt-cinq francs soient bien remis au copiste lui-même.

[Adresse :] P[our] lundi[2] de 10 h. à 2 heures | Monsieur Dutacq | 16, rue du Croissant | Paris.

40-175. À ARMAND DUTACQ

[26 juin 1840.]

Mon cher Dutacq, faites-moi le plaisir de remettre sur quittance trente francs au porteur de ce[ci].

Mille amitiés

de Bc.

26 juin 1840.

[En dessous, d'une autre main :]

Reçu la somme de trente francs.
Paris le 6 juillet
Henry.

40-176. À FRÉDÉRICK LEMAÎTRE

Paris, ce [vendredi 26 juin] 184[0].

Si M. Frédérick Lemaître veut être demain samedi 27[1], à midi aux Jardies, il y trouvera son monde et tout préparé. Mille compliments de la part de M. de Balzac.

40-177. À LAURE SURVILLE

[Aux Jardies, vers le 27 juin 1840[1].]

Ma chère Laure, mes affaires ne me laissent pas un moment, et rien ne va bien encore pour comble de malheur, voici quinze jours que je suis pris par une espèce de cholérine qui ne cesse pas et qui a pour conséquence de m'annuler la tête. Je n'ai cœur à rien et n'ai pas écrit une panse d'*a*[2]. Je n'ai plus entendu parler de Frédérick Lemaître ni de Porte St-Martin[3] où rien n'est arrangé des intérêts particuliers qui empêchent d'ouvrir.

Mille tendresses pour vous toutes, comme je n'ai rien de bon encore à vous dire, je n'écris qu'à toi. Embrasse ma mère pour moi, et tes petites. Aussitôt que cela ira mieux, j'écrirai à ma mère.

T[out] à toi,
Honoré[4].

40-178. AU DOCTEUR NACQUART

[Aux Jardies,] 27 juin [1840].

Mon bon docteur,

J'ai reçu votre aimable lettre trop tard, je suis aux Jardies depuis longtemps et très occupé, comme vous le pensez, j'en suis bien marri. Voici 15 jours que j'ai une petite maladie[1] ; ce n'est rien mais pour moi c'est tout, car elle donne sur la tête un résultat quoiqu'elle attaque les intestins. Est-ce une inflammation ? Est-ce un relâchement, voilà ce que je vous demande ? Que faut-il faire ? car cela dure malgré le rafraîchissement de l'atmosphère. Cette diarrhée est venue avec l'excessive chaleur, je suis tout neuf, je n'ai rien fait que pris quelques lavements à la graine de lin.

Mille gracieusetés d'affection.

Honoré de Bzc.

[Adresse :] Monsieur Nacquart, | 10, rue Neuve St-Augustin, | Paris.
[Cachet postal :] 27 juin 1840.

40-179. EUGÉNIE FOA À BALZAC

[Paris, 27 juin 1840.]

Monsieur,

Monsieur le Chevalier de la Pierre s'est présenté chez vous, l'autre jour, il vous a prié de lui faire une nouvelle pour un Journal adressé spécialement aux femmes, que lui et moi allons éditer.

Vous lui avez demandé mille francs, nous ne pouvons vous en donner que *cinq cent[s]*, mais comptant, et non en billets comme les éditeurs vous payent.

Voyez, Monsieur, si par égard pour un confrère, bien modeste il est vrai, vous consentez à notre proposition, un mot de vous, et j'irai aux Jardies en causer avec vous.

Eugénie Foa née Rodrigues.

[Adresse :] Monsieur de Balzac | aux Jardies par Sèvres | À Ville-d'Avray.
[Cachet postal :] 27 juin 1840.

40-180. MADAME A. ARPIN À BALZAC

[Paris, fin juin 1840 ?]

Si toutes les tempêtes qui vous assiégeaient sont devenues des zéphyrs, soyez complètement aimable, Monsieur et commencez cette œuvre de bon fils dont le succès serait si doux et si calmant. Vite un acte et cet autre papier qui doit éviter les difficultés. N'est-ce pas assez de cette crainte affreuse de ne trouver que du sable, sans y joindre celle des chicanes ?

Pensez à Mad. votre mère[1] et vous brocherez promptement le projet que vous m'avez promis[2]...

Indulgence pour ma prose ; en échange mille actions de grâce pour les délicieux moments que la vôtre me fait passer. Je la réserve pour les jours nébuleux —

Tous mes compliments.

A. Arpin.

5, rue Godot de Mauroy.

[Adresse :] Monsieur de Balzac.

40-181. À HIPPOLYTE SOUVERAIN

[Aux Jardies, 2 juillet ? 1840[1].]

M. de Balzac prie Monsieur Souverain de remettre un exemplaire de *Béatrix* au porteur et de lui rapporter l'épreuve de *Pierrette*, car il ne veut pas laisser cette double épreuve sans y reporter les corrections de l'autre, il y aurait trop de danger, et d'ailleurs il faut qu'il la donne aujourd'hui même à un médecin pour y ajouter la consultation[2].

Il le prie d'agréer ses compl[iments]

de Bc.

M. de Balzac prie M. Souverain de venir bien exactement ce soir à 4 heures jeudi.

[Note de Souverain en haut du texte :]

2 ex. à Mr de Balzac
4 " " "
1 " au relieur.

[Adresse :] Monsieur Souverain | 5, rue des Beaux-Arts.

40-182. ERNEST LAUGIER À BALZAC

[Paris, 7 juillet 1840.]

Les lentilles à échelons sont de beaucoup préférables aux lentilles creuses de verre que l'on remplit d'eau. — Le prix d'une lentille à échelons varie en raison du diamètre. 1 000 à 1 500 [francs] suffisent au-delà à l'achat des plus belles.

Pasco n'est pas le nom d'une ville ni d'une mine. —— En Colombie, à un degré de latitude boréale et à 30 lieues de la mer, se trouve sur un plateau remarquable pour sa grande élévation une petite ville nommée Pasto. Le plateau est entouré de volcans et de soufrières qui dégagent continuellement des tourbillons de fumée. On n'y arrive qu'à travers des ravins profonds et étroits comme les galeries d'une mine. Les misérables habitants de ces déserts ne recueillent de leur sol aurifère que des patates.

Je vous engage fort à abandonner votre projet qui vous mènera fort loin sans profit. Il y a un proverbe espagnol qui dit que les exploiteurs et dépisteurs de mines meurent fous et que leurs enfants vont à l'hôpital. Il est vrai que vous n'avez pas d'enfants[1].

T[out] à v[ous]
Laugier.

[Adresse :] Monsieur de Balzac | à Sèvres | près Paris.
[Cachet postal :] Sèvres, 8 juil. 1840.

40-183. POUVOIR À FRANÇOIS FORTUNÉ TRAULLÉ

[Aux Jardies, 8 juillet 1840.]

Je soussigné Honoré de Balzac, homme de lettres, demeurant aux Jardies, commune de Sèvres, département de Seine et Oise

Donne pouvoir à M. François Fortuné Traullé Étudiant en droit demeurant à Paris 16 rue Ste Anne[1], de, pour moi et en mon nom, se présenter à la justice de Paix du second arrondissement de Paris, sur la citation à moi donnée à la requête de M. Leroux banquier à Paris rue de l'Échiquier n° 25 au nom et comme subrogé aux droits de M. Buisson ; —— d'opposer le déclinatoire fondé sur ce que j'ai été assigné à tort devant le tribunal de Paix de Paris, comme si j'étais domicilié à Ville-d'Avray ; —— conclure à ce que M. Leroux ès qualités soit renvoyé à se pourvoir devant le juge compétent ; —— opposer tous autres moyens en la forme et au fond : —— plaider, composer, transiger et faire ce que le mandataire jugera convenable dans mes intérêts, promettant l'approuver.

Fait aux Jardies, le huit Juillet mil huit cent-quarante

[De la main de Traullé :]
Certifié sincère
et véritable
F. Traullé

[De la main de Balzac :]
Bon pour pouvoir
de Balzac

2,20 Enreg[istr]é à Paris le Huit Juillet 1840, f° 146 R° C 6, — reçu deux francs vingt centimes *[signature illisible]*.

40-184. JENNY LAROCHE À BALZAC

[Paris, samedi 11 juillet 1840.]

Café Frascati[1].

Monsieur,

À la veille de quitter l'établissement, obligée de rendre mes comptes, je prends la liberté de m'adresser à vous pour réclamer la somme de 58 francs 45 centimes dont vous êtes resté redevable depuis le 18 avril dernier. Je ne puis vous dire, Monsieur, combien vous m'obligeriez, moi, personnellement, en vous acquittant envers M. Poncet, mon patron. Je pense, Monsieur, que vous excuserez ma démarche en faveur de mon devoir[2].

Recevez, Monsieur, l'assurance de ma considération distinguée.

Jenny Laroche.

Samedi 11 juillet
1840.

40-185. ARMAND DUTACQ À BALZAC

[Paris, 13 juillet 1840.]

Mon cher Honoré, j'ai vu aujourd'hui l'imprimeur et le m[archan]d de papier.

J'ai arrêté le format et la justif[icati]on. Vous serez content — tout cela est élégant[1].

J'ai commandé 100 rames de beau papier d'Écharcon qui sera fabriqué exprès et livré mercredi.

Demain vous aurez des *spécimens* de la comp[ositi]on.

Après-demain tout sera composé.

Ainsi écrivez la lettre politique[2]. Il n'y a pas de temps à perdre. Goulet n'a pu rencontrer Hulmann.

Il y retournera demain matin. Les espèces vous seront portées du *Siècle* par *Pierre* le garçon de bureau.

Je ne compte pas aller vous voir avant 2 jours. Si vous découvrez qlq chose écrivez-moi au b[ur]eau du *Figaro*[3].

À vous de cœur

A. Dutacq.

[Adresse :] Monsieur | Monsieur de Balzac | à Sèvres.
[Cachets postaux :] Paris, 13 juil. 40 | Sèvres, 13 juil.

40-186. À ARMAND DUTACQ

[Aux Jardies, vendredi 17 juillet 1840[1].]

Mon cher Dutacq, aujourd'hui vendredi à midi 17 juillet — après avoir donné — depuis 8 jours la *Lettre sur la littérature* — depuis 4 jours la *politique*[2] — Je n'ai pas les épreuves — il m'est impossible d'aller comme cela — il ne faut pas compter sur moi, si vous n'avez pas les moyens d'exécution — je suis incapable de demeurer 30 heures, 3 jours, à attendre — les pensées s'en vont, la faculté de travail aussi — Si ça se renouvelle, je renonce franchement. Je m'userais inutilement dans des attentes stériles — il n'en est pas de ces travaux-là comme [de ceux] des peintres qui en attendant un modèle font une esquisse — avoir mes épreuves huit jours après, c'est faire un autre travail plus considérable que le premier.

Ce n'est pas à la pensée à se mettre au service des instruments, c'est aux instruments à servir la pensée. Aller ainsi, c'est me consumer en pure perte.

C'est comme ça que les libraires vous font manquer des travaux et ils se plaignent de nos retards.

Votre imprimeur se moque de vous et de moi, mon vieux

de Bc.

[Adresse :] Monsieur Dutacq | au Bureau du *Charivari* | 16, rue du Croissant | Paris.

40-187. À VICTOR HUGO

[Aux Jardies, vendredi 17 juillet ? 1840[1].]

Mon cher maître, voulez-vous me venir voir aux Jardies, le chemin de fer vous y met en ¼ d'heure, venez déjeuner comme vous l'avez fait une fois[2], j'ai à vous dire quelques mots et ne puis quitter de huit jours ma campagne.
Tout à vous

de Balzac.

Ne venez pas le dimanche, nous sommes empuantis de bourgeois et les bois ne sont pas tenables.
Vendredi.

[Adresse :] Monsieur Victor Hugo | 6, place Royale | Paris.
[Cachet postal illisible.]

40-188. FRÉDÉRICK LEMAÎTRE À BALZAC

[Paris, vendredi soir 17 juillet ? 1840.]

Mon cher Balzac,

Ainsi que nous en sommes convenus, vous recevez en même temps que la présente, la visite de M. Cormon[1], mon ami, et qui bientôt, j'en suis sûr, sera le vôtre. Terminons promptement l'affaire dont je vous ai parlé. Croyez-moi, vous en serez content. Et surtout n'oubliez pas, (ceci est une observation toute d'amitié) que moi, qui vous suis tout dévoué, depuis *quatre mois* je suis les bras croisés, et cela, uniquement pour vous avoir aimé et écouté[2]. *Soyez raisonnable* — ce qui ne veut pas dire ici *soyez facile*; *soyez raisonnable*, cela veut dire : entendez bien vos intérêts, les miens, ceux de votre gloire et ceux de ma petite réputation.
Je rencontre à l'instant Hugo, à qui *j'ai tout dit*, et qui fait des vœux bien sincères et bien ardents pour que tout se termine *bien*.
Tout à vous de cœur

Frédérick.

À demain j'espère.
Vendredi soir.

40-189. À ARMAND DUTACQ

[Juillet 1840 ?]

Mon cher Dutacq,

La présente est à l'effet de vous prier de trouver *un prétexte* pour garder Annette[1], et puis quand elle sera à Paris, payez-la, renvoyez-la le plus promptement possible, je ne voudrais pas qu'elle revînt autrement que pour venir chercher ses affaires, *et toujours le matin de très bonne heure* avant 9 heures, demain ou après.

Je vous dirai ce qui [sic] en est de vive voix.

Je suis, à la lettre, sans un denier. Renvoyez-la demain faire ses paquets en m'apportant une 50ᵉ de francs. Elle croit que je vous l'ai envoyée pour m'apporter de l'argent, et vous lui direz que vous avez besoin d'elle et que vous ne retournerez plus ici. Cela suffira. Tenez-vous *dans la plus grande défiance à son égard. Renvoyez-la* et *raide*. Ne me laissez pas livré au garde champêtre, dites à Desnoyers de venir pour la copie du *Siècle*[2].

Mille amitiés

de Bc.

Brûlez ma lettre, je vous en prie.

[Adresse :] Monsieur Dutacq | à lui-même.

40-190. À LAURENT-JAN

[Aux Jardies, 19 juillet 1840.]

Mon cher Laurent, fais-moi le plaisir de passer au café Frascati et de payer pour moi cette petite note[1] je te la rembourserai lundi ou mardi matin

Mille amitiés

de Bc.

Dis également à Dutacq de rembourser à Annette 10 francs qu'elle a donnés à Louise².

[Adresse :] Monsieur Laurent-Jan | 23, rue des Martyrs | Paris.
[Cachet postal :] 19 juillet 1840.

40-191. À HÉLÈNE DE VALETTE

[Aux Jardies, 19 juillet 1840¹.]

Ma mignonne Marie², après avoir cru faire inutilement *Mercadet*, voici Frédérick Lemaître qui la jouera sans doute à l'Ambigu-Comique, je vous avoue que j'avais des terreurs profondes en pensant que *Vautrin* n'avait pas *payé ses dettes*.
Mercadet pourra être joué le 1ᵉʳ 7ᵇʳᵉ³ ainsi en 8ᵇʳᵉ je payerai ce qui est hypothéqué sur le théâtre — J'ai repris courage, je ne déserte pas. Mais si ma dernière partie était perdue, je ne saurais que devenir. Je vous écris ceci à la hâte, pour vous rassurer, cher trésor. Merci de votre lettre chère chérie. Vous recevrez *Vautrin*⁴ par la personne indiquée.
Mille tendresses.

Honoré.

Je reçois cette chère lettre à l'instant 19, dimanche.

40-192. À FRÉDÉRICK LEMAÎTRE

[Lundi 20 ? juillet 1840.]

Mon cher Monsieur Frédérick,

Je vous ai vu dans *Kean*¹, et j'ai compris là, plus qu'ailleurs, combien vous étiez sympathique aux masses. M. Cormon est venu, le directeur² est venu. Puis, rien n'a reparu. Cependant je me suis mis à leur disposition. Je vais faire autre chose, si je n'ai pas de leurs nouvelles,
  mille compliments

de Balzac.

40-193. PROJET DE TRAITÉ
AVEC LE THÉÂTRE DE L'AMBIGU

[20 juillet 1840[1].]

Art. 1er

La pièce en 5 actes *avec un prologue et* intitulée Mercadet dont M. de Balzac est auteur, est reçue au théâtre de l'Ambigu comique pour y être représentée après *Georges*, drame en cinq actes aujourd'hui en répétition et dès que les recettes de ladite pièce le permettront, *sans que la représentation puisse être retardée au-delà du 15 7bre*.

Art. 2

M. de Balzac accorde à MM. les directeurs de l'Ambigu le droit de faire représenter son ouvrage sur leur théâtre. *Le droit de faire représenter son ouvrage sur leur théâtre n'a été concédé aux directeurs susnommés* qu'à condition que ses droits d'auteur lui seraient payés de la manière suivante :

1°) M. de Balzac touchera pour chaque représentation de ladite pièce jouée seule ou avec une pièce en un acte, douze pour cent de la recette brute. *M. de Balzac touchera douze pour cent de la recette brute pour chaque représentation de ladite pièce lors même qu'une autre pièce serait jouée.*

2°) Le nombre de billets donnés à M. de Balzac à *auxquels M. de Balzac aura droit pour* chaque représentation sera fixé ainsi qu'il est dit dans l'article 26 du traité général passé avec la commission des auteurs, *sans égard aux droits de billets qui pourraient indépendamment à ce droit proportionnel appartenir à la pièce qui pourrait accompagner le spectacle.*

3°) M. de Balzac touchera à titre d'avance *à titre de prime* une somme de mille francs par chaque acte qu'il livrera, ensemble une somme de cinq *six* mille francs.

Art. 3

Ladite somme *prime* de cinq *six* mille francs sera acquise à M. de Balzac aux conditions suivantes *sera acquise à M. de Balzac ou variera suivant les cas ci-après.*
[À ce stade de la correction Balzac remplace les deux paragraphes précédents par ceci :] *M. de Balzac touchera à titre de prime aux époques qui vont être fixées et dans les cas qui vont être déterminés les primes stipulées ci-après :*

1°) Si la recette s'élève pendant les vingt premières représentations *les trois premières exceptées*, à une commune de deux mille francs, M. de Balzac aura droit à deux mille cinq cents francs *3 000 f.*

2°) Si la recette s'élève à une commune de deux mille trois cents francs pendant le même nombre de représentations il aura droit à trois mille cinq cents francs *4 000 f.*

3°) Pour une commune de deux mille cinq cents il aura droit à cinq mille francs *6 000 f.*

Art. 4

Cette somme de cinq mille francs que l'administration doit avancer à M. de Balzac une fois gagnée par lui, *Après les vingt premières représentations ci-dessus* les primes nouvelles que MM. Cambe et Chatel lui accordent *accordent à M. de Balzac* pour les représentations suivantes seront réglées ainsi qu'il suit et toujours par vingt représentations.

1°) Pour une commune de deux mille trois cents francs, quinze cents francs.

2°) Pour une commune de deux mille six cents francs, deux *trois* mille fr.

3°) Pour une commune de deux mille neuf cents francs *et au-dessus* trois *cinq* mille francs. *Dans le cas où les 50 premières représentations donneraient une moyenne [de] 1 800 f. par représentation, la prime de 6 000 francs serait acquise par M. de Balzac.*

4°) Pour une commune de trois mille quatre cents et au-dessus cinq mille francs.

Dans le cas où les recettes de *Mercadet* n'atteindraient pas pendant vingt-cinq représentations une commune de deux mille francs, la somme de cinq mille francs avancée à M. de Balzac devra être remboursée par lui à l'administration et dans ce cas MM. Cambe et Chatel seraient autorisés à se rembourser eux-mêmes de cette avance en s'appropriant chaque soir les droits d'auteur de M. de Balzac *mais dans ce cas M. de Balzac aura toujours droit des billets*, déduction faite de la somme de quatre-vingt[s] francs accordée par le traité général aux auteurs joués dans la soirée à l'Ambigu.

Laquelle somme de quatre-vingt[s] francs resterait la propriété de M. de Balzac.

Dans le cas où l'administration, vu la modicité de la recette serait obligée de suspendre les représentations de *Mercadet* avant d'être entièrement rentrée dans ladite somme de cinq mille francs, la somme qui resterait pour parfaire lesdits cinq mille francs resterait acquise à M. de Balzac et l'administration garderait à son répertoire *Mercadet* pour le jouer quand bon lui semblerait et aux conditions seules du traité général *sans que ce droit puisse s'étendre à plus de deux ans dans ce cas.*

Dans le cas où les moyennes ci-dessus fixées ne seraient pas atteintes et où cependant les cinquante premières représentations donneraient une moyenne de 1 800 par représentation, M. de Balzac aura toujours droit à une prime de 1 000, la prime de 6 000 accordée pour les 20 premières représentations sera avancée à M. de Balzac par MM. Cambe et Chatel savoir mille francs lors de la remise du manuscrit du prologue et mille francs pour chaque acte sui-

vant ; le paiement en avance de la prime accordée sur les 20 premières représentations ne pourra jamais empêcher le prélèvement quotidien du droit proportionnel fixé par l'article deux ci-dessus, sauf le cas prévu en l'article 9 et lorsqu'il sera constant que M. de Balzac ne peut avoir droit aux primes.

Art. 8 [sic]

M. de Balzac s'engage à livrer le 1ᵉʳ acte de Mercadet le quinze courant et le dernier acte le 25 août prochain *du même mois*².

Art. 5

MM. Cambe et Chatel auront la faculté de racheter à moitié prix les billets que M. de Balzac a le droit de signer d'après le traité avec les auteurs *mais seulement dans le cas où M. de Balzac ne les auraient* [sic] *pas vendus.*
Fait double à Paris le 20 juillet mil huit cent quarante.

Art. 6

MM. Cambe et Chatel s'engagent à laisser M. de Balzac entièrement maître de distribuer gratuitement la totalité ou partie des places de la salle pendant les trois premières représentations selon l'usage admis pour les sommités littéraires, et de s'en remettre, dans ce cas, à la discrétion de M. de Balzac qui n'en fera l'objet d'aucun lucre et qui s'abstiendrait au cas où dès la première représentation le succès serait assuré.

Art. 7

M. de Balzac n'entend renoncer à aucun des droits stipulés au traité général avec la commission des auteurs et sera maître de la distribution des rôles et il pourra retirer sa pièce dès que Monsieur Frédérick Lemaître ne jouerait pas le principal rôle, dans tous les cas au bout d'un an il aura le droit de la retirer du répertoire de l'Ambigu sauf le cas prévu à l'article 5.

40-194. VICTOR HUGO À BALZAC

[Paris,] 21 juillet [1840].

Je veux tous les jours vous aller chercher là-bas, et puis le temps m'échappe en mille travaux et mille affaires. je passe ma vie sur les routes. Je suis entre Paris et St-Prix¹ comme le tombeau de Mahomet entre le ciel et la terre.

À bientôt pourtant. Je vous envoie un bon serrement de main.

Victor Hugo.

[Adresse :] Monsieur de Balzac | aux Jardies | près Ville-d'Avray | banlieue de Paris.
[Cachet postal :] 22 juillet 1840.

40-195. V. Q., VEUVE C. À BALZAC

[Paris, ce 23 juillet 1840.]

Monsieur,

Ne pouvant, ni ne devant pas me permettre de vous aborder, ni de solliciter *moi-même*, l'honneur de votre protection. [...] relativement *aux malheurs! préjudices, chagrins* et *tourments, dont m'accable et abreuve si amèrement* le *Gendre*; Criminel! autant que *Crüel à* mon égar, come à celui de mon Enfant *Mineur*, et dont je vous ai donnés le *premier! apperçu*. Par l'exposer que j'ai porter et remis (Moi même) le 17 de ce mois à une des personnes de votre maison de Sévre. [...]

La Multiplicité de mes affairs et qui toutes sonts *à ma seule charge* me voyant SEULE à *la tête de tout* — [...] Par suitte du *procés trés grâve*, qui existe entre moi et les Époux! D... ma fille et mon Gendre et pour lequel ou *dans lequel* la cour royale de R...[1] vient de rendre *un arrêts* contre moi *que l'on dit infâme autant qu'absurde*, quoique je n'ai ni l'esprit ni la connoissance des affaires, *je le vois du même œüil*. [...]

1º Pour vous *supplier* de n'être point *indifférent* à ma *sérieusse autant que si touchante! position*. Et 2º Pour Rappeler à la Cour de Cassassion de cet arêts *inique* autant qu'il est *injuridique*; quand j'aurés pris vos lumineux conseils et exposser l'ensemble de cette Causse, que vous jugerés *Majeur*! ou je serais extrêmement tromper. [...]

Aussi tôt donc, Monsieur, qu'ils seront à ma disposition je me renderés comme je l'ai fait le 17 courant soit à votre hôtel rue de Richelieu, soit à votre Campâgne, pour vous en faire la remisse, et vous *toucher*, moi-même en ma fâveur. [...]

J'ai l'honneur d'être, Monsieur, avec Respect votre très humble et très obéissante servante.

V. Q., VEUVE C.

Paris, ce 23 juillet 1840.

40-196. À FRÉDÉRICK LEMAÎTRE

[juillet 1840?]

De midi à une heure aujourd'hui

mille compliments

de Balzac.

[Adresse :] Monsieur Frédéric[k] Lemaître | 36, rue de Bondy.

40-197. HÉLÈNE DE VALETTE À BALZAC

Batz, mercredi 29 [juillet 1840[1]].

Depuis votre lettre ma vie n'a été qu'un cauchemar et quand je vous ai répondu, je ne savais pas ce que je faisais. Je ne tenais qu'à une chose c'était de vous assurer que je n'avais jamais aimé Mr C[ador][2]. Maintenant vous me demandez des détails et la vérité sur tout ce que cet homme vous a dit. Je vais tâcher de vous raconter tout cela, mais, mon Dieu ! il faut que vous croyiez mes paroles, car je vais vous parler comme à Dieu. Au bal il m'avait demandé mon nom et je lui répondis en riant « soyez vous-même mon parrain ». Hé bien alors, dit-il, vous serez ma Marguerite, si ce nom ne vous déplaît pas ! À quelques jours de là, j'envoyai chez lui réclamer une lettre qu'il m'avait suppliée de lui permettre de laisser chez son portier. Cette lettre était assez bien tournée, elle m'amusa et comme il me disait qu'il était certain de me reconnaître à la ville, n'importe dans quel lieu, j'eus la malheureuse tentation de voir si cela se pouvait, et je lui écrivis seulement cette ligne : « Voyons si vous reconnaîtrez votre Marguerite ce soir aux Variétés ! »

Il ne manqua pas de s'y trouver, et je lui fis remettre par une ouvreuse une marguerite que j'arrachai de mon bonnet. En sortant du théâtre, il me vit monter en voiture avec ma marraine et deux autres dames. J'ignore ce qui se passa alors entre lui et un homme de ma connaissance, mais il paraît que Mr Cador se permit quelques propos et dit qu'il était en correspondance avec moi. Il ne savait pas mon nom alors, et pour ne pas me compromettre, on ne releva pas ce qu'il venait de dire ; mais le lendemain on vint me l'apprendre, je fus épouvantée de mon imprudence et j'allai *deux fois dans le même jour chez lui* pour tâcher de lui arracher la seule ligne qu'il eût de moi. J'y allai, parce que je lui avais dit au bal que je vous aimais, que vous aviez eu sur ma vie sans le savoir une influence prodigieuse et j'avais peur qu'il ne fut [*sic*] à vous pour vous parler de moi. Mais je ne laissai point chez Mr Cador d'anneaux d'oreilles ni de mouchoirs, je n'y fus point en grande toilette avec de la boue aux souliers, mais comme une femme folle, décidée à tenter tous les moyens pour ravoir ce billet que j'obtins sans effort, mais seulement avec la promesse que je le recevrais une fois chez moi. Il me fit tant de protestations de repentirs, et j'étais si effrayée que je promis tout ce qu'il voulut. Il est venu une fois de ma volonté et plusieurs autres malgré moi. À toutes les heures heureusement j'étais seule, il a pu me voler des fleurs, des mouchoirs, je ne sais. Je croyais qu'il cesserait ses poursuites si je feignais de le pouvoir aimer quelque jour. Je ne me rappelle pas si je lui ai écrit autre chose que ce billet dont je vous parle et celui dont il vous a montré un fragment. Quant à celui-ci je me souviens fort bien qu'il l'a dû à une lettre qu'il venait de m'adresser la veille de mon départ où il me disait qu'il désavouait d'avance toutes les calomnies odieuses sur moi que l'on dirait venir de lui, que les sentiments que je lui avais inspirés étaient purs et respectueux et qu'il me demandait mon estime et mon amitié. J'ai conservé cette lettre à Paris. Un jour je vous la montrerai si je dois vous revoir. *Je n'ai point appartenu à cet homme.* Cela pouvait être; et je vous le dirais; il m'amusait et je l'ai souffert par crainte et par coquetterie. Il m'avait dit le premier jour où je le vis qu'il avait été l'amant de George Sand et qu'il lui avait donné des coups de cravache. Cela me fit horreur puis il me parla de la comtesse de... dont la seconde fille, disait-il, était à lui. Vous pensez bien, cher, que jamais cet homme ne pouvait m'être quelque chose. Je hais les fanfaronnades ; mais je vous le répète, je lui ai donné des armes contre moi. Il peut dire et il l'a déjà fait que je lui ai appartenu. Cela est faux, on le croira pourtant. Les deux lignes qu'il vous a montrées lui ont été écrites à Paris et non à Guérande. Je ne lui ai point envoyé un mot, je ne comprends rien au timbre que vous dites avoir vu. Mais en êtes-vous sûr. Cher maintenant vous en savez autant que moi. J'ignore ses motifs, mais je crois les comprendre. Mr Cador est plein de vanité. Vous pourriez lui arracher mes lettres, s'il en a, mais vous ne l'empêcheriez pas de parler. Il serait enchanté d'une aventure où il pût se trouver accolé de nom avec un homme comme vous. Je ne le veux pas absolument. Je subirai les chances de ma coupable légèreté, mais vous cher bien aimé, il faut que vous restiez neutre. Rendez-lui s'il le faut ce qu'il vous a confié et niez toute relation avec moi. Je saurai bien lui faire rendre plus tard, mon parti est pris, j'ai retrouvé le courage et l'énergie qui m'avaient abandonnée. S'il réussit à compromettre mon avenir, je rentrerai dans la solitude, dont je n'ai voulu sortir que pour vous, il y a ici dans la presqu'île de

Rhuis un couvent dans les ruines mêmes de St-Gildas[3]. J'y ai une amie que j'irai retrouver, ce projet me sourit depuis six ans. Il ne faudrait qu'un nouveau malheur pour m'y décider, ne vous chagrinez pas pour moi. Je me suis attiré tout ce qui arrive, vous avez bien assez de vos ennuis personnels, merci de votre dévouement. Mais souvenez-vous que je ne vous ai demandé *ni amour, ni amitié, ni estime*, je vous ai seulement prié de me permettre de vous élever un autel dans mon cœur et de vous y adorer en secret et toujours. Vous m'avez aussi fait des reproches sur tous mes déguisements, je ne m'en repens que parce qu'ils ont été vains. Je ne voulais rien vous dire de moi parce que je ne suis rien qui puisse vous flatter, ni vous être utile ; si j'avais eu une grande fortune, une belle position à vous sacrifier je l'eusse fait sans vous le dire et me fusse fait connaître [*la fin de la lettre manque*].

40-198. AU DIRECTEUR DES MESSAGERIES DE VILLE-D'AVRAY

[Aux Jardies, 30 juillet 1840.]

Monsieur le directeur, je n'ai pas la prétention de vous apprendre les intérêts de la Cie ; mais peut-être avez vous oublié les nôtres dans les nouveaux départs de la station de Ville-d'Avray. Cette station vous a envoyé 7 000 fr le mois dernier, et c'est la plus importante de tous vos chemins, or, en nous enlevant le départ de 5 heures 10 de Sèvres pour Paris, vous vous enlevez une abondante recette, et vous gênez les départs

pour les dîners, à Paris

pour les retours de nos visiteurs

pour les spectacles.

En ne partant plus qu'à 6 h. ½, il y a une trop grande lacune depuis 3 h. 10 minutes. Et, si vous consultez votre revenu, il vous dira que le départ supprimé était le plus nombreux et le plus productif.

Mon observation est partagée par beaucoup d'habitants des deux localités. Plus vous mettrez de départs et de retours pour Sèvres et Ville-d'Avray, plus ces deux pays se peupleront, vous le savez aussi bien que moi. Il y a là 8 000 âmes. J'espère que vous nous rendrez le départ de Sèvres, à 4 h. ½ ou à 5 h. 10.

Agréez, je vous prie, l'expression de mes sentiments les plus distingués

de Balzac.

30 juillet.

P. S. — Je crois aussi que vous auriez beaucoup plus de recettes en mettant les diligences à 75 centimes. Ville-d'Avray est remplie de beau monde, et en allant et venant souvent on regarde à 50 cent. et on ne fait pas attention à 25 cent. Ceci est une remarque généralement faite, et je vous engage fortement à tenter l'expérience. Vous y gagnerez ½ de la recette actuelle. Mille diligences font actuellement 1 000 f, mais 2 000 à 75 cent. vous donneront 1 500 f, et v[otre] perte est dans cette proportion.

Dans un mois je serai en mesure de réaliser n[otre] contrat, qui a été retardé par l'accident survenu à la pièce que je vous envoie en v[otre] qualité d'ancien saint-simonien ; car il y a des pensées sociales dans cette œuvre. J'ai d'ailleurs vu Rostschild [sic] avant son départ pour Bagnères[1], et il m'a assuré de sa recommandation auprès de vous.

40-199. À FRÉDÉRICK LEMAÎTRE

[Aux Jardies, fin juillet ? 1840.]

[Balzac prie le grand artiste]
de remettre au porteur le manuscrit du prologue et du 1ᵉʳ acte[1].
[...] Je reviendrai à Paris et ferai une lecture complète du prologue et des cinq actes
Remettez les manuscrits cachetés afin qu'on ne les lise pas [...]

40-200. À ZULMA CARRAUD

[Paris,] 1ᵉʳ août [1840].

Chère, j'ai vu votre protégé[1] ; je lui ai dit la vérité sur les choses, et la vérité n'est pas encourageante. Je ne l'ai plus revu ; il ne m'a pas donné son adresse, en sorte que, dans l'occurrence, il serait difficile que je le trouvasse. Dites-lui de venir me voir une fois par mois ; il peut se rencontrer une occasion de travail.

N[ous] attendons tous Borget[2]. Mais que faites-vous à Frapesle, vous ne m'en dites trop rien.

Hier, j'ai vu votre cher Ivan à cheval sur un âne et revenant d'une excursion. Je l'ai embrassé, ce cher enfant, et cela m'a fait un extrême plaisir de le rencontrer.

Hélas, je n'ai pas le temps de vous écrire longuement ; je suis persécuté par d'écrasants travaux, c'est toujours la même chose, des nuits, des nuits, et toujours des volumes, ce que je veux bâtir est si élevé, si vaste ! Mille tendresses de

votre vieil ami

de Bc.

Un baiser à Yorick, une poignée de main au commandant[3].

40-201. E. HAMELIN À BALZAC

Paris, 1ᵉʳ août 1840.

Monsieur,

Le 5 X^{bre} dernier vous avez souscrit un effet de 200 fr. au profit de Mr Riche, épicier rue du Temple, payable fin février 1840. Ce billet n'ayant pas été payé à l'échéance, a été protesté. Mr Riche m'a chargé d'en suivre le recouvrement, mais avant de faire de nouveaux frais, j'ai préféré vous rappeler cette petite dette, pensant que si vous ne l'avez pas acquittée jusqu'à ce jour ce ne peut être que par oubli d'une si mince affaire[1]. Veuillez donc me faire savoir quand je pourrai en faire toucher le solde, qui, avec le coût du protêt, est aujourd'hui de 207ᶠ. 95ᶜ.

Recevez, Monsieur, l'assurance de ma parfaite considération.

E. Hamelin.

MM. Hamelin & Dusaire, rue de Trévise N° 3. Paris.

40-202. À HIPPOLYTE SOUVERAIN

[Aux Jardies, 3 août 1840.]

Monsieur Souverain

Je souhaite que vous n'ayez pas à vous repentir des mesures que m'annonce votre lettre du 2 août[1]. Je répondrai à vos significations, et garde votre lettre pour vous la représenter en temps et lieu. Ne m'en veuillez pas, j'ai aussi des tiers dans mes affaires !

Accusez-moi réception de la copie que vous avez sur le 2ᵉ volume du *Curé de village*[2]. Si vous refusiez, ce serait dans les circonstances actuelles une mauvaise foi dont je ne vous crois pas capable.

Je suis votre très humble serviteur.

40-203. SOMMATION
DE L'HUISSIER CONSTANTIN BISSONNIER
À BALZAC
À LA REQUÊTE DE SOUVERAIN

[4 août 1840.]

L'an mil huit cent quarante, le 4 août, à la requête de M. Hippolyte Souverain, éditeur, demeurant à Paris, rue des Beaux-Arts, N° 5, élisant domicile en la demeure de M. Dupuis, huissier, sise à Paris, rue Michel Lecomte, N° 30 : j'ai, Constantin Bissonnier, huissier près le tribunal civil de première instance séant à Versailles, demeurant à Sèvres, rue Royale, N° 46, patenté le 10 janvier dernier, N° 144, 3ᵉ Classe soussigné,

Fait sommation à M. Honoré de Balzac, homme de lettres, demeurant à Sèvres, aux Jardies, près Paris, en son domicile, parlant à la personne de M. Brouette, son jardinier à gages,

De, attendu que suivant conventions verbalement arrêtées entre les parties, M. de Balzac a vendu au requérant deux ouvrages devant former chacun deux volumes in-8° aux justifications du nombre de feuilles devant composer ces volumes et pages déterminées entre les parties,

Que les manuscrits de ces ouvrages, savoir *Sœur Marie des Anges* devai[en]t être livré[s] au requérant de manière à être mis en vente fin mai mil huit cent trente-neuf au plus tard, et *Le Curé de village* le quinze septembre même année,

Que pour le cas d'inexactitude dans la livraison des deux ouvrages aux époques indiquées, M. de Balzac s'est engagé de payer à M. Souverain à titre de dommages et intérêts pour le premier ouvrage trois cents francs par mois de retard et pour le second deux cents francs,

Que malgré les démarches pressantes et réitérées du requérant pour obtenir de M. de Balzac la livraison dont s'agit qui aurait [dû] être effectuée depuis longtemps il n'a pu jusqu'à ce jour y parvenir

Que dès lors M. de Balzac est passible envers le requérant des dommages et intérêts prévus par les conventions verbales susénoncées et qui s'élèvent à une somme considérable,

Dans vingt-quatre heures pour tout délai livrer au requérant en son domicile les manuscrits du *Curé de village* et de *Sœur Marie des Anges*, lui déclarant que faute par lui de satisfaire à la présente sommation le requérant se pourvoira contre lui ainsi qu'il avisera sans préjudice de tous autres dus droits actions ; à ce qu'il n'en ignore ; et je lui ai sous toutes espèces de réserves généralement quelconques laissé et délivré en son domicile en parlant comme dessus, une copie du présent exploit dont le coût est de cinq francs cinquante-cinq cent[imes].

Bissonnier.

40-204. ALEXANDRE DUJARIER À BALZAC

Paris, le 4 août 1840.

Monsieur de Balzac
aux Jardies, près Ville-d'Avray.

À de très nombreuses reprises, j'ai eu l'honneur de vous voir pour réclamer l'exécution de votre traité de rédaction avec *La Presse* ; et j'ai toujours obtenu de vous l'assurance que vous vous mettiez en mesure de remplir vos obligations envers le journal, mais sans qu'aucune réalisation ait suivi vos promesses[1].

Les cinquante feuilletons que vous deviez remettre à *La Presse* devaient être publiés dans le délai d'avril à décembre 1839, mais au lieu de ce nombre, neuf seulement ont été insérés dans les colonnes du journal.

Plusieurs avances montant ensemble à f. 4 150 vous ont été faites, et les feuilletons publiés ne vous donnant droit, d'après les conditions du traité qu'à f. 1 100 vous restez débiteur de f. 3 050.

Il devient aujourd'hui indispensable que notre situation soit régularisée et que le traité soit exécuté sans nouvel ajustement. La nécessité du feuilleton, et ma responsabilité envers mes copropriétaires du journal me font une obligation d'y tenir la main.

Vous avez pu vous convaincre, Monsieur, par les rapports que j'ai eus avec vous que j'étais disposé à me prêter, autant que possible, à vos convenances, et j'ai quelque droit de compter aujourd'hui sur votre empressement.

Le traité contient les dispositions suivantes : « M. de Balzac s'engage à fournir au journal *La Presse* d'ici *au 31 D^{bre} 1839*, et ce successivement à commencer du 1er juin 1839 le nombre de cinquante feuilletons formant *au moins huit nouvelles*.

« Chaque feuilleton pourra aussi quant à l'insertion dans le journal, être plus ou moins long, mais il sera compté à M. de Balzac à raison de 6 colonnes de 40 lignes chacune[2]. »

L'étendue moyenne de chaque nouvelle doit donc être de 6 feuilletons, et il est important pour le journal de ne pas trop s'écarter de cette dimension ; parce que trois jours de la semaine sont régulièrement affectés au *Courrier de Paris*, au feuilleton de M. Berthoud le dimanche, et à celui du théâtre le lundi.

Comme vous ne nous avez rien fourni depuis le mois d'août 1839[3], c'est-à-dire depuis un an vous avez sans doute préparé plusieurs sujets et il vous sera vraisemblablement possible de nous en remettre un dans le courant du mois. Nous prenons nos dispositions pour le publier du 20 au 25 de ce mois, à moins d'avis contraire de votre part, et nous comptons aussi que vous nous mettrez en position de publier une seconde nouvelle de vous dans le courant du mois de septembre pour ainsi continuer de mois en mois jusqu'à l'extinction des 41 feuilletons qu'il vous reste à nous fournir.

Je vous prie dans tous les cas, Monsieur, de vouloir bien me répondre d'une manière positive sur vos intentions, afin que je puisse en faire part aux propriétaires de *La Presse* qui désirent être définitivement fixés à ce sujet[4].

J'ai l'honneur de vous présenter mes civilités les plus empressées.

Dujarier.

[Adresse :] Monsieur | Monsieur de Balzac | aux Jardies par Meudon | (Seine-et-Oise)
[De plusieurs mains :] St-Cloud par Ville-d'Avray. | Réexpédiée le 6 août. | Les Jardy [*sic*] canton de Marne par St-Cloud.
[Cachets postaux :] Paris, 5 août 1840 | Meudon, 5 août 1840 | Meudon, 6 août 40 | Ville-d'Avray, 6 août 40 | St-Cloud, 7 août.

40-205. SOMMATION
DE L'HUISSIER JEAN-FRANÇOIS BRIZARD
À SOUVERAIN
À LA REQUÊTE DE BALZAC

[8 août 1840.]

L'an mil huit cent quarante, le huit août, à la requête de M. Honoré de Balzac, homme de lettres, demeurant à Sèvres, aux Jardies, près Paris, pour lequel domicile est élu à Paris, rue Sainte Anne N° 16, en l'étude de M. Gavault, avoué près le Tribunal civil de première instance de la Seine, j'ai, Jean-François Brizard, huissier près le Tribunal de la Seine, séant à Paris, y demeurant rue de la Jussienne, N° 11, patenté le 22 juillet dernier N° 189, 2e classe soussigné, signifié à M. Hippolyte Souverain, éditeur, demeurant à Paris, rue des Beaux-Arts N° 5, audit domicile ou étant et parlant à sa personne ainsi déclarée.

La réponse à la signification par lui faite au requérant suivant exploit du ministère de Bissonnier, huissier à Sèvres, en date du quatre août courant contre laquelle il fait toutes protestations.

Que M. Souverain a confondu dans sa personne les conventions relatives à des ouvrages vendus tant à lui qu'à M. Charpentier, dans le but précisément de coordonner les mises en vente, de manière qu'elles ne fussent pas simultanées ou trop rapprochées.

Attendu qu'après cette confusion une fois opérée, M. Souverain a mis volontairement les plus grands intervalles entre la publication de chaque ouvrage de M. de Balzac.

Que notamment il y a eu entre la livraison complète d'un ouvrage intitulé *Béatrix* formant deux volumes in-octavo et la publication par M. Souverain, un intervalle de plus de six mois ; et que dans le moment actuel M. de Balzac a entre les mains les feuilles imprimées d'un ouvrage intitulé *Pierrette* dont le manuscrit a été disponible en entier dès le mois de décembre mil huit cent trente-neuf.

Que l'ouvrage est imprimé depuis plus de quatre mois et que M. Souverain ne le fait pas encore paraître ; qu'ainsi le S[ieur] Souverain n'a jamais manqué d'ouvrages à publier et mettre en vente.

Que M. de Balzac a toujours été prêt, selon les désirs de M. Souverain, à lui livrer les manuscrits en temps utile; qu'aujourd'hui même sur la manifestation de volonté résultant de la mise en demeure, M. de Balzac en apporte la preuve en offrant à M. Souverain le complément de l'ouvrage intitulé *Le Curé de village*.

Pourquoi j'ai, huissier susdit et soussigné à même requête, demeure et élection de domicile, que depuis fait offre à M. Souverain et parlant à M. Souverain, de soixante-huit feuillets texte de la main du requérant contenant du chapitre dix-sept au chapitre vingt-six inclusivement commençant par « La chambre où la Sauviat » et finissant par « Médecins de Paris »; lesquels avec deux placards qui sont à l'imprimerie et dont M. Souverain a donné reçu et la conclusion imprimée, revue par M. de Balzac et remise par lui à M. Souverain il y a trois mois et dont il n'a pas encore été donné épreuve forment tout ledit ouvrage intitulé: *Le Curé de village* réclamé.

À la charge d'en donner bon et valable reçu.

À quoi il a été répondu par M. Souverain qu'il ne pouvait pas recevoir ledit manuscrit sans examen préalable et qu'il protestait formellement contre les allégations contenues dans le présent acte attendu qu'elles sont erronées.

Sommé de signer a dit n'être nécessaire.

En ce qui concerne l'ouvrage de *Sœur Marie des Anges* également réclamé par la signification sus-datée.

Attendu que M. Lecou, agissant au nom de MM. de Balzac, Delloye et Lecou, malgré des démarches pressantes et réitérées auprès de M. Souverain n'a pu se faire payer d'une somme de dix-sept cents francs due aux derniers pour laquelle il a été obligé de l'assigner devant le Tribunal de Commerce.

Que la difficulté que M. Souverain met à se libérer au sujet de cette somme donne de justes inquiétudes à MM. de Balzac, Delloye et Lecou sur le règlement des effets à quatre-vingt-dix jours d'une somme de trois mille cinq cents francs restant due sur l'ensemble des ouvrages vendus selon convention verbale.

Que l'opposition formée par MM. Delloye et Lecou entre les mains de M. de Balzac, à la remise du complément de l'ouvrage *Sœur Marie des Anges* dont il existe, depuis un an, chez Porthmann, imprimeur, environ huit feuilles, sans que le Sieur Souverain les ait fait imprimer, jusqu'à ce que M. Souverain ait opéré le paiement de la somme totale de cinq mille deux cent[s] francs dans les valeurs désignées.

Pourquoi j'ai, soussigné, déclaré que le requérant est prêt à faire la remise du complément dudit ouvrage contre la justification du paiement réclamé par MM. Delloye et Lecou, lequel viendra à la décharge de M. de Balzac des sommes à eux dues par ce dernier.

Lui déclarant que faute de pouvoir faire cette remise à M. Souverain, M. de Balzac se pourvoira afin de nomination de séquestre entre les mains duquel le manuscrit sera déposé.

À ce qu'il n'en ignore et je lui ai audit domicile et parlant comme dessus, laissé copie du présent.

Brizard.

40-206. HÉLÈNE DE VALETTE À BALZAC

[Août ? 1840[1].]

Merci, cher Honoré, vous me rendez la vie plus facile, et pardon aussi d'avoir craint. J'aurais dû vous comprendre et avoir plus de confiance. Nous causerons puisque vous avez la bonté de prendre intérêt à ma position, je serai prudente, mais j'ai voulu conserver mon indépendance, je suis libre, pendant dix mois de l'année j'habite seule, j'ai préféré la médiocre mansarde de l'artiste dans la rue de Castiglione avec ma liberté [plutôt] que le partage d'un opulent appartement où j'aurais été enchaînée. D'ailleurs il aurait fallu lutter avec une mère[2] et j'aurais eu peur que son fils ne lui portât pas tout le respect convenable, le ciel m'aurait peut-être punie dans mon fils à moi. J'ai affaire au plus honnête homme de la terre, il m'a fait d'immenses sacrifices de fortune et de position, il sera riche un jour ; mais maintenant il ne l'est pas. Si je vous citais les alliances qu'il pouvait faire, les partis qu'il a refusés pour l'amour de moi, vous comprendriez combien, maintenant, de mon côté je suis engagée avec lui. Je ne consentirais pour rien au monde à lui donner le moindre chagrin, aussi j'ai tremblé que cet exécrable E[dmond] C[ador][3] ne me compromît : non que je craignisse pour l'avenir, mais il aurait été malheureux, et pourtant il n'aurait pas douté de ma parole. D'ailleurs je vous avais parlé de me renfermer dans un cloître et je l'eusse fait. Je ne redoute pas cette vie-là, j'y serais plus heureuse, car vous pouvez croire que je ne suis pas sans souffrance morale. Je n'ai pas pour le comte les sentiments que je rêve, aussi je suis obligée de m'étudier sans cesse, je sais que j'ai besoin de l'entourer de preuves de tendresse et d'affection plus encore pour lui cacher ce qui manque dans mon cœur.

Je voulais vous taire tout ceci et n'être pour vous qu'une vision, toujours la fille sauvage de la sauvage Bretagne. Je ne voulais point vous occuper de moi, pour qu'il ne se mêlât aucune amertume dans notre affection ; mais ce Mr C. est venu vous dire mon nom, vous parler de mon enfant et vous avez désiré que je vous fisse des confidences. Maintenant vous savez de moi le bien et le mal, je vous répète encore que je n'attends et ne veux de vous pas même un souvenir, s'il vous gêne. Je suis douée d'une grande énergie morale, d'une force de caractère que je dois sans doute à l'habitude de souffrir. Je dominerai toujours les plus tristes malheurs, je mets votre oubli, votre indifférence en tête des plus grands qui puissent tomber sur moi ; mais si cela arrivait jamais vous n'entendriez parler de moi, et je n'en conserverai pas moins le droit de vous aimer quand même.

Je serai à Paris le 15, ne m'écrivez plus à la Flèche, mais si vous le pouvez faites-moi trouver un mot n° 12, rue de Castiglione, que je sache si vous êtes toujours décidé à faire un voyage et s'il me sera possible de vous serrer la main avant ? Écrivez-moi toujours par la poste, c'est tout à fait sans danger. Vos excès de travail me donnent une grande inquiétude. Il est impossible que votre santé n'en souffre pas, ne me donnez pas le désespoir de vous savoir malade, puisqu'il ne serait pas possible de vous entourer de mes soins jour et nuit. Honoré quelque chose qui arrive dans votre vie, dans la mienne, si vous avez besoin du dévouement aveugle d'une femme vous pouvez compter sur moi.

Addio.

Marie.

40-207. PROJET DE DÉCLARATION D'HIPPOLYTE SOUVERAIN

[Aux Jardies, après le 8 août 1840[1] ?]

Monsieur

nonobstant la mise en demeure que je vous ai fait signifier[2], je tiendrai les deux traités relatifs à vos ouvrages pour bien exécutés, si vous me mettez à même de publier *Sœur Marie des Anges* pour le 15 janvier prochain ; mais il est bien entendu qu'en outre de cet ouvrage, vous me donnerez aux conditions stipulées par votre lettre du ………. un volume et que vous aurez encore à me fournir la seconde des deux nouvelles qui me sont dues par le traité en date du ……….[3]

40-208. À ALEXANDRE DUJARIER

[Aux Jardies, 9 août 1840.]

À Monsieur Du Jarrier [sic] administrateur de *La Presse*.

L'adresse que vous avez mise sur votre lettre est cause d'un retard de plusieurs jours —

J'aurai la nouvelle prête pour le jour que v[ous] m'indiquez, si v[otre] imprimerie peut préparer le bon à tirer, aussi aurez-vous la complaisance de m'accuser réception du manuscrit que je vous ferai remettre sous peu de jours[1].

Il y a toujours erreur et confusion des sommes reçues par moi, mais, quel que soit le reliquat, comme je suis débiteur, je ne fais aucune difficulté d'envoyer l'article que vous me demandez, et je rectifierai l'erreur qui porte sur la confusion que vous faites, je crois, de sommes qui ont soldé d'anciens articles, en tout cas, la vérification se fera facilement.

J'ai l'honneur de vous présenter mes civilités empressées

de Balzac.

Je n'ai pas reçu *La Presse* depuis 3 jours, je ne vous en fais l'observation que pour le cas où vous n'auriez pas supprimé l'envoi.

Dimanche 9 août.

[En haut de la lettre, de la main de Dujarier :]

Rép[ondu] le 2 Sept[2].

[Adresse :] Monsieur Du Jarrier | à *La Presse* | 18, rue St-Georges | Paris.
[Cachet postal :] 10 août 1840.

40-209. AUGUSTE BORGET À BALZAC

Frapesle 10 août 1840.

En Chine j'appris votre voyage en Sardaigne. À Manille sur les bords du lac, sur la lisière d'une forêt vierge je sus que vous aviez fixé votre résidence aux Jardies. Un feuilleton de *La Presse* me parla d'*Un grand homme de province à Paris*. J'étais alors à Calcutta. Sur les bords du Hoog[h]ly encore, je fus assez heureux pour trouver quelques fragments épars du *Curé de campagne* [*sic*]. Ce sont là, cher Honoré, les seuls rayons qui dans l'espace de quatre ans sont arrivés jusqu'à moi, émanant de votre célébrité. À Bordeaux où je débarquai, je vis affichés *Une fille d'Ève* et *Vautrin*, mais ne pus point me les procurer. J'espérais être plus heureux à Issoudun, et je n'ai pu me mettre encore au courant de ce qu'ont produit vos immenses travaux. Ainsi pendant quatre ans, cher, nous avons vécu bien étrangers l'un à l'autre. À moi seul la faute. À moi seul la punition aussi. Je vous aurais écrit que vos réponses ne me seraient point parvenues. Et votre vie est trop pleine pour que je permette que vous écriviez pour moi une seule page qui ne dût avoir son résultat. Dans quelques jours je serai à Paris, et vous pouvez croire que je ne tarderai guère à aller vous serrer les mains. Je vous parlerai peu de moi, cher, j'attendrai l'exposition pour cela. J'ai rudement travaillé cette dernière moitié de mon voyage. J'ai dans mon portefeuille des dessins pris dans toutes les parties du monde. J'ai pu pénétrer à 2 ou 3 lieues sur les côtes de Chine, et loin de me plaindre de la difficulté, je n'ai eu qu'à me louer de l'hospitalité des habitants des villages où j'ai pu pénétrer. Savez-vous bien, cher, que j'ai vu la fortune bien près de s'attacher à moi. Sans la contrebande d'opium, il n'y aurait pas eu de guerre, je serais parti de Macao avec 30, ou 40, ou 50 000 fr. Dans la capitale de l'Inde anglaise, j'ai cru la ressaisir; mais je tombai malade et les médecins me condamnèrent à quitter ce pays, et à regagner la France. M'y voilà enfin. Quelques jours encore, et vous pourrez me voir dans un atelier, entouré de mes esquisses et préparant pour l'exposition prochaine une forêt vierge de Manille, un temple chinois et l'un des déserts de l'Amérique du Sud.

Et vous, Honoré, la fortune est-elle venue se fixer aux Jardies ? avez-vous conservé quelques amis ? la critique s'est-elle lassée ou bien a-t-elle conservé tout son glorieux acharnement ? répondez-moi[1] je vous prie. Instruisez-moi, comme vous instruiriez un Sauvage qui aurait quitté ses grandes solitudes pour venir essayer de la civilisation européenne : qu'est-ce que la critique, qu'est-ce que la louange ? que font-elles éprouver ? quelle est celle qui stimule le plus l'intelligence ? le poison de la louange est-il plus dangereux que le venin de la critique ? dites-moi cela, Honoré, car je suis sur le point de désirer l'une et l'autre. Comment serai-je reçu chez vous ? Si vous vivez dans une solitude complète, si vous déclinez les visites, comment vous ferai-je savoir que c'est moi qui frappe à votre porte, moi votre vieil ami, moi le confident de bien des chagrins.

Veuillez donc m'écrire ici. Votre réponse a le temps de m'arriver, car je ne pense pas partir avant le 18.

Adieu, cher ami, attendez-moi, et comptez que vous me trouverez pour vous tel que je suis parti.

Je vous serre cordialement la main

Aug. Borget.

40-210. À EUGÈNE SURVILLE

[Aux Jardies, 12 août 1840[1].]

Je vais aller à Paris, savoir où en est la vente de la *Revue [parisienne*[2]*]*. Dès qu'il y aura 1 000 fr. de reçus, ils te seront portés ; c'est convenu entre Dutacq et moi ; mais, comme la vente est la vente, et qu'on ne peut répondre de rien, tiens-toi prêt, tu auras les 1 000 fr. dès qu'ils y seront. Je travaille nuit et jour. J'ai reçu des sommations de Souverain pour lui remettre 3 volumes, mais j'irai à Paris pour voir la vente. J'irai te dire juste où elle en est.

Tout à toi,

Honoré.

Je reçois ta lettre aujourd'hui 12, et j'envoie Louis.

[Adresse :] Monsieur Surville | 28, rue du fg-Poissonnière | Paris.

40-211. DÉCLARATION D'HIPPOLYTE SOUVERAIN

[Paris, 12 août 1840.]

Je soussigné Hippolyte Souverain, éditeur, demeurant à Paris, rue des Beaux-Arts n° 5 reconnais avoir reçu de M. Honoré de Balzac, homme de lettres, soixante-huit feuillets écrits de la main de ce dernier comprenant les chapitres 17 et suivants jusqu'au chapitre 26 inclusivement et commençant par : « la chambre où la Sauviat... » et finissant par « médecins de Paris... ». Lesdites soixante-huit feuilles forment le complément de l'ouvrage intitulé *Le Curé de village*. Paris, ce douze août mil huit cent quarante.

Approuvé l'écriture
D. H. Souverain[1].

40-212. VICTOR HUGO À BALZAC

[Saint-Prix-la-Terrasse, 12 août 1840.]

Merci, merci de toute façon et pour tout[1]. Merci pour votre beau génie, merci pour votre loyale amitié.

Voici un *bon* pour faire prendre chez Delloye *Les Rayons et les Ombres*. Mais faites-moi donc abonner pour un an à la *Revue parisienne*. Maintenant est-ce que les Jardies ne vous céderont jamais, ne fût-ce que pour un jour à la Terrasse ?

En vous attendant je suis à vous, *ex imo corde*

Victor Hugo.

12 août, St-Prix-la-Terrasse.

[Adresse :] Monsieur de Balzac | aux Jardies, | près Ville-d'Avray.
[Cachet postal :] Paris, 13 août.

40-213. À AUGUSTE BORGET

Aux Jardies [, 13 août 1840].

Mon bon, vieil et sûr ami, à toute heure, à tout moment, vous avez chez moi et les entrées et une chambre. J'ai bien pensé à vous, madame Carraud vous le dira. Quant à ma situation, elle est pire. L'amitié pour vous, les dettes, les travaux, tout a grandi.

Au moment où je vous écris, il y a un *Vautrin* à Frapesle, et un mot pour la chère et bien-aimée châtelaine[1].

Je ne puis vous en écrire bien long, mon cher Borget. Il

y a la plus touchante histoire que j'aie faite, *La Messe de l'athée*, qui vous est dédiée². Cela vous dira tout.

Venez, cher ! vous serez reçu comme la veille de votre départ.

Pendant que vous travailliez, que vous parcouriez le monde, j'avançais dans cette œuvre dont vous savez le plan, l'étendue et les détails innombrables. Point d'amis, beaucoup d'ennemis, voilà ce qui est du personnel.

Je suis bien heureux de vous savoir revenu en France, et bien portant et persévérant dans votre carrière ; mais j'eusse été plus content encore de vous savoir rapportant de quoi établir votre indépendance. Je suis un triste exemple de ceux qui comptent sur l'art pour vivre.

Là où je suis, je suis dans Paris ; le chemin de fer m'y met à tout moment pour dix sous. Je suis bien moins éloigné du centre que je n'étais à Chaillot et rue Cassini.

Adieu, cher, bien cher ! je n'ai pas le temps de vous envoyer autre chose qu'une poignée de main et un baiser fraternel. Vous savez que j'ai fait une perte cruelle et qui a blessé ma vie. On tient bien aux amitiés qui nous restent et qui sont anciennes ; aussi plus viennent les années, plus on s'attache. Dites-le bien à madame Zulma, à qui j'envoie mille tendresses. Mes amitiés au commandant. Embrassez Yorick pour moi, puis trouvez ici les plus vives effusions de mon cœur.

Honoré.

40-214. CHARLES LOUIS MOLLEVAUT
À BALZAC

[Paris, 16 août 1840.]

MOLLEVAUT,
Membre de l'Institut Royal de France,
DOCTEUR ÈS LETTRES, PROFESSEUR ÉMÉRITE DE L'UNIVERSITÉ,
ET MEMBRE DES PRINCIPALES SOCIÉTÉS SAVANTES
ET LITTÉRAIRES DE FRANCE ET DE L'ÉTRANGER.

Monsieur,

Votre esprit si distingué voudrait-il rendre compte de l'esprit de Martial[1] dans la *Revue parisienne* et accepter la 6me édit[ion] de mon ode *La Postérité*[2], qui a besoin du visa d'hommes de votre mérite pour arriver à son adresse ?

Je suis,
Monsieur,
Avec la plus haute considération,
Votre dévoué serviteur,
Mollevaut.

P. S. — Je vous prie de m'envoyer, avec votre article, un abonnement à la revue[3].

Paris, ce 16 août — 1840. Rue Saint-Dominique, 99, faubourg Saint-Germain.

40-215. ALPHONSE TOUSSENEL À BALZAC

[Paris, 18 août 1840.]

Monsieur,

Vous avez lu ma note et fait justice des barbarismes et *des chars attelés de quadriges* qu'elle contient. Je vous en remercie. Voulez-vous de cette anecdote sur le général Bugeaud[1] qu'il serait beau à vous de réhabiliter, car c'est un homme de probité et de cœur.

Le petit Thiers qui a quelquefois des idées généreuses a beaucoup de sympathie pour Bugeaud. C'est une de ses passions malheureuses comme il dit. Mad⁰ Dosne ne partage pas tout à fait les sentiments de M. Thiers à l'endroit du général. Donc lorsque Thiers nomma Bugeaud au gouvernement de l'Algérie il y a 3 ou 4 mois, Madᵉ Dosne et le Sʳ Mottet[2] intervinrent au nom de la morale pour prévenir le scandale qui disaient-ils résulterait de cette nomination. M. Bugeaud plaignit M. Thiers et ne se plaignit pas ; il lui rendit sa parole. À l'oreille du Roi mille bruits en coururent. Le Roi manda le vieux soldat et termina les compliments de condoléance par cette conclusion d'épicier : Après cela, vous n'aviez pas *besoin* de cette place, n'est-ce pas, Général ?

— Je ne comprends pas bien, répondit B., ce que Votre Majesté me fait l'honneur de me dire. Si elle entend par ce mot *besoin* des besoins pécuniaires, elle a parfaitement raison ; je n'ai pas besoin d'argent et je n'en ai jamais demandé à personne. Mais j'ai besoin de combattre, pour mon pays, et de me venger d'une perfidie. Voilà pourquoi je regrette que la volonté de Mad. Dosne m'ait destitué du gouvernement de l'Afrique[3]. Bugeaud est aujourd'hui sans commandement, quand de vieilles ganaches comme Darriule et autres qui n'ont jamais rien fait pour le Roi et qui ne peuvent bouger ni pieds ni pattes, sont conservés malgré leur âge dans des positions supérieures. Bugeaud n'est pas riche.

Agréez l'expression de mes sentiments admiratifs et dévoués

                                      A. Toussenel.

[Adresse :] Monsieur H. de Balzac | aux Jardies, | commune de Ville-d'Avray | sous St-Cloud.
[Cachets postaux :] Paris 18 août 40 | Sèvres, 18 août 1840.

40-216. CAMILLE CARDONNE
À DUTACQ ET BALZAC

[Paris, jeudi 20 août 1840.]

Si je ne suis pas allé aujourd'hui à Ville-d'Avray, Monsieur, c'est que j'ai dû voir plusieurs personnes qui me fournissent des renseignements[1]. J'ai vu MM. Villemain, Molé et d'autres personnes encore. Il y avait grand émoi à Paris aujourd'hui. On disait que les chambres allaient être convoquées et les fonds ont encore baissé de 2 p.%[2]. Jugez si je puis faire une chronique politique sans aller sur toute chose aux informations et sans puiser aux meilleures sources. Il faut surtout, en commençant, prendre position, de la manière la plus avantageuse, parmi les recueils périodiques.

Je vous promets que la chronique de ce mois sera riche de faits, et fort piquante de révélations de toute nature. Toutefois je ne voudrais pas apporter du retard à une publicité qui doit être faite régulièrement. Samedi je serai aux Jardies, vous pouvez y compter[3].

J'offre à M. de Balzac mes civilités les plus cordiales et les plus distinguées. Veuillez lui dire que le Sr Véron-des-écrouelles[4] est nommé sous-préfet-de-Sceaux. L'ordonnance paraîtra après-demain dans *Le Moniteur*.

J'ai l'honneur, Monsieur, de vous offrir l'expression de ma considération et de mes sentiments les plus empressés.

                                        C. de Cardonne
                                        Jeudi, 20 août.

[Adresse :] Monsieur Dutacq | Aux Jardies | À Ville-d'Avray près Paris.
[Cachet postal :] Paris 21 août 1840.

40-217. HIPPOLYTE SOUVERAIN À BALZAC

[Paris, 25 août 1840.]

Mon cher Monsieur,

Votre livre est en main[1], il marche et vous allez avoir des épreuves très promptement. Je ne sais pas s'il faut mettre en page dès le commencement, vous ne me l'avez pas dit.

Je viens vous prier avec instance d'achever les épreuves de *Gigadas* dont j'ai un pressant besoin. L'imprimeur m'écrit tous les jours à ce sujet et cela devient intolérable et pour lui et pour moi. Je vous en prie donc achevez cela que je n'aie plus à y songer. Je les enverrai prendre lundi matin selon la promesse que vous m'avez faite de les tenir prêtes[2]. En même temps je vous ferai mettre le *Livre des douleurs* qui sera broché[3].

Agréez mes civilités cordiales

D. H. Souverain.

Le 25 août 40.

[Adresse :] Monsieur de Balzac | Rue Richelieu | maison de Frascati.
[Cachet postal :] 26 août 1840.

40-218. À L'ABBÉ HAFFREINGUE

Sèvres, aux Jardies, août 1840.

Monsieur,

Je suis un écrivain pauvre, et quand j'aurai mis, phrases sur phrases, peut-être ne serai-je qu'un pauvre écrivain, tandis que vous, en mettant pierre sur pierre, à part le mérite d'art qui sera dans votre église, vous êtes fier d'être un sublime architecte ; la foi religieuse est toujours grande dans ses œuvres, et rien n'est certain dans ce que fait la littérature ; mais il nous reste une chance, à nous autres gens de lettres, c'est de nous associer par la pensée à votre belle œuvre, inouïe dans une époque comme la nôtre ; aussi est-ce plus pour vous témoigner ma sympathie que pour vous aider efficacement que je vous prie d'accepter ma modique offrande. Si cet argent paie une pierre en place, cette pierre représentera les deniers de la veuve que Notre Divin Sauveur mit à si haut prix. Que tous ceux qui tiennent une plume en France s'inscrivent ainsi dans votre pieux monument, et ce serait un spectacle, noble et grandiose, ajouté à celui que vous nous donnez que de voir l'intelligence, la littérature et les arts de la France s'associer au miracle de cette volonté d'un prêtre relevant à lui seul une église et la bâtissant aussi magnifique qu'on les bâtissait au Moyen Âge, sans autre aiguillon que celui d'une piété vive.

Agréez, Monsieur, l'expression de ma sincère admiration

de Balzac.

Ci-joint un mandat sur la poste de la somme qui représente quatre pages que j'ai été heureux d'écrire en pensant à votre œuvre de Notre-Dame de Boulogne.

Monsieur l'abbé Haffreingue.

40-219. À GEORGE SAND

[Paris, août 1840.]

Elle se leva et leur dit ces étranges paroles[1] :

Sage Oracle, Tu Triomphes! Et Sais Un Important Secret Sur Elle. J'ai Une Science Qui Unit Et Sépare Alternativement Quelques Unités Anormales, Nouvellement Découvertes, Qu'un Utopiste (Être Timide et Rationnel!) A Sobrement Travaillées, Utilisées, Décomposées Et Soumises Aux Usages Théoriquement Ordonnés.

Grotius Rapportait À Plusieurs Habitudes Excentriques, Sublimes, À Demi Esséniennes (Système Généralement Expliqué) Nos Secrets Qu'un Utopiste Eut Traduit Unitairement En Mosaïsme.

Belle Ève, Tu Es Sacrifiée!

Le nouveau Verbe, (inédit)

George Sand.

Paris, août 40[2].

Comme j'étais chez mon illustre amie, je me permets de mettre cette petite maxime tirée de mes œuvres

« La femme est une étrange locomotive[3] »

de Balzac.

40-220. CAMILLE BERNAY À BALZAC

[Août ou septembre 1840.]

Monsieur,

En lisant le nom placé au bas de cette lettre, vous vous direz sans doute : Camille Bernay, qu'est-ce que cela ? — D'où cela sort-il ? qu'a fait ce monsieur ? — Je suis en effet, si peu, si peu connu qu'un tel étonnement ne peut être qu'on ne [peut] plus naturel de votre part; vous, tête de nos romanciers, homme européen, s'il en fut, quoiqu'en puissent dire quantité de petits journalistes, petits feuilletonistes, petits feuillistes, et autres menues espèces écrivantes. — Or donc, parlant cartes sur table, voici ce que faute de mieux j'appel[l]erai mes titres littéraires.

1° *Le Ménestrel*, comédie en 5 actes et en vers, représentée au Théâtre-Français[1], 2° *Le 24 février*, longue homélie en vers et en un acte représentée à la Renaissance[2]. — Tout cela, monsieur, est bien peu de chose sans doute pour que j'ose m'offrir à la rédaction de la *Revue parisienne*. Aussi comptai-je plutôt sur ce que j'espère faire que sur ce que j'ai déjà fait. — Cependant parmi les choses faites, se trouvent certains petits vers, que j'aimerais fort, je l'avoue, à voir figurer dans ladite revue[3]. — Plus une traduction ou plutôt une imitation de Weyland écrite en prose, et qui dans ma naïveté de traducteur me paraît fort gaie.

C'est ce dont, monsieur, je serais bien honoré de pouvoir causer avec vous.

L'un de vos plus fervents admirateurs et votre serviteur

Camille Bernay.

[De la main de Balzac, sur le feuillet-adresse[4] :]

Camille Bernay est un pauvre jeune homme, poète, et mort l'année dernière, sans avoir vu représenter sa pièce de *L'Héritage du mal*[5].

[Adresse :] Monsieur | Balzac. — À la *Revue | parisienne* | en ville.

40-221. VAYSON FRÈRES À BALZAC

[Paris, 31 août 1840.]

Nous avons l'honneur de présenter nos civilités très empressées à Monsieur de Balzac & venons le prévenir que nous pourrons probablement encore trouver le placement du tapis bleu & gris placé aux Jardies dans la chambre à coucher ; & d'après tout ce que Monsieur de Balzac a eu l'extrême obligeance de nous dire, nous pensons faire une chose qui pourra lui paraître agréable & utile en lui offrant encore de nous charger de ce tapis & même du jaspé vert en lui rendant les deux billets qui nous restent à lui. —

Par ce moyen nous serons *quittes* les uns envers les autres & si Monsieur de Balzac juge plus tard qu'il soit juste de nous payer une indemnité[1], nous laissons à sa loyauté bien connue le soin de l'arbitrer —

En attendant l'honneur de recevoir la réponse nous sommes avec considération

ses bien dévoués serviteurs
Vayson frères.

Paris 31 août 1840.

[Adresse :] À Monsieur | Monsieur de Balzac | aux Jardies | *à Sèvres* | (Seine & Oise).
[Cachets postaux :] Paris 1er septembre 1840 | Sèvres 1er septembre 40.

40-222. « UN HOMME DE CŒUR ET D'HONNEUR » À BALZAC

[Août ou septembre 1840.]

Monsieur,

Il est du devoir d'un honnête homme de signaler aux personnages politiques ceux qui peuvent les trahir ou leur nuire. C'est pourquoi il est utile de vous informer que M. Capefigue[1], sous les dehors d'historien et d'écrivain quasi royaliste, occupe une position secrète au ministère. Jusqu'ici M. Capefigue n'avait rempli que des missions occultes pour le compte de MM. Molé et Soult ; mais depuis plusieurs mois, M. Capefigue est pensionné sur les fonds de police, et par M. Thiers, le ministre *vertueux et non corrupteur*. La preuve existe sur les registres de M. Brénier[2], chef de la comptabilité aux Affaires étrangères, qui reçoit et solde les rapports de M. Capefigue. Dans ce moment même, M. Capefigue voyage en Allemagne pour le compte de M. Thiers qui l'a chargé d'une mission honteuse d'observation et d'espionnage. Du reste, M. Capefigue est coutumier du fait.

Un homme de cœur et d'honneur.

[Adresse :] Monsieur de Balzac | rédacteur en chef de la *Revue parisienne* | 16, rue du Croissant.

40-223. JENNY ANGELET À BALZAC

[Août ou septembre 1840.]

Monsieur,

Ayant entendu dire que vous ne dédaignez pas d'accueillir et d'utiliser les travaux des auteurs peu connus[1], je prends la liberté de m'adresser à vous. Je ne crains pas, je vous l'avoue, Monsieur, que la hardiesse de ma démarche vous indispose contre moi. Votre supériorité vous place dans une sphère où il n'y a pas de hardiesse possible. Votre génie ne verra dans tout ceci que démarche faite de bonne foi et si votre bonté vous porte à m'accueillir, vous verrez alors, Monsieur, que loin de pécher dans ce sens, je pèche plutôt par l'excès contraire. On m'a parlé de feuilleton, si vous pouviez me procurer ce moyen de me servir de mon goût pour écrire, je vous en aurais Monsieur, une véritable reconnaissance.

En attendant l'honneur d'une réponse, veuillez me croire Monsieur,
   votre très humble

Jenny Angelet
née de Courcelles
rue Jessaint 31, Chapelle St-Denis.

40-224. SCIPION MARIN À BALZAC

[Paris, 3 septembre 1840.]

Monsieur

Dans le siècle où nous vivons, si l'on a tué son père on a l'avantage de remplir tous les journaux, de briller dans leurs colonnes comme dans un temple ; mais si au lieu d'un parricide on a fait un livre, alors le journalisme est impitoyable, il faut payer ; il ne s'attendrit que moyennant neuf francs la ligne. Les demoiselles du coin sont moins chères.

Jugez donc si dans un tel état de choses je ne dois pas être reconnaissant de la mention que vous avez bien voulu faire de mes *Événements et aventures en Égypte en 1839*[1].

La seule chose que j'y désapprouve c'est la persuasion où vous êtes que ce livre a été écrit sur des *on dit*. Hé ! Monsieur, j'arrive d'Égypte.

Agréez en même temps que mes remerciements l'hommage de la brochure ci jointe.

Votre
tout dévoué
Scipion Marin
memb. de l'inst. hist. et de
plus. soc. savantes.

52, rue de l'Université.

M. de Balzac
Directeur de la *Revue parisienne*.

Paris, 3 7bre.

P. S. — Vous avez confondu les deux frères Reybaud : Charles l'aîné dirige *Le Constitutionnel*, et Louis, l'auteur des socialistes, est à la tête du *Corsaire*[2]. Tous les deux ont fait mousser à qui mieux mieux Mme Raybaud [*sic*] (Charles) née Arnaud[3], auteur de plusieurs romans.

[Adresse :] Monsieur | Monsieur de Balzac.

40-225. LE GÉNÉRAL COMTE DE RIVAROL À BALZAC

[Paris, 4 septembre 1840.]

J'ai l'honneur de saluer Monsieur de Balzac, et lui adresse le dialogue ci-joint pour être inséré dans la *Revue parisienne*, si cela lui convient. S'il n'en fait point usage[1], je le prie de me l'envoyer sous enveloppe à *Brie Cte Robert, Seine-et-Marne*, où j'ai fixé mon domicile. — J'ai des choses bien précieuses et inédites de mon frère, qui figureraient très bien dans la *Revue*.

Le Gal Cte de Rivarol.

Le 4 7bre.

[Adresse :] Pour | Monsieur de Balzac | 16, rue du Croissant.

40-226. ALPHONSE TOUSSENEL À BALZAC

Ponthierry 5 août [*sic* pour 5 septembre 1840].

Monsieur,

Il appartenait à un homme d'esprit et de style comme vous de prendre en main la défense des hommes fort vilipendés par les mirmidons de la presse. Je vous en remercie en ce qui me concerne d'avoir bien voulu habiller de votre esprit les deux ou trois anecdotes que je vous ai contées[1]. Les disciples de Fourier vous doivent également une vive reconnaissance pour la justesse avec laquelle vous avez précisé le système de leur maître. Fourier s'annonce en effet comme le mécanicien du Christ. Jésus a formulé la loi d'amour, Fourier a découvert les moyens d'application. La *charité* est impossible dans une société vouée à la misère. *Quand il n'y a pas de foin au râtelier, les ânes se battent*, dit le vilain, dans son gros bon sens. Fourier ne fait que développer cette thèse[2].

En vertu de laquelle gratitude, je prends la liberté de vous envoyer un lièvre et quelques perdreaux, plus deux cailles. Le lièvre est rare et n'en a pas qui veut. Celui-ci vient des domaines de Madᵉ de Gontaut. Il aura pour vous un parfum de légitimité. Car vous n'ignorez pas ou plutôt vous ne devez pas ignorer que Madᵉ de Gontaut Biron avait épousé le vieux Roi Charles X et que le fils Gontaut est sur le point d'intenter un procès scandaleux à l'ancienne race aux fins de faire ajouter le nom de Bourbon à son nom de Gontaut et de se faire allouer une somme assez ronde sur la succession du vieux Roi. Le parti légitimiste fait dit-on tout ce qu'il peut pour étouffer cette affaire. Le cancan aurait assez de sel ce me semble dans une revue[3].

Agréez l'expression de mon dévouement et de mon admiration sincères.

A. Toussenel.

[Adresse :] Monsieur H. de Balzac | aux Jardies | commune de Ville-d'Avray | par Sèvres.
[Cachets postaux :] Ponthierry, 5 sept. 1840 | Ville-d'Avray, 5 sept. 1840 | Sèvres, 6 sept. 1840.

40-227. À HIPPOLYTE SOUVERAIN

[Aux Jardies,] samedi 6 7bre [1840].

Monsieur,

Je n'ai bien certainement pas épreuve de la partie du texte qui se trouve entre la 1ère feuille tirée du 2ème volume du *Curé de village* et le placard qui commence par *la chambre où la Sauviat*[1], faites mettre *cette épreuve double* au bureau du *Charivari* pour qu'on me la fasse passer par la 1re occasion.

Mille compli[ments]

de Bzc.

Si Monsieur Souverain pouvait venir un moment demain dimanche, aux Jardies, il y aurait lieu de discuter sur *Le Curé de village* qu'il m'est pénible de publier incomplet[2].

[Adresse :] *(Recommandé à M. Long)* | Monsieur Hyp. [*sic*] Souverain | 5, rue des Beaux-Arts faub. St-Germain | Paris.
[Cachet postal :] 6 septembre 1840.

40-228. HÉLÈNE DE VALETTE À BALZAC

[Début septembre 1840[1].]

Cher Honoré, Mr E. C[ador][2] est venu et reparti aussi. Il a exécuté une partie de ses menaces. Il a d'abord été reçu par ma mère[3] ; mais elle n'a rien pu obtenir de lui et ce n'est qu'en lui permettant de me parler seul cinq minutes qu'on est parvenu à s'en débarrasser. Ma pauvre mère a perdu son énergie. Elle craignait un esclandre : je suis donc descendue au jardin où j'ai trouvé cet homme qui m'a paru fou. Ma mère et mes amies ne me quittaient point des yeux. Pendant ces cinq minutes, il m'a dit tout ce qu'il y a de plus extravagant dans la tête d'un insensé pour m'effrayer et me faire consentir à un rendez-vous dans lequel il voulait, disait-il, me donner une explication *sur des choses graves*. Il m'a dit qu'il allait se suicider. Ceci est bon à faire peur aux enfants. Vous pensez bien que je n'en suis point inquiète. Il ne m'a pas parlé de vous, mais j'ai bien compris qu'il soupçonnait une liaison entre nous. Je ne savais comment faire pour le renvoyer, je n'avais pas d'autre moyen que de lui promettre de lui donner toutes les explications qu'il voudrait à Paris. Il m'a promis alors qu'il allait quitter la Bretagne : en effet ce matin j'ai reçu un livre[4] portant mes initiales pour dédicace[5] et dont il me menaçait et le billet que je vous envoie. Je pense qu'il vous verra à Paris, je vous supplie d'être comme par le passé tout à fait muet. J'espère que m'en voilà délivrée pour quelque temps. Je le crois vraiment dans la route des petites maisons : il m'a tenu des discours si incohérents, si étranges, il avait l'air si égaré que je ne pouvais me défendre d'un certain effroi. — Cette histoire ne sera point sans retentissement malgré notre prudence, hélas ! Les hommes sont sans honneur, sans délicatesse, quand il s'agit des femmes !

Cher trésor aimé, je ne vous parle que de moi, j'ai été bien agitée pendant ces vingt-quatre heures que je le savais au Croisic : le bruit d'un cheval me faisait évanouir et ma pauvre mère est au lit, malade de toutes les émotions qui sont si dangereuses à son âge. Je resterai encore un mois absente. Serez-vous à Paris ?

Votre dernière lettre me donne à penser que vous auriez l'intention de faire un voyage, de changer d'air. Que ne puis-je vous suivre, ah ! sans un saint devoir, je vous aime assez pour tout entreprendre !

Que vous semble le procès de madame Lafarge[6] ? Il me semble à moi qu'il y a derrière tout ceci une grande infamie qui a besoin d'être couverte par un grand nom pour échapper à de plus minutieuses recherches. Toute la province est remuée par ce grand drame qui commence.

Et vous cher ami mille fois adoré, avez-vous retrouvé votre courage, l'avez-vous retrempé pour une nouvelle lutte ? Je suis jalouse des amis[7] qui habitent votre maison, ils sont bien heureux !

Mille tendresses affectueuses, mille vœux.

Marie.

40-229. GEORGE SAND À BALZAC

[Paris, 9 septembre 1840.]

Cher Dom Mar,

Midi est pour moi une heure impossible. Tâchez de venir à 2 h ou à 4, ou le soir. Mais le matin je ferais des efforts impossibles pour m'éveiller l'esprit. Or, je veux jouir du vôtre et n'être pas à l'état de *mollusque*. À demain donc, n'est-ce pas[1] ?

T[out] à v[ous]

George.

9, mercredi.

[Adresse :] Monsieur de Balzac | rue de Richelieu, 108.
[Cachet postal :] 10 septembre 1840.

40-230. À ROGER DE BEAUVOIR

Sèvres, aux Jardies, 14 7bre [1840].

à M… dit Roger de Beauvoir.

Vous m'avez envoyé hier MM. de Lapierre et Mallefille[1] qui selon la lettre que vous m'écrivez étaient chargés de tous vos pouvoirs et de me faire part des conditions que vous vous croyez le droit d'exiger de moi, à cause de la parenthèse où, dans le dernier numéro de la *Revue parisienne*, j'ai dit que vous ne vous nommiez pas Roger de Beauvoir[2]. J'ai répondu à ces Messieurs que je ne mettrais pas de bornes à mes excuses s'ils me représentaient un acte de naissance qui vous donnât le droit de signer ces deux noms. Ces Messieurs m'ont répondu que la question n'était pas là, que je vous avais attaqué dans votre position sociale — Votre position sociale serait-elle donc celle des Masques de l'Opéra, mais, Monsieur, le Carnaval n'a qu'un temps limité — serait-ce donc une position sociale que celle d'un pseudonyme — La loi stupide qui a permis à chacun de prendre un titre sans être passible d'aucune peine, n'a pas été jusqu'à détruire l'admirable état civil dont nous jouissons en France — Si tous ceux qui ont des noms désagréables, car je suppose que vous ne répudiez pas le vôtre sans raison, vous imitaient, nous reviendrions à ce réjouissant Mardi gras de la Révolution où il y avait des Philippe-Égalité, des Scipion-Carotte, des César-Oignon et une infinité de Scevola qui seraient aujourd'hui bien fâchés, si leurs déguisements avaient été pris au sérieux.

Néanmoins, Monsieur, de tout temps, on a reconnu la nécessité de changer des noms de basse origine ou de glorieuse illustration qui n'étaient plus en harmonie avec certaines politiques ou certaines mœurs — Sous Louis XI, les Bonnes… changèrent leur nom en celui de Bonnechose

— Sous l'Empire le Ministre Cochon devint Comte de Lapparent — Sous la Restauration Monsieur de Genoude se fit anoblir après une interpellation faite en audience par Monsieur Séguier — Il y a mille exemples semblables — Quand les choses se passent ainsi, c'est commettre une grossièreté que de rappeler à un homme ou à une famille un nom primitif qu'ils veulent abolir — Dans ce cas, ce manque de politesse a sa signification — Quand Henri IV dit : — adieu Baron de Biron au Maréchal, il lui expliquait durem[en]t et royalement qu'il l'abandonnait en lui retirant ainsi ses titres et dignités. Le garde des Sceaux luit pour tout le monde et vous pouvez vous pourvoir en chancellerie, mais si vous ne vous faites pas autoriser, si vous prenez illégalement un nom par pure vanité, vous prêtez à la raillerie, et je vous en avertis charitablem[en]t il est peu de personnes qui ne se moquent de vous en vous quittant ou dans les salons où vous allez — Suis-je garde des Sceaux ? Puis-je vous légitimer. Si, Monsieur, vous êtes riche, achetez un petit coin de terre qui se nomme Beauvoir, et je serai le premier à vous nommer avec plaisir Monsieur de Beauvoir voici pourquoi — j'ai dans un écrit dont il va être question, imprimé que je trouvais tout simple qu'un homme qui prétend à la gloire, ne veuille livrer à la foule qu'un nom élégant et facile à prononcer. On me contestait mon nom et on m'en donnait un autre pour me ridiculiser. J'ai dit que si je m'étais appelé d'un nom commun comme Marigot, Souris ou tout autre, je me serais débaptisé en me conformant aux lois ou aux usages, au grand jour, en signant mon nom vrai et le nom à conquérir ; comme fit Guez qui acheta la terre de Balzac en Angoumois, comme le fit Voltaire qui s'appelait Arouet et qui de la petite terre de Voltaire devint Arouet de Voltaire, car il comprit à quel ridicule le vouait le nom de son père le procureur. S'il se fût appelé Arouet seulement il n'eût pas été gentilhomme ordinaire de la chambre du Roi — L'univers a fini par le nommer seulement Voltaire — Ainsi faites ce qu'à mon avis vous n'avez pas encore commencé[:] de beaux ouvrages — Soyez le plus bel ornement de votre époque et vous ne serez pas M. Roger de Beauvoir, vous perdrez le Monsieur, vous perdrez le Roger, et même le de, vous serez salué par le globe sous le seul nom de Beauvoir comme Buffon qui se nommait Leclerc et comme beaucoup d'autres — Mais en ce moment, vous qui me demandez compte d'un ridicule que vous vous donnez vousmême, vous ne reculeriez pas devant celui de rechercher la croix de la Légion d'honneur d'aujourd'hui, hé bien croyez-vous que le brevet serait à votre nom d'emprunt, mais vous auriez le soin tout aussi bien que le gouvernement de le mettre à votre nom que j'ignore et vous n'oseriez pas acheter une terre ou une maison en signant seulement Roger de Beauvoir.

Ainsi Monsieur je ne puis rien rétracter sans la condition que j'ai mise. Mais vous pouvez me faire demander ou me demander de quel droit je m'occupe de vous et des noms que vous n'avez pas. Ah! ici, Monsieur, c'est vous qui me devez des excuses, c'est vous qui êtes à ma merci, vous m'appartenez, vous m'avez jeté ou laissé jeter au visage comme on l'assure ce nom de Roger de Beauvoir — Voici comm[en]t et dans quelles circonstances.

Un jour M. Buloz, qui passe de la fabrique des produits chimiques à la fabrique des produits littéraires, s'avisa de vendre à St Pétersbourg les épreuves du *Lys dans la vallée* qui ne lui était cédé qu'à la condition d'en user pour la *Revue de Paris* seulement, et il fit paraître à St Pétersbourg un livre informe avant que le livre réel, avoué par moi, ne parût à Paris — Il y eut un procès au bout duquel M. Buloz trouva une condamnation honteuse pour lui — La veille du jour où l'on croyait que le jugement serait rendu, vous qui ne me connaissiez pas, vous que je n'avais jamais vu ni rencontré, vous qui étiez tout nouveau collaborateur de la *Revue de Paris* et qui n'en saviez point les usages, vous qui deviez vous abstenir de faire tort à un homme qui ne vous avait jamais nui, vous qui pouviez avoir quelque respect ou des égards pour des travaux littéraires antérieurs de beaucoup à vos premiers essais, vous avez signé du nom de Roger de Beauvoir une déclaration dont la valeur était contraire aux plus simples notions de la vraisemblance et uniquement produite pour me faire perdre un procès où de sots adversaires mettaient toute ma vie en question et où la calomnie va trouver encore ses sottises, car hier encore un journal redisait des choses dont j'ai, dans le temps, démontré l'absurdité, la fausseté.

Sachez Monsieur, que j'ai regardé comme mes ennemis comme des ennemis, à mon égard sans délicatesse, tous ceux qui ont signé cette déclaration — Je vivais alors très à l'écart — jusqu'au jour où ce procès me fit sortir de mes habitudes silencieuses, je n'avais jamais rien recherché sur la vie de mes contemporains, sur ceux que je pouvais regarder comme des émules, des rivaux ou des antagonistes — je m'enquis alors de tous les signataires de cette déclaration — depuis plusieurs m'ont dit que leur bonne foi avait été surprise par M. Buloz. On a nommé depuis cet étrange séducteur, qui est sourd et qui y voit peu, après une pareille condamnation Commissaire du Roi près le Théâtre-Français, poste pour lequel il faut des yeux et oreilles — Quand je vins à votre nom, à celui que vous prenez, une personne en tout point digne de foi, me dit que vous ne vous appeliez ni Roger ni de Beauvoir, que déjà une fois vous aviez pris le nom de Bully que vous y aviez renoncé soit à cause des reproches que vous aurait fait[s] M. de Bully soit à cause du procès électoral qu'eut ce député — Cet ami me raconta de plaisantes aventures à propos de votre nom et de la livrée que vous auriez prise et que vous deviez savoir mieux que moi — Je vous en fais grâce. Mais alors, dis-je, dans quelle horrible situation eût donc été M. Roger de Beauvoir si j'avais argué de faux cette pièce et s'il avait été obligé de comparaître — apprenez Monsieur, qu'il est dans mon caractère de ne rien oublier, je suis toujours au lendemain de l'injure que l'on m'a faite et que j'ai le droit de m'enquérir de votre vrai nom ne fût-ce que pour republier le précis qui est en tête du *Lys dans la vallée* avec une note qui édifie la postérité pour laquelle vous voulez travailler, sur mes adversaires à qui je ne pardonnerai rien — Aussi suis-je enchanté de l'importance que vous attachez au peu de paroles que j'ai dites de vous, j'avais supprimé dans l'intérêt de ceux qui y figurent ce précis plein de choses honteuses pour beaucoup de personnes dont plusieurs ont essayé de me les faire oublier; mais alors il sera maintenu grâce à vous. Je ne vous donnerai donc point satisfaction sur cette phrase, non Monsieur je ne vous prêterai pas une goutte de mon sang pour le baptême de votre vanité, et je crois que si j'y consentais et qu'il m'arrivât malheur, au lieu d'être simplement ridicule vous deviendriez atroce, je ne me prêterai donc pas à une semblable comédie, à vous donner un brevet de bravoure pour légitimer une niaiserie. Non je ne veux aller sur le terrain que pour moi-même — Comme un homme peut toujours chercher querelle à un autre sans autre cause que celle d'une haine violente et qu'un homme qui se respecte ne doit pas rester sous le coup d'une provocation constante si vous avez le dessein de me provoquer, vous pouvez le dire hardiment à Messieurs David, ancien officier de cavalerie et Toussenel[3] que je charge de vous remettre cette lettre. — Je garde copie de ceci qui fera un article de la *Revue parisienne* le jour où qui que ce soit au monde dira sur cette affaire un mot qui ne me convienne pas — Ces Messieurs ont aussi mes pouvoirs, ils vous diront mes conditions pour une satisfaction qui, j'avoue ici mon faible, exige de ma part plus de réflexions que vous ne paraissez en faire parce que je considère ces sortes de choses comme très sérieuses et qui doivent être réglées selon les mœurs de la haute compagnie à laquelle vous dites appartenir.

Je vous salue[4]

de Balzac.

40-231. VICTOR CONSIDÉRANT À BALZAC

Paris, 14 7bre 1840.

Monsieur,

Notre ami commun, Mr Toussenel[1] nous a fait part d'une proposition dont vous l'avez chargé pour *La Phalange*. Cette proposition est bien cruelle, Monsieur, car c'est une bonne fortune dont nous ne pouvons pas profiter — après avoir tourné et retourné la chose dans tous les sens nous avons été obligés de reconnaître avec un grand crève-cœur que, dans les circonstances actuelles surtout, la place nous manquait pour l'insertion d'un travail long de deux volumes.

J'espère Monsieur que quand notre feuille aura pris plus de développement et que nous aurons fait quelque critique sociale de plus petite dimension vous voudrez bien encore penser à *La Phalange*[2] et vous rappeler qu'elle sera extrêmement heureuse de jouir du très grand bénéfice de votre collaboration et de votre nom.

Permettez-moi Monsieur de profiter de cette occasion pour vous offrir deux opuscules de moi sur lesquels je serais enchanté d'attirer votre attention, maintenant surtout que d'un bond, vous vous êtes placé au premier rang des publicistes.

Veuillez agréer Monsieur l'assurance de mes sentiments les plus distingués.

V. Considérant.

Mr de Balzac.

40-232. JACQUES CRÉTINEAU-JOLY À BALZAC

Paris, 17 septembre 1840.

Monsieur,

J'ai l'honneur de vous adresser les deux premiers volumes de l'*Histoire de la Vendée militaire*. Je ne sais si nous partageons la même manière de voir en politique[1]. Vous avez fait *Le Dernier Chouan*[2] et moi je raconte leur histoire ; mais hommes d'imagination ou de réalité, nous nous tenons tous par un lien, c'est la justice dans la critique sans acception de parti. J'ai lu en parcourant l'Allemagne vos deux premières *Revues parisiennes* et en applaudissant à beaucoup d'idées neuves et à la franchise dont vous osiez faire preuve, j'ai compris qu'un grand critique nous était né.

Je vous envoie les volumes de l'*Histoire de la Vendée* qui ont paru à la fin de juillet[3] et je vous prie d'agréer l'assurance des sentiments de haute considération avec lesquels j'ai l'honneur d'être,

Monsieur, votre très humble et très obéissant serviteur

J. Crétineau-Joly
Place Bréda 3.

[Adresse :] Monsieur | Monsieur de Balzac | à la *Revue parisienne* | rue du Croissant, 16.

40-233. À ARMAND DUTACQ

[18 ou 19 septembre 1840[1] ?]

Mon cher Armand, il me faut absolument *cent* francs pour opérer mon déménagement, faites-les-moi passer dans la journée, par Goullet, je ne peux pas quitter d'ici[2] pour des raisons majeures. Louis[3] ira d'ailleurs à 4 heures rue du Croissant voir Pégeron[4] à qui je compte que vous ferez passer l'ordre. Je serais sans cela dans l'impossibilité d'enlever[5], et perdrais tout, car *ils*[6] y sont, et il faut tout prendre ce soir.

Tout à vous

Honoré.

40-234. À FERDINAND MÉNAGER

[Aux Jardies, 20 septembre 1840[1].]

Mon cher Monsieur Ferdinand, j'ai la *Revue parisienne* à faire, et j'ai oublié le rendez-vous, c'est d'autant plus déplorable qu'aujourd'hui est dimanche et que je ne trouverai pas M. Gavault qui me remettrait les fonds — Remettons à dimanche prochain, envoyez-moi demander les fonds la veille.

Et le plan? M. Gavault l'attend.

Mille excuses

de Bc.

[D'une autre main:]

Le 21 septembre 1840.

40-235. À ÉDOUARD OURLIAC

[Aux Jardies, 22 septembre 1840.]

Mon [cher] Ourliac, il serait utile que vous vinssiez me voir [auj]ourd'hui[1]

tout à vous
de Bc.

Aux Jardies.

[Adresse:] M. Ourliac | 24 rue N[eu]ve S[ain]t-Roch.
[Cachet postal:] 22 septembre 1840.

40-236. ALPHONSE TOUSSENEL À BALZAC

Paris, le 22 septembre 1840.

Mon cher monsieur,

Je quitte Considérant[1] et mes amis dont le désespoir avait une singulière cause. Ces braves garçons tiennent essentiellement à montrer leur impartialité. Ils attaquent le gouvernement et voudraient trouver une occasion de louer quelqu'un de ses actes. Mais ils ont beau faire, le petit despote[2] y met de la mauvaise volonté. Cet embarras qui est réel est une des plus comiques drôleries à citer.

Je suis revenu de la chasse qui n'a pas été heureuse. Il y a là-bas un Jourdain qui s'amuse à nous faire raccommoder ses bateaux les jours de chasse. Ce que j'ai tué n'était pas digne de vous[3], voilà pourquoi je vous prie de vous contenter pour cette fois de l'offre de mon dévouement.

A. Toussenel.

Savez-vous que *les Débats* nous empruntent et que les grands journaux nous citent ferme.

[Adresse:] Monsieur H. de Balzac, | propriétaire aux Jardies, | commune de Ville-d'Avray par Sèvres | Seine-et-Oise.
[Cachet postal:] Paris, 23 sept. 40.

40-237. LAURENT-JAN À BALZAC

[Paris, 24 septembre 1840.]

Très aimé

Voici ce que mon correspondant m'a répondu au sujet de notre *remplaçant*.

« Quant au remplaçant dont vous me parlez, il serait nécessaire de mettre beaucoup de réserve à tout ce qu'on en dira et surtout d'avoir des renseignements certains. Consultez donc au ministère de la Guerre les registres du 24ᵉ de ligne des années 1818 ou 1819. Peut-être faudrait-il aussi s'informer du dépôt de ce régiment et surtout de la légion de la Haute-Marne à cette époque. Ce que je vous ai dit m'a été affirmé il y a plus de six ans par un ancien officier d'habillement. Au reste le remplaçant a dit-on été fourrier et employé chez le quartier-maître. »

Et voilà fais là-dessus ce que bon te semblera je me presse sur ton gros sein

L. Jan.

[Adresse :] Monsieur de Balzac | Aux Jardies | Ville-d'Avray. [Cachets postaux :] Paris, 24 sept. 1840 | Ville-d'Avray, 24 sept. 40 | Sèvres 25 sept. 40.

40-238. À MADAME B.-F. BALZAC

[Paris,] mercredi [30 septembre 1840].

Ma mère bien-aimée, je reçois ta lettre seulement aujourd'hui, car je ne puis aller aux Jardies, et je suis à peu près errant comme un chien sans maître. Il m'est impossible d'aller à Viarmes avant lundi prochain. Si, d'ici là, Laure et toi, vous venez à Paris, mets-moi un mot chez Buisson[1], car nous avons à causer très sérieusement et longuement sur la lettre que tu m'as écrite, et à laquelle il m'est impossible de répondre par écrit, j'ai trop de choses à dire, et veux absolument causer avec toi. Si tu étais venue le vendredi aux Jardies, je t'y ai attendue, et c'était le dernier jour que j'y étais[2].

Je t'embrasse de toutes les forces d'un cœur plus souffrant qu'aucun de ceux qui ont souffert. Je suis accablé chaque jour de désastres qui vont croissant. Mille tendresses à Laure et à ses petites. J'ai été chez Surville hier ; il venait de partir, et j'allais lui parler. Je n'ai pas eu une minute pour respirer cette semaine.

À lundi.

Honoré.

40-239. BAIL POUR LA RUE BASSE À PASSY

[1er octobre 1840.]

Entre les soussignés

1° Étienne Désirée [*sic*] *Grandemain*, propriétaire dem[euran]t à Passy, rue Basse n° 19, *d'une part*

2° Mademoiselle Philiberte Louise Breugnol Desraux demeurant à Paris rue de Navarin n° 31. D'autre part —

— a été dit et convenu ce qui suit —

Art. 1ᵉʳ Monsieur Grandemain fait par ces présentes à Mlle Breugnol qui l'accepte bail d'un appartement situé dans une maison à lui appartenant rue Basse n° 19 et du Roc n° 5 à Passy, ayant entrée sur l'une et l'autre rue.

Ledit appartement composé d'une salle à manger dans laquelle on entre par la cour basse de la maison sise rue Basse n° 19 éclairée sur la cour donnant rue du Roc, de trois pièces contiguës éclairées par cinq croisée[s] donnant sur le jardin et d'une croisée donnant sur la rue du Roc faisant salon chambre à coucher et cabinet, d'une cuisine et d'une pièce contre la salle à manger, trois cabinets, couloir, la cuisine ayant une sortie dans un corridor donnant rue du Roc plus une cave et un jardin attenant audit appartement et où l'on communique par une porte-fenêtre du salon, ledit jardin est entouré de tr[e]illages et donne sur la rue du Roc. Le bailleur fait observer que les arbres de ce jardin doivent être tenus à une hauteur de dix à douze pieds, et qu'il est obligé de les tailler à cette hauteur ; tel que les lieux se poursuivent et comportent sans en rien excepter ni réserver.

Art. 2 Le présent bail est fait pour une année qui commencera le 1ᵉʳ 8ᵇʳᵉ 1840 présent mois pour finir le 1ᵉʳ 8ᵇʳᵉ suivant ; néanmoins il est expressément convenu que le preneur aura le droit, en prévenant le bailleur six mois avant l'expiration de ladite année, de continuer ce bail pour trois ou six années consécutives, y compris l'année 1840, au même prix clauses et conditions.

Art. 3 Le prix du bail est de six cent cinquante francs par année, payable de trois mois en trois mois suivant l'usage de Passy, dans cette somme sont compris l'impôt des portes et fenêtres, le sou pour livre au portier, en sorte qu'il n'y ait que l'impôt personnel et mobilier aux charges du preneur et que le prix de location ne puisse être augmenté sous aucun prétexte[1].

Art. 4. À l'expiration des trois ou six années, si le bail est prorogé à la demande du preneur[2], le bailleur laissera le preneur emporter les appareils qu'il aura fait mettre dans les cheminées pour éviter la fumée à la charge par lui de rétablir lesdites cheminées dans l'état où il les aura prises. Il est entendu que si le bail est continué pendant trois ou six années, le bailleur ne pourra demander au preneur aucune espèce d'indemnité pour les papiers gâtés ou à remettre, sans pour cette exception qu'il soit dispensé de rendre les lieux en bon état sous les autres rapports.

Art. 5. Le bailleur s'engage à faire jouir le preneur, selon l'usage, des lieux loués et de les tenir clos et couverts. Le preneur devra garnir lesdits lieux de meubles et effets pour répondre des loyers. Enfin, les soussignés s'en remettent au droit commun et usages pour toutes les clauses relatives aux locations qui seraient omises aux présentes.

Art. 6 Mademoiselle Breugnol pourra céder ses droits au présent bail en présentant au bailleur un sous-locataire de sa condition.

Fait double à Passy le 1ᵉʳ octobre 1840.

Approuvé l'écriture
ci-dessus, Grandemain.   Louise Breugnol Desraux.

40-240. JEAN RAYMOND PASCAL SARRAN À BALZAC

[Paris, 1ᵉʳ octobre 1840.]

Je viens, Monsieur, encouragé par ma foi la plus absolue en votre générosité de cœur, cette compagne naturelle de l'éminence de l'esprit, mettre mon sort en vos mains.

Celui qui fut, sous la Restauration, rédacteur en chef du *Drapeau blanc*, à l'époque la plus brillante de cette célèbre publication, en 1819 et 1820, un des rédacteurs du *Conservateur*, et successivement rédacteur en chef du *Régulateur* et de *L'Aristarque*, se trouve en ce moment comme étranger à tous les partis, même à celui au service duquel sa vie a été un constant sacrifice[1], et cela par la raison toute simple que ces partis, diversement impressionnés, mais également déconcertés par des événements qu'ils n'ont pas su prévoir et qu'aujourd'hui ils ne savent comment apprécier, semblent s'être donné le mot pour se rapetisser en coteries, et que les coteries sont ce qu'il y a de plus antipathique et en même temps de plus hostile à un esprit indépendant.

Cette épreuve n'a pas été malheureusement la seule que j'aie eu à subir dans ces dernières années, pour moi particulièrement si funestes. Victime du concours le plus extraordinaire de malheurs infinis dont une seule existence d'homme puisse être frappée, j'ai perdu, avec de violentes et étranges circonstances dont je m'épargnerai, et à vous, Monsieur, l'amertume de rappeler ici les trop douloureux détails, ma femme, successivement mon fils, mon unique enfant, jeune homme de dix-neuf ans, de la plus noble espérance, et toute ma fortune, la plus grande partie par l'effet de la plus fatale coïncidence avec les catastrophes funèbres qui ont si cruellement porté l'affliction dans mon âme d'époux et de père.

Vous avez fondé, Monsieur, une œuvre véritablement indépendante, que ma résidence à l'extrémité presque sauvage du faubourg Saint-Germain ne m'a guère permis jusqu'à présent de connaître autrement que par sa piquante renommée. Je n'ai véritablement lu de la *Revue parisienne* qu'un passage, mais du moins est-ce un passage politique, qui est exclusivement ma spécialité, et ai-je eu la bonne fortune de rencontrer dans cette lecture le reflet le plus exact de mes idées, pour lesquelles, Monsieur, je viens vous demander un asile. Après l'émission de mes idées, cette vie de l'intelligence, qui m'est comme ravie depuis si longtemps et que j'espère de votre bienveillance comme le plus précieux bienfait, il y a un motif secondaire, mais bien impérieux à la suite de tous mes malheurs *et de toutes mes pertes*, qui concourt aussi à me faire désirer vivement d'obtenir l'honneur d'être admis au nombre de vos collaborateurs[2].

Je me confie pleinement en vous, Monsieur, mais en vous seul, vous priant instamment de vouloir bien garder uniquement pour vous cette communication, du moins jusqu'à ce que j'aie eu l'honneur de vous voir chez vous, le jour et à l'heure, très prochains, je l'espère, qu'il vous plaira de m'assigner. Serez-vous assez bon, Monsieur, pour vouloir bien immédiatement faire mettre à mon adresse une collection, en épreuves, de ce qui a paru jusqu'ici de la *Revue parisienne*?

En attendant de vous à la fois et la vie et l'existence, je vous prie, Monsieur, d'agréer l'hommage de ma considération la plus distinguée et la plus dévouée, et, d'avance, de ma vive et profonde gratitude.

Sarran.

Paris, 1ᵉʳ octobre 1840. Rue des Francs-Bourgeois Saint-Michel, n° 18.

[Adresse :] À Monsieur de Balzac (pour lui seul).

40-241. À HIPPOLYTE SOUVERAIN

[Octobre 1840.]

Monsieur Souverain,

faites mettre en pages, imposer, et demandez 2 épreuves pour moi de toutes — les feuilles que donneront ces 5 placards (3. 4. 5. 6. 7)[1] — on aura le bon à tirer ce jour même ; faites faire cela indépendamment des autres placards suivants et de la comp[ositi]on de la conclusion que j'ai demandée, afin de soutenir le tirage sans interruption, et si pour terminer une feuille, il fallait qlq pages on en prendrait du placard 8, quand même je ne l'aurais pas eu

de Bc.

[Au verso :]

Surtout demandez tout par masses, 4 feuilles ou 5 à la fois, et le reste des placards — rien n'est plus fatigant que d'aller feuille à feuille, rien n'avance.

Je ne veux jamais que des épreuves doubles, si j'ai à consulter ces 5 placards, où les trouver ? recommandez cela je vous prie à l'impr[imer]ie.

40-242. EUGÈNE BRIFFAULT À BALZAC

[Paris, samedi 8 octobre 1840.]

Mon cher Monsieur, je vous transmets la lettre de Monsieur Barrachin[1]; je lui écris, en même temps, pour l'inviter, car je serai, chez lui, demain dimanche à midi ½. De là, nous irons chez vous où nous comptons être, vers une heure.

Salut cordial.

Eugène Briffault.

Samedi 8 8bre — 40.

40-243. DÉCLARATON DE LOUISE DE BRUGNOL

[Paris, samedi 8 octobre 1840.]

Je soussignée reconnais et déclare que les meubles garnissant l'appartement loué par moi rue Basse, N° 19, à Passy, appartiennent à Monsieur de Balzac et qu'il peut en disposer à sa volonté[1].

Paris, le huit octobre 1840.

Louise Breugnol Desraux.

40-244. ZOÉ GATTI DE GAMOND À BALZAC

Paris, ce 9 octobre 1840.

Monsieur,

J'ai l'honneur de vous faire hommage d'un exemplaire des deux ouvrages que j'ai écrits sur la théorie et la réalisation du système de Charles Fourier[1]. Je viens de lire les belles pages que vous avez écrites sur l'organisation du travail[2]. La partie critique ne laisse rien à désirer, mais je ne vous cache pas, Monsieur, que la partie créatrice ne satisfait pas aussi complètement. Vous possédez une connaissance approfondie de la doctrine de Fourier[3] ; en vous lisant on ne saurait en douter. Je pense toutefois qu'un des principes essentiels vous en a échappé ; c'est la solidarité, l'union de l'agriculture et de l'industrie : de cette solidarité seule peut naître l'équilibre des forces productives, et la répartition équitable des produits qui amènera l'aisance générale.

Si vous séparez ces deux sources de production, Monsieur, vos ateliers sociaux, même réglementés par le pouvoir, resteront comme aujourd'hui encombrés par les produits, et restreints dans leurs débouchés. Toujours vous augmentez le nombre des producteurs hors de proportion avec le nombre des consommateurs. Plus tard vous venez au secours de l'agriculture, vous parlez d'associer, [d'unitéïser ?] la propriété territoriale ; mais vous ne parlez point d'associer l'agriculture à l'industrie ; vous ne parlez point des bénéfices immenses de la consommation sur lieux, dans le cas où les grands établissements industriels s'élèveraient au milieu des populations rurales, en associant leurs travaux et leurs produits ; toujours vous laissez la division, la concurrence entre les deux grandes sources de production ; l'agriculture et l'industrie, et de la sorte, Monsieur, vous n'arrivez point à la fusion complète des intérêts, à l'équilibre des forces productives, à l'harmonie sociale qui doit en résulter.

Pardonnez-moi, Monsieur, ces réflexions ; si je me permets de vous les adresser, c'est par la haute estime que je fais de votre talent, et du but utile que vous poursuivez.

Quant à nous, Monsieur, nous cherchons et nous sommes au moment de résoudre par la pratique cette question si importante de l'association et de l'organisation du travail. C'est en entrant nous-mêmes en participation des travaux avec les classes ouvrières, et donnant l'exemple du plus entier dévouement que nous pensons parvenir à notre but. Quand je dis nous, j'entends quelques personnes qui nullement exclusives dans leur profession de la doctrine de Fourier, la rattachent au contraire à tous les sentiments généreux qui dominent le monde — et qui, à part de toute coterie, n'ont rien de commun avec l'organe prétendu de notre doctrine, dont il comprend si mal les principes larges et le véritable esprit tout conciliant et tout attractif, et à laquelle il nuit infiniment tout en prétextant la servir.

Agréez, je vous prie, Monsieur, l'expression de ma haute estime

Zoé Gatti de Gamond.

Rue de la Harpe 81.

40-245. ROUGEMONT DE LÖWENBERG À BALZAC

[Paris, 13 octobre 1840.]

Mr Rougemont de Löwenberg[1] a l'honneur de présenter ses civilités à Monsieur de Balzac et le prie de vouloir bien passer dans ses Bureaux, pour y faire retirer une caisse, contenant un tableau[2], qui y est arrivée à son adresse, contre le remboursement des frais.

18 rue Taitbout.

Paris 13 octobre 1840.

40-246. À HIPPOLYTE SOUVERAIN

[Samedi 17 ? octobre 1840.]

Monsieur

Vous m'envoyez la feuille 3 (bonne) du *Curé* tome II, je n'ai pas la feuille 2, (bonne).

———

Il m'est impossible de lire, ni de donner le bon, ni de m'occuper des placards que vous m'avez envoyés, sans les anciennes épreuves corrigées — il est ennuyeux de redire les mêmes choses — à la 1re vue, je vois les divisions et les titres de chapitres omis — et je ne sais plus ce que je fais. J'attends donc.

———

J'ai gardé 20 feuillets des premiers placards, car j'ignore ce qu'il faut de copie, j'ai demandé qu'on composât afin qu'on la mît en page, afin de savoir ce qu'elle fait, je la donnerai *bon à tirer*.

Porthmann[1]

je ne puis pas donner le bon des feuilles 5 et 6, sans avoir les bonnes feuilles 1, 2, 3, 4 — je les rendrai dans la journée, les 5 et 6, et ne refuse aucun bon à tirer, de tout ce qu'il y a dans cette imp[rimer]ie, mais encore dois-je savoir ce qu'il y a de tiré, à tirer et en composition, je n'arrêterai rien, mais rien ne doit se faire sans que je le sache.

J'attends donc les 1, 2, 3, 4 bonnes, et le lendemain je ferai mettre rue Richelieu les suivantes et toutes les autres. Vous me dites qu'il y a encore 7 et 8 et que c'est tout, je les donnerai aussitôt que j'aurai lu les 4 1^{res2}.

Je ne vois pas de grands retards possibles pour *le Curé*, si l'on veut marcher.

— la bonne 2 surtout.

Aussitôt toute la composition tirée, vous pourrez achever partout ailleurs, le caractère de ce genre est commun[3]. Si j'ai mardi les 4 1res feuilles, mercredi je rendrai les 4 autres suivantes en bon à tirer.

Samedi.

40-247. À HIPPOLYTE SOUVERAIN

[Passy, octobre 1840.]

Voici la copie de la préface et de la dédicace, à faire en s[ain]t-Augustin[1].

Je prie Monsieur Souverain de me faire mettre un exemplaire de toutes les bonnes feuilles du *Curé*, rue R[ichelieu], sous enveloppe, j'ai tellement criblé de corrections mes bonnes feuilles que la lecture en est difficile.

J'estime que les placards corrigés et révisés (3, 4, 5, 6, 7, 8, 9, 10, 11, 12, et il y en aura un 13e de chasse) iront sur la feuille 14 — ainsi ce que je garde de composition doit faire 3 feuilles.

Il faudrait me renvoyer la copie de la conclusion pour que j'y fasse les changements nécessaires en tête pour la souder.

Je répète que je n'ai pas épreuve *en seconde* à partir du placard (de 3 colonnes seulement) signé 7, jusqu'à celui signé 9.

Il n'était pas besoin de me donner l'épreuve des placards depuis le 13, je les ai et j'attends de savoir ce que font en 3me épreuve les 12 placards avant d'envoyer ces 13, 14, 15 etc.

Ainsi j'attends (en 3me épreuve de révision) 3, 4, 5, 6, 7, 8.

40-248. À HIPPOLYTE SOUVERAIN

[Lundi 19 octobre 1840.]

Si Monsieur Souverain veut venir s'entendre avec moi, j'aurai l'honneur de le recevoir demain mardi, de quatre à cinq heures

de Bc
lundi, 19 octobre.

[Adresse :] Monsieur Souverain | Libraire, 5, rue des Beaux-Arts | Paris.

40-249. HIPPOLYTE SOUVERAIN À BALZAC

[Paris, 20 octobre 1840.]

Monsieur de Balzac,

Je suis au bout de mes raisons à donner à l'imprimeur pour le faire attendre. Il a vendu son caractère et ne peut le livrer. Il me menace (voyez sa lettre)[1] de m'assigner pour avoir des bons à tirer ou passer outre.

Envoyez-moi donc les quelques épreuves qui doivent nous faire marcher car sans cela je ne sais vraiment comment faire[2]. Ils vont tirer ou distribuer.

Mes civilités empressées

D. H. Souverain.

20 8bre 1840.

J'ai été chez vous sans vous trouver. Venez me voir ou donnez-moi rendez-vous.

[Adresse :] Monsieur Honoré de B. | rue Richelieu, 108.
[Cachet postal :] 20 octobre 1840.

40-250. À HIPPOLYTE SOUVERAIN

Lundi soir [19 ou 26 octobre 1840[1]].

Monsieur Souverain,

Il y a dans la lettre VII, une omission de pagination qui fait chasser 2 pages dans la feuille 8 à laquelle il en manquait ; ainsi les 8 feuilles sont complètes ; mais veillez à ces changements[2].

Enfin, l'imprimeur de Sceaux[3] ne sait qu'inventer pour faire des retards. J'ai une lacune de 2 placards. Le 7 et le 8 me manquent. Envoyez-moi la révision des secondes des 6 1ers placards avec ce qui me manque, et que je réclame. Ces oublis sont inconcevables.

Je compte que vous m'enverrez les 4 bonnes feuilles dont voici le bon. Mes comp[liments,]

de Bc.

Les épreuves sont restées pendant 8 jours, rue R[ichelieu]. Et j'y ai envoyé tous les jours.

J'attends les bonnes feuilles 5, 6, 7, 8, de *Sœur Marie* pour m'y retrouver.

40-251. À HIPPOLYTE SOUVERAIN

[Vers le 20 octobre ? 1840[1].]

p[our] *Le Curé de village*

Monsieur Souverain est prévenu que j'ai une lacune de deux placards oubliés qui doivent être le 7 et le 8.

J'ai renvoyé jusqu'à 6 en *bon à mettre en page*

et on m'a omis les nouveaux placards 7 et 8 — Ça m'arrête. Celui qui finit est numéroté 7 mais il n'a que 3 colonnes.

La matière des placards oubliés contient depuis le feuillet 33 jusqu'au feuillet 40 des 1res corrections.

Il y a aussi le commencement du placard 12 qu'il me faudrait.

On aura ce soir 3 bons à tirer de *Sœur Marie*.

40-252. MADAME B.-F. BALZAC À BALZAC

[Viarmes, jeudi 22 octobre 1840.]

Aujourd'hui, mon cher aimé, mes 62 ans ont sonné[1], je n'ai pas eu la vertu de remercier Dieu de mon existence ! mais j'ai commencé ce jour par prier ! et bénir mes enfants ; je t'envoie cette bénédiction, demandant au Ciel de la ratifier, particulièrement sur toi, pauvre ami ! tu souffres de la fatale position où tu es. J'implore[a] tous les jours la Providence pour qu'elle te soutienne dans la lutte, et t'inspire le meilleur moyen de te rendre vainqueur. Ton énergie forcera le sort à changer, et je[b] pense que tu emploierais bien ses faveurs, tu commencerais par[c] assurer le sort de ta mère (je n'en doute pas).

Je[d] n'ai pas été te voir dernièrement dans la crainte où je suis toujours de te déranger, je dirai aussi de te *troubler*. Je te prie de voir dans cette réserve de la tendresse ; dans telle position où se trouve une bonne mère, son amour domine en tout. Tu en as une preuve dans le silence que j'ai gardé avec toi depuis plus de deux ans. Silence que je regrette de rompre, puisque je sens que parler sur le sujet qu'il faut traiter, sera une peine que j'ajouterai à toutes celles qui doivent peser sur toi en ce moment. Mais, Honoré, il faut que je sache ce que tu pourras faire pour mon hiver.

Depuis 7 mois je suis chez mon gendre[2] qui ne me doit rien. J'y suis une charge pesant sur beaucoup d'autres charges légitimes. Il est temps que cet état de chose[s] cesse. Dis-moi si tu pourras me donner un acompte, et quel il sera, pour que je puisse vivre à dater du 15 de novembre. Pourrai-je aller à Poissy[3], ou faudra-t-il me rendre directement chez toi pour y partager ta subsistance ?…

Sans revenus depuis vingt-sept mois, j'ai été obligée de prendre des engagements qui me sont plus que pénibles, et je n'ai plus à qui m'adresser ! C'est donc à toi à me dire ce que je dois faire, et sur quoi je dois compter.

Si j'avais pu trouver un moyen de me suffire à moi-même, je t'aurais épargné ma demande, pauvre cher ! Toutes mes recherches ont été vaines, mon âge est un empêchement, Sophie[4] à marier une considération ! Cependant, pour ne pas te tourmenter, si je trouvais, je passerais outre.

Réponds-moi promptement, mon bien-aimé. Je souffre de te

faire de la peine ; tu dois le savoir, et j'ai besoin d'être consolée, car je suis bien triste d'être réduite ainsi à te dire : *Comment vivre ?*

Je te serre sur mon cœur. Adieu.

40-253. À ÉDOUARD PLOUVIER

[Paris, samedi 24 octobre 1840[1].]

M. de Balzac prie Monsieur Plouvier d'avoir la complaisance de passer demain dimanche vers 9 heures, rue de Richelieu 108, en demandant M. Honoré, et il le prie d'agréer ses compliments

[Adresse :] Monsieur Plouvier | 7, rue Pagevin | Paris.
[Cachet postal :] Paris 24 octobre 1840.

40-254. Mᵉ RAMEAU À BALZAC

Versailles, 26 octobre 1840.

Monsieur

Sur les offres par moi faites en votre nom, en référé, au sieur Foullon[1], des causes actuellement exigibles, j'ai obtenu que les poursuites fussent discontinuées, et le gardien tenu de se retirer.

Votre très humble serviteur
Rameau.

[Au crayon, d'une autre main :]

M. Fizanne, avoué de M. Visconti
M. Laurent-Jan, 23 rue des Martyrs, pour M. de Balzac.

[Adresse :] À M. de Balzac | aux Jardies.

40-255. À HIPPOLYTE SOUVERAIN

[Passy, octobre 1840.]

Monsieur Souverain

voici les 3 bons à tirer, vous trouverez lundi matin, tous les placards et épreuves que vous demandez ; ainsi que la *lettre*[1] qui fera 3 feuilles encore avec le commencement de ce que l'on compose.

J'attends toujours les bonnes feuilles 5 et 6 tome II *Curé* — puis les 5, 6, 7 et 8 *Mémoires de deux jeunes mariées*.

40-256. À HIPPOLYTE SOUVERAIN

[Passy, octobre 1840.]

Monsieur, je vous renvoie les bonnes feuilles 5 et 6 du *Curé de village*, vous verrez qu'il y a eu erreur, on a envoyé les 5 et 6 du tome I pour celles du tome II. J'attends les vraies 5 et 6.

Ci-joint une portion du placard 10, dont je n'ai pas besoin et qui fait 12 pages.

Je ne comprends pas qu'ils n'aient pas mis en page les feuilles 8, 9 et 10.

Pressez Porthmann pour les 4 bonnes feuilles et la 9 dont la matière est chez eux[1]

de Bc.

40-257. À FRÉDÉRICK LEMAÎTRE

[Paris, 28 octobre 1840.]

Mon cher Monsieur Frédérick Lemaître, ayez, je vous prie, la complaisance de remettre à Monsieur Souverain, mon libraire, la copie que vous avez de *Mercadet*[1], il en a besoin pour une affaire qu'il vous expliquera

agréez mes compliments

de Balzac.

28 octobre. Paris.

40-258. STENDHAL À BALZAC

Civita-Vecchia 30 octobre 1840[1].

J'ai été bien surpris hier soir, Monsieur. Je pense que jamais personne ne fut traité ainsi dans une revue, et par le meilleur juge de la matière. Vous avez eu pitié d'un orphelin abandonné au milieu de la rue. J'ai dignement répondu à cette bonté, j'ai lu la revue hier soir, et ce matin j'ai réduit à 4 ou 5 pages les cinquante-quatre premières pages de l'ouvrage que vous poussez dans le monde.

La cuisine de la littérature m'aurait dégoûté du plaisir d'écrire ; j'ai renvoyé les jouissances sur l'imprimé à 20 ou 30 ans d'ici. Un ravaudeur littéraire ferait la découverte des ouvrages dont vous exagérez si étrangement le mérite.

Votre illusion va bien loin, par exemple *Phèdre*. Je vous avouerai que j'ai été scandalisé, moi qui suis assez bien disposé pour l'auteur.

Puisque vous avez pris la peine de lire trois fois ce roman, je vous ferai bien des questions à la première rencontre, sur le boulevard.

1° Est-il permis d'appeler Fabrice *notre héros* ? Il s'agissait de ne pas répéter si souvent le mot Fabrice.

2° Faut-il supprimer l'épisode de *Fausta*, qui est devenu bien long en le faisant ? Fabrice saisit l'occasion qui se présente de démontrer à la duchesse qu'il n'est pas susceptible d'amour.

3° Les 54 premières pages me semblaient une introduction gracieuse. J'eus bien quelques remords en corrigeant les épreuves, mais je songeais aux premiers demi-volumes si ennuyeux de Walter Scott et au préambule si long de la divine *Princesse de Clèves*.

J'abhorre le style contourné et je vous avouerai que bien des pages de *La Chart[reuse]* ont été imprimées sur la dictée originale. Je dirai comme les enfants : je n'y retournerai plus. Je crois cependant que, depuis la destruction de la cour, en 1792, la part de la forme devient plus mince chaque jour. Si M. Villemain, que je cite comme le plus distingué des académiciens, traduisait *La Chart[reuse]* en français, il lui faudrait 3 volumes pour exprimer ce que l'on a donné en deux. La plupart des fripons étant emphatiques et éloquents, on prendra en haine le ton déclamatoire. À 17 ans j'ai failli me battre en duel pour la *cime indéterminée des forêts* de M. de Chateaubriand, qui comptait beaucoup d'admirateurs au 6ᵉ de dragons. Je n'ai jamais lu *La Chaumière indienne*, je ne puis souffrir M. de Maistre.

Mon Homère, ce sont les *Mémoires* du Maréchal Gouvion-Saint-Cyr ; Montesquieu et les *Dialogues* de Fénelon me semblent bien écrits. Excepté Madame de Mortsauf et ses compagnons, je n'ai rien lu de ce qu'on a imprimé depuis 30 ans. Je lis l'Arioste dont j'aime les récits. La duchesse est copiée du Corrège. Je vois l'histoire future des lettres françaises dans l'histoire de la peinture. Nous en sommes aux élèves de Pierre de Cortone, qui travaillait vite et outrait toutes les expressions, comme Mme Cottin qui fait marcher les pierres de taille des îles Borromées. Après ce roman, je n'en ai... En composant la *Chartreuse*, pour prendre le ton je lisais chaque matin 2 ou 3 pages du Code civil.

Permettez-moi un mot sale : je ne veux pas branler l'âme du lecteur. Ce pauvre lecteur laisse passer les mots ambitieux, par exemple *le vent qui déracine les vagues*, mais ils lui reviennent après l'instant de l'émotion. Je veux au contraire que, si le lecteur pense au comte Mosca, *il ne trouve rien à rabattre*.

4° Je vais faire paraître au foyer de l'opéra Rassi, Riscara, envoyés à Paris comme espions après Waterloo par Ranuce-Ernest IV. Fabrice revenant d'Amiens remarquera leur regard italien, et leur milanais *serré* que ces observateurs ne croient compris par personne. Tout le monde me dit qu'il faut annoncer les personnages. Je réduirai beaucoup le bon abbé Blanès. Je croyais qu'il fallait des personnages ne faisant rien, et seulement touchant l'âme du lecteur, et ôtant l'air romanesque.

Je vais vous sembler un monstre d'orgueil.

Ces grands académiciens eussent vu le public fou de leurs écrits, s'ils fussent nés en 1780 ; leur chance de grandeur tenait à l'ancien régime.

À mesure que les demi-sots deviennent plus nombreux, la part de la *forme* diminue. Si *La Chart[reuse]* était traduite en français par Mme Sand, elle aurait du succès, mais, pour exprimer ce qui se trouve dans les 2 volumes actuels, il en eût fallu 3 ou 4. Pesez cette excuse.

Le demi-sot tient par-dessus tout aux vers de Racine, car il comprend ce que c'est qu'une ligne non finie, mais tous les jours le vers devient une moindre partie du mérite de Racine. Le public, en se faisant plus nombreux, moins mouton, veut un plus grand nombre de *petits faits vrais*, sur une passion, sur une situation de la vie, etc. Combien Voltaire, Racine, etc., tous enfin, excepté Corneille, ne sont-ils pas obligés de faire de vers *chapeaux* pour la rime ; eh bien ! ces vers occupent la place qui était due légitimement à de petits faits vrais.

Dans cinquante ans, M. Bignan, et les Bignans de la prose, auront tant ennuyé avec des productions élégantes et dépourvues de tout autre mérite, que les demi-sots seront bien en peine ; leur vanité voulant toujours qu'ils parlent de littérature et qu'ils fassent semblant de penser, que deviendront-ils quand ils ne pourront plus s'accrocher à la forme ? Ils finiront par faire leur dieu de Voltaire. L'esprit ne dure que 200 ans : en 1978 Voltaire sera Voiture ; mais *Le Père Goriot* sera toujours le *Père Goriot*. Peut-être les demi-sots seront-ils tellement peinés de n'avoir plus leurs chères règles à admirer qu'il est fort possible qu'ils se dégoûtent de la littérature et se fassent dévots. Tous les coquins politiques ayant un ton déclamatoire et éloquent, l'on en sera dégoûté en 1880. Alors peut-être on lira *La Chart[reuse]*.

La part de la *forme* devient plus mince chaque jour. Voyez Hume; supposez une histoire de France de 1780 à 1840 écrite avec le bon sens de Hume; on la lirait, fût-elle écrite en patois; elle est écrite comme le Code civil. Je vais corriger le style de *La Chart[reuse]*, puisqu'il vous blesse, mais je serai bien en peine. Je n'admire pas le style à la mode, il m'impatiente. Je vois des Claudiens, des Sénèques, des Ausones. On me dit depuis un an qu'il faut quelquefois délasser le lecteur en décrivant le paysage, les habits. Ces choses m'ont tant ennuyé chez les autres! J'essaierai.

Quant au succès contemporain, auquel je n'aurais pas songé sans la *Revue parisienne*, il y a bien 15 ans que je me suis dit: « Je deviendrais un candidat pour l'Académie si j'obtenais la main de Mlle Bertin, qui me ferait louer 3 fois la semaine. » Quand la société ne sera plus *tachée* d'enrichis grossiers, prisant avant tout la noblesse, justement parce qu'ils sont ignobles, elle ne sera plus à genoux devant le journal de l'aristocratie. Avant 1793, la bonne compagnie était la vraie juge des livres, maintenant elle rêve le retour de 93, elle a peur, elle n'est plus juge. Voyez le catalogue qu'un petit libraire près Saint-Thomas-d'Aquin (rue du Bac, avec le n° 110) prête à la noblesse sa voisine. C'est l'argument qui m'a le plus convaincu de l'impossibilité de plaire à ces peureux hébétés par l'oisiveté.

Je n'ai point copié M. de Met[ternich], que je n'ai pas vu depuis 1810 à Saint-Cloud, quand il portait un bracelet des cheveux de Caroline Murat, si belle alors. Je n'ai nullement regret à tout ce qui ne doit pas arriver. Je suis fataliste et je m'en cache. Je songe que j'aurai peut-être un peu de succès vers 1860 ou [18]80. Alors on parlera bien peu de M. de Met[ternich] et encore moins du petit prince. Qui était premier ministre d'Angleterre du temps de Malherbe? Si je n'ai pas le malheur de tomber sur Cromwell, je suis sûr de l'inconnu.

La mort nous fait changer de rôle avec ces gens-là. Ils peuvent tout sur nos corps pendant leur vie, mais, à l'instant de la mort, l'oubli les enveloppe à jamais. Qui parlera de M. de Villèle, de M. de Martignac, dans cent ans? M. de Talleyrand lui-même ne sera sauvé que par ses *Mémoires*, s'il en a laissé de bons. Tandis que *Le Roman comique* est aujourd'hui, ce que *Le Père Goriot* sera en 1980. C'est Scarron qui fait connaître le nom du Rothschild de son temps, M. de Montauron, qui fut aussi, moyennant 50 louis, le protecteur de Corneille.

Vous avez bien senti, Monsieur, avec le tact d'un homme qui a agi, que *La Chart[reuse]* ne pouvait pas s'attaquer à un grand

État, comme la France, l'Espagne, Vienne, à cause des détails d'administration. Restaient les petits princes d'Allemagne et d'Italie.

Mais les Allemands sont tellement à genoux devant un cordon, ils sont si bêtes! J'ai passé plusieurs années chez eux, et j'ai oublié leur langue par mépris. Vous verrez bien que mes personnages ne pouvaient être allemands. Si vous suivez cette idée, vous trouverez que j'ai été conduit par la main à une dynastie éteinte, à un Farnèse, le moins obscur de ces *éteints*, à cause des généraux, ses grands-pères.

Je prends un personnage de moi bien connu, je lui laisse les habitudes qu'il a contractées dans l'art d'aller tous les matins à la chasse du bonheur, ensuite je lui donne plus d'esprit. Je n'ai jamais vu Mme de Belgio[joso]. Rassi était allemand; je lui ai parlé 200 fois. J'ai appris le Prince en séjournant à Saint-Cloud en 1810 et 1811.

Ouf! J'espère que vous aurez lu cette brochure en 2 fois. Vous dites, Monsieur, que vous ne savez pas l'anglais; vous avez à Paris le style *bourgeois* de Walter Scott dans la prose pesante de M. Delécluze, rédacteur des *Débats*, et auteur d'une *Mademoiselle de Liron* où il y a quelque chose. La prose de Walter Scott est inélégante et surtout prétentieuse. On voit un nain qui ne veut pas perdre une ligne de sa taille.

Cet article étonnant, tel que jamais écrivain ne le reçut d'un autre, je l'ai lu, j'ose maintenant vous l'avouer, en éclatant de rire. Toutes les fois que j'arrivais à une louange un peu forte, et j'en rencontrais à chaque pas, je voyais la mine que feraient mes amis en le lisant.

Par exemple, le ministre d'Argout, étant auditeur au conseil d'État, était mon égal et de plus ce qu'on appelle un ami. 1830 arrive, il est ministre; ses commis, que je ne connais pas, pensent qu'il y a une trentaine d'artistes.

[Notes ajoutées par Stendhal, au bas du brouillon:]

Réponse.
Particularités sur le compte de *La Chartreuse*.
Première lettre remplie d'égotisme.
2nde réponse allégée.

Le 29, je coupe l'égotisme. Je fais une seconde lettre plus légère.
La réponse part le 30 oct[obre 18]40.

40-259. À HIPPOLYTE SOUVERAIN

[Passy, samedi 31 octobre ? 1840.]

Monsieur Souverain,

La feuille 4 (bonne) du tome II du *Curé* me manque toujours. Vous ne m'avez fait remettre que 5 et 6.

Il me manque également la copie de la préface[1] — la copie que je vous ai remise en dernier, et avec laquelle on a fait les placards de 13 à 16.

— Enfin, les 4 1ers feuillets de la conclusion (la copie).

J'attends la fin de l'intercalation. Puis les bonnes feuilles 8, 9 et 10. La lettre faisant 38 pages[2], je vous envoie de quoi compléter 3 feuilles : les 11, 12 et 13, prises au placard 13.

J'espère trouver demain dimanche dans la journée cette bonne feuille 4 dont j'ai bien besoin.

Je vous prie d'envoyer aussi les bonnes feuilles 5, 6, 7, 8 des *Mémoires de deux jeunes mariées*, et l'épreuve double de la feuille 9 dont vous avez la copie.

40-260. À HIPPOLYTE SOUVERAIN

[Fin octobre ? 1840.]

Je répète à Monsieur Souverain que je n'ai pas en *seconde* toute une partie de placards — On a omis de me donner épreuve de ce qui est entre le placard 7 et le placard 9 numérotage de l'imprimerie.

Cela n[ous] arrêtera, tandis que les bons à tirer auraient pu aller régulièrement.

La partie qui me manque est la fin du chapitre intitulé *Le Torrent du Gabou*[1] et le commencement du chapitre 22 intitulé *La Confession du forçat*[2].

Il faudrait me faire envoyer cela rue R[ichelieu] le plus tôt possible, parce que cela fait encore 2 feuilles qui seront promptement rendues en bon à tirer.

J'aurai besoin d'une nouvelle épreuve en placard du chapitre 23 qui a de nombreux ajoutés[3].

J'espère recevoir les bonnes feuilles de ces feuilles 4, 5, 6, 7, le plus tôt possible.

On ne m'a pas donné les 6 et 7, doubles.

40-261. À HIPPOLYTE SOUVERAIN

[Passy, 1er novembre 1840[1]?]

Si Monsieur Souverain veut me faire l'honneur de manger une soupe aujourd'hui, il pourra aller de là à Auteuil, sinon je ne pourrai le voir que demain matin, car je vais demain à la campagne et ne reviens que mercredi matin jour où j'aurais le plaisir de le voir s'il peut venir

mille compl[iments]

de Bc.

40-262. À FRÉDÉRICK LEMAÎTRE

[Paris, 2 novembre 1840.]

M. de Balzac fait ses compliments à Monsieur Frédérick Lemaître et le prie de l'attendre jeudi à quatre heures chez lui, car malgré l'urgence de savoir les raisons qui l'ont empêché de remettre la copie de *Mercadet* à M. Souverain[1], il est forcé d'aller à la campagne demain et après-demain.

Ce lundi[2].

[Adresse :] Monsieur Frédérick Lemaître | 36, rue de Bondy | Paris.
[Cachet postal :] Paris, 4 novembre 1840.

40-263. À HYPPOLYTE SOUVERAIN

[Avant le 3 novembre 1840.]

Je prie Monsieur Souverain de remettre pour moi à Monsieur Delallée un exemplaire de *Pierrette* et de *La Princesse parisienne*[1] — et de tenir en note que je dois à M. Delallée un exemplaire du *Curé de village* et de *Sœur Marie des Anges* quand ces deux ouvrages paraîtront.

Mes complim[ents]

de Balzac.

[De la main de Souverain, au bas du texte :]

donné le 3 9bre

[Et plus loin à droite, l'adresse et la profession de Delallée :]

rue du Croissant 16, M[archan]d de papiers

40-264. À HIPPOLYTE SOUVERAIN

[Novembre ? 1840[1].]

Monsieur Souverain

Je me croise toujours les bras en attendant la fin des épreuves des placards avant *Véronique* et la copie de tous ces placards qui comprennent 3 chapitres, 24, 25 et 26. Puis la fin de *Véronique*[2]. Ils ont du caractère[3], car ils ne doivent plus avoir que cette feuille 13[4] à tirer —

Mes compli[ments]

de Bc.

40-265. À HIPPOLYTE SOUVERAIN

[Novembre ? 1840[1].]

Monsieur Souverain

je n'ai précisément pas la *copie* ou les épreuves corrigées que j'ai demandées, il me manque le commencement, celles que j'ai débutent par le chiffre 73. Et il me faut principalement le chapitre intitulé *La Révolution de juillet,* etc. Enfin, il faut qu'il y ait un grand oubli à cette imp[rimer]ie, car on m'a envoyé toute la copie imprimée dite *Véronique*, et je n'ai épreuve que de 5 placards, évidemment il y en a un 6e composé dont je n'ai pas épreuve puisqu'on a renvoyé la copie imprimée et que ce placard 5 s'arrête au feuillet 14 de la copie. Demandez-le je ne l'ai jamais eu, je vous l'ai dit dès le 1er jour —

Envoyez-moi promptement la bonne feuille 13 —

Je donnerai dimanche la matière des 10 dernières feuilles, il y a un chapitre tout entier en copie nouvelle[2] ajouté avant *Véronique* — Il ne me faudra plus qu'une seule épreuve en placard, et je donnerai peut-être le bon à tirer dessus.

40-266. À ABEL VILLEMAIN

À Monsieur Villemain, Ministre de l'Instruction publique

Paris, 9bre 1840.

Monsieur le Ministre

J'ai l'honneur de vous prier de prendre en considération la demande que vous fait M. Frédérick Lemaître d'une demibourse pour chacun de ses enfants[1]. Nous allons bientôt manquer d'interprètes pour les chefs d'œuvres [*sic*] de la scène française, et M. Frédérick lui-même, au lieu de rester à Paris, est obligé d'aller jouer en province. Je crois donc qu'il appartient à l'autorité que, pour la seconde fois vous dirigez, ce qui, pour moi compte, me fait vraiment plaisir, d'aider le grand acteur que ses camarades et les auteurs nomment homme de génie. Ce n'est pas sa faute, Monsieur le Ministre, s'il n'occupe pas la place où il rendrait les plus grands services à notre art dramatique. Il dépend de vous d'empêcher que ses enfants manquent de l'instruction qui leur sera nécessaire pour porter dignement leur nom que le père rendra plus illustre encore dans le reste de sa carrière ; et pour qui vous connaît, je crois que vous signaler cette belle chose à faire, c'est avoir la certitude qu'elle sera faite. Non seulement M. Lemaître est un grand comédien, mais il est excellent père, et vous lui ôteriez le cruel souci que lui causerait la pensée de ne pouvoir convenablement élever ses enfants.

J'ai l'honneur, Monsieur le Ministre de vous présenter l'hommage de mes sentiments respectueux

de Balzac.

40-267. VICTOR LECOU À BALZAC

[Paris, 25 novembre 1840.]

Mon cher Monsieur de Balzac,

Je vous autorise suivant votre désir à insérer dans le *Journal du commerce*[1] une nouvelle ou deux c'est-à-dire la valeur d'un volume in-8°. En cédant à ce que vous me demandez je n'ai pas besoin d'ajouter que vous êtes engagé d'honneur à ce que cette publication ne nuise en rien aux travaux que vous devez livrer à M. Souverain et que vous interdisez la reproduction du feuilleton du *Commerce*.

Recevez mes salutations

V. Lecou.

25 9bre 1840.

Approuvé en ce qui me concerne

Delloye.

[Adresse :] Monsieur | de Balzac, 108, r[ue] Richelieu.

40-268. À ARMAND DUTACQ

[Passy, 26 novembre 1840.]

Mon cher Dutacq, je cherche ce que vous me demandez, mes papiers sont dans 3 malles et viennent d'être déballés. Un déménagement et un emménagement comme le mien sont chers et veulent du temps[1]. Or, je n'ai ni temps, ni argent, vous le savez, je passe toutes les nuits.

Mille amitiés

de Bc.

Le Perrée a été Perrée[2]; Desnoyers a dit qu'il ne consentirait pas. Or *Le Commerce* ayant su la chose a dit, sachant que je n'étais libre qu'au-dessus d'un certain nombre de feuilletons a dit [*sic*] : mais que M. de B. nous fasse des romans de 50 feuilletons, et nous en serons enchantés, *nous*[3] !

Alors, on a fait un prix à cent francs le feuilleton de 6 colonnes et vous verrez comme cela sera fait. Je n'ai nulles entraves, on les trouvera sottes. *Les Lecamus* sont prêts[4], je n'ai qu'à les revoir.

Continuez, réussissez.

Dès que j'aurai les pièces [*sic*]. Mais soyez à dîner à 6 h. ½ demain vendredi chez Vachette[5] je vous remettrai les notes demandées.

Tout à vous

de Bc.

[Adresse :] Monsieur Pégeron, | pour remettre promptement à M. Dutacq | 16, rue du Croissant | Paris.
[Cachet postal :] 27 novembre 1840.

40-269. À HIPPOLYTE SOUVERAIN

[Passy, 27 novembre 1840.]

M. de Balzac n'a pas encore reçu le manuscrit confié à monsieur Souverain. Il le prie de le remettre chez lui, le plus tôt possible.

27 9bre.

M. de Balzac rappelle à M. Souverain le manuscrit *donné* pour l'ouvrage de M. Lassailly[1]. S'il n'en fait pas usage, M. de Balzac le redemande. Si M. Souverain en use, M. de Balzac en demande une épreuve d'ici à un mois, ou M. Souverain le fera copier. M. de Balzac en a besoin *absolument*.

[Adresse :] Monsieur Souverain.

40-270. À HIPPOLYTE SOUVERAIN

[28 novembre 1840.]

Monsieur

Depuis Lundi, j'attends le reste des placards du *Curé*, les 4 bonnes feuilles de *Sœur*[1], et les 2 restant.

Depuis lundi les 5 placards bons à mettre en page sont rue de R[ichelieu] et personne n'est passé les prendre ; mais j'ai envoyé cinq fois pour rien, j'ai cru que votre im[primer]ie correspondait à mon activité, c'est une perte de temps irréparable pour moi, car j'attends de voir ce que font les 28 dernières pages de corrections pour savoir comment je dois terminer pour rejoindre la conclusion que je demandais, afin de savoir ce qu'elle fera de feuilles.

Mes comp[liments]

de Bc.

Le paquet était trop gros pour aller par la poste, et v[ou]s m'avez écrit que j'aurais tout mardi, je l'ai laissé chez le portier

[Adresse :] Monsieur Souverain | 5, rue Beaux-Arts | Paris.
[Cachet postal :] 28 novembre 1840.

40-271. HIPPOLYTE SOUVERAIN À BALZAC

[Paris, fin novembre ? 1840.]

Monsieur,

Voici des feuilles et des épreuves pour Mr de Balzac.

Si la personne qui a apporté votre lettre eût monté chez moi au lieu de la laisser chez le portier[1] — elle aurait emporté ce que vous demandiez car c'était tout prêt.

Je l'aurais déjà envoyé si l'on savait où prendre Mr de Balzac mais convenez que c'est quelque chose de bien ennuyeux de ne jamais savoir où il faut aller.

Rue *Richelieu*, Rue f^g *Poissonnière*, Rue des *Martyrs*, Rue N^e St *Georges*[2].

Je remets les feuilles que Mr de Balzac avait considérées comme bonnes à tirer, s'il n'avait pas biffé *le bon à tirer* l'imprimeur aurait eu 6 f[eui]lles de caractères de libres au lieu de cela il faut refaire des épreuves et le temps se passe en allées et venues.

Nous attendons les bons à tirer. L'imprimeur a mis tout son caractère.

Je vous présente mes civilités.

40-272. À LAURE SURVILLE

[Passy, fin novembre 1840.]

Ma chère Laure, tu imagines que j'ai peu de temps pour t'écrire, car je suis obligé de faire de l'argent au moins pour trois mois d'avance, ce qui équivaut à 1 800 fr., et que dans ma retraite, obligé à un immense déménagement, j'ai bien des frais. La chambre de ma mère[1] sera prête dans une dizaine de jours, et tout sera fini d'ici au 5 X^{bre}. J'ai rencontré hier ta belle-sœur[2], qui m'a dit que Surville se plaignait de ne pas me voir. Je lui ai dit que je ne concevais pas que lui, mathématicien, n'étendît pas les pages d'in-octavo sur les jours pour en additionner la somme. Je n'ai pas d'argent pour des voitures, il faut des courses énormes pour les moindres difficultés ; enfin, je prends toujours sur mon sommeil. J'ai 300 colonnes de journal à faire paraître :

Les Lecamus[3]	120
Une ténébreuse affaire (dans le *J[ourn]al du commerce*[4])	120
Un article à *La Mode*	64
Un article à *La Sylphide*[5]	14
Les Deux Frères, à *La Presse*[6]	60
	378

C'est au contraire 378 qui paraîtront d'ici à un mois.

J'ai sur les bras Souverain, pour *Le Curé de village* et *Sœur Marie des Anges*, 4 volumes in-8° qui m'accablent d'épreuves.

Or, mes chers enfants, ce petit bulletin vous fera voir qu'il faut abandonner à lui-même, et ne pas souffler mot à quelqu'un qui supporte un pareil fardeau. Dis-lui que c'est comme s'il faisait 7 ponts à la fois. Les 4 volumes ne me donnent pas un liard[7], ni *Les Lecamus*, ni *La Presse*[8]. Il faut que je trouve à ton mari l'argent qu'il a payé pour moi à M. de Visconti, et j'ai auparavant à rembourser 1 000 fr. pour éteindre cette créance-là, car il ne faut jamais avoir de ces comptes-là. L'univers sera effrayé de mes travaux avant que ni mes proches ni mes amis s'en doutent.

Comme personne ne peut me venir voir, que je ne puis plus aller chez personne, il faut me résigner et souffrir. Dis à ma mère qu'il faudra mettre son lit de plume, sa pendule, ses flambeaux, deux paires de draps, son linge à elle chez toi ; je ferai tout prendre le 3 X^{bre} ou le 4. Si elle le veut, elle sera très heureuse, mais dis-lui bien qu'il faut se prêter au bonheur et ne jamais l'effaroucher. Elle aura pour elle seule 100 fr. par mois, une personne auprès d'elle et une servante. Elle sera soignée comme elle le voudra. Sa chambre est aussi élégante que je sais les faire. Elle a un tapis de Perse que j'avais rue Cassini dans la mienne. Obtiens d'elle de ne pas faire la moindre résistance à ce que je veux lui demander pour sa toilette, il me serait pénible de la voir mal mise, et l'argent ne manquera pas pour sa toilette, je ne veux pas qu'elle soit autrement qu'elle *doit être*, elle me causerait de grandes souffrances. Elle ne connaît ni la Suisse ni les Alpes ; si je vais étudier les lieux [de mes *Scènes*] *de la vie militaire*, et il est probable que j'irai voir les Alpes de Gênes[9], je compte l'emmener, à moins que cela ne la fatigue trop ou que l'argent [ne] manque ; et, en voyage, il me serait impossible à l'étranger de ne pas pouvoir lui faire avoir tous les honneurs dus à Madame mère.

Adieu ; tu vas rentrer à Paris. Je ne te verrai pas souvent, mais j'aurai de tes nouvelles par la mère, qui ira quelquefois chez vous.

Tu ne pourrais pas te tirer des *Lecamus* ; il faut gagner de vitesse ceux qui feront d'après le feuilleton, et je le retarde pour savoir avec Laurent-Jan si nous pouvons en faire d'avance une pièce.

J'embrasse toutes mes chères nièces, ma sœur, ma mère, et fais bien mes amitiés au Surville. À propos, j'attaque à mort l'École Polytechnique[10] et j'irai lui communiquer l'épreuve, ainsi qu'à toi, car c'est capital. Ainsi, j'irai vous voir qlq chose comme le 2 X^{bre}, quand vous serez réinstallés.

Mille tendresses.

Honoré.

40-273. À ARMAND PÉRÉMÉ

[Passy, novembre 1840[1] ?]

Mon cher Pérémet

[Il lui conseille de ne pas chercher à présenter une pièce qu'il désigne sous les initiales de J. C.]

Ne vous hasardez plus à rien faire sans que la contexture de votre pièce soit examinée et approuvée, vous iriez à mal en vous épuisant sur des charpentes mauvaises [...]

de Bc.

40-274. ARMAND PÉRÉMÉ À BALZAC

[Paris, novembre ou décembre 1840 ?]

J'ai toute déférence pour vos lumières et vos conseils dont j'ai réclamé le secours. Mais vos arrêts sont sévères et vos décisions sans appel. Vous me condamnez parce que vous me condamnez, sans sursis ni recours en grâce. Vous me voyez dans la rivière et vous me dites : « tu te noies parce que tu t'es fié à une planche pourrie », mais vous ne me tendez pas la main pour me tirer de l'eau. Ce serait à m'ôter le courage, si je n'avais celui du désespoir, qui grandit au contraire par l'imminence du danger.

Je vous remercie de me dire ce qu'il ne faut pas faire ; mais je vous remercierais bien davantage de me dire ce qu'il faut faire. Vous m'avez dit que je pouvais réussir, et j'ai trop besoin de vous croire pour ne pas m'accrocher de toutes mes forces à cette espérance mais je cours risque de tâtonner longtemps dans les ténèbres, si vous ne m'éclairez d'un rayon charitable.

Je le vois bien, il n'y a entre nous aucune conformité de vue[s], sous le rapport moral, social ou dramatique c'est de cette dissidence même que j'attendais d'heureux résultats. L'étincelle naît du choc des idées, comme de celui des corps, et il n'est meilleur ménage que celui de deux caractères opposés.

J'espère que vos explications orales seront d'une nature plus rassurante que le laconisme de votre lettre. Prenez le temps et l'occasion à votre loisir. Pour moi tous les jours se ressemblent et je serai toujours disciple assidu et soumis, quand vous voudrez être maître explicite et fécondant.

Je serai chez Borget le jour qu'il vous plaira d'y venir, à moins que vous ne soyez assez bon pour sacrifier un quart d'heure à me régenter par écrit.

En attendant croyez à ma reconnaissance et à mon attachement.

Armand P.

[Adresse :] Monsieur H. de Balzac. | 112, R[ue] Richelieu. | Paris.

40-275. À AUGUSTE BORGET

[Passy, novembre ou décembre 1840.]

Mon cher Borget, j'oublie toujours l'adresse d'Armand, dites-lui que nous pourrons causer ensemble de J. C. jeudi sur les 2 heures, je suis si accablé d'ouvrage que je n'ai pu répondre immédiatement à sa lettre et d'ailleurs, il y aurait eu trop à réviser, il vaut mieux causer.

T[out] à vous

Honoré.

Samedi soir.

[De la main de Borget :]

Dimanche soir.

Mon bon ami

Voici la lettre que je reçois de Balzac à l'instant même. Viens jeudi sans faute et ne fais pas tant fi! de lui, car il est encore le meilleur cœur que tu trouveras.

Tout à toi

Aug.

As-tu reçu la lettre d'outremer que je t'ai adressée[1]?

40-276. THÉODORE DE LAITTRES À BALZAC

[6 décembre 1840.]

Monsieur,

Quelque peu vieux et caduc, je végète dans une campagne isolée.

Je suis fort ignorant, parce que je n'ai pas eu l'occasion de devenir savant.

Cependant j'ai toujours aimé et peut-être un peu compris la belle littérature ; naturelle, vraie, non prétentieuse, et surtout bien descriptive et fesant [*sic*] image.

Dans mes crises nerveuses les médicaments me font peu de bien ; mais ce qui m'en fait beaucoup, c'est la lecture de vos charmants ouvrages.

Je n'ai dans la tête que des *Peaux de chagrin*, des *Pères Goriot*, des *Curés de village*, des *Lys de la vallée* [*sic*] etc. etc. etc. etc.

Mais je deviens difficile, ambitieux, vos pensées *imprimées* ne me suffisent plus absolument, et je désire avec une espèce de fièvre, de frénésie, quelques-unes de vos pensées *manuscrites*.

Seriez-vous donc assez bon, Monsieur, pour vouloir bien m'adresser quelques lignes de *votre écriture*[1] ?

Je vous serais bien reconnaissant d'une telle faveur à laquelle je n'ai sans doute aucun droit ; mais que je vous *supplie* cependant de ne pas me refuser.

Je suis avec une haute considération,
Monsieur,

Votre très humble
et très obéissant serviteur
de Laittres.

Rossignol[2], par Arlon,
Province de Luxembourg,
(Belgique) 6 X^{bre} 1840.

[Adresse :] Monsieur | Monsieur de Balzac, homme | de lettres | Paris.
[Cachet postal :] 11 déc. 1840.

40-277. À PIERRE-JULES HETZEL

[Paris, 12 décembre 1840.]

Je prie Monsieur Hetzel[1] d'avoir la complaisance de payer en mon acquit à Monsieur Souverain la somme de soixante-dix-sept francs et de me rendre ceci comme comptant en réglant ma rédaction aux *Scènes de la vie privée des animaux*.

Paris, 12 X^bre 1840

de Balzac.

P. J. H. 77
Pour acquit
D. H. Souverain

40-278. À HECTOR BERLIOZ

[Paris, mercredi 16 décembre 1840.]

Mon cher Berlioz, la Napoléonopée[1] m'a empêché de vous témoigner jusqu'ici ma profonde admiration pour la *Symphonie fantastique* que j'ai entendue dimanche[2], je voudrais être aussi riche que feu Paganini, je ferais mieux que vous écrire ; mais, je ne puis que vous dire ce qu'il a prouvé à bien des imbéciles que vous êtes un grand musicien et un beau génie.

À vous de cœur
et d'efforts quand je pourrai

de Balzac.

Mercredi 16 X^bre 1840.

40-279. À ANTOINE POMMIER

[Passy, décembre 1840.]

Il me semble que si ce journal ne paie pas, il faut le poursuivre en contrefaçon, surtout pour David qui est membre du Comité. Sa nouvelle paraît dans *Le Commerce*[1]

de Balzac.

Nous ne devons avoir qu'un poids et une mesure et faire des procès partout.

40-280. À ALEXANDRE DUJARIER

[Passy, décembre 1840 ou janvier 1841.]

Je prie Monsieur Dujarier [*sic*] de faire porter promptement ce paquet d'épreuves à l'imprimerie des Batignolles, en recommandant la célérité, car on va lentement[1].

Mes complim[ents]

de Bc.

40-281. À SYLVAIN GAVAULT

[1840 ou début 1841.]

Mon cher Monsieur Gavault, monsieur Foullon[1] viendra vous voir sur les quatre heures demain jeudi.
Mille expressions d'affectueuse reconnaissance

de Balzac.

[Adresse:] Mons[ieur] Gavault.

40-282. À LÉON CURMER

[1840 ou 1841.]

M. de Balzac prie Monsieur Curmer de lui envoyer les volumes parus complets des *Français* et ce qui a paru de *la Province*[1].

Mille compliments

de Bc.

Mettre sous enveloppe au bureau du *Charivari*.

40-283. ARMAND DUTACQ À BALZAC

[Paris, 1840 ou 1841 ?]

Mon cher Maître,

Voulez-vous vendre votre manuscrit de *Paméla Giraud*? J'ai un acquéreur. C'est de l'argent comptant[1].

L'agent des auteurs pourrait aussi vous faire quelques avances.

Tout à vous

Dutacq.

[Adresse :] Monsieur | Monsieur de Balzac | 108, rue Richelieu.

40-284. À PIERRE-JULES HETZEL

[Fin 1840 ou 1841[1].]

J'ai à vous parler, tâchez de venir aujourd'hui, de 3 heures à 4 heures, l'affaire est pressée

mille compliments

de Balzac.

[Adresse au verso du second feuillet :] Monsieur Hetzel | Chez M. Paulin, | libraire | Rue de Seine, en face la rue | des Marais.

40-285. À HIPPOLYTE SOUVERAIN

[Fin 1840 ou début 1841.]

M. de Balzac prie monsieur Souverain de remettre à son relieur les 3 volumes qu'il devait y envoyer[1] et d'agréer ses compliments,

de Bc.

Il y a précisément 8 jours que M. Souverain m'a envoyé prendre 3 paquets de bons à tirer — d'épreuves, et de bons à mettre en page qui vont dans un endroit devant lequel ses commis passent tous les jours. Quand M. de Balzac a été hier chez M. Souverain, il les a si bien cru[s] à l'imp[rimer]ie qu'il n'en a pas parlé, et les a trouvés chez le portier — Ce n'est pas le moyen d'en finir[2].

Jeudi matin.

[Adresse :] Monsieur Souverain | 5, rue des Beaux-Arts.

40-286. À THÉODORE MIDY ?

[Fin 1840 ou début 1841 ?]

Madame[1],

Pour ne pas rendre infructueux, les conseils que vous m'avez fait l'honneur de me demander, je puis vous donner un sujet où vous aurez la certitude de ne pas perdre le fruit de vos efforts ; mais comme je n'ai pas le temps de l'écrire, si vous pouvez disposer d'une heure vendredi, ayez la complaisance de vous trouver rue du fb-Poissonnière n° 28, à une heure après midi, je vous ferai la communication verbale qui vous permettra de travailler en toute sécurité.

Trouvez ici, madame, l'expression de mes sentiments les plus distingués.

de Bc.

retenez cette date[2]   *26 février 1568 / Vanif*   onze ans.

1841

41-1. À THÉODORE DE LAITTRES

Paris, 1ᵉʳ janvier 1841.

Monsieur,

Vous avez du moins deviné que les écrivains qui travaillent quinze heures sur vingt-quatre, n'ont pas le temps d'écrire leurs livres, s'abstiennent de répondre quand ils n'ont pas de secrétaire ; mais voici ce que vous m'avez demandé[1], car vous avez trop de persévérance, pour ne pas réussir à tout ce que vous entreprenez.

Agréez mes compliments et mes vœux pour votre santé.

H. de Balzac.

[Adresse :] Monsieur de Laittres à Rossignol | près de Virton Luxembourg Belgique.

41-2. À HIPPOLYTE SOUVERAIN

[Versailles[1],] 12 janvier [1841].

Je prie Monsieur Souverain d'envoyer chez madame de Nesselrode, Hôtel Mirabaud, rue de la Paix, un exemplaire de *Pierrette* de la part de Mademoiselle Sophie Koslofski[2]. Il m'obligera beaucoup, et je le prie d'en accepter mes remerciements

de Balzac.

[Adresse :] Monsieur Souverain | 5, rue des Beaux-Arts | Paris.
[Cachets postaux :] Versailles, 14 janv. 41 | Paris, 14 janv. 41.

41-3. ANTOINE POMMIER À BALZAC

Paris, ce 16 janvier [1841].

Mon cher Monsieur de Balzac,

J'ai vu ce matin M. Foullon que j'ai trouvé fort mal disposé. Il a refusé d'aller chez M. Gaveaux [*sic*] et il exige que ce dernier se rende chez lui pour s'entendre s'il y a lieu sur votre affaire. Je vous engage vivement dans votre intérêt à vous arranger avec M. Foullon d'une façon quelconque, car il paraît bien décidé à ne vous laisser ni trêve ni repos[1].

Votre tout dévoué

Pommier A.

[Adresse :] Monsieur | de Balzac.

41-4. À SYLVAIN GAVAULT

Dimanche [17 janvier 1841].

Voici la lettre[1] que je viens de recevoir. Que faire ? Mille affectueux compliments

de Bc.

[Adresse :] Monsieur Gavault | 16, rue St-Anne.

41-5. À HIPPOLYTE SOUVERAIN

[Passy,] vendredi matin [22 janvier 1841].

Monsieur,

Vous trouverez, rue Richelieu, 108, le paquet qui contient le bon de la mise en page de tout le *Curé*, moins les feuilles 14 et 15. Je me charge de faire avec les placards que je garde ces deux feuilles (le calcul des lignes donne 31 pages). Il est indispensable que je revoie les feuilles de 16 à la fin ; mais je n'y ferai que jeter un coup d'œil. Je vous en prie, demandez à votre imprimeur d'envoyer 5 feuilles d'abord, puis 4 après (il y a je crois 9 feuilles). Cela ne me prendra pas de temps ainsi. Pendant qu'il tirera ces feuilles, je pourrai méditer, et bien faire les feuilles 14 et 15 qui exigent toute mon attention[1].

Mes compli[ments]

de Bc.

[Adresse :] Monsieur Souverain | 5, rue des Beaux-Arts. | Paris.
[Cachet postal :] Passy, 22 janvier 1841.

41-5a. À HIPPOLYTE SOUVERAIN

[Mardi 26 janvier 1841 ?]

Monsieur Souverain a dû trouver en envoyant cette épreuve deux paquets du *Curé* qui ont alors attendu 5 jours[1].

M. de Balzac verra Monsieur Souverain aujourd'hui à midi ½ ou une heure.

Mardi matin.

41-6. AUGUSTE PIAU À BALZAC

Paris, le 30 janvier 1841.

Je soussigné, déclare reconnaître que M. de Balzac rentre dans la toute propriété de son roman intitulé *Une ténébreuse affaire*, quinze jours après la publication du dernier article dans le journal *Le Commerce*[1].

Le gérant du journal
Aug^{re} Piau.

41-7. À UN AMI POÈTE

[Janvier 1841 ?]

Mon cher ami, je suis très content de ce que je viens de lire et vous pouvez continuer. Vous aurez un succès bien mérité.

Tout à vous

de Balzac[1].

41-8. À R. DE PEYSSONNEL

[Janvier ou février 1841.]

Monsieur

Je n'ai jamais pris la lettre dont il est question dans le mot ci-joint, comme je tiens beaucoup à l'avoir, seriez-vous assez complaisant pour la faire chercher, car il est bien difficile qu'elle soit perdue.

Agréez, Monsieur, l'expression de mes sentiments les plus distingués

de Balzac.

112, rue Richelieu
    à Monsieur de Peyssonnel.

41-9. À HIPPOLYTE SOUVERAIN?

[Fin janvier ou février? 1841[1].]

Mais il fallait envoyer chercher ceci, car il faut enlever pour demain tout le 2ᵉ volume en 1ʳᵉˢ corrections pour ne pas s'embrouiller. Vous m'ôtez la seule personne que j'aie au moment où je vous prie au contraire de m'envoyer du monde chez moi —, sacristie nous n'irons jamais assez ; car il me faut du café, et la personne que j'envoie ne le fait pas en route

à deux heures on trouvera les 32 feuillets restant[2] prêts.

41-10. À HIPPOLYTE SOUVERAIN

[Fin janvier ou février? 1841.]

Je prie Monsieur Souverain de ne pas oublier la correction de la dédicace (et que votre amitié dévouée a doublement sanctifiée pour moi) et de m'envoyer les bonnes feuilles du *Curé* les 14, 15 et 16 qui sont en arrière, et les

21, 22, 23 et les cartons 24 et 25. Sans oublier la feuille 1 où est la dédicace[1].

Je le prie de presser l'imprimeur qui fait les — *Mémoires de deux jeunes mariées*, la copie va suivre[2].

41-11. À AUGUSTE BORGET

[Paris, 2 février 1841[1]?]

Mon bon Borget venez dîner aujourd'hui mardi 2 février, avec moi. J'ai à causer avec vous, d'ailleurs, il y a bien longtemps que je n'ai respiré dans votre air ; quant à la ½ voie de bois, les frais seraient trop coûteux ; je vais vous en envoyer une entière.

Mille tendresses d'ami

Honoré.

[Adresse :] Monsieur Auguste Borget. | 41, rue Fg-Poissonnière.

41-12. À R. DE PEYSSONNEL

[Paris, 3 février 1841.]

Reçu de M. de Peysso[n]nel la somme de deux cents francs en compte sur la rédaction de la *Ténébreuse Affaire* ; 3 février 1841

de Balzac.

41-13. SYLVAIN GAVAULT À BALZAC

Paris, le 3 février 1841.

J'adresse à M. de Balzac la lettre que je reçois de M. Rameau[1].
Je ne suis pas d'avis d'interjeter appel[2], car toute cette guerre de procédure est fort coûteuse, diminue le gage des créanciers, discrédite M. de Balzac et n'a pas même l'avantage de lui faire

gagner du temps car l'appel serait jugé avant le jour indiqué pour l'adjudication définitive.

Je le prie donc de mûrir ces réflexions et de me faire connaître la décision qu'il aura prise.

À l'égard de l'affaire Visconti, je ne vois pas d'autre moyen de la terminer que de payer intégralement tous les frais faits jusqu'à ce jour, en se faisant donner par M. Foullon tout désistement avec quittance subrogatoire de manière à donner à M. Visconti tous les droits et actions de Foullon.

M. Visconti ainsi subrogé pourrait continuer et ferait bien de continuer les promesses de vente.

On pourrait même rembourser par acte sous seing privé, contenant la condition expresse que M. Foullon et Pievet [*sic* pour Peert], son avoué, mettraient la vente à fin, pour continuation des poursuites commencées. Si M. de Balzac a besoin de causer de tout ceci je suis tout à sa disposition.

Je le prie d'agréer l'assurance de mon dévouement

Gavault.

41-14. À R. DE PEYSSONNEL

[Après le 4 février 1841[1].]

Monsieur de Peysson[n]el serait bien bon de me donner un exemplaire de chaque feuilleton, depuis le 4 février (j'ai celui du 4), jusqu'à ce matin, c'est mon 4me exempl[ai]r[e] privilégiée [*sic*] qui me manque depuis ce jour, j'ai oublié de les prendre

mille remerciements
de Balzac.

41-15. À ALPHONSE DE LAMARTINE

[Passy, 14 février 1841[1].]

Mon cher et illustre Président, répondez donc à Girardin[2] et démontrez-lui l'impossibilité de percevoir son droit

1° à cause de la différence des justifications.

Il y a tel volume qui, compact, peut engloutir 10 volumes et celui qui engloutit le plus de volumes est celui dont le prix est le moindre et produit alors une spoliation, un anéantissement du droit d'auteur

2° à cause de la différence des *prix d'établissement* — faites une belle édition, elle coute 15 fr. le volume, et contient la matière des volumes convenables ; en sorte que le moins de contenance donnerait le plus de droit, ce qui devient absurde.

41-16. À HIPPOLYTE SOUVERAIN

[Passy, février ? 1841.]

Je prie M. Souverain de demander à Corbeil, une seconde épreuve de la feuille 9 avec une épreuve de la composition qui sort de cette feuille 9¹ ; j'insiste toujours pour qu'il presse ce qui reste de travaux pour *Le Curé*, il faudrait paraître avant la fin du mois².

41-17. PIERRE-JULES HETZEL À BALZAC

[Paris, avant le 20 février 1841¹.]

Mon cher de Balzac

Je n'ai pu vous apporter que ceci.

Il reste 4 pages qui arriveront à 11 h. ce soir.

— Veuillez me dire quelles sont les paroles à mettre sous les 4 vignettes puis quels sont les *types à prendre* pour les 2 autres scènes.

J'irai chez Delaunay² —

Il faut absolument que je puisse arriver avec vous après la Cour d'assises de Labédollière³ —

Vous n'avez là que quinze pages en tout. Pour arriver à 24 il y a de la marge. Si c'était trop vous pourriez à toute force en faire une ou deux de moins je m'arrangerais pour faire allonger une autre des scènes.

Adieu et tout à vous.

Soyez assez bon pour faire cela d'un seul bon coup de collier car si vous me manquez je suis à 100 pieds sous terre

J. H.

41-18. LA COMTESSE MERLIN À BALZAC

[Paris, avant le Mardi gras 23 février 1841.]

Je ne sais, Monsieur, si vous avez oublié la promesse que vous m'avez faite, de répondre un jour à mon appel ; en tout cas, je viens réclamer ce qui m'est dû, et si votre mémoire m'a trahie, vous êtes trop galant homme, pour me donner un démenti. Nous soupons, le Mardi gras chez moi, avec quelques-uns de nos amis communs[1]... Voulez-vous me faire le plaisir d'être des nôtres ? je ne sais pourquoi, mais, j'y compte... ai-je tort, ou raison ?

M. C^{sse} Merlin.

58 rue de Bondy.

41-19. À LA COMTESSE MERLIN

[Passy, fin février 1841.]

[...] *[Il n'a pu se rendre à son invitation]* à cause d'un travail urgent dans l'intérêt de la propriété littéraire qu'il faut obtenir perpétuelle comme toutes les autres, et que commande la discussion de la loi[1] ; mais permettez-moi d'espérer que mon malheur ne découragera pas votre bonne grâce et qu'il n'y aura plus à plaider la première fois la cause des lettres. Vous ne m'en voudrez pas de vous avoir laissée pour vous-même [...]

41-20. LA COMTESSE MERLIN À BALZAC

[Paris, avant le 26 février 1841[1] ?]

Que vous serez aimable, de venir me voir, vendredi prochain !... Et si votre travail sur la propriété littéraire n'est pas encore fini, travaillez jusqu'à minuit, puis venez souper et vous délasser auprès de vos amis, et de vos admirateurs : c'est une *suite du Mardi gras*, que nous méditons, et qui ne sera pas complète, sans vous...

Venez même à *une heure*, pourvu que vous nous arriviez !

... Mais, ce qui vaudra encore mieux, c'est de me donner toute votre soirée.

Mille et mille compliments affectueux !

M. Merlin.

41-21. À SYLVAIN GAVAULT

[Passy, février ? 1841[1].]

Mon cher Monsieur Gavault, Peert et Foullon se proposent de faire plaider l'affaire du bail Visconti *par un avocat de Paris*[2]. C'est clair.

Mille affectueuses expressions de sentiment

de Balzac.

[Adresse :] Monsieur Gavault.

41-22. AU MARQUIS DE CUSTINE

[Paris, fin février ou début mars ? 1841.]

J'ai été pris, cher marquis, par les épreuves d'une note à la Chambre des députés sur la propriété littéraire[1], et malgré mes travaux, je crois que nous devons à cette question, et je n'ai pu par conséquent aller chez madame Gay, je m'en faisais une fête ; mais je ne manquerai point dimanche. Quant à lire, comment, à moins d'une de ces œuvres sur lesquelles on demande des impressions, lire chez vous où la conversation vaut les meilleurs livres ? Les lectures doivent être courtes, et les prosateurs sont condamnés à des longueurs, il faudrait pour s'amuser un morceau court, en épreuves, et je ne crois pas en avoir en ce moment. Je vous suis bien reconnaissant de me croire capable d'amuser les gourmets que vous rassemblez, j'ai eu le plus vif plaisir à entendre votre oncle[2] l'autre jour chez madame Merlin[3] ; mais n'a pas de pareilles fables qui veut !

Mille affectueux compliments
de Balzac.

S'il faut pour obtenir que vous nous lisiez de votre voyage de Russie[4], que je m'immole et qu'il n'y ait pas d'oreilles prudes, j'aurai des contes drolatiques inédits, voilà tout ce que je me connais d'amusant ou que je crois amusant.

41-23. À ALPHONSE DE LAMARTINE

[Paris, jeudi 4 mars 1841.]

Cher et illustre Président[1],

Comme nous pouvons compter sur votre concours dans la question de la propriété littéraire, je fais en ce moment une note que je distribuerai et à la Commission et à la Chambre, en mon nom personnel. Je désire vivement vous la communiquer afin que vous me disiez si toutes les difficultés y sont traitées, et en cas d'omission, pouvoir compléter ce travail, tout d'intérêt matériel.

Ayez donc la bonté de m'assigner un rendez-vous pour que vous m'éclairiez de vive voix, afin d'éviter toute perte de temps. J'aurai soin de vous faire envoyer demain matin vendredi une épreuve.

Tout à vous de cœur et d'admiration

de Balzac.

Jeudi.

41-24. VICTOR HUGO À BALZAC

[Paris, 5 mars 1841.]

Je ne sais, mon cher poète, si je serai assez heureux pour vous voir demain matin, mais je me hâte de vous écrire que ce soir à dix heures je n'ai pas encore reçu votre lettre aux chambres[1].

Du reste, vous n'avez pas besoin de moi. Qui sait et qui dit les choses mieux que vous ? Que pourrais-je ajouter à une pensée comme la vôtre ? À ce propos je vous dirai que votre famille Bridau² est un tableau de maître. Vous le savez bien mais je suis heureux de vous le dire.

Votre ami,

Victor H.

5 mars, vendredi.

[Adresse :] Monsieur H. de Balzac | 108, rue de Richelieu.
[Cachet postal :] 6 mars 1841.

41-25. JACQUES FRANTZ À BALZAC

Paris, ce 22 mars 1841.

M. J. Frantz, Avocat, rue des Douze-Portes
(St-Louis), N° 4, au Marais

Monsieur,

J'ai lu avec d'autant plus d'intérêt le feuilleton du journal *Le Commerce*, *Une affaire ténébreuse* [sic], qu'un de mes amis, Monsieur le Colonel Viriot[1], était un des acteurs, (comme juge au tribunal criminel spécial de Maine-et-Loire en l'an 9 et 10 de la République) du drame relatif à l'enlèvement de M. le Sénateur Clément-de-Ris[2]. J'ai envoyé à Monsieur le Colonel, à Livry, tous les nᵒˢ du journal qui ont rapport à cette affaire, et il désirerait beaucoup que vous eussiez la bonté de lui accorder une entrevue, dans laquelle il pourra vous indiquer des détails précieux et obtenir peut-être lui-même des éclaircissements sur quelques faits qui lui sont restés inexplicables. Ayez l'obligeance, Monsieur, d'accorder une audience à M. Viriot[3] pour le jour et l'heure qu'il vous conviendra de fixer, je le préviendrai et il ne manquera pas à l'audience que vous voudrez bien accorder. Vous l'obligerez infiniment, ainsi que celui qui a l'honneur d'être avec une haute considération, Monsieur,

votre très humble et dévoué serviteur

Frantz.

[Adresse :] Monsieur | Monsieur de Balzac, | homme de Lettres | Rue Cassini n° 1 Paris.
[D'une autre main :] Parti Rue Provence 22. Parti à revoir à la 4 | Rue de Richelieu, 8.

41-26. À LOUIS DESNOYERS

[Passy, avant le 26 mars 1841.]

Mon cher Desnoyers,

Je vous envoie la suite depuis 47 jusqu'à 63 inclusivement, il ne reste qu'un paragraphe IX qui ne dépassera pas 6 colonnes et vous l'aurez après-demain.

Mille compliments affectueux

de Bc.

J'ai une correction importante à faire dans le chapitre intitulé *La Cour*[1], j'irai la faire sur la copie à l'imprimerie.

41-27. MADAME BARRÉ DE ROLSON
À BALZAC

[Paris, 29 mars 1841.]

Monsieur,

Si je me trompe, et si vous n'êtes pas l'homme de vos admirables livres, cette lettre vous paraîtra bien absurde ; mais quelle pensée généreuse oserait jamais voir le jour en face de la crainte du ridicule ?

En lisant votre *Curé de village*, frère illustre du *Médecin de campagne*, il m'a semblé, Monsieur, que jamais fin observateur n'arriva plus près d'une conclusion complète qui reliât ses analyses, que jamais peintre de détails précieux ne fit aussi près de formes, pièce à pièce, un immense et sublime tableau.

Lorsque les hommes savants ont accompli une série d'expériences, il arrive parfois qu'un ignorant leur dévoile, par hasard, le fait qui coordonne, et la science est produite.

Ne me rejetez donc pas loin de vous, Monsieur, parce que je signe un nom inconnu ou parce que je ne sais pas envelopper ma pensée de grâces irrésistibles du style.

Le catholicisme, Monsieur, a créé pendant le Moyen Âge tout ce qu'il était susceptible de créer. Le monde presqu'entier lui appartenait ; il avait les princes, il avait les juges, il avait les richesses. Il façonnait à son gré les âmes, et, depuis la naissance jusqu'à la mort, tenait dans sa main la créature chrétienne. Qu'est-il arrivé cependant ? C'est devant le plus illustre pape que la Réforme s'est élevée ; la réforme qui a fondé l'unité de la France par les luttes de religion qui firent oublier les luttes féodales. C'est à la Réforme que la Prusse doit également sa force ; et l'Allemagne y a trouvé un germe de puissance qui doit se développer un jour. L'Angleterre n'est devenue vraiment grande qu'après sa scission ; la Russie a fait schisme. L'Espagne restée catholique est maintenant au tombeau ; l'Italie est morte.

Le pouvoir du catholicisme, Monsieur, était emprunté à un principe qui n'a point été vivifié. C'était une hiérarchie incessante, une association graduée qui diminuait les charges matérielles et retenait dans son sein les richesses sans cesse accumulées par les économiques monastères. Lorsque le moment d'agir fut venu, lorsque les valeurs et les capitaux de toute espèce encombrèrent l'Église, lorsqu'enfin il eût fallu appliquer au monde la loi qui avait fait naître tant de biens, le catholicisme perdit la voie. Comme un homme qui voulant atteindre un certain but, aurait employé trop de facultés à rassembler les moyens nécessaires. Il prit les instruments pour l'œuvre et continua d'entasser les ressources du globe. Mais quand un agent si puissant qu'il soit cesse de répondre à sa mission providentielle, Dieu suscite d'autres agents, et l'humanité ne reste point oisive. Ce fut en vain que l'Église tenta de s'opposer à la rondeur de la terre, qu'elle prétendit nous défendre de graviter autour du soleil, les sciences naquirent et l'industrie les suivit.

Alors commença la dissolution de la famille patriarcale, que vous regrettez avec raison, Monsieur, en la comparant au ménage, dernière fraction d'une unité puissante.

Mais je vous le demande, que seraient devenus l'Industrie, les Lettres, les Arts au sein de la famille patriarcale ? Les pas faits par ces trois grandes catégories de l'Industrie humaine n'avaient été protégés que par l'Association cléricale, et combien de fois le protecteur était-il devenu persécuteur ? Comment auriez-vous atteint la liberté individuelle si la famille était restée sous l'autorité sévère dont vous nous faites un si saisissant portrait dans le père de votre Curé ? Comment l'industrie se serait-elle développée dans la famille patriarcale au milieu de traditions immobiles ? Et si nous voulons fixer des bornes à l'industrie humaine où les poserons-nous ? Pourquoi préférer le bahut sculpté à la garde-robe en citronnier incrustée d'ivoire, et le car[r]osse seigneurial faisant quatre lieues par jour, à la fantastique locomotive faisant vingt-cinq lieues par heure ? S'il faut retourner en arrière, je crois que le mieux serait : pour palais l'ombre d'un arbre ou d'une caverne, et pour voiture, les jambes de l'homme. Dieu a-t-il mis un terme appréciable au-delà duquel on ne peut avancer sans impiété ? Chacun serait donc libre de le poser soi-même ! Quelle confusion !

L'industrie est donc bonne en elle-même, et l'industrie avait besoin de liberté individuelle.

Il est un endroit de la terre où les grandes familles subsistent encore : les majorats, Monsieur, que vous regardez comme une des sauvegardes de la Société, les majorats y existent. La terre cultivable n'y est point morcelée ; la puissance la plus entière est restée dans ce corps compact ; il est respecté quoiqu'il soit profondément haï. À l'heure où je parle lui seul accomplit de grandes choses. Il possède l'Inde, il s'empare de l'Égypte, il va s'emparer de la Chine. Mais voyez au prix de quel fleuve de larmes il se soutient ! Voyez le peuple anglais qui vend ses femmes, voyez l'Irlande mourant de faim dans une île féconde, voyez l'Inde, voyez la Syrie livrée aux brigands depuis que l'Angleterre a daigné l'affranchir ! Voilà les résultats de l'Industrie exercée par une Caste privilégiée, possédant le territoire, et se perpétuant par le droit d'aînesse.

Que faut-il donc faire. Le ménage est une base trop étroite pour supporter l'ordre social. Quand deux individus veulent thésauriser ils opèrent sur une échelle si mesquine qu'ils usent pour vingt francs d'énergie, oserai-je dire, pour épargner une bûche de vingt sous. La Société perd en travail tout ce qu'elle gagne en économie.

Organisons donc une unité assez vaste pour que l'économie devienne une administration. Gardons-nous de l'étendre assez pour que les membres puissent être inconnus l'un pour l'autre. Que tous soient solidaires. Une perte écrasante pour un homme n'est rien pour deux mille individus. Un gain des plus modeste répété deux mille fois est une fortune. Que l'agriculture si favorable aux mœurs entre dans les occupations de chacun. Que les arts consolateurs ne soient plus un domaine inabordable pour le travailleur. Alors, Monsieur, le peuple écoutera les pieuses voix avec docilité, ou plutôt, il deviendra pieux dans la proportion que prendra son bien-être. Car cette belle pensée de Fourier doit remplacer la désolante négation des philosophes : plus l'homme est heureux, plus il adore.

Depuis longtemps, dans vos œuvres touchantes et profondes, on admire ces caractères ardents lancés dans des voies criminelles par l'influence du milieu faux où ils agissent. Dans vingt, dans mille endroits, vous peignez avec une vérité terrible comment de nobles facultés se sont terminées en vices faute de place pour se mouvoir dignement[1]. Ici la peinture est plus effrayante encore : une femme angélique douée de la force d'un héros tombe dans l'adultère et, par suite, devient l'involontaire complice d'un assassinat. Par respect pour la famille, elle laisse monter à l'échafaud celui que son fatal amour a perdu, sans une parole, sans un geste de consolation ! Véronique est profondément catholique. Tascheron a été élevé dans les plus pures doctrines… Un prêtre a trouvé que le mariage d'une jeune fille belle, ardente avec un vieillard hideux n'était point immoral. Sans lui, Véronique cédant à ses instincts eût infailliblement rejeté cette union monstrueuse. Ô

Monsieur, ne voyez-vous pas que dans votre livre, fidèle miroir de la réalité, la nature a raison, la religion a tort! Il n'est qu'une saine morale, celle qui s'allie aux besoins de notre nature. Il n'est qu'une religion sûre, celle qui sanctifie les penchants, et non celle qui les réprime. Est-ce donc un monde bien ordonné que celui où *Paul et Virginie* est un livre dangereux parce qu'il donne aux jeunes filles le désir d'être la Virginie d'un Paul? Quoi donc, à vos yeux les unions d'amour sont des crimes, et les livres qui en font naître le désir sont *pires que des livres obscènes*! Mais qu'est-il besoin de livres! Vous dites à cette même page qu'un parfum, un coucher de soleil, un chant d'oiseau, eût pu produire le même effet. Béni soit le livre qui ressemble à ces choses! Tout cela est bien pur sans doute et la morale la plus sévère n'y trouve rien de contraire à ses lois. Et pourtant si les parfums du soir, la beauté des cieux, les enchantements de l'harmonie peuvent faire éclore le besoin d'amour, l'Amour peut-il être coupable?

Monsieur, c'est en vain qu'effrayé de l'avenir l'homme tourne ses regards vers le passé où, grâce à l'éloignement, il ne voit que des tours grandioses et des masses ombreuses. Nul être ne peut ôter un jour à sa vie. L'humanité est un être. Ce passé si peu digne d'envie, plein de maux inconnus et de crimes trop fameux, ce passé ne peut revenir. À trente ans on peut se refaire une vie nouvelle, on ne peut reprendre la vie de son enfance. Que dirait-on d'une mère qui, témoin des égarements fougueux de son fils, voudrait le ramener au berceau? À chaque âge sa mission. Ce demi-siècle a créé l'industrie, le suivant créera la hiérarchie du travail. Comme tous les esprits logiques et qui se sentent supérieurs, vous aimez l'aristocratie. Elle ne peut périr. Les distinctions naturelles sont si évidentes pour tous, qu'un insensé tel qu'Owen a pu seul dire que l'éducation formant l'homme, quand tous les hommes recevront la même éducation, les hommes seront tous semblables. Comme si les arbres dont toutes les feuilles sont dissemblables ne recevaient pas la même éducation!

Voyez au contraire avec quel soin Fourier épie les différentes vocations. Il proclame la hiérarchie, l'inégalité, et veut seulement que des relations bienveillantes et faciles réunissent les hommes de facultés diverses.

Il faut enfin que je me taise. Je ne vous cacherai pas le but de cette trop longue épître. La logique rigoureuse, le système si complet du Grand Fourier, me paraissent nécessaires à votre esprit fin et délicat. Les conclusions de l'école Sociale couronneraient magnifiquement vos œuvres éminentes, et toute l'école serait profondément honorée d'une adhésion telle que la vôtre. Cependant, Monsieur, je suis une prosélyte ignorée de mes maîtres, et moi seule connais les efforts que je fais et ceux que je veux faire pour répandre mes convictions. Si, ce que je n'ose espérer, vous aviez quelque désir de répondre à cette lettre adressez-vous à

Votre humble servante et sincère admiratrice

S. Barré de Rolson[2].

Rue Vaugirard 62.

[Adresse :] Monsieur de Balzac | chez Monsieur Hippolyte Souverain | éditeur rue des Beaux-Arts, 5. | Paris.
[D'une autre main :] 108, rue Richelieu.
[Cachet postal :] 29 mars 1841.

41-28. À HIPPOLYTE DELAUNAY

[Paris, 30 mars 1841.]

Je reconnais avoir reçu de Monsieur Delaunay, propriétaire de *L'Artiste*[1] la somme de trois cents francs pour prix de l'insertion de mon article intitulé *Une scène de boudoir*[2] et dans la propriété duquel il est convenu que je rentrerai selon les conditions ordinaires entre les journaux et moi pour semblables situations.

Paris 30 mars 1841

de Balzac.

41-29. À SYLVAIN GAVAULT

[Passy, mars ou avril 1841.]

Mon bon monsieur Gavault, la difficulté du traité Hetzel, Paulin, Sanche[s] et Dubochet[1] est telle que je ne veux rien faire sans vous, j'ai pris pour vous rendez-vous jeudi à 3 heures, chez eux, 33 rue de Seine, et je viendrai vous prendre, en route je vous expliquerai les choses. Faites-moi le plaisir de bien lire le susdit traité

Tout à vous,
de Balzac.

Si vous ne pouviez pas, ce jour-là, remettez vous-même le rendez-vous en leur écrivant et ayez la complaisance de me prévenir

[Adresse :] Monsieur Gavault | [16, rue Ste Anne Paris. *biffé*].

41-30. À SYLVAIN GAVAULT

[Passy, mars ou avril 1841.]

Mon bon Monsieur Gavault, les modifications que voulait M. Dubochet[1] sont insignifiantes, et ne valent pas une ligne de vous ; faites-moi le plaisir de préparer votre rédaction, en expliquant aussi ce dont je vous ai parlé, et disant aussi que le prix par volume ne dépassera point cent sous, car mon bas prix a été accordé à cause du prix que l'on mettait à 3 f. 50 ou 4 francs par volume.

J'aurai sans doute le plaisir de vous aller voir vendredi à 8 heures pour prendre votre addition.

Mille expressions de sentiments et de gratitude,
de Balzac.

Mercredi.

Il y a un point aussi très essentiel, c'est les corrections, voulez-vous mettre que la *moyenne* des corrections à supporter par ces messieurs sur la 1re édition sera d'une heure par page par 4 volumes, soit seize heures par feuille.

[Adresse :] Monsieur Gavault | 16, rue Sainte-Anne. | Paris.

41-31. À SYLVAIN GAVAULT

[Passy, mars ou avril 1841.]

Si Monsieur Gavault accepte, et son silence suffit, les libraires[1] et moi viendrons dimanche à 10 heures.

41-32. À HENRI HEINE

Paris, [1er ou 2 avril 1841].

Mon cher Heine, j'ai sur les bras un travail inattendu pour rendre service à quelqu'un qui en a besoin et comme cela se combine avec la fin des *Lecamus*¹ qu'il faut donner demain, il m'est impossible d'aller aujourd'hui rue Bleue² ; la Chambre ne connaît pas l'étendue de notre martyre et il n'y a pas d'indemnité pour la perte d'un plaisir

bien à vous

de Balzac.

Ainsi ne m'attendez pas ; mais si par hasard je me trouvais libre ce qui ne me paraît pas possible je viendrais, car il m'en coûte tant de renoncer à ce plaisir que je ferai des efforts de rédaction inouïs.

41-33. PROJET DE TRAITÉ AVEC JACQUES-JULIEN DUBOCHET, PIERRE-JULES HETZEL ET CHARLES PHILIPON

[Paris, avril ? 1841.]

Mr H. de Balzac déclarant qu'il a le droit de publier ou faire publier isolément *L'Histoire de Napoléon racontée par un soldat*¹, laquelle histoire fait partie du *Médecin de campagne*², dont Mr de Balzac est l'auteur ; il a offert à MM. Dubochet — Hetzel et Philipon de publier cette histoire en participation avec lui ; ces Messieurs ont accepté et les conditions suivantes ont été arrêtées

Entre MM.

Honoré de Balzac, demeurant à Paris rue Richelieu nº 108.

J.-J. Dubochet, éditeur, demeurant à Paris rue de Seine 33.

Charles Philipon, éditeur, demeurant à Paris rue de la Bourse nº 1.

art. 1 — *L'Histoire de Napoléon racontée par un soldat* sera publiée en un petit volume format in-32ᵉ.

Elle sera ornée d'un grand nombre de dessins gravés sur bois³.

Elle sera tirée avec soin, sur beau papier, et à la presse à bras.

art. 2 — Tous les frais de papier, dessins, gravures, composition typographique, impression, brochage et annonces, en un mot tous les frais de la publication seront faits par MM. Dubochet, Hetzel et Ch[arles] Philipon qui fourniront chacun par tiers la somme nécessaire à ces dépenses.

art. 3 — Mr Hetzel est nommé directeur et caissier de cette publication — c'est lui qui fera exécuter les dessins et les gravures, surveillera la composition et le tirage, recevra de MM. Dubochet et Philipon le montant de leur part d'avances, payera les dépenses et recevra le produit des recettes pour en tenir compte à qui de droit.

[Cet article 3 a été biffé par 5 traits obliques ; en marge gauche, de la main de Balzac :] Hetzel directeur et caissier.

art. 4 — Le premier tirage sera fait au nombre de six mille exemplaires.

art. 5 — Aussitôt le tirage effectué, la totalité des exemplaires tirés sera déposée chez Mlle Richard, brocheur — des mains duquel ils seront retirés au fur et à mesure des besoins de la vente, par MM. Dubochet — Hetzel — et Ch. Philipon — Le preneur délivrera à Mlle Richard un reçu du nombre d'exemplaires qu'il retirera.

art. 6 — Tous les exemplaires retirés des mains du brocheur seront réputés vendus et celui qui les aura retirés en devra tenir compte aux cointéressés.

art. 6 [*sic*] — Tous les mois un relevé des exemplaires retirés sera fait par les soins de Mr Hetzel et chacun des trois preneurs soldera le nombre par lui retiré.

art. 7 — Les sommes rentrées par la vente seront d'abord appliquées à rembourser, par parties égales à MM. Dubochet, Hetzel et Ch. Philipon le montant de leurs déboursés.

Ce remboursement opéré, les bénéfices nets seront partagés par quart entre MM. de Balzac — Dubochet — Ch. Philipon & Hetzel.

art. 8 — Un tirage nouveau n'aura lieu qu'après l'épuisement de l'édition dernière.

L'édition sera réputée épuisée par le retrait de tous les exemplaires déposés chez le brocheur.

Le chiffre de tout nouveau tirage sera décidé à la majorité. En cas de partage, les parties s'en rapporteront à l'arbitrage de M. Paulin, leur ami —

art. 9 — Le terme des présentes conventions est fixé à dix ans à partir de ce jour.

art. 10 — S'il arrivait qu'un nouveau tirage n'eût pas été fait dans l'année qui suivrait l'écoulement de la dernière édition, les présentes conventions cesseraient d'avoir leur effet.

art. 11 — Le terme de ces conventions arrivant soit par le cas prévu ci-dessus, soit par l'expiration des dix années, la licitation aura lieu par les soins de Mr Hetzel, tout ce qui composera la propriété de l'entreprise, c'est-à-dire [le droit de publication isolée *biffé*]*, les gravures, clichés, etc.

---

* *[De la main de Balzac :]*

Je ne puis pas grever ainsi ma propriété : je veux bien céder pour 10 ans, mais non en constituant des copropriétaires.

41-34. STENDHAL À BALZAC

C[ivita] V[ecchi]a 4 avril 1841.

Mon cher grand romancier,

M. Colomb n° 35 rue Godot de Mauroy, à 5 heures,
a une longue lettre à vous adressée par ma reconnaissance en octobre 1840. Il ne peut vous trouver. Il vous remettra une *Chartr[euse]* parsemée de pages blanches qui demandera vos réflexions[1],

Fabrice del D[on]go.

M. Colomb n° 35 rue Godot de Mauroy ou au B[ur]eau de comptabilité Dilige[nce]s n° 12 rue Notre-Dame des Victoires.

[Sur le côté :]

M. R. Colomb B[ur]eau de comptabilité des diligences rue Notre-Dame des Victoires.

[Au feuillet suivant :]

M. R. Colomb rue Notre-Dame | de Grâce n° 3 | ou rue Godot de | Mauroy n° 35
Mon cousin M. Colomb vous recommandera quand vous partirez par les Diligences de la place Notre-Dame des Victoires.

[Adresse :] Monsieur | Monsieur H. de Balzac | auteur du *Père Goriot* etc. | chez M. Alphonse Karr | n° 46, rue Neuve Vivienne 46 | Paris.

41-35. À SYLVAIN GAVAULT

[Passy,] dimanche 3 heures du matin [11 avril ? 1841].

Mon bon Monsieur G[avault][1], il faudrait venir me voir immédiatement, j'ai le traité, l'affaire se fait, je ne l'ai que pour aujourd'hui et demain jusqu'à une heure après midi ; ainsi vous voyez que pour le communiquer à Labois[2] et le lire avec lui, vous n'avez qu'un jour et demi, et je voudrais v[ous] expliquer bien des choses — je ne puis pas sortir pour bien des raisons — d'abord j'ai aujourd'hui d'énormes travaux en retard et tout ce que je pourrai faire sera d'être chez vous lundi à 2 heures ou chez Labois pour qu'un de mes cocontractants écoute v[os] observations. Il est urgent de signer cela, et n[ous] avons mis la signature à mardi. J'ai peur que ces délais ne les lassent.

Mille affectueux complim[ents]

de Balzac.

Tâchez d'être ici à 9 heures.

41-36. TRAITÉ AVEC HIPPOLYTE SOUVERAIN
ET VICTOR LECOU

[Paris, 11 avril 1841.]

Entre les soussignés

Monsieur Honoré de Balzac propriétaire demeurant à Paris Rue de Richelieu numéro cent huit d'une part

Monsieur Hippolyte Souverain éditeur rue des Beaux-Arts 5 d'autre part

et Monsieur V[ict]or Lecou rentier demeurant boulevard St-Denis 22 *bis* intervenant comme il sera indiqué ci-après

a été convenu ce qui suit

savoir

M. de Balzac vend à M. Souverain ce acceptant le droit d'imprimer, publier et vendre quatre romans intitulés 1° *Les Lecamus*, 2° *La Ténébreuse Affaire*, 3° *La Rabouilleuse*, tous trois publiés dans les journaux et 4° *Les Paysans* inédits de l'importance chacun de deux volumes in-8° [de la justification *add. marginale*] de *La Femme supérieure* [et de vingt-trois feuilles *add. marginale*] dont le tirage fixé à mille exemplaires ne pourra avec les mains de passe d'usage excéder douze cents exemplaires[1].

M. Souverain payera ces quatre ouvrages douze mille francs en ses billets à l'ordre de M. de Balzac[2] ou à sa volonté de mois en mois à partir du 22 août prochain.

M. de Balzac indiquera l'ordre de publication et mettra M. Souverain en mesure de publier chaque ouvrage à cinquante jours l'un de l'autre à partir du présent traité, sans que M. Souverain puisse s'y refuser, l'obligation étant de lui envers M. de Balzac.

L'éditeur aura un an à partir de la mise en vente pour l'écoulement de ses éditions, [après quel terme M. de Balzac rentre dans la propriété absolue de son livre, *add. marginale*] néanmoins M. de Balzac aura le droit de prendre chaque ouvrage[a] pour mettre dans ses œuvres complètes trois mois après chaque publication et il s'engage à ne rien publier en volumes in-8° que quatre mois après la dernière mise en vente de M. Souverain.

Pour terminer les anciens traités existant entre les parties il reste 1° à publier les *Mémoires de deux jeunes mariées*, 2 vol. in-8° inédits en cours d'impression[3], 2° à liquider les réclamations en litige et à publier un volume in-8° et une longue nouvelle le tout indiqué audit traité : d'un commun accord les contractants ont décidé que pour mettre à néant ces réclamations le volume et la nouvelle seront remplacés par deux romans ou nouvelles de l'étendue chacun d'un volume in-8° publié d'abord au profit et par les soins de M. de Balzac dans un journal et le droit pour M. Souverain de réimprimer à son choix des nouvelles extraites des *Études philosophiques* et prises dans les parties de cet ouvrage qui n'ont été imprimées que dans le format in-12 de manière à compléter avec les deux romans ou nouvelles ci-dessus deux publications de deux volumes in-8° chacune[4].

Le tirage de ces quatre volumes sera le même que celui déjà stipulé pour les quatre romans mais les délais d'exploitation exclusive ne seront applicables qu'aux deux romans ou nouvelles, les deux volumes extraits des *Études philosophiques* demeurant la propriété de M. de Balzac [et toujours sauf la réserve de l'insertion aux œuvres *add. marginale*] complètes dans le délai de trois mois.

M. de Balzac se réserve le droit de publier dans un journal *Les Paysans* qui sont inédits à condition de donner à M. Souverain en échange de cette concession les *Petites misères de la vie conjugale* qui ont paru dans *La Caricature* et *Les Fantaisies de Claudine* de la *Revue parisienne* qui forme[nt] d'après M. de Balzac le complément des *Misères* sous le numéro quatorze[5]. Le tirage sera toujours le même que celui précité, seulement les délais [d'exploitation exclusive *add. marginale*] seront de six mois de la mise en vente sauf le cas des œuvres complètes, [et celui de les publier illustrées qui a été cédé par M. de Balzac. *add. marginale*]

Monsieur de Balzac ayant satisfait Monsieur Delloye il reste bien entendu que M. Lecou ne donnera quittance définitive à M. de Balzac, n'autorisera aucune publication en volume dans la forme de celle adoptée par M. Souverain et enfin ne résiliera définitivement le traité Delloye Lecou et Balzac que lorsque les conditions stipulées au présent acte auront reçu leur pleine et entière exécution.

Fait triple entre les parties le onze avril mil huit cent quarante [et] un à Paris

Approuvé l'écriture ci-dessus

de Balzac.

approuvé l'écriture ci-dessus et d'autre part et 7 renvois

D. H. Souverain.

approuvé l'écriture ci-dessus

V. Lecou.

[Ajout au verso, de la main de Balzac :]

Article additionnel

M. Souverain ayant édité un certain nombre d'ouvrages de M. de Balzac ou en ayant acquis d'autres libraires, publiés avant les siens, il est entendu entre lui et M. de Balzac qu'il ne pourra sous aucun prétexte annoncer cette collection d'ouvrages sous le titre d'œuvres soit choisies, soit complètes, de manière à faire concurrence à des œuvres complètes si elles se faisaient.

Approuvé l'écriture ci-dessus

D. H. Souverain.

41-37. TRAITÉ AVEC VICTOR LECOU

[Paris, 11 avril 1841.]

Entre les soussignés

M. Honoré de Balzac propriétaire, demeurant à Paris, momentanément rue de Richelieu 108, d'une part

et Monsieur Lecou, rentier, demeurant à Paris Boulevard St-Denis, n° 22 *bis*, d'autre part

a été dit et convenu ce qui suit

art. 1ᵉʳ

Moyennant la remise faite par M. de Balzac à M. Lecou de huit billets souscrits à l'ordre de M. Lecou par M. Souverain et moyennant leur paiement lesdits billets échéant de décembre prochain à juillet 1842, M. Lecou décharge complètement M. de Balzac de tous ses droits et actions, intérêts de toute nature, résultant à son profit de la liquidation à terminer de la société en participation qui a existé entre M. de Balzac et messieurs Delloye et Lecou, acquéreurs des droits de M. Bohain anciennement intéressé ; laquelle société qui avait pour but l'exploitation des œuvres de M. de Balzac se trouve entièrement liquidée et dissoute par la rétrocession que M. Delloye a faite à la date d'hier dix avril à M. de Balzac de tous ses droits et de laquelle M. de Balzac a justifié à M. Lecou qui s'en tient pour informé[1].

art. II

M. Lecou donne cette décharge et fait le présent de tous ses droits à M. de Balzac qui les accepte, à la charge par M. de Balzac d'exécuter les traités passés sous signature privée entre M. Charpentier et messieurs Delloye, Lecou et de Balzac et le traité passé aujourd'hui entre M. Souverain et M. de Balzac et où M. Lecou est intervenu de manière à ce que M. Lecou ne soit inquiété en aucune manière à propos desdits traités.

art. III

Pendant tout le temps que durera l'exécution desdits traités tous les traités relatifs aux affaires de la société en participation seront déposés en l'étude de Me Gavault avoué qui en sera dépositaire dans l'intérêt commun et qui deviendront après ce temps la chose de M. de Balzac.

Fait à Paris ce onze avril 1841.

de Balzac.

Approuvé l'écriture ci-dessus et de l'autre part
Bon pour décharge suivant les conditions

V. Lecou.

[En marge, au bas du traité :]

Approuvé neuf mots rayés nuls

de Bc.

Approuvé le mot neuf

V. Lecou.

41-38. À HIPPOLYTE SOUVERAIN

[12 avril 1841.]

Reçu de Monsieur Souverain les douze mille francs en billets indiqués au traité passé entre nous le onze avril présent mois[1]

ce 12 avril 1841
de Balzac.

41-39. TRAITÉ AVEC GERVAIS CHARPENTIER

[Paris, 14 avril 1841.]

Entre les soussignés

M. Honoré de Balzac propriétaire, demeurant aux Jardies, d'une part

Et Monsieur Gervais Charpentier, libraire-éditeur demeurant à Paris, rue de Seine St-Germain n° 29 d'autre part

A été dit, convenu et arrêté ce qui suit :

MM. Delloye, Lecou et de Balzac par conventions verbales en date des 31 août 1838, 12 novembre 1838, 24 décembre 1838, 18 janvier 1839 et 22 août 1840[1], ont cédé à M. Charpentier le droit d'imprimer environ cinquante-six mille volumes, format dit anglais (in-18) de la plupart des ouvrages de M. de Balzac et ce moyennant une somme de vingt-sept mille francs actuellement acquittée par M. Charpentier.

Ce dernier n'ayant, à ce jour, imprimé que quarante-sept mille volumes environ se trouve créancier pour l'impression de neuf mille cinq cents volumes restant, par l'effet des conventions ci-dessus.

Aujourd'hui M. de Balzac ayant totalement désintéressé MM. Delloye et Lecou relativement aux sommes qu'il leur devait, et M. Lecou s'étant réservé sur M. de Balzac des droits à raison des traités avec M. Charpentier, M. de Balzac et M. Charpentier ont fait pour sortir de cet [état] de choses les conventions suivantes :

Article premier

M. de Balzac cède à M. Charpentier, ce acceptant, le droit de réimprimer à deux mille cinq cents exemplaires avec passe double son roman d'*Eugénie Grandet* sous le format de la Bibliothèque Charpentier[2], et ce sans avoir à faire aucun payement à M. de Balzac pour cette réimpression.

Article deuxième

M. de Balzac s'engage, à compter d'aujourd'hui, à ne céder aucun tirage, ni réimpression, d'aucun des volumes de ses œuvres compris aujourd'hui dans la Bibliothèque Charpentier dans le format in-18 ou toute autre combinaison de format qui arriverait à représenter le format de la Bibliothèque Charpentier, même à deux centimètres près. Cette obligation de M. de Balzac aura cinq ans de durée, à moins que M. Charpentier n'ait avant ce terme épuisé la vente des exemplaires existant aujourd'hui et les deux mille cinq cents volumes de *Eugénie Grandet* à tirer.

Article troisième

M. de Balzac a présentement remboursé à M. Charpentier la somme de deux mille cents francs en billets Hetzel à l'ordre de M. de Balzac aux échéances des 31 8bre, 15 novembre, 30 novembre, 15 décembre et 31 décembre présente année, pour la rétrocession des tirages que M. Charpentier renonce à faire en vertu des traités Delloye, Lecou et Balzac.

Article quatrième

M. Charpentier s'engage à ne point annoncer les volumes de

M. de Balzac sous le titre d'œuvres choisies. Il consent à ce que ce dernier puisse réimprimer l'*Histoire de Napoléon* tirée du *Médecin de campagne*, dans le format in-18, mais à la condition de l'illustrer[3].

Article cinquième

Dans le cas cependant où pendant ce laps de temps de cinq années M. Charpentier aurait besoin pour compléter l'ensemble des volumes existant dans la collection de M. de Balzac de quelques réimpressions partielles, il paierait à M. de Balzac trente-trois centimes par volume à tirer, sans que le nombre total de ces réimpressions puisse dépasser trois mille volumes.

Article sixième

M. Charpentier s'engage à ne rien répéter contre MM. Delloye et Lecou à raison des traités passés antérieurement à celui-ci lesquels à partir de ce jour sont annulés.

Fait double à Paris, le quatorze avril mil huit cent quarante et un.

Approuvé l'écriture ci-dessus et de l'autre part

de Balzac.

Approuvé
Charpentier.

Neuf mots rayés nuls

de Bc. Ch.

41-40. TRAITÉ AVEC PIERRE-JULES HETZEL, JEAN-BAPTISTE PAULIN, JACQUES-JULIEN DUBOCHET ET CHANTAL SANCHES

[Paris, 14 avril 1841.]

Entre les soussignés[1]

1° Mrs Hetzel et Paulin, éditeurs demeurant à Paris Rue de Seine n° 33

2° J.-J. Dubochet agissant en son nom personnel demeurant à Paris Rue de Seine n° 33

3° M. Chantal Sanches[2] demeurant également à Paris Rue de Laharpe n° 89, tous solidaires seulement envers M. de Balzac à l'effet des présentes, et tous d'une part

Et M. de Balzac propriétaire demeurant à Paris Rue de Richelieu n° 108 d'autre part

Il a été dit et convenu ce qui suit :

Art. 1ᵉʳ. — M. de Balzac cède aux trois soussignés ce acceptant le droit de faire à leur choix et dans les modes de publication qui leur paraîtront convenables deux ou trois éditions des œuvres publiées par lui, jusqu'à ce jour, ou qui le seront pendant la durée des présentes, et dont la première sera tirée à trois mille exemplaires. Cette édition sera faite dans le format *in-octavo* et aura selon ce qui sera déterminé ci-dessous environ vingt volumes plus ou moins selon les nécessités de l'œuvre complète. — L'ordre et la distribution des matières appartient [sic] exclusivement à M. de Balzac. Mais les trois soussignés pourront répartir à leur gré le tirage en tirant de certains volumes de l'ouvrage un plus grand nombre d'exemplaires que de certains autres, pourvu que le chiffre de trois mille exemplaires par volume ne soit pas dépassé dans le total du tirage.

Art. 2. — M. de Balzac accorde aux trois soussignés cette exploitation d'œuvres complètes d'une manière absolue ; en s'engageant à n'en laisser publier sous aucun format pendant le temps fixé pour la durée du présent traité. — Les trois soussignés auront pour la première édition *tirée à trois mille un délai de trois ans non compris le temps de la fabrication*, pour l'écoulement de cette édition. Passé ce délai si les soussignés n'entendent pas user de la faculté qui va leur être accordée par M. de Balzac, celui-ci rentrera dans tous ses droits ; mais aussi les trois soussignés pourront encore tirer quatre mille exemplaires, en un deux ou trois tirages différents, desdites œuvres complètes et auront *quatre ans* pour l'écoulement de ces tirages. À l'expiration de ces quatre années M. de Balzac rentrera dans tous ses droits. M. de Balzac rentrerait encore dans ses droits après une vente totale à dix mille si elle était consommée avant lesdites quatre dernières années.

Art. 3. — M. de Balzac communiquera si besoin est les précédents traités faits avec ses différents éditeurs et dont il résulte qu'il a le droit de publier ses œuvres complètes. M. de Balzac fait observer à cet égard qu'il est rentré dans la toute propriété des livres publiés le plus récemment, à l'exception du dernier intitulé *Le Curé de village* qu'il a quatre mois après la publication le droit d'insérer dans ses œuvres complètes, et dans la toute propriété duquel il rentre un an après la publication. M. de Balzac fait également observer qu'il a conclu le dix du présent mois d'avril[3] un traité avec l'éditeur *Souverain*, duquel il résulte qu'il a le droit de mettre les ouvrages cédés à M. Souverain en première édition, dans ses œuvres complètes, trois mois après leur publication et qu'il rentre dans la toute propriété des mêmes ouvrages un an après leur publication. M. de Balzac entend donc laisser aux trois soussignés le droit d'user des facultés qu'il s'est expressément réservées. Il a même été entendu entre lui et M. Souverain que celui-ci ne pourrait sous aucun prétexte annoncer tous les volumes des différents ouvrages qu'il a publiés de M. de Balzac ou qu'il acquerrait d'autres libraires, sous le titre d'œuvres choisies ou d'œuvres complètes, sans s'exposer à des dommages-intérêts.

Enfin M. de Balzac fait également observer que les stipulations restrictives de ses droits à faire ses œuvres complètes contenues dans ses conventions avec M. Charpentier libraire dans divers traités relatifs à la publication de plusieurs de ses ouvrages dans le format in dix-huit, ont été résiliées par un nouveau traité en date de ce jour et par lequel M. Charpentier n'a plus à tirer que cinq mille cinq cents volumes pour sa bibliothèque dont trois mille facultativement.

Art. 4. — Si M. de Balzac renonce absolument au droit de céder l'exploitation de ses œuvres complètes à tout autre éditeur il n'entend pas renoncer au droit de publier ses œuvres séparément sous tous les formats, mais ce droit est soumis aux restrictions suivantes : 1° M. de Balzac ne pourra céder que des éditions d'œuvres partielles 2° des éditions illustrées 3° il ne pourra point céder à un éditeur le droit de faire des parties complètes de ses œuvres 4° en cédant à un ou à plusieurs éditeurs des réimpressions de ses œuvres détachées, il mettra la clause insérée au traité avec M. Souverain, de manière que ces éditeurs ne puissent réunir leurs éditions d'œuvres séparées pour les présenter comme les œuvres complètes ou choisies de M. de Balzac. Enfin toutes ces opérations ou cessions ne pourront se faire qu'après que les soussignés en auront eu connaissance et aient renoncé à les exploiter eux-mêmes, la préférence leur étant acquise à conditions égales.

Art. 5. — Le prix à payer par les soussignés à M. de Balzac sera de *cinquante centimes par volume*, soit *trente mille francs* pour la première édition en supposant *vingt volumes à trois mille* exemplaires. *Quinze mille francs* seront remis à M. de Balzac immédiatement et les *quinze mille* autres lui seront payés quand il aura été vendu par les soussignés *quarante mille volumes*; néanmoins les trois soussignés se réservent le droit d'annuler les présentes conventions sans indemnités pour M. de Balzac, après vingt-quatre mille volumes tirés ; ce droit ne devant appartenir qu'aux éditeurs soussignés exclusivement. M. de Balzac aura droit à trente exemplaires gratuits qui seront ainsi que les mains de passe et les exemplaires à donner tirés en sus. Dans le cas où cette première édition s'écoulerait avant le délai présumé pour son débit, ou quand les trois soussignés procéderont à un second tirage, le droit de cinquante centimes par volume serait alors payé à M. de

Balzac avant ou pendant le tirage en valeurs à sa convenance. Si après cette première édition les parties convenaient de réduire la suivante en un moindre nombre de volumes, M. de Balzac aurait toujours droit à cinquante centimes par volume de l'édition primitive.

Art. 6. — S'il convenait aux trois soussignés de faire entrer immédiatement dans l'édition des œuvres complètes des ouvrages publiés par M. de Balzac dans les journaux, autres que ceux cédés à M. Souverain et de n'en pas laisser publier de première édition en librairie, ils tiendraient alors compte à M. de Balzac d'une somme de trois mille francs par ouvrage de la dimension du *Curé de village* sans être dispensés de lui payer la prime due par volume en vertu des présentes et ces ouvrages ainsi acquis seraient soumis à toutes les clauses restrictives imposées aux ouvrages anciens.

Art. 7. — Les présentes stipulations ne sont consenties par M. de Balzac qu'au profit des trois éditeurs soussignés qui ne peuvent les rétrocéder à personne excepté entre eux. Dans le cas où l'un d'eux viendrait à décéder, ses représentants n'auraient droit qu'à sa quote-part dans la liquidation faite à l'amiable et les droits résultant des présentes appartiendraient aux survivants. Dans le cas où tous trois décéderaient M. de Balzac aurait le droit de faire acheter l'opération par une autre maison de librairie. Enfin en cas de mort de M. de Balzac ses représentants seraient tenus de laisser s'accomplir le temps stipulé pour l'exécution des présentes à la charge toutefois par les éditeurs soussignés de payer auxdits représentants de M. de Balzac la prime par volume convenue par le présent traité.

Art. 8. — La modicité du droit que M. de Balzac s'attribue sur les premiers dix mille exemplaires de ses œuvres au cas où la vente s'élèverait à ce chiffre, est en raison du sacrifice à faire par les éditeurs pour l'établissement du succès des œuvres complètes auxquelles ils s'engagent à donner tous leurs soins.

Art. 9. — M. de Balzac fait observer qu'il a laissé pendant sept années à M. Delloye libraire le droit de tirer le texte de *La Peau de chagrin* pour accompagner les gravures sur acier de son édition illustrée et que M. Delloye a également le droit d'illustrer et d'imprimer absolument de la même manière un autre ouvrage de M. de Balzac à son choix, et que ces deux droits expirent au bout de sept ans, et sont personnels à M. Delloye.

Fait en autant d'expéditions qu'il y a d'intéressés aux présentes, à Paris ce quatorze avril mil huit cent quarante et un.
Cent neuf mots rayés nuls de Bc. JJ. D. J. H. S.

Approuvé les écritures ci-dessus et d'autre part

Jules Hetzel et Paulin.

Approuvé les écritures ci-dessus des autres parts

JJ. Dubochet.

Approuvé l'écriture ci-dessus

Sanches.

Approuvé l'écriture ci-dessus et des autres parts *[de la main de Balzac, sans signature]*.

41-40a. LE DOCTEUR FRANÇOIS LALLEMAND À BALZAC

[Montpellier, 26 avril 1841.]

Aimable et célèbre conteur

je serais bien coupable de ne pas vous avoir remercié plus tôt de votre charmant cadeau[1], si je n'étais sous presse en ce moment; sous presse, entendez-vous ? avec cette déplorable circonstance aggravante que le manuscrit n'était pas à moitié fini quand j'ai donné les premières pages et qu'on achevait de m'imprimer à Paris dans les *Annales*[2]. Cependant, cette nuit j'ai pu donner les dernières pages et je n'ai plus qu'à corriger. Tout cela ne m'a pas empêché de lire, ou plutôt de relire, vos *Contes drolatiques*. Ils m'ont même servi à rompre la monotonie des mêmes idées, et quelles idées bon Dieu ! Castil-Blaze qui est ici, en face de chez moi, s'en est régalé aussi avec bien de la joie ; il est digne de vous comprendre. C'est le philosophe rabelaisien le plus décidé que je connaisse. Il vient de donner ici un opéra de *Belzébut[h]*[3], bien original, et dans lequel il y a de bien belles parties. Ne craignez pas de mettre parmi vos contes quelques sujets comme celui de *Berthe* et de *Mad^e Impéria*[4], cela fait mieux ressortir les autres, et par eux-mêmes, d'ailleurs, ils m'ont beaucoup intéressé. Allons donnez-nous bientôt la suite ou du moins *une suite* et croyez que cela restera toujours.

Pour moi ce qui m'occupe en ce moment c'est la grande question de la génération, vous voyez que nous nous touchons presque, question si débattue, si obscure jusqu'à présent et que j'espère faire comprendre à ceux mêmes qui s'en sont le moins occupés *théoriquement* s'entend.

Vous verrez mon cher et aimable conteur, si cela ne vous ennuie pas trop, à quoi je suis arrivé sur ce sujet, pour mon compte je suis arrivé à la plus violente courbature que vous puissiez imaginer ; il n'y a pas d'accouchement par le forceps qui soit plus pénible.

J'espère vous envoyer cela dans trois semaines environ. En attendant croyez à mon admiration et à mon dévouement.

Tout à vous

Lallemand.

[Adresse :] Monsieur de Balzac | homme de lettres | Paris.
[Cachets postaux :] Montpellier 26 avril | Paris 29 avril.

41-40b. HIPPOLYTE SOUVERAIN À BALZAC

Paris, le [avril ?] 184[1 ?]

Mon cher Monsieur de Balzac,

Il est bien entendu que je reconnais que vous avez le droit de publier la *Pathologie sociale*[1] illustrée soit en livraisons soit en volumes[2] ainsi que l'ouvrage moral que vous désirez publier sous le voile de l'anonyme[3], nonobstant la clause qui vous interdit de faire des publications dans la forme des miennes au traité des quatre romans[4].

Mes civilités empressées

D. H. Souverain.

41-41. MADAME BARRÉ DE ROLSON À BALZAC

[Paris, avril 1841.]

Monsieur

Votre bienveillante lettre m'encourage à vous importuner de nouveau[1]. Dans cette lutte inégale que j'ai eu la hardiesse de provoquer une puissance étrangère me soutient et m'anime, ou je serais déjà vaincue. Cette puissance, Monsieur, le croiriez-vous ? c'est la même que la vôtre, c'est l'Unité. Votre Catholicité qui prête un si grand appui à votre admirable talent, combat contre la mienne ; toute [*sic*] obscure que je suis je représente l'Unité en ce moment, ainsi que vous-même, Monsieur. Mais comme il ne peut exister deux unités, j'ose dire au risque de vous paraître fort téméraire que vous ou moi nous sommes dans l'erreur. Il est de la dernière évidence *qu'il n'y a rien d'absolu sur la terre*. Cependant, n'est-il pas aussi vrai que tout doit être réuni par un lien commun sous peine de ne pas exister ? Vous voyez l'Unité, le lien nécessaire dans le catholicisme et vous groupez autour de cette idée toutes vos pensées accessoires. Nous, Monsieur, nous appelons ce lien l'Attraction, et nous croyons de même qu'elle est le Pivot du monde matériel et du monde moral. L'expérience est en votre faveur, et quoique notre principe soit aussi vieux que le monde, car il est éternel, par une illusion bizarre, il paraît nouveau. À tous les yeux votre appui est un chêne superbe, les siècles l'ont rendu gigantesque; pourtant il me semble bien caverneux et incapable de résister à la plus faible hache. Quant à moi, si je n'étais pas si débile, j'aurais l'air de protéger mon protecteur. Mais lorsqu'un orage aura renversé vos ombrages magnifiques, le pauvre arbuste d'aujourd'hui vous recueillera avec joie sous ses vastes ailes verdoyantes. Enfin, Monsieur, la rouille ronge le fer, et quand il s'agit d'assurer le vaisseau les matelots regardent avec une angoisse profonde cette ancre déformée qui peut rompre au premier choc.

Avez-vous lu Campanella[2], Monsieur? Moi je l'ai lu et je proteste de toute mon âme contre votre décision. Campanella n'a de Fourier que l'association intégrale. Le *travail attrayant* se trouve à peine indiqué dans quelques phrases vagues, et, du reste, il paraît n'être qu'une pure théorie puisque les peuples voisins au lieu d'imiter la Cité du soleil lui font la guerre. Le *travail parcellaire* y existe encore moins. Où trouvez-vous dans Campanella cette admirable *Loi Sériaire*, si bien surprise dans la nature, ces engrènements ingénieux qui opposant sans cesse un intérêt à un intérêt tirent de la satisfaction des passions la plus pure et la plus grande morale? Quel rapport entre les subtilités ridicules du *Grand Métaphysicien* de Campanella avec cette adoration éternelle du Dieu pur et créateur, du Dieu chrétien de Fourier? Où trouvez-vous dans Fourier ces dégoûtants haras humains, invention de Campanella, avec les danses lacédémoniennes et une foule de correctifs qui soulèvent la morale vraie aussi bien que la délicatesse des sens? Qu'est-ce qu'un homme qui ne trouve rien de plus beau que d'enceindre sa cité de sept glacis, et de fermer sa ville de murs *convexes* et *concaves* couverts de figures géométriques? Souvenez-vous des belles pages du *Compagnon du tour de France* où George Sand[3] décrit les campagnes cultivées en commun, voilà l'idéal de Fourier. Le vestalat est à l'état d'embryon chez Campanella. Il n'y a pas ce caractère sacré que lui donne Fourier. Enfin, sans affranchir les femmes, il les rend communes dans certaines conditions aussi ridicules qu'immorales. La femme est peut-être un terrain neutre, Monsieur, mais c'est à coup sûr un terrain qui pense et faire abstraction de la pensée est aussi injurieux pour la Divinité que pour l'Humanité elle-même. La ressemblance de Campanella et de Fourier est une assez jolie invention de M. Villegardelle[4], mais elle ne peut soutenir le moindre examen.

Permettez qu'à l'égard des Quakers je vous fasse observer qu'ils ne sont aucunement associés, s'aider dans le besoin, être fort calmes, fort sobres, et porter de grands chapeaux, voilà toutes leurs vertus si je ne me trompe. Quant aux frères Moraves, M. Considérant qui s'est donné la peine de les examiner sur les lieux[5], a trouvé quelques travailleurs réunis par le fanatisme religieux dans un bâtiment qui ne leur appartient pas. Ils *ne vivent point en commun*, ils *travaillent isolément*, et sans leur extrême sobriété ils seraient très misérables. Cependant, Monsieur, vous avez toute raison si vous voyez là-dedans des preuves de l'excellence de l'association. Le seul fait d'avoir un intérêt commun quand il en resterait vingt contraires suffit pour donner un bonheur comparatif. C'est pourquoi les peintures brillantes de la richesse et de la félicité phalanstérienne[s] ne peuvent nous paraître exagérées. Mais, dites-vous, les maisons de torchis de nos villages valent dix fois moins que le palais phalanstérien. Nous l'espérons bien ainsi, Monsieur, et nous espérons avec assez de fondement que dans ce palais nous produirons dix fois plus et nous dépenserons dix fois moins. « Nous avons besoin d'une religion ? » Oui, sans doute, et d'une religion universelle, Catholique. « Pour réprimer nos penchants mauvais », ajoutez-vous. Ne faudrait-il pas prouver d'abord qu'il y a des penchants absolument mauvais en eux-mêmes et dont on ne pourrait dans aucun cas tirer un heureux parti ? L'avarice n'est-elle pas l'exagération de l'économie, la volupté, l'exagération de la délicatesse, la prodigalité l'exagération de la générosité. Tout vice en un mot n'est-il pas l'exagération d'une vertu ou sa déviation ? Ainsi selon l'éducation ou le milieu social, un penchant devient un vice ou une vertu. La répression violente, la contrainte prolongée, forment peu de bonnes qualités, et les distractions puissantes du *travail attrayant* sont seules capables, à mes yeux, d'arrêter les déviations monstrueuses qui font les criminels. Mais vous trouverez dans les livres que je prends la liberté de vous envoyer (craignant la négligence de M. Toussenel[6]) tous les arguments que je pourrais employer. Vous les y trouverez avec d'autres plus puissants, et fasse le Ciel qu'ils aient quelque influence sur votre généreux esprit.

J'avoue que je ne connais pas l'Italie autrement que par des livres. Je la jugeais d'après des faits, et je me disais : comment peut-on cultiver les arts, les sciences et les lettres, sans qu'il en reste aucune trace ? Comment croire qu'il y a énergie et patriotisme là où les Silvio Pellico[7] baisent si humblement la main d'un empereur d'Autriche qui après les avoir jetés dans un cachot daigne leur y laisser un rayon de soleil. La richesse de l'Italie pourrait bien être le fruit de l'administration allemande. Et il n'y a pas longtemps qu'on disait des terres papales, « Quand on ne sème que des indulgences, on ne récolte que des *Agnus dei* ». On raconte que l'année passée un certain missionnaire amenait à Rome je ne sais quel prince sauvage pour le faire baptiser. Aux portes de la ville sainte des brigands les dévalisèrent et ne leur laissèrent ni la cape ni l'épée. Mais vous connaissez l'Italie et vous savez mieux que moi si cela est possible[8].

L'Angleterre qui a la *famille pour base* est le plus profondément immoral de tous les pays civilisés. La prostitution la plus effrénée règne à Londres. À Londres la vie d'une prostituée est de quatre ans. Voilà la vie de ce peuple qui respecte la famille !

Quant aux conquêtes, l'école sociétaire[9] ne désire et ne préconise que les conquêtes pacifiques. Les phalanstériens veulent d'abord conquérir sur la misère et le crime des millions de pauvres Français avant que de songer à reculer les frontières de la France. Nous sentons comme vous, Monsieur, que l'industrie, *telle qu'elle est assise*, nous ramènerait à la barbarie. C'est pourquoi nous désirons l'organiser autrement. Enfin, Monsieur, soyez sûr qu'où votre cœur saigne, le nôtre est bien blessé. Nos prémisses et nos croyances sont les mêmes, la formule seule diffère. Vous vous confiez à la formule antique parce qu'elle vous offre des garanties dans le passé. Mais nous avons vu apparaître la nouvelle si belle et si rayonnante qu'il a fallu l'adorer. Qui le soupçonnerait ? dans cette discussion, moi pauvrette, j'ai un avantage sur vous parmi tant d'immenses infériorités ! Je connais votre Dieu et vous ne connaissez pas le mien. Daignez lire, Monsieur, et veuillez croire que pour être secrète ma joie ne serait pas moins profonde le jour où vous seriez converti.

Je ne veux pas qu'on m'accuse d'avoir détourné à mon profit votre temps précieux. Quand vous aurez lu ces livres, faites-moi l'honneur de m'en demander d'autres, s'ils vous agréent, je serai bien heureuse de vous les faire parvenir. Quant à une réponse nouvelle, quoiqu'un tel sacrifice soit un peu pénible, je ne l'attends que dans vos livres, où une orgueilleuse illusion me fera croire quelquefois que vous avez pensé à

> Votre obscure admiratrice et dévouée servante
> S. Barré de Rolson.

Je vous prie d'accepter les *Transactions* de Virtomnius[10] comme un témoignage de ma respectueuse estime. J'aurais bien désiré vous en dire autant du *Nouveau Monde industriel*[11] mais il m'a été impossible de me le procurer ; l'édition est entièrement épuisée, et cet exemplaire, tout affreux qu'il est, ne m'appartient pas. Vous m'obligerez donc infiniment en me le renvoyant quand vous l'aurez lu à loisir. Je n'ai pas voulu vous écraser d'un coup sous la bibliothèque sociétaire, cependant elle renferme des ouvrages précieux pour celui qui commencerait à goûter la science sociale.

Je trouve que vous vous mettez dans une bien violente contradiction avec l'Église en admettant que la reproduction de l'espèce est *le seul* but du mariage. Une amitié plus tendre que celle d'homme à homme est sanctifiée par cette union ; et telle est la conviction de l'Église à cet égard qu'elle-même prend elle-même le titre d'Épouse de J.-C. exprimant par là les purs et grands sentiments qui doivent lier les époux. L'amour n'est pas une invention sociale, c'est un penchant de l'humanité. Vous le trouverez dans toutes les religions. Grecs, Latins, Erses, Scandinaves, tous ont admis l'amour du cœur et de l'âme dans leurs poésies héroïques et religieuses. L'Inde, que tant de savants regardent comme le berceau du genre humain, révère les traditions d'amour héroïque de Rama et de Sita. Elle a des dieux unis à des déesses, leurs passions sont célèbres. Et même le Siva de la Triade indienne est l'époux de la puissante Dourga. Cependant toute idée matérielle est si bien exclue de ces mariages que les dieux indiens ont la singulière habitude de faire sortir des êtres de leur tête, de leur poitrine, de leurs pieds et de leurs mains. Ils s'incarnent à volonté la plupart du temps sans le secours des êtres féminins. Que représentent donc les déesses indiennes ? L'Amour de l'âme et l'intelligence de la femme. Car l'intelligence de la femme, Monsieur, quoiqu'elle n'ait peut-être pas été démontrée par l'École de Paris, n'en existe pas moins. Et si quelqu'un a soufflé l'esprit de révolte aux femmes, c'est Dieu lui-même qui leur avait donné un esprit progressif. Avec le temps le progrès amène des révoltes, puis des révolutions. Mais la providence qui ne sommeille jamais, a placé auprès de ce fait effrayant de la révolte des femmes le moyen de la prévenir et même de la faire tourner au profit de l'humanité.

[Adresse :] Monsieur | Monsieur de Balzac.

41-42. À VICTOR HUGO ?

[Passy,] lundi, 3 mai [1841].

Mon cher maître, quand vous m'écriviez votre lettre, j'étais au bord de la mer à cent vingt lieues de Paris[1], j'arrive et je regrette de n'avoir pu me rendre à votre appel. Je serais au désespoir s'il se fût agi de quelque chose à faire pour vous, et me console en songeant que c'est bien assez que vous ayez pensé à moi

votre tout dévoué admirateur et ami[2]

de Balzac.

41-43. À LA COMTESSE MERLIN

[Passy, 3 ou 4 mai 1841.]

Madame,

Jugez de mon chagrin, j'étais en voyage, à regarder des châteaux, Blois, Orléans, Nantes, et la vieille Bretagne, tandis que vous m'écriviez ce petit mot, et que je pouvais être chez vous, où l'on s'amuse tant, et où l'on est si affectueusement reçu ! c'est à faire prendre le métier d'auteur consciencieux en grippe. Mais j'irai prendre ma revanche, et vous demander de ne pas m'en vouloir de ce que j'ai été assez malavisé pour perdre un plaisir et l'échanger contre les ennuis de l'archéologue, sans un concierge et un tambour-major que j'ai rencontrés, je croirais que tout est perte, mais je n'ai rien vu de si curieux dans la nature morte que ces deux vivants personnages. Agréez, madame, l'expression de mes sentiments les plus respectueux et les plus distingués

de Balzac.

41-44. À LÉON CURMER

[Passy, après le 3 mai 1841.]

Monsieur,

J'étais en voyage[1] quand vous m'avez écrit, s'il en est encore temps vous pouvez faire mettre l'épreuve rue Richelieu, 112. Je vous renverrai le bon à tirer aussitôt.

Agréez mille compliments empressés

de Balzac.

41-45. À ALEXANDRE DUJARIER

[Passy, 4 mai 1841.]

Monsieur Dujarrier [sic],

Je crois qu'il est urgent et convenable que nous fassions un relevé de compte et de l'argent que j'ai reçu et des parties de rédaction que j'ai fournies afin de savoir de combien de feuilletons je suis redevable à *La Presse*. Cela fait, vous aurez immédiatement une suite que je compte faire aux *Deux Frères*[1].

Agréez mes complim[ents] empressés

de Balzac.

P. S. — Je passerai donc à une heure, samedi 8, à *La Presse*, pour que nous y fassions cet arrêté de comptes.

Mardi 4 mai.

41-45a. À HIPPOLYTE SOUVERAIN

[Passy, début mai 1841[1]?]

M. de Balzac prie monsieur Souverain de faire la correction suivante à la page 212 de la feuille 13 qui doit être encore à tirer
au lieu de signer

Felipe

signez

Fernand

page 197, ligne 15 *a* avant *disparu* et [que] d'oublis dans ces 4 feuilles — c'est honteux et jamais je ne laisserai rien imprimer en province[2].

198. ligne 14
un point après *là* et L capitale à Les.

199. ligne 1 et *avec* leurs formes.

[Adresse :] Monsieur Souverain | 5, rue des Beaux-Arts | Paris.
[Cachet postal illisible.]

41-46. À ANTOINE POMMIER

[12 mai 1841.]

Mon cher Monsieur Pommier,

Le journal qui a reproduit les *Peines de cœur d'une chatte anglaise*[1] est *Le Mémorial de la littérature et des beaux-arts*[2], 21 rue des Petits-Augustins, dans le numéro de mars dernier (M. le vicomte de Lavalette, gérant).

Faites toujours les poursuites au nom du Comité. Il faut toujours éviter que l'auteur soit en cause.

Mes compliments les plus distingués

de Balzac.

À lundi, si je vois un mot de vous.

41-47. À HIPPOLYTE SOUVERAIN

[Passy, mercredi soir, 12 mai 1841[1].]

Monsieur Souverain, j'ai une raison majeure pour vouloir, *pour samedi matin*, une *triple épreuve* de cette composition en page. Ayez la complaisance d'envoyer cela aussitôt à l'imprimerie en demandant que cela soit fait ainsi.

Je n'ai pas les bonnes feuilles (en double) des feuilles 9, 10, 11, 12 et 13, tenez-les-moi prêtes pour samedi matin.

Mille compliments

de Bc.

Mercredi soir
12 mai.

41-48. PIERRE-JULES HETZEL À BALZAC

[Paris, mai ? 1841[1].]

Mon cher Balzac,

J'ai si peu autorisé la reproduction des *Peines de cœur*, celle-là ou toute autre, que bien au contraire j'ai fait imprimer sur toutes les livraisons que toute reproduction était défendue et serait poursuivie comme contrefaçon.

Nous poursuivons les statuettes[2].

Les journaux belges ont reproduit le prologue et aussi les *Peines de cœur* sans même indiquer la source, sans même donner de nom d'auteur. Je serai enchanté que la Société des gens de lettres poursuive d'office et je poursuivrai si elle ne poursuit pas.

Tout à vous

J. Hetzel.

[Adresse :] Monsieur de Balzac | rue Richelieu | ancienne maison Frascati.
[Cachet postal très effacé :] 1841.

41-49. MARIE D'AGOULT À BALZAC

[Paris, 18 mai 1841.]

Que devenez-vous[1] ? Êtes-vous ou venez-vous quelquefois à Paris le soir. Je suis chez moi à peu près tous les soirs vers *10 heures* (en rentrant de la promenade). Tâchez de vous en souvenir et de me venir voir.

Marie d'Agoult.

Mardi 18 mai.

P. S. — À l'instant on me remet votre carte ! Voilà un courant électrique !

41-50. À CHARLES RENARD

[Passy,] 22 mai 1841.

Monsieur,

Je suis en effet propriétaire absolu de mes œuvres, sauf les stipulations nécessaires pour les exploitations que je concède. Ainsi, dans ce moment, la maison Hetzel, Paulin et Dubochet ayant acquis le privilège d'une édition complète[1], c'est avec eux qu'il faut traiter pour des *nombres*, car ils fabriqueront à si bas prix, qu'en leur achetant on aura meilleur marché que de fabriquer soi-même.

Quant à mes œuvres détachées, j'en suis le maître. Mais des raisons de délicatesse et d'intérêt bien entendu font que je ne laisserai faire à autrui aucune opération qui pût nuire à la leur, et que même une réimpression détachée, je la leur soumettrais.

Agréez mes compliments

de Balzac.

41-51. VICTOR HUGO À BALZAC

[Paris, 24 mai ? 1841[1].]

Mais, hélas ! cher poète, je n'ai plus un seul billet, plus un seul, et depuis plus de quinze jours ! Le jour où vous serez reçu, il faudra s'y prendre six mois d'avance. Comment venez-vous si tard ? Je sais bien que vous ne comptez pas avec le temps, parce qu'il est à vous et qu'il ne peut rien sur vous, mais je n'en suis pas moins désolé. Soyez donc de l'Académie pour entrer comme bon vous semblera ! — Si j'avais su où vous écrire, je vous aurais épargné tous ces dérangements.

À vous de tout cœur. Je puis tout vous donner, et je vous donne tout, excepté un billet.

Votre ami

Victor.

Lundi.

[Adresse :] Monsieur de Balzac.

41-52. À CHARLES PHILIPON

[Passy, 27 mai 1841.]

Mon cher Ponpon, Duc de Lithographie, Marquis du dessin, Comte du Bois gravé, Baron de Charge et Chevalier des caricatures et autres lieux, je veux parler à vous, aujourd'hui à 4 heures.

Jeudi, 27 mai 1841

de Bc.

41-53. À ANTOINE POMMIER

[Passy, mai ? 1841[1].]

Mon cher Monsieur Pommier,

Ne serait-il pas bien important que vous fissiez savoir aux membres du comité les plus dévoués (Merruau, Hugo,

David, Lacroix, Celliez, Pyat, etc.) de se trouver exactement mardi à deux heures car avec le désir de finir et de corriger promptement, le manifeste paraîtrait[2], et il y a urgence. Quant à moi, je viendrai à deux heures sonnant. J'ai travaillé sur l'épreuve, et il faudrait que chacun arrivât avec ses réflexions.

Mes compliments

de Balzac.

41-54. AUX MEMBRES DE LA COMMISSION
DITE DU « MANIFESTE »

[Paris, mai ? 1841.]

Messieurs,

Il m'est impossible d'aller lundi ou tout autre jour de cette semaine à la commission, car je serai absent pour huit jours, mais j'ai maintenant sur ce qu'on nomme le *Manifeste*, une opinion arrêtée et mûrie. Je suis d'avis de cesser, comme commission, ce travail, et de demander l'ajournement à trois mois ; voici mes raisons.

1° Je désirerais que l'écrit fût adressé au Roi, ce qui rendrait la chose plus grave, le langage d'une respectueuse audace ;

2° Que toutes les questions y fussent traitées d'une manière générale d'abord grief par grief, mais ensuite en entrant dans la question jusques au vif, aux choses et aux intérêts, en y mêlant des faits *statistiques* venus de sources qui les rendissent frappants pour les gens d'affaires des chambres ;

3° Qu'il n'y eût pas d'autres conclusions que celles-ci :

Demander l'exécution de la législation par une loi nouvelle du décret sur les prix décennaux ainsi modifiés :

Un prix de *cent mille francs* pour la plus belle tragédie ;

Idem pour la plus belle comédie ;

Idem pour le plus bel opéra (paroles et musique) ;

Un prix de cinquante mille francs pour le plus beau drame des scènes inférieures ;

Un prix de cent mille francs pour le plus beau roman ;

Un prix de cent mille francs pour le plus beau livre de philosophie chrétienne ;

Un prix de cent mille francs pour le plus beau travail de recherches archéologiques, ou linguistiques ou de comparaison transcendante de diverses méthodes ou de faits historiques et scientifiques, afin de récompenser les créateurs philosophiques ;

Deux cent mille francs pour le plus beau poème épique ou demi-épique ;

Ne rien demander pour l'histoire, qui a une fondation suffisante, — ni rien pour les ouvrages utiles aux mœurs, qui ont le prix Monthyon[1] ;

Demander que l'Académie française soit juge — qu'elle ne puisse diviser les prix — que, si elle ne trouve point d'œuvre digne du prix, qu'elle le joigne à celui d'une nouvelle période de dix années jusqu'à ce que l'œuvre soit produite ;

Que les honneurs accordés aux pairs de France soient également accordés aux membres de l'Institut ;

Que les soixante-cinq mille francs de rente nécessaires à ces prix soient donnés à l'Académie par une fondation, afin que l'exécution de la loi ne soit point un caprice des régimes ou des législatures, quitte au gouvernement à diminuer d'autant l'allocation annuelle qu'il demande aux Chambres pour les lettres ;

Enfin, que les places littéraires, telles que bibliothèques, etc., ne puissent être données qu'à des littérateurs, âgés de quarante ans, depuis dix ans dans les lettres, et sur une liste de dix candidats présentés par l'Académie française, et qu'on ne puisse être destitué que par suite d'un jugement encouru ;

Que la distribution des prix décennaux soit l'objet d'une fête solennelle ;

Que le poète qui aura remporté le prix de poème épique soit désigné comme candidat à l'Académie ;

Que celui qui aura deux fois remporté le prix de la tragédie — ou de la comédie, — soit candidat désigné à l'Académie, — et musicien de l'Opéra, désigné candidat à l'Institut.

J'irai au comité expliquer mes motifs si vous adoptez mes idées[2].

Agréez, messieurs, l'expression de mes sentiments les plus affectueux et distingués

de Balzac.

41-55. PIERRE-JULES HETZEL À BALZAC

[Paris, fin mai ou début juin ? 1841.]

Voici mon cher Balzac l'épreuve de tout ce qui n'est pas imprimé. Vous y trouverez l'addition de G. Sand[1]. C'est donc dans ces 2 feuilles seulement qu'on pourrait allonger. Il faudrait une page. Mille pardons de l'ennui que je vous cause.

Je vais porter la préface à Plon[2]. Vous l'aurez dans 2 jours.

Encore un mot — pensez à une réclame générale portant sur ceci — le succès de ce livre est honorable et littéraire, les noms les plus distingués de la littérature se sont joints aux premiers collaborateurs, et encore ceci :

Chaque artiste a sa spécialité, la plus grande gloire de Grandvil[l]e c'est d'avoir su deviner l'humanité des bêtes. Il n'a jamais mieux fait que là parce que dans ce livre il est libre tandis que dans toutes ses autres illustrations il avait avant tout à traduire ces auteurs.

Adieu, adieu et que je suis donc fâché de ne pouvoir vous jeter à la tête les mines du Pérou.

Tout à vous
J. H.

41-56. À HENRY DE BALZAC

Paris 1ᵉʳ juin [1841].

Mon cher Henri, Surville lutte toujours pour son canal[1], et moi je suis toujours dans la situation précaire, par rapport à la fortune, où tu m'as laissé. La vie n'est pas plus belle pour nous ici, qu'elle ne l'est pour toi là-bas. Ceci n'est pas consolant, mais c'est affreusement vrai. Ma mère n'a plus rien, elle est chez moi, et j'ai mille peines à lui cacher les efforts inouïs nécessaires à la vie de tous les jours. Néanmoins ta lettre m'a fait une vive peine, et d'abord — sache que cette lettre est la première que j'ai reçue de toi[2], ainsi qu'il s'en va pour celle de Laure — Ma mère n'en a pas reçu non plus.

Aussitôt ta lettre reçue, je suis allé au ministère de la Marine, et j'ai fini par voir votre nouveau gouverneur

M. Bazoche[3], tu auras en lui un protecteur assuré, il te placera convenablement ; mais ne lui demande qu'une place en harmonie avec tes connaissances et ta capacité, qui te donne de quoi vivre ; et qui soit à sa nomination.

Sache t'y bien conduire, car de ce commencement dépendra ta carrière.

Défais-toi de cette vantardise qui t'a beaucoup nui, ne te vante à personne, pas même en famille, ni avec aucun ami, de la protection du gouverneur.

Sacrifie tout à tes devoirs et applique-toi bien et sois dévoué à ton affaire.

Si le gouverneur est content de toi, s'il te propose pour une place supérieure, je serai sans doute en mesure de te la faire obtenir ici ; mais pour ce faire, il faut que j'aie la certitude que tu en es capable et qu'une fois que tu l'auras tu la rempliras bien.

Tu nous écris bien vaguement et je vois toujours le même Henri.

Ainsi tu ne me dis pas quel est le personnel administratif, sur quelles bases est établie l'Administration de Bourbon ce que tu peux y faire — quelles sont les places lucratives — tu me demandes seulement de te recommander au gouverneur en m'écrivant que tu es dans la misère sans me dire ce que tu tentes ou ce que tu as tenté — en sorte que je n'ai que des choses vagues à dire au gouverneur et que je ne sais que lui demander — tout cela est bien inconséquent.

Enfin je suis certain que M. Bazoche te placera de façon à ce que tu puisses vivre en attendant mieux.

Ne pense pas à revenir en France jusqu'à ce que l'un de nous, Surville ou moi soyons arrivés à un résultat qui nous permette de te placer convenablement, car ma mère comme je te le dis est dans le plus affreux dénuement, ainsi que moi qui ai encore pour cent cinquante mille francs de dettes et qui travaille nuit et jour pour les payer.

Quand mon neveu Honoré aura une dizaine d'années, et qu'il pourra être confié à une personne sûre, et même avant dix ans, je te le demanderai, je pourrai avoir une bourse pour lui, et le faire élever — ne t'occupe jusqu'à sept ans que de lui apprendre à lire et à écrire et forme-lui le corps — voilà l'essentiel.

Cette année on va publier mes œuvres, je t'enverrai

volume à volume, un exemplaire à Bourbon ainsi qu'au Gouverneur. Ne nous écris jamais que par la correspondance du gouvernement, en adressant sous la couverture de M. Coster[4], Chef de Division au Ministère de la Marine nous serons sûrs ainsi de recevoir tes lettres.

Embrasse Honoré pour moi, présente mes amitiés à ta femme, et compte sur notre affection, mais, nous sommes malheureusement dans la plus affreuse impuissance d'argent — Si M. Bazoche ne reste que 3 ans à Bourbon tu pourrais m'envoyer par lui, Honoré, mais il restera sans doute plus longtemps et je le désire pour toi.

Sois certain que ton avenir dépend entièrement de toi, que la protection ne manquera pas à ta capacité, mais si tu entres dans l'Administration, il faut y rendre des services. Plus tard tu tâcheras d'économiser sur tes appointements et tu joindras quelque petite industrie à ta place, mais sagement.

Je joins à ma lettre les modèles d'écriture que tu m'as spécialement demandés.

Adieu, mon cher Henri, j'ai fait pour toi tout ce que je pouvais faire dans les circonstances actuelles, et je souhaite que tu saches en bien profiter.

J'avais à la Martinique un ami qui avait un emploi brillant et fructueux dans l'état civil[5], je pense qu'il en est ainsi à Bourbon, et j'ai parlé de cette place au gouverneur, mais n'ayant aucun renseignement je ne savais qu'en dire — Encore une fois adieu et aye [*sic*] bon courage — Ton frère

Honoré de Bc.

Mon cher Henri, mets d'abord une enveloppe à n[otre] adresse une seconde au nom de M. Coster, Chef de Division et une 3me à Monsieur le Ministre de la Marine[6].

41-57. À ALEXANDRE DUJARIER

[Passy,] 1er juin [1841].

Monsieur,

Le titre de la nouvelle que je ferai pour *La Presse* est *Un Ménage de garçon en province* (suite des *Deux Frères*[1]).

Agréez mes compliments

de Bc.

Cela fera près de 12 feuilletons et soldera mon compte, que j'irai vérifier. J'enverrai la copie à l'imp[rimer]ie rue de Vaugirard ; mais cela ne sera guère prêt avant le mois d'août, il faut au moins un mois et demi pour achever cela.

41-58. VICTOR HUGO À BALZAC

[Paris,] ce mardi 1er juin [1841].

Je suis averti confidentiellement, mon cher Balzac, que *Le Charivari* doit publier un article de M. Pagès[1] très hostile pour moi à propos de ma réception. — Vous avez toute influence sur M. Dutacq. Vous me rendriez un *très grand* service si vous pouviez l'empêcher. Je vous dirai mes raisons la première fois que je serai assez heureux pour vous serrer la main.

Faites-moi savoir demain avant sept heures du soir si vous tenez toujours à ce que je vous garde un billet de centre[2].

Mille profondes amitiés.

V. H.

[Adresse :] Monsieur | H. de Balzac | 108, ou 104, r[ue] de Richelieu | très pressé V. H.

41-59. À VICTOR HUGO

[Paris, 1er juin 1841[1].]

Mon cher Hugo, je trouve votre lettre chez moi[2] où le hasard m'a fait aller, je vous écris du *Charivari*, je serai chez vous à 9 heures[3] avec l'épreuve, vous verrez à faire retrancher ou modifier ; mais voilà toute mon influence. *Le Charivari* regarde comme de son essence de faire un article en charge, et Dutacq me l'a spécialement demandé, il trouve que c'est fermer boutique que de ne rien dire, j'ai proposé l'Académie en échange, mais selon lui 39 ne valent pas 1, arithmétique de Carillon[4].

Tout à vous
de Balzac.

41-60. À VICTOR HUGO

[Paris, mercredi 2 juin 1841.]

Mon cher Hugo, j'ai trouvé l'esprit de rédaction, l'indépendance de la pensée, le JOURNAL révoltés de l'idée de censure exercée sur un article, le retranchement des phrases[1] équivalait au retranchement de l'article. Il était onze heures. Malgré la lutte vive, je n'ai rien obtenu. Je ne puis rien sur D[utacq], et nous aurons deux mots de conversation à ce sujet. Il faudra rendre 10 blessures pour une,

tout à vous

de Balzac.

41-61. MARIE D'AGOULT À BALZAC

[Paris, 4 juin 1841.]

Si vous n'avez pas d'engagement pour *jeudi prochain*[1] voulez-v[ous] venir dîner avec moi ? Ce sera tout à fait aimable.

Marie d'Agoult.

Vendredi.

41-62. MARIE D'AGOULT À BALZAC

[Paris, 6 juin 1841.]

R. S. V. P. pour cause.

Marie d'Agoult.

6 Juin.

41-63. MARIE D'AGOULT À BALZAC

[Paris, 7 juin 1841.]

Voilà M. Ingres à qui j'offre ce petit banquet qui me prie d'ajourner à samedi parce qu'il veut rester toute la soirée et qu'il est pris jeudi. Serez-vous libre samedi ? Je l'espère et je compte aussi sur toute votre soirée.

Marie d'Agoult.

Toujours R. S. V. P.

Lundi 7[1].

41-64. À ANTOINE POMMIER

[Paris, 14 juin 1841.]

Mon cher Monsieur Pommier

Je suis allé à l'assurance et vous en recevrez le papier. Présentez de ma part cette lettre aux membres composant la commission, il m'est impossible d'y aller. Je m'enferme pour 10 jours afin de finir deux grands et longs travaux urgents, qui doivent débarrasser mes affaires.

Agréez mes complim[ents]

de Balzac.

[Adresse :] Monsieur Pommier | Agent de la Société des gens de lettres | 21, rue de Provence | Paris.
[Cachet postal :] Paris, 14 juin 1841.

41-65. À NICOLAS FRANÇOIS DURANGEL

[21 juin 1841.]

J'ai reçu de Monsieur Durangel, rédacteur en chef du *Messager*, la somme de deux mille francs[1] en compte sur ma rédaction d'*Ursule Mirouët*.

Paris, ce 21 juin 1841

de Balzac.

41-66. AUX MEMBRES DE LA COMMISSION DITE DU « MANIFESTE »

[Paris, avant le 25 juin 1841.]

Messieurs,

Votre commission, après un travail de quatre séances, a reconnu :

1° Qu'il était presque impossible de rédiger collectivement un manifeste, attendu que l'on obtenait constamment sept idées pour une et que de la discussion perpétuelle il ne sortait que des phrases incolores ;

2° Par suite de la discussion, il est résulté cet avis unanime :

Que le manifeste contenait une suite d'allégations plus ou moins éloquentes, mais essentiellement sujettes à la contradiction ;

Que les corps constitués ne devaient pas procéder par allégations ;

Que toute affirmation, essentiellement bonne en elle-même, devait reposer sur des faits ;

Qu'en conséquence, il était impossible de donner les affirmations sans les faits ; qu'à chaque articulation grave, il était de la dignité du comité d'apporter les preuves ou les faits ;

3° Que de ces considérations, il résultait la nécessité de diriger la publication à faire en autant de parties qu'il y a d'ordres de faits différents ;

Que chaque paragraphe actuel peut très bien constituer le sommaire ou le résumé des faits qui sont à recueillir ;

Mais qu'alors ce travail exige une division, une augmentation et une distribution nouvelles ; que dans tous les cas, le travail doit offrir des conclusions ;

En conséquence, la commission propose à l'unanimité au comité :

1° La division de la publication en autant de chapitres qu'il y a d'ordres de faits comme idées générales : — journalisme, — librairie, — publicité, — loi sur la propriété littéraire — encouragements ;

2° La distribution de chaque chapitre à un membre

différent du comité, avec la charge de recueillir les documents qui s'y rattachent;

3° La nomination d'un président qui puisse conduire le travail ;

Quand tous les éléments seront réunis, la publication aura les caractères qu'elle doit offrir, et au public, et à l'administration, et à la société[1].

41-67. À FRÉDÉRICK LEMAÎTRE

[Aux Jardies, juin ou juillet 1841[1].]

Mon cher Monsieur Frédérick Lemaître,

Voici la lettre que je reçois du ministre de l'Instruction publique, à propos de votre demande, et vous l'avez sans doute négligée, car les raisons que donne le ministre sont un peu banales. Mais comme vous ne devez pas les ignorer, je vous envoie cette lettre, et souhaite que vous mettiez de la persistance à vos démarches.

Agréez, je vous prie, mes compliments

de Balzac.

41-68. À SYLVAIN GAVAULT

[Passy, 8 juillet 1841.]

Mon bon Monsieur Gavault, ces messieurs se plaignaient de ne pas avoir reçu votre rédaction[1], mardi, je suis si occupé qu'après avoir promis de passer chez vous, je n'ai pu le faire, car je passe toutes les nuits, il faut que j'arrive à jour fixe pour *Le Messager*[2]. Ayez la bonté de leur envoyer le libellé et quand il y aura rendez-vous, dites-leur de me prévenir pour vous en éviter la peine.

Votre affectionné,
de Bc.

Jeudi.

[Adresse :] Monsieur Gavault | 16, rue Sainte-Anne, | Paris.
[Cachet postal :] 9 juillet 1841.

41-69. ARMAND DUTACQ À BALZAC

[Paris, 12 juillet 1841.]

Mon cher Honoré,

Les notes du *Siècle* et du *Charivari* me forcent à me mettre à la disposition de M. Desnoyers[1]. Voulez-vous m'assister dans cette circonstance avec MM. Géniol[e][2] et Delahod[d]e[3]. Si l'affaire a des suites graves elle sera continuée par ces deux Messieurs[4]. Si vous acceptez je vous attendrai rue du Croissant à *deux heures*.

Tout à vous

A. Dutacq.

Ce lundi matin.

[Adresse :] Monsieur | Monsieur de Balzac.

41-70. À LOUIS CRÉTÉ

[Paris, fin juillet ou août 1841.]

Au nom de Dieu, monsieur, si vous avez comme vous me l'avez écrit 9 feuilles de ce caractère, envoyez-moi donc, dans le plus bref délai, la composition de tout ce qui vous reste de copie pour que je vous fasse promptement atteindre les 3 placards composés dans le milieu du tome II. Vous me faites un tort énorme en ne marchant pas sur cet ouvrage le premier que doive faire paraître M. Souverain. Vous avez mis 2 mois à faire 5 feuilles ! J'attends donc pour mardi la composition du manuscrit que vous avez. Il m'en faut au moins pour une valeur de 2 feuilles, car je veux encore une feuille 22 dans le tome Ier. Je garde la 21 où il y a deux sonnets à mettre[1].

Agréez mes compliments

de Bc.

41-71. CONSTANTIN BISSONNIER À BALZAC

Sèvres, le 21 juillet 1841.

Bissonnier, Huissier-Priseur
Près les Tribunaux de Versailles & Audiencier de la
Justice de Paix de Sèvres,
Rue Royale, 46 à Sèvres.

Monsieur

Brouette[1] qui sort de l'étude m'a prié de vous envoyer la note des créances[2] que je l'ai chargé de recouvrer sur vous et de vous indiquer un rendez-vous à Paris.

J'ai peu de temps à moi et il serait gênant de faire un voyage à Paris sans avoir la certitude de vous y trouver. Il me serait préférable de vous attendre à Sèvres ou d'aller aux Jardies le jour que vous m'indiquerez. Si cependant il vous est de toute impossibilité de vous déranger je me résignerai à aller à Paris mais pour cela il faudrait que je sois bien certain de ne point faire le voyage inutilement et de vous trouver. Indiquez-moi le jour et l'heure et le lieu où je vous trouverai, je serai exact, faites de même, vous savez que le samedi il m'est impossible de m'absenter.

J'ai l'honneur d'être
Monsieur
Votre dévoué serviteur
Bissonnier.

[Adresse :] Monsieur | Monsieur de Balzac | rue Richelieu 108 | Paris.
[Cachet postal :] 22 juillet 1841.

41-72. CONSTANTIN BISSONNIER À BALZAC

[Sèvres, 25 juillet 1841.]

Monsieur

À la note que je vous ai envoyée[1] il convient d'ajouter
La créance Deschamps	787 50
Celle Ducret, billet Bregand	690.
Les intérêts de cette dernière créance du 16 juillet 1840	mémoire

J'attends votre rendez-vous ?

> Votre bien dévoué
> Bissonnier.

25 J^t 41.

[Adresse :] Monsieur | de Balzac | rue Richelieu 108 | Paris.
[Cachet postal :] Sèvres 25 juillet 1841.

41-73. À SYLVAIN GAVAULT

[26 juillet 1841[1] ?]

Mon bon Monsieur Gavault, je suis obligé de vous envoyer ma mère[2], car je suis trop accablé de travail pour aujourd'hui. Aussi ne pourrai-je voir les danseurs Espagnols.

> Mille amitiés
> de B.

41-74. HENRY DE BALZAC À BALZAC

St-Denis, Île Bourbon, le 1er août 1841.

Mon cher Honoré, je t'écris encore aujourd'hui[1] car il se présente une occasion chose qui ne nous arrive pas tous les jours en cette saison pour te prier de m'écrire au moins une fois et me donner des nouvelles de vous tous. Inquiet sur votre sort à tous, car voilà près de trois ans que j'ai eu de vos nouvelles. Quoique ton temps est [*sic*] précieux j'espère que tu en perdras un jour une partie pour ton frère dont tu n'as pas souvent entendu parler.

Ma femme et mes enfants jouissent ainsi que moi d'une bonne santé mais le travail me manque entièrement et je suffis à peine à vivre avec la faible place que j'ai obtenue du gouvernement local. J'ai changé de bureau et suis employé aujourd'hui à la direction de l'Intérieur où j'ai eu 1 800 fr. d'appointements par an. Mais qu'est-ce que cette somme pour un ménage de quatre personnes[2] et dans les colonies ; si encore je les avais en France je pourrais me tirer d'embarras mais ici c'est impossible.

Je me suis fait recevoir arpenteur juré l'année dernière[3] après un examen sévère que l'on m'a fait passer, mais enfin j'ai eu le bonheur de réussir mais combien peu cela me rapporte. J'avais eu quelques leçons mais en ce moment je n'en ai aucune et je t'avouerai que je suis dans la misère la plus complète nous avons à peine du pain pour vivre. Je suis désolé le pays ne m'offre aucune ressource ; je viens encore aujourd'hui te prier de faire des efforts pour me rappeler auprès de vous ou du moins de me faire obtenir quelque emploi ici qui me mette à même de pouvoir nourrir et élever ma petite famille.

Tu m'as écrit à mon départ de France que si je ne réussissais pas dans les colonies que j'avais un frère en France et que tu me viendrais en aide. Je me trouve dans ce cas mon cher Honoré en ce moment car je suis sans ressource nous sommes tous sans vêtements, sans pain et sans espoir d'en avoir de longtemps que par l'assistance de la métropole. Me tromperai-je en m'adressant à toi ? Je ne le pense pas et c'est avec confiance que je t'écris. Réponds-moi pour l'amour de Dieu. Une lettre de toi près le gouverneur me serait d'un grand secours il me croit maudit, je crois, par le silence de vous tous.

Pour me sortir d'embarras, j'ai trouvé un monsieur qui part sous peu pour [la] France et qui va faire une pacotille à Paris même. Il veut bien m'avancer 1 000 fr. qui me feront bien des ressources et me permettront d'attendre un avenir meilleur et me donner du linge ainsi qu'à ma petite famille. Me permettrais-tu de tirer sur toi à trois mois de cette somme. Te demander permission de si loin c'est un rêve tu diras et tu [te] mettras à rire, mais pour [me] tirer du chagrin et de la misère je ne puis m'adresser qu'à toi. Notre pauvre mère n'a peut-être pas de quoi y répondre et ce serait la tuer que de le lui demander.

Toi tu pourras, je le crois, faire cette somme facilement et je viens te la demander avec insistance. Ne crois pas que cette complaisance soit renouvelée, non ; il a fallu la misère dans laquelle je me trouve pour me permettre d'en agir ainsi et je viens te prier de faire honneur à ma signature. D'ici là peut-être je serai en position de ne plus être dans une pareille gêne et plus tard mon travail me permettra peut-être de te la rendre.

Dans une lettre qui a dû t'être remise par un lieutenant de vaisseau M. Rejou par lequel j'ai écrit à toute la famille, je te mandais de m'envoyer des épreuves de caractères de Laurent et Deberny[4]. Je suis forcé pour vivre de donner des leçons et de faire des diplômes de maçon et je n'ai point de modèles de caractère. Lié comme tu étais avec la famille Deberny[5] il te sera facile de m'envoyer cela et je te renouvelle ma demande.

Donne-moi je t'en conjure des nouvelles de vous tous ; Laure ne m'écrit pas, elle a le temps cependant elle et je ne reçois de vos nouvelles que par les journaux et quelquefois par des personnes qui arrivent de France et qui ont eu occasion de te voir. Entre autres un jeune homme qui t'a rencontré cet hiver à un bal masqué de l'Opéra poursuivant un domino rose avec lequel m'a-t-il dit tu causais fort longuement et c'est la dernière fois que j'ai su que tu te portais bien. Donne-moi je te prie des nouvelles de notre mère, comment vit-elle, et comment passe-t-elle ses instants la vois-tu souvent ? Je t'en prie cause un peu avec moi il y a si longtemps que cela t'est arrivé que tu pourras bien m'accorder cette faveur. Ta dernière lettre est à mon départ en 1836.

Adieu, mon bon frère, charge-toi pour ma femme et moi d'embrasser ma mère, ma sœur et nos nièces, de prier Surville de tâcher de m'employer près de lui et s'il ne peut pas ainsi que toi tâche entre vous deux par vos connaissances de m'avoir des protecteurs à Bourbon.

Ma femme et moi t'embrassons. Mon petit Honoré qui ne te connaît pas ne fait cependant que de parler de son oncle, je t'assure qu'il a bien envie de te connaître. Il a grandement besoin de ton appui.

Ton frère

Henry.

41-75. WAGNER, RELIEUR, À BALZAC

Paris ce 4 août 1841.

Monsieur de Balzac,

Veuillez bien avoir la bonté de me faire dire, s'il vous serez possible de m'aider avec 100 fr. pour le 15 de cet mois, je rembourse après vos ordres le dernière effet de 200 fr.[1] et je me trouve gêné pour le moment, remplir un billet de 300 fr. En attendant une réponse pour ma consolation je reste

avec
parfaite considération
votre dévoué
Wagner.
N° 10 passage de l'Industrie, fbg St-Denis.

[Adresse :] Monsieur | Monsieur de Balzac | Homme de lettres | En ville.

41-76. À HIPPOLYTE SOUVERAIN

[Passy, 9 ? août ? 1841[1].]

J'ai lu si précipitamment les bons à tirer des *Mémoires* que j'ai oublié, page 251 de marquer (feuille 16) une faute (ligne 14²) un *à* qui doit être placé ligne 15, au-dessous entre les noms *jour* et *Louis*.

Envoyez je vous prie ce petit mot à l'imprimeur.

Mille compl[iments]
de Balzac.

Il aura lundi les 20 feuillets de copie nécessaire pour terminer le volume³.

Il y a dans le placard que je vous ai renvoyé, un petit bout de composition conservé à la dernière colonne où il y a des corrections, coupez-le, et renvoyez-le-moi rue de Richelieu j'en ai bien besoin, je ne l'ai pas —

[Adresse :] Monsieur Souverain | 5, rue des Beaux-Arts | Paris.
[Cachet postal :] 1841.

41-77. PIERRE-JULES HETZEL À BALZAC

[Paris, 10 août 1841.]

Mon cher Balzac,

Je n'ai encore rien de nouveau à vous apprendre sinon que bien entendu rien n'est changé dans nos rapports et que si Dubochet et moi nous avons pensé que le traité était fait sous la réserve d'y faire des modifications, nous reconnaissons cependant que vous avez mis beaucoup de bonne volonté dans cette revue et correction du 1ᵉʳ traité¹.

Veuillez bien dire aussi à M. Gavault que M. Dubochet et moi nous sommes très pénétrés de l'extrême obligeance qu'il a mise dans toute cette (sotte) affaire et que nous nous louons beaucoup de sa bienveillante entremise.

Ceci j'aurais pu ne pas vous l'écrire pour mon propre compte car cela allait de soi, entre nous deux. Mais je vous l'écris en notre double nom de Dubochet et moi.

Et maintenant gros père je vous dis bonjour et vous demande si mon *Lion*² est à vau-l'eau je l'attends, je l'attends. Veuillez aussi me dire quel jour au juste je puis l'avoir. On m'affirmait que vous n'aviez pas trop d'exactitude on s'est trompé certainement car vous avez été avec moi un auteur de la plus belle parole.

Adieu.

Encore un mot. Les billets que je vous ai faits quelle est la date ? Ceux de Charpentier et autres — J'ai bien les échéances mais pour donner la part à Dubochet il serait bon que je susse si ceux [de] Charpentier sont plus rapprochés que les autres, ou moins.

Adieu.

[Paraphe.]

[Adresse :] Monsieur | Monsieur de Brugnol | rue Basse | Passy.
[Cachet postal :] Paris, 10 août 41.

41-78. LOUIS DESESSART À BALZAC

[Paris, 16 août 1841.]

Je soussigné reconnais que Monsieur de Balzac ne m'a cédé la réimpression d'une nouvelle de sa comp[osition] intitulée *Marcas*[1] qu'à la condition de pouvoir l'insérer dans ses *Œuvres complètes* ou dans les *Scènes de la vie politique* et dans tous les cas il ne m'a laissé qu'un an la jouissance exclusive de la réimpression dans le format in-8°.

Paris ce 16 août 1841
G. ? Desessart.

41-79. ALEXANDRE DUJARIER À BALZAC

Paris, 17 août 1841.

Monsieur de Balzac,

La Presse va reprendre la publication de *Mathilde*[1] qui doit être prochainement entièrement achevée. J'ai compté et je compte toujours sur la suite des *Deux Frères* pour succéder à *Mathilde*. Dans votre dernière lettre[2] vous me promettiez : *Un ménage de garçon en province* pour les premiers jours d'août. Il me suffira d'avoir vos épreuves au commencement de 7bre. Je vous serai très obligé d'envoyer votre copie à l'imprimerie rue de Vaugirard, en temps utile.

Avez-vous l'intention de donner suite à vos idées d'articles sur la nécromancie ? Avez-vous des propositions positives à me faire à ce sujet ?

Accueillez, je vous prie, mes compliments

Dujarier.

[Adresse :] Monsieur de Balzac. | (Réponse.)

41-80. À ALEXANDRE DUJARIER

[Passy, 22 août 1841.]

Monsieur,

Le manuscrit d'un *Ménage de garçon en province* ne pourra être remis à l'imp[rimer]ie Béthune et Plon avant la fin de 7bre.

Ainsi vous aurez vraisemblablement le *bon à composer* pour la 1re quinzaine d'octobre[1].

Agréez mes compliments

de Bc.

22 août.

[Adresse :] M. Dujarrier [*sic*], à *La Presse*.

41-81. À LOUIS CRÉTÉ

[Paris, 26 août 1841.]

Je prie Monsieur Crété de faire tirer au plus vite ces 6 feuilles, afin d'avoir les garnitures et le caractère pour les 6 premières du tome II[1], dont il a une partie de la matière et le reste de la copie en accompagnera l'épreuve corrigée —

Envoyer les (doubles) bonnes feuilles 17, 18, 19, 20 et 21 dès qu'elles seront tirées

26 août, de Bc.

Donnez promptement une révision de celle-ci[2].

[En marge oblique :]

Épreuve corrigée.

[Adresse :] Monsieur Crété | imprimeur | CORBEIL.
[Cachets postaux :] Paris 26 août | Corbeil 27 août 1841.

41-82. À HIPPOLYTE SOUVERAIN

[Fin août 1841.]

M. de Balzac prie Monsieur Souverain de remettre au porteur cinq *Curés* et la feuille 21[1],

de Bc.

41-83. LE DOCTEUR JULES CHARPIGNON À BALZAC

Orléans 4 septembre 1841.

Monsieur,

Veuillez s'il vous plaît agréer le livre que je prends la liberté de vous offrir[1]. Il renferme le développement d'idées que j'ai vu[es] bien souvent avancées dans vos œuvres.

Quoique bien jeune encore j'ai embrassé la carrière épineuse d'une médecine nouvelle et vous savez ce qu'il en coûte pour aller contre tous. Mon livre pourrait aider, j'espère, mais que ne faut-il pour qu'une œuvre soit connue!

Quand vous m'aurez lu, Monsieur, si j'ai gagné votre sympathie, mettez je vous prie le doigt sur mon livre et on le verra, et on voudra le lire. Je veux dire que votre position littéraire vous permettant d'obtenir place pour quelques lignes dans un journal d'une certaine valeur, je vous demanderais un article sur mon livre.

Recevez, monsieur, l'assurance de la haute considération avec laquelle j'ai l'honneur d'être

Votre très humble serviteur,
Charpignon.

[Signature suivie de deux lettres peu lisibles en raison de la reliure : ml[a] *?]*

41-84. ALEXANDRA ZRAJEVSKAÏA
À BALZAC

St-Pétersbourg le 4 septembre 1841.

Monsieur,

J'aurais désiré, depuis longtemps vous envoyer ma traduction en russe[1] de *Louis Lambert* accompagnée d'une introduction et de quelques remarques que j'ai faites à ce sujet, mais les circonstances ne m'avaient pas été favorables pour cela jusqu'à ce jour. Ainsi, Monsieur, je serais très charmée si vous vouliez bien accepter de nouveau votre ouvrage que j'ai tâché de traduire aussi exactement que possible ; ce qui m'a coûté assez de peine ; car j'ai été obligée pour rendre exactement votre pensée, de créer, pour ainsi dire, de nouvelles expressions russes : et qui ont eu du succès, quoique les ouvrages français [soient] très répandus chez nous. Nos journaux russes en ont fait de grands éloges.

Pleine d'admiration pour vos travaux littéraires, je vous prie donc, Monsieur, d'agréer avec bienveillance ma traduction et les preuves d'estime de celle qui a l'honneur d'être
votre dévouée

Alexandrine de Zrajevsky.

P. S. — En cas que vous vouliez m'écrire quelques lignes voici mon adresse :

À mademoiselle
Alexandrine de Zrajevsky
à St-Pétersbourg ; à Vasili-Ostroff dans la 14ᵉ ligne entre la Grande Perspective et la Moyenne, maison Malghine n° 24.

41-85. AU PRÉSIDENT DE LA SOCIÉTÉ
DES GENS DE LETTRES

[Paris, 5 septembre 1841.]

À Monsieur le Président de la
Société des gens de lettres[1].

Monsieur,

J'ai l'honneur de vous prier de mettre sous les yeux du Comité la démission que je donne par cette lettre de membre de la Société des gens de lettres[2].

Agréez, je vous prie l'assurance des sentiments distingués avec lesquels j'ai l'honneur d'être

v[otre] t[rès] d[évoué] et t[rès] o[béissant] s[erviteur]
de Balzac.

Paris, 5 7bre 1841.

41-86. À LOUIS CRÉTÉ

[Paris, après le 6 septembre 1841.]

Monsieur Crété ne m'a envoyé qu'*un* exemplaire des 4 1res feuilles, il m'en faut un second, il me l'enverra avec les 2 doubles bonnes feuilles de ces 2 feuilles.

J'attends les épreuves des feuilles 7, 8, 9, et suivantes puisque tout est complet jusqu'à la feuille 17 et que le manuscrit de la fin du vol[ume] est pr[êt]

Bon à tirer

de Bc.

Quoiqu'il y ait une lettre ajoutée, comme elle est très lisiblement écrite, le correcteur aura soi[n] de la vérifier[1].

41-87. JAMES GALIFFE À BALZAC

[Paris, 7 septembre 1841.]

Si Monsieur de Balzac voulait recevoir la visite de Mr Galiffe de Genève, auteur de quelques ouvrages historiques peu connus, mais sincère admirateur des siens, il l'obligerait beaucoup. Mr G[aliffe] n'est ici que pour peu de jours encore, devant partir pour Florence dans la huitaine.

Paris 7 septembre 1841.
Hôtel et rue Neuve d'Antin, 8

[Adresse :] Monsieur | Monsieur de Balzac | Rue des Batailles 13 | Chaillot.

[D'une autre main :] partit sans laisser dadresse | arevoir [*sic*] le 8 à la 2ᵉ.
[D'une troisième main :] parti rue de Richelieu.
[Cachet postal :] 7 septembre 1841.

41-88. PIERRE-JULES HETZEL À BALZAC

[Paris, 11 septembre 1841.]

Ma foi, mon cher Balzac, je viens de relire *Le Lion*[1]. Je l'ai fait lire à 10 personnes, tout le monde l'a trouvé très bien, et je suis de l'avis de tout le monde.

Dites-moi maintenant que vous le préfériez tel qu'il était sorti de votre cerveau, je le trouverai très juste et très naturel, je le trouverai peut-être vrai par-dessus le marché. *Mais pour le trou qu'il doit boucher, je l'aime mieux revu corrigé et selon vous abîmé*. Il vient d'être corrigé encore un peu. Reverrez-vous une épreuve, le signerez-vous ? Je ne veux pas que vous fassiez rien qui puisse vous être désagréable. Ainsi je vous en prie ne vous gênez pas.

Ce qu'il fallait faire, c'était de garder le plus possible en changeant le moins possible et cela a été fait. Il n'y a pas vingt lignes qui ne soient de vous. Si l'article a changé c'est de dénouement seulement et à peu de frais.

Deux mots pour les 1 000 fr. qui arrivent. Que ferez-vous, que ferons-nous ? J'en ai parlé à Dubochet qui n'a rien résolu. Il n'est pas si facile que vous croyez, mon cher Balzac de se ravoir avec vous. Vous êtes obéré même de promesses, et si nous n'avons rien trouvé à prendre en place de cet argent, c'est que vous n'aviez réellement rien à nous donner.

Pour ma part (mes 500 francs), c'est le moins embarrassant. Pensez seulement aux 500 de Dubochet.

J'ai fait une tournée chez nos auteurs. Il me faut des manuscrits pour les *Bêtes*. Il faudra bien que vous trouviez d'ici un mois un conte à me faire. Vous m'avez promis le *Paul et Virginie des animaux*[2]. Ne l'oubliez pas.

Je suis aujourd'hui fort ennuyé et je vous écris je ne sais quoi.

J. H.

[Adresse :] Monsieur de Brugnol | rue Basse nº 14 | Passy.
[Cachets postaux :] Paris 11. | Passy-lès-Paris, 12 sept.

41-89. À PIERRE-JULES HETZEL

[Passy, 12 septembre 1841.]

Mon cher Hetzel, je ne comprends pas que vous vous tourmentiez, je vous ai dit, que je trouverais tout bien ; mais je ne puis qu'approuver et je ne puis rien faire. Il s'agit d'une impossibilité de mon cerveau dont je ne suis pas maître.

Je ne suis pas non plus le maître d'aller et venir. Je serai Mardi matin chez Gérard-Séguin[1] où vous me trouverez.

Tout à vous

de Bc.

41-90. À PIERRE-JULES HETZEL

[Passy, 12 septembre 1841.]

Mon cher Hetzel,

Tout ce que vous ferez pour cet article du *Lion* sera bien fait. J'ai la plus grande confiance dans M. Stahl[1], et il ne fallait pas m'écrire quatre pages de précautions oratoires[2]. Seulement, envoyez-moi l'épreuve quand tout sera arrangé, que j'y mette la dernière façon, afin que M. Stahl ne prenne pas plus de peine qu'il ne faut.

Tout à vous

de Bc.

Je reçois votre lettre après celle que je viens d'envoyer.

41-91. NICOLAS FRANÇOIS DURANGEL
À BALZAC

[Paris, 18 septembre 1841.]

Monsieur de Balzac

Les conditions que vous avez acceptées pour votre roman intitulé *Ursule Mirouët*[1] seront appliquées à celui des *Paysans* que vous proposez au *Messager*, mais avec les modifications suivantes : *Le Messager* ne veut s'engager que pour une somme de trois mille cinq cents francs, et vous lui devrez pour ce prix cinq mille cinq cents lignes. Ce prix vous sera remis lorsque vous aurez fini votre travail et que *Le Messager* aura l'ouvrage bon à publier. Comme vous me l'avez demandé, vous pourrez d'ici à vingt jours changer le manuscrit que vous m'avez remis contre un nouveau pourvu qu'il ait la dimension ci-dessus indiquée[2].

Vous rentrerez dans v[otre] propriété comme pour *Ursule Mirouët*, et si vous autorisez des reproductions, elles seront à votre profit.

Paris 18 7bre 1841.

Durangel.

41-92. FRANÇOIS PIQUÉE À BALZAC

Paris 18 7bre 1841.

Monsieur,

Je viens vous prier d'avoir la complaisance de vouloir bien m'accorder un rendez-vous au[x] jour et heure qui vous conviendront[1]. J'ai une demande à vous faire concernant le *Musée des familles*[2].

Agréez, monsieur, l'assurance de ma considération la plus distinguée.

Piquée.

41-93. SYLVAIN GAVAULT À BALZAC

[Paris, 24 septembre 1841.]

J'espérais rencontrer Monsieur de Balzac et le prier de rendre un service à M. Trubert[1].

On a joué avant-hier au Vaudeville[2] une pièce sur laquelle le directeur fondait de grandes espérances. — Elle a été accueillie favorablement par le public et paraît appelée à un assez grand succès, si la malveillance ne s'en mêle.

Cependant M. Th. Gautier que M. Trubert croyait tout bienveillant pour lui, s'est au théâtre expliqué sur la pièce avec une dureté qui étonne d'autant plus qu'elle semblait porter à la fois sur la pièce, l'auteur et le directeur.

On craint que M. Gauthier [*sic*] aveuglé par la passion n'abuse de son esprit pour faire un mal qu'il regretterait sans doute.

Je sais que vous êtes lié avec Monsieur Gauthier et j'ai été assez confiant dans votre obligeance pour moi pour espérer que vous consentiriez à faire auprès de votre ami les démarches que demandent les circonstances.

M. Trubert est bien désireux de savoir en quoi il aurait pu très involontairement blesser Monsieur Gauthier.

Il lui importe surtout de savoir si tout cela ne se rattacherait pas à l'une de ces intrigues qui l'ont assiégé depuis son entrée au Vaudeville.

Personne n'est mieux que vous capable de deviner la vérité, sans trop paraître la rechercher. — Mieux que tout autre vous sentez que ces craintes ne doivent pas être exposées.

Je suis bien désolé de vous causer ces dérangements, mais depuis 2 ans je combats pour défendre M. Trubert contre des trames indignes. Sa malheureuse fortune m'a fait prendre de l'intérêt à ce qui lui arrive. — Ma démarche vous paraîtra donc mériter bon accueil. M. Trubert croyait arriver au port. — Garantissez-le du mauvais vent qui voudrait l'en éloigner. — Que M. Gauthier au lieu d'un article méchant, mette son esprit à contribuer au succès et il aura fait ainsi que vous une bonne action[3].

Recevez par avance mes remerciements et mes excuses et permettez-moi de vous renouveler l'assurance de mon dévouement.

Gavault.

24 7bre.

[Adresse :] Monsieur de Balzac.

41-94. ANTOINE POMMIER À BALZAC

Paris, le 29 7bre 1841.

Mon cher Monsieur de Balzac,

La question de votre démission[1] est plus grave que je ne croyais. L'art. 56[2] des statuts dit bien que chaque associé peut donner sa démission, mais il ne résulte pas clairement de là (pour moi au moins) qu'il y ait dérogation au droit commun. Or, d'après le droit commun, il faut que vos coassociés consentent à votre retraite ou qu'en cas de refus la légitimité de vos motifs de retraite soient arbitrés [*sic*] par des juges. Il suit de là pour moi que vous n'êtes pas en règle et que vous ne pouvez légalement rien faire jusqu'à ce que le comité ait accepté votre démission ou s'il la refuse jusqu'à ce qu'un tribunal arbitral constitué dans les termes des statuts l'ait déclarée opportune, légitime et valable.

Je vais écrire à M. Cauchois-Lemaire[3] pour le prier de convoquer le Comité au premier jour afin de régulariser votre position et en même temps s'occuper des modifications dont on a parlé.

Agréez, je vous prie mes affectueuses salutations.

Votre bien dévoué

Pommier.

[Adresse :] Monsieur de Balzac.

41-95. ANTOINE POMMIER À BALZAC

Paris, le 30 7bre 1841.

Mon cher Monsieur de Balzac,

Voici le projet d'article additionnel qui sera soumis à l'examen du Comité dans sa prochaine réunion. Si vous avez quelque chose à y redire, donnez-moi un rendez-vous pour que nous en causions.

Je vous engage à réfléchir à ce que je vous ai dit hier au sujet de votre démission[1], car la question est vraiment très sérieuse. Je vous engage à consulter avec attention les dispositions du code civil et l'art. 56 des statuts[2] et vous verrez qu'il faut très probablement en venir à un arbitrage entre la Société et vous.

Mille civilités

Pommier.

[Sur papier libre, joint à cette lettre :]

(Art. 29 *bis*)

Les règles ci-dessus recevront exception lorsqu'il s'agira de la reproduction d'un ouvrage faisant la matière d'un volume & plus, publié dans un journal avec l'interdiction prévue par l'art. 27.

Dans ce cas, l'auteur aura la faculté de traiter de gré à gré avec tout reproducteur pour la reproduction de l'ouvrage entier, mais il sera tenu de donner avis des traités à l'agent central & la Société aura droit sur le prix de chaque reproduction à une remise proportionnelle que le comité arbitrera sans qu'elle puisse excéder 50 %.

La remise sera perçue par voie de prélèvement lorsque l'auteur aura chargé l'agent de recouvrer les sommes qui lui seront dues ou sera payée par l'auteur à la caisse sociale lorsque ce sera lui qui recevra lesdites sommes directement.

Toute négligence ou inexactitude dans la déclaration à faire à l'agent central donnera lieu contre le contrevenant, pour chacune, à une indemnité de 300 F. au profit de la Société. Néanmoins l'indemnité ne sera encourue & le recouvrement n'en sera poursuivi qu'après décision du comité.

[Adresse :] Monsieur de Balzac.

41-96. ADOLPHE GRANIER DE CASSAGNAC
À BALZAC

[Paris, avant le 1ᵉʳ octobre 1841[1] ?]

Mon cher Balzac,

J'avais oublié de vous écrire que *Le Globe* est tout disposé à prendre votre nouvelle.

Vous seriez bien aimable si vous pouviez disposer de cinq minutes, et monter, en passant, au journal, où Mr Lechevallier[2] est tous les jours vers deux heures.

À vous,

A. Granier de Cassagnac.

41-97. EUGÈNE PELLETAN À BALZAC

Paris, le [avant le 11 octobre] 184[1].

Monsieur,

Je désirerais avoir une entrevue avec vous pour vous porter des propositions relativement à votre collaboration littéraire que nous avons vivement à cœur d'acquérir à notre journal[1].

Je vous prie donc, Monsieur, de m'indiquer le jour et l'heure où je pourrai vous voir.

Agréez l'assurance de ma parfaite considération.

Eugène Pelletan.

À M. de Balzac.

[Adresse :] Monsieur de Balzac | 108 rue Richelieu.

41-98. TRAITÉ AVEC CHARLES FURNE,
PIERRE-JULES HETZEL,
JEAN-BAPTISTE PAULIN
ET JACQUES-JULIEN DUBOCHET

[Paris, 2 octobre 1841.]

Les soussignés[1]

Mr de Balzac demeurant à Paris, rue de Richelieu n° 112, d'une part

Et MM. Furne, éditeur demeurant rue Saint-André-des-Arts, n° 55

Hetzel et Paulin, demeurant 33 rue de Seine

J.-J. Dubochet, demeurant même rue et même numéro

Tous solidaires pour le traité ci-après, d'autre part

Ont arrêté les conventions qui suivent :

Article premier — M. de Balzac cède à Messieurs Furne, Hetzel et Paulin, et J.-J. Dubochet pour le temps qui sera déterminé ci-après le droit exclusif d'imprimer et vendre ses œuvres complètes, sous le titre général de *La Comédie humaine*[2].

Le droit présentement concédé, comprendra non seulement les œuvres parues jusqu'à ce jour, mais *encore celles qui paraîtront et seront publiées dans le cours du présent traité*.

Toutefois les ouvrages nouveaux n'entreront dans la présente concession que deux ans après leur première mise en vente par volume, ou trois ans après leur publication dans les journaux ou revues[3].

Néanmoins MM. Furne, J.-J. Dubochet et Hetzel et Paulin pourront publier les dix volumes faisant l'objet des *dernières conventions faites avec M. Souverain* immédiatement après l'expiration des délais convenus avec ce dernier[4] pour le droit de réimprimer.

Article deuxième — Il est expressément convenu que si M. de Balzac ne pouvait traiter avantageusement d'un ouvrage nouveau, qu'en concédant à son éditeur le droit d'exploiter pendant trois ou quatre ans, cet ouvrage ne pourrait entrer dans les œuvres complètes qu'à l'expiration du délai concédé.

Ce délai de trois ou quatre ans ne pourra pendant le cours du présent traité s'appliquer qu'à deux ouvrages seulement et l'étendue de ces ouvrages ensemble ne pourra dépasser six volumes pareils à ceux du *Curé de campagne* [sic] édition Souverain.

Article troisième — En payant à M. de Balzac indépendamment du droit qui sera stipulé ci-après *une somme de trois mille francs* par chaque ouvrage paru dans les journaux ou revues, qui serait de la dimension du *Curé de village*, édition Souverain, il sera libre aux éditeurs soussignés, de faire entrer immédiatement ces ouvrages dans les œuvres complètes de M. de Balzac ; ladite somme *de trois mille francs* sera réglée à M. de Balzac en billets qui n'excéderont pas six mois et qui obligeront solidairement MM. Furne, J.-J. Dubochet et Hetzel et Paulin, quoique souscrits par l'un d'eux seulement.

MM. Furne, J.-J. Dubochet et Hetzel et Paulin seront déchus de ce droit, si dans les cinq jours de la mise en demeure qui leur aura été faite par M. de Balzac, ils n'ont pas fait connaître leur option et n'ont pas payé la somme de *trois mille francs* en règlement qui de même que ceux dont il est parlé ci-dessus, n'excéderont pas six mois et obligeront solidairement MM. les éditeurs soussignés, quoique souscrits par l'un d'eux seulement.

Article quatrième — M. de Balzac conserve le droit d'exploiter dans les limites ci-après, avec, ou sans illustrations et dans tous les formats, toutes ses œuvres, mais seulement par ouvrages séparés.

Mais il ne pourra publier ou céder le droit de publier des parties complètes de son œuvre déjà publiées ; telles par exemple que les *Scènes de la vie privée*, les *Scènes de la vie parisienne*, les *Études philosophiques*, etc... et même pour les ouvrages de petite dimension qui ne pourraient former à eux seuls un volume, M. de Balzac ne pourra en réunir plusieurs pour en former un volume qu'avec l'autorisation de MM. les éditeurs soussignés.

Pour diminuer d'autant l'effet de la concurrence, dans le cas où l'un des ouvrages de M. de Balzac se trouverait former un seul volume de la primitive édition des œuvres complètes, M. de Balzac s'interdit de le céder dans le format de l'édition des œuvres complètes, si ce n'est à la charge d'en former deux volumes.

Enfin M. de Balzac s'oblige d'interdire à tous autres éditeurs le droit d'annoncer sous le titre d'*œuvres complètes* ou d'*œuvres choisies* de M. de Balzac les volumes des différents ouvrages qu'ils auraient publiés, qu'ils auraient acquis, ou qu'ils pourraient acquérir d'autres éditeurs.

Comme aussi il s'oblige d'interdire aux éditeurs de ses œuvres détachées le droit de réunir les œuvres séparées pour les présenter au public, comme ses *œuvres complètes* ou comme ses *œuvres choisies*.

Article cinquième — MM. les éditeurs soussignés auront aussi le droit d'empêcher les mêmes réimpressions, en remplissant envers M. de Balzac les conditions qu'il aurait obtenues d'autres éditeurs, toujours indépendamment de la redevance qui va être stipulée par le présent traité.

Ils seront déchus de ce droit, si dans les cinq jours de la mise en demeure qui leur aura été faite ils n'ont pas fait leur option et n'ont pas satisfait aux obligations exigibles des traités projetés avec d'autres éditeurs.

Article sixième — MM. Furne, J.-J. Dubochet et Hetzel et Paulin pourront faire trois éditions, la première pourra être de trois mille exemplaires, la seconde et la troisième pourront être ensemble de quatre mille, ou si MM. Furne, Dubochet et Hetzel et Paulin le préfèrent, ils pourront tirer à quatre mille exemplaires lors de la seconde édition ; mais alors ils perdront le droit de faire une troisième édition.

MM. Furne, J.-J. Dubochet et Hetzel et Paulin pourront tirer certains volumes des œuvres complètes en plus grand nombre que certains autres ; en conséquence ils pourront tirer en plus pour quelques-uns de ces volumes ce qu'ils auront tiré en moins pour d'autres volumes mais de manière à ce que le produit par trois mille des volumes de la première édition et par quatre mille des volumes pour les deux autres éditions ne soit jamais dépassé.

Article septième — MM. Furne, J.-J. Dubochet et Hetzel et

Paulin auront en tout temps la faculté de renoncer au droit présentement concédé par M. de Balzac.

Dans ce cas, ce dernier rentrera pleinement dans tous ses droits comme si le présent traité n'était jamais intervenu.

Si les éditeurs restaient dix-huit mois sans faire paraître un nouveau volume, cette inaction de leur part équivaudrait à une renonciation et M. de Balzac pourrait disposer de son œuvre comme s'il n'avait jamais traité avec eux.

Article huitième — En cas de renonciation soit expresse soit tacite ce qui sera dû à M. de Balzac pour les volumes imprimés, lui sera immédiatement livré en billets à six mois et ce qui aurait pu être payé par anticipation, même la somme présentement payée, sera irrévocablement acquis à M. de Balzac.

Article neuvième — MM. Furne, Hetzel et Paulin et J.-J. Dubochet pourront se céder entr'eux le présent traité[5], mais ceux qui se seront retirés n'en continueront pas moins d'être obligés solidaires envers M. de Balzac, à l'exécution de toutes clauses du présent traité.

Ils pourront même toujours en restant garants solidaires, céder leurs droits à un tiers éditeur, d'une solvabilité notoire.

Cette cession pour être valable devra être soumise à l'acceptation écrite de M. de Balzac.

En cas de refus de la part de M. de Balzac pour incompatibilité ou toute autre cause, ce refus sera jugé par arbitres qui ne seront pas tenus de motiver leurs décisions et prononceront d'une manière absolue et souveraine.

Article dixième — En cas de décès de tous les éditeurs, si les héritiers ne renoncent pas à l'exécution du présent traité, M. de Balzac aura le droit qui lui est expressément conféré, de vendre les droits résultant du présent traité au profit de leurs successions moyennant le prix qui sera ultérieurement déterminé par trois arbitres.

Article onzième — MM. Furne, J.-J. Dubochet et Hetzel et Paulin donneront tous leurs soins à chacune des éditions, ils leur donneront la plus grande publicité et généralement feront tout ce qui dépendra d'eux pour assurer le succès de l'entreprise.

Toutefois, il est stipulé comme condition essentielle des présentes que le prix de chaque volume ne pourra excéder cinq francs.

Article douzième — La durée du présent traité *est fixée à huit années à partir de ce jour* y compris le temps de la fabrication et de la vente, en sorte qu'après l'expiration de ce temps, MM. Furne, J.-J. Dubochet et Hetzel et Paulin ne pourront faire aucun tirage et M. de Balzac rentrera dans la plénitude de ses droits comme si le traité n'avait pas eu lieu, sans préjudice de ses droits contre les susnommés pour l'exécution des obligations contractées à son profit[6].

Article treizième — L'ordre et la distribution des matières, la tomaison et l'ordre des volumes appartiendront exclusivement à M. de Balzac.

Néanmoins les éditeurs, en conservant les distributions et l'ordre assignés par M. de Balzac pourront intervertir ces ordres, quant à l'impression et mise en vente des volumes, de telle sorte que par exemple, le dixième volume, selon l'ordre adopté, puisse cependant être publié avant tout autre volume qui précéderait le dixième.

Article quatorzième — M. de Balzac aura le droit de faire à son œuvre les corrections qu'il jugera convenables. Toutefois les éditeurs ne seront pas tenus de supporter les corrections qui par une moyenne établie sur dix volumes dépasseraient cinq francs et par feuilles l'une dans l'autre.

Article quinzième — La présente concession a été faite moyennant la redevance de cinquante centimes à payer à M. de Balzac par MM. Furne, J.-J. Dubochet et Hetzel et Paulin pour chaque volume de vingt-quatre feuilles au moins conformes à la feuille actuellement composée à l'imprimerie de MM. Béthune et Plon[7].

Si dans les éditions subséquentes MM. Furne, J.-J. Dubochet et Hetzel et Paulin voulaient changer le format adopté pour la première édition, la redevance à payer à M. de Balzac sur les volumes des éditions nouvelles, serait calculée d'après les dimensions du volume de la première édition.

Article seizième — MM. Furne, J.-J. Dubochet et Hetzel et Paulin ont payé à M. de Balzac en leurs billets, la somme de quinze mille francs, à valoir sur les redevances auxquelles il aura droit sur la première édition.

Le surplus de cette redevance sur les trois mille exemplaires de la première édition lui sera payé aussitôt après la vente de quarante mille volumes.

Lors de la seconde et de la troisième édition, le compte des redevances pour la précédente édition sera réglé et soldé comptant à M. de Balzac.

Les redevances pour l'édition à faire lui seront réglées en billets à six mois.

Article dix-septième — En sus du prix ci-dessus M. de Balzac aura droit à soixante-dix exemplaires de ses œuvres complètes sur la première édition.

Ces soixante-dix exemplaires ainsi que les mains de passe seront tirés en sus des trois mille exemplaires formant le maximum de la première édition.

Article dix-huitième — En cas de contestation au sujet des présentes ou sur leur exécution les difficultés qui surviendraient entre les parties seront jugées par trois arbitres dont l'un sera nommé par M. de Balzac et l'autre par les éditeurs.

Le troisième arbitre sera choisi par les deux arbitres déjà nommés ou en cas de discord par M. le Président du tribunal de commerce, en présence des parties, ou elles dûment appelées.

Les arbitres statueront comme amiables compositeurs et juges souverains, sans pourvoi en cassation.

Fait en deux originaux dont un original pour MM. Furne, J.-J. Dubochet et Hetzel et Paulin

Et l'autre pour M. de Balzac, le deux octobre mil huit cent quarante et un.

Approuvé l'écriture ci-dessus

Furne et Cie.

Approuvé l'écriture ci-dessus et de l'autre part

de Balzac.

Approuvé l'écriture ci-dessus et d'autre part

J.-J. Dubochet.

Approuvé l'écriture ci-dessus

Jules Hetzel et Paulin.

[En marge du folio 34, annotation postérieure :]

La Comédie humaine
2 8bre 1841.
Traité entre Mrs Hetzel et Paulin J. Dubochet et Furne.
Huit années à partir du 2 8bre 1841.
50 centimes par volume.
Tirage 30 000.
16 volumes de au moins 25 pages [*sic* pour feuilles].
15 000 f. payables comptant.
Le surplus après le tirage de 40 mille volumes.

41-99. FRANÇOIS PIQUÉE À BALZAC

Paris, le 2 8bre 1841.

Monsieur de Balzac,

D'après ce que nous vous avons soumis des désirs du journal dont nous sommes directeur[1] d'avoir une nouvelle de votre composition, il nous paraît que les propositions suivantes pourraient vous convenir.

L'étendue de votre nouvelle ne dépasserait pas trois mille lignes et nous vous la paierions à raison de cinquante centimes la ligne.

Vous vous engageriez à nous donner ce manuscrit à composer pour le mois de février 1843 ; mais si vous le remettiez avant cette époque nous serions obligés au paiement et si vous nous livrez le manuscrit avant la fin de février, nous nous engageons à le publier dans les n^os de 7bre et 8bre 1842. À la remise du manuscrit nous vous remettrons *cinq cents francs*, pareille somme vous sera remise après la 1re épreuve, et le solde de la nouvelle vous serait compté lors de la remise de votre bon à tirer qui nous permettra de connaître le nombre de lignes et nous serons chargés des frais de correction.

Vous rentreriez dans la toute propriété de votre œuvre (sauf le tirage nécessaire pour le service de nos collections) un mois après la publication du dernier article, nous nous obligeons à interdire la reproduction dont il est entendu que les bénéfices vous seront réservés, mais à la charge par les reproducteurs d'indiquer que la nouvelle est tirée du *Musée des familles*.

Veuillez agréer, Monsieur, l'assurance de notre considération la plus distinguée

Piquée et Cie.

41-100. À PAUL LACROIX

[Passy, lundi 4 octobre? 1841.]

Monsieur et ancien collègue[1]

Il s'agira demain au comité d'une réclamation de moi, relative à la délibération qui a refusé ma démission, et comme il y est question des faits qui se sont passés à la séance où n[ous] n'étions pas en nombre et où tout ce que j'ai dit le fut sous le sceau du secret, j'espère que vous assisterez comme chose de conscience, à la séance de demain, je vous le demande et vous prie d'agréer mes compliments

de Balzac.

M. Paul Lacroix.

41-101. À ANTOINE POMMIER

[Paris, lundi 4 octobre? 1841[1].]

Mon cher Monsieur Pommier,

Je vous prie, en conséquence de la lettre que je reçois de vous, de convoquer les membres composant la commission pour vendredi prochain à midi, c'est malheureusement la seule séance à laquelle je pourrai venir d'ici décembre, car j'achève une pièce de théâtre en 5 actes en même temps que mes livres, et comme j'ai sur les bras les 4 1ers volumes de *La Comédie humaine*, il m'est physiquement impossible de quoi que ce soit qui exige un déplacement. Insistez donc sur l'exactitude des membres à cette séance qui durera deux heures, et où tout doit être décidé, le reste regardera le zèle de ces messieurs. Quant à moi, je ne pourrai que lire et corriger des travaux en y mettant mes observations.

Agréez l'expression de mes sentiments les plus distingués

de Balzac.

41-102. À FRANÇOIS PIQUÉE

[Passy, 6 octobre 1841.]

À Monsieur Piquée, directeur du *Musée des familles*.

J'accepte les conditions contenues dans votre lettre du deux courant en vous faisant seulement observer qu'il ne faudrait pas s'arrêter à deux ou quatre cents lignes qui excéderaient le nombre de trois mille, mais je reconnais que si ma nouvelle arrivait à quatre mille lignes vous pourriez la refuser, et moi la reprendre en tenant compte des frais de composition et la remplaçant par une autre de trois mille lignes, ceci est dans l'intérêt de votre journal plus que dans le mien.

La nouvelle qui me paraît rentrer dans ces conditions et de laquelle je puis disposer a pour titre *David Séchard* mais si à l'exécution elle dépassait trois mille lignes, je la remplacerais par une autre intitulée *Les Parisiens en province*[1].

Agréez, Monsieur...

P. S. — Ayez la complaisance de m'accuser réception de ma lettre en me disant si ces deux petites modifications vous conviennent.

6 8bre 1841

de Bc.

40-103. FRANÇOIS PIQUÉE À BALZAC

Paris, le 7 8bre 1841.

Monsieur de Balzac,

Nous acceptons les modifications contenues dans votre lettre du 6 courant et nous attendons votre manuscrit avec la plus vive impatience.

Recevez, Monsieur, l'assurance de notre dévouement

Piquée et Cie.

41-104. ANTOINE POMMIER À BALZAC

Paris, le 7 octobre 1841.

Monsieur,

Je vous fais remettre une copie de la délibération que le comité a prise sur votre démission dans sa séance du 5 de ce mois[1].

Agréez, je vous prie, Monsieur, l'assurance de ma considération distinguée

Votre dévoué serviteur

Pommier.

[Sur papier libre, joint à cette lettre :]

Extrait de la délibération prise par le comité de la Société des gens de lettres le cinq octobre 1841

Le Comité, après en avoir délibéré ;
Vu la démission donnée par M. de Balzac suivant sa lettre du cinq septembre dernier ;
Vu les articles 1er, 3, 4, 37, 40 § 7, & 56 des statuts de la Société ;
Vu le titre 9 du livre 3 du Code civil & spécialement les articles 1844, 1865, 1869 & 1870,
s'est déterminé par les considérations suivantes :

La Société des gens de lettres est, aux termes de l'article 1er des statuts, une société civile régie par les principes du droit commun, sauf les modifications résultant du contrat constitutif de la société.

La loi reconnaît deux sortes de société ; la société à terme & celle dont la durée est illimitée. Elle ne donne à l'un des associés le droit de se retirer que si la durée de la société est illimitée ; et elle soumet l'exercice de ce droit exorbitant à des conditions de bonne foi et d'opportunité.

Il suit de là que la Société des gens de lettres étant une société à terme fixe (Art. 3 des statuts) les associés n'auraient pas le droit de se retirer par leur simple volonté s'il n'était pas dérogé à cette disposition de la loi par les articles 3 & 56 des statuts.

Mais il ne faut pas étendre cette dérogation qui a seulement pour effet d'assimiler, en ce qui concerne la renonciation des membres, la Société des gens de lettres à une société dont la durée est illimitée. Rien dans les statuts n'indique qu'on ait entendu affranchir le membre démissionnaire des conditions de bonne foi & d'opportunité que lui imposent la loi & les intérêts de ses coassociés.

La clause pénale de l'art. 56 n'implique pas que cet article donne à la démission une autre valeur que celle donnée par l'art. 1869 du Code civil à la renonciation. Cette clause pénale a seulement pour objet de régler le mode de liquidation entre l'associé légalement démissionnaire & la société.

Il faut donc appliquer au cas de démission notifiée au comité qui représente la société, les articles 1869 & 1870 du Code civil, lesquels sont ainsi conçus :

1869 : « La dissolution de la société par la volonté de l'une des parties ne s'applique qu'aux sociétés dont la durée est illimitée & s'opère par une renonciation notifiée à tous les associés, pourvu que cette renonciation soit de bonne foi & non faite à contretemps.

1870 : « La renonciation n'est pas de bonne foi lorsque l'associé renonce pour s'approprier à lui seul le profit que les associés s'étaient proposé de retirer en commun. Elle est faite à contretemps lorsque les choses ne sont plus entières & qu'il importe à la société que la dissolution soit différée. »

Or il résulte des déclarations faites par M. de Balzac tant à divers membres du comité qu'au comité lui-même qu'il veut se retirer de la société

— pour échapper au prélèvement de la retenue pour le fonds social (Art. 40 § 7) — pour éviter le mode de partage des droits de reproduction déterminé par le même article — et pour trafiquer de la *reproduction de ses récits & d'en appliquer à lui seul les profits*.

M. de Balzac se place ainsi dans la prévision de l'art. 1870 ; c.-à.-d. il résulte des articles 4 & 37 des statuts que les associés se sont proposés, entr'autres choses, de *retirer en commun le profit de la reproduction des œuvres de chacun d'eux*.

On ne doit pas oublier d'ailleurs que la société a lutté à grands frais pendant quatre années contre les reproductions pour faire reconnaître un droit jusque-là méconnu & dénié. À peine cette lutte est-elle finie, à peine le droit des écrivains sur tous les produits de leur travail cesse-t-il d'être contesté ! Est-ce à un pareil moment qu'il pourrait être permis à chaque associé, en renonçant à la société, de tirer profit pour lui seul des avantages poursuivis en commun, créés en quelque sorte par la société & de laisser à ses associés toutes les charges de la poursuite ?

M. de Balzac n'est donc pas dans les conditions voulues par la loi pour que ses associés puissent accepter sa démission ou renonciation.

En conséquence, le comité déclare qu'il n'y a pas lieu d'accepter la démission de M. de Balzac & la considère comme non faite ni avenue.

Dit que copie de la présente délibération sera adressée par l'agent central à M. de Balzac.

Fait et délibéré en séance le cinq octobre 1841 par MM. Cauchois-Lemaire, Altaroche, Claudon, David, Alby, Bonnelier, Merruau & Martin, membres du comité. Signé Cauchois-Lemaire, vice-président, Altaroche, sec[rétai]re / Pour copie conforme.

L'un des Secrétaires.
Altaroche.

[Au verso du folio 34, notes de la main de Balzac :]

Attendu que l'article 56 est absolu etc.

Attendu qu'il n'est dit nulle part dans les statuts que le comité devra juger le mérite d'une démission

Attendu que déjà des démissions ont été déjà données et simplement constatées par le Comité*

Attendu que M. de Balzac n'est point tenu de donner ses motifs

Attendu que M. de Balzac ne reconnaît point et ne veut pas reconnaître que ses motifs sont ceux que le comité lui prête et qu'il a positivement refusé de les dire au comité pour se tenir dans la limite absolue de ses droits

* M. Taxyl [*sic*] Delord
M. de Lamennais
constatation simple de leur démission.

41-105. AU PRÉSIDENT DE LA SOCIÉTÉ
DES GENS DE LETTRES

Paris, octobre 1841.

Monsieur,

L'agent central de votre société m'a communiqué la décision du comité relative à ma démission, qui, aux termes des statuts, devait être purement et simplement acceptée ; je n'ai pas besoin de protester contre cette délibération ; je me regarde comme n'étant plus membre de la Société.

Mais j'ai des droits, comme ancien membre de la Société, qui ont été méconnus dans la délibération, et je viens me plaindre d'un manque de délicatesse qui m'étonne de la part du comité, et qui nécessite ma demande formelle d'une radiation de partie de la délibération sur ma démission.

Je n'ai point dit au comité les motifs de ma démission, non seulement pour conserver en entier le droit de tous les membres de la Société, mais encore parce qu'il est des motifs que l'on doit taire. Pour faire comprendre au comité l'imprudence de sa doctrine, qui ne résulte d'aucun article des statuts, car il n'est dit nulle part que le comité sera juge d'une démission[1], j'invoque le témoignage de deux de ses membres : MM. Pyat et Merruau. Tous deux savent que ma démission était donnée à la séance où M. Pyat et moi nous fûmes obligés de quitter le comité par le doute élevé sur notre impartialité comme juges, ce que j'ai regardé comme un manque d'égard suffisant. M. Pyat m'a dit : Attendez une autre occasion de vous retirer de la Société. M. Merruau m'empêcha d'envoyer ma démission, que je donnai malgré l'avis de M. Pyat. Je dis alors à M. Pyat que j'avais déjà des raisons majeures de me retirer.

Le jour où j'apportai ma démission, le 5 septembre, il y eut une séance incomplète du comité, où assistaient MM. Pyat, Lacroix, Bonnelier, Cauchois-Lemaire, Alby et Cellier [*sic*]. Si, ce jour-là, un sixième membre fût venu, il n'y avait aucune difficulté, ma démission était admise. Ce jour-là, j'ai, sous la foi donnée par ces messieurs, que ce que je leur disais n'avait rien d'officiel et devait être regardé comme confidentiel, parlé de ma démission.

Or, la délibération du comité rapporte des motifs qui doivent être des suppositions gratuites, si aucun des membres de la précédente séance n'a violé la foi sous laquelle notre conversation a eu lieu, et qui, dans ce cas, seraient entièrement incomplètes. La délibération, sous ce rapport, repose sur des données entièrement fausses, et qui me sont préjudiciables.

Maintenant je fais observer au comité que ce fut le lendemain même de la séance où ma démission ne fut pas consentie, faute d'un membre, que l'agent central a inventé le système de difficultés dont parle, au grand détriment de la Société, votre délibération ; ainsi l'agent se substituait au comité, se faisait fort de sa décision ; entre ses deux lettres écrites dans l'intervalle des deux séances, il me prouvait que les assurances qui m'ont été données par les fondateurs de la Société, sur la facilité que j'aurais à me retirer, étaient *des tromperies*, et que nous sommes plus liés, d'après lui, que nous ne le pensons tous. Et cela constitue pour moi une raison suffisante de retraite.

Par tous ces motifs, je demande la radiation formelle de toute la partie de votre délibération qui porte sur mes prétendus motifs, attendu que j'ai positivement refusé de les dire au *comité en nombre*, et que ce que j'ai dit aux membres d'un comité incomplet l'a été sous le sceau du secret.

Agréez, monsieur le président, l'assurance de ma considération la plus distinguée

de Balzac.

Je garde copie de la présente lettre, qui sera remise en séance par l'un des membres du comité pour être lue comme observation sur le procès-verbal[2]

de Bc.

[BROUILLON DE LA LETTRE 41-105]

Monsieur le président,

L'agent central de v[otre] société m'a communiqué la décision du comité relative à ma démission qui, aux termes des statuts devait être purement constatée ; je n'ai pas même besoin de protester contre cette décision, je me regarde comme n'étant plus membre de la Société.

Mais, j'ai des droits comme ayant fait partie de la

Société, et ces droits ont été méconnus dans la délibération ; aussi viens-je me plaindre d'un manque de délicatesse qui m'étonne chez des hommes comme ceux qui composent le comité et qui nécessite de ma part la demande formelle de la radiation d'une partie de la délibération qui concerne ma démission.

Je n'ai point dit les motifs de ma démission pour conserver en entier les droits de tous les membres de la Société, du moment où l'agent central les contestait. Les difficultés élevées à ce propos l'ont été par M. Pommier dans l'intervalle de la séance où vinrent 6 membres seulement et qui fut incomplète et si vite. Si ce jour-là, un seul membre était venu, ma démission était purement et simplement acceptée comme les statuts l'exigent. Ce jour-là, j'ai parlé de quelques-uns de mes motifs aux membres présents à titre de confidence et sous la foi qu'il n'en serait rien dit. Dès lors où ces membres ont violé cette foi, où le comité me prête des motifs, les suppose et a délibéré sur des éléments incomplets ; le comité en nombre n'a pas eu mes motifs, les six membres avec lesquels j'ai causé ne devaient rien dire, ainsi, dans tous les cas, pour l'honneur du comité, la portion de la délibération qui porte sur mes prétendus motifs doit être supprimée.

Si le comité n'a pas commis vis-à-vis de moi cette faute, ce serait alors celle des rédacteurs, et si le comité le désire, j'enverrai copie de ce qui m'a été communiqué.

J'ai la preuve de ce que j'avance. M. Pommier m'a écrit la contestation qu'il élevait, le lendemain de la séance incomplète ; ainsi, dès lors il se substituait au comité, s'en faisant fort, et me démontrait à moi-même une puissance dans la Société que je ne veux pas subir ; il me prouvait que les assurances qui m'ont été données sur la facilité qui nous était accordée de sortir de la Société, étaient des *tromperies* et que nous sommes plus liés, d'après ses idées, que nous n'avons voulu l'être. Cela seul constitue une raison suffisante de donner ma démission.

Agréez, Monsieur le président, l'expression de ma considération la plus distinguée

de Balzac.

41-106. LETTRE CIRCULAIRE AUX JOURNAUX

À MM. les rédacteurs et propriétaires du Journal.

Paris, le 10 octobre 1841.

Messieurs,

J'ai l'honneur de vous prévenir que le cinq septembre dernier, j'ai donné ma démission de membre de la Société des gens de lettres, qu'ainsi toute réimpression des ouvrages ou articles que je publierai[s] dans les journaux et qui ne serait pas autorisée par moi, donnerait lieu à un délit de contrefaçon et à des poursuites.

Je vous prie Messieurs de m'accuser réception du présent avis qui vous parviendra par lettre chargée, afin de remplacer une notification légale[1].

Agréez, Messieurs, l'assurance de ma considération la plus distinguée.

41-107. LAURE SURVILLE À BALZAC

Suresne[s] ce jeudi 14 octobre 1841.

En lisant ta lettre[1], en recevant ton envoi[2], mon cœur a défailli, mais c'était de joie. Tu t'entends donc aux joies comme à tes autres œuvres ? tu es donc maître partout ? ou suis-je plus faible p[ou]r elles que pour les inquiétudes ou t'aimais-je tant qu'une si touchante marque d'affection soit p[ou]r moi la plus grande joie possible ? Je crois que c'est cela et je veux que tu le saches de suite. On trouvera un beau domicile à toutes ces feuilles de laurier-là, et rien ne les troublera que mon culte p[ou]r elles.

Tu sais que le cœur n'a pas trente-six paroles. Merci mille fois de cette affection qui me rend aussi heureuse que fière

sœur Laure.

Tu me veux me faire [*sic*] cette douce gloire d'avoir été bien aimée par un homme de génie !...

41-108. L'IMPRIMERIE CRÉTÉ À BALZAC

[Corbeil, 15 8bre 1841.]

Monsieur,

Je n'ai que deux feuilles disponibles en gros caractères[1] — Je vous envoie ces 2 feuilles en épreuves 4 & 5. Veuillez avoir l'obligeance de m'en envoyer le bon à tirer et je pourrai vous *en envoyer 3 autres et peut-être 4* — le caractère du texte devant être employé pour certains passages dans les dernières feuilles.

Agréez, Monsieur, mes très humbles civilités

[signature illisible]

15 8bre.

41-109. À PIERRE-JULES HETZEL

[Passy, octobre 1841[1].]

Mon cher Hetzel

Avec des artistes comme Gérard-Séguin et Meissonnier [*sic*], il faut s'y prendre bien à l'avance[2], or, dans le 1er volume des *Scènes de la vie de province*, qui contiendra *L'Abbé Troubert*, *Pierrette* et *La Rabouilleuse* il faut donner à Gérard-Séguin[3] *L'Abbé Troubert* (1), et *Pierrette* (2), et à Meissonnier [*sic*] *L'Abbé Birotteau* (3), à Monnier *Philippe Bridau* (4), *Le Colonel Gouraud* (5), *L'Avocat Vinet* (6) — à Meissonnier *La Mère Lorrain* (7) — *La Rabouilleuse* (8) à Gavarni — *Roguin* (9) à Daumier[4].

En leur donnant de l'avance ainsi à eux et aux graveurs, vous vous en trouverez mieux.

Je vous donnerai des indications semblables pour le 3e et 4e volume des *Scènes de la vie privée* à mesure qu'elles me viendront à l'esprit, mais il est indispensable que les dessinateurs lisent le livre.

Dans le 4me volume des *Scènes de la vie privée*, il faudrait donner *Ursule Mirouët* (1) à Gérard-Séguin — *Goupil* (2) à Monnier — *Minoret* (3) le maître de poste à Monnier — *Le Curé Chaperon* (4) à Meissonnier — *Madame de Portenduère* (5) à Meissonnier — *Le Docteur Minoret* (6) à Grandville[5].

Dans le *Contrat de mariage*, *Mathias le vieux notaire* (7) à Meissonnier — *Madame Évangélista* (8) à Géniole⁶, et *Manerville* (9) à Gavarni.

Dans le 3ᵐᵉ volume, il n'y a que Meissonnier capable de faire *Gobseck*⁷ et je retiens le dessin pour moi, dites-le-lui. C'est le rival de Shylock.

Je tâcherai de décider Ingres à nous faire *Eugénie Grandet*⁸. Mille amitiés

de Bc.

Il me faudra d'abord lui en offrir un exemplaire, et j'irai lui donner moi-même un de ces jours, car ce serait pour vous un bien bon secours.

Je pense à vous et vous prie de dire à l'imprimerie qu'on me mette de côté mon exemplaire collé, et qu'on vous en envoie les feuilles à mesure, n'oubliez pas cela, ça m'est bien nécessaire pour relire et avoir la réclame. Gavault est revenu, v[ous] recevrez tous une invitation pour la semaine prochaine, je prendrai la liberté de v[ous] donner Laurent-Jan pour convive, Meissonnier et Gérard-Séguin. Peut-être serait-ce bien d'avoir aussi Gavarni et Monnier. N[ous] en causerons.

Je crois trop bien vous connaître pour croire qu'il ait transpiré quelque chose de nos affaires, mais comme depuis que j'existe, il n'y a que trop de calomnies contre moi, en ce genre, je ne veux pas que les insinuations du Gadonard littéraire que vous savez soient de la médisance et je m'occupe par-dessus toute chose à ôter de mon passif, les 4 000 f. que vous savez, et avant 2 mois, comptez là-dessus.

[Adresse:] 33, rue de Seine | Paris. | Monsieur Hetzel.
[Cachet postal illisible en partie:] oct. 1841.

41-110. À HIPPOLYTE SOUVERAIN

[Passy, samedi 17 ou 24 octobre 1841¹.]

Monsieur Souverain,

il m'est impossible de donner des *bons à tirer* sur placards dans une imprimerie où *après un an*, on ne sait pas encore que l'on compose des lettres voyez feuille 10, page 150 on a fait suivre et on a confondu *deux* lettres, et je vous ai montré sur les placards les indications soigneusement tracées —

Quand on commet de ces fautes, ce n'est pas moi, mais l'imprimerie qui en est cause et la remise en page de la feuille 10 ne me regarde point —

il n'y a plus d'ajoutés possibles — vous avez eu tort d'arrêter la composition de la copie qui finit l'ouvrage — ce qu'il y a sur le 2ᵉ placard que je vous renvoie était annoncé, et ne fait pas 2 pages de matière.

Donc, s'ils ont des garnitures, rien, dans l'état actuel des choses, ne s'oppose à ce qu'ils m'envoient toutes les feuilles imposées d'un seul coup depuis la feuille 11, je les attends, et il suffit d'une journée pour les mettre en page ; ce n'est que 6 à 7 feuilles.

Je n'admets pas les niaiseries que l'on vous a dites, car il n'y a rien de difficile dans ce qu'ils ont et ont eu à faire. Donc, il dépend entièrement d'eux et de vous, de m'envoyer au plus tard lundi toutes les feuilles jusqu'à la nouvelle composition.

Samedi matin.

Vous trouverez jointe aux épreuves la préface corrigée de *Catherine de Médicis expliquée*, et comme c'est en s[ain]t-augustin, on peut la faire simultanément.

41-111. AGÉNOR ALTAROCHE ET J.-A. DAVID
À BALZAC

Paris, le 19 octobre 1841.

Monsieur et cher confrère[1]

Le Comité se réunira demain mercredi extraord[inairemen]t à 2 heures précises, au Bureau de l'Agence.

Nous vous prions instamment de vouloir bien vous trouver à cette réunion, qui aura pour objet d'entendre une proposition faite par un représentant de la librairie belge, dans l'intérêt des auteurs français.

Recevez, Monsieur et cher confrère, l'assurance de notre affectueuse considération

Les secrétaires du Comité
Altaroche, J.-A. David.

P. S. — Nous vous recommandons la plus grande exactitude.

[Note complémentaire jointe, de la main d'Antoine Pommier :]

L'objet de la réunion du comité est d'un intérêt tellement grave pour les auteurs et pour M. de Balzac en particulier qu'il pourrait y assister, sous la réserve de tous ses droits et sans qu'on puisse induire de sa présence qu'il adhère en quoi que ce soit à la décision au comité sur sa démission. Le comité lui donnerait acte de sa réserve et de sa protestation et au moins il ne serait pas privé du concours des excellentes idées de Monsieur de Balzac sur la matière qui sera mise en discussion.

MM. Arago et Hugo assisteront à la séance.

[Adresse :] Monsieur de Balzac.

41-112. À LOUIS CRÉTÉ

[29 octobre 1841.]

Bon à tirer
29 8bre [1841]   de Bc.
1 —— —— ½

Je ne conçois pas que depuis vingt jours, je n'ai[e] pas l'épreuve de la composition qui termine le volume.

Surtout envoyez les doubles bonnes feuilles 9 et 10 aussitôt ces épreuves reçues[1].

B.

41-113. EUGÉNIE FOA À BALZAC

[Paris, samedi 30 octobre 1841.]

Monsieur de Balzac,

Je serais très flattée de vous recevoir chez moi ; je pense que vous y trouverez des amis, Karr, Ourliac, et autres ; en outre la maîtresse du logis qui voudrait vous compter au nombre des siens.

Je suis chez moi tous les lundis, Monsieur, c'est tout à fait sans façons, on y fume, c'est tout dire. Venez-y donc, vous nous ferez à tous tant de plaisir que vous en aurez vous-même, j'en suis certaine.

Une camarade[1]

Eugénie Foa née Rodrigues Gradis
2, Place Louvois, au coin de la Rue Richelieu.

Samedi 30.

[Adresse:] Monsieur de Balzac | Homme de lettres | Paris.
[Cachet postal:] 31 octobre 1831.

41-114. À HIPPOLYTE SOUVERAIN

[Passy, vers le 6 novembre 1841[1].]

note p[our] M. Souverain
Après un mois, je n'ai pas l'épreuve de la composition qui termine les *Mémoires de 2 jeunes mariées*

———

après 10 jours, les feuilles 9 et 10 ne sont pas tirées
et après 8 jours, les feuilles 11, 12, 13, 14, 15 et 16, non plus

———

de l'imprimeur Crété tel est le caractère

(Voltaire)[2]

vous avez oublié *Le Livre mystique* promis; (Bourgogne et Martinet imprimeurs, 2ᵐᵉ Édition, 1836.

41-115. LOUIS PERRÉE À BALZAC

Paris, le 6 9ᵇʳᵉ 1841.

Monsieur,

Je désirerais beaucoup avoir un entretien avec vous pour nous entendre sur les moyens à employer pour régulariser votre position vis-à-vis du *Siècle*[1]. Veuillez me dire, Monsieur, à quelle heure, je pourrai être sûr de vous trouver chez vous.

Recevez, Monsieur, l'assurance de ma considération

L. Perrée.

[Adresse:] Monsieur | Monsieur de Balzac | 108, rue de Richelieu | Paris.
[De la main de Balzac:] Mad. Alexandrine B.

41-116. LECLERC À BALZAC

[Auxerre, 6 novembre 1841.]

Monsieur,

Je viens de lire *Ursule Mirouët*[1] et je ne crois pas que votre imagination ait jamais enfanté une création plus ravissante que cette petite fille qui, par l'attrait de ses douces vertus, ramène à la religion un vieux voltairien fossile.

Si vos feuilles éparses n'étaient pas encore réunies en volume[2], j'oserais vous soumettre quelques observations sur cette délicieuse composition que je regarde comme un bon livre et comme une bonne action.

Ne serait-il pas possible de se débarrasser de cette fantasmagorie du somnambulisme et cette machine est-elle bien nécessaire pour faire passer votre docteur du matérialisme au spiritualisme ? du moins, des effets du somnambulisme naturel qui lui montreraient l'âme agissant sans le secours des sens ne vaudraient-ils pas mieux que le charlatanisme du somnambuliste magnétique ? J'aimerais mieux ni l'un ni l'autre, car si l'immatérialité et l'immortalité de l'âme me sont démontrées avec autant de certitude qu'une proposition géométrique, le somnambulisme n'entre pour rien dans mes preuves, attendu que les animaux nous en offrent des exemples, mais ceci nous mènerait un peu loin.

Vous avez annoncé que, dans la 1re édition, votre docteur ne croirait plus qu'il ne peut pas faire un testament en faveur d'Ursule et vous ne serez pas embarrassé pour justifier le mystère dont il entoure cet acte ; bien entendu que le testament sera toujours volé, mais j'attendais, je vous l'avoue, une scène que j'ai regretté de ne pas trouver.

Est-ce que le fils de votre maître de poste, Monsieur le Substitut du Procureur du Roi, n'a pas eu à porter la parole dans une cause de suppression de testament ? Est-ce que M. son père ne s'est pas trouvé là pour courber la tête sous les foudres de l'éloquence du jeune magistrat ? Est-ce que vous n'avez pas entendu ces périodes brûlantes avec lesquelles il flétrissait tout ce qu'il y a d'impie dans un vol aussi honteux ? Est-ce que vous ne vous rappelez pas ses malédictions sur les fortunes mal acquises ? Je ne *rendrais* pas cette scène, mais je la sens et monsieur de Balzac la rendrait mieux encore que je ne la sens.

Ursule Mirouët et son dénouement sont un véritable traité de morale ; honneur à ceux qui mettent la morale dans les romans puisque, de nos jours, les ouvrages qui en traitent spécialement ne peuvent plus espérer de lecteurs.

Pour qu'un écrit fasse du bien, la première condition c'est qu'il soit lu ; il faut donc glisser les bonnes vérités dans les ouvrages que recherchent les masses et, comme personne n'est plus lu que vous c'est une bonne fortune pour la Société quand [elle] vous donne des leçons de morale.

Ursule Mirouët me paraît la meilleure que vous ayez donnée et je voudrais voir cette œuvre portée à son point de perfection.

N'allez pas je vous prie, en lisant ma lettre vous rappeler la fable de l'âne qui veut apprendre au rossignol à chanter, je le mériterais bien, mais je tiens tant à la scène du Procureur du Roi que je passe sur tout ce qu'il y a d'inconvenant à vous adresser cette épître, sans avoir l'honneur d'être connu de vous.

Ce m'est d'ailleurs une occasion de vous remercier des douces heures que j'ai passées en lisant vos ouvrages et de vous témoigner la haute considération avec laquelle je suis,

Monsieur
Votre très humble et très obéissant serviteur
Leclerc.
Grande rue Neuve, n° 17.

Auxerre, 6 9ᵇʳᵉ 1841.

[Adresse :] À Monsieur | Monsieur de Balzac | auteur du *Père Goriot* et d'*Eugénie Grandet* | Paris.
[Sur l'adresse, d'une autre main :] De Belloy est venu.
[Cachet postal :] Auxerre, 9 nov. 41.

41-117. À HIPPOLYTE SOUVERAIN

[Paris, 10 novembre 1841.]

Je consens à ce que les deux nouvelles dont il est question dans le traité du onze avril dernier entre moi et Monsieur Souverain[1] qui devaient composer chacune un volume et qui éteignaient toutes les difficultés en litige, soient remplacées par le roman de *La Rabouilleuse* publié dans *La Presse*, et la remise des feuilletons corrigés en librairie.

Paris ce 10 novembre mil huit cent quarante [et un]
de Balzac.

Il est entendu que j'use de la faculté de publier *Les Paysans* dans *Le Messager* de manière à ce que Monsieur Souverain ait les exemplaires des feuilletons corrigés le premier février[2].

Paris ce 10 novembre 1841
de Balzac.

41-118. DÉCLARATION D'HIPPOLYTE SOUVERAIN

[Paris, 10 novembre 1841.]

Reçu de Mr de Balzac la somme de mille francs pour le droit que je lui accorde de publier le roman, *Mémoires de deux jeunes mariées*, dans le journal, *La Presse*, aux conditions stipulées dans mon autorisation à M. Dujarrier [*sic*] et à laquelle il a répondu par son acceptation, et je m'engage à faire paraître ce livre, comme il est dit, le 15 janvier, époque d'où partiront les délais de mon exploitation exclusive, quand même il y aurait des retards par mon fait dans la mise en vente[1].

Paris, le 10 novembre 1841.
D. H. Souverain.

41-119. DÉCLARATION D'HIPPOLYTE SOUVERAIN

[Paris, 10 novembre 1841.]

Je reconnais avoir reçu de Monsieur de Balzac le roman d'*Ursule Mirouët* en feuilletons corrigés, et prêts à être imprimés, sans qu'il ait besoin de voir d'autres épreuves que celles des parties manuscrites. Ce roman devant, d'après nos conventions, remplacer *La Rabouilleuse* il devra être publié le quinze mars prochain, époque d'où partiront les délais de mon exploitation exclusive, quand même il y aurait un retard par mon fait dans la mise en vente[1].

Paris, le 10 9bre 1841.
D. H. Souverain.

41-120. DÉCLARATION D'HIPPOLYTE SOUVERAIN

[Paris, 10 novembre 1841.]

Monsieur de Balzac voulant user de la faculté de mettre dans *Le Messager* le roman : *Les Paysans*, je consens à ce qu'il remplace dans le volume de *Claudine*, qui me sera dû, les *Petites Misères de la vie conjugale* par une œuvre de même étendue qu'il pourra au préalable publier dans un journal[1].

Paris, le 10 9bre 1841.
D. H. Souverain.

41-121. À SYLVAIN GAVAULT

[Passy, 11 novembre 1841.]

Mon bon Monsieur Gavault, je voudrais bien être sûr de vous trouver aujourd'hui à 4 heures chez vous, j'ai à vous remettre des pièces importantes, et à causer d'une affaire grave qui nécessitera une conférence avec Dutacq (*Le Siècle*[1]). Je vous annonce que M. Surville aura ses mille francs quand vous lirez cette lettre, que Mme de Brug[nol] a eu mille francs pour payer l'arriéré, que j'aurai deux mille francs pour payer qlq dettes urgentes, et qu'au 1er X^{bre} vous aurez 1,000 fr. pour 500 (Brouet[te])[2] et 500 (fin de loyer rue Richelieu[3]).

Vous ne me devinerez pas si maladroit à 4 heures, car après avoir vendu *Ursule* à Souverain, je trouverai d'ici à qlq jours moyen de la faire payer à Boulé[4], du consentement de Souverain.

Tout à vous de cœur

de Bc.

41-122. À HENRI PLON

[Passy, novembre ? 1841.]

Je reprie M. Plon

1° de me lever et m'envoyer les bonnes feuilles de *papier collé* pour mon exemplaire

2° de ne m'envoyer que des œuvres entières en épreuves. Ainsi, il vaut mieux mettre un temps d'arrêt, ou tirer si le caractère manque, et m'envoyer *toute La Vendetta* composée[1], c'est pour tout le monde, auteur, imprimeur et éditeurs, un bénéfice de temps, et surtout l'envoyer *en placards*.

J'ai surtout besoin des *bonnes feuilles* sur papier collé, car cela m'évite de feuilleter dans plusieurs volumes, les ouvrages ayant été pris dans des séries différentes.

Si M. Plon veut ne pas discontinuer son tirage, il m'enverra pour samedi soir, la révision de ces 3 feuilles 8, 9 et 10 avec la fin de *La Bourse*.

41-123. À PIERRE-JULES HETZEL

[Passy, novembre ? 1841[1].]

Mon cher Hetzel, il y a un délicieux dessin à faire dont le sujet est dans *La Bourse* (feuille 10) pages 152 et 153, il s'agit de donner une bonne feuille de *La Bourse* à celui de v[os] artistes qui pourra bien rendre l'amiral de Kergarouët suivi de son ombre, c'est qlq chose qu'un sujet si comique, il peut tenter Grandville[2].

Je me remue énormément pour tout ce que vous savez, et comme je suis en même temps accablé de travaux, je n'ai pas une seconde. Cependant mardi prochain, j'irai[a] payer mes dettes dans v[otre] quartier, car l'argent dépend de la fin d'un travail.

Tout à vous,

de Bc.

Jeudi.

Vous aurez sans doute les bonnes feuilles de *La Bourse* pour samedi, j'ai envoyé aujourd'hui les bons à tirer.

Mardi, n[ous] arrêterons le jour du dîner.

41-124. LAURENT-JAN À BALZAC

[Paris, novembre ? 1841.]

Cher grand homme

Il faudrait pourtant songer à améliorer la position sociale de ce pauvre Louis. Tu l'envoies chez Gaveaux [*sic*] sous le prétexte de recevoir quelques sous et on le fiche à la porte comme un chien crotté[1]. Le Gaveaux prétend qu'il n'a de toi ni ordre ni argent. Louis dans son désespoir verse d'abondantes larmes et veut aller travailler aux fortifications. Tu ne permettras pas que les bras de ton serviteur contribuent à l'édification de forteresses de la tyrannie. Arrange tout ça et porte-toi bien

L. Jan.

41-125. ALFRED NETTEMENT À BALZAC

[Paris,] 18 novembre [1841].

Voici mon cher Balzac la lettre que je reçois de M. Walsh[1] en réponse à l'ouverture que je lui avais faite. Je souhaiterais bien et pour *La Mode* et pour moi que l'affaire pût s'arranger, car quoiqu'en qualité de critique je n'aime pas du tout vos ouvrages, j'aime votre talent.

Mille compliments

Alfred Nettement.

[Adresse :] Monsieur de Balzac | 112, rue de Richelieu.
[Cachet postal :] 19 novembre 1841.

41-126. JEAN DE MARGONNE À BALZAC

Saché ce 20 9bre 1841.

Vous vous êtes trompé, mon cher Honoré en pensant que je ne passerai pas l'hiver à Paris. C'est l'affiche posée à ma porte qui vous a trompé, vous avez oublié que j'avais dans le voisinage une autre maison[1] vide que je voulais utiliser, mon projet est d'habiter dans celle dont on ne voudra pas, mais non pas de rester à la campagne, malgré la charmante description que vous a[vez] faite de notre vallée dans vos ouvrages, elle n'est pas assez belle à mes yeux, qui la voient apparemment depuis trop longtemps, pour que j'y reste dans la solitude où je suis, je compte donc partir le premier jour du mois prochain pour m'établir pour toute la mauvaise saison, un de mes plus grands plaisirs en arrivant serait d'aller vous chercher, si je savais où vous trouver. Si cela se peut, mettez-moi à même de vous voir, j'aurai d'abord à vous remercier de l'intérêt que vous voulez bien prendre à ma position[2], le moyen que vous me proposez comme consolation est un peu vif et surtout bien prompt ; je crains bien d'ailleurs qu'il ne soit tard pour arriver au but que vous me proposez. Je n'ai pas si bonne opinion de moi-même que vous le pensez et certain auteur de ma connaissance me ferait craindre d'être minautorisé[3] si j'osais suivre vos conseils et m'embarquer de nouveau sur la mer orageuse.

J'ai trouvé comme vous que notre bon ami l'abbé[4] avait reçu bien froidement la nouvelle de la perte que j'ai faite, puise-t-il sa consolation dans la religion comme il a voulu me le faire croire ou bien est-ce une suite de son âge qui l'isole et ne le rend sensible que pour lui-même ?

Je n'ai pu m'acquitter de votre commission pour le marquis de Biencourt[5], il venait de repartir d'Azay quand j'ai reçu votre lettre, vous le rencontrerez un de ces jours à Paris où il doit être dans ce moment à moins que dans son humeur vagabonde il ne soit reparti pour une autre terre plus [voisine ?] que celle qu'il vient de quitter.

Adieu mon cher Honoré, j'aurais reçu votre visite ici avec grand plaisir, il y a quelque temps, mais il fait depuis un mois un temps si horrible que nos promenades n'auraient pas pu être bien longues. Remettons cela, croyez-moi, à l'année prochaine et soyez assez bon pour m'en dédommager quelquefois au faubourg St-Honoré, ce sera une œuvre méritoire.

Veuillez en attendant agréer l'assurance de mes sentiments les plus distingués

Margonne.

[Adresse :] À Monsieur | Monsieur de Balzac | rue de Richelieu, 107 | Paris.
[Cachet postal :] Tours, 2[0] nov.

41-127. À HIPPOLYTE SOUVERAIN

[Passy, vers le 22 novembre 1841.]

Monsieur Souverain

Il faut avouer que l'imprimeur de Corbeil y met bien de la négligence ou de la mauvaise volonté — *Si j'ai la fin composée*, les feuilles 9, 10, 11, 12, 13, 14 et 15 sont tirées, et elles étaient *depuis un mois* en bons à tirer[1], or rien ne devrait empêcher que j'eusse les doubles bonnes feuilles.

C'est inconcevable.

Mes compliments
de Bc.

Aucune nouvelle de Boulé[2].

[En marge de la lettre :]

Les bons à tirer sont donnés du 22 octobre.

41-128. CAMILLE CHARTIER À BALZAC

[27 novembre 1841.]

Monsieur,

Je vous ét écrie il ia qu'elque temps[1] pour vous prier de me rendre un service je vous adressesais une prière vous navez pas réponduę cest que vous n'avez pas reçu ma lettre acorder moi qu'elque minute et je suis bien persuader que votre protection peut mettre d'une grande hutilité.

Oh vous monsieur qui ettes ci bon ne me refuser pas jai tant besoin d'une parolle amie et dans ladeversité ons en trouve ci rarement.

Mais je mets tout ma comfiance en vous et je suis bien convincu que cest *[un mot illisible]* je ne ma buse pas en esperant.

Recever monsieur l'assurance de
mon entier devouement
Camille Chartier.

26 9ʙʀᵉ 1841 ;
Paris 18 rue du Dragon faubourg-St-Germain.

[Adresse :] Monsieur | de Balzac en sa maison | à Ville Davrais.
[D'une autre main :] Rue Richelieu 8, Paris.
[Cachet postal :] 27 nov. 1841.

41-129. LOUIS PERRÉE À BALZAC

Paris, le 29 9ᵇʳᵉ 1841.

Monsieur,

J'ai entendu parler d'un feuilleton de vous intitulé *Une fausse maîtresse* que je serais heureux de pouvoir faire paraître dans le feuilleton du *Siècle*. Dans le cas où cela pourrait vous convenir voici la proposition que j'aurais l'honneur de vous faire.

Je vous le prendrais à forfait moyennant une somme de mille francs, en dehors du compte que nous devons régler prochainement. Vous rentreriez huit jours après dans la propriété de cette nouvelle, *Le Siècle* se chargerait des corrections[1].

Agréez, Monsieur, l'assurance de ma considération distinguée

L. Perrée.

Je compte toujours sur une élection en Champagne[2] pour le mois de janvier.

41-130. À HIPPOLYTE SOUVERAIN

[Novembre ou décembre 1841[1].]

Je prie Monsieur Souverain de faire remettre rue Richelieu s'il ne les donne pas au porteur, les doubles bonnes feuilles du tome II des *Mémoires de deux jeunes mariées*, le plus promptement possible, car M. Dujarrier [*sic*] les lui demande afin de voir s'il ne faut pas des modifications.

41-131. JEAN-BAPTISTE VIOLET D'ÉPAGNY À BALZAC

[Novembre ou décembre 1841 ?]

Je prie Monsieur de Balzac de m'excuser si je ne me trouve pas chez moi pour l'y attendre selon mon intention. Je suis obligé forcément de sortir et je serai à six heures au Café du Théâtre-Français. C'est là que nous pourrons nous retrouver et essayer le moyen d'introduction dont nous étions convenus[1].

Je le salue de tout mon cœur
V. D'Épagny.

[Adresse :] À monsieur | Monsieur de Balzac | s'il me demande après mon | départ.

41-132. À JEAN-BAPTISTE VIOLET D'ÉPAGNY

[3 ? décembre 1841.]

Mon cher d'Épagny,

Je ne peux pas mieux répondre à v[otre] lettre qu'en offrant au Second Théâtre-Français une pièce à laquelle j'ai travaillé pendant [de] longues années, vous savez dans quelles conditions l'Odéon est placé — tout Paris depuis 10 ans s'est porté sur la rive droite, le talent le plus grand ne suffirait pas chez un auteur, il faut en outre, un de ces noms auxquels le public accorde sur lui-même du pouvoir, et Mme Dorval[1] est la seule duquel on puisse user. Je souhaite pour tous que les conditions[2] que j'ai remises à M. Valmore, conviennent ; mais je ne saurais trop vous dire qu'elles sont identiques, sauf la différence des chiffres, qui varient selon les lieux avec celles que j'obtiens sur une autre scène, j'ai oublié d'exiger une chose à laquelle je tiens, c'est une répétition générale en costumes, car après la leçon que l'on m'a donnée[3], je ne voudrais pas voir encore une fois une pièce compromise, c'est une loi que je me suis faite à moi-même.

Agréez mes compliments
de Balzac.

Vendredi.

41-133. À ALEXANDRE DUJARIER

[Début décembre 1841.]

Monsieur

J'ai revu M. Souverain qui tient beaucoup et tout à fait aux clauses qu'il a mises à la publication des *Mémoires de deux jeunes mariées*[1], et de la manière dont vous y allez, vous seriez obligé d'interrompre, pour vous trouver dans les termes du marché, plus que vous ne devriez, ou le voudriez[2]. Le fractionnement par lettres permet de ne jamais donner plus de 6 colonnes et quelquefois 5. Il est dans v[otre] intérêt pour une œuvre qui coûte cher, de la faire durer longtemps, ralentissez donc, puisque cet ouvrage est peut-être plus recommandable par les détails que par l'intérêt qui n'est pas violent.

Agréez mes complim[ents]

de Bc.

[Adresse :] Monsieur Dujarrier [*sic*].

41-134. À PROSPER VALMORE

[3 ? décembre 1841[1].]

Mon cher monsieur Valmore,

Après en avoir mûrement conféré avec mon conseil[2], voici le modèle du traité[3] à faire entre le Second Théâtre-Français et moi, je n'y puis rien changer, et d'ici à demain samedi, 3 heures, vous pouvez prendre une décision. Conditions et chiffres, tout a été délibéré, et se trouve correspondre à un traité semblable avec un autre théâtre[4]. V[ous] comprenez que quand M. Harel me comptait à la p[orte] S[aint]-Martin 1 100 f. de frais, c'est faire une immense concession que de les fixer à 1 000 à l'Odéon, qui n'a pas de loyer.

Agréez, Monsieur, mes affectueux compliments

de Bc.

41-135. À MARIE DORVAL

[Début ? décembre 1841[1].]

Mon enfant, car en ce moment je passe à l'état de Père avec vous, voici ce que j'ai gagné pour vous, après bien des batailles. Le Second Théâtre-Français ne peut pas, aux termes de ses constitutions, *faire d'engagement*.

J'ai tourné la difficulté ainsi : vous serez engagée envers moi[2], et je vous déléguerai une *somme privilégiée* par représentation.

Cette somme qui sera de 60 francs est le minimum.

Vous aurez, *toujours par privilège*, 2 ½ pour cent de la portion de la recette qui excédera 1 060 francs.

Ainsi soit donnée une recette de 2 500 f. en moyenne, vous auriez

1 060	60
1 440	37,50
	97,50

S'il y a succès, vous jouerez 26 fois par mois, calculez.

Si nous faisons four, même avec vous, arrangez-vous pour avoir Amsterdam³ en parachute, vous seriez libre, en cas d'insuccès, le 10 février.

N'ai-je pas bien entendu vos affaires, ma mignonne [?]

Quant à votre rôle, lisez ou relisez *La Courtisane amoureuse* de Lafontaine [*sic*], *ecco la signora*, mais elle est vindicative et terrible autant que soumise dans la pièce.

Répondez-moi un mot d'acceptation qui contienne les présentes conditions, pour que je puisse signer le traité avec l'Odéon, et signez La *Faustina Brancadori*⁴, le nom dont vous baptise

v[otre] ami

de Balzac.

41-136. E. DARU À BALZAC

[Paris, 4 décembre 1841.]

Je reçois la triste nouvelle de la mort de ma sœur qui vient de succomber en Italie à une maladie de poitrine. Vous prendrez part à mon chagrin, mon cher Balzac, et me ferez un de ces jours où le travail vous laissera un moment de loisir, une petite visite de consolation.

Mille remerciements pour votre bonne lettre¹ et souvenir de bonne amitié.

E. Daru.

Samedi matin.

[Adresse :] Monsieur de Balzac | 110, rue de Richelieu | Paris.
[Cachet postal :] 5 décembre 1841.

41-137. NOËL PARFAIT À BALZAC

Paris, le 4 Xbre 1841.

Mon cher Monsieur,

Vous voyez que vous aviez tort de vous alarmer. Nous faisons une interruption dès la fin de la première partie, comme nous en ferons une autre à la seconde, et de cette manière les dernières lettres de vos deux amies ne paraîtront pas avant le 15 janvier 140 [*sic* pour 1842[1]].

Voudrez-vous bien me faire remettre la 9ᵉ feuille du second volume[2] et la fin de l'ouvrage, s'il est possible.

Votre tout dévoué

Noël Parfait.

41-138. À HIPPOLYTE SOUVERAIN

[6 décembre 1841.]

Monsieur Souverain,

On ne recommencera les *Mémoires* que le 20 ou le 25 à *La Presse*[1]. Ainsi ils sont dans les termes de leurs conditions ; mais comment voulez-vous justifier une impossibilité de donner depuis 10 jours la feuille 9, tome II, tirée 7. On me la réclame avec instance, et je l'attends de vous.

Après 7 jours, je n'ai pas l'épreuve des 2 feuilles de la préface d'*Une ténébreuse affaire*[2] ni la préface d'*Un martyr*[3], ni les feuilles et ½ feuilles bonnes qui manquent aux bonnes feuilles de la *Ténébreuse*.

Mes complim[ents]

de Bc.

[Adresse :] Monsieur Souverain | 5, rue des Beaux-Arts | Paris.
[Cachet postal :] 6 décembre 1841.

41-139. À PIERRE-JULES HETZEL

[Vers le 6 ? décembre 1841.]

Mon cher Hetzel, mettez dans votre chère tête que, quand on veut
 1° représenter *Les Ressources de Quinola*, le 25 à l'Odéon (5 actes et prologue[1])
 2° finir les *Mémoires de deux jeunes mariées* à *La Presse*[2]
 3° publier au *Siècle* la *Fausse Maîtresse*[3]
 4° tenir prêt *Les Paysans* au *Messager*[4]
 5° corriger *La Comédie humaine*
 6° penser aux *Mémoires d'un grillon*[5]

7° faire des préfaces et des fins de copies à Souverain[6]
8° chercher de l'argent !... !... !... !...

ON NE PEUT PAS SORTIR DE CHEZ SOI !

Venez, j'ai bien des choses à vous dire. Vous savez ce qu'est M. Gav[ault] pour moi, je le prie de venir.

Mille remerciements de votre souvenir et de vos soins.

Dites donc à Dubochet de m'envoyer les bonnes feuilles 13, 14, 15, 16 et 17 du tome I[7], j'en ai toujours besoin comme copie et pour corriger.

Mille amitiés

de Bc.

8° [*sic* pour 9°] la pièce p[our] Monnier[8] !

Vous savez, par vous-même, quels sont mes ennuis. Envoyez-moi donc rue R[ichelieu] l'épreuve du *Napoléon*[9].

Et pas un mot de n[otre] article du *Charivari*[10], mais v[ous] n'avez pas besoin de remercier. Envoyez un exemplaire à Laurent-Jan[11].

N[ous] causerons de ce que contient votre lettre : il y a bien des choses à dire, et que je vous expliquerai. Lisez au *Siècle*, *La Fausse Maîtresse*.

41-140. TRAITÉ AVEC LE THÉÂTRE DE L'ODÉON

[Paris, 8 décembre 1841[1].]

Entre Monsieur Jean-Baptiste Bonaventure d'Épagny, directeur du Second Théâtre-Français stipulant tant en son nom personnel qu'au nom de Messieurs les Comédiens sociétaires du Second Théâtre-Français domiciliés à l'effet des présentes au théâtre de l'Odéon rue de Vaugirard à Paris, d'une part

Et Monsieur Honoré de Balzac demeurant à Paris rue de Richelieu, 112, d'autre part a été arrêté ce qui suit

Article premier. M. de Balzac s'oblige à faire lecture dans quinze jours à dater d'aujourd'hui à MM. le Directeur et Comédiens d'une comédie en cinq actes avec prologue ayant pour titre *Les Ressources de Quinola*. Si après cette lecture la pièce est acceptée par ces messieurs il en sera immédiatement donné avis à M. de Balzac par lettre de M. le Directeur. Dans ce cas, MM. le Directeur et Comédiens s'engagent à rapporter à M. de Balzac l'acceptation du Comité de lecture du théâtre. Faute d'avoir justifié de cette acceptation dans un délai de trois jours, M. de Balzac est autorisé à retirer sa pièce sans avoir besoin de remplir aucune formalité et son manuscrit lui sera immédiatement remis sur sa simple demande à M. le Directeur. Après la réception par le Comité de lecture la pièce sera mise immédiatement à l'étude et MM. le Directeur et Sociétaires s'obligent à la représenter dans le délai d'un mois.

Art. deux. Le principal rôle de femme sera joué par Madame Dorval[2] à moins que M. de Balzac ne consente expressément et par écrit à le confier à une autre artiste. Les droits de Mme Dorval pour chaque représentation seront à la charge de M. de Balzac qui est autorisé à les faire toucher chaque soir par préférence à tous autres et sur la somme qui sera prélevée pour les frais du théâtre ainsi qu'il sera dit ci-après. Les droits attribués à M. de Balzac pour tenir lieu de l'engagement de Mme Dorval ne pourront excéder soixante francs par représentation et deux et demi pour cent sur le produit de la recette nette, c'est-à-dire après la déduction des frais du théâtre dont la quotité sera fixée ci-après et encore après le prélèvement du droit des pauvres et de onze pour cent du droit des auteurs.

Art. trois. La pièce sera jouée tous les jours moins les dimanches et seule jusqu'à ce que M. de Balzac ait consenti à l'adjonction d'une seconde pièce. Il pourrait avoir lieu à cette adjonction si pendant cinq représentations consécutives la recette de chaque jour n'était que de mille francs et dans ce cas la pièce à joindre aurait trois actes au plus. Mais si par cinq recettes consécutives la pièce de M. de Balzac refaisait des recettes dont la moyenne serait seize cents francs pour ces cinq recettes la pièce serait rejouée seule. S'il s'élevait quelques contestations à ce sujet elles seraient jugées souverainement par deux arbitres dont l'un choisi par M. de Balzac et l'autre par M. le Directeur du Second Théâtre-Français. La pièce ne pourra plus être jouée tous les jours lorsqu'après dix recettes consécutives, la moyenne ne serait que de mille soixante francs.

Art. quatre. Sur la recette brute de chaque soir il sera prélevé

1° la somme de mille soixante francs à laquelle sont irrévocablement fixés entre les parties les frais du théâtre y compris les soixante francs à prélever pour Mme Dorval, ainsi que le droit de deux et demi pour cent qui serait à prendre sur l'excédent de la recette dans le cas où ainsi qu'il a été prévu ce droit proportionnel serait concédé à Mme Dorval.

2° Le droit des pauvres.

3° Les onze pour cent revenant à M. de Balzac pour droits d'auteur et ce indépendamment des stipulations ci-après. Après tous ces prélèvements l'excédent de la recette sera partagé chaque soir par égales moitiés entre M. de Balzac et MM. le Directeur et les Sociétaires.

Art. cinq. M. de Balzac aura seul droit au produit total des trois premières représentations sous la seule déduction de la somme de huit cents francs à laquelle sont réglés entre les parties pour ces trois représentations seulement les frais du Théâtre.

Le produit total des quatrièmes et cinquièmes représentations appartiendra exclusivement à MM. les Comédiens sous la déduction des onze pour cent de droit d'auteur sur la recette brute.

Art. six. Il ne sera admis aux premières représentations que des billets contresignés par M. de Balzac qui pourra s'il le juge convenable adjoindre un préposé au contrôle. M. de Balzac ne devra que trois billets de parterre à chacun des artistes qui joueront dans la pièce pour la première représentation. M. de Balzac devra réserver le service des journaux pour la première représentation, mais il ne sera pas tenu de donner plus de cinquante places dont un tiers en loges. Il ne sera délivré aucun billet gratis ni aux premières représentations ni aux représentations subséquentes. Néanmoins si les intéressés jugeaient convenable de recourir à ce moyen, il serait délivré dans ce cas à M. de Balzac un nombre de billets égal à celui que M. Victor Hugo a reçu au théâtre de la Porte St-Martin dans le traité où il a été le plus favorisé.

Art. sept. MM. le Directeur et les Sociétaires s'engagent à répéter la pièce de M. de Balzac au moins une fois en costumes avec les décors complets.

Art. huit. Dans le cas où M. de Balzac aurait droit à la représentation à bénéfice accordée par le traité avec les auteurs à celui qui ferait les plus fortes recettes il abandonne entièrement le produit de cette représentation à la caisse de MM. les Sociétaires.

Fait double à Paris ce huit décembre mil huit cent quarante [*sic* pour 1841].

Approuvé l'écriture ci-dessus
       d'Épagny.

Approuvé l'écriture ci-dessus
          Saint-Léon.

Approuvé l'écriture ci-dessus
 A. Tillet.   Approuvé l'écriture ci-dessus
             Valmore.

Approuvé l'écriture ci-dessus
 L. Monrose.

Approuvé l'écriture ci-dessus Mirecour.
Approuvé l'écriture ci-dessus   Robert Kemp[3].

[*Non signé par Balzac.*]

41-141. PROSPER VALMORE À BALZAC

Paris, le 9 Xbre 1841.

Mon cher Monsieur de Balzac,

Comme je viens d'être nommé Régisseur général, il me serait impossible d'aller vous voir à Passy. Soyez assez bon pour venir un de ces matins à l'Odéon depuis onze jusqu'à trois et je vous remettrai votre traité signé pour vous, et vous signerez le nôtre.

Bien qu'il ne soit pas daté et qu'il y ait dessus, que l'ouvrage ne serait livré que quinze jours après la signature, nous comprenons tous que ce n'est qu'une forme, et que votre traité verbal sera tenu loyalement. Vous avez promis de lire le vingt de ce mois-ci.

Ainsi le traité est conclu du jour où nous sommes tombés d'accord de tout à la maison[1].

Au vingt donc de ce mois-ci.

Veuillez agréer mes civilités respectueuses.

Votre dévoué serviteur

Valmore
Régisseur général.

[Adresse :] À Madame de Brugnolle | rue Basse, 19 | À Passy. | Banlieue.
[Cachet postal :] Passy-lès-Paris, 9 déc. 1841.

41-142. À JULES VOISVENEL

[9 décembre 1841.]

Voivenelle [*sic*], je suis pressé de mes épreuves pour donner le *bon à composer*[1], car dans quelques jours je serai trop occupé à *Quinola* pour m'occuper à corriger une nouvelle et vous avez encore un chapitre. Ainsi donnez-les-moi demain si elles ne sont pas prêtes aujourd'hui.

Jeudi

de B.

[Adresse :] Monsieur Voivenelle | au *Siècle*.

41-143. À LOUIS PERRÉE

[9 décembre 1841.]

Monsieur,

Voivenelle [*sic*] a oublié de me renvoyer mon manuscrit avec les épreuves[1], et il y a des mots, des phrases en renvoi oubliées, desquels je ne me souviens plus ; ayez la complaisance de le faire remettre au porteur et agréez mes compliments,

de Balzac.

Jeudi 9.

P. S. — Je renverrai demain la nouvelle corrigée et il faudra que j'en aie une épreuve pour samedi, autrement vous seriez retardés.

[Adresse :] Monsieur Perrée | 16, rue du Croissant | au *Siècle*.
[D'une autre main, au verso de l'adresse :] Richelieu — 112.

41-144. À JULES VOISVENEL

[Après le 9 décembre 1841.]

M. de Balzac prie Monsieur Voyvenelle [*sic*] de faire la plus grande attention à la copie tant manuscrite[1], qu'imprimée et corrigée qu'il envoye [*sic*], car il n'y a pas *de double* et rien ne pourrait réparer la perte d'un seul feuillet — Cette copie fait suite aux 33 paquets dont épreuve corrigée est chez M. de Balzac pour faire la copie du *Siècle* — Il ne reste plus que 14 petits feuillets de copie qui terminent

41-145. À LÉON GOZLAN

[14 décembre 1841.]

Mon cher Gozlan, j'ai lu votre feuilleton d'hier et vous en remercie du fond du cœur[1], avec d'autant plus d'effusion que voici la première fois, qu'on me fait pareille fête, sans réticence. Si ça ne me sert pas de piédestal, ce sera ma fosse en cas de *four*. Mais j'accepte le défi, j'acquitterai, je l'espère, cette magnifique lettre de change, à 30 jours de vue et, comme les loges (calembour à part) seront rares, je vous porterai moi-même la vôtre ! N[ous] n[ous] verrons bien avant la répétition générale, et je compte sur vous pour un bon avis.

Mille amitiés

de Balzac.

Mardi.

41-146. À JULES VOISVENEL

[Mi-décembre 1841.]

Maître Voivenelle [*sic*], il ne me faut plus qu'une révision de ces 30 1ers feuillets, mais faites-m'en une triple épreuve. 1° une sur papier écolier collé bien blanc que vous ferez remater. 2° une pour la copie du journal. 3° une que je veux communiquer. Donnez-moi ces trois épreuves pour dimanche matin et mettez-les-vous-même rue Richelieu cachetées,

de Bc.

Ne crevez pas trop le papier, prenez-le fort en faisant les épreuves.

41-147. À JULES VOISVENEL

[Mi-décembre 1841.]

Je prie Monsieur Voivenelle [*sic*]¹ de composer l'ajouté de ce dernier paragraphe et de faire faire les corrections des 3 paquets 64, 65 et 66 de manière à ce que j'aie épreuve demain (double surtout!) rue Richelieu 112, entre une heure et 2 après midi,

de Bc.

Il faut d'autant plus ceci pour demain que je demanderai *peut-être* une autre épreuve encore et qu'il faut être prêt pour le jour où cette fin passera

41-148. À MARIE DORVAL

[Décembre 1841[1].]

Quand je vous ai eu écrit les conditions que j'ai arrachées aux sociétaires du Second Théâtre, ma chère Faustina, Merle[2] m'a dit un mot qui exige la lettre que je vous écris aussitôt que la réflexion m'est venue. *Je crois*, a dit Merle, *que madame Dorval n'acceptera pas sans avoir vu le rôle !* Ceci remettrait la conclusion à votre retour, c'est-à-dire dans dix jours[3]. Si vous n'aviez pas en moi la confiance que j'ai en vous, ce serait inutile d'attendre, car *ils* ne peuvent pas attendre à l'Odéon.

Or donc, je vous ajoute ici, chère, que je vous demande une acceptation absolue, j'ai fait, il me semble, mes preuves avec Frédérick, et je sais ce que j'ai à faire pour vous maintenant, mon enfant, il est bien certain que votre *rentrée* dans *Les Ressources de Quinola* porte un coup à la Comédie-Française et qu'on peut faire pour vous ce qu'on a fait pour Bocage, vous enlever à ma pièce par un engagement. D'abord ce serait infâme, mais il y a une meilleure raison, c'est qu'une fois *à eux* vous seriez leur victime ; tandis que vous serez bien plus forte après une création comme celle de la *Faustina Brancadori* ; je vous demande donc de m'écrire que vous acceptez mes conditions et que, s'il y a succès, avant comme après, on ne vous détachera point de ma pièce, qu'après l'épuisement du succès. Soyez-moi fidèle ! S'il s'agissait de votre cœur, je ne serais pas si bête que de vous dire cela, mais il s'agit de votre talent.

En somme, vous aurez, en cas de succès immense, environ dix mille francs, si nous arrivons à une moyenne de 2 500 f. pour 100 représentations. Et si nous faisons four vous retrouverez les Hollandais dont Merle m'a parlé et que [je] laisse sur sa responsabilité.

N[ous] ne pouvons pas laisser cette affaire en suspens. Ainsi, j'attends de vous un mot. Écrivez-moi rue Richelieu 112. Vous m'aviez dit : *j'irai avec vous partout où vous irez*, et j'ai compté sur votre parole non pas d'honnête femme mais de Bohémienne, et vous voyez que je vous ai eu d'excellentes conditions.

Mille gracieusetés

de Balzac.

41-149. À LAURENT-JAN

[Passy, 16 ou 17 décembre 1841[1] ?]

Mon cher Laurent, j'ai pris rendez-vous avec Perrée chez toi pour Dimanche 19, à deux heures ; ainsi cela chauffe, dis-le au petit[2], pour qu'il se tienne prêt pour du 20 au 22, en cas d'arrangement, j'ai reçu une lettre, polie d'ailleurs, de Perrée

tout à toi
Honoré de B.

Tu[a] devrais venir déjeuner ce dimanche-là[b].

41-150. À LAURENT-JAN

[Passy, après le 19 décembre 1841 ?]

Mon cher Laurent,

Madame de Brug[nol] reçoit froidement tes respects animaux*, car elle te trouve mauvais goût, petites gens et province de ne pas être venu déjeuner dimanche[1] avec le petit. N[ous] sommes convenus de t'envoyer un majordome et 6 officiers [pour] t'inviter à l'avenir. Et d'un.

Et de deux, dis à Berlioz ton voisin[2] que je suis prêt à pendre et à dépendre toutes les couronnes possibles pour lui ; mais que je ne puis qu'écrire, et non faire insérer, car je suis claquemuré à travailler, Gautier fera son affaire à *La Presse*, il la fait lui-même aux *Débats*, *Le Messager* est sans abonnés, c'est à lui à prendre ma prose et à la glisser là où il lui plaira. Je suis à ses ordres et je te prie de le lui dire en lui faisant mille amitiés[3].

Ton maître respectueux et fier de son prétendu valet

de Bc.

* *[En note :]*

Il y a animaux pour amicaux, à moins qu'il n'y ait amiraux.

41-151. PROSPER VALMORE À BALZAC

Paris, le 22 X^{bre} 1841.

Monsieur,

Vous êtes sans contredit le premier penseur de l'époque, vos observations sur le cœur humain sont d'une grande finesse mais vos investigations n'ont point percé jusque dans la bourse des artistes de l'Odéon. Vous les rassemblez pour faire un souper avant la lecture et ne craignez-vous pas qu'il vous manque des auditeurs, qu'une honte, hélas ! trop fondée empêchera de se rendre à votre appel. Ils n'accepteront pas davantage une invitation qui pèserait sur vous ; vous voyez que leur délicatesse est engagée des deux côtés.

Tâchez de trouver un biais qui mette à couvert toute pudeur, je m'en remets à votre sagacité.

J'ai l'honneur de vous saluer. Votre dévoué serviteur

Valmore.

[Adresse :] À Madame de Brugnolle | rue Basse, 19 | Passy. Banlieue.
[Cachet postal :] Paris, 22 décembre 1841.

41-152. JEAN-ALFRED GÉRARD-SÉGUIN À BALZAC

[Paris, 22 décembre 1841.]

Monsieur,

Je n'ai pu trouver un moment pour aller à Versailles. J'ai été jusqu'à ce jour cloué misérablement à ma table de travail, et si vous ne pouvez m'envoyer votre portrait je ne sais trop ce que je déciderai au sujet de l'exposition ; songez que c'est à peine si je l'ai vu terminé, que je ne sais quel effet il fait dans son cadre et qu'enfin ne l'ayant pas revu depuis qu'il est achevé, je ne sais quelle opinion en avoir. Ne pourriez-vous pas, ainsi que vous me l'aviez obligeamment proposé, me l'envoyer pour quelques jours afin que je sache à quoi m'en tenir sur son compte[1].

J'ai toujours deux livres à vous. Voulez-vous que je vous les renvoie ?

Veuillez recevoir mes compliments distingués.

Gérard-Séguin.

22 décembre 1841.

[Adresse :] Monsieur de Balzac.

41-153. PIERRE-JULES HETZEL À BALZAC

[Paris, 22 ou 23 décembre 1841[1].]

Mon cher Balzac

Y eût-il 500 000 000… f. au bout de ma course je ne pourrais bouger.

Je gagne en restant dans mon comptoir 100 francs par jour.

Quitterai-je 100 francs un chiffre net pour 500 000 000… etc. ?

Pourtant mon cher Balzac écrivez-moi que vous avez besoin de me voir, que je puis vous être bon à quelque chose qu'il ne s'agit que de vous et de moi pas et je pars, et je prends pour 40 sous de cabriolet ! ! ! ! ! et pour 50 francs de mon temps.

Quel chagrin de ne vous avoir pas trouvé l'autre jour. Votre 1re édition du petit *Napoléon*[2] sera mal corrigée, tant pis cela aurait tout retardé. J'ai été prévenu trop tard, je n'ai pas relu du tout — mais Dubochet a relu et il ne restera que les noms de Genestas et autres dont se rendra compte qui pourra.

Adieu votre

J. Hetzel.

Voici un mot de Gérard, faites-y droit je vous en prie.

41-154. À PIERRE-JULES HETZEL

[Passy, vers le 24 décembre 1841[1].]

Oh ! gagner beaucoup d'argent mon cher Hetzel ! Voilà qui est saint et sacré, car avec de l'argent on a son indépendance !

J'ai mille choses à vous dire, et puisque vous m'avez manqué tout est dit. *Quinola* sera sans doute en répétition d'ici à quelques jours. Du 26 au 28, j'irai donc tous les matins dans votre quartier. Ce que je voulais vous prier de faire, et pour vous et pour moi, était horriblement pressé ; mais vous le ferez bien en 3 jours.

Songez à ce qui est fait. Un prologue et 5 actes de nature à faire venir Paris à l'Odéon, en ne négligeant aucun de mes travaux !

J'ai 10 fois demandé à Dubochet de me laisser lire une épreuve de *Napoléon*. Courage Hannymeaus !

Bien des gracieusetés à la statuette de cathédrale du n° 15.

Venez donc ce soir à l'Odéon, dans un entr'acte nous causerions, j'y serai, et peut-être vous demanderai-je à aller coucher dans votre Séguinière. G. Séguin a un petit mot dans *La Fausse Maîtresse*[2].

Je voudrais vous répéter tous les jours votre *Delenda Carthago*, car vous avez un *Delenda Carthago*, et vous devez savoir ce que je veux dire. Écoutez-moi, car j'ai 40 ans, et j'ai le cœur d'un jeune homme de 20 ans ; il faut donc que l'expérience de ma vie soit bien certaine. Donnez de l'argent tant que vous voudrez. Mais la pureté de l'avenir ! *Delenda Carthago* et vite.

Faites voir mes derniers mots au n° 15. Les femmes en fait de l'intérêt de celui qu'elles aiment sont des Daniels, des voyants, des nez de lion qui sentent d'un bout du désert à l'autre.

41-155. À HENRI PLON

[Passy, vendredi 24 ? décembre 1841[1].]

Monsieur Plon arrêtez la composition d'*Une fille Ève*. *Une fille Ève* va dans le second volume après les *Mémoires de deux jeunes mariées* — Je vous enverrai lundi le commencement de *La Fausse Maîtresse* que publie *Le Siècle* pour remplacer les pages 350, 351 et 352 de la feuille 22. *La Fausse Maîtresse* fera 4 feuilles[2]

mes compliments
de Bc.

[1ᵉʳ post scriptum, en haut à gauche :]

Mes bonnes feuilles 13, 14, 15, 16, 17 ?
je ne les ai pas

[Second post scriptum, en haut à droite :]

S'il y a de la composition d'*Une fille Ève* au-delà des 2 pages 351 et 352, donnez-m'en épreuve

41-156. À JEAN-BAPTISTE VIOLET D'ÉPAGNY

[Passy, 28 décembre 1841.]

Monsieur le directeur,

Aux termes de nos conventions je suis prêt à lire. J'ai choisi demain mercredi[1] et j'ai dit à votre régisseur les noms des comédiens auxquels je confie notre succès.

J'ai fait un peu votre métier ; j'ai conquis madame Dorval, qui vous enrichira. Je l'amènerai moi-même[2].

Trouvez ici, mon cher d'Épagny, mille amitiés. Je vous ai donné les preuves de notre ancienne connaissance en vous choisissant *Les Ressources de Quinola*. J'attendrai du retour dans nos relations et j'ai droit à bien du zèle,

de Balzac.

Ne vous ayant pas trouvé je confie cette lettre à M. Valmore.

Mardi matin.

[Adresse sur enveloppe jointe :] Monsieur le Directeur du Second Théâtre-Français | à l'Odéon.

41-157. HONORÉ GEBELIN À BALZAC

Beaucaire, le 28 X^{bre} 1841.

Monsieur,

C'est de l'extrémité de la France que j'écris, à vous, Monsieur, l'écrivain, dont le nom a dépassé les frontières de ce beau royaume. Votre cœur accueillera bien ma lettre, votre bon esprit la comprendra : je laisse à votre charité de donner à ma demande tout le succès qu'elle trouvera bon. Je réclame des hommes de lettres, des secours en faveur d'un établissement qui ne peut manquer de vous inspirer de l'intérêt, par cela même qu'il offre un asile aux jeunes intelligences amies des lettres. Je sens par la connaissance que j'ai personnellement de vous, que je vous fais plaisir en vous offrant l'occasion de vous montrer bienveillant à notre égard. Les années sont cruelles pour nous au milieu de nos inondations[1] ; vous en adoucirez les peines, Monsieur, et le cœur de notre jeunesse vous en bénira aux pieds des autels.

Vous êtes pleinement libre pour le mode de transmission des

fonds. Je remplirai les conditions qu'il vous plaira d'y attacher. Faites bon accueil je vous supplie mon cher monsieur, pour Dieu, et pour les lettres, à ma petite requête.

Agréez les hommages et les souhaits de bonne année de celui qui a l'honneur de se dire

votre très humble et respectueux serviteur
Hon^{ré} Gebelin, supérieur.

[Adresse :] Recommandé à M. le Ministre Teste[2] | Monsieur | Monsieur Balzac, écrivain | Paris.
[De plusieurs mains :] L'adresse du destinataire inconnue | Refusé par M. Teste | S'informer au Bureau du Journal *La Presse*. | Parti à Sèvres (Seine-et-Oise) | Parti de Sèvres | maintenant rue de Richelieu 108.
[Cachets postaux :] Paris, 31 décembre | 7 janvier | Sèvres 10 janvier 42. | Paris 10 janvier.

41-158. ANTOINE POMMIER À BALZAC

Paris, le 28 D^{bre} 1841.

Monsieur,

Le comité consulté sur les termes de la défense qui accompagne la publication, dans *Le Siècle*, du premier fragment de votre nouvelle, *La Fausse Maîtresse*[1], a été unanimement d'avis qu'elle ne réunissait pas les conditions exigées par l'art. 27 des statuts et qu'on devait la considérer comme non avenue[2]. En conséquence j'ai dû informer de cette résolution les journaux reproducteurs en relation avec la Société et leur déclarer qu'ils avaient le droit de reproduire votre nouvelle, dans les conditions ordinaires des statuts ou de leurs traités avec la Société.

Le comité a jugé convenable aussi que je vous instruise de sa résolution et de ma démarche et que je vous propose en même temps de constituer à l'amiable un tribunal arbitral pour lui soumettre l'appréciation du différend élevé entre vous et la Société, à l'occasion de votre démission. Je vous prie de me faire connaître votre détermination à cet égard dans un délai rapproché, car le comité est résolu à faire juger le différend et si vous n'acceptez pas sa proposition, j'aurai à procéder régulièrement pour composer le tribunal arbitral.

Agréez l'assurance de la considération distinguée avec laquelle j'ai l'honneur d'être,
Monsieur,
Votre dévoué serviteur

Pommier.

[Adresse :] Monsieur de Balzac | 112, rue Richelieu.

41-159. AU PRÉSIDENT DE LA SOCIÉTÉ
DES GENS DE LETTRES

[Passy, fin décembre 1841[1].]

Monsieur,

La Société que nous avons formée, laisse à chacun de nous la faculté de se retirer de l'association quand bon lui semble. Il suffit de donner sa démission pour acquérir immédiatement sa liberté.

Cette démission n'est pas soumise à l'approbation ou au refus des autres associés, elle tire toute sa force de la volonté de celui qui la donne. — La Société ne peut ni la valider ni l'infirmer, elle ne peut qu'en constater l'existence.

Ces principes ont plusieurs fois reçu leur application, et jamais il n'est venu à l'esprit de personne de mettre en doute, un droit sans lequel aucun de nous n'aurait consenti à s'enchaîner pour toute sa carrière littéraire.

Cependant l'agent[a] qui prélève à son profit la part la plus importante du produit de nos travaux, redoute pour lui l'exercice du droit précieux que nous nous sommes réservé. Il se sent assez fort aujourd'hui pour nous imposer sa volonté[b].

Je suis le premier sur qui tomba sa colère car il a contesté la démission que j'ai donnée et comme je la maintiens, il me menace d'un procès au nom de la Société.

J'aurais dédaigné cette menace, si je n'avais consulté que mon droit, mais je place trop haut les convenances et les égards que se doivent des hommes tels que nous et j'apprécie trop bien l'honneur d'avoir fait partie de votre Société pour consulter autre chose que son propre intérêt.

J'ai[c] donc cru utile de signaler le précédent fâcheux que voudrait faire consacrer l'agent.

C'est[d] dans ce but que je vous prie de convoquer l'Assemblée générale pour la faire délibérer sur le sens de la partie la plus importante de vos statuts, celle qui concerne la faculté de se retirer de l'association.

Si contre toute attente, si contre l'intention commune, on était parvenu à nous engager au-delà de notre volonté, personne d'entre nous n'hésiterait à dissoudre une Société si monstrueuse.

Cette dissolution serait donc aussi l'objet de la délibération, si au lieu d'un contrat d'union et de bonne amitié on nous avait trompé[s] au point de nous faire signer l'aliénation de notre volonté.

Ma demande appuyée par [²] membres' de l'association touche à des intérêts trop graves pour que le Comité ne s'empresse pas de l'accueillir.

41-160. À SYLVAIN GAVAULT

[Passy, 31 décembre 1841.]

Mon bon Monsieur Gavault,

Voici le modèle de la lettre circulaire¹ qui paraîtra demain, car il faut maintenant avoir les adresses. Ne perdez plus les statuts car ils croiraient que nous nous en chauffons. J'aurai à vous voir le 10, avec une nouvelle assez importante et qui vous fera plaisir. La Nouvelle que j'écris ira à *La Patrie*², ainsi n[ous] serons en mesure pour le 25.

Votre affectueux et reconnaissant

de Balzac.

41-161. À HIPPOLYTE SOUVERAIN

[Passy, fin décembre 1841 ou début janvier 1842¹.]

Il était convenu que je lirais le tout — j'irai demain chez vous voir les feuilles antérieures et prendre les trois dernières bonnes feuilles des *Mémoires* que j'achève.

41-162. À HIPPOLYTE SOUVERAIN

[Passy, fin décembre 1841 ou janvier 1842¹.]

Monsieur Souverain,

je n'ai point encore la révision des feuilles 3 et 4, de la préface d'*Une ténébreuse affaire* — je désire beaucoup revoir celle que je vous envoie et l'avoir en triple pour en communiquer une épreuve.

Mes compliments
de Bc.

41-163. À ARMAND DUTACQ

[Fin de 1841[1]?]

Mon cher Dutacq, voici les conditions et les ouvrages, allez.

Mille amitiés
de Bc.

Droit de tirer chacun à deux mille cinq cents exempl[aires] in-18, les ouvrages suivants

1° CONTES ARTISTES,
          contenant *Le Chef-d'œuvre inconnu*
          Gambara — *Massimilla Doni* —
          Le Secret des Ruggieri.
2° *L'Enfant maudit.*
3° *Les Chouans.*
4° *Pierrette.*
5° *Louis Lambert* suivi de *Séraphîta.*
6° *Le Curé de village*

avec 3 ans de jouissance pour l'exploitation exclusive dans ce format seulement, avec interdiction d'annoncer: *œuvres choisies* ou *œuvres complètes* — Prix, 5 000 fr.

41-164. À GAVARNI

[1841[1]?]

Cher
P'osper

Qoncque tu fè dont? Si tu veux t'élonger un brin, une chotepis très bien habillée et Monnier t'atandent chez Lorand Jand 23, rue des Martyrs

Prud'homme.

P'osper.

[De la main d'Albéric Second :]

Tic tac dit vit d'ours.

[De la main de Laurent-Jan :]

Ceci est chose sérieuse. J'ai l'honneur de vous attendre de 8 heures à minuit.

Laurent Jan.

Rue des Martyrs, 23.

[Adresse :] Monsieur Gavarni, dit Posper | (de la part de M. de Balzac) | 1, rue Fontaine-Saint-Georges.

41-165. À ARMAND PÉRÉMÉ

[Passy,] jeudi matin [, fin de 1841¹].

Mon cher Armand, je suis bien étonné que vous posiez cette question, *si vous êtes un homme d'exécution ?* à quelqu'un qui a écrit 20 000 lignes cette année aux journaux et publié 2 ouvrages inédits, tandis que c'est bien plutôt à moi à vous : — *Serez-vous un homme d'exécution ?* Mon opinion est que vous avez besoin d'un bras de fer qui vous maintienne dans votre route, car vous avez plus d'esprit et de moyens que ceux qui y gagnent 20 000 fr. par an ; mais ils ont l'esprit de suite et n'abandonnent rien. Vous devez avaler bien des ennuis et bien des dégoûts avant d'avoir un résultat. Si je puis vous en éviter, je le ferai ; mais ceci tient à des choses si délicates que nous devons en causer avant tout et longuement.

Soit en littérature, soit au théâtre, il faut toujours pouvoir employer le temps qu'on jette silencieusement les fondations de sa chose, et depuis que n[ous] n[ous] sommes vus, vous avez déjà perdu près d'un an. Il faut surtout n'avoir qu'une pensée et travailler sans relâche.

Enfin je serai chez Borget vendredi, demain, à deux heures, venez-y, nous y causerons.

Tout à vous
de Bc.

[Post scriptum de cinq lignes biffées².]

41-166. À STEPHEN SCHOFF

[Paris, 1841[1]?]

Mon cher petit Schoff

Je vous envoie ce que je vous ai promis avec mille amitiés dévouées dans le genre de Felipe.

Tout à vous
de Balzac.

41-167. PROJET DE TRAITÉ
AVEC PIERRE-JULES HETZEL
ET JEAN-BAPTISTE PAULIN

[1841 ou 1842?]

Entre les soussignés
Il a été convenu ce qui suit :

M. de Balzac est auteur de divers petits traités qui doivent entrer dans la composition d'un ouvrage qu'il se propose d'écrire sous le titre de [ ]

Ces divers traités qui sont autant de chapitres de l'ouvrage en question déjà faits ou pouvant être faits d'ici au [ ] prochain peuvent composer autant de petits volumes du format de ceux qui sont connus sous le titre de Biographies, publiées par Aubert & C°, de la même importance et du même prix, sous les titres qui suivent :
[Les 9 titres ci-dessous sont écrits de la main de Balzac :]

  Physiologie de la démarche
    " *de la parole*   *de la coiffure*
    " *des équipages*
    " *de la mode*
    " *des appartements*
    " *de la Robe*
    " *de la toilette*
    " *des domestiques*

MM. Hetzel & Paulin ont proposé à M. de Balzac de publier ces divers traités en divers petits volumes illustrés et aux conditions suivantes[1] :

MM. Hetzel & Paulin se chargent de tous les frais de dessin, de gravure, d'impression et de publicité et généralement de tous les frais quelconques, M. de Balzac ne fournit que le texte.

L'opération se fera de compte à demi entre MM. Hetzel & Paulin, d'une part et M. Balzac d'une autre part, c'est-à-dire que MM. Paulin & Hetzel ayant fait les frais, se rembourseront d'abord de la totalité de ces frais sur la vente et le surplus du produit sera partagé pour moitié entre eux et M. de Balzac.

Le premier volume publié sera [ ] après ce volume publié, MM. Hetzel & Paulin pourront, s'ils jugent que l'entreprise ne répond pas à leurs espérances, renoncer à l'entreprise. Il en sera de même avant d'avoir épuisé la liste des volumes énoncés plus haut, si le succès leur paraît trop peu considérable, trop inachevé, ou si après avoir été aussi grand qu'ils l'espèrent, il vient à diminuer de manière à faire craindre que la fin ne répond[e] pas au début.

Si au contraire le succès devient considérable et se soutient, MM. Hetzel & Paulin, d'une part et M. de Balzac de l'autre pourront convenir d'augmenter le nombre des traités ou volumes. Et en tout cas, M. de Balzac s'interdit à moins d'un refus de MM. Paulin & Hetzel, de finir lesdits ouvrages à quelque condition que ce soit avec d'autres éditeurs ou libraires.

MM. Paulin & Hetzel seront prêts en tout temps à communiquer à M. de Balzac la situation de l'entreprise commune et en tout cas ils fourniront tous les mois cette situation et compteront à M. de Balzac la part de bénéfices qui pourra lui revenir.

Le tiers du prix fort de chaque exemplaire sera déduit de tous les comptes pour correspondre à forfait, à toutes les remises et bonifications accordées par MM. Hetzel & Paulin au commerce et les couvrir de leurs risques de vendeurs.

[De la main de Balzac :]

La propriété des bois et dessins faits pour ces dits ouvrages accompagnera la propriété du livre, mais, MM. H[etzel] et Paulin auront le droit de préférence à conditions égales pour les publier en corps d'ouvrage.

[Adresse :] M. Hetzel.

NOTES

Sauf cas particulier nécessitant des éclaircissements ponctuels, les informations biographiques concernant les différents correspondants, auteurs ou destinataires des lettres qu'on lira dans ce volume, se trouvent rassemblés dans le Répertoire des correspondants, p. 1305-1396.

On trouvera d'autre part la liste des abréviations utilisées dans l'Avertissement, p. XXXIX-XLIII.

1836

36-1. LA COMTESSE MARIE POTOCKA À BALZAC

Aut., Lov., A. 315, ff⁰ˢ 384-385. — *Corr. Gar. II*, n° 863 (redaté).

1. L'autographe ne porte pas de millésime. Cette lettre avait été placée par erreur dans *Corr. Gar. II* (n° 863) au 1ᵉʳ janvier 1835. Il s'agit certainement des 1ᵉʳ et 2 janvier 1836.
2. L'ukase promulgué par Nicolas Iᵉʳ en 1835 contraignait les émigrés polonais à regagner l'Empire russe. Les contrevenants s'exposaient à une confiscation de leurs propriétés ainsi qu'à un bannissement perpétuel. On notera le manque d'enthousiasme de la comtesse à retourner en Russie.
3. Balzac lui avait parlé de *Séraphîta* durant son séjour à Genève en janvier 1834. Ce texte, inséré d'abord dans la *Revue de Paris* en juin-juillet 1834, avait paru en édition originale, au tome II du *Livre mystique*, daté par Werdet du 1ᵉʳ décembre 1835 ; la 2ᵉ édition est datée du 15 janvier 1836. Cela nous confirme la date du 1ᵉʳ janvier 1836 pour cette lettre, le libraire genevois n'ayant pas eu l'édition originale ou ayant négligé de consulter la table du *Livre mystique*.
4. Voir les deux autres lettres de la comtesse Marie avant son départ de Genève (36-48 et 36-55).

36-2. À HENRI FOURNIER

Aut., coll. privée. — *Corr. Gar. III*, n° 1026.

1. Henri Fournier avait succédé à Adolphe Éverat comme imprimeur de la *Revue de Paris*. Sur les frères Fournier, voir le Répertoire, et t. I de la présente édition, 32-217, n. 1.
2. La *Revue étrangère*, publiée à Saint-Pétersbourg par le libraire Ferdinand Bellizard, reproduisait pour le public russe friand de littérature française les dernières nouveautés de la presse littéraire de Paris, tantôt avec l'accord des éditeurs et des auteurs parisiens qui lui communiquaient « les bonnes feuilles » avant leur publication, tantôt en reproduisant sans autorisation des textes déjà imprimés. Balzac ne s'était pas opposé à la publication de *La Fleur des pois* [*Le Contrat de mariage*] dans cette revue (voir t. I de la présente édition, 35-136 et

35-174), mais la communication par François Buloz d'épreuves encore informes et non corrigées du *Lys dans la vallée* l'avait vivement irrité (voir *ibid.*, 35-168 et 35-172). À la fin de décembre, une entrevue orageuse avait eu lieu chez Jules Sandeau, Balzac reprocha à Buloz « cette trahison » et lui proposa de solder tous leurs comptes avec la fin du *Lys* et, à titre d'indemnité, lui demanda de le laisser publier l'ouvrage immédiatement en librairie (« Historique du procès du *Lys dans la vallée* » ; voir *CH IX*, p. 936). Buloz et son associé Félix Bonnaire n'acceptèrent pas. C'était la rupture, Balzac refusa de donner la suite de son texte et porta plainte comme il l'indique dans cette lettre tandis que Buloz entamait contre lui une procédure pour rupture de contrat.

36-3. TRAITÉ AVEC EDMOND WERDET

Aut., Lov., A. 268, f° 162. — *Corr. Gar. III*, n° 1027.

1. Cette 2ᵉ édition du *Livre mystique* porte la date du 15 janvier 1836 sur les pages de titre de ses deux volumes ; le 30 janvier, Balzac annonçait qu'elle paraîtrait le 1ᵉʳ février (*LHB I*, p. 295) ; elle est enregistrée à la *BF* du 20 février suivant.

36-4. TRAITÉ AVEC EDMOND WERDET

Aut., Lov., A. 268, f° 155. — *Corr. Gar. III*, n° 1028.

1. La 2ᵉ édition du *Médecin de campagne*, premier roman de Balzac publié par Werdet, avait été mise en vente vers la mi-juin 1834. La troisième édition « soigneusement corrigée », Werdet, 2 vol. in-8°, annoncée dans le *Feuilleton* de la *BF* du 23 janvier, y est enregistrée le 27 février (voir 36-26). La « 4ᵉ édition soigneusement corrigée » (4 volumes in-12) porte également la date de 1836 ; elle n'est pas enregistrée à la *BF*. Après la faillite de Werdet, des exemplaires furent remis en vente à la fin de 1837, sous une nouvelle couverture portant *Études philosophiques par Monsieur de Balzac*, *Le Médecin de campagne* et l'adresse : Au bureau du *Figaro*, 1837 ; mais les pages de titre sont au nom de Werdet et à la date de 1836.

2. Le chiffre du tirage a été laissé en blanc.

36-5. GUSTAVE PLANCHE À BALZAC

Aut., Lov., A. 315, f° 333. — Publié par Maurice Regard, *Gustave Planche*, Nouvelles éditions latines, 1956, t. II, p. 107-108. — *Corr. Gar. III*, n° 1029.

1. Balzac avait obtenu la collaboration de Gustave Planche à la *Chronique de Paris* où il débuta le 10 janvier 1836 par un article intitulé « L'Académie et les Nouveaux Candidats » (voir t. I de la présente édition, 35-172, n. 7, et 35-177). Il n'y a pas d'article de Planche dans le numéro du jeudi 14 janvier, son article sur la 6ᵉ édition du *Dictionnaire de l'Académie française* figure dans les numéros des 17 et 21 janvier. Pour les références à la *Chronique de Paris*, nous nous contenterons d'indiquer les dates de publication des livraisons. À l'occasion de la reprise du titre, Balzac démarra en janvier 1836 avec le tome I d'une « nouvelle série ».

2. Promesse tenue beaucoup plus tard, c'est le 19 mai seulement

qu'on trouve un article sur les *Œuvres complètes* d'Eschyle traduites par Vendel-Heyl.

3. Dans l'article cité à la note 1 (*Chronique de Paris*, 10 janvier 1836, p. 19, col. 2), on lisait : « Grâce à des indiscrétions adroitement ménagées, nous savons que MM. Brunton, miss Joanna Baillie et Allan Cunningham ont trouvé dans madame la comtesse Molé un interprète élégant et fidèle. »

36-6. À THÉODORE DABLIN

Aut. communiqué par Thierry Bodin. — Publié au cat. de la vente Piasa, Paris, Hôtel Drouot, 7 décembre 2004, Th. Bodin expert, n° 17. — *Corr. Gar. III*, n° 1030 (analyse d'après cat. de la vente à Paris, Hôtel Drouot, 31 mai 1949, P. Cornuau expert, n° 3).

36-7. ALFRED NETTEMENT À BALZAC

Aut., Lov., A. 315, ff^{os} 175-176. — Publié par R. de Cesare, *Gennaio 1836*, p. 134. — *Corr. Gar. III*, n° 1031.

1. Depuis son installation rue des Batailles à Chaillot, en mars 1835, Balzac se cachait sous le nom de « Veuve Durand » (voir t. I de la présente édition, 35-83, n. 1).

2. Tout cela reste obscur. R. de Cesare suppose que le duc de V— était le duc de Vicence, mais ce n'est qu'une hypothèse.

3. Aucune signature de Francis Nettement ne figure dans la *Chronique de Paris*.

36-8. AU DOCTEUR NACQUART

Billet figurant au dos d'un brouillon du début de *L'Interdiction* (*L'Interdiction* commença à paraître dans la *Chronique de Paris* du 31 janvier 1836); *Bibliothèque d'un amateur*, vente à Paris, Hôtel Drouot, 12-14 novembre 1958, L. Lefèvre et Cl. Guérin experts, n° 180 (fac-similé de la page de *L'Interdiction*). — *Corr. Gar. II*, n° 1015.

1. En date du 18 janvier 1836, Balzac écrivait à Ève Hanska : « Il faut que je donne pour février une œuvre intitulée *L'Interdiction* » (*LHB I*, p. 288). On peut penser qu'à cette date la rédaction de *L'Interdiction* n'était pas commencée et placer ce billet à Nacquart après le 18 janvier 1836. Voir *CH III*, p. 1380.

2. Nacquart, le 29 octobre 1835, avait remercié Balzac pour l'envoi des épreuves du *Lys* (voir t. I de la présente édition, 35-132). Il s'agissait du premier volume relié par Spachmann (voir *ibid.*, 35-123). Ce billet nous montre que le second volume fut remis plus tard, ce qui explique la légère différence de format du volume et la différence des fers employés par Spachmann. Voir *Livres du cabinet de Pierre Berès*, cat. de l'exposition, musée Condé à Chantilly, 2003-2004, n° 32 (avec fac-similés des dos des deux volumes).

36-9. JOSÉPHINE MAREST À BALZAC

Aut., Lov., A. 322, f° 34.

1. Balzac payait son loyer avec beaucoup de retard, le plus souvent par semestre échu alors que son bail prévoyait un règlement par

trimestre d'avance. Claude Marest, propriétaire de l'immeuble de la rue Cassini, décédé au deuxième semestre de 1835, laissait une veuve avec deux enfants mineurs; elle sera beaucoup moins conciliante: trois jours après avoir payé, le 15 janvier, 443,70 F pour six mois de loyers en retard, Balzac recevait un commandement de régler « sous vingt-quatre heures » six autres mensualités et 36,70 F pour l'impôt des « portes et fenêtres ».

36-10. AU DOCTEUR NACQUART

Aut., Lov., A. 310, f° 24. — *CaB 8*, n° 19. — *Corr. Gar. III*, n° 1032.

1. La maison du 104, rue Montorgueil déjà mentionnée; voir t. I de la présente édition, 32-202 et n. 1, 35-1 et n. 1, et 35-142.
2. Voir *ibid.*, 35-126, n. 8.
3. Ce projet n'eut pas de suite.
4. Dans une lettre du 27 mars 1836, Balzac écrivait à Ève Hanska : « l'affaire des *Cent Contes drolatiques* publiés par livraisons illustrées paraît sur le point de se conclure. Louis Boulanger ferait les dessins et Porret graverait les bois. On tirerait à 6 000 exempl[aires], ce qui me donnerait 30 000 fr. de droits d'auteur » (*LHB I*, p. 306).

36-11. À EDMOND WERDET

Aut., Lov., A. 268, f° 120. Au verso, de la main de Werdet : « 27 J^{er} 1836 ». — *Corr. Gar. III*, n° 1033.

1. Cette adhésion à un contrat important pour Balzac n'est pas datée par lui. Or le traité passé entre Werdet et Mme Charles-Béchet devenue, depuis le 27 mai, Mme Jean-Brice Jacquillat, a été conclu le 9 août 1836, alors que Balzac était à Turin (voir 36-123). L'écart entre les dates est considérable, mais nous n'avons pas de motifs valables pour mettre en doute la datation de Werdet qui avait demandé à son auteur une adhésion non datée, ne sachant pas si Balzac serait à Paris quand il parviendrait à conclure avec Mme Béchet très occupée par ses projets de mariage.

36-12. À THÉODORE DABLIN

Copie, Lov., A. 283, f° 220 (copie destinée à *Corr. CL*, mais non insérée). — *Corr. Gar. III*, n° 1034.

36-13. CHARLES DE BERNARD À BALZAC

Aut., Lov., A. 312, f° 199. — Publié par R. de Cesare, « Una recensione inedita di Balzac a Latouche », *Studi francesi*, II, n° 4, janvier-avril 1958, p. 71. — *Corr. Gar. III*, n° 1035.

1. Charles de Bernard a publié dans la *Chronique de Paris* de nombreux comptes rendus de théâtre sous la signature B. D. ; il fait allusion ici à sa première « Revue des théâtres », insérée le jeudi 4 février.
2. Bernard fut durant l'année 1836 l'un des plus actifs collaborateurs de la *Chronique de Paris*; en dehors de comptes rendus de théâtre et de livres, il a publié plusieurs nouvelles, notamment *La Femme gardée*

à laquelle il fait allusion ici (24 et 28 janvier), *Le Veau d'or* (20, 24, 27 et 31 mars), *Une aventure de magistrat* (30 juin, 3 et 7 juillet), *Un acte de vertu* (18, 25 septembre et 20 octobre). Pour son compte rendu de *France et Marie* de Latouche publié les 14 et 18 février, il a largement suivi un canevas fourni par Balzac (voir R. de Cesare, « Una recensione inedita di Balzac a Latouche », *Studi francesi*, II, n° 4, janvier-avril 1958, p. 63-75).

36-14. À Mᶜ ÉLOI DE BOINVILLIERS

Aut., Saché, musée Balzac, achat 1981 ; en tête d'un jeu d'épreuves du *Lys dans la vallée*. — Publié plusieurs fois en fac-similés, entre autres : *Collection J. D[avray]*, vente à Paris, palais Galliéra, 6-7 décembre 1961, P. Berès et M. Castaing experts, n° 121 ; *Bibliothèque d'un amateur balzacien* [Henri Dirkx], vente à Paris, Hôtel Drouot, 21 octobre 1981, Cl. Guérin expert, n° 49 ; Paul Métadier, *Les Lettres de Balzac à Saché 1823-1848*, Chambray, C.L.D., 2000, n° 30, p. 98. — *Corr. Gar. III*, n° 1063.

1. Note de Balzac à son avocat Éloi Ernest Forestier de Boinvilliers, dont la date est difficile à préciser, en raison des multiples renvois du procès. Elle figure en tête d'un volume in-8° de 68 feuillets, contenant la totalité du texte imprimé pour la *Revue de Paris* et portant la pagination des livraisons des 22, 29 novembre et 27 décembre 1835. Balzac a ajouté une centaine d'indications typographiques et corrections autographes. À une date également incertaine Boinvilliers rendit le volume à Balzac qui le fit relier en demi-chevrette maroquinée rouge, dos lisse avec fleurons et filets à froid ou dorés dans le style habituel de ses reliures. Ensuite, il l'offrit à « Louise ». Voir lettres 36-38, n. 3, et 36-39.

36-15. LA PRINCESSE SOPHIE GALITZIN À BALZAC

Aut., Lov., A. 314, ff°ˢ 11 et 12 v°.

1. Voir t. I de la présente édition, 35-50, 35-64 et 35-96. Il est probable que Balzac ne se rendit pas à cette nouvelle invitation, si l'on peut se référer à ce qu'il écrira à Ève Hanska, le 7 avril 1844 : « Je suis allé à une soirée de la Sop[hie] Gal. Et je lui ai parlé 3 fois chez Mme d'Appony[i] ! Voilà le compte de cette prétendue galanterie » (*LHB I*, p. 836).

36-16. LOUIS BOULANGER À BALZAC

Aut., Lov., A. 312, ff°ˢ 334-335. — Publié par Henry Jouin, *Jean Gigoux, artistes et gens de lettres de l'époque romantique*, Paris, aux bureaux de *L'Artiste*, 1895, p. 62 (sous une datation qui nous paraît erronée). — *Corr. Gar. III*, n° 1036.

1. La date de cette lettre n'est pas certaine ; Boulanger, d'après le contexte, n'a pas encore commencé le portrait de Balzac exposé au Salon de 1837 (voir 36-130, 36-147, 37-10, 37-17 et 37-22), il est talonné par une grande toile et craint de ne pas arriver pour le Salon. Cette grande toile est sans doute *Le Triomphe de Pétrarque*, immense tableau exposé au Salon de 1836 et acquis par le marquis de Custine ; cette œuvre n'était pas achevée à la fin de janvier 1836, ce qui nous incite à placer ici cette lettre. Le 8 mars suivant, Balzac annonçait à Mme Hanska que Boulanger allait faire son portrait (*LHB I*, p. 297) ;

le 12 juin, le travail était déjà très avancé, Balzac ayant accordé à son peintre dix séances de pose (*ibid.*, p. 322).

36-17. AU DOCTEUR NACQUART

Aut., Lov., A. 310, f° 26. En tête, le D' Nacquart a noté : « Paris, 1ᵉʳ février, 1836. Remis 250 fr. » — *CaB 8*, n° 20. — *Corr. Gar. III*, n° 1037.

1. Il s'agit de Louis Thomas Nacquart (21 décembre 1778-15 juillet 1865) ; artilleur, il avait été, de 1819 à 1822, directeur des études à l'École spéciale militaire de Saint-Cyr ; le 24 août 1838, il fut promu général de brigade. Balzac songe à une spéculation foncière, mais c'est beaucoup plus tard, à la fin de septembre 1846, qu'il achètera dans le quartier Beaujon un hôtel situé rue Fortunée (actuelle rue Balzac), à Paris.

36-18. LA COMTESSE DE THÜRHEIM À BALZAC

Aut., Lov., A. 316, ff°ˢ 213-214. — *Corr. Gar. III*, n° 1038.

1. Balzac avait fait la connaissance de la chanoinesse Louise de Thürheim à Vienne l'année précédente. Quelques semaines plus tard, il annonçait à Mme Hanska l'arrivée de cette lettre (*LHB I*, p. 302, 23 mars).
2. Le prince André Razumowski ; sur cette recherche d'un lecteur, voir *ibid.*, p. 261 (17 juillet 1835) et 265 (11 août 1835).
3. Il s'agit d'un exemplaire de la première édition du *Livre mystique* (Werdet, décembre 1835), conservé au musée Balzac à Saché, qui porte cet envoi autographe : « Offert par l'auteur à madame la princesse Razumosska [*sic*] et à la comtesse de Thürheym [*sic*] en reconnaissance de leur gracieux accueil et en témoignage de ses respectueux souvenirs / de Balzac » (*Balzac à Saché*, cat. par P. Métadier, musée Balzac à Saché, Tours, Imprimerie centrale, 1961, n° 85).
4. Mme Hanska.

36-19. À « LOUISE »

Aut., coll. privée ; deux pages et demie in-8°, sans alinéas, ni signature. — *Corr. CL*, 3. — Publié par R. de Cesare, *Marzo 1836*, p. 111 (classé en 3, en suivant *Corr. CL*). — *JS*, n° 26, 1. — *Corr. Gar. III*, [2], n° 1043.

1. Sur cette correspondante dont l'identité nous échappe, voir le Répertoire. Le dossier des 23 lettres « à Louise » qui nous sont parvenues est certainement incomplet. L'enveloppe qui les contenait porte une note : « 26 Lettres doubles ou simples ». Il en manque donc trois. Au moment du procès de *La Mode*, en 1851, il est déjà question de 23 lettres. Deux lettres ont peut-être été retirées, parce qu'elles n'étaient pas autographes. Cela coïncide bien avec ce que Balzac déclare ici. En ce cas, la présente lettre doit être placée en tête du dossier, comme le proposait J. Savant et non en troisième position, comme dans l'édition Calmann-Lévy de 1876, ou au deuxième rang comme dans notre édition Garnier de 1964. Sur les lettres qui nous sont parvenues, dont aucune n'est datée, 19 nous paraissent pouvoir être situées de février à juin 1836 ; 2 sont certainement de la troisième décade d'août 1836, les deux dernières étant de 1837. L'ordre suivi ici

est donc assez différent de celui des deux éditions citées précédemment.

2. Voir la note précédente.

3. Balzac avait donc communiqué ses deux adresses de Paris et de Chaillot. Il semble écrire ces lignes de la rue Cassini.

4. On lit ici une première allusion masquée au dévouement d'Antoinette de Berny, qui sera suivie de ce nouveau rappel : « Pendant douze ans, un ange a dérobé au monde, à la famille [...] » (lettre 36-27).

36-20. SÉLIM DUFOUR À BALZAC

Aut., Lov., A. 313, ff^{os} 330-331 v°; sur papier à en-tête de la librairie Bellizard, Dufour et Cie. — Publié par R. de Cesare, *Febbraio 1836*, p. 22. — *Corr. Gar.* III, n° 1040.

1. Associé du libraire Ferdinand Bellizard de Saint-Pétersbourg, c'est S. Dufour qui de Paris envoyait la « copie » en Russie. Cette lettre et notre 36-22, laissées sans réponse, semble-t-il, concernent le procès du *Lys dans la vallée* qui de renvoi en renvoi traîna jusqu'en juin. À l'audience de la première chambre du tribunal civil de la Seine, présidée par Louis-Marie de Belleyme le 12 janvier, Balzac ne s'était pas présenté ; l'affaire fut renvoyée au 1er février ; mais les petits journaux annoncèrent que Balzac avait été condamné par défaut (voir « Historique du procès du *Lys dans la vallée* », *CH* IX, p. 941-942). Le 1er février, nouveau renvoi pour le mois de mars.

36-21. UNE « FEMME MASQUÉE EN NOIR » À BALZAC

Aut., Lov., A. 318, ff^{os} 32-33. — *CaB 3*, n° 7. — Publié par R. de Cesare, *Febbraio 1836*, p. 32-33.

1. *La Recherche de l'Absolu*, dont le premier chapitre était intitulé « La Maison Claës », avait paru dans le troisième volume des *Études de mœurs au XIXe siècle*, chez Mme Charles-Béchet (*BF* du 25 octobre 1834).

2. R. de Cesare remarquait qu'en ce lundi 15 février 1836, veille du Mardi gras, avant-dernier jour du carnaval, avait lieu le grand bal masqué de l'Opéra.

36-22. SÉLIM DUFOUR À BALZAC

Aut., Lov., A. 313, ff^{os} 332-333 ; sur papier à en-tête de la librairie Bellizard, Dufour et Cie. — Publié par R. de Cesare, *Febbraio 1836*, p. 23. — *Corr. Gar.* III, n° 1041.

1. Voir lettre 36-97.

36-23. À « LOUISE »

Aut., coll. privée ; deux pages et demie in-8°, sans alinéas, ni signature. — *Corr. CL*, 2. — Publié par R. de Cesare, *Febbraio 1836*, p. 30-31 (classé en 2, en suivant *Corr. CL*). — *JS*, n° 26, 2. — *Corr. Gar.* III, [3], n° 1044 (fin février).

1. Sans citer « l'Étrangère » ou « lady Nevil », il y a de nombreux exemples de correspondances ébauchées avec des inconnues.

2. Si, en l'absence de toute enveloppe, nous ne savons pas, sous quel nom et à quelle adresse, Balzac écrivait à sa mystérieuse correspondante, nous avons ici une nouvelle preuve qu'il lui avait communiqué

ses adresses de la rue des Batailles et de la rue Cassini. Dans la seconde quinzaine de février 1836, Balzac avait abandonné provisoirement Chaillot pour regagner la rue Cassini. Il fuyait le voisinage indiscret de la princesse Aloïsia Schönburg, née Schwarzenberg, dont le fils avait été placé en traitement médical, dans sa maison de la rue des Batailles (voir *LHB I*, p. 289-290 et 300, n. 4). Le mercredi 23 mars, il annoncera à Ève Hanska : « La princesse a évacué la rue des Batailles, que j'avais quitté depuis un mois ; je vais y revenir » (*ibid.*, p. 302).

3. La marquise de Castries deviendra duchesse après le décès, le 19 janvier 1842, à l'âge de 85 ans, de son beau-père Armand Charles Augustin, duc de Castries. On comparera cet éloge de « l'illustre élégante » avec ce qu'il écrivait à Ève Hanska, le 30 janvier 1836 : « J'ai rompu les dernières et faibles relations en politesse avec Mme de Castries. Elle fait sa société de MM. J. J[anin] et S[ain]te-Beuve qui m'ont si outrageusement blessé, cela m'a paru de mauvais goût, et me voilà bien heureux » (*LHB I*, p. 294).

4. Cet anglicisme est mentionné dans le *Dictionnaire de l'Académie française* de 1835, *s. v.* « châle ».

36-24. EUGÈNE BRIFFAULT À BALZAC

Aut., Lov., A. 312, ff⁰ˢ 359-360 ; sur papier à en-tête du *Charivari*. — Publié par R. de Cesare, *Febbraio 1836*, p. 20-21. — *Corr. Gar. III*, n° 1042.

1. Eugène Briffault avait sans doute le désir de collaborer à la *Chronique de Paris*.

2. Briffault avait été en 1833-1834 rédacteur en chef du *Figaro* qui n'avait guère ménagé Balzac. Voir R. de Cesare, *Febbraio 1836*, p. 20, n. 38.

36-25. ANTÉNOR JOLY À BALZAC

Aut., Lov., A. 314, ff⁰ˢ 249-250.

1. Un « mercredi 24 février » est possible en 1836 ou en 1841 ; mais en 1841, Bohain, après sa faillite déclarée frauduleuse le 2 avril et sa condamnation, était, semble-t-il, réfugié à Londres. Voir Nicole Felkay, « "Un homme d'affaires" : Victor Bohain », *AB 1975*, p. 195-196. 1836 est plus probable, mais nous ignorons quelle était l'affaire importante proposée par Anténor Joly et Victor Bohain.

36-26. À ALFRED NETTEMENT

Copie communiquée par Marcel Bouteron, et copie, Lov., A. 281, f° 259. — Publié par Edmond Biré, « Causeries littéraires », *La Gazette de France*, 16 juillet 1894. — *Corr. Gar. III*, n° 1045.

1. La troisième édition enregistrée à la *BF* du 27 février (voir traité 36-4).

2. Sous la signature « N. », Alfred Nettement venait de publier dans *La Gazette de France* des 9, 16 et 24 février une série d'articles intitulés « Études littéraires, les Modernes, M. de Balzac », où, en dépit de certaines réserves, il y avait une réelle sympathie pour l'homme alliée à une intelligente appréciation de l'œuvre qui contrastaient avec

les attaques figurant alors dans l'ensemble de la presse (articles réimprimés par Lovenjoul, *Un roman d'amour*, p. 181-248).

3. Balzac songeait à rendre quotidienne la *Chronique de Paris* bihebdomadaire ; le manque de succès empêcha la réalisation de ce projet.

36-27. À « LOUISE »

Aut., coll. privée ; quatre pages in-8°, sans alinéas, ni signature. — *Corr. CL*, 1. — Publié par R. de Cesare, *Febbraio 1836*, p. 28-29 (classé en 1, en suivant *Corr. CL*). — *JS*, n° 26, 3. — *Corr. Gar. III*, [1], n° 1039 (février).

1. Voir 36-19, n. 1.
2. Henry de Balzac, rentré de l'île Maurice depuis juin 1834, n'avait pas réussi à se faire une situation en France. Balzac et les Surville lui avaient conseillé de retourner avec sa famille, dans l'océan Indien, pour y tenter à nouveau sa chance. Laure Surville écrivait ainsi à la baronne de Pommereul, le 3 février 1836 : « Ils n'avaient qu'un parti à prendre, c'était de retourner là où sont leurs ressources, qui ne viendront jamais les trouver en France » (*Lettres à une amie de province*, A. Chancerel et J.-N. Faure-Biguet éd., Plon, 1932, p. 220).
3. À cette date, à l'exception du *Dernier Chouan*, dont les couvertures et les pages de titre des 4 volumes publiés par Urbain Canel en 1829 portaient : « par M. Honoré Balzac », aucun ouvrage ou article ne donnait son prénom, pour le monde et la critique, il était de Balzac, M. de Balzac ou H. de Balzac. Sauf pour sa famille et quelques intimes, le prénom « Honoré » apparaît très rarement.
4. À nouveau Mme de Berny, comme dans la première lettre « à Louise » (36-19, et n. 4).
5. Il n'avait pas revu Mme de Berny depuis octobre 1835.

36-28. À MAX BÉTHUNE

Fac-similé publié dans *Le Manuscrit autographe*, 18, novembre-décembre 1928, p. 1-2. — *Corr. Gar. III*, n° 1047.

1. Le jeudi 25 février, Balzac avait inauguré dans la *Chronique de Paris* une série d'articles non signés intitulés *Extérieur*. Il en donna 41 jusqu'au 25 juillet. Ces articles manquant dans les numéros des 2 et 9 juin, on pouvait être tenté de dater cette lettre de ce mois ; mais cette datation est certainement trop tardive, car à cette époque Duckett ne pouvait avoir « mauvaise grâce à arranger cela », ayant depuis le 19 mars (voir 36-41) cessé toute participation à la *Chronique de Paris*. Notre lettre est donc antérieure à cette date, Balzac ayant finalement accepté de rédiger un *Extérieur*.

36-29. AU COMTE [BERNARD POTOCKI ?]

Aut., Cracovie, Biblioteka Jagellionska, ms. 7919, f° 35. — Photographie communiquée par M. Andrzej Piber (1985).

1. Sans certitude absolue, le « cher Comte » pourrait être Bernard Potocki ; voir le Répertoire. On peut situer ces lignes un peu avant la lettre de Bernard Potocki du 2 mars (voir 36-30).

36-30. LE COMTE BERNARD POTOCKI À BALZAC

Aut., Lov., A. 315, ff^{os} 372 et 373 v°. — Publié par R. de Cesare, *Marzo 1836*, p. 133. — *Corr. Gar. III*, n° 1048.

1. Balzac a conté à Mme Hanska comment après avoir rencontré chez Frascati Bernard Potocki, celui-ci l'avait invité à dîner au Rocher de Cancale. Voir *LHB I*, p. 299.
2. C'est-à-dire le 4 mars. Rendant compte de ce dîner le 8 à Mme Hanska, Balzac dit « avant-hier » : ou bien il se trompe, ou bien le rendez-vous fut reporté au 6. Après le dîner en compagnie de Sophie Kisseleff et de Fortunée Hamelin, Balzac accompagna Bernard Potocki au Salon des étrangers où il était, en dépit de ses dénégations, connu « comme Barrabas » (*LHB I*, p. 299). Bernard Potocki était en effet un joueur invétéré ainsi décrit par Fortunée Hamelin : « Voici un trait qui peint le caractère polonais. Bernard Potocki est arrivé de Bruxelles, où, après une noble campagne, il a laissé 200 000 fr. de perte dans la banque nationale. Léger d'argent, il va au Club et y perd 55 000 fr. sur parole. Le lendemain il décampe sans écrire ni prévenir même son hôtesse. Cela fait révolution au Club. Le comte Michelski s'y présente et dit : "Messieurs, envoyez-moi vos notes, je paierai pour lui." Les Français se piquent d'honneur et disent : "Vous êtes proscrit ; si Potocki manque d'honneur, nous ne voulons pas vous ruiner, s'il a de la probité, il nous paiera et nous pouvons attendre." Arrivé à Berlin, ce fou de Bernard écrit : "J'ai oublié de vous prévenir, Messieurs, que, détroussé par la banque de Belgique, je suis parti pour vous envoyer de Posen l'argent que je vous dois." L'argent est arrivé hier » (André Gayot, *Une ancienne muscadine : Fortunée Hamelin*, Paris, Émile-Paul, 1911, p. 43-44).

36-31. AUGUSTE BORGET À BALZAC

Aut., Lov., A. 312, ff^{os} 301 et 302 v°. — Publié par R. de Cesare, *Marzo 1836*, p. 126. — *Corr. Gar. III*, n° 1049.

1. Le Salon de 1836 avait ouvert ses portes le 1er mars.
2. On lit dans le livret du Salon de 1836, p. 30 : « Borget (A.), 41, rue du Fg-Poissonnière, 204 – Bords du Tibre, campagne de Rome. »
3. Balzac avait des dettes à l'égard de Borget. Voir t. I de la présente édition, 35-58, et ici 36-77, 36-103, 36-105, etc.

36-32. À « LOUISE »

Aut., coll. privée ; deux pages et une ligne in-8°, sans signature. — *Corr. CL*, 20. — Publié par R. de Cesare, *Marzo 1836*, p. 86 et 120-121 (classé en 5). — *JS*, n° 26, 4. — *Corr. Gar. III*, [5], n° 1050 (daté vers le 8 mars ?).

1. Balzac indique qu'il a un procès qui se juge « cette semaine ; le lendemain de la mi-carême », c'est-à-dire le vendredi 11 mars 1836 ; on peut donc dater la lettre du début de la semaine commençant le lundi 7 mars.
2. Encouragée par les compliments de Balzac sur ces talents artistiques, Louise lui offrira, après cette marine, une « seppia » (voir 36-38), une *Séraphîta* (36-42) et un paysage (36-92).

3. Pour constater l'intensité de la collaboration de Balzac à son journal, même en admettant qu'il ne fut pas le seul auteur des éditoriaux intitulés *Extérieur*, voir la Chronologie.

4. Nous n'avons pas de document judiciaire attestant une première remise du procès du *Lys*, prévu pour le lendemain de la mi-carême, mais il est peu probable que Balzac se soit trompé de semaine pour évoquer des réjouissances très suivies.

36-33. ALFRED FAYOT À BALZAC

Aut., Lov., A. 315, ff^{os} 257 et 258 v°.

1. Il s'agit de *The Youthful Impostor*, roman de George W. M. Reynolds, 3 vol. in-8°, publiés à Paris par George G. Bennis, 1835. La traduction, par A.-J.-B. Defaucompret, parut sous le titre *Le Jeune Imposteur*, en 1836 chez Renduel (et non chez Gosselin). Nous ignorons comment Balzac avait pu être en possession du manuscrit de G. W. Reynolds ; nous n'avons aucune autre trace de relations qu'il aurait pu entretenir avec ce dernier, avec Bennis, ou encore avec A. Fayot. Notons enfin qu'en cette même année 1836, G. W. Reynolds publia une traduction anglaise des *Chants du crépuscule* de Victor Hugo.

2. De 1830 à 1836, Bennis, écrivain anglais, fut directeur de la Librairie des étrangers, sise au 55, rue Neuve Saint-Augustin, à Paris. En 1836, Bennis céda la librairie à Reynolds.

36-34. JULES SANDEAU À BALZAC

Aut., Lov., A. 316, f° 108. — Publié par Mabel Silver, *Jules Sandeau, l'homme et la vie*, Boivin, 1936, p. 85 ; Louis-Jules Arrigon, *Balzac et « la Contessa »*, Éditions des Portiques, 1932, p. 78-79 ; R. de Cesare, *Marzo 1836*, p. 128. — *Corr. Gar. III*, n° 1051.

1. Le 8 mars, Balzac écrivait à Mme Hanska : « Jules Sandeau a été une de mes erreurs. Vous n'imaginerez jamais une pareille fainéantise, une pareille nonchalance, il est sans énergie, sans volonté. Les plus beaux sentiments en paroles, rien en action ni en réalité. Nul dévouement de pensée ni de corps [...] Il n'a pas en 3 ans fait un ½ volume. De la critique ? Il trouve cela trop difficile. C'est un cheval à l'écurie. Il désespère l'amitié, comme il a désespéré l'amour » (*LHB I*, p. 298). Le 20 mars, il ajoutait : « Effrayé de cette lutte et ne voulant pas même la voir, J[ules] Sandeau s'est enfui d'ici, me laissant son loyer et q[ue]lq[ues] dettes sur le corps. C'est un homme à la mer, comme on dit sur un vaisseau perdu sur l'océan, et battu par la tempête. Comme Médée je n'ai que *moi* contre tout » (*ibid.*, p. 301). La lettre de Sandeau se place donc très certainement entre le 8 et le 20 mars.

2. Le Mar ou Dom Mar, surnom de Balzac dans le groupe des Berrichons (Sand, Sandeau, Regnault) ; Balzac fit des variations sur ce surnom. Voir la lettre à Auguste de Belloy (38-135). Dans la *Chronique de Paris*, il signait ses articles de critique littéraire « Mar. O'C. ». Voir *Balzac en Berry*, cat. de l'exposition, *CB*, n° 10, 1980, n° 119.

3. Sandeau en partant laissait à Balzac des dettes assez importantes, 1 347 F d'après le relevé de Balzac (aut., Lov., A. 331, ff^{os} 212-213). Ces dettes n'étaient pas réglées le 15 novembre 1836 (voir 36-178).

4. Émile Regnault.
5. Musch ou Mush était le sobriquet de Sandeau. Voir t. I de la présente édition, 35-101, et n. 1.

36-35. À ALBERTIN

Publié par le *Monde illustré*, 12 octobre 1861. — Fac-similé dans *Balzac à Saché*, X, [décembre 1966], p. 29.

1. Note adressée par Balzac au prote de l'imprimerie Béthune et Plon, en marge d'une épreuve de la feuille 18 du premier volume de l'édition originale du *Lys dans la vallée* (Werdet, 1836).

36-36. ÉMILE CHEVALET À BALZAC

Aut., Lov., A. 314, ff^{os} 30 *ter* et 30 *quater*. — Publié par R. de Cesare, *Marzo 1836*, p. 130-131. — *Corr. Gar. III*, n° 1052.

1. *Le Pourvoi en grâce* ; voir t. I de la présente édition, 35-116.
2. Chevalet s'était répandu en propos amers après le jugement sévère porté par Balzac sur ses capacités littéraires.

36-37. DELPHINE DE GIRARDIN À BALZAC

Aut., Lov., A. 314, ff^{os} 92 et 93 v° ; formule imprimée complétée par Mme de Girardin. — Publié par Lovenjoul, *Genèse*, p. 136-137 ; R. de Cesare, *Marzo 1836*, p. 136. — *Corr. Gar. III*, n° 1053.

1. Balzac se laissa fléchir et après deux ans de bouderie (voir t. I de la présente édition, 34-26) reparut dans le salon de Mme de Girardin pour cette grande soirée du 16 mars 1836 où se pressaient de nombreux invités, en particulier Émile Deschamps, Alexandre Dumas, Jules Janin, Victor et Adèle Hugo, Lamartine, Musset, Jules de Rességuier. Lamartine lut des extraits de *Jocelyn* et des vers inédits, Antonia Lambert chanta accompagnée au piano par François Labarre. Voir *Vingt-cinq ans à Paris, 1826-1850. Journal du comte Rodolphe Apponyi*, éd. Ernest Daudet, Paris, Plon, t. III, 1914, p. 209-210 ; et Delphine de Girardin, *La Canne de M. de Balzac*, Paris, Dumont, 1836, p. 253-290 (chap. XVIII : « Une soirée poétique »).

36-38. À « LOUISE »

Aut., coll. privée ; cinq pages in-8°, sans alinéas, ni signature. — *Corr. CL*, 5. — Publié par R. de Cesare, *Marzo 1836*, p. 113-115 (classé en 6). — *JS*, n° 26, 5. — *Corr. Gar. III*, [6], n° 1054.

1. Balzac, après avoir remercié de l'envoi d'une « seppia », annonce un « don » pour « après-demain », la lettre suivante accompagne ledit don, Louise remercie par une lettre datée : « vendredi soir très tard » ; nous avons ainsi une séquence de trois lettres que nous pouvons dater, sans certitude absolue, la première du mercredi 16 mars et les deux autres du vendredi 18 mars.
2. *Seppia* : terme emprunté à l'italien (qui signifie « seiche ») et qui désigne « l'encre produite par cet animal » ou encore un « liquide noirâtre produit par la seiche et qu'on emploie en peinture » (d'après le *TLF*).

3. Il s'agit du manuscrit de *L'Interdiction* (66 feuillets) qui avait été publié dans la *Chronique de Paris* des 31 janvier, 4, 7, 14 et 18 février 1836 ; Balzac avait fait relier à la suite de *L'Interdiction* l'autographe de sa première chronique intitulée *Extérieur* (16 feuillets), insérée dans la livraison du 25 février 1836 de la même revue. Ce manuscrit a été vendu en 1851 (en même temps que les 23 lettres de Balzac à « Louise » et qu'un jeu d'épreuves du *Lys dans la vallée* ; voir la lettre 36-39 à Philéas Nivard). Lettres, manuscrit et épreuves restés entre les mains des héritiers de Nivard passèrent vers 1945 dans le commerce de la librairie. Après avoir appartenu à plusieurs collectionneurs, le volume relié contenant le manuscrit de *L'Interdiction* suivi d'*Extérieur* a été acquis par la Bibliothèque nationale en 1961 (BNF, Mss, n.a.fr. 14357).

4. Voir 36-27, et n. 3.

5. Pour « Louise », ce sera Walter ; cette signature de « fantaisie » a été utilisée deux fois par Balzac (36-96 et 37-63).

36-39. À « LOUISE »

Aut., coll. privée ; trois pages et un quart in-8°, sans signature. — *Corr. CL*, 6. — Publié par R. de Cesare, *Marzo 1836*, p. 116 (classé en 7). — *JS*, n° 26, 6. — *Corr. Gar. III*, [7], n° 1055.

1. Le manuscrit de *L'Interdiction* ; voir 36-38, et n. 3.
2. Werdet.

36-40. « LOUISE » À BALZAC

Aut., Lov., A. 320, ff^{os} 8-9 ; quatre pages in-8°, sur un papier portant en haut de la page 1, à gauche, poussées à froid les initiales « L M » surmontées d'une couronne comtale. — Publié par R. de Cesare, *Marzo 1836*, p. 117-118. — *JS*, n° 26, p. 26-33 (avec fac-similé des 4 pages omettant la première ligne de la page 1 : « Vendredi soir très tard »). — *Corr. Gar. II*, n° 1056 (avec fac-similé de la page 1).

1. Voir 36-39.
2. Lettre 36-38, n. 2.

36-41. CONTRAT AVEC MAX BÉTHUNE

Aut., A. N., F^{18} 326 et minutes de Me Meunier, successeur de Me Druet devant qui a été signé l'acte (copie communiquée par Madeleine Ambrière). — *Corr. Gar. III*, n° 1057.

1. Cette nouvelle société consacrait le retrait du prudent Duckett qui le 19 mars signait la déclaration suivante : « Je soussigné reconnais avoir reçu de MM. de Béthune et de Balzac, la somme de deux mille francs pour prix de mon désintéressement des fonctions de rédacteur en chef de la *Chronique de Paris* en sorte que M. de Balzac est présentement maître d'agir comme bon lui semblera relativement à cette place sans que j'y mette aucune opposition ayant de leur consentement vendu les actions que je possédais à la *Chronique de Paris*. / Paris, ce dix-neuf mars mil huit cent trente-six. / W. Duckett » (aut., Lov., A. 254, f° 25 ; publié par R. de Cesare, *Marzo 1836*, p. 82). En même temps, Werdet signait à l'ordre de Duckett dix billets d'un montant total de 7 762,30 F, « valeur reçue en propriété de la *Chronique de*

Paris », dont Duckett détenait seize actions. Ces billets échus d'octobre 1836 à juin 1837, non payés par Werdet, amenèrent une poursuite acharnée de Duckett contre Balzac et son éditeur. Voir R. de Cesare, *Marzo 1836*, p. 83.

36-42. À « LOUISE »

Aut., coll. privée ; six pages in-8°, sans signature. — *Corr. CL*, 9. — Publié par R. de Cesare, *Marzo 1836*, p. 120-121 (classé en 8). — *JS*, n° 26, 7. — *Corr. Gar. III*, [8], n° 1058.

1. Balzac semble répondre rapidement à la lettre de « Louise », accompagnée de la « figure » annoncée de *Séraphîta*, où il imagine voir un portrait de sa correspondante inconnue.
2. Voir la lettre à Théophile Bra datée de décembre 1833 (t. I de la présente édition, 33-216, et les notes).
3. En réalité, un peu moins de cinq ans ; le début des relations de Balzac avec la marquise de Castries remonte à l'automne de 1831. Voir *ibid.*, 31-100.

36-43. SOPHIE MAZURE À BALZAC

Aut., Lov., A. 315, ff^{os} 45-46. — Publié par Agnès Kettler, *AB 1988*, p. 68-69.

1. Comme le relève avec beaucoup de justesse Agnès Kettler (« De Francis Dazur à sœur Marie des Anges : les illusions perdues de Sophie Mazure », *AB 1988*, p. 67-69), cette dernière lettre conservée de Sophie Mazure « montre un net refroidissement de leurs relations […] le ton est condescendant [et elle] porte sur le nouveau *Louis Lambert* un jugement sévère ».

36-44. AU DOCTEUR NACQUART

Aut., Lov., A. 310, f° 29. En tête, le Dr Nacquart a noté : « 23 mars 1836. Remis à Auguste 200 fr. » — *CaB 8*, n° 21. — *Corr. Gar. III*, n° 1059.

1. Louis-Marie de Belleyme, président du tribunal civil de la Seine devant qui Balzac devait comparaître le vendredi 25 mars, habitait 8, rue d'Orléans, au Marais, tout près du domicile de Nacquart, 39, rue Sainte-Avoye. L'affaire ne fut pas encore jugée ce jour-là, elle fut renvoyée une nouvelle fois, Louis Adolphe Chaix d'Est-Ange, avocat de Buloz, plaidant en province.

36-45. DUFFAULT, CAISSIER DE L'IMPRIMERIE ÉVERAT, À BALZAC

Aut., Lov., A. 256, f° 40 v°.

1. Cette note est écrite au verso d'une facture à en-tête de l'imprimerie Éverat, relative aux frais d'impression (d'août à novembre 1835) des feuilles 5 à 10 du troisième dixain des *Cent Contes drolatiques*.

36-46. MARY SOMERVILLE À BALZAC

Aut., Lov., A. 316, f° 155. — Publié par Roger Pierrot, *Lettres à Madame Hanska*, Éditions du Delta, 1967, t. I, p. 578, n. 1 ; David Bellos, *AB 1970*, p. 360-361 ; *LHB I*, p. 436, n. 2.

1. « [Chelsea, 25 mars 1836 ?] / Mme Somerville présente ses compliments à M. de Balzac et le prie d'accepter ses plus vifs remerciements pour le manuscrit qu'il a eu la gentillesse de lui adresser. / Royal Hospital, Chelsea, 25 mars. »

2. Cette lettre est bien difficile à dater. David Bellos considère qu'il est « peu probable que Balzac et Mrs Somerville se soient connus personnellement » (« Éclaircissements sur Mrs Somerville », *AB 1970*, p. 360-361). Lors de son séjour de près d'un an à Paris en 1832, Mary Somerville fit la connaissance du prince Koslowski dont la fille Sophie (voir 41-2, n. 2) devint une amie intime de ses deux filles. Avec D. Bellos, nous pensons que Sophie Koslowska a pu arranger l'échange d'un autographe de Mary Somerville contre un manuscrit de Balzac. L'autographe de Mary Somerville fut envoyé à Mme Hanska pour sa collection (voir *LHB I*, p. 436 et n. 2) ; le manuscrit de Balzac n'a pas été retrouvé et ne figure pas dans la collection Somerville à la Bodleian Library d'Oxford. Cette hypothèse nous amène à proposer l'année 1836 pour cette lettre datée *in fine* « 25th March ».

36-47. À « LOUISE »

Aut., coll. privée ; une page in-8°, sans signature. — *Corr. CL*, 11. — Publié par R. de Cesare, *Marzo 1836*, p. 99. — *JS*, n° 26, 15. — *Corr. Gar. III*, [9], n° 1060.

1. Jean Savant proposait de placer cette lettre à la mi-juin ; or, Balzac n'écrirait pas en ces termes s'il était effectivement en instance de départ pour la Touraine. Dans sa lettre à Nacquart, datée du 23 mars (36-44), il avait envisagé d'aller lui dire bonjour, le vendredi [25 mars] ; est-ce à cette occasion que Nacquart lui aurait conseillé d'aller se reposer ?

2. On retrouve cette formulation des « sentiments absolus » dans la première des trois lettres écrites sur du papier de petit format carré, que nous redatons de la première décade d'avril 1836 (voir 36-53).

36-48. LA COMTESSE MARIE POTOCKA À BALZAC

Aut., Lov., A 316, ff[os] 308-309 v° (dans les correspondants non identifiés).

1. Le maréchal Soult, duc de Dalmatie (1769-1851), avait constitué une importante collection de peintures espagnoles comportant plusieurs toiles de Murillo dont la grande *Immaculée Conception* de 1678, achetée fort cher (600 000 F) pour le Louvre à la vente Soult du 19 mai 1852. Ce tableau se trouve depuis 1941 au musée du Prado à Madrid, à la suite d'un « échange » conclu par les autorités de Vichy avec le gouvernement franquiste.

2. Le peintre genevois Joseph Henri Deville (1800-1858).

36-49. À RAYMOND NACQUART ?

Aut., Cologny, Bibliotheca Bodmeriana ; relié en tête du tome I de l'édition originale du *Lys dans la vallée* (texte aimablement communiqué par M. J.-D. Candaux). — *Corr. Gar. III*, n° 1064.

1. Au verso de ce billet figure le texte suivant qui n'est pas de la main de Balzac : « Note pour M. de Balzac. / Il existe entre la *Revue*

de Paris et M. de Balzac des conventions par lesquelles il lui concède seulement la faculté de publier ses articles, et le sens de cette clause est expliqué par celle qui rend à M. de B. l'exercice plein et entier de ses droits trois mois après la publication de la *Revue*. / En 1835, ou 34, M. de Bc voulut publier dans la *Revue* les *Mémoires d'une jeune mariée*; mais les difficultés de ce sujet étant incompatibles avec la rapidité de publication d'un journal, il renonça, et changea de gré à gré avec la *Revue* cette œuvre pour *Le Lys dans la vallée*, en demeurant toujours sous l'empire des stipulations faites pour ses articles. / Malgré cette stipulation, M. Buloz directeur de la *Revue* a vendu à la Maison Bellizard de St-Pétersbourg, laquelle a une maison à Paris, les premières et informes épreuves de cette œuvre, quoiqu'il n'ignorât pas les grands et lents changements que fait M. de Balzac entre son manuscrit et le *bon à tirer*, corrections si considérables et si coûteuses que sur le prix convenu pour ses articles, M. de Balzac a délaissé une somme de 50 francs par feuille pour soulager la *Revue* et ne pas la grever. / Or, *Le Lys* a paru à St-Pétersbourg en octobre 1835, tandis qu'il n'a été commencé de publier à Paris que le 22 novembre. M. de Balzac n'ayant eu connaissance de ce dol qui blesse non seulement les intérêts de ses éditeurs, mais qui attaque sa réputation d'écrivain, qu'en décembre a aussitôt refusé de continuer à donner ses articles à la *Revue* mais ce mois-là même, paraissait à St-Pétersbourg, *toute la partie du Lys* qui est dans son cabinet et sur laquelle les corrections et modifications ne sont pas faites et qui n'est conséquemment pas publiée. / Attaqué par la *Revue*, M. de Balzac a été forcé d'attendre les pièces de St-Pétersbourg, elles sont venues, son avocat, Mᵉ Boinvilliers conclura. » On comparera cet historique avec la longue « Note » remise par Buloz au juge Durantin (reproduite par R. de Cesare, *Marzo 1836*, p. 88-94).

36-50. MARIE CANALÈS À BALZAC

Aut., Lov., A. 313, ff⁰ˢ 14-15.

1. L'invitation de Marie Canalès et le « gracieux billet » de Balzac la déclinant n'ont pas été retrouvés.
2. Étienne de Jouy, Alphonse de Lamartine, Pierre François Tissot, Eugène Scribe, tous membres de l'Académie française, respectivement depuis 1815, 1829, 1833 et 1834.
3. Balzac fut sensible à ces supplications et se rendit à l'invitation; voir 36-51.
4. L'acte de naissance de Marie Canalès indique ses trois prénoms : Marie, Charlotte, Adèle.

36-51. MARIE CANALÈS À BALZAC

Aut., Lov., A. 313, ff⁰ˢ 10-11 ; sur papier avec monogramme à froid « M D C » et en filigrane « MARION ».

36-52. À DELPHINE DE GIRARDIN

Aut., Lov., A. 287, f⁰ 92. — Publié par Lovenjoul, *Genèse*, p. 137-138. — *Corr. Gar.* III, n⁰ 1065.

1. Un peu avant le 27 mars, Balzac, très fatigué, avait consulté le docteur Nacquart qui avait prescrit un repos prolongé (voir 36-47 et *LHB I*, p. 307). Retenu par trop d'obligations, Balzac semble s'être contenté d'un bref séjour auprès de sa mère à Chantilly, séjour dont la date et la durée exactes ne sont pas connues, mais qu'il semble difficile de placer dans les derniers jours de mars, où l'emploi du temps de Balzac nous est assez bien connu grâce aux *Lettres à Madame Hanska*, aux lettres qu'on vient de lire et à différentes pièces datées de ses papiers ; les premiers jours d'avril sont plus vraisemblables.

2. Commentant cette lettre, R. de Cesare indique que Delphine de Girardin pour terminer *La Canne de M. de Balzac* avait besoin d'un titre d'œuvre à paraître ; on lit en effet en conclusion de cet ouvrage : « Qu'est devenue la canne ? dira-t-on. / VOUS ALLEZ LE SAVOIR. / Elle est retournée aux mains de M. de Balzac / et... / LES HÉRITIERS BOIROUGE / vont paraître !!! » (R. de Cesare, *Marzo 1836*, p. 154). *Les Héritiers Boirouge* ne parurent jamais du vivant de Balzac ; mais il en parlait en ces termes à Mme Hanska le 27 mars 1836 : « Il a fallu être Scott pour risquer Conachar dans *La Jolie Fille de Perth*. Moi, je vais aller plus loin ; je vais donner (dans *Les Héritiers Boirouge*) un corps à mes pensées. J'y introduirai un personnage de ce genre, mais, à mon sens, plus grandiose. J'ai su intéresser à Vautrin ; je saurai relever les gens déchus, et leur donner une auréole, en introduisant les âmes vulgaires dans ces âmes dont la faiblesse est un abus de la force, qui tombent parce qu'elles vont au-delà. Vous lirez cela dans 3 mois d'ici » (*LHB I*, p. 308-309). Les quelques pages rédigées des *Héritiers Boirouge* (aut., Lov., A. 81) ont été publiées pour la première fois précédées d'une notice du vicomte de Lovenjoul dans la *Revue des Deux Mondes* (t. XLII, 15 décembre 1917). Voir également *CH XII*, p. 379-398, et notes.

36-53. À « LOUISE »

Aut., coll. privée ; six pages in-16 (format carré d'environ 10 × 12 cm ; ce papier n'apparaît que trois fois dans le dossier : 36-59 et 36-96), 3 alinéas respectés, sans signature. — *Corr. CL*, 4. — Publié par R. de Cesare, *Marzo 1836*, p. 112. — *JS*, n° 26, 17 (juin 1836). — *Corr. Gar. III*, [4], n° 1046.

1. Il nous semble que ces deux lignes s'appliquent au billet assez froid que nous plaçons vers le 27 mars (36-47). J. Savant avait remarqué que cette lettre et les deux suivantes étaient rédigées sur un papier de petit format presque carré, d'environ 10 × 12 cm, en proposant de les regrouper en juin 1836, regroupement qui nous semble trop tardif pour celle-ci et pour la lettre 36-59 que nous plaçons vers le 25 avril.

2. *Cf.* la lettre 36-47, où il est déjà question de « sentiments absolus ».

36-54. BENJAMIN APPERT À BALZAC

Aut., Lov., A. 312, ff⁰ˢ 74 et 75 v°. — Publié par R. de Cesare, *Aprile 1836*, p. 152. — *Corr. Gar. III*, n° 1068.

1. Benjamin Appert envoyait à Balzac les tomes I et III de *Bagnes, prisons et criminels* qui venait de paraître chez Guilbert (*BF* du 10 avril 1836) ; les tomes II et IV de cet ouvrage en 4 volumes in-8°

paraîtront quelques mois plus tard (*BF* du 3 septembre). Le créateur de Vautrin en fera son profit.

36-55. LA COMTESSE MARIE POTOCKA À BALZAC

Aut., Lov., A. 315, ff⁰ˢ 386-387. — Publié par R. de Cesare, *Aprile 1836*, p. 152-153. — *Corr. Gar. III*, nº 1069.

1. George Sand était alors à Paris fort courtisée par le Genevois Charles Didier. Elle quitta Paris pour Nohant le 3 mai et resta en Berry, attendant l'issue de son procès en séparation (jugement rendu le 1ᵉʳ août). À la fin d'août, elle prit la direction de Genève, où, accompagnée de ses enfants, elle alla rejoindre Liszt et Marie d'Agoult.

2. Avant de gagner la Russie, Marie Potocka séjourna à Vienne ; voir 36-84.

36-56. AU DOCTEUR NACQUART

Aut., Lov., A. 310, fº 31. Le Dr Nacquart a noté : « Donné, 15 avril 1836, 600 ; 23 mars, 200. » — *CaB 8*, nº 22. — *Corr. Gar. III*, nº 1070.

36-57. GIACOMO MEYERBEER À BALZAC

Aut., Lov., A. 315, ff⁰ˢ 101-102 vº. — Publié par M. Regard, *Gustave Planche*, t. I, p. 184 ; R. de Cesare, *Aprile 1836*, p. 150. — *Corr. Gar. III*, nº 1071.

1. Le 23 mars, Balzac écrivait à Mme Hanska : « Je n'ai pas même été voir *Les Huguenots* » (*LHB I*, p. 302). La répétition générale de l'opéra de Meyerbeer sur un livret de Scribe avait eu lieu le lundi 22 février et la première le 29 ; durant le mois de mars l'opéra des *Huguenots* fut donné les lundis, mercredis et vendredis ; il fut à l'affiche pour la première fois un dimanche, le 17 avril ; on notera que la représentation des *Huguenots* annoncée pour le vendredi 15 (voir *L'Entr'acte* du 14 avril) fut remplacée par un spectacle coupé ; nous datons donc du samedi 16 avril.

36-58. LA PRINCESSE ANGELINA RADZIWILL À BALZAC

Aut., Lov., A. 316, ff⁰ˢ 4 et 5 vº. — Publié par R. de Cesare, *Aprile 1836*, p. 154-155. — *Corr. Gar. III*, nº 1073.

1. Voir la lettre à Mme Hanska du 23 avril 1836 : « *Le Livre mystique* est peu goûté ici ; la vente de la 2ᵐᵉ édition ne va pas. Mais, à l'étranger, tout est bien différent ; il fait des passions. Je viens de recevoir une très gracieuse lettre d'une princesse Angelina Radziwill, qui envie votre dédicace, et me dit que c'est toute une vie pour une femme que d'avoir inspiré ce livre. J'ai été bien content pour vous. Mon Dieu, si vous aviez pu voir comme dans tout mon tressaillement il n'y a rien eu de personnel, comme j'étais heureux de me sentir tant d'orgueil pour vous. Quel moment de plaisir complet et sans mélange. Je remercierai la princesse pour vous, et non pour moi, comme on donne des trésors au médecin qui sauve une personne aimée. Puis, voilà le premier témoignage de succès qui me vienne de l'étranger » (*LHB I*, p. 311-312).

2. Pierre François Tissot (1768-1854), député de Paris, en l'an VI,

successeur de Delille au Collège de France (1813), membre de l'Académie française (1833).

36-59. À « LOUISE »

Aut., coll. privée ; deux pages et demie in-16 (format carré, environ 10 × 12 cm), sans signature. — *Corr. CL*, 8. — *JS*, n° 26, 18 (juin). — *Corr. Gar.* III, [13], n° 1074.

1. Pour les hypothèses de datation, voir 36-53.

36-60. MADAME L. SAINT-H. *** À BALZAC

Aut., Lov., A. 318, ff^{os} 36-37. — *CaB 3*, n° 8.

1. *Les Célibataires*, que Balzac intitulera ultérieurement *Le Curé de Tours*, avait paru dans le tome III des *Scènes de la vie privée*, chez Mame-Delaunay, en mai 1832.
2. « La souffrance engendre la méchanceté » (*Le Curé de Tours* ; *CH* IV, p. 207).
3. *La Duchesse de Langeais* ; *CH* V, p. 939.
4. *Le Contrat de mariage* ; *CH* III, p. 531.
5. *Cf.* « ce pays, où souvent un jeune homme quitte sa *promise* pour une jeune fille plus riche qu'elle de trois ou quatre arpents de terre » (*Le Médecin de campagne* ; *CH* IX, p. 486).
6. *Cf.* « Mlle Salomon appartenait à ces créatures héroïques. Son dévouement était religieusement sublime » (*Le Curé de Tours* ; *CH* IV, p. 220).
7. Hortense Allart de Méritens (1801-1879) écrivait : « Et la coutume de l'Inde qui, encore aujourd'hui, tue à sa naissance la fille qui ne trouvera pas de mari, n'est-elle pas plus humaine ? » (*La Femme et la Démocratie de nos temps*, Paris, Delaunay, 1836, p. 21-22).

36-61. À EDMOND WERDET

Publié par Edmond Werdet, *Portrait intime de Balzac : sa vie, son humeur, son caractère*, Paris, A. Silvestre, 1859, p. 252. — *Corr. Gar.* III, n° 1075.

1. Balzac avait été condamné, en 1835, deux fois à quarante-huit heures de prison (les 27 janvier et 10 mars) et une fois à soixante-douze heures (le 28 avril) par le conseil de discipline de la garde nationale pour n'avoir pas répondu à des convocations lui enjoignant de monter la garde. Il avait jusqu'alors réussi à échapper aux gardes nationaux, mais le mercredi 27 avril 1836 au matin un commissaire de police et deux agents firent irruption rue Cassini et le conduisirent à l'hôtel Bazancourt, prison de la garde nationale, située rue des Fossés-Saint-Bernard où il fut incarcéré à 10 h 30. Plusieurs mandats de dépôt lui furent signifiés successivement (voir 36-65 et 36-66), il purgea ses peines cumulées et y resta jusqu'au mercredi matin 4 mai. Voir les certificats d'écrou (Lov., A. 347, ff^{os} 7-9) et *Honoré de Balzac*, cat. de l'exposition, Bibliothèque nationale, 1950, pl. 6.
2. L'« hôtel des Haricots » n'avait rien de bien rébarbatif pour les prisonniers suffisamment aisés car ils pouvaient se faire apporter de l'extérieur un repas fin préparé par un bon traiteur. Werdet (*Portrait intime de Balzac*, p. 251-271) explique que la convocation de Balzac

avait pour but essentiel de se procurer l'argent nécessaire pour commander de somptueux repas chez Chevet et chez Véfour et d'inviter quelques amis à lui faire prendre sa prison en patience... Parmi les « invités » de Balzac, Werdet cite Jules Sandeau (ce qui paraît douteux ; voir 36-34), Émile Regnault, Gustave Planche, Alphonse Karr, J.-A. David et Chaudesaigues, c'est-à-dire les collaborateurs attitrés de la *Chronique de Paris*. Ce qui est certain c'est que Balzac y fut rejoint, sans doute le jeudi 28, par Eugène Sue détenu comme lui, mais pour quarante-huit heures seulement (voir *LHB I*, p. 313).

36-62. À LOUIS ANTOINE LABOIS

Aut., coll. privée ; avec cachet de cire rouge aux armes des Balsac d'Entragues. En haut, Labois a noté : « de Balzac 27 avril 1836 / c / Buloz. » — Publié par R. Pierrot, *AB 1991*, p. 35-36.

1. Labois était l'avoué de Balzac et Boinvilliers son avocat dans l'affaire qui l'opposait à Buloz, à propos de l'insertion du *Lys dans la vallée* dans la *Revue étrangère* publiée à Saint-Pétersbourg. Balzac était à la maison d'arrêt de la garde nationale pour ne pas avoir répondu à plusieurs convocations pour monter la garde. Le procès, d'abord fixé au vendredi 25 mars, avait été remis à quinzaine, c'est-à-dire au vendredi 8 avril, date à laquelle il fut à nouveau remis. Ce billet nous apprend qu'une audience avait été fixée au vendredi 29 avril. Elle n'eut pas lieu, peut-être parce que Balzac resta détenu jusqu'au 4 mai. Ce n'est pas « 15 jours de plus » qu'il eut à attendre la décision du tribunal, mais jusqu'au vendredi 3 juin.

36-63. À « LOUISE »

Aut., coll. privée ; une page in-8°, sans alinéas, ni signature. — *Corr. CL*, 14. — Publié par R. de Cesare, *Aprile 1836*, p. 148. — *JS*, n° 26, 8. — *Corr. Gar. III*, [14], n° 1076.

36-64. À LA COMTESSE REGNAUD DE SAINT-JEAN D'ANGÉLY

Aut., ancienne coll. Georges Alphandéry (texte établi sur l'autographe par Pierre Citron). — Publié par R. Pierrot, *AB 1972*, p. 355.

1. Voir lettre 36-61, n. 1.

36-65. À EDMOND WERDET

Publié par E. Werdet, *Portrait intime de Balzac*, p. 259. — *Corr. Gar. III*, n° 1077.

36-66. À ***

Aut., Saché, musée Balzac, inv. BZ 1999.4.51. À la fin du texte, figure une note de la main d'Eugène Surville : « octobre [*sic*] 1836 / Lettre de mon Beau-frère Honoré de Balzac / (de la Maison d'Arrêt de la Garde Nationale). » — *Corr. Gar. III*, n° 1078 (sur une copie).

1. « Vendredi 1 heure » a été indiqué par le destinataire, qui n'est peut-être pas Surville (auteur de la note en fin de lettre).

2. D'après les certificats d'écrou, Balzac a quitté la maison d'arrêt dès le mercredi 4 mai.

36-67. LUDWIG HOFAKER À BALZAC

Aut., Lov., A. 314, ff^(os) 209-210. — Publié partiellement par R. de Cesare, *Aprile 1836*, p. 156-158.

1. Comme signe de l'intérêt de Balzac pour le swedenborgisme, à la suite de R. de Cesare, nous reprenons cette lettre de Ludwig Wilhelm Hofaker, traducteur en allemand de l'œuvre de Swedenborg, qui avait, l'année précédente, publié un petit in-8° de 32 pages : *La Nouvelle Église du Seigneur, petit aperçu d'un grand avenir adressé aux philosophes et aux savans de France, par Louis Guillaume Hofaker*, Paris, Heideloff & Campé, 1835.

2. Évocation de la célèbre maxime d'Horace : *Vos exemplaria graeca nocturna versate manu, versate diurna.*

3. Édouard Richer, dans un ouvrage publié à Nantes en 1831, *De la Nouvelle Jérusalem* (8 vol. in-8°), tenta de populariser les idées de Swedenborg en montrant leur accord avec la science et la philosophie modernes.

4. C'est en 1824, à Paris (chez Treuttel et Würtz), que J.-P. Moët, bibliothécaire à Versailles, avait publié sa traduction française de l'ouvrage de Swedenborg : *De telluribus in mundo nostro solari quae vocantur planetae* (Londres, 1758) ; Hofaker semble ignorer les quelques traductions en français faites par « l'illuminé d'Avignon », l'abbé Antoine-Joseph Pernety (*Les Merveilles du ciel, de l'enfer et des terres planétaires et astrales*, Berlin, 1782), celles par Chastanier ou M. de Brumore [Guyton de Morveau] en 1784 (*Traité curieux des charmes de l'amour conjugal dans ce monde et dans l'autre*) ainsi que l'*Abrégé des ouvrages de Swedenborg* publié par Daillant de la Touche (Stockholm et Strasbourg, 1788).

5. Balzac avait fait la connaissance de Charlotte Constant, en 1834, chez les Bra (voir t. I de la présente édition, 34-82). Évoquant le dîner auquel elle le convia le 16 août 1834, il écrivait à Mme Hanska : « l'espèce de monstre allemand qui s'appelle la veuve de B[enjamin] Constant, mais qui a l'air d'être une bonne femme » (*LHB I*, p. 199).

6. Sur le deuxième feuillet de cette lettre, Hofaker inscrit — dans un encadré destiné à être remis à Heideloff & Campé, libraires de la rue Vivienne — une liste d'ouvrages de Swedenborg traduits en allemand, ainsi que les *Rapports inattendus* de G. Oegger et sa propre *Nouvelle Église du Seigneur*. En haut de la liste, il précise en allemand : « MM. Heideloff et Campé sont priés de remettre gratuitement à M. de Balzac, pour notre compte, les ouvrages suivants. » Un *post scriptum* suit : « J'apprends de la librairie Guttenberg, que, par une rencontre bien rare, on est actuellement dans le cas de procurer une petite suite d'éditions originales de Swedenborg. J'en marque ici les titres et les prix, assez modiques. Les amateurs devraient un peu hâter leurs commandes. » Figure également une liste de dix-sept œuvres de Swedenborg, en latin, avec les détails bibliographiques.

36-68. À « LOUISE »

Aut., coll. privée; trois pages in-8°, sans signature. — *Corr. CL*, 15. — Publié par R. de Cesare, *Aprile 1836*, p. 148-149. — *JS*, n° 26, 9. — *Corr. Gar. III*, [15], n° 1077.

36-69. À MADAME CHARLES-BÉCHET

Aut., Lov., A. 286, f° 41. — *Corr. Gar. III*, n° 1080.

1. Pour la 6e livraison des *Études de mœurs* (voir 36-11, n. 1), ce n'est que le 9 août 1836 que Werdet signa l'acte par lequel il rachetait le droit d'achever cette édition (voir 36-123); mais avant de conclure avec Werdet, la nouvelle Mme Jacquillat envoya, à la mi-juin, du papier timbré à Balzac : « Oh ! pour le coup, trop est trop. Savez-vous par quoi je suis interrompu ? par un acte judiciaire de madame Béchet, qui me fait sommer de lui fournir dans les vingt-quatre heures mes deux volumes in-8°, et me demande 50 francs par jour de retard. Il faut que je sois un grand criminel et que Dieu veuille me faire expier mes crimes. Jamais on n'a vu pareille tourmente. Cette femme a eu de moi 10 volumes in-8° en 2 ans ! Elle se plaint de ne pas en avoir eu douze » (*LHB I*, p. 322).

36-70. À THÉODORE DABLIN

Aut.; une page in-8°; *Collection J. Gabalda*, vente à Paris, Hôtel Drouot, 7-8 avril 1976, Cl. Guérin expert, n° 12. — *Corr. Gar. III*, n° 1081.

36-71. F *** À BALZAC

Aut., Lov., A. 120, f° 73 ; lettre utilisée au verso par Balzac pour un ajout sur des épreuves du *Lys dans la vallée*.

36-72. MARIE CANALÈS À BALZAC

Aut., Lov., A. 313, ff°s 12-13 ; sur papier avec monogramme à froid « M D C » et en filigrane « MARION ».

1. Les certificats d'écrou, conservés au fonds Lovenjoul, indiquent que Balzac a quitté la maison d'arrêt le mercredi 4 mai.
2. Voir la lettre du 27 avril (36-63) : « il fait très froid ».

36-73. MAX BÉTHUNE À BALZAC

Aut., Lov., A. 312, ff°s 222-223 v°. — *Corr. Gar. III*, n° 1082.

1. Pour la nouvelle société de la *Chronique de Paris* créée au départ de Duckett sous la raison sociale Béthune et Cie, le 20 mars précédent, Balzac avait souscrit soixante actions de 1 000 F sur un total de cent vingt-huit (Lov., A. 254, f° 122) mais comme cette lettre le prouve, il n'en avait pas versé la plus grande partie.
2. D'après l'« État général des recettes et des dépenses de la *Chronique de Paris* du 1er janvier au 15 juillet 1836 » (Lov., A. 254, f° 120), les abonnements en avril furent au nombre de dix-neuf et les recouvrements de sept, au total 800,20 F de recettes pour 7 908,33 F de dépenses durant le même mois.

3. Béthune bien que gérant de la société n'avait souscrit que quelques actions.

36-74. À « LOUISE »

Aut., coll. privée; deux pages in-8°, sans signature. — *Corr. CL*, 18. — Publié par R. de Cesare, *Maggio 1836*, p. 129-130. — *JS*, n° 26, 10, qui omet: « Voilà ma vie depuis 8 ans ». — *Corr. Gar. III*, [16], n° 1083.

1. Il avait quitté la prison de la garde nationale, le mercredi matin 4 mai, il n'est pas certain qu'il ait écrit à Louise dès sa sortie; le jeudi 5 est plus vraisemblable.

36-75. ZULMA CARRAUD À BALZAC

Aut., Lov., A. 293, ff^{os} 285-288. — *Corr. Gar. III*, n° 1085.

1. Voir 36-77.
2. La comtesse de Lapparent; voir t. I de la présente édition, 35-129, n. 2.

36-76. LA DUCHESSE D'ABRANTÈS À BALZAC

Aut., Lov., A. 312, ff^{os} 28 et 29 v°. — *Corr. Gar. III*, n° 1086.

1. On lisait dans la *Chronique de Paris* du 15 mai 1836 l'entrefilet suivant, daté de la veille: « Madame la duchesse d'Abrantès vient d'être opérée d'une tumeur en haut du bras qui menaçait de la priver de l'usage de sa main droite et d'arrêter ainsi le cours de ses productions littéraires. Madame d'Abrantès a supporté avec courage cette opération difficile et délicate, qui a été faite avec une rare habileté par le docteur Jobert de Lamballe, chirurgien de l'hôpital Saint-Louis, en présence de MM. les docteurs Kapeler et Larrey fils. »
2. Mgr Hyacinthe Louis de Quélen (1778-1839), archevêque de Paris de 1821 à 1839.
3. Compte rendu par Charles de Bernard des *Souvenirs d'une créole* (*Chronique de Paris*, dimanche 1er mai 1836). Sur Mme Merlin, voir le Répertoire.
4. La duchesse d'Abrantès venait de publier, chez Dumont, *Scènes de la vie espagnole* (2 vol.; *BF*, 19 mars 1836); chez Pougin, la 2e édition de *L'Amirante de Castille* (2 vol.; *BF*, 7 mai 1836); les tomes XVII et XVIII de ses *Mémoires* sont enregistrés, en retard, à la *BF* du 5 septembre 1836. M. Regard qui cite ce passage (*Gustave Planche*, t. I, p. 184) rappelle que Planche avait été le condisciple de Napoléon d'Abrantès au collège Bourbon, mais ne cite aucun article de Planche sur les œuvres de la duchesse.

36-77. AUGUSTE BORGET À BALZAC

Aut., Lov., A. 312, ff^{os} 305-306. — *Corr. Gar. III*, n° 1087.

1. Borget tombait bien mal pour réclamer son prêt; Balzac, tenaillé par la *Chronique de Paris* aux abois, ne le remboursa pas. Voir 36-103 et 36-105.

36-78. À « LOUISE »

Aut., coll. privée ; deux pages in-8°, sans signature. — *Corr. CL*, 17. — Publié par R. de Cesare, *Maggio 1836*, p. 131. — *JS*, n° 26, 11. — *Corr. Gar. III*, [18], n° 1088.

1. Lettre écrite sans doute le mardi 17 mai 1836, lendemain de la Saint-Honoré.
2. Louise va partir pour la campagne, comme Balzac l'indique un peu plus loin. On peut penser qu'elle y fit l'aquarelle agreste offerte à Balzac à son retour. Voir 36-91 et 36-92.
3. La date du 20 montre que cette lettre est vraisemblablement du 17 et non du mercredi 18, en ce cas, Balzac aurait écrit : « après-demain ».
4. Ce sera Walter ; voir 36-96 et 37-63.
5. Probablement le volume conservé au musée Balzac à Saché et contenant la « Copie corrigée pour l'Édition in-8° Werdet » qu'il avait auparavant communiqué à son avocat Éloi de Boinvilliers (voir 36-14).

36-79. À « LOUISE »

Aut., coll. privée ; une page in-8°, sans alinéas, ni signature. — *Corr. CL*, 16. — Publié par R. de Cesare, *Maggio 1836*, p. 131. — *JS*, n° 26, 14. — *Corr. Gar. III*, [17], n° 1084.

1. Contrairement à J. Savant qui proposait de placer cette lettre au 5 juin, nous la maintenons en mai, après l'anniversaire de Balzac du 20, qui nous paraît avoir été marqué par un nouvel envoi de roses.

36-80. À ÉMILE REGNAULT

Fac-similé publié en 1955 par le laboratoire Besson, communiqué par le Dr Parturier. — *Corr. Gar. III*, n° 1089.

1. Balzac n'est pas à Paris et envoie à Émile Regnault, bureau restant, un paquet de copie urgente destinée à l'imprimerie Béthune et Plon. Sur ces indices, nous supposons qu'il s'agit du *Lys dans la vallée*, seul ouvrage de Balzac imprimé chez Béthune et Plon avant le 9 juillet 1836, date à laquelle Regnault quitta la bohème littéraire après avoir passé son doctorat en médecine pour aller s'installer à Bourbon-l'Archambault. Peu avant l'achèvement du *Lys* entre le 18 et le 26 mai (voir les trois lettres du 27 mai : 36-81, 36-82 et 36-83), Balzac a effectué un séjour à la « campagne » ; c'est pourquoi nous plaçons ici ce billet. Où était Balzac pendant ces quelques jours ? M. Bouteron indiquait Saché (voir *CaB 8*), hypothèse plausible, mais si l'on a des témoignages variés sur le séjour de Balzac à Saché à la fin de juin 1836, nous n'avons aucune trace d'un séjour quatre semaines auparavant.

36-81. AU DOCTEUR NACQUART

Aut., MB, inv. BAL 93.17 (4) ; anciennes archives du baron de Fontenay. Au bas du premier feuillet, le Dr Nacquart a daté : « 27 mai 1836 ». — *CaB 8*, n° 23. — Publié avec fac-similé par Th. Bodin, *CB*, n° 58, 1995, p. 24-25. — *Corr. Gar. III*, n° 1090.

1. C'est en effet huit jours plus tard, le vendredi 3 juin 1836, que le tribunal de première instance de la Seine rendit son verdict dans le procès du *Lys dans la vallée*.

2. Voir 36-44, n. 1.

3. La première chambre du tribunal civil était ainsi composée pour l'exercice 1835-1836 : L.-M. de Belleyme, président, Eugène Lamy, vice-président, Mourre, Adrien Lamy, Pérignon et Durantin, juges.

4. Le juge Pérignon habitait 29, rue du Faubourg-Poissonnière ; par son fils Raymond Nacquart qui avait embrassé la carrière de magistrat, Nacquart avait de nombreuses relations judiciaires qui pouvaient être utiles à Balzac.

36-82. À JEAN-MARIE DURANTIN

Aut., un feuillet in-8° recto verso ; *Collection J. Gabalda*, vente à Paris, Hôtel Drouot, 7-8 avril 1976, Cl. Guérin expert, n° 99 (avec fac-similé du recto). On lit en haut du texte : « Lettre de M. de Balzac adressée à M. Durantin, juge siégeant à la 1re Chambre du Tal de Paris et reçue le 29 mai 1836. » — *Corr. Gar. III*, n° 1091 (sur une copie de M. Bouteron).

1. Comme on vient de le voir, le juge Durantin siégeait à la première chambre du tribunal de première instance de la Seine.

2. Dans le mémoire de Buloz soumis au même juge (voir R. de Cesare, *Marzo 1836*, p. 89), Buloz rappelait qu'en mars 1835 Balzac lui avait promis pour le mois suivant un ouvrage nouveau intitulé les *Mémoires d'une jeune mariée*, ouvrage remplacé le 31 juillet suivant par *Le Lys dans la vallée*.

36-83. À DELPHINE DE GIRARDIN

Aut., Spolète, archives Campello. — Publié par Lovenjoul, *Genèse*, p. 138-140 ; Léon Séché, *Delphine Gay : Mme de Girardin dans ses rapports avec Lamartine, Victor Hugo, Balzac, Rachel, Jules Sandeau, Dumas, Eugène Sue et George Sand*, Paris, Mercure de France, 1910, p. 219-221 ; R. de Cesare, *Maggio 1836*, p. 114-115 (revu sur l'aut.). — *Corr. Gar. III*, n° 1092.

1. *La Canne de M. de Balzac*, par Mme Émile de Girardin, publié chez Dumont, est enregistré à la *BF* du 21 mai 1836. Charles de Bernard en avait rendu compte longuement — avec quelques réserves — dans la *Chronique de Paris* du 22 mai 1836 en concluant ainsi : « quel titre pourrais-je inventer plus heureux que celui dont elle a créé le modèle ? Quel pavillon pourrais-je rêver pour y abriter la bluette méditée par moi contre les auteurs de la *Chronique* et qu'ils subiront prochainement, plus élégant et plus protecteur que : L'OMBRELLE DE MADAME DE GIRARDIN ? » Voir R. de Cesare, *Maggio 1836*, p. 112-115.

2. *Monsieur le marquis de Pontanges*, par Mme Émile de Girardin, Dumont, 1835.

36-84. HAMMER-PURGSTALL À BALZAC

Aut., Lov., A. 314, ff^{os} 167 et 168. — *Corr. Gar. III*, n° 1093.

1. Le 30 avril, Balzac écrivait à Mme Hanska : « Je viens d'écrire à Hammer, il m'a demandé un 2me ex[emplaire] du *Liv[re] mys[tique]*. Mais comme ce livre sera en double, attendu que n[otre] cher Hammer est patient comme une chèvre qui s'étrangle, et qu'il croit que les

livres vont aussi vite que la poste, je l'ai supplié de vous envoyer cela par une occasion sûre » (*LHB I*, p. 314).

2. Balzac commente ainsi le 12 juin ce passage à Mme Hanska : « Je ne sais réellement pas ce que madame Rosalie veut dire, ni ce que me dit Hammer qui me prévient que vous allez à Constantinople, et qui me dit qu'il envoie votre *Livre mystique* à votre tante qui vous le remettra en personne. Je me perds dans tout ce gâchis de nouvelles » (*LHB I*, p. 320). Sur la comtesse Rosalie Rzewuska, voir 36-124, n. 2.

3. Il s'agit du *Gulchan-i raz*, connu en français sous le nom de *Rosaire du mystère*, composé au XIVe siècle (an 717 de l'Hégire) par l'auteur persan Mahmud Shabistari qui fut édité à Leipzig en 1838 par Hammer-Purgstall, sous le titre *Rosenflor des Geheimnisses*.

4. Le chevalier Jean Chardin (1643-1713), fils d'un joaillier protestant, fit à partir de 1665 un long voyage en Orient pendant lequel il séjourna plusieurs années à Ispahan. Après un bref séjour en France (1670), il repartit pour l'Inde et la Perse, étudiant attentivement les mœurs des pays qu'il visitait. Réfugié à Londres pour cause de religion, il y publia en 1686 son journal de voyage en Perse et aux Indes orientales, ouvrage qui connut un grand succès et fut souvent réédité.

5. On lit dans la *Chronique de Paris* du 16 juin 1836 : « RÉCLAMATION DE M. DE HAMMER / Nous recevons du savant M. de Hammer la réclamation suivante que nous insérons, persuadés que *La Gazette de France* n'aura sans doute pas reçu celle dont il parle. / "Il y a quelque temps que, dans un article de *La Gazette de France* concernant la traduction de mon *Histoire de l'Empire ottoman*, il a été parlé de la somme *cent mille roubles* que j'aurais reçue de S. M. l'empereur de Russie pour la dédicace de cet ouvrage. J'ai écrit tout de suite au rédacteur pour réclamer contre cet article, mais la rédaction ne m'ayant pas fait la justice d'insérer ma réclamation, je vous prie de permettre que je me serve de la voie de votre journal pour déclarer que je n'ai jamais rien reçu de S. M. l'empereur ni du gouvernement de Russie, pour la dédicace, ou pour tout autre service quelconque. / J'ai l'honneur d'être / le baron de Hammer-Purgstall." »

36-85. LA DUCHESSE D'ABRANTÈS À BALZAC

Aut., Lov., A. 312, ff[os] 30 et 31 v°. – *Corr. Gar.* III, n° 1094.

1. Voir 36-76.

36-86. MARIE CANALÈS À BALZAC

Aut., Lov., A. 315, ff[os] 140-141.

1. Thierry Bodin nous apprend qu'il s'agissait de 4 volumes, pleine reliure de cuir rouge, plats ornés d'un monogramme « C » surmonté d'une couronne comtale : les 2 volumes du *Livre mystique* (2e éd., Werdet, 1836) portant chacun un envoi autographe : « à Madame Marie Canalès / hommage de l'auteur / de Balzac » et les 2 volumes du *Médecin de campagne* (Werdet, 1836) portant chacun : « à Madame Marie Canalès / Souvenir de l'auteur / de Balzac. »

36-87. À THÉODORE DABLIN

Aut., New York, The Pierpont Morgan Library, ID 195588 (MA 4500). — *Corr. Gar.* III, n° 1095 (sur une copie fautive).

1. La *Chronique de Paris* du jeudi 2 juin contenait « L'Histoire du procès auquel a donné lieu *Le Lys dans la vallée* » (p. 285-287) ; ce texte signé Honoré de Balzac y était daté du lundi 30 mai ; sous le titre légèrement modifié : « Historique du procès du *Lys dans la vallée* », il a été reproduit en tête de l'édition originale du roman (voir *CH IX*, p. 917-966) ; ce long plaidoyer constituait la « défense » de Balzac où il attaquait Buloz et ses amis avec mordant et habileté.

2. Sans doute Pépin-Lehalleur (voir t. I de la présente édition, 19-12, n. 5) qui avait une longue expérience du tribunal de commerce et des relations judiciaires.

3. Lettre probablement écrite dans la nuit du 2 au 3 ; arrivé au *post scriptum*, Balzac constate qu'il est passé minuit et redate du 3. À l'audience du 3 juin devant la première chambre du tribunal civil, Boinvilliers plaida pour Balzac et Gustave Louis Adolphe Chaix d'Est-Ange pour Buloz (on trouvera un résumé des arguments de Boinvilliers et la plaidoirie de Chaix d'Est-Ange dans les *Discours et plaidoyers de M. Chaix d'Est-Ange* publiés par Edmond Rousse, 2ᵉ éd., Paris, A. Durand et Pedone, t. III, 1877, p. 39-55 ; voir également le point de vue de Buloz exposé dans la *Revue de Paris* des 29 mai et 5 juin 1836). Le jugement donnait raison à Balzac sur le fond ; la somme de 2 100 F consignée par lui en remboursement des avances de Buloz était reconnue suffisante ; Buloz était condamné à payer les dépens, Balzac étant autorisé à en prélever le montant sur la somme consignée (d'après le texte du jugement reproduit par Balzac, *Chronique de Paris*, 5 juin 1836 ; voir *CH IX*, p. 964-966).

36-88. JEANNOTTE À BALZAC

Aut., Lov., A. 318, ffᵇˢ 38-39. — *CaB 3*, n° 9. — Publié par R. de Cesare, *Giugno 1836*, p. 93-95.

1. Cette abonnée de la *Chronique de Paris* vient de lire « L'Histoire du procès auquel a donné lieu *Le Lys dans la vallée* », dans le numéro daté du 2 juin. Voir 36-87, n. 1.
2. Joséphine Claës, dans *La Recherche de l'Absolu*.
3. *Eugénie Grandet*.
4. Le long poème de Lamartine venait d'être publié chez Gosselin et Furne.

36-89. À EDMOND WERDET

Aut., Lov., A. 288, ffᵇˢ 129-130 v°. — *Corr. Gar.* III, n° 1096.

1. On lit dans cette lettre : « *Le Lys* paraissant jeudi », c'est-à-dire le 9 juin d'après une annonce de la *Chronique de Paris* du dimanche 5, ce qui nous permet de dater cet envoi des premiers jours de juin.
2. Sa cuisinière.
3. Cette cession a eu lieu le 9 août suivant (voir 36-11, n. 1).
4. Voir t. I de la présente édition, 35-137.

36-90. À « LOUISE »

Aut., coll. privée ; une page in-8°, sans alinéas, ni signature. — *Corr. CL*, 16. — Publié par R. de Cesare, *Maggio 1836*, p. 131. — *JS*, n° 26, 14. — *Corr. Gar. III*, [17], n° 1097.

1. La première chambre du tribunal civil de la Seine avait le 3 juin 1836 rendu son verdict dans le procès du *Lys dans la vallée*, donnant à Balzac gain de cause sur le fond.
2. Il ne lui a pas écrit depuis une quinzaine.
3. Finalement Werdet mettra en vente entre le 9 et le 12 juin.

36-91. À « LOUISE »

Aut., coll. privée ; deux pages et trois-quarts in-8°, sans signature. — *Corr. CL*, 11. — Publié par R. de Cesare, *Marzo 1836*, p. 123. — *JS*, n° 26, 12. — *Corr. Gar. III*, [10], n° 1066.

1. Balzac a laissé un blanc, dans lequel, semble-t-il, il a calligraphié : « Ch » ; « Chantilly » est une interprétation de *Corr. CL*, suivie par *Corr. Gar*. On peut également supposer que « Ch » signifie simplement : « Chaillot », lieu de résidence connu de « Louise ». En se référant à une lettre à Nacquart du 27 mai (36-81), où il dit arriver de « la campagne », on a été tenté de placer ces lignes peu après cette date ; toutefois, cette lettre nous paraît plus tardive, postérieure au gain du procès contre Buloz et peut être située dans la première décade de juin.
2. Balzac semble répondre à une lettre écrite à la campagne, où sa correspondante lui annonçait l'envoi d'un paysage à l'aquarelle destiné à faire un pendant à la marine reçue vers le 7 mars (voir 36-32).

36-92. À « LOUISE »

Aut., coll. privée ; une page et un quart in-8°, sans alinéas, ni signature. — *Corr. CL*, 13. — *JS*, n° 26, 21 (daté automne 1836). — *Corr. Gar. III*, [11], n° 1067.

1. Ces lignes de remerciements pour l'envoi d'un paysage à l'aquarelle lui évoquant Saché sont difficiles à dater ; J. Savant les situait à l'automne de 1836. L'allusion à ses problèmes de santé et d'affaires nous incite à proposer la première décade de juin.

36-93. À THÉODORE DABLIN

Copie, Lov., A. 281, f° 267. — *Corr. Gar. III*, n° 1098.

36-94. OLYMPE PÉLISSIER À BALZAC

Aut., Lov., A. 316, ff^os 59-60.

1. Cette lettre est difficile à dater. Toutefois, il est possible qu'elle ait pu être écrite par Olympe allant « [s']enterrer dans une province pour un mois », en l'absence de Rossini qui parcourait alors l'Europe du Nord (en juin 1836). Après avoir gagné son procès contre l'administration, Rossini avait décidé de retourner en Italie ; il préparait son départ lorsque Lionel de Rothschild (fils aîné de Nathan Mayer Roth-

schild) lui proposa de se joindre à lui pour aller à Francfort où il devait se marier le 15 juin. Les deux amis prirent le chemin des écoliers, passant par Bruxelles, Anvers, Aix-la-Chapelle, Cologne, Coblence et Mayence. Rossini rentra seul à Paris, après un détour par la Bavière. Après avoir réglé ses dernières affaires à Paris, il partit le 24 octobre s'installer à Bologne où Olympe le rejoindra en mars 1837.

36-95. À LA DUCHESSE D'ABRANTÈS

Aut., MB, inv. BAL 93-8 (12); numéroté et paraphé 10 a.a. par Constance Aubert. — *Corr. Gar. III*, n° 1099 (sur une copie: Lov., A. 289, f° 98).

1. Lettres 36-76 et 36-85.

36-96. À « LOUISE »

Aut., coll. privée; une page et une ligne, in-32 (format carré, environ 10 × 12 cm), avec la signature Walter. — *Corr. CL*, 10. — Publié avec une autre datation proposée par R. de Cesare, *Giugno 1836*, p. 52. — *JS*, n° 26, 16 (également juin 1836). — *Corr. Gar. III*, [22], n° 1175 (daté fin 1836 ou début 1837).

1. L'acte judiciaire de Mme Béchet sommant Balzac de lui fournir dans les 24 heures la copie de 2 volumes in-8° constituant la dernière livraison des *Études de mœurs au XIXᵉ siècle* n'ayant pas été retrouvé, nous en ignorons la date exacte. Balzac le mentionne dans une partie de lettres à Ève Hanska, écrite après le 12 et avant le 16 juin 1836 (*LHB I*, p. 322).

2. Nom de fantaisie, sans doute emprunté à Walter Scott, choisi par « Louise » en suivant les suggestions faites par Balzac dans les lettres précédentes (36-38 et 36-78).

36-97. À SÉLIM DUFOUR

Intitulé « Réponse à M. Dufour », publié par la *Chronique de Paris*, 12 juin 1836. — *Corr. Gar. III*, n° 1100.

1. On lisait dans la *Chronique de Paris* du 12 juin : « RÉCLAMATION / relative au procès intenté par la *Revue de Paris* à M. de Balzac / Nous avons reçu le 5 juin les deux lettres suivantes de M. Dufour, associé de M. Bellizard ; il était beaucoup trop tard pour les insérer dans notre numéro de samedi dernier ; puis il nous semblait naturel de les communiquer à M. de Balzac dont les explications nous ayant paru de nature à rendre la position de M. Dufour et celle de M. Buloz plus difficiles, nous l'avons fait observer à M. Dufour; mais le libraire persistant dans sa demande d'insertion, nous y obtempérons, quoiqu'il n'ait pas qualité pour intervenir dans ce débat ; la réponse de M. de Balzac prouvera que nous avions raison de toute manière, en évitant comme en acceptant la discussion. / Le rédacteur en chef. / "Paris, le 4 juin 1836. / À Monsieur le Rédacteur de la *Chronique de Paris*, / Une allégation avancée dans la *Chronique de Paris* du 2 juin m'a mis dans le cas d'adresser aux journaux la réclamation que voici ; j'espère, Monsieur, de votre impartialité que vous voudrez bien également lui donner place dans le numéro de demain de votre journal et

qu'un refus ne m'imposera pas la nécessité de l'exiger aux termes de la loi. / Agréez, etc. / S. Dufour." / "Paris, 2 juin. / À Monsieur le Rédacteur de la *Chronique de Paris,* / Dans une polémique engagée entre M. de Balzac et la *Revue de Paris,* polémique dans laquelle j'ai le regret de voir mêlé, quoique indirectement le nom de ma maison, je lis avec surprise une assertion sur laquelle, en ma qualité d'associé de M. Bellizard de St-Pétersbourg et de chef de notre établissement *à* Paris, je dois demander à M. de Balzac qui l'a avancée, des explications. / Tant que M. de Balzac s'est borné dans son plaidoyer à des faits généraux relatifs à l'acquisition par nous d'articles destinés à augmenter l'intérêt de notre revue, je suis resté spectateur d'un débat qui, en définitive, ne nous regardait pas, puisque j'ai acquis avec loyauté ce que j'ai la conviction qu'on avait le droit de me vendre; mais aujourd'hui que M. de Balzac, dans l'intérêt de sa défense, prête à un *soi-disant ami* de M. Bellizard un propos en opposition complète avec son caractère et ses opinions sur le pays où il trouve depuis de longues années hospitalité et protection pour son industrie, il me permettra ou de révoquer en doute la véracité de ce propos, ou de croire qu'il a donné fort gratuitement à la personne qui l'a tenu la qualité d'ami de mon associé. / Il est quelques autres assertions de M. de Balzac relatives à l'envoi et à l'impression à St-Pétersbourg des feuilles du *Lys dans la vallée* et de *La Fleur des pois* sur lesquelles il ne s'est pas montré mieux informé, mais qu'il ne m'appartient pas de relever. / Agréez, etc. / S. Dufour." » (Les autographes de ces deux lettres sur papier à en-tête de la librairie Bellizard, Dufour et Cie sont conservés au fonds Lovenjoul, A. 313, ff[os] 336-337 et 334-335.)

2. Cette promesse ne fut pas tenue, *Ecce Homo* publié par la *Chronique de Paris* du jeudi 9 juin ne fut pas continué. Amputé de l'introduction, ce texte a figuré l'année suivante dans *Les Martyrs ignorés* au tome XII des *Études philosophiques* ; *Les Martyrs ignorés* n'a pas été repris par Balzac dans *La Comédie humaine*.

3. Deux lettres seulement ont été retrouvées : 36-20 et 36-22.

4. Contrairement à ce qu'avance Balzac, il ne semble pas que cette « exécrable lithographie » ait été démarquée de la charge de Dantan. Il s'agit de la lithographie de Bernard Julien, publiée le 5 janvier 1836 dans le *Supplément* du *Voleur* (n° 18) ; elle a été reproduite inversée et très légèrement modifiée dans la *Revue étrangère* (t. XVII, 1837). Voir *Les Portraits de Balzac connus et inconnus*, cat. de l'exposition, Maison de Balzac, Les Presses artistiques, 1971, n°s 28-30 ; et la réponse de Dufour (36-98). C'est la publication de ces lithographies qui détermina Balzac à se faire portraiturer par Boulanger (*LHB* I, p. 296-297).

36-98. SÉLIM DUFOUR À BALZAC

Aut., Lov., A. 313, ff[os] 338-339 ; sur papier à en-tête de la librairie Bellizard, Dufour et Cie. — Publié par la *Chronique de Paris,* 16 juin 1836. — *Corr. Gar.* III, n° 1101.

1. Cette lettre et la réponse de Balzac (36-100) furent publiées dans la *Chronique de Paris* du 16 juin 1836 : « NOUVELLE RÉCLAMATION DU SIEUR DUFOUR / Nous insérons les deux lettres ci-dessous, moins pour *obtempérer* à une invitation à laquelle nous n'avons pas à nous rendre, que pour faire ressortir la parfaite vérité des faits posés par

M. de Balzac dans sa réponse à la première lettre du sieur Dufour. Mais comme nous ne saurions accepter la rédaction de M. Dufour, quelque spirituelle qu'elle puisse être, nous n'insérerons plus rien de lui, quoi qu'il lui plaise de nous envoyer, parce que la loi ne dit pas qu'un journal sera tenu d'endormir ses abonnés. / Le Rédacteur en chef. » Après ce préambule venait le billet suivant : « Monsieur le Rédacteur, / Au terme de la loi du 11 mars 1825, je requiers, dans le plus prochain numéro de la *Chronique de Paris*, l'insertion que voici au commentaire dont M. de Balzac a jugé à propos de faire suivre ma lettre du 4 juin. / Agréez l'assurance de ma parfaite considération. / S. Dufour » (aut., Lov., A. 313, ff[os] 340-341).

2. Voir t. I de la présente édition, 35-174.

36-99. LE BARON ÉTIENNE DE LAMOTHE-LANGON À BALZAC

Aut., Lov., A. 314, f° 286. — Publié par R. de Cesare, *Giugno 1836*, p. 97-98.

1. Le baron Étienne de Lamothe-Langon (1786-1864), haut fonctionnaire sous Napoléon, puis polygraphe fécond, était un ami de Louis Mame et de Werdet. Voir le Répertoire et la lettre 40-49.

36-100. À SÉLIM DUFOUR

Publié par la *Chronique de Paris*, 16 juin 1836. — *Corr. Gar. III*, n° 1102.

1. L'autographe de cette lettre, datée du « mardi 14 juin », est conservé au fonds Lovenjoul, A. 313, ff[os] 342-343 ; l'adresse porte : « Monsieur / Monsieur Level Rd[r] en chef / de la *Chronique de Paris*, / 36, r. de Vaugirard. »

2. Nous reproduisons le texte publié par Balzac, l'autographe portant : « Agréez, Monsieur, l'assurance de mes sentiments les plus distingués. »

3. Le jugement émis par le tribunal porte : « [Les propriétaires de la *Revue de Paris*] ont [...] à s'imputer d'avoir livré ces épreuves encore informes et non revêtues du *bon à tirer* [...] il est résulté nécessairement de cette publication ainsi faite un préjudice moral pour le sieur de Balzac [...] » (*CH IX*, p. 965-966).

4. Voir t. I de la présente édition, 35-174.

36-101. À CAROLINE MARBOUTY

Copie, Lov., A. 283, f° 283. — Publié par R. de Cesare, *Giugno 1836*, p. 84-85 (placé en juin 1836 avant le voyage de Balzac en Touraine). — *Corr. Gar. III*, n° 1177 (daté 1836 ou 1837).

1. Voir t. I de la présente édition, 33-232 et le Répertoire. Caroline Marbouty avait été présentée à Balzac en cette année 1836 par Anna de Massac, dite Nana (pseudonyme de Sidonie Hasse), maîtresse de Sandeau. D'après une lettre adressée à sa mère, de Turin le 2 août 1836, elle le « magnétisa » et ils passèrent ensemble « trois nuits sans dormir ». Balzac lui avait ensuite proposé de l'accompagner en Touraine, invitation confirmée par Caroline : « Peu de jours après l'on est venu me voir l'on partait pour la Touraine [...]. Or en Touraine l'on m'a regrettée » (voir 36-120, et n. 1). Sous le pseudonyme de « Marcel »,

elle a publié, dans la *Chronique de Paris*, *Une étude de femme* (17 et 21 avril 1836) et *Une coquette* (10 et 14 juillet 1836). Dans la première de ces nouvelles figurait un éloge fort appuyé d'un «auteur favori, celui auquel toutes les femmes doivent une grâce» (*Chronique de Paris*, p. 92). Voir aussi la Chronologie, année 1836, pour leur voyage en Italie.

36-102. À THÉODORE DABLIN

Aut., Lov., A. 286, f° 148. Dablin a noté sur la même lettre : «Oui».

1. Sur sa copie (Lov., A. 283, f° 269), le vicomte de Lovenjoul datait «1838 ou 1839», simple hypothèse que nous n'avons pu étayer. L'analyse de l'écriture de Balzac nous ferait plutôt pencher pour l'année 1836.

36-103. AUGUSTE BORGET À BALZAC

Aut., Lov., A. 312, ff^{os} 307-308. — *Corr. Gar. III*, n° 1103.

1. Lettre non retrouvée; notre 36-77 était écrite de Paris. Balzac ne répondit pas. Voir la lettre 36-104 à Zulma Carraud.

36-104. À ZULMA CARRAUD

Aut., Lov., A. 293, ff^{os} 95-96. — *Corr. Gar. III*, n° 1104.

1. Balzac avait quitté Paris, le 19 juin, avec l'intention de rédiger à Saché la sixième livraison des *Études de mœurs* pour en finir avec Mme Béchet qui, quelques jours auparavant, lui avait envoyé un huissier le sommant d'en remettre le manuscrit dans les 24 heures et réclamant 50 F par jour de retard (*LHB I*, p. 322). Les 21 et 22 juin, il s'était reposé. À partir du 23, il commençait la rédaction d'*Illusions perdues*. Voir Suzanne Bérard, *La Genèse d'un roman de Balzac : « Illusions perdues »*, 1837, A. Colin, 2 vol., 1961.
2. Ces renseignements lui étaient nécessaires pour planter le décor de la première partie d'*Illusions perdues*. Voir la réponse de Zulma Carraud (36-107) et les commentaires de S. Bérard, *La Genèse d'un roman*, t. II, p. 71-75.
3. En plus d'*Illusions perdues*, il songeait au *Cabinet des Antiques*.

36-105. AUGUSTE BORGET À BALZAC

Aut., Lov., A. 312, ff^{os} 309-310. — *Corr. Gar. III*, n° 1105.

36-106. À ÉMILE REGNAULT

Aut., Lov., A. 288, ff^{os} 51-52. — *Corr. Gar. III*, n° 1106.

1. Accident postérieur à la rédaction de la lettre du dimanche 26 (36-104).
2. Il n'en fut rien. Les feuillets 41-43 seulement du manuscrit d'*Illusions perdues* furent rédigés à Saché en juin 1836 (voir la Chronologie).
3. Le «préambule» du *Cabinet des Antiques* avait été publié dans la *Chronique de Paris* du 6 mars 1836 ; ce n'est qu'entre le 22 septembre et le 8 octobre 1838 (livraisons n°s 265, 267, 269, 271, 273-274, 276-

278 et 280-281) que les lecteurs du *Constitutionnel* purent lire cet ouvrage sous le titre *Les Rivalités en province*.

4. La sixième livraison publiée par Werdet qui l'avait rachetée à Mme Béchet comprenait finalement *La Vieille Fille* (précédé de *La Grande Bretèche*) et *Illusions perdues* (t. III et IV des *Scènes de la vie de province*).

5. Il n'en fut rien : *Histoire de la grandeur et de la décadence de César Birotteau* fut publié chez Boulé vers le 15 décembre 1837, et offert comme prime pour tout abonnement de trois mois au *Figaro* ou de six mois à *L'Estafette*.

6. Le 16 juin 1836, la *Chronique de Paris* annonçait la publication très prochaine de *La Torpille* : « ce dernier ouvrage n'est pas moins important que *Le Lys dans la vallée*, et nous pouvons nous permettre l'indiscrétion d'annoncer que le principal personnage de cette œuvre est celui de *Vautrin* qui excita tant de curiosité et d'étonnement lors de la publication du *Père Goriot*. » En fait *La Torpille* ne vit le jour que beaucoup plus tard en septembre 1838 à la suite de *La Femme supérieure* et de *La Maison Nucingen* (Werdet, 2 vol. in-8°). Sur ce récit qui constitue maintenant le début de *Splendeurs et Misères des courtisanes*, voir l'étude exhaustive de Jean Pommier, *L'Invention et l'Écriture dans « La Torpille » d'Honoré de Balzac*, Genève, Droz, et Paris, Minard, 1957.

7. En fait, Balzac ayant reçu de Béthune de mauvaises nouvelles de la *Chronique de Paris* rentra dans la capitale le 3 ou le 4 juillet ; voir S. Bérard, *La Genèse d'un roman*, t. II, p. 82-83.

8. On notera cette allusion à Sandeau ; un rapprochement s'était donc produit après le départ de Sandeau de la rue Cassini en mars précédent (voir 36-34).

9. Gustave Planche, le modèle du personnage de Trenmor dans *Lélia* de George Sand ; voir l'introduction de Pierre Reboul, *Lélia*, Garnier, 1960, p. XVII et suiv.

10. Jacques Germain Chaudesaigues (1814-1847), ami et disciple de Gustave Planche, venait de faire ses débuts de critique à la *Chronique de Paris*, ce qui ne l'empêcha pas d'attaquer ensuite férocement Balzac. Voir R. de Cesare, « Chaudesaigues e Balzac », *Studi francesi*, III, n° 8, mai-août 1959, p. 214-230.

11. Le rédacteur en chef de la *Chronique de Paris* (voir 36-100, n. 1).

12. Voir 36-101.

13. C'est-à-dire deux exemplaires du numéro du 6 mars 1836.

14. C'est-à-dire le remplacement du *Cabinet des Antiques* par *La Torpille* (voir n. 6) ; la *Chronique de Paris* ne publia ni la fin du premier ni le début de la seconde.

15. Sur l'utilisation projetée de ces vers dans la « Grande soirée » d'*Illusions perdues*, voir S. Bérard, *La Genèse d'un roman*, t. II, p. 75.

36-107. ZULMA CARRAUD À BALZAC

Aut., Lov., A. 293, ff⁰ˢ 289-290. — *Corr. Gar.* III, n° 1107.

1. Réponse aux questions de topographie posées dans la lettre du 26 juin (36-104) ; Balzac utilisa immédiatement sur son manuscrit d'*Illusions perdues* ces précisions sur Angoulême (S. Bérard, *La Genèse d'un roman*, t. II, p. 72-73).

36-108. ALFRED BOUTIN À BALZAC

Lov., A. 312, ff⁰ˢ 353-354. — Publié par R. de Cesare, *Luglio 1836*, p. 126.

1. Nous n'avons pas trace de liens entre la famille Balzac et cette veuve.

36-109. ALFRED NETTEMENT À BALZAC

Aut., Lov., A. 315, ff⁰ˢ 178-179. — *Corr. Gar.* III, n° 1108.

1. Il ne semble pas y avoir dans la *Chronique de Paris* de textes portant la signature de Francis Nettement. Sur les deux frères Nettement, voir le Répertoire.

36-110. ENGAGEMENT ENVERS LE MARQUIS DE MAUTHEVILLE DU BOUCHET

Aut., Lov., A. 254, f° 125 ; sur papier timbré à 35 centimes, entièrement de la main de Balzac.

1. Dès janvier 1836, le marquis du Bouchet (voir le Répertoire) avait souscrit à une action de 1 000 F de la *Chronique de Paris*.
2. La société de la *Chronique de Paris* est officiellement dissoute le 16 juillet 1836. Sur les engagements que Balzac avait pris vis-à-vis des quelques actionnaires, voir 36-116 et n. 1.
3. Auguste Fessart, après la retraite de Mᵉ Gavault en 1845 (voir le Répertoire), sera le « médecin des intérêts » de Balzac.
4. *Adhirée* : égarée.
5. Le même jour, le marquis du Bouchet obtint le remboursement partiel d'une autre action détenue par sa belle-mère, Éléonore Louise Hocquart, veuve du comte de Quélen (voir 36-111).

36-111. ENGAGEMENT ENVERS LA COMTESSE DE QUÉLEN

Aut., Lov., A. 254, f° 128 ; sur papier timbré à 35 centimes, entièrement de la main de Balzac.

1. Auguste Marie Louis, comte de Quélen, était le frère de Hyacinthe Louis (1778-1839), archevêque de Paris, pair de France et académicien. Auguste de Quélen, ancien écuyer de la mère de Bonaparte, était, sous Charles X, colonel de la septième légion de la garde nationale.
2. Le marquis du Bouchet était l'époux d'Augusta de Quélen, fille de la comtesse.

36-112. ENGAGEMENT ENVERS ALEXANDRE TRUDON DES ORMES

Aut., Lov., A. 254, f° 127 ; sur papier timbré à 35 centimes, entièrement de la main de Balzac.

1. Voir la lettre adressée à Balzac par Alexandre Trudon des Ormes, le 31 octobre 1845, où il réclamait 5 080 F (voir t. III de la présente édition).

36-113. ENGAGEMENT ENVERS LE DUC DE FELTRE

Aut., Lov., A. 254, f° 126 ; sur papier timbré à 35 centimes, entièrement de la main de Balzac.

36-114. PROCURATION DONNÉE À BALZAC PAR LE COMTE GUIDOBONI-VISCONTI

Aut., anciennes archives de M° Eschvach, notaire. — Publié par R. de Cesare, *Luglio 1836*, p. 128-129.

1. C'est à ce domicile versaillais des Guidoboni-Visconti que naquit, le 29 mai 1836, Lionel Richard, fils de la comtesse. Balzac y séjourna à la fin du mois de juin 1838.
2. *Cf.* la procuration donnée à Balzac par le comte Guidoboni-Visconti, le 9 février 1837 (voir 37-24).
3. Ce sont ainsi cinq actes que Balzac signa ce jour-là, à Paris, à Versailles et à Saint-Gratien (36-110 à 36-114). A été conservée une facture du loueur F. Baullier, 55, rue de Tournon, qui a fourni à Balzac, le 16 juillet, un cabriolet pour une sortie de deux heures un quart, puis un autre pour trois heures un quart (Lov., A. 335, f° 63).

36-115. LA DUCHESSE D'ABRANTÈS À BALZAC

Aut., Lov., A. 312, ff°s 34 et 35 v°, et copie datée : « 18 9bre [1837 ?] » par le vicomte de Lovenjoul (Lov., A. 385).

1. La lecture de la date est incertaine. Dans sa copie, le vicomte de Lovenjoul avait lu : « 18 9bre » et datait de 1837 ; le millésime est également sujet à caution. Nous lisons plutôt « Jr » ou « Jt » et retiendrons la date de juillet 1836 en notant que l'écriture de la duchesse, pourtant plus assurée que pour les lettres 36-76 et 36-85, est encore tracée de la main gauche, après son opération au bras droit en mai 1836 (voir 36-76).
2. Nous n'avons pu identifier cette Sidonie.
3. Si notre datation est exacte, il s'agirait de la liquidation de la *Chronique de Paris* advenue le 16 juillet 1837. Voir 36-110 et suiv.

36-116. VADÉ À BALZAC

Aut., Lov., A. 254, f° 116. — Extraits publiés par S. Bérard, *La Genèse d'un roman*, t. II, p. 88, n. 3 et 6 ; R. de Cesare, *Luglio 1836*, p. 104. — *Corr. Gar.* III, n° 1109.

1. Cette lettre adressée à Balzac par le caissier de la *Chronique de Paris* consacre le retrait de Balzac de la société en commandite Béthune et Cie créée les 19 et 29 mars précédents (voir le contrat 36-41). Les comptes furent arrêtés le 15 juillet et la société dissoute à l'amiable le lendemain (voir le contrat du 1er septembre, 36-132). L'« inventaire de la *Chronique de Paris* à la date du 15 juillet 1836 » (Lov., A. 254, ff°s 117-118) fait ressortir un actif de 2 237,52 F et un passif de 6 234,74 F. Balzac pour combler ce déficit remit à Béthune deux billets de 1 000 F et prit à son compte les créances du marchand de papier Cornuault et celles de divers collaborateurs, Charles de Bernard, « Marcel » (Caroline Marbouty), Liouville, Chaudesaigues...

Il s'engageait également à garantir le remboursement des actions de 1 000 F souscrites par diverses personnes en cas de liquidation du journal (en tout neuf actions souscrites par le marquis de Mautheville du Bouchet, le duc de Feltre, le comte de Quélen et M. Trudon des Ormes ; voir 36-110 à 36-113). La perte de Balzac dans son entreprise de la *Chronique de Paris* peut être évaluée à 46 000 F (Bouvier et Maynial, p. 227-228). Balzac avait joué de malchance car, en dépit de l'intérêt et de la qualité incontestables du journal, les abonnements n'étaient pas venus et en juillet 1836 à la veille du lancement (1er juillet) par Girardin et Dutacq de *La Presse* et du *Siècle*, journaux quotidiens dont l'abonnement coûtait (grâce à la publicité et au gros tirage) 40 F par an, la *Chronique de Paris* bihebdomadaire à 76 F ne pouvait espérer lutter (voir *LHB I*, p. 329).

2. Planche devait à la *Chronique* 1 318 F qui constituaient un actif très hypothétique.

3. Cette conversation avait pour but de discuter certains détails de l'accord intervenu le 16 ; mais elle ne « termina pas cette affaire » pour Balzac qui, pendant de longs mois, se trouva devant de lourdes échéances de billets à payer.

36-117. LE MARQUIS DE CUSTINE À BALZAC

Aut., Lov., A. 313, ff^{os} 177 et 178 v°.

1. Après les actes signés à Saint-Gratien, le samedi 16 juillet (36-110 et 36-111), Balzac semble lui avoir rendu visite à nouveau sans le prévenir et ne pas l'avoir trouvé. Une lettre d'Astolphe de Custine à Sophie Gay — datée par le cachet postal du 26 juillet — nous apprend que Balzac accepta l'invitation formulée ici et lui rendit à nouveau visite à Saint-Gratien avant le mardi 26, probablement les samedi et dimanche 23 et 24 juillet : « Balzac vient de venir passer 24 heures avec moi. Son amitié s'est réveillée tout d'un coup. Il ne m'a parlé que d'argent, de chiffres, de spéculations ; enfin impatientée de voir cet abus du talent d'écrivain qu'on abdique pour celui d'agioteur, je n'ai pu m'empêcher de lui dire : mais si vous n'écrivez que pour moissonner, il vaudrait mieux labourer » (aut., MB, inv. BAL 1001 ; achat en 1987). À son retour de Saint-Gratien, en partance pour Turin, Balzac quitta Paris le mardi 26 juillet. Voir 36-118, et n. 1.

36-118. À LAURE SURVILLE

Aut., coll. Th. Bodin. — Publié par Th. Bodin avec un fac-similé, *CB*, n° 89, 2002, p. 16-17.

1. Pour une fois, Balzac a partiellement daté *in fine* : « jeudi 20 j^t ». Comme il annonce son départ imminent pour Turin, nous sommes certainement en juillet 1836, mais en cette année-là, il n'y avait pas de jeudi 20 juillet, mais un jeudi 21 juillet. Nous savons, par ailleurs, qu'en retard sur le calendrier prévu, il a quitté Paris pour Turin dans l'après-midi du mardi 26 juillet, et non le samedi 23. Le retard serait donc de trois jours et non de deux comme indiqué par R. Pierrot, *Honoré de Balzac*, p. 287.

36-119. ALEXANDRE DE BERNY À BALZAC

Aut., Lov., A. 312, ff⁰ˢ 213-214 v⁰. — Publié par Hanotaux et Vicaire, p. 137, n. 1. — *Corr. Gar. III*, n° 1110.

1. Cette lettre fut trouvée par Balzac à son retour d'Italie le 22 août. Dans une calèche louée au carrossier Panhard, il était parti pour Turin probablement le 26 juillet au soir. Prétexte officiel de ce voyage : régler une affaire de succession compliquée concernant la famille Guidoboni-Visconti (voir 36-114); Balzac était accompagné de « Marcel », c'est-à-dire Caroline Marbouty, habillée en homme (voir le Répertoire). Balzac n'avait pas vu Mme de Berny depuis octobre 1835 (voir t. I de la présente édition, 35-126). Il explique, non sans embarras, à Mme Hanska (*LHB I*, p. 330) qu'il avait été trompé par « la dernière lettre de l'ange qui maintenant a échappé aux misères de la vie », lettre où « elle avouait que le *Lys* était un des plus beaux livres de la langue française » et lui défendait « de la venir voir parce qu'elle ne voulait [l']avoir près d'elle que quand elle était belle et bien portante ». Rassuré, au lieu d'aller à Nemours, il était parti pour l'Italie…

2. Le petit cimetière de Grez-sur-Loing (aujourd'hui en Seine-et-Marne) a été désaffecté et la tombe de Mme de Berny a disparu.

3. Voir l'entrée Berny (Antoinette), dans le Répertoire du tome I de la présente édition.

4. Cette liste de manuscrits, si elle a été envoyée, n'a pas été retrouvée.

36-120. AU MARQUIS FÉLIX DE SAINT-THOMAS

Aut., MB, inv. BAL 99-725. — Publié en fac-similé par Th. Bodin, *CB*, n° 80, 2000, p. 46-47. — *Corr. Gar. III*, n° 1111 (sur une copie).

1. La *Gazzetta Piemontese* du 2 août 1836 mentionne le nom de Balzac parmi les voyageurs arrivés à Turin les 30 et 31 juillet. Le 2 août, Caroline Marbouty écrivait à sa mère : « La date de cette lettre va t'étonner chère mère, tu es loin de me croire en Italie à 300 lieues de mon gîte ordinaire. / […] en Touraine l'on m'a regrettée, et de retour à Paris l'on est venu me proposer de m'emmener à Turin de là à Gênes, peut-être à Florence. J'ai beaucoup balancé mais j'ai cédé. Quel joli voyage ! Partir en poste de Paris et cinq jours après débarquer à Turin en franchissant les Alpes du Mont-Cenis en descendant à la Grande Chartreuse ! » (aut., MB, inv. BAL 99-754; publié par Yves Gagneux, « Caroline ou la "Poésie du voyage"; Voyage d'Ytalie raconté par Balzac écrit sous sa dictée spirite; Lettre de Caroline Marbouty à sa mère sur le voyage; Lettres de Balzac au marquis de Saint-Thomas », dans *Balzac et l'Italie : lectures croisées*, Paris-Musées et Des Cendres, 2003, p. 188). Muni de plusieurs lettres d'introduction, Balzac fut très bien accueilli par la société piémontaise ; il se lia en particulier avec le marquis Félix Carron de Saint-Thomas et avec sa mère, née Guasco di Bisio. Le comte Sclopis di Salerano l'avait invité dès le 2 août avec l'abbé Constantin Gazzera, le comte Sauli d'Igliano et le professeur Charles Boucheron, notables turinois.

2. La basilique de la Superga située à quinze kilomètres de Turin sur

une colline renferme les tombeaux des rois de Sardaigne. L'excursion fut effectivement faite d'après le témoignage de Mme Marbouty, cité par H. Prior, « Balzac à Turin », *Revue de Paris*, 15 janvier 1924, p. 390.

3. Sur le comte et la comtesse Sanseverino-Vimercati, voir le Répertoire.

36-121. LE COMTE FEDERIGO SCLOPIS DI SALERANO À BALZAC

Aut., Lov., A. 319, ff^{os} 38 et 39 v°. — Publié par Lovenjoul, *Autour*, p. 156 ; Henry Prior, « Balzac à Turin », *Revue de Paris*, 15 janvier 1924, p. 383. — *Corr. Gar. III*, n° 1112.

1. Le baron Nasi, attaché à l'ambassade de Sardaigne à Paris, et l'ambassadeur de Piémont-Sardaigne à Paris, le marquis de Brignole, avaient ainsi recommandé Balzac au comte Sclopis di Salerano : « Paris, le 18 juillet 1836. / Monsieur et cher Comte, / M. Balzac dont vous connaissez sans doute les ouvrages littéraires et à qui M. l'ambassadeur d'Autriche porte un intérêt particulier a le projet de faire un voyage à Turin pour y défendre une cause de M. Guidoboni-Visconti. / S. E. M. le marquis de Brignole, d'après le désir que M. le comte d'Appony[i] lui en a témoigné, s'est déterminé avec plaisir à donner à M. Balzac quelques lettres de recommandation et m'a chargé de le recommander à quelqu'un qui soit en position de lui donner les directions et les conseils dont il peut avoir besoin en arrivant à Turin. / Connaissant votre extrême obligeance et votre penchant naturel à lier connaissance avec les personnes qui jouissent d'une réputation littéraire, je n'ai point hésité, Monsieur et cher Comte, à vous adresser M. Balzac dans la persuasion où je suis que vous voudrez bien accueillir cet homme de lettres avec cette bienveillance et cette grâce qui vous caractérisent. / M. le marquis de Brignole et moi partagerons la reconnaissance de M. Balzac pour tout ce que vous pourrez faire d'agréable pour lui. / Veuillez offrir l'hommage de mon respect à Madame votre Mère et agréer l'assurance des sentiments aussi affectueux que distingués que je vous ai voués depuis si longtemps et avec lesquels j'ai l'honneur d'être, monsieur et cher Comte, / Votre très dévoué serviteur, / Nasi. / Permettez, monsieur le comte, que j'ajoute ici moi-même l'expression de mes remerciements ainsi que l'offre de mes services toutes les fois qu'ils pourraient vous être bons à quelque chose. N'oubliez pas, je vous prie, de faire agréer à madame votre Mère mes hommages les plus respectueux. / Brignole » (aut., Turin, Biblioteca dell'Accademia delle Scienze, Fondo Conte Federigo Sclopis di Salerano ; copie Lov., A. 319, f° 43 ; publié par Henry Prior, « Balzac à Turin », p. 381-382) Par le comte Sclopis et sa mère, Balzac fut introduit dans la haute société de Turin : chez le marquis de Saint-Thomas, chez la marquise di Barolo, née Colbert, qui avait recueilli Silvio Pellico, etc.

2. Le comte Sclopis quittait Turin pour un voyage d'affaires en Savoie et à Genève.

3. Mme Marbouty, dont le déguisement n'était guère trompeur...

4. Le propriétaire de l'hôtel de l'Europe, situé piazza Castello, était Giovanni Mottura ; les guides de l'époque considéraient son auberge comme la meilleure de Turin. Voir R. de Cesare, *Agosto 1836*, p. 581.

36-122. AU COMTE FEDERIGO SCLOPIS DI SALERANO

Aut., Turin, Biblioteca dell'Accademia delle Scienze, Carteggio Sclopis, 24637-24639. — Publié par Lovenjoul, *Autour*, p. 158-161 ; H. Prior, *Revue de Paris*, 15 janvier 1924, p. 383-384. — *Corr. Gar. III*, n° 1113.

1. Dans sa lettre au comte Sclopis (36-146), Balzac parle de vingt-six jours de dissipation ; « Marcel », partie de Paris, comme on l'a déjà dit, probablement le 25 juillet au soir y fut de retour le 22 août (36-127), mais elle se soucia fort peu de retrouver « les ennuis du ménage ».
2. La comtesse Sclopis était née comtesse Peyretti de Condove.

36-123. TRAITÉ ENTRE MADAME JACQUILLAT ET EDMOND WERDET

Copie (non signée), Lov., A 268, ff^{os} 116-118. — Publié par R. de Cesare, *Agosto 1836*, p. 653-657. — *Corr. Gar. III*, n° 1114 (début du texte suivi d'une analyse).

1. Bien que ce traité ne soit pas signé par Balzac, et conclu à une date où il n'était pas à Paris, nous le reproduisons intégralement, en raison des citations du traité passé entre Balzac et Mme Charles-Béchet le 20 octobre 1833 (voir t. I de la présente édition, 33-188), dont nous n'avons toujours pas le texte. Ce document montre que la veuve Béchet, désormais épouse Jacquillat, fort bien conseillée, avait imposé à Werdet des conditions draconiennes, qui, en dépit de la caution partielle du tailleur Jean Buisson, l'amenèrent à déposer son bilan.

36-124. HAMMER-PURGSTALL À BALZAC

Aut., Lov., A. 314, ff^{os} 169-170. — Publié par R. de Cesare, *Agosto 1836*, p. 685 (texte complet). — *Corr. Gar. III*, n° 1115 (sans les trois derniers paragraphes).

1. Voir 36-84.
2. Fille du prince Alexandre Lubomirski (1751-1804) et de la princesse née Rose Chodkiewicz (1768-1794), la comtesse Alexandra Rosalie Lubomirska était née à Paris, le 3 septembre 1788 ; sa mère, amie de Mme Du Barry, fut arrêtée à la fin de 1793, condamnée à mort par le tribunal révolutionnaire et décapitée le 30 juin 1794 (voir Casimir Stryienski, *Deux victimes de la Terreur : la princesse Rosalie Lubomirska, madame Chalgrin*, Paris, Girard et Villerelle, 1899). La comtesse garda un souvenir atroce des semaines passées en prison et une hostilité foncière à tout ce qui rappelait la France révolutionnaire. Le 17 août 1805, elle avait épousé à Vienne le comte Wenceslas Rzewuski (1784-1831), devenant ainsi la belle-sœur de Marie Potocka et la cousine de la future Mme Hanska (celle-ci pour marquer la différence d'âge l'appelait la « tante » Rosalie et non sa cousine). Son mariage ne fut guère heureux, son mari la délaissant et voyageant en Orient avant de disparaître pendant l'insurrection polonaise de 1831. Elle passa la plus grande partie de sa vie dans la société cosmopolite de Vienne, mais voyagea beaucoup en Allemagne, en Pologne, en Russie, en Italie. Elle avait quitté Vienne en 1835, pour son château d'Opole, près de Lublin, quelques jours avant l'arrivée de Balzac. Durant l'été

de 1836, après une quinzaine passée à Wierzchownia, chez les Hanski, elle avait embarqué à Odessa pour un assez long séjour à Constantinople. Sa fille Caliste (1810-1842) épousa, en 1840, Michelangelo Caetani, prince de Teano (1804-1882) à qui Balzac dédia *Les Parents pauvres*. C'est pour Caliste que la comtesse Rosalie Rzewuska avait entrepris la rédaction, en français, de ses *Mémoires* (publiés par son arrière-petite-fille Giovanella Caetani Grenier, Rome, Cuggiani, 3 vol., 1939-1950). Elle y évoque malheureusement fort peu Balzac. La comtesse Rosalie Rzewuska mourut en 1865. De nombreuses lettres adressées par la comtesse Rosalie à sa chère Éveline Hanska sont publiées par R. Pierrot dans *Ève de Balzac*.

3. Le prince Clément-Wenceslas de Metternich, chancelier, occupe les plus hautes fonctions depuis la mort de l'empereur François Ier en 1835.

4. L'ambassadeur de France à Vienne.

5. Cette déclaration n'a pas été retrouvée.

6. Le grand orientaliste viennois ignore que Balzac a quitté la direction de la *Chronique de Paris*. Le capitaine Basil Hall (1788-1844), officier de la Royal Navy, auteur de nombreux ouvrages sur ses voyages à travers le monde, venait de publier *Schloss Hainfeld, or a Winter in Lower Styria* (Londres, Whittaker & Co, 1836) dont une traduction en français parut la même année à Paris. En 1834, le capitaine Hall avait été l'hôte, pendant plusieurs mois, de la comtesse Purgstall, mère du baron, au château de Hainfeld. Il en sera encore question dans la lettre du 16 octobre 1836 (36-163).

7. *A huge state prison* : « une vaste prison d'État ».

8. *Ultratory*, branche droite et anglicane du parti des tories, et qui s'est séparée de celui-ci en 1829. *Whig*, parti libéral au milieu du XIXe siècle.

9. Littéralement : « Voilà ce qui l'a fait pleurer » ; au sens plus large : « Voilà la raison de sa rage, de son désespoir, de son atermoiement ».

36-125. AUGUSTE BORGET À BALZAC

Aut., Lov., A. 312, ff[os] 315-316. — Extraits publiés par Maurice de Laugardière, *Satellites de Balzac*, Bourges, Dusser et fils, 1941, p. 61-62. — *Corr. Gar.* III, n° 1116.

1. Lettre écrite au mois d'août 1836 (allusion au voyage en poste à Turin), sans doute avant le retour de Balzac d'Italie et de Suisse ; Borget ignore encore le décès de Mme de Berny.

36-126. À PYRAME DE CANDOLLE

Aut., Genève, archives Candolle. — Publié par G. Jean-Aubry, « Balzac à Genève », *Revue de Paris*, 1er avril 1935, p. 665. — *Corr. Gar.* III, n° 1117.

1. Après une excursion à Rivalta, le 10 août, chez la comtesse de Benevello en compagnie de Félix de Saint-Thomas et de l'abbé Gazzera, au cours de laquelle Balzac avait écrit sur l'album de la comtesse de Benevello un petit conte, *Le Cheval de Saint-Martin* (voir 36-145, n. 4), il quitta, avec Mme Marbouty, Turin vers le 12 août, mais au lieu de rentrer en France par le Mont-Cenis, ils passèrent par le Simplon et la Suisse ; après avoir avoué la présence d'une « amie de

Jules Sandeau », Balzac évoquait ainsi à Mme Hanska son « pèlerinage » aux lieux de leurs amours : « à Genève, je suis revenu à l'Arc, chez les Biolley, [...] j'ai revu le Pré-Lévêque et la maison Mirabaud. / Hélas il n'est pas défendu à ceux qui souffrent d'aller respirer un air embaumé. Vous seule et vos souvenirs pouvaient rafraîchir un cœur en deuil. J'ai refait la route de Coppet, de Diodati. *Cara*, la porte de Rive est agrandie, comme tout à coup s'est agrandie l'amitié que je vous porte de tout ce que j'ai perdu. Vous n'attendriez plus la nuit à Genève, car on entre et l'on sort à toute heure de nuit ; je n'ai passé qu'un jour à Genève et je n'y ai vu que Candolle qui a manqué périr et qui va mieux » (*LHB I*, p. 331).

2. L'avocat Luigi Colla de Turin, qui était chargé des intérêts des Guidoboni-Visconti dans leur affaire d'héritage, était un passionné de botanique ; il possédait à Rivoli un magnifique jardin (voir H. Prior, « Balzac à Turin », p. 391).

36-127. À « LOUISE »

Aut., coll. privée ; une page in-8°, sans alinéas, ni signature. — *Corr. CL*, 21. — Publié par R. de Cesare, *Agosto 1836*, p. 666. — *JS*, n° 26, 19. — *Corr. Gar. III*, [20], n° 1118.

1. Mme de Berny.

2. D'après un relevé de Baullier « remise et écurie », le 22 août 1836, Balzac avait loué un cabriolet pour cinq heures et demie, probablement pour, dès son retour, aller à Versailles rendre compte aux Guidoboni-Visconti des résultats de sa mission en Italie. Il écrit d'une « auberge », avant de regagner son domicile.

36-128. À « LOUISE »

Aut., coll. privée ; quatre pages in-8°, sans signature. — *Corr. CL*, 22. — Publié par R. de Cesare, *Agosto 1836*, p. 667. — *JS*, n° 26, 20. — *Corr. Gar. III*, [21], n° 1119.

1. La date approximative a été établie d'après les éléments suivants : Balzac fait part de son retour le 22 ; les 23 et 24 sont deux jours de travail ; les 25, 26 et 27, trois jours de repos, comme il l'explique un peu plus loin.

2. 25 août : jour de la Saint-Louis.

3. Il a, en réalité, passé plusieurs jours en Suisse. Voir la Chronologie et lettre 36-126, n. 1.

4. *Cf.* ce que Balzac écrivait à Ève Hanska à propos de Mme de Berny (*LHB I*, p. 329-330).

36-129. MAX BÉTHUNE À BALZAC

Aut., Lov., A. 312, f° 224. — *Corr. Gar. III*, n° 1120.

1. Balzac avait besoin de cette liberté pour permettre à Werdet de réimprimer dans la troisième livraison des *Études philosophiques* et dans la sixième livraison des *Études de mœurs* les textes publiés dans la *Chronique de Paris*.

2. Le 16 septembre suivant Béthune acceptait de remplacer *La Vieille Fille* par *La Perle brisée* (voir 36-140).

36-130. LOUIS BOULANGER À BALZAC

Aut., Lov., A. 312, ff⁰ˢ 332 et 333 v⁰. — *Corr. Gar.* III, n⁰ 1121.

1. Le 12 juin précédent, Balzac écrivait à Mme Hanska : « Boulanger fait une bien belle chose de mon portrait, il aura, je crois, les honneurs du coin du Roi à la prochaine Exposition. Ne vous inquiétez point de l'argent pour la copie qui sera toujours un original, car je poserai pour le vôtre, tout comme pour celui-ci. Je remettrai 500 francs, ou cinquante ducats, à Boulanger, et la première fois que j'irai à Wierzchownia vous me les rendrez, si je ne suis pas riche, et, si je le suis, je n'en aurai pas besoin. Mais de l'aveu des artistes, Boulanger fait là une belle œuvre et qui, à part le mérite qu'a tout portrait, en a un immense comme peinture ; il m'a fallu encore trouver des séances de 7 ou 8 heures, et en voilà déjà dix, à travers les orages de ce moisci » (*LHB* I, p. 322). Les voyages de Balzac en Touraine et en Italie n'avaient pas permis à Boulanger d'achever sa toile. Le 10 septembre suivant, Antoine Fontaney notait dans son *Journal* : « Monté en rentrant à l'atelier de Boulanger. Balzac était là posant, les bras croisés, pour son portrait. Description de ses robes blanches. Il n'a plus voulu d'autres costumes depuis qu'il a visité les Chartreux. Il ne fait blanchir une robe qu'une fois. — Il ne se tache jamais d'encre. — "Il a le travail très propre" » (*Journal intime*, éd. R. Jasinski, Presses françaises, 1925, p. 200).

36-131. À MAX BÉTHUNE ?

Aut., ancienne coll. W. S. Hastings. — *Corr. Gar.* III, n⁰ 1122.

1. Billet très probablement adressé à Béthune qui restait directeur-gérant de la *Chronique de Paris* ; il est sans doute antérieur au contrat signé le 1ᵉʳ septembre (36-132).

2. C'est-à-dire Caroline Marbouty. En juillet 1836, Balzac avait pris à sa charge les créances de « Marcel » et de Charles de Bernard sur la *Chronique de Paris* (voir 36-116).

36-132. CONTRAT AVEC MAX BÉTHUNE

Aut., minutes de Mᵉ Meunier, successeur de Mᵉ Druet (copie communiquée par Madeleine Ambrière). — *Corr. Gar.* III, n⁰ 1123.

1. Voir 36-116.
2. Voir 36-41.

36-133. EDMOND WERDET À BALZAC

Aut., Lov., A. 268, ff⁰ˢ 275-276. — Publié par R. de Cesare, *Settembre 1836*, p. 15.

1. Achille Brindeau, actionnaire et directeur de la *Revue de Paris* (voir t. I de la présente édition et le Répertoire), et Ange de Saint-Priest, directeur de la *Revue du XIXᵉ siècle*.

36-134. À DELPHINE DE GIRARDIN

Aut., Lov., A. 287, ff⁰ˢ 96-97. — *Corr. Gar. III*, n° 1124.

1. Dumont, éditeur de la duchesse d'Abrantès, avait publié *La Canne de M. de Balzac*. Voir 36-37, n. 1.
2. On peut dater cette lettre de septembre 1836, peu après le retour de Balzac de Turin, avant la brouille avec Werdet et la conclusion de l'accord pour le troisième dixain des *Contes drolatiques* avec Adolphe Auzou (voir 36-144).
3. Werdet est encore destiné à être l'unique éditeur de Balzac.
4. Des billets souscrits par Werdet et impayés commençaient à circuler, sa situation difficile n'était pas un mystère dans les milieux commerciaux ; l'escompteur Sousterre, ex-Hussard de la Mort (36-143), avait répandu le bruit de sa faillite.
5. Voir 36-144 ; seuls Werdet et Auzou entrèrent dans la combinaison.

36-134a. RENAUD À BALZAC

Aut., Lov., A. 340, ff⁰ˢ 96-97 ; sur papier à en-tête de Tournier et Cie Fabricants de Tapis.

1. Cette lettre accompagne une facture de 171,75 F.
2. De 1831 à 1836, Balzac avait acheté, chez Tournier, pour plusieurs milliers de francs de tapis pour son logement de la rue Cassini. En 1839, ce sont les frères Vayson qui prendront la succession de Renaud ; ils conserveront, à leur tour, la clientèle de Balzac (voir 39-172).

36-135. ÉMILE REGNAULT À BALZAC

Aut., Lov., A. 316, ff⁰ˢ 21-22. — Publié par R. de Cesare, *Settembre 1836*, p. 22-23.

1. Rose, la cuisinière de Balzac, tenait depuis plusieurs années les comptes.
2. Jules Sandeau.

36-136. JEAN-BAPTISTE MÈGE À BALZAC

Aut., Lov., A. 322, f⁰ 49 ; sur papier timbré à 35 centimes, entièrement de la main de Balzac, sauf pour les mentions marginales et la formule finale.

a. Add. marg. paraphée de la main de Mège : dix-huit mots rayés nuls *aut.*

1. Balzac avait d'abord prévu de faire signer cette déclaration par les époux Mège ; les mentions relatives à Mme Mège ayant été biffées par son mari, lors de la signature, il oublia de modifier ici.
2. Voir 37-127 et 37-164.

36-137. À EDMOND WERDET

Publié d'après l'aut., Moscou, Archives d'État, album du prince Viazensky. — Traduit en russe par Leonid Grossmann, « Bal'zac v Rossii », *Literaturnoe Nasledstvo*, t. XXXI-XXXII, 1937, p. 348. — *Corr. Gar. III*, n° 1125.

1. La deuxième livraison des *Études philosophiques*, contenant les

tomes XI et XXII-XXV, est enregistrée à la *BF* du 24 septembre 1836, mais il semble qu'elle ait été mise en vente à la fin d'août. Sur la couverture du tome XXV figure une annonce donnant la composition de la troisième livraison promise pour le 25 septembre (voir Lovenjoul, « Les *Études philosophiques* de Honoré de Balzac », *RHLF*, juillet-septembre 1907, p. 424). Dans la présente lettre, Balzac prévoit la publication pour le 5 octobre, mais propose des modifications au programme prévu dans l'annonce du tome XXV, ce qui permet de dater de début de septembre.

2. Dans l'annonce mentionnée ci-dessus, la troisième livraison devait comprendre les tomes XIV, XVII-XVIII et XXVIII-XXIX ; *Le Chef-d'œuvre inconnu* a finalement paru à la suite de *L'Auberge rouge*, complétant ainsi le tome XVII.

3. En revanche, contrairement à ce qu'indique Balzac ici, *La Messe de l'athée*, *Les Deux Rêves*, *Facino Cane* et *Les Martyrs ignorés* composèrent, dans cet ordre, le tome XII.

4. L'étude inédite intitulée *Le Secret des Ruggieri* forma à elle seule le tome XIII, après avoir été publiée dans la *Chronique de Paris* du 4 décembre 1836 au 22 janvier 1837 ; le 1er octobre, après un silence de plus d'un mois, Balzac écrivait à Mme Hanska que *Le Secret des Ruggieri* avait été « écrit en une seule nuit » (*LHB I*, p. 337), écrit, peut-être, mais les nombreuses épreuves corrigées de ce texte expliquent le long retard apporté à la publication.

5. La troisième livraison a été imprimée dans différentes maisons ; les tomes XII et XV-XVII portent les noms de Béthune et Plon, celui de XIII, celui de P. Baudouin ; mais en réalité, comme l'a montré le vicomte de Lovenjoul (« Les *Études philosophiques* de Honoré de Balzac », p. 427) en témoigne une grande partie du tome XII fut imprimée chez Baudouin et cette lettre le confirme ; le tome XIII, comme le manuscrit du *Secret des Ruggieri*, avait été également commencé chez Plon.

6. La première partie de *L'Enfant maudit* forme le tome XV, la seconde (*La Perle brisée*) le tome XVI, où elle est suivie d'une nouvelle édition d'*Une passion dans le désert*. Avant de paraître dans ce volume *La Perle brisée* a figuré dans la *Chronique de Paris* des 9 et 16 octobre 1836.

7. *Les Martyrs ignorés (Fragment du Phédon d'aujourd'hui)* complète le tome XII (dans la partie du volume imprimée en 1837, chez Béthune et Plon ; voir Lovenjoul, « Les *Études philosophiques* de Honoré de Balzac », p. 427-430).

8. Il n'en fut rien ; Balzac n'ayant pas pu accomplir son programme écrasant de septembre 1836, la livraison, après la rupture avec Werdet, fut enregistrée dans la *BF* du 8 juillet 1837 et publiée en août 1837 sous des couvertures au nom de Delloye et Lecou.

9. Balzac entend inédit en librairie, *La Messe de l'athée*, *Facino Cane*, *La Perle brisée*, *Le Secret des Ruggieri* ayant paru — ou à paraître — dans la *Chronique de Paris*.

36-138. JOSÉPHINE DUHALDE POUR WERDET
À BALZAC

Aut. (de la main de Balzac, sauf la signature), Lov., A. 339, f° 70. — Publié par R. de Cesare, *Settembre 1836*, p. 10.

36-139. EDMOND WERDET À BALZAC

Aut., Lov., A. 268, ff^{os} 278-279. — Extrait cité par Bouvier et Maynial, p. 230. — Publié par R. de Cesare, *Settembre 1836*, p. 16 ; Felkay, p. 229.

1. Le 27 septembre 1836, Werdet et Balzac seront condamnés à payer ce billet de 600 F avec les frais à J.-F. Laurent (voir t. I de la présente édition et le Répertoire) et à Alexandre de Berny.
2. Sans doute un escompteur.
3. Jean Buisson, son tailleur et créancier (voir le Répertoire).

36-140. MAX BÉTHUNE À BALZAC

Aut., Lov., A. 312, ff^{os} 225-226 ; sur papier à en-tête de la *Chronique de Paris*. — Extraits publiés par S. Bérard, *La Genèse d'un roman*, t. II, p. 101. — *Corr. Gar.* III, n° 1126.

1. Voir 36-129. Balzac désirait donner *La Vieille Fille* à Girardin pour *La Presse* ; ce qu'il fit : trois chapitres y parurent en feuilleton du 23 octobre au 4 novembre (avec une interruption le 31).
2. Voir 36-137, n. 6.
3. Ce « nouveau roman de M. de Balzac » était annoncé pour paraître prochainement dans la *Chronique de Paris* du 4 septembre. Ce titre semble désigner alors une œuvre détachée du cycle d'*Illusions perdues*. Voir S. Bérard, *La Genèse d'un roman*, t. II, p. 101-102.

36-141. AUGUSTE BORGET À BALZAC

Aut., Lov., A. 312, ff^{os} 318-319. — *Corr. Gar.* III, n° 1127.

1. Cette réponse de Balzac à la lettre 36-125 n'a pas été retrouvée.
2. Mme de Berny.

36-142. ÉMILE REGNAULT À BALZAC

Aut., Lov., A. 316, f° 20. — Publié par R. de Cesare, *Settembre 1836*, p. 24.

1. La lettre de Balzac n'a pas été retrouvée.
2. Sur Rose, voir 36-135, n. 1.

36-143. EDMOND WERDET À BALZAC

Aut., Lov., A. 268, f° 163. — Publié partiellement par M. Regard, *Gustave Planche*, t. I, p. 192-193 ; intégralement par Raymond Massant, *CHH*, t. XXII, p. 790. — *Corr. Gar.* III, n° 1128.

1. Le marchand de papier qui avait escompté des billets de Werdet, Balzac lui ayant promis les *Mémoires d'une jeune mariée*. Voir S. Bérard, *La Genèse d'un roman*, t. II, p. 98-99.
2. Le propriétaire de la maison du 13, rue des Batailles à Chaillot. Voir 36-136.
3. Werdet espère encore publier avant cette date la troisième livraison des *Études philosophiques*.
4. Voir 36-137.
5. L'escompteur Sousterre ; voir 36-134, n. 4.

36-144. TRAITÉ AVEC EDMOND WERDET ET ADOLPHE AUZOU

Aut., Lov., A. 268, f° 164. Au dos du traité, figure la déclaration d'Adolphe Auzou du 29 octobre (36-166). — *Corr. Gar. III*, n° 1129.

1. Voir la lettre du 2 mai 1834 (t. I de la présente édition, 34-41), dans laquelle Abel Ledoux renonce à publier le troisième dixain des *Contes drolatiques*.
2. En fait le volume ne fut mis en vente que le 22 novembre 1837.

36-145. AU MARQUIS FÉLIX DE SAINT-THOMAS

Aut., MB, inv. BAL 01-25 ; trois pages et demie. — Publié avec fac-similé par Th. Bodin, *CB*, n° 80, 2000, p. 49-54. — *Corr. Gar. III*, n° 1130 (sur une copie du vicomte de Lovenjoul).

1. Balzac avait retrouvé à Turin le comte et la comtesse Sanseverino-Vimercati qu'il avait déjà rencontrés à Paris (voir le Répertoire) ; il avait promis à la comtesse de lui envoyer *Les Chouans* qu'elle n'avait pas lu. Voir les remerciements du comte Sanseverino (36-150).
2. L'abbé Constantin Gazzera (1779-1859), archéologue, bibliographe et critique littéraire, ami de Panizzi. Balzac lui envoya un exemplaire sur Chine du *Livre mystique* (voir la lettre 36-146). Contrairement à ce que nous avancions dans *Corr. Gar.*, en suivant H. Prior (« Balzac à Turin », p. 382-383), ces deux volumes n'ont pas été détruits, ils ont été retrouvés par Franco Simone à la Biblioteca dell'Accademia delle Scienze de Turin (voir « Sugli amici torinesi di Balzac, e in particolare, su Costanzo Gazzera », *Studi francesi*, 28, janvier-avril 1966, p. 69 et suiv. ; avec deux photos des dédicaces de Balzac : « À Monsieur l'abbé Gazzera, souvenir affectueux de l'auteur / de Balzac »).
3. L'ambassadeur de Piémont-Sardaigne à Paris. Voir 36-121, n. 1.
4. *Le Cheval de Saint-Martin*, conte transcrit par Balzac sur l'album de la comtesse de Benevello, lors de son excursion à Rivalta le 10 août. Voir 36-126, n. 1. Le texte du manuscrit, conservé au fonds Lovenjoul (A. 43), est publié dans *OD I*, p. 519.
5. Il s'agit probablement de Victor, comte de Seyssel d'Aix (1804-1856), créateur et directeur de la galerie d'armures de Turin.
6. Le comte Ludovico Sauli d'Igliano, conseiller de légation.
7. La comtesse avait effectivement quitté Turin pour Paris, où Balzac la reverra ; voir 36-197.
8. Balzac fait ici mention de la loge qu'il occupe à l'Opéra (« aux Italiens »), avec la comtesse Guidoboni-Visconti, aveu à demi-mot fait à Ève Hanska dans une lettre du mois d'août 1836 (voir *LHB I*, p. 330, et n. 7).

36-146. AU COMTE FEDERIGO SCLOPIS DI SALERANO

Aut., Turin, Biblioteca dell'Accademia delle Scienze, Carteggio Sclopis, 24641-24642. — Publié par Lovenjoul, *Autour*, p. 163-167 ; H. Prior, *Revue de Paris*, 15 janvier 1924, p. 385-386. — *Corr. Gar. III*, n° 1131.

1. Cette lettre a été commencée le 1er septembre, mais la plus grande partie ayant été écrite à la fin de ce mois, nous la plaçons ici

après la lettre au marquis de Saint-Thomas qui nous paraît de peu antérieure.

2. Pour l'itinéraire, *cf.* celui donné à « Louise » (36-128) et à Mme Hanska (*LHB I*, p. 330-331).

3. Le comte Sclopis avait quitté Turin pour Genève le 9 août.

4. Ces volumes sont conservés à la Biblioteca dell'Accademia delle Scienze de Turin, ce sont la troisième édition du *Médecin de campagne* et la deuxième édition du *Livre mystique* qui portent cet envoi autographe : « Offert à Monsieur le Comte Sclopis de Salerano / par un auteur orgueilleux de lui offrir ce livre / de Balzac. / Paris, 1er septembre 1836. » Voir H. Prior, « Balzac à Turin », p. 388-389.

5. Probablement Gustave Adolphe Beugnot (1799-1861), deuxième fils de Jacques Claude, comte Beugnot (1761-1835) ; il séjourna de longues années à Rome, collectionnant les vases étrusques.

6. Voir 36-145, et n. 2.

7. Colla était sourd de l'oreille droite.

8. Ce vœu fut réalisé : en février 1837 Balzac repartait pour l'Italie. Voir la réponse du comte Sclopis du 5 octobre (36-152).

36-147. LOUIS BOULANGER À BALZAC

Aut., Lov., A. 312, ff^{os} 336 et 337 v°. — Publié par M. Regard, *Gustave Planche*, t. I, p. 193, n. 4. — *Corr. Gar. III*, n° 1152.

1. *Ritratto* : portrait, en italien.

2. Balzac projetait de faire graver par Ruhierre son portrait par Boulanger ; Théophile Gautier évoquait ce projet qui ne fut pas réalisé dans son « Courrier de Paris » de *La Presse* (13 octobre 1836) : « Louis Boulanger, le peintre de Pétrarque, fait en ce moment le portrait de M. de Balzac avec la robe de moine qu'il porte habituellement chez lui : cette toile, d'une grande ressemblance, est en outre d'un fort beau caractère et d'une touche tout à fait magistrale ; elle est destinée à être gravée et mise en tête des œuvres de M. de Balzac, dont il n'existe pas d'autre portrait que la charge de Dantan, si l'on peut appeler cette grimace de plâtre un portrait. » Sur Edme Ruhierre, voir t. I de la présente édition, 32-73 et le Répertoire. C'est finalement Paul Chenay qui grava le tableau de Boulanger, mais après la mort de Balzac (eau-forte publiée dans *L'Artiste* du 21 mars 1858).

3. Auguste Depril, domestique de Balzac (voir 36-149, n. 5 et 36-151).

36-148. ÉMILE DE GIRARDIN À BALZAC

Aut., Lov., A. 262, ff^{os} 8-9. — Publié par Lovenjoul, *Genèse*, p. 141-142. — Facsimilé publié par P.-G. Castex, *La Vieille Fille*, Garnier, 1957, pl. 1. — *Corr. Gar. III*, n° 1132.

1. Cette lettre marque la reprise des rapports de Balzac avec Girardin ; *La Vieille Fille* sera l'un des premiers, sinon le premier roman publié en feuilleton dans la grande presse quotidienne révolutionnée par l'apparition de *La Presse* et du *Siècle* à 40 F par an (voir aussi 36-116, n. 1). De nouvelles possibilités vont s'offrir aux romanciers qui, grâce aux journaux à bon marché, pourront toucher un public beaucoup plus large et désormais la plupart des romans de Balzac paraîtront dans un quotidien avant d'être publiés en librairie.

2. La publication commencera le 23 octobre et s'achèvera le 4 novembre 1836.
3. Voir t. I de la présente édition, 34-26, n. 1.

36-149. ÉMILE DE GIRARDIN À BALZAC

Aut., Lov., A. 262, ff⁰ˢ 10 et 11 v⁰. — Publié par Lovenjoul, *Genèse*, p. 142-143. — *Corr. Gar. III*, n⁰ 1133.

 1. Lettre de très peu postérieure à la précédente ; entre les deux, manque une lettre de Balzac.
 2. Balzac imposa finalement l'impression chez Plon.
 3. La rédaction du début du manuscrit de *La Vieille Fille* avait été très rapide, « en trois nuits », écrivait Balzac à Mme Hanska le 30 septembre, mais comme l'a montré P.-G. Castex (*La Vieille Fille*, Garnier, 1957, p. XXXI-XXXII), il ne s'agissait que des vingt-cinq premiers feuillets ; la suite vint quelques jours après, les corrections d'épreuves se prolongèrent et le roman ne commença à paraître que le 23 octobre (voir 36-148, n. 2).
 4. Girardin envoyait en même temps le billet suivant à l'imprimeur Duverger : « Je prie M. Duverger de faire tout ce que lui indiquera M. de Balzac pour *La Vieille Fille*, afin qu'il n'ait à se plaindre d'aucun obstacle, ni d'aucun retard. / Émile de Girardin » (aut., Lov., A. 262, ff⁰ˢ 12-13).
 5. Balzac venait de se réinstaller à Chaillot où la « veuve Durand » cohabitait avec A. de Pril ; ce nouveau surnom de Balzac était emprunté à son valet de chambre Auguste Depril, « cerbère de [s]on taudis » (lettre 36-151).

36-150. LE COMTE FAUSTINO SANSEVERINO À BALZAC

Aut., Lov., A. 319, f⁰ 37. — Publié par H. Prior, *Revue de Paris*, 15 janvier 1924, p. 398. — *Corr. Gar. III*, n⁰ 1134.

 1. Voir 36-151.

36-151. AU COMTE FAUSTINO SANSEVERINO

Publié par H. Prior, *Revue de Paris*, 15 janvier 1924, p. 398. — *Corr. Gar. III*, n⁰ 1135.

 1. L'ambassadeur de Piémont-Sardaigne à Paris. Voir 36-121, n. 1.
 2. La princesse Teresa di Porcia, mère de la comtesse Sanseverino et du prince Alfonso di Porcia, qui sera l'hôte de Balzac à Milan en 1837 et 1838.

36-152. LE COMTE FEDERIGO SCLOPIS DI SALERANO À BALZAC

Aut., Lov., A. 319, ff⁰ˢ 40-40 *bis*. — Publié par Lovenjoul, *Autour*, p. 169-173 ; H. Prior, *Revue de Paris*, 15 janvier 1924, p. 387-388. — *Corr. Gar. III*, n⁰ 1136.

 1. Réponse à la lettre de Balzac du mois de septembre (36-146).
 2. *Di un tempo che fù* : « d'un temps révolu ».

3. Ces lettres n'ont pas été retrouvées. La première de Luigi Colla dont nous disposons date du 22 octobre (36-164).

36-153. ZULMA CARRAUD À BALZAC

Aut., Lov., A. 293, ff^{os} 291-293. — *Corr. Gar. III*, n° 1137.

1. Mme Carraud date du 9 octobre, mais le cachet postal de départ d'Issoudun est du 8 octobre, la date d'arrivée le 10 octobre ne permet pas d'exclure une erreur de la poste d'Issoudun.
2. Lettre perdue comme la quasi-totalité des lettres de Balzac adressées à Auguste Borget ; il y annonçait la mort de Mme de Berny (voir 36-141).

36-154. AUGUSTE BORGET À BALZAC

Aut., Lov., A. 312, ff^{os} 311-312. — *Corr. Gar. III*, n° 1138.

1. On a vu dans la lettre précédente que Borget avait regagné Paris au début d'octobre ; il rendit visite à Balzac qui, en dépit de ses promesses mentionnées dans la lettre du 17 septembre (36-141), lui déclara ne pas être en mesure de le rembourser.
2. Borget était sur le point de quitter la France pour un long voyage autour du monde ; il partait en compagnie d'un certain Guillon, fils d'un exportateur du Havre. Voir 36-165.

36-155. À ADOLPHE ÉVERAT

Aut., Lov., A. 287, f° 24. — Publié par R. Massant, *CHH*, t. XXII, p. 789. — *Corr. Gar. III*, n° 1139.

1. Voir 36-143 et 36-144.
2. Lefebvre et plus loin Jondé sont les protes de l'imprimerie Éverat.
3. Le 29 octobre, Balzac obtiendra d'Adolphe Auzou un délai supplémentaire pour la publication du troisième dixain (voir 36-166).
4. Achille Ricourt, directeur de *L'Artiste*, était déjà en difficulté ; il dut passer la main en 1838 et fit faillite. Voir t. I de la présente édition et le Répertoire.
5. Du troisième dixain.

36-156. À WILLIAM DUCKETT

Aut., MB, inv. BAL 92-12 ; *Collection J. Gabalda*, vente à Paris, Hôtel Drouot, 7-8 avril 1976, Cl. Guérin expert, n° 13. — *Corr. Gar. III*, n° 1140.

1. Balzac, très gêné, n'hésite pas à faire appel à son ancien associé de la *Chronique de Paris* qui, peu après, le poursuivra avec acharnement pour des billets souscrits pour Werdet. Voir 36-192.
2. Ces notices figureront au tome XXXV (p. 461-489) du *Dictionnaire de la conversation et de la lecture*, publié chez Belin-Mandar. Voir *BO*, XXVI, *Rois de France*, p. 469-512.

36-157. WILLIAM DUCKETT À BALZAC

Aut., Lov., A. 254, f° 134. — *Corr. Gar. III*, n° 1141.

1. Ces textes ne furent pas reproduits du vivant de Balzac.

36-158. DÉCLARATION DE MAURICE SCHLESINGER

Aut. (de la main de Balzac), Lov., A. 256, f° 51. — Publié par Maurice Regard, « Balzac est-il l'auteur de *Gambara*? », *RHLF*, octobre-décembre 1953, p. 497-498. — *Corr. Gar. III*, n° 1142.

1. Le titre de *Gambara* apparaît ici pour la première fois; le 16 octobre, la *Revue et gazette musicale de Paris* citait Balzac parmi ses collaborateurs et annonçait la publication prochaine de « *Gambara*, nouvelle musicale »; le 22 octobre, faisant à Mme Hanska le bilan de ce mois bien rempli, Balzac indiquait qu'il avait vendu « 20 colonnes à une revue musicale pour mille francs » (*LHB I*, p. 341); le sujet de sa nouvelle était encore très vague dans l'esprit de Balzac (voir M. Regard, « Balzac est-il l'auteur de *Gambara*? », *RHLF*, octobre-décembre 1953, p. 497-498).

36-159. À MAURICE SCHLESINGER

Aut., inséré dans un exemplaire de l'édition originale de *La 628 E-8* d'Octave Mirbeau, coll. privée. — Publié par Th. Bodin, « Revue bibliophilique », *AB 1988*, p. 426; R. Pierrot, *AB 1991*, p. 36.

a. d'[un fragment *corrigé par surcharge en* une nouvelle] intitulée *aut*.

1. Sans doute du même jour que la déclaration de Schlesinger (36-158). Ce petit texte nous apprend que Balzac avait fixé la longueur de *Gambara* à 20 colonnes de la *Revue et gazette musicale de Paris* et promis son texte pour une publication avant la fin de l'année 1836. Les lettres adressées au même correspondant qui suivent nous rappellent ce qu'il en fut en réalité. Voir aussi 36-202.

36-160. EDMOND WERDET À BALZAC

Aut., Lov., A. 268, f° 265. — Publié par R. de Cesare, *Ottobre 1836*, p. 160-161. — Extrait publié par S. Bérard, *La Genèse d'un roman*, t. II, p. 106. — *Corr. Gar. III*, n° 1143.

1. Avec qui Balzac était en pourparlers en vue du traité signé le 15 novembre suivant (36-174). Voir 36-161.

36-161. À VICTOR BOHAIN

Aut., Lov., A. 286, ff°s 61 et 62 v°; clos par cachet de cire *Bedouck*. — Publié par R. de Cesare, *Ottobre 1836*, p. 178-179 (daté). — *Corr. Gar. V*, n° 2844 (lettre non datée).

1. Ces discussions aboutiront le 15 novembre au traité conclu avec Delloye, Lecou et Bohain (36-174).

36-162. ÉMILE DE GIRARDIN À BALZAC

Aut., Lov., A. 262, ff°s 14 et 15 v°. — Publié par Lovenjoul, *Genèse*, p. 144. — *Corr. Gar. III*, n° 1144.

1. Sans doute vers la mi-octobre.

36-163. HAMMER-PURGSTALL À BALZAC

Aut., Lov., A. 314, ff^{os} 171-172. — *Corr. Gar.* III, n° 1145.

1. Au décès de la comtesse de Purgstall, il venait d'hériter de cette propriété familiale.
2. Cette lettre n'a pas été retrouvée.
3. Voir 36-124, n. 2.
4. Cette forteresse du XVIe siècle, hérissée de tours, située à 11 km au nord de Graz, avait résisté victorieusement aux assauts des Turcs.
5. Voir 36-124, n. 6.
6. *Cf.* « Un homme laborieux et sédentaire. C'est un cul de plomb et une tête de fer » (entrée « Plomb », *Dictionnaire de l'Académie française*, Paris, Firmin Didot, 1835, t. II, p. 438).
7. Son épouse, née Caroline von Henikstein.

36-164. LUIGI COLLA À BALZAC

Aut., Lov., A. 319, ff^{os} 81-82 v°. — *Corr. Gar.* III, n° 1146.

1. Voir lettre 36-146.
2. Homme de loi qui s'occupait également de la succession Guidoboni-Visconti. Voir 38-3.
3. Loi qui figure dans le *Corpus Iuris Civilis* (VII, XIV, 5) et qui « conférait à une action à l'homme libre qui était attaqué par des bruits populaires » (Littré). « Il faut, pour agir du chef de la loi *diffamari*, avoir des droits, non pas à la vérité actuellement ouverts, mais sur le futur exercice desquels on puisse compter avec certitude » (Philippe Antoine Merlin, *Répertoire universel et raisonné de jurisprudence*, Paris, Garnery libraire et J.-P. Roret, 5e éd., 1827, t. IV, p. 587).
4. Colla cite inexactement l'opéra de Métastase créé en 1732 à Venise, *Catone in Utica* (acte II, sc. x) : « *Dov'è costui che rassomigli a Giove ?* » (« Où est-il celui que tu compares à Jupiter ? »)
5. Principe de droit de possession qui dispense de toute autre preuve ; tant que la propriété n'est pas remise en cause par des preuves, la possession est présumée légitime (d'après P. A. Merlin, *Répertoire universel et raisonné*, t. X, p. 320).

36-165. AUGUSTE BORGET À BALZAC

Aut., Lov., A. 312, ff^{os} 320-321. — *Corr. Gar.* III, n° 1147.

1. Le même jour, Borget quittait le Havre à destination de New York ; il resta peu de temps aux États-Unis et visita le Brésil, l'Argentine puis gagna le Chili où il resta plus de six mois (juillet 1837-janvier 1838).

36-166. DÉCLARATION D'ADOLPHE AUZOU

Aut. (de la main de Balzac), Lov., A. 268, f° 164 v°. — Publié par R. Massant, *CHH*, t. XXII, p. 777. — *Corr. Gar.* III, n° 1148.

1. Dans la nuit du 12 décembre 1835, un incendie avait détruit un dépôt de livres sis au 14, rue du Pot-de-Fer ; parmi les ouvrages détruits figuraient plus de 300 exemplaires des deux premiers dixains

des *Contes drolatiques*, ainsi que le stock des 176 premières pages du troixième dixain, imprimées aux frais de Balzac.

2. Ce texte se trouve au verso du traité signé le 29 septembre (36-144).

3. Ces délais ne furent pas respectés (*ibid.*, n. 2).

36-167. LA RÉDACTION DE « LA PRESSE » À BALZAC

Aut., Lov., A. 262, ff^{os} 16 et 17 v°. — Publié par Lovenjoul, *Genèse*, p. 144-145. — *Corr. Gar. III*, n° 1149.

1. Commencée le 22 octobre, la publication de *La Vieille Fille* dans *La Presse* fut interrompue, faute de copie, le 31 ; elle reprit le 1er novembre pour s'achever le 4.

2. Sur la campagne de presse contre *La Vieille Fille*, voir l'introduction de P.-G. Castex, *La Vieille Fille*, Garnier, 1957, p. XXXIII et suiv.

36-168. À CHARLES PLON

Aut., Lov., A. 210, f° 49 v° ; manuscrit du *Secret des Ruggieri*, 2e partie au verso du feuillet numéroté 12 par Balzac. — *Corr. Gar. III*, n° 1150.

1. C'est dans le courant de septembre que Balzac avait conçu *Le Secret des Ruggieri* (voir 36-137) ; le manuscrit conservé au fonds Lovenjoul (A. 210) n'a pas été numéroté de façon continue par Balzac, ce qui semble indiquer une reprise après interruption de la rédaction de ce texte. Ce billet et le suivant figurent au verso de feuillets de la deuxième partie du manuscrit, ce qui nous incite à dater d'octobre ou peut-être de novembre, postérieurement à la rédaction des premières pages écrites « en une seule nuit ».

2. Dans le manuscrit Lov., A. 210, après ce feuillet numéroté 12 par Balzac, viennent cinq autres feuillets qui sont loin de terminer le texte de la nouvelle.

36-169. À CHARLES PLON

Aut., Lov., A. 210, f° 54 v° ; manuscrit du *Secret des Ruggieri*, 2e partie au verso du feuillet numéroté 17 par Balzac. — *Corr. Gar. III*, n° 1151.

1. Billet de peu postérieur au précédent.

2. Balzac, en livrant en retard cette partie de son texte, avait donc renoncé à faire paraître *Le Secret des Ruggieri* inédit dans la troisième livraison des *Études philosophiques* comme l'indiquait cette « Note pour le metteur en page » qui figure sur le premier feuillet de son manuscrit (Lov., A. 210, f° 6) : « Comprenez les titres du volume de la 1ère feuille mettez en page et non en placards et en châssis surtout. » Il précisait ensuite le libellé du titre, faux titre et dos de ce tome XIII des *Études philosophiques*. *Le Secret des Ruggieri* commença à paraître dans la *Chronique de Paris* du 4 décembre 1836.

36-170. MARGARET PATRICKSON À BALZAC

Aut., Lov., A. 319, f° 68.

1. Une seule œuvre de Balzac contient à la fois les mots *ladies*,

whist et *rubber*: *La Vieille Fille*. Nous datons ainsi de fin octobre — début novembre 1836, en raison des dates de la publication en préoriginale dans *La Presse*, dans laquelle Balzac avait orthographié ces mots *lady's*, *wisth* et *robber*. Suite à cette « leçon d'anglais », les corrections seront faites dans l'édition originale qui paraîtra en février 1837.

2. *Whist* : whist (jeu de cartes, ancêtre du bridge) ; *rubber* : partie de deux manches, qui a donné en français *rob* ou *robre*.

36-171. À ALPHONSE KARR

Aut., MB, inv. BAL 69 ; acquis à la vente de la *Bibliothèque Pierre Duché, deuxième partie, Honoré de Balzac*, Paris, Hôtel Drouot, 6 novembre 1972, Cl. Guérin expert, n° 23 ; sur papier à en-tête de la *Société des dictionnaires et des livres d'utilité et d'éducation.* — Publié en fac-similé par L. de Royaumont, *Pro Domo (La Maison de Balzac) : Histoire et description, catalogue du musée, nombreuses illustrations*, suivi de *Comment a été fondée la Maison de Balzac*, Paris, E. Figuière, 1914, p. 104-105. — *Corr. Gar. III*, n° 1153.

1. L'autographe est daté deux fois, du 2 novembre en tête et du 12 avant le *post scriptum* ; la date du 2 est la plus vraisemblable.

2. Le *Figaro* dirigé par Alphonse Karr reparaissait depuis le 1ᵉʳ octobre 1836 ; sa publication fut interrompue plusieurs fois. Voir le Répertoire.

3. Cette publication n'eut pas lieu ; *La Haute Banque* devenue *La Maison Nucingen* paraîtra chez Werdet en septembre 1838 avec *La Femme supérieure* et *La Torpille*. Le titre *Les Artistes* ne vit jamais le jour.

4. Balzac donna finalement au *Figaro César Birotteau*, qui ne fut pas publié en feuilleton, mais en deux volumes in-8° donnés comme prime aux abonnés à la fin de 1837 (voir 36-106, n. 5). Le *Figaro* racheta aussi le stock de l'édition in-12 des *Études philosophiques* et 9 volumes des *Études de mœurs* qui serviront également de prime.

5. Voir 36-173.

36-172. AU MARQUIS FÉLIX DE SAINT-THOMAS

Aut., MB, inv. BAL 99-727. — Publié avec fac-similé par Thierry Bodin, *CB*, n° 81, 2000, p. 23-25. — *Corr. Gar. III*, n° 1154 (sur une copie).

1. Balzac envoie à titre d'autographe le texte corrigé des dix premières feuilles du troisième dixain, c'est-à-dire celles dont la composition avait été détruite dans l'incendie de la rue du Pot-de-Fer (voir 36-166, n. 1). Le volume dont il est ici question n'a pas été retrouvé par le vicomte de Lovenjoul. Balzac a offert à un certain Loiseau (voir 36-195, n. 1) d'autres épreuves de ces dix premières feuilles (Lov., A. 40).

2. En réponse à des renseignements demandés par F. de Saint-Thomas, le marquis de Brignole-Sale, ambassadeur de Piémont-Sardaigne à Paris, lui avait écrit, en date du 23 octobre 1836 : « Mon cher Marquis [...] depuis le retour de Mr de Balzac à Paris, je ne l'ai vu qu'une fois chez moi. Vous savez qu'il n'y a guère de sociétés à Paris, pas plus qu'ailleurs dans la saison qui vient de passer de sorte qu'on ne se rencontre que difficilement. Il demeure au bout du monde près de l'Observatoire et encore est-on à peu près sûr de ne pas le trouver chez lui, car, à ce qu'on dit, il change souvent [de] domicile dans la journée. Il est hors de doute à ce que l'on m'assure,

que la personne qui l'a accompagné dans son voyage en Piémont n'est pas Mme du Devant ; mais mes recherches pour savoir qui elle était sont demeurées sans résultat. Il ne m'en a jamais parlé lors de son départ, et ce silence, joint aux changements fréquents et extraordinaires de toilette de la personne en question, ne me permettent pas de faire à son égard des conjectures trop favorables » (aut., Turin, Archivio della Provincia, Fondo Carron da Saint-Thomas ; publié par R. de Cesare, *Ottobre 1836*, p. 209).

3. Voir 36-151.

4. L'histoire de Béatrix Cenci avait passionné les romantiques. Après la tragédie de Shelley (1819), en octobre 1829 le marquis de Custine avait publié une édition privée tirée à petit nombre de *La Cenci* et l'avait envoyée à Stendhal. Reprenant ce poème élégiaque, Custine, sur le même sujet, écrit un drame, *Beatrix Cenci*, qui sera retiré de la scène le 21 mai 1833 après la troisième représentation ; de son côté Stendhal en faisait une chronique italienne publiée dans la *Revue des Deux Mondes* du 1er juillet 1837 (t. XI, p. 5-32) : *Les Cenci, histoire de 1599*. Balzac lui aussi songea à écrire sur ce sujet une tragédie en cinq actes (*Pensées, sujets, fragmens*, f° 50 du fac-similé, Lov., A. 182), mais y renonça assez vite, semble-t-il. Il compare Béatrix Cenci, « jeune fille sublime », et Pierrette Lorrain à la fin de *Pierrette* (*CH IV*, p. 165). La brochure demandée par Balzac est difficile à identifier ; ne serait-ce pas l'*Histoire de la famille Cenci, ouvrage traduit sur l'original italien trouvé dans la Bibliothèque du Vatican par M. l'abbé Angelo Maio, son conservateur* ? Mais cette brochure a été imprimée à Paris en 1823 et non à Rome ; Angelo Maio n'y était pour rien, mais l'attribution de cette mystification à Stendhal ou à Mérimée est controversée (voir H. Martineau, *L'Œuvre de Stendhal*, Le Divan, 1945, p. 497-500).

5. Alexandre Cailloux, dit Alphonse de Cailleux (Rouen, 31 décembre 1788-Paris, 24 mai 1876), collaborateur du baron Taylor pour la publication des *Voyages pittoresques de l'ancienne France*.

36-173. ÉMILE DE GIRARDIN À BALZAC

Aut., Lov., A. 262, f° 18. — Publié par Lovenjoul, *Genèse*, p. 145. — *Corr. Gar. III*, n° 1155.

1. Voir 36-171.

2. À la suite de protestations de lecteurs de *La Presse*, mécontents des « audaces » de *La Vieille Fille*, Girardin demanda à Balzac de remplacer *La Torpille* par *La Haute Banque* (voir 36-179 et 36-184) ; cette dernière œuvre fut également refusée par Girardin pour des raisons de convenances. Le nom de Balzac reparut dans le *Feuilleton de La Presse* le 1er janvier 1839 avec *Le Curé de village*.

36-174. TRAITÉ AVEC HENRY LOUIS DELLOYE, VICTOR LECOU ET VICTOR BOHAIN

Aut., Lov., A. 269, ff°s 3-6. — Publié par M. Bardèche, *CHH*, t. X, p. 461-472. — *Corr. Gar. III*, n° 1156.

1. Voir 36-123.

2. Cette livraison ne vit le jour qu'en février 1837.

3. Sur cette assertion, voir la lettre 36-137, et notes. Rappelons

que la troisième livraison des *Études philosophiques* seule a paru avec des couvertures de relais au nom de Delloye et Lecou en 1837 ; il fallut attendre 1840 pour que Souverain mette en vente la quatrième livraison.

4. Voir t. I de la présente édition, 35-43 pour *Le Père Goriot* ; 35-75 pour *Le Lys dans la vallée* et ici, 36-4 pour *Le Médecin de campagne*.

5. Voir 36-3.

6. Voir 36-144.

7. Voir t. I de la présente édition, 34-29.

8. Voir 36-173.

9. Voir 36-171.

10. Il s'agit de *Gambara* ; voir 36-158.

11. Voir 36-156 et 36-157.

12. Voir 34-107 et l'entrée Ollivier dans le Répertoire du t. I de la présente édition.

13. Nous n'avons pas le détail des sommes versées à Balzac avant son départ pour la Touraine le 20 novembre ; mais il toucha certainement des sommes substantielles qui lui permirent de régler ses affaires avec Werdet et de payer ses dettes les plus criantes.

14. Cet engagement fut à peu près tenu, mais pas au profit de Delloye et Lecou qui cédèrent leurs droits à d'autres éditeurs, Souverain en particulier.

36-175. À THÉODORE DABLIN

Aut., ancienne coll. Sacha Guitry qui l'avait publié avec fac-similé dans *Le Courrier de Monsieur Pic*, n° 3, 5 mai 1920, p. 38-39. — Nouveau fac-similé, *CB*, n° 34, 1989, p. 41-43. — *Corr. Gar. III*, n° 1157.

1. On comparera ce bulletin de victoire avec celui envoyé huit jours après, de Tours, à Mme Hanska : « Ce traité est mille fois plus avantageux que celui de M. de Chateaubriant [*sic*] » (*LHB I*, p. 349). Le 22 mars 1836 Chateaubriand avait constitué avec Delloye une société en participation ; il lui cédait la propriété littéraire de ses *Mémoires* qui ne pourraient être publiées qu'après sa mort, en échange il avait reçu 156 000 F comptant et une rente viagère de 12 000 F. Le 21 avril 1836, un nouvel arrangement avait créé « une société en commandite par actions pour l'exploitation des *Mémoires et Œuvres inédites* de M. de Chateaubriand ». Cette société prenait à sa charge la rente viagère stipulée dans l'accord précédent. Voir *Chateaubriand (1768-1848). Exposition du centenaire*, Bibliothèque nationale, 1948, n°s 586-587. Les accords passés par Delloye avec Chateaubriand et Balzac présentaient quelques similitudes, mais Chateaubriand avait remis le manuscrit des *Mémoires d'outre-tombe* entre les mains d'un notaire, Balzac en dehors des réimpressions promettait des manuscrits qui restaient à écrire.

2. D'après Bouvier et Maynial (p. 243), Balzac devait à cette époque 24 000 F à Mme Delannoy, 5 000 à Dablin et 40 000 à sa mère.

36-176. AU DOCTEUR NACQUART

Aut., Lov., A. 310, f° 33. Au bas de la page, le Dr Nacquart a noté : « 16 9bre 1836, écrit le 26 ». — *CaB 8*, n° 24. — *Corr. Gar. III*, n° 1158.

36-177. ÉMILE REGNAULT À BALZAC

Aut., Lov., A. 316, ff⁰ˢ 18-19. — Publié par R. de Cesare, *Novembre 1836*, p. 80-81.

1. Cette lettre n'a pas été retrouvée.
2. Au début de 1836, Balzac avait entraîné de nombreux amis et relations dans l'aventure de la *Chronique de Paris*, parmi lesquels comptaient Werdet et Regnault. Afin de financer les souscriptions de ces actionnaires désargentés, Balzac les avait convaincus de mettre en place un système de billets à ordre de complaisance, avec avals croisés. Cette cavalerie ne pouvait mener qu'à un désastre ; voir 36-139, 36-192 et 36-193.
3. En 1837, Regnault épousera Lucile Deshommes (1819-1869), fille d'un pharmacien de Moulins.
4. La cuisinière de Balzac ; voir 36-135, n. 1.
5. Le 9 décembre 1835, prête-nom de Balzac, Regnault avait signé avec Souverain un traité pour une édition des *Œuvres complètes de feu Horace de Saint-Aubin* ; voir t. I de la présente édition, 35-162.

36-178. JULES SANDEAU À BALZAC

Aut., Lov., A. 316, ff⁰ˢ 106-107 v⁰. — Publié par M. Silver, *Jules Sandeau*, p. 83. — *Corr. Gar. III*, n⁰ 1159.

1. Sandeau n'avait donc encore rien remboursé à Balzac.
2. Anna de Massac, maîtresse de Sandeau, amie de Caroline Marbouty.
3. Pour son appartement de la rue Cassini qu'il avait abandonné en mars précédent ; voir 36-34.

36-179. LA RÉDACTION DE « LA PRESSE » À BALZAC

Aut., Lov., A. 262, ff⁰ˢ 19 et 20 v⁰ ; sur papier à en-tête de *La Presse*. — Publié par Lovenjoul, *Genèse*, p. 145-146. — *Corr. Gar. III*, n⁰ 1160.

1. Sur l'accueil défavorable fait à *La Vieille Fille*, voir l'introduction de P.-G. Castex à ce roman, Garnier, 1957, p. XXXII-XXXIV.

36-180. DÉCLARATION D'EDMOND WERDET

Aut. (de la main de Balzac, sauf la signature), Lov., A. 268, f⁰ 262 ; en travers d'un compte général de Balzac chez Werdet depuis le 14 juillet 1834 jusqu'à septembre 1836 dont le solde débiteur était de 12 698,25 F. — *Corr. Gar. III*, n⁰ 1161.

1. Grâce aux avances reçues de Delloye, Lecou et Bohain, Balzac règle ses comptes avec Werdet et éponge une dette de plus de 12 000 F.

36-181. DÉCLARATION D'EDMOND WERDET

Aut. (de la main de Balzac, sauf la signature), Lov., A. 268, f⁰ 263. — *Corr. Gar. III*, n⁰ 1162.

1. « Lorsqu'une lettre de change payable à un particulier, et non au porteur, ou ordre, est adirée, le payement en peut être poursuivi et fait en vertu d'une seconde lettre, sans donner caution, en faisant

mention que c'est une seconde lettre, et que la première ou autre précédente demeurera nulle » (Diderot et D'Alembert, *Encyclopédie, ou Dictionnaire raisonné des sciences, des arts et des métiers*, I, 139, s. v. « adirer »).

2. Plusieurs de ces billets avaient été endossés ; impayés et protestés, ils créèrent de graves ennuis à Balzac.

36-182. DÉCLARATION DE BUISSON, CAUVIN ET WERDET

Aut. (de la main de Balzac), Lov., A. 268, f° 165. — *Corr. Gar. III*, n° 1163.

1. Ce délai ne fut pas respecté ; voir 37-6.

36-183. PIERRE DERAY À BALZAC

Aut. (entièrement de la main de Balzac, hormis la formule finale, de la main du signataire), Lov., A. 322, f° 34. — Publié par R. de Cesare, *Novembre 1836*, p. 49.

1. La taxe pour « portes et fenêtres », payée par les propriétaires et récupérée sur les locataires, était de 9 francs par trimestre pour le logement de la rue Cassini.
2. Le déménagement avait déjà commencé quelques jours auparavant, les 14 et 17 novembre (voir Lov., A. 334, f° 15 r°), pour se terminer le 22 avec le transport de la vaisselle et des vins.

36-184. ÉMILE DE GIRARDIN À BALZAC

Aut., Lov., A. 262, ff^os 21-22 ; sur papier à en-tête de *La Presse*. — Publié par Lovenjoul, *Genèse*, p. 146-147. — *Corr. Gar. III*, n° 1164.

1. « M. de Balzac fera pour le *Figaro* ce qu'il voudra, comme il le voudra et quand il le voudra. / É. de Girardin. / 16 9bre » (Lov., A. 262, f° 23).
2. Voir 36-148.

36-185. JULIEN LÉPINAY À BALZAC

Aut., Lov., A. 314, ff^os 363-374. — Publié intégralement par Judith Lyon-Caen, *La Lecture et la Vie. Les usages du roman au temps de Balzac*, Tallandier, 2006, p. 295-314. Nous effectuons de nombreuses coupes dans cette très longue lettre de 24 pages manuscrites, d'une écriture serrée.

1. Balzac a-t-il pris la peine de lire cette saga qu'il trouva dans son courrier, en rentrant de Touraine le 1er décembre ? Julien Lépinay raconte avec force détails son enfance, son adolescence et sa vie de jeune homme ; il émaille son récit de nombreuses locutions dans le patois de la Mayenne. Il a lu *La Peau de chagrin*, *Louis Lambert* et les *Contes drolatiques*.
2. À cette adresse se trouvait un meublé qui portait l'enseigne : Hôtel d'Anjou.

36-186. FRANÇOIS GÉRARD À BALZAC

Aut., Lov., A. 314, f° 64 (lettre envoyée comme autographe à Mme Hanska en janvier 1837 quelques jours après le décès du baron Gérard, le 11 janvier [*LHB I*, p. 359 et suiv.]). — *Corr. Gar. III*, n° 1165.

1. Balzac avait assisté à une brillante soirée chez Gérard, le mercredi 2 novembre (voir la Chronologie), et il avait dû s'excuser de son absence les mercredis suivants. Il reparut chez Gérard le 14 décembre (voir Antoine Fontaney, *Journal intime*, éd. René Jasinski, Les Presses françaises, 1925, p. 213). Le 20 novembre, Balzac était parti pour un bref séjour en Touraine durant lequel, probablement le 26, il rendit visite à Talleyrand au château de Rochecotte ; il n'eut pas l'heur de plaire à la duchesse de Dino. On lit dans sa *Chronique*, en date du 28 novembre : « M. de Balzac, qui est un Tourangeau, est venu dans la contrée pour y acheter une petite propriété. Il s'est fait amener ici par un de mes voisins. Malheureusement, il faisait un temps horrible, ce qui m'a obligée à le retenir à dîner. J'ai été polie, mais très réservée. Je crains horriblement tous les publicistes, gens de lettres, faiseurs d'articles ; j'ai tourné ma langue sept fois dans ma bouche avant de proférer un mot, et j'ai été ravie quand il a été parti. D'ailleurs il ne m'a pas plu. Il est vulgaire de figure, de ton, et je crois de sentiments ; sans doute, il a de l'esprit, mais il est sans verve ni facilité dans la conversation. Il y est même très lourd ; il nous a tous examinés et observés de la manière la plus minutieuse, M. de Talleyrand surtout. / Je me serais bien passée de cette visite, et, si j'avais pu l'éviter, je l'aurais fait. Il vise à l'extraordinaire, et raconte de lui-même mille choses auxquelles je ne crois nullement ! » (Duchesse de Dino, *Chronique de 1831 à 1862*, Paris, Plon, 1909-1910, t. II, p. 108-109). *Cf.* le récit de cette rencontre à celui conté à Mme Hanska (*LHB I*, p. 355-356) : Balzac était de retour à Paris, le 1ᵉʳ décembre.

36-187. LA COMTESSE APPONYI À BALZAC

Aut., Lov., A. 312, ff^os 88-89. — Publié par Marcel Bouteron, « Balzac et les Apponyi », *Nouvelle Revue de Hongrie*, t. LIII, octobre 1935, p. 302. — *Corr. Gar. III*, n° 1166.

1. Du « désordre » en Angleterre (*rout*), on en vint à *raout* pour désigner une « réunion mondaine » en France (d'après le *TLF*).

36-188. EDMOND WERDET À BALZAC

Aut., Lov., A. 268, f° 264. — *Corr. Gar. III*, n° 1167.

1. Aux abois, Werdet avait vendu le stock des deux premières livraisons des *Études philosophiques*, mais les détails de cette opération nous échappent.

36-189. TRAITÉ AVEC VICTOR LECOU

Aut., Lov., A. 269, f° 7. — *Corr. Gar. III*, n° 1168.

36-190. MAX BÉTHUNE À BALZAC

Aut., Lov., A. 312, ff^os 227-228 ; sur papier à en-tête du *Dictionnaire de la conversation et de la lecture*. — *Corr. Gar. III*, n° 1169.

1. La *Chronique de Paris* où *Le Secret des Ruggieri* paraissait depuis le 4 décembre. Voir 36-169, n. 2.

2. Un examen attentif de la *Chronique de Paris* ne nous a pas permis d'éclairer cette phrase.

36-191. ZULMA CARRAUD À BALZAC

Aut., Lov., A. 293, ff^{os} 296-297. — *Corr. Gar. III*, n° 1170.

1. Sur *Le Privilège*, projet de roman historique non abouti, voir t. III de la présente édition et l'Index.
2. Le logeur de Borget qui habitait 28, rue des Bons-Enfants ; voir t. I de la présente édition, 33-210 et 35-58.

36-192. WILLIAM DUCKETT À BALZAC

Aut., Lov., A. 254, ff^{os} 142 et 143 v° ; sur papier à en-tête du *Dictionnaire de la conversation et de la lecture*. — Fac-similé publié dans *JS*, n° 27, p. 12 et 14 ; R. de Cesare, *Dicembre 1836*, p. 23-24.

1. Balzac n'ayant pu payer ses dettes, les rapports avec Duckett s'envenimèrent ; ce dernier le poursuivit avec l'aide d'un garde du commerce qui retrouva Balzac réfugié chez la comtesse Guidoboni-Visconti. Cette dernière, en payant, lui évita la prison pour dettes. Voir 37-124 (et notes) et la lettre de Victor Lecou (37-132).

36-193. ÉMILE REGNAULT À BALZAC

Aut., Lov., A 316, f° 23. — Publié par R. de Cesare, *Dicembre 1836*, p. 66.

36-194. À THÉODORE DABLIN

Aut., coll. privée (consulté en 1975). — *Corr. Gar. III*, n° 1171 (sur une copie).

1. Ses démêlés financiers avec Duckett pour les suites de l'affaire de la *Chronique de Paris* ; voir 36-192 et 37-13.

36-195. À ALBERT MARCHANT DE LA RIBELLERIE

Aut., Lov., A. 287, ff^{os} 265 et 266 v°. — *Corr. Gar. III*, n° 1172.

1. Volume offert à cet ami tourangeau qui l'avait présenté à Talleyrand (36-172, n. 1).
2. Il s'agit de l'un des frères Cassin, condisciples de Balzac à Vendôme ; voir le Répertoire du tome I de la présente édition.
3. Au cours de son voyage en Touraine, Balzac avait fait l'acquisition d'un cadre ancien destiné à son portrait par Boulanger ; voir 37-5.

36-196. PIERRE DERAY À BALZAC

Aut. (entièrement de la main de Balzac, sauf la formule finale), Lov., A. 322, f° 47.

1. Balzac avait effectué son déménagement de la rue Cassini entre le 14 et le 22 novembre (voir 36-183, n. 2) ; le 19 il avait réglé d'avance à Pierre Deray neuf mois de loyer pour la période du 1er janvier au 30 septembre 1837, au titre d'un nouveau bail qu'il fera souscrire le 4 janvier par sa mère (voir 37-3). Cette décharge était sans doute nécessaire pour le transfert de son domicile, rue des Batailles à Chaillot.

36-197. AU COMTE
ET À LA COMTESSE SANSEVERINO

Publié d'après l'aut., Moscou, Archives d'État, album Golitzine. — Traduit en russe par L. Grossmann, « Bal'zac v Rossii », *Literaturnoe Nasledstvo*, t. XXXI-XXXII, 1937, p. 348. — *Corr. Gar. III*, n° 1178.

1. L'allusion à un renseignement sur « le pays de Milan » permet de placer ce billet pendant le séjour à Paris du comte Faustino et de la comtesse Fanny Sanseverino (voir 36-150 et 36-151), avant le voyage de Balzac à Milan. Raffaele de Cesare (*Dicembre 1836*, p. 70-71) a cité une lettre de la comtesse Fanny au marquis de Saint-Thomas, en date du 10 décembre 1836, où elle évoque une visite à Balzac dans son « élégante mansarde » ; on peut dès lors placer ce billet après cette visite, de peu antérieure au 10 décembre, et le placer à la fin du même mois, sans exclure totalement les premiers jours de 1837.

36-198. « LOUISE ABBER » À BALZAC

Aut., Lov., A. 318, f° 90. — *CaB 3*, n° 10.

1. Il ne s'agit donc pas de la première lettre de cette correspondante dont seules trois lettres — difficilement datables — semblent avoir été conservées (voir 36-199 et 36-200). Celles de Balzac n'ont malheureusement pas été retrouvées.
2. C'est le nom « qui n'existe pas » utilisé par cette correspondante anonyme pour recevoir les lettres adressées par Balzac.
3. Étaient joints à cette lettre trois feuillets in-8°, écrits recto verso d'une fine écriture (ff°s 87-89). Nous ne reproduisons pas ces « fragments biographiques » dans lesquels « Louise Abber » confie les « premières sensations de [sa] vie », son admiration pour Napoléon. Elle admire Gros, David, Gérard, Guérin, Girodet, Prud'hon, « vrais artistes, hommes de conviction, aspirant et exhalant le génie » ; elle a été bercée par « les doux chants » de Delille, et les « républicains transports » de Chénier, le bon, doux, honnête Andrieux « ont éveillé [sa] jeune vie ». Le texte intégral de ces confessions a été publié par Marcel Bouteron, *CaB 3*, p. 33-38.

36-199. « LOUISE ABBER » À BALZAC

Aut., Lov., A. 318, ff°s 81-82. — *CaB 3*, n° 11.

1. *Cf.* ce que Balzac écrivait à une autre « Louise » : « n[ous] avions donc une sympathie de plus, c'était de souffrir à l'insu l'un de l'autre, ensemble » (36-127).
2. La suite des « fragments biographiques » (voir 36-198, n. 3) ; les confidences se font plus intimes, la correspondante y confesse des amours adultères, « ah ! Monsieur, quelles pages à écrire ! [...] Ah ! Monsieur, de grâce, peignez ce que doit éprouver une femme coupable d'une pareille faute, serrée sur le cœur de son père qui, connaissant les souffrances de sa vie d'épouse, la loue, la remercie de sa vie qu'il croit pure, les respects de sa famille, qu'elle mérite si peu, la présence de sa fille, reproche continuel, le remords qui comme un

cancer continuellement la torture, rendent sa vie horrible, je vous en supplie, traitez cette affreuse position. Que faire lorsqu'on en est arrivé là ? » (*CaB 3*, p. 42-46).

3. Le papier à lettres est frappé d'un monogramme dont les initiales ont été soigneusement détruites par déchirure du papier.

36-200. « LOUISE ABBER » À BALZAC

Aut., Lov., A. 318, ff^{os} 34-35. — *CaB 3*, n° 12. — Publié avec fac-similé par S. Vachon, *CB*, n° 100, 2005, p. 98-101.

1. Trois chapitres de *La Vieille Fille* avaient été publiés en feuilleton dans *La Presse*, du 23 octobre au 4 novembre.
2. Dans *La Vieille Fille*, Athanase Granson, amoureux de Rose Cormon, se suicida par noyade dans la Sarthe.

36-201. AU PROTE MAIGNAN

Aut., aimablement communiqué par Pierre Berès ; ce billet figure sur le faux titre d'un jeu d'épreuves du chapitre 1 du *Secret des Ruggieri*, offertes à la marquise de Saint-Thomas le 9 février 1837 (37-23). — Publié dans *Bulletin Pierre Berès*, n° 17, 25 septembre 1959. — *Corr. Gar. III*, n° 1176.

1. L'impression du tome XIII avait été commencée chez Béthune et Plon (voir 36-137, n. 5, 36-168 et 36-169) ; pour des raisons qui nous restent obscures le volume fut finalement repris par Baudouin comme le prouvent ces lignes adressées au prote de cette imprimerie. La date de la dédicace du volume permet de dater de décembre 1836 ou de janvier 1837.

36-202. À MAURICE SCHLESINGER

Aut., coll. privée ; billet inséré dans un exemplaire des *Portraits contemporains* de Théophile Gautier (Paris, Charpentier, 1874). — Publié par Th. Bodin, « Revue bibliophilique », *AB 1977*, p. 390 ; R. Pierrot, *AB 1991*, p. 36-37.

1. Bien que l'autographe porte, d'une main inconnue, une note ancienne « 1837 », rien ne prouve que ce billet ne soit pas de 1836, après le 13 octobre. L'année 1837, avant l'achèvement de la publication dans la *Revue et gazette musicale*, revue de Schlesinger, est possible également, comme le propose la note ancienne.

36-203. À ALBERT MARCHANT DE LA RIBELLERIE

Aut. ; un feuillet rempli aux trois-quarts ; le début et la fin manquent. En bas du feuillet, note au crayon, d'une main non identifiée, écrite tête-bêche : « Balzac ton grand nom littéraire manque à ces qlqs lignes-là à tes œuvres manque aussi un doux caractère et c'est celui de Mélina. » — Texte communiqué par Jacques Lambert, le 4 juin 1974. — Publié par R. Pierrot, « Balzac et ses condisciples du collège de Vendôme », *Bulletin de la Société archéologique, scientifique et littéraire du Vendômois*, 2001, p. 64.

1. Le 23 novembre 1836, Balzac avait écrit de Tours à Ève Hanska que la Grenadière lui avait échappé et qu'il était en marché pour une vigne qui lui « permettra de bâtir sans dépenser autant d'argent » (*LHB I*, p. 351). Le 3 juin 1837, il envisageait de quitter Chaillot et la rue Cassini pour la Touraine (*ibid.*, p. 387). Le 1er septembre 1837, il lui écrivait : « Je renonce à la Touraine » (*ibid.*, p. 404).

2. Sa sœur Honorine Marchant et leur beau-père Baptiste d'Outremont de Minières, second mari de Marie-Albertine-Désirée La Roche de La Ribellerie.

3. Amédée Faucheux (Blois, 1796-Tours, 1859), leur ancien condisciple du collège de Vendôme, avocat à Tours.

36-204. UNE RÊVEUSE À BALZAC

Aut., Lov., A. 318, f° 94.

36-205. [SAUVET?] À BALZAC

Aut., Lov., A. 316, ff^{os} 131-132.

1. Nous n'avons pu identifier ce correspondant dont la lecture de la signature reste conjecturale. La nouvelle proposée par Balzac et la revue à laquelle elle était destinée restent également à être identifiées. Nous datons — avec réserve — de 1836 (voir n. 2), sans exclure une date plus tardive.

2. Après un début de publication dans la *Revue de Paris* de novembre et de décembre 1835, *Le Lys dans la vallée* ne paraîtra en volume qu'en juin 1836. *Le Petit Courrier des dames* publiera deux courts extraits en février 1836.

36-206. À MADAME ***

Aut. ; vente sur cat. en 2006 par Kenneth W. Rendell Gallery, New York.

1. Ce billet, sans adresse et sans date, est bien difficile à identifier. Le graphisme de la signature nous incite à proposer, avec réserve, les années 1836 ou 1837.

36-207. LE VICOMTE DE GINESTET À BALZAC

Aut., Lov., A. 314, f° 68. — Extrait publié par M. Regard, *Gambara* ; *CHH XV*, p. 31.

1. Il venait d'acheter le château de La Vaudoire à Sartrouville.

1837

37-1. À ZULMA CARRAUD

Aut., Lov., A. 293, ff^{os} 99-100. — *Corr. Gar. III*, n° 1189.

1. Les 50 000 F avancés par Delloye et Lecou à la suite du traité du 15 novembre 1836 (36-174). Le 27 décembre, Balzac écrivait à Mme Hanska : « Je me suis trompé dans mes évaluations de dettes. On m'a donné 50 000 francs ; il m'en faut encore 14 000, puis 7 000 pour une garantie imprudemment donnée pour Werdet. Mais je sens que le théâtre et deux belles œuvres me sauveraient » (*LHB I*, p. 360).

37-2. LA DUCHESSE D'ABRANTÈS À BALZAC

Lettre manquante, ayant trait à un article de Balzac, hostile au livre de

Mme de Girardin, attestée par une lettre de la duchesse d'Abrantès à un général datée du 3 janvier 1837 (aut., MB, inv. BAL 03-40). On lit à la fin de la lettre : « À propos d'*amitié* ; je ne veux pas que M. de Balzac puisse accuser la mienne — je suis sûre que cette pièce peut le blesser au cœur. Il ne faut pas qu'il demeure un ennemi de l'hôtel Castellane. Croyez-moi — Je le connais de l'enfance. Il a un un [*sic*] cœur parfait mais il a aussi de la vanité et cette vanité l'a portée [*sic*] vous devez vous en rappeler à faire un article sanglant sur Mme Girardin pour *la canne de* croyez-en mon avis attendez pour décider la pièce qu'il dise lui-même que cela lui plaît et qu'il le dise catégoriquement et non par ouï-dire. Prenez garde à Mme Gay vous allez encore dire que je suis comme les gens qui ont la jaunisse et voient tout jaune ! non. — Mais sa fille a été *battue* par Balzac pour le roman de la canne, et elle serait charmée qu'un autre fût battu comme elle. Prenez-y garde : Croyez-moi toujours parce que l'amitié seule me guide. J'ai écrit à Balzac et j'attends sa réponse ».

37-3. À MADAME B.-F. BALZAC

Aut., Lov., A. 277, f° 7 ; le bail est rédigé sur papier timbré à 35 centimes. — *Corr. Gar. III*, n° 1181 (publié sans le bail).

1. Auguste Depril, valet de chambre de Balzac.
2. Ce règlement d'avance des neuf mois de loyer avait été effectué par Balzac à Pierre Deray, dès le 19 novembre 1836 (voir 36-183).

37-4. À MAURICE SCHLESINGER

Aut., coll. privée. — Publié par R. Pierrot, *AB 1991*, p. 37-38.

1. Le 13 octobre 1836, Balzac avait vendu à Maurice Schlesinger le droit de publier dans la *Revue et gazette musicale de Paris* « une nouvelle intitulée *Gambara* » (voir 36-158). Cette lettre nous apprend, à sa date autographe, que Schlesinger avait écrit plusieurs fois à Balzac pour lui réclamer la copie promise pour la fin de 1836. Il avait, dans le numéro du dimanche 1ᵉʳ janvier 1837, annoncé pour le 8 le début de la publication de *Gambara ou la Voix humaine*. Voir l'Histoire du texte, *CH X*, p. 1431-1432. Balzac, réellement souffrant, s'était réfugié à Chaillot, sous le nom de veuve Durand, et recevait mal le courrier envoyé rue Cassini. Il ne tint pas le calendrier promis ici : fourniture de la copie « lundi prochain », c'est-à-dire le 9 janvier pour commencer à paraître le 15 et s'achever le 22, n'envisageant encore que deux articles (finalement la copie s'étendit et la publication fut répartie en cinq numéros). Balzac disait encore, le 15 janvier, avoir été malade depuis décembre (*LHB I*, p. 360) et tarda à achever sa rédaction. Comme on le sait, une partie de la composition typographique de *Gambara* fut détruite dans un incendie chez l'imprimeur Éverat durant la nuit du 6 au 7 février 1837.

37-5. À ALBERT MARCHANT DE LA RIBELLERIE

Aut., BM de Châteauroux, coll. Edme Richard. — *Corr. Gar. III*, n° 1182.

1. Berrué, expéditionnaire de Tours (voir 36-195 et 37-27).
2. Voir 36-195 et 37-10.
3. Balzac changea d'avis ; il garda le manuscrit d'*Illusions perdues* auquel il avait travaillé à Tours pendant son séjour de la fin de novembre 1836 et offrit à son ami de collège des épreuves du *Secret des Ruggieri* (voir 37-26).

37-6. EDMOND WERDET À BALZAC

Aut., Lov., A. 268, ff⁰ⁿ 270-771. — Publié par S. Bérard, *La Genèse d'un roman*, t. II, p. 295, n. 2. — *Corr. Gar. III*, n° 1183.

1. L'expression « les *Illusions* sont terminées » permet de dater de janvier 1837. Voir S. Bérard, *La Genèse d'un roman*, t. II, p. 283 et suiv.
2. Dans le tome VII des *Études de mœurs*, *La Grande Bretèche ou les Trois Vengeances* occupe les pages 1 à 96. Ce texte est suivi de *La Vieille Fille* qui commence à la page 97, c'est-à-dire à la feuille 7. Il est probable que Balzac se résigna au dernier moment à faire précéder *La Vieille Fille* par *La Grande Bretèche*. On notera que le 11 janvier le « Sr Debalzac » affirmait à l'huissier Leroy que ce volume était terminé depuis deux mois (voir S. Bérard, *La Genèse d'un roman*, t. II, p. 283-284). La mise en vente de ces deux volumes qui achevaient la publication des *Études de mœurs* est enregistrée à la *BF* du 11 février, mais elle a été faite plusieurs jours auparavant : le 2 février, Charles Didier note dans son journal qu'il a passé la journée à lire *Illusions perdues* (voir Maurice Regard, « Charles Didier et George Sand », *RSH*, XCVI, octobre-décembre 1959, p. 476) ; le lendemain, Balzac datait un exemplaire d'*Illusions perdues* dédicacé à la comtesse Guidoboni-Visconti (Lov., A. 101, f⁰ 44).

37-7. VADÉ À BALZAC

Aut., Lov., A. 254, ff⁰ⁿ 282-283.

1. Cornuault, bien que juge au tribunal de commerce, mettra bien longtemps à rentrer dans ses fonds. Il relancera Balzac en juin 1838 (voir 38-56) et n'était toujours pas payé en juin 1840 (voir l'état des dettes de Balzac, 40-154).
2. Voir 36-116, n. 1.

37-8. À LA COMTESSE SANSEVERINO

Aut., Milan, Biblioteca Ambrosiana. — Publié dans *Il Libro e la Stampa*, 10 décembre 1913 ; H. Prior, *Revue de Paris*, 15 janvier 1924, p. 399. — *Corr. Gar. III*, n° 1184.

1. Ces phrases en italien avec traduction française ont été insérées à la fin de *La Confidence des Ruggieri* : « *Affè d'iddio! como le abbiamo infinocchiato!* (Pardieu! nous l'avons joliment entortillé!) — *Gran mercè! a lui sta di spartojarsi* (Grand bien lui fasse! C'est à lui de s'en dépêtrer) » (*CH* XI, p. 441).
2. Le baron Gérard était mort subitement le mercredi 11 janvier 1837. Le peintre et le poète s'étaient vus à plusieurs reprises quelques semaines auparavant (voir 36-186, n. 1). Balzac assista avec émotion à ses obsèques célébrées en l'église de Saint-Germain-des-Prés, le vendredi 13 janvier. Voir *LHB I*, p. 363.

37-9. ZULMA CARRAUD À BALZAC

Aut., Lov., A. 293, ff⁰ⁿ 298-300. — *Corr. Gar. III*, n° 1185.

1. Auguste Borget était alors aux États-Unis ; voir 36-165, n. 1.

37-10. LOUIS BOULANGER À BALZAC

Aut., Lov., A. 312, ff^{os} 338 et 339 v°. — *Corr. Gar. III*, n° 1186.

1. Sur les difficultés qu'a rencontrées Balzac pour se procurer un cadre, voir 36-195 et 37-5.

37-11. LA COMTESSE MARIE POTOCKA À BALZAC

Aut., Lov., A. 315, f° 388. — *Corr. Gar. III*, n° 1187.

1. La comtesse Marie Potocka rentrée en Pologne donne la date dans le calendrier julien et le calendrier grégorien ; le calendrier julien était alors en retard de douze jours sur le calendrier grégorien.
2. En août 1836 ; voir la Chronologie.
3. Mme Hanska.
4. Lettre 36-55.
5. Delphine de Komar (1807-1877) ; elle avait épousé le comte Mieczylaw [Mitgislas] Potocki (1799-1876), beau-frère de la comtesse Marie ; très belle, excellente musicienne, la comtesse Delphine Potocka a eu de nombreuses aventures ; avec le comte de Flahaut, le prince François-Ferdinand d'Orléans… Elle avait connu Chopin à Dresde en 1829, elle le retrouva à Paris et devint son élève en 1832. On a publié naguère des lettres de Chopin à la comtesse Delphine qui sont très probablement des faux (voir E. Vuillermoz et B. Gavoty, *Chopin amoureux*, la Palatine, 1960). Balzac la cite quelquefois dans ses lettres à Mme Hanska. Voir l'entrée Potocka dans l'index de *LHB*.

37-12. JULES SANDEAU À BALZAC

Aut., Lov., A. 316, f° 110. — Fragment publié par M. Silver, *Jules Sandeau*, p. 88 et 90. — *Corr. Gar. III*, n° 1188.

1. George Sand.
2. Sandeau avait commencé *Marianna*, transposition romanesque de son aventure avec George Sand. Voir M. Silver, *Jules Sandeau*, p. 88-101.
3. Sandeau passa à Pornic la plus grande partie de l'hiver de 1836.
4. Anna de Massac.

37-13. À THÉODORE DABLIN

Aut., New York, The Pierpont Morgan Library, ID 128747 (MA 6463). — *Corr. Gar. III*, n° 1189 (d'après *Corr. CL*, 176, texte non revu et sans l'adresse).

1. Voir 36-194.
2. Depuis le 23 décembre, Balzac était poursuivi par Duckett pour un billet de Werdet garanti par lui qui n'avait pas été payé. Balzac, comme Werdet l'indiquait au début de l'année, était retombé sous la dépendance de Mme Béchet. De fait, de nouvelles poursuites l'enjoignaient de faire paraître la deuxième livraison des *Études de mœurs*. Finalement la livraison fut mise en vente au début de février. Voir 37-6, et n. 2.

37-14. SOPHIE GAY À BALZAC

Aut., Lov., A. 314, f° 36. — *Corr. Gar. III*, n° 1190.

1. Vers non identifiés de Lamartine, envoyés comme autographe à Mme Hanska, le 12 février 1837 (*LHB I*, p. 368).

37-15. ÉMILE DE GIRARDIN À BALZAC

Aut., Lov., A. 262, f° 25. — Publié par Lovenjoul, *Genèse*, p. 147-148. — *Corr. Gar. III*, n° 1191.

1. Voir 36-184.

37-16. SOPHIE GAY À BALZAC

Aut., Lov., A. 314, f° 39. — *Corr. Gar. III*, n° 1192.

1. Postérieure à la lettre 37-14, cette missive a été écrite un mercredi soir et peut donc être datée du 26 janvier ou du 2 février 1837.

37-17. À LOUIS BOULANGER

Aut., vente à Marburg, J.-A. Stargardt, 11-12 juin 1974, n° 13a, et fac-similé communiqué par Marcel Bouteron. — *Corr. Gar. III*, n° 1193.

1. Jeu de mots sur « boulanger » en italien.
2. Il s'agit sans doute du projet d'édition collective du « Balzac illustré » dont seul *La Peau de chagrin* a vu le jour.
3. Le projet de gravure d'après le portrait de Balzac par Boulanger dont il a déjà été question ; voir 36-147, n. 2.

37-18. AU COLONEL CHARLES FRANKOWSKI

Copie communiquée par Marcel Bouteron. — *Corr. Gar. III*, n° 1194.

1. À la fin de 1836, Balzac avait chargé le colonel polonais Charles Frankowski qui devait se rendre à Saint-Pétersbourg de commissions pour Mme Hanska ; mais le voyage de Frankowski avait été plusieurs fois retardé et comme on peut le voir il était encore à Paris le 31 janvier. Voir *LHB I*, p. 344 et notes, 363, 372-373 et notes, 374, 381 et notes, 385 ; voir aussi l'entrée Frankowski de l'Index (*ibid.*).
2. Thérèse Gamba-Ghiselli, née à Ravenne en 1800 ; elle avait épousé en 1818 le comte Alessandro Guiccioli. L'année suivante, elle débuta une liaison retentissante avec Lord Byron. Veuve, elle se remaria en 1847 avec Octave Rouillé, marquis de Boissy. Elle est morte à Florence en 1873, après avoir publié *Lord Byron jugé par les témoins de sa vie* (Paris, Amyot, 1868, 2 vol. in-8°).

37-19. ALEXANDRE FURCY GUESDON À BALZAC

Aut., Lov., A. 313, f° 458 ; Balzac a noté : « Ceci est de M. de Furcy Guesdon, ancien payeur général des armées impériales et qui en littérature a pris le surnom de Mortonval. » — *Corr. Gar. III*, n° 1299 (en note).

1. Le dimanche 5 février 1837 semble la date la plus vraisemblable ; Balzac pensait peut-être à une collaboration théâtrale pour *L'École des ménages* ? Voir 37-152.

37-20. AU DOCTEUR NACQUART

Aut., Lov., A. 310, f° 45. — *CaB 8*, n° 25. — *Corr. Gar. III*, n° 1197.

37-21. HENRY LOUIS DELLOYE À BALZAC

Aut., Lov., A. 269, ff°s 17 et 18 v°. — *Corr. Gar. III*, n° 1198.

1. Il s'agit des *Études philosophiques*. Voir le traité du 15 novembre 1836 (36-174).

37-22. À LOUIS BOULANGER

Aut., Lov., A. 286, ff°s 74-75 ; un cachet de cire rouge représente le talisman de Balzac : *Bedouck*. — *Corr. Gar. III*, n° 1199.

37-23. AU MARQUIS FÉLIX DE SAINT-THOMAS

Aut., MB, inv. BAL 99-727. — Publié avec fac-similé par Th. Bodin, *CB*, n° 81, 2000, p. 27-31. — *Corr. Gar. III*, n° 1200 (sur une copie du vicomte de Lovenjoul).

1. Ce volume relié dans le style habituel des manuscrits de Balzac porte au dos : « *Le Secret des Ruggieri*, 2ᵐᵉˢ épreuves, feuilles 1-10 » ; il est composé de cinq jeux successifs d'épreuves corrigées du chapitre 1ᵉʳ, « Une nuit de Charles IX », épreuves composées chez l'imprimeur Baudouin (voir 36-201, et n. 1) pour le tome XIII des *Études philosophiques* (le premier jeu a 87 pages, le cinquième, en raison des nombreux ajouts de Balzac, en compte 108). Sur le premier feuillet figure cet envoi autographe : « À Madame la Marquise / de Saint-Thomas, hommage respectueux / de l'auteur / H. de Balzac. / Paris, 9 février 1837 » (publié dans *Bulletin Pierre Berès*, n° 17, 25 septembre 1959, et *Catalogue Pierre Berès*, n° 61, notice n° 37).
2. Balzac retrouva à Milan le marquis de Saint-Thomas descendu également à l'Albergo della Bella Venezia ; c'est lui qui présenta Balzac à Manzoni. Sur cette rencontre, voir H. Prior, « Balzac à Milan », *Revue de Paris*, 15 juillet et 1ᵉʳ août 1925, p. 203-302 et 602-620, en particulier p. 611-614.
3. Luigi Colla, avocat des Guidoboni-Visconti ; voir 36-126, n. 2.
4. Sur l'abbé Gazzera, voir 36-145, n. 2.

37-24. PROCURATION DONNÉE À BALZAC PAR LE COMTE GUIDOBONI-VISCONTI

Aut., Lov., A. 319, ff°s 103-106 (original) ; une copie légalisée est conservée à Milan, Archivio di Stato, *Fondo notarile*, 50292. — Publié par R. de Cesare, « Balzac e gli affari Guidoboni-Visconti in Lombardia, aggiunte e precisazioni relative al calendario milanese e veneziano di Balzac nel 1837 », *Aevum*, t. LXVI, 1992, n° 3, p. 605-606.

1. On notera cette adresse des Guidoboni-Visconti aux Champs-Élysées, avenue de Neuilly, n° 23 — c'est-à-dire la partie bâtie de l'avenue. Un acte notarié, en date du 16 juillet 1836, indiquait : « demeurant à Paris aux Champs-Élysées, avenue de Neuilly, n° 23 *bis* ». Dans un autre acte du 29-30 janvier 1838, l'adresse est devenue :

« avenue de Neuilly, n° 54 » (voir R. Pierrot, *Honoré de Balzac*, p. 251, n. 1).

2. Jeanne Patellani ; de son mariage avec Pietro Guidoboni-Visconti, elle avait eu un fils, le comte Emilio, dont Balzac défendait les intérêts, et une fille Massimilla qui avait épousé le baron Francesco Galvagna. Veuve, la comtesse Pietro Guidoboni-Visconti avait épousé en secondes noces un Français, Pierre Antoine Constantin, dont elle avait eu un fils Laurent. Morte du choléra le 19 juillet 1836, elle laissait trois héritiers : son fils aîné Emilio Guidoboni-Visconti, son petit-fils mineur, le baron Emilio Galvagna (Massimilla Galvagna était décédée avant sa mère) et son fils du second lit, Laurent Constantin ; la fortune laissée consistait essentiellement en rentes et en quelques terres et maisons situées à Melegnano (Marignan) et à Pedriano près de Milan. Voir H. Prior, « Balzac à Milan », p. 618-620.

3. Sur le comte Giuseppe Sormani-Andreani, voir le Répertoire. De nombreux papiers le concernant, conservés au fonds notarial des Archives d'État de Milan, ont été cités par R. de Cesare (voir « Balzac e gli affari Guidoboni-Visconti in Lombardia »).

37-25. LA COMTESSE GUIDOBONI-VISCONTI
À BALZAC

Aut. (de la main de la comtesse Guidoboni-Visconti, non signé), Lov., A. 319, ff^os 101-102. — Publié par R. de Cesare, *Aevum*, t. LXVI, 1992, n° 3, p. 606-607 (daté entre le 9 et le 14 février 1837). — *Corr. Gar. III*, n° 1205.

1. Ce résumé a été établi avant le départ de Balzac pour son second voyage italien, loin des tracas de toutes sortes : poursuites de Duckett, menaces de contrainte par corps, saisie de son tilbury, incendie de l'imprimerie d'Éverat (6-7 février). Il est postérieur à la procuration passée le 9 février (37-24), et antérieur au 14 février.

2. Voir 37-24, n. 3.

3. Le comte Cavazzi della Somaglia était autrefois chargé, comme Giuseppe Sormani-Andreani, des intérêts du comte Emilio Guidoboni-Visconti dont il était aussi un ami d'enfance. Voir H. Prior, « Balzac à Milan », p. 618.

4. Voir 37-24, n. 2.

5. Avocat qui défendait les intérêts des autres héritiers.

37-26. À ALBERT MARCHANT DE LA RIBELLERIE

Aut., University of Chicago Library, Special Collections, codex ms. 537 (acquis en 1927) ; envoi en tête des épreuves de la IIe partie du *Secret des Ruggieri*. — Publié au cat. de la vente Auvray, Tours, 28 juin 1920, n° 149 ; fac-similé par William Leaper Crain, *Balzac's « Le Secret des Ruggieri ». A Critical Edition*, Columbia (MO), University of Missouri Press, 1970, p. xxxvi. — *Corr. Gar. III*, n° 1201.

1. En lieu et place du manuscrit d'*Illusions perdues* promis dans la lettre 37-5. Ces lignes servent d'envoi à un volume de 52 feuillets d'épreuves corrigées des chapitres II et III du *Secret des Ruggieri*. Ce recueil porte au dos : « *Le Secret des Ruggieri*, 2e partie. Épreuves ».

37-27. À ALBERT MARCHANT DE LA RIBELLERIE

Aut., University of Chicago Library, Special Collections, codex ms. 537. — Publié en fac-similé au cat. de la vente Auvray, Tours, 28 juin 1920, n° 149 ; W. L. Crain, *Balzac's « Le Secret des Ruggieri »*, p. 296. — *Corr. Gar. III*, n° 1202.

1. Lettre annonçant l'envoi du volume décrit ci-dessus (37-26) ; elle est maintenant reliée en tête de ce volume.
2. Ami tourangeau qui avait reçu quelques feuillets d'épreuves d'un dixain des *Contes drolatiques* ; voir 36-172, n. 1, et 36-195, n. 1.
3. Sur Berrué, voir 37-5, n. 1.
4. Le Salon de 1837 ouvrit ses portes le 1er mars pendant le voyage de Balzac à Milan ; son portrait par Boulanger porte le numéro 174 du livret. Il a été décrit par Théophile Gautier dans son *Feuilleton de La Presse* du 18 mars 1837 (voir Lovenjoul, *Autour*, p. 214-233 ; et *Balzac et la peinture*, cat. de l'exposition, musée des Beaux-Arts de Tours [29 mai-30 août 1999], Verdier, 1999, n° 1, p. 195-197).

37-28. À MAURICE SCHLESINGER

Corr. CL, 177 (texte non revu, daté inexactement de juillet). — Publié avec date rectifiée par M. Regard, *RHLF*, octobre-décembre 1953, p. 499. — *Corr. Gar. III*, n° 1203.

1. Dans la nuit du 6 au 7 février 1837, un incendie détruisit chez l'imprimeur Adolphe Éverat, 16, rue du Cadran, une partie du manuscrit et de la composition de *Gambara*. Voir M. Regard, « Balzac est-il l'auteur de *Gambara* ? », p. 499 ; cette lettre est de peu postérieure à cet incendie et antérieure au samedi 11 février.
2. Le manuscrit de *L'Absolution* avait été égaré par Buloz (voir t. I de la présente édition, 32-92, n. 3) ; une partie de celui de *La Duchesse de Langeais* avait été également perdue « dans les imprimeries » (voir *LHB I*, p. 244).
3. Le 11 février.
4. Allusion à l'incendie de la rue du Pot-de-Fer, le 12 décembre 1835, où fut détruite une partie du stock des premières feuilles du troisième dixain (voir t. I de la présente édition, Chronologie, et 35-150, n. 1). D'après M. Regard (« Balzac est-il l'auteur de *Gambara* ? »), les dix premières pages déjà composées avaient été rendues à Balzac et ont subsisté dans le texte définitif, ce sont les seize feuillets suivants qui ont été détruits.
5. Balzac sur le point de partir pour un long voyage remet à plus tard l'achèvement de son œuvre mutilée par l'incendie ; les éditeurs de *Corr. CL* ont imprimé août ; avec M. Regard, nous pensons qu'il faut lire avril.

37-29. À MAURICE SCHLESINGER

Aut., Lov., A. 288, ff^{os} 85 et 86 v°. — Publié par M. Regard, *RHLF*, octobre-décembre 1953, p. 500. — *Corr. Gar. III*, n° 1204.

1. Lettre de peu postérieure à la précédente, le lundi indiqué est sans doute le lundi 13 février, veille du départ de Balzac pour l'Italie, ce qui permet de dater du 12.

37-30. AU DOCTEUR NACQUART

Aut., Lov., A. 310, f° 47; en tête de la lettre, le Dr Nacquart a noté : « 14 mars 1837. Prêté 200 fr. 00. » — *CaB 8*, n° 26. — *Corr. Gar. III*, n° 1206.

1. Balzac espérait être accompagné de Théophile Gautier qui, retenu par les feuilletons du Salon en cours de publication dans *La Presse*, renonça au dernier moment à ce voyage. Arrivé à Milan le 19 février, Balzac descendit à l'Albergo della Bella Venezia, situé piazza San Fedele tout près du théâtre de la Scala.
2. Le 20 mars Balzac était à Venise depuis six jours, il revint ensuite à Milan, gagna Gênes, Livourne, Florence et Bologne, repassa par Milan qu'il quitta le 24 avril. Il regagna la France par le Saint-Gothard, le lac des Quatre-Cantons et Bâle. Le 3 mai, il était à Paris.
3. Voir 37-20.

37-31. AU COMTE ARCHINTO

Aut., Modène, Biblioteca Estense, Autografoteca Campori, busta 29, fasc. 32; copie communiquée par Petr Ciureanu. — *Corr. Gar. V*, n° 2823.

1. Balzac au début de son séjour milanais s'était présenté au palais Archinto de la via Passione avec une recommandation de la comtesse Sanseverino. Il y fut très bien reçu (voir la lettre de la comtesse Archinto, 37-38).

37-32. LE COMTE GIUSEPPE SORMANI-ANDREANI À BALZAC

Aut., Lov., A. 319, f° 51. — *Corr. Gar. III*, n° 1208. Écrite en français, la lettre comporte plusieurs fautes que nous maintenons sans les indiquer ni les corriger.

1. C'est pour rencontrer le baron Galvagna, beau-frère du comte Guidoboni-Visconti, et son jeune fils Émile, que Balzac se rendit à Venise (voir 37-53).

37-33. LE MARQUIS ANTOINE VISCONTI À BALZAC

Aut., Lov., A. 319, ff°s 56 et 57 v°; invitation imprimée, complétée à la main.

1. Il est vraisemblable que Balzac se rendit à cette invitation (voir 37-37).

37-34. LE CHEVALIER ANDREA MAFFEI À BALZAC

Aut., Lov., A. 319, ff°s 19-20. — *Corr. Gar. III*, n° 1209.

1. Traduction française publiée par Henry Prior, « Balzac à Milan », p. 288-289 : « Monsieur / Je devrais trembler à l'idée d'oser présenter à celui qui représente la puissance d'imagination la plus splendide de la France un essai de traduction de Frédéric Schiller, mais vous voudrez bien le considérer comme une marque d'admiration et non comme une offre indiscrète et prétentieuse. — Vous avez eu la bonté d'honorer ma demeure de votre visite et j'en suis fier. Et pourtant dois-je l'avouer, je suis partagé entre le vif désir de vous voir et de

vous entendre et la crainte de vous déchirer les oreilles par mon mauvais français et de perdre ainsi la flatteuse opinion que la comtesse Sanseverino, qui me juge plutôt avec son cœur que selon mes mérites vous a fait concevoir de moi. Dans tous les cas j'emploierai avec vous ma langue maternelle, que vous comprenez certainement et je n'aurai pas le grand regret d'avoir perdu, par fausse honte, le plaisir de connaître l'homme qui, après le grand tragique anglais, a scruté le plus profondément les secrets du cœur humain. / Votre admirateur / André Maffei. / 23 février 1837. »

2. En arrivant à Milan, Balzac était muni de nombreuses lettres de recommandation qui lui valurent d'être fort bien accueilli par la société milanaise, par les autorités autrichiennes et par le consul de France. Il était, entre autres, porteur du billet suivant adressé par la comtesse Sanseverino à ses amis Maffei : « De Balzac se rend en Italie avec Théophile Gautier. Je le recommande à mon aimable Chiarina et à l'illustre Maffei. Ainsi le célèbre écrivain français pourra connaître en même temps les grâces et le génie de ma patrie. Il trouvera chez vous, j'en suis sûre, le bienveillant accueil qui lui est dû ; de mon côté en vous faisant faire connaissance avec lui, j'obéis à un double sentiment d'orgueil, celui de l'amitié et celui du patriotisme. / Votre affectionnée amie, / Fanny Sanseverino Porcia » (cité par H. Prior, « Balzac à Milan », p. 286). L'accueil fait à Balzac par la comtesse Maffei fut à ce point chaleureux qu'il suscita des inquiétudes à Andrea Maffei. Voir René Guise, « Balzac et l'Italie », *AB 1962*, p. 265-268.

3. Andrea Maffei avait élégamment traduit en italien des œuvres de Schiller, Goethe, Shakespeare et Byron.

4. Ce programme chargé de visites et de réceptions témoigne du succès remporté par Balzac à Milan. Le marquis d'Hertford dont il est ici question (1777-1842) avait épousé une Milanaise, née Fagnani (1771-1856). Balzac avait été recommandé au comte Gaetano Melzi, célèbre bibliophile, par le comte Sanseverino (voir Lov., A. 319, ff[os] 35-36) ; les Trivulzio et les Archinto étaient des parents de la princesse Belgiojoso.

37-35. LAURENT CONSTANTIN À BALZAC

Aut., Lov., A. 319, ff[os] 7 et 8 v°. — *Corr. Gar. III*, n° 1211.

37-36. LE COMTE GIUSEPPE SORMANI-ANDREANI À BALZAC

Aut., Lov., A. 319, f° 49. — *Corr. Gar. III*, n° 1212.

1. Une autre invitation à dîner pour ce même lundi 27 février à 5 heures et adressée à Balzac par le marquis Antoine Visconti est conservée au fonds Lovenjoul (37-33).

37-37. AU COMTE GIUSEPPE SORMANI-ANDREANI

Photocopie communiquée par Thierry Bodin. — Publié par R. Pierrot, *AB 1972*, p. 355-356.

1. Voir l'invitation 37-33.

37-38. LA COMTESSE ARCHINTO À BALZAC

Aut., Lov., A. 319, f° 3. — Publié par H. Prior, *Revue de Paris*, 15 juillet 1925, p. 293. — *Corr. Gar. III*, n° 1213.

1. Le diplomate autrichien Frédéric de Gentz (1764-1832), collaborateur de Metternich, avait été à la fin de sa vie éperdument amoureux de la danseuse Fanny Elssler (1810-1884) au point d'envisager le mariage.

37-39. À POMPEO MARCHESI

Aut., album de Pompeo Marchesi. — Publié par Raffaello Barbiera, *Il Salotto della contessa Maffei e la società milanese (1834-1886)*, Milan, Fratelli Treves, 1895, p. 67 ; H. Prior, *Revue de Paris*, 15 juillet 1925, p. 298. — *Corr. Gar. III*, n° 1214.

1. Dans un article du *Courrier des dames* cité par H. Prior (« Balzac à Milan », p. 298), le journaliste milanais A. Piazza écrivait : « M. de Balzac a visité avant-hier l'atelier du chevalier Marchesi et il en est revenu émerveillé. » Après avoir cité le texte de Balzac, Piazza le commentait ainsi : « chacun comprendra qu'il fait allusion à la magnifique statue que S. M. l'empereur d'Autriche a daigné accepter du professeur Marchesi et qui va être très prochainement expédiée à Vienne ».

2. Destinée à l'empereur Ferdinand Ier, *Venere che disarma l'amore* faisait partie des œuvres exposées lors de l'exposition de Beaux-Arts à Milan en 1837. Elle est aujourd'hui conservée au Kunst Museum de Vienne.

37-40. DÉCLARATION DE BALZAC
POUR LE VOL DE SA MONTRE

Publié en fac-similé, hors texte, *CB*, n° 2, 1949. — *Corr. Gar. III*, n° 1215.

1. Cette déclaration n'est malheureusement pas datée ; le baron Denois fait allusion à cette mésaventure, ignorant encore l'arrestation du voleur, dans la lettre suivante écrite un « mardi soir » (37-41) ; d'autre part, dans une lettre à Arese en date du 4 mars 1837, le baron Achille Zanoli écrivait : « Nous avons ici l'écrivain Balzac, à qui on prodigue, pour ainsi dire, les honneurs du Capitole et à qui on offre des dîners à gogo : Archinti, Visconti, Tonino, et que sais-je encore ? Il fut arrêté avant-hier, dans le quartier de la Scala, par un gaillard qui, faisant semblant de l'embrasser comme un vieil ami, lui vola sa montre, mais la victime mania bien sa canne ; l'agresseur la tint en respect en le menaçant d'un poignard, puis s'enfuit, mais, poursuivi par la foule, il fut arrêté, et la montre fut restituée » (Max Milner, « Deux témoignages italiens sur Balzac », *AB 1960*, p. 192). On a remarqué que Zanoli situait l'événement « avant-hier », ce qui donnerait le jeudi 2 mars, mais la date du mardi 28 février paraît plus probable. Elle est confirmée par une correspondance, en date du « 1° marzo », insérée dans le *Fränkische Merkur* du 10 mars 1837 (communiquée par R. de Cesare).

37-41. LE BARON ÉTIENNE DENOIS À BALZAC

Aut., Lov., A. 319, ff^os 11-12 v°. — Publié par H. Prior, *Revue de Paris*, 1er août 1925, p. 606. — *Corr. Gar. III*, n° 1216.

1. Le marquis Antonio Visconti, ami du prince Louis-Napoléon. Voir H. Prior, « Balzac à Milan », p. 307, n. 2.

37-42. LE PRINCE ALFONSO DI PORCIA À BALZAC

Aut., Lov., A. 319, f° 27. — *Corr. Gar. III*, n° 1217.

1. La montre fut retrouvée le soir même ; cette histoire eut des échos dans la presse parisienne. Voir, par exemple, le *Vert-Vert* du 18 mars 1837. Balzac avait lié une amitié durable avec le prince Alfonso Serafino di Porcia dont la liaison avec la comtesse Bolognini n'était pas sans évoquer pour lui ses amours avec Mme Hanska. Voir le Répertoire.

37-43. LE PRINCE ALFONSO DI PORCIA À BALZAC

Aut., Lov., A. 319, ff^os 28 et 29 v°. — Publié par H. Prior, *Revue de Paris*, 1er août 1925, p. 604. — *Corr. Gar. III*, n° 1218.

1. Cette lettre et les deux suivantes sont difficiles à situer avec précision pendant les semaines passées par Balzac à Milan.
2. Eugenia, comtesse Attendolo-Bolognini (voir le Répertoire).
3. Voir 37-23, n. 1.

37-44. LE PRINCE ALFONSO DI PORCIA À BALZAC

Aut., Lov., A. 319, ff^os 30 et 31 v°. — Publié par H. Prior, *Revue de Paris*, 1er août 1925, p. 604. — *Corr. Gar. III*, n° 1219.

37-45. LE PRINCE ALFONSO DI PORCIA À BALZAC

Aut., Lov., A. 319, f° 32. — *Corr. Gar. III*, n° 1220.

37-46. ALESSANDRO MOZZONI-FROSCONI À BALZAC

Aut., Lov., A. 319, ff^os 99 et 100 v°. — *Corr. Gar. III*, n° 1210 (daté 23 février ou 2 mars ?).

1. La date du 2 mars 1837 a été précisée — à l'aide de documents du fonds Sormani-Andreani des Archives d'État de Milan — par R. de Cesare, « Balzac e gli affari Guidoboni-Visconti in Lombardia », p. 610.
2. Carlo Marocco, l'autre avocat avec Mozzoni-Frosconi, avec lesquels Balzac avait obtenu une transaction en faveur du comte Emilio Guidoboni. Voir H. Prior, « Balzac à Milan », p. 619-620, et Louis-Jules Arrigon, *Balzac et la « Contessa »*, Éditions des Portiques, 1932, p. 164.
3. Étienne Henri Ferdinand, baron Denois, consul de France à Milan ; voir 37-41.
4. La procuration de Balzac (voir 37-24) était légalisée par le

ministère des Affaires étrangères et par l'ambassade d'Autriche à Paris, ce qui ne suffisait pas aux autorités milanaises...

37-47. ÉMILE DE GIRARDIN À BALZAC

Aut., Lov., A. 262, f° 26. — Publié par Lovenjoul, *Genèse*, p. 148. — *Corr. Gar. III*, n° 1221.

1. Lettre probablement lue après le retour de Balzac à Paris, le 8 mai ; Girardin pourra commencer la publication de *La Femme supérieure* [*Les Employés*], dans *La Presse*, le 1ᵉʳ juillet 1837.

37-48. AU COMTE GIUSEPPE SORMANI-ANDREANI

Aut., ancienne coll. J.-E. Weelen. — Publié en fac-similé par J.-E. Weelen, « Balzac en Italie du Nord, avec trois lettres inédites », *Bulletin de la Société dunoise*, 1963, p. 274. — *Corr. Gar. III*, n° 1210 (daté de février ?).

1. Date précisée — à l'aide de documents du fonds Sormani-Andreani des Archives de Milan — par R. de Cesare, « Balzac e gli affari Guidoboni-Visconti in Lombardia », p. 610.
2. Voir 37-24.
3. Voir 37-46, n. 2.

37-49. LE GÉNÉRAL COMTE WALLMODEN À BALZAC

Aut., Lov., A. 319, ff⁰ˢ 54 et 55 v°. — Publié par H. Prior, *Revue de Paris*, 15 juillet 1925, p. 292. — *Corr. Gar. III*, n° 1222.

37-50. À LA MARQUISE MARIANNA TRIVULZIO

Copie, Lov., A. 281, f° 294. — Publié par H. Prior, *Revue de Paris*, 15 juillet 1925, p. 294. — *Corr. Gar. III*, n° 1223.

37-51. LA MARQUISE MARIANNA TRIVULZIO À BALZAC

Aut., Lov., A. 319, ff⁰ˢ 52 et 53 v°. — Publié par H. Prior, *Revue de Paris*, 15 juillet 1925, p. 295. — *Corr. Gar. III*, n° 1224.

1. Propriété des Trivulzio, située dans les environs de Milan.

37-52. LE COMTE ET LA COMTESSE DE HARTIG À BALZAC

Invitation imprimée complétée à la main, Lov., A. 319, ff⁰ˢ 17 et 18 v°. — Publié par H. Prior, *Revue de Paris*, 15 juillet 1925, p. 292. — *Corr. Gar. III*, n° 1225.

1. Le comte de Hartig était gouverneur de la Lombardie.

37-53. AU BARON FRANCESCO GALVAGNA

Publié par Henry Prior, « Balzac à Venise (1837). Lettres et documents inédits », *Revue de France*, 1ᵉʳ décembre 1927, p. 391. — *Corr. Gar. III*, n° 1226.

1. Afin d'obtenir la signature du baron Galvagna à l'acte de transaction entre les héritiers de feu Mme Constantin (voir 37-24, et n. 2), Balzac avait quitté Milan pour Venise le 13 mars, en compagnie

d'Enrico Martini. Arrivé à Venise le lendemain, il était descendu à l'Albergo reale Danieli, riva degli Schiavoni. Attendant cette visite, le baron Galvagna écrivait le 10 mars : « Je n'aurais jamais imaginé que j'aurais à traiter des affaires avec Balzac : pourtant il vient, la semaine prochaine, me proposer une transaction selon laquelle je devrais prendre quelque chose pour Emilio sur l'héritage de la grand-mère : c'est vraiment singulier. Je connais quelques œuvres de cet écrivain célèbre, mais la moralité qui transparaît à travers ses écrits n'est pas de nature à m'inspirer un ardent désir de faire personnellement sa connaissance : pourtant il vient avec deux lettres d'introduction pour moi. Nous le verrons, et nous méditerons sur la vénalité de l'esprit humain, puisque vous me dites qu'il professe l'absolutisme : peut-être pense-t-il, depuis Venise, se rendre à Constantinople » (cité par M. Milner, « Deux témoignages italiens sur Balzac », p. 193). Conquis par son visiteur, le 23 mars, Galvagna donnait ses impressions : « J'ai mis fin à toute contestation avec Constantin en ratifiant la transaction que me proposait M. de Balzac, en tant que fondé de pouvoir de mon beau-frère Guidoboni. Je reçois une misère, mais il n'y a rien de perdu, parce que j'aime la paix et ne veux pas de procès, surtout avec des parents. La conduite de Balzac envers moi a été franche et loyale, et sa société m'a plu [...]. Comme Balzac est demeuré dans la haute société et n'a pas fait sa cour à nos petits hommes de lettres, ceux-ci lui ont déclaré la guerre, en faisant croire qu'il avait mal parlé de Venise, mais je dois dire que je l'ai trouvé, au contraire, très impressionné par les beautés de notre ville » (*ibid.*, p. 193-194).

37-54. À LA COMTESSE CLARA MAFFEI

Copie, Lov., A. 393 *bis*, ff^{os} 1-5. L'enveloppe de cette lettre est conservée dans la coll. Th. Bodin. — Publié par H. Prior, *Revue de France*, 1er décembre 1927, p. 387-390. — *Corr. Gar.* III, n° 1227.

1. Enrico Martini (1818-1869), cousin germain de la comtesse Bolognini, était alors aspirant de marine ; passé au service du Piémont, il servit contre l'Autriche en 1848 et occupa quelques postes diplomatiques.
2. *Keepsake* : « Livre-album, élégamment présenté, comportant des poésies, des fragments de prose, et illustré de fines gravures, couramment offert en cadeau à l'époque romantique » (*TLF*).
3. Celui de Milan.
4. Allusion à l'une des îles Borromées, l'Isola Bella, sur le lac Majeur.
5. Le sculpteur Alessandro Puttinati (1800-1872) dont Balzac avait fait la connaissance chez la comtesse Maffei ; plein d'admiration pour Balzac, il avait entrepris de faire sa statue « en marbre de Cararre [*sic*] et en demi-nature » (*LHB* I, p. 369). Cette statue haute de 82 cm fut, après la mort de Balzac, donnée à Justin Glandaz, son exécuteur testamentaire, par sa veuve ; elle est maintenant exposée à la Maison de Balzac. Puttinati, venu en France en sa compagnie, fut hébergé par Balzac pendant le mois de mai 1837. En remerciement Balzac a dédié, en 1842, *La Vendetta* à Puttinati.
6. La comtesse Tommaso Mocenigo Soranzo, née Rachele de

Londonio (1801-1862), dans son palais des Procuratie Vecchie, attenant à la place Saint-Marc, tenait un des plus brillants salons de Venise ; elle avait invité Balzac à dîner pour le lundi 20 mars ; au cours de ce dîner, il parla sans respect excessif de Manzoni, ce qui provoqua un article perfide de Tullio Dandolo dans la *Gazetta di Venezia*. Voir H. Prior, « Balzac à Venise (1837). Lettres et documents inédits », *Revue de France*, 1ᵉʳ décembre 1927, p. 407-416.

7. Andrea Maffei lui avait sans doute donné une lettre d'introduction pour la comtesse Soranzo. Sur les premiers contacts entre Balzac et Maffei, voir 37-34.

8. La comtesse Clara Carpani, sœur de la comtesse Soranzo, que Balzac avait rencontrée à Milan.

9. *Cf.* la lettre à Mme Hanska datée du 10 avril 1837 à Florence : « Je [...] commande [à Puttinati] un groupe de *Séraphîta montant au ciel entre Wilfrid et Minna*. Le piédestal sera composé de toutes les espèces et de toutes les œuvres terrestres dont elle est le produit. Je mettrai de côté 2 000 fr. par an pendant 3 ans que durera l'exécution et cela suffira » (*LHB I*, p. 370). Ce projet ne fut pas réalisé.

37-55. JULES SANDEAU À BALZAC

Aut., Lov., A. 316, ffᵇⁱˢ 111 et 112 v°. — Fragment publié par M. Silver, *Jules Sandeau*, p. 83 et 90. — *Corr. Gar. III*, n° 1228.

1. Sur les craintes de Sandeau au sujet d'*Illusions perdues*, voir la lettre 37-12, et les commentaires de M. Silver, *Jules Sandeau*, p. 90-91.

2. *Madame de Sommerville*, premier roman de Sandeau dédié à Émile Regnault, avait été publié, à Paris, chez Dupuy à la fin de septembre 1834 et très vite épuisé ; une 2ᵉ édition en 3 vol. avait paru chez Allardin en 1835 ; la 3ᵉ édition, suivie de *Un jour sans lendemain*, paraîtra chez Werdet en 1839.

3. Sandeau avait entrepris la rédaction de *Marianna* (voir 37-12, n. 2), qui paraîtra seulement en 1839 chez Werdet (voir 39-136, n. 3).

4. Anna de Massac.

37-56. À LA COMTESSE CLARA MAFFEI

Aut., coll. Th. Bodin. — Publié par H. Prior, *Revue de France*, 1ᵉʳ décembre 1927, p. 403-404. — *Corr. Gar. III*, n° 1229 (sur l'aut. communiqué autrefois par Georges Dubois).

1. La transaction passée à Milan le 12 mars avec Laurent Constantin avait été acceptée et approuvée par le baron Galvagna le samedi 18 mars et le surlendemain Balzac lui versait 4 500 livres, montant total de l'héritage de son fils mineur (voir H. Prior, « Balzac à Venise », p. 403).

2. La *piccola* Maffei n'avait pas été insensible à la cour assidue faite par Balzac à chacune de ses longues visites quotidiennes, à tel point que le chevalier Maffei, mari pourtant peu attentif, lui écrivit une longue lettre pour lui conseiller la prudence. Sur ce point, voir R. Guise, « Balzac et l'Italie », p. 267-268.

37-57. MADAME B.-F. BALZAC À BALZAC

Aut., Lov., A. 381, ff^{os} 52-53. — *Corr. Gar. III*, n° 1230.

1. Cette lettre a été écrite à la suite d'une entente entre Mme B.-F. Balzac, sa fille et son gendre. Voir la note manuscrite de Laure à la fin de la lettre.

2. Ce n'est certainement pas exact ; si aucune lettre de Balzac à sa mère datant de 1836 n'a été retrouvée (et il est très vraisemblable qu'il lui a peu écrit durant cette année), on a pu lire plusieurs lettres écrites par lui à sa mère en 1835 (t. I de la présente édition, 35-1, 35-4, 35-23, 35-46, 35-93, 35-124, 35-133 et 35-142), en plus du bail que Balzac demande à sa mère de signer le 4 janvier 1837 (37-3).

3. Mme B.-F. Balzac a hésité en traçant cette date, le 4 final surcharge un 5. Elle ignore un certain nombre de lettres pour rappeler à son fils les promesses faites à la fin de 1834 (t. I de la présente édition, 34-117).

4. Surville.

5. Bouvier et Maynial (p. 200-264) ont dressé un bilan des dépenses et recettes de Balzac durant les années 1835-1837 ; les récriminations de Mme B.-F. Balzac étaient justifiées. Nous ne savons si à son retour d'Italie Balzac fut en état de payer l'arriéré de la pension de sa mère, son voyage lui avait rapporté une certaine commission puisque dès le 3 mai il envoyait 1 000 F au commandant Carraud à l'intention d'Auguste Borget (37-61).

6. Henry de Balzac et sa famille étaient repartis pour l'île Maurice le 25 décembre 1836.

7. Relation des Balzac ; voir t. I de la présente édition, 21-5 et n. 3.

8. Voir *ibid.*, 35-124.

9. Balzac n'a probablement pas reçu cet autographe annoté par sa sœur mais, d'après sa réponse (37-62), sa mère semble l'avoir effectivement recopié et envoyé.

10. Balzac, semble-t-il, s'était rendu à Chantilly au début de 1836. Voir 36-52.

37-58. À GIULIETTA PEZZI

Aut., album de Giulietta Pezzi. — Publié par H. Prior, *Revue de Paris*, 1er août 1925, p. 609. — *Corr. Gar. III*, n° 1231.

1. Rentré à Milan le 21 mars, Balzac y resta environ une semaine encore, puis il gagna Gênes où, pour une cause inconnue, il fut retenu au Lazaret ; là, il eut une conversation avec un Génois nommé Pezzi qui lui raconta que, près des anciennes mines d'argent de Sardaigne, il restait des scories exploitables. Balzac songea-t-il à gagner immédiatement la Sardaigne pour étudier les possibilités d'exploitation ? On ne sait. Toujours est-il que, le 8 avril, il embarquait sur le pyroscaphe napolitain *Francesco I^e* en direction de Livourne ; il ne continua pas sur la Sardaigne, mais se rendit à Florence où il resta quelques jours avant de regagner une nouvelle fois Milan en passant par Bologne (voir 37-80).

2. À Florence, Balzac avait visité la chapelle des Médicis et admiré la statue de Laurent II de Médicis, duc d'Urbino ; il en faisait part à

Mme Hanska le 11 avril : « J'ai vu [...] le *Pensiero* [*sic*] et j'ai compris votre admiration » (*LHB I*, p. 372) ; cette allusion au *Pensieroso*, chef-d'œuvre de Michel-Ange, permet de dater ces quelques lignes à Giulietta Pezzi de Milan après le voyage à Florence, c'est-à-dire de la deuxième quinzaine d'avril.

37-59. À LA COMTESSE CLARA MAFFEI

Aut., album de la comtesse Maffei (coll. Cesare Olmo). — Publié par H. Prior, *Revue de Paris*, 1ᵉʳ août 1925, p. 610. — *Corr. Gar. III*, n° 1232.

1. Très peu de temps après avoir laissé ce souvenir sur l'album de la *piccola* Maffei, Balzac prit le chemin du retour, sans trop se presser, passant par Côme et le Tessin ; il passa le Saint-Gothard « avec quinze pieds de neige sur les sentiers » et faillit périr plusieurs fois malgré « onze guides ». Il traversa ensuite le lac des Quatre-Cantons et rentra en France par Lucerne et Bâle. Voir *LHB I*, p. 377.

37-60. AU MARQUIS FÉLIX DE SAINT-THOMAS ?

Aut., Lov., A. 288, f° 161. — Publié par H. Prior, *Revue de Paris*, 1ᵉʳ août 1925, p. 610-611 (placé en 1837). — *Corr. Gar. V*, n° 2872 (non daté).

1. Nous suivons Henry Prior qui proposait de dater cette lettre de 1837, pendant le séjour de Balzac à Milan. Le destinataire nous semble être le marquis Félix de Saint-Thomas dont Balzac avait fait la connaissance à Turin, l'année précédente (voir 36-120). En février et mars 1837, le marquis turinois avait retrouvé Balzac à Milan (voir 37-23, n. 2) et l'avait introduit auprès de Manzoni. C'est très vraisemblablement à cette époque que Saint-Thomas évoqua l'ouvrage qu'il préparait : *Notizie intorno alla vita di Bona di Savoja, moglie di Galeazzo Maria Sforza, duca di Milano* (Turin, Bocca, 1838). Dans cette biographie de Bonne de Savoie, filleule et belle-sœur de Ludovic le More, il est souvent question de ce dernier.

2. Balzac fait preuve de l'érudition d'un natif de Tours, épris d'histoire de la Renaissance franco-milanaise déjà évoquée en 1836 dans *Facino Cane*. François Sforza (1491-1512), fils de Jean-Galéas II Sforza, était le petit-neveu de Ludovic le More. Il était comte de Pavie et abbé de Marmoutiers.

3. Fils cadet de François Iᵉʳ Sforza, Ludovic le More, né en 1451, est reconnu comme duc de Milan en 1494 par l'empereur Maximilien, avant la mort, la même année, du duc Jean-Galéas II, son neveu ; fait prisonnier par les Français en 1500, à l'issue de la deuxième guerre d'Italie, il meurt dans la solitude, prisonnier au château de Loches en 1508. Louis XII, roi de France et duc de Milan (1499-1500), est mort en 1515, sept ans plus tard.

37-61. À ZULMA CARRAUD

Aut., Lov., A. 293, f° 101. — *Corr. Gar. III*, n° 1233.

1. Borget ; voir 37-57, n. 5.

37-62. À MADAME B.-F. BALZAC

Aut., Lov., A. 277, f° 9. — *Corr. Gar. III*, n° 1234.

1. Réponse à la lettre 37-57.
2. Cette rencontre eut lieu vers le 20 mai ; le 23 mai, Balzac écrivait à Mme Hanska : « J'ai décidé ma mère à aller vivre pendant 2 ans en Suisse, à Lausanne. Le spectacle de ma lutte et celui de celle de mon beau-frère la tue[nt], elle nous voit toujours travaillant sans aucun résultat pécuniaire et elle souffre horriblement sans avoir le combat matériel qui donne des forces » (*LHB I*, p. 382). Voir 37-113.

37-63. À « LOUISE »

Aut., coll. privée ; une page in-8°, sans alinéa, sauf pour la signature « Walter ». — *Corr. CL*, 23. — *JS*, n° 26, 22. — *Corr. Gar. III*, [23], n° 1235.

1. Rentré d'Italie le 3 mai 1837, après des mois d'interruption de leur correspondance et une absence de onze semaines, Balzac répond brièvement à un billet mélancolique, en reprenant sa signature de « fantaisie ». Voir 37-68.

37-64. ÉMILE DE GIRARDIN À BALZAC

Aut., Lov., A. 262, ff°s 28 et 29 v°. — Publié par Lovenjoul, *Genèse*, p. 148-149. — *Corr. Gar. III*, n° 1236.

1. Voir 37-15.

37-65. LE COMTE AUGUSTE DE BELLOY À BALZAC

Aut., Lov., A. 312, ff°s 162-163 v° ; sur papier aux initiales « F. G. » sommées d'une couronne comtale. — Publié par M. Regard, *RHLF*, octobre-décembre 1953, p. 500-501. — *Corr. Gar. III*, n° 1237.

1. C'est-à-dire le texte de *Gambara* refait par Belloy après l'incendie dans la nuit du 6 au 7 février. D'après M. Regard (« Balzac est-il l'auteur de *Gambara* ? », p. 501-502), ce texte correspondait aux premières épreuves conservées au fonds Lovenjoul et avait été remis par Belloy à Schlesinger à la fin de février ; il y manque deux morceaux essentiels : la description de l'opéra de *Mahomet* et l'analyse de *Robert le Diable*.
2. Sans doute pour la mise au point du manuscrit et la correction des épreuves de *L'Excommunié* (t. XIII et XIV des *Œuvres complètes d'Horace de Saint-Aubin*, enregistrés à la *BF* du 17 juin 1837).
3. Comme le montre le papier utilisé, Belloy écrit cette lettre chez Ferdinand de Grammont qui habitait alors 10, rue de Cléry. Voir la lettre du 13 juin (37-96).
4. Le cachet est très effacé ; nous croyons pouvoir toutefois lire un 9.

37-66. ZULMA CARRAUD À BALZAC

Aut., Lov., A. 293, ff°s 301-303. — *Corr. Gar. III*, n° 1238.

1. Il s'agit d'Auguste Borget ; voir 37-61.

2. Sur l'identité de Marinette, voir t. I de la présente édition, 32-177, n. 4.
3. Voisine des Carraud ; voir *ibid.*, 32-194, n. 5.

37-67. MAX BÉTHUNE À BALZAC

Aut., Lov., A. 312, ff⁰ˢ 229-230 ; sur papier à en-tête de la *Chronique de Paris*. — *Corr. Gar. III*, n° 1239.

1. Il s'agit d'effets de complaisance signés pour Werdet ; le 20 mai, Balzac écrivait à Mme Hanska : « Werdet a déposé son bilan [le 17 mai], et je me vois poursuivi pour les signatures de complaisance que je lui ai données, comme il m'en avait donné à moi, avec cette différence que j'ai payé les billets qu'il m'a faits, et qu'il ne paie pas ceux que j'ai garantis » (*LHB I*, p. 380).
2. Sans doute un comptable occupé à la liquidation de la *Chronique de Paris*.
3. Ou plus exactement Cornuault, le marchand de papier mêlé à l'affaire du troisième dixain. Voir 37-7.
4. Voir 36-129, 36-132 et 37-70.
5. Actionnaire de la *Chronique de Paris* dont il détenait quatre actions ; voir 37-70 et 40-154.

37-68. À « LOUISE »

Aut., coll. privée ; deux pages in-8°, sans alinéas, ni signature. — *Corr. CL*, 7. — *JS*, n° 26, 23 (16 mai 1837). — *Corr. Gar. III*, [12], n° 1072 (daté de la mi-avril 1836).

1. Le billet de Walter (37-63), écrit au retour d'Italie, n'a pas été suivi d'une réponse ou d'un envoi de fleurs pour la Saint-Honoré comme l'année précédente et « l'amitié sans nourriture » semble se clore avec cette dernière lettre.

37-69. ADOLPHE AUZOU À BALZAC

Aut., Lov., A. 256, ff⁰ˢ 4-5 v°. — *Corr. Gar. III*, n° 1240.

1. Voir le traité 36-144.
2. Il faudra une nouvelle relance d'Auzou en date du 2 juin (37-87) pour que Balzac se remette au travail et donne le 18 juillet la fin du manuscrit. La correction des épreuves ne permit pas au volume d'être mis en vente avant le 22 novembre. Voir *OD I*, p. 1174-1175.

37-70. MAX BÉTHUNE À BALZAC

Aut., Lov., A. 312, ff⁰ˢ 231-232 ; sur papier à en-tête du *Dictionnaire de la conversation et de la lecture*. — *Corr. Gar. III*, n° 1241.

1. Voir 37-67.

37-71. IMPRIMERIE DE BÉTHUNE ET PLON
À BALZAC

Aut., Lov., A. 269, f° 23 ; sur papier à en-tête de l'imprimerie de Béthune et Plon.

1. Voir 37-67 et 37-70.

2. Est-ce William Duckett ?

3. Il s'agit de Philibert Le Roux, *Dictionnaire comique, satyrique, critique, burlesque, libre et proverbial. Avec une explication très fidèle de toutes les manières de parler Burlesques, Comiques, Libres, Satyriques, Critiques et Proverbiales, qui peuvent se rencontrer dans les meilleurs auteurs, tant Anciens que Modernes*, 1 vol. in-8°, Amsterdam, M.-C. Le Cène, 1718. Balzac s'est-il aidé de ce dictionnaire dans la rédaction du troisième dixain sur lequel il travaillait à la date de cette lettre ?

37-72. À MAURICE SCHLESINGER

Aut., Lov., A. 288, ff⁰ˢ 83-84 v°. — Publié par M. Regard, *RHLF*, octobre-décembre 1953, p. 502. — *Corr. Gar. III*, n° 1242.

1. Cette lettre est simplement datée « lundi » sur l'autographe, on peut donc hésiter entre les 8, 15 et 22 mai 1837. Comme Balzac l'indique, il n'avait pas été satisfait du travail fait par Auguste de Belloy pour *Gambara* (37-65). Un nouveau sujet musical tout imprégné de récents souvenirs vénitiens, *Massimilla Doni*, vint alors sous sa plume ; cette œuvre fut rédigée très rapidement et le jeudi 25 mai, il datait le manuscrit et l'envoyait à l'imprimeur Charles Plon. M. Regard (« Balzac est-il l'auteur de *Gambara* ? », p. 501-505) a montré les curieuses contaminations entre *Gambara* et *Massimilla Doni* : le ténor vénitien nommé Genovese au début de la rédaction devient subitement en cours de texte Gambara, Balzac créant ainsi « un nouveau *Gambara* » ; corrigeant par ailleurs le canevas du *Gambara* de Belloy, il songe un moment à l'intituler en échange *Massimilla Doni*. Il est pratiquement impossible de dater exactement ces premières corrections de *Gambara* et le début de la rédaction de *Massimilla Doni*, mais la date d'achèvement du manuscrit de cette dernière œuvre nous fournit un *terminus ante quem* ; nous proposons donc de dater la présente lettre du lundi 22 mai, le manuscrit du « nouveau *Gambara* » (c'est-à-dire *Massimilla Doni*) étant ainsi promis pour le mercredi 24, jour où Balzac annonce à Mme Hanska : « Je viens d'achever une œuvre qui s'appelle *Massimilla Doni* et dont la scène est à Venise » (*LHB I*, p. 382).

2. C'est-à-dire détruire la composition typographique en « distribuant » les lettres de plomb dans les « cassetins » réservés à chaque lettre ou signe.

3. Balzac, devant le refus de ses éditeurs (37-77), se ravisa et, au lieu d'abandonner complètement le texte d'Auguste de Belloy, décida de le corriger abondamment.

37-73. À CHARLES PLON

Lov., A. 133, f° 61 v° ; copie par la vicomtesse de Lovenjoul du manuscrit de *Massimilla Doni*, au verso du f° 30 du texte daté : « 25 mai 1837 ». — Publié par Lovenjoul, *RHLF*, juillet-septembre 1907, p. 437 ; Max Milner, *Massimilla Doni*, J. Corti, 1964, p. 232. — *Corr. Gar. III*, n° 1243.

1. C'est-à-dire le manuscrit de *Massimilla Doni* à la fin duquel se trouvent ces indications au verso du f° 30.

2. Charles Plon avait alors en train la troisième livraison des *Études philosophiques* publiée en juillet suivant. *César Birotteau* n'en fit pas partie et *Un martyr* fut remplacé par *Les Martyrs ignorés* bien que le 28 mai

Balzac écrivît à Mme Hanska : « Je viens d'achever une petite étude, intitulée *Le Martyr*, qui avec *Le Secret des Ruggieri* et *Les Deux Rêves*, me complète l'étude du caractère de Catherine de Médicis » (*LHB I*, p. 383).

37-74. À VICTOR LECOU

Coll. privée ; sur le ms. de *Massimilla Doni*, f° 30 v° (sur le même feuillet que 37-73). — Transcription – avec de nombreuses lacunes – par Max Milner, *Massimilla Doni*, p. 232.

37-75. À LOUIS ANTOINE LABOIS

Aut., Saint-Pétersbourg, Bibliothèque nationale de Russie (autrefois Bibliothèque publique Saltykov-Chtchedrine), fonds 991, inv. I, pièce 76. — Publié avec fac-similé par A. D. Mikhaïlov, *AB 2001*, p. 325-327.

1. En 1837, le 27 mai était un samedi, jour, semble-t-il, de la restitution des 2 000 F avancés par Balzac. Dans cette hypothèse, quel est le « mercredi » mentionné par Balzac : 24 ou 31 mai ?

37-76. À ZULMA CARRAUD

Aut., Lov., A. 293, f° 102. — *Corr. Gar. III*, n° 1244.

1. Balzac renonça à ce projet de voyage à Frapesle pour fuir les créanciers ; il songea un moment à se cacher à Poissy, chez le comte de Belloy (37-88) et finalement trouva refuge chez les Guidoboni-Visconti.

37-77. HENRY LOUIS DELLOYE ET VICTOR LECOU À BALZAC

Aut., Lov., A. 269, ff^os 19 et 20 v°. — Extraits publiés par M. Regard, *RHLF*, octobre-décembre 1953, p. 505. — *Corr. Gar. III*, n° 1245.

1. Nous ne savons pas pourquoi Balzac avait demandé à ses éditeurs l'autorisation de donner à Schlesinger *Massimilla Doni* à la place de *Gambara*. Si le titre figurait bien dans l'accord avec Schlesinger en date du 11 octobre 1836 (36-158), le contrat avec Delloye, Lecou et Bohain (36-174) ne mentionnait qu'un « article de vingt colonnes », sans préciser ni titre ni sujet. La substitution d'une œuvre à l'autre aurait été d'autant plus facile que Balzac avait songé à intervertir les titres des deux nouvelles (voir 37-72, n. 1). Peut-être craignait-il une indiscrétion de l'imprimeur Plon, mais ce n'est qu'une hypothèse.
2. Découragé par ce refus, Balzac hors d'état d'achever rapidement *Gambara* envoya à Schlesinger une lettre le 29 mai (37-80) destinée à faire patienter les lecteurs de la *Revue et gazette musicale de Paris*.

37-78. À THÉODORE DABLIN

Aut., coll. privée ; vente à Paris, Hôtel Drouot, 12-14 novembre 1958, L. Lefèvre et Cl. Guérin experts, n° 186 ; copie, Lov., A. 281, f° 298. — *Corr. Gar. III*, n° 1246.

37-79. AU DOCTEUR NACQUART

Copie communiquée par Marcel Bouteron. — *Corr. Gar. III*, n° 1247.

37-80. À MAURICE SCHLESINGER

Aut., coll. Th. Bodin. — Lettre publiée par la *Revue et gazette musicale de Paris* du 11 juin 1837 (4ᵉ année, n° 24). — *Corr. Gar. III*, n° 1248.

1. Publiée dans *La Presse* du 1ᵉʳ au 14 juillet 1837.
2. Charte constitutionnelle du 14 août 1830, promulguée par Louis-Philippe et qui définit les principes de la monarchie de Juillet (1830-1848).
3. Rossini avait fait jouer son oratorio de *Mosè in Egitto* au théâtre San Carlo de Naples le 5 mars 1818 ; transformé en opéra sur un livret d'Étienne de Jouy et Luigi Balochi, *Moïse et Pharaon ou le Passage de la mer Rouge* fut créé à l'Opéra de Paris le 26 mars 1827 et repris plusieurs fois sous la monarchie de Juillet. Balzac prisait particulièrement cette œuvre dont l'analyse constitue la partie centrale de *Massimilla Doni* ; mais en mai 1837, « son ignorance hybride en fait de technologie musicale » ne lui permit pas d'exprimer ses idées et de mener à bien ce chapitre qui, intitulé « Une représentation du *Mosè* de Rossini à Venise », ne sera inséré que deux ans plus tard dans *La France musicale* (25 août 1839) ainsi que dans l'édition originale (*Une fille d'Ève*, suivi de *Massimilla Doni*, Souverain, 1839, 2 vol. in-8°) mise en vente le lendemain, le 26 août 1839.
4. Balzac était donc passé par Bologne en quittant Florence pour Milan à la mi-avril précédente ; il avait pu voir à la Pinacothèque le célèbre tableau de Raphaël, *L'Extase de sainte Cécile* (env. 1514).
5. Rossini s'était réinstallé, à la fin de l'année précédente, à Bologne, où Olympe Pélissier était venue le rejoindre. Balzac leur rendit visite.
6. Rappelons que la cantatrice espagnole María Malibran, dite la Malibran, était morte à Manchester, le 23 décembre 1836 ; les stances de Musset avaient paru dans la *Revue des Deux Mondes* du 15 octobre 1836 (t. VIII). Balzac était allé plusieurs fois à la Scala pendant son séjour milanais ; dès le 21 février 1837, surlendemain de son arrivée, il assistait à une reprise de *La Straniera* de Bellini (créée le 14 février 1829 à la Scala).
7. Le célèbre théâtre vénitien avait été, pour la deuxième fois, ruiné par un incendie dans la nuit du 12 au 13 décembre 1836. L'auteur de *Massimilla Doni* venait de l'évoquer, tout en lui attribuant, d'après H. Prior (« Balzac à Milan », p. 616-617), plutôt l'atmosphère de la Scala.
8. Aujourd'hui théâtre Carlo-Felice, le théâtre de Gênes, œuvre de l'architecte et urbaniste génois Carlo Barabino, fut inauguré le 7 avril 1828 en présence du roi et de la reine de Sardaigne.
9. Paul Delaroche avait exposé trois tableaux au Salon de 1837, dont *Sainte Cécile* qui avait reçu un accueil mitigé. Voir notamment la chronique du Salon par Auguste Barbier dans la *Revue des Deux Mondes* (t. X, avril 1837, p. 83).
10. L'opéra-comique d'Adolphe Adam sur un livret d'Adolphe de

Leuven et de Léon Lévy Brunswick avait été créé le 13 octobre 1836 à la salle de la Bourse.

11. Balzac fait ici allusion aux *Kreisleriana* d'Hoffmann (*Œuvres complètes*, trad. Adolphe Loève-Veimars, Paris, t. XIX, 1832). Voir P.-G. Castex, *Nouvelles et contes de Balzac (Études philosophiques)*, Centre de documentation universitaire, 1961, p. 66-72.

12. « L'ivrogne n'est pas plus méprisé dans nos contrées que le *thériaki* (c'est ainsi qu'on appelle l'homme qui fait un usage excessif de l'opium) ne l'est en Perse ou en Turquie » (C. L. F. Panckoucke, *Dictionnaire des sciences médicales*, Paris, chez l'auteur, 1819, t. XXXIX, p. 549).

37-81. À MAURICE SCHLESINGER ?

Aut., Saint-Pétersbourg, Bibliothèque nationale de Russie, fonds 991, inv. I, pièce 77.

1. Cette déclaration semble adressée à Maurice Schlesinger et pourrait concerner la publication des feuilletons de *Gambara* dans la *Revue et gazette musicale de Paris* des 23 et 30 juillet, 6, 13 et 20 août.

37-82. ÉMILE DE GIRARDIN À BALZAC

Aut., Lov., A. 262, ff^{os} 30 et 31 v°. — Publié par Lovenjoul, *Genèse*, p. 149. — *Corr. Gar. III*, n° 1249.

37-83. ÉMILE DE GIRARDIN À BALZAC

Aut., Lov., A. 262, f° 32. — Publié par Lovenjoul, *Genèse*, p. 149-150. — *Corr. Gar. III*, n° 1250.

1. *La Femme supérieure* fut publié dans *La Presse* du 1er au 14 juillet 1837.
2. Balzac, avant de donner ses romans à publier en feuilletons dans les quotidiens, les faisait composer chez un imprimeur ami, habitué à voir revenir cinq ou six fois des jeux d'épreuves constellés de corrections et ajoutés (voir 36-149).

37-84. À MAURICE SCHLESINGER

Aut., Lov., A. 288, f° 87. — Publié par M. Regard, *RHLF*, octobre-décembre 1953, p. 504. — *Corr. Gar. III*, n° 1251.

1. Ce billet est difficile à dater ; il concerne la reprise du manuscrit de *Gambara* après le refus de Delloye et Lecou de laisser publier *Massimilla Doni* dans la *Revue et gazette musicale* (voir 37-77, n. 2).
2. *Robert le Diable*, premier opéra « historique » de Meyerbeer créé en 1831, avait fait sensation. Dans la nouvelle de Balzac, Gambara ivre assiste à la première représentation de *Robert le Diable* qu'il commente avec une grande intelligence musicale, commentaires que, dégrisé, il désavoue ensuite (*CH X*, p. 499-510).

37-85. À CHARLES PLON

Aut., Lov., A. 130, f° 10 v° ; au dos du dernier feuillet du ms. des *Martyrs ignorés*. Ce dossier contient d'autres avis aux imprimeurs concernant les corrections d'épreuves (voir par exemple *Corr. Gar.* III, n°s 1256 et 1260 que nous ne reprenons pas ici). — Publié par Lovenjoul, *RHLF*, juillet-septembre 1907, p. 429. — *Corr. Gar.* III, n° 1252.

1. En envoyant, le 15 juin, à la comtesse Maffei (37-99) manuscrit et épreuves corrigées des *Martyrs ignorés* où figurent ces indications destinées à Charles Plon, Balzac prétendait que cette œuvre était la première écrite depuis son retour d'Italie ; on remarquera toutefois que *Les Martyrs ignorés* n'est pas mentionné dans les lettres à Mme Hanska de mai 1837 où il est cité pour la première fois le 8 juillet (*LHB I*, p. 389). L'envoi du manuscrit et des épreuves corrigées en date du 15 juin nous incite à placer la composition de ce texte où Balzac reprenait *Ecce Homo*, publié en 1836 dans la *Chronique de Paris*, dans les derniers jours de mai ou les tout premiers de juin.

2. Il s'agit des bonnes feuilles du *Martyr*, c'est-à-dire *Le Martyr calviniste* (Ire partie de *Sur Catherine de Médicis*). Voir 37-73.

3. C'est sans doute pour jouer sur la similitude des titres que la nouvelle étude philosophique toute pleine d'éléments autobiographiques fut intitulée *Les Martyrs ignorés*.

4. Promesse non tenue.

5. Il s'agit du feuillet 167-168 du tome XII des *Études philosophiques* qui termine le cahier 14 ; il porte ces mots : « *Un martyr*, titre de l'œuvre remplacée. » En passant d'un sujet à l'autre Balzac maintient le titre primitif pour des commodités de mise en page...

37-86. LE COMTE FERDINAND DE GRAMMONT À BALZAC

Aut., Lov., A. 314, ff^{os} 130-131. — Publié par Lucette Besson, *CB*, n° 64, 1996, p. 8.

37-87. ADOLPHE AUZOU À BALZAC

Aut., Lov., A. 256, ff^{os} 6-7 v°. — *Corr. Gar.* III, n° 1253.

1. Le fonds Lovenjoul (A. 256, f° 8) conserve un reçu, écrit de la main de Balzac, par lequel un envoyé d'Auzou déclare en date du 18 juillet 1837 avoir reçu « tous les manuscrits des cinq derniers contes du 3me dixain et celui de l'Épilogue faisant trente-six feuillets d'écriture ».

2. Voir 37-69.

37-88. AU COMTE AUGUSTE DE BELLOY

Aut., MB, inv. 89-29 ; *Bibliothèque du colonel Daniel Sickles. Trésors de la littérature française du XIXe siècle. Livres et manuscrits*, vente à Paris, Hôtel Drouot, 28-29 novembre 1989 (2e partie), J. Vidal-Mégret et Th. Bodin experts, n° 254. — Publié par R. Pierrot, *CB*, n° 44, 1991, p. 29 (sur aut.). — *Corr. Gar.* III, n° 1270 (sur une copie).

1. Auguste de Belloy était l'arrière-petit-neveu de Jean-Baptiste (1709-1808), cardinal de Belloy, évêque de Marseille puis archevêque de Paris sous l'Empire.

2. Belloy possédait un petit logis situé dans l'enceinte de l'ancien couvent des dominicains de Poissy.

3. En vertu d'un jugement rendu le 6 juin 1837 pour des billets impayés à la suite du dépôt de bilan de Werdet (17 mai), Balzac était poursuivi par un garde du commerce. *Cf.* la lettre adressée à Zulma Carraud du 27 mai (37-76). Finalement, pour mener à bien plusieurs travaux urgents, il ne se réfugia ni à Frapesle ni à Poissy, mais aux Champs-Élysées, chez les Guidoboni-Visconti, qui, en payant pour lui, dans les derniers jours de juin, et certainement avant le mercredi 5 juillet, lui évitèrent la prison pour dettes.

4. Sur ce surnom, voir 36-34, n. 2.

37-89. AGLAÉ DE CORDAY À BALZAC

Aut., Lov., A. 313, ff^{os} 133 et 134 v°.

1. Au f° 132, une note du vicomte de Lovenjoul indique que cette lettre est relative au livre publié par Aglaé de Corday, *Les Deux Sœurs, poème et Pages d'album par nos célébrités contemporaines* (Louviers, Ch. Achaintre, 1838). On peut y lire cette pensée de Balzac : « Une œuvre de durée doit être longtemps couvée par le temps. Un long avenir demande un long passé. »

2. Sur Mme Ancelot, voir t. I de la présente édition et le Répertoire.

37-90. À CHARLES PLON

Aut., Lov., A. 130, ff^{os} 11-12 ; sur le faux titre et le début de la première épreuve des *Martyrs ignorés*. — *Corr. Gar. III*, n° 1254.

1. Billet postérieur au 37-85 et sensiblement antérieur au 15 juin.
2. Il s'agit des lignes intitulées « Silhouettes des interlocuteurs » placées en tête de cette étude philosophique (*CH XII*, p. 719) : « La scène est au café Voltaire […]. »
3. Il s'agit de *Ecce Homo, Étude philosophique*, publié dans la *Chronique de Paris* du 9 juin 1836 ; ce récit attribué à un vieux médecin de Tours a été intégré dans *Les Martyrs ignorés* (*CH XII*, p. 740-750). Le manuscrit envoyé par Balzac à l'imprimerie Plon se terminait par le texte imprimé, extrait de la *Chronique de Paris* (Lov., A. 130, f° 10 r°).

37-91. À HENRI PLON

Aut., Saché, musée Balzac, inv. BZ 1999.4.102 (achat 1999) ; photocopie aimablement communiquée par Paul Métadier.

1. La référence aux « feuilles de *Massimilla* », à la fin de ce billet non daté, nous permet de le placer entre le 25 mai, date de la remise du manuscrit (37-73), et le 10 juin, date à laquelle Balzac offrit ce manuscrit au prince Alfonso Serafino di Porcia (37-93).

37-92. ALESSANDRO MOZZONI-FROSCONI À BALZAC

Aut., Lov., A. 319, ff^{os} 87-88 v°. — *Corr. Gar. III*, n° 1255. Écrite en français, la lettre comporte quelques fautes que nous maintenons sans les indiquer ni les corriger.

1. Lettre non retrouvée ; sur les détails de l'affaire, voir 37-24 et 37-46, et notes.

2. *Livelli* : en Italie, ce terme désigne les canons (redevances) versés par celui qui exploite les terres à son propriétaire direct (d'après *Vocabolario degli Accademici della Crusca*, 4ᵉ éd., Florence, 1729-1738, t. III, p. 79). Par extension, il désigne les terres sur lesquelles sont grevés ces prélèvements.

37-93. AU PRINCE ALFONSO DI PORCIA

Photocopie, Lov., A. 133, f° 66 ; copies, Lov., A. 133, f° C., et A. 281, f° 303. — *Corr. Gar. III*, n° 1257.

1. C'est-à-dire le manuscrit de *Massimilla Doni* dont ces lignes constituent l'envoi autographe de Balzac. Ce manuscrit de 30 feuillets, qui venait d'être imprimé chez Plon, est daté à la fin : « Paris, 25 mai 1837 ». Il fut, après la mort de Balzac, offert par le prince Alfonso di Porcia à son ami le marquis Antonio Busca. On lit en dessous de la dédicace de Balzac un second envoi : « Ad Antonio Busca / caro e dolcissimo amico / Alfonso di Porcia / Milano, 9 aprile 1855. » Il avait été copié en 1899 à Milan, chez le comte Sola, époux de la petite-fille d'Antonio Busca, par la vicomtesse Baudoin de Jonghe, nièce de Lovenjoul. Resté en possession de la même famille, il a été transcrit et publié par Max Milner dans son édition de *Massimilla Doni*, p. 181-232. Voir l'Histoire du texte, *CH X*, p. 1504-1505.

37-94. À HENRI PLON

Aut., anciennes archives de la librairie Plon. — *Corr. Gar. III*, n° 1258.

1. Lettre de date incertaine ; Balzac n'a que quinze jours pour achever *La Femme supérieure*, œuvre promise à Girardin pour le 25 juin (voir 37-100), ce qui nous incite à proposer de dater vers le 10 juin.
2. Le texte indiqué ici par Balzac n'est pas encore celui qui figure au dos des couvertures de la troisième livraison des *Études philosophiques* (*BF* du 8 juillet 1837, annonce dans *La Presse* du 17 août). Le texte imprimé porte *Le Fils du pelletier* et non *Le Pelletier des deux reines*. Il donne en outre la composition suivante pour la sixième livraison : *Aventures administratives d'une idée heureuse* ; *Le Chrétien* ; *La Comédie du diable*.

37-95. MARGARET PATRICKSON À BALZAC

Aut., Lov., A. 318, ff°ˢ 41-42. — Publié par S. R. B. Smith, « Notes sur la correspondance inédite de Balzac et Miss Patrickson », *Revue de littérature comparée*, avril-juin 1950, p. 377-380, puis dans *Balzac et l'Angleterre. Essai sur l'influence de l'Angleterre sur l'œuvre et la pensée de Balzac*, Londres, Williams Lea & Co, 1953, p. 177-180. — *Corr. Gar. III*, n° 1259. Écrite en français, la lettre comporte de nombreuses fautes que nous maintenons sans les indiquer ni les corriger.

1. Sa retraite de Chaillot ayant été dévoilée, Balzac ne pouvait se contenter de son pied-à-terre de la rue de Provence et cherchait à fuir les créanciers par tous les moyens : il avait décidé d'abandonner Chaillot (37-127) et de s'installer en banlieue, songeant un moment à Poissy (37-88) avant de choisir Sèvres.
2. *Cf.* la version de cette aventure donnée par Balzac à Mme Hanska dans une lettre du 7 novembre 1837 (*LHB I*, p. 420-421).

37-96. LE COMTE FERDINAND DE GRAMMONT
À BALZAC

Aut., Lov., A. 314, ff^os 133 et 134 v°. — *Corr. Gar.* III, n° 1261.

1. Voir 37-65, n. 3.
2. Voir 36-156 ; brouillé avec Balzac, Duckett n'accepta pas la collaboration de Grammont.

37-97. À UN COMPOSITEUR

Aut., coll. Th. Bodin. — Publié par R. Pierrot, *AB 1991*, p. 38-39.

1. L'autographe porte pour tout élément de datation : « mercredi », sans nom de destinataire. Ce dernier est, semble-t-il, un compositeur susceptible de donner des conseils à Balzac pour une œuvre à paraître. Le « diable d'homme » auquel Balzac a promis « une lettre pour ses abonnés » est probablement Maurice Schlesinger (voir 37-80). Si Balzac envoie le texte imprimé dans la *Revue et gazette musicale de Paris*, cette lettre peut avoir été écrite le mercredi 14 juin ; si, en revanche, il ne s'agit que d'une épreuve, il faudrait envisager de la dater du mercredi 7 juin. La lettre à Schlesinger du mercredi 26 juillet 1837 (37-120) montre que c'est Strunz qui aida Balzac pour ses allusions musicales. La lettre lui est donc probablement destinée, d'autant qu'« une autre petite affaire de ce genre » ferait ici allusion à *Massimilla Doni*, nouvelle dédiée à Strunz.
2. *Tisé* : de l'anglais *tease*, signifie taquiné, dérangé.

37-98. ZULMA CARRAUD À BALZAC

Aut., Lov., A. 293, ff^os 304-305. — *Corr. Gar.* III, n° 1262.

1. Voir 37-76.

37-99. À LA COMTESSE CLARA MAFFEI

Aut., Lov., A. 130, f° A ; en tête du ms. et des épreuves des *Martyrs ignorés*. — *Corr. Gar.* III, n° 1263.

1. Voir 37-85, n. 1.

37-100. À ZULMA CARRAUD

Aut., Lov., A. 293, f° 103. — *Corr. Gar.* III, n° 1264.

1. Probablement chez la comtesse Guidoboni-Visconti, 54, avenue des Champs-Élysées.

37-101. L. C. DE LANTIVY À BALZAC

Aut., Lov., A. 314, ff^os 296-297.

1. Achille François Léonor, marquis de Jouffroy d'Abbans (1785-1854), fils de l'inventeur du pyroscaphe, avait épousé en secondes noces Christine Antoinette Fanelly, fille du colonel de Posson, en novembre 1829. Voir J.-B. Bausset-Roquefort, *Notice sur le marquis Achille de Jouffroy d'Abbans*, Lyon, Imprimerie A. Vingtrinier, 1864 ; et

Charles Weiss, *Journal 1834-1837*, éd. Suzanne Lepin, Besançon, Presses universitaires de Franche-Comté, t. III, 1991, p. 157.

2. *La Quotidienne*, journal d'aspiration royaliste, fondé en 1790. Jouffroy d'Abbans reprend en février 1837 le journal intitulé *L'Europe*, « feuille d'intérêts monarchiques et populaires » (C. Weiss, *Journal*, p. 261).

37-102. JULIE DE SAINT-G *** À BALZAC

Aut., Lov., A. 318, ff^{os} 43-44. — *CaB* 5, n° 1.

1. Il doit s'agir de la caricature de Balzac parue dans *Le Voleur* en 1836, d'après la statuette-charge en plâtre teinté, exécutée par Dantan l'année précédente.

2. Le portrait de Balzac par Louis Boulanger avait été exposé au Salon de 1837 ; Gustave Planche y voyait « un des plus beaux ouvrages de l'école française […] la tête qu'il nous a donnée respire à la fois la volonté, l'emphase, le contentement de soi-même et la sensualité » (*Chronique de Paris*, 9 avril 1837).

3. À cette adresse, nous relevons dans l'*Almanach* de 1840 : « Sennet et Contant, extern[at] de jeunes garçons ».

37-103. À CHARLES PLON

Aut., BNF, Mss, n. a. fr. 6899, f° 91 v°. — Publié par Lovenjoul, *RHLF*, juillet-septembre 1907, p. 429-430. — *Corr. Gar. III*, n° 1265.

1. La composition de *La Femme supérieure* à l'imprimerie de Béthune et Plon, promise à *La Presse*, est déjà avancée. Le manuscrit et les épreuves très corrigées des trois parties sont conservés à la BNF (Mss, n. a. fr. 6899-6701) et comportent de nombreuses recommandations à Charles Plon (réunies pour la première fois par Anne-Marie Meininger, Honoré de Balzac, « *Les Employés* », édition critique et commentée, thèse de doctorat de l'université de Paris-III, 1956, sous la direction de Pierre-Georges Castex, 3 vol. dactylographiés, t. III, p. 9 et 13-14).

2. Ces instructions sont de la deuxième quinzaine de juin, antérieures à un dimanche qui peut être le 18 ou le 25 juin.

37-104. À HENRI PLON

Aut., Lov., A. 288, ff^{os} 34-35. — *Corr. Gar. III*, n° 1266.

1. La composition de *La Femme supérieure* est déjà très avancée et Balzac attend les bonnes feuilles des *Martyrs ignorés*, ce qui date de la deuxième quinzaine de juin. Voir 37-103, n. 1.

37-105. LE VICOMTE DE GINESTET À BALZAC

Aut., Lov., A. 314, ff^{os} 66-67. — Publié par M. Regard, *RHLF*, octobre-décembre 1953, p. 250. — *Corr. Gar. III*, n° 1268.

1. Sur sa collaboration avec Balzac, voir M. Regard, « Balzac est-il l'auteur de *Gambara* ? », p. 250 et suiv.

37-106. CONTRAT
AVEC MADAME JOSÉPHINE DELANNOY

Aut. (entièrement de la main de Balzac), Lov., A 313, f° 242. — Publié par R. de Cesare, *Luglio 1836*, p. 99, n. 67.

1. Cet échéancier fut loin d'être respecté. En juin 1840, Balzac n'avait toujours rien payé et reconnaissait devoir 30 000 F à Mme Delannoy et n'avoir réglé aucune échéance d'intérêts. Ce n'est qu'en octobre 1849 qu'elle sera enfin remboursée (voir 40-154, et n. 3).

37-107. LE COMTE FERDINAND DE GRAMMONT
À BALZAC

Aut., Lov., A. 314, f° 135. — Publié par L. Besson, *CB*, n° 64, 1996, p. 9.

1. Cette lettre n'a pas été retrouvée, sans doute une réponse « amicale » mais négative aux appels de détresse lancés par Grammont (37-86 et 37-96).

37-108. À CAROLINE COUTURIER DE SAINT-CLAIR

Aut., Lov., A. 286, f° 135. — *Corr. Gar. III*, n° 1269.

1. Cette correspondante de Balzac, Anglaise d'origine, lui avait proposé de traduire ses œuvres. Margaret Patrickson œuvrait déjà dans ce sens. Voir *LHB I*, p. 421, et le Répertoire de la présente édition.

37-109. À THÉOPHILE GAUTIER

Aut., Lov., C. 491, ff°⁵ 237 et 238. — Publié par Lovenjoul, *Histoire des œuvres de Théophile Gautier*, Paris, Charpentier, t. I, 1887, p. 185, et dans *Autour*, p. 16 ; Pierre Laubriet, *Un catéchisme esthétique. « Le Chef-d'œuvre inconnu » de Balzac*, Didier, 1961, p. 100 ; René Guise, *CH X*, p. 1405. — *Corr. Gar. III*, n° 1174 (daté 1836 ou 1837).

1. Ce billet assez énigmatique pose des problèmes de datation et de signification étroitement liés. Sur l'enveloppe jointe à l'autographe l'adresse de Gautier a été rayée et remplacée par une autre ; il faut donc admettre que Balzac ignorait un récent déménagement de Gautier ; malheureusement les dates exactes des déménagements de Gautier ne sont pas connues ; c'est, semble-t-il, entre décembre 1836 et avril 1837 qu'il a quitté le 3 de la rue Saint-Germain-des-Prés pour la rue de Navarin ; mais le 29 de la rue de Navarin était l'adresse de son amie Victorine Lefort ; il a pu y faire des séjours plus ou moins prolongés avant de quitter complètement la rue Saint-Germain-des-Prés. Le vicomte de Lovenjoul a émis l'hypothèse que l'« œuvre imprimée » à « revoir » était la nouvelle édition du *Chef-d'œuvre inconnu* destinée aux *Études philosophiques*, hypothèse séduisante, mais fragile, puisque dès septembre 1836 Balzac avait remis en chantier *Le Chef-d'œuvre inconnu* (36-137). Si ce billet concerne bien cet ouvrage, René Guise le place, au plus tôt, après le 1ᵉʳ avril 1837 ; le situer en juin ou juillet 1837 paraît être une hypothèse à retenir.

2. Balzac se souvient d'avoir utilisé ce pseudonyme rabelaisien dans *La Caricature*.

37-110. [SURGAULT?] POUR VICTOR LECOU
À BALZAC

Aut., Lov., A. 269, ff^{os} 21 et 22, v^o.

1. Pour l'édition du « Balzac illustré », entreprise par Delloye & Lecou, *La Peau de chagrin*, seul volume publié en livraisons en 1838, devait en constituer le tome XXIV (enregistré à la *BF* du 21 juillet 1838).
2. La lecture du nom du signataire est conjecturale, on pourrait lire « Surgants », comme P. Laubriet dans son édition de *Histoire de la grandeur et de la décadence de César Birotteau*, Garnier, 1964, p. XLI-XLII.

37-111. À HENRI PLON

Aut., anciennes archives de la librairie Plon. — *Corr. Gar. III*, n° 1271.

1. Balzac veut sans doute parler des *Martyrs ignorés* qui, précédé du titre *Un martyr*, constitue les pages 167-278 du tome XII des *Études philosophiques*; ce volume est en effet le plus « fort » de la livraison puisque les tomes XII, XV, XVI et XVII ont respectivement 236, 179, 209 et 237 pages.
2. Contrairement à ce que Balzac avait demandé (37-73).
3. Comme nous l'a fait remarquer Pierre Laubriet, le début du manuscrit de *César Birotteau* fut remis à Plon en juillet (voir 37-114).
4. Le nom de Fain figure bien sur la page de titre du troisième dixain, mais c'est chez Éverat que poursuivait le travail.
5. Un cachet postal du 13 juillet figure au verso du placard 28 des troisièmes épreuves de *Gambara* (Lov., A. 87, f° 103 v°).

37-112. À CAROLINE COUTURIER DE SAINT-CLAIR

Aut., Lov., A. 286, f° 134. — *Corr. Gar. III*, n° 1272.

1. La publication de *La Femme supérieure* était en cours dans *La Presse* du 1er au 14 juillet 1837, ce qui nous incite à dater cette lettre de la première décade de juillet 1837.

37-113. MADAME B.-F. BALZAC À BALZAC

Aut., Lov., A. 381, f° 63. — *L. fam.*, n° 78. — *Corr. Gar. V*, n° 2842 (non daté).

a. tout [suffit... si tu ne pouvais rien *biffé*]. J'ai *aut.* ↔ *b.* ne [pouvais *biffé*] rien *aut.*

1. W. S. Hastings (*L. fam.*, p. 187-188) plaçait en 1836 cette lettre datée simplement *in fine* « 9 juillet ». Cette hypothèse ne nous paraît pas devoir être suivie; en 1836, le 1er juin, Balzac avait remis à sa mère deux billets de 500 F (Lov., A. 336, ff^{os} 244 et 245) en paiement d'« intérêts de capitaux ». Nous pensons pouvoir dater de 1837, en rapprochant cette lettre des lettres 37-57 et 37-62.
2. Voir 37-62, n. 2.
3. Il s'agit de Lingay; voir 39-262 et le Répertoire.

37-114. CHARLES PLON À BALZAC

Aut. (de la main de Balzac, sauf la signature), Lov., A. 133, f° 63. — Publié par Lovenjoul, *RHLF*, juillet-septembre 1907, p. 438. — *Corr. Gar. III*, n° 1273.

1. Cette « copie imprimée et corrigée » était constituée par le texte de *César Birotteau* dont l'impression avait été commencée en 1834.

37-115. À PIERRE HENRI MARTIN, DIT LUBIZE

Aut., Lov., A. 287, ff^os 262 et 263 v°. — *Corr. Gar. III*, n° 1274.

1. Ce lieu de rendez-vous prouve que, contrairement à ce que Balzac avait laissé croire à Margaret Patrickson (37-95), il n'avait pas encore déménagé de Chaillot à la mi-juillet.

37-116. ANATOLE DAUVERGNE À BALZAC

Aut., Lov., A. 313, f° 212. — *Corr. Gar. III*, n° 1275.

1. Voir la réponse de Balzac (37-118).

37-117. À ÉDOUARD DÉADDÉ

Aut., Lov., A. 286, f° 152. — *Corr. Gar. III*, n° 1276.

1. La production de drames-vaudevilles par É. Déaddé (sous le nom de Saint-Yves) est considérable pour l'année 1837. Comme pour le projet évoqué au tome I de la présente édition (lettre 30-9), le sujet de cette pièce n'a pas pu être identifié.
2. Jules de Castellane avait créé un théâtre privé où rivalisaient deux troupes de comédiens amateurs dirigés par Sophie Gay et par la duchesse d'Abrantès.
3. Balzac ici fait sans doute allusion au problème qui frappe tant les théâtres privés que publics : les droits d'auteur. Dans un avenir proche, Jules de Castellane sera poursuivi en janvier 1839 par un vaudevilliste anglais pour avoir joué une de ses pièces en son théâtre sans autorisation. Voir Anne Martin-Fugier, *Comédiennes : de Mlle Mars à Sarah Bernhardt*, Seuil, 2001, p. 259.

37-118. À ANATOLE DAUVERGNE

Aut., ancienne coll. Pierre Bezançon ; vente, « Collection d'un amateur », Paris, Hôtel Drouot, 17 juin 1980, J. Vidal-Mégret expert, n° 6. — Publié dans *Honoré de Balzac*, cat. de l'exposition, Bibliothèque nationale, 1950, n° 433, p. 103. — *Corr. Gar. III*, n° 1277.

1. Voir 37-116.

37-119. LE COMTE JUSTIN DE MAC CARTHY À BALZAC

Aut., Lov., A. 315, ff^os 4-5 v°. — *Corr. Gar. III*, n° 1278.

1. Ce projet d'acquisition dans la région parisienne reste mystérieux. Voir 37-125.

37-120. À MAURICE SCHLESINGER

Aut., MB, inv. BAL 95-17. — Fac-similé publié au cat. de la vente à Londres, Sotheby's, 20 novembre 1979, n° 15. — Publié par R. Pierrot, *AB 1991*, p. 39-40.

1. Cette nouvelle pièce au dossier de *Gambara* est postérieure à la publication du début dans la revue de Schlesinger, le dimanche 23 juillet 1837. Elle confirme l'aide apportée à *Gambara* par Strunz, le dédicataire de *Massimilla Doni*. En dépit de l'anniversaire de la révolution de 1830, la publication se poursuivit le dimanche 30 juillet et les 6, 13 et 20 août. Voir la description des jeux d'épreuves, dans l'Histoire du texte, *CH X*, p. 1442-1443.

37-121. CHARLES PLON À BALZAC

Aut. (de la main de Balzac, sauf la signature), Lov., A. 133, f° 64. — Publié par Lovenjoul, *RHLF*, 1907, p. 438. — *Corr. Gar. III*, n° 1279.

37-122. GASPARD DE PONS À BALZAC

Aut., Lov., A. 315, ff°ˢ 363-364. — *Corr. Gar. III*, n° 1280.

1. Gaspard de Pons venait de lire le début de *Gambara* dans la *Revue et gazette musicale* du 23 juillet.

37-123. À HENRI PLON

Aut., Lov., A. 288, f° 36. — Publié par Lovenjoul, *RHLF*, 1907, p. 437-438. — *Corr. Gar. III*, n° 1281.

a. note [qui vous *biffé*] et un *aut.* ◆◆ *b.* cette *en surcharge sur* la *aut.*

1. On peut dater cette lettre des derniers jours de juillet.
2. C'est de cette façon que paraissait en juillet 1837 *L'Eldorado* [*Fortunio*] de Théophile Gautier dans le *Figaro*. Ce système ne fut pas suivi pour *César Birotteau*, l'édition en 2 vol. in-8° fut simplement donnée en prime aux abonnés (voir 36-106, n. 5).
3. Les volumes portent sur la page de titre : « Paris, chez l'éditeur, 3, rue Coq-Héron ». L'impression interrompue chez Plon peu après la fin de juillet fut menée à bien par l'imprimerie Boulé et Cie située précisément 3, rue Coq-Héron.
4. C'est-à-dire sur les couvertures de la troisième livraison des *Études philosophiques* qui venaient de paraître.
5. Cette livraison rachetée par Souverain ne vit le jour qu'en 1840 sous des couvertures portant comme titre *Le Livre des douleurs*.

37-124. À ARMAND DUTACQ

Aut., Lov., A. 297, ff°ˢ 3 et 4 v°; lettre dictée (y compris la signature), d'une main non identifiée. — Publié en partie par L.-J. Arrigon, *Balzac et « la Contessa »*, p. 184-185 ; A. Billy, *Vie de Balzac*, Flammarion, 1944, t. I, p. 291. — *Corr. Gar. III*, n° 1282.

1. *Le Siècle* du 28 juillet 1837 (p. 4) avait publié un article ironique intitulé : « M. de Balzac et le garde du commerce », repris de la

Gazette des tribunaux du 27 juillet rendant compte de l'audience de la quatrième chambre en date du 26. Voir R. Pierrot, *Honoré de Balzac*, p. 310-312, et *LHB I*, p. 390.

2. D'après l'article 781 du Code d'instruction, l'alinéa 5 prévoit que « le débiteur ne pourra pas être arrêté dans une maison quelconque, même à son domicile, à moins qu'il n'ait été ordonné par le juge de paix du lieu, lequel juge devra, dans ce cas se transporter dans la maison avec l'officier ministériel » (cité par J.-G. Locré, *Législation civile, commerciale et criminelle, ou Commentaire et complément des codes français*, Bruxelles, Tarlier, t. X, 1838, p. 49).

3. Il n'en fut rien.

37-125. LE COMTE JUSTIN DE MAC CARTHY À BALZAC

Aut., Lov., A. 315, ff^{os} 10-11. — *Corr. Gar. III*, n° 1283.

1. Voir 37-119.

37-126. LE COMTE FERDINAND DE GRAMMONT À BALZAC

Aut., Lov., A. 314, ff^{os} 136 et 137 v°. — *Corr. Gar. III*, n° 1284.

1. *Pourtrayeur*: faiseur de portrait en ancien français.

2. Il s'agit de *Dom Gigadas* (t. XIII et XIV des *Œuvres complètes d'Horace de Saint-Aubin*; volumes publiés en 1840 et enregistrés à la BF du 26 septembre 1840). Dans une note publiée par le vicomte de Lovenjoul (*Une page perdue*, p. 167), F. de Grammont déclare que *Dom Gigadas* fut fait en entier par lui, mais que le dénouement n'ayant pas eu l'agrément de Souverain, il fut arrangé par un « littérateur » que Lovenjoul identifiait avec Gustave Albitte. La rédaction traîna longtemps. Voir les lettres de Souverain du 19 mars 1838 (38-31) et des 27 février, 8, 14 et 29 mai 1840 réclamant les épreuves à Balzac (40-43, 40-132, 40-137 et 40-150). Des épreuves portant des corrections de Balzac ont été retrouvées par Jean-Pierre Galvan (« Documents nouveaux sur quelques œuvres de Balzac », *AB 1985*, p. 13-16).

37-127. AU DOCTEUR JEAN-BAPTISTE MÈGE

Aut., Lov., A. 287, f° 271. — *Corr. Gar. III*, n° 1285.

1. Le bail de la rue des Batailles avait été souscrit au nom du Dr Jean-Baptiste Mège qui servait de prête-nom à Balzac (36-136).

2. La première échéance de ce bail 3, 6, 9 conclu à dater du 1er avril 1835 tombait le 1er avril 1838; dans sa déclaration en date du 17 décembre 1837 (37-164), Balzac déclarera vouloir faire cesser son bail le « 1er avril prochain ».

3. Le propriétaire du 13, rue des Batailles à Chaillot.

4. Cette allusion permet de dater avec vraisemblance de juillet 1837; toutefois Balzac garda son appartement jusqu'en avril 1839 (voir 39-74 et 39-75). À la date de ce déménagement, le propriétaire consentit à lui laisser l'usage d'une chambre au troisième étage afin d'y stocker une partie de ses meubles. Cette chambre sera restituée en juillet 1839 (voir Lov., A. 322, f° 56).

5. Il venait de louer à Sèvres, sous le nom de son beau-frère Surville, un appartement situé 16, rue de Ville-d'Avray. En date du 18 septembre 1837, Balzac déclare s'y être installé (Lov., A. 322, f° 87). Voir 37-140 et 37-142.

37-128. E *** À BALZAC

Aut., Lov., A. 316, ff^{os} 293 et 294 v°.

37-129. E *** À BALZAC

Aut., Lov., A. 316, ff^{os} 304 et 305 v°.

37-130. UNE LECTRICE DE LA « PHYSIOLOGIE DU MARIAGE » À BALZAC

Aut., Lov., A. 318, ff^{os} 45-46. — *CaB 5*, n° 2.

1. *Physiologie du mariage*; *CH XI*, p. 1202.
2. *Ibid.*, p. 924.

37-131. LE COMTE FERDINAND DE GRAMMONT À BALZAC

Aut., Lov., A. 314, ff^{os} 138-139. — *Corr. Gar. III*, n° 1286.

1. Cette lettre nous paraît postérieure de quelques jours à celle du 29 juillet (37-126).
2. Souverain était probablement mécontent de Belloy à cause des retards apportés à la publication de *L'Excommunié*.
3. *Dom Gigadas* (voir 37-126, n. 2).
4. Balzac avait sans doute annoncé à son ami son prochain voyage en Touraine. Le 15 août, il était à Tours d'où il gagna Saché.

37-132. VICTOR LECOU À BALZAC

Aut., Lov., A. 269, ff^{os} 24-25. — *Corr. Gar. III*, n° 1287.

1. La troisième livraison des *Études philosophiques*.
2. Il s'agit de l'édition illustrée de *La Peau de chagrin*, seul volume publié de la grande édition illustrée qui devait être intitulée *Études sociales* (voir 37-110, n. 1).

37-133. À ALBERT MARCHANT DE LA RIBELLERIE

Photocopie communiquée par Marcel Bouteron, d'après l'aut., vente du 22 janvier 1921, J. Meynial expert, n° 3. — *Corr. Gar. III*, n° 1288.

1. Arrivé à Tours, le mardi 15 août, comme il l'indique dans cette lettre, Balzac demande qu'on lui retienne une place pour le lundi 28 afin d'être à Paris pour son rendez-vous avec le docteur Nacquart le jeudi 31 (37-134); son allusion à un samedi [26] permet de dater entre les 21 et 25 août.
2. Voir 36-195.
3. Il ne s'agit pas comme on pourrait être tenté de le supposer de

Rigny-Ussé (canton d'Azay-le-Rideau) mais du château de Rigny (commune de Joué-lès-Tours), situé près de Pont-Cher, à l'est de la route de Tours à Chinon. Balzac n'ayant pas trouvé M. de Margonne à Saché était revenu sur ses pas pour essayer de le rencontrer à Rigny, propriété achetée, en 1835, par M. de Margonne et revendue par lui quelques jours après la visite de Balzac (note établie grâce aux renseignements communiqués par Jacques Maurice).

37-134. LE DOCTEUR NACQUART À BALZAC

Aut., Lov., A. 310, f° 79. — *CaB 8*, n° 27. — *Corr. Gar. III*, n° 1288 *bis*.

1. Balzac se plaignait de souffrir d'«inflammation de poitrine» (*LHB I*, p. 399).

37-135. À LA COMTESSE EUGENIA ATTENDOLO-BOLOGNINI

Publié par R. Barbiera, *Il Salotto della contessa Maffei*, p. 55-58 (exemplaire corrigé par le vicomte de Lovenjoul, B. 1269). — *Corr. Gar. III*, n° 1289 (daté d'octobre ? 1837 et destinataire erronée).

1. Depuis sa première publication en 1895, cette lettre avait toujours été présentée comme étant adressée à la comtesse Clara Maffei. Or, le ton de la lettre, les «obéissances» aux pieds de la *piccola* Maffei, la santé précaire de la correspondante (voir 37-43) ainsi que la double référence à la comtesse Sanseverino, sœur du prince Porcia, indiquent que Balzac écrit à l'amie de cœur de ce dernier : la comtesse Attendolo-Bolognini.
2. Sur la rencontre de Balzac et Puttinati, voir 37-54, n. 5.
3. Voir le *post scriptum* de la lettre 38-41. La dédicace de *La Femme supérieure* à la comtesse Sanseverino, datée de Milan, mai 1838, parut pour la première fois dans l'édition Werdet en septembre 1838.
4. Le 12 octobre 1837, Balzac écrit à Mme Hanska : « *Massimilla Doni* manque d'un chapitre sur *Mosè* qui exige de longues études sur la partition, et, comme il faut que je les fasse sans être un musicien consommé je ne suis pas maître de mon travail » (*LHB I*, p. 412).
5. Balzac anticipe un peu sur les répétitions, mais il s'agit de *Joseph Prudhomme*, qui deviendra *Le Mariage de mademoiselle Prudhomme* dont il parle longuement à Mme Hanska, dans ses lettres du vendredi 1ᵉʳ septembre et du 10 octobre 1837 (*LHB I*, p. 403 et 409-411).
6. *Cf.* la lettre à Mme Hanska du 1ᵉʳ septembre : « Cette inflammation a tourné en une bronchite qui est maintenant guérie » (*ibid.*, p. 403) ; le 10 octobre, il précise à la même correspondante que sa poitrine est guérie (*ibid.*, p. 405).
7. Voir 37-133.
8. Voir 37-58.
9. Il s'agit du *Mariage de la Vierge* qui se trouve maintenant au musée Brera.
10. *Cf.* la lettre à Mme Hanska du 10 octobre : « C'est sans doute le mois prochain que paraîtront les annonces de notre tontine sur les *Études sociales*, et du 1ᵉʳ au 15 que paraîtra la magnifique édition. On a commencé par *La Peau de chagrin*, le 2ᵐᵉ volume sera *Le Médecin de campagne*, et le 3ᵐᵉ *Le Lys dans la vallée* » (*LHB I*, p. 408). De cette

grande édition du «Balzac illustré», seul paraîtra *La Peau de chagrin* (voir 37-110, n. 1). *Le Lys dans la vallée* ne connaîtra une nouvelle édition qu'en 1839, chez Charpentier. C'est donc sur l'une des très nombreuses contrefaçons publiées en 1836 et 1837 à Bruxelles que Giannantonio Piucco effectua, à la fin de 1837, la première traduction italienne sous le titre : *Il Giglio della valle, del signor de Balzac* (Venise, Andrea Santini, 2 vol. in-18).

11. Voir 38-50.

12. Giuseppe Gigli, qui publie une traduction en italien de cette lettre dans son *Balzac in Italia* (Milan, Fratelli Treves, 1920), indique qu'il s'agit là du docteur Tarchini-Bonfanti (p. 67, note).

13. Voir 37-39.

37-136. AU BARON ÉTIENNE DENOIS

Aut., Lov., A. 288, ff^{os} 124-125 v°. — *Corr. Gar. III*, n° 1289 (correspondant non identifié ; daté d'octobre ? 1837).

1. Le vicomte de Lovenjoul (A. 282, ff^{os} 18-19) datait de novembre 1838 ; le ton très proche de la lettre précédente nous incite à placer celle-ci également en date du vendedi 1er septembre 1837. Voir 37-135, n. 1.

2. Le marquis Antonio Visconti, ami du baron Étienne Denois qui avait plusieurs fois invité Balzac pendant son séjour à Milan. Voir 37-41.

3. *Parigi* : Paris en italien.

4. « Je n'ai aucune nouvelle de la statue de Milan. Ces Italiens sont réellement bien singuliers » (*LHB I*, 10 octobre 1837, p. 409). Voir aussi 37-54, n. 5.

5. Voir 37-92 et 38-15.

37-137. DANGEST À BALZAC

Aut., Lov., A. 322, f° 55.

1. Rentré de Saché, Balzac se prépare à quitter Paris pour s'installer à Sèvres.

37-138. «THEBALDI» À BALZAC

Aut., Lov., A. 318, ff^{os} 47-48 ; sur papier avec monogramme en lettres gothiques «G G», surmonté d'une couronne comtale. — *CaB 5*, n° 3.

1. Il s'agit sans doute de l'édition publiée au tome IV des *Scènes de la vie privée* des *Études de mœurs*, en septembre 1834, chez Mme Charles-Béchet, où on peut lire le portrait de Julie d'Aiglemont auquel fait allusion la correspondante de Balzac (*CH II*, p. 1040).

37-139. À ALESSANDRO MOZZONI-FROSCONI

Aut., Milan, Archivio di Stato, A. 110/14. — Publié par R. De Cesare, *AB 1978*, p. 50-51.

37-140. À LUIGI COLLA

Aut., Turin, Biblioteca civica, Raccolta Cossila. — Publié par L.-G. Pélissier, « Lettres de divers écrivains français », *Bulletin du bibliophile*, 1906, p. 370-371, et daté par le vicomte de Lovenjoul, « À propos des lettres de H. de Balzac », *ibid.*, p. 481-484 ; H. Prior, *Revue de Paris*, 15 janvier 1924, p. 392. — *Corr. Gar. III*, n° 1290.

1. Voir 36-164.

37-141. [SURGAULT ?] POUR VICTOR LECOU À BALZAC

Aut., Lov., A. 269, ff°⁸ 26 et 27 v°. — Publié, sans le feuillet d'adresse, par P. Laubriet, *Histoire de la grandeur et de la décadence de César Birotteau*, Garnier, 1964, p. XLI-XLII.

1. Sur le nom du signataire, voir 37-110, n. 2.
2. Il s'agit probablement des nouvelles tractations avec le *Figaro*, pour la publication de *César Birotteau*. Voir 37-149 à 37-151.

37-142. ARNOLDO ET LUIGI COLLA À BALZAC

Aut., Lov., A. 319, ff°⁸ 89-90 v°. — Publié par le vicomte de Lovenjoul, *Bulletin du bibliophile*, 1906, p. 482-484 ; H. Prior, *Revue de Paris*, 15 janvier 1924, p. 393-394. — *Corr. Gar. III*, n° 1291.

1. Voir 37-24.
2. *Judicatum solvi* : « Caution que doit fournir tout intervenant à un procès pour assurer le paiement des frais et dommages-intérêts auxquels il pourrait être condamné » (d'après le *TLF*).
3. L'avocat Armella ; voir 36-164 et 38-3.
4. Italianisme introduit par Stendhal, qui résidait alors à Milan, dans un pamphlet rédigé hâtivement du 5 au 9 mars 1818, en réponse à une brochure de l'homme de lettres Carlo Giuseppe Londonio, tenant de la tradition « classique », sous le titre *Qu'est-ce que le romanticisme ? dit M. Londonio*. Cinq ans plus tard, il donne cette définition : « Le *romanticisme* est l'art de présenter aux peuples les œuvres littéraires qui, dans l'état actuel de leurs habitudes et de leurs croyances, sont susceptibles de leur donner le plus de plaisir possible. Le *classicisme*, au contraire, leur présente la littérature qui donnait le plus grand plaisir à leurs arrière-grands-pères » (*Racine et Shakespeare*, Paris, Bossange, 1823). (Note de Jacques Houbert, que nous remercions.)

37-143. À FRANÇOIS ANTOINE HABENECK

Deux copies, Lov., A. 281, ff°⁸ 318 et 319. — *Corr. Gar. III*, n° 1292.

1. Nous suivons le vicomte de Lovenjoul qui proposait de placer en 1837 ce billet daté simplement 24 octobre ; l'auteur de *Massimilla Doni* et de *Gambara* commence à fréquenter de temps en temps les concerts du Conservatoire dirigés par Habeneck. Le 6 novembre, il entend la Symphonie en *ut mineur* de Beethoven et s'écrie : « J'aurais voulu être plutôt Beethowen [*sic*] que Rossini et que Mozart » (*LHB I*, p. 419).

37-144. VICTOR BOHAIN À BALZAC

Aut., Lov., A. 312, ff^{os} 273-274. — *Corr. Gar.* III, n° 1293.

1. *Histoire de la grandeur et de la décadence de César Birotteau.*

37-145. À CHARLES PLON

Aut., Lov., A. 135, f° 68 ; épreuves corrigées de *Massimilla Doni*, faux titre du tome XXI des *Études philosophiques*. Ce dossier contient de nombreuses notes adressées aux frères Plon et portant sur la correction des épreuves de *Massimilla Doni*. — *Corr. Gar.* III, n° 1294.

1. Balzac annonce l'envoi du manuscrit de *La Maison Nucingen* ; or, le 26 octobre, il écrivait à Mme Hanska être dans « une impuissance complète » pour ce qu'il a à faire : *La Maison Nucingen* (LHB I, p. 418) et le 7 novembre il précisait : « *La Maison Nucingen* est là en épreuves devant moi » (*ibid.*, p. 424), ce qui permet de dater du début de novembre avant le 14, jour où un nouvel accord avec Théodore Boulé et Victor Lecou le décida à reprendre activement *César Birotteau*.

2. Ce volume (t. XIX des *Études philosophiques*) composé de neuf feuilles fut achevé d'imprimer chez Béthune et Plon en 1837 ; il fut mis en vente avec une nouvelle page de titre au nom de Souverain en 1840. Voir R. Pierrot, « La Véritable Édition originale de *Gambara* », dans *Mélanges d'histoire du livre et des bibliothèques offerts à M. Frantz Calot*, Librairie d'Argences, 1960, p. 175-179.

37-146. CHARLES DELESTRE-POIRSON À BALZAC

Aut., Lov., A. 313, ff^{os} 259-260. — *Corr. Gar.* III, n° 1295.

1. *De l'or ou le Rêve d'un savant*, vaudeville en un acte de Bayard et Biéville inspiré de *La Recherche de l'Absolu*, où Bouffé jouait le rôle de Balthazar Claës.

37-147. VICTOR LECOU À BALZAC

Aut., Lov., A. 269, ff^{os} 37 et 38 v°. — *Corr. Gar.* III, n° 1296.

1. Le traité définitif (37-149) étant daté du 14 novembre, ces lignes peuvent être datées du même jour.

37-148. PROJET DE TRAITÉ
AVEC THÉODORE BOULÉ ET VICTOR LECOU

Aut., MB, inv. 904 (acquis à la vente du 2 décembre 1985, n° 7) ; un feuillet sur papier libre, écrit recto verso. — Publié par R. Pierrot, *CB*, n° 44, 1991, p. 18-19.

a. Boulé [sera for *biffé*] s'oblige *aut.* ⚭ *b.* dans qlqs Journaux [6 lignes plus haut] tirera en plus.   *add. marg. aut. de la main de Balzac*

37-149. TRAITÉ
AVEC THÉODORE BOULÉ ET VICTOR LECOU

Aut., MB, inv. 904 (acquis à la vente du 2 décembre 1985, n° 7) ; traité rédigé sur un feuillet de papier timbré à 35 centimes écrit au recto et au verso ;

le bas du recto (à partir de « Il est entendu ») est paraphé par Bohain, Balzac et Delloye. — Publié par R. Pierrot, *CB*, n° 44, 1991, p. 19-21 (avec plusieurs documents relatifs à l'impression de *César Birotteau*).

a. cinq *corrigé en* dix *aut.* •• *b.* cinquante *corrigé en* quarante-cinq *aut.* •• *c.* cinq *corrigé en* dix *aut.* •• *d.* à la charge *[p. 287, avant-dernière ligne]* expliqué ci-après *add. aut.* •• *e.* cinq *corrigé en* dix *aut.* •• *f.* pendant [un an *corrigé en* six mois] à *aut.* •• *g.* Il est entendu *[6 lignes plus haut]* autre constatation *add. marg. aut. de la main de Balzac*

1. Voir 37-147.
2. Ce traité était l'un des plus avantageux conclus par Balzac — tirage élevé, forts droits d'auteur — mais une très grande partie de ces droits revint à la société formée par Victor Lecou, Henry Louis Delloye et Victor Bohain avec qui il avait conclu un traité assez contraignant, le 15 novembre 1836 (36-174). Voir aussi 37-151.
3. Les corrections et additions portées ici en variantes ont été paraphées en marge.
4. Le même jour, Balzac écrivait à Mme Hanska : « On offre 20 000 francs de *César Birotteau* s'il est prêt pour le 10 décembre, j'ai un volume et demi à faire et la misère m'a fait promettre, il faut travailler pendant 25 nuits et 25 jours » (*LHB I*, p. 425).
5. Le 22 novembre, Balzac écrit à Zulma Carraud : « Voici huit jours que je passe à travailler sans dormir — Le 10 de décembre je serai quasi mort » (lettre 37-155). On notera les variantes du second état du traité par rapport au premier et les ultimes corrections apportées par Balzac : le « terme de rigueur » repoussé du 5 au 10 décembre, la longueur ramenée de « cinquante feuilles au moins », c'est-à-dire de 800 pages à 720.
6. La clause qui autorisait l'édition illustrée de *César Birotteau* resta inexécutée, seul *La Peau de chagrin* fut publié dans le « Balzac illustré », entrepris par Lecou et ses associés.
7. La clause autographe sur les commissionnaires, ajoutée au dernier moment (*var. g*), semble-t-il, sera mal observée (voir 37-150) et provoquera ces mots vengeurs à l'adresse de Boulé : « L'homme mis à ma disposition est un fantôme » (lettre 37-157).

37-150. VICTOR LECOU À BALZAC

Aut., Lov., A. 269, ff⁰ˢ 35-36 v°. — Publié par P. Laubriet, *Histoire de la grandeur et de la décadence de César Birotteau*, Garnier, 1964, p. XLIV-XLV. — *Corr. Gar.* III, n° 1297.

1. Voir le traité conclu en date du 14 novembre (37-149). Depuis celui du 2 novembre 1836 (36-171), le *Figaro* avait changé de formule ; un nouvel accord fut donc nécessaire avec l'imprimeur Boulé, le nouveau bailleur de fonds de *L'Estafette* et du *Figaro*.
2. Moyennant 20 000 F, Balzac vendit le manuscrit de *César Birotteau* qui serait offert aux abonnés du *Figaro* et de *L'Estafette* (voir 36-106, n. 5) ; sur cette somme de nombreuses déductions étaient à prévoir (voir 37-151).
3. Sur les délais impartis, voir le traité 37-149.

37-151. À LAURE SURVILLE

Aut., Lov., A. 277, ff^{os} 12-13 v°. — *Corr. Gar. III*, n° 1298.

1. L'entrepreneur Hubert avait facilité à Balzac diverses acquisitions faites à Sèvres au lieu-dit les Jardies ; le 16 septembre 1837, celui-ci avait acheté pour 4 500 F aux époux Varlet une petite maison et un terrain de 828 m². Voir l'acte d'acquisition signé par-devant Me Alexandre Ménager, notaire à Sèvres (MB ; publié par Thierry Bodin et Jacqueline Sarment, « Balzac aux Jardies [Documents inédits] », *AB 1977*, p. 327-339). D'autres achats suivirent pour agrandir la propriété.
2. Tout occupé à la rédaction de *César Birotteau*, Balzac ne put ni achever *La Maison Nucingen* ni rédiger *La Torpille* qui devaient compléter l'édition en volume de *La Femme supérieure*. Voir 38-61.
3. Directeur de la Compagnie d'assurances pour le service des intérêts hypothécaires (33, rue Vivienne), Gougis avait prêté de l'argent à Eugène Surville pour le dépôt de cautionnement de son projet du « Canal latéral à la Loire d'Orléans à Nantes ».
4. Voir 36-106, n. 5, et 37-149.
5. Auguste Depril, son valet de chambre (voir 36-149, n. 5).
6. Voir 37-132.
7. Départ envisagé pour Frapesle ; voir 37-155.
8. Cette livraison des *Études philosophiques* ne fut pas publiée à la fin de 1837, mais seulement en 1840, à cause des difficultés éprouvées par Balzac pour achever *Massimilla Doni* et des obligations contractées à la fin de 1838 avec un nouvel éditeur, Hippolyte Souverain.
9. Mécontent d'Auguste Depril, Balzac songeait à le remplacer par Mme Michel qui fut de longues années au service des Surville. Balzac ne put l'engager en 1837 ; il songea à nouveau à l'engager en septembre 1845. Voir *LHB II*, p. 51, 53 et 77.

37-152. ALEXANDRE FURCY GUESDON À BALZAC

Aut., Lov., A. 313, f° 459 ; envoyé comme aut. à Mme Hanska, le 16 octobre 1838 (voir *LHB I*, p. 470, note). — *Corr. Gar. III*, n° 1299.

1. Balzac avait sans doute demandé à Furcy Guesdon, dit Mortonval, de collaborer à sa comédie *Le Mariage de mademoiselle Prudhomme* (voir *LHB I*, p. 418, 26 octobre 1837). Voir aussi 37-19.

37-153. À MADAME DELANNOY

Aut., Lov., A. 87, f° A r°. — *Corr. Gar. III*, n° 1300.

1. Le 30 juin précédent (37-106), Balzac avait signé un traité avec Mme Delannoy par lequel il se reconnaissait débiteur de 28 514 F ; ce cadeau du manuscrit de *Gambara* est un témoignage de reconnaissance en attendant le remboursement prévu en trois ans mais qui n'interviendra qu'en octobre 1849 (voir 40-154, n. 3).

37-154. À EDMOND DUPONCHEL

Aut., aimablement communiqué par Mme Naert ; sur papier aux initiales « M. D. » poussées à froid. — *Corr. Gar. V*, n° 2852 (non daté).

1. Ce billet non daté ne porte pas de nom de destinataire. Il s'agit très certainement d'Edmond Duponchel (1795-1868), directeur-entrepreneur de l'Opéra de septembre 1835 à octobre 1841, puis de septembre 1847 à septembre 1849.

2. *Robert le Diable* de Meyerbeer a été joué très souvent sous la monarchie de Juillet. Duponchel en avait été le metteur en scène lors de la création le 21 novembre 1831. Après son retour à l'Opéra, en tant que directeur, il organisa un concert à Fontainebleau, le lundi 10 juin 1837, à l'occasion du mariage du duc d'Orléans ; les 3ᵉ et 5ᵉ actes y furent présentés. Meyerbeer ne fut guère satisfait de la performance de Duprez dans le rôle principal et Duponchel s'engagea rapidement pour une représentation à l'Opéra, avec Lafont (déjà présent lors de la création) en remplacement de Duprez ; cette représentation eut lieu le 20 novembre ; nous plaçons ici la demande de billets de Balzac, sans exclure les dates d'autres représentations ultérieures du célèbre opéra de Meyerbeer.

3. Nous supposons que Balzac écrit ces lignes chez Duponchel, en utilisant le papier à lettres de sa femme, née Marthe Letessier.

37-155. À ZULMA CARRAUD

Aut., MB, inv. BAL 940 (acquis à la vente du 28 mai 1986). — *Corr. Carraud*, 113. — *Corr. Gar. III*, n° 1301 (sur *Corr. Carraud*, avec quelques erreurs, sans adresse, ni indication du cachet postal d'arrivée).

1. D'après le cachet postal, on peut la dater du 20 novembre.
2. Sur l'essor des journaux à 40 F et ses conséquences, voir 36-116, n. 1.
3. Ce n'est qu'en février 1838 que Balzac se rendit à Frapesle.
4. L'année suivante Balzac dédia *La Maison Nucingen* à Mme Carraud ; voir 38-71.

37-156. AU PROTE THUAU

Aut., MB, inv. 904 (acquis à la vente du 2 décembre 1985, n° 7). — Publié par R. Pierrot, *CB*, n° 44, 1991, p. 23-24.

1. Cette courte lettre à Thuau, prote de l'imprimerie Boulé (voir 37-160 et 37-162), semble antérieure à la lettre à Théodore Boulé (37-157).

37-157. À THÉODORE BOULÉ

Aut., Saché, musée Balzac, inv. BZ 1999.4.59. — Publié partiellement et avec un fac-similé dans *Balzac à Saché*, n° 3, [1953], p. 29-31. — *Corr. Gar. III*, n° 1302.

1. Lettre de la deuxième quinzaine de novembre, antérieure aux billets 37-160 et 37-162. Balzac remanie le tome I de *César Birotteau* en utilisant les textes composés par Plon l'été précédent (voir 37-111 et 37-114).
2. Voir 37-149, n. 7.

37-158. MAX BÉTHUNE À BALZAC

Aut., Lov., A. 254, ff^os 236-237. — Fac-similé publié dans *JS*, n° 27, 3ᵉ partie,

p. 4 et 6-8. — Publié partiellement par P. Laubriet, *Histoire de la grandeur et de la décadence de César Birotteau*, Garnier, 1964, p. XLIV-XLV.

1. Cette lettre de Balzac n'a pas été retrouvée.
2. Voir 36-116, et n. 2.
3. Rémunération de la « rédaction » de Balzac pour 63 colonnes et 40 lignes, à 20 F la colonne.

37-159. AU DOCTEUR NACQUART

Aut., Lov., A. 310, f° 51 ; le Dr Nacquart a noté : « 29 novembre 1837, 150. » — *CaB 8*, n° 28. — *Corr. Gar. III*, n° 1303.

37-160. AU PROTE THUAU

Aut., G. Privat, cat. 310, [déc. 1958], n° 5052. — *Corr. Gar. III*, n° 1304.

37-161. JEAN BUISSON À BALZAC

Aut., Lov., A. 340, ff^{os} 472 et 473 v°. La lettre comporte de nombreuses fautes que nous maintenons sans les indiquer ni les corriger.

1. Les détails de cette affaire nous échappent.

37-162. AU PROTE THUAU

Copie communiquée par Marcel Bouteron, d'après aut., *Lettres autographes du cabinet de M. J[ules] L[e]-P[etit]*, vente à Paris, Hôtel Drouot, 23-24 mai 1919, Noël Charavay expert. — *Corr. Gar. III*, n° 1305.

1. D'après une annonce du *Figaro* en date du 17 décembre 1837, *César Birotteau* est en vente ; le délai du 10 décembre avait donc été à peu près observé, ce qui permet de dater ce billet du début de ce mois.

37-163. ALEXANDRE DE BERNY À BALZAC

Aut., A. 312, f° 214 *bis* ; sur un papier à en-tête de la Fonderie de caractères de Laurent & de Berny, rue des Marais S. G. 17.

1. Tout au long de l'automne de 1837, Balzac acheta plusieurs parcelles de terrain pour agrandir sa propriété des Jardies, achetée en septembre ; voir la Chronologie.

37-164. AU DOCTEUR JEAN-BAPTISTE MÈGE

Aut., Lov., A. 322, f° 54 ; de la main de Dangest ; seules les deux lignes ajoutées en marge commençant à « sauf mon droit » jusqu'à « en bon état » et la date sont de la main de Balzac. Ce dernier a également noté en marge : « Rendu par M. Mège. » — *Corr. Gar. III*, n° 1306.

1. Voir 36-136 et 37-127.

37-165. LA MARQUISE DE CASTRIES À BALZAC

Aut., Lov., A. 313, f° 39. — *CaB*, 6, n° 17. — *Corr. Gar. III*, n° 1307.

37-166. AU DOCTEUR NACQUART

Aut., Lov., A. 310, f° 53 ; le Dr Nacquart a noté : « 21 décembre 1837, donné seulement cent francs. » — *CaB 8*, n° 29. — *Corr. Gar. III*, n° 1308.

37-167. LE COLONEL CHARLES FRANKOWSKI À BALZAC

Aut., Lov., A. 313, ff^{os} 445-446. — *Corr. Gar. III*, n° 1309.

1. Lettre non retrouvée.
2. Nous n'avons pu identifier l'intermédiaire.
3. Lettre non retrouvée.
4. *Welches* : les étrangers, Français ou Italiens, pour les Allemands.
5. William Duckett.
6. Il s'agit d'un article destiné à une revue ; voir 37-18.
7. Le voyage de Frankowski en Pologne avait été remis plusieurs fois. Nous ne savons quand il quitta Paris. Balzac, après ses mésaventures avec Duckett, n'avait certainement pas, à la fin de l'année 1837, le désir d'entrer en relations avec lui pour rendre service à son ami polonais.
8. Au sujet de cette boîte envoyée à Mme Hanska, Balzac lui écrivait le 8 juillet 1837 : « Je trouve bien étonnant que vous n'ayez pas reçu mon présent du jour de l'an en juin, le colonel Frankowski étant arrivé depuis 3 mois » (*LHB I*, p. 393) ; le 19 juillet, il ajoutait : « Hélas, je croyais ma pieuse offrande de cette année en vos mains, car laissez-moi l'enivrant plaisir de penser que ce que je vous donne me cause quelques privations, c'est par là que la misère arrive à égaler la richesse. Si ce pauvre homme [Frankowski] en a disposé, il fallait qu'il en eût bien besoin. Mais je ne me consolerai jamais de ne pas savoir en vos mains la chaîne que vous m'avez donnée à Genève. Je réparerai ce petit malheur » (*ibid*, p. 397). Le 25 août, nouvelle inquiétude : « Comment se fait-il que le colonel ne vous ait pas encore fait parvenir la cassolette, puisqu'il m'a *écrit* être arrivé à bon port avec ce précieux petit paquet. Je vais lui écrire à ce sujet, car il faut que j'en aie le cœur net » (*ibid.*, p. 402). Le 20 janvier 1838 enfin : « L'arrivée de la cassolette m'a fait autant de plaisir qu'à vous, c'est comme si je vous avais envoyé deux choses différentes » (*ibid.*, p. 434).
9. Il s'agit de la comtesse Guidoboni-Visconti et de Sophie Koslowska, amie intime de la *contessa* (voir 36-46, n. 2). Frankowski avait dû être indiscret à son sujet car, au début de l'année 1838, Mme Hanska demanda des renseignements à Balzac (*LHB I*, p. 435-436).

37-168. ALFRED GÉNIOLE À BALZAC

Aut., Lov., A. 314, ff^{os} 48 et 49 v°.

1. L'objet de cette rencontre nous échappe ; il est probable que Balzac avait envisagé de demander à Géniole des dessins pour le « Balzac illustré ».
2. Géniole participa au Salon pour la première fois en 1839.

37-169. AU COMTE AUGUSTE DE BELLOY

Aut., MB, inv. BAL 89-29. — Publié par R. Pierrot, *CB*, n° 44, 1991, p. 28.

1. Cette lettre est bien difficile à dater, car nous ignorons tout d'un ouvrage de Belloy intitulé *Contrario*, que nous n'avons pas trouvé dans les répertoires bibliographiques de l'époque. Un indice pourrait être fourni par une lettre de Ferdinand de Grammont à Balzac : « Werdet se retire décidément des affaires […]. Le livre de Belloy se trouve ainsi rejeté dans les oubliettes » (39-104), mais ce texte n'est pas daté et il est bien difficile de fixer ce retrait de Werdet qui avait déposé son bilan, le 17 mai 1837, et qui avait obtenu la levée des scellés, le 13 juillet 1837, ainsi qu'un concordat le 29 septembre de la même année. Son nom apparaissait encore au début de 1839, sur la page de titre de la première édition de *Marianna* de Jules Sandeau (mai 1839).

37-170. VICTOR LECOU À BALZAC

Aut., Lov., A. 269, ff^{os} 39 et 40 v°.

1. La lettre de Balzac à laquelle Lecou répond ici nous manque. Le détail de ces démarches nous échappe.

37-171. VICTOR LECOU À BALZAC

Aut., Lov., A. 269, ff^{os} 41 et 42 v°.

37-172. CAROLINE MARBOUTY À BALZAC

Aut., Lov., A. 391, ff^{os} 113-114. — Fragment publié par Maurice Seryal, *Une amie de Balzac, Mme Marbouty*, Argenteuil, Imp. R. Coulouma, et Paris, Éditions Émile-Paul frères, 1925, p. 18-19. — *Corr. Gar. III*, n° 1425.

1. En avril 1837, elle habitait 11, rue de Grenelle, Saint-Germain-des-Prés (voir M. Regard, *Gustave Planche*, t. II, p. 116) ; en janvier 1839, 2, passage Sandrié (voir 39-20).

37-173. À CAROLINE MARBOUTY

Copie, Lov., A. 283, f° 284. — Fragment publié par M. Serval, *Une amie de Balzac, Mme Marbouty*, p. 17-18. — *Corr. Gar. III*, n° 1421.

1. Nous datons sans certitude de 1837 ou 1838, années où Balzac voyait de temps en temps son acolyte du voyage italien de 1836.
2. En 1829, le comte de Castellane avait fait construire, rue du Faubourg-Saint-Honoré, son propre théâtre.

37-174. À HENRI HEINE

Aut., ancienne coll. de la Princesse Cécile Murat ; vente de la succession de S. A. le Prince Joachim Murat, à Paris, Hôtel Drouot, 23 mars 1961, Jacques Arnna expert, n° 4 (texte complet, sauf la signature). — *Corr. Gar. V*, n° 2862 (non daté).

1. Nous plaçons ici, avec prudence, ce billet non daté, en relevant

plusieurs entrevues des deux écrivains au cours de l'année 1837 (voir l'entrée Heine de l'index de *LHB*). Une datation plus tardive (1841 à 1846) n'est pas à exclure.

1838

38-1. À ZULMA CARRAUD

Aut., Lov., A. 293, f° 104. — *Corr. Gar.* III, n° 1310.

1. Sur cette longue amitié, voir le Répertoire.
2. Lettre non retrouvée. Ivan est le fils aîné des Carraud, né le 19 octobre 1826, souvent cité au tome I de la présente édition. Yorick, le fils cadet.

38-2. VIRGINIE ANCELOT À BALZAC

Aut., Lov., A. 312, f° 56. — Publié par Sophie Marchal, *AB 2001*, p. 274-275.

1. Date très incertaine. Le « Nous ne vous avons pas vu ces jours-ci » laisse supposer que Mme Ancelot avait eu l'occasion de le voir plusieurs fois récemment ; nous proposons de placer ce billet et la lettre 38-7, avec beaucoup de prudence, en janvier 1838, mois pendant lequel Balzac semble avoir repris une activité mondaine après les fatigues occasionnées par la rédaction de *César Birotteau*.
2. Il s'agit de la fille de Virginie, Louise (1825-1887). Voir le Répertoire, et Sophie Marchal, *Virginie Ancelot, femme de lettres au XIXe siècle*, thèse de doctorat, sous la direction de M. Ambrière, Université de Paris-IV, 1998.

38-3. LUIGI COLLA À BALZAC

Aut., Lov., A. 319, ff°[s] 91 et 92 v°. — Publié par H. Prior, *Revue de Paris*, 15 janvier 1924, p. 394-395. — *Corr. Gar.* III, n° 1311.

1. Voir 36-164, n. 2, et 37-142, n. 3.
2. Mathieu de Bonafous (1793-1852), agronome français, était le directeur du Jardin royal d'agriculture de Turin ; membre de la Société royale et centrale d'agriculture de Paris, il se rendait fréquemment à Paris.

38-4. ADOLPHE ÉVERAT À BALZAC

Aut., Lov., A. 256, ff°[s] 42 et 43 v° ; invitation imprimée complétée à la main. — *Corr. Gar.* III, n° 1312.

38-5. LE COMTE JULES DE CASTELLANE À BALZAC

Aut., Lov., A. 313, f° 25. — *Corr. Gar.* III, n° 1313.

1. Le 10 février suivant, Balzac mentionnait ce dîner chez le comte Jules de Castellane « qui fait jouer chez lui des pièces de théâtre » (*LHB* I, p. 438). Ce n'est pas sans réticences que Balzac commença à fréquenter ce milieu.

38-6. CHARLES PHILIPON À BALZAC

Aut., Lov., A. 315, ff^{os} 320-321. — *Corr. Gar.* III, n° 1314.

1. Sur le problème de la collaboration de Balzac à *La Caricature*, voir Bruce R. Tolley, « Balzac et *La Caricature* », *RHLF*, janvier-mars 1961, p. 25-35. Suivant Tolley, Balzac était l'unique rédacteur des premiers numéros de *La Caricature*. Voir les articles de *La Caricature* recueillis dans *OD II*, p. 797-851.
2. Philipon était le « directeur des dessins » de la *Galerie de la presse, de la littérature et des beaux-arts*, dont les trois séries furent publiées par livraisons chez Aubert à partir de février 1838 (les livraisons 1 et 2 sont enregistrées à la *BF* du 10 février 1838).
3. Le portrait de Balzac lithographié par Bernard Julien constitue la neuvième livraison de la deuxième série ; il est accompagné d'une notice assez ironique signée A. D. C'est le deuxième portrait de Balzac par le même dessinateur ; le précédent avait été exécuté en 1835 et publié le 5 janvier 1836 dans le *Supplément* du *Voleur*. Voir t. I de la présente édition, 35-145, n. 2, et ici 36-97, n. 4.

38-7. VIRGINIE ANCELOT À BALZAC

Aut., Lov., A. 312, f° 62. — Publié par S. Marchal, *AB 2001*, p. 275.

1. Date conjecturale. L'analyse des autographes des six lettres conservées de Mme Ancelot à Balzac (Lov., A. 312, ff^{os} 54 à 65) met en évidence une grande similitude de la signature de ce billet avec celle du billet 38-2, toutes deux bien différentes de celles terminant les quatre autres lettres. On notera également le fait que la scriptrice utilise ici la même formule « Monsieur et ami » et qu'elle commence sa lettre en inscrivant le jour de la semaine. Sophie Marchal qui a publié ces six lettres, alors encore inédites, précise que c'est à partir de 1838 que Virginie Ancelot préféra le mercredi au mardi (voir « Une correspondance inédite de Balzac autour d'une amitié de salon : Virginie Ancelot », *AB 2001*, p. 275). On peut hésiter, si cette lettre est bien de janvier, entre les vendredis 12, 19 et 26.

38-8. À HENRI PLON

Aut., coll. Th. Bodin. — *Corr. Gar.* III, n° 1315.

1. L'allusion aux « aciers » permet de penser que ce billet concerne l'édition de *La Peau de chagrin*, seul volume publié du « Balzac illustré » (enregistré à la *BF* du 21 juillet 1838). Les 20 et 22 janvier 1838, Balzac parle de cette entreprise à Mme Hanska et précise que quatre livraisons ont paru (*LHB I*, p. 433-436), ce qui nous incite à placer ici ce billet. Voir 38-17.
2. Ange Janet, dit Janet-Lange, illustrateur des portraits de Pauline et de Fœdora.

38-9. LA COMTESSE HÉLÈNE ZAVADOVSKY À BALZAC

Aut., Lov., A. 316, f° 279.

1. La comtesse Zavadovsky venait de faire la connaissance de Balzac à l'occasion d'un dîner chez Mme Couturier de Saint-Clair (voir 38-10). Avant d'adresser ce billet, elle l'avait soumis au jugement de son amie anglaise : « *This is the little note, I rely entirely on you to decide if it is to be sent or not, and thank you once more for the agreeable acquaintances I owe to your kindness. — I hope that you are well, and not too much fatigued from yesterday. / Ever yours very truly / H. Zavadovsky* » (Lov., A. 316, f° 281). [« Voici la petite note, je m'en remets entièrement à vous pour décider de l'envoyer ou pas, et merci encore une fois pour les plaisantes connaissances que je dois à votre gentillesse. — J'espère que vous vous portez bien, et que vous n'êtes pas trop fatiguée d'hier. / Pour toujours et sincèrement / H. Zavadovsky. »]

38-10. CAROLINE COUTURIER DE SAINT-CLAIR À BALZAC

Aut., Lov., A. 313, f° 142.

1. Voir 38-9.

38-11. LA MARQUISE DE CASTRIES À BALZAC

Aut., Lov., A. 313, ff°s 43 et 44 v°. — *CaB 6*, n° 18. — *Corr. Gar.* III, n° 1316.

38-12. À LA MARQUISE DE CASTRIES

Aut., MB, inv. BAL 89-23 ; ancienne coll. Auguste Lambiotte. — Fac-similé partiel dans *Les Richesses de la bibliophilie belge*, cat. de l'exposition, Bibliothèque royale de Bruxelles (10 mai - 28 juin 1958), s. l., Impr. de R. Hessens, 1958, pl. 399. — *CaB 6*, n° 19 (texte incomplet). — *Corr. Gar.* III, n° 1317.

1. Balzac avait quitté Paris pour Frapesle dans les premiers jours de février.

38-13. À GEORGE SAND

Aut., Lov., A. 311, ff°s 10 v° et 11 r°. — Publié par Aurore Sand, *Les Nouvelles littéraires*, 26 juillet 1930 ; *Mon cher George*, p. 115. — *Corr. Gar.* III, n° 1318.

1. Il s'agit de Casimir Martin (information due à Georges Lubin) ; en juillet 1836, François Rollinat avait demandé à la romancière un mot de recommandation pour lui auprès de Balzac ; en 1844, C. Martin essaya, sans succès, de devenir rédacteur à *L'Éclaireur de l'Indre*.
2. En fait George Sand resta à Nohant jusqu'à la fin de mars 1838.

38-14. GEORGE SAND À BALZAC

Aut., Lov., A. 311, f° 49. — Publié par A. Sand, *Les Nouvelles littéraires*, 26 juillet 1930 ; M. Regard, *Béatrix*, Garnier, 1962, p. 1 ; *Corr. Sand*, IV, n° 1700 ; *Mon cher George*, p. 115. — *Corr. Gar.* III, n° 1319.

1. Cette route départementale d'Issoudun à La Châtre, par Mennet-Planches, Ambrault, Saint-Août, Saint-Chartier et Nohant, venait tout juste d'être achevée (note de G. Lubin).

38-15. ALESSANDRO MOZZONI-FROSCONI À BALZAC

Aut., Lov., A. 319, ff⁰ˢ 93-94. — *Corr. Gar. III*, n° 1320 (analyse seule). Écrite en français, la lettre comporte plusieurs fautes que nous maintenons sans les indiquer ni les corriger.

1. Cette note n'a pas été retrouvée, ni la lettre de Denois ici mentionnée. Sur cette affaire, voir notamment 37-24, 37-46 et 37-92, et notes.
2. Sur les *livelli*, voir 37-92, n. 2.

38-16. À GEORGE SAND

Aut., Lov., A. 311, f⁰ 12. — Publié par A. Sand, *Les Nouvelles littéraires*, 26 juillet 1930; *Mon cher George*, p. 116-117 (avec fac-similé). — *Corr. Gar. III*, n° 1321.

1. « J'ai abordé le château de Nohan[t] le samedi gras [24 février] vers 7 heures et demie du soir », écrivait-il le 2 mars à Mme Hanska, en tête d'un récit détaillé de son séjour chez George Sand (*LHB I*, p. 441).

38-17. HENRY LOUIS DELLOYE À BALZAC

Aut., Lov., A. 269, ff⁰ˢ 28-29. — *Corr. Gar. III*, n° 1322.

1. Voir 38-8, n. 2.
2. Voir *ibid.*, n. 1.

38-18. À ZULMA CARRAUD

Aut., Issoudun, médiathèque Albert-Camus, fonds Stanislas Martin, registre d'autographes n° 1187, 3ᵉ volume (1858), f⁰ 190. — Publié par M. Bouteron, *L'Écho des marchés du Centre*, 1ᵉʳ janvier 1936. — *Corr. Gar. III*, n° 1323.

1. *L'École des ménages*, intitulée alors *La Première Demoiselle* ; voir *LHB I*, p. 444.
2. Balzac fut de retour chez Mme Carraud le vendredi 2 mars (voir 38-19 et *LHB I*, p. 440).
3. George Sand était très liée avec un cousin germain de Mme Carraud, Étienne Félix Tourangin (1783-1853), et avec sa fille Éliza (1809-1889).

38-19. À GEORGE SAND

Aut., Lov., A. 311, ff⁰ˢ 13 *bis*-13 *ter*. — Publié par A. Sand, *Les Nouvelles littéraires*, 26 juillet 1930; *Mon cher George*, p. 121. — *Corr. Gar. III*, n° 1324.

1. Surnom donné par Balzac à George Sand et ses enfants qui avaient des nez assez proéminents.
2. George Sand l'avait initié au plaisir de fumer le houka. Voir *LHB I*, p. 443-444, et le *Traité des excitants modernes* : « Fumer un cigare, c'est fumer du feu. Je dois à George Sand la clef de ce trésor ; mais je n'admets que le houka de l'Inde ou le narguilé de la Perse » (*CH XII*, p. 322).

38-20. LE COMTE JUSTIN DE MAC CARTHY
À BALZAC

Aut., Lov., A. 315, ff⁰ˢ 6-7. — *Corr. Gar. III*, n° 1325.

1. Mac Carthy a effectivement déposé la lettre au domicile des Surville (28, rue du Faubourg-Poissonnière) et Laure l'a réexpédiée à Chaillot.

38-21. LA DUCHESSE D'ABRANTÈS À BALZAC

Aut., Lov., A. 312, ff⁰ˢ 36-37. — Publié partiellement par Henri Malo, *Les Années de bohème de la duchesse d'Abrantès*, Limoges, Impr. Guillemot et de Lamothe, et Paris, Émile-Paul frères, 1927, p. 102-103. — *Corr. Gar. III*, n° 1326.

1. Dernière lettre de la duchesse d'Abrantès à Balzac recueillie par le vicomte de Lovenjoul qui la datait du début de 1838. La duchesse est morte à Chaillot le 7 juin 1838, alors que Balzac était en Italie.

38-22. À CHARLES DELESTRE-POIRSON

Aut. communiqué en 1975 par Michel Castaing. — Le premier paragraphe a été publié au cat. d'une vente à Paris, Hôtel Drouot, 15-16 mai 1975, M. Castaing expert, n° 12. — Publié intégralement par R. Pierrot, *AB 1984*, p. 12.

1. Voir la réponse du directeur du Gymnase (38-23).
2. C'est l'adresse des Surville.

38-23. CHARLES DELESTRE-POIRSON À BALZAC

Aut., Lov., A. 313, f° 261. Balzac a noté au bas du recto le nom de Delestre-Poirson et au verso : « collaborateur de Scribe ». — *Corr. Gar. III*, n° 1327.

1. *L'Interdiction*, drame en deux actes, par Émile Souvestre avec Bocage et Mme Sauvage ; l'action se passe au temps de Louis XV et n'a en effet aucun rapport avec le roman de Balzac. Voir l'analyse d'Émile Pelletan dans *Le Siècle* du 12 mars 1838.
2. Le Gymnase avait la spécialité de monter des vaudevilles inspirés de romans en vogue ou en portant simplement le titre, ce qui souleva à maintes reprises des protestations. Voir le *Feuilleton* de Pierre Durand dans *Le Siècle* du 10 mars 1838.

38-24. SOPHIE GAY À BALZAC

Copie, Lov., A. 314, f° 38. — *Corr. Gar. III*, n° 1328.

1. Il est probable que Balzac n'accepta pas cette invitation, ayant quitté Paris pour Marseille au plus tard le jeudi 15 au soir.
2. Laure Cinthie Montalant, dite Cinti Damoreau (1801-1863), était engagée à l'Opéra-Comique depuis la fin de l'année 1835, après avoir passé sept années à l'Opéra de Paris. Sur la célèbre cantatrice et son succès, voir la *Chronique de la quinzaine* d'Ange Henri Blaze, dans la *Revue des Deux Mondes*, t. V, février 1836, p. 379-381 ; et Austin Caswell, « Mme Cinti-Damoreau and the Embellishment of Italian Opera in Paris : 1820-1845 », *Journal of the American Musicological Society*, XXVIII, 3, 1975, p. 459-499.

38-25. À UNE AMIE ÉPIGRAMMISTE

Aut., ancienne coll. J.-E. Weelen. — Publié par J.-E. Weelen, *Bulletin de la Société dunoise*, 1963, p. 278. — *Corr. Gar. III*, n° 1329.

1. Balzac, rentré à Paris depuis quelques jours, est à l'avant-veille d'un départ pour l'Italie. Avant de gagner Turin en 1836, et Milan en 1837, il était resté assez longtemps à Paris ; il n'en fut pas de même en 1838 quand, rentré de Nohant et Frapesle au plus tôt le 5 mars, il partit pour Marseille, la Corse et la Sardaigne le jeudi 15 (voir 38-32 et 38-33) ; aussi proposons-nous de dater du lundi 12 mars 1838. L'autographe ne porte pas de nom de destinataire, il peut s'agir, semble-t-il d'après le ton, d'une réponse à la lettre 38-21 de la duchesse d'Abrantès ou à une épigramme non retrouvée de la marquise de Castries, mais ce ne sont là que de fragiles hypothèses.

38-26. À CHARLES DELESTRE-POIRSON

Aut., MB, inv. BAL 93-13. — Publié par R. Pierrot, *AB 1991*, p. 40-41.

1. Voir 38-22 et 38-23. Delestre-Poirson ne vint pas au rendez-vous proposé ici. Voir aussi 38-28.

38-27. MADAME DELANNOY À BALZAC

Aut., Lov., A. 313, ff^{os} 246-247. — *Corr. Gar. III*, n° 1330.

1. Mme Constant Doumerc, femme du fils aîné de Daniel Doumerc. Voir l'entrée Delannoy (Joséphine) au Répertoire.
2. Eugène Doumerc allait rejoindre son premier poste consulaire à Riga où il fut nommé en remplacement de M. Moisson, par ordonnance royale de 30 novembre 1837 (voir *Archives du commerce et de l'industrie agricole et manufacturière*, t. XX, 5ᵉ année, 1837, p. 202) — l'obtention de ce poste l'empêcha de succéder à Stendhal à Civitavecchia ; il prit ses fonctions en janvier 1838 ; Balzac avait l'intention de le charger de commissions pour Mme Hanska (voir *LHB I*, p. 444).
3. C'est-à-dire le 10 ; cela confirme la brièveté du séjour parisien de Balzac en mars 1838.
4. Pierre Joseph Ferrand, agent de change, ami de la famille Doumerc.

38-28. À CHARLES DELESTRE-POIRSON

Aut., Paris, Musée des lettres et manuscrits, BALZAC 3920 ; *Collection J. Gabalda*, vente à Paris, Hôtel Drouot, 7-8 avril 1976, Claude Guérin expert, n° 14 ; une page et un quart in-8°. — *Corr. Gar. III*, n° 1331 (sur une copie, correspondant non identifié).

1. Voir 38-26.

38-29. AU CAISSIER DE MM. DE ROTHSCHILD

Aut., Lov., A. 288, f° 145. — Publié par H. Prior, *Revue de Paris*, 1ᵉʳ août 1925, p. 609. — *Corr. Gar. III*, n° 1332.

1. Sa statue par Alessandro Puttinati (voir 37-54, n. 5) ; Balzac, ne la voyant pas arriver, avait plusieurs fois exprimé son inquiétude à

Mme Hanska (voir notamment ses lettres du 25 août et du 10 octobre 1837, *LHB I*, p. 401 et 409). Après en avoir pris livraison, il indiquait à la même correspondante, le 22 avril 1838 : « elle a été trouvée mauvaise et je n'insisterai pas pour qu'on vous en envoie une répétition » (*ibid.*, p. 452).

38-30. JADRAS À BALZAC

Aut., Lov., A. 339, ff^{os} 82 et 83 v°.

1. Ce billet avait été souscrit le 7 novembre 1837 (Lov., A. 340, f° 205) en règlement de la fourniture de bois de chauffage. Jadras, « marchand de bois à brûler, à l'Arcade Saint-Jacques, Chantier du Grand-Hiver, vis-à-vis les Sourds et Muets, rue Saint-Jacques, N° 241 », était le fournisseur de Balzac depuis 1827. Deux ans plus tard, cette dette est toujours impayée (voir 40-151).

38-31. HIPPOLYTE SOUVERAIN À BALZAC

Aut., Lov., A. 256, ff^{os} 224 et 225 v°. — *BS*, p. 16. — *Corr. Gar. III*, n° 1333.

1. Souverain n'obtint certainement pas une réponse très rapide car, le 21 mars 1838, Balzac était bien loin de Chaillot. *Dom Gigadas* ne vit le jour qu'en 1840.

38-32. À MADAME B.-F. BALZAC

Copie communiquée par Georges Lubin, d'après l'aut., coll. privée ; copie, Lov., A. 277, ff^{os} 15-16. — *Corr. Gar. III*, n° 1334.

1. Après l'obtention du visa de son passeport à l'ambassade de Sardaigne, en date du 15 mars, Balzac avait quitté Paris le soir même. Son maigre budget l'avait contraint à passer près de 110 heures sur l'impériale, banquette extérieure située au-dessus du coupé de la diligence.
2. Ces pronostics optimistes furent démentis par les faits : arrivé à Ajaccio le 23 mars, il y resta jusqu'au 4 avril, jour où il s'embarqua sur un coralleur à destination d'Alghero ; au large du port sarde, il subit une quarantaine de cinq jours et ne put débarquer que le 12 avril. Quand il arriva sur l'emplacement des mines convoitées, il constata qu'il avait été devancé, une compagnie marseillaise avait obtenu la concession. Voir René Bouvier, *Balzac homme d'affaires*, Honoré Champion, 1930, p. 150-160. Le 17 avril, Balzac était à Cagliari et le 21 à Gênes.

38-33. À ZULMA CARRAUD

Aut., Lov., A. 293, ff^{os} 105-106. — *Corr. Gar. III*, n° 1335.

1. Pour les détails de son itinéraire, voir 38-32, et notes.
2. Cette « bonne lettre » n'a pas été retrouvée.
3. C'est-à-dire au mont-de-piété, où son passif, en fin d'année, s'élèvera à 3 527 F.

38-34. À GEORGE SAND

Aut., Lov., A. 311, ff^{os} 14-15. — Publié par A. Sand, *Les Nouvelles littéraires*, 26 juillet 1930 ; *Mon cher George*, p. 122. — *Corr. Gar. III*, n° 1336.

1. « Très chère reine des Pifoëls » ; voir 38-19, n. 1.
2. Lettre non retrouvée.
3. C'est-à-dire *Béatrix ou les Amours forcés* dont Sand, en lui contant l'aventure de Liszt avec Marie d'Agoult, lui avait donné l'idée. Voir *LHB I*, p. 443, et l'introduction de M. Regard, *Béatrix*, Garnier, 1962, p. I-VII.
4. Sur le houka, voir 38-19, n. 2. « Lataki » : « tabac d'Orient de couleur noirâtre » (d'après le *TLF*). Balzac écrivait le 27 mars 1838 à Mme Hanska s'être découvert « une rage passionnée du Lataki » (*LHB I*, p. 448). Voir aussi 38-66, n. 5.

38-35. MARGARET PATRICKSON À BALZAC

Aut., Lov., A. 316, ff⁰ˢ 295-296. — Publié par S. R. B. Smith, *Balzac et l'Angleterre*, p. 180-182. — *Corr. Gar. III*, n° 1337. Écrite en français, la lettre comporte plusieurs fautes que nous maintenons sans les indiquer ni les corriger.

1. Voir 38-32, n. 2.
2. Balzac n'est pas nommé dans *Madame la Duchesse*, 2ᵉ partie du *Faubourg Saint-Germain* d'Horace de Viel-Castel (Paris, Ladvocat, 1838), bien qu'on trouve dans l'introduction des idées très proches des siennes. Dans la troisième partie du même cycle, intitulée *Mademoiselle de Verdun* (Ladvocat, 1838), le chapitre XII, intitulé « Confidence inattendue », porte cette épigraphe : « Soyez toujours heureux ! Ne perdez pas celle qui vous est si chère. DE BALZAC. »
3. Le compte rendu de *César Birotteau* occupe, sous la signature T. A., cinq colonnes du *Feuilleton* de *La France* (16 février 1838). L'auteur commence par rappeler que « le plus fécond de nos romanciers » a beaucoup produit et déclare qu'on a en vain essayé de faire revivre les œuvres d'Horace de Saint-Aubin. *César Birotteau*, en dépit de quelques réserves, est un « roman moral, roman bien pensé, roman qui sera lu avec plaisir, et ce qui vaut mieux encore avec fruit ».
4. « *La Femme supérieure* ébauche incompréhensible, conte diffus, obscur, sorte de cadre hideux, où il a donné droit d'asile à tout ce qui est ignoble et repoussant » (*ibid.*)
5. Voir 37-112 et le Répertoire.
6. *Cf.* la lettre du 4 juillet 1835 d'Étienne Geoffroy Saint-Hilaire : « Dites-moi, quand et à quelle heure je puis vous faire une visite ; dans ou hors Paris ? j'ai faim de vous voir » (t. I de la présente édition, 35-87). La fierté avait dû conduire Balzac à montrer la lettre du naturaliste à Miss Patrickson.

38-36. CAROLINE PILLAY À BALZAC

Aut., Lov., A. 315, ff⁰ˢ 323 et 324 v°. — *Corr. Gar. III*, n° 1338 (nom de la correspondante rectifié).

1. L'autographe est daté « samedi 31 » ; de 1837 à 1839, cette conjonction du quantième et du jour ne s'est produite que deux fois, les samedis 31 mars 1838 et 31 août 1839 ; cette dernière date est à écarter, car il s'agit ici des *Maximes et pensées de Napoléon* par J.-L. Gaudy jeune, volume enregistré à la *BF* du 16 mars 1839, dont Balzac contait l'histoire à Mme Hanska dans une lettre du 10 octobre 1838 (voir *LHB I*, p. 465). Voir J. H. Donnard, « À propos d'une supercherie littéraire. Le "bonapartisme" de Balzac », *AB 1963*, p. 123-142.

2. Le voyage italien de Balzac ne lui a pas permis de se rendre à ce rendez-vous donné du jour au lendemain.
3. Sur le titre de baronne usurpé par C. Pillay, voir le Répertoire.

38-36a. CAROLINE PILLAY À BALZAC

Aut., Lov., A. 316, ff^{os} 316 et 317 v°.

1. Sa lettre précédente (38-36) était pourtant adressée, comme celle-ci, chez Laure Surville à Paris.

38-37. À ÉTIENNE CONTI

Fragment publié par Étienne Conti, *Journal de la Corse*, samedi 7 avril 1838, et reproduit par J.-E. Weelen, *Bulletin de la Société dunoise*, 1963, p 279. — *Corr. Gar. III*, n° 1338 *bis*.

1. Dans un article publié dans le *Journal de la Corse* du samedi 31 mars 1838, sous la signature « Ét. C. », Étienne Conti avait salué en termes élogieux la présence de Balzac dans la capitale de l'île. Balzac le remercia et dans le numéro suivant du *Journal de la Corse* (7 avril 1838), on pouvait lire le fragment de lettre reproduit ici précédé de ces lignes : « Après avoir passé 15 jours dans notre ville M. de Balzac est parti mercredi soir [4 avril] pour Alghero. Nos lecteurs ne liront pas sans intérêt le fragment suivant d'une lettre écrite par lui, en réponse à l'article qui a paru dans notre dernier numéro. » On remarquera qu'Étienne Conti fixe le départ de Balzac pour Alghero au mercredi 4 avril ; dans une lettre à Mme Hanska, Balzac annonçait son embarquement pour le lundi 2 au soir (*LHB I*, p. 449).
2. Balzac s'était déjà intéressé à l'histoire de la Corse et à Napoléon dans *Le Médecin de campagne*, paru en 1833, chez Mame et Delaunay-Vallée (2 vol. in-8° ; enregistré à la *BF* du 7 septembre 1833) ; ce que rappelait Étienne Conti : « […] Personne en Corse ne devrait ignorer un des plus beaux monuments populaires que l'on dit élevé à la mémoire de l'Empereur » (*Journal de la Corse*, 7 avril 1838).

38-38. AUGUSTE CONSTANTIN À BALZAC

Aut., Lov., A. 313, ff^{os} 130 et 131 v°. — Publiée par Judith Lyon-Caen, *La Lecture et la Vie*, p. 287-288.

1. Balzac ne put répondre à ce poète malheureux car, absent de Paris depuis le 15 mars, il ne fut de retour que vers la mi-juin.

38-39. LA PRINCESSE BELGIOJOSO ET LA COMTESSE D'ARAGON À BALZAC

Aut., Lov., A. 312, ff^{os} 136 et 137 v° ; texte imprimé en anglaises, complété à la main.

1. La comtesse Charles d'Aragon, née Teresa Visconti d'Aragona, était la demi-sœur de la princesse Belgiojoso.
2. Balzac était en quarantaine au large d'Alghero et n'a pu répondre à cette invitation.

38-40. LA COMTESSE BRUNET À BALZAC

Aut., Lov., A. 319, f° 5 ; au f° 6 r°, figurent des notes concernant Gênes et une esquisse de plan de la main de Balzac.

1. Léon Ménabrea (1804-1857), magistrat savoyard, secrétaire de l'Académie de Savoie, frère de la comtesse Brunet, a publié plusieurs ouvrages historiques. Sa sœur envoie sans doute à Balzac le roman intitulé *Requiescat in pace* (Paris, Prudhomme, 1838 ; enregistré avec retard à la *BF* du 5 mai 1838).
2. Balzac avait débarqué à Gênes le 21 avril 1838 (date figurant sur son passeport) ; la suite de son périple italien entre le 22 avril et le 20 mai est très mal connue.

38-41. AU PRINCE ALFONSO DI PORCIA

Aut., ancienne coll. J.-E. Weelen (acquis en 1971 à la librairie Saffroy). — *Corr. Gar.* III, n° 1340.

1. Nous datons cette lettre de la dernière décade d'avril 1838, avant l'arrivée de Balzac à Milan. Voir la Chronologie.
2. Sans doute une réduction ou une réplique de la statue de Puttinati (voir 37-54, n. 5) dont plusieurs exemplaires sont connus. Voir H. Prior, « Balzac à Milan », p. 608, n. 2.
3. La statuette était destinée au marquis Damaso Pareto (voir 38-66, n. 7).
4. Balzac semble donc être encore à Gênes ou déjà à Turin où il est peut-être passé pour rendre visite à Luigi Colla (voir 38-47).
5. La comtesse Sanseverino, sœur du prince Porcia (voir 37-135 et le Répertoire).

38-42. AU COMTE FEDERICO SCLOPIS DI SALERANO

Aut., MB, inv. BAL 92-3 (don de la Société des amis de Balzac). — Publié avec fac-similé par R. Pierrot, *CB*, n° 46, 1992, p. 26-29.

1. Datée seulement de « mercredi », cette lettre — dont le ton laisse transparaître une certaine familiarité entre les correspondants — date très vraisemblablement du second séjour de Balzac à Turin, séjour dont les dates exactes ne nous sont pas connues et qui eut lieu en avril-mai. Le 22 avril, il était encore à Gênes, mais malgré, peut-être, la grande fatigue liée au voyage en Sardaigne dont il fait état ici, était-il arrivé à Turin dès le 25 avril ? Le 23 mai, de Turin, Arnoldo Colla lui écrivait à Milan (38-47).

38-43. LA COMTESSE BERCHTOLDT À BALZAC

Aut., Lov., A. 312, ff°ˢ 181-182.

1. La scriptrice date *in fine* « Mardi le 1ᵉʳ mai » ; cette date n'est possible que pour les années 1838 et 1849 ; on doit préférer 1838, en rappelant que le 1ᵉʳ mai 1838 Balzac était en Italie ; on peut penser qu'il avait rencontré les Berchtoldt chez l'une de ses bonnes relations italiennes à Gênes, Turin ou Milan.
2. Balzac ne se rendit jamais en Hongrie.

38-44. LE MARQUIS DE CUSTINE À BALZAC

Aut., Lov., A. 313, ff⁰ˢ 184 et 185 v° ; invitation imprimée en anglaises, complétée à la main.

a. le [Mercredi 11 avril *biffé et corrigé en* dimanche 6 Mai] à *aut.*

1. Cette invitation prévue initialement pour le 11 avril sera de nouveau reportée ; voir 38-45.

38-45. LE MARQUIS DE CUSTINE À BALZAC

Aut., Lov., A. 313, ff⁰ˢ 186 et 187 v° ; invitation imprimée en anglaises, complétée à la main.

1. Gilbert Louis Duprez (1806-1896). Quelques mois plus tard, Balzac ira à l'Opéra de Paris entendre chanter le grand ténor dans le *Guillaume Tell* de son ami Rossini (voir *LHB I*, p. 472). Il le citera dans ce même rôle dans *La Fausse Maîtresse* (*CH II*, p. 213). Il évoquera ensuite sa carrière dans les *Petites misères de la vie conjugale* (*CH XII*, p. 141).

38-46. MADAME G *** À BALZAC

Aut., Lov., A. 318, f° 109.

1. Sans aucune indication précise, nous proposons de dater cette lettre quelques mois après la publication du troisième dixain des *Contes drolatiques*, dont le *Prologue* tentait d'expliquer à son « especialle audience » les raisons qui le poussaient à « finablement escripre des virgules entremeslees de maulvaises syllabes auxquelles refroignoient publicquement les dames » (*OD I*, p. 311).
2. L'*Almanach général* de l'année 1840 indique à cette adresse huit habitants dont : « Godfroy (Mme), *enseig. de demoiselles* ».

38-47. ARNOLDO COLLA À BALZAC

Aut., Lov., A. 319, ff⁰ˢ 95 et 96 v°. — Publié par H. Prior, *Revue de Paris*, 15 janvier 1924, p. 395-396. — *Corr. Gar. III*, n° 1342.

38-48. À LAURE SURVILLE

Copie, Lov., A. 277, f° 18. — *Corr. Gar. III*, n° 1343.

1. Jean Louis Bernard d'Etchegoyen (1762-1842), fondateur d'une maison de banque à Paris, prit à la Restauration le titre de baron d'Etchegoyen ; il habitait 14, rue Neuve-des-Capucines. Voir Gustave Chaix d'Est-Ange, *Dictionnaire des familles françaises anciennes et notables à la fin du XIXᵉ siècle*, Évreux, Impr. C. Hérissey, t. XVI, 1918, p. 304.
2. Giuseppe Pezzi ; voir 37-58, n. 1.
3. Il s'agit peut-être d'un autre projet d'exploitation minière dans la région d'Iglesias après qu'il eut constaté qu'il avait été devancé pour celle d'Argentiera. Voir R. Bouvier, *Balzac homme d'affaires*, p. 154.

38-49. À LA COMTESSE EUGENIA ATTENDOLO-BOLOGNINI

Aut., vol. provenant de la bibliothèque de la comtesse Attendolo-Bolognini ; sur la page de titre d'une contrefaçon de la *Physiologie du mariage* (Bruxelles, Meline, 1834). — Publié par G. Gigli, *Balzac in Italia*, Milan, Fratelli Treves, 1920, p. 21-22 ; M. Bouteron, *Les Cahiers balzaciens*, La Cité des livres, 1923, n° 2, p. 36 ; *Exposition Balzac*, librairie Pierre Berès, 1949, n° 212. — *Corr. Gar.* III, n° 1344.

1. *Physiologie du mariage* ; CH XI, p. 981.

38-50. À ANTONIO PIAZZA

Aut., ancienne coll. Emilio Seletti di Busseto ; sur la page de titre d'une contrefaçon de la *Physiologie du mariage* (Bruxelles, Meline, 1834). — Publié par H. Prior, *Revue de Paris*, 15 juillet 1925, p. 299. — *Corr. Gar.* III, n° 1345.

1. Balzac a recopié deux pages qui manquaient à ce volume.

38-51. LA MARQUISE TERZI À BALZAC

Aut., Lov., A. 319, ff[os] 13 et 14 v°. — *Corr. Gar.* III, n° 1346.

1. Le comte de Hartig ; voir 37-52.

38-52. LA MARQUISE TERZI À BALZAC

Aut., Lov., A. 319, ff[os] 15 et 16 v°. — *Corr. Gar.* III, n° 1347.

1. Le 5 juin, Balzac écrivait à Mme Hanska : « Je pars demain » (*LHB* I, p. 457). Cependant, son départ est daté du 7 juin dans la *Gazzetta privilegiata di Milano*. Il rentra en France par le Mont-Cenis où il souffrit de la neige, du froid et du vent.

38-53. NATALIE MIGNOT À BALZAC

Aut., Lov., A. 313, ff[os] 143-144. — *Corr. Gar.* III, n° 1355, note.

1. Voir 38-64. Sur Mme de Saint-Clair, voir le Répertoire.
2. Balzac, à l'instar de nombreux écrivains français, avait fait l'objet de violentes critiques émises par la *Foreign Quarterly Review*, qui publia plusieurs salves d'un réquisitoire féroce dénonçant l'immoralité et l'indécence des romans français (*Foreign Quarterly Review*, t. IX, janvier-mai 1832, p. 345-373). Les attaques répétées tout au long des années 1830 furent si virulentes que Sainte-Beuve y répondit en 1836 dans la *Revue des Deux Mondes* (« Des jugements sur notre littérature contemporaine à l'étranger », t. VI, juin 1836, p. 749-756).

38-54. AU BARON TAYLOR

Aut., Lov., A. 288, ff[os] 121 et 122 v° ; sur papier avec le monogramme à froid « S B » de Laure Surville. — *Corr. Gar.* III, n° 1348.

1. Taylor était encore commissaire royal près le Théâtre-Français ; nommé inspecteur général des Beaux-Arts, il fut remplacé par Buloz le 17 octobre 1838 ; Balzac lui avait alors proposé *L'École des ménages* (voir 38-109).

38-55. À HENRY LOUIS DELLOYE
ET VICTOR LECOU

Copie communiquée par Marcel Bouteron. — *Corr. Gar. III*, n° 1349.

1. Il est à Versailles chez les Guidoboni-Visconti.
2. Voir 36-174, art. 6. La lettre de Delloye et Lecou n'a pas été retrouvée.

38-56. CHARLES CORNUAULT À BALZAC

Lov., A. 254, f° 246 *bis*.

1. Absent de Paris depuis le 15 mars, Balzac venait de rentrer d'Italie ; voir la Chronologie.
2. Sur les créances de Cornuault, voir 37-7, n. 1.

38-57. UNE PASSIONNÉE À BALZAC

Aut., Lov., A. 318, ff^{os} 50-51 (enveloppe jointe). — *CaB 5*, n° 4.

1. Parti de Paris le 15 mars, Balzac n'était rentré à Paris qu'à la mi-juin.
2. Autre nom subterfuge employé par Balzac pour échapper à la garde nationale. Voir *CaB 5*, n° 4.
3. Le 15 mai 1838, en première page et sous la rubrique *Nouvelles diverses*, *La Presse* avait annoncé : « M. de Balzac vient de faire un voyage en Sardaigne. Il a passé quelques jours à Cagliari, et, le 19 avril, il est parti pour Gênes, à bord du bateau à vapeur de l'État l'*Ichnusa*. » Le même journal annoncera le 29 juin : « M. de Balzac est enfin de retour d'un long voyage, d'où il rapporte un roman qu'il a promis et qu'il doit à *La Presse*. »

38-58. LA MARQUISE DE CASTRIES À BALZAC

Aut., Lov., A. 313, ff^{os} 45 et 46 v°. — *CaB 6*, n° 20. — *Corr. Gar. III*, n° 1350.

38-59. PICNOT À BALZAC

Aut., Lov., A. 314, ff^{os} 378-379 v° (classé à « Liénot »).

1. *Le Médecin de campagne* avait paru en 1833.

38-60. ARMAND PÉRÉMÉ À BALZAC

Aut., Lov., A. 315, ff^{os} 271 et 272 v°. — Publié par Lovenjoul, *Autour*, p. 108-109. — *Corr. Gar. III*, n° 1351.

1. Armand Pérémé (sur l'orthographe de son nom, voir le Répertoire), lui-même auteur dramatique à ses heures, négociait pour Balzac avec la société formée pour créer le théâtre de la Renaissance à la salle Ventadour ; la Renaissance ouvrit le 8 novembre 1838 avec *Ruy Blas* ; Balzac espérait y faire recevoir *L'École des ménages*.
2. Il s'agit probablement d'Édouard Déaddé, vaudevilliste sous le pseudonyme de Saint-Yves, qui a signé D. A. D. des articles de critique musicale ; voir le Répertoire.
3. Anténor Joly, directeur de la Renaissance. Voir *ibid*.

38-61. VICTOR LECOU À BALZAC

Aut., Lov., A. 269, f⁰ 30 ; sur papier à en-tête de la librairie Lecou. — *Corr. Gar. III*, n⁰ 1352.

1. Il s'agit de *La Torpille* dont Balzac, s'il faut en croire la dédicace au prince Porcia, avait médité le sujet à Milan dans le jardin du prince. Quatre jours plus tard, le 21 juillet, Lecou déclarait avoir reçu « dix-sept feuillets manuscrits d'un ouvrage intitulé *La Torpille* pour être livré à l'imprimeur sitôt remise du complément dudit ouvrage » (Lov., A. 222, f⁰ 31, publié par J. Pommier, *L'Invention et l'Écriture dans* « *La Torpille* » *d'Honoré de Balzac*, p. 103).

2. L'édition — qui comporte également *La Femme supérieure* et *La Maison Nucingen* — fut mise en vente, d'après une annonce du *Constitutionnel*, aux alentours du 24 septembre (2 vol. in-8⁰ enregistrés à la *BF* du 6 octobre) ; la préface générale est datée : « Aux Jardies, 15 septembre 1838 » ; la dédicace de *La Femme supérieure* à la comtesse Serafina Sanseverino : « Milan, mai 1838 » ; l'envoi de *La Maison Nucingen* à Zulma Carraud : « Aux Jardies, août 1838 » ; la dédicace de *La Torpille* au prince Porcia n'est pas datée (dans l'édition Furne, cette dédicace, placée en tête de *Splendeurs et misères des courtisanes*, est datée : « juillet 1838 ») tandis que le texte porte : « Aux Jardies, août 1838 ».

38-62. ADOLPHE AUZOU À BALZAC

Aut., Lov., A. 256, ff⁰ˢ 9 et 10 v⁰. — *Corr. Gar. III*, n⁰ 1353.

1. Il s'agit de la publication du troisième dixain des *Contes drolatiques* ; voir 37-87.

38-63. ALESSANDRO MOZZONI-FROSCONI À BALZAC

Aut., Lov., A. 319, ff⁰ˢ 97 et 98 v⁰. — *Corr. Gar. III*, n⁰ 1354.

1. Le Milanais est reçu par le comte de Sommariva, connu pour sa collection d'œuvres d'art. La rue Basse-du-Rempart est aujourd'hui le boulevard de la Madeleine.

38-64. CAROLINE COUTURIER DE SAINT-CLAIR À BALZAC

Aut., Lov., A. 313, ff⁰ˢ 136-137. — *Corr. Gar. III*, n⁰ 1355.

1. Voir 38-53.
2. Le général Jean-François Allard (1785-1839), ancien aide de camp du général Brune, avait quitté la France sous la Restauration pour les Indes où il devint généralissime des troupes du roi de Lahore.
3. Voir 38-9 et 38-10.

38-65. ZULMA CARRAUD À BALZAC

Aut., Lov., A. 293, ff⁰ˢ 306-308. — *Corr. Gar. III*, n⁰ 1356.

1. Sur Ivan et Yorick Carraud (voir 38-1, n. 2) et le commandant Périolas, voir le Répertoire.
2. Voir 38-33.

38-66. LE MARQUIS DAMASO PARETO À BALZAC

Aut., Lov., A. 319, ff^os 21-22. Au verso du f° 22, Balzac, qui reprend la rédaction du *Cabinet des Antiques* en août 1838, note : « Né en 1801 Victurnien. / 1822, 21 ans. / Le comte d'E. » — *Corr. Gar. III*, n° 1357.

1. Giuseppe Gaggini (Gênes, 1791-1867), sculpteur italien de l'école néoclassique génoise.
2. Dans le même manuscrit, aux ff^os 23-25, figurent des dessins de cheminées sur papier calque et, au f° 26, un devis pour quatre modèles de cheminées de marbre. Ces dessins et ce devis sont d'une main que nous n'avons pu identifier, sans doute d'Alberti ou de Gaggini.
3. Le marquis Gian Carlo Di Negro (1769-1857), ami génois de Balzac qui, en 1842, lui dédia *Étude de femme*.
4. Ainsi, en passant à Gênes, Balzac avait songé au marbre de Carrare pour ses cheminées des Jardies… et avait chargé son ami génois d'obtenir un devis.
5. Initié au houka par George Sand, à Nohant fin février (38-19), Balzac chercha à se procurer ce tabac de Latakieh dès son retour à Paris, puis de passage à Marseille, en route vers la Sardaigne, en vain semble-t-il ; voir 38-34 et *LHB I*, p. 444.
6. Le vice-amiral baron Albin Roussin (1781-1854), ambassadeur de France à Constantinople en poste depuis octobre 1832.
7. Voir 38-41. George Sand écrivait l'année suivante à Balzac : « J'oubliais de vous dire que j'ai été à Gênes, que j'ai parlé de vous avec le marquis Di Negro et que j'ai vu, sur sa cheminée votre statuette, qui est là en grand honneur, entre la canne de Napoléon et la harpe de Stradivarius » (39-145).
8. La fille cadette du marquis Di Negro, Francesca, dite Fanny, avait épousé le marquis Balbi-Piovera. Elle fut une proche du patriote révolutionnaire Giuseppe Mazzini.

38-67. À ZULMA CARRAUD

Placard imprimé, A. 293, ff^os 108-109. — *Corr. Gar. III*, n° 1358.

1. Réponse à la lettre 38-65 arrivée à Sèvres le 6 août.
2. Balzac qui, en juin et au début de juillet, avait acheté de nombreuses parcelles pour agrandir son domaine des Jardies s'y était installé vers la mi-juillet ; voir la lettre à Mme Hanska du 26 juillet 1838 (*LHB I*, p. 458).
3. *Cf.* la description faite à Mme Hanska le 7 août (*LHB I*, p. 459-461).
4. *Biglietto reale* : en italien, « billet royal ».
5. Allusion ici à la fable de La Fontaine, « Les Deux Amis ».
6. Nouvelle inexacte ; voir 38-74 et le *post scriptum* de 38-77.

38-68. CAROLINE COUTURIER DE SAINT-CLAIR À BALZAC

Aut., Lov., A. 313, ff^os 138-139. — Publié par Lovenjoul, *Autour*, p. 142-144. — *Corr. Gar. III*, n° 1359.

1. Voir la lettre adressée peu de temps après par Balzac à Mme de Castries (38-69).

2. *Proviso* : en anglais, « condition ou restriction dans un contrat ».
3. Voir 38-9.
4. « R. » pour Rumbold, son nom de jeune fille.

38-69. À LA MARQUISE DE CASTRIES

Aut., jadis en la possession du baron Roger d'Aldenburg, vente de la bibliothèque Metternich, à Vienne, le 19 novembre 1907, par les libraires Gilhofer et Ranschburg, n° 1836. — *CaB 6*, n° 21. — *Corr. Gar. III*, n° 1360.

38-70. AU MARQUIS DE CUSTINE

Aut., Lov., A. 286, ff^{os} 140-142. — *Corr. Gar. III*, n° 1361.

1. Les tomes III et IV de *L'Espagne sous Ferdinand VII* par le marquis de Custine parurent à Paris chez Ladvocat en 1838, et furent enregistrés à la *BF* du 12 mai ; Balzac était en Italie au moment de la mise en vente de ces deux volumes. Il y fait longuement allusion dans la préface de *La Femme supérieure* (*CH VII*, p. 884-890) datée du 15 septembre, ce qui permet de placer la présente lettre en août ou peut-être au début de septembre.

2. Les tomes I et II de *L'Espagne sous Ferdinand VII* sont enregistrés à la *BF* du 3 février 1838 (également parus chez Ladvocat). C'est le récit d'un voyage fait en 1831. En 1838, Ferdinand VII était mort depuis cinq ans.

3. Balzac appréciait les « fantaisies » du graveur et illustrateur anglais John Martyn, mort en 1828 (voir *Modeste Mignon* ; *CH I*, p. 540), qu'il semble confondre avec le peintre John Martin (1789-1854).

4. *Mémoires et voyages ou Lettres écrites à diverses époques pendant des courses en Suisse, en Calabre, en Angleterre et en Écosse*, par M. de Custine, Paris, A. Vézard, 1830, 2 vol. Balzac avait lu cet ouvrage dès sa publication ; voir t. I de la présente édition, 30-33.

5. On trouve en effet souvent cette correction dans les épreuves de Balzac et dans l'édition Furne corrigée. Toutefois, le cas ne semble pas aussi tranché que Balzac l'affirme. Voir, par exemple, MM. Bescherelle, *Grammaire nationale ou grammaire de Voltaire, de Racine, de Fénelon, de J.-J. Rousseau, de Buffon, de Bernardin de Saint-Pierre, de Chateaubriand, de Lamartine et de tous les écrivains les plus distingués de la France*, Paris, Bourgeois-Maze, 1835-1836, p. 404-413.

6. Plutôt que de *Mercadet*, alias *Le Faiseur*, il s'agit ici d'une idée de pièce qui deviendra *L'École des ménages*. Voir R. Guise, « Un grand homme du roman à la scène ou les Illusions reparaissantes de Balzac », *AB 1966*, p. 189-190.

7. Balzac venait d'entrer en relations avec l'éditeur Gervais Charpentier qui allait réimprimer l'essentiel de son œuvre déjà publiée (voir le traité 38-72).

8. Rahel Levin (1771-1833), muse du romantisme allemand, épouse de Karl August Vahrnagen von Ense (1785-1858). Custine venait de rendre un hommage tardif à Rahel dans son article « Mme de Vahrnagen », publié dans la *Revue de Paris* du 26 novembre 1837 (t. XLII, p. 205-221). Depuis son veuvage, Vahrnagen avait entrepris de publier de nombreuses lettres de sa femme ; Charpentier n'a pas donné suite à un projet d'édition parisienne. Voir M. de Custine, *Lettres à Vahrnagen d'Ense*, éd. R. Pierrot, Paris et Genève, Slatkine, 1979.

9. « Quelques plaisants dirent tout haut que leur orateur Démosthène avait été surpris la nuit, non d'une *esquinancie* mais d'une *argyrancie* pour faire entendre que c'était l'argent d'Harpalus qui lui avait éteint la voix. » Balzac se trompe : cette plaisanterie ne figure pas dans les *Discours* d'Eschine, il l'a lue dans *L'Histoire ancienne* de Rollin, dont son père possédait — et lisait avidement — les 26 tomes des *Œuvres complètes* (Paris, chez Carer, Thomine et Fortic, 1818-1820).

10. *Mémoires d'un touriste* de Stendhal a paru en juin 1838 chez Ambroise Dupont.

11. Cette recommandation ne figure pas dans le texte publié des *Lettres à Madame Hanska*.

38-71. À ZULMA CARRAUD

Aut., Lov., A. 293, f° 112. — Fac-similé publié dans *Corr. Carraud*, p. 247. — *Corr. Gar.* III, n° 1362. Le manuscrit autographe que nous suivons ici (sigle : *aut.*) présente quelques variantes par rapport au texte de l'édition de *La Maison Nucingen*, paru chez Werdet en septembre 1838 (t. II, p. 343 ; sigle : *1838*).

a. *Sur aut. figurent deux phrases biffées :* Je serais bien chagrin. Cette œuvre satyrique. ◆◆ b. tout un public judicieux *1838* ◆◆ c. et la plus indulgente des sœurs, que *1838* ◆◆ d. je suis fier *1838* ◆◆ e. *Après la signature, 1838 porte :* Aux Jardies, août 1838.

1. Voir la réponse de Z. Carraud du 4 septembre (38-74).

38-72. TRAITÉ ENTRE HENRY LOUIS DELLOYE, VICTOR LECOU ET GERVAIS CHARPENTIER

Aut., Lov., A. 269, f° 60. — *Corr. Gar.* III, n° 1363.

1. Nous publions ce traité où Delloye et Lecou, en vertu de l'accord du 15 novembre 1836, agissent comme mandataires de Balzac, mais sans l'avoir prévenu (voir 38-75).

2. Pour s'opposer à la contrefaçon belge, Charpentier venait de lancer sa collection in-18 à typographie compacte et à bon marché (3,50 F) ; le premier volume publié, la *Physiologie du goût*, est enregistré à la *BF* du 18 août 1838.

3. Aucun contrat publié jusqu'ici dans cette *Correspondance* ne prévoyait un tirage aussi élevé.

38-73. À HIPPOLYTE AUGER

Aut., Lov., A. 286, f° 26 ; lettre dictée. — *Corr. Gar.* III, n° 1364.

1. Voir 38-76.

38-74. ZULMA CARRAUD À BALZAC

Aut., Lov., A. 293, ff^{os} 309-312. — *Corr. Gar.* III, n° 1365.

1. La date de cette lettre prouve que Balzac avait envoyé à son amie la dédicace de *La Maison Nucingen* (38-71) avant la publication du volume.

2. Ce retour fut différé ; voir le *post scriptum* de 38-77 et 40-209.

3. Sur les épidémies qui touchent l'ensemble du pays, voir le

compte rendu de la séance de l'Académie de médecine du 4 septembre 1838 (*Gazette médicale de Paris*, 6ᵉ année, t. VI, 1838, p. 572-573).

4. Il s'agit de la comtesse Fanny Guidoboni-Visconti. Voir 38-80 et 38-121. Peut-être manque-t-il une lettre entre celle-ci et celle du 6 août (38-67), dans laquelle Balzac, après avoir appris que son amie viendrait passer trois mois à Versailles, lui aurait suggéré de se rapprocher de Mme Guidoboni-Visconti.

38-75. À HENRY LOUIS DELLOYE

Photocopie de l'aut. communiquée par Th. Bodin. — *Corr. Gar. III*, n° 1366.

1. Voir 38-72.

38-76. HIPPOLYTE AUGER À BALZAC

Aut., Lov., A. 312, ff^os 102 et 103 v°. — *Corr. Gar. III*, n° 1367.

1. Réponse à la lettre 38-73.
2. Ce projet n'eut pas de suite.

38-77. ARMAND PÉRÉMÉ À BALZAC

Aut., Lov., A. 315, ff^os 273 et 274 v°. — Publié par Lovenjoul, *Autour*, p. 109-110. — *Corr. Gar. III*, n° 1368.

1. Édouard Déaddé. Voir le Répertoire.
2. Il s'agit toujours du projet de pièce pour la salle Ventadour où allait s'ouvrir le théâtre de la Renaissance ; voir 38-60.
3. Ferdinand de Villeneuve (1801-1858), associé d'Anténor Joly dans la société d'exploitation du théâtre Saint-Antoine.

38-78. À ZULMA CARRAUD

Copie, Lov., A. 293, ff^os 113-114. — *Corr. Gar. III*, n° 1369.

1. Réponse à la lettre 38-74, ce qui permet de dater de la première décade de septembre.
2. En raison de la vente par Delloye et Lecou ; voir 38-75.
3. Voir 38-77.

38-79. LE DOCTEUR LOUIS VÉRON À BALZAC

Aut., Lov., A. 316, f° 249. — *Corr. Gar. III*, n° 1370.

1. Il s'agit du *Cabinet des Antiques* publié dans le journal de Véron, *Le Constitutionnel*, du 22 septembre au 8 octobre.

38-80. À ZULMA CARRAUD

Copie, Lov., A. 293, f° 111. — *Corr. Gar. III*, n° 1371.

1. Dans sa lettre du 6 septembre (38-77), Pérémé faisait allusion à un rendez-vous avec Balzac « lundi », c'est-à-dire le 10 ; il est probable qu'au cours de cette rencontre l'archéologue berrichon lui annonça son intention d'aller à Issoudun, Balzac griffonna alors ces quelques mots à l'intention de leur amie commune. Voir la lettre en date du 15 octobre où Péréré annonce son retour du Berry (38-86).

38-81. ÉDOUARD DÉADDÉ À BALZAC

Aut., Lov., A. 313, ff^{os} 232 et 233 v°. — *Corr. Gar. III*, n° 1372.

1. C'est le 22 septembre que *Le Constitutionnel* commença la publication des *Rivalités en province* (voir 38-79).

38-82. JULES SANDEAU À BALZAC

Aut., Lov., A. 316, ff^{os} 113 et 114 v°. — *Corr. Gar. III*, n° 1373.

1. Balzac avait peut-être proposé à *L'Artiste* *Le Curé de village* ou *Qui a terre a guerre* qu'il venait de commencer (voir *LHB* I, p. 463). Après la déconfiture de Ricourt, *L'Artiste* était passé aux mains de A.-H. Delaunay ; le prospectus de la deuxième série annonçait *Le Mot d'une énigme* par Jules Sandeau, ouvrage qui ne vit pas le jour.

38-83. AU PROTE DU « CONSTITUTIONNEL »

Aut., Bibl. de l'Arsenal, autographes Lacroix 1082 (4). — *Corr. Gar. III*, n° 1374.

1. La publication dans *Le Constitutionnel* eut lieu du 22 septembre au 8 octobre. Voir 38-79.

38-84. CAROLINE COUTURIER DE SAINT-CLAIR À BALZAC

Aut., Lov., A. 313, f° 140. — *Corr. Gar. III*, n° 1375.

1. Entre les projets de traduction des romans de Balzac en anglais et ceux visant à la représentation de ses œuvres théâtrales sur les scènes anglaises, Mme de Saint-Clair semble proposer ici une coopération littéraire dont les détails nous échappent.

38-85. HENRIETTE REYMOND À BALZAC

Aut., Lov., A. 318, ff^{os} 22-23. — *CaB 5*, n° 5.

1. Dans *Clotilde de Lusignan ou le Beau Juif* (Hubert, 1822, 4 vol. in-12), Balzac mettait en scène, sous le déguisement de Nephtaly, le beau Juif, Gaston, comte de Provence. La réimpression corrigée, sous le titre *L'Israélite*, t. XI et XII des *Œuvres complètes d'Horace de Saint-Aubin*, n'ayant été publiée qu'en 1840 (enregistrée à la *BF* du 18 janvier), cette Suissesse de Berlin avait donc pu acheter la contrefaçon parue en deux volumes à Bruxelles : *Clotilde de Lusignan*, par H. de Balzac, Meline, Cans & Cie, 1837. Une autre contrefaçon était annoncée la même année chez Hauman.
2. *Patrio nido* : « maison paternelle ».
3. La dédicace à Mme Hanska de *Séraphîta* (*CH* XI, p. 727) avait paru en tête du deuxième volume du *Livre mystique* (Werdet, 1835).

38-86. ARMAND PÉRÉMÉ À BALZAC

Aut., Lov., A. 315, ff^{os} 275-276. — Publié par Lovenjoul, *Autour*, p. 111-114. — *Corr. Gar. III*, n° 1377.

1. Voir 38-80, n. 1.

2. Anténor Joly et son frère, directeurs du théâtre de la Renaissance. Voir 38-60, n. 1 et 3.

38-87. À CAROLINE COUTURIER DE SAINT-CLAIR

Aut., coll. privée.

1. Millésime déduit de la lettre 38-84, en date du 29 septembre 1838, où la correspondante de Balzac lui proposait à nouveau une collaboration littéraire pour des traductions.

38-88. À LAURE SURVILLE

Aut., Lov., A. 277, ff^{os} 20-22. — *Corr. Gar.* III, n° 1376.

a. regard [d'amour *jusqu'à* fondu *biffé*]. Comme *aut.*

1. Lettre datée simplement « mardi »; le ton et les confidences sur ses activités, les allusions à *Qui a terre a guerre* et au *Curé de village* permettent un rapprochement avec ce que Balzac écrivait à Mme Hanska, le lundi 15 octobre 1838 (*LHB* I, p. 466-469), on peut redater du « mardi 16 octobre », sans écarter totalement le « mardi 23 octobre ».
2. Mme de Berny, décédée à l'été de 1836; voir par exemple une lettre à « Louise » dans laquelle Balzac exprime toute son affection pour cette amie dévouée (36-128, et n. 4).
3. Peu après le 15 octobre, George Sand et Chopin quittèrent Paris pour Port-Vendres et Palma de Majorque où ils arrivèrent le 14 novembre. Il est très probable que, depuis son retour d'Italie, Balzac avait revu George Sand et correspondu avec elle, accentuant un rapprochement dont cette phrase témoigne.
4. C'est, semble-t-il, la première fois que Balzac cite nommément Mme Hanska dans une lettre à sa famille.
5. Walter Scott Hastings (*L. fam.*, p. 201) pensait qu'il pouvait s'agir d'Hélène de Valette; d'après les recherches de Maurice Regard (appendice à l'édition de *Béatrix*, p. 395-422), cela est très improbable; il s'agit bien plus vraisemblablement de la comtesse Guidoboni-Visconti (voir le Répertoire).
6. Installé aux Jardies depuis juillet, il n'avait plus son pied-à-terre de la rue de Provence et la chambre de Chaillot n'était qu'un garde-meubles. Avant la fin de 1838, il louera à son tailleur Jean Buisson une chambre « lambrissée » au cinquième étage du 108-112, rue de Richelieu, au coin du boulevard Montmartre, dans l'immeuble que celui-ci venait de faire construire à l'emplacement de l'ancienne maison Frascati. Voir *Les Petits Bourgeois*; *CH VIII*, p. 171, n. 1.
7. Après l'acquisition de la petite maison des époux Varlet aux Jardies (16 septembre 1837), il avait confié à l'entrepreneur Hubert, installé 12, rue Pastourelle à Paris, le soin de réparer la maison et d'édifier de nouvelles constructions au fur et à mesure des acquisitions de terrains. La facture d'Hubert finit par s'élever à 43 000 F.
8. *Cf.* deux lettres à Mme Hanska : « Je viens d'écrire deux volumes in-8° intitulés *Qui a terre a guerre* » (17 septembre 1838, *LHB* I, 463); « J'ai deux volumes in-8° intitulés *Qui a terre a guerre* » (15 octobre 1838, *ibid.*, p. 468). Il s'agit de la première rédaction des *Paysans* dont il sera longuement question durant l'année 1839.

9. La première partie du *Curé de village* sera publiée sous ce titre dans *La Presse* du 1ᵉʳ janvier au 7 janvier 1839. Le 15 octobre, Balzac écrivait à Mme Hanska que le commencement du *Curé de village* était sous presse (*LHB* I, p. 469).

38-89. LE COMTE AUGUSTE DE BELLOY À BALZAC

Aut., Lov., A. 12, ffᵒˢ 164 et 165 vᵒ. — *Corr. Gar.* III, nᵒ 1378.

1. Le comte de Grammont ; voir le Répertoire.

38-90. CAROLINE MARBOUTY À BALZAC

Aut., Lov., A. 316, ffᵒˢ 270-271 (parmi des lettres d'écritures non identifiées ; écriture de Caroline Marbouty identifiée par A. R. Pugh que nous remercions). — *Corr. Gar.* III, nᵒ 1379 (sans identification de la correspondante).

1. On lit dans le *Journal* de Caroline Marbouty : « Dimanche 20 [*sic* pour 21] 8ᵇʳᵉ 1838 / Le vicomte de F[reissinet] est venu me prendre, pour aller à Ville-d'Avray voir B[alzac] ; nous avions à lui rendre une réponse. Il désire écrire à *La Gazette de France*, je m'étais chargée de la négociation près de Mrs de Genoude, et de Lourdoueix. M. de F. s'y était aussi employé » (aut., Lov., A. 391, fᵒ 12). Sur le légitimiste vicomte d'Yzarn-Freissinet, voir 38-93 et le Répertoire.
2. Jacques-Honoré Lelarge, baron de Lourdoueix (1787-1860), collaborateur de *La Gazette de France* (voir t. I de la présente édition, 27-16, n. 1). En froid avec Girardin, Balzac cherchait à cette époque à collaborer à différents quotidiens ; il venait de publier *Les Rivalités en province* dans *Le Constitutionnel* (voir 38-79), faisait des démarches au *Journal des débats* (voir *LHB* I, p. 469) et à *L'Artiste* (voir 38-82) ; c'est finalement avec *Le Siècle* qu'il fit affaire (voir 38-107).
3. Le directeur de *La Gazette de France* ; voir t. I de la présente édition, 31-64, n. 2.

38-91. À ARMAND PÉRÉMÉ

Aut., Issoudun, médiathèque Albert-Camus, fonds Stanislas Martin, registre d'autographes nᵒ 1181, fᵒ 41 (copies communiquées par Georges Lubin et Thierry Bodin).

1. On remarquera que Balzac fait allusion à un « porteur », ce qui est peu compatible avec un envoi par la poste ; il est donc permis de se demander si l'enveloppe jointe contenait effectivement ce billet. Toutefois, en octobre 1838 Balzac achevait son installation aux Jardies et pouvait avoir besoin de caisses.

38-92. À GERVAIS CHARPENTIER

Aut., vente des lettres autographes provenant de la succession Georges Charpentier, à Paris, 30 janvier 1907, Noël Charavay expert, nᵒ 1 ; copie, Lov., A. 282, fᵒ 17. — Publié (sans le *post scriptum*) dans la *Revue des autographes*, 2ᵉ série, fasc. 50, 1932, nᵒ 9. — *Corr. Gar.* III, nᵒ 1380.

1. Balzac avait abandonné ses préventions contre Charpentier (38-75). Il s'agit ici du *Traité des excitants modernes* qui parut en postface à une nouvelle édition Charpentier de la *Physiologie du goût* de Brillat-Savarin (enregistrée à la *BF* du 11 mai 1839).

38-93. LE VICOMTE D'YZARN-FREISSINET
À BALZAC

Aut., Lov., A. 316, ff^os 268 et 269 v°. — *Corr. Gar. III*, n° 1381.

1. De 1837 à 1842, l'affaire Pigeaire divisa l'Académie de médecine. Le docteur Jules Pigeaire, médecin reconnu de Montpellier, s'était installé en 1838 à Paris, avec sa famille. Dans son appartement sis au 98, rue de l'Université, il se livrait à des séances de magnétisme et de somnambulisme au cours desquelles sa fille Léonide (11 ans alors) parvenait à lire les yeux soigneusement bandés. Ces séances connurent un grand succès, y compris auprès des académiciens et médecins célèbres, savants, écrivains et autres gens du monde.
2. Cette lettre témoigne de l'intérêt porté par Balzac au magnétisme et au somnambulisme. Voir notamment t. I de la présente édition, 30-23, 32-72, et *LHB I*, p. 130-132, 138-143, 157-160, etc.
3. Charlotte de Folleville (1790-1850), épouse du consul d'Espagne Emmanuel Marliani, et grande amie de George Sand.

38-94. À CONSTANTIN DRUY?

Aut., coll. Th. Bodin. — Publié avec un fac-similé par Th. Bodin, *CB*, n° 11, 1981, p. 13-15.

1. Nous proposons de dater de 1838 cette lettre dont l'autographe ne porte pas de millésime. En effet, Balzac a payé 500 F, à l'ordre du paveur Finot, le 4 décembre 1838 (Lov., A. 336, f° 286) et signé des billets pour des travaux de pavage, au même, les 11 et 19 janvier 1839 (*ibid.*, ff^os 289 et 290), ce qui écarte le millésime de 1839, trop tardif.
2. Le destinataire de cette lettre est probablement Constantin Druy, régisseur du domaine de Saint-Cloud; voir 39-143.

38-95. TRAITÉ AVEC HENRY LOUIS DELLOYE,
VICTOR LECOU ET GERVAIS CHARPENTIER

Aut., Lov., A. 269, ff^os 61-62. — *Corr. Gar. III*, n° 1382.

1. Volumes enregistrés à la *BF* du 7 décembre 1839.
2. *BF*, 9 novembre 1839.
3. *BF*, 5 octobre 1839.
4. *BF*, 16 mars 1839.
5. *BF*, 13 juillet 1839.
6. *BF*, 28 décembre 1839.
7. La deuxième édition de *La Femme supérieure* suivie de *La Maison Nucingen* et de *La Torpille* a été publiée sous le nom de Werdet, en 3 vol. in-12; elle est enregistrée à la *BF* du 22 décembre 1838; l'autre ouvrage « choisi par Mr Charpentier » (d'après la correction marginale) a probablement été *Eugénie Grandet* (*BF*, 9 novembre 1839).
8. Ce titre a été remplacé par *Balthazar Claës ou la Recherche de l'Absolu* (1re édition séparée, enregistrée à la *BF* du 7 septembre 1839).
9. *BF*, 16 mars 1839 (5e éd.). *L'Histoire des Treize*, composé uniquement de *Ferragus* et de *La Duchesse de Langeais* (première apparition sous ce titre), fut également publié par le même éditeur (*BF*, 4 janvier 1840).

10. C'est ce qui fut fait ; voir ici n. 1-6.

11. *La Peau de chagrin*, également réimprimé par Charpentier, fera l'objet d'un traité particulier signé le 18 janvier 1839 (39-18). Charpentier publia ainsi, en 1838-1839, 15 volumes d'œuvres de Balzac contenant 33 romans et nouvelles ; en 1842, il ajouta *Louis Lambert*, suivi de *Séraphîta*.

38-96. TRAITÉ AVEC HIPPOLYTE SOUVERAIN

Aut., vente Archives Souverain, n° 151 ; trois pages in-4° sur papier timbré. — *Corr. Gar.* III, n° 1383. Ne disposant pas du texte complet de ce traité, nous en donnons ici l'analyse d'après le cat. de la vente.

1. *Sœur Marie des Anges* ne vit jamais le jour (voir t. I de la présente édition, 35-127, n. 1) ; *Un grand homme de province à Paris* ne paraîtra qu'en juin 1839 (enregistré à la *BF* du 15 juin). Voir aussi le traité 38-99.

38-97. ZULMA CARRAUD À BALZAC

Aut., Lov., A. 293, ff^{os} 313-316. — *Corr. Gar.* III, n° 1384.

1. Au tome II de l'édition originale de *La Femme supérieure*, l'envoi de *La Maison Nucingen* à Zulma Carraud précède immédiatement la dédicace de *La Torpille* au prince Porcia ; on pourra lire cette dédicace en tête de *Splendeurs et misères des courtisanes*. Voir 38-61, n. 2, et 38-71.

2. Silas Tourangin ; voir t. I de la présente édition, 33-199, n. 1.

38-98. LE MARQUIS DE CUSTINE À BALZAC

Aut., Lov., A. 313, ff^{os} 161-162. — Extraits publiés par Pierre de Lacretelle, dans l'introduction à l'édition de M. de Custine, *Souvenirs et portraits*, Monaco, Éditions du Rocher, 1956, p. 42-43. — *Corr. Gar.* III, n° 1385.

1. Dans *L'Espagne sous Ferdinand VII*, le marquis de Custine citait Rousseau comme exemple d'écrivain désintéressé : « au lieu de vivre de ses écrits, de vendre ses pensées ; il copiait de la musique » (Paris, Ladvocat, 1838, t. II, p. 160). Balzac, dans la préface de *La Femme supérieure* [*Les Employés*] citait longuement Custine pour le réfuter et défendre le métier d'écrivain (voir *CH* VII, p. 884-890).

2. Allusion au décès de la duchesse d'Abrantès survenu à Chaillot le 7 juin 1838, tandis que Balzac était en Italie.

3. Le roman paraîtra à Paris, au début de l'année 1839, chez Ladvocat (2 vol. in-8°, enregistré à la *BF* du 26 janvier 1839). Voir 39-12, 39-44 et 39-45.

38-99. TRAITÉ AVEC HIPPOLYTE SOUVERAIN

Aut., MB, inv. 89-24 ; sur papier timbré à 35 centimes, entièrement de la main de Balzac. Un deuxième exemplaire de ce traité, de la main de Souverain (signé de Souverain, Balzac et Lecou), est conservé au fonds Lovenjoul (Lov., A. 269, f° 44 ; texte suivi dans *Corr. Gar.* III, n° 1386 ; sigle : *Souverain*). Nous ne relevons ici que la principale variante.

a. Dans Souverain, on lit à la fin du traité : Ce traité est fait par dérogation au traité de ce jour au sujet d'*Un grand homme de province à Paris* et de *Sœur Marie des Anges*. / [*Paraphé* D. H. S.]

1. Ce traité fut modifié les 16 et 24 décembre 1838 (38-119 et 38-126) ; *Le Cabinet des Antiques* sera suivi uniquement de *Gambara*, alors que *Massimilla Doni* paraîtra avec *Une fille d'Ève*.
2. Las d'attendre la quatrième livraison des *Études philosophiques*, Delloye et Lecou venaient donc de la céder à Souverain.
3. Voir 38-90, n. 2.
4. Il s'agit des cinq volumes de la quatrième livraison des *Études philosophiques* (t. XIX-XXI et XXVIII-XXIX). La publication tardive d'*Une fille d'Ève*, suivie de *Massimilla Doni*, et cette clause retardèrent la parution de cette livraison (5 vol. in-12) jusqu'en 1840 (annoncée dans le *Feuilleton* de la *BF* le 11 janvier 1840, mais dont la vente n'interviendra que le 4 juin).
5. Balzac n'arrivait pas à compléter *Massimilla Doni* en rédigeant le texte de la représentation de *Mosè* (voir 37-81, n. 2) ; le délai de décembre 1838 ne fut pas respecté et *Une fille d'Ève* fut mis en vente le 26 août 1839.
6. Cet exemplaire n'est pas signé par Souverain.

38-100. À HIPPOLYTE SOUVERAIN

Aut., MB, inv. 89-25 ; vente Archives Souverain, joint au n° 152 ; *Bibliothèque du colonel Daniel Sickles*, vente à Paris, Hôtel Drouot, 28-29 novembre 1989 (2ᵉ partie), J. Vidal-Mégret et Th. Bodin experts, n° 253 (avec texte intégral publié par Th. Bodin).

1. Le traité en question (38-99) est daté du 13 et non du 14 novembre 1838.

38-101. AU MARQUIS DE CUSTINE

Aut., San Marino, Pasadena (CA), Henry E. Huntington Library. — Publié par Francis J. Crowley, « Balzac and the Marquis de Custine », *PMLA*, vol. LVIII, n° 3, septembre 1943, p. 790-796. — *Corr. Gar.* III, n° 1387.

1. L'autographe de cette lettre porte, d'une autre main, « À Mr de Custine, 2 février 1843 », date certainement inexacte, car il s'agit ici de la réponse de Balzac à la lettre de Custine du 12 novembre 1838 (38-98), ce qui permet de dater de fin novembre 1838.
2. La duchesse d'Abrantès ; voir 38-98, n. 2.
3. Balzac pense sans doute à son article sur *Fragoletta ou Naples et Paris en 1799* de Henri de Latouche (Paris, Levavasseur et Urbain Canel, 1829), article paru au *Mercure de France du XIXᵉ siècle* (t. XXV, juin 1829, p. 611-614), ou peut-être à sa brouille avec Lacroix à propos des *Deux Fous* (voir t. I de la présente édition, 30-13 et 30-14). Voir *Fragoletta* ; *OD II*, p. 299 et 1361-1362 ; et « Portrait de P.-L. Jacob, bibliophile, éditeur des *Deux Fous* », *Le Voleur*, 5 mai 1830 ; *OD II*, p. 654 et 1462-1465.
4. Balzac fait ici mention du salon du baron François Gérard (1770-1836), auquel il participait souvent. Voir le récit de Virginie Ancelot (*Salons parisiens ; foyers éteints*, Paris, Jules Tardieu, 1858), qui consacre un chapitre entier au salon du baron Gérard (p. 45-82).
5. Cette demi-page n'a pas été conservée.
6. *Ethel*. Voir 38-98, n. 3.

38-102. À ÉMILE DE GIRARDIN

Aut., Lov., A. 287, ff⁰ˢ 70-71. — Publié par Lovenjoul, *Genèse*, p. 153-156. — *Corr. Gar. III*, n⁰ 1388.

1. Voir 39-176, n. 1.
2. Réélu député de Bourganeuf le 17 avril 1838 après avoir gagné son procès dans l'affaire du journal le *Musée des familles* (dont il était propriétaire et que l'on accusait de mauvaise gestion, tandis que celle-ci était confiée à Auguste Cleemann), Girardin était alors en butte à de violentes attaques et à de nouveaux procès. Voir en particulier la teneur des débats du procès reproduits dans *La Presse* du 29 mars 1838; et Louis J. Larcher, *Émile de Girardin*, Paris, Garnier frères, 1849, p. 22-23.
3. Le 17 septembre 1838, Balzac avait écrit à Mme Hanska : « Je viens d'écrire pour *La Presse* le commencement de *La Torpille*, *La Presse* n'en a pas voulu, j'ai écrit le commencement du *Curé de village* » (*LHB* I, p. 463). Peu après, Balzac avait, semble-t-il, remis à Girardin les 30 feuillets du manuscrit du début du *Curé de village* et le 28 septembre 1838 Émile de Girardin avait annoncé dans *La Presse* la publication prochaine du *Curé de village* en remplacement de *La Maison Nucingen* et de *La Torpille*, dont « le choix du sujet et la liberté de certaines descriptions » auraient pu « froisser la sensibilité du public ». Le 15 octobre, Balzac écrivait à Mme Hanska : « J'ai sous presse le commencement du *Curé de village* », et plus loin : « Il faut corriger pour demain *Le Curé de village* car il m'ennuie d'avoir encore affaire avec *La Presse* » (*LHB* I, p. 468 et 469). Le lendemain, il précisait à sa sœur : « j'ai écrit *Le Curé de village*, en deux nuits » (38-88).
4. Cette chronologie semble valable : remise du manuscrit vers la mi-septembre, premières épreuves à la mi-octobre.
5. La première partie du *Curé de village* paraîtra dans *La Presse* du 1ᵉʳ au 7 janvier 1839.
6. Sur ces accords avec Girardin et *La Presse*, voir 36-148, et notes.

38-103. À UN COMMISSIONNAIRE

Aut., vente Archives Souverain, n⁰ 160 (2). — *Corr. Gar. III*, n⁰ 1389.

1. Écrite un dimanche, cette lettre semble antérieure à la lettre à Charpentier du 28 novembre (38-105), ce qui permet de dater du dimanche 25 novembre.
2. Il s'agit de *Ce qu'il y a dans une bouteille d'encre*, 1ʳᵉ livraison de *Geneviève*, par Alphonse Karr (2 vol. in-8⁰ publiés à Paris, chez Desessart et enregistrés à la *BF* du 8 décembre 1838); la librairie de Desessart, 15, rue des Beaux-Arts, était tout près de celle de Souverain, sise au 5 de la même rue.
3. A. Karr, *Vendredi soir*, 1 vol. in-8⁰, Paris, Souverain, 1835.
4. Le *Traité de excitants modernes* a paru à la suite de la *Physiologie du goût* de Brillat-Savarin (voir 38-92).
5. Balzac était alors en pourparlers avec l'éditeur parisien Léon Curmer pour collaborer aux *Français peints par eux-mêmes. Encyclopédie morale du XIXᵉ siècle*, dont les premières livraisons étaient annoncées en 1839. Sur sa participation, voir 38-123, n. 1, et Ségolène Le Men,

« "La Littérature panoramique" dans la genèse de *La Comédie humaine* : Balzac et *Les Français peints par eux-mêmes* », *AB 2002*, p. 73-100.

6. Auguste Théodore Hilaire Barchou de Penhoën (voir t. I de la présente édition, 32-49, n. 1) avait publié en 1836, chez Charpentier, une *Histoire de la philosophie allemande depuis Leibnitz jusqu'à Hegel* et *Un automne au bord de la mer*.

7. Parmi les ouvrages vendus à Charpentier le 12 novembre (38-95), c'est *Le Médecin de campagne* qui avait été le premier mis en fabrication et paraîtra, dans une « nouvelle édition revue et corrigée », en mars 1839 (enregistré à la *BF* du 16 mars 1839).

38-104. À VICTOR LECOU

Aut., MB, inv. BAL 92-28 ; Collection J. Gabalda, vente à Paris, Hôtel Drouot, 7-8 avril 1976, Cl. Guérin expert, n° 15. — *Corr. Gar. III*, n° 1390 (sur une copie).

1. Louis Desnoyers (voir le Répertoire) dirigeait le *Feuilleton du Siècle*, journal fondé par Armand Dutacq. Ce n'est pas *Qui a terre a guerre* que Louis Desnoyers accepta de publier, mais cette « autre chose » qui était *Une fille d'Ève* (voir 38-107).

38-105. À GERVAIS CHARPENTIER

Copie, Lov., A. 282, f° 22. — *Corr. Gar. III*, n° 1391.

1. Voir 38-103, n. 6.
2. *Adolphe*, de Benjamin Constant, fut publié par Charpentier en août 1839 (*BF* du 17 août) ; *Anatole*, pourtant considéré par la critique comme le chef-d'œuvre de Sophie Gay, ne fut pas retenu ; *Obermann*, de Senancour, entra seulement en février 1840 au catalogue de la « Bibliothèque Charpentier », avec une préface de George Sand.

38-106. ARMAND PÉRÉMÉ À BALZAC

Aut., Lov., A. 315, ff°s 276 bis et 277 v°. — Publié par Lovenjoul, *Autour*, p. 114-115. — *Corr. Gar. III*, n° 1392.

1. La première pièce créée au nouveau théâtre de la Renaissance, le 8 novembre 1838, avait été *Ruy Blas*. Voir 38-60, n. 1.
2. Édouard Déaddé.

38-107. À ARMAND DUTACQ

Copie, Lov., A. 265, f° 63. En marge, Dutacq a noté : « Vu. / D[utacq] ». — *Corr. Gar. III*, n° 1393.

1. *Une fille d'Ève* a été publié dans *Le Siècle* du 31 décembre 1838 au 14 janvier 1839 (avec une interruption le 7 janvier).
2. Cette clause qui permettait en fait à Desnoyers de censurer Balzac sera à l'origine de discussions violentes à propos de *Béatrix* et surtout de *Pierrette*, romans publiés dans le même journal. Voir 39-27, et les lettres échangées en janvier 1840 (40-7 à 40-10, 40-12, 40-14 à 40-16, 40-18 à 40-20).

38-108. À DANIEL ROUY

Aut., Lov., A. 288, f° 67. — *Corr. Gar. III*, n° 1508 (daté par erreur mai 1839).

1. Balzac donne son adresse à Sèvres ; il s'agit des corrections au premier manuscrit du *Curé de village*, lettre de peu postérieure à la lettre à Girardin (38-102). On peut hésiter entre les deux premiers samedi de décembre 1838.

38-109. À ARMAND PÉRÉMÉ

Publié par E. Biré, *Honoré de Balzac*, Paris, H. Champion, 1897, p. 199-200 ; Lovenjoul, *Autour*, p. 116-121. — *Corr. Gar. III*, n° 1395.

1. Balzac n'avait pas reçu les places demandées pour la première représentation de *Ruy Blas* ; voir les explications de Pérémé (38-113).
2. Balzac anticipe quelque peu : le traité concernant cette publication fut signé le 16 décembre (38-119).
3. Voir la lettre à Taylor du 17 juin 1838 (38-54).
4. C'est ce que, auteur malchanceux, il tentera de faire avec *L'École des ménages*, *La Marâtre* et *Le Faiseur*, ouvrant la voie au théâtre réaliste.
5. Cet ouvrage ne fut jamais réalisé. On regroupe aujourd'hui sous ce titre trois éléments des *Études analytiques* : le *Traité de la vie élégante*, la *Théorie de la démarche* et le *Traité des excitants modernes* (*CH XI*, p. 183-328). Voir l'Introduction aux *Études analytiques*, *ibid.*, p. 1725-1732.
6. Sur *Robert le Diable*, voir 37-84, n. 2.

38-110. À HIPPOLYTE SOUVERAIN

Aut., MB, inv. 91-8 ; coll. Jules Marsan, vente à Paris, Hôtel George-V, 17 juin 1976, Cl. Guérin et M. Lolié experts, n° 4 ; *Bibliothèque du colonel Daniel Sickles*, vente à Paris, Hôtel Drouot, 15 mars 1991 (7ᵉ partie), J. Vidal-Mégret et Th. Bodin experts, n° 2669 (fac-similé partiel) ; trois pages in-8°. — *Corr. Gar. III*, n° 1394 (sur une copie très fautive ; daté par erreur du 1ᵉʳ décembre).

1. Finalement il n'en fut rien.
2. Le traité concernant cette publication fut signé le 16 décembre (38-119).

38-111. À LOUIS DESNOYERS

Aut., Lov., A. 286, fᶠˢ 180-181. — *Corr. Gar. III*, n° 1396.

1. Des épreuves d'*Une fille d'Ève*.
2. Au bureau des messageries.

38-112. À LOUIS DESNOYERS

Copie communiquée par Marcel Bouteron. — Publié par W. S. Hastings, « An Unpublished Correspondence of Honoré de Balzac », *Modern Language Notes*, t. XXXIX, février 1924, p. 66. — *Corr. Gar. III*, n° 1397.

1. Lettre écrite le lendemain de la précédente (38-111) d'après le contexte.

38-113. ARMAND PÉRÉMÉ À BALZAC

Aut., Lov., A. 315, fᶠˢ 277 *bis*-278. — Publié par Lovenjoul, *Autour*, p. 121-127. — *Corr. Gar. III*, n° 1398.

1. 38-109.
2. Voir *ibid.*

38-114. ANDRÉ VERRE À BALZAC

Aut., Lov., A. 316, ff^os 251-252. — *Corr. Gar. III*, n° 1399.

1. Sur Mme Marliani, voir 38-93, n. 3.
2. Ces portraits de George Sand n'ont pas été retrouvés (information de Georges Lubin).

38-115. À ARMAND PÉRÉMÉ

Aut., Lov., A. 288, ff^os 23-24. — Publié par Lovenjoul, *Autour*, p. 127-130. — *Corr. Gar. III*, n° 1400.

1. Réponse à la lettre de Pérémé du 9 décembre (38-113), qui répliquera à son tour le 12 (38-117).
2. Théodorine Thiesset (1813-1886) avait débuté au Gymnase à 17 ans sous le nom de Théodorine. En 1838, elle jouait à la Porte Saint-Martin où elle rencontra Étienne Mélingue, qu'elle épousa en 1840. En 1843, elle incarnera Guanhumara dans *Les Burgraves* de Hugo, un véritable échec.
3. Mlle Nougaret avait rencontré le succès à la Gaîté en octobre 1837 dans *La Belle Écaillère*. Elle avait débuté sa carrière en province et jouera au Gymnase en 1841-1843.
4. Anaïs Aubert (1802-1871), dite Anaïs, avait débuté comme ingénue à la Comédie-Française en 1816 ; à l'Odéon, de 1822 à 1829, elle jouait les amoureuses. Elle quitta l'Odéon le 14 avril 1829 à l'issue de la dernière représentation de *Roméo et Juliette*, avant d'être engagée au théâtre de la Porte Saint-Martin dès le mois suivant. Voir *Journal des comédiens* du 12 avril et du 21 mai 1829.
5. Jenny Vertpré (1797-1865) avait épousé en 1832 le vaudevilliste Carmouche ; partenaire de Potier, elle avait obtenu de grands succès à la Porte Saint-Martin puis au Gymnase.
6. Frédérick Lemaître (voir le Répertoire), après avoir créé Ruy Blas, sera en avril 1839 Fasio dans *L'Alchimiste* de Dumas et Gérard de Nerval (voir le compte rendu de la pièce par J. Chaudes-Aigues, *L'Artiste*, 2e série, t. II, 1839, p. 335-336).

38-116. À LAURE SURVILLE

Aut., Lov., A. 277, f° 24. — *Corr. Gar. III*, n° 1401.

1. Lettre postérieure à la lettre de Pérémé du 9 décembre (38-113) donnant l'accord de principe des directeurs de la Renaissance.
2. À cette époque, Laure Surville se débattait dans de multiples difficultés, Balzac ayant donné rendez-vous chez elle à « des journalistes pour des marchés » ; le 14 novembre 1838, elle écrivait à sa mère : « nous sommes [...] la proie de tous ceux qui viennent nous déranger et nous n'avons que le temps de faire ce qui nous déplaît, cette continuelle contrariété me donne une irritation intérieure qui finira mal. [Elle se plaint de son mari, de sa] désobligeance perpétuelle qui se marque en tout p[ou]r Honoré jusqu'à ne pas lui répondre quand il lui parle. Honoré a passé cette semaine avec nous, venant pour des courses p[ou]r des traités, ne pouvant être exact ni au coucher ni aux repas d'ailleurs où est ici l'exactitude, mon mari

avait p[ou]r tout cela l'hospitalité la plus disgracieuse si bien que j'en ai conservé une irritation tournant en humeur p[ou]r tous même p[ou]r Honoré, voilà ma vie depuis ton départ » (aut., Lov., A. 378 *bis*, ff^{os} 52 et 52 v°; publié par Marie-Jeanne Durry, *Balzac, un début dans la vie*, CDU, 1953, t. I, p. 126).

3. Les entrepreneurs des Jardies.

38-117. ARMAND PÉRÉMÉ À BALZAC

Aut., Lov., A. 315, ff^{os} 279 et 280 v°. — Publié par Lovenjoul, *Autour*, p. 131-132. — *Corr. Gar. III*, n° 1402.

38-118. ZULMA CARRAUD À BALZAC

Aut., Lov., A. 293, ff^{os} 317 et 318 v°. — *Corr. Gar. III*, n° 1403.

1. Zulma Carraud est à Versailles où elle est venue voir son fils Ivan, pensionnaire de l'Institution Barthe, sise au 64, rue de Montreuil à Versailles. Balzac reçoit cette lettre le lundi 17 décembre et répond le lendemain (voir 38-121).

38-119. TRAITÉ AVEC HIPPOLYTE SOUVERAIN

Aut.; vente Archives Souverain, n° 153; une page in-4° sur papier libre. — *Corr. Gar. III*, n° 1404. Ne disposant pas du texte complet de ce traité, nous en donnons ici l'analyse d'après le cat. de la vente.

1. Voir 38-99.
2. *Le Fils du pelletier* (voir 37-94) n'est pas mentionné dans le nouveau traité signé le 24 décembre (38-126); voir 38-120.

38-120. À HIPPOLYTE SOUVERAIN

Aut., MB, inv. 93-14; vente JLP, lot n° 155. — *Corr. Gar. III*, n° 1405 (sur 2 copies).

1. Il s'agit de l'imprimerie E. Jacquin à Fontainebleau; on remarquera que Souverain, la plupart du temps, servit d'intermédiaire entre Balzac et les imprimeurs. Nous n'avons pas trace de correspondance directe entre Balzac et l'atelier de Fontainebleau.
2. Ces prévisions de Balzac (*Le Cabinet des Antiques*, suivi de *Gambara* formant deux volumes sans l'adjonction du *Fils du pelletier*) permettent de placer cette lettre après le 16 décembre et avant le 24.
3. Il n'en fut rien; l'édition, qui n'est pas enregistrée à la BF, ne fut mise en vente que le 13 mars 1839, d'après une annonce du *Siècle*.

38-121. À ZULMA CARRAUD

Aut., coll. privée. — Publié avec fac-similé par Thierry Bodin, *CB*, n° 93, 2003, p. 19-22.

1. Réponse à la lettre 38-118 reçue le lundi 17 décembre.
2. Dans une lettre du 12 octobre 1839 (39-235), Zulma Carraud donnera l'adresse de l'Institution Barthe, où se trouve son fils : 64, rue de Montreuil; voir aussi 38-118, n. 1.
3. On notera cet aveu de rencontres, à Versailles, avec « Fanny » Guidoboni-Visconti.

4. *Le Siècle* va commencer *Une fille d'Ève*, le 31 décembre ; *La Presse* du 1ᵉʳ janvier 1839 commencera *Le Curé de village*.

38-122. MADAME DELANNOY À BALZAC

Aut., Lov., A. 313, ff⁰ˢ 248-429. — *Corr. Gar. III*, n° 1406.

38-123. À LÉON CURMER

Copie, Lov., A. 269, f° 75. — *Corr. Gar. III*, n° 1407.

1. Ces articles étaient destinés aux *Français peints par eux-mêmes*, recueil de « physiologies » bien illustrées dues à de nombreux collaborateurs et publié par livraisons chez Léon Curmer. L'ouvrage fut divisé en deux séries : *Paris* et *Province*, cette dernière série ayant commencé à paraître seulement en mai 1840. *L'Épicier* ouvre le tome I des volumes de la première série (d'après une annonce de *La Presse*, cette première livraison était « en vente » le 25 avril 1839). *La Femme comme il faut* constitue la sixième livraison du même volume publiée sans doute en mai 1839.

38-124. TRAITÉ AVEC HENRY LOUIS DELLOYE, VICTOR LECOU ET GERVAIS CHARPENTIER

Aut., Lov., A. 269, f° 63. — *Corr. Gar. III*, n° 1408.

1. Voir 38-95.
2. Cette clause ne fut pas appliquée ; Charpentier ne réimprima aucun des romans publiés par Balzac pendant les années indiquées.

38-125. TRAITÉ AVEC HENRY LOUIS DELLOYE, VICTOR LECOU ET GERVAIS CHARPENTIER

Aut., Lov., A. 269, ff⁰ˢ 64-65. — *Corr. Gar. III*, n° 1409.

1. Dans le « Préambule » au *Traité des excitants modernes* figurant à la suite de la *Physiologie du goût* (Charpentier, 1839), Balzac, à propos du « mariage » de la *Physiologie du mariage* avec le livre de Brillat-Savarin, définissait son plan des *Études analytiques* qui devaient « couronner » son œuvre des *Études de mœurs* et des *Études philosophiques* ; à côté de l'*Analyse des corps enseignants*, de la *Physiologie du mariage* et de la *Monographie de la vertu*, il y analysait longuement le projet de *Pathologie de la vie sociale* en indiquant que le *Traité des excitants modernes*, la *Théorie de la démarche* et le *Traité sur la toilette* en étaient des fragments. Voir également 38-109.
2. Cette édition entreprise par Delloye et Lecou n'a finalement eu qu'un seul volume d'« Études sociales » : *La Peau de chagrin*, publié en fascicules de décembre 1837 à juillet 1838.

38-126. TRAITÉ AVEC HIPPOLYTE SOUVERAIN

Aut. (de la main de Souverain), Lov., A. 269, f° 45. — *Corr. Gar. III*, n° 1410. Un deuxième exemplaire de ce traité, contenant un ajout final de la main de Balzac, provenant de la vente Archives Souverain (n° 154), a été acquis en 2007 par MB, inv. BAL 2007-4. Nous indiquons ici cet ajout en variante (sigle : *Souverain*).

a. au [trente et un janvier *corrigé et paraphé, en marge, de la main de Balzac, en* quinze février] prochain *aut.* ❖ *b. La phrase entière est une add. marg. aut. paraphée de la main de Balzac.* ❖ *c. À la fin de Souverain, de la main de Balzac, on lit :* Reçu les effets indiqués au traité / de Balzac. / Monsieur Souverain pourra tirer de *La Fille d'Ève* quarante exemplaires en sus, au total douze cent quarante exemplaires, à la charge de m'en remettre six / de Balzac.

1. Ce traité amende ceux des 13 novembre (38-99) et 16 décembre (38-119).
2. *Sic* pour 13 ; voir 38-99.
3. Les volumes contenant *Une fille d'Ève*, suivi de *Massimilla Doni*, ne furent mis en vente que le 26 août 1839. Le 25 août *La France musicale* publiait seulement le chapitre « Une représentation de *Mosè* » de *Massimilla Doni*, dont les difficultés d'écriture avaient retardé de deux ans l'œuvre écrite au retour du voyage italien de 1837 ; voir 37-80, n. 3.

38-127. À HIPPOLYTE SOUVERAIN

Aut., MB, inv. BAL 992 (achat 1987) ; vente Archives Souverain, n° 151. — *Corr. Gar. III*, n° 1411 (sur une copie incomplète).

38-128. ÉMILE DE GIRARDIN À BALZAC

Aut., Lov., A. 262, ff^{os} 35 et 36 v°. — Publié par Lovenjoul, *Genèse*, p. 156. — *Corr. Gar. III*, n° 1412.

1. *Le Curé de village* commença à paraître dans *La Presse* du 1er janvier 1839.

38-129. À ALESSANDRO MOZZONI-FROSCONI

Aut., Milan, Archivio di Stato, *Fondo Sormani-Andreani-Verri*, n° 979 ; sur un papier fin aux initiales des Guidoboni-Visconti. — Publié par R. De Cesare, *AB 1991*, p. 55.

1. Werdet avait mis en vente le 24 septembre 1838 deux volumes comprenant *La Femme supérieure*, dédié : « À La Comtesse Serafina San-Severino, née Porcia » et *La Torpille*, dédié : « À S. A. le Prince Alfonso Serafino di Porcia ». *Une fille d'Ève*, dont la publication commença dans *Le Siècle* le 31 décembre 1838, sera dédié : « À Madame la Comtesse Bolognini, née Vimercati », maîtresse du prince Porcia.
2. La réponse n'a pas été retrouvée.

38-130. PRÉVOST-ROUSSEAU ? À BALZAC

Aut., Lov., A. 316, ff^{os} 72 et 73 v°.

1. Sans doute un exemplaire du « Balzac illustré ». *La Peau de chagrin*, publié par Delloye et Lecou (*BF* du 21 juillet 1838).
2. Nous pensons qu'il s'agit de Prévost-Rousseau, maire du IIIe arrondissement ; voir t. I de la présente édition, 21-2 et 21-4.

38-131. GERVAIS CHARPENTIER À BALZAC

Aut., Lov., A. 313, ff⁰ˢ 71 et 72 v°. — *Corr. Gar.* III, n° 1413.

1. Charpentier avait publié en août 1838 la *Physiologie du goût* de Brillat-Savarin ; l'édition augmentée du *Traité des excitants modernes* sera mise en vente en mai 1839 (enregistrée à la BF du 11 mai) sans prépublication dans *Le Siècle*.
2. Charpentier avait en main le « Préambule » au *Traité des excitants modernes* (voir 38-125, n. 1), où l'on peut lire le titre suivant : « Le troisième est la *Pathologie de la vie sociale, ou Méditations mathématiques, physiques, chimiques et transcendantes sur les manifestations de la pensée, prise sous toutes les formes que lui donne l'état social, soit par le vivre et le couvert, soit par la démarche et la parole, etc. (Supposez trente, etc.)* » (CH XII, p. 304).

38-132. HIPPOLYTE SOUVERAIN À BALZAC

Aut., Lov., A. 256, ff⁰ˢ 227-228. — *BS*, p. 19-20. — *Corr. Gar.* III, n° 1414.

1. Les voitures publiques de la ligne Paris-Versailles passaient par Sèvres et faisaient également office de messageries.
2. Dans l'édition Souverain, *Gambara* occupe les pages 85 à 267 du tome II, soit les feuilles 6 à 18, suivies de deux feuillets de table. Le tome I compte 323 pages. Il y a donc une sensible différence entre les deux volumes. Balzac n'a pas donné sa « petite nouvelle » (*Le Fils du pelletier*) probablement parce qu'elle n'était pas achevée ou avait pris de trop vastes proportions (voir 39-23).
3. Desnoyers n'a pas pris *Massimilla Doni*, qui paraîtra finalement chez Souverain avec *Une fille d'Ève* en août 1839.

38-133. À HIPPOLYTE SOUVERAIN

Copie communiquée par Marcel Bouteron, d'après l'aut., vente JLP, lot n° 155. — *BS*, p. 20. — *Corr. Gar.* III, n° 1415.

1. Voir 38-120.
2. Le chapitre VI du *Cabinet des Antiques*, « Un tribunal de province », commence à la page 285 du tome I ; le chapitre VII, « Le Juge d'instruction », ouvre le tome II.
3. Cet ouvrage était imprimé chez E. Jacquin à Fontainebleau (voir 38-120, n. 1). Voir aussi 39-2, n. 1.

38-134. CAROLINE MARBOUTY À BALZAC

Aut., Lov., A. 391, f° 115. — Publié par M. Serval, *Une amie de Balzac, Mme Marbouty*, p. 19. — *Corr. Gar.* III, n° 1416.

38-135. AU COMTE AUGUSTE DE BELLOY

Aut., MB, inv. BAL 89-28. — Publié d'après l'aut. par R. Pierrot, *CB*, n° 44, 1991, p. 30. — *Corr. Gar.* III, n° 1417 (sur une copie).

1. L'allusion à Sèvres, c'est-à-dire aux Jardies et non à l'appartement de la rue de Ville-d'Avray, loué en septembre 1837, sous le nom de Surville, permet de placer cette lettre, au plus tôt, en 1838, après la lettre de Belloy à Balzac du 17 octobre (38-89) ; celle au bois

de chauffage au début de l'hiver ; les « traités conclus » sont vraisemblablement les contrats signés avec Charpentier et avec Souverain, en novembre et décembre 1838. Belloy, se souvenant peut-être de la difficile collaboration pour *Gambara*, refusa. En janvier 1839, Balzac essaya, sans plus de succès, une autre collaboration avec Charles Lassailly.

38-136. À LOUIS DESNOYERS

Copie communiquée par Marcel Bouteron. — *Corr. Gar.* III, n° 1418.

1. Desnoyers revoyait de très près la copie des feuilletons du *Siècle* (voir 38-107) ; cette lettre peut être au plus tôt de décembre 1838 ou de 1839, année où Balzac donna à ce journal *Une fille d'Ève* et *Béatrix*.

38-137. À DELPHINE DE GIRARDIN

Aut., Venise, Biblioteca Marciana, cod. it. classe X, cod. 410 (= 11692) [n° 14 de la collection d'autographes du duc Maximilien d'Autriche] ; copie communiquée par R. de Cesare.

1. À partir du 6 octobre 1836, Delphine de Girardin a publié dans *La Presse*, sous le pseudonyme de vicomte de Launay, un feuilleton mondain, théâtral et littéraire intitulé *Courrier de Paris*. D'octobre 1836 à août 1837, le *Courrier de Paris* du vicomte de Launay paraissait le jeudi ; à partir du 19 août 1837, ce feuilleton fut publié le samedi, ce qui nous donne une date limite pour situer ce billet : Balzac étant encore très en froid avec les Girardin en 1837, nous datons de 1838 ou 1839 ; les nombreuses interruptions du feuilleton ne permettent pas une plus grande précision.

38-138. À LOUAULT

Aut., coll. privée. — Publié dans *Honoré de Balzac*, cat. de l'exposition, Bibliothèque nationale, 1950, n° 462. — Fac-similé dans *CB*, n° 31, 1988, p. 17. — *Corr. Gar.* III, n° 1420.

1. Ce billet concernant l'aménagement des Jardies et la chambre destinée à Sarah Guidoboni-Visconti peut être daté de 1838 ou de 1839. Louault était « fabricant de porcelaines blanches », associé à Armand Pérémé. Voir X. de Chavagnac et G. de Grollier, *Histoire des manufactures françaises de porcelaine*, Paris, A. Picard et fils, 1906, p. 718 (sur la manufacture de Villedieu, dans l'Indre).

38-139. À LOUIS VIARDOT

Aut., BNF, Mss, n. a. fr. 16274, ff^{os} 11-12. — *Corr. Gar.* V, n° 2824 *bis*.

1. Cette lettre concernant la rédaction du chapitre de *Massimilla Doni*, « Une représentation du *Mosè* de Rossini à Venise », publié dans *La France musicale* du 25 août 1839, est difficile à dater avec précision. Le 22 janvier 1838, Balzac écrivait à Mme Hanska : « Demain, mardi, 23, je vais me mettre à achever *Massimilla Doni*, qui m'oblige à de grandes études sur la musique, et à aller me faire jouer et rejouer le *Mosè* de Rossini par un bon vieux musicien allemand » (*LHB I*,

p. 437) ; on pourrait être tenté de la placer à cette époque, mais on remarquera que Balzac demande à Viardot de déposer la partition chez Souverain ; or il n'était pas en relations très suivies avec Souverain au début de 1838, c'est à la fin de cette année qu'il signa avec cet éditeur une série de contrats (en particulier pour *Massimilla Doni* ; voir 38-99). Nous datons des dernières semaines de 1838 ou des premiers mois de 1839.

2. Sur l'aide de Strunz pour *Massimila Doni*, voir 37-97, n. 1. Voir aussi 39-138, n. 1.

3. Louis Viardot ne s'est installé à cette adresse qu'à la fin de 1838.

38-140. LOUIS DESNOYERS À BALZAC

Aut., Lov., A. 313, ff^{os} 285 et 286 v°. — *Corr. Gar. III*, n° 1422.

1. Il peut s'agir d'*Une fille d'Ève* publié dans *Le Siècle* à partir du 31 décembre 1838, de *Béatrix* qui commença à paraître le 13 avril 1839 ou de *Pierrette* inséré à partir du 14 janvier 1840.

38-141. LOUIS DESNOYERS À BALZAC

Aut., Lov., A. 313, f° 282. — *Corr. Gar. III*, n° 1423.

1. Voir 38-140, n. 1.

38-142. À CAROLINE MARBOUTY ?

Aut. ; vente à Paris, Hôtel Drouot, 9 juin 1997, Th. Bodin expert, n° 142.

1. L'autographe a été mutilé pour faire disparaître l'*incipit* ; il s'agit, d'après le contexte, d'une correspondante féminine ; le nom de Caroline Marbouty et la datation paraissent s'imposer.

2. Sans doute le vicomte d'Yzarn-Freissinet, ami de Mme Marbouty. Voir 38-90, 38-93, 39-20 et le Répertoire.

3. Plus exactement, J.-J. Techener, libraire installé au 12, place de la colonnade du Louvre. En 1834, il avait lancé le *Bulletin du bibliophile et de l'amateur*, feuille d'annonces de livres rares, en vente aux prix marqués à sa librairie ; ce bulletin était assorti de quelques articles élégants et primesautiers écrits par Charles Nodier sur des sujets propres à piquer la curiosité des bibliophiles lettrés. Dès 1836, cette publication fut transformée en une véritable revue aux nombreux collaborateurs.

38-143. MADAME A. A. *** À BALZAC

Aut., Lov., A. 318, ff^{os} 85 et 86 v° ; sur papier à monogramme à froid « A A ». — *CaB 5*, n° 6.

1. S'agirait-il de Mme Guidoboni-Visconti ?

38-144. JULES SANDEAU À BALZAC

Aut., Lov., A. 316, f° 115. — *Corr. Gar. III*, n° 1426.

1. C'est peu après son retour de Bretagne que Sandeau s'installe rue du Bac.

2. Lettre restée sans réponse, semble-t-il. *Marianna*, qui paraîtra en mai 1839 chez Werdet, sera finalement dédiée au père de Sandeau.

38-145. JULES SANDEAU À BALZAC

Aut., Lov., A. 316, ff⁰ˢ 116-117. — *Corr. Gar.* III, n° 1427.

1839

39-1. LOUIS DESNOYERS À BALZAC

Aut., Lov., A. 313, f° 274. — *Corr. Gar.* III, n° 1428.

1. C'est-à-dire *Les Lecamus*, anciennement intitulé *Le Fils du pelletier* avant de prendre pour titre *Le Martyr calviniste* (paru en 1844, bien que l'enregistrement à la *BF* ait eu lieu de manière prématurée le 28 janvier 1843). Ce roman, après de longs retards, fut publié dans *Le Siècle* du 23 mars au 4 avril 1841 (12 feuilletons avec interruption le 30 mars).
2. Voir 39-4.

39-2. HIPPOLYTE SOUVERAIN À BALZAC

Aut., Lov., A. 256, f° 229. — *Corr. Gar.* III, n° 1429.

1. Il est ici question du tome I du *Cabinet des Antiques*. Voir 38-132 et 38-133.
2. L'imprimeur E. Jacquin de Fontainebleau. Voir aussi 38-120, n. 1.
3. Souverain désirait commencer l'impression du volume avec le texte du feuilleton.

39-3. HENRI PLON À BALZAC

Aut., Lov., A. 287, f° 73 ; sur papier à en-tête de l'imprimerie de Béthune et Plon, rue de Vaugirard, 36.

1. Épreuves du *Curé de village* dont la publication venait de commencer, le 1ᵉʳ janvier, dans *La Presse*.
2. Voir 39-5.

39-4. À ARMAND DUTACQ

Copie, Lov., A. 265, f° 64. En marge, Dutacq a noté : « Vu. / D[utacq] ». — *Corr. Gar.* III, n° 1430.

1. Voir 39-1, n. 1.

39-5. À ÉMILE DE GIRARDIN

Aut., Lov., A. 287, ff⁰ˢ 72 et 73 v° ; sur le feuillet resté vierge de la lettre d'Henri Plon (39-3). — Publié par Lovenjoul, *Genèse*, p. 156-157. — *Corr. Gar.* III, n° 1431.

1. Publication commencée le 1ᵉʳ janvier.
2. Voir 39-3.

3. Chez les Surville ; Balzac n'a toujours pas de pied-à-terre parisien.

39-6. HIPPOLYTE SOUVERAIN À BALZAC

Aut., Lov., A. 256, ff⁰ˢ 230 et 231 v⁰. — *BS*, p. 21-22. — *Corr. Gar. III*, n⁰ 1432.

1. Il s'agit du texte du *Feuilleton* du *Siècle*, dont la publication venait de débuter le 1ᵉʳ janvier. Voir 39-19.
2. Souverain n'avait pu inclure ces deux romans dans les *Œuvres complètes d'Horace de Saint-Aubin*, faute d'entente avec Auguste Lepoitevin (voir t. I de la présente édition, 35-160 et 35-162) ; les espoirs de 1839 ne se réalisèrent pas mieux que ceux de 1835 ; voir 39-19.

39-7. À HIPPOLYTE SOUVERAIN

Copie communiquée par Marcel Bouteron, d'après l'aut., vente JLP, lot n⁰ 155 ; copie, Lov., A. 282, f⁰ 46. — *BS*, p. 21. — *Corr. Gar. III*, n⁰ 1433.

1. Voir 38-132, n. 2.
2. Balzac se trompe, il répond à la lettre de Souverain du 4 janvier et écrit la veille d'un dimanche 6, donc le samedi 5.

39-8. GERVAIS CHARPENTIER À BALZAC

Aut., Lov., A. 313, ff⁰ˢ 73 et 74 v⁰. — *Corr. Gar. III*, n⁰ 1434.

1. Voir 38-131.

39-9. À L'IMPRIMERIE DU « SIÈCLE »

Aut., Lov., A. 233, f⁰ 111 v⁰ ; épreuves corrigées d'*Une fille d'Ève* au dos du dernier feuillet du chapitre VI. — *Corr. Gar. V*, n⁰ 2825.

1. Balzac écrit certainement le dimanche 6 janvier 1839 : le chapitre VI d'*Une fille d'Ève* a été publié dans *Le Siècle* des 8 et 9 janvier 1839.

39-10. À LOUIS DESNOYERS

Copie communiquée par Marcel Bouteron. — Extrait publié au cat. de la vente de la collection Hervey, Paris, 3 décembre 1857, Laverdet expert, n⁰ 310 (une page pleine, in-8⁰). — *Corr. Gar. III*, n⁰ 1435.

1. La publication d'*Une fille d'Ève* a été interrompue dans *Le Siècle* le 7 janvier, à la fin du chapitre V. Voir aussi 39-9, n.1.
2. Les *Fragmens d'un voyage autour du monde* (1820) par Jacques Arago servaient de bouche-trou à Desnoyers les jours où il était en mal de copie pour son feuilleton. On en trouve des chapitres durant la plus grande partie de l'année 1839.

39-11. LE MARQUIS DE CUSTINE À BALZAC

Extrait publié au cat. de la vente de la collection Hervey, Paris, 3 décembre 1857, Laverdet expert, n⁰ 310 (une page pleine, in-8⁰), communiqué par Jean Richer.

1. Le début du *Curé de village* avait été inséré dans *La Presse* du 1ᵉʳ au 7 janvier 1839.

39-12. AU MARQUIS DE CUSTINE

Aut., Bibliothèque du château de Mariemont (Belgique), 288a. — *Corr. Gar.* III, n° 1436.

1. Balzac tenait à cette expression. *Cf. La Paix du ménage* : « Un peu trop tard, j'ai appris que, suivant l'expression du duc d'Albe, un saumon vaut mieux que mille grenouilles » (*CH II*, p. 119) ; et *Les Secrets de la princesse de Cadignan* : « J'appliquerais volontiers à mon grand Daniel d'Arthez le mot du duc d'Albe à Catherine de Médicis : la tête d'un seul saumon vaut celle de toutes les grenouilles » (*CH VI*, p. 998).
2. Cinquième édition « revue et corrigée », publiée par Charpentier en mars, enregistrée à la *BF* du 16 mars 1839.
3. D'après le vicomte de Lovenjoul (*Genèse*, p. 41), une première version de ce roman fut livrée aux protes à la fin de 1838 ou au commencement de 1839 pour être composée en têtes de clou ; Balzac l'abandonna peu après pour *Béatrix* (39-27) avant de la proposer à Girardin par l'intermédiaire de Gautier, le 28 avril (39-81).
4. Sur *Ethel*, voir 38-98, n. 3.
5. Dans sa lettre de novembre 1838, Balzac lui avait conseillé de « continuer le salon de Gérard » (38-101, n. 4).
6. Balzac envisageait alors d'écrire une pièce en collaboration avec Théophile Gautier ; voir *LHB I*, p. 479-480.
7. Custine avait envoyé à Balzac un fragment de son roman sous presse ; voir 38-98, n. 3 et 38-101, n. 6.
8. Balzac avait été frappé par cette expression qu'il attribue — par erreur semble-t-il — à Victor Hugo, et qu'il utilisera à nouveau dans *La Presse* du 18 août 1839 (voir 39-169). Les « Maréchaux de la littérature », après avoir été raillés par Sainte-Beuve dans « De la littérature industrielle » (*Revue des Deux Mondes*, t. XIX, 1er septembre 1839, p. 688), firent rapidement florès. La paternité de l'expression reviendrait à Charles de Bernard, qui, dans son roman *Gerfaut* (Paris, Gosselin, 1838), écrivait : « Gerfaut enfin avait marqué sa place parmi cette douzaine d'écrivains qui s'appellent eux-mêmes, et à juste titre, les maréchaux de la littérature française, dont Chateaubriand est le connétable. »

39-13. HIPPOLYTE SOUVERAIN À BALZAC

Aut., Lov., A. 256, f° 233. — *BS*, p. 22. — *Corr. Gar.* III, n° 1437.

1. En début d'année ; Souverain se trompe et date de l'année précédente.

39-14. HIPPOLYTE SOUVERAIN À BALZAC

Aut., Lov., A. 256, ff°s 234 et 235 v°. — *Corr. Gar.* III, n° 1438.

1. Souverain se trompe : en 1839, le 15 janvier tombait un mardi. D'après le contrat (38-126), le 15 janvier était la date limite de remise de ce manuscrit ; voir 39-19 et 39-23.

39-15. HIPPOLYTE SOUVERAIN À BALZAC

Aut., Lov., A. 256, ff^{os} 248 et 249 v°. — *Corr. Gar. III*, n° 1439.

1. Lettre écrite le lundi 14; il s'agit donc du mercredi 16 janvier.
2. Voir 39-19 et 39-23.

39-15a. À HIPPOLYTE SOUVERAIN

Aut.; cat. de la librairie Jacques Charavay, n° 754, octobre 1974.

1. Ce petit billet est bien difficile à dater; nous le plaçons ici, pensant qu'il pourrait être une réponse aux lettres 39-14 et 39-15.

39-16. À ARMAND DUTACQ

Aut., Lov., A. 286, f° 195; sur papier à en-tête du *Siècle*. — *Corr. Gar. III*, n° 1648 (daté par erreur novembre 1839).

1. Le vicomte de Lovenjoul datait ce reçu de novembre 1839; il nous paraît sensiblement antérieur, nous le plaçons sans certitude absolue à la mi-janvier, avant le contrat d'achat de *Béatrix* conclu le 29 janvier (39-27). Voir aussi 39-4. Durant son administration du *Siècle*, Dutacq fit de nombreuses avances à Balzac, bien au-delà de la copie fournie; avances dont Perrée, successeur de Dutacq, réclamera le remboursement ou la couverture en copie; en juin 1842, après la publication d'*Albert Savarus*, le solde débiteur dépassait 12 000 F (Lov., A. 265, ff^{os} 65 et suiv.).

39-17. LE COMTE FERDINAND DE GRAMMONT À BALZAC

Aut., Lov., A. 314, ff^{os} 142 et 143 v°. — *Corr. Gar. III*, n° 1440.

39-18. TRAITÉ AVEC VICTOR LECOU, HENRY LOUIS DELLOYE ET GERVAIS CHARPENTIER

Aut., Lov., A. 269, f° 66. — *Corr. Gar. III*, n° 1441.

1. Voir 38-95.

39-19. HIPPOLYTE SOUVERAIN À BALZAC

Aut., Lov., A. 256, ff^{os} 236-237. — Fragment publié dans *BS*, p. 23-24. — *Corr. Gar. III*, n° 1442.

1. De nombreux artifices typographiques permirent de « grossir » *Une fille d'Ève*; par exemple chaque numéro de chapitre fit l'objet d'un faux titre et le roman proprement dit occupa les pages 49-333 du tome I et 1-70 du tome II. Voir 39-23.
2. Auguste Lepoitevin, dit de l'Égreville; voir 39-6.

39-20. À CAROLINE MARBOUTY

Aut., MB, inv. BAL 92-11; *Collection J. Gabalda*, vente à Paris, Hôtel Drouot, 7-8 avril 1976, Cl. Guérin expert, n° 15 *bis*. — Extraits publiés dans *Honoré de*

Balzac, cat. de l'exposition, Bibliothèque nationale, 1950, n° 501. — *Corr. Gar. III*, n° 1443.

1. L'autographe est détérioré par une brûlure.
2. Le vicomte d'Yzarn-Freissinet ; voir le Répertoire.
3. Balzac venait donc de reprendre *Béatrix ou les Amours forcés*, ébauché l'année précédente. Le roman paraîtra en feuilleton dans *Le Siècle* à partir du 13 avril, puis en volume en novembre (Souverain, 2 vol. in-8° ; enregistré à la *BF* du 11 janvier 1840).
4. Ce passage, détruit en 1862, allait de la rue Basse-du-Rempart à la rue Neuve-des-Mathurins, à peu près sur l'emplacement occupé maintenant par la rue Scribe. Voir M. Serval, *Une amie de balzac, Mme Marbouty*, Émile-Paul frères, 1925, p. 20.

39-21. ÉDOUARD DRIGON DE MAGNY À BALZAC

Aut., Lov., A. 315, f° 13.

1. J.-B. Gagnare, baron de Joursanvault (1748-1792), avait constitué une très vaste collection de documents, essentiellement du XVIIe siècle. Une partie importante de ce fonds est aujourd'hui conservée aux Archives départementales du Loiret.
2. Marie-Charlotte, fille cadette de François de Balsac d'Entragues et de Marie Touchet, était la sœur de Catherine-Henriette, marquise de Verneuil, l'une des favorites d'Henri IV. Marie-Charlotte fut la maîtresse du maréchal de Bassompierre.
3. On rappellera ici que, bien qu'ayant utilisé un avatar des armoiries de cette grande famille auvergnate éteinte, Balzac n'avait aucun lien de parenté avec les Balsac d'Entragues.

39-22. À MADAME DELANNOY

Aut., Lov., A. 286, ff[ons] 157 et 158 v°. — *Corr. Gar. III*, n° 1444.

1. En vertu du contrat du 15 novembre 1836 (36-174), Delloye et Lecou avaient avancé 50 000 F à Balzac ; la plus grande partie des sommes considérables versées depuis l'automne de 1838 par Souverain, Charpentier et les journaux leur revenait.
2. Mme Delannoy vivait chez son gendre, Léon de Montheau, 18, rue Ville-Lévêque.

39-23. HIPPOLYTE SOUVERAIN À BALZAC

Aut., Lov., A. 256, ff[ons] 238-239. — Fragment publié dans *BS*, p. 24. — *Corr. Gar. III*, n° 1445.

1. Charpentier.
2. La fin du *Cabinet des Antiques* occupe les pages 5-83 du tome II, soit cinq feuilles.
3. Il n'en fut rien ; voir 38-132.
4. La préface du *Cabinet des Antiques* occupe les pages 1-14, elle est suivie de deux faux titres et de la dédicace à Hammer-Purgstall datée « Aux Jardies, février 1839 ». La longue préface d'*Une fille d'Ève*, datée « Aux Jardies, février 1839 », occupe les pages 1-41 ; elle est suivie d'un faux titre et de la dédicace à la comtesse Bolognini, née Vimercati, et compte en tout 48 pages, soit 4 feuilles. Toutefois cette préface

n'est pas du remplissage et Balzac y développe « une pensée » en commentant la technique des personnages reparaissant et en esquissant la biographie de Rastignac (voir *CH II*, p. 265-266).

5. C'est à cette époque que Balzac avait recueilli Charles Lassailly aux Jardies pour l'aider dans la rédaction de *L'École des ménages*. On connaît le récit de Léon Gozlan où il dépeint l'ahurissement et l'effroi du bohème romantique réveillé plusieurs fois chaque nuit pour trouver des idées. Gérard de Nerval, dans un article publié dans *La Presse* du 7 octobre 1850, avait également évoqué cet épisode, sans donner le nom de Lassailly (voir G. de Nerval, *Œuvres complètes*, Bibl. de la Pléiade, t. II, p. 1207-1214).

6. Voir 39-14 et 39-19.

7. L'accord avec Curmer avait été signé le 21 décembre (voir 38-123) ; Souverain et Charpentier avaient une priorité incontestable, mais il était plus facile de brocher deux articles pour Curmer que de mener de front *Un grand homme de province* et *Béatrix*, tout en remaniant *Une fille d'Ève*, *Le Cabinet des Antiques* et *Massimilla Doni*.

8. Du *Cabinet des Antiques* (voir les réactions de Balzac, 39-25). Sur la répartition des pages sur les deux volumes, voir 38-132, n. 2. Le tome II sera encore plus mince.

39-24. À LOUIS DESNOYERS

Aut., BM de Versailles, dossier Balzac. — *Corr. Gar. III*, n° 1446 (sur une copie).

1. La garde nationale rurale avait été distinguée depuis une ordonnance de 1814 de la garde nationale. Voir M. Ledru-Rollin, *Répertoire général contenant la jurisprudence de 1791 à 1847*, Paris, au bureau du *Journal du Palais*, t. VIII, 1848, p. 60.

2. Le délit avait donc été commis à l'automne de 1838.

3. À la réunion hebdomadaire du comité de la Société des gens de lettres dont Balzac était devenu membre le 28 décembre 1838.

39-25. À HIPPOLYTE SOUVERAIN

Aut., Saché, musée Balzac, inv. BZ 1999.4.56 ; vente JLP, lot n° 155 ; *Bibliothèque du colonel Daniel Sickles*, vente à Paris, Hôtel Drouot, 28-29 octobre 1991 (12ᵉ partie), J. Vidal-Mégret et Th. Bodin experts, n° 4626. Dans la marge du feuillet-adresse, en travers, Souverain a noté : « M. Curmer de 6 à 7. *49 Richelieu* ». — *Corr. Gar. III*, n° 1447 (sur une copie).

1. Réponse à la lettre de Souverain, datée du 24 janvier 1839 (39-23) ; Souverain réplique en date du « 25, 5 heures du soir » (39-26).

39-26. HIPPOLYTE SOUVERAIN À BALZAC

Aut., Lov., A. 256, ff⁰ˢ 258-259. — Fragment publié dans *BS*, p. 25. — *Corr. Gar. III*, n° 1448.

39-27. TRAITÉ AVEC ARMAND DUTACQ

Aut., Lov., A. 265, f° 1. — Publié par M. Regard, *Béatrix*, Garnier, 1962, p. 444-445. — *Corr. Gar. III*, n° 1449.

1. *Béatrix* commença à paraître en feuilleton le 13 avril (voir 39-71

et 39-75). *Mémoires de deux jeunes mariées* ne fut jamais publié par *Le Siècle* (voir 39-95), mais dans *La Presse* à partir du 26 novembre 1841. Dans *Le Siècle* du 31 janvier 1839 figurait l'annonce suivante : « À partir du 25 février *Le Pelletier des deux reines*, roman, par M. H. de Balzac. La collaboration littéraire de M. de Balzac au *Siècle* ne se bornera pas à ce second ouvrage. M. de Balzac a bien voulu traiter avec nous de la publication de plusieurs autres productions qui paraîtront à divers intervalles dans le *Feuilleton* du *Siècle*. Nous citerons les *Mémoires d'une jeune mariée*, roman inédit en 2 volumes in-8°, qui, depuis longtemps tient une place importante dans les vastes plans de l'auteur ; et *Béatrix ou les Amours forcés*, roman en deux volumes in-8° que le public, nous n'en doutons pas après la lecture que nous en avons faite, n'hésitera pas à placer à côté d'*Eugénie Grandet*. »

2. On retrouve la clause déjà signalée dans le reçu 38-107.

39-28. À GERVAIS CHARPENTIER

Copie communiquée par Marcel Bouteron, d'après l'aut., vente Arthur Meyer, Paris, Hôtel Drouot, 3-6 juin 1924, F. Lefrançois et N. Charavay experts, n° 163 ; copie, Lov., A. 282, f° 49. — *Corr. Gar. III*, n° 1450.

1. Voir 38-125 et 39-27 ; Charpentier n'exécuta pas ce traité et le 25 avril suivant céda ses droits à Souverain (39-77).

39-29. À EUGÉNIE SANITAS

Copie, Lov., A. 282, f° 50. — *Corr. Gar. III*, n° 1451.

1. Amie de la famille Balzac.

39-30. LA COMTESSE O'DONNELL À BALZAC

Aut., Lov., A. 315, ff^{os} 192-193. — *Corr. Gar. III*, n° 1506 (daté de mai ? 1839).

1. Dans la première édition d'*Un grand homme de province à Paris* figurent deux sonnets dus à Delphine de Girardin : *La Marguerite*, le second des quatre sonnets attribués à Lucien de Rubempré et *Le Chardon*, sonnet destiné à le faire « pleurer à chaudes larmes » en lui rappelant son nom patronymique ; or *Le Chardon* fut donné à l'imprimeur très peu de temps avant l'achèvement de l'ouvrage (voir 39-110 et 39-111). Le « triomphe » de Mme O'Donnell concerne certainement *La Marguerite* dont le manuscrit autographe de Delphine de Girardin, annoté par Balzac, est conservé au fonds Lovenjoul (A. 256, ff^{os} 213-214).

39-31. À DELPHINE DE GIRARDIN

Aut. ; vente à Paris, Hôtel Drouot, 12-14 novembre 1958, L. Lefèvre et Cl. Guérin experts, n° 182. — Publié par Charles Dédéyan, « Deux lettres inédites de Balzac », *Revue de littérature comparée*, XXIV, avril-juin 1950, p. 373-374. — *Corr. Gar. III*, n° 1507 (daté de mai ? 1839).

39-32. CHARLES LASSAILLY À BALZAC

Aut., Lov., A. 314, ff^{os} 302 et 303 v°. — Publié par Eldon Kaye, *Charles*

Lassailly : 1806-1843, Genève, Droz, et Paris, Minard, 1962, p. 99. — *Corr. Gar. III*, n° 1453.

1. Comme Gozlan l'a souligné (voir 39-23, n. 5), Lassailly n'aimait pas être réveillé la nuit pour écrire des drames ; on a parfois placé à la fin de 1838 la mésaventure de Lassailly aux Jardies, elle nous semble plutôt de la fin de janvier 1839, car Souverain, le 24 janvier, n'aurait pas pensé à lui comme messager pour lui apporter le manuscrit d'*Un grand homme* (voir *ibid.*). En outre, le 12 février, Balzac en fait état à Mme Hanska (*LHB I*, p. 479).

39-33. À HIPPOLYTE SOUVERAIN

Aut., coll. François Bronner ; une page in-8°. — Publié avec fac-similé par S. Vachon, *CB*, n° 100, 2005, p. 69-70. — *Corr. Gar. III*, n° 1454 (sur une copie).

1. Le tome I aura finalement 323 pages au lieu des 368 attendues, pour un volume de 23 feuilles.

39-34. À GERVAIS CHARPENTIER

Aut. ; *Bibliothèque André Bertaut*, vente à Paris, Hôtel Drouot, 10-11 avril 1957 (1re partie), L. Lefèvre, Cl. Guérin et P. Chrétien experts, n° 145 ; copie, Lov., A. 282, f° 53. — *Corr. Gar. III*, n° 1455.

1. *Le Médecin de campagne* est dédié « à ma mère » ; cette dédicace a été publiée pour la première fois dans la troisième édition (Werdet, 1836, 2 vol. in-8°). Notons que très peu de dédicaces apparaissent pour la première fois dans les quinze volumes publiés par Charpentier en 1839 ; voir, par exemple, 39-250.
2. L'édition Charpentier du *Père Goriot* (enregistrée à la *BF* du 16 mars 1839) ne porte pas de dédicace ; la dédicace à Étienne Geoffroy Saint-Hilaire apparaît pour la première fois en 1843, au tome IX de l'édition Furne ; d'après une lettre à George Sand de juillet 1839 (39-147), Balzac voulait dédier ainsi *Le Père Goriot* : « À George Sand, son ami ».

39-35. À ARMAND PÉRÉMÉ

Aut., MB, inv. BAL 91-9 ; *Bibliothèque du colonel Daniel Sickles*, vente à Paris, Hôtel Drouot, 15 mars 1991 (7e partie), J. Vidal-Mégret et Th. Bodin experts, n° 2670 ; deux pages et un quart, in-8°. — *Corr. Gar. III*, n° 1452 (sur le texte inexact de *Corr. CL*, 202, reproduit par Lovenjoul, *Autour*, p. 132-134).

1. Lettre postérieure à celle d'Armand Pérémé du 12 décembre 1838 (38-117) et antérieure au refus du comité du théâtre de la Renaissance de monter *L'École des ménages* le 24 février 1839 (voir P. Berthier, « Balzac et le théâtre romantique », *AB 2001*, p. 24).
2. À la séance hebdomadaire du comité de la Société des gens de lettres, qui avait lieu en général le vendredi ; le vendredi 25 janvier est à exclure car Balzac était détenu à la prison de la garde nationale de Sèvres (voir 39-24) ; dater cette lettre du vendredi 1er février est de fait le plus probable.
3. Nathalie Zaïre Martel (1816-1885), dite Nathalie, entrée au Gymnase en février 1838, remportait depuis le début de l'année 1839 un beau succès dans *La Cachucha, Mademoiselle* ou encore *La Gitana*.

Balzac pensait alors lui confier le rôle d'Adrienne dans *L'École des ménages*. Elle restera au Gymnase jusqu'en 1845.

4. Mme Théodore débuta à l'âge de 15 ans à Cassel ; entrée au Gymnase en 1823, on alla jusqu'à la comparer à Mlle Mars. Harel lui donnait 34 ans en 1825. Après être passée aux Nouveautés où on la produisit peu, elle entra en 1831 au Palais-Royal et y fit une carrière longue et remarquée.

5. Sur Henri Monnier, acteur, auteur, illustrateur et ami de Balzac, voir, t. III de la présente édition, le Répertoire. Il ne fut pas engagé par la Renaissance.

6. Sur Marie-Charlotte Vernet, dite Mme Albert, voir t. I de la présente édition, 28-29, n. 2. Après l'incendie qui ravagea le Vaudeville en juillet 1838, elle entra à la Renaissance pour y créer, le 9 février 1839, le rôle principal de *Diane de Chivry*, de F. Soulié.

7. Frédérick Lemaître ; voir le Répertoire.

8. Malade, Saint-Firmin, qui avait créé don César de Bazan dans *Ruy Blas* au théâtre de la Porte Saint-Martin, joua pour la dernière fois le 5 janvier 1839, remplacé par Mondidier, et mourut le 27 février.

9. J.-B. Guyon (1809-1850), sorti du Conservatoire avec un premier prix de tragédie, commença sa carrière avec le rôle du duc Alphonse dans *Lucrèce Borgia* à la Porte Saint-Martin. Après des succès à l'Ambigu, il tenta sans succès d'entrer à la Comédie-Française en mars 1838. Il fut recueilli par la Renaissance en février 1839. Grâce à son interprétation du Cid dans *La Fille du Cid* (27 mars 1840), la Comédie-Française vint lui faire des avances. Sociétaire à partir de décembre 1840, il créa plus de 16 rôles entre 1841 et 1847.

10. Louise Beaudouin, dite Atala Beauchêne (1817-1894 ?), avait tenu le rôle de Victorine dans *Le Père Goriot* aux Variétés en 1835. Elle venait d'être la reine Marie de Neubourg dans *Ruy Blas* — encensée par Gustave Planche (« La Préface de *Ruy Blas* », *Revue des Deux Mondes*, t. XVI, janvier 1839, p. 690) ; elle sera Maddalena dans *L'Alchimiste* de Dumas et Nerval, créée le 10 avril 1839 à la Renaissance.

39-36. LE DOCTEUR NACQUART À BALZAC

Aut., Lov., A. 310, ff⁰ˢ 81 et 82 v⁰. — *CaB 8*, n⁰ 31. — *Corr. Gar. III*, n⁰ 456.

1. Balzac avait réengagé les domestiques de ses parents à Villeparisis, Pierre Louis et Louise Brouette ; voir t. I de la présente édition, 21-2, n. 12.

2. Voir 39-42 et 39-114.

39-37. AU MARQUIS DE CUSTINE

Aut., Lov., A. 286, ff⁰ˢ 138 et 139 v⁰. — *Corr. Gar. III*, n⁰ 1457.

1. *Ethel*, par le marquis de Custine, publié à Paris par Ladvocat et enregistré à la *BF* du 26 janvier 1839. Voir 38-98, n. 3, et 39-44.

39-38. À FERDINAND MÉNAGER

Aut. ; vente à Paris, Hôtel Drouot, 19 octobre 2004, Th. Bodin expert, n⁰ 6. — *Corr. Gar. III*, n⁰ 1458 (sur une copie communiquée par Marcel Bouteron, sans la signature de Louis Brouette).

1. Ferdinand Ménager, notaire à Sèvres, chez qui Balzac avait passé les actes concernant les Jardies.

2. La signature seule est de la grosse écriture de Louis Brouette, le gardien des Jardies.

39-39. HIPPOLYTE SOUVERAIN À BALZAC

Aut., Lov., A. 256, ff⁰ˢ 240-241. — *BS*, p. 26. — *Corr. Gar.* III, n° 1459.

1. C'est-à-dire les tomes XX et XXI des *Études philosophiques* : si le tome XX était imprimé depuis 1837, le tome XXI était resté en épreuves, car Balzac n'avait pas mis au point le chapitre III, « L'Opéra de Mosè ». Au tome XX des *Études philosophiques* (mis en vente en 1840) ne figure pas la dédicace à Jacques Strunz, datée de « Paris, mai 1839 », que l'on trouve en tête de *Massimilla Doni* dans l'édition in-8° (voir 39-138).
2. Voir 39-23, n. 4.

39-40. À HIPPOLYTE SOUVERAIN

Aut., MB, inv. BAL 31 (achat 1968) ; vente JLP, lot n° 155. — *Corr. Gar.* III, n° 1460 (sur une copie).

1. *Le Voyage de Paris à Java* publié dans la *Revue de Paris* du 25 novembre 1832 (t. XLIV, p. 217-250) n'a pas été réimprimé du vivant de Balzac ; le *Fragment d'un roman publié sous l'Empire par un auteur inconnu*, inséré dans *Les Causeries du monde* du 26 septembre 1833, sera, en avril 1843, repris dans *La Muse du département*.
2. Ce projet ne fut pas réalisé et finalement, après avoir pensé à nouveau au *Pelletier des deux reines* (voir 39-43), Balzac donnera à Souverain *Une princesse parisienne* [*Les Secrets de la princesse de Cadignan*] qui paraîtra au tome I de l'ouvrage collectif *Le Foyer de l'Opéra* (Souverain, 1840) après avoir été inséré dans *La Presse* du 20 au 26 août 1839.

39-41. À HIPPOLYTE SOUVERAIN

Aut., Lov., A. 288, ff⁰ˢ 111 *bis* et 111 *ter* v° ; cat. de la librairie Jacques Charavay, n° 720, mars 1966, n° 30719, acquis pour le fonds Lovenjoul. — *Corr. Gar.* V, n° 2827.

1. Dans *Le Siècle* du 6 janvier 1839, au chapitre V d'*Une fille d'Ève*, Florine avait 27 ans ; Balzac revint sur cette correction ; on lit maintenant : « Florine avait alors vingt-huit ans » (*CH* II, p. 316).
2. Autre correction de Balzac : Lousteau était prénommé Émile dans *La Grande Bretèche ou les Trois Vengeances* (*Scènes de la vie privée*, Werdet, 1837, t. III) et dans le chapitre V paru le 6 janvier dans *Le Siècle*. Ces corrections étaient demandées pour faire reparaître Florine et Lousteau dans *Un grand homme de province à Paris*.
3. Sur ces corrections révélant « un Balzac étrangement pudibond », voir les remarques de Max Milner, *Massimilla Doni*, p. 246.

39-42. LE DOCTEUR NACQUART À BALZAC

Aut., Lov., A. 310, ff⁰ˢ 83 et 84 v°. — *CaB* 8, n° 32. — *Corr. Gar.* III, n° 1461.

1. Voir 39-36.
2. Pour la conclusion de cette affaire, voir 39-46 et 39-114.

39-43. À VICTOR LECOU

Aut., Lov., A. 287, ff^os 222 et 223 v°. — *Corr. Gar. III*, n° 1462.

1. Ces délais ne furent pas respectés.
2. Voir 38-123.
3. Voir 39-1, 39-4 et 39-27.
4. Voir 39-40, n. 2.
5. *L'École des ménages*.
6. Balzac, ayant achevé de rembourser les avances de Delloye et Lecou, entend mettre fin au traité du 15 novembre 1836 (36-174).

39-44. AU MARQUIS DE CUSTINE

Aut., BNF, Mss, n. a. fr. 1301 (coll. Lefèbvre), ff^os 85 et 86 v°. — *Corr. Gar. III*, n° 1463.

1. Voir 39-37, n. 1. Dans *Ethel*, Gaston de Montlhéry, dandy à la mode, est épris de sa belle-sœur irlandaise Ethel Macnally qui décide de convertir le séducteur.
2. La tante de Gaston de Montlhéry.
3. Odile de Montlhéry, née Macnally.
4. Peintre médiocre et joli garçon, amant d'Odile.

39-45. LE MARQUIS DE CUSTINE À BALZAC

Aut., Lov., A. 313, ff^os 163-164. — *Corr. Gar. III*, n° 1464.

1. Balzac, semble-t-il, profita de cette invitation. Dans une lettre datée probablement de février 1839, adressée à son amie Mme de Courbonne, Custine écrivait : « Balzac qui est venu me surprendre à déjeuner, parce que je suis à la mode chez lui et parce qu'il avait besoin d'un livre [...] il m'a dit qu'il était condamné à faire la marmotte pendant quinze jours pour achever des travaux immenses ; il voit des millions au bout de ses efforts, et sa tête toute pleine de chiffres, ne ressemble pas mal au sac où l'on secoue les numéros d'une partie de loto » (aut., MB, inv. BAL 1002 ; achat en 1987).

39-46. AU DOCTEUR NACQUART

Aut., Lov., A. 310, ff^os 55 et 56 v°. — *CaB 8*, n° 33. — *Corr. Gar. III*, n° 1465.

1. Voir 39-42.

39-47. LA MARQUISE DE CASTRIES À BALZAC

Aut., Lov., A. 313, ff^os 41 et 42 v°. — *CaB 6*, n° 22. — *Corr. Gar. III*, n° 1466.

1. Voir t. I de la présente édition, 31-100, n. 2.
2. Sans doute aux Italiens, l'Opéra faisant relâche les jeudis. La marquise partageait vraisemblablement sa loge avec l'épouse du comte Jacques Casimir Emmanuel de Monthiers, née Lucie Flore Virginie de Maillé-Brézé, cousine lointaine de la marquise de Castries, née de Maillé de La Tour-Landry.
3. Nous rencontrons pour la première fois l'adresse de la chambre du cinquième étage de la rue de Richelieu, louée à Jean Buisson

depuis la fin de 1838 (voir 38-88, n. 6). Balzac garda ce pied-à-terre pendant tout son séjour aux Jardies et déménagea pour éviter une saisie au début d'avril 1842.

39-48. À LA MARQUISE DE CASTRIES

Aut., jadis en la possession du baron Roger d'Aldenburg, vente de la bibliothèque Metternich, à Vienne, le 19 novembre 1907, par les libraires Gilhofer et Ranschburg, n° 1836 ; cat. Simon Kra, 14, n° 5371 et 16, n° 6281. — *CaB 6*, n° 23. — *Corr. Gar.* III, n° 1467.

a. Addio, [*Carina biffé*], la *aut.*

1. Dès sa lettre d'août 1838 (38-69), Balzac évoquait à Mme de Castries l'existence de son nouveau domicile.
2. L'abbé Jean-Baptiste Joseph Willart de Grécourt (Tours, 1683-1743), auteur d'*Œuvres badines*.

39-49. À HIPPOLYTE SOUVERAIN

Aut., vente Archives Souverain, n° 160 (4). — *Corr. Gar.* III, n° 1468.

1. Lettre datée par la réponse de Souverain (39-50).
2. *Gambara*, dans l'édition in-12 préparée et imprimée, dès 1837, par Delloye et Lecou pour la 4ᵉ livraison des *Études philosophiques*, ne portait pas de dédicace. Cette édition, rachetée par Souverain, ne sera finalement mise en vente que plus d'un an après celle in-8° dont il est question ici. La dédicace à Belloy apparaît pour la première fois et comporte deux petites variantes (voir *CH X*, p. 459).

39-50. HIPPOLYTE SOUVERAIN À BALZAC

Aut., Lov., A. 256, ffᵒˢ 242-243. — *Corr. Gar.* III, n° 1469.

1. La préface du *Cabinet des Antiques* et sa dédicace à Hammer-Purgstall sont datées sur l'édition originale : « Aux Jardies, février 1839 ». Voir 39-166. Sur Hammer-Purgstall, voir le Répertoire.
2. Il y eut un retard d'une quinzaine : *Le Siècle* annonça la mise en vente de l'ouvrage le 13 mars.

39-51. À HIPPOLYTE SOUVERAIN

Copie communiquée par Marcel Bouteron, d'après l'aut., vente JLP, lot n° 154 ; copie, Lov., A. 282, f° 59. — *BS*, p. 27-28. — *Corr. Gar.* III, n° 1470.

1. Il s'agit du « mur historique » des Jardies, selon l'expression de Gozlan, mur qui séparait la partie supérieure de la propriété de Balzac de celle d'un voisin et qui avait tendance à s'affaisser sur le terrain dudit voisin. Voir Léon Gozlan, *Balzac en pantoufles*, Bruxelles-Leipzig, Kiessling-Schnée & Cie, 1856 ; éd. Louis Jaffard, Delmas, 1949, p. 41-42.

39-52. CHARLES LASSAILLY À BALZAC

Aut., Lov., A. 314, ffᵒˢ 304 et 305 v°. — Publié par E. Kaye, *Charles Lassailly*, p. 102. — *Corr. Gar.* III, n° 1471.

1. Cette lecture a bien eu lieu le dimanche 24 février. On lit dans la *Revue et gazette des théâtres* du 28 février : « *Renaissance* [...] Le drame

de M. de Balzac en collaboration avec M. Lassailly a été refusé dimanche [24 février] ». *La Caricature provisoire* du dimanche 3 mars 1839 précise : « M. de Balzac a lu dimanche dernier [24 février], au théâtre de la Renaissance, une comédie en cinq actes et en prose, intitulée *L'École des ménages*. Le même auteur qui veut devenir le plus profond de nos auteurs dramatiques après avoir été le plus fécond de nos romanciers, a demandé lecture au Théâtre-Français, pour une autre comédie en cinq actes et en prose intitulée : *Le Commerce*. » Voir également la lettre à Zulma Carraud du début de mars (39-56).

2. Lassailly se trompe, les Surville habitaient au 28.

39-53. AU COMTE ADOLPHE COUTURIER DE SAINT-CLAIR ?

Aut. ; *Collection J. Gabalda*, vente à Paris, Hôtel Drouot, 7-8 avril 1976, Cl. Guérin expert, n° 17. — Publié au cat. de la librairie *Les Autographes*, 56, juillet 1993, n° 10. — *Corr. CL*, 328. — *Corr. Gar. V*, n° 2828 (sur une copie, correspondant modifié).

a. aimable [Baronne *d'une autre main, en surcharge sur* comte], voici *aut.*

1. Dans *Corr. CL* et dans *Corr. Gar. V*, cette lettre, datée de 1847, était indiquée comme étant adressée à la baronne de Crespy le Prince. L'autographe ne porte ni date ni nom de destinataire. Thierry Bodin a montré que le mot « Baronne » surcharge « comte » (voir *Les Autographes*, 56, juillet 1993, n° 10, note). Le nom de la soi-disant destinataire et la date de 1847 semblent inacceptables. Deux dates sont avérées pour les lectures de *L'École des ménages* faites par Balzac : le dimanche 24 février au théâtre de la Renaissance et le vendredi 8 mars chez Custine ; cette lecture « remise à Jeudi » ne peut donc être que celle qu'il fit à « quelques comédiens, directeur, etc., du Théâtre-Français » (*LHB I*, p. 480) et qu'évoque *Le Siècle* dans son numéro du 2 mars. Nous proposons donc de dater ce billet du 25 ou 26 février. Le destinataire est très vraisemblablement le comte Couturier de Saint-Clair dont le domicile, rue de Miromesnil, proche du Théâtre-Français, autorisait deux lectures enchaînées le jeudi 28 février.

39-54. À LÉON CURMER ?

Aut. ; cat. de la librairie Jacques Charavay, n° 698, octobre 1957, n° 26495 (texte presque complet) ; copie communiquée par Mme Cordroc'h. — *Corr Gar. III*, n° 1472.

1. Billet envoyé à Curmer ou peut-être à un employé de l'imprimeur Éverat.

2. Les références aux travaux de Balzac pour Curmer permettent de dater de février ou mars. *L'Épicier* a paru dans la première livraison du tome I des *Français peints par eux-mêmes*, enregistré à la *BF* du 25 mai 1839 (mais daté de 1840) ; *La Femme comme il faut* figure dans la 6ᵉ livraison du même tome.

39-55. HENRY DE BALZAC À BALZAC

Aut., Lov., A. 378, ff⁰ˢ 84 et 85 v°. — Publié par M. Fargeaud et R. Pierrot, *AB 1961*, p. 53-54. — *Corr. Gar. III*, n° 1472.

1. Depuis son départ pour l'île Maurice (25 décembre 1836), Henry de Balzac n'avait pas donné de nouvelles à son frère.

2. Henry Phillips (1801-1876), de nationalité anglaise, chanteur d'opéra qui a contribué au développement de l'opéra romantique anglais et qui a notamment collaboré avec Felix Mendelssohn à *Elijah* (1847) ; sur François Antoine Habeneck, voir le Répertoire.

3. Lettre non retrouvée.

4. D'après son contrat de mariage, Mme Henry de Balzac avait apporté à la communauté 17 esclaves « non estimés » en raison des premiers actes législatifs en vue de l'abolition de l'esclavage à Maurice. À partir du 1er février 1839, ce sont près de 50 000 ex-apprentis qui devinrent des citoyens libres à part entière, grâce au processus d'émancipation graduelle entamé dès 1835. Voir M. Fargeaud et R. Pierrot, « Henry le trop aimé », *AB 1961*, p. 45-46 ; et Satteeanund Peerthum, « Le Système d'apprentissage à l'île Maurice 1835-1839 : plus esclave mais pas encore libre », dans *Esclavage et abolitions dans l'océan Indien (1723-1860)*, Actes du colloque de Saint-Denis de la Réunion (4-8 décembre 1998), Edmond Maestri dir., L'Harmattan, 2002, p. 285 et suiv.

39-56. À ZULMA CARRAUD

Aut., Lov., A. 293, ff^os 116-117. — *Corr. Gar.* III, n° 1473.

1. Voir 39-51, n. 1.

2. D'après *La Caricature provisoire* du dimanche 3 mars, cette lecture a eu lieu « dimanche dernier » (voir 39-52, n. 1), soit le 24 février ; Balzac se trompe d'un jour.

3. Dans *Le Siècle* du 17 mars, Eugène Guinot écrivait : « Nous avions annoncé prématurément que l'œuvre dramatique du plus fécond de nos romanciers était reçue au théâtre de la Renaissance. *L'École des ménages*, il faut bien le dire, a été refusée par le Comité de lecture. On a répondu à M. de Balzac comme à un simple vaudevilliste : "Votre pièce est délicieuse, parfaite, admirable, mais nous ne pouvons pas la jouer." Cet arrêt singulier s'explique. La comédie de M. de Balzac est un roman plein de charme, de finesse, d'esprit, de précieuse analyse et de détails enchanteurs ; elle a le mérite de tous les ouvrages de son auteur ; mais aussi elle manque d'action dramatique, et, par conséquent, excellente à la lecture, elle est impossible à la scène. Tel est le jugement que plus d'un salon a déjà réformé par de frais applaudissements enthousiastes. » Le vicomte de Lovenjoul (*Autour*, p. 139-140) pense que Balzac avait deviné le vrai motif du refus : Alexandre Dumas s'était réconcilié avec la direction de la Renaissance et venait de lui apporter *L'Alchimiste* (écrit en collaboration avec Gérard de Nerval) qui fut immédiatement reçu et joué le 10 avril 1839 avec Frédérick Lemaître dans le rôle principal.

4. La comtesse Guidoboni-Visconti.

39-57. À CAROLINE MARBOUTY

Aut., Lov., A. 286, f° 89. — Publié par Lovenjoul, *Autour*, p. 152. — *Corr. Gar.* III, n° 1474.

1. Voici le texte d'une des invitations : « M. de Custine prie M. Albert

Gzymala de lui faire l'honneur de venir passer la soirée chez lui le vendredi 8 mars pour entendre la lecture d'un drame par M. de Balzac à 8 heures et demie très précises. / Ce 7 mars, rue de la Rochefoucault n° 6 » (aut., Lov., A. 286, f° 143). Après les lectures au théâtre de la Renaissance (24 février) et au Théâtre-Français (28 février), une première lecture « privée » de *L'École des ménages* avait été faite chez Mme Couturier de Saint-Clair en présence des ambassadeurs d'Angleterre, d'Autriche, de Sardaigne et de leurs femmes (voir 39-53 et *LHB I*, p. 480). À la lecture chez Custine assistaient notamment Stendhal et Gautier (qui en rendit compte dans *La Presse* le 11 mars). En dépit du succès mondain, Balzac, qui avait fait composer typographiquement *L'École des ménages*, renonça à faire jouer sa pièce ; un jeu d'épreuves a été retrouvé par le vicomte de Lovenjoul (Lov., A. 65) et la première édition a été imprimée en 1907. *L'École des ménages* monté par Antoine a été créé à l'Odéon, le 12 mars 1910.

39-58. STENDHAL À BALZAC

Aut., coll. privée. Ce billet, bien qu'envoyé à Mme Hanska, en date du 16 mars, ne figure pas dans le recueil des autographes des lettres à Mme Hanska conservé au fonds Lovenjoul (BI). — Publié par R. Pierrot, *Lettres à Madame Hanska*, Éditions du Delta, 1967, t. I, p. 638, n. 1.

1. Henri Beyle, alias Stendhal, ne signait pratiquement jamais ses lettres de son nom véritable, utilisant un nombre incalculable (plusieurs centaines) de pseudonymes, tous plus fantaisistes les uns que les autres. « Jamais il n'écrivait une lettre sans la signer d'un nom supposé : César Bombet, Cotonet, etc. » (Prosper Mérimée, *H. B.*, Paris, Didot frères, 1850). Voir Jean Starobinski, « Stendhal pseudonyme », *L'Œil vivant*, Gallimard, 1961, p. 193-244 (note de Jacques Houbert, que nous remercions).

2. Autre commentaire de Balzac dans sa lettre du 16 mars à Ève Hanska : « Stendahl [*sic*] qui assistait à la lecture chez Custine m'a écrit le petit mot qui servira d'enveloppe à ma lettre, et qu'il a signé selon une vieille habitude inexplicable *Cotonet*, il ne signe qu'officiellement son vrai nom de Beyle » (*LHB I*, p. 481 et notes).

39-59. À HIPPOLYTE SOUVERAIN

Aut., BI, fonds Madeleine et Francis Ambrière, ms. 7894 ; vente Archives Souverain, n° 177. — *Corr. Gar. III*, n° 1475.

1. La mise en vente ayant eu lieu le mercredi 13 mars et Balzac venant de parler d'un lundi, on peut dater avant le lundi 11 mars.

2. C'est-à-dire au 108, rue de Richelieu.

3. Patrick Berthier (« Balzac lecteur de Gautier », *AB 1971*, p. 282-286) a montré que la scène du bal chez Lady Dudley (*Une fille d'Ève* ; *CH II*, p. 309-313) était inspirée du conte *Onuphrius*, publié par Gautier dans *La France littéraire* en août 1832 (voir *ibid.*, p. 1341-1343). L'intervention de Gautier sur ce roman ne semble pas s'être limitée à cette scène (voir 39-62, n. 1 et 39-63). Voir Hervé Yon, « Gautier corrige Balzac », *CB*, n° 16, 2011, p. 50-52.

4. Dans une lettre à Souverain datée du 22 mars 1839 (aut., BI, fonds M. et F. Ambrière, ms. 7917), Lassailly indiquait que la nouvelle

— *La Frélore* — de Balzac était déjà prête et que celles des autres collaborateurs étaient en cours de rédaction. Voir aussi 39-170.

5. C'est-à-dire le *Traité des excitants modernes*, qui paraîtra en mai à la suite du traité de Brillat-Savarin (enregistré à la *BF* du 11 mai 1839). Voir 38-131.

39-60. ROSIE À BALZAC

Aut., Lov., A. 318, ff^{os} 79-80. — *CaB 5*, n° 8. La lettre comporte de nombreuses fautes que nous maintenons sans les indiquer ni les corriger.

1. Au verso de cette lettre, quatre couplets de cinq vers chacun, sur l'air de *Portier donne-moi de tes cheveux*. Ces vers ont été reproduits par *CaB 5*, p. 41-42.

39-61. [MLLE] AUGUSTE REGNAUDIN À BALZAC

Aut., Lov., A 316, ff^{os} 13 *bis* et 13 *ter* ; vente de la *Bibliothèque d'un amateur* (3e partie), à Paris, Hôtel Drouot, 26-27 février 1963, L. Lefèvre et Cl. Guérin experts, n° 63.

1. Malgré cette indication de format et de nombre de volumes, il semble bien que ce roman ne dépassa jamais le stade du manuscrit.
2. Là encore, nous ne trouvons rien des « antécédents » de feuilletoniste d'Auguste Regnaudin.
3. Balzac ne semble pas avoir donné suite à cette proposition.

39-62. À HIPPOLYTE SOUVERAIN

Copie communiquée par Marcel Bouteron, d'après l'aut., vente JLP, lot n° 155 ; copie, Lov., A. 282, f° 64. — *BS*, p. 28-29. — *Corr. Gar. III*, n° 1476.

1. Voir 39-59, n. 3. On découvre à présent que Gautier se chargea de la lecture-correction de l'ensemble des « bonnes feuilles » d'*Une fille d'Ève* et non pas seulement de la scène du bal. Edmond Brua (« Gautier aide de Balzac », *AB 1972*, p. 381-384) releva que le portrait de Raoul Nathan était également démarqué de l'*Onuphrius* de Gautier (voir *CH II*, p. 299-301 et 1336-1338).

39-63. À HIPPOLYTE SOUVERAIN

Copie communiquée par Marcel Bouteron, d'après l'aut., vente JLP, lot n° 155. — *BS*, p. 29. — *Corr. Gar. III*, n° 1477.

39-64. LE MARQUIS DE CUSTINE À BALZAC

Aut., Lov., A. 313, ff^{os} 181-182. — *Corr. Gar. III*, n° 1478.

1. Daté d'après Albert de Luppé (« Custine, héros de Balzac », *Le Figaro littéraire*, 11 juin 1955), qui indique que Balzac dîna chez Custine, à Saint-Gratien, avec l'actrice Mlle Rachel, le dimanche 24 mars 1839.
2. C'est sans doute au cours de ce dîner que Custine fit part de son projet de voyage en Russie à Balzac qui, le 14 avril, en faisait état à Mme Hanska (voir *LHB I*, p. 482). Custine séjourna en Russie du début de juillet au début d'octobre, mais ne vit pas Mme Hanska, au

grand soulagement de Balzac quand il entendit les commentaires sévères du marquis sur le régime tsariste et apprit son intention de les publier.

39-65. LE MARQUIS DE CUSTINE À BALZAC

Aut., Lov., A. 313, ff^{os} 182-183. — *Corr. Gar. III*, n° 1479.

39-66. STENDHAL À BALZAC

Aut., Lov., A. 312, f° 235. — Publié par Henri Cordier, *Stendhal et ses amis, notes d'un curieux*, Evreux, C. de Hérissey, 1890, p. 70-71 ; Stendhal, *Correspondance*, éd. Henri Martineau, Le Divan, 1934, t. X, p. 132-133 (daté par erreur du vendredi 17 mai 1839) ; Bouteron, p. 193 ; *Corr. gén. Stendhal*, VI, n° 2898. — *Corr. Gar. III*, n° 1480.

1. On lit dans *Le Siècle* du mercredi 27 mars l'annonce publicitaire suivante : « En vente chez Ambroise Dupont [...], *La Chartreuse de Parme*, roman par l'auteur de *Rouge et noir* », ainsi qu'une insertion plus longue annonçant la sortie du livre (*ibid.*, p. 3). Stendhal, en datant « vendredi 27 », se trompe de jour ou de quantième. Une note (relevée dans ses *Mélanges intimes et marginalia*, éd. H. Martineau, Le Divan, 1936, t. II, p. 55), « le 28 mars 1839, je lis le premier exemplaire de *La Chartreuse* », permet de dater plus vraisemblablement cette lettre du 29. Voir la réponse de Balzac (39-67, n. 1).

2. Le faux titre du tome I de *La Chartreuse de Parme* reproduit en fac-similé par Alfred Hervé-Gruyer (*L'Année stendhalienne*, 4, 2005, p. 294) porte : « Au premier / des Romanciers de ce / Siècle / Frédérick S ».

3. Balzac avait vu Stendhal chez Custine le 8 mars (voir 39-57, n. 1) ; il est donc très probable que les deux hommes avaient déjà parlé de *La Chartreuse* et que Balzac avait annoncé des observations.

39-67. À STENDHAL

Aut., Saché, musée Balzac, inv. BZ 1999.4.118 ; préemption des Musées nationaux (inv. 118303) à la vente [Jacques Guérin] à Paris, Hôtel Drouot, 22 novembre 1985, M. Castaing expert, n° 10. La date a été ajoutée de la main de Romain Colomb. — Fac-similés publiés par Paul Métadier, *Balzac à Saché*, Chambray, C.L.D., 1998, p. 51 ; J. Houbert, *CB*, n° 86, 2002, p. 25-26. — *Corr. CL*, 204 (daté du 20 mars 1839). — *Corr. gén. Stendhal*, VI, n° 2896 (daté du 20 mars 1839). — *Corr. Gar. III*, n° 1481.

1. L'autographe de cette lettre porte la date du 20 mars 1839 ; cette date n'est pas de la main de Balzac mais de Romain Colomb, exécuteur testamentaire de Stendhal. Voir Jacques Houbert, « Petit problème de chronologie à propos d'une lettre de Balzac à Stendhal », *CB*, n° 86, 2002, p. 20-26.

2. Le *Supplément* du *Constitutionnel* du dimanche 17 mars 1839 avait publié le récit de la bataille de Waterloo, extrait de *La Chartreuse de Parme*, sous la signature de « Frédérick de Stendhal ».

3. Jacques Courtois, dit il Borgognone (1621-1675), peintre français ayant principalement travaillé en Italie. Salvator Rosa, peintre napolitain (1615-1673). Philippe Vouverman, peintre hollandais (1619-1668). Tous les trois sont connus pour leurs représentations de batailles. Sur le rapprochement fait par Balzac entre les quatre hommes, voir

James S. Patty, *Salvator Rosa in French Literature: from the Bizarre to the Sublime*, University Press of Kentucky, 2005, p. 150 ; et Michael Tilby, « Sur quelques éléments intertextuels des *Paysans*. Balzac, Walter Scott et Théophile Gautier », *AB 2001*, p. 283-304, et n. 8.

39-68. À MADEMOISELLE ***

Copie, Lov., A. 282, f° 65 (copie faite sur l'aut. par le vicomte de Lovenjoul à Milan en 1898). — Publié par R. Barbiera, *Il Salotto della contessa Maffei*, p. 60. — *Corr. Gar. III*, n° 1482.

1. Le vicomte de Lovenjoul date ainsi cette lettre retrouvée en Italie et qui semble adressée à une Italienne ou à une personne vivant outre-monts ; il a également suggéré comme destinataire possible Félicie de Fauveau, femme sculpteur française née à Florence que Balzac avait rencontrée dans cette ville en 1837 (voir *LHB I*, p. 412), mais ce n'est là qu'une bien fragile hypothèse.
2. Voir t. I de la présente édition, 35-44.

39-69. AU COMTE AUGUSTE DE BELLOY

Aut., MB, achat 1989 ; en tête de *Gambara* (seconde partie du tome II du *Cabinet des Antiques*, suivi de *Gambara*), Souverain, 1839, in-8°. — Publié par R. Pierrot, *CB*, n° 44, 1992, p. 25-26.

1. La longue dédicace à Belloy, imprimée dans le volume sur lequel se trouve cet envoi manuscrit, est datée des « Jardies, février 1839 » (voir 39-49, n. 1 et *CH X*, p. 459) ; elle a été légèrement corrigée dans l'édition Furne. La mise en vente de ces deux volumes non enregistrés à la *BF* est annoncée dans *Le Siècle* du 13 mars 1839. Cet envoi, simplement daté « avril 1839 », doit se placer plutôt au début de ce mois.

39-70. À STENDHAL

Aut., vente [Jacques Guérin], à Paris, Hôtel Drouot, 22 novembre 1985, M. Castaing expert, n° 11 avec fac-similé. — Publié par Henri Martineau, *Cent soixante-quatorze lettres à Stendhal (1810-1847)*, Le Divan, 1947, t. II, p. 171-173 ; Bouteron, p. 194-196 ; *Corr. gén. Stendhal*, VI, n° 2901 (sur l'aut. de la vente du 22 novembre 1985). — *Corr. Gar. III*, n° 1483 (sur le texte de H. Martineau).

1. L'autographe porte bien, de la main de Stendhal, « lu le 6 avril 1839 », ce qui permet de dater de la veille.
2. *Cf.* la lettre du 14 avril, à Mme Hanska : « Beyle vient de publier, à mon sens, le plus beau livre qui ait paru depuis cinquante ans, cela s'appelle *La Chartreuse de Parme*, et je ne sais si vous pourrez vous le procurer. Si Machiavel écrivait un roman, ce serait celui-là » (*LHB I*, p. 482).
3. Dans *Études sur M. Beyle* publiées dans la *Revue parisienne* du 25 septembre 1840, Balzac reprendra et développera les mêmes idées.
4. Voir 39-66, n. 2.
5. Personnage de *La Chartreuse de Parme*.
6. Le même jour, recevant la lettre de félicitations de Custine, Stendhal notait : « lu le 6 avril 1839. Le même jour que la lettre de M. de Balzac. Quelle différence de portée ! » ; et le 11 avril : « Beau soleil, vent frais de l'est ; sur le boulevard M. de Balzac, trouvé chez

Boulay, me vante *La Chartreuse* [...]. Rien de pareil depuis quarante ans. M. de Cust[ine] pense de même, dit-il ; fort supérieur à *Rouge et noir* » (*Journal* ; *Œuvres intimes*, Bibl. de la Pléiade, t. II, p. 345).

39-71. À GERVAIS CHARPENTIER

Aut., Lov., A. 286, f° 119. — *Corr. Gar. III*, n° 1484.

1. *Béatrix* commencera à paraître le samedi 13 avril.
2. Il n'en fut rien ; le 25 avril, Charpentier cédait à Souverain ses droits sur *Béatrix* (voir le traité 39-77), le roman fut imprimé chez Dépée à Sceaux et non chez Éverat. Il ne sera mis en vente qu'à la mi-novembre.

39-72. GERVAIS CHARPENTIER À BALZAC

Aut., Lov., A. 313, ff°⁵ 75 et 76 v°. — *Corr. Gar. III*, n° 1485.

1. Dans l'introduction au *Traité des excitants modernes* (voir 38-125).
2. Nous n'avons pas de trace de cette lettre supposée.

39-73. CHARLES DELESTRE-POIRSON À BALZAC

Aut., Lov., A. 313, f° 262. — *Corr. Gar. III*, n° 1486.

39-74. À ANTOINE POMMIER

Copie, Lov., A. 282, f° 69. — *Corr. Gar. III*, n° 1487.

1. Cette lettre est adressée à l'agent général de la Société des gens de lettres ; le 5 avril précédent le comité de ladite société avait désigné une commission chargée de la publication de l'« œuvre collective » de ses membres et choisi Balzac comme président de cette commission dont Henri Martin était secrétaire adjoint. Voir Édouard Montagne, *Histoire de la Société des gens de lettres*, Paris, Librairie mondaine, 1889, p. 8-9.
2. Voir 37-127 et 37-164.
3. La commission pour la publication de l'œuvre collective se réunissait le jeudi et le comité (dont Balzac avait été élu membre le 5 mars) le vendredi.
4. C'est l'éditeur Jules Renouard qui publiera l'« œuvre collective », intitulée *Babel, publication de la Société des gens de lettres* (3 vol., 1840).

39-75. À LOUIS DESNOYERS

Fac-similé partiel publié au cat. de la vente de la bibliothèque J. Le Roy, à Paris, Hôtel Drouot, 26-27 mars 1931, L. Carteret expert, p. 28. — *Corr. Gar. III*, n° 1488.

1. Les feuilletons des 21, 22, 23 avril furent plus courts, la publication fut interrompue le 24 pour reprendre le lendemain.

39-76. CHARLES DE BERNARD À BALZAC

Aut., Lov., A. 312, f° 200. — *Corr. Gar. III*, n° 1489.

1. Sous la signature de Charles de Bernard, la *Revue de Paris* des

5 et 12 mai a publié *L'Innocence d'un forçat* (t. V, p. 5-31 et 73-100). Le 30 avril, *Le Siècle* promettait à nouveau la publication prochaine de *La Peau du lion* déjà annoncée en 1838 ; cette promesse fut plusieurs fois renouvelée sans être réalisée durant l'année 1839 ; nous croyons pouvoir dater néanmoins d'avril 1839.

2. Charles de Bernard n'était pas encore allé aux Jardies. Voir 39-100.

39-77. TRAITÉ ENTRE GERVAIS CHARPENTIER ET HIPPOLYTE SOUVERAIN

Aut., Lov., A. 269, ff^{os} 67-68. — *Corr. Gar. III*, n° 1490.

1. Ici figure une copie du traité conclu l'année précédente (38-125), traité qui avait été modifié le 29 janvier (voir 39-28).

39-78. LOUIS DESNOYERS À BALZAC

Aut., Lov., A. 313, ff^{os} 287 et 288 v°. — *Corr. Gar. III*, n° 1491.

1. La seconde partie de *Béatrix* commença à paraître dans *Le Siècle* du 10 mai (la première avait été achevée le 26 avril).

39-79. LÉON CURMER À BALZAC

Aut., Lov., A. 313, ff^{os} 151 et 152 v°.

1. Voir la réponse de Balzac (39-80).

39-80. À LÉON CURMER

Aut., coll. privée ; cat. de la librairie Georges Privat, n° 316, printemps 1960, n° 606 (fac-similé partiel). — *Corr. Gar. III*, n° 1494 (sur une copie communiquée par M. Regard).

1. C'est l'adresse de Desnoyers (voir 38-111 et 39-75) ; Gautier habitait au 27 de la même rue (voir 39-81).

2. Ce billet daté « dimanche » est la réponse à la lettre de Curmer du 26 avril (39-79). Nous sommes au début de la publication des livraisons des *Français peints par eux-mêmes*. Gautier donnera au recueil de Curmer *Le Rat* (111e livraison, 1840, t. III) et *Le Maître de Chausson* (386e livraison, 1842, t. V).

39-81. À THÉOPHILE GAUTIER

Aut., Lov., C. 491, ff^{os} 230-231. — Publié par Lovenjoul, *Autour*, p. 84-87, et *Genèse*, p. 42-44 (fac-similé partiel). — *Corr. Gar. III*, n° 1492.

1. Gautier remplissait à *La Presse* les mêmes fonctions que Desnoyers au *Siècle*, celles de directeur du *Feuilleton*.

2. *La Presse* avait, du 1er au 7 janvier, sous le titre *Le Curé de village*, publié le début de l'œuvre datée des « Jardies, décembre 1838 » (voir 39-5) ; du 30 juin au 13 juillet 1839 paraîtra *Véronique*, suite du *Curé de village* (daté : « Aux Jardies, avril 1839 ») et, du 30 juillet au 1er août, *Véronique au tombeau*.

3. Balzac cherchait à placer ces deux œuvres qu'il n'acheva jamais. Sur *Les Mitouflet*, voir la préface de la première édition du *Cabinet des*

Antiques (*CH IV*, p. 960). En dehors des journaux mentionnés ici, il songea également au *Journal des débats* ; voir 39-82 et 39-90.

4. Projet sans suite, ce journal ne vit jamais le jour.

39-82. CHARLES DE BERNARD À BALZAC

Aut., Lov., A. 312, f° 201. — *Corr. Gar. III*, n° 1493.

1. Il s'agit très vraisemblablement de *Qui a terre a guerre* et des *Mitouflet* proposés à Bertin, directeur des *Débats*, ce qui, rapproché des lettres 39-81 et 39-90, permet de dater du dimanche 28 avril, sans exclure totalement le dimanche précédent.

39-83. À HIPPOLYTE SOUVERAIN

Aut., Saché, musée Balzac, inv. BZ 1999.4.46 ; vente Archives Souverain, n° 160 ; feuillet in-8° (22 × 13 cm) écrit recto verso.

1. Cet autographe de Balzac est un projet d'annonce pour la couverture ou le verso du faux titre d'un ouvrage à paraître chez Souverain. Les multiples repentirs de présentation des titres et corrections en rendent la transcription typographique difficile à comprendre sans la publication conjointe d'un fac-similé (voir p. 482). Nous proposons de dater ce document de la fin d'avril, après le traité conclu le 25 avril 1839 entre Charpentier et Souverain (39-77).

2. Ce titre paraîtra à la fin de novembre 1839.

3. Devenu *Les Paysans*, ce roman restera inachevé et ne paraîtra pas en volume du vivant de Balzac.

4. Ne sera disponible en librairie qu'au mois de mars 1841.

5. Seule une partie de ce roman, resté inachevé, sera publiée sous le titre *Le Député d'Arcis*, en feuilletons, dans *L'Union monarchique*, en avril et mai 1847.

6. Le roman ne sera rédigé qu'en 1843.

7. Ce « *Louis Lambert* femelle » (*LHB I*, p. 224) est un projet longtemps caressé par Balzac, promis à Souverain dans le traité du 12 novembre 1838 (38-96) ; *Sœur Marie des Anges* ne verra jamais le jour et laissera progressivement la place aux *Mémoires de deux jeunes mariées* qui ne paraîtra qu'en février 1842 (voir *CH I*, p. 171-177, et Th. Bodin, *AB 1974*, p. 35-66).

8. Voir 38-131 et *CH XII*, p. 304.

39-84. À LOUIS DESNOYERS

Aut., Lov., A. 286, f° 182. — *Corr. Gar. III*, n° 1495.

1. Ce billet et le suivant semblent concerner les corrections de *Béatrix* ; on peut les dater d'avril ou mai 1839, période à laquelle le roman paraît en feuilleton dans *Le Siècle*.

39-85. À LOUIS DESNOYERS

Aut., Lov., A. 286, f° 184. — *Corr. Gar. III*, n° 1496.

39-86. CHARLES LASSAILLY À BALZAC

Aut., Lov., A. 314, ff^os 306 et 307 v°. — Publié par E. Kaye, *Charles Lassailly*, p. 100. — *Corr. Gar. III*, n° 1497.

1. Le nouveau directeur de *L'Artiste* où Lassailly avait publié plusieurs articles.
2. Balzac a demandé les sonnets à faire figurer dans *Un grand homme de province à Paris* à Lassailly, Théophile Gautier et Delphine de Girardin ; le sonnet de Delphine de Girardin, *Le Chardon*, a été inséré au dernier moment avant le tirage de l'ouvrage (voir 39-30, n. 1) ; nous plaçons ici cette lettre de Lassailly par référence à cette collaboration tardive de Mme de Girardin, mais elle peut être un peu antérieure, car Lassailly rédigea avec beaucoup de difficultés les sonnets *La Pâquerette* et *Le Camélia* que Balzac lui fit demander plusieurs fois.

39-87. À HIPPOLYTE SOUVERAIN

Aut., MB, inv. BAL 203a (achat 1977) ; vente Archives Souverain, n° 166 (2). — Fac-similé dans *Balzac imprimeur et défenseur du livre*, Paris-Musées et Des Cendres, 1995, pl. xxx. — Publié par Th. Bodin, *AB 1989*, p. 79-80 (sur aut.). — *Corr. Garr. III*, n° 1499 (sur une copie).

1. Dans l'édition originale du tome I d'*Un grand homme de province à Paris* les pages 121-122 correspondent à la fin du chapitre VI, « Les Fleurs de la misère » ; Balzac venait, grâce à un ajout, de faire chasser de la page 121 à 122 afin qu'elle comporte six lignes de texte, cet artifice décalant ensuite toute la pagination. Le premier sonnet, *La Pâquerette*, rédigé par Lassailly, se trouve à la page 149 (début de la feuille 10 dans ce volume dont la mise en page est irrégulière).

39-88. À HIPPOLYTE SOUVERAIN

Aut., vente Archives Souverain, n° 160 (1). — *Corr. Gar. III*, n° 1498.

1. La préface d'*Un grand homme de province à Paris* est datée : « Paris, avril 1839 », et occupe les pages VI-XIX du volume. La feuille 10 contient les quatre sonnets attribués à Lucien de Rubempré. Voir *Illusions perdues* ; *CH V*, p. 338-341, et notes p. 1256-1258.

39-89. À ARMAND DUTACQ

Aut., MB, inv. 545. — Fac-similé dans *Le Manuscrit autographe*, n° 4, juillet-août 1926. — Publié dans *Revue hebdomadaire*, 16 février 1924, p. 369-370 (sous la date de 1837) ; André Chancerel, « Quelle année vit naître le titre de *La Comédie humaine* ? », *RHLF*, octobre-décembre 1952, p. 462-468 (daté de juin 1840) ; J.-A. Ducourneau, *OB*, XVI, n° 247 (daté vers juin 1840) ; *OB2*, n° 270 (daté juin ? 1840). — *Corr. Gar. IV*, n° 1698 (correspondant non identifié et daté de janvier 1840).

1. Cette lettre, essentielle pour la compréhension de la genèse de *La Comédie humaine*, a maintes fois été publiée ou citée sous les dates les plus variées. L'analyse récente que nous avons entreprise du dossier Lov., A. 297, permet l'identification du destinataire : en effet, Armand Dutacq, dès le printemps de 1839, était en pourparlers avec Balzac, en vue d'une édition compacte de ses romans (le dossier contient la

première page, de la main de Dutacq, d'un projet de contrat entre Balzac et lui [f° 59]). Le rapprochement de cette lettre avec plusieurs éléments du dossier A. 297 démontre que ce projet a été élaboré au cœur du printemps de 1839.

2. C'est sans doute la seule fois où l'on verra Balzac calibrer ainsi, en nombre de lettres, ses publications ; l'ancien imprimeur nous avait habitué à des calibrages en feuilles, en pages, voire en lignes, selon les occasions. C'est vraisemblablement qu'à ce stade de la négociation, l'imposition des pages n'avait pas encore été déterminée. Le dossier A. 297 du fonds Lovenjoul conserve, de la main de Balzac, plusieurs listes de titres indiquant avec précision le nombre de lettres de chacun des romans à figurer dans cette édition compacte.

3. Balzac songeait donc à se charger lui-même de l'impression et de la fourniture du papier.

4. En écrivant cette lettre, Balzac n'avait donc pas complètement remboursé les avances faites par Delloye et Lecou en vertu du traité signé le 15 novembre 1836 (36-174). En outre, le 8 mars 1840, Delloye, en achetant le droit de publier *Vautrin*, suppose que Balzac peut « redevoir » à la société existant entre eux une certaine somme non précisée, mais qui semble inférieure à celle indiquée ici (voir 40-64).

5. Balzac promet donc douze volumes à publier en trois livraisons de quatre volumes chacune, échelonnées sur dix-huit mois : les *Scènes de la vie privée* (t. I-II) et les *Scènes de la vie parisienne* (t. V-VI) composeront la première livraison ; les *Scènes de la vie de province* (t. III-IV) et les *Scènes de la vie de campagne* formeront la deuxième livraison et seront livrées en décembre 1840 ; viendront ensuite — soit en juin 1841 — quatre volumes d'*Études philosophiques* dont il n'indique pas la tomaison, livraisons différées sans doute pour permettre l'écoulement de l'édition in-12 Delloye-Lecou-Souverain non encore achevée. Restent les *Scènes de la vie politique* et les *Scènes de la vie militaire* qui, d'après le plan esquissé par Balzac, devraient former chacune un livre de deux volumes et prendre place avant les *Scènes de la vie de campagne*, mais il faut admettre que Balzac s'est trompé dans sa tomaison, car il aurait ainsi du texte pour les tomes VII-X, mais aucune œuvre pour les tomes XI-XII.

6. En 1840-1842, Balzac écrivit *Une ténébreuse affaire*, *Z. Marcas* et commença *Le Député d'Arcis*. Les dix-huit mois mentionnés conduisent à placer notre lettre au plus tard avant juin 1839.

7. Comme on le sait Balzac ne parvint jamais à compléter cette série qui resta réduite aux *Chouans* et à *Une passion dans le désert*.

8. Ce titre célèbre apparaît ici pour la première fois dans une lettre de Balzac, mais on le trouve déjà trois fois dans le dossier préparatoire de 1839 (Lov., A. 297, f° 51 r° et v°). Après cette lettre, il faudra attendre jusqu'au 1ᵉʳ juin 1841 (*LHB* I, p. 531) pour voir Balzac employer à nouveau ce titre dans une lettre envoyée à Ève Hanska.

9. Tous les textes mentionnés dans cette série — à l'exception d'*Un gendre* qui, devenu *Pierre Grassou*, parut en décembre 1839, dans le tome II de *Babel* (voir 39-74, n. 4) — étaient déjà publiés en librairie avant juin 1839 ; ils prirent tous place en 1842 dans les tomes I-III de *La Comédie humaine* avec quelques changements de titre : *La Maison du chat-qui-pelote* (*Gloire et malheur*), *Une double famille* (*La Femme vertueuse*), *Étude de femme* (*Profil de marquise*). L'absence des *Mémoires de deux jeunes*

mariées, dont l'impression n'a commencée qu'en janvier 1840, confirme notre datation.

10. À l'exception de *Madame Firmiani* classée en 1842 dans les *Scènes de la vie privée*, tous ces textes entrèrent en 1844 dans les *Scènes de la vie parisienne* avec quelques changements de titre : *Les Secrets de la princesse de Cadignan* (*Une princesse parisienne*) ; *Les Employés ou la Femme supérieure* (*Les Bureaux ou la Femme supérieure*) ; *La Torpille* a été fondue dans la première partie de *Splendeurs et misères des courtisanes*. Ils avaient déjà paru en librairie au début de 1840.

11. Ce projet n'a pas été réalisé isolément, il a peut-être été utilisé pour la « soirée » au château de Mme de La Baudraye dans *La Muse du département* (paru en avril 1843).

12. Il s'agit du *Curé de Tours* déjà publié trois fois sous le titre *Les Célibataires* qui paraîtra ici le titre d'une trilogie qui paraîtra ainsi aux tomes V-VI de *La Comédie humaine* (1843).

13. Balzac anticipe : *Pierrette* sera rédigé en novembre 1839 et paraîtra en feuilleton dans *La Presse* du 14 au 27 janvier 1840.

14. *Les Deux Frères* parut dans *La Presse* du 24 février au 4 mars 1841 ; la deuxième partie *Un ménage de garçon en province* y paraîtra du 27 octobre au 19 novembre 1842. L'édition Souverain des *Deux Frères* fut mise en vente vers le 1er décembre 1842 (enregistrée à la BF du 1er juillet 1843). Le titre devint, l'année suivante dans *La Comédie humaine*, *Un ménage de garçon*.

15. Cette œuvre n'a jamais paru, elle a déjà été mentionnée dans les lettres 39-81 et 39-83, n. 5 ; il s'agit probablement d'une première idée du *Député d'Arcis*.

16. La première partie intitulée *Illusions perdues* est de 1837 ; la deuxième *Un grand homme de province à Paris* (2 vol.) de 1839 ; enfin, *David Séchard* paraîtra en 1843 (Dumont, 2 vol. in-8°, enregistré à la BF du 2 mars 1844).

17. Affirmation pour le moins contestable ; voir l'Histoire de ce texte, *CH IX*, p. 1237 et suiv., et l'Index de la présente édition.

18. Le début de la publication dans le *Feuilleton* de *La Presse* du 1er au 7 janvier 1839 se poursuivra à l'été (juin-août). *Le Curé de village* sera considérablement augmenté avant de paraître en librairie en mars 1841.

19. Pour des raisons qui nous échappent — peut-être parce que Balzac ne parvint pas à se dégager en 1839 de ses obligations avec Delloye et Lecou —, les pourparlers ainsi engagés avec Armand Dutacq n'aboutirent pas. Après le désistement de Victor Lecou (11 avril 1841), Balzac reprendra l'affaire avec un consortium de libraires (voir 41-40 et 41-98).

39-90. À CHARLES DE BERNARD

Aut., coll. privée. — Fac-similé partiel par Ki Wist, *Le Curé de village, le manuscrit de premier jet*, Bruxelles, Henriquez, 1964, t. II, p. 172, avec la transcription du texte complet (sans l'adresse), p. 169. — Publié par Lovenjoul, *Genèse*, p. 44-45. — *Corr. Gar. III*, n° 1500 (sur le texte fautif de *Corr. CL*, 227.)

1. Voir 39-81 et 39-82.
2. Charles de Bernard n'était pas marié à cette époque (voir 39-105). « La Fosseuse », surnom tiré du *Médecin de campagne*, désigne son

amie Anne Clémentine Simonin, fille d'un capitaine d'artillerie, qu'il épousa le 20 février 1845. En octobre 1854, Charles Baudelaire, dans une lettre à Armand Dutacq, conte une visite « fort cocasse » chez Mme de Bernard qui refuse de communiquer les lettres de Balzac à Charles de Bernard et « même de lui écrire » (*Correspondance*, Bibl. de la Pléiade, t. I, p. 292 et n. 4.)

3. Voir 39-74 et 39-75.

39-91. À ZULMA CARRAUD

Aut., BM de Châteauroux ; ancienne coll. Edme Richard. — *Corr. Gar. III*, n° 1501.

39-92. À TAXILE DELORD

Aut., BM d'Avignon, Autographes Esprit Requien, première série, n° 491 ; circulaire sur papier à en-tête du comité de la Société des gens de lettres (Commission pour la publication de l'œuvre collective) ; seule la signature est autographe. — *Corr. Gar. III*, n° 1502.

39-93. À DANIEL ROUY

Aut., Lov., A. 288, ff^{os} 69 et 70 v°. — Publié par Lovenjoul, *Genèse*, p. 157-158. — *Corr. Gar. III*, n° 1503.

1. Lettre adressée à l'administrateur de *La Presse* ; il s'agit vraisemblablement de *Véronique* (*La Presse*, 30 juin-13 juillet, 8 feuilletons, avec interruptions, les 1er et 2 juillet et du 6 au 9 juillet). La composition de ce feuilleton était suffisamment avancée pour que, dès le 5 juin, Mme de Girardin donne ses impressions à Balzac. Voir 39-110 et 39-111.

39-94. UNE LECTRICE DE « LA VENDETTA » À BALZAC

Aut., Lov., A. 318, ff^{os} 52-53. — *CaB 5*, n° 7.

1. Après avoir été publiée une première fois en avril 1830, cette nouvelle avait été rééditée en 1835 chez Mme Béchet, il ne s'agissait donc pas d'une nouveauté.

39-95. TRAITÉ AVEC ARMAND DUTACQ

Aut., Lov., A. 265, f° 2. — *Corr. Garr. III*, n° 1504.

1. Voir 39-27.
2. *Les Lecamus* ne parut qu'en mars-avril 1841.

39-96. À HIPPOLYTE SOUVERAIN

Aut. ; vente Archives Souverain, n° 168 (3) ; une page in-16. — *Corr. Gar. III*, n° 1505.

1. La feuille 5 du second volume d'*Une fille d'Ève* contient la fin du roman (p. 65-70), la dédicace de *Massimilla Doni* à Jacques Strunz (p. 73-77) et le titre du chapitre 1. Le 15 juin (39-122) Balzac priait

son éditeur de ne pas oublier « cette fatale feuille, tome II *Fille d'Ève* que je demande depuis un mois », ce qui situe la présente lettre. Les manuscrits des dédicaces d'*Une fille d'Ève* à la comtesse Bolognini et de *Massimilla Doni* à Jacques Strunz figuraient à la même vente que cette lettre (n° 168) ; rappelons que, si la première des deux n'est pas datée, la seconde porte : « Paris, mai 1839 ».

39-97. À ALFRED NETTEMENT

Copie communiquée par Marcel Bouteron; copie, Lov., A. 282, f° 75. — *Corr. Gar. III*, n° 1509.

1. C'est-à-dire le 30 mai.

39-98. À STEPAN CHEVYRIOV

Publié par Stepan Chevyriov, *Moskvitianine*, 1841, n° 1 ; trad. fr. dans « Une visite à Balzac en 1839 », *Revue de littérature comparée*, 1933, p. 324. — *Corr. Gar. III*, n° 1510.

1. Le *Journal* de Chevyriov date sa visite aux Jardies du samedi 1er juin. Cette visite est signalée à Mme Hanska le mardi 4 juin : « Il m'est arrivé ces jours-ci un professeur russe de Moscou, M. de Chevireff, et j'aime tout ce qui finit en *eff*, à cause de Berditcheff, je suis enfant à ce point de croire que je me rapproche de vous » (*LHB I*, p. 486).

39-99. À GERVAIS CHARPENTIER

Aut., Lov., A. 286, f° 121. — *Corr. Gar. III*, n° 1511.

39-100. CHARLES DE BERNARD À BALZAC

Copie, Lov., A. 312, f° 204. — *Corr. Gar. III*, n° 1512.

1. Dans la réponse à cette lettre (39-105), Balzac indique que des « Polonais » ont trouvé les Jardies ; Chevyriov n'était pas polonais, mais Balzac pense sans doute à lui. Balzac avait invité son ami à faire connaissance des Jardies (voir 39-76 et 39-90), nous datons donc, avec prudence, de la fin de mai 1839.

39-101. À HIPPOLYTE SOUVERAIN

Aut., Munich, Bayerische Staatsbibliothek. — *Corr. Gar. III*, n° 1514 (sur une copie).

1. C'est le 15 mai que Souverain avait remis à l'imprimeur Dépée le texte de la préface de *Béatrix* (Lov., A. 6, f° F v°).
2. Voir 39-96 et 39-115.

39-102. À HIPPOLYTE SOUVERAIN

Aut., MB, inv. BAL 88-31. — Publié par Th. Bodin, *AB 1989*, p. 88.

39-103. À MADAME DELANNOY

Aut., coll. privée ; *Collection Pierre Bezançon*, vente à Paris, Hôtel Drouot,

17 juin 1980, J. Vidal-Mégret expert, n° 5 ; vente Pierre Bergé et Associés, Paris, Hôtel Drouot, 22 novembre 2010, R. Saggiori expert, n° 8. — Publié par R. Pierrot, *AB 1984*, p. 13.

1. Le 2 juin 1839, Balzac s'était foulé la cheville dans son jardin aux Jardies et restera immobilisé plusieurs jours. Cet accident l'amena à rédiger une série de lettres (voir 39-107 à 39-110).

39-104. LE COMTE FERDINAND DE GRAMMONT À BALZAC

Aut., Lov., A. 314, f° 144. — *Corr. Gar. III*, n° 1424 (daté 1838 ou 1839).

1. La retraite définitive de Werdet reste difficile à dater exactement. On peut rappeler ici qu'il avait obtenu son concordat le 29 septembre 1837 : 20 % à payer en quatre ans, concordat homologué le 13 octobre par le tribunal de commerce (Felkay, p. 235). Il reprit activité de libraire-éditeur en 1838 et dans les premiers mois de 1839. Les deux éditions qui regroupaient *La Femme supérieure*, *La Maison Nucingen* et *La Torpille* (*BF*, 6 octobre et 22 décembre 1838) sont les derniers textes de Balzac publiés sous son nom, mais il avait seulement acheté les volumes tout imprimés à Delloye (Felkay, p. 235-236). La première édition de *Marianna* de Jules Sandeau (*BF* du 6 mai 1839) est encore à son nom, mais la seconde (*BF* du 29 juin 1839) a été publiée par Gosselin. On peut donc dater cette lettre, avec prudence, au début du mois de juin 1839.
2. Nous n'avons pas trouvé d'ouvrage d'Auguste de Belloy publié vers 1839 ; voir 37-169, n. 1.

39-105. À CHARLES DE BERNARD

Publié par André Borel d'Hauterive, *Annuaire de la noblesse et des maisons souveraines de l'Europe*, Paris, Plon, 1851, p. 384 (nous suivons ce texte). — *Corr. CL*, 231. — *Corr. Gar. III*, n° 1513.

1. Balzac pense sans doute à Chevyriov, ce qui permet de dater cette lettre après sa visite du samedi 1ᵉʳ juin (voir 39-98, n. 1).
2. « Vous et votre compagne » ne figurent pas dans le texte publié dans l'*Annuaire de la noblesse*, nous rétablissons d'après *Corr. CL*. Il s'agit d'Anne Clémentine Simonin ; voir 39-90, n. 2.
3. Appelés aussi « Forêt de Malmaison », près de Rueil, à l'ouest de Paris.

39-106. MARIE *** À BALZAC

Aut., Lov., A. 318, ff°ˢ 104-105.

1. Balzac ne se rendit pas à ce rendez-vous romanesque ; voir 39-133.

39-107. À THÉOPHILE GAUTIER

Aut., Lov., C. 491, ff°ˢ 235 et 236 v°. — *Corr. Gar. III*, n° 1515.

1. Cet accident tint Balzac immobilisé aux Jardies pendant plus de trois semaines.
2. Victorine Lefort ; voir 39-180 et le Répertoire.

39-108. À VICTOR LECOU

Aut, Saché, musée Balzac, inv. BZ 1999.4.53. — *Corr. Gar. III*, n° 1516.

1. *Un grand homme de province à Paris* est annoncé dans le *Feuilleton* de la *BF* du 8 juin et dans *La Presse* du 11 ; annonces peut-être un peu anticipées. Voir la lettre de Souverain du 14 juin (39-121).

39-109. À ANTOINE POMMIER

Aut., BNF, Mss, n. a. fr. 24003 (coll. Allard du Chollet), ff^os 250-251. — *Corr. Gar. III*, n° 1517.

39-110. À DELPHINE DE GIRARDIN

Aut., Lov., A. 287, ff^os 98-99. — Publié par Lovenjoul, *Genèse*, p. 158-159. — *Corr. Gar. III*, n° 1518.

1. Voir aussi 39-103 et 39-107.
2. Balzac remplace ce mot par un signe typographique — *ff* — qu'il utilise fréquemment pour indiquer « chapitre ».
3. Le texte du début de *Véronique* était donc déjà au point et Balzac s'attendait à le voir paraître (voir 39-93). Il est probable que la direction de *La Presse* décida de surseoir par prudence en raison de l'accident de Balzac.
4. Voir 39-111, n. 3.
5. Balzac lui avait communiqué les bonnes feuilles du *Grand homme* pour la rédaction du sonnet.
6. Auguste Préault (1809-1879) entretenait de longue date d'amicaux rapports avec Gautier. Balzac, alité suite à sa chute du 2 juin, avait-il envisagé de profiter de cette immobilisation pour demander un buste au sculpteur ? C'est vraisemblable mais nous n'en gardons aucune trace. Une évocation d'une rencontre entre Préault et Balzac se trouve toutefois dans « Petits profils contemporains – Le Grand Balzac », article non signé mais attribué à Banville, Baudelaire et Vitu (*La Silhouette. Chronique de Paris*, n° 55, 18 janvier 1846). Voir Marie-Bénédicte Diethelm, « *Le Grand Balzac*. Sur un article de 1846. Documents », *AB 2008*, p. 319-343. C'est finalement David d'Angers (dont Préault fut l'élève) qui, après avoir reçu un refus de Balzac (voir t. I de la présente édition, 35-144 et 35-145), aura plusieurs fois l'occasion, entre 1842 et 1844, de l'avoir pour modèle.

39-111. DELPHINE DE GIRARDIN À BALZAC

Aut., Lov., A. 314, ff^os 94-95. — Publié par Lovenjoul, *Genèse*, p. 161-162. — *Corr. Gar. III*, n° 1519.

1. Lamartine avait pu lire dans *La Presse* de la veille un feuilleton intitulé *Comment se font les petits journaux* où étaient reproduits les chapitres XVII et XVIII d'*Un grand homme de province à Paris* ; dans ce fragment figurait un portrait de Canalis, « un des plus illustres poètes de cette époque », qui ne pouvait manquer d'intéresser Lamartine.
2. Ce manuscrit de Delphine de Girardin, envoyé directement à

l'imprimerie Plon, est conservé à la bibliothèque Méjanes d'Aix-en-Provence (ms. 1671 [1536] ; il a été publié et commenté par Th. Bodin, « Au ras des Pâquerettes », *AB 1989*, p. 88-89).

3. *Le Chardon* de Mme de Girardin a été remplacé dans l'édition Furne par un autre sonnet de même titre rédigé par Lassailly. Voir *Illusions perdues*, *CH V*, p. 1355. Le deuxième vers de l'édition de 1839 était : « Je n'ai point de parfum, je n'ai point de beauté. »

4. Voir le *Feuilleton* de *La Presse* du 13 juillet 1839, et *CH IX*, p. 752.

39-112. ANTOINE POMMIER À BALZAC

Aut., Lov., A. 266, ff^{os} 7 et 8 v°. — *Corr. Gar. III*, n° 1520.

1. Lors de l'assemblée générale du 3 avril 1839, Abel-François Villemain (1790-1870) avait été élu président de la Société des gens de lettres, mais il fut dès le 12 mai nommé ministre de l'Instruction publique. Il quitta derechef ses fonctions à la tête de la Société ; le 16 août, il sera remplacé par Balzac, élu à l'unanimité au 3e tour. Voir É. Montagne, *Histoire de la Société des gens de lettres*, p. 13 et 414.

39-113. À LÉON CURMER

Aut., coll. Claude Verdoot. — Fac-similé partiel par Eugène de Mirecourt, *Balzac*, Paris, J.-P. Roret, 1854, pl. hors texte. — Publié par Auguste Cabanès, *Balzac ignoré*, Paris, A. Charles, 1899, p. 39. — *Corr. Gar. III*, n° 1521.

1. Le 10 ou le 11 juin, Curmer rendit effectivement visite à Balzac ; voir les conditions financières de leur accord (39-116 et 39-117).

39-114. AU DOCTEUR NACQUART

Aut., MB, inv. 93-17 (5) ; anciennes archives du baron de Fontenay. — *CaB 8*, n° 30. — *Corr. Gar. III*, n° 1522.

1. Marcel Bouteron, trompé par un cachet postal peu lisible, datait cette lettre du 11 juin 1838 ; à cette date Balzac rentrait de Milan et n'avait pas fait de chute.
2. « Chirurgien et médecin en chef de l'hôpital de Versailles » (*LHB I*, p. 484, 2 juin 1839).
3. Voir 39-36, 39-42 et 39-46.
4. Raymond Nacquart ; voir 36-81, n. 4.

39-115. À HIPPOLYTE SOUVERAIN

Copie communiquée par Marcel Bouteron, d'après l'aut., vente JLP, lot n° 155. — *BS*, p. 30. — *Corr. Gar. III*, n° 1523.

1. Voir 39-96 et 39-101.

39-116. LÉON CURMER À BALZAC

Aut., Lov., A. 313, f° 153. — *Corr. Gar. III*, n° 1524.

1. *Le Notaire* figure au tome II des *Français peints par eux-mêmes* (70e livraison), la *Monographie du rentier* au tome III (100e et 101e livraisons) ; ces deux articles n'ont été reproduits ni dans *Le Siècle* ni dans *La Presse*. Voir 39-117 et 39-299.

2. Curmer s'est ravisé sur le tard : *L'Ouvrier de Paris* par M. J. Brisset termine le tome V des *Français*.

39-117. À LÉON CURMER

Copie communiquée par Marcel Bouteron, d'après l'aut. (de la main de Curmer) et copie, Lov., A. 269, f° 75. — *Corr. Gar. III*, n° 1525.

1. Voir 39-116.
2. L'autographe est de la main de Curmer, seuls ces trois mots, la signature et la date sont de Balzac.

39-118. À LÉON CURMER

Aut., Lov., A. 204, f° 12 v°. Au dos d'un fragment du manuscrit du *Notaire*, au-dessus des lignes que nous reproduisons, on lit : « Copie | Rentier | Notaire ». — *Corr. Gar. III*, n° 1526.

1. Comme Balzac s'était engagé à donner le manuscrit dès la conclusion de l'accord, nous datons du 13 juin.

39-119. JULES CHABOT DE BOUIN À BALZAC

Aut., Lov., A. 313, ff⁰ˢ 61 *ter* et 61 *quater*; vente de la *Bibliothèque d'un amateur*, Paris, Hôtel Drouot, 26-27 février 1963 (3ᵉ partie), L. Lefèvre et Cl. Guérin experts, n° 63 ; sur papier à en-tête du théâtre de l'Ambigu. — *Corr. Gar. III*, n° 1527.

39-120. MADAME DELANNOY À BALZAC

Aut., Lov., A. 313, ff⁰ˢ 250-251. — *Corr. Gar. III*, n° 1528.

1. Louise de Montheau, petite-fille de Mme Delannoy, née le 5 août 1834, quatrième enfant de Camille de Montheau.

39-121. HIPPOLYTE SOUVERAIN À BALZAC

Aut., Lov., A. 256, f° 250 ; sur papier à en-tête d'Hippolyte Souverain. — *BS*, p. 30 (avec fac-similé). — *Corr. Gar. III*, n° 1529.

1. Voir 39-108, n. 1.
2. Le directeur de *L'Artiste* ; voir 39-86.
3. Voir 39-115.

39-122. À HIPPOLYTE SOUVERAIN

Aut. ; *Collection J. Gabalda*, vente à Paris, Hôtel Drouot, 7-8 avril 1976, Cl. Guérin expert, n° 17. — Publié avec fac-similé par Th. Bodin, *CB*, n° 54, 1994, p. 10-11. — *Corr. Gar. III*, n° 1530 (sur une copie).

1. Voir 39-96, n. 1.
2. Du *Grand homme de province à Paris*.

39-123. À DELPHINE DE GIRARDIN

Aut., Lov., A. 287, ff⁰ˢ 100-101. — Publié par Lovenjoul, *Genèse*, p. 162-164. — *Corr. Gar. III*, n° 1531.

1. Voir 39-111. La correction proposée par Delphine de Girardin de créer un alinéa a été faite et supprimée ensuite. Voir *CH IX*, p. 752.

2. L'accident a eu lieu le 2 juin, nous datons du 20 cette réponse tardive à une lettre du 5.

3. Exemplaire demandé à Souverain dans la lettre du 15 juin 1839 (39-122).

4. Balzac a clairement écrit « 25 » alors qu'à cette époque quinze volumes seulement étaient en vente.

5. Mme de Lamartine ; voir t. I de la présente édition, 21-2 et n. 11.

39-124. À ANTOINE POMMIER

Copie, Lov., A. 282, f° 83. — *Corr. Gar. III*, n° 1532.

39-125. JOACHIM LE COINTE À BALZAC

Aut., Lov., A. 340, f° 284.

1. Depuis la confection du pommeau de la fameuse canne aux turquoises, en août 1834, Balzac était devenu un fidèle client du joaillier de la rue de Castiglione. Le fonds Lovenjoul conserve plusieurs factures de Le Cointe pour la période allant d'août 1834 à juin 1837 ; nous y relevons pour près de 11 000 F d'achats. Les factures de 1838 ou de 1839 concernant ce règlement de 1 860 F n'ont pas été retrouvées.

2. Ce billet à ordre était à l'échéance du 31 août 1839 ; voir 39-173.

39-126. À ANTOINE POMMIER

Copie, Lov., A. 282, f° 83. — *Corr. Gar. III*, n° 1532.

39-127. À HIPPOLYTE SOUVERAIN

Copie communiquée par Marcel Bouteron d'après l'aut., vente JLP, lot n° 154. — *BS*, p. 31. — *Corr. Gar. III*, n° 1534.

39-128. À GERVAIS CHARPENTIER

Intermédiaire des chercheurs et curieux, 25 février 1881, col. 107-108. — *Corr. Gar. III*, n° 1535.

1. *Balthazar Claës ou la Recherche de l'Absolu*, éd. Charpentier, annoncé dans *La Presse* du 27 août, est enregistré à la *BF* du 7 septembre 1839. Voir 39-246 et 39-248.

39-129. ÉMILE DE BONNECHOSE À BALZAC

Aut., Lov., A. 312, ff°s 280-281. — *Corr. Gar. III*, n° 1535 *bis*.

1. Émile de Bonnechose était bibliothécaire du palais de Saint-Cloud ; voir 39-143.

2. Balzac était président de la commission pour la publication de l'œuvre collective pour la Société des gens de lettres (voir 39-74, n. 1).

3. Balzac n'écouta pas ces conseils et le titre de *Babel* fut maintenu. Le bibliothécaire a donné à ce recueil un texte intitulé *La Croix d'honneur*.

39-130. STENDHAL À BALZAC

Copie, Lov., A. 312, f° 239. — Publié dans Stendhal, *Correspondance*, t. X, p. 136 ; Bouteron, p. 196 ; *Corr. gén. Stendhal*, VI, n° 2913. — *Corr. Gar. III*, n° 1536.

1. Stendhal regagnait son poste à Civitavecchia (Latium) ; il quitta Paris le 24 juin.

39-131. DELPHINE DE GIRARDIN À BALZAC

Lov., A. 314, f° 96. — Fac-similé publié par R. Labadie, *CB*, n° 28, 1987, p. 23. — Publié par Lovenjoul, *Genèse*, p. 164 ; L. Séché, *Delphine Gay*, p. 207, note. — *Corr. Gar. III*, n° 1537.

1. Ce billet porte simplement « lundi » ; le vicomte de Lovenjoul le datait du 17 juin ; il nous semble toutefois postérieur à 39-123. Nous ignorons si Balzac accepta cette invitation.

39-132. À SOPHIE GAY

Copie communiquée par Marcel Bouteron d'après l'aut., coll. de Mme Louis Gillet. — *Corr. Gar. III*, n° 1538.

1. Mme Gay n'a pas collaboré à *Babel*. Voir la lettre de la comtesse O'Donnell (39-142).

39-133. MARIE *** À BALZAC

Aut., Lov., A. 318, f° 106.

1. La sixième livraison du tome I des *Français peints par eux-mêmes* contenant *La Femme comme il faut* (voir 39-80) avait été mise en vente par Curmer à la fin du mois de mai. Voir aussi 39-106.

39-134. ANTOINE POMMIER À BALZAC

Aut., Lov., A. 266, ff°s 9-10 ; sur papier à en-tête de la Société des gens de lettres (agent central). — *Corr. Gar. III*, n° 1539.

1. L'éditeur Édouard Pagnerre venait de publier une série de pamphlets, petits volumes in-32, vendus cinquante ou soixante-quinze centimes : *État de la question*, par Louis de Cormenin, *De la lutte entre la cour et le pouvoir parlementaire*, par Lamennais, etc.
2. *Lettres sur la liste civile et l'apanage*, dont la 22e édition était enregistrée à la *BF* du 31 mars 1838.
3. George Sand et Chopin étaient de retour à Nohant depuis la fin de mai, après leur mésaventure d'un hiver à Majorque.
4. Voir 39-136.
5. Alphonse Karr sera admis, à sa demande, comme sociétaire le 5 juillet 1839, mais il démissionnera quelques jours plus tard. Voir E. Montagne, *Histoire de la Société des gens de lettres*, p. 14.
6. Chez Buisson.

39-135. À LÉON CURMER

Aut., Lov., A. 261, ff°s 19 et 20 v°. — *Corr. Gar. III*, n° 1540.

39-136. À GEORGE SAND

Aut., Lov., A. 311, ff⁰ˢ 16 et 17. — Publié par A. Sand, *Les Nouvelles littéraires*, 2 août 1930 ; *Mon cher George*, p. 125-126. — *Corr. Gar. III*, n° 1541.

1. *Cf.* la lettre à Mme Hanska du 19 juillet 1837 : « 1830 arrive : désastre général dans la librairie » (*LHB I*, p. 395). Crise de l'édition, de la librairie, voire de la lecture, Balzac se plaignait souvent des difficultés rencontrées de façon endémique dans le monde du livre depuis 1827.
2. Camille Maupin dans *Béatrix*.
3. Annoncé dans *Le Siècle* du 19 mars, *Marianna* de Jules Sandeau avait paru à Paris chez Werdet (2 vol. in-8°) ; le 14 avril, Balzac l'avait évoqué à Mme Hanska : « Vous lirez ce livre, il vous fera horreur ; j'en suis sûr. Il est anti-français, anti-gentilhomme, il est lâche, il reproche à Georges [*sic*] de l'avoir énervé, et de l'avoir jeté comme une orange sucée ! Et Henry finit comme Jules aurait dû finir quand on aime bien et qu'on est trahi, par la mort, mais vivre et écrire le livre, c'est épouvantable » (*LHB I*, p. 482-483).
4. *La Marquise* et *Lavinia* composent avec *Le Secrétaire intime* et *Metella* les deux volumes des *Romans et nouvelles* publiés chez Bonnaire en avril 1834.
5. Lamennais n'a pas collaboré à *Babel*. Voir la réponse de George Sand (39-145).

39-137. DELPHINE DE GIRARDIN À BALZAC

Aut., Lov., A. 314, f° 97. — Publié par Lovenjoul, *Genèse*, p. 165-166. — *Corr. Gar. III*, n° 1542.

1. Balzac avait communiqué des épreuves du *Grand homme* à Mme de Girardin, épreuves qui n'ont pas été retrouvées ; il est donc difficile de juger des modifications apportées par Balzac sur le bon à tirer ; voir le texte du *Chardon* de Delphine de Girardin paru dans l'édition de 1839 (*CH V*, p. 1355 et suiv.). Voir aussi 39-111 et notes.
2. L'inspiratrice de Lucien de Rubempré.
3. Émile de Girardin avait été exclu de la Chambre des députés le 13 avril précédent sous prétexte qu'il n'était pas français.

39-138. À CHARLES PLON

Aut., Lov., A. 136, f° 13 ; sur une épreuve du chapitre III de *Massimilla Doni*.

1. Il s'agit de remaniements du texte de « Une représentation du *Mosè* de Rossini à Venise », remaniements faits avec les conseils techniques de Jacques Strunz, compositeur bavarois, ancien musicien militaire dans les armées napoléoniennes, auteur de plusieurs opéras-comiques et d'une musique de scène pour *Ruy Blas* ; en remerciement de son aide, Balzac lui dédia *Massimilla Doni*. La dédicace datée : « Paris, mai 1839 » figure dans l'édition placée à la suite d'*Une fille d'Ève* (voir 39-39, n. 1).

39-139. AU COMMANDANT PÉRIOLAS

Photocopie communiquée par Marcel Bouteron, d'après l'aut., archives de la famille Périolas. — *CaB I*, n° 10. — *Corr. Gar. III*, n° 1544.

1. Périolas tint garnison à Lyon de 1839 à 1842. Le 12 mai précédent, Barbès et Blanqui avaient attaqué l'hôtel de ville de Paris, des barricades s'étaient élevées dans les quartiers Saint-Denis et Saint-Martin, de nouveaux troubles étaient craints à l'occasion du procès des insurgés.

2. *Kaiserlick* : « nom donné pendant la Révolution française aux soldats de l'Empire allemand ou autrichien » (*TLF*).

3. Le 25 juin 1839, Balzac avait consenti un bail au comte et à la comtesse Guidoboni-Visconti (voir le Répertoire). Il occupait le pavillon au milieu du jardin, ses locataires avaient la jouissance d'une maison au fond de la propriété, du côté du parc de Saint-Cloud. Bien que ce bail soit dûment enregistré le 17 août 1839, sa réalité sera contestée en 1840 par les créanciers de Balzac qui n'y voyaient qu'un habile stratagème pour éviter la saisie de ses meubles et objets de valeur.

4. Alphonse Robin, viticulteur à Tain-l'Hermitage, gendre de Malet Faure, maire de Saint-Péray (Ardèche) ; voir 40-15. Nous ignorons son exacte parenté avec Périolas.

5. Ce vin est cité dans *Le Médecin de campagne*, *Les Petits Bourgeois*, *Les Paysans*, *La Nouvelle Théorie du déjeuner*. Voir F. Lotte, « Balzac et la table dans *La Comédie humaine* », *AB 1962*, p. 154. Paul Robin, négociant à Paris, frère du viticulteur cité à la note précédente, en vendit plusieurs fois à Balzac, dès 1834 (voir 40-29, n. 1).

6. Allusion au traité de paix conclu par Napoléon Bonaparte le 17 avril 1797, avec l'Autriche, par lequel la France se voit céder la Lombardie et les Pays-Bas autrichiens, en échange des possessions vénitiennes de la Dalmatie et de l'Istrie. Ce traité a été confirmé par le traité de Campoformio, le 17 octobre 1797.

7. La contrefaçon, déjà évoquée au tome I de la présente édition (p. 926 et 1087), tiendra une grande place dans les préoccupations de Balzac de 1839 à 1841 ; voir 39-169 et la Chronologie, à la date du 9 décembre 1841.

8. En 1844, Balzac lui dédiera *Pierre Grassou*.

9. Zulma Carraud avait déjà fait une visite à Balzac aux Jardies, visite évoquée plus tard (voir 39-235).

10. Voir la réponse de Périolas en date du 30 juillet (39-159).

39-140. À DANIEL ROUY

Aut., Lov., A. 288, f° 72. — Publié par Lovenjoul, *Genèse*, p. 166. — *Corr. Gar.* III, n° 1545.

1. *Véronique* — 2ᵉ partie du *Curé de village* — avait commencé à paraître dans *La Presse* le 30 juin. Voir 39-93, n. 1.

39-141. À DANIEL ROUY

Aut., Lov., A. 288, f° 71. — Publié par Lovenjoul, *Genèse*, p. 166-167. — *Corr. Gar.* III, n° 1546.

1. La publication de *Véronique* se termina le 13 juillet.

39-142. LA COMTESSE O'DONNELL À BALZAC

Aut., Lov., A. 315, ff⁰ˢ 194-195. — *Corr. Gar. III*, n° 1547.

1. Réponse à la lettre 39-132.
2. Instruit par l'expérience, Girardin ne commençait la publication des feuilletons de Balzac qu'une fois le texte entièrement composé, ce qui explique qu'à cette date Mme O'Donnell a pu lire *Véronique* et *Une princesse parisienne*, qui paraîtra du 20 au 26 août.
3. Dans *Une princesse parisienne*, quand d'Arthez devient l'amant et la dupe des secrets de la princesse de Cadignan, il est député et a 38 ans ; Balzac n'écouta pas les critiques de Mme O'Donnell. Il est vrai qu'il songeait à Molé, amant de la comtesse de Castellane, ce qui faisait tomber l'objection. Voir A.-M. Meininger, « *Une princesse parisienne* ou les Secrets de la comtesse de Castellane », *AB 1962*, p. 283-330.

39-143. ÉMILE DE BONNECHOSE À BALZAC

Aut., Lov., A. 312, ff⁰ˢ 282-283. — *Corr. Gar. III*, n° 1548.

1. Balzac souhaitait pouvoir traverser le parc de Saint-Cloud ou s'y promener. Ce parc était tout proche des Jardies.
2. L'adjudant Druy, après avoir été concierge au palais du Louvre, était devenu le régisseur du parc de Saint-Cloud.

39-144. À HÉLÈNE DE VALETTE

Aut., coll. privée ; ancienne coll. Simone André-Maurois. — Publié par M. Regard, *Béatrix*, Garnier, 1962, p. 399-400. — *Corr. Gar. III*, n° 1549.

a. votre [dernière *biffé*] lettre *aut.*

1. Maurice Regard a identifié la destinataire de cette lettre et montré que, contrairement à une tradition généralement admise, Balzac n'avait pas encore, à cette époque, rencontré son interlocutrice. Cette lettre ne révèle aucune familiarité ; Hélène de Valette avait écrit à Balzac après avoir lu *Béatrix* dans *Le Siècle* et ne pouvait donc pas être à la source de son inspiration. Dans sa lettre (qui n'est pas conservée), Hélène de Valette n'avait pas révélé à son correspondant qu'en réalité elle était la veuve Goujeon ; son aristocratique nom de jeune fille sonnait mieux.
2. Elle habitait en réalité Paris depuis de longues années et ne faisait que de rares et brefs séjours en Bretagne.
3. Cette « marraine » (voir 39-261) était Mme de Lamoignon, veuve du comte Molé de Champlâtreux (guillotiné en 1794) et mère de Mathieu Molé, ministre de Louis-Philippe. Elle avait fondé, en 1803, la congrégation des Sœurs de la charité de Saint-Louis à Vannes, vouées à l'enseignement des enfants déshérités.

39-145. GEORGE SAND À BALZAC

Aut., Lov., A. 311, ff⁰ˢ 46-48 r°. — Publié par A. Sand, *Les Nouvelles littéraires*, 2 août 1930 ; *Corr. Sand*, IV, n° 1898 ; *Mon cher George*, p. 126-128 (avec fac-similé). — *Corr. Gar. III*, n° 1550.

1. George Sand attend l'envoi de l'édition de *Béatrix* — que Balzac

lui avait promis (39-136) — et dont elle n'a pu lire que quelques extraits dans *Le Siècle*.

2. *Ferragus, chef des Dévorans*, 1re partie de l'*Histoire des Treize*, ne prendra un « t » qu'à l'occasion de son entrée, en 1843, au tome IX de *La Comédie humaine*.

3. Sur ce périple, voir Marcel Godeau, *Le Voyage à Majorque de George Sand et Frédéric Chopin, octobre 1838-mai 1839*, Debresse, 1959.

4. Marie d'Agoult et Liszt.

5. Après avoir déjà visité Gênes en décembre 1833, en compagnie de Musset, elle y avait séjourné — avec Chopin cette fois — du 6 au 18 mai 1839.

6. Le marquis Gian Carlo Di Negro ; Balzac avait offert des répliques de sa statuette par Puttinati à ses deux amis génois Di Negro et Damaso Pareto (voir 38-41 et 38-66).

39-145a. FRANÇOIS HUBERT À BALZAC

Aut., Lov., A. 323, ff^{os} 144-145.

1. Voir 37-151, n. 1.

39-146. ANTOINE POMMIER À BALZAC

Aut., Lov., A. 266, f° 11 ; circulaire sur papier à en-tête du comité de la Société des gens de lettres (Commission pour la publication de l'œuvre collective [voir 39-92]) ; seule la signature est autographe. — *Corr. Gar.* III, n° 1551.

1. Voir 39-74, n. 1. Gozlan ne quittera la Société que le 14 septembre 1866, jour de son décès ; voir E. Montagne, *Histoire de la Société des gens de lettres*, p. 456.

39-147. À GEORGE SAND

Aut., Lov., A. 311, ff^{os} 18-19 v°. — Publié par A. Sand, *Les Nouvelles littéraires*, 2 août 1930 ; *Mon cher George*, p. 129. — *Corr. Gar.* III, n° 1552.

1. Voir la lettre 39-145.

2. Seul, Victor Hugo collabora à ce premier volume avec *Le 7 août 1829* (pièce recueillie l'année suivante dans *Les Rayons et les Ombres*). George Sand et Lamartine ne collaborèrent pas à *Babel*. Quant à Balzac, il ne fut pas prêt pour le premier volume et *Pierre Grassou* figure au second.

3. « La littérature est dans la même crise que la librairie ; tous les libraires avisés (Gosselin, Renduel) se retirent et ne font plus d'affaires » (lettre de Sainte-Beuve à Mme Juste Olivier du 13 août 1839, Sainte-Beuve, *Correspondance générale*, éd. Jean Bonnerot, Stock, 1938, t. III, p. 126).

4. Balzac renonça à ce projet de dédier *Le Père Goriot* « À George Sand, son ami » (voir 39-34, n. 2) pour le dédier « Au grand et illustre Geoffroy Saint-Hilaire », à partir de l'édition Furne de *La Comédie humaine* (voir *CH* III, p. 49, n. 1) ; ce sont les *Mémoires de deux jeunes mariées* qui seront dédiés longuement à George Sand, en date de juin 1840. Voir la lettre 40-24.

39-148. ANTOINE BERRYER À BALZAC

Aut., Lov., A. 312, f° 217. — *Corr. Gar. III*, n° 1553 (sur une copie).

1. Ce billet fut envoyé par Balzac à Mme Hanska, pour sa collection d'autographes : « L'autographe est de Berryer l'orateur » (*LHB I*, p. 492, n. 1).

39-149. À JEAN-TOUSSAINT MERLE

Aut. ; vente coll. du Dr Max Thorek, New York, Parke-Bernet Galleries, 15-16 novembre 1960, n° 18. — Copie communiquée par Marcel Bouteron. — *Corr. Gar. III*, n° 1554.

1. Merle dirigeait le feuilleton littéraire de *La Quotidienne*.
2. Le 19 juillet, au cours de la séance du comité de la Société des gens de lettres, Balzac protesta contre une déclaration de Buloz au Roi qu'avait rapportée *La Quotidienne* du 7 juillet : « Sire ma position est fort difficile ; j'ai affaire aux gens les plus indisciplinés de votre royaume, les gens de lettres et les comédiens » (voir É. Montagne, *Histoire de la Société des gens de lettres*, p. 14-15). L'affaire en resta là.

39-150. À VICTOR HUGO

Copie, Lov., A. 289, f° 150. — Publié par R. Pierrot, « Balzac et Victor Hugo d'après leur correspondance », *RHLF*, octobre-décembre 1953, p. 470. — *Corr. Gar. III*, n° 1555.

1. Le 19 juillet 1839, Léon Gozlan avait proposé au comité de la Société des gens de lettres de publier un dictionnaire de la langue française ; le comité avait chargé Balzac et Hugo d'examiner ce projet avec Gozlan.
2. Balzac n'avait oublié qu'une chose : fixer le jour de ce rendez-vous. Au reçu de cette lettre, Hugo écrivit à Gozlan : « Est-ce que vous serez assez bon, monsieur, pour dire à M. de Balzac que j'accepte avec le plus vif plaisir sa gracieuse invitation qui me fera passer une matinée avec lui et avec vous, monsieur ; mais qu'il a oublié de me mander le jour et l'heure. / En attendant je suis à vous comme à lui / *ex intimo corde* / Victor Hugo. / Vendredi soir [19 juillet] » (aut., Lov., A. 363, f° 84). De la réponse de Gozlan (« lundi dix heures »), on peut ainsi dater du lundi 22 juillet 1839 la visite de Victor Hugo aux Jardies, visite contée avec beaucoup de verve et d'inexactitudes par L. Gozlan dans *Balzac chez lui, souvenirs des Jardies* (Paris, Michel-Lévy, 1862).

39-150a. FRANÇOIS HUBERT À BALZAC

Aut., Lov., A. 323, f° 225.

1. Lettre non retrouvée.

39-151. HIPPOLYTE SOUVERAIN À BALZAC

Aut., Lov., A. 256, ff^{os} 226-226 *bis*. — *Corr. Gar. III*, n° 1556.

1. Il s'agit du stock des *Études philosophiques* inachevées. Rappelons

que *Massimilla Doni*, précédé de la dédicace à Jacques Strunz, occupe les pages 71 à 303 du second volume de l'édition in-8° d'*Une fille d'Ève*, suivi de *Massimilla Doni*, où ce texte fut composé sur les bonnes feuilles. Le tome XXI in-12 des *Études philosophiques* ne sera mis en vente qu'en juin 1840.

39-152. À HIPPOLYTE SOUVERAIN

Copie communiquée par Marcel Bouteron, d'après l'aut., vente JLP, lot n° 155. — *BS*, p. 32. — *Corr. Gar. III*, n° 1557.

39-153. À HIPPOLYTE SOUVERAIN ?

Aut., Lov., A. 256, f° 294 ; copie, Lov., A. 283, f° 298 ; fragment dont les bords supérieurs et inférieurs, ainsi que les plis, semblent indiquer qu'il s'agit probablement d'un *post scriptum* déchiré d'une lettre.

1. Ce fragment est difficile à dater ; l'identification de son destinataire est conjecturale. En 1839, Balzac et son éditeur Souverain discutèrent de l'avantage des formats (voir 39-151) ; Souverain, marqué par les invendus in-12 des *Études philosophiques*, préférait l'in-8°, alors que Balzac était attaché au format de ses romans de jeunesse. Le 22 juillet, Balzac avait reçu Victor Hugo aux Jardies (voir 39-150) ; on peut alors supposer qu'ils avaient parlé de formats après réception de la lettre de Souverain (39-151), ce qui justifierait l'allusion à *Notre-Dame de Paris*.

39-154. SOPHIE DE BAWR À BALZAC

Aut., Lov., A. 312, f° 130. — *Corr. Gar. III*, n° 1558.

1. Mme de Bawr n'a pas collaboré à *Babel*.

39-155. GEORGE SAND À BALZAC

Aut., Lov., A. 311, ff°° 50-51 v°. — Publié par A. Sand, *Les Nouvelles littéraires*, 9 août 1930 ; *Corr. Sand*, IV, n° 1905 ; *Mon cher George*, p. 130. — *Corr. Gar. III*, n° 1559.

1. Il n'en fut rien ; voir 39-161.

39-156. ÉTIENNE GEOFFROY SAINT-HILAIRE
À BALZAC

Aut., Lov., A. 314, ff°° 57 et 58 v°. — *Corr. Gar. III*, n° 1560.

1. *Loi universelle (attraction de soi pour soi), ou Clé applicable à l'interprétation de tous les phénomènes de philosophie naturelle* (Paris, A. Baillière, 1839), enregistré à la *BF* du 20 juillet.

39-157. À HIPPOLYTE SOUVERAIN

Aut., coll. Th. Bodin ; vente Archives Souverain, n° 160 (3). — *Corr. Gar. III*, n° 1561.

1. Billet sans doute postérieur de quelques jours au 39-152, puisque Balzac réclame à nouveau les bonnes feuilles d'*Un grand homme*.

39-158. VICTOR LECOU À BALZAC

Aut., Lov., A. 269, ff^{os} 31-32 v°. — *Corr. Gar.* III, n° 1562.

1. Voir 39-151.

39-159. LE COMMANDANT PÉRIOLAS À BALZAC

Aut., Lov., A. 315, ff^{os} 304-305. — *CaB I*, n° 11. — *Corr. Gar.* III, n° 1563.

1. Voir 39-139.
2. Bien qu'il signe « Capitaine », Périolas avait été nommé commandant le 5 juillet 1832, quand il prit ses nouvelles fonctions à Metz. Voir t. I de la présente édition, 32-145.

39-160. À THÉOPHILE BRA

Copie, Lov., A. 282, f° 98 (le vicomte de Lovenjoul indique que le nom de Bra a été coupé sur l'aut.). — *Corr. Gar.* III, n° 1564.

1. Sur le déménagement de sa bibliothèque, voir 39-74, 39-75 et 39-90.

39-161. À GEORGE SAND

Aut., Lov., A. 311, ff^{os} 21 et 22 v°. — Publié par A. Sand, *Les Nouvelles littéraires*, 9 août 1930; *Mon cher George*, p. 131-132 (avec fac-similé). — *Corr. Gar.* III, n° 1565.

39-162. MADAME DELANNOY À BALZAC

Aut., Lov., A. 313, ff^{os} 252 et 253 v°. — *Corr. Gar.* III, n° 1566.

39-163. À VICTOR LECOU

Copie communiquée par Marcel Bouteron. — *Corr. Gar.* III, n° 1567.

1. Il s'agit du tome XXI des *Études philosophiques* contenant la fin de *Massimilla Doni*; ce volume compte 189 pages alors que les tomes XIX et XX en ont respectivement 219 et 211.

39-164. HIPPOLYTE SOUVERAIN À BALZAC

Aut., Lov., A. 256, f° 251. — *BS*, p. 33. — *Corr. Gar.* III, n° 1568.

1. *Une fille d'Ève*, suivi de *Massimilla Doni*, est annoncé « en vente lundi [26] prochain » dans le *Feuilleton* de la *BF* du 24 août 1839; le dimanche 25 août, *La France musicale* publiait « Une représentation du *Mosè* de Rossini à Venise », extrait de *Massimilla Doni*. Pour ne pas nuire à la vente de ces deux volumes in-8°, Souverain dut attendre plusieurs mois avant de lancer sur le marché la quatrième et dernière livraison des *Études philosophiques* qui paraîtra sous le titre de *Livre des douleurs*.

39-165. GABRIELLE JOBEY DE LIGNY À BALZAC

Aut., Lov., A. 316, ff^{os} 300-301.

1. Au fonds Lovenjoul (A. 202), sur une des nombreuses pages de

titre commencées par Balzac, abandonnées, puis utilisées pour des petites notes diverses, après un titre calligraphié *Un gendre*, suivi de la date « aux Jardies, juin 1839 », Balzac a inscrit : « verbe légume / présent / je carotte | tu asperges | il mâche | nous oignons | vous chicorée | ils ou elles les tue / prétérit / j'échoue | tu haricot | il artichaut | nous cardons | vous céleri | ils ont riz / imparfait / je panais | tu pourpier | il n'avet | nous cornichons | impératif / ail. »

39-166. HAMMER-PURGSTALL À BALZAC

Aut., Lov., A. 314, ff⁰ˢ 173-174. — *Corr. Gar.* III, n° 1569.

1. Voir 36-124 et 36-163.
2. Voir 39-50.
3. Sur ce titre édité par Hammer-Purgstall, voir 36-84, n. 3.

39-167. FRANÇOIS HUBERT À BALZAC

Aut., Lov., A. 323, ff⁰ˢ 166-167.

1. Mᵉ Ferdinand Ménager (voir le Répertoire), notaire de Balzac pour ses acquisitions à Sèvres, avait préparé un acte par lequel Balzac concédait à Hubert des inscriptions hypothécaires sur sa propriété des Jardies, à hauteur de 12 000 F (Lov., A. 323, ff⁰ˢ 146-164).
2. Louis Brouette ; voir 39-36 et n. 1.

39-168. À ALFRED DE MAUSSION

Copie communiquée par Marcel Bouteron, d'après l'aut. (sur papier à entête de l'agent général de la Société des gens de lettres).

1. Lettre écrite en qualité de président de la Société des gens de lettres. Le bureau de la Société avait été renouvelé le 16 août 1839, Balzac avait été élu président (au troisième tour à l'unanimité des votants) ; Félix Pyat et Léon Gozlan, vice-présidents ; Louis Viardot et Charles Merruau, rapporteurs ; Altaroche et Henry Cellier, secrétaires.
2. Lecture douteuse, peut-être : « j'espère ».

39-169. AU RÉDACTEUR EN CHEF DE « LA PRESSE »

Publié dans *La Presse*, 18 août 1839. — *Corr. Gar.* III, n° 1571. — Un brouillon autographe de quatre pages et demie gr. in-4°, abondamment raturé et corrigé, nous avait été communiqué par Lucien Lefèvre et Claude Guérin. Il a figuré dans plusieurs ventes : *Bibliothèque André Bertaut*, vente à Paris, Hôtel Drouot, 17 décembre 1957 (2ᵉ partie), L. Lefèvre et Cl. Guérin experts, n° 1 *bis* ; *Bibliothèque du colonel Daniel Sickles*, vente à Paris, Hôtel Drouot, 20-21 avril 1989 (1ʳᵉ partie), J. Vidal-Mégret et Th. Bodin experts, n° 6, acquis par MB, inv. 89-14. Nous suivons ici le texte paru dans *La Presse* et donnons à suivre le brouillon autographe.

1. En raison des « graves questions » soulevées par Balzac, sa lettre a paru dès le lendemain, dans *La Presse* du 18 août 1839.
2. La publication de *Véronique*, suite du *Curé de village* (publié en janvier 1839 dans *La Presse*), avait commencé au début de l'été. On lisait alors en note dans la première livraison : « Cette Œuvre [...] est

exceptée de tout traité relatif à la reproduction et tout contrevenant serait poursuivi comme contrefacteur » (*La Presse*, 30 juin 1839).

3. *L'Estafette, journal des journaux* avait repris la formule du *Voleur* en reproduisant, sans payer, les articles les plus intéressants de ses confrères ; ce problème de la reproduction était au centre des préoccupations de la Société des gens de lettres et de son nouveau président. *Véronique* ainsi que *Véronique au tombeau* parus dans *La Presse* (entre le 30 juin et le 1ᵉʳ août) ont été reproduits dans *L'Estafette* du 14 au 18 août.

4. Les bureaux de *L'Estafette* étaient situés 3, rue Coq-Héron comme ceux du *Figaro*.

5. Jugement rendu par la première chambre du tribunal civil de Rouen, présidée par M. Adam, en date du 16 janvier 1839 dans un procès intenté par la Société des gens de lettres au *Mémorial de Rouen*. Voir Pierre-Antoine Perrod, « Balzac, "avocat" de la propriété littéraire », *AB 1963*, p. 279 ; voir aussi 39-237.

6. Arrêt de la Cour de cassation du 1ᵉʳ mars 1834 ; voir P.-A. Perrod, « Balzac, "avocat" de la propriété littéraire », p. 283.

7. Louis-Jacques, baron Thénard (1777-1857), chimiste, pair de France, président de la Société pour l'encouragement de l'industrie nationale, joua un rôle important dans l'organisation des expositions quinquennales des produits de l'industrie.

8. Voir 39-12.

9. Sur cette affaire, voir le compte rendu de la décision de justice dans l'affaire Maison Verdière *contre* Héritiers Toulongeon, dans *Le Bibliologue*, 20 mars 1833.

10. Balzac se trompe. La contrefaçon porte sur la traduction des *Commentaires* de César par le marquis de Toulongeon. L'éditeur Verdière avait — à l'insu des héritiers du traducteur décédé quelques années auparavant — publié une nouvelle édition du texte, tandis que son auteur s'était réservé tous les droits pour les éditions successives.

11. Dans le cas de cette affaire, le Ministère public avait fondé sa décision sur un décret de la convention nationale du 19 juillet 1793, dont le paragraphe 6 stipulait que : « Tout citoyen qui mettra au jour un ouvrage, soit de littérature soit de gravure, dans quelque genre que ce soit, sera obligé d'en déposer deux exemplaires à la Bibliothèque nationale ou au Cabinet des estampes de la république, dont il recevra un reçu signé par le bibliothécaire, faute de quoi il ne pourra être admis en justice pour la poursuite des contrefacteurs. »

39-170. CHARLES LASSAILLY À BALZAC

Aut., Lov., A. 314, ff⁰ˢ 308 et 309 v°. — Publié par E. Kaye, *Charles Lassailly*, p. 104-105. — *Corr. Gar.* III, n° 1572.

1. Au verso du faux titre d'*Une fille d'Ève* figure cette annonce : « Sous presse, *Romans du cœur*, par H. de Balzac, Léon Gozlan, Alphonse Karr, Théophile Gautier, Charles Lassailly. 2 beaux volumes in-8°. » Ces deux volumes dont Lassailly devait réunir les manuscrits ne virent pas le jour.

2. *La Frélore, étude philosophique* fut promis à la même époque, par l'entremise du même Lassailly, à l'éphémère *Livre d'or* (39-178).

3. *Une princesse parisienne*, dont Girardin avait le texte depuis un certain temps, commençait à paraître dans *La Presse* le jour même où Lassailly écrivait ces lignes. Cette longue nouvelle constituera l'année suivante à elle seule le premier volume du *Foyer de l'Opéra, mœurs fashionables* (Souverain, 1 vol. in-8°, enregistré à la BF du 4 avril 1840). De 1840 à 1848, Souverain publiera sous ce titre douze volumes où figurent, en dehors de Balzac, des nouvelles de Gozlan, Frédéric Soulié, Paul de Kock, George Sand, Alexandre Dumas père et fils, etc. Voir Georges Vicaire, *Manuel de l'amateur de livres du XIXᵉ siècle : 1801-1893. Éditions originales*, Paris, A. Rouquette, t. III, 1897, col. 790-793.

4. Gérard de Nerval dont le nom ne figure pas sur l'annonce (voir n. 1).

39-171. À JULES DE SAINT-JULLIEN

Aut., Syracuse University Library, Special Collections Research Center, Honoré de Balzac Letters. — Extrait publié au cat. de la vente à Paris, Hôtel Drouot, 5 juillet 1948, J. Arnna et D. Janvier experts, n° 2. — *Corr. Gar. III*, n° 1575 (texte incomplet et date inexacte).

1. Billet adressé à un collaborateur de Jules Renouard, libraire-éditeur de *Babel*; le volume était imprimé chez Paul Renouard.

39-172. VAYSON FRÈRES À BALZAC

Aut., Lov., A. 340, f° 110.

1. Cette lettre est écrite à la suite d'une facture datée du 26 juin 1839 d'un montant total de 1 326,05 F, relative à la fourniture et à la pose de moquettes aux Jardies (bibliothèque, salon, chambre à coucher, cabinet de toilette, corridor et escalier).

2. Tournier, puis son successeur Renaud, avait vendu à Balzac, dès 1831, de très nombreux tapis et moquettes pour ses différents domiciles.

39-173. JOACHIM LE COINTE À BALZAC

Aut., Lov., A. 339, ffᵒˢ 84-85.

1. Il s'agissait d'un règlement de 1 860 F. Voir 39-125.

2. Balzac ne rendit pas ce service à son joaillier conciliant, ce n'est que deux jours après l'échéance qu'il régla la moitié de sa dette ; voir 39-185.

39-174. FRANCIS GIRAULT À BALZAC

Aut., Lov., A. 314, ffᵒˢ 115-116. — *Corr. Gar. III*, n° 1573.

1. Voir 39-169.

2. Francis Girault publiera dans *Le Bibliographe* du 25 avril au 1ᵉʳ juillet 1841 quatre articles remarquables sur l'œuvre de Balzac. Ils ont été reproduits et annotés par Stéphane Vachon dans *Balzac*, PUPS, 1999, p. 91-104 et 513-515.

39-175. FRANÇOIS HUBERT À BALZAC

Aut., Lov., A. 323, ff⁰ˢ 168-169.

1. Voir 39-167, n.1.
2. Le comte Guiboni-Visconti, créancier de Balzac à hauteur de 15 000 F, bénéficiait d'une inscription hypothécaire sur les Jardies.

39-176. À EDMOND DUPONCHEL

Aut., Lov., A. 125, f⁰ E (épreuves corrigées de *La Maison Nucingen*). — *Corr. Gar. III*, n° 1574.

1. Balzac offre au directeur de l'Opéra les épreuves de *La Maison Nucingen* composées au début de 1838 pour *La Presse*. Girardin refusa de publier le roman, sans doute parce qu'il avait reconnu dans les opérations de Nucingen d'étroits rapports avec ses spéculations. Voir 38-102, et J.-H. Donnard, « Qui est Nucingen ? », *AB 1960*, p. 135-148.

39-177. À ANTOINE POMMIER

Copie, Lov., A. 282, f⁰ 105. — *Corr. Gar. III*, n° 1576.

1. Louis Marie Gervais Pécourt (1791-1864), avocat général depuis 1838.
2. Balzac venait de voir le numéro 40 en date du jeudi 22 août 1839 d'un petit journal intitulé *Les Écoles* où, sous le titre général *Les Grands Hommes en chemise*, figure une lithographie d'Edward Allet avec cette légende : « le R. P. dom Séraphitus culus mysticus Goriot, de l'ordre régulier des frères de Clichy, mis dedans par tous ceux qu'il y a mis, reçoit dans sa solitude forcée la consolation de santa Séraphîta et conçoit par l'opération du St-Esprit une foule de choses inconcevables et d'incubes éphialtesticulaires. — Scènes de la vie cachée pour faire suite à celles de la vie privée. » Se jugeant offensé, Balzac porta l'affaire devant le comité de la Société des gens de lettres (voir 39-183).
3. *Des artistes*, autre titre intermédiaire après *Un gendre* (39-89, n. 9), fut finalement publié sous le titre de *Pierre Grassou* dans le tome II de *Babel*. Voir *CH VI*, p. 1558.
4. Théodore Boulé (voir le Répertoire) imprimait *L'Estafette*; voir 39-169.

39-178. CHARLES LASSAILLY À BALZAC

Aut., Lov., A. 314, ff⁰ˢ 310 et 311 v°. — Publié par E. Kaye, *Charles Lassailly*, p. 105-106. — *Corr. Gar. III*, n° 1577.

1. Voir 39-170.

39-179. HIPPOLYTE SOUVERAIN À BALZAC

Aut., Lov., A. 256, f⁰ 252. — *Corr. Gar. III*, n° 1578.

39-180. À VICTORINE LEFORT

Aut., Lov., C. 491, f° 229 ; sur papier à en-tête du *Charivari*. — Publié par Lovenjoul, *Autour*, p. 63. — *Corr. Gar.* III, n° 1582.

1. La caricature d'Edward Allet ; voir 39-177, n. 2.

39-181. À ANDRÉ LÉON-NOËL

Aut., Lov., A. 86, f° 11 v° ; au verso du dernier des onze feuillets du manuscrit conservé de *La Frélore* ; les autres n'ont vraisemblablement pas été retrouvés.

1. Balzac remit à Léon-Noël les feuillets conservés du manuscrit de *La Frélore* certainement à la fin du mois d'août (voir 39-214, n. 3).
2. Cette rue, maintenant disparue, allait du début de la rue de Richelieu à la rue Saint-Honoré.

39-182. ÉDOUARD OURLIAC À BALZAC

Aut., Lov., A. 315, ff°s 215 et 216 v°. — *Corr. Gar.* III, n° 1679 (date inexacte).

1. Le domicile de Balzac rue de Richelieu (janvier ou février 1839-avril 1842), l'absence de Nerval de Paris (31 octobre 1839-19 mars 1840) ainsi que le reçu de Léon Curmer en date du 1er septembre 1839 (39-184), concernant Balzac, Gérard de Nerval et Ourliac autour des *Français peints par eux-mêmes*, nous incitent à replacer ces lignes peu avant le 1er septembre 1839.

39-183. AU PROCUREUR DU ROI
PRÈS LE TRIBUNAL
DE PREMIÈRE INSTANCE DE LA SEINE

Aut., Lov., A. 349, f° 1. — Fac-similé dans *CaB* 5, n° 5. — *Corr. Gar.* III, n° 1583.

1. Le procureur du Roi était Louis Henri Desmortiers. Voir le Répertoire.
2. Le 31 août, les membres du comité de la Société des gens de lettres présents à Paris : Léon Gozlan, vice-président, Viardot et Merruau, rapporteurs, Louis Desnoyers, Alphonse Royer, Hippolyte Lucas, Louis Reybaud et F.-T. Claudon avaient envoyé au procureur du roi la lettre suivante : « Le comité de la Société des gens de lettres dont le devoir est de protéger l'honneur de chacun des membres de la société plus encore que leurs intérêts, se voit forcé vu la gravité toute exceptionnelle du cas, d'appeler votre attention sur le délit de calomnie et d'outrage que renferme la lithographie ci-jointe publiée avec le n° 40 du journal *Les Écoles*. Outre la ressemblance grossière qu'offre le dessin, l'inscription mise au bas désigne trop clairement M. de Balzac pour que personne puisse se méprendre sur l'intention diffamatoire qu'ont eue les auteurs de cette publication. Nous devons encore vous faire observer, Monsieur, qu'indépendamment de son caractère injurieux et obscène, le texte contient une calomnie en faisant entendre que M. de Balzac a été incarcéré pour dettes. M. de Balzac

se trouve ainsi blessé à la fois dans son honneur et dans ses intérêts. En conséquence nous vous prions de vouloir bien livrer à la justice des tribunaux les auteurs et les complices du délit » (aut., Lov., A. 349, f° 8 ; fac-similé, *CaB* 5, p. 54-55).

3. Me de Bénazé était avoué près le tribunal de première instance, inscrit en 1836.

4. D'après Léon Gozlan qui raconte en détail cette affaire et publie les documents, ni la lettre de Balzac ni celle du comité ne furent envoyées : « l'affaire tomba à l'endroit le plus profond de l'océan de l'oubli, bien digne, celui-là, d'être appelé pacifique » (*Balzac en pantoufles*, p. 174-183).

39-184. À LÉON CURMER

Copie, Lov., A. 269, f° 75. — *Corr. Gar. III*, n° 1584.

1. L'article publié dans *Le Siècle* du 2 septembre 1839 intitulé *Les Français peints par eux-mêmes* est signé G. DE N. (voir G. de Nerval, *Œuvres complètes*, t. I, p. 480-486). Selon Baudelaire dans son article « Comment on paie ses dettes quand on a du génie » (*Le Corsaire-Satan*, 24 novembre 1845 ; *Œuvres complètes*, Bibl. de la Pléiade, t. II, p. 6-8), cet article publicitaire du *Siècle* aurait été écrit par Édouard Ourliac, à la demande de Balzac qui l'aurait revu sans s'oublier dans les éloges, la signature « G. de N. » ayant été préférée à celle moins connue du « jeune Édouard ».

39-185. JOACHIM LE COINTE À BALZAC

Aut., Lov., A. 340, f° 286.

1. Pour la publication de *La Frélore*, voir les lettres 39-275, 39-276 et 39-291.

2. Le 2 novembre, cette affaire ne sera toujours pas terminée ; voir 39-255.

39-186. À ÉMILE DE GIRARDIN

Aut., Syracuse University Library, Special Collections Research Center, Honoré de Balzac Letters. — *La Presse*, 7 septembre 1839. — Texte publié au cat. de la vente à Paris, Hôtel Drouot, 18 décembre 1959, P. Cornuau expert, n° 6 *bis*. — *Corr. Gar. III*, n° 1585.

1. Voir l'affaire qui avait opposé Balzac à Buloz (36-62, n. 1).

2. La *Revue des Deux Mondes* du 1er septembre 1839 (t. XIX, p. 675-691) contenait un article intitulé « De la littérature industrielle » où Sainte-Beuve attaquait vivement la lettre de Balzac publiée dans *La Presse* du 18 août (39-169), écrivant notamment : « Vous imaginez-vous le gouvernement désintéressant l'auteur de la *Physiologie du mariage* afin de la mieux répandre, et débitant les *Contes drolatiques* comme on vend du papier timbré ? »

3. Sur la présidence de Villemain, voir 39-112, n. 1.

39-187. HIPPOLYTE SOUVERAIN À BALZAC

Aut., Lov., A. 256, ff^{os} 253-254. — Fragment publié dans *BS*, p. 33-34. — *Corr. Gar. III*, n° 1586.

1. Voir 38-96.

2. Voir 38-125 et 39-77. En vertu de ce traité, Souverain publiera *Le Curé de village*.

3. Émile Regnault avait abandonné la littérature depuis trois ans, mais le contrat avait été fait en son nom.

4. À cette date, Souverain avait publié des *Œuvres complètes d'Horace de Saint-Aubin* : *Jane la pâle* (t. IX et X, avril 1836), *La Dernière Fée* (t. I-II, septembre 1836), *Le Vicaire des Ardennes* (t. V-VI, octobre 1836), *Argow le pirate* (t. VII-VIII, décembre 1836), *Le Sorcier* (t. III-IV, mars 1837), *L'Excommunié* (t. XV-XVI, juin 1837). Il avait donc déjà reçu six ouvrages ; *L'Israélite* [*Clotilde de Lusignan*] (t. XI-XII), pour des raisons que nous ignorons, ne paraîtra qu'en janvier 1840 (dans une annonce de Souverain, dans le *Feuilleton* de la *BF* du 14 septembre 1839, *L'Israélite* est annoncé pour paraître très prochainement). La réclamation de Souverain concerne *Dom Gigadas* (voir 39-189).

5. Voir 39-115.

6. *Une fille d'Eve*, publié par Souverain, mis en vente le 26 août.

39-188. À ARMAND DUTACQ

Fac-similés du texte et du dessin publiés dans *Corr. CL*, 1 (hors-texte en tête du volume). — *Corr. Gar. III*, n° 1587 (avec fac-similé du dessin, p. 701).

1. Le 30 août 1839, le notaire Sébastien-Benoît Peytel, accusé du meurtre de sa femme, Félicie Alcazar Peytel, et de son domestique, Louis Rey, avait été condamné à mort par le jury des assises de Bourg. Balzac avait rencontré quelquefois Peytel dans ses années de bohème journalistique (notamment en 1831 et 1832, précise Balzac dans la première livraison de sa *Lettre sur le procès de Peytel, notaire à Belley*, publiée dans *Le Siècle* du 27 septembre 1839) ; ce dernier lui avait même dédicacé un exemplaire de *Physiologie de la poire* (paru sous le nom de Louis Benoît, jardinier, à Paris, chez les libraires de la place de la Bourse, 1832). Gavarni, beaucoup plus lié avec le notaire de Belley, convainquit Balzac de son innocence et les deux hommes décidèrent de gagner Bourg pour voir Peytel, enquêter et appuyer son pourvoi en cassation. Balzac n'ayant pas d'argent pour cette équipée, Gavarni lui remit le 7 septembre 525 F en échange d'un billet payable le 25 du même mois (aut., coll. P.-A. Lemoisne). Munis d'une autorisation de communiquer avec le condamné à mort délivrée par le chef de cabinet du ministre de l'Intérieur, le romancier et le dessinateur quittèrent Paris pour Bourg dans la soirée du 7 septembre et y arrivèrent après 30 heures de voyage dans la nuit du 8 au 9. Le 9 au matin, Alexis de Jussieu, préfet de l'Ain, avait autorisé Gavarni et Balzac à rendre visite à Peytel qu'ils virent successivement ; c'est après avoir entendu les confidences du condamné que Balzac écrivit ces lignes à Dutacq. Voir P.-A. Perrod, *L'Affaire Peytel*, Hachette, 1958, p. 355-363 et 601, et Michel Lichtlé, « Balzac et l'affaire Peytel. L'invention d'un plaidoyer », *AB 2002*, p. 101-165.

2. Le 10 septembre, Balzac et Gavarni se rendirent au pont d'Andert, lieu du crime et à Belley (voir P.-A. Perrod, *L'Affaire Peytel*, p. 364-370).

3. Balzac et Gavarni, après être repassés par Bourg, rentrèrent à Paris le 12 septembre.

39-189. HIPPOLYTE SOUVERAIN À BALZAC

Aut., Lov., A. 256, f° 255. — *Corr. Gar. III*, n° 1588.

1. Voir 39-187, n. 4.

39-190. À Mᵉ CLAUDE MARGERAND

Copie, Lov., A. 282, f° 110. — Publié par P.-A. Perrod, *L'Affaire Peytel*, Hachette, 1958, p. 372. — *Corr. Gar. III*, n° 1589.

1. Mᵉ Margerand, avocat de Peytel, était à Paris, hôtel de la Marine, pour le pourvoi en cassation de son client. Peu après son retour, Balzac désira le voir.

39-191. À Mᵉ CLAUDE MARGERAND

Copie, Lov., A. 282, f° 111. — Publié par P.-A. Perrod, *L'Affaire Peytel*, p. 373. — *Corr. Gar. III*, n° 1590.

1. Balzac vient de commencer la rédaction de sa *Lettre sur le procès de Peytel, notaire à Belley* qui, datée : « Aux Jardies, 15-17 septembre 1839 », paraîtra dans *Le Siècle* des 27, 28 et 29 septembre, ainsi que dans *La Presse* et la *Gazette des tribunaux* des 28, 29 et 30 septembre.

39-192. À DANIEL ROUY

Aut., Lov., A. 288, ff⁰ˢ 74 et 75 v°. — Publié par Lovenjoul, *Genèse*, p. 167. — *Corr. Gar. III*, n° 1591.

1. Balzac avait des dettes criantes chez son bijoutier (voir 39-185) ; il avait obtenu de *La Presse* une avance pour Le Cointe : « Bon pour 430 fr. que je prie Monsieur Rouy de payer pour moi, et il me rendra le présent pour comptant / de Balzac » (Lovenjoul, *Genèse*, p. 167).

39-193. HIPPOLYTE SOUVERAIN À BALZAC

Aut., Lov., A. 86, ff⁰ˢ 16-17. — Fragment publié par E. Kaye, *Charles Lassailly*, p. 106. — *Corr. Gar. III*, n° 1592.

1. Voir 39-170, 39-214, 39-218 et 39-219.

39-194. À ANTOINE POMMIER

Copie, Lov., A. 282, f° 113 ; sur papier à en-tête du comité de la Société des gens de lettres (Commission pour la publication de l'œuvre collective, Comité général). — *Corr. Gar. III*, n° 1593.

1. Voir 39-74, n. 1 et 3.
2. Le troisième et dernier volume de *Babel* sera mis en vente en mars 1840. *Arabesques*, en deux volumes chez le même éditeur, constituera en 1841 la suite de *Babel*.
3. Secrétaire adjoint de la commission.
4. C'est-à-dire le 14 septembre.

39-195. À ANTOINE POMMIER

Aut., A. N., Archives de la Société des gens de lettres, 454 AP ; copie, Lov., A. 282, f° 114. — *Corr. Gar. III*, n° 1594.

1. Toute la presse était pleine d'échos plus ou moins malveillants sur les démarches de Balzac en faveur de Peytel (voir P.-A. Perrod, *L'Affaire Peytel*, p. 386-394).

2. Lettre non retrouvée ; voir la réponse de Léon Halévy (39-197).

39-196. À ALPHONSE DE LAMARTINE

Aut., coll. Th. Bodin. — Fragment publié par P.-A. Perrod, *L'Affaire Peytel*, p. 375-376. — *Corr. Gar. III*, n° 1595 (sur copie, Lov., A. 287, ff^os 191-196).

1. Lettre non retrouvée.
2. Voir 39-147, n. 2.
3. Chute du ministère Molé le 8 mars 1839. Voir la note suivante.
4. On reprochait à Guizot sa « coalition » avec Thiers et Odilon Barrot, qui avait provoqué la chute de Molé. Toutefois, il n'était pas entré dans le nouveau ministère qui ne fut constitué, après une longue crise, que le 12 mai 1839. Guizot se consacra à sa biographie de Washington, avant de prendre de nouvelles fonctions, en février 1840, en tant qu'ambassadeur à Londres.
5. Le docteur Casimir Broussais, professeur agrégé, avait épousé Marie-Joséphine Alcazar, sœur aînée de Mme Peytel, née Félicité Alcazar. Broussais avait déposé habilement au procès de Bourg, insinuant entre autres que Lamartine connaissait fort peu Peytel qui se déclarait son intime (voir P.-A. Perrod, *L'Affaire Peytel*, p. 286). De retour à Mâcon, après son séjour parisien, Peytel était devenu, à la fin de 1833, membre de la Société d'agriculture de Mâcon, présidée par Lamartine ; Peytel ayant rendu quelques services électoraux, Lamartine signa comme témoin le contrat de mariage du notaire de Belley avec Félicité Alcazar (3 mai 1838). Quatre jours plus tard, aux côtés de Gavarni, Louis Desnoyers et Samuel-Henry Berthoud, il avait été également témoin du mariage ; voir sa réponse (39-200). Dans *Le Siècle* du 29 septembre 1839, il répondra directement à Balzac et à sa *Lettre sur le procès de Peytel* dont la dernière partie était publiée ce même jour.
6. Dans cette lettre en date du 12 novembre 1838 et envoyée à la prison de Bourg, Lamartine parlait de l'« attestation » unanime de la pureté des antécédents de Peytel et de l'« irréprochabilité de sa vie » ; elle avait été lue par Me Margerand dans sa plaidoirie pour Peytel (reproduit dans *L'Affaire Peytel*, p. 330-331).
7. Lamartine, aux côtés de Hugo, était intervenu auprès de Louis-Philippe en faveur d'Armand Barbès, qui avait été condamné à mort après la tentative de coup d'État du 12 mai 1839. À la suite de cette intervention, et contre l'avis de ses ministres, le Roi commua la peine en détention à perpétuité.
8. Dans sa *Lettre sur le procès de Peytel*, Balzac cite la lettre de Lamartine à Peytel et ajoute : « le soin qu'a pris M. de Lamartine de servir de père à Félicie [en la conduisant à l'autel] n'est pas une affaire de simple politesse ».
9. Balzac résume parfaitement l'affaire : Peytel a tué son domestique pour défendre son honneur et tué involontairement sa femme ; mais il n'a pas voulu révéler aux jurés que son honneur de mari n'était pas sauf.

1166 *Septembre 1839* [39-197]

39-197. LÉON HALÉVY À BALZAC

Aut., Bibliothèque de l'Arsenal, ms. 13463/45. — *Corr. Gar. III*, n° 1596.

1. La pièce *La Rose jaune, comédie en un acte mêlée de couplets* avait été créée au théâtre du Vaudeville le 26 août 1839. « Le fond de cette pièce, si nous avons bonne mémoire », écrivait Théophile Gautier, « est tiré d'une charmante nouvelle intitulée *La Rose jaune* que M. de Bernard a fait insérer dans un journal plus ou moins quelconque » (*Feuilleton de La Presse*, 1ᵉʳ septembre 1839). Charles de Bernard, à cette occasion, posait le problème du droit d'adaptation.

39-198. À LANGE LÉVY, IMPRIMEUR DU « SIÈCLE »

Aut., Lov., A. 113, fº 53 ; en tête des premières épreuves de la *Lettre sur le procès de Peytel, notaire à Belley.* — Publié par P.-A. Perrod, *L'Affaire Peytel*, p. 377 (avec fac-similé, p. 400). — *Corr. Gar. III*, n° 1597.

1. Balzac demande une nouvelle épreuve « pour ce soir, vendredi », ce qui permet de dater du 20 septembre.
2. Finalement la lettre de Balzac ne fut pas publiée à part, mais dans le corps du journal.

39-199. À LÉON GOZLAN

Copie communiquée par Claude Pichois, d'après l'aut., coll. S. Patinot ; copie, Lov., A. 282, fº 104. — *Corr. Gar. III*, n° 1598.

1. Le vicomte de Lovenjoul datait cette lettre de la fin d'août 1839, mais elle nous paraît plus vraisemblablement de la fin de septembre, époque où Balzac, absorbé par l'affaire Peytel, pensait ne pouvoir se rendre à Rouen pour le procès de la Société des gens de lettres ; on sait que finalement il se ravisa et se rendit à Rouen les 21 et 22 octobre (voir 39-237).

39-200. ALPHONSE DE LAMARTINE À BALZAC

Aut., Lov., A. 314, ffᵒˢ 280-281. — Fragment publié par P.-A. Perrod, *L'Affaire Peytel*, p. 378. — *Corr. Gar. III*, n° 1599.

1. Voir 39-196.
2. Le 27 septembre, après avoir lu dans *Le Siècle* la première partie de la *Lettre sur le procès de Peytel*, Casimir Broussais écrivait à Lamartine : « Monsieur de Balzac [...] vient d'essayer d'insinuer quelques doutes sur la véracité de ma déposition devant la cour d'assises. Vous seul, Monsieur, avez droit de prononcer si j'ai dit la vérité. [...] Vous avez trop de justice et trop d'amour de la vérité pour laisser peser sur moi le soupçon de mensonge ou d'imposture et j'espère que vous voudrez bien répondre à ma lettre et attester les choses telles qu'elles se sont passées entre vous et moi » (*Correspondance inédite d'Alphonse de Lamartine*, éd. Christian Croisille, *Cahiers d'études sur les correspondances du XIXᵉ siècle*, 4, 1994, p. 146-147). Dès réception de cette lettre, Lamartine lui répondit longuement le 29 : « J'ai déjà répondu avant-hier à une lettre de M. de Balzac sur le même sujet que mes relations très insignifiantes avec M. Peytel avaient été assez exactement ren-

dues par vous à l'audience. [...] Si M. de Balzac de son côté suppose qu'il y a eu entre M. Peytel et moi, entre la famille Alcazar et moi, des relations plus intimes que celles que vous avez rapportées avec une complète loyauté dans votre déposition et que je raconte moi-même plus explicitement ici, M. de Balzac se trompe. Mais le motif de son erreur est si naturel, si respectable et si pieux que nous ne pouvons ni vous ni moi qu'en honorer la pensée » (*ibid.*, p. 147-150).

39-201. À Me CLAUDE MARGERAND

Copie, Lov., A. 282, f° 119. — Publié (sauf le dernier paragraphe) par P.-A. Perrod, *L'Affaire Peytel*, p. 379. — *Corr. Gar.* III, n° 1600.

1. On lit sur la cinquième épreuve de la *Lettre sur le procès de Peytel* : «Une autre double épreuve, portée chez Mr Margerand, hôtel de la Marine, rue Croix-des-Petits-Champs, et une chez moi» (aut., Lov., A. 113, f° 186).

39-202. LA COMTESSE DE SERRE À BALZAC

Aut., Lov., A. 316, f° 148. — *Corr. Gar.* III, n° 1601.

1. La veuve de l'ancien garde des Sceaux de Louis XVIII venait de lire dans *Un grand homme de province à Paris* (paru au mois de juin) l'anecdote contée dans le journal de Finot sur la prétendue correspondance échangée entre Louis XVIII et la comtesse de Serre ; cette correspondance ayant éveillé la jalousie de Mme du Cayla, celle-ci avait réussi à démontrer à son royal amant que Mme de Serre était incapable d'écrire les lettres spirituelles qu'il croyait recevoir d'elle et qu'en réalité il correspondait avec son ministre... Sans renoncer à son texte, Balzac l'a corrigé dans *La Comédie humaine*. Dans l'édition de 1839 on lisait : «l'article piquait au vif le garde-des-sceaux, sa femme et le roi ; Des Lupeaulx à qui Finot a toujours gardé le secret avait-il inventé l'anecdote, était-elle vraie ? Aujourd'hui le roi, le ministre et sa femme ont disparu, l'Octavie tant attaquée et Des Lupeaulx ont des intérêts contraires, il est difficile de savoir la vérité. *Se non è vero, è bene trovato* ce spirituel et mordant article [...] », que Balzac a corrigé en 1843 en : «Quoique mensonger l'article piquait au vif le garde des Sceaux, sa femme et le roi. Des Lupeaulx, à qui Finot a toujours gardé le secret, avait, dit-on, inventé l'anecdote. Ce spirituel et mordant article [...]. » Voir 39-215.

39-203. J.-G.-J. ROENTGEN À BALZAC

Aut., Lov., A. 114, ff^{os} 142-143.

1. *Le Siècle* venait de commencer, dans son numéro daté du 27, la publication de la *Lettre sur le procès de Peytel, notaire à Belley*. La suite et la fin de la lettre seront publiées dans les deux livraisons suivantes.

2. Cette «page imprimée» et les notes manuscrites qui y figuraient n'ont pas été retrouvées.

3. Le catalogue de la BNF relève, sous la signature de J.-G.-J. Roentgen : *Mémoires d'un étranger, ou Vingt ans à Paris* (in-8° de 104 pages, chez l'auteur, 1839) et un petit in-16 de 24 pages intitulé *Recueil d'erreurs*

judiciaires, par l'auteur de « La Fiancée de Messine » (Paris, chez l'auteur, 1843).

39-204. UN JURÉ DU PROCÈS PEYTEL À BALZAC

Aut., Lov., A. 114, ff⁰ˢ 122-123.

1. Ce correspondant, tout comme ceux des lettres 39-205 à 39-207, n'avait pu encore lire les conclusions de Balzac parues dans le numéro du *Siècle* du 29 septembre.

39-205. UN HABITANT DE MÂCON À BALZAC

Aut., Lov., A. 114, ff⁰ˢ 131-132. — Publié par P.-A. Perrod, *L'Affaire Peytel*, p. 386-387.

1. Sébastien-Benoît Peytel était originaire de Mâcon.

39-206. LE DOCTEUR LAMBERT À BALZAC

Aut., Lov., A. 114, ff⁰ˢ 136-137.

1. La cour d'assises de Bourg avait, le 30 août, condamné Peytel à la peine capitale.
2. Horace, *Epistolae*, I, II, 16 : « Ce n'est que fautes à l'intérieur et à l'extérieur des murs de Troie ».
3. Il s'agit de l'affaire des fils et frères Barault qui a vu la condamnation en cour d'assises de certains d'entre eux aux travaux forcés et d'autres à la peine capitale, avant d'être « absous et justifiés ». Voir M. Lichtlé, « Balzac et l'affaire Peytel », p. 131, n. 89.
4. Lieu du crime supposément perpétré par Peytel. Voir 39-188, n. 2.
5. Hôpital parisien.
6. Guillaume Marie André Ferrus, médecin-chef de l'hôpital Bicêtre, où il enseignait depuis 1833.

39-207. OSCAR ROYER À BALZAC

Aut., Lov., A. 114, ff⁰ˢ 138-139.

1. Peytel, en 1837, était entré comme clerc amateur chez Mᵉ Rousset, notaire à Lyon.

39-208. VERNET À BALZAC

Aut., Lov., A. 114, ff⁰ˢ 98-99.

1. Voir 39-191, n. 1.
2. Erreur, sans doute, d'une décennie, car Sébastien Peytel était né en 1804.
3. Claude Bailly, maître de pension, 7, montée du Gourguillon, sur les flancs de la colline de Fourvière. Peytel poursuivra ses études secondaires au collège de Mâcon.

39-209. HENRIETTE LEMERCIER À BALZAC

Aut., Lov., A. 114, f⁰ 135.

1. Marie-Joséphine Alcazar, sœur de Félicie Peytel, avait épousé Casimir Broussais.

39-210. Mᵉ MUTEL À BALZAC

Aut., Lov., A. 114, ffⁿˢ 94 et 95 v°.

1. Le pourvoi sera rejeté le 10 octobre (voir 39-229, n. 2).

39-211. LÉON CHASSAIGNE À BALZAC

Aut., Lov., A. 114, ffⁿˢ 96-97.

1. Dans *Le Siècle* du 27 au 29 septembre, ou dans la *Gazette des tribunaux* du 28 au 30.

39-212. ERNEST OTT À BALZAC

Aut., Lov., A. 114, ffⁿˢ 133-134.

1. « Félicie Alcazar, jeune créole, ayant les passions des créoles, volontaire, mal élevée et fausse au-delà de toute expression, dépourvue des avantages extérieurs qui rendent une femme séduisante, et par cela même portée à choisir au-dessous d'elle pour satisfaire ses passions » (*Lettre sur le procès de Peytel*, Le Siècle, 29 septembre 1839). *Cf.* le portrait de Mme Évangelista dans *La Fleur des pois* (1835) : « La créole est une nature à part qui tient à l'Europe par l'intelligence, aux Tropiques par la violence illogique de ses passions, à l'Inde par l'apathique insouciance avec laquelle elle fait ou souffre également le bien et le mal ; nature gracieuse d'ailleurs, mais dangereuse comme un enfant est dangereux s'il n'est pas surveillé » (*Le Contrat de mariage* ; *CH III*, p. 605).

39-213. AUX RÉDACTEURS EN CHEF DE « LA PRESSE » ET DU « SIÈCLE »

Publié par *La Presse* et *Le Siècle*, 3 octobre 1839 ; P.-A. Perrod, *L'Affaire Peytel*, p. 388. — *Corr. Gar. III*, n° 1603. Nous suivons ici le texte imprimé dans *La Presse*, en indiquant en variante la principale différence avec le texte paru dans *Le Siècle* (sigle : LS).

a. Voici la lettre que j'ai adressée aux trois journaux   *LS*

1. Le texte qui suit figure également dans le *Journal des débats*, *Le Capitole* et *Le Constitutionnel*.
2. La lettre de Broussais avait été publiée le 2 octobre. Dans les lignes qui précèdent la publication de la réponse de Balzac dans *Le Constitutionnel*, ce dernier insistait sur le fait que l'envoi de Broussais « met[tait] un peu trop [s]on honneur en jeu ».
3. Gabriel de Montrichard, lieutenant de gendarmerie à Belley, beau-frère de Peytel, avait épousé Victoire-Bernardine, l'aînée des trois sœurs Alcazar.
4. Mme Ducros, femme d'un employé des douanes, avait été entendue pendant l'instruction. Il ne semble pas qu'elle fût amenée à témoigner au procès. C'est chez elle que Mme Peytel aurait entretenu, avant son mariage, des relations avec Louis Rey.

39-214. ANDRÉ LÉON-NOËL À BALZAC

Aut., Lov., A. 86, ff^{os} 13 et 14 v°. — Publié par le vicomte de Lovenjoul, *La Femme auteur et autres fragments inédits de Balzac*, B. Grasset, 1950, p. 178. — *Corr. Gar.* III, n° 1579 (daté par erreur août ? 1839). Nous suivons ici la datation proposée par Loïc Chotard dans *AB 1988*, p. 235.

1. En suivant Loïc Chotard (« L'Envers de l'histoire littéraire », *AB 1988*, p. 233-243), nous groupons en octobre 1839 cette lettre et la réponse de Balzac, datée « [Samedi 5 octobre 1839] » (39-218), ainsi que la lettre à Antoine Pommier (39-219).

2. Le samedi 28 septembre, dans une lettre sur papier à en-tête du *Livre d'or*, Lassailly avait écrit à Léon-Noël : « Balzac se plaint de ne pas recevoir votre journal ; quant à votre nouvelle, elle est pour vous à l'impression. Il voudrait vous voir » (aut., BNF, Mss, n. a. fr. 24275, f° 304 ; publié par Loïc Chotard, « L'Envers de l'histoire littéraire », p. 235.)

3. Il s'agit de *La Frélore, étude philosophique*, inachevé, dont le manuscrit et quatre jeux d'épreuves sont conservés (Lov., A. 86). Cette nouvelle devait paraître dans *Le Livre d'or*, keepsake hebdomadaire luxueux, sous la direction d'Albert Francey et d'André Léon-Noël — dont la sortie était annoncée dans la *BF* du 17 août 1839. Le prospectus-préface annonçait la collaboration, entre autres, de Théophile Gautier et Balzac. Seules trois livraisons entre la mi-septembre et la mi-octobre ont paru. L'accord avec Balzac avait probablement été conclu à la fin d'août, puisque le 2 septembre celui-ci remettait à l'orfèvre Le Cointe un effet de 500 F signé de Francey (Lov., A. 340, f° 286).

39-215. LA COMTESSE DE SERRE À BALZAC

Aut., Lov., A. 316, ff^{os} 150-151. — *Corr. Gar.* III, n° 1604.

1. Voir 39-202, n. 1.

39-216. UN LECTEUR DE LAMBALLE À BALZAC

Aut., Lov., A. 114, ff^{os} 118-119.

1. Cette analyse des situations financières respectives des époux Peytel occupait de longues colonnes du journal.

39-217. À JULES DE SAINT-JULLIEN

Aut., Moscou, Musée historique, coll. d'autographes du prince Alexandre Bariatinsky. — Publié en fac-similé par Andrei D. Mikhaïlov, « Trois lettres de Balzac », *Izvestia Akademii naouk SSR*, t. XXVI, 4, 1967, p. 381. — *Corr. Gar.* V, n° 2829.

1. Il s'agit d'épreuves de *Pierre Grassou* ; voir 39-234 et 39-245.

39-218. À ANDRÉ LÉON-NOËL

Aut., Lov., A. 86, f° 15. — *Corr. Gar.* III, n° 1580 (daté par erreur août ? 1839). Nous suivons ici la datation proposée par Loïc Chotard dans *AB 1988*, p. 236.

1. Ce ne fut pas Léon-Noël qui vint voir Balzac mais Félix Tournachon qui n'avait pas encore pris son pseudonyme de Nadar. Voir Loïc Chotard, « L'Envers de l'histoire littéraire », p. 236-240.

39-219. À ANTOINE POMMIER

Aut., BM de Rouen, coll. Duputel, n° 554. — *Corr. Gar. III*, n° 1581 (daté par erreur fin août 1839).

1. *Le Livre d'or* cessa de paraître avant octobre sans avoir eu le temps de publier *La Frélore*. Voir 39-214, n. 3. Un second prospectus vraisemblablement livré avec la 3ᵉ livraison annonce que « *La Frélore*, roman de M. de Balzac » paraîtra dans les prochaines livraisons.

39-220. PAZAT À BALZAC

Aut., Lov., A. 114, ff^os 116-117.

1. C'est ce que Peytel s'est, jusqu'au bout, refusé à faire ; le 17 septembre il avait écrit à son avocat, Mᵉ Margerand, s'opposant formellement à ce que son système de défense soit changé, ne voulant absolument rien dire qui puisse entacher la mémoire de sa femme.

39-221. [LESERVISSE ?] À BALZAC

Aut., Lov., A. 114, ff^os 126-127.

1. Voltaire, *Le Fanatisme, ou Mahomet le Prophète* (1742), III, VIII.

39-222. AUGUSTE PLAYS À BALZAC

Aut., Lov., A. 339, ff^os 86 et 87 v°.

1. Plays n'avait sans doute pas lu *Le Père Goriot*, dans lequel son client écrivait : « la modicité de la somme fait du chapelier un des êtres les plus intraitables parmi ceux avec lesquels [on] est forcé de parlementer » (*CH III*, p. 179).
2. Plays, comme beaucoup d'autres fournisseurs de Balzac, aura sa place — discrète — dans *La Comédie humaine* : Gaudissart confie à Popinot qu'il a « pour ami d'enfance Andoche Finot, le fils du chapelier de la rue du Coq, le vieux qui m'a lancé dans le voyage pour la Chapellerie » (*César Birotteau, CH VI*, p. 138).
3. Cette petite note ne sera jamais réglée comme le prouve le nouvel envoi de la facture de 37 F le 10 mai 1842 (Lov., A. 340, f° 564), puis le 30 janvier 1843 (*ibid.*, f° 565), et une dernière fois le 20 décembre 1850, plusieurs mois après le décès de son célèbre client (*ibid.*, f° 566).

39-223. UNE JURASSIENNE ANONYME À BALZAC

Aut., Lov., A. 114, ff^os 120-121.

1. Le péremptoire « En voilà assez Monsieur sur ce triste sujet » que Lamartine adressait à Balzac quelques jours auparavant (voir 39-200) n'encourageait sûrement pas Balzac à repartir à la charge.
2. Sur Gabriel de Montrichard, voir 39-213, n. 3.

39-224. TRAITÉ AVEC PIERRE HENRI FOULLON

Copie, Lov., A. 325, ff⁰ˢ 4-7.

1. Nous avons ici le début des relations de Balzac avec Pierre Henri Foullon, « homme d'affaires » difficile qui lui avait été recommandé par Antoine Pommier, l'agent de la Société des gens de lettres. Foullon, qui poursuivit Balzac avec acharnement, fut à l'origine de la liquidation des Jardies et de la vente judiciaire le 15 juillet 1842 (voir Jean Lagny, « Autour des Jardies », *AB 1979*, p. 79-95).

2. Sur Harel, voir le Répertoire.

3. Nous ne connaissons pas ce traité du 2 octobre, qui ne semble pas avoir été conservé. Il n'est pas mentionné dans l'appareil critique de René Guise sur *Vautrin* (*BO*, XXII-XXII).

39-225. SÉBASTIEN PEYTEL À BALZAC

Aut., Lov., A. 114, ff⁰ˢ 6-7 ; copie, Lov., A. 285, ff⁰ˢ 263-268. — Publié par P.-A. Perrod, *L'Affaire Peytel*, p. 394-398. — *Corr. Gar. III*, n° 1605. Nous indiquons en variantes les passages que la censure de la prison a biffés mais qui restent partiellement déchiffrables.

a. nepotes. / [En entrant et en sortant, M. Armand a levé son chapeau, chose que j'ai remarquée *parce que* jusqu'alors cela n'avait pas eu lieu à Bourg *[3 ? mots illisibles]* de M. Armand *parce qu'il* y a deux substituts au parquet de Bourg que la *[1 mot illisible]* de *[1 mot illisible]* a changé depuis le 1ᵉʳ 8ᵇʳᵉ. Enfin je vous rapporte ces détails *parce que* biffé] Si *aut.* ↔ *b.* savoir. [Si je ne dois cette bienveillance qu'au changement de personne dans le service du parquet, je ne veux pas laisser ignorer que j'apprécie la condescendance et sais en être reconnaissant biffé] / Votre *aut.* ↔ *c.* de jambes [que j'attribue à l'extrême humidité de la pièce où je suis. Cette humidité est si grande que les draps de mon lit sont continuellement moites, que les linges qui servent à mon service ne sèchent jamais. biffé] La *aut.*

1. Balzac, avec Gavarni, avait obtenu du préfet le droit de rendre visite à Peytel à la prison de Bourg ; ce qui se fit le 9 septembre au matin.

2. Les lettres adressées par Girardin à Peytel sont conservées aux Archives départementales de l'Ain. Quelques extraits ont été publiés par P.-A. Perrod, *L'Affaire Peytel*, p. 65-68.

3. Le vicomte de Lovenjoul (A. 285, f° 264) pensait que cette initiale désignait Victor Bohain, codirecteur à l'époque du théâtre des Nouveautés avec Adolphe Bossange et Edmond Crosnier. P.-A. Perrod (*L'Affaire Peytel*, p. 65, n. 56) proposait Bohain ou Berthet. C'est, par le contexte décrit par Peytel, cette dernière hypothèse que nous retiendrons : Jean-Philippe Mornand-Berthet, propriétaire-gérant du *Voleur*, dont Peytel était alors copropriétaire.

4. *Journal de vaccine et des maladies des enfants*, revue médicale publiée de 1830 à 1846, dont le rédacteur était le Dr Louis-Marie James.

5. Balzac, faisant allusion à cette affaire dans le manuscrit de sa *Lettre sur le procès de Peytel*, avait d'abord écrit « un de ses articles blessa vivement le directeur du Gymnase », corrigé en « le directeur d'un spectacle » ; le Gymnase était alors dirigé par Delestre-Poirson ; s'il

s'agit d'un directeur de théâtre, B... désignerait plutôt Bohain que Berthet.

6. Charles Lautour-Mézeray, ami, condisciple et associé d'Émile de Girardin dans de nombreuses opérations de presse. Voir t. I de la présente édition et le Répertoire.

7. Dans sa première lettre au *Siècle* (insérée le 29 septembre), Broussais écrivait : « J'ai pu souffrir sans réclamer que M° Margerand, avocat de l'accusé, après avoir rendu publiquement hommage à la loyauté de ma déposition (ce sont ses propres expressions) cherchât plus tard à en atténuer la force... »

8. M° Roselli-Mollet, ami et avocat de Peytel.

9. Autre avocat de Peytel.

10. *J. F.* : « Jean-Foutre ».

39-226. À HAREL

Aut., Lov., A. 287, ff⁰ˢ 160-161. — *Corr. Gar. III*, n° 1606.

1. Il s'agit de *Vautrin*, créé à la Porte Saint-Martin, le 14 mars 1840, et interdite dès le lendemain.

39-227. AU PROCUREUR DU ROI PRÈS LE TRIBUNAL CIVIL DE ROUEN

Aut., Lov., A. 288, ff⁰ˢ 147-148. — Publié par P.-A. Perrod, *AB 1963*, p. 285-286. — *Corr. Gar. III*, n° 1607.

1. Le 11 octobre 1839, le comité de la Société des gens de lettres avait autorisé Balzac et Pommier à se rendre à Rouen pour assister au procès en contrefaçon intenté au *Mémorial de Rouen* (voir 39-169, n. 5) ; nous plaçons au 11 ou 12 octobre cette lettre non datée sur l'autographe, car la réponse du substitut du procureur du Roi est en date du 14 octobre (39-237).

2. Antoine Blanche. Voir le Répertoire.

3. Jugement du 16 janvier 1839 ; voir 39-169. Sur la question du dépôt légal, voir *ibid.*, n. 11.

4. Arrêt du 1ᵉʳ mars 1834. On trouvera dans l'article de P.-A. Perrod (« Balzac "avocat" de la propriété littéraire », p. 269-296) un exposé détaillé des problèmes juridiques soulevés par Balzac.

39-228. HAREL À BALZAC

Aut., Lov., A. 314, ff⁰ˢ 181 et 182 v°; sur papier à en-tête de la direction du théâtre de la Porte Saint-Martin. — *Corr. Gar. III*, n° 1608.

1. Finalement Mlle George n'accepta pas le rôle que Balzac lui destinait ; c'est Mlle George Cadette, qui créa le rôle de Mlle de Vaudrey pour l'unique représentation de *Vautrin* ; voir 40-13, n. 1.

39-229. M° CLAUDE MARGERAND À BALZAC

Aut., Lov., A. 114, ff⁰ˢ 92 *bis* et 92 *ter* v°. — Publié par P.-A. Perrod, *L'Affaire Peytel*, p. 407. — *Corr. Gar. III*, n° 1609.

1. *Le Corsaire* avait mené une violente campagne contre Balzac et les défenseurs de Peytel. Voir P.-A. Perrod, *L'Affaire Peytel*, p. 376 et suiv.

2. En dépit d'une habile plaidoirie de Mᵉ Lanvin, la Cour de cassation avait, le 10 octobre, rejeté le pourvoi de Peytel. Mᵉ Margerand ne comptait plus désormais que sur le recours en grâce.

39-230. MARGARET PATRICKSON À BALZAC

Aut., Lov., A. 114, ffᵒˢ 128-129 (non identifié sur le cat. imprimé). — Publié par S. R. B. Smith, *Balzac et l'Angleterre*, p. 182-183. — *Corr. Gar. III*, nᵒ 1610. Écrite en français, la lettre comporte de nombreuses fautes que nous maintenons sans les indiquer ni les corriger.

1. Voir 39-198.
2. « *Trial by jury* » : procédure légale anglo-saxonne par laquelle les jurés rendent le verdict ou soumettent au juge les faits pour qu'il se prononce.
3. L'affaire Fualdès (1817-1818) avait suscité, avec l'assassinat de l'ancien procureur impérial à Rodez le 19 mars 1817, un véritable intérêt auprès de la presse, de la population, en France comme à l'étranger. Un premier procès avait eu lieu, dont le verdict rendu le 12 septembre 1817 avait prononcé quatre condamnations à mort, deux à perpétuité, une à un an de prison et une relaxe. Un second procès, en cour d'assises du Tarn, le 28 mars 1818, a confirmé la condamnation à mort de trois hommes (exécutés le 3 juin) et la commutation en peine à perpétuité de deux autres. Au cœur de tensions politiques et sociales, cette affaire fut évoquée par de nombreux auteurs, notamment Hugo au chapitre CLXIX des *Misérables* ou Balzac dans *La Muse du département*, dans *Une ténébreuse affaire* ou encore *Le Curé de village*.
4. Françoise Carrand fut très dévouée tout au long de l'emprisonnement de son frère. Elle tenta, en vain, d'obtenir une audience auprès du Roi pour obtenir un recours en grâce.

39-231. MADAME VEUVE DALIBERT À BALZAC

Aut., Lov., A. 313, ffᵒˢ 195-197.

1. Elle venait de publier un opuscule de 38 pages, intitulé *La Nouvelle Jérusalem ou le Phalanstère ; ou De l'union définitive de la religion et de la science*, Paris, à la Librairie sociale, 1839, mentionné dans *La Nouvelle Jérusalem, revue religieuse et scientifique*, t. II, 21 mars 1839-20 mars 1840, p. 312.
2. Apocalypse, XXI, 5. Anne-Marie Baron, que nous remercions, nous indique qu'il s'agit là d'une traduction de la Vulgate conforme au texte du Nouveau Testament de la *Bible de Genève* de 1669.

39-232. LOUISE DAURIAT À BALZAC

Aut., Lov., A. 114, ffᵒˢ 100-115. Nous effectuons de nombreuses coupes dans cette très longue lettre de 31 pages manuscrites et numérotées.

1. Louise Dauriat analyse dans sa lettre les arguments de Balzac, recopiant parfois de longues citations de la *Lettre sur le procès de Peytel* (voir 39-188, n. 1).
2. Voir 39-200 et 39-223.
3. Peytel avait, à Paris, le même tailleur que Balzac : Jean Buisson

(voir le Répertoire). Notons que Buisson fut le seul fournisseur à produire à la succession de Peytel.

4. *Cf.* « Tu paies ton tailleur ? tu ne seras jamais rien, pas même ministre », disait Rastignac à Raphaël de Valentin (*La Peau de chagrin* ; *CH* X, p. 192).

5. Cette envolée est bien dans le ton de Louise Dauriat, laquelle, en 1837, adresse « une audacieuse *Demande en révision du Code civil* à la Chambre des députés, puis à la Chambre des pairs — que la première comme la seconde refusent de mettre à l'ordre du jour — dans laquelle elle détaille tous les articles qui lui paraissent introduire une discrimination insupportable à l'égard des femmes, particulièrement ceux qui instituent la tutelle maritale » (cité par Gabrielle Houbre, *La Discipline de l'amour : l'éducation sentimentale des filles et des garçons à l'âge du romantisme*, Plon, 1997, p. 248).

6. C'est en effet le jeudi 10 octobre que la Cour de cassation rejeta le pourvoi de Peytel.

39-233. À GAVARNI

Copie, Lov., A. 282, f° 121. — Publié par P.-A. Perrod, *L'Affaire Peytel*, p. 410. — *Corr. Gar. III*, n° 1611.

1. Nous suivons P.-A. Perrod qui propose de placer ce billet peu après l'arrêt de la Cour de cassation du 10.

2. P.-A. Perrod suppose que cet « hercule » pouvait être Guillemot, rédacteur en chef du *Siècle*. Voir aussi 39-254.

39-233a. À GAVARNI

Aut., coll. P.-A. Lemoisne.

1. Il nous manque sans doute la réponse de Gavarni au billet précédent (39-233).

39-234. À JULES DE SAINT-JULLIEN

Aut., Lov., A. 288, ff^{os} 77 et 78 v°. — *Corr. Gar. III*, n° 1612.

1. Ces démarches concernent le procès intenté au *Mémorial de Rouen* ou des demandes de préface pour *Babel*. Villemain était, depuis le 12 mai 1839, ministre du cabinet Soult (voir 39-112, n. 1). Guizot n'occupait aucun poste ministériel.

2. L'introduction de *Babel* (5 pages) est signée : « le comité de la Société des gens de lettres ».

3. Voir 39-245.

39-235. ZULMA CARRAUD À BALZAC

Aut., Lov., A. 293, ff^{os} 319-320. — *Corr. Gar. III*, n° 1613.

1. En réalité Auguste Borget rentra en France quelques mois plus tard.

2. L'adresse se situe à Versailles. Jean-François Barthe (1814-1883) y a installé une école, qui reçoit une quarantaine d'élèves. Il sera maire de Versailles de 1861 à 1863. Voir Romain Durand, *La Politique de*

l'enseignement au XIXᵉ siècle: l'exemple de Versailles, Les Belles Lettres, 2001, p. 81.

3. En 1796, les frères Tollard avaient ouvert une grainetetie qui se développera jusqu'en 1891, date à laquelle elle fut rachetée et devint les « Graines d'élite Clause ». Nous ignorons comment ils étaient devenus les créanciers d'Auguste Borget à qui Balzac devait de l'argent depuis 1836 (voir 36-31, 36-77, 36-125, 36-154, 37-9 et 39-238).

39-236. « UN AVIDE LECTEUR » À BALZAC

Aut., Lov., A. 114, ffᵒˢ 124-125.

1. Gavarni, Joséphine d'Abrantès et Françoise Carrand, sœur de S. Peytel, tentèrent en vain de faire commuer la peine.

39-237. LE PROCUREUR DU ROI
PRÈS LE TRIBUNAL CIVIL DE ROUEN À BALZAC

Aut., Lov., A. 266, fᵒ 13. — Publié par P.-A. Perrod, *AB 1963*, p. 286-287. — *Corr. Gar. III*, nᵒ 1614.

1. Voir 39-168, n. 11.
2. Balzac et Pommier assistèrent à l'audience du 22 octobre du tribunal correctionnel de Rouen présidé par M. Verrier; après les plaidoiries de Mᵉ Daviel, avocat de la Société des gens de lettres, et de l'avocat du *Mémorial de Rouen*, Balzac prononça quelques mots (*OD III Conard*, p. 262-263). Le tribunal dans son jugement reconnut la légalité de la Société des gens de lettres et condamna le gérant du *Mémorial de Rouen* à 200 F d'amende et 500 F de dommages-intérêts. Voir la *Gazette des tribunaux*, 24 et 25 octobre 1839; et P.-A. Perrod, « Balzac "avocat" de la propriété littéraire », p. 286-293.
3. Antoine Blanche. Voir le Répertoire.

39-238. À ZULMA CARRAUD

Aut., Lov., A. 293, ffᵒˢ 118-119. — *Corr. Gar. III*, nᵒ 1649.

1. *Cf.* la lettre de Zulma Carraud du 12 octobre (39-235) qui commence ainsi : « *My dear*, vous êtes heureux ».
2. Cette idée, sérieuse ou non, correspond à un ralentissement considérable de la correspondance avec Mme Hanska; de juillet à décembre 1839, deux lettres seulement sont envoyées en Ukraine. Voir *LHB I*, p. 489-495.
3. Il songe à *La Comédie humaine*; voir 39-89.

39-239. ERNEST JAIME À BALZAC

Aut., Lov., A. 173, ffᵒˢ 83 et 84 vᵒ; sur papier à en-tête de la direction du Vaudeville. — *BO*, XXII, p. 699 (daté par erreur du 19).

1. Jaime était alors directeur du théâtre du Vaudeville. Il semble s'agir d'un projet de pièce sur *Le Mariage de mademoiselle Prudhomme*, esquissé par le fécond vaudevilliste Jean-François Bayard; le sujet de *Vautrin* et la déconfiture du Vaudeville mirent fin à ce projet. Voir *BO*, XXIII, p. 701.

39-240. MADAME DELANNOY À BALZAC

Aut., Lov., A. 313, ff^{os} 254 et 255 v°. — *Corr. Gar. III*, n° 1615.

1. Son gendre, Léon de Montheau, était veuf depuis la disparition de sa fille Camille (amie de Laure Surville), survenue le 4 avril 1837. Leur propre fille Marie, née en 1825, sera la dédicataire de *La Maison du chat-qui-pelote* (1842). Voir l'entrée Montheau dans le Répertoire du tome I de la présente édition.
2. Auguste Martin, conseiller référendaire à la Cour des comptes. Voir Madeleine Ambrière, *Balzac et « La Recherche de l'Absolu »*, PUF, 1999, p. 500-501.
3. Adolphe Thiers avait été un des chefs de la coalition contre le cabinet Molé. Il n'était pas entré dans le ministère du 12 mai 1839; il redeviendra président du Conseil le 1er mars 1840. Balzac voulait l'entretenir des problèmes concernant la Société des gens de lettres.
4. Pierre Ferrand, ancien agent de change, ami des Doumerc.

39-241. CHARLES LASSAILLY À BALZAC

Aut., Lov., A. 314, ff^{os} 312 et 313 v°. — Publié par E. Kaye, *Charles Lassailly*, p. 110-111. — *Corr. Gar. III*, n° 1616.

1. Mécontent d'Antoine Pommier et de Louis Desnoyers, bien que ce dernier lui eût ouvert les colonnes du *Feuilleton* du *Siècle*, Lassailly avait envoyé sa démission à la fois de son poste de secrétaire adjoint de la commission de publication de *Babel* et de membre de la Société (démission enregistrée dans la 47e séance du comité en date du 11 octobre), et s'était retiré en Sologne chez des amis.
2. De toutes ces collaborations sollicitées pour *Babel*, seule celle d'Alexandre Dumas fut effective; le tome III contenait *Jacques IV et Jacques V, rois d'Écosse (Fragment de l'histoire des Stuarts)*.
3. Il s'agit de *L'École des ménages* que Lassailly avait entièrement remanié. Voir la lettre de Lassailly du 24 décembre 1839 (39-301).

39-242. À LÉON CURMER

Copie, Lov., A. 269, f° 76. — *Corr. Gar. III*, n° 1617.

1. Voir 39-116 à 39-118.

39-243. À CHARLES LASSAILLY

Aut., Lov., A. 287, ff^{os} 188-189. — Publié par E. Kaye, *Charles Lassailly*, p. 111. — *Corr. Gar. III*, n° 1618.

1. Lettre portant le cachet postal de Paris, 22 octobre. Comme nous ignorons l'heure d'arrivée de Balzac à Rouen le 21, on peut dater du 20 ou du 21 très tôt. Voir 39-237, n. 2.
2. De *Pierre Grassou*; voir 39-245.
3. Voir 39-237.

39-244. À ÉMILE PÉREIRE

Photocopie de l'aut. communiquée par Th. Bodin; sur papier à en-tête du comité de la Société des gens de lettres. — Extraits publiés par Th. Bodin,

« Revue bibliophilique », *AB 1988*, p. 427 (d'après le cat. de la librairie *Les Autographes*, 23, janvier 1985, n° 110).

1. La lettre 39-260 semble être la réponse à cette demande.

39-245. À JULES DE SAINT-JULLIEN

Aut., Lov., A. 190, f° 45 v°; 3ᵉ placard donnant la fin du texte de *Pierre Grassou*. — *Corr. Gar. III*, n° 1619.

1. Cette mention permet de dater du lundi 21 octobre.

39-246. À GERVAIS CHARPENTIER

Aut., Lov., A. 286, ff⁰ˢ 123 et 124 v°; en dessous on lit: « Reçu un *Père Goriot* p[ou]r M. de Balzac / [*Signé :*] A. Barbier. » — *Corr. Gar. III*, n° 1650 (date inexacte).

1. En suivant Stéphane Vachon (« Nouvelles précisions bibliographiques sur quelques ouvrages », *AB 1991*, p. 304-307), nous datons de la mi-octobre, avant le billet 39-248.
2. Une nouvelle édition revue et corrigée de *Bathazar Claës ou la Recherche de l'Absolu* avait paru chez Charpentier, le 27 août 1839 (enregistrée à la *BF* du 7 septembre).
3. Datée de 1840, la nouvelle édition de *César Birotteau* a été enregistrée à la *BF* du 28 décembre 1839. L'*Histoire des Treize* termine en effet les quinze volumes des œuvres de Balzac publiés par Charpentier en 1838-1840. Ce titre est enregistré à la *BF* du 4 janvier 1840. Ces volumes furent plusieurs fois réimprimés; en 1842, Charpentier ajouta un nouveau titre : *Louis Lambert*, suivi de *Séraphîta*, constituant ainsi le tome XVI (enregistré à la *BF* du 4 juin 1842).
4. *Vautrin*, en préparation au théâtre de la Porte Saint-Martin, sera créé le 14 mars 1840.
5. Voir 39-248.
6. C'est-à-dire à Maria Du Fresnay à qui *Eugénie Grandet* est dédié pour la première fois dans l'édition Charpentier de 1839 (voir t. I de la présente édition, 33-179). Cet exemplaire envoyé par Balzac a été retrouvé par les héritiers de Maria, mais celle-ci, effrayée par la dédicace imprimée et peut-être par un envoi autographe qui y était joint, a coupé la page pour éviter d'être compromise; plus tard, sans doute après la mort de son mari, elle a cousu dans cet exemplaire au moyen d'un fil de couleur violette une dédicace imprimée extraite de l'édition Houssiaux (voir A. Chancerel et R. Pierrot, « La Véritable Eugénie Grandet », *RSH*, octobre-décembre 1955, p. 446-447).

39-247. À LOUIS DESNOYERS ?

Aut., coll. privée ; sur papier gris-beige (21 × 14 cm).

1. Le 12 octobre 1839, Balzac avait lu à Harel, directeur du théâtre de la Porte Saint-Martin, une première esquisse de *Vautrin*.
2. Ce texte payé 400 F par Curmer, le 25 novembre 1839 (voir 39-270), sera inséré tardivement dans *Les Français peints par eux-mêmes* (278ᵉ livraison, publiée au début de juin 1841).
3. Le 30 octobre 1839, Balzac annonçait à Mme Hanska : « Je monte le drame de *Vautrin* en 5 actes à la Porte S[ain]t-Martin »

(*LHB* I, p. 493) et le 2 novembre, il demandait à Louis Desnoyers, vice-président de la Société des gens de lettres, que le comité de la Société lui accorde un congé pour suivre les répétitions de *Vautrin* (voir 39-253).

39-248. À GERVAIS CHARPENTIER

Aut., New York, The Pierpont Morgan Library, ID 195587 (MA 4500). — *Corr. Gar.* III, n° 1620 (sur une copie fautive et sans le feuillet-adresse).

1. Le cachet postal du 26 étant un timbre à date apposé lors de la distribution, nous datons du 25 ou du 26.
2. Rappelons que le manuscrit de *La Recherche de l'Absolu* (Lov., A. 201) avait été offert à Mme Hanska, en date du 6 septembre 1834. Par manuscrit, Balzac entend sans doute un exemplaire corrigé de l'édition de 1834 ayant servi de copie pour l'édition Charpentier où paraît pour la première fois la dédicace à Mme Delannoy, datée de juin 1839 (édition enregistrée à la *BF* du 7 septembre 1839).

39-249. À ANTOINE POMMIER

Copie, Lov., A. 282, f° 143. — *Corr. Gar.* III, n° 1621.

1. Ce billet concerne très certainement le rendez-vous avec Thiers (voir 39-240) comme le suggérait le vicomte de Lovenjoul, mais il paraît difficile de le placer en décembre (Lov., A. 282, f° 143) alors que la demande de rendez-vous a été faite le vendredi 18 octobre. Un rendez-vous fixé au samedi 19 octobre n'est pas impossible ; le samedi suivant 26 octobre nous semble plus vraisemblable.

39-250. À MADAME DELANNOY

Aut., Lov., A. 286, f° 155. — *Corr. Gar.* III, n° 1622.

1. Voir 39-240, 39-246 et 39-248.

39-251. À LÉON CURMER

Aut., Lov., A. 204, f° 11. — *Corr. Gar.* III, n° 1623.

1. Voir 39-242.

39-252. À CHARLES DE BERNARD

Aut., Paris, MLM, BALZAC 5762 ; copie, Lov., A. 289, f° 178. — Publié dans le cat. de la librairie J.-A. Stargardt, Berlin, janvier 1957, n° 4, avec fac-similé des trois dernières lignes et de la signature ; R. Pierrot, *CB*, n° 14, 2011, p. 12-13. — *Corr. Gar.* III, n° 1624 (sur une copie).

1. Nous datons d'octobre à décembre 1839, par référence aux *Petites misères de la vie conjugale* publié dans *La Caricature* des dimanches 29 septembre, 6, 13 et 20 octobre, 3 et 10 novembre, 8 et 22 décembre 1839, 5 et 26 janvier, 28 juin 1840.
2. L'autographe retrouvé ne comporte qu'un seul feuillet dont le verso est vierge. L'écriture démarre tout en haut du feuillet, sans retrait et sans majuscule ; ceci nous amène à penser qu'il s'agit là de la fin d'une lettre dont le ou les autres feuillets seraient manquants.

39-253. À LOUIS DESNOYERS

Aut., Lov., A. 286, f° 177. — *Corr. Gar. III*, n° 1625.

1. Le comité de la Société des gens de lettres en sa cinquantième séance tenue le 2 novembre 1839 accorda à Balzac un congé d'un mois ; il assista toutefois à la séance du 15 novembre, mais fut absent les 22 et 25 novembre (52ᵉ et 53ᵉ séances). Il reparut à la séance du 16 décembre. À la séance du 2 novembre fut examinée la requête de Lassailly demandant que le comité revienne sur la décision prise à son égard. Voir aussi 39-241.
2. Voir 39-256.
3. Voir 39-252.
4. *Pierrette* qui paraîtra du 14 au 27 janvier 1840 et *Les Lecamus* [*Le Martyr calviniste*] dont la publication commencera après de longs retards, le 23 mars 1841.
5. *Vautrin* n'entra en répétition que beaucoup plus tard.
6. Balzac commençait sa première campagne académique. Il se retira quand il apprit la candidature de Victor Hugo. Voir 39-281 et 39-283.

39-254. À GAVARNI

Aut., coll. privée ; ancienne coll. P.-A. Lemoisne. — *Gavarni*, cat. de l'exposition, Bibliothèque nationale (21 décembre 1954-31 janvier 1955), 1954, n° 300. — Publié par P.-A. Perrod, *L'Affaire Peytel*, p. 449. — *Corr. Gar. III*, n° 1626.

1. Peytel avait été exécuté à Bourg le 28 octobre. Balzac songeait sans doute à un nouvel effort pour une réhabilitation posthume.
2. Après qu'il eut fait leur connaissance en 1831, tandis qu'il fréquentait le salon de la duchesse d'Abrantès, Gavarni devint — comme Peytel — rapidement un intime de Thome Feydeau (1780-1785–1875), de son épouse et de leurs deux jeunes fils Ernest et Alfred.
3. Sur « hercule », voir 39-233, n. 2.
4. Jean-Nicolas Barba avait déjà publié certaines œuvres de jeunesse de Balzac entre 1823 et 1825, mais il ne fut pas chargé de la publication du *Procès de S.-B. Peytel, condamné à la peine de mort, par la Cour d'assises de Bourg (Ain), le 30 août 1839, pour assassinat sur la personne de Louis Rey, son domestique, et de Thérèse Félicité Alcazar, sa femme*, paru conjointement à Lyon, chez Baron et à Paris, au 4, rue Christine (*BF* du 19 octobre 1839). L'adresse parisienne était celle du libraire-éditeur Renduel.

39-255. JOACHIM LE COINTE À BALZAC

Aut., Lov., A. 340, ff⁰ˢ 287-288.

1. Cette lettre n'a pas été retrouvée.
2. Il s'agit toujours du règlement partiel d'un effet de 1 860 F ; voir 39-125, 39-173 et 39-185.

39-256. À HIPPOLYTE SOUVERAIN

Copie communiquée par Marcel Bouteron, d'après aut., vente JLP, lot n° 155. — *Corr. Gar. III*, n° 1627.

1. Souverain n'était pas encore de retour ; voir sa lettre du 19 novembre (39-266) ; la mise en vente de *Béatrix* a eu lieu, d'après cette dernière lettre, le 25 ou le 26 novembre.

39-257. À EDMOND DUPONCHEL?

Aut., MB, inv. BAL 88-15 ; *Collection J. Gabalda*, vente à Paris, Hôtel Drouot, 7-8 avril 1976, Cl. Guérin expert, n° 20. — *Corr. Gar. III*, n° 1628.

1. L'autographe ne porte pas de nom de destinataire ; celui-ci ne nous paraît pas être un homme de loi, mais plutôt un directeur de théâtre ; l'allusion à l'Opéra peut faire penser à Duponchel (voir 39-176).
2. Sur Laurent-Jan, voir le Répertoire.

39-258. À GERVAIS CHARPENTIER À BALZAC

Aut., Lov., A. 313, f° 77. — *Corr. Gar. III*, n° 1629.

1. L'édition Charpentier de l'*Histoire des Treize* est enregistrée à la *BF* du 4 janvier 1840. Voir 38-95, n. 9 et 39-246, n. 3.

39-259. À ARMAND DUTACQ

Aut., MB., inv. 93-9 (1). — *Corr. Gar. III*, n° 1630 (sur une copie fautive et sans le feuillet-adresse).

1. Le premier volume des *Guêpes*, par Alphonse Karr, fut publié en novembre 1839. Le succès remporté par cette petite revue mensuelle entièrement rédigée par un seul auteur donna à Balzac l'idée de lancer l'année suivante sa *Revue parisienne*.
2. *La Caricature* des 3 et 10 novembre contenait des fragments des *Petites misères de la vie conjugale*. Cette allusion jointe à la demande du volume de Karr permet de dater de novembre (en décembre *Petites misères* ne parut pas deux dimanches de suite).

39-260. ÉMILE PÉREIRE À BALZAC

Aut., Lov., A. 315, ff°s 266 et 267 v° ; sur papier à en-tête de la Compagnie du chemin de fer de Paris à Saint-Cloud et Versailles. — *Corr. Gar. III*, n° 1631.

1. Il s'agit de l'acquisition du « pré Collas », terrain situé aux alentours des Jardies. Voir 39-244.

39-261. HÉLÈNE DE VALETTE À BALZAC

Au., Lov., A. 394 *bis*, ff°s 3-4. — Publié par M. Regard, *Béatrix*, Garnier, 1962, p. 400-402. — *Corr. Gar. III*, n° 1632.

1. Puisque Hélène de Valette avait trouvé fermée « l'entrée du sanctuaire », ce vol devait concerner un objet pris dans le jardin. À cette date, Hélène de Valette n'a pas encore rencontré Balzac et ne le connaît que par correspondance.
2. Voir 39-144, n. 3.
3. Probablement la lithographie de Julien publiée dans la *Galerie de la presse* ; voir 38-6, n. 3.
4. Veuve du comte de Livène, capitaine de frégate en retraite,

mort à Vannes, le 28 septembre 1858. Voir M. Regard, *Béatrix*, p. 401, n. 1.

5. La rue principale de Vannes s'appelle encore *rue du Mené*.

6. Veuve depuis 1827, Hélène de Valette n'était pas remariée, mais était intimement liée avec Hippolyte Larrey, fils du chirurgien en chef de la Grande Armée, originaire de Beaudéans, localité située en Bigorre et non en Béarn.

39-262. JOSEPH LINGAY À BALZAC

Aut., Lov., A. 314, f° 381. — *Corr. Gar. III*, n° 1633.

1. Lettre écrite un samedi 16 et envoyée comme autographe à Mme Hanska. Dans *Lettres à l'Étrangère* (t. I, p. 526), était publiée cette lettre de Lingay en appendice à une lettre de Balzac à Mme Hanska, datée du [lundi 20] janvier 1840 (*LHB I*, p. 499-501) ; bien que rien ne prouve que cet autographe ait été effectivement joint à cette lettre, nous proposons de la dater du samedi 16 novembre 1839, date possible la plus proche de l'envoi supposé.

39-263. À LÉON CURMER

Aut., Lov., A. 261, f° 5. — *Corr. Gar. III*, n° 1634.

1. Lettre postérieure à la séance du comité de la Société des gens de lettres en date du 15 novembre où fut arbitré le conflit Curmer-Borel et antérieure à la lettre de Curmer du 22 novembre 1839 (39-268).

2. Curmer et Pétrus Borel avaient soumis à l'arbitrage de la Société leur conflit concernant l'article de Borel intitulé *Le Croque-mort*, destiné aux *Français peints par eux-mêmes*. Borel avait reçu de Curmer, le 31 juillet précédent, 100 F pour cet article, mais refusait de donner le bon à tirer sous prétexte que *Le Croque-mort* était devenu plus long que prévu, et réclamait une augmentation de prix. Aucune clause de contrat ne mentionnait les dimensions des articles, le comité donna tort à Borel et lui enjoignit de donner son bon à tirer (voir Lov., A. 261, ff°s 3-4, extrait du registre des délibérations du comité de la Société des gens de lettres).

3. Curmer accepta les suggestions de Balzac, et un autre type dû à Pétrus Borel, *Le Gniaffe*, constitua la 209ᵉ livraison des *Français* (t. IV, 1841). Curmer demanda à Balzac son appui pour faire insérer *Le Croque-mort* dans un journal (39-268) ; mais ce projet ne fut pas réalisé.

39-264. LA COMTESSE O'DONNELL À BALZAC

Aut., Lov., A. 315, f° 196.

1. Lettre difficile à dater avec certitude. On peut la situer vers 1839 ou 1840. La comtesse invite Balzac au dernier moment pour le mardi de sa fête, dont la sainte patronne est célébrée le 19 novembre, qui en 1839 est un mardi (voir *Almanach royal et national* de 1839). Balzac avait pu revoir « les beaux yeux » de sa correspondante, le 12 novembre 1839, à l'occasion de la lecture par Delphine de Girardin de sa pièce *L'École des journalistes*, pièce acceptée à la Comédie-Française. Mais nous ignorons si Balzac se rendit à cette invitation.

39-265. LA COMTESSE O'DONNELL À BALZAC

Aut., Lov., A. 315, f° 198.

1. Nous plaçons ici ce petit billet d'invitation à déguster « un faisan royal », dont la chasse n'est, en principe, ouverte que d'octobre à décembre.

39-266. HIPPOLYTE SOUVERAIN À BALZAC

Aut., Lov., A. 256, ff^os 256-257. — *Corr. Gar. III*, n° 1635.

1. Voir 39-256 et 39-271.

39-267. À ÉDOUARD OURLIAC

Aut., Lov., A. 288, ff^os 17 et 18 v°. — *Corr. Gar. III*, n° 1636.

39-268. LÉON CURMER À BALZAC

Aut., Lov., A. 313, ff^os 149 et 150 v°. — *Corr. Gar. III*, n° 1637.

1. Voir 39-263 et 39-280.

39-269. LE MARQUIS DE CUSTINE À BALZAC

Aut., Lov., A. 313, ff^os 165-166 v°. — *Corr. Gar. III*, n° 1638.

1. Custine, rentré à Paris dans la première décade de novembre après son voyage en Russie (voir 39-64, n. 2), vient de lire *Un grand homme de province à Paris*. Il avait pu rencontrer Balzac le 12 novembre dans un flot d'invités à la lecture par Delphine de Girardin de *L'École des journalistes*, pièce acceptée à la Comédie-Française mais qui sera interdite par la censure. Voir A. de Luppé, « Custine, héros de Balzac », *Le Figaro littéraire*, 11 juin 1955.

39-270. À LÉON CURMER

Aut., Lov., A. 261, f° 21. — *Corr. Gar. III*, n° 1639.

1. *La Femme de province* paraîtra en tête du tome I de la série « Province » des *Français peints par eux-mêmes* (278ᵉ livraison, 1841).
2. Le texte de *La Femme de province* sera partiellement repris dans *La Muse du département*. Voir *CH IV*, p. 1356.

39-271. À HIPPOLYTE SOUVERAIN

Aut., vente Archives Souverain, n° 160 (5). — *Corr. Gar. III*, n° 1640.

1. Billet vraisemblablement postérieur de peu à celui du 19 novembre (39-266), ce qui permet de dater du dimanche 24 novembre.

39-272. VICTOR HUGO À BALZAC

Aut., Lov., A. 363, f° 28 v° ; au dos de la lettre adressée par Armand Bertin à Victor Hugo (f° 27). — Publié par R. Pierrot, *RHLF*, octobre-décembre 1953, p. 471. — *Corr. Gar. III*, n° 1641.

1. La réponse à Hugo est celle d'Armand Bertin, que Balzac avait

sollicité pour publier *Pierrette* dans *Les Débats*, tandis qu'il connaissait des difficultés avec Desnoyers : « Vendredi soir [22 novembre]. / Mon cher Victor, voici ce que mon père me charge de vous répondre. S'il ne vous écrit pas lui-même, c'est que ce soir il s'est trouvé un peu fatigué, et s'est couché aussitôt après son dîner. Toutefois, il avait eu le temps de voir mon oncle et de causer avec lui de l'importante proposition que vous avez bien voulu transmettre au bureau. / Malgré la haute estime qu'il professe pour les œuvres de M. de Balzac et le vif désir qu'il a depuis longtemps d'en enrichir les colonnes du journal, il se voit dans la triste nécessité de refuser. Croyez bien que rien ne lui est plus pénible dans les circonstances actuelles et surtout avec un avocat tel que vous, mais pour atteindre le but de M. de Balzac, il lui faudrait déroger à toutes les règles de notre administration et se jeter dans une voie toute nouvelle, ainsi qu'il vous le disait tantôt ; et il ne pense pas pouvoir le faire. Ce serait en un mot un changement radical dans les habitudes financières de notre rédaction. / Veuillez, mon cher Victor, faire agréer à M. de Balzac tous les regrets dont vous savez mieux que personne la force et la vivacité, et recevoir ici la nouvelle expression de ma vive amitié / tout à vous / Armand Bertin. »

39-273. EUGÉNIE FOA À BALZAC

Aut., Lov., A. 313, f° 429.

1. Nous ne savons rien de cette « calomnie scandaleuse » dont Balzac serait la source. La brouille sera de courte durée (voir 40-170, 40-179 et 41-113).

2. Eugénie Foa se lança dans une carrière de journaliste littéraire et de romancière pour la jeunesse. Voir le Répertoire.

39-274. PIERRE HYACINTHE AZAÏS À BALZAC

Aut., Lov., A. 312, f° 105. — *Corr. Gar.* III, n° 1642.

1. *Constitution de l'univers, ses conséquences philosophiques*, Paris, chez Desessart (enregistré à la *BF* du 30 novembre 1839).

39-275. FÉLIX DERIÈGE À BALZAC

Aut., Lov., A. 86, ff°s 18-19 ; sur papier à en-tête du *Livre d'or*, keepsake hebdomadaire. Bureaux : 17, rue des Grands-Augustins. — Publié par le vicomte de Lovenjoul, *La Femme auteur et autres fragments inédits de Balzac*, p. 179-180. — *Corr. Gar.* III, n° 1643.

1. Voir 39-170, 39-214, 39-218 et 39-219.

39-276. FÉLIX DERIÈGE À BALZAC

Aut., Lov., A. 86, ff°s 20 et 21 v°. — Publié par Lovenjoul, *La Femme auteur et autres fragments inédits de Balzac*, p. 181. — *Corr. Gar.* III, n° 1644.

1. Voir la lettre d'Alfred Francey en date du 14 décembre 1839 (39-291).

39-277. À LOUIS DESNOYERS

Aut., Lov., A. 286, f° 190. — *Corr. Gar. III*, n° 1645.

1. En suivant les hypothèses du vicomte de Lovenjoul (A. 282, ff°s 133-136), nous groupons ici une série de billets adressés à Desnoyers et Dutacq qui semblent pouvoir être datés de novembre 1839. Ils concernent tous d'obscures tractations d'argent et un conflit avec *Le Siècle* qui aboutit à la fin de novembre à un refus d'insérer *Pierrette* (voir *LHB I*, p. 494), mais finalement Desnoyers revint sur sa décision. Voir aussi 39-272, n. 1.

39-278. À LOUIS DESNOYERS

Aut., Lov., A. 286, ff°s 178 et 179 v°. — *Corr. Gar. III*, n° 1646.

1. *Pierrette* et sans doute *Les Lecamus*.

39-279. LOUIS DESNOYERS À BALZAC

Aut., Lov., A. 313, ff°s 283 et 284 v°. — *Corr. Gar. III*, n° 1647.

1. Émile Souvestre ne fut sans doute pas prêt à temps. Les feuilletons du *Siècle* de décembre 1839 sont signés Alexandre Dumas, Auguste Arnould, André Delrieu, Élie Berthet et Léon Gozlan.
2. *Pierrette*, dont la publication prochaine (ainsi que celles des *Lecamus ou Catherine de Médicis prise au piège* et des *Souffrances de l'inventeur*) était annoncée dans le numéro du 30 décembre, commença à paraître dans *Le Siècle* le 14 janvier 1840.

39-280. À LÉON CURMER

Copie communiquée par Marcel Bouteron. — *Corr. Gar. III*, n° 1651.

1. Lettre postérieure à celle du 22 novembre (39-268) et antérieure à la lettre de Borel du 10 décembre (39-288).

39-281. VICTOR HUGO À BALZAC

Aut., Lov., A. 314, f° 227. — Publié par R. Pierrot, *RHLF*, octobre-décembre 1953, p. 472. — *Corr. Gar. III*, n° 1652.

1. Probablement le 2 décembre, Balzac écrivait à Mme Hanska : « Je me suis présenté à l'Académie (trente-neuf visites à faire !) et aujourd'hui je me retire devant Victor Hugo dont je vous envoie l'autographe à ce sujet » (*LHB I*, p. 494). Ce retrait ne permit pas à Victor Hugo de succéder à Joseph-François Michaud : le 19 décembre 1839, sept tours de scrutin eurent lieu sans résultat, Berryer obtenant 10 à 12 voix et Victor Hugo 9 ou 10. L'élection fut remise et le 20 février 1840 Flourens l'emporta sur Hugo au quatrième tour.

39-282. PIERRE HENRI FOULLON À BALZAC

Copie, Lov., A. 325, f° 8.

1. Voir 39-224.

39-283. À PIERRE-ANTOINE LEBRUN

Aut., Bibliothèque Mazarine, papiers de Lebrun, carton IX, 2ᵉ liasse, pièce 7. — Publié par Bouteron, p. 229-230. — *Corr. Gar.* III, nº 1653.

1. Lebrun assurait l'intérim de Villemain, ministre de l'Instruction publique depuis le 12 mai.

39-284. ZULMA CARRAUD À BALZAC

Aut., Lov., A. 293, ffᵒˢ 321-324. — *Corr. Gar.* III, nº 1654.

1. Voir 39-235 et 39-238.
2. Yorick Carraud embrassa la carrière militaire et, capitaine au 6ᵉ bataillon de chasseurs à pied, fut tué à la bataille de Sedan (voir l'entrée Carraud dans le Répertoire).
3. Voir les propos de Balzac sur le mariage (39-238).

39-285. VAYSON FRÈRES À BALZAC

Aut., Lov., A. 340, ffᵒˢ 116 et 117 vº.

1. Voir 39-172. Balzac avait, en juin 1839, acheté et fait poser de nombreux tapis pour les Jardies ; le 26 août il avait remis à ses fournisseurs 5 billets à ordre de 250 F chacun, le premier échéant à la fin de novembre. Les frères Vayson n'auront guère plus de succès avec les billets suivants (voir 40-138 et 40-221).

39-286. ÉDOUARD OURLIAC À BALZAC

Aut., Lov., A. 315, ffᵒˢ 213 et 214 vº. — *Corr. Gar.* III, nº 1655.

1. Après avoir donné *Le Gendarme*, paru au tome II des *Français peints par eux-mêmes* (p. 49-56), Ourliac travaillait sans doute à *Suzanne*, qui paraîtra en 1840 chez Desessart (*BF* du 12 septembre 1840). Voir 40-33, n. 1.

39-287. ÉLIZABETH *** À BALZAC

Aut., Lov., A. 318, ffᵒˢ 96-97.

1. Les allusions à «Caroline une bête», des *Petites misères de la vie conjugale*, paraissant dans *La Caricature* de Dutacq depuis le 29 septembre 1839, et à *Béatrix*, mis en vente par Souverain à la fin de novembre 1839, nous incitent à placer cette lettre en 1839. On notera les allusions à de nombreuses œuvres de *La Comédie humaine*, ainsi qu'à *Wann-Chlore*, reparu en 1836 sous le titre de *Jane la pâle* (t. IX et X des *Œuvres complètes d'Horace de Saint-Aubin*).

39-288. PÉTRUS BOREL À BALZAC

Aut., Lov., A. 312, ffᵒˢ 285 et 286 vº. — *Corr. Gar.* III, nº 1656.

1. Balzac n'a pas obtenu, même gratuitement, l'insertion du *Croquemort* (voir 39-263, 39-268 et 39-280) ; le 13 décembre 1839, sur papier à en-tête du Service général des inhumations et pompes funèbres de la ville de Paris, Pétrus Borel écrivait à Curmer : «J'ai oublié hier de

vous rappeler, mon cher et féroce éditeur, que Monsieur de Balzac n'ayant point réussi dans ses négociations, je m'abandonne moi et mon article à votre bon vouloir pour sa plus grande publicité, faites tout ce qu'il vous plaira et agréera le mieux à cet égard [...] bien que *La Presse* soit, dit-elle, encombrée, alors qu'il y a bourse à délier, il se pourrait très bien que cet encombrement disparût devant un simple hommage. Le plus de cymbales possible est toujours le meilleur » (aut., Lov., A. 363, f° 30).

39-289. ARNOULD FRÉMY À BALZAC

Copie, Lov., A. 313, f° 454. — *Corr. Gar. III*, n° 1657.

1. Après la rédaction de l'acte constitutif de la Société, émanant de nombreuses réunions de janvier à avril 1838, une commission avait été chargée de recueillir et de coordonner les observations des membres. Commencés dès le 15 juin 1838, les travaux de cette commission ont abouti le 1ᵉʳ avril 1839 au vote unanime des statuts, déposés chez Mᵉ Maréchal et imprimés chez Belin et Cie (12 pages in-4°). L'article 24 évoqué par Frémy stipulait que : « La Société autorise la reproduction, moyennant rétribution des œuvres des Associés, sauf les cas prévus par l'art. 27, et seulement aux conditions suivantes [...]. » Ces conditions étaient précisées dans l'article 25 : « Les Associés s'engagent, sous peine d'un dédit de 50 à 500 F par œuvre ou fragment d'œuvre, à ne permettre la reproduction à aucune condition autre que celles stipulées au présent acte ; à ne faire aucun traité particulier relatif à la reproduction, et à en abandonner le prix entier à la caisse sociale, sauf répartition, comme il est dit aux articles 37 et 40. »

39-290. À ARNOULD FRÉMY

Aut., Lov., A. 287, ff⁰ˢ 31-32 ; sur papier à en-tête du comité de la Société des gens de lettres. — *Corr. Gar. III*, n° 1658.

1. Le 16 décembre, 54ᵉ réunion du comité, Balzac, absent des deux réunions précédentes (22 et 25 novembre ; voir 39-253, n. 1), présidait.

39-291. ALBERT FRANCEY À BALZAC

Aut., Lov., A. 86, ff⁰ˢ 22-23. — Publié par Lovenjoul, *La Femme auteur et autres fragments inédits de Balzac*, p. 182-183. — *Corr. Gar. III*, n° 1659.

1. Voir 39-275 et 39-276.
2. Nous ignorons la conclusion exacte de cette affaire ; *La Frélore* ne fut achevé ni publié du vivant de Balzac, et parut pour la première fois en 1950, à la suite de *La Femme auteur*. On peut le lire avec un meilleur texte dans *CH XII*, p. 811-825, et notes. Voir 39-178 et 39-214, n. 3.

39-292. À ARMAND DUTACQ

Aut., Bibliothèque de l'Arsenal, autographes Lacroix 1082 (2) ; ancienne coll. Paul Guilhermoz. — *Corr. Gar. III*, n° 1660.

1. Il s'agit toujours des obscures tractations financières de Balzac avec Dutacq pour le compte du *Siècle*.

39-293. ESTELLE D'AUBIGNY À BALZAC

Aut., Lov., A. 312, ff^{os} 99-100. — *Corr. Gar.* III, n° 1661.

1. *Essai sur la littérature italienne depuis la chute de l'Empire romain jusqu'à nos jours*, par Estelle F. d'Aubigny, chez Treuttel et Würtz (enregistré à la BF du 27 juillet 1839).
2. Nous n'avons pas de témoignages des éventuels rapports entre la mère de Balzac, sa grand-mère Sallambier (voir le Répertoire du tome I de la présente édition) et la famille d'Estelle d'Aubigny.

39-294. À LÉON GOZLAN

Aut., Lov., A. 287, ff^{os} 128-129. — *Corr. Gar.* III, n° 1662.

1. La 55e réunion du comité de la Société des gens de lettres eut lieu le vendredi 20 décembre 1839. L'assemblée générale statutaire de la Société des gens de lettres eut lieu le 25 décembre 1839, Balzac fut réélu membre du comité ; le 9 janvier, Victor Hugo lui succédait à la présidence.

39-295. À EUGÈNE GUINOT

Aut., Lov., A. 287, ff^{os} 133 et 134 v°. — *Corr. Gar.* III, n° 1663.

1. Cette lettre est écrite sur un papier identique, de la même plume et de la même encre que la lettre précédente conviant Gozlan à se rendre chez Gautier (39-294). Nous pensons que Balzac bat ici le rappel de la société d'assistance mutuelle du « Cheval rouge » qu'il avait récemment créée autour de lui et qui réunissait Gautier, Gozlan, Guinot, Desnoyers, Granier de Cassagnac, Karr, Altaroche et Merle. Jean-Toussaint Merle, empêché, s'excusera de ne pouvoir assister à cette réunion (39-296). Sur l'association du « Cheval rouge », voir Théophile Gautier, *Honoré de Balzac*, Poulet-Malassis et de Broise, 1859, p. 89-97 ; et Léon Gozlan, *Balzac chez lui, souvenirs des Jardies*, p. 15-32.

39-296. JEAN-TOUSSAINT MERLE À BALZAC

Aut., Lov., A. 315, ff^{os} 59 et 60 v°.

1. Jean-Toussaint Merle venait sans doute de recevoir une « convocation » identique à celles reçues par Léon Gozlan et Eugène Guinot ; voir 39-295, n. 1.
2. Merle n'avait plus rien fait représenter après 1830 ; il avait pris le *Feuilleton des théâtres* à *La Quotidienne* et se devait d'assister aux premières.

39-297. À VICTOR HUGO

Aut., aimablement communiqué par Marc Loliée (album Victor Hugo, ancienne coll. Lefèvre-Vacquerie) ; copie, Lov., A. 282, f° 139. — Publié par R. Pierrot, *RHLF*, octobre-décembre 1953, p. 473. — *Corr. Gar.* III, n° 1664.

39-298. À CHARLES LASSAILLY

Copies, Lov., A. 282, ff^{os} 150-151, et D. 725, ff^{os} 42-43 ; sur papier à en-tête du comité de la Société des gens de lettres. — Publié par E. Kaye, *Charles Lassailly*, p. 112. — *Corr. Gar. III*, n° 1665.

1. Lettre écrite à l'issue de la réunion du comité. Voir 39-241 et 39-243.
2. Voir la réponse de Lassailly (39-301).

39-299. LOUIS DESNOYERS À BALZAC

Aut., Lov., A. 313, ff⁰ˢ 291-292. — *Corr. Gar. III*, n° 1666.

1. La nouvelle de Léon Gozlan, *L'Oiseau en cage*, a été publiée dans *Le Siècle* du 23 au 28 décembre 1839 ; celle de Mme Charles Reybaud, *Madame de Rieux*, commença à paraître les 30 et 31 décembre.
2. Balzac préféra s'abstenir, ne voulant sans doute pas mutiler son œuvre.

39-300. À THÉOPHILE GAUTIER

Aut., Lov., C. 491, ff⁰ˢ 232 et 233 v°. — Publié par Lovenjoul, *Autour*, p. 64. — *Corr. Gar. III*, n° 1667.

1. *La Toison d'or*, publié dans *La Presse* du 6 au 12 août 1839, fut inséré au tome II du *Fruit défendu*, volume collectif publié chez Desessart (*BF*, 22 août 1840). Gautier avait sans doute prêté à Balzac les feuilletons du *Siècle* ou des épreuves.
2. Voir 39-294, n. 1.
3. Adresse de Victorine Lefort, l'adresse « officielle » de Gautier était au 14 de la même rue (voir 39-294, 39-295 et 39-297).

39-301. CHARLES LASSAILLY À BALZAC

Aut., Lov., A. 314, ff⁰ˢ 314-315. Autour de l'adresse, Balzac a noté un calcul sur 600 exemplaires de Merlin. — Publié par E. Kaye, *Charles Lassailly*, p. 113-114. — *Corr. Gar. III*, n° 1668.

1. Voir 39-170 et 39-178.
2. Voir 39-241 ; la veille, Lassailly écrivait à Bocage pour lui proposer de jouer à l'Ambigu-Comique « la pièce que j'avais faite autrefois avec M. de Balzac, et qui n'a pas réussi à la lecture de la Renaissance, mais que j'ai refaite entièrement depuis et qui m'appartient exclusivement ». Ces tractations n'aboutirent pas, la pièce ne fut pas jouée, le manuscrit n'en a pas été retrouvé (voir E. Kaye, *Charles Lassailly*, p. 117-118).

39-302. PAUL LACROIX À BALZAC

Aut., Lov., A. 314, f° 271. — *Corr. Gar. III*, n° 1669.

1. Lacroix avait été élu membre du comité de la Société des gens de lettres en compagnie de Victor Hugo (79 voix), Louis Viardot (75), Agénor Altaroche (67), Louis Reybaud (66), François Arago (65), Félix Pyat (62), Balzac (53), Louis Desnoyers (53), etc. Voir É. Montagne, *Histoire de la Société des gens de lettres*, p. 384-385.
2. Voir t. I de la présente édition, 30-13, n. 1 et 30-14, n. 1.
3. Dans la préface à ses *Aventures du grand Balzac, histoire comique du temps de Louis XIII* (texte daté du 15 janvier 1838, paru la même année

chez Dumont), Lacroix, qui n'avait pas aimé *Le Lys dans la vallée* et *César Birotteau*, reconnaissait beaucoup de mérites à celui qu'il jugeait être « un des principaux moralistes que la France ait jamais produits » et que celui-ci « avait créé le plus beau roman peut-être qui soit dans notre langue, *Eugénie Grandet* ».

39-303. À LOUIS DESNOYERS

Aut., Lov., A. 286, ff⁰ˢ 193 et 194 v°. — *Corr. Gar. III*, n° 1670.

1. Billet placé en décembre 1839 par le vicomte de Lovenjoul (Lov., A. 282, f° 147).

39-304. À HENRI PLON

Aut., anciennes archives de la librairie Plon. — *Corr. Gar. III*, n° 1672.

1. Il s'agit de l'un des six volumes de Balzac imprimés par Plon pour Charpentier en 1839.

39-305. À LOUIS BOULANGER

Fac-similé communiqué par Marcel Bouteron. — *Corr. Gar. III*, n° 1673.

1. L'adresse de la rue de Richelieu permet de dater de 1839 ou 1840.

39-306. À LOUIS DESNOYERS

Copie communiquée par Marcel Bouteron d'après l'aut. ; sur papier aux initiales gothiques « s b » pour « Surville Balzac ». — *Corr. Gar. III*, n° 1674.

1. L'adresse des Surville, en face du Conservatoire, c'est-à-dire 28, rue du Faubourg-Poissonnière, permet de dater avant 1841.

39-307. À ARMAND DUTACQ

Aut., MB, inv. BAL 93-9 (2). — *Corr. Gar. III*, n° 1675 (sur une copie).

1. L'allusion aux *Petites misères de la vie conjugale* dans *La Caricature*, journal dirigé par Dutacq, permet de dater entre le 29 septembre 1839 et le 8 juin 1840, dates extrêmes de cette publication.

39-308. À ALFRED NETTEMENT

Aut., coll. privée. — Fac-similé des trois dernières lignes et de la signature dans le cat. de la librairie J.-A. Stargardt, Berlin, janvier 1957, n° 4. — Publié par R. Pierrot, *AB 1991*, p. 42-43.

1. Par l'adresse donnée — celle des Surville, au 28, rue du Faubourg-Poissonnière —, on peut situer ce rendez-vous en 1839 ou au début de 1840. Les deux hommes échangent très peu de lettres à cette époque (voir 40-146 et 41-125).

39-309. AGÉNOR ALTAROCHE À BALZAC

Copie, Lov., A. 312, f° 52.

1. Depuis le 16 août 1839, Balzac était président de la Société des

gens de lettres dont Altaroche avait été élu secrétaire depuis le 3 avril. Nous plaçons ici cette lettre, en rappelant que Balzac abandonna la présidence en faveur de Hugo, le 9 janvier 1840.

2. Philipon de la Madeleine, traducteur du Tasse et de Silvio Pellico, était aussi l'auteur du *Pontificat de Grégoire VII, onzième siècle, roman épique*, Paris, Ponce Lebas, 1837, 2 vol. in-8°. Nous ne savons rien de ce projet de revue.

39-310. À ANTOINE POMMIER

Aut., BM de Versailles, dossier Balzac. — *Corr. Gar. V*, n° 2868 (non datée).

1. Lettre vraisemblablement écrite du 108, rue de Richelieu ; Balzac donne rendez-vous tout près. La salle de l'Opéra, après la destruction de l'Opéra de la place Louvois, avait été relocalisée, en 1821, rue Le Peletier. Le passage commençant au boulevard des Italiens qui faisait communiquer les rues Le Peletier et Rossini avec la galerie de l'horloge avait été créé sur la propriété du comte Molé de Vindé en 1822-1823.

2. Il est bien difficile de dater ce court billet. Nous le plaçons ici, relevant la grande similitude de style avec le rendez-vous du 26 octobre 1839 (39-249). Nous n'excluons pas, toutefois, une date plus tardive : 1840, pendant les négociations avec Foullon (voir, notamment, 40-123 et 40-124).

39-311. LE MARQUIS DE CUSTINE À BALZAC

Aut., Lov., A. 313, ff^{os} 175-176. — *Corr. Gar. III*, n° 1676.

1. Billet postérieur au retour de Custine de Russie, adressé rue de Richelieu, ce qui permet de dater de la fin de 1839 ou de 1840. Voir 39-269, n. 1.

39-312. THÉOPHILE GAUTIER À BALZAC

Aut., Lov., C. 484, f° 27. — Publié par Lovenjoul, *Autour*, p. 65. — *Corr. Gar. III*, n° 1677.

39-313. FRANCIS GIRAULT À BALZAC

Aut., Lov., A. 314, f° 113. — *Corr. Gar. III*, n° 1678.

1. Billet postérieur à la lettre du 24 août (39-174).

39-314. À ARMAND DUTACQ

Aut., MB, inv. BAL 93-9 (14). — *Corr. Gar. V*, n° 2854 (non daté, sur Lov., A. 285, f° 212, et Lov., A. 297, f° 17).

1. Éditeur de pièces de théâtre et de romans, 153, Faubourg-Poissonnière, ami de Dutacq.

2. Balzac avait acquis ces droits en 1828 ; voir t. I de la présente édition, 22-22, n. 2, et 28-11. Ce projet de réédition ne semble pas avoir abouti.

39-315. À ARMAND DUTACQ

Aut., coll. privée.

1. S'agissant de l'envoi du manuscrit pour l'une des livraisons des *Petites misères de la vie conjugale* pour *La Caricature*, ce billet est écrit entre le 29 septembre 1839 (date de la 1re livraison) et le 28 juin 1840 (date de la 11e et dernière livraison). Le « tout à vous » s'adressant à Dutacq n'apparaissant par ailleurs qu'à compter de janvier 1840, nous proposons de placer ici ce billet, avant la livraison du 8 ou du 12 décembre, du 5 ou du 26 janvier.

2. S'agit-il du *Salon de 1839*, publié au bureau du *Charivari* en 10 livraisons de 4 pages et 20 feuilles de planches, et dont le texte était signé de Laurent-Jan ?

39-316. SOPHIE SURVILLE À BALZAC

Aut., Lov., A. 378 *bis*, ff^{os} 299 et 300 v°; en haut de cette lettre, Sophie Surville a inscrit : « Lettre écrite à mon oncle Honoré il y a bien longtemps, que ma tante m'a rendue après sa mort [en] 1850. »

1. Nous proposons de dater cette lettre après le retour de George Sand et Chopin des Baléares, puis de Nohant, le 11 octobre 1839 ; ils seront à Paris pratiquement toute l'année 1840. Une datation plus tardive n'est pas à exclure : le 15 mai 1843, Balzac faisait part à Mme Hanska du talent de musicienne de sa nièce (voir *LHB I*, p. 684).

1840

40-1. À LOUIS DESNOYERS

Aut., Lov., A. 286, ff^{os} 186 et 187 v° ; sur papier au monogramme « S B » de Laure Surville. — *Corr. Gar. IV*, n° 1680.

1. Il s'agit de la composition de *Pierrette*, qui paraîtra en feuilleton dans *Le Siècle* du 14 au 27 janvier 1840. Voir 39-253, n. 4, et 39-279, n. 2, ainsi que les nombreuses lettres échangées avec Desnoyers durant la publication de *Pierrette* (voir 40-7 à 40-10, 40-12, 40-16, 40-18 à 40-20).

40-2. À ARMAND DUTACQ

Aut., MB, inv. BAL 93-9 (3). — *Corr. Gar. IV*, n° 1681 (sur une copie).

40-3. HIPPOLYTE POULLAIN À BALZAC

Aut., Lov., A. 315, f° 392. — Publié par Lovenjoul, *Une page perdue*, p. 206-207. — *Corr. Gar. IV*, n° 1682.

1. Il s'agit du chapitre Ier de la 25e *Méditation* de la *Physiologie du mariage* intitulé « Des religions et de la confession considérées dans leurs rapports avec le mariage ». Dès la première édition, ce chapitre a été représenté par une composition typographique inintelligible. Le

texte brouillé a intrigué tout de suite (voir Lovenjoul, *Une page perdue*, p. 196-207) et les amateurs de cryptogrammes ont entrepris de chercher un sens caché, en vain, car toutes les éditions publiées du vivant de Balzac offrent des suites de lettres n'ayant aucune similitude d'une édition à l'autre; il s'agit donc d'une simple plaisanterie pour esquiver un sujet dangereux.

40-4. À CHARLES DELESTRE-POIRSON

Aut., Lov., A. 286, ff^{os} 161 et 162 v°. — *Corr. Gar. IV*, n° 1683.

40-5. ANTOINE POMMIER À BALZAC

Aut., Lov., A. 266, f° 15; sur papier à en-tête de la Société des gens de lettres (M. Pommier, agent central).

1. Cette «réponse» ainsi que la demande de Balzac manquent. Balzac ne put se rendre à ce rendez-vous avec le préfet. Voir 40-6.

40-6. ANTOINE POMMIER À BALZAC

Aut., Lov., A. 266, ff^{os} 17 et 18 v°; sur papier à en-tête de la Société des gens de lettres (M. Pommier, agent central).

1. Voir 40-5 et n. 1.

40-7. LOUIS DESNOYERS À BALZAC

Aut., Lov., A. 313, ff^{os} 293 et 294 v°. — *Corr. Gar. IV*, n° 1684.

1. Voir les conventions avec *Le Siècle* qui permettent au directeur du *Feuilleton* de «censurer» les auteurs (38-107 et 39-27). Voir également la violente réaction de Balzac devant la mutilation de son œuvre (40-8).

40-8. À LOUIS DESNOYERS

Aut., Lov., A. 286, ff^{os} 191-192. — *Corr. Gar. IV*, n° 1685.

40-9. LOUIS DESNOYERS À BALZAC

Aut., Lov., A. 313, ff^{os} 295-296 *bis*. — *Corr. Gar. IV*, n° 1686.

1. Metteur en page du *Siècle*.
2. Eugène Guinot tenait le *Feuilleton théâtral* au *Siècle*.
3. *Pierrette* paraîtra, sans interruption, du 14 au 27 janvier. Élie Berthet attendra le 30 janvier pour voir sa nouvelle, *La Convulsionnaire*, publiée par *Le Siècle*. Charles de Bernard suivra, à partir du 6 février, avec *La Peau du lion*.

40-10. LOUIS DESNOYERS À BALZAC

Aut., Lov., A. 313, ff^{os} 297-298. — *Corr. Gar. IV*, n° 1687.

1. Lettre de très peu postérieure à la précédente et antérieure à la lettre 40-12 datée «dimanche» par Desnoyers, c'est-à-dire le 19 janvier.

2. Ainsi, au début de 1840, Desnoyers n'avait pas encore compris le grand parti que la presse quotidienne allait tirer de longs romans-feuilletons tenant les lecteurs en haleine, en particulier aux périodes de réabonnement ; il préférait les nouvelles publiées en un petit nombre de numéros.

40-11. À GEORGE SAND

Aut., Lov., A. 311, ff^{os} 23-24. — Publié par A. Sand, *Les Nouvelles littéraires*, 9 août 1930 ; *Mon cher George*, p. 133. — *Corr. Gar. IV*, n° 1688.

1. La mise en vente de *Béatrix* par Souverain avait eu lieu le 25 ou 26 novembre 1839 (voir 39-256, n. 1 et la Chronologie) ; l'ouvrage est enregistré à la *BF* du 11 janvier 1840.
2. Le 23 avril 1843, Balzac avouait à Mme Hanska : « Je n'ai jamais *portraité* qui que ce soit que j'eusse connu, excepté Planche dans Claude Vignon, de son consentement, et G. Sand dans Camille Maupin, également de son consentement » (*LHB I*, p. 668). On voit qu'en dépit de ces « consentements », Balzac croit devoir prendre quelques précautions pour prévenir d'éventuelles réactions de la romancière à propos de la mise en scène de ses relations avec le critique de la *Revue des Deux Mondes*. Voir la préface de M. Regard à son édition de *Béatrix* (Garnier, 1962, en particulier p. XXIV et suiv.).
3. Il était pourtant resté du 24 février au 2 mars 1838 à Nohant bien près de huit jours pendant lesquels il avait beaucoup écouté. En fait, comme l'a montré Mme Marix-Spire (« Histoire d'une amitié : Fr. Liszt et H. de Balzac », *Revue des études hongroises*, janvier-février 1934), cette lettre était destinée à être montrée à Marie d'Agoult pour permettre à George Sand de nier certaines indiscrétions. Voir la demande de George Sand à ce sujet (39-145).
4. Ces commentaires envoyés quelques jours plus tard à Mme Hanska confirment l'hypothèse de la note précédente : « oui Mlle des T[ouches] est G. Sand, oui Béatrix est trop bien Mme d'Agoult. Georges [*sic*] en est au comble de la joie ; elle prend là une petite vengeance sur son amie ; sauf quelques variantes, *l'histoire est vraie* » (*LHB I*, p. 502, février 1840).
5. Comme le soulignait Mme Marix-Spire (« Fr. Liszt et H. de Balzac », p. 42), Balzac prétend donc n'avoir encore jamais vu Marie d'Agoult ; pourtant, le 28 juin 1835, annonçant à Mme Hanska la fuite en Suisse de Liszt et de Marie d'Agoult, il la décrivait ainsi : « une Tourangelle, pâle, jaunasse, cheveux traînants, maigre, assez désagréable à voir » (*LHB I*, p. 258). Était-ce simplement un portrait fait par ouï-dire ?
6. Il voulait sans doute lui parler des *Mémoires de deux jeunes mariées* ; voir 40-24.

40-12. LOUIS DESNOYERS À BALZAC

Aut., Lov., A. 313, ff^{os} 303-304. — *Corr. Gar. IV*, n° 1689.

1. Balzac n'a pas modifié son texte dans le *Feuilleton* du *Siècle* du 20 janvier. Voir 40-16.
2. Cette phrase a en effet été omise dans le *Feuilleton* du *Siècle* du 21 janvier ; Balzac l'a rétablie ensuite. Voir *Pierrette* ; *CH IV*, p. 92.

3. Dans *Le Siècle* du 21 janvier, « les deux libéraux » sont devenus « les deux amis » ; « les deux libéraux » réapparaissent dans les éditions (voir *CH IV*, p. 93).

4. On lit un texte ainsi modifié dans *Le Siècle* du 21 janvier : « la lutte publique eut une célébrité parlementaire » ; Balzac a ensuite rétabli le texte primitif (voir *CH IV*, p. 96).

40-13. À HAREL

Aut., Lov., A. 287, ff^{os} 162-163. — *Corr. Gar. IV*, n° 1690.

1. Nous ignorons quel était ce « trésor » découvert par Balzac ; il peut s'agir de Bathilde Figeac (1823-1883) qui créa le rôle d'Inès de Christoval dans *Vautrin* aux côtés de Sophie Hallignier (épouse de Frédérick Lemaître) qui, après de longues années d'absence, fit sa rentrée en jouant la duchesse de Montsorel, et de Mlle George Cadette, qui tenait le rôle de Mlle de Vaudrey. On notera toutefois que Mlle Figeac avait déjà joué en octobre 1839 à la Renaissance.

2. Pierre Marie Nicolas Michelot (1786-1856), comédien classique qui avait pris en 1831 sa retraite de sociétaire de la Comédie-Française et enseignait l'art dramatique au Conservatoire depuis 1835.

40-14. HAREL À BALZAC

Aut., Lov., A. 314, ff^{os} 183 et 184 v°.

1. La lettre précédente (40-13) et celle-ci se sont croisées.

2. La première version de *Vautrin* avait été déposée à la commission de censure le jeudi 16 janvier. Le 23, trois jours après cet échange de lettres, la commission refusa de donner l'autorisation nécessaire. Le procès-verbal des censeurs, après un bref résumé de la pièce, concluait : « Cet ouvrage nous a paru donner lieu à plusieurs observations que nous croyons devoir soumettre à la haute appréciation de M. le Ministre. La première et la plus importante est celle qui résulte du personnage de Vautrin, emprunté à un roman de M. de Balzac qui est également l'auteur de ce drame. Vautrin, voleur philosophe et railleur [...] enrichit son fils d'adoption, par le vol, prétend lui donner un nom par le faux et garantir ses jours par l'assassinat. [...] Une semblable donnée subversive de toute idée sociale et morale nous semble inadmissible. D'autres points de cet ouvrage ont également éveillé nos scrupules... Le personnage d'un ministre de la police coupable d'avoir abandonné son fils que recueille un malfaiteur, celui d'un agent de police sorti du bagne et décoré de plusieurs ordres que Vautrin lui arrache aggravent encore les inconvénients que nous venons de signaler. En conséquence, nous pensons que, dans son état présent, il y aurait danger à laisser représenter cet ouvrage dont nous ne pouvons proposer l'autorisation » (éd. René Guise, *BO*, XXIII, p. 609-610).

40-15. MALET FAURE À BALZAC

Aut., Lov., A. 339, ff^{os} 88 et 89 v°.

1. Sur ce négociant en vins, voir 39-139, n. 4 et 40-29.

40-16. LOUIS DESNOYERS À BALZAC

Aut., Lov., A. 313, ff⁰ˢ 276 et 277 v⁰. — *Corr. Gar. IV*, n⁰ 1691.

1. Voir 40-12, n. 1.
2. Michel Auguste Chambolle (1802-1883), ancien rédacteur en chef du *Siècle*, était depuis 1838 député de la Vendée. Hyacinthe Camille Odilon Barrot (1791-1873) avait, entre autres choses, participé à la chute du ministère Molé (voir 39-240, n. 3).
3. Voir 40-12, n. 2-4.
4. Balzac a sensiblement modifié son texte dans *Le Siècle*; le feuilleton du mardi 21 était accompagné d'une note : « Pour l'auteur comme pour nous, nous dirons que la collaboration de M. de Balzac au *Siècle* est purement littéraire. Les tendances politiques ou sociales qu'il pouvait manifester, soit dans cette première œuvre, soit dans celles qui suivront, n'impliqueraient aucune espèce de solidarité avec les doctrines que le journal a pour mission de soutenir. Nous parlons ici de simples tendances et non pas d'opinions proprement dites. La politique ayant sa tribune officielle dans *Le Siècle*, le feuilleton doit s'abstenir. C'est un territoire neutre où sans doute les opinions contraires, quand elles sont positivement prêchées, ne sauraient être admises, mais d'où, sous peine d'annihiler l'individualité de chaque écrivain et d'imposer à son talent des entraves parfaitement inutiles, ses sympathies, quelles qu'elles soient, ne sauraient être proscrites quand elles sont formulées à l'état purement littéraires. »
5. Sur Martinel, voir 40-9, n. 1.

40-17. GEORGE SAND À BALZAC

Aut., coll. Chapon. — Publié par R. Pierrot, « Sur les relations de George Sand et de Balzac », *RSH*, XCVI, octobre-décembre 1959, p. 445 ; *Corr. Sand*, IV, n⁰ 1997 ; *Mon cher George*, p. 134. — *Corr. Gar. IV*, n⁰ 1691 *bis*.

1. Ce billet est probablement la réponse à la demande de rendez-vous contenue dans la lettre 40-11.

40-18. LOUIS DESNOYERS À BALZAC

Aut., Lov., A. 313, ff⁰ˢ 289 et 290 v⁰. — *Corr. Gar. IV*, n⁰ 1692.

1. Le feuilleton du mercredi 22 janvier s'achevait sur ces mots : « ce dernier coup atterra Pierrette qui se coucha dans ses larmes en demandant à Dieu de la retirer de ce monde ». La fin du chapitre VI, intitulé « La Tyrannie domestique », occupait un peu moins de dix colonnes dans le numéro du 23 janvier. Le chapitre VII commença à paraître le 24 janvier.

40-19. LOUIS DESNOYERS À BALZAC

Aut., Lov., A. 313, ff⁰ˢ 280-281. — *Corr. Gar. IV*, n⁰ 1693.

1. Dans le feuilleton publié dans *Le Siècle* du 23 janvier, les coupures suggérées par Desnoyers ont été faites en grande partie. Le colonel Gouraud (placard 61, Lov., A. 192, f⁰ 267), « capitaine de la garde impériale », ne prononce plus la phrase incriminée par Des-

noyers : « j'en ai fait litière [...] » mais dit plus simplement : « la jeunesse et la beauté, c'est diablement commun et sot !... ne m'en parlez plus » (corrections maintenues ensuite ; voir *Pierrette* ; *CH IV*, p. 116).

2. Le « jeune freluquet » envoyé par Vinet « tourne autour de ma femme » et non plus « autour de la robe de ma femme » (correction également maintenue ; voir *ibid.*, p. 117).

3. *Le Siècle* imprime « nous serons de l'opposition si elle triomphe » (correction maintenue ; voir *ibid.*, p. 119).

4. Sur les épreuves, Vinet portait « un gilet de soie à la Roberspierre [*sic*] » ; ces trois derniers mots ont disparu dans *Le Siècle* et les éditions suivantes (voir *ibid.*, p. 120) ; mais il reste « agréable dans le genre de Roberspierre » (*ibid.*).

5. Balzac remplaça dans *Le Siècle* « par une finesse à la Walpole », mais le nom de Benjamin Constant fut ensuite rétabli (*ibid.*).

6. Balzac refusa cette correction ; ce texte figure dans *Le Siècle* et dans les éditions suivantes (*ibid.*).

40-20. LOUIS DESNOYERS À BALZAC

Aut., Lov., A. 313, ff^os 278-279. — *Corr. Gar. IV*, n° 1694.

1. « Les ministériels et les libéraux » ont disparu du *Siècle* du dimanche 26 janvier 1840 et n'ont pas été rétablis ensuite (*CH IV*, p. 143). Cf. 40-12, n. 3.

2. *Le Siècle* a imprimé « où s'élaboraient des plans contre la monarchie » (correction maintenue ; voir *CH IV*, p. 143).

3. Le mot « libéral » a disparu du *Siècle* (correction maintenue ; voir *ibid.*, p. 146).

4. « Le médecin des libéraux » devient « M. Néraud son antagoniste » (correction maintenue ; voir *ibid.*, p. 147).

5. Balzac a modifié son texte pour indiquer qu'il était inutile de donner cette consultation (correction maintenue ; voir *ibid.*). Voir 40-181.

6. « Le parti libéral » est devenu définitivement « son parti » (*CH IV*, p. 149).

7. Balzac modifie pour *Le Siècle* « le parti libéral » en « son parti », mais rétablit ensuite la première version (voir *ibid.*, p. 150).

8. « Les ambages d'un atroce avocat » deviennent « les ambages de Vinet » pour le feuilleton, puis « les ambages d'un odieux avocat » (voir *ibid.*, p. 153).

9. Le premier titre a été rétabli pour *Le Siècle* du 27 janvier 1840 et l'édition Souverain.

10. « Avocat » a été supprimé (voir *CH IV*, p. 161).

11. La suppression a été faite et maintenue (voir *ibid.*, p. 160).

12. « Provins le nomme toujours député » est devenu « maintenant son influence est telle qu'il sera toujours nommé député » (voir *ibid.*, p. 161).

13. La phrase a été remplacée par « et il n'a pas moins de succès à Paris » dans *Le Siècle*, puis ensuite par « et il n'a pas moins de succès à Paris et à la Chambre » (voir *ibid.*).

14. Balzac écrit « un département voisin de Paris » (*ibid.*).

15. C'est-à-dire le vendredi 24 janvier ; la lettre est donc un peu antérieure au 24.

40-21. ALEXANDRE VÉDEL À BALZAC

Aut., Lov., A. 316, f° 232 ; sur papier à en-tête du Théâtre-Français. — *Corr. Gar. IV*, n° 1695.

1. Cette lettre de Balzac n'a pas été retrouvée.
2. Il s'agit de tractations avec la Comédie-Française dont le détail nous échappe. Voir *LHB I*, p. 481, 13 mars 1839.

40-22. SAUSSE-VILLIERS À BALZAC

Aut., Lov., A. 316, ff°s 122 et 123 v° ; sur papier avec monogramme à froid « C A » surmonté d'une couronne comtale.

1. Aucun roman sous la signature de Sausse-Villiers n'est déposé à la BNF. Le premier ouvrage qu'il semble avoir publié a pour titre : *Études historiques sur Dante Alighieri et son époque* (1 vol. in-8°, Avignon, Fischer aîné, 1850). Dans le portrait que fait Fernand Laguarrigue de Sausse-Villiers, il n'est jamais fait mention d'un roman, bien que toutes les expériences littéraires de l'homme soient énumérées. Voir F. Laguarrigue, *Les Méridionaux. Galerie de contemporains*, Paris, F. Sartorius, 1860, p. 163-180.

40-23. ERNEST MEISSONIER À BALZAC

Aut., Lov., A. 315, f° 48. — Publié par Lovenjoul, *Autour*, p. 205-207 ; *LHB I*, p. 512, n. 6. En l'envoyant comme autographe à Mme Hanska, Balzac a noté en haut du texte : « Meissonier [sic], celui qui recommence l'École flamande et hollandaise l'auteur du fumeur, du liseur, de la partie d'échecs ». — *Corr. Gar. IV*, n° 1696.

1. Comme le montre la lettre 40-25, Balzac fut exact au rendez-vous et Meissonier commença son portrait ; pour des raisons inconnues, celui-ci ne fut pas achevé, Meissonier réutilisa la toile où il avait ébauché le portrait de Balzac pour son tableau, *L'Homme choisissant une épée* (exposé au Salon de 1852) ; une radiographie a permis de retrouver sur la toile alors conservée au musée du Louvre (inv. RF. 1848) l'esquisse du portrait de Balzac (voir *Honoré de Balzac*, cat. de l'exposition, Bibliothèque nationale, n° 539). Ce tableau a été ensuite déposé par le Louvre au château de Compiègne en 1953. Voir également *Balzac et la peinture*, cat. de l'exposition, musée des Beaux-Arts de Tours, n° 41, p. 264-265 (avec reproduction en couleurs).

40-24. GEORGE SAND À BALZAC

Aut., Lov., A. 311, ff°s 54 et 55 v°. — Publié par A. Sand, *Les Nouvelles littéraires*, 16 août 1930 ; *Corr. Sand*, IV, n° 1998 ; *Mon cher George*, p. 135. — *Corr. Gar. IV*, n° 1697.

1. Le vicomte de Lovenjoul interprétant un cachet postal où le millésime est en partie effacé datait cette lettre du 27 janvier 1842 ; un examen attentif a permis de lire 1840. La dédicace des *Mémoires de deux jeunes mariées* à George Sand est datée de juin 1840 et, dès le 20 janvier 1842, Balzac envoyait un exemplaire de l'édition à George Sand (Lov., B. 988-989).

40-25. ERNEST MEISSONIER À BALZAC

Copie communiquée par Marcel Bouteron. — *Corr. Gar. IV*, n° 1697 *bis*.

1. Il ne restait que 17 jours pour la remise des œuvres destinées au Salon qui ouvrait le 5 mars.

40-26. À MADAME DELANNOY

Aut, MB, inv. BAL 91-10. — *Corr. Gar. IV*, n° 1699 (sur une copie).

1. Le premier manuscrit de *Vautrin* avait été soumis à la commission de censure le 16 janvier et refusé le 23 janvier (voir 40-14, n. 2); Balzac remania alors sa pièce en changeant complètement son dénouement et remit le nouveau manuscrit le 22 février. Ignorant quel manuscrit Balzac avait communiqué à sa vieille amie et pour quelles raisons il l'avait fait, nous datons sous toutes réserves de janvier ou février 1840.

40-27. LAURENT-JAN À BALZAC

Aut., Lov., A. 314, ff^os 330 et 331 v°. — *Corr. Gar. IV*, n° 1877.

1. Billet énigmatique, probablement antérieur à l'abandon par Balzac de son domicile de la rue Richelieu. Le ton cérémonieux employé par Laurent-Jan, bien différent de celui utilisé dans les lettres suivantes (voir notamment la lettre 40-169 de juin 1840), nous incite à suivre prudemment J. Savant qui proposait de le redater de janvier 1840, sans preuve décisive toutefois.

40-28. À ÉDOUARD OURLIAC

Aut., aimablement communiqué par J.-P. Cézanne; cat. *Les Autographes*, 106, septembre 2003, n° 13. — *Corr. Gar. IV*, n° 1700.

1. Ignorant s'il s'agit d'une lecture de la première ou de la deuxième version de *Vautrin*, nous datons avec réserves de janvier ou février 1840. La pièce sera créée le 14 mars suivant, au théâtre de la Porte Saint-Martin.

40-29. PAUL ROBIN À BALZAC

Aut., Lov., A. 339, ff^os 90 et 91 v°.

1. Alphonse Robin, viticulteur à Tain-l'Hermitage (Drôme). Voir 39-139, n. 4, et 40-15.

2. Ce négociant en vins avait la clientèle de Balzac depuis de nombreuses années, nous avons pu retrouver au fonds Lovenjoul deux achats effectués chez lui : A. 336, f° 122, un billet de Balzac à l'ordre de Robin (Paul?) : 600 francs, daté du 9 décembre 1834, à échéance le 15 avril 1835 : « vins et pour solde jusqu'à ce jour »; et A. 331, f° 119 *bis* : « Reçu de M. de Balzac la somme de trois cent cinquante francs, montant du prix de deux pièces de vin d'Hermitage; Paris ce premier février mil huit cent trente-trois [*signé :*] Robin ».

40-30. À EMMANUEL GONZALÈS

Aut., Saché, musée Balzac, fonds J.-J. Samueli, 368 ; lettre circulaire d'un feuillet in-8° sur papier à en-tête du comité de la Société des gens de lettres ; seule la signature est autographe, le feuillet-adresse manque. Cette lettre, signalée par Thierry Bodin (« Revue bibliophilique », *AB 1976*, p. 321), faisait partie d'un lot de papiers provenant de Desnoyers et Gonzalès. — Publié par R. Pierrot, *AB 1991*, p. 41.

1. Le 9 janvier 1840, le comité de la Société des gens de lettres avait procédé à l'élection d'un nouveau président ; Victor Hugo, ayant obtenu 16 voix sur 19 votants, avait été élu président à la suite de Balzac. Ce dernier et Louis Desnoyers ayant obtenu chacun 12 voix avaient été nommés vice-présidents. Voir É. Montagne, *Histoire de la Société des gens de lettres*, p. 414.

40-31. À MARIE AYCARD

Aut., Moscou, Bibliothèque nationale de Russie, coll. Herzen ; lettre dictée sur papier à en-tête du comité de la Société des gens de lettres ; seule la signature est de la main de Balzac. — Publié par A. D Mikhailov, « Trois lettres de Balzac », *Izvestia Akademii naouk SSR*, t. XXVI, 4, 1967, p. 382 (avec fac-similé). — *Corr. Gar. V*, n° 2830.

40-32. À ÉMILE DE LA BÉDOLLIÈRE

Cat. de la librairie Lemasle, 226, n° 496 ; *Exposition Balzac*, librairie Pierre Berès, n° 176. Ces deux catalogues signalent la lettre sans donner d'extraits du texte. — *Corr. Gar. IV*, n° 1701.

40-33. À ÉDOUARD OURLIAC

Aut., Lov., A. 288, ff^os 19 et 20 v°. — *Corr. Gar. IV*, n° 1702.

1. Il s'agit sans doute de *Suzanne*, suivi de *La Confession de Nazarille* (2 vol. in-8°, Desessart, 1840). Balzac annonce de façon élogieuse *La Confession de Nazarille* dans le numéro 2 de la *Revue parisienne* et cite longuement *Suzanne* dans le numéro 3 (*OD III Conard*, p. 315 et 318-324).

40-34. PAUL BOUTET À BALZAC

Aut., Lov., A. 312, ff^os 349 et 350 v°. — Publié par Lovenjoul, « Correspondance inédite de H. de Balzac », *Revue bleue*, 28 novembre 1903, p. 673. — *Corr. Gar. IV*, n° 1703.

1. Après Émile Chevalet, après Ferdinand de Grammont et bien d'autres, Paul Boutet offrait à Balzac de lui servir de secrétaire. Voir la réponse négative (40-37).

40-35. MADAME D'AVOT À BALZAC

Aut., Lov., A. 318, ff^os 55-56 ; sur papier avec monogramme « M D » en lettres dorées. — *CaB 5*, n° 9.

1. Le catalogue de la BNF ne relève, au nom d'Avot, que quelques ouvrages publiés entre 1819 et 1823.

2. Hippolyte Souverain, aux bons soins duquel cette lettre est adressée.

40-36. À LA MARQUISE DE CASTRIES ?

Photocopie de l'aut. communiquée par Th. Bodin, d'après le cat. de la vente à Marburg, J.-A. Stargardt, 6 juin 1978, et d'après le cat. de la vente à Marburg, J.-A. Stargardt, 4 octobre 1989. Au bas du feuillet, ajoutée au crayon, on lit la date : « 10. II. 1840 ».

1. Cet ami « essentiellement royaliste » pourrait être Charles de Bernard dont le roman *Les Ailes d'Icare* venait d'être publié par Gosselin en février 1840 (2 vol. in-8°).

2. La signature « h. de Bc » est rare et réservée à des intimes comme Dablin (36-70), Régnault (36-80) ou Charles de Bernard (39-90) ; on la trouve sur quatre lettres adressées à Mme de Castries (38-12, 38-69, 39-48, et, t. III de la présente édition, lettre de janvier 1847), c'est pourquoi nous proposons cette dernière comme destinataire la plus probable de ces lignes, en remarquant qu'elles ont figuré sur des catalogues allemands, et peuvent avoir été disjointes du recueil Aldenburg vendu à Vienne en 1907 avant son achat par Simon Kra.

40-37. À PAUL BOUTET

Copie., Lov., A. 312, f° 351. — Publié par Lovenjoul, *Revue bleue*, 28 novembre 1903, p. 673-674. — *Corr. Gar. IV*, n° 1704.

1. Voir 40-34.

40-38. PAUL ROBIN À BALZAC

Aut., Lov., A. 339, ff^os 92 et 93 v°.

1. Voir 40-29.

40-39. ALEXANDRE DUJARIER À BALZAC

Aut., Lov., A. 313, ff^os 345 et 346 v°. — Publié par Lovenjoul, *Genèse*, p. 172-173. — *Corr. Gar. IV*, n° 1705.

1. Dujarier avait pris le 1er janvier 1840 les fonctions d'administrateur de *La Presse*, il va désormais servir à la place d'Émile de Girardin d'intermédiaire entre ce journal et son peu commode feuilletoniste.

2. Voir dans une lettre de Dujarier en date du 4 août 1840 (40-204) le rappel des conventions conclues en 1839 entre Balzac et *La Presse*. Voir également 40-145.

3. Aucun feuilleton de Balzac ne fut publié dans *La Presse* en 1840.

40-40 HAREL À BALZAC

Aut., Lov., A. 314, ff^os 185 et 186 v° ; sur papier à en-tête de la direction du théâtre de la Porte Saint-Martin.

40-41. À MADAME DELANNOY

Aut., BM d'Avignon, Autographes Esprit Requien, première série, n° 490. —

Publié par Charles Monnier, « Quelques autographes extraits de la collection Requien », *Nouvelle revue rétrospective*, février 1892 ; J. Richer, *OB*, XIII, p. 1004 (daté du 3 mars). — *Corr. Gar. IV*, n° 1712 (daté du 3 mars).

1. D'après J. Richer (*OB*, XIII, p. 1004), cette lettre était datée du 3 mars, par référence à la répétition du jeudi [5 mars], hypothèse possible. Nous suivons toutefois René Guise (*BO*, XXIII, p. 609-610) qui préfère redater du mardi 25 février.

40-42. À HAREL

Aut., Lov., A. 287, f° 166. — Publié par J. Richer, *OB*, XIII, p. 1005. — *Corr. Gar. IV*, n° 1713 (daté du 4 mars).

1. En suivant la chronologie établie par René Guise (*BO*, XXIII, p. 609-610), nous redatons du 26 février. Cette lettre semble répondre à celle datée par Harel du « 25 f » (40-40).
2. Après avoir reçu cette lettre, Harel l'envoya à Frédérick Lemaître, utilisant le second feuillet, laissé blanc par Balzac, pour ajouter ce commentaire : « Sauf quelques gâchis d'entrées et de sorties que la mise en scène rectifiera, sauf aussi quelques mots plus chauffés, plus arrondis, l'acte que j'ai lu très attentivement, me paraît bien, très bien. Si vous êtes de mon avis, renvoyez-le-moi ce soir, afin que je le fasse copier, et tirer les rôles. Soyez certain que les changements à faire seront suffisamment amenés aux répétitions. Toutes les péripéties sont bonnes, naturelles et vives. Raoul dit maintenant ce qu'il doit dire. La fin est bien, sauf, je le répète quelques mots. Mais comme il faut aller vite, je vais faire copier, afin de poser l'acte dès demain. Les répétitions en feront un acte excellent. [*P. S.*] J'enverrai chez vous à 8 heures ; laissez le manuscrit, si vous sortez » (aut., Lov., A. 287, f° 167 ; *OB*, XIII, p. 1005).

40-43. HIPPOLYTE SOUVERAIN À BALZAC

Aut., Lov., A. 256, ff°ˢ 244-245. — *Corr. Gar. IV*, n° 1706.

1. Voir la lettre suivante (40-44).
2. Voir 37-126, 37-131 et 38-31. Souverain n'était pas au bout de ses peines et le 25 août (voir 40-217 et notes) il réclamait encore des épreuves de cet ouvrage enregistré à la *BF* du 26 septembre 1840.
3. L'édition Souverain de *Dom Gigadas* porte : « Corbeil, impr. Crété ». Est-ce Louis Crété qui, de Corbeil, passait tous les jours réclamer la copie ?

40-44. À HIPPOLYTE SOUVERAIN

Aut., MB, inv. BAL 91-24 ; vente Archives Souverain, n° 178 ; ancienne coll. Georges Dubois ; trois pages in-8° et note de Souverain jointe. — *Corr. Gar. IV*, n° 1707.

1. Voir les traités 38-125, 38-126 et 39-77.
2. Ce délai ne fut pas respecté : *Le Curé de village* parut en mars 1841 et les *Mémoires de deux jeunes mariées* fut achevé d'imprimer en janvier 1842.
3. Souverain réfléchit longuement avant d'accepter le 20 avril (40-

111) ce nouvel arrangement, en dépit d'un rappel de Balzac en date du 8 mars (40-61).

4. Voir 40-111.

40-45. SANSON DE PONGERVILLE À BALZAC

Aut., Lov., A. 315, f° 352. — *Corr. Gar. IV*, n° 2068, p. 474 (publié en note).

1. Cette lettre, la première d'une série de 4 lettres (voir t. III de la présente édition et le Répertoire), est datée simplement « 27 février » ; Pongerville y répond à une lettre de Balzac, qui n'a pas été retrouvée, dans laquelle ce dernier promettait de quitter ses « champs », expression qu'il ne pouvait utiliser que pour son domicile des Jardies. Nous datons en conséquence de l'année 1840, pensant que Balzac avait commencé de se rapprocher de Pongerville — qui, à l'occasion de sa candidature à l'Académie, lui avait promis sa voix (voir *ibid.*, les lettres du 23 et 27 décembre 1843).

40-46. HAREL À BALZAC

Aut., Lov., A. 314, f° 192. — Publié par J. Richer, *OB*, XIII, p. 1003-1004. — *Corr. Gar. IV*, n° 1708.

1. Cette précision permet de dater du samedi 29 février cette lettre antérieure à celle du 2 mars (40-52). Le 22 février, Balzac avait soumis à la censure la deuxième version de *Vautrin* qui contenait au cinquième acte un dénouement marqué par l'intervention du commissaire. En dépit de ces modifications, les censeurs, reprenant pour l'essentiel les arguments du procès-verbal du 23 janvier (voir 40-14, n. 2), avaient conclu le 27 février : « En résumé, nous pensons que cet ouvrage offre pour la morale et l'ordre social des dangers qui ne permettent pas d'en proposer l'autorisation » (*BO*, XXV, p. 610-611). Voir également la lettre d'Harel du 7 mars (40-60).

40-47. À GAVARNI

Aut., ancienne coll. P.-A. Lemoisne. — *Corr. Gar. IV*, n° 1709.

1. Le 11 février précédent, Joseph Coster écrivait au peintre Blanchard : « M. de Balzac auteur d'un drame à la Porte St-Martin a besoin d'avoir le costume d'un officier général mexicain. Certes personne ne peut mieux que vous donner à M. de Balzac les informations qu'il désire. Procurez-les-lui donc, vous m'obligerez beaucoup. Cela presse » (aut., Lov., A. 363, ff^os 36-37). Il est probable que cette démarche n'aboutit pas, car Harel écrivait à Gavarni (sans doute le 29 février) : « je vous serai bien obligé de me faire un croquis représentant un général mexicain (1818 sous la Restauration). [...] C'est pour la pièce de votre ami Balzac » (aut., ancienne coll. P.-A. Lemoisne).

2. Ce costume était destiné à Frédérick Lemaître, Vautrin portant cet uniforme à la scène II de l'acte IV. Le billet de Balzac à Gavarni étant certainement d'une date très proche de celui d'Harel, nous le datons vers le 29 février.

40-48. À ÉMILE PÉREIRE

Aut. communiqué par Thierry Bodin.

1. Sur ce « pré » situé près des Jardies, voir 39-244.
2. Louis Brouette.
3. Lettre écrite au début de 1840, avant la première représentation de *Vautrin* (14 mars 1840) ; faute de mieux nous la datons fin de février ou début de mars 1840.

40-49. LE BARON ÉTIENNE DE LAMOTHE-LANGON À BALZAC

Aut., Lov., A. 314, ff^{os} 287 et 288 v°.

1. Voir 36-99.

40-50. GUSTAVE DE LA RIFAUDIÈRE À BALZAC

Aut., Lov., A. 314, ff^{os} 299 et 300 v°.

1. Balzac avait fait sa connaissance en 1831 (voir t. I de la présente édition, 31-82 et n. 2). La Rifaudière lui demande des places pour *Vautrin*.

40-51. À THÉODORE DABLIN

Copie communiquée par Marcel Bouteron. — Publié par J. Richer, *OB*, XIII, p. 1004. — *Corr. Gar. IV*, n° 1710.

1. Léon Gozlan (*Balzac en pantoufles*, p. 60 et suiv.) a conté comment Balzac, espérant une spéculation lucrative sur les billets, s'était chargé de leur vente d'un commun accord avec Harel (voir aussi 40-60) ; la représentation ayant tardé, beaucoup de billets furent revendus et Balzac se trouva devant une salle bien moins favorable que prévu.

40-52. HAREL À BALZAC

Aut., Lov., A. 314, f° 191. — Publié par J. Richer, *OB*, XIII, p. 1004. — *Corr. Gar. IV*, n° 1711.

1. Harel avait Jean-Charles comme prénom officiel, mais il signait parfois « Félix » ou « F.-A. » pour Félix-Antoine.

40-53. LÉONIE LESCOURT À BALZAC

Aut., Lov., A. 318, ff^{os} 57 et 58 v°. — *CaB 5*, n° 11.

1. Neuf chapitres, en 14 feuilletons, venaient de paraître dans *Le Siècle*, du 14 au 27 janvier.

40-54. GINÉVRA DE M *** À BALZAC

Aut., Lov., A. 318, ff^{os} 61-62. — *CaB 5*, n° 10.

1. Nous ne savons si Balzac se rendit au bal de l'Opéra du Mardi gras 3 mars 1840, mais Ginévra obtint son « court moment d'entretien » (voir 40-69).

40-55. LOUIS DESNOYERS À BALZAC

Aut., Lov., A. 313, ff⁰ˢ 299 et 300 v°. — *Corr. Gar. IV*, n° 1714.

1. L'affaire a dû être remise à huitaine, car on lit dans la *Gazette des tribunaux* du dimanche 15 mars 1840 cette chronique, datée de Paris, 14 mars : « M. Louis Desnoyers, l'un des rédacteurs du *Siècle*, considérant comme injurieux pour son honneur et comme diffamatoires quelques passages d'une petite brochure publiée par M. Alphonse Peyrat, sous le titre de *Personnalités*, l'a fait assigner devant la police correctionnelle, ainsi que M. Desrez, imprimeur de l'ouvrage, et M. Geoffroy, syndic de la faillite Desrez. » Alphonse Peyrat a publié sous le titre de *Personnalités*, pamphlet mensuel, cinq numéros datés de janvier à juin 1840. Ce pamphlet était dirigé avant tout contre les journalistes et les journaux. Dans le numéro de février, Desnoyers, « soi-disant Derville », était accusé d'être « tombé dans un état incurable de crétinisme depuis qu'il s'est fait l'associé de M. Dutacq ».

40-56. À LOUIS DESNOYERS

Aut., Philadelphie, Historical Society of Pennsylvania, coll. Simon Gratz. — Publié par David Owen Evans, « An Unpublished Letter of Balzac », *Modern Languages Notes*, XLIV, janvier 1929, p. 9. — *Corr. Gar. IV*, n° 1715.

1. Balzac assista probablement à l'audience et témoigna en faveur de Desnoyers, car, après sa condamnation, Peyrat écrivait dans la livraison d'avril de *Personnalités*, à propos du témoignage de Balzac : « Depuis que M. de Balzac a essayé de réhabiliter Peytel et Vautrin, le bagne et l'échafaud…, ce bon public, le peuple souverain, comme vous dites, s'est habitué à le regarder comme le défenseur des moralités contestables. »

2. Balzac fait ici allusion à ce qu'écrivait Peyrat dans la livraison de février : « En digne élève de M. Dutacq, M. Desnoyers achète ces malheureux au rabais et les revend à des prix fous. Il vous paie votre article quinze francs et le cote cinquante. »

40-57. HIPPOLYTE LUCHAIRE À BALZAC

Aut., Lov., A. 314, ff⁰ˢ 395 et 396 v°. — *Corr. Gar. IV*, n° 1716.

1. Voir t. I de la présente édition, 33-17. Fait marquant dans les esprits du temps, cette année-là, le choléra fit plus de 15 000 victimes à Paris.

2. *Vautrin* devait se jouer huit jours plus tard.

40-58. MADAME DELANNOY À BALZAC

Aut., Lov., A. 313, ff⁰ˢ 256 et 257 v°. — *Corr. Gar. IV*, 1717.

1. Léon de Montheau, le gendre de Mme Delannoy. Voir 39-240, n. 1.

2. C'est la veille, 6 mars, que François Cavé (1794-1852), chef de la division des Beaux-Arts, avait renvoyé le manuscrit de *Vautrin* avec la mention suivante : « approuvé par le ministre de l'Intérieur pour le théâtre de la Porte Saint-Martin, le 6 mars 1840, pour le

ministre et par autorisation. Le Maître des requêtes, directeur des Beaux-Arts et des théâtres. [*Signé :*] Cavé » (Lov., A. 238). Ainsi Cavé passait outre à l'avis défavorable émis par les censeurs le 27 février (voir 40-46, n. 1). Des amis d'Harel et de Balzac étaient sans doute intervenus pour obtenir l'autorisation (voir les hypothèses de J. Richer, *OB*, XIII, p. 1003). Charles de Rémusat, ministre de l'Intérieur en charge depuis le 1er mars, revient sur l'interdiction de *Vautrin* dans *Mémoires de ma vie* : « Il n'y avait pas deux jours que j'étais ministre que Cavé me vint dire qu'on voulait jouer au théâtre de la Porte Saint-Martin une pièce de Balzac (*Vautrin*) et que la censure n'y pouvait consentir. [...] Deux jours après, on jouait la pièce, elle fit scandale. Cavé [...] s'excusa en disant que l'auteur avait fait les coupures demandées et qu'il n'avait pas cru devoir maintenir l'interdiction. Je défendis la pièce, et cette décision ministérielle qui coupait court à des complaisances de la censure antérieure apparemment à mon administration eut le plus grand succès dans les chambres et dans les salons. Harel, le directeur très intrigant du théâtre Saint-Martin, réclama et me dit qu'il allait fermer. Victor Hugo, avec qui j'étais au mieux, m'amena Balzac qui resta dans un silence très fier, laissant son interlocuteur m'adresser une remontrance solennelle en faveur de la liberté de l'art. [...] Balzac fut outré, il refusa une indemnité que je lui fis offrir, et fonda un recueil, la *Revue parisienne* où il m'attaqua [...] » (BNF, Mss, n. a. fr. 14437, ff^os 82-84 ; passage omis dans Charles de Rémusat, *Mémoires de ma vie*, éd. Ch.-H. Pouthas, Plon, 1958, t. III, p. 347).

40-59. ALBERT GRZYMALA À BALZAC

Aut., Lov., A. 314, ff^os 154 et 155 v°. — *Corr. Gar. IV*, n° 1718.

1. Le *Journal* de Delacroix pour l'année 1840 est perdu ; dans sa *Correspondance* le grand peintre ne parle pas de *Vautrin*. Voir l'invitation datée de mars 1842 de Balzac à Delacroix pour *Les Ressources de Quinola*, représenté pour la première fois le 19 mars 1842 au Théâtre-Français (voir t. III de la présente édition).

2. Très probablement le 7 mars, une semaine avant la première de *Vautrin*.

40-60. HAREL À BALZAC

Aut., Lov., A. 314, ff^os 193-194 v°. — Publié par J. Richer, *OB*, XIII, p. 1006-1007. — *Corr. Gar. IV*, n° 1719.

a. 6 *corrigé en surcharge en* 7 *aut.*

1. Victor Hugo, après l'interdiction de *Vautrin*, viendra voir Balzac malade et l'accompagnera dans ses démarches. Voir 40-58, n. 2 et 40-92.

2. Voir 40-51, n. 1.

3. Voir 40-58, n. 2.

4. C'est-à-dire sans doute voir le dernier texte servant aux répétitions.

40-61. À HIPPOLYTE SOUVERAIN

Aut., MB, inv. BAL 93-34 ; vente JLP, lot n° 155 ; *Bibliothèque du colonel Daniel*

Sickles, vente à Paris, Hôtel Drouot, 18-19 novembre 1993 (15ᵉ partie), J. Vidal-Mégret et Th. Bodin experts, n° 6120. — *Corr. Gar. IV*, n° 1720 (sur une copie).

1. Voir 40-44.
2. *Pierrette* avait paru en feuilleton dans *Le Siècle* du 14 au 27 janvier 1840 (9 chapitres en 14 feuilletons). Sa publication en volume n'eut pas lieu avant août ou septembre (*BF* du 5 décembre 1840).
3. Le 27 février, une annonce ainsi conçue avait été publiée dans *Le Siècle* : « *La Princesse parisienne*, nouveau roman de M. de Balzac, faisant partie du *Foyer de l'Opéra*, par MM. de Balzac, Gozlan, Souvestre, etc. 2 vol. in-8° paraît aujourd'hui chez Hippolyte Souverain éditeur » (enregistré à la *BF* du 4 avril). Il s'agit de la reproduction du texte paru en août 1839 en feuilleton dans *La Presse*.
4. Balzac, comme on l'a déjà indiqué, attendit la réponse de Souverain jusqu'au 20 avril, ce qui reporta la date limite des livraisons au 15 juin (voir 40-111).

40-62. LE DOCTEUR DAVID FERDINAND KOREFF À BALZAC

Aut., Lov., A. 314, ff⁰ˢ 260-261.

1. Il s'agit ici d'une pièce de Balzac. On peut écarter, semble-t-il, *Les Ressources de Quinola*, pièce créée le samedi 19 mars 1842. En tenant compte des multiples reports de la création de *Vautrin* qui finalement a eu lieu le samedi 14 mars 1840, on peut dater, sans certitude absolue, cette lettre écrite un « dimanche » du 8 mars 1840.
2. Le jeudi 28 novembre 1839, Marie d'Agoult écrivait à Franz Liszt : « Koreff m'a demandé de me présenter sa femme ! J'ai répondu froidement que Oui » (Marie de Flavigny, comtesse d'Agoult, *Correspondance générale*, éd. Charles F. Dupêchez, H. Champion, 2005, t. III, p. 73). Si cette entrevue a eu lieu, les termes de cette lettre incitent à penser que les deux femmes ne se sont pas entendues. Voir aussi les index de *LHB II*.
3. Nous ignorons également le détail de ces démarches.

40-63. CHARLES DE BERNARD À BALZAC

Aut., Lov., A. 312, ff⁰ˢ 202 et 203 v°. — *Corr. Gar. IV*, n° 1721.

1. Charles de Bernard a daté simplement « Dimanche soir » ; il nous paraît peu probable qu'il ait ignoré l'interdiction de *Vautrin*, en date du dimanche 15 ; nous datons du dimanche 8, Balzac ayant peut-être invité son ami à assister non pas à la première, mais à une répétition.
2. *La Chasse aux amants*, par Charles de Bernard, roman publié par le *Journal des débats* à intervalles irréguliers (11, 12, 14, 18, 20, 25 et 29 février, 6, 13, 15 et 22 mars 1840).

40-64. HENRY LOUIS DELLOYE À BALZAC

Aut., Lov., A. 269, ff⁰ˢ 9 et 10 v°. — *Corr. Gar. IV*, n° 1722.

1. Voir 36-174.
2. Voir 40-73 et 40-91.

40-65. À PIERRE HENRI FOULLON

Aut., sur papier à en-tête de la Direction du théâtre de la Porte Saint-Martin ; aimable communication de René Vigneron en 1983 ; cat. de la librairie *Les Argonautes*, n° 10 [mars 1983]. — Publié par R. Pierrot, *AB 1991*, p. 41-42.

1. Balzac avait cédé ses droits sur les représentations de *Vautrin* à Foullon, un de ses créanciers — qui le poursuivra avec acharnement et qui sera à l'origine de la saisie des Jardies (voir 40-96, 40-123, 40-124, 40-129) — et ami d'Antoine Pommier, l'agent de la Société des gens de lettres. Voir la lettre 40-66.

40-66. À ANTOINE POMMIER

Copie, Lov., A. 282, f° 166 (aut. sur papier à en-tête de la Direction du théâtre de la Porte Saint-Martin). — *Corr. Gar. IV*, n° 1723.

1. Balzac avait cédé ses droits sur les représentations de *Vautrin* à cet ami de l'agent de la Société des gens de lettres.

40-67. ADÈLE RÉGNAULD DE PRÉBOIS À BALZAC

Aut., Lov., A. 316, f° 15.

1. *Une femme charmante*, comédie en 1 acte, mêlée de chant, imitée de *Die Braut aus der Residenz* (« La Fiancée de la capitale ») de la princesse Amélie de Saxe, par Mme Adèle Régnauld et M. Laurencin, fut jouée au Gymnase dramatique en avril 1840.

40-68. À CHARLES DE BERNARD ?

Copie, Lov., A. 283, f° 281, d'une main qui n'est pas celle de Lovenjoul ; ce dernier a ajouté au crayon : « À F. Lemaître (?) ». La localisation de l'aut. n'a pas été indiquée par le copiste.

1. Balzac attendait la visite de Charles de Bernard pour l'une des répétitions de *Vautrin* (voir 40-63, n. 1). La « compagne » de Charles de Bernard (voir 39-90, n. 2, 39-252 et, t. III de la présente édition, la lettre du 6 mars 1843) était Anne Clémentine Simonin qu'il épousera le 20 février 1845.

40-69. GINÉVRA DE M *** À BALZAC

Aut., Lov., A. 318, ff°ˢ 63-64. — *CaB 5*, n° 12.

1. L'Almanach de 1840 indique au 4, Butte Mont-Parnasse : « Dufrénois, *médecin, et m. de santé* ».

40-70. À ANTONY-SAMUEL ADAM-SALOMON

Aut., ancienne coll. Georges Alphandéry (texte établi sur l'aut. par Pierre Citron). L'aut. ne porte pas de suscription. Une note au crayon indique : « À Adam-Salomon ». — Publié par R. Pierrot, *AB 1972*, p. 356-357.

1. Antony-Samuel Adam-Salomon, né en 1818, était au début de sa carrière artistique. Son médaillon représentant Béranger, réalisé au début de 1840, reproduit en de nombreux exemplaires et popularisé par la lithographie le lança. Il est probable qu'il envoya son Béranger

à Balzac, au début de la diffusion de cette œuvre, comme il l'avait fait pour Rachel, qui le remercia par une lettre datée du 11 mai 1840.

40-71. DELPHINE DE GIRARDIN À BALZAC

Aut., BI, fonds Madeleine et Francis Ambrière, ms. 7912.

1. Il s'agit de Fidèle Henriette Joséphine de Vintimille du Luc qui avait épousé, en 1811, le général Alexandre de Girardin (1776-1855), père d'Émile de Girardin (1806-1891), enfant d'abord non reconnu.

40-72. ZULMA CARRAUD À BALZAC

Aut., Lov., A. 293, ff⁰ˢ 325-326. — *Corr. Gar. IV*, n° 1724.

1. Laure Surville habitait encore à cette époque au 28, rue du Faubourg-Poissonnière.
2. Dans le train de Paris à Versailles.
3. Balzac ne quittant guère son pied-à-terre de la rue Richelieu n'a probablement pas reçu cette lettre avant la première de *Vautrin*.

40-73. HENRY LOUIS DELLOYE À BALZAC

Aut., Lov., A. 269, ff⁰ˢ 11 et 12 v°. — *Corr. Gar. IV*, n° 1725.

1. Voir 40-64.

40-74. ÉDOUARD D'ANGLEMONT À BALZAC

Aut., Lov., A. 312, f° 70 ; sur papier à en-tête de *L'Avant-Scène*. — *Corr. Gar. IV*, n° 1726.

1. Dans son numéro 50 du 22 mars 1840, *L'Avant-Scène* a publié un éreintement, non signé, de *Vautrin* : « les *Six degrés du crime* sont vaincus ! jamais, peut-être, il n'a été représenté une pièce aussi nulle comme drame, aussi ignoble comme détails, aussi commune comme style » ; l'auteur, après avoir loué le jeu de Frédérick Lemaître et déclaré la pièce bien inférieure à *L'Auberge des Adrets* et à *Robert Macaire*, pense néanmoins que « *Vautrin* aurait obtenu la vogue de ces deux pièces si le ministre de l'Intérieur n'eût pas cru devoir arrêter les représentations d'un ouvrage déplorable sans doute, mais tout à fait curieux et qui nous est apparu comme un rêve informe, comme un cauchemar du Dante ou de Shakespeare ».

40-75. CAROLINE MARBOUTY À BALZAC

Aut., Lov., A. 391, ff⁰ˢ 117 et 118 v°. — Publié par Lovenjoul, *Autour*, p. 175-176. — *Corr. Gar. IV*, n° 1727.

40-76. GASPARD DE PONS À BALZAC

Aut., Lov., A. 315, ff⁰ˢ 365-366. — *Corr. Gar. IV*, n° 1728.

1. *Hernani* avait été créé à la Comédie-Française le 25 février 1830 ; la première de *Cosima ou la Haine dans l'amour*, de George Sand, sera jouée quelques semaines après *Vautrin*, le 29 avril 1840 au Théâtre-Français (voir 40-109, n. 1).

2. *Camariste* : « Femme de chambre d'une personne d'un certain rang social » (*TLF*).
3. Voir en date du 1ᵉʳ avril les impressions de Gaspard de Pons sur *Vautrin* (40-107).
4. Joséphine Junot d'Abrantès (voir t. III de la présente édition, le Répertoire).

40-77. ALEXANDRE FURCY-GUESDON À BALZAC

Aut., Lov., A. 313, ff⁰ˢ 460-461. — *Corr. Gar. IV*, n° 1729.

1. Nous joignons aux précédentes demandes de place ce billet non daté.

40-78. À LÉON GOZLAN

Aut., Lov., A. 287, ff⁰ˢ 126-127. — *Corr. Gar. IV*, n° 1730.

40-79. ALPHONSE DE LAMARTINE À BALZAC

Aut., Lov., A. 314, f⁰ 283 ; aut. numéroté 9 de la collection donnée par Balzac à Stuber, secrétaire du prince Koslowski en 1842. — *Corr. Gar. IV*, n° 1731.

1. Trinidad Huerta (1803-1874), célèbre guitariste.

40-80. À HECTOR BERLIOZ

Aut., MB, inv. BAL 491 ; sur papier à en-tête du comité de la Société des gens de lettres. — Publié avec fac-similé par R. Pierrot, *CB*, n° 43, 1991, p. 18-22.

1. Cornélie Falcon (1814-1897), soprano à la voix très étendue, l'avait perdue en 1837 ; elle essayait un retour en mars 1840. Elle avait plusieurs fois chanté en concert des mélodies de Berlioz qui la cite dans ses articles et dans ses lettres. Balzac, qui l'avait souvent entendue à l'Opéra, la met en scène dans *Béatrix* (voir *CH II*, p. 825).
2. *Vautrin* ayant été interdit le 15 mars, Berlioz ne put assister à la pièce, qu'il ne cite pas dans sa correspondance.

40-81. À ALPHONSE DE LAMARTINE

Aut., New York, The Pierpont Morgan Library, ID 195590 (MA 4500). — Fac-similé publié dans *Les Lettres françaises*, 12 mai 1949. — *Corr. Gar. IV*, n° 1732.

1. Voir 40-79.
2. Un pastiche de cette lettre (aimablement communiqué par Yves Gagneux) se trouve inséré dans la rubrique intitulée *Grelots de Paris* (signée « Caliban ») qui clôt *La Caricature* du 5 avril 1840, n° 14, p. 4 : « La veille du jour où *Vautrin* devait faire sa première et dernière apparition sur la scène de la Porte Saint-Martin, M. de Balzac reçut une lettre de M. de Lamartine, qui le priait de venir passer la soirée chez lui, le lendemain samedi. Surpris, à juste titre, de cette invitation qui témoignait, de la part de son auteur, une ignorance profonde des choses littéraires, M. de Balzac écrivit les lignes suivantes à l'auteur de *Jocelyn* : "Monsieur, Je conçois parfaitement que chez vous l'homme politique absorbe l'homme littéraire à ce point que vous ignorez ce

qui se passe dans un petit théâtre du boulevard. J'aurai donc l'honneur de vous apprendre que je fais jouer demain un drame en cinq actes à la Porte Saint-Martin. Si, comme je l'espère, je tombe de bonne heure, je m'empresserai d'aller demander à votre amitié des consolations de circonstances. H. de Balzac." »

40-82. CHARLES CABANELLAS À BALZAC

Aut., Lov., A. 313, f° 4. — *Corr. Gar. IV*, n° 1733.

1. Voir t. I de la présente édition, 34-36.

40-83. GINÉVRA DE M *** À BALZAC

Aut., Lov., A. 318, f° 59. — *CaB 5*, n° 13.

1. La scriptrice avait demandé deux billets pour *Vautrin* ; voir 40-69.

40-84. LE MARQUIS DE CUSTINE À BALZAC

Aut., Lov., A. 313, ff°s 167-168. — *Corr. Gar. IV*, n° 1734.

1. Lettre écrite après l'unique représentation de *Vautrin*, avant que Custine connaisse l'interdiction de la pièce. En remerciement, Balzac lui offrit un exemplaire de *Vautrin* portant cet envoi autographe : « Reconnaissance du secours que M. le marquis de Custine a prêté à l'auteur durant la seule et unique représentation de *Vautrin* / l'auteur / de Balzac » (cité par Lovenjoul, *HOB*, p. 429).
2. Le marquis de Custine était juré à un procès jugé à Versailles.
3. Voir ce qu'écrit Balzac à Mme Hanska le 3 juillet 1840 : « [M. de Custine] a été superbe à la représentation de *Vautrin*, il avait une loge d'avant-scène, et il a applaudi à tout rompre ; il s'est conduit supérieurement bien » (*LHB I*, p. 515).

40-85. UN DÉFENSEUR DE « VAUTRIN » À BALZAC

Aut., Lov., A. 318, f° 101.

40-86. THÉOPHILE GAUTIER À BALZAC

Aut., Saint-Pétersbourg, Bibliothèque nationale de Russie, fonds 991, n° 458. — Publié par Serge Zenkine, « Correspondance inédite de Lamartine aux archives russes », *Bulletin de la Société Théophile Gautier*, 28, 2006, p. 373-374.

1. Cette lettre a été publiée récemment, datée « Peu avant le 18 mai 1840 » ; elle nous semble en effet postérieure à l'interdiction de *Vautrin*, le 15 mars 1840, mais antérieure à l'article de Gautier dans *La Presse* du 18 mars, où il défendait la pièce en des termes proches de ces lignes : « L'on a été, selon nous, injustes envers cette pièce ; les mots, les traits y fourmillent. Le troisième et le quatrième actes sont étincelants de plaisanteries drolatiques, de paradoxes ébouriffants ; il se rencontre çà et là des plaques de dialogues dignes de Beaumarchais pour la finesse, la vivacité et le mordant ; — il y a là de l'esprit à saupoudrer vingt vaudevilles et autant de mélodrames. »

40-87. LOUIS DESNOYERS À BALZAC

Aut., Lov., A. 313, ff^(bis) 301 et 302 v°. — *Corr. Gar. IV*, n° 1736.

1. On lit dans le *Feuilleton* du *Siècle* du 17 mars, feuilleton dont Desnoyers est le directeur littéraire : « Le sort des auteurs et celui des théâtres ne peuvent, sans iniquité révoltante, être à la merci du dernier ministre venu (et Dieu sait s'il en vient!) et de la sottise de ses agents. Puisque censure il y a, que la censure rejette sur manuscrit une œuvre qui lui est soumise ; si cela est anti-libéral, du moins cela est régulier ; l'auteur et le théâtre sont avertis à temps ; mais qu'après la représentation d'un ouvrage, et lorsque les auteurs et les théâtres ont fait, sur la foi de la censure, tous les sacrifices de temps et d'argent nécessaires pour le monter, on vienne le supprimer par ce motif qu'il offre des dangers dont la censure n'avait pas soupçonné l'existence d'abord, ce n'est plus là une suppression, c'est une véritable expropriation. Or, aux termes de la loi, toute expropriation pour cause d'utilité publique doit être accompagnée d'une indemnité. »

40-88. AU DIRECTEUR DU JOURNAL « LA PRESSE »

Publié dans *La Presse*, 18 mars 1840 ; reproduit dans *Le Moniteur des théâtres*, 21 mars 1840. — Publié par J. Richer, *OB*, XIII, p. 1008-1009. — *Corr. Gar. IV*, n° 1735.

1. Le toupet « dynastique et pyramidal » dont Frédérick Lemaître était affublé au début du IVe acte de *Vautrin*, qui faisait ressembler Vautrin au roi Louis-Philippe, provoqua l'interdiction de la pièce. *Cf.* la lettre à Mme Hanska du 26 ? mars 1840 : « Vautrin a eu le malheur d'être défendu par Louis-Philippe, qui y a vu une caricature de sa personne au quatrième acte, où Frédérick Lemaître faisait le personnage d'un envoyé du Mexique » (*LHB I*, p. 507-508). On a beaucoup discuté pour savoir qui avait eu l'idée du toupet : voir D. Z. Milatchitch, *Le Théâtre de Honoré de Balzac*, Hachette, 1930, p. 88 ; J. Richer, *OB*, XIII, p. 1007-1008 ; R. Guise, *BO*, XXII, p. 622-623.
2. On lit dans *Le Moniteur parisien* du 16 mars : « Le drame intitulé *Vautrin*, représenté hier au théâtre de la Porte Saint-Martin, a produit un effet fâcheux. L'immoralité du sujet, que des suppressions importantes avaient atténuée, a été aggravée par l'acteur principal. M. le ministre de l'Intérieur a prononcé l'interdiction de cet ouvrage. »
3. Sur les rapports Balzac-Lemaître, voir Christine Bouillon-Mateos, « Balzac et Frédérick Lemaître. Histoire d'une collaboration malheureuse », *AB 2001*, p. 69-80.
4. La première édition de *Vautrin*, mise en vente le 23 mars (1 vol. in-8°, chez Delloye, enregistrée à la *BF* du 28 mars), contenait en guise de préface cet avis : « M. de Balzac retenu au lit par une indisposition très grave, n'a pu écrire la préface qui devait accompagner sa pièce de *Vautrin*, dont les représentations ont été arrêtées par l'autorité. Cette préface paraîtra dès que la santé de l'auteur lui permettra de la composer. » L'auteur indiquait ensuite qu'en échange de cet avis les acheteurs obtiendraient le texte de la préface. Celle-ci, datée du 1er mai 1840, a paru dans la « troisième édition revue et corrigée » (*BF* du 4 avril, en fait la 4e en comptant l'édition parue dans la

collection du *Magasin théâtral* chez Marchant). Balzac y renonçait à toute polémique et annonçait la prochaine représentation de *Richard-Cœur-d'Éponge* (voir *OB*, XV, p. 393-395).

40-89. HAREL À BALZAC

Aut., Lov., A. 314, ff^ps 187-188 v°. — Publié par J. Richer, *OB*, XIII, p. 1010. — *Corr. Gar. IV*, n° 1737.

1. Thiers était devenu président du Conseil le 1er mars.
2. Le 27 mars, Harel écrivait confidentiellement à Rémusat, ministre de l'Intérieur : « L'interdiction de *Vautrin* m'a ruiné. Je viens de déposer mon bilan. Dans cette grave circonstance, votre équité est mon refuge. J'ai la confiance que vous ne prendrez aucune mesure qui ne vous soit inspirée par l'approbation de mes souffrances et de mes intérêts. Je ne fais et ne ferai entendre aucune plainte ; c'est à vous, à vous seul que je m'adresse » (éd. J. Richer, *OB*, XIII, p. 1013-1014). Harel n'obtint aucun secours, son privilège fut annulé le 19 octobre 1840. Voir la lettre d'Henri Heine à George Sand du mardi 17 mars 1840 : « Les infortunes de Balzac me font beaucoup de chagrin. La pièce est mauvaise mais elle vaut bien tant d'autres qui ont eu du succès sous le lustre et dans les journaux, ces échos de la claque. C'est une mauvaise pièce, mais c'est toujours l'œuvre d'un esprit distingué, d'un artiste créateur. J'ai lu les feuilletons et j'en suis indigné. On dirait des eunuques qui bafouent un homme parce qu'il a fait un enfant qui est bossu » (aut., Lov., E. 934, f° 123 v° ; *Corr. Sand*, IV, p. 81).

40-90. HAREL À BALZAC

Aut., Lov., A. 314, ff^ps 189-190 v°. — Publié par J. Richer, *OB*, XIII, p. 1010-1011. — *Corr. Gar. IV*, n° 1738.

1. Balzac malade s'était réfugié chez les Surville, 28, rue du Faubourg-Poissonnière. Voir 40-92.
2. Voir 40-92, 40-93 et 40-96.
3. Louis Perrot, chef du bureau des théâtres au ministère de l'Intérieur.
4. Voir 40-92.

40-91. HENRY LOUIS DELLOYE À BALZAC

Aut., Lov., A. 269, ff^ps 13 et 14 v°. — *Corr. Gar. IV*, n° 1739.

40-92. À VICTOR HUGO

Aut. (de la main d'Eugène Surville, sauf la signature), aimablement communiqué par René Vigneron ; copies, Lov., A. 282, ff^ps 168-169 et A. 287, ff^ps 183-184. — Publié par J. Richer, *OB*, XIII, p. 1011-1012 ; R. Pierrot, « Balzac et Hugo d'après leur correspondance », *RHLF*, octobre-décembre 1953, p. 473-474. — *Corr. Gar. IV*, n° 1740.

1. Voir 40-60.
2. Sur l'intervention de Dumas, voir 40-93.
3. Balzac — ou son secrétaire — avait oublié de préciser 1° et 2°.
4. Tous ces projets de collaboration et de remaniement furent vite abandonnés.

5. Voir la lettre adressée à Mme Hanska du 26 ? mars 1840 : « Victor Hugo m'a accompagné chez le ministre et nous avons acquis que le ministère n'était pour rien dans l'interdiction et L[ouis]-P[hilippe] tout. Dans cette circonstance, soit pendant la représentation, soit au ministère, en tout la conduite de Hugo a été celle d'un véritable ami, courageux, dévoué et, quand il m'a su malade il m'est venu voir » (*LHB I*, p. 508). Cette visite a probablement eu lieu le 16 mars. Voir 40-58, n. 2. *Cf.* la préface de *Vautrin* (parue dans la 4ᵉ édition en juillet) : « Monsieur Victor Hugo s'est montré aussi serviable qu'il est grand poète : et l'auteur est d'autant plus heureux de publier combien il fut obligeant, que les ennemis de monsieur Hugo ne se sont pas fait faute de calomnier son caractère. »

40-93. À ALEXANDRE DUMAS

Aut., Lov., A. 287, ff⁰ˢ 15-16. — Publié par Lovenjoul, *Revue bleue*, 28 novembre 1903, p. 674 ; R. Pierrot, *RHLF*, octobre-décembre 1953, p. 474-475. — *Corr. Gar. IV*, n° 1741.

1. Lettre écrite très probablement le lendemain de la précédente (40-92).
2. Alexandre Dumas, durant le procès du *Lys dans la vallée*, avait accepté de signer avec Eugène Sue, Frédéric Soulié, Roger de Beauvoir, Léon Gozlan et Joseph Méry une lettre, datée du 26 mai 1836, dans laquelle ils déclaraient qu'il avait « toujours été dans l'usage [...] de tolérer la communication des bonnes feuilles [d']articles à la *Revue étrangère* » ; Balzac avait exprimé sa rancœur dans « Historique du procès du *Lys dans la vallée* » (voir *CH IX*, p. 961) ; il avait depuis longtemps pardonné à Léon Gozlan, mais en voulait encore à Dumas au début de 1840. Dans un article publié dans *Le Mousquetaire* du 29 décembre 1853, Dumas a raconté comment Buloz lui avait « arraché » sa signature.

40-94. À LÉON GOZLAN

Coll. particulière. L'aut. a figuré à la vente Sotheby's, Londres, 25 mai 1976, n° 398. — Publié par R. Pierrot, *AB 1991*, p. 42.

1. Lettre écrite chez les Surville après l'interdiction de *Vautrin*.

40-95. ADOLPHE GRANIER DE CASSAGNAC À BALZAC

Copie, Lov., A. 314, f° 149.

1. Cette lettre n'est pas datée ; l'adresse de Balzac, rue Richelieu, ainsi que la référence à Laurent-Jan nous laissent penser que cette « affaire » pourrait être l'interdiction de *Vautrin* et proposons ainsi de dater d'après le 16 mars.

40-96. ALEXANDRE DUMAS À BALZAC

Aut., Lov., A. 313, f° 361. — Publié par Lovenjoul, *Revue bleue*, 28 novembre 1903, p. 674. — *Corr. Gar. IV*, n° 1742.

1. Réponse de peu postérieure à la lettre de Balzac (40-93).

2. Dumas avait donc appris dans ses démarches que, contrairement à ses espoirs, même avec de sensibles modifications *Vautrin* ne serait pas à nouveau autorisé.

3. Balzac avait, aussitôt après son contrat avec Harel, cédé ses droits sur *Vautrin* à Pierre Henri Foullon moyennant une avance (voir 40-65). Dumas voyait juste, Foullon appartenait à une « espèce d'hommes » décidée à rançonner ses débiteurs. Voir 40-123, 40-124 et 40-129.

4. Balzac accepta probablement cette proposition. Voir la lettre 40-97.

40-97. ALEXANDRE DUMAS À BALZAC

Aut., Lov., A. 313, f° 362. — *Corr. Gar.* IV, n° 1743.

1. Cette lettre est un peu postérieure à la précédente, nous la plaçons ici sans pouvoir la dater exactement.

2. François Cavé, chef de la division des Beaux-Arts de 1833 à 1848, était intervenu au moment de la censure (voir 40-58, n. 2). Il vint à deux reprises rendre visite à Balzac pour lui proposer une indemnité.

40-98. ESCUDIER FRÈRES À BALZAC

Aut., Lov., A. 313, ff°s 385-386. — *Corr. Gar.* IV, n° 1745.

1. Les frères Léon et Marie Escudier dirigeaient la revue *La France musicale* qui organisait des concerts réservés à ses abonnés. Le concert donné à la salle Herz le 1er avril 1840 comprenait l'introduction et la prière du *Mosè* de Rossini. Tamburini chanta la prière de Moïse accompagné par les chœurs du Théâtre-Italien. La lettre d'invitation au concert du 1er avril 1840 étant datée simplement « samedi », on peut hésiter entre le 21 et le 28 mars.

2. Sur cet opéra et ses premières représentations, voir 37-80, n. 3. La revue *La France musicale* avait publié dans sa livraison du 25 août 1839 le chapitre de *Massimilla Doni* intitulé : « Une représentation du *Mosè* de Rossini à Venise ».

40-99. FRANÇOIS HUTTEAU À BALZAC

Aut., Lov., A. 316, ff°s 324 et 325 v°.

1. Construit au XIVe siècle, le château de Malesherbes a été apporté en dot par Anne de Graville à son cousin Pierre de Balsac d'Entragues. On rappellera ici qu'Honoré n'avait aucun lien de parenté avec la famille Balsac d'Entragues.

2. Du 3 au 6 février 1840, à Mazagran (Algérie), 123 soldats français placés sous les ordres du capitaine Lelièvre résistèrent aux assauts répétés des troupes d'Abd el-Kader fortes de 10 000 hommes. On dit que les soldats français s'étaient donné chaleur et courage en buvant du café additionné d'eau-de-vie ; on nomma alors *mazagran* un type de récipient adapté à cette boisson.

3. François Hutteau fut maire de Malesherbes de 1838 à 1860.

40-100. À FERDINAND MÉNAGER

Copie communiquée par Pierre Cornuau ; vente à Paris, Hôtel Drouot, 21 novembre 1950, P. Cornuau expert, n° 6. — *Corr. Gar. IV*, n° 1746.

1. Lettre adressée au notaire de Sèvres chez qui Balzac avait signé les actes relatifs aux Jardies ; il s'agit donc d'affaires concernant cette propriété.
2. L'un des huissiers poursuivant Balzac pour les nombreux impayés relatifs aux Jardies.

40-101. À HÉLÈNE DE VALETTE

Aut., BM de Tours, ms. 1742. — Fragment publié dans *Balzac*, cat. de l'exposition, Tours, 1949, n° 452. — *Corr. Gar. IV*, n° 1747.

1. Sur l'affection portée par Balzac à ce prénom donné à la duchesse d'Abrantès et à la marquise de Castries, voir respectivement t. I de la présente édition, 25-14 et n. 2, et 35-39, var. *a*. Toutefois, notons que Marie est l'un des prénoms d'Hélène de Valette.
2. Il s'agit des épreuves corrigées de la partie de *Béatrix* publiée dans *Le Siècle* en 1839. Voir l'édition de ce texte par M. Regard, *Béatrix*, Garnier, 1962, p. 438-440.
3. C'est après avoir lu *Béatrix* dans *Le Siècle* qu'Hélène de Valette entra en relations avec Balzac (voir 39-144, n. 1).
4. Les éditions précédentes imprimaient « chère amie », qui semble être une surcharge faite par le baron Larrey, propriétaire jusqu'en 1886 des épreuves et de la lettre d'envoi.
5. François Cavé. Voir 40-97, n. 2.
6. Voir la proposition de Dumas (40-96). *Cf.* la version de l'entrevue avec Cavé envoyée à Mme Hanska, en mai 1840 : « On est venu m'offrir des indemnités, cinq mille francs pour commencer. J'ai rougi jusque dans les cheveux, et j'ai répondu que je n'acceptais pas d'aumône [...]. Le directeur des Beaux-Arts, Cavé, est sorti, m'a-t-il dit, pénétré d'estime et d'admiration. — Voilà, m'a-t-il dit, la première fois que je suis refusé. — Tant pis, ai-je répondu » (*LHB I*, p. 509). Dans la *Revue parisienne* du 25 septembre, Balzac est revenu publiquement sur ces visites de Cavé (*OD III Conard*, p. 414).
7. Balzac lui avait emprunté 10 000 F (voir M. Regard, *Béatrix*, p. 404).

40-102. AU DUC D'ABRANTÈS

Aut., Lov., A. 286, f° 24. — *Corr. Gar. IV*, n° 1748.

1. Billet daté de mars 1840 par le vicomte de Lovenjoul.

40-103. À MONSIEUR ***

Aut., Moscou, Archives de la littérature et des arts ; photocopie aimablement communiquée par M. Silberstein. — *Corr. Gar. V*, n° 2831.

1. Il est bien difficile de préciser le nom de ce correspondant qui avait aidé Balzac après l'interdiction de *Vautrin*, le laconisme de ce billet ne nous aide guère ; le ton froid peut faire penser à Alexandre

[40-109]   *Notes des pages 716 à 723*   1217

Dumas (voir 40-93) ou au directeur des Beaux-Arts, Cavé, mais ce ne sont que des hypothèses parmi d'autres noms possibles.

40-104. ZULMA CARRAUD À BALZAC

Aut., Lov., A. 293, ff^{os} 331 et 332 v°. — *Corr. Gar. IV*, n° 1749.

1. Mme Carraud a daté, par erreur, du 31 avril; le cachet postal du 1er avril montre qu'il s'agit du mardi 31 mars.
2. Jean Henri Abdolonyme Martelli-Ubicini (1818-1884). Natif d'Issoudun, il venait d'achever ses études au lycée de Versailles; il enseigna ensuite la rhétorique au collège de Joigny, puis séjourna longuement en Grèce, en Moldavie et à Constantinople. Il a publié de nombreux ouvrages, en particulier des *Lettres sur la Turquie* (Paris, Guillaumin, 1851, puis Dumaine, 1854).

40-105. ZULMA CARRAUD À BALZAC

Aut., Lov., A. 293, ff^{os} 327-328; sur papier aux initiales gothiques « z. c. » — *Corr. Gar. IV*, n° 1750.

1. Sans doute une allusion aux tentatives de collaboration avec Lassailly l'année précédente. Voir 39-23, n. 5 et 39-32, n. 1.

40-106. LE MARQUIS VINCENZO SALVO À BALZAC

Aut., Lov., A. 316, ff^{os} 98-99. — Publié par Raffaele de Cesare, « Un corrispondente Siciliano di Balzac : il marchese Vincenzo Salvo », *Aevum*, septembre-décembre 1994, p. 701.

1. Le nouvel ambassadeur de Naples, accrédité le 27 mars 1840, était Nicola Maresca, duc de Serracapriola; il resta en poste jusqu'en 1847, et deviendra président du Conseil du royaume des Deux-Siciles en 1848 (voir *Dizionario biografico degli Italiani*, Rome, Treccani, t. XX.)
2. Taxile Delord; voir le Répertoire.

40-107. GASPARD DE PONS À BALZAC

Aut., Lov., A. 315, ff^{os} 361-362. — *Corr. Gar. IV*, n° 1751.

1. Étienne Arnal (1794-1872), célèbre acteur comique, jouait les naïfs ahuris; Balzac le cite plusieurs fois dans *La Comédie humaine*, par exemple dans *La Muse du département* (*CH IV*, p. 674 et 747), *César Birotteau* (*CH VI*, p. 231) ou *La Cousine Bette* (*CH VII*, p. 236).
2. Ce projet n'a pas abouti.

40-108. ZULMA CARRAUD À BALZAC

Aut., Lov., A. 293, ff^{os} 329-330. — *Corr. Gar. IV*, n° 1752.

1. C'est-à-dire le 18 avril.
2. Balzac, semble-t-il, ne vit pas son amie; le 1er août 1840, il lui rendait compte de la visite de Martelli-Ubicini (voir 40-200).

40-109. À GEORGE SAND

Aut., Lov., A. 311, f° 25. — Publié par A. Sand, *Les Nouvelles littéraires*,

16 août 1930; *Mon cher George*, p. 136-137 (avec fac-similé). — *Corr. Gar. IV*, n° 1753.

1. La première représentation de *Cosima ou la Haine dans l'amour* eut lieu au Théâtre-Français le 29 avril 1840. Ce fut un échec.
2. L'adresse est portée au dos d'un feuillet dont le recto avait été utilisé auparavant par Balzac, pour rédiger un premier jet du projet de préface pour l'édition de *Vautrin*, longtemps confondu avec une lettre à George Sand (voir *Mon cher George*, p. 137, n. 2).

40-110. GEORGE SAND À BALZAC

Aut., Lov., A. 311, ff⁰ˢ 52-53. — Publié par A. Sand, *Les Nouvelles littéraires*, 16 août 1930; *Corr. Sand*, V, n° 2038; *Mon cher George*, p. 137. — *Corr. Gar. IV*, n° 1754.

40-111. HIPPOLYTE SOUVERAIN À BALZAC

Aut., Lov., A. 256, ff⁰ˢ 246-247. — *BS*, p. 37. — *Corr. Gar. IV*, n° 1756.

1. Voir 40-44 et 40-61.
2. Souverain avait déjà noté cette modification sur la lettre de Balzac du 27 février (voir 40-44).

40-112. EUGÈNE WOESTYN À BALZAC

Aut., Lov., A. 316, f⁰ 264. — *Corr. Gar. IV*, n° 1757.

1. L'article envoyé par Eugène Woestyn n'a pas été inséré dans le *Journal du peuple*, il a sans doute paru dans un journal de province qui n'a pas été identifié.

40-113. À FRANZ LISZT

Aut., Cracovie, Biblioteka Jagiellonska, anciennement conservé à Berlin, Staatsbibliothek, fonds Radowitz, n° 7759; copie, Lov., A. 282, f⁰ 176. — Publié par Thérèse Marix-Spire, « Histoire d'une amitié : Fr. Liszt et H. de Balzac », *Revue des études hongroises*, janvier-février 1934, p. 38; *Corr. Sand*, V, n° 2038, n. 1. — *Corr. Gar. IV*, n° 1755.

1. On aurait pu hésiter entre les 8, 15 et 22 avril mais, avec Georges Lubin, le 22 nous semble le plus probable.
2. Balzac se rend aux répétitions en dépit de ce que lui demandait George Sand; voir 40-110.

40-114. À EUGÈNE WOESTYN

Copie, Lov., A. 282, f⁰ 174. — Publié par Eugène Woestyn, « Une soirée chez Victor Hugo », *Journal du dimanche*, 4 octobre 1846. — *Corr. Gar. IV*, n° 1758.

40-115. CHARLES DE RÉMUSAT À BALZAC

Aut., Lov., A. 316, f⁰ 25; lettre dictée sur papier à en-tête du ministère de l'Intérieur. — *Corr. Gar. IV*, n° 1759.

1. Faute d'entente avec les concessionnaires de la Porte Saint-Martin et avec Frédérick Lemaître, Balzac ne profita pas de cette autorisation. Voir 40-119, 40-128, 40-141, 40-176, 40-177 et 40-196.

2. Une copie de cette apostille faite par Balzac à l'intention de Frédérick Lemaître est conservée au fonds Lovenjoul (A. 287, f° 231); après « un drame », Balzac a ajouté dans cette copie « ou deux nouveaux ».

40-116. RIEHL À BALZAC

Aut., Lov., A. 337, ff°s 155 *bis* et 155 *ter* v°.

1. Nous ne savons rien de ce petit créancier, sans doute intervenu dans les travaux des Jardies.
2. Sur Lesourd, voir 40-100, n. 2.

40-117. AU DIRECTEUR DU JOURNAL
« LA PRESSE »

Publié par *La Presse*, 28 avril 1840. — *Corr. Gar. IV*, n° 1760.

1. Théophile Gautier avait écrit en *post scriptum* à son feuilleton dans *La Presse* du 27 avril : « Nous apprenons que M. de Balzac vient d'être nommé directeur de la Porte Saint-Martin, mais seulement pour trois mois. Il espère en réunissant la troupe actuelle et Frédérick pouvoir passer l'été et ramener la foule à ce théâtre si malheureux et si utile. M. de Balzac a en portefeuille deux pièces en cinq actes, *L'École des ménages* et *Richard-Cœur-d'Éponge*. Le théâtre rouvrira par une représentation au bénéfice de Frédérick. »
2. Alors installée salle Ventadour.
3. Voir 40-115.
4. Le manuscrit de la version de 1840 de cette pièce, selon la démonstration de René Guise, n'alla pas au-delà du premier acte communiqué oralement à Frédérick Lemaître, qui ne l'a pas égaré comme on l'a longtemps affirmé. Les deux états de cet acte premier de la version de 1840 ont été publiés (*BO*, XXII, p. 420-438), d'après une partie du manuscrit A. 208 du fonds Lovenjoul. Voir René Guise, *BO*, XXII, p. 758-761.

40-118. UNE PROTESTANTE À BALZAC

Aut., Lov., A. 318, ff°s 65-72. Nous effectuons de nombreuses coupes dans cette très longue lettre au cours de laquelle la scriptrice développe ses opinions sur le catholicisme et le protestantisme.

40-119. À FRÉDÉRICK LEMAÎTRE

Aut., Lov., A. 287, ff°s 232 et 233 v°. — *Corr. Gar. IV*, n° 1788.

1. René Guise (*BO*, XXIII, p. 614-615) proposait de replacer ce billet peu après l'autorisation de Rémusat du 25 avril (40-115).

40-120. HIPPOLYTE SOUVERAIN À BALZAC

Aut., Lov., A. 256, ff°s 260 et 261 v°. — *BS*, p. 38. — *Corr. Gar. IV*, n° 1761.

1. La préface de *Pierrette* est datée : « Aux Jardies, juin 1840 » (voir *CH IV*, p. 21-28). Le manuscrit (10 p. in-4°) qui porte la même date a figuré à la vente des Archives Souverain en 1957 (n° 169). Voir 40-142.

2. C'est-à-dire les *Mémoires de deux jeunes mariées*, roman inclus dans les accords des 27 février et 20 avril.

40-121. PROJET DE TRAITÉ AVEC FRÉDÉRICK LEMAÎTRE

Aut., Lov., A. 287, ff^{os} 229-230 ; entièrement de la main de Balzac, d'une écriture très rapide, avec beaucoup de ratures, et non signé.

1. Nous plaçons ici ce projet de traité, non daté et non signé, estimant qu'il trouve sa place au cours des discussions entre F. Lemaître et Balzac ; voir 40-119 et 40-128.

2. Après la faillite d'Harel, le privilège d'exploiter le théâtre de la Porte-Saint-Martin était très convoité ; parmi une vingtaine de concurrents, ce furent finalement les frères Coignard qui l'emportèrent.

40-122. À THÉODORE DABLIN

Copie, Lov., A. 282, f° 178. — *Corr. Gar. IV*, n° 1762.

1. Daté d'avril ou mai 1840 par référence à l'interrogation qui achève ce billet.

40-123. À ANTOINE POMMIER

Copie, Lov., A. 324, f° 13. — *Corr. Gar. IV*, n° 1763.

1. Le 9 octobre 1839, sept jours après avoir vendu les droits de représentation de *Vautrin* à Harel, Balzac en grandes difficultés financières rétrocédait ses droits à Pierre Henri Foullon (voir 40-65, n. 1 et 40-96) qui lui remettait 5 000 F, mais Balzac reconnaissait lui en devoir 7 500, ce qui représentait une prime usuraire de 2 500 F. L'interdiction de *Vautrin* retirait à Foullon sa garantie et il poursuivit Balzac avec acharnement pendant de longs mois. Balzac demanda à Antoine Pommier — celui qui les présenta — pour apaiser son créancier de lui proposer de transporter ses droits sur une autre pièce, *Paméla ou la Reconnaissance* [titre primitif de *Paméla Giraud*]. À la fin de 1839, il avait chargé les vaudevillistes Jaime et Bayard de remanier pour la scène son manuscrit, et espérait alors jouer *Paméla Giraud* au théâtre du Vaudeville. Pommier, dans sa lettre du 4 mai (40-129), fait part de ses négociations avec Foullon ; le texte de ce billet et celui du suivant ne permettent pas de les situer avec certitude avant ou après le 4 mai, aussi datons-nous d'avril ou mai.

2. Finalement un arbitrage fut nécessaire ; voir 40-129, 40-152 et 40-161.

40-124. À ANTOINE POMMIER

Copie, Lov., A. 324, f° 14. — *Corr. Gar. IV*, n° 1764.

1. Delloye et Lecou, propriétaires de l'édition de *Vautrin*.

40-125. À UNE ACTRICE

Aut., MB, inv. BAL 999 ; vente à Paris, Hôtel Drouot, 18 décembre 1987, Th. Bodin expert, n° 42. — Fragment publié au cat. de la librairie Jacques Charavay, octobre 1983. — Publié par R. Pierrot, *CB*, n° 44, 1991, p. 16.

1. Après l'interdiction de *Vautrin*, Harel avait été déclaré en faillite par le tribunal de commerce le 28 mars. Le 25 avril, Charles de Rémusat, ministre de l'Intérieur, avait autorisé Balzac à représenter un nouveau drame (voir l'annonce faite par Théophile Gautier dans *La Presse* du 27 avril, 40-117, n. 1). On peut donc dater cette lettre des derniers jours d'avril ou de mai, sans pouvoir proposer un nom pour identifier la comédienne qui souhaitait obtenir un rôle dans un des drames annoncés par Gautier. Aucune pièce de Balzac ne vint en 1840 compenser l'interdiction.

40-126. LE DOCTEUR PROSPER MÉNIÈRE À BALZAC

Aut., Lov., A. 315, ff^{os} 56-57. — *Corr. Gar. IV*, n° 1766.

1. Voir, t. I de la présente édition, les lettres 33-68, 33-73 et 33-76.
2. Voir 40-127.

40-127. THOMINE FILS À BALZAC

Aut., Lov., A. 256, ff^{os} 284-285.

1. Voir 40-126.

40-128. À FRÉDÉRICK LEMAÎTRE

Aut., aimablement communiqué par M. Jacques Lambert; copie, Lov., A. 282, f° 180. — *Corr. Gar. IV*, n° 1767.

1. Cette lettre a trait aux projets de réouverture de la Porte Saint-Martin avec une nouvelle pièce de Balzac. On peut la dater du dimanche 3 mai (voir R. Guise, *BO*, XXIII, p. 615), car le dimanche 10 mai Balzac annonçait à Mme Hanska que le grand acteur avait repoussé *Richard-Cœur-d'Éponge* et qu'il travaillait à *Mercadet* : voir 40-141, 40-144, 40-147 et 40-174.

40-129. ANTOINE POMMIER À BALZAC

Aut., Lov., A. 324, ff^{os} 19 et 20 v°; sur papier à en-tête de la Société des gens de lettres (M. Pommier, agent central).

1. Le fonds Lovenjoul conserve sous la cote A. 324 (f° 22) un projet d'acte, non daté, prévoyant le transfert à Foullon des droits sur l'éventuelle représentation de *Paméla ou la Reconnaissance*.

40-130. À FRÉDÉRICK LEMAÎTRE

Copie, Lov., A. 282, f° 188. — *Corr. Gar. IV*, n° 1790 (date rectifiée).

1. René Guise (*BO*, XXIII, p. 615-616) proposait de replacer ce billet au 7 mai; il semble s'agir ici de *Richard-Cœur-d'Éponge* et d'une affaire à régler avec Antoine Pommier. Voir la lettre 40-129.

40-131. ADRIEN PAUL À BALZAC

Aut., Lov., A. 315, ff^{os} 247-248. — *Corr. Gar. IV*, n° 1769.

1. Voir 40-133, 40-167 et 40-169.

40-132. HIPPOLYTE SOUVERAIN À BALZAC

Aut., Lov., A. 256, f° 262. — *Corr. Gar. IV*, n° 1770.

1. *Léo*, par H. de Latouche (2 vol. in-8°, Paris, Magen et Comon ; *BF* du 4 avril 1840), dont Balzac fit un long éreintement dans la *Revue parisienne* du 25 juillet 1840. Latouche, dans une lettre à Charles Duvernet, exprime avec amertume son ressentiment à l'endroit de son ancien ami, « le plus incorrect et le plus trivial de nos hommes de talent. [...] un ami seul devenu ingrat, un homme obligé d'*argent* et de *conseils*, puis inconsolable du mépris que lui témoignent les écrivains de conscience, pouvait seul mêler tant de colère à une littérature entreprise pour les seuls gros sols des *abonnés*. L'article n'est pas signé, dis-tu ? il est signé Balzac à toutes les phrases et j'ai entendu dire qu'il n'était pas sans avantage pour moi aux yeux de tant de gens qui savent ce que j'ai été pour lui qu'une manifestation publique établît que l'ami de Peytel avait cessé d'être le mien. Depuis que payé par Peytel, il a calomnié un cadavre de femme pour innocenter un assassin et gagner l'argent de l'assassin, je me console de cette ingratitude. [...] Il sait combien de fois je lui ai envié à lui-même la faculté de la persistance, les dispositions laborieuses, et cette tranquillité d'esprit que lui laisse son économie d'âme de chagrins faciles, d'impressions de cœur, de sensibilité de toute nature, excepté celle du gain. La probité non plus ni la patrie ne lui donnent guère de préoccupations » (aut., Bibliothèque historique de la ville de Paris, fonds George Sand, 4444).

2. *Les Smogglers*, par Jules Lecomte (2 vol. in-8°, Paris, Souverain ; *BF* du 24 février 1838).

3. Voir 40-43 et 40-137.

4. L'impression du *Curé de village* tiendra une large place dans les échanges épistolaires avec Souverain jusqu'à sa publication en mars 1841.

40-133. ADRIEN PAUL À BALZAC

Aut., Lov., A. 315, ff⁰ˢ 251-252. — *Corr. Gar. IV*, n° 1771 (texte incomplet).

1. Nous n'avons pas retrouvé la réponse de Balzac à la lettre 40-131.
2. Balzac ne donnera pas suite à cette nouvelle sollicitation ; voir 40-167 et 40-169.

40-134. CLAUDIUN FERLAT À BALZAC

Aut., Lov., A. 313, ff⁰ˢ 410 et 411 v°. — *Corr. Gar. IV*, n° 1772.

1. Voir 40-117, n. 1.

40-135. À HIPPOLYTE SOUVERAIN

Aut. (relié dans un exemplaire de l'édition originale du *Curé de village*), MLM, coll. privée ; vente JLP, lot n° 155 ; *Bibliothèque Pierre Duché*, vente à Paris, Hôtel Drouot, 6 novembre 1972 (2ᵉ partie), Cl. Guérin expert, n° 32. — *BS*, p. 46. — *Corr. Gar. IV*, n° 1836 (sur une copie).

1. Les dates proposées par W. S. Hastings (*BS*, p. 46) — 12 janvier

1841 — et R. Pierrot (*Corr. Gar. IV*, n° 1836) — du 12 septembre ? 1840 — sont trop tardives. Nous sommes plutôt au début de la composition du tome I du *Curé de village*, chez un nouvel imprimeur, Eugène Dépée, à Sceaux. Le texte semble un écho à la lettre de Souverain du 8 mai 1840 (40-132), et dans le texte figure « voici le 12 », quantième certain.

2. Probablement des *Mémoires de deux jeunes mariées*.

3. Promesse non tenue. Voir 40-249.

40-136. À HIPPOLYTE SOUVERAIN

Copie communiquée par Marcel Bouteron d'après l'aut., vente JLP, lot n° 155. — *Corr. Gar. IV*, n° 1773.

1. Le texte de cette lettre est obscur ; s'il s'agit bien des placards du premier volume du *Curé de village*, comme le suggère l'allusion à la coupure du volume et à « la lacune du second » (voir 40-135 et 40-142), on peut dater de mai.

40-137. HIPPOLYTE SOUVERAIN À BALZAC

Aut., Lov., A. 256, ff⁰ˢ 263-264. — *BS*, p. 38-39. — *Corr. Gar. IV*, n° 1774.

1. Cette lettre est adressée chez Laurent-Jan (voir le Répertoire), 23, rue des Martyrs. Souverain pouvait également essayer de toucher Balzac aux Jardies, 108, rue de Richelieu, et chez les Surville, 28, rue du Faubourg-Poissonnière.

2. Souverain avait alors la matière du tome I de son édition du *Curé de village* (voir 40-163). La copie avait été constituée par le texte très remanié des deux parties publiées dans *La Presse* en janvier et juin 1839. Il dut attendre jusqu'en août la suite composée de chapitres nouveaux destinés à prendre place avant le texte de *Véronique au tombeau* (voir Ki Wist, *Le Curé de village, manuscrits ajoutés*, Bruxelles, Henriquez, 1959, et *Le Curé de village*, version de 1839, Bruxelles, Henriquez, 1961).

3. Voir 40-43 et 40-132.

4. Charles Lassailly (voir le Répertoire) était devenu fou au début de mai 1840. Vigny et Lamartine intervinrent auprès de Rémusat pour obtenir un secours permettant d'éviter l'internement et de payer sa pension chez le docteur Blanche (voir E. Kaye, *Charles Lassailly*, p. 127-129).

5. Voir 40-269, n. 1.

6. Il semble que, si Balzac donna sa copie (voir 40-160), A. Karr ne livrera jamais sa nouvelle et le recueil des *Romans du cœur* ne fut pas publié (voir 39-170, n. 1).

40-138. VAYSON FRÈRES À BALZAC

Aut., Lov., A. 340, ff⁰ˢ 119 et 120 v°.

1. Voir 39-285, n. 1.

2. Il y avait bientôt un an que les tapis avaient été achetés et posés aux Jardies (voir 39-172).

40-139. À LAURE SURVILLE

Aut., Lov., A. 277, ff⁰ˢ 33 et 34 v⁰. — *Corr. Gar. IV*, n⁰ 1776.

1. Balzac renonça vite à ce titre. Cette allusion à la rédaction de *Mercadet* permet de dater de mai 1840. Voir 40-128, n. 1.

40-140. LOUIS-FRANÇOIS GRASLIN À BALZAC

Aut., Lov., A. 314, f⁰ 151.

1. Eugène Dépée travaillait souvent pour Souverain. Il avait imprimé *Béatrix* à la fin de 1839 et *Le Foyer de l'Opéra* dont le tome I, paru le 27 février 1840, contenait *Une princesse parisienne* de Balzac. Nous n'avons aucune trace d'un quelconque procès entre Balzac et Dépée, même si les relations entre les deux hommes furent parfois tendues (voir 40-249 et n. 1).
2. *De l'Ibérie, ou Essai critique sur l'origine des premières populations de l'Espagne*, par L.-F. Graslin, Paris, Leleux, 1838.
3. Maxime que l'on trouve beaucoup plus fréquemment sous la forme « *bene intelligenti pauca* » : peu de mots suffisent à celui qui comprend bien.

40-141. À FRÉDÉRICK LEMAÎTRE

Aut. ; cat. de la vente Piasa, à Paris, Hôtel Drouot, 21 juin 2011, n⁰ 53. — *Corr. Gar. IV*, n⁰ 1777 (sur une copie).

1. Harel avait été déclaré en faillite par le tribunal de commerce le 28 mars 1840, avec un passif de plus de 600 000 F. Pour rouvrir le théâtre, Balzac avait à s'entendre avec les propriétaires Gay, Bourgain et Bénazet ainsi qu'avec Crosnier, directeur privilégié de l'Opéra-Comique qui était également titulaire du privilège de la Porte Saint-Martin. D'obscures tractations dont les détails nous échappent eurent lieu en avril et mai (voir *Le Moniteur des théâtres*, 29 avril, 13 mai, 30 mai et 3 juin 1840). Le 13 juin, *Le Moniteur des théâtres* annonçait qu'« après mille nouvelles, c'est M. Francis Cornu que l'on met à la tête de la spéculation avec Frédérick Lemaître » ; le journal précisait ensuite qu'il ne s'agissait plus de *Richard-Cœur-d'Éponge*, mais de *Mercadet* dont le sujet était résumé ; venait ensuite la protestation d'un nommé Sauvage, auteur d'une pièce sur le commerce ayant, disait-il, le même sujet.

40-142. À HIPPOLYTE SOUVERAIN

Aut., MB, inv. BAL 93-35 ; vente JLP, lot n⁰ 155 ; *Bibliothèque du colonel Daniel Sickles*, vente à Paris, Hôtel Drouot, 18-19 novembre 1993 (15ᵉ partie), J. Vidal-Mégret et Th. Bodin experts, n⁰ 6121 (1). — *Corr. Gar. IV*, n⁰ 1765 (sur une copie).

1. Le mois du cachet postal très peu lisible semble être : Mai ; le quantième étant illisible, nous plaçons, sous toutes réserves, dans la dernière décade de mai 1840.
2. Voir 40-120.
3. Le chapitre x du *Curé de village* dans l'édition Souverain est inti-

tulé « Montégnac » (t. I, p. 219-245). Il reprend une partie peu remaniée du texte publié dans *La Presse* en janvier 1839 ; de fait, nous pensons que Balzac désigne plutôt le chapitre XVI de la même édition, « Madame Graslin à Montégnac » (t. II, p. 3-27) qui précède immédiatement les chapitres XVII à XXVI entièrement nouveaux dont il remettra le manuscrit à Souverain, le 8 août 1840 (40-202).

40-143. MADAME VEUVE COURTOIS À BALZAC

Aut., Lov., A. 340, ff^{os} 134 et 135 v°.

1. Il s'agissait d'un effet de 235 F, souscrit par Balzac le 4 octobre 1839, à échéance du 31 janvier 1840. Balzac était un client fidèle de ce magasin de porcelaines, faïences et verrerie de la rue des Fossés-Saint-Germain-des-Prés, à l'enseigne du « Sacrifice d'Abraham », tenu par les Courtois, successeurs de M. Chocardelle. La facture de 235 F (Lov., A. 340, f° 129) relative à ce billet reprenait les achats, effectués entre le 4 janvier 1838 et le 12 mars 1839, de plusieurs paires de flambeaux, tasses, assiettes, verres, timbale gravée, et trois « pots de nuit » à filet bleu et or.

2. Balzac n'obtempéra pas et ce n'est que près de deux années plus tard, le 7 janvier 1842, que la veuve Courtois — devenue entretemps Mme Peigné — fut payée des 235 F, auxquels s'étaient ajoutés 27 F d'intérêts et 15,60 F de frais de protêt (voir, t. III de la présente édition, la lettre à S. Gavault du 8 janvier 1842).

40-144. À FRÉDÉRICK LEMAÎTRE

Aut., Lov., A. 287, f° 236. — Publié par Jean Richer, *OB XIII*, p. 1016. — *Corr. Gar. IV*, n° 1778.

1. Billet postérieur à celui du mercredi 20 mai (40-141) et antérieur, semble-t-il, à celui du mardi 26 mai (40-147).
2. Voir 40-115.
3. Voir 40-141, n. 1.
4. *Mercadet* [*Le Faiseur*] ne sera pas joué du vivant de Balzac. Après en avoir fait imprimer quatre exemplaires en septembre 1848 (voir, t. III de la présente édition, lettre du 19 septembre 1848 à Lockroy), il confiera à Laurent-Jan le soin de faire représenter la pièce, mais elle fut jugée « injouable ». Elle ne fut finalement créée que le 23 août 1851 et sera publiée d'abord en feuilleton dans *Le Pays* du 28 août au 13 septembre 1851, puis en volume à la Librairie théâtrale (enregistré à la *BF* du 13 septembre 1851).

40-145. À ALEXANDRE DUJARIER

Aut., Lov., A. 287, ff^{os} 3-4. — Publié par Lovenjoul, *Genèse*, p. 46. — *Corr. Gar. IV*, n° 1779.

1. *Les Paysans* avait été proposé l'année précédente au *Constitutionnel* (voir J.-H. Donnard, introduction à l'édition des *Paysans*, Garnier, 1964, p. VIII). L'affaire n'aboutit pas.
2. Voir 40-153.
3. Il n'en fut rien. *La Presse* publia du 24 février au 4 mars 1841 *Les Deux Frères*, substitué aux *Paysans*. Balzac songea ensuite à placer

Les Paysans au *Messager* (voir la lettre de Durangel du 18 septembre 1841, 41-91).

40-146. ALFRED NETTEMENT À BALZAC

Copie, Lov., A. 315, f° 180. — Publié par E. Biré, *Alfred Nettement : sa vie et ses œuvres*, Paris, V. Lecoffre, 1901, p. 311-312. — *Corr. Gar.* IV, n° 1780.

1. Le rédacteur en chef de *La Gazette de France* ; voir t. I de la présente édition, lettre 31-64, n. 2.
2. *La Gazette de France* n'a pas publié de roman de Balzac ; Biré (*Alfred Nettement : sa vie et ses œuvres*, Paris, V. Lecoffre, 1901, p. 312) raconte que Balzac se rendit au bureau de *La Gazette de France* et effraya l'abbé de Genoude par ses propos.

40-147. À FRÉDÉRICK LEMAÎTRE

Aut., MB, inv. BAL 92-29 ; ancienne coll. J.-A. Ducourneau ; *Bibliothèque du colonel Daniel Sickles*, vente à Paris, Hôtel Drouot, 28-29 octobre 1991 (12ᵉ partie), J. Vidal-Mégret et Th. Bodin experts, n° 4630. — Publié avec fac-similé, par J.-A. Ducourneau, *Le Figaro littéraire*, 28 septembre 1963 ; *CB*, n° 40, 1990, p. 21-23. — *Corr. Gar.* IV, n° 1781.

1. Bien que le cachet postal soit du mercredi 27, avec René Guise (*OB*, XXIII, p. 466) nous redatons du mardi 26, avant le rendez-vous du jeudi 28.
2. *Mercadet*, dont Balzac donna lecture aux Jardies, le jeudi 28 mai, en présence de Frédérick Lemaître et de Théophile Gautier qui en garda le souvenir et l'évoqua plusieurs fois. Voir Théophile Gautier, *Honoré de Balzac*, Paris, Poulet-Malassis et de Broise, 1859, p. 114.

40-148. À HIPPOLYTE SOUVERAIN

Aut. ; vente Archives Souverain, n° 160 (8). — *Corr. Gar.* IV, n° 1782.

1. Cette lettre nous paraît postérieure de quelques jours au billet 40-142 ; Balzac achève de corriger les bonnes feuilles du tome I du *Curé de village*.
2. Voir 40-120 et 40-142.
3. Chez Dépée qui imprimait *Le Curé de village*.

40-149. À HIPPOLYTE SOUVERAIN

Copie communiquée par Marcel Bouteron d'après l'aut., vente JLP, lot n° 155. — *Corr. Gar.* IV, n° 1783.

1. Billet postérieur au précédent ; Balzac fait mettre en page le début du tome II du *Curé de village* contenant le chapitre XVI ; voir 40-142, n. 3.

40-150. HIPPOLYTE SOUVERAIN À BALZAC

Aut., Lov., A. 256, f° 265. — *BS*, p. 39. — *Corr. Gar.* IV, n° 1784.

1. C'est-à-dire le manuscrit des ajoutés qui constituent les chapitres XVII et suivants du *Curé de village* ; Souverain attendra le texte jusqu'en août. Voir 40-202.
2. Voir 40-43, 40-132 et 40-137.

40-151. JADRAS À BALZAC

Aut., Lov., A. 340, ff^{os} 207 et 208 v°.

1. Voir 38-30.
2. Jadras, malgré cette dernière tentative amiable, devra confier le recouvrement à un huissier; voir 40-155.

40-152. À SYLVAIN GAVAULT

Aut., Lov., A. 287, f° 43. — *Corr. Gar. IV*, n° 1785.

1. Balzac, pour faire cesser les poursuites de Foullon, proposa de lui céder ses droits sur les représentations de *Paméla ou la Reconnaissance* (voir 40-129). Balzac et son adversaire étaient convenus, le 26 mai, de soumettre leur différend à un tribunal arbitral qui fut composé de l'avoué Charles-Jacques Boinod, d'Armand Dutacq et de l'agréé Amédée Lefèvre. Le 21 mai, Foullon avait déposé ses conclusions, réclamant à Balzac 7 500 F, plus 49,70 F de frais ; le 1er juin, Balzac rédigeait à son tour des conclusions où il reprenait son idée de cession de droits de *Paméla*. Il est probable que Gavault, trouvant cette opération désastreuse, préférait obtenir des délais de remboursement. On peut placer la présente lettre datée « samedi » par Balzac au 30 mai ou au plus tard au 6 juin, juste avant la comparution devant le tribunal arbitral qui se réunit à 8 heures chez l'avoué Boinod, rue de Choiseul.
2. L'entrepreneur des Jardies à qui Balzac devait 43 000 F.
3. Le notaire de Sèvres auprès de qui Gavault essayait d'obtenir un prêt de 30 000 F pour rétablir la situation de son client et ami.
4. Balzac devait également des sommes considérables à ses locataires des Jardies : 15 000 F au comte Guidoboni-Visconti ; voir 40-154.

40-153. À ALEXANDRE DUJARIER

Aut., Bibliothèque de l'Arsenal, acq. 1963-0209. — Fragment publié au cat. de la librairie D. Guérin, avril 1884, n° 1263 ; Lovenjoul, *Genèse*, p. 170-171. — *Corr. Gar. IV*, n° 1787.

1. Ce billet nous semble légèrement postérieur à l'invitation aux Jardies de Balzac à Dujarier (40-145).

40-154. À SYLVAIN GAVAULT

Aut., Lov., A. 338, ff^{os} 1-12.

a. 15,000 *corrigé en surcharge en* 13,000 *aut.* ❧ *b. Add. de la main de Gavault :* (1 150) bon *aut.* ❧ *c. Add. de la main de Gavault :* (1 250) bon *aut.* ❧ *d. Add. marg. à gauche, de la main de Gavault :* 32,300 *aut.* ❧ *e. Add. marg. à gauche, de la main de Gavault :* 59,300 *aut.* ❧ *f. Add. marg. à gauche, de la main de Gavault :* 62,300 *aut.*

1. Voir n. 12.
2. Balzac payait à sa mère un intérêt de 5% sur cette importante somme qu'elle lui avait avancée en 1828 pour combler le passif de sa faillite (versements de 500 F par trimestre). Il omet de préciser ici que ces intérêts n'étaient pas payés depuis juin 1839. Voir, t. III de la présente édition, la lettre à sa mère du 22 ? mars 1846, et notes.

3. C'est effectivement une « créance amie, et qui se liquidera en dernier » : cette « héroïque Mme Delannoi » (*ibid.*, lettre à Laure Surville du 29 novembre 1849) devra attendre le mois d'octobre 1849 pour être payée, après avoir été contrainte d'écrire à Balzac une lettre dans laquelle elle disait en être réduite à « la vente de ses souvenirs » (*ibid.*, lettre du 14 septembre 1849).

4. En septembre 1849, Balzac estimera à 11 000 F ce qu'il doit encore à Dablin (voir *ibid.*).

5. Les dettes à l'égard de Buisson ne seront, elles aussi, que réglées en 1849, après d'âpres discussions sur les montants réellement dus.

6. Le 16 juillet 1836, lendemain de la dissolution de la *Chronique de Paris*, Balzac avait signé plusieurs engagements de remboursement « sans y être contraint et bénévolement » à ses coactionnaires malchanceux (voir 36-116, n. 1). Ceux-ci seront remboursés, sans intérêts, et à 50% de leurs mises de fonds initiales, en 1846 et 1847 par l'intermédiaire de Fessart. Voir notamment, t. III de la présente édition, la lettre du 31 octobre 1845 à Trudon des Ormes (en particulier, n. 1).

7. Total faux, il conviendrait de lire « 108,000 ».

8. Voir 39-214, n. 3.

9. Voir 39-172, 39-285, 40-138 et 40-221.

10. Voir 40-143 et notes.

11. Voir 38-30 et 40-151.

12. Le tribunal arbitral saisi pour juger de l'affaire Foullon contre Balzac s'est réuni à cinq reprises entre le 26 mai et le 29 juin, date à laquelle il rendit son jugement. Deux des cinq séances se sont tenues un samedi : le 6 chez Me Boinod et le 13 juin chez Me Amédée Lefèvre ; ceci nous permet de dater ce document des premiers jours de juin.

13. Hélène de Valette ; voir, t. III de la présente édition, la lettre du 30 avril 1842.

14. Le contrat datait en réalité du 15 novembre 1836 (36-174).

15. Déjà paru en 1831, *La Peau de chagrin* avait été repris dans le « Balzac illustré » à la fin de 1837 et au début de 1838 (1 vol. in-8°, enregistré à la *BF* du 21 juillet 1838). Avec *César Birotteau*, finalement revendu à T. Boulé (voir 37-149 et 37-157), ce furent les deux seuls ouvrages entrepris par l'association Delloye-Lecou-Bohain.

16. Le 25 janvier 1839, Bohain fit faillite (déclarée frauduleuse le 2 avril suivant). Delloye déposa son bilan le 30 avril 1839, avec un passif de 492 000 F. Nouveau dans le métier, Lecou fit sa première faillite en 1839.

17. Voir 38-99. Les engagements souscrits par Balzac envers Delloye et Lecou ne seront définitivement dénoués qu'en avril 1841 ; voir 41-36, 41-37 et 41-39.

40-155. CHARLES JOSEPH BLOUET À BALZAC

Aut., Lov., A. 340, ff^{os} 209 et 210 v°.

1. M. Jadras ne sera pas « satisfait » dans les 24 heures. Il devra encore attendre plus de cinq ans pour recevoir 50 % de sa créance, le 19 octobre 1845, des mains d'Auguste Fessart (Lov., A. 340, f° 226). Sur A. Fessart, voir le Répertoire.

40-156. HIPPOLYTE SOUVERAIN À BALZAC

Aut., Lov., A. 256, ff⁰ˢ 266-267. — *BS*, p. 40-41. — *Corr. Gar.* IV, n° 1791.

1. Probablement les deux volumes des *Scènes de mer* d'Édouard Corbière, publiés par Souverain en 1835.
2. Comme le faisait remarquer W. S. Hastings (*BS*, p. 40, n. 4), aucun ouvrage de Gautier n'a été publié par Souverain en 1840. Souverain aidait peut-être son voisin Desessart dont la deuxième édition de *Fortunio* est enregistrée à la *BF* du 20 juin.
3. Il s'agit des *Mémoires de deux jeunes mariées*. Voir 40-120, 40-166, n. 2 et 40-246 (note sur la cessation d'activité de cette imprimerie).

40-157. À HIPPOLYTE SOUVERAIN

Aut.; vente Archives Souverain, n° 179. — *BS*, p. 41-42. — *Corr. Gar.* IV, n° 1792.

1. La copie des parties inédites du *Curé de village*, ce qui permet de supposer que Balzac répond à la lettre 40-156 et de dater de lundi 8 juin.

40-158. À HIPPOLYTE SOUVERAIN

Aut., MB, inv. BAL 93-36; vente JLP, lot n° 155; *Bibliothèque du colonel Daniel Sickles*, vente à Paris, Hôtel Drouot, 18-19 novembre 1993 (15ᵉ partie), J. Vidal-Mégret et Th. Bodin experts, n° 6121 (2). — *Corr. Gar.* IV, n° 1793 (sur une copie).

40-159. SYLVAIN GAVAULT À BALZAC

Copie, Lov., A. 325, f° 36.

1. Lovenjoul, sur sa copie, datait cette lettre du [8 ? juin 1840]; une note de travail de Gavault (A. 325, f° 37), dans laquelle il précise : « Le 9 juin 1840, j'ai vu M. Ménager, notaire, pour l'emprunt », nous amène à rectifier cette date.
2. Sur Fernand Ménager, voir le Répertoire.

40-160. À LOUIS CRÉTÉ ?

Aut. (relié dans un exemplaire de l'édition originale de *Pierrette*); vente à Paris, Hôtel Drouot, 12-14 novembre 1958, L. Lefèvre et Cl. Guérin experts, n° 191. — *Corr. Gar.* IV, n° 1794 (attribué à H. Souverain ?).

1. Cette lettre est très probablement adressée à Louis Crété, l'imprimeur de Corbeil qui imprimait *Pierrette*, plutôt qu'à Souverain qui est nommé dans la lettre ainsi que Lassailly. Elle est, semble-t-il, postérieure à la lettre de Balzac à Souverain du 9 juin (40-158) et antérieure à celle du 18 (40-171).
2. Voir 40-202.
3. Il s'agit des « *Romans du cœur* par H. de Balzac, Léon Gozlan, Théophile Gautier, Alphonse Karr, Ch. Lassailly, etc. », qui ne paraîtra jamais. Voir 40-269.

40-161. À SYLVAIN GAVAULT

Aut., Lov., A. 287, ff⁰ˢ 53 et 54 v°. — *Corr. Gar. IV*, n°1795.

1. Le tribunal arbitral composé de l'avoué Boinod, de l'agréé Lefèvre et de Dutacq constitué pour régler le litige entre Balzac et Foullon s'est réuni le 13 juin 1840. Gavault y représentait Balzac ; cette lettre est donc très probablement du 12 juin.

40-162. À VICTOR HUGO

Copie, Lov., A. 282, f° 185. — Publié par R. Pierrot, *RHLF*, octobre-décembre 1953, p. 475. — *Corr. Gar. IV*, n°1796.

1. Lettre écrite à Victor Hugo en sa qualité de président de la Société des gens de lettres. Voir 40-30, n. 1.
2. Cette proposition soumise au comité de la Société des gens de lettres en sa séance du 19 juin 1840 fut acceptée. C'est Auguste Luchet qui représenta, à Strasbourg, la société à l'inauguration de la statue de Gutenberg par David d'Angers. Il publia un *Récit de l'inauguration de la statue de Gutenberg et des fêtes données par la ville de Strasbourg les 24, 25 et 26 juin 1840* (Paris, Pagnerre, 1840).

40-163. À HIPPOLYTE SOUVERAIN

Aut., coll. Th. Bodin ; vente JLP, lot n° 155. — *BS*, p. 40. — *Corr. Gar. IV*, n°1775 (date rectifiée).

1. Cette lettre nous paraît être postérieure à la lettre de Souverain du 5 juin 1840 (40-156). Écrite un samedi, on peut la dater du 13 juin 1840.
2. C'est-à-dire les pages 149-212 du tome I du *Curé de village*.
3. Le tome I du *Curé de village* a 337 pages, ces placards représentaient donc la matière de 125 pages.
4. C'est-à-dire le chapitre XVI intitulé « Madame Graslin à Montégnac » qui ouvre le tome II ; Balzac en avait besoin pour rédiger les « ajoutés » qui constituaient les chapitres XVII à XXVI (voir 40-142, n. 3).
5. Balzac songeait alors à développer considérablement *Le Curé de village* et à en faire un roman en trois volumes ; harcelé par ses nombreuses obligations et l'inspiration étant sans doute rebelle, il y renonça (voir la lettre à Souverain du 6 septembre, 40-227). *Cf.* également sa lettre du 1ᵉʳ octobre 1840 à Mme Hanska : « Dans une vingtaine de jours paraîtra *Le Curé de village*, mais tronqué, je n'ai pas le temps d'achever ce livre, il manquera précisément tout ce qui concerne le *Curé*, la valeur d'un volume, que je ferai pour seconde édition » (*LHB I*, p. 518).

40-164. LE COLONEL CHARLES FRANKOWSKI À BALZAC

Aut., Lov., A. 313, ff⁰ˢ 447-448.

1. Ainsi, malgré les trois années passées, Balzac semble n'avoir pas encore pardonné au colonel Frankowski le très important retard de la

remise à Mme Hanska de la cassolette contenant le bijou offert pour les étrennes de 1837 ; voir 37-18, n. 1, et 37-167, n. 8.

40-165. FERDINAND MÉNAGER À BALZAC

Copie, Lov., A. 325, f° 38.

1. L'affaire concerne la propriété de Balzac aux Jardies.

40-166. À HIPPOLYTE SOUVERAIN

Copie communiquée par Marcel Bouteron d'après l'aut., vente JLP, lot n° 155. — *BS*, p. 39. — *Corr. Gar. IV*, n° 1786 (date rectifiée).

1. Cette lettre semble postérieure à la lettre que nous redatons du samedi 13 ? juin (40-163). Balzac envoyait alors les feuilles 11 à 14 du tome I en bon à tirer, de sorte qu'il peut maintenant en réclamer « les bonnes feuilles » (11 et 12) ; elle nous paraît également sensiblement postérieure à la lettre de Souverain du 29 mai (40-150). Balzac lui propose « pour se remettre » de venir le voir un « mardi », qui pourrait être le 16 juin ?
2. Les six premières feuilles du tome I des *Mémoires de deux jeunes mariées* (p. [5]-100), avec la feuille 1, composée de la préface, datée : « Aux Jardies, mai 1840 » et de la dédicace : « À Georges [sic] Sand », datée : « Paris, juin 1840 » (voir 40-120). Il en était déjà question dans la lettre 40-156. Voir, sur la cessation d'activité de l'imprimerie de la veuve Porthmann, 40-246, n. 1.

40-167. ADRIEN PAUL À BALZAC

Aut., Lov., A. 315, ff°s 249 et 250 v°. — *Corr. Gar. IV*, n° 1797.

1. Voir 40-131 et 40-133.
2. Voir 40-169.

40-168. À ARMAND DUTACQ

Aut., Issoudun, médiathèque Albert-Camus, fonds Stanislas Martin, registre 1185, f° 258 (copies communiquées par Georges Lubin et Thierry Bodin). — *Corr. Gar. V*, n° 2855 (non daté).

1. Sur Charlieu, voir 39-314, n. 1.
2. Ce restaurant du 22, boulevard Poissonnière, créé en 1780, avait été repris par Joseph Vachette. Balzac aimait s'y rendre, notamment avec Dutacq ou avec Laurent-Jan (voir 40-268 et l'Index au tome III de la présente édition). Joseph Vachette était le père de l'écrivain Eugène Chavette.
3. Le ton très amical de ce billet (*cf.* la lettre du 17 juillet [40-186]), ainsi que le « tout à vous » de la formule finale, nous amène à dater ce billet de juin 1840, peu avant la publication de la 11ᵉ et dernière livraison des *Petites misères de la vie conjugale*, qui paraîtra dans *La Caricature* du 28 juin.

40-169. LAURENT-JAN À BALZAC

Aut., Lov., A. 314, f° 326. - Publié par M. Regard, *AB 1960*, p. 165. — *Corr. Gar. IV*, n° 1798.

1. Voir 40-167.

40-170. EUGÉNIE FOA À BALZAC

Aut., Lov., A. 313, f° 427.

40-171. À HIPPOLYTE SOUVERAIN

Copie, Lov., A. 283, ff^{os} 227-228. — *Corr. Gar. IV*, n° 1799.

a. 1840   *en surcharge sur*   1838   *copie*

1. Nous ne connaissons cette lettre que par une copie destinée à l'édition C. Lévy (*Corr. CL*) et par un placard composé pour cette édition, puis retranché. Le copiste a hésité sur le millésime de la date (voir var. *a*) ; il s'agissait sans doute d'un cachet postal peu lisible, « 18 juin » paraît être à retenir.
2. Voir 40-158 et 40-160.
3. Il est plusieurs fois question de cette « cholérine » dans des lettres que nous pouvons placer en juin 1840 : voir 40-177 et 40-178.

40-172. À PIERRE DOLOY

Copie, Lov., A. 282, f° 189. — *Corr. Gar. IV*, n° 1800.

1. Cet imprimeur dirigeait en 1840 *Le Courrier de Saint-Quentin*.
2. Doloy ne voulut sans doute pas faire de sacrifice et l'affaire en resta là.

40-173. NICOLAS FRANÇOIS DURANGEL À BALZAC

Aut., Lov., A. 313, f° 371. — *Corr. Gar. IV*, n° 1801.

1. Aucun délai de livraison n'était fixé. Daté « Paris, juin-juillet 1841 », *Ursule Mirouët* fut publié dans *Le Messager* du 25 août au 23 septembre 1841, et en volume l'année suivante (2 vol. in-8°, Souverain ; enregistré à la *BF* du 3 septembre 1842).

40-174. À ARMAND DUTACQ

Copie communiquée par Marcel Bouteron. — *Corr. Gar. IV*, n° 1802.

1. La quittance porte : « [...] Reçu de Monsieur Dutacq pour le compte de Monsieur de Balzac, la somme de vingt-huit francs soixante centimes [soit 25 F pour un manuscrit de *Mercadet* en 5 actes et 3,60 F pour trois aller-retour à Sèvres], montant cy-dessus. Paris, ce vingt-deux juin 1840 / Pour acquit [*signé* :] François [...] » (Lov., A. 297, f° 33). *Cf.* la lettre, à la même époque, à Mme Hanska : « J'ai fait la comédie en cinq actes de *Mercadet* » (*LHB I*, p. 513). C'est en mai-juin 1840, après la chute de *Vautrin* et le refus par Frédérick Lemaître de monter *Richard-Cœur-d'Éponge*, que Balzac rédigea à la hâte les cinq actes de *Mercadet* (voir 40-144 et 40-147), mais Frédérick y ayant voulu des changements (*LHB I*, p. 513) et l'accord n'ayant pu se faire avec l'Ambigu (voir 40-193), Balzac y renonça provisoirement. Le 1er février 1842, il relançait Frédérick Lemaître (voir t. III de la présente édition). Le manuscrit autographe de *Mercadet* n'a pas été retrouvé, il est possible que la copie de François soit celle conservée au fonds Lovenjoul (A. 72, ff^{os} 19-77).

2. C'est-à-dire lundi 22 juin; date de signature de la quittance publiée à la note précédente.

40-175. À ARMAND DUTACQ

Aut., Lov., A. 264, f° 2. — *Corr. Gar. IV*, n° 1804.

40-176. À FRÉDÉRICK LEMAÎTRE

Copie communiquée par Marcel Bouteron et copie, Lov., A. 282, f° 190 (d'après aut. sur papier à en-tête du *Charivari*). — *Corr. Gar. IV*, n° 1805.

1. Cette précision du « samedi 27 » permet de dater du vendredi 26 juin 1840.

40-177. À LAURE SURVILLE

Aut., Lov., A. 277, f° 29. — *Corr. Gar. IV*, n° 1803 (date précisée).

1. W. S. Hastings (*L. fam.*, n° 89) comparait cette lettre à celle adressée au docteur Nacquart (40-178) et la datait du 26 juin. En la rapprochant — par la mention de la « cholérine » dont il souffre depuis quinze jours — de cette lettre à Nacquart au cachet postal du 27 juin, nous datons du même jour.
2. Expression chère à Balzac pour dire qu'il n'a rien fait, pas même sortir sa plume pour tracer la « panse » de la lettre *a*. Voir, par exemple, t. I de la présente édition, 19-10.
3. Le 26 juin, il avait relancé Frédérick Lemaître au sujet de *Mercadet* et de la Porte Saint-Martin. Voir la lettre 40-176.
4. Au verso de l'autographe figure un brouillon de lettre de Laure Surville à sa mère : « Que puis-je te dire autre chose sinon que ta lettre me pénètre de tristesse ! Elle me met dans une disposition à pouvoir dire : mon âme est triste jusqu'à la mort ! *Pour ne t'avoir pas écrit* (car, hélas ! nous passons notre vie à nous forger des fautes et des peines), tu es partie le mardi. Ce mardi a été mauvais, par attention, j'ai attendu encore un jour p[ou]r savoir quelles nouvelles te mander. Arrivée à jeudi, je me suis souvenue que ton dernier mot avait été : Je serai vendredi, samedi au plus tard à Chantilly. J'ai réfléchi qu'il valait mieux écrire à Chantilly, et j'ai écrit cette lettre que j'ai pu rattraper et que je t'adresse à Paris. *Pour avoir jeté au feu des lettres de toi sans les avoir lues !* Ceux qui ont dit cela en ont menti, et je ne comprends pas qui ils voulaient servir et à qui ils voulaient être agréables ! Je n'ai fait cela pour personne au monde, même pour les indifférents. Il m'est arrivé de brûler des lettres après les avoir relues et m'être assurée qu'elles ne contenaient que des commissions et choses indifférentes ; les autres, je les ai gardées !... J'ai le cœur tellement serré, que je sens que je ne dois te dire qu'une seule chose, c'est que je t'aime. Ainsi te voilà sans argent à Paris ! Ainsi tu te gênes au point de n'en pas demander à qui t'en doit !... Ô mon Dieu, mon Dieu ! » (*L. Fam.*, n° 89, n. 2).

40-178. AU DOCTEUR NACQUART

Aut. ; *Lettres autographes du cabinet de M. J[ules] L[e] P[etit]*, vente à Paris, Hôtel

Drouot, 23-24 mai 1919, N. Charavay expert, n° 12 (3). — *CaB 8*, n° 34. — *Corr. Gar. IV*, n° 1806.

1. Voir 40-171 et 40-177.

40-179. EUGÉNIE FOA À BALZAC

Aut., Lov., A. 313, ff^{os} 425 et 426 v°.

40-180. MADAME A. ARPIN À BALZAC

Aut., Lov., A. 312, ff^{os} 93 et 94 v°.

1. Les seules mentions retrouvées de A. Arpin figurent dans quelques lettres, adressées par Mme B.-F. Balzac à sa fille Laure, en 1839 et 1840. Voir Hachiro Kusakabe, *Lettres de Madame Bernard-François Balzac à sa fille Laure Surville*, Kyôto, Éditions Seizansha, s. d. (en particulier les lettres n° 49, p. 151, n° 54, p. 166 et n° 55, p. 170). Les Arpin étaient de vieilles connaissances de Mme Balzac ; en juin 1840, cette dernière passa sans doute quelques jours chez eux à Paris.
2. On sait que Balzac devait à sa mère une somme importante depuis la débâcle, en 1828, de son imprimerie (voir 40-154) ; à ce titre il lui payait chaque trimestre — le plus souvent avec beaucoup de retard — une somme de 500 F « en intérêts de capitaux prêtés ». Une lettre de Mme Balzac au cousin Charles Sédillot, le 22 mars 1846 (publiée par H. Kusakabe, *Lettres de Madame Bernard-François Balzac*, p. 234), nous apprend que ces intérêts n'avaient été servis que jusqu'à juin 1839. Dans cette même lettre, Mme Balzac indique Mme Arpin comme l'une de ses créancières, sans préciser le montant que ses amis lui avaient avancé.

40-181. À HIPPOLYTE SOUVERAIN

Aut., coll. Th. Bodin ; vente JLP, lot n° 155. — *BS*, p. 36. — *Corr. Gar. IV*, n° 1807.

1. Le contexte montre que Balzac est à la fin des corrections de *Pierrette*, ce qui permet de dater de la fin de juin ou du début de juillet, postérieurement aux lettres 40-158, 40-160 et 40-171 ; lettre écrite un jeudi, on peut opter pour le 2 juillet 1840.
2. Il s'agit de la consultation d'Horace Bianchon appelé au chevet de Pierrette Lorrain par le docteur Martener ; Balzac ne donna pas suite à son projet. Le texte de l'édition Souverain resta celui du *Siècle* (26 janvier 1840) où l'on pouvait déjà lire : « il est inutile de donner le texte de cette consultation » (*CH IV*, p. 147 ; voir 40-20, n. 5).

40-182. ERNEST LAUGIER À BALZAC

Aut., Lov., A. 314, ff^{os} 319 et 320 v°. — *Corr. Gar. IV*, n° 1810.

1. Balzac, en dépit de son échec en Sardaigne (voir notamment 38-32), avait donc caressé un moment le projet d'une expédition minière en Colombie. Le 3 juillet, dans une lettre très découragée, il faisait part à Mme Hanska de son projet de porter ses « os au Brésil » (*LHB I*, p. 515).

40-183. POUVOIR À FRANÇOIS FORTUNÉ TRAULLÉ

Copie communiquée par Thierry Bodin ; cat. de la librairie Jacques Charavay, avril 1974, n° 35 967 (avec fac-similé des mots « bon pour pouvoir » autographes et de la signature).

1. Adresse de l'étude de Sylvain Gavault.

40-184. JENNY LAROCHE À BALZAC

Aut., Lov., A. 287, ff^{os} 204 v° et 205 r°. — *Corr. Gar. IV*, n° 1813 (en note).

1. À sa création en 1789, ce café s'appelait Jardins de Frascati, rebaptisé par son nouveau propriétaire en 1792 Café Frascati. Situé sur le boulevard Montmartre à l'angle de la rue de Richelieu, outre un jardin, il abritait aussi une maison de jeu, un restaurant et un traiteur. Il est cité à plusieurs reprises par de nombreux écrivains dont Balzac une douzaine de fois dans *La Comédie humaine*. Après la fermeture de la maison de jeu en 1837 et les travaux entrepris pour le compte de Buisson, le Café Frascati avait rouvert ses portes. Voir René Héron de Villefosse, *Histoire et géographie gourmandes de Paris*, Éditions de Paris, 1956, p. 56-61.
2. Une semaine plus tard, Balzac priera Laurent-Jan de passer chez Frascati pour régler Jenny ; voir 40-190.

40-185. ARMAND DUTACQ À BALZAC

Aut., Lov., A. 297, ff^{bs} 24 et 25 v°. — *Corr. Gar. IV*, n° 1812.

1. Il s'agit de la *Revue parisienne* « dirigée par M. de Balzac ». Dutacq s'était associé avec Balzac pour cette entreprise ; les bureaux se trouvaient à l'hôtel Colbert, sis au 16, rue du Croissant, à la même adresse que ceux du *Charivari* et des *Guêpes*. Le premier numéro est daté du 25 juillet 1840 ; une livraison de 128 pages au moins, vendue 1 F, imprimée chez Bajat, rue Montmartre, était promise pour le 25 de chaque mois. La publication cessa après le numéro 3 du 25 septembre 1840. Les dépenses s'étaient élevées à 7 173,80 F, les recettes à 5 372,15 F, le déficit était de 1 801,65 F (R. Bouvier et E. Maynial, p. 322). Balzac devant partager les bénéfices avec son associé fournissait gratuitement la copie et rédigea presque seul les 396 pages de la *Revue parisienne*. Le premier numéro contient *Z. Marcas*, daté : « Aux Jardies, juillet 1840 », le deuxième *Les Fantaisies de Claudine*, daté : « août 1840, aux Jardies ». Les autres textes de Balzac : *Lettres sur la littérature, le théâtre et les arts*, *Lettres russes*, *Études sur M. Beyle*, *Sur les ouvriers*, *Aux abonnés de la Revue* ont été recueillis dans les *Œuvres diverses* de Balzac (*OD III Conard*, p. 271-416).
2. La « lettre politique » portait le titre *Lettres russes* ; voir 40-186, n. 2.
3. Les bureaux du *Figaro* étaient également situés 16, rue du Croissant ; de nombreux placards publicitaires concernant la *Revue parisienne* figurent dans ce journal en août et septembre 1840.

40-186. À ARMAND DUTACQ

Aut., MB, inv. BAL 93-9 (4). — *Corr. CL*, 225 (sur une copie). — *Corr. Gar. IV*, n° 1812 (sur une copie très fautive et sans le feuillet-adresse).

1. Dans *Corr. CL*, cette lettre était datée — par restitution — de « Paris, 17 juillet 1840 » ; grâce à l'autographe, nous datons des Jardies par référence à la lettre envoyée à Sèvres par Dutacq (40-185).
2. Dans la première livraison de la *Revue parisienne* (voir *ibid.*, n. 1), datée du 25 juillet, on trouvait *Z. Marcas* (p. 1-37), une poésie d'Auguste de Belloy (p. 38-46), *Lettres sur la littérature, le théâtre et les arts* (p. 47-98) et les *Lettres russes* (p. 99-140). Contrairement à ce qui a longtemps été affirmé, cette dernière partie de la livraison du 25 juillet n'était pas rédigée avec la collaboration de Camille Cardonne. Voir Th. Bodin, « Autour des *Lettres russes* », *AB 1992*, p. 97-127, et la lettre de Cardonne à Balzac du 20 août (40-216).

40-187. À VICTOR HUGO

Copie communiquée par Claude Pichois, d'après l'aut., coll. de S. Patinot. — *Corr. Gar. IV*, n° 1809.

1. Lettre écrite un vendredi de juillet, elle nous semble antérieure à la lettre de Hugo du 21 juillet (40-194), qui pourrait être la réponse à cette invitation ; on choisira donc le 17 juillet, plutôt que les 3 ou 10.
2. Le 22 juillet 1839 ; voir 39-150.

40-188. FRÉDÉRICK LEMAÎTRE À BALZAC

Aut., Lov., A. 314, f° 349. — Publié partiellement par Robert Baldick, *La Vie de Frédérick Lemaître. Le lion du boulevard*, trad. de l'anglais par R. Lhombreaud, Denoël, 1961, p. 211-212. — *Corr. Gar. IV*, n° 1808 (date précisée).

1. Pierre Étienne Piestre, dit Cormon (1810-1903), entrepreneur de spectacles. En société avec Félix Dutertre de Verteuil et Jules Chabot de Bouin, il avait dirigé l'Ambigu-Comique ; cette société venait d'être dissoute en date du 15 avril et remplacée par une autre, Cormon, titulaire du privilège, demeurant attaché au théâtre en qualité d'employé, « directeur de la scène sans responsabilité » (voir le *Moniteur des théâtres* du 20 mai 1840). Frédérick Lemaître envoyait Cormon à Balzac pour tenter de monter *Mercadet* à l'Ambigu. L'affaire fut sur le point d'être conclue (voir 40-193). Voir Roger J. B. Clarck, « Balzac, Cormon et *César Birotteau* », *French Studies*, XXIII, 3, 1969, p. 244-247.
2. Depuis l'interdiction de *Vautrin* le 15 mars 1840. Voir aussi le projet de collaboration entre les deux hommes (40-121).

40-189. À ARMAND DUTACQ

Aut., Lov., A. 297, ff°s 7 et 8 v°. — *Corr. Gar. IV*, n° 1865 (daté décembre ? 1840).

1. Cette Annette, dont nous ne savons rien, est également citée dans la lettre à Laurent-Jan du 19 juillet 1840 (40-190).
2. Probablement déjà la copie des *Lecamus* (voir 40-268, n. 4) qui ne paraîtra en feuilleton dans *Le Siècle* qu'à partir du 23 mars 1841.

40-190. À LAURENT-JAN

Aut., Lov., A. 287, ff^{os} 204 r° et 205 v°. — *Corr. Gar. IV*, n° 1813.

1. Ce billet de Balzac est écrit au dos de la lettre de Jenny Laroche (40-184).
2. « Jenny, Annette, Louise, qu'eût pensé Mme Hanska de ces fréquentations ? » (M. Regard, « Balzac et Laurent-Jan », *AB 1960*, p. 164). On peut supposer que Louise était Louise Brouette, son employée des Jardies. Annette est déjà citée dans la lettre à Dutacq (40-189, n. 1).

40-191. À HÉLÈNE DE VALETTE

Aut. (relié dans un exemplaire de *Mercadet*, bibliothèque de la Comédie-Française ; vente Arthur Meyer, Paris, Hôtel Drouot, 3-6 juin 1924, F. Lefrançois et N. Charavay experts, n° 174. — Publié par M. Regard, *Béatrix*, Garnier, 1962, p. 406. — *Corr. Gar. IV*, n° 1813 *bis*.

1. Cette lettre est simplement datée « dimanche 19 » ; on peut hésiter, pour 1840, entre le dimanche 19 avril et le dimanche 19 juillet ; cette dernière date nous paraît certaine ; on a vu que c'est en mai que Balzac avait « fait » *Mercadet* et c'est en juillet qu'il fut sur le point de conclure avec l'Ambigu-Comique (40-193).
2. Hormis « Marie », le véritable nom de la destinataire n'est pas indiqué ; il s'agit certainement d'Hélène de Valette (voir 40-101).
3. Voir 40-174 et 40-193, et notes.
4. Probablement la « 3e édition augmentée et corrigée », parue chez Delloye et enregistrée à la *BF* du 11 juillet. Il s'agissait en fait de la 4e édition, la 3e étant celle parue chez Marchant (*BF* du 31 mai).

40-192. À FRÉDÉRICK LEMAÎTRE

Copie, Lov., A. 282, f° 301. — *Corr. Gar. IV*, n° 1814 *bis* (date rectifiée).

1. En juillet 1840, Cormon (voir 40-188, n. 1) avait été remplacé par Alexandre Cambe comme directeur privilégié de l'Ambigu. Associé avec Chatel, Cambe avait conclu le 11 juillet 1840 un traité avec Frédérick Lemaître pour un certain nombre de représentations de *Kean* d'Alexandre Dumas (créé aux Variétés le 31 août 1836). La pièce fut reprise le lundi 20 juillet 1840 et jouée pour la dernière fois le 11 août. On peut, en suivant René Guise (Chronologie du théâtre de Balzac, *BO*, XXIII, p. 618), penser que Balzac assista à la reprise du lundi 20 juillet et dater cette lettre de ce jour.
2. Voir 40-188, n. 1.

40-193. PROJET DE TRAITÉ AVEC LE THÉÂTRE DE L'AMBIGU

Aut., Lov., A. 267, ff^{os} 3-5 ; les corrections de Balzac sont imprimées ici en italique. — Publié par R. Guise, *BO*, XXIII, p. 618-620. Une mise au net, ni datée ni signée, contenant toutes les corrections de Balzac, est conservée aux ff^{os} 6 et 7.

1. René Guise (*BO*, XXIII, p. 618-620) suppose que ce projet n'a été transmis à Balzac que le 21 ou le 22 juillet. Balzac dut avoir des

entretiens avec les représentants de la direction de l'Ambigu et leur faire admettre les corrections apportées au traité. Le 5 août, la direction de l'Ambigu écrivait à Gavault : « M. de Balzac a dû vous remettre ce matin le traité relatif à la pièce de *Mercadet* en vous priant de la faire copier, si cet ouvrage est achevé je vous serai infiniment obligé de vouloir bien le remettre au porteur car nous devons le renvoyer à M. de Balzac après midi » (Lov., A. 267, f° 8). On remarquera que le texte n'est pas signé ; c'est probablement en raison des exigences de Balzac que ce projet de créer *Mercadet* à l'Ambigu fut abandonné. Voir *BO*, XXIII, p. 620-621.

2. Les corrections de Balzac sont peu claires : le projet de traité étant daté du 20 juillet, « le quinze courant » ne peut être juillet, mais août ; on peut donc supposer que les corrections de Balzac ont été faites au début d'août et non dès réception du projet.

40-194. VICTOR HUGO À BALZAC

Copie communiquée par Jean Richer d'après l'aut., British Library, add. ms. 39672, f° 92. — *Corr. Gar. IV*, n° 1814.

1. La Terrasse, propriété située à Saint-Prix en lisière de la forêt de Montmorency. La famille Hugo y passa les étés de 1840 à 1842.

40-195. V. Q., VEUVE C. À BALZAC

Aut., Lov., A. 318, f°s 73-74. — *CaB 5*, n° 14, avec fac-similé du dernier feuillet de la lettre. Nous effectuons des coupes dans cette longue lettre qui comporte de nombreuses fautes que nous maintenons sans les indiquer ni les corriger.

1. Il n'y avait en 1840 que trois cours royales dont le nom commençait par un R: Rennes (Ille-et-Vilaine), Riom (Puy-de-Dôme), Rouen (Seine-Inférieure).

40-196. À FRÉDÉRICK LEMAÎTRE

Aut., Tôkyô, Bibliothèque de l'Université commerciale de Tôkyô. — Fac-similé aimablement communiqué par M. Kurô Yamada.

40-197. HÉLÈNE DE VALETTE À BALZAC

Aut., Lov., A. 394 *bis*, f°s 5-6 ; sur papier aux initiales « H. V. » surmontées d'une couronne comtale. — Publié par M. Regard, *Béatrix*, Garnier, 1962, p. 407-410. — *Corr. Gar. IV*, n° 1815.

1. En 1840, les 29 avril et 29 juillet tombaient un mercredi ; juillet paraît le plus vraisemblable.

2. Samuel Lousmeau, dit Edmond Cador (La Rochelle, 10 septembre 1816-24 mai 1873), ancien amant d'Hélène de Valette. Comme le montrent les lettres d'Hélène de Valette, il avait fait des révélations à Balzac sur la liaison d'Hélène avec le comte du Moulinet d'Hardemare et leur enfant Eugène (voir 40-206, n. 2 et 3), et essayait de la faire chanter. Il entra plus tard en relations avec George Sand. On lui doit quelques articles dans *La Presse* et la *Revue de Paris* ainsi qu'un recueil de nouvelles *Le Dessous des cartes* (Paris, Delloye, 1840). Voir la

notice de Georges Lubin, *Corr. Sand*, XII, p. 739-740, et son article « Edmond Cador n'est pas un mythe », *AB 1968*, p. 403-409.

3. Cet ancien couvent bénédictin breton, abandonné depuis la Révolution, avait été acheté par Mme Molé-Lamoignon, en 1824, pour y établir une filiale de son ordre. Voir M. Regard, *Béatrix*, p. 409.

40-198. AU DIRECTEUR DES MESSAGERIES DE VILLE-D'AVRAY

Aut., Lov., A. 288, ff^{os} 150-151 ; en haut de la lettre, le destinataire a noté : « Répondu le 3 août 1840 ». — *Corr. Gar. IV*, n° 1816.

1. Il s'agit du banquier James de Rothschild (voir le Répertoire au tome I de la présente édition) qui passait une partie de l'été aux thermes de Bagnères-de-Bigorre, dans les Hautes-Pyrénées. Voir Laura S. Strumingher, *Life and Legacy of Baroness Betty de Rothschild*, New York, Peter Lang, 2006, p. 41.

40-199. À FRÉDÉRICK LEMAÎTRE

Fragment de l'aut. publié au cat. de la librairie Matarasso, 1949, n° 5, ainsi décrit : « 1 p. s. 13 lignes in-8°, adresse sur la 4ᵉ page et cachet de cire brun-or intact, portant le mot *Ave* ».

1. Il s'agit de la version de *Mercadet* « avec un prologue », mentionné dans les corrections de Balzac au projet de traité avec l'Ambigu du 20 juillet 1840 (40-193) ; nous datons de la fin de juillet. Faute d'accord entre l'Ambigu et Lemaître, Balzac renonça probablement à son projet de nouvelle lecture.

40-200. À ZULMA CARRAUD

Aut., Lov., A. 293, f° 120. — *Corr. Gar. IV*, n° 1817.

1. Martelli-Ubicini ; voir 40-104, n. 2.
2. Ayant achevé son tour du monde, Borget arriva peu après à Frapesle ; voir 40-209.
3. Le commandant Carraud, mari de Zulma.

40-201. E. HAMELIN À BALZAC

Aut., Lov., A. 337, ff^{os} 174 *quater* et 174 *quinquies* v°.

1. L'« oubli » de cette « si mince affaire » durait depuis bien longtemps : le 15 mai 1840, M. Riche, épicier de la rue du Temple, avait fait une première tentative amiable auprès de la mère de Balzac pour récupérer une créance remontant à 1837 (voir aut., Lov., A. 337, ff^{os} 174 *bis* et 174 *ter* v°). Ce n'est que sept ans plus tard (le 30 mars 1847) que l'épicier recouvrera une partie de sa créance, réglée à 50 % par Fessart (aut., Lov., A. 337, f° 175 *bis*).

40-202. À HIPPOLYTE SOUVERAIN

Copie, Lov., A. 283, ff^{os} 229-230. — *Corr. Gar. IV*, n° 1818.

1. Dans cette lettre non retrouvée, Souverain annonçait sans doute une sommation par huissier d'avoir à remettre les manuscrits du *Curé*

de village et de *Sœur Marie des Anges*. Cette sommation fut faite le 4 août par l'huissier Constantin Bissonnier (40-203), Balzac répliqua, le 8 août, par un acte de l'huissier Jean-François Brizard (40-205) annonçant la remise de 68 feuillets manuscrits complétant *Le Curé de village* (chap. XVII à XXVI) dont Souverain avait déjà la conclusion, remise trois mois et demi plus tôt.

2. Souverain avait déjà le chapitre XVI qui ouvre le tome II : « Madame Graslin à Montégnac » (ce chapitre qui reprenait la fin de *Véronique* correspondait au *Feuilleton* de *La Presse* des 12 et 13 juillet 1839), ainsi que les chapitres XXVII et XXVIII constitués par le texte corrigé de *Véronique au tombeau* paru dans *La Presse* du 30 juillet au 1ᵉʳ août 1839.

40-203. SOMMATION
DE L'HUISSIER CONSTANTIN BISSONNIER
À BALZAC À LA REQUÊTE DE SOUVERAIN

Aut., Lov., A. 269, fᵒ 46. — Publié par Ki Wist, *Le Curé de village, manuscrits ajoutés pour l'édition Souverain de 1841 : documents de la collection Lovenjoul*, Bruxelles, Henriquez, 1963, p. 52-53.

40-204. ALEXANDRE DUJARIER À BALZAC

Aut., Lov., A. 313, ffᵒˢ 347-348. — Publié par Lovenjoul, *Genèse*, p. 173-176. — *Corr. Gar.* IV, n° 1819.

1. Voir 40-39, 40-145 et 40-153.
2. Le contrat de rédaction conclu avec *La Presse* en 1839 n'a pas été retrouvé.
3. C'est-à-dire depuis *La Princesse parisienne* publié du 20 au 26 août 1839.
4. Voir la réponse de Balzac (40-208).

40-205. SOMMATION
DE L'HUISSIER JEAN-FRANÇOIS BRIZARD
À SOUVERAIN À LA REQUÊTE DE BALZAC

Aut., Lov., A. 269, fᵒ 47. — Publié par Ki Wist, *Le Curé de village, manuscrits ajoutés pour l'édition Souverain de 1841*, p. 53-55.

40-206. HÉLÈNE DE VALETTE À BALZAC

Aut., Lov., A. 394 *bis*, ffᵒˢ 9-10. — Publié par M. Regard, *Béatrix*, Garnier, 1962, p. 410-412. — *Corr. Gar.* IV, n° 1820.

1. Avec M. Regard, nous datons cette lettre d'août ; Hélène de Valette annonçant son retour pour le 15, nous la plaçons au début du mois.
2. La mère du comte Eugène Charles du Moulinet d'Hardemare, son amant et le père de son enfant (voir 40-197, n. 2).
3. Sur Edmond Cador, voir *ibid.*

40-207. PROJET DE DÉCLARATION D'HIPPOLYTE SOUVERAIN

Aut. (de la main de Balzac), MB, inv. BAL 93-41 ; vente des Archives Souverain, n° 156 ; *Bibliothèque du colonel Daniel Sickles*, vente à Paris, Hôtel Drouot, 18-19 novembre 1993 (15ᵉ partie), J. Vidal-Mégret et Th. Bodin experts, n° 6123 (3).

1. Ce projet de déclaration est apparu pour la première fois dans une vente des Archives Souverain (n° 156) dans un lot joint au traité conclu avec Souverain le 11 avril 1841 (41-36) ; mais il s'agit certainement d'un texte antérieur à 1841 ; Balzac y promet à nouveau *Sœur Marie des Anges* qui, très modifié, deviendra *Mémoires de deux jeunes mariées* dont le texte avait commencé à être imprimé après mai 1840, dans un atelier d'imprimerie qui cessera ses activités au début de novembre 1840 ; on peut placer ces lignes courant août 1840, après les sommations des 4 et 8 août 1840 (40-203 et 40-205).

2. Voir 40-203.

3. Balzac pense probablement au traité du 24 décembre 1838 (38-126).

40-208. À ALEXANDRE DUJARIER

Aut., Lov., A. 287, ff^(os) 5 et 6 v°. — Publié par Lovenjoul, *Genèse*, p. 176-77. — *Corr. Gar. IV*, n° 1821.

1. Il s'agit du manuscrit des *Deux Frères* [*La Rabouilleuse*] que Dujarier attendait jusqu'à la fin de l'année ; voir 40-280.

2. Cette réponse de Dujarier n'a pas été retrouvée.

40-209. AUGUSTE BORGET À BALZAC

Aut., Lov., A. 312, ff^(os) 322-323. — Fragments cités par M. de Laugardière, *Satellites de Balzac*, Bourges, Dusser & Fils, 1941, p. 65. — *Corr. Gar. IV*, n° 1822.

1. Voir 40-213.

40-210. À EUGÈNE SURVILLE

Aut., Lov., A. 277, ff^(os) 36 et 37 v°. — *Corr. Gar. IV*, n° 1823.

1. En *post scriptum*, Balzac écrit : « je reçois ta lettre aujourd'hui 12 » ; il s'agit du 12 août comme le montre l'allusion aux sommations de Souverain (40-202 et 40-211).

2. Plutôt qu'une cession de la *Revue parisienne*, cette « vente » doit être une vérification du produit des abonnements.

40-211. DÉCLARATION D'HIPPOLYTE SOUVERAIN

Aut., Lov., A. 269, f° 49 ; sur papier timbré. — Publié par Ki Wist, *Le Curé de village, manuscrits ajoutés*, p. 81. — *Corr. Gar. IV*, n° 1824.

1. Protestant contre les allégations contenues dans la signification faite le 8 août par l'huissier Brizard (40-205), Souverain avait refusé d'accepter le manuscrit sans un examen préalable. Peu après, le texte était envoyé à la composition (40-217). Des 68 feuillets mentionnés

ici, sont conservés au fonds Lovenjoul les feuillets 52 à 68. Trois autres, soit 4 pages, ont figuré à la vente des Archives Souverain de 1957.

40-212. VICTOR HUGO À BALZAC

Aut., BNF, Mss, n. a. fr. 24007 (coll. Allard du Chollet), ff⁰ˢ 144 et 145 v⁰. — Publié par R. Pierrot, *RHLF*, octobre-décembre 1953, p. 476. — *Corr. Gar. IV*, n⁰ 1825.

1. Dans ses *Lettres sur la littérature* (*Revue parisienne* du 25 juillet), Balzac avait rendu compte (p. 93-97) du volume de Victor Hugo, *Les Rayons et les Ombres* (Delloye et Lecou, mai 1840) : « M. Hugo est bien certainement le plus grand poète du XIXᵉ siècle. Si j'avais le pouvoir, je lui offrirais et des honneurs et des richesses, le conviant à faire un poème épique. » Après quelques critiques de forme et de grammaire, Balzac insiste sur « la vive compréhension de tous les modes » de « notre premier lyrique » (*OD III Conard*, p. 293-294, et *Écrits sur le roman*, éd. Stéphane Vachon, Le Livre de poche, 2000, p. 186-190).

40-213. À AUGUSTE BORGET

Lov., B. 746 (ex. corrigé de *Corr. CL*, 226). — *Corr. Gar. IV*, n⁰ 1826.

1. Ce « mot » à Zulma Carraud et le *Vautrin* avec un envoi à Borget n'ont pas été retrouvés.
2. La dédicace à Borget avait été publiée en 1837 au tome XII des *Études philosophiques* paru chez Delloye et Lecou (3ᵉ livraison, enregistrée à la *BF* du 8 juillet 1837).

40-214. CHARLES LOUIS MOLLEVAUT À BALZAC

Aut., Lov., A. 315, f⁰ 110 ; sur papier à en-tête, comportant, en marge gauche, la longue liste des traductions et ouvrages de Mollevaut.

1. Il s'agit des *Cent épigrammes de Martial, toutes traduites vers pour vers, pour la première fois avec le portrait du traducteur*, et la cinquième édition de *« L'Ode à la postérité »*, Paris, chez l'auteur, 1840.
2. Texte paru la même année, chez l'auteur.
3. La *Revue parisienne* ne rendit pas compte des ouvrages de Mollevaut et l'éventuelle réponse de Balzac à cette lettre n'a pas été retrouvée.

40-215. ALPHONSE TOUSSENEL À BALZAC

Aut., Lov., A. 316, ff⁰ˢ 206 et 207 v⁰. — *Corr. Gar. IV*, n⁰ 1827.

1. Thomas-Robert Bugeaud (1784-1849) s'est notamment illustré au cours des années 1830 dans le conflit algérien.
2. Thiers, la famille Dosne et Ambroise Mottet, homme politique, protégé de Thiers, sont longuement mis en scène dans les *Lettres russes*.
3. Balzac a utilisé l'anecdote dans les *Lettres russes* du numéro 2 de la *Revue parisienne* (25 août 1840), reproduisant presque textuellement l'histoire contée par Toussenel (*OD III Conard*, p. 355). Bugeaud fut nommé gouverneur général de l'Algérie en janvier 1841, après la chute du ministère Thiers.

40-216. CAMILLE CARDONNE
À DUTACQ ET BALZAC

Aut., Lov., A. 207, ff^{os} 202-203. — Publié par Th. Bodin, *AB 1992*, p. 99-100.

1. Cette lettre adressée à Dutacq devait être portée à la connaissance de Balzac. Dans le numéro de la *Revue parisienne* du 25 juillet, les *Lettres russes* décrivaient Cardonne comme un « jeune journaliste » ou « jeune écrivain », « venant rue Saint-Georges, à l'hôtel de M. Thiers prendre le mot d'ordre et chercher le sens des articles à faire » (p. 115 et 119-120). Un peu plus loin, Balzac indiquait : « Mais M. Thiers ne connaît plus son intrépide soldat, M. de Cardonne ! » (p. 136). Dutacq, en août, semble-t-il, recruta Cardonne pour collaborer à la *Revue parisienne*.

2. Commentant la chute des rentes 3% et 5%, *La Presse* du lendemain expliquait : « Cette baisse considérable a eu pour cause les bruits qu'on a répandus de nouveau du blocus d'Alexandrie et de Saint-Jean d'Acre par les Anglais, et de l'occupation de Candie par les Français. On ajoutait que l'ordonnance de convocation des chambres paraîtrait après-demain dans *Le Moniteur*. »

3. Au cours de cette rencontre du 22 août, Cardonne remit à Balzac un important dossier. Balzac, qui n'avait pas terminé sa chronique politique pour le numéro 2 de sa revue, ajouta un *post scriptum* daté du 23 août, extrait du dossier de Cardonne, et inséra d'autres éléments dans son article. Voir Th. Bodin, « Autour des *Lettres russes* », p. 101-102.

4. Louis Désiré Véron, propriétaire du journal *Le Constitutionnel* (voir le Répertoire), retrace dans ses Mémoires les tractations autour de sa nomination. Voir *Mémoires d'un bourgeois de Paris*, Paris, Gabriel de Gonet éditeur, 1854, t. IV, p. 263 et suiv.

40-217. HIPPOLYTE SOUVERAIN À BALZAC

Aut., Lov., A. 256, ff^{os} 268-269. — *Corr. Gar. IV*, n° 1828.

1. Il s'agit du tome II du *Curé de village* ; voir 40-202 et 40-211.

2. *Dom Gigadas* était imprimé à Corbeil chez Louis Crété (voir 40-43, n. 3). Balzac a dû donner enfin satisfaction à son éditeur, puisque le roman est enregistré à la *BF* du 26 septembre 1840.

3. La quatrième livraison des *Études philosophiques* n'est pas enregistrée à la *BF* ; cette indication permet de supposer une mise en vente de peu postérieure au 25 août en dépit d'une annonce prématurée dans le *Feuilleton* de la *BF* du 11 janvier 1840 : « Pour paraître en janvier *Le Livre des douleurs* par M. de Balzac. 5 vol. in-12. »

40-218. À L'ABBÉ HAFFREINGUE

Aut., Lov., A. 287, f° 157. — *Corr. Gar. IV*, n° 1829.

40-219. À GEORGE SAND

Aut. (de la main de Balzac), MB, inv. BAL 92-33 ; un feuillet (23 × 36 cm) provenant d'un album et au verso duquel sont tracés onze petits dessins, visages de profil, que l'on retrouve très fréquemment sur les manuscrits de Balzac ; c'est sans doute ainsi qu'il « préparait » ses nouvelles plumes. L'un de ces profils, inhabituellement orné d'une chevelure féminine, est très vraisemblablement un portrait de George Sand. — Publié, avec fac-similé, au cat. de la vente de la *Bibliothèque Jacques Guérin*, Paris, Hôtel George-V, 20 mai 1992 (7ᵉ partie), M. et M. Castaing, Cl. Guérin, A. Nicolas et D. Courvoisier experts, n° 103 ; *Mon cher George*, p. 138-139 (avec fac-similé).

1. Il s'agit d'un cryptogramme qui se dévoile en mettant bout à bout la première lettre de chaque mot (inscrite en majuscule par Balzac) : « Sotte Suisse jusques à quand quêteras-tu des autographes à des gens que tu embêtes. »
2. Balzac reprend ici son écriture courante.
3. À cette date, cette « maxime » n'apparaît pas dans les œuvres de Balzac ; ce n'est qu'en 1846 que, dans *La Cousine Bette*, parlant de Valérie Marneffe, il écrira : « c'est une fière locomotive qu'une pareille femme ! » (*CH VII*, p. 328).

40-220. CAMILLE BERNAY À BALZAC

Aut., Lov., A. 312, ff⁰ˢ 207-208. — Publié par J. Lyon-Caen, *La Lecture et la Vie*, p. 286-287.

1. Le 6 août 1838.
2. La représentation de cette « longue homélie » est mentionnée, sans titre, mais à cette date et en ce théâtre, dans l'*Annuaire dramatique de 1840* (Paris, Tresse, 1840, p. 131), où on lit : « d[rame en] 1 a[cte en] v[ers] Camille Bernay. — Début de Mlle Mathilde Payre dans cette pièce ». Camille Bernay passe sous silence quelques-uns de ses « titres littéraires » : *Un dîner chez Barras, ou la Soirée des dupes* (*Revue de Paris*, juin 1839, p. 89-114) ; *Sous les toits* (Paris, Ledoux, 1833).
3. Aucun texte de Camille Bernay n'a été publié dans la *Revue parisienne*.
4. Cette mention nous laisse penser que Balzac envoya très vraisemblablement cette lettre à Mme Hanska, en 1843, pour sa collection d'autographes.
5. Ce drame en 4 actes et en vers (Paris, Tresse, 1842) fut représenté à l'Odéon en octobre 1842, peu de temps après le décès de Camille Bernay.

40-221. VAYSON FRÈRES À BALZAC

Aut., Lov., A. 340, ff⁰ˢ 121 et 122 v⁰.

1. Nous n'avons pas retrouvé de réponse de Balzac à cette proposition. Les fournisseurs attendaient un paiement depuis plus d'un an. Les tapis ne furent pas rendus ; les documents que nous avons pu retrouver dans divers dossiers du fonds Lovenjoul nous montrent que les frères Vayson firent protester, le 27 janvier 1845, ces deux billets de 250 F souscrits en août 1839 (Lov., A. 340, f⁰ 123). Le protêt fut sans effet, et ce n'est finalement que le 29 octobre 1845 que Fessart négocia avec les Vayson un règlement à hauteur de 50 % de leur créance (Lov., A. 341, f⁰ 130).

40-222. « UN HOMME DE CŒUR ET D'HONNEUR »
À BALZAC

Aut., Lov., A. 207, ff^{os} 197 et 198 v°.

1. Balzac, en 1836, avait chargé Jean-Baptiste Capefigue (1801-1872) de la rédaction des articles de politique intérieure pour la *Chronique de Paris* : « Capefigue est mon rédacteur, prend mes mots d'ordre », écrivait-il à Mme Hanska en mars 1836 (*LHB I*, p. 298) ; quelques jours plus tard il précisera : « Capefigue est chargé de la politique intérieure et la fait assez bien » (*ibid.*, p. 306).

2. Il s'agit du baron Brénier, chef de la division de la comptabilité au ministère des Affaires étrangères — en cette qualité, membre du Conseil d'État —, mentionné dans l'*Almanach royal pour l'an 1830* (Paris, A. Guyot et Scribe, 1830, p. 158). Son fils Anatole devint ministre des Affaires étrangères en 1851.

40-223. JENNY ANGELET À BALZAC

Aut., Lov., A. 266, f° 27 v°. Au dos de cette lettre, Balzac a pris quelques notes sur le règlement de la Société des gens de lettres.

1. Jenny Angelet n'avait publié que deux textes très courts dans le *Keepsake des jeunes amis des arts pour 1840* (1 vol. in-8° ; Paris, Challamel, 1840) : *Angela*, p. 97-105 ; *Les Deux Chattes : fable*, p. 147-148.

40-224. SCIPION MARIN À BALZAC

Aut., Lov., A. 315, ff^{os} 29-30. — *Corr. Gar. IV*, n° 1830.

1. En *post scriptum* à la deuxième *Lettre sur la littérature* presque entièrement consacrée au *Port-Royal* de Sainte-Beuve (*Revue parisienne* du 25 août), Balzac écrivait : « Il m'est impossible de ne pas vous recommander un livre demi-roman, demi-voyage qui a la tournure d'un pamphlet contre l'Égypte et qui tire une saveur particulière des circonstances actuelles. Il est intitulé *Événements et aventures en Égypte*, par M. Scipion Marin. » Il analysait ensuite la situation en Égypte décrite par son correspondant (*ŒD III Conard*, p. 316-317).

2. Dans la même *Lettre* citée à la note précédente, Balzac rendait compte, très sévèrement, de l'ouvrage de Louis Reybaud, *Études sur les réformateurs contemporains ou socialistes modernes* publié chez Guillaumin en juillet 1840 ; le confondant avec son frère cadet Charles Reybaud, rédacteur en chef du *Constitutionnel*, Balzac écrivait : « comme l'auteur est un des aristarques abrités sous le casque célèbre du *Constitutionnel* il est bien servi par la presse » (*ibid.*, p. 312).

3. Henriette Arnaud, Mme Charles Reybaud, a publié sous le nom d'H. Arnaud un nombre considérable de romans-feuilletons.

40-225. LE GÉNÉRAL COMTE DE RIVAROL
À BALZAC

Aut., Lov., A. 316, ff^{os} 36 et 37 v°. — *Corr. Gar. IV*, n° 1831.

1. Balzac n'a pas utilisé le texte communiqué par son correspondant.

40-226. ALPHONSE TOUSSENEL À BALZAC

Aut., Lov., A. 316, ff⁰ˢ 204 et 205 v°. — *Corr. Gar. IV*, n° 1832.

1. Balzac avait repris une des anecdotes contées par Toussenel (voir 40-215).
2. Dans la *Revue parisienne* du 25 août, en rendant compte de l'ouvrage de Louis Reybaud (voir 40-224, n. 2), Balzac prenait la défense de Charles Fourier que Reybaud accusait « d'avoir formulé le code de la brute » et écrivait : « Jésus a révélé la Théorie, Fourier invente l'application. Fourier a considéré certes avec raison les passions comme des ressorts qui dirigent l'homme et conséquemment les sociétés. Ces passions étant d'essence divine, car on ne peut pas supposer que l'effet ne soit pas en rapport avec la cause, et les passions sont bien les mouvements de l'âme, elles ne sont donc pas mauvaises en elles-mêmes. En ceci, Fourier rompt en visière, comme tous les grands novateurs, comme Jésus, à tout le passé du monde » (*OD III Conard*, p. 314).
3. Mme de Gontaut, gouvernante des enfants de France, avait accompagné Charles X dans son exil en Grande-Bretagne et à Prague.

40-227. À HIPPOLYTE SOUVERAIN

Aut. ; vente Archives Souverain, n° 180. — *Corr. Gar. IV*, n° 1833.

1. Sur ce placard, voir 40-211, n. 1. Le texte mentionné par Balzac commence à la page 31 du tome II du *Curé de village*, il lui manque donc après la première feuille tirée (p. 1-16) quatorze pages qui, ne constituant pas un cahier complet, n'avaient pas été tirées.
2. Sur le projet de développement du *Curé de village* en une édition en trois volumes in-8°, voir 40-163, n. 5. Mais finalement Balzac y renonça comme il l'explique dans la préface à l'édition Souverain (voir *CH IX*, p. 637-639).

40-228. HÉLÈNE DE VALETTE À BALZAC

Aut., Lov., A. 394 *bis*, ff⁰ˢ 7-8. — Publié par M. Regard, *Béatrix*, Garnier, 1962, p. 412-413. — *Corr. Gar. IV*, n° 1834.

1. L'allusion au procès de Mme Lafarge qui commença à la cour d'assises de Tulle, le 2 septembre, permet de dater du début de ce mois.
2. Sur Edmond Cador, voir 40-197, n. 2.
3. Faut-il rappeler que la mère d'Hélène de Valette était morte le 8 décembre 1818...
4. *Le Dessous des cartes*, nouvelles par E. Cador, volume enregistré à la *BF* du 1ᵉʳ août 1840.
5. La dédicace du *Dessous des cartes* porte : « À F. M. DE V. » (pour Félicité Marie de Valette).
6. Marie Fortunée Capelle (1816-1852) a été reconnue coupable, le 19 septembre, par la cour d'assises de Tulle, du meurtre par empoisonnement de son mari, Charles Lafarge, survenu le 14 janvier 1840. Elle fut condamnée aux travaux forcés à perpétuité ainsi qu'à une exposition d'une heure sur la place publique de Tulle. L'affaire fit

grand bruit dans tout le pays. Pendant sa captivité, elle rédigea un journal, *Heures de prison*, paru dès 1854 aux Éditions Librairie nouvelle.

7. Les Guidoboni-Visconti.

40-229. GEORGE SAND À BALZAC

Aut., BM d'Angers, papiers David d'Angers, ms. 1949 Sand. — Publié par R. Pierrot, *RSH*, XCVI, octobre-décembre 1959, p. 444; *Corr. Sand*, V, n° 2107; *Mon cher George*, p. 140-141 (avec fac-similé). — *Corr. Gar. IV*, n° 1835.

1. Nous ne savons si *Dom Mar* rendit visite à George le 10 septembre, mais le 13, il dîna chez elle en compagnie de Rollinat, comme le témoigne une lettre envoyée par sa mère à Maurice Sand, le 15 septembre : « Balzac est venu dîner avant-hier. Il est tout à fait fou. Il a découvert la *rose bleue* pour laquelle les sociétés d'horticulture de Londres et de Belgique ont promis cinq cent mille francs de récompense (qui dit, dit y). Il vendra en outre chaque graine cent sous et pour cette grande production botanique il ne dépensera que cinquante centimes. Là-dessus Rollinat lui a dit naïvement : "Hé bien ! pourquoi donc ne vous y mettez-vous pas tout de suite ?" Et Balzac lui a répondu : "Eh ! c'est que j'ai tant d'autres choses à faire ! mais je m'y mettrai un de ces jours" » (aut., Bibliothèque historique de la ville de Paris, G. 1228 ; copie, Lov., E. 920, ff^{os} 377-378 ; *Corr. Sand*, V, n° 2107, p. 129).

40-230. À ROGER DE BEAUVOIR

Aut., Lov., A. 286, ff^{os} 37-38. — Publié par Georges Adenis, *CB*, n° 10, 1950, p. 214-216. — *Corr. Gar. IV*, n° 1837.

1. Félicien Malefille (1813-1868), auteur dramatique, avait été amant et secrétaire de George Sand avant son départ pour Majorque avec Chopin. Nous ne savons rien de l'autre témoin, M. de Lapierre (ou La Pierre). La lettre de R. de Beauvoir n'a pas été retrouvée.

2. On lisait dans la *Revue parisienne* du 25 août (p. 248), à propos de Léonard Guyot : « [...] pompeusement décoré des noms de Léonce de Lavergne, à l'instar de M. Roger de Beauvoir qui ne s'appelle réellement ni Roger, ni de Beauvoir » (*OD III Conard*, p. 370). Balzac égratignait ainsi un écrivain qui, comme il le rappelle plus loin, avait pris parti publiquement pour Buloz dans le procès du *Lys dans la vallée* (voir 40-93, n. 2). Né à Paris, le 28 novembre 1807, cet homme était le fils de Nicolas Roger et de Marie Geneviève Françoise de Bully. Entiché de noblesse, il s'était d'abord fait appeler Eugène Roger de Bully. Pour éviter d'être confondu avec un marchand de vinaigre ou pour ne pas avoir de procès avec un de ses oncles, le député du Nord M. de Bully, il changea une seconde fois de nom en ajoutant à son patronyme le nom d'une propriété de sa famille en Normandie : Beauvoir. Dans des notes postérieures pour ses Mémoires, il a donné sa version de l'affaire : « Quelques mots sur M. Balzac ou *de* Balzac (1841). M. de Balzac, sans rime ni raison, sans provocation aucune de ma part, a trouvé bon dans un journal petit format (une feuille de chou ployée en 4) de m'attaquer [...]. M. de Balzac me débaptisait d'un coup, lui ce même Balzac qui s'était affublé de tant de noms à sa guise depuis celui du romancier St-Aubin

jusqu'à celui d'Entragues, etc. etc. etc. ! Je pris une plume et j'envoyai les 4 vers suivants audit Sieur Balzac (Honoré) en son *château* des Jardies proche Ville-d'Avray : "Honoré de Balzac, d'Entragues et cœtera / Tu contestes mon nom dans ta fureur jalouse / Prête-moi l'un des tiens, car il t'en restera / Honoré Balzac au moins douze !" M. de Balzac a toujours nié avoir reçu ces vers de remerciement mais il ne peut nier en revanche avoir reçu peu de jours après la visite de MM. Mallefille et La Pierre mes deux témoins. [...] Le lendemain matin, [...] on m'annonce M. David de la part de M. de Balzac. M. David [...] avait accepté de lui la mission de me venir trouver avec une lettre dudit écrivain. Mon premier mouvement fut de me récrier, ce n'était pas une lettre, c'était 7 à 8 pages de copie que l'auteur du *Père Goriot* m'adressait ! Je dis à M. David : "Mon cher M., je ne puis, ni ne dois ouvrir ce paquet, c'est l'affaire de mes témoins." Je refusai d'en prendre connaissance. J'appuyai devant M. David très au courant de ces sortes d'affaires sur la marche à suivre en pareille circonstance, je dis que j'attendais une rétractation de M. de Balzac, qu'il me la fallait, etc. etc. que c'était mon *ultimatum*. [...] Après plusieurs pourparlers entre les témoins, auxquels selon la règle, je ne fus pas appelé, M. Mallefille m'assura que M. de Balzac ferait publier sa rétractation dans son plus prochain numéro » (aut., Lov., A. 363, f° 14 et v°, cité par G. Adenis, « Un duel manqué avec R. de Beauvoir », *CB*, n° 10, 1950, p. 209-217).

3. Alphonse Toussenel ; voir 40-215, 40-226 et le Répertoire.

4. D'après son récit, quelques jours après avoir refusé de lire cette lettre, Roger de Beauvoir eut avec Balzac au théâtre du Gymnase une altercation où il se donne le beau rôle (cité par G. Adenis, « Un duel manqué avec R. de Beauvoir », p. 217). L'affaire fut close par l'entrefilet suivant inséré dans la *Revue parisienne* du 25 septembre (p. 389-390) : « Une pièce authentique a prouvé de même que M. Roger de Beauvoir se nommait ainsi ; j'ai vu d'où provenaient les erreurs de ceux qui contestent le nom de Roger à M. Roger de Beauvoir, et que, dans mon innocence, j'avais le tort d'écouter depuis dix ans. J'espère que ceci ne peut être que fort utile à M. Roger, en faisant cesser les contes qui couraient à ce sujet » (*OD III Conard*, p. 413-414).

40-231. VICTOR CONSIDÉRANT À BALZAC

Aut., Lov., A. 313, f° 120 et v° ; sur papier à en-tête de la Société pour la propagation et la réalisation de la théorie de Fourier, rue de Tournon n° 6. — *Corr. Gar. IV*, n° 1838.

1. Sur Toussenel, voir le Répertoire.

2. *La Phalange* paraissait depuis 1838 ; elle avait remplacé *La Réforme industrielle ou le Phalanstère*, journal publié de 1832 à 1834. Le texte proposé par Balzac était peut-être la *Pathologie de la vie sociale*.

40-232. JACQUES CRÉTINEAU-JOLY À BALZAC

Aut., Lov., A. 313, ff°s 146 et 147 v°. — *Corr. Gar. IV*, n° 1839.

1. Crétineau-Joly était vendéen et légitimiste.

2. *Le Dernier Chouan ou la Bretagne en 1800* avait paru chez Urbain Canel en 1829 (4 vol.).

3. Venaient de paraître chez plusieurs libraires parisiens les deux premiers des quatre tomes de l'*Histoire de la Vendée militaire* de Crétineau-Joly.

40-233. À ARMAND DUTACQ

Aut., Lov., A. 297, f° 9. — *Corr. Gar. IV*, n° 1852 (date rectifiée).

1. Les 18 et 19 septembre, à la requête de Foullon, un huissier se présenta aux Jardies pour saisir le mobilier de Balzac. J. Savant (*JS*, n° 29, p. 58-59, n. 463) proposait de dater cette lettre du 25 septembre, jour du déménagement des Jardies ; le « *ils* y sont », écrit par Balzac à la fin de sa lettre, nous incite à dater plutôt du 18 ou du 19.
2. Il est difficile de préciser cet « ici » ; il peut s'agir du 108, rue Richelieu, son pied-à-terre chez Buisson, ou des Jardies. Ce n'est que le 1ᵉʳ octobre 1840 que Philiberte Louise Breugnol Desraux, dite Mme de Brugnol, avait signé avec Étienne Désiré Grandemain, propriétaire de la maison de Passy, le bail d'un appartement (voir 40-239). Balzac, semble-t-il, ne s'y était pas installé dès la signature du bail, allant et venant de la rue de Richelieu aux Jardies ; le 16 novembre, il indique à Mme Hanska qu'à compter du moment où elle recevra la lettre, elle peut écrire : « À M. de Breugnol [*sic*], rue Basse, n° 19, à Passy » (*LHB I*, p. 518). Voir aussi 40-243.
3. Louis Brouette, son jardinier.
4. Pégeron, gérant du *Charivari* dont les bureaux étaient 16, rue du Croissant.
5. Son mobilier des Jardies.
6. L'huissier et son personnel...

40-234. À FERDINAND MÉNAGER

Copie communiquée par Marcel Bouteron. — *Corr. Gar. IV*, n° 1840.

1. Le destinataire a daté 21 septembre 1840 ; Balzac indiquant qu'il écrit un dimanche, la lettre est de la veille, dimanche 20 septembre 1840. Ménager, notaire de Balzac à Sèvres, et Gavault négociaient avec Foullon le créancier de Balzac ; voir 40-152.

40-235. À ÉDOUARD OURLIAC

Aut., coll. privée. — Publié par R. Pierrot, *AB 1991*, p. 43.

1. Sur les bons rapports de Balzac avec le jeune Ourliac, durant les années 1839-1840, voir aussi 39-267, 39-286, 40-28 et 40-33.

40-236. ALPHONSE TOUSSENEL À BALZAC

Aut., Lov., A. 316, ff⁰ˢ 208 et 209 v° ; sur papier à en-tête de *La Phalange*. — *Corr. Gar. IV*, n° 1841.

1. Sur Victor Considérant, voir le Répertoire.
2. Adolphe Thiers.
3. Voir 40-226.

40-237. LAURENT-JAN À BALZAC

Aut., Lov., A. 314, ff^os 322 et 323 v°. — Publié par M. Regard, *AB 1960*, p. 165. — *Corr. Gar. IV*, n° 1842.

40-238. À MADAME B.-F. BALZAC

Aut., Lov., A. 277, f° 31. — *Corr. Gar. IV*, n° 1846 (date rectifiée).

1. 108, rue de Richelieu, d'où cette lettre était probablement écrite.
2. Le vendredi 25 septembre semble être le jour où Balzac effectua, dans la précipitation, son déménagement des Jardies ; quelques jours auparavant, les 18 et 19, un huissier était venu effectuer une saisie conservatoire à la demande de Foullon. Voir 40-233, n. 1.

40-239. BAIL POUR LA RUE BASSE À PASSY

Aut., Lov., A. 322, f° 74 ; sur papier timbré à 35 centimes. — Analysé partiellement dans *JS*, n° 29, p. 2-3 ; fragment publié par R. Pierrot, « Le Contrat de location », dans *De la Maison au Musée*, Maison de Balzac, 1987, p. 9.

1. À l'expiration du bail, le 1er octobre 1845, ce loyer fut augmenté à 800 F par an (voir la quittance de loyer conservée au fonds Lovenjoul, A. 322, f° 80).
2. Balzac conservera ce logement pendant plus de 7 années ; ce n'est que le 15 avril 1847 qu'il ira s'installer rue Fortunée.

40-240. JEAN RAYMOND PASCAL SARRAN À BALZAC

Aut., Lov., A. 316, ff^os 119-120.

1. « [...] un des écrivains les plus actifs sous la Restauration, M. Sarran [...] a travaillé à presque toutes les gazettes organes du parti ultraroyaliste, il a d'abord été rédacteur associé du *Conservateur*, plus tard il s'est fait le collaborateur de Martainville dans la rédaction du *Drapeau blanc* mais il n'a voulu se faire connaître que pour sa coopération à la *Dominicale*, journal qui n'a eu qu'une existence éphémère (1819) et à la *Bibliothèque royaliste* faisant suite au *Correspondant* (1819), journal dont M. Ducancel était propriétaire et rédacteur : ce sont au moins les deux seuls journaux que nous connaissons qui portent le nom de M. Sarran, il en a fondé lui-même un autre intitulé *Le Régulateur* mort aussitôt que né » (J.-M. Quérard, *La France littéraire ou Dictionnaire bibliographique des savants, historiens et gens de lettres de la France*, Paris, Firmin Didot, 1836, p. 453-454). Sarran avait notamment publié *Le Cri de l'indignation contre la censure* (Paris, C.-J. Trouvé, 1824), et *Défense de la liberté de la presse contre les attaques de M. le Vicomte de Bonald* (Paris, 1826).
2. La *Revue parisienne* cessera de paraître après son 3e numéro, daté du 25 septembre.

40-241. À HIPPOLYTE SOUVERAIN

Aut. ; vente JLP, lot n° 155 ; photocopie de l'aut. communiquée par Th. Bodin après sa vente à Marburg, J.-A. Stargardt, 20-21 juin 1972.

1. Épreuves et placards du *Curé de village*.

40-242. EUGÈNE BRIFFAULT À BALZAC

Aut., Lov., A. 312, f° 361.

1. Le docteur Louis-Gaspard Barrachin, médecin polygraphe, s'intéressait beaucoup à la presse parisienne. Sa lettre à Balzac n'a pas été retrouvée et nous ignorons les raisons de sa visite en compagnie d'E. Briffault. Peut-être envisageait-il une reprise de la *Revue parisienne* qui venait de publier sa dernière livraison ? En octobre 1842, il lancera *Le Conservateur européen, émancipateur oriental*, journal du soir, quotidien, dont on ne connaît que le numéro 1 (spécimen). Parmi ses nombreuses publications, on relèvera son *Dernier mot sur la presse de Paris* (opuscule de 32 pages ; au bureau du *Régénérateur*, 1843).

40-243. DÉCLARATION DE LOUISE DE BRUGNOL

Aut., Lov., A. 322, f° 72 ; sur papier timbré à 55 centimes. — Publié partiellement dans *JS*, n° 29, p. 59.

1. Balzac avait déménagé des Jardies le 25 septembre 1840. Le 1er octobre, Étienne Désiré Grandemain avait loué à Mme de Brugnol l'appartement situé 19, rue Basse à Passy (40-239).

40-244. ZOÉ GATTI DE GAMOND À BALZAC

Aut., Lov., A. 314, ff^{ns} 22-23. — *Corr. Gar. IV*, n° 1843.

1. Il s'agit probablement de *Fourier et son système* (Paris, Desessart, 1838) et de *Réalisation d'une commune sociétaire d'après la théorie de Fourier* (chez l'auteur, 1840), deux des nombreux ouvrages de Mme Gatti de Gamond.
2. *Sur les ouvriers*, paru dans la troisième livraison de la *Revue parisienne* (25 septembre 1840), avait pour sous-titre au sommaire : « Double chœur de musique politique noté à l'usage des Français par M. Considérant ». Balzac y développait des idées assez proches de celles de ses amis de *La Phalange*.
3. Voir 40-226, n. 2.

40-245. ROUGEMONT DE LÖWENBERG À BALZAC

Aut., Lov., A. 313, f° 237.

1. Ce banquier commissionnaire est cité plusieurs fois dans les lettres à Mme Hanska (*LHB I*, p. 376 et 381), à propos du portrait de Balzac par Boulanger destiné à V. Hanski.
2. Il s'agit ici d'un paysage de Wierzchownia envoyé à Balzac par les Hanski. Balzac, peu soucieux de payer les frais d'envoi, attendit son installation à Passy pour en prendre livraison peu avant le 16 décembre : « j'ai enfin pu aller chez Rougemont de Löwenberg retirer le paysage de Wierzchownia, j'ai rapporté moi-même cette caisse faite avec des bois du Nord et qui en se brisant ont exhalé des parfums délicieux, ravissants qui m'ont donné comme une nostalgie ». Il déplore ensuite que la toile « immense » ait souffert du voyage et ne convienne pas à un appartement parisien bas de plafond, il ne put y accrocher ce grand tableau qui n'a pas été retrouvé. Voir *LHB I*, p. 519 et 520.

40-246. À HIPPOLYTE SOUVERAIN

Copie communiquée par Marcel Bouteron, d'après l'aut., vente JLP, lot n° 155. — *Corr. Gar.* IV, n° 1853 (date rectifiée).

1. On lit dans le *Feuilleton* de la BF du samedi 17 octobre 1840 l'annonce suivante : « Vente par adjudication volontaire en l'étude de Me Guyon 374 rue Saint-Denis, le jeudi 5 novembre 1840 d'une Imprimerie typographique exploitée, rue du Hasard, 8, sous le nom d'Imprimerie Porthmann. Vente des brevets, clientèle, matériel et droit au bail. Matériel évalué 150 000 francs mise à prix 75 000 francs. » Aglaé Thérèse Thomé, veuve de Jules Louis Porthmann, succédant à son mari, avait obtenu le brevet d'imprimeur le 14 mars 1820. C'est à son atelier que Souverain avait confié l'impression des *Mémoires de deux jeunes mariées*, mais Balzac n'avait pas donné la suite de sa copie depuis le mois de juin (voir 40-120 et 40-166, n. 2). Souverain, informé de la vente avant la publication de l'annonce, avait prévenu Balzac qui réplique un samedi, vraisemblablement le 17 octobre.

2. Il réclamera à nouveau ces quatre feuilles le 28 novembre (40-270).

3. Balzac revient aux *Mémoires de deux jeunes mariées*.

40-247. À HIPPOLYTE SOUVERAIN

Aut., Marbach, Deutsches Literaturarchiv, A. Wiedemann / Balzac, inv. nr. 92.51.21 ; vente Archives Souverain, n° 160 (7^b). — *Corr. Gar.* IV, n° 1870.

1. La préface du *Curé de village* est datée sur l'édition Souverain de février 1841. Le manuscrit, apparu à la vente des Archives Souverain (n° 172), comprend 5 feuillets gr. in-4°, numérotés par Balzac, et ne porte pas de date ; le texte est suivi, au feuillet 5, de deux lignes au verso de la dédicace à Hélène de Valette qui avait un ton beaucoup plus personnel que celui de la dédicace finalement imprimée. Voir *CH IX*, p. 1546.

40-248. À HIPPOLYTE SOUVERAIN

Aut., coll. privée ; vente à Paris, Hôtel Drouot, 14 octobre 1992, J. Vidal-Mégret et D. Gomez experts, n° 190.

40-249. HIPPOLYTE SOUVERAIN À BALZAC

Aut., Lov., A. 256, ff^os 270-271 ; sur une lettre de E. Dépée à Souverain. — *Corr. Gar.* IV, n° 1844.

1. La lettre de Dépée datée du 20 octobre porte : « [...] On fait votre préface. Je suis *flatté* que vous soyez de retour, car à défaut de *l'auteur* j'aurai *l'éditeur*. M. de Balzac est un auteur À NE JAMAIS IMPRIMER. / Ayez la bonté de voir à le faire finir son livre, dont il a toutes les épreuves en placard, ou je serais obligé de prendre des mesures pour en arrêter l'impression. J'ai vendu le caractère il y a SIX MOIS, et je ne pensais guère qu'il me faudrait ATTENDRE TOUT CE TEMPS pour tenir ma parole » (aut., Lov., A. 256, ff^os 271 r° et 270 v°).

2. Dépée et Souverain n'étaient pas au bout de leur peine,

l'achèvement du *Curé de village* allait encore demander près de quatre mois.

40-250. À HIPPOLYTE SOUVERAIN

Copie communiquée par Marcel Bouteron d'après l'aut., vente JLP, lot n° 155. — *BS*, p. 53-54. — *Corr. Gar. IV*, n° 1868.

1. Cette lettre et les lettres 40-255 et 40-256 concernent l'impression du tome II du *Curé de village* et celle du tome I des *Mémoires de deux jeunes mariées*; on peut donc les dater d'octobre 1840.
2. Il s'agit des *Mémoires de deux jeunes mariées*, roman par lettres; Balzac a progressé dans son travail depuis le billet 40-246, où il n'était pas encore question de la feuille 8.
3. Balzac se réfère à Dépée, qui imprimait à Sceaux *Le Curé de village*; cet imprimeur mit en pratique son appréciation que « M. de Balzac était un auteur à ne jamais imprimer » (40-249) et ne retenta jamais l'expérience.

40-251. À HIPPOLYTE SOUVERAIN

Aut.; vente Archives Souverain, n° 160 (7²). — *Corr. Gar. IV*, n° 1869 (date modifiée).

1. Comme dans la lettre précédente, les placards 7 et 8 du *Curé de village* manquent.

40-252. MADAME B.-F. BALZAC À BALZAC

Aut., Lov., A. 381, f° 62. — *Corr. Gar. IV*, n° 1845.

a. fatale position [dans laquelle tu t'es plongé *biffé*] où tu es. J'implore *aut.* ♦♦ *b.* changer, [je n'en doute pas *biffé*] et je *aut.* ♦♦ *c.* tu [maintenant *biffé*] emploierais [mieux *biffé*] bien ses faveurs, [en commençant *biffé*] tu commencerais par *aut.* ♦♦ *d.* doute pas [cela porte bonheur *biffé*]. / Je *aut.*

1. Mme B.-F. Balzac était née à Paris, le 22 octobre 1778.
2. Depuis novembre 1839, elle vivait avec les Surville, 28, rue du Faubourg-Poissonnière ou à Viarmes (Seine-et-Oise), où Surville avait un chantier.
3. Elle avait passé l'hiver de 1837-1838 dans une pension de famille à Poissy.
4. Sophie Surville, née le 22 avril 1823, fit de nombreux projets de mariage avant d'épouser Jacques Mallet en 1851.

40-253. À ÉDOUARD PLOUVIER

Aut.; cat. de la librairie Charavay, n° 744, mars 1972, n° 34766.

1. La demande d'entrevue à laquelle Balzac répond n'a pas été retrouvée. Plouvier, âgé d'à peine 20 ans à cette date, n'avait pas encore commencé sa carrière littéraire. On peut penser qu'il avait écrit à Balzac une lettre dans le style de celle qu'il adressera le 16 mai 1841 à Alfred de Vigny: « Vous serait-il doux, utile, agréable, Monsieur, d'avoir auprès de vous pour vous servir d'aide, de secrétaire, d'ami, un jeune homme intelligent et plein de cœur? — qui vous

aimerait comme son père, ne penserait qu'à vous, ne travaillerait que pour vous, ne vivrait qu'en vous ; pour qui vous seriez tout ensemble : Dieu, parents, amis, art, maîtresse et qui aurait pour vous ce culte immense et tendre que tout cela fait germer dans l'âme ; [...] Un mot, Monsieur, et je suis à vous tête et cœur, bras et pensée, corps et âme. / *Adesso e sempre*» (Alfred de Vigny, *Correspondance*, PUF, 1997, t. IV, p. 371).

40-254. Mᵉ RAMEAU À BALZAC

Copie, Lov., A. 325, f° 99.

1. Mᵉ Rameau était l'avoué de Versailles qui suivait, pour le compte de Balzac, la procédure engagée par Foullon.

40-255. À HIPPOLYTE SOUVERAIN

Aut. ; vente Archives Souverain, n° 160 (7ᵉ). — *Corr. Gar. IV*, n° 1871.

1. Il s'agit de la lettre de l'ingénieur Gérard au chapitre XXIV du *Curé de village* ; voir 40-259 et 40-264.

40-256. À HIPPOLYTE SOUVERAIN

Copie communiquée par Marcel Bouteron d'après l'aut., vente JLP, lot n° 155. — *Corr. Gar. IV*, n° 1872.

1. Pour la première fois Balzac fait allusion à la feuille 9 des *Mémoires de deux jeunes mariées* que l'imprimerie de la veuve Porthmann ne tirera pas avant sa mise en vente le 5 novembre 1840.

40-257. À FRÉDÉRICK LEMAÎTRE

Publié en fac-similé au cat. de la librairie de l'Abbaye, 287, [décembre 1985], n° 15 ; Th. Bodin, *CB*, n° 22, 1986, p. 28-29 (avec commentaire).

1. Après l'interdiction de *Vautrin*, Balzac avait rédigé hâtivement une première version de *Mercadet*, pièce en 5 actes qu'il espérait voir jouée par Frédérick Lemaître, pour qui il avait fait établir une copie de son texte. La lettre du 2 novembre (40-262) montre que l'acteur n'avait pas encore remis la copie à l'éditeur.

40-258. STENDHAL À BALZAC

Aut., BM de Grenoble, fonds Stendhal, R 5896 (1), ff°ˢ 32-40. — Publié par Romain Colomb, dans l'édition de *La Chartreuse de Parme* (Paris, Hetzel, 1846) à la suite de l'article de Balzac paru dans la *Revue parisienne* du 25 septembre 1840 ; R. Colomb, dans Stendhal, *Correspondance inédite*, Paris, M. Lévy, 1855, 2ᵉ série, p. 293-299 ; Paupe, *Correspondance de Stendhal*, Paris, Bosse, 1908, t. III, p. 257-262 ; Paul Arbelet, « La Véritable Lettre de Balzac à Stendhal », *RHLF*, octobre-décembre 1917, p. 537-559 ; H. Martineau, dans Stendhal, *Correspondance*, t. X, Le Divan, 1934, p. 267-288 (publication des trois brouillons conservés à la BM de Grenoble) ; V. Del Litto, dans Stendhal, *Correspondance*, Bibl. de la Pléiade, t. III, n° 1744, p. 393-405 ; *Corr. gén. Stendhal*, VI, n° 3084, p. 400-416. C'est cette dernière édition que nous suivons pour reproduire le troisième brouillon (*ibid.*, p. 409-414). La lettre définitive, envoyée par Stendhal à Romain Colomb pour être remise à Balzac, n'a pas été retrouvée.

1. Sur son exemplaire interfolié de *La Chartreuse de Parme* (BNF, ancienne coll. Chaper, Mss, 8° fac-similé 274), Stendhal a noté, au tome I, face à la page 124 : « 30 octobre 1840 Civita Vecchia la réponse à M. de Balzac part ». On rappellera que Stendhal avait reçu, le 15 octobre, le numéro de la *Revue parisienne* du 25 septembre contenant des éloges auxquels il n'était guère accoutumé. Bouleversé par cet article, il s'était mis en devoir de le remercier et avait passé plusieurs jours à rédiger trois brouillons, avant de noter sur le dernier : « *A copiar su bella carta. Vorrei mandar col batimento del 29* » (« À recopier sur beau papier. Je voudrais l'envoyer par le navire du 29 »). En fait, on verra que le 4 avril 1841 (41-34) Stendhal priera Balzac de se mettre en relations avec Romain Colomb pour que celui-ci lui transmette — enfin — ladite lettre de remerciement dont le texte, celui du copiste « *su bella carta* », non retrouvé, devait être très proche de ce que l'on lira ici.

40-259. À HIPPOLYTE SOUVERAIN

Copie communiquée par Marcel Bouteron d'après l'aut., vente JLP, lot n° 155. — *BS*, p. 47. — *Corr. Gar. IV*, n° 1873.

1. Voir 40-247.
2. Voir 40-255, n. 1.

40-260. À HIPPOLYTE SOUVERAIN

Aut. (relié dans un exemplaire de l'édition originale du *Curé de village*), MLM, coll. privée ; vente Archives Souverain, n° 160 (6) ; Bibliothèque Pierre Duché, vente à Paris, Hôtel Drouot, 6 novembre 1972 (2ᵉ partie), Cl. Guérin expert, n° 32. — *Corr. Gar. IV*, n° 1854.

1. Ce chapitre XXI constitue les pages 111-129 du tome II du *Curé de village*, édition Souverain.
2. C'est-à-dire les pages 133-150 de la même édition, soit pour les deux chapitres : la fin de la feuille 7, les feuilles 8, 9 et le début de la 10.
3. Chapitre intitulé : « Une erreur du XIXᵉ siècle », p. 153-200 de la même édition. Balzac demande une « nouvelle épreuve » des feuilles 11 à 13, pour voir le rendu des modifications annoncées au billet 40-259. Il y apportera d'autres corrections ; voir 40-264.

40-261. À HIPPOLYTE SOUVERAIN

Copie communiquée par Marcel Bouteron, d'après l'aut., vente JLP, lot n° 154.

1. Les termes de cette lettre nous incitent à la rapprocher du billet du 2 novembre (40-262) dont la datation est attestée par le cachet postal.

40-262. À FRÉDÉRICK LEMAÎTRE

Aut., Lov., A. 287, ff^{os} 234 et 235 v°. — *Corr. Gar. IV*, n° 1848.

1. Balzac songeait sans doute à faire publier sa pièce par Souverain (voir 40-174).
2. Balzac a daté « ce lundi » ; le cachet postal étant du 4 novembre, on peut dater du 2 novembre.

40-263. À HIPPOLYTE SOUVERAIN

Aut., MB, inv. BAL 93-37 ; *Bibliothèque du colonel Daniel Sickles*, vente à Paris, Hôtel Drouot, 18-19 novembre 1993 (15ᵉ partie), J. Vidal-Mégret et Th. Bodin experts, n° 6122. — Publié avec fac-similé par Th. Bodin, *CB*, n° 53, 1993, p. 15. — *Corr. Gar. IV*, n° 1849 (sur une copie ne reproduisant pas la note concernant l'adresse et la profession de Delallée dont le nom avait également été mal lu).

1. *Pierrette* est enregistré à la *BF* du 5 décembre 1840 ; cette lettre prouve que l'ouvrage était achevé et en vente au moins un mois plus tôt. Dès le 1ᵉʳ octobre, Balzac écrivait à Mme Hanska : « Vous devez avoir maintenant *Vautrin* et *Pierrette*. *Pierrette* est un diamant » (*LHB I*, p. 518). *Une princesse parisienne* avait paru en février 1840.

40-264. À HIPPOLYTE SOUVERAIN

Copie communiquée par Marcel Bouteron d'après l'aut., vente JLP, lot n° 155. — *BS*, p. 47-48. — *Corr. Gar. IV*, n° 1850 (date modifiée).

1. Cette lettre fait partie d'une série de lettres adressées à Souverain concernant la composition du tome II du *Curé de village* ; à de très rares exceptions elles ne sont pas datées, leur classement est très difficile, Balzac réclamant des épreuves appartenant à différents jeux. Ce billet et le suivant (40-265) nous paraissent antérieurs au billet (40-270) qui porte un cachet postal du 28 novembre.

2. Par *Véronique*, Balzac désigne le texte de *Véronique au tombeau* publié dans *La Presse* du 30 juillet au 1ᵉʳ août 1839. Ce texte, avec quelques remaniements, correspond aux deux derniers chapitres (XXVII et XXVIII) de l'édition Souverain. Balzac réclame ici la copie (c'est-à-dire le manuscrit) des chapitres XXIV : « La Révolution à Montégnac », XXV : « Catherine Curieux » et XXVI : « Le Coup de grâce » (p. 201-302 de l'édition Souverain). Ce sont les trois derniers chapitres dont il avait remis le manuscrit à Souverain en août précédent (40-202).

3. L'imprimeur de Sceaux, E. Dépée, était à court de caractères. Voir sa réclamation à ce sujet, en date du 20 octobre 1840 (40-249, n. 1).

4. La feuille 13 (p. 193-208) contient, dans le chapitre XXIV, la lettre de l'ingénieur Gérard qui a été particulièrement travaillée par Balzac (voir 40-259) et le tirage en a été plusieurs fois retardé.

40-265. À HIPPOLYTE SOUVERAIN

Aut., MB, inv. BAL 02-586 ; vente JLP, lot n° 155 ; deux pages et demie in-12. — *BS*, p. 47 (daté février 1841). — *Corr. Gar. IV*, n° 1851 (sur une copie).

1. Cette lettre est très probablement postérieure à la précédente (40-264) puisque Balzac réclame la « bonne feuille » 13, c'est-à-dire en principe une feuille constituant le bon à tirer.

2. Il s'agit probablement de la fin du chapitre XXVI (p. 290-302 de l'édition Souverain) dont le manuscrit ne figure pas dans le recueil A. 51 du fonds Lovenjoul (voir Ki Wist, *Le Curé de village, manuscrits ajoutés*, p. 116, n. 59).

40-266. À ABEL VILLEMAIN

Aut., coll. privée. — Publié par Max Bach, *AB 1973*, p. 369-371.

1. Voir 41-67.

40-267. VICTOR LECOU À BALZAC

Aut., Lov., A. 269, ff⁰⁵ 33 et 34 v⁰. — *Corr. Gar. IV*, n° 1855.

1. Ou plus exactement *Le Commerce, journal des progrès moraux et matériels* qui avait succédé en 1837 au *Journal du commerce*. Ce journal a publié, du 14 janvier au 20 février 1841, *Une ténébreuse affaire* dont Balzac vendra à Souverain les droits de publication en librairie le 11 avril 1841 (voir 41-36). On remarquera que ce roman dépassa largement les dimensions imposées par Lecou, puisque l'édition Souverain est en trois volumes in-8°.

40-268. À ARMAND DUTACQ

Aut., Lov., A. 297, ff⁰⁵ 5 et 6 v⁰. — *Corr. Gar. IV*, n° 1856.

1. Balzac vient donc de s'installer rue Basse.
2. Louis-Marie Perrée avait succédé à Dutacq comme directeur-gérant du *Siècle* en février 1840, qui en avait été écarté par l'assemblée générale des actionnaires le 1ᵉʳ février (voir *Le Siècle* du 3 février 1840). Balzac éprouvera quelques difficultés avec Perrée à la suite de nombreuses avances consenties par Dutacq.
3. Desnoyers, comme beaucoup d'autres éditeurs de presse, préférait les feuilletons courts (voir 40-7 et 40-9); il avait probablement refusé *Une ténébreuse affaire*.
4. *Le Siècle* publia cette partie de *Sur Catherine de Médicis*, du 23 mars au 4 avril 1841.
5. Sur Vachette, voir 40-168, n. 2.

40-269. À HIPPOLYTE SOUVERAIN

Copie communiquée par Marcel Bouteron d'après l'aut., vente JLP, lot n° 155. — *BS*, p. 44. — *Corr. Gar. IV*, n° 1857.

1. Il s'agit du manuscrit remis pour les « *Romans du cœur* par H. de Balzac, Léon Gozlan, Théophile Gautier, Alphonse Karr, Ch. Lassailly, etc. ». Ce recueil est encore annoncé en face de la page de titre du *Curé de village*, mais ne fut jamais publié (voir 40-137 et 40-160).

40-270. À HIPPOLYTE SOUVERAIN

Aut. (relié dans un exemplaire de l'édition originale du *Curé de village*), MLM, coll. privée; vente JLP, lot n° 155; *Bibliothèque Pierre Duché*, vente à Paris, Hôtel Drouot, 6 novembre 1972 (2ᵉ partie), Cl. Guérin expert, n° 32. — *BS*, p. 45. — *Corr. Gar. IV*, n° 1858 (sur une copie).

1. C'est-à-dire des *Mémoires de deux jeunes mariées* que Balzac désigne encore sous le titre de *Sœur Marie des Anges*, et dont le début du manuscrit avait été confié à l'imprimerie de la veuve Porthmann. Voir 40-120 et 40-205.

40-271. HIPPOLYTE SOUVERAIN À BALZAC

Aut., A. 256, f° 279.

1. Nous avons peut-être ici la réponse à la lettre 40-270 dans laquelle Balzac indiquait avoir laissé un paquet d'épreuves au portier du 5, rue des Beaux-Arts.

2. On notera ces quatre adresses parisiennes, omettant celle des Jardies. De nombreuses lettres sont adressées au pied-à-terre du 108, rue de Richelieu ; le 28, rue du Faubourg-Poissonnière, était l'adresse des Surville ; la lettre 40-137 était adressée à : « Rue des Martyrs, 23, / chez Monsieur Laurent-Jan ». Le correspondant de la rue Neuve-Saint-Georges reste à identifier.

40-272. À LAURE SURVILLE

Aut., Lov., A. 277, ff^{os} 41-43 v°. — *Corr. Gar. IV*, n° 1860.

1. Répondant à l'appel de sa mère du 22 octobre (40-252), Balzac avait décidé de la recueillir dans son nouveau domicile de Passy.
2. Théodore Rosine Lasalle (1797-1877), fille de Catherine Allain, demi-sœur d'Eugène Surville ; Balzac s'est souvenu de cette « parente pauvre » dans plusieurs romans ; voir A.-M. Meininger, *AB 1964*, p. 67-81.
3. Voir 40-268.
4. Voir 40-267.
5. Ces deux projets ne furent pas réalisés.
6. Publiés du 24 février au 4 mars 1841.
7. En raison du contrat avec Delloye et Lecou.
8. La copie du *Siècle* et de *La Presse* avait été depuis longtemps payée.
9. Projet non réalisé.
10. Dans *Le Curé de village* ; voir la longue diatribe de l'ingénieur Gérard contre l'École polytechnique, 40-264, n. 4.

40-273. À ARMAND PÉRÉMÉ

Extrait publié au cat. de la vente du 23 mai 1912, Noël Charavay expert, n° 6 (lettre autographe signée, une page in-8°). — *Corr. Gar. IV*, n° 1861.

1. Nous ne connaissons cette lettre que par un fragment de catalogue, les deux suivantes semblent concerner les mêmes projets. Voir également 41-165.

40-274. ARMAND PÉRÉMÉ À BALZAC

Aut., Lov., A. 315, ff^{os} 281-282. — *Corr. Gar. IV*, n° 1862.

40-275. À AUGUSTE BORGET

Aut., Lov., A. 286, f° 66. — *Corr. Gar. IV*, n° 1863.

1. Cette allusion au récent retour de Borget en France (40-209) permet de dater des derniers mois de 1840 au plus tard.

40-276. THÉODORE DE LAITTRES À BALZAC

Aut., Lov., A. 314, ff⁰ˢ 274 et 275 v⁰.

1. Balzac déféra à la demande de son correspondant belge (voir 41-1). Une note manuscrite du vicomte de Lovenjoul donne des précisions intéressantes sur l'envoi de Balzac : « Dans la bibliothèque du baron de Stassart, léguée à l'Académie royale de Belgique, à Bruxelles, se trouvent, reliés avec deux ouvrages de Balzac en édition de contre-façon belge (n⁰ˢ 5248 et 5253 du catalogue imprimé de cette bibliothèque), un fragment manuscrit du *Martyr calviniste*, page écrite en 1841, et un placard d'épreuves in-18 du même ouvrage sous le titre de : *Un martyr*, constituant les pages 239 et 240. Cette épreuve est des plus curieuses. Elle doit dater de 1835 ou 1836, et avoir fait partie d'une édition dont 240 pages au moins ont été imprimées, et qui ne parut pourtant jamais. Elle dut faire partie des *Études philosophiques*, annoncées en trente volumes in-18, chez Werdet (1835-1840), lesquelles ne dépassèrent jamais leur vingtième volume. L'ouvrage fut publié seulement en 1841, dans *Le Siècle*, du 23 mars au 4 avril, sous le titre de : *Les Lecamus*, et l'impression commencée pour les *Études philosophiques* fut certainement détruite. Cette page doit être la seule échappée à cette destruction. Une note manuscrite de M. de Stassart indique qu'il tient ces deux pièces de M. de Laittres, à Rossignol, à qui M. de Balzac lui-même les avait données en 1841, sans doute au moment même où il terminait la publication de l'ouvrage. M. de Laittres arriva donc à ses fins et finit par entrer en relations directes avec M. de Balzac » (Lov., A. 314, f⁰ 273).

2. Le château-forteresse de Rossignol fut bâti en 1097 pour Arnold II, comte de Chiny ; rasé au XVIᵉ siècle par le duc de Nevers, il fut rebâti en 1609 pour Claude de Laittres, d'une famille originaire de Saint-Mard qui occupa le château jusqu'au décès en 1874 de Théodore de Laittres.

40-277. À PIERRE-JULES HETZEL

Aut., Lov., A. 256, f⁰ 98. — *Corr. Gar. IV*, n⁰ 1864.

1. Le nom d'Hetzel apparaît ici pour la première fois dans cette correspondance. Balzac inaugura ses rapports avec le futur éditeur de *La Comédie humaine* en collaborant aux *Scènes de la vie privée et publique des animaux*, deux volumes in-8⁰ illustrés par Grandville, publiés en cent livraisons à partir de la fin de novembre 1840. Balzac y donna *Peines de cœur d'une chatte anglaise* (12ᵉ à 14ᵉ livraison, février 1841), *Guide-âne à l'usage des animaux qui veulent parvenir aux honneurs* (23ᵉ à 26ᵉ livraison, avril-mai 1841), *Voyage d'un lion d'Afrique à Paris et ce qui s'ensuivit* (46ᵉ à 48ᵉ livraison, novembre 1841) et au tome II *Les Amours de deux bêtes* ; il semble avoir collaboré à plusieurs textes signés P.-J. Stahl (pseudonyme d'Hetzel) ; on lui attribue également *L'Histoire d'un moineau de Paris*, publié dans les livraisons 29 à 33 du tome I sous la signature de George Sand.

40-278. À HECTOR BERLIOZ

Aut., Londres, British Library, Add. Mss 56237 (don Chapot). — Publié par R. Pierrot, *AB 1970*, p. 347-348 ; Frédéric Robert, dans *Hector Berlioz, Correspondance générale*, Pierre Citron dir., Flammarion, t. II, 1975, n° 738.

1. Néologisme forgé par Balzac, témoin attentif des cérémonies du retour des cendres de Napoléon.
2. Le dimanche 13 décembre 1840, Berlioz avait donné à la salle du Conservatoire un concert avec le programme suivant : *Symphonie fantastique*, *Roméo et Juliette* et le *Chant sur la mort de l'empereur Napoléon*. Peu après, dans une lettre à sa sœur Adèle Suat, Berlioz écrivait : « Je viens de donner mon dernier concert. Grand, furibond enthousiasme ! Si tu faisais collection d'autographes, je t'enverrais une lettre de Balzac à ce sujet » (H. Berlioz, *Correspondance générale*, éd. Frédéric Robert, Flammarion, 1975, t. II, n° 739). Lors du concert, Balzac et Laurent-Jan occupaient la loge n° 19 (voir *Berlioz and the Romantic Imagination*, cat. de l'exposition, Victoria and Albert Museum (octobre-décembre 1969), Londres, The Art Council, 1969, p. 103. Un souvenir de ce concert du 13 décembre 1840 et de l'audition de *Roméo et Juliette*, le 24 novembre ou 1er décembre 1839, figure dans le chapitre III des *Amours de deux bêtes* (*Scènes de la vie privée et publique des animaux*, 81e livraison, août 1842).

40-279. À ANTOINE POMMIER

Aut., Société des gens de lettres ; copie, Lov., A. 282, f° 209. — *Corr. Gar. IV*, n° 1866.

1. *Les Voisins* de J.-A. David est publié dans *Le Commerce* du 17 novembre au 23 décembre 1840 (20 feuilletons).

40-280. À ALEXANDRE DUJARIER

Aut., Lov., A. 287, f° 11. — Publié par Lovenjoul, *Genèse*, p. 178. — *Corr. Gar. IV*, n° 1867.

1. Il s'agit d'épreuves des *Deux Frères* pour *La Presse*.

40-281. À SYLVAIN GAVAULT

Aut., Lov., A. 287, ff^{os} 55 et 56 v°. — *Corr. Gar. IV*, n° 1875.

1. Rendez-vous de date incertaine, il s'agit des tractations avec Foullon durant l'été et l'automne de 1840 ou de celles du début de 1841.

40-282. À LÉON CURMER

Copie, Lov., A. 282, f° 43. — *Corr. Gar. IV*, n° 1874.

1. La première livraison des « types » de la série « Province » des *Français peints par eux-mêmes* a été mise en vente le 26 mai 1840 ; à partir de juin 1840, une livraison des types de « Province » paraissait le samedi et une livraison des types de « Paris » le mercredi. On peut donc dater ce billet de 1840 ou de 1841 ; *La Femme de province* est le seul

texte de Balzac figurant dans la série « Province », elle se trouve en tête du premier volume de cette série, mais de nombreuses livraisons de cette série ont paru avant le texte de Balzac dont nous n'avons pu fixer la date de mise en vente.

40-283. ARMAND DUTACQ À BALZAC

Aut., Lov., A. 173, f° 81. — *Corr. Gar. IV*, n° 1876 (sur une copie, Lov., A. 285, f° 256).

1. Ce projet n'a pas été réalisé. Nous datons de 1840-1841, en fonction de l'adresse abandonnée par Balzac en avril 1842 et des projets de représentation de *Paméla Giraud* en 1840.

40-284. À PIERRE-JULES HETZEL

Aut., BNF, Mss, n. a. fr., 16933 (anciennes archives Bonnier de La Chapelle), ff°ˢ 75-76.

1. Comme le montre l'adresse incomplète, souvenir topographique de l'ancien imprimeur de la rue des Marais, cette lettre mentionnant Paulin nous semble pouvoir être placée au début des relations entre Balzac et Hetzel. Il est difficile de préciser quelle était l'« affaire pressée ».

40-285. À HIPPOLYTE SOUVERAIN

Copie communiquée par Marcel Bouteron, d'après l'aut., vente JLP, lot n° 155.

1. Sans doute des volumes d'épreuves corrigées, que Balzac avait coutume de faire relier avant de les offrir à ses relations. Le 12 novembre 1840, Wagner avait ainsi relié « 9 forts volumes d'épreuves corrigées » (Lov., A. 340, f° 378).
2. Sans certitude, nous pensons qu'il s'agit des péripéties de la composition du *Curé de village*.

40-286. À THÉODORE MIDY ?

Aut., coll. Th. Bodin (ancienne coll. du colonel Sickles). — Publié par Th. Bodin, *CB*, n° 15, 1983 (avec fac-similé).

1. Sur l'identification de cette correspondante, demi-sœur d'Eugène Surville, voir A.-M. Meininger, « Sur une lettre de Balzac », *CB*, n° 17, 1984, p. 40.
2. Le 26 février 1548, Laurent de Médicis est assassiné à Venise, par ordre de son cousin Côme Iᵉʳ de Toscane. Onze ans auparavant, le 6 janvier 1537, ce même Laurent avait assassiné, à Florence, le duc Alexandre de Médicis, pour laisser la place à Côme. Déjà utilisé par Musset pour son *Lorenzaccio* (1834), ce thème fut amplement commenté par Balzac dans *Sur Catherine de Médicis* : « Lorenzino de Médicis se fait le compagnon de débauche et le complaisant du duc Alexandre, pour pouvoir le tuer » (*CH XI*, p. 180), et « Cosme Iᵉʳ, le successeur du duc Alexandre, fit assassiner, après onze ans, le Brutus florentin à Venise » (*ibid.*, p. 194).

1841

41-1. À THÉODORE DE LAITTRES

Aut., Académie royale de Belgique, coll. Stassart ; copie, Lov., A. 282, f° 215. — *Corr. Gar. IV*, n° 1878.

1. Voir 40-276, n. 1.

41-2. À HIPPOLYTE SOUVERAIN

Copie communiquée par Marcel Bouteron d'après l'aut. (sur papier au monogramme « F G V » surmonté d'une couronne comtale), vente JLP, lot n° 154. — *BS*, p. 45. — *Corr. Gar. IV*, n° 1879.

1. Le monogramme du papier à lettres indique que Balzac se trouvait chez la comtesse Guidoboni-Visconti.
2. Voir 36-42, n. 2.

41-3. ANTOINE POMMIER À BALZAC

Aut., Lov., A. 324, ff⁰ˢ 52 et 53 v°. — *Corr. Gar. IV*, n° 1880.

1. Sur l'acharnement de Foullon à l'endroit de Balzac, voir notamment 39-224, 39-282, 40-65, 40-96, 40-123, etc.

41-4. À SYLVAIN GAVAULT

Aut., Lov., A. 324, ff⁰ˢ 53 et 52 v° ; sur la lettre d'Antoine Pommier du 16 janvier (41-3). — *Corr. Gar. IV*, n° 1881.

1. Voir la lettre de Gavault à Balzac en date du 3 février 1841 (41-13). Les malheurs de Balzac, les poursuites de Foullon et la vente des Jardies défrayaient la chronique ; le 12 janvier 1841, Charles Rabou écrivait à Philarète Chasles : « Vous savez que notre malheureux exami Balzac va-t-être [*sic*] vendu dans ses propriétés ; c'est certainement quelque chose de fantastique qu'un homme qui se met à l'aumône pour faire bâtir une maison en vue de la donner à saisir le jour même où elle est achevée. Il paraît qu'en outre il est traqué de sa personne et Aimé-Martin raconte qu'on est allé regarder dans le lit de Mme Gay s'il n'y était pas ? Ce serait le cas de dire où diable le malheur, sinon la vertu, va-t-il se nicher ? Vous conviendrez aussi que le Garnisaire ou Garde du commerce était un bien grand impertinent ! » (aut., ancienne coll. Pierre Bezançon, vente à Paris, Hôtel Drouot, 17 juin 1980, J. Vidal-Mégret expert, n° 13).

41-5. À HIPPOLYTE SOUVERAIN

Aut., coll. privée ; vente JLP, lot n° 155. — *BS*, p. 46. — *Corr. Gar. IV*, n° 1882 (sur une copie).

1. Les feuilles 14 et 15 du tome II du *Curé de village* contiennent le chapitre XXIV, « La Révolution de juillet jugée à Montégnac » (p. 209-240), où Balzac a exposé ses idées politiques et sociales.

41-5a. À HIPPOLYTE SOUVERAIN

Aut., coll. privée ; vente à Paris, Hôtel Drouot, 14 octobre 1992, J. Vidal-Mégret et D. Gomez experts, n° 190.

1. Cette lettre datée « mardi matin » peut, par référence à celle écrite le vendredi 22 janvier 1841 (41-5), être placée au mardi 26 janvier 1841.

41-6. AUGUSTE PIAU À BALZAC

Aut. (de la main de Balzac), Lov., A. 256, f° 37. — *Corr. Gar. IV*, n° 1883.

1. Voir 40-267, n. 1.

41-7. À UN AMI POÈTE

Aut., BM de Versailles, Mss (dossier Balzac). — Publié par M. Regard, *Béatrix*, Garnier, 1962, p. 414. — *Corr. Gar. IV*, n° 1884.

1. Ce billet fut envoyé comme autographe à M. Hamonel pour la collection du docteur Berigny, médecin de Versailles, par Hélène de Valette qui y joignit la lettre suivante, datée de janvier 1841 probablement par le destinataire : « Monsieur, vous m'avez dit plusieurs fois que Monsieur Berigny désirait quelques lignes de Mr de Balzac. Voici un billet qui en passant par mes mains devait arriver à notre plus grand poète, j'ai eu l'heureuse idée de le soustraire en m'accusant de ma faute, et comme j'ai eu l'autorisation d'en disposer je vous prie de l'offrir à Monsieur Berigny, je suis charmée, Monsieur de pouvoir être agréable à un de vos amis » (aut., BM de Versailles, Mss [dossier Balzac] ; publié par M. Regard, *Béatrix*, p. 414).

41-8. À R. DE PEYSSONNEL

Aut., coll. privée ; vente Pierre Bergé et Associés, Paris, Hôtel Drouot, 22 novembre 2010, R. Saggiori expert, n° 9 ; une page in-8°. — Extrait publié par Th. Bodin, « Revue bibliophilique », *AB 1988*, p. 428 (d'après aut., vente à Paris, Hôtel Drouot, 18 décembre 1985, M. et M. Castaing experts).

41-9. À HIPPOLYTE SOUVERAIN ?

Photocopie de l'aut. communiquée par Thierry Bodin ; une page in-8° (coin d'une grande feuille d'épreuve déchirée). — Lettre annoncée au cat. de la librairie G. Morssen, automne 1973. — Publié par Th. Bodin, « Revue bibliophilique », *AB 1974*, p. 381 (« à un éditeur », s. d. ni identification du destinataire).

1. Sans argument décisif, nous proposons Souverain comme destinataire (le ton irrité concorde assez bien avec la fièvre des derniers travaux du *Curé de village* ; voir par exemple 41-5). Nous serions donc à la fin de janvier ou en février 1841.

2. Ces « 32 feuillets restant », soit 4 feuilles in-8°, concordent assez bien avec les 4 feuilles du *Curé de village*, évoquées dans le billet daté du 22 janvier 1841 (41-5).

41-10. À HIPPOLYTE SOUVERAIN

Aut.; vente Archives Souverain, n° 160 (7ᵉ). — *Corr. Gar. IV*, n° 1885.

1. Cette lettre paraît de peu postérieure à celle datée du 22 janvier (41-5). Hélène de Valette était alors dans l'intimité de Balzac; le manuscrit de la dédicace du *Curé de village* (5 feuillets in-4°) avait été envoyé à Souverain avec la lettre d'octobre 1840 (40-247, n. 1).
2. Si notre datation est exacte, il s'agit ici de la première mention de la reprise de l'impression des *Mémoires de deux jeunes mariées* depuis le début de novembre 1840 (voir 40-250); on remarquera que Balzac semble ignorer le nom du nouvel imprimeur; il s'agit de Louis Crété, imprimeur à Corbeil. Voir le Répertoire et 41-16.

41-11. À AUGUSTE BORGET

Aut., Lov., A. 286, ffᵒˢ 67 et 68 v°. — *Corr. Gar. IV*, n° 1886.

1. Balzac écrit : « aujourd'hui mardi 2 février »; ce qui n'est possible que pour 1830, 1836 et 1841. Les deux premières années ne présentent guère d'éléments concluants et, en 1841, un peintre habitait à l'adresse indiquée par Balzac; nous plaçons donc cette lettre ici.

41-12. À R. DE PEYSSONNEL

Aut., BNF, Mss, n. a. fr. 14318; collé sur la page de garde. En dessous de ce reçu, M. de Peyssonnel a noté au crayon bleu : « Comme Directeur du J[ourna]l *Le Commerce* où la *Ténébreuse Affaire* fut publié j'en surveillai avec le plus grand soin l'impression et M. de Balzac me donna plus tard le manuscrit et les épreuves de ce Roman. Travail de ver à soie comme il l'appelait. » — Publié par Suzanne Bérard, Histoire du texte, *CH VIII*, p. 1452.

41-13. SYLVAIN GAVAULT À BALZAC

Copie, Lov., A. 325, f° 147. — *Corr. Gar. IV*, n° 1887.

1. Le 25 août 1840, Foullon avait tenté une saisie aux Jardies. Balzac lui avait déclaré qu'il n'occupait qu'une partie de la propriété « où il n'a été trouvé qu'un petit nombre d'objets de peu de valeur » et que la maison du fond de la cour était louée à M. Guidoboni-Visconti suivant un bail sous signature privée en date de Paris, 25 juin 1839, et enregistré le 17 août suivant, bail conclu pour trois ans moyennant un loyer annuel de 1 200 F. Foullon prétendait que ledit bail n'avait été fait que pour soustraire les meubles de Balzac (voir aussi 40-233). Il présenta le 1ᵉʳ février 1841 une requête au tribunal de Versailles pour interroger Balzac et le comte Guidoboni-Visconti sur la remise du bail, requête autorisée le lendemain, et la date de l'interrogatoire fut fixée au 14 avril; un accord fut conclu ce même 14 avril, donnant à Balzac deux ans de délai pour rembourser Foullon (voir, t. III de la présente édition, le traité avec Souverain du 23 mars 1842); celui-ci fut définitivement désintéressé le 22 juin 1843 (Lov., A. 325, ffᵒˢ 159-162). Rameau et Peert étaient respectivement les avoués de Balzac et de Foullon.
2. Contre le jugement du tribunal de Versailles du 15 janvier, dont

la grosse exécutoire venait d'être signifiée aux avoués le 1ᵉʳ et à Balzac le 2 février (*ibid.*, ff⁰ˢ 22-23).

41-14. À R. DE PEYSSONNEL

Photocopie de l'aut. communiquée par Thierry Bodin en 1987. — R. Pierrot, *AB 1991*, p. 43.

1. Lettre adressée au directeur du *Commerce* où *Une ténébreuse affaire* paraissait en feuilletons depuis le 14 janvier. Après l'achèvement de la publication, Balzac, en très bons termes avec Peyssonnel, lui offrit le manuscrit de son roman (voir 41-12). Ce manuscrit, après avoir figuré dans plusieurs collections particulières, est entré à la BNF en 1961 (Mss, n. a. fr. 14318). Balzac avait fait relier lui-même ce manuscrit et fait dorer sur le premier plat : « Honoré de Balzac / *Une ténébreuse affaire* / Manuscrit donné par l'auteur à M. de Peyssonnel ».

41-15. À ALPHONSE DE LAMARTINE

Aut., BM de Boulogne-sur-Mer, ms. 477 (807), f⁰ 8. À la fin de la lettre, on lit, d'une main qui n'est pas de Balzac : « 1846 ». — *Corr. Gar. IV*, n⁰ 2832.

1. La date ajoutée à la fin de la lettre, d'une main inconnue, est certainement fausse, puisque c'est à Alphonse de Lamartine, député, président de la commission chargée d'examiner le projet de loi sur la propriété des ouvrages de littérature que s'adresse cette lettre de 1841. Voir *La Presse* du 3 février 1841 qui annonce la composition de cette commission et le billet 41-23.
2. La commission présidée par Lamartine s'était réunie, pour la première fois, le mardi 9 février (voir *La Presse* du 10 février). Dans *La Presse* du samedi 13 février, Girardin, sous le titre : *À M. de Lamartine*, publiait une longue lettre où étaient exposées ses idées sur la propriété littéraire. Le dimanche 14, *La Presse* insérait la réponse de Lamartine et une réplique de Girardin où ce dernier proposait l'institution d'une « Caisse générale des auteurs », chargée de recevoir les droits versés par les éditeurs : 1/10ᵉ du prix de vente, multiplié par le nombre des exemplaires dont le tirage aura été déclaré. Il nous semble incontestable que Balzac écrit à Lamartine après avoir lu l'article de Girardin, ce qui nous permet de dater sa lettre du 14 février 1841.

41-16. À HIPPOLYTE SOUVERAIN

Aut. ; vente Archives Souverain, n⁰ 160 (7¹). — *Corr. Gar. IV*, n⁰ 1888.

1. Il s'agit de la reprise de la composition typographique du tome I des *Mémoires de deux jeunes mariées* chez Louis Crété, à Corbeil. Balzac a un peu avancé son travail depuis l'impression des feuilles 1 à 8.
2. L'impression du *Curé de village* a été achevée en février 1841, le *Feuilleton du Journal de la librairie* du 20 février 1841 l'annonçait « pour paraître le 25 février ». Les deux volumes ont été déposés à la sous-préfecture de Sceaux pour le dépôt légal le 2 mars 1841 (voir « Notes », *AB 1968*, p. 402). Un exemplaire envoyé au comte de Chambord porte sur le faux titre : « à Henri de France / hommage d'un sujet fidèle / de Balzac / Paris 7 mars 1841 » ; envoi mentionné avant le 15 mars à Mme Hanska (*LHB I*, p. 526). Un fragment inédit intitulé *Farrabesche* a

été publié dans *Le Messager* des 8, 9, 11 et 13 mars, avec une note indiquant que le roman paraîtrait « sous peu de jours » (voir R. Guise, « Balzac et le roman-feuilleton », *AB 1964*, p. 295). L'enregistrement à la *BF* a eu lieu en retard, le 29 mai 1841. Voir également la lettre du 29 mars 1841 (41-27).

41-17. PIERRE-JULES HETZEL À BALZAC

Aut., Lov., A. 256, f° 133.

1. Cette lettre inédite concerne l'impression et l'illustration des livraisons qui constitueront le 1er volume des *Scènes de la vie privée et publique des animaux*. La première livraison fut enregistrée par la *BF* du 28 novembre 1840, la 50e, qui achèvera le volume, le 25 décembre 1841, soit un rythme d'environ une livraison par semaine. Dans ce 1er volume, quatre *Scènes* porteront la signature de Balzac ; il collabora également à deux autres, signées de George Sand et de P.-J. Stahl, pseudonyme d'Hetzel. La demande d'Hetzel portant sur une *Scène* devant comporter vingt-quatre pages et six grandes vignettes, il ne peut s'agir que des *Peines de cœur d'une chatte anglaise*, qui constituera les livraisons 12 à 14, parues à partir du 20 février.

2. Hippolyte Delaunay, propriétaire de *L'Artiste*, a publié *Une scène de boudoir* dans ses livraisons des 21 et 28 mars. Voir le Répertoire et le reçu 41-28.

3. À la date où écrit Hetzel, Émile de La Bédollière (voir le Répertoire) était censé livrer une *Scène* devant s'intituler *La Cour d'assises des animaux* (telle qu'annoncée sur les couvertures des premières livraisons). Elle ne sera publiée qu'au mois d'avril, sous le titre de *Cour criminelle de justice animale* (livraisons 20-21). En remplacement, La Bédollière donna un texte court, les *Mémoires d'un crocodile*, qui précédera la première contribution de Balzac.

41-18. LA COMTESSE MERLIN À BALZAC

Aut., Lov., A. 315, ff^{os} 70-71.

1. Voir 41-19 et 41-20. La comtesse donne son adresse et le ton est assez cérémonieux. Nous plaçons cette lettre au début de leurs relations suivies, en tête du dossier de la correspondance échangée avec Balzac.

41-19. À LA COMTESSE MERLIN

Fragment publié au cat. de la librairie Jacques Charavay, 693, octobre 1955, n° 25 604. — *Corr. Gar. IV*, n° 1889.

1. Il s'agit des *Notes remises à MM. les députés composant la commission de la loi sur la propriété littéraire*, par M. de Balzac, brochure publiée chez Hetzel et Paulin, datée du 3 mars 1841 et enregistrée à la *BF* du 20 mars 1841.

41-20. LA COMTESSE MERLIN À BALZAC

Aut., Lov., A. 315, f° 76 ; sur un papier à lettres rose, bordé de dentelle très fine.

1. Balzac n'avait pu se rendre à l'invitation de la comtesse pour le Mardi gras 23 février (voir 41-18 et 41-19) ; il accepta cette deuxième invitation comme l'indique ce qu'il écrit quelques jours plus tard au marquis de Custine (voir 41-22).

41-21. À SYLVAIN GAVAULT

Copie communiquée par Georges Lubin, d'après l'aut., Issoudun, médiathèque Albert-Camus, coll. Stanislas Martin, registre 1176, f° 55. — *Corr. Gar. IV*, n° 1890.

1. Ce court billet nous paraît postérieur au jugement du 2 février et antérieur à l'accord du 14 avril (voir 41-13).
2. Voir *ibid.*, n. 1.

41-22. AU MARQUIS DE CUSTINE

Aut., Cracovie, Biblioteka Jagellionska ; anciennement conservé à Berlin, Staatsbibliothek.

1. Voir les lettres 41-19 et 41-20, et leurs notes.
2. Louis Marie Elzéar (1764-1847), comte puis duc de Sabran, frère cadet à Delphine, la mère d'Astolphe de Custine, pair de France (1815), puis duc (1825). On lui doit en particulier un poème en sept chants, *Le Repentir*, ainsi que des *Notes critiques sur le « Génie du christianisme »* de Chateaubriand. Il est cité à nouveau dans une lettre de Custine à Balzac, en date du 14 juillet 1846 (au tome III de la présente édition).
3. Il s'agit très vraisemblablement de la « suite du Mardi gras » ; voir 41-20 et n. 1.
4. Balzac avait entendu, dès 1840, les appréciations peu favorables de Custine sur la Russie, après son retour de voyage, et avait dès mai 1840 mis en garde Ève Hanska (voir *LHB I*, p. 507, 512, etc.). Après la publication de *La Russie en 1839*, par le marquis de Custine (4 vol., chez Amyot), enregistré à la *BF* du 13 mai 1843, il restera plusieurs années en froid avec lui.

41-23. À ALPHONSE DE LAMARTINE

Copie, Lov., A. 282, f° 277. — *Corr. Gar. IV*, n° 1891.

1. Lamartine présidait la commission parlementaire chargée d'examiner un projet de loi sur la propriété des ouvrages de science, de littérature et d'art. Il présenta son rapport à la Chambre des députés, dans la séance du 13 mars 1841 et intervint, vainement, les 23 et 30 mars pendant les huit séances tenues du 22 mars jusqu'au rejet le 2 avril. Sa brochure, *De la propriété littéraire*, avait été mise en vente par Gosselin, le 27 mars (ses discours sont reproduits dans *La France parlementaire*, A. Lacroix, t. III, 1865, p. 72-125). Vigny qui assista à presque toutes les séances entendit un jour Balzac lui déclarer du fond de la tribune du public où ils étaient : « Eh bien M. de Vigny les poètes sont donc toujours comme l'a dit votre Chatterton des *parias intelligents* ? » Vigny ajoutant : « il me fit remarquer que nous étions les seuls présents parmi les poètes et les écrivains qui étaient tous en cause » (d'après une lettre d'Alfred de Vigny à Alexandrine du Plessis du

15 septembre 1850, citée par R. Pierrot, « Honoré de Balzac et Alfred de Vigny », *Bulletin de l'Association des amis d'Alfred de Vigny*, nº 24, 1995, p. 13-14).

41-24. VICTOR HUGO À BALZAC

Copie communiquée par Marcel Bouteron, d'après l'aut., vente Arthur Meyer, Paris, Hôtel Drouot, 3-6 juin 1924, F. Lefrançois et N. Charavay experts, nº 166. — Publié par R. Pierrot, *RHLF*, octobre-décembre 1953, p. 476. — *Corr. Gar. IV*, nº 1892.

1. Hugo, le 15 janvier précédent, avait été maintenu dans ses fonctions de président de la Société des gens de lettres, Balzac étant nommé président honoraire ; dans ses *Notes remises à MM. les députés composant la commission de la loi sur la propriété littéraire*, brochure datée du 3 mars, publiée chez Hetzel et Paulin, enregistrée à la BF du 20 mars, Balzac se faisait le porte-parole de la Société des gens de lettres.

2. *La Presse* venait d'achever la publication en feuilleton, du 24 février au 4 mars, des *Deux Frères* (1re partie de *La Rabouilleuse*).

41-25. JACQUES FRANTZ À BALZAC

Aut., Lov., A. 313, ff^{os} 449 et 450 vº. — Publié par M. Bouteron, introduction à *Une ténébreuse affaire*, Éditions Alpina, 1958, p. 15-16. — *Corr. Gar. IV*, nº 1893.

1. Dans la préface d'*Une ténébreuse affaire* (3 vol., Souverain, 1843, enregistré à la BF du 6 mai 1843), Balzac écrit : « un mois environ après sa publication dans *Le Commerce*, l'auteur reçut une lettre signée d'un nom allemand Frantz de Sarrelouis, avocat, par laquelle on lui demandait un rendez-vous au nom du colonel Viriot ».

2. Enlevé le 23 septembre 1800 par les agents de Fouché, Dominique comte Clément de Ris (1750-1827) fut retenu prisonnier 19 jours dans un souterrain avant d'être relâché. Ce qui ne devait être qu'une simple opération de cambriolage destinée à récupérer des documents confiés plus tôt au sénateur se transforma en véritable séquestration. Bonaparte, informé de l'affaire, somma Fouché de faire arrêter et condamner les responsables. Furent alors accusés et condamnés à mort deux royalistes en dépit de preuves contradictoires tangibles et de solides alibis. Seul à s'opposer au jugement rendu par la cour spéciale dont il était membre, le capitaine lorrain Pierre-François Viriot (1773-1860) fut derechef mis à la retraite. Sur ce personnage et cette affaire, voir G. Sarrut et B. Saint-Edme, *Biographie des hommes du jour*, Paris, au Dépôt général, 1841, t. VI, Ire partie, p. 84-103.

3. L'entrevue eut bien lieu. Balzac en raconte le principal dans sa préface à *Une ténébreuse affaire* ; voir *CH VIII*, p. 494-500.

41-26. À LOUIS DESNOYERS

Aut., Lov., A. 286, fº 196. — *Corr. Gar. IV*, nº 1894.

1. Il s'agit du chapitre IV des *Lecamus* inséré dans *Le Siècle* des 26 et 27 mars 1841. La publication s'acheva le 4 avril avec le chapitre X intitulé « La Récompense ».

41-27. MADAME BARRÉ DE ROLSON À BALZAC

Aut., Lov., A. 312, ff^{os} 118-120. — Publié partiellement par Joseph Sablé, introduction au *Curé de village*, Club du meilleur livre, 1960, p. ix-x. — *Corr. Gar. IV*, n° 1896.

1. Les « caractères ardents lancés dans des voies criminelles » sont en effet nombreux dans les œuvres de Balzac. Voir par exemple la préface du *Père Goriot* (*CH III*, p. 37-45).
2. Balzac répondit négativement à cette lettre en des termes que nous ignorons, mais que David Bellos a essayé de reconstituer en prélude à la publication de la seconde lettre de Mme Barré de Rolson (41-41). Voir D. Bellos, « Balzac et le fouriérisme en 1841 : sur une lettre presque retrouvée », *AB 1978*, p. 55-60.

41-28. À HIPPOLYTE DELAUNAY

Aut., BNF, Mss, n. a. fr. 16933 (anciennes archives Bonnier de La Chapelle), f° 80. — *Corr. Gar. IV*, n° 1897.

1. Sur la propriété de *L'Artiste* par Delaunay, voir le Répertoire.
2. Hippolyte Delaunay a publié *Une scène de boudoir*, dans *L'Artiste* (2ᵉ série, t. VII, 12ᵉ livraison, 21 mars 1841, p. 201-203, et 13ᵉ livraison, 28 mars 1841, p. 220-222). Il s'agit d'un fragment de *Autre étude de femme* qui entrera en septembre 1842 dans le tome II de *La Comédie humaine*.

41-29. À SYLVAIN GAVAULT

Aut., Lov., A. 287, f° 57. — *Corr. Gar. IV*, n° 1898.

1. Cette lettre, les deux suivantes et celle du 11 avril ? (41-35) concernent la préparation du premier traité conclu pour la publication de *La Comédie humaine*, le 14 avril 1841 (41-40).

41-30. À SYLVAIN GAVAULT

Aut., Lov., A. 287, ff^{os} 58 et 59 v°. — *Corr. Gar. IV*, n° 1899.

1. Voir le traité final (41-40).

41-31. À SYLVAIN GAVAULT

Aut., Lov., A. 245, f° 94 *bis*. — *Corr. Gar. IV*, n° 1900.

1. Hetzel, Paulin, Sanches et Dubochet. Voir 41-29 et 41-40.

41-32. À HENRI HEINE

Aut., Düsseldorf, Heinrich-Heine-Institut, HHI. AUT. 61.1233 ; ancienne coll. de la Princesse Cécile Murat ; vente de la succession de S. A. le Prince Joachim Murat, à Paris, Hôtel Drouot, 23 mars 1961, J. Arnna expert, n° 2. — *Corr. Gar. IV*, n° 1895.

1. Voir 41-26, n. 1.
2. Heine habita 25, rue Bleue de septembre 1840 à septembre 1841.

41-33. PROJET DE TRAITÉ
AVEC JACQUES-JULIEN DUBOCHET,
PIERRE-JULES HETZEL ET CHARLES PHILIPON

Aut. (entièrement de la main de Charles Philipon), Lov., A. 256, ff^{os} 114-115.

a. format [in-18 *biffé*] in-32. *aut.*

1. Ce petit volume paraîtra fin décembre 1841 — à la date de 1842 — sous le titre *Histoire de l'empereur, racontée dans une grange par un vieux soldat, et recueillie par M. de Balzac* (1 vol. in-32 ; J.-J. Dubochet et Cie, J. Hetzel et Paulin, Aubert et Comp., enregistrer à la *BF* du 1er janvier 1842). Le traité définitif pour cette publication n'a pas été retrouvé. On notera que les associés de Balzac dans ce projet de « société en participation », ici Dubochet, Hetzel et Philipon, seront finalement Dubochet et Cie, Hetzel et Paulin, et Gabriel Aubert, beau-frère de Philipon. Le fonds Lovenjoul (A. 256, f° 113) conserve un autre document relatif à ce projet, brouillon de la main de Gavault cette fois : la rédaction en est, pour l'essentiel, identique, si ce n'est un dernier article stipulant que « M. de Balzac ne sera passible d'aucune perte résultant de l'opération » ; clause des plus surprenantes, sous la plume d'un avoué, en raison de son caractère antinomique avec une entreprise « en participation ». On peut penser que ces quatre futurs « co-intéressés » ne purent se mettre d'accord sur ces bases et que Balzac finit par signer un contrat classique avec les quatre coéditeurs de ce petit volume.

2. Balzac prit soin de recueillir le *nihil obstat* de Charpentier pour cette opération. Voir l'article 4 du traité du 14 avril (41-39).

3. Au total, 55 vignettes seront dessinées par Lorentz et gravées par Brevière et Novion.

41-34. STENDHAL À BALZAC

Aut., Lov., A. 312, ff^{os} 237-238. — Publié par Henri Cordier, *Stendhal et ses amis*, p. 47 ; Paupe, *Correspondance de Stendhal*, t. III, p. 273-274 ; H. Martineau, dans Stendhal, *Correspondance*, t. X, p. 328-329 ; *Corr. gén. Stendhal*, VI, n° 3125, p. 462-463. — *Corr. Gar. IV*, n° 1901.

1. Les remerciements de Stendhal pour l'article de la *Revue parisienne* sur *La Chartreuse de Parme* annoncés le 30 octobre 1840 (voir 40-258) n'étaient pas encore parvenus à son destinataire en avril 1841 ; cette lettre et l'exemplaire interfolié de *La Chartreuse de Parme* n'ont pas été retrouvés.

41-35. À SYLVAIN GAVAULT

Aut., La Haye, Bibliothèque royale, ms. 76 E 26. — *Corr. Gar. IV*, n° 1902.

1. Le nom du destinataire a été découpé sur l'autographe.
2. Avoué, successeur de Me Guillonnet-Merville ; voir le Répertoire.

41-36. TRAITÉ
AVEC HIPPOLYTE SOUVERAIN ET VICTOR LECOU

Aut. (de la main de Souverain), Lov., A. 269, ff^{os} 50-51 ; 7 renvois marginaux paraphés par les deux signataires sont de la main de Balzac. — Publié partiellement dans *BS*, p. 49-50. — *Corr. Gar. IV*, n° 1903.

a. prendre [ce qui lui plaira *biffé*] chaque ouvrage *aut.*

1. *Les Lecamus* [*Le Martyr calviniste*] augmenté du *Secret des Ruggieri* et des *Deux Rêves* sous le titre de *Catherine de Médicis expliquée* (3 vol. in-8°) sera mis en vente en septembre 1844. *Une ténébreuse affaire* (3 vol. in-8°) sera mis en vente en mars 1843. Ce n'est qu'après 1850 que *La Rabouilleuse* prendra son titre actuel suite à une correction de Balzac sur son exemplaire de l'édition Furne de *La Comédie humaine*. *Les Deux Frères*, suivi de *Un ménage de garçon en province* (la réunion des deux deviendra *La Rabouilleuse*), 2 vol. in-8°, sera mis en vente le 1er décembre 1842. Les longs retards apportés par Souverain à la mise en vente des volumes fabriqués depuis longtemps avant les dates indiquées seront la source de nombreuses discussions entre l'auteur et son éditeur. *Les Paysans* ne paraîtra pas du vivant de Balzac.

2. Huit de ces billets ont été immédiatement passés à Victor Lecou. Voir le traité suivant (41-37) et le reçu en date du 12 août (41-38).

3. Depuis octobre 1840, l'impression de ce roman tarde (voir 40-259, 40-270 et 41-110); il ne sera mis en vente qu'en février ou mars 1842.

4. Ces clauses ont été modifiées ultérieurement. Voir 41-118 à 41-120.

5. Une partie (11 articles) des *Petites misères de la vie conjugale* avait été publiée dans *La Caricature* du 29 septembre 1839 au 28 juin 1840; *Les Fantaisies de Claudine* avait paru dans la 2e livraison de la *Revue parisienne* (25 août 1840). Ces deux textes ne seront pas publiés par Souverain et devront attendre pour paraître en librairie : le premier fut publié en juillet 1845 par Chlendowski; le second par de Potter, en octobre 1844, sous le titre *Un prince de la bohème*.

41-37. TRAITÉ AVEC VICTOR LECOU

Aut., Lov., A. 269, f° 16. — *Corr. Gar. IV*, n° 1904.

1. Voir le traité 41-36; cet acte met fin à la société créée le 15 novembre 1836 (36-174).

41-38. À HIPPOLYTE SOUVERAIN

Aut., MB, inv. BAL 93-38 ; *Bibliothèque du colonel Daniel Sickles*, vente à Paris, Hôtel Drouot, 18-19 novembre 1993 (15e partie), J. Vidal-Mégret et Th. Bodin experts, n° 6123 (1) (sans extrait cité).

1. Voir 41-36.

41-39. TRAITÉ AVEC GERVAIS CHARPENTIER

Aut., Lov., A. 269, f° 69. — *Corr. Gar. IV*, n° 1905.

1. Voir 38-72, 38-95, 38-124, 38-125 et 39-18 ; le traité du 22 août 1840 n'a pas été retrouvé.

2. Édition enregistrée à la *BF* du 12 février 1842.

3. Hetzel publia l'*Histoire de Napoléon* avec des illustrations de Lorentz à la fin de décembre 1841. Voir le projet de traité (41-33) et les lettres 41-153 et 41-154.

41-40. TRAITÉ AVEC PIERRE-JULES HETZEL,
JEAN-BAPTISTE PAULIN,
JACQUES-JULIEN DUBOCHET ET CHANTAL SANCHES

Aut., Lov., A. 245, ff^{os} 13-15. — *Corr. Gar. IV*, n° 1906.

1. Pour des raisons qui nous restent obscures, ce traité ne fut pas exécuté et fut remplacé par un autre traité conclu le 2 octobre 1841 (41-98).
2. Sanches n'a pas été partie au traité du 2 octobre 1841, il a été remplacé par Charles Furne.
3. Voir le traité daté en fait du 11 avril (41-36).

41-40a. LE DOCTEUR FRANÇOIS LALLEMAND
À BALZAC

Aut., Lov., A. 314, ff^{os} 277-278.

1. Une note manuscrite du vicomte de Lovenjoul (Lov., A. 314, f° 276) indique que le Dr Lallemand a eu entre les mains un exemplaire de chacun des trois volumes des *Contes drolatiques* (1832-1837) portant l'envoi autographe suivant : « À l'illustre docteur Lallemand, / de la part de l'auteur, / de Balzac ». Lovenjoul précise qu'en 1890 ces volumes appartenaient au libraire Ferroud, à Paris.
2. Le Dr Lallemand préparait la publication de la deuxième partie du tome II de son ouvrage intitulé *Des pertes séminales involontaires* (*BF* du 18 septembre 1841), étude en trois volumes parue chez Béchet jeune, entre 1836 et 1842.
3. *Belzébuth ou les Jeux du Roi René*, mélodrame en 4 actes par François Henri Joseph Blaze, dit Castil-Blaze, dont la première représentation a eu lieu le 15 avril 1841, au théâtre de Montpellier.
4. *Berthe la repentie* et *La Belle Impéria mariée* sont deux textes du troisième dixain des *Contes drolatiques*.

41-40b. HIPPOLYTE SOUVERAIN À BALZAC

Aut., Lov., A. 256, f° 280 ; sur papier à en-tête du Cercle du commerce (installé au 20 *bis*, rue du Sentier).

1. Après avoir été promis à Charpentier en décembre 1838 (38-125), ce projet avait été racheté par Souverain en avril 1839 (voir 39-77 et 39-83) ; en octobre 1846, Balzac annoncera encore à Mme Hanska vouloir « faire la *Pathologie de la vie sociale* » (*LHB II*, p. 393).
2. C'est peut-être dans la perspective de cette publication « illustrée » que Balzac contacta Philipon (voir 41-52).
3. *Cf.* ce que Balzac écrivait à Mme Hanska le 1er juin 1841 : « Je vais faire un livre, pour le prix Monthyon qui payera le tiers de ma dette » (*LHB I*, p. 532).
4. Par le traité du 11 avril (41-36), Balzac s'engageait à ne rien publier dans le format in-8° avant les quatre mois qui suivraient la dernière mise en vente par Souverain.

41-41. MADAME BARRÉ DE ROLSON À BALZAC

Aut., divisé en deux parties, A. 318, ff^{os} 107-108 et A. 312, f° 121. — Publié par D. Bellos, *AB 1978*, p. 56-60. Notre annotation est largement tributaire de cette étude.

1. La lettre de Balzac, répondant à celle du 29 mars (41-27), n'a pas été retrouvée.
2. Tommaso Campanella — penseur et écrivain italien, né à Stilo (Calabre) en 1568, mort à Paris en 1639 — a écrit notamment *La Philosophie rationnelle* et surtout *La Cité du soleil*, commencée en prison et éditée par ses amis en 1623, dans laquelle il attaque violemment le système féodal et imagine un État organisé suivant des principes « communistes ». Balzac évoque le « désintéressement » de cette « ardente et sublime figure » dans *Sur Catherine de Médicis* (CH XI, p. 338-339).
3. Écrit en 1840, *Le Compagnon du tour de France* de George Sand avait paru au début de l'année 1841 en deux volumes chez Perrotin.
4. François Villegardelle, auteur de plusieurs ouvrages de théorie sociale et de politique (*Accord des intérêts et des partis, ou l'Industrie sociétaire*, 1836; *Accord des intérêts dans l'association et besoins des communes, avec une notice sur Ch. Fourier*, 1844, etc.), venait de publier une traduction du latin de *La Cité du soleil, ou Idée d'une république philosophique* de Campanella (Paris, A. Levavasseur, 1840). Dans l'introduction, on lit notamment que « *La Cité du soleil*, moins connue que l'*Utopie* de Morus, lui est cependant supérieure. Elle offre avec la doctrine saint-simonienne, ainsi qu'avec la théorie de Fourier, des analogies tellement frappantes, qu'un examen superficiel ferait soupçonner un plagiat » (p. 13-14).
5. La nouvelle Église des Frères moraves, réunissant les fidèles de l'ancienne Unité des Frères bohèmes, ou moraves, des XVe-XVIIe siècles, fut fondée en 1727 par le comte de Zinzerdorf. Elle connut un grand essor en Europe centrale au XVIIIe siècle et déploya une grande activité missionnaire. Les statuts de l'Église prévoyaient des paroisses organisées par *bandes*, composées de personnes du même sexe et du même genre d'éducation, et plus tard on y ajouta les *chœurs*. Nous n'avons pas retrouvé le travail de Victor Considérant (voir le Répertoire) auquel Mme de Rolson fait allusion; il n'est pas certain d'ailleurs qu'il s'agisse d'une publication.
6. Voir le Répertoire.
7. La célébrité de cet écrivain emprisonné dans le Spielberg de 1822 à 1830 était due surtout à son ouvrage *Mes prisons* (1832), traduit dans une vingtaine de langues entre 1833 et 1850. De *carbonaro* incrédule il était devenu en prison un croyant plutôt sentimental; ses livres étaient lus comme œuvres de piété, et Pellico se condamna totalement aux yeux des libéraux en 1834 quand il accepta le poste de secrétaire bibliothécaire auprès des très conservateurs marquis et marquise di Barolo. Voir, au tome III de la présente édition, l'entrée Barolo dans le Répertoire.
8. Allusion à la célèbre histoire du vol de la montre de Balzac à Milan en 1837; voir 37-40 et n. 1. Mme de Rolson avait pu lire des échos de cette aventure dans les journaux français de mars 1837.
9. L'École sociétaire avait été créée par Fourier en 1834.

10. *Nouvelles transactions, sociales, religieuses et scientifiques* de Virtomnius (Paris, Bossange, 1832). Virtomnius est le pseudonyme du fouriériste Just Muiron.

11. *Le Nouveau Monde industriel et sociétaire, ou Invention du procédé d'industrie attrayante et naturelle distribuée en séries passionnées* (Paris, Bossange, 1829-1830), repris au tome VI des *Œuvres complètes de Ch. Fourier* (Paris, aux bureaux de *La Phalange*, 1841-1845).

41-42. À VICTOR HUGO?

Aut., Harvard College Library, Houghton Library, Autograph File, B. — *Corr. Gar. IV*, n° 1907.

1. Peu après avoir mis de l'ordre dans ses affaires, Balzac très fatigué avait quitté Paris pour « un petit voyage de 15 jours en Bretagne, en avril et q[uel]q[ues] jours en mai » (*LHB I*, p. 534) ; dans une autre lettre, il parlait de Touraine et de Bretagne (*ibid.*, p. 530). Nous sommes très mal renseignés sur ce voyage ; dans la lettre à la comtesse Merlin (41-43), Balzac donne quelques détails sur l'itinéraire, ici il précise « au bord de la mer à cent vingt lieues de Paris ». Il est possible, mais ce n'est qu'une hypothèse qu'aucun document ne vient confirmer, que le but de l'excursion ait été Guérande et la compagne de voyage Hélène de Valette.

2. Le ton employé ainsi que la conjonction du « mon cher maître », de l'admiration et de l'amitié nous laissent penser que ce billet est vraisemblablement adressé à Victor Hugo.

41-43. À LA COMTESSE MERLIN

Aut., ancienne coll. J. E. Weelen. — Fac-similé publié par J. E. Weelen, *Balzac et les Larrey*, Vendôme, Société archéologique, scientifique et littéraire du Vendômois, 1961. — *Corr. Gar. IV*, n° 1908.

41-44. À LÉON CURMER

Copie, Lov., A. 283, f° 267 et copie par Arthur Rau de l'aut., vente à Londres en 1949.

1. Balzac, rentré à Passy le 3 mai 1841 après son voyage au bord de la Loire et en Bretagne, avait trouvé des épreuves de *La Femme de province* qui paraîtra au début de juin dans le tome VI (278ᵉ livraison) des *Français peints par eux-mêmes*.

41-45. À ALEXANDRE DUJARIER

Aut., Lov., A. 287, f° 7. — Publié par Lovenjoul, *Genèse*, p. 178-179. — *Corr. Gar. IV*, n° 1909.

1. Dans sa lettre du 1ᵉʳ juin (41-57), Balzac précise le titre *Un ménage de garçon en province*, mais la publication ne fut pas immédiate ; les lecteurs de *La Presse* attendirent la suite des *Deux Frères* jusqu'au 27 octobre 1842. Entre-temps, il donna les *Mémoires de deux jeunes mariées*.

41-45a. À HIPPOLYTE SOUVERAIN

Aut., coll. privée; vente à Paris, Hôtel Drouot, 14 octobre 1992, J. Vidal-Mégret et D. Gomez experts, n° 190.

1. Ce billet, concernant l'impression du tome I des *Mémoires de deux jeunes mariées*, est difficile à dater; il est sensiblement postérieur à celui du mois de février (41-16) qui concerne la feuille 9, postérieur au voyage d'avril-début mai et, semble-t-il, de peu antérieur au billet du 12 mai 1841 (41-47), dans lequel Balzac réclame « les bonnes feuilles » des feuilles 9 à 13.
2. Toutes les corrections demandées ont été faites par l'imprimerie Crété de Corbeil, « province » très proche.

41-46. À ANTOINE POMMIER

Copie, Lov., A. 282, f° 179. — *Corr. Gar. IV*, n° 1910.

1. Voir 40-277, n. 1.
2. Cette revue, fondée en 1841, était divisée en deux parties : *Revue critique des ouvrages du mois* et *Morceaux choisis de la littérature du mois*; les morceaux choisis de mars 1841 (livraison du 5 avril 1841) avaient reproduit les *Peines de cœur d'une chatte anglaise*. La Société des gens de lettres combattait les reproductions non autorisées faites par certains journaux (voir 39-168 et notes).

41-47. À HIPPOLYTE SOUVERAIN

Aut., Saché, musée Balzac, fonds Samueli; vente Archives Souverain, n° 160 (13⁵). — *Corr. Gar. V*, n° 2834.

1. Balzac date *in fine* mercredi soir, et juste en dessous : 12 mai, en très petits caractères. De 1839 à 1844, nous n'avons un mercredi 12 mai qu'en 1841. Il s'agit sans doute des *Mémoires de deux jeunes mariées*, l'un des romans vendus à Souverain le 11 avril 1841 (voir 41-36, n. 3).

41-48. PIERRE-JULES HETZEL À BALZAC

Aut., Lov., A. 256, f° 130. — *Corr. Gar. IV*, n° 1911.

1. Le cachet postal de cette lettre est illisible, nous la rapprochons de la lettre à Antoine Pommier (41-46).
2. Des statuettes reproduisant servilement les dessins de Grandville pour les *Scènes de la vie privée et publique des animaux*, réalisées par le mouleur Avare et le sculpteur Comelera, avaient été mises en vente par le tabletier Calmon, sans indiquer le nom de Grandville. Les contrefacteurs furent condamnés au début de décembre 1841. Voir *Le Charivari* du 4 décembre 1841.

41-49. MARIE D'AGOULT À BALZAC

Aut., Lov., A. 312, f° 41. — *Corr. Gar. IV*, n° 1912.

1. Introduit par Liszt, Balzac avait dîné chez Marie d'Agoult, le lundi 8 mars, avec Victor Hugo, Théophile Gautier, Alphonse Karr

et Lautour-Mézeray (*Correspondance Franz Liszt – Marie d'Agoult*, éd. Serge Gut et Jacqueline Bellas, Fayard, 2001, p. 778). Le mardi 23 mars, il l'avait retrouvée avec Lamartine, Hugo, Gautier et Karr chez Delphine de Girardin (*LHB I*, p. 529). Voir 41-61 à 41-63.

41-50. À CHARLES RENARD

Copie, Lov., A. 282, f° 224. — *Corr. Gar. IV*, n° 1913.

1. Voir le traité 41-40.

41-51. VICTOR HUGO À BALZAC

Aut., Lov., A. 314, f° 232. — Publié par R. Pierrot, *RHLF*, octobre-décembre 1953, p. 477. — *Corr. Gar. IV*, n° 1914.

1. Cette lettre concerne la réception de Victor Hugo à l'Académie française, le jeudi 3 juin 1841. Simplement datée « lundi », nous la plaçons au 24 mai, car Victor Hugo proposait un billet à Balzac le mardi 1ᵉʳ juin (41-58).

41-52. À CHARLES PHILIPON

Aut., Lov., A. 288, f° 29. — *Corr. Gar. IV*, n° 1915.

41-53. À ANTOINE POMMIER

Lov., B. 746 (exemplaire de *Corr. CL*, corrigé par le vicomte de Lovenjoul). — Publié par Léon Gozlan, *Balzac chez lui, souvenirs des Jardies*, Paris, Michel-Lévy, 1862, p. 88. — *Corr. Gar. IV*, n° 1917.

1. Le 11 janvier 1841, Balzac avait été nommé par le comité de la Société des gens de lettres membre d'une commission créée pour étudier les problèmes de la propriété littéraire. Le 5 février, il avait été chargé de réviser le projet de manifeste établi par cette commission. Le 25 mai, le projet de manifeste fut lu devant le comité qui le renvoya à la commission ; le 25 juin, Balzac présenta un nouveau rapport à la commission. Faute de plus grandes précisions nous datons cette lettre et la suivante de mai.

2. Le périmètre envisagé par Balzac pour ce manifeste était très large (voir 41-54 et 41-66). La publication, datée du 9 décembre 1841, sera finalement beaucoup moins ambitieuse et se limitera à la lutte contre la contrefaçon (voir, t. III de la présente édition, la lettre d'Antoine Pommier du 8 janvier 1842, et notes).

41-54. AUX MEMBRES DE LA COMMISSION DITE DU « MANIFESTE »

Publié par L. Gozlan, *Balzac chez lui*, p. 89-92. — *Corr. Gar. IV*, n° 1918.

1. Trois prix Monthyon (ou Montyon) étaient, depuis 1782, décernés par l'Académie française et par l'Académie des sciences (prix de vertu, prix littéraire et prix scientifique). Dans ses romans, Balzac cite maintes fois le « prix Montyon ». Il fait ici référence au prix pour

« l'ouvrage littéraire le plus utile aux mœurs » ; soutenu et conseillé par son ami Jean Thomassy, il avait espéré l'obtenir, en 1834, pour *Le Médecin de campagne* (voir t. I de la présente édition, 34-73 et n. 2). En juin 1841, il annonce à Mme Hanska vouloir « faire un livre, pour le prix Monthyon qui payera le tiers de [sa] dette » (*LHB I*, p. 532) ; il reviendra souvent, jusqu'à la fin de 1844, sur son espoir d'obtenir ce prix (voir l'Index de *LHB*).

2. Ces idées furent ensuite sensiblement modifiées. Voir 41-66.

41-55. PIERRE-JULES HETZEL À BALZAC

Aut., Lov., A. 256, f° 137 r°. — *Corr. Gar. IV*, n° 2063 (texte incomplet ; date rectifiée).

1. Très probablement *Le Voyage d'un moineau de Paris à la recherche du meilleur gouvernement*, texte illustré par Grandville, signé George Sand (livraisons 29 à 33 du premier volume des *Scènes de la vie privée et publique des animaux* dont la publication a été achevée vers le 15 juin 1841). Il s'agit d'un texte de Balzac avec une conclusion ajoutée par George Sand. Voir les notes de Georges Lubin, *Corr. Sand V*, p. 322-323, et 41-17, n. 1.

2. Les livraisons des *Scènes* avaient été imprimées par Schneider et Langrand, ainsi que par Lacrampe et Cie ; la préface, signée P.-J. Stahl, fut sans doute confiée à l'imprimerie Plon pour la mise en volume.

41-56. À HENRY DE BALZAC

Aut., Brunswick, ME (États-Unis), Bowdoin College Library, George J. Mitchell Department of Special Collections & Archives, Charles H. Livingston Collection. — Publié par Madeleine Fargeaud et Roger Pierrot, *AB 1961*, p. 56-57. — *Corr. Gar. IV*, n° 1919 (sur une copie).

1. Il s'agit toujours du projet de canal de la Basse-Loire, grand projet des Surville depuis de longues années. Voir A.-M. Meininger, « Eugène Surville, modèle reparaissant », *AB 1963*, p. 212-221.

2. Depuis son installation à l'île Bourbon, en 1840.

3. Le contre-amiral Charles Bazoche (1784-1853) avait été nommé, le 30 mai 1841, gouverneur de l'île Bourbon, où il arriva, le 20 octobre 1841, après 98 jours de navigation. Balzac lui avait demandé sa protection pour son frère. Pour l'en remercier, il lui dédia la nouvelle édition de *L'Interdiction* parue en 1843 (voir, t. III de la présente édition, la lettre du 31 décembre 1843, et le Répertoire).

4. Voir, *ibid.*, la lettre de septembre 1842 à J. Coster, et le Répertoire.

5. Jean Vautor Desrozeaux, ami de jeunesse de Balzac, officier d'état civil à Saint-Pierre de la Martinique ; voir, t. I de la présente édition, le Répertoire.

6. Guy-Victor Duperré, ministre de la Marine et des Colonies, du 29 octobre 1840 au 7 février 1843.

41-57. À ALEXANDRE DUJARIER

Aut., Lov., A. 287, f° 9. — Publié par Lovenjoul, *Genèse*, p. 179. — *Corr. Gar. IV*, n° 1920.

1. Voir 41-45.

41-58. VICTOR HUGO À BALZAC

Aut., Lov., A. 314, ff⁰ˢ 228-229. — Publié dans Victor Hugo, *Actes et paroles*, I : *Avant l'exil* ; *Œuvres complètes*, Imprimerie nationale, Olendorff et Albin Michel, t. XXXVI, 1937, p. 605 (Historique) ; R. Pierrot, *RHLF*, octobre-décembre 1953, p. 478. — *Corr. Gar. IV*, n° 1921.

1. Louis Bergeron, dit Émile Pagès, collaborateur du *Charivari* et du *Journal du peuple*, auteur de *Fables démocratiques* (1839). Voir 41-59 et 41-60, n. 1.
2. Voir 41-51, n. 1.

41-59. À VICTOR HUGO

Aut., coll. Thierry Bodin. — Publié dans Victor Hugo, *Actes et paroles*, I : *Avant l'exil* ; *Œuvres complètes*, t. XXXVI, p. 605 et par R. Pierrot, *RHLF*, octobre-décembre 1953, p. 478. — *Corr. Gar. IV*, n° 1922.

1. Lettre écrite sans doute le soir même du 1ᵉʳ juin, après celle reçue de Victor Hugo (41-58).
2. C'est-à-dire 108, rue de Richelieu où Victor Hugo avait envoyé la lettre précédente et non 19, rue Basse à Passy.
3. Le lendemain mercredi 2 juin.
4. *Le Carillon* était dans *Le Charivari* la rubrique des échos. En s'appuyant sur cette lettre, les éditeurs d'*Actes et paroles* supposent que Balzac était l'auteur de l'article du *Charivari* — et non Pagès (voir 41-58, n. 1) ; la lettre suivante rend cette hypothèse bien peu vraisemblable.

41-60. À VICTOR HUGO

Billet relié dans un exemplaire des *Œuvres illustrées* de Victor Hugo (Paris, Hetzel, 1855, in-4°). — Publié dans le cat. Marc Loliée, 80, 1952, n° 9, pièce 16 ; Léon Séché, « Les Albums de Madame Victor Hugo », *Annales romantiques*, IX, 1912, p. 202 ; R. Pierrot, *RHLF*, octobre-décembre 1953, p. 479. — *Corr. Gar. IV*, n° 1923.

1. Hugo avait proposé des modifications à l'article présenté par Balzac. *Le Charivari*, dans son numéro daté du jeudi 3 juin, le jour même de la réception à l'Académie française, publia sous le titre *Petit discours d'un grand poète* une charge assez drôle du style et des idées de Hugo, dont la fin était nettement désobligeante. Balzac semble donc avoir fait des efforts pour éviter à Hugo un article désagréable, mais quelques jours après il écrivait à Mme Hanska : « J'ai [...] assisté à la réception de Hugo, [...] son discours a fait le plus profond chagrin à ses amis ; il a voulu caresser les partis, et ce qui peut se faire dans l'ombre et dans l'intimité, ne va guère en public. Ce grand poète, ce sublime faiseur d'images, a reçu les étrivières, de qui ! De Salvandy ! L'assemblée était brillante, mais les deux orateurs ont été mauvais l'un et l'autre » (*LHB I*, p. 535).

41-61. MARIE D'AGOULT À BALZAC

Aut., Lov., A. 312, f° 42. — *Corr. Gar. IV*, n° 1924.

1. C'est-à-dire le 10 juin.

41-62. MARIE D'AGOULT À BALZAC

Aut., Lov., A. 312, f° 44. — *Corr. Gar. IV*, n° 1925.

41-63. MARIE D'AGOULT À BALZAC

Aut., Lov., A. 312, f° 43. — *Corr. Gar. IV*, n° 1926.

1. Le surlendemain, mercredi 9 juin, Sainte-Beuve répondait en ces termes à l'invitation que lui avait adressée Marie d'Agoult pour le même dîner : « J'aurai bien de la peine malgré tous mes effrois de Vautrin (lequel au fond est je le crois un assez bon diable) à ne pas aller samedi, après tous les attraits que vous me faites entrevoir, il en est un surtout auquel je résiste bien peu, dès qu'il daigne faire semblant de regarder » (Sainte-Beuve, *Correspondance générale*, éd. J. Bonnerot, Delamain et Boutelleau, t. IV : *1841-1842*, p. 106). Deux jours plus tard, de continuer : « Vous me mettez dans des embarras mortels ; dîner avec Vautrin, c'est-à-dire *manger le sel* avec lui, c'est tout autre chose que le rencontrer, c'est lui serrer la main, c'est abjurer, avouer les torts, c'est promettre de n'en plus avoir. Vous le voyez, je veux et ne veux pas, je ne sais pas et je refuse, c'est pitoyable, c'est toujours moi. Mais vous me pardonnerez » (*ibid.*, p. 108). Balzac ne rencontra donc pas son ennemi. Il dîna, le 12 juin, avec Ampère, Victor Hugo, le ménage Ingres, Félix Duban et Mignet (voir Franz Liszt et Marie d'Agoult, *Correspondance*, éd. S. Gut et J. Bellas, nouvelle éd., Fayard, 2001, p. 822-823).

41-64. À ANTOINE POMMIER

Aut., Lov., A. 288, ff^os 39-40. — *Corr. Gar. IV*, n° 1927.

41-65. À NICOLAS FRANÇOIS DURANGEL

Aut., Lov., A. 339, f° 51.

1. L'accord de Durangel pour cette publication avait été donné un an plus tôt (voir 40-173), mais elle ne commença que le 25 août 1841.

41-66. AUX MEMBRES DE LA COMMISSION DITE DU « MANIFESTE »

Publié par L. Gozlan, *Balzac chez lui*, p. 89-92. — *Corr. Gar. IV*, n° 1928.

1. Le 25 juin, devant le comité de la Société des gens de lettres, Balzac présenta un rapport de la commission du Manifeste où les idées énoncées ici étaient reprises (Registre des délibérations de la Société des gens de lettres). Cette lettre est peut-être celle communiquée à Pommier le 14 juin (41-64). Le projet de manifeste fut ensuite rendu moins ambitieux, se bornant à traiter de la contrefaçon. Voir, t. III de la présente édition, la lettre d'Antoine Pommier du 8 janvier 1842.

41-67. À FRÉDÉRICK LEMAÎTRE

Copie, Lov., A. 282, f° 181. — *Corr. Gar. IV*, n° 1789 (date rectifiée).

1. Cette lettre a été redatée par Max Bach (« Une lettre inédite de Balzac », *AB 1973*, p. 370-371), par référence au refus de la demi-pension demandée par Frédérick en faveur de ses enfants.

41-68. À SYLVAIN GAVAULT

Aut., Lov., A. 287, ff^ps 45-46. — *Corr. Gar. IV*, n° 1929.

1. Il s'agit de la modification du traité de *La Comédie humaine* ; voir la lettre d'Hetzel du 10 août (41-77).
2. Balzac rédigeait alors *Ursule Mirouët* (daté : « Paris, juin-juillet 1841 »), promis depuis plus d'un an au *Messager*, où ce roman fut publié du 25 août au 23 septembre 1841. Voir 40-173 et la lettre de Durangel du 18 septembre 1841 (41-91).

41-69. ARMAND DUTACQ À BALZAC

Aut., Lov., A. 297, ff^ps 21 et 22 v°. — *Corr. Gar. IV*, n° 2835.

1. Louis Desnoyers avait été pendant de longues années rédacteur en chef du *Charivari*, fondé par Charles Philipon, cumulant ces fonctions avec celles de directeur du *Feuilleton du Siècle* fondé par A. Dutacq ; après l'éviction de ce dernier, Desnoyer avait pris le parti du nouveau directeur Louis-Marie Perrée dans ses contestations judiciaires avec Dutacq. Le 1er juillet 1841, Dutacq, alors directeur du *Charivari*, mettait en manchette de son journal une liste de collaborateurs où Desnoyers figurait en tête ; sans doute sommé par Perrée de choisir entre les deux journaux, Desnoyers avait fait publier dans *Le Siècle* du 3 juillet une lettre où il annonçait sa démission de rédacteur en chef du *Charivari* et protestait contre l'utilisation de son nom. Dans *Le Charivari* du mercredi 7 juillet, Taxile Delord, nouveau rédacteur en chef, publiait un violent article intitulé : *Où l'on explique à l'univers pourquoi* « *Le Charivari* » *s'est privé de l'émargement de M. Louis Desnoyers (Derville)*. Le 10 juillet, Desnoyers répliquait dans *Le Siècle*, précisant qu'il avait quitté *Le Charivari* pour ne pas « subir la direction du sieur Dutacq » et traitant T. Delord de « souteneur gagé des basses colères du sieur Dutacq ». Le lundi 12 juillet, *Le Siècle* annonçait que « des amis » de M. Delord s'étaient présentés pour demander des explications à Louis Desnoyers et précisait que Paulin, Pagnerre et Hippolyte Lucas, au nom de Louis Desnoyers, avaient déclaré qu'ils ne voulaient répondre qu'à Dutacq et étaient prêts à l'entendre. Le même 12 juillet, *Le Charivari* publiait une note rendant compte du refus de Desnoyers de reconnaître Delord comme adversaire dans un débat préexistant entre Dutacq et lui, cette réponse constituant pour *Le Charivari* « un refus évasif de réparer ». Ce billet de Dutacq à Balzac peut donc être daté du lundi 12 juillet 1841.

2. Sur Alfred Géniole, voir le Répertoire.

3. Lucien de Lahodde (1808-1865), journaliste et pamphlétaire, rédacteur au *Charivari*, aussi connu pour ses activités d'informateur auprès du préfet de police Delessert que pour son ouvrage *Histoire*

des sociétés secrètes et du parti républicain de 1838 à 1850 (Paris, Julien, Lanier et Cie, 1850).

4. Sur ce désir de Dutacq de croiser le fer avec Desnoyers, nous avons une note écrite au crayon par Balzac au nom d'Armand Dutacq et destinée à Desnoyers : « Vos trois témoins, MM. Pagnerre, Paulin et H. Lucas viennent de rompre la conférence au sujet de notre affaire avec MM. Delahodde [*sic*], Géniole et de Balzac à cause d'un fait qui provient de moi et comme mes trois témoins se retirent également à cause de ce même fait, il devient urgent et pour vous et pour moi que nous prenions chacun deux autres témoins, les miens viendront chez vous demain matin à huit heures pour s'entendre avec ceux que vous aurez choisis » (Aut., Lov., acq. 1964). Peut-être faute de témoins, les candidats duellistes en restèrent là... Quant à Desnoyers et Delord, ils firent insérer dans *Le Charivari* et *Le Siècle* du vendredi 16 juillet 1841 une note où ils se repentaient de leurs injures respectives.

41-70. À LOUIS CRÉTÉ

Aut., Syracuse University Library (NY), Special Collections Research Center, Honoré de Balzac Letters ; ancienne coll. Henry Fatio, vente à Paris, Hôtel Drouot, 15-17 juin 1932, n° 610 (1). — Publié par R. Pierrot, *Autour de George Sand : mélanges offerts à Georges Lubin*, Brest, Centre des études des correspondances XIXe et XXe siècles, 1992, p. 196-197. — *Corr. Gar. IV*, n° 1965 (correspondant non identifié, date corrigée).

1. Les « deux sonnets à mettre » figurent bien dans la lettre XXV (Louise à Renée), feuille 21 du tome I de l'édition Souverain des *Mémoires de deux jeunes mariées* (p. 329-331 ; *CH I*, lettre XXIV, p. 296-297). Depuis que Crété a pris le relais de Mme Porthmann, il a composé les feuilles 9 à 21. Pour la feuille 22, voir 41-81.

41-71. CONSTANTIN BISSONNIER À BALZAC

Aut., Lov., A. 341, ff[os] 5 et 6 v° ; sur papier à en-tête de l'étude Bissonnier.

1. Louis Brouette, jardinier de Balzac et gardien des Jardies.
2. Un feuillet (A. 341, f° 7) était joint à cette lettre, listant cinq créances sur Balzac : Varlet pour 200 F, Morel pour 39,65 F, Acolas pour 280 F, Morel pour 600 F, L'Huillier pour 587,67 F, le tout assorti de frais, intérêts et accessoires.

41-72. CONSTANTIN BISSONNIER À BALZAC

Aut., Lov., A. 341, ff[os] 8 et 9 v°.

1. Voir 41-71, n. 2.

41-73. À SYLVAIN GAVAULT

Copie, Lov., A. 287, f° 60.

1. Cette lettre, dont nous n'avons qu'une copie ancienne, est difficile à dater. Le « bon Monsieur Gavault » nous incite à la placer en 1841 ; par la suite, Balzac s'adressera en effet plus volontiers à son « cher tuteur ». Nous proposons, avec prudence, de dater du 26 juillet, jour

de la Sainte-Anne que Balzac fêta fréquemment en compagnie des Gavault pour honorer sa mère et Mme Gavault qui portaient toutes deux ce prénom.

2. Madame Balzac venait de s'installer chez son fils, rue Basse (voir *LHB I*, p. 530).

41-74. HENRY DE BALZAC À BALZAC

Aut., Lov., A. 378, ff^{os} 86-87. — Publié par M. Fargeaud et R. Pierrot, *AB 1961*, p. 58-59. — *Corr. Gar. IV*, n° 1931.

1. Cette lettre s'est croisée avec celle de Balzac en date du 1er juin (41-56).
2. De son premier mariage avec Constant Dupont, Marie Françoise Éléonore Balan avait eu un premier fils, Ange, né le 26 mai 1826.
3. Henry avait été nommé arpenteur juré par le gouverneur de l'île Bourbon, le 22 septembre 1840 ; en cette qualité, il fit le métré sur plan et le relevé des bâtiments pour un nouveau plan de Saint-Denis, chef-lieu de l'île.
4. Le fondeur de caractères d'imprimerie Jean-François Laurent s'était associé à Balzac et à la famille de Berny en 1827 pour une société d'imprimerie, qui avait édité l'année suivante un *Spécimen des divers caractères, vignettes et ornements typographiques Laurent et de Berny*. Voir, t. I de la présente édition, l'entrée Laurent au Répertoire et les contrats 27-4, 28-2 et 28-12.
5. Voir le Répertoire à l'entrée Berny.

41-75. WAGNER, RELIEUR, À BALZAC

Aut., Lov., A. 340, ff^{os} 383 et 384 v°. La lettre comporte de nombreuses fautes que nous maintenons sans les indiquer ni les corriger.

1. Cinquante-six volumes divers avaient été reliés par Wagner dans les derniers mois de 1840. En règlement de la facture, Balzac lui avait remis, le 10 décembre, un effet de 200 F échéant au 31 du même mois, immédiatement escompté par le relieur. Ce billet ne fut pas honoré à son échéance et l'escompteur poursuivit Balzac, sans résultat. Wagner avait dû rembourser.

41-76. À HIPPOLYTE SOUVERAIN

Copie communiquée par Marcel Bouteron d'après l'aut., vente JLP, lot n° 155. — *BS*, p. 54 (daté, par erreur, juin 1842). — *Corr. Gar. IV*, n° 1962.

1. Le cachet postal très effacé n'a permis à Marcel Bouteron de ne lire que le quantième 9 (?) et le millésime de 1841. Le contexte montre que cette lettre concernant le tome I des *Mémoires de deux jeunes mariées* est antérieure à la lettre du 26 août 1841 (41-81). Si le quantième « 9 » lu par M. Bouteron est exact, on peut dater, sans certitude, du 9 août 1841.
2. Il s'agit en effet de la page 251 du tome I des *Mémoires de deux jeunes mariées* ; la correction indiquée par Balzac a été faite.
3. Probablement le premier volume ; Balzac vient d'indiquer une correction pour la feuille 16 du volume I qui comporte 355 pages, soit 22 feuilles.

41-77. PIERRE-JULES HETZEL À BALZAC

Aut., Lov., A. 256, ff^{os} 96-97 v°. — *Corr. Gar. IV*, n° 1932.

1. Traité relatif à *La Comédie humaine* (41-40 et 41-68) ; la révision du traité traîna jusqu'au 2 octobre 1841.
2. *Voyage d'un lion d'Afrique à Paris et ce qui s'ensuivit*, texte destiné aux *Scènes de la vie privée et publique des animaux*, paraîtra en novembre 1841 (voir 40-277, n. 2).

41-78. LOUIS DESESSART À BALZAC

Aut., Lov., A. 269, f° 219.

1. *Z. Marcas* avait paru dans le premier numéro de la *Revue parisienne* le 25 juillet 1840 ; intitulé *La Mort d'un ambitieux*, Desessart le réimprima au tome III (p. 245-315) de son recueil de nouvelles intitulé *Le Fruit défendu*, enregistré à la *BF* du 23 octobre 1841.

41-79. ALEXANDRE DUJARIER À BALZAC

Aut., Lov., A. 313, ff^{os} 349 et 350 v°. — Publié par Lovenjoul, *Genèse*, p. 180. — *Corr. Gar. IV*, n° 1933.

1. La quatrième et dernière partie de *Mathilde, mémoires d'une jeune femme* par Eugène Sue fut publiée du 30 août 1841 au 26 septembre 1841 dans *La Presse*.
2. Lettre non retrouvée ; voir 41-57.

41-80. À ALEXANDRE DUJARIER

Copie communiquée par J. Maurice, d'après l'aut., coll. Bouchu, Chinon. — *Corr. Gar. IV*, n° 1934.

1. Voir 41-45, n. 1. Balzac donna en remplacement les *Mémoires de deux jeunes mariées* publié dans *La Presse* à partir du 26 novembre 1841.

41-81. À LOUIS CRÉTÉ

Aut. communiqué par Thierry Bodin. — Publié par R. Pierrot, *Autour de George Sand : mélanges offerts à Georges Lubin*, p. 197.

1. « En terme d'imprimerie, [garniture] se dit des divers morceaux de bois ou de métal dont on se sert pour séparer les pages et former les marges » (*Dictionnaire de l'Académie française*, 1835). Faute de quantité de matériel nécessaire, une partie du travail avait été entreprise dans un autre atelier (voir 41-82), obligeant Crété à commencer la composition du tome II des *Mémoires de deux jeunes mariées* (voir 41-86).
2. À ce billet étaient jointes des recommandations rédigées au dos de la page de faux titre de la deuxième partie des *Mémoires de deux jeunes mariées*, feuillet sur lequel l'imprimerie a apposé la date de l'envoi de l'épreuve à corriger : 24 août 1841.

41-82. À HIPPOLYTE SOUVERAIN

Copie communiquée par Marcel Bouteron d'après l'aut., vente JLP, lot n° 155. — *Corr. Gar. V*, n° 2833.

1. Billet de peu postérieur à celui daté du 26 août (41-81), car il s'agit de la feuille 21 du tome I des *Mémoires de deux jeunes mariées*.

41-83. LE DOCTEUR JULES CHARPIGNON
À BALZAC

Aut., MB, inv. BAL 97-25. Cette lettre a été reliée à l'ouvrage *Physiologie, médecine et métaphysique du magnétisme*, par J. Charpignon (Orléans, Pesty libraire, et Paris, Garnier-Baillière, 1841, in-8°) ; cet exemplaire porte cet envoi autographe : « À l'auteur du *Livre mystique de l'Absolu* et d'*Ursule* ».

1. Il s'agit sans doute de *Physiologie, médecine et métaphysique du magnétisme*, de Charpignon, qui venait de paraître et que l'auteur adresse à Balzac avec un envoi autographe (voir la notule).

41-84. ALEXANDRA ZRAJEVSKAÏA À BALZAC

Aut., Lov., A. 316, ff^{ns} 284-285. — *Corr. Gar. IV*, n° 1935.

1. *Sozertsatielnaïa jizn Loudviga Lamberta* («La Vie contemplative de Louis Lambert»), Saint-Pétersbourg, Imprimerie de l'Académie de Russie, 1835. Voir Mikhaïl Fainstein, «Balzac et la censure russe», *Balzac dans l'Empire russe. De la Russie à l'Ukraine*, cat. de l'exposition (6-11 avril 1993), Maison de Balzac, Paris-Musées et Des Cendres, 1993, p. 93-97.

41-85. AU PRÉSIDENT
DE LA SOCIÉTÉ DES GENS DE LETTRES

Aut., MB, achat 1987, inv. 944. — Publié, avec fac-similé, par Th. Bodin, *CB*, n° 30, 1988, p. 15. — *Corr. Gar. IV*, n° 1936 (analyse).

1. Le 6 novembre 1840, succédant à Victor Hugo, François Arago avait été élu président de la Société des gens de lettres ; il conservera ces fonctions jusqu'au 8 janvier 1844.
2. Les motifs qui incitent Balzac à la démission résident dans les limites qu'impose la Société des gens de lettres en termes d'exploitation commerciale des œuvres littéraires (voir 41-104, n. 1). Sa démission souleva de nombreux débats (voir 41-94 et 41-95) et sa lettre de démission fut lue, en sa présence, lors de la séance du 5 octobre 1841. Toutefois, le comité la refusa ; et Balzac réitéra sa demande quelques semaines plus tard (voir 41-111). Voir É. Montagne, *Histoire de la Société des gens de lettres*, p. 28.

41-86. À LOUIS CRÉTÉ

Aut., Syracuse University Library (NY), Special Collections Research Center, Honoré de Balzac Letters ; ancienne coll. Henry Fatio, vente à Paris, Hôtel Drouot, 15-17 juin 1932, n° 610 (1) ; sur une épreuve imprimée recto verso des pages [65-]66 (c'est-à-dire la feuille 5) du tome II des *Mémoires de deux jeunes mariées*. — Publié par R. Pierrot, *Autour de George Sand : mélanges offerts à Georges Lubin*, p. 198.

1. Le cachet gras de l'imprimerie porte : « 6 sept[embre] 1841 » et sert de *terminus a quo* pour dater le bon à tirer.

41-87. JAMES GALIFFE À BALZAC

Aut., Lov., A. 314, ff⁰ˢ 4 et 5 v⁰.

41-88. PIERRE-JULES HETZEL À BALZAC

Aut., Lov., A. 256, ff⁰ˢ 125 et 126 v⁰. — *Corr. Gar. IV*, n⁰ 1937.

1. Voir 41-77, 41-89 et 41-90.
2. Sans doute *Les Amours de deux bêtes*, publié au tome II des *Scènes de la vie privée et publique des animaux* (livraisons 81 à 85).

41-89. À PIERRE-JULES HETZEL

Copie communiquée par Marcel Bouteron. — *Corr. Gar. IV*, n⁰ 1938.

1. Le peintre Jean-Alfred Gérard-Séguin ; voir le Répertoire.

41-90. À PIERRE-JULES HETZEL

Publié par *Le Droit*, 6 mai 1860, et la *Gazette des tribunaux*, 10 mai 1860. — *Corr. Gar. IV*, n⁰ 1939.

1. P.-J. Stahl, nom de plume d'Hetzel.
2. Voir 41-88.

41-91. NICOLAS FRANÇOIS DURANGEL À BALZAC

Aut. (de la main de Balzac, sauf la signature), Lov., A. 313, f⁰ 374. — *Corr. Gar. IV*, n⁰ 1940.

1. Voir 40-173. Commencée le 25 août, la publication d'*Ursule Mirouët* par *Le Messager* allait s'achever le 23 septembre. La publication en volume aura lieu en mai 1842 (2 vol. in-8⁰, chez Souverain, enregistrés à la *BF* du 3 septembre 1842).
2. En dépit des précautions prises pour éviter de nouveaux retards, Balzac tarda à remettre son nouveau texte. Voir sa lettre à Mme Hanska du 20 janvier 1842 : « *Le Messager* me demande avec menaces *Les Paysans* » (*LHB I*, p. 553). Voir aussi, t. III de la présente édition, la lettre à A. Brindeau du 14 janvier 1842. *Le Messager* ne publia aucun feuilleton de Balzac avant *Dinah Piédefer*, du 20 mars au 29 avril 1843.

41-92. FRANÇOIS PIQUÉE À BALZAC

Aut., Lov., A. 230, f⁰ 64 ; sur papier à en-tête du *Musée des familles*. — Publié par Lovenjoul, *Un roman d'amour*, p. 161-162 ; Guy Robert, introduction à *Un début dans la vie*, Genève, Droz, 1950, p. xvi. — *Corr. Gar. IV*, n⁰ 1941.

1. Ce rendez-vous a dû être accordé ; voir 41-99.
2. Le *Musée des familles*, sous-titré *Lectures du soir*, est une revue française, semestrielle, fondée en octobre 1833 par Émile de Girardin. Essentiellement récréative, elle publie les premières versions de romans, parmi lesquels *Le Chevalier double* de Théophile Gautier (1840). François Piquée en est le directeur depuis le 1ᵉʳ juin 1840.

41-93. SYLVAIN GAVAULT À BALZAC

Aut., Lov., A. 314, ff^{os} 31 *quater* et 31 *quinquies*. — *Corr. Gar. IV*, n° 1942.

1. En décembre 1839, Armand Dutacq, accablé par trop d'entreprises, avait cédé la direction du Vaudeville à Philippe Trubert.
2. *L'Enlèvement des Sabines*, comédie-vaudeville d'Alexandre de Longpré et Maurice Alhoy. *Le Courrier des théâtres* du 23 septembre écrivait : « Hier le Vaudeville a eu une réussite, nous la lui souhaitons bonne, il la mérite. »
3. Dans *La Presse* du 27 septembre, le *Feuilleton* favorable de Théophile Gautier contribua au succès.

41-94. ANTOINE POMMIER À BALZAC

Aut., Lov., A. 266, ff^{os} 22 et 23 v°; sur papier à en-tête de la Société des gens de lettres. — *Corr. Gar. IV*, n° 1943.

1. Voir 41-85, et n. 2.
2. L'article 56 porte : « Il est loisible à chaque associé de donner sa démission de membre de la Société quand bon lui semble ; mais, s'il la donne avant l'expiration d'une année à partir du jour de son adhésion, il n'en reste pas moins tenu de contribuer, durant ce temps, aux charges sociales, et obligé notamment au paiement des cotisations. En outre, et quelle que soit l'époque de la démission, même après l'année, les droits perçus ou échus du membre démissionnaire sont acquis à la Société » (Société des gens de lettres, *Statuts*, Agence centrale, 1839).
3. Vice-président de la Société des gens de lettres, il assurait l'intérim de François Arago.

41-95. ANTOINE POMMIER À BALZAC

Aut., Lov., A. 266, ff^{os} 24 et 25 v°; sur papier à en-tête de la Société des gens de lettres. — *Corr. Gar. IV*, n° 1944 (sans le projet d'article additionnel aux *Statuts* de la Société des gens de lettres).

1. Voir 41-104.
2. Voir 41-94, n. 2.

41-96. ADOLPHE GRANIER DE CASSAGNAC À BALZAC

Aut., Lov., A. 314, f° 146.

1. Lettre difficile à dater, nous la plaçons ici car Adolphe Granier de Cassagnac, de retour en juin 1841 d'un voyage à la Guadeloupe, donna son *Voyage aux Antilles* au *Globe*, *Gazette des Deux Mondes*, journal à 40 F par an, fondé en avril 1837 et dont son beau-frère Rosemond de Beauvallon était le rédacteur. Dans *Le Globe* du 1er octobre 1841 figurent la préface de *L'Héritière de Birague*, « premier roman d'un auteur devenu célèbre » et l'annonce d'une publication prochaine — qui ne vint pas (voir *Le Globe* du 15 décembre). La « nouvelle » prévue ici s'était transformée en reprise du premier roman qui ne parut pas pour des raisons qui nous échappent. Voir Patricia Kinder, « Note sur *L'Héritière de Birague* », *AB 1972*, p. 384-386.

2. Théodore Lechevallier, collaborateur d'Adolphe Granier de Cassagnac au *Globe*.

41-97. EUGÈNE PELLETAN À BALZAC

Aut., Lov., A. 315, ff⁰ˢ 260 et 261 v° ; sur papier à en-tête du *19ᵉ Siècle, journal quotidien, rue de Hanovre n° 5*.

1. Le numéro spécimen du *19ᵉ Siècle, journal politique quotidien des intérêts nationaux et du commerce*, daté du 11 octobre 1841, indique comme rédacteur en chef : Eug[ène] Pelletan ; directeur gérant : [Charles Adolphe] Lefrançois. Ce spécimen donne en page 2 une liste des « hommes de talent qui ont bien voulu accepter la collaboration de notre journal » où figure le nom de Balzac. Le premier numéro (30 octobre 1841) annonce, en première page, « nous publierons des romans, nouvelles et chroniques [...] de MM. [...] de Balzac [...] ». Jusqu'au dernier numéro (daté du 1ᵉʳ décembre 1841), le nom de Balzac ne réapparaîtra pas (notice due à Josué Seckel que nous remercions vivement).

41-98. TRAITÉ AVEC CHARLES FURNE, PIERRE-JULES HETZEL, JEAN-BAPTISTE PAULIN ET JACQUES-JULIEN DUBOCHET

Aut., Lov., A. 245, ff⁰ˢ 34-35. — *Corr. Gar. IV*, n° 1945.

1. Ce traité remplace celui du 14 avril 1841 (41-40).
2. Ce titre n'apparaissait pas dans le traité du 14 avril ; en revanche, il figurait déjà, fin avril ou début mai 1839, dans une lettre adressée à Armand Dutacq (39-89).
3. Ces délais expliquent probablement certaines particularités du classement des romans et nouvelles dans les différentes séries des « Scènes » composant les *Études de mœurs* ; sans doute en application de l'article 3, ils ne furent pas observés pour plusieurs romans qui parurent immédiatement après leur publication en feuilleton.
4. Voir 41-36.
5. C'est ce qui fut fait. Paulin ayant cessé son association avec Hetzel disparaît après le tome II. Furne, qui avait racheté le stock restant, en 1846, a publié, seul, le tome XVII, en 1848.
6. À l'expiration de ce délai, Balzac vendit ses droits à Alexandre Houssiaux (voir, t. III de la présente édition, le Répertoire).
7. Hetzel demanda ensuite à Balzac de porter les volumes à trente feuilles (480 pages au lieu de 384 pour vingt-quatre feuilles). Voir, *ibid.*, la lettre à P.-J. Hetzel du 1ᵉʳ février 1842.

41-99. FRANÇOIS PIQUÉE À BALZAC

Aut., Lov., A. 269, f° 94 *ter*. — *Corr. Gar. IV*, n° 1946.

1. Dans son numéro d'octobre 1841, le *Musée des familles* (t. IX, p. 31-32) publiait une « étude littéraire » : *M. de Balzac*, par Samuel-Henry Berthoud, son rédacteur en chef, étude favorable dans l'ensemble, contenant toutefois le reproche de « fouiller dans la boue sociale » ; le même numéro, sous la signature d'Henri Nicolle, signalait la publication d'*Ursule Mirouët* dans *Le Messager* : « C'est un beau

feuilleton qui fera un beau livre que tout le monde voudra lire »
(p. 28).

41-100. À PAUL LACROIX

Aut. communiqué par Thierry Bodin en 1987. — Publié par R. Pierrot, *AB 1991*, p. 44.

1. La lettre où Balzac donne sa démission de membre de la Société des gens de lettres est datée du 5 septembre 1841 (41-85). Elle fut refusée (voir *ibid.*, n. 2). Paul Lacroix était l'un des rares membres présents à la séance du 5 septembre où Balzac avait, « sous le sceau du secret », exposé les motifs de son intention de donner sa démission. Cette lettre est donc postérieure au 5 septembre et antérieure à la séance du 5 octobre où il refusa publiquement de donner les raisons de sa démission. Voir 41-105.

41-101. À ANTOINE POMMIER

Aut., MB, inv. BAL 93-45. — Publié par R. Pierrot, *AB 1991*, p. 44-45.

1. Lettre postérieure à la signature du traité relatif à la publication de *La Comédie humaine* (41-98), dans laquelle Balzac dit commencer *Quinola* et qu'il sera indisponible d'ici décembre. Bien que démissionnaire — encore officieux — de la Société des gens de lettres, Balzac était théoriquement toujours chargé de la commission dite du Manifeste (voir 41-54 et 41-66). Nous datons donc du 4 octobre, à la veille de la séance au cours de laquelle sa démission sera officielle.

41-102. À FRANÇOIS PIQUÉE

Copie (de la main de Piquée), Lov., A. 269, f° 94 *quater* ; copie sans doute faite à la demande de Balzac, sur un feuillet blanc de sa lettre autographe. Balzac y a noté : « copie de ma réponse faite de la main de M. Piquée ». — Publié par G. Robert, introduction à H. de Balzac, *Un début dans la vie*, p. XVII-XVIII. — *Corr. Gar. IV*, n° 1947.

1. Balzac ne donna ni *David Séchard* (qui paraîtra en feuilleton d'abord dans *L'État*, puis dans *Le Parisien-L'État*, entre juin et août 1843), ni *Les Parisiens en province* au *Musée des familles*. Dans *La Comédie humaine* sont groupés sous le titre *Les Parisiens en province* (6ᵉ vol., 51ᵉ livraison, paru en avril 1843) : *L'Illustre Gaudissart* et *La Muse du département*, dont le sujet ne convenait guère à la très pudibonde revue de Berthoud. Balzac songeait sans doute à un autre projet. Il proposa ensuite *Les Jeunes Gens* [*Un début dans la vie*] que Piquée renonça à publier ; voir, t. III de la présente édition, la lettre du 29 mai 1842.

41-103. FRANÇOIS PIQUÉE À BALZAC

Aut., Lov., A. 269, f° 94 *quinquies*. — *Corr. Gar. IV*, n° 1948.

41-104. ANTOINE POMMIER À BALZAC

Aut., Lov., A. 266, ff⁰ˢ 33 et 34 v° ; sur papier à en-tête de la Société des gens de lettres. — *Corr. Gar. IV*, n° 1949 (sans l'extrait de la délibération du comité).

1. Balzac avait assisté à la séance du comité en date du 5 octobre,

avait refusé de s'expliquer sur le motif de sa démission, puis avait déclaré officieusement que son but était de tirer un profit plus avantageux de la reproduction de ses œuvres. Les articles 23 à 29 des statuts réglementaient le droit de reproduction des œuvres des sociétaires, les articles 40 à 49 organisaient l'Agence de la société chargée de surveiller les reproductions, de percevoir les droits et de les répartir entre les associés. Le comité, après avoir délibéré, refusa la démission de Balzac en s'appuyant en particulier sur l'article 1870 du Code civil stipulant que la renonciation d'un membre d'une société civile « n'est pas de bonne foi lorsque l'associé renonce pour s'approprier à lui seul le profit que les associés s'étaient proposé de retirer pour eux en commun ». L. Gozlan (*Balzac chez lui*, p. 95-96) a publié le procès-verbal du comité qui refuse la démission de Balzac.

41-105. AU PRÉSIDENT DE LA SOCIÉTÉ DES GENS DE LETTRES

Aut., Archives de la Société des gens de lettres. — Publié par L. Gozlan, *Balzac chez lui*, p. 97-99. — *Corr. Gar. IV*, n° 1950. Nous donnons ici à suivre un brouillon autographe conservé à la BI (Lov., A. 266, f° 29).

1. Sur l'article 56 des statuts, relatif aux démissions, voir 41-94, n. 2. Aucun article ne prévoyait que le comité serait juge des démissions.

2. Voir 41-111, n. 1.

41-106. LETTRE CIRCULAIRE AUX JOURNAUX

Minute autographe, Lov., A. 266, f° 21. — *Corr. Gar. IV*, n° 1951.

1. Ce projet de lettre circulaire n'a, semble-t-il, pas été envoyé. Voir 41-160 et, t. III de la présente édition, la lettre circulaire aux journaux du 1er janvier 1842.

41-107. LAURE SURVILLE À BALZAC

Aut., Lov., A. 378 *bis*, f° 8. — *Corr. Gar. IV*, n° 1952.

1. Cette lettre n'a pas été retrouvée.
2. Il est difficile de préciser quel cadeau Balzac venait de faire à sa sœur ; il s'agit peut-être d'un manuscrit.

41-108. L'IMPRIMERIE CRÉTÉ À BALZAC

Aut., Lov., A. 269, f° 222.

1. Balzac semble avoir eu à souffrir des lenteurs de l'imprimeur des *Mémoires de deux jeunes mariées* qui ne disposait pas de suffisamment de caractères pour composer plusieurs feuilles à la fois. Louis Crété avait prétendu pouvoir composer 9 feuilles à la fois (41-70), quelques jours plus tard il reconnaissait ne disposer que des caractères nécessaires pour six feuilles seulement (voir 41-81). Balzac s'en plaindra maintes fois auprès de son éditeur Souverain (voir notamment 41-110) et finira par railler l'imprimeur (voir 41-114).

41-109. À PIERRE-JULES HETZEL

Aut., BNF, Mss, n. a. fr. 16933 (anciennes archives Bonnier de La Chapelle), ff[bs] 42-43 (premiers feuillets du dossier des lettres de Balzac à Hetzel). — *Corr. Gar. IV*, n° 1953.

1. Le cachet postal est très effacé, le quantième est illisible.
2. Balzac s'y prenait en effet très à l'avance, les volumes évoqués par lui ici n'eurent pas la composition qu'il indiquait.
3. Balzac a numéroté dans l'interligne les illustrations prévues pour chaque volume, indication que nous donnons après chaque sujet mentionné.
4. Le tome V de *La Comédie humaine*, 1er volume des *Scènes de la vie de province*, dont la publication en livraisons sera achevée aux alentours du 23 janvier 1843 (*BF* du 15 avril), contient *Ursule Mirouët*, *Eugénie Grandet* et *Pierrette*. *Le Curé de Tours* et *Un ménage de garçon* se trouvent au tome VI, publié le 27 avril 1843 (*BF* du 13 mai). Le programme prévu par Balzac n'a été que très partiellement réalisé : en dehors de Philippe Bridau, on doit à Henry Monnier la veuve Descoings, Flore Brazier et Bixiou pour *Un ménage de garçon* [*La Rabouilleuse*], ainsi que l'abbé Birotteau pour *Le Curé de Tours*. Meissonier, Gérard-Séguin, Gavarni et Daumier n'ont pas participé à l'illustration de ces trois romans. Deux autres vignettes d'*Un ménage de garçon* (Jean-Jacques Rouget et Madame Gruget) sont dues à Marckl.
5. *Ursule Mirouët* est passé des *Scènes de la vie privée* aux *Scènes de la vie de province* (du tome IV au tome V de *La Comédie humaine*) ; il y a trois illustrations pour ce roman : le curé Chaperon et Madame de Portenduère par Henry Monnier, Goupil par Célestin Nanteuil. Grandville n'a pas collaboré à l'illustration de *La Comédie humaine*.
6. *Le Contrat de mariage* se trouve au tome III (3e volume des *Scènes de la vie privée* publié en novembre 1842), trois planches de Charles Traviès l'illustrent : le notaire Mathias, la discussion des deux notaires et Miss Stevens ; ce sont les seules planches du dessinateur d'origine suisse à figurer dans *La Comédie humaine*. Alfred Géniole (voir le Répertoire) n'a pas collaboré à l'illustration de l'édition Furne.
7. En tête de *Gobseck* (t. II, 2e volume des *Scènes de la vie privée*, publié en septembre 1842), figure un dessin de Charles Jaque, « Gobseck immobile avait saisi sa loupe et contemplait silencieusement l'écrin ».
8. *Eugénie Grandet* (t. V de *La Comédie humaine*) compte trois illustrations : le père Grandet et la Grande Nanon par Henry Monnier, Eugénie Grandet à sa fenêtre par Célestin Nanteuil. Balzac n'a donc pu décider Ingres. Voir, t. III de la présente édition, la lettre à P.-J. Hetzel du 18 août 1842.

41-110. À HIPPOLYTE SOUVERAIN

Aut., coll. privée. — *BS*, p. 54-55. — *Corr. Gar. IV*, n° 1979 (sur une copie, d'après l'aut., vente JLP, lot n° 155 ; redaté).

1. Cette lettre concerne la composition du tome II des *Mémoires de deux jeunes mariées* et la correction de la préface du *Martyr calviniste*. On peut la dater d'un « Samedi matin » d'octobre, 17 ou 24 ; elle est

sensiblement antérieure à la publication de la deuxième partie des *Mémoires de deux jeunes mariées* dans *La Presse* du 27 décembre 1841 au 3 janvier 1842.

41-111. AGÉNOR ALTAROCHE ET J.-A. DAVID À BALZAC

Aut., Lov., A. 266, ff^{os} 35 et 36 v° ; sur papier à en-tête du comité de la Société des gens de lettres, circulaire imprimée complétée à la main. Au f° 37, figure une note complémentaire de la main d'Antoine Pommier. — *Corr. Gar. IV*, n° 1954.

1. Balzac se considérant comme démissionnaire ne répondit pas à cette convocation. Trois jours plus tard, le comité de la Société des gens de lettres prit connaissance de la lettre de Balzac protestant contre le refus d'acceptation de sa lettre de démission, maintint son refus et versa la lettre aux archives de la Société (E. Montagne, *Histoire de la Société des gens de lettres*, p. 29).

41-112. À LOUIS CRÉTÉ

Aut., Syracuse University Library (NY), Special Collections Research Center, Honoré de Balzac Letters ; ancienne coll. Henry Fatio, vente à Paris, Hôtel Drouot, 15-17 juin 1932, n° 610 (1) ; feuillet d'épreuve de la feuille 11 du tome II des *Mémoires de deux jeunes mariées*. — Publié par R. Pierrot, *Autour de George Sand : mélanges offerts à Georges Lubin*, p. 199.

1. Le cachet gras de l'imprimerie porte : « 27 octobre 1841 ».

41-113. EUGÉNIE FOA À BALZAC

Aut., Lov., A. 313, ff^{os} 429 et 430 v°.

1. Quatrième et dernière lettre conservée adressée à Balzac par Eugénie Foa ; la première datait du 27 novembre 1839 (39-273).

41-114. À HIPPOLYTE SOUVERAIN

Aut., coll. privée, vente à Paris, Hôtel Drouot, 14 octobre 1992, J. Vidal-Mégret et D. Gomez experts, n° 190.

1. Par cette « note », Balzac réclame une épreuve de la composition de la fin du texte des *Mémoires de deux jeunes mariées* qui aurait été remis depuis un mois et épreuve de la feuille 11 remise depuis 8 jours. Il avait daté du 29 octobre un bon à tirer de cette feuille 11 qui lui avait été envoyée en date du 27 octobre (41-112). On peut dater ces lignes de 8 jours après le 29 octobre, soit vers le 6 novembre.

2. Pastiche d'un vers de *La Henriade* (chant III) de Voltaire : « Des Courtisans Français tel est le caractère ».

41-115. LOUIS PERRÉE À BALZAC

Aut., Lov., A. 265, f° 8 ; sur papier à en-tête du *Siècle*. — *Corr. Gar IV*, n° 1955.

1. Après la publication des *Lecamus*, les comptes de Balzac avec *Le Siècle* se soldaient par un débit de 12 603,15 F (Lov., A. 265, f° 5), débit dû aux nombreuses avances consenties par Dutacq en 1839 et à de

gros frais de corrections. Perrée proposa quelques jours plus tard à Balzac de publier *La Fausse Maîtresse* en lui versant 1 000 F (41-129). Après la publication d'*Albert Savarus* (du 29 mai au 11 juin 1842), le solde débiteur était encore de 12 180,24 F et resta inchangé jusqu'à la fin de 1844. Une lettre non datée de Perrée (Lov., A. 265, f° 7) envoie à Balzac un compte qui se solde en faveur du *Siècle* « par 12 000 et tant de francs », mais le directeur du *Siècle* sans doute très désireux d'obtenir de la copie lui propose d'en payer comptant une partie et de « n'imputer qu'une partie sur le solde débiteur ».

41-116. LECLERC À BALZAC

Aut., Lov., A. 314, ff°ˢ 346-347. — *Corr. Gar. IV*, n° 1956.

1. Paru en feuilleton du 25 août au 23 septembre dans *Le Messager*.
2. Les feuillets corrigés seront remis à l'imprimeur le 10 novembre 1841 et le volume paraîtra en mai 1842 (2 vol. in-8°, chez Souverain, enregistré à la *BF* du 3 septembre 1842).

41-117. À HIPPOLYTE SOUVERAIN

Aut., MB, inv. BAL 93-39 ; vente Archives Souverain, n° 156 ; *Bibliothèque du colonel Daniel Sickles*, vente à Paris, Hôtel Drouot, 18-19 novembre 1993 (15ᵉ partie), J. Vidal-Mégret et Th. Bodin experts, 15ᵉ partie, 18-19 novembre 1993, n° 6123 (2) ; un seul feuillet in-8° pour les deux déclarations. — Publié en fac-similé, *CB*, n° 17, 1984, p. 38-40.

1. Voir 41-36.
2. Cette « faculté » ne fut pas utilisée, ce roman n'a pas été inséré dans *Le Messager* et ne sera jamais publié par Souverain.

41-118. DÉCLARATION D'HIPPOLYTE SOUVERAIN

Aut., Lov., A. 269, f° 52. Une minute rédigée sur un seul feuillet de papier libre non signé, qui comprend les trois déclarations de Souverain (41-118 à 41-120), a figuré à la vente Archives Souverain, n° 156, et à la vente *Collections d'autographes littéraires, lettres et manuscrits des xɪxᵉ et xxᵉ siècles*, coll. de la baronne de Rothschild, à Paris, Hôtel Drouot, 15 décembre 1969 (3ᵉ partie), J. Vidal-Mégret et M. Chalvet experts, n° 4. — *BS*, p. 51. — *Corr. Gar. IV*, n° 1958.

1. Louis Crété continuait lentement la composition du tome II des *Mémoires de deux jeunes mariées* (voir 41-110 et 41-112). Balzac venait de s'entendre avec Alexandre Dujarier (voir le Répertoire), gérant et administrateur de *La Presse*, pour y faire paraître ce roman, en feuilletons. La publication se fit en trois séries : du 26 novembre au 6 décembre 1841, puis du 27 décembre 1841 au 3 janvier 1842 et enfin du 9 au 15 janvier 1842. Le texte de ces feuilletons était composé à partir des « bonnes feuilles » imprimées à Corbeil pour Souverain. L'édition Souverain a été mise en vente avec un certain retard vers le 15 février 1842. Voir, t. III de la présente édition, la lettre de George Sand de février 1842, et notes.

41-119. DÉCLARATION D'HIPPOLYTE SOUVERAIN

Aut., Lov., A. 269, f° 53. Une minute rédigée sur un seul feuillet de papier libre non signé comprend les trois déclarations de Souverain du 10 novembre

1841 (voir la notule de la déclaration 41-118). — *BS*, p. 51. — *Corr. Gar. IV*, n° 1957.

1. Voir 41-36. *Ursule Mirouët* sera publié en mars ou avril 1842.

41-120. DÉCLARATION D'HIPPOLYTE SOUVERAIN

Aut., Lov., A. 269, f° 54. Une minute rédigée sur un seul feuillet de papier libre non signé comprend les trois déclarations de Souverain du 10 novembre 1841 (voir la notule de la déclaration 41-118). — *BS*, p. 50. — *Corr. Gar. IV*, n° 1959.

1. Voir 41-36 et 41-91.

41-121. À SYLVAIN GAVAULT

Aut., Lov., A. 287, f° 47 ; daté par le destinataire. — *Corr. Gar. IV*, n° 1960.

1. Probablement une contestation pour ses comptes avec *Le Siècle* (voir 41-115, n. 1).
2. Louis Brouette, son jardinier des Jardies à qui Balzac devait un lourd arriéré de gages. Voir la lettre de Laurent-Jan (41-124).
3. Menacé de saisie pour ne pas avoir payé plusieurs termes, Balzac déménagera de son pied-à-terre de la rue de Richelieu le 5 ou 6 avril 1842.
4. Ce projet d'une édition d'*Ursule Mirouët* par Théodore Boulé, l'imprimeur de *César Birotteau*, est resté sans suite. Voir 41-127, et l'Histoire du texte d'*Ursule Mirouët* (*CH III*, p. 1530-1531).

41-122. À HENRI PLON

Aut., Cracovie, Biblioteka Jagellionska, ms. 7758 ; anciennement conservé à Berlin, Staatsbibliothek, fonds Radowitz, n° 7758. — Copie, Lov., A. 282, f° 241. — *Corr. Gar. IV*, n° 1960 *bis* (sur la copie).

1. Balzac corrige les épreuves du tome I de *La Comédie humaine* et révise le texte de *La Bourse*, nouvelle dont il annonce l'envoi du bon à tirer à Hetzel (41-123). *La Bourse* est immédiatement suivi de *La Vendetta*.

41-123. À PIERRE-JULES HETZEL

Aut., aimablement communiqué par Pierre Cornuau ; vente à Paris, Hôtel Drouot, 6 novembre 1959, P. Cornuau expert, n° 5. — *Corr. Gar. IV*, n° 1961.

a. Cependant [lundi *corrigé en surcharge en* mardi], j'irai *aut.*

1. Balzac achève la correction des épreuves de *La Bourse* au tome I de *La Comédie humaine* (feuilles 9-11). Vers le 6 décembre, il travaillait aux feuilles 13 à 17 (voir 41-139). Cette lettre est donc sensiblement antérieure, on peut la dater de novembre.
2. « Figurez-vous un personnage sec et maigre, vêtu comme l'était le premier, mais n'en étant pour ainsi dire que le reflet, ou l'ombre, si vous voulez » (*CH I*, p. 428). Ce dessin n'a pas été fait, *La Bourse* comporte deux illustrations, Schinner par Meissonier et Adélaïde par Gérard-Séguin.

41-124. LAURENT-JAN À BALZAC

Aut., Lov., A. 314, f° 328. — Publié par M. Regard, *AB 1960*, p. 164. — *Corr. Gar. IV*, n° 1960, note.

1. Balzac devait beaucoup d'argent à son domestique, cet arriéré de gages ne sera payé que très lentement : voir la lettre de Balzac à Brouette en date du 16 mars 1842 (t. III de la présente édition).

41-125. ALFRED NETTEMENT À BALZAC

Aut., Lov., A. 315, ff^os 181 et 182 v°. — *Corr. Gar. IV*, n° 1963.

1. Cette lettre du directeur de *La Mode* n'a pas été retrouvée. Balzac ne reprit pas sa collaboration à ce journal, interrompue depuis 1830.

41-126. JEAN DE MARGONNE À BALZAC

Aut., Lov., A. 315, ff^os 26-27. — Publié par R. Pierrot, *Balzac à Saché*, n° 7, [1960], p. 22-23. — *Corr. Gar. IV*, n° 1964.

1. Le châtelain de Saché possédait plusieurs maisons à Paris ; il habitait en général 5, rue Verte (rue de Penthièvre ; voir, t. III de la présente édition, la lettre à la princesse Belgiojoso du 20 décembre 1843 et notes), mais il était propriétaire d'une maison située 87, rue de la Pépinière, que Balzac un moment a pensé lui acheter (voir *LHB I*, p. 768, 1er janvier 1844).
2. Anne de Savary, née à Saché, le 27 octobre 1783, avait épousé, le 1er août 1803 à Vouvray, son cousin germain Jean de Margonne, apportant en dot la terre de Saché. Elle y était morte le 25 juillet 1841. Balzac l'appelait « la petite magotte de la Chine » et la qualifiait d'« extrait conjugal ». Plus tard, il la décrivait ainsi à Mme Hanska : « intolérante et dévote, bossue, peu spirituelle » (*ibid.*, p. 36).
3. Répondant à Balzac qui, dans une lettre non retrouvée, lui avait conseillé de se remarier, M. de Margonne montre ainsi qu'il avait lu avec profit la *Physiologie du mariage* (voir *CH XI*, p. 1085).
4. Il s'agit d'un chanoine de Saint-Denis, ami de M. de Margonne, mis en scène par Balzac dans *Le Lys dans la vallée* (*CH IX*, p. 994 et 1039) sous le nom de l'abbé de Quélus (voir Philippe Bertault, *Balzac à Saché*, n° 1, [1951], p. 12).
5. Armand-François, marquis de Biencourt, châtelain d'Azay-le-Rideau ; voir, t. I de la présente édition, le Répertoire.

41-127. À HIPPOLYTE SOUVERAIN

Aut. ; vente Archives Souverain, n° 160 (13¹). — *Corr. Gar. V*, n° 2836.

1. Il s'agit des bons à tirer du tome II des *Mémoires de deux jeunes mariées* qui aura finalement 326 pages, soit 20 feuilles plus 3 feuillets.
2. Voir 41-121, n. 4.

41-128. CAMILLE CHARTIER À BALZAC

Aut., Lov., A. 313, ff^os 79-80. La lettre comporte de nombreuses fautes que nous maintenons sans les indiquer ni les corriger.

1. La première lettre de ce correspondant à l'orthographe originale n'a pas été retrouvée ; nous ne savons rien du service demandé.

41-129. LOUIS PERRÉE À BALZAC

Aut., Lov., A. 265, f° 9 ; sur papier à en-tête du *Siècle*. — *Corr. Gar. IV*, n° 1966.

1. Balzac accepta cette proposition très avantageuse (voir 41-115, n. 1) ; *La Fausse Maîtresse* fut publié dans *Le Siècle* du 24 au 28 décembre (voir 41-142 à 41-144 et 41-154).
2. Il ne s'agit pas ici d'une ambition politique qu'aurait manifestée Louis Perrée. *Une élection en Champagne* fut l'un des titres envisagés par Balzac pour ce qui deviendra *Le Député d'Arcis*. Le projet d'écrire ce roman pour *Le Siècle* ne fut pas réalisé ; voir, t. III de la présente édition, le traité avec Loquin du 16 novembre 1842, et notes.

41-130. À HIPPOLYTE SOUVERAIN

Aut. ; vente Archives Souverain, n° 160 (9¹). — *Corr. Gar. IV*, n° 1981 (daté décembre 1841).

1. Dujarier demandait à relire les bonnes feuilles composées pour l'édition Souverain, en vue d'éventuelles censures de convenance pour ne pas choquer le pudibond public des lecteurs de *La Presse*. Billet antérieur, semble-t-il, à la reprise des *Mémoires de deux jeunes mariées* dans *La Presse* du 27 décembre 1841.

41-131. JEAN-BAPTISTE VIOLET D'ÉPAGNY
À BALZAC

Aut., Lov., A. 313, ff^{bs} 382 et 383 v°.

1. Nous pensons qu'il s'agit là d'une rencontre pour discuter des *Ressources de Quinola*. Il nous est difficile de préciser si cette lettre intervient avant ou après la lettre de Balzac du 3 ? décembre (41-132). Violet d'Épagny était redevenu directeur de l'Odéon le 15 juillet 1841 ; il ne le resta que jusqu'au 20 février 1842 et ce fut Lireux, son successeur, qui monta *Les Ressources de Quinola*. Dès le 30 septembre 1841, Balzac fait allusion à cette pièce dans une lettre à Mme Hanska (*LHB I*, p. 541). Voir aussi 40-101, n. 1.

41-132. À JEAN-BAPTISTE VIOLET D'ÉPAGNY

Aut., BI, fonds Madeleine et Francis Ambrière, ms. 7894. — Publié aux cat. de la librairie Auguste Blaizot, 304, [1954], n° 3005 ; 320, [mai 1964], n° 9656 (fac-similé partiel). — *Corr. Gar. IV*, n° 1968.

1. C'est Marceline Desbordes-Valmore, dont le mari avait été engagé par Violet d'Épagny comme acteur et comme régisseur général de l'Odéon, qui avait suggéré à Balzac de donner sa pièce à l'Odéon et d'offrir à Marie Dorval le rôle principal. Le 7 décembre, Marceline écrivait à Pauline Duchambge : « Tu sais, mon autre moi, que les fourmis rendent des services. C'est de moi que sort, non la pièce de M. de Balzac, mais le goût qu'il a pris de la faire et de la leur donner, et puis de penser à Mme Dorval que j'aime pour son talent, mais

surtout pour son malheur et ton amitié pour elle » (M. Fargeaud, « Autour de Balzac et de Marceline Desbordes-Valmore », *RSH*, 1956, p. 165).

2. Voir la lettre 41-134 et le traité 41-140.
3. Allusion à l'interdiction de *Vautrin* provoquée par le toupet à la Louis-Philippe de Frédérick Lemaître (voir 40-88, n. 1).

41-133. À ALEXANDRE DUJARIER

Aut., Harvard College Library, Houghton Library. — Publié par R. Pierrot, « Trois lettres inédites de Balzac », *Harvard Library Bulletin*, XII, 1, hiver 1958, p. 88. — *Corr. Gar. IV*, n° 1967.

1. Voir 41-118.
2. Voir la lettre de Noël Parfait du 4 décembre (41-137). La publication avait commencé, dans *La Presse*, le 27 novembre ; un feuilleton fut donné chaque jour jusqu'au 6 décembre (jusqu'à l'achèvement de la première partie du tome I de l'édition Souverain).

41-134. À PROSPER VALMORE

Aut., Lov., A. 206, f° 200. — *Corr. Gar. IV*, n° 1969.

1. Lettre antérieure à la lettre de Valmore (41-141) du 9 décembre ; l'allusion à « demain samedi » permet de dater avec vraisemblance du vendredi 3 décembre, comme celle datée « vendredi » sur l'autographe (41-132).
2. Gavault très probablement.
3. Voir 41-140.
4. Nous n'avons pas connaissance de ce traité.

41-135. À MARIE DORVAL

Photocopie communiquée par Marcel Bouteron. — Publié en partie par M. Fargeaud, « Autour de Balzac et de Marceline Desbordes-Valmore », *RSH*, 1956, p. 166. — *Corr. Gar. IV*, n° 1970.

1. Marie Dorval était restée à Paris du 8 novembre au 7 décembre ; elle partit ensuite en tournée et fut de retour le 24 décembre (renseignements communiqués par Francis Ambrière). Cette lettre peut être placée au début de décembre, un peu avant la conclusion du traité avec l'Odéon (41-140).
2. Voir *ibid*.
3. Marie Dorval était en pourparlers pour une tournée en Hollande ; après avoir refusé, le 29 décembre, de jouer *Les Ressources de Quinola*, elle quitta Paris pour Amsterdam le 14 janvier 1842.
4. Faustina Brancadori, principal personnage féminin des *Ressources de Quinola*.

41-136. E. DARU À BALZAC

Aut., Lov., A. 313, ff°s 206 et 207 v°. — *Corr. Gar. IV*, n° 1971.

1. Cette lettre n'a pas été retrouvée.

41-137. NOËL PARFAIT À BALZAC

Aut., Lov., A. 315, f° 200 ; sur papier à en-tête de *La Presse*. — *Corr. Gar. IV*, n° 1972.

1. Noël Parfait était alors employé à la rédaction de *La Presse* (voir 41-119 et 41-133). La composition typographique des feuilletons fut faite sur les bonnes feuilles de l'édition Souverain.
2. Voir la lettre suivante (41-138).

41-138. À HIPPOLYTE SOUVERAIN

Aut., Lov., A. 288, ff^{os} 112 et 113 v°. — *BS*, p. 52. — *Corr. Gar. IV*, n° 1973.

1. La deuxième partie des *Mémoires de deux jeunes mariées* fut publiée dans *La Presse* des 27, 28, 30 et 31 décembre 1841, 1er et 3 janvier 1842, et la troisième partie du 9 au 15 janvier 1842 (avec interruption les 12 et 13).
2. La préface d'*Une ténébreuse affaire*, qui ne figurait pas dans le *Feuilleton du Commerce*, n'est pas datée. Cette lettre permet d'en situer la rédaction en novembre 1841. D'après une sommation de l'huissier Brizard en date du 7 novembre 1842 (voir t. III de la présente édition), le texte de ce roman avait été remis à Souverain le 12 avril 1841. Le 9 juin 1842, Balzac envoyait à Mme Hanska un exemplaire de l'édition d'« *Une ténébreuse affaire* (qui n'a pas encore paru en librairie) » (*LHB I*, p. 586). La mise en vente, en dépit des protestations de Balzac, n'a été faite par Souverain que le 1er mars 1843 (*LHB II*, p. 650).
3. Il s'agit de la longue préface inédite du *Martyr calviniste* qui occupe les pages IX à CXL du tome I de l'édition Souverain. Comme pour *Une ténébreuse affaire*, Souverain ne mit aucun empressement à diffuser cette édition. Balzac avait remis la copie corrigée des trois parties le 12 avril 1841 ; le manuscrit de la dédicace au marquis de Pastoret (vente Archives Souverain, n° 167) est daté de décembre 1841 (date corrigée en janvier 1842 sur l'édition Souverain). L'ouvrage était fabriqué avant le 7 novembre 1842, date à laquelle Balzac sommait Souverain de le mettre en vente. Une annonce anticipée fut insérée à la *BF* du 28 janvier 1843. La mise en vente ne fut faite que le 20 septembre 1844 (annonce dans *La Presse* et dans une lettre du même jour à Mme Hanska, *LHB I*, p. 914).

41-139. À PIERRE-JULES HETZEL

Aut., BNF, Mss, n. a. fr. 16933 (anciennes archives Bonnier de La Chapelle), ff^{os} 44-45. — Publié par A. Parménie et C. Bonnier de La Chapelle, *Histoire d'un éditeur et de ses auteurs, P.-J. Hetzel*, Albin Michel, 1953, p. 35. — *Corr. Gar. IV*, n° 1974.

1. On sait qu'il n'en fut rien ; le 29 décembre, la pièce n'était pas achevée.
2. Voir 41-138.
3. Voir 41-129, 41-142 – 41-144.
4. Voir 41-91.
5. Cet article projeté pour les *Scènes de la vie privée et publique des animaux* ne fut pas publié. Voir, t. III de la présente édition, la lettre à P.-J. Hetzel du 8 ou 9 juillet 1842.

6. Voir 41-70 et 41-138.

7. Ces feuilles du tome I de *La Comédie humaine* contiennent la fin de *La Vendetta*, *Madame Firmiani* et le début d'*Une double famille*.

8. Balzac a longtemps caressé le projet de mettre à la scène le personnage de Joseph Prudhomme créé par Henry Monnier. Voir René Guise, *BO XXIII*, p. 532-538.

9. Il s'agit de l'édition illustrée par Lorentz de l'*Histoire de l'empereur, racontée dans une grange par un vieux soldat, et recueillie par M. de Balzac*; cet extrait du *Médecin de campagne* a été publié par Aubert et Comp., Dubochet et Cie, Hetzel et Paulin à la fin de décembre 1841 (1 vol. in-32, enregistré à la *BF* du 1ᵉʳ janvier 1842). Voir 41-153 et 41-154.

10. *Le Charivari* du dimanche 5 décembre 1841 contient un article de « publicité rédactionnelle » pour les *Scènes de la vie privée et publique des animaux* dont le tome I venait d'être achevé. Dans cet article figurent des lettres pastiches soi-disant adressées aux éditeurs Hetzel et Paulin par George Sand, Ingres, Victor Hugo, Jules Janin et Balzac. Ce dernier aurait écrit : « Mollement couchée dans une causeuse de cachemire blanc que relevaient soixante-treize clous d'or à têtes diamantées, la duchesse de Langeais lisait hier, à la lueur d'un jour mystérieusement tamisé par d'épais rideaux de guipure merveilleusement ouvrés. Dans l'ongle lumineux et transparent de son petit doigt se révélaient les plus délicieuses émotions; toute une existence de sacrifices, toutes les douleurs d'une grande âme déchirée au froid contact de la vie, tous les chastes dévouements de la femme, se déroulaient pour moi, dans cet ongle rose taillé en amande. Par un geste rempli de motifs magnifiques, ce petit doigt m'imposa un respectueux silence, et j'allais sortir, quand la duchesse me tendit son livre… C'était le vôtre, et ce qui m'intéressait si vivement, c'était le *Voyage d'un moineau de Paris à la recherche d'un meilleur gouvernement*, ce charmant apologue de George Sand. »

11. Il est fort à penser que Balzac, Laurent-Jan et peut-être Hetzel étaient les rédacteurs de cette « publicité rédactionnelle ».

41-140. TRAITÉ AVEC LE THÉÂTRE DE L'ODÉON

Aut. (de la main d'un copiste), Lov., A. 206, fᶠˢ 187-188. — *Corr. Gar.* IV, n° 1975.

1. La date à la fin du traité comporte un lapsus : en décembre 1840, Violet d'Epagny n'était pas directeur de l'Odéon et Valmore n'était pas à Paris; il s'agit de décembre 1841, comme le montre la lettre suivante; cette même lettre nous apprend que le 8 était une date fictive. Voir 41-132, 41-134, 41-135, 41-141, 41-148, 41-151 et 41-156.

2. Sur le rôle et les conditions offertes à Marie Dorval, voir 41-132 et 41-135.

3. Les comédiens sociétaires de l'Odéon (Second Théâtre-Français) signent aux côtés de Violet d'Épagny, leur directeur. Saint-Léon, après une carrière honorable en banlieue et en province, joua tous les emplois de financiers à l'Odéon de 1841 à 1868. A. Tillet, qui dirigeait un cours de déclamation et avait fait construire un petit théâtre dans son appartement, jouait parfois à l'Odéon. Prosper Valmore (voir le Répertoire) venait de trouver un engagement à l'Odéon. Louis Monrose, après un début de carrière à la Comédie-Française (1833) et un

passage en province, venait d'entrer à l'Odéon. Adolphe Mirecour débuta à la Comédie-Française en 1829, mais ne parvint jamais à en être sociétaire. Robert Kemp eut d'heureux débuts au Théâtre-Français (1838) ; après un court passage aux Variétés, il entra comme coassocié à l'Odéon en 1841.

41-141. PROSPER VALMORE À BALZAC

Aut., Lov., A. 206, ff^os 174 et 175 v° ; sur papier à en-tête du théâtre royal de l'Odéon – Second Théâtre-Français. — *Corr. Gar. IV*, n° 1976.

1. L'accord avait donc été conclu chez les Valmore le 4 décembre, le lendemain de la lettre de Balzac (41-134). La lecture, comme on l'a indiqué, fut reportée au 29 ; voir 41-156.

41-142. À JULES VOISVENEL

Copie communiquée par Marcel Bouteron, d'après l'aut., ancienne coll. Prior. — *Corr. Gar. IV*, n° 1977.

1. Il s'agit de *La Fausse Maîtresse*, que Voisvenel, prote à l'imprimerie du journal *Le Siècle*, est en train de composer. Voir 41-129, 41-143 et 41-144.

41-143. À LOUIS PERRÉE

Aut., British Library, Add. 70950, f° 54. — *Corr. Gar. IV*, n° 1978 (sur copie fautive).

1. Voir 41-142.

41-144. À JULES VOISVENEL

Aut., coll. privée ; non signé, écrit sur un morceau de papier grisâtre (11 lignes au recto, 1 ligne au verso, second feuillet blanc). — Publié par Th. Bodin, *CB*, n° 25, 1996, p. 22-23 (avec fac-similé).

1. *La Fausse Maîtresse* paraîtra dans *Le Siècle* du 24 au 28 décembre 1841. Ce billet est du début du mois de décembre et est à rapprocher de 41-142.

41-145. À LÉON GOZLAN

Aut., BNF, Mss, coll. d'aut. Henri de Rothschild. — *Corr. Gar. V*, n° 2859 (non daté).

1. Lettre datée par Patricia Kinder (« Note sur *L'Héritière de Biragur* », p. 386, n. 1), qui a identifié le *Feuilleton*, signé L. G., paru dans *Le Globe* du lundi 13 décembre 1841 ; cet article a été publié par Stéphane Vachon dans « Balzac et Léon Gozlan : autour d'une lettre et d'un article retrouvé », *CB*, n° 65, 1996, p. 16-27.

41-146. À JULES VOISVENEL

Aut., Lov., A 74, f° 101 ; ms. de *La Fausse Maîtresse*. — Publié par R. Guise, *CH II*, p. 1283.

41-147. À JULES VOISVENEL

Aut., sur un morceau de papier légèrement bleuté. — Publié par Th. Bodin, *CB*, n° 26, 1997, p. 26-27 (avec fac-similé).

1. Voir 41-144. Dans ce billet, il était question de 33 paquets d'épreuves de *La Fausse Maîtresse*, ici de 66 ; nous pouvons dater de la mi-décembre.

41-148. À MARIE DORVAL

Aut., BI, fonds Madeleine et Francis Ambrière, ms. 7894, ff^{os} 12-13. — Publié par André Maurois, *Prométhée ou la Vie de Balzac*, Hachette, 1965, p. 464. — *Corr. Gar. IV*, n° 1980.

1. Lettre postérieure aux billets 41-135 et 41-140.
2. Jean Toussaint Merle (voir le Répertoire), en l'absence de sa femme, s'occupait de ses intérêts.
3. Marie Dorval en tournée dans le Nord fut absente de Paris du 7 au 24 décembre (voir 41-135, n. 1) ; on peut donc dater cette lettre de la mi-décembre. Voir Francis Ambrière, *Mademoiselle Mars et Marie Dorval*, Seuil, 1992, p. 504-506.

41-149. À LAURENT-JAN

Aut., MB, inv. BAL 2001-1. — Publié par R. Pierrot, *AB 1992*, p. 45-46.

a. de B. / [je viens de *biffé*] / Tu *aut.* ◆◆ *b. À la fin d'aut. une phrase a été biffée* : fais-moi le plaisir .

1. On peut tenter de dater, avec prudence, ce billet assez sibyllin avant le dimanche 19 décembre 1841. L.-M. Perrée avait évincé Dutacq et était devenu directeur-gérant du *Siècle* ; Perrée souhaitait alors régulariser la position débitrice de Balzac (voir 41-115 et n. 1 et 41-129). L'affaire fut conclue rapidement et avant le jeudi 9 décembre *La Fausse Maîtresse* était à la composition (41-142 et 41-143) pour une parution prévue à la fin du mois. Un entretien avec Perrée le 19 décembre n'était pas inutile pour fixer la date de publication des feuilletons et régler le contentieux financier.
2. Le « petit » était un jeune coursier employé par Laurent-Jan, susceptible de porter des épreuves aux imprimeries.

41-150. À LAURENT-JAN

Aut., Lov., A. 287, f° 206. — *Corr. Gar. IV*, n° 2307.

1. Sans doute une allusion au déjeuner proposé par Balzac pour le dimanche 19 décembre. Voir 41-149.
2. Berlioz habitait au 31, rue de Londres, Laurent-Jan demeurait 23, rue des Martyrs.
3. Berlioz, tombé amoureux de Maria Recio, cherchait à la pousser dans sa carrière de cantatrice débutante et avait demandé à ses amis des articles de soutien.

41-151. PROSPER VALMORE À BALZAC

Aut., Lov., A. 206, ff^{os} 176 et 177 v°; sur papier à en-tête du théâtre de l'Odéon. — *Corr. Gar. IV*, n° 1982.

41-152. JEAN-ALFRED GÉRARD-SÉGUIN À BALZAC

Aut., Lov., A. 376, ff^{os} 742 et 743 v°. — Publié par Lovenjoul, *Autour*, p. 208-209. — *Corr. Gar. IV*, n° 1983.

1. Il s'agit du portrait de Balzac au pastel par Gérard-Séguin, exécuté sans doute à l'automne de 1841. Balzac l'avait donné à la comtesse Guidoboni-Visconti. Il fut exposé au Salon de 1842 sous le n° 765, « Portrait de M. de B. Pastel ». Voir, t. III de la présente édition, la réponse de Balzac au début du mois de janvier 1842.

41-153. PIERRE-JULES HETZEL À BALZAC

Aut., Lov., A. 256, f° 117. — *Corr. Gar. IV*, n° 1984.

1. Hetzel envoie à Balzac la lettre de Gérard-Séguin (41-152), ce qui permet de dater du 22 ou du 23 décembre.
2. Voir 41-139, n. 9.

41-154. À PIERRE-JULES HETZEL

Aut., BNF, Mss, n. a. fr. 16933 (anciennes archives Bonnier de La Chapelle), ff^{os} 46-47. — Publié par A. Parménie et C. Bonnier de La Chapelle, *Histoire d'un éditeur et de ses auteurs, P.-J. Hetzel*, p. 35-36. — *Corr. Gar. IV*, n° 1985.

1. Réponse à la lettre 41-153.
2. On lisait dans le *Feuilleton* du *Siècle* du 24 décembre, au début de *La Fausse Maîtresse*, la description du boudoir de la comtesse Laginska; Balzac y mentionnait « des tableaux hollandais comme en refait Meissonnier, des anges exécutés comme les conçoit Gérard-Séguin qui ne veut pas vendre les siens ». Dans les éditions ultérieures, Balzac a remplacé Meissonier par Schinner, et Gérard-Séguin par Steinbock (voir *CH II*, p. 201).

41-155. À HENRI PLON

Publié, avec fac-similé, par Thierry Bodin, *CB*, n° 23, 1986, p. 13-14.

1. On peut dater facilement cette lettre à quelques jours près : *La Fausse Maîtresse* est publié dans *Le Siècle* du vendredi 24 au mardi 28 décembre 1841; Balzac annonçant l'envoi de la copie pour lundi, elle doit donc être probablement du vendredi 24 décembre 1841 (note de Thierry Bodin).
2. Il s'agit ici de la préparation du tome I de *La Comédie humaine* qui paraîtra en juin 1842.

41-156. À JEAN-BAPTISTE VIOLET D'ÉPAGNY

Copie, Lov., A. 282, f° 235, et copie communiquée par Marcel Bouteron, d'après l'aut., vente Arthur Meyer, Paris, Hôtel Drouot, 3-6 juin 1924, F. Lefrançois et N. Charavay experts, n° 167. — Publié par R. Bonnet, « Deux lettres inédites de Balzac », *L'Amateur d'autographes*, mai 1911, p. 143-144. — *Corr. Gar. IV*, n° 1986.

1. Le 28 décembre, Marie Dorval annonçant à son ami, le chef d'orchestre Alexandre Piccini, son départ imminent pour Amsterdam ajoutait en *post scriptum* : « Il est très possible que je revienne pour créer un rôle dans une pièce de M. de Balzac [...] On me lit le rôle demain, s'il est beau j'accepterai. » Ces lignes fixent au mercredi 29 décembre la lecture de Balzac et datent notre lettre du 28 (voir M. Fargeaud, « Autour de Balzac et de Marceline Desbordes-Valmore », p. 166).

2. Voir 41-135 et 41-148. La scène de la lecture des *Ressources de Quinola* a été contée avec verve et inexactitude par Léon Gozlan (*Balzac en pantoufles*, p. 204-207). Balzac n'ayant pas achevé sa pièce improvisa le dernier acte (ou peut-être même les deux derniers) ; peu satisfaite du rôle et inquiète de l'inachèvement de la pièce, Marie Dorval préféra son contrat hollandais aux châteaux en Espagne de Balzac.

41-157. HONORÉ GEBELIN À BALZAC

Aut., A. 314, ff^os 42 et 43 v° ; sur papier à en-tête du « Petit séminaire de Beaucaire ».

1. La crue du Rhône, en octobre 1841, avait fait des ravages à Beaucaire et dans tout le département.

2. Jean-Baptiste Teste, député du Gard sous la monarchie de Juillet, plusieurs fois ministre, était en charge à cette date du ministère des Travaux publics.

41-158. ANTOINE POMMIER À BALZAC

Aut., Lov., A. 266, ff^os 42 et 43 v° ; sur papier à en-tête de la Société des gens de lettres. — *Corr. Gar. IV*, n° 1987.

1. Le premier feuilleton de *La Fausse Maîtresse* était accompagné de cette note dans *Le Siècle* du 24 décembre : « la reproduction de cette nouvelle ne peut avoir lieu qu'avec l'autorisation écrite de l'auteur. Tout reproducteur non autorisé serait poursuivi comme contrefacteur ». Le même jour Antoine Pommier avait communiqué cet entrefilet au comité de la Société des gens de lettres et déclaré qu'il était contraire aux statuts de la Société ; le comité avait chargé d'écrire à Balzac en vue de la constitution d'un tribunal arbitral.

2. L'article 27 était ainsi conçu : « La faculté de reproduction étant généralement accordée par l'art. 24, l'auteur, son héritier ou ayant-droit, qui voudra que telle ou telle œuvre ne soit pas reproduite, devra nécessairement l'accompagner d'un avis annexé à la première publication et exprimant cette interdiction. L'interdiction, en pareil cas, ne pourra être ni exceptionnelle, ni conditionnelle ; elle devra toujours être générale et absolue. Les reproducteurs qui violeraient cette prohibition seraient poursuivis comme contrefacteurs. Dans le cas où l'auteur, ayant cédé, à temps ou à perpétuité, la propriété de son œuvre à un publicateur, celui-ci négligerait d'accompagner la publication d'un avis d'interdiction dont il s'agit plus haut, ou s'y refuserait, il y sera suppléé par une déclaration faite, avant l'expiration des délais prévus par les art. 32 et 33 et à la diligence de l'Agent cen-

tral, aux reproducteurs qui auront traité avec la Société. En ce cas, l'auteur devra faire connaître à l'Agence, ou ce refus ou cette négligence, aussitôt après la vente de son œuvre, ou après la publication qui en aura été faite. Autrement, il sera responsable envers qui de droit de toutes les conséquences que pourraient entraîner l'omission ou le refus du publicateur. »

41-159. AU PRÉSIDENT
DE LA SOCIÉTÉ DES GENS DE LETTRES

Aut., Lov., A. 266, ff^{os} 40-41 (mise au net) et A. 266, ff^{os} 38-39 (minute comportant plusieurs biffures). — *Corr. Gar. IV*, n° 1988. Nous suivons ici le texte de la mise au net, en indiquant en variantes les quelques différences avec le brouillon (sigle : *min*).

a. Cependant, Messieurs, l'agent   *min*. ❖ *b*. Il se croit assez puissant aujourd'hui pour maîtriser notre volonté !   *min*. ❖ *c*. autre chose que les propres intérêts de la Société au nom de laquelle on me menace. J'ai   *min*. ❖ *d*. l'agent, pour devenir plus tard plus puissant que vous. C'est   *min*. ❖ *e*. par trente membres   *min*.

1. Cette lettre provoquée par la précédente n'a pas été envoyée ; Balzac la remplaça par une circulaire aux journaux publiée le 1er janvier 1842 et par une lettre écrite à Pommier le 3 janvier (voir t. III de la présente édition).
2. Le nombre a été laissé en blanc, contrairement à ce qui figure dans la minute. Voir var. *e*.

41-160. À SYLVAIN GAVAULT

Aut., Lov., A. 266, f° 47 *bis* v°. — *Corr. Gar. IV*, n° 1989.

1. Lettre écrite au verso de cette circulaire imprimée, datée du 1er janvier 1842 (voir t. III de la présente édition).
2. Voir, *ibid.*, la lettre à P.-J. Hetzel du 1er février 1842, et notes.

41-161. À HIPPOLYTE SOUVERAIN

Aut. ; vente Archives Souverain, n° 160 (9²). — *Corr. Gar. IV*, n° 1990.

1. Ce billet concerne l'achèvement des *Mémoires de deux jeunes mariées*, ce qui permet de dater des derniers jours de 1841 ou des premiers de 1842.

41-162. À HIPPOLYTE SOUVERAIN

Aut., vente *Bibliothèque Pierre Duché*, Paris, Hôtel Drouot, 6 novembre 1972 (2e partie), Cl. Guérin expert, n° 35 ; copie communiquée par Marcel Bouteron. — *Corr. Gar. IV*, n° 1999.

1. Billet postérieur à celui daté du 6 décembre 1841 (41-138). Balzac réclame une triple épreuve de la préface d'*Une ténébreuse affaire*, probablement pour consulter Jacques Frantz ou le colonel Viriot (voir 41-25).

41-163. À ARMAND DUTACQ

Aut., MB, inv. BAL 93-9 (5a et 5b). — *Corr. Gar. IV*, 1992 (sur une copie).

1. Le vicomte de Lovenjoul date de la fin de 1841 ce billet concernant des réimpressions dans le format in-18 ; Balzac mentionne en effet des ouvrages qui n'ont pas été publiés dans ce format par Charpentier, à l'exception de *Louis Lambert* et de *Séraphîta* dont il cédera les droits à Charpentier, le 14 avril 1842 (voir t. III de la présente édition). L'interdiction d'annoncer *Œuvres complètes* ou *Œuvres choisies* résulte sans doute des clauses du traité du 2 octobre 1841 (41-98). Ce projet n'a pas abouti.

41-164. À GAVARNI

Aut., Lov., A. 287, ff^{os} 40 et 41 v°. — Publié par M. Regard, *AB 1960*, p. 163. — *Corr. Gar. IV*, n° 1993.

1. Le vicomte de Lovenjoul (A. 282, f° 229) date ce billet humoristique de 1841. On rapprochera ce texte authentique de ce passage du *Journal* des Goncourt : « Gavarni avait vu de Balzac un billet ainsi rédigé : "De chez Vachette / Mon cher Prosper, viens ce soir chez Laurent-Jan. Il y aura des chaudepisses bien habillées. / Balzac" » (éd. Robert Ricatte, Monaco, Éditions de l'Imprimerie nationale de Monaco, 1956, t. I, p. 67).

41-165. À ARMAND PÉRÉMÉ

Aut., Lov., A. 288, f° 22. — *Corr. Gar. IV*, n° 1994.

1. Cette lettre concerne les projets théâtraux d'Armand Pérémé (voir 40-273 à 40-275). Balzac précisant que son correspondant étant « perdu près d'un an », nous la plaçons à la fin de 1841, sans pouvoir mieux préciser.

2. Nous n'avons pu lire ces lignes soigneusement raturées par Balzac.

41-166. À STEPHEN SCHOFF

Aut., Lov., A 288, f° 89. — *Corr. Gar. V*, n° 2870 (non daté).

1. L'allusion à « Felipe » Macumer, personnage des *Mémoires de deux jeunes mariées*, incite à dater ce billet de la fin de 1841.

41-167. PROJET DE TRAITÉ
AVEC PIERRE-JULES HETZEL
ET JEAN-BAPTISTE PAULIN

Aut., Lov., A. 256, ff^{os} 144-145.

1. Projet non réalisé. Deux « Physiologies » illustrées ont bien été publiées en 1841 sous la signature de Balzac, mais pas chez Hetzel et Paulin : *Physiologie de l'employé*, 1 vol. in-32, illustré par Trimolet, paru chez Aubert et Lavigne, en août, enregistré à la *BF* du 21 août ; et *Physiologie du rentier*, 1 vol. in-32, illustré par Gavarni, Daumier, Meissonier et Monnier, paru le 4 septembre chez Martinon, enregistré le même jour à la *BF*.

RÉPERTOIRE
DES CORRESPONDANTS

On trouvera dans ce Répertoire une notule sur chacun des correspondants à qui Balzac a écrit ou qui a écrit à Balzac pendant la période couverte par ce volume. On a réduit au minimum la présentation des membres de la famille de Balzac et de ses correspondants les plus assidus : les renseignements essentiels les concernant se trouvent dans le texte des lettres, éclairé par les notes et par la Chronologie. Pour les personnages qui ont fait l'objet d'études particulières ou qui figurent dans les dictionnaires d'usage courant, on s'est efforcé de les situer surtout par rapport à Balzac, en donnant, le cas échéant, quelques références bibliographiques. On a développé, en revanche, les notules consacrées à quelques correspondants plus obscurs.

Chaque notule est précédée des numéros des lettres échangées avec le correspondant ; les numéros des lettres écrites par Balzac sont en romain, ceux des lettres adressées à Balzac, ou des contrats, en italique.

Le cas échéant, un astérisque placé avant et / ou après les numéros des lettres signale les correspondants qui ont paru dans le tome I ou paraîtront dans le tome III de la présente édition.

En cas de prénoms multiples, le prénom usuel, quand il est connu, apparaît en italique.

A. A. *** (Mme). — *38-143*.
ABBER (Louise). — *36-198, 36-199, 36-200*.
    Pseudonyme d'une correspondante non identifiée.
ABRANTÈS (Laure Permon, duchesse d'). — **36-76, 36-85, 36-95, 36-115, 37-2, 38-21*.

    Née à Montpellier, le 6 novembre 1784, elle a évoqué de façon charmante et quelque peu romancée dans ses *Mémoires* les origines de sa famille qui prétendait descendre des Comnènes, empereurs de Byzance. Après des années difficiles pendant la Révolution, elle connut la splendeur sous l'Empire en épousant le général Junot

(1771-1813) dont Bonaparte fit le gouverneur de Paris et le duc d'Abrantès. Les démêlés de celui-ci avec Napoléon, ses infidélités, son équipée au Portugal, sa folie et son suicide en 1813 font l'objet des *Mémoires* de la duchesse publiés par Ladvocat, puis Mame, en 18 volumes, de 1831 à 1835. Sous la Restauration et la monarchie de Juillet, ruinée, elle mena une vie difficile à Versailles et à Paris. Nous avons essayé de préciser, dans les notes des lettres, la chronologie de sa liaison avec Balzac. Elle avait gardé des relations dont il profita; c'est elle qui l'introduisit chez Mme Récamier et dans plusieurs salons. Au cours de longues conversations, elle lui raconta bien des anecdotes de la société impériale dont l'auteur d'*Une ténébreuse affaire* fit son profit. Il l'aida à placer sa copie dans les revues et sans doute aussi à rédiger les premiers volumes de ses *Mémoires*. *La Femme abandonnée* lui est dédiée. Elle est morte à Chaillot le 7 juin 1838, alors que Balzac, de retour de Sardaigne, était en Italie. — Voir Joseph Turquan, *La Générale Junot, duchesse d'Abrantès; 1784-1838, d'après ses lettres [...]*, Taillandier, 1914; Robert Chantemesse, *Le Roman inconnu de la duchesse d'Abrantès*, Plon, 1927; Henri Malo, *La Duchesse d'Abrantès au temps des amours*, Émile-Paul frères, 1927 et du même, *Les Années de bohème de la duchesse d'Abrantès, ibid.*, 1927; Hervé Rousseau, « Quelques précisions sur la duchesse d'Abrantès et Balzac », *AB 1968*, p. 47-58. Une généalogie détaillée de la famille d'Abrantès figure dans l'ouvrage de Joseph Valynsecle, *Les Princes et ducs du Premier Empire non maréchaux, leur famille et leur descendance*, 1959, p. 105-123.

ABRANTÈS (Louis Napoléon Junot, 2ᵉ duc d'). — *40-102.

Troisième enfant de Junot et de Laure Permon, l'aîné des fils, né à Paris le 25 septembre 1807. Homme de lettres, dandy et bohème, son portrait a été tracé par Théodore de Banville dans ses *Souvenirs*. On lui doit quelques ouvrages, en particulier une histoire romancée des salons parisiens intitulée *Les Boudoirs de Paris* (1844-1846, 6 vol.). Il est mort fou et sans postérité à la maison de santé du Dr Casimir Pinel, à Neuilly-sur-Seine, le 20 février 1851. À une date à préciser, il écrivait à Laure Surville, au sujet de Balzac : « Personne mieux que moi ne pouvait mieux connaître le grand écrivain sous ses deux côtés que j'ai été si bien à même d'apprécier, celui de l'honnête homme et du véritable ami » (Lov., A. 385, fᵒ 31; cité par H. Malo, *Les Années de bohème de la duchesse d'Abrantès*, p. 194). — Voir Hervé Rousseau, « Napoléon d'Abrantès, héros balzacien », *AB 1979*, p. 113-143.

ACTRICE (UNE). — 40-125.

ADAM-SALOMON (Antony Samuel, dit). — 40-70.

Né le 9 janvier 1818 à La Ferté-sous-Jouarre (Seine-et-Marne), il avait commencé sa carrière artistique comme modeleur à la manufacture de porcelaine Jacob-Petit. Il habitait à Fontainebleau, comme Béranger dont il sculpta un médaillon en 1840; reproduite en de nombreux exemplaires et popularisée par la lithographie, cette œuvre le lança. On lui doit de nombreux médaillons et bustes et, plus tard, d'excellents portraits photographiques, d'Alfred de Vigny entre autres. Il est mort à Paris le 29 avril 1881 et est enterré à Fontainebleau. — Voir *Archives israélites de France*, t. IV, 1843, p. 311; *Archives juives, revue d'histoire des Juifs de France*, nᵒ 28/2, 2ᵉ semestre 1995.

Répertoire des correspondants

AGOULT (Marie de Flavigny, comtesse Charles d'). — *41-49, 41-61, 41-62, 41-63*.

Fille d'Alexandre de Flavigny et d'une Allemande, Élizabeth Bethmann, Marie de Flavigny née à Francfort-sur-le-Main le 30 décembre 1805, est décédée à Paris le 6 mars 1876. Le 16 mai 1827, elle avait épousé le comte Charles d'Agoult (1790-1875). Le ménage ne marcha guère. Éprise de Liszt, elle quitta Paris, le 1ᵉʳ juin 1835, pour aller le retrouver à Bâle. Le 28 juin suivant, Balzac s'est fait l'écho de ce scandale mondain dans un passage d'une lettre à Mme Hanska longtemps resté inédit : « Mme d'Agoult est une Tourangelle, pâle, jaunasse, cheveux traînants, maigre, assez désagréable à voir, nerveuse, qui, dit-on, aimait Listz [*sic*] depuis longtemps en toute tranquillité de mari » (*LHB I*, p. 258, 28 juin 1838). En dépit de ce portrait peu flatteur, il n'est pas certain que Balzac ait déjà été présenté à la comtesse d'Agoult à cette date. Elle regagna Paris en octobre 1839, essayant de rouvrir son salon. Le 21 janvier 1840, elle écrivait à Liszt : « Il y a 8 jours, [Bernard] Potocki rencontre Balzac à l'Opéra. "Eh bien ! j'ai brouillé les *deux femelles*", s'écrie Balzac (je ne v[ou]s ai pas dit qu'il y avait un roman de Balzac sous jeu écrit après 8 jours de tête-à-tête à Nohant) » (Marie de Flavigny comtesse d'Agoult, *Correspondance générale*, éd. Charles F. Dupêchez, H. Champion, 2003-2005, t. III, p. 145). Elle n'en voulut pas trop pourtant à Balzac d'avoir mis ses amours en scène dans *Béatrix* et réussit à l'attirer chez elle en 1841. À partir de 1843, l'attitude de Balzac change à nouveau : il fait dans les *Lettres à madame Hanska* des tableaux sévères et inexacts de la vie privée de la comtesse (voir en particulier *LHB I*, p. 684 et 687) ; il faut peut-être y voir le désir d'atteindre indirectement Liszt que Balzac avait imprudemment envoyé à Mme Hanska à Saint-Pétersbourg. Il est possible que Balzac se soit inspiré de Marie d'Agoult pour le personnage de Modeste Mignon dont la famille allemande ressemble à celle de Marie de Flavigny. — Voir Jacques Vier, *La Comtesse d'Agoult et son temps*, Armand Colin, 6 vol., 1955-1963 ; *Correspondance Franz Liszt – Marie d'Agoult*, éd. Serge Gut et Jacqueline Bellas, Fayard, 2001 ; Marie de Flavigny comtesse d'Agoult, *Correspondance générale*, éd. Charles F. Dupêchez, H. Champion, 2003-2005.

ALBERTIN. — *36-35*.
Prote de l'imprimerie de Béthune et Plon.

ALTAROCHE (Marie Michel *Agénor*). — *39-309, 41-111*.

Né à Issoire le 18 avril 1811, Altaroche est mort à Vaux (Allier) en 1884. Il avait débuté dans le journalisme d'opposition républicaine après les journées de Juillet ; en 1834, il entrait aux côtés de Desnoyers à la rédaction du *Charivari*. Membre de la Société des gens de lettres, il avait été élu secrétaire le 16 août 1839 avec Balzac président. Ami de Godefroy Cavaignac, de Louis Blanc et de Félix Pyat, il collabora au *Journal du peuple*, fondé en 1842 et à l'*Almanach du mois* (1844). Il fut commissaire du gouvernement provisoire à Clermont-Ferrand, puis député républicain modéré à la Constituante de 1848. On lui doit des chansons, des romans, des pièces de théâtre et des études d'histoire. Il protesta dans *Le Charivari* (17 mars 1840) contre l'interdiction de *Vautrin*.

Ambigu (théâtre de l'). — *40-193*.
AMIE ÉPIGRAMMISTE (UNE). — *38-25*.
AMI POÈTE (UN). — *41-7*.
ANCELOT (Marguerite Louise Chardon, Mme Jacques Ancelot, dite Virginie). — **38-2*, *38-7**.

Virginie Ancelot, née Marguerite Chardon, à Dijon le 15 mars 1792, décédée à Paris le 20 mars 1875, avait épousé en 1817 Jacques Ancelot (1794-1854) ; femme de salon recevant de nombreux écrivains dont Alfred de Vigny, elle devint femme de lettres en collaborant aux pièces de son mari avant de publier, en 1848, son propre recueil de pièces de théâtre. Sa fille Louise (1825-1887), qui avait épousé en 1844 l'avocat Charles Lachaud (1817-1882), fut la légataire universelle d'Alfred de Vigny. En avril 1835, quelques semaines après la publication du roman, Jacques Ancelot, associé à Paulin, présentait au Vaudeville une comédie en deux actes ayant pour titre *Le Père Goriot*. — Voir *Alfred de Vigny et les siens*, PUF, 1989, p. 355-356 ; Sophie Marchal, *Virginie Ancelot, femme de lettres au XIXᵉ siècle*, PUF, 2002, et, de la même, « Une correspondance inédite de Balzac, autour d'une amitié de salon : Virginie Ancelot », *AB 2001*, p. 269-282.

ANGELET (Jenny). — *40-223*.

Née de Courcelles, femme de lettres, veuve du compositeur belge Charles Angelet (1797-1832).

ANGLEMONT (Édouard d'). — *40-74*.

Poète et auteur dramatique fécond, Édouard Hubert Scipion d'Anglemont, né à Pont-Audemer le 28 décembre 1798, est mort à Paris le 22 avril 1876. Tout en admirant Napoléon, il débuta par des *Odes légitimistes* (1825).

ANONYMES ET NON IDENTIFIÉS. — *36-36* ; voir A. A. ***(MME), ACTRICE (UNE), AMIE ÉPIGRAMMISTE (UNE), AMI POÈTE (UN), AVEUGLE LECTEUR (UN), COMMISSAIRE (UN), COMPOSITEUR (UN), DÉFENSEUR DE *Vautrin* (UN), E***, ÉLIZABETH ***, F***, FEMME MASQUÉE EN NOIR (UNE), G*** (MME), HABITANT DE MÂCON (UN), HOMME DE CŒUR ET D'HONNEUR (UN), JURASSIENNE ANONYME (UNE), JURÉ DU PROCÈS PEYTEL (UN), LECTEUR DE LAMBALLE (UN), LECTRICE DE LA *Physiologie du mariage* (UNE), LECTRICE DE *La Vendetta* (UNE), M*** (Ginévra de), MADAME ***, MADEMOISELLE ***, MARIE ***, MONSIEUR ***, PASSIONNÉE (UNE), PROTESTANTE (UNE), RÊVEUSE (UNE), V. Q., VEUVE C.

APPERT (Benjamin). — *36-54*.

Né à Paris le 10 septembre 1797, Benjamin Appert dès sa jeunesse s'était intéressé au sort des galériens et à l'instruction des classes déshéritées. Membre de la Société royale des prisons de France, il s'attacha à l'amendement des criminels et à la réforme des prisons. Il fit la connaissance de Balzac vers 1832. Dans son ouvrage *Dix ans à la cour du roi Louis-Philippe et Souvenirs du temps de l'Empire et de la Restauration* (Berlin, Voss et Paris, J. Renouard, 1846, 3 vol. in-8°), il évoque ses relations avec Auguste Borget et Balzac, racontant en particulier que, le 26 avril 1834, il avait réuni à dîner dans sa villa de Neuilly Vidocq, les bourreaux Henri Nicolas Charles Sanson et Henri Clément Sanson, Balzac et Alexandre Dumas (voir Bouteron, p. 119-136). Appert a été également en relation avec Stendhal, qui le met en scène au début du *Rouge et le*

Noir et le cite dans *Rome, Naples et Florence*. Appert poursuivit ensuite sa carrière de philanthrope en Grèce. Il est mort le 17 janvier 1873 à Methoni (Péloponnèse). — Voir sa biographie en grec par Takis Demodos, « O *Ippotis Appert (1797-1873)* », Athènes, coll. de l'Institut français d'Athènes, 1949.

APPONYI DE NAGY-APPONY (Teresa Nogarola, comtesse Antoine). — *36-187.

La comtesse Apponyi (1798-1874) et son mari, l'ambassadeur d'Autriche, virent défiler le « Tout-Paris » dans leur salon où ils recevaient fastueusement. L'ambassade d'Autriche occupait depuis 1826 l'hôtel d'Eckmühl, construit par Brongniart au 107, rue Saint-Dominique, à l'angle ouest de l'esplanade des Invalides ; en 1840, elle s'installa dans un autre hôtel, situé 121, rue de Grenelle-Saint-Germain. À partir de 1834, Balzac fut souvent l'hôte de la comtesse Apponyi, « la divine Thérèse », comme on l'avait surnommée. C'est dans les salons de l'ambassade que Balzac fut présenté à la comtesse Guidoboni-Visconti le 9 février 1835. — Voir Marcel Bouteron, « Balzac et les Apponyi », *Nouvelle revue de Hongrie*, octobre 1935 ; Eva Martonyi, « Balzac et la Hongrie », *AB 1992*, p. 193-206.

ARAGO (Dominique *François*). — 41-85, 41-105, 41-159.

Le célèbre physicien (1786-1853) avait été élu au comité de la Société des gens de lettres dès l'assemblée générale du 31 décembre 1837 ; en novembre 1840, succédant à Victor Hugo, il fut nommé président, fonction qu'il assura jusqu'au 8 janvier 1844. Balzac le cite plusieurs fois dans *La Comédie humaine* (voir *CH XII*, index, p. 1590).

ARAGON (Teresa Virginia Serafina Visconti, comtesse d'). — *38-39*.

Née en 1815, demi-sœur de la princesse Belgiojoso (voir à ce nom), elle épousa Charles comte d'Aragon (1812-1848), ami de George Sand, de Mérimée…

ARCHINTO (Giuseppe, comte). — *37-31*.

Né le 14 septembre 1783 à Crémone, il épousa Maria Cristina Trivulzio en novembre 1819. Mécène et amateur d'art, il commande à l'architecte Gaetano Besia un palais somptueux dans le quartier de Santa Maria della Passione à Milan. Construit entre 1833 et 1837, l'aménagement intérieur est imaginé par l'architecte français Nicolas Auguste Thumeloup (1801-1864). Délaissé pour Silvio Pellico, le comte voit son mariage annulé en 1847. Il mourut le 16 juin 1861 à Milan.

ARCHINTO (Maria Cristina, comtesse). — *37-38*.

Née Trivulzio (1799-1852), la comtesse était l'épouse du comte Giuseppe Archinto. Tous deux amateurs de musique, ils firent de leur demeure via della Passione un palais dédié aux arts. C'est sans doute sur la recommandation de sa cousine germaine la princesse Belgiojoso (voir à ce nom) qu'elle y accueillit Balzac. Elle noua une relation avec Silvio Pellico qu'elle connaissait depuis 1819 et l'épousa en 1847 après l'annulation de son mariage avec le comte Archinto.

ARPIN (Mme A.). — *40-180*.

Amie et créancière de la mère de Balzac. Elle habitait au 5, rue Godot-de-Mauroy, à Paris.

ATTENDOLO-BOLOGNINI (Eugenia, comtesse Giangiacomo). — 37-135, 38-49.

Née en 1810, Eugenia Vimercati-Tadini avait épousé, en 1830, le comte Giangiacomo Attendolo-Bolognini Sforza. Le comte Bolognini descendant d'une vieille famille féodale, préoccupé d'archives et de sa collection de tableaux, délaissait sa femme qui eut pendant de longues années pour soupirant le prince Porcia (voir à ce nom). Veuve, la comtesse épousa Porcia en secondes noces. Balzac ne manqua pas dans ses lettres à Mme Hanska de rapprocher sa propre situation de celle de son ami Porcia (voir *LHB I*, p. 477). Dans sa dédicace d'*Une fille d'Ève* « À Madame la comtesse Bolognini, née Vimercati », Balzac fait allusion à « une Eugénie, déjà belle » ; il s'agit de la fille de la comtesse et du prince Porcia, née le 12 février 1837 et future duchesse Litta-Visconti-Arese. — Voir Henry Prior, « Balzac à Milan », *Revue de Paris*, 15 juillet et 1ᵉʳ août 1925, p. 299-302 et 602-603.

AUBIGNY (Estelle d'). — *39-293*.

Femme de lettres, elle est l'auteur d'un *Essai sur la littérature italienne depuis la chute de l'Empire romain jusqu'à nos jours* (1839).

AUGER (Hippolyte). — *38-73, 38-76*.

Journaliste, romancier et auteur dramatique, né à Auxerre le 6 prairial an IV [25 mai 1796], il est mort à Menton le 5 janvier 1881. Avant de se convertir au saint-simonisme, il avait été enseigne de vaisseau en Russie et secrétaire de sir William Drummond, avec qui il voyagea en Italie. C'est Hippolyte Carnot qui l'introduisit à la Société de morale et de littérature de la rue des Poitevins où il se lia avec Buchez, Bazard et Boulland. Au début de 1828, il fonda avec Buchez une revue saint-simonienne, *Le Gymnase*, qui sera imprimée par Balzac. Peu après il était suffisamment lié avec ce dernier pour l'aider, en compagnie de Latouche, à poser de nouvelles tentures rue Cassini. Comme Balzac, il collabora aux journaux d'Émile de Girardin, *La Mode* et *Le Voleur*. Il fut le lien de nouvelles relations nouées par Balzac avec son ancien condisciple de Vendôme, Ernest Sain de Bois-le-Comte et tous trois seront les principaux rédacteurs du *Feuilleton des journaux politiques*. Bruce R. Tolley a montré que beaucoup d'articles d'inspiration saint-simonienne publiés dans ce journal et attribués à Balzac devaient être rendus à Auger et à Bois-le-Comte (« Balzac and the *Feuilleton des journaux politiques* », *The Modern Language Review*, octobre 1962, p. 504-517, et, du même, « Balzac et les saint-simoniens », *AB 1966*, p. 49-66). À la fin de 1831, Auger devint l'un des rédacteurs du nouveau journal de Buchez, *L'Européen*, dirigé par J.-F.-A. Boulland. Auger s'éloigna ensuite de ses amis pour se consacrer au théâtre, remportant des succès au Gymnase, à la Comédie-Française, à l'Ambigu. On lui doit une curieuse *Physiologie du théâtre* et de très intéressants *Mémoires* publiés par Paul Cottin (1891).

AUZOU (Pierre *Adolphe*). — *36-144, 36-166, 37-69, 37-87, 38-62*.

Marchand de papier, sis au 58, rue Saint-André-des-Arts, il fut aussi le syndic de la faillite de Louis Mame en 1830 et bailleur de fonds de Werdet pour l'édition du troisième dixain des *Contes drolatiques*. — Voir Louis André, « Papetiers et éditeurs dans la librairie romantique », *Revue française d'histoire du livre*, 116-117, 2003, p. 5-31.

AVIDE LECTEUR (UN). — *39-236*

AVOT (Mme d', puis Mme Mariotte). — *40-35*.

Femme de lettres, auteur de traductions et d'ouvrages pour la jeunesse ainsi que de *Lettres sur l'Angleterre* (G. Mathiot, 1819). Son nom apparaît dans plusieurs ouvrages traitant de « supercheries littéraires » et de « pseudonymes » (voir *Nouveau dictionnaire des ouvrages anonymes et pseudonymes avec les noms des auteurs ou éditeurs*, de Louis Charles Joseph de Manne, 3ᵉ éd., Lyon, N. Scheuring, 1868, p. 599 : « *Un solitaire de la Chaussée d'Antin*, par Mme Mariotte, née Davot » ; et Joseph Marie Quérard, *Les Supercheries littéraires dévoilées*, 2ᵉ éd. augmentée, Paris, Paul Daffis, 1869, t. I, p. 410 : « Avot (d') et Davot (Mme) : Mlle D'Avot, plus tard Mme Mariotte ».

AYCARD (Marie). — *40-31*.

Romancier et vaudevilliste (1794-1859).

AZAÏS (Pierre Hyacinthe). — *39-274*.

Né à Sorèze, le 1ᵉʳ mars 1766, Pierre Hyacinthe Azaïs est mort à Saint-Émilion, le 22 janvier 1845. Philosophe et théoricien du rythme de compensation entre les biens et les maux, manifestation de la « justice providentielle », il rédigea de nombreux ouvrages : *Des compensations dans les destinées humaines* (1809), *Système universel* (7 vol., 1810-1812), *Cours de philosophie générale, ou Explication simple et graduelle de tous les faits de l'ordre physique, de l'ordre physiologique, de l'ordre intellectuel, moral et politique* (8 vol., 1824).

BALZAC (Anne Charlotte Laure Sallambier, Mme Bernard-François). —*37-3, 37-57, 37-62, 37-113, 38-32, 40-238, 40-252*.

La Chronologie, les lettres et les notes de cette *Correspondance* permettent de faire le point des relations entre le romancier et une mère dévouée, mais sèche, nerveuse et volontiers réprimandeuse. Rappelons simplement qu'issue d'une famille de commerçants parisiens aisés, elle naquit à Paris le 22 octobre 1778. Le 30 janvier 1797, elle épousait B.-F. Balzac, de trente-deux ans son aîné. Il semble bien que les deux époux eurent chacun de leur côté des aventures ; Henry de Balzac, le plus jeune des enfants, passe pour être le fils adultérin de Jean de Margonne. Veuve le 19 juin 1829, sa fortune fortement entamée par la déconfiture commerciale d'Honoré, elle eut une vieillesse difficile, attristée par les échecs financiers de son fils Honoré et de son gendre Surville, et surtout par l'incapacité d'Henry, son préféré. Elle mourut aux Andelys, le 1ᵉʳ avril 1854.

BALZAC (Henry François de). — *39-55, 41-56, 41-74*.

Fils cadet des Balzac, né à Tours le 21 décembre 1807 et baptisé le même jour en l'église Saint-Martin ; son parrain était Henry-Joseph Savary, beau-père de M. de Margonne. Dans une lettre à Mme Hanska écrite de Saché en juin 1848 Balzac affirme que M. de Margonne était le père d'Henry ; le châtelain de Saché ne s'occupa guère de son fils présumé jusqu'au jour où, pris d'un remords tardif, il pensa en rédigeant son testament à lui léguer 200 000 F, legs qui ne fut pas exécuté, Henry étant mort deux mois avant M. de Margonne.

Après de médiocres études à Sainte-Barbe et dans différents établissements, Henry quitta la France pour l'île Maurice le 21 mars 1831 ; là, le 21 décembre de la même année, il épousa Marie Françoise Éléonore Balan, veuve avec un enfant (prénommé Ange) du capitaine de marine marchande Constant Dupont ; elle avait quelques biens et quinze ans et demi de plus que son mari ; après avoir dilapidé l'avoir de sa femme, Henry rentra en France avec sa famille en juin 1834. Le 20 février 1835 naissait, aux Andelys, Honoré Henry Eugène de Balzac, dont Honoré fut le parrain. Resté deux ans et demi en France sans avoir pu s'employer utilement, mais ayant achevé de ruiner sa mère, Henry repartit pour l'île Maurice le 25 décembre 1836. Il passa à Bourbon en 1840, menant une existence lamentable qui s'acheva à l'hôpital militaire de Dzaoudzi (Mayotte, archipel des Comores) le 11 mars 1858. — Voir M. Fargeaud et R. Pierrot, « Henry le trop aimé », *AB 1961*, p. 29-66 ; et Anne-Marie Baron, « La Succession d'Henry de Balzac », *AB 1979*, p. 211-219.

BARRÉ DE ROLSON (Mme S.). — 41-27, 41-41.

Admiratrice de Fourier, elle reproche à Balzac en particulier de se mettre en « violente contradiction avec l'Église en admettant que la reproduction de l'espèce est le seul but du mariage ». — Voir David Bellos, « Balzac et le fouriérisme en 1841 ; sur une lettre presque retrouvée », *AB 1978*, p. 53-60.

BAWR (Alexandrine *Sophie* Goury de Champgrand, baronne de). — 39-154.

Fille d'une actrice de l'Opéra, reconnue par son père, Alexandrine Sophie Goury de Champgrand naquit à Paris le 8 octobre 1773. Bonne musicienne, élève de Grétry, elle épousa, en 1801, Claude Henri de Rouvroy, comte de Saint-Simon (1760-1825), dont elle divorça bientôt. Elle fit représenter des comédies sous le Consulat et l'Empire. Remariée avec un officier russe, le baron de Bawr, elle devint veuve et continua à vivre de sa plume, publiant des romans (*La Novice*, 1830), des pièces de théâtre, des livres pour enfants, une *Histoire de la musique* (1823), et *Mes Souvenirs* (1853). Elle est morte le 31 décembre 1860.

BEAUVOIR (Eugène Augustin Colas Roger, dit Roger de). — 40-230.

Après un essai de carrière diplomatique auprès du prince de Polignac, ambassadeur à Londres, il avait vu ses ambitions dans la « carrière » ruinées par la révolution de Juillet. « Affligé » de 30 000 livres de rentes, il s'en consola vite en adjoignant la littérature à ses joyeuses activités de « soupeur ». Au début de 1832, sous la signature de Roger de Beauvoir, paraissait son premier roman, *L'Écolier de Cluny* dont Gaillardet et Dumas tirèrent immédiatement *La Tour de Nesle* (Porte Saint-Martin, 29 mai 1832). D'autres nouvelles et romans historiques (*Histoires cavalières*, 1838 ; *Le Chevalier de Saint-Georges*, 1840 ; etc.) firent de lui un des écrivains en vogue de Paris. D'un voyage en Flandre et en Hollande effectué durant l'hiver de 1834-1835, il tira *Une excursion en Hollande* publié dans la *Revue de Paris*, en 1835, avant de servir d'introduction l'année suivante à *Ruysch, histoire hollandaise au XVIIe siècle*. À l'occasion d'un bal donné par Buloz, le 1er janvier 1836, Roger de Beauvoir eut chansonné Balzac qui, venant de se brouiller avec Buloz, ne comptait certainement pas parmi les invités : « Voilà Séraphîtus, il arrive tondu / Il coupa ses cheveux en buvant du champagne / Avant que de Vienne, il ne fit la campagne / Sa canne est maintenant à M. Metternich » (cité dans *Livre du centenaire. Cent ans de vie française* *à la Revue des Deux Mondes*, Hachette et Revue des Deux Mondes, 1929, p. 80). Peu après, comme Dumas, Gozlan, Méry, Soulié, Eugène Sue, il avait pris parti pour Buloz lors du procès du *Lys dans la vallée*. Il était revenu à la charge au moment de l'affaire Peytel en chansonnant Balzac et Gavarni : « Il faut éviter, hélas ! / Balzac cherchant son Calas / [....................] / Gavarni toujours peignant, / Balzac jamais ne s'peignant » (cité par Alphonse Karr, *Les Guêpes*, octobre 1840, p. 11). Un an après venait le coup de patte dans la *Revue parisienne* du 25 août 1840, le duel manqué et le retrait en bon ordre de Balzac dans sa revue du 25 septembre (voir 40-230). Le 7 janvier 1847, il avait épousé une actrice, Éléonore Léocadie Doze (1822-1859), mais deux ans plus tard il intentait devant le tribunal civil de Corbeil un procès en séparation de corps pour sévices, injures et adultère ; il a conté lui-même dans *Mon procès* (1850) ses mésaventures conjugales. Impotent et atteint d'hydropisie depuis 1861, Roger de Beauvoir est mort à Paris, rue Lemercier, le 17 août 1866. Ses *Mémoires* auxquels il avait longuement travaillé n'ont jamais été publiés. Deux ans après sa mort, préfacé par Alexandre Dumas, paraissait *Les Soupeurs de mon temps* (Paris, A. Faure, 1868) où sont évoqués des souvenirs sur plusieurs amis ou relations de Balzac : Malitourne, Béquet, Briffault, Romieu, Lassailly.

BÉCHET (Louise Marie Julienne, Mme Charles-Béchet, puis Mme Brice Jacquillat). — *36-69, *36-123*.

Née le 22 décembre 1801, elle était la fille du libraire François-Julien Béchet, dit Béchet aîné. Quand elle devint, en 1833, l'éditeur de Balzac, elle était, depuis le 25 avril 1829, veuve de Pierre Adam Charlot, dit Charles-Béchet, qui avait succédé à son beau-père dans l'exploitation d'une librairie située 59, quai des Augustins. Très mondaine, la jeune veuve laissait à Werdet le soin de diriger sa librairie. Devenue, le 14 avril 1836, Mme Jean Brice Jacquillat, elle abandonna progressivement l'édition. Elle est morte à Poilly-sur-Serein (Yonne) le 27 mai 1880. — Voir Felkay, p. 161-178.*

BELGIOJOSO (Cristina Trivulzio, princesse Emilio). — *38-39*.*

Fille de Gerolamo Trivulzio, elle naquit à Milan le 28 juin 1808 ; très jeune, elle épousa le prince Emilio Barbian di Belgiojoso d'Este, beau, riche, ami de la musique, mais léger et volage ; ils se séparèrent rapidement. Ardente patriote, la princesse vit en 1830 ses biens confisqués par la police autrichienne. Exilée à Paris, elle y est fort bien accueillie et son salon devient vite un des plus brillants de la capitale, y recevant ses compatriotes émigrés et aussi Thiers, Villemain, Cousin. Elle eut une liaison avec François Mignet. Alfred de Musset éprouva pour elle une vive passion (voir *Sur une morte*, 1842). Balzac avait fait sa connaissance, chez le baron François Gérard, en 1833. En 1837, elle lui avait certainement donné des recommandations pour sa famille milanaise. En dépit de ce qu'il écrit à Mme Hanska (*LHB I*, p. 437), Balzac a rencontré à plusieurs reprises la *principessa* et lui avait même fait lire *La Chartreuse de Parme* (voir sa lettre du 16 mars 1843 au tome III de la présente édition) ; elle servit d'intermédiaire avec les milieux fouriéristes. En 1846, Balzac lui dédiait *Gaudissart II* (t. XII de *La Comédie humaine*). La princesse Belgiojoso est morte à Milan le 5 juillet

1871. — Voir Aldobrandino Malvezzi, *La Principessa Cristina di Belgiojoso*, Milan, Fratelli Treves, 1936-1937, 3 vol. ; Louis Hastier, *Piquantes aventures de grandes dames*, Fayard, 1959 [contient un chapitre sur la princesse Belgiojoso et Alfred de Musset] ; Beth Archer Brombert, *Christina : Portrait of a Princess*, New York, Alfred A. Knopf, 1977 (trad. fr. par Dominique Dill, *La Princesse Belgiojoso ou l'Engagement romantique*, Albin Michel, 1989) ; et Charles Dédéyan, « Balzac, la princesse Belgiojoso et Mme Jaubert », *AB 1985*, p. 105-117.

BELLOY (*Auguste* Benjamin Guillaume Amour, comte puis marquis de). — *37-65*, 37-88, 37-169, *38-89*, 38-135, 39-69.

Fils de François Rose de Belloy, lieutenant de vaisseau (1782-1830), et de Marie Euphémie Forget, il naquit à Toulon le 9 février 1812 ; il était l'arrière-petit-neveu du cardinal Jean-Baptiste de Belloy, archevêque de Paris (1709-1808) ; comte à la mort de son père, il hérita du titre de marquis au décès (vers 1840) de son grand-père, Marie Bonaventure de Belloy. Il devint, à la fin de 1835, prête-nom et secrétaire de Balzac, qui lui vendit un seizième de la *Chronique de Paris*, et qui le décrivait ainsi à Mme Hanska : « Âge vingt-quatre ans, figure heureuse, esprit abondant, conduite mauvaise, misère effroyable, talent et avenir riche, confiance et dévouement entiers, noblesse immémoriale » (*LHB I*, p. 281). Belloy et son ami Grammont aidèrent Balzac dans la révision et la rédaction des *Œuvres complètes d'Horace de Saint-Aubin*. Il joua également un rôle très important dans la conception de *Gambara*, œuvre qui lui a été dédiée en février 1839 (voir Maurice Regard, « Balzac est-il l'auteur de *Gambara* ? », *RHLF*, octobre-décembre 1953, et, du même, l'Introduction à l'édition de *Gambara*, José Corti, 1954). Quelques semaines avant la mort de Balzac, le 1er août 1850, Auguste de Belloy épousait, à Paris, Françoise Anatolie Georges. Il est mort à Lyon, le 6 avril 1871 ; avec lui se sont éteints les Belloy de Morangles. Il avait fait jouer quelques pièces à la Comédie-Française et à l'Odéon, et publier une étude intitulée *Christophe Colomb et la Découverte du Nouveau Monde* (1864) et des *Portraits et souvenirs* (1869) où il est fort peu question de ses rapports avec Balzac.

BERCHTOLDT (Mathilde, comtesse). — *38-43*.

Mathilde Strachan, née en 1813, fille de Sir Richard Strachan, 6e baronnet de Thornton, avait épousé en 1833 Antoine, comte Berchtoldt (1796-1875). Elle est morte à Venise le 25 août 1899.

BERLIOZ (Hector). — 40-80, 40-278*.

Les rapports de Balzac avec le grand musicien romantique (1803-1869) ont peut-être été plus étroits que ne le laissent voir les rares documents conservés. Sans connaître Balzac, Berlioz le lisait dès 1832. La rencontre eut lieu peu après dans un salon parisien. Balzac apparaît de manière explicite dans la correspondance de Berlioz, le 26 novembre 1839, quand, après la création de *Roméo et Juliette*, le musicien écrivait à son père : « Balzac me disait ce matin : C'était un *cerveau* que votre salle de concert », allusion à la présence de « toutes les notabilités intelligentes de Paris » (Berlioz, *Correspondance*, Pierre Citron dir., Flammarion, t. II, 1975, n° 683). Un an plus tard, à sa sœur : « Je viens de donner mon dernier concert. Grand, furibond enthousiasme ! Si tu faisais collection d'autographes, je t'enverrais une lettre de Balzac à ce sujet » (*ibid.*, n° 739 ; cette lettre de Balzac à Berlioz n'a pas été retrouvée). À la fin de 1841, Balzac se déclarait prêt à soutenir Berlioz et Marie Recio (voir 41-150). En 1842, il avait songé à dédier *Illusions perdues* à Berlioz, mais il se ravisa et plaça son nom en tête de *Ferragus* (voir t. III de la présente édition, la lettre d'octobre ? 1842 à Victor Hugo, et notes). Dans ses *Mémoires*, Berlioz a conté comment, sur la recommandation de Balzac, il fut accueilli à Tilsitt par Hermann Nernst (éd. Pierre Citron, Flammarion, t. II, 1969, p. 252-253).

BERNARD (Charles de Bernard du Grail, dit Charles de). — *36-13, 39-76, 39-82, 39-90, 39-100, 39-105, 39-252, 40-63, 40-68*.

Né à Besançon le 24 février 1804, il était issu d'une famille noble originaire d'Auvergne. Après avoir fait son droit, il regagna sa ville natale, publia des vers couronnés par l'Académie des jeux floraux. Rédacteur à la *Gazette de Franche-Comté*, il entra en relation épistolaire avec Balzac à la suite d'un article élogieux sur *La Peau de chagrin*. Il rendit visite à Balzac à Paris en 1832, et celui-ci le revit à Besançon en 1833. En 1836, Charles de Bernard collabora à la *Chronique de Paris*. Ses romans — *Gerfaut* (Gosselin, 1838), *Le Gentilhomme campagnard* (Pétion, 1847) et *La Femme de quarante ans* (publié posthume en 1853) — témoignent de l'influence profonde de Balzac sur son œuvre. En 1844, *Sarrasine* lui fut dédié. Le 20 février 1845, il épousa Anne Clémentine Simonin, surnommée par Balzac « la Fosseuse » (voir 39-90). Il est mort à Paris le 6 mars 1850, quelques mois avant Balzac. — Voir *Annuaire de la noblesse*, 1851, p. 382-385 ; J. S. Van de Waal, *Charles de Bernard* (thèse, Amsterdam, 1940) ; Colin Smethurst, « Les Rapports Charles de Bernard-Balzac », *AB* 1977, p. 153-176, et *CB*, n° 87, 2002, p. 16-33.

BERNAY (Camille). — *40-220*.

Fils d'un ancien maître d'hôtel de l'impératrice Joséphine, Camille Bernay (1813-1842) s'était éloigné de sa famille pour mener une besogneuse vie d'artiste, d'écrivain et d'auteur dramatique. Dans son roman *Sous les toits* (Ledoux, 1833), il met en scène un jeune poète qui expire au moment de connaître la gloire. Il meurt lui même d'épuisement en 1842, à vingt-neuf ans. Ses amis ont fait publier en 1843 (chez J. Belin fils) ses *Œuvres dramatiques*, suivies de pièces de vers, de prose et d'une notice biographique. — Voir Judith Lyon-Caen, *La Lecture et la Vie. Les usages du roman au temps de Balzac*, Tallandier, 2006, p. 286-287 et 380.

BERNY (Lucien Charles *Alexandre* de). — *36-119, 37-163*.

Né le 13 février 1809 et mort le 15 juin 1882, il était le sixième enfant de la *Dilecta*. Émancipé en 1828 pour prendre la succession de Balzac à la tête de la fonderie et ainsi sauver les capitaux investis par sa mère dans l'entreprise, il en fit une affaire florissante. Resté en excellents termes avec Balzac, en 1842, ce dernier lui dédia *Madame Firmiani*. Saint-simonien, mort célibataire, Alexandre de Berny désigna pour héritier son associé à la tête de la fonderie, le polytechnicien Charles Tuleu qui, selon certains, aurait été son fils naturel. Ce dernier et sa veuve, née Jeanne Peignot, ont donné au fonds Lovenjoul des souvenirs balzaciens provenant de l'héritage d'Alexandre de Berny. — Voir Robert Tranchida, « De de Berny à Deberny ou la Fonderie de Balzac après Balzac (1828-1974) », *Balzac imprimeur et défenseur du livre*, Paris-Musées et Des Cendres, 1995, p. 150-160.

BERRYER (Pierre *Antoine*). — *39-148*.

    Fils de l'avocat Pierre Nicolas Berryer, né à Paris le 4 janvier 1790 et mort à Augerville (Loiret) le 29 novembre 1868, il débuta sa carrière dans l'étude de son père. Il fut, sous la monarchie de Juillet, le chef de l'opposition légitimiste à la Chambre. Après un dîner avec Lamennais et Berryer, en juin 1836, Balzac disait de lui : « nous sommes de vieilles connaissances » ; il le rencontra assez souvent, semble-t-il, au bureau du *Rénovateur*, chez les Fitz-James, dans différents salons et il le cite plusieurs fois dans *La Comédie humaine*, mais il reste peu de traces de leurs rapports.

BÉTHUNE (Maximilien Henri Joseph de, dit Max Béthune). — *36-28, 36-41, 36-73, 36-129, 36-131, 36-132, 36-140, 36-190, 37-67, 37-70, 37-158*.

    Né à Cambrai en 1793, imprimeur breveté depuis le 30 mai 1826, associé d'Henri Plon dans l'exploitation de l'imprimerie du 37, rue de Vaugirard, copropriétaire de *La Chronique de Paris*. — Voir Nicole Felkay, « Autour de la *Chronique de Paris* (1834-1837) », *AB 1970*, p. 356-359.

BÉTHUNE ET PLON. — *37-72*.

BISSONNIER (Constantin). — *41-71, 41-72*.

    Huissier-priseur près les tribunaux de Versailles et audiencier de la justice de paix de Sèvres. Son étude était installée au 46, rue Royale à Sèvres.

BLANCHE (Antoine Georges). — *39-227, 39-237*.

    Né à Rouen le 29 septembre 1808, d'une famille de grands médecins, il s'engage dans la voie judiciaire. D'abord substitut du procureur du roi de Rouen, il est procureur en 1839. En congé au moment de l'affaire de Balzac, c'est son substitut, Censier (voir à ce nom), qui répondit à l'écrivain. Il entre, en 1840, au parquet général de Rouen comme substitut du procureur général, et succède à Gustave Rouland au poste d'avocat général (1843). Il mena une carrière remarquable dans la magistrature : premier avocat général, puis procureur général de Riom (1852), et avocat général à la Cour de cassation (1855), poste qu'il occupera jusqu'à sa mort à Paris le 13 avril 1875. Il est l'auteur de plusieurs ouvrages de droit, notamment ses *Études pratiques sur le Code pénal*, parues de 1861 à 1872. — Voir Julien Vinuesa, *Le Parquet général de Rouen sous la monarchie de Juillet (1830-1848)*, mémoire de maîtrise, Université de Rouen, 2004.

BLOUET (Charles Joseph). — *40-155*.

    Huissier.

BOHAIN (Alexandre *Victor* Philippe). — **36-161, 36-174, 37-144*.

    Né à Paris, rue de Cléry, le 1er mars 1804, il se lança très jeune dans les affaires. En 1826, il avait acheté le *Figaro* à Lepoitevin, pour 30 000 F, dit-on. Directeur de théâtre, il exploite le Vaudeville, le Gymnase et les Variétés, où il monte *Les Immortels*, pièce écrite en collaboration par des rédacteurs du *Figaro*. La révolution de Juillet le fait pour quelques semaines préfet de la Charente. Relevé de ses fonctions en 1831, il revient au théâtre, dirige les Nouveautés avec Adolphe Bossange et fait jouer par Frédérick Lemaître à l'Odéon, le 3 novembre 1831, un *Mirabeau* qui n'a pas été imprimé. En 1833, avec Alphonse Royer, il lance *L'Europe littéraire*, luxueuse publication qui ne réussit pas. Exilé à Londres en 1840, Bohain y fonde *Le Courrier de l'Europe*. De retour en France, il continue ses entreprises journalistiques avec *L'Époque* (1845) et *La Semaine* (1846). Dandy, épris de luxe tapageur, plusieurs fois ruiné, il est mort pauvre, aux Batignolles, le 19 juillet 1856. — Voir Nicole Felkay, « Un homme d'affaires : Victor Bohain », *AB 1975*, p. 177-197.

BOINVILLIERS (*Éloi* Ernest Forestier de). — *36-14*.

Né à Beauvais, le 28 novembre 1799, du même âge que Balzac, ils ont pu se connaître à la Faculté de droit de l'Université de Paris (Balzac s'y inscrit pour la première fois en 1816). Cet avocat *carbonaro*, défenseur de l'un des sergents de La Rochelle, connaissait Balzac de longue date ; dès le 5 janvier 1828, il avait plaidé pour l'imprimeur de la rue des Marais traduit en correctionnelle pour l'impression d'un libelle (voir. P.-A. Perrod, *En marge de « La Comédie humaine »*, Lyon, Henneuse, 1962, p. 50). Après la révolution de Juillet, il devint aide de camp de La Fayette. En 1833, Balzac l'avait choisi pour arbitre dans son différend avec Mame (voir t. I de la présente édition, 33-120). En 1836, il défendit Balzac dans son procès contre Buloz (voir 36-14). Il sera député de la Seine en 1849, conseiller d'État en 1852, sénateur en 1864. Il est mort au château de Beauval (Loir-et-Cher), le 11 mars 1886.

BONNECHOSE (François Paul *Émile* Boisnormand de). — *39-129, 39-143*.

Fils d'un émigré, né à Leyendorp (Hollande) le 17 août 1801, il était, quand il entra en relations avec Balzac, bibliothécaire du palais de Saint-Cloud depuis 1829. De 1850 à 1853, il fut conservateur de la bibliothèque du palais de Versailles et des Trianons. On lui doit une tragédie en cinq actes et en vers, *Rosemonde* (1826), une *Histoire de France* (1834). Protestant comme sa mère, il présida la Société biblique et publia une *Étude sur les Réformateurs avant la Réforme du XVIe siècle* ainsi que de nombreuses études d'histoire religieuse. Il est mort en 1875.

BOREL (Pierre Joseph, dit Pétrus). — *39-288*.

Fils d'un commerçant de Lyon, né le 26 juin 1809, il vint à Paris pour étudier l'architecture. Il fréquenta les ateliers de Devéria et de Jehan Du Seigneur, se lia avec Gautier, Nerval, Maquet, faisant un moment figure de chef d'école ; en 1832, Levavasseur publie « *Rhapsodies* », *par Petrus Borel*, recueil de vers précédés du préface-manifeste truculente. Vinrent ensuite « *Champavert* », *contes immoraux par Petrus Borel, le lycanthrope* (Renduel, 1833) et *Madame Putiphar* (Ollivier, 1839). En 1846, le lycanthrope antibourgeois devint inspecteur de la colonisation à Constantine ; il est mort près de Mostaganem le 14 juillet 1859. Ses rapports avec Balzac semblent se limiter à ceux provoqués par ses démêlés avec Curmer en décembre 1839, mais ils avaient trop d'amis communs pour ne pas s'être rencontrés auparavant. — Voir Jean-Luc Steinmetz, « Balzac et Pétrus Borel », *AB 1982*, p. 63-76.

BORGET (André *Auguste*). — **36-31, 36-77, 36-103, 36-105, 36-125, 36-141, 36-154, 36-165, 40-209, 40-213, 40-275, 41-11**.

Né à Issoudun le 28 août 1808, il fut pendant plusieurs années un des plus intimes amis de Balzac, à qui il avait été présenté par

Zulma Carraud. Peintre, élève de Gudin, il chercha dans de longs voyages une inspiration et un talent rebelles. Au début de 1833, il s'installa dans la même maison que Balzac, rue Cassini, mais il y demeura, semble-t-il, assez peu entre ses voyages en Suisse, en Italie et ses séjours à Angoulême ou à Issoudun. De 1836 à 1840, il fait le tour du monde, séjournant longuement en Amérique du Sud et en Chine, remplissant ses carnets de croquis qu'il utilisera pour ses peintures orientalistes. En 1842, il publia un album de lithographies *La Chine et les Chinois* dont Balzac rendit compte dans *La Législature* des 14-18 octobre 1842 (*OD III Conard*, p. 531-553). En 1837, Balzac lui avait dédié *La Messe de l'athée*. De 1841 à 1850, il exposa chaque année au Salon ; Baudelaire note : « Sans être un peintre de premier ordre, il a une couleur brillante et facile, ses tons sont frais et purs » (*Salon de 1846* ; *Œuvres complètes*, Bibl. de la Pléiade, t. II, p. 484). Retiré à Bourges, Borget y est mort le 25 octobre 1877. Il a, semble-t-il, détruit peu de temps avant sa mort la plupart des lettres qu'il avait reçues de Balzac. — Voir Maurice de Laugardière, « Satellites de Balzac », *Mémoires de la Société historique, littéraire et scientifique du Cher*, t. XL, 1939-1940, p. 45-81 ; et David James, « The Artist Traveler Auguste Borget, a Friend of Honoré de Balzac », *Gazette des Beaux-Arts*, juillet- août 1955, p. 33-52 ; *Auguste Borget, peintre voyageur autour du monde*, Issoudun, Musée de l'hospice Saint-Roch, 1999.

BOULANGER (*Louis* Candide). — *36-16, 36-130, 36-147, 37-10, 37-17, 37-22, 39-305.*

Né à Verceil (Piémont) de parents français le 11 mars 1806, Louis Boulanger travailla dans l'atelier d'Eugène Devéria qui le présenta à Victor Hugo avec qui il noua une amitié durable, composant une série de dessins et de lithographies pour l'illustration des *Odes et ballades*, des *Orientales*, du *Dernier Jour d'un condamné*, les maquettes de costumes pour *Hernani*, *Lucrèce Borgia* et *Ruy Blas* et exécutant à l'huile des portraits de Léopoldine Hugo enfant (Salon de 1827), de Victor Hugo (vers 1833) et de Mme Hugo (Salon de 1839). En reconnaissance, Hugo lui dédia plusieurs pièces de vers. Son *Triomphe de Pétrarque* (Salon de 1836), acheté par le marquis de Custine, inspira un poème de Théophile Gautier inséré dans la *Comédie de la mort*. En 1842, Balzac lui dédie *La Femme de trente ans*. Devenu en 1860 directeur de l'école des beaux-arts de Dijon, Louis Boulanger est mort à Dijon le 5 mars 1867. Nous ignorons le sort actuel du portrait de Balzac par Boulanger — mentionné plusieurs fois dans cette correspondance — exposé au Salon de 1837 (n° 174, en même temps que celui d'Achille Devéria). Une version signée en haut à droite mais réduite (61 × 50 cm, au lieu de 150 × 120 cm), provenant de la collection Alexandre Dumas fils, été déposée, à l'issue de la vente Marcel Bouteron en 1963, au musée des Beaux-Arts de Tours. Un autre portrait de Balzac (lavis, sépia et mine de plomb ; 23 × 17 cm) que l'on date vers 1836 ? (provenant d'Hélène de Valette), qu'on lui attribuait à tort (aujourd'hui reconnu comme étant d'Achille Devéria), a été donné par le baron Larrey fils au musée de Tours en 1886. Enfin, un autre portrait également attribué à Boulanger représente Balzac assis sur un divan, en gilet, robe de chambre et pantoufles (ancienne coll. Henri

Mondor ; voir *Exposition Balzac*, librairie Pierre Berès, 1949, frontispice). — Voir Lovenjoul, *Autour*, p. 211-233 ; Aristide Marie, *Le Peintre poète Louis Boulanger*, H. Floury, 1925 ; *Victor Hugo et les artistes romantiques*, cat. de l'exposition, Maison de Victor Hugo, 1951 ; *LHB I*, p. 359-360, 365-366, 465-466, etc. ; R. Pierrot, *Honoré de Balzac*, p. 300-303 ; *Balzac et la peinture*, cat. de l'exposition, musée des Beaux-Arts de Tours, 1999, n° 1, p. 195-197 et n° 2, p. 198-199.

BOULÉ (Jean Théodore). — *37-148, 37-149, 37-157*.

Imprimeur breveté le 15 mars 1837 et entrepreneur de journaux, en relations avec Balzac pour l'impression du *Figaro* et de *César Birotteau* en 1837. Son brevet d'imprimeur lui sera retiré le 14 mai 1850. — Voir Stéphane Vachon, « Balzac dans quelques journaux reproducteurs », *AB 1994*, p. 318-320.

BOUTET (Paul). — *40-34, 40-37*.

Candidat secrétaire éconduit par Balzac.

BOUTIN (Alfred). — *36-108*.

Jeune solliciteur, originaire de Tours.

BRA (*Théophile* François Marcel). — **39-160*.

Né à Douai le 23 juin 1797, il était le fils du sculpteur Eustache Marie Joseph Bra (1772-1840) ; entré à l'École des Beaux-Arts, il embrassa la même carrière que son père ; second prix de Rome en 1818, il exposa régulièrement au Salon à partir de 1819. On lui doit de nombreux bustes (musées de Douai et de Versailles) et des commandes officielles à Lille, Cambrai et Paris. Il est mort à Douai le 2 mai 1863, léguant au musée de sa ville natale de nombreux dessins et manuscrits. Féru de mysticisme et d'occultisme, il avait été présenté à Balzac par sa cousine Marceline Desbordes-Valmore (voir t. I de la présente édition, lettre 33-216).

BRIFFAULT (Eugène). — *36-24, 40-242*.

Né à Périgueux en 1799, mort à Charenton le 11 octobre 1854, collaborateur du *Corsaire* et du *Temps*, gastronome réputé, il est l'auteur d'un *Paris à table*, illustré par Bertall (Hetzel, 1846). Sur le modèle des *Guêpes* et de la *Revue parisienne*, il a publié en 1842 les *Historiettes contemporaines, courrier de la ville*. Il a également collaboré à *Paris ou le Livre des cent-et-un* (Ladvocat, 1831-1834) et au *Diable à Paris* (Hetzel, 1844-1845).

BRUGNOL (Philiberte Jeanne Louise Breugnot, dite Mme de). — *40-243**.

Fille de Lazare Étienne Breugnot et de Marie Anne Desreaux, née à Aunay-en-Bazois (Nièvre) le 29 messidor an XII [18 juillet 1804], elle signait le plus souvent : Breugnol-Desraux. Balzac en fit : « Mme de Brugnol ». Ses rapports intimes avec Balzac et son influence sur sa création littéraire ont fait l'objet d'études détaillées et contradictoires. Présentée par Marceline Desbordes-Valmore à Balzac en 1840, elle lui sert de prête-nom pour le bail de la rue Basse et devient plus que sa « gouvernante ». Pendant plusieurs années, les relations furent excellentes, Balzac ne tarissant pas sur « le dévouement de Mme de Brugnol », tout en cachant soigneusement sa présence quotidienne à Ève Hanska. Pendant le séjour de 1843 à Saint-Pétersbourg, Balzac lui révéla la présence de « la Montagnarde » à son foyer. Devant les exigences de Mme Hanska, les rapports intimes se gâtèrent ensuite. Mais elle fait encore preuve d'un grand dévouement pendant les voyages de Balzac en 1845. À son retour, Balzac était décidé à la congédier, elle pleura « comme une Magdeleine » et chercha à épouser le sculpteur Elschoect. Le drame éclata après le séjour de Mme Hanska à Paris en 1847, avec l'histoire trouble du « vol » des lettres à Mme Hanska évoquée dans la lettre du 10 juin 1847 au juge Broussais (voir t. III de la présente édition). Balzac s'est souvenu d'elle pour peindre la cousine Bette et la Cibot dans *Le Cousin Pons*. Le 18 mars 1848, son ex-gouvernante épousait Charles Isidore Segault (1794-1868), avec Dablin, Surville et Laurent-Jan pour témoins... En 1870, après son veuvage, elle se retira à la maison de retraite de Sainte-Périne à Paris, où elle est morte le 23 décembre 1874. — Voir André Lorant, « Présence de Mme de Brugnol dans l'œuvre de Balzac », *Cahiers de l'Association internationale des études françaises*, n° 15, 1963, p. 361-377 ; et, du même, l'édition des *Parents pauvres*, Genève, Droz, 1967, t. I, p. 78-97 ; *JS*, n°s 25-30.

BRUNET (Marie *Éliza*, comtesse). — *38-40*.

Sœur du magistrat et écrivain savoyard Léon Ménabréa, elle avait épousé, le 11 août 1822, Gaspard Brunet (1788-1854), qui, créé comte par le roi de Sardaigne en 1834, avait été nommé deux ans plus tard intendant général à Gênes. Sa femme y tenait un petit salon où elle aimait à recevoir les célébrités savoyardes et françaises de passage.

BUISSON (Jean). — *36-182, 37-161*.

Balzac a fait passer à la postérité son tailleur en vantant ses élégantes créations dans *La Comédie humaine* (voir *CH XII*, index, p. 1641). Fils de Philippe Buisson, manouvrier, et de son épouse, née Marie Gardin, il est né dans la commune de Brux (Vienne), le 5 vendémiaire an VI [26 septembre 1797]. Installé 108, puis 112, rue de Richelieu, il fut pour le romancier un banquier, un logeur et un créancier discret. Il est mort à Paris, le 3 avril 1873. — Voir N. Felkay, « Le Tailleur Buisson et les *Études de mœurs* », *AB 1972*, p. 375-380.

CABANELLAS (Charles). — *40-82*.

Ami d'Albéric Second (sur celui-ci, voir t. I de la présente édition, lettre 32-152, n. 2).

CAISSIER DE MM. DE ROTHSCHILD. — 38-29.

CANALÈS (*Marie* Adèle Charlotte). — *36-50, 36-51, 36-72, 36-86*.

Née à Eyx, près de Verdun, le 15 décembre 1797, fille de Charles Marie Canalès-Oglou et de Claudine Collignon, elle avait épousé en premières noces, à une date inconnue, Jules Dominique, marquis d'Asseréto, dont elle eut un fils, né en 1820, qui signera son acte de décès ; en deuxièmes noces, elle épousa Louis Philibert Candide, comte Giaime de Pralognan (?) ; en troisièmes noces, à Meudon, le 20 février 1838, le diplomate danois Joseph Albrecht von Koss (1787-1858). Elle est décédée à Villefranche-sur-Saône le 13 décembre 1884. Sept lettres adressées à Balzac ont été retrouvées dans différents dossiers du fonds Lovenjoul.

CANDOLLE (Augustin Pyrame de). — *36-126*.

Célèbre botaniste suisse, né et mort à Genève (4 février 1778-9 septembre 1841). Après des études de médecine à Paris, il collabora avec Cuvier et Lamarck, et rédigea la 3e édition de la *Flore française* (1805-1815). Dans sa *Théorie élémentaire de botanique* (1813), il prenait parti contre les principes de classification de Linné. Professeur de botanique à Montpellier (1808-1816), il regagna ensuite Genève, où il occupa une chaire d'histoire naturelle, perfectionnant son système de classification « naturelle » des plantes. Ses *Mémoires et souvenirs* ont été publiés par son fils Alphonse en 1862.

CARDONNE (Camille). — *40-216*.

Journaliste né en 1810, il collabora aux *Lettres russes* de la *Revue parisienne* en 1840, Balzac a pensé à lui pour son personnage de Z. Marcas. — Voir la Notice d'Anne-Marie Meininger, *CH VIII*, p. 818-822, et Thierry Bodin, « Autour des *Lettres russes* », *AB 1992*, p. 97-127.

CARRAUD (Estelle *Zulma* Tourangin, Mme François Michel). — *36-75, 36-104, 36-107, 36-153, 36-191, 37-1, 37-9, 37-61, 37-67, 37-76, 37-98, 37-100, 37-155, 38-1, 38-18, 38-33, 38-65, 38-67, 38-71, 38-74, 38-78, 38-80, 38-97, 38-118, 38-121, 39-56, 39-91, 39-235, 39-238, 39-284, 40-72, 40-104, 40-105, 40-108, 40-200**.

Huitième enfant de Rémy Tourangin et d'Élisabeth Courant, elle naquit à Issoudun le 24 mars 1796. Un de ses frères, Victor (1788-1880), fut préfet du Doubs (1833-1848), puis du Rhône (1849), conseiller d'État, sénateur de l'Empire ; un autre, Silas (1790-1874), fut secrétaire du comte d'Argout et député du Doubs. Zulma Tourangin, âgée de treize ans, avait rencontré Honoré Balzac, qui en avait dix, en rendant visite en 1809 à son cousin germain Alix Tourangin, âgé de douze ans, pensionnaire, comme Balzac, au collège de Vendôme (voir la note de Thierry Bodin, *AB 1969*, p. 303-306). À vingt ans, elle épousa à Issoudun, le 20 novembre 1816, son cousin François-Michel Carraud (Bourges, 24 août 1781-Nohan-en-Graçay, 13 février 1864) ; polytechnicien, officier d'artillerie, il avait été fait prisonnier par les Anglais en Italie en 1806 et n'était rentré en France qu'en 1814. Son mari ayant été nommé capitaine à l'école de Saint-Cyr en 1818, Zulma Carraud fit, peu après, la vraie connaissance de Balzac (voir la lettre 38-1). Mais leur amitié ne se noua réellement qu'après l'installation des Surville à Versailles. Disgracié par la révolution de 1830, Carraud fut nommé inspecteur de la Poudrerie d'Angoulême, le 30 juin 1831. Le commandant ayant été mis à la retraite le 11 octobre 1834, le ménage Carraud se retira à Frapesle, près d'Issoudun.

Balzac eut en Mme Carraud une amie dévouée et sûre, qui, souvent, n'hésita pas à lui écrire des lettres d'une franchise assez rude ; leur abondante et remarquable correspondance présente quelques lacunes dues à des dons d'autographes faits par Zulma Carraud. Durant ses séjours à Angoulême et à Issoudun, Balzac trouva les cadres d'*Illusions perdues* et de *La Rabouilleuse*. En 1838, il lui dédia *La Maison Nucingen*. Ce n'est qu'après la mort de Balzac que Mme Carraud se mit à écrire des ouvrages pour la jeunesse. De 1852 à 1868, elle a publié une dizaine de volumes. Elle a survécu à tous ses enfants : trois moururent en bas âge ; Yorick, né le 29 août 1834, a été tué à la bataille de Sedan le 1er septembre 1870 ; seul Ivan (1826-1881), inspecteur général des Eaux et Forêts, a laissé une postérité. Zulma Carraud est morte à Paris le 24 avril 1889.

— Voir M. de Laugardière, *Satellites de Balzac*, Bourges, Dusser et fils, 1941, p. 3-45 ; les notes de M. Bouteron à la *Correspondance de Balzac avec Zulma Carraud*, 2ᵉ éd., Gallimard, 1951 ; André Lebois, « Zulma Carraud *"Best Seller"* », *RHLF*, avril-juin 1960 ; et Thierry Bodin, « Balzac et Zulma Carraud. Du nouveau sur leurs relations », *AB 1969*, p. 303-306.

CASTELLANE (Louis Joseph Alphonse *Jules*, comte de). — *38-5**.

Issu de la branche de Majastre de la famille Castellane (très vieille famille provençale), fils d'un ancien officier, Jules de Castellane naquit à Paris, le 20 juin 1782. Très riche, il se consacra à des entreprises industrielles. En 1813-1814, il prit part aux opérations militaires dans le midi de la France et se fit garde du corps de Pauline Borghèse. Gentilhomme de la cour de Louis XVIII, il fit construire dans le jardin de son hôtel, au 106, rue Saint-Honoré, un théâtre où il donna des représentations mondaines. Très lié avec la duchesse d'Abrantès, Sophie Gay et Delphine de Girardin, il fut quelquefois l'hôte de Balzac (voir *LHB I*, p. 438 et *II*, p. 27-28) qui, en 1846, lui dédia *Les Comédiens sans le savoir*. Il est mort au château des Aygalades, près de Marseille, le 23 février 1861.

CASTRIES (Claire Clémence *Henriette* de Maillé de La Tour-Landry marquise puis, en 1842, duchesse de). — **37-165, 38-11, 38-12, 38-58, 38-69, 39-47, 39-48*.

Née le 8 décembre 1796, elle avait épousé le 29 octobre 1816 Edmond Eugène Philippe Hercule de La Croix, marquis, puis duc de Castries (1787-1866). Le mariage ne fut pas heureux. En 1822, la jeune marquise rencontra Victor de Metternich, fils aîné du chancelier d'Autriche. Une liaison passionnée s'ensuivit. Séparée de fait de son mari, la marquise, le 21 octobre 1827, donne naissance à un fils, Roger, titré baron d'Aldenburg par l'empereur d'Autriche (il mourra le 14 octobre 1906). Peu après, Mme de Castries fait une chute de cheval qui la rend infirme : la colonne vertébrale atteinte, elle marchera désormais avec difficulté. Le 30 novembre 1829, Victor de Metternich meurt de tuberculose. Le cœur brisé, tenue un peu à l'écart par le faubourg Saint-Germain, Mme de Castries va désormais passer sa vie en son hôtel de la rue de Grenelle-Saint-Germain avec des séjours d'été au château de Lormois, près de Montlhéry, chez son père, le duc de Maillé, et en Normandie, au château de Quevillon, chez son oncle, le duc de Fitz-James. Elle aime à s'entourer d'écrivains et d'artistes : Balzac, Janin, Sainte-Beuve, Chasles et Musset seront les hôtes de son salon (voir Ph. Chasles, *Mémoires*, Paris, Charpentier, 1876, t. I, p. 303-308 ; et Vicomtesse de Janzé, *Études et récits sur Alfred de Musset*, Paris, Plon et Nourrit, 1891, p. 153-156). Balzac, en 1832, lui fit une cour pressante ; elle ne le repoussa pas, mais ne lui accorda rien. À la fin d'août, il la rejoignit à Aix-les-Bains ; fidèle au souvenir de Victor de Metternich, elle ne voulut lui donner que son amitié. Maudissant sa « coquetterie », Balzac, désespéré, se réfugia à la Bouleaunière, auprès de Mme de Berny. Cette mésaventure lui inspira la *Confession* du *Médecin de campagne* et *La Duchesse de Langeais*. Leurs relations ne furent cependant pas brisées ; Balzac continua à lui rendre assez souvent visite et lui dédia *L'Illustre Gaudissart* en 1843. Elle est morte le 7 juillet 1861. — Voir Bouteron, p. 92-118 ;

CaB 6, 1928 ; Gabrielle Castel-Çagarriga, « Une aventure inconnue de *La Duchesse de Langeais* » (*Revue des Deux Mondes*, 15 janvier 1958) ; et Duc de Castries, *Papiers de famille*, France-Empire, 1977, p. 417-441. Gérald Antoine a publié des lettres de Mme de Castries à Sainte-Beuve (*RHLF*, 1954, p. 423-451) et Ruth Mulhauser des lettres de Sainte-Beuve à Mme de Castries (*Harvard Library Bulletin*, 1954, p. 340-362).

CAUVIN. — *36-182*.

Brocheur, associé de Werdet dans l'affaire des *Études de mœurs au XIXe siècle*.

CENSIER (*Denis Pierre*). — *39-237*.

Né à Rouen le 6 décembre 1806, licencié en droit en août 1829. Après avoir exercé quelques années le métier d'avocat, il s'engage dans la voie judiciaire : il est substitut à Neufchâtel en 1834, au Havre en 1836, à Rouen en décembre 1838. En l'absence du procureur Antoine Blanche (voir à ce nom) en 1839, c'est lui qui répondit à Balzac. C'est à Rouen qu'il finira sa carrière : juge d'instruction (1847), conseiller à la cour d'appel (1855), il en prendra la présidence en 1875. Il est mort le 2 août 1882.

CHABOT DE BOUIN (Jules). — *39-119*.

Romancier et auteur dramatique (1805-1857), à qui l'on doit de nombreux vaudevilles écrits en collaboration avec Lubize, Scribe, Desnoyers et Lockroy.

CHARPENTIER (Gervais). — *38-72*, 38-92, *38-95*, *38-105*, *38-124*, *38-125*, *38-131*, *39-8*, *39-18*, 39-28, 39-34, 39-71, *39-72*, *39-77*, 39-99, 39-128, 39-246, 39-248, *39-258*, *41-39**.

Éditeur, né le 2 juillet 1805. Ancien commis de Ladvocat, il lui succéda à la fin de 1829. En 1838 il lança, pour concurrencer la contrefaçon belge, sa collection in-18 à typographie compacte, véritable révolution technique, commerciale et éditoriale. Ces volumes étaient vendus 3,50 F et contenaient plus de texte que les romans en deux volumes in-8° à larges blancs vendus en général 15 F. Avant de donner des nouveautés, Charpentier commença par des réimpressions, inaugurant sa collection par la *Physiologie du goût* de Brillat-Savarin et par des romans et nouvelles de Balzac (voir le traité 38-95). Entre octobre 1838 et janvier 1840, Charpentier a publié quinze volumes d'œuvres de Balzac, pour un total de trente-quatre titres (voir Stéphane Vachon, « Nouvelles précisions bibliographiques sur quelques ouvrages de Balzac », *AB* 1991, p. 304-307). Quelques années plus tard, la *Bibliothèque Charpentier* comptait plusieurs centaines de volumes, assurant par son bas prix une diffusion beaucoup plus large du livre. La plupart des grands romantiques ont été édités ou réédités chez Charpentier : Marceline Desbordes-Valmore, Gautier, Mérimée, Alfred de Musset, Nodier, Sainte-Beuve, etc. Éditeur libéral, Gervais Charpentier a publié sous le Second Empire plusieurs brochures concernant le commerce du livre. Il est mort à Paris le 14 juillet 1871. Son fils Georges (1846-1905) qui lui succéda fut l'ami de Flaubert, des Goncourt et des peintres impressionnistes. Très mondain, il fit, avec sa femme, du « salon Charpentier » l'un des plus brillants de la IIIe République. Quelques années avant sa mort, il vendit le fonds de sa librairie à Eugène Fasquelle. — Voir Michel Robida,

Le Salon Charpentier et les Impressionnistes, Bibliothèque des arts, 1958.

CHARPIGNON (Dr Louis Joseph *Jules*). — *41-83*.

Né en 1815, issu d'une vieille famille orléanaise. Reçu docteur en médecine à Paris, il revint exercer dans sa ville natale où il mourut en 1886. Outre ses travaux sur le magnétisme, il publia de nombreux ouvrages et opuscules témoignant de son intérêt pour l'archéologie et l'histoire. — Voir Madeleine Ambrière, « Balzac penseur et voyant », *L'Artiste selon Balzac*, cat. de l'exposition, Maison de Balzac, Paris-Musées, 1999, p. 70-73.

CHARTIER (Camille). — *41-128*.
Solliciteur.

CHASSAIGNE (Léon). — *39-211*.
Propriétaire à Bergerac.

CHEVALET (Émile). — **36-36*.

Né à Levroux (Indre) le 1ᵉʳ novembre 1813 ; après avoir fait ses études aux collèges d'Issoudun et de Bourges, il devint clerc de notaire ; à dix-neuf ans il écrivit son premier roman, *Amélie ou la Grisette de province*. Malgré les conseils de Balzac, il tenta la fortune littéraire à Paris ; pour vivre il dut se placer comme précepteur. Ayant épousé la fille d'un colonel il obtint un emploi au ministère de la Guerre. Son roman *Le Pourvoi en grâce* a été édité en 1836 chez Pougin. Il a publié de nombreux ouvrages d'histoire politique et militaire et un roman, *La Quiquengrogne*, précédé d'une lettre de Victor Hugo (1846). Retraité comme chef de bureau en 1866, il est mort en 1894. — Son fils a fait paraître dans *L'Avenir républicain* (journal d'Issoudun, n° 8, jeudi 21 juin 1894) un article inédit d'Émile Chevalet rédigé en 1848, intitulé « De Balzac et Proudhon », où il se montre assez sévère sur le style de Balzac qui serait « le résultat d'une longue et pénible gestation ».

CHEVYRIOV (Stepan Petrovitch). — *39-98*.

Journaliste russe (1806-1864) reçu par Balzac aux Jardies le 1ᵉʳ juin 1839. Son récit, qui mélange le russe et le français, a été publié plusieurs fois en russe ; à une version française parue dans la *Revue de littérature comparée* en 1935, on préférera : « Une visite chez Balzac », dans *Balzac dans l'Empire russe. De la Russie à l'Ukraine*, cat. de l'exposition (6-11 avril 1993), Maison de Balzac, Paris-Musées et Des Cendres, p. 168-173 (texte du manuscrit de Chevyriov, conservé à la Bibliothèque nationale de Russie à Saint-Pétersbourg où les passages écrits en russe sont traduits par Anne Klimoff).

COLLA (Arnoldo). — *37-142, 38-47**.
Avocat piémontais, fils du suivant.

COLLA (Luigi). — *36-164, 37-140, 37-142, 38-3*.
Avocat piémontais (Turin, 1766-1848), membre du gouvernement provisoire, sénateur du royaume. Il se passionnait pour la botanique et cultivait des fleurs rares dans son jardin de Rivoli. On lui doit un *Herbarium pedemontanum* (1833, 7 vol.).

COMMISSAIRE (UN). — *38-103*.

COMPOSITEUR (UN). — *37-97*.

CONSIDÉRANT (Prosper *Victor*). — *40-231**.

Né à Salins le 12 octobre 1808, mort à Paris le 27 décembre 1893, il entra en contact avec le groupe fouriériste dès ses études au lycée de Besançon. Admis à Polytechnique, en 1826, capitaine du génie, il quitte l'armée en 1833 pour se lancer dans le journalisme et la propagande sociale. Il fonde successivement *La Réforme industrielle ou le Phalanstère* (7 décembre 1832-28 février 1834), *La Phalange* (10 juillet 1836-juillet 1843), puis un quotidien, *La Démocratie pacifique* (1ᵉʳ août 1843-30 novembre 1851); député à la Constituante de 1848 et à la Législative de 1849, il est proscrit après la journée du 13 juin 1849. Il tente ensuite de fonder au Texas une société phalanstérienne et rentre en France en 1869. Il a publié de nombreux ouvrages inspirés de la doctrine de Fourier: *Destinée sociale* (3 vol, 1834-1844), *Manifeste de l'École sociétaire* (1841), *Principes du socialisme* (1847), etc. C'est Toussenel (voir à ce nom) qui l'avait mis en relation avec Balzac, pour un projet de collaboration à *La Phalange* en 1840. En 1843, la princesse Belgiojoso avait servi d'intermédiaire en vue de la publication d'un feuilleton balzacien dans *La Démocratie pacifique*; les deux projets échouèrent.

CONSTANTIN (Auguste). — *38-38*.

Jeune poète genevois, âgé de vingt et un ans en 1838, il proposa à Balzac de devenir son secrétaire.

CONSTANTIN (Laurent). — *37-35*.

Demi-frère du comte Emilio Guidoboni-Visconti; leur mère Jeanne Patellani (morte en 1836) avait épousé en premières noces le comte Pietro Guidoboni-Visconti, dont elle avait eu le comte Emilio et une fille Massimilla, devenue par mariage la baronne Galvagna; après son veuvage, elle s'était remariée avec un Français, Pierre Antoine Constantin, père de Laurent.

Constitutionnel (rédacteur en chef du journal *Le*). Voir VÉRON.

Constitutionnel (prote du journal *Le*). — *38-83*.

CONTI (Charles *Étienne*). — *38-37*.

Né à Ajaccio le 31 octobre 1812, il est mort à Paris le 13 février 1872. Avocat, journaliste, député en 1848, il devint secrétaire de Napoléon III à la mort de Mocquard (1864). — Voir la notice de M. Parturier dans Mérimée, *Correspondance générale*, 2ᵉ série, Toulouse, Privat, t. II, p. 285.

CORDAY (Aglaé de Postel, Mme Jules de). — *37-89*.

Née en 1796, elle a publié quelques volumes: *Dix mois en Suisse* (Louviers, 1839), *Les Deux Sœurs*, poème (s. l., [vers 1839]) et, après la mort de Balzac, *Les Fleurs neustriennes*, poésies (Mortagne, 1855-1857).

CORNUAULT (Charles). — *38-56*.

Marchand de papier, fournisseur créancier de la *Chronique de Paris*. Balzac imprimeur était déjà son client en 1827-1828; c'est également lui qui avait fourni le papier pour l'impression du troisième dixain des *Contes drolatiques* (voir t. I de la présente édition, 34-41).

COURTOIS (Mme Veuve). — *40-143*.

Marchande de porcelaines, à l'enseigne du « Sacrifice d'Abraham », rue des Fossés-Saint-Germain-des-Prés.

COUTURIER DE SAINT-CLAIR (*Adolphe* Lazare, comte). — *39-53*.

Né à Lyon le 19 décembre 1786, colonel des gardes du corps, il épousa Caroline Rumbold en 1828 (voir l'entrée suivante). Il est mort en 1847.

Couturier de Saint-Clair (Caroline Rumbold, comtesse Adolphe).
— 37-108, 37-112, *38-10*, *38-64*, *38-68*, *38-84*, 38-87.

Fille de Sir George Berriman Rumbold (1764-1807), diplomate anglais, et de Caroline Hearn (morte en 1826), elle naquit le 20 février 1794. Sa mère, après son veuvage, s'était remariée en 1809 avec l'amiral Sir Sidney Smith (1764-1840), le défenseur de Saint-Jean-d'Acre en 1799. Caroline Rumbold avait épousé, le 16 février 1828, Adolphe Couturier de Saint-Clair. Sa sœur Émilie (voir *LHB I*, p. 211, 421, 480 et notes) était la femme de Ferdinand, baron Delmar, banquier allemand établi à Paris. Balzac avait fait la connaissance de Mme Couturier de Saint-Clair à Poissy, et celle-ci lui avait proposé un traité de traductions de ses œuvres avec des revues anglaises (*LHB I*, p. 421). Il lut chez elle *L'École des ménages*, au début de mars 1839. Elle est morte en 1847.

Crété (imprimerie). — *41-108*.
Crété (*Louis* Simon). — 40-160, 41-70, 41-81, 41-86, 41-112.

Breveté à Créteil imprimeur en lettres le 6 avril 1829, succédant à la veuve Gelé, démissionnaire, il a également été breveté imprimeur lithographe, le 4 septembre 1829. Démissionnaire, il a été remplacé, pour ses deux brevets, le 30 avril 1869, par son fils Jules Anselme. Il acheva l'impression des *Mémoires de deux jeunes mariées* commencée à Paris par la veuve Porthmann. Le nom de l'imprimerie de Crété figure également sur les éditions de quatre autres romans de Balzac : *Le Sorcier* (1837), *Dom Gigadas* (1840), *Pierrette* (1840) et *Catherine de Médicis expliquée* (1842).

Crétineau-Joly (*Jacques* Augustin Marie). — 40-232.

Historien et journaliste, né à Fontenay-le-Comte le 23 septembre 1803, mort à Vincennes le 1er janvier 1875. Vendéen et légitimiste, il est surtout connu pour son *Histoire de la Vendée militaire* (1840-1842, 4 vol.) et pour ses publications d'histoire religieuse : *Histoire religieuse, politique et littéraire de la Compagnie de Jésus* (1844-1846, 6 vol.).

Curmer (Henri Léon). — 38-123, 39-54?, *39-79*, 39-80, 39-113, *39-116*, 39-117, 39-118, 39-135, *39-184*, 39-242, 39-251, 39-263, *39-268*, *39-270*, 39-280, 40-282, 41-44.

Né à Paris le 17 novembre 1801, il avait fait des études de notariat avant de se consacrer à la librairie. Breveté en 1834, après avoir publié des livres d'histoire, il consacra l'essentiel de ses activités à des livres illustrés. Une de ses plus belles réussites fut le *Paul et Virginie* de Bernardin de Saint-Pierre illustré de 450 vignettes et de 37 planches par les plus grands artistes romantiques, publié en trente livraisons d'octobre 1836 à décembre 1837. Il obtint la collaboration de Balzac qui publia dans *Les Français peints par eux-mêmes* cinq articles : *L'Épicier*, *La Femme comme il faut*, *Le Notaire*, *Monographie du rentier*, *La Femme de province*. Léon Curmer est l'auteur de plusieurs ouvrages : *Histoire nationale de la Révolution française* (sous le pseudonyme de C. Neilson, en collaboration avec A.-R. Bouzenot, 1834), *De l'établissement des bibliothèques communales en France* (Guillaumin, 1846), etc. C'est Balzac qui l'avait parrainé à la Société des gens de lettres en 1839. Léon Curmer est mort à Passy le 29 janvier 1870.

Custine (Astolphe, marquis de). — *36-117*, *38-44*, *38-45*, *38-70*, *38-98*, *38-101*, *39-11*, *39-12*, *39-37*, *39-44*, *39-45*, *39-64*, *39-65*, *39-269*, *39-311*, *40-84*, *41-22**.

Fils de Delphine de Sabran, l'amie de Chateaubriand, et petit-fils du général de Custine guillotiné en 1793, il naquit au château de Niderviller (Moselle) le 18 mars 1790. Aristocrate intelligent et cultivé, il fut mis à l'index par le monde à la suite d'une affaire de mœurs qui fit scandale (1824). Grand voyageur, remarquable épistolier, il a publié des volumes d'impressions de voyages, *Mémoires et voyages* (1830, 2 vol.), qui attirèrent l'attention de Balzac (voir t. I de la présente édition, lettre 30-33 et n. 3) ; *L'Espagne sous Ferdinand VII* (1838, 4 vol.) et surtout *La Russie en 1839* (1843, 4 vol.), qui eut un retentissement considérable. Sa pièce *Beatrix Cenci*, créée à la Porte Saint-Martin par Frédérick Lemaître et Marie Dorval, le 25 mai 1833, ne fut pas un succès. Balzac, qui avait rencontré Custine dans différents salons depuis 1832, noua avec lui des relations plus étroites en 1835 ; il fut souvent l'hôte du marquis dans son hôtel du 6, rue de La Rochefoucauld, où en 1839 il lut sa pièce *L'École des ménages*. Après la publication de *La Russie en 1839*, Balzac, craignant pour Mme Hanska et pour lui des rapports de la police tsariste, cessa pendant quelque temps de le voir, rayant par prudence la dédicace à Custine du *Colonel Chabert*. Rassuré, il lui dédia en 1846 *L'Auberge rouge* et songea un moment, la même année, à lui acheter sa propriété de Saint-Gratien. Astolphe de Custine est mort à Paris le 25 septembre 1857. — Voir Marquis de Luppé, « Custine, héros de Balzac » (*Le Figaro littéraire*, 11 juin 1955) ; Pierre de Lacretelle, *Marquis de Custine, souvenirs et portraits* (Monaco, Éd. du Rocher, 1956) ; Marquis de Luppé, *Astolphe de Custine* (Monaco, Éd. du Rocher, 1957) ; Charles Dédéyan, « Balzac et Astophe de Custine à Vienne », *AB 1981*, p. 237-244 ; Michel Cadot, « Quelques nouvelles données sur Custine et la Russie », *AB 1993*, p. 7-19. L'ensemble des lettres échangées entre Balzac et Custine a été publié par Roger Pierrot : « Balzac et Astolphe de Custine, lecture critique de leurs œuvres dans la correspondance échangée de 1835 à 1846 », *AB 2008*, p. 105-138.

DABLIN (Théodore). — *36-6, 36-12, 36-70, 36-87, 36-93, 36-102, 36-175, 36-194, 37-13, 37-78, 40-51, 40-122.

Né à Rambouillet le 3 février 1783, le quincaillier établi rue Saint-Martin était un ami de la famille Balzac. Il fut « le premier ami » du romancier comme celui-ci l'a écrit en lui dédiant, en 1845, la 4ᵉ édition des *Chouans*. Cultivé, ayant le goût des arts, il se retira des affaires en 1825 et s'installa 32, rue de Bondy (devenue la rue René-Boulanger), consacrant ses loisirs au prêt sur gages à taux modéré et au bric-à-brac, réunissant une belle collection d'objets d'art. Dans son testament il léguait une partie de ses collections au musée du Louvre (voir *Les Donateurs du Louvre*, RMN, 1989, p. 181) et offrait à Valentine Surville — nièce de Balzac — « deux vases en émail de Chine à large vasque fond bleu... [que] Balzac aimait beaucoup » (Lov., A. 378 bis, f° 368 bis). De l'aveu même de Balzac (*LHB II*, p. 182), Dablin est l'original de Pillerault dans *César Birotteau*. Il est mort à Paris, le 1ᵉʳ avril 1861. — Voir Madeleine Fargeaud, « Le Premier Ami de Balzac : Dablin », *AB 1964*, p. 3-24.

DALIBERT (Mme Veuve). — *39-231*.

Auteur d'une brochure intitulée *La Nouvelle Jérusalem ou le Pha-*

lanstère; ou De l'union définitive de la religion et de la science (Librairie sociale, 1839).

DANGEST. — *37-137*.

Propriétaire du logement occupé par Balzac, rue des Batailles à Chaillot.

DARU (E.). — *41-136*.

Ami de Balzac qui ne semble pas lié à la famille de Martial Daru.

DAURIAT (Louise). — *39-232*.

Femme de lettres dont l'engagement pour le respect du droit social des femmes fut constant. Sa première publication semble avoir été une *Lettre à MM. les auteurs qui ont critiqué l'ouvrage posthume de Mme de Staël, intitulé: "Considérations sur les principaux événements de la Révolution française"*, Mongie aîné, 1818. En 1837, sa *Demande en révision du Code civil, adressée à Messieurs les membres de la Chambre des députés* (chez l'auteur, in-8° de 30 p.) fit sensation. — Voir l'entrée « Dauriat, Louise », *Dictionnaire biographique du mouvement ouvrier*, Les Éditions de l'Atelier, t. 44, 1997.

DAUVERGNE (Anatole). — *37-116, 37-118*.

Peintre, sculpteur, archéologue et écrivain d'art, né et mort à Coulommiers (28 septembre 1812-13 avril 1870), élève de Gérard, il exposa pour la première fois au Salon de 1837 et se consacra à la décoration d'églises et à la restauration de fresques anciennes. Il a publié des *Études historiques et archéologiques sur la ville de Coulommiers* (Coulommiers, 1863). — Voir Mérimée, *Correspondance générale*, 2ᵉ série, Toulouse, Privat, t. VI, p. 223.

DAVID (Jules François *Amyntas*). — *41-111**.

Fils de Pierre David (1772-1846), le diplomate acquéreur de la *Vénus de Milo*, il naquit le 2 juin 1811 à Travnik, en Bosnie, où son père était consul général. Se destinant d'abord à la carrière consulaire, en Orient, il avait suivi les cours d'arabe de Silvestre de Sacy à l'École des langues orientales. Il se lança dans la littérature, publiant, à partir de 1835, de nombreux romans: *Lucien Spalma* (Lecointe et Pougin – Abel Ledoux, 1835), *La Duchesse de Presles* (Werdet, 1836), *Le Club des désœuvrés* (Werdet, 1838), *Jacques Patru* (Werdet, 1840), etc. Rédacteur en chef du *Commerce*, il y accueillit *Une ténébreuse affaire* en 1841. En 1843, il dirigeait *Le Parisien*, puis avec Charles Didier *Le Parisien-L'État* où parut *Esther et David Séchard*. En date du 25 novembre 1843, Charles Didier notait dans son journal: « Werdet me vient raconter sa rupture avec David qu'il avait reçu chez lui, qui lui a pris une femme [Joséphine Beix, épouse séparée de J.-F. Duhalde] avec laquelle il vivait depuis 28 ans. Ce commerce en partie double a duré 7 ans. David en a eu un enfant qui est mort. W[erdet] les a mis à la porte tous les deux. La femme a 48 ans et David 32 » (cité par Maurice Regard, « Balzac et Charles Didier », *RSH*, juillet-septembre 1955, p. 369-370). Après la mort de son père (1846), il entra dans l'administration des ports du Bassin parisien. Il est mort le 1ᵉʳ juin 1890. En dehors de ses romans de jeunesse, il a publié plusieurs ouvrages d'orientalisme. — Voir ici l'entrée Duhalde ; et Felkay, p. 228-232.

D'AVOT. Voir AVOT.

DÉADDÉ (Édouard, dit Saint-Yves). — **37-117, 38-81*.

Journaliste, librettiste et vaudevilliste (1810 ?-juin 1872), il a écrit une centaine de pièces sous le pseudonyme de Saint-Yves et avec divers collaborateurs ; on lui doit également de nombreux romans-feuilletons. Balzac fit sa connaissance quand, très jeune, il faisait ses débuts de journaliste à *La Silhouette* où quelques articles sont signés de ses initiales É. D. Il collabora ensuite à la *Gazette musicale*. Ses premières pièces ont été écrites en collaboration avec Victor Ratier. Nous le retrouvons souvent cité sous ses initiales, en 1838, dans des lettres d'Armand Pérémé (voir à ce nom), pour des projets théâtraux dont le détail nous échappe. Il a été directeur du théâtre de la Porte Saint-Antoine.

DÉFENSEUR DE *Vautrin* (UN). — *40-85*.

DELANNOY (Françoise *Joséphine* Doumerc, Mme Marc). — *37-106*, 37-153, *38-27*, *38-122*, 39-22, 39-103, *39-120*, 39-162, 39-240, 39-250, 40-26, 40-41, *40-58*.

Joséphine Doumerc (1783-1854), sœur d'Auguste Doumerc (1776-1838), était la fille cadette de Daniel Doumerc (1738-1816), fournisseur aux armées et, comme son fils, protecteur de B.-F. Balzac. Compagne d'enfance de la mère de Balzac, dont elle était de cinq ans la cadette ; elle fut toujours une amie sûre et attentive. Elle avait épousé, le 11 mai 1800, Marc Delannoy (mort en 1827), également munitionnaire aux armées. Les folles dissipations de Léon de Montheau, époux de leur fille unique, Camille, mirent Mme Delannoy dans la gêne, provoquant en 1834 une demande de Camille en séparation de biens (voir, au tome I, le Répertoire à son nom).

Mme Delannoy, qui avait fait des prêts généreux à Balzac, signa avec lui un contrat, en date du 30 juin 1837, où il reconnaissait lui devoir 28 514 F, promettant de la rembourser en trois ans (Lov., A. 313, f° 242). Cette promesse fut loin d'être tenue et, en juin 1840, remettant à son avoué Gavault la longue liste de ses dettes, il inscrira encore les 30 000 F dus à Mme Delannoy sous la rubrique « Créances amies, et qui se liquideront en dernier ». Ce n'est qu'en septembre 1849, plus de vingt ans après les premières avances faites par sa créancière, qu'il la remboursera grâce à l'argent de Mme Hanska, seulement après avoir reçu une lettre de Mme Delannoy qui lui annonçait en être réduite à la vente de ses souvenirs (voir t. III de la présente édition, la lettre de Balzac à sa mère en date du 14 septembre 1849). En 1839, il lui avait dédié *La Recherche de l'Absolu*, après avoir déclaré dans une lettre (*LHB* I, p. 444) qu'elle était sa « seconde mère ».

DELAUNAY (André *Hippolyte*). — *41-28*.

Devenu cogérant de *L'Artiste* le 9 mai 1837, alors qu'Achille Ricourt, fondateur du journal dans une situation financière précaire, avait dû former une société en nom collectif. Le 13 juin 1839, Ricourt était évincé et Delaunay devenait seul propriétaire de *L'Artiste*. Il a cédé la place à Arsène Houssaye en 1845, après la fusion de *L'Artiste* et de la *Revue de Paris* (voir M. Regard, *Gustave Planche*, t. II, 1956, p. 125-126). *Une scène de boudoir* est le seul texte de Balzac publié dans *L'Artiste* durant la direction d'Hippolyte Delaunay.

DELESTRE-POIRSON (Charles Gaspard Poirson, dit). — *37-146*, 38-22, *38-23*, 38-26, 38-28, *39-73*, 40-4*.

Vaudevilliste né à Paris le 22 août 1790, mort le 19 novembre 1859. Il fut de 1820 à octobre 1844 directeur du théâtre du Gymnase, qu'il avait placé jusqu'à la révolution de 1830 sous le patronage de la duchesse de Berry en lui donnant le nom de Théâtre de Madame.

DELLOYE (Henry Louis). — *36-174, 37-21, 37-77, 38-17, 38-55, 38-72, 38-75, 38-95, 38-124, 38-125, 39-18, 40-64, 40-73, 40-91.*

Né à Valenciennes en 1787, il était en 1830 major du 4e régiment de la garde royale ; légitimiste ardent, il démissionna après la révolution de Juillet pour se lancer dans l'édition en association avec son beau-frère Charles de Rungs et avec Victor Lecou. Une de ses plus grandes entreprises de librairie fut le contrat signé le 22 mars 1836 avec Chateaubriand pour l'exploitation de ses œuvres et la publication des *Mémoires d'outre-tombe*. Il édita également en 1837 les *Œuvres* d'Alfred de Vigny et en 1838 celles de Victor Hugo, mais fit faillite en juin 1839. Après la grosse avance faite à Balzac en 1836, Delloye et son associé Lecou, devant le peu de succès remporté par les *Études philosophiques*, cédèrent avec habileté leurs droits à d'autres éditeurs, Souverain en particulier, et rentrèrent, semble-t-il, dans leurs avances. Delloye est mort à Ermont le 21 octobre 1846. — Voir Nicole Felkay, « Henri-Louis Delloye, éditeur de Chateaubriand, Balzac, Victor Hugo, et *al.* », *Nineteenth-Century French Studies*, vol. XVIII, 3-4, printemps-été 1990, p. 336-347.

DELORD (Taxile). — *39-92.*

Journaliste et écrivain d'origine protestante, né à Avignon le 25 novembre 1815. Après avoir achevé ses études à Marseille, il écrivit dans *Le Sémaphore* ; il vint à Paris en 1837, collabora au *Vert-Vert*, puis au feuilleton littéraire du *Messager*. En 1842, il devint rédacteur en chef du *Charivari*. Sous le Second Empire, il tint la chronique littéraire du *Siècle*. Candidat de gauche dans le Vaucluse, Taxile Delord, battu en 1869, fut élu en 1871 et vota les lois en faveur de la République. Non réélu en février 1876, il est mort le 16 mai 1877. Il a donné plusieurs « types » aux *Français peints par eux-mêmes* (*Le Provençal*, *Le Chicard*, *La Femme sans nom*), publié une *Physiologie de la parisienne* (1851) ; quelques-unes de ses critiques littéraires ont été réunies sous le titre *Les Troisièmes Pages du journal « Le Siècle »* (1861). Il publia de 1868 à 1875 une *Histoire du Second Empire* en six volumes. Le 21 août 1850, jour des obsèques de Balzac, en post-scriptum à sa *Revue littéraire* dans *Le Peuple de 1850*, il écrivait : « nous apprenons la mort de M. de Balzac. [...] C'est une perte pour les lettres et, disons-le, pour la Révolution [...]. M. de Balzac ne partageait aucune de nos opinions politiques ou philosophiques, et pourtant il a contribué, sans s'en douter, à ébranler la vieille société ». — Voir Stéphane Vachon, *1850. Tombeau d'Honoré de Balzac*, Paris et Montréal, Presses universitaires de Vincennes, 2007, p. 108.

DENOIS (Étienne Henri Ferdinand, baron). — *37-41, 37-136*.*

Né à Paris le 16 janvier 1792, mort au château de Villebon (Eure-et-Loir) le 8 août 1861, le baron Denois fut pendant de longues années consul général de France à Milan. Pendant les journées de 1848, il obtint du maréchal Radetzky, commandant des troupes autrichiennes, qu'il renonce à bombarder la ville insurgée.

Répertoire des correspondants 1333

— Voir H. Prior, « Balzac à Milan », *Revue de Paris*, 15 juillet 1925, p. 307-308.
DERAY (Pierre). — *36-183, 36-196*.
Propriétaire de la maison louée par Balzac, rue Cassini.
DERIÈGE (Félix). — *39-275, 39-276*.
Né en 1810, journaliste et écrivain, ami d'Alfred Francey, codirecteur-gérant du *Livre d'or*, on lui doit une *Physiologie du lion* illustrée par Gavarni et Daumier (Delahaye, 1842). Collaborateur assidu du *Siècle*, Félix Deriège est l'auteur des *Mystères de Rome* publiés avec grand succès en feuilleton dans *Le Siècle* (1847), et chez Souverain (1850, 7 vol.). Il est mort en 1872.
DESESSART (Louis). — *41-78*.
Éditeur parisien, installé au 15, rue des Beaux-Arts. Entre 1836 et 1847 il publia une centaine de volumes, notamment des œuvres de Gautier, Frémy, Ourliac, Sand et Sandeau.
DESMORTIERS (Louis Henri). — *39-183*.
Né à Morestais (Charente inférieure) le 5 novembre 1782, il fut d'abord avocat au barreau de Paris en 1805, avant de devenir président des tribunaux civils d'Arcis-sur-Aube, puis de Corbeil. Peu avant la révolution de 1830, il fut nommé conseiller à la cour royale de Paris ; le gouvernement de Louis-Philippe l'appela aux fonctions de procureur du Roi près le tribunal de première instance de la Seine. On lui doit notamment la fermeture des clubs saints-simoniens. Il fut député de la Charente inférieure entre 1834 et 1848. Il mourut le 1er juillet 1869. — Voir *Dictionnaire des parlementaires français [...] (1789-1889)*, A. Robert, C. Cougny et E. Bourloton dir., Borl, 1889-1891, t. II, entrée Desmortiers.
DESNOYERS (Louis). — *38-111, 38-112, 38-136, 38-140, 38-141, 39-1, 39-10, 39-24, 39-75, 39-78, 39-84, 39-85, 39-247 ?, 39-253, 39-277, 39-278, 39-279, 39-299, 39-303, 39-306, 40-1, 40-7, 40-8, 40-9, 40-10, 40-12, 40-16, 40-18, 40-19, 40-20, 40-55, 40-56, 40-87, 41-26*.
Journaliste et romancier né en 1805 et mort en 1868. Après la disparition du *Journal rose* en octobre 1830 (voir t. I de la présente édition, lettre 30-16, n. 1), il devint rédacteur en chef de *La Caricature* en mai 1832, après le décès d'Auguste Audibert (25 avril 1832 ; voir *ibid.*, lettre 32-96, n. 1), puis du *Charivari* ; dans ces trois journaux, il signait d'un nom familier aux lecteurs de *La Comédie humaine* : DERVILLE (ou DERV.). Il a aussi collaboré au *Figaro*. Armand Dutacq, fondateur du *Siècle* (1er juillet 1836), lui confia la direction littéraire du journal, poste qu'il conserva jusqu'à sa mort. En tant que directeur du *Feuilleton du Siècle*, Desnoyers fut en rapports étroits mais souvent conflictuels avec Balzac, qui supportait mal ses censures morales ou politiques. Desnoyers est considéré comme le véritable fondateur de la Société des gens de lettres dont il fut le premier vice-président. Son roman le plus célèbre, *Les Aventures de Jean-Paul Choppart*, a été publié en 1834. — Voir Nicole Felkay, « Louis Desnoyers et *Le Charivari* », *AB 1984*, p. 107-131.
DOLOY (Pierre Joseph Aimé). — *40-172*.
Breveté imprimeur à Saint-Quentin, le 21 août 1841. Il avait envisagé en 1840 de reproduire des romans de Balzac dans *Le Courrier de Saint-Quentin*, journal local, qu'il dirigeait également. — Voir *Corr. Sand*, V, p. 867.

DORVAL (Marie Delaunay, dite). — 41-135, 41-148*.

Les rapports de Balzac et de la grande comédienne romantique (Lorient, 7 janvier 1798-Paris, 20 mai 1849) ne furent jamais très suivis. Il en avait, semble-t-il, entendu dire peu de bien pendant son séjour à Nohant en 1838 (*LHB I*, p. 443). En décembre 1841, Marie refusa le rôle de Faustina Brancadori des *Ressources de Quinola*. De temps en temps, Balzac allait la voir jouer, par exemple dans *Marie Jeanne* en décembre 1845. En 1848, il lui proposa le rôle de Gertrude dans *La Marâtre* et le lui retira sur les instances d'Hostein, directeur du Théâtre-Historique, avant d'envisager avec elle d'autres projets dramatiques ruinés par le départ de Balzac pour l'Ukraine. — Voir Francis Ambrière, *Mademoiselle Mars et Marie Dorval au théâtre et dans la vie*, Seuil, 1992.

DRIGON DE MAGNY (Édouard). — *39-21.*

Généalogiste né en 1824, auteur d'un *Nobiliaire de Normandie*, Rouen, Librairie héraldique, 1863-1864, 2 vol.

DRUY (Constantin). — *38-94*?

Né le 19 juillet 1789 à Bois-le-Duc (Pays-Bas), il entra très jeune dans la carrière militaire, sous les drapeaux français. Sévèrement blessé lors d'une action héroïque en 1811, en Espagne, il fut fait prisonnier. Rentré de détention en 1814, il fut affecté à la garde royale et accompagna Monsieur, futur Louis XVIII, en Belgique. À la Restauration, ses services lui valurent le poste de concierge au palais du Louvre. Louis-Philippe lui confiera la charge de régisseur du domaine de Saint-Cloud. Il est mort le 25 mars 1863.

DUBOCHET (Jacques-Julien). — *41-33, 41-40, 41-98*.*

Libraire vaudois, cousin et éditeur de Rodolphe Töpffer, il est né à Montreux en 1798 et mort à Paris en septembre 1868. Il fonda à Paris en 1820 la Société helvétique de bienfaisance et fut ensuite membre actif de la Charbonnerie en Alsace. Éditeur, il participa à la fondation du *National* et avec Paulin fonda *L'Illustration* en 1843. Associé d'Hetzel et de Paulin, son nom figure sur les seize premiers volumes de *La Comédie humaine*. On lui doit également de nombreux livres illustrés, tels *Gil Blas*, *Don Quichotte* et le *Jérôme Paturot* de Charles Reybaud, illustré par Grandville (1846). Il fut en 1867 commissaire de la section suisse à l'Exposition universelle de Paris. — Voir Jacques Pannier, « Un libraire protestant à Paris il y a cent ans : J.-J. Dubochet », *Bulletin de la Société de l'histoire du protestantisme français*, 1941, p. 46-51 ; et la notice de J. Bonnerot dans Sainte-Beuve, *Correspondance*, Delamain et Boutelleau, 1938, t. III, p. 384.

DUCKETT (William). — *36-156, 36-157, 36-192.*

D'origine irlandaise, né à Paris le 12 décembre 1803, il y est mort le 20 mai 1863. Après avoir fait son droit, il devint rédacteur au *Constitutionnel*. Il a publié de 1832 à 1839 le *Dictionnaire de la conversation et de la lecture* (52 vol. in-8°) dont la 70ᵉ livraison (t. XXXV, mai 1837) contient six articles de Balzac sur les rois Louis XIII à Louis XVIII. On lui doit de nombreuses traductions de l'anglais et de l'allemand, en particulier l'*Histoire de la littérature ancienne et moderne* de Frédéric Schlegel (1829, 2 vol. in-8°). Le 1ᵉʳ mai 1834, la société en commandite William Duckett et Cie avait été fondée pour la publication du journal la *Chronique de Paris*,

Répertoire des correspondants 1335

et avait été ensuite rachetée par Max de Béthune avant que Balzac à la fin de 1835 s'engage à en assumer direction et responsabilité financière. Duckett se retira en mars 1836 et fut l'un des créanciers de Balzac les plus acharnés. Les *Souvenirs de la vie littéraire* de Werdet donnent quelques anecdotes sur les relations peu amènes de Balzac avec Duckett où ce dernier est présenté comme un homme d'esprit et de cœur froissé par les mauvaises manières de Balzac. — Voir Marcel Françon, «Note balzacienne, William Duckett», *Symposium*, 1959, p. 102-105; Nicole Felkay, «Autour de la *Chronique de Paris* (1834-1837)», *AB 1970*, p. 356-359; la note biographique de J. Savant (*Louise la mystérieuse, ou l'Essentiel de la vie de Balzac*, n° 27, 1972, p. 44) donne des précisions sur le père et le fils, qui avaient le même prénom.

DUFFAULT. — *36-45*.
Caissier de l'imprimerie d'Adolphe Éverat.

DUFOUR (Sélim). — *36-20, 36-22*, 36-97, *36-98*, 36-100.
Fils d'un commis de la marine, il est né à Cherbourg le 18 mars 1799. Installé à Saint-Pétersbourg dès 1826, il s'associa à un libraire français, Ferdinand Bellizard, avec lequel il fonda la librairie Bellizard, Dufour et Cie, 1 *bis*, rue de Verneuil, spécialisée dans l'exportation des livres français vers la Russie. En 1832, les deux hommes créèrent dans la capitale russe la *Revue étrangère*; de Paris, Dufour envoyait à Bellizard de la copie, découpée dans les revues parisiennes ou des épreuves communiquées par Buloz ou ses confrères. L'envoi d'épreuves non corrigées du *Lys dans la vallée* provoqua le procès de Balzac avec Buloz et la mise en cause de Dufour (voir «Historique du procès auquel a donné lieu Le *Lys dans la vallée*», *CH IX*, p. 917-966). En 1852, Dufour s'associa aux frères Brandus pour reprendre la fameuse *Revue et gazette musicale*. Il est mort, ruiné, à Paris le 25 juillet 1872.

DUHALDE (Marie-Louise *Joséphine* Beix, Mme Jean-François). — **36-138*.

Née à Paris le 18 octobre 1795, épouse, depuis 1812, de Jean-François Duhalde, médecin à Auxy, non divorcée, elle vivait maritalement avec Werdet. Ils avaient eu, le 28 décembre 1817, une fille illégitime Marie Pauline Werdet, déclarée comme la fille de Marie-Louise Giroux, c'est-à-dire la mère de Joséphine. Elle vécut de longues années avec Werdet, faisant preuve d'un grand dévouement, avant de lui être enlevée, en 1843, par Jules Amyntas David (voir à ce nom). Veuve, elle épousa David et vécut avec lui jusqu'à sa mort le 14 janvier 1880 à Paris. — Voir Felkay, p. 228-232.

DUJARIER (Alexandre). — *40-39*, 40-145, 40-153, *40-204*, 40-208, 40-280, 41-45, 41-57, *41-79*, 41-80, *41-133**.
Gérant et administrateur de *La Presse*, il a été tué en duel le 11 mars 1845, à l'âge de vingt-neuf ans. Très riche, il était devenu administrateur de *La Presse* le 1ᵉʳ janvier 1840, servant à partir de cette date d'intermédiaire entre Balzac et le journal à la place de Girardin. Sous son administration, Balzac donne à *La Presse* : *Les Deux Frères*, les *Mémoires de deux jeunes mariées*, *Un ménage de garçon en province*, *Honorine* et la première partie des *Paysans*. Dujarier se montra plein de complaisance pour les retards de Balzac, tout en acceptant de le payer d'avance. Au début de 1845, Balzac avait songé à lui

faire épouser Eugénie, une des filles de la comtesse de Bocarmé. Quelques jours avant le duel qui lui fut fatal, Dujarier était devenu l'amant de la danseuse Lola Montes, alors au début de sa carrière mouvementée. Les causes du duel avec Rosemond de Beauvallon sont restées obscures ; dans son testament rédigé le 10 mars 1845 à minuit, Dujarier écrivait : « Je vais me battre en duel pour la cause la plus futile et la plus absurde. » La rencontre eut lieu au bois de Boulogne, Dujarier qui avait tiré le premier fut tué sur le coup par la riposte de son adversaire. Les obsèques religieuses furent refusées ; Balzac, le jeudi 13 mars, tint un des cordons du poêle (avec Dumas et Girardin), de la rue Laffitte au cimetière Montmartre où Girardin prononça quelques mots, protestant contre les duels non précédés d'un essai de conciliation. — Voir *La Presse*, 13 et 14 mars 1845 ; *Le Droit*, 12 mars 1845 ; et *LHB II*, p. 37-38.

Dumas (Alexandre). — 40-93, *40-96*, *40-97*.

Les rapports entre Balzac et Dumas (1802-1870) ne furent jamais très étroits. Durant le procès du *Lys dans la vallée*, Dumas, sous la pression de Buloz, avait accepté de signer avec d'autres écrivains une lettre dans laquelle ils déclaraient qu'il avait « toujours été dans l'usage [...] de tolérer la communication des bonnes feuilles [d']articles à la *Revue étrangère* ». Balzac lui en tint rigueur jusqu'au début de l'année 1840 (voir « Historique du procès auquel a donné lieu *Le Lys dans la vallée* », *CH IX*, p. 961), mais grâce à l'attitude serviable de Dumas à propos de *Vautrin* les deux hommes se rapprochèrent momentanément. Très vite on retrouve dans les *Lettres à Madame Hanska* des commentaires peu agréables pour Dumas, et ses succès de feuilletoniste. Après la mort de Balzac, Dumas, mécontent du mauvais entretien de sa tombe, entreprit de lancer une souscription, ce qui lui valut des difficultés avec Ève de Balzac. — Voir Claude Schopp, « Le Tombeau d'Honoré de Balzac », *AB 1981*, p. 245-253.

Duponchel (Charles *Edmond*). — 37-154, 39-176, 39-257 ?

Né en 1795, architecte de formation, il était depuis quelques années chef du service de la scène à l'Académie royale de musique quand il en fut nommé, en date du 1er septembre 1835, directeur-entrepreneur. Il se retira en octobre 1841. En septembre 1847, succédant à Léon Pillet (*LHB II*, p. 610 et note) il en reprit la direction et la conserva jusqu'en septembre 1849. En 1860, il devint codirecteur du Vaudeville. Il est mort à Paris, le 10 avril 1868.

Durangel (Nicolas *François*). — *40-173*, 41-65, *41-91*.

Né le 25 décembre 1801 à La Seyne-sur-Mer (Var), secrétaire de Guizot, il fut directeur du *Messager* qui publia en feuilleton *Farrabesche* (fragment du *Curé de village*), *Ursule Mirouët*, *Dinah Piédefer*, *Les Petits Manèges d'une femme vertueuse*.

Durantin (Jean-Marie). — 36-82.

Juge au tribunal de première instance de la Seine, il habitait 20, rue de Vaugirard.

Dutacq (*Armand* Jean Michel). — 37-124, 38-107, *39-16*, *39-27*, *39-89*, *39-95*, 39-188, 39-259, 39-292, 39-307, 39-314, 39-315, 40-2, 40-168, 40-174, 40-175, *40-185*, 40-186, 40-189, 40-233, 40-268, *40-283*, 41-69, 41-163*.

Né à Rugles (Eure) le 19 juin 1810, clerc d'avoué à Paris, il est chargé le 1er décembre 1835 de lancer *Le Droit*, journal fondé par les officiers ministériels pour lutter contre la *Gazette des tribunaux* qui détenait le monopole des annonces judiciaires. Il essaie ensuite de s'entendre avec Girardin pour la création d'un quotidien vendu à bon marché (40 F par an) grâce à une large place faite à la publicité ; l'accord ne se fait pas et *Le Siècle* de Dutacq paraît le 1er juillet 1836 en même temps que *La Presse* de Girardin. À la fin de la même année, il rachète *Le Charivari* moribond et en fait une excellente affaire ; il s'intéresse ensuite à de nombreuses autres affaires de presse : *La Caricature*, le *Figaro*, *La Gazette des enfants*, *Les Guêpes* d'Alphonse Karr, etc., il rachète l'imprimerie Lange-Lévy et le théâtre du Vaudeville. De telles activités, semées de procès, lui font de nombreux ennemis. L'incendie du Vaudeville dans la nuit du 16 au 17 juillet 1838 le met dans une situation délicate : à l'instigation de Louis Perrée (voir à ce nom), l'assemblée générale des actionnaires du *Siècle* le contraint à démissionner de son poste de directeur-gérant (1er février 1840). Il cherche ensuite à créer une vaste entreprise, la Société générale de presse, devant comprendre cinq journaux dont *Le Soleil* (voir, t. III de la présente édition, la lettre à Dutacq de mars ou avril 1843), mais en octobre 1845 les souscripteurs refusaient les capitaux promis et Dutacq déposa le bilan. Ayant obtenu un concordat, il crée en mars 1848 *La Liberté*, premier journal à un sou dont le rédacteur en chef était Lepoitevin. Cette feuille fut suspendue le 26 juin suivant.

Ses relations avec Balzac commencèrent par une lettre de protestation du romancier à la suite d'un écho racontant une mésaventure de Balzac avec un garde du commerce ; mais très vite les relations devinrent amicales. En 1838-1839, il fut en pourparlers avec Balzac pour une édition collective de son œuvre romanesque déjà intitulée *La Comédie humaine* (voir 39-89). L'accord ne put se faire. Dutacq accueillit dans *Le Siècle* : *Une fille d'Ève*, *Béatrix*, la *Lettre sur le procès de Peytel*, *Pierrette* et, dans *La Caricature*, les *Petites misères de la vie conjugale*. Gérant du *Siècle*, il avait fait à Balzac de larges avances qui amenèrent de longues contestations avec Perrée. Il s'occupa de l'administration de la *Revue parisienne*, tout comme de celle des *Guêpes*. Les nombreux billets échangés entre Balzac et Dutacq témoignent d'une grande intimité et de nombreux projets plus ou moins mystérieux. Dutacq prétendait n'avoir pas lu vingt lignes de Balzac et ajoutait : « je ne connais que ce que j'ai traités avec ses éditeurs. J'en ai la collection complète et ce sont des chefs-d'œuvre ». Balzac, de son côté, visitant avec son ami la tour François-Ier au Havre, avait écrit sur le registre des visiteurs : « M. Dutacq est un grand homme incompris. Les noms en deux syllabes accusent les caractères énergiques et téméraires. *Sed audaces fortuna juvat*. Son nom offre une allusion naturelle, galanterie de l'état civil, justifiée par le tact qu'il a déployé. »

Après la mort de Balzac, reprenant un vieux projet de 1839, il envisage de publier une édition de ses *Œuvres complètes*, recherchant les articles épars de Balzac dans divers journaux, rachetant à Lepoitevin et Raisson leurs droits sur les œuvres écrites en collaboration avec eux et échangeant avec Ève de Balzac une abondante correspondance en grande partie encore inédite. Ces projets n'aboutirent pas, la Société générale de librairie fondée par Dutacq a publié seulement l'édition illustrée par Gustave Doré des *Contes drolatiques* (1855). Administrateur du *Pays* au début du Second Empire, Dutacq s'était lié avec Baudelaire et surtout avec Barbey d'Aurevilly qui lui adressa de très nombreuses lettres. Frappé par une congestion cérébrale, Dutacq est mort, 13, rue La Tour-d'Auvergne, le 11 juillet 1856, à quarante-six ans.

Une partie de sa bibliothèque, contenant de nombreux ouvrages de Balzac, fut vendue le 6 avril 1857 et les jours suivants (catalogue rédigé par Paul Lacroix, J. Techener, 1857) ; une seconde vente eut lieu beaucoup plus tard, le 20 juin 1925 à Paris, à l'Hôtel Drouot (catalogue précédé d'une notice sur Armand Dutacq, par Marcel Bouteron).

E ***. — *37-128, 37-129.*
ÉLIZABETH ***. — *39-287.*

Cette lectrice bien informée de l'œuvre romanesque de Balzac habitait 26, Grande-Rue à Chantilly et était la voisine immédiate de Sophie Pigache, l'amie de la mère de Balzac. Voir, t. I de la présente édition, lettre 34-89, n. 1.

ÉPAGNY (Jean-Baptiste Rose Bonaventure Violet d'). Voir VIOLET D'ÉPAGNY.

ESCUDIER FRÈRES (Marie et Léon Escudier, dits). — *40-98.*

Nés à Castelnaudary (Marie en 1819 et Léon en 1821), les frères Escudier exercèrent différents métiers du livre à Toulouse avant de venir à Paris et de fonder en 1837 la revue *La France musicale* qui organisait de nombreux concerts. Ils se séparèrent en 1860. Marie continua de diriger la revue musicale avant de se tourner vers le journalisme politique. La même année Léon fonda une nouvelle revue, *L'Art musical*, qu'il dirigera jusqu'à sa mort en 1881. Marie est mort en 1880. — Voir Hector Berlioz, *Correspondance générale*, Pierre Citron dir., Flammarion, t. III, 1975, p. 779.

ÉVERAT (*Adolphe* Auguste). — **36-155, 38-4.*

Né le 25 avril 1801, installé 16, rue du Cadran, il fut l'imprimeur de *L'Europe littéraire*, de *L'Artiste*, de la *Revue de Paris* et des plus grands écrivains de l'époque, dont Balzac. Breveté le 1er août 1832, il avait succédé à son père, André Amable Éverat, imprimeur depuis 1793. Après des années prospères vinrent les dettes et la vente de l'imprimerie, en 1839. Il fut remplacé en 1840 par Jacques Bureau. — Voir Felkay, p. 285-295, et, de la même, « Deux imprimeurs de Balzac : André Barbier et Adolphe Éverat », *AB 1978*, p. 233-243.

F ***. — *36-71.*
FAYOT (Charles Frédéric *Alfred*). — *36-33.*

Né en 1797, il avait publié en 1830 une *Histoire de la révolution des 27, 28 et 29 juillet 1830* (Hocquart, 1 vol. in-18) et en 1831 une *Histoire de Pologne, depuis son origine jusqu'en 1831...* (Hocquart, 3 vol. in-8°). Éditeur et traducteur de plusieurs ouvrages de langue anglaise, il est également le rédacteur habituel des ouvrages culinaires signés par Carême (voir J.-M. Quérard, *Supercheries littéraires dévoilées*, Paris, P. Daffis, 1847, t. I, p. 200). Il est mort en 1861.

Feltre (Edgard Clarke, duc de). — *36-113*.

Né en 1799, fils aîné d'Henri Clarke, duc de Feltre (1765-1818), maréchal de France, ministre de la Guerre de 1807 à 1814, Edgard, pair de France, démissionnaire en 1832, est mort le 29 mars 1852 sans postérité.

Femme masquée en noir (une). — *36-21*.

Ferlat (Claudiun). — *40-134*.

Chorégraphe et maître de ballet à Francfort.

Foa (Eugénie Rebecca Rodriguès-Henriques, Mme Joseph Foa, dite Eugénie). — *39-273, 40-170, 40-179, 41-113*.

Issue d'une riche famille juive portugaise, née à Bordeaux en 1796, elle avait épousé en 1814, Joseph Foa, négociant juif de Marseille. Sa mère, Esther Gradis (dont elle reprend le nom de jeune fille pour signer), est la fille de l'armateur David Gradis, actif en politique et qui manqua, à quelques voix, un siège de député. Vite séparée de son mari, aidée par son père Isaac Rodriguès-Henriques, descendant d'une famille de banquiers (et membre du Grand Sanhédrin convoqué par Napoléon en 1808 pour décider de la forme institutionnelle du culte israélite en France), elle se lança, sous le nom d'Eugénie Foa (et en utilisa d'autres : Miss Maria Fitz-Clarence ou Edmond de Fontanes), dans une difficile carrière de journaliste littéraire pour enfants et pour jeunes demoiselles ; on lui doit également de nombreux contes, nouvelles et romans : en particulier ses *Contes à ma sœur Léonie* (1838). Celle-ci, née en 1820, épousera, en 1842, le compositeur Fromental Halévy (1799-1862) et deviendra la belle-mère de Georges Bizet. En dehors des 4 lettres adressées à Balzac de 1839 à 1841, nous n'avons pas d'autres documents concernant leurs relations, Balzac n'ayant pas donné suite au projet de collaboration proposé en juin 1840. Malade et atteinte de cécité, Eugénie Foa est décédée en 1853. — Voir Rosa Buzy-Filgarz, *Eugénie Foa*, mémoire de DEA, Université de Paris-X, 1998.

Foullon (Pierre Henri). — *39-224, 39-282, 40-65*.

Propriétaire, demeurant 4, rue de Choiseul, ami d'Antoine Pommier (voir à ce nom), Balzac, le 9 octobre 1839, lui avait cédé ses droits sur les futures représentations de *Vautrin*, en recevant une avance de 5 000 F remboursable avec une « prime » de 2 500 F. Balzac ne put le rembourser après l'interdiction de sa pièce en mars 1840. Foullon le poursuivra avec acharnement et fut — entre autres — à l'origine de la saisie des Jardies. — Voir Bouvier et Maynial, p. 300 ; et Jean Lagny, « À propos des Jardies », *AB 1979*, p. 79-95.

Fournier (Henri). — *36-2*.

Frère aîné d'Hippolyte Fournier (voir, au tome I, le Répertoire à son nom), Henri Fournier, né à Rochecorbon (Indre-et-Loire) le 19 novembre 1800, fut comme Balzac élève de la pension Leguay, puis pendant le 3ᵉ trimestre de 1814 condisciple de Balzac, en classe de première au collège de Tours. Ami de Sautelet (voir, *ibid.*, à ce nom), il fut breveté imprimeur en 1824. Associé à son frère, il joignit une librairie à son imprimerie. Imprimeur de la *Revue des Deux Mondes* depuis 1833, il fut également celui de la *Revue de Paris* à partir de 1835. Son imprimerie située 14 (puis 14 *bis*), rue de

Seine fut transportée, en 1841, 7, rue Saint-Benoît. En 1846, il céda son brevet à Jules Claye depuis longtemps son collaborateur et se retira en Touraine où il prit la direction de l'imprimerie Mame. Il avait publié en 1825 chez Sautelet un *Traité de la typographie*, réédité en 1854, 1870 et 1904. Il est mort à Rochecorbon le 12 mars 1888. — Voir Alkan aîné et Leprince, *Les Quatre Doyens de la typographie parisienne*, Angers, Typographie A. Burdin, 1889 ; Felkay, p. 295-303, et, de la même, « Balzac et l'imprimeur Henri Fournier », *AB 1984*, p. 55-67.

FRANCEY (Alfred). — *39-291*.

Profitant d'un héritage de 4 000 F, le journaliste d'origine lyonnaise Alfred Francey, avec le concours du graveur et poète orléanais André Léon Noël et du jeune Félix Tournachon (futur Nadar), décida en juillet 1839 de créer un *keepsake* : *Le Livre d'or* ; seules 3 livraisons non datées ont paru, sans *La Frélore* promise par Balzac. — Voir Loïc Chotard, « L'Envers de l'histoire littéraire », *AB 1988*, p. 233-236 ; repris dans Loïc Chotard, *Approches du XIXe siècle*, Presses de l'université de Paris-Sorbonne, 2000, p. 95-101.

FRANKOWSKI (Charles). — *37-18, 37-167, 40-164*.

Colonel polonais (1795-1846), il vécut à Paris de 1836 à 1841, lancé dans les milieux aristocratiques parisiens et chargé par Balzac de remettre un cadeau à Mme Hanska. Voir les notes des trois lettres échangées. Il serait l'auteur (sous le pseudonyme de Gaëtan Niépovié) des *Études physiologiques sur les grandes métropoles de l'Europe occidentale*, (Gosselin, 1840). — Voir J.-M. Quérard, *Les Supercheries littéraires dévoilées*, G.-P. Maisonneuve & Larose, 1964, t. II, p. 1249.

FRANTZ (Nicolas *Jacques*). — *41-25**.

Issu d'une famille « riche et respectable », il est né à Sarrelouis le 25 juillet 1787. Après avoir fait son droit à Strasbourg, il s'inscrit au barreau de Metz. Pendant la campagne de France en 1814, il leva à ses frais une compagnie de partisans, puis forma en 1815, toujours à ses frais, le 2e corps franc de la Moselle (500 fantassins et 120 cavaliers), avec lequel il défendit contre les Bavarois le 24 juin la ligne de la Sarre. Le 12 juillet, les troupes du colonel Viriot contraignaient les Prussiens à lever le siège de Longwy et les poursuivaient jusqu'à Luxembourg. Frantz, blessé, parvenait à Metz le 14 juillet pour annoncer l'arrivée des prisonniers et du butin. Mais dès le lendemain, le drapeau blanc était hissé sur Metz et Frantz était arrêté et emprisonné à Thionville ; peu après, il était libéré sur l'intervention du général Léopold-Sigisbert Hugo. En septembre 1816, pour avoir voulu poursuivre la lutte après Waterloo, avec le général de Vaudoncourt, il était condamné à mort par contumace, car il s'était réfugié à Liesdorff près de Sarrelouis, cédés à la Prusse. Rentré en France, il fit, après 1830, de vaines démarches pour obtenir le remboursement de 200 000 F engloutis en levant sa troupe. Balzac reçut la visite de Frantz et du colonel Viriot, rencontre évoquée dans la préface d'*Une ténébreuse affaire* (voir *CH VIII*, p. 494-500), où il conte sur un ton épique les campagnes et les malheurs des partisans lorrains. Il enverra un exemplaire de son roman à Frantz, qui l'en remerciera à son tour (voir t. III de la présente édition, lettre du 29 mars 1843). — Voir *Mémoire au Conseil d'État, présenté par Nicolas-Jacques Frantz, ancien capitaine des corps francs de la Moselle...*

Répertoire des correspondants 1341

(30 mai 1835), [Paris,] Imprimerie de Mme Porthmann, s. d., et *Biographie des hommes du jour*, t. III, 2ᵉ partie, 1837, p. 68-72.
FRÉMY (Arnould). — *39-289, 39-290.*

Fils d'un professeur de chimie à Saint-Cyr, il est né le 17 juillet 1809. Tout en préparant une thèse de lettres, *Essai sur les variations du style français au XVIIᵉ siècle*, soutenue en 1843, il fit du journalisme et publia des romans et des études de mœurs : *Elfride* et *Les Deux Anges* (Gosselin, 1833), *Une fée de salon* (A. Dupont, 1837), *Les Roués de Paris* (Desessart, 1838). En 1841, fut publiée chez Martinon une *Physiologie du rentier de province et de Paris* par MM. de Balzac et Arnould Frémy, où était reproduite la *Monographie du rentier* insérée par Balzac dans *Les Français peints par eux-mêmes*. Professeur à l'université de Lyon puis à celle de Strasbourg, Frémy renonça à l'enseignement pour se consacrer au journalisme et à la littérature, collaborant entre autres au *Siècle*, au *Peuple* et au *Charivari*. Il meurt en 1889.

FURCY GUESDON (Alexandre, dit Mortonval). — *37-19, 37-152, 40-77.*

Petit-fils de l'acteur Préville et d'un brodeur de la cour, Guesdon, il est né à Paris en 1780. Au début de l'Empire, en collaboration avec Simonnin, il fit jouer quelques vaudevilles sous le pseudonyme d'Alexandre ou sous le nom d'Alexandre Guesdon. Son père, receveur général de Lyon, le fit nommer en 1809 payeur des armées françaises d'Espagne. Pendant les Cent-Jours il fut payeur général de l'armée des Alpes. Mis à la retraite au début de la Restauration, il se ruina dans une opération commerciale aux Indes. Après avoir voyagé avec le duc d'Albe, Furcy Guesdon se fixa à Paris en 1823 et se consacra au journalisme et à la littérature. Il fit très tôt la connaissance de Balzac, au *Feuilleton littéraire* (voir Roland Chollet, « Balzac et le *Feuilleton littéraire* », *AB 1984*, p. 81). Sous le pseudonyme de Mortonval, il publia chez Ambroise Dupont des ouvrages d'histoire : *Histoire des campagnes de France en 1814 et 1815* (1826), *Histoire des campagnes d'Allemagne depuis 1807 jusqu'en 1809* (1827), *Histoire de la guerre de Russie en 1812* (1828, 2 vol.), *Histoire des guerres de la Vendée* (1828) qui obtinrent un très grand succès. On lui doit également des romans historiques et des romans de mœurs (*Le Tartuffe moderne*, 1825). Après avoir longtemps habité Charonne où il possédait une maison très confortable, il se retira à Saint-Cloud où il est mort en 1856, laissant la réputation d'un homme cultivé et spirituel.

FURNE (Charles). — *41-98*.*

Né à Paris le 6 décembre 1794, il était le fils d'un petit boutiquier de la rue Saint-Denis. Il fut sous l'Empire pensionnaire de l'Institution de la rue de Thorigny que Balzac devait fréquenter plus tard. D'abord surnuméraire à l'Administration des douanes, il acheta un brevet de libraire en 1825 et s'établit 37, rue des Augustins. Un de ses premiers succès fut une édition à bon marché (2 F le volume in-8°) des romans de Walter Scott. Après la révolution de Juillet, il publia l'*Histoire de Napoléon* de Norvins, les œuvres de Lamartine, Rousseau, Chateaubriand (en association avec Gosselin), l'*Histoire de la Révolution* de Thiers, l'*Histoire de France* d'Henri Martin, etc. S'il n'a pas pris part au premier contrat de *La*

Comédie humaine, il fut néanmoins le seul à achever l'édition, ses associés ayant abandonné l'entreprise en 1846. Il céda ensuite ses droits à son commis Alexandre Houssiaux. Passionné par l'Espagne, il a publié en collaboration avec Achille-Armand Heureux un *Voyage de deux amis en Espagne* (1834) et traduit *Don Quichotte* (édition illustrée par Eugène Lami, 1858). Il est mort à Paris le 14 juillet 1859, quelques jours après Alexandre Houssiaux. — Voir Eugène Rosseeuw Saint-Hilaire, *Notice sur Charles Furne*, Paris, J. Claye, 1860.

G *** (Mme). — *38-46*.
Demandeuse d'autographe.

GALIFFE (Jaques Augustin, dit James). — *41-87**.
Historien genevois, né le 7 avril 1776, décédé à Florence, le 15 décembre 1853. On lui doit entre autres : *Matériaux pour l'histoire de Genève*, Genève, 1829-1830, 2 vol.; *Notices généalogiques sur les familles genevoises*, Genève, 1829, 4 vol.

GALITZIN (Sophie, princesse). — **36-15*.
Sofia Petrovna Balk-Poleva, née à Smolensk en 1804 et décédée à Paris le 10 février 1888, est devenue princesse Galitzin en 1824 en épousant le prince Andrei Galitzin (1792-1863), frère d'Elisa Terzi (voir à ce nom). Sophie Galitzin et la marquise Terzi étaient belles-sœurs. Balzac la rencontra à un dîner chez Delphine Potocka, en janvier 1835, et la qualifia de « jolie petite créature » (*LHB I*, p. 224), appréciation imprudente qui suscita la jalousie d'Ève Hanska (voir, t. I de la présente édition, lettre 35-50, n. 1).

GALVAGNA (Francesco, baron). — *37-53*.
Préfet du département de l'Adriatique pendant la durée du Royaume d'Italie, puis conseiller d'État, il était le beau-frère du comte Emilio Guidoboni-Visconti (voir à ce nom). Sa signature étant indispensable pour l'accord concernant la succession de sa belle-mère, Jeanne Patellani (en qualité de tuteur de son fils mineur Emilio Galvagna), Balzac se rendit à Venise et fut très aimablement accueilli dans le palais Galvagna (ancien palais Savorgnan) où figurait une remarquable collection de tableaux. — Voir Henry Prior, « Balzac à Venise (1837). Lettres et documents inédits », *Revue de France*, 1ᵉʳ décembre 1927, p. 391 ; Max Milner, « Deux témoignages italiens sur Balzac », *AB 1960*, p. 191-194 ; et Eugenio Bucciol, *Da Versailles a villa Galvagna. La vicenda di Richard Lionel Guidoboni Visconti, figlio presunto di Honoré de Balzac*, Portogruaro, Ediciclo editore, 1999.

GATTI DE GAMOND (Zoé Charlotte). — *40-244*.
Fille d'un avocat bruxellois, elle est née à Bruxelles le 11 février 1806 et y est morte le 26 février 1854. Elle fit ses débuts littéraires en publiant dans la *Revue encyclopédique* des *Lettres sur la condition des femmes au XIXᵉ siècle*. Passionnée par les problèmes d'éducation, elle avait fondé des écoles de filles, à Bruxelles. En 1835, elle épousa le peintre italien Giovanni Battista Gatti (1816-1889). Installée à Paris en 1836, elle prit une part active à la propagande fouriériste : *Fourier et son système* (Paris, Desessart, 1838), *Réalisation d'une commune sociétaire, d'après la théorie de Charles Fourier* (chez l'auteur, 1840), etc.

GAUTIER (Théophile). — *37-109, 39-81, 39-107, 39-300, 39-312, 40-86**.

De douze ans le cadet de Balzac, il publie chez Eugène Renduel en 1833 *Les Jeunes-France, romans goguenards*, où, dans *Le Bol de punch*, figure une discussion au cours de laquelle est citée : « *La Peau* de M. de Balzac » et, un peu plus loin, sous la plume de Gautier, on lit, semble-t-il, la première apparition du terme « balzacien » : « Les balzaciens se rangèrent à sa droite » (*Romans, contes et nouvelles*, Bibl. de la Pléiade, t. I, p. 158-159). C'est à la fin de 1835, après avoir lu le premier volume de *Mademoiselle de Maupin*, que Balzac demanda à Sandeau de lui présenter Gautier ; il lui offrit de collaborer à la *Chronique de Paris* où Gautier débuta avec un compte rendu de l'*Histoire de la marine* d'Eugène Sue (28 février et 3 mars 1836). À cette époque, il écrivait à son ami Eugène de Nully : « Je travaille à la *Chronique de Paris* qui est maintenant dirigée par Balzac, qui est un bon gros porc très plein d'esprit et très agréable à vivre » (*Correspondance générale*, éd. Claudine Lacoste-Veysseyre, Pierre Laubriet dir., Genève, Droz, 12 vol., 1985, t. I, p. 58). Entré à *La Presse* dès sa fondation, il y participa pendant près de vingt ans. Il est probable que Gautier ait collaboré au remaniement du *Chef-d'œuvre inconnu* (voir 37-109) et d'*Une fille d'Ève* (voir 39-59 et 39-62), tout comme *La Frélore* semble avoir subi son influence. Sa situation de rédacteur du *Feuilleton* de *La Presse*, pris entre son directeur [Émile de Girardin] et son ami, ne fut pas toujours facile comme en témoigne cette lettre à Delphine de Girardin datée de fin avril 1839 : « Ma belle reine, si ça continue, plutôt que d'être pris entre l'enclume Émile et le marteau Balzac, je vous rendrai mon tablier. J'aime mieux planter des choux ou ratisser les allées de votre jardin. » Inexorable, la « belle reine » répondit : « J'ai un jardinier dont je suis très contente, merci ; continuez à faire la police du palais » (*Correspondance générale*, t. I, p. 149). *Une princesse parisienne* est « Dédié à mon ami Théophile Gautier » dès sa parution dans *La Presse*, en août 1839, dédicace maintenue en 1844 lors de la publication de l'œuvre dans le tome XI de *La Comédie humaine*, sous le titre *Les Secrets de la princesse de Cadignan*. En dépit de quelques nuages, l'amitié entre les deux écrivains dura jusqu'à la mort de Balzac. Gautier apprit la nouvelle à Venise et ne put assister aux obsèques. En 1859, Gautier publia chez Poulet-Malassis sous le titre *Honoré de Balzac* un petit volume qui reste un des plus précieux témoignages des contemporains de Balzac sur sa vie et son œuvre. Gautier avait réuni dans ce volume une série d'articles publiés dans *L'Artiste* du 21 mars au 2 mai 1858 (nouvelle éd. augmentée, C. M. Seininger, Nizet, 1980). En 1868, la veuve d'Alexandre Houssiaux lui demanda une préface pour une réimpression de *La Comédie humaine* (voir Stéphane Vachon, *Honoré de Balzac*, Presses de l'université de Paris-Sorbonne, 1999, p. 282-295). — Voir Stéphane Guégan, *Théophile Gautier*, Gallimard, 2011 ; Patrick Berthier, « Balzac-Gautier, ou l'Échange littéraire », *CB*, n° 16, 2011, p. 38-49 ; Hervé Yon, « Gautier corrige Balzac », *ibid.*, p. 50-52 ; et l'index de *AB 1960-1999*.

GAVARNI (Guillaume Sulpice Chevalier, dit). — *39-233, 39-233a, 39-254, 40-47, 41-164.

Né à Paris le 13 janvier 1804, mort le 13 novembre 1866, il fit ses débuts en publiant une série de lithographies chez Mme Naudet en 1824. D'après les Goncourt, c'est chez Girardin « du temps de *La Mode* » que Gavarni rencontra pour la première fois Balzac ; ils sympathisèrent et, dès le 29 mai 1830, Balzac louait « les élégants dessins de Gavarni » ; le 2 octobre 1830, il lui consacrait un long article élogieux contribuant à lancer le jeune artiste encore peu connu. C'est Balzac qui l'introduisit en 1831 à *L'Artiste*, dont il devint un illustrateur assidu. Il ne semble pas que Balzac ait collaboré au *Journal des gens du monde* créé par Gavarni en 1833. En 1839, les deux amis essayèrent en vain de sauver le notaire Peytel. Si Gavarni n'a pas donné de dessins pour l'édition Furne de *La Comédie humaine*, les *Scènes de la vie privée* et les *Scènes de la vie parisienne* peuvent être très souvent rapprochées de l'univers de ses lithographies. — Voir Paul-André Lemoisne, *Gavarni, peintre et lithographe*, Floury, 1924-1928, 2 vol. ; David James, *Gavarni and his Literary Friends* (thèse, Harvard University, 1942) ; Pierre-Antoine Perrod, *L'Affaire Peytel*, Hachette, 1958 ; R. Pierrot, « Balzac et Gavarni, documents inédits », *ÉB*, n⁰ˢ 5-6, 1958, p. 153-159) ; et l'index de *AB* 1960-1999.

GAVAULT (*Sylvain* Pierre Bonaventure). — 40-152, 40-154, *40-159*, 40-161, 40-281, 41-4, *41-13*, 41-21, 41-29, 41-30, 41-31, 41-35, 41-68, 41-73, *41-93*, 41-121, 41-160*.

Né à Guéret le 13 février 1794, il est mort à Paris le 28 janvier 1866. Établi en 1822 16, rue Sainte-Anne, il fut l'avoué de la ville de Paris ; il céda sa charge à Picard en 1843 (voir *LHB I*, p. 659). Il avait épousé, le 22 septembre 1824, Anne-Marie Bouriaud (1807-1871) que Balzac cite souvent dans ses lettres à Mme Hanska. De 1840 à 1844, il fut l'homme d'affaires, le « tuteur » (« une mère ») de Balzac (voir sa lettre à Mme Hanska du 21 janvier 1842, *LHB I*, p. 550-551). En 1844, Balzac lui dédiait *Les Paysans* en termes affectueux. Leurs relations se refroidirent ensuite, Auguste Fessart succédant à Gavault comme conseiller juridique de Balzac ; toutefois Balzac, en rédigeant son testament le 28 juin 1847, n'oubliait pas son « tuteur » et lui léguait sa montre. Cette montre en or, aux armes des Balsac d'Entragues, fabriquée par le bijoutier genevois André Liodet, a été donnée en 1988 à la Maison de Balzac, par des héritiers de Gavault. — Voir Judith Meyer-Petit, « La Montre de Balzac », *CB*, n⁰ 44, 1991, p. 12-15.

GAY (Marie Françoise *Sophie* Nichault de La Valette, Mme Sigismond). — *37-14*, 37-16, 38-24, 39-132*.

Née le 1ᵉʳ juillet 1776 à Paris, elle y est morte le 5 mars 1852. Issue d'une famille ruinée par la Révolution, elle avait épousé en 1791 un riche financier, Gaspard Liottier, de vingt ans son aîné. Pendant le Directoire elle fut une femme à la mode, recevant dans un brillant salon. En 1799, elle rompit avec son mari, conservant la garde de ses trois filles ; peu après elle se remaria avec Jean-Sigismond Gay (1768-1822), qui lui donna trois autres enfants : Delphine, la future Mme de Girardin, Bernardine-Isaure et Edmond ; elle adopta également une fille de son mari, Élisa Louise, future comtesse O'Donnell. Elle a publié de nombreux romans : *Laure d'Estell* (Pougens, 1802), *Léonie de Montbreuse* (Renard, 1813), *Anatole* (Firmin-Didot, 1815), etc., des pièces de théâtre et d'innombrables articles. En 1833-1834, elle dirigea *Les Causeries du monde*. En dépit d'une situation financière assez difficile sous la Restauration et la

Répertoire des correspondants

monarchie de Juillet, son salon ne cessa pas d'être fréquenté par les écrivains et les artistes. — Voir Henri Malo, *Une muse et sa mère*, Émile-Paul, 1924.

GEBELIN (Honoré). — *41-157*.

Né à Beaucaire en mai 1800, supérieur du petit séminaire de sa ville natale, il est mort le 1er août 1851.

GÉNIOLE (*Alfred* André). — *37-168**.

Né le 1er janvier 1813 à Nancy, peintre, dessinateur, illustrateur et graveur, il fut l'élève de Gros. Il travailla pour *L'Artiste* et collabora à des journaux satiriques, comme *La Silhouette* et *Le Charivari*, auquel il donna une suite de lithographies : *Les Femmes de Paris* (1841-1842). Il a gravé deux portraits charges représentant Balzac et Alfred de Musset, d'après un dessin de Théophile Gautier, publié en 1835 par le *Musée des familles*. En 1841, Balzac avait pensé à lui pour le portrait de Madame Évangélista à insérer dans le tome III de *La Comédie humaine* (voir lettre 41-109, et n. 6). Interné à Bicêtre, il y mourut le 12 janvier 1861. — Voir *Les Portraits de Balzac connus et inconnus*, cat. de l'exposition, Maison de Balzac, Les Presses artistiques, 1971, n° 26.

GEOFFROY SAINT-HILAIRE (Étienne). — **39-156*.

Né à Étampes le 15 avril 1772, élève de Daubenton, Étienne Geoffroy Saint-Hilaire entra au Muséum comme garde en 1792 et fut nommé professeur de zoologie l'année suivante. En 1795, dans un mémoire intitulé *Histoire des makis ou singes de Madagascar*, il émet pour la première fois sa théorie de l'unité de composition organique. Il prend part à l'expédition d'Égypte et rentre en France en janvier 1802. Il est élu membre de l'Académie des sciences en 1807 et est nommé, en 1809, professeur de zoologie à la Faculté des sciences de Paris. Sa *Philosophie anatomique* paraît en 1818-1822 (2 vol.). En 1830, il développe sa théorie de l'unité de composition animale et l'applique aux invertébrés, théorie vivement combattue par Cuvier. Il devint aveugle en 1840, cessa son enseignement au Muséum l'année suivante et mourut à Paris le 19 juin 1844.

Dans l'*Avant-propos* de *La Comédie humaine*, Balzac mettant en relief « l'unité de composition » de son œuvre l'a placée sous le patronage de Geoffroy Saint-Hilaire : « le vainqueur de Cuvier sur ce point de la haute science, et dont le triomphe a été salué par le dernier article qu'écrivit le grand Goethe » (*CH* I, p. 8). En 1843, *Le Père Goriot* a été dédié : « au grand et illustre Geoffroy Saint-Hilaire, comme un témoignage d'admiration de ses travaux et de son génie ». Le choix était significatif, ce roman étant celui où Balzac avait appliqué pour la première fois le principe de l'unité de composition de son œuvre littéraire. — Voir Hélène d'Also, « Balzac, Cuvier et Geoffroy Saint-Hilaire », *Revue d'histoire de la philosophie et d'histoire générale de la civilisation*, 15 octobre 1934 ; Samuel de Sacy, « Balzac, Geoffroy Saint-Hilaire et l'unité de composition », *Mercure de France*, t. 303, mai-août 1948 ; et Arlette Michel, « Balzac et la logique du vivant », *AB 1972*, p. 223-237.

GÉRARD (*François* Pascal, baron). — **36-186*.

Né à Rome le 4 mai 1770, il vint à Paris à l'âge de douze ans. Il fut l'élève de Pajou et de Brunet avant d'entrer, en 1786, dans l'atelier de David ; après un séjour en Italie, il exposa au Salon à partir de 1795. On doit à ce peintre officiel de l'Empire et de la Restauration, créé baron en 1819, de nombreux portraits où il concilie les traditions de douceur de modelé du XVIIIe siècle avec la rigueur de dessin de son maître David. Il recevait tous les mercredis soir dans son petit entresol du 6, rue Saint-Germain-des-Prés, et Balzac était assidu à ces réceptions depuis la fin de 1829 (voir L.-J. Arrigon, *Les Années romantiques de Balzac*, Perrin, 1927, p. 34-36). Le baron Gérard est mort à Paris le 11 janvier 1837. En revenant de ses obsèques, Balzac écrivait à Mme Hanska : « Nous avons subitement perdu Gérard. Vous n'aurez pas connu cet étonnant salon. Quel hommage rendu au génie et à la bonté du cœur, à l'esprit de cet homme, que son convoi ! Il n'y avait que des illustrations, et l'église Saint-Germain-des-Prés n'a pas pu les contenir » (*LHB I*, p. 363). Il est de très nombreuses fois cité dans *La Comédie humaine* (voir *CH XII*, index, p. 1688). — Voir la *Correspondance de François Gérard avec les artistes et les personnages célèbres de son temps*, éd. Henri Gérard, Paris, impr. A. Lainé et J. Havard, 1867.

GÉRARD-SÉGUIN (Jean-Alfred). — *41-152**.

Peintre et illustrateur, né à Paris en 1805, il y est mort en 1875. Élève de Langlois, il a exposé régulièrement au Salon de 1831 à 1868. Il fut chargé en 1841 de copier les fresques romanes de Saint-Savin découvertes par Mérimée. Ami d'Hetzel, il avait participé en 1838 à l'illustration du *Livre d'heures*, premier ouvrage publié par le jeune éditeur. Il a donné deux dessins pour l'illustration de *La Comédie humaine* (voir 41-109). Il exécuta en 1841 un portrait de Balzac au pastel (0,60 × 0,73 m), exposé au Salon de 1842. Donné par Balzac à la comtesse Guidoboni-Visconti, il fut acquis par l'État en 1887 pour le musée des Beaux-Arts de Tours (inv. 887-1-1). — Voir *Balzac et la peinture*, cat. de l'exposition, musée des Beaux-Arts de Tours, 1999, n° 3, p. 200-201.

GINESTET (François Régis Prosper Espic, vicomte de). — *36-207, 37-105*.

Né à Saint-Gervais (Hérault) le 7 février 1794, le vicomte de Ginestet avait embrassé la carrière militaire en 1814 ; lieutenant aux mousquetaires noirs, il sera nommé chef de bataillon, le 11 août 1830. En 1833, il avait épousé une veuve extrêmement riche, ce qui lui permit de prendre de nombreux congés avant d'être rayé des cadres en 1837. Il habitait à Paris, 82, rue de l'Université, et avait acheté le château de la Vaudoire en 1836. Dilettante, épris de musique, il avait composé quelques œuvres jouées à l'Opéra ou à l'Opéra-Comique. Il est très probable qu'il conseilla Balzac pour *Gambara* (voir M. Regard, « Balzac est-il l'auteur de *Gambara* ? », *RHLF*, octobre-décembre 1953, p. 250 et suiv.).

GIRARDIN (Delphine Gay, Mme Émile de). — **36-37, 36-52, 36-83, 36-134, 38-137, 39-31, 39-110, 39-111, 39-123, 39-131, 39-137, 40-71**.

Née à Aix-la-Chapelle le 26 janvier 1804, morte à Paris le 29 juin 1855. Elle connut au sortir de l'adolescence une véritable gloire : sa beauté, ses dons poétiques lui valurent le surnom de « Muse de la patrie ». Grâce à sa mère, qui recevait beaucoup, elle fit la connaissance de l'élite du début du XIXe siècle : Mme Récamier, Chateaubriand, Hugo, Sainte-Beuve, Vigny, Lamartine. Adulée peut-être à l'excès, elle déclama et publia de nombreuses pièces de vers de circonstance : *Essais poétiques* (1824), *Nouveaux essais poétiques* (Canel, 1825). Le 1er juin 1831, elle épousait Émile de Girardin ; dès lors, son salon éclipsa celui de sa mère ; elle se montra pour son mari une collaboratrice précieuse, publiant dans *La Presse* des *Lettres parisiennes* sous le pseudonyme de vicomte de Launay. On lui doit également plusieurs pièces, dont *L'École des journalistes* (1839).

Amie de Balzac, admirant sincèrement son œuvre, elle lui consacra en 1836 un petit livre flatteur : *La Canne de M. de Balzac*. Bien souvent, elle s'entremit entre Émile et Honoré sans parvenir à éviter la brouille finale. En 1839, Balzac avait songé à lui dédier *Une princesse parisienne* (voir *CH VI*, p. 1511, var. *b* et n. 1), c'est finalement *Albert Savarus* qui lui fut dédié en 1842 « comme un témoignage d'affectueuse admiration », mention qu'il biffa ultérieurement sur son exemplaire (Furne corrigé), ne maintenant que le nom de la dédicataire. — Voir H. Malo, *Une muse et sa mère*, Émile-Paul, 1924 ; *La Gloire du vicomte de Launay : Delphine Gay de Girardin*, Émile-Paul frères, 1925 ; Léon Séché, *Delphine Gay [...]*, Mercure de France, 1910 ; Spoelberch de Lovenjoul, *La Genèse d'un roman de Balzac : « Les Paysans »*, Ollendorff, 1901.

GIRARDIN (Émile de). — *36-148, 36-149, 36-162, 36-173, 36-184, 37-15, 37-47, 37-64, 37-82, 37-83, 38-102, 38-128, 39-5, 39-186*.

Fils adultérin du comte Alexandre de Girardin et de Mme Joseph Jules Dupuy, née Adélaïde Marie Fagnan, le futur magnat de la presse naquit à Paris le 21 juin 1806 et fut déclaré à l'état civil sous le nom d'Émile Delamothe, fils de Mlle Sophie Delamothe. Délaissé par ses parents, il passe son adolescence en Normandie. Protégé par Mme de Senonnes, il vient à Paris à la fin de 1823, est employé au ministère de la Maison du Roi, puis commis d'agent de change. En 1827, il publie, sans nom d'auteur, un roman autobiographique, *Émile*, qui remporte un certain succès. À sa majorité, en 1827, il abandonne le nom de Delamothe pour se faire appeler Émile de Girardin sans que son père, devenu général et premier veneur de Charles X, ose protester. Avec son ami du collège d'Argentan, Lautour-Mézeray, il fonde *Le Voleur* (le 5 avril 1828) et *La Mode* (le 3 octobre 1829), qui lui assurent ses premiers succès de directeur de journal et le tirent de la misère. C'est sans doute Jules de Rességuier qui le mit en rapport avec Balzac. En 1830-1831, Balzac collabore activement à *La Mode* et au *Voleur*. En janvier 1830, les deux hommes s'associent avec Victor Varaigne pour fonder *Le Feuilleton des journaux politiques*. L'intimité est si grande à cette époque que, le 30 avril 1831, Balzac est un des témoins de complaisance qui signent l'acte de notoriété concernant « Émile Girardin [*sic*] », né de père et mère inconnus et ne connaissant pas la date de sa naissance. En effet, pour épouser Delphine Gay, Émile voulait répudier une dernière fois le nom de Delamothe. Le mariage est célébré le 1er juin suivant, Balzac y assiste. En 1834, Girardin est élu député de la Creuse ; le 1er août 1836, tandis que Dutacq lance *Le Siècle*, Girardin publie le premier numéro de *La Presse*, les deux hommes créant le journal moderne à grand tirage, bon marché grâce à la publicité. L'historique des rapports orageux de Balzac avec Girardin a été fait par Lovenjoul (*La Genèse d'un roman de Balzac, « Les Paysans »*, Ollendorff, 1901), on en trouvera les principaux épisodes en lisant les lettres échangées. Girardin est mort à Paris le 27 avril 1881. — Voir Maurice Reclus, *Émile de Girardin, le créateur de la presse moderne*, Hachette, 1934, et l'index de *AB 1999* (II).

GIRAULT (Francis). — *39-174, 39-313**.

Né à Sablé-sur-Sarthe le 14 avril 1810, il est mort à Paris en janvier 1846. Dans sa « Lettre à M. Hippolyte Castille », *La Semaine*, 11 octobre 1846, Balzac écrivait : « Francis Girault devait être un des esprits les plus utiles de notre république. Je comptais sur lui. Sa mort que j'appris à l'étranger, me fit une vive peine, et je suis tristement heureux de lui rendre ici ce dernier hommage que nous devons à nos confrères tombés avant le soir » (repris dans Balzac, *Écrits sur le roman*, Le Livre de poche, 2000, p. 307-323). Balzac faisait allusion aux quatre articles de Francis Girault intitulés *Les Romanciers, Honoré de Balzac* (*Le Bibliographe*, 25 avril, 2 mai, 13 mai et 1ᵉʳ juillet 1841 ; reproduits et annotés par S. Vachon, *Honoré de Balzac*, p. 91-104), la lettre de remerciement n'a pas été publiée dans *Le Bibliographe* et l'autographe n'en a pas été retrouvé. On doit à Francis Girault un recueil de vers *Joies et larmes poétiques* (Le Mans, 1835), des études sur Nostradamus (1839) et Mlle Lenormant (1843), une notice sur Rachel et, en collaboration avec Violet d'Épagny, *Les Abus de Paris* (1844). Il avait fait la connaissance de Victor Hugo vers 1836, qui fit des démarches en sa faveur. Membre de la Société des gens de lettres, il fut également rédacteur à *La Presse*.

GONZALÈS (Emmanuel). — 40-30.

Journaliste, romancier fécond et auteur dramatique (1815-1887), il est l'un des fondateurs de la Société des gens de lettres. Le 24 mars 1840, il publia deux articles sur la première de *Vautrin* dans *La Caricature* et *Le Monde dramatique*.

GOZLAN (Léon). — *39-199, 39-294, 40-78, 40-94, 41-145**.

Né à Marseille le 24 fructidor an XI [11 septembre 1803], il est mort à Paris le 14 septembre 1866. Descendant d'une famille juive levantine, son père s'était établi à Marseille d'abord comme négociant, puis comme armateur, fut ruiné par la guerre maritime. Son fils navigua pendant quelque temps, fit peut-être la traite au Sénégal, puis exerça le métier de répétiteur dans un pensionnat. Arrivé à Paris, il y fit la connaissance de Méry qui l'introduisit dans la presse à *L'Incorruptible*, puis au *Vert-Vert*, au *Figaro* et au *Corsaire*. On lui doit des pièces de théâtre, des romans et d'innombrables chroniques. Il avait fait la connaissance de Balzac en 1833 chez Mme Béchet mais ce n'est que vers 1838-1839 qu'ils devinrent plus proches. Son esprit méridional amusait Balzac qui a certainement pensé à lui en créant plusieurs personnages de *La Comédie humaine*, hommes de lettres ou journalistes. En 1842, Balzac lui dédia *Autre étude de femme*. En 1856, Léon Gozlan a publié chez Hetzel son *Balzac en pantoufles*, suivi en 1862 de *Balzac chez lui, souvenirs des Jardies* (chez M. Lévy) ; ces deux ouvrages souvent réédités ont sauvé leur auteur de l'oubli et largement contribué à la diffusion d'une légende balzacienne plus pittoresque que profonde. En février 1861 (contrat en date du 21 février), il épousa à Corbeil Marie Agathe Christine Rapharel. Il avait eu auparavant deux filles, la seconde, Agathe Léontine Gozlan (née à Paris en 1830), étant la fille de Marie Rapharel. — Voir H. Barré, *L'Encyclopédie départementale des Bouches-du-Rhône*, Paris, Honoré Champion, et Marseille, Archives départementales des Bouches-du-Rhône, t. XI, *Biographies*, 1913, à l'entrée Gozlan ; Hector Talvart et Joseph Place, *Bibliographie des auteurs modernes de langue française*, Éditions de la Chronique des lettres françaises, t. VII, 1941, entrée Gozlan ; René Guise, « Balzac lecteur de Gozlan », *AB 1965*, p. 157-174 ; Anne-Marie Baron, « Les Origines de Léon Gozlan », *AB 1980*, p. 297-300 ; Pierre Échinard et Georges Jessula, *Léon Gozlan (1803-1866)*, Marseille, IMMAJ, 2003.

GRAMMONT (Ferdinand Léopold, comte de). — *37-86, 37-96, 37-107, 37-126, 37-131, 39-17, 39-104*.

Fils d'un émigré français, il naquit à Jersey dans les derniers jours de 1811 (il fut baptisé à Saint-Martin de Jersey le 5 janvier 1812). Dans les actes qui le concernent, son nom est en général orthographié avec deux *m*, mais il signait avec un seul *m*, sans doute pour se rattacher à la famille des ducs de Gramont à laquelle il n'était pas lié. À la fin de 1835, il devint le secrétaire de Balzac et son « aide de camp » dans la grande entreprise de la *Chronique de Paris* ; il l'aida à mettre au point l'édition des *Œuvres complètes d'Horace de Saint-Aubin*, acheva en collaboration avec Auguste de Belloy *L'Excommunié*, dont Balzac avait rédigé 98 pages (soit les chapitres I à XII ; voir texte et notes, *OD II*, p. 307-418 et 1374-1378). Il écrivit seul, semble-t-il, *Dom Gigadas*. On lui doit également *Marie Touchet*, drame composé sur les idées de Balzac et resté inédit (aut., Lov., A. 129). Il est l'auteur de l'*Armorial des « Études de mœurs » composé et offert à monsieur de Balzac, par Ferdinand de Gramont, gentilhomme*, daté de Sèvres, juin 1839 (aut., Lov., A. 248) ; en remerciement Balzac lui dédia, en 1845, *La Muse du département*. Ferdinand de Grammont est mort à Paris en 1897. — Voir Bruce Tolley, « Une histoire amoureuse et Dom Gigadas », *AB 1967*, p. 171-176 ; René Guise et Jean-Pierre Galvan, « Témoignages sur Balzac », *AB 1993*, p. 350-351.

GRANDEMAIN (Étienne Désiré). — *40-239*.

« Établier-boucher », propriétaire de la maison louée pour Balzac, rue Basse à Passy. La maison avait été acquise en 1826 par Grandemain (mort en 1871), année de son mariage (31 janvier 1826) avec Geneviève Lebeau (1796-1878). Balzac y habita de la fin de 1840 à avril 1847. Dès 1908 Louis Baudier de Royaumont y créa la « Maison de Balzac », inaugurée officiellement le 16 juillet 1910. L'immeuble a été acheté par la ville de Paris en 1949.

GRANIER DE CASSAGNAC (Bernard Adolphe). — *40-95, 41-96*.

Né le 11 août 1806, camarade de Léon Faucher et de Léonce de Lavergne, il avait fait ses études au lycée de Toulouse avant de devenir à 19 ans rédacteur en chef du *Journal politique et littéraire de Toulouse*. Trois fois lauréat de l'Académie des jeux floraux (1828 à 1830), il vint tenter sa chance à Paris. Présenté à Guizot, il devint rédacteur au *Nouvelliste*, collabore à la *Revue de Paris*. Entré en relation avec Victor Hugo qui le présente à Bertin il collabore au *Journal des débats*. Dans *La Presse* des 15 et 25 juillet 1839, il avait donné deux articles favorables à *Un grand homme de province à Paris*. En octobre 1840, il s'embarqua pour la Guadeloupe, d'où il revint fiancé en juin 1841 avant de publier dans *Le Globe* son *Voyage aux Antilles*. Gérant de *L'Époque*, que Bohain venait de fonder, il publiera en 1846 plusieurs textes de Balzac. À partir de 1850, il collabora au *Constitutionnel*, devenant un fidèle soutien du Prince-Président et de Napoléon II ; il sera élu député du Gers le 29 février 1852 et régulièrement réélu jusqu'à son décès le 30 janvier 1880. — Voir *Dictionnaire des parlementaires français [...] (1789-1889)*, A. Robert, C. Cougny et E. Bourloton dir., Borl, 1889-1891, t. III, p. 240-242.

GRASLIN (Louis-François). — *40-140*.

Né le 25 avril 1769 à Nantes, dans une vieille famille de la noblesse de robe tourangelle, receveur des contributions indirectes à Tours, puis consul de France à Santander de 1816 à 1837. Mêlé au mouvement littéraire des amateurs épris de la question des origines basques, il publia *De l'Ibérie, ou Essai critique sur l'origine des premières populations de l'Espagne* (Leleux, 1838). Il est mort en novembre 1850 à Bourg-la-Reine.

GRZYMALA (Albert, comte). — *40-59*.

Né le 23 avril 1793, à Dunajowcy en Podolie (Ukraine actuelle). Aide de camp du maréchal Poniatowski, il prit part à la campagne de 1812 et resta trois ans prisonnier des Russes. Impliqué dans un complot de la Société patriotique, il fut arrêté et détenu à Saint-Pétersbourg. Libéré en 1829, il émigra en France après la Révolution polonaise. Ami intime de Chopin, il fut également très lié avec Delacroix. Il est mort à Nyon (canton de Vaud) le 16 décembre 1870, après avoir fui Paris devant l'invasion allemande. — Voir *Correspondance de Frédéric Chopin*, éd. Bronislaw Edward Sydow, La Revue musicale, 1981, t. II, p. 38.

GUESDON (Alexandre Furcy). Voir FURCY GUESDON.

GUIDOBONI-VISCONTI (Emilio, comte). — *36-114, 37-24**.

Né le 30 novembre 1797 à Milan, descendant de Bernabo Visconti, seigneur de Milan au XIVᵉ siècle. Il épousa à Bath le 7 juillet 1825 Frances Sarah Lovell (voir le nom suivant). Le couple s'installa en France de manière définitive autour de l'année 1830. Le comte mourut à Versailles le 12 décembre 1852. — Voir Raffaelle de Cesare, « Sur le comte Guidoboni-Visconti », *AB 1982*, p. 107-128.

GUIDOBONI-VISCONTI (Frances Sarah Lovell, comtesse Emilio). — *37-25**.

Fille de Pet Harvey Lovell (mort en 1841) et de Charlotte Willes (morte par suicide, le 23 mai 1854, à l'âge de 72 ans), Frances Sarah Lovell est née à Cole Park dans le comté de Wiltshire (Angleterre), près de l'antique abbaye de Malmesbury, le 29 septembre 1804. Ses parents appartenaient à la petite noblesse terrienne, mais leurs revenus étaient fort médiocres ; seconde des filles, elle avait quatre frères et quatre sœurs. Le 7 juillet 1825, elle avait épousé à Bath le comte Emilio Guidoboni-Visconti (voir à ce nom). De leur union naquirent, à Versailles, le 9 mai 1826 une fille, Françoise Hélène (peut-être décédée en Angleterre en bas âge), et à Gloucester, le 22 septembre 1829, un fils Eugène *Gustave* François. Peu après, semble-t-il, le comte et la comtesse Guidoboni-Visconti se fixèrent en France, habitant l'hiver à Paris avenue de Neuilly (c'est-à-dire dans la partie bâtie des Champs-Élysées) et l'été à Versailles, rue Champ-la-Garde, n° 11, l'ancien pavillon des musiciens italiens de Louis XIV.

Jean Lagny (*AB 1979*, p. 98-99) a daté, de façon convaincante, du 9 février 1835, la première rencontre de la comtesse Guidoboni-Visconti et de Balzac au cours d'une fête donnée par Mme Apponyi, à l'ambassade d'Autriche. Le coup de foudre fut immédiat et, dès le 17 avril 1835, Balzac pouvait confier à Zulma Carraud : « depuis q[ue]lq[ues] jours, je suis tombé sous la domination d'une personne fort envahissante » (t. I de la présente édition, lettre 35-52). Ce n'est qu'en août 1836 après son escapade à Turin qu'il avouera partager une loge à l'Opéra avec « un M. Visconti » (*LHB*, I, p. 330). Bien des incertitudes planent sur les circonstances de la liaison de Balzac avec la comtesse, la source principale — la correspondance échangée entre eux — ayant presque totalement disparu. Victor Lambinet est le seul mémorialiste qui attribue à Balzac — à tort semble-t-il — la paternité de Lionel Richard Guidoboni-Visconti (né à Versailles le 29 mai 1836, mort à Oderzo [Vénétie] le 17 décembre 1875). Ce qui est certain, c'est que Balzac fit deux voyages en Italie pour régler l'affaire de succession du comte Emilio (voir 37-24 et 37-25). À la fin de juin 1837 le comte et la comtesse qui avaient accueilli Balzac aux Champs-Élysées lui évitèrent la prison pour dettes (voir R. Pierrot, *Honoré de Balzac*, p. 310-313). En 1839, Balzac leur loua une de ses maisons des Jardies. Le prénom usuel de la comtesse Guidoboni-Visconti était Frances (ou Françoise), mais de l'aveu même de Balzac elle est bien la *Sarah*, dédicataire de *Béatrix* (*LHB* I, p. 502 et n. 2, 506-507, 512 et notes, 520). Des documents conservés prouvent que pendant de longues années les Guidoboni-Visconti furent pour Balzac des créanciers indulgents. L'influence que la comtesse a pu exercer sur son œuvre reste difficile à déterminer. Veuve depuis 1852, elle est morte à Versailles, 9, rue Neuve, le 26 avril 1883. À la vente après décès figuraient les manuscrits de *La Vieille Fille* (portant un envoi en date de décembre 1836) et d'*Honorine* et le portrait de Balzac par Gérard-Seguin (conservé au musée des Beaux-Arts de Tours), ainsi que quelques volumes dédicacés. — Voir [Victor Lambinet], *Balzac mis à nu*, Gaillandre, 1928 ; J. Lagny, « Victor Lambinet et Balzac », *AB 1974*, p. 291-304 ; L.-J. Arrigon, *Balzac et « la Contessa »*, Éditions des Portiques, 1932 ; D. Adamson et R. Pierrot, « Quelques lueurs sur la *contessa* », *AB 1963*, p. 107-122 ; J. Lagny, « Sur les Guidoboni-Visconti », *AB 1979*, p. 97-111 ; et R. Pierrot, *Honoré de Balzac*, p. 249-253 et 311-313.

GUINOT (Eugène). — 39-295.

Journaliste et vaudevilliste (1805-1861), il fit ses débuts à *L'Europe littéraire*, puis passa au *Siècle* peu après la fondation de ce journal par Dutacq ; jusqu'en 1849, sous le pseudonyme de Pierre Durand, il y publia un feuilleton hebdomadaire qui connut un grand succès. Seul ou en collaboration avec Paul Siraudin, Étienne Arago, Adolphe de Leuven, etc., il a fait jouer de nombreuses pièces sous le pseudonyme de Paul Vermond : *Les Mémoires du Diable* (1842), *L'Ogresse* (1843). Après la représentation de *La Restauration des Stuarts*, il quitta *Le Siècle*, trop libéral pour ses idées, et passa à *L'Ordre*, puis au *Pays*. En 1842, il avait publié chez Aubert, sous le nom de Pierre Durand, une *Physiologie du provincial à Paris*. On lui doit également un certain nombre de guides de tourisme : *Les Bords du Rhin* (Furne, 1847) et *Un été à Bade* (Furne, 1847), illustré par Tony Johannot, Eugène Lamy, Français et Jacquemot. On lui attribue un compte rendu assez peu favorable de *La Fleur des pois*, paru sous la signature « E. G. » dans *Le Charivari* des 12 et 22 décembre 1835 (voir Wayne Conner, « Sur quelques personnages d'*Un grand homme de province à Paris* », *AB 1961*, p. 186-187).

HABENECK (François Antoine). — *37-143*.

Né le 22 janvier 1781, premier prix de violon au conservatoire de Paris, il sera engagé comme chef d'orchestre à l'Opéra dont il sera le directeur de 1821 à 1824. Il avait créé la Société des concerts du Conservatoire dont le premier concert eut lieu le 9 mars 1828 avec, au programme, la *Symphonie héroïque* de Beethoven. Par de nombreuses exécutions des symphonies de Beethoven, il familiarisa le public parisien avec des œuvres jusqu'alors méconnues. Le 20 avril 1834, Balzac avait entendu au Conservatoire la *5ᵉ Symphonie* en *ut* mineur de Beethoven ; écrivant *César Birotteau* cette année-là, il évoque le « sublime magicien si bien compris par Habeneck » (*CH VI*, p. 179). Quelques années plus tard, dans *Splendeurs et misères des courtisanes*, il évoquera « la puissance froide et calme que déploie Habeneck au Conservatoire dans ces concerts où les premiers musiciens de l'Europe atteignent au sublime de l'exécution en interprétant Mozart et Beethoven » (*CH VI*, p. 690). Il est mort à Paris, le 8 février 1849.

HABITANT DE MÂCON (UN). — *39-205*.

HAFFREINGUE (Benoît *Agathon*, abbé). — *40-218*.

L'abbé Haffreingue (4 juillet 1785-18 avril 1871), directeur d'une institution installée dans l'ancien palais épiscopal de Boulogne-sur-Mer, entreprit de reconstruire l'ancienne cathédrale de Boulogne qui, depuis le XVIIᵉ siècle, était le lieu d'un pèlerinage célèbre auprès d'une statue de la Vierge, toutes deux détruites pendant la Révolution. Pour trouver des fonds, il avait parcouru l'Europe et lancé des souscriptions. La première pierre avait été posée en 1839, l'église fut achevée en 1866. Une nouvelle statue remplaçait l'ancienne dont seule la main avait été retrouvée.

HALÉVY (Léon). — *39-197*.

Frère cadet du compositeur Fromental Halévy (1799-1862), né à Paris le 14 janvier 1802, il est mort à Saint-Germain-en-Laye le 2 septembre 1883. Condisciple de Sainte-Beuve au lycée Charlemagne, il fut plusieurs fois lauréat du concours général. Ami du comte Henri de Saint-Simon, il l'aida à fonder *Le Producteur*. Professeur de littérature française à l'École polytechnique (1831-1834), il entra ensuite au ministère de l'Instruction publique où il fit une carrière administrative. Il a publié de très nombreux ouvrages, poésies, pièces de théâtre, ouvrages historiques et des traductions en vers des tragiques grecs. — Voir la notice de J. Bonnerot dans Sainte-Beuve, *Correspondance générale*, Delamain et Boutelleau, 1949, t. VI, p. 393 ; *Entre le théâtre et l'histoire : la famille Halévy (1760-1960)*, Henry Loyrette dir., Fayard et RMN, 1996.

Répertoire des correspondants 1353

HAMELIN (E.). — *40-201*.
    Agent d'affaires, chargé de recouvrir une créance sur Balzac.

HAMMER-PURGSTALL (*Joseph* Freiherr von). — **36-84, 36-124, 36-163, 39-166*.
    Orientaliste viennois (1774-1856), auteur de nombreux ouvrages sur la civilisation arabe et l'histoire de la Turquie, il avait composé pour Balzac l'inscription en arabe de *La Peau de chagrin* et lui avait offert un cachet-talisman : *Bedouck*. En remerciement, Balzac, en 1839, lui dédia *Le Cabinet des Antiques*. — Voir Bouteron, p. 171-187.

HAREL (François-Antoine, Félix). — *39-226, 39-228, 40-13, 40-14, 40-40, 40-42, 40-46, 40-52, 40-60, 40-89, 40-90*.
    Né à Rouen le 3 novembre 1790, il était le neveu de Luce de Lancival, auteur tragique. Après avoir fait de bonnes études, il fut nommé en 1810 auditeur au Conseil d'État. En 1814, sous-préfet de Soissons, il montra beaucoup d'énergie pendant le siège de la ville par l'armée russe. Préfet des Landes, pendant les Cent-Jours, il fut exilé en Belgique pendant la deuxième Restauration. Amnistié, il rentra en France, fonda *Le Miroir*. Amant de Mlle George avec qui il vit, il parcourut la France avec la grande tragédienne avant d'obtenir, en juillet 1829, la direction de l'Odéon. Le 1ᵉʳ décembre 1831, il devint directeur de la Porte Saint-Martin tout en conservant pendant quelque temps la direction de l'Odéon. Il fit de la Porte Saint-Martin le théâtre du drame romantique, montant *Richard Darlington* et *La Tour de Nesle* d'Alexandre Dumas, *Le roi s'amuse*, *Lucrèce Borgia* et *Marie Tudor* de Victor Hugo. Quand il monta *Vautrin*, le 14 mars 1840, Harel était dans une situation très difficile, l'interdiction de la pièce l'amena à déposer son bilan.
    Il est mort fou à Châtillon (Seine) le 16 août 1846 et repose au Père-Lachaise, 9ᵉ division, dans le caveau de Mlle George. — Voir la notice de J. Bonnerot dans Sainte-Beuve, *Correspondance générale*, Delamain et Bouteleau, 1947, t. V, vol. 2, p. 662-663.

HARTIG (Franz de Paula, comte de). — *37-52*.
    Né à Dresde le 5 juin 1789, chambellan impérial et royal, il fut gouverneur de la Lombardie de 1830 à 1840. Sur la recommandation du comte Apponyi, ambassadeur d'Autriche à Paris, il accueillit fort aimablement Balzac à Milan en 1837. Il se retira de la vie publique en 1848 pour se consacrer à sa famille. Il avait épousé le 6 janvier 1810, à Vienne, la comtesse Julianna von Grundemann-Falkenberg. Il est mort à Vienne le 11 juin 1855.

HARTIG (Julianna von Grundemann-Falkenberg, comtesse de). — *37-52*.
    Fille du comte Emmanuel von Grundemann-Falkenberg et de la comtesse Marie Anne von Althann, elle naquit à Vienne le 26 mars 1788 et y mourut le 27 octobre 1866. Elle épousa le comte de Hartig en 1810 et le couple eut une fille, Eleaonore, et deux fils, Friedrich et Edmund.

HEINE (Henri). — *37-174, 41-32**.
    Né à Düsseldorf le 13 décembre 1797, il s'installa à Paris en mai 1831. Il se lia avec George Sand dès 1834. Balzac le mentionne pour la première fois le 19 juillet 1837 : « Hier, je parlais à Heine de faire du théâtre, et il me disait : "Prenez-y garde, celui qui s'est habitué à Brest, ne peut s'accoutumer à Toulon, restez dans votre

bagne" » (*LHB I*, p. 393). Dès lors, leurs rapports furent cordiaux. On conserve à l'Heinrich-Heine-Institut de Düsseldorf un tiré à part de l'*Avant-propos* de *La Comédie humaine* avec un envoi autographe de Balzac. En 1846, il lui dédia en ces termes *Un prince de la bohème* : « Mon cher Heine, à vous cette Étude, à vous qui représentez à Paris l'esprit et la poésie de l'Allemagne comme en Allemagne vous représentez la vive et spirituelle critique française, à vous qui savez mieux que personne ce qu'il peut y avoir ici de critique, de plaisanterie, d'amour et de vérité » (*CH VII*, p. 807). Heine est mort à Paris le 17 février 1856.

HETZEL (Pierre-Jules). — 40-277, 40-284, *41-17, 41-33, 41-40, 41-48, 41-55, 41-77, 41-88*, 41-89, 41-90, *41-98*, 41-109, 41-123, 41-139, *41-153*, 41-154, *41-167**.

Né à Chartres le 15 janvier 1814. Son père, Jean-Jacques Hetzel (né à Strasbourg le 31 mars 1781), était maître sellier au 1ᵉʳ régiment de lanciers ; en garnison à Chartres, il y avait épousé Louise Jacqueline Chevallier, sage-femme. Après avoir commencé ses études à Chartres, le jeune Hetzel avec une demi-bourse fut pensionnaire au collège Stanislas de 1827 à 1832 (de la 5ᵉ à la rhétorique) ; brillant élève, il fut trois fois lauréat au concours général et reçut de nombreux prix. Après avoir obtenu son baccalauréat, il commence son droit à Strasbourg, mais sentant ses parents dans la gêne, il abandonne et devient, en mars 1836, l'employé, puis, en 1837, l'associé de Jean-Baptiste Paulin pour une librairie-maison d'édition au 33, rue de Seine (qu'il quittera en juillet 1843 pour s'installer 76, rue de Richelieu, en rompant l'association avec Paulin). Poussé par son ancien maître de Stanislas, l'abbé Buquet, qui l'a mis en relation avec les abbés Églée et Affre, Hetzel lança la publication en 20 livraisons d'un *Livre d'heures* illustré par Gérard-Séguin. En 1838, Hetzel et Paulin avaient commencé la publication de l'*Histoire des Français* de Théophile Lavallée (4 vol. in-8°, 1838-1840). Dans un genre tout différent, Hetzel et Paulin lancent en novembre 1840 les *Scènes de la vie privée et publique des animaux* illustrées par Grandville. Un seul volume réunissant 50 livraisons était prévu à l'origine ; la 50ᵉ livraison achevée en novembre 1841 fut, devant le succès, suivie immédiatement d'une seconde série achevée en décembre 1842. Le tout — contenant 5 textes de Balzac — fut réuni en deux volumes, sous diverses reliures d'éditeur. C'est à cette occasion, semble-t-il, que Balzac était entré en relation avec Hetzel. Très vite, leurs rapports dépassèrent ceux d'éditeur et auteur, pour faire place à une confiante amitié. En 1841, Balzac signa avec Hetzel et ses associés les deux traités pour *La Comédie humaine*, mais plus que Furne ou Dubochet, c'est Hetzel qui fut l'âme de l'entreprise, s'occupant de la fabrication et de l'illustration. La même année, Hetzel et Paulin publient en mars les *Notes remises à MM. les députés composant la commission de la loi sur la propriété littéraire*, et avec J.-J. Dubochet et Aubert, à la fin de décembre, l'édition illustrée par Lorentz de l'*Histoire de Napoléon*. En 1842 paraissent les trois premiers volumes de *La Comédie humaine* (le nom de Paulin disparaît de la page de titre après le volume II annonçant ainsi la cessation de son association avec Hetzel).

Bien que souvent gêné financièrement, Hetzel avait signé de

nombreux billets pour aider Balzac, en lui achetant, par exemple, une abondante copie pour *Le Diable à Paris*. Ce sont des billets souscrits par Balzac à l'ordre d'Hetzel, et passés par ce dernier à un créancier peu commode, qui provoquèrent leur brouille en 1846. Le 8 avril 1845, Hetzel avait abandonné à Furne ses droits sur l'édition de *La Comédie humaine* encore inachevée.

Dans cette correspondance est parfois citée la compagne d'Hetzel qui entretint d'excellents rapports avec les Surville et Louise de Brugnol : Catherine *Sophie* Quirin, née à Strasbourg ; le 2 juin 1816, elle avait épousé Charles Louis Fischer, qui est décédé à Paris le 3 décembre 1844. De sa liaison avec Hetzel, elle avait eu une fille, Marie Julie Janus (née à Paris, le 5 janvier 1840 et déclarée « fille de père et mère non désignés »), qui après avoir été reconnue, est décédée à Bruxelles le 9 mars 1853. Son frère cadet, Louis Jules Hetzel, né à Paris le 8 novembre 1847, a été reconnu par ses parents. Le mariage d'Hetzel et de Sophie fut célébré le 13 octobre 1852, avant leur exil à Bruxelles. Sophie est morte à Sèvres le 3 juillet 1891, cinq ans après son mari.

Peu après la mort de Balzac, Hetzel eut à soutenir plusieurs contestations avec sa veuve, à propos de vieilles dettes. Une transaction y mit fin en 1852. Ensuite il négocia avec Dutacq l'achat des droits de publication d'un choix de *Pensées de Balzac* ; à cette occasion, il écrivait à Dutacq : « Je crois être du très petit nombre d'hommes dans lesquels Balzac, même après le froid qui avait suivi nos bons rapports, avait gardé une confiance absolue. Il me louait avec une naïveté bizarre de ce qu'il appelait ma ruineuse bonne foi. J'ai cent lettres de lui qui l'attestent » (aut., BNF, Mss, n. a. fr. 16933, f⁰ 93 v⁰, anciennes archives Bonnier de La Chapelle). Quelques-unes de ces « cent lettres » furent lues, en mai 1860, devant la première Chambre de la cour impériale, lors d'un procès intenté par Ève de Balzac à Hetzel et à Michel Lévy pour la publication, en vertu de l'accord conclu avec Dutacq, de deux volumes de *Pensées de Balzac* ; le jugement autorisa la vente de ces deux volumes mais interdit la publication du troisième qui avait été prévu. La présente édition comprend 31 lettres de Balzac dont 22 du fonds conservé à la BNF, chiffre bien inférieur aux « cent lettres » mentionnées par Hetzel.

Éditeur, écrivain sous le pseudonyme de P.-J. Stahl, Hetzel joua un rôle politique sous la IIe République ; chef de cabinet de Lamartine, puis de Bastide, ministres des Affaires étrangères (entre février et juin 1848), il fut pendant les journées de juin secrétaire général du pouvoir exécutif, et suivit ensuite Bastide au ministère de la Marine. Sa fidélité à la République lui valut huit ans d'exil après le coup d'État. Réfugié à Bruxelles, il publia de nombreux volumes d'exilés, en particulier *Les Châtiments* en 1853. Éditeur de Victor Hugo, de George Sand, de Jean Macé, de Tourgueniev, Hetzel, après sa réinstallation à Paris, connut de grands succès avec les livres de Jules Verne et ses publications pour enfants. Il est mort à Monte-Carlo le 17 mars 1886. Son fils, Louis Jules Hetzel, qui lui avait succédé, a vendu son fonds à la librairie Hachette, le 31 juillet 1914. — Voir A. Parménie et C. Bonnier de La Chapelle, *Histoire d'un éditeur et de ses auteurs, P. J. Hetzel (Stahl)*, Albin Michel,

1953 ; *P.-J. Hetzel*, cat. de l'exposition à l'occasion de la donation Bonnier de La Chapelle, Bibliothèque nationale, 1966. Tous les autographes mentionnés comme faisant partie des archives Bonnier de La Chapelle ont été donnés par Catherine Bonnier de La Chapelle, petite-fille d'Hetzel, à la BNF (Mss, n. a. fr., 16933, 121 ff^{os}, avec 22 lettres de Balzac aux ff^{os} 42-83).

HOFAKER (*Ludwig* Wilhelm). — *36-67*.

Né à Tübingen en 1780, disciple de Swedenborg et traducteur de ses œuvres en allemand. Il est mort en 1846.

HOMME DE CŒUR ET D'HONNEUR (UN). — *40-222*.

Adversaire de Jean-Baptiste Capefigue.

HUBERT (François). — *39-145a, 39-150a, 39-167, 39-175*.

Entrepreneur installé 12, rue Pastourelle à Paris. Balzac lui confia l'essentiel des travaux effectués aux Jardies et lui devra jusqu'à 43 000 F. La créance d'Hubert occupera une place importante dans les préoccupations de Balzac, jusqu'en 1850 (voir l'Index au tome III de la présente édition).

HUGO (Victor). — **39-150, 39-272, 39-281*, 39-297, 40-92, 40-162, 40-187, *40-194, 40-212, 41-24, 41-42 ?, 41-51, 41-58, 41-59, 41-60**.

Né le 26 février 1802, Hugo était sensiblement le cadet de Balzac, mais sa gloire précoce lui permettait d'écrire de façon un peu condescendante à l'imprimeur de la rue des Marais. Si l'amitié de Balzac ne fut pas exempte de quelque jalousie, on doit à Hugo deux admirables textes : *La Mort de Balzac* et son éloge funèbre du Père-Lachaise recueilli dans *Actes et paroles* (voir Stéphane Vachon, *1850. Tombeau d'Honoré de Balzac*, Paris et Montréal, Presses universitaires de Vincennes, 2007, p. 124-130), témoignages éclatants de son admiration pour le génie de Balzac. La dédicace d'*Illusions perdues* à Hugo apparaît pour la première fois en 1843. — Voir R. Pierrot, « Balzac et Hugo d'après leur correspondance », *RHLF*, octobre-décembre 1953, p. 467-483 ; *CH XII*, index, p. 1704, et l'index de *AB*.

HUTTEAU (*François* Alphonse). — *40-99*.

Né le 15 octobre 1794 à Malesherbes (Loiret), cet officier, démissionnaire en 1830, fut maire de Malesherbes de 1838 à 1860 et conseiller général du Loiret.

JACQUILLAT (Mme Jean Brice). Voir BÉCHET.

JADRAS. — *38-30, 40-151*.

Marchand de bois à brûler, fournisseur de Balzac.

JAIME (Ernest). — *39-239*.

Journaliste et polygraphe (1802-1884), il fut directeur en 1839 du théâtre du Vaudeville. En avril 1835, en association avec Théaulon et De Comberousse, il donna au théâtre des Variétés une adaptation assez libre du *Père Goriot*, comédie en trois actes, mêlés de chants.

JEANNOTTE. — *36-88*.

Admiratrice de Balzac, abonnée de la *Chronique de Paris*.

JOBEY DE LIGNY (Gabrielle). — *39-165*.

Liée au comte de Grammont et au marquis de Belloy, elle avait hérité de sa mère deux actions de 1000 F de la *Chronique de Paris* (provenant de la souscription faite par Belloy en 1836). Après de longues tractations, Auguste Fessart lui versa 1 000 F en 1846 (voir Lov., A. 254, ff^os 266-275). On lui doit quelques ouvrages : *Toi et moi*, romance, sur une musique de F. Masini, Colombier, 1842 ; *Échos et reflets*, imprimerie du Bureau, 1848 (précédé d'une lettre de Victor Hugo et d'une autre de M. Viennet à l'auteur).

JOLY (Anténor). — *36-25*.

Né à Savone (province de Gênes) en 1799, il est mort à Paris le 4 septembre 1852. Ancien ouvrier typographe, directeur du *Vert-Vert*, il fut gérant de la société formée le 15 mai 1835 avec Henry de Tully et Ferdinand de Villeneuve pour l'exploitation (confiée à Nestor Roqueplan) du théâtre Saint-Antoine, inauguré le 5 décembre 1835, et du théâtre du Luxembourg. Il obtint, par arrêt du 12 novembre 1836, la concession d'un « Second Théâtre-Français » dont la création avait été demandée par Casimir Delavigne, Alexandre Dumas et Victor Hugo. La résurrection, très provisoire, de l'Odéon (il fonctionna en fait du 1er décembre 1837 au 30 juin 1838) fit échouer le projet, remplacé par celui d'un « troisième théâtre lyrique ». Ce sera le théâtre de la Renaissance, consacré à la représentation de « drames, comédies et vaudevilles avec airs nouveaux » dans l'ancienne salle Ventadour. La salle fut louée à Joly, le 18 décembre 1837, pour une période de neuf ans à partir du 1er septembre 1838. Le 6 octobre, Joly devint gérant de la « Société pour l'exploitation du théâtre de la Renaissance », inauguré le 8 novembre avec *Ruy Blas*. Le théâtre, en difficultés, ferma ses portes en mai 1840 et de nouveau en 1841. Autorisé le 24 février 1843 à continuer l'exploitation du théâtre de la Renaissance dans une autre salle, Joly échoua dans son entreprise. En 1848, il collaborera à la rubrique littéraire du journal du clan Hugo, *L'Événement*. Il mourut dans la gêne, ruiné par des affaires de presse. — Voir Victor Hugo, *Correspondance familiale et écrits intimes*, Robert Laffont, 1991, t. II : *1828-1839*, index p. 907.

JURASSIENNE ANONYME (UNE). — *39-223*.
JURÉ DU PROCÈS PEYTEL (UN). — *39-204*.

KARR (Jean-Baptiste *Alphonse*). — 36-171.

Issu d'une famille originaire du duché de Deux-Ponts, il naquit à Paris le 24 novembre 1808. Il fit d'assez brillantes études au collège Bourbon, remportant plusieurs prix au concours général. Il débuta en 1830 au *Figaro*, sous la direction de Bohain et Roqueplan. En 1832, Gosselin publia son premier roman *Sous les tilleuls* qui lui apporta la notoriété. Après le naufrage du premier *Figaro*, il participa avec l'aide des financiers Fleurot, Boulé, puis Dutacq, aux essais de réapparition du *Figaro*. Rédacteur en chef du *Figaro, journal quotidien* (publié du 1er octobre au 24 décembre 1836), il obtint de Balzac la promesse de deux romans annoncés à partir du 28 octobre. À la fin de 1836, le *Figaro* changea de formule et devint le *Figaro, journal-livre, revue quotidienne* : divisé en deux parties, journal et roman qui pouvaient être reliés à part. Douze romans étaient promis pour 1837 dont *César Birotteau* pour février-mars, et *Les Artistes* pour novembre-décembre (annonce parue pour la première fois dans le numéro du 15 décembre 1836). Le « journal-livre » n'eut pas grand succès et cessa de paraître en août 1837. Le 15 octobre 1837, une nouvelle série commençait, toujours avec Alphonse Karr comme rédacteur en chef ; ce nouveau journal donnait des primes à ses abonnés, huit volumes d'*Études philosophiques* soldés par Werdet, puis, à partir du 17 décembre, *César Birotteau* (2 vol. in-8°). On sait que c'est à l'imitation des *Guêpes*, rédigé par Alphonse Karr, que Balzac lança en 1840 la *Revue parisienne*. Après une longue et féconde carrière de journaliste et de romancier, Alphonse Karr est mort à Saint-Raphaël le 30 septembre 1890. — Voir Derek P. Scales, *Alphonse Karr, sa vie et son œuvre*, Genève, Droz, 1959.

KOREFF (Dr David Ferdinand). — *40-62*.

D'origine prussienne, né à Breslau le 1ᵉʳ février 1783, il changea son prénom en Johannes Ferdinand après son baptême en 1816. Médecin mondain et écrivain, il s'était installé à Paris en 1823. Il fréquenta et soigna de nombreuses personnalités du Paris cosmopolite de la monarchie de Juillet. Accusé notamment de pratiquer des tarifs excessifs pour une médecine approximative, il fut écarté des grands salons à partir de 1838. — Sur ce personnage aux pratiques médicales douteuses, voir *Vingt-cinq ans à Paris (1826-1850). Journal du comte Rodolphe Apponyi attaché à l'ambassade d'Autriche-Hongrie*, Plon, 1913, t. I, p. 147 ; et *Souvenirs du chevalier de Cussy, garde du corps, diplomate et consul général, 1795-1866*, Plon, 1909, t. II, p. 219-220.

LA BÉDOLLIÈRE (Émile Gigaut de). — *40-32*.

Avocat, journaliste et polygraphe, né à Amiens en 1812, rédacteur au *Siècle*, il a traduit de nombreux auteurs étrangers : E. T. A. Hoffmann, Walter Scott, Charles Dickens… Il a donné en 1840 *Les Anglais peints par eux-mêmes* (2 vol. in-4°) et collaboré aux *Scènes de la vie privée et publique des animaux* ainsi qu'aux *Français peints par eux-mêmes*. Il est mort à Paris le 24 avril 1883.

LABOIS (Louis Antoine, dit Labois aîné). — *36-62, 37-75*.

Né le 3 novembre 1793 à Seraincourt, dans les Ardennes, fils de Louis Joseph Labois, marchand, et de Marguerite Sené, son épouse, il est mort à Paris en 1862. Bachelier en droit, il fut le camarade de basoche de Balzac chez Mᵉ Guillonnet-Merville, avoué près le tribunal de première instance de Paris, 42, rue Coquillière, où il était premier clerc. Le 1ᵉʳ avril 1819, il racheta la charge pour 120 000 F et la conserva jusqu'au 21 février 1840, la revendant alors pour 250 000 F (voir Nicole Célestin, « Guillonnet de Merville, l'honnête avoué, le juge de paix modèle. Documents inédits », *AB 1977*, p. 209-210). Il fut l'avoué de Balzac, surtout à partir de 1832. Après le décès de son ancien patron et prédécesseur, il signa comme témoin l'acte de notoriété en date du 30 janvier 1855 (*ibid.*, p. 216). — Voir A. D. Mikhaïlov, « Une lettre inédite de Balzac à Louis-Antoine Labois », *AB 2001*, p. 325-327.

LACROIX (Louis *Paul* Benoît Philippe Lacroix, dit le Bibliophile Jacob). — *39-302, 41-100*.

Né à Paris le 26 février 1806, il était encore élève de philosophie au collège Bourbon quand il publia, en 1824, une édition de Clément Marot, commençant une féconde carrière de polygraphe. Relation de jeunesse de Balzac, il se brouilla avec lui après la publication du compte rendu des *Deux Fous* dans *Le Feuilleton des jour-*

naux politiques. Ses articles publiés dans *Le Livre, revue du monde littéraire* de mai à septembre 1882 sous le titre *Simple histoire de mes relations littéraires avec Honoré de Balzac* sont intéressants, mais doivent être utilisés avec précaution. Il a révisé « le vieux français » de Balzac pour l'édition des *Contes drolatiques* illustrée par Gustave Doré (1855) et aidé Michel Lévy à rassembler les articles anonymes du Balzac journaliste des années 1830, en se fiant peut-être un peu trop à des souvenirs lointains et imprécis. En 1851, son frère Jules a épousé Caroline Rzewuska, sœur d'Ève de Balzac. Conservateur à la bibliothèque de l'Arsenal en 1855, Paul Lacroix y est mort le 16 octobre 1884. Balzac fit des commentaires peu aimables sur son épouse, née Apolline Biffe (1805-1896), dont il n'eut pas d'enfants (voir *LHB I*, p. 40-41).

LAITTRES (Théodore de). — *40-276*, 41-1.

Gentilhomme issu d'une vieille et illustre famille belge, originaire de Saint-Mard. Propriétaire du château de Rossignol, il y demeura jusqu'à son décès en 1874.

LALLEMAND (Dr Claude *François*). — *41-40a*.

Médecin, chirurgien, philosophe, né à Metz le 26 janvier 1790, mort à Paris le 23 juillet 1853, élève de Dupuytren, enseignant pendant vingt-cinq ans à la Faculté de médecine de Montpellier. Il est possible dans son abondante bibliographie que Balzac ait consulté ses *Recherches anatomico-pathologiques sur l'encéphale et ses dépendances* (Béchet jeune, 1824-1834, 3 vol. in-8°). Nous ignorons les dates et circonstances de leur rencontre. — Voir Louis Dulieu, « Claude François Lallemand (1790-1854) », *Revue d'histoire des sciences*, t. XXVIII, 1975, n° 2, p. 125-138.

LAMARTINE (Alphonse de). — 39-196, *39-200*, 40-79, 40-81, 41-15, 41-23*.

De neuf ans l'aîné de Balzac, Lamartine « ayant toujours vécu hors de France et encore plus loin de ce monde du demi-monde littéraire » écrivait (en 1864) avoir fait la connaissance de Balzac, en 1833, chez Émile de Girardin « qui créait en ce temps-là *La Presse* ». C'est en réalité en 1836 que Girardin fonda *La Presse*. On notera toutefois que, dans son Journal, Rodolphe Apponyi signale la présence simultanée de Balzac et de Lamartine chez Mme de Girardin le 16 mars 1836 (voir *Vingt-cinq ans à Paris [1826-1850]*, Plon, 1914, t. III, p. 209-210). Avant la dérobade de Lamartine à propos de l'affaire Peytel, Mme de Girardin avait essayé de rapprocher ses deux amis (voir *39-111* et notes). Ils se virent ensuite dans différents salons ou à la Société des gens de lettres. Balzac enviait la réussite politique de Lamartine, mais sans éprouver de sympathie pour l'homme. Le portrait de Canalis dans *Modeste Mignon* (1843) doit certes beaucoup à Lamartine, mais il est très composite et le remplacement du nom de Lamartine cité dans les premières éditions de *La Peau de chagrin* par celui de Canalis ne doit pas trop faire illusion. C'est en 1844 qu'apparaît pour la première fois la dédicace de *César Birotteau* à Lamartine. À la fin de février 1848, Balzac fit des démarches auprès du chef du gouvernement provisoire en faveur d'Eugène Surville, sans succès, semble-t-il, et durant les semaines suivantes les lettres à Mme Hanska seront pleines des commentaires les plus désobligeants à l'endroit de Lamartine. Les livraisons 104 à 106 du *Cours de littérature* de Lamartine (1864) traitent de Balzac. — Voir Fernand Letessier, « Balzac et Lamartine », *AB 1982*, p. 31-62 ; Stéphane Guégan, *Théophile Gautier*, Gallimard, 2011 ; Patrick Berthier, « Balzac-Gautier, ou l'échange littéraire », *CB*, n° 16, 2011, p. 38-49 ; Hervé Yon, « Gautier corrige Balzac », *ibid.*, p. 50-52 ; et l'index de *AB 1960-1999*.

LAMBERT (Dr). — *39-206*.

LAMOTHE-LANGON (Étienne, baron de). — *36-99, 40-49*.

Né le 1ᵉʳ avril 1786, il était le fils d'un conseiller au Parlement de Toulouse, décédé, victime de la Terreur, le 6 juillet 1794. Auditeur au Conseil d'État en 1810, il resta fidèle à Napoléon, refusant de nombreux postes pour des raisons politiques, il n'eut pas la carrière administrative qu'il souhaitait et vécut de sa plume. Il était très lié à Louis Mame et à Edmond Werdet. Il est mort, dans la gêne, en 1864. Nicole Felkay (p. 338-341) a publié une immense bibliographie de ses publications accompagnant une demande de secours d'avril 1857 (A. N., F¹⁷ 3172).

LANGE LÉVY (Mardoché Levi, dit). — *39-198*.

Imprimeur du *Siècle*, breveté depuis le 30 novembre 1837.

LANTIVY (Théodore Davière, L[ieutenant-]C[olonel] de). — *37-101*.

Né le 17 pluviôse an IV [6 février 1796], il est le fils de la comtesse de Maurey, née Louise Charlotte *Julie* de Lantivy ; cette dernière, divorcée de son mari qui avait émigré, fut arrêtée pendant la Terreur, emprisonnée et condamnée à mort. Pour échapper à la mort, elle épousa son geôlier, Louis-Jacques Davière. Ce Davière n'était autre que son ancien confesseur, ancien moine de Fontevrault, curé intrus d'Azé. De cette union, « la plus abominable qu'aux yeux des royalistes la Terreur ait produite », est né Théodore. À partir de 1814, à l'âge de 20 ans, devenu sous-lieutenant, il accola le nom de sa mère au sien et se fit appeler « Davière de Lantivy » ; il eut une belle carrière militaire et oublia progressivement le nom de Davière pour ne conserver que celui de Lantivy. La famille Lantivy de Trédion, qui a toujours ignoré le « bâtard » Davière, finira par intenter un procès à ce dernier, en 1859. — Voir André F. Borel de Hauterive, *Annuaire de la noblesse de France et des maisons souveraines de l'Europe*, Paris, Champion, 1860, t. XVII, p. 335.

LA RIFAUDIÈRE (Jean-Baptiste Louis *Gustave* Pitault de). — *40-50*.

Né en 1806 à Paris, ce jeune Créole avait fait la connaissance de Balzac en 1831, par l'entremise de Jean Vautor Desrozeaux (t. I de la présente édition, 31-82 et n. 2). On notera que Balzac lui avait offert, en 1833, l'édition in-12 de *Louis Lambert* avec sur le faux titre un envoi autographe.

LAROCHE (Jenny). — *40-184*.

Employée du Café Frascati, situé à l'angle du boulevard Montmartre et de la rue de Richelieu.

LASSAILLY (Charles). — *39-32, 39-52, 39-86, 39-170, 39-178, 39-241, 39-243, 39-298, 39-301*.

Né à Orléans le 3 septembre 1806, il est mort fou à Paris le 14 juillet 1843. Il vint à Paris en 1826, où il se fit très vite une réputation de bizarrerie et d'excentricité. Il publie des vers à *La Psyché* et se distingue par ses outrances à la bataille d'*Hernani* et à la première de *Marion Delorme*. En 1832, Renduel publie *Poésie sur la mort du fils de Bonaparte*, long poème assez maladroit ; l'année suivante paraît *Les Roueries de Trialph* (chez Silvestre et Baudouin), roman frénétique ; ce sont les seuls ouvrages qu'il réussit à publier en librairie. Il était au plus profond de la misère quand Balzac le recueillit pour en faire son secrétaire. Cet épisode a été conté par Léon Gozlan (*Balzac en pantoufles*, Hetzel, 1862) et Roger de Beauvoir (*Les Soupeurs de mon temps*, A. Faure, 1868, p. 142-149), qui précise que Lassailly se réfugia chez lui. — Voir Eldon Kaye, *Charles Lassailly : 1806-1843*, Genève, Droz, et Paris, Minard, 1962.

LAUGIER (Ernest). — 40-182*.

Né à Paris le 22 décembre 1812, il est mort le 5 avril 1872. Il était le fils d'André Laugier (1772-1832), chimiste, élève de Fourcroy, professeur au Muséum, auteur de travaux sur l'acide phosphorique, et neveu de Stanislas Laugier (1778-1872), médecin et chirurgien. À sa sortie de l'École polytechnique, il entra en août 1834 à l'Observatoire comme élève astronome, sous la direction de François Arago. En 1836 il épousa Lucie Mathieu, nièce d'Arago (fille de l'astronome Mathieu). En 1843, il succéda à l'Académie des sciences à Savary. C'est lui que Balzac consulta pour *La Recherche de l'Absolu*. Laugier, astronome et calculateur, le renseigna sur les travaux de son père comme en témoigne cet envoi autographe (Lov., A. 364, f° 135) sur un volume de la première édition de *La Recherche de l'Absolu* (mise en vente à la fin de septembre 1834) : « À M. Laugier / en témoignage de la reconnaissance de l'auteur / qui était peu chimiste. » — Voir les deux articles de Georges Barral parus dans *Le Petit Bleu* [de Bruxelles], 11 et 16 avril 1907 ; et Madeleine Ambrière, *Balzac et « La Recherche de l'Absolu »*, PUF, 1999, p. 293-300.

LAURENT-JAN (Alphonse Jean Laurent, dit). — *40-27, 40-169*, 40-190, *40-237, 41-124*, 41-149, 41-150*.

Fils de Jean-Gabriel Laurent et d'Adélaïde Jeanne Vermeil, Alphonse Jean Laurent est né à Paris le 7 juillet 1809. Dessinateur et homme d'esprit, il ne dessinait pas plus qu'il ne publiait. On ne sait exactement quand il fit la connaissance de Balzac, leur intimité ne semble pas antérieure aux années 1839-1840. La silhouette dégingandée de Laurent-Jan a été croquée par Chardin dans son aquarelle représentant Balzac et ses amis aux Jardies. Ami dévoué, Laurent-Jan le fut particulièrement durant le dernier séjour en Ukraine de Balzac qui l'avait chargé de ses intérêts littéraires. Pendant l'agonie de Balzac et après sa mort, il rendit de nombreux services à sa famille et à sa veuve bien que celle-ci n'éprouvât aucune sympathie pour ce bohème qui la choquait par son débraillé et son « mauvais ton ». Balzac lui avait dédié *Vautrin* en 1840, sans doute pour le remercier d'avoir, selon l'affirmation de Gautier, mis « sérieusement la main à la pâte » dans la rédaction de cette pièce. Sa collaboration à *L'École des ménages* est plus douteuse.

Après la mort de Balzac, Laurent-Jan, qui avait publié *Misanthropie sans repentir. Fragments de sagesse* (Hetzel, 1856), chercha à se ranger. En 1861-1862, il participa à la décoration des appartements du ministère d'État dans la nouvelle aile du Louvre. Plus tard, on le voit sollicitant l'appui de Mérimée qui, le 30 juillet [1869], se réjouissait fort de sa nomination à un poste obtenu grâce à la princesse

Mathilde (Mérimée, *Correspondance générale*, 2ᵉ série, Toulouse, Privat, t. XVII, p. 63). Il s'agissait sans doute déjà de la direction de l'École de mathématiques et de dessin de la rue de l'École-de-Médecine dont il fut le directeur ponctuel. Il est mort le 29 juillet 1877. — Voir Maurice Regard, « Balzac et Laurent-Jan », *AB 1960*, p. 161-176 ; et Anne Dion-Tenenbaum, *Les Appartements Napoléon III du musée du Louvre*, RMN, 1993, p. 41-42 et l'index.

LEBRUN (Pierre-Antoine). — *39-283**.

Né à Paris le 1ᵉʳ septembre 1785, il y est mort le 28 mai 1873. Ses pièces de théâtre *Marie Stuart* (1820) et *Le Cid d'Andalousie* (1825) lui assurèrent la notoriété. Il fut élu à l'Académie française le 21 février 1828 contre Ancelot, après avoir subi cinq échecs. De 1831 à 1848, il fut directeur de l'Imprimerie royale ; conseiller d'État en 1838, pair de France en 1839, sénateur de l'Empire en 1853, en 1839 il assurait l'intérim d'Abel-François Villemain, secrétaire perpétuel de l'Académie française devenu ministre de l'Instruction publique. Ses papiers et les lettres reçues par lui sont conservés à la bibliothèque Mazarine. — Voir la notice de Jean Bonnerot dans Sainte-Beuve, *Correspondance générale*, Delamain et Boutelleau, 1938, t. III, p. 415-416.

LECLERC. — *41-116*.

Un des nombreux inconnus provinciaux qui écrivirent à Balzac après avoir lu un de ses romans.

LE COINTE (Joachim). — *39-125, 39-173, 39-185, 39-255*.

Joaillier (1796-1849), installé 12, rue de Castiglione, il travaille sous la Restauration pour la duchesse de Berry et la cour. Il effectua de très nombreux bijoux et pièces d'orfèvrerie pour Balzac, dont la fameuse canne aux turquoises (aujourd'hui conservée à la Maison de Balzac). — Voir Jacqueline Viruega, *La Bijouterie parisienne : du Second Empire à la Première Guerre mondiale*, L'Harmattan, 2004, p. 380.

LECOU (Théodore Victoire Laurent, dit Victor). — *36-174, 36-189, 37-74, 37-77, 37-132, 37-147, 37-148, 37-149, 37-150, 37-170, 37-171, 38-55, 38-61, 38-72, 38-95, 38-104, 38-124, 38-125, 39-18, 39-43, 39-108, 39-158, 39-163, 40-267, 41-36, 41-37*.

Né à Paris le 4 mars 1801, breveté libraire le 23 février 1835, associé d'Henri Louis Delloye, il est l'un des libraires-éditeurs de la Société des gens de lettres. En 1855, il céda à Louis Hachette son fonds de bibliothèque in-18 anglais comprenant des œuvres de George Sand, Victor Hugo, Gérard de Nerval ; ce fut l'origine de la *Bibliothèque variée* publiée par Hachette (voir J. Mistler, *La Librairie Hachette*, 1964, p. 142). Il se retira dans la vallée de Montmorency, pour se livrer à l'horticulture. On ignore la date exacte de son décès (voir *Corr. Sand*, XI, p. 755).

LECTEUR DE LAMBALLE (UN). — *39-216*.

LECTRICE DE LA *Physiologie du mariage* (UNE). — *37-130*.

LECTRICE DE *La Vendetta* (UNE). — *39-94*.

LEFORT (Victorine). — *39-180*.

Évoquée par Arsène Houssaye, « belle fille brune, bouche de pourpre, yeux d'enfer » (*Confessions. Souvenirs d'un demi-siècle*, E. Dentu, 1885, t. I, p. 336), elle eut avec Théophile Gautier des amours orageuses parsemées de scènes violentes jusqu'à la rupture en 1841.

Répertoire des correspondants 1363

Gautier l'avait installée au 29, rue de Navarin (voir 37-109, n. 1).
— Voir R. Jasinski, *Les Années romantiques de Théophile Gautier*, Vuibert, 1929, p. 295-298.

LEMAÎTRE (Antoine Louis Prosper, dit Frédérick). — 40-119, *40-121*, 40-128, 40-130, 40-141, 40-144, 40-147, 40-176, *40-188*, 40-192, 40-196, 40-199, 40-257, 40-262, 41-67*.

Né au Havre le 30 juillet 1800, après des études à Sainte-Barbe, il fit ses débuts au théâtre sous le nom de Frédérick et devint très vite l'interprète idéal du drame romantique. Balzac, après avoir espéré le faire jouer dans *L'École des ménages*, se lia avec lui, peu de temps avant *Vautrin*. Après l'interdiction de la pièce, Balzac échafauda divers projets pour monter *Richard-Cœur-d'Éponge*, puis *Mercadet*, avec le grand acteur. En 1849, Balzac, de Russie, s'opposa aux projets d'Hostein qui désirait remanier *Mercadet* (devenu *Le Faiseur*) et le monter sans Frédérick Lemaître. Ce dernier est mort à Paris le 26 janvier 1876. — Voir Louis-Henry Lecomte, *Un comédien au XIXe siècle, Frédérick Lemaître : étude biographique et critique d'après des documents inédits*, chez l'auteur, 1888, 2 vol. ; Robert Baldick, *La Vie de Frédérick Lemaître : le lion du boulevard*, Denoël, 1961 ; Christine Bouillon-Mateos, « Balzac et Frédérick Lemaître, histoire d'une collaboration malheureuse », *AB 2001*, p. 69-82.

LEMERCIER (Henriette). — *39-209*.
Relation de Mme Peytel et de sa sœur.

LÉON-NOËL (Léon-André Noël, dit André). — 39-181, *39-214*, 39-218.

Fils du portier du collège d'Orléans, il y naquit le 10 février 1817. Il monte à Paris dès 1835, et devenu A. Léon-Noël il cherche sa voie dans le journalisme comme rédacteur ou illustrateur. Il se lie avec Murger, Labiche et Félix Tournachon qui n'est pas encore devenu Nadar ; avec ce dernier et Alfred Francey, c'est en 1839 la brève entreprise du *Livre d'or* qui cessa de paraître avant d'avoir inséré *La Frélore* de Balzac. Il est mort à Paris, le 2 novembre 1879, après une carrière journalistique. — Voir Loïc Chotard, « L'Envers de l'histoire littéraire », *AB 1988*, p. 240-241 ; repris dans *Approches du XIXe siècle*, Presses de l'université de Paris-Sorbonne, 2000, p. 101-102.

LÉPINAY (Julien). — *36-185*.
Solliciteur de Balzac, né le 28 juillet 1810 à Poulay (Mayenne), membre de la congrégation de la Sainte-Croix où il avait quittée en 1833. — Voir Judith Lyon-Caen, *La Lecture et la Vie. Les usages du roman au temps de Balzac*, Tallandier, 2006, p. 294-314.

LESCOURT (Léonie). — *40-53*.
Jeune solliciteuse rêvant d'entrer au Conservatoire dramatique.

LESERVISSE ? — *39-221*.

LINGAY (Jean Louis *Joseph* Maurice). — *39-262*.
Né à Paris le 2 septembre 1791 ; après avoir été le condisciple de Villemain au lycée impérial, il débuta dans le journalisme en 1815 au *Nain vert*. Peu après, remarqué par Decazes, ministre de la Police, il entra dans l'administration. En 1817, il reçoit la Légion d'honneur et devient en 1820 secrétaire de la présidence du Conseil des ministres. Atteint par la disgrâce de Decazes, il retrouvera ce dernier poste après 1830, jouant un important rôle occulte sous la

monarchie de Juillet. On connaissait ses relations avec Stendhal et son ami Mareste. Anne-Marie Meininger (« Qui est Des Lupeaulx ? », *AB 1961*, p. 149-184) a retracé la carrière de Lingay en la rapprochant de celle de Clément Chardin des Lupeaulx, personnage balzacien des *Employés*. De nombreuses coïncidences montrent que le premier fut bien connu de Balzac et servit de modèle au second. Le 15 janvier 1846, Balzac assista à la messe de mariage de Joseph Lingay avec la jeune Sophie Piquée (née à Paris le 30 avril 1828), fille de François Piquée (voir à ce nom) et de Sophie Pahn. De ce mariage naquit, le 31 octobre 1846, Georges Lingay. Lingay est mort à Paris le 21 décembre 1851. La succession fut réglée par François Piquée.

LISZT (Franz). — *40-113*.

Balzac et Liszt (1811-1886) s'étaient rencontrés dans les salons parisiens, chez Gérard, chez Delphine de Girardin ou à l'ambassade d'Autriche. À partir de 1834, le nom de Balzac revient souvent dans la correspondance de Liszt qui, tout en lisant *Séraphîta*, rapporte avec amusement une conversation où le romancier lui a confié que, pour être heureux, un homme a besoin de sept femmes (voir lettre à Marie d'Agoult, 1er juillet 1834, *Correspondance Franz Liszt – Marie d'Agoult*, éd. S. Gut et J. Bellas, Fayard, 2001, p. 157-158). Le 28 juin 1835, Balzac fait allusion à un billet de Liszt où il qualifiait George Sand de « magnétique » (voir *LHB I*, p. 258). Les relations s'espacent ensuite, Liszt voyageant avec Marie d'Agoult. En 1843, quand Liszt projette un voyage à Saint-Pétersbourg, Balzac le fait inviter par Mme Hanska, mais très vite il se repent de cette initiative car Liszt fait une cour pressante à Mme Hanska, qui n'y fut pas insensible comme en témoignent les lettres que lui envoya Liszt (*Briefe*, Leipzig, Breitkopf und Härtel, 1905, t. VIII) et surtout le « Journal de Saint-Pétersbourg » de Mme Hanska (voir R. Pierrot, *Ève de Balzac*, Stock, 1999, p. 467-481). Dès lors, les lettres de Balzac à sa correspondante polonaise sont remplies de commentaires désagréables sur la personne et le caractère de Liszt. La dédicace de *La Duchesse de Langeais* à Liszt apparaît pour la première fois au tome IX de *La Comédie humaine* (daté sur la page de titre de 1843, bien qu'enregistré à la *BF* du 28 septembre 1844). Le personnage de Conti dans *Béatrix* doit sans doute quelques traits à Liszt, bien que Balzac lui ait fait dire par Mme Hanska « que *Conti* c'est Sandeau en musicien, comme *Lousteau*, c'est encore Sandeau » (*LHB I*, p. 684, 15 mai 1843). — Voir Thérèse Marix-Spire, « Histoire d'une amitié : Fr. Liszt et H. de Balzac », *Revue des études hongroises*, janvier-février 1934, p. 36-38.

LOUAULT. — 38-138.

Louault était « fabricant de porcelaines blanches » à Villedieu (Indre) ; avec son associé Armand Pérémé, il avait un dépôt à Paris, 10, rue du Faubourg-Montmartre. — Voir la note d'Anne-Marie Meininger, « Qui est Louault ? », *CB*, n° 32, 1988, p. 15.

« LOUISE ». — 36-19, 36-23, 36-27, 36-32, 36-38, 36-39, *36-40*, 36-42, 36-47, 36-53, 36-59, 36-63, 36-68, 36-74, 36-78, 36-79, 36-90, 36-91, 36-92, 36-96, 36-127, 36-128, 37-63, 37-68.

Sur une page d'annonce de *La Mode* du 28 juin 1851, on lisait le texte suivant : « À paraître dans *La Mode*. Lettres à Louise par

H. de Balzac. Ces lettres au nombre de vingt-trois et qui sont complètement inédites ont été adressées par l'auteur d'*Eugénie Grandet* et du *Lys dans la vallée* à une des femmes les plus élégantes de la société actuelle. Ces lettres forment une des pages les plus curieuses de ce qu'on pourrait appeler le roman du cœur de l'illustre romancier. On admirera l'écrivain dans *La Comédie humaine* mais c'est dans ces lettres qu'on ira chercher et étudier l'homme. Nous avons entre les mains les originaux de ces vingt-trois lettres. » Émue par cette annonce, Ève de Balzac écrivait à sa belle-mère, le 5 juillet suivant : « J'ai un nouveau procès sur les bras contre le journal *La Mode* qui a acheté une correspondance *intime* de notre pauvre Honoré avec une belle Dame, laquelle après avoir vendu jadis sa faveur, vend ses lettres à cette heure » (aut., Lov., A. 391 *bis*, f° 14). À la même époque, elle annonçait la nouvelle à sa belle-sœur Laure Surville en indiquant qu'elle avait chargé son avoué Mᵉ Picard d'envoyer une opposition énergique à *La Mode* (*ibid.*, f° 62 v°). L'affaire fut jugée par la première chambre du tribunal civil de la Seine le 14 mai 1852 (voir *Gazette des tribunaux*, 20 mai 1852, p. 486 et *BF*, Feuilleton, 29 mai 1852). La veuve du romancier s'opposait en tant que légataire universelle à la publication de lettres d'un caractère intime et réclamait la restitution des autographes. Le tribunal dans son jugement déclara qu'une lettre missive est la propriété de la personne qui l'a reçue et qu'en conséquence les héritiers du signataire de la lettre ne peuvent en aucun cas en exiger la restitution, mais qu'ils peuvent s'opposer à ce que cette lettre soit publiée. *La Mode* représentée par son gérant Voillet de Saint-Philibert se voyait interdire la publication des lettres à « Louise ». Dans ce jugement, on lit que lesdites lettres avaient été vendues à *La Mode* pour 3 000 F par un sieur Lefebvre [*sic*], qui fut condamné à restituer cette somme à *La Mode*. *La Mode* était dirigée depuis 1849 par Philéas Nivard (1807-1880) ; cet ancien notaire à Artenay (Loiret), légitimiste convaincu, avait abandonné son étude pour se lancer dans la politique, c'est lui qui avait acheté au « sieur Lefebvre » les « lettres à Louise », le manuscrit de *L'Interdiction* et des épreuves corrigées du *Lys dans la vallée* (voir les lettres 36-14, n. 1, et 36-74).

L'identité de « Louise » nous reste encore mystérieuse. Son identification avec Louise « de Brugnol » (voir à ce nom), soutenue par Jean Savant, ne nous paraît pas à retenir (voir les deux comptes rendus très argumentés de *Louise la mystérieuse* (JS) dans *AB 1974*, par René Guise, p. 353-368, et par Thierry Bodin, p. 368-377). Graham Robb, plus récemment, dans *Balzac, a Biography* (Londres, Picador, 1994, p. 287-294 et notes) a ingénieusement suggéré de l'identifier avec la comédienne Atala Beauchêne, née à Orléans, le 4 décembre 1819, qui nous paraît avoir été bien jeune pour écrire la lettre 36-40.

LUBIZE (Pierre Henri Martin, dit). — 37-115.

Vaudevilliste, Pierre Henri Martin (1800-1863) fit jouer sous le pseudonyme de Lubize de nombreuses pièces écrites en collaboration avec Eugène Labiche, Paul Siraudin, etc.

LUCHAIRE (Hippolyte). — *40-57.

Un des nombreux jeunes gens qui proposèrent à Balzac de devenir son secrétaire.

M *** (Ginévra de). — *40-54, 40-69, 40-83*.
   Correspondante non identifiée qui a rencontré Balzac dont elle a reçu au moins une lettre, non retrouvée.
MAC CARTHY (*Justin* Marie Laurent Robert, comte). — *37-119, 37-125, 38-20**.
   La branche française des Mac Carthy-Reagh, grande famille irlandaise, descendante de Justin Mac Carthy (vers 1638-1694), premier chef de la « brigade irlandaise » au service de Louis XIV en 1690. En 1776, ils reçurent des lettres de grande naturalisation et le titre de comte, et se fixèrent à Toulouse. Le correspondant de Balzac était *Justin* Marie Laurent Robert, comte Mac Carthy-Reagh, dernier du nom, né le 6 mai 1811, mort le 12 mai 1861, sans postérité ni alliance.
MADAME ***. — *36-206*.
MADEMOISELLE ***. — *39-68*.
MAFFEI (Andrea). — *37-34*.
   Né dans le Trentin en 1798, le chevalier poète Andrea Maffei avait épousé, le 10 mars 1832, Clara Carrara-Spinelli (voir l'entrée suivante). Bohème et léger, il délaissa vite sa jeune et charmante femme, préférant la vie de café à celle de la famille. Une séparation légale intervint le 15 juin 1846. On lui doit notamment des traductions italiennes d'œuvres de Gessner, Schiller, Goethe, Shakespeare et Milton. Il est mort à Milan en 1885.
MAFFEI (Elena *Clara* Antonia Carrara-Spinelli, comtesse Andrea). — *37-54, 37-56, 37-59, 37-99*.
   Fille du comte Giovanni Battista Carrara-Spinelli et de la comtesse née Ottavia Gambara, elle naquit à Bergame le 13 mars 1814. À dix-huit ans, elle avait épousé le chevalier Andrea Maffei de seize ans son aîné. Cette union ne fut pas heureuse ; pour se consoler la jeune femme se mit à recevoir beaucoup, mais quand elle reçut Balzac en 1837 et en 1838, son salon n'avait pas encore le renom qu'il connut plus tard. On dit qu'à la première visite de Balzac, elle aurait fait mine de s'agenouiller en s'écriant : « J'adore le génie »... Balzac lui fit une cour empressée, elle n'y fut pas insensible et, en dépit de son insouciance, le chevalier Maffei lui écrivit pour lui conseiller la prudence (voir R. Guise, « Balzac et l'Italie », *AB 1962*, p. 262-269). Balzac lui offrit les épreuves des *Martyrs ignorés*, et lui dédia, en 1842, *La Fausse Maîtresse*. Après avoir été la muse du *Risorgimento*, elle est morte à Milan le 13 août 1886.
   — Voir Raffaello Barbiera, *Il Salotto della contessa Maffei et la società milanese (1834-1886)*, Milan, Fratelli Treves, 1895.
MAGNY (D. DE). Voir DRIGON DE MAGNY.
MAIGNAN. — *36-201*.
   Prote de l'imprimerie Baudouin.
MALET FAURE (Honoré *Ferdinand*). — *40-15*.
   Fournisseur de Balzac, il est né en 1791 à Marseillan dans l'Hérault, et était propriétaire et négociant en vins à Saint-Péray avec son épouse, née Marie Mélanie Faure. Il fut maire de Saint-Péray de 1834 jusqu'à son décès le 21 janvier 1868. Ferdinand Malet était le beau-père d'Alphonse Robin (voir à ce nom), autre fournisseur de Balzac.

MARBOUTY (Caroline). — *36-101, *37-172*, *37-173*, *38-90*, *38-134*, *38-142 ?*, *39-20*, *39-57*, *40-75*.

Née à Paris en 1803, Caroline Pétiniaud était la fille d'un magistrat de Limoges ; sa mère était elle-même la fille d'un magistrat à la Cour de cassation. En 1822, on la maria à Jacques Sylvestre Marbouty (1790-1858), greffier en chef au tribunal de Limoges. Intrigante et romanesque, déçue par un mariage médiocre, elle se lança dans la littérature en cherchant à imiter George Sand. En 1835, elle fait, à La Rochelle, la connaissance de Jules Sandeau et d'Anna de Massac (voir Mabel Silver, *Jules Sandeau*, Boivin, 1936, p. 76-78 et 82), qui la présentèrent à Balzac. En 1836, Balzac l'emmena à Turin déguisée en jeune garçon. Elle essaya de se faire des relations littéraires : Sainte-Beuve, George Sand, Planche, Scribe, Mérimée, etc. En 1842, au tome II de *La Comédie humaine*, Balzac dédia *La Grenadière* « À Caroline, à la poésie du voyage, le voyageur reconnaissant ». Deux ans plus tard, sous le pseudonyme de Claire Brunne, elle publia un roman à clef, *Une fausse position*, où Balzac était mis en scène d'une façon assez désagréable sous le nom d'Ulric. C'est probablement après cette lecture que Balzac raya sa dédicace sur son exemplaire de l'édition Furne. Elle eut une vieillesse difficile, sollicitant des secours littéraires (voir Mérimée, *Correspondance générale*, 2e série, Toulouse, Privat, t. XII, p. 121, 127 et 134). Éprise de spiritisme, elle a laissé un manuscrit autographe tardif conservé à la Maison de Balzac : *Voyage d'Ytalie raconté par Balzac / écrit sous sa dictée spirite / le 15 aoust 1881* (éd. Yves Gagneux, « Caroline ou "la Poésie du voyage" », *Balzac et l'Italie : lectures croisées*, Paris-Musées et Des Cendres, 2003, p. 167-194). Elle est morte à l'hôpital Beaujon, après avoir été écrasée par un omnibus, en traversant les Champs-Élysées, le 16 février 1890. — Voir Maurice Serval, *Une amie de Balzac, Mme Marbouty*, Émile-Paul frères, 1925 ; André Maurois, *Prométhée ou la Vie de Balzac*, Hachette, 1965, p. 330-339 et 607-608 ; et René Guise, « Madame Marbouty et le théâtre de Balzac », *AB 1967*, p. 363-366.

MARCHANT DE LA RIBELLERIE (Albert). — 36-195, 36-203, 37-5, 37-26, 37-27, 37-133.

Né le 2 fructidor an VII [20 août 1800] à Mettray (Indre-et-Loire), il était le fils d'Honoré René Marchant (1764-1816), baron de l'Empire (13 février 1813), intendant général de la Grande Armée, et de Marie Albertine Désirée La Roche de La Ribellerie. Entré au collège de Vendôme, le 13 août 1810, il y fut le condisciple de Balzac. Le 13 février 1813, ses parents avaient acheté pour 40 000 F à B.-F. Balzac sa « maison de famille » qu'il possédait depuis 1804, rue Napoléon, à Tours. Après son veuvage, la baronne Marchant épousa le lieutenant-colonel Doutremont de Minière. Par ordonnance royale du 8 septembre 1818, les deux enfants du baron Marchant, Albert et Honorine, furent autorisés à prendre le nom de Marchant de La Ribellerie. Balzac resta en relations étroites avec son ancien condisciple et sa famille (voir l'Index au tome III de la présente édition). Albert Marchant de La Ribellerie ayant été nommé sous-intendant militaire à Tours, Balzac descendait chez lui quand il était de passage dans sa ville natale, en allant à Saché ou en en revenant. En remerciement de différents services, il lui offrit des épreuves corrigées du *Secret des Ruggieri*; en 1846, Balzac dédia *Le Réquisitionnaire* à la mémoire de son ami mort à l'hôpital militaire d'Alger le 28 mai 1840.

MARCHESI (Pompeo). — 37-39.

Sculpteur italien (11 août 1789-7 février 1858), professeur à l'Académie de Brera ; un grand nombre de ses œuvres ornent les monuments publics de Milan.

MAREST (Désirée *Joséphine*). — 36-9.

Née Lefort, elle était depuis le 18 octobre 1835 la veuve de Claude Philippe Lambert Marest, négociant et propriétaire de l'immeuble du 2, rue Cassini.

MARGERAND (Claude). — 39-190, 39-191, 39-201, *39-229*.

Né en 1799, à Jassans (Ain), il quitta la magistrature après la révolution de Juillet. Avocat au barreau de Lyon, il fut l'un des défenseurs de Peytel. Maire de Jassans, conseiller général de l'Ain, il fut élu bâtonnier en 1847. Il est mort à Lyon le 11 mars 1863, peu après avoir été réélu bâtonnier pour la troisième fois. — Voir P.-A. Perrod, *L'Affaire Peytel*, Hachette, 1958, p. 108 et suiv.

MARGONNE (Jean de). — *41-126*.

Né le 3 janvier 1780 à Nogent-le-Rotrou, il est mort à Paris le 11 mai 1858. Il était issu d'une famille située sur les confins de la bourgeoisie et de la petite noblesse ; possesseur de la « seigneurie » de Saché et Valesne, acquise par son grand-père Jean Butet, on lui attribue volontiers la particule. En 1803, il épousa sa cousine Anne de Savary, « petite, bossue et intolérante », selon Balzac. Les Savary et les Margonne étaient liés avec les Balzac. Honoré, dans une lettre à Mme Hanska (*LHB II*, p. 872-873), déclare tout crûment que son frère Henry était le fils de M. de Margonne ; témoignage confirmé, semble-t-il, par un legs figurant dans le testament de J. de Margonne ; il laissait 200 000 F à Henry, mais celui-ci étant mort avant son bienfaiteur, ce legs ne fut pas exécuté. Balzac a été de nombreuses fois l'hôte de Saché (voir la Chronologie). Dans le calme de la province natale, loin de l'agitation parisienne, il trouva souvent une inspiration dont le château de Saché, aujourd'hui transformé en musée Balzac, maintient le souvenir. *Une ténébreuse affaire* est dédié à M. de Margonne. — Voir Bernard Paul-Métadier, *Balzac à Saché*, Calmann-Lévy, 1950 ; la collection de la revue *Balzac à Saché*, I-XV [1951-1983] ; Marie-Françoise Sassier, *L'Histoire d'un grand mécénat, le château de Saché, refuge de Balzac*, Tours, Conseil général d'Indre-et-Loire, 2001 (p. 27-56 : « Saché, les Margonne et Balzac » ; p. 115-116 et 124-127 : inventaire des papiers des familles Savary et Margonne concernant Saché).

MARIE ***. — *39-106, 39-133*.

Correspondante non identifiée qui demande, sans succès, des rendez-vous à Balzac, en lui écrivant chez Laure Surville.

MARIN (Scipion). — *40-224*.

Polygraphe et voyageur, Scipion Marin a publié de nombreux ouvrages dont une *Histoire de la vie et des ouvrages de M. de Chateaubriand* (1832).

MAUSSION (*Alfred* Augustin Joseph de). — 39-168.

Né à Paris le 29 octobre 1788, mort en 1848, il était le frère cadet d'Adolphe Antoine Thomas, baron de Maussion (1787-1858). Il fut, en 1820, créé comte de Montgoubert. On lui doit quelques romans dont *Faute de s'entendre* (Ladvocat, 1837). Il habitait, en 1839, 73, rue de Lille, l'une des deux adresses indiquées par Balzac dans sa lettre, mais n'avait pas droit au titre de marquis.

MAUTHEVILLE DU BOUCHET (Augustin César Charles Florimond, marquis). — *36-110.*

Actionnaire de la *Chronique de Paris*. Né le 10 mars 1790, ancien volontaire de la garde du Roi, fils unique de Denis Jean Florimond de Langlois de Mautheville, marquis du Bouchet, lieutenant-général qui avait commandé un corps de gentilshommes à l'armée de Condé. Il avait épousé Thérèse Marie Auguste, dite Augusta, de Quélen (1806-1866). Il est mort le 1ᵉʳ février 1856.

MAZURE (Sophie). — **36-43.*

Femme de lettres (Niort, 1ᵉʳ mars 1801-Paris, 7 décembre 1870), admiratrice de Ballanche, qui la présenta au cercle de l'Abbaye-aux-Bois, elle y a pu faire la connaissance de Balzac. — Voir les deux articles d'Agnès Kettler, « De Francis Dazur à sœur Marie des Anges : les illusions perdues de Sophie Mazure », *AB 1988*, p. 45-71, et *AB 1989*, p. 151-172.

MÈGE (Dr Jean-Baptiste). — *36-136, 37-127, 37-164.*

Médecin, né à Saint-Amant-Tallende le 10 juin 1787, il est mort au château de la Trésorière, près de Tours, le 15 juin 1871. Il servit de prête-nom à Balzac pour la location de son appartement du 13, rue des Batailles, à Chaillot.

MEISSONIER (Jean Louis *Ernest*). — *40-23, 40-25.*

Peintre (né à Lyon le 21 février 1815, mort à Paris le 21 janvier 1891), il avait entrepris en 1840 un portrait de Balzac qu'il n'acheva pas. Son nom est cité plusieurs fois dans *La Comédie humaine* ; ainsi, dans *Illusions perdues*, Balzac évoque « d'admirables tableaux de genre dignes de Meissonier » (*CH V*, p. 587). Meissonier a collaboré à l'illustration de *La Comédie humaine* ; dès le tome I, Monsieur Guillaume pour *La Maison du chat-qui-pelote*, le baron de Fontaine pour *Le Bal de Sceaux*, le peintre Schinner pour *La Bourse*, etc. (En tout 5 dessins dont 2 pour les tomes II et III.)

MEMBRES DE LA COMMISSION DITE DU « MANIFESTE ». Voir SOCIÉTÉ DES GENS DE LETTRES.

MÉNAGER (Pierre-Aimé *Ferdinand*). — *39-38, 40-100, 40-165, 40-234.*

Notaire à Sèvres, Balzac signa dans son étude de nombreux actes concernant les Jardies. Voir *À la mémoire de M. Pierre-Aimé Ferdinand Ménager, notaire à Sèvres*, Lille, Imprimerie de Danel, 1877.

MÉNIÈRE (Dr Prosper). — **40-126.*

Né à Angers le 18 juin 1799, il commença ses études de médecine dans sa ville natale ; externe des hôpitaux de Paris, il fut camarade de Ricord. Après avoir passé son doctorat (1828), il devint l'assistant de Dupuytren à l'Hôtel-Dieu ; professeur agrégé de médecine en 1832, il fut l'année suivante envoyé par le gouvernement pour veiller sur la santé de la duchesse de Berry, prisonnière à Blaye. À son retour d'Italie, où il avait accompagné la duchesse, il enseigna l'hygiène à la Faculté de médecine de Paris avant d'être nommé médecin-chef des sourds-muets. En 1838, il épousa la fille du physicien Antoine Becquerel. Mondain et lettré, protégé par le chancelier Pasquier, il a bien connu la société française de la monarchie de Juillet et du début du Second Empire. Il est mort le 7 février 1862. En utilisant les lettres écrites par Prosper Ménière à divers correspondants, son fils, le docteur E. Ménière, a publié un volume intitulé *Mémoires anecdotiques sur les salons du Second Empire, journal du D*r *Prosper Ménière* (Plon, 1903).

Quand Prosper Ménière fit-il la connaissance de Balzac ? Les lettres que nous publions témoignent de relations très cordiales, qui sont certainement antérieures à 1830 (voir M. Le Yaouanc, *Nosographie de l'humanité balzacienne*, Maloine, 1959, p. 10, n. 30) ; dans les *Lettres sur Paris*, Balzac, en date du 28 octobre 1830, cite l'ouvrage de Ménière, *L'Hôtel-Dieu de Paris en juillet et en août 1830*, qui venait de paraître chez Heideloff : « un médecin de haute espérance, le docteur Ménière, vient de publier le livre le plus curieux de tous ceux inspirés par la révolution de Juillet […]. Ce livre de talent est la bataille de Paris vue de l'Hôtel-Dieu […] » (*OD II*, p. 894). Ménière est très certainement l'un des prototypes d'Horace Bianchon ; dans les premières éditions de *La Peau de chagrin*, ce n'est pas Bianchon, ami de Raphaël, qui assiste à la consultation de Brisset, Cameristus et Maugredie (*CH X*, p. 257-260, et les variantes) mais *Prosper* : « un homme plein d'avenir et de science, le plus distingué peut-être des élèves internes de l'Hôtel-Dieu ». Dans la biographie de Prosper Ménière figurant en tête des *Mémoires anecdotiques sur les salons du Second Empire*, il est indiqué que Balzac fit disparaître « Prosper » de *La Peau de chagrin* parce qu'il lui en voulait d'être devenu l'ami intime de Jules Janin ; le système des personnages reparaissants et l'ascension d'Horace Bianchon au firmament de *La Comédie humaine* sont peut-être des explications plus vraisemblables.

MERLE (Jean Toussaint). — 39-149, *39-296*.

Journaliste et auteur dramatique (1785-1852), on lui doit une centaine de pièces et d'innombrables articles. Royaliste convaincu, il dirigea pendant de longues années la partie littéraire de *La Quotidienne*. De 1822 à 1826, il fut le directeur de la Porte Saint-Martin. En 1826, il était devenu le second mari de Marie Dorval. — Voir André Lebois, « Le Chevalier de Valois serait-il *Monsieur* Dorval ? », *AB 1969*, p. 308-311.

MERLIN (Maria de Las Mercedes Santa Cruz y Montalvo, comtesse). — *41-18*, 41-19, *41-20*, 41-43*.

Fille du comte Joaquín Santa Cruz y Cardenas, comte de Mopox et Jaruco, et de Teresa Montalvo y O'Farrill, elle naquit à La Havane, le 5 février 1789 ; le 31 octobre 1809, elle avait épousé à Madrid Cristobal Antoine Merlin (1771-1839). Son mari — frère de Merlin de Thionville — avait été créé comte le 20 mars 1812, et promu général le 14 juillet 1813. Cantatrice de grande réputation, elle réunissait dans son salon de la rue de Bondy « tout ce que Paris renfermait d'illustrations en tous genres, mais surtout en musique » (*Salons d'autrefois, souvenirs intimes par Madame la comtesse de Bassanville*, Brunet, 1862, t. II, p. 125). Philarète Chasles en fait un vivant portrait, terminé par cet aveu : « cette femme était la comtesse M… seul amour de ma vie » (Ph. Chasles, *Mémoires*, G. Charpentier, 1876, t. II, 234-235). Elle a publié plusieurs ouvrages dont ses *Souvenirs et mémoires* (4 vol., Charpentier, 1836). P.-G. Castex

(*Histoire des Treize*, Garnier, 1966) a montré dans son introduction à *La Fille aux yeux d'or* que certains détails de la biographie de la comtesse Merlin avaient été attribués par Balzac à la marquise de San Réal. Balzac semble pourtant avoir fréquenté assidûment son salon surtout à partir de 1841. Il lui demanda des conseils pour *Les Ressources de Quinola* (voir, t. III de la présente édition, la lettre du 27 février 1842). En 1845-1846, Balzac fait plusieurs allusions à des parties de lansquenet chez elle (*LHB II*, p. 15 et notes, 18, 22, 171 et 232). Il lui dédia alors *Les Marana*. La comtesse Merlin est morte à Paris le 30 mars 1852. — Voir Domingo Figarola Caneda, *La Condesa de Merlin (Maria de la Merced Santa Cruz y Montalvo)*, Excelsior, 1928.

MESSAGERIES DE VILLE-D'AVRAY (DIRECTEUR DES). — 40-198.

MEYERBEER (Giacomo). — *36-57*.

Jakob Liebmann Meyer Beer, né à Berlin le 5 septembre 1791, adopta ensuite le nom de Giacomo Meyerbeer. Pianiste-virtuose dès l'âge de sept ans, il devint en 1812 compositeur de la cour du grand-duc de Darmstadt. Après les échecs de ses deux premiers opéras, il se rendit en Italie où ses opéras, inspirés de ceux de Rossini, connurent le succès. Installé à Paris, il fit jouer *Robert le Diable* (1831) et *Les Huguenots* (1836). Il est mort à Paris le 2 mai 1864. Son dernier opéra, *L'Africaine*, fut créé en 1865. — Voir Jean-Pierre Barricelli, « Balzac et Meyerbeer », *AB 1967*, p. 157-163.

MIDY (*Théodore* Rosine Lasalle, Mme Adolphe). — 40-286.

Née et décédée à Paris (5 avril 1797-30 juillet 1877), fille de Catherine Allain, dite Surville, et de Nicolas Théodore Alphonse Lasalle, elle était la demi-sœur d'Eugène Surville. D'après les recherches d'Anne-Marie Meininger, elle ne figure nulle part dans les actes concernant le mariage d'Eugène avec Laure Balzac. C'est plus tard que les Balzac connurent son existence. Le 3 avril 1823, elle avait épousé Emmanuel *Adolphe* Midy (né à Rouen le 28 novembre 1797) dont elle avait déjà trois enfants. Vers 1840, elle se lança dans une carrière littéraire. Balzac semble lui proposer un sujet concernant deux assassinats dans la famille Médicis en 1548 et 1537 (40-286). Elle ne donna pas suite à ce sujet dont Balzac s'inspira dans l'introduction à *Sur Catherine de Médicis*, rédigée dans le courant de 1841. Balzac s'inspira d'elle et de sa famille. — Voir A.-M. Meininger, « Théodore, quelques *Scènes de la vie privée* », *AB 1964*, p. 67-81 ; et Jeanne Genaille, « Pouvoir d'un prénom. Théodore », *AB 1972*, p. 386-392.

MIGNOT (Natalie). — *38-53*.

Traductrice, amie de Caroline Couturier de Saint-Clair (voir à ce nom).

MOLLEVAUT (Charles Louis). — *40-214*.

Né à Nancy le 26 septembre 1776, polygraphe plus connu pour ses traductions (Tibulle, Virgile, Ovide, Tacite…) que pour son œuvre poétique, membre de l'Académie des inscriptions et belles-lettres, il est mort à Paris le 13 novembre 1844.

MONSIEUR ***. — 40-103.

MOZZONI-FROSCONI (*Alessandro* Paolo). — *37-46, 37-92, 37-139, 38-15, 38-63,* 38-129.

Né à Milan le 24 mai 1783, issu d'une noble famille lombarde, il était l'avocat milanais chargé des intérêts du comte Guidoboni-Visconti. — Voir Raffaele de Cesare, « Une lettre inédite de Balzac à Alessandro Mozzoni-Frosconi », *AB 1978*, p. 49-52.

Mutel (M⁰). — *39-210*.

Notaire dans la Nièvre.

Nacquart (Dr Jean-Baptiste). — *36-8, 36-10, 36-17, 36-44, 36-56, 36-81, 36-176, 37-20, 37-30, 37-79, *37-134*, 37-159, 37-166, *39-36*, *39-42*, 39-46, 39-114, 40-178*.

Né à Venières (Marne) le 5 juillet 1780, il passa sa thèse de médecine en 1803 et publia dès 1808 un ouvrage où il étudiait les théories de Gall : *Traité de la nouvelle physiologie du cerveau*. C'était le début d'une brillante carrière médicale marquée par l'élection à l'Académie de médecine en 1823 et par de nombreux travaux. Habitant dans le Marais, 39, rue Sainte-Avoye, Nacquart s'était lié avec B.-F. Balzac et son fils aîné, dont il fut pendant toute sa vie le médecin, l'ami et le créancier. Il est mort à Paris le 9 février 1854. — Voir l'introduction de M. Bouteron à la correspondance de Balzac avec Nacquart, *CB*, nº 8, 1928, p. VII-XX ; la notice d'Anne-Marie Lefebvre et la note de Martine Contensou sur l'entrée à la Maison de Balzac de lettres adressées par Balzac et par Ève de Balzac à Nacquart, *CB*, nº 58, 1995, p. 3-23.

Nacquart (*Raymond* Louis). — 36-49 ?

Fils du précédent, né à Paris le 8 août 1817. Magistrat, il fut maire de Pontoise de 1855 à 1860. Le 15 juin 1851, il reçut somptueusement dans sa villa de Pontoise Ève de Balzac, venue lui rendre visite en compagnie du docteur Nacquart (R. Pierrot, *Ève de Balzac*, p. 344-345). Il fut l'un des juges qui, en 1857, condamnèrent *Les Fleurs du mal*, suscitant des commentaires vengeurs de Baudelaire.

Nettement (Alfred). — *36-7, 36-26, *36-109*, 39-97, 39-308, *40-146*, *41-125*.

Né à Paris le 21 août 1805, il y est mort le 14 novembre 1869. Journaliste catholique et légitimiste, il collabora à *La Quotidienne*, à *La Gazette de France*, à *La Mode*, à *L'Univers religieux*, etc. On lui doit de nombreux ouvrages de critique littéraire et d'histoire. Avant de participer à la fondation de *L'Écho de la jeune France*, il avait collaboré au *Rénovateur* ; créant *Le Nouveau Conservateur* en 1835, il songea à faire appel à Balzac, qu'il avait connu à *La Quotidienne*, nouant avec lui d'amicales relations. Entré à *La Gazette de France* au début de 1836, il commença une série d'*Études littéraires*, consacrant à Balzac ses feuilletons des 11, 17 et 24 février où, tout en faisant quelques réserves sur la moralité de l'œuvre, il mettait en évidence sa valeur et prenait sa défense dans la querelle l'opposant à Buloz. Balzac remercia « M. A... N... » dans l'« Historique du procès auquel a donné lieu *Le Lys dans la vallée* » (*CH* IX, p. 924). Nettement a consacré un chapitre à Balzac dans son *Histoire de la littérature française sous le gouvernement de Juillet* (2 vol., Lecoffre, 1854). — Francis Nettement, frère cadet d'Alfred, a également bien connu Balzac. On lui doit une très vivante description d'un dîner rue des Batailles à la fin de 1835 (*Le Soleil illustré*, 24 mars 1878). — Voir Edmond Biré, *Alfred Nettement : sa vie et ses œuvres*, Lecoffre, 1901.

Répertoire des correspondants

NOËL (André Léon). Voir LÉON-NOËL.

Odéon (théâtre de l'). — *41-140*.

O'DONNELL (*Élisa* Louise Gay, comtesse Jean Louis Barthélemy). — **39-30, 39-142, 39-264, 39-265*.

Fille de Jean Sigismond Gay, née le 16 mars 1800 et adoptée par Sophie Gay, elle avait épousé, le 15 avril 1817, le comte Jean Louis Barthélemy O'Donnell (1787 1868), qui fut maître des requêtes au Conseil d'État (1819-1820) et conseiller d'État (1827-1849). Balzac n'était pas insensible au charme de la comtesse O'Donnell, morte prématurément le 8 août 1841. — Voir Henri Malo, *La Gloire du vicomte de Launay [...]*, Émile-Paul frères, 1925, p. 119-121 ; Léon Séché, *Delphine Gay [...]*, Mercure de France, 1910, p. 101 et suiv. ; Madeleine Lassère, *Delphine de Girardin, journaliste et femme au temps du romantisme*, Perrin, 2003, index.

OTT (Ernest). — *39-212*.

Créole mécontent des appréciations de Balzac à propos de l'affaire Peytel.

OURLIAC (Édouard). — *39-182, 39-267, 39-286*, 40-28, 40-33, 40-235*.

Né à Carcassonne en 1813, journaliste et romancier. Il collabora à la *Charte de 1830*, au *Figaro*, à *L'Artiste*, à *La Presse*. Ami de Gérard de Nerval, il fut l'un des habitués de l'impasse du Doyenné. À la suite d'un mariage malheureux, il se convertit et devint un collaborateur assidu de *L'Univers*.

Édouard Ourliac avait publié dans le *Figaro* du 15 décembre 1837, *Malheurs et aventures de César Birotteau avant sa naissance* ; article non signé, reproduit à la fin du tome II de l'édition originale du roman avec la signature « ÉDOUARD OURLIAC » (extrait du *Figaro* du 15 décembre 1837) » (voir Lovenjoul, *HOB*, p. 359-361). Balzac l'aida probablement à collaborer aux *Français peints par eux-mêmes* où *Le Gendarme*, signé Édouard Ourliac, figure au tome II, 7ᵉ livraison. Il est mort à Paris le 30 juillet 1848. — Voir Maurice Pierre Boyé, *Esquisses romantiques*, Debresse, 1937, p. 58-71 ; et S. Vachon, *Honoré de Balzac*, p. 81-84 (nouvelle reproduction de l'article de 1837) et p. 527-528 (longue notice sur les rapports Balzac-Ourliac).

PARETO (Lorenzo Antonio *Damaso*, marquis). — *38-66**.

Érudit génois, traducteur de Shelley et ami de Giuseppe Mazzini, le marquis Damaso Pareto (1801-1862) avait fait la connaissance de Balzac en 1838. En 1842, Balzac lui dédia *Le Message* et en 1843 il le mit en scène au début d'*Honorine*. — Voir Anna Dal Pin, « Damaso Pareto. Un capitolo del romanticismo mazziniano », *Giornale storico e letterario della Liguria*, 1, 1925, p. 24-47.

PARFAIT (Noël). — *41-137**.

Né à Chartres le 30 novembre 1814, Noël Parfait participa très jeune à la révolution de 1830 et reçut la médaille de Juillet. Affilié aux Sociétés républicaines, il fut condamné en 1833 à deux ans de prison pour un poème intitulé *L'Aurore d'un beau jour*, apologie de l'insurrection de juin 1832. Il entra à *La Presse* en 1836, collaborant aux chroniques dramatiques de Gautier et à la direction du *Feuilleton*. Député d'Eure-et-Loir à la Législative, il fut expulsé après le coup d'État du 2 décembre 1851 et ne rentra en France qu'après l'amnistie de 1859. Collaborateur de Michel Lévy, il prit une part active à l'établissement de l'édition Lévy des *Œuvres complètes* de Balzac, en particulier au volume de *Correspondance*. Député républicain d'Eure-et-Loir en 1871, il est mort en 1899. Parmi ses ouvrages, on rappellera qu'il a collaboré avec Gautier pour *La Juive de Constantine, drame anecdotique en cinq actes et six tableaux* (pièce créée à la Porte Saint-Martin le 12 novembre 1846).

PASSIONNÉE (UNE). — *38-57.*

PATRICKSON (Margaret). — *36-170, 37-95, 38-35, 39-230*.

Née en 1785, elle publia par souscription en 1806, à Londres, un recueil de *Miscellaneous Poems* (2 vol. in-8°). En 1820, professeur de dessin à Londres, elle fit imprimer une petite plaquette de 4 pages pour vanter ses services et en indiquer les tarifs : un seul exemplaire de cette plaquette semble avoir été conservé (National Library of Scotland, n° OCLC 663425360). Comme elle l'avoue dans sa lettre du 16 juin 1837, c'est à l'instigation de la marquise de Castries qu'elle envoya à Balzac une lettre d'amour signée Lady Nevil ; la marquise avait l'intention de tourner ainsi Balzac en ridicule, mais, bien vite, la vieille institutrice eut honte du rôle qu'on lui faisait jouer et avoua tout à Balzac en le suppliant de lui donner son amitié et de lui permettre de traduire ses œuvres en anglais. Un long fragment du 3ᵉ état des *Proscrits*, dont l'impression avait débuté en 1835 mais qui n'a paru dans les *Études philosophiques* qu'en 1840, a été publié dans une traduction anglaise de M. Patrickson avant de l'être en français (*The Monthly Magazine*, octobre 1836, p. 372-378 ; texte correspondant à *CH* XI, p. 536, ligne 7, à p. 544, ligne 16). Nous ne savons quand Balzac lui avait remis ce texte. Elle est morte en 1862. — Une lettre, datée du 16 mai 1838 dans *Corr. Gar. III* (n° 1341) et redatée du 16 mai 1835, figurera au *Supplément* du tome III de la présente édition. — Voir *LHB* I, p. 420-421 et 424 ; et S. R. B. Smith, *Balzac et l'Angleterre. Essai sur l'influence de l'Angleterre sur l'œuvre et la pensée de Balzac*, Londres, Williams Lea & Co, 1953.

PAUL (Adrien). — *40-131, 40-133, 40-167.*

L'identité de ce solliciteur adressé à Balzac par un Laurent-Jan mal renseigné reste énigmatique. S'agit-il de l'auteur des *Hégésiaques* (1834) ? Joseph Marie Quérard (*La Littérature française contemporaine*, Daguin éditeur, 1842, t. I, p. 5) confirme l'emploi d'un pseudonyme sans aucune identité établie. Sous le nom d'Adrien Paul (ou Adrien-Paul) sont publiés de nombreux romans entre 1834 et 1864. Plusieurs citent précisément Balzac : *Thérésa ou comme s'en va le bonheur*, Leipzig, A. Durr, 1857, 2 vol., t. I, p. 169 et t. II, p. 50 ; *Duels de Valentin*, aux bureaux du *Siècle*, 1865, p. 335 et 353 ; et *Les Aventures du chevalier Floustignac. À côté du bonheur*, aux bureaux du *Siècle*, 1866, p. 58. Il semble qu'Adrien Paul fût également rédacteur littéraire du *Siècle*, puis feuilletoniste.

PAULIN (Nicolas Jean-Baptiste). — *41-40, 41-98, 41-167*.

Associé d'Hetzel, Paulin signa les deux contrats de *La Comédie humaine* ; son nom figure sur la page de titre des tomes I et II de l'édition, puis disparaît. Né en 1793 et mort le 2 novembre 1859, il avait d'abord été avocat, avant de fonder en 1825 une librairie en association avec Auguste Sautelet. Ami d'Armand Carrel, de Thiers et de Mignet, il avait participé en 1829 à la fondation du *National* dont il fut le gérant après 1830. Il a édité les œuvres de Thiers, d'Armand Carrel, les *Mémoires* de Casanova et ceux de Saint-Simon. En association avec J.-J. Dubochet, il avait lancé *L'Illustration* en 1843. — Voir la notice de J. Bonnerot dans Sainte-Beuve, *Correspondance générale*, Delamain et Boutelleau, 1935, t. I, p. 409.

PAZAT. — *39-220*.

Avoué à Mont-de-Marsan.

PÉLISSIER (Olympe Louise Alexandrine Descuilliers, dite Olympe). — *36-94*.

Née en 1799, baptisée à Paris le 13 juin 1813, elle est morte à Paris, à son domicile, 1, avenue Ingres, le 22 mars 1878. Belle et intelligente, elle mena une vie brillante de demi-mondaine, recevant dans son salon des grands seigneurs : le duc de Fitz-James, le duc de Duras ; des écrivains : Eugène Sue, Balzac ; des journalistes : Lautour-Mézeray, le Dr Véron ; des artistes : Horace Vernet, Rossini. Sue, son amant en 1830, lui présenta Balzac, qui ne fut pas insensible à son charme. Amédée Pichot, dans un article que Balzac n'a pas désavoué, a raconté que l'épisode de *La Peau de chagrin* où Valentin se cache dans la chambre de Fœdora était le souvenir d'une aventure semblable d'Honoré avec Olympe. Elle a été la maîtresse de Balzac, mais la chronologie et les détails de la liaison nous échappent. Le Dr Ménière raconte dans ses *Mémoires* que Balzac lui proposa de l'épouser et qu'elle refusa.

Longtemps maîtresse en titre de Rossini, elle le rejoignit à Bologne en mars 1837, le suivit dans ses séjours italiens et devint sa femme en 1846, après le décès, en octobre 1845, d'Isabelle Colbrand, la première épouse du compositeur. Réinstallée à Paris avec Rossini sous le Second Empire, elle lui a survécu dix ans, après avoir créé la Fondation Rossini, léguée à l'Assistance publique. — Voir L.-J. Arrigon, *Les Années romantiques de Balzac*, Perrin, 1927, p. 81-85 ; Chantal Maury, « Balzac, Olympe Pélissier et les courtisanes de *La Comédie humaine* », *AB 1975*, p. 199-215 (article reproduisant de nombreux documents notariés la concernant) ; Jean-Pierre Galvan, « Olympe Pélissier vue par Eugène Sue. Lettres inédites d'Eugène Sue à Alfred de Forges », *CB*, n° 75, 1992, p. 21-30 ; Liliane Lascoux, « Balzac et Rossini, histoire d'une amitié », *AB 2005*, p. 363-384.

PELLETAN (Pierre Clément *Eugène*). — *41-97*.

Fils d'un notaire, né le 29 octobre 1813 et décédé le 6 décembre 1884, journaliste, écrivain, député puis sénateur, ami de George Sand, il avait été, pendant quelques mois en 1837, le précepteur de Maurice Sand à Nohant. Il a publié en 1846 un long article intitulé : « *La Comédie humaine*, par M. de Balzac », recueilli en 1854, au tome I, p. 98-107, de son ouvrage intitulé *Heures de travail*, Pagnerre, 2 vol. in-8°. — Voir Édouard Petit, *Eugène Pelletan*, A. Quillet, s. d., et la notice de Georges Lubin dans *Corr. Sand III*, p. 892-893.

PEREIRE (Émile). — *39-244, 39-260, 40-48*.

Descendant d'une famille juive d'origine portugaise, il naquit à Bordeaux le 3 décembre 1800. D'abord courtier d'affaires, il prit part au mouvement saint-simonien et travailla au *Globe*, puis au *National*. Avec son frère Isaac (1806-1880) il obtint l'adjudication du chemin de fer de Paris à Saint-Germain, puis celle du chemin de fer du Nord. En 1852, les frères Pereire lancèrent la Société générale de crédit mobilier. Ils prirent part à la plupart des grandes entreprises industrielles du Second Empire. Émile Pereire est mort à Paris le 6 janvier 1875. Les œuvres d'Émile et Isaac Pereire, *Documents sur l'origine et le développement des chemins de fer*, ont été publiées en 4 volumes de 1912 à 1920.

PÉRÉMÉ (Étienne Christophe, dit Armand). — *38-60, 38-77, 38-86, 38-91, 38-106, 38-109, 38-113, 38-115, 38-117, 39-35, 40-273, 40-274, 41-165**.

Né à Issoudun le 24 février 1805, il mourut à Paris le 12 novembre 1874. Allié à la famille Borget, avocat, journaliste, auteur dramatique et archéologue, il élabora avec Balzac plusieurs projets théâtraux dont les détails nous échappent. Ayant fait des fouilles au pied de la tour d'Issoudun, il sollicita l'aide et l'appui de Prosper Mérimée, en sa qualité d'inspecteur général des Monuments historiques. Ses *Recherches historiques et archéologiques sur la ville d'Issoudun*, notamment évoquées dans *La Rabouilleuse*, ne parurent qu'en 1847. Il fut également l'associé de Louault (voir à ce nom), fabricant de porcelaines blanches à Villedieu (Indre). Il sera commissaire aux expositions de Londres (1847) et de Paris (1855) et directeur du canal Zola à Aix-en-Provence. Ce n'est qu'en 1846 que le tribunal d'Issoudun autorisa « Étienne Christophe Pérémet » à changer son patronyme en « Pérémé » ; sa demande d'abandonner ses deux prénoms enregistrés à l'état civil pour les remplacer par celui d'« Armand » fut en revanche rejetée. — Voir l'article de Stanislas Martin, *L'Écho des marchés du Centre*, 22 novembre 1874 ; et G. Pérémé, « Armand Pérémé, correspondant de Balzac », *Revue de l'Académie du Centre*, 1999, p. 35-48.

PÉRIOLAS (Louis Nicolas). — **39-139, 39-159**.

Né à Tournon le 23 octobre 1785, il est mort à Lyon en 1859. Sapeur, puis artilleur, il prit part à de nombreuses batailles de la Grande Armée, dont Wagram et la Moskova. Ami des Carraud, capitaine instructeur à Saint-Cyr, ville où Balzac fit sa connaissance. Bien souvent, le romancier l'interrogea avidement sur ses souvenirs des campagnes impériales, comptant sur lui pour la documentation des *Scènes de la vie militaire* et en particulier de *La Bataille*, qu'il n'écrivit jamais. Après son départ de Saint-Cyr, Balzac continua à correspondre de temps en temps avec lui. *Pierre Grassou* lui fut dédié en 1844 ; sous-directeur de l'artillerie au Havre, Périolas avait, l'année précédente, pris sa retraite avec le grade de lieutenant-colonel. — Voir M. Bouteron, *CaB I*, 1923, et « Le Capitaine Périolas et *La Bataille* », dans Bouteron, p. 75-91.

PERRÉE (Louis Marie). — *41-115, 41-129, 41-143**.

Petit-fils de Perrée-Duhamel, député à la Constituante, au Conseil des Anciens, membre du Tribunat, il est né à Paris le 13 mars 1816. Après des études de droit, il devint avocat. Le 1ᵉʳ février 1840, l'assemblée générale des actionnaires du *Siècle*, ayant contraint Armand Dutacq à la démission, le nommait directeur-gérant à sa place (voir *Le Siècle*, 3 février 1840). Remettant de l'ordre dans les finances du journal, il constata que Balzac avait reçu de son prédécesseur de nombreuses avances et que son compte était largement débiteur, après la publication des *Lecamus* en 1841 (voir 41-115, n. 1), mais très désireux d'obtenir de la copie de Balzac il accepta de lui faire de nouvelles avances. Les 22 janvier et 27 mars 1847, Balzac cédera au *Siècle* l'équivalent de 250 feuilles de la justification de *La Comédie humaine* sans préciser exactement la liste des textes qui pouvaient être reproduits. Élu député de la Manche à la Constituante le 23 avril 1848, Perrée ne fut pas réélu à la Législative. Peu après la mort de Balzac, en vertu du traité de 1847, il publia *Le Père Goriot* et fut alors assigné par Louis Véron (voir à ce nom), directeur du *Constitutionnel* qui, d'après un autre traité conclu par Balzac, avait seul le droit de reproduire ce roman. Une longue procédure s'ensuivit qui aboutit à la condamnation du *Siècle*, le 5 mars 1852, plus d'un an après la mort de Perrée, décédé le 16 janvier 1851. — Voir Pierre Laubriet, « Balzac et *Le Siècle* », *AB 1961*, p. 297-302.

PEYSONNEL (R. de). — 41-8, 41-12, 41-14.

Membre de la Société des gens de lettres, il fut directeur du *Commerce, journal des progrès moraux et matériels*, journal qui publia *Une ténébreuse affaire* du 14 janvier au 20 février 1841. Après l'achèvement de la publication, Balzac lui offrit le manuscrit de son roman.

PEYTEL (Sébastien Benoît). — *39-225*.

Né à Mâcon le 30 nivôse an XII [21 janvier 1804], Sébastien Benoît Peytel a été guillotiné à Bourg le 31 octobre 1839. Après avoir tâté du journalisme à Paris, au *Voleur* dont il avait été un des actionnaires, et publié un violent pamphlet contre Louis-Philippe, intitulé *Physiologie de la poire* (1832), il s'était retiré en province et avait acheté, en mars 1838, une étude de notaire à Belley. Le 7 mai suivant, il épousait, à Paris, une jeune Créole originaire de La Trinité, Félicité (ou Félicie) Thérèse Alcazar (née en 1817), belle-sœur du docteur Casimir Broussais. Les témoins du mariage de Peytel étaient Lamartine, Gavarni, Samuel-Henry Berthoud et Louis Desnoyers. Dans la nuit du 1er au 2 novembre 1838, le drame éclata au pont d'Andert près de Belley : les époux accompagnés d'un domestique, Louis Rey, revenaient de Mâcon par un très mauvais temps ; des coups de pistolet claquent, Mme Peytel et son domestique sont tués, la première par balle ; le second à coups de marteau. D'après l'enquête minutieuse de P. A. Perrod (*L'Affaire Peytel*, Hachette, 1958), il est probable que Peytel avait surpris sa femme en galante conversation avec son domestique ; voulant laver son honneur, Peytel tira sur le domestique, mais atteignit sa femme avant de s'acharner sur le séducteur... Durant tout le procès, le notaire se refusa à plaider la vérité pour dissimuler son infortune. Le 30 août 1839 au soir, les Assises de Bourg condamnaient Peytel à la peine de mort. Peu après, Gavarni, qui connaissait bien Peytel, et Balzac, qui l'avait entrevu quelquefois au *Voleur*, se rendirent dans le Doubs pour enquêter sur l'affaire et essayer de sauver Peytel, mais en vain. — Voir Pierre-Antoine Perrod, *L'Affaire Peytel*, Hachette, 1958 ; Michel Lichtlé, « Balzac et l'affaire Peytel. L'invention d'un plaidoyer », *AB 2002*, p. 101-165.

PEZZI (Giulietta). — 37-58.

Née à Milan en 1816, elle y est morte le 31 janvier 1876. Fille de Francesco Pezzi, journaliste et fondateur de la *Gazzetta di Milano*, elle avait fait la connaissance de Balzac chez la comtesse Maffei dont elle était une amie d'enfance ; très jolie, elle fut surnommée « l'Ange » par le romancier. Elle fréquenta les salons littéraires milanais où elle fit la rencontre de nombreux écrivains et artistes : Carlo Cattaneo, Verdi et, par l'entremise de Balzac, Vincenzo Bellini, Gaetano Donizetti... En 1848, elle rencontre Mazzini qu'elle soutient ardemment. Elle a publié plusieurs romans en italien (*Un nido di rondini*, 1880) et un en français, *Une fleur d'Israël* (1847).

PHILIPON (Charles). — *38-6, 41-33, 41-52.

Né à Lyon le 19 avril 1806, il est mort à Paris le 25 janvier 1862. Dessinateur en lithographie, il débuta en 1823. Son beau-frère Gabriel Aubert ayant fait de mauvaises affaires comme notaire, il lui conseilla de se faire marchand d'estampes. Animée par Philipon, la maison Aubert se spécialisa dans la caricature politique. Après la disparition de *La Silhouette*, Philipon, en octobre 1830, lança *La Caricature*, dont Balzac fut au début, sous divers pseudonymes, le rédacteur principal. *La Caricature* prit vite une position politique très hostile au gouvernement de Louis-Philippe ; suspensions, amendes et condamnations à la prison s'abattirent sur son gérant, Philipon (voir t. I de la présente édition, lettre 32-27, n. 3) ; la publication cessa le 27 avril 1835, laissant un lourd passif. Depuis le 1er décembre 1832, Aubert avait lancé une autre revue, *Le Charivari* ; Philipon en assura la direction effective pendant dix ans. En 1848, il prit la direction du *Journal pour rire*, dont Nadar fut un des principaux collaborateurs. — Voir Antoinette Huon, « Charles Philipon et la Maison Aubert », *Études de presse*, nouvelle série, 4e trimestre 1957 ; Martine Contensou, *Balzac & Philipon associés : Grands fabricants de caricatures en tous genres*, cat. de l'exposition, Maison de Balzac (26 juin-23 septembre 2001), Paris-Musées, 2001.

PIAU (Auguste). — *41-6*.

Gérant du *Commerce*.

PIAZZA (Antonio). — 38-50.

Journaliste et romancier milanais. Le 23 février 1837, il publia dans la *Gazetta privelegiata* de Milan un article flatteur pour Balzac. — Voir Henri Prior, « Balzac à Milan », *Revue de Paris*, 15 juillet 1925, p. 295-298.

PICNOT. — *38-59*.

Il avait publié une brochure de 58 pages, sans nom d'auteur, intitulée *Projets concernant la salubrité et l'extinction réelle de la mendicité*, Imprimerie Gaultier-Lagionie, 1837 (BF du 15 juillet 1837). La préface est signée « Picnot, Inspecteur à l'École centrale des Arts et Manufacture. Rue Richer, 9. »

PILLAY (Charlotte, dite Caroline Chazeau-Duteil, Mme Maurice Magloire). — *38-36, 38-36a*.

Amie de J.-L. Gaudy jeune, à qui Balzac vend les *Maximes et pensées de Napoléon*. Cette aventurière, relation épisodique de Balzac, née à Paris le 2 mai 1789, mariée en 1812 avec un officier, Maurice Magloire Pillay (1755-1834), se faisait passer pour « baronne ». Elle est morte, détenue à la Maison centrale de Clermont (Oise), le 4 novembre 1850. — Voir la notice de *JS*, n° 28, p. 35-38.

PIQUÉE (François). — *41-92, 41-99, 41-102, 41-103*.

Né en 1804, il était limonadier « Au Café de l'Aurore, Champs-Élysées », quand naquit sa fille Sophie en 1828. Protégé par Joseph

Répertoire des correspondants

Lingay (voir à ce nom), ce dernier le fit nommer directeur du théâtre du Gros-Caillou (voir *AB 1961*, p. 177-178). Quand Balzac entra en relations suivies avec lui, en septembre 1841, il était directeur du *Musée des familles*. Y parurent plusieurs textes de Balzac. François Piquée habitait chez Joseph Lingay, avenue Marbeuf, avec sa femme et sa fille Sophie qui, le 14 janvier 1846, épousa Lingay, Balzac assistant au mariage (*LHB II*, p. 159-160).

PLANCHE (Jean-Baptiste *Gustave*). — *36-5.

Fils du pharmacien Louis Antoine Planche, il naquit à Paris le 16 février 1808. Très jeune, il fut influencé par les idéologues et fit quelques études de médecine avant de se lancer dans la critique littéraire et artistique où, très vite, il se montra l'adversaire des romantiques. Il a collaboré au *Globe*, à *L'Artiste*, à la *Revue des Deux Mondes*. Brouillé quelque temps avec Buloz, il se rapprocha de Balzac, pour qui il n'avait guère été tendre, et participa à la *Chronique de Paris*. De 1840 à 1845, il séjourna longuement en Italie avant de revenir prendre une place de critique sévère et de bohème impénitent. Il est mort pauvre et solitaire le 18 septembre 1857. — On trouvera dans les deux volumes de Maurice Regard, *L'Adversaire des romantiques, Gustave Planche* (Nouvelles Éditions latines, 1956), une étude détaillée de sa vie et de ses idées ainsi qu'un long chapitre sur ses rapports avec Balzac.

PLAYS (Auguste). — *39-222*.

Chapelier fournisseur de Balzac, installé au 13 de la rue du Coq-Saint-Honoré.

PLON (Louis *Charles*). — 36-168, 36-169, 37-73, 37-85, 37-90, 37-103, 37-114, 37-121, 37-145, 39-138*.

Charles Plon (1810-1881) et son frère aîné Henri (voir l'entrée suivante) descendaient d'une longue lignée d'imprimeurs d'origine danoise, établis à Mons, à la fin du XVIe siècle. Leur père Philippe Plon (1774-1843) vint à Paris en 1798, travailla chez Firmin Didot, chez Paul Dupont et à l'imprimerie de la Banque de France. En 1832, la Société Béthune et Plon fut fondée pour l'exploitation d'une imprimerie dont Maximilien Béthune détenait le brevet depuis le 26 mai 1826. Elle était installée rue de Vaugirard, dans l'hôtel de Condé, annexe du Petit-Luxembourg ; l'imprimerie était dirigée par Henri, et son jeune frère Charles, que Balzac appelait familièrement « Charlot », en était le prote. De nombreuses œuvres de Balzac furent imprimées chez Béthune et Plon : plusieurs volumes des *Études philosophiques* (Werdet, 1836-1837), *Le Lys dans la vallée* (Werdet, 1836), *La Peau de chagrin* (éd. illustrée, 1838), *La Femme supérieure* (Werdet, 1838), *Berthe la repentie* (Souverain, 1839), *Un grand homme de province à Paris* (Souverain, 1839), *Scènes de la vie privée*, *Scènes de la vie de province*, *Scènes de la vie parisienne* (Charpentier, 1839), *Histoire des Treize* (Charpentier, 1840), *Physiologie de l'employé* (Aubert, 1841), *Louis Lambert*, suivi de *Séraphîta* (Charpentier, 1842), *La Comédie humaine* (t. I-XI, 1842-1844). Les frères Plon imprimèrent *La Comédie humaine* (t. XII, XIV, XVI-XVII, 1845-1848) et les *Petites misères de la vie conjugale* (Chlendowski, 1845).

PLON (*Henri* Philippe). — 37-91, 37-94, 37-104, 37-111, 37-123, 38-8, 39-3, 39-304, 41-122, 41-155*.

Fils aîné de Philippe Plon, né à Paris le 26 avril 1806, il dirigeait l'imprimerie de la rue de Vaugirard. Au début de 1845, Béthune se retira de l'affaire et Henri Plon obtint son brevet le 28 février 1845 ; la raison sociale devint Plon frères. En 1852, les trois frères Plon (Henri, Hippolyte et Charles) lui adjoignirent une maison d'édition et s'installèrent rue Garancière. Ami du prince Napoléon, Henri Plon reçut le titre d'imprimeur de l'Empereur et publia l'*Histoire de Jules César* de Napoléon III (1865). Son fils Eugène lui succéda à la tête de la maison, et Henri mourut à Paris le 25 novembre 1872

PLOUVIER (Édouard). — 40-253.

Ancien ouvrier corroyeur, Édouard Plouvier, né à Arras le 2 août 1820, avait fait ses débuts littéraires au *Musée des familles*. Il fit jouer de nombreuses pièces après 1850 et mourut à Paris le 12 novembre 1876.

POMMIER (Louis *Antoine*). — 39-74, 39-109, *39-112*, 39-124, 39-126, *39-134*, *39-146*, 39-177, 39-194, 39-195, 39-219, 39-249, 39-310, *40-5*, *40-6*, 40-66, 40-123, 40-124, *40-129*, 40-279, *41-3*, 41-46, 41-53, 41-64, *41-94*, *41-95*, 41-101, *41-104*, *41-158**.

Ancien avoué, agent central de la Société des gens de lettres.

PONGERVILLE (Jean-Baptiste Sanson de). — *40-45**.

Né à Abbeville le 3 mars 1782, il avait publié en 1823 une traduction en vers du *De Natura rerum* de Lucrèce et sous le titre *Les Amours mythologiques*, un choix des *Métamorphoses* d'Ovide (1827). Ce mince bagage lui avait valu un fauteuil à l'Académie française le 29 avril 1830. Il avait promis sa voix à Balzac en 1843, et le soutint encore en 1849 pour le fauteuil de Chateaubriand. Conservateur de la bibliothèque Sainte-Geneviève en 1846, il passa à la Bibliothèque impériale en 1851. Il est mort le 22 janvier 1870, Xavier Marmier lui succédant sous la Coupole.

PONS (Charles Pierre *Gaspard*, comte de). — **37-122*, 40-76, *40-107**.

Poète et dramaturge né à Avallon le 13 juillet 1798, décédé à Paris le 28 avril 1862. Officier de carrière, il fut l'ami de jeunesse de Victor Hugo et d'Alfred de Vigny, collabora au *Conservateur littéraire*, puis à *La Muse française*. Il avait publié, en 1819, *Constant et discrète*, poème en 4 chants et, en 1821, *Épître à M. Victor-Marie Hugo [...] sur l'insurrection des Grecs*, une des premières œuvres du philhellénisme littéraire.

PORCIA (Alfonso Serafino, prince di). — 37-42, 37-43, 37-44, 37-45, 37-93, 38-41.

Issu d'une famille originaire de Carinthie, Alfonso Serafino (1801-1876), prince di Porcia, prince du Saint-Empire, membre de la chambre des seigneurs d'Autriche, chambellan de l'empereur Ferdinand Ier, s'était fixé à Milan par amour pour la comtesse Attendolo-Bolognini (voir à ce nom). Sa sœur, la comtesse Sanseverino (voir à ce nom), lui avait recommandé Balzac qu'il invita plusieurs fois en 1837 dans sa belle maison du Corso di Porta Orientale. Lors de son second séjour à Milan, en 1838, Balzac descendit chez le prince Porcia qui mit à sa disposition « une petite chambre donnant sur les jardins ». Comme il le rappelle lui-même dans sa dédicace de *La Torpille* qui figure maintenant en tête de *Splendeurs et misères des courtisanes*, c'est sous les ormes des *boschetti* du jardin que Balzac médita cette « œuvre essentiellement parisienne ». — Voir Charles Dédéyan, « Les Porcia contre Stendhal et pour Balzac », *AB 1993*, p. 417-422.

POTOCKA (Marie Rzewuska, comtesse Jeroslas). — *36-1, 36-48, 36-55, 37-11.
 Fille de l'hetman Séverin Rzewuski, grand-oncle paternel de Mme Hanska. Née en 1786, mariée en 1807 à Jeroslas Potocki (1784-1838), elle était la sœur cadette de Wenceslas Rzewuski (1785-1831), surnommé «l'Émir» à la suite de ses voyages et aventures en Orient, et la belle-sœur de la tante «Rosalie» dont parle Balzac (voir *LHB I*, p. 320, n. 1). Durant son séjour à Genève, Mme Hanska lui présenta Balzac avec qui elle se montra fort coquette, ce qui ne manqua pas de susciter une vive jalousie de la part d'Ève Hanska (voir *ibid.*, p. 117-120, 125, 137, 145... et les notes). Rentrée à regret dans l'Empire russe en 1837, elle est décédée à Piezcary peu avant 1849. — Voir R. Pierrot, *Ève de Balzac*, en particulier les généalogies.

POTOCKI (Bernard). — *36-29 ?, 36-30.
 Fils de l'écrivain polonais Jan Potocki (1761-1815), il était né le 12 novembre 1800. Capitaine de cavalerie au service de la Belgique, il vivait la plupart du temps à Paris, séparé de sa femme, née Claudine Dzialynska (voir t. I de la présente édition, lettre 34-2, n. 2). En 1839-1840, il fréquenta le salon de Marie d'Agoult dont il était épris. Il est mort en 1874. Balzac, en insistant sur son goût pour le jeu, le cite assez souvent dans ses lettres à Mme Hanska (voir l'index de *LHB II*).

POULLAIN (Hippolyte). — 40-3.
 Misogyne belge intrigué par le chapitre faussement cryptographique de la *Physiologie du mariage*.

Presse (directeur du journal *La*). — 40-88, 40-117.
Presse (rédacteur du journal *La*). — 36-167, 36-179, 39-169, 39-213.
PRÉVOST-ROUSSEAU. — 38-130 ?
 Maire du IIIᵉ arrondissement de Paris.
PROCUREUR DU ROI PRÈS LE TRIBUNAL DE PREMIÈRE INSTANCE DE LA SEINE. Voir DESMORTIERS.
PROCUREUR DU ROI PRÈS LE TRIBUNAL CIVIL DE LA SEINE-INFÉRIEURE. Voir BLANCHE, CENSIER.
PROTESTANTE (UNE). — 40-118.

QUÉLEN (Éléonore Louise Hocquart, comtesse de). — 36-111.
 Épouse du comte d'Empire Auguste Marie Louis de Quélen (son cousin), mère de Thérèse Marie Auguste, dite Augusta, épouse d'Augustin César Charles Florimond de Mautheville du Bouchet (voir à ce nom). Elle était actionnaire de la *Chronique de Paris*.

RADZIWILL (Angelina, princesse). — 36-58.
 Membre de la grande famille polonaise, amie de Mme Hanska, nous n'avons pas trouvé de renseignements la concernant dans *L'Almanach de Gotha* où figurent pourtant plusieurs notices sur les Radziwill (années 1836, 1848 et 1896).

RAMEAU (Charles). — 40-254.
 Avoué près le tribunal de première instance de Versailles, il était président de la Conférence des avoués de première instance des départements. Balzac l'avait engagé pour l'affaire Foullon (voir à ce nom).

REGNAUD DE SAINT-JEAN D'ANGÉLY (Laure Guesdon de Bonneuil, comtesse). — *36-64*.

Laure de Bonneuil (1775-1857) était la veuve du comte Michel Louis Étienne Regnaud de Saint-Jean d'Angély (1762-1819), haut fonctionnaire impérial, créé comte en 1808, resté fidèle à Napoléon durant les Cent-Jours. Très belle (son portrait par François Gérard, exposé au Salon de 1799, a été légué au Louvre en 1879 par sa nièce Mme de Sampayo, R. F., 239). Elle avait eu un salon réputé sous l'Empire et avait été mêlée à la chronique scandaleuse de la Cour impériale. Elle était restée très liée avec Fortunée Hamelin, chez qui Balzac a eu l'occasion de la rencontrer. Un seul court billet de leur correspondance a été retrouvé.

REGNAUDIN (Mlle Auguste). — *39-61*.

RÉGNAULD DE PRÉBOIS (Adèle). — *40-67*.

Née Leblanc de Prébois, elle était issue d'une vieille famille de noblesse militaire du Dauphiné ; sœur de François Leblanc de Prébois, officier qui s'est illustré en Algérie et qui sera élu député en 1848. Elle prit en littérature le nom de son mari, Régnault [ou Régnauld comme en témoignent les différents annuaires de la Société des auteurs et compositeurs dramatiques de l'époque], qu'elle accola à son nom de jeune fille, et publia — parfois sous les pseudonymes Pierre Civrac ou Francis Ollivier — de très nombreux romans et pièces de théâtre. Elle était la belle-mère de Théodore Barrière (1823-1877), très fécond dramaturge et vaudevilliste.

REGNAULT (Dr Émile). — *36-80, 36-106, *36-135*, *36-142*, *36-177*, *36-193*.

Né à Sancerre le 16 juillet 1811, il est mort en 1863. Condisciple de Jules Sandeau au collège royal de Bourges, il resta en relation avec celui-ci lorsqu'il vint étudier la médecine à Paris, faisant la connaissance de George Sand et de Balzac. Confident de George Sand en 1831-1832, il reçut d'elle de nombreuses et intéressantes lettres. Après la rupture Sand-Sandeau, il prit parti pour ce dernier et noua des relations plus étroites avec Balzac, acceptant en décembre 1835 d'être son prête-nom pour le contrat des *Œuvres complètes d'Horace de Saint-Aubin* et de devenir gérant de la *Chronique de Paris*. Ayant soutenu sa thèse de doctorat le 9 juillet 1836, il quitta peu après Paris pour Bourbon-l'Archambault, rompant avec la bohème littéraire de sa jeunesse. — Voir J. Gaulmier, « George Sand, Balzac et Émile Regnault », *Bulletin de la faculté des lettres de Strasbourg*, mai-juin 1954.

RÉMUSAT (Charles François Marie, comte de). — *40-115*.

Né à Paris le 14 mars 1797, il y est mort le 4 juin 1875. Neveu de Casimir Périer, député de la Haute-Garonne, ministre de l'Intérieur du 1er mars au 28 octobre 1840, il a laissé de copieux Mémoires (voir sur l'interdiction de *Vautrin* en mars 1840, *Mémoires de ma vie*, éd. Ch.-H. Pouthas, Plon, 1958, t. III, p. 347 et suiv.). Dans la *Revue parisienne*, livraison du 25 juillet 1840, peu de temps après l'interdiction de *Vautrin*, Balzac avait écrit : « M. de Rémusat peut s'expliquer d'un mot : c'est un gamin sérieux. Il n'a pas plus la tournure d'un homme d'État qu'il n'en a les idées. Il a de l'esprit, mais il n'a que de l'esprit : il jouait avec la politique, il a fait une jolie chanson sur son admission parmi les doctrinaires, il est léger, menu ; il fait des efforts pour paraître grave. M. Thiers l'a pris comme un gâteau à jeter dans la gueule du cerbère, et M. de Rémusat s'est laissé gober. »

RENARD (Charles). — 41-50.
Libraire-éditeur de Caen. Bibliophile, collectionneur d'autographes et de documents historiques, il était historien de la Normandie révolutionnaire. Il est l'auteur de plusieurs ouvrages sur l'histoire de Caen et sa région.

RENAUD. — 36-134a.
Fabricant de tapis et moquettes. En 1836, il avait pris la succession de Tournier qui avait la clientèle de Balzac depuis 1831. Installé au 14 de la rue de Grammont, son établissement sera repris, en 1839, par les frères Vayson (voir à ce nom).

RÊVEUSE (UNE). — 36-204.

REYMOND (Henriette). — 38-85.
Originaire du Chenit (canton de Vaud), cette admiratrice suisse avait été engagée (comme préceptrice?) chez la comtesse et le comte Thadeus Garczynski, chambellan à la cour royale de Prusse. Elle demeurait avec eux au château de Bentschen.

RIEHL. — 40-116.
Huissier.

RIVAROL (Claude François, comte de). — 40-225.
Frère cadet d'Antoine de Rivarol (1753-1801), né à Bagnols en 1762, capitaine d'infanterie en 1789, comme son frère il avait émigré en 1790. Agent des Bourbons pendant la Révolution, il fut promu maréchal de camp après la Restauration. On lui doit des poésies, des tragédies, un *Essai sur les causes de la Révolution française* (1827) et des éditions d'inédits de son frère dont il possédait les manuscrits. Il est mort à Brie-Comte-Robert en 1848.

ROBIN (Paul). — 40-29, 40-38.
Négociant, frère d'Alphonse Robin, lui-même négociant en vins à Tain-l'Hermitage (Drôme) et gendre de Ferdinand Malet Faure (voir à ce nom), autre fournisseur de Balzac.

ROENTGEN (J.-G.-J.). — 39-203.
Écrivain étranger habitant à Paris. Il est l'auteur de plusieurs tragédies, publiées à Paris entre 1826 et 1857, ainsi que d'un opuscule de 24 pages : *Recueil d'erreurs judiciaires*, Paris, chez l'auteur, 1843.

ROSIE. — 39-60.

ROUGEMONT DE LÖWENBERG. — 40-245.
Ces banquiers Neufchâtellois avaient ouvert un établissement à Paris, 18, rue Taitbout, à la fin du XVIIIe siècle.

ROUSSEAU. Voir PRÉVOST-ROUSSEAU.

ROUY (Daniel). — 38-108, 39-93, 39-140, 39-141, 39-192*.
Administrateur de *La Presse*.

ROYER (Oscar). — 39-207.

SAINT-G. *** (Julie). — 37-102.
SAINT-H. *** (Mme L.). — 36-60.
SAINT-JULLIEN (Jules de). — 39-171, 39-217, 39-234, 39-245.
Né en 1796, il est mort à Paris le 12 mars 1883. Au début de ses relations avec Balzac il était l'associé de l'imprimeur Paul Renouard. Il fut un familier de la rue Basse et sera témoin au mariage de Louise de Brugnol (voir à ce nom) avec Charles Segault, le 18 mars 1848.

SAINT-THOMAS (Félix Carron, marquis de). — 36-120, 36-145, 36-172, 37-23, 37-60 ?

D'origine savoyarde, la famille Carron de Saint-Thomas descend de Jean Carron, auditeur à la chambre des comptes de Savoie au XVIIe siècle, dont le petit-fils Charles Joseph Victor (mort à Turin en 1699) était devenu, en 1680, marquis de Saint-Thomas, d'Aigueblanche et de Briançon-en-Tarentaise. Installés en Piémont, les Saint-Thomas italianisèrent leur nom en Carrone di San Tommaso. L'ami de Balzac, fils du marquis Alexandre et de la marquise, née Henriette Guasco di Bisia, naquit à Florence le 4 août 1811 et mourut prématurément le 2 mars 1843. Il a publié divers ouvrages d'érudition : *Tavole genealogiche della Real casa di Savoia* (1837) ; *Considerazioni interno alla « Farsaglia » di Marco Anneo Lucano* (1837) et des *Prose scelte* (1840).

SALVO DI PIETRAGANZILI (Vincenzo, marquis). — *40-106.

Né vers 1785 à Termini Imerese (Palerme), il est mort à Paris le 23 octobre 1860. Fidèle aux Bourbons de Naples, il a publié de nombreux ouvrages en italien et en français. — Voir Raffaele de Cesare, « Un corrispondente siciliano di Balzac : il marchese Vincenzo Salvo », *Aevum*, septembre-décembre 1994, p. 699-712 avec une « Bibliografia di Vincenzo Salvo » (p. 708-712).

SANCHES (Chantal). — *41-40*.

Homme d'affaires, associé d'Hetzel, Dubochet et Paulin dans le premier traité des *Œuvres complètes* de Balzac ; il fut remplacé par Furne pour le contrat définitif.

SAND (George). — *38-13, *38-14*, 38-16, 38-19, 38-34, 39-136, *39-145*, 39-147, *39-155*, 39-161, 40-11, *40-17*, *40-24*, 40-109, *40-110*, 40-219, *40-229*.

De cinq ans la cadette de Balzac, Amantine Lucile Aurore Dupin est née à Paris le 1er juillet 1804. Le 17 septembre 1822, elle avait épousé Casimir Dudevant. Au début de 1831, elle rejoignait à Paris son jeune amant Jules Sandeau et peu après faisait la connaissance de Balzac (voir *Histoire de ma vie*, IV, xv ; *Œuvres autobiographiques*, Bibl. de la Pléiade, t. II, p. 154-158 ; R. Pierrot, « Sur les relations entre George Sand et Balzac », *RSH*, octobre-décembre 1959, p. 441-445). En 1832, traçant l'ébauche des futures *Études de mœurs*, Balzac envisagea de lui demander une Introduction (voir *CH I*, p. 1143). Ayant d'abord pris le parti de Sandeau (voir la notule suivante), Balzac se rapprocha d'elle en 1838 et lui rendit visite à Nohant (*LHB I*, p. 441-447). Après avoir songé à lui dédier *Le Père Goriot* en 1839, il plaça son nom en tête des *Mémoires de deux jeunes mariées* (1842) ; il projeta également de lui demander une préface pour *La Comédie humaine* (voir R. Pierrot, « À propos d'un livre nouveau : Hetzel et l'*Avant-propos de La Comédie humaine* », *RHLF*, juillet-septembre 1955, p. 349-351), projet abandonné, mais après la mort de Balzac, en 1853 c'est George Sand qui préfaça *La Comédie humaine*. De son propre aveu, Balzac doit à la romancière le sujet de *Béatrix* ; vers 1842, les deux écrivains se lisaient mutuellement leurs œuvres. — Voir les index de *CH XII* et de *AB* ; et *Mon cher George* (contient de nombreux fac-similés).

SANDEAU (Jules). — *36-34*, *36-178*, *37-12*, *37-55*, *38-82*, *38-144*, *38-145*.

Né à Aubusson le 19 février 1811, il est mort à Paris le 24 avril 1883. Élève du collège de Bourges, il fut le condisciple d'Émile Regnault, qui sera un de ses meilleurs amis. Le 30 juillet 1830, au château du Coudray, chez Charles Duvernet, il fit la connaissance d'Aurore Dudevant ; le 4 janvier suivant, la jeune femme le rejoignait à Paris. Peu après, le peintre Borget présentait Sandeau à Balzac, qui sympathisa vite avec Aurore et le « petit Jules ». Balzac songea un moment à prendre Sandeau comme collaborateur pour écrire des pièces de théâtre. Après la rupture avec George Sand (mars 1833), Balzac prit le parti de Sandeau et le recueillit chez lui, rue Cassini, à son retour d'Italie, en octobre 1834 (voir *LHB I*, p. 194, 200 et 201), mais il fut déçu par l'indolence de Sandeau, qui ne parvint pas à s'adapter à ses façons de vivre et de travailler. Les lettres à Mme Hanska de mars 1836 sont pleines de commentaires amers sur la « désertion » du petit Jules. Après ces débuts difficiles, Jules Sandeau rencontra le succès avec *Mademoiselle de Kérouare* (1843), *Madeleine* (1847), *Mademoiselle de La Seiglière* (roman, 1847 ; pièce en quatre actes, 1851), *Le Gendre de M. Poirier* (en collaboration avec Émile Augier, 1854), etc., et les honneurs : élection à l'Académie française (1858), réceptions à la Cour. —
Voir Mabel Silver, *Jules Sandeau*, Boivin, 1936 ; et Alex Lascar, « Éléments balzaciens dans les romans de Jules Sandeau (1834-1849) », *AB 1984*, p. 37-53.

SANITAS (Eugénie). — *39-29*.
La famille Sanitas était amie de la famille de Balzac. Eugénie habitait 118, rue du Faubourg-Saint-Denis. Voir, t. I de la présente édition, lettres 19-1, 33-79, 34-94 et 37-57.

SANSEVERINO (Faustino, comte). — *36-150*, 36-151, 36-197.
Membre de la haute aristocratie italienne, il naquit à Crema (Lombardie) le 13 janvier 1801 et mourut à Milan le 27 février 1878. Il avait épousé Serafina di Porcia (voir l'entrée suivante). Il faisait de fréquents séjours à Paris et avait, semble-t-il, fait la connaissance de Balzac à l'ambassade d'Autriche en 1835. Lorsque Balzac vint à Milan en 1837, il lui fit présenter de nombreuses personnalités dont Melzi, à qui il le recommandait tout particulièrement. À partir des années 1860, il embrassa la carrière politique, briguant et obtenant une charge sénatoriale (1865).

SANSEVERINO (Serafina di Porcia, dite Fanny, comtesse Faustino). — *36-197*, 37-8.
Sœur du prince Alfonso Serafino di Porcia (voir à ce nom) et femme du comte Faustino, Serafina (née le 1ᵉʳ décembre 1808) connaissait déjà Balzac quand elle le rencontra à Turin en 1836. Ils se revirent à Paris et elle lui donna une lettre d'introduction pour son amie Clara Maffei. Balzac lui a offert le manuscrit et les épreuves du *Secret des Ruggieri* et lui a dédié *Les Employés*.

SARRAN (Jean Raymond Pascal). — *40-240*.
Journaliste et écrivain d'origine montpelliéraine, « un des plus féconds publicistes de droite sous la Restauration », il a collaboré à de nombreux journaux conservateurs (voir 40-240, n. 1).

SAUSSE-VILLIERS. — *40-22*.
Receveur des domaines à Nîmes, il était aussi écrivain, membre de l'Académie royale du Gard (dont il est, en 1844, correspondant).

Après avoir publié des poèmes et quelques plaquettes historiques, il publiera ses *Études historiques sur Dante Alighieri et son époque* (Avignon, Fischer aîné, 1850). — Voir F. Laguarrigue, *Les Méridionaux. Galerie de contemporains*, Paris, F. Sartorius, 1860, p. 163-180.

SAUVET ? — *36-205*.

Directeur d'une revue non identifiée.

SCHLESINGER (Maurice Adolphe). — *36-158*, 36-159, 36-202, 37-4, 37-28, 37-29, 37-72, 37-80, 37-81 ?, 37-84, 37-120.

Fils d'un éditeur de musique berlinois, né en 1798, il vint à Paris en 1819 et travailla chez le libraire Bossange. En 1834, il fonda une maison d'édition musicale et une revue, *La Gazette musicale*, qui peu après fusionna avec *La Revue musicale* sous le titre de *Revue et gazette musicale de Paris*. Maurice Schlesinger joua un rôle considérable dans l'édition musicale parisienne sous la monarchie de Juillet. Il se retira à Baden-Baden en 1848, où il mourut en février 1871. Très lié avec Gustave Flaubert qui s'était épris de sa femme, née Élisa Foucault (1810-1888), il a servi de modèle à Jacques Arnoux dans *L'Éducation sentimentale*.

SCHOFF (Stephen Alonzo). — 41-166.

Graveur américain (1818-1904), élève d'Oliver Pelton puis de Joseph Andrews, graveurs installés à Boston, il accompagna Andrews en Europe en 1839. Il resta près de deux ans à Paris, où il étudia le dessin auprès d'Hippolyte Delaroche, avant de regagner les États-Unis.

SCLOPIS DI SALERANO (Federico Paolo, comte). — *36-121*, 36-122, 36-146, 36-152, 38-42.

Homme d'État et jurisconsulte piémontais, né et mort à Turin (10 janvier 1798-8 mars 1878). Ami de Cesare Balbo, il fit carrière comme magistrat en Piémont et aida le roi Charles-Albert dans son programme de réformes (voir Achille Erba, *L'Azione politica di Federico Sclopis, 1798-1837*, Turin, Deputazione subalpina di storia patria, 1960). Ministre de la Justice en 1848, il fut ensuite sénateur du royaume et président de l'Académie des sciences de Turin à laquelle il a légué ses documents. On lui doit de nombreux ouvrages dont certains ont été écrits directement en français : *Recherches historiques et critiques sur « L'Esprit des lois » de Montesquieu* (Turin, 1837), *La Domination française en Italie, 1800-1814, mémoire lu à l'Académie des sciences morales et politiques* (Turin, 1861). Son *Diario segreto (1859-1878)* a été publié à Turin en 1959.

SERRE (Anne d'Huart, comtesse de). — *39-202, 39-215*.

Pierre François Hercule de Serre (1776-1824), ministre de la Justice dans le cabinet Decazes (1818), ambassadeur à Naples (1822), avait épousé le 9 septembre 1809, à La Sauvage, près de Longwy, *Anne* Philippine Marie Josèphe d'Huart ; de cette union naquirent deux fils et quatre filles. La comtesse de Serre est morte à Pont-Audemer le 18 novembre 1875. — Voir la notice de M. Parturier dans Mérimée, *Correspondance générale*, 2ᵉ série, Toulouse, Privat, t. I, p. 46.

Siècle (imprimerie du journal *Le*). — *39-9*.

Siècle (imprimeur du journal *Le*). Voir LANGE LÉVY.

Siècle (rédacteur du journal *Le*). — *39-213*.

Répertoire des correspondants 1387

Société des gens de lettres (membres de la commission dite du « Manifeste » de la). — 41-54, 41-66.

Issue d'une commission des relations officielles, créée sous l'impulsion de Balzac, la commission dite du « Manifeste » était notamment composée de Victor Hugo, Louis Desnoyers, François Arago, Charles Merruau et Balzac.

Société des gens de lettres (président de la). Voir ARAGO.

SOMERVILLE (Mary Fairfax, Madame William). — *36-46*.

Née le 26 décembre 1780 à Jedburgh (Écosse), elle s'illustra par ses travaux mathématiques, physiques, chimiques et astronomiques. En 1835, elle fut la première femme élue membre de la Royal Astronomical Society. Elle est morte le 29 novembre 1872. — Voir Elizabeth Patterson, *Mary Somerville and the Cultivation of Science*, Boston, Martinus Nijhoff, 1983 ; David Bellos, « Éclaircissements sur Mrs Somerville », *AB 1970*, p. 360-361.

SORMANI-ANDREANI (Giuseppe, comte). — *37-32, 37-36*, 37-37, 37-48.

Ancien tuteur du comte Guidoboni-Visconti, il aida Balzac dans l'accomplissement de sa mission à Milan et à Venise pour la liquidation de la succession de la mère du comte Emilio (voir à ce nom).

SOUVERAIN (Jean Denis, dit Hippolyte). — *38-31*, 38-96, 38-99, 38-100, 38-110, *38-119*, 38-120, *38-126*, 38-127, *38-132*, 38-133, 39-2, *39-6*, 39-7, *39-13*, *39-14*, *39-15*, 39-15a, 39-19, 39-23, 39-25, *39-26*, 39-33, *39-39*, 39-40, 39-41, 39-49, *39-50*, 39-51, 39-59, 39-62, 39-63, 39-77, 39-83, 39-87, 39-88, 39-96, 39-101, 39-102, 39-115, *39-121*, 39-122, 39-127, *39-151*, 39-152, 39-153 ?, 39-157, *39-164*, *39-179*, *39-189*, *39-193*, 39-256, *39-266*, 39-271, *40-43*, 40-44, 40-61, *40-111*, *40-120*, *40-132*, 40-135, 40-136, *40-137*, 40-142, 40-148, 40-149, *40-150*, *40-156*, 40-157, 40-158, 40-163, 40-166, 40-171, 40-181, 40-202, *40-203*, 40-205, *40-207*, *40-211*, 40-217, 40-227, 40-241, 40-246, 40-247, 40-248, *40-249*, 40-250, 40-251, *40-255*, 40-256, 40-259, 40-260, 40-261, 40-263, 40-264, 40-265, 40-269, 40-270, *40-271*, 40-285, 41-2, 41-5, 41-5a, 41-9 ?, 41-10, 41-16, 41-38, *41-40b*, 41-45a, 41-47, 41-76, 41-82, 41-110, 41-114, 41-117, *41-118*, *41-119*, *41-120*, 41-127, 41-130, 41-138, 41-161, 41-192*.

Né à Dijon le 1er octobre 1803, fils de Jean-Baptiste Souverain, menuisier, il exerce ce métier jusqu'à l'âge de dix-huit ans, avant d'entrer, en 1820, chez un libraire dijonnais. Il vient ensuite à Paris, fait un stage chez Roret, il devient l'éditeur des *Manuels*. Associé en 1830 avec Pagnerre, il s'installe 5, rue des Beaux-Arts, et réussit dans le métier d'éditeur. L'édition en quatorze volumes publiés de 1836 à 1840 des *Œuvres complètes d'Horace de Saint-Aubin* fut sa première affaire avec Balzac. De 1839 à la mort de Balzac, il publia de nombreuses œuvres inédites du romancier, conservant avec lui d'excellentes relations et se chargeant de nombreuses commissions pendant les séjours de Balzac en Ukraine. Souverain est mort à Nice le 21 janvier 1880, laissant à ses filles une succession considérable.

On précisera ici que les lettres reçues de Balzac par Souverain ont été divisées en deux lots principaux ; le premier, apparu à la vente J[ules] L[e] P[etit] (Paris, Hôtel Drouot, 10-15 décembre 1917), comprenait, dans les lots 154 et 155, 54 lettres non décrites qui furent alors copiées par Marcel Bouteron. Ce dossier appartenait au libraire Wells de New York, quand il fut utilisé par Walter Scott Hastings dans son ouvrage *Balzac and Souverain* (1927), où figurent 45 lettres de cette provenance et 5 venant du fonds Lovenjoul ; cette collection, encore réunie en 1949 (*Exposition Balzac*, librairie Pierre Bérès, n° 182), est maintenant dispersée. Des lettres isolées ont récemment figuré aux catalogues de divers libraires, plusieurs ont été acquises par la Maison de Balzac. Une seconde partie des archives Souverain a été mise en vente le 20 juin 1957 à Paris, à l'Hôtel Drouot, par J. Vidal-Mégret, expert en autographes ; 29 lettres de Balzac y figuraient ; en les ajoutant aux lettres laissées inédites en 1927, à quelques autres de sources variées et à celles déjà publiées, la présente édition peut rassembler une centaine de lettres de Balzac à son éditeur. On y trouve également les contrats conclus avec Souverain et de nombreuses lettres de ce dernier qui avaient été négligées en 1927.

STENDHAL. — *39-58, 39-66, 39-67, 39-70, 39-130, 40-258, 41-34.*

Les liens littéraires et personnels tissés entre Balzac et Stendhal, de seize ans son aîné, furent assez étroits. La *Physiologie du mariage* doit beaucoup à *De l'Amour* (1822) que Balzac paraphrase, dès 1825, dans une lettre à la duchesse d'Abrantès (voir t. I de la présente édition, lettre 25-8). En 1829, Balzac achète *Rome, Naples et Florence* (1817) et les *Promenades dans Rome* à peine parus (voir *ibid.*, lettre 30-33, n. 1) ; l'année suivante il lit *Le Rouge et le Noir* et dans la *Lettre sur Paris*, n° VIII, du 9 décembre 1830, il proteste contre le refus de l'*exequatur* de « M. Beyle nommé consul à Trieste » (*OD II*, p. 917). En 1832, dans les *Contes bruns*, il met Stendhal en scène et lui attribue un récit assez leste (voir *Échantillon de causerie française*, *CH XII*, p. 480-482). Durant le congé de Stendhal (1836-1839) ils ont plusieurs fois l'occasion de se rencontrer, en particulier chez le baron Gérard et au Cercle des arts. En 1839, Stendhal assiste à la lecture de *L'École des ménages* chez le marquis de Custine. *La Chartreuse de Parme* fait l'objet d'un retentissant article de Balzac publié dans la *Revue parisienne* du 25 septembre 1840. Après la mort de Stendhal (22 mars 1842), Balzac rend hommage dans *La Muse du département* à « un des hommes les plus remarquables de ce temps, dont la perte récente afflige encore les lettres », en louant son esprit d'analyse des sentiments de l'amour (*CH IV*, p. 771). En 1846 enfin, répondant à Romain Colomb qui lui demandait l'autorisation de reproduire son article de la *Revue parisienne* comme préface à l'édition Hetzel de *La Chartreuse de Parme*, il la qualifiait encore de « livre merveilleux » (voir t. III de la présente édition, lettre du 30 janvier 1846). — Voir Marcel Bouteron, « L'Amitié de Balzac et de Stendhal », *Revue des Deux Mondes*, t. LXIV, 1er juillet 1941, repris dans Bouteron, p. 188-201 ; V. Del Litto, « Balzac, Stendhal et les *Contes bruns* », *Le Bouquiniste français*, février 1961 ; les deux articles de R. de Cesare, « Balzac et Stendhal au Cercle des arts », *Stendhal-Club*, 15 avril 1959, p. 227-228 et « Un incontro fra Stendhal e Balzac nel 1836 », dans *Studi sulla letteratura dell'800 in onore di Paolo Pietro Trompeo*, Naples, Edizioni scientifiche italiane, 1959, p. 128-144 ; Geneviève Delattre, *Les Opinions littéraires de Balzac*, PUF, 1962, en particulier p. 361-377 ; Jacques Houbert, « Petit problème de

chronologie à propos d'une lettre de Balzac à Stendhal », *CB*, n° 86, 2002, p. 20-26, et les index de *CH XII* et de *AB*.
SURGAULT ? — *37-110, 37-141*.
   Employé de Victor Lecou. La lecture du nom reste conjecturale.
SURVILLE (*Eugène* Auguste Georges Louis Midy de La Greneraye). — **40-210**.
   Né et baptisé à Rouen le 5 juin (et non le 5 juillet) 1790, il était le fils de Catherine Allain (Maffliers, 9 décembre 1761-Paris, 21 mai 1847). Celle-ci, comédienne au théâtre de Rouen en 1785, y jouait sous le nom de Surville, qu'il avait adopté comme nom usuel, bien que son acte de naissance ait été rectifié postérieurement pour le déclarer fils naturel et posthume d'Auguste Midy de La Greneraye, décédé le 9 octobre 1789. Eugène « Allain, dit Surville » fut admis à l'École polytechnique le 20 novembre 1808, et à l'École des ponts et chaussées le 20 novembre 1810; nommé aspirant au corps impérial des Ponts et Chaussées le 9 février 1813, il devint ingénieur ordinaire de 2ᵉ classe le 1ᵉʳ septembre 1817. C'est seulement en mai 1820, peu avant son mariage avec Laure Balzac — célébré à Paris le 18 mai 1820 —, qu'il fit état du jugement du tribunal de Rouen, rendu le 14 ventôse an II, l'autorisant à porter le nom de son père, Midy de La Greneraye (voir R. Pierrot, *Honoré de Balzac*, p. 82-85). À la fin de 1829, poussé par sa femme, il avait quitté l'Administration pour se lancer dans des affaires, comme celle de la Basse-Loire, qui ne réussirent pas. Balzac lui fit toujours une place dans ses entreprises chimériques qui devaient leur apporter gloire et argent : la Société d'abonnement général ou la *Chronique de Paris*, à laquelle Surville, qui s'occupait alors de chemins de fer, donna quelques articles. Les deux beaux-frères s'entendirent assez bien dans l'ensemble, en dépit de la jalousie de Surville, qui supportait mal l'amitié de Laure et d'Honoré. Le thème balzacien des « Souffrances de l'inventeur » doit sans doute quelques notes aux entreprises manquées de Surville. *La Vieille Fille* lui a été dédié en 1844; il est mort à Paris le 11 août 1866. — Voir A.-M. Meininger, « Eugène Surville, "modèle reparaissant" de *La Comédie humaine* », *AB 1963*, p. 195-250, et « Théodore : quelques scènes de la vie privée », *AB 1964*, p. 67-81 (sur Théodore Rosine Lassalle, Mme Adolphe Midy [1797-1877], demi-sœur d'Eugène Surville); Léon Gédéon, « Les Origines du beau-frère de Balzac », *Les Lettres françaises*, 18-24 avril 1963 (article reproduit dans *CB*, n° 62, 1996, p. 3-16); et Jean-Louis Déga, *La Vie prodigieuse de Bernard-François Balssa, père d'Honoré de Balzac*, Rodez, Subervie, 1998, p. 467-473.
SURVILLE (Laure Balzac, Mme Eugène). — **36-118, 37-151, 38-48, 38-88, 38-116, 40-139, 40-177, 40-272, 41-107**.
   Née à Tours le 29 septembre 1800, elle fut la confidente préférée du jeune Honoré : les lettres publiées ici en portent témoignage ; la même intimité continua de régner après le mariage de Laure avec Eugène Surville ; plus tard, les années passant et les caractères se marquant, des nuages s'élevèrent et les relations du frère et de la sœur furent un peu moins confiantes. Laure fut assez tôt tentée par la littérature, elle semble avoir collaboré au *Vicaire des Ardennes*. Sous le pseudonyme de Lélio, elle a collaboré à partir de 1840 au *Journal des enfants*, y publiant plusieurs nouvelles réunies en 1854

dans un volume intitulé *Le Compagnon du foyer*. Parmi ces nouvelles, *Un voyage en coucou* est à l'origine d'*Un début dans la vie* ; d'autres nouvelles, comme l'a démontré André Lorant, ont exercé une certaine influence sur l'univers de *La Comédie humaine*. En 1858, elle publia *Balzac, sa vie et ses œuvres d'après sa correspondance*. Elle est morte à Paris le 4 janvier 1871. Dès l'édition de 1835, le roman *Les Proscrits* est dédié à « Almae sorori ». En 1844, *Un début dans la vie* reçut un envoi « À Laure ». — Voir Marie-Jeanne Durry, *Balzac, Un début dans la vie*, CDU, 1953 ; André Lorant, « La Création d'un personnage balzacien : Venceslas Steinbock », *ÉB*, n° 10, 1960, p. 425-438 ; et, du même, « Histoire de "Lélio" », *AB 1960*, p. 177-183. (Sur ses deux filles, Sophie [1823-1877], voir la notule suivante, et sur Valentine [1830-1885], voir le Répertoire du tome III.)

SURVILLE (Sophie Eugénie). — *39-316*.

Fille aînée de la sœur de Balzac, Laure, elle naquit à Paris le 22 avril 1823. Bonne musicienne, élève d'Ambroise Thomas, elle refusa de nombreux partis, bien qu'ayant parié avec son oncle qu'elle serait mariée avant lui. Son *Journal* (publié par André Lorant, *AB 1964*, p. 83-108) nous révèle qu'elle était amoureuse d'Ivan Carraud. Balzac lui avait dédié *Ursule Mirouët* en 1841. Après la mort de Balzac, le 6 mars 1851, elle épousa à Paris un veuf, Jacques Mallet, de dix-neuf ans son aîné. Ce fut un mariage malheureux ; abandonnée par son mari, elle devint institutrice chez un ancien député et mourut sans postérité en 1877.

TAYLOR (Isidore Séverin Justin, baron). — *38-54*.

D'origine anglaise par son père et flamande par sa mère, il est né à Bruxelles le 15 août 1789. Très jeune, il travailla dans l'atelier de Suvée. Entré dans la garde royale, à la Restauration, il se passionna pour la littérature, les beaux-arts et les voyages. Après avoir fait la campagne d'Espagne, à la fois en soldat et en artiste, il quitta l'armée. De 1824 à 1838, il fut commissaire royal de la Comédie-Française ; tout en remplissant ce poste, il était chargé de nombreuses missions à l'étranger pour l'acquisition d'œuvres d'art (Égypte, Proche-Orient, Espagne) destinées aux musées. Nommé inspecteur général des Beaux-Arts, il quitta la Comédie-Française en 1838. Membre de l'Institut en 1847, sénateur de l'Empire en 1869, il est mort à Paris le 6 septembre 1879. Il a publié de très nombreux ouvrages d'art, des récits de voyages à l'étranger et, en collaboration avec Nodier et Alexandre de Cailleux, les célèbres *Voyages pittoresques de l'ancienne France* (1820-1878, 24 vol.). On lui doit, en collaboration avec Nodier, une adaptation française du *Bertram* de Maturin (1822). Il a collaboré également à une adaptation théâtrale de *Melmoth ou l'Homme errant*, représentée au Cirque olympique en 1824.

TERZI (Elizaveta, dite Elisa Galitzin, princesse, marquise Giuseppe). — *38-51, 38-52*.

Née le 12 octobre 1790, elle était la fille du prince Mikhail Galitzin (1765-1812) et de la comtesse Praskovia Andreievna Shuvalova (1767-1828). Le 28 août 1814, elle avait épousé, à Saint-Pétersbourg, le marquis Giuseppe Terzi (1790-1819). Veuve à l'âge de 29 ans, après le décès subit de son mari, elle fréquenta toute l'aristocratie européenne, s'intéressant beaucoup au monde littéraire et artistique. Elle est morte le 21 janvier 1861.

THÉBALDI. — *37-138*.

Admiratrice tourangelle signant de l'anagramme de son nom de jeune fille.

THOMINE FILS. — *40-127*.

Libraire-éditeur, 35, rue Saint-Jacques. Balzac ne lui confia pas de manuscrit à publier.

THUAU. — 37-156, 37-160, 37-162.

Prote de l'imprimerie Boulé et Cie, installée à Paris, 3, rue Coq-Héron.

THÜRHEIM (Louise, comtesse de). — *36-18**.

Née le 11 mai 1788, elle appartenait à une grande famille viennoise ; sa sœur Constantine avait épousé le prince André Razumowski. La comtesse Louise avait eu une aventure romantique avec un jeune Français, Charles Thirion, secrétaire de son beau-frère. Le prince Razumowski s'opposant au mariage, Charles Thirion se donna la mort dans la chambre que Balzac devait occuper plus tard à l'hôtel de la Poire à Vienne, en 1835. La comtesse « Loulou », comme Balzac l'appelait, était très liée avec Mme Hanska avec qui elle échangea de nombreuses lettres. En 1842, *Une double famille* a été dédié « à Madame la comtesse Louise de Turheim [*sic*] comme une marque du souvenir et de l'affectueux respect de son humble serviteur ». Elle est morte à Ober Döbling, près de Vienne, le 22 mai 1864. Quelques références à Balzac figurent dans l'autobiographie de la comtesse de Thürheim : *Mein Leben* (Munich, 1913, 4 vol.). — Voir l'index de *LHB* I, et Bouteron, p. 150-151.

TOUSSENEL (Alphonse). — *40-215, 40-226, 40-236*.

Né à Montreuil-Bellay (Maine-et-Loire) en 1803, on doit à cet amateur de chasse un *Esprit des bêtes, vénerie française et zoologie passionnelle* (1847) qui remporta un grand succès. Disciple de Fourier et ami de Victor Considérant, il avait à ses débuts à Paris soutenu dans la presse fouriériste la loi sur l'instruction publique (1833). Il fut en 1837 rédacteur en chef de *La Paix*. Après un bref séjour en Algérie (1841-1842), il prit part à la fondation de *La Démocratie pacifique* dont il devint un des principaux rédacteurs. Il était assez lié avec Balzac en 1840 pour que celui-ci le choisisse comme témoin dans son duel manqué avec Roger de Beauvoir (voir 40-231) ; il lui communiqua à ce moment des anecdotes pour *La Revue parisienne* et chercha, en vain, à le faire collaborer à la presse fouriériste. En 1844, il publia un pamphlet antisémite intitulé *Les Juifs rois de l'époque, histoire de la féodalité française*. Il est mort à Paris le 3 août 1885.

TRAULLÉ (François Fortuné). — 40-183.

Étudiant en droit, fondé de pouvoir de Balzac dans un procès.

TRIVULZIO (Marianna Rinuccini, marquise). — 37-50, *37-51*.

Issue d'une noble famille florentine, Marianna (1812-1880) avait épousé, en 1831, le marquis Giorgio Teodoro Trivulzio (1803-1856), cousin germain de la princesse Belgiojoso et chef de cette grande famille milanaise qui compte parmi ses membres deux maréchaux de France. Au palais Trivulzio, piazza San Alessandro, Balzac eut l'occasion d'admirer une très belle collection d'art et une riche bibliothèque, augmentées par leur fils Gian Giacomo (1839-1902).

TRUDON DES ORMES (Alexandre). — *36-112**.

Actionnaire de la *Chronique de Paris*, né à Paris le 24 janvier 1780, il est mort à Versailles le 4 octobre 1859. Il était le fils aîné de Charles, conseiller du Roi et trésorier-payeur, l'un des hauts financiers de Paris avant la Révolution. Ancien élève de l'École polytechnique (1796), ingénieur en chef des Ponts et Chaussées (1821).

VADÉ. — *36-116, 37-7*.

Caissier de la *Chronique de Paris*.

VALETTE (*Hélène* Marie Félicité de). — *39-144, 39-261, 40-101, 40-191, 40-197, 40-206, 40-228**.

Née le 18 août 1808 à Rochefort-sur-Mer, de Pierre Valette, lieutenant de vaisseau et de Sophie Antoinette Dominique Perrin de Pinmuré, sa mère était morte prématurément en 1818 et son père était entré dans les ordres en 1824. Le 18 janvier 1826, à dix-sept ans, elle épousait un notaire de Vannes, Jean Marie Angèle Gougeon, de vingt et un ans son aîné ; vingt-deux mois plus tard, elle était veuve, son mari étant décédé le 25 novembre 1827. Maurice Regard dans son édition de *Béatrix* (Garnier, 1962) a montré que c'est après avoir lu *Béatrix* dans *Le Siècle* qu'elle entra en relations avec Balzac et qu'elle n'en fut nullement l'inspiratrice. Elle lui écrivit. Une liaison dont les circonstances sont mal connues se noua et, avant la représentation de *Vautrin*, elle accepta de prêter 10 000 F à Balzac. Peu après celui-ci découvrit qu'elle lui avait caché son mariage, une liaison avec un romancier, Edmond Cador, et une autre avec un officier qui lui avait donné un enfant. Hélène essaya de se justifier dans des lettres. En avril-mai 1841, Balzac fit très probablement un voyage à Guérande avec elle, peu avant la publication par Souverain du *Curé de village* dédié « à Hélène ». Durant la même année, Balzac commença à lui rembourser sa dette ; nous ne savons quand survint la rupture... mais Balzac sur son exemplaire de l'édition de Furne biffa sa dédicace. Après la mort de Balzac, elle essaya de faire chanter sa veuve en menaçant de publier sa correspondance avec le romancier. Durant de longues années Hélène de Valette fut la maîtresse d'Hippolyte Larrey, fils du chirurgien de la Grande Armée. Elle est morte au domicile du baron Larrey, le 14 janvier 1873. En 1886, Larrey donnait à la ville de Tours les épreuves corrigées de *Béatrix* et le portrait de Balzac à la sépia par Louis Boulanger, deux souvenirs offerts par le romancier à Hélène de Valette. — Voir M. Regard, *Béatrix*, p. 395-422, et J.-E. Weelen, *Un don du baron Larrey à la ville de Tours, les épreuves de « Béatrix »* (Balzac à Saché, n° 7, 1960).

VALMORE (François Prosper Lanchantin, dit Valmore). — *41-134, 41-141, 41-151**.

Né à Paris le 18 octobre 1793, acteur au théâtre de la Monnaie, il avait épousé à Bruxelles, le 4 septembre 1817, Marceline Desbordes qui était de sept ans son aînée. Après une médiocre carrière en province (à Lyon, Bordeaux et Rouen en particulier), il venait d'accepter le poste de régisseur de l'Odéon quand Balzac entra en pourparlers avec ce théâtre pour y faire jouer *Les Ressources de Qui-*

nola où il tint le rôle du Grand Inquisiteur. Balzac fit à plusieurs reprises des démarches pour aider Valmore et son fils Hippolyte. Il est mort à Paris le 25 octobre 1881, vingt-deux ans après sa femme. — Voir Francis Ambrière, *Le Siècle des Valmore*, Seuil, 1987, 2 vol.

VAYSON FRÈRES. — *39-172, 39-285, 40-138, 40-221*.

Tapissiers fournisseurs de moquettes et de tapis pour les Jardies. Ils avaient pris la succession de Tournier et de Renaud (voir à ce nom) qui avaient la clientèle de Balzac depuis 1831.

VÉDEL (Alexandre Furcy Poulet, dit). — *40-21*.

Né à Paris le 31 juillet 1783. Caissier de la Comédie-Française de 1820 à 1837, puis directeur, du 1er mars 1837 au 5 mars 1840, il fut assisté par Buloz comme commissaire royal à partir d'octobre 1838. Buloz nommé administrateur, le 5 mars 1840, le remplaça. Védel est mort à Paris le 11 janvier 1873.

VERNET. — *39-208*.

VÉRON (Dr *Louis* Désiré). — **38-79**.

Louis Désiré Véron (Paris, 5 avril 1798-Paris, 27 septembre 1867), docteur en médecine en 1823, cessa d'exercer en 1828 pour se lancer dans le journalisme, collaborant à *La Quotidienne*, au *Messager des Chambres* et fondant la *Revue de Paris* en avril 1829. Balzac y avait fait ses débuts avec *L'Élixir de longue vie*, le dimanche 24 octobre 1830 (t. XIX, 3e livraison), collaborant à sept livraisons sous sa direction. Ayant obtenu, le 1er mars 1831, le privilège de directeur de l'Opéra, Véron abandonna la *Revue de Paris* à Rabou. Ayant quitté la direction de l'Opéra au début de 1836, il se lança dans la politique et devint administrateur puis gérant du *Constitutionnel*, où il eut de nouveau la collaboration de Balzac. Rallié à l'Empire, il fut élu au Corps législatif en 1852 et 1857. Ses *Mémoires d'un bourgeois de Paris* ont été publiés en six volumes en 1854 et souvent réédités. — Voir Pierre Labussière, *Un médecin journaliste et directeur de théâtre : Louis Véron (1798-1867)*, thèse de médecine, 1930 ; et Maurice Binet, *Un médecin pas ordinaire, le Dr Véron*, Albin Michel, 1945.

VERRE (Marie André). — *38-114*.

Peintre, graveur et écrivain, né à Genève le 17 janvier 1802. Il travailla en Russie, à Turin, à Paris, avant de se fixer à Rio de Janeiro où il dirigea un journal français et mourut en 1861. On lui doit quelques *Élégies* recueillies par Louis Reybaud dans les *Poésies genevoises*.

VIARDOT (Louis). — *38-139*.

Né à Dijon le 31 juillet 1800, il est mort à Paris le 5 mai 1883. D'abord avocat, il devint ensuite administrateur d'une entreprise de voitures publiques. Codirecteur, puis directeur du Théâtre-Italien (1839), il y connut Pauline Garcia (1821-1910), qu'il épousa en 1840. Il avait collaboré au *Globe*, au *National*, au *Siècle* et fonda en 1841 *La Revue indépendante* avec Pierre Leroux et George Sand. Balzac l'avait connu dans les salles de rédaction, au Théâtre-Italien et à la Société des gens de lettres. À l'automne de 1843, il le rencontra à Berlin, le chargeant de remettre une lettre à Mme Hanska, à Saint-Pétersbourg où Viardot accompagnait sa femme engagée par le théâtre italien de la capitale russe. On doit à Louis Viardot de nombreuses traductions de l'espagnol (notamment *Don Quichotte*) et du russe.

VILLEMAIN (Abel-François). — 40-266*.

Professeur à la Sorbonne, secrétaire perpétuel de l'Académie française, ministre de l'Instruction publique (12 mai 1839-30 décembre 1844), Abel-François Villemain (1790-1870) a joué un rôle considérable dans la vie intellectuelle du XIXᵉ siècle. Ses rapports avec Balzac restent mal connus ; il avait peut-être été son professeur à Charlemagne pendant quelques semaines en 1815 (M. Le Yaouanc, « Balzac au lycée Charlemagne (1815-1816) », *AB 1962*, p. 85). Laure Surville (*Balzac, sa vie et ses œuvres d'après sa correspondance*, Jaccottet, Bourdilliat et Cie, 1858, p. 28) écrit qu'après sa sortie du collège, son frère « suivit les cours de la Sorbonne. Je me souviens encore de l'enthousiasme que lui causaient les éloquentes improvisations des Villemain, des Guizot, des Cousin ». Il est fort possible, comme nous l'avait suggéré Jean Pommier, que la mémoire de Laure Surville ait été en défaut et que Balzac ait suivi ses cours quelques années plus tard. En 1827, Balzac imprima les tomes II et III des *Mélanges historiques et littéraires* de Villemain, publiés chez Ladvocat. Villemain ayant été nommé ministre de l'Instruction publique dans le ministère Soult (12 mai 1839), démissionna de la présidence de la Société des gens de lettres et Balzac fut élu à sa place (voir la lettre 39-186). Le 30 septembre 1841, Balzac, évoquant à Mme Hanska une nomination possible dans la Légion d'honneur, écrivait : « Je ne puis pas refuser Villemain » ; mais c'est Salvandy, successeur de Villemain, qui lui donna la croix en 1845. Le 15 février 1845, Balzac rend compte à Mme Hanska d'une visite à Villemain, en convalescence à Chaillot (*LHB II*, p. 19).

VIOLET D'ÉPAGNY (Jean-Baptiste Rose Bonaventure). — *41-131, 41-132, 41-156.

Né à Gray (Haute-Saône) le 30 août 1787 sous le nom de Violet, il avait été, par un décret tardif du 24 mars 1860, « autorisé à ajouter à son nom patronymique celui de d'Épagny et de s'appeler à l'avenir Violet d'Épagny » ; Épagny, près de Dijon, est une commune de Côte-d'Or (à une trentaine de kilomètres de Gray) où les Violet avaient peut-être acheté une terre. Il est mort le 4 novembre 1868.

Entré en relation avec Thomassy et Balzac dès 1823 (voir t. I de la présente édition, 23-11), il a fait jouer de nombreuses pièces : *Luxe et indigence ou le Ménage parisien* (1824 ; voir *ibid.*, 24-2 et n. 4), *L'Homme habile* (19 février 1827), *Lancastre ou l'Usurpation* (31 janvier 1829), *Les Hommes du lendemain* (11 septembre 1830) que Balzac apprécia (voir lettre 30-22) ; à la Comédie-Française : *Dominique ou le Possédé* (22 juillet 1831), *Jacques Clément* (17 août 1831), *Joscelin et Guillemette* (15 novembre 1831), etc. Il était encore très lié avec Balzac en 1828-1830 ; ils renouèrent à la fin de 1841 pendant le bref passage de Violet d'Épagny à la direction de l'Odéon ; nommé le 15 juillet 1841, pour prendre effet au 1ᵉʳ octobre, à la direction de l'Odéon, avec un privilège de 9 ans, il dut, dès le 20 février 1842, céder la place à Auguste Lireux, avant la création des *Ressources de Quinola*.

VISCONTI (Antonio, marquis). — *37-33*.

Descendant de l'illustre famille milanaise, il fut l'hôte de Balzac pendant son séjour de 1837 à Milan.

Voisvenel (Nicolas *Jules*). — 41-142, 41-144, 41-146, 41-147.

Prote de l'imprimerie du *Siècle*. Le vicomte de Lovenjoul lui acheta, en 1892, le manuscrit et les épreuves de *La Fausse Maîtresse*. Il deviendra imprimeur breveté le 20 octobre 1854.

V. Q., veuve C. — *40-195*.

Wagner. — 41-75.

Relieur, d'abord établi à Paris, 3, passage de l'Industrie, associé à Charles Frédéric Spachmann (voir le Répertoire du tome I), il s'installa ensuite seul, au n° 10. Pendant plus de quinze ans, il réalisa l'essentiel des reliures de la bibliothèque de Balzac — volumes et recueils d'épreuves — le plus souvent en demi-veau rouge.

Wallmoden (Ludwig Georg Thedel, comte de). — *37-49*.

Né à Vienne le 6 février 1769, général autrichien, il commanda la place de Milan jusqu'en 1848. Il est mort à Vienne, sans postérité, le 22 mars 1862.

Werdet (Jean Baptiste Antoine, dit Edmond). — *36-3*, *36-4*, 36-11, 36-61, 36-65, 36-89, *36-123*, *36-133*, *36-137*, *36-139*, *36-143*, *36-144*, *36-160*, *36-180*, *36-181*, *36-188*, 37-6.

Né à Bordeaux en 1795, employé de librairie à Paris chez Lefèvre, il s'établit à son compte, 20, rue du Battoir, le 1er octobre 1827, n'ayant pour toute fortune que quelques centaines de francs (voir son ouvrage, *De la librairie française, son passé, son présent, son avenir*, Dentu, 1860, p. 323). L'année suivante, il s'associa avec Lequien fils. En 1831, semble-t-il, il entrait au service de Mme Charles-Béchet, veuve depuis 1829. Les *Chroniques et traditions surnaturelles de la Flandre* et les *Contes misanthropiques* de Berthoud paraissent en 1831, « chez Werdet et chez Mme Charles-Béchet ». En octobre 1833, il négocie pour le compte de Mme Béchet le traité des *Études de mœurs au XIXe siècle* (voir t. I de la présente édition, traité 33-188). Rêvant de devenir « l'unique éditeur » de Balzac, il quitta la librairie Béchet le 1er mars 1834 (et non en 1833, comme il l'indique dans le *Portrait intime de Balzac, sa vie, son humeur et son caractère*, A. Silvestre, 1959, p. 11) et alla immédiatement proposer un premier contrat à Balzac, qui commença par refuser puis se ravisa (voir t. I de la présente édition, lettre 34-24) et lui vendit le droit de publier la deuxième édition du *Médecin de campagne*. Vinrent ensuite le traité 34-74, du 16 juillet 1834, concernant les *Études philosophiques* et de nombreux autres. Werdet publia successivement *Le Père Goriot* (« deuxième » et « troisième » édition, 1835), les deux éditions du *Livre mystique* (1835-1836), *Le Lys dans la vallée* (1836), la dernière livraison des *Études de mœurs* rachetée à Mme Béchet (t. III et IV des *Scènes de la vie de province*, 1837). Mais il avait trop présumé de ses forces : n'ayant pas su résister aux incessantes demandes d'argent de Balzac, il avait émis de nombreux billets dont il ne put honorer les échéances. Le 17 mai 1837, il déposait son bilan ; l'actif s'élevait à 6 500 F et le passif à 68 866 F. Le 29 septembre, il obtenait un concordat, homologué le 13 octobre, stipulant un remboursement de 20 % en quatre ans par quarts (archives de la Seine, D 10 u[1], Registre 16 ; communiqué par Madeleine Ambrière). Ce ne fut qu'un répit : les deux éditions de *La Maison Nucingen* parurent encore en 1838 « chez Werdet », qui n'était plus qu'un prête-nom ; il donna en 1839 la *Marianna* de Sandeau et végéta quelques années avant de faire faillite à nouveau, en 1845, et d'abandonner le métier de libraire. Bien des obscurités demeurent dans l'histoire des rapports orageux de Balzac avec son éditeur. Balzac, dans sa correspondance, cherche à se donner le beau rôle ; Werdet, dont la mémoire n'était pas toujours fidèle, donne dans des ouvrages tardifs une version pleine de rancune et d'inexactitudes (voir t. I de la présente édition, par exemple, lettre 35-65 et n. 1). On lui doit, en dehors de son *Portrait intime de Balzac* et de *De la librairie française*, cités plus haut, une *Histoire du livre en France* (Dentu, 1861-1864, 5 vol.). Il est mort à Champs-sur-Marne en 1869. Les *Souvenirs de la vie littéraire* (publiés posthumes, en 1879, chez Dentu) contiennent également un chapitre sur Balzac ; d'autres volumes de *Souvenirs* ont été annoncés, mais n'ont jamais paru. — Voir Felkay, p. 219-250, et, de la même, « Grandeur et décadence d'un libraire éditeur : Antoine, dit Edmond Werdet », *AB 1974*, p. 153-186.

WOESTYN (Eugène). — *40-112*, 40-114.

Journaliste, poète, auteur dramatique (1813-1877), il venait de débuter par des *Essais poétiques* (1838) et des *Riens*, poésies (Orléans, 1839) quand il rendit compte favorablement de *Vautrin*.

YZARN-FREISSINET (Marie Joseph Alexandre, vicomte d'). — *38-93*.

Né en 1799, issu d'une famille noble, originaire d'Entraigues, chevalier de Malte, homme de lettres, secrétaire-général de préfecture, il avait démissionné en 1830. En 1819, il avait épousé Elisabeth Gabrielle de Solages, fille du comte de Solages. Ami de Barbey d'Aurevilly, il l'introduisit dans les milieux légitimistes. Il est mort le 1ᵉʳ novembre 1867.

ZAVADOVSKY (Hélène, comtesse). — *38-9*.

« Jolie dame russe », amie de Mme Couturier de Saint-Clair.

ZRAJEVSKAÏA (Alexandra, dite Alexandrine de Zrajevsky). — *41-84*.

Écrivain et traductrice (1805-1867) de Charles Nodier et de Delphine de Girardin, après des conflits avec la censure, elle a publié à la fin de décembre 1835 en traduction russe une *Vie exemplaire de Louis Lambert*. — Voir Mikhaïl Fainstein, « Balzac et la censure russe », dans *Balzac dans l'Empire russe. De la Russie à l'Ukraine*, cat. de l'exposition (6-11 avril 1993), Maison de Balzac, Paris-Musées et Des Cendres, 1993, p. 92-95.

TABLES

TABLE DES
LETTRES INÉDITES,
NON RECUEILLIES,
REDATÉES, OU RÉTABLIES
SUR DES AUTOGRAPHES RETROUVÉS

Lettres inédites. Deux cent une lettres et pièces diverses sont, à notre connaissance, publiées ici pour la première fois :

36-6, 36-9, 36-15, 36-25, 36-29, 36-33, 36-45, 36-48, 36-50, 36-51, 36-67, 36-71, 36-72, 36-86, 36-94, 36-99, 36-110, 36-111, 36-112, 36-113, 36-115, 36-117, 36-134a, 36-136, 36-170, 36-196, 36-206, 36-207, 37-2, 37-7, 37-33, 37-71, 37-81, 37-89, 37-91, 37-101, 37-110, 37-128, 37-129, 37-137, 37-141, 37-158, 37-161, 37-163, 37-168, 37-170, 37-171, 38-9, 38-10, 38-15, 38-30, 38-36a, 38-38, 38-39, 38-43, 38-44, 38-45, 38-46, 38-56, 38-59, 38-87, 38-130, 38-142, 39-3, 39-15a, 39-21, 39-61, 39-79, 39-83, 39-106, 39-125, 39-133, 39-145a, 39-150a, 39-153, 39-165, 39-167, 39-172, 39-173, 39-175, 39-181, 39-185, 39-203, 39-204, 39-205, 39-206, 39-207, 39-208, 39-209, 39-210, 39-211, 39-212, 39-216, 39-220, 39-221, 39-222, 39-223, 39-224, 39-231, 39-232, 39-236, 39-244, 39-247, 39-255, 39-264, 39-265, 39-273, 39-282, 39-285, 39-287, 39-296, 39-309, 39-315, 39-316, 40-5, 40-6, 40-14, 40-15, 40-22, 40-29, 40-30, 40-36, 40-38, 40-40, 40-48, 40-49, 40-50, 40-62, 40-68, 40-71, 40-85, 40-95, 40-99, 40-116, 40-118, 40-121, 40-127, 40-138, 40-140, 40-143, 40-151, 40-154, 40-155, 40-159, 40-164, 40-165, 40-170, 40-179, 40-180, 40-183, 40-199, 40-201, 40-207, 40-214, 40-219, 40-220, 40-221, 40-222, 40-223, 40-239, 40-240, 40-241, 40-242, 40-245, 40-248, 40-253, 40-254, 40-261, 40-271, 40-276, 40-284, 40-285, 41-5a, 41-12, 41-17, 41-18, 41-20, 41-22, 41-33, 41-38, 41-40a, 41-40b, 41-44, 41-45a, 41-65, 41-71, 41-72, 41-73, 41-75, 41-78, 41-83, 41-87, 41-96, 41-97, 41-108, 41-113, 41-114, 41-128, 41-131, 41-157, 41-167.

Lettres non recueillies. Cent dix lettres ont été publiées depuis la sortie du tome V (1969) de l'édition Garnier — notamment dans AB et CB (voir les indications de publication dans les notules de chaque lettre) ou, pour quelques-unes, retrouvées dans diverses publications antérieures à ladite édition, où elles n'avaient pu être relevées :

36-21, 36-35, 36-43, 36-46, 36-60, 36-62, 36-64, 36-88, 36-108, 36-114, 36-118, 36-133, 36-135, 36-138, 36-139, 36-142, 36-159, 36-177, 36-183, 36-185, 36-192, 36-193, 36-198, 36-199, 36-200, 36-202, 36-203, 37-3, 37-4, 37-19, 37-24, 37-37, 37-74, 37-75, 37-86, 37-97, 37-102, 37-106, 37-107, 37-120, 37-130, 37-138, 37-139, 37-148, 37-149, 37-156, 37-169, 38-2, 38-7, 38-22, 38-26, 38-42, 38-53, 38-57, 38-85, 38-94, 38-100, 38-121, 38-129, 38-143, 39-58, 39-60, 39-69, 39-94, 39-102, 39-103, 39-239, 39-308, 40-35, 40-45, 40-53, 40-54, 40-65, 40-67, 40-69, 40-70, 40-80, 40-83, 40-86, 40-94, 40-106, 40-125, 40-184, 40-193, 40-195, 40-203, 40-205, 40-216, 40-235, 40-243, 40-257, 40-266, 40-278, 40-286, 41-8, 41-9, 41-14, 41-41, 41-81, 41-86, 41-100, 41-101, 41-112, 41-117, 41-124, 41-144, 41-146, 41-147, 41-149, 41-155.

Lettres redatées. La datation de cent treize lettres a été modifiée par rapport à leur première publication :

36-1, 36-8, 36-14, 36-19, 36-27, 36-32, 36-63, 36-79, 36-91, 36-92, 36-96, 36-101, 36-102, 36-120, 36-128, 36-150, 36-161, 36-197, 37-25, 37-41, 37-42, 37-46, 37-48, 37-62, 37-80, 37-88, 37-109, 37-111, 37-135, 37-136, 37-150, 37-154, 37-155, 37-172, 37-173, 37-174, 38-41, 38-88, 38-108, 38-110, 38-135, 39-16, 39-30, 39-31, 39-35, 39-80, 39-82, 39-89, 39-93, 39-98, 39-99, 39-100, 39-104, 39-105, 39-131, 39-145, 39-171, 39-182, 39-214, 39-218, 39-219, 39-227, 39-238, 39-246, 39-248, 39-310, 39-314, 40-27, 40-41, 40-42, 40-88, 40-93, 40-110, 40-113, 40-119, 40-128, 40-130, 40-135, 40-144, 40-147, 40-166, 40-168, 40-177, 40-187, 40-188, 40-189, 40-192, 40-196, 40-233, 40-238, 40-246, 40-247, 40-250, 40-251, 40-255, 40-256, 40-259, 40-260, 40-264, 40-265, 41-32, 41-55, 41-67, 41-70, 41-76, 41-82, 41-110, 41-127, 41-130, 41-140, 41-142, 41-145, 41-150, 41-166.

Quatre-vingt-trois lettres, précédemment établies sur des copies anciennes, souvent fautives ou incomplètes, ont pu être rétablies sur les autographes, ce qui a permis d'en améliorer la transcription :

36-66, 36-82, 36-87, 36-95, 36-120, 36-145, 36-156, 36-171, 36-172, 37-3, 37-13, 37-23, 37-80, 37-88, 37-155, 38-28, 38-41, 38-75, 38-99, 38-104, 38-110, 38-120, 38-127, 38-135, 39-24, 39-25, 39-33, 39-35, 39-38, 39-40, 39-53, 39-67, 39-70, 39-75, 39-87, 39-90, 39-101, 39-108, 39-113, 39-114, 39-115, 39-122, 39-148, 39-169, 39-171, 39-195, 39-196, 39-248, 39-252, 39-259, 39-307, 39-314, 40-2, 40-17, 40-26, 40-61, 40-100, 40-113, 40-135, 40-142, 40-158, 40-163, 40-181, 40-186, 40-191, 40-234, 40-260, 40-263, 40-265, 40-270, 40-283, 41-5, 41-8, 41-55, 41-56, 41-59, 41-85, 41-110, 41-122, 41-132, 41-143, 41-162, 41-163.

Lettres réattribuées et correspondants identifiés :

37-135, 38-36, 39-53, 39-89, 39-257, 41-42.

TABLE DES MATIÈRES

Avant-propos   IX
Chronologie (1836-1841)   XIII
Avertissement   XXXVII

Lettres de 1836   3
Lettres de 1837   175
Lettres de 1838   305
Lettres de 1839   423
Lettres de 1840   657
Lettres de 1841   859

Notes   977
Répertoire des correspondants   1305
Table des lettres inédites   1399

*Ce volume, portant le numéro
cinq cent soixante-quinze
de la « Bibliothèque de la Pléiade »
publiée aux Éditions Gallimard,
a été mis en page par Interligne
à Loncin,
et achevé d'imprimer
sur Bible des Papeteries Bolloré Thin Papers
le 10 octobre 2011
par CPI Aubin Imprimeur
à Ligugé,
et relié en pleine peau,
dorée à l'or fin 23 carats,
par Babouot à Lagny.*

ISBN : 978-2-07-011819-9.
N° d'édition : 136710. N° d'impression : L 74474.
Dépôt légal : octobre 2011.
Imprimé en France.